HEYNE BÜCHER

D1926117

Das Buch

»Meine Bücher basieren auf Fakten und sind zugleich Dichtungen.« Jean Marie Auels monumentale »Saga der Erdenkinder«, die ihr innerhalb weniger Jahre Weltruhm einbrachte, ist einerseits die fesselnd erzählte, abenteuerliche Liebesgeschichte von Ayla und Jolandar, die vor 30 000 Jahren zueinanderfanden. Andererseits ist sie aber auch eine atemberaubende Reise in die Vergangenheit, in die Welt unserer Vorfahren.

Die Geschichte setzt ein zu einer Zeit, die den entscheidenden Wendepunkt in der Entwicklungsgeschichte des Homo sapiens markiert, nämlich während des Aufeinandertreffens des eiszeitlichen Neandertalers in Mitteleuropa mit den aus Süden zuwandernden Cromagnonmenschen: Das kleine Mädchen Ayla ist nach einem schweren Erdbeben die einzige Überlebende ihres Stammes. Sie wird halbverhungert und verletzt von einer durchziehenden Neandertaler-Sippe entdeckt und aufgenommen. Aber sie sieht anders aus als ihre neuen Verwandten, die Mitglieder des »Clans des Bären«: Ihre Stirn ist höher, die Nase ausgeprägter, ihr Haar blond, und ihre Glieder sind schlank und gerade. Ayla wird von der Medizinfrau des Clans aufgezogen, doch sie bleibt immer eine Fremde und wird aufgrund ihrer Andersartigkeit schließlich aus dem Clan ausgestoßen. Zu einer außergewöhnlich schönen Frau herangewachsen, lebt sie einige Zeit allein in der Tundra. Sie kennt wirksame Kräuter, versteht sich auf die Zähmung von Pferden und Wölfen und steht den mächtigen Geistern der Natur nahe. Eines Tages trifft sie auf Jolandar, dem sie das Leben rettet. In ihm findet sie endlich einen ihr gemäßen Gefährten, und zusammen mit ihm entdeckt sie die Freuden der Liebe.

Die Autorin

Jean M. Auel war Kreditmanagerin einer Elektrofirma in Portland im US-Staat Oregon, bevor sie 1977 – mit vierzig Jahren – ihren ersten Roman schrieb. Mit *Ayla und der Clan des Bären* (Bd. 01/6734), *Das Tal der Pferde* (Bd. 01/6658), *Mammutjäger* (Bd. 01/7730) und *Ayla und das Tal der Großen Mutter* (Bd. 01/8468) erreichte sie eine Weltauflage von über 25 Millionen Exemplaren; ihre Bücher wurden in 22 Sprachen übersetzt.

Jean M. Auel

Die Kinder der Erde

Ayla und der Clan des Bären
Das Tal der Pferde

WILHELM HEYNE VERLAG
MÜNCHEN

HEYNE ALLGEMEINE REIHE
Nr. 01/9371

Der Titel erschien bereits in der Allgemeinen Reihe
mit der Band-Nr. 01/8679

2. Auflage
1. Auflage dieser Ausgabe

Copyright © dieser Ausgabe 1992 by
Wilhelm Heyne Verlag GmbH & Co. KG, München
Printed in Germany 1994
Quellenverzeichnis: s. Anhang
Umschlagillustration: Coronet
Umschlaggestaltung: Atelier Ingrid Schütz, München
Gesamtherstellung: Ebner Ulm

ISBN 3-453-50340-6

Ayla und der Clan des Bären

Ray gewidmet,
meinem schlechtesten Kritiker
und besten Freund

0
400km
N
Höhle
0
100km
Miething
des Gross-Clans

1

Nackt lief das Kind aus dem mit Fell überspannten Einschlupf der Felsenhöhle zu dem steinigen Stück Strand an der Biegung des kleinen Flusses. Es schaute nicht zurück. Niemals wäre es ihm in den Kopf gekommen, seine Behausung und deren Bewohner könnten verlorengehen.

Planschend watete es in den Fluß, spürte, wie Steine und Sand des steil abfallenden Betts unter seinen Füßen ins Rutschen kamen. Es tauchte ins kalte Wasser und kam prustend wieder hoch, schwamm dann mit sicheren, ausgreifenden Zügen das gegenüberliegende Ufer an. Noch vor dem Laufen hatte es Schwimmen gelernt. Wasser war sein Element, denn häufig kam es vor, daß ein Fluß nur schwimmend überquert werden konnte.

Eine Weile paddelte das kleine Mädchen von einem Ufer zum anderen und ließ sich dann von der Strömung flußabwärts tragen. Dort, wo das Gewässer breiter wurde und sprudelnd über Felsbrocken sprang, unterbrach es seine Fahrt, watete zur Böschung zurück und begann, Kieselsteine zu sammeln. Gerade hatte es ein Steinchen auf den Haufen besonders bunter Kiesel gelegt, als sich plötzlich der Boden bewegte.

Erstaunt sah die Kleine, wie der Stein ganz von selbst wieder herunterkollerte, starrte verwundert auf die kleine Kieselpyramide, die ins Wackeln geriet und in sich zusammenfiel. Erst da wurde sie gewahr, daß die schwankende Bewegung auch von ihr Besitz ergriffen hatte. Aber noch immer war sie mehr verwirrt als beängstigt. Mit großen Augen um sich blickend, suchte sie das, was ihre Welt auf einmal so veränderte. Der Boden durfte sich doch nicht bewegen!

Das Gewässer, kurz zuvor nur leicht gekräuselt, brodelte plötzlich. Ungestüme Wellen schwappten über die Böschung. Das Flußbett stemmte sich unter der Erschütterung gegen die Strömung, so daß vom Grunde Schlamm emporgerissen wurde. Wie von unsichtbarer Hand geschüttelt, erzitterten die Büsche an den Ufern flußaufwärts, und flußabwärts sprangen kopfgroße Steine in die Luft. Die himmelhohen Nadelbäume des Waldes, in den der Fluß sich hineingefressen hatte, taumelten, eine Riesentanne, nahe dem Ufer, deren Wurzeln von den

Schmelzwassern kahlgespült waren und nichts mehr greifen konnten, neigte sich langsam zur anderen Seite hinüber. Ein sirrendes Pfeifen erfüllte die Luft, als sie dort aufschlug, eine zitternde Brücke über dem kochenden Fluß. Und noch immer schwankte der Boden.

Die Kleine steckte den Kopf zwischen die Schultern. Ihr Magen flatterte und krampfte sich zusammen. Angst kroch hoch. Sie wollte auf die Beine kommen, fiel jedoch wieder um, aus dem Gleichgewicht gebracht durch dieses gräßliche Schwanken. Noch ein Versuch, und sie schaffte es. Auf zitternden Beinen blieb sie stehen, wagte nicht, auch nur einen Schritt zu machen.

Als sie dann auf allen vieren zur Felsenhöhle kroch, die etwas oberhalb des Flusses lag, vernahm sie ein unterdrücktes Grollen, das in Windeseile zu einem ohrenbetäubenden Donnern anschwoll. Ein saurer Ruch von Feuchtigkeit und Fäulnis, ekelerregend wie der frühe Atem einer gähnenden Erde, stieg aus der Spalte auf, die sich plötzlich vor ihr im Boden auftat. Mit leerem Blick verfolgte das Mädchen, wie Erde, Steine und kleine Bäume in die gähnende Kluft stürzten, die unter gewaltigen Zuckungen aufgeplatzt war.

Der fellüberspannte Vorbau, nun am anderen Rand des Abgrunds, neigte sich, als ein Teil des Gesteins fortgerissen wurde. Die armdicke Astgabel schwankte unschlüssig; dann knickte sie um und verschwand in der Erdwunde, mit sich reißend die Fellplane und alles, was sich darunter befand. Zuletzt rutschte der ganze Felsen mit schrillem Getöse in die Tiefe. Zitternd, die Augen weit aufgerissen vor Entsetzen, sah die Kleine zu, wie das klaffende, stinkende Maul alles verschlang, was ihr bisher Nahrung und Wärme gegeben hatte.

Plötzliches Begreifen überwältigte sie, und im donnernden Tumult des berstenden Felsens war für sie nicht auszumachen, ob der Schrei, der in ihren Ohren gellte, wirklich ihr eigener war. Irgendwie schaffte sie sich an den Rand des Abgrunds, doch die Erde bäumte sich auf und schleuderte sie nieder. Verzweifelt krallte sie sich in den Boden, versuchte auf der lebendig gewordenen, sich umschichtenden Erde Halt zu finden. Dann schloß sich die Schlucht, das Donnern verebbte, die bebende Erde beruhigte sich.

Zitternd vor Angst lag das Kind bäuchlings in der weichen, feuchten Erde, die aufgewühlt war von den plötzlichen Stößen, die das Land aufgebrochen hatten, allein nun in einer Wildnis grasiger Steppen und verstreut stehender Wälder. Gletscher glänzten von weit her, sandten Eiseskälte aus. Tiere, unvorstellbar viele, durchstreiften die weiten Ebenen, auch räuberische waren darunter. Und Menschen? Die wenigen, die es hier gab, hatte die Erde gefressen. Nur das Kind war noch da, und niemand würde kommen, es zu suchen.

Wieder erzitterte der sich allmählich setzende Grund. Aus der Tiefe hörte das Kind ein dumpfes Grollen, als verdaute die Erde den hastig verschlungenen Fraß. Entsetzt sprang es auf, voller Angst, daß sich der Boden erneut öffnete. Ungläubig blickte es auf die Stelle, wo Felsen, Vorbau und Höhle gewesen waren. Aufgeworfene Erde und entwurzelte Sträucher – sonst nichts! Das Wasser schoß ihm aus den Augen, als es zurück zum Fluß rannte und sich aufschluchzend in den Schlamm wühlte.

Doch die durchweichte Böschung bot nicht den geringsten Schutz. Ein weiteres Beben, schwerer diesmal, erschütterte den Boden. Das kleine Mädchen krümmte sich, als eisiges Wasser auf seinen nackten Körper klatschte. Panik in den Augen, sprang es auf die Beine. Nur fort von hier! Aber wohin?

An dem steinigen Ufer gediehen keine Pflanzen, gab es keine Büsche; flußaufwärts jedoch waren die Ufer von Sträuchern überwuchert, an denen schon die ersten neuen Blätter sprossen. Wie schon immer in seinem Leben, suchte nun das Kind die Nähe des Wassers, doch das Geschlinge der dornigen Büsche war undurchdringlich. Aus tränenfeuchten Augen blickte es in die andere Richtung, hin zum Wald aus hohen Nadelbäumen.

Schmale Sonnenstrahlen fielen zwischen den sich gegenseitig bedrängenden Zweigen der dichtstehenden Bäume hindurch, die zum Fluß hin wuchsen. Fast kein Unterholz gab's in dem schattendunklen Wald, viele der Bäume hatten gelitten.

Einige waren umgestürzt, andere neigten sich gefährlich, gehalten von ihren Nachbarn, die noch fest verwurzelt waren. Jenseits von diesem Baumgewirr stand finsterer Wald, nicht einladender als der Busch stromaufwärts. Unentschlossen spähte das Kind zuerst in die eine, dann in die andere Richtung. Welche war wohl besser? Wo waren Wärme und Schutz?

Ein erneutes Zittern beendete die Unentschlossenheit des Mädchens. Es warf noch einen letzten Blick auf das zerschlagene Land und lief dann in den Wald.

Vom dumpfen Rumpeln der sich langsam beruhigenden Erde angetrieben, folgte die Kleine dem Lauf des Wassers und hielt nur kurz an, um hastig den Durst zu löschen. Die riesigen, stolzen Tannen, die das Beben aus dem Boden gerissen hatte, lagen niedergestreckt im Unterholz. Wieder und wieder mußten in weitem Bogen die Krater umgangen werden, die das gewaltige Wurzelwerk der stürzenden Bäume, das immer noch feuchte Erde und kleine Steine umschlang, aufgerissen hatte.

Gegen Abend verloren sich die Spuren der Zerstörung; kaum noch entwurzelte Bäume und versprengte Felsbrocken. Das Wasser floß klarer. Als man nicht mal mehr die Hand vor den Augen sehen konnte, hielt die Kleine an und sank erschöpft auf den Waldboden. Das dauernde Laufen hatte sie warmgehalten, jetzt aber begann sie zu zittern; viele winzige Höcker fühlte sie auf ihrer Haut. Die Kälte der Nacht. Schnell scharrte sie eine Mulde im weichen Waldboden, legte sich hinein, zog die Beine fest an den Bauch und nahm die Nase zwischen die Knie. Zuletzt warf sie noch mehrere Handvoll Tannennadeln über sich.

Doch so müde sie auch war, die Angst hielt sie wach, die jetzt hochkroch in ihr und sich auszubreiten begann. Mucksmäuschenstill lag sie da, die Augen weit offen, und mußte zusehen, wie die Finsternis rundum dichter wurde. Keine Regung, kaum zu atmen getraute sie sich.

Noch nie war sie nachts allein gewesen; immer hatte ein Feuer gebrannt, um die bedrohliche Dunkelheit abzuwehren. Und plötzlich saß die Angst in ihrer Kehle. In Weinkrämpfen, schluchzend und schniefend, würgte sie dieses entsetzliche Gefühl heraus. Dann schlief sie erschöpft und erleichtert ein. Neugierig beschnupperte ein kleines Nachttier das Kind, das nichts davon spürte.

Die Erde aber hatte noch immer nicht zur Ruhe gefunden. Fernes Grollen aus gräßlichsten Tiefen setzte sich als Alptraum im Kopf des Kindes fort. Schreiend erwachte es, fuhr hoch, wollte fliehen, doch seine aufgerissenen Augen sahen ebenso wenig wie durch die geschlossenen Lider. Wo war sie denn? Das Herz schlug ihr bis zum Hals. Warum konnte man nichts sehen? Wieso waren da nicht die sorgenden Hände, die sie trösteten, wenn sie nachts erwachte? Langsam dämmerte ihr die Erinnerung an die Schrecknis ihrer Lage. Zitternd vor Furcht und Kälte kauerte sie sich zusammen und verkroch sich wieder unter der Nadeldecke des Waldes. Als die ersten schwachen Lichtstreifen des Morgens den Horizont markierten, schlief das Mädchen fest.

Nur mit Mühe drang der Tag in die Tiefen des Waldes vor. Als das Kind erwachte, stand die Sonne schon hoch am Himmel, durch das dunkle Laubdach der dickstämmigen Bäume jedoch nur schwer auszumachen. Gestern, als das Tageslicht verglüht war, hatte sich die Kleine weit vom Fluß entfernt. Und wieder regte sich die Angst, als sie sich jetzt umsah und ringsum nichts als Bäume erblickte, die sich breitbeinig ihr entgegenstellten.

Sie hatte Durst. Ihre geschärften Sinne vernahmen plötzlich ein leeres Plätschern, dem sie folgte und nach einer Weile voller Erleichterung als Stimme ihres Flusses lauthals Begeisterung zollte. Hier am Ufer war sie zwar nicht weniger verloren als im Wald, aber es verschaffte ein beruhigendes Gefühl, die Führung dem vertrauten Element zu überlassen. Sie konnte auch ihren Durst stillen, solange sie in seiner Nähe blieb. Doch gegen ihren Hunger half es nicht.

Sie wußte, daß es Grünpflanzen und Wurzeln gab, die man essen konnte, aber niemand hatte ihr gezeigt, welche davon schmackhaft waren. Das erste Blättchen, an dem sie knabberte, schmeckte bitter und brannte auf der Zunge. Schnell spie sie es aus und spülte sich den Mund. Nach dieser wenig ermutigenden Erfahrung hatte sie keine Lust, ein anderes Kraut zu versuchen und trank statt dessen nochmals reichlich, nur um sich den Magen zu füllen. Dann machte sie sich wieder auf, stromabwärts, immer dicht am Wasser, welches das Sonnenlicht gleißend zurückwarf. Als die Nacht kam, buddelte sich die Kleine im nadeligen Boden eine Kuhle und rollte sich darin zusammen.

Und wieder lag ihr eisige Furcht im Magen, an dem wütend der Hunger zerrte. Noch nie war sie so verängstigt, nie so hungrig gewesen, noch nie so allein. Diese Erfahrung war für das Kind so überwältigend, daß die Erinnerung an dieses Erdbeben und das Leben zuvor aus seinem Kopf verschwand. Dort saßen Angst und Verzweiflung, die sie nur dem Augenblick entgegenleben ließen, alle Sinne allein darauf gerichtet, das nächste Hindernis zu überwinden, den nächsten Seitenarm des Flusses zu überqueren, den nächsten Baumstumpf zu überklettern. Nur dem Fluß nach! war des Mädchens einziger Gedanke, nicht weil er es zu einem bestimmten Ziele führen sollte, sondern weil er der einzige war, der ihm eine Richtung gab, eine Möglichkeit zu handeln.

Irgendwann steigerte sich die Leere in seinem Magen zu einem dumpfen Schmerz, der das Hirn betäubte. Hin und wieder weinte es, während es vorwärtsstolperte, und die Tränen spurten weiße Streifen auf dem zerkratzten, grauen Gesicht des Mädchens, dessen Körper lehmüberkrustet war wie das Haar, das einmal beinahe weiß gewesen und so fein und weich, ihm aber jetzt, mit Tannennadeln, Ästchen und Dreck verfilzt, am Kopfe klebte.

Das Vorwärtskommen wurde schwieriger, als der Wald von lichterem Gelände abgelöst wurde. Den nadelübersäten Boden nahmen nun Grasflächen in Besitz, die von fast undurchdringlichem Gesträuch überwuchert waren, aus dem sich hochgewachsene kleinblättrige Laubbäume herausgeschafft hatten. Wenn es wieder einmal regnete, hockte sich das Kind in den Windschatten eines umgestürzten Baumes, eines Felsens, manchmal auch eines steinigen Überhangs, oder aber es trottete und stolperte einfach weiter durch Schlamm und Gestrüpp und ließ die Regenflut über sich hinwegspülen. Nachts trug es haufenweise dürres, modriges Laub zusammen, das raschelte dann manchmal, wenn es sich darunter verkroch.

Immer schwächer wurde das Kind, in dessen Körper beharrlich die Kälte saß, das den Hunger nicht mehr spürte, nur noch einen stumpfen Schmerz im Magen und Schwindel im Kopf, aus dem es alles verdrängte und nur an den Fluß dachte, dem zu folgen war.

Sonnenstrahlen, die durch die Laubdecke drangen, weckten das Mädchen, das sich aus seinem behaglichen Nest wühlte und durstig zum Fluß lief, am ganzen Körper feuchte Blätter. Das beruhigende Blau des Himmels und die wärmende Helle taten wohl nach dem ewigen Regen. Es war noch nicht weit gekommen, als die Böschung allmählich anstieg, die sich nach einer Weile zu einem steilen Abhang aufformte. Vorsichtig mit Fingern und Zehen tastend, machte sich das Mädchen an den Abstieg, rutschte jedoch ab und kollerte bis zum Wasser hinunter.

Voller Schrammen und Beulen lag es im Schlamm, zu müde, zu schwach, zu elend, sich zu rühren. Das Wasser sprang ihm in die Augen und rann über sein Gesicht. Jammervolles Weinen wurde schließlich zum Wimmern, das um Hilfe flehte, aber niemand hörte es und kam. Warum denn noch aufstehen? Warum denn noch weitergehen?

Selbst als die Tränen schon längst versiegt waren, blieb die Kleine da liegen, wo ihr Sturz ein Ende gefunden hatte. Erst als sie den lästigen Druck einer Wurzel spürte, die sich von unten in ihre Seite bohrte, erst als sie den Schlamm schmeckte, der ihr in den Mund gekommen war, setzte sie sich auf, stemmte die Beine in den weichen Grund und stolperte todmüde zum Fluß, um zu trinken. Danach ging es wieder weiter. Mit stummer Verbissenheit schob sie die Zweige beiseite, die ihr den Weg versperrten, kroch über moosgepolsterte Baumstümpfe und watete, wenn es gar nicht anders ging, durch das seichte Wasser am Ufer des Flusses.

Dieser, durch das Schmelzwasser bereits angeschwollen, war durch den Zulauf seiner Nebenflüsse auf mehr als das Doppelte seiner Höhe angestiegen. Sein fernes Tosen hörte das Kind schon lange, bevor es ihn sah, den Wasserfall, der dort, wo ein noch größeres Wasser sich mit dem Fluß vereinigte, in Stufen die hohe Böschung hinunterschoß. Jenseits davon rauschte nun ein unbändiger, silbrig glänzender Strom triumphierend über mächtige Felsbrocken und bahnte sich, bald mit doppelter Kraft, seinen Weg in die grasbedeckte grenzenlose Weite der tieferliegenden Steppen.

Vogelschnell stürzten die Wassermassen über den Scheitel der Stromschnelle und ergossen sich donnernd und schäumend in ein tiefes Becken, das der Fluß aus seinem Felsenbett herausgeschliffen hatte. Dort, wo beide Gewässer sich vermischten, hing feiner Sprühnebel in der Luft, und die aufeinanderzuschießenden Strömungen verdrehten sich zu wirbelnden Strudeln. Lange, lange zuvor hatte der Fluß das harte Felsgestein dahinter unterhöhlt und einen Sims geschaffen, über den jetzt das Wasser herabströmte.

Vorsichtig näherte sich ihm die Kleine, spähte aufmerksam in den feuchten Durchgang hinein und kroch dann kurzerhand hinter den fließenden Vorhang. Schritt für Schritt klammerte sie sich an den nassen Fels, da ihr schwindlig wurde und das Tosen ihre Ohren betäubte, das sich an der Felswand hinter den donnernden Fluten brach. Furchtsam blickte sie aufwärts zum Strom, der über ihren Kopf hinwegsprang, und tastete sich langsam weiter.

Fast hatte sie die andere Seite erreicht, als der Durchgang immer schmaler wurde und schließlich ganz zu Ende ging. Die Unterhöhlung der Felswand erreichte nicht das andere Ufer. Sie mußte zurück! Enttäuscht machte sie kehrt und starrte, als sie wieder den Himmel über sich sah, wie gebannt auf die Wasserströme, die sich über den Sims wälzten, und schüttelte den Kopf. Da mußte sie durch!

Das Wasser war kalt, als sie hineinwatete, und die Strömung drückte mächtig. Sie schwamm bis zur Mitte und ließ, nun auf dem Rücken liegend, sich vom Sog des Wassers um die gefährlichen Wirbel herum tragen, drehte sich dann wieder auf den

Bauch und hielt mit kurzen schnellen Stößen ihrer kleinen Arme auf das andere Ufer des breiter gewordenen Flusses zu. Das Schwimmen hatte sie ermüdet, aber ihre Haut glänzte wieder frisch und konnte atmen. Das klatschnasse Haar, noch verfilzt und zerzaust wie zuvor, wehrte sich trotzig gegen die ordnenden Finger der Kleinen, die sich aufraffte und die Füße in Gang brachte. Sie fühlte sich wohl.

Es war ungewöhnlich warm für die Zeit der Schneeschmelze, und anfangs, als Bäume und Büsche offenem Grasland wichen, tat dies der eifrig Ausschreitenden besonders gut. Als die Sonne jedoch höher stieg, verzehrten ihre sengenden Strahlen langsam die dürftigen Kräfte des Mädchens, und als die spärlichen Schatten wieder länger wurden, kam es nur noch mit schwankendem Schritt auf dem schmalen Streifen des Sandes vorwärts, der sich zwischen dem Fluß und einer steilen Felswand hinzog. Von der glitzernden Wasserfläche her traf seine Augen der Widerschein des grellen Sonnenlichts, und vom fast weißen Sandstein prallten Helligkeit und Hitze ab und warfen sich auf seinen Körper.

Vor ihr, auf der anderen Seite des Flusses, dehnte sich bis zum Horizont die Steppe aus, gesprenkelt mit kleinen Kräuterblumen in Weiß, Gelb und Violett, deren Farben sich mit dem lichten Grün des jungen Grases mischten, keines Blickes gewürdigt von der Kleinen, die, völlig geschwächt und ausgehungert nun, Fieberträume überwältigten, die ihre Mutter erscheinen ließen.

»Ja, ich hab's versprochen. Ich will vorsichtig sein. Ich bin weggeschwommen, nur ein kleines Stück. Aber wo bist du? . . . Mutter, ich hab' Hunger . . . Es ist so heiß . . . Warum kommst du nicht mit? . . . Bleib hier! Geh nicht weg! Warte doch! Laß mich nicht allein, Mutter!«

Mit ausgestreckten Armen stürzte es dem Trugbild nach, als dieses verblaßte, rannte verzweifelt am Fuß der Felswand entlang, doch der Fels wandte sich vom Ufer ab, entfernte sich immer weiter vom Fluß, und das Kind kam immer weiter vom lebenerhaltenden Wasser ab, lief blindlings vorwärts, stieß mit den Zehen gegen einen Stein und stürzte. Der jähe Fall riß es in die Wirklichkeit zurück, und während es da hockte und sich den Fuß rieb, versuchte es, seinen Kopf wieder klar zu bekommen.

Die Sandsteinwand vor ihm war von dunklen Löchern durchbrochen und durchzogen von schmalen Rissen und Spalten durch den grimmigen Widerpart, den sich seit ehedem glühende Hitze und Eiseskälte auf dem weichen Gestein lieferten. In eine kleine Öffnung am Fuß der Wand spähte das Kind hinein, doch die winzige Höhle hatte nichts Beeindruckendes.

Weit eher staunen machte sie da die Herde von massigen rotbraunen Tieren, die einträchtig auf dem üppigen Gras zwischen Fels und Fluß weideten; Rinder waren es, mit mächtigen gebogenen Hörnern, nochmal so hoch wie die Kleine, die sie in ihrer blinden Hast nicht bemerkt hatte, die jetzt, als sie die Tiere entdeckte, weiter zurückwich zur Felswand, den Blick unverwandt auf einen massigen Bullen gerichtet, der aufgehört hatte zu äsen und sie beobachtete. Rasch wirbelte das Mädchen herum und rannte auf und davon.

Als es noch kurz einen Blick über die Schulter warf, nahmen seine Augen ein verwischtes Bild blitzartiger Bewegungen auf, bei dem ihm der Atem stockte, so daß es wie angewurzelt stehenblieb. Eine gewaltige Löwin, doppelt so groß wie die Raubkatzen, die erst viel später die Savannen tief im Süden durchstreifen würden, hatte sich an die Herde herangemacht und sich ihr Opfer ersprungen.

In einem wilden Wirbel fauchend entblößter Fangzähne und raubgierig ausgestreckter Krallen vergrub sich die riesige Löwin in den massigen Körper der Kuh. Das angstvolle Gebrüll des Rindes erstarb unter dem Knirschen der kraftvollen Kiefer, als die Löwin ihm die Kehle aufriß. Blut spritzte auf, befleckte das Maul der vierbeinigen Jägerin und übergoß das lichtbraune Fell scharlachrot. In matter Abwehr schlugen noch die Läufe der Kuh, als die Löwin auch schon den Bauch des Tieres aufriß.

Blankes Entsetzen packte das Kind, das in wilder Flucht davonstob, aufmerksam beobachtet vom Gefährten der großen Löwin. Wie an und für sich üblich hätten die mächtigen Katzen ein solch schmächtiges und fleischloses Geschöpf wie dieses fünfjährige Mädchen als Beute glatt verachtet, da sie ihren Hunger gewöhnlich an einem Auerochsen, einem Bison oder einem großen Hirsch stillten. Doch das fliehende Kind kam der Höhle der Löwen gefährlich nahe, in der zwei neugeborene fiepende Junge lagen, die der zottig gemähnte Löwenvater bewachte.

Ein warnendes Grollen entrollte dem Riesenrachen. Jäh hielt das kleine Mädchen an und starrte angstverzerrt auf die Riesenkatze, die sprungbereit auf einem Felsvorsprung kauerte, schrie dann, strauchelte, stürzte, schrammte sich am losen Gestein unter der Felswand, rappelte sich hoch und rannte den Weg zurück, den es gekommen war.

Mit spielerischer Lässigkeit sprang ihm der Löwe hinterdrein, um sich den kleinen Eindringling zu schnappen, der so fürwitzig den engsten Familienkreis zu stören gewagt hatte. Nur langsam kam die Kleine vorwärts. Der geschmeidigen Leichtfüßigkeit des Verfolgers war nicht zu entgehen.

Nur der Instinkt war es, der die Kleine in ihrer kopflosen Flucht zu dem winzigen Spalt am Fuß der Felswand führte. Sie hatte ein fürchterliches Stechen in den Seiten und atmete keuchend, als sie sich durch die Öffnung zwängte, die kaum groß genug war, sie durchzulassen. Nur mit äußerster Mühe gelang es ihr, sich umzudrehen in dem engen Loch und hinzuknien, mit dem Rücken zur Wand, und sie wünschte, mit dem harten Felsgestein zu verschmelzen.

Der Höhlenlöwe brüllte wütend seine Enttäuschung gegen die Felswand, als er die Stelle erreichte und entdeckte, daß sein Spiel durchkreuzt war. Das Kind hielt sich die Ohren zu und starrte wie gebannt auf die Öffnung, als eine mit scharfen gebogenen Krallen bewehrte Riesenpranke hineinfuhr und immer näher kam. Und es schrie auf vor Schmerz, als die Krallen sich in seinen linken Oberschenkel schlugen und ihn aufrissen in vier tiefen, parallel laufenden roten Furchen.

Die Kleine wand sich, um der Pranke zu entkommen, da entdeckte sie in der finsteren Wand zu ihrer Linken eine kleine Einbuchtung, zog mühsam ihre Beine hinein, krümmte sich zusammen, so eng sie konnte, und hielt den Atem an. Beutesicher schob sich die Pranke erneut in die schmale Öffnung und verdunkelte die Nische; doch diesmal griff sie ins Leere. Lange Zeit tappte der Höhlenlöwe zornig und enttäuscht vor dem Loch auf und ab und stieß seinen heißen Atem in die Höhle.

Den ganzen Tag, die ganze Nacht und den größten Teil des darauffolgenden Tages verbrachte das Kind in dieser fürchterlichen Lage. Das Bein schwoll an, die schwärende Wunde schmerzte, und in der rauhwandigen Felsspalte war kein Platz, sich umzudrehen oder auszustrecken. Die Sinne verließen die Kleine, die, von Schmerzen und Hunger gequält, gräßliche Träume hatte von Erdbeben und scharfen Krallen. Nicht die Wunde, nicht der bohrende Hunger und auch nicht das Brennen auf der Haut drängten sie schließlich aus ihrem Fluchtloch. Es war der Durst.

Angstvoll spähte das Kind durch die kleine Öffnung. Vereinzelt stehende, vom Wind gekrümmte Weiden und Kiefern beim Fluß warfen lange, frühabendliche Schatten. Lange starrte es auf das grasbewachsene Land und das funkelnde Wasser dahinter und kroch zögernd aus der Höhle. Seine ausgedörrte Zunge fuhr über die rissigen Lippen, die zusammengekniffenen Augen gewöhnten sich allmählich an die ungewohnte Helligkeit. Kein Laut. Nur die Gräser, über die der Wind hinstrich, raschelten leise. Die Löwen waren fort. Besorgt um ihre Jungen und voller Unbehagen ob der unvertrauten Witterung des befremdlichen Geschöpfs, das ihnen so nahe gekommen war, hatte man sich auf die Suche nach einem neuen Unterschlupf gemacht.

Das Kind hatte sich aus der Höhle gezwängt und richtete sich auf. In seinem Kopf war ein ständiges Hämmern, und bunte Kringel tanzten wie irr vor seinen Augen. Wellen des Schmerzes überfluteten es bei jedem Schritt, und aus den blutigen Furchen quoll eine ekelhafte, gelblich-grüne schleimige Flüssigkeit und floß das geschwollene Bein hinunter.

Es war ihm völlig egal, ob der Fluß erreicht würde oder nicht, einzig und allein der Durst trieb das Kind vorwärts, das schließlich auf die Knie fiel und das letzte Stück auf allen vieren zurücklegte, sich dann bäuchlings ausstreckte und in hastigen Zügen das kalte Wasser in sich hineinsog. Als es endlich genug hatte und aufstehen wollte, waberten dunkle Flecken vor seinen Augen, der Kopf schwamm ihm und ringsum wurde es finster. Dann brach das Kind zusammen.

Ein Aasvogel, der träge am Himmel kreiste, erspähte den reglosen Körper, schoß herab und näherte sich hüpfend.

2

Mit Bedacht überquerten sie den Fluß gleich unter dem Wasserfall, dort, wo er breiter wurde und schäumend zackige Felsen umspülte, die aus dem seichten Wasser aufragten. Zweimal soviel, wie zwei Hände Finger haben, waren es, Junge und Alte. Vor dem Beben der Erde, das ihre Höhle zerstört hatte, waren sie noch sechs mehr gewesen. Zwei Männer schritten voraus, weit vor einer dichten Gruppe von Frauen und Kindern, auf jeder Seite zwei ältere Männer, hinten kamen jüngere Männer: der letzte Clan in dieser Gegend.

Sie folgten dem breiten Gewässer, das hier seinen gewundenen Lauf durch das flache Steppenland aufnahm, und beobachteten die gierig kreisenden Aasvögel. Da sich diese noch nicht niedergelassen hatten, mußte die Beute, die sie so aufmerksam umflogen, noch am Leben sein. Die Männer an der Spitze liefen hinzu und hofften, ein verwundetes Tier zu fangen.

Eine Frau, deren Bauch tropfenförmig hervortrat, als wenn sie etwas in ihm trüge, und die die anderen Frauen anführte, sah, wie vorne die beiden Männer zu Boden blickten, dann aber weitergingen. Also mußte dort ein Fleischfresser liegen, denn die Clan-Leute nährten sich nicht oft von fleischfressenden Tieren.

Die, welche den Frauen und Kindern vorausschritt, war knapp zwei Schritt groß, grobknochig und gedrungen, doch ging sie aufrecht auf ihren kräftigen, gebogenen Beinen mit den flachen nackten Füßen. Die übermäßig langen Arme waren, gleich den Beinen, leicht gekrümmt. Sie hatte eine großschlitzige Nasenplatte, ein stark vorgebautes Gesicht mit kräftigem Unterkiefer, jedoch kein Kinn. Die niedrige fliehende Stirn rundete sich zu einem langen, großen Kopf, der hinten einen knochigen Auswuchs hatte, einen Hinterhauptswulst, der die Länge des Schädels betonte und auf einem gedrungenen Hals saß.

Kurzer brauner Flaum, der sich leicht ringelte, bedeckte ihre Beine und Schultern und zog sich am oberen Teil ihres Rückgrats aufwärts. Das Haupthaar war schwer und lang und ziemlich buschig. Die winterlich blasse Haut hatte jedoch schon eine leichte Sonnenbräune angenommen. Große, runde, dunkelbraune Augen – Augen, die schon viel gesehen und verstanden hatten – lagen in tiefen Höhlen unter überhängenden Brauenwülsten. Neugier glimmte darin auf, als die Frau jetzt rascher ausschritt, um zu sehen, was die Männer hatten liegen lassen.

Bald würde sie ihr erstes Kind kriegen, zu alt dafür eigentlich, beinahe zwanzig Sommer schon. Die Clan-Leute hatten geglaubt, daß ihr Leib keine Früchte mehr trüge, bis man ihr ansah, daß neues Leben in ihr keimte. Dennoch hatte keiner ihr die Bürde erleichtert, die sie trug. Der große Korb auf ihrem Rücken war mit Bündeln beladen und behangen. Mehrere Beutel baumelten an einem Riemen, der sich um die geschmeidige Tierhaut schlang, mit der sie ihren Körper bedeckt hatte, und der so geschnürt war, daß Falten und Taschen entstanden, in denen manches getragen werden konnte.

Ein Beutel hing da auch, aus einem Otter geschickt gefertigt, dessen Fell, Füße, Schwanz und Kopf man unversehrt gelassen und dem man nicht, wie sonst üblich, den Bauch, sondern die Kehle aufgeschlitzt hatte. Durch diese Öffnung waren das Innere, Fleisch und Knochen, herausgeholt worden und somit ein feines Behältnis geschaffen, dem der Kopf des Tieres, durch einen Streifen Haut am Rücken gehalten, als Deckklappe diente. Durch Löcher rund um die Halsöffnung ging eine rotgefärbte Sehne, die straff zusammengezogen und an dem Riemen um die Mitte der Frau befestigt war.

Schon beim ersten Blick auf den Körper, den die Männer hatten achtlos liegenlassen, hob die Frau die Stirn. Ein Tier ohne Fell? Doch als sie näherkam, rang sie vor Schreck nach Luft und trat schnell einen Schritt zurück, umklammerte das Tierhautbeutelchen an ihrem Hals, befingerte zitternd die winzigen Dinge darin, die sie vor vielem schützen sollten, und beugte sich zögernd vor.

Fast gingen ihr die Augen über. Nicht ein Tier war es, das die gefräßigen Vögel angelockt hatte, es war ein Kind. Dünn und sehr befremdlich.

Suchend blickte die Frau sich um, gespannt und auf der Hut vor furchterregenden Geheimnissen, die in der Nähe lauern mochten, und umschritt den leblosen Körper. Da vernahm sie ein Stöhnen, blieb stehen, kniete, ihre Ängste vergessend, neben dem Kind nieder, berührte es und schüttelte es sachte. Sobald die Frau das angeschwollene Bein und die schwärende Wunde sah, als sie den Findling auf den Rücken rollte, löste sie die Schnur ihres Brustbeutels.

Vorn die Männer blickten zurück und sahen die Frau knien. Einer von ihnen kehrte um.

»Iza, komm!« befahl er. »Da sind Spuren eines Höhlenlöwen.«

»Es ist ein Kind, Brun. Verletzt, aber nicht tot«, wehrte sie ab.

Brun blickte auf die magere kleine Gestalt mit der hohen Stirn, der kleinen Nase und dem seltsam flachen Gesichtchen.

»Es gehört nicht zum Clan«, gab er mit einer schroffen Bewegung zu verstehen und wandte sich ab, nach vorne, zu seinen Leuten.

»Brun, es ist ein Kind. Es ist verletzt. Es stirbt, wenn wir's hier lassen.«

Izas Augen flehten, während sie beredt ihre Handzeichen machte.

Das Oberhaupt des kleinen Clans blickte auf die bittende Frau. Der Mann war um mehr als einen Kopf größer als sie, muskulös und kräftig mit einem stark gewölbten Brustkorb und dicken, gebogenen Beinen; ausgeprägter auch sein Gesicht, die Brauenwulste dicker, die Nase größer. Beine, Bauch, Brust und Schulterblätter bedeckte grobes braunes Haar; nicht dicht genug, um noch als Fell zu gelten. Ein struppiger Bart verbarg den kinnlosen hervorspringenden Kiefer. Auch sein Überwurf war ähnlich, jedoch nicht so weit und kürzer und anders geschnürt; er hatte weniger Falten und Taschen.

Auch trug er keine Lasten, nur seinen pelzigen Umhang, der, von einem breiten Band um den massigen Schädel gehalten, auf den Rücken herabfiel, und seine Waffen. Auf dem rechten Oberschenkel hatte er eine Narbe, geschwärzt wie eine Tätowierung, einem ›U‹ ähnlich, dessen Enden nach außen geschwungen waren. Es war das Zeichen des Bisons. Seine Führerschaft bedurfte keiner besonderen Zeichen und Zierden; sein Gehabe und die Ehrerbietung durch die anderen ließen keinen Zweifel an seiner Vorrangstellung.

Bedächtig nahm er seine Keule, den langen Vorderlauf eines Pferdes, von der Schulter, und die Frau, die Iza genannt wurde, wußte, daß er ihre Bitte ernsthafter Betrachtung unterzog. Still wartete sie, verbarg ihre Erregung, um ihm Zeit und Ruhe zu lassen, der jetzt den schweren Holzspeer senkte und den Schaft mit der geschärften, im Feuer gehärteten Spitze nach oben an seine Schulter lehnte. Seine Finger zogen an der Schleuder, die er zusammen mit seinem Amulett um den Hals trug, um das Gewicht der drei rundgeschliffenen Steine besser auszugleichen. Dann zog er aus dem Gurt, um die Körpermitte geschnürt, einen Streifen geschmeidiger Hirschhaut, der sich an den Enden verjüngte und in der Mitte eine Vertiefung für die Steine hatte, die mit tödlicher Absicht ihre Opfer trafen. Nachdenklich glitten die haarigen Hände über die weiche Haut.

Brun, so hieß er, traf nicht gern rasche Entscheidungen, wenn es um Ungewöhnliches ging, das sich unmittelbar auf den Clan bezog, schon gar nicht jetzt, wo sie keine Höhle mehr hatten. Seine erste Regung, sogleich abzulehnen, unterdrückte er und ließ sich vieles durch den Kopf gehen. Er hätte voraussehen müssen, daß Iza dem Kind würde helfen wollen. Manchmal hatte sie sogar schon bei Tieren, besonders bei den jungen, ihre heilenden Kräfte angewandt. Er konnte sich schon ein Bild davon machen, wie erregt und bekümmert sie sein würde, wenn er ihr nicht erlaubte, diesem Kind zu helfen. Ob es nun zu diesem Clan gehörte oder zu irgendwelchen anderen, war für sie unwichtig, sie hatte nur das Kind im Auge, das verletzt war und ihre Fürsorge brauchte. Vielleicht war Iza deshalb eine gute Medizinfrau.

Medizinfrau hin, Medizinfrau her, sie war nur eine Frau, und war es da etwa von Bedeutung, wenn sie bedrückt war? Sie würde es nicht zeigen, und der Clan hatte auch ohne ein verletztes fremdes Kind Sorgen genug. Doch ihr Totem würde es sehen, alle Geister würden es sehen, und würden sie nicht noch zorniger werden, wenn Iza bekümmert war? Iza, die den Trank für die Feier zu bereiten hatte, wenn die neue Höhle gefunden war! Was würde geschehen, wenn sie außer sich geriet und dann etwas falsch machte? Zornige Geister konnten so etwas bewirken, und sie waren bereits zornig genug. Bei der Feier zur neuen Höhle aber durfte nichts falsch gemacht werden.

Soll sie das Kind doch mitnehmen, dachte er. Sie würde es bald leid sein, die zusätzliche Last zu tragen. Das kleine Mädchen war dem Tod schon so nahe, daß vielleicht nicht einmal der Zauber Izas, seiner Blutsschwester, stark genug sein würde, es zu retten.

Brun stopfte seine Schleuder wieder in den Gurt, nahm seine Waffen und zuckte die Achseln. Es war ihr überlassen. Iza konnte das Mädchen mitnehmen oder nicht, ganz wie sie wollte. Er wandte sich ab und ging davon.

Iza griff in ihren Korb und zog einen Umhang aus geschabter und getrockneter Haut hervor, in den sie die Kleine einhüllte, die sie dann vom Boden aufhob und sich auf die Hüfte band. Wie leicht sie war, trotz ihrer Größe! Das Mädchen stöhnte, als es hochgehoben wurde. Iza strich ihm beruhigend über das Haar und nahm dann wieder ihren Platz hinter den beiden Männern ein.

Die anderen Frauen hatten ehrerbietig angehalten, um die Begegnung zwischen Iza und Brun nicht zu stören. Als sie sahen, daß die Medizinfrau etwas aufhob, um es mitzunehmen, reckten sie neugierig die kurzen Hälse und machten mit ihren Händen rasche vogelartige Bewegungen, die sie mit kurzen kehligen Lauten begleiteten. Sie waren gekleidet wie Iza, bis auf den Otterfellbeutel, und ebenso schwer beladen mit dem übrigen der Habe, das nach dem Beben der Erde noch in Gebrauch zu nehmen war.

Zwei der sieben Frauen trugen Säuglinge in einer tiefen Falte ihrer Gewandung so geschickt am Körper, daß sie jederzeit die schwergefüllten Brüste reichen konnten. Wenn der Clan nicht umherzog, wurden die Säuglinge häufig in weiche Häute gewickelt und in das Vlies der Wildschafe gepackt, das von dornigen Sträuchern gezupft wurde, oder in Daunen vom Brustgefieder der Vögel oder in den Flaum faseriger Pflanzen, um die Ausscheidungen aufzusaugen. Doch wie jetzt, auf Wanderung, war es einfacher für die Frauen und weniger beschwerlich, die Kinder nackt zu tragen und sie einfach aus der Fellfalte zu nehmen, wenn sich die Kleinen entleeren mußten.

Als der Zug wieder aufbrach, hob die dritte Frau einen kleinen Jungen auf ihre Hüfte und hielt ihn dort mit einer Tragedecke. Doch lange dauerte es nicht, bis er zu strampeln anfing und auf den Boden wollte. Sie ließ es zu. Hinter der Frau, die Iza folgte, schritt ein Mädchen, deren Brust Knospen trug, das, noch nicht Frau, aber ebenso beladen, ab und zu einen Blick rückwärts auf einen sehnigen Jungen warf, der am Schluß der Frauengruppe ging und sich bemühte, den Abstand zu ihr so weit wachsen zu lassen, daß es aussah, als gehörte er zu den drei Jägern, die das Ende des Zuges sicherten, und nicht zu den Kindern. Gern hätte er auch ein Stück Wild getragen. Selbst der alte Mann war zu beneiden, der seitwärts von den Frauen ging, einen Hasen über der Schulter, den er mit einem Stein aus seiner Schleuder erlegt hatte.

Nahrung für den Clan beschafften jedoch nicht nur die Jäger; die Frauen waren es, die häufig den größeren Anteil hierbei hatten, und ihre Quellen waren zuverlässiger. So beladen sie waren, sie suchten und sammelten ständig Nährendes, während sie vorwärtswanderten, und waren dabei so behend, daß es den Zug kaum aufhielt. Flink wurden Knospen und Blüten der Taglilien abgemacht und zarte frische Wurzeln mit wenigen Stößen der Grabstöcke bloßgelegt. Leichter noch kam man an die Triebe der Katzenschwanzgewächse, die nur aus dem Erdreich sumpfiger Wiesen zu ziehen waren.

Wenn man dieses Gebiet nicht nur auf der Suche nach einer neuen Höhle durchzogen, sondern dort auch eine Bleibe gehabt hätte, so würden die Frauen sich diese Stelle eingeprägt haben, wo die hohen, langstieligen Pflanzen wuchsen, und dann später, wenn die Tage wieder kürzer wurden, zurückkehren, die zarten Wedel der Blütenstände pflücken und sie schmackhaft zubereiten. Und noch später konnte man aus dem gelben Blütenstaub, den man mit Stärke aus den Fasern alter Wurzeln mischte, teigige, ungesäuerte Fladen machen. Wenn dann endlich die Blütenstände vertrockneten, gaben sie Flaum, und aus den zähen Blättern und Stengeln konnten korbartige Behältnisse geflochten werden. Jetzt aber sammelten die Frauen nur, was sie gerade fanden, übersahen aber kaum etwas.

Neue Triebe und zarte junge Blättchen von Klee, Luzerne, Löwenzahn; Disteln, denen man die Stacheln abzog, ehe sie kleingemacht wurden; ein paar frühe Beeren und Früchte. Die spitzen Grabstöcke stachen ständig in die üppige Erde und wühlten sie um, gruben nach Zwiebeln, Knollen und Wurzeln. Nichts war vor ihnen sicher. Auch zum Hebeln dienten sie den Frauen, die auf der Suche nach Molchen und köstlichen dicken Würmern Baumstämme fortwälzten, sogar als Angelstöcke, mit denen sie Wasserschnecken aus den Bächen spießten und sie näher ans Ufer schoben, so daß dieses Weichgetier leichter zu erreichen war.

All das wanderte in die Faltenschlitze und Taschen ihrer Gewandung oder in ein freies Eckchen der Körbe. Große Blätter dienten zum Einwickeln; manche wohlschmeckende Blättchen, wie die der großen Klette, wurden gekocht. Auch dürres Holz, abgerissene Äste und Gras sowie der Kot weidender Tiere wurden gesammelt. Später im Sommer war dann die Auswahl größer, doch auch jetzt gab es Nahrung genug – wenn man nur wußte, wo man suchen mußte.

Iza blickte auf. Ein alter Mann hinkte zu ihr hin, sobald der Zug sich wieder in Bewegung gesetzt hatte. Er trug weder Lasten noch Waffen, nur einen langen Stock, auf den er sich beim Gehen stützen mußte. Das rechte Bein war verkrüppelt und dünner als das andere, und dennoch bewegte er sich mit erstaunlicher Behendigkeit. Schulter und Oberarm auf der rechten Seite waren verkümmert, und der eingeschrumpfte Arm war unterhalb des Ellbogens abgenommen worden. Die Glieder an der linken Körperseite des Mannes waren ebenmäßig, kräftig und muskulös, so daß er schief gewachsen schien, was durch seinen Schädel, massiger noch als bei den Clan-Leuten, besonders betont wurde. Unter großen Mühen und Schmerzen war er vor mehr als dreißig Wintern ans Licht gekommen und dann so geblieben.

Er war der Erstgeborene, Bruder von Iza und Brun, und er wäre das Haupt des Clans, wenn ihn die Natur nicht behindert hätte. Seinen Körper umspannte Tierhaut, und das warme Überfell, das auch als Schlafdecke diente, hatte er im Nacken wie die anderen Männer; von seinem Gürtel hingen jedoch mehrere Beutel herab, und auf dem Rücken trug er, sorgsam eingehüllt, einen großen unförmigen Gegenstand.

Häßliche Narben durchzogen die linke Gesichtshälfte des Einherhinkenden, dessen rechtes Auge klar und forschend die Schwester beschaute, während unter dem buschigen linken Brauenwulst eine leere Höhlung dunkel starrte. Es war der Mog-ur, der mächtigste Zauberer aller Clans, als Mann des Wunders und Gefährte der Geister gefürchtet und verehrt. Er glaubte felsenfest daran, daß ihm ein bresthafter Körper gegeben war, nicht um den Clan zu führen, sondern ihm als Kundiger der Geisterwelt zu dienen, wodurch er oft mehr Macht besaß als die Anführer, und er wußte das. Nur nahe Verwandte kannten seinen Namen und riefen ihn damit.

»Creb«, grüßte Iza und bedeutete ihm, daß sie sich freute, ihn neben sich zu sehen.

»Iza?« sagte er und deutete mit fragender Geste auf das Kind, das sie bei sich trug.

Die Frau schlug den Umhang auseinander, und Creb beäugte aufmerksam das kleine gerötete Gesicht. Sein Blick ruhte eine Zeitlang auf dem angeschwollenen Bein und der eiternden Wunde und wanderte dann wieder zurück zur Schwester. Das Mädchen stöhnte, und das finstere Gesicht des Zauberers verzog sich zu freundlichen Falten. Er nickte beifällig.

»Gut.« Es war ein rauher, kehliger Laut. »Es sind schon genug gestorben«, sagten seine flink sprechenden Hände.

Creb blieb an Izas Seite. Für ihn galten die stillschweigenden Regeln nicht, die Stellung und Rang jedes einzelnen fest bestimmten; er konnte sich jedem an die Seite gesellen, auch dem Anführer, wenn er wollte. Der Mog-ur stand über und neben der strengen Hierarchie des Clans.

Brun hatte sie inzwischen ein gutes Stück von den Spuren der Höhlenlöwen weggeführt, als er plötzlich das Zeichen zum Halten gab und forschend den Blick über das Land schweifen ließ. Jenseits des Flusses schwang sich, soweit das Auge reichte, das Gras in sanften welligen Hügeln, fern in einem Grünblau mit dem Himmel verschwimmend. Seine Augen passierten ungehindert die wenigen krüppeligen Bäume, die, vom ewig blasenden Wind in Zerrbilder erstarrter Bewegung verwandelt, die Tiefe der Sicht verstärkten und die Ödnis hervorhoben.

Eine Staubwolke am Horizont ließ vermuten, daß dort eine große Herde Huftiere in Bewegung war, und Brun wünschte aus tiefstem Herzen, er könnte seinen Jägern das Zeichen geben, daß sie ihnen nachstellten. Als er sich umdrehte, sah er den Wald, der in der Weite der Steppe schon fast verloren wirkte, und die Wipfel hoher Nadelbäume, die aus niederem Laubblattwerk hervorstachen.

Dort am Fluß, wo er stand, stellten sich dem flachen Grasland schroff die Felszacken entgegen, die immer weiter vom Fluß fortführten. Das steilwandige Felsenband zog sich hin bis zu den grauen Geröllhalden gewaltiger gletscherweißer Berge, die gewöhnlich das Land überschatteten, jetzt aber, im Glanz der untergehenden Sonne ihre eisverkrusteten Gipfel in Rosa, Rotgold, Violett und Purpur leuchten ließen, als krönten sie funkelndes Edelgestein. Selbst Brun, den sonst nur der Nutzen eines Dinges oder eines Ereignisses kümmerte, war von der Farbenpracht beeindruckt.

Dann wandte er sich vom Fluß ab und führte seinen Clan zu dem hochaufragenden Felsenband. Dort vielleicht gab es Höhlen. Sie brauchten endlich eine Heimstätte, genauso wie die Schutzgeister, die nach einem sicheren Ort und Feuer verlangten, wenn sie nicht schon längst den Clan verlassen hatten. Sie zürnten, das Beben der Erde war der Anfang gewesen, das sechs Clan-Leute und die Höhle als Opfer genommen hatte. Und wenn man ihnen nicht bald einen festen Wohnplatz verschaffte, dann würden sie den Clan den bösen Geistern übergeben, die Krankheit brachten und das Wild vertrieben. Keiner wußte, weshalb die Unsichtbaren so zornig waren, nicht einmal der Mog-ur, der sie allabendlich mit wunderlichen Gebärden und Verrichtungen beschwor, um ihren Zorn zu besänftigen und die Ängste des Clans zu mildern. Alle waren tief beunruhigt. Doch keiner war so starken Sinnes wie Brun.

Er hatte den Clan anzuführen, und es lastete schwer auf ihm; doch Geister, nicht sichtbar und auch nicht zu greifen, diese unergründlichen Mächte mit ihren sonderlichen Wünschen, konnten ihm nicht bange machen. Er hatte es lieber mit dem zu tun, was man fühlen, riechen, schmecken, hören und sehen konnte, wo es darauf ankam, ein guter Jäger und ein guter Anführer zu sein. Nicht eine der Höhlen, die er bisher erkundet hatte, wäre als Wohnort geeignet gewesen. Jede hatte irgendeinen Mangel.

Brun geriet in immer tiefere Sorge. Kostbare warme Tage, die sie hätten ausnutzen sollen, Nahrung für die kommende Kälte zu sammeln, waren schon verschwendet worden. Vielleicht würde er bald gezwungen sein, dem Clan einfach irgendeine Höhle zuzuweisen, auch wenn es nicht die richtige war, und die Suche nach der Schneeschmelze fortzusetzen.

Aber das würde Unruhe und Verzagtheit fördern, und er hoffte zutiefst, daß es nicht so weit käme.

Während die Schatten sich vertieften, wanderten die Clan-Leute am Fuß der Felswand entlang. Als sie einen schmalen Wasserfall erreichten, dessen Gischt in den langen schrägen Strahlen der Sonne in den Farben des Regenbogens schimmerte, gab Brun Befehl anzuhalten. Müde setzten die Frauen ihre Lasten ab und schwärmten aus, um am Ufer des Beckens und an den Rändern des schmalen Baches nach angeschwemmtem Holz zu suchen.

Iza breitete ihren Fellumhang aus und legte das Kind darauf. Dann eilte sie davon, den anderen Frauen zu helfen. Sie machte sich Sorgen um das Mädchen, dessen Atem sehr flach war und das sich bis jetzt noch nicht gerührt hatte; selbst sein Stöhnen wurde immer seltener. Die ganze Zeit über hatte Iza nachgedacht, wie sie dem Kind wohl helfen könnte. Sie hatte die getrockneten Kräuter, die sie in ihrem Otterfellbeutel trug, durchgesehen und schaute sich nun, während sie Holz sammelte, aufmerksam die Pflanzen an, die in der Umgebung wuchsen. Jedes Gewächs hatte einen bestimmten Wert für sie, als heilendes oder als Nahrung, ob sie nun um seine Anwendung schon wußte oder nicht. Doch gab es kaum etwas, was sie nicht kannte.

Als sie am sumpfigen Ufer des Bächleins die langen Stengel knospender Iris entdeckte, griff sie sogleich zum Grabstock, um an die Wurzeln zu kommen. Die langen dreilappigen Hopfenblätter, die sich um einen der Bäume schlangen, schienen eine neue Möglichkeit zu bergen, doch lieber wollte sie das erprobte Pulver aus getrocknetem Hopfen verwenden, das sie bei sich hatte, die zapfenähnlichen Früchte würden ja erst später reifen. Sie schälte glatte, grau schimmernde Rinde von einem Erlenstrauch, der nahe beim Becken wuchs, und hielt die Nase daran. Die Rinde hatte einen starken Ruch. Iza nickte vor sich hin, als sie den Fund in einer Falte ihres Umhangs verschwinden ließ. Ehe sie zurücklief, pflückte sie noch ein paar Hände voll junger Kleeblätter.

Als das Holz gesammelt und die Feuerstelle vorbereitet war, enthüllte Grod, der Mann, der mit Brun die Spitze des Zuges gebildet hatte, ein Stück glühende Kohle, das, von Moos umschlossen, im hohlen Ende eines Auerochsenhornes verwahrt wurde. Zwar konnten sie Feuer machen, aber auf ihre Wanderungen durch unbekanntes Gebiet nahmen sie lieber Glut vom letzten Lagerfeuer mit, weil das viel einfacher war, als jeden Abend ein neues Feuer zu entzünden und vielleicht auch noch mit Mitteln, die dazu nicht taugten.

Während sie umhergezogen waren, hatte Grod die glühende Kohle mit ängstlichem Eifer genährt. Sie trug, da der Clan seit dem erzwungenen Aufbruch nur mit dieser Glut das Holz entzündet hatte, noch die Flammen der letzten Feuerstätte vor der alten Höhle in sich. Und das war gut so, denn der Brauch bestimmte, daß zur Weihe einer neuen Höhle das Feuer mit der gleichen Glut zu entfachen war, die ihren Ursprung in den Flammen vor der alten Behausung hatte.

Nur einem Mann von hohem Rang durfte die Aufgabe anvertraut werden, dieses wandernde Feuer zu nähren. Und wenn die Kohle ausglühte, so war das ein sicheres Zeichen, daß die Schutzgeister den Clan verlassen hatten. Dann verlöre Grod seine Stellung als Zweiter des Clans und käme auf die unterste Stufe der Männer, eine Erniedrigung, die er nicht erfahren wollte, denn sein Amt gereichte ihm zu hoher Ehre und lud ihm große Verantwortung auf.

Während Grod nun vorsichtig die Glut auf untergelegtes dürres Holz legte und hineinblies, bis die Flammen aufsprangen, machten sich auch die Frauen an die Arbeit. Mit rascher Hand häuteten sie das Wild, und wie das Feuer kräftig brannte, brutzelte auch schon das Fleisch, das, auf angespitzte grüne Äste gespießt, die quer über zwei Astgabeln lagen, unter der starken Hitze schnellstens schmorte, so daß es sehr gut den Saft hielt.

Mit den scharfkantigen Steinmessern, mit denen sie auch das Fleisch gehäutet und geschnitten hatten, schabten und zerkleinerten die Frauen nun Knollen und Wurzeln. Fest geflochtene, wasserdichte Körbe sowie rauhwandige Holzschalen wurden mit Wasser gefüllt, dann heiße Steine hineingegeben, die man, wenn sie abgekühlt waren, wieder ins Feuer legte und dann immer wieder aufs neue ins Wasser tauchte, bis es kochte. Dicke Würmer wurden geröstet und kleine Eidechsen im Ganzen gebraten, bis die zähe Haut sich schwärzte und aufsprang und das schmackhafte, gut durchgeschmorte Fleisch bloßlag.

Iza half natürlich überall mit, setzte jedoch nebenbei ein Kräftigungsmittel für das kleine Mädchen an, in einer Holzschüssel, die sie viele Jahre zuvor aus einem Klotz herausgeschnitzt hatte. Darin brachte sie Wasser zum Kochen. Sie wusch die Iriswurzeln, zerkaute sie gründlich und gab sie in das kochende Wasser. In einer zweiten Schüssel, dem muschelförmigen Teil vom

Unterkiefer des Hirsches, zerdrückte sie Kleeblätter, schüttete etwas fein zermahlenen Hopfen in ihre Hand, riß die Erlenrinde in dünne Streifen und goß kochendes Wasser darüber. Danach zerfaserte sie zwischen zwei Steinen hartes Dörrfleisch aus dem Notnahrungsbestand des Clans und vermischte das Ganze in einer dritten Schüssel mit dem Wasser, in dem das Grünzeug gekocht hatte.

Die Frau, die während der Wanderung direkt hinter Iza gegangen war, warf ab und zu einen fragenden Blick zu ihr hinüber in der Hoffnung, Iza würde von sich aus eine Antwort geben, denn alle Frauen und auch die Männer, obwohl sich diese bemühten, es nicht zu zeigen, brannten vor Neugier, das Kind zu sehen, und jeder von ihnen schuf sich einen Grund, Izas Fell nahe zu sein. Einfach unerklärlich, wie das Kind dort an die Stelle gekommen war, wo man es gefunden hatte! Und wo waren die anderen, die zu ihm gehörten? Ebenfalls ein Rätsel war, weshalb Brun erlaubt hatte, daß Iza das Kind mitnahm, das nicht zu ihresgleichen gehörte.

Ebra spürte mehr als alle anderen das Gewicht der Verantwortung, das auf Brun lastete, und bemühte sich, mit kundigen Händen des Anführers Hals und Schultern knetend, wenigstens seinen Körper zu lockern. Denn sie war es letztlich, die die hitzige Gereiztheit ihres Gefährten auszuhalten hatte, wenn sie – selten zwar, aber dann mit Macht – von Brun Besitz ergriff, den eigentlich unerschütterliche Ruhe auszeichnete. Ebra fühlte, daß seine Raserei ihm leid tat. Doch zugegeben hätte Brun das nie, über den sie sich sehr wunderte, hatte er sogar Iza erlaubt, das Kind mitzunehmen, und das gerade jetzt, wo jede absonderliche Haltung den Zorn der Geister nur noch vergrößern könnte!

So neugierig Ebra auch war, sie ging nicht hin, um Iza zu fragen, denn niemand durfte die Medizinfrau stören, wenn sie ihre Zauberkräfte ausübte. Und Iza hatte keine Lust zu müßigen Gesten. Sie war mit dem Kind beschäftigt, das ihre Hilfe brauchte. Auch Creb nahm neugierig Anteil, was ihm von seiner Schwester jedoch gern gestattet wurde.

In stummer Dankbarkeit folgte Izas Blick dem Zauberer, der zu dem besinnungslosen Kind hinüberhumpelte und es eine Weile sinnend betrachtete. Dann lehnte er seinen Stock an einen großen Felsbrocken. Seine Hand beschrieb eine Folge fließender Bewegungen. Ein Bittgesuch an die guten Geister, bei der Gesundung des Kindes zu helfen. Waren doch sie es, die ihren

Krieg und manchen Hader im Körper des Menschen austrugen, was dann als Krankheit oder Verletzung sichtbaren Ausdruck fand. Izas Heilkräfte waren der Schutzgeister Gabe, die durch sie handelten; der Zauberer jedoch konnte von sich aus mit ihnen in Verbindung treten und durfte somit bei keinem Krankenlager fehlen.

Iza hatte keine Ahnung, weshalb sie solche Sorge um ein Kind verspürte, das nicht zum Clan gehörte, aber sie wünschte, daß es am Leben bleiben möge. Als der Mog-ur zum Ende seiner Beschwörung gekommen war, nahm Iza das Mädchen in die Arme und trug es zu dem kleinen Becken am Fluß des Wasserfalls, tauchte es dort bis zum Kopf hinein und wusch den Schmutz und den verkrusteten Schlamm von dem mageren kleinen Körper. Das kühlende Wasser belebte das Kind, in dem immer noch Fieberträume rasten, so daß es wild um sich schlug und Laute ausstieß, die die Frau nie zuvor gehört hatte. Fest hielt Iza das Kind an sich gedrückt, als sie zum Lager zurückkehrte, und versuchte, es mit leisen, kehligen Murmellauten zu beruhigen.

Behutsam, doch mit der Gründlichkeit langer Erfahrung, wusch Iza die Wunden mit einem Stück weicher Kaninchenhaut, das sie in einen Sud tauchte, in welchem die Iriswurzeln gekocht hatten. Dann schöpfte sie das Wurzelfleisch ab, legte es auf die blutigen Stellen am Bein des Kindes, deckte Kaninchenhaut darüber und umwickelte das Ganze, damit nichts verrutschte, mit Hirschhaut, die in Streifen geschnitten war. Mit einem gegabelten Zweig holte die Medizinfrau dann den zerdrückten Klee, die zerfaserte Erlenrinde und zuletzt die Steine aus der Knochenschale, die neben die Schüssel mit der heißen Brühe zu liegen kamen, damit sie abkühlen konnten.

Creb deutete auf die Schüsseln, nicht um zu fragen, denn selbst ihm war das Wissenwollen über Izas Zaubermittel untersagt, sondern um zu zeigen, daß er ihr Tun achten wolle. Iza störte dies nicht, war der Bruder doch mehr als jeder andere imstande, ihr Wissen zu würdigen, gebrauchte er doch selbst einige der Kräuter, die auch sie verwendete.

»Das hier wird die bösen Geister vernichten, die Vergiftung bringen«, bedeutete ihm Iza und wies auf den reinigenden Sud aus Iriswurzeln. »Und hiervon die Wurzeln auf die Wunde gelegt, zieht das Gift heraus.« Sie nahm die knöcherne Schüssel, tauchte einen Finger hinein und prüfte, wie heiß der Aufguß noch war. »Schau, der Klee hier stärkt das Herz, damit die Kleine sich gegen die bösen Geister zu wehren vermag.«

Hin und wieder verwendete Iza Gesprochenes, um sich mitzuteilen, besonders aber dann, um dem, was sie meinte, Gewicht zu verleihen, denn die Clan-Leute waren nicht imstande, so unterschiedliche und fein abgestufte Laute oder Verbindungen von Lauten zu artikulieren, als daß man hätte sagen können, sie hätten eine Sprache, die, vom Ohr erhört, in ihrem Sinn entschlüsselt würde. Nein, diese nicht. Vielmehr drückten sie das, was sie mitteilen wollten, häufiger durch Gesten und Bewegungen aus, doch ihre Zeichensprache war umfassend und reich an Bedeutungsmöglichkeiten.

»Klee ist Nahrung. Wir essen ihn oft«, machte Crebs Hand.

»Ja«, nickte Iza, »auch heute. Des Zaubers Kraft liegt in der Zubereitung. Ein großes Büschel Klee wird in wenig Wasser gekocht. Ihm wird entzogen, was nötig ist. Die Blätter werden weggeworfen.«

Creb nickte bezeichnend.

»Erlenrinde«, deutete sie an, »reinigt das Blut und treibt die bösen Geister aus, die es vergiften.«

»Du hast aber etwas aus dem Beutel da genommen.«

»Ja, gemahlenen Hopfen; hier, die reifen Zapfen mit den feinen Härchen. Das beruhigt, und sie kann schlafen. Denn während die Geister miteinander kämpfen, braucht sie Ruhe«, machte Iza und deutete auf das Mädchen.

Creb nickte wieder bedächtig. Daß Hopfen schnellen und tiefen Schlaf brachte und – anders bereitet – auch milde Wirbel im Kopf, und den ganzen Körper leichter machte, wußte auch er. Obwohl auf Izas Zubereitungen immer neugierig, verriet er nur selten freiwillig etwas über die Art, wie er die Zauberkraft der Kräuter einsetzte. Dieses Wissen war geheim, nur den Mog-urs und ihren Gehilfen gestattet. Für Frauen war es nicht bestimmt, nicht einmal für Medizinfrauen. Zwar wußte Iza mehr über die wundersamen Kräfte von Pflanzen als er, und es stand zu befürchten, daß sie allzuviel erriet, aber es konnte auch nichts Gutes bringen, wenn sie sich zuviel über seine Kunst merkte.

»Und die andere Schüssel?« Sein Armstumpf hob sich in deren Richtung.

»Da ist nur Brühe drin. Das arme Kind ist ja halb verhungert. Was ihm wohl geschehen ist? Woher kommt es? Wo sind seine Leute? Es muß viele Tage allein umhergewandert sein.«

»Das wissen die Geister«, antwortete Mog-ur. »Glaubst du, dein Heilzauber wird bei ihr wirken? Sie gehört nicht zum Clan.«

»Ich glaube schon. Die Fremdlinge sind uns ähnlich. Mutter hat uns doch von dem Mann erzählt und seinem gebrochenen Arm, den ihre Mutter dann geheilt hat. Und bei ihm wirkte der Clan-Zauber auch, wenn es auch etwas länger dauerte, bis er nach dem Schlafmittel wieder die Augen aufschlug.«

»Es ist traurig, daß du sie nie gesehen hast, Iza, die Mutter unserer Mutter. Sie war eine gute Medizinfrau. Auch Leute anderer Clans sind zu ihr gekommen. Jammervoll, daß sie so bald von uns ging, nachdem sie unsere Mutter geboren hatte, und in das Reich der Geister kam. Sie und auch der Mog-ur vor mir haben selbst von diesem Mann erzählt, der eine Weile blieb, nachdem er wieder laufen konnte. Er jagte mit dem Clan; muß ein guter Jäger gewesen sein, denn er durfte sogar an einem Jagdfest tanzen. Ja, es ist wahr, es sind Menschen – Erdlinge wie wir – aber sie sind anders.«

Der Mog-ur ließ den Arm sinken. Iza war viel zu scharfsinnig, als daß er ohne Preisgabe seiner Stellung weitermachen konnte, denn für Iza wäre es leicht gewesen, sich ein Bild von den geheimen Ritualen der Männer zu machen.

Crebs Schwester prüfte noch einmal den Inhalt ihrer Schüsseln, dann legte sie den Kopf des Kindes in ihren Schoß und flößte ihm in winzigen Schlucken das Gebräu aus der Beinschüssel ein. Das Kind murmelte abgerissene Worte und versuchte, sich gegen das Bittere in seinem Munde zu wehren, aber sein ausgehungerter Körper gierte nach Nahrung. Iza hielt das Mädchen solange im Schoß, bis es in einen tiefen Schlaf sank, tastete prüfend nach der Kleinen Herz, das jetzt gleichmäßiger schlug, legte ihr Ohr an den Mund des Kindes und hörte, wie die Luft ruhig ein- und ausging. Sie hatte getan, was in ihrer Macht stand. Wenn der Tod dem Kind nicht schon zu nahe war, gab es Hoffnung; nur noch die Geister konnten helfen.

Iza sah, wie Brun sich zu ihr auf den Weg machte. Mißvergnügt schaute er zu ihr, so daß sie hastig aufsprang und den Frauen zur Hand ging. Seit seiner Entscheidung hatte er nicht mehr an das fremde Kind gedacht, jetzt aber stiegen in ihm düstere Bilder auf. Zwar war es Sitte, die Augen abzuwenden, wenn andere miteinander sprachen, aber es war wirklich augenfällig, was den Clan bewegte. Die Verwunderung der ihm Anvertrauten über die Erlaubnis Iza gegenüber, das Kind mitzunehmen, weckte nun auch in ihm ein Gefühl der Unsicherheit, und es regte sich die Furcht, daß der Zorn der Geister durch den Findling noch genährt werden könnte. Dies wollte er seiner

Schwester klarmachen und zu ihr hinübergehen, als Creb ihn zurückhielt.

»Was gibt's, Brun? Dein Gesicht ist voll Sorge.«

»Iza muß das Kind hierlassen, Mog-ur. Es gehört nicht zum Clan. Die Geister zürnen, wenn es bei uns ist und wir nach einer neuen Höhle suchen. Ich hätte Iza nicht erlauben sollen, es mitzunehmen.«

»Nein, Brun«, entgegnete der Mog-ur. »Schutzgeister werden durch Güte nicht erzürnt. Du kennst Iza. Sie kann es einfach nicht ertragen, ein Geschöpf leiden zu sehen, ohne zu versuchen, ihm zu helfen. Und die Geister kennen sie doch auch. Wenn sie nicht wünschten, daß Iza dem Kind hilft, dann hätten sie es ihr nicht auf den Weg gelegt. Das Kind mag vielleicht dennoch sterben, Brun, aber wenn der Große Bär es in die Welt der Geister rufen will, dann laß das seine Entscheidung sein. Rühre du jetzt nicht daran. Das Kind wird sterben, wenn wir es zurücklassen.«

Brun war noch nicht überzeugt; etwas an dem Kind machte ihn unruhig. Doch er unterwarf sich des Mog-urs größerem Wissen um die Geister und ihr Reich und gab Ruhe.

Nach dem Verzehr hockte Creb in Schweigen versunken da und wartete auf die anderen, bis auch sie fertig waren; erst dann würde er mit den allabendlichen Beschwörungen der Geister beginnen. Inzwischen richtete Iza für den Bruder den Schlafplatz und bereitete einiges für den nächsten Tag. Der Mog-ur hatte bestimmt, daß Männer und Frauen nicht Leib an Leib liegen durften, solange keine neue Höhle gefunden war, damit die Manneskraft den Ritualen gelte und allen das Gefühl gegeben wurde, sie leisteten etwas, das sie einer neuen Heimstatt näherbrachte.

Iza berührte das nicht sonderlich. Sie hatte einen Gefährten gehabt – er war bei dem Einsturz der Höhle ums Leben gekommen – und bei seiner Bestattung mit dem üblichen Schmerz um ihn getrauert; es hätte Unglück gebracht, anders zu handeln; aber sie war nicht betrübt über seinen Tod, denn er war grausam gewesen und nie zufriedenzustellen. Zuneigung hatte es zwischen ihnen nie gegeben, und sie wußte nicht, was Brun über sie beschließen würde, jetzt, wo sie allein war. Denn jemand würde für sie und das Kind, das sie in sich trug, sorgen müssen. Für Creb hätte sie gerne weitergekocht.

Er hatte von Anfang an ihr Feuer geteilt und zu verstehen gegeben, daß er ihren Gefährten ebenso wenig mochte wie sie, wenn er sich auch niemals in die Schwierigkeiten ihrer Verbindung eingemischt hatte. Schon immer galt ihr es als Ehre, für den Mog-ur zu kochen; aber es war noch mehr. Sie mochte ihren Bruder nach und nach so, wie die anderen Frauen ihren Gefährten mochten.

Iza bedauerte Creb manchmal, der eine eigene Gefährtin hätte haben können. Doch sie wußte, daß trotz seiner großen Zaubermacht und hohen Stellung im Clan keine Frau je seinen mißgestalteten Körper und sein vernarbtes Gesicht ohne Abscheu ansah, und sie war sicher, daß auch er es wußte. So nahm er niemals eine Gefährtin; auch nicht mit dem Körper, was ihm zusätzliche Achtung verschaffte. Jeder, vielleicht außer Brun, fürchtete den Mog-ur. Nur Iza nicht, die, seit sie da war, Crebs Sanftmut und Empfindsamkeit erfahren hatte, als eine Seite seines Wesens, die er selten offen zeigte.

Und eben diese Seite regte sich nun wieder; denn statt seinen Geist ganz auf die heilige Handlung zu richten, war der Mog-ur bei dem kleinen Mädchen. Schon immer war er begierig gewesen, etwas über die Leute dieser Art zu erfahren, aber die Clan-Gefährten gingen den Fremdlingen möglichst aus dem Weg, und nie zuvor hatte er eines ihrer Kinder gesehen. Er konnte nicht wissen, daß dieses Beben der Erde das Kind zur Waise gemacht hatte, doch es überraschte ihn, daß die anderen so nahe waren. Gewöhnlich hielten sie sich viel weiter unten im Land auf, dort, wo es in der warmen Zeit viel länger hell blieb als hier oben.

Er sah, wie einige Männer aufstanden, um den Lagerplatz zu verlassen. Er stemmte seinen Stock in die Erde und zog sich daran hoch; es galt, die Vorbereitungen zu überwachen, denn das Ritual war der Männer Vorrecht und Pflicht zugleich. Selten genug gab es für die Frauen Gelegenheit, an den Beschwörungen teilzuhaben, und von dieser waren sie gänzlich ausgeschlossen. Größtes Unheil wäre über den Clan gekommen, hätte eine Frau je die geheimen Handlungen der Männer beobachtet; die Schutzgeister wären vertrieben, der ganze Clan dem Tod geweiht.

Doch die Gefahr, daß dieses Ungeheuerliche geschehen würde, war gering. Niemals wäre es einer Frau in den Sinn gekommen, sich auch nur in die Nähe eines so bedeutsamen Ereignisses zu wagen. Davon abgesehen war die Abwesenheit der Männer eigentlich hochwillkommen, konnte man doch endlich einmal ausspannen und machen, was man wollte, ohne gleich von ihnen zu einer Arbeit oder der Vereinigung der Körper gezwungen zu werden, was besonders mühsam wurde, wenn die Männer in der jagdarmen Zeit beim Clan waren und dann, voller Unrast und äußerst reizbar, das Jagdpech die Gefährtinnen entgelten ließen. Auch die Frauen wünschten sich von Herzen, daß man endlich eine neue Höhle fände; sie hätten gerne geholfen, aber zu befehlen oder zu fordern, wohin es gehen sollte, war ihnen verwehrt. Brun bestimmte die Richtung.

Die Frauen wurden nicht um Rat gefragt. Sie vertrauten den Männern, die führten, die Verantwortung übernahmen und Entscheidungen trafen. Zu einer Veränderung dieser Aufteilung der Arbeit und der Macht war man schon seit langem nicht mehr fähig. Gepflogenheiten, die vor Tausenden von Sommern und Wintern angenommen worden waren, lagen jetzt im Körper beschlossen. Männer wie Frauen fanden sich kampflos damit ab; in Unvermögen erstarrt, würde es ihnen nie gelingen, aus ihrer Haut herauszukommen und sich an das Neue heranzumachen.

Nachdem die Männer nun gegangen waren, versammelten sich die Frauen um Ebra und hofften, auch Iza würde sich zu ihnen hocken, damit endlich ihre Neugier gestillt würde. Doch die Medizinfrau fühlte sich wie erschlagen; erschöpft blieb sie bei dem Kind, das sie nicht allein lassen wollte. Sie legte sich daneben und schlang zärtlich ihr Fell um das schlafende Mädchen, das sie im flackernden Licht des sterbenden Feuers wie gebannt beobachtete. Seltsam, dieses kleine Ding, fand sie. Recht häßlich eigentlich. So ein flaches Gesicht unter der hohen gewölbten Stirn, und die Nase nur ein kleiner Stumpf . . . Und dieser merkwürdige knochige Auswuchs unter dem Mund . . . Dabei bewegte Iza die Lippen, als spräche sie zu sich selbst. Wie alt sie wohl ist? Sie ist so groß, das täuscht. Und so mager. Man kann ja die Knochen fühlen, ging ihr durch den Kopf. Beschützend legte sie ihren Arm um den Findling.

Der Mog-ur trat etwas zurück, als die Männer eintrafen. Jeder suchte sich seinen Platz hinter einem der Steine, die ringförmig innerhalb eines größeren Kreises von Fackeln angeordnet waren. Sie befanden sich auf freiem Feld, fern vom Lagerplatz. Der Zauberer wartete, bis alle Männer sich gesetzt hatten. Nach einer Weile trat er in die Mitte des Steinkreises, in der Hand einen brennenden Stab wohlriechenden Holzes. An der Stelle, wo nur sein Stock im Boden stak, drückte er die kleine Fackel in die Erde.

Hochaufgerichtet stand er in der Mitte des Kreises. Über die Köpfe der sitzenden Männer hinweg sah er mit träumerischem, schwimmendem Blick in dunkle Fernen, als schaute er mit seinem einen Auge eine Welt, für die anderen nie zu erblicken. Mit seinem schweren Umhang aus der Haut des Höhlenbären war er eine fast beängstigende und seltsam unwirkliche Gestalt. Ein Mensch und doch kein Mensch, mit seinem zerschundenen Körper und dem entstellten Gesicht; nicht mehr und nicht weniger, einfach anders. Aber gerade seine Mißgestalt verlieh ihm etwas Übernatürliches, das niemals ehrfurchtgebietender wirkte als in solchen Augenblicken.

Plötzlich brachte er mit einer blitzschnellen Handbewegung einen Schädel zum Vorschein. Mit dem kräftigen linken Arm hielt er ihn hoch über seinen Kopf und drehte sich langsam im Kreis, so daß ein jeder die klobige, hoch aufgewölbte Form sehen konnte. Der Schädel des Bären! Die Männer starrten ihn an, der im flackernden Fackellicht weiß leuchtete. Der Mog-ur setzte ihn vor der kleinen Fackel auf den Boden, ließ sich dahinter nieder und schloß den Kreis.

Ein junger Mann, der neben ihm saß, erhob sich und griff nach einer Holzschale. Goov hieß dieser, der, man hatte kurz vor dem Erdbeben ihn feierlich zum Manne gemacht, schon als Junge zum Gehilfen des Mog-ur bestimmt war und diesem schon oft bei seinen Vorbereitungen geholfen hatte. Doch erst jetzt war es ihm erlaubt, an den Kulthandlungen selbst teilzunehmen. Bevor sie aufgebrochen waren, eine neue Höhle zu suchen, hatte er es zum ersten Mal gedurft.

Für Goov würde der Einzug in eine neue Höhle von besonderer Bedeutung sein, denn hierbei könnte er dem großen Mog-ur selbst über die Schulter sehen und sich die Feinheiten einprägen, die zu diesen selten vorgenommenen und schwer zu beschreibenden heiligen Handlungen gehörten. Als Kind war ihm der Zauberer furchtbar erschienen, wenn er auch gespürt hatte, daß es zur Ehre gereichte, erkoren zu werden. Seitdem hatte der junge Mann nach und nach erfahren, daß der Krüppel nicht nur der hellsichtigste Mog-ur war, den er kannte, sondern daß sich hinter seiner herben Strenge auch etwas Gütiges und Sanftes verbarg. Deshalb achtete Goov ihn als Vorbild und liebte ihn.

Vorhin, als Brun Befehl zum Halten gegeben hatte und ihm die untergehende Sonne gerade noch genügend Licht hinterließ, hatte der junge Mann den Trank zubereitet, der sich jetzt in der Kultschale befand. Zwischen zwei Steinen mußte man zunächst ganze Daturapflanzen zerstampfen. Und dann kam das Schwierige, nämlich Menge und Verhältnis von Blättern und Stengeln und zu Blüten richtig abzuschätzen. Danach war kochendes Wasser darüberzugießen, und dann hatte das Gebräu so lange zu ziehen, bis die heilige Handlung begann.

Unmittelbar bevor der Mog-ur in den Kreis getreten war, hatte Goov den starken Daturasud über seine gespreizten Finger gegossen und in die Kultschale fließen lassen und erhoffte ängstlich das zustimmende Nicken des Zauberers. Goov hielt die Schale, während der Mog-ur einen kleinen Schluck nahm, beifällig nickte und dann trank. Erleichtert und stolz vor Freude trug Goov, der Rangordnung der Männer folgend, die Schale reihum. Zuerst zu Brun. Jedem hielt er das Gefäß an den Mund, bestimmte die Menge, die zu trinken war, und leerte als letzter die Schale.

Der Mog-ur wartete, bis sein Gehilfe sich gesetzt hatte; dann gab er das Zeichen. Mit den stumpfen Enden ihrer Speere begannen die Männer rhythmisch auf den Boden zu klopfen. Das stetige dumpfe Pochen der Speere steigerte sich, bis kein anderes Geräusch mehr zu hören war. Das dröhnende Auf und Ab der Speerschäfte bannte die Hirne der Männer, die plötzlich aufsprangen und sich hin und her bewegten, bis auf den Zauberer, der unverwandt auf den Schädel starrte. Sein brennender Blick zwang die Augen der Männer auf den heiligen Bärenschädel. Als die Gesichter der Männer in zitternder Erregung sich verzerrten und auf ihren Körpern Wasserperlen funkelten, blickte Creb zu seinem Bruder, dem Mann, der den Clan führte, und jetzt vor dem Schädel niedersank.

»Geist des Bisons, Zeichen des Brun«, begann der Mog-ur und vollführte mit der einen Hand eine rasche Folge gewellter, verschlungener und zerhackter Bewegungen, ohne ein weiteres Wort als »Brun« hervorzustoßen, die überkommene und wesensmäßige Weise, in der mit Geistern, aber auch mit anderen Clans Verbindung aufgenommen wurde. Inständig beschwor er den Geist des Bisons, ihnen alles Böse zu vergeben, das sie vielleicht getan und welches ihn erzürnt hatte, und erflehte seine Hilfe.

Dieser Mann, er zeigte auf Brun, habe doch die Geister immer geehrt und stets die Gebräuche des Clans beachtet. Er sei ein starker Führer, klug und gerecht, ein guter Jäger, kümmere sich um alles, sei doch ein besonnener Mann, des mächtigen Bisons würdig. Er, der große Geist, solle sich nicht abwenden, sondern

Brun zu einer neuen Höhle führen, zu einem Ort, wo auch er zufrieden sei.

Danach richtete der Mog-ur seine Augen auf den Zweiten des Clans. Als Brun wie betäubt auf seinen Platz zurückwich, sank Grod vor dem Schädel des Höhlenbären in die Knie und hob die Hand zur Beschwörung, die noch nie Frauen widerfahren war, da sie nicht zu wissen hatten, daß ihre Männer, die stets vermeinten, unerschütterliche Kraft zu zeigen, die Geister genauso flehentlich baten, wie die Frauen oft die Männer.

»Geist des Braunbären, Zeichen des Grod«, begann der Mog-ur von neuem und heischte behend um die Gunst dieses Geistes. Und so wurde das Zeichen des Geistes eines jeden Mannes angerufen. Als die Reihe um war, hielt der Mog-ur den Blick wieder auf den Schädel gerichtet; die Männer stampften wieder mit ihren Speeren auf den Boden; ein neuerliches Zittern durchlief die gedrungenen Körper.

Alle wußten sie, was nun kommen würde. Nicht das Hirn, der Körper zeigte ihnen an, was Abend für Abend zu geschehen hatte und dennoch mit unverhohlener Begier erwartet wurde: Der Mog-ur würde den Geist des Bären rufen, sein eigenes Zeichen, jenen unter den Geistern, den sie am meisten verehrten.

Der Höhlenbär war nicht nur des Mog-urs Zeichen, er war das Zeichen aller; der mächtigste aller Geister, der höchste Beschützer, und mehr als das. Durch ihn fühlten die Clan-Leute sich eingebunden in die Gemeinschaft derer, die wie sie waren. Indem sie verehrten, was ihnen gemeinsam war, waren sie vereint und spürten die Kraft, welche all die kleinen, verstreut lebenden Clans zusammenfügen konnte, den großen Clan des Bären.

Mit einem Mal – und weit ausholend – gab der einäugige Zauberer das Zeichen. Schnell ließen die Männer ihre Speere sinken und setzten sich hinter ihre Steine, doch das schwere Gedröhn pulste noch durch ihre Adern und hämmerte in den Köpfen.

Der Mog-ur griff in einen kleinen Beutel und entnahm ihm getrocknete Bärlappsporen. Dann hielt er die Hand über die kleine Fackel, beugte sich vor und blies in die Flamme. Regengleich prasselten die Sporen in das Feuer, flammten auf und taumelten im grellweißen Lichtschein rings um den Bärenschädel zu Boden.

Der Bärenschädel leuchtete auf und gewann an Leben für die Männer, deren Sinne die Daturapflanze getrübt hatte. Die hohle Klage einer Eule trieb ihnen Schauer über den Rücken.

Machtvoll hob der Mog-ur an zu deuten und mit beredten Zeichen den Geist zu beschwören, seinem Clan eine neue Höhle zu geben, so wie einst der Höhlenbär den Groß-Clan gelehrt hatte, in Höhlen zu leben und Felle zu tragen. Auch schützen solle er den Clan, vor dem grimmen Geist des Winters und der weißen Berge, der Stürme und der Kältnis. Erhören möge er die Bitte seines Clans, jetzt, wo er ruhelos und ohne Schutz war, ihn vor dem Bösen zu bewahren und ihn nicht zu verlassen.

Er hätte sie doch immer schon geführt, von Anfang an, und alles sei durch ihn bestimmt. Und plötzlich legte der mächtige Mog-ur die gesunde Hand über die buschigen Augenwülste und versank in starrem Schweigen. Sein Hirn bewegte sich. Es sah. Zurück und nach vorne. Den Anfang und das Ende. Crebs Hirn schichtete Erfahrungen wie Steine so schwer und suchte sie zu verbinden. Es dachte in ihm. Eigentlich waren diese Erdlinge sehr einfach im Kopf. Sie hatten dort ein massiges Gehirn sitzen, größer als das aller anderen ihrer Art vor ihnen und noch Kommender. Sie waren einzigartig, die höchste Ausformung einer Hominidenart, deren Gehirn sich im Hinterhaupt entwikkelt hatte, wo der Gesichtssinn sitzt, die Wahrnehmungen des Fühlens, Hörens und Schmeckens gebündelt werden, das Denken erfolgt und dort auch als Gedachtes gespeichert wird. Diese Fähigkeit machte sie zu außergewöhnlichen Geschöpfen, die hinter ihren flachen, fliehenden Stirnplatten das bewußte Wissen vom Urverhalten entwickelt und verfügbar hatten. Jedoch nicht nur die eigenen Erinnerungen lagen dort, sondern sie konnten auch die Erinnerungen derer, die vor ihnen da waren, in sich wachrufen. Und noch ein weiterer Gedankenschritt war möglich. Manche konnten auf gemeinsam Erfahrenes zurückgreifen, sich der Entwicklung ihrer eigenen Art erinnern, und wenn sie tief in sich hineinblickten, konnten sie diese Erinnerung, die bei ihnen allen die gleiche war, verschmelzen und geistig eins miteinander werden.

Und eben dieses Vermögen war im Gehirn des zernarbten, krüppligen Zauberers vollendet entwickelt. Creb, der sanfte, behinderte Creb, dessen übergroßes Gehirn im Kopf die Entstellung seines Körpers verschuldet hatte, hatte als Mog-ur gelernt, die Macht eben dieses Hirnes zu gebrauchen, das er einsetzte, um die Gefährten in der Runde, von denen doch jeder mit sich alleine war, zu einem Geist, zu einem Fühlen zu verschmelzen und dann zu lenken bis hin in die Vergangenheit ihrer Art, wo sie mit ihren Vorfahren eins werden konnten. Er war der Mog-ur. Er besaß wahre Macht – und nicht die Macht des Scheins, die sich nur auf Lichtzauberei oder durch berauschende Mittel erzeugte Verwirrung des Kopfes verstand. Für Creb war dieses nur Beiwerk, eine Einstimmung der Männer auf den Weg, den er sie führen würde.

Und dann durchlebten sie in dieser stillen, von fernen Himmelslichtern erleuchteten Nacht Visionen, die einfach nicht beschrieben werden können, denn sie sahen diese Bilder nicht nur, sondern sie fühlten sie auch in sich, wie sie aufstiegen aus dem Nebel der Erinnerung, der Ahnung und des Unbewußten, mählich zu Vorstellungen gerannen und faßbar wurden. In den Tiefen ihres Geistes fanden sie die unentwickelten Gehirne, sie sahen sich als Meeresgeschöpfe, die in ihrem warmen, salzreichen Lebenselement dahintrieben, sie durchstanden den Schmerz ihres ersten Atemzugs an der Luft, sie kämpften den Kampf der Zweielementigen, als diese sich zu Wasser und zu Land bewegen lernten.

Da der Höhlenbär das alle verbindende Zeichen war, beschwor der Mog-ur ein Urwesen, das beide Arten, die säugenden Tiere und die Menschen, und zahllose andere hervorgebracht hatte, und verschmolz die Sinne der Männer mit den Anfängen des Bären. Und indem sie die Zeiten durchlebten, als sich die Berge falteten und Feuer spieen, Kälte das Land umklammert hielt, das sich vom Wasser geschieden hatte, traten sie nach und nach in den Körper eines jeden ihrer Vorfahren und wurden jener gewahr, die sich abspalteten und andere Formen bildeten. Es war ihnen, als seien sie ein Teil allen Lebens auf der Erde; und die Ehrfurcht, die daraus erwuchs, selbst für die Tiere, die sie töteten und von denen sie sich nährten, legte den Grund für die geistige Einheit mit ihren Zeichen. Auf diese Weise durchmaßen sie die Zeiten, und erst als sie der ihren nahe kamen, spalteten sie sich auf und wurden ihre Ahnen und schließlich wieder sie selbst. Das alles dauerte eine ganze Ewigkeit, dabei war doch nur eine kurze Zeit verstrichen. Als die Männer – einer nach dem anderen – zu sich selbst zurückgekehrt waren, standen sie leise auf und gingen davon. Sie wickelten sich in ihre Felle und fielen in einen tiefen Schlaf ohne Träume, denn die waren schon verbraucht.

Der Mog-ur war der letzte. Einsam und versunken saß er da. Ja, zwar waren sie fähig, die Leute des Clans, das Vergangene in seiner ganzen Tiefe zu erleben und zu versinken in die Bilder ihrer Abkunft. Doch war da eine Grenze, die Creb spürte, die andere aber nie sehen würden: Sie konnten nicht vorausblicken. Nur er allein hatte eine Ahnung dieser Möglichkeit.

Nur der Mog-ur war sich bewußt, daß das Gegenwärtige das Vergangene vom Kommenden unterschied. Nur er begriff, daß die Leute des Clans nichts Neues schaffen konnten, für das Übermorgen nicht zu planen, nicht vorauszusehen vermochten. All das, was sie im Kopf oder in ihren Händen hatten, war eine Wiederholung dessen, was schon früher getan worden war. Selbst das Vorratsammeln für die kargen Zeiten kam letztlich aus vergangener Erfahrung.

Doch einmal hatte es die Zeit gegeben – schon lange war es her –, als Neues weniger zögernd in die Köpfe kam. Da war ein Stein gefunden worden, zersprungen, scharfkantig und sehr wohl geeignet, das Weichere mit Leichtigkeit zu schneiden; man dachte sich, daß dieses auch mit Absicht herzustellen sei, und schlug das Steinzeug so in Form, daß man's als Werkzeug nutzen konnte. Da war das warme Ende eines Stocks, gezwirbelt zwischen flachen Händen, aus Neugier, ob's noch wärmer würde, noch rascher bewegt worden und noch länger, bis das trockene Gras drumherum sich kräuselte, zu rauchen begann und plötzlich brannte. Doch mit der Fülle der Erinnerungen, die ihre Hirne ausweiteten, nahm die Fähigkeit dieser Menschen zur Veränderung rasch ab. Es war kein Raum mehr für neue Einfälle, für Erfundenes, was man im Kopf hätte behalten müssen; auch waren ihre Schädel schon zu groß, und die Frauen taten sich schwer beim Gebären.

Das Leben der Clan-Leute war unveränderlich. Vom ersten Lichtblick an bis zum Eintritt in das Reich der Geister war alles durch die Vergangenheit bestimmt und eingegrenzt. Es war ein Versuch zu überleben, unbewußt und ungeplant, als letzte Kraftanstrengung der Natur, diese eine Art von Menschen nicht aus sich heraus sterben zu lassen. Doch eigentlich umsonst! Die Veränderung um sie herum war nicht mehr aufzuhalten; sie geschah einfach. Und Widerstand dagegen war tödlich, dem Überleben entgegengerichtet.

Es machte den Clan-Leuten Mühe, sich anzupassen. Erfindungen gab es nur zufällige, und häufig wurden sie nicht genützt. Und wenn man etwas erlebte, das neu war, konnte das zwar dem Hirn vermittelt werden, aber jede Veränderung hieran vollzog sich nur langsam und mühselig. War ihnen die Natur jedoch einmal aufgezwungen, so folgten sie starr der neuen Richtung. Und weil sie nicht lernen konnten, ließen sie sich leiten. Doch diese Art war nicht gerüstet für ein Überleben in der Welt um sie herum, die sich ständig wandelte. Sie hatten nichts im Kopf, was sie in eine andere Richtung hätte lenken können. Dieses würde einer anderen Art des Menschen vorbehalten bleiben, deren Hirn vielschichtiger wäre und auf das Zukünftige gerichtet.

Während der Mog-ur sinnend bei den Steinen saß und zusah, wie die letzte Fackel blaffend erlosch, entstand vor ihm das Bild des Findelkindes, das Iza mitgenommen hatte. Seine Unruhe wuchs sich zu einem körperlichen Unbehagen aus. Menschen seiner Art war man schon früher begegnet. Nicht viele dieser zufälligen Begegnungen waren gut verlaufen. Woher sie gekommen waren, diese Fremdlinge, war ihm unerklärlich. Was er wußte, war, daß sie Neulinge waren im Land und daß es seitdem anders war hier, wo der Clan sich befand. Und es schien ihm, daß sie die Veränderung mit sich brächten.

Creb schüttelte sich, als könne er loswerden, was ihn bedrückte, hüllte den Schädel des Bären sorgfältig in seinen Umhang, langte nach seinem Stock und hinkte davon.

3

Das Kind wälzte sich herum und stöhnte.

»Mutter«, schrie es und fuchtelte wild mit den Armen, und nochmals, lauter: »Mutter!«

Leise vor sich hinmurmelnd zog Iza das angstgepeinigte Wesen an sich. Die wärmende Nähe der Frau und die beruhigenden Laute durchdrangen seine Fieberträume und trösteten die Kleine, die sich bisher rastlos hin und her geworfen und Iza mit ihrem Gestöhn und fieberirren Geplapper immer wieder geweckt hatte. Diese Laute waren seltsam, so anders als das, was die Clan-Leute herausbrachten. Dem Kind kamen sie leicht über die Lippen, fließend, und ein Laut schwang sich zum nächsten. Iza hätte das nicht nachmachen können, denn ihre Ohren waren nicht darauf vorbereitet, diese feineren Schwingungen des Tons und seine Verschleifungen aufzunehmen. Doch was ihr auffiel, war die besondere Folge von Lauten, die immer wieder zu hören war. Iza war sicher, daß dies ein Name sei, der jemandem gehörte, der dem Kind sehr nahe gewesen war. Doch als sie spürte, daß durch sie die Kleine getröstet war, begann sie es zu ahnen.

Eigentlich kann sie noch nicht sehr alt sein, dachte Iza. Nicht einmal wie man Nahrung sucht, hat sie gewußt. Wie lange sie wohl schon alleine war? Was ihr denn zugestoßen sein mag? War's vielleicht auch das fürchterliche Beben der Erde gewesen? Ob sie schon lange so allein umherlief? Und wie war sie dem Höhlenlöwen entkommen, ohne mehr als diese Prankenhiebe abbekommen zu haben? Mächtige Geister müssen sie beschützen, dachte Iza.

Der Tagesanbruch näherte sich, und es war noch dunkel, als die Hitze im Körper des Kindes etwas absank. Iza drückte die schweißgebadete Kleine fest an ihre Brust und freute sich. Wenig später erwachte das Mädchen, verwirrt, und schaute auf und wußte nicht, wo es lag, denn ringsum war Finsternis. Sie spürte die weiche Fülle der Frau, die nach Milch roch und Kräutern, schloß wieder die Augen und fiel in einen ruhigeren Schlaf.

Als der Himmel erblaßte und der schwache Schimmer des Tages die Bäume scharf umriß, kroch Iza leise unter dem warmen Fell hervor, schürte das Feuer und legte Holz nach. Dann ging sie zu dem kleinen Bach, füllte eine Schale mit dem klaren Wasser und schälte Rinde von einer nahen Weide. Einen Augenblick lang verharrte sie, umfaßte ihr Amulett und dankte den Geistern, daß sie die Weidenbäume hatten wachsen lassen, so üppig gar, und ihnen eine heilende Rinde gegeben. Gegen Schmerzen kannte sie stärker wirkende Mittel, doch diese schläferten auch die Sinne ein. Die wohltätige Rinde der Weide jedoch betäubte nur den Schmerz und senkte das Fieber.

Einige Frauen und Männer fingen an, sich aus den Fellen zu schälen, als Iza schon am Feuer saß und kleine heiße Steine in die Schale mit dem Wasser und der Weidenrinde tauchte. Als der Trank fertig war, trug sie ihn zum Fell. Sorgsam stellte sie die Schale in eine kleine Mulde im Boden, die sie dort ausgehoben hatte, dann legte sie sich daneben und betrachtete das Kind aufmerksam, dessen Atem tief und regelmäßig war. Das ungewöhnlich feingestaltete Gesicht fesselte die Frau und ließ sie genauer hinsehen. Da war die Röte des Sonnenbrands einer leichten Bräunung gewichen, und nur auf dem Rücken der kleinen Nase schälte sich die Haut.

Schon einmal hatte Iza einen Erdling dieser Art gesehen, aber nur von weitem. Die Clan-Frauen waren immer vor ihm weggelaufen und hatten sich versteckt. Bei Zusammenkünften der Clans hatte man von häßlichen Zwischenfällen bei zufälligen

Begegnungen zwischen den Clan-Leuten und den anderen erzählt, denen man tunlichst aus dem Weg ging. Frauen insbesondere war es nicht erlaubt, mit den Fremdlingen in Berührung zu kommen. Doch die Erfahrung ihres eigenen Clans war nicht ungut gewesen. Iza erinnerte sich, mit Creb über den Mann gesprochen zu haben, der vor langer Zeit mit einem gebrochenen Arm in ihre Höhle hereingetorkelt war, vor Schmerz beinah von Sinnen.

Ein wenig hatte er verstanden, sich ihnen mitzuteilen, aber sein Gebaren war sonderbar. Er unterhielt sich ebenso gern mit den Frauen wie mit den Männern und brachte vor allem der Medizinfrau große Achtung entgegen, beinahe Verehrung, was der Anerkennung durch die Clan-Gefährten keinen Abbruch tat. Während Iza so dalag und das Kind beobachtete, kamen ihr Fragen über Fragen. Langsam kroch die Sonne hinter dem Horizont hervor und strich mit einem ihrer Strahlen über das Gesicht des Kindes, das plötzlich die Augen aufschlug und in ein Paar große braune Augen blickte, die in einem vorgebauten, schnauzenähnlichen Gesicht tief unter wulstigen Brauenbögen saßen.

Die Kleine schrie vor Entsetzen auf und drückte die Augen wieder zu. Iza zog sie noch näher an sich; sie spürte, wie der abgemagerte, kleine Körper vor Angst zitterte, und brummte beruhigend. Irgendwie waren diese Laute dem Kind vertraut, vertrauter aber war die tröstliche Wärme der Frau. Und so allmählich verlief sich das Zittern. Langsam öffnete das Mädchen die Augen einen winzigen Spalt breit und blickte auf Iza. Doch diesmal schrie es nicht, öffnete die Augen ganz und starrte auf das angsteinflößende, fremde Gesicht der Frau.

Auch Iza starrte voller Verwunderung auf das Kind. Nie zuvor hatte sie Augen von der Farbe des wolkenlosen Sommerhimmels gesehen. Einen Herzschlag lang glaubte sie, das Kind wäre blind, denn über den Augen der älteren Clan-Leute bildete sich manchmal ein Schleier, der die Farbe der Augen heller machte und ihr Licht trübte. Doch die Pupillen der Augen des Kindes weiteten sich beim Sehen wie bei Gesunden. Es konnte keinen Zweifel geben, daß sie Iza sah. Und wenn dem so war, dann mußte das lichte Blaugrau die Farbe ihrer Augen sein!

Die Kleine lag ganz still, die Augen weit geöffnet, und wagte nicht, sich zu rühren. Als Iza ihr aufhelfen wollte, zuckte sie vor Schmerz zusammen. Und mit einem Mal stürzten die Erinnerungen auf sie ein. Schaudernd sah sie wieder den fürchterlichen Löwen vor sich, spürte die scharfen Krallen, die ihr Bein aufrissen. Dann sah sie sich zum Wasser taumeln, vom Durst getrieben, der stärker war als Furcht und Schmerzen. Doch alles, was zuvor gewesen war, war wie weggeblasen aus dem Kopf der Kleinen. Die Qualen ihrer Einsamkeit, des Herumirrens, des Hungers und der Angst, die Schrecknis der bebenden Erde und die Erinnerung an die, die sie verloren hatte, waren ausgelöscht.

Iza hielt den Becher an den Mund des Kindes, das durstig war und trank, und das Gesicht verzog, weil es bitter schmeckte. Doch als die Frau ihm den Becher nochmals an die Lippen drückte, schluckte es folgsam. Iza nickte lobend, dann stand sie auf und ging zu den Frauen, die den Morgenverzehr bereiteten. Die Blicke des Mädchens folgten ihr, das plötzlich weit die Augen aufriß, als es eine ganze Schar von Erdlingen erblickte, die alle so aussahen wie die Frau.

Beim Geruch dessen, was da gekocht wurde, meldete sich bei ihm der Hunger, und als die Frau mit einer kleinen Schale Brühe zurückkehrte, die mit zerstoßenen Körnern zu einem Schleim gedickt war, schlang das Kind dieses gierig hinunter. Da die Medizinfrau wußte, daß das Kind noch nicht weit genug genesen war, um tüchtig essen zu können, gab sie ihm nur eine kleine Menge, die völlig ausreichte, den geschrumpften Magen zu füllen. Den Rest goß Iza in einen Wasserbehälter; das Kind konnte ihn auch unterwegs zu sich nehmen.

Als die Kleine satt war; legte Iza sie nieder und entfernte den Verband. Die Wunden näßten und die Schwellung war zurückgegangen.

»Gut«, machte Iza.

Erschreckt zuckte die Kleine bei dem harten, kehligen Laut zusammen. Es war das erstemal, daß sie die Frau sprechen hörte, und das klang nicht wie sonst in ihren Ohren, wenn sie von ihren Leuten angeredet wurde, sondern eher wie das Knurren oder Brummen eines Tieres. Während Iza gerade ein frisches Wurzelpflaster auflegte, humpelte ein mißgestalteter, schiefgewachsener Mann auf die beiden zu.

Der furchterregendste und abstoßendste Erdling, den sie je gesehen hatte! dachte die Kleine und schaute ihn genauer an. Die eine Seite seines Gesichts war voller Narben, und ein Hautlappen bedeckte die Stelle, wo das andere Auge hätte sein müssen. Doch irgendwie waren alle diese Leute so häßlich, daß sie den Hinkenden so erschreckend gar nicht fand und sich langsam an ihn gewöhnte. Zwar wußte sie nicht, wer die Fremden waren und wie sie zu ihnen gekommen war, aber sie hatte gespürt, daß die Frau sich um sie kümmerte. Sie hatte für Nahrung gesorgt, die Schmerzen in ihrem Bein gelindert und sie von tiefsten Ängsten erlöst. Nun war sie nicht mehr allein.

Der Verwachsene ließ sich auf dem Boden nieder und betrachtete das Kind, das seinen forschenden Blick mit einer Neugier erwiderte, deren Offenheit ihn überraschte. Die Kinder seines Clans waren immer ein wenig ängstlich, wenn er sich ihnen näherte: Sie merkten schnell, daß selbst die Erwachsenen eine ehrfürchtige Scheu vor ihm hatten. Und fingen die Mütter erst einmal an, den Kindern mit dem Mog-ur zu drohen, wenn sie nicht folgten, dann vertiefte sich die Kluft noch zwischen ihm und ihnen; und wenn sie schließlich groß waren, fürchteten die meisten, besonders die Mädchen, ihn wirklich, und erst später wandelte sich die Angst in Achtung. In Crebs Auge leuchtete verwunderte Neugier auf, als er sah, daß ihn dieses fremde Kind ganz ohne Furcht beschaute.

»Es geht dem Kind besser, Iza«, stellte er fest.

Seine Stimme war tiefer als die der Frau. Auch die Laute, die aus seinem Mund kamen, klangen wie ein Knurren. Die beredten Handzeichen des Mannes sah das Mädchen nicht. Diese Art zu sprechen war ihm völlig fremd, aber es wußte, daß er der Frau etwas mitgeteilt hatte.

»Sie ist noch vom Hunger geschwächt«, erwiderte Iza, »aber die Wunde sieht besser aus. Sie war tief, aber das Gift läuft jetzt ab. Das war ein Prankenhieb des Höhlenlöwen, Creb. Was für ein Wunder, daß sie noch lebt. Sie muß einen mächtigen Schutzgeist haben. Aber was«, fügte Iza hinzu, »weiß ich schon von Geistern«, und deutete mit beiden Händen zum Himmel.

Keiner Frau, nicht einmal seiner Schwester, kam es zu, dem Mog-ur gegenüber von Geistern zu sprechen. Iza ließ die Arme in einer wegwerfenden Bewegung fallen, mit der sie auch um Verzeihung für ihre Anmaßung bat. Creb betrachtete das Kind mit noch größerer Aufmerksamkeit. Er hatte ähnlich empfunden wie Iza und gab viel auf ihr Wort, auch wenn er das nie bekundet hätte.

Bald danach brachen sie auf. Iza, mit Korb und Bündeln beladen, zog die Kleine auf ihre Hüfte und reihte sich hinter Brun und Grod ein. Voller Neugier blickte das Kind um sich, als man über das offene Land wanderte, und beobachtete alles, was Iza und die anderen Frauen taten. Seine Nasenflügel begannen zu flattern, immer dann, wenn die Frauen anhielten, um Nahrung zu sammeln. Oft steckte Iza dem Mädchen eine frische Knospe oder eine zarte junge Wurzel zu, in dessen Kopf dann ein undeutliches Bild erschien von einer anderen Frau, die das gleiche getan hatte. Jetzt aber achtete die Kleine genauer auf die Pflanzen, und ihre Besonderheiten von Farbe, Wuchs und Form fielen ihr auf. Die Hungertage hatten ihr beigebracht, wie wichtig es war, selbst für Nahrung sorgen zu können. Und wenn sie ab und zu auf eine Pflanze wies und die Frau stehenblieb und deren Wurzel ausgrub, klatschte sie in beide Hände. Auch Iza war erfreut. Das Kind begreift schnell, schoß es ihr durch den Kopf, denn vorher konnte es die Pflanzen nicht gekannt haben, sonst hätte es sich davon genährt.

Um die Tagesmitte machten sie Rast, während Brun eine Höhle erkundete. Als die Kleine den Rest der Brühe getrunken hatte, gab ihr Iza einen Streifen des Dörrfleisches, das sie immer bei sich trug. Brun war zurückgekommen; die Höhle taugte nicht zur Wohnstatt.

Später, als die Sonne schon ziemlich tief am Himmel hing, zogen im Bein des Mädchens wieder die Schmerzen hoch. Die Wirkung der Weidenrinde war geringer geworden. Iza tätschelte die Kleine, die nun recht verquengelt war, und schob sie ein wenig höher, so daß sie besser auf der Hüfte zu sitzen kam. Dankbar schlang das Mädchen die mageren Ärmchen um Izas Hals und legte den Kopf auf die breite Schulter der Frau, deren Herz plötzlich warm wurde und schneller schlug. Durch den wiegenden Gang der gleichmäßig ausschreitenden Frau wurde das Menschenbündel schnell in den Schlaf gebracht.

Als dann der Abend kam, wurde Iza diese zusätzliche Last, die sie schon den ganzen Tag mit sich herumgeschleppt hatte, immer beschwerlicher. Sie war froh, das Kind herunterlassen zu können, als Brun das Zeichen zum Haltmachen gab. Die Wangen der Kleinen waren heiß und rot, die Augen glänzten wie im Feuer. Als sie Holz sammelte, hielt Iza Ausschau nach heilkräftigen Pflanzen, mit denen sie das Kind behandeln würde. Sie wußte zwar nicht, wieso verletzte Hautstellen rot wurden und sich dann entzündeten, aber sie wußte sehr wohl, wie man sie und viele andere Leiden behandelte.

Hauptsächlich heilte man die Kranken durch Zauber und mit Hilfe der Geister, was Izas Heilkunst jedoch nicht weniger wirksam machte, die im Laufe von Generationen durch Ausprobieren, Versuchen und die Hilfe des Zufalls angeeignet und verfeinert worden war. Pflanzen, Hölzer, Früchte, Wurzeln, Erde und

Gestein bargen mannigfachen Nutzen in sich, wenn man wußte, wie sie zu behandeln waren. Und Iza wußte das. Und sie wußte noch mehr, zum Beispiel, das Innere der Tiere zu erklären und zu sagen, was die Teile taten. Ein Kind noch war Iza, als sie von der Mutter mitgenommen wurde, wenn man Tiere schlachtete und sie dann ausnahm, und ihr die Innereien gezeigt und ihre Aufgabe erklärt wurden.

Doch hatte sie ihrer Tochter damit nur etwas ins Gedächtnis gerufen, was diese bereits wußte. Denn Iza gehörte einem hochgeachteten Geschlecht von Medizinfrauen an, und es war so, daß das Wissen um die Kunst zu heilen auf geheimnisvollen Wegen, die mit Unterweisung nichts zu tun hatten, von der Medizinfrau auf die Töchter überging. Und eine noch unkundige junge Medizinfrau aus einem großen Geschlecht hatte einen höheren Rang als eine erfahrene von mittlerer Abstammung, und das aus gutem Grund.

Iza war mit einem Gedächtnis geboren worden, in dem alles Wissen beschlossen lag, das ihre Ahnen sich erworben hatten, jenes uralte Geschlecht von gewaltigen Medizinfrauen, aus dem Iza hervorgegangen war. Alles Gewußte war von Mutter zu Tochter bis zu ihrer Mutter und dann auf sie gekommen, das nun in ihrem Kopf lag und das sie immer, wenn sie es brauchte, abrufen konnte. Es war nicht viel anders als erinnerte sie sich an Erfahrungen, die sie selbst gemacht hatte; und wenn der Pfad zum Erinnerten einmal geschlagen war, dann wuchs er auch nicht mehr zu. Welche ihrer Erinnerungen aus eigener Erfahrung stammten, erkannte sie vor allem daran, daß sie sich des Ortes, der Zeit, als das Neue ihre Sinne getroffen hatte, entsinnen konnte. Sie vergaß niemals etwas. Aus ihrem Kopf waren jedoch nur Kenntnisse abzurufen, aber nichts war drin in ihm, was Iza sagte, wie sie diese erworben hatte. Und obwohl Iza und ihre Geschwister dieselben Eltern hatten, besaßen weder Creb noch Brun ihr heilkundiges Wissen.

Denn die Fähigkeit der Clan-Leute, sich an Dinge oder Geschehenes zu erinnern, war an das Geschlecht gebunden. Frauen brauchten zum Beispiel nicht auf die Jagd zu gehen und zu wissen, wie man Tiere fängt; und den Männern genügten schon oberflächliche Kenntnisse über Pflanzen. Diese Zweiteilung war naturbestimmt, was durch menschliche Gepflogenheit nur noch bestätigt wurde, und ein weiterer Versuch der Natur, die Hirngröße dieser Menschenart zu beschränken, um ihr Überleben zu verlängern. War nämlich ein Kind von Geburt aus mit Wissensfähigkeit ausgestattet, die eigentlich dem anderen Geschlecht zustand, so verlor es diese durch mangelnden Anreiz, sie einzusetzen – spätestens dann, wenn es das Erwachsenenalter erreichte.

Doch auch dieses Bemühen der Natur, die Clan-Leute vor dem sicheren Untergang, der in ihnen selbst beschlossen lag, zu retten, trug in sich schon die Elemente des Fehlschlags. Die Männer brauchten die Frauen ebenso, wie die Frauen die Männer brauchten. Und ohne die einen konnten die anderen nicht lange überleben; beide Geschlechter waren unfähig, die Fertigkeiten des anderen zu erlernen, weil ihr Kopf dafür nicht eingerichtet war. Statt dessen hatten die Clan-Leute scharfsichtige und aufmerksame Augen.

Im Verlauf ihrer Wanderungen hatte sich das Land um sie herum allmählich verändert. Und ohne sich dessen bewußt zu sein, hatte Iza jede Einzelheit in sich aufgenommen. Ihr besonderes Augenmerk richtete sie auf Bäume, Sträucher, Pflanzen, Gräser, Blätter. Schon aus großer Entfernung vermochte sie kleine Abwandlungen in der Form eines Blattes oder der Höhe eines Stengels auszumachen, und wenn es auch einige Pflanzen gab, die sie nie zuvor gesehen hatte, so waren sie ihr doch nicht unvertraut. Irgendwo in den Windungen ihres massigen Gehirns ergab sich ein Wiedersehen, eine Erinnerung, die ursprünglich nicht die ihre war. Dennoch – seit kurzem stachen ihr Pflanzen ins Auge, die sie wirklich noch nie gesehen hatte; sie waren so fremd wie das Land, durch das sie ging. Gern hätte Iza sie näher angesehen, denn unbekannte Gewächse weckten bei allen Frauen die Wißbegierde.

Vererbt war den Frauen auch das Wissen, wie man unbekannte Pflanzen auf ihre Eigenschaften prüft, und wie alle anderen probierte Iza deren Wirkung zuerst an sich selbst aus. Neue Pflanzen konnten auf Grund gewisser Ähnlichkeiten solchen, die bekannt waren, entsprechend zugeordnet werden; doch Iza wußte, wie gefährlich es war zu glauben, ähnliche äußere Merkmale wären ein Zeichen für gleiche Eigenschaften. Das Prüfen war denkbar einfach: ein kleines Stück abbeißen, und wenn es auf der Zunge brannte oder bitzelte, sofort wieder ausspucken. War es angenehm, so behielt sie den kleinen Bissen im Mund und wartete, ob sich doch noch ein Brennen oder Beißen einstellte oder der Geschmack sich veränderte. Wenn nichts dergleichen geschah, schluckte sie das Bißchen hinunter. Am nächsten Tag wagte sie dann einen größeren Bissen und machte es so wie beim ersten. Und wenn sich nach einer dritten Probe wieder keine ungünstige Wirkung einstellte, galt die neuentdeckte Pflanze als eßbar. Zunächst allerdings durften nur kleinere Mengen gegessen werden.

Mehr Beachtung schenkte Iza jedoch meist solchen Pflanzen, die beim Zerkauen oder nach dem Genuß eine auffallende Wirkung zeigten, was nämlich eine Verwendung bei der Krankenpflege nahelegte. Wenn die anderen Frauen etwas Ungewöhnliches bei ihren Pflanzenfunden feststellten, so brachten sie diese zu Iza; und sie kamen mit jedem Gewächs zu ihr, dessen Merkmale an bekanntermaßen ungenießbare oder giftige Pflanzen erinnerte. Iza untersuchte eine dann vorsichtig und nach ihrem eigenen Verfahren, was oft lange dauerte. Doch solange der Clan auf Höhlensuche war, hielt sie sich an Pflanzen, die sie kannte.

In der Nähe des Lagerplatzes fand Iza mehrere hoch und gerade gewachsene Malven mit großen leuchtenden Blüten und schlanken Stengeln. Die Wurzeln dieser in vielen Farben blühenden Pflanzen konnten, ähnlich denen der Iris, zur Behandlung von Verletzungen der Haut verwendet werden. Vor allem wirkten sie gegen Schwellung und Entzündung. Ein Aufguß der Blüten würde den Schmerz des Kindes stillen und es schläfrig machen. Kurz entschlossen nahm sie noch einige der hochgewachsenen Blumen mit, ehe sie vom Holzsammeln zurückkehrte.

Als die Kleine gegessen hatte, beobachtete sie, an einen großen Felsbrocken gelehnt, das Tun und Treiben der Leute ringsum. Satt nun und durch einen frischen Wurzelverband aufgemuntert, plapperte sie auf Iza ein. Manche Clan-Leute warten mißbilligende Blicke in ihre Richtung, doch deren Bedeutung erkannte sie nicht.

Denn die Sprechorgane der Clan-Leute waren so unterentwickelt, daß sie zur Sprachbildung nicht taugten. Die wenigen Laute, die sie verwendeten, um ihren Handzeichen Nachdruck zu geben, hatten sich aus Schreien entwickelt, sei es, um zu warnen oder um Aufmerksamkeit zu erregen. Ihre Verständigung beruhte auf Gebärden, Handzeichen, Körperhaltungen und einem Vorverstehen, das aus nahem Beisammensein, festgefügten Gebräuchen und der scharfsichtigen Wahrnehmung von Mienenspiel und Körperhaltung gewachsen war. Sie war ausdrucksvoll, ihre Verständigung, aber die Möglichkeiten, sich einander mitzuteilen, waren beschränkt. So war es zum Beispiel äußerst schwierig für sie, bestimmte Dinge, die man wahrgenommen hatte, anderen zu beschreiben. Und noch schwieriger war es, etwas zu benennen, was man weder fühlen, sehen und riechen, schmecken und hören konnte, sondern nur als Bild im Kopf hatte. Das unbekümmerte Geplapper des Kindes verblüffte demnach diese Erdlinge und machte sie mißtrauisch.

Dabei waren Kinder doch so wichtig. Mit sanfter Freundlichkeit zogen die Clan-Leute die ihren groß, aber auch mit Strenge, wenn sie älter wurden. Solange man ihnen noch die Brust geben mußte, wurden sie von Frauen wie Männern liebkost, wenn sie dann krabbelten, meist nicht beachtet. So konnten sie sich sehr schnell in die strenge Ordnung feststehender Gebräuche einpassen; laut herumzutönen, wenn es nicht um des Nachdrucks willen nötig war, galt als ungezogen. Und so war im Augenblick nach Ansicht der Clan-Leute das Mädchen, das wegen seiner Größe älter wirkte, als es in der Tat war.

Nur Iza ahnte, daß es jünger war, und nahm seine Unbekümmertheit nachsichtiger hin, denn irgendwie spürte sie, daß die Fremdlinge, zu denen das Mädchen ja gehörte, sich wohl gewandter und häufiger besprachen und Worte sie mehr beeindruckten als Gebärden. Iza fühlte sich hingezogen zu dem Kind, das so vertrauensvoll seine dünnen kleinen Arme um ihren Hals geschlungen hatte und dessen Leben von ihrer Sorgfalt abhing, als wäre es das eigene.

Creb hinkte zu seiner Schwester hinüber, die gerade heißes Wasser über die Malvenblüten goß, und setzte sich neben das Kind. Erregte der kleine Fremdling doch wirklich seine Neugier! Er war noch nicht so weit mit seinen Vorkehrungen für die allabendliche Beschwörung und hatte noch ein wenig Zeit, nach dem Kind der anderen zu sehen. Aufmerksam blickten sie sich an, das Mädchen und der Krüppel, und musterten einander mit gleicher Eindringlichkeit. Noch nie war er jemandem ihrer Art so nahe gewesen und hatte nie zuvor überhaupt ein Kind von ihnen gesehen. Und das Mädchen? So etwas wie die Clan-Leute hatte es sich nicht einmal vorstellen können, bis es mitten unter ihnen erwacht war. Aber fesselnder noch als des Mog-urs Andersartigkeit war dessen zerschundenes Gesicht. Noch nie hatte es solche Narben gesehen. Und mit der ungehemmten Neugier eines Kindes hob sie die Hand und berührte das Gesicht des Zauberers, wollte spüren, ob die narbige Haut sich etwa anders anfühlte.

Creb war verdutzt, als die Kleine mit ihren Fingern leicht über sein Gesicht strich. Keines der Clan-Kinder hatte dies je getan, und auch die Erwachsenen vermieden es, ihn zu berühren, als hätten sie Angst, sich seine Mißgestalt zu holen, wenn sie ihn anfaßten. Nur Iza, die ihn pflegte, wenn ihn die Glieder schmerzten – es wurde jeden Winter schlimmer –, schien sich nichts daraus zu machen, wenn sie ihn berührte. Weder war sie abgestoßen von seinem krüppligen Körper und den häßlichen Narben im Gesicht, noch empfand sie Furcht vor Crebs Macht und Stellung im Clan. Die sanfte Aufdringlichkeit der tastenden kleinen Finger rührte den einsamen Mann, der sich gerne mit dem Mädchen verständigt hätte.

»Creb«, machte er und deutete auf sich selbst.

Iza, die gerade mit ihrem Trank beschäftigt war, sah stumm zu, heilfroh, daß der Bruder das Mädchen nicht abgewiesen hatte, und wohl fiel es ihr auf, daß er seinen Namen gebraucht hatte.

»Creb«, wiederholte dieser und tippte sich auf die Brust. Die Kleine neigte den Kopf und versuchte zu erfassen, was der da wollte. Und noch ein drittes Mal brummte Creb seinen Namen. Plötzlich hellte sich das Gesicht der Kleinen auf. Sie richtete sich auf und lächelte.

»Creb?« echote sie und rollte und dehnte dabei den Laut, den dieser hervorgebracht hatte.

Der Mog-ur nickte heftig. Er freute sich. Dann deutete er auf sie, die ein wenig die Stirn krauste und sich nicht sicher war, was er jetzt wollte. Wieder tippte er sich auf die Brust, wiederholte seinen Namen und zeigte dann auf sie. Ein strahlendes Lächeln. Sie begriff. Das mehrlautige Wort, das da über ihre Lippen rollte, war nicht nur unaussprechlich, sondern auch kaum faßbar. Noch einmal machte er die deutenden Bewegungen und neigte sich näher, um besser hören zu können. Sie sagte ihren Namen.

»Aay-rr«, mühte sich sein Mund. Zögerte. Creb schüttelte den Kopf und versuchte es wieder. »Aay-lla, A-la?«

Noch näher konnte er der Lautfolge nicht kommen. Es gab nicht viele im Clan, die dieses geschafft hätten; sie strahlte und nickte mehrmals hintereinander. Es war zwar nicht genau das, was sie gesagt hatte, aber sie war bereit, es anzunehmen; sie spürte, daß er das Wort für ihren Namen nicht besser würde aussprechen können.

»Ayla«, wiederholte Creb, der sich nach und nach das Wort zu eigen machte.

»Creb?« sagte das Mädchen und zupfte ihn am Arm, um seine Aufmerksamkeit zu gewinnen. Dann deutete es auf die Frau.

»Iza«, machte Creb. »Iza.«

»Ii-sa«, wiederholte die Kleine, entzückt über das herrliche Zungenspiel.

»Iza, Iza«, rief sie und sah dabei die Frau an.

Iza nickte ernster. Namen waren sehr wichtig. Sie beugte sich vor und tippte dem Kind auf die Brust, wie zuvor Creb. Das Kind sollte sein Namenwort noch einmal sagen. Die Kleine wiederholte ihren Namen. Iza schüttelte hilflos den Kopf. Diese sirrenden, klingenden Töne, die der Kleinen so leicht über die Lippen kamen, konnte sie einfach nicht zusammenbringen und aneinanderfügen. Das Kind ließ bekümmert den Kopf sinken. Dann warf es einen Blick auf den Mog-ur und sagte seinen Namen so, wie er es getan hatte.

»Aii-cha?« stieß die Frau hervor.

Das kleine Mädchen schüttelte den Kopf und wiederholte nochmals das Wort.

»Äi-ja?« versuchte es Iza noch einmal.

»Ay-ay, nicht Äi«, verbesserte der Bruder. »Aay-lla«, wiederholte er sehr langsam, so daß Iza die unvertraute Tonfolge aufnehmen konnte.

»Ay-la«, formten die Lippen der Frau bedächtig, bemüht, das Wort so zu sprechen, wie es Creb ihr vorgemacht hatte.

Das Mädchen klatschte in die Hände vor Freude. Es war nicht schlimm, daß sein Name etwas verformt war, hatte sich Iza doch so hart bemüht, den Namen auszusprechen. Nun gut, dann hieß sie eben Ayla. Heftig umarmte sie die Frau.

Iza drückte die Kleine nur kurz an sich. Sie sollte spüren, daß Liebkosungen vor anderen sich nicht schickten. Aber dennoch war sie gerührt.

Ayla war glücklich, hatte sie sich doch anfangs unter diesen fremden Menschen so verloren und abgeschnitten gefühlt und sich dann wirklich abgemüht, mit der Frau, die sich um sie kümmerte, Verbindung aufzunehmen, und war so bitter enttäuscht gewesen, als ihr das nicht gelang. Es war zwar jetzt nicht viel herausgekommen, aber wenigstens hatte sie jetzt einen Namen für die Frau und diese einen für sie.

Ayla wandte sich wieder dem Mog-ur zu, der den ersten Schritt zur Verständigung gegangen war. Längst schien er nicht mehr so häßlich. Überschwenglich schlang sie dem Krüppel die Arme um den Hals und drückte ihre kleine Nase innig in dessen

Bartgeflecht, wie sie das früher oft hatte tun dürfen, zog dann seinen Kopf zu sich herunter und legte ihre Wange an die seine.

Diese vertraute Zuneigung bewegte Creb aufs äußerste; mit Mühe widerstand er dem Wunsch, die Umarmung zärtlich zu erwidern. Es ging nicht an. Er konnte doch dieses fremdartige kleine Geschöpf nicht einfach vor aller Augen liebkosen! Eine winzige Weile lang ließ er es zu, daß Ayla ihre glatte weiche Wange noch ein wenig länger an seine bärtige drückte, ehe er behutsam ihre Arme herunternahm.

Entschlossen griff er zu seinem Stock und stemmte sich hoch. Und als er davonhinkte, waren all seine Gedanken bei der gelehrigen Kleinen. Er selbst würde ihr beibringen, wie sich die Clan-Leute verständigten. Dies dürfte nicht nur einer Frau überlassen bleiben. Tief in seinem Inneren wußte Creb jedoch, daß er einfach sooft wie möglich mit ihr zusammensein wollte. Ohne sich selbst darüber klar zu sein, sah er sie schon als Mitglied seines Clans.

Tatsächlich hatte Brun einfach nicht in Betracht gezogen, was es für Folgen haben würde, wenn er Iza erlaubte, das Kind der Fremdlinge mitzunehmen. Das war aber nicht ein Versagen als Anführer, sondern ein Versäumnis, das sich aus der Veranlagung seiner Art ergab. Niemals wäre es in seinen Kopf gegangen, daß man unterwegs ein verletztes Kind finden würde, das nicht zum Clan gehörte, und so war er unfähig gewesen, vorauszusehen, was geschähe, wenn die Kleine gerettet wurde. Gut, man hatte sie dem Tod entrissen. Aber wenn er nicht wollte, daß sie beim Clan blieb, gab es nur eines: Sie mußte wieder ausgesetzt werden. Doch allein konnte sie nicht überleben. Das brauchte man nicht vorauszusehen. Das war Erfahrung. Aber wenn er sie jetzt erneut dem Tod preisgab, wurde er sich zunächst Iza entgegenstellen müssen. Nun, diese hatte zwar selbst keine Macht, doch die Schar der Geister auf ihrer Seite und nun auch Creb, den Mog-ur, der mit den Geistern reden konnte. Brun hatte Angst, sich die mächtigen Unsichtbaren zu Feinden zu machen. Dieses Schreckbild verfolgte ihn, seit das fremde Mädchen beim Clan war, und ließ ihn noch ernster dreinschauen als sonst.

Als am folgenden Morgen die Medizinfrau Aylas Bein untersuchte, sah sie, daß die Rötung der Haut zurückgegangen war. Die vier tiefen Schrammen hatten sich geschlossen und Schorf gebildet. Die Narben würden dem Kind allerdings immer bleiben. Den Verband erneuerte Iza nun nicht mehr, machte ihr jedoch einen Trank aus Weidenrinde, und als sie Ayla vom Fell heben wollte, versuchte die Kleine zu stehen, wobei Iza ihr half und sie stützte. Es tat weh, als das kranke Bein belastet wurde, aber nach einigen achtsamen Schritten ging es schon viel besser.

Jetzt aufrechtstehend, war Ayla noch größer, als Iza geglaubt hatte. Ihre Beine waren lang und gerade und dünn wie die einer Spinne; die Knie klobig. Iza glaubte zuerst, sie wären mißgebildet, denn die Beine der Clan-Leute waren kurz und stark durchgebogen. Wenn es auch hinkte, das Kind hatte keine Mühe beim Gehen. Diesen Menschen schienen gerade Beine gegeben zu sein, genau wie die hellen Augen von der Farbe des Himmels im Sommer.

Da der Clan wieder aufbrach, hüllte die Medizinfrau die Kleine in ihren Umhang und hob sie auf die Hüfte, denn man müßte vorsichtig sein mit dem Bein und es noch nicht arg belasten. Unterwegs dann ließ Iza sie ab und zu herunter, um es leichter zu haben, denn zuletzt hatte Ayla so gierig gegessen, als wollte sie nachholen, was ihr in den Tagen des Hungers entgangen war, und der Frau das Gefühl gegeben, als sei sie schon schwerer geworden.

Vorwärtszukommen wurde jetzt zunehmend beschwerlicher, denn man hatte das weite, flache Grasland hinter sich gelassen, das wellige Hügelland durchquert, dessen Hänge immer steiler wurden, und befand sich nun am Fuß der Berge, deren glitzernde, eisige Gipfel von Tag zu Tag näherrückten. Die Hügel waren von dichten Wäldern überzogen; aber nicht die düsteren Nadelbäume der kälteren Gebiete wuchsen hier, sondern saftiggrüne Laubbäume mit handgroßen Blättern und massigen, knorrigen Stämmen umschlangen sich mit ihren Zweigen. Es hatte sich viel schneller erwärmt als sonst um diese Zeit frischsprossenden Grüns, und das verwirrte Brun. Die Männer tauschten ihre Überwurfe gegen kurze Schurze, so daß ihre haarigen Oberkörper in der Sonne dünsteten. Die Frauen zogen nichts aus, ihre Körbe und Bündel hätten die nackte Haut nur aufgerieben.

Die Gegend hier hatte nun gar keine Ähnlichkeit mehr mit dem kalten flachen Land, wo ihre alte Höhle gewesen war. Und während die Clan-Leute durch schattige Schluchten, über grasbedeckte Hügel und durch des Morgens tropfnasse Laubwälder wanderten, mußte Iza immer mehr auf ihre überkommenen Kenntnisse von den Dingen der Natur zurückgreifen. Neben den festwurzligen dunkelbraunen oder auch blaugrauen Stämmen von Eiche, Buche, Walnuß, Stechapfel und Ahorn standen biegsame, dünnrindige Weiden, Birken, Hainbuchen und Bergtannen, und dazwischen wucherten die vielzweigigen hohen Sträucher von Erle und Haselnuß. Die Luft war fast zum Greifen und durchmengt von einem besonderen Geflimmer, das auf dem sanften, weichen Wind, der Wärme herbeitrug, zu schweben schien, und dem Iza keinen Namen geben konnte. Flaumige Samenschwengel hingen noch an den vollbelaubten Birken. Hie und dort rieselte ein feiner Regen zartfarbener Blütenblättchen zur Erde. Die Clan-Leute zwängten sich durch sprödes Unterholz und dichtes Gestrüpp des Waldes, bis sie kahle Hänge erreichten. Rundum leuchtete das hügelige Land in vielfältigen Grüntönen. Und als sie höher stiegen, begegneten sie wieder der dunkleren Färbung von Fichte und Weißtanne; noch weiter oben schimmerten da und dort Blautannen auf. Die dunkelbraunen, grauschwarzen Schattierungen der Nadelbäume überlagerten an manchen Stellen das satte Grün der Laubbäume, wurden aber von der blassen, weißlich wirkenden Farbe der kleinblättrigen, gefiederten Gewächse in ihrer Dichte gemildert. Genügsame hartblättrige Kleinpflanzen klammerten sich fest an den nackten Fels; weiße Anemonen, gelbe Veilchen, zartrosa Hagedorn bestanden zuhauf die Bergwiesen. Und noch weiter oben war das blasse Grün des schütter werdenden Grases mit gelben Narzissen und blauem und gelbem Enzian durchmengt. An Schattenstellen erhoben späte Krokusse ihre gelben, weißen und lilafarbenen Köpfe.

Oben, auf einer steilen Anhöhe, machten die Wandernden Rast. Weit unter ihnen verliefen sich die Wellen bewaldeter Hügel rasch in der grenzenlosen Ebene, wo das Gras schon einen strohdürren Schimmer hatte. Weidende Wildherden waren als winzige wandernde Punkte auszumachen. Des Clans schnellfüßige Jäger könnten sie leicht in einem halben Tagesmarsch erreichen. Der Himmel über ihnen war klar. Doch von Mittag her wälzten sich dunkle Gewitterwolken heran. Und wenn sie nicht vorher zerstoben, würden sie an den hohen Berggipfeln hängenbleiben und ihr Wasser über den Clan ausgießen.

Brun und die anderen Männer setzten sich außer Hörweite der Frauen und Kinder zusammen; doch ihre besorgten Mienen und die zögernd geformten Handzeichen verrieten klar den Grund. Man beriet, ob es nicht besser wäre, umzukehren, denn dieses Gebiet hier war ihnen fremd, und man hatte sich schon allzuweit von den Steppen entfernt. Zwar gab es in den Wäldern der Vorberge viele Tiere, aber die riesigen Herden, die das Grasland der Ebenen bevölkerten, fehlten hier, und das Jagen in den fast baumlosen Steppen war nicht so beschwerlich; da waren keine Wälder, wo die Tiere sich verbergen konnten, wo auch räuberische hausten.

Iza ahnte, daß man umkehren würde. Und alle Mühe, aller Schweiß und alles Zittern, ob die steilen Hänge nicht doch zu schaffen seien, wären dann umsonst gewesen. Und wie die Clan-Frauen nach oben blickten und sahen, daß die dunklen, drohenden Regenwolken sich immer schneller auf sie zuwälzten, ließen sie verzagt die Arme sinken. In der Zwischenzeit hatte Iza sich ihrer schweren Lasten entledigt und Ayla zu Boden gelassen, die davonhüpfte, froh darüber, sich jetzt, wo ihr Bein heilte, endlich wieder frei bewegen zu können. Iza sah ihr nach, wie sie hinter der scharfkantigen Nase eines vorspringenden Felsens verschwand, der unmittelbar vor ihnen aus dem Boden wuchs. Da die Beratung jederzeit enden konnte und Brun es nicht freundlich aufnehmen würde, wenn das Kind den Aufbruch verzögerte, lief sie ihm schnell hinterher. Als Iza sich durch das Gesträuch an der Felsnase hindurchgezwängt hatte, sah sie zu ihrer Beruhigung Ayla auf dem Boden hocken, die Nase in den Blütenkelch einer breitblättrigen Pflanze getaucht; aber das, was sie hinter dem Mädchen erblickte, versetzte sie in helle Aufregung. So schnell sie konnte, rannte Iza zurück. Da sie es nicht wagen durfte, Brun und die anderen zu stören, erwartete sie voller Ungeduld das Ende der Beratung. Brun sah das wohl, und wenn er es auch nicht zeigte, so hatte er doch gemerkt, daß irgend etwas seine Schwester bewegte. Sobald die Männer sich getrennt hatten, lief Iza zu Brun hin, setzte sich vor ihm nieder und blickte zu Boden, in der clangemäßen Haltung, die ihm sagte, daß man mit ihm sprechen wolle. Einem solchen Wunsch brauchte er nicht nachzukommen. Und wenn er sie übersah, dann durfte Iza ihm nicht mitteilen, was ihr im Kopf herumging.

Doch Brun war neugierig. Auch er hatte beobachtet, wie die Kleine hinter dem Felsen verschwunden war. Doch ihn beschäftigte anderes. Bestimmt wieder etwas mit diesem Kind, dachte er; und seine Miene verdüsterte sich. Eigentlich war er versucht, Izas Bitte zu übersehen. Der Mog-ur mochte sagen, was er wollte, Brun erfüllte die Anwesenheit des Kindes in ihrer Mitte mit zunehmender Unruhe. Als er schließlich aufblickte, sah er, daß der Zauberer ihn beobachtete. Brun versuchte auszumachen, was dem Einäugigen wohl durch den Kopf ging, doch das ausdruckslose Gesicht des Bruders verriet ihm nichts.

Dann richtete er seine Augen auf die Frau, die zu seinen Füßen kauerte und deren Haltung gespannte Erregung verriet. Brun war zwar verschlossen, aber nicht hartherzig, und er achtete seine Schwester hoch. Obwohl sie es schwer gehabt hatte mit ihrem rauhen, unbeherrschten Gefährten, war sie ihm doch immer eine folgsame Frau gewesen und somit den anderen ein Vorbild und bedrängte ihn selten mit nebensächlichen Fragen. Ob er sie nicht doch anhören sollte? Bestimmt irgend etwas mit diesem Kind! Aber er brauchte ja ihrer Bitte nicht zu willfahren, wenn er sie für nichtig hielt. Brun beugte sich nieder und tippte Iza auf die Schulter.

Durch diese Geste aufgefordert zu sprechen, richtete Iza sich auf, blickte ihrem Bruder fest in die Augen, erhob sich, wies mit dem einen Arm in die Richtung der Felsnase und machte mit dem anderen: »Höhle!«

Brun drehte auf der Ferse um und schritt in die Richtung der angedeuteten Stelle. Als er dort angelangt war und die mannshohen Zweige des Gebüschs zerteilte, fielen ihm fast die Augen aus dem Kopf, der plötzlich mächtig zu dröhnen anfing, und höchste Erregung pulste durch sein Blut. Eine Höhle! Und was für eine Höhle! Und genau die Höhle, die er gesucht hatte! Mit Mühe kämpfte er das aufwallende Blut nieder und versuchte die kopfwärts sich ausbreitende Hoffnung niederzuhalten. Jetzt galt es, ruhig und sorgsam die Beschaffenheit der Höhle und ihre Lage auszumachen.

Selbst von da aus, wo er stand, war deutlich die efeuüberhangene keilförmige Öffnung im graubraunen Fels des Berges zu sehen, groß genug, um der Hoffnung Nahrung zu geben, daß der Raum hinter ihr dem ganzen Clan Unterkunft bieten möge. Das dunkle Felsenauge blickte nach Mittag, war also den größten Teil des Tages der Sonne ausgesetzt. Und dann geschah etwas, das so aussah, als wolle der Geist dieser Höhle Bruns Gedanken durch die Natur selbst bestätigen lassen, als ein Lichtstrahl, der ein schmales Loch in der Wolkendecke gefunden hatte, auf die rötliche Erde des Höhlenvorplatzes fiel. Der Clan-Führer, der eine Zeitlang offenen Mundes und mit bebenden Nasenflügeln den unwahrscheinlichen Fund auf sich hatte wirken lassen, nahm seine Keule von der Schulter und beäugte das umliegende Gebiet genauer. Ein hoher Buckel hinter der Höhle und ein ähnlicher Höcker auf der Seite, die der Morgensonne zugewandt war, schützten vor Wind und schräg peitschendem Regen. Und Wasser war auch in der Nähe, stellte Brun fest, als er den Bach sah, der sich am Fuß eines sanften Hangs wie eine Silberschlange um die üppigen Moospolster zur anderen Seite der Höhle wand. Beherrscht winkte Brun Grod und Creb zu sich.

Schnell liefen die beiden Männer zu ihrem Clan-Führer, gefolgt von Iza, die einen langen, eindringlichen Blick auf die Höhle warf und zufrieden nickte, ehe sie mit Ayla an der Hand wieder zu der Gruppe aufgeregt durcheinander fuchtelnder Menschen zurückging. Bruns mühsam niedergehaltene Erregung war auf alle Clan-Leute übergesprungen. Eine Höhle war gefunden! Und sie spürten, Brun glaubte, daß sie bewohnbar sei. Und wieder schien der Geist der Höhle ihnen den Ort zu weisen, denn ganze Bündel heller Sonnenstrahlen, die die tieffliegenden, dunkel geränderten Wolken durchstachen, deuteten jetzt, einer Lichthand gleich, auf die Öffnung im Fels.

Brun und Grod umfaßten ihre Speere, als die drei Männer sich vorsichtig der Höhle näherten. Vögel flogen zwitschernd und trillernd durch die große Öffnung aus und ein. Diese Fiederlinge sind ein gutes Vorzeichen, dachte der Mog-ur. Geduckt schlichen sie durch das schüttere, halbhohe Gras, arbeiteten sich heran, suchten nach jedem Sprung Deckung hinter einem der versprengten Steinbrocken, die jetzt aber immer weniger wurden, schlugen dann einen Bogen um die Öffnung und suchten zunächst sorgsam nach frischen Spuren. Ein Durcheinander verwischter Abdrücke und die bleichen, abgenagten Knochen eines Tieres, das von kräftigen Zähnen zermalmt worden war, ließen die Jäger erkennen, daß dort in der Höhle ein Hyänenrudel vorübergehend Unterschlupf gesucht haben mußte. So wie es aussah, hatten diese feigen Fleischfresser einen altersschwachen Damhirsch gerissen und den besten Teil in die Höhle geschleppt.

Etwas abseits von der Höhlenöffnung, umschlossen von einem Gewirr aus Schlingpflanzen und dichtem Gestrüpp, schimmerte ein kleiner, vermutlich von einer Quelle gespeister Teich; sein Abfluß, ein schwächliches Rinnsal nur, rieselte dünn den Hang hinunter zum Bach. Während die anderen warteten, suchte Brun die Quelle oben im schroffen Fels der steilen, überwachsenen Flanke der Höhle. Und dann sah er sie; und er sah auch, daß das glitzernde Wasser, das aus dem Spalt sprudelte, frisch war und klar. Schon wieder ein gutes Zeichen, dachte er und kehrte zu den anderen zurück. Alles um sie herum wäre günstig, teilte er ihnen mit, doch wie die Höhle innen sei, würde den Ausschlag geben, ob sie bleiben könnten oder umkehren müßten.

Als sie dann in sie eindrangen, blickten die beiden Jäger und der Zauberer leicht beklommen nach oben, wo die mächtigen Steinflanken unter einem üppigen Gebüsch zusammenwuchsen. Die Körper dicht an den Fels gepreßt, tasteten sie sich vorwärts, schoben dann die Nasen nach, die rasch und nach allen Seiten witterten, und bemühten die Augen. Als diese sich an das Dämmerlicht gewöhnt hatten, blickten sich die Männer voll Staunen um. Eine hohe, gewölbte, rissige Steindecke überspannte einen Raum, der groß genug war, um ein Vielfaches der Clan-Leute aufzunehmen. An der rauhen Felswand entlang schoben sie sich vorwärts und suchten nach weiteren Öffnungen, die vielleicht in tiefere Nischen führten. Nach einer Weile hörte man Wasser rauschen; eine zweite Quelle, die aus dem Fels hervorsprang und einen kleinen dunklen Teich füllte. Unmittelbar dahinter führte die Höhlenwand in scharfem Knick zurück zur Öffnung, vor der lediglich ein schwacher Schimmer auszumachen war. Als sie sich dorthin aufmachten, entdeckten sie im allmählich stärker werdenden Licht einen dunklen Riß im graugrünen Felsenband. Auf Bruns Zeichen verhielt Creb seinen Schritt, während Grod und der Clan-Führer sich an den Spalt herantasteten und hineinspähten. Schwärzestes Schwarz gähnte sie an und ließ sie betroffen zurückweichen.

»Grod!« Brun hatte sich zu dem Jäger gewandt, der ihm auch im Rang nachfolgte, und diesem schnellhändig einen Befehl erteilt, der Grod augenblicklich nach draußen hasten ließ.

Während Brun und Creb angespannt warteten, musterte der Ausgeschickte sorgfältig die Pflanzen, die vor der Höhle in Hülle und Fülle am Wachsen waren und strebte dann einer kleinen Gruppe von Weißtannen zu, an deren Stämmen Klumpen erhärteten Harzes, das durch die Rinde ausgetreten war, glänzende Flecken gebildet hatten. Mit einem spitzen Schaber zog Grod die Rinde ab. Frischer klebriger Harz-Saft quoll aus der weißlichen Narbe. Seine kräftigen Finger knickten erstorbene dürre Äste ab, die noch unter den grünbenadelten Zweigen saßen, dann zog der Jäger aus einer Falte seines Überwurfs die Handaxt aus Stein, hieb mit raschen Schlägen einen grünen Ast ab und schälte ihn. Die harzige Rinde und die dürren Hölzchen wickelte er mit kräftigen Gräsern um das Ende des grünen Astes; mit Vorsicht nahm Grod dann die glühende Kohle aus dem Auerochsenhorn an seinem Gürtel, hielt sie an das Harz und begann zu blasen. Bald darauf rannte er mit einer brennenden Fackel wieder in die Höhle.

Hoch über seinen Kopf hob Grod die Flamme, während Brun die Keule schlagbereit in seinen Fäusten hielt. Nacheinander, Brun voraus, drangen die beiden Oberen des Clans in den dunklen Spalt ein, krochen lautlos durch einen schmalen Gang, der bald breiter wurde, plötzlich eine Biegung machte und sich durch den Fels wieder zum hinteren Teil der Höhle bohrte. Doch gleich hinter dem Knick mündete der Gang in eine zweite Höhle; kleiner als die anderen und beinahe rund. Im Schein der flackernden Fackel glomm an der hinteren Felswand weiß ein Beinhaufen. Zögernd trat Brun näher, ging leicht in die Knie, legte die flache Hand an die Brauenwulste und riß weit die Augen auf, als er das Unwahrscheinliche sah. Hastig winkte er Grod ab, der ebenfalls nach vorne kommen wollte; dann zogen sich beide Männer eilig zurück.

Schwer auf seinen Stock gestützt und voller Ungeduld hatte der Mog-ur vor dem Spalt gewartet. Als Brun und Grod nun so plötzlich aus der dunklen Öffnung traten, richtete sich der Zauberer rasch auf. Wie das wohl kam? Der sonst so ruhige Brun war richtig außer sich! Auf einen Wink folgte der Mog-ur den beiden Männern wieder in den dunklen Gang. Als sie die Seitenhöhle erreichten, hielt Grod die Fackel hoch. Der Mog-ur kniff die Augen zusammen, als er den fahlen Beinhaufen sah. Erregt stürzte er vorwärts. Krachend schlug sein Stock auf den Boden, als er auf die Knie fiel. Hastig durchwühlte seine Hand den beachtlichen Beinberg, erfaßte plötzlich ein riesiges Schädeldach. Hart griff der Zauberer zu und zog es unter den Knochen hervor. Kein Zweifel! Der Schädel mit dem hochgewölbten Stirnbein glich jenem, den der Mog-ur stets mit sich trug, der nun ehrfurchtsvoll in die Hocke ging, sich das nackte, mächtige Haupt vors Gesicht hielt, bis es fast seine Nase berührte, und dann gebannt in die dunklen, leeren Augenlöcher starrte. In dieser Höhle hatte der Bär gehaust! Der ausgebleichten Knochenfülle nach mußte er hier früher viele Male überwintert haben. Und jetzt begriff der Zauberer Bruns Erregung. Dies war das beste Vorzeichen, das es je geben konnte! Dieses war die Höhle des Großen Bären gewesen. Diese Felswände waren durchdrungen von der Kraft und der Herrlichkeit des gewaltigen Wesens, das der Clan vor allen anderen verehrte. Und denen, die hier lebten, war die Gunst der Geister sicher. Langsam wandte der Mog-ur seinen Blick vom Bärenschädel, in dessen Augenlöchern, wie Ihm schien, plötzlich ein tiefes Feuer glomm, und schaute sich um. Ja, es mußte so sein! Seit langer Zeit war diese Höhle nicht mehr bewohnt gewesen; sie hatte nur darauf gewartet, von ihnen gefunden zu werden. Und es war eine Höhle, die alles hatte, was eine Erdbehausung haben sollte. Sie war günstig gelegen, geräumig, hatte Wasser und weit hinten einen Abzweig, wo man die geheimen Beschwörungen abhalten wurde. Dieser Höhlenwinzling würde sein Reich sein! Ihre Suche hatte ein Ende und der Clan eine neue Bleibe gefunden. Nur die erste Jagd noch, die mußte Beute bringen.

Als die drei Männer ins Freie traten, schien die Sonne. Die Wolken waren von einem scharfen Wind auseinandergetrieben worden und hatten eilig den Rückzug angetreten. Auch dies sah Brun als ein gutes Zeichen. Aber selbst wenn die Wolken dem Wind getrotzt, sich geöffnet und unter Blitz und Donner prasselnden Regen über ihnen ausgegossen hätte, er würde es als gutes Zeichen angesehen haben. Nichts hätte seine Hochstimmung dämpfen oder das Gefühl freudiger Zufriedenheit in ihm vertreiben können. Auf dem terrassenförmigen Vorsprung blieb Brun stehen und betrachtetes das Bild, das sich ihm bot. Gerade vor ihm, durch eine Lücke zwischen zwei grünbelaubten Hügeln hindurch, konnte er das Flirren offenen Wassers erkennen. Und als er diese Entdeckung machte, hatte er eine Erinnerung, die sein Unwissen um die rasch steigende Wärme und die fremdartige Pflanzenwelt in ein überlegtes Erkennen wandelte.

Die Höhle befand sich nämlich im Vorgebirgsland einer Bergkette an der unteren Spitze einer halbinselähnlichen Landzunge, die breit in ein von allen Seiten umschlossenes Meer hineinleckte und an zwei Stellen mit dem Festland verbunden war; die erste bildete oben ein breiter, gebuckelter Erdhals; an der Seite jedoch war sie durch einen schmalen Streifen Schwemmlandes mit dem kaum gezackten Gebirgsland verknüpft, dessen Flanken halb oben dann ein kleineres Gewässer umschlossen.

Dieser Bergschild schützte das Küstenland vor Eis und Schnee und den grimmigen Stürmen, die von den Gletschern hoch oben herunterfegten. Milde Winde, vom Wasser her, die über die niemals gefrierende Fläche des Meeres strichen, hatten an der geschützten Spitze der unteren Landzunge einen schmalen Streifen gemäßigter Bedingungen geschaffen, um den dichten Laubwäldern, die dort in den Himmel wucherten, hinreichend Feuchtigkeit und Wärme zukommen zu lassen.

Es war die beste aller Höhlen! Und wenn er hierblieb, kam der Clan in den Genuß des Besten beider Naturen. Hier war es wärmer als sonstwo in den umliegenden Gebieten, und Holz, mit dem während der Kältnis das wärmende Feuer unterhalten werden mußte, war in Fülle vorhanden. Ein großes Wasser, in dem sich Fische und Schalentiere tummelten, war nahe, und in den Felsklippen nisteten Seevögel vieler Arten. Die Wälder hielten Stechapfel, Quittenartiges, Nüsse, Beeren und Grünzeug im Überfluß bereit. Zum Wasser der Quellen und Bäche gab es leichten Zugang. Vor allem aber waren von der neuen Höhle aus die offenen Steppen leicht und schnell zu erreichen, wo die vielköpfigen Wildherden weideten, die nicht nur Fleisch hergaben, sondern auch für die Beschaffung von Kleidung und Werkzeug taugten.

Brun schritt dahin wie beflügelt, als er zu den Clan-Leuten zurückkehrte. Die Geister sind wieder mit uns, dachte er; aber vielleicht haben sie uns gar nicht verlassen, vielleicht wollten sie nur, daß wir zu dieser größeren, schöneren Höhle ziehen. Ja, so mußte es sein! Die Geister waren der alten Höhle müde geworden und wollten eine neue Heimstatt haben. Deshalb auch das Beben der Erde. Das Zeichen zum Aufbruch! Und die Gefährten, die getötet wurden? Das waren die Opfer, welche die Unsichtbaren sich ausbedungen hatten, wenn sie einem schon eine bessere Höhle zeigten. Und Brun fühlte, daß er auf die Probe gestellt worden war. Sie hatten sehen wollen, ob er zum Clan-Führer tauge. Gut, er hatte gezaudert und geschwankt, ob er nicht doch besser umkehren lassen sollte, aber dann war er fest geblieben. Die Geister hatten's ihm gelohnt.

Als die drei Männer in Sicht kamen, brauchte man keinem der ungeduldig Wartenden zu sagen, daß ihr Umherziehen zu Ende sei. Sie spürten es einfach. Keiner von ihnen, außer Iza und Ayla, hatte die Höhle gesehen, und nur Iza ahnte, daß sie die Höhle der Höhlen war.

Jetzt kann er Ayla nicht mehr wegschicken, ging es der Medizinfrau durch den Kopf. Denn wäre sie nicht gewesen, dann wäre Brun umgekehrt, ehe die Höhle gefunden war. Bestimmt müsse sie ein mächtiges und hilfreiches Schutzzeichen haben, das selbst dem Clan Gutes gebracht habe. Iza blickte auf das

Mädchen an ihrer Seite, das in all der handgreiflichen Erregung rundum ganz ruhig war. So ein hilfreiches Totem und trotzdem so allein? Bedächtig schüttelte Iza den Kopf. Nie würde sie den Wegen der Geister folgen können.

Auch Brun blickte nun nachdenklich auf Ayla; denn als er, aus der Höhle tretend, beider ansichtig wurde, war ihm eingefallen, daß es Iza gewesen war, die ihm von der Höhle berichtet hatte, und die Schwester wiederum hätte sie niemals gesehen, wenn sie nicht Ayla nachgelaufen wäre. Er war verstimmt gewesen, als die Kleine sich so allein davonmachte; er hatte allen bedeutet zu warten. Und doch! Wäre sie nicht so ungehorsam gewesen, hätte er die Höhle nie entdeckt. Aber warum hatten die Geister zuerst ein Kind – und dann auch noch eins der Fremdlinge – zur Höhle geführt? Nun, der Mog-ur mochte recht haben, daß die Geister über Izas Mitgefühl nicht erzürnt waren und auch nicht unwillig darüber, daß Ayla beim Clan geblieben war. Sie schienen ihr sogar besondere Gunst zu schenken.

Brun schaute zu seinem krüppligen Bruder hinüber, dem eigentlich sein Platz angestammt wäre. Es ist gut, daß Creb unser Mog-ur ist, dachte er. Seit langer Zeit hatte er ihn nicht mehr als Bruder gesehen, seit ihrer Kinderzeit nicht mehr. Ja, als er jung gewesen war und um die Beherrschung seiner selbst gerungen hatte, die den Männern des Clans ein hohes Gebot war, da hatte er sich als Crebs Bruder gefühlt. Doch der mußte seinen eigenen Kampf führen, gegen Schmerz und Spott, weil er nicht recht laufen konnte, nicht jagen; aber schon damals schien Creb zu spüren, wenn Brun bekümmert und niedergeschlagen war.

Es hatte eine Zeit gegeben, da hatte Brun seinen Bruder bedauert; doch über der Achtung vor seiner Weisheit und seiner Macht hatte er Crebs Leiden lange vergessen. Er hatte beinahe aufgehört, ihn als seinesgleichen zu sehen, nur noch den großen Zauberer in ihm erblickt, dessen weiser Rat regelmäßig gesucht wurde. Zwar war ihm noch nie in den Sinn gekommen, daß sein Bruder darum trauerte, nicht der Clan-Führer zu sein, aber doch ging ihm schon einmal die Frage durch den Kopf, ob es Creb nicht schmerzte, keine Gefährtin zu haben und somit auch keine Kinder. Es stimmte schon, daß die Weiber einem ab und zu den Kopf voll machen konnten mit ihrem Geschnatter, aber genausooft brachten sie ihren Männern Wohlbehagen und die Wärme ihrer Körper. Creb hatte sich nie eine Gefährtin genommen und niemals zu jagen gelernt; er war kein Mann, aber er war der Mog-ur, der große Zauberer.

Brun kannte sich nicht aus im Zustandekommen und Zusammenwirken von zauberischen Kräften und wußte wenig über die Geister, doch er war der Clan-Führer, und seine Gefährtin hatte ihm einen Sohn geboren. Warmes Wohlgefühl wallte in ihm auf, als er an Broud dachte, seinen Jungen, der eines Tages seinen Platz einnehmen würde. Er könnte ihn doch schon auf die nächste Jagd mitnehmen, kam es Brun plötzlich in den Sinn, auf die Jagd für die Höhlenweihe. Und wenn Broud dabei sein erstes Wild erlegen sollte, dann konnte seine Mannbarkeit zusammen mit dem Einzug gefeiert werden. Das würde Ebra stolz machen. Groß genug dafür war Broud, und er war stark und tapfer; zu starren Sinnes bisweilen, aber er lernte schon noch, sein Blut nicht dauernd zu erhitzen und seinen Kopf kühl zu halten. Brun brauchte auch einen weiteren Jäger, denn jetzt, wo der Clan eine Höhle gefunden hatte, mußten sich viele Hände regen, um für die kommende Zeit der Kältnis vorzusorgen. Der Junge war kein Kind mehr; Broud war reif für das Leben eines Mannes. Es wird bestimmt eine gute Feier, befand Brun, denn Iza würde wieder den Trank bereiten.

Iza. Und was sollte mit Iza geschehen? Und dann noch dieses Kind, das Iza schon umsorgte, so fremdartig es war. Wohl, weil sie solange keine Kinder hatte. Aber bald würde sie ihr eigenes bekommen und hatte keinen Gefährten, der ihnen Wärme, Schutz und Nahrung gäbe. Iza ist zwar nicht mehr jung, aber sie bekommt ein Kind, und sie hat Zauberkräfte und einen hohen Rang, ging es dem Bruder weiter durch den Kopf. Einem Mann brächte das Ehre. Und wenn sie nun einer der Jäger zur zweiten Gefährtin nähme? Und was wäre mit diesem fremdartigen Findling dort? Dieses Mädchen, das in der Gunst der Geister steht! Es könnte sein, daß er die Unsichtbaren erzürnte, wenn er das Kind jetzt aussetzte, und dann könnte es sein, daß sie die Erde wieder erbeben lassen. Brun fuhr sich mit der Hand über die Stirn, befingerte die flachen Flügel seiner knochigen Nase und begriff: Iza will das Kind behalten. Sie hat mir die Höhle gezeigt. Ihr ist die Ehre! Aber es dürfte nicht so offenkundig sein. Wenn er ihr das Kind ließe, würde ihr Ehre bezeugt, aber das Kind gehörte doch nicht zum Clan! Und wurden die Geister des Clans es denn so haben wollen? Noch nicht einmal ein schützendes Zeichen war dem Kind gegeben. Und wie sollte es bei ihnen bleiben, ohne Totem?

»Creb!« Brun winkte dem Mog-ur.

Der Zauberer drehte sich langsam um, glaubte, sich verhört

zu haben; Brun rief ihn mit seinem Geburtsnamen, und Creb humpelte zum Clan-Führer hinüber, als dieser ihm bedeutete, daß er mit ihm allein sein wollte.

»Das Mädchen, das Iza mitgeschleppt hat, du weißt, sie gehört nicht zum Clan, Mog-ur«, begann ihm Brun unsicher auseinanderzusetzen. Creb wartete. »Du hast mir bedeutet, der Große Höhlenbär sollte über ihr Leben bestimmen. Gut, sie lebt. Aber was sollen wir jetzt mit ihr? Sie gehört nicht zum Clan. Sie hat kein schützendes Zeichen!« Erregt hatte Brun den Bruder am Arm gepackt. Er wisse doch selbst am besten, daß ihre Totems keinem anderen, schon gar nicht von einem fremden Clan, erlaubten, an der Weihe einer neuen Höhle teilzunehmen. Und nur die Geister, die später in der Höhle leben würden, dürften dabeisein. Zwar sei das Kind noch jung und – zugegeben – könne sich nicht lange allein am Leben erhalten, und Creb wisse ja auch, daß ihre Schwester es zu behalten wünsche, aber was wäre dann mit der Höhlenweihe?

Creb hatte solches erwartet. Er entzog seinen Arm dem Griff des Bruders.

»Das Kind hat ein schützendes Zeichen, Brun, ein starkes Totem. Aber wir kennen es nicht. Ein Höhlenlöwe hat die Kleine angegriffen, sie aber ist mit ein paar Kratzern davongekommen.«

»Ein Höhlenlöwe? Noch nicht mal mit einem Jäger wurde so glimpflich verfahren.«

»Und ist sie nicht lange Zeit umhergeirrt, dem Hungertod nahe, ohne daß die Geister beschlossen haben, sie zu holen? Sie legten sie uns in den Weg, damit Iza sie finden sollte. Und du hast es nicht verhindert, Brun. Ich glaube, ihr Schutzgeist hat sie geprüft; er wollte sehen, ob sie seiner würdig ist. Er ist nicht nur stark, er bringt auch Glück. Wir können alle an ihrem Glück teilhaben. Vielleicht tun wir das schon.«

»Die Höhle?«

»Ihr ist sie zuerst gezeigt worden. Wir waren nahe daran umzukehren. Du hast uns so nahe herangeführt, Brun . . . «

»Die Geister haben mich geführt, Mog-ur. Sie wollten eine neue Bleibe.«

»Ja, sie haben dich geführt, zuerst aber haben sie die Höhle dem Mädchen gezeigt, Brun, wir haben zwei Kinder im Clan, deren Totems wir noch nicht kennen. Bis jetzt habe ich sie noch nicht in Erfahrung bringen können; wir hatten erst eine neue Höhle zu finden. Ich möchte den Kindern das Totem zukommen lassen, einem jeden das seine, wenn wir die Höhle weihen. Es bringt ihnen Glück und ihren Müttern Freude.«

»Und das Mädchen?«

»Wenn ich die Geister anflehe, mir die schützenden Zeichen der Kleinen zu enthüllen, werde ich sie auch nach dem Totem des Mädchens fragen. Und wenn es sich mir zeigt, kann sie an der Feier teilhaben. Wir könnten sie in den Clan aufnehmen, und dann kann sie bleiben.«

Brun legte die rechte Hand an sein flaumbestandenes Ohr, formte sie muldenähnlich und wiederholte erregt: »In den Clan aufnehmen? Sie gehört nicht zum Groß-Clan. Sie ist ein Kind der anderen. Wie könnten wir sie je aufnehmen? Solches wird das freundliche Auge des Großen Bären verfinstern, glaube mir! Noch nie ist so etwas geschehen!« hielt Brun dem Zauberer entgegen. Er wollte sie nicht zu einer der Ihren machen, er wollte nur wissen, ob die Geister nichts dagegen hätten, wenn das Mädchen beim Clan bliebe, bis es größer geworden sei.

»Iza hat ihm das Leben gerettet, Brun. Sie trägt jetzt etwas von dem Geist des Mädchens in sich. Und dadurch ist es mit dem Groß-Clan verbunden. Es war nahe daran, in die andere Welt hinüberzugehen, ist aber bei uns geblieben, hat ein neues Leben bekommen und wurde somit in den Clan hineingeboren.«

Creb, der mit ernsten, eindringlichen Bewegungen seinem Bruder bedeutet hatte, wie sich die Sache verhielt, sah, daß sich die Miene Bruns bei dieser Vorstellung umwölkte, und er gab eilig weiteren Hinweis, ehe Brun Einwendungen machen konnte.

»Leute von einem Clan verbinden sich mit denen eines anderen Clans, Brun. Das geschieht oft. Es gab eine Zeit, als die jungen Leute vieler Clans sich zusammentaten, um neue Clans zu gründen. Auch du warst auf der letzten Zusammenkunft des Groß-Clans. Hast du's nicht mehr im Kopf, daß sich da zwei kleine Clans zu einem verbunden haben? Denn beide waren geschrumpft, nur wenige Kinder waren geboren worden, und fast alle starben bald darauf.« Und demnach sei es wirklich nichts Neues, jemand anderen in den Clan aufzunehmen, war Crebs abschließende Vorhaltung gewesen.

Brun legte beschwichtigend die Hand auf des Bruders Schulter. Er gebe zu, manchmal gingen die Leute von einem Clan zu einem anderen. Und ob er, der Mog-ur, denn glaube, daß der Geist ihres Totems sich ihm mitteilen würde, und wenn es geschähe, wie er denn wissen wolle, ob er ihn auch richtig deute?

Ihm, Brun, blieben Sinn und Verständnis der Sprache des Mädchens verborgen. Ob der Bruder denn wirklich glaube, ihr Totem zu entdecken, mit ihm sprechen zu können?

Hoch auf richtete sich der Mog-ur nun. Das eine Auge blitzte Brun an, als er vorschlug, es versuchen zu wollen; mit Hilfe des Großen Bären, denn die Geister hätten ihre eigene Sprache, und wenn sie es wollten, daß das Kind ein Kind des Clans würde, dann würde das Totem, das sie beschütze, sich auch erklären wollen.

Brun schluckte schwer. Doch dann trug er wieder seine Zweifel vor: »Aber selbst wenn du mit ihrem Schutzgeist sprechen kannst, welcher Jäger wird sie haben wollen?« Iza und ihr Kleines seien Bürde genug, und man habe nicht so viele Jäger, denn nicht nur der Verlust von Izas Gefährten sei zu beklagen, als die Erde wieder zur Ruhe gekommen war, auch der Sohn von Grods Gefährtin habe den Tod gefunden, ein junger, kräftiger Jäger, ebenso wie Agas Gefährte, und sie habe nicht nur zwei Kinder, sondern auch ihre Mutter am Feuer sitzen.

Schmerz trübte Bruns Augen, als er der Toten des Clans gedachte.

»Und Oga?« klagte Brun weiter; den Gefährten ihrer Mutter hätten die Hörner eines Auerochsen durchbohrt, und ihre Mutter sei zu Tode gekommen, als die Höhle einstürzte. »Ich habe Ebra befohlen, das Mädchen aufzunehmen. Oga ist fast eine Frau. Wenn sie groß genug ist, will ich sie Broud geben.« Einen Augenblick lang behielt Brun den Gedanken an seine eigene Familie im Kopf, schüttelte ihn jedoch ab und beendete seinen Vortrag: »Die Last ist schwer genug für die Männer, die noch übrig sind, Mog-ur. Wenn ich das Mädchen in den Clan aufnehme, wem kann ich dann Iza geben?«

»Du wolltest ihr das Mädchen lassen, bis es größer ist, Brun. Und wem wolltest du sie da geben?« fragte der Einäugige.

Brun kratzte sich im Nacken, und Creb fuhr fort:

»Du brauchst deinen Jägern nicht noch Iza und das Kind aufzubürden, Brun. Ich nehme sie an mein Feuer.«

»Du?«

Crebs Auge funkelte. Beredt unterstrich des Zauberers Hand den Vorschlag. »Ja. Sie sind Frauen. Jungen brauchen die Unterweisung eines Mannes, aber es sind keine Jungen da. Steht mir als Mog-ur nicht der Anteil einer jeden Jagd zu?«

Er habe ihn noch nie gefordert. Und habe ihn noch nie gebraucht. Nun aber sollten alle Jäger den Anteil abtreten, der des

Mog-urs sei, dann hätte die Last auch nicht auf einem zu ruhen. Ja, in der neuen Höhle wolle er sein eigenes Feuer entzünden und Iza Schutz und Nahrung geben, wenn kein anderer Mann sie begehrte. Lange Zeit schon teilte er ihr Feuer, und es käme ihn hart an, wenn es jetzt anders würde.

»Iza kann mich pflegen, wenn die Schmerzen wieder in mir bohren; und wenn ihr Kind ein Mädchen ist, nehme ich es auch. Wenn es ein Junge ist . . .«

Creb zuckte mit den Achseln.

Sinnend betrachtete Brun das Bild, das der Mog-ur ihm entworfen hatte. Ja, es war gut. Eine Erleichterung für alle. Weshalb aber wollte Creb das tun? Iza hatte ihn immer gepflegt, ganz gleich, wessen Feuer sie teilte. Weshalb wollte ein Mann, der so viele Monde gesehen hatte wie er, plötzlich die Bürde kleiner Kinder auf sich nehmen? Weshalb wollte er sich abmühen, ein Kind von fremder Art großzuziehen und zu unterweisen?

Brun erfüllte die Vorstellung, das Mädchen in den Clan aufzunehmen, mit Unbehagen, das körperlich war, so, als hätte er Steine im Bauch. Er wünschte, diese Frage wäre nie aufgetaucht. Noch weniger gefiel ihm der Gedanke, daß ein Fremdling mit ihnen zusammenleben sollte, jemand, der nicht zum Clan gehörte und der nicht seiner Gewalt unterstand. Am besten war wohl, das Mädchen aufzunehmen und so zu erziehen, wie es sich für eine Frau gehörte. Und wenn Creb dazu bereit war, dann sah Brun keinen Grund, es ihm zu verwehren.

Brun senkte die geöffnete Hand.

»Gut, wenn du ihr Totem entdeckst, nehmen wir die Kleine in den Clan auf, Mog-ur. Beide sollen dein Feuer teilen, bis Iza ihr Kind bekommt.«

Und zum ersten Mal hoffte Brun nicht auf die Geburt eines Jungen. Als er die entscheidende Handbewegung gemacht hatte, war es Brun plötzlich sehr leicht ums Herz geworden. Daß Iza so allein war, hatte ihn gequält, aber zunächst war die Bleibe für den Clan vordringliche Sorge gewesen. Creb hatte mit seinem Vorschlag nicht nur Brun, dem Clan-Führer, einen Ausweg aus einer bedrückenden Lage gezeigt, sondern auch Brun, dem Familien-Vater. Denn seit dem Erdbeben, bei dem Izas Gefährte verschüttet worden war, hatte er es in sich hin und her bewegt, was mit Iza zu geschehen habe. Und stets hatte Brun nur den einen Gedanken fassen können: Iza und das Kind, das sie erwartete, und auch Creb waren an seinem eigenen Feuer aufzunehmen. Aber da saßen doch bereits Ebra, seine Gefährtin,

Broud und Oga. Das waren einfach zu viele und zu verschiedene, als daß sich alle vertrügen. Es wurde nur böses Blut geben.

Ebra verstand sich zwar recht gut mit Iza, aber wie würde es werden, wenn sie gemeinsam an einem Feuer lebten? Brun hatte schon verspürt, daß Ebra eifersüchtig war auf Izas höheren Rang, und Ebra war die Gefährtin des Clan-Führers; in den meisten Clans wäre sie die höchstgestellte Frau gewesen, doch Iza war der hohe Rang angeboren, sie hatte ihn nicht durch ihren Gefährten erworben. Als nun seine Schwester sich des Findlings angenommen hatte, war Brun die Befürchtung aufgestoßen, er müsse auch noch für diesen Sorge tragen. Aber daß es so kommen würde, wie es sich jetzt ergeben hatte, daß der Mog-ur sein eigenes Feuer entzünden und Iza und die Kinder unter seine Fittiche nehmen würde, das wäre früher nie in seinen Kopf gegangen.

Brun begab sich zu den Clan-Leuten, die schon ungeduldig von einem Fuß auf den anderen traten und darauf warteten, daß er ihnen bestätigte, was sie schon ahnten.

»Wir haben eine Höhle gefunden. Wir bleiben.«

»Iza«, sagte Creb und nahm die Schwester sachte am Arm, während sie den Trank aus Weidenrinde für Ayla bereitete. Heute würde er nichts essen.

Diese neigte zustimmend den Kopf, denn sie wußte, daß der Mog-ur mit den Geistern Zwiesprache halten wollte, und das mußte man mit leerem Magen.

Inzwischen begannen die anderen neben dem Bach, etwas unterhalb des sanft abfallenden Hanges, die Lagerstatt aufzuschlagen. Erst wenn die Höhle durch des Mog-urs heilige Handlungen geweiht worden war, konnte Einzug gehalten werden. Obwohl es eigentlich nichts Gutes verhieß, wenn man sich allzu ungeduldig zeigte, fand jeder einen Vorwand, sich nahe genug an sie heranzumachen, um vom Innern einen Blick zu erhaschen. Frauen, die Nahrung suchten, arbeiteten sich wie zufällig bis zur Öffnung vor, gefolgt von den Männern, die vorgaben, ihr Tun zu überwachen. Die Clan-Leute waren erregt, aber heiterer Stimmung. Die Ängste, die sie seit dem Erdbeben heimgesucht hatten, waren mit einemmal verflogen, denn das, was sie von der neuen großen Behausung sahen, sagte ihnen zu; zwar konnte man nicht sehr weit in das dämmrige, lichtlose Loch hineinblicken, doch immerhin erkannte man, daß sie weiträumiger war und viel luftiger als die frühere Höhle. Voll Freude wiesen sich die Frauen auf das moosbewachsene Becken hin, gleich neben der Höhle, welches das Quellwasser auffing; nicht einmal bis zum Bach würde man hinuntergehen müssen. Der Höhlenweihe sahen sie mit freudiger Erwartung entgegen; eines der wenigen heiligen Feste, an denen Frauen teilnehmen durften.

Der Mog-ur raffte seinen Fellumhang und humpelte noch eine Strecke Wegs. Er brauchte Ruhe jetzt und einen Platz, wo er in sich gehen konnte, ohne plötzlich gestört zu werden. Ein warmer Wind strich ihm um den Bart, während er dem eifrig springenden Bach folgte, der weiter unten schon nicht mehr so schnell lief, statt dessen aber immer breiter wurde und schließlich als kräftiger Fluß sich ins Meer ergoß. Creb schaute sich um. Nur ein paar ferne Wolken trübten die Klarheit des spätnachmittäglichen Himmels, und dicht und üppig sprossen Sträucher und Büsche, die er immer wieder zu umgehen hatte.

Ein Rascheln im nahen Gebüsch ließ ihn plötzlich innehalten. Das Land war ihm fremd hier, und sein einziger Schutz war der schwere Stock, auf den er sich beim Gehen stützte, der aber in seiner kraftvollen Hand eine fürchterliche Waffe war. Er hielt ihn schlagbereit, während das Rascheln näher kam und ein Schnauben und Grunzen anhob aus dem dichten Unterholz, begleitet vom Knacken brechender Äste.

Mit einemmal stieß das Tier durch das dichte grüne Laubwerk. Den mächtigen Körper trugen kurze, stämmige Beine, zu beiden Seiten des Rüssels sprangen spitz und scharf die unteren Eckzähne hervor. Ein Keiler. Angriffslustig funkelten ihn die kleinen, rotgeäderten Augen des graumassigen Tieres an, das aber dann zu scharren anfing, den Kopf schnüffelnd in die Erde bohrte und sich so seinen Weg zurück ins Dickicht grub.

Creb seufzte erleichtert und setzte seinen Weg am Bach entlang fort. An einem schmalen, sandigen Uferstreifen hielt er an, breitete seinen Umhang aus, legte den Schädel des Höhlenbären darauf und setzte sich ihm gegenüber. Dann beschwor er den Geist des Großen Bären und bat ihn um seine Hilfe. Der Kopf fiel ihm auf die Brust, aus dem alle Bilder und Gedanken getilgt waren, in dem jetzt nur noch Platz war für die beiden kleinen Kinder, die erfahren mußten, welches ihr Totem war.

Kinder hatten Creb schon immer gefesselt. Oft, wenn er scheinbar in sich selbst vertieft inmitten der Clan-Leute saß, beobachtete er sie, ohne daß jemand dessen gewahr wurde. Das eine war ein Junge, kräftig und behend, der lauthals brüllte, als man ihn geboren hatte. Und noch immer nuckelte Borg an seiner Mutter herum, grub den Kopf in ihre weichen Brüste und suchte und saugte und stieß dabei leise, grunzende Laute aus. Er erinnerte Creb an den Keiler, dem er eben begegnet war. Der Keiler schien ihm ein Tier, das man achten mußte. Es war schlau. Beim Angriff konnte es auf den kurzen Beinen erstaunlich schnell über den Boden donnern, und die scharfen Hauer mochten böse Wunden reißen. Kein Jäger wurde ein solches Totem gering schätzen.

Und Borgs Schutzgeist würde sich heimisch fühlen in der neuen Höhle; gut, ein Keiler also, erkannte Creb. Der Mog-ur war zufrieden mit der Wahl, bündelte wieder seine Sinne und richtete sie auf das andere Kind. Ona, deren Mutter ihren Gefährten bei dem Erdbeben verloren hatte, war nicht lange vor diesem Schrecknis geboren worden. Ihr Bruder Vorn, der noch nicht lange laufen konnte, war jetzt der einzige männlichen Geschlechts an diesem Feuer.

Aga brauchte bald einen anderen Gefährten, ging es dem Zauberer durch den Kopf, einen Gefährten, der auch ihre Mutter Aba beschützt. Aber das ist Bruns Sorge, ich muß an Ona denken.

Für gewöhnlich brauchten Mädchen sanftere Totems. Das Schutzzeichen einer Frau durfte nicht stärker sein als das eines Mannes, weil es sonst die Fruchtbarkeit spendenden Kräfte abwehrte, und dann trug die Frau niemals Kinder. Das Bild Izas entstand vor seinem Auge. Viele, viele Monde lang hatte sich ihr Totem, die Steppenantilope, dem ihres Gefährten überlegen gezeigt. Aber war es wirklich so stark? Dem Mog-ur ging die Frage oft durch den Kopf. Seine Schwester hatte mehr Wissen über zauberische Kräfte, als man gemeinhin annahm, und dem Mann, dem sie gegeben worden war, war sie höchst abgeneigt gewesen, was Creb ihr jedoch nicht verargen konnte. Hatte sie doch alles ertragen und nicht allzuviel nach außen dringen lassen; aber der Zwist zwischen ihnen war zu spüren gewesen. Jetzt würde er, der Mog-ur, sich um sie kümmern, wenn auch nicht als ihr Gefährte.

Niemals konnte Creb mit Iza, die seine Schwester war, zusammengegeben werden; es hätte gegen Brauch und Überlieferung verstoßen. Und schon lange war es her, seit er eine Frau als Gefährtin begehrt hatte. Iza war eine gute Frau. Sie kochte für ihn und besorgte sein Feuer. Und wenn jetzt noch Ayla hinzukäme? Als wenn er schon am Feuer säße, verspürte Creb den Anflug einer sanften Wärme, da er daran dachte, wie ihre dünnen Ärmchen ihn umfangen hatten. Später, ermahnte er sich und vertrieb das Bild, zuerst Ona.

Sie war ein stilles, doch aufmerksames Kind, das ihn oft aus großen, runden Augen anschaute. Alles beäugte sie mit stummer Wißbegierde. Nichts, so schien es, entging ihr. Das Bild einer Eule kam ihm vor Augen. Zu stark? Sie ist ein räuberischer Vogel, dachte er; jagt aber nur kleine Tiere, beschwichtigte er. Denn wenn eine Frau ein starkes Totem hat, dann muß ihr Gefährte ein viel stärkeres haben. Kein Mann, über den nur ein schwacher Schutzgeist wachte, konnte eine Frau mit dem Totem der Eule zur Gefährtin nehmen. Aber vielleicht brauchte sie einen Mann mit einem starken Schutzgeist. Also soll es eine Eule sein, beschloß der Mog-ur. Alle Frauen brauchen Gefährten mit starken Schutzgeistern. Habe ich darum niemals eine Gefährtin bekommen? fragte sich Creb. Wie groß ist der Schutz, den ein Reh geben kann? Izas Totem ist stärker. Viele Sommer waren vergangen, seit Creb das letztemal seines Totems, des sanften, scheuen Rehs, gedacht hatte, das, dem Keiler gleich, in diesen dichten Wäldern lebte. Der Zauberer war einer der wenigen, der zwei Totems hatte: Das Zeichen Crebs war das Reh; das Zeichen für den Mog-ur war der Höhlenbär.

Dieses Tier, ein mächtiger Pflanzenfresser, der seinesgleichen an Größe weit überragte, auf zwei Beinen beinahe doppelt so hoch stand wie sie und dessen gewaltiger, zottiger Körper dreimal ihr Gewicht hatte, dieser größte Bär, den die Erde je gesehen hatte, geriet selten in Zorn. Doch einmal hatte es sich begeben, als eine erschrockene Bärin einen krüppligen Jungen angriff, der, in seine Träume vertieft, ihren Jungen zu nahe gekommen war, und ihn zu Boden schlug. Erst später fand man den Jungen, blutüberströmt, das halbe Gesicht zerfetzt, ein Auge herausgerissen. Seine Mutter hatte ihm unterhalb des Ellenbogens den nutzlosen gelähmten Arm abgenommen, den die riesige Bärin zermalmt hatte, und ihn gesundgepflegt. Nicht lange danach war das verwachsene und zerschundene Kind Gehilfe des Mog-urs geworden, der dem Jungen verriet, daß der Bär gerade ihn, Creb, erwählt, geprüft und würdig befunden hätte und ihm sein Auge genommen zum Zeichen, daß er von nun an unter seinem Schutz stünde. Creb sollte seine Narben mit Stolz tragen, sie wären das Zeichen seines neuen Schutzgeistes, seines Totems.

Niemals ließ der Große Bär es zu, daß sein Geist von einer Frau geschluckt wurde, die ein Kind gebären sollte. Und Schutz gewährte er erst nach einer Prüfung. Wenige waren hierzu auserwählt; und noch weniger überlebten. Creb hatte sein Auge verloren, doch es schmerzte ihn nicht mehr. Heute war er der große Mog-ur. Und kein Zauberer zuvor hatte je seine Macht gehabt; die Macht des Bären, den der Mog-ur jetzt um Beistand bat.

Die eine Hand um das Amulett geschlossen, das an seinem Hals hing, beschwor er den Geist seines großen Beschützers, ihm den Geist des Totems zu entbergen, der das Fremdlingskind beschützte. Gewaltig schwollen die Adern an seinen Schläfen, sein Auge saugte sich in die leeren Blicklöcher des Bärenschädels, der allmählich sich auflöste und Aylas Gestalt annahm. Und wieder sah er sie auf die Höhle zugehen, bar jeglicher Zagheit und Angst. Und vorher? Offen hatte sie sich zu ihm bekannt, hatte Furcht weder vor seiner Ungestalt noch vor dem Mißfallen des Clans gezeigt. Wißbegierig war sie, und ihr Kopf begriff rasch, als wäre sie . . . Ayla begann zu verschwimmen, und statt ihrer entstand ein Bild, das Creb mit einemmal den Atem raubte. Nein, das konnte nicht sein! Sie wird doch eine Frau, hämmerte es in seinen Schläfen, das ist kein weibliches Totem! Er verdrängte das Geschaute und ließ Ayla wieder ihren Weg zur Höhle nehmen. Doch wieder zerfloß die Höhle mit dem Kind, und zum zweiten Mal begann sich das Unglaubliche zu bilden.

Er sah Höhlenlöwen, ein Rudel war es, das träge in der heißen Sonne der offenen Steppe lag, zwei junge darunter. Das eine Jungtier tollte tapsig durch das hohe Gras, beschnüffelte neugierig die Erdlöcher kleiner Nager und knurrte forsch. Später würde es bestimmt zur mächtigen Löwin werden, zur unerschrockenen Jägerin. Doch jetzt sprang es auf den zottiggemähnten Löwen, hob furchtlos seine kleine Tatze und schlug nach dessen mächtiger Schnauze. Bedächtig schob der herrisch Gemähnte das Kleine hinunter und hielt es mit schwerer Pranke; dann leckte er es mit langer, rauher Zunge.

Und wiederum versuchte Creb, dieses Bild zurückzustellen, von seinem Auge wegzuschieben, bis es wieder Ayla sah, das Mädchen, das aber nicht mehr zur Höhle ging, sondern bei den Löwen spielte.

Des Mog-urs Körper begann zu zittern, als er das Zeichen erkannte: ein Höhlenlöwe! Das Bild wirbelte wild in seinem Kopf. Plötzlich durchzuckte es ihn jäh und scharf. Das kann doch nicht sein. Keine Frau kann einen so mächtigen Schutzgeist haben. Und mit welchem Mann könnte sie sich je vereinigen?

Niemand im Clan hatte das Totem des Höhlenlöwen, kaum einer unter den Männern aller Clans hatte es. Und wieder sah er vor sich Ayla, das hochaufgeschossene, magere Kind mit den geraden Armen und Beinen, dem flachen Gesicht unter der hohen gewölbten Stirn; farblos und ausgebleicht, selbst die Augen. Sie wird eine häßliche Frau werden, dachte der Mog-ur. Und überhaupt, wird je ein Mann sie haben wollen? Aber hat je eine Frau mich haben wollen? Vielleicht wird sie auch nie ihr Feuer mit jemandem teilen können. Sie wird den Schutz eines starken Totems brauchen, wenn sie sich alleine durchbringen muß. Aber einen Höhlenlöwen? Tief grub Creb in seinem Kopf nach der Erinnerung, ob es im Groß-Clan jemals eine Frau gegeben hatte, deren Totem ein Höhlenlöwe gewesen war.

Aber sie gehörte ja nicht zum Clan, und alles deutete darauf hin, daß sie starken Schutz genoß, sonst wäre sie doch längst nicht mehr am Leben; sie wäre von jenem Höhlenlöwen getötet worden. Und dann stand es klar vor seinen Augen, das Bild, wie Ayla mit den Löwen spielt und der alte sie angreift. Angreift? Nicht doch, auf die Probe gestellt, geprüft mit der Macht seiner Pranke! Ein kalter Schauder des Begreifens kroch Crebs Rücken hinauf. Jetzt stand es fest und unerschütterlich in seinem Kopf, das Bild. Nicht einmal Brun kann da mißtrauen, dachte er. Der Höhlenlöwe selbst hatte sie mit seinen Krallen gezeichnet, wie bei der Weihe zur Mannbarkeit, wo dem Jüngling, dem der Höhlenlöwe als Schutzgeist gegeben ist, vier nebeneinanderliegende Linien in den Oberschenkel geritzt werden.

Doch Ayla war eine Frau, und das Mal war das gleiche! Creb war verwirrt darüber, daß ihm das nicht früher aufgefallen war. Bestimmt hatte der Löwe gewußt, daß sich die Leute im Clan sehr schwer tun würden, das Totem des Mädchens anzunehmen. Und deshalb hatte er selbst ihm das Zeichen mitgegeben, und zwar so deutlich, daß es niemand als etwas anderes ausgeben konnte, als es war: das Zeichen des Groß-Clans. Ja, der Höhlenlöwe will, daß sie unter uns lebt; er hat ihre Leute genommen, damit sie mit uns leben muß. Aber warum? Eine dumpfe Bedrückung legte sich auf das Herz des Zauberers, das gleiche Gefühl, das er verspürt hatte, als man das Kind fand.

Der Mog-ur schüttelte sich. Nie zuvor hatte sich ihm ein Schutzgeist mit solcher Klarheit enthüllt. Das, dachte er, war es, was ihm Angst machte. Der Höhlenlöwe ist ihr Totem. Er hat sie auserwählt, so wie der Höhlenbär mich auserwählte. Langsam löste der Zauberer seinen Blick aus den dunklen Augenhöhlen des Bärenschädels, vor dem er lange gehockt hatte. Er war erleichtert und bedrückt zugleich. Warum nur, warum brauchte dieses kleine Mädchen so mächtigen Schutz?

4

Schwarzbelaubte Bäume wiegten ihre Kronen sachte im kühlenden Abendwind, riesenhafte Schemen tanzender Zauberer vor einem blutroten Himmel. Im Clan-Lager war Ruhe eingekehrt. Der dämmrige Schein glühender Holzkohle half Iza bei der Durchsicht mehrerer kleiner Beutel, die in geordneten Reihen auf ihrem ausgebreiteten Umhang lagen. Hin und wieder warf sie einen Blick in die Richtung, in der Creb davongegangen war. Sie war in Unruhe um ihn, da er allein, ohne Waffen in unbekannten Wäldern weilte. Das Kind schlief schon. Fahrig zupfte sie an der Felldecke. Die Sorge der Frau wuchs, je mehr das Licht des Tages schwand.

Noch am Mittag hatte sie sich die Pflanzen angesehen, die rings um die Höhle wuchsen. Dort konnten ja welche sein, mit denen ihr Vorrat an Heilkräutern aufgefüllt und erweitert werden konnte. Unentbehrliches trug sie stets in ihrem Otterfellbeutel bei sich, aber das, was die kleinen Beutel an getrockneten Blättern, Blumen, Wurzeln, Knöllchen, Körnern und Rindenstückchen enthielten, war nur das Allernötigste. In der neuen Höhle war Platz für mehr.

Endlich erblickte Iza die hinkende Gestalt des alten Zauberers. Erleichtert sprang sie auf, um dem Bruder das Essen zu wärmen und Wasser heißzumachen für seinen Kräutertrank. Schlurfend kam er heran und ließ sich neben ihr nieder, als sie gerade ihre kleinen Beutel wieder wegsteckte.

»Was macht das Kind?« Creb deutete auf das Fellbündel, das sich regelmäßig hob und senkte.

»Sie hat einen ruhigeren Schlaf und kaum noch Schmerzen. Sie hat dich nochmal beim Namen genannt, Creb.«

Der Mog-ur brummte erfreut. »Mach bei Sonnenaufgang ein Amulett für sie, Iza.«

Die Frau neigte den Kopf. Dann sprang sie wieder auf, nicht nur, um nach Essen und Wasser zu sehen; die Freude, daß Ayla bliebe, ließ sie einfach nicht still sitzen bleiben. Creb hat mit ihrem Totem Verbindung aufgenommen, dachte Iza, und ihr

Herz klopfte laut vor Erregung. Die Mütter der beiden anderen Kinder hatten heute Amuletts gemacht. Und jeder sollte es sehen. Bald, bei der Höhlenweihe, würde ihnen das Totem ihrer Kinder offenbart. Oh, alles ließ sich so gut an! War Creb deshalb so lange weggewesen? Es mußte schwer gewesen sein für ihn. Gerne hätte Iza gewußt, welchen Schutzgeist Ayla hatte, doch sie unterdrückte ihre Neugierde. Creb würde es ihr ohnehin nicht sagen, und sie würde ihn bald genug erfahren.

Sie brachte dem Bruder das Essen und stellte auch sich noch etwas zu trinken hin. Ruhig saßen die Geschwister beieinander. Zuweilen krachte es im Feuer, als ein Stück Holzkohle heraussprang, oder etwas Rauch quoll auf, als kleine, gelblichgrüne Flammen frischgebrochene Äste umzüngelten. Sie waren die einzigen, die noch wachten.

»Bei Tagesanbruch ziehen die Jäger aus«, meinte Creb. »Wenn sie gute Beute machen, wird die Höhle am Tag danach geweiht. Bist du bereit?«

»Ja, ich bin bereit.«

Iza hielt ihm einen Beutel vors Gesicht. Er war anders als die übrigen. Sie hatte ihn aus der Haut eines Höhlenbären gefertigt und in das Fett, mit dem die Haut bearbeitet worden war, feinzerstampften roten Ocker gemischt, so daß die Haut in einem tiefen Rotbraun glänzte. Keine der anderen Frauen nannte einen Gegenstand im heiligen Rot ihr eigen; jeder allerdings trug in seinem Amulett ein Stück des roten Ockers.

Und dieser Beutel war das Kostbarste, was Iza besaß.

»Ja, Creb, wenn die Nacht um ist, werde ich mich fertig machen.«

Der Bruder brummte zustimmend; die übliche Antwort der Männer auf die Bemerkung einer Frau, mit der bekundet wurde, daß man sie zwar gehört habe, aber auf eine Stellungnahme verzichte.

Eine Zeitlang verharrten beide stumm und reglos. Dann stellte Creb die kleine Schale nieder, aus der er getrunken hatte, wandte sein Gesicht langsam zur Schwester und blickte sie durchdringend an.

»Der Mog-ur wird dir und Ayla Schutz und Nahrung geben und auch deinem Kind, wenn es ein Mädchen wird. In der neuen Höhle sollst du mein Feuer teilen, Iza«, schloß der Zauberer, griff nach seinem Stock, stemmte sich hoch damit und humpelte zu seinem Schlafplatz.

Iza hatte sich erheben wollen, doch als sie Crebs Entschluß

vernommen, sank sie wie vom Donner gerührt zusammen. Alles hätte sie erwartet. Aber daß ihr Bruder ... Ja, sie hatte es hin und her gewendet im Kopf und wohl bedacht, daß nun, da ihr Gefährte vom Beben zermalmt und eine neue Höhle gefunden war, ein anderer Mann für sie sorgen mußte. Doch was sie fühlte, hatte nichts zu sagen. Brun hätte sich nicht mit ihr beraten, und er hätte sie jedem der Männer geben können.

Droog zum Beispiel; der war allein, seit Goovs Mutter bei dem Beben getötet worden war. Iza achtete Droog. Er fertigte das beste Werkzeug im Clan. Ein jeder der Männer verstand zwar, einen Brocken Flintstein zu behauen, um sich daraus eine grobe Handaxt oder einen Schaber zu machen, aber Droog besaß besonderes Geschick. Er wußte den Stein so vorzuformen, daß die Splitter, die er herunterhieb, genau die Form und Größe besaßen, die er wünschte. Seine Stichel, Schaber, Kratzer, Bohrer und Klingen wurden hoch gerühmt. Wenn Iza unter den Männern des Clans hätte wählen dürfen, dann hätte sie Droog genommen.

Aber Iza hatte es sich schon im Kopf zurechtgelegt, daß man Droog wohl mit Aga zusammengeben würde. Aga war jünger als sie und schon Mutter zweier Kinder, und ihr Sohn Vorn würde bald von einem Jäger in die Zucht genommen werden müssen, und Ona, seine Schwester, brauchte jemanden, der für sie sorgte, bis sie groß genug war, selbst einen Gefährten haben zu können, und Droog war sicher bereit, auch Agas Mutter, Aba, aufzunehmen, denn die alte Frau brauchte ebenso wie ihre Tochter einen Platz, an den sie gehörte. Diese Vermehrung der Zahl der Köpfe um sein Feuer würde das Leben des ruhigen, sorgsamen Werkzeugmachers gründlich verändern; Aga konnte so launenhaft sein wie das Frühlingswetter, und sie hatte nicht den feinen heiteren Sinn für andere, wie Goovs Mutter ihn gehabt hatte. Aber Goov würde bald sein eigenes Feuer entzünden, und Droog brauchte eine Frau.

Goov kam als Gefährte überhaupt nicht in Betracht. Er war zu jung, kaum ein Mann, und hatte noch nicht einmal mit einer Frau zusammengelegen. Brun würde ihm doch keine alternde Frau geben, und Iza hätte sich mehr als Mutter denn Gefährtin gefühlt.

Und mit Grod und Uka zusammenzuleben und dem Mann, welcher der Gefährte von Grods Mutter gewesen war, Zoug? Grod war ein in sich gekehrter Mann, aber niemals grausam, Brun treu ergeben. Es hätte ihr nichts ausgemacht, mit Grod zusammenzuleben, obwohl sie die zweite Frau gewesen wäre. Doch Uka, Ebras Schwester, hegte noch immer einen leisen Groll gegen Iza, die ihre Schwester um den höchsten Rang im Clan gebracht hatte; und seit dem Tod ihres Sohnes war Uka traurig und unzugänglich. Nicht einmal Ovra, ihre Tochter, konnte den Schmerz der Frau zerstreuen. Es ist zuviel Kummer an diesem Feuer; Iza schüttelte den Kopf.

Daß sie jemals Crugs Feuer teilen würde, war ausgeschlossen. Ika, seine Gefährtin und die Mutter von Borg, kannte Iza als offene junge Frau. Aber das war es ja: beide waren sie so jung. Und mit Dorv, dem alten Mann, einst der Gefährte von Ikas Mutter, der mit am Feuer der beiden saß, war Iza nie sehr gut zurechtgekommen.

So blieb nur Brun. Aber bei ihm hätte sie nicht einmal die Stellung einer zweiten Frau bekommen, da er ihr Bruder war. Es machte nichts; sie hatte ja den Rang, der ihr von Geburt gegeben war. Sie konnte ihr eigenes Feuer machen, nicht so wie die arme Alte, welche einem anderen Clan angehört, ihren Gefährten schon lange zuvor verloren und auch noch keine Kinder gehabt hatte und die von Feuer zu Feuer geschoben worden war, immer eine Last; eine Frau ohne Rang, ohne Wert, die froh sein durfte, daß sie seit dem Beben im Reich der Toten weilte.

Daß sie jedoch mit Creb das Feuer teilen, daß er für ihre Nahrung und ihren Schutz sorgen würde, war ihr niemals einer Überlegung wert gewesen. Es gab im ganzen Clan niemanden, dem sie sich enger verbunden fühlte. Und Creb mochte Ayla. Das spürte sie. Iza faßte sich an die schweren Brüste und strich sich über den tropfenförmigen Bauch. Aus tiefstem Herzen entstieg ihr der Wunsch, keinen Jungen zur Welt zu bringen. Denn ein Junge mußte mit einem Mann zusammenleben, der ihn zum Jäger zu machen hatte, und Creb – Creb war ein Krüppel.

Ich könnte den Trank nehmen, um das Kind zu verlieren, ging Iza durch den Kopf. Dann wäre ich sicher. Sie preßte beide Hände auf den Kinderhort über ihren Beinen und wußte, daß schon Leben in ihm war. Entschieden schüttelte sie den Kopf. Es war zu spät. Es hätte gefährlich werden können. Sie fühlte, daß sie das Kind haben wollte, und obwohl sie nicht mehr jung war, trug sie nicht sonderlich schwer an der Leibesfrucht, denn sie wußte, was für Frauen wie sie gut war.

Allen Kindern im Clan hatte Iza ans Licht geholfen; ihre Erfahrung, aber auch ihre Kräuter teilte sie großzügig mit den Frauen. Jedoch einen Zauber gab es, der, von der Mutter auf die

Tochter gekommen, so geheim war, daß die Medizinfrau eher ihr Leben gelassen hätte, als ihn preiszugeben.

Und nur deshalb war es ihr gelungen, weil keiner, nicht Mann noch Frau, ihre Zauberkräfte befragen durfte. Was sie im Kopf hatte, konnte sie mitteilen, wenn einer Neugier bekundete, doch keiner durfte fragen.

Nie ließ Iza etwas von der Zauberhandlung ahnen, die sie selbst bei sich schon vorgenommen und mit der sie äußerst sicher die ungewünschte Empfängnis zu verhindern gewußt hatte. Niemals wäre es dem rüden Mann, der ihr Gefährte gewesen war, in den dicken Kopf gekommen, sie zu fragen, warum sie nicht endlich auch gebären würde. Er hatte geglaubt, ihr Totem wäre zu stark für eine Frau, und ihr das oft zu verstehen gegeben und bei den anderen Männern darüber geklagt, daß die Kraft seines Schutzgeistes die des ihren nicht zu überwinden vermochte. Iza setzte die Kräuter nur ein, weil sie Schande über ihren Gefährten bringen wollte und ihn und den ganzen Clan glauben machen, die zeugende Kraft seines Totems wäre zu schwach, die Kräfte des ihren zu brechen, obwohl er sie schlug.

Denn er schlug sie, wie er vorgab, um ihren Schutzgeist niederzuzwingen. Doch Iza spürte genau, daß er es mit Lust tat. Anfangs hoffte sie, ihr Gefährte würde sie einem anderen Mann geben, wenn sie keine Kinder hervorbrachte. Sie empfand schon glühenden Abscheu vor diesem Großmaul, noch ehe sie mit ihm zusammengegeben wurde. Und als sie es wußte, konnte sie nichts dagegen tun. Doch ihr Gefährte gab sie nicht fort. Iza war Medizinfrau, die höchstgestellte Frau im Clan, und es schmeichelte seiner Männlichkeit, ihr gebieten zu können. Als der Glaube an die Kraft seines Totems und an seine Männlichkeit ins Wanken geriet, weil seine Gefährtin kein Kind gebar, hielt er sich dafür schadlos und setzte die Kraft seines Körpers gegen sie ein.

Iza war, als würde sie noch heute die wunden und schmerzenden Stellen spüren, die er ihr geschlagen hatte.

Obwohl Knüffe, Püffe und auch Schläge erlaubt waren, weil man hoffte, dadurch würde die Empfängnis eines Kindes gefördert, hatte Iza gespürt, daß sie Brun mißfielen; wäre er schon zu jener Zeit der Clan-Führer gewesen, so wäre sie diesem Mann nicht gegeben worden. Das wußte sie. In Bruns Augen bewies ein Mann seine Männlichkeit nicht dadurch, daß er Frauen drangsalierte. Es war eines Mannes unwürdig, mit Schwächeren zu kämpfen oder sich von einer Frau aus dem Gleichgewicht bringen zu lassen. Es war einem Mann aufgegeben, den Frauen zu befehlen, zu züchtigen, wenn's nötig war, zu jagen und Nahrung zu beschaffen, Herr seiner Gefühle zu bleiben und den Schmerz nicht zu zeigen, wenn er litt. Der Mann durfte eine Frau stupfen und stoßen, wenn sie faul war oder dreist, aber nicht im Zorn und nicht aus Lust. Es gab Männer, die Frauen häufiger verprügelten als andere, aber kaum einer machte sich das Schlagen zur Gewohnheit. Nur Izas Gefährte tat das, und als Creb sich ihrem Feuer zugesellt hatte, war es ihm erst recht nicht eingefallen, sie fortzugeben.

Denn Iza war nicht nur die Medizinfrau, sie war auch die Frau, die für den Mog-ur kochte. Einige Zeit hatte Izas Gefährte die Clan-Leute glauben machen wollen, der große Zauberer enthüllte ihm seine Geheimnisse. Doch in Wahrheit war Creb sehr kühl zu dem Mann gewesen, wenn er auch die Formen des Umgangs beachtete, und oft hatte er ihn keines Blickes gewürdigt.

Iza hatte jedoch weiterhin ihre zauberkräftigen Kräuter angewendet, und als sie dann dennoch eines Tages sah, daß ihr Leib zu schwellen begann, es still hingenommen. Irgendein Geist war nun endlich doch über Totem und Zauber siegreich geblieben. Vielleicht der seine? Doch wenn die lebensspendende Kraft seines Totems obsiegt hatte, dachte Iza, warum war er ihrem Gefährten nicht zur Seite gestanden, damals, als die Höhle einstürzte? Eine letzte Hoffnung blieb ihr. Sie wünschte, eine Tochter zu gebären, ein Mädchen, das die neue Achtung, die er sich erworben hatte, mindern, aber auch das Wissen und das Tun der Mutter fortführen und erweitern würde. Wenn sie einen Sohn bekäme, dann wäre die Ehre ihres Gefährten wiederhergestellt; ein Mädchen hingegen ließ zu wünschen übrig. Aber nur, wenn sie ein Mädchen gebar, konnte sie mit Creb zusammenbleiben.

Mit einer raschen Bewegung riß sich Iza von diesen Gedanken an das Gewesene los, steckte ihren Kräuterbeutel, den sie immer noch in der Hand gehalten hatte, weg und kroch unter das Fell neben das ruhig schlafende Kind. Ayla hat das Wohlgefallen der Geister, sagte Iza zu sich. Sie hat die neue Höhle gefunden, und sie darf bei mir bleiben, und wir werden Crebs Feuer teilen. Vielleicht erreiche ich es auch, und sie lassen mich einer Tochter das Leben schenken. Behutsam legte die Frau ihren Arm um Ayla und schmiegte sich dicht an den warmen kleinen Körper.

Als es hell war – die Männer hatten sich schon längst aufgemacht –, und gegessen hatte man auch schon, winkte Iza dem Kind, wandte sich dem Wald zu und nahm den Bach als Richtungsweiser. Während sie am Wasser entlangwanderten, hielt die Medizinfrau Ausschau nach brauchbaren Pflanzen. Es dauerte auch nicht lange, da entdeckte Iza auf der anderen Seite eine sonnenbeschienene Lichtung. Auf moosbewachsenen Steinen übergingen sie das Wasser. Fußhohe Gewächse erwarteten sie. Die mattgrünen Blätter saßen an langen Stengeln, die Rispen kleiner, dicht zusammengedrängter grünlicher Blüten krönten. Iza grub eines samt seiner roten Wurzeln aus. Dann näherte sie sich mit sicherem Schritt einer sumpfigen Wiese, wo sie Wasserfarne fand und ein Stück weiter bachaufwärts Seifenkraut. Bei allem sah ihr Ayla voll Neugier zu, immer mit der Nase da, wo Iza gerade hantierte.

Sie kehrten zum Lager zurück, und Ayla beobachtete, wie die Frau einen festgeflochtenen Weidenkorb mit Wasser füllte und die Farnpflanzen und heiße Steine aus dem Feuer hineingab. Eng kauerte das Mädchen daneben, während Iza aus dem Umhang, in dem sie das Kind getragen hatte, mit einer scharfkantigen Steinklinge ein Stück herauszuschneiden begann. Die weiche, geschmeidige Haut, deren Brechen man durch eingeriebenes Fett verhindert hatte, war zäh, aber das Gerät durchtrennte sie mit Leichtigkeit. Mit einem anderen Stein, zu einer Spitze zugehauen, bohrte Iza Löcher in den Rand des gerundeten Fleckchens. Dann drehte sie zähe, dünne Stammholzfasern eines niedrigstehenden Gesträuchs zusammen, fädelte sie durch die Löcher und zog sie mit beiden Händen zu. Der Beutel war fertig. Mit einem raschen Hieb der Steinklinge – Droog hatte sie gefertigt – kappte sie ein Stück des langen Riemens, der ihren Umhang zusammenhielt.

Als das Wasser im Korb endlich heiß war, nahm Iza eine wasserdichte Binsenschale sowie die anderen Pflanzen, die sie vorher gesammelt hatte, und ging zum Bach. Ayla immer hinter ihr. Sie liefen so lange das Ufer ab, bis sie zu einer Stelle kamen, wo es sich in sanfter Neige zum Wasser abschrägte. Iza suchte sich einen runden Stein, den sie gut in der Hand zu halten vermochte, legte das Seifenkraut in die Mulde einer Felsplatte nahe dem Bach und gab Wasser dazu. Mit raschen, sicheren Bewegungen beklopfte sie das Seifenkraut mit dem Stein, so daß sich üppiger Schaum entwickelte. Iza nahm ihr Steinzeug und anderes aus den Falten ihres Umhangs, löste den Gürtel und warf den Umhang ab. Sorgsam zog sie ihr Amulett über den Kopf und legte es obenauf.

Ayla jauchzte hellauf, als Iza sie bei der Hand nahm und in den Bach hineinführte. Ihr geliebtes Wasser! Doch nachdem Iza sie gründlich naß gemacht hatte, wurde sie herausgeschoben, auf eine Felsplatte gesetzt und von Kopf bis Fuß mit Seifenschaum gerieben. Nachdem Iza die Kleine dann noch getaucht und abgespült hatte, besah sie deren Kopf mit den verfilzten Haaren. Entschlossen machte sie eine Handbewegung und drückte dabei die Augen zu. Ayla verstand nicht, doch als sie die Frau nachahmte, nickte Iza. Da begriff sie, daß sie die Augen zu schließen hatte. Der Kopf wurde ihr nach vorn gedrückt, und schon rann die warme Flüssigkeit aus der Schale mit dem Wasserfarn darüber, und Izas Hände kneteten kräftig und wuschen das Haar aus. Nach einem zweiten Bad im kalten Bach zerstampfte Iza Wurzel und Blätter des Krautes von der Lichtung und rieb der Kleinen das Gemisch ins Haar, die sie dann ein letztes Mal ins Wasser tunkte. Anschließend wusch sich Iza selbst.

Während sie so am Ufer saßen und sich von der Sonne trocknen ließen, zog Iza mit den Zähnen kleine Zweige von einem Ast und entwirrte damit das zerzauste Haar des Kindes und ihr eigenes. Sie hob die schweren Brauen, als sie merkte, wie fein und weich Aylas helles Haar war. Heimlich betrachtete sie das Kind von der Seite, dessen Haut die Sonne gebräunt hatte, die aber noch immer heller schimmerte als ihre eigene. Iza fand das magere, hellhäutige kleine Mädchen mit den wäßrigen Augen eigentlich grundhäßlich. Armes Kind. Wie sollte sie da je einen Gefährten finden?

Iza legte den Finger an die Nase und schloß die Augen. Wenn sie keinen bekommt, ging es ihr durch den Kopf, wie soll sie dann Rang gewinnen? Später könnte es ihr so ergehen wie der Alten, die die Erde begrub. Wenn sie meine Tochter wäre, stünde ihr Rang und Ansehen zu. Und wenn ich sie in der Heilkunst unterweise? Das würde ihr Wert geben. Und wenn mein Kind ein Mädchen wird, kann ich sie beide unterweisen. Eines Tages würde der Clan eine neue Medizinfrau brauchen. Und wenn Ayla die Zauberkraft besitzt, nimmt der Clan sie vielleicht an. Und vielleicht findet sich dann sogar ein Mann, der sie zur Gefährtin nimmt. Sie wird doch in den Clan aufgenommen, warum kann sie dann nicht meine Tochter sein? In Izas Augen war das fremde Kind schon zu eigen Fleisch und Blut geworden.

Sie blickte auf, sah, daß die Sonne schon sehr hoch stand, und erhob sich, das Amulett fertigzumachen und den Wurzeltrank zu bereiten.

»Ayla«, rief sie dem Kind zu, das schon wieder zum Bach gerannt war.

Folgsam kam das Mädchen angelaufen. Iza befühlte ihr Bein und stellte fest, daß das Wasser den Schorf aufgeweicht hatte. Doch die Wunde heilte gut. Eilig hüllte sich Iza wieder in ihren Umhang. Nachdem sie am Lagerplatz ihren Grabstock und den neuen kleinen Beutel geholt hatte, führte sie das Kind zu der Felsnase des Berggrats. Von hier aus war ihr eine Erdschrunde aufgefallen, gleich auf der anderen Seite, deren Wände an manchen Stellen gerötet waren. Es war dem Ort nahe, wo sie angehalten hatten, ehe Ayla ihnen die Höhle gezeigt hatte. Als sie davorstanden, stocherte Iza mit ihrem Stock in der rissigen Erde herum, bis mehrere kleine Brocken roten Ockers herausbrachen. Sie hob ein paar kleine Stücke auf und hielt sie Ayla hin. Das Mädchen betrachtete sie, wußte nicht recht, was von ihr erwartet wurde. Dann berührte sie zaghaft einen der Brocken. Iza steckte einen kleinen Klumpen in den neuen Beutel, den sie wieder in einer Falte ihres Umhangs verbarg. Ehe sie kehrtmachte, blickte sie ins Land hinein, wo man eine Anzahl kleiner Gestalten sah, die sich weit unten über das flache Grün bewegten. Die Jäger. Sie waren früh am Morgen aufgebrochen.

Lange Zeit zuvor hatten Männer und Frauen, die weit einfacher gewesen waren in Regungen, Bewegungen und Gebärden als Brun und seine Jäger, die sich noch oft auf Füßen und Händen abstützten, wenn sie beschwerliche Strecken zu überwinden hatten, das Jagen auf Lebendes erlernt, indem sie ihre Widersacher, die räuberischen Tiere, beobachteten und nachahmten. So hatten diese Erdlinge, denen zwei scharfe, ausgeprägte Zähne in den vorderen Ecken ihres Gebisses gegeben waren, die sich aber bei den Clan-Leuten schon lange zurückgebildet hatten, erkannt, daß man, wie die Wölfe, gemeinschaftlich Beutetiere erlegen konnte, die weit größer und kräftiger waren als man selbst. Und nach und nach hatten sie erkannt, daß auch mit Hilfe von Geräten, Werkzeug und Waffen, anstelle der Klauen und Fangzähne, riesige Tiere zu erlegen waren.

Und weil Schweigen geboten war, wenn das Wild, dem sie auflauerten, nicht gewarnt sein sollte, hatten die grobknochigen, fingerfüßigen Erdlinge begonnen, sich durch Zeichen zu verständigen, die sich dann allmählich zu den vielfältigen und feinsinnigen Gebärden entwickelten, mit denen man heute sich im Clan mitteilte. Das Warngeschrei, ein rasches, jähes Ausstoßen der Luft aus dem aufgerissenen Mundschlund, hatte durch das Hinzuwachsen einer feineren Kehle die große Wandlung erfahren, sich zu einer buntlautigen Stimmungsäußerung entwikkelt. Das Geschrei war zum Gerede geworden.

Beim ersten Lichtschimmer waren die Männer aufgestanden und hatten sich fertig gemacht. Sie rieben sich den Schlaf aus den Augen und sahen zu, wie die Sonne zunächst ihre Strahlen, Spähern gleich, vorausschickte, sich vorsichtig über den Rand der Erde hinterherschob und dann als stolze Siegerin über die Nacht den neuen Tag beschien. Dort, wo sie mühsam heraufgekrochen war, stand eine riesige Wolke braungelben Lößstaubs in der Morgenluft. Das Gewoge einer vielköpfigen Wildherde, die sich nickend, rupfend und schlingend durch das zarte Grün fraß und in ihrer ganzen Breite einen kahlen und zerstampften Boden, durchmengt mit Harn und Kot, zurückließ.

Als die Jäger die Vorberge durchstiegen hatten und das taufrische Steppengras unter den Fußsohlen und an den Schenkeln spürten, fielen sie in eine schnellere Gangart und machten sich gegen den Wind an die Herde heran. Als sie nahe genug waren, kauerten sie sich tief ins hohe Gras und beobachteten die mächtigen Tiere. Auf den massigen, von einem Höcker besessenen Schultern, die sich nach hinten zu schmalen Flanken verjüngten, saßen gewaltige zottige Schädel mit schweren schwarzen Hörnern, deren Spitzen bei den ausgewachsenen Tieren mehr als eine Armeslänge auseinander lagen. Die durchdringende Dünstung der dichtgedrängten Tiere stieg den Lauernden in die Nase. Die Erde zitterte unter den Tritten unzähliger Hufe.

Brun hielt eine Hand über die Brauen, um seine Augen zu beschatten, und betrachtete aufmerksam ein jedes der Tiere, das an ihm vorbeikam; er wartete auf ein jagdbares und den geeigneten Augenblick hierzu. Nichts, kein Muskel in seinem Gesicht verriet die übermäßige Spannung, die seine Brust zu zerreißen drohte. Nur das unmerkliche Auf und Ab der Schläfen über den wulstigen Augenbrauen zeugte vom rasenden Schlag seines Herzens. Dies würde die wichtigste Jagd seines Lebens. Noch nicht einmal seine erste, die ihn zum Mann gemacht hatte, war von solcher Tragweite gewesen. Vom Ausgang dieser Jagd hier hing es ab, ob die neue Höhle bewohnt werden konnte. Denn war er gut, so hatte man nicht nur Fleisch für das Fest zur Höhlenweihe, sondern auch die Gewißheit, daß die Schutzgeister des Clans an ihrer neuen Heimstatt Gefallen fanden; kehrte man aber mit leeren Händen zurück, so mußte der Clan zu neuer Suche sich aufmachen, denn dann warnten die Totems, daß die Höhle kein Glück bringe.

Als Brun nun Tier für Tier an sich vorbeitrotten sah, fühlte er, wie ihn Mut durchströmte, war doch der Bison gerade sein Totem.

Der Clan-Führer blickte auf seine Jäger, die niedergekauert seines Zeichens harrten. Für sie war das Warten immer das Härteste; doch ein zu frühes Losschlagen konnte schweres Unglück bewirken, und Brun wollte alles tun, was in seiner Macht stand, um ein Fehlschlagen zu vermeiden. Mißbilligend sah er eine zukkende Unruhe auf Brouds Gesicht und bereute schon fast seine Entscheidung, den Sohn die Beute machen zu lassen. Dann aber tauchten in seinem Kopf die strahlenden Augen des Jungen auf, die geblitzt hatten vor Stolz, als der Clan-Führer ihm befohlen hatte, sich auf seine erste Jagd vorzubereiten. Aber es ging ja nicht nur um Broud; von der Kraft seines Armes hing es ab, ob der Clan die neue Höhle würde seine nennen können oder nicht.

Der Junge gewahrte Bruns Blick und beherrschte sich mühsam. Sein Kopf hatte einfach nicht fassen wollen, wie groß und massig und stark so ein Steppentier war – selbst der Höcker auf den Schultern würde ihn, wenn er aufrecht gestanden hätte, noch um Fußeslänge überragen –, und auch nicht, wie überwältigend eine ganze Herde sein konnte. Das Donnern, Brüllen, Schaben und Zischen bedrohte seine Ohren, der faulig-scharfe Ruch stach ihm heftig in die Nase, die krausen, gehörnten Fellberge, die da vorbeizogen, schienen Broud fast zu erdrücken. Und wenn ihn eines entdeckte? Er mußte ihm wenigstens die erste, tiefe Wunde schlagen, schon um als Bezwinger eines erlegten Tieres gefeiert werden zu können. Und wenn der Stoß fehlging und der Bison entkäme? Brouds Herz war am Zerspringen.

Wie fortgeblasen war nun die forsche Überlegenheit, die ihn beflügelt hatte, als er Oga zeigte, wie er den Bison treffen würde. Voller Bewunderung war sie gewesen; es hatte ihm gefallen; aber er tat so, als gäbe es sie nicht; ein Kind war sie und noch dazu ein Mädchen. Bald würde sie seine Frau sein; keine schlechte Gefährtin vielleicht, wenn sie erst Brüste hätte, warmfeuchte Falten, flinke Hände und einen breiten Rücken. Broud umklammerte seinen Speer fester. Sie braucht einen starken Jäger, sagte er zu sich, einen, der sie beschützen kann, jetzt, da ihre Mutter und der

Gefährte ihrer Mutter bei den Toten sind. Er fand Gefallen daran zu sehen, welche Mühe Oga sich gab, ihn zu bedienen, seit Brun sie aufgenommen hatte. Unermüdlich war sie bestrebt, jedem seiner Wünsche zu willfahren, und dabei war er nicht einmal ein Mann. Wie wird sie mich aber anschauen, wenn ich keine Beute mache? Wenn ich bei der Höhlenweihe nicht zum Mann gemacht werde? Wie würde Brun ihn ansehen? Der ganze Clan? Was wird, wenn wir die neue Höhle, die der Hort des Geistes des Großen Bären ist, verlassen müssen? Brouds Griff um den Speer ließ das Weiße an seiner Faust hervortreten. Die andere schloß er um sein Amulett und bat beim wollhaarigen Nashorn um Mut und Kraft.

Wenn es nach Brun ging, würde der Bison nicht entkommen; doch er ließ den Jungen weiterhin im Glauben, es hinge alles und allein an ihm, ob man nun endlich in die Höhle konnte oder wieder nach einer neuen Umschau halten mußte. Denn wenn er eines Tages der Clan-Führer werden wollte, konnte er ruhig jetzt schon erfahren, welche Last das Herz dabei zu tragen hatte. Brun wollte dem Jungen nicht vorgreifen, doch er gedachte, in der Nähe zu sein, um notfalls selbst den Todesschlag zu führen. Er hoffte um des Jungen willen, es nicht tun zu müssen. Der Junge war stolz, das wußte er, und er wußte auch, daß Broud sich tief erniedrigt fühlte, wenn es würde sein müssen. Doch Brun war nicht gewillt, die neue Höhle dem Eigensinn eines Kindes zu opfern.

Dann machte er sich wieder an die Beobachtung der wogenden Herde. Nicht lange, und Brun erspähte einen jungen Bullen, der sich wie eine vom Wind abgetriebene Woge seitwärts in die Büsche schlug. Das Tier war beinahe ausgewachsen, aber eben noch unerfahren. Brun wartete so lange, bis das Tier allein stand, ohne die Sicherheit der Herde. Dann gab er das Zeichen für »Ausschwärmen«!

Die Männer sausten augenblicklich auf ihre Plätze rings um das Tier, in gleichmäßigen Abständen voneinander, während Brun angespannt die nahe Beute im Auge behielt. Dann gab er das Zeichen zum »Angreifen«! Schreiend und rufend und mit wild wedelnden Armen stürzten die Männer auf die Herde los. Erschreckte Tiere am Rand drängten einwärts, schlossen auf zu den weiter innen trottenden und stießen diese zur Mitte hin. Gleichzeitig stürzte Brun los, um den jungen Bullen noch weiter von der Herde wegzuhetzen.

Während die verwirrten Tiere sich immer weiter in die

schwankende und brüllende Masse hineinbohrten, setzte Brun dem Bullen nach, den er abgedrängt hatte, und trieb ihn in weitgreifendem, kräftigem Laufschritt vor sich her. Das Leibergeschiebe und Höckergewoge ergriff wellengleich die ganze Herde, und in der Luft wirbelte ein dichter Schleier feinkörnigen Staubs. Dunkler Schweiß rann Brun in Strömen an den Lenden herab; kaum noch atmen konnte er und sehen fast genauso wenig. Sein mächtiger Brustkorb hob und senkte sich hastig, seiner Kehle entrang sich ein gebrochenes Krächzen, als er Grod das Zeichen zum »Verfolgen« machte.

Augenblicklich schwenkte der Bulle um, als er sich von Grod bedrängt sah, doch die Männer bildeten einen großen Kreis, um das Tier zu Brun zurückzutreiben, der, noch immer keuchend und spuckend, herankam, um seinen Platz einzunehmen. Ein dumpfes, immer mächtiger werdendes Donnern erfüllte die staubverhangene Luft, als die riesige Herde in wildem Schrekken davonraste, die Köpfe tief nach unten gezogen, Schaum vor den Mäulern, die Augen weit aufgerissen und verdreht, so daß nur das Weiße zu sehen war. In die andere Richtung aber stob das junge Tier davon, in panischer Angst vor einem Geschöpf, das nur ein Winziges der Bullenkraft besaß, jedoch genug Kenntnis im Kopf und Entschlossenheit im Herzen, diesen Mangel auszugleichen.

Grod trieb ihn vor sich her, ließ nicht locker, obwohl sein hämmerndes Herz zu bersten drohte. Salziger Schweiß lief ihm über das staubbedeckte Gesicht und färbte seinen Bart graubraun. Schließlich kam Grod stolpernd zum Stehen, und Droog sprang für ihn ein. Die Ausdauer der Jäger war groß, doch der starke junge Bison preschte mit nicht erlahmender Kraft vorwärts. Droog war der größte unter den Männern. Schnellfüßig warf er die langen Beine nach vorne, setzte dem Tier nach, jagte es mit weitausschweifenden, federnden Schritten, schwenkenden Armen und schrillen Schreien vor sich her und drängte es ab, als es ausbrechen und den Spuren der fliehenden Herde folgen wollte. Als Crug den völlig erschöpften Droog ablöste, war ihre Beute schon sichtlich außer Atem. Weiter hetzte Crug das matter werdende Tier und stieß ihm den Speer mit der Steinspitze in die Flanke.

Als Goov übernahm, wurde das zottige Tier schon langsamer; doch in blinder Beharrlichkeit schlugen die Beine des Bullen den Boden, griff das Tier weit aus, dicht gefolgt von Goov, der es immer wieder mit der Speerspitze antrieb, um auch die letzten Kräfte aus ihm herauszuholen. Broud sah Brun herbeispringen, als er sich mit einem Schrei in das Rennen warf und die Verfolgung aufnahm. Er brauchte das Tier nicht mehr lange zu hetzen. Der Bison hatte sein Äußerstes gegeben; langsamer und langsamer wurde er und blieb schließlich einfach stehen, unfähig, auch nur einen Schritt von der Stelle zu machen. Mit schweißglänzendem Fell und hängendem Kopf stand er da, Schaum vor dem Mund. Den Speer stoßbereit in der Hand, näherte sich der Junge dem abgehetzten Tier.

Bruns erfahrene Augen prüften schnell den Zustand von Jäger und Gejagtem. War der Junge ungewöhnlich ängstlich oder war er übereifrig? War das Tier wirklich ganz erschöpft? Manch listiger alter Bison machte einen Verschnauf, ehe die letzten Kräfte aufgezehrt waren, und wagte noch einen Angriff, bei dem der Jäger – und besonders dann, wenn er unerfahren war – schwer verletzt oder getötet werden konnte. Sollte er mit seiner Schleuder das Tier zu Fall bringen? Der massige Kopf des Bisons hing fast am Boden, seine zitternden Flanken verrieten, daß er sich völlig verausgabt hatte. Wenn er jetzt seine Schleuder nahm, wurde dem Jungen ein Stück Ruhm geraubt; Brun beschloß, ihn Broud ganz alleine zu lassen.

Rasch, ehe der Bison sich wieder erholte, trat der Junge an den vierfüßigen Fellberg heran und hob seinen Speer. Ein letzter Gedanke an sein Totem – dann stieß Broud zu. Tief fraß sich der lange, schwere Speer in die Seite des Tieres; die im Feuer erhärtete Spitze durchbohrte das dicke Fell und zersplitterte im rasch geführten Stoß eine Rippe. Jäh brüllte der Bison auf vor Schmerz und fuhr herum, seinen Angreifer aufzuspießen, als seine Beine unter ihm auch schon einknickten. Als Brun das sah, sprang er an die Seite des Sohnes. Mit beiden Händen packte er seine Keule, holte weit aus und ließ sie auf den Tierkopf niedersausen. Schwer fiel der Bison auf die Seite; seine hornbewehrten Hufe schlugen noch zaghaft in den letzten Zuckungen des Todes. Dann lag er still.

Im ersten Augenblick war Broud wie betäubt. Doch dann stieg ein schriller Triumphschrei ihm auf, der durch seine Kehle jagte und in der Luft einen gewaltigen Ton erzeugte. Er hatte es geschafft! Er hatte sein erstes Tier erlegt! Er war ein Mann!

Broud tanzte in wildem Überschwang. Er griff nach seinem Speer, der aus der Seite des Tieres herausragte, riß ihn mit einem Ruck hoch und spürte, wie ein scharfer Strahl warmen Blutes an sein Gesicht spritzte. Seine Zunge schmeckte Salziges. Brun schlug Broud auf die Schulter. Stolz blitzte in den Augen des Clan-Führers.

Es freute Brun, einen weiteren kräftigen Jäger unter seinen Leuten zu haben; einen kräftigen Jäger, der Stolz und Freude in seinem Herzen entflammte, den Sohn seiner Gefährtin, den Sohn seines Herzens.

Die Höhle blieb ihnen nun, und die Weihe würde das bekräftigen: Die Schutzgeister hatten Gefallen gefunden an der neuen Höhle.

Hoch in die Luft hielt Broud den Speer mit der blutigen Spitze, als die übrigen Jäger zu ihnen hinliefen, hüpfende Freude im Schritt beim Anblick des erlegten Tieres. Brun hatte schon seine Steinklinge gezückt, um ihm den Bauch aufzuschlitzen. Er trennte die Leber heraus, zerteilte sie und gab jedem der Jagdgefährten ein Stück. Dies war der edelste und köstlichste Teil der Tiere, allein den Männern vorbehalten, denen er den starken Arm und das scharfe Auge, unerläßlich für das Jagen, gab. Brun schnitt auch das Herz des Tieres heraus und begrub den Blutklumpen im Boden, wie er es einstmals seinem Totem gelobt hatte.

Broud kaute die noch warme Leber – ein erster Vorgeschmack auf das Mannsein – und dachte, das Herz müßte ihm zerspringen vor Glück. Bei der Höhlenweihe würde er endlich zum Mann werden; den Jagdtanz führte er nun an, und auch er säße des Nachts mit in der kleinen Höhle, wo des Mog-urs Beschwörungen zu folgen war. Diesen Stolz auf Bruns, seines Vaters Zügen zu sehen, dafür hätte er gern sein Leben gegeben. Das war sein Tag heute und seine Nacht morgen. Alles drehte sich um ihn. Nur ihm gehörte die ungeteilte Bewunderung und Achtung des ganzen Clans; nur von ihm und seiner Jagdbewährung würde die Rede sein. Und Ogas Augen würden leuchten, bewundernd und ergeben.

Unterdessen hatten die Männer je zwei Beine des Bisons oberhalb der Kniegelenke mit Riemen umschnürt. Grod und Droog banden ihre Speere zusammen, Crug und Goov taten das gleiche, so daß aus den vier Speeren zwei verstärkte Stangen entstanden. Die eine wurde zwischen den vorderen Beinen hindurchgeschoben, die andere zwischen den Hinterläufen. Brun und Broud stellten sich zu beiden Seiten des zottigen Kopfes auf, und jeder packte ein Horn. Mit der freien Hand hielten sie ihren Speer. Grod und Droog umfaßten die Stange mit den Vorderläufen, während Crug und Goov die hintere nahmen. Auf ein Zeichen des Clan-Führers hoben alle sechs Männer an und schleiften das massige Tier über das grasige Land. Der Weg zurück wurde lang und mühsam. Die Männer ächzten unter der Last ihrer Beute und schafften es nur unter Aufbietung aller ihrer Kräfte, den schweren Bison über die Steppe ins Hügelland hinaufzuschleppen.

Oga hatte sich die Hand vors Gesicht gehalten und schaute sich die Augen aus dem Kopf. Plötzlich ging ein Ruck durch den behenden Körper. Da, die Männer! Sie hatte die zurückkehrenden Jäger tief unten in der Ebene erspäht. Als die Männer sich der Felsnase näherten, erwarteten die Frauen sie bereits, liefen ihnen entgegen und begleiteten sie das letzte Stück zur Höhle. In stummer Huldigung schritten sie neben ihnen. Daß Broud mit an der Spitze ging, zeigte an, daß er die Beute erlegt hatte. Selbst Ayla wurde von der Erregung gepackt, die nun fast greifbar war.

5

»Der Sohn deiner Gefährtin ist tapfer«, bedeutete Zoug dem Clan-Führer, als die Jäger das mächtige Tier vor der Höhle niederlegten. »Du hast einen neuen Jäger, auf den du stolz sein kannst.«

»Er hat ein starkes Herz gezeigt und eine kräftige Hand.« Brun legte seinem Sohn die Hand auf die Schulter, und Broud reckte den Kopf, als wollte er sich sonnen.

Zoug und Dorv musterten das erlegte Tier mit großen Augen, die ganz winzig, aber doch sichtbar eine heimliche Sehnsucht nach der prickelnden Erregung der Jagd und dem berauschenden Hochgefühl des Beutemachens erkennen ließen, denn die Gefahren und Enttäuschungen, die Hauptteil ihres Lebens waren, hatten sie vergessen. Die beiden Alten konnten nicht mehr mit und die großen Tiere jagen; doch auch sie trugen ihren Teil zur Beschaffung der fleischlichen Nahrung bei. Schon früh waren sie in den Wald gepirscht und hatten den ganzen Morgen nach kleinem Wild gespürt.

»Wie ich sehe, habt ihr von euren Schleudern regen Gebrauch gemacht, du und Dorv«, merkte Brun an. »Bald müssen wir einen Platz zum Üben finden, denn nützlich wär' es für den Clan, wenn alle Jäger so geschickt die Schleuder zu gebrauchen wüßten wie du, Zoug. Demnächst muß auch Vorn zum Jäger herangezogen werden.«

Brun stand immer vor Augen, daß all dies, was die beiden Alten noch erjagten, dem Clan sehr nützlich und deshalb auch zu loben sei. Nicht immer war den Großwildjägern Glück beschieden, und häufig waren es die Älteren, die das nötige Fleisch herbeischafften, besonders während der kalten Zeit im Winter, wenn einem der Schnee bis über die Schultern ging, wenn man einsank, und nur leichte kleine Tiere ihren Bau verließen. Es tat dann gut, ein bißchen frisches Fleisch zu haben, auch weil man mit der Zeit des kalten Dörrfleischs überdrüssig wurde und auch der Vorrat nicht so schnell zu Ende gehen sollte.

»Den jungen Bison wiegt es hier nicht auf«, erklärte Zoug und wies auf einen Biber und ein paar Kaninchen. »Auch sah ich eine Lichtung heute, nicht groß, doch sehr geeignet, einen Platz zum Schleudernüben anzulegen.«

Zoug, der seit dem Tod seiner Gefährtin bei Grod lebte, hatte, nachdem er aus den Reihen der Jäger ausgeschieden war, ständig geübt und gearbeitet, sein Geschick mit dem Umgang der Schleuder zu verbessern; Schleuder und Wurfschlinge waren die Waffen, die sich den Händen der Männer des Clans am meisten widersetzten. Und wenn Zoug einmal wieder nicht getroffen hatte, so schüttelte er wütend den Kopf und blickte sinnend auf seine muskulösen, grobknochigen und leicht gebogenen Arme hinab, die ungeheuer kraftvoll waren und dennoch Bewegungen ausführen konnten, die soviel Gefühl in den Fingern und Genauigkeit verlangten wie das Behauen von Flintstein. Denn in den Armgelenken, vor allem in der einzigartigen Verbindung von Muskeln und Sehnen mit den Knochen saß diese ungeheure Kraft, die sie hatten, die gepaart war mit der feinbeweglichen Fähigkeit der Finger. Doch dieses Gelenk hatte leider auch den folgenschweren Nachteil, daß Zoug und alle diese Menschen mit ihren Armen keinen vollen Rundschwung machen konnten und somit im Erlernen von Schleudern und Werfen durch die Natur selbst behindert waren.

Ihr Speer war kein Wurfgerät, das durch die Luft geschleudert, sondern eine Waffe, die aus dichter Nähe mit großer Wucht gestoßen wurde. Um Speer und Keule zu gebrauchen, war nur die Kraft des Körpers nötig; das Schleudern oder Werfen der Wurfschlinge zu erlernen, erforderte Geschick, ein gutes Auge und lange Übung der Gelenke und des Körpers. Ihre Schleuder stellten sie aus einem Streifen geschmeidiger Tierhaut her; sie wurde an beiden Enden zusammengehalten und mehrmals über dem Kopf herumgewirbelt, ehe der Kieselstein, der in der Vertiefung in der Mitte lag, durch Loslassen der Enden freigegeben wurde. Damit hatte es Zoug schon weit gebracht, und er war stolz auf seine Fähigkeit, bisweilen auch ein laufendes oder fliegendes Tier zu treffen. Es tat ihm wohl, daß Brun ihn berufen hatte, die jungen Jäger darin zu unterweisen.

Während Zoug und Dorv mit ihren Schleudern die Vorberge durchstreift hatten, waren die Frauen ausgezogen, Pflanzen und Früchte zu sammeln.

Nachdem die Bäuche voll waren, streckten sich die Männer gesättigt aus und ließen noch einmal gestenreich die aufregende Jagd entstehen, sowohl um der eigenen Freude willen, als auch, um Zoug und Dorv ins Bild zu setzen. Broud glühte vor Stolz, als er gewahr wurde, wie Vorn ihn mit unverhohlener Bewunderung anstarrte. Noch am Morgen waren sie gleich gewesen, zwei Jungen, die sich gerauft, geneckt, geschlagen und vertragen hatten.

Broud lächelte bei dem Gedanken, wie er selbst sehnsüchtig bei den Männern sich herumgetrieben hatte, wenn sie von der Jagd zurückgekehrt waren, genauso, wie Vorn das jetzt tat. Nun aber mußte er nicht mehr beiseite stehen und aushalten, daß er nicht beachtet wurde, während er begierig die Jagdschilderungen der Männer verfolgte. Nun aber war er nicht mehr den Anweisungen seiner Mutter und denen der anderen Frauen unterworfen, die ihn einfach weggeholt hatten, wenn sie bei ihrer Arbeit seine Hilfe brauchten. Nun war er ein Mann.

Zwar würde er zunächst der letztrangige der Männer sein, das aber machte ihm wenig aus. Es würde sich ändern. Sein Platz war vorbestimmt. Er war der Sohn der Gefährtin des Clan-Führers; und eines Tages würde er die Führung übernehmen. Broud sah, daß Vorn ihn immer noch anstarrte. Der kleine Kerl war manchmal eine rechte Plage gewesen, doch jetzt konnte man sich's ja leisten, großherzig zu sein! Broud schlenderte hinüber zu dem kleinen Jungen, und es tat ihm gut zu sehen, wie Vorns Augen erwartungsvoll aufleuchteten, als dieser den neuen Jäger auf sich zukommen sah.

»Vorn, ich glaube, du bist jetzt groß genug«, bedeutete Broud dem Kleinen und hob wichtigtuerisch den Finger, »daß ich dir einen Speer mache.«

Vorn hüpfte hoch vor Freude. Ehrfürchtig blickte er zu dem jungen Mann auf, der heute ein Jäger geworden war.

Der Angesprochene nickte eifrig. »Ich bin groß genug, Broud«, sagte er und bewegte zaghaft die Hände, die noch gestern unbarmherzig an des Jägers Haaren gezerrt hatten. Scheu wies er auf den schweren Speer mit der dunklen blutbefleckten Spitze.

Broud legte seinen Speer vor dem Jungen auf den Boden. Vorn streckte zaghaft die Hand aus und berührte das eingetrocknete Blut des mächtigen Bisons, der jetzt schlaff vor der Höhle lag.

»Hast du Angst gehabt, Broud?« wollte er wissen.

»Ich weiß von Brun, daß alle Jäger auf ihrer ersten Jagd Unruhe im Herzen tragen«, erwiderte dieser, der seine Angst nicht eingestehen wollte.

Plötzlich kamen von hinten eilige Schritte herbei.

»Vorn! Da bist du ja! Du sollst doch Oga beim Holzsammeln helfen!«

Mit festem Griff packte Aga ihren Sohn, der sich von den Frauen und Kindern weggeschlichen hatte, und zog ihn am Handgelenk in den schütteren Wald.

Brun hatte die Begegnung der beiden jungen Leute beifällig beobachtet. Er wird bestimmt ein guter Führer werden, ging ihm durch den Kopf; er hat den Jungen nicht mißachtet, nur weil er noch ein Kind ist. Eines Tages wird Vorn ein Jäger sein, und wenn dann Broud der Clan-Führer ist, wird Vorn sich dieser Geste gern erinnern.

Brouds Augen waren Vorn gefolgt, der sich jetzt im Unterholz verlor. Genauso war es ihm ergangen. Erst am Tag zuvor, fiel ihm ein, hatte Ebra ihn geholt, weil er helfen sollte. Unmutig blickte er auf die Frauen, die gerade eine Grube aushoben, und meinte, sich fortschleichen zu müssen, um dem Blick seiner Mutter zu entgehen. Dann aber entdeckte er die eifrig grabende Oga, und daß sie zu ihm herübersah. Schnell gab sich Broud einen Ruck und richtete sich auf. Meine Mutter kann mir nichts mehr befehlen; ich bin doch kein Kind mehr; ich bin ein Mann. Sie muß mir jetzt gehorchen; und Oga schaut zu dabei, stärkte er sich selbst den Rücken.

»Ebra, bring mir einen Schluck Wasser!« befahl er der Mutter, als er zu den Frauen hinüberstolzierte. Doch eigentlich erwartete er Scheltworte und daß sie ihm befehlen wurde, Holz zu sammeln, denn erst nach der Höhlenweihe war er wirklich ein Mann.

Ebras Blick flog zu ihm, und Stolz spiegelte sich in ihren

Augen. Dieser Junge, der so tapfer gejagt hatte, war ihr Sohn! Dieser Sohn, der nun bald ein Mann war, würde später Clan-Führer werden! Schnell sprang sie auf, lief zum Teich bei der Höhle und kehrte eilig mit dem Wasser zurück.

Die Beflissenheit seiner Mutter und der Ausdruck des Stolzes auf ihrem Gesicht, als sie an den anderen Frauen vorbeieilte, um ihm die Schale zu reichen, brachen den Trotz im Kopf des jungen Mannes auf und machten ihn fast verlegen. Noch stärker aber erwärmte ihn Ogas Benehmen, die den Kopf gesenkt hielt und ihm, wie er wohl gewahrte, einen Blick voll ehrfürchtiger Bewunderung nachwarf, als er sich zum Gehen wandte.

Das Mädchen Oga hatte den Tod ihrer Mutter und des Vaters, deren einziges Kind sie gewesen war, nur schwer verwunden. Bruns Gefährtin war gut zu ihr gewesen, seit sie am Feuer des Clan-Führers sein durfte. Doch der Oberste im Clan flößte ihr Angst ein, denn er war strenger als der Gefährte ihrer Mutter und ließ die anderen der Familie spüren, wie sehr die Last des Führens ihn bedrückte. Ebras Augen, Mund und Hände und ihr Leib waren dann nur für Brun da, und auch keiner sonst hatte viel Zeit für das verwaiste Mädchen, während sie auf der Wanderung gewesen waren. Doch eines Abends hatte Broud gesehen, wie sie allein am Feuer gekauert war, die Arme um die Knie geschlungen, und traurig in die Flammen starrte. Noch jetzt spürte Oga einen sanften Schauer den Rücken hinunterrieseln, als das Bild ihr wieder in den Kopf kam, wie der stolze Junge, beinahe ein Mann, der ihr zuvor nur selten Beachtung geschenkt hatte, neben ihr niedergesunken war, den Arm um ihre Schulter legte und wie sich seine Hand auf ihre junge Brust gesenkt hatte. Seit diesem Abend brannte auch in ihr ein Feuer: wenn sie zur Frau wurde, dann wollte sie von Broud genommen werden.

Warm durchflutete die Sonne des späten Nachmittags die Stille der Luft. Kein Hauch, der sich regte. Nur die buntschillernden Fliegen summten über den Fleischresten, und die Grabstöcke knirschten, als die Frauen auf Steine trafen, die sie dann aus der immer tiefer werdenden Grube warfen.

Ayla hockte neben Iza, die gerade in ihrem Otterfellbeutel nach dem roten Säckchen suchte. Den ganzen Tag über war das Kind ihr nicht von der Seite gewichen, das nun störte, da Medizinfrau und Mog-ur sich auf die Höhlenweihe und ihr feierliches Tun zu besinnen und vorzubereiten hatten. Sie brachte das Kind zu den grabenden Frauen, die schon eine tiefe Mulde gescharrt hatten. Später würde man sie mit Steinen auslegen und darauf ein großes Feuer entfachen, das die ganze Nacht zu brennen hätte. Am folgenden Morgen käme der gehäutete und zerteilte Bison, gut in Blätter gewickelt, in die Grube, wo man ihn mit einer weiteren Lage von Blättern und einer Erdschicht bedecken und dann bis zum späten Nachmittag in der Glut schmoren lassen wurde.

Die Erdarbeiten waren mühsam und gingen oft langsam von der Hand. Doch heute hatten die zugespitzten Grabstöcke den Boden fast ungehindert aufbrechen können. Das gelockerte Erdreich wurde gewöhnlich mit den Händen auf eine Decke aus Tierhaut geworfen, aus der Grube hochgezogen und auf die Seite geschafft. War die Grube einmal fertig, so konnte sie immer wieder benützt werden; nur ab und zu mußte man die Asche von den Steinen holen. Während die Frauen noch gruben, sammelten Oga und Vorn unter den wachsamen Blicken von Ukas Tochter Ovra Holz und schleppten Steine vom Bach herbei.

Als Iza sich nun mit dem Kind an der Hand näherte, hielten die Frauen inne. »Ich muß zum Mog-ur«, bedeutete sie ihnen und schubste Ayla auf die Gruppe zu. Als sie sich zum Gehen wandte, wollte Ayla der Medizinfrau folgen, doch die Frau schüttelte den Kopf und schob sie wieder zu den anderen zurück. Dann entfernte sie sich eilig.

Es war das erste Mal, daß Ayla mit den anderen Clan-Leuten in Berührung kam. Wie angewurzelt stand sie da, die Hände auf dem Rücken, die Finger krampfhaft verknäult, den Kopf zu Boden gesenkt. Nur ab und zu wagte sie einen scheuen Blick von unten herauf. Obwohl es gegen den Clan-Brauch war, beäugten alle das magere, langbeinige Mädchen mit dem seltsam platten Gesicht und der hohen vorragenden Stirn. Zum ersten Mal war dieser Fremdling aus der Nähe zu sehen.

Ebra brach schließlich das neugierige Schweigen. »Sie kann mit euch Holz sammeln«, bedeutete sie Ovra, bückte sich und setzte wieder den Grabstock an.

Die junge Frau schritt auf eine Baumgruppe zu; doch Oga und Vorn konnten sich vom Anblick der kleinen Andersartigen nicht losreißen. Ungeduldig winkte Ovra den beiden Kindern, bedeutete dann auch Ayla, ihr zu folgen. Das Mädchen glaubte, verstanden zu haben, war aber nicht sicher, was von ihm erwartet wurde. Noch einmal winkte Ovra, wandte sich dann ab und verschwand hinter den Bäumen. Widerwillig trotteten die beiden Kinder hinterher. Ayla sah ihnen nach, dann setzte sie sich zögernd in Bewegung.

Als sie auch unter den Bäumen war, stand sie eine Weile untätig da und sah zu, wie Oga und Vorn dürre Äste vom Boden aufhoben, während Ovra mit der handlichen Steinaxt einen umgestürzten Stamm bearbeitete. Oga, die eben ein Bündel Holz bei der Grube abgelegt hatte, kam zurück, ergriff ein Stück des Baumstammes, das Ovra abgetrennt hatte, und versuchte, es zum Holzhaufen zu zerren. Wie Ayla sah, daß sich das andere Mädchen abmühte, lief sie rasch hinzu. Sie bückte sich, um das andere Ende des Klotzes hochzuheben; und als die beiden sich aufrichteten, blickte Ayla direkt in Ogas dunkle Augen. Einen Herzschlag lang hielten sie inne und starrten einander an.

Wer beide so gesehen hätte, der würde gemerkt haben, daß sie, so verschieden die Mädchen voneinander auch waren, sich doch irgendwie glichen. Denn beide waren sie Erdlinge und beider Art hatte vielfältige, wenn auch unterschiedliche, Fähigkeiten und Formen des Verhaltens entwickelt – entwickeln müssen. Trennendes war zwischen ihnen nicht allzuviel; doch in den feinen Unterschieden, die das Wechselseitige zwischen Körper, Kopf und Umland mit sich brachte, lag der Ursprung ihrer völlig unterschiedlichen Entwicklung und ihrer darin unverrückbar festgelegten Schicksale.

Gemeinsam trugen nun Ayla und Oga den Baumbrocken zum anderen Holz. Als sie Seite an Seite zurückgingen, hielten die Frauen wieder in ihrer Arbeit inne und blickten ihnen nach. Beinahe gleich groß waren die Mädchen, doch zählte Oga fast doppelt so viel Jahre wie Ayla, die rank und hellhaarig war und gerade geformte Glieder hatte, während die andere stämmiger und dunkler erschien und auf gebogenen Beinen ging. Insgeheim verglichen die Frauen die beiden miteinander, doch die Mädchen hatten bald keinen Blick mehr für die Unterschiede zwischen ihnen. Gemeinsam war die Arbeit leichter, und ehe der Tag um war, hatten sie es geschafft, sich einander mitzuteilen und die Arbeit als vergnügliches Tun zu verrichten.

Als es dunkelte, taten sich die beiden noch mehr zusammen und hockten auch am Feuer eng nebeneinander. Es machte Iza froh, als sie sah, daß Oga die fremde Ayla angenommen hatte, und sie wartete, bis die Dunkelheit kam, ehe sie das Kind zu sich holte. Immer noch ein Staunen in den Augen, blickten die beiden Mädchen einander nach; dann wandte sich Oga ab und legte sich in ihr Fell neben Ebra. Männer und Frauen schliefen noch immer getrennt. Des Mog-urs Verbot würde erst aufgehoben werden, wenn sie die Höhle bewohnten.

Beim ersten Schimmer des frühen kalten Lichts schlug Iza die Augen auf. Still blieb sie liegen und lauschte dem vielkehligen Tun der Vögel, die zwitschernd und gurrend, quorrend, trällernd, pfeifend und zirpend dem neuen Tag entgegentönten. Bald dachte sie, würde ihr Blick wieder auf sichere Felswände treffen, wenn sie die Augen öffnete. Es machte ihr nichts aus, im Freien zu schlafen, solange das Wetter warm und trocken war, doch sie freute sich darauf, endlich im Schutz der Höhle liegen und leben zu können. Und sofort stand alles wieder vor ihr, was sie am heutigen Tag noch zu tun hatte; leise erhob sie sich.

Creb war schon wach. Man hätte meinen können, er hätte überhaupt nicht geschlafen. Noch immer saß der Mog-ur an derselben Stelle, wo sie ihn am Abend zuvor zurückgelassen hatte, und blickte starr in das glosende Feuer. Sie machte Wasser heiß, und als sie ihm den Trank aus Minze, Luzerne und Nesselblättern brachte, war auch Ayla auf und hockte neben dem Krüppel.

Am späten Nachmittag stieg Würziges von den Feuern auf und durchzog die Luft rings um die Höhle. Kochgeräte und Gerätschaften zum Essen, aus der alten Höhle gerettet und von den Frauen in ihren Bündeln mitgeschleppt, wurden ausgepackt. Feingearbeitete, festgeflochtene wasserdichte Körbe mit verschiedenen Mustern dienten als Töpfe und Wasserbehälter; ähnlich auch die Holzschalen. Rippenknochen erleichterten das Umrühren, flache große Beckenknochen wurden ebenso wie dünne Holzscheiben von Baumstämmen als Unterlagen beim Schneiden oder als Behältnisse für Flüssiges benützt. Markknochen und Schädelteile gaben Schöpfgeräte und Trinkbecher und Schüsseln ab.

Mit großen Augen sah sich Ayla um. In einer Tierhaut, die von einem mit Riemen zusammengebundenen Rahmen über dem Feuer herabhing, dampfte eine dicke, fettaugentriefende Brühe. Sorgsam wurde darüber gewacht, daß die Flüssigkeit durch die Hitze nicht zu wenig wurde; denn solange die Brühe oberhalb der Flammen stand, war das Behältnis noch so feucht, daß es nicht verbrennen konnte. Ayla sah zu, wie Uka Fleischbrocken und Knochen vom Hals des Bisons aufrührte, die mit Zwiebeln, salzigem Huflattich und anderem Grünzeug in der

Brühe brodelten. Uka probierte und gab dann abgeschälte Distelstengel, Waldpilze, Lilienknospen und auch deren Wurzeln, Brunnenkresse, Wolfsmilchblüten, unreife Yamswurzelchen, Preißelbeeren – noch von der alten Höhle – und welke Blüten von Taglilien dazu.

Die harten, faserigen alten Wurzeln von Katzenschwanzgewächsen waren inzwischen zerstoßen, die Fasern auseinandergerissen und entfernt worden. Getrocknete Blaubeeren, die sie mitgebracht hatten, und getrocknete und dann zermahlene Körner wurden dem Breiigen zugefügt, das sich auf dem Grund der mit kaltem Wasser gefüllten Körbe absetzte. Auf heißen Steinen nahe beim Feuer buken dann die flachen, dunklen, ungesäuerten Fladen. Wegerich, Lämmersalat, junger Klee und Löwenzahnblätter, mit Huflattich gewürzt, garten in einem anderen Behälter, und etwas Dickflüssiges aus getrockneten sauren Äpfeln, mit Blütenblättern wilder Rosen und Honig vermengt, dampfte über einem weiteren Feuer.

Iza leckte sich über die Lippen, als sie Zoug mit etlichen Schneehühnern aus der Ebene zurückkehren sah. Diese schwerfälligen Vögel, die mit den Steinen aus der Schleuder eines guten Schützen leicht aus der Luft zu holen waren, aß Creb besonders gern. Bald waren sie gerupft und mit Kräutern und Grünzeug gefüllt, und, in Blätter wilden Weins gehüllt, brieten die Federlinge in einer kleineren, mit Steinen ausgelegten Grube. Hasen und große Hamster, gehäutet und auf Spieße gesteckt, bräunten über glühender Holzkohle. Doch ein Häufchen frischer Waldbeeren hatte es Ayla am meisten angetan.

Den ganzen langen Tag war sie schon um die Feuer herumgestreunt und hatte hier und da zu gucken versucht. Iza und Creb waren die meiste Zeit fort, und wenn Iza da war, hatte auch sie alle Hände voll zu tun. Übereifrig half Oga den Frauen bei den Vorbereitungen und hatte keine Lust, sich um den plötzlich so vertrauten Fremdling zu kümmern.

Als die langen Schatten des späten Nachmittags die rotbraune Erde vor der Höhle einschwärzten, breitete sich unter den Clan-Leuten erwartungsvolle Ruhe aus. Alle versammelten sich um die größte Grube, in der des Bisons Keulen brieten. Ebra und Uka begannen, die warme Erde, die oben aufgeschichtet war, abzutragen, die welken, angesengten Blätter abzuheben. Als die heiße weiße Wolke, die emporstieg, abgezogen war, wurde das Fleisch, zart und saftig, wie man sah, vorsichtig aus der Grube gehoben. Ebra oblag es, das Fleisch zu schneiden und an die Leute zu verteilen. Stolz blitzte wieder in ihren Augen, als sie das erste Stück dem Sohn reichte.

Mit beherrschter Miene nahm Broud in Empfang, was ihm gebührte. Nachdem alle Männer bekommen hatten, erhielten die Frauen ihren Anteil und dann die Kinder. Ayla war die letzte, aber es reichte noch für viele Male.

Es wurde ein großes und langes Verzehren. Immer wieder stand einer auf, um sich noch etwas von diesem oder jenem zu holen. Man sah, die Frauen hatten wirklich hart geschuftet. Es würde sogar noch für einige Tage reichen. Danach wurde geschlafen, um Kraft zu schöpfen für die lange Nacht.

Als die langen Schattenfinger über das graugrüne Zwielicht hinweggriffen und die Dunkelheit mit Macht herbeizerrten, begannen sich die Leute wieder zu bewegen, reckten sich und schauten sich gespannt um. Auf einen Blick des Clan-Führers schafften die Frauen eilig die Reste beiseite und scharten sich am Eingang der Höhle um eine Feuerstelle, die noch nicht entzündet war; jede an ihrem angestammten Platz. Die Männer, die sich auf der anderen Seite sammelten, hielten es ebenso. Nur der Mog-ur war nirgends zu sehen.

Brun, der ganz vorn stand, gab Grod ein Zeichen. Der trat langsam und gemessen vor und zog aus seinem Auerochsenhorn eine glühende Kohle. Dieses eine Stück, dessen Glut seinen Ursprung in dem Feuer besaß, das die Verschüttung der alten Höhle überlebt hatte, besaß die höchste Bedeutung, war doch ihr Fortbrennen greifbares und offensichtliches Zeichen für das Fortleben des Clans. Dem Brauche nach machte man sich mit dem Entzünden dieses Feuers am Eingang diese Höhle zu eigen, bestimmte sie zur neuen Bleibe.

Daß sie das Feuer beherrschten, war den Menschen des Clans unerläßliches Bedürfnis. Selbst der Rauch hatte Sinn; allein schon sein Geruch weckte ein Gefühl des Geborgenseins. Der Rauch, der von diesem Feuer vor der neuen Behausung aufstieg, um die Höhle bis zur hohen gewölbten Decke zu durchziehen, würde durch Spalten und auf Luftzügen, die durch die Öffnungen eindrangen, wieder den Weg ins Freie finden. Und er würde alle jene unsichtbaren Kräfte mitnehmen, die dem Clan vielleicht feindlich gesinnt waren. Er wurde die Höhle reinigen und mit ihrem Geist durchdringen, dem Geist der Erdlinge.

An sich reichte das Entzünden des Feuers aus, um die neue

Bleibe zu reinigen und in Besitz zu nehmen. Doch da die Clan-Leute schon des öfteren ihre Höhle hatten wechseln müssen, waren gewisse andere heilige Handlungen in die Weihe miteinbezogen worden; es galt, die Geister ihrer Totems mit der neuen Höhle vertraut zu machen, was durch den Mog-ur geschah und nur den Männern vorbehalten war; die Frauen waren unter sich.

Hatte die große Jagd den Clan-Leuten schon klar gezeigt, daß ihren Schutzgeistern die neue Wohnstatt genehm war, und war durch den großen Verzehr ihr Wille bekräftigt worden, die Höhle zu ihrer festen Bleibe zu machen – wenn sie auch zu gewissen Zeiten länger abwesend sein mochten, die Geister der Totems begaben sich auch an andere Orte, waren jedoch durch die Amulette zu erspüren, so daß sie zur Stelle waren, wenn man sie brauchte –, so konnte man auch die weiteren Feiern in die Weihe der Höhle miteinbeziehen.

Für gewöhnlich bestimmte der Mog-ur in Beratung mit Brun darüber, wie die verschiedenen Teile zur Gestaltung der ganzen Feier zusammengestellt werden sollten. Diese Weihe nun würde die Feier von Brouds Mannbarkeit miteinbeziehen und eine zweite Feier zur Benennung der Totems jener Kinder, die ihre Schutzgeister noch nicht kannten.

Mit bedächtiger Bewegung, wie sie der hohen Bedeutung der Handlung angemessen war, kniete Grod nun nieder, legte die glühende Kohle auf das dürre Holz und begann zu blasen. Gespannt beugten sich die anderen vor, und ein Seufzer, fast gemeinschaftlich ausgestoßen, entrang sich der Kehle eines jeden, als gelbrote Zungen die dürren Äste beleckten. Hoch loderte das Feuer auf. Und da stand plötzlich die erschreckende Gestalt. So dicht war sie am prasselnden Feuer, daß die Flammen sie einzuhüllen schienen. Dazwischen ein grellrotes Gesicht, auf dem ein riesiger weißer Schädel schwebte, umgeben vom Hitzekranz bläulicher Flammenspitzen.

Entsetzt schrie Ayla auf. Doch Iza drückte ihr beruhigend die Hand. Des Kindes Fußsohlen spürten, wie die Erde unter dem dumpfen Pochen der Speerschäfte erzitterte; schreiend fuhr es zurück, als plötzlich der jüngste der Jäger hervorsprang und vor dem Feuer sich in den Boden stemmte, während Dorv zur gleichen Zeit auf einem großen schüsselförmigen Holz, das mit der Öffnung nach unten auf einem Klotz ruhte, wie rasend gegen das Pochen der Speerschäfte anschlug.

Broud kniete nieder und beschattete mit der Hand seine Augen, die in weite Fernen blickten. Mit einem Satz sprangen nun auch die anderen Jäger herbei und beschworen die Jagd auf den Bison. Und das so mächtig, daß die Clan-Frauen, denen keine noch so feine Bedeutung entging, die heißen, staubigen Ebenen erlebten, das Erzittern der Erde unter den donnernden Hufen der fliehenden Tiere spürten, den erstickenden Staub von den Lippen leckten und den Triumph des Todesstoßes verkosteten.

Schon bald hatte sich Broud nach vorne getanzt. Er hatte den Bison erlegt, ihm gehörte diese Nacht. Er spürte, wie die anderen mitgerissen wurden, wie die Furcht sie schüttelte, und antwortete mit noch leidenschaftlicherer Eindringlichkeit seiner Darstellung. Auch sonst war Broud einer, der sich hervorragend zur Schau zu stellen wußte und der sich niemals wohler fühlte, als wenn er inmitten der Aufmerksamkeit aller stand. Jetzt aber peitschte er durch wilde Sprünge, Schleifen und Verdrehungen des Körpers und der Beine, die ausholten, innehielten, nach vorne schossen, herumwirbelten und plötzlich frei in der Luft waren, die Sinne der Zuschauenden aufs äußerste. Als hätten ihn das rasendhämmernde Pochen der Speerschäfte und die wirbelnden Gegenschläge des schüsselartigen Holzes in einem grausam-unbezwingbaren Griff, warf Broud wie außer sich seine Glieder, zuckte zurück, stieß wieder vor, schritt herum, wälzte sich, sprang und tobte sich durch den Kampf mit dem Bison. Ein Schauder durchzuckte die Frauen, als er noch einmal den Todesstoß beschwor. Auch der Mog-ur, der hinter dem Feuer stand, war beeindruckt. Häufig hatte er den Männern zugesehen, wenn sie ihre Jagd schilderten, doch nur jetzt, so und auf diese Weise, konnte er, der Krüppel, an dem Erlebnis in seiner Gänze teilhaben. Der Junge machte seine Sache gut, dachte der Zauberer, während er um das Feuer herum nach vorne ging. Er verdient wahrlich sein Totemzeichen. Mit einem letzten Sprung landete der junge Mann unmittelbar vor dem machtvollen Zauberer. Das dumpfe Klopfen der Speere und die erregenden Wirbel erstarben. Creb und der junge Jäger standen einander gegenüber. Auch der Mog-ur verstand es, seine Schau zu machen und wartete, damit die Erregung des Tanzes verklingen und gespannte Erwartung sich einstellen konnte. Dunkel hob sich seine klobige, schiefgeneigte Gestalt, in eine schwere Bärenhaut geschlagen, vor dem hell lodernden Feuer ab. Das ockerrote Gesicht war jetzt im Schatten, und in seinen verfinsterten Zügen glitzerte das eine Auge, unheilvoll wie das eines bösen Geistes.

Nur das Knistern des Feuers, ein leiser Wind, der durch die Bäume strich, und das Heulen einer Hyäne unten in der Ebene störten die Stille der Nacht. Keuchend stand Broud da. Seine Augen glänzten heiß vom Tanz, vor Erregung und vor Stolz, aber auch von einer wachsenden, sein Herz beengenden Furcht.

Er wußte, was nun kommen würde, und je länger es dauerte, desto erbitterter mußte er gegen die Eiseskälte ankämpfen, die in ihm heraufkroch und ihn zittern machte. Jetzt war der Augenblick gekommen, wo der Mog-ur ihm das Zeichen seines Totems in den Körper ritzen würde. Es sich vorzustellen, hatte er nicht wollen, jetzt aber, da es gemacht würde, fürchtete Broud mehr als nur den Schmerz. Der Mog-ur, dieser Zauberer, war es, der ihn mit einer viel größeren Angst erfüllte.

Er stand vor dem Einlaß zur Geisterwelt, wo Wesen wohnten, die weit schrecklicher waren als ein riesenhafter Bison. Denn so gewaltig und kraftvoll ein solches Tier auch sein würde, man konnte es sehen, riechen, hören, jagen und wenn man Glück hatte – auch schmecken. Doch mit den unsichtbaren, weit mächtigeren Kräften, die selbst die Erde erzittern lassen konnten, war es etwas ganz anderes. Und Broud war nicht der einzige, der einen Schauder verspürte, als plötzlich Bilder vom jüngst erlebten Beben die Köpfe bedrückten. Nur Zaubermänner, die Mog-urs, wagten es, in diese körperlose Welt einzudringen. Der junge Mann wünschte, dieser größte aller Mog-urs wolle schnell machen.

Wie in Erfüllung Brouds stummer Bitte hob der Zauberer seinen Arm und blickte hinauf zum Mond, ein heller, schmalgekrümmter Span heute. Mit ruhigen fließenden Bewegungen seiner übriggebliebenen Hand begann der Mog-ur die Berufung, die Zwiesprache mit den Geistern. Als er zum Ende kam, hatten die Clan-Leute Gewißheit, daß nun der Hauch ihrer Totems und einer Schar anderer unbekannter Geister da war und sie umgab. Und sie fürchteten sich sehr.

Blitzartig dann, so schnell, daß einige erschreckt den Atem anhielten, riß der Zauberer aus einer Falte seines Umhangs eine große scharfe Steinklinge und hielt sie hoch über seinen Kopf. Als wollte er ihn peitschen, zog der Mog-ur das spitze, scharfkantige Gerät durch die Luft, um es Broud in die Brust zu senken. Doch jäh hielt er inne, vermied den todbringenden Stich und ritzte mit rascher Hand zwei Linien in den Körper des jungen Mannes, die sich, leicht gebogen, zu einer Spitze vereinigten.

Broud preßte die Augenlider zusammen. Er zuckte nicht, als die Klinge seine Haut aufschlitzte. Blut quoll aus der Wunde und rann in roten Bächen seine Brust hinunter. Goov erschien an der Seite des Zauberers. In den Händen hielt er eine Schale mit etwas Schmierigem, gewonnen aus dem ausgelassenen Fett des Bisons und gemischt mit der heilkräftigen Asche vom Holz einer Esche. Der Mog-ur rieb sie in die Wunde, um den Blutstrom zu stillen. Später würde sich eine schwarze Narbe bilden, die allen kundtat, daß Broud ein Mann war; ein Mann, der für immer im Schutz des Geistes des kämpferischen, unberechenbaren wollhaarigen Nashorns stand.

Der junge Mann kehrte an seinen Platz zurück. Aller Augenmerk war auf ihn gerichtet, und er fühlte sich wohl dabei, jetzt, wo das Schlimmste vorüber war. Felsenfest war Broud überzeugt, daß sein starkes Herz und sein guter Arm bei der Jagd, seine Fähigkeit, beim Tanz zu fesseln, und die Unerschrockenheit, die er bei der Offenbarung seines Totems gezeigt hatte, ihn auf lange Zeit zu dem Mann des Clans machten, über den viel und nur das Beste geredet wurde; während des langen kalten Winters vielleicht, wo der Clan die Höhle nicht verlassen konnte, wurde man sich die Geschichte erzählen und sie bei den Zusammenkünften des Groß-Clans weitergeben. Wenn ich nicht gewesen wäre, diese Höhle wäre nie die unsere geworden, dachte er. Und wenn ich den Bison nicht getötet hätte, keine Feier hätte man jetzt abhalten können, sondern müßte noch immer nach einer Höhle suchen.

Ayla verfolgte die ihr unverständlichen Handlungen mit Angst im Herzen, und doch war sie wie gebannt. Sie hatte den Aufschrei nicht unterdrücken können, als dieser schreckliche, unförmige, bärenähnliche Mann Broud die Klinge auf die Brust setzte und ihm die blutige Wunde schlitzte. Nur widerstrebend ließ sie sich nun von Iza zu dem schrecklichen Zauberer ziehen. Auch Aga, die kleine Ona auf dem Arm, und Ika mit Borg näherten sich dem Mog-ur. Ayla war erleichtert, als die beiden Frauen vor ihr und Iza Aufstellung nahmen.

Mit beiden Händen hielt Goov jetzt einen festgeflochtenen Korb, der mit einem dunkelroten weichen Zeug gefüllt war, gewonnen aus feingestoßenem Ocker, über dem Feuer vermischt mit dem ausgelassenen Fett des Bibers. Über die Köpfe der Frauen hinweg blickte er zum nachtschwarzen Himmel und bat die Geister, sich nahe bei ihm zu versammeln und auf die Kinder zu blicken, deren Totems nun enthüllt werden sollten. Dann tauchte er einen Finger in das rote breiig Weiche und malte auf die Hüfte des kleinen Jungen einen Kringel, der aussah wie der Schwanz eines Wildschweins. Leises, raunendes Gemurmel erhob sich bei den Clan-Leuten, die beifällig kundtaten, daß sie das Totem gut fanden.

»Geist des Keilers, der Junge Borg ist in deinen Schutz gegeben«, sagte der Zauberer mit feierlicher Bewegung und zog dem Jungen einen Lederriemen über den Kopf, an dem ein kleiner Beutel hing.

Ika verneigte sich stumm. Das Totem gefiel ihr. Der Geist des Keilers war stark und ehrfurchtgebietend, der richtige Schutz für ihren Sohn. Dann trat sie zurück.

Und wieder rief der Mog-ur die Geister an, tauchte den Finger in den roten Korb, den Goov hielt, und zog auf Onas Arm eine runde Linie.

»Geist der Eule«, verkündete seine Hand, »das Mädchen Ona ist in deinen Schutz gegeben.«

Dann legte der Mog-ur dem Kind das Amulett um, das seine Mutter gefertigt hatte. Wieder war gedämpftes Gemurmel zu hören, und beredte Hände drückten ihr Erstaunen aus über das starke Totem, welches dem Mädchen beigegeben war. Auch Aga strahlte. Ihre Tochter war wohlbeschützt, und der Mann, dem sie gehören sollte, durfte kein schwaches Totem haben. Insgeheim hoffte sie, es würde der Tochter damit nicht zu schwer gemacht, Kinder zu gebären.

Neugierig reckten die Clan-Leute die Hälse, als Aga zur Seite trat und Iza sich bückte, um Ayla auf die Arme zu nehmen. Das Mädchen hatte keine Angst mehr. Jetzt, wo sie näher war, sah sie, daß die schreckliche Gestalt mit dem rotgefärbten Gesicht kein anderer war als Creb, dessen Auge warm leuchtete, als er Ayla ansah.

Doch dann redete der Zauberer anders als bisher mit den Geistern, die er gerufen hatte. Dieses, was er jetzt entstehen ließ, waren Handlungen, die er vornahm, wenn er einem neugeborenen Kind seinen Namen gab. Also würde diesem fremden Mädchen nicht nur das Totem gedeutet, es würde auch in den Clan aufgenommen werden! Ruhig tauchte der Mog-ur seinen Finger in den roten Korb und zog von der Mitte ihrer Stirn, jener Stelle, wo bei den Clan-Leuten die hervorspringenden Augenbrauenwülste einander trafen, bis zur Spitze ihrer kleinen Nase eine Linie.

»Der Name des Kindes ist Ayla«, verkündete er und sprach

ihren Namen langsam und sorgfältig aus, damit sowohl die Clan-Leute als auch die Geister ihn verstehen konnten.

Iza drehte sich, um den Leuten ihres Clans in die Gesichter zu sehen. So wenig wie die anderen hatte sie geahnt, daß Ayla in den Clan aufgenommen werden würde. Das muß bedeuten, daß sie meine Tochter ist, mein erstes Kind, schoß ihr durch den Kopf. Nur eine Mutter hält das Kind, wenn es seinen Namen bekommt und als Mitglied des Clans erkannt wird. Sie muß meine Tochter sein. Wer sonst könnte jetzt ihre Mutter werden?

Alle zogen sie nun an Iza vorbei, und jeder nahm das Mädchen auf den Arm und wiederholte mühsam seinen Namen. Dann wandte sich Iza wieder dem Zauberer zu. Er blickte auf und rief die Geister an, noch einmal sich um ihn zu scharen. Die Clan-Leute waren voll gespannter Erwartung. Der Mog-ur war ihrer stieläugigen Anteilnahme gewahr und machte sie sich zunutze. Mit langsamen, gemessenen Bewegungen tauchte er wieder den Finger in den roten Korb und zog dann einen der allmählich verheilenden Kratzer auf Aylas Bein nach.

Was kann das wohl bedeuten? Was ist das für ein Totem? Die Clan-Leute schauten sie fragend an. Wieder tauchte der Zaubermann seinen Finger ein und zog den nächsten Kratzer nach. Das Mädchen spürte, wie Iza zu zittern begann. Keiner der anderen rührte sich mehr; nicht einmal der rasselnde Atem Zougs war zu vernehmen. Bei der dritten Linie versuchte Brun, mit einem grollenden Murren des Mog-urs Blick auf sich zu ziehen, doch der Zauberer mied das Auge des Clan-Führers. Als die vierte Linie gezogen war, war es offen vor aller Augen gedeutet, aber keiner wollte es glauben. Der Mog-ur drehte nun den Kopf und sah Brun ins Gesicht, als er die Hand erhob.

»Geist des Höhlenlöwen, das Mädchen Ayla ist in deinen Schutz gegeben.«

Damit war jeder Zweifel ausgeschlossen. Als der Mog-ur Ayla das Amulett um den Hals legte, flogen die Hände der Clan-Leute in ungläubiger Bestürzung hin und her, überschlugen sich beinahe. Konnte ein Mädchen, ein vorher fremdes Mädchen auch noch, eines der stärksten Totems der Männer haben, den Höhlenlöwen?

Crebs Blick, der sich in die zornigen Augen seines Bruders bohrte, war ruhig und fest. Einen Augenblick lang waren sie in stummem Zweikampf verklammert. Doch der Mog-ur wußte, daß dem Mädchen der Höhlenlöwe als Totem bestimmt war, auch wenn es noch so unannehmbar schien, daß eine Frau den

Schutz eines so mächtigen Geistes genießen sollte. Der Mog-ur hatte nur bekräftigt und nachvollzogen, was der Höhlenlöwe selbst getan hatte.

Nie zuvor hatte Brun die Offenbarungen seines verkrüppelten Bruders in Zweifel gezogen; aus irgendeinem Grund jedoch fühlte er sich von dem Zauberer überlistet. Dennoch mußte er sich eingestehen, noch nie erlebt zu haben, daß die Offenbarung eines Totems so greifbare Bestätigung gefunden hatte. Er war der erste, der seinen Blick aus dem Auge des Bruders zurückzog.

Es war schwer genug gewesen, sich mit der Aufnahme des fremdartigen Kindes in den Clan abzufinden; doch daß es ein solches Totem hatte, das ging zu weit. Das war etwas Niedagewesenes; etwas, was nicht in sein Bild von einem wohlgeordneten Clan paßte, erzeugte ein Unbehagen in Brun. Knurrend biß er die Zähne aufeinander. Keine Ausnahmen mehr! Wenn das Mädchen also Mitglied seines Clans sein sollte, dann mußte es sich nach ihm richten, ob nun der Höhlenlöwe sein Totem war oder nicht.

Iza war wie vom Donner gerührt. Das Kind noch immer in ihren Armen, verneigte sie sich vor dem Mog-ur; wenn er es bestimmte, dann mußte es so sein. Sie wußte, daß Ayla ein starkes Totem hatte, aber den Höhlenlöwen? Dieses Bild machte ihr Angst. Eine Frau, deren Totem die mächtigste aller Katzenarten war? Für Iza lag es auf der Hand, daß das Mädchen niemals einen Gefährten bekommen würde. Und das festigte sie in ihrem Entschluß, Ayla in der Heilkunst zu unterweisen, damit sie sich aus eigener Kraft einen Rang erwerben konnte. Während sie das Kind gehalten, hatte Creb ihm einen Namen gegeben und ihm sein Totem offenbart. Und war es dadurch nicht auch ihre Tochter geworden? Also – sie konnte den Gedanken noch kaum fassen – was wäre, wenn weiter alles gutging und sie in kurzer Zeit schon wieder mit einem Kind in den Armen vor dem Zauberer stehen würde? Sie, die solange kinderlos gewesen war, würde bald zwei Kinder haben!

Im Clan brodelte es. Stimmen und wirbelnde Hände verrieten hitzige Erregung. Befangen kehrte Iza an ihren Platz zurück, begleitet von den staunenden Blicken der Männer und Frauen. Sie bemühten sie, wie es der Brauch war, die neue Mutter und das Kind nicht anzustarren. Ein Mann aber machte sich keine Mühe, seinen Blick zu verhüllen.

Das Feuer des Hasses in Brouds Augen, als er das kleine Mädchen anfunkelte, erschreckte Iza. Sie versuchte, sich zwischen die beiden zu stellen, um Ayla vor dem stechenden Blick des jungen Jägers zu schützen. Broud mußte erleben, daß er nicht mehr Anlaß der Aufmerksamkeit aller war, keiner würdigte ihn denn auch nur eines Blickes. Verdrängt war seine große Tat, die den Einzug in die Höhle möglich gemacht hatte; verdrängt waren sein großartiger Kampf und seine unerschütterliche Tapferkeit, als der Mog-ur ihm das Zeichen seines Totems in die Brust geritzt hatte. Die Schmiere brannte immer noch! Aber gab es auch nur einen, der erkannte, wie tapfer er den Schmerz aushielt?

Alle taten sie, als wäre er Luft. Der junge Jäger hatte seine Wichtigkeit um einiges zu hoch gedacht. Zwar war die Feier der Mannbarkeit nichts Gewöhnliches, aber so etwas Erstaunliches und Unerwartetes wie des Mog-urs Offenbarung über das Findelkind war noch nie dagewesen. Zähneknirschend sah und hörte Broud, wie die Leute sich erinnerten, daß es das Mädchen gewesen war, das sie zu der Höhle geführt hatte; es wollte nicht in seinen Kopf: dieses häßliche Gestell da hatte ihre neue Wohnstatt entdeckt! Aber hatte sie etwa den Bison erlegt? Seine Nacht hatte das werden sollen, ihm allein hätte die Bewunderung und die Ehrfurcht des Clans zu gelten! Doch diese Ayla hatte ihm die Schau gestohlen.

Mit zornfunkelndem Blick starrte er auf das staksige, fremdartige Mädchen, doch als er sah, daß Iza zum Lager am Bach lief, richtete sich sein Augenmerk wieder auf den Mog-ur. Bald, sehr bald würde es ihm erlaubt sein, an den geheimen Handlungen der Männer teilzunehmen. Er wußte nicht, was ihn erwartete; er hatte nie mehr darüber erfahren, als daß er dann zum ersten Mal entdecken würde, was Erinnerungen wirklich waren. Es würde sein letzter Schritt auf dem Weg in die Welt der Männer.

Am Feuer am Bach entledigte sich Iza rasch ihres Umhangs. Sie nahm eine Holzschale und einen roten Beutel mit getrockneten Wurzeln, den sie sich schon vorher zurechtgelegt hatte. Nachdem die Schale mit Wasser gefüllt war, kehrte sie zum großen Feuer zurück, dessen Flammen noch höher aufstiegen, als Grod frisches Holz auflegte.

Als die Medizinfrau wieder vor den Zauberer trat, war sie nackt, nur das Amulett hing ihr um den Hals. Ihr Körper war rot bemalt. Ein großer Kreis betonte die Fülle ihres Leibes. Auch die beiden Brüste waren mit Kreisen umgeben, und zwei Linien, die von den Schultern ausgingen, liefen im Kreuz zu einer Spitze zusammen. Rote Kreise umschlossen das Gesäß. Diese Zeichen, deren Bedeutung nur dem Mog-ur bekannt war, schützten sie vor den Männern und die Männer vor ihr.

Iza stand ganz nah bei dem Mog-ur. Dicht genug, um auf seinem Gesicht die zahllosen Schweißtropfen sehen zu können; so lange stand er schon in seinem schweren Bärenfell in der sengenden Hitze. Auf ein kaum wahrnehmbares Zeichen von ihm hielt sie die Schale hoch und wandte sich dem Clan zu. Es war eine Schale, die, von den Vorahnen übernommen, nun gehütet und nur bei diesen besonderen Anlässen in Gebrauch genommen wurde. Eine Ahnfrau Izas hatte in langer und sorgfältiger Arbeit die Mitte eines Baumstücks ausgehöhlt und das Äußere geformt und dann die Schale mit grobem Sand und einem runden Stein glattgeschmirgelt. Zuletzt hatte sie das Gefäß mit rauhen Farnstengeln bearbeitet und ihm dabei seinen schimmernden Glanz gegeben. Innen war die Schale vom vielmaligen Gebrauch mit einer weißlichen Schicht überzogen.

Iza schob sich die getrockneten Wurzeln in den Mund und kaute sie langsam. Sie achtete darauf, keinen Speichel hinunterzuschlucken, während ihre großen Zähne allmählich die zähen Fasern zerbissen. Schließlich spie sie den Wurzelbrei in die Schale mit dem Wasser und rührte die Flüssigkeit um, bis sie milchig wurde. Nur die Medizinfrauen von Izas Blut wußten um das Geheimnis der berauschenden Wirkung dieser Wurzel. Die Pflanze kam recht selten vor, wenn sie auch nicht unbekannt war, doch die frische Wurzel zeigte kaum benebelnde Wirkung. Das Gewächs war getrocknet und mindestens zwei Sommer gelagert worden; zum Trocknen hatte man es mit der Wurzel nach unten aufgehängt und nicht umgekehrt, wie das sonst bei den meisten Kräutern üblich war. Nur einer Medizinfrau kam es zu, den Trank zu bereiten; doch nur Männer durften davon trinken.

Es gab eine alte Geschichte, die gemeinsam mit den geheimen Anweisungen, wie die Wirkstoffe der Pflanze in der Wurzel gesammelt werden sollten, stets von der Mutter an die Tochter weitergegeben wurde. Sie besagte, daß es einmal eine Zeit gegeben hatte, wo die Frauen das berauschende Mittel zu sich nahmen. Die Rituale, die mit ihrem Gebrauch einhergingen, wurden jedoch von den Männern nachgemacht, und den Frauen war es fortan verboten, von dem Trank zu nehmen; doch das Geheimnis der Zubereitung hatten die Männer nicht rauben können. Die Medizinfrauen, die es kannten, hatten es mit keinem außer ihren eigenen Töchtern teilen wollen, und daraus wurde, daß es nun allein jener Frau bekannt war, deren Blutslinie bis in die Urtiefen der Vergangenheit reichte. Dem Brauch nach wurde der Trank den Mannern nur gereicht, wenn sie eine entsprechende Gegengabe machten.

Als der Trank nun bereitet war, nickte Iza, und Goov trat vor. Er hielt eine Schale, die mit dem Trank der Datura gefüllt war, wie er sonst für die Männer bereitet wurde, diesmal aber für die Frauen. Mit beherrschter Gemessenheit wurden die Schalen ausgetauscht. Dann hinkte der Mog-ur den Männern voraus in die kleine Höhle.

Nachdem sie verschwunden waren, reichte Iza den Daturatrank unter den Frauen herum. Die Medizinfrau verwendete den Saft dieser Pflanze häufig zur Betäubung, zur Linderung des Schmerzes oder als Schlafmittel.

Bald darauf brachten die Frauen ihre schlaftrunkenen Kinder in die Felle und kehrten dann zum Feuer zurück. Iza ging zu dem schüsselartigen Holz, auf dem Dorv während des Jagdtanzes herumgeschlagen hatte, und begann, einen langsamen, gleichmäßigen Rhythmus zu klopfen, dessen Klangfarbe sie langsam veränderte, indem sie den Schlagstock von der Mitte aus allmählich zum Rand wandern ließ.

Anfangs saßen die Frauen reglos. So gründlich hatten sie gelernt, sich im Beisein der Männer keine Blöße zu geben. Unter der allmählich einsetzenden Wirkung des berauschenden Mittels jedoch und weil sie wußten, daß die Männer nicht kommen würden, begannen einige Frauen, sich in den Hüften zu der schleppenden Schlagfolge zu bewegen. Ebra war die erste, die aufsprang. In vielschrittigen Figuren tanzte sie im Kreis um Iza herum, und als die Medizinfrau das Trommeln noch schneller, noch wilder machte, wurden die Sinne der anderen Frauen in Bann geschlagen, und ihre Körper gerieten in Verzückung. Rasch sprangen sie auf und stampften, hüpften, sprangen und wiegten sich und bewegten die Arme, als wollten sie Regen einfangen.

Während das Geklopfe immer hektischer und die Abfolge der Schläge immer schwieriger wurde, warfen mit einemmal die sonst so fügsamen Frauen ihre Umhänge ab und tanzten sich frei. Sie bemerkten nicht, daß Iza aufgehört hatte zu trommeln und sich unter die anderen gemischt hatte; zu tief waren sie dem eigenen inneren Schwingen ihres Körpers ausgeliefert. All das Aufgestaute, all das, was sonst ständig unterdrückt werden mußte, machte sich Luft in ungehemmter, maßloser Bewegung. Die Spannungen in den Herzen und die in den Köpfen trafen aufeinander und entluden sich in einer gewaltigen sinnenhaften Bestätigung ihrer Körperlichkeit, die es ihnen möglich machte, die Grenzen anzuerkennen, die ihrer Entfaltung seitens der Männer gesteckt waren. In wirbelnder, stampfender Verzükkung tanzten sich die Frauen durch die Nacht, bis sie schließlich gegen Morgengrauen zusammenbrachen und einfach liegenblieben.

Beim ersten Licht des neuen Tages verließen die Männer die Zeremonienhöhle, stiegen über die reglos übereinander liegenden Frauen hinweg und krochen in die Schlaffelle. Ihre aufgestauten Ängste, Ärgernisse und Bedrückungen hatten sie während der Jagd herausgeschrien, am Bison zerschlagen und in den Boden gerannt. Das wundgedachte Hirn hatte sich gereinigt. Deshalb war ihre Feier von anderer Art gewesen, verhaltener, nach innen gekehrt.

Als die Sonne über dem Felsgrat aufstieg, humpelte Creb aus der Höhle und ließ den Blick über die schlafenden Frauen gleiten. Einmal, es war schon lange her, hatte er es wissen wollen und das Fest der Frauen beobachtet, und als er sah, wie sie sich bewegten, und sich vor Augen hielt, wie sie lebten, hatte er begriffen, warum sie der Befreiung ihres Innersten bedurften. Er wußte, daß die Männer sich stets neugierig fragten, was die Frauen denn taten, um in eine solch tiefe Erschöpfung zu versinken; doch der Mog-ur gab ihnen niemals Auskunft. Die Männer hätten sich entsetzt über das haltlose Benehmen der Gefährtinnen, wie ebenso die Frauen entgeistert gewesen wären über das kindische Bitten ihrer sonst so unerschütterlichen Gefährten, wenn diese die Geister beriefen.

Hin und wieder hatte der Mog-ur darüber nachgedacht, ob er den Geist der Frauen vereinen und ebenso zu den Anfängen zurückführen könnte. Sie hatten andere Erinnerungen, ja, aber sie besaßen die gleiche Fähigkeit, sich des uralten Gewußten zu entsinnen. Hatten sie Erinnerungen an den Ursprung ihrer Art? Konnten sie an der Feier mit den Männern teilhaben? Oft gingen diese Fragen dem Mog-ur durch den Sinn, doch niemals hätte er es gewagt, die Geister zu erzürnen, und versucht, dieses Neue zu entdecken.

Creb hinkte hinüber zum Lager und ließ sich auf seinem Fell nieder. Sein Blick fiel auf das zerzauste blonde Haar auf Izas

Fell, was ihn bewog, sich die Geschehnisse in den Kopf zurückzurufen, die sich ereignet hatten, seit er gerade noch rechtzeitig aus der einstürzenden Höhle hinausgestolpert war. Wie kam es, daß dieses fremdartige Kind so schnell den Weg in sein Herz gefunden hatte? Brouds Haß gegen Ayla bedrückte ihn, und die bösen Blicke, die der junge Jäger ihr entgegengeschleudert hatte, waren ihm nicht entgangen. Dieser Zwist in der englebigen Gruppe betrübte ihn schwer.

Die Schmach würde Broud nicht ruhen lassen, dachte Creb. Das wollhaarige Nashorn ist ein passendes Totem für unseren späteren Clan-Führer. Broud kann tapfer sein, aber er ist starrköpfig und allzu hohen Mutes. Er kann ruhig und bedächtig sein, sogar behutsam und freundlich; aber schon im nächsten Augenblick kann blinde Wut aus ihm herausschlagen. Er wird sich beherrschen müssen.

Ächzend legte der alte Mann sich nieder und spürte jetzt erst, wie müde er war. Seit dem Beben der Erde war sein Herz voller Unruhe gewesen, jetzt aber konnte er verschnaufen. Die Höhle war die ihre, und die Schutzgeister hatten eine neue Bleibe; die Clan-Leute konnten einziehen, wenn sie erwachten. Creb gähnte und streckte sich aus.

6

In stummer Ehrfurcht und zaghaft zuerst hatten sich die Clan-Leute in der breitgrundigen Höhle mit den porigen, baumhoch emporstrebenden Felswänden umgeblickt, als sie das erste Mal hineingegangen waren. Doch schon bald trugen sie die neue Umgebung auch in ihrem Inneren. Und immer seltener gedachten sie der Tage und Nächte in der alten Höhle und der Mühen ihrer Wanderung. Und je vertrauter sie mit all dem wurden, was ihr tägliches Leben begleitete, desto wohler fühlten sie sich und desto schneller verfielen sie wieder auf ihre altgewohnten Tätigkeiten, für die der kurze heiße Sommer gerade recht kam. Die Männer gingen jagen, und die Frauen machten sich auf, um zu sammeln.

Zu tun gab es genügend. Silberne Forellen fangen zum Beispiel, die teils durch das sprudelnde Wasser des Bachs schossen, teils unter überhängenden Wurzeln und Steinen standen; dann schob man mit unendlicher Geduld die Hand langsam und vorsichtig immer näher an sie heran, bis man sie zu fassen bekam. Größere Störe und Lachse, die oftmals den begehrten schwarzen oder leuchtend rosafarbenen Rogen in sich trugen, tummelten sich nahe der Flußmündung; der gefräßige Seewolf und der schwarze Kabeljau schwärmten in den tieferen Gründen des von Land umgebenen salzigen Meeres. Mit Schleppnetzen aus langen Tierhaaren, die mit der Hand zu Schnüren gedreht worden waren, fing man die großen Fische, wenn sie, im seichten Wasser laichend, vor den durch das Wasser watenden Menschen flohen, die sie mit Knüppeln auf die Netze zutrieben. Häufig unternahmen die Clan-Leute den Marsch zum Meer hinunter und hatten bald einen großen schillernden Berg dieser Flossentiere aufgehäuft, die sie dann nach und nach über rauchenden Feuern dörrten. Das saftige Fleisch der Schnecken, Muscheln und Krustentiere, die sich im Meer fanden, galt als besonders bekömmlich; die Schalen fanden als nützliche Gefäße oder Hebezeug für Flüssigkeiten Verwendung. Am Abbruch vom Land zum Wasser erklommen die Jäger gezackte Klippen, um sich die Eier der Seevögel zu holen, die dort ihre Nester angelegt hatten. Hin und wieder gelang es auch, einen der kurzhalsigen Tölpel, die in riesigen Familien zusammensaßen und sehr fluggewandt waren, oder eine Möwe mit einem wohlgezielten Stein aus der Luft zu holen.

Während die Sommersonne immer praller und leuchtender wurde, sammelten die Frauen Wurzeln, fleischige Pflanzenstengel und Blätter, Kürbisgewächse, Hülsenfrüchte, Beeren, Obstartiges, Nüsse und Körner, jedes zu seiner Zeit. Die Blätter und Blüten von Kräutern wurden getrocknet, später würzende oder heilende Beigaben für Getränke. Und sie schleppten sanddurchsetzte salzige Klumpen zur Höhle zurück, die sie finden konnten, wenn das riesige Gletscherkalb weit oben, wo die Kältnis herkam, das Wasser aus dem Meer sog und es weiter zurückdrängte.

Auch die Jäger zogen noch oft aus, denn zu jagen gab es vieles. Auf dem üppigen, kurzhalmigen Gelbgrün der Steppen, wo nur hier und dort eine Gruppe verkrüppelter Bäume sich mühsam aufrecht hielt, weideten die wilden Herden. Mächtige Hirsche, deren hornartiger Kopfputz nicht selten über zwei Manneslängen betrug, durchwanderten ebenso wie riesige Bisons die Ebenen. Steppenpferde kamen selten so weit ins Unterland, aber graubraune Wildesel und die mannshohen fahlgelben, bisweilen auch rotbraunen Pferdeesel zogen über die weiten Flächen der Halbinsel; das äußerst wachsame Waldpferd lebte allein oder in kleinen Gruppen in den Vorbergen. In den Steppen sichteten die Jäger hin und wieder auch kleine Rudel von Antilopen.

Das wogende, hochstehende Grün zwischen Prärie und Vorgebirge war die Heimat uriger Rinder, dunkelbraune oder schwarze weitgehörnte Tiere. Das dunkelhäutige, unbehaarte, besonders über den kurzen Beinen mit kuppelhornigen Erhebungen behaftete Waldnashorn kam, den kühl-erträglichen Waldgebieten angepaßt, nur selten einer anderen, breitmäuligen Art in die Quere, die das offene Grasland bevorzugte.

Beide unterschieden sich durch ihre kürzeren, aufrecht stehenden Hörner und die gerade Haltung des Kopfes vom Wollnashorn, das sich ebenso wie das wollhaarige Mammut nur zu gewissen Zeiten zeigte. Das wollhaarige Nashorn trug ein langes, schräg nach vorn geneigtes Horn im Gesicht, und sein Kopf bewegte sich dicht über der Erde, so daß es ihm ein leichtes war, den Schnee vom winterlichen Weideland wegzuschieben. Mit seinem dicken Fettgewebe, dem tiefroten, langhaarigen Überfell und dem weichen wolligen Unterfell war dieses laub- und grasfressende Tier bestens einem Leben in kalten Gebieten angepaßt, den froststarren, weit oben liegenden Lößsteppen.

Ein beständiges Drücken über den weiten Eisfeldern entzog der Luft die Feuchtigkeit, so daß in vergletscherten Gebieten kaum Schnee fiel; dadurch entstand jedoch ein ständig wehender Wind, der feinen Kalkstaub und Löß vom zermalmten Felsgestein an den Rändern der gewaltigen Eisströme emportrug und über weite Strecken verstreute. Gewöhnlich schmolz ein kurzer Frühling die dünne Schneedecke und die oberste Schicht ewigen Eises so weit, daß schnellwurzelnde Gräser und Kräuter aufsprießen konnten. Sie wuchsen rasch und vertrockneten zu riesigen Flächen stehenden Heus, Futter für eine Unzahl von Tieren, die sich der eisigen Kälte des Gebiets angepaßt hatten.

Die warmfeuchten Steppen der Halbinsel lockten die wollhaarigen Tiere nur im Spätherbst. Die Hitze des Sommers war ihnen zu sengend, der Schnee des Winters viel zu tief. Viele der Tiere wurden während der Kältnis in das obere Land getrieben, an die Ränder des trockneren Lößlands. Die meisten von ihnen wanderten im Sommer zurück. Nur die Waldtiere, die sich von Unterholz oder Baumrinde oder Flechten nähren konnten, blieben auf den mit Bäumen bestandenen Hügeln, die Schutz boten und großen Herden keinen Raum ließen.

Hier lebten außer dunkelhaarigen Pferden und den Waldnashörnern vor allem das Wildschwein, gar manche Arten von Hirschwild, Rotwild in kleinen Herden, scheue Rehe als Einzelgänger oder in Grüppchen, die etwas größeren, bräunlichweißgefleckten Damhirsche und einige Elche.

Weiter oben in den Bergen grasten auf hochgelegenen Wiesen breitgehörnte Schafe, Mufflons, und noch höher sprangen Steinbock und Gemse von Fels zu Fels. Rasch und wendig fliegende Vogelschwärme belebten die Baumkronen des Waldes und erfüllten ihn mit unerhörtem Getön. Eine Mahlzeit lieferten diese Fiederlinge selten. Da war es doch einfacher, behäbige, tieffliegende Schneehühner oder Moorenten mit der Schleuder zu erlegen und dann, wenn das Laub sich färbte und abfiel, den Schwärmen der Gänse und Eiderenten mit Netzen aufzulauern, wenn sie auf den versumpften Bergseen niedergingen. Raubvögel und Aasgefieder segelten träge mit den Aufwinden und beäugten scharf das Leben unter sich.

Zahllose kleinere, vorwiegend nagende Tiere lebten in den Bergen und Steppen nahe der Höhle, und gar manche mußten, von Zougs Stein getroffen, dem Clan ihr Fell überlassen. Es gab da Nerze mit dichtem Fell und kleinen Schwimmhäuten zwischen den Zehen, den fischefangenden Otter, den plumpen Vielfraß, das flinke Wiesel, den langgeschwänzten Marder, den schlauköpfigen Fuchs, den weichbepelzten Zobel, den Waschbär, der sich von Wassertieren nährte, den langschnäuzigen, allesfressenden Dachs, die springkräftige Wildkatze, das sanfte Eichhörnchen, das widerborstige Stachelschwein, den langohrigen Hasen, das pfiffige Kaninchen, den Erdhügel häufenden Maulwurf, die das Ufer der Gewässer durchwühlende Bisamratte, den baukundigen Biber, das entsetzliche Stinktier, die spitzschnauzige Wühlmaus, die unverwüstliche Wasserratte, die wander- und todessüchtigen Lemminge, das höhlenliebende Erdhörnchen, den unersättlichen Hamster und andere, die niemals benannt wurden und für immer unbekannt blieben.

Große Fleischfresser sorgten dafür, daß dieses Kleingetier nicht überhand nahm. Es gab die reißenden Wölfe und die lauernden Katzen: Luchse, Tiger, Leoparden und in den Bergen den Schneeleoparden und den Höhlenlöwen. Aber überall schlich die gefräßige Höhlenhyäne herum, und ihr lachendes Bellen ließ einen erschaudern.

In diesem Land fühlte sich der Mensch fast als der geringste Teil des vielgestaltigen Lebens; er, dem die Natur nichts mitgegeben hatte als sein übergroßes Gehirn und die Möglichkeit, sich und das andere zu bedenken, war die schwächste der jagenden Kreaturen, denn mittlerweile fehlten ihm Fangzahn und Klaue. Aber trotz minderer Schnelligkeit und Sprungkraft hatte sich der zweibeinige Jäger den Respekt seiner vierbeinigen Rivalen erkämpft, so daß es sich ergab, daß dort, wo Mensch und Tier über lange Zeit hinweg in dichter Nähe beieinanderlebten, selbst Kreaturen, die ihm an Kraft und Größe überlegen waren, die Flucht ergriffen, sobald sie seine Nähe witterten. Die kundigen Jäger des Clans waren jedoch im Angriff so geschickt wie in der Abwehr.

Es war ein strahlender sonniger Tag geworden, durchweht von den wärmenden Winden des Hochsommers. Die Bäume wiegten ihre dichtbelaubten grünen Blätterkronen, grünschillernde Fliegen schwirrten um liegengebliebene Knochen. Der leichte Wind, der vom Meer her wehte, brachte Salziges auf die Zunge, und auf dem sonnenbeschienenen Hang vor der Höhle flirrten Licht und Schatten.

Jetzt, wo eine neue Bleibe gefunden war, hatte der Mog-ur nicht viel zu tun, nur hin und wieder für eine gute Jagd die Geister zu beschwören oder die bösen Geister zu vertreiben, wenn jemand krank oder verletzt war. Heute früh waren die Jäger ausgezogen und mehrere Frauen mit ihnen. Sie würden viele Tage nicht zurückkehren. Die Frauen begleiteten die Jäger, um das Fleisch der erlegten Tiere gleich dörren zu können, es wurde dann leichter und ließ sich besser zur Höhle zurücktragen, wo es für den Winter gelagert wurde. Wenn man es in dünne Streifen schnitt, trockneten die warme Sonne und der beharrlich wehende Steppenwind das Fleisch schnell aus. Auch die stark rauchenden Feuer aus dürrem Gras und Kot mußten unterhalten werden, um die Fleischfliegen zu vertreiben, die sonst Eier in die frische Beute legten. Und dann, auf dem Rückweg, würden die Frauen natürlich den Großteil der Last tragen müssen.

Seit der Clan nun die Höhle bewohnte, hatte Creb fast jeden Tag einige Zeit mit Ayla zugebracht, um ihr beizubringen, wie die Clan-Leute sich verständigten. Die einfachen Laute, für die Clan-Kinder im allgemeinen das Schwierigere, nahm die Kleine mit Leichtigkeit auf, doch das feine Spiel von Gebärden, Zeichen und Bedeutung erfaßte sie nicht. Er hatte sich bemüht, ihr die Bedeutung gewisser Gebärden klarzumachen, aber für beide gab es keinen gemeinsamen Boden des Verständnisses, auf dem sie aufbauen konnten, und es war niemand da, der hätte vermitteln können. Der alte Mann zerbrach sich den Kopf, wie er die Kluft überbrücken sollte, aber es kam ihm keine Erleuchtung. Auch Ayla war hilflos.

Sie spürte, daß Creb etwas hatte, das ihr abging, doch sie wollte es auch haben, um Creb wieder davon zu geben. Ihr Kopf hatte erfaßt, daß die Laute des Clans mehr mitteilen und verstehen konnten, als die wenigen einfachen Leute besagten; aber wie, das wußte sie nicht, weil ihr die Zeichen nichts bedeuteten. Ihr schien es ein lästiges Gefuchtel und Wedeln der Arme, ein lustiges Drehen, Knicken und Wenden der Hände oder ein lachhaftes Spreizen, Schnippen und Krümmen der Finger zu sein. Allmählich ahnte Creb, was Ayla hinderte, das Gedeutete zu erfassen, wenn er es auch kaum glauben konnte. Sie weiß nicht, daß die Bewegungen etwas sagen, dachte er, oder ihr Hirn ist nicht groß genug, um dort deren Bedeutung erkennen zu können.

»Ayla!« rief Creb und winkte dem Mädchen.

So ähnlich muß der Stolperstein in ihrem Kopf sein, dachte er, als sie neben dem glitzernden Bach entlanggingen, wo sich ihnen ein grauer, glattgeschliffener Felsen in den Weg gelegt hatte. Aber einfache Gesten versteht sie doch. Er hatte geglaubt, er brauchte Ayla nur zu helfen, ihr Gebärdenspiel zu erweitern und zu verfeinern.

Viele Füße auf dem Weg zur Jagd, zum Fischfang oder zur Nahrungssuche hatten bereits das Gras und das Unterholz niedergedrückt und einen Pfad ausgetreten. Sie kamen zu einer Stelle, die den alten Mann besonders anzog, eine Lichtung vor einem mächtigen, dichtbelaubten Eichbaum, dessen hochliegende wulstige Wurzeln einen schattigen, leicht erhöhten Sitzplatz boten. Es kam ihn weniger beschwerlich an, sich dort niederzulassen als auf dem Boden.

Mit einem Stock deutete er auf den Baum.

»Eiche«, benannte ihn Ayla.

Creb nickte beifällig und richtete den Stock dann auf den Bach.

»Wasser«, sprach das Mädchen.

Wieder nickte der Mog-ur, der dann eine Bewegung mit seiner Hand machte und das Wort wiederholte. Ein fließendes Wasser ist gleich Bach, bedeutete beides; Wort und Gebärde zusammen.

»Wasser?« kam es zaghaft über des Mädchens Lippen. Es war

verwirrt. Creb hatte doch zu verstehen gegeben, daß das Wort richtig war; und dennoch war er nicht zufrieden. Ihr Magen flatterte ängstlich. Der Kopf war einfach zu. Es ging nichts mehr hinein; es ging nichts mehr hinaus. Sie wußte, er wollte noch etwas, aber was? Sie begriff es nicht und wurde stutzig; zupfte sich krampfhaft an der Nase.

Creb schüttelte den Kopf. Wie oft hatte er dieses Sprechen und Zeigen dem Kind vorgemacht! Und noch einmal; er wies auf ihre Füße.

»Füße«, sprach Ayla.

»Ja«, nickte der Zauberer.

Ich muß ihr beibringen, daß sie nicht nur hinhört, sondern auch zusieht, ermahnte er sich, stand auf, nahm sie bei der Hand und ging noch einige Schritte mit ihr, ließ aber seinen Stock zurück. Hierzu sagte er das Wort »Füße«. Sich bewegende Füße ist gleich laufen, hatte Creb mit der Gebärde bedeutet. Sie lauschte aufmerksam, um zu hören, ob ein sinnveränderndes Schwingen in seinem Tonfall ihr entgangen war.

»Füße?« wiederholte das Kind und wußte, daß dies nicht die Antwort war, die er haben wollte.

»Nein, nein, nein! Laufen! Sich bewegende Füße!« machte Creb noch mal Ayla deutlich, sah ihr in die Augen, während er sein Auf-der-Stelle-Treten übertrieb. Dann zog er sie vorwärts und wies wiederum auf ihre Füße.

Ayla fühlte, wie das Wasser ihr in die Augen schoß. Füße! Füße! Das war es doch, was er hören wollte. Und warum schüttelte Creb denn den Kopf? Oh, wenn er doch nur aufhörte, mit der Hand immer vor ihrem Gesicht herumzuwedeln.

Und wieder zog der alte Mann sie vorwärts, wies auf ihre Füße, machte die Bewegung mit seiner Hand, sprach das Wort. Sie blieb stehen und beobachtete ihn. Nochmals machte er die Gebärde, übertrieb sie so sehr, daß sie beinahe eine andere Bedeutung bekam, und sprach erneut das Wort. Tief vornübergebeugt stand der Mog-ur und blickte ihr ins Gesicht, während er die Hand im Gelenk locker ließ und damit genau vor ihren Augen eine wellenförmige Bewegung vollführte. Gebärde, Wort, Gebärde, Wort . . .

Was wollte er? Was hatte sie zu tun? Sie wollte ihn ja gern begreifen. Sie spürte, daß Creb ihr etwas zu verdeutlichen versuchte. Aber warum bewegte er dauernd seine Hand?

Dann dämmerte es ihr; seine Hand! Er bewegte dauernd die Hand. Zögernd hob sie ihre schmale Rechte.

»Ja, ja!« Creb nickte heftig. »Bewegen. Sich bewegende Füße. Laufen!« wiederholte er. Scharf beobachtete sie seine Gebärde und versuchte dann, sie nachzuahmen. »Ja!« machte Creb. Das war es also, was er wollte. Das sich bewegende Zeichen, mit den Füßen, mit den Händen; sie sollte durch Zeichen sprechen.

Nochmals führte sie es aus und sagte dazu die Lautfolge für Füße. Ayla begriff nicht, was es bedeutete, aber sie verstand, daß sie dieses Zeichen machen sollte, wenn sie das Wort aussprach. Creb drehte sich herum und kehrte schwer hinkend zu der Eiche zurück. Als sie sich in Bewegung setzte, deutete er wieder auf ihre Füße und wiederholte noch einmal die Doppelbedeutung aus Gebärde und Laut.

Und plötzlich begriff Ayla, stellte den Zusammenhang her. Füße, die sich bewegen, ist gleich laufen! Dann erinnerte sie sich, daß die Leute des Clans ständig ihre Hände bewegten. Und sie sah Iza und Creb vor sich, wie sie dastanden und einander ansahen und dabei ihre Hände bewegten und auch die Finger, ohne viele Worte zu machen. Redeten sie miteinander? Redeten sie mit ihren Händen?

Creb setzte sich. Ayla blieb vor ihm stehen. Sie glühte vor Aufregung, bemühte sich, ruhig zu bleiben.

»Füße«, sagte sie und deutete auf ihre eigenen Füße.

»Ja«, nickte er, gespannt jetzt.

Sie drehte sich um und ging von ihm weg. Als sie sich ihm wieder näherte, machte sie das Handzeichen, mit Daumen, Zeige- und Mittelfinger ruhig durch die Luft fahrend, und sprach dabei das Wort Füße.

»Ja! Ja! Das ist es!« machte Creb zu ihr. »Du hast es erfaßt. Ich glaube, du hast es erfaßt.«

Ayla wartete einen Augenblick, dann drehte sie sich wieder um und rannte nun von ihm weg, dann wieder über die kleine Lichtung zurück, blieb ein wenig außer Atem vor ihm stehen und sah ihn erwartungsvoll an. »Rennen«, zeigte er durch drei schnell durch die Luft gezogene Finger an, während sie aufmerksam zusah. Jetzt war es eine andere Bewegung, so ähnlich wie beim ersten Mal, aber anders. Und zaghaft ahmte ihre Hand sie nach. Sie hat es wirklich erfaßt! Creb rieb sich die Hände. Das Mädchen hatte Hirn. Die Handbewegung war zwar grob und ungelenk gewesen, doch der Sinn war gedeutet. Er nickte ihr ermutigend zu und wurde beinahe von seinem Wurzelsitz gerissen, als Ayla sich an seine Brust warf und ihn stürmisch umarmte.

Hastig und verhohlen sah der alte Zauberer sich um. Sie waren allein. Selig lächelnd zog der Krüppel das kleine Mädchen an sich und spürte die junge Wärme auf sich überfließen.

Für Ayla öffnete sich nun eine ganz neue Welt.

Mit Feuereifer machte sie sich daran, alle Bewegungen Crebs nachzuahmen. Da dessen einhändige Gebärden jedoch eigene Abwandlungen der normalen Handsprache waren, überließ er es Iza, sie die Feinheiten zu lehren.

Während Ayla von Tag zu Tag mehr verstand und wußte, was wie zu bedeuten war, wurde das verschwommene Bild, das sie vom Tun und Treiben der Leute um sie herum hatte, allmählich immer klarer. Gebannt beobachtete sie den Austausch von Gebärden und Zeichen und versuchte zu erfassen, was da behandelt wurde. Anfangs ließen die Clan-Leute sich diese Wißbegier noch gefallen; man behandelte sie eben wie ein kleines Kind; dann aber flogen die ersten unwilligen Blicke, und es war klar, daß man ihr ungezogenes Verhalten nicht länger duldete. Es gehörte sich einfach nicht, andere zu beobachten; dem Clan-Brauch nach hatte man die Augen abzuwenden, wenn andere sich unterhielten.

Es war, als die Clan-Leute nach dem Abendverzehr noch in der Höhle an ihren Feuern saßen. Über den Flammen des Feuers am Eingang der Höhle, deren lodernder Schein böse Geister, räuberische Tiere und die naßkalte Nachtluft vertreiben sollten, stieg dünner Rauch auf, und hinter der wabernden Hitzewelle schienen schattendunkle Bäume und Büsche in flirrender Bewegung zu zittern. Das flackernde Licht warf ständig wechselnde Muster von Hell und Dunkel auf die porige Felswand der Höhle.

Ayla saß in dem Steinkreis, der Crebs Bereich umgrenzte, und blickte hinüber zu Bruns Feuer. Broud hatte einen roten Kopf; eine Ader an seinem Hals trat dick hervor; er war verdrießlich und grob zu seiner Mutter und Oga. An diesem Tag, der nun zu Ende ging, hatte Brouds Stolz einen schlimmen Knacks erlitten. Endlos und mit mühsam bewahrter Geduld hatte er auf der Lauer gelegen, aber sein Schuß hatte verfehlt, und der Rotfuchs, dessen Fell Oga versprochen war, verschwand so schnell wie der Blitz im dichten Unterholz, gewarnt vom Sirren des sausenden Steins. Des Mädchens Blick war doppelt kränkend.

Die Frauen, die müde waren von dem langen Tagwerk, wollten endlich Ruhe haben; Ebra, die Brouds Benehmen störte, bedeutete dies Brun, der dessen aufsässiges Verhalten wohl bemerkt hatte. Zwar konnte ein Mann die Frauen drangsalieren, wenn er wollte, aber Brun verdroß es, weil dies sein Sohn tat, der doch später führen sollte und die Frauen zu achten hatte, wenn sie müde waren.

»Broud, laß jetzt die Frauen. Sie brauchen Ruhe«, tadelte er den Sohn.

Daß er zurechtgewiesen wurde, und noch dazu vor Oga, traf Broud so hart wie ein Keulenschlag. Niedergeschmettert und den Kopf gesenkt stampfte er davon und zog sich zornig und gekränkt an den äußersten Rand von Bruns Wohnkreis zurück. Plötzlich spürte er Aylas Augen und fühlte sich erkannt. Wenn nicht der Brauch gewesen wäre, er würde zu diesem häßlichen Eindringling hinübergeflogen sein und hätte sie abgestraft; drei, vier Schläge an den Kopf und sie würde wissen, daß man andern nicht in den Wohnkreis zu gucken habe und auch noch zusehen, wie man ihn gescholten hatte. Broud sandte dennoch einen finsteren Blick hinüber zu dem Mädchen.

Creb war des Unmuts an Bruns Feuer wohl gewahr geworden. Mit feiner Nase nahm er stets alles auf, was unter den Clan-Leuten vor sich ging. Er ahnte, daß nur ein tiefer Groll Broud hatte dazu treiben können, vor allen in den Wind zu schlagen, was Sitte war im Clan, und mit seinen Blicken in den Nachbarkreis zu dringen. Brouds Widerwillen gegen das Kind ist zu heftig, als daß sie hier im Clan nach ihrer Art sein kann, dachte Creb. Sie muß das lernen, was gebräuchlich ist bei uns, zu ihrem eigenen Guten.

»Ayla!« rief er sie scharf und rauh, die zusammenfuhr beim harten Klang der Stimme. »Laß deine Blicke weg von anderen Feuern!« machte er mit warnender Gebärde und hob den Zeigefinger.

Sie war verwirrt. »Warum denn nur?«

»Das ist der anderen Leute Bereich, und sie möchten nicht, daß man sie stört – auch nicht mit den Augen.« Der Mog-ur sah, wie Broud herüberblickte und helle Schadenfreude auf seinem Gesicht stand.

Sie steht noch viel zu hoch in der Gunst des Zauberers, dachte der junge Jäger. Wenn sie in unserem Wohnkreis lebte, würde ich ihr schon Beine machen, daß sie nicht mehr solang und grade wären. Sie wüßte dann, wie eine Frau sich zu verhalten hat.

»Ich will wissen«, bedeutete Ayla, »was da drüben ist«, und zeigte auf Bruns Feuer, noch immer verwirrt und ein wenig verletzt.

Creb wußte, weshalb sie hinübergesehen hatte; doch es war an der Zeit, daß sie sich anpaßte an das im Clan Gewohnte. Und Brouds Groll gegen sie wurde bestimmt besänftigt, wenn er sah, daß der Mog-ur ihre Eigenart bestrafte.

»Du sollst die anderen nicht einfach anstarren«, bedeutete ihr Creb mit strengem Blick. »Das ist schlecht. Du sollst nicht dagegenreden, wenn ein Mann dir etwas sagt. Das ist schlecht, und du sollst vor allem nicht mit deinen Blicken stören, wenn andere in ihrem Wohnkreis sind. Das ist sehr schlecht.« In harten kantigen Bewegungen hatte Crebs Hand gesprochen, sogar zur Faust war sie geballt. Er war barsch und deutlich geworden. Er wollte sie spüren lassen, daß es ihm ernst war. Er sah, wie Broud aufstand und auf Bruns Wink zum Feuer zurückkehrte, unverkennbar Hohn in den Augen.

Ayla war niedergeschlagen. Noch nie hatte Creb sich so verhalten, noch nie sie so hart zurechtgewiesen. Sie hatte geglaubt, es machte ihm Freude, wenn sie die Sprache des Clans erlernte; jetzt warf er ihr vor, daß es schlecht war, den Leuten etwas abzugucken, nur um mehr zu lernen. Sein barsches Verbot bedrückte sie; plötzlich kam ihr das Wasser in die Augen, das als glitzerndes Rinnsal die Wangen durchzog.

»Iza!« rief Creb verstört. »Komm, Aylas Augen!«

Die Augen der Clan-Leute tränten nur, um einen Fremdkörper auszuschwemmen oder wenn sie sich erkältet hatten und die Augen krank waren.

Iza kam sogleich herbeigeeilt.

»Hier, schau! Ihre Augen sind voll Wasser. Vielleicht ist ein Funken vom Feuer hereingeflogen. Sieh es dir an!« bedrängte er die Schwester.

Auch Iza war erschrocken. Sanft zog sie Aylas Lider hoch und starrte suchend in die Augen des Kindes.

»Tut das den Augen weh?« machte sie. Entzündliches war nicht zu sehen. Den Augen schien nichts zu fehlen. Aber sie waren voll Wasser gelaufen.

»Nein.« Ayla schüttelte den Kopf und schniefte. Was hatten sie denn für ein Getue um ihre Augen, jetzt, nachdem Creb sie so gescholten hatte?

»Warum ist Creb böse, Iza?« wollte Aylas Hand wissen.

»Du mußt verstehen, Ayla«, gab Iza zur Antwort, »es ist nicht gut, andere mit Blicken zu belästigen. Es ist nicht gut, zum Wohnkreis anderer Feuer hinüberzusehen und dort zu stören. Nur die Kleinen reißen die Augen auf. Du bist groß. Und wenn du's dennoch tust, verärgerst du die Leute.«

»Auch Creb?« Und wieder glitzerte es auf Aylas hohen Wangenknochen.

Iza hatte immer noch kein klares Bild, was es war, das ohne Anlaß Aylas Augen wässerte; aber sie spürte die hilflose Verwirrung des Kindes. Sie kehlte die ausgestreckten Hände, so daß sie Schalen glichen, und legte sie an ihre Brust. »Schau, so trägt Creb dich in seinem Herzen. Und ich habe dich auch darin.«

Creb wollte sie doch nur lehren. Aber sie müsse sich mehr zu eigen machen als nur die Clan-Sprache; sie müsse sich dem unterwerfen, was Sitte und Brauch sei im Clan. Die Frau nahm das kleine Mädchen in die Arme und hielt es fest, während Ayla immer noch trostlose Tränen vergoß.

»Was ist mit ihren Augen?« fragte Creb. »Ist ihnen nicht gut?«

»Sie hat geglaubt, du bist ihr nicht gut. Sie hat geglaubt, du wärest böse auf sie. Vielleicht sind helle Augen wie die ihren schwach, ich kann jedoch nicht sehen, daß ihnen etwas fehlt. Und sie sagt, daß sie nicht weh tun. Creb, ich denke mir, Aylas Augen nässen, wenn sie Kummer hat.«

»Aus Kummer?«

Creb hob erstaunt die Brauen und legte seine Stirn in zwei tiefe verwunderte Falten. Noch nie war jemand krank geworden, weil er meinte, der Mog-ur wäre ihm nicht gut. Man hatte doch gewöhnlich Angst vor ihm und Ehrfurcht und Achtung; und niemand war ihm schon so zugetan, daß dem die Augen näßten, der sich des Mog-urs Gunst entschlagen mußte. Vielleicht hatte Iza recht; vielleicht waren Aylas Augen feiner als die ihren, wenn auch ungleich schärfer. Dennoch war ihr beizubringen, daß es zu ihrem eigenen Guten wäre, wenn sie begriff, sich nach der Clan-Art zu verhalten. Denn wenn sie nun die Bräuche willentlich verletzt, Brun könnte sie mit Recht verstoßen.

Den Blick ängstlich zu ihren Füßen gesenkt, näherte sich Ayla langsam dem Mog-ur, der seine Hand unter das Kinn gestemmt hatte und das Kind mit dem einen Auge freundlich ansah. Sie blieb vor ihm stehen, hob den Kopf und blickte aus roten verquollenen Augen zu ihm auf.

Ihr Zeigefinger beschrieb einen Kreis um die Höhle, kehrte wieder zurück und wies auf ihre Augen. Dann öffnete sie die Hand und machte eine Bewegung, als wollte sie das Gezeigte auswischen. »Ich will die anderen nicht mehr anstarren«, meinte sie und fragte: »Bist du mir böse, Creb?«

»Nein«, gab er zurück, »ich bin nicht böse, Ayla. Aber du gehörst jetzt zum Clan, du gehörst zu mir. Du mußt unsere Sprache lernen, aber auch die Art, wie Mädchen und Frauen sich zu fügen haben, und diese Unart lassen.«

»Ich gehöre dir? Du bist mir gut?« fragten die kleinen zitternden Finger.

»Ja, sehr gut, Ayla.«

Des Mädchens Gesicht hellte sich auf. Es umarmte Crebs Knie, kroch auf seinen Schoß und kuschelte sich dicht an ihn.

Schon immer hatte der Mog-ur gerne Kinder um sich gehabt, und es wäre ihm eine Freude gewesen, wenn man sie hätte zu ihm kommen lassen. Denn nur selten kam es vor, daß er das Totem eines Kindes offenbarte, das der Mutter als nicht zu stark gedeutet war. Der Mog-ur mußte lächeln. Was nach des Clans Vorstellung von seiner Kraft des Kündens der Teilhabe am Reich der Geister zugewiesen wurde, war doch letztlich Zeugnis seines Scharfblicks und des weiten Herzens, das sein zerstörter Körper trug. Von dem Tag an, an dem man es geboren hatte, begleitete der Mog-ur jedes Kind mit seinem Auge, das dann, wenn etwas sich ereignen sollte, vorher gesehen hatte, was zu künden war.

Erschöpft vom heftigen Schluchzen war Ayla inzwischen eingeschlafen. Sie hatte sich in die weiten Falten von Crebs Umhang gekuschelt; war zum Zauberer gekommen, den alle fürchteten, der aber jetzt den Platz in ihrem Herzen innehatte, den früher einmal auch jemand besaß, von dem jedoch nicht mal ein schattenhafter Abdruck fühlbar war. Und als der Mog-ur nun auf den kleinen Fremdling blickte, deuchte ihn, daß er ihn schon lange vorher gesehen hätte, aber nicht mit seinen wachen Augen, sondern seinen Sinnen, tief im Hirn.

»Iza«, rief er leise und reichte der Frau das schlafende Kind.

»Ihr Weh hat sie müde gemacht«, bedeutete er, nachdem die Medizinfrau Ayla in das Schaffell gelegt hatte. »Morgen soll sie liegen bleiben. Und sieh ihr noch einmal ihre Augen nach.«

»Ja, Creb«, nickte sie.

In diesem Augenblick fühlte sich Iza ihrem Bruder nahe wie selten zuvor. Es ließ ihr Gesicht im verhaltenen Schein des glosenden Feuers aufleuchten, als sie das Glück spürte, das ihr Herz umfloß bei dem Gedanken, wie schön es für Creb sei, nun doch jemanden gefunden zu haben, der ihn liebte und dem er es entgelten konnte.

Seitdem sie ein erstes Mal dem drängenden Geschlecht geöffnet worden war, war ihr nicht mehr so wohl zumute gewesen.

Bedrückend nur die Furcht, die auf ihr lag, daß das Kind, das sie trug, vielleicht ein Junge wurde. Denn ein Sohn mußte zum Jäger erzogen werden. Auch war sie Bruns Schwester, und beider Mutter war die Gefährtin des vorigen Clan-Führers gewesen, und wenn Broud, Bruns Sohn, etwas zustieß oder wenn er mit der Frau, die er zu nehmen hatte, nichts Männliches zeugte, dann müßte ihr Sohn, wenn sie einen gebar, die Führung des Clans übernehmen. Brun hätte sie und das Kind einem der Jäger zu geben oder sie selbst aufzunehmen. Tag für Tag lag Iza auf den Knien und bat den Schutzgeist, ihrem Schoß möchte ein Mädchen entbunden werden.

Während an den Bäumen langsam die Früchte reiften, begann Ayla unter Crebs geduldiger Anleitung allmählich nicht nur die Sprache, sondern auch die Verhaltensweisen und Bräuche des Clans zu verstehen, der sie bei sich aufgenommen hatte. Sie gewöhnte sich daran, die Augen abzuwenden oder niederzuschlagen, um den Clan-Leuten das blickoffene Eigenleben im Wohnkreis nicht zu stören. Doch war dies nur der erste Schritt auf einem dornenreichen Weg.

Doch Creb und Iza lernten auch hinzu. Sie entdeckten, daß Ayla vergnügt war und nicht verstimmt, wenn sie bei klaffenden Lippen die Zähne zeigte und befremdlich helle Hauchlaute ausstieß; sie lernten, daß dieses Benehmen Frohsinn bedeutete. Die leicht das Hirn drückende Sorge aber über die merkwürdige Empfindlichkeit ihrer Augen, die sich mit Wasser füllten, wenn das Kind Kummer hatte, wurden sie niemals ganz los. Und Iza sagte sich, daß dieses wohl den wasserhellen Augen eigen sei; und gerne hätte sie gewußt, ob das bei allen anderen von Aylas Leuten auch so sei. Da es ja bestimmt nichts schadete, spülte sie Aylas Augen mit dem klaren Saft einer bläulichweißen Pflanze, die es tief in kühlen schattigen Wäldern gab, wo sie auf verfaulendem Holz und verrottendem Grün gedieh. Sobald man sie berührte, färbte sie sich schwarz. Und jedesmal, wenn Ayla weinte, träufelte Iza nun ein wenig davon in des Kindes himmelblaue Wasseraugen.

Es begab sich nicht oft, daß Ayla weinte, die, obwohl sie merkte, daß ihre Tränen augenblicklich Zuwendung zur Folge hatten, sich bemühte, sie, so gut es ging, zu unterdrücken; denn für die Clan-Leute waren sie Ausfluß des Fremdartigen.

Allmählich lernte Ayla, mit den Erdlingen zu leben und sie so zu nehmen, wie sie waren. An den Männern fraß die Neugier zwar, doch war es offensichtlich unter ihrer Würde, dies auch noch kundzutun, vor allem gegenüber einem Kind, ganz gleich, wie ungewöhnlich es auch war. Ayla beachtete die Männer ebensowenig wie diese sie beachteten. Nur Brun zeigte etwas mehr der Anteilnahme; doch machte er ihr Angst, denn er schien streng und unnahbar. Hätte sie geahnt, daß nicht der Clan-Führer, sondern der Mog-ur als unzugänglich und furchteinflößend galt, so hätte sie es nie geglaubt. Und so gewahrte sie auch nicht das Kopfschütteln über die Vertraulichkeit, die sich zwischen ihr und dem Zauberer entspann. Doch einer im Clan war Ayla sehr zuwider, und das war der junge Jäger, der an Bruns Feuer saß. Stets machte Broud ein finsteres Gesicht, wenn er sie ansah.

Mit den Frauen wurde sie schneller vertraut, war sie doch fast den ganzen Tag um sie herum. Und wenn sie nicht im Wohnkreis von Crebs Feuer saß oder mit der Medizinfrau durch Wälder und Wiesen streifte, war sie ebenso wie Iza mit den Clan-Frauen zusammen. Sie sah zu, wie man Tiere häutete, Felle und Häute bearbeitete, Riemen straffte, die in Streifen aus der Haut herausgeschnitten wurden, Körbe, Matten oder Netze flocht, aus Baumstümpfen Schüsseln aushöhlte, Beeren und Früchte sammelte, den Verzehr vorbereitete und Fleisch und Pflanzen für die kalten Tage dörrte. Und als die Frauen gewahr wurden, daß das Mädchen sich willig zeigte, das Ihre anzunehmen, halfen sie ihm gern, das Zeichensprechen gründlicher zu lernen, und unterwiesen sie in manchen Fertigkeiten.

Aylas Knochen waren nicht so kräftig wie die der Frauen und Kinder des Clans; ihre feineren Gliedmaßen hätten auch kaum das schwere Muskelfleisch der Clan-Leute zu tragen vermocht. Doch sie war erstaunlich flink und behende. Verrichtungen, die Körperkraft verlangten, waren für sie schwer zu bewältigen, doch dafür, daß sie noch ein Kind war, zeigte sie sich beim Körbeflechten und beim Zuschneiden von Riemen gleicher Breite sehr anstellig. Und bald faßte sie eine Zuneigung zu Ika, die ihr erlaubte, Borg herumzutragen und mit dem kleinen Kind herumzutollen. Ovra hielt sich leicht zurück, doch sie und Ika warfen Ayla bei der Arbeit warme Blicke zu. Glich doch das Schicksal ihrer Leute dem Schicksal von Aylas Leuten: die Höhlen hatten es beschlossen, als sie einstürzten und sie unter sich begruben.

Das erste feine Band der freundlichen Gefühle, das sich so bald zwischen ihr und Oga angesponnen hatte, riß jedoch kurz darauf entzwei. Denn Oga zog es mehr zu Broud; zwar Ayla zugeneigt, weil diese, wenn auch jünger, ein Mädchen war wie sie und später Frau, aber Brouds Gefährtin werden wollend, so daß sie Ayla mied, wo es nur ging.

Mit Vorn, dem kleinen Gernegroß, war nicht viel anzufangen. Obwohl er jünger war als Ayla, hatte er nur eins im Sinn, ihr mit gebieterischer Miene zu befehlen, wie es die Männer mit den Frauen hielten, das zu ertragen Ayla immer noch nicht recht gelingen wollte. Denn als sie sich dagegen wehrte, trug ihr das nur den Zorn der Männer wie der Frauen ein. Besonders Aga, die Mutter des Vorn, schalt laut und drohte mit den Fäusten, weil immer dann, wenn just ihr Sohn sich wie ein Mann benehmen wollte, ihm Ayla ihre kalte Schulter zeigte und sein Gezeter schnell ins Leere ging. Brouds Groll gegen Ayla war ihr so wenig wie den anderen verborgen geblieben. Der junge Jäger wurde eines Tages Brun folgen und Clan-Führer werden. Und wenn ihr Sohn dann immer noch in seiner Gunst stand, würde er bestimmt zum Zweiten im Rang erkoren werden. Sobald sie Broud in der Nähe wußte, funkelte sie das fremde Mädchen an und schlug nach ihr und drängte sie, die Arbeit schneller fortzusetzen.

Von Tag zu Tag gelang es Ayla immer besser, die Clan-Sprache richtig zu beherrschen. Jedoch ein Zeichen eignete sie sich selbst durch eigene Beobachtung an, denn gänzlich war sie nicht des Blicks entwöhnt, den anderen die Augen aufzudrängen, die sich gerade lebhaft unterhielten.

So sah sie eines späten Mittags Ika zu, wie sie mit Borg ein Zeichen übte, der dann nach einigen Versuchen mit ungelenken Händen nachzudeuten wußte, was Ika lange und geduldig dem Sohne vorgemacht, und voller Freude ihn dann an sich drückte. Wenig später beobachtete Ayla, wie Vorn zu Aga hinrannte und sie mit der gleichen Gebärde ansprach. Und auch Ovra begann, wenn sie mit Ika etwas zu behandeln hatte, mit diesem Zeichen.

Als es Abend war, drängte sich Ayla etwas scheu an Iza heran, und als die Frau vom Feuer aufblickte, machte das Kind mit zaghaftem Finger einen Kreis und da durch eine Linienkerbe, von oben nach unten gezogen mit der flachen Hand und zeigte dann auf Iza.

Die riß die Augen auf.

»Creb«, rief sie. »Wann hast du das Kind gelehrt, mich ›Mutter‹ zu nennen?«

»Ich habe das nicht getan, Iza«, bedeutete ihr der Bruder.

Iza wandte sich wieder dem Mädchen zu.

»Hast du das von dir?« wollte sie wissen.

»Ja, Mutter«, machte Ayla eifrig. Ihr war zwar nicht ganz klar, was dieses Zeichen wohl bedeuten mochte, aber sie hatte gesehen, daß es stets von Jüngeren gebraucht wurde, wenn sie etwas von den Frauen wollten, die für sie zu sorgen hätten.

Iza, die Kinder zu bekommen aus gutem Grunde dem eigenen Körper untersagt hatte, war tief gerührt. »Kind«, machte sie und umarmte Ayla. »Mein Kind«, und umschlang den schmächtigen Findling. Und zu Creb gewandt, meinte sie, daß sie ihn durch die Geister empfangen hätte, die es so gewollt.

Creb sagte nichts. Doch er dachte ähnlich.

Nach diesem Abend wurde Ayla nicht mehr so oft von drükkenden Träumen gequält, hatte nur hin und wieder Bangnis und Unruhe im Schlaf zu erleiden. Zwei Träume stellten sich noch ein; in dem einen versuchte sie voller Angst dem gierigen Schlag einer riesigen Pranke mit großen, spitz gebogenen Krallen zu entkommen; im anderen hatte sie Boden unter den Füßen, der schwankte; ihre Ohren erfüllte ein tiefes, donnerndes Grollen und den Magen drückte ein schreckliches Gefühl von Leere, und in ihrem Kopf raste ein verzehrendes Feuer. Sie schrie dann auf in fremden Tönen und klammerte sich hilfesuchend an Iza, wenn sie dann erwachte. War es in der ersten Zeit ihres neuen Lebens unter den Clan-Leuten vorgekommen, daß sie ungewollt auf die Sprache zurückgriff, die sie von ihrer Mutter hatte, so kehrten später, als ihr die Zeichen der Clan-Sprache und das, was diese bedeuteten, immer vertrauter wurden, die Laute von einst immer noch in ihren Träumen wieder. Und schließlich erstarben auch sie.

Der kurze heiße Sommer war verglüht und ging zu Ende. Leichte Morgenfröste brachten den ersten Hauch bitterer Kälte auf die Gräser, die weiß überstäubt waren mit winzigen Kristallen. Die einst grünen Wälder flammten rot und braun und golden auf. Dann breiteten erste Schneefälle eine weiße Decke über das Land, die bald darauf von schweren Regengüssen wieder zerfetzt und fortgeschwemmt wurde. Rauhe Winde raubten den Bäumen das farbenprächtige Blattwerk. Nur noch wenige hartnäckige Blätter klammerten sich an die sonst nackten Äste der Bäume und Büsche, als ein paar sonnenwarme Tage die Clan-Leute den letzten Schimmer des Sommers erleben ließen, ehe die eisigen Winde und klirrende Kältnis sie für lange Zeit in ihre Höhle sperrten.

Alle waren sie nun draußen und reckten die nackten Köpfe gierig der wärmenden, blaßgelben Scheibe hoch oben am Himmel entgegen. Auf dem breiten, festgestampften Vorplatz vor der Höhle worfelten die Frauen die Körner, die sie unten in der Grassteppe gesammelt hatten. Ein scharfer Wind wirbelte dürre Blätter auf und hauchte den rauschenden Kündern des vergangenen Sommers flüchtiges Leben ein. Aus großen, flachen Körben warfen die Frauen die Körner in die Luft und ließen den Wind das Unnütze davontragen.

Iza stand von hinten über Ayla gebeugt, ihre Hände auf denen des Mädchens, das den Korb hielt, ihr zur Hand gehend, wie sie es anstellen mußte, das Geerntete hoch in die Luft zu schleudern, ohne es mit den Hülsen und kleinen Strohhalmen ins Weite hinauszuwerfen.

Ayla spürte Izas harten, jetzt voll gerundeten Leib in ihrem Rücken und auch das heftige Zucken, das die Frau plötzlich innehalten ließ. Wenig später löste sich Iza von der Gruppe der Frauen und eilte, gefolgt von Ebra und Uka, in die Höhle. Ayla warf einen furchtsamen Blick hinüber zu den Männern, die in ihrem Getue innehielten und den Weggelaufenen mit großen Augen folgten, und glaubte, sie wollten die Frauen zurechtweisen, die sich zurückgezogen, obwohl es noch Arbeit gab. Doch die Männer waren ungewohnt nachsichtig und taten nichts. Ayla lief den Frauen nach.

Iza lag schon drinnen in der Höhle auf ihrem Fell. Ebra und Uka hockten sich zu beiden Seiten nieder.

Die Medizinfrau sah die Angst im Gesicht des Kindes und hob beschwichtigend die Hand, jedoch ohne Ayla wirklich zu beruhigen, deren Bangnis wuchs, als sie bei dem nächsten Stoß, der Izas Leib zusammenbog, das qualvolle Weh in Izas Augen schaute.

Ebra und Uka beredeten dabei die alltäglichsten Dinge; wo die Nahrung zu lagern sei, die man für die kurzen Tage gesammelt hatte, wann der Frost wohl wieder käme, wo zugige Stellen noch abgedichtet werden müßten. Doch Ayla konnte ganz genau den Mienen und der angespannten Haltung nach die Besorgnis der Frauen erkennen. Nichts, nahm sie sich vor, würde sie dazu bringen, von Iza wegzugehen, solange sie nicht wußte, was da geschah. Zu ihren Füßen ließ sie sich nieder und wartete.

Gegen Abend kam lka mit dem kleinen Borg, dann auch Aga mit der stillen Ona. Beide setzten sich zu Iza, gaben den Kindern die Brust und taten nur durch ihr Hiersein Mitgefühl kund.

Auch Ovra und Oga drängten sich um Izas Lager. Ukas Tochter hatte zwar noch keinen Gefährten, doch würde sie bald zur Frau, die zu gebären hatte.

Als Vorn bemerkte, daß Aba sich zu ihrer Tochter setzte, trottete er hinüber, dort, wo sich alle Frauen an des Mog-urs Feuer trafen, und kroch auf Agas Schoß. Die aber hatte Ona noch zu stillen. So hob die alte Aba den Jungen zu sich auf die Knie, der nach einer Weile, weil sich nichts tat, unruhig wurde und sich quengelnd davonmachte.

Nicht lange danach erhoben sich auch die Frauen, um mit den Vorbereitungen für den abendlichen Verzehr zu beginnen. Nur Uka blieb bei Iza; Ebra und Oga allerdings warfen immer wieder große Blicke zu ihr hinüber, während sie das Feuer unterhielten. Ebra versorgte Creb und Brun, dann brachte sie auch Uka, Iza und Ayla etwas zu essen. Ovra machte dem Gefährten ihrer Mutter das Essen, doch sie und Oga kehrten eilig an Izas Lager zurück, als Grod sich zu Brun und Creb ans Feuer setzte.

Iza schlürfte nur ein wenig von dem Kräutergebräu, das Ebra ihr gebracht hatte; und auch Ayla war nicht hungrig; die Angst um Iza hielt ihre Kehle so fest umklammert, daß sie kaum etwas hinunterbrachte. Was war mit Iza? Warum steht sie nicht auf wie gewöhnlich und macht Creb das Geschmorte, das er jeden Abend aß? Warum kommt Creb nicht her und bittet die Geister, sie wieder gesund zu machen? Warum bleibt er einfach mit den anderen Männern sitzen?

Izas Körper quälte sich jetzt noch stärker als zuvor. In den kurzen Rastpausen, die ihr vergönnt waren, holte sie hastig Atem und preßte dann wieder mit aller Kraft den Leib nach unten, während sie die Hände der beiden Frauen umklammert hielt, die sich in der Wache ablösten. Die Clan-Männer hockten um das Feuer von Brun, augenscheinlich in ernster Betrachtung vertieft. Doch die manchmal verstohlen zur Höhle gelenkten Blicke verrieten, daß sie Anteil nahmen.

Längst war es dunkel geworden. Und plötzlich hasteten alle herum. Ebra breitete schnell ein Fell aus, Uka stützte Iza, daß sie in Kauerhaltung kam, denn die Medizinfrau atmete jetzt hastig und keuchte, schrie immer wieder auf vor Schmerz. Am ganzen Leib zitternd, hockte Ayla zwischen Ovra und Oga, die ebenfalls stöhnten und wimmerten. Noch einmal holte die Frau tief Luft und preßte mit knirschenden Zähnen den unteren Leib, bis zwischen den Beinen ein Wasserschwall kam und ein Kopf, dann die Schulter und die Hand und ein Bein, bis alles heraus war vom neuen Erdenkind. Zuletzt kam noch ein rotes Geklump, das Aga etwas zur Seite legte. Erschöpft ließ Iza sich niedersinken; das neue Kind nahm Ebra in die Arme und zog ihm ein wenig Schleimiges vom Mund und legte es der Medizinfrau auf den Bauch. Als sie dem Kind leicht auf die Sohlen klopfte, riß es die Lippen auseinander, und aus dem Mund kam erste Lebenskunde. Schnell schnürte Ebra ein Stück der rotgefärbten Sehne um die Körperschnur, die Kind und das nun unnütze Geklump miteinander verband, und biß sie ab. Sie hob das Kind nun etwas hoch, so daß es Iza sehen konnte, und stand dann auf und kehrte an ihr eigenes Feuer zurück, um Brun zu sagen, daß ein neues Clan-Kind angekommen und welchen Geschlechts es geworden sei.

7

»Es schmerzt mich, dir davon zu sagen«, machte Ebra, »daß Izas Kind ein Mädchen ist.«

Doch Brun war nicht enttäuscht, er war erleichtert, auch wenn er das nie zugegeben hätte. So war es gut gewesen für den Clan, daß Creb sein eigenes Feuer angezündet und Iza mit dem Fremdling unter seinen Schutz genommen hatte, und Brun war froh, daß sich daran nun nichts mehr ändern würde. Der Mog-ur hatte Ayla gut erzogen.

Und Creb war über die Geburt von Izas Tochter nicht nur erleichtert, sondern ganz erfüllt mit einer tiefen Freude. Seitdem man sich die neue Höhle zur Wohnstatt hergerichtet hatte, war ihm zum erstenmal das Wohlbehagen und die Wärme zugeflossen, die Mann und Frau und Kind entfachen können. Da Iza nun ein Mädchen geboren hatte, blieb alles, wie es war.

Auch Iza konnte seit der Zeit der Höhlenweihe wieder frei und ohne Bangnis atmen. Es kam ein Lächeln in ihr Gesicht, als ihr einfiel, daß sie schon viele Sommer zählte und dennoch ein Kind zum Leben brachte. Vielen Frauen hatte sie geholfen, denen es viel schmerzlicher ergangen war als ihr. Einige waren dem Tode nahe gewesen, etliche sogar gestorben, und oft hatten auch die Neugeborenen ihr Leben nicht länger behalten dürfen. Ihr schien, daß die Köpfe der Kinder fast zu groß waren für die Öffnungen der Frauen. Doch hatte ihre Angst weniger dem Gebären selbst gegolten als vielmehr der Vorstellung, daß ihr Kind ein männliches sein würde. Denn davon hing es ja ab, wie ihr Leben weitergehen würde, und die lange Ungewißheit war für sie fast schwerer zu ertragen gewesen als die Schmerzen.

Aus tiefstem Herzen atmete Iza auf und legte sich zurecht. Uka wickelte das Kleine in ein weiches Kaninchenfell und gab es der Mutter in die Arme.

Bei all dem hatte Ayla sich nicht ein bißchen gerührt. Sehnsüchtig und neugierig zugleich blickte sie auf Iza. Die Frau sah es und winkte ihr.

»Komm, Ayla. Schau!« machte die Medizinfrau mit matter Hand.

Scheu kroch Ayla hinzu. Iza zog die weichen Hüllen auseinander, so daß Ayla den winzigen Erdling betrachten konnte.

Mit braunem Flaum war der niedrigstirnige Kopf bedeckt, an dessen Hinterteil deutlich der knochige Wulst zu sehen war, der bald von dichtem Haar bedeckt sein würde.

Sacht hob Ayla die Hand, um das Neue anzufassen, das plötzlich die Hand ausstreckte und leise die Lippen bewegte.

In Aylas Augen stand immer noch das Staunen über das, was unfaßbar zuerst, dann ganz langsam faßlich werden sollte. »Will sie sprechen, Iza?« fragte sie und deutete auf den Mund des kleinen Kindes.

»Es geht noch nicht«, gab Iza zurück. Aber wenn es so weit wäre, dann müsse sie ihr dabei helfen, den Winzling zu unterweisen, setzte sie hinzu.

»Ja, das mache ich«, beteuerte Ayla. Sie würde ihr zeigen, so sich auszudrücken, wie einst der Mog-ur und die Medizinfrau es mit ihr getan.

»Ja, Ayla«, bekräftigte Iza und deckte ihr Kind wieder zu. Und während sie tief und fest schlief, blieb Ayla getreulich an ihrer Seite.

Ebra hatte das rote Geklump in das Fell gewickelt, das zuvor Iza untergelegt worden war, und verbarg es an einem unauffälligen Ort, wo es liegenbleiben würde, bis die Medizinfrau sich erheben und die Höhle verlassen konnte, um es an einer Stelle zu vergraben, die nur ihr geläufig war. Wäre der Erdling tot geboren worden, man hätte es mit ihm zusammen irgendwo verscharrt, und keiner hätte jemals wieder darüber auch nur ein Wort gesagt. Der Mutter wäre der Schmerz nicht anzusehen gewesen, aber man würde ihr mit unaufdringlicher Behutsamkeit und sanftem Mitgefühl begegnet sein.

Wäre das Kind mit einer Mißgestalt zur Welt gekommen oder

nach des Clan-Führers Ansicht dem wechselhaften Leben nicht gewachsen, so erwartete die Mutter eine schmerzliche Pflicht, das Kind zu nehmen, fortzuschaffen, zu begraben oder einfach irgendwo liegenzulassen. Nur selten wurde einem Kind, das mißgestaltet war, die Möglichkeit zum Weiterleben eingeräumt – und einem Mädchen gar fast nie. War das Kind ein Junge – vielleicht sogar das Erstgeborene – und gedachte der Gefährte der Mutter es anzunehmen, so konnte der Clan-Führer die Erlaubnis geben, daß es so viel Tage seines Lebens wie Finger an einer Hand und von der anderen zwei dazu bei der Mutter blieb. Und jedes Kind, das diese sieben Tage überlebte, war im Einklang mit dem seit ewig Überlieferten zu benamsen und in den Clan aufzunehmen.

Genauso hatte es sich auch vor langer Zeit mit Creb und seinem Leben zugetragen, das sieben Tage in der Schwebe hing. Auch seine Mutter hatte die Geburt beinahe nicht überlebt. Bei ihrem Gefährten, der Clan-Führer war, lag der Entscheid über Leben und Tod des Kindes, der weniger um dessentwillen als vielmehr um der Mutter willen und dennoch auch zugunsten dieses neuen Kindes getroffen wurde, dessen unförmiger Kopf und leblose Glieder bereits anzeigten, wie sehr es die Natur für Zukünftiges behindern würde. Die Gebärerin war zu sehr geschwächt und hatte mit dem Wasser auch viel Blut verloren, stand selbst am Weg zum Totenreich, als daß sie, wie es der Brauch war im Clan, das jämmerliche neue kleine Leben, das nicht lange währen würde, folgsam beiseite schaffte. Wenn eine Mutter selbst die Pflicht nicht übernehmen konnte, so fiel sie dann der Medizinfrau zu; das war in diesem Fall eines. Und deshalb ließ man Creb bei seiner Mutter, die ihn kaum nähren konnte mit der Brust. Und als er nach dem siebenten Tag sich immer noch am Leben hielt, bekam Creb seinen Namen zugewiesen, und eine andere Frau, die voller Nahrung war, gab sie ihm dann, und er gedieh in seinem hinderlichen Körper. Das war der Anfang dieses Mannes, der später Mog-ur wurde und heute nun der Heiligste der heiligen Männer war und der kundige und allmächtige Zauberer des Groß-Clans.

Der Krüppel und sein Bruder hatten sich Iza und dem Neugeborenen genähert. Auf Bruns wegscheuchende Bewegung seiner Hand sprang Ayla hastig auf und machte sich davon, blickte jedoch, in einiger Entfernung sich niederkauernd, verstohlen zu Izas Lager hinüber, die sich aufsetzte, den winzigen Erdling aus dem Fell grub und ihn Brun entgegenhielt, ohne die Männer anzusehen, die das, was ihnen da entgegengehalten wurde, mit scharfen Blicken beäugten. Das Kind fing laut zu wimmern an, als es der Wärme entrissen wurde und an die kalte Nachtluft kam.

»Es ist heil«, entschied Brun. Dann fügte er hinzu, das Mädchen dürfte bei der Mutter bleiben, und wenn es bis zum Tag der Benamsung das Leben in sich hielte, würde man es in den Clan aufnehmen.

Zwar hatte Iza nicht befürchtet, daß Brun ihrem Kind nicht das Leben beließ, und dennoch war es ihr leicht ums Herz, als dieses auch dem Clan-Brauch nach vollzogen war. Nur noch ein letztes Fünkchen Sorge glomm leise hinten in ihrem Hirn, ob es kein Unglück über ihre Tochter brächte, daß sie selbst keinen Gefährten hatte. Doch zu der Zeit, als sie das neue Leben in sich spürte, war er noch da gewesen, beruhigte sich Iza. Und jetzt gab Creb als ihr Gefährte für beide Schutz und Nahrung.

Während der nächsten Tage durfte Iza den Wohnkreis von Crebs Feuer nur verlassen, um sich zu entleeren und auch das nachgeburtige Geklump an einer ganz bestimmten Stelle zu vergraben. Und während dieser Zeit, in der sie vom Clan abgeschnitten war, galt Izas Kind noch nicht als Kind des Clans, und lediglich Creb und Ayla konnten bei ihr sein, mitversorgt von den anderen Frauen, damit Iza sich erholen konnte. Und wie es üblich war im Clan, stand sie über den siebenten Tag hinaus bis zu dem Tag, an dem das Blut versiegt war, das stets nach der Geburt kam, unter Bann und durfte nur mit Frauen Umgang haben.

Zunächst hatte sie auch alle Hände voll zu tun, ihr Kind zu hegen und zu pflegen. Und als sie wieder kräftig war und ausgeruht, begann sie den steinkreisig angelegten Wohnbereich, der mit zu Crebs Feuer gehörte, neu einzuteilen, Dörrfleisch, Fisch und Körner, Kräuter, Wurzeln, Schaber, Keile, Bohrer, Sichel, Stichel, Knochenschalen, Muschellöffel, Holz und Pilze, Beeren umzufüllen, einzuräumen, abzupacken und neu zu verstauen, den Feuerherd und die Schlafstatt zu vergrößern.

Da dem Mog-ur ein besonderer Rang zukam, befanden sich sein Feuer und der Wohnkreis drumherum an vorteilhafter Stelle in der Höhle; dem Eingang nahe genug, um Tageslicht und -wärme aufzufangen, aber doch nicht so nahe, daß später die eisigen Schneestürme die Bewohner treffen würden. Ein faltenreicher Felsvorsprung, der aus der Seitenwand herumschwang, bot weiteren Schutz vor Wind und Wetter, und Iza war froh darüber. Trotz des Windbrechers und dieser Wärmequelle, die Tag und Nacht mit großen Mengen Holzes gespeist wurde, spien rauhe Winde häufig frostklumpige Kälte in jene Feuerstellen, die nicht so geschützt gelegen waren. Im tiefsten Winter dann, wenn klammheimlich Feuchtigkeit die Höhle ganz durchkriechen würde, durchdrang sie auch die Menschen hier bis auf die Knochen und manchmal bis ins Mark.

Inzwischen hatten die Männer einen Windschutz am Eingang zur Höhle errichtet, hohe Pfosten in die Erde getrieben und an ihnen straff gespannte Häute aufgehängt und außerdem rings um den Eingang mit glattgeschliffenen Steinen ausgelegt, so daß die Regengüsse und Schmelzwasser den Vorplatz nicht in einen schlammigen Sumpf verwandeln würden. Im Innern der Höhle legte man dort, wo man saß und aß, einfach geflochtene Matten auf den nackten Boden.

Neben Crebs Lager waren zwei weitere flache Mulden mit trockenen Gräsern gefüllt und mit Fellen bedeckt; das zuoberst liegende wurde von dem, der hier schlief, auch als wärmender Umhang getragen. Neben Crebs Bärenfell lagen Izas Umhang aus der Steppenantilope und das neue weiße Fell eines Schneeleoparden, den Goov nicht weit von der Höhle erlegt hatte.

Die meisten im Clan trugen Felle oder auch ein Horn oder einen Zahn jener Tiere, die ihr Totem zeigten. Und Creb fand, daß der Schneeleopard das richtige Fell für Ayla wäre. Zwar war er nicht ihr Schutzgeist, doch ähnlich dem Höhlenlöwen, denn man würde wohl kaum dazu kommen, ein solches Tier zu erlegen. Selten genug verließ es die heimische Steppe und war für den Clan und die Höhle im waldigen Hügelland keine Gefahr. Er wurde nur gejagt, wenn sich die Clan-Leute vom Höhlenlöwen bedroht fühlten.

Iza hatte sich einen Wurmsamentrank bereitet, um das Einfließen der Milch in ihre Brüste anzuregen und die krampfigen Leibschmerzen zu lindern, die eine Zeitlang noch ertragen werden mußten. Die langen schmalen Blättchen und die kleinen grünlichen Blüten hatte sie schon früh im Jahr gesammelt und getrocknet.

Als ein herbfrischer Duft die Höhle durchzog, warf sie einen Blick nach draußen, um nach Ayla Ausschau zu halten, die kurz das Kind hüten sollte. Noch schnell hatte Iza nämlich den weichen Tierhautlappen zwischen ihren Beinen gegen einen neuen ausgetauscht, der das Blut aufsaugen sollte, und wollte hinaus, um den alten im nahen Wald zu beseitigen, wie sie es und auch die anderen Frauen taten, wenn sie an manchen Monden ihre Tage hatten, wo das böse Blut aus dem Körper floß.

Doch Ayla war nicht nah der Höhle; unten am Bach war sie und suchte Steine. Denn Iza hatte festgestellt, daß sie noch einige zum Wasserwärmen brauchte, ehe der Bach gefror, und Ayla wollte sie ihr bringen. Am steinigen Ufer lag nun das Kind auf den Knien und suchte nach Steinen, die ihr passend erschienen. Und wie sie einmal kurz das Haar aus dem Gesicht sich strich, erblickten plötzlich ihre Augen ein kleines weißes Etwas unter einem Busch. Schnell drückte sie das kahle Gezweig auseinander und entdeckte ein kleines Kaninchen. Schwach atmend lag es da, ein Beinchen häßlich nach hinten geknickt und krustig rot am Ende.

Ein Wolfsjunges hatte es in die Fänge bekommen, doch das Langohr war schnell genug gewesen, sich wieder daraus zu befreien. Neben dem rauschenden Wasser hatte es dann seine Kraft verloren und wund und durstig auf den Tod gewartet.

Ayla hob das weiche kleine Tier vom Boden auf und hielt es an sich gedrückt in ihren Armen, wie sie auch schon Izas Kind gehalten, in Kaninchenfell gewickelt, und das hier fühlte sich nicht anders an. Sachte hockte sie sich auf den Boden und wiegte das kleine, angstvoll klopfende Leben hin und her und sah dann plötzlich das Blut und entdeckte, daß ein Bein des Tieres nicht so war wie alle anderen. Vielleicht kann es Iza wieder richten, dachte das Mädchen; ihr Vorhaben, nach Kochsteinen zu suchen, hatte sie schon ganz vergessen. Schnell richtete es sich auf und sprang eilig hin zur Höhle.

Iza schlief, als Ayla kam, doch sie erwachte beim vertrauten Geräusch ihrer Schritte. Sie hielt der Medizinfrau das Tier hin und zeigte ihr das verletzte Bein. Hin und wieder hatte Iza Tieren geholfen, die sie verwundet irgendwo gefunden hatte, aber niemals eines in die Höhle mitgenommen.

»Ayla, Tiere gehören nicht hierher«, bedeutete sie, und ihr Finger zeigte vom Tier zum Ausgang der Höhle.

Ayla senkte enttäuscht den Kopf, drückte das Kaninchen an sich und wandte sich zum Gehen. Wieder schoß ihr das Wasser in die Augen.

Als Iza das sah, winkte sie Ayla zurück und bedeutete ihr, daß sie das verletzte Tier betrachten wolle.

Aylas Augen strahlten, als sie es ihr sorgsam reichte.

»Das Tier ist durstig, hol Wasser«, machte die Medizinfrau.

Eilig goß Ayla Wasser aus einem großen Beutel und brachte Iza vorsichtig einen Becher, der bis zum Rand gefüllt war. Von einem Holz hatte die Frau bereits einen Span gespalten. Neben ihr lagen frisch geschnittene dünne Riemen.

»Nimm den Beutel und hole frisches Wasser, Ayla, es ist nicht mehr viel da. Dann machen wir welches heiß.«

Iza schürte das Feuer und legte mehrere Steine hinein, während Ayla nach dem Wasserbeutel griff und zum Teich rannte. Als sie zurückkam, knabberte das Kaninchen bereits an einigen Samen und Körnern, die Iza ihm hingestreut hatte.

Creb, der einige Zeit später in die Höhle humpelte, machte, als er Ayla mit dem Kaninchen und Iza mit ihrem Kind in den Armen einträchtig nebeneinander sitzen sah, die üblichen Falten in die Stirn, wenn er verwundert war. Er bemerkte das verbundene Bein, fing dann von Iza einen entsagungsvollen Blick auf, und während das Mädchen selbstvergessen das Kaninchen streichelte, versuchten die Geschwister sich ihre Ansicht zu bedeuten.

»Wieso hat sie dieses Tier überhaupt in die Höhle gebracht?« begann Creb.

»Es war verletzt. Sie hat es mir gebracht. Ich soll es heilen. Sie weiß doch nicht, daß wir keine Tiere in die Höhle bringen«, gab Iza zurück, und außerdem habe Ayla fein gefühlt, wie eine Medizinfrau fühlen sollte. Dann aber wurde Izas Hand eindringlich und gewichtig. »Creb, ich möchte mit dir über Ayla sprechen. Sie ist kein schönes Kind, das siehst du selbst.«

Creb warf einen Blick auf das Mädchen.

»Sie rührt einen an, trotz ihrer Häßlichkeit«, bekannte er. »Aber was soll das mit dem Kaninchen?«

»Glaubst du, daß sie jemals einen Gefährten findet?« bohrte Iza weiter. Kein Mann, der ein Totem besitze, das dem ihren gewachsen sei, würde sie haben wollen. Aber was würde mit ihr werden, wenn sie später eine Frau sei? Denn wenn sie keinen Gefährten fände, habe sie auch keinen Rang.

Das sei ihm auch schon durch den Kopf gegangen, meinte der Mog-ur; aber er habe noch keinen Weg gefunden.

»Wäre sie Medizinfrau, hätte sie Rang«, gab Iza zurück. »Und mir ist sie wie eine Tochter.«

»Aber sie ist nicht von deinem Blut, Iza. Deine eigene Tochter wird dein Geschlecht weiterführen.«

Iza nickte. Das wisse sie. Aber warum sei nicht auch Ayla im Pflegen und Heilen zu unterweisen? Sie, seine Schwester, habe das Kind doch in ihren Armen gehalten, als der Mog-ur ihr den Namen gab! Sie habe das Kind in ihren Armen gehalten, als der Mog-ur ihr Totem offenbarte! Und damit wäre sie ihre Tochter geworden, angenommen von den Geistern, und gehöre jetzt zum Clan. Iza legte die Hände an ihr Herz. »Hier spüre ich, daß sie es werden wird, Creb«, beteuerte sie, »denn immer will sie wissen, was ich mache, wenn ich mit dem heilenden Zauber beginne.«

»Ja«, gab ihr Creb zurück, »sie mischt sich überall hinein. Doch muß ihr Kopf auch mal begreifen, daß es bei uns nicht Sitte ist, so vieles wissen zu wollen mit den Augen, der Nase oder auch den Händen.«

Verstohlen wies die Schwester auf das Kind, das summend das Kaninchen wiegte.

»Ist das nicht Zeichen einer Medizinfrau?«

Creb legte einen Finger an die breite Nase. Daß sie nun Clan-Kind sei, das würde nicht vergessen machen, daß sie als Kind der anderen geboren sei, und woher wolle Iza wissen, wie dieses Kind all die Erfahrungen, die sie schon habe, sammeln sollte?

»Aber sie erfaßt das Neue schnell. Das hast du selbst gesehen. Du weißt auch, wie schnell sie unserer Sprache mächtig war. Und sie hat gute, sanfte Hände.« Iza beugte sich vor. »Wir haben beide schon viele Sommer und Winter gesehen, Creb. Was wird aus ihr, wenn wir ins Reich der Toten hingegangen sind? Soll sie von Feuer zu Feuer geschoben werden wie eine Last, die niemand haben will, und immer eine Frau, die ganz am Ende steht?«

Creb senkte den Kopf. Auch ihn hatte dieses Bild schon gequält. Doch da er nicht wußte, wie er es hätte ändern können, hatte er es immer wieder aus dem Hirn verdrängt. Sein Gesicht zeigte immer noch Zweifel, als er fragte: »Glaubst du wirklich, daß du sie zur Medizinfrau machen kannst, Iza?«

»Beginnen kann ich hier mit diesem Tier. Sie soll es pflegen, und ich zeige ihr, wie sie es machen muß. Ich fühle, Creb, daß sie es schaffen kann, auch ohne unsere Erfahrung. Ich zeige ihr alles, weise sie ein, denn sie ist jung; ihr Kopf kann lernen und behalten. Sie braucht nicht das, was wir erinnern können. Sie braucht nicht das erfahrene Wissen, sie kann es sich selbst beschaffen.«

Der Mog-ur nickte bedächtig. »Ich muß es mir noch einmal durch den Kopf gehen lassen«, deutete er an und machte mit dem Zeigefinger eine kreisende Bewegung um seinen mächtigen Schädel.

Ayla hatte, das Kaninchen immer noch in ihren Armen, gesehen, wie sich Iza und ihr Bruder miteinander eifrig unterhielten, und ihr fiel ein, daß es Creb war, der die Geister anrief, um Izas Heilzauber Kraft zu geben. Also stand sie auf und trug das Tier zum Mog-ur, legte es ihm zu Füßen und bat mit eindringlicher Gebärde: »Sage, daß die Geister dieses Tier hier heilen, Creb.«

Der Mog-ur blickte in ihr ernstes Gesicht. Noch nie zuvor hatte er den Beistand der Geister für ein Tier erfleht, und es lächelte in ihm, als er sich vorstellte, dies ausgerechnet jetzt für ein kleines Langohr tun zu sollen. Doch er brachte es nicht übers Herz, Ayla abzuweisen, und machte mit rascher Hand eine schwierige Gebärde.

»Jetzt wird es bald wieder laufen können«, machte Ayla und nickte voller Zuversicht. Als sie sah, daß Iza den neuen Erdling von der Brust genommen hatte, blickte sie die Frau bittend an.

Iza nickte, gab ihr das Kind und mahnte: »Aber sei sorgsam, so wie ich es dir gezeigt habe.«

Und Ayla wiegte summend das Kind.

Dann unterbrach sie sich und fragte Creb, welchen Namen er dem Kind wohl geben würde.

Auch Iza war neugierig, doch niemals hätte sie danach gefragt. Sie teilten Crebs Feuer. Er gab ihnen Schutz und Nahrung. Ihm allein stand es zu, dem Kind den Namen zu geben.

»Das weiß ich noch nicht«, wehrte des Mog-urs Hand ab, »und du mußt dir merken, nicht zuviel wissen zu wollen, Ayla.« Crebs Miene war streng, doch ihr Vertrauen in seine Zauberkraft tat ihm gut. Dann wandte er sich Iza zu. »Das Tier mag hier bleiben, bis sein Bein wieder heil ist«, gab er zu verstehen. »Es schadet nichts.«

Iza nickte zustimmend, und ein Gefühl froher Erleichterung bemächtigte sich ihres Herzens. Jetzt war sie sicher, Creb duldete, daß sie mit Ayla ihr Wissen teilte, auch wenn er es nicht ganz gebilligt hatte. Der Schwester genügte es zu wissen, daß er ihr dabei nichts in den Weg legen würde.

»Wie macht sie den Ton in ihrer Kehle?« fragte Iza und zeigte mit den Augen auf Ayla, die wieder zu summen angefangen hatte. »Es tut den Ohren gut.«

»Auch das unterscheidet den Groß-Clan von den anderen«, beschied sie Creb mit weiser Miene. »Sie haben nicht das Hirn, sich zu erinnern wie wir, aber wir haben nicht die Töne, um uns zu hören wie sie. Ayla macht sie nur noch wenig, seit sie unsere Sprechart begriffen hat.«

Schwerfällig setzte sich der Mog-ur nieder und starrte nachdenklich in die züngelnden Flammen.

Ovra trat mit dem Abendverzehr in Crebs Wohnkreis. Ihre Verwunderung beim Anblick des Kaninchens war nicht geringer als zuvor die des Zauberers. Und sie wuchs noch, als Iza dem jungen Mädchen das Neugeborene in die Arme legte, und Ovra sah, daß nun Ayla das Tier hochnahm und sanft hin und her bewegte, als wäre es auch ein Kind. Aus den Augenwinkeln blickte sie zu dem Mog-ur hinüber, doch der schien daran nichts Absonderliches zu finden. Hastig setzte sie die fette Brühe mit dem Grünzeug ab, die Aga für die Leute hier gekocht hatte, und konnte kaum erwarten, ihrer Mutter zu berichten. Vielleicht war diese Ayla nicht ganz klar im Kopf? Glaubte sie denn, ein Tier, das wäre wie ein Mensch?

Nicht lange danach kam Brun herangeschritten und forderte Creb auf, mit ihm zu kommen, da er mit ihm zu sprechen habe. Gemeinsam gingen sie zum großen Feuer am Eingang der Höhle.

»Mog-ur«, begann der Clan-Führer zaudernd.

»Ja?« machte Creb und hielt seine Hand hinter das Ohr.

»Ich habe es mir durch den Kopf gewälzt, Mog-ur. Die Zeit ist reif für eine Feier der Zusammengabe. Ovra will ich Goov geben und Droog ist bereit, daß Aga und ihre Kinder an sein Feuer kommen – und Aba dazu«, teilte Brun mit bedächtiger Gebärde mit. Als Eigentliches hatte er jedoch nach dem Kaninchen an Crebs Feuer fragen wollen.

»Ich habe lange schon darauf gewartet, daß du sie zusammengeben würdest«, antwortete der Bruder mit gemessener Hand, die auch nicht das Geringste zeigte, daß er sehr wohl im Bilde war, weshalb Brun dieses mit ihm sprach.

»Ich wollte warten, wollte nicht, daß mir zwei Jäger fehlen würden, solange die Jagd noch Beute brachte. Wann ist die beste Zeit, Mog-ur?«

Es bereitete dem Clan-Führer sichtlich Mühe, nicht zu des Zauberers Feuerstätte hinüberzustarren, und Creb verspürte fast ein wenig Schadenfreude, den Ersten im Clan so hilflos zu sehen.

»Bald werde ich Izas Kind benamsen; da könnten wir auch die Feier begehen«, war Crebs gelassener Vorschlag.

Brun nickte zustimmend, trat von einem Fuß auf den anderen, blickte zur hohen, schroff gewölbten Decke hinauf, dann wieder zu Boden, spähte in die flammendurchzuckten Tiefen der Höhle, ließ seinen Blick ins Freie wandern. Überallhin schwenkten seine Augen, nur nicht zu Crebs Wohnkreis, wo Ayla das Kaninchen in den Armen hielt, über das jedoch nicht zu verhandeln war, weil er bis jetzt davon doch nur gehört und selbst noch nichts gesehen hatte, weil es der Brauch ihm so gebot. Und Brun beschloß, das eine Mal dagegen zu verstoßen, indem er fragte, was dieses Tier, es sei wohl ein Kaninchen, an seines Bruders Feuer sollte.

Bedächtig drehte Creb sich um und blickte auf die Leute, die in seinem Wohnkreis saßen. Iza erkannte, was die Männer miteinander hatten. Sie machte sich an ihrem Kind zu schaffen. Sie wollte da nicht mit hineingezogen werden. Doch Ayla, die das Ganze ausgelöst hatte, war völlig in ihr Spiel versunken.

»Das Tier macht doch nichts, Brun«, wich Creb aus.

Der Bruder wurde ungeduldig. »Warum ist es überhaupt in der Höhle?« machte Brun mit kurzer, harter Gebärde.

»Ayla hat es mitgebracht. Es hat ein wehes Bein. Iza sollte es heilen.« Und dabei machte Creb ein Gesicht, als teilte er dem Bruder mit, in seinem Wohnkreis würde augenblicklich fette Brühe und Grünzeug gegessen.

Brun entgegnete, daß noch nie jemand ein Tier in die Höhle gebracht hätte, und ließ verzagt die Arme hängen, als der Mog-ur ihm bedeutete, daß Ayla das Kaninchen nur solange behalten würde, bis daß sein Bein gesundet sei.

Am liebsten hätte Brun mit einem lauten Schrei den Ärger, der in seiner Kehle steckte, hinausgebrüllt und Creb befohlen, das Tier noch auf der Stelle fortzuschaffen. Doch leider war es in dem Wohnkreis seines Bruders, und Überlieferungen gab es keine, die einem untersagten, Tiere dorthin mitzubringen. Es war einfach so, daß niemand es zuvor getan hatte. Aber letztlich ging es ihm auch nicht um dieses Kaninchen, das er immer noch nicht gesehen hatte. Es war dieses Mädchen, diese Ayla, die ihm Hirn und Herz bedrängte. Seit Iza dieses Geschöpf vom Wege aufgehoben und mitgenommen hatte, war der absonderlichen Ereignisse, die ihn immer noch durcheinander brachten, kein Ende mehr gewesen. Alles an ihr war anders, war ihm neu und befremdlich; und dann war sie auch noch ein Kind. Wie würde es erst werden, wenn sie älter wurde? So sehr er auch in seinem Kopf all das Erfahrene durchkramte, er kam nicht darauf, wie er dem Fremdling gegenüber sich verhalten sollte. Dies machte ihn unruhig und war ihm unbehaglich. Er wußte nicht, wie er dem Bruder die Befürchtung dartun sollte.

Creb spürte die Not seines Bruders.

»Brun, der Clan, bei dem das große Miething abgehalten wird, hält auch ein Tier in seiner Höhle, den jungen Höhlenbären.«

Des Clan-Führers Hand durchschnitt die Luft.

»Das ist doch nicht dasselbe. Das ist der Höhlenbär. Das ist doch für das Bärenfest.« Und außerdem hätten Höhlenbären schon vor den Erdlingen in Höhlen gelebt. Und Kaninchen lebten zudem nicht in Höhlen.

Dem entgegnete der Mog-ur, daß das Junge des Höhlenbären aber auch ein Tier sei, das man in die Höhle gebracht hatte.

Darauf hatte Brun keine Erwiderung mehr, und Crebs Hinweis schien ihm wenigstens eine Erklärung, an die er sich halten konnte. Aber wieso hatte dieses Mädchen das Tier überhaupt in die Höhle bringen müssen? Wäre sie nicht so andersartig, er hätte diese mißliche Unterhaltung nie zu führen brauchen. Brun spürte, wie der feste Boden seiner Einwendungen unter seinen Füßen nachgab wie Grassoden im aufgeschwemmten Moor, und wagte sich nicht weiter vor.

Der Tag der Namensfeier war kalt, aber sonnig. Es hatte ein paar Schneeschauer gegeben. Crebs Glieder schmerzten schon seit Tagen. Sie ließen ihn fühlen, daß es bald einen Sturm geben würde. Die letzten klaren Tage vor dem gewaltigen Schneegestöber, das dann lange Zeit um die Höhle wüten würde, wollte er noch auskosten und humpelte gemächlich den Pfad am Bach entlang. Ayla an seiner Seite, die stolz war über die Füßlinge, die Iza ihr gefertigt hatte, aus Rinderhaut, der das feine, weiche Unterfell belassen und die besonders dick mit Fett behandelt worden war, damit das Wasser dagegen nichts vermochte. Hieraus hatte Iza zwei etwa runde Stücke herausgeschnitten und an den Rand, wie bei dem Beutel, genügend Löcher reingebohrt, sodann die Lappen mit dem Fell nach innen um Aylas Knöchel festgezogen.

Das Kind hob nun bei jedem Schritt die Füße hoch, fast wie ein Auerhahn. Auch fühlte sie sich wohl und warm, denn über ihrem Unterzeug lag schwer der Leopardenpelz, und auf dem Kopf trug sie – das Fell nach innen – ein ausgenommenes Kaninchen, das ihre Ohren ganz bedeckte und unterm Kinn, an beiden Zipfeln, die vormals wohl die Hinterläufe dieses Tieres überzogen hatten, gebunden war. Sie sprang ein Stück voraus und dann zurück, und manchmal ging sie neben Creb.

Der Mog-ur stützte sich schwer auf den Stock und zog wieder die Stirn in Falten. Er war der Schwester zugetan und wollte einen Namen finden, der ihr Freude machte; aber keinen von ihres Gefährten Seite, dachte er. Denn das, was er von diesem Mann erinnerte, der einst Izas Gefährte gewesen war, schmeckte bitter. Die Drangsal, die er Iza zugefügt, hatte Creb zornig gemacht, doch seine Bitternis lag tiefer und weiter zurück. Beide noch Kinder, war einst Creb von ihm ein Weib gescholten worden, weil er doch niemals würde jagen können. Und nur die Furcht vor des Mog-urs Macht hatte dieses Schandmaul wohl zurückgehalten, noch dreister sich ihm gegenüber zu gebärden. Creb war froh darüber, daß Iza ein Mädchen geboren hatte. Ein Junge hätte ihm zuviel der Ehre angetan.

Jetzt, wo dieser tot war, dessen Anblick stets bei ihm die alten Wunden aufgerissen hatte, konnte Creb das Wohlige und das Behagen am eigenen Feuer voll genießen, als Haupt der eigenen Familie. Dieser neue Zustand gab ihm ein Gefühl von Würde, das er bisher nie gekannt hatte, und er entdeckte, daß die anderen Männer ihm jetzt noch eine andere Art von Achtung entgegenbrachten, und schließlich stellte er auch fest, daß es für ihn von größerer Bedeutung war als früher, ob sie beim Jagen Beute machten oder nicht; denn jetzt war ein Teil davon ihm.

Und bestimmt fühlte sich Iza auch wohler, seine Schwester, die ihm stets zur Hand gegangen war.

Und Ayla? Gerade daß sie anders war, hielt ihn so gefesselt, und sie zu unterweisen und zu fordern, war ihm ein ständig lockendes Erleben.

Auch dieses Neugeborene jetzt, es zog ihn an und ließ sich nicht aus seinem Kopf verdrängen. Als Iza es ihm das erste Mal in den Schoß legte, war er ängstlich gewesen; nun aber hielt er es manchmal in den Armen und machte große Augen, als er sich vorzustellen begann, wie es wohl käme, daß aus diesem Körper dereinst zwei schwere Brüste wachsen würden.

Sie ist ein neuer Zweig des Baumes, aus dem auch Iza einst hervorgesproßt; ein neuer Zweig des hohen Baumes mit tiefsten Wurzeln bis in die entfernteste Vergangenheit. Auch ihre Mutter war eine der geachtetsten Medizinfrauen des Groß-Clans gewesen, und oft waren die Leute anderer Clans gekommen und hatten Bresthafte mitgebracht, die zu heilen waren, oder heilende Kräuter von ihr mitbekommen. Iza selbst war von gleichem Rang, und ihre Tochter würde es auch werden.

Des Mog-urs Gedanken kehrten zurück zu der Frau, die die Mutter seiner Mutter gewesen war. Und plötzlich blieb er stehen und schlug sich an die Stirn und lachte und wußte, wie der Name war.

Alsbald nahm er wieder seinen Weg auf, sah, daß Ayla vorne an einer hohen Pflanze kniete, und sein Hirn wandte sich den jungen Menschen zu, die bald zusammengegeben werden sollten. Fast augenblicklich rief er sich das Bild des jungen Mannes in den Sinn, der sein ergebener Gehilfe war. Goovs Totem war der Auerochse, für Ovras Schutzgeist – es war der Biber – stark genug. Und Ovra war ein Mädchen, das unermüdlich ihre Hände regte und selten nur zurechtgewiesen werden mußte. Sie würde ihm eine gute Gefährtin sein und ihm Kinder gebären, dachte Creb. Und dann ist Goov auch noch ein guter Jäger; er wird es an nichts fehlen lassen. Und wenn er Mog-ur wird, dann hat er stets den Anteil an der Beute, wenn seine Pflicht ihn hindert, auf die Jagd zu gehen.

Und wird er ein mächtiger Mog-ur werden? Creb schüttelte den Kopf. Er war Goov zwar sehr zugetan, doch wußte Creb, daß sein Gehilfe niemals das Erfahrungswissen haben würde, das er sich selbst in seinen Kopf gebracht, und auch kein großer Künder werden würde. Denn dieses einst zu werden, hätte des Verzichts bedurft, den er geübt. Sein krüppelhafter Körper hatte ihn vieles zu tun gehindert, was zum Leben eines Mannes gehörte; niemals hatte er mit auf die Jagd gehen können, niemals mit Frauen zusammengelegen. So war ihm die Zeit und die Kraft geblieben, den Geist auf das Wissen von den Dingen zu richten, zu sehen und zu erfahren, es im Kopf zu bewegen und zu einem Bild zu fügen und schließlich von ihm zu künden. So war er der große Mog-ur geworden. Beim Miething des Groß-Clans war er der gewaltige Vormann, der bei der heiligsten aller Feiern den Geist aller anderen Mog-urs lenkte. Seine Gedanken wanderten zu der nächsten Zusammenkunft des Groß-Clans, die nur einmal alle sieben Sommer abgehalten wurde, und die letzte hatte man in den heißen Tagen vor dem Einsturz der Höhle gehabt. Wenn ich das nächste noch erlebe, ging es ihm plötzlich durch den Sinn, wird es gewiß mein letztes sein.

Creb nahm seine Gedanken wieder zusammen und lenkte sie auf die baldige Feier, bei der auch Droog und Aga zusammenzugeben waren. Droog war ein erfahrener Jäger; seine Fertigkeit als Werkzeugmacher galt nicht nur innerhalb des Clans als rühmenswert. Er war so ruhig und verhalten in seinem Gebaren wie der Sohn seiner toten Gefährtin und hatte das gleiche Totem wie Goov. Die beiden waren sich wirklich ähnlich, und Creb glaubte fest, daß Droogs Schutzgeist Goov erschaffen hatte. Es deuchte ihn jammerschade, daß Droogs Gefährtin ins Reich der Toten abgerufen worden war; das Band warmen Herzens, das sie mit Droog verbunden hatte, wird wohl mit Aga nicht zu knüpfen sein. Doch beide, Aga und Droog, hatten einander nötig und der Clan die Kinder, die durch Droog aus Aga kommen würden.

Plötzlich wurden Creb und Ayla, die wieder nebeneinander hergegangen waren, von einem Hasen in ihren Gedanken aufgescheucht. Ayla erinnerte er an das Kaninchen in der Höhle, und augenblicklich kehrte das in ihrem Kopf zurück, was ihr die ganze Zeit schon durch den Sinn gegangen war: das Neugeborene, Izas Kind.

Sie hielt den Schritt an und fragte, zu dem Mog-ur gewandt: »Creb, wie ist das Kind in Iza hineingekommen?«

»Eine Frau verschluckt den Geist des Totems eines Mannes«, machte Creb mit zerstreuter Gebärde deutlich, noch immer in eigenen Gedanken gefangen. »Er kämpft mit dem Schutzgeist der Frau. Und wenn er ihn besiegt hat, läßt er als Zeugnis einen Teil von sich selbst in ihr zurück, der neues Leben entbergen wird.«

Mit großen Augen sah sich Ayla um. Überall mußten da jetzt die Geister sein. Sie konnte keinen entdecken, doch wenn Creb das sagte, daß sie da waren, dann glaubte sie es.

»Und kann der Geist von jedem Mann in die Frau hinein?« bohrte sie mit raschen Bewegungen weiter.

Der Mog-ur seufzte leise. Die Gedanken ließen sich nicht halten, wenn das Kind sie immer wieder durch Fragen verscheuchte, und antwortete: »Ja, aber nur ein Geist, der stärker ist, kann den ihren bezwingen. Und oft bittet das Totem eines Gefährten einer Frau einen anderen Geist um Hilfe. Dann kann es sein, daß der andere Geist seinen Teil in der Frau zurückläßt. Gewöhnlich kämpft nur der Geist des Gefährten der Frau darum, in die Frau hineinzudringen, er ist der nächste, aber oft braucht er Hilfe, und ein anderer aus dem Clan tut's für ihn. Wenn ein Junge das gleiche Totem hat wie der Gefährte seiner Mutter, dann bringt ihm das Glück«, erklärte Creb mit sorgfältiger und langsamer Gebärde.

»Kommen nur aus Frauen Kinder?«

Der alte Mann nickte.

»Muß eine Frau einen Gefährten haben, damit ein Kind herauskommt?«

»Nein, es kommt vor, daß sie einen Geist verschluckt, ehe sie einen Gefährten hat.« Aber wenn sie zur Zeit des Gebärens immer noch keinen Gefährten habe, könnte das Unglück über das Kind bringen, schränkte der Mog-ur ein.

»Kann aus mir ein Kind kommen?«

Creb hob die schweren Brauen und dachte an Aylas mächtiges Totem, das auch mit der Hilfe eines anderen Geistes sich wohl kaum überwinden lassen würde. Doch das würde sie bald selbst erfahren.

»Dazu mußt du noch größer werden«, wich er aus und zeigte bis an seine Schulter.

»Wann ist das?«

»Wenn du eine Frau bist, so wie Ovra.«

»Und wann bin ich eine Frau?«

Creb befürchtete allmählich, daß ihr die Fragen niemals ausgehen würden, und beschloß, ihr genauer zu antworten, um zum Ende der Unterhaltung zu kommen.

»Das allererste Mal, wenn der Geist deines Totems mit einem anderen Geist kämpft, wird Blut aus dir kommen als Zeichen dafür, daß er dich verwundet hat. Und etwas von dem Geist, der mit deinem Totem gekämpft hat, bleibt in dir zurück, um dich bereit zu machen.« Der Mog-ur zeigte auf ihren schmächtigen, fellumhüllten Körper. Ihm würden Brüste entwachsen, wie sie Iza hätte, und noch anderes mehr veränderte sich an ihr. Und danach kämpfe der Geist ihres Totems zu bestimmten Zeiten immer wieder mit anderen Geistern. Und wenn dann die Zeit für das Zeichen der Unterwerfung käme und das Blut ausbleibe, dann bedeutet dieses, daß der Geist des Mannes, den sie empfangen, den ihren bezwungen habe und neues Leben in ihr fruchten würde.

Als Ayla beharrlich nachfragte, wann es denn bei ihr soweit sei, gab ihr der Mog-ur, indem er die Finger seiner Hand spreizte, zur Antwort: »Vielleicht, wenn du ab heute achtmal oder neunmal die Zeit der langen heißen Tage hinter dir hast«, und zeigte nochmals drei und dann noch vier Finger, »dann werden die meisten Mädchen zu Frauen.«

»Aber wie lange ist das bis dorthin?«

Der alte Zauberer stieß einen tiefen Seufzer aus und umfaßte Aylas Schulter.

»Gut, wir werden sehen, ob ich es dir zeigen kann«, bedeutete er ihr, bückte sich, hob vom Boden einen Ast auf und zog einen Flintsteinschaber aus seinem Beutel. Er glaubte nicht, daß sie verstehen würde, doch möglich wäre es, daß ihre Fragen dann ein Ende hätten.

Tatsächlich war es so, daß Zahlen für die Clan-Leute schwer zu erfassen waren. Sie hatten keine Vorstellung davon, was sie bedeuteten. Die meisten Erdlinge kamen über die Drei nicht hinaus: ich, du und noch einer; und hoben dabei stets die Finger. Mit Einsichtnehmen in das Reich des Unsichtbaren hatte dieses wirklich nichts zu tun; Brun beispielsweise merkte es sofort, wenn eines der einundzwanzig Clan-Mitglieder fehlte.

Er brauchte nur an jeden einzelnen zu denken. Doch aus diesem Greifbaren sich einen Begriff zu machen, bedurfte einer Anstrengung, derer nur wenige fähig waren. Wie könnte dieses ›eins‹ sein und ein anderes auch ›eins‹, wo jedes doch vom anderen zu unterscheiden war! Und beide auch noch ›zwei‹ zu nennen?

Das Unverständnis der Clan-Leute, Greifbares als Vorstellbares zu deuten und in einem Begriff auszudrücken und zusammenzufassen, erstreckte sich auf alle Gebiete ihres Lebens. Für alles hatten sie einen Namen. Sie kannten die Eiche, die Weide, die Fichte, aber sie hatten keinen Begriff; sie hatten kein Wort für Baum. Jede Art von Erde, jede Art des Gesteins, selbst die verschiedenen Arten des Schnees waren ihnen mit Namen bekannt, die sie fast nie vergaßen. Denn sie hatten ein großes Gedächtnis und die Fähigkeit, dort mehr zu speichern. Ihre Ausdrucksweise war beredt und bildreich. Aber wenn gezählt werden mußte, dann überließen sie das lieber dem Mog-ur, denn er konnte dieses und war ja auch der Zauberer.

Creb hockte sich also nieder, den Stock fest zwischen seinem Fuß und einem Felsbrocken eingeklemmt, und wandte sich zu Ayla.

»Iza glaubt, du bist ein wenig älter als Vorn. Und Vorn hat den Sommer seiner Geburt erlebt, dann den Sommer, in dem er zu laufen lernte, dann den Sommer, in dem er zu sprechen vermochte und dann den Sommer, an dem er die ersten Zähne bekam.«

In seiner Rede hielt der Mog-ur viermal inne, um für jeden Sommer, den er nannte, eine Kerbe in den Stock zu schlagen.

»Nun mache ich für dich noch einen Schnitt dazu. Denn so viele Sommer hast du dann gesehen. Und wenn ich meine Hand auf den Stock lege und jeden Finger in eine Kerbe gebe, dann sind sie alle zugedeckt. Schau!«

Ayla blickte angespannt auf die Narben im Holz und hielt die Finger ihrer Hand hoch. Dann leuchtete ihr Gesicht auf.

»So viele Sommer habe ich gesehen«, bedeutete sie Creb und hielt ihm ihre Hand hin, alle fünf Finger ausgestreckt. »Aber wie viele sind es noch, Creb, bis ein Kind aus mir kommt?«

Creb erstarrte wie vom Donner gerührt. Wie hatte dieses Kind das so schnell begriffen? Dabei hatte sie ihn noch nicht einmal gefragt, was Kerben im Holz mit Fingern und mit Sommern und mit ihr und mit ihrem Alter zu tun hatten! Vieler Wiederholungen hatte es bedurft, ehe Goov zu zählen vermochte. Creb hieb noch drei weitere Kerben in den Stock und legte drei Finger darüber. Da er nur eine Hand hatte, war es für ihn besonders schwierig gewesen, das Zählen zu beherrschen.

Ayla blickte auf ihre andere Hand und hielt augenblicklich drei Finger hoch, die anderen umgeknickt, und meinte: »Wenn es so viele Sommer sind?« und hielt acht Finger hoch.

Creb nickte.

Doch als er sah, was das Kind dann tat, blieb ihm fast der Atem weg, denn er selbst hatte viele Jahre gebraucht, das Hinzufügen und Wegnehmen bei den Begriffen, daß es auch stimmte, zu erlernen. Ayla ließ nämlich die eine Hand fallen und hielt nur noch drei Finger ihrer rechten hoch und verkündete, wenn sie noch so viele Sommer gesehen, dann sei sie groß genug, um zu einem Kind zu kommen. Gebärden und Gesicht drückten völlige Zuversicht aus und die Gewißheit, daß sie aus dem, was Creb ihr gezeigt, das Richtige gefolgert hatte.

Der alte Zauberer riß Mund und Auge auf vor staunender Verwunderung. Einfach nicht zu glauben, daß ein Kind, ein Mädchen noch dazu, mit einer solchen Leichtigkeit den Weg zu dieser Folgerung gefunden hatte! Er war so überwältigt, daß er beinahe vergessen hätte, das Vorhergesagte einzuschränken.

»Das ist das Früheste«, bedeutete er ihr. »Vielleicht müssen auch noch so viele oder so viele Sommer vergehen«, und schlug zwei weitere Kerben in den Stock. »Vielleicht auch noch mehr. Keiner weiß es gewiß.«

Ayla kniff die Augen zusammen, hielt ihren Zeigefinger, dann ihren Daumen.

»Wieviel sind mehr Sommer?« bedeutete die Frage.

Creb beäugte sie argwöhnisch, denn sie näherten sich einem Zahlenbereich, wo selbst er noch Schwierigkeiten hatte. Und fast tat es ihm leid, mit der Unterweisung angefangen zu haben. Brun würde ganz schön finster gucken, wenn er erführe, daß dieses Kind so mächtige Zauberkräfte besaß, Zauberkräfte wie ein Mog-ur; gleichzeitig jedoch war seine Neugier geweckt. Konnte Ayla denn wirklich so hohes Wissen erfassen?

»Bedecke alle Kerben mit deinen Fingern«, bedeutete ihr der Zauberer. Nachdem sie sorgfältig auf jedes der Male einen ihrer Finger gelegt hatte, schlug Creb noch eine Kerbe und legte seinen kleinen Finger darauf. Dann hob er die Hand wieder und erklärte dem Kind mit langsam eindringlicher Gebärde, daß ihren Fingern seine Finger folgten, und wenn diese alle die weiteren Kerben bedeckten, dann der erste Finger von der Hand eines nächsten, zum Beispiel von Iza, und dann ihre zweite Hand und dann die erste Hand von Brun und seine andere dazu und dann noch eine und noch eine und noch eine. Gespannt sah er ihr dabei ins Gesicht.

Doch das Kind zeigte nicht einmal Verwunderung. Es blickte auf seine eigenen Hände, dann auf Crebs Hand, hob den Kopf und nickte heftig.

»Danach kommen die Hände von Leuten der anderen Clans«, zeigte sie an.

Creb hatte das Gefühl, der Boden schwanke unter ihm und er verlöre allen Halt. Mit Mühe konnte der alte Zauberer eine Anzahl bis zwanzig begreifen und benennen. Darüber hinaus verschwamm ihm alles zu einer unbestimmten, nebelhaften Menge, die bei ihm »viele« hieß. Selten genug hatte er nach tiefem Grübeln und einer gänzlichen Versenkung in die Gesamtheit seiner Art einen Schimmer des Begreifens mitbekommen von dem, was Ayla mühelos in ihrem Kopf erfaßte: das Wissen um die Vielzahl. Von einem grellen Blitz erhellt, sah er die Kluft, die zwischen seinem Geist und dem des Kindes gähnte. Mühsam beruhigte er sein Hirn, das sich wie rasend drehte, und rang um Luft.

»Was hat das hier für einen Namen?« fragte er Ayla, um sie vom Zählen abzubringen, und hielt den Stock hoch, in den er die Kerben eingeritzt hatte.

Das Mädchen blickte mit zusammengekniffenen Augen auf das Holz.

»Weide.«

»Ist gut.« Creb hob den Kopf und sah ihr gerade in die Augen. »Ayla, es wäre besser, wenn du dieses hier für dich allein behältst«, bedeutete er dem Kind und strich mit der Hand über die Kerben, die er dem Stock geschlagen hatte.

»Ja, Creb«, kam es folgsam von Ayla.

»Und jetzt zurück zur Höhle«, machte der Mog-ur, der schleunigst allein sein wollte, um in sich zu gehen und das Unerhörte zu begreifen.

»Ich will aber noch nicht!« Ayla schüttelte den Kopf. »Es ist so schön hier draußen«, und zeigte um sich.

»Nein«, setzte der Mog-ur dawider. An seinem knorrigen Stab zog er sich hoch, »und du solltest dich nicht dagegenstellen, wenn ein Mann für dich entschieden hat, Ayla«, gab er ihr mit hart geführter Hand zu verstehen.

Ayla bejahte und senkte den Kopf.

Ein wenig bedrückt schritt sie an seiner Seite, als sie den Rückweg unter die Füße nahmen. Bald aber sprang sie wieder Creb voraus, kam mit Ästen und Steinen zurückgerannt, nannte Creb ihre Namen oder fragte danach, wenn sie sie nicht im Kopfe hatte.

Mählich hatte das erste Morgenlicht die Dunkelheit verscheucht, die die Höhle umschlang, und die Luft schien zu knistern unter einer herben Frische, die Schnee versprach. Iza lag auf ihrem Fell und blickte zu den mächtigen Adern des steinigen Riesengebäuchs empor. Sie mußte an das Kind denken, das die schützende Leibeshöhle verlassen hatte. Heute war der Tag, an dem es einen Namen bekommen und in die Clan-Gemeinschaft aufgenommen werden sollte; der Tag, an dem ihre Tochter als Clan-Kind Anerkennung fände. Iza war froh, daß nun die Beschränkung auf Crebs steinernen Wohnkreis ein wenig aufgehoben würde. Aber Umgang durfte sie nur mit den Frauen haben, bis das Nachbluten ein Ende hatte; den Männern hatte sie sich fernzuhalten, so wie alle Frauen, die in die blutenden Tage kamen, die Männer meiden mußten.

Es war der überlieferte Brauch im Clan, daß ein Mädchen, welches das erste Mal die blutenden Tage hatte, von allen ferngehalten wurde. Und wenn es Winter war, so wurde ihm ein Platz in den finstersten Tiefen der Höhle zugewiesen. Und wenn es Frühjahr war, so hatte es draußen während dieser Tage auszuharren, und ganz alleine. Es war dies eine Prüfung, die, ähnlich der ersten Jagd der Männer, die Wandlung des Mädchens zur Frau bedeuten sollte; nur, daß ihre Rückkehr in den Schoß des Clans als Frau nicht wie bei den Männern mit einem Fest gefeiert wurde. Und wenn die Mädchen auch Feuer hatten, das sie vor reißenden Tieren schützen sollte, so war es doch schon vorgekommen, daß sie niemals zurückkehrten. Manchmal wurde dann etwas gefunden, von den Jägern oder den Frauen, was an sie erinnerte. Nur den Müttern kam es zu, ihre während dieser Tage ausgestoßenen Töchter aufzusuchen, ihnen einen Verzehr und Trost zu bringen. Und wenn das Mädchen verschwand oder gar getötet wurde, mußten sie drei Nächte stille sein darüber und dann dem Clan-Führer und dem Mog-ur Kunde bringen.

Denn die Kämpfe, welche die Geister in ihrem Bemühen, die Körper von Mädchen und Frauen dem Stoß des Mannes zu entziehen und der Leibesfrucht den Weg zu bahnen, dieses Ringen im Innern der Frauen selbst war den Männern unergründliches Geheimnis. Und solange eine Frau die blutenden Tage hatte, besaß der Geist ihres Totems übermächtige Kraft, und er blieb Sieger, weil er das Männliche niederzwang und vertrieb. Und traf in dieser Zeit das Auge der Frau in das Blickfeld des Mannes, so konnte es geschehen, daß sein Geist in den für ihn aussichtslosen Kampf hineingezogen wurde. Dies war der eigentliche Grund, weshalb den Frauen schwächere Totems mitgegeben wurden als Männern; doch selbst ein schwacher Schutzgeist zog noch Stärke aus der Lebenskraft, die in den Frauen wohnte. Und die Frauen schöpften aus dieser Kraft, die Leben schafft.

In der Welt des Greifbaren war der Mann größer, kräftiger und weit mächtiger als die Frau; doch in der furchteinflößenden Welt der unsichtbaren Kräfte, die nur sie begreifen konnte, war die Frau die Mächtige. Die Männer glaubten, ihr kleinerer Wuchs und die geringere Körperkraft wären hierfür ein Ausgleich, der es ihnen erlaubte, die Frau zu beherrschen. Und niemals durfte sie der ganzen Fülle ihrer Macht gewahr und auf das Mögliche, was damit anzustellen war, gestoßen werden; das hätte den immerwährenden Kampf mit der Frau bedeutet.

Bei der Feier ihrer Mannbarkeit wurden die jungen Jäger vor der Verderbnis gewarnt, die darauf folgte, wenn eine Frau auch nur einen winzigen Blick von dem, was die Männer trieben, erhaschte. Man sagte sich, daß vor Zeiten die Frauen den Zauber besessen hätten, der die Erdlinge befähigte, mit Hilfe der Geister sich mit den Ahnen zu verbinden und wieder die Anfänge zu schauen. Den Zauber hatten ihnen dann die Männer weggenommen und ihnen untersagt, ihn auszuüben; doch ihre Möglichkeit zur Macht lag tief im Innern jeder Frau und konnte nicht entwendet werden.

Und da die Macht ihres Geistes während der blutenden Tage

um vieles mächtiger war als sonst, wurde diese Frau in ihrem Leben beschränkt. Sie hatte unter den Frauen zu bleiben und durfte auch keinen Verzehr berühren, der womöglich einem Mann zugedacht war, sie mußte niedrige Arbeiten verrichten, wo man zu bücken, zu knien und zu hocken hatte, Holz sammeln etwa oder Häute behandeln, die dann auch nur von Frauen getragen werden durften. Und während dieser Zeit übersahen sie die Männer samt und sonders und wiesen sie nicht einmal zurecht. Und wenn der Zufall es dann wollte, daß sie dem Mann ins Blickfeld lief, dann tat er so, als wäre sie unsichtbar, und würde durch sie hindurchsehen.

Dieser Frauenfluch war dem Todesfluch ähnlich, der schlimmsten Art, einen Erdling zu strafen, wenn er sich einem heiligen Brauch des Clans verweigert hatte. Nur der Clan-Führer konnte dem Mog-ur befehlen, die bösen Geister herabzurufen und den Frevelnden mit dem Fluch des Todes zu belegen. Ein Mog-ur konnte die Verwünschung nicht verweigern, obwohl sie für den Zauberer so gefährlich war wie für den Clan. Denn war der Missetäter einmal verflucht, so nahm niemand im Clan ihn mehr zur Kenntnis. Er war einfach nicht mehr vorhanden. Er hätte auch ebensogut tot sein können, denn so beklagten ihn die Seinen. Man teilte mit ihm nicht mal den Verzehr. Manche hatten dann den Clan verlassen und wurden nie wieder gesehen. Die meisten aber hörten einfach auf zu essen und zu trinken, so daß der Fluch an ihnen sich erfüllte.

Es begab sich aber auch, daß ein Todesfluch nur für beschränkte Zeit zu gelten hatte, doch war selbst das oft tödlich für das Opfer; wenn der Bestrafte aber überlebte, so wurde er mit allen Ehren wieder in den Schoß des Clans zurückgenommen. Er hatte sich von seiner Schuld gereinigt, und sein Vergehen war vergeben und vergessen.

Obwohl auch die Frauen in der Zeit ihrer Tage von den Männern behandelt wurden, als wären sie mit dem Todesfluch belegt, sahen das die meisten nicht nur als eine Strafe, sondern auch als eine willkommene Zeit, sich auszuruhen, in der sie nicht ständig die fordernden Männer und deren scharfe Blicke bedrängten. Iza jedoch freute sich darauf, nach der Namensfeier endlich wieder nach draußen zu können, denn die Zeit war ihr lang geworden in der Höhle, und sie blickte mit gierigen Augen in das Licht des jungen Wintertags, der vor der Öffnung sich bemerkbar machte.

Gewöhnlich wurden die Namensfeiern häufig früh am Morgen abgehalten, kurz nachdem die Sonne ihre Strahlen verschoß und solange die Totems noch nah waren, die den Clan während der Nacht beschützten. Als Creb seiner Schwester winkte, eilte sie hinüber zu den anderen, die sich bereits versammelt hatten. Vor dem Mog-ur blieb sie stehen und senkte den Blick zu ihren Füßen, während sie das Kind aus den wärmenden Hüllen schälte. Hoch hielt sie das Kleine dem Zauberer entgegen, der über sie hinwegblickte und die Geister beschwor, den Feiernden beizuwohnen.

Er tauchte einen Finger in die rote Schale mit dem Flüssig-Weichen, die Goov in den Händen hielt, und zog von da aus, wo die buschigen Brauen des Kindes zusammentrafen, bis zu der Nasenspitze die heilige Linie und machte das Zeichen.

»Uba. Der Name des Mädchens ist Uba«, verkündete er.

Ein kalter Windstoß, der durch die Öffnung in die Höhle fuhr, fegte über das nackte Kind. Sein lautes Schreien verdrängte das beifällige Brummen der Clan-Leute.

»Uba«, wiederholte Iza und drückte das fröstelnde Kind fest an sich.

Ein treffender Name, dachte sie und wünschte, sie hätte die Uba, die Mutter ihrer Mutter, deren Namen ihre Tochter bekommen hatte, gekannt. Die Clan-Leute traten zu ihr, und jeder einzelne wiederholte den Namen ihrer Tochter, um sich und sein Totem mit diesem neuen Clan-Kind vertraut zu machen. Iza achtete darauf, den Kopf gesenkt zu halten, um nicht unbedacht einem der Männer den Blick zu bieten, die an ihr vorüberschritten, um die Aufnahme Ubas in den Clan zu bestätigen. Danach wickelte sie das Kind in warme Kaninchenfelle und nahm es unter ihren Umhang an ihre Brust. Iza trat zurück an ihren Platz unter den Frauen, denn die beiden Zusammengaben sollten nun folgen.

Hierbei wurde das heilige Flüssig-Weiche mit gelbem Ocker vermengt, und Goov reichte dem Mog-ur die gelbe Schale, der sie mit dem Stumpf seiner Linken fest an seinen Körper nahm. Dann trat der Gehilfe, dem die Feier galt, gemessenen Schritts vor den heiligen Mann und wartete, bis Grod die Tochter seiner Gefährtin zu ihm führte. Ukas Gesicht zeigte gemischte Gefühle – stolz darüber, daß ihre Tochter einen so guten Gefährten bekam, und Trauer darüber, daß sie nun das Feuer der Familie verließ. Und Ovra, die einen frisch gesäumten Umhang trug, hielt die Augen zu Boden geschlagen, währenddessen sie Grod nach vorne folgte und mit gekreuzten Beinen sich vor Goov niederhockte.

Und wiederum rief der Mog-ur die Geister an. Dann tauchte er den mittleren Finger in die gelbe Schale hinein und zog über die Narbe von Goovs Totemzeichen langsam das von Ovra. Und nochmals senkte er den Finger in die Schale und übermalte ihr Zeichen mit dem von Goov. Sein Finger folgte genau den Rändern der Narbe, als Ovras Zeichen sich zu verwischen begann.

»Geist des Auerochsen, Totem von Goov, dein Zeichen hat den Geist des Bibers, das Totem von Ovra, überwunden«, verkündeten des Mog-urs gewaltige Gebärden. »Möge der Große Höhlenbär geben, daß es immer so bleibt.« Und zu dem Gehilfen gewandt: »Goov, nimmst du diese Frau an?«

Goov antwortete, indem er Ovra einen leichten Schlag auf die Schulter gab und ihr bedeutete, ihm in die Höhle zu folgen. Dort brannte jetzt weit hinten in einem neu ausgelegten Wohnkreis Goovs Feuer.

Ovra sprang auf und folgte ihrem Gefährten, wie das Brauch war im Clan, ohne gefragt zu werden, ob auch sie bereit war, ihn anzunehmen. Sieben und nochmal sieben Tage hatten nun beide von den anderen abgesondert in ihrem Wohnkreis zu leben und durften sich nicht zusammenlegen. Danach würden die Männer in der kleinen Höhle eine Feier abhalten, um die Zusammengabe zu bekräftigen.

Zur Zeit der Erdlinge war auch das Körperliche genauso ein Bedürfnis, wie man den Durst und Hunger stillte. Schon früh erlernte man, den Leibeslüsten stattzugeben und wie man es zu machen hatte.

Bis auf die leiblichen Geschwister war jede Frau von jedem Mann zu nehmen, wann immer es ihn dazu trieb. Und wenn ein Mann und eine Frau einmal zusammengegeben waren, lagen sie im allgemeinen auch zusammen. Doch gereichte es dem Manne nicht zu Ehre, wenn er seine Lust unterdrückte, anstatt sich die nächstbeste Frau zu nehmen; und Frauen waren nicht abgeneigt, einem Mann, dem sie zu Gefallen sein wollten, das auch mit Gesten und Gebärden kundzutun.

In einer zweiten Feier wurden Droog und Aga zusammengegeben. Auch sie mußten nun für eine Weile abgesondert leben, wenn auch nicht von denen, die Droogs Feuer teilten. Nachdem das zweite Paar sich in die Höhle zurückgezogen hatte, umdrängten die Frauen Iza und ihr Kind.

»Sie ist schön, Iza«, lobten Ebras Hände. »Zu Anfang war mein Herz beschwert, als ich sah, daß du nun doch ein Kind bekommen würdest.«

»Die Geister haben mich beschützt. Ein starkes Totem macht ein starkes Kind, wenn es einmal bezwungen worden ist.«

Und Aba meinte besorgt, daß sie zunächst Angst gehabt hätte, daß das Totem des fremden Mädchens Unglück über Iza bringen könnte, denn sie sehe so anders aus und ihr Schutzgeist sei so mächtig; er hätte dem Kind eine Mißgestalt geben können.

»Ayla hat mir nur Glückliches gebracht«, hielt Iza ihr mit hastig redenden Händen entgegen und warf einen Blick zu dem Mädchen hinüber, um zu sehen, ob seine Augen etwas aufgefangen hätten. Doch das Kind blickte unverwandt auf Oga, die das Kleine im Arm hielt.

»Hat sie uns nicht allen Glückliches gebracht?« fragte Iza mit weit ausgreifender Bewegung.

»Aber dir war es nicht vergönnt, einen Sohn zu gebären«, widersprach Aba.

»Ich habe gehofft, daß es ein Mädchen würde«, bedeutete ihr die Medizinfrau ruhig.

»Iza!« Die Frauen schlugen entsetzt die Hand vor den Mund. Selten gab eine unter ihnen zu, daß ihr ein Mädchen zu bekommen lieber war.

Sie könne es ihr nachfühlen, mischte sich Uka mit heftiger Gebärde ein. Eine Frau bringe einen Sohn zur Welt, sie pflege ihn und sie nähre ihn und ziehe ihn auf. Und kaum sei er ein Mann geworden, da gehe er von seiner Mutter fort, und wenn er nicht beim Jagen getötet werde, dann verlöre er sein Leben bestimmt auf andere Weise. So viele würden schon als junge Männer in das Reich der Toten abgerufen.

Alle fühlten sie mit der Mutter, die ihren Sohn beim Einsturz der Höhle verloren hatte, faßten sie an und streichelten sie. Denn alle hatten gesehen, wie groß ihr Schmerz gewesen war.

Ebra lenkte ab. »Wie wohl die Zeit der kurzen, kalten Tage in der neuen Höhle werden wird?«

»Die Jagd war gut, und wir haben viel Nährendes gesammelt. Wir haben reichlich vorgesorgt. Die Jäger ziehen heute noch mal aus, das letzte Mal vielleicht. Es wird uns an nichts fehlen.«

Iza blickte zu den Männern hinüber. »Ich sehe, sie wollen nicht länger warten. Sie wollen essen.«

Widerstrebend verließen die Frauen Iza und ihr Kind, um den Morgenverzehr zu bereiten. Ayla hockte sich neben Iza nieder, und die Frau legte ihren Arm um sie und im anderen hatte sie Uba. Ihr Herz schlug wieder ruhig und sicher. Es tat ihr gut, an diesem frischen, klaren, lichten Tag noch draußen zu sein. Es tat ihr gut zu sehen, daß das Kind, das sie geboren hatte, ein Mädchen war und heil. Sie war froh um die Höhle; froh, daß Creb sie an seinem Feuer aufgenommen hatte; froh um das magere, sonnenhaarige Mädchen.

8

»Feintrockener Schnee nahm Körnige Schneeflocke zur Gefährtin, und nach einer Zeit gebar sie ihm hoch oben, wo es die warmen Zeiten über einfach nicht mehr Nacht wird, einen Berg aus Eis. Doch die stolzstrahlende Sonne haßte das glitzernde Kind, das wuchs und wuchs und immer weiter über das Land gekrochen kam und ihre Wärme verschlang, so daß nicht einmal ein Grashalm sprießen konnte. Wütend geworden, wollte die Sonne den wandernden Wärmefresser vernichten, doch Sturmwolke, Schwester von Körniger Schneeflocke, wußte darum. Und in der Zeit der warmen Tage, wenn die Sonne am mächtigsten war, kämpfte Sturmwolke mit ihr, um des Eiskinds Leben zu retten.«

Mit Uba auf dem Schoß saß Ayla da, den Blick versonnen auf Dorv gerichtet, der mit breiter Gebärde und rauhen Tönen von früher erzählte. Er hatte es schon oft tun müssen, und Ayla wurde nie müde, seinen Schilderungen zuzusehen und sich die Bilder in den Kopf zu denken. Doch das Kind auf ihrem Schoß, mittlerweile einen und einen halben Sommer alt, fand Aylas langes sonnenhelles Haar aufregender als das Gefuchtel des alten Mannes und grapschte immer wieder hinein und zupfte daran. Sanft, aber bestimmt löste Ayla ihr Haar aus Ubas fest geballten Fäustchen, jedoch ohne die Augen von dem Erzählenden zu wenden, der am Feuer stand und von den Anfängen gewaltige Kunde gab.

»An manchen Tagen gewann die Sonne den furchtbaren Kampf und bohrte ihre glühend scharfen Strahlen in das klirrend harte Eis, so daß es zu Wasser zerfloß und sein Leben dahinschmolz. Aber an vielen obsiegte Sturmwolke und stand dann dunkel und drohend vor der Sonne, die nichts mehr sah und ihre sengenden Flammenspeere nicht auf das Eiskind werfen konnte, das in der Zeit der warmen Tage zwar hungern mußte und mächtig abmagerte, doch wenn die kurzen, kalten Tage kamen, von Feintrockenem Schnee und Körniger Schneeflocke gewaltig gefüttert wurde.

Und wenn er wuchs, der Eisberg, eilte ihm ein stürmisch kalter Wind voraus, der markerschütternd heulte; Körnige Schneeflocke raste und brachte immer neue Nahrung, die Feintrockener Schnee auf das Land legte, so daß Eiskind immer weiterkriechen konnte bis zu dem Ort, wo die Erdlinge lebten. Den Clan-Leuten schlugen die Zähne vor Kälte aufeinander, und sie drängten sich dichter um das Feuer.«

Als ein heftiger Windstoß an den Ästen der kahlen Bäume vor der Höhle rüttelte, daß es klang, als würden Gebeine zusammengeschlagen, rann Ayla ein kalter Schauder den Rücken hinunter. Dann sah sie wieder auf Dorv.

»Diese Clan-Leute damals wußten nicht mehr, was sie tun sollten und klagten laut: Warum beschützen uns die Geister unserer Totems nicht? Was haben wir getan, daß sie voll Finsterkeit sich von uns wenden? Dann machte ihr Mog-ur sich allein auf den Weg, um die Geister zu suchen und ihre Absicht zu erkunden. Lange war er fort, und viele wurden von Ratlosigkeit gepackt, während sie auf seine Rückkehr warteten, besonders die Jungen.

Und es war Durc, der ungestümer war als alle anderen, und aussprach, was manche dachten: der Mog-ur wird nie zurückkommen. Unsere Totems haben keinen Gefallen an der Kältnis in diesem Land. Und deshalb sind sie fortgegangen. Auch wir sollten es tun!

Auf das, was da gefordert wurde, entgegnete ruhig der Clan-Führer: Wir können den heimischen Boden nicht verlassen. Schon immer hat der Clan hier gelebt. Dies ist das Land der Ahnen. Dies ist die Heimstatt der Geister unserer Totems. Sie sind nicht fortgegangen. Sie sind zornig mit uns. Aber sie würden noch stärker zürnen, wenn sie durch fremde Orte müßten.

Als der Clan-Führer geendet hatte, sprang Durc auf und trat ihm entgegen. Unsere Totems haben uns schon längst verlassen. Wenn wir eine bessere Bleibe finden, kommen sie vielleicht zu uns zurück. Wir können gegen Mittag wandern, den Vögeln folgen, die vor der Kältnis fliehen, wenn das Laub sich färbt, und dorthin gehen, wo die Sonne früh ihr Haupt erhebt. Dort kann das Eis uns nicht erreichen. Es kriecht nur langsam vorwärts, wir aber können laufen wie der Wind. Und wenn wir länger noch hier bleiben, erstarren wir und werden zu Eis.

Aber Durc war blind gegenüber den Vorhaltungen des Clan-Führers, der riet, man solle auf den Mog-ur warten. Er bedrängte die Leute, und einige ließen sich auf seine Seite ziehen. Sie wollten mit Durc davongehen.

Die anderen flehten: Bleibt, bis der Mog-ur wiederkehrt. Bleibt um unserer Geister willen!

Aber Durc achtete nicht auf sie. Der Mog-ur wird die Geister nicht mehr finden können, denn er ist tot, und niemals wird er wiederkommen. Wir gehen jetzt fort. Kommt schnell mit uns. Sucht mit uns eine neue Bleibe, die dieses Eiskind nicht in seine Finger kriegen kann.

Mütter und ihre Gefährten trauerten um die etlichen jungen Männer und Frauen, die fortgingen, denn sie fühlten es in ihrem Innern, daß sie untergehen mußten, und warteten weiter auf den Mog-ur. Aber als viele Tage ins Land gezogen waren und der Mog-ur noch immer nicht zurückgekehrt war, erwachte Zweifel in ihren Herzen, und sie dachten insgeheim, ob sie nicht doch mit Durc hätten fortziehen sollen.

Eines Tages aber sahen die Clan-Leute ein seltsames Tier, das immer näher kam und keine Angst vor dem Feuer hatte. Und die Leute fürchteten sich sehr. Niemals zuvor hatten sie ein solches Tier gesehen. Und als es dann ans Feuer kam, da sahen sie, daß es kein Tier war. Nein, der Mog-ur war zurückgekehrt und hatte sich das Fell des Höhlenbären umgelegt! Der hob die beiden Hände hoch, als wollte er den Himmel stützen, und verkündete dem Clan, was ihm der Geist des Großen Höhlenbären aufgetragen hatte.

Der Höhlenbär lehrte nun die Leute vom Clan, in Höhlen zu leben, die Felle der Tiere zu tragen, in der Zeit der warmen Tage zu jagen und Nahrung zu sammeln, und zwar soviel, daß es auch noch für die kalten kurzen Tage reichte, die in der Höhle zu verbringen waren. So konnte das Eiskind mitnichten den Clan aus seiner Heimat vertreiben, so sehr es sich auch bemühte. Es konnte Kältnis und Schneeschauer schicken, so viel seine Eltern auch schufen, die Leute wichen nicht zurück.

Schließlich gab das Eiskind auf. Es war verdrossen und lustlos geworden und wollte nicht mehr gegen die Sonne kämpfen. Da wurde Sturmwolke zornig und half ihm nicht mehr. Und das Eiskind schmollte und wich zurück und kehrte hinauf in das Land der nächtlichen Sonne und zog die Kältnis hinterher. Da freute sich die Sonne ihres Sieges und jagte es immer weiter fort; da war kein Ort, an dem es sich verstecken konnte, die glühenden Speere zerstachen seinen eisigen Panzer. Und lange, lange gab es keine dunkle eisigkalte Zeit mehr, nur feuchte, warme Sonnentage.

Doch Körnige Schneeflocke war voller Schmerz um ihr verlorenes Kind, und schlimmer Gram schwächte sie. Feintrockener Schnee wünschte, daß sie wieder ein Kind gebären sollte, und bat Sturmwolke um Hilfe, die Mitleid mit ihrem Bruder hatte und Feintrockenem Schnee behilflich war, ihr die Nahrung zu bringen, die Körnige Schneeflocke erstarken ließ. Und wieder verdunkelte Sturmwolke das Gesicht der Sonne, während Feintrockener Schnee seinen Geist ausgoß, den aufzunehmen Körnige Schneeflocke sich bereitet hatte. Und ein neuer Eisberg sah das Licht der Welt, vor dem die Clan-Leute jedoch nicht mehr wichen.

Und was mit Durc und jenen geschah, die mit ihm fortzogen, das glaubten viele bald zu wissen; sie hätten Wölfe und Löwen aufgefressen; die großen Wasser verschlungen weit unten. Die Sonne sei zornig geworden, als Durc und die Seinen ihr Land erreichten. Und habe einen gewaltigen Blitz geschleudert, der alle und alles verbrannte.«

Aga seufzte tief auf. »Siehst du, Vorn«, bedeutete sie ihrem Sohn, wie sie das jedesmal tat, wenn Durcs Geschichte zu Ende war, »du mußt deiner Mutter und Droog und Brun und dem Mog-ur immer folgsam sein. Ihnen mußt du gehorchen und darfst niemals den Clan verlassen. Sonst wirst auch du verschwinden.«

»Creb«, wandte sich Ayla an den Mog-ur, der neben ihr hockte. »Glaubst du, daß Durc und seine Leute ein neues Land gefunden haben? Sie sind verschwunden, doch niemand hat sie sterben sehen. Kann es nicht sein, daß sie noch leben?«

Nachdenklich schüttelte Creb den Kopf. »Nein, niemand hat sie sterben sehen, Ayla. Aber die Jagd ist schwer, wenn nicht viele Männer zur Verfügung sind, die an den langen, warmen Tagen vielleicht ausreichend kleine Tiere töten konnten.« Doch schwerer und gefährlicher wäre es für sie gewesen, sich an die großen Tiere heranzumachen. Denn deren Fleisch war nötig, um die lange Zeit der Kälte zu ertragen und zu überleben. Und viele Male hätten sie durch Zeiten der Kältnis hindurchgehen müssen, ehe das Land der Sonne zu erreichen war. Schutzgeister wollten eine feste Bleibe und würden die Menschen, die nur umherziehen, bestimmt verlassen. Der Mog-ur blickte Ayla an: »Du würdest doch nicht wollen, daß dein Totem dich verläßt?«

Unwillkürlich griff Ayla an ihr Amulett.

»Aber mein Schutzgeist hat mich nicht verlassen, obwohl ich allein war und nicht wußte wohin.«

»Weil er dich geprüft hat, Ayla«, erklärte der Zauberer und wies auf die Narben, die sie trug. Und der Höhlenlöwe sei ein mächtiger Geist, der sie erwählt und immerdar beschützen würde. Doch alle Totems wollten einen festen Platz. Und wenn sie es beachtete, dann würde es auch hilfreich sein. Er sagte ihr, was gut sei oder nicht für sie.

Ratlos geworden fragte Ayla: »Aber wie kann ich sehen, daß der Schutzgeist da ist, Creb? Noch nie haben meine Augen den Geist des Höhlenlöwen erblickt. Und wie kann ich sehen, was er mir mitteilt?«

»Der Geist deines Totems ist unsichtbar, weil er ein Teil von dir ist, das in deinem Innern wohnt. Und dennoch wird er dir sich zeigen. Du mußt nur üben, ihn zu erspüren. Wenn du an einer Stelle angekommen bist, an der du dich allein zu entscheiden hast, dann hilft er dir. Er wird dir dann ein Zeichen geben, das zu beachten nur dein Bestes bringt.«

Ayla zog die Brauen hoch. »Was für ein Zeichen?«

Creb stieß mit seinem Stock einen glühenden Ast, der aus dem Feuer gesprungen war, wieder in die prasselnden Flammen zurück und meinte, daß dieses niemand vorhersehen könne. Gewöhnlich sei es etwas, das dadurch auffalle, weil es besonders sei. Ein Stein vielleicht, den sie nie zuvor gesehen habe, oder eine Wurzel von ungewöhnlicher Form. Sie müsse begreifen, daß man nicht nur mit den Augen, sondern auch mit dem Herzen sehen könne. Der Mog-ur lehnte den Stock an sein Knie und verbarg seine Hand unter dem schweren Umhang. Dann zog er sie wieder vor: »Nur du allein kannst fühlen, was dein Totem dir rät; keiner kann dir zeigen, wie du es machen mußt. Aber wenn die Zeit kommt und du ein Zeichen entdeckst, das dein Totem dir in den Weg gelegt hat, dann verwahre es in deinem Amulett. Es wird dir Glückliches bedeuten.«

»Hast du Zeichen deines Totems hier in deinem Amulett?« Ayla blickte auf den Beutel, den der Zauberer am Hals trug.

»Ja.« Er nickte. »Das eine ist der Zahn von einem Höhlenbären. Er wurde mir gegeben, als ich zum Gehilfen wurde. Er steckte nicht in einem Kieferknochen. Er lag auf einem Stein zu meinen Füßen. Als ich mich niedersetzte, sah ich's nicht. Es ist ein schöner Zahn, ganz ohne braune Fäulnis. Es war ein Zeichen des Großen Bären, daß ich die rechte Wahl getroffen hatte.«

Ayla starrte den Beutel immer noch an. »Und mein Totem wird mir auch Zeichen geben?«

Das könne kein anderer vorhersehen, gab der Zauberer zurück. Vielleicht – wenn sie etwas Wichtiges zu entscheiden hätte. Sie würde es spüren, wenn die Zeit gekommen sei. Nur ihr Amulett müsse sie immer bei sich haben, damit ihr Totem sie zu finden wisse. Und besonders sei für sie zu merken, daß sie ihr Amulett niemals verlieren dürfe, das ihr gegeben worden sei, als er ihr Totem offenbarte. Denn dort befinde sich jener Teil ihres Geistes, den auch ihr Totem kennte, das ohne dieses Amulett den Weg zu ihr zurück nicht finden könnte, wenn es umherzuziehen hätte.

Creb nahm die Hand von seinem Beutel am Hals und schloß: »Es wird in die Irre gehen und seine Bleibe in der Geisterwelt suchen. Wenn du also dein Amulett verlierst und es nicht alsbald wiederfindest, dann wirst auch du ins Reich der Toten abgerufen.«

Fest legte Ayla die Hand um den kleinen Beutel, der, an einem starken Riemen befestigt, ihr um den Hals hing.

Dann kam sie auf Dorvs Geschichte zurück. »Glaubst du, daß Durc von seinem Totem ein Zeichen bekommen hatte, als er aufbrach, um das Land der Sonne zu suchen?«

»Das weiß niemand, Ayla.«

Das Kind ballte die kleinen Fäuste, als es bekannte: »Durc war mutig, sich aufzumachen, um eine neue Bleibe zu suchen.«

»Ja«, gab Creb zurück, »vielleicht war er mutig, aber er war auch ungestüm und blind.« Dann wurde des Mog-urs Miene sehr streng und sein Zeigefinger erhob sich warnend. »Durc verließ seinen Clan und das Land seiner Ahnen und wagte zu viel, dem Totem zuwider. Wofür? Weil er etwas anderes zu finden gedachte. Er wollte sich nicht damit begnügen zu bleiben. Im Groß-Clan gibt es junge Männer, die glauben – wie du – Durc wäre mutig gewesen; aber wenn sie älter werden und weise, dann sehen sie alles aus anderen Augen.«

»Ich glaube, er ist meinem Herzen nahe, weil er anders war«, bedeutete ihm Ayla.

Als das Kind sah, daß die Frauen aufstanden, um den Abendverzehr anzurichten, sprang es ebenfalls auf, um sich nützlich zu machen. Mit einem langen Kopfschütteln sah Creb ihm nach. Es war doch einfach nicht zu fassen: jedesmal, wenn er das Gefühl hatte, Ayla hätte nun verstanden, das Leben aus der Sicht der Clan-Leute zu sehen, so tat sie etwas oder zeigte ihm den Schimmer ihrer Art, der ihn fast blendete und ratlos machte.

Durcs Beispiel sollte allen zeigen, wie falsch es war, das Alte, das man hergebracht und wahren sollte bis in alle Ewigkeit, von sich aus einfach zu verändern. Ayla jedoch bewunderte das Wagemutige des jungen Jägers, der etwas Neues suchen wollte. Ob sie's wohl jemals schaffen würde, ihren Blick mit dem der Clan-Leute zu verschmelzen?

In der Regel wurde von den Mädchen des Clans erwartet, daß sie, wenn sie den siebenten oder achten Sommer gesehen hatte, die Fertigkeiten der Frauen beherrschten. Viele hatten um diese Zeit das erste Mal ihre blutenden Tage und wurden bald darauf einem Mann gegeben. In der Zeit, die nun verstrichen war, seit der Clan das fremde Kind gefunden hatte, war Ayla nicht nur fähig geworden, Pflanzen und Früchte als eßbar auszumachen, sie wußte auch, wie man Nahrhaftes zubereitete und für die kurzen kalten Tage haltbar machte. Und auch anderes hatte sie sich angeeignet, was ihr mindestens ebenso gut von der Hand ging wie den jüngeren Frauen des Clans.

Sie verstand es, Tiere zu häuten und aus den Häuten und Fellen, die sie selbst zurichtete, Umhänge, Überwürfe, und Beutel jeglicher Art zu fertigen. Sie konnte Riemen von gleicher Breite in einer einzigen langen Windung aus einem Hautstück schneiden. Die Schnüre, die sie aus den Haaren der Tiere, auch Sehnen oder faserigen Baumrinden drehte, gerieten kräftig und dick oder dünn und fein, je nach Bedarf. Bewundert wurden die Körbe, Matten und Netze, die sie aus festen Gräsern, Wurzeln und Baumrinden flocht, von allen. Aus einem Brocken Flintstein konnte sie sogar sich eine grobe Handaxt schlagen oder ein kantiges Stück so zuspitzen, daß es sehr gut als Schaber taugte. Dieses machte sie so gut, daß selbst Droog die Brauen hob, als er ihr Werkzeug sah. Auch wußte Ayla, wie man aus einem Baumstrunk eine Schale oder eine Schüssel höhlte und sie auf feinen Glanz polierte. Ihre Finger konnten Feuer machen wie die der anderen im Clan, wobei man einen zugespitzten Stock zwischen den Flächen der Hände zu zwirbeln hatte, während er sich an einem zweiten Stöckchen rieb, bis schwelende Hitze entstand, mit der zunächst das dürre, dünne Holz mit Vorsicht angefeuert wurde. Und Creb überraschte vor allem, wie leicht es ihr fiel, Izas Wissen über die Heilkraft von Kräutern und Pflanzen in sich aufzunehmen und im Kopf zu behalten. Iza hat doch recht gehabt, dachte der Mog-ur.

Ayla schnitt Yamswurzeln auf, um sie in einen Beutel aus Tierhaut zu geben, der mit Wasser gefüllt über dem Feuer hing.

Viel blieb davon nicht übrig, nachdem sie die verfaulten Teile angetrennt hatte. Hinten in der Höhle, wo die Nahrung gelagert wurde, war es kühl und trocken. Doch so spät im Winter fingen das Grünzeug und die Wurzeln an, weich zu werden und zu faulen. Und seit Ayla vor einigen Tagen ein erstes dünnes Rinnsal fließenden Wassers im eiserstarrten Bach entdeckt hatte, träumte sie sich in die näherkommende Zeit der Lichtwärme und der Fruchtblüte. Kaum konnte sie es erwarten, das erste frische Grün junger Gräser und Knospen zu sehen und zu fühlen, von dem süßen Saft des Ahorns zu kosten, der in den Bäumen aufstieg und aus den Kerben, die in die Rinden der Bäume geschlagen wurden, heraustroff. Die Clan-Leute sammelten ihn und kochten ihn so lange, bis er schwer und klebrig wurde oder aussah wie gekörnter Schnee, der süß schmeckte und in Behältnissen aus Birkenrinde aufgehoben wurde.

Ayla war die einzige, der der feuchtkalte Winter in der Höhle lang geworden war und die von einer Unruhe im Innern erfüllt wurde. Schon früh an diesen Tagen hatte der Wind für eine Zeit umgeschlagen und vom Meer her wärmere Luft zur Höhle gebracht. Das Schmelzwasser lief an den langen eisigen Zapfen herunter, die an der äußeren Rundung der Höhle hingen, und tropfte auf den Vorplatz und gefror wieder, wenn es erneut kälter wurde; und immer noch wurde es länger und länger, das glitzernde, spitze Gezack, das den ganzen langen Winter über ständig gewachsen war. Doch dieser erste Hauch milderer Luft gab neue Hoffnung.

Während sie den Verzehr bereiteten, sprachen die Frauen mit flink flatternden Händen miteinander. Gegen Ende der Kältnis, wenn die vorrätige Nahrung zur Neige ging, taten sie sich zusammen und kochten für alle gemeinsam das Essen, auch wenn man es, außer bei besonderen Zeiten, stets getrennt nach Familie zu sich nahm. Je länger allerdings der Winter sich behaupten konnte, desto magerer wurde die Kost. Doch die Clan-Leute hatten ausreichend vorgesorgt. Frisches Fleisch von kleinen Waldtieren oder einem alten Hirsch, den man, wenn nicht wieder ein Schneesturm kam, noch schnell in die Höhle zerren konnte, war willkommen, wenn auch nicht unbedingt notwendig. Es gab genügend gedörrtes Fleisch, getrockneten Fisch und Körner, Beeren, Pilze die Menge, die man aufweichen und kochen konnte.

Gerade war Aba eifrig dabei, mit lebhaften Händen zu erzählen: »... doch das Kind war mißgestaltet und seine Mutter brachte es fort, wie der Clan-Führer es befohlen hatte, aber sie hatte nicht das Herz, ihren Sohn sterben zu lassen. So kletterte sie mit ihm auf einen hohen Baum hinauf und band ihn an den obersten Zweigen fest, wo selbst die Wildkatzen ihn nicht erreichen konnten.« Man hätte meinen können, daß Aba selbst diese Mutter gewesen war, denn so flink und genau ging ihr die Rede von der Hand, daß die anderen dachten, sie müsse dabei gewesen sein, als sie schilderte, wie das Kind, nachdem es alleine war und bis zur Nacht so hungrig, daß es wie ein Wolf heulte, keinen im Clan zur Ruhe kommen ließ. Es hätte dann Tag und Nacht gebrüllt, und der Clan-Führer sei sehr zornig gewesen, aber so lange das Kind schrie und heulte, hätte die Mutter gewußt, daß es noch unter den Lebenden war.

Und dann kam die Stelle, bei der Ayla immer leuchtende Augen bekam, wenn Aba sie vortrug: »Am Namenstag kletterte die Mutter dann früh am Morgen wieder in den Baum. Ihr Sohn war am Leben. Aber das war nicht alles. Die Mißbildung war fort. Er war gesund und sah aus wie alle anderen. Der Clan-Führer hatte den Jungen nicht im Clan gewollt, aber da er noch lebte, war er zu benamsen und mußte aufgenommen werden. Später wurde er selbst Clan-Führer. Und er dankte es seiner Mutter, solange sie lebte, daß sie ihm ein zweites Mal das Leben gegeben. Selbst nachdem er sich eine Gefährtin genommen hatte, brachte er ihr von jeder Jagd einen Teil. Er knuffte oder schalt sie nie und behandelte sie immer mit Achtung«, schloß Aba.

»Wie kann ein Kind die ersten Tage seines Lebens überstehen, wenn es nicht genährt wird?« fragte Oga und bewegte ungläubig die Hand und schaute auf Brac, ihren eigenen heilen Sohn, der eingeschlafen war. Dann zeigte sie auf Aba und zweifelte weiter: »Und wie konnte ihr Sohn Clan-Führer werden, wenn seine Mutter nicht die Gefährtin des Clan-Führers war?«

Oga war stolz auf ihren kleinen Sohn. Und noch stolzer war Broud, vor allem darauf, daß seine Gefährtin so bald, nachdem sie zusammengegeben worden waren, ihm auch noch einen Sohn geboren hatte. Selbst Brun, den sonst nichts erschüttern konnte, wurde weich, wenn er das Kind in seinen Armen hielt.

»Wer wäre denn als nächster dran, des Clanes Führer abzugeben, wenn du Brac nicht geboren hättest, Oga?« ereiferte sich Ovra. »Wenn du nun keine Söhne kriegen könntest, sondern nur Töchter? Vielleicht war diese Mutter, von der Aba uns bezeugt, die Gefährtin des Zweiten im Clan, und dem Führer war dann etwas zugestoßen.«

Sie neidete es ein wenig dieser jungen Frau, denn Ovra hatte noch immer kein Kind, obwohl sie dem Goov gegeben worden war, ehe Broud die Oga nehmen durfte.

»Und wie kann ein Kind, das als Krüppel geboren wurde, von selbst sich heilen und so sein wie alle anderen?« entgegnete Oga aufgebracht.

»Ich denke mir, das hat sich eine Frau mit einem mißgestalteten Sohn geträumt, die wünschte, daß er doch wie alle die anderen wäre«, deutete Iza.

Doch Aba meinte, daß schon ihre Mutter davon Zeugnis abgegeben hätte, und deren Mutter sei das Wunder auch bekannt gewesen. Sie hob die schrundigen Hände und beschwichtigte: »Es mag doch sein, daß im Leben unserer Ahnen sich manches begab, was es heute nicht mehr gibt und was wir nicht mehr wissen können.«

»Manches mag vor langer Zeit anders gewesen sein, Aba, aber Oga ist recht zu geben. Ein Kind, das krüpplig geboren wird, wird nicht aus sich heraus sich heilen können. Und ohne Nahrung kann es auch nicht lange leben. Doch recht hast auch du, die Geschichte ist alt, vielleicht ist etwas dran an ihr«, erwiderte Iza gelassen.

Als der Verzehr bereitet war, trug Iza ihn zu Crebs Feuer. Ayla hob Uba vom Boden hoch und folgte ihr. Die Medizinfrau war magerer geworden und nicht mehr so kräftig wie früher. Meist schleppte Ayla das kleine Kind herum. Nach dem Essen kroch Uba zu ihrer Mutter auf den Schoß, um an ihrer Brust zu trinken, doch bald wurde sie unruhig und quengelte. Iza begann zu husten, und das Kind schrie. Sichtlich gereizt schob Iza das schreiende, strampelnde Kind zu Ayla hinüber.

»Nimm sie. Sieh zu, ob Oga oder Aga Milch für sie haben.« Sie konnte kaum zu Ende deuten, als sie die Hände sinken ließ und ein heftiger Anfall trockenen Hustens sie schüttelte.

Auf Aylas Gesicht verbreitete sich Besorgnis.

Als die Medizinfrau das sah, beruhigte sie das Mädchen und erklärte ihr, sie sei nun eben mal eine alte Frau, zu alt für so ein kleines Kind. Ihre Milch sei versiegt und Uba sei hungrig. Sie solle das Kind zu Oga bringen.

Iza spürte, daß Creb sie scharf ansah, und wandte sich ab, als Ayla das kleine Kind zu Brouds Gefährtin hinübertrug.

Den Kopf gesenkt, wie es sich gehörte, näherte sie sich des Clan-Führersohns Wohnkreis. Sie wußte, auch nur beim geringsten Verstoß gegen die Sitte des Clans käme der Zorn des Jägers über sie, und das lähmende Gefühl verließ sie nie, wenn sie in seiner Nähe war, daß Broud danach trachtete, sie zurechtzuweisen oder zu schlagen, wenn sie sich eine Blöße gab. Oga übernahm es gern, Izas Tochter zu stillen, doch da Broud zugegen war, kam keine Unterhaltung auf. Als Uba gesättigt war, trug Ayla sie zurück, hockte sich nieder und wiegte das Kind sachte in den Armen und summte leise, bis die Kleine eingeschlafen war. Ayla hatte die Sprache, die sie in den Clan mitgebracht hatte, schon längst vergessen; doch immer, wenn sie das Kind hielt, kamen ihr plötzlich diese Töne hoch.

»Verzeih, Ayla, daß ich unmutig wurde«, entschuldigte sich Iza, als das Mädchen Uba niederlegte. Sie wäre wirklich zu alt, um Uba noch Milch geben zu können. Morgen würde sie ihr zeigen, wie man besondere Nahrung für die Kleine zubereite, denn sie wolle Uba nicht ständig zu anderer Frauen Brüste geben, wenn sie hungerte.

»Uba einer anderen Frau geben? Wie kannst du Uba fortgeben? Sie gehört zu uns!« machten Aylas Hände bestürzt.

Iza winkte matt ab. »Ach Ayla, ich will sie auch nicht fortgeben, aber sie muß genug Milch haben, und ich habe sie nicht.«

»Und ich, habe ich denn keine Milch?« bot sich Ayla an.

Ein leises Lächeln trat auf der Medizinfrau Gesicht, als sie erklärte: »Du bist doch noch keine Frau, Ayla; und so, wie du aussiehst, wird es wohl noch eine Weile dauern. Nur Frauen können Mütter werden, und nur Mütter können Milch geben. Und jetzt fangen wir an, Uba andere Nahrung zu geben, und du wirst sehen, wie es geht. Alles muß ganz weich sein; die Körner müssen sehr fein gemahlen werden, ehe du sie kochst, und das gedörrte Fleisch muß man tüchtig zerstampfen und mit wenig Wasser zu einem Brei verrühren. Frisches Fleisch ist von den zähen Fasern zu schaben und Gemüse muß zerdrückt werden.« Iza legte ihre Hand in den Nacken und fragte: »Haben wir noch Eicheln?«

»Als ich das letzte Mal hinten war, war noch ein ganzer Haufen da, aber Mäuse und Eichhörnchen holen auch davon, und viele sind verfault«, berichtete Ayla.

»Such die heraus, die noch gut sind, dann wässern wir sie, damit die Bitternis in ihnen herauszieht, dann mahlen wir sie, und dann geben wir sie zum Fleisch. Yamswurzeln sind auch gut. Und gut ist auch, daß die kalte Zeit bald um ist. Wenn es wieder wärmer wird, gibt es wieder mehr zu tun, und wir kommen auf andere Gedanken.«

Iza sah wohl den Ausdruck banger Bestürzung auf Aylas Zügen. Wie oft war sie in letzter Zeit froh gewesen um Aylas willige Hilfe! Und beinahe beschlich sie das Gefühl, daß man Ayla ihr gesandt hatte, damit sie dem Kind, dem sie so spät das Leben hatte schenken können, die zweite Mutter werden konnte. Aber es waren nicht nur die wechselnden Jahre, die Iza langsam aushöhlten. Obwohl sie keinen etwas davon wissen ließ, daß ein ständiger Schmerz in der Brust sie quälte und daß sie manchmal nach einem besonders heftigen Hustenreiz Blut spie, sah sie ganz klar, daß es nicht gut um sie stand. Und Creb sah das auch, das spürte sie. Aber auch er wird alt, ging es Iza durch den Kopf. Auch für ihn waren die langen dunklen Tage der Kältnis hart zu ertragen gewesen. Und dann sitzt er zu viel in seiner kleinen Höhle. Nur mit einem Kienspan. Das ist nicht warm genug. Iza sorgte sich sehr um den Bruder.

Das zottige Haar des alten Zauberers war fast weiß geworden. Die Schmerzen zogen die Glieder hinauf und machten ihm auch die geringste Bewegung zur Qual. Seine Zähne, die er seit seiner Kindheit anstelle der fehlenden Hand dazu benutzt hatte, Dinge festzuhalten, waren abgenützt und schmerzten beständig. Doch auch Creb hatte schon vor langer Zeit gelernt, mit Schmerz und Leid zu leben und damit fertig zu werden. Sein Geist war so stark und lebendig wie immer, und jedesmal, wenn er Iza beobachtete, wie sie sich quälte, wurde ihm das Herz schwer. Mit Sorge umfing sein Auge ihren ausgemergelten Körper, der vor der Kältnis noch so prall und kräftig gewesen war. Ihr Gesicht war eingefallen, und die brennenden Augen lagen in tiefen Höhlen. Aus dem Fleisch an den Armen stachen ihre Knochen, ihr Haar wurde fahl; aber am meisten bedrückte ihn dieser beständige Husten, der sie hin und her schüttelte wie eine riesige Faust.

Endlich entließ der Winter das Land aus seiner froststarren Hand, und mit den sich langsam erwärmenden Tagen ergossen sich Ströme von Regen darüber. Eisschollen trieben noch lange, nachdem Eis und Schnee rund um die Höhle schon geschmolzen waren, den angeschwollenen Bach hinunter. Die Fluten des Schmelzwassers verwandelten den hartgetrampelten Platz vor der Höhle in einen zähen, glitschigen Morast. Nur dank der Steine, die den Eingang bedeckten, war der Boden dort etwas fester und blieb die Höhle einigermaßen trocken.

Doch die Schlammassen konnten die Clan-Leute nicht in der Höhle halten. Noch ehe der letzte Schnee geschmolzen war, tapsten sie mit nackten Füßen durch den wüsten kalten Schlamm oder schlurften im Fußzeug, das nach dem ersten Schritt völlig durchweicht war, durch riesige Wasserlachen. Und jetzt, wo es wärmer wurde, hatte Iza mehr damit zu tun, Erkältungen zu behandeln, als während der ganzen langen Zeit des Schnees und der Kälte.

Während die Luft sich langsam erwärmte, und die Frühlingssonne die Schmelzwasser aufsog, rührte sich das Leben im Clan immer mehr. Die Frauen zogen aus, die ersten grünen Triebe und Knospen zu pflücken, und die Männer gingen mit ihren Waffen hinaus, um für die erste große Jagd wieder Auge und Hand zu üben.

Uba wuchs und gedieh. An die Brust kam sie nur noch, um sich dort hinzukuscheln. Iza hustete nicht mehr schlimm; doch sie war schwach und besaß nicht die Kraft und den Drang, so weit herumzuschweifen wie vorher. Creb hatte seine Wanderungen am Bach wieder aufgenommen und konnte ein behagliches Grunzen nicht unterdrücken, als er mit Ayla an der Seite durch den matten Schein der Sonne humpelte.

Da nun Iza die meiste Zeit in Höhlennähe sich zu schaffen machte, übernahm es Ayla, durch das hügelige Land zu streifen und heilkräftige Pflanzen und Kräuter für Iza zu suchen. Die Medizinfrau war stets in Sorge, wenn das Mädchen allein unterwegs war, denn die Frauen sammelten meist in anderen Gebieten. Seltene Kräuter – und die heilsamen waren das – wuchsen nicht immer, wo Früchte und Beeren gediehen. Hin und wieder begleitete Iza das Mädchen, um es mit Pflanzen vertraut zu machen, die ihr noch unbekannt waren, und ihr die Orte zu zeigen, wo bestimmte Kräuter, die erst später gepflückt werden konnten, besonders gediehen. Und obwohl Ayla meist Uba trug, ermüdeten die wenigen Ausflüge Iza doch stark. Widerstrebend erlaubte sie dem Mädchen immer häufiger, allein loszuziehen. Ayla blühte richtig auf bei diesen einsamen Streifzügen. Fern den scharfen Blicken der Clan-Leute fühlte sie sich frei und unbeschwert. Oft begleitete sie auch die Frauen, wenn diese Holz sammelten; aber wenn es sich irgendwie machen ließ, erledigte sie die Arbeit, die von ihr erwartet wurde, so rasch wie möglich, um dann zu ihren Alleingängen aufbrechen zu können. Sie brachte nicht nur Pflanzen mit zurück, die sie kannte, sondern vieles, was ihr fremd war, und befragte Iza darüber.

Brun erhob keine offenen Einwände; er sah ein, daß einer vom Clan der Medizinfrau die Pflanzen beschaffen mußte, die sie für ihren Heilzauber brauchte. Auch ihm war Izas Krankheit nicht entgangen. Doch Aylas Eifer, mutterseelenallein in den Wald zu gehen, befremdete ihn. Die Frauen des Clans fürchteten sich. Auch Iza; immer, wenn sie sich allein aufgemacht hatte, besondere Kräuter und Pflanzen zu suchen, die sie brauchte, war ihr dabei beklommen zumute gewesen, und stets war sie so rasch wie möglich zurückgekehrt.

Ayla drückte sich nie vor irgendeiner Arbeit, verhielt sich stets so, wie es die Sitte des Clans verlangte, tat nichts, was Brun veranlaßt hätte, sie zurechtzuweisen. Und doch hatte der Clan-Führer das Gefühl, daß ihre Art, die Pflichten zu erledigen, ihre Haltung Creb und Iza gegenüber und ihre Einstellung zum Leben anders waren, fremd; und in Bruns Herz stieg die Unruhe. Doch jedesmal, wenn Ayla ausgezogen war, kehrte sie mit vollgesammelten Körben zurück, und solange dieses Ausschweifen notwendig war, konnte Brun nichts dagegen vorbringen.

Hin und wieder brachte Ayla nicht nur Pflanzen in die Höhle zurück. Immer wieder kam es vor, daß sie mit einem verletzten oder kranken kleinen Tier in den Armen heimkehrte, um es gesundzupflegen. Sie verstand sich darauf, mit Tieren umzugehen; sie schienen zu spüren, daß sie ihnen helfen wollte. Und da Brun damals, als Ayla mit dem verletzten Kaninchen angelaufen kam, dieses als neuen Brauch stillschweigend gestattet hatte, wollte er nun nichts mehr daran ändern. Nur einmal, als Ayla einen jungen Wolf mitbrachte, wurde ihr der Zutritt zur Höhle verwehrt. Reißende Tiere, die Gegner der Jäger, verdienten keine Hilfe. Zu häufig schon war es geschehen, daß ein vielleicht verletztes Tier, an das sich die Jäger mit viel Geduld herangepirscht hatten, ihnen von einem flinken Wolf oder Tiger vor der Nase weggeschnappt wurde. Nein, diesem Tier, das eines Tags vielleicht dem Clan die Beute stahl, dem durfte nicht geholfen werden.

»Hier, Ayla, schau, die Rinde der wilden Kirsche ist alt und nicht mehr gut«, bedeutete ihr Iza eines frühen Morgens und hielt ihr die graubraune Borke hin. »Hol doch frische, wenn du heute dich aufmachst. Jenseits des Baches, gleich bei der Lichtung, ist ein Hain, da stehen die Kirschbäume. Und nimm die innere Rinde. Sie ist am besten.«

Ayla nickte hierzu.

Es war ein leuchtender Morgen. Weiß und lila schimmerten die letzten Krokusse neben den schlanken sonnengelben Narzissen. Noch locker geflochtene Matten von frischem Grün bedeckten die fruchtbergende braune Erde der Waldlichtung und der sanft geschwungenen Anhöhen. Am kahlen Geäst der Bäume und Büsche hingen die Knospen wie grüne Wassertropfen. Und vom wolkenfrei gefegten Himmel blickte milde und wärmend die Sonne herab.

Als Ayla die Clan-Leute außer Sicht wußte, lockerten sich ihre Glieder, und der sorgsam gemessene Gang wich freier Bewegung. Sich mit den Beinen kräftig abstoßend, hopste sie einen Hang hinunter und rannte auf der anderen Seite wieder hinauf und schnaufte und strahlte vor Freude. Fast beiläufig, so schien es, ließ sie den Blick über die ringsum sprießenden Pflanzen schweifen; doch tatsächlich prägte sie sich ein, wo sie standen und was Besonderes an ihnen war, um später, wenn sie dann gewachsen waren und gereift, zu wissen, wo sie was zu suchen hatte.

Alles mögliche ging ihr durch den Kopf. Da war Iza und ihr schrecklicher Husten, der sie die ganze Zeit gequält hatte. Langsam schien es ihr besser zu gehen, aber ihr Körper war so mager, richtig ausgezehrt und viel zu schwach, um Uba überall herumzutragen, die schon so groß war und schwer. Gut, daß sie die Kleine nicht hatten Oga geben müssen. Schon sah sich Ayla mit dem Kind zusammen durch die lichten Wälder streifen, um für Iza Pflanzen und Kräuter zu sammeln. Sacht ließ sie ihre Finger über die Kätzchen einer Weide gleiten. Wie weich sie waren, weich wie ein Kaninchenfell; und der Himmel über ihr so klar. Hörbar sog sie die Luft ein. Sie schmeckte nach Salz; von dem großen Wasser hergetragen, in das der Bach hineinfloß. Ayla stellte sich vor, wie sie fischte und schwamm. Bald mußte es warm genug sein. Seltsam, daß die anderen Clan-Leute sich nichts daraus machten, im Wasser zu toben, sich treiben zu lassen und sich mit der Strömung zu messen. Und wie gut die Fische schmeckten und die Eier aus den Felsennestern. Sie kletterte gern hoch oben in die Klippen. Wie der Wind da sauste und einem die Haare zu entführen drohte!

Bis zur Mitte des Tages durchstreifte Ayla das vielfältige Grün. Als sie dann sah, wie hoch die Sonne schon am Himmel stand, machte sie sich auf zum Kirschbaum-Hain, um die Rinde für Iza zu holen. Als sie sich der Lichtung näherte, vernahm sie ein Schleifen und Pochen, hin und wieder eine rauhe Stimme. Die Männer. Hastig wollte Ayla umkehren, doch die Kirschrinde fiel ihr ein, die sie Iza zu bringen hatte. Sie zauderte. Gewiß würden die Männer unmutig werden, wenn man sie hier erblickte. Und es konnte sein, daß Brun zornig wurde und sie nicht mehr allein ausziehen ließ. Ayla legte den Finger an die kleine schmale und gerade Nase. Aber Iza braucht die Rinde, dachte sie. Vielleicht gehen die Männer bald. Ayla reckte den Hals. Und was tun sie denn da überhaupt? Leise schlich sie sich näher und versteckte sich schnell hinter einem grobborkigen Baum, von dem dürres Geschling herunterhing, durch das sie zur Lichtung hinüberspähte.

Die Männer übten sich mit ihren Waffen, um für die erste Jagd bereit zu sein. Ayla hatte selbst zugesehen, wie sie sich die neuen Speere gemacht; lange, schlanke junge Bäume waren gefällt und ihnen Äste und Zweige abgeschabt worden. Ein Ende hatte man dann ins Feuer gehalten, bis es zu einer dünnen Spitze verkohlt war, die dann mit einem Flintstein-Schaber noch geschärft wurde. Sie zuckte zusammen, und ihr Gesicht verzog sich schmerzhaft, als sie daran dachte, wie grimmig die Männer über sie hergefallen waren, nur weil sie es gewagt hatte, eines der spitzigen Hölzer zu berühren.

Frauen hatten Waffen nicht anzufassen, wurde ihr nach einer Tracht Prügel klargemacht, nicht einmal die Werkzeuge, die zur Fertigung von Waffen verwendet wurden. Der neue Speer, den sie durch ihre Berührung entweiht hatte, wurde verbrannt, und Creb und Iza mühten sich beide in langen, gestenreichen Vorhaltungen, ihr ein Gefühl für das verwerfliche Betragen zu vermitteln. Die Frauen waren starr vor Entsetzen gewesen, und Bruns finstere Miene zeigte überdeutlich seine Meinung. Aber am tiefsten traf sie die boshafte Freude in Brouds Gesicht, der keinen Hehl daraus machte, wie wohl es ihm tat, den Fremdling gedemütigt zu sehen.

Unbehaglich und beklommen äugte das Mädchen hinter dem Gestrüpp zu den Männern hinüber. Außer ihren Speeren hatten sie noch anderes Jagdgerät dabei. Dorv, Grod und Grug standen am anderen Ende der Lichtung. Ihren eifrigen Gebärden nach zu schließen, unterhielten sie sich über die Vorzüge ihrer Waffen, ob Speer oder Keule die bessere sei. Die anderen Männer übten sich mit der Schleuder und der Wurfschlinge. Auch Vorn stand dabei, wie Ayla jetzt sah. Zoug zeigte ihm, wie man zu schleudern hatte.

Vorn war gelegentlich schon früher mitgekommen und hatte dann meist nur mit seinem kleinen Speer geübt, ihn immer wieder in die weiche Erde oder einen verrotteten Baumstumpf hineingestoßen, um sich an die Waffe zu gewöhnen. Doch heute wollte man zum ersten Mal versuchen, Vorn den Umgang mit der Schleuder zu zeigen. Ein Pfosten war in den Boden gerammt, und nicht weit davon entfernt lag ein Häufchen glatter, runder Steine, die die Männer unterwegs am Bachufer gesammelt hatten. Gerade zeigte Zoug dem Jungen, wie man die beiden Enden des lederartigen Hautstreifens zusammenhalten und den Stein in die kuhlenartige Mitte hineinlegen mußte. Er hatte dem Jungen seine alte Schleuder gegeben, die er eigentlich wegwerfen wollte, für Vorn dann aber ein Stück verkürzt.

Ayla blickte genau hin. So aufmerksam und gespannt wie Vorn verfolgte sie jede Bewegung von Zoug. Als Vorn es das erste Mal versuchte, drehte sich die Schleuder, und der Stein fiel heraus. Er tat sich sichtlich schwer damit, die Schleuder so zu bewegen, um genügend Schwung zum Abschuß des Steines aufzubauen. Immer wieder fiel ihm der Stein heraus, ehe er ihn so schnell gedreht hatte, daß er in der Kuhle der Schleuder gehalten würde.

Broud stand etwas abseits und sah den beiden zu. Vorn war sein Schützling, und das versicherte ihn dessen Bewunderung. Er hatte ihm einen kleinen Speer gemacht, den der Junge nicht einmal nachts aus der Hand legte; er hatte Vorn gezeigt, wie er den Speer halten mußte, um höchste Kraft in den Stoß hineinlegen zu können. Jetzt aber richtete sich Vorns Bewunderung gänzlich auf den alten Zoug, und Broud ärgerte sich. Eigentlich wollte er dem Jungen zeigen, wie mit den Jagdgeräten umzugehen war, und es kränkte ihn, als Brun den alten Zoug angewiesen hatte, Vorn das Schleudern beizubringen. Nachdem es dem Jungen mehrmals mißlungen war, trat Broud dazwischen.

»Komm, ich zeige dir, wie du es machen mußt, Vorn«, bedeutete er mit knapper Gebärde und drückte den alten Mann kurzerhand zur Seite. Zoug trat zurück und schaute den jungen Jäger durchdringend an. Rundum hielten die Männer plötzlich inne und starrten zu Broud hinüber. In Bruns Augen zuckten feurige Blitze. Die Art, wie Broud seinen besten Schleuderer behandelte, war nicht die Art, die üblich war im Clan. Er hatte Zoug befohlen, Vorn zu unterweisen, und nicht Broud. Die Besten an jeder Waffe sollten Vorn unterweisen, und Broud war mit der Schleuder nicht so vertraut wie Zoug. Er muß begreifen, dachte Brun, daß ein guter Clan-Führer eines jeden Mannes Stärke kennen und nützen muß. Zoug handhabt die Schleuder wie keiner sonst und hat Zeit, mit dem Jungen zu üben, wenn wir anderen jagen. Broud wird hochnäsig. Wie soll ich ihm denn einen höheren Rang geben, wenn er sich wie ein Kind benimmt? Er muß bescheidener werden. Nachdenklich sah Brun auf seinen Sohn, der ihm einst folgen würde.

Gerade nahm Broud dem Jungen die Schleuder aus der Hand und hob einen Stein auf, legte ihn in die Kuhle des Lederbandes, das er wild herumwirbelte, und schoß ihn auf den Pfosten ab. Doch weit vor dem Ziel schlug der Stein auf den Boden. Broud lief rot an. Es ärgerte ihn, daß er nicht getroffen hatte, und er fürchtete den Spott der anderen. Rasch bückte er sich, hob einen Stein auf, schoß ihn hastig ab und fehlte wieder. Und der Stein flog wieder zu kurz, diesmal zur Seite in die Büsche.

»Willst du Vorn zeigen, wie es geht, oder selbst üben, Broud?« fragte Zoug spöttisch, als er hinzutrat, und wies mit harter Geste auf den Pfahl: »Ich kann ihn näher rücken.«

Mühsam kämpfte Broud seine aufsteigende Wut hinunter. Zougs Spott war schwer zu schlucken, und es giftete ihn mächtig, daß er zweimal gefehlt und sich selbst bloßgestellt hatte. Grimmig schleuderte er einen dritten Stein. Doch jetzt gab er ihm zuviel Schwung mit, und er schoß weit über das Ziel hinaus.

»Du kannst dich hier drüben hinstellen und warten, bis ich mit Vorn fertig bin. Dann zeige ich dir, wie es geht.« Des alten Zougs höhnische Gebärden stachen Broud wie spitze Dornen.

»Wie kann Vorn mit so einer schlechten alten Schleuder lernen?« Hitzig warf Broud die Schleuder zu Boden. »Keiner könnte damit einen Stein schleudern. Vorn, ich mache dir eine neue. Diese hier ist zu abgewetzt wie der Alte, dem sie gehört, der hier großtun will und nicht einmal mehr mit auf die Jagd gehen kann.«

Da stieg auch Zoug dunkler Zorn ins Gesicht. Für jeden Mann war es bitter – und jeder mühte sich, so lange er konnte –, wenn er aus den Reihen der Jäger ausscheiden mußte; und Zoug hatte, um sich seinen Stolz zu bewahren und die Achtung der Jäger zu behalten, hart geschuftet, den schwierigen Umgang mit der Schleuder zur Könnerschaft zu steigern. Einst war er Zweiter im Clan gewesen, wie jetzt der Sohn seiner Gefährtin, und es war unverschämt, ihm solches vorzuhalten.

»Besser, ein alter Mann zu sein, als ein jagender Kindskopf«, gab Zoug heftig zurück und bückte sich, die Schleuder zu Brouds Füßen aufzuheben.

Broud starrte ihn an, mit offenem Mund und aus Augen, die

fast nur das Weiße sehen ließen. In blinder Wut versetzte er dem alten Mann einen Stoß. Zoug fiel unsanft zu Boden und blieb liegen, wo er lag, und konnte es nicht fassen.

Niemals griff ein Mann einen anderen tätlich an; Püffe und Stöße setzte es nur bei den Frauen. Ihre übersprudelnden Kräfte loswerden konnten die jungen Männer, wenn sie unter Aufsicht miteinander rangen oder aber beim Lauf, Speerwerfen, Schleudern und dem Wurfschlingengebrauch. Geschickt die Jagdgeräte zu gebrauchen und sich selbst zu beherrschen, zeugte für die Würde eines Mannes, und wer es besser machte, war der Bessere im Clan, der nur durch den Zusammenhalt aller überleben konnte.

Verdattert blickte Broud auf den vor ihm liegenden Zoud. Das hatte er nicht gewollt! Alles Blut wich ihm aus dem Gesicht.

»Broud!« Ein unterdrücktes Brüllen kam aus der Richtung, wo der Clan-Führer stand.

Der Sohn blickte auf und zog den Kopf zwischen die Schultern. Noch nie zuvor hatte er Brun so fürchterlich erregt gesehen, der jetzt mit harten Schritten herankam und sich mühsam beherrschte.

»Du hast dich gehenlassen wie ein kleines Kind, Broud. Wärst du nicht schon der geringste unter den Jägern, so würdest du's jetzt werden. Nicht dir habe ich befohlen, Vorn zu unterweisen, es war Zougs Aufgabe.« Die Augen des Clan-Führers sprühten Funken. »Und du willst ein Jäger sein? Du bist nicht einmal ein Mann. Vorn bezwingt sich besser als du. Und eine Frau übt mehr Selbstbeherrschung. Vergiß nicht: Du solltest mir nachkommen. Willst du so deine Männer führen? Glaubst du, du kannst anderen befehlen, wenn du dir selbst nicht befehlen kannst? Zoug hat recht, Broud. Du bist ein Kind, das von sich denkt, es wäre ein Mann.«

Brouds Kopf war auf die Brust gesunken. Wenn sich doch nur eine Erdspalte öffnete und ihn verschlänge! Noch nie war er so gescholten, so tief gedemütigt worden, und das auch noch vor allen Männern – und Vorn. Am liebsten hätte er die Flucht ergriffen und sich in ein Mauseloch versteckt; und lieber einem Höhlenlöwen gegenübergestanden als diesem harten selbstbeherrschten Mann. Gerade weil Brun so selten Regungen zeigte, war es um so niederschmetternder, den offenen Zorn des Clan-Führers auf sich gezogen zu haben. Gewöhnlich genügte ihm ein durchdringender Blick, und jeder im Clan, ob Mann oder Frau, gehorchte. Broud wagte nicht, die Augen aufzuschlagen.

Brun hob kurz den Blick zur Sonne, dann gab er das Zeichen zum Aufbruch. Die anderen Jäger, die sich unbehaglich zurückgezogen und dennoch mit angesehen hatten, wie Brun den Jüngsten unter ihnen zurechtstutzte, reihten sich erleichtert und dem Rang gemäß hinter dem Clan-Führer ein, der schnellen Schrittes den Rückweg zur Höhle antrat. Broud als letzter.

Ayla kauerte immer noch reglos im dürren Geschlinge und wagte kaum zu atmen. Todesangst lähmte sie, daß die Männer ihrer gewahr werden würden. Niemals, das wußte sie, hätte eine Frau das Vorgefallene sehen dürfen. Niemals wäre Broud im Beisein einer Frau so schlimm gescholten worden. Denn in Gegenwart der Frauen gaben sich die Männer als Felsblock der Einigkeit, die durch nichts ins Wanken zu bringen war. Doch jetzt hatte das Mädchen etwas erfahren, wovon es zuvor noch nichts geahnt: die Männer waren gar nicht die mächtigen, freien Beherrscher, die sich alles erlauben konnten. Auch sie mußten sich unterwerfen, auch sie konnten gedemütigt werden. Allein Brun schien Ayla allmächtig zu sein und nach eigenem Willen walten zu können.

Lange blieb Ayla in ihrem Versteck hocken, aus Angst, die Männer würden zurückkehren. Und immer noch schlug ihr Herz beklommen, als sie sich hinter dem Baum hervorwagte. Die volle Bedeutung dessen, was sie über die Männer des Clans erfahren hatte, ging ihr zwar nicht auf, aber eines war ihr klar: Broud war gescholten und gedemütigt worden wie eine Frau, und das gesehen zu haben war wie Balsam auf die Wunden ihres Herzens. Bitterer Haß war in ihrer Brust gegen den jungen Jäger gewachsen, der ständig auf ihr herumhackte und auch den kleinsten Anlaß wahrnahm, sie zu knuffen und zu schlagen. Nie konnte sie es ihm recht machen, sie mochte sich mühen, soviel sie wollte.

Die einzelnen Bilder des Vorfalls noch vor Augen, lief Ayla rasch über die Lichtung. Als sie sich dem Pfosten näherte, sah sie dort die Schleuder liegen, die Broud in seiner Wut weggeworfen hatte. Keinem war eingefallen, sie aufzuheben und mitzunehmen. Ayla blieb stehen und blickte auf die Schleuder, erkühnte sich aber nicht, sie anzurühren. Es war eine Waffe. Die Angst, Brun könnte mit ihr ähnlich umspringen wie mit Broud, wenn sie dies tat, hielt sie zurück. Reglos starrte sie das schlaffe Lederband an und stellte sich vor, wie sehr Zoug sich abgemüht hatte, Vorn den Umgang mit der Schleuder zu zeigen. War es wirklich so schwierig, mit dem Ding umzugehen? Und würde sie sich wohl anstelliger zeigen, wenn Zoug sie unterwiese?

Der Atem stockte ihr vor Entsetzen ob dieses tollkühnen Gedankens, und angstvoll blickte sie um sich, ob sie dabei auch niemand beobachtet hatte. Nicht einmal Broud, der sonst immer alles konnte, hatte den Pfosten getroffen. Sie sah ihn vor sich, wie er immer wütender geworden war, und noch einmal Zougs schneidende Bewegungen, wie sie Hohn und Spott auf Broud häuften, und flüchtiges, schadenfrohes Lächeln verzog ihre Lippen.

Gift und Galle würde dieser Angeber spucken, wenn ich könnte, was er nicht kann. Bei dieser Vorstellung, sich Broud überlegen zeigen zu können, wurde ihr richtig warm. Noch einmal äugte sie aufmerksam in die Runde, bückte sich dann und hob die Schleuder auf. Als Ayla die weiche Haut zwischen ihren Fingern fühlte, überfielen sie blitzartige Gedanken an die grausame Strafe, die ihr Tun nach sich zöge, wenn man sie mit der Schleuder in der Hand ertappte, die sich plötzlich anfühlte, als sei sie ein Stück glimmenden Holzes. Fast hätte das Mädchen die Schleuder wieder weggeworfen, doch dann fiel ihr Blick auf das Häuflein runder Steine.

Ob sie es wohl fertigbrächte? Noch immer hielt die Furcht vor Bruns Zorn Ayla zurück und der Gedanke an Creb, der ihr vorhalten würde, wie schlecht sie gehandelt hatte. Ayla schaute auf die Schleuder in ihrer Hand. Aber ich bin ja schon schlecht, dachte sie. Aber warum ist es verboten? Nur weil es eine Waffe ist? Ob Brun mich schlagen würde, wenn man mich erwischte? Broud, ja. Dem hüpfte das Herz bestimmt im Leibe vor Freude. Und alle würden mich finster anblicken. Aylas Augen wanderten zum Pfosten. Und wenn ich es versuchte? Wird die Strafe dann schlimmer? Schlecht ist schlecht. Es könnte doch sein, daß der Pfosten da zu treffen wäre. Keiner würde je davon erfahren. Und niemand ist hier, nur ich. Noch einmal blickte Ayla sich um, und dann ging sie zu den angehäuften Steinen.

Einen davon hob sie auf und hielt ihn eine Weile in der Hand. Wie hatte Zoug das gemacht? Sorgfältig faltete sie die beiden Enden des lederartigen Bandes zusammen und umfaßte sie fest. Schlaff hing die Schlinge herunter, in deren Kuhle sie mit ungeübter Hand den Stein zu legen versuchte. Mehrmals fiel er wieder heraus, sobald sie zum Schwung ansetzte. Ayla krauste mißmutig die Stirn, während sie sich nochmals an Zougs Gebärden erinnerte. Und wieder tat sie einen Stein hinein, holte weit aus, und der erste Schwung wäre wirklich geglückt, wenn sich die Schleuder nicht verdreht hätte, so daß der Stein herausfiel.

Beim nächsten Mal gelangen ihr schon drei Schwünge. Sie ließ die Bandenden los, und der Stein plumpste einige Schritte vor ihr träge auf. Ermutigt griff das Mädchen zum nächsten. Und schließlich glückte ihr ein zweiter Wurf. Nach weiteren Versuchen, entweder verdrehte sie das Band, oder der Schwung reichte nicht aus, oder sie hatte die Enden zu früh losgelassen, flog ein Stein weit durch die Luft, ehe er in der Nähe des Pfostens zu Boden schlug.

Als die Steine aufgebraucht waren, sammelte Ayla sie wieder auf, was sie ein drittes und noch ein viertes Mal tun mußte, bis es ihr gelang, die meisten Steine auch wirklich abzuschleudern. Und wieder bückte sie sich, einen der Steine aufzuheben, von denen nur noch drei neben ihr lagen. Mit weiten Schwüngen drehte sie die Schleuderschlinge über ihrem Kopf; als sie sicher war, daß der kreisende Stein in des Pfostens Richtung wies, ließ sie die Enden los. Es gab einen krachenden Aufprall, als der Stein gegen den Pfosten knallte und wieder zurücksprang. Mit einem Jauchzer riß Ayla die Arme hoch und sprang in die Luft vor Wonne.

Schnell griff sie zum nächsten Stein, der jedoch weit über das Ziel hinausflog; und beim letzten verdrehte sich wieder das Band. Doch einmal wenigstens hatte sie es geschafft.

Als sie voller Eifer nochmals die Steine einsammeln wollte, sah Ayla, wie tief die Sonne schon stand. Und plötzlich kam ihr wieder in den Kopf, daß sie noch Iza etwas Rinde von der wilden Kirsche holen sollte. Erstaunt blickte sie auf die blutrote Sonne, die weit hinten von den Baumwipfeln aufgestochen worden war. Wie war es nur so spät geworden? Iza würde unruhig sein, und Creb auch. Hastig stopfte sie die Schleuder in eine Falte ihres Überwurfs, rannte zu den Kirschbäumen, schälte mit dem Flintsteinschaber die Außenrinde ab und kratzte lange, dünne Fasern von der darunter liegenden weichen Schicht herunter. Dann lief sie, so schnell sie konnte, zur Höhle zurück und verhielt erst den Schritt etwas, als sie zum Bach kam, wo sie wieder in die gebückt-ergebene Haltung verfiel, die von Mädchen und Frauen erwartet wurde.

Izas Hände waren außer sich, als sie des Mädchens ansichtig wurde. »Ayla! Wo warst du? Ich bin ganz krank vor Sorge. Mir war schon, als hätte ein wildes Tier dich überfallen. Gerade wollte ich Brun bitten, die Jäger auszuschicken, um dich zu suchen.«

Leicht betreten versuchte Ayla, die Medizinfrau zu beschwichtigen.

»Ich bin herumgelaufen und habe geschaut, was alles wächst, und dann bin ich zur Lichtung gegangen«, gab Ayla zurück, und es war ihr nicht wohl dabei. »Ich habe gar nicht gesehen, daß die Sonne schon so tief stand.« Es war zwar die Wahrheit, aber nicht die ganze Wahrheit. »Hier ist die Kirschrinde. Unten im Sumpf kommen die Moosbeeren wieder. Und hier – die Wurzeln – die sind doch gut für Crebs Schmerzen.«

»Ja, aber du mußt sie wässern, und nur der Saft wird eingerieben. Aus den Beeren wird ein warmer Trank bereitet. Aber vorher mußt du sie ...«

Mitten in der Bewegung hielt Iza inne.

»Ayla«, machte sie und hob den Finger, »mit deinen Fragen willst du mich doch nur versöhnen. Nie wieder darfst du so lange wegbleiben und mir solche Angst machen.«

Ihr Zorn war verflogen, jetzt, wo das Kind zurück war. Aber Ayla sollte wissen, daß sie mit dieser Herumtreiberei nicht einverstanden war.

»Ich tue es nie wieder, Iza. Der Tag ist so schnell vergangen.«

Als sie in die Höhle traten, rannte ihnen Uba entgegen, die den ganzen Tag sehnsüchtig nach Ayla Ausschau gehalten hatte. Mit ihren stämmigen, kurzen, krummen Beinchen lief sie auf das Mädchen zu und stolperte, kurz, ehe sie es erreichte. Doch Ayla fing die Kleine auf, ehe sie fiel, und schwang sie durch die Luft.

»Kann ich Uba einmal mitnehmen, Iza?« bedeutete sie fragend, das Kind auf dem Arm. »Ich bleibe auch nicht lange fort. Aber ich kann ihr manches zeigen.«

»Sie ist noch zu klein«, gab Iza zurück. »Und verstehen tut sie auch noch nichts. Aber wenn du nicht allzu weit weggehst von der Höhle, kannst du sie ab und zu mitnehmen.«

»Gut!« Das Kind im Arm, drückte Ayla Iza kurz an sich. Hielt dann die Kleine hoch in die Luft und lachte ihre Freude laut heraus.

Welcher Geist ist nur über das Kind gekommen? zweifelte Iza. Sie ist so frei und so froh wie ein Vogel in der Luft. So habe ich sie lange nicht gesehen. Es scheint heute wirklich seltsam zu sein. Erst kommen die Männer vor der Zeit zurück und setzen sich nicht wie sonst zusammen, sondern jeder geht an sein eigenes Feuer, und die Frauen beobachten sie kaum; nicht einmal schelten tun sie. Sogar Broud war beinahe gutmütig zu mir. Und dann bleibt Ayla den ganzen Tag fort und kehrt froh und munter wie ein Reh zurück. Was für ein seltsamer Tag!

9

»Ja, was willst du?« Unwillig wandte Zoug den Kopf zu Ayla und wischte sich den Schweiß von der Stirn. Es war heute ungewöhnlich warm für einen frühen Sommertag. Zoug hockte in der heißen Sonne und bearbeitete mit einem stumpfen Schaber ein großes Stück Hirschhaut, das noch zu trocknen hatte, und wollte jetzt nicht gestört werden, schon gar nicht von diesem plattgesichtigen, häßlichen Mädchen, das sich neben ihn niedergelassen hatte und mit gesenktem Kopf darauf wartete, daß man ihm Beachtung schenkte.

Ganz sanft tippte Ayla ihn an und hielt ihm ein Gefäß aus Birkenrinde hin.

»Möchte Zoug einen Schluck Wasser haben?« fragte sie. »Ich war an der Quelle und habe gesehen, wie der Jäger in der feurigen Sonne arbeitet. Ich dachte, der Jäger wird durstig sein, aber ich will ihn nicht stören.«

Sie streckte die Hand mit dem Becher noch etwas weiter vor und hielt ihm das bauchige, kühle und tropfende Wasserbehältnis hin, das aus dem Magen einer Bergziege gemacht war.

Zoug knurrte zustimmend und wußte nur mit Mühe zu verbergen, daß er wirklich überrascht war über die Aufmerksamkeit dieses Mädchens, das ihm soeben kaltes Wasser in den Becher goß. Vergeblich hatte er versucht, das Augenmerk einer der Frauen auf sich zu ziehen, die ihm etwas zu trinken holen sollte, denn selbst zu gehen war ihm viel zu weit. Denn die Haut hier war fast trocken, und wenn sie als Fertiges so weich und geschmeidig sein sollte, wie er sie haben wollte, durfte er seine Arbeit nicht unterbrechen.

Sein Blick folgte dem Mädchen, das den Wasserbeutel zu einer nahen schattigen Stelle trug, ein Bündel zäher Gräser und in Wasser aufgeweichter holziger Wurzeln hervorzog und dann einen Korb zu flechten begann.

Zoug beschattete die Augen mit seiner rissigen und zerschundenen Hand und schaute in die Ebene. Seine verstorbene Gefährtin fehlte ihm. Uka begegnete ihm zwar achtsam und gehorchte ihm unverzüglich, seit er das Feuer mit ihr und dem

Sohn seiner Gefährtin teilte, doch bemühte sie sich nicht, vorauszusehen, was ihm fehlte. Ukas ganze Hingabe galt Grod, und es gab Tage, da fühlte Zoug sich so, als ob er nicht zu ihnen gehörte.

Mitunter warf der Alte einen Blick auf das Mädchen, das nicht weit von ihm saß und sich ganz in seine Arbeit vergraben hatte. Der Mog-ur hat sie gut erzogen, dachte er und merkte nicht, daß Ayla ihn auch beobachtete – aus listigen Augenwinkeln.

Später, als es langsam dunkelte, hockte Zoug sich allein vor die Höhle. Die Jäger waren ausgezogen. Uka und zwei andere Frauen mit ihnen. Kurz zuvor hatte er noch mit Ovra an Goovs Feuer gesessen und gedacht, als er die starkknochige und wohlbebrüstete junge Frau betrachtete, die, wie ihm scheinen wollte, vor nicht zu langer Zeit noch ein Winzling in Ukas Armen gewesen war, wie schnell die Sommer und Winter verflogen. Und er hatte sich der Tage erinnert, als er noch selbst mit auf die Jagd gezogen war. Bei diesen alten Bildern hatte er schwer zu schlukken gehabt und war gleich nach dem Verzehr aufgestanden und ins Freie gegangen.

Da trat Ayla mit einer geflochtenen Schale hinzu und streckte sie ihm hin.

»Ich habe so viele Erdbeeren gepflückt, daß wir sie nicht alle essen konnten«, machte sie Zoug klar. »Möchte der Jäger sie haben?«

Zoug nahm die Schale, und das harte Braun seiner Augen wurde wie Bernstein, und er verbarg es nicht. In gebührendem Abstand blieb Ayla sitzen, während Zoug genüßlich schmatzend das süße Zeug verzehrte. Als er fertig war und sich die Finger abgeleckt hatte, gab er die Schale zurück, und sie eilte davon. Ich sehe nicht ein, warum Broud sie aufsässig findet, dachte Zoug, als er ihr nachblickte. Sie ist gut gezogen, aber leider grundhäßlich.

Am folgenden Tag brachte ihm Ayla wieder kühlendes Wasser, während Zoug arbeitete, setzte sich in seine Nähe, holte ihr Flechtwerk hervor und begann einen neuen Korb zu fertigen. Später, als Zoug gerade die weichgeklopfte Haut des Hirsches mit Fett einrieb, humpelte der Mog-ur zu ihm.

»Schweißtreibende Arbeit ist das«, machte der Zauberer und deutete auf Zougs beperlte Stirn.

»Ich mache neue Schleudern für die Männer, Mog-ur, und Vorn habe ich auch eine versprochen. Die Haut muß schmiegsam sein für die Schleudern. Sie muß ohne Unterlaß bearbeitet werden und hat das Fett ganz aufzusaugen. Das geht am besten in der Sonne«, bedeutete ihm Zoug.

»Die Jäger werden daran ihre Freude haben«, lobte ihn der Mog-ur. »Alle wissen, daß du am besten zu schleudern vermagst. Ich habe zugesehen, wie du Vorn unterwiesen hast; es ist zu seinem Glück, daß du es machst. Mit der Schleuder zu treffen ist ein hohes Können. Und wie ich sehe, ist die Gabe dir gegeben, sie auch noch selbst zu machen.«

Des Mog-urs Lob ließ Zougs Züge leuchten, als er mit wichtigen Händen auf das Gehäutete wies.

»Wenn die Nacht um ist, schneide ich sie aus. Eine Schleuder muß zum Arm passen, sonst wird der Wurf nie gut.«

Der Mog-ur nickte.

»Iza und Ayla bereiten das Schneehuhn, das du uns gebracht hast. Sie zeigt dem Mädchen, wie es zu rupfen ist. Willst du heute an mein Feuer kommen und es zusammen mit uns verzehren? Es war Ayla, die mich bat, dich zu fragen. Auch ich habe Freude, dich bei mir zu sehen. Manches Mal braucht der Mann einen Mann, um das, was im Herzen und Kopf gesammelt ist, sich gegenseitig auszutauschen. An meinem Feuer habe ich nur Frauen.«

Der ehemalige Jäger legte die Hand auf die Brust und bog sich leicht nach vorne.

»Zoug wird mit dem Mog-ur essen«, machte er, und man sah, wie er sich freute.

Im Clan wurde häufig gemeinsam gegessen, und oftmals teilten zwei Familien den Verzehr miteinander; der Mog-ur jedoch lud selten an sein Feuer. Für ihn war sie noch immer etwas ungewöhnlich, die eigene Feuerstätte. Zoug kannte er von Kindesbeinen an, hatte ihn stets geachtet und war ihm zugeneigt. Er hätte ihn eigentlich, ging es ihm durch den Kopf, schon früher an sein Feuer holen sollen. Er war froh, daß dieses Ayla so gewollt. Schließlich war es ja Zoug gewesen, der heute den frischen Verzehr besorgt hatte.

Iza war nicht gewöhnt, Gäste zu haben. Sie war in heller Aufregung und flatterte umher wie das Schneehuhn, das Zoug mit einem dicken Ast erschlagen mußte, weil ihm der Schleuderstein nur einen Flügel gebrochen hatte. Der Verzehr, über den man sich hermachte, war feinwürzig und äußerst schmackhaft.

Nachdem die Männer volle Bäuche hatten, streckten sie sich aus, rülpsten kräftig und ließen harte Winde streichen. Ayla brachte ihnen einen warmen Trank aus Kamille und Minze, der den Verzehr gut aufweichen würde. Umsorgt von zwei aufmerksamen Frauen, und das stämmige kleine Kind dabei, das auf ihnen herumkrabbelte und sie an den buschigen Bärten zupfte, fühlten sich die beiden Männer bärig wohl. Zoug stach es ein wenig ins Herz, daß soviel Wärme und freundliche Helle des Mog-urs Feuer umgab, und Creb deuchte, er habe noch nie einen so schönen Abend erlebt.

Am nächsten Morgen sah Ayla zu, wie Zoug dem jungen Vorn die neue Schleuder anpaßte. Scharfäugig wie eine Wildkatze beobachtete sie Zougs Handzeichen, mit denen dieser dem Jungen erklärte, warum die Enden des Bandes nach außen hin schmäler werden mußten und warum der Lederstreifen weder zu lang noch zu kurz sein durfte. Sie sah, wie er einen runden Stein, der im Wasser gelegen hatte, in die Mitte drückte und das Schleuderband dehnte und zog, bis sich eine kleine Kuhle formte. Später, als er das, was von seiner Arbeit abgefallen war, einsammelte, brachte ihm Ayla wieder Wasser.

»Braucht Zoug das Restliche noch?« fragte sie ihn. »Die Haut ist sicher weich.«

Zougs Herz öffnete sich dem Mädchen.

»Nein. Du kannst sie haben.«

»Schönen Dank. Manche Stücke sind so groß, daß aus ihnen noch etwas zu machen ist.«

Dem alten Mann fehlte das Mädchen, als er anderen Tags wieder an der gleichen Stelle saß wie gestern. Doch seine Arbeit war beendet. Die Waffen waren fertig. Er sah Ayla, wie sie, den Korb auf den Rücken gebunden und den Grabstock in der Hand, in Richtung auf die Wälder fortwanderte. Wird wohl für Iza Pflanzen sammeln, dachte er sich. Warum denn nur ist Broud zu ihr so feindselig? Zoug achtete den jungen Jäger nicht sehr, er hatte den schlimmen Zusammenstoß noch nicht vergessen. Warum hackte er immer auf dem Mädchen herum? Sie arbeitet gut und macht dem Mog-ur Ehre. Er kann sich glücklich nennen, daß er sie und Iza hat. Seinem Kopf entstieg das Bild vom gestrigen Abend, und es vermischte sich mit dem, was er sah: das aufgeschossene Mädchen mit den geraden Beinen und den sonnenhellen Haaren. Ein Jammer, daß sie so grundhäßlich war, wischte er das Bild aus; dann ging er zur Höhle zurück.

Aus dem Restlichen, das sie Zoug abgeluchst hatte, fertigte sich Ayla eine neue Schleuder, da die alte nicht mehr zu gebrauchen war. Dann machte sie sich auf die Suche nach einer freien Stelle fern der Höhle, wo sie das Schleudern üben konnte. Immer noch war ihr bang zumute, daß einer vom Clan sie ertappen könnte. Den Bach entlang lief sie ein ganzes Stück, bis sie zu der Stelle kam, wo dieser in das Flüßchen mündete. Dort bog sie ab und kämpfte sich durch Dickicht und Gestrüpp auf der anderen Seite wieder den Berg hinauf. Doch eine mächtig steile Bergwand, von der das Wasser in schäumendem Schwall herabstürzte, versperrte ihr den Weg. Felszacken, an die sich dunkelgrünes Moos geklammert hatte, teilten das Gewässer in lange, dünne und glitzernde Springbögen, die von Fels zu Fels eilten und feine Nebelschleier sprühten. Weißschäumend sammelte sich das Wasser schließlich in einem felsigen Becken am Fuß der Wand, ehe es mit seinem raschen Lauf den Berg hinunter weiterkonnte.

Himmelhoch und unüberwindlich erhob sich die Wand, an deren Fuß der Bach verlief, den Ayla entlangging, und allmählich schien die Wand zu einem Buckel sich zu runden, der immer noch steil, aber zu erklimmen war. Schwer atmend kam Ayla oben an, das Gelände wurde eben, und nach einiger Zeit erreichte sie den oberen Lauf des Baches, dem sie wieder folgte.

Hier, in der Höhe, überwucherten feuchte, graugrüne Flechten die Fichten und Tannen. Braunrote Hörnchen huschten an den hohen Stämmen empor oder flitzten über das handspannendicke Moos, das Erde, Steine und gefallene Bäume wie grüner Schnee bedeckte. Vor ihr stach flirrender Sonnenschein durch die riesigen grünen Laubdächer. Allmählich lichtete sich der Wald, und schließlich kam Ayla auf eine kleine Wiese, die am anderen Ende vom graubraunen Bergfels begrenzt wurde. Und hier oben war auch die Quelle des Baches, der am Rand der Wiese entlanggurgelte. Sprudelnd kam sie aus dem Felsen, nahe einem dichten Haselnußgebüsch, das fast am Gestein zu kleben schien. Spalten, Risse, Schrunden und Löcher durchsetzten den Berg, durch die Schmelzwasser des Gletschers drangen, um wieder frisch und klar ans Licht zu kommen.

Ayla rannte über die Bergwiese und trank in gierigen Zügen das kühlende Naß. Als ihr Durst gestillt war, lief sie zum Haselstrauch hin und schaute nach den Nüssen, die noch fest in ihren grünen Bechern saßen. Einen Zweig brach sie ab, pulte die Nuß aus dem Becher und knackte die weiche Schale mit den Zähnen, und das Innere kam weiß zum Vorschein. Unreife Nüsse hatte sie lieber als die prallen, trockenen Dinger, die man zum Ende des Sommers überall finden konnte auf dem Boden. Und Ayla begann, sie eifrig zu pflücken.

Als sie in das Gesträuch eintauchte, entdeckte sie hinter Moosflechten und dem dichten Laub eine dunkle Öffnung. Langsam und vorsichtig bog Ayla die Zweige auseinander und sah, daß dahinter eine winzige Höhle war. Mit bebenden Händen drückte sie die Zweige noch weiter weg, spähte luchsäugig in die Höhle und trat hinein. Hinter ihr schlug das Gesträuch die schützenden Äste zusammen.

Auf der einen Wand tanzten flimmerlichte Sonnenkringel, die das Innere schwach erhellten. Die Höhle war gut zwei Manneslängen tief und breit wohl eine. Und wenn Ayla die Hand hob, konnte sie fast an die Decke über dem Eingang greifen, die sich nach hinten sachte abwärts neigte, um schließlich ganz zum trockenen Erdboden hin abzufallen.

Die Höhle war nicht mehr als ein kleines Loch in der Bergwand, für das Mädchen aber groß genug als Unterschlupf. Dem Einschlupf nahe entdeckte sie ein Versteck mit verfaulten Nüssen und Tannenzapfen. Bestimmt hatten größere Tiere die Höhle verschmäht. Ayla klatschte in die Hände und hüpfte in der Höhle herum. Sie hatte gefunden, was sie nie zu finden glaubte, einen eigenen kleinen Bereich. Summend tanzte sie wieder hinaus, zerteilte das Gesträuch und blickte über die Lichtung. Hand über Hand und Fuß über Fuß kletterte sie ein kurzes Stück hinauf zum kahlen Fels und schob sich vorsichtig hinaus auf einen schmalen Sims, der sich um einen Felsvorsprung herumzog. Geblendet von der Heftigkeit des flirrenden Lichts, kniff Ayla die Augen zusammen. Weit, weit unten in der Ferne glitzerte das landumschlossene Meer. Und genau unter sich, unweit des schmalen, sonnenfunkelnden Wasserlaufs, sah sie eine winzige Gestalt. Dort müßte die Clan-Höhle sein. Zufrieden stieg sie wieder ab und ging zur Lichtung hinüber.

Ayla machte große Augen und sah sich schon mit ihrer Schleuder auf der hellen Wiese üben. Und niemand störte sie dabei. Es gab Wasser in der Nähe, und Schutz vor Regen bot die Höhle. Dort war auch ihre Schleuder zu verstecken und ihre Angst umsonst, daß Iza oder Creb sie finden würden. Die Männer stiegen kaum so hoch hinauf, wenn sie zur Jagd gingen. Dies war ihr Platz, und nur für sie. Wie der Wind rannte das Mädchen über die Wiese zum Bach und suchte nach kleinen, glatten runden Steinen.

Wann immer sie konnte, kletterte Ayla zu ihrer Wiese hinauf. Und bald erkundete sie sich einen kürzeren, wenn auch steileren Weg zu ihrer Zuflucht und scheuchte anfangs wilde Schafe, auch Gemsen oder Rehe auf. Nach einiger Zeit gewöhnten sich die Tiere jedoch an sie und grasten einfach auf der anderen Wiesenseite weiter.

Und immer sicherer traf sie den Pfosten, so daß es langsam reizlos war und schwierigere Ziele gesucht werden mußten, die ihrer Fähigkeit entsprachen. Oft beobachtete sie Zoug, wenn er Vorn anwies, und machte das, was der alte Mann tat, mit ihrer Schleuder nach, wenn sie allein auf ihrer Wiese war. Daß ihr das Schleudern so trefflich gelang, machte ihr Freude und Vergnügen. Aber ein Gefühl des Stolzes schlich sich in ihr Herz, als sie sich fast daran gewöhnte, das, was sie konnte, mit dem, was Vorn zuwege brachte, zu vergleichen. Vorn fand keine rechte Lust am Umgang mit der Schleuder; auch sah er sie als eine Waffe alter Männer an, die als Jäger nichts mehr nutzten. Eifriger übte er sich mit dem Speer und hatte schon Schlangen und Stachelschweine erlegt.

Als Ayla sah, daß sie besser war als der Junge, wuchs ihr Stolz, und sie veränderte sich, kaum merklich zwar, aber dennoch so deutlich, daß Broud sich wieder getroffen fühlte.

Die Mädchen und Frauen im Clan hatten sich fügsam zu geben, demütig und in allem den Männern zu Willen zu sein. Und wenn Ayla nicht ständig kuschte und sich beugte, falls Broud in ihrer Nähe war, bedrohte dies seine Männlichkeit. Aufsässig war sie irgendwie und anders geworden, fand der junge Jäger heraus, und es reizte ihn, ihr einen Schlag oder Stoß zu versetzen, um die Furcht in ihren Augen glimmen zu sehen oder ihren Körper, wie er zusammenfuhr.

Ayla war bemüht, sich so zu betragen, wie es von ihr erwartet wurde; sofort kam sie seinen Befehlen nach. Doch wußte sie nicht, daß, wenn sie dieses eilends besorgte, in ihrem festen Schritt etwas Beschwingendes lag, was sie von ihren Wanderungen hatte durch die Wälder und Wiesen und durch das Gebirge. Sie verhielt ihren Stolz, ein schwieriges Können erübt zu haben und darin besser zu sein als Vorn. Doch schon an ihrer Haltung war abzusehen, wie ihr Selbstbewußtsein sich zu bilden begann. Ayla konnte sich nicht erklären, warum Broud mit ihr mehr schalt als mit allen anderen Frauen. Doch der wußte selbst nicht, was es war, das ihn an ihr so reizte. Es war nicht zu bestimmen und hätte so wenig geändert werden können wie die Farbe ihrer Augen.

Zum einen wurzelte sein Zorn in dem Erinnerten an die Feier seiner Mannbarkeit, wo Ayla ihn des Augenmerks der Clan-

Leute beraubt hatte, zum anderen – und tiefer noch – in ihrer Andersartigkeit. Denn ihr war nicht, wie all den anderen Frauen, die Unterwürfigkeit in Fleisch und Blut gegangen und Zeichen der Person geworden. Sie gehörte zu den anderen, der neuen, jungen Art, die lebensfähiger und frischer war und nicht blockiert durch starre Überlieferungen, die in den Hirnen abgelagert hatten, was nur noch aus dem Gestern lebte. Das Denken in ihrem Kopf suchte sich andere Wege. Hinter ihrer hohen Stirn entwickelte sich die Fähigkeit, vorauszudenken, manches, was hieraus sich bedingte, zu bedenken und aus der Sicht des Gestern, Heute, Morgen zu begreifen. Das Neue konnte sie aufnehmen und nach ihrem Willen formen, konnte es zu Vorstellungen verschmelzen, die zu träumen die Leute des Clans nicht fähig waren. Und es war die Natur, die beschlossen hatte, daß die neue Art der Hominiden die uralte, absterbende der Erdlinge ablösen sollte.

Und tief in seinem Innern wurde Broud der Überlebtheit seiner Art gewahr. Nicht nur sein Mann-Sein war bedroht, er fühlte, daß dies fremde Mädchen sein ganzes Sein in Frage stellte. Der Haß gegen Ayla war der Haß des Alten auf das Neue, des Vergehenden auf das Kommende. Die Erdlinge waren in ihrem Sein zu festgefügt, zu unbeweglich. Einst hatten sie zu den Fähigsten gehört von denen, die sich nur auf zwei Beinen fortbewegten. Doch die Natur hatte Neues geschaffen, Wesen wie Ayla, denen die Zukunft gehörte. Doch allein und noch nicht fähig zum Überleben, versuchte sie, sich den Frauen des Clans in allem anzugleichen; doch das war wie ein Fell, das man umhängen konnte, wenn die Kältnis kam, und abschütteln, wenn die Sonne strahlte. Und es war die Zeit, da Ayla begann, sich aus dieser beengenden Hülle zu befreien. Sie gab sich zwar alle erdenkliche Mühe, dem jungen Jäger zu Gefallen zu sein, aber immer stärker wurde der Drang, sich aufzulehnen, gemäß der eigenen Art zu sein.

Es war an einem Morgen, als es besonders viel zu tun gab, und Ayla ging zum Teich hinunter. Die Männer hockten jenseits des Eingangs der Höhle und berieten sich für die kommende Jagd. Das Mädchen war froh, daß sie wieder auszogen; dann wäre sie Broud eine Weile los. Mit dem Becher in den Händen saß sie an dem stillen Wasser und hing selbstvergessen ihren Gedanken nach.

Unwillkürlich schrie sie heftig auf, als ein harter Schlag sie von hinten traf. Broud!

Aller Blicke flogen zu ihr hinüber, erstaunt und verärgert. Ein Mädchen, eine Frau beinahe, hatte keinen Mucks zu machen, nur, weil ein Mann ihr einen Schlag versetzte. Mit zornig rotem Gesicht schnellte Ayla herum und sah den jungen Jäger, der ihr höhnisch bedeutete: »Du sitzt hier herum, du faule Kröte, ich wollte dich ein wenig hüpfen sehen! Du solltest Wasser bringen und nicht hier verweilen!«

Flammender Zorn ließ Aylas Wangen noch tiefer erglühen. Zorn auf sich selbst, daß sie aufgeschrien und sich vor den Clan-Leuten eine Blöße gegeben hatte; und noch mehr Zorn auf Broud, der die Schuld daran trug. Folgsam stand sie auf, aber nicht wie sonst mit einem hastigen Sprung und gesenktem Kopf; aufreizend langsam erhob sie sich und durchbohrte Broud mit einem Blick eiskalten Hasses, ehe sie davonging, um den Trunk zu holen.

In blinder Wut rannte Broud ihr nach, wirbelte sie herum und schlug ihr mit der Faust ins Gesicht. Ayla torkelte und brach in die Knie. Und wieder traf sie ein schrecklicher Hieb. Sie zog sich zusammen und versuchte, mit verschränkten Armen sich zu schützen, während der Rasende wieder und wieder auf sie einschlug. Hart biß Ayla die Zähne aufeinander, so fest, daß es knirschte, nur, um nicht zu schreien. Und Brouds Wut steigerte sich mit seiner Enttäuschung, daß sie nicht endlich schrie und um Vergebung bat, und dichter und dichter fielen die Schläge mit beiden Fäusten aus verletzter Eitelkeit. Doch das Mädchen preßte die Lippen zusammen, bis sie weiß wurden und schmal wie die Klinge eines Schabers. Alles verschwamm in rötlichem Nebel.

Nach einer Ewigkeit spürte sie, wie Iza sie hochhob und ihr auf die Beine half. Schwer lehnte sie sich gegen die Frau, die sie stützte, und stolperte mühsam in die Höhle zurück. Wellen von Schmerz spülten über sie hin, während sie zwischen Wachsein und Traumhaftem taumelte. Wie von ferne nahm sie wahr, daß Iza ihr Kühlendes auf die Haut legte und ihr den Kopf hielt, damit sie etwas Bitteres trinken konnte, das ihr zu einem tiefen Schlaf verhalf.

Als Ayla erwachte, hob das schwache Licht des neuen Tages die Umrisse alles Vertrauten aus der Dunkelheit. Im Feuer glomm trübe das letzte Holz. Mühsam versuchte sie aufzustehen. Muskeln wie Knochen ihres geschundenen Körpers wehrten sich schmerzhaft dagegen. Ein Stöhnen kam ihr über die Lippen. Und schon war Iza an ihrer Seite, deren Augen den

Schmerz und die Sorgen zeigten, die ihr das Herz zerrissen hatten. Das war noch nicht dagewesen im Clan, daß so grausam und ohne Erbarmen gezüchtigt wurde. Noch nicht einmal sie. Iza glaubte fest, daß dieser Broud ihre Ayla getötet hätte, wäre ihm nicht Einhalt geboten worden.

Brun war voll Zorn, jenem eisigen, unbeugsamen Zorn, den alle im Clan fürchteten, so daß sie mit leisen Schritten einherschlichen und um den Clan-Führer einen möglichst großen Bogen machten. Daß Ayla aufmuckte, hatte ihn verärgert, doch daß Broud so aus der Haut gefahren war, hatte ihn zutiefst entsetzt. Gewiß, das Mädchen gehörte bestraft, aber der junge Jäger war dabei völlig außer sich geraten. Nicht einmal auf seinen Befehl hin hatte er von dem Mädchen abgelassen; Brun selbst hatte ihn wegzerren müssen. Schlimmer noch – er hatte wegen einer Frau die Beherrschtheit verloren, sich von einer Frau zu einem Ausbruch blind rasender Wut hinreißen lassen und sich damit der Würde, Mann zu sein, begeben. Noch vor zwei Tagen, nach dem Vorfall auf der Lichtung, war Brun ganz sicher gewesen, Broud hätte sich nun in der Gewalt und beherrschte seine Gefühle. Heute aber hatte er einen Ausbruch gehabt, der in Brun zum erstenmal ernstliche Zweifel erweckte, ob es ratsam war, dem Sohn dereinst die Führung des Clans zu überlassen. Und das traf tief.

Ehe er Broud zu sich kommen ließ, ließ Brun mehrere Tage verstreichen, denn er brauchte Zeit, um im Herzen zur Ruhe zu kommen. Dieses hatte der junge Mann voll banger Beklommenheit erwartet, sich kaum einen Schritt von seinem Feuer entfernt. Beinahe erleichtert folgte er Brun aus der Höhle, auch wenn sein Herz vor Angst ihm bis zum Halse hämmerte.

Klar, einfach, hart und unerbittlich teilten Bruns Hände dem jungen Jäger mit, was ihm in der Zwischenzeit durch den Kopf gegangen war. Er beschuldigte sich, für des Sohnes Versagen durch seine Nachsicht verantwortlich zu sein. Als der Clan-Führer dieses ihm dartat, fühlte sich Broud so tief beschämt wie nie zuvor in seinem Leben. Auf eine ganz neue Weise offenbarte sich ihm Bruns Zuneigung und Qual. Ihm gegenüber saß nicht der unnahbare Führer, den Broud geachtet und gefürchtet hatte, sondern ein Mann, der ihn liebte und zutiefst enttäuscht von ihm war.

Doch dann sah Broud eine harte Entschlossenheit in Bruns Augen treten. Ein solcher Ausbruch noch, nur noch ein einziger, und Broud wäre nicht mehr des Clan-Führers Sohn. Auch sei er nicht bereit, den Clan der Führung eines Mannes zu übergeben, der nicht einmal fähig sei, über sich selbst zu herrschen. Ein solcher Ausbruch noch, und er würde ihn verstoßen und ihn mit dem Todesfluch beladen lassen. Wenn er ihm, Brun, nicht zeigte, daß ein Mann aus ihm geworden sei, so könnte er nicht glauben, daß Broud fähig wäre, den Clan zu führen und dessen Wohl zu wahren.

Brun deutete auf den vor ihm stehenden Broud: »Mein Blick wird dir folgen, aber auch den anderen Jägern. Ich muß erkennen können, daß du ein Mann bist, Broud. Und wenn ich einen anderen Jäger zum Clan-Führer machen muß, dann wirst du bis zum Ende deines Lebens der niedrigste der Jäger bleiben.«

Broud erstarrte. Verstoßen? Zum Tode verflucht? Clan-Führer würde ein anderer? Der niedrigste der Jäger? Lebenslänglich! Er sah in Bruns steinernes Gesicht und wußte, daß es so kommen würde.

Er nickte. Seine Züge waren grau wie Asche.

Brun deutete kurz zur Höhle. »Die anderen sollen nichts davon wissen. Sie würden nur unruhig in ihren Herzen. Du aber zweifle nicht. Es wird geschehen, was beschlossen ist. Und geh jetzt, Broud; ich will allein sein.«

Erst nach mehreren Tagen vermochte Ayla wieder aufzustehen, und noch länger dauerte es, ehe die blauen Flecken, die ihren Körper bedeckten, sich gelb färbten und langsam verblichen. Anfangs war sie so verängstigt, daß sie es nicht wagte, Broud auch nur in die Nähe zu kommen, und schreckhaft zusammenfuhr, wenn sie ihn sah. Doch nach und nach erkannte sie mit Staunen, daß etwas an ihm sich verändert hatte. Er gab sich anders, auch ihr gegenüber; vor allem ihr, das spürte sie. Er schlug sie nicht, er knuffte nicht, er hieß sie nicht einmal, ihm rasch zu Willen zu sein. Er ging ihr offensichtlich aus dem Weg. Und als Aylas Schmerzen abgeklungen waren, wuchs in ihr das Gefühl, daß auch dieses sein Gutes gehabt hatte.

Sie lebte leichter und unbeschwerter, seitdem Broud sie nicht mehr ständig quälte, und merkte erst jetzt, wie niedergedrückt sie unter des jungen Jägers Machtfülle gewesen war. Sie ging wie beflügelt mit leichtem Schritt, hielt den Kopf hoch, ließ ihre Arme schwingen und wagte sogar, laut herauszulachen. Iza lächelte in sich hinein, denn sie sah, daß Ayla sich wohl fühlte. Die anderen aber schüttelten befremdet die Köpfe und warfen mißfällige Blicke auf sie.

Daß Broud Ayla mied, sahen auch die anderen; sie verwunderten sich und führten bewegte Reden. Gebärden, die das Mädchen hier und da zufällig auffing, wenn die Männer oder Frauen des Clans beieinander saßen, bedeuteten nichts anderes, als daß Brun Broud schlimme Bestrafung angedroht hatte, wenn er sie noch einmal schlagen sollte. Und dieses wurde ihr zur Gewißheit, als sie gewahr wurde, daß der junge Jäger sie selbst dann nicht beachtete, wenn sie mit Bedacht ihn reizte. Anfangs war sie nur ein wenig nachlässig, ohne es heftig zu wollen. Doch dann versuchte sie, Broud herauszufordern, nicht, daß sie grob fahrlässig wurde, sondern mit Kleinigkeiten, die nur der Gegner bemerkte. Sie haßte ihn. Sie wollte Rache nehmen und fühlte sich von Brun geschützt.

Der Clan war klein und englebig, und so sehr sich Broud auch bemühte, diesem hochbeinigen häßlichen Fremdling aus dem Weg zu gehen, es ergab sich immer wieder die Notwendigkeit, ihr dann und wann Befehle erteilen zu müssen. Bewußt bewegte sich Ayla dann noch langsamer. Und wenn sie das Gefühl hatte, daß niemand hersah, hob sie den Blick und starrte ihm frank und frei mitten ins Gesicht, während der junge Jäger um seine Selbstbeherrschung rang. Waren aber andere in der Nähe oder gar Brun, so hielt sie sich zurück. Des Clan-Führers Zorn war noch immer zu fürchten; doch Brouds Unmut hatte für sie jeden Schrecken verloren. Und während der Sommer fortschritt, bot sie ihm immer offener die Stirn.

Unbehagen regte sich erst in ihr, als sie einen Blick von Broud bekam, der blanken Haß zu ihr herüberschickte. Denn sie war schuld an seiner mißlichen Lage. Wenn sie nicht so aufsässig gewesen wäre, dann hätte seine Wut ihn nicht überwältigen können. Wenn sie ihn nicht so gereizt hätte, dann brauchte er jetzt nicht zu fürchten, zum Tode verflucht zu werden und der niedrigste im Clan zu bleiben. So unbekümmert wie sie war, so unclanmäßig wie sie sich verhielt, das war doch gegen jeden Brauch! Und warum schritt dagegen niemand ein? Sein Haß häufte sich zu einem Scheiterhaufen, der heißer brannte als zuvor. Aber Broud achtete darauf, das Feuer Brun nicht sehen zu lassen.

Dieser Zwist wurde zwar nicht offen ausgetragen und wütete mit verstärkter Leidenschaft, doch so füchsingleich, wie Ayla sich dünkte, daß niemand es merkte, so war sie nicht. Jeder im Clan witterte die tödliche Spannung zwischen ihnen, und alle schüttelten verwundert die Köpfe, weil Brun dem Treiben kein

Ende machte. Die Männer richteten sich nach dem Clan-Führer und taten nichts, auch wenn das Gebaren des Mädchens ihnen äußerst mißfiel. Doch wurden sie wie die Frauen die Ahnung nicht los, daß sich bald etwas ereignen würde, das ähnlich dem Beben der Erde wäre.

Auch Brun mißfiel Aylas Verhalten; ihm waren ihre kleinen Hinterhältigkeiten nicht entgangen, und es verdroß ihn, mit ansehen zu müssen, wie Broud ihr alles durchgehen ließ. Sich aufzulehnen gegen den Brauch, sei es von seiten eines Mannes oder einer Frau, war unerlaubt und wurde nicht geduldet. Er sah mit Unmut und Verdruß, daß dieses Mädchen sich erkühnte, sogar als Fremde einem Mann die Stirn zu bieten, was keiner Frau im Clan je eingefallen war. Denn weshalb sollte eine Frau darum kämpfen, zu verändern, was die Natur gegeben hatte? Für Brun war es das gleiche, als wollte sie aufhören zu essen oder zu atmen. Und wäre er nicht sicher gewesen, daß Ayla eine Frau war, sowie sie ihre Art zu leben und sich zu betragen augenblicklich dartat, hätte er vermutet, daß sie männlich wäre. Und doch hatte sie sich die Fertigkeiten der Frau angeeignet und konnte sogar schon manches heilen.

So sehr Brun dieser verdeckte Kampf zwischen den beiden auch grämte, er trat nicht dazwischen, weil er sah, wie Broud täglich um die Beherrschung seiner selbst zu ringen hatte. Aylas trotzige Auflehnung half dem jungen Jäger, sich selbst gebieten zu lernen. Und wenn auch Brun ernstlich erwog, einen anderen zu seinem Nachfolger zu bestimmen, wenn Broud versagte, am liebsten würde er den Sohn seiner Gefährtin zum Clan-Führer gemacht haben. Denn Broud war ein unerschrockener Jäger, und Brun war stolz auf sein tapferes Herz. Wenn es dem jungen Mann nur gelang, diese Hitze in seinem Kopf zu bannen, so würde er, glaubte Brun, ein guter Clan-Führer werden.

Ayla spürte kaum etwas von der gequälten Spannung, die sie mit ihrem Verhalten auslöste. In jenem Sommer war sie froher und glücklicher als je zuvor. Daß sie nicht so zu sein brauchte wie die anderen Frauen, nützte sie dazu aus, häufiger allein umherzustreifen, Kräuter zu sammeln und mit ihrer Schleuder zu üben. Sie drückte sich zwar nicht vor der Arbeit, die ihr aufgetragen wurde, aber da es ihr oblag, Iza die Pflanzen zu bringen, die sie brauchte, war dies immer vorzuschieben, um sich davonzumachen.

So recht zu Kräften kam Iza nicht mehr, auch wenn der Husten, der ihr unter dem Brustbein saß, durch die sommerliche

Wärme gemildert wurde. Sie und auch Creb sorgten sich um Ayla. Die Medizinfrau fand es einfach unerträglich, wie gespannt das Leben im Clan geworden war, und beschloß deshalb, zusammen mit dem Mädchen Kräuter zu suchen und ihm sein Verhalten klar zu machen.

Uba nahmen sie mit. Ayla hob die Kleine hoch und setzte sie auf ihre Hüfte.

Zusammen wanderten sie dann den Hang hinunter, querten den Bach und folgten jenseits einem schmalen Pfad, der durch die Wälder führte. Als sie zu einer sonnenbeglänzten Wiese gelangten, blieb Iza schnaufend stehen und sah sich um. Dann schritt sie auf eine Gruppe hochgewachsener Blumen mit gelben Blüten zu.

»Diese Blumen hier, Ayla«, erklärte Iza mit ausführlichen und feinen Bewegungen der schon leicht gekrümmten Finger, »wachsen auf Wiesen und an freien Stellen. Die Blätter sind groß und sehen aus wie eine geschlossene Hand, am Ende spitz. Oben sind sie dunkel, siehst du, und unten flaumig.« Iza kniete nieder und hielt eines der Blätter hoch. »Die Rippe in der Mitte ist dick und fleischig.« Iza brach das Blatt ab, um es Ayla zu zeigen, die fast mit der Nase darauf stieß und eifrig nickte.

»Verwendbar ist nur die Wurzel; aus ihr heraus wächst die Pflanze immer wieder. Bevor du sie ausgräbst, laß lieber eine Reifezeit vergehen. Dann ist sie fest und glatt. Du schneidest sie in kleine Stücke und legst so viel, wie du in deiner Hand behalten kannst, in das kleine beinerne Behältnis. Dann gießt du Wasser auf und kochst die Wurzeln. Der Sud muß kalt getrunken werden, zwei Becher jeden Tag. Er löst das Schleimige im Hals und in der Brust und hilft auch gegen Blutauswurf und treibt das Wasser aus dem Körper.« Mit dem Grabstock legte Iza eine Wurzel frei. Sie hockte auf dem Boden und zeigte alles genau, während sie erklärte. »Du kannst die Wurzel auch trocknen und zerstampfen.« Dann grub sie mehrere Wurzeln aus und legte sie in ihren Korb.

Sie wanderten weiter über die kleine Anhöhe. Dort blieb Iza wieder stehen. Uba, sicher und warm auf Aylas Hüfte, war eingeschlafen.

»Siehst du die kleine Pflanze mit den gelblichen Blüten, die wie kleine Becher aussehen und in der Mitte dunkel werden?«

Ayla berührte ein etwa fußhoch stehendes Gewächs. »Diese?«

»Ja. Sehr gut als Medizin, aber du darfst sie niemals essen. Sie ist giftig.«

»Welche Teile verwendest du? Die Wurzel?«

»Viele Teile. Wurzeln, Blätter, Samen. Die Blätter sind größer als die Blüten, und sie sitzen im Wechsel am Stengel. Eines hier, eines dort, siehst du? Schau, Ayla. Die Blätter sind blaß und ohne Glanz, und an den Rändern haben sie Zähne. Siehst du die langen Haare in der Mitte?« Iza berührte die feinen Härchen. Dann brach sie ein Blatt ab und zerdrückte es. »Riech!« bedeutete sie ihr.

Ayla hielt die Nase an das zerquetschte Blatt. Ein starker betäubender Duft ging von ihm aus.

»Wenn das Blatt getrocknet ist, verfliegt der Duft. Später kommen viele kleine braune Samenkörner.« Iza griff zu ihrem Grabstock und legte damit eine dicke, länglich gerippte Wurzel mit brauner Haut frei. Dort, wo sie abgebrochen war, schimmerte es weiß. »Viele Teile dieser Pflanze kannst du verwenden. Für viele Krankheiten. Alle lindern den Schmerz. Du kannst einen Trank machen – er ist sehr stark oder einen Sud, um die Haut einzureiben. Es ist gut bei Krämpfen und macht ruhig, damit der Schlaf kommen kann.«

Iza brach mehrere Pflanzen ab und warf sie in ihren Korb. Dann schritt sie zu einer Gruppe hochstehender Malven und pflückte weiße, rosarote, violette und gelbe Blüten von den Stengeln.

Und wieder erklärten Izas Hände. Die Malven wären gut bei Schmerzen im Hals und kleinen Verwundungen. Aus den Blüten könne man einen Trank bereiten, der den Schmerz besänftige, jedoch mache er auch schläfrig. Ihr Bein habe sie mit Malvenwurzel behandelt.

Nachdenklich fuhr sich das Mädchen mit den Fingern über die vier langgezogenen schmalen Narben auf seinem Oberschenkel. Was wäre gewesen, wenn Iza sie nicht gefunden hätte?

Eine Weile liefen sie still nebeneinander durch die lichtüberflutete Hügelgegend und gaben sich dem beruhigenden Gefühl gegenseitiger Nähe hin. Golden leuchtete das brusthohe Gras; die Frau legte die Hand an die schweren Brauenwülste und blickte über das weite Gräsermeer hin, das in der warmen Brise eine sanfte Dünung hatte. Dann entdeckte sie Roggen, und daß dessen Körner eine schwarz-violette Färbung hatten. Bekümmert und freudig zugleich wies sie auf eines der Gräser.

»Schau, Ayla, so sehen die Samen aus, wenn es krank ist. Man nennt das Mutterkorn. Aber es ist gut, daß wir es gefunden haben. Riech!«

Ayla verzog die Nase vor Ekel.

»Wie alter Fisch.«

Fast feierlich erklärte Iza ihr die Wirkung. In den kranken Körnern wohne ein Zauber, der für Frauen, wenn sie Kinder kriegten, von großer Wohltat sei. Wenn eine Frau zu lange in ihrem Weh liege, dann könne das Korn bewirken, daß das Kind schneller komme; der Zauber in ihm ließe den Leib sich fest zusammenziehen. Doch könne er auch bewirken, daß eine Frau ihr Kind noch vor der Zeit verlöre, was besonders wichtig wäre, wenn sie bei früherem Gebären Beschwerden gehabt hätte oder wenn sie noch stillte. Keine Frau dürfe ihre Kinder in zu schneller Folge bekommen. Das zehre sie aus. Wer nähre sie dann, wenn ihre Milch versiege? Zu viele Kinder stürben gleich nach der Geburt oder in der ersten Zeit ihres kleinen Lebens. Ernst blickte die Medizinfrau auf das Mädchen. Eine Mutter müsse das Kind, das schon das Leben habe, hüten und pflegen, damit es heil bleibe und gedeihe. Als sie ein Fragen in Aylas Augen bemerkte, fügte Iza hinzu, daß es noch andere Pflanzen gäbe, die bewirken könnten, daß man sein Kind vor der Zeit verlöre. Aber Mutterkorn sei auch nach dem Gebären gut; die Zauberkraft vertreibe auch das alte Blut und lasse den Leib schrumpfen. Zwar schmeckte es faulig, wäre aber wohltätig, wenn Ayla es mit ernstem Sinn verwendete. Denn zuviel davon könnte Krämpfe bringen sowie Erbrechen oder gar den Tod.

»Wie das Kraut, das wir vorhin gefunden haben«, stimmte Ayla eifrig zu. »Es kann Gutes tun, aber auch viel Schlechtes.«

Die Medizinfrau hob den Finger. »Giftiges ist oftmals wohltätig. Aber man muß wissen, wie es anzuwenden ist.«

Auf dem Rückweg zum Bach blieb Ayla stehen und wies auf ein Gewächs mit bläulich-lilafarbenen Blüten, das etwa einen Fuß hoch stand, und meinte: »Ein Trank daraus bekämpft den Husten.«

»Ja, nimm welche mit«, bestimmte Iza.

Ayla zog mehrere Pflanzen mit den Wurzeln heraus und riß beim Weitergehen die schmalen Blätter ab, die sie brauchen würde.

»Ayla«, sagte die Frau und deutete auf des Mädchens volle Hände. »Aus diesen Wurzeln kommen immer wieder neue Pflanzen. Du hast sie mit herausgezogen. Im nächsten Sommer wächst hier nichts mehr. Pflück nur die Blätter von den Pflanzen, wenn du die Wurzeln nicht benötigst. Und selbst wenn du die Wurzeln brauchst, sollst du nicht alle haben wollen. Ein paar von vielen Stellen sich zu holen ist besser, weil dort wieder neue Pflanzen kommen können.«

Als sie auf dem Weg zurück zum Bach über eine sumpfige Wiese mußten, hielt Iza wieder an und deutete auf den Boden.

»Die Wurzeln dieser Pflanze hier, die ähnlich aussieht wie Iris, sie tun wohl und helfen gegen manchen Schmerz.«

Leicht ächzend ging die Medizinfrau in die Hocke, hob die Blätter hoch und legte die Wurzel frei. Wenn man sie kochte, bedeutete sie, könnten mit dem Sud Verbrennungen gelindert werden, und wenn man die Wurzeln kaute, helfe das gegen Schmerzen im Zahn. Auch gegen Leibschmerzen und Verstopfungen der Därme.

Im Schatten eines breitblättrigen Ahorns am Bach machten sie halt. Ayla pflückte ein Blatt ab, drehte es hornförmig zusammen, knickte das Ende um und hielt es mit dem Daumen fest. Dann tauchte sie das mundgerechte Behältnis in den Bach, schöpfte das erfrischende Naß und trank. Auch Iza brachte sie davon, ehe sie den Blattbecher wieder fortwarf.

»Ayla«, begann die Frau, nachdem sie getrunken hatte. »Du sollst das befolgen, was dir Broud befiehlt«, bedeutete sie mit bestimmter Gebärde. »Er ist ein Mann. Er hat dir zu befehlen.«

»Ich tue alles, was er mir befiehlt«, gab Ayla heftig zurück und warf ihr Haar in den Nacken.

Iza schüttelte verneinend den Kopf.

»Aber nicht so, wie es sich dem Clan-Brauch nach gehört. Du stellst dich gegen ihn, du zeigst ihm Trotz. Du wirst das eines Tages noch bereuen. Eines Tages, wenn Broud der Führer ist im Clan. Du mußt das tun, was Männer wollen.« Sie sei nur eine Frau und habe keine Wahl.

»Warum sollen die Männer den Frauen befehlen? Was macht sie besser? Sie können nicht einmal Kinder kriegen«, entgegnete Ayla hitzig und voller Trotz.

»So ist es nun einmal. Und so war es immer schon im Clan. Und du gehörst jetzt zu uns, Ayla. Du bist meine Tochter. Du mußt so sein wie alle Clan-Mädchen«, erklärte Iza müde.

Die so Zurechtgewiesene ließ den Kopf hängen. Es stimmte ja, sie trotzte Broud. Was wäre aus ihr geworden, hätte Iza sie nicht gefunden und mitgenommen? Was wäre aus ihr geworden, hätte Brun sie nicht bleiben lassen? Was wäre aus ihr geworden, hätte Creb sie nicht in den Clan aufgenommen? Ayla hob den Kopf und sah die Frau voll an. Iza war alt geworden, mager und ausgezehrt. Die Haut hing schlaff an den Knochen, und ihr vormals dunkles Haar war fast schlohweiß geworden. Zuerst war ihr Creb so alt erschienen, doch der hatte sich kaum verändert. Es war Iza, die jetzt gealtert war, stärker als Creb. Iza dauerte Ayla, doch immer, wenn sie es zeigte, wehrte die Frau entschieden ab.

Bekümmert gab Ayla dann der Medizinfrau recht: »Ja, ich muß Broud gehorchen. Ich will mir Mühe geben.« Und legte die rechte Hand auf ihr Herz.

Die Kleine auf Aylas Schoß wurde unruhig. Aus hellforschen Augen blickte sie zu dem Mädchen auf und nahm das Däumchen aus dem Mund und schrie.

Iza schaute hoch zum Himmel.

»Die Sonne steht schon tief, und Uba hat Hunger. Gehen wir.«

Ach, wenn Iza doch kräftig genug wäre, häufiger mit ihr zu gehen, seufzte Ayla in sich hinein, als sie zur Höhle zurückeilten. Sie weiß so viel und könnte es mir zeigen.

Ayla hatte sich wirklich zu Herzen genommen, was Iza ihr vorgehalten, und sie gab sich wirklich Mühe, es Broud recht zu machen, so schwer es ihr auch fiel. Es war ihr zur Gewohnheit geworden, ihn nicht mehr zu beachten. Sie wußte, er würde sie nicht schlagen und sich, wenn sie ihm nicht gehorchte, an einer anderen Frau entschädigen. Seine finsteren Blicke machten ihr keine Angst mehr; sie wußte, daß er seinen Zorn zu zähmen hatte. Zwar unterließ sie es, ihn mit Bedacht zu reizen, aber ihre Widersetzlichkeit war ihr zur zweiten Haut geworden. Zu lange hatte sie ihm trotzig ins Gesicht gesehen, anstatt ergeben ihren Kopf zu senken; zu lange hatte sie getan, als blickte sie durch ihn hindurch, anstatt so schnell wie möglich aufzuspringen und seinen Befehlen zu gehorchen. Die eigene Art war in ihr durchgebrochen. Sie war so, wie sie war, und nicht so, wie man sie haben wollte. Doch die Geringschätzigkeit, mit der sie Broud begegnete, reizte ihn mehr als ihre früheren mit Absicht vorgetragenen Herausforderungen. Der junge Jäger fühlte irgendwie, daß Ayla ihn nicht mehr als Mann begriff. Doch nicht die Achtung vor ihm hatte sie verloren, sondern die Furcht vor ihm als Mann.

Die Zeit, wo kalte Winde und schwere Regenfälle den Clan wieder in die Höhle verbannen würden, rückte näher und näher. Ayla sah es mit traurigem Herzen, wie die Blätter sich färbten, zu glühen schienen und dann wie tot zur Erde fielen. Die Frauen hatten alle Hände voll zu tun, die Früchte der Bäume und Sträucher zu ernten, so daß das Mädchen während dieser Tage eifriger Regsamkeit nicht einmal zu ihrer Zuflucht hinaufsteigen konnte.

Dann aber war das Vorrätige gelagert, und eine Mattigkeit legte sich über die Leute im Clan. Eines Abends band sich Ayla ihren Korb auf den Rücken, nahm den Grabstock und kletterte noch einmal zu ihrer Höhle hinauf. Kaum war sie oben angelangt, warf sie ihren Korb ab, rannte in die kleine Höhle und holte ihre Schleuder hervor. Ihre Zuflucht war wohnlicher geworden. Ein Fell zum Schlafen hatte sie heraufgeschleppt; auf einem abgeflachten Holz, in eine Felsenritze eingepaßt, lagen einige Muschelschalen, ein scharfer Flintsteinschaber, ein paar gerundete Steine und ein Behältnis aus Birkenrinde. Mit letzterem und ihrer Schleuder, die sie in einem Korb versteckt hielt, rannte sie zur Quelle, trank daraus in hastigen Zügen und lief dann am Ufer entlang, um Steine zu suchen.

Als Ayla einen ganzen Haufen beisammen hatte, stellte sie sich auf und zeigte sich, was sie noch mit der Schleuder konnte. Vorn trifft nicht so gut wie ich, ging ihr durch den Kopf, als sie sah, daß ihre Steine meist dort aufschlugen, wo sie auch hintreffen sollten. Nach einer Weile hatte sie die Lust verloren, trug ihre Schleuder und die letzten Steine in die Höhle, nahm ihren Korb und sammelte die Nüsse, die unter den knorrig-stämmigen Sträuchern lagen. Bilder von Uba und Iza und Creb traten ihr vor Augen, während sie flink die Finger greifen ließ. Uba, sah sie, war kräftig und groß geworden. Iza hatte sich in den letzten Tagen der sonnigen Zeit ein wenig erholt, und Creb war kaum noch von Schmerzen geplagt. Beim Anblick des Korbs kam ihr die Schleuder in den Sinn, und sie sammelte schneller und begann zu summen. Ja, schleudern – zu schleudern verstand sie gut! Beinah schon zu leicht war es, den Pfosten oder den Felsen oder die Äste zu treffen, die sie als Ziele für die Steine gedacht hatte. Ha, wenn Broud das wüßte! Nichts gab es mehr, was sie grämen konnte.

Sie füllte ihren Korb mit Nüssen bis zum Rand.

Fauchende Winde rissen gierig die braunen und spröden Blätter von den Bäumen, sie fielen taumelnd zur Erde und bedeckten die Nüsse, die noch ungesammelt unter Sträuchern und Büschen lagen. Reif und schwer hingen die letzten Früchte an kahlen Ästen. Die Steppe wogte im Wind wie ein weites fahlgelbes Meer; weiter unten peitschten zornige Stürme die grauen Wasser des landumschlossenen Sees. Die letzten prallen Beeren wilden Weins warteten darauf, gepflückt zu werden. Wie immer vor einer Jagd hockten die Männer dicht beisammen und berieten sich. Seit dem frühen Morgen schon machten sie ihre Pläne. Soeben war Broud beauftragt worden, eine der Frauen zu heißen, ihm Wasser zu bringen. Suchend blickte er sich um und sah Ayla nicht weit vom Eingang der Höhle sitzen, Stöcke und Riemen um sich ausgebreitet. Sie fertigte gerade Gestelle, an denen Weintraubenranken aufgehängt und die Beeren getrocknet werden sollten.

»Ayla! Bring Wasser!« befahl Brouds heischende Hand.

Das Mädchen hielt gerade ein Gestell an seinen Körper gepreßt, um es zu stützen, weil es noch nicht gebunden war. Wenn sie jetzt wegging, würde es auseinanderfallen, und sie würde wieder von vorne beginnen müssen. Ayla zögerte und schaute, ob nicht eine andere Frau in der Nähe wäre.

Flutwellengleich sprang Broud der Zorn an, als er sah, mit welcher Unlust sie gehorchte. Rasch schaute er nach einer anderen Frau, die ihm mit gehörigem Eifer zur Hand wäre. Doch plötzlich verebbte der Zorn, so schnell er gekommen war. Die Augen kniff er zusammen und blickte auf Ayla, die eben erst sich langsam erhob. Es war kein Zorn in ihm, nur klare Überlegung. Wieso durfte sie sich eigentlich erlauben, ihm gegenüber Aufsässigkeit und Überheblichkeit zu zeigen? War er nicht der Mann? Und mußte sie ihm nicht gehorchen? Brun hat mir nie befohlen, solch unverschämtes Treiben zuzulassen. Er kann mich doch nicht mit dem Todesfluch bedrohen, nur weil ich dieses widerliche Mädchen zwinge, das zu tun, was sie nach altem Brauch zu machen hat? Gab es je einen Clan-Führer, der es hinnahm, daß eine Frau ihm trotzte? Zu lange hat man ihre Eigenart geduldet! Ich lasse mir das nicht mehr bieten. Sie muß zurechtgestoßen werden.

Mit drei, vier schnellen Schritten sprang er zu ihr hin. Gerade wie sie sich erheben wollte, traf Ayla seine harte Faust und schleuderte sie wieder zu Boden. Dem Ausdruck der Bestürzung auf ihren Zügen folgte augenblicklich Zorn. Wütend blickte sie sich um und sah, daß Brun herüberschaute; doch kein Muskel in seinem Gesicht hatte sich verzogen. Und als sie Brouds Augen spürte, kalt und beherrscht, doch abgrundtief böse, zerfiel ihr Zorn und wurde Furcht.

Eilig kroch Ayla davon, damit der nächste Schlag sie nicht träfe. Dann rannte sie zur Höhle, um das Behältnis zu holen. Broud blickte ihr nach, mit geballten Fäusten abwartend, und kämpfte die Wut hinunter. Er drehte den Kopf und blickte zu den anderen Jägern hinüber und sah Bruns unbewegtes Gesicht, das sich einer Regung enthielt. Dann verfolgten seine Augen Ayla, die wie gehetzt zum Teich hinunterlief, den Behälter füllte und die schwere Blase auf den Rücken schwang. Broud war es nicht entgangen, wie eilig sie sich aufgerappelt hatte, als sie erkannte, daß er nochmals schlagen würde. Er stieß den Atem durch die Zähne und merkte, wie die Wut entwich.

Als Ayla, von der Last gebeugt, an dem jungen Jäger vorüberkam, versetzte dieser ihr einen ruhig geführten und gezielten Stoß, der sie beinah nochmals zu Boden geworfen hätte. Zorn flammte in des Mädchens Wangen. Es richtete sich auf, schoß einen haßerfüllten Blick auf ihn ab und lief langsamer. Und wieder schlug der Jäger zu. Ayla duckte sich, so daß sie schmerzhaft an der Schulter getroffen wurde. Jetzt waren die Augen aller Jäger auf das Geschehen gerichtet. Hilfesuchend blickte das Mädchen zu den Männern. Doch Bruns Blick trieb sie schärfer zur Eile an als Brouds Fäuste; sie rannte das letzte Stück zu den Männern hinüber, kniete nieder und begann mit gesenktem Kopf, das Wasser in einen Becher zu gießen. Broud kam ihr mit langsamen Schritten nach.

»Crug hat die Herde nach Sonnenuntergang ziehen sehen, Broud«, bedeutete ihm Brun mit ruhiger Hand, als der junge Jäger sich wieder in den Kreis setzte.

Also war der Clan-Führer nicht unmutig über sein Verhalten! Er hatte ja auch nur clanmäßig gehandelt. Eine widerspenstige Frau hatte gebührende Strafe verdient. Broud war erleichtert und wußte, daß er sich ab heute würde beherrschen können.

Als die Männer getrunken hatten, kehrte Ayla niedergeschlagen zur Höhle zurück. Die meisten der Clan-Leute waren wieder mit ihren Verrichtungen beschäftigt; Creb aber stand noch immer am Eingang, das Auge starr auf sie gerichtet.

»Creb! Broud hat mich wieder geschlagen«, beschwerte sich Ayla und lief zu ihm hin.

Als sie zu dem alten Mann aufblickte, erkannte sie auf seinem Gesicht einen Ausdruck, den sie dort noch nie gesehen hatte, der ihr aber das Herz zusammenzog.

»Du hast bekommen, was du verlangt hast«, gab ihr der Mog-ur mit grimmiger Miene zu verstehen. Er kehrte ihr den Rücken und humpelte zu seinem Feuer zurück.

Erst am Abend näherte sich Ayla wieder dem alten Zauberer und streckte die Arme aus, sie ihm um den Hals zu legen, hatte dies doch stets sein Herz gerührt. Doch diesmal blieb er unbewegt; nicht einmal ihre Arme schüttelte er ab. Reglos saß der Mog-ur da, kalt und verschlossen und unnahbar. Ayla zuckte zurück, als hätte sie einen Eisklotz umarmt.

Tief grollte der Mog-ur und schwer war seine Gebärde, als er ihr seinen Unmut dartat.

»Störe mich nicht. Geh und suche dir eine Arbeit. Der Mog-ur hat nichts übrig für eine aufsässige Frau.«

Ayla schoß das Wasser in die Augen. Daß er sie ablehnte, tat ihr weh, und plötzlich kroch eine Furcht in ihr hoch, eine Furcht, die ausging von dem alten Zauberer. Das war nicht der Creb, der ihr vertraut war. Das war der Mog-ur. Zum ersten Mal, seit sie unter den Clan-Leuten lebte, war Ayla klar geworden, warum die anderen es nicht wagten, sich diesem fürchterlichen Mann zu nähern, sondern ihm stets mit einer gewissen Furcht begegneten: Er hatte sich von ihnen – und jetzt von ihr – zurückgezogen. Mit seinem harten, schroffen Blick, der drohend abweisenden Gebärde und seiner tiefen fernen Stimme hatte er dem Mädchen kundgetan, daß ihm sein Tun mißfallen hatte, und in Ayla ein Gefühl der Zurückweisung ausgelöst, wie sie es bitterer noch nie empfunden hatte. Sie war aus seinem Herzen gestoßen. Tief getroffen trottete sie zu Iza hinüber.

»Warum ist Creb böse auf mich?« fragte sie bekümmert.

»Du weißt es, Ayla. Du mußt tun, was Broud dir gebietet. Er ist der Mann. Ihm steht es zu, dir zu befehlen«, bedeutete ihr die Medizinfrau.

»Aber ich tue doch alles, was er will.«

»Du zeigst dich widerspenstig, Ayla. Du bist zu bockig. Du weißt, daß du aufsässig bist. Das wirft ein schlechtes Licht auf Creb und mich. Creb fürchtet, daß er dich nicht gut gezogen hat, daß er dich zu ungestüm aufwachsen ließ. Mit Langmut hat er dich behandelt, und du glaubst nun, daß alle sich in Langmut mit dir üben müßten. Auch Bruns Blick hat sich schon verdunkelt, wenn er dich sieht. Du hüpfst und springst immer, Ayla. Das machen kleine Kinder, nicht aber Mädchen, die bald Frauen sind. Du machst diese Töne in deinem Hals. Du bewegst dich träge wie eine satte Schlange, wenn dir befohlen wird. Alle sehen dich mit Mißfallen an, Ayla. Du hast Schmach und Schande über Creb gebracht.«

»Ich wußte nicht, daß ich so schlecht bin, Iza«, gab Ayla zurück. »Ich wollte auch nicht schlecht sein. Ich hab' nur nicht auf mich geachtet.«

»Das mußt du aber! Du bist zu groß, als daß du wie ein Kind dich gehen lassen könntest!«

Aylas Hand setzte zaghaft dawider: »Aber Broud ist immer so hart gegen mich. Und er hat mich wieder geschlagen.«

Traurig blickte Iza auf das Mädchen.

»Er darf so hart sein, wie er will, Ayla. Es steht ihm zu. Er ist ein Mann. Er darf dich schlagen, so oft er will. Und er wird Clan-Führer werden. Du mußt gehorchen. Du mußt tun, was er befiehlt. Du mußt es.«

Ratlos blickte die Medizinfrau in das kleine gequälte Gesicht und dachte: Warum macht sie es sich denn so schwer?

Ayla legte sich auf ihrem Fell nieder. Doch lange Zeit verging, ehe sie einschlief. Rastlos wälzte sie sich die ganze Nacht hin und her und erwachte sehr früh. Dann nahm sie Korb und Grabstock und brach noch vor dem morgendlichen Verzehr auf. Sie wollte allein sein. Eilig kletterte sie zu ihrer Wiese hinauf und holte ihre Schleuder aus der Höhle. Lustlos ließ sie das Leder durch ihre Finger gleiten. Broud allein ist schuld, ging es ihr durch den Kopf. Was habe ich ihm denn getan? Er hat mich immer zurückgestoßen. Warum sind die Männer etwas Besseres? Nur, weil sie Männer sind? Broud ist kein großer Mann. Mit der Schleuder ist er nicht einmal so gut wie Zoug. Ich könnte ebensogut sein wie er. Ich bin schon besser als Vorn. Er fehlt viel häufiger als ich. Und Broud sicher auch. Er hat sogar gefehlt, als er dem kleinen Vorn das Schleudern zeigen wollte.

Zornig griff sie nach einem Stein. Als sie ihn abschoß, flog er in ein Gebüsch und scheuchte ein verschlafenes Stachelschwein auf, das sich jetzt über die Wiese trollte. Von allen wurde Vorn in den Himmel gehoben, als er sein erstes Stacheltier bezwang, dachte Ayla. Könnte ich auch, wenn ich nur wollte. Verbittert legte sie einen Stein in ihre Schleuder, zielte und schoß den Kiesel ab. Getroffen!

Unter jubelndem Freudengeheul rannte sie hin. Aber als sie die Beute berührte, spürte Ayla, daß das Tier nicht tot war, sondern nur betäubt. Sie fühlte den raschen Schlag seines Herzens und sah das Blut aus der Kopfwunde rinnen. Plötzlich war sie gar nicht mehr so froh. Warum habe ich das getan? Ich wollte es doch nicht verletzen. Und ich kann es nicht einmal in die Höhle mitnehmen. Iza sähe sofort, daß es von einem Stein getroffen worden ist. Von meinem Stein.

Starr blickte das Kind auf das waidwunde Tier. Niemals werde ich jagen können, schoß es ihr durch den Kopf. Selbst wenn ich ein Tier töte, ich kann es doch nie in die Höhle bringen. Warum übe ich dann noch mit der Schleuder? Creb hat mich schon aus seinem Herzen gestoßen. Was würde er tun, wenn er wüßte, daß ich mich mit einer Waffe übte? Was würde Bruns Verhalten sein? Würde er mich fortschicken? Angst überkam Ayla. Wohin soll ich denn gehen? Ich kann doch Iza und Creb und Uba nicht verlassen. Ich will nicht fort. Ayla ballte die Hände. Ich war schlecht. Und Creb trägt mich nicht mehr in seinem Herzen. Er darf mich nicht hassen. Warum ist er nur so böse auf mich?

Tränen liefen ihr über das Gesicht. Ayla warf sich ins Gras, umfing es, als wäre es die Mutter Erde, und schluchzte ihre ganze bittere Not heraus. Als sie nur noch trocken zu schlucken vermochte, setzte sie sich auf und wischte sich mit dem Handrücken über das Gesicht. Nie wollte sie wieder schlecht sein. Sie wollte alles tun, was Broud befehle. Und nie wieder würde sie eine Schleuder auch nur anfassen. Wie um ihren Entschluß zu bekräftigen, warf sie das lederne Band weit ins Gebüsch. Dann packte sie ihren Korb und hetzte den Hang hinunter.

Iza hatte nach ihr Ausschau gehalten und sah sie kommen.

»Wo warst du? Du warst lange weg, und dein Korb ist leer.«

»Ich habe in mich hineingeschaut«, bedeutete Ayla der Medizinfrau und sah Iza aus geröteten und verquollenen Augen an.

»Ich war schlecht. Ich will es aber nicht mehr sein. Ich will alles tun, was Broud befiehlt und will so sein, wie ich sein soll. Glaubst du, Creb nimmt mich wieder in seinem Herzen auf, wenn ich gut bin?«

Iza strich dem Mädchen sanft über das sonnenhelle Haar.

»Ja, Ayla«, gab sie nachsichtig lächelnd zurück. Alles ist schwerer für sie; sie ist von anderer Art, dachte die Medizinfrau und wandte sich um.

10

Ayla hatte sich völlig gewandelt. Fügsam war sie geworden und untertänig und zeigte sich voller Eifer, Brouds Befehlen nachzukommen. Die Männer führten das auf Brouds strenge Hand zurück. Bedächtig nickten sie mit ihren Köpfen. Wenn der Mann zu nachsichtig war mit der Frau, dann wurde sie faul und widerspenstig. Frauen brauchten eine feste Hand. Sie waren schwach, halsstarrig und nicht fähig, sich selbst zu beherrschen. Sie hatten die Männer nötig, die ihnen geboten. Nur so waren sie arbeitsam und nützlich für den Clan.

Dies war unumstößlich. Und kein Mann wollte sich der Nachsicht zeihen lassen.

Von allen Männern machte Broud sich diesen Grundsatz am nachhaltigsten zu eigen. Nicht nur Oga faßte er nun strenger an. Er übte Ayla gegenüber seine männliche Gewalt mit gnadenloser Härte aus. Unentwegt setzte er ihr zu, hetzte sie, jagte sie, ließ sie für jede Kleinigkeit springen, schlug sie beim geringsten Anlaß und auch, wenn nicht der geringste vorhanden war. Sie hatte seine Männlichkeit bedroht. Und dafür sollte sie nun bluten. Sie hatte ihm die Stirn geboten. Jetzt hatte er das Faustrecht, die Eigenart aus ihr herauszuschlagen. Er hatte sie sich gefügig gemacht, und gefügig würde sie bleiben.

Und Ayla tat, was sie konnte, um es dem jungen Jäger recht zu machen. Sie versuchte sogar vorauszusehen, was er wünschte. Doch auch das trug ihr scharfe Zurechtweisung ein. Wie konnte sie sich anmaßen zu erkennen, was er wollen würde! Wenn sie aus dem Wohnkreis von Crebs Feuerstätte heraustrat, erwartete Broud sie schon; doch ohne einen besonderen Grund konnte sie nicht mehr zurück. Denn dies war die Zeit, wo die letzten Vorbereitungen für die kommenden Tage der Kältnis getroffen wurden; da durfte keiner fehlen oder die Hände in den Schoß legen. Von Izas Heilkräutern gab es Vorrat genug, so daß es für Ayla keinen Vorwand gab, sich aus der Nähe der Höhle zu stehlen. Broud ließ sie dann den ganzen Tag nicht zur Ruhe kommen, und abends sank sie erschöpft auf ihr Lager.

Iza war sicher, daß Aylas gewandelter Sinn nicht durch Brouds Strenge bewirkt worden war; des Mädchens tiefe Zuneigung zu Creb, dem Mog-ur, hatten es dazu bewogen, nicht die Furcht vor Broud. Die Medizinfrau ließ den Bruder wissen, daß Aylas Augen wieder krank geworden waren, weil sie glaubte, er hätte sich von ihr abgewandt.

Creb schüttelte bedächtig sein Haupt.

»Du hast gesehen, daß sie dem Brauch nicht nachgekommen ist, Iza. Ich habe dieses ganz bewußt getan. Und hätte Broud sie nicht gezüchtigt, so wäre Brun bald eingeschritten. Das hätte schlimmer werden können. Der junge Jäger kann sie quälen und schlagen, der Clan-Führer aber kann sie fortschicken.«

Danach war Creb mit Ayla wieder gut.

Die ersten dünnen Schneeschleier, die sich über alles legten, wurden von kalten Regengüssen fortgespült; doch gegen Abend, wenn es wieder kälter wurde, prasselten Graupelschauer herab. Morgens überzog dann die Wasserlachen eine feine Eisschicht, die stärkere Kältnis ankündigte und dann doch wieder auftaute, wenn der launische Wind aus dem unteren Land herüberfegte und die schwankende Sonne die Wolken verdrängte.

Während dieser ganzen Zeit des Übergangs vom Spätherbst zum frühen Winter bemühte Ayla sich unermüdlich, gehorsam zu sein, wie es von Frauen erwartet wurde. Ohne die Stimme zu erheben oder einen bösen Blick zu schärfen, ertrug sie einen launenhaften Broud, plagte sich, all seine Forderungen zu erfüllen, hielt stets den Kopf gesenkt und achtete darauf, wie sie sich hielt und wie sie ging. Sie lachte nie, nicht einmal lächeln tat sie mehr. Bot keinen Widerstand. Doch einfach war es nicht für sie. Obwohl sie sich dagegen wehrte, sich zwang, noch fügsamer zu sein, begann in ihrem Innern etwas sich zu regen, zu wachsen und sich schnell zu härten.

Immer magerer wurde sie, verlor die Lust am Essen, war selbst im Wohnkreis von Crebs Feuerstätte stets still und niedergedrückt. Nicht einmal Uba konnte sie zu einem Lächeln zwingen, obwohl sie häufig die Kleine in die Arme nahm, dann festhielt, bis sie beide einschliefen. Iza wurde das Herz schwer, wenn sie das Mädchen so ansah; und als auf einen Tag eisigen Regens ein strahlender, sonnenheller Morgen folgte, beschloß sie, Aylas Lage etwas zu erleichtern.

»Ayla«, rief sie, als sie aus der Höhle traten, laut, um Brouds erstem Befehl zuvorzukommen. »Hilf mir!« bedeutete sie. »Die Schneebeeren für Leibschmerzen sind ausgegangen. Du kannst sie leicht erkennen. Du weißt, die weißen Beeren, die an einem Busch wachsen; sie bleiben hängen, auch wenn die Blätter schon abgefallen sind.«

Mit keiner Miene verriet sie, daß sie noch andere Mittel hatte.

Brouds Gesicht verdüsterte sich, als Ayla wie der Wind in die Höhle rannte und ihren Sammelkorb hervorkramte. Doch er wußte, daß es Vorrang hatte und wichtiger war, Iza zauberkräftige Pflanzen zu beschaffen, als ihm einen Trank Wasser zu holen oder ein Stück Fleisch oder die Fußfelle, die er um seine Beine zu wickeln mit Absicht vergaß, oder seinen Umhang oder einen Apfel oder zwei Steine aus dem Bach zum Nüsseknacken. Finster stakste er davon, als Ayla mit Korb und Grabstock aus der Höhle kam.

Gelöst und dankbar, seit langem wieder einmal allein sein zu dürfen, lief Ayla in den Wald. Sie schaute zwar hin und wieder umher, während sie vorwärtsschritt, aber die Schneebeeren hatte sie schon völlig vergessen. Auch achtete sie nicht darauf, welche Richtung sie nahm, und merkte nicht, daß ihre Füße sie zu einem sprudelnden Gebirgsgewässer führten. Hängenden Kopfes und voller Gedanken kletterte sie den steilen Hang hinauf und stand plötzlich auf ihrer Wiese, die sie so lange nicht betreten hatte.

An der Böschung des Baches setzte sie sich aufatmend nieder und ließ Kiesel ins Wasser plumpsen. Es war kalt. Hier oben war gestern schon Schnee gefallen. Eine weiße Decke lag über der Lichtung. Die stille Luft war von einer spröden Klarheit, und das leuchtende Licht der Sonne brach sich im Schnee, der funkelte. Doch Ayla hatte kein Auge dafür. Sie dachte daran, daß bald die große Kältnis kam, die den ganzen Clan in die Höhle verbannen würde, und daß sie Broud zu ertragen hatte, bis der Schnee zu schmelzen begann.

Düster und drohend – wie Riesenbäume – stand die lange Reihe feuchtkalter, finsterer Tage vor ihr. Und sie sah Broud vor sich, der sie ohne Grund und ohne Erbarmen durch diese endlose Reihe jagte.

Als sie so dahockte, fiel ihr Blick auf ein Fleckchen brauner Erde, und sie sah ein halbverfaultes Fell und ein paar verstreut liegende Stacheln. Das war alles, was vom Stachelschwein übriggeblieben war. Sicher eine Hyäne, dachte das Mädchen, oder ein Vielfraß. In Gedanken kehrte es zu dem Tag zurück, an dem sie das Tier geschossen hatte. Verzagt schüttelte Ayla den Kopf. Nie hätte ich eine Schleuder in die Hand nehmen sollen. Das war nicht recht. Creb würde mir zürnen, und Broud frohlocken, denn dann hätte er guten Grund, mich zu schlagen. Ayla ballte die Faust und schlug sich auf den Oberschenkel. Aber er weiß nichts davon und wird es nie wissen. Das Gefühl der Befriedigung, etwas getan zu haben, wovon dieser Angeber nichts wußte, ihn hinters Licht geführt zu haben, war eine köstliche Entdeckung.

Die Schleuder! Sie hatte sie doch weit in irgendein Gebüsch geworfen. Nur einen Stein schleudern! Nur mal sehen, ob sie es noch konnte. Das Mädchen machte einen Satz und fing zu suchen an und fand das Band ganz in der Nähe. Die Haut war feucht, doch nicht beschädigt. Andächtig zog sie das weiche, geschmeidige Band zwischen ihren Händen hindurch und sah sich, wie sie zum erstenmal eine Schleuder gehandhabt hatte. Ein Lächeln flog über ihr Gesicht, als sie sich Brouds erinnerte, wie er sich gewunden hatte unter Bruns zornigen Blicken, nachdem er Zoug zu Boden gestoßen. Es tat gut zu wissen, daß sie nicht die einzige war, die Brouds Jähzorn erregte.

Aber nur bei mir kann er seinen Unmut rasen lassen, dachte sie bitter. Nur weil ich eine Frau bin. Brun hatte ihn gescholten, aber mich kann er schlagen, wenn er Lust hat, und Brun bleibt unbewegt. Ayla blickte kurz hoch und schüttelte leicht den Kopf. Nein, ganz so ist es nicht, gestand sie sich ein. Von Iza weiß ich, daß Brun ihm befahl, mich nicht mehr zu schlagen. Auch schlägt er mich nicht mehr so arg in seiner Nähe. Er kann mich ruhig schlagen, aber mich nicht dauernd hetzen, daß ich kaum mehr zu Atem komme.

Ihre Finger drückten einen Stein in die Kuhle der Schleuder. Als sie sich umblickte, entdeckte sie ein letztes welkes Blatt, das verloren am kahlen Ast eines Busches hing. Sie zielte, schleuderte, schoß und traf. Herrlich! Rasch sammelte sie noch ein paar Kieselsteine und ging mitten auf die Wiese. Ich kann es noch, dachte sie befriedigt. Doch dann kamen zwei Falten auf ihre Stirn. Kann ich es denn auch gebrauchen? Auch habe ich noch nie versucht, etwas zu treffen, was sich schnell bewegt. Ob ich das könnte, weiß ich nicht. Wenn ich lernte, auf bewegte Ziele Jagd zu machen, was nützte es? Ich könnte die Beute niemals in die Höhle bringen. Und nur dem Wolf, dem Vielfraß oder einer Hyäne würde das Fressen leicht gemacht.

Ständig mußten die Jäger des Clans vor den reißenden Tieren auf der Hut sein, die ihnen die Beute streitig machen wollten. Nicht nur Katzenartige, auch Wölfe und Hyänen schnappten den Jägern ein Tier weg; gemein lauernde Hyänen oder hinterhältige Vielfraße trieben sich unablässig an den Stellen herum, wo Fleisch gedörrt wurde, oder aber versuchten, etwas von den Vorräten zu erbeuten. Und diesen Gegnern wollte Ayla nicht erlauben, durch ihre Hand sich leichter Beute zu erfreuen.

Brun hatte auch nicht erlaubt, daß ich den jungen Wolf mit in die Höhle brachte; und oft töteten die Jäger die räuberischen Tiere, auch wenn man nicht einmal die Felle brauchte. Die fleischfressenden Tiere sind uns immer eine Plage. Aber, schoß es ihr da durch den Kopf, man könnte sie auch mit der Schleuder erlegen. Nur die ganz großen nicht. Zoug hatte es Vorn erklärt und ihm bedeutet, daß es manchmal besser sei, eine Schleuder zu nehmen, weil dann der Jäger nicht so nahe an das Tier herangehen müsse. Aylas Wangen röteten sich.

Noch lebhaft erinnerte sie sich des Tages, an dem Zoug gelobt hatte, wie vielseitig eine Schleuder zu verwenden sei. Gewiß, eine Schleuder schuf Abstand zur Beute, und ein damit Jagender war sicher vor den scharfen Zähnen und den gefährlichen Pranken. Doch Zoug war nicht darauf eingegangen, daß man dann, wenn das Tier nicht getroffen war, schutzlos und alleine seine Rache zu erwarten hatte.

Und wenn ich nur fleischfressende Tiere jage? Wir essen sie nie; und es wäre nicht verschwendet, wenn ich sie den Aastieren übriglasse, so wie die Jäger.

Ayla schüttelte heftig den Kopf, um die unclanmäßigen Vorstellungen zu vertreiben. Ich bin ein Mädchen, sagte sie sich. Ich darf nicht jagen, nicht einmal eine Waffe berühren. Aber ich kann schleudern, auch wenn ich es nicht darf. Ich würde gern den Jägern helfen. Wenn ich einen Vielfraß oder einen Fuchs erlegte, dann könnten sie uns nicht ständig befehlen. Und eine Hyäne! Dieses häßliche Tier, wie gern würde ich eines mit meiner Schleuder erlegen. Ayla sah sich schon listig an die verschlagenen Räuber heranpirschen.

Den ganzen Sommer über hatte sie mit der Schleuder geübt. Es war vergnüglich gewesen und ohne äußeren Grund. Doch jetzt war ihr klar, daß eine Waffe nur einem Zweck diente – dem Jagen. Was Ayla nur ahnte, war, daß der Reiz, einen Pfosten oder ein Blatt zu treffen, bald verblassen würde, wenn ihr Geschick nicht neu herausgefordert würde.

Dem Mädchen hatte es Freude gemacht, sich zu erproben, sich im Zusammenspiel von Hand und Auge zu üben, und Ayla war stolz darauf, das Schleudern aus eigener Kraft erlernt zu haben. Jetzt war sie bereit zu Größerem. Sie war bereit zu jagen.

Von Anfang an, als alles noch zufällig und vergnüglich gewesen war, hatte sie sich schon als Jägerin gesehen, sich vorgestellt, wie sie mit ihrer Schleuder auszog, wilde Tiere zu erlegen. Ayla hatte sich die ungläubigen und entgeisterten Gesichter der Clan-Leute vor Augen gehalten, wenn sie mit der Beute zur Höhle zurückkehren würde. Doch als sie das Stachelschwein getroffen hatte, war ihr klargeworden, daß dieses alles eingebildet war. Denn niemals konnte sie ein Beutetier zur Höhle bringen und sich für ihre Kühnheit feiern lassen. Eine Frau hatte nicht zu jagen. Als ihr der Einfall wieder kam, nur räuberische

Tiere zu erlegen, regte sich in ihrer Brust eine leise Hoffnung, daß vielleicht auf diese Weise ihre Fertigkeit gewürdigt würde, auch wenn sie ein Geheimnis bleiben mußte.

Je länger sie diesen Gedanken von allen Seiten im Kopf bewegte, desto sicherer wurde sie, daß dies der Ausweg war. Und dennoch wurde ihr nicht wohl ums Herz.

Ayla wickelte gedankenverloren das Schleuderband um ihr Handgelenk. Creb und Iza hatten ihr wiederholt klargemacht, daß eine Frau Unrecht tat, wenn sie eine Waffe berührte. Aber ich habe ja schon viel Schlimmeres getan, gestand sie sich. Kann es noch schlimmer sein, als mit der Schleuder zu jagen? Sie wikkelte das Lederband wieder los, nahm sie fest in ihre Rechte.

»Ich mache es doch!« sagten ihr Blick und ihre Gebärden, als sie trotzig in die Richtung der Höhle blickte und mit harter, rascher Bewegung sich erhob. »Ich werde jagen. Ihr fleischfressenden Tiere sollt mich kennenlernen!«

Mit hochrotem Kopf und wehenden Haaren rannte sie zum Bach und suchte neue Steine.

Als sie nach glatten, wohlgerundeten Kieseln Ausschau hielt, die auch die richtige Größe hatten, fiel ihr Blick auf etwas Merkwürdiges, und sie bückte sich tiefer herab. Es sah aus wie ein Stein, aber auch wie eine Muschel aus dem Sand des großen Wassers. Sie langte danach, hob es auf und hielt es nahe vor die Augen. Es war ein Stein, geformt wie eine Muschel.

Seltsam, dachte sie. Noch nie zuvor habe ich so einen gesehen. Dann kam etwas in ihren Kopf, was Creb ihr einmal erklärt hatte, und plötzlich wußte sie, was der Fund für sie bedeutete. Ayla fühlte, wie ihr Blut im Körper zu Eis erstarrte, ihre Knie weich wurden und so heftig zitterten, daß sie sich niedersetzen mußte. Wie gebannt blickte sie auf die versteinerte Schnecke.

Sie hatte noch genau im Kopf, was Creb ihr damals angedeutet hatte. Wenn sie sich entscheiden müßte, dann würde ihr das Totem dabei helfen. Es würde ihr ein Zeichen geben. Etwas Ungewöhnliches ereignete sich dann, und niemand könne sie beraten, ob es wirklich das Zeichen ihres Totems sei. Sie müsse lernen, mit dem Herzen zu sehen. Der Geist ihres Totems in ihr selbst würde sie sehend machen.

»Großer Höhlenlöwe, ist dies das Zeichen von dir?« formte sie zitternd die heiligen Fragen. »Läßt du mich wissen, daß ich mich recht entschieden habe? Tust du mir kund, daß ich auch als Mädchen das Jagen wie die Männer betreiben kann?«

Unbeweglich saß sie danach da und starrte auf den gemuschelten Stein in ihrer Hand und versuchte, in sich hineinzublicken. Sie wußte, daß sie bei den Clan-Leuten als etwas Besonderes galt, weil sie das Totem des Höhlenlöwen erhalten hatte, doch war ihr das nie als wichtig erschienen. Jetzt aber wurde ihr langsam klar, was es bedeutete. Feierlich schob sie die Hand unter ihren Umhang, und ihre Finger fuhren nachdenklich über die vier langen, schmalen Narben des Oberschenkels. Warum sollte ein Höhlenlöwe gerade mich erwählt haben? Er ist ein mächtiges Totem, Schutzgeist der Männer. Warum hat er sich ein Mädchen ausgesucht? Und was war der Grund? Sie dachte an die Schleuder und sah sich mit der Waffe üben. Warum habe ich die alte Schleuder aufgehoben, die Broud fortgeworfen hat? Nicht eine einzige der Frauen hätte sie auch nur angerührt. Wer hat mich dazu getrieben? Hat mein Totem es so gewollt? Will es, daß ich die Jagd erlerne? Nur Männer jagen. Ich bin eine Frau. Aber mein Totem ist das eines Mannes. Ja, ich habe einen mächtigen Schutzgeist, der mir gebietet, daß ich jage.

Aylas Augen hatten sich weit geöffnet, und langsam verschwand die Kerbe in ihrer Nasenwurzel. Sie drehte den Stein in ihrer Hand noch einmal herum, nahm das Amulett von ihrem Hals, zog den Riemen auf, der den kleinen Beutel geschlossen hielt, und steckte die versteinerte Schnecke zu dem roten Ocker.

Jetzt war sie ruhig und gelassen. Es war ihr also aufgegeben, auf die Jagd zu gehen; ihr Schutzgeist hatte es so gewollt. Und daß sie eine Frau war, hatte keine Bedeutung. Ich bin wie Durc, ging es ihr durch den Kopf. Er hat seinen Clan verlassen, obwohl alle meinten, es wäre nicht das Rechte, was er tat. Ich glaube, er hat wirklich einen besseren Ort gefunden, wo das Eiskind ihn nicht mehr erreichen konnte. Ich glaube, er hat einem neuen Clan zum Wachstum verholfen. Auch ihn mußte ein mächtiges Totem beschützt haben. Nach Creb stellt ein mächtiges Totem den, der ihm anempfohlen ist, auf die Probe, um zu sehen, ob er seiner würdig ist. Deshalb wäre auch ich um ein Haar in die Totenwelt hinübergegangen, ehe Iza mich fand. Sicher hat auch Durcs Totem ihn auf die Probe gestellt. Der Höhlenlöwe – wird er mich nochmals prüfen?

Ayla stand langsam auf. So eine Probe kann hart und schmerzhaft sein, dachte sie und zuckte unwillkürlich zusammen. Was wird, wenn ich nicht würdig bin? Wie sehe ich, ob man mich auf die Probe stellt? Was wird mein Totem wohl von mir wollen? Schritt für Schritt spurte Ayla durch den Schnee und dachte darüber nach, was in ihrem Leben schwer für sie war. Und plötzlich wußte sie es.

»Broud! Broud!« Ayla riß die Hände zum Himmel. Was konnte eine härtere Prüfung sein als die lange, lange Zeit der kalten dunklen Tage Seite an Seite mit Broud in der Höhle harren zu müssen? Aber wenn sie es ertragen, wenn sie seiner würdig sei, dann würde ihr Totem sie auf die Jagd gehen lassen.

Eine neue Leichtigkeit lag in Aylas geschmeidigem Gang, als sie den Weg zur Höhle unter die Füße nahm. Iza wurde die Veränderung gewahr, aber sie konnte nichts daraus deuten. Aylas Haltung war so ergeben wie zuvor, doch ihre Bewegungen waren beschwingt, und auf ihr Gesicht trat ein neuer Ausdruck, als sie Broud nahen sah – nicht Ergebung, sondern ruhige Annahme dessen, was ihr beschieden war. Creb jedoch war es, dem auffiel, daß das Beutelchen an ihrem Hals um etliches dicker geworden war.

In den folgenden Tagen sahen die beiden Alten mit Erleichterung und Stolz, daß Ayla trotz Brouds demütigender Forderungen wieder wie früher wurde. Oft zwar kehrte das Mädchen todmüde in den Wohnkreis zurück, doch sein Lächeln leuchtete wieder, wenn es mit Uba spielte. Creb ahnte, daß Ayla eine Entscheidung getroffen und von ihrem Totem ein Zeichen erhalten hatte, und das Herz wurde ihm leichter, als er sah, daß es ihr nicht mehr so schwer wurde, ihre Art dem Clan-Brauch anzupassen. Der Mog-ur spürte ihren inneren Kampf, aber er wußte, daß sie sich nicht nur Brouds Willen beugen, sondern auch aufhören mußte, sich gegen ihn aufzulehnen. Auch sie mußte lernen, sich selbst zu bezwingen.

In dem Winter, der ihr achtes Lebensjahr einleitete, wurde Ayla zur Frau. Nicht äußerlich. Ihr Körper hatte noch immer die geraden, unentwickelten Formen des Mädchens und zeigte kein Anzeichen kommender Veränderung. Doch in diesen langen, finsteren Tagen der Kältnis und der drückenden Enge ließ Ayla das Wesen ihrer Kindheit hinter sich.

Manchmal war ihr das Leben eine so bedrückende Last, daß sie es am liebsten fortgeworfen hätte. Manchen Morgen, wenn sie die Augen aufschlug und über sich nach und nach den vertrauten, porigen Fels der Höhle sah, sie könnte wieder in tiefen Schlaf versinken und würde nie wieder erwachen. Aber immer, wenn sie glaubte, dieses Schuften, Rackern, Bücken, Rennen und Ergebensein nicht länger ertragen zu können, umfaßte sie ihr Amulett. Dann fühlte sie den kleinen Muschelstein und hatte wieder Kraft, einen weiteren Tag durchzustehen. Und jeder Tag, den sie bewältigte, brachte sie dem Zeitpunkt näher, wo das tiefverschneite Land wieder grünen und die eisigen Stürme den milden Seewinden weichen würden. Dann endlich konnte sie wieder frank und frei die Wälder und Wiesen durchstreifen.

Genauso stur und unberechenbar bösartig wie das wollhaarige Nashorn, dessen Geist sein Totem war, konnte auch Broud sein. Mit der den Clan-Leuten eigenen engstirnigen Beharrlichkeit, auch nicht ein einziges Stück abzuweichen von dem Weg, den man einmal unter die Füße genommen hatte, war Brouds Sinnen und Trachten darauf gerichtet, Ayla fest im Griff zu halten. Alle konnten mit ansehen, wie sie täglich Püffe und Stöße und Schläge einzustecken hatte, gerechterweise. Aber nur wenigen gefiel die Art, wie Broud mit ihr umsprang.

Brun hatte immer noch den Eindruck, daß Broud sich von dem Mädchen allzusehr reizen ließ; da der junge Jäger jedoch seine Hitzköpfigkeit bezähmte, griff er nicht ein. Doch hoffte er, Broud würde mit der Zeit von selbst begreifen, daß diesem Mädchen einfach gelassener begegnet werden müsse. Denn nach und nach und auch höchst widerwillig war ihm eine Art der Achtung vor dem Fremdling zugewachsen, ein ähnliches Gefühl, wie er einst Iza gegenüber empfunden hatte, als diese klaglos die Schläge ihres Gefährten über sich hatte ergehen lassen.

Wie damals Iza, so gab jetzt Ayla ein vorbildliches Verhalten für die Frauen ab. Sie litt, ohne zu klagen. Und wenn sie hin und wieder innehielt, um die bebende Hand auf ihr Amulett zu legen, so sahen Brun und die anderen Leute darin ein Zeichen ihres Ehrerbietens den heiligen Mächten gegenüber, das ihr eine frauliche Würde verlieh.

Und es war wirklich das Amulett, das ihr Halt gab. Ayla glaubte ja an die heiligen Mächte auf eine Weise, wie sie sie selbst begriff. Ihr Totem prüfte sie. Zeigte sie sich würdig, so durfte sie jagen wie ein Mann. Und je härter ihr Broud zusetzte, desto fester wurde ihre Entschlossenheit, mit ihrer Schleuder auf die Jagd zu gehen, sobald die Schneeschmelze kam. Sie wollte so lange üben, bis sie besser war als Broud, besser sogar noch als Zoug. Sie würde die beste im Schleudern werden, auch wenn niemand je davon erfuhr.

Ohne sich dessen bewußt zu sein, begann sie schon jetzt, sich auf ihr Leben als Jägerin vorzubereiten. Sie fühlte sich unwiderstehlich angezogen, wenn die Männer beisammensaßen und sich die langen untätigen Tage damit vertrieben, auf der Jagd Erlebtes wiederzugeben. Stets fand sie dann Vorwände, sich in ihrer Nähe aufzuhalten; und es machte ihr nicht einmal etwas aus, wenn sie dadurch auch mit Broud in nähere Berührung kam. Am meisten fesselte es sie, wenn Dorv oder Zoug das Jagen mit der Schleuder schilderten. Sie brachte Zoug wieder mehr Aufmerksamkeit entgegen, und allmählich erwachte in ihr eine echte Zuneigung zu dem alten Jäger. In mancher Hinsicht war er wie Creb, stolz und unnahbar, und doch empfänglich für ein wenig Zuwendung und Wärme, auch wenn sie von diesem häßlichen Mädchen kamen.

Zoug gewahrte wohl ihr Interesse, wenn er mit bildstarken Gesten vergangene Ruhmestaten pries. Er sah ihre gespannte Aufmerksamkeit, auch wenn sie sich stets ergeben im Hintergrund hielt. Und immer häufiger holte er Vorn zu sich, um ihn über dies und jenes bei der Jagd mit der Schleuder zu unterweisen, weil er wußte, daß Ayla sich dann in die Nähe setzen würde, wenn es irgend ging. Dann tat er so, als bemerke er es nicht. Was konnte es schaden, wenn sie Anteil nahm?

Wäre ich jünger, ging es Zoug manchmal durch den Kopf, und könnte ich noch auf die Jagd gehen, so nähme ich sie vielleicht zur Gefährtin, wenn sie eine Frau wird. So häßlich wie sie ist, wird sie nicht schnell einen Gefährten finden. Aber sie ist jung und kräftig und gut erzogen. Zoug tippte sich an die Stirn. Ich habe doch Verwandte in anderen Clans. Wenn ich noch so weit bei Kräften bin, zum nächsten Miething des Groß-Clans zu gehen, werde ich etwas für das Mädchen tun. Kann sein, daß Ayla hier nicht bleiben will, wenn Broud Clan-Führer wird. Hoffentlich werde ich schon im Totenreich sein, wenn dieser Tag kommt. Zoug hatte Brouds ungestümen Angriff immer noch nicht vergessen. Er fand, Broud spränge äußerst hart mit dem Mädchen um, das ihm langsam ans Herz gewachsen war. Gewiß war sie, wie alle Frauen, von Zeit zu Zeit zu züchtigen. Doch Broud schoß dabei über jedes Maß hinaus. Ihm, Zoug, gegenüber war sie niemals aufsässig oder widerwillig. Alter und Erfahrung waren eben nötig, um Frauen richtig behandeln zu können. Der alte Schleuderer nickte bedächtig mit dem Kopf. Ja, ich will mich für sie verwenden. Wenn sie nur nicht so grundhäßlich wäre.

So peinigend die langen Wintertage für Ayla oft waren, als es dem Ende der Kältnis zuging, war die Stimmung in der Höhle etwas besser. Es gab immer weniger zu tun in dieser Zeit, und so sehr sich Broud auch bemühte, Ayla ständig in Atem zu halten, selbst er konnte Arbeit nicht aus dem Boden stampfen. Und allmählich verlor er die Lust. Sie setzte sich ja nicht einmal mehr zur Wehr.

Es hatte aber noch einen anderen Grund, weshalb Ayla der Winter erträglicher wurde. Iza nämlich, die dem Mädchen ermöglichen wollte, innerhalb des Crebschen Wohnkreises zu bleiben, begann ihr zu zeigen, wie die Kräuter und Pflanzen aufbereitet und angewandt wurden, die sie über das Jahr gesammelt hatte. Ayla war Feuer und Flamme. Und als Iza in des Mädchens wißbegierige Augen sah, beschloß sie, es regelmäßig zu unterweisen. Als die Medizinfrau merkte, daß Aylas Hirn ganz anders zu verstehen wußte, viel schneller auch und weit voraus die Dinge und die Folgen denken konnte, kam ihr der Gedanke, daß man schon viel früher ihre Unterweisung in die Hände hätte nehmen sollen.

Wäre Ayla ihres Körpers Kind gewesen, so hätte Iza ihr nur jenes Wissen in Erinnerung rufen müssen, das bereits in ihrem Hirn beschlossen war, und sie daran gewöhnen müssen, es freizulegen und zu gebrauchen. Ayla jedoch mußte mühsam das Wissen, mit dem Uba geboren war, ihrem Hirn eingeben; und ihr Vermögen, sich zu erinnern, war nicht so gut ausgebildet wie das der Clan-Leute. Deshalb mußte Iza mit ihr üben, viele Male Gleiches mit ihr durchgehen und immer wieder nachprüfen, ob Ayla auch alles richtig im Kopf hatte. Die Erkenntnisse der Medizinfrau kamen aus deren Gedächtnis und von den eigenen Erfahrungen, und sie war selbst erstaunt darüber, wie umfassend das Gewußte war. Nie hatte sie nachdenken müssen, um es sich gegenwärtig zu machen; immer war es einfach dagewesen, wenn sie es gebraucht hatte. Manchmal überkamen Iza beklemmende Zweifel, ob es ihr auch gelänge, Ayla alles zu vermitteln, was sie wußte. Doch Aylas Eifer, alles wissen zu wollen, erlahmte nie, und die Medizinfrau war fest entschlossen, dem Mädchen zu einem gesicherten Rang im Clan zu verhelfen. Täglich wurde unterwiesen, täglich wurde abgefragt, was hierfür und dafür geeignet sei, was wann und wo und wie zu machen wäre, und Aylas Wissen über heilige Kräuter und wie sie anzuwenden waren, vergrößerte sich ständig.

Zur gleichen Zeit begann Ayla unter Izas wachen Augen

und tätigen, kundigen Händen den Verzehr vorzurichten und zu bereiten. Auch für Creb. Sie gab sich große Mühe, die Körner für ihn besonders fein zu zerreiben, ehe sie gekocht wurden, damit er sie mit seinen abgenutzten Zähnen leichter kauen konnte. Auch Nüsse wurden fein gehackt, ehe sie der Mog-ur vorgesetzt bekam. Iza zeigte ihr, wie man schmerzlinderndes Getränk und Umschläge bereitete, die gegen seine Schmerzen in den Gliedern halfen. In diesem Winter ging Ayla zum erstenmal der Medizinfrau zur Hand; und der erste Kranke, den sie gemeinsam behandelten, war Creb.

Mehrere Fuß hoch lag draußen der Schnee und versperrte den Eingang der Höhle. Zwar wurde durch die weiße Wand die Wärme der Feuer im Innern der Höhle gehalten, doch durch das große Loch oberhalb pfiff immer noch kalt und rauh der Wind. Crebs Stimmung schwankte in jener Zeit. Bald war er stumm und zurückgezogen, bald mürrisch und gereizt, bald wieder ganz zerknirscht. Sein Verhalten verwirrte Ayla, doch Iza ahnte, wer es hervorbrachte. Zahnschmerzen waren es, ganz besonders grimmige Zahnschmerzen.

»Creb, laß mich den Zahn doch mal sehen«, drängte sie ihn.

Creb preßte die Lippen fest aufeinander und schüttelte den Kopf.

»Es ist nichts. Nur ein kleiner Schmerz im Zahn. Glaubst du, ich kann dieses Schmerzlein nicht aushalten? Glaubst du, ich habe nicht schon früher und schlimmer gelitten?« gab Creb mit Unmut zurück.

»Doch, Creb.« Iza hielt den Kopf gesenkt.

Er war sogleich voll Reue und legte bittend die Hand aufs Herz.

»Iza, ich weiß, du willst mir helfen.«

»Wenn du ihn mich sehen läßt, den Zahn, kann ich dir vielleicht helfen. Aber wie kann ich wissen, was ich dir geben soll, wenn du mich den Zahn nicht sehen läßt?«

»Was gibt es da zu sehen?« fuhr der Mog-ur auf und deutete auf seinen welken Mund. »Ein schlechter Zahn sieht aus wie jeder andere. Mach mir einfach einen Trank aus Weidenrinde.«

Mürrisch ließ Creb sich auf seinem Fell nieder und starrte die rissige Felswand an.

Iza schüttelte den Kopf und ging ans Feuer, um den Trank zu bereiten.

»Frau!« brüllte Creb kurz darauf. »Wo ist der Trank?« forderte seine Hand ungeduldig. »Was treibst du denn so lange?

Wie soll ich mich versenken können? Die Schmerzen lassen mich nicht los.«

Mit einem beinernen Becher eilte Iza zu ihm und bedeutete Ayla, ihr zu folgen.

»Hier, nimm. Ich wollte ihn dir gerade bringen. Aber glaube nicht, daß die Weide dir viel helfen wird, Creb. Laß mich den Zahn doch endlich einmal sehen.«

»Wie du willst, Iza. Dann sieh!«

Er öffnete den mäßig zahnbestandenen Mund und deutete weit hinein.

Iza winkte das Mädchen heran und zeigte auf den morschen Zahn.

»Siehst du, wie tief das schwarze Loch hinunterreicht, Ayla? Schon schwillt das Zahnfleisch an. Er ist verfault, der Zahn. Er muß heraus, Creb.«

»Heraus! Du wolltest ihn doch nur betrachten.«

»Ja, Creb. Hier ist der Trank.«

»Aber du hast mir doch gesagt, daß der Trank nichts nützt«, wies Creb den Becher zurück.

Iza stellte ihn beiseite und meinte: »Nichts hilft da. Du kannst eine Binsenwurzel kauen. Das lindert etwas. Aber lange nicht.«

Creb schaute sie hilflos wütend an und wurde fuchtig.

»Und du willst eine Medizinfrau sein? Nicht einmal einen Zahn zu heilen ist dir möglich!«

»Ich kann versuchen, dir den Schmerz herauszubrennen«, gab Iza ihm ruhig zu verstehen.

Creb zuckte zusammen und hielt mit der Hand seine Backe.

»Ich nehme die Wurzel.«

Am folgenden Morgen war Crebs Gesicht angeschwollen, sein Auge war rot gerändert, ihm hatte der Schlaf gefehlt.

»Iza«, stöhnte der Bruder. »Kannst du mir nicht helfen?«

»Hättest du mich dir den Zahn ziehen lassen, dann wäre der Schmerz jetzt fort«, beschied ihn Iza und rührte ruhig in ihrer Schüssel weiter.

Creb fuhr auf.

»Frau! Hast du kein Herz? Ich habe die ganze Nacht wach gelegen.«

»Ich weiß. Du hast meinen Schlaf gestört.«

»Dann tu etwas!«

»Ja, Creb. Aber ich kann dir den Zahn erst ziehen, wenn die Backe nicht mehr so geschwollen ist.«

»Weißt du nichts Besseres?«

»Eines kann ich noch versuchen, Creb, aber denke nicht, daß der Zahn zu retten ist«, gab ihm Iza mitfühlend zu verstehen und wandte sich zu dem Mädchen: »Ayla, bring mir das Bündel Splitter von dem Baum, den der Blitz getroffen hat.« Und dann zu Creb: »Wir müssen das Zahnfleisch aufstechen, damit das Geschwollene verschwindet. Wir werden versuchen, den Schmerz herauszubrennen.«

Creb schüttelte sich, als er die Anweisung sah, die Iza dem Mädchen gab.

Die Medizinfrau sah das Bündel verkohlte Holzspäne durch und wählte zwei davon aus und hielt ihrer Gehilfin eines hin.

»Ayla, mach die Spitze von diesem hier glühend. Das Ende muß wie Kohle sein, aber noch so kräftig, daß es nicht zerfällt. Aber erst sieh zu, wie ich das Zahnfleisch steche. Hier, faß an und halte Crebs Lippen offen.«

Ayla tat, wie ihr befohlen. Sie starrte in Crebs großen offenen Mund und auf die beiden Reihen scharfer, plumper und abgenutzter Zähne.

»Schau, so steche ich mit diesem harten, spitzen Splitter unter dem Zahn in das Fleisch hinein, bis das Blut zu fließen beginnt«, erklärte sie Ayla.

Crebs Hand war zur Faust geballt, an deren Knöcheln das Weiße erschien, doch nicht einen Laut gab er von sich.

Iza wies auf den kranken Zahn.

»Jetzt läuft das böse Blut heraus. Derweilen machst du mir den anderen Span heiß.«

Eilig rannte Ayla zum Feuer und kehrte wenig später mit dem glühenden Holz zurück. Iza nahm es ihr aus der Hand, besah es prüfend und bedeutete dem Mädchen, Crebs Lippen wieder hochzuschieben. Dann stach die Medizinfrau mit der glühenden Spitze in das Loch des faulen Zahns. Ayla spürte, wie Creb hochfuhr, hörte ein Zischen und sah, wie aus der großen dunklen Höhlung in Crebs Zahn ein dünnes Wölkchen emporkam.

Iza schmiß den Span ins Feuer.

»Fertig. Jetzt ist zu warten, ob der Schmerz vorbeigeht. Wenn nicht, dann muß der Zahn heraus«, bedeutete sie und betupfte die wunde Stelle mit einem Gemengsel aus zerstampften Geranien- und Nardenwurzeln.

Schließlich wandte sich die Medizinfrau wieder zu Ayla.

»Es ist ein Jammer, daß nichts mehr von dem Pilz da ist. Er ist besonders hilfreich. Manchmal tötet er den Lebensfaden des Zahns, oft treibt er ihn heraus. Wenn ich jetzt etwas davon hätte, dann müßte ich den Zahn vielleicht nicht ziehen. Am wohltätigsten ist er natürlich, wenn er frisch ist. Man muß ihn zur Reifezeit pflücken. Vielleicht finden wir bald ein paar davon, Ayla, dann zeige ich ihn dir.«

Am nächsten Morgen kam Iza zu ihrem Bruder und erkundigte sich nach seinem Befinden.

»Es ist schon besser, Iza«, gab Creb zur Antwort und strich über die noch immer geschwollene Backe.

»Tut er noch weh? Wenn der Schmerz noch nicht ganz weg ist, schwillt das Zahnfleisch wieder an, Creb«, warnte Iza mit eindringlicher Gebärde.

Creb sah sie an.

»Ja, er tut noch weh«, gestand er mit widerwilliger Hand. »Aber nicht mehr so schlimm. Könntest du nicht noch warten? Ich habe über den Zahn einen mächtigen Zauber verhängt. Ich habe den Großen Bären angerufen, den bösen Geist zu vernichten, der den Schmerz hervorbringt.«

»Hast du den Großen Bären nicht schon viele Male angerufen, dich von dem Schmerz zu befreien? Ich glaube, der Große Bär wünscht, daß du deinen Zahn opferst, ehe er dir den Schmerz nimmt, Mog-ur«, gab Iza zurück, und ein Glitzern erschien in ihren Augen.

»Frau, wie kannst du es wagen, den Begehr des Großen Bären zu deuten?« gab Creb zornig zurück.

»Ich habe mir erlaubt, was mir nicht zusteht. Verborgen sind mir die Wege der Geister«, entschuldigte sich Iza mit gesenktem Kopf. Dann aber blickte sie ihrem Bruder ins Gesicht. »Doch ich bin die Medizinfrau und vertraut mit der Kunst zu heilen. Und ich sage dir: Dieser Schmerz wird nicht weichen, ehe der Zahn gezogen ist«, erklärte sie entschieden.

Creb kehrte ihr den Rücken zu und humpelte davon. Lange hockte er mit geschlossenem Auge auf seinem Fell.

»Iza«, rief er dann.

»Ja, Creb?«

»Du hast recht gedeutet. Der Große Bär wünscht, daß ich ihm den Zahn zum Opfer gebe. Tu es. Zieh ihn heraus.«

Iza ging zu ihm hin.

»Hier, Creb, trinke das. Es läßt dich den Schmerz nicht so heftig spüren. Ayla, bei den Spänen liegt auch ein kleiner Keil und ein Stück Sehne. Bring mir beides.«

»Wie kommt es, daß du den Trank schon bereitet hast?« wollte Creb wissen.

»Ich sehe dem Mog-ur ins Herz«, eröffnete ihm die Schwester. »Es ist hart, einen Zahn zu verlieren, aber wenn der Große Bär es wünscht, dann gibt der Mog-ur ihn. Es ist doch nicht das schwerste Opfer, das er in seinem Leben dargebracht hat.«

Creb senkte den Kopf und schlürfte den Trank. Er ist aus der gleichen Pflanze bereitet, ging es ihm durch den Sinn, deren Saft ich den Männern reiche, um in vergangene Zeiten zurückzukehren. Aber Iza hat die Pflanze gekocht. So ist sie kraftvoller, als wenn sie nur gewässert wird. Ja, sie ist vielfach zu verwenden. Eine große Gabe des Großen Bären . . . Und schon begann das Betäubende des Tranks zu wirken.

Schnell wies Iza Ayla an, Crebs Mund mit beiden Händen offenzuhalten, während sie sorgsam den kleinen Keil am Schaft des schmerzenden Zahns anlegte. Creb zuckte zusammen, doch so schmerzhaft, wie er befürchtet hatte, war das Ganze nicht. Nun band Iza ein Ende der Sehne um den gelockerten Zahn und bedeutete Ayla, das andere Ende an einem der Pfosten festzumachen, die, tief in die Erde gesenkt, das Gestell hielten, an dem Kräuter und Pflanzen zum Trocknen aufgehängt waren.

Iza wies mit der Hand hinter sich.

»Drücke jetzt seinen Kopf nach hinten, bis die Sehne straff gespannt ist, Ayla«, bedeutete sie dem Mädchen und riß wenig später mit einem schnellen Ruck daran.

»Da ist er.« Sie hielt die Sehne hoch, an welcher der Zahn baumelte.

Nachdem sie zermahlene Geranienwurzel in das blutende Loch gestreut hatte, tauchte sie einen Fetzen Kaninchenhaut in aufgelöste Balsamrinde und legte ihm die feuchte Haut um den Kiefer.

»Hier, nimm deinen Zahn, Mog-ur.« Iza drückte dem noch immer benommenen Zauberer den verrotteten Backenzahn in die Hand. »Es ist vorbei.«

Creb ballte die Hand zur Faust, streckte sich auf seinem Fell aus und drehte sich zur Wand.

Der ganze Clan wartete gespannt, ob Creb sich nach dem Eingriff, bei dem Ayla der Medizinfrau zur Hand gegangen war, erholen würde. Als die Wunde rasch und ohne Beschwerden verheilte, gab das allen neue Zuversicht, daß dieses fremdartige Mädchen die Geister nicht erzürnte. Und mußte Iza in der Folge einen von ihnen behandeln, so schlich sich jetzt nicht mehr Furcht in die Herzen der Clan-Leute, wenn sie sich von Ayla dabei helfen ließ.

Und mit der Zeit wandten sich die Clan-Leute, wenn ein Schmerz sie plagte, mit der gleichen Selbstverständlichkeit an Ayla wie an Iza. Sie wußten, daß Ayla die Kräuter für Iza gesammelt hatte, und sie sahen, daß die Medizinfrau sie täglich in der Heilkunst unterwies. Sie sahen aber auch, daß Iza alt und gebrechlich geworden und Uba noch zu jung war, um sie abzulösen. Ganz allmählich gewöhnten sich die Erdlinge an das fremde Mädchen, das in ihrer Mitte lebte. Und sich vorstellen zu können, daß ein Mädchen, das von den anderen stammte, eines Tages vielleicht sogar die Medizinfrau ihres Clans werden würde, gelang ihnen immer besser.

Während der kältesten Zeit, als die Tage aber schon wieder länger zu werden begannen, setzte bei Ovra das Geburtsweh ein.

»Es ist zu früh«, erklärte Iza Ayla mit bekümmerter Gebärde. »Das Kind sollte erst nach der Schneeschmelze kommen, und Ovra hat auch jüngst nicht mehr gespürt, daß sich in ihrem Bauch etwas regte. Ich habe Angst, daß das Gebären böse enden wird. Ich fürchte, daß ihr Kind als totes zu uns kommt.«

»O weh. Und Ovra hat es sich so arg gewünscht«, klagte das Mädchen. »Ihr Herz war voller Glück, und ihren Bauch trug sie fast wie ein Jäger seine Beute. Kannst du nichts tun?« fragte Ayla angstvoll.

»Wir wollen alles tun, was unserer Macht gegeben ist, Ayla. Aber gegen den Plan der Geister ist nichts auszurichten.«

Alle im Clan waren in Sorge um Goovs Gefährtin. Die Frauen bemühten sich, sie zu ermutigen. Die Männer saßen beunruhigt zusammen, um gemeinsam zu warten. Damals, bei dem Erdbeben, hatte der Clan mehrere Leute verloren. Und alle wünschten, daß ihre Zahl sich wieder vergrößern möge. Fortzubestehen in der Fülle des Clans war Grundvoraussetzung für das Überleben jedes einzelnen. Diese Erdlinge waren aufeinander angewiesen, und sie waren bekümmert darüber, daß Ovra wahrscheinlich nichts Lebendes zur Welt bringen würde. Goov war mehr in Sorge um seine Gefährtin als um das Kind. Er wünschte aus tiefstem Herzen, er könnte etwas tun. Es machte ihm die Brust eng, Ovra leiden zu sehen, zumal auf einen glücklichen Ausgang kaum zu hoffen war. Und Ovra wünschte sich das Kind; denn bisher hatte sie keines bekommen und sich im Clan wie eine Außenseiterin gefühlt. Selbst Iza, die Medizinfrau, hatte noch ein Kind geboren, so alt wie sie war! Und Ovra hatte sich vor Freude kaum noch fassen können, als sie dann endlich merkte, wie sie die blutenden Tage verließen und mählich ihr Bauch zu schwellen begann.

Droog schien sich besser als jeder andere in des jungen Mannes Herz hineinfühlen zu können. Er hatte ähnlich empfunden, als Goovs Mutter sterben mußte, wenn er auch froh war, daß sie Goov geboren hatte, und sich in seiner neuen Familie allmählich wohlzufühlen begann. Er hegte sogar die unbestimmte Hoffnung, daß Vorn mit der Zeit Gefallen daran fände, so gut wie er aus Steinen Werkzeuge zu schlagen. Ona, die jetzt der Brust entwöhnt war, hatte sich längst in sein Herz gelacht. Droog hatte nie ein Mädchen an seinem Feuer gehabt, und Ona war noch so klein gewesen, als Aga ihm zur Gefährtin gegeben wurde, daß ihm manchmal schien, als wäre ihm das Kind geboren worden.

Ebra und Uka hockten mit verspannten und bleichen Gesichtern bei Ovra, während Iza einen Kräutertrank bereitete. Auch Uka hatte sich auf das Kind ihrer Tochter gefreut und hielt jetzt fest deren Hand, um ihr Ermutigung zu geben. Oga war aufgestanden und gegangen, um den abendlichen Verzehr für Brun und Broud anzurichten. Auch Grod und Goov sollten an diesem Abend an Brouds Feuer essen. Ika bot sich an, Oga bei der Arbeit zu helfen; doch sie schlug das Angebot aus, als Goov ihr zu verstehen gab, daß er nicht mitessen wollte. Der Jäger hatte ein Gefühl, als wäre ihm der Magen zugeschnürt.

Oga war zerstreut und voller Unruhe. Sie wünschte jetzt, sie hätte Ikas Angebot der Hilfe nicht gänzlich abgelehnt. Sie wußte nicht, wie es geschah, doch als sie just den Männern heiße Brühe bringen wollte, kam sie ins Stolpern, und die Flüssigkeit ergoß sich über Bruns Schulter und Arm. Der brüllte auf, schoß hoch und sprang wie rasend um das Feuer. Die Zähne knirschten vor Schmerz. Alle sahen hin.

»Oga!« schrie Broud außer sich. »Du dummes, tolpatschiges Tier!« schimpfte er wütend und schämte sich, daß seine Gefährtin dies verschuldet hatte.

»Ayla, geh hin und hilf ihm«, bedeutete Iza dem Mädchen. »Ich kann jetzt nicht weg.«

Mit geballten Fäusten wollte Broud sich auf Oga stürzen, um sie zu bestrafen.

»Nein, Broud!« wehrte Brun ab, streckte seinen Arm aus und hielt den jungen Mann zurück. Das heiße Fett der Brühe glänzte auf seiner Haut und zischte leise. Und es kostete ihn Mühe, den Schmerz nicht zu zeigen. »Sie kann nichts dafür«, wehrte er ab.

Zitternd vor Furcht kauerte Oga demütig zu Brouds Füßen.

Ayla war beklommen zumute. Den Clan-Führer hatte sie noch nie behandelt. Immer noch flößte er ihr heftige Furcht ein. Hastig stürzte sie zu Crebs Feuer, packte eine hölzerne Schüssel, rannte zum Ausgang der Höhle und füllte etwas Schnee in das Gefäß. Dann eilte sie zu Brouds Wohnkreis und sank vor Brun zu Boden.

»Iza schickt mich«, bedeutete sie ihm. »Sie kann Ova jetzt nicht alleine lassen. Erlaubt mir der Clan-Führer, ihm zu helfen?«

Mit karger Gebärde gab ihr Brun zu verstehen, daß er einverstanden war. Zwar zweifelte er an Aylas Fähigkeit zur Medizinfrau, aber so, wie es stand, war sie die einzige, die ihm helfen konnte. Mit bebenden Fingern legte sie den kühlenden Schnee auf die rote, aufgeplatzte, blasige Haut und spürte, wie Bruns Muskeln sich lockerten, als der Schmerz etwas nachließ. Sie rannte zu Crebs Wohnkreis zurück, suchte die getrocknete Minze heraus und goß heißes Wasser auf die Blätter. Sobald sie aufgeweicht waren, gab sie kalten Schnee dazu, um den Aufguß abzukühlen, und kehrte zu Brun zurück. Mit sicherer Hand trug sie das lindernde Mittel auf und fühlte, wie die Anspannung aus Bruns Körper wich; der atmete auf. Es schmerzte noch, aber es war erträglich. Beifällig neigte der Clan-Führer den Kopf.

Man könnte meinen, daß sie Izas Zauber bald beherrschte, ging Brun durch den Kopf. Und sie versteht es jetzt, dem Clan-Brauch nach sich zu betragen. Man könnte meinen, daß sie eine gute Clan-Frau würde. Wenn Iza etwas zustößt, ehe Uba erwachsen ist, sind wir ohne Medizinfrau. Es war weitblickend von Iza, sie darin zu unterweisen.

Nicht lange danach kam Ebra zu ihrem Gefährten und teilte ihm mit, daß Ovras Sohn tot geboren war. Brun war bekümmert. Und ein Junge dazu, dachte er. Das Herz muß ihr bluten. Hoffentlich wird es für sie bald leichter, Kinder zu kriegen. Wer hätte gedacht, daß ein Bibertotem so wehrhaft ist.

Obwohl der Clan-Führer den Schmerz der jungen Frau begriff, er zeigte es nicht. Keiner im Clan erwähnte das traurige Ereignis. Doch Ovra spürte den Grund, als Brun einige Tage später an Goovs Feuer kam und ihr mit ernster sorgenvoller Hand bedeutete, daß sie sich heilsame Zeit nehmen sollte. Nur selten besuchte der Clan-Führer die Wohnkreise seiner Jäger; und wenn er es tat, so zog er kaum je die Frauen in ein Gespräch.

Iza bestand darauf, daß Ayla Brun weiterhin behandelte. Die Clan-Leute sahen, wie die Haut unter ihrer Pflege wieder heilte, und öffneten sich ihr noch ein wenig mehr. Und Ayla hatte weniger Angst vor Brun. Auch er war verletzlich.

11

Als der lange Winter seinem Ende zuging und in der fruchtbergenden Erde die ersten Keime sich regten, spürten die Erdlinge in der Höhle, wie ihnen das Blut wieder schneller durch die Adern strömte. Die Kältnis hatte sie zwar nicht in einen echten Winterschlaf getrieben, der dem Maulwurf oder Bär zukam, doch da sie in der Höhle kaum die Körper wie im Freien durchbewegen konnten, war alles, was in ihnen ihrem Leben diente, verhaltener geworden. Im Winter waren sie dann träge, schliefen lange und aßen mehr, so daß sie Fett ansetzten, was wiederum als Schutz vor Kälte günstig war. Sobald aber die Sonne den Schnee vor dem Ausgang wegleckte und die Tage wärmer wurden, drängte es die Clan-Leute, sich zu regen und zu bewegen. Sie mußten hinaus und freier atmen.

Diesem Hang zur Regsamkeit half Iza noch mit einem Zaubertrank nach, der aus zerstoßenen Triticumwurzeln, getrockneten Waldmeisterblättern und feingeschnittenem Ampfer gemischt war und Jungen und Alten verabreicht wurde. Mit frischen Kräften drängten die Clan-Leute dann aus der Höhle hinaus und begrüßten Luft und Licht.

Der dritte Winter in der Höhle hatte sich ihnen nicht allzu grimmig gezeigt. Außer Ovras totgeborenem Kind hatte man niemandes Hinscheiden zu beklagen. Und das Kind zählte nicht; es war ja nie benannt und in den Clan aufgenommen worden. Iza hatte den Winter gut überstanden. Creb hatte er nicht mehr zugesetzt als sonst. Aga und Ika hatten wieder dicke Leiber. Und da beide Frauen gute Gebärerinnen waren, sahen die Clan-Leute mit Freuden schon dem Tag entgegen, an dem sich ihre Zahl vergrößern würde. Die ersten Triebe und Knospen wurden gesammelt. Die Männer trafen Vorbereitungen zur Jagd, um frisches Fleisch zu beschaffen. Bei einem Festverzehr wollte man die Geister ehren, die das neue Leben erweckten, und den Geistern der Totems danken, daß sie den Clan den Winter über so behütet hatten.

Ayla hatte besonderen Anlaß, ihrem Totem zu danken. Der vergangene Winter war für sie sowohl bedrückend als auch sehr lehrreich und erregend gewesen. Die Flamme ihres Hasses gegen Broud brannte jetzt noch heißer, aber zwischen festen Steinen; und in diesen langen, dunklen Tagen hatte sie erfahren, daß Broud ihr nichts anhaben konnte, wenn sie es nicht zuließ. Er war ihr schlimm gekommen, doch sie hatte es mit Gelassenheit hinzunehmen vermocht. Ihre Eigenart zog ihm eine Grenze, die Broud nicht überschreiten konnte. Und daß Iza sie in die Lehre nahm, um sie in die Heilkunst einzuweisen, hatte ihr oft über schwere Zeiten hinweggeholfen. Je mehr sie lernte, desto mehr wollte sie lernen. Ayla brannte darauf, endlich ihre Wanderungen wieder aufnehmen zu können; und das nicht nur, weil sie ihr ermöglichten, dem Clan zu entfliehen. Ein tiefempfundenes Wissenwollen trieb sie zu den Pflanzen und Kräutern, deren verschiedene Wirkungsweisen sie begeisterten. Solange die heulenden Winde und die bitterkalten Schneestürme bliesen, hatte sie sich in Geduld gefaßt. Doch jetzt war ihre Zeit gekommen. Die Zeit, die Kunst des Jagens zu erlernen.

Sobald die Schmelzwasser abgelaufen waren und der noch feuchte Boden dampfte, zog Ayla wieder hinaus in die Wälder. Ihre Schleuder versteckte sie jetzt nicht mehr oben in der kleinen Höhle über ihrer Bergwiese. Sie hatte sie immer bei sich, entweder in einer Falte ihres Überwurfs verborgen oder unter einer Blätterdecke in ihrem Sammelkorb versteckt. Es war nicht leicht für sie, sich ganz allein das Jagen beizubringen. Sie sah, daß Tiere flinker waren und sich nicht ruhig verhielten wie ein Pfosten oder ein Blatt. Wenn die Frauen unterwegs waren und sammelten, gaben sie von Zeit zu Zeit lautes Knurren oder schrille Schreie von sich, um lauerndes Getier zu vertreiben. Ayla tat sich schwer, das nicht zu tun, was sie gewöhnt war. Viele Male, wenn sie noch schnell einen Blick von einem flüchtenden Tier erhaschte, war sie voller Zorn auf sich selbst hinterher, daß sie es auch noch hatte warnen müssen.

Und ohne sich von ihren Mißerfolgen allzusehr entmutigen zu lassen, lernte sich doch durch unermüdliche Versuche, die Tiere aufzuspüren und sich an sie heranzuschleichen. Bald verstand sie es auch, die bruchstückhaften Kenntnisse zu einem Ganzen zu vereinen. Ihr durch das Erkennen von Pflanzen und Kräutern geübtes Auge hatte keine Mühe, nach einer Weile auch die Jagdzeichen zu verstehen: eine Tierlosung, ein schwacher Abdruck in der Erde, ein abgeknickter Grashalm oder ein gebrochener Zweig. Sie lernte, zwischen den Spuren verschiedener Tiere zu unterscheiden, spürte ihnen nach und schaute, wie und wo sie lebten. Die pflanzenfressenden Tiere ließ sie zwar nicht unbeachtet, aber vornehmlich setzte sie den reißenden Fleischfressern nach.

Ayla achtete auch stets darauf, welche Richtung die Männer einschlugen, wenn sie zur Jagd aufbrachen. Doch nicht Brun und seine Männer machten ihr Sorge. Sie zogen meist hinaus in die offene Steppe, wo Ayla gar nicht zu jagen wagte, weil sich dort außer wenigen Bäumen keinerlei Deckung bot. In Sorge war sie vor allem wegen der beiden alten Männer. Denn beim Kräutersammeln war es früher ab und zu vorgekommen, daß sie Zoug und Dorv gesichtet hatte. Bei diesen beiden war am ehesten zu erwarten, daß sie im gleichen Gebiet jagen würden wie sie selbst. Ständig mußte sie auf der Hut sein, ihnen nicht in den Weg zu laufen. Selbst wenn sie die entgegengesetzte Richtung wie die beiden alten Jäger nahm, konnte sie nicht sicher sein, daß Zoug und Dorv nicht einen Bogen schlagen und sie mit der Schleuder in der Hand ertappen würden.

Doch als sie es endlich geschafft hatte, schlangengleich über das Gras und durchs Gebüsch zu gleiten, trockene Äste zu vermeiden und Ohren, Augen und Nase zu Frühwarnanlagen auszubilden, da folgte sie auch Zoug und Dorv, um sie zu beobachten und ihnen ihre Fertigkeiten abzuluchsen. Sie war dann immer besonders vorsichtig. Es war gefährlich, aber eine gute Übung. Lautlos, unsichtbar, überall wollte sie sein.

Es gab jetzt Augenblicke, wo Ayla sicher war, ein kleines Beutetier mit ihrer Schleuder erlegen zu können. Manchmal setzte sie zum Schwung an, es reizte Ayla, ihr Selbstgelerntes zu verwirklichen, doch sie gab der Versuchung nicht nach. Sie hatte gelobt, nur auf reißende Tiere Jagd zu machen, und nur dies hatte ihr das Totem gestattet.

Knospen öffneten sich zu Blüten und Blättern, Blüten welkten, und Früchte trieben aus ihnen hervor, hingen grün und bitter in Bäumen und Büschen, und noch immer hatte Ayla kein Tier erbeutet.

»Fort mit dir! Husch! Fort!«

Ayla lief aus der Höhle, um zu sehen, was dieser Stimmenlärm bedeuten sollte. Mehrere Frauen jagten mit wedelnden Armen einem niedrigen, plumpen, zottigen Tier nach. Der Vielfraß rannte auf die Höhle zu, schlug jedoch knurrend einen Haken, als er Aylas ansichtig wurde. Er tauchte zwischen den Beinen der Frauen hindurch und floh mit einem Fetzen Fleisch im Maul.

»Dieses hinterhältige, gefräßige Biest. Ich habe das Fleisch gerade zum Dörren hinausgelegt«, schalt Oga zornig. »Kaum hatte ich mich umgedreht, da kam er auch schon angerannt. Die ganze Zeit streunt er hier herum und jeden Tag wird er unverschämter. Wenn Zoug hier wäre, er würde ihn töten. Gut, daß du gekommen bist, Ayla. Fast wäre er in die Höhle gerannt.«

»Das ist ein Weibchen, glaube ich, Oga. Sie hat sicher in der Nähe einen Bau und Junge drin.«

»Auch noch Junge! Ein ganzer Wurf!« Harsche, zornige Laute begleiteten ihre aufgebrachte Gebärde. »Zoug und Dorv haben Vorn heute bei Sonnenaufgang mitgenommen. Warum jagen die nicht den Vielfraß, statt immer nur Hamster und Schneehühner? Vielfraße nützen nicht, sie schaden.«

»Doch, Oga. Ihr Pelz wird im Winter nicht starr und steif von deinem Atem. Aus ihrem Fell kannst du gute Mützen und Umhänge machen.«

Ayla kehrte zum Feuer zurück. Sie wußte, daß es dort nichts für sie zu tun gab; und hatte nicht Iza erst kürzlich geklagt, daß ihr einige Kräuter fehlten? Ein listiges Lächeln kam in des Mädchens Gesicht auf. Ayla beschloß, den Bau des Vielfraßes auszumachen. Eilig holte sie ihren Korb und lief wieder aus der Höhle. Nicht weit von der Stelle, wo das Tier im Wald verschwunden war, tauchte auch sie in das Grün der Büsche.

Die scharfen Augen tasteten über den Boden und entdeckten den leichten Abdruck einer Klaue mit langen, spitzen Krallen, ein Stück weiter einen geknickten Stengel. Ayla verfolgte die Spur. Wenig später hörte sie, erstaunlich nahe der Höhle, ein Scharren und Kratzen. Vorsichtig schlich sie weiter, streifte kaum ein Blatt und sah dann den Vielfraß mit vier Jungen, die sich fauchend und knurrend um das Dörrfleisch zankten. Sachte setzte sie den Korb ab, zog die Schleuder hervor und legte sich einen Stein zurecht.

Dann verharrte sie, und ihr Körper spannte sich. Der rechte Augenblick war abzupassen, um einen genauen Treffer zu erzielen. Der Wind schwang plötzlich um und trug dem listigen Vielfraß befremdliche Witterung zu. Schnüffelnd hob das Tier den Kopf in die Luft. Auf eine solche Gelegenheit hatte Ayla gewartet. Blitzschnell schleuderte sie den Stein ab. Das Tier gewahrte die Bewegung, doch schon zu spät. Vom Stein getroffen, wurde es ein Stück weit weggeschleudert und blieb dann reglos liegen. Die vier Jungen jagten erschreckt davon. Ayla trat aus dem Gebüsch und beugte sich hinunter, um sich das Tier näher anzusehen. Der marderähnliche Räuber war von der Schnauze bis zu der Spitze seines buschigen Schwanzes etwa drei Fuß lang und trug ein zottiges, schwarzbraunes Fell. Vielfraße waren unerschrockene Fleischfresser, so scharf, daß sie sogar reißenden Tieren, die größer waren als sie selbst, die Beute streitig machten, so furchtlos, daß sie den Erdlingen das Fleisch beinahe unter der Nase wegstahlen, so schlau, daß sie sogar die Vorräte zu entwenden wußten. Ähnlich wie Stinktiere konnten sie Übelriechendes versprühen und machten dem Clan noch mehr zu schaffen als die Hyäne. Der Stein aus Aylas Schleuder hatte das Tier genau über dem Auge getroffen, an der Stelle, auf die sie gezielt hatte. Dieser Vielfraß wird uns bestimmt nichts mehr wegholen, dachte Ayla befriedigt und frohlockte. Und das Fell schenke ich Oga. Sie griff nach ihrem scharfen Schaber, um den Vielfraß zu häuten. Doch augenblicklich hielt sie inne.

Was mache ich da? Ich kann Oga das Fell nicht schenken. Ich kann es keinem schenken. Nicht einmal behalten kann ich es. Ich darf nicht jagen. Wenn sie wüßten, daß ich den Vielfraß getötet habe! Ayla hockte sich neben das tote Tier und fuhr niedergeschlagen mit ihren Fingern durch das zottige Fell. Das Feuer der Freude in ihrem Herzen war erloschen.

Sie hatte ihr erstes Tier erlegt. Sicher, es war kein riesiger Bison, doch es war mehr als Vorns Stachelschwein. Doch ihr zu Ehren gab es keine Feier, ihre Aufnahme in die Reihe der Jäger zu bestätigen, auch kein Festessen, nicht einmal lobende Blicke und herzhafte Schulterschläge, wie sie Vorn zuteil wurden, wenn er seine lächerliche Beute zeigte. Und wenn sie mit dem Vielfraß zur Höhle zurückkehrte, empfingen sie nur entsetzte Blicke, und harte Bestrafung würde folgen. Daß sie dem Clan doch nur helfen wollte oder daß sie sich zur trefflichen Jägerin entwickelt hatte, das würde nichts gelten. Sie war eine Frau. Frauen jagten nicht. Frauen töteten keine Tiere.

Ayla ließ die Arme hängen und stieß einen tiefen Seufzer aus. Ich habe es gewußt; die ganze Zeit habe ich es gewußt. Schon bevor ich zu jagen anfing, bevor ich Zougs alte Schleuder vom Boden aufhob. Immer habe ich gewußt, daß ich nicht jagen darf.

Der mutigste der jungen Vielfraße kam aus seinem Versteck und beschnüffelte zaghaft das tote Muttertier. Diese Jungen werden uns genauso zu schaffen machen wie die Alte, ging es Ayla durch den Kopf. Sie sind fast ausgewachsen. Zwei werden bestimmt überleben. Ich muß das tote Tier beseitigen. Weit weg. Die Jungen folgen sicher dem Geruch. Ayla stand auf und zog den toten Vielfraß am Schwanz tiefer in den Wald hinein. Dann eilte sie davon, um nach Kräutern für Iza Ausschau zu halten.

Der Vielfraß war nur der erste Räuber, der ihrer Schleuder zum Opfer fiel. Marder, Nerze, Frettchen, Otter, Wiesel, Dachse, Hermeline, Füchse und die kleinen gräulichschwarz gestreiften Wildkatzen folgten nach. Ayla konnte nicht wissen, daß ihr Entschluß, nur auf reißende Tiere Jagd zu machen, sich bedeutsam für sie auswirkte. Sie lernte dadurch schneller, und ihre Geschicklichkeit wurde weit mehr gefordert, als wenn sie auf die Jagd nach sanften pflanzenfressenden Tieren gegangen wäre.

Bald übertraf sie Vorn im Umgang mit der Schleuder. Doch mit ihm verglich sich Ayla längst nicht mehr. Sie maß sich an Zoug, und es dauerte nicht lange, bis sie fast so gut war wie der alterfahrene Jäger, denn sie lernte es allzu rasch. Und zurück blieb die Erfahrung. Sie neigte dazu, sich selbst zu überschätzen.

Begleitet von sengender Hitze und ungestümen Gewittern schritt der Sommer seinem Ende zu. Unerträglich heiß war heute der Tag. Nicht ein Lüftchen regte sich. Am Abend zuvor hatte ein Gewitter mit grellgelbem Wetterleuchten, das die Gipfel der Berge in ein Geisterlicht tauchte, und einem gewalttätigen Hagelschauer die Clan-Leute fluchtartig in die Höhle getrieben. Der Wald dampfte. Schwere weiße Schwaden hingen an Büschen und Bäumen. Buntschillernde Fliegen und Mücken sirrten über den schlammigen, von Wasserlinsen bedeckten Tümpeln, die sich im ausgetrockneten Bachbett gebildet hatten.

Ayla folgte der Spur eines Rotfuchses. Lautlos schlich sie am Rand einer kleinen Lichtung entlang durch den Wald. Ihr war heiß; der Schweiß rann ihr über das Gesicht, und ihre Lust, dem Fuchs zu folgen, verdampfte. Es wäre wohl besser, die Jagd aufzugeben und auf dem Rückweg zur Höhle im Teich zu baden. Als sie durch das bloße, felsige Bachbett sprang, hielt sie da an, wo zwei Felsbrocken das dünne Rinnsal in ein knöcheltiefes Sammelbecken zwangen, und trank in gierigen Zügen.

Als sie sich wieder von den Knien erhob und aufblickte, stockte ihr der Atem. Auf einem Felsvorsprung über ihr kauerte ein Luchs. Seine aufgestellten Pinselohren zuckten. Seine Sehschlitze links und rechts der stumpfen Nase beäugten sie mißtrauisch. Sein kurzer Schwanz schlug unruhig hin und her.

Obwohl der Luchs kleiner war als die meisten Großkatzen, besaß er in seinem etwa acht Fuß langen Körper und den kurzen behaarten Pfoten gewaltige Sprungkraft. Er nährte sich von Hasen, Kaninchen, großen Eichhörnchen und anderen nagenden Tieren, konnte aber auch ein Reh reißen, wenn es ihn lockte.

Als Ayla immer noch unverwandt auf die reglos daliegende Katze blickte, wuchs in ihr eine heiße Erregung, die sich vom Herzen bis zum Hirn emporschwang. Hatte Zoug nicht Vorn erklärt, mit der Schleuder wäre auch ein Luchs zur Strecke zu bringen? Auf größere Tiere, hatte er gewarnt, sollte kein Jäger mit der Schleuder gehen, aber mit einem Wolf, einer Hyäne oder einem Luchs könnte man es noch aufnehmen. Ich weiß genau, daß er ›Luchs‹ gesagt hat, bestärkte sich Ayla. Noch nie hatte sie auf diese reißenden Tiere Jagd gemacht. Jetzt lag eines vor ihr. Wenn Zoug einen Luchs erlegen konnte, dann konnte sie das auch, und hier lag die Gelegenheit, es zu beweisen.

Langsam und vorsichtig schob sie die Hand in eine Tasche ihres kurzen Sommerüberwurfs, ohne dabei die Katze aus den Augen zu lassen. Sie tastete nach dem größten Stein, den sie finden konnte. Ihre Hände waren heiß und feucht. Fest umfaßte sie die beiden Enden der Schleuder, während sie den Stein einlegte. Zum Ziel nahm sie sich die Stelle zwischen den Augen des Tieres und schleuderte schnell, ehe sie den Mut verlieren konnte, ihren Stein ab. Der Luchs sah das Wirbeln ihres Armes. Er drehte den Kopf, so daß der Stein ihn seitlich streifte, schmerzhaft, aber ohne ihn verletzt zu haben.

Ehe Ayla auch nur daran denken konnte, nach einem zweiten Stein zu greifen, sah sie, wie die Muskeln im Körper des Tieres sich spannten. Blitzartig, ohne Überlegung, warf sich das Mädchen zur Seite, als der Luchs lossprang. Längelang stürzte Ayla in den Schlamm, und ihre Hand klammerte sich an einen dicken Ast, der irgendwann von Wassern aus dem Gebirge herabgespült worden war. Strudel und Wirbel hatten ihm unterwegs Blätter und Zweige abgerissen. Rasch packte Ayla den schweren, wasserdurchtränkten Stock und schnellte genau in dem Augenblick herum, als das fauchende, zähnestarrende Tier nochmals auf sie lossprang. Mit aller Kraft, die ihr die Angst verlieh, holte Ayla aus und schlug zu. Der wuchtige Schlag traf den Luchs am Kopf; er sackte zusammen, blieb einen Augenblick benommen liegen, schüttelte sich, sprang auf die Beine und machte sich mit weit ausgreifenden, weichen Sätzen davon.

Ayla zitterte am ganzen Körper. Sie setzte sich auf. Ihr Atem ging keuchend. Die Knie waren ihr weich, als sie aufstand, um ihre Schleuder zu holen, und sie ließ sich wieder in den Schlamm fallen.

Das Mädchen war tollkühn gewesen. Zoug hätte es niemals für möglich gehalten, daß einer es wagen würde, nur mit einer Schleuder bewaffnet ein reißendes Tier zu jagen. Immer wurde ein zweiter Jäger mitgenommen, der einem in der Not zu Hilfe kommen konnte. Doch dieses Mädchen, das kaum noch fehlte, wenn es schoß, hatte nicht bedacht, was geschehen könnte, wenn ihr Stein bei einem reißenden Tier danebenging. Ayla war so verschreckt und im Kopf so durcheinander, daß sie beinahe vergessen hätte, ihren Korb aus dem Buschversteck zu holen, als sie zur Höhle zurückrannte.

»Ayla? Was hast du? Du bist ja voller Schlamm!« Besorgt schlug Iza die Hände über dem Kopf zusammen.

Des Mädchens Gesicht war aschfahl. Irgend etwas mußte ihr einen heillosen Schreck eingejagt haben.

Ayla schüttelte nur den Kopf und lief in die Höhle. Iza wußte, daß etwas geschehen war, was das Mädchen sie nicht wissen lassen wollte. Sie hätte gerne weiter in sie dringen wollen, aber dann ließ sie es doch sein und hoffte, Ayla würde sich von selbst ihr anvertrauen.

Iza wurde immer das Herz schwer, wenn Ayla allein unterwegs war, doch jemand mußte ja die Heilkräuter für sie sammeln. Sie selbst konnte sich diese weiten Gänge nicht mehr zumuten, Uba war noch zu jung, und keine der anderen Frauen war bewandert genug, um die richtigen Pflanzen zu finden. Sie mußte Ayla gehen lassen und hoffte immer wieder, das Mädchen würde zeitiger kommen.

Am Abend war Ayla sehr still und legte sich früh nieder. Schlafen konnte sie nicht. Unablässig sprang der Luchs auf sie los, und wieder und wieder schlug sie auf ihn ein. Irgendwann umfing sie dann der Schlaf.

Ayla erwachte an ihrem eigenen Schrei.

»Ayla! Ayla!« rief Iza und wollte wissen, was ihr fehlte.

Mit zitternden Händen bedeutete Ayla, daß sie geträumt habe. Sie sei in einer kleinen Höhle gewesen, und ein Höhlenlöwe hätte sie packen wollen.

Zart strich die Medizinfrau über Aylas Haar.

»Du hast lange keine bösen Träume mehr gehabt, Ayla. Warum jetzt? Hat dir etwas Angst gemacht, als du im Wald warst?«

Ayla nickte und senkte den Kopf. In der noch finsteren Höhle, die nur vom rot-trüben Schein des glosenden Feuers erhellt wurde, war der Ausdruck schuldbewußter Beklommenheit auf ihrem Gesicht nicht zu sehen. Seit sie das Zeichen ihres Totems gefunden hatte, war in ihr nie mehr das Gefühl gewesen, etwas Verbotenes zu tun, wenn sie auf Jagd ging. Jetzt zweifelte sie, ob es wirklich ihr Zeichen gewesen war. Vielleicht hatte sie es nur so gedeutet. Vielleicht sollte sie doch nicht jagen. Schon gar nicht so gefährliche Tiere. Wie hatte sie auch glauben können, ein Mädchen dürfte auf einen Luchs Jagd machen?

Iza nahm das Mädchen bei den Schultern.

»Mir ist nie wohl zumute, wenn du alleine fortgehst, Ayla. Du kommst immer so spät zurück. Ich weiß, du wanderst gern für dich; doch raubt es mir die Ruhe, weil der Wald voll lauernder Gefahren ist.«

Iza sah mit Erleichterung, daß Ayla sich ihren Rat zu Herzen zu nehmen schien. Sie hielt sich fast immer in der Nähe der Höhle auf, und wenn sie doch einmal auszog, um Kräuter zu sammeln, kehrte sie rasch zurück. Wenn Ayla keine Frau fand, die bereit war, sie zu begleiten, hetzte sie ständige Furcht. Bei jedem Schritt erwartete sie, ein lauerndes reißendes Tier zu entdecken, das sich augenblicklich auf sie stürzen würde. Jetzt konnte sie verstehen, warum die Clan-Frauen nicht allein auszogen, um zu sammeln, und warum sie immer von neuem verwundert waren über Aylas Verlangen, sich allein auf den Weg zu machen. Früher hatte sie nicht gewußt, daß überall so viele Gefahren lauerten; diese eine erlebt zu haben, ließ sie jedoch ihre Umgebung mit anderen Augen sehen. Selbst Tiere, die nicht reißend waren, konnten die Erdlinge bedrohen. Keiler mit spitzen Hauern, Pferde mit schlagenden Hufen, Hirsche mit wuchtigem Geweih, Bergziegen und Schafe mit todbringenden Hörnern, sie alle waren fähig zu töten, wenn sie gereizt waren. Ayla schüttelte bei diesem Gedanken den Kopf und wußte nicht, woher sie ihre Beherztheit genommen hatte, jagen zu gehen.

Da war niemand, dem Ayla sich hätte anvertrauen können; da war niemand, der ihr erklären würde, daß Furcht die Sinne schärfte und Angst den Körper lähmte; da war niemand, der sie ermutigte, die Schleuder wieder zur Hand zu nehmen, ehe die Furcht zur Angst wurde und sie für immer lähmte. Die Männer waren mit der Furcht vertraut. Viele Male in ihrem Leben begegneten sie ihr, am eindrucksvollsten bei der ersten großen Jagd, die sie zu Männern machte. Kleine Tiere jagte man, um sich an die Waffen zu gewöhnen; doch zum Mann wurde erst, wer die Furcht kennengelernt und überwunden hatte.

Für die Frauen waren die blutenden Tage eine nicht geringere Probe ihres Mutes. In gewisser Weise bedurfte es eines noch stärkeren Herzens, diese Tage und Nächte allein durchzustehen, in dem Wissen, daß keiner ihnen helfen würde, was auch geschah. Vom Augenblick seiner Geburt an war ein Mädchen ständig von anderen Erdlingen umgeben, die es beschützten. Doch wenn es zum ersten Mal seine Tage hatte, wo es vom Mädchen zur Frau sich voll entwickelte, war kein Mann in seiner Nähe, es zu beschützen; nicht einmal eine Waffe war ihr beigegeben, sich gegen die reißenden Tiere zur Wehr zu setzen. Mädchen wie Jungen wurden erst dann Frauen und Männer, wenn sie der Furcht ins Auge geblickt und sie bezwungen hatten, wenn sie der Angst entwachsen und somit dem Clan-Leben gewachsen waren.

Ayla hielt das Erlebnis immer noch in Bann; während der ersten Tage verspürte sie kein Verlangen, sich auch nur etwas weiter von der Höhle zu entfernen. Nach einer Weile jedoch regte sich wieder prickelnde Rastlosigkeit in ihren Gliedern. Im Winter hatte sie nichts dagegensetzen können; da nahm sie die Beschränktheit in der Höhle hin wie alle anderen. Aber Körper und Geist waren gewöhnt, frei herumzustreifen, wenn Schnee und Kältnis gewichen waren. Der Widerstreit ihrer Gefühle quälte sie nun. War sie allein im Wald, abgeschieden von der Schutz bietenden Höhle, so nagte beständige Angst an ihr; war sie aber bei den anderen, so war ihr arg danach, für sich zu sein und das befreiende Atmen im Wald genießen zu können.

Einmal, als sie sich alleine aufgemacht hatte, um Kräuter zu sammeln, geriet sie unversehens in die Nähe ihrer Zuflucht. Sie stutzte und kletterte das letzte Stück zur lichten Bergwiese schneller hinauf. Ihr Herz beruhigte sich. Es tut gut, hier zu sein. Dies waren ihre Höhle, ihre Wiese. Sogar die Rehe, die hier häufig ästen, begriff sie als ihr Getier. Sie waren so zutraulich geworden, daß sie das Mädchen ganz nahe herankommen ließen, ehe sie davonsprangen. Und hier überkam Ayla ein Gefühl von Zuversicht und Stärke, das sich im Wald, wo überall wilde Tiere lauern konnten, nicht mehr einstellen wollte. Die ganze Zeit der hitzigen Tage war sie nicht mehr hier oben gewesen, und als sie jetzt im hohen Gras lag, die Arme im Nacken verschränkt, und in den Himmel starrte, stürzten die Erinnerungen auf sie ein. Hier hatte sie angefangen, mit der Schleuder zu üben; hier hatte sie auf ihr erstes Tier geschossen; und hier hatte sie das Zeichen ihres Totems gefunden.

Ihre Schleuder hatte Ayla bei sich, denn sie wagte nicht, sie in der Höhle zu lassen, wo Iza sie bestimmt finden würde. Nach einer Weile stand sie auf, suchte sich einige Steine zusammen und machte ein paar Würfe. Wieder wanderten ihre Gedanken zurück zu dem abscheulichen Luchs.

Hätte ich doch nur noch einen Stein in der Schleuder gehabt, dachte sie, dann hätte ich noch einmal schießen können und ihn vielleicht getroffen, ehe er auf mich springen konnte.

Zwei gerade, tiefe Furchen waren wieder zwischen ihren Brauen oberhalb der Nasenwurzel eingekerbt, als sie die zwei Steine in ihrer Hand betrachtete. Konnte man nicht einen Stein gleich nach dem anderen schleudern? Hatte Zoug dem jungen Vorn je so etwas gezeigt? Sie krauste die Stirn. Wenn ja, dann war ich nicht dabei, dachte sie. Hin und her wälzte sie nun den Gedanken in ihrem Kopf und machte sich Bilder, wie es gehen könnte. Sie sah sich mit der Schleuder in der Hand, wie sie nach dem ersten Wurf – noch während ihr Arm sich in der Abwärtsbewegung befand – blitzschnell einen zweiten Stein in die Kuhle drückte, den Arm, ohne innezuhalten, wieder hochschwang und einen zweiten Stein abschleuderte. Ob das wohl zu machen war? Sie versuchte es; und langsam, sehr langsam und nach zahllosen Versuchen fand sie eine ihr genehme Abfolge der Bewegung heraus: ersten Stein abschleudern; Schleuder im Abwärtsschwung leicht abfangen, zweiten Stein schon bereit; Stein in die Kuhle drücken, während die Schleuder noch im Schwung war; zweiten Stein abschießen. Häufig fielen ihr die Steine heraus, und selbst als es ihr gelang, sie abzuschießen, litt doch die Treffsicherheit bei beiden Würfen. Doch sie hatte den Bogen heraus.

Sie stieg von nun an jeden Tag zu ihrer Bergwiese hinauf, um zu üben. Noch immer hielt eine unbestimmte Angst sie davon ab, wieder zu jagen; doch der unbezähmbare Drang, die neue Wurfart zu erproben, belebte Aylas Lust, mit der Waffe zu üben.

Als die Zeit kam, wo die bewaldeten Hügel in rotgoldener Herbstlichkeit erglühten, war sie mit zwei Steinen ebenso treffsicher wie vorher mit einem. Ein heißes Gefühl des Stolzes und der Befriedigung durchrann sie jedesmal, wenn ein doppeltes, rasch aufeinanderfolgendes Krachen ihr meldete, daß beide Steine den Pfahl getroffen hatten.

An einem klaren Spätherbsttag beschloß Ayla, schon in aller Frühe zu ihrer Wiese hinaufzusteigen, um die Haselnüsse aufzusammeln, die von den Büschen gefallen waren. Als sie gerade den Bach übersprang, hörte sie das grelle Lachen und gierige Geschnüffel einer Hyäne; und als sie mit wenigen Sätzen die Lichtung erreichte, sah sie das häßliche Tier, halb vergraben in den Eingeweiden einer Rehkuh.

Wut und Empörung flammten in Ayla auf. Wie konnte dieses Scheusal es wagen, ihre Wiese zu beschmutzen, ihr Reh zu überfallen? Schon wollte sie auf die Hyäne losstürzen und dieses Biest verscheuchen, aber dann ließ sie es doch lieber bleiben. Hyänen waren reißende Tiere und ihre Zähne kräftig genug, die großen Beinknochen von Huftieren zu zermalmen. Und wenn sie ein Tier geschlagen hatten, so waren sie nicht so leicht von ihrer Beute zu vertreiben. Ohne sich noch lange zu besinnen, warf Ayla ihren Korb ab und holte ihre Schleuder heraus. Während sie sich Fuß vor Fuß zu einem Felsvorsprung schlich, der sie decken sollte, bis sie bereit war, suchten ihre Augen den Boden nach Steinen ab. Und schon hob das gefleckte Tier den Kopf, witterte und wandte sich dem Felsen zu.

Ayla sprang hervor, schleuderte den ersten Stein ab und ließ sogleich den zweiten folgen. Gleich hatte sie einen dritten und vierten Stein zur Hand, um, wenn nötig, einen zweiten Durchgang abzuschießen. Aber schon der erste Stein hatte getroffen. Die Hyäne brach zusammen, zuckte kurz und regte sich nicht mehr. Ayla blickte um sich; weit und breit war nichts zu sehen von anderen Hyänen. Dann näherte sie sich vorsichtig dem Tier und hielt die Schleuder bereit. Auf halbem Weg sah sie einen großen Rehschenkelknochen, den sie aufnahm. Mit einem unbarmherzigen Schlag sorgte sie dafür, daß die Hyäne sich nicht mehr erheben würde.

Ayla blickte auf das tote Tier und ließ die Keule fallen. Ihre Hand fuhr zum Mund, als wollte sie einen Schrei unterdrücken. Ich habe eine Hyäne erlegt, schallte es in ihrem Kopf. Ich habe mit meiner Schleuder eine Hyäne erlegt. Nicht ein kleines Tier. Nein, ein Tier, das mich töten könnte. Bin ich jetzt eine Jägerin? Eine richtige Jägerin? Doch kein freudiger Überschwang wollte sich einstellen, keine Erregung oder auch nur Befriedigung darüber, ein gefährliches Tier erlegt zu haben. Das, was sie verspürte, ging tiefer, nicht in den Kopf, sondern in ihr Herz und löste ein Gefühl von Demut in ihr aus. Es war die Erkenntnis, sich selbst bezwungen zu haben. Und mit tief empfundener Ehrfurcht bedeutete Ayla dem Geist ihres Totems: »Ich bin nur ein Mädchen, Großer Höhlenlöwe, und die Wege der Geister sind mir fremd.« Aber, und so fuhr sie mit feierlicher Gebärde fort, sie glaube, daß sie jetzt mehr sähe. Der Luchs hatte für sie eine Prüfung sein sollen wie Broud. Und Creb habe ihr immer erklärt, daß mächtige Totems Hohes forderten, aber er habe sie nie wissen lassen, daß die größten Gaben, die sie einem bescherten, im Inneren zu finden seien. Er habe sie nie wissen lassen, wie ihr ums Herz sein würde, wenn sie endlich begreife. Die Prüfung wäre nicht irgendeine schwere Aufgabe; das Wissen, sie bewältigen zu können, sei die Prüfung!

Ayla kniete nieder und hob die Hände gegen den Himmel. »Ich danke dir, daß du mich erwählt hast, Großer Höhlenlöwe. Ich will mich deiner immer würdig zeigen.«

Als das Herbstfeuer in den Baumkronen allmählich erlosch und welke Blätter wie gelber Schnee zu Boden schwebten, kehrte Ayla in den Wald zurück. Sie verfolgte die Spuren der Tiere, die zu jagen und zu erlegen sie sich entschlossen hatte, und machte sich mit ihren Lebensgewohnheiten vertraut. Doch Ayla achtete sie jetzt sowohl als Geschöpfe der Natur als auch als nicht zu unterschätzende Gegner. Oftmals, wenn sie nahe genug war, um zur Schleuder zu greifen, ließ sie es und schaute nur. In ihr wuchs ein Gefühl dafür, daß es Verschwendung war, ein Tier zu töten, das den Clan nicht bedrohte und dessen Fell sie nicht verwenden konnte. Noch immer war sie entschlossen, im Schleudern die Beste des Clans zu werden; sie hatte keine Ahnung, daß sie es längst schon war. Ihr Können weiter verfeinern konnte sie nur, wenn sie jagte. Und sie tat es.

Der Erfolg blieb nicht unbemerkt. Unter den Männern des Clans breitete sich Unbehagen aus.

»Nicht weit von der Lichtung, wo wir immer schleudern, habe ich schon wieder einen toten Vielfraß gefunden«, berichtete Crug erregt.

»Und auf der anderen Seite vom Grat, unten am Hang, lagen Fellfetzen. Sah ganz nach einem Wolf aus«, fügte Goov hinzu.

»Immer sind es reißende Tiere, Fleischfresser, keine weiblichen Totems«, bedeutete Broud verwundert. »Grod möchte, daß wir den Mog-ur befragen.«

»Hirsche und Pferde, Schafe und Bergziegen, sogar Wildschweine werden immer von den großen Katzen, den Löwen und Hyänen gerissen. Aber wer macht Jagd auf die kleineren reißenden Tiere? Noch nie habe ich gesehen, daß so viele getötet wurden«, fuhr Crugs Hand dazwischen. »Wer tötet sie? Wir sind es nicht. Wird Grod den Mog-ur endlich befragen? Kann es ein Geist sein?« Broud unterdrückte einen Schauder.

»Und wenn es ein Geist ist, ist es dann ein guter, der uns hilft, oder ein böser Geist, der unseren Totems zürnt?« machte Goovs fragende Hand.

»Nur in deinem Herzen kann eine solche Frage sich erheben, Goov. Du bist des Mog-urs Gehilfe. Was glaubst du?« gab Crug zurück.

»Ich glaube, es wird nötig sein, uns tief in die Welt der Geister zu versenken, um auf die Frage eine Antwort zu bekommen.«

»Du zeigst schon das Gehabe eines Mog-urs, Goov. Niemals eine klare Antwort«, stellte Broud mit scherzhafter Gebärde fest.

»Wie sieht denn deine Antwort aus, Broud?« entgegnete Goov. »Ist sie klarer? Wer tötet die Tiere? Kannst du es deuten?«

»Ich bin kein Mog-ur. Mich darfst du nicht befragen.«

Ayla, die nicht weit von den Männern an der Arbeit war, unterdrückte ein Lächeln. Jetzt bin ich also ein Geist, aber sie wissen nicht, ob ein guter oder ein böser, dachte sie.

Creb näherte sich unbemerkt. Er hatte alles beobachtet. »Auch ich habe noch keine Antwort, Broud«, bedeutete der Mog-ur. »Sie zu finden bedarf der Versenkung in die Tiefen der Geisterwelt. Aber eines will ich dich wissen lassen. Es ist nicht nach Art der Geister.«

Geister, dachte der Mog-ur bei sich, konnten glühende Hitze oder eisige Kälte schicken; zuviel Regen oder zuviel Schnee, konnten die Tierherden vertreiben oder Krankheit senden, Donner und Blitz oder Erdbeben bringen, doch sie gaben sich nicht damit ab, einzelne Tiere zu töten. Er ahnte die Hand eines Sterblichen hinter diesem Geheimnis.

Ayla stand auf und ging zur Höhle. Der Zauberer blickte ihr nach. Sie hat sich gewandelt, ging es Creb durch den Kopf. Er gewahrte, wie auch Brouds Blick ihr folgte. Haß blitzte in den Augen des jungen Jägers. Ihm ist es auch aufgefallen, erkannte der Alte und beschwichtigte sich: Vielleicht wird jetzt sichtbar, daß sie nicht eine von uns ist. Sie bewegt sich ganz anders; sie wird erwachsen. Doch irgend etwas Nebelhaftes trieb in Crebs Stirn, und er wußte, daß dies nicht die Antwort war.

Ayla hatte sich wirklich gewandelt. Das Jagderlebnis hatte sie sicherer gemacht und stärker im Geist. Auch hatte sich eine geschmeidige Anmut der Bewegungen herausgebildet, welche die Clan-Frauen nicht zustande brachten. Ayla hatte den lautlos weichen Schritt der erfahrenen Jägerin, beherrschte jeden Muskel des jungen Körpers und besaß Vertrauen zu sich selbst. Ein unerklärlicher, weitschauender Blick stand in ihren Augen, die sich kaum merklich verhüllten, wenn Broud anfing, sie zu drangsalieren. Er hatte dann immer das Gefühl, als sähe sie ihn gar nicht. So eilfertig wie zuvor gehorchte sie seinen barschen Befehlen, doch Angst konnte er nicht mehr in ihr erwecken.

Ihr gelassenes Betragen und ihr Vertrauen zu sich selbst waren weit weniger greifbar, aber Broud spürte beides, und es wurmte ihn wie ihre bewußte Aufsässigkeit früherer Tage. Es war eben, als ließe sie sich herab, seinen Befehlen zu willfahren, als besäße sie ein Wissen, das ihm nicht zugänglich war. Er beobachtete sie, versuchte auszumachen, worin die Wandlung lag, hoffte, etwas zu entdecken, wofür er sie bestrafen konnte, doch nichts fiel ihm ein.

Broud hatte keine Ahnung, wie sie es anstellte, denn jedesmal, wenn er ihr seine Überlegenheit zeigen wollte, gab sie ihm das Gefühl, er stünde weit unter ihr. Es nagte und fraß an ihm und trieb ihn fast zur Raserei. Doch je mehr er Ayla zusetzte, desto unterlegener fühlte er sich, und er haßte sie dafür. Nach und nach ließ Broud seine Peinigungen bleiben und ging ihr sogar aus dem Weg. Sein Haß aber loderte heißer denn je. Es würde der Tag kommen, wo er sie in die Knie zwingen würde. Eines Tages müßte auch sie bluten für die Wunden, die sie seiner Selbstachtung schlug.

12

Und wieder näherte sich der Winter, und zum ersten Mal erwartete Ayla Kälte und Dunkelheit mit Ungeduld. Während der umtriebsamen Tage der warmen Jahreszeit hatte Iza das Mädchen nicht oft unterweisen können. Als die ersten Schneefälle einsetzten, nahm sie die Belehrung wieder auf. Und als Kälte und Finsternis endlich gewichen waren, hatte Ayla wieder viel dazugelernt.

Spät hielt der Frühling Einzug. Die schmelzenden Wasser, die das Gebirge herabrannen, und heftige Regengüsse ließen den Bach zu einem brodelnden wilden Wasser anschwellen, das sich über sein Bett hinwegsetzte und wirbelnd und strudelnd zum Meer hinunterstürzte, Bäume und Büsche mit sich reißend. Weiter abwärts zwang ihn ein Gewirr aus Ästen und Bäumen, die sich dort verfangen hatten, über die Ufer zu treten, so daß er den Fußpfad überschwemmte, den die Clan-Leute getrampelt hatten. Auf eine viel zu frühe kurze Wärme, die überall die Knospen verlockte, sich zaghaft zu öffnen, folgten niederträchtige Hagelstürme, die die zarten Blüten zerstörten und alle Hoffnungen auf eine reiche Ernte zunichte machten. Doch es war, als hätte die Natur doch ein Einsehen mit den Erdlingen und wollte die mißliche Ernte, die bei Baumfrüchten kommen würde, vergessen machen, denn im Frühsommer reiften Gemüse, Wurzeln, Kürbispflanzen und Hülsenfrüchte in Hülle und Fülle.

Die Clan-Leute machten lange Gesichter, als sie diesmal nicht, wie gewohnt, gleich zu Beginn des Frühjahrs zum Meer hinunterziehen konnten, um Lachse zu fangen. Brun jedoch versprach, daß man statt dessen gemeinsam Stör und Dorsch erbeuten wollte. Häufig zwar wanderten die Clan-Leute zum landumschlossenen Wasser hinunter, um Weichtiere zu fangen und die Eier der Seevögel zu sammeln, die in den Klippen nisteten; die mächtigen Fische an Land zu bringen war aber eine der wenigen Unternehmungen des Clans, an der Frauen wie Männer beteiligt waren.

Aber Droog wollte nicht nur der Fische wegen zum Meer hinunter. Regen und Schneeschmelze hatten aus der abgelagerten Kreide der hochgelegenen Gebirge frische Flintsteinbrocken zu Tal gespült und sie zum aufgeschwemmten Land an der Küste hinuntergetragen. Auf einem frühen Streifzug an die See hatte Droog mehrere Flintsteinbrocken liegen sehen, und er fand, es wäre an der Zeit, Werkzeug und Gerät des Clans durch neue Schaber, Bohrer, Klingen, Messer, Spitzen zu ergänzen. Es war einfacher, dort den Flintstein zu bearbeiten, wo man ihn fand, anstatt die schweren Brocken zur Höhle zurückzuschleppen. Es war schon eine ganze Weile her gewesen, als Droog das letzte Flintsteinmesser abgeschlagen hatte. Man wußte sich mit gröberen Geräten zu begnügen, die aber, der Stein war spröde und leicht brüchig, mitunter leicht zersprangen. Alle Männer im Clan konnten sich das Werkzeug selber schaffen, doch Droog war der beste unter ihnen.

Prickelnde Erwartung beflügelte die Erdlinge bei ihren Vorbereitungen für den geplanten Fischfang. Es ergab sich nicht häufig, daß der gesamte Clan die Höhle verließ, und die Aussicht, am Meer eine Lagerstätte aufzuschlagen, war prickelnd und voller Reiz, besonders für die Kinder. Brun hatte bestimmt, daß jeden Tag ein Mann oder zwei zur Höhle zu laufen hatten, um dort nach dem Rechten zu sehen. Selbst Creb war guter Dinge und spürte keine Schmerzen in den Gliedern. Seine Wanderungen führten ihn selten aus der Nähe der Höhle.

Die Frauen nahmen sich das große Netz vor, ersetzten rissig und brüchig gewordene Maschen und knüpften ein zweites an. Die Schnüre drehten sie aus faserigen Wurzeln, sehniger Baumrinde, zähen Gräsern und langen Tierhaaren. Sehnen wurden nicht verwendet, obwohl diese kräftig und zäh waren; das Wasser machte sie hart und steif, und sie nahmen das Fett, das sie geschmeidig halten sollte, nicht gut auf.

Die mächtigen Störe, häufig über drei Manneslängen groß, wanderten im Frühsommer vom Meer, wo sie den größten Teil der Zeit lebten, in die Süßwasserflüsse, um dort zu laichen. Die Bartfäden an der Unterseite des zahnlosen Saugmauls gaben ihnen ein grimmiges Aussehen, doch sie ernährten sich von wirbellosen Tieren und kleineren Artgenossen, die sie vom Grund des Meeres aufstöberten. Die kleineren Dorsche, im allgemeinen schwerer als ein kleines Kind, machten sich jeden Sommer in die oberen Gewässer auf, die flacher waren. Meist hielten sie sich im schlammigen Grund, wo sie ihre Nahrung suchten, aber es kam auch vor, daß sie auf ihren Wanderungen in Süßwassermündungen hineinschwärmten.

Während der zweimal siebentägigen Laichzeit der Störe wimmelte es in den Mündungen von Flüssen und Strömen davon. Zwar erreichten die kleinere Gewässer wählenden Fische an Größe bei weitem nicht die Ungeheuer, die das Wasser der mächtigen Ströme aufwühlten, doch auch mit diesen würden die Clan-Leute alle Mühe haben, sie mit dem Netz ans Land zu ziehen. Als nun die Zeit der Störwanderung näher rückte, schickte Brun jeden Tag einen Mann zur Küste hinunter; und sowie der erste dieser großen Knorpelschmelzschupper den Oberlauf des Flüßchens erreicht hatte, wurde das vereinbarte Zeichen gegeben. Am nächsten Morgen wollte man aufbrechen.

Ayla erwachte mit klopfendem Herzen. Noch vor dem Morgenverzehr hatte sie ihr Schaffell zu einem Bündel gerollt, Essen und Gerätschaften in ihrem Sammelkorb gepackt und die große Tierhaut, die als Wetterschutz dienen sollte, obenauf geladen. Iza verließ die Höhle niemals ohne ihren Medizinbeutel. Sie war noch beim Einpacken, als Ayla aus der Höhle rannte, um zu sehen, ob alles bereit war zum Aufbruch.

»Schnell, Iza«, drängelte das Mädchen, als es wieder hereingelaufen kam. »Wir ziehen gleich los.«

»Nur mit der Ruhe, mein Kind«, beschwichtigte die Medizinfrau. »Das große Wasser läuft uns nicht fort.« Und zog die Schnur an ihrem Beutel zusammen.

Ayla schwang sich den Sammelkorb auf den Rücken und setzte sich Uba auf die Hüfte. Iza folgte ihr hinaus, kehrte aber noch einmal um, schnell nachzusehen, ob auch nichts vergessen war. Immer hatte sie das Gefühl, etwas zurückgelassen zu haben, wenn sie aus der Höhle ging.

Die meisten Clan-Leute hatten sich schon draußen versammelt, und kurz nachdem Iza ihren Platz eingenommen hatte, gab Brun das Zeichen zum Aufbruch. Kaum waren sie ein Stück gegangen, als Uba zu quengeln anfing und hinunter wollte.

Das kleine Mädchen, jetzt drei und einen halben Sommer alt, war schon dabei, die anderen nachzuahmen. Sie wollte auch sein wie diese. Noch vier, fünf Sommer, und sie würde eine Frau sein. In dieser kurzen Zeit des körperlichen Reifens hatte Uba vieles vom Clan-Brauch zu erlernen, und ein inneres Gespür trieb sie, dieses alsbald zu tun, um ihren Pflichten später vollauf zu genügen.

»Gut, Uba«, nickte Ayla, ließ das Kind hinunter und deutete auf ihre Fersen. »Aber bleibe dicht hinter mir.«

Sie folgten dem Bach, der noch immer mächtig angeschwollen war, den Berghang hinunter, schlugen dort, wo das Gewässer seinen Lauf verändert hatte und wo man nicht gehen konnte, einen Bogen und wanderten auf dem neuen Weg weiter. Es war nicht sonderlich beschwerlich, und noch vor Tagesmitte erreichten sie den breitflächigen Strand. Aus Ästen und Stämmen, die das Wasser angetrieben hatte, errichteten sie weit genug hinten, wo die Flut nicht hinlecken konnte, ihren Unterschlupf – jede Familie einen. Feuer wurde entzündet und das Netz noch einmal genau geprüft. Morgen wollten sie den ersten Fischzug machen.

Nachdem die Lagerstätten aufgeschlagen waren, lief Ayla zum Meer, hatte aber noch der Medizinfrau angedeutet: »Ich gehe jetzt ins Wasser, Iza.«

Die Medizinfrau schüttelte sorgenvoll den Kopf.

»Warum gehst du immer ins Wasser, Ayla? Und immer so weit hinaus? Das ist gefährlich!«

»Gut, Iza, ich bin vorsichtig.«

Immer wenn Ayla schwamm, schwitzte Iza vor Angst. Das Mädchen war die einzige im Clan, die gern schwamm. Denn sie war die einzige, die schwimmen konnte. Die Clan-Leute hatten fürchterliche Angst vor dem tiefen Wasser. Um Fische zu fangen, wateten sie zwar hinein, aber nur bis zur Körpermitte. Aylas Vorliebe für das tiefe Wasser war in ihren Augen eine der Eigenarten dieses Mädchens.

Ayla war jetzt im neunten Sommer und größer als alle anderen Frauen, so groß wie mancher Mann; aber noch immer zeigten sich an ihrem Körper keine Male, die merken ließen, daß sie fraulich würde. Manchmal drängte sich Iza die Frage in den Kopf, ob das Mädchen wohl je aufhören würde zu wachsen. Und bei manchen im Clan stieg der Verdacht hoch, ihr starkes männliches Totem verhindere, daß Ayla jemals erblühte.

Creb humpelte zu Iza hinüber, die am Ufer stand und Ayla nachschaute, die ungelenk und schlaksig wirkte mit ihrem langen, schlanken Körper und den hohen, geraden Beinen. Doch ihre Bewegungen waren fließend und geschmeidig. So sehr sie sich auch bemühte, den tief ergebenen Schlurfeschritt der Clan-Frauen nachzumachen, es gelang ihr nicht. Ihre Beine wollten laufen, wie sie konnten.

Aber nicht nur durch ihren Körper und wie sie ihn hielt, unterschied sich Ayla von den Clan-Leuten. Sie vertraute auf sich selbst, und das war ein Gefühl, das keine der Frauen je empfunden hatte. Sie war eine Jägerin. Kein Clan-Mann wußte besser mit der Schleuder umzugehen als sie. Ergeben zu sein und nicht einmal zu wissen warum, Schwäche zu zeigen, die sie nicht fühlte – beides war von ihr nicht vorzutäuschen. Ihr hochaufgeschossener, schlanker Körper, dem keine Knospen, geschweige Brüste kamen, und ihre arteigene Zuversicht machten sie in den Augen der Männer unansehnlich und abstoßend.

»Creb«, wandte sich Iza an den Zauberer, »Aba und Aga glauben, sie wird niemals eine Frau werden. Sie glauben, ihr Totem ist zu stark.«

»Gewiß wird sie eine Frau werden, Iza. Glaubst du denn, die Fremdlinge bringen keine Kinder hervor? Sie ist im Clan aufgenommen worden, aber sie ist geblieben, was sie war. Es kann sein, daß die Frauen der anderen später schwellen und reifen. Es gibt Mädchen im Groß-Clan, die erst spät zu Frauen werden«, erklärte der Mog-ur.

Iza war beruhigt. Dennoch wünschte sie inständig, des Mädchens Brust würde endlich zu knospen beginnen. Sie sah, wie Ayla ins Wasser hineinwatete, untertauchte, hochkam und mit den Händen das Wasser zerteilte.

Es war Ayla, als fiel alles Beengende von ihr ab, als sie sich wenig später von der schwachen Dünung des salzigen Wassers schaukeln ließ.

Und als sie noch etwas weiter hinausgeschwommen war, fiel der Grund unter ihr jäh ab. Das Wasser wurde dunkelgrün und plötzlich kälter. Ayla drehte sich auf den Rücken und ließ sich noch eine Weile auf den Wogen treiben. Ein salziger Wellenkamm fuhr ihr über das Gesicht, und sie hustete, spuckte, rollte sich wieder auf den Bauch und schwamm zurück. Die Ebbe hatte eingesetzt. Jetzt zu schwimmen war beschwerlicher. Ein wenig außer Atem erreichte sie schließlich das Seichte. Als sie sich im süßen Wasser des Baches abspülte, spürte sie, wie die kräftige Strömung gegen ihre Beine drückte und den sandigen Grund unter ihren Füßen abtrieb. Am Feuer vor dem Unterschlupf hockte sie sich hin – müde, aber erfrischt.

Nach dem Verzehr starrte Ayla in die Ferne, dahin, wo Wasser und Himmel sich trafen, als wolle sie erkunden, was jenseits davon lag. Schreiende, krächzende Seevögel kreisten am Himmel, schossen herab, als wollten sie sich zu Tode stürzen, zogen, bevor sie das Wasser berührten, den Körper nach oben und verschwanden, einen Fisch im Schnabel, für eine Weile in den Klippen. Die bleichen, verwitterten Stämme einst lebhaft rauschender Bäume stachen windverzerrt in den Abendhimmel. Das endlose blaugrüne Wasser funkelte und sprühte, als die Sonne langsam in ihm versank.

Als sich die Finsternis einer mondlosen Nacht herabgesenkt hatte, brachte Iza Uba in den Unterschlupf und hockte sich neben Ayla und Creb an das kleine Feuer, von dem dünne Rauchfäden zum sternbedeckten Himmel aufstiegen.

»Was ist das, Creb?« Ayla deutete nach oben.

»Das sind Feuer am Himmel. Jedes ist die Feuerstätte vom Geist eines Erdlings der anderen Welt«, erklärte der Mog-ur.

»Gibt es so viele Erdlinge?« fragte Ayla und sperrte die Augen auf.

»Es sind die Feuer aller Erdlinge, die in das Jenseits gegangen sind, und aller Erdlinge, die noch geboren werden. Es sind auch die Feuer der Geister der Totems, aber die meisten Totems haben mehr als eines. Siehst du die dort drüben?« Creb hob die Hand. »Das da ist die Feuerstätte des Großen Bären. Und siehst du die dort?« Creb drehte sich und wies nach hinten. »Das sind die Feuer deines Totems, Ayla, des Höhlenlöwen.«

»Ich schlafe gern im Freien, wo man die kleinen Feuer hoch da oben sehen kann«, sagte Ayla.

»Aber wenn der Wind bläst und der Schnee vom Himmel fällt, dann ist es nicht schön«, gab Iza zurück.

»Uba will auch sehen«, bat das Kind, das plötzlich aus der Dunkelheit im unruhigen Geflacker des Feuers auftauchte.

»Du schläfst noch nicht?« wunderte sich Creb.

»Nein. Uba will die kleinen Feuer sehen«, beharrte die Kleine und setzte sich ihm auf den Schoß.

Iza stand auf.

»Es ist Zeit, daß wir uns schlafen legen. Vor uns liegt noch viel Arbeit.« Sie deutete auf das Netz, das an Pfählen aufgehängt war und wie eine schwarze Mauer sich zum Wasser hinzog.

Anderntags breiteten die Clan-Leute in aller Frühe ihr Netz über dem Bach aus. Schwimmblasen, die man den Fischen entfernt, dann sorgsam ausgewaschen und zu harten luftigleichten Gebilden getrocknet hatte, dienten als Auftrieb für die Oberkante des Netzes; Steine an der Unterkante dienten als Gewichte, so daß es aufrecht im Wasser stehen würde. Brun und Droog schleppten das eine Ende zum gegenüberliegenden Ufer. Dann gab der Clanführer das ersehnte Zeichen. Erwachsene und Kinder wateten ins Wasser. Auch Uba wollte mit.

»Nein«, bedeutete ihr Iza, »du bleibst draußen, Uba. Du bist noch nicht groß genug«, und wies zum Feuer.

Die Kleine schüttelte uneinsichtig den Kopf.

»Aber Ona hilft auch.«

Iza wurde ungeduldig.

»Ona ist größer als du, Uba. Nachher kannst du helfen, wenn wir die Fische an Land gezogen haben. Hier ist es zu gefährlich für dich. Sogar Creb bleibt am Ufer. Gehe jetzt zu ihm.«

Enttäuscht wandte sich Uba ab und trottete zurück.

Bedächtig wateten sie ins Wasser, damit es so wenig wie möglich aufgewühlt wurde, und bildeten einen weiten Halbkreis. Man wartete, bis der aufgewirbelte Sand und Schlick sich wieder gelegt hatten. Ayla stand mit gespreizten Beinen, um sich gegen die starke Strömung zu stemmen, und ließ Brun nicht aus den Augen. Sie hatte ihren Platz in der Mitte der Mündung, von beiden Ufern gleich weit entfernt, dem offenen Meer am nächsten. Nicht weit von ihr entfernt glitt ein großer dunkler Schatten durch das Wasser. Die Störe kamen!

Brun hob den Arm. Ein jeder hielt den Atem an. Und im selben Augenblick, als der Clan-Führer den Arm wieder nach unten schwang, fingen alle an zu schreien und auf das Wasser zu schlagen, bis es Schaum sprühte. Gleichzeitig rückten die Clan-

Leute immer enger zusammen, verkleinerten ihren Kreis immer mehr, um die Fische ins Netz zu treiben. Vom anderen Ufer wateten Brun und Droog hinzu und schwangen das Netz herum, während die übrigen Clan-Leute mit Gebrüll und Gebärden die Fische daran hinderten, zurück ins offene Meer zu schwimmen. Immer enger zog sich das Netz zusammen, drückte das glitzernde Getümmel schwanzschlagender Fische auf immer kleiner werdendem Raum zusammen. Einige der großen Knorpelschmelzschupper preßten sich gegen die verknoteten Schnüre und drohten auszubrechen. Und noch mehr Hände griffen zum Netz, schoben es zum Ufer hin, während jene, die dort standen, nach Kräften an ihm zogen, um seine zuckende Fülle an Land zu bringen.

Ayla blickte auf und sah Uba, die knietief zwischen wild schlagenden Fischleibern stand und versuchte, zu ihr zu gelangen.

»Uba!« rief sie. »Zurück!« und wies gebietend zum Ufer.

»Ayla! Ayla!« schrie das Kind, auf das offene Meer deutend, »Ona!«

Ayla drehte sich um und sah gerade noch einen dunklen Kopf, der kurz aus dem Wasser emportauchte, ehe er wieder versank. Das Kind war ins Tiefe gekommen und wurde nun aufs Meer hinausgetrieben. Keiner von denen, die da begeistert die Beute zu bergen trachteten, hatte auf Ona geachtet.

Wie ein Otter tauchte Ayla in das aufgewühlte Wasser und strebte mit kräftigen Stößen zum Meer hinaus. Sie schwamm schneller als je zuvor in ihrem Leben. Die rückläufige Strömung half ihr, aber sie trug auch mit gleicher Kraft das kleine Mädchen hinaus. Wieder sah Ayla den dunklen Kopf auftauchen und zog die Arme noch stärker durch. Langsam kam sie Ona näher; Angst schloß sich um ihr Herz, es doch nicht mehr zu schaffen. Wenn Ona die Stelle erreichte, wo der Meeresgrund steil abfiel, dann würde sie von dem gewaltigen Sog unwiderstehlich in die Tiefe gezogen werden.

Das Mädchen war jetzt im Salzwasser. Die Lippen schmeckten das, und die Augen brannten. Zwei Manneslängen vor ihr tauchte der kleine dunkle Kopf noch einmal auf und versank dann. Ayla fühlte plötzlich die schneidende Kälte des Wassers, als sie verzweifelt sich bog und nach unten schnellte. Haarsträhnen kamen ihr in die Finger, die sich fest schlossen und das, was sie hielten, nicht mehr losließen.

Ihr war, als würde ihr die Brust zerbersten. Als sie untertauchte, war zu einem tiefen Atemzug nicht mehr genügend Zeit gewesen. Schwarze Kreise drehten sich in ihrem Kopf, als Ayla endlich den Wasserspiegel durchbrach und das Kind an den Haaren nach oben zerrte. Sie hob Onas Kopf aus dem Wasser, doch wie leblos schwankte der hin und her. Noch nie war Ayla mit einer Last im Arm geschwommen. Doch Ona mußte man so rasch wie möglich an Land bringen und darauf achten, daß ihr Kopf über Wasser blieb. Mit einem Arm ruderte Ayla vorwärts, während sie im anderen das Kind hielt.

Als das Mädchen endlich festen Boden unter den Füßen spürte, sah es, wie der ganze Clan ihr entgegenstürzte. Sie hob Onas schlaffen kleinen Körper aus dem Wasser und übergab ihn Droog. Und jetzt erst spürte sie, wie die Knie ihr zitterten und die schwarzen Kreise ihr Hirn durchrasten. Creb stand schon an ihrer Seite, und als sie mühsam aufblickte, sah sie mit Erstaunen, daß auf der anderen sich Brun befand. Droog rannte voraus, und als Ayla sich schließlich ermattet in den Sand fallen ließ, hatte Iza das kleine Mädchen schon niedergelegt und drückte ihm das Wasser aus dem Leib.

Iza wußte, was zu tun war. Dies war nicht das erste Mal gewesen, daß einer aus dem Clan beinahe ertrunken wäre; schon einige waren den gierig-kalten Fluten zum Opfer gefallen. Heute aber war ihnen ihre Beute wieder entrissen worden. Ona fing plötzlich an zu husten und zu spucken, Wasser rann aus ihrem Mund, und ihre Augenlider flatterten.

»Mein Kind! Mein Kind!« schrie Aga und warf sich zu Boden. Sie umklammerte das kleine Mädchen und hielt es fest.

Droog nahm das Kind aus dem Schoß der Mutter und trug es zur Lagerstätte zurück. Entgegen dem Clan-Brauch rannte Aga neben ihm her, und immer wieder fuhr sie über Wangen und Stirn ihres Kindes, das sie schon verloren geglaubt hatte.

Ungläubige, fragende Blicke folgten Ayla, als sie an den Clan-Leuten vorüberging. Niemand war jemals gerettet worden; wen die Fluten erfaßt hatten, den gaben sie nicht wieder her. Es war höchst wundersam, daß Ona lebend zurückgekehrt war. Nie wieder würde man Ayla bespötteln, wenn sie dieses befremdliche Schwimmen betriebe. Sie hat das Glück auf ihrer Seite, nickten sich die Leute zu. Hat sie nicht immer Glück gehabt? Hat nicht sie die Höhle entdeckt?

Die Fische lagen noch immer in einem zuckenden Haufen am Strand. Einigen war es gelungen, sich ins Wasser zurückzuschnellen, doch die meisten hingen noch im Netz. Schlugen mit den Schwanzflossen wild um sich, denn sie wußten, daß die Luft sie töten würde.

Jetzt machten sich die Clan-Leute daran, sie weiter heraufzuziehen. Mit ihren Keulen schlugen die Männer auf die Köpfe der Fische ein, bis diese sich nicht mehr rührten. Die Frauen begannen, sie auszunehmen und zu säubern.

»Ho!« schrie Ebra laut und deutete auf den Bauch eines riesigen weiblichen Störs, den sie gerade aufgeschlitzt hatte.

Alle rannten zu ihr hin.

Schon wollte Vorn sich eine Handvoll der winzigen, weichen, schwarzen Eier nehmen. Denn zum Brauch war es geworden, daß beim ersten weiblichen Stör, der im Frühling gefangen wurde, alle kräftig zulangten und sich am Rogen gütlich taten, bis sie nicht mehr konnten. Was dann noch übrig blieb und was aus späteren Fängen hinzukam, wurde eingesalzen und auf Vorrat genommen, aber so gut wie frisch aus dem Fisch schmeckte der Rogen nie mehr.

Ebra hielt die Hand des Jungen fest und winkte Ayla.

»Ayla, nimm du zuerst«, forderte sie das Mädchen auf.

Sie sah sich unsicher um.

»Ja, Ayla, du zuerst«, bedeuteten ihr nun auch alle anderen.

Das Mädchen blickte auf Brun. Der nickte zustimmend. Scheu trat sie vor und nahm sich eine Handvoll von dem glänzenden schwarzen Rogen. Dann richtete sie sich auf und hob beide Hände an den Mund. Ebra gab ein Zeichen, und nun stürzten sich alle auf den Fisch, um sich ihren Anteil zu holen.

Langsam ging Ayla zurück zum Unterschlupf. Sie wußte, daß man ihr eine Ehre erwiesen hatte. In kleinen, bedächtigen Happen verkostete sie die winzigen Eier des großen Knorpelschmelzschuppers.

Die Frauen hatten die Fische nun zu säubern, einzusalzen und zu dörren. Außer den scharfen Flintsteinmessern, mit denen sie die Fische aufschlitzten und zerteilten, besaßen sie ein besonderes Gerät zum Abschaben der Schuppen. Es war ein Messer, am hinteren Ende abgestumpft, so daß man es gut in der Hand halten konnte, und an der scharfen Spitze mit einer Einkerbung versehen, in die der Zeigefinger zu legen war, um das Messer besser führen zu können. Auf diese Weise konnten die Schuppen entfernt werden, ohne daß die Haut des Fisches verletzt wurde.

Außer Stören hatten sich auch Dorsche, Karpfen, einige große

Forellen und sogar Schalentiere im Netz gefangen. Angelockt vom Geruch der Fische segelten die Küstenvögel in Scharen herbei, stürzten sich auf die unnützen Eingeweide und schnappten sich hier und dort ein frisches Stück. Als die Fische dann zum Dörren ausgelegt waren, an der Luft oder über flachen Rauchfeuern, breiteten die Clan-Leute das große Netz zeltartig über ihnen aus. So konnte es trocknen, die Stellen, die geflickt werden mußten, wurden gut sichtbar, und die Vögel konnten dem Clan die hart erkämpfte Beute nicht mehr rauben.

In ein paar Tagen würde ihnen allen der Geruch und Geschmack von Fisch gründlich zuwider sein; an diesem ersten Abend jedoch ließen sie sich ihre Beute genüßlich schmecken. Den Fisch, größtenteils Dorsch, dessen zartes weißes Fleisch bevorzugt wurde, wickelte man in frisches Gras und große grüne Blätter und schmorte ihn.

So wie die Clan-Leute zu ihr waren, mußte Ayla annehmen, daß der Festverzehr ihr zu Ehren stattfand; denn immer wieder drängten die Frauen ihr besonders schmackhafte Bissen auf, und Aga brachte ihr sogar ein fein säuberlich entgrätetes großes Schwanzstück, das sie nur für Ayla zubereitet hatte.

Als die Sonne unterging, zogen sich die meisten an ihre eigenen Feuer zurück. Iza und Aba hockten noch an dem großen gemeinsamen Feuer, das nur noch glühte und die Umsitzenden in dunkles Rot tauchte. Die beiden alten Frauen hatten sich viel zu bedeuten, während Ayla und Aga ruhig dasaßen und Ona und Uba beobachteten, die miteinander spielten. Agas kleiner Sohn Groob schlief satt und zufrieden in den Armen seiner Mutter.

»Ayla«, begann Aga ein wenig zaghaft. »Ich habe dir nicht immer ein freundliches Gesicht gezeigt.«

»Du hast dich immer so gegeben, wie der Clan-Brauch es verlangt, Aga«, gab das Mädchen zurück.

»Aber nicht freundlich«, entgegnete Aga entschieden und holte zu langer Gebärde aus. Droog und sie hätten sich miteinander beraten. Er habe ihre Tochter in sein Herz aufgenommen, obwohl sie am Feuer ihres ersten Gefährten geboren worden sei, und sie wissen lassen, daß Ayla stets etwas von Onas Geist in sich tragen würde. Ihr, Aga, wären die Wege der Geister fremd. Droog kennte sie besser. Denn wenn ein Jäger das Leben eines anderen Jägers rettete, bewahrte er in seinem Inneren etwas von dem Geist des Mannes, den er gerettet habe. Sie würden dann Geschwister. Es machte sie froh, daß Ayla etwas von Onas Geist in sich trüge. In ihrem Herzen bewege sich tiefe Freude, daß

Ona noch lebe. Wenn sie ein zweites Kind bekommen und es ein Mädchen sei, würde es Ayla heißen sollen. Das hatte Droog ihr versprochen.

Ayla verschlug es jegliche Gebärde. Sie wußte nicht, was sie darauf erwidern sollte.

Nach einer Weile wehrte sie ab.

»Aga, diese Ehre ist zu groß. Ayla ist kein Name des Clans.«

»Er ist es heute geworden«, gab die Frau zurück, neigte leicht den Kopf, stand auf, winkte Ona und machte sich auf den Weg zu ihrem Unterschlupf.

Dies war die Art der Clan-Leute, voneinander Abschied zu nehmen. Meist unterließ man die Gebärde und ging einfach davon. Ein Zeichen, um sich zu bedanken, gab es auch nicht. Die Erdlinge kannten Dankbarkeit, aber diese Dankbarkeit war meist das Sich-verpflichtet-Fühlen eines Rangniedrigeren dem Ranghöheren gegenüber. Sie halfen sich gegenseitig, weil sie aufeinander angewiesen waren, um überleben zu können. Dank wurde da nicht erwartet. An besondere Geschenke oder Gefälligkeiten war die Verpflichtung zur gleichwertigen Gegenleistung geknüpft, was sich von selbst verstand. Dank war nicht nötig. Und solange Ona lebte, würde sie in Aylas Schuld stehen, es sei denn, es böte sich eine Gelegenheit, Aylas Tat mit gleichem zu vergelten und etwas von Aylas Geist in sich hineinzuholen.

Kurz nachdem ihre Tochter gegangen war, erhob sich auch Aba.

»Iza meinte immer, daß dich der Glücksgeist besonders bedenkt«, bedeutete die alte Frau dem Mädchen im Vorübergehen. »Jetzt glaube ich es.« Aba schlurfte davon.

Ayla rückte zu Iza auf und tat ihr dar, daß Aga sie habe wissen lassen, daß ihrer stets etwas von Onas Geist teilhaftig sein würde. Aber sie habe Ona doch nur zurückgeholt, und Iza habe sie zum Atmen gebracht. Auch sie habe ihr das Leben gerettet. Ob sie nicht auch etwas von Onas Geist in sich trüge?

Die Medizinfrau setzte sich etwas auf, schaute kurz zum sternenübersäten Himmel und begann mit beredter Bewegung: »Unsereins trägt den Geist aller Männer und Frauen des Clans in sich, Ayla. Deshalb habe ich meinen eigenen Rang. Durch ihren eigenen Clan trägt die Medizinfrau sogar den Geist des Groß-Clans in sich. Sie hilft den späteren Männern und Frauen des Clans, das Leben zu erblicken, und ist für sie da, bis sie ins Reich der Toten gehen. Wenn eine Frau zur Medizinfrau wird, dann wird ihr etwas vom Geist aller zuteil.« Iza schaute das Mädchen ernst an und fuhr fort: »Und wenn ein Mann oder eine Frau gestorben ist, dann wird der Medizinfrau wieder etwas von diesem Geist genommen. Manche meinen, daß eine Medizinfrau nur deshalb so hart kämpft, um das Lebensfeuer in den Körpern zu bewahren; aber die meisten sorgen sich einfach darum, weil so sich zu verhalten ihnen einfach im Blut liegt. Nicht jede Frau kann Medizinfrau werden; nicht jede Tochter einer Medizinfrau kann es werden. Sie muß tief da drinnen etwas haben«, Iza zeigte mit der Rechten auf ihr Herz, »das sie treibt, anderen helfen zu wollen. Dir ist es gegeben, Ayla. Deshalb habe ich dich unterwiesen. Ich habe es gleich gemerkt, als du vor langer Zeit dieses Kaninchen in die Höhle brachtest. Und heute morgen hast du nicht daran gedacht, daß dich das große Wasser auch verschlingen könnte. Du wolltest nur Onas Leben retten. Wenn du eine Medizinfrau wirst, Ayla, dann bist du von meinem Stamm. Und die von meinem Blut haben den höchsten Rang im Clan.«

Das Mädchen glaubte, nicht richtig gesehen zu haben und deutete zurück.

»Aber ich bin doch nicht deine eigene Tochter, Iza. Wie kann ich denn da von den Deinen abstammen? Zurückzuschauen in die fernste Ferne der Vergangenheit vermag ich nicht. Ich weiß nicht einmal, was vorher war, bevor du mich gefunden hast.«

Mit ruhigem Ernst entgegnete Iza, daß ihr Stamm deshalb den höchsten Rang habe, weil die Medizinfrauen ihres Blutes immer die besten gewesen seien, ihre Mutter und deren Mutter und die Mutter von jener und wieder die Mutter davor. Die eine hatte der anderen, die folgte, weitergegeben, was sie wußte und gelernt hatte. Ayla gehöre zum Clan; sie sei ihre Tochter, von Creb, dem Mog-ur, benamst und von ihr unterwiesen. Und deshalb solle sie alles Wissen bekommen, das sie ihr geben könne. Es wäre möglich, daß es nicht alles sei, was sie wisse, aber es würde genügen, weil Ayla besonders begabt sei im Kopf. Sie, Iza, glaube, daß das Mädchen selbst ein neuer Zweig an einem Stamm von Medizinfrauen würde.

Sie habe zwar nicht die Gabe zurückzublicken, sie könne aber sehen und fühlen, was andere schmerzte. Und da sie wisse, wo das Weh wäre im Körper, könne sie helfen. Sie habe ihr auch nicht befehlen müssen, Schnee auf Bruns Arm zu legen, als Oga ihn verbrühte. Es könnte sein, daß sie, Iza, dies auch getan hätte. Aber Aylas Gabe, vorauszusehen und zu -deuten, sei wahrlich besser, als das innere Auge zurückzulenken.

Im Leben der Leute am Strand stellte sich nach und nach das gewisse Gleichmaß ein, wie oben in der Höhle. Morgens zogen die Clan-Leute aus und fingen Fische; den Rest des Tages verbrachten die Frauen damit, das Erbeutete zu säubern und zu dörren. Ona durfte nicht mehr ins Wasser hinaus, und ein weiteres Unglück gab es nicht. Gegen Ende der Laichzeit fielen die Fangzüge nicht mehr so reichlich aus, und die Frauen waren weniger belastet. Die Reihe der Gestelle, auf denen die Fische dörrten, wurde von Tag zu Tag länger.

Droog hatte das Schwemmland gründlich nach Flintsteinknollen abgesucht und mehrere Brocken zum Lagerplatz zurückgeschleppt. Oft hockte er am Nachmittag da und arbeitete an neuen Werkzeugen.

So sah Ayla zu, wie der Alte ein Bündel aus seinem Unterschlupf holte und es zu einem verwitterten Baumstamm hinübertrug, wo er sich, um sich von Zeit zu Zeit mit seinem Rükken anzulehnen, meist niedersetzte. Das Mädchen schaute ihm gerne zu und folgte ihm. Mit gesenktem Kopf setzte es sich vor ihm nieder.

»Ich möchte zusehen, wenn der Werkzeugmacher nichts dagegen hat«, bedeutete sie ihm.

»Hm.« Droog neigte zustimmend den Kopf.

Ayla suchte sich einen Platz auf dem Baumstamm und beobachtete ihn still.

Schon früher hatte das Mädchen ihm zugesehen. Droog wußte, daß es begierig war zu wissen, wie er die Werkzeuge machte, und daß sie ihn nicht von seiner Arbeit ablenken würde. Hätte doch nur Vorn dieses Verlangen gezeigt, ging es ihm durch den Kopf. Keiner der Clan-Jungen wollte Werkzeuge fertigen, geschweige es erlernen, und dabei hätte Droog doch sein Geschick und seine Kenntnis gern geteilt und jemandem weitergegeben.

Seine einzige Hoffnung war der kleine Groob. Es machte ihn froh, daß seine neue Gefährtin so bald nach Ona durch seinen Geist einen Jungen geboren hatte. Er war es jetzt zufrieden, Aga und ihre beiden Kinder an seine Feuerstätte genommen zu haben. Selbst ihre alte Mutter war so lästig nicht. Aba kümmerte sich um ihn, wenn Aga mit dem Säugling beschäftigt war. Anfangs hatte es Droog einigen Kampf gekostet, sie an ihren Platz zu verweisen. Doch Aga war jung und gesund und hatte ihm einen Sohn hervorgebracht, den Droog zum Werkzeugmachen auszubilden hoffte. Den Stein zu bearbeiten, hatte er vom Gefährten der Mutter seiner Mutter gelernt; und man konnte in Droog selbst die Freude nachfühlen, die damals der alte Mann im Herzen gehabt, als er für diese Fertigkeiten sich begeisterte.

Ayla war jedoch schon oft bei ihm gewesen, und er hatte die Werkzeuge gesehen, die ihre Hände aus dem Stein geschlagen hatten. Sie waren vielseitig im Schlagen, Spänen und Raspeln. Den Frauen war es zwar gestattet, Werkzeug anzufertigen, solange es nicht als Waffe verwendet werden sollte. Doch es hatte nicht viel Wert, darin ein Mädchen zu unterrichten; doch Ayla besaß einiges Geschick, machte brauchbares Werkzeug, und Ayla war ein Mädchen, das von ihm lernen wollte, lieber als niemand.

Der Alte öffnete das Bündel und breitete die Tierhaut aus, in die er sein Arbeitsgerät eingeschlagen hatte. Von unten warf er Ayla einen forschenden Blick zu und beschloß, ihr klarzumachen, woraus der Stein bestünde und wie er beschaffen sei. Er griff zu einem unbrauchbaren Stück, das er gerade gestern weggeworfen hatte.

Ayla beobachtete Droog mit gespannten Blicken, als er ihr mit Händen und Fingern und feinen oder auch ausgreifenden Gebärden Erklärungen gab.

Zunächst einmal, zeigte er ihr, muß ein Gestein hart genug sein, um das Benötigte tierischer und pflanzlicher Art zu schneiden, schaben oder zerteilen zu können. Viele der kieselsauren Steine aus der Erdkruste besaßen die nötige Härte; doch der Flintstein zeigte sich besonders eigen. Er war zerbrechlich oder zersprang unter Druck oder bei Erschütterung.

Ayla fuhr erschrocken zurück, als Droog den Stein fest mit einem anderen zusammenstieß. Der Stein zerbrach; in seinem glänzend dunkelgrauen Inneren zeigte sich ein andersartiges Gestein.

Droog wußte nicht recht, wie er ihr die dritte Eigenheit von Flintstein nahebringen sollte. Er selbst wußte nur um sie aus einem tiefen Gespür heraus, das sich durch das ständige Arbeiten mit dem Gestein entwickelt hatte. Die dritte Eigenheit zeigte sich in der Art, wie der Stein brach.

Da die meisten Steine in ebenen Flächen, gleichlaufend zu ihrem kristallinen Aufbau brachen – also nur in einer bestimmten Richtung –, waren sie nach des Werkzeugmachers Willen nicht formbar. Manchmal, wenn er es finden konnte, verwendete Droog das schwarze glasige Gestein aus feuerspeienden

Bergen, das viel weicher war und sich ohne Schwierigkeit rundum bearbeiten ließ.

Der kristallische Aufbau von Flintstein war so fein, daß es auch hier leicht möglich war, den Stein zu formen, wie man wollte, ohne dabei Unerwünschtes herauszubrechen, wenn der Bearbeiter es geschickt genug anstellte. Und doch war Flintstein so hart, daß man damit dicke Tierhäute oder zähe Pflanzen durchschneiden konnte, und andererseits so spröde, daß es scharfkantig brach.

Dies alles machte Droog dem Mädchen deutlich, als er eines der abgesprungenen Stücke des Steins aufhob und auf die Kante wies; Ayla brauchte sie nicht zu berühren, um zu wissen, wie scharf sie war. Häufig genug hatte sie mit Messern dieser Schärfe geschnitten.

Droog ließ das abgebrochene Steinstück fallen und breitete die Tierhaut auf seinem Schoß aus. Durch die Jahre hindurch hatte er seine frühen Kenntnisse durch Erfahrung und Wissen erweitert und geschärft. Schon bei der Auswahl eines Steins zeigte sich, wie fähig man war. Man brauchte ein geübtes Auge, um die geringen Farbabweichungen in der weißlichen äußeren Umhüllung wahrzunehmen, die auf feinkörnigen Flintstein von guter Beschaffenheit hinwiesen. Man brauchte Zeit, um das Gespür zu entwickeln, daß die Brocken und Knollen da oder dort besser und frischer waren und weniger Fremdes einschlossen. Während Droog dies alles Ayla deutlich machte, wünschte er, daß er eines Tages vielleicht doch einen richtigen Lehrling hätte, der es wie er verstehen würde, auf diese Feinheiten zu achten.

Ayla glaubte, der Alte hätte sie schon vergessen, als er seine Geräte ausbreitete, sorgsam die Steine musterte, schließlich die Hände sinken ließ, um ganz still dazusitzen und mit geschlossenen Augen sein Amulett zu halten. Es überraschte sie, als er die Arme wieder hob und sie in seine Arbeit einwies.

»Die Werkzeuge, die ich mache, haben hohe Bedeutung. Der Clan-Führer hat beschlossen, im Herbst das Mammut zu jagen. Wenn die Blätter fallen, werden wir dorthin ziehen, wo es niemals richtig warm wird und das Mammut lebt. Wir brauchen Glück für die Jagd und den Beistand der Geister. Die Messer, die ich mache, werden als Waffe dienen, und mit dem anderen Werkzeug und Gerät, das ich auch machen muß, werden neue Waffen für diese große Jagd gefertigt. Der Mog-ur wird einen mächtigen Zauber über sie verhängen, damit sie uns Glück bringen; und wenn mir die Arbeit leicht von der Hand geht, wird das ein günstiges Vorzeichen sein.«

Ayla war sich nicht sicher, ob Droogs bedächtige Handzeichen an sie gerichtet waren oder ob er mit sich selber redete. Sie wußte nur, daß sie sich still zu verhalten hatte und nichts tun durfte, was Droog bei seiner Arbeit stören konnte. Fast erwartete sie, von nun an fortgeschickt zu werden.

Sie wußte nicht, daß Droog, seit sie damals Brun die Höhle gezeigt hatte, des festen Glaubens war, sie trüge das Glück mit sich, und daß sie Ona das Leben gerettet, hatte ihn nur in dieser Überzeugung bestärkt. Das fremde Mädchen war ihm wie ein ungewöhnlicher Stein erschienen, den man von seinem Totem erhalten hatte und hinfort in seinem Amulett mit sich trug. Es dünkte ihn, es müßte sich günstig für ihn erweisen, wenn er sich von Ayla bei seiner Arbeit zusehen ließ. Aus dem Augenwinkel bemerkte Droog, wie sie nach ihrem Amulett griff, als er den ersten Steinbrocken vom Boden aufhob. Es war, als riefe sie ihr mächtiges Totem an, ihm eine glückliche Hand zu geben.

Droog hockte auf dem Boden, die Tierhaut über seinen Schoß gebreitet, in der linken Hand den Flintsteinbrocken. Er griff nach einem oval geformten Stein und wog ihn in der Hand, bis er den Fingern gut zum Greifen lag. Lange hatte er nach einem Schlagstein gesucht, der genau in seine Hand paßte und weich zurückprallte, wenn er aufschlug. Diesen besaß er nun schon seit Jahren. Die vielen Schrunden zeugten vom langen Gebrauch. Mit dem Schlagstein klopfte Droog die graue Kreidehülle ab und legte den dunkelgrauen Flintstein bloß. Als das getan war, hielt er inne, um das Gestein zu prüfen. Beschaffenheit und Farbe waren gut, Einschlüsse waren nicht vorhanden. Danach machte er sich daran, die Grundform einer Handaxt herauszuhauen. Die groben Splitter, die zu Boden fielen, hatten scharfe Kanten; viele würden so, wie sie vom Stein gefallen waren, als Schneidezeug verwendet werden. Am Ende jedes Splitters, dort wo der Schlägel das Gestein traf, befand sich eine verdickte Stelle, die zum anderen Ende hin dünner wurde; und jeder Steinspan, der da absprang, hinterließ in dem Flintsteinknollen eine tiefe, geriffelte Schrunde.

Droog legte den Steinschlägel aus der Hand und griff zu einem Knochen. Nachdem sein Auge Maß genommen hatte, schlug er gegen den Flintstein, sehr nahe dem scharfen, geriffelten Rand. Unter dem weicheren Beinschlägel sprangen längere, dünnere Splitter ab, die gleichmäßige Ränder hatten. Mit dem

Steinschlägel hätte er die dünne Kante, die er herausgearbeitet hatte, gröblich zerschlagen.

Und dann hielt Droog das fertige Werkzeug hoch. Das Handbeil war handspannenlang, an einem Ende zugespitzt; die Kanten waren scharf und gerade, die beiden Seiten glatt. Nur flache Schrunden zeigten, wo der Stein herausgehauen worden war. Holz war damit zu schlagen wie mit einer Axt; auch konnte man damit, einem Querbeil ähnlich, einen Holzklotz aushöhlen, um eine Schüssel herzustellen, oder den Stoßzahn eines Mammuts abschlagen oder die Knochen eines Tieres zerschlagen. Es war für alles zu verwenden, wozu ein scharfes Schlagzeug nötig war.

Droog sah den Splitterhaufen durch und suchte mehrere Splitter heraus, die breite, scharfe Schneidekanten hatten. Bedächtig legte er sie auf die Seite. Sie gaben Hackmesser ab beim Schlachten und taugten zum Aufschlitzen zäher Häute.

Nun wandte Droog sich einem anderen Flintsteinknollen zu, den er wegen des besonders feinen Korns mitgenommen hatte. Ihm war jetzt warm geworden, die Arbeit hatte ihn gepackt. Als Unterlage zog er sich den hornig-harten Fuß des Mammuts zwischen die Beine und legte den Flintsteinknollen darauf. Mit seinem Steinschlägel fing er an, ihn so aus seiner Kreideschicht zu lösen, daß eine abgeflachte Form verblieb, die Eierähnlichkeit bekam. Dann drehte er den Stein auf eine Seite, nahm den Beinschlägel und schlug von oben und von außen nach innen lange, dünne Splitter ab, bis der Stein oben glatt und abgeplattet war.

Dann hielt Droog inne. Er legte eine Hand um sein Amulett und schloß die Augen. Glück mußte Geschicklichkeit begleiten, wenn die nächsten, alles entscheidenden Schläge gelingen sollten. Er streckte beide Arme aus, krümmte und streckte mehrmals seine Finger und griff wieder zum beinernen Schlägel. Ayla hielt den Atem an. Am einen Ende der eiförmigen Platte galt es, einen kleinen Splitter herauszuhauen, um eine Einkerbung zu schaffen, deren Fläche in gerader Richtung zu dem Splitter verlief, den er abschlagen wollte. Diese Schlagfläche mußte sein, um sicherzustellen, daß der Splitter sauber und mit scharfen Kanten abspringen würde. Droog musterte prüfend beide Enden der ovalen Oberfläche, entschied sich für eines, nahm genau Maß und schlug zu. Sein Atem, den er angehalten hatte, drang pfeifend und erlöst heraus, als der kleine Splitter krachend absprang. Er hielt den Stein fest auf der Unterlage, schätzte Entfernung und Aufschlag und hieb mit dem beinernen Schlägel in die Kerbe hinein. Ein nützlich geformter Splitter löste sich; lang und oval, mit scharfen Rändern, außen abgeflacht, nach innen zu ganz leicht gerundet.

Droog betrachtete nochmals prüfend den Formkern, drehte ihn und schlug am anderen Ende ebenfalls einen Splitter heraus, um eine zweite Kerbe zu erhalten. Dann hieb er wieder zu – ein neuer Splitter sprang zu Boden; nahm wieder Maß und hob den Arm. In kürzester Zeit hatte Droog auf diese Weise sechs Splitter aus dem Stein herausgemeißelt. Sie waren alle länglich oval und verjüngten sich an einem Ende fast zu einer Spitze. Er prüfte die Splitter genau, bevor er sie in eine Reihe nebeneinander legte. Jetzt war ihnen noch der letzte Schliff zu geben, damit sie zu Geräten wurden, die einen bestimmten Nutzen haben sollten.

Vorsichtig schlug Droog mit einem kleinen, etwas abgeplatteten runden Stein eine scharfe Kante des Splitters ab, damit die Spitze herausgearbeitet und die Oberseite abgestumpft war, so daß man das Messer halten konnte, ohne sich an der Klinge zu schneiden. Aus schmalen Augenschlitzen musterte er das Messer, hieb hier und da noch ein Winziges ab, legte es dann befriedigt aus der Hand und griff zum nächsten Splitter.

Dieser, den Droog wählte, war größer. Die eine Kante war beinahe gerade. Droog stemmte den Splitter gegen die Unterlage und drückte mit einem kleinen Knochen ein winziges Stück aus dem Klingenrand heraus. Mehrmals wiederholte er dieses, bis die Klinge grob gezähnt war. Die Oberkante wurde abgestumpft und die Steinsäge war fertig. Droog nickte zufrieden und legte sie weg.

Mit demselben kleinen Knochen bearbeitete er dann die scharfe Kante eines kleineren, stärker gerundeten Splitters, bis eine steile Wölbung nach außen entstand, ein kräftiger Schaber mit nicht allzu scharfer Klinge, der nicht so leicht abbrach, wenn man Tierhäute oder Holz zu glätten hatte, und keine Schnitte in die Häute machte. Einen anderen Splitter versah er mit einer einzigen, tiefen Kerbung. Er würde besonders zum Formen von Speerspitzen taugen. Beim letzten Splitter, der am dünneren Ende zu einer scharfen Spitze zusammenlief, jedoch ziemlich gewellte Ränder hatte, stumpfte er eine Seite ab, ließ aber die Spitze. Das Werkzeug konnte als Ahle dienen, um Löcher in Tierhäute zu stechen, oder zum Bohren verwendet werden, um Holz oder Knochen mit Löchern zu versehen.

Noch einmal betrachtete Droog die Gerätschaft, die er gefertigt hatte. Dann winkte er Ayla. Er reichte ihr, die immer noch große Augen machte, den Schaber und einen der breiten scharfkantigen Splitter, die beim Fertigen der Handaxt abgefallen waren.

»Die kannst du haben«, bedeutete er ihr. »Du kannst sie vielleicht gebrauchen, wenn du mit uns das Mammut jagen gehst.«

Aylas Augen leuchteten. Sie hielt die Werkzeuge so behutsam in den Händen, als wären es die kostbarsten Geschenke. Werden die Männer mich wirklich auserwählen, sie auf die Mammutjagd zu begleiten, dachte das Mädchen. Denn gewöhnlich folgten nur Frauen den Männern auf die Jagd. Doch sie war schon so groß wie eine Frau und in diesem Sommer eh schon einige Male mit den Jägern ausgezogen. Vielleicht nehmen sie mich mit, wünschte sich Ayla und bedankte sich bei Droog.

»Dies hier will ich sorgsam aufbewahren, bis die Zeit der Mammutjagd gekommen ist. Und wenn ich ausersehen werde, die Jäger zu begleiten, dann will ich sie zum erstenmal zum Häuten und Zerlegen dieses Tiers benutzen.«

Droog brummte zustimmend. Dann schüttelte er die Haut aus, die über seinen Schoß gebreitet war, legte seine Unterlage, den Steinschlägel, den Beinschlägel und das übrige Werkzeug drauf, wickelte alles zusammen und band es sorgsam mit einer Schnur. Er sammelte die neuen Geräte auf und schlurfte hinüber zu dem Unterschlupf, den er mit seiner Familie teilte. Heute würde er nichts mehr tun, obwohl es noch nicht dunkelte. Es war ihm gut von der Hand gegangen; man sollte sein Glück nicht zu sehr versuchen.

Als Ayla zu Crebs Wohnkreis zurückkehrte, jubelte sie: »Iza! Iza! Schau, was Droog mir geschenkt hat! Ich durfte zusehen, wie er sie machte.«

Vorsichtig legte das Mädchen die Geräte ab und schilderte weiter: »Er hat mir bedeutet, daß die Jäger bald, wenn die Blätter fallen, das Mammut jagen wollen. Er macht ihnen Werkzeuge, damit sie sich neue Waffen fertigen können. Er meinte, ich könnte diese hier vielleicht gebrauchen, wenn ich die Jäger begleiten darf. Glaubst du, sie werden mir erlauben mitzugehen?«

Iza hob die Arme und meinte: »Kann sein, Ayla. Aber was freust du dich so? Es wird dort harte Arbeit geben. Man muß das viele Fett auslassen und das Fleisch dörren. Du ahnst nicht, wieviel Fleisch und Fett so ein Tier hat. Es ist ein weiter Weg, bis man auf Mammuts trifft. Und wenn eines erjagt ist und verarbeitet, muß alles zurückgetragen werden.«

»Das macht mir nichts aus, wenn es harte Arbeit ist. Ich habe noch nie ein Mammut gesehen. Nur einmal in der Ferne vom Grat aus. Ich möchte mit, Iza.«

»Diese Tiere kommen nicht oft so weit herunter nach Mittag. Sie mögen die Kälte. Und wenn es hier grün ist, dann ist es ihnen zu heiß. Und wenn hier Schnee liegt, dann ist es ihnen zu hoch«, erklärte die Medizinfrau.

»Glaubst du, die Jäger nehmen mich mit, Iza?« bohrte das Mädchen weiter.

»Brun sagt mir nicht, was er vorhat, Ayla. Ich wußte nicht einmal, daß die Männer das Mammut jagen wollen. Du weißt mehr als ich«, gab Iza zurück. »Aber Droog hätte dich wohl nichts davon wissen lassen, wenn keine Aussicht darauf bestünde. Du hast Ona aus dem großen Wasser gezogen. Droog will es dir danken. Deshalb hat er dir die Werkzeuge gegeben und hat dir die Jagd angedeutet. Droog ist ein guter Mann, Ayla. Freue dich, daß er dich seiner Gaben würdig findet.«

Ayla strahlte.

»Ich hebe sie auf bis zur Mammutjagd. Dann erst will ich sie benützen.«

13

Das Mammut zu jagen, so wie die Clan-Männer es für den Frühherbst sich vorgenommen hatten, war höchst gefährlich und gewagt. Im Clan summte es allenthalben vor Erregung, und eine große Geschäftigkeit hob an. Alle gesunden und kräftigen Männer und Frauen sollten am Jagdzug zum oberen Ende der Halbinsel, dort, wo sie sich mit dem Festland vereinigte, teilnehmen. Während der langen Tage des Wanderns und der Suche nach den Mammuts blieb keine Zeit mehr für die Jagd auf andere Tiere. Es war auch nicht sicher, daß die Clan-Leute überhaupt Mammuts vorfinden würden, wenn sie dort oben angekommen waren; und man konnte sich auch nicht darauf verlassen, daß es den Jägern gelingen würde, falls sie sie tatsächlich aufstöbern sollten, eines der riesigen Tiere zu erlegen. Erwägenswert war ein solches Unterfangen nur, weil, wenn es erfolgreich war, der Clan für lange Zeit Fleisch und Fett erhalten würde.

Viel häufiger als sonst zogen die Jäger in diesem Sommer hinaus, denn es galt, genügend Fleischvorrat für die kommende

Kältnis anzulegen, um nicht durch einen schlechten Ausgang ihrer Jagd dem Hunger preisgegeben zu sein. Und das nächste Miething des Groß-Clans war nur noch zwei Sommer entfernt, und während dieser Zeit würde zur Jagd kaum Gelegenheit sein; die lange Wanderung zur Höhle des Nachbar-Clans, an dessen Feuern gefeiert werden sollte, und der mühsame Rückweg zur heimischen Höhle würden die Tage auffressen. Brun kannte das aus Erfahrung und hatte deshalb beschlossen, jetzt noch verstärkt zu jagen, zu sammeln und zu lagern. Und wenn sie dann ausreichend Nahrung in der Höhle hatten und noch dazu ein Mammut erlegen konnten, dann hatten sie fast gänzlich ausgesorgt. Gedörrtes Fleisch, getrocknete Pflanzen, Früchte und Körner hielten sich gut zwei Sommer, wenn man wußte, wie sie richtig zu lagern waren.

Nicht nur die Flammen der Erregung schlugen hoch in den Herzen der Clan-Leute; es glühte auch ein tiefer Aberglaube mit. So sehr machte man den Jagderfolg vom Glück abhängig, daß schon im geringsten Tun und Lassen Vorgezeichnetes gesehen wurde. Ein jeder bedachte gründlich jede einzelne seiner Verrichtungen und ließ bei allem, was er tat, das auch nur im entferntesten die Geister auf sich beziehen konnten, besondere Vorsicht walten. Niemand wollte sich des Frevels zeihen lassen, er hätte einen der Geister so erzürnt, daß er dann Unglück über diese Unternehmung bringen würde.

Die Männer versammelten sich oftmals zu Feiern, um die Unsichtbaren günstig zu stimmen, und der Mog-ur half mit glückbringendem Zauber und magischen Gebilden, die er aus den Gebeinen in der kleinen Höhle fertigte. Ging etwas glatt, so wurde das als gutes Zeichen angesehen; lief etwas schief, so war das Anlaß zu Besorgnis und Beängstigung. Und Brun fand von dem Tage an, als er auf Mammutjagd zu gehen entschieden hatte, fast kaum noch einen ruhigen Schlaf. Manchmal wünschte er, der Befehl wäre nie gegeben worden.

Er berief die Männer in seinen Wohnkreis, um miteinander zu beraten, wer mitziehen und wer hierbleiben sollte, denn die heimische Höhle war zu schützen, während sie bar jeglicher Jäger war.

»Mein Herz rät mir, einen der Jäger zurückzulassen«, begann der Clan-Führer mit klarer Gebärde. »Einen vollen Mond werden wir fort sein, vielleicht auch zwei. Das ist zu lang, um die Höhle ohne Schutz zu lassen.«

Die Jäger schauten zu Boden. Keiner wollte von dieser Jagd

sich ausgeschlossen fühlen. Sie hatten Angst, daß der, den des Clan-Führers Auge traf, ausgewählt werden würde zurückzubleiben.

»Brun, du brauchst alle deine Jäger«, bedeutete der alte Zoug. »Meine Beine sind zwar nicht mehr schnell genug, um das Mam-Mut zu hetzen, aber mein Arm ist noch kräftig und stark, einen Speer zu stoßen. Die Schleuder ist nicht die einzige Waffe, die ich gebrauchen kann. Dorvs Augen sind trübe geworden, aber die Kraft seiner Arme ist nicht geschwächt. Immer noch kann er eine Keule schwingen oder den Speer stoßen. Und solange vor der Höhle das Feuer lodert, wagt kein Tier sich allzu nahe heran. Hab keine Sorge um die Höhle. Wir können sie beschützen. Du mußt alle deine Sinne auf die Mam-Mut-Jagd richten. Es ist nicht an mir zu entscheiden, aber ich rate dir, alle Jäger mitzunehmen.«

»Ich denke wie er, Brun.« Dorv deutete auf Zoug, beugte sich vor und kniff ein wenig die Augen zusammen: »Zoug und ich wollen die Höhle schützen, während ihr fort seid.«

Bruns Blick wanderte von Zoug zu Dorv und wieder zurück. Eigentlich hatte auch er keinen seiner Jäger zurücklassen wollen. Denn die Jagd würde sehr schwer und gefährlich werden.

»Recht hast du, Zoug«, bedeutete der Clan-Führer schließlich dem alten Mann. »Du und Dorv, ihr könnt nicht mehr mit auf Mam-Mut gehen, ihr seid aber Manns genug, die Höhle zu bewachen. Es ist ein Glück für den Clan, daß ihr beide noch so kräftig seid, und es ist ein Glück für mich, daß du, Zoug, der du unter dem Clan-Führer vor mir der Stammeszweite warst, noch unter uns weilst und mir mit deinem Weitblick helfen kannst.«

Die bange Anspannung unter den Jägern löste sich. Jetzt würde keiner von ihnen zurückbleiben müssen. Sie fühlten mit den beiden Alten, die an der großen Jagd sich nicht beteiligen konnten; doch waren sie auch wieder froh, daß niemand von ihnen die Höhle zu bewachen hatte.

Fest stand auch, daß der Mog-ur nicht mit ihnen ziehen würde, er war kein Jäger. Doch Brun, der gelegentlich gesehen hatte, mit welcher Kraft der alte Krüppel seinen Stock zu schwingen wußte, reihte ihn im stillen unter die Beschützer ihrer Höhle ein. Und diese drei alten Männer würden sich zusammen so gut schlagen können wie einer seiner Jäger.

»Und nun zu den Frauen. Welche nehmen wir mit?« fragte Brun. Er hielt inne mit der Hand und sagte: »Ebra.«

»Uka auch«, bedeutete Grod. »Sie ist kräftig und erfahren und hat keine kleinen Kinder.«

»Gut«, nickte Brun und fragte: »Ovra?«, wobei er Goov mit einem strengen Blick bedachte.

Des Mog-urs Gehilfe gab seine Zustimmung.

»Was ist mit Oga?« wollte Broud wissen. »Brac läuft schon und braucht sie bald nicht mehr.«

Brun bedachte es einen Augenblick.

»Gut. Die anderen Frauen können auch mithelfen, sich um den Jungen zu kümmern. Und Oga ist flink bei der Hand mit allem. Wir nehmen sie mit.«

Brouds Rücken straffte sich. Es tat ihm wohl, daß seine Gefährtin beim Clan-Führer gut angesehen war; das hieß, daß er sie gut gezogen und soeben ein Lob dafür bekommen hatte.

»Doch einige müssen zurückbleiben und die Kinder versorgen«, entschied Brun. »Was ist mit Aga und Ika? Groob und Igra sind doch noch zu klein, um diesen weiten Weg zu schaffen.«

»Aba und Iza können sie versorgen«, bedeutete Crug. »Igra macht Ika nicht mehr viel Mühe.«

Die meisten Männer hatten auf einem großen Jagdzug gern ihre eigenen Gefährtinnen dabei, um nicht auf andere Frauen angewiesen zu sein.

»Soweit ich weiß«, mischte Droog sich ein, »möchte Aga diesmal lieber nicht mitziehen. Sie hat drei Kinder, und auch wenn sie Groob mitnimmt, würde Ona sich ohne sie verlassen fühlen. Aber Vorn möchte mit uns kommen.«

»Aga und Ika sollen bleiben«, entschied Brun. »Und auch Vorn. Er ist noch nicht alt genug zur Jagd und wird bestimmt nicht darauf brennen, ständig nur den Frauen zu helfen. Für ihn kommt auch die Zeit.«

Der Mog-ur, der sich bis dahin nicht gemeldet hatte, hielt den Augenblick für günstig, das, was er dachte, kundzutun.

»Iza ist zu schwach, um mit euch zu ziehen. Sie muß bleiben und für Uba sorgen. Aber Ayla kann euch begleiten.«

»Sie ist ja noch nicht einmal eine Frau«, fuhr Broud mit heftiger Hand dazwischen. »Und die Geister zürnen bestimmt, wenn diese Fremde uns begleitet.«

»Sie ist größer als eine Frau und ebenso kräftig«, hielt ihm Droog entgegen. »Sie kann hart arbeiten, hat geschickte Hände, und die Geister haben ihr immer ihre Gunst gegeben. Denk an die Höhle. Und an Ona. Mein Herz sagt mir, daß sie uns Glück bringen wird.«

Bruns Hand entschied: »Droog hat recht. Sie arbeitet flink und ist so kräftig wie eine Frau. Und Iza hat sie im Heilzauber unterwiesen. Das kann für uns von Nutzen sein. Wenn die Medizinfrau nicht so entkräftet wäre, ich würde lieber sie mitnehmen. So aber kommt eben Ayla mit.«

Ayla war so aufgeregt, als sie erfuhr, daß man sie auf die Mammutjagd mitnehmen wollte, daß sie unablässig Iza mit Fragen überschüttete, was mitzunehmen sei und wann es losgehen sollte. Und ständig war sie nur am Packen, kippte dann den Korb wieder aus und fing von vorne an.

»Nimm nicht zuviel mit, Ayla«, mahnte die Medizinfrau. »Auf dem Rückweg wirst du viel schwerer zu tragen haben, wenn die Jagd gelingt. Hier ist etwas für dich, was du auf alle Fälle bei dir haben solltest. Ich habe es eben fertig gemacht.«

Tränen der Freude sprangen Ayla in die Augen, als sie den Beutel sah, den Iza ihr hinhielt: Er war aus einem Otter gefertigt; Fell, Kopf, Schwanz und die Beine waren unversehrt. Iza hatte Zoug gebeten, ihr einen zu beschaffen, und das Geschenk in Droogs Wohnkreis versteckt gehalten.

»Iza!« rief das Mädchen. »Ein Medizinbeutel – für mich?« Stürmisch umarmte es die Frau.

Schnell hockte Ayla sich nieder, zog all die kleinen Beutel aus der Tasche und legte sie in Reihen vor sich hin, wie Iza das so oft gemacht hatte; öffnete jeden einzelnen, beschnupperte, was darin war, und verschloß sie schließlich mit genau den gleichen Knoten, die auch die Medizinfrau geschlungen hatte.

Es war recht schwierig, all die getrockneten Kräuter und Wurzeln allein nach dem Geruch zu unterscheiden, wenn auch besonders gefährlichen Mitteln häufig ein wirkungsloses, doch stark riechendes Kraut beigegeben wurde, um einen Irrtum zu vermeiden. Kenntlich gemacht wurden die einzelnen Kräuter durch unterschiedliche Schnüre und Riemen, mit denen die Beutel verschlossen wurden, und durch eine Vielzahl unterschiedlich geknüpfter Knoten. Bestimmte Kräutersorten befanden sich in Beuteln, die nur mit Schnüren aus Pferdehaar zugebunden waren oder mit den Haaren anderer Tiere, die auffallend gefärbt oder beschaffen waren. Andere Beutel verschnürten Sehnen oder Flechtwerk aus Rindenfasern, manche auch Riemen aus Haut bestimmter Tiere. Und wenn man nun die verschiedenen Kräuter auch richtig anzuwenden gedachte, so war nicht nur ihre Eigenschaft zu erkennen, sondern auch zu wissen, wie die Verschnürung des Beutels war, in dem sie aufbewahrt wurden.

Ayla stopfte die Beutelchen wieder in ihre Medizintasche und knotete diese dann an dem Riemen fest, der um ihre Körpermitte lag. Sie stellte sich auf, sah an sich herab und fand, daß sie zu bewundern sei. Dann nahm sie die Tasche wieder ab und legte sie zu ihrem Sammelkorb. Jetzt war sie bereit.

Nur eines bereitete ihr noch Kopfzerbrechen. Was würde mit ihrer Schleuder werden? Sie würde sie nicht gebrauchen können; sie zurückzulassen verbot sich von selbst, weil Iza und Creb sie entdecken könnten. Sie im Wald zu verstecken würde die Folge haben, daß ein Tier sie ausgrub oder daß sie in der feuchten Erde schnell verrottete. Schließlich beschloß Ayla, die Schleuder mitzunehmen, in einer Falte ihres Überwurfs versteckt.

Es war noch dunkel, als die Clan-Leute zur großen Jagd von ihren Lagern sich erhoben. Die vielfarbigen Blätter begannen gerade erst im frühen Morgenlicht zu leuchten, als der Zug sich in Bewegung setzte und in raschem Lauf den Grat seitlich der Höhle durchquerte. Dort erwartete sie die aufgehende Sonne in strahlender Laune. Die Clan-Leute wanderten frohen Mutes die bewaldeten Flanken der Hügel hinunter und erreichten die Steppe, als die Sonne noch immer tief auf dem Bergrücken saß. Brun legte eine zügige Gangart vor. Die Frauen, deren Bürden zwar leicht, die jedoch so schnelles Gehen nicht gewöhnt waren, mußten sich mächtig anstrengen, mit den Männern mitzuhalten.

Von Sonnenaufgang bis Sonnenuntergang war man auf den Beinen. Und die Tagesstrecke war um ein Beträchtliches größer gewesen als jene, die man bei der Höhlensuche zurückgelegt hatte. Gekocht wurde nicht. Und die Frauen hatten wenig zu tun. Man nährte sich von vorher Zubereitetem, das die Männer stets bei sich zu führen pflegten, wenn sie auf Jagd gingen: flache Fladen aus Dörrfleisch, das grob zerstampft war und mit ausgelassenem Fett und getrockneten Früchten gemischt wurde.

Auf dem offenen, winddurchsausten Grasland war es kalt. Und je weiter die Jäger und die Frauen in das obere Land vorstießen, desto schneidender wurde die Kälte. Dennoch legten sie schon bald nach dem allmorgendlichen Aufbruch die dicken Umhänge und Überwürfe wieder ab. Denn durch das schnelle Gehen wurden ihre Körper wieder warm, und nur wenn sie sich setzten, um zu rasten, kroch ihnen die Kältnis in die Glieder. Und bald krampften sich auch nicht mehr die Waden zusammen, woran vor allem die Frauen gelitten hatten.

Im obersten Teil des Halbinsellandes erwartete rauheres Gelände die Clan-Leute. Breite Tafelberge stürzten jäh in steile Schluchten ab oder stießen gegen himmelhochragende Felswände, die eine ruhelose Erde in früheren Zeiten aufgeschichtet hatte. Felsröhren wurden von gezacktem Gestein umschlossen; manche endeten blind. Andere waren übersät mit scharfkantigen Felsbrocken, die aus dem sie umschließenden Steinwulst herausgebrochen waren. Dann gab es welche, die Wasser auf ihrem Grund führten, dünne Rinnsale oder brodelnde Flüsse. Und nur hier in der Nähe von Wasserläufen harrten windverzerrte Fichten und Lärchen, verkrüppelte Birken und Weiden aus. Nur dort, wo eine Schlucht sich zu einem bewässerten Tal geweitet hatte, erreichten die Nadel- und Laubbäume ihre natürliche Größe und Gestalt. Der Windschatten half ihnen dabei.

Während ihrer Wanderung wurden die Clan-Leute durch nichts aufgehalten. Zweimal soviel Tage wie Finger an einer Hand zogen sie nun schnellen, ausdauernden Schritts immer tiefer ins obere Land. Dann schickte Brun zum ersten Mal Späher aus. Heute, nach zehn Tagen, kamen sie immer langsamer vorwärts. Sie waren nicht mehr weit entfernt vom breitgeschwungenen Hals der Halbinsel. Wenn sich die Mammuts überhaupt hier aufhielten, dann mußte man bald auf sie stoßen.

Jäger und Frauen machten an einem kleinen Fluß Rast. Brun hatte gegen Mittag Broud und Goov ausgeschickt. Er stand jetzt etwas abseits von den anderen, hielt beide Hände über die Augen und spähte angestrengt in die Richtung, aus der sie zurückkommen mußten. Lange konnte der Entscheid nicht mehr hinausgeschoben werden, ob sie nun hier am Fluß ihr Nachtlager aufschlagen oder noch etwas weiter ziehen mußten. Der späte Nachmittag warf schon lange Schatten. Wenn die beiden Jäger nicht bald zurückkehrten, würde die Natur entscheiden; es würde Nacht werden, und sie mußten bleiben, wo sie waren. Brun kniff die Augen zusammen und hielt seinen Kopf dem scharfen Wind entgegen, der ihm den Umhang flatternd um die Beine schlug und den buschigen Bart ins Gesicht drückte.

Plötzlich meinte er, in weiter Ferne zwei Wandernde zu sehen, und allmählich konnte er die beiden Männer erkennen, die ihm im Laufschritt entgegenkamen. Brennende Erregung umzüngelte sein Herz.

Broud und Goov erblickten die einsam ragende Gestalt und liefen schneller, schlugen wild mit ihren Armen. Und lange bevor ihre Stimmen zu hören waren, wußte Brun, welche Kunde sie brachten.

»Mam-Mut! Mam-Mut!« brüllten die Männer außer Atem, während sie auf die Gruppe zurannten.

Alles umdrängte die jungen Männer, die keuchten und völlig in Schweiß gebadet waren.

»Eine große Herde gegen Sonnenaufgang«, frohlockte Broud.

»Wie weit?« fragte Brun.

Goov wies gerade aufwärts und bewegte dann seinen Arm in kurzem Bogen abwärts. Die Hälfte des Weges, den die Sonne bis Mittag zurücklegte.

»Zeigt uns den Weg«, bedeutete Brun seinen Spähern und gab den anderen das Zeichen zum Aufbruch.

Die Sonne hing schon tief am Himmel, als die Jäger endlich weit hinten dunkle Höckerberge erblickten, die sich bedächtig auf und ab bewegten. Die Mammuts. Es ist eine große Herde, dachte Brun, als er anhalten ließ. Sie würden mit dem Wasser auskommen müssen, das sie von der letzten Rast mitgenommen hatten; es war schon zu dunkel, um noch nach einem Bach oder Fluß zu suchen. Am anderen Morgen würde man einen besseren Lagerplatz finden. Wichtig war nur, daß sie die Mammuts gefunden hatten.

Als an einem stark gewundenen Bach, dessen Ufer struppiges Gebüsch überwucherte, ein neues Lager aufgeschlagen war, machte sich Brun mit seinen Jägern auf, um auszukundschaften, wie eines der mächtigen Mammuts zu erlegen sei. So ein Tier konnte nicht wie ein Bison bis zur Erschöpfung gehetzt oder mit Wurfschlingen zu Fall gebracht werden. Um diese wollhaarigen Dickhäuter zu stellen, mußten sich die Jäger anderer Mittel und Wege bedienen.

Der Clan-Führer und seine Jäger erforschten mit großer Sorgfalt die Schluchten und Klammen um sie herum. Brun suchte eine Schlucht, die leichten Zugang hatte, am anderen Ende jedoch keinen Ausgang bot; eine enge Schlucht, die einen Mammut gefangen halten konnte und die sich in der Nähe der Herde befand. Am nächsten Tag trat schon in aller Frühe Oga mit zaghafter Miene zu Brun und ließ sich mit gesenktem Kopf vor ihm nieder, während Ovra und Ayla aufmerksam in der Nähe warteten.

»Was willst du, Oga?« fragte Brun.

»Ich habe eine Bitte«, begann sie mit zögernder Gebärde.

»Ja?«

»Ich habe noch nie ein Mam-Mut gesehen. Ayla und Ovra ebenfalls. Erlaubt uns der Clan-Führer, näher zu gehen, damit wir sie genauer sehen können?«

»Und Ebra und Uka? Wollen sie auch das Mam-Mut sehen?«

»Nein, sie möchten nicht mitkommen«, gab Oga zurück.

»Das ist klug. Aber sie haben auch schon früher Mam-Muts gesehen. Merkt ihr's? Der Wind bläst von der Herde zu uns herüber. Die Mam-Muts werden euch also nicht wittern; geht, aber nicht zu nahe heran und versucht nicht, die Herde zu umrunden.«

»Wir werden uns hüten«, versprach Oga.

»Das glaube ich auch. Denn wenn ihr sie seht, dann werdet ihr wünschen, sie nie gesehen zu haben.«

Den drei jungen Frauen klopfte das Herz vor Erregung. Ayla war es gewesen, die Oga schließlich dazu gebracht hatte, Brun um Erlaubnis zu fragen. Auf dem langen Weg hierher waren sie einander nähergekommen. Sie waren enger zusammen und lernten sich besser verstehen. Ovra, die eigentlich still und zurückhaltend war, hatte Ayla bisher immer als eines der Kinder betrachtet und mit ihr nichts zu tun haben wollen. Und Oga scheute ein näheres Kennenlernen, weil sie wußte, wie Broud zu ihr stand. Früher hatten die beiden Frauen gedacht, mit dem Mädchen nicht viel gemeinsam zu haben. Sie hatten ihre Gefährten, die ihr Leben bestimmten.

Erst in diesem Sommer, als Aylas Fraulichkeit sich wieder um ein weiteres entwickelt hatte und man sie auch mit auf die Jagd genommen hatte, begannen die Frauen, das Mädchen mit anderen Augen zu sehen. Ayla überragte sie schon um Haupteslänge und wirkte dadurch wie eine Frau; so wurde sie aber auch von den Jägern behandelt. Besonders Crug und Droog ließen sich gern von ihr bedienen. Ihre Gefährtinnen waren in der heimischen Höhle zurückgeblieben, und Ayla war allein. Deshalb brauchten sie nicht erst einen anderen um Erlaubnis zu fragen, wenn sie Ayla einen Auftrag geben wollten. Wohl dadurch, daß sie das gleiche taten, und auch noch gemeinsam bei dieser Jagd, entwickelte sich nun zwischen den drei jungen Frauen eine freundliche Art, miteinander umzugehen. Eine solche Nähe hatte Ayla vorher nur bei Iza, Creb und Uba gefunden; jetzt genoß sie die Wärme der Gemeinsamkeit mit Oga und Ovra.

Kurz nachdem die Männer aufgebrochen waren, gab Oga

ihren kleinen Jungen in die Obhut von Ebra und Uka, und die drei Frauen machten sich auf den Weg. Und bald wußten sie sich vieles zu bedeuten, was ihnen einige Kurzweil brachte. Doch als sie plötzlich diese Fellgebirge vor sich sahen, schlugen sie die eben noch so beredten Hände vor die Münder, standen still und starrten wie gebannt auf die gewaltigen Tiere.

Die wollhaarigen Mammuts hatten sich der rauhen Gegend, in der sie lebten, gut angepaßt. Unter dem zottigen, langbehaarten Fell schützten feiner, weicher Pelz und eine dicke Fettschicht ihren Körper vor der Kältnis, die auch den Körper selbst sich hatte verändern lassen. Die Kältesteppenmammuts waren gedrungener als die anderen ihrer Art. Bis zum Widerrist maßen sie etwa vier Manneslängen. Der mächtige Kopf, im Verhältnis zur Höhe des Körpers übergroß und mehr als halb so lang wie der fleischige Rüssel, ragte massig und gewölbt wie eine Spitzkuppel zwischen den Schultern empor. Sie hatten kleine Ohren und einen kurzen, quastenartigen Schwanz. Von der Seite gesehen hatten diese lebenden Fellgebirge zwischen der hohen Kopfwölbung und dem Fetthöcker eine scharfe Vertiefung. Der Rücken fiel zum Becken und zu den etwas kürzeren Hinterbeinen hin stark ab.

Wie angewurzelt waren die drei Frauen stehengeblieben. »Schau dir den an!« Oga deutete auf den alten Bullen.

Seine Stoßzähne, am Nasenansatz dicht nebeneinander, führten zunächst steil abwärts, bogen sich dann nach außen, krümmten sich nach oben und am Ende nach innen. Sie waren so lang und so stark gebogen, daß sie sich über seinem Rüssel kreuzten, mit dem er Gras, Kräuter und Schilfrohr aus dem Boden riß und das zähe, trockene Zeug in sein Maul stopfte, um es mit seinen breitflächigen, rillendurchzogenen Zähnen zu zermalmen. Ein jüngeres Tier, dessen Stoßzähne nicht so lang und noch zu gebrauchen waren, entwurzelte eine Lärche und begann gierig, Zweige und Rinde abzureißen.

»Wie riesig sie sind«, stellte Orva fest und duckte sich tiefer. »Wie wollen die Jäger so ein Mam-Mut erlegen? Sie können ja nicht einmal mit dem Speer heran!«

»Ich weiß es nicht«, gab Oga beklommen zurück.

Zaghaft gab Ovra zu verstehen, daß sie sich fast wünschte, nie hierher gekommen zu sein. Es würde bestimmt eine gefährliche Jagd. Und wie leicht könnte da einer verwundet werden. Schon jetzt fürchte sie um Goov. Wie schrecklich, wenn ihm etwas zustieße!

»Brun ist sicher mit allem vertraut«, versetzte Ayla mit beschwichtigender Gebärde. »Er würde bestimmt nicht das Mam-Mut jagen lassen, wenn er nicht glaubte, daß seine Männer ihm gewachsen sind.« Mit dem Daumen deutete sie auf sich: »Ich wünschte, ich könnte dabei sein.«

»Ich nicht«, wehrte Oga ab. »Ich möchte lieber weit fort sein. Mir wird das Herz erst wieder leicht, wenn alles vorbei ist.«

Oga hatte nicht vergessen, daß der Gefährte ihrer Mutter auf einer solchen Jagd sein Leben verloren hatte; kurz vor dem Erdbeben, dem ihre Mutter zum Opfer gefallen war.

»Ich glaube, wir kehren jetzt um«, schlug Ovra vor. »Brun will nicht, daß wir zu nahe an die Mam-Muts herangehen. Mir ist es jetzt schon zu nah.«

Sie wandten sich zum Gehen. Ayla drehte sich noch einige Male um, als sie davoneilten. Auf dem Rückweg wollte eine Unterhaltung nicht mehr so recht in Gang kommen. Jede der drei jungen Frauen hing ihren eigenen Gedanken nach.

Als die Männer zurückgekehrt waren, gab Brun den Frauen Befehl, das Lager am nächsten Morgen nach dem Aufbruch der Jäger abzubrechen. Er hatte eine geeignete Falle gefunden. Schon bei Sonnenaufgang wollte man losziehen, und es war Sorge dafür zu tragen, daß die Frauen weit genug vom Jagdgeschehen entfernt waren. Die Schlucht hatte er schon am Vortag entdeckt; sie war genau das, was er gesucht hatte – ein Felsenkessel, aus dem es kein Entkommen gab. Zwar war er zu weit entfernt von den Mammuts; aber als ein besonders günstiges Vorzeichen schien ihm, daß die Herde, die langsam auf das untere Land zu zog, sich der Schlucht am Ende des übernächsten Tages so weit nähern würde, daß Brun seinen Plan schon aufgehen sah.

Heftige Windböen trieben den Jägern, als sie sich aus ihren Fellen schälten und die Köpfe aus den Schlupflöchern streckten, leichten feintrockenen Schnee in die bärtigen Gesichter. Doch das bedrückende Grau des Himmels vermochte nicht die frohe Erwartung der Männer zu dämpfen. Heute würden sie das Mammut jagen. Flink legten die Frauen Hand an und hatten bald den warmen Kräutertrank bereitet. Nichts sonst würden die Jäger an diesem Tag zu sich nehmen, die herumsprangen und ihre Speere in die Luft stießen, um ihre Muskeln zu erwärmen und zu lockern.

Grod nahm ein Stück glühender Kohle aus dem Feuer und steckte sie in das Auerochsenhorn, das er an seinem Gürtel trug, und Goov tat ebenso. Die Jäger hüllten sich in warme Felle, doch nicht die gewohnten schweren Umhänge, sondern leichtere Überwürfe, die sie nicht hindern würden. Und keiner von ihnen spürte die Kälte; alle glühten sie vor Erregung und waren nicht mehr fähig stillzusitzen. Dann trat Brun unter die Männer und legte mit rascher Gebärde ein letztes Mal seinen Plan dar. Die Männer, die einen Kreis gebildet hatten, den Clan-Führer in ihrer Mitte, standen einen Augenblick alle mit geschlossenen Augen da, die Hände an ihren Amuletten. Dann nahm jeder einen Kienspan zur Hand, der noch nicht entzündet war. Und sie brachen auf.

Ayla sah ihnen wehmütig nach und gesellte sich zu den Frauen, die sich schon darangemacht hatten, dürres Gras, Dung, Laub und Holz zu sammeln. Sobald sie genug beisammen hatten, um neue Feuer entzünden zu können, würden sie – wie ausgemacht – das Lager abbrechen.

Zügig näherten die Männer sich der Herde. Die Mammuts hatten sich bereits wieder in Bewegung gesetzt. Stumm und starr kauerten die Jäger im hohen Gras und warteten, während Brun mit scharfem Auge die Tiere musterte, die an ihnen vorüberzogen. Er sah den alten Bullen mit den gewaltigen gekreuzten Stoßzähnen. Das wäre ein Fang! schoß es ihm durch den Kopf. Doch sogleich kämpfte er diese Regung seines Herzens nieder. Der Weg zurück zur heimischen Höhle war weit, und die schweren Stoßzähne wären ihnen nur belastende Bürde. Die Zähne eines jüngeren Tieres waren leichter zu tragen, und sein Fleisch würde zarter sein. Das war wichtiger, als nach einem mächtigen Jagdzeichen zu verlangen und damit Ehre und Bewunderung einzuheimsen.

Doch jüngere Bullen waren auch gefährlicher. Ihre kürzeren Stoßzähne konnten nicht nur Bäume entwurzeln, sie waren auch bösartige Waffen. Brun wartete ab, ruhig und besonnen. Man hatte die mühsame Wanderung und die langfristige Vorsorge nicht auf sich genommen, um jetzt Hals über Kopf zuzuschlagen und den Erfolg der Unternehmung zu gefährden. In seinem Kopf stand ein klares Bild von dem, was einen Jagderfolg bedingte. Lieber am Morgen noch einmal versuchen, das richtige Tier zu finden, als jetzt unbesonnen einen Angriff wagen. Die anderen Jäger warteten, nicht alle so geduldig.

Die hochsteigende Sonne hatte den trüben, verhangenen Himmel aufgehellt und die Wolkendecke zerrissen. Es schneite nicht mehr.

»Wann gibt er endlich das Zeichen?« fragte Broud den neben

ihm kauernden Goov ungeduldig und zeigte zum Himmel. »Schau, wie hoch die Sonne schon steht. Warum früh aufbrechen und dann untätig hier herumlungern? Worauf wartet er?«

Grods Augen hatten Brouds deutlichen Unmut mitbekommen. Ruhig entgegnete der Jäger: »Brun wartet auf den rechten Augenblick. Möchtest du lieber mit leeren Händen zurückkehren? Halte deine Hast zurück, Broud. Eines Tages wirst du entscheiden müssen, wann der rechte Augenblick da ist. Brun ist ein guter Clan-Führer und ein tapferer Jäger. Du kannst froh sein, daß er es ist, dem du nacheifern kannst. Ein guter Clan-Führer braucht mehr als Mut.«

Broud senkte den Kopf und ärgerte sich. Grod wird nicht mehr Stammeszweiter, wenn ich Clan-Führer bin, dachte der junge Mann. Ihn schauderte, als ein eisiger Windstoß durch die Büsche fuhr, und er ging tiefer in die Hocke.

Die Sonne stand schon hoch am Himmel, als Brun endlich den Jägern befahl, sich bereitzumachen.

Inzwischen hatte sich ein trächtiges Mammut an den äußeren Rand der Herde hinausgedrückt und schien sich von ihr abzusondern. Das Tier war noch nicht alt, und mit seinem schweren Leib würde es nicht so schnell und wendig sein wie ein junger Bulle.

Auf schweren unerbittlichen Füßen näherte sich das Mammut einer hochstehenden, dichten Grassode, dicht vor den Männern, und war allein, ein einzelnes Tier, abseits der schützenden Herde. Das war der Augenblick, auf den Brun gewartet hatte. Er gab das Zeichen.

Grod hatte die glühende Kohle schon aus dem Horn gezogen. Und als Brun das Zeichen gegeben hatte, hielt er seinen Kienspan an die Glut und blies so lange, bis er Feuer fing; an ihm entzündete Droog zwei weitere und reichte einen Brun. Die drei jüngeren Jäger waren, sobald sie das Zeichen gesehen hatten, aufgesprungen und rannten aus Leibeskräften in Richtung Schlucht. Die Jäger fackelten nicht lange. Wie Wiesel schossen Brun und Grod hinter die Mammutherde und setzten das ausgedörrte Gras in Brand. Gewöhnlich hatten die ausgewachsenen Mammuts keine natürlichen Feinde; nur sehr junge oder auch sehr alte Tiere wurden manchmal Opfer des Säbelzahntigers oder des Höhlenlöwen. Doch alle fürchteten sie das Feuer. Denn es war keine Seltenheit, daß riesige Brände die Steppe durchtobten und alles verschlangen, was nicht rechtzeitig fliehen konnte. Und kaum witterte die Herde nun die Gefahr, so schloß sie sich auch schon enger zusammen. Brun und Grod hatten sich zwischen das Mammut und die Herde geschoben. Das Feuer mußte jetzt rasch um sich greifen, wenn verhindert werden sollte, daß das trächtige Tier zur Herde zurückkehrte. Von beiden Seiten konnten sie nun angegriffen oder niedergetrampelt werden, wenn die gewaltigen Tiere in panischer Angst fliehen sollten.

Als ihre Rüssel den Rauch gewittert hatten, verwandelte sich die bis dahin ruhig grasende Herde in ein wildes Gewoge massiger Fellgebirge. Ein angstvolles Trompeten aus hochgestreckten Rüsseln durchzitterte die Luft. Das Mammut wollte zur Herde zurück, doch es war schon zu spät. Eine lichterlohe Flammenwand trennte es von den anderen Tieren. Schrill schrie das Tier um Hilfe, aber das Feuer, vom scharfen Wind beflügelt, hatte die anderen eingeholt. In rasender, blinder Flucht donnerten die Mammuts davon, um der Feuersbrunst zu entkommen, die sich gierig hinterherwälzte. Die Männer kümmerte das nicht. Der Wind wurde die Flammen nicht zur Schlucht treiben.

Brüllend vor Angst brach die Mammutkuh nach der anderen Seite aus. Droog hatte gewartet, bis die Flammen emporgeschossen waren. Dann stürmte er davon. Als er sah, daß das Tier ausbrechen wollte, hetzte er auf den bebenden Fellberg zu, schwang wild seine Fackel und drängte ihn ab.

Dann rasten Crug, Broud und Goov, die jüngsten und schnellsten unter den Jägern, wie Wiesel vor der Mammutkuh her. Sie trieb die Angst, das schreckgepeinigte Tier würde sie einholen. Brun, Grod und Droog jagten hinterher, krampfhaft bemüht, dem Ungetüm dicht auf den Fersen zu bleiben. Inständig hofften sie, daß es nicht ausbrechen würde; doch das Tier donnerte blindlings geradeaus.

Schon erreichten die drei jungen Jäger den Felsenkessel. Crug lief auch mit hinein, während Broud und Goov an der unteren Wand ihren Lauf verhielten. Mit zitternden Händen und völlig außer Atem griff Goov zu seinem Auerochsenhorn und flehte seinen Schutzgeist an, daß die Kohle nicht erloschen sein möge. Sie glühte noch, aber niemand hatte Luft genug, um den Kienspan zu entfachen. So half der scharfe Wind. Nachdem die beiden Fackeln wieder brannten, traten Broud und Goov aus der Wand heraus, um dem Mammut den Weg zu verlegen. Es dauerte nicht lange, und schon raste das Tier mit ohrenbetäubendem Trompeten auf sie zu. Behend sprangen die jungen Jäger ihm entgegen und schwenkten wild schreiend ihre Fackeln und trieben es in den Kessel hinein.

Als der vorwärtsstürmende Koloß vor sich schon wieder Rauch und Feuer sah, warf er entsetzt den Kopf herum, um einen neuen Fluchtweg auszusuchen. Der Boden erzitterte, als er zur Seite hin ausbrach und, von Broud und Goov gejagt, in die Schlucht raste, die am oberen Ende des Kessels in die Felswand eingekerbt war. Steine und Staub wurden aufgewirbelt, brüchiger Fels zerbröselte unter den angstgehetzten Füßen, Gebüsche und Sträucher wurden unbarmherzig zermalmt, als das Tier durch die Klamm tobte, die immer enger und enger wurde, und der Rauch und das Feuer immer schlimmer. Und plötzlich erhob sich vor ihm das Ende der Schlucht, grau und unausweichlich. Brüllend bäumte sich das Mammut auf, doch hier gab es kein Entrinnen. Vorwärts und seitwärts starkes, graues Gestein, und von hinten rannten Broud und Goov herbei. Der junge Jäger hatte schon sein scharfes Flintsteinmesser gezogen, das Droog gefertigt und der Mog-ur mit dem glückbringenden Zauber versehen hatte. Schnell wie der Wind und geschmeidig wie eine Tigerkatze schoß Broud auf ein Hinterbein des Mammuts zu, das im Augenblick nicht stampfte und dick wie ein Baumstamm war, stieß tief hinein und durchtrennte mit einem raschen Ruck die Sehnen. Qualvoll hob das Tier den Rüssel und stieß schrill seinen Schmerz in die Luft. Zurück konnte es nun auch nicht mehr. Geschwind folgte Goov Brouds Beispiel und lähmte das andere Bein. Wie vom Blitz getroffen stürzte das mächtige Tier auf die Hinterhand.

Sofort sprang Crug hinter seiner Deckung hervor, holte weit aus und stieß seinen langen spitzen Speer tief in das angstoffene Maul des Tieres, das ihn mit seinem Rüssel zu umfassen suchte, dann aber Blut und Geifer spie. Schnell griff der Jäger zum nächsten Speer. Schon sprangen Brun und Grod und Droog hinzu, etwas höher im Fels zu beiden Seiten des zitternden Fellgebirges, in dessen massige Flanken sie nun ihre Speere bohrten. Brun stach ihm eines der kleinen Augen aus. Ein heißer Blutstrahl ließ ihn fast erblinden. Der Fellberg schwankte; ein Beben durchlief die einst schwarzfelligen Seiten, aus denen nun rote Quellen sprangen; ein letzter markerschütternder Trompetenstoß, mit dumpfem Krachen schlugen vorn die Zähne auf den Fels; der Rüssel rutschte noch ein Stückchen nach, und etwas Felsstaub wurde aufgewirbelt, als ihm das letzte bißchen Luft entströmte. Die Männer hielten keuchend inne. Wie angewurzelt blieben sie stehen, stierten auf das tote Tier und konnten es nicht fassen. Totenstille. Die Männer sahen sich an, spürten ihre Herzen rascher schlagen, und tief aus ihrem Innern schoß ein Gefühl der Überlegenheit empor, das sich mit einem wilden Siegesschrei gehörig Luft machte. Sie hatten es geschafft! Sie hatten das mächtige Mammut erlegt.

Mit Geschick und Schläue und dank ihres Willens, zusammenzuhalten und das Äußerste zu wagen, hatten diese Erdlinge das Riesentier getötet. Keiner der reißenden Vierbeiner, ganz gleich, wie schnell, wie kraftvoll oder listig er auch war, konnte ihnen das nachmachen.

Broud kletterte zu Brun auf den Fels hinauf und sprang von dort auf das gefällte Tier hinunter. Und gleich darauf war Brun an seiner Seite, schlug seinem Sohn mit Freude auf die Schulter, zog dann seinen Speer aus der leeren Augenhöhle des Mammuts und hielt ihn mit ausgestrecktem Arm hoch über seinen Kopf. Die anderen vier Männer kamen auch hinzu und gaben sich gemeinsam dem alten Tanz der Freude hin.

Schließlich sprang Brun herunter und ging einmal um die Beute herum, die die enge Spalte beinahe ausfüllte. Nicht einer seiner Männer war verwundet worden. Nicht einer hatte auch nur eine Schramme abgekriegt. Ihre Jagd war von großem Glück begleitet worden.

»Wir müssen den Geistern unseren Dank erweisen«, bedeutete der Clan-Führer den Männern. »Nach unserer Rückkehr soll der Mog-ur eine ganz besondere Feier machen. Jetzt nehmen wir uns nur die Leber – ein jeder von euch soll davon seinen Teil erhalten, und etwas für Zoug und Dorv und den Mog-ur. Was bleibt, geben wir dem Geist des Mam-Muts. So hat der Mog-ur mir geraten. Wir verbergen es hier, wo wir das Mam-Mut besiegten, und vergraben auch die Leber des Jungtiers, das da drinnen ist.«

Brun deutete mit der blutbespritzten Hand auf das aufgeschwollene Tiergebirge, um das sich mittlerweile ein dunkelroter See gebildet hatte. »Der Mog-ur hat mich geheißen, das Gehirn nicht anzurühren. Es muß bleiben, wo es ist, damit der Geist des Mam-Muts es behalten kann. Wer hat den ersten Schlag geführt? Broud oder Goov?« begehrte Brun zu wissen.

»Broud«, antwortete Goov.

»Dann kommt ihm das erste Stück der Leber zu. Aber allen gebührt der Ruhm, das mächtige Mam-Mut erlegt zu haben.«

Broud und Goov wurden ausgeschickt, die Frauen zu holen.

Die Arbeit der Männer war getan. Nun hatten die Frauen die Hände zu rühren, das Tier zu zerlegen und das Fleisch zu dörren.

Inzwischen entfernten die Jäger noch das Innere des mächtigen Tierkörpers und hoben das fast voll entwickelte Ungeborene aus dem Leib.

Nachdem die Frauen eilfertig eingetroffen waren, halfen ihnen die Männer noch beim Häuten des Mammuts, denn das Tier war so riesig, daß alle mit anpacken mußten. Fleischstücke, die von Clan-Leuten besonders gern gegessen wurden, schnitten die Frauen heraus und verwahrten sie zum späteren Gefrieren in Steinkammern, die sie selbst errichten würden. Rings um das, was dann noch übrig war von dem Kadaver, wurden Feuer angezündet, die verhindern sollten, daß das Fleisch gefror und gierige Aasfresser sich daran vergriffen.

Erschöpft, müde, gesättigt und zufrieden wickelten die Clan-Leute sich in ihre Schlafpelze. Am anderen Morgen setzten sich die Männer etwas abseits zusammen, ließen noch einmal in weitschweifigen Gebärden die Gefahren der Jagd aufleben und bezeugten einander Bewunderung für eines jeden Tapferkeit, während die Frauen sich an die Arbeit machten. Zwar floß in der Nähe ein kleiner Bach, doch war es zu umständlich, jedesmal durch die ganze Schlucht zu laufen, um Wasser zu holen. Und nachdem die Frauen alles in einzelne Teile zerlegt hatten, rückte man näher an das Gewässer. Die Knochen ließ man den aasigen Tieren.

Fast alles war zu verwenden. Aus der dicken, zähen Haut des Mammuts konnte vielerlei gefertigt werden: Fußzeug, das kräftiger und haltbarer war als das aus den Häuten anderer Tiere, Einschlupfdecken, die man vor die Höhle hängen konnte, um den Wind abzuhalten, Kochgefäße, kräftige Riemen, Unterschlupfplanen, die vor Wind und Wetter schützten, wenn man – so wie zur Zeit – im Freien lagerte. Mit dem weichen, flaumigen Körperhaar konnte man Schlafsäcke und Matten ausstopfen. Das Zottelhaar und die Sehnen wurde man zu festen Schnüren drehen. Blase, Magen und Gedärm waren als Wasser- und Vorratsbehältnisse verwendbar.

Besonders wertvoll war das Fett, das aus dem Gewebe des Tieres gewonnen wurde. Für die Clan-Leute war es eine wichtige Kraftnahrung, die sie im Winter widerstandsfähiger gegen die Kältnis machte und ihnen in den warmen Jahreszeiten nach körperlicher Anstrengung verbrauchte Energie zurückgab. Es fand aber auch vielseitige andere Verwendung: Mit Fett konnte man

Tierhäute bearbeiten, so daß sie haltbar und geschmeidig blieben; Fett diente als Brennstoff für Steinleuchten, die Licht und Wärme spendeten; man rieb Felle und Häute damit ein, um sie wasserdicht zu machen; man mischte es als Bindemittel in Salben und Pasten; es war nützlich, wenn man mit feuchtem Holz ein Feuer machen wollte oder lang brennende Kienspäne brauchte; wenn nichts anderes zur Hand war, konnte man Fett statt Holz zum Heizen verwenden.

Während sie emsig bei der Arbeit saßen, blickten die Frauen immer wieder zum Himmel hoch. Blieb das Wetter so klar wie heute, so würde das Fleisch durch die unablässig blasenden Winde etwa in soviel Tagen wie Finger an einer Hand und zwei der anderen dazu gedörrt sein. Rauchfeuer brauchten nicht entzündet zu werden – für Fliegen, die das Fleisch hätten verderben können, war es sowieso zu kalt –, und das war gut so. Holz und anderes brennendes Zeug gab es hier im kalten, öden Steppenland viel weniger als in den Wäldern der Hügel, wo die heimische Höhle lag, oder auch in den weiter unten gelegenen Steppengebieten, in denen knorrigbucklige Bäume gediehen. Wenn der Himmel verhangen wäre oder wenn es regnete, würde das Trocknen der dünngeschnittenen Fleischstreifen wesentlich länger dauern. Der feintrockene Schnee, den die böigen Winde aufwirbelten, hatte nichts zu bedeuten. Nur wenn das Wetter umschlagen, warm und feucht werden sollte, würde das die Arbeit verzögern. Die Frauen hofften auf trocknes, klares, kaltes Wetter. Diese riesigen Fleischmassen konnte man nur dann zur Höhle zurückschleppen, wenn sie gründlich gedörrt, also leichter waren.

Mit großen Schabern rückten die Frauen der schweren, mit zottigem Fell bedeckten Haut des Mammuts zuleibe, lösten die wabbelige Fettschicht, entfernten die Blut- und Nervenstränge und den Haarbalg. Das in der Kälte sofort zu massigen Brocken erstarrte Fett taten sie in große Tierhautbehälter, die sie über den Feuern aufhängten, und gossen das ausgelassene Fett in die gesäuberten Gedärme, die sie zunächst an einem und, wenn sie gefüllt waren, am anderen Ende zubanden. Das Fell des Mammuts zertrennten sie in handliche Stücke und rollten sie fest zusammen. Später, wenn Schnee und Kältnis die Clan-Leute wieder in die Höhle verbannten, würde die Haut enthaart und bearbeitet werden. Selbstverständlich würden sie auch die Stoßzähne mitnehmen, die jetzt zum Zeichen ihrer Überlegenheit am Lagerplatz aufgestellt waren.

In jenen Tagen, an denen die Frauen ständig bei der Arbeit waren, machten die Männer Jagd auf kleineres Wild oder hockten beisammen und überwachten, wenn auch nicht allzu scharf, das Tun und Treiben im Lager. Als vor zwei Tagen die Jäger und Frauen der Bequemlichkeit halber sich näher zum Bach hin gelagert hatten, waren ihnen auch die aasigen Tiere gefolgt, so daß man die Fleischstücke, die zum Trocknen über ausgespannten Schnüren und Riemen hingen, unablässig im Auge behalten mußte. Besonders hartnäckig und ausdauernd war eine große, gefleckte Hyäne, die man schon oftmals verscheucht hatte, die aber immer wieder auftauchte und sich beständig am Rand des Lagerplatzes herumtrieb. Von den lässigen und halbherzigen Versuchen der Männer, sie zu töten, ließ sich das Tier nicht beeindrucken; mehrmals am Tag gelang es dem listigen Geschöpf, ein paar Happen Fleisch zu ergattern.

Mit geschwinden Händen waren Ebra und Oga gerade dabei, die letzten blutigen Brocken zu zerschneiden, um sie zum Dörren aufzuhängen. Uka und Ovra füllten flüssiges Fett in einen Darm. Ayla hockte am Bach und wusch ein Darmstück aus. Eine Eiskruste hatte sich schon an seinem Rand gebildet, doch das Wasser floß noch munter dahin. Die Männer standen bei den gewaltigen Stoßzähnen und berieten darüber, ob sie mit ihren Schleudern auf die Jagd gehen sollten.

Brac hatte bei seiner Mutter und Ebra gesessen und sich mit Kieselsteinen unterhalten. Doch bald war er der runden Dinger, die sich nicht bewegten, überdrüssig geworden, war aufgestanden und neugierig ins Gebüsch getapst. Die Frauen, die sich ganz der Arbeit zugewandt hatten, gewahrten nicht, wie der kleine Junge sich davonstahl. Nur ein Paar Augen beobachteten ihn scharf.

Aller Köpfe flogen herum, als ein markerschütternder Schrei die Stille zerriß.

»Brac!« schrie Oga. »Die Hyäne hat mein Kind!« Ogas jammervolle Hand stieß in die Richtung, in die das widerliche Tier, mit gierigem Gebiß das Kind am Arm packend, sich davonmachte.

»Brac! Brac!« schrie Broud, als er, gefolgt von den anderen Männern, der Hyäne hinterherlief. Schnell griff er nach seiner Schleuder, um den Speer zu gebrauchen, war er viel zu weit entfernt, und bückte sich hastig, um einen Stein aufzuheben, schleuderte ihn ab und fehlte. Verzweifelt suchte er nach einem neuen.

Etwas seitlich von den Männern, aus dieser Richtung etwa, kam plötzlich das Sirren zweier Steine, die schnell hintereinander abgeschossen worden waren und genau den widerlichen Kopf des Tieres trafen, das wie vom Blitz getroffen zusammenbrach, kurz zuckte und die langen Läufe von sich streckte.

Wie versteinert blieb Broud stehen und riß den Mund auf vor Erstaunen und dann vor Unglauben die Augen, als er sah, wie Ayla, die Schleuder noch in der Hand, zu dem wimmernden Kind hinstürzte.

Es war dem Mädchen gelegen gekommen, daß es mondelang diese Tiere genau beobachtet hatte; es war damit vertraut, wie sie lebten, es wußte, wo sie verletzbar waren, hatte sich unermüdlich darin geübt, sie zu jagen und zu erlegen. Und wie sie Bracs gellendes Schreien hörte, hatte sie einfach zu ihrer Schleuder gegriffen, ohne daran zu denken, was das nach sich ziehen mußte. Sie hatte die Hyäne hindern wollen, das Clan-Kind mit sich fortzuschleppen.

Erst nachdem sie das Kind erreicht und aus den Zähnen der toten Hyäne befreit hatte, erst als sie sich umwandte und den fassungslosen Blicken der anderen begegnete, wurde ihr klar, was geschehen war. Ihr Geheimnis war bekannt. Sie hatte sich verraten. Jetzt wußten die Jäger, daß auch sie jagte. Eisige Furcht umschloß ihr Herz und Hirn, als sie an die Folgen dachte.

Fest drückte sie den kleinen Jungen an sich und mied die großäugigen Blicke der Clan-Leute, während sie zum Lagerplatz zurückrannte. Oga war die erste, die aus der Erstarrung erwachte. Sie lief Ayla entgegen, streckte die Arme aus und nahm dankbar ihr Kind von dem Mädchen entgegen, das ihm das Leben gerettet hatte. Sobald sie im Lager waren, untersuchte Ayla den Jungen, nicht nur, um zu sehen, wie verletzt er sei, sondern auch, um eine Weile den Blicken der anderen entgehen zu können. Bracs Arm und Schulter zeigten tiefe Bißwunden, und der obere Armknochen war gebrochen.

Noch nie hatte Ayla einen Arm geschient, aber Iza mehrmals dabei zugesehen. Und die Medizinfrau hatte ihr auch noch vor dem Aufbruch zur Jagd erklärt, was in so einem Notfall zu tun war. Izas Sorge allerdings hatte den Jägern gegolten; der Gedanke, daß dem Kind etwas zustoßen könnte, war ihr gar nicht erst in den Sinn gekommen. Ayla schürte das Feuer, machte Wasser heiß und holte ihren Otterfellbeutel heraus.

Die Männer standen still und stumm, noch immer wie benommen; es wollte ihnen nicht in den Kopf, was ihre Augen eben gesehen hatten. Zum ersten Mal in seinem Leben verspürte Broud dem Mädchen gegenüber ein Gefühl warmer Dankbarkeit. In seiner tiefen Erleichterung sah er nur, daß Ayla den Sohn seiner Gefährtin vor einem grausamen Tod errettet hatte. Brun jedoch sah weiter.

Der Clan-Führer hatte bald erkannt, was Aylas Tat bedeutete, und das Herz wurde ihm schwer, als er gewahr wurde, daß ihn das Mädchen vor eine ungeheuer harte Entscheidung gestellt hatte. Gemäß dem Brauch des Groß-Clans gab es für eine Frau, die eine Waffe gebrauchte, nur eine Bestrafung – den Tod. Nichts war dagegen vorzubringen. Mildernde Umstände, das Besondere des Handelns zu berücksichtigen, einzuwenden, daß dadurch ein Erdling gerettet worden sei – nichts gab es, was diese Strafe mildern konnte. Der Brauch war schon so alt und zu tief im Kopf der Leute verwurzelt; seit langer Zeit hatte diese Strafe nicht mehr angewandt werden müssen. Die Geschichten, die sie umrankten, waren eng verknüpft mit jenen Geschichten, die von einer Zeit kündeten, als noch die Frauen die Macht besessen hatten, sich Zugang zur Geisterwelt zu verschaffen.

Und als die Männer die Zaubermacht der Frauen gebrochen hatten, setzten sie diesen Brauch fest, der den tiefgreifenden Unterschied der beiden Geschlechter im Groß-Clan herbeigeführt hatte: Keine Frau, die das als unweiblich angesehene Verlangen, auf Jagd zu gehen, verspürte, durfte am Leben bleiben. Man machte eine gewaltige Auslese, bei der nur jene Frauen übrig blieben, die in Einstellung und Verhalten den Männern gegenüber die echte Weiblichkeit an den Tag legten. Doch folgte daraus, daß die Fähigkeit dieser Art der Erdlinge, sich an die feindliche Umwelt anzupassen – gerade das, was das Überleben möglich machte –, durch einen Machtmißbrauch zugrunde gerichtet war. Dieses durch den Groß-Clan Festgelegte galt noch immer, wenn es auch längst keine sich auflehnenden Frauen mehr gab. Doch Ayla war kein Kind des Groß-Clans.

Brun liebte den Sohn von Brouds Gefährtin. Nur Brac gegenüber öffnete sich der unnahbare Mann. Der kleine Junge durfte alles: ihn am Bart zupfen, neugierig an den Brauen befingern und auf seinen Knien herumhopsen, soviel er wollte. Nie war dem Clan-Führer das Herz so weich, wie wenn der Kleine sicher und geborgen in seinen Armen schlummerte. Für ihn war klar, daß Brac nicht mehr am Leben wäre, wenn Ayla nicht das Tier getötet hätte. Wie konnte er das Mädchen, das Brac das

Leben gerettet hatte, zum Tode verdammen? Doch sie hatte das mit einer Waffe getan, für deren Gebrauch sie nun sterben mußte.

Brun hielt die Hand vor die Stirn. Wie hat sie das nur fertiggebracht? fragte er sich. Das Tier war schon ziemlich entfernt gewesen und sie noch weiter weg von ihm als die Männer. Brun blickte auf und ging hinüber zur toten Hyäne. Das Blut am Kopf begann schon zu verkrusten. Es gab zwei Wunden. Seine Augen hatten ihn also doch nicht getäuscht! Es war ihm, als hätte er zwei Steine fliegen gesehen. Wie war das möglich, daß es Ayla zu einem solchen Können mit der Schleuder gebracht hatte? Nicht einmal Zoug, nein, keiner, von dem er je gehört hatte, konnte in so rascher Folge, so genau und auch mit solcher Kraft zwei Steine hintereinander schleudern und mit einer Wucht, die eine Hyäne noch aus solcher Entfernung zu töten vermochte.

Soweit er sich zurückerinnern konnte, hatte noch nie jemand aus dem Groß-Clan mit einer Schleuder eine Hyäne erlegt. Schon wie Broud nach dem Stein griff, war er von dem Mißerfolg überzeugt gewesen. Zoug hatte immer behauptet, es wäre möglich, mit der Schleuder eine Hyäne zu erlegen, doch insgeheim hatte Brun seine Zweifel daran gehabt. Nur hatte er dem alten Mann nie widersprochen, weil er ihn nicht verstimmen wollte. Und Zoug war schließlich noch immer ein verdienter Mann des Clans. Nun aber war es offensichtlich, daß der alte Zoug doch recht gehabt hatte. Konnte man mit der Schleuder auch einen Wolf oder einen Luchs töten, wie Zoug felsenfest behauptete? Plötzlich schlug sich Brun kräftig an die Stirn, daß es klatschte, und kniff die Augen zusammen, wie geblendet von der unerwarteten Erkenntnis. Hier einen Wolf oder Luchs? Dort einen Vielfraß, eine Wildkatze? Da einen Dachs oder eine Hyäne? In einem wilden Wirbel stürzten die Bilder in sein Hirn. All die toten reißenden Tiere, die man in letzter Zeit in weitem Umkreis um die Höhle gefunden hatte!

Jetzt war es klar. Ayla hatte das getan. Das Mädchen jagte schon seit langem. Wie hätte es denn sonst dieses Schleudernkönnen lernen sollen? Sie ist doch aber eine Frau, ging es dem Clan-Führer durch den Kopf. Sie hat die Frauen-Fertigkeiten leicht begriffen. Wie konnte sie das Jagen lernen? Und wieso nur das reißende Getier? Und so gefährliches dazu? Warum denn überhaupt?

Brun fuhr sich ratlos durch das dichte Haar. Wäre sie ein Mann, so würde jeder Jäger sie beneiden. Aber sie ist es nicht.

Ayla ist eine Frau. Sie hat sich an einer Waffe vergriffen und muß dafür sterben, sonst werden uns die Geister schrecklich zürnen. Wirklich? Zürnen? Sie jagt doch schon seit langem. Und wie kommt es dann, daß uns die Geister noch nicht zürnen? Es sieht so aus, als hätten sie gar nichts dagegen. Wie wir das Mammut jagten, haben sie uns doch beigestanden und alles zu einem glücklichen Ende gebracht. Und auch nicht ein Mann ist verletzt. Sie haben keinen Zorn gegen uns, die Geister. Sie sind uns freundlich gesinnt.

Verwirrt schüttelte Brun den massigen Kopf. Die Wege der Geister waren ihm fremd. Er wünschte, der Mog-ur wäre hier und Droog, dachte der Clan-Führer, der glaubte fest, daß sie das Glück mit sich trüge; könnte ja sein, daß er recht habe. Nie wäre es den Clan-Leuten so gut gegangen wie seit jenem Tag, an dem Ayla gefunden wurde. Aber wenn sie so hoch in der Gunst der Geister stünde, würde es sie erbittern, wenn man sie tötete? Das wollte doch der Brauch. Quälende Unsicherheit bohrte sich in Bruns Hirn. Warum mußte gerade sein Clan sie finden? Es könnte ja schon sein, daß sie das Glück mit sich trüge, aber ihm machte sie immer wieder das Leben schwer. Tief atmend schwang Brun seine Keule wieder auf die Schulter. Eine Entscheidung war jetzt nicht zu treffen, ohne vorher den Mog-ur zu Rate gezogen zu haben. Wenn man zurück war in der Höhle, dann würde man weitersehen.

Brun stampfte zum Lagerplatz.

Ayla hatte dem Jungen einen Trank eingeflößt, der die Schmerzen linderte und ihn schläfrig machte. Sie säuberte seine Wunden, renkte den Arm ein und verband ihn mit feuchter Birkenrinde, die starr und hart wurde, wenn sie trocknete, so daß die Knochen sich nicht wieder verschieben konnten. Man mußte nur darauf achten, daß der Arm nicht zu stark anschwoll.

Ayla sah Brun zurückkommen und begann zu zittern. Doch er schritt an ihr vorüber, ohne sie zu beachten.

14

Es war, als drehte sich das Jahr rückwärts, als die Jäger und Frauen mit ihrer Beute auf das untere Land zu zogen. Denn hier war es Herbst. Drohende graue Wolken und Geruch von Schnee trieben die Clan-Leute zur Eile; hier wollten sie nicht in das erste

Schneetoben des frühen Winters im oberen Teil der Halbinsel geraten. Das mildere Wetter im unteren Land weckte trügerisches Ahnen von nahendem Frühling, doch statt grünender Knospen und aufbrechender Blüten erwarteten sie das fahle Gelb ausgedörrten Grases und die fast nackten Äste der Laubbäume. Auch hier war der Winter nicht mehr fern.

Für den Rückmarsch zur Höhle brauchte man länger. Denn die Lasten drückten und machten einem das Atmen schwer. Viel schwerer jedoch als die prall gefüllten Körbe und sonstigen Behältnisse lasteten auf Ayla Angst und Niedergeschlagenheit. Keiner tat des Vorgefallenen auch nur die geringste Erwähnung. Doch es war nicht vergessen. Häufig, wenn das Mädchen zufällig aufsah, fing es die forschenden Blicke der anderen auf, bevor diese sich hastig abwandten. Kaum jemand wollte etwas mit ihr zu tun haben, wenn es nicht unbedingt nötig war. Sie fühlte sich einsam und ausgestoßen, und ihre Angst wuchs, je näher sie der Höhle kamen.

Schon seit Tagen hatten die in der Höhle Verbliebenen nach den Jägern Ausschau gehalten. Immer stand jemand, meist eines der Kinder, oben am Grat, wo man weit über die Ebene blicken konnte, und spähte aufmerksam in die Richtung, aus der sie kommen mußten.

Heute hatte Vorn schon in aller Frühe sich auf den Weg zum Grat gemacht und zunächst gewissenhaft in die dunstige Ferne geblickt; nach einer Weile jedoch begann ihm die Zeit etwas lang zu werden. Er stellte sich vor, auf der Jagd zu sein, und rammte seinen Speer so oft mit aller Kraft in den Boden, bis schließlich die Spitze splitterte. Und als er unmutig den Kopf hob und den langen Hang hinunterblickte, sah er die Jäger auftauchen.

»Stoß-Zähne! Stoß-Zähne!« schrie Vorn und rannte zur Höhle zurück.

»Stoß-Zähne?« fragte Aga. »Wieso denn das?«

»Sie sind zurück!« gab Vorn aufgeregt zu verstehen. Brun und Droog und die anderen. Er habe sie gesehen. Sie trügen Stoßzähne.

Sofort rannten alle in wildem Lauf den Jägern entgegen. Doch als man sie erreichte, verspürte man sogleich, daß Düsternis über den Männern hing und den Frauen, die sie begleiteten. Man sah, die Jagd war erfolgreich gewesen. Aber keiner frohlockte. Der Schritt der Heimgekehrten war schwer, und ihre Sinne verrieten Kümmernis. Bruns Gesicht zerfurchte grimmiger Ernst. Ein Blick auf Ayla, und Iza erkannte, daß etwas Schreckliches sich zugetragen haben mußte, an dem das Mädchen nicht unschuldig war.

Als die Jäger und die Frauen einen Teil ihrer Lasten absetzten, um sie den anderen zu übergeben, trottete Ayla mit gesenktem Kopf den Hang hinauf, ohne auf die verstohlenen Blicke zu achten, die ihr folgten. Iza war tief bestürzt, und Furcht umkrallte ihr Herz, als sie das Kind sah, das ihres war, wie es mit eingefallenen Schultern, die ein trockenes Schluchzen schüttelte, weiterlief.

Oben in der Höhle brachten Oga und Ebra den kleinen Jungen zur Medizinfrau, die die Birkenrinde aufschnitt und den Arm des Jungen untersuchte.

»Er wird ihn wieder wie früher gebrauchen können«, bedeutete sie. »Es werden Narben bleiben, aber die Wunden verheilen, und der Arm ist gut gerichtet. Ich verbinde ihn jetzt mit frischer Rinde.«

Die Frauen atmeten auf. Sie wußten, daß Ayla noch nicht so erfahren war, und hatten sich sehr gesorgt um den Jungen. Ein Jäger brauchte zwei kräftige Arme. Und wäre Brac nun behindert gewesen, als Krüppel hätte er niemals Clan-Führer werden können, wozu ihn seine Geburt bestimmte. Und hätte sich gezeigt, daß er zum Jagen nicht zu gebrauchen war, so wäre er niemals ein Jäger geworden und den Rest seines Lebens ohne Rang und Geltung gewesen.

Auch Brun und Broud waren erleichtert. Brun jedoch nahm die Nachricht mit gemischten Gefühlen auf. Sie machte es ihm noch schwerer, sich zu entscheiden. Ayla hatte nicht nur Bracs Leben gerettet, sie hatte auch dafür gesorgt, daß er hinfort ein würdiges Leben wurde führen können. Das alles mußte jetzt bedacht und entschieden werden. Er gab dem Mog-ur ein Zeichen, und gemeinsam schritten sie langsam über den Vorplatz auf den Wald zu.

Die schlimme Kunde, die Brun ihm gab, stürzte Creb in tiefe Bekümmerung. Ihm oblag es, Ayla zu lehren und zu unterweisen. Es war offenkundig, daß er versagt hatte. Doch nicht nur das machte ihm zu schaffen. Schon als er das erste Mal von den toten Tieren erfahren hatte, die die Männer immer wieder im Umkreis der Höhle fanden, war ihm klar geworden, daß dieses nicht von Geisterhand gemacht war. Der Gedanke war ihm gekommen, ob nicht Zoug oder einer der anderen Männer dem Clan einen Streich habe spielen wollen, denn sein Gefühl sagte ihm, daß die Tiere von seinesgleichen getötet worden waren. Und zu gleicher Zeit hatte er diese Veränderung an Ayla wahrgenommen; Veränderungen, bei denen er hätte erkennen müssen, was sie bedeuteten. Clan-Frauen bewegten sich einfach nicht mit dem lautlos schleichenden Schritt des Jägers; sie machten Lärm, und das mit gutem Grund, weil sie Angst hatten. Mehr als einmal war er durch Ayla erschreckt worden, die sich ihm so leise genähert hatte, daß er sie nicht hörte, bis das Mädchen vor ihm stand. Und plötzlich erinnerte sich der Mog-ur noch an anderes, was ihn Böses hätte ahnen lassen müssen.

Doch weil er Ayla gegenüber eine solch tiefe Zuneigung gefaßt hatte, hatte er sie immer nur so gesehen, wie er sie sehen wollte. Sich vorzustellen, daß sie jagen gehen könnte, damit durfte gar nicht erst angefangen werden, weil er allzu gut wußte, was für Folgen das haben würde. Zweifel kamen in dem alten Zauberer auf an seiner eigenen Unbestechlichkeit, an seiner Fähigkeit, den rechten Weg der Geister aufzuzeigen, dem Clan-Brauch Geltung zu verschaffen und die Gemeinschaft aller zu vereinen. Über seiner Liebe zu dem Mädchen hatte er das Wohl des Clans vergessen. Besaß er noch das Vertrauen der Clan-Leute? War er noch des Großen Bären würdig? Konnte er noch weiterhin der Mog-ur sein?

Creb nahm alle Schuld auf sich. Er hätte sich um sie mehr kümmern müssen, sie nicht so frei umherstreifen lassen dürfen, sie mit mehr, mehr Strenge behandeln sollen. Doch all seine Herzensqualen über das, was zu tun er versäumt hatte, änderten nichts an dem, was er noch würde verrichten müssen. Bei Brun lag die Entscheidung; er jedoch würde sie ausführen; er würde das Kind, das er so fest in sein Herz geschlossen hatte, zu töten haben.

»Noch wissen wir nicht, ob sie es war, die die Tiere getötet hat«, deutete Brun an. »Sie ist darüber zu befragen. Doch wir haben gesehen, wie sie die Hyäne erlegte, und sie trug eine Schleuder in der Hand.«

Für den Clan-Führer war es klar, daß sie üben mußte, um so hohes Geschick zu haben. Ayla wisse mit der Schleuder besser umzugehen als Zoug. Und dazu noch eine Frau! Wie sie es wohl gelernt hätte? Ob es denn sein könnte, daß sie etwas von einem Mann in sich trüge? Wenn man sie anschaute, sie sei so hochgewachsen wie ein Mann und doch noch nicht mit den Formen einer Frau versehen. Ob es denn sein könnte, daß Ayla niemals eine Frau würde?

Fragend schaute Brun seinen Bruder an. Der Mog-ur antwortete: »Ayla ist ein Mädchen, Brun, und eines Tages wird sie eine Frau wie alle Mädchen – sie wäre es geworden«, schränkte er ein. »Sie ist ein Mädchen, das sich an einer Waffe vergriffen hat.«

Der Zauberer war hart zu sich selbst. Er wollte keinen falschen, täuschenden Trost.

»Sie soll uns zeigen, wo und wie lange sie schon jagt. Aber das muß bis zum Morgen warten. Wir sind alle müde, Mog-ur, die Wanderung war lang. Laß Ayla wissen, daß wir sie befragen werden«, endete Brun.

Creb humpelte zur Höhle zurück. In seinem Wohnkreis blieb er jedoch nur kurz, um Iza zu bedeuten, daß die Männer das Mädchen morgen befragen wollten. Dann zog er sich in seine kleine Höhle zurück. Die ganze Nacht verbrachte er dort.

Stumm und ohne jede Bewegung blickten die Frauen den Männern nach, die, von Ayla gefolgt, dem Wald zustrebten. Geteilte Empfindungen stritten in ihnen. Ayla selbst war gleichermaßen verwirrt. Sie hatte zwar immer gewußt, daß Frauen die Jagd verboten war, aber nicht, daß die Strafe der Tod sein sollte, falls der Mißbrauch offenkundig wurde. Und hätte ich es gewußt, so fragte sie sich, hätte ich mich dann davon abhalten lassen zu jagen? Nein! Ich wollte jagen. Dennoch hätte ich gejagt. Aber als Ayla sich vorstellte, daß die bösen Geister sie bald ins Reich der Toten schleppen würden, zuckte sie zusammen und lief langsamer.

Ihre Furcht vor den unsichtbaren bösen Mächten war so stark wie ihr Glaube an die Kraft schutzspendender Totems. Doch sie befürchtete, daß nicht einmal der Geist des Höhlenlöwen sie würde beschützen können. Ich muß es falsch gedeutet haben, schoß ihr durch den Kopf. Wie kann mein Totem mir ein Zeichen geben, das mir die Jagd erlaubt, wenn es weiß, daß ich dafür zu sterben habe? Es hat mich wohl schon damals verlassen, als ich das erste Mal nach einer Schleuder griff.

Die Männer gelangten zu einer Lichtung und ließen sich zu beiden Seiten von Brun auf Baumstümpfen und Felsbrocken nieder. Als Ayla herankam, sank sie zu Füßen des Clan-Führers nieder.

Brun tippte ihr leicht auf die Schulter zum Zeichen, daß sie zu ihm aufsehen durfte, und begann ohne Umschweife das Verhör.

»Hast du die Fleischfresser getötet, die wir immer wieder gefunden haben?« fragte er kurzerhand.

»Ja«, bedeutete das Mädchen.

Wozu jetzt noch etwas verbergen? Ihr Geheimnis war an den Tag gekommen, und die Männer würden es spüren, wenn sie versuchte, etwas für sich zu behalten.

»Wie hast du gelernt, eine Schleuder zu gebrauchen?«

»Von Zoug«, gab sie kurz und mit gesenktem Kopf zurück.

»Zoug?« echote Brun.

Alle Blicke richteten sich anklagend auf den alten Mann, der hastig bezeugte, daß er das Mädchen nie unterwiesen habe.

»Zoug wußte nicht, daß ich von ihm lernte«, erläuterte Ayla darauf. »Ich habe es von ihm abgeschaut, wenn er Vorn unterwies, und dann nachgemacht.«

»Wie lange jagst du schon?« wollte Brun wissen.

»Zwei Sommer«, gab Ayla zurück und streckte Daumen und Zeigefinger hoch. »Im Sommer davor habe ich nur geübt.«

»So lange übt auch Vorn«, warf Zoug ein.

»Ich weiß«, bestätigte Ayla. »Ich habe zusammen mit ihm angefangen.«

»Wieso bist du dir dabei so sicher, Mädchen?« Brun war neugierig.

»Ich war dabei. Ich habe zugesehen.«

»Du warst dabei? Wo?«

»Auf der Lichtung, da hinten.« Ayla wies über die Köpfe der Männer und wurde genauer. »Iza hieß mich, ihr Kirschrinde zu bringen. Als ich zu den Bäumen kam, wart ihr alle da, so daß ich sie nicht holen konnte. Da ich nicht wußte, wie lange ihr bleiben würdet, wartete ich und sah zu, wie Zoug zum ersten Mal Vorn das Schleudern zeigte.«

»Was? Das erste Mal?« mischte sich Broud mit hastiger Gebärde ein. »Bist du sicher, daß es das erste Mal war?« Brouds Augen hatten wieder den alten, harten Glanz bekommen. Jenen Tag hatte er nur allzu deutlich noch im Kopf. Selbst jetzt stieg ihm eine leichte Röte ins Gesicht.

»Ja, Broud, ich bin sicher«, gab Ayla zurück.

»Was hast du noch gesehen?«

Der junge Jäger hatte die Augen zusammengekniffen; seine Hände redeten hart und kurz. Auch Brun erinnerte sich plötzlich an das für Broud beschämende Ereignis, daß ein Mädchen dieses hatte sehen können, bedrückte ihn.

Ayla zögerte. »Ich habe gesehen, wie auch die anderen Männer übten«, bedeutete sie in dem Bemühen, Brouds Frage auszuweichen. Doch dann fühlte sie Bruns harten Blick auf sich gerichtet und bekannte: »Ich habe gesehen, wie Broud Zoug zu Boden stieß, und wie du sehr zornig gewesen bist, Brun.«

Fast wäre Broud von seinem Sitzstein aufgesprungen.

»Das hast du gesehen? Alles!« Broud war flammend rot geworden. Warum hatte sie das mitansehen müssen? Wut schoß in ihm hoch. Sie war zugegen gewesen, wie Brun ihn gedemütigt und gestraft hatte. Broud stand immer noch vor Augen, wie schlecht er damals mit der Schleuder geschossen hatte, und plötzlich sah er sich selbst beim Mammut-Lager auf die Hyäne zielen und erlebte noch einmal, wie sein Schuß danebenging. Er hatte jämmerlich gefehlt. Sie hatte die Hyäne erlegt, das Biest zu Tode getroffen. Ein Mädchen, dieses Mädchen hatte ihn, der Tapfersten einer, auf der Mammutjagd ganz einfach bloßgestellt.

Eiskalter Haß verdrängte alle Wärme, die er nach Bracs Rettung für Ayla gespürt hatte. Ich werde erst froh sein, wenn sie tot ist, dachte er grimmig. Sie verdient nichts anderes. Dieses Mädchen, das den Augenblick seiner tiefsten Erniedrigung miterlebt hatte, durfte nicht am Leben bleiben.

Mit gerunzelter Stirn hatte Brun den Sohn seiner Gefährtin beobachtet. Brouds Gesicht verriet ihm deutlich, was hinter seiner Stirn vorging. Ein Jammer, dachte der Clan-Führer, gerade jetzt, wo das Feuer des Hasses zwischen ihnen erloschen war. Aber das galt nun auch nicht mehr. Er fuhr fort, das Mädchen zu verhören.

»Du hast am selben Tag wie Vorn zu üben angefangen. Bedeute Näheres.«

Ayla straffte den Rücken, blickte auf ihre Hände und begann zu schildern, wie es sich zugetragen hatte. Als die Männer gegangen waren, sei sie hinzugetreten und habe die Schleuder entdeckt. Broud hätte sie auf dem Boden liegen lassen. Und dann sei es über sie gekommen. Sie hätte sehen wollen, ob sie mit einer Schleuder umgehen könnte. Zougs Anweisungen noch vor Augen, habe sie es versucht. Es sei nicht leicht gewesen, sie habe aber bis Sonnenuntergang geübt. Und einmal den Pfosten getroffen und von da an gedacht, wenn sie weiter übe, müßte es ihr häufiger gelingen und die Schleuder einfach behalten.

»Und du hast es wohl auch Zoug abgeschaut, wie eine Schleuder gefertigt wird?« erkundigte sich Brun.

»Ja.«

»Und in jenem Sommer hast du geübt?«

»Ja.« Ayla nickte wieder.

»Und dann hast du begonnen zu jagen. Aber warum nur auf Fleischfresser? Das ist doch schwieriger, und sie sind auch gefährlicher. Wir haben tote Wölfe gefunden und sogar tote Luchse. Schon immer hat Zoug behauptet, Wölfe und Luchse könnten mit einer Schleuder getötet werden. Du hast gezeigt, daß er recht hatte.« Bruns Zeigefinger bohrte sich fast in Aylas Stirn, als er nochmals die Frage stellte: »Warum hast du nur Fleischfresser gejagt?«

»Ich wußte, daß ich niemals meine Beute zum Clan würde bringen können. Ich wußte, daß es mir verboten war, eine Waffe zu berühren. Ich wußte aber auch, daß in mir ein Verlangen war zu jagen. Mich trieb der Wunsch, es zu versuchen. Und die Fleischfresser schaden uns und sind auch zu nichts nütze. Ich wollte sie töten und auch damit helfen.«

Nun wußte Brun zwar, weshalb das Mädchen nur reißende Tiere gejagt hatte; doch wieso sie verlangte, sich als Jägerin zu versuchen, begriff er nicht. Sie war eine Frau; keine Frau trieb es je zur Jagd.

Er wandte sich wieder zu der vor ihm Sitzenden: »Du weißt, es war gefährlich, aus solcher Weite auf die Hyäne zu schießen; nicht sie, sondern Brac hättest du treffen können.«

Brun war selbst drauf und dran gewesen, zu seiner großen Wurfschleuder zu greifen, obwohl leicht einer der großen Steine das Kind hätte treffen können. Doch ein rascher Tod durch einen zertrümmerten Schädel wäre besser gewesen als das qualvolle Ende, das dem Jungen bevorgestanden hätte, wenn man ihn einfach der Hyäne überließ. Zudem hätte man wenigstens den Körper des Kindes begraben und seinen Geist mit angemessenen Weihgaben auf den Weg in das Reich der Toten schicken können.

»Ich wußte, daß ich sie treffen würde«, gab Ayla mit ruhiger Hand zurück.

Brun verbarg mit Mühe sein Erstaunen über diese Selbstsicherheit.

»Wie konntest du so sicher sein? Die Hyäne war außer der üblichen Reichweite der Schleuder.«

Aylas Lippen zuckten leicht.

»Nicht außerhalb meiner Reichweite. Schon früher habe ich Tiere aus dieser Entfernung getroffen. Ich fehle selten.«

Brun zog die Brauen zusammen und beherrschte sich.

»Ich habe die Wunden von zwei Steinen gesehen«, setzte er nach.

»Ja. Zwei Steine habe ich abgeschleudert«, bestätigte Ayla und hob zwei Finger hoch. »Das habe ich mir beigebracht, nachdem der Luchs mich angegriffen hatte.«

Den Clan-Führer riß es fast vom Baumstumpf. Er fragte ungläubig zurück: »Ein Luchs hat dich angegriffen?«

»Ja.« Ayla berichtete von dem schlimmen Geschehen und von dem glücklichen Ausgang.

»Wie weit kannst du schleudern?« fragte Brun dann. »Zeige es mir. Hast du deine Schleuder mit?«

Ayla nickte, griff in eine Falte ihres Überwurfs und stand auf. Sie gingen alle hinüber zum anderen Ende der Lichtung, wo ein kleiner Bach sich durch ein steiniges Bett ergoß. Ayla suchte einige Kiesel von der richtigen Größe und Form zusammen.

»Dort, der kleine weiße Stein da, neben dem großen Felsbrokken am anderen Ende«, bedeutete sie Brun und zeigte in die Richtung.

Der Clan-Führer neigte zweifelnd den Kopf. Keiner von ihnen war imstande, einen Stein so weit zu schleudern. Das Mädchen zielte sorgfältig, legte einen Stein in die Schlinge, schwang die Schleuder, schoß ihn ab und hatte schon im nächsten Augenblick einen zweiten Stein in die Kuhle gedrückt, noch einen kräftigen Rundschwung gemacht und auch diesen Stein abgeschossen. Flugs rannte Zoug hinüber, um nachzuschauen, ob sie ihr Ziel getroffen hatte.

»Aus dem weißen Stein sind zwei Splitter herausgeschlagen«, verkündeten seine Hände, als er zurückkam. »Sie hat den Stein zweimal getroffen.« Bewunderndes Staunen und ein Anflug von Stolz lagen in seinen Gebärden.

Nun gut, dachte Zoug. Sie war eine Frau; niemals hätte sie eine Schleuder anrühren dürfen. Aber sie war eine ausgezeichnete Schützin. Sie machte ihm Ehre, auch wenn er selbst es gar nicht gemerkt hatte, daß sie von ihm gelernt hatte.

Bruns Auge erhaschte eine flinke Bewegung auf der Lichtung.

»Ayla!« rief er und deutete auf die andere Seite. »Dort, das Kaninchen. Erlege es.«

Sie blickte schnell in die Richtung, in die sein Arm wies, sah das kleine Tier über die Wiese hoppeln und schoß. Keiner brauchte diesmal hinzulaufen, um nachzuprüfen, ob sie getroffen hatte.

Mit beifälligem Blick sah Brun das Mädchen an. Sie ist schnell wie der Wind, dachte er. Und flüchtig ging ihm durch den Sinn, von welch großem Nutzen ihr unvergleichliches Können für den ganzen Clan sein könnte. Aber gleich wehrte er wieder den Gedanken ab. Das ist dem Brauch zuwider, hielt er sich vor. Eine Frau jagt nicht.

Creb hatte keine Bewunderung für des Mädchens Können. In dem, was es tat, sah er nur bestätigt, was er befürchtet hatte, daß sie wirklich seit langer Zeit schon jagte.

»Warum hast du dich überhaupt verleiten lassen, eine Schleuder zur Hand zu nehmen?« grollte der Mog-ur mit düsterer Miene.

»Ich weiß es nicht.« Ayla senkte den Kopf. Mehr als alles andere schmerzte sie der Unmut des alten Zauberers.

»Du hast mehr getan. Du hast sie nicht nur berührt, du hast mit ihr gejagt und getötet, obwohl du wußtest, daß dies verboten ist«, beschuldigte sie der Mog-ur.

Ayla sah ihn flehend an und griff zu ihrem Amulett.

»Mein Totem hat mir ein Zeichen gegeben, Creb.« Sie löste den Knoten ihres kleinen Beutels. »Als ich mich entschlossen hatte, doch zu jagen, fand ich dieses hier«, und reichte ihm die versteinerte Seeschnecke.

Ein Zeichen? Ihr Totem hatte ihr ein Zeichen gesandt? Bestürzung und Verwirrung breitete sich unter den Männern aus. Das warf ein neues Licht auf Aylas Tun. Warum aber hatte sie überhaupt beschlossen zu jagen?

Bedächtig drehte der Zauberer den Stein in der Hand. In der Tat. Es war ein ungewöhnlicher Stein, geformt wie ein Tier aus dem großen, salzigen Wasser; aber so, wie es sich anfühlte, war und blieb es ein Stein. Vielleicht war es wirklich ein Zeichen von Aylas Totem, doch das erhellte nichts. Kein anderer konnte die Zeichen verstehen, die ein Totem seinem Schützling sandte. Der Mog-ur reichte Ayla den Stein zurück.

»Creb«, sagte sie flehend. »Ich dachte, mein Totem wollte mich prüfen. Ich glaubte, alles, was Broud mir antat, sei nur mir bestimmt. Ich glaubte, wenn ich es schaffen könnte, die Drangsal zu ertragen, dann würde mein Totem mir erlauben, eine Waffe zu haben und zu jagen.«

Neugierige Blicke flogen zu dem jungen Jäger. Glaubte das Mädchen wirklich, sein Totem hätte sich Broud zum Werkzeug erkoren, um sie zu prüfen? Brouds Miene zeigte Unbehagen.

Aylas Hände beteuerten hastig: »Als der Luchs mich angriff, glaubte ich zuerst, das wäre auch eine Prüfung, und beinahe hätte ich aufgehört zu jagen. Ich hatte Angst. Doch dann kam mir, es mit zwei Steinen zu versuchen, um nicht wehrlos zu sein, wenn mein erster Schuß fehlte. Und von da an glaubte ich noch fester, daß mein Totem wollte, daß ich jagte.«

»Gut, du hast mir angedeutet, wie du es begreifst«, schnitt ihr der Zauberer die redeflinken Handbewegungen ab und wandte sich an den Clan-Führer: »Ich brauche Zeit, Brun. Und will darüber mit mir selbst zu Rate gehen.«

»Wir alle wollen dasselbe tun. Wenn die Nacht um ist, kommen wir hier wieder zusammen«, verkündete der Clan-Führer mit entschiedenen Gesten. »Ohne das Mädchen.« Und erhob sich.

»Was gibt es da noch länger zu beraten?« versuchte Broud die anderen mit heftigen Händen zurückzuhalten. »Wir wissen alle, welche Strafe sie zu bekommen hat.«

Verärgert wandte Brun sich um und meinte: »Sie zu bestrafen, kann den ganzen Clan in große Gefahr stürzen, Broud. Ich muß mit mir selbst im reinen sein, daß es so richtig ist, wie es ist, und sicher sein, daß wir nichts übersehen haben, ehe ich sie verdamme. Wir kommen bei Sonnenaufgang hier wieder her.«

Erregt die Hände schwingend, machten sich die Männer auf den Rückweg zur Höhle.

»Noch nie habe ich von einer Frau erfahren, die das Verlangen hatte zu jagen«, schüttelte Droog seinen Kopf und ließ die Hände reden. »Kann es sein, daß ihr Totem sie dazu treibt? Es ist doch ein Männer-Totem.«

»Kann es sein, daß in ihr etwas von einem Manne ist?« fragte Crugs Hand bedächtig.

»Dann wäre mir klar, warum sie so aus der Art der Frauen schlägt«, bedeutete Dorv.

»Sie ist eine Frau«, beharrte Broud und hieb mit der Faust durch die Luft. »Sie muß sterben, das weiß doch jeder.«

»Recht hast du, Broud«, stimmte Crug ihm zu.

»Und selbst wenn etwas von einem Mann in ihr wäre, so bleibt sie doch eine Frau. Und die darf nicht jagen.« Dorvs Miene war finster. »Es kann nicht gut gewesen sein, daß sie bei uns aufgenommen worden ist. Sie ist von anderer Art.«

»Ich sehe es wie du, Dorv«, erklärte Broud und zeigte auf den Jäger. »Was bewegt Brun, noch zu zögern? Wäre ich Clan-Führer, so würde sie sofort die Strafe zu erdulden haben.«

Grod schüttelte den Kopf.

»Ein solcher Entscheid läßt sich nicht mit leichtem Herzen treffen, Broud«, bedeutete ihm dieser. »Warum hast du es so eilig? Ein Tag mehr wiegt nicht schwer.«

Broud zog den Kopf ins Genick und beschleunigte seinen Schritt. Immerzu muß der Alte mir gute Ratschläge geben, dachte er wütend. Immer stellt er sich auf Bruns Seite. Wie kommt es, daß Brun zögert, sich zu entscheiden? Ich bin fertig mit diesem Mädchen. Was nützt schon all das Hin und Her? Brun wird schon alt, vielleicht zu alt, um weiterhin den Clan zu führen.

Stumm stolperte Ayla den Männern hinterher. Sie lief in die Höhle zu Crebs Feuerstätte und hockte sich auf ihren Schlafpelz, den Blick starr geradeaus gerichtet. Iza wollte sie bewegen, etwas zu essen; doch das Mädchen wehrte ab. Die kleine Uba hatte keine Ahnung, was vorging, doch sie spürte, daß ein Kummer Ayla bedrückte und kroch ihr auf den Schoß und ließ sich sachte wiegen. Ganz ruhig blieb sie in Aylas Arme gekuschelt und schlief nach einer Weile ein. Iza nahm ihr das Kind ab, legte es in die Schlafmulde und deckte es zu. Dann streckte sie sich neben ihm aus. Lange blieb sie wach. Ihr war, als müßte ihr Herz bersten vor Kummer um das Mädchen, das sie ihre Tochter nannte und das stumm und starr am Feuer saß und unverwandt in die Glut der langsam ersterbenden Flammen blickte.

Klar und kalt kam der Morgen. Am Rand des Baches glitzerte das erste Eis, und über den kleinen Teich, nicht weit vom Eingang der Höhle, war eine durchsichtig-dünne Eishaut gezogen. Die Zeit war nicht mehr fern, wo Schneefälle und Kältnis den Clan wieder in die Höhle treiben würden.

Iza wußte nicht, ob Ayla überhaupt geschlafen hatte, die noch immer auf ihrem Fell hockte, als die Frau erwachte. Das Mädchen schien sich in einer fremden Ferne zu befinden, die nicht einmal die eigenen Gedanken ermessen konnten. Sie ließ sich wartend treiben.

Der Mog-ur war in dieser Nacht nicht an sein Feuer zurückgekehrt. Erst jetzt tauchte er aus der dunklen Spalte seiner Zauberhöhle auf.

Nachdem die Männer gegangen waren, brachte Iza dem Mädchen etwas Warmes zu trinken. Doch auf die behutsam fragende Gebärde gab Ayla keine Erwiderung. Als die Medizinfrau zurückkam, stand das Getränk kalt und unberührt dort, wo sie es hingestellt hatte. Es ist so, als wäre sie schon tot, fuhr es Iza durch den Kopf. Sie konnte kaum atmen, als die eisige Hand der Furcht ihr Herz zusammenpreßte.

Brun führte die Männer zu einem windschattigen Platz eines

mächtigen Felsgesteins. Dort ließ er ein Feuer entzünden. Die klamme Luft hier oben sollte seinen Männern nicht Ruhe und Bedachtsamkeit rauben. Als die wärmenden Flammen züngelten und die Gesichter der Clan-Männer sich entspannten, eröffnete Brun die Beratung.

»Das Mädchen Ayla, ein Glied unseres Clans, gebrauchte eine Schleuder, um mit ihr eine Hyäne zu töten, die Brac ergriffen hatte. Drei Sommer schon gebraucht sie diese Waffe. Ayla ist eine Frau. Der Brauch des Clans bestimmt, daß eine Frau, die sich an einer Waffe vergreift, dem Tode verfallen ist.« Und nach einem kurzen Innehalten: »Wer unter euch will etwas dazu verkünden?«

»Droog wünscht zu sprechen, Brun.«

»Droog möge sprechen.«

»Als die Medizinfrau das Mädchen fand, waren wir auf der Suche nach der neuen Höhle. Die Geister zürnten uns. Sie hatten die Erde erzittern lassen, um unsere Feuerstätten zu zerstören. Es könnte sein, daß ihr Zorn gar nicht so heftig war. Es könnte sein, daß sie nur eine bessere Bleibe wünschten. Es könnte sein, daß sie uns hierfür dieses Mädchen schickten. Sie ist von anderer Art als wir; sie ist so ungewöhnlich wie ein Zeichen, das einer von seinem Totem bekommt. Denn seit wir sie gefunden haben, hat uns das Glück nicht mehr verlassen. Ich glaube, in ihr ist das Glück beschlossen. Ich glaube, es nimmt von ihrem Totem seinen Ausgang.«

Droog blickte kurz auf seinen Beutel am Hals und ließ dann seine Hände weiterreden. Es sei ein Zeichen ihrer Besonderheit, daß sie der Große Höhlenlöwe erwählt habe. Für sie, die Clan-Leute, sei es befremdlich, daß Ayla sich nicht fürchtete, in das große salzige Gewässer zu tauchen; aber hätte sie nicht dieses befremdliche Gefallen am Wasser gefunden, so wäre Ona jetzt im Reich der Toten. Ona sei zwar nur ein Mädchen und nicht an seinem Feuer geboren; aber sein Herz habe sich ihr weit aufgetan. Und es wäre dunkel darin geworden, wenn sie davongetragen wäre.

Droog wies den Hang hinunter zur Höhle.

»Ayla ist uns fremd. Aber wir wissen wenig über die anderen. Jetzt gehört sie zum Groß-Clan. Doch wurde sie nicht in ihn hineingeboren. Ich weiß nicht, was sie zum Jagen trieb. Den Frauen des Clans ist es verboten, aber den Frauen der anderen vielleicht nicht. Doch das gilt nicht viel; sie hat dennoch gegen den Brauch verstoßen. Hätte sie sich aber nicht im

Schleudern geübt, so wäre auch Brac jetzt nicht mehr unter uns.«

Der Werkzeugmacher deutete auf den Clan-Führer, als er mit einer heftigen Bewegung der Hand unterstrich, daß Bracs Tod für den Clan ein schlimmer Schlag gewesen wäre, nicht nur für Brun und Broud. Denn wäre er von der Hyäne zerfleischt worden, so säße man bestimmt nicht hier, um zu beraten, wie dieses Mädchen zu bestrafen sei, das ihn gerettet habe. Man würde den Tod des Jungen beklagen, der eines Tages Clan-Führer hätte werden sollen. Er, Droog, empfehle, das Mädchen zu bestrafen. Doch nicht mit dem Tod, das sei zuviel.

»Zoug wünscht zu sprechen, Brun.«

»Zoug möge sprechen.«

»Das, was Droog uns vor Augen gehalten hat, ist richtig: Wie kannst du das Mädchen zum Tode verdammen, wenn es Brac vor dem Tode bewahrt hat? Es ist von anderer Art. Es wurde nicht in den Groß-Clan hineingeboren. Es empfindet nicht so, wie eine Clan-Frau empfindet. Es hat sich aber immer wie eine Clan-Frau betragen.«

»Das ist sie nicht«, fuhr Broud mit erregter Hand dazwischen. »Sie ist aufsässig und unverschämt.«

»Jetzt bin ich dran, Broud«, gab Zoug zornig zurück.

Brun warf dem jungen Jäger einen mißbilligenden Blick zu. Sich mühsam beherrschend, verschränkte dieser die Arme auf der Brust.

»Es ist richtig«, fuhr Zoug mit ruhigen Bewegungen fort, »als das Mädchen jünger war, zeigte es sich dir gegenüber aufsässig und unverschämt, Broud. Aber du selbst hast sie dazu gebracht. Und wenn du dich wie ein Kind beträgst, ist es dann verwunderlich, daß dich das Mädchen nicht wie einen Mann behandelt? Mir und auch jedem anderen Mann zeigte sie stets nur Gehorsam und Achtung.«

Wütend funkelte Broud den alten Mann an, doch hielt er sich zurück.

»Und selbst wenn all das nicht so wäre«, Zoug zeigte für Ayla fast so etwas wie Stolz, »ich habe noch nie einen Jäger gesehen, der mit der Schleuder so geschickt zu jagen weiß wie sie. Sie sagt, sie habe es mir abgeschaut. Ich habe das nie wahrgenommen. Doch will ich offen kundtun, daß ich wünschte, ich hätte einen Schützling von so hohen Gaben. Und noch etwas will ich bezeugen: Mit der Schleuder ist sie so geschickt, daß sogar ich noch von ihr lernen könnte. Sie wünschte, für den Clan zu jagen, als sie jedoch erkennen mußte, daß das nicht anging, suchte sie sich einen anderen Weg, um dem Clan zu helfen. Sie mag ein Kind der anderen sein. Aber in ihrem Herzen gehört sie zu uns. Immer hat sie das Wohl des Clans vor ihr eigenes gestellt. Als sie Ona rettete, ließ sie sich nicht von den Gefahren schrecken, die sie selbst bedrohten. Gewiß, sie kann sich durch das Wasser schlängeln wie ein Fisch; aber ich habe gesehen, wie kraftlos sie war, als sie Ona zurückbrachte. Das große Wasser hätte auch sie verschlingen können. Ayla wußte, daß es ihr verboten war, zu jagen; drei Sommer lang bewahrte sie sich ihr Geheimnis. Als aber Brac in Gefahr geriet, da zögerte sie nicht, es preiszugeben.«

Zoug zupfte sich an der Nase. »Und noch etwas: Sie zeigt im Umgang mit der Schleuder mehr Geschick als jeder andere. Ein Jammer wäre es, ihr Können zu verschwenden. Soll sie zum Wohl des Clans am Leben bleiben. Soll sie jagen!«

»Nein! Nein! Nein!« Wutentbrannt sprang Broud auf die Beine und stampfte mit den Füßen. »Sie ist eine Frau, und keiner Frau kann erlaubt werden, auf die Jagd zu gehen.«

»Broud«, wies der alte Jäger den Hitzkopf zurecht, »ich bin noch nicht am Ende. Du kannst Brun bitten, dich dran zu lassen, wenn ich fertig bin.«

»Ja, laß Zoug zu Ende sprechen, Broud«, mahnte der Clan-Führer. »Wenn du vergessen hast, dich wie ein Jäger zu benehmen, dann kannst du sofort gehen!«

Broud hockte sich wieder hin. An seinem Hals schlug heftig eine dicke Ader. Zoug hob die Hand und deutete auf sich.

»Die Schleuder ist keine Waffe von hohem Rang. Ich selbst habe erst begonnen, mich in ihrem Gebrauch zu üben, als ich zu kraftlos war, um mit dem Speer zu jagen. Die anderen Waffen sind der Männer wahre Waffen. Ich aber sage: Laßt sie jagen, laßt sie mit der Schleuder jagen, laßt die Schleuder die Waffe der alten Männer und Frauen sein. Laßt diese Frau als erste mit der Schleuder jagen.«

»Zoug«, entgegnete Brun, »du weißt so gut wie ich, daß beim Schleudern mehr Geschicklichkeit vonnöten ist als beim Gebrauch des Speeres. Wie viele Male hast du den Clan mit Fleisch versorgt, wenn die Jäger mit leeren Händen aus den Steppen zurückgekehrt waren? Mach dich nicht klein um des Mädchens willen. Für den Speer braucht es nur einen kraftvollen Arm.«

»Und standhafte Beine und ein tapferes Herz und langen Atem und die Unbeugsamkeit eines Löwen«, gab Zoug ruhig zurück und zeigte auf seine Schleuder, die an seinem Gürtel hing. »Und hatte das Mädchen nicht ein tapferes Herz, als es ganz allein, nur mit solch einer Schleuder bewaffnet, wiederum dem Luchs entgegentrat? Ich bin für das, was Droog schon vorgeschlagen hat: Laßt sie mit der Schleuder jagen! Die Geister haben keinen Zorn gezeigt. Sie bringt uns Glück. Bedenkt die Mam-Mut-Jagd!«

»Aber ist es uns gestattet, den Brauch des Groß-Clans umzustoßen?« zweifelten Bruns Finger. »Ich sehe keinen Weg, der anderswohin führt als in den Tod. Wie können wir ihr da auch noch gestatten, weiter zu jagen? Du kennst den Clan-Brauch, Zoug. Noch nie zuvor ist einer Frau gestattet worden, auf die Jagd zu gehen. Glaubst du, die Geister würden dadurch freundlicher gestimmt, Zoug?«

»Es stimmt. Die Frauen des Groß-Clans jagen nicht. Doch dieses Mädchen ist viele Male auf die Jagd gegangen. Ich meine, laßt Ayla weiter tun, was sie ohne uns schon getan hat.«

»Wie siehst du es an, Mog-ur?« wandte sich Brun an den Zauberer.

»Was glaubst du wohl, wie er das ansehen wird, sie lebt doch an seinem Feuer!« mischte sich der junge Jäger wieder ein.

»Broud!« donnerte Brun und hob den Arm. »Willst du dem Mog-ur unterstellen, er ziehe das, was sein eigenes Herz bewegt, dem Wohl des Clans vor? Ist er nicht der Mog-ur? Der große Mog-ur? Und du vermeinst, er wird uns nicht bedeuten, was der Brauch gebietet?«

»Laß ihn, Brun. Was Broud uns da vor Augen hält, ist so falsch nicht. Ihr alle wißt, wie zugeneigt ich Ayla bin. Es ist nicht leicht für mich, sie meinem Herzen zu entreißen. Ich habe mich darum bemüht; doch kann ich nicht gewiß sein, ob es mir auch gelungen ist. Seit eurer Rückkehr habe ich gefastet und wieder und wieder in mich selbst geschaut. In der Nacht, die hinter uns liegt, ihr Männer, habe ich den Weg in die Tiefen ferner Zeiten finden können, die ich noch nie zuvor geschaut, vielleicht, weil ich sie nie gesucht habe.«

Der Mog-ur hob seinen Arm in die Höhe und wies in einem Bogen weit in die Ferne. »Vor langer, langer Zeit, lange bevor wir zum Groß-Clan wurden, gingen die Frauen den Männern bei der Jagd zur Hand.« Ein ungläubiges Knurren machte die Runde, als der Zauberer diese Ungeheuerlichkeit verkündete. »Ja, so war es. Wir wollen eine heilige Feier abhalten, und ich werde auch euch dorthin führen, in jene fernen Tage, als wir

Erdlinge lernten, Werkzeuge und Waffen zu fertigen, als wir mit einer Gabe des Geistes geboren wurden, die war wie unsere Fähigkeit, uns zu erinnern und zurückschauen, und doch anders. In jene Tage werde ich euch führen, wo Männer und Frauen die wilden Tiere gemeinsam erlegten, um Nährendes zu beschaffen. Denn nicht immer sorgten in jener Zeit die Männer für die Frauen. Wie Bärinnen jagten sie selbst für sich und ihre Kinder. Und erst später begannen die Männer, für eine Frau und ihre Kinder zu jagen. Und noch viel mehr Zeit mußte vergehen, ehe die Frauen nur noch zu sammeln und die Kinder zu hüten hatten. Als die Männer anfingen, Frauen und Kinder zu beschützen, als sie begannen, Nährendes durch Jagen zu beschaffen, war das der Anfang des Groß-Clans, und nur so konnte er wachsen. Denn wenn eine Frau mit Kindern auf der Jagd ihr Leben verlor, dann mußten auch die Kinder sterben. Erst als die Männer und Frauen aufhörten, miteinander zu kämpfen, erst als sie lernten, zusammenzuhalten und miteinander zu jagen, fing der Groß-Clan an zu wachsen. Und selbst da gab es noch Frauen, die auf die Jagd gingen, jene nämlich, die mit den Geistern sprechen konnten.«

Der Mog-ur hielt inne und deutete auf den Clan-Führer.

»Brun, du glaubst, nie zuvor hätte eine Frau gejagt. So war es nicht. Es gab eine Zeit, da sind die Frauen des Groß-Clans auf die Jagd gegangen. Die Geister sahen es freundlichen Sinnes. Aber es waren andere Geister, Geister aus uralter Zeit, und nicht die Geister der Totems. Es waren die mächtigen Ahn-Geister, doch sie sind lange schon zur Ruhe gegangen. Die Clan-Leute haben sie nicht geehrt; sie haben sie gefürchtet. Sie waren nicht böse, diese Geister; sie waren einfach zu mächtig.«

Die Männer saßen da, wie vom Donner gerührt. Der Mog-ur kündete von Zeiten, die so weit zurücklagen, daß sie beinahe vergessen waren. Und doch wurde in ihnen eine uralte Furcht zum Klingen gebracht; die Furcht des Mannes, von der Frau beherrscht zu werden. Mehr als einen der Männer durchrann ein kalter Schauder.

»Ich glaube nicht, daß Frauen, die zu unserer Zeit in den Clan hineingeboren werden, den Trieb zu jagen verspüren«, fuhr der Mog-ur fort. »Es kann sein, daß sie gar nicht fähig wären, auf die Jagd zu gehen. Eine zu lange Zeit ist vergangen. Die Frauen sind andere geworden und die Männer auch. Aber Ayla ist von fremder Art; die anderen sind nicht so wie wir. Wenn du Ayla erlaubtest zu jagen, Brun, so würde das die anderen Frauen nicht verführen, glaube ich. Des Mädchens Verlangen zu jagen verwundert sie so sehr wie uns.«

Der Mog-ur ließ die Hand sinken und legte sie auf die Brust.

»Möchte einer unter euch noch etwas dazu sagen?« fragte Brun und wies mit der Hand in die Runde.

»Goov wünscht zu sprechen, Brun.«

»Goov möge sprechen.«

»Ich bin nur der Gehilfe. Mein Wissen ist geringer als das des Mog-urs, doch mich deucht, er hat etwas übersehen. Vielleicht, weil er sich so hart gemüht hat, seine Sinne nicht von der Zuneigung zu Ayla leiten zu lassen. Er hat seinen gewaltigen Blick in vergangene, ferne Zeiten gerichtet, nicht auf das Mädchen selbst. Und er hat darüber ihr Totem aus den Augen verloren.« Goov hob die Hände, zeigte auf die Männer und legte klar, was er meinte. »Ich frage euch: Warum erwählt ein mächtiges männliches Totem ein Mädchen? Gleich nach dem Höhlenbären ist der Höhlenlöwe das mächtigste aller Totems. Der Höhlenlöwe ist mächtiger als das Mam-Mut; er jagt es; zwar nur die Jungen und die Alten, aber er jagt es. Doch selbst tut er es nicht.«

»Das paßt nicht zusammen, Goov«, bedeutete ihm Brun. »Du meinst, der Höhlenlöwe jagt das Mam-Mut, und dann meinst du, er tut es nicht selbst?«

»Nicht der Höhlenlöwe jagt das Mam-Mut«, erklärte der Gehilfe, »die Höhlenlöwin jagt es. Das übersehen wir, wenn wir der Totems gedenken, die uns beschützen. Der Höhlenlöwe ist der Beschützer. Aber wer ist der Jäger? Der größte unter den Fleischfressern, der stärkste unter den jagenden Tieren ist die Höhlenlöwin! Sie bringt die Beute ihrem Gefährten. Er kann töten, aber seine Aufgabe ist es, zu schützen, während sie jagt.«

In vielgebärdiger Weise schilderte des Mog-urs Gehilfe seine Gedanken und fragte, ob es nicht sonderbar sei, daß ausgerechnet ein Höhlenlöwe das Mädchen erwählt haben sollte, und ob es nicht eher sein könnte, daß sein Totem nicht der Höhlenlöwe, sondern die Höhlenlöwin sei. Die Jägerin? Dann wäre klar, weshalb Ayla das Verlangen habe, auf die Jagd zu gehen. Dann wäre klar, warum ihr ein Zeichen gegeben worden sei. Es könnte die Löwin sein, die ihr das Zeichen gesandt habe. Er wisse nicht, ob es sich so verhielte, aber die Männer müßten zugeben, daß es so sein könnte. Ob nun ihr Totem der Höhlenlöwe oder die Höhlenlöwin sei – könnte man es ihr verwehren zu jagen, wenn es ihr Schutzgeist bestimmt habe? Wäre man befugt, gegen ihr mächtiges Totem vorzugehen? Und dürfte man es wagen, sie zu verdammen, nur weil sie das erfüllte, was ihr Totem wünsche? Dann verschränkte auch Goov die Arme wieder über der Brust.

Brun schwamm der Kopf. Allzu rasch stürmten die Gedanken auf ihn ein. Er brauchte Zeit, alles in Augenschein zu nehmen, zu ordnen und zu prüfen. Gewiß, es ist die Löwin, die auf die Jagd geht; doch wer hatte je von einem weiblichen Totem gehört? Wie er wußte, waren die Geister der Totems alle männlich. Brun blickte auf Goov. Nur einer, der lange Tage damit zugebracht hatte, die Wege der Geister zu erforschen, konnte eine solche Offenbarung machen, konnte künden, daß das Totem des Mädchens, das auf die Jagd gegangen war, die Jägerin der Tierart war, die ihr Totem verkörperte. Brun wünschte, Goov hätte ihnen nie die Augen dafür geöffnet, daß mit der Entscheidung über Leben oder Tod des Mädchens auch entschieden werden mußte, ob einem so mächtigen Totem die Erfüllung verwehrt werden dürfte.

Sich vorstellen zu müssen, daß eine Frau auf die Jagd gehen könnte, war so neu und so ungeheuerlich, daß fast ein jeder der Männer sich darüber den Kopf zerbrach und über die althergebrachten, eng gezogenen Grenzen, die das Denken seines Hirns beschränkten, sich hinwegzusetzen bemühte. Doch jedermann stellte es aus seiner eigenen Sicht dar, bezog sich nur auf das wahrgenommene Feld seines eigenen Erlebens und konnte nur innerhalb dieser Möglichkeit das Bewußtsein erweitern. Brun jedoch mußte all diese Sichtweisen bündeln, und das war für ihn schon fast zu viel. Er sah es als seine Pflicht, jeden einzelnen Blickpunkt in Betracht zu ziehen, ehe er ein Urteil fällte, und wünschte, er hätte die Zeit zu gründlichem Bedacht. Doch der Entscheid war nicht mehr viel länger hinauszuschieben.

»Möchte noch einer unter euch seine Ansicht kundtun?«

»Broud wünscht zu sprechen, Brun.«

»Broud möge sprechen.«

Anklagend hoben sich die Hände des jungen Jägers, der zugab, daß all das, was die Männer vorgebracht hätten, nachdenklich stimmte, daß aber der Brauch des Groß-Clans fest und klar bestehen bleibe. Es sei völlig unerheblich, ob das Mädchen die Fremdlinge geboren hätten oder nicht. Jetzt gehöre sie zum Clan. Und den Clan-Frauen wäre das Jagen verboten. Sie dürften noch nicht einmal eine Waffe berühren oder auch nur ein Werkzeug, mit dem eine solche gefertigt würde. Brouds Gebärde wurde schmal und hart, als er fortfuhr: »Wir alle wissen, welche Strafe darauf steht. Sie muß sterben. Wenn vor langer, langer Zeit einmal die Frauen auf die Jagd gegangen sind, so hat das nichts zu bedeuten. Wenn auch die Bärin und die Löwin jagen, so darf darin die Clan-Frau ihnen nicht gleichen. Sie ist weder Bärin noch Löwin. Wir sind Erdlinge, die sich einen Brauch geschaffen haben, der die Verschiedenheit von Mann und Frau bewahrt. Ihr sagt, daß sie ein mächtiges Totem hat; daß sie dem Clan Glück bringt; daß sie die Schleuder zu handhaben weiß. Aber das alles hat nichts zu bedeuten. Sie hat dem Sohn meiner Gefährtin das Leben gerettet; mein Dank gehört ihr. Aber auch das hat nichts zu bedeuten. Der Brauch des Groß-Clans erlaubt keine Ausnahme. Eine Frau, die sich an der Waffe vergreift, muß sterben.«

Broud lehnte sich zurück und sah jedem der Jäger ins Gesicht. Dann verschränkte er wieder die Arme vor der Brust.

»Broud hat recht«, erklärte sich Dorv damit einverstanden. »Es kommt uns nicht zu, den Brauch des Clans umzustoßen. Auf eine Ausnahme folgen andere. Und bald gäbe es für uns keine festen Überlieferungen mehr. Das Mädchen muß sterben.«

Einige Männer nickten zustimmend. Brun äußerte sich nicht sogleich. Broud hatte recht, ging ihm durch den Sinn. Wie könnte ich auch eine andere Entscheidung treffen! Ayla hat Brac das Leben bewahrt, aber sie nahm eine Waffe zur Hand. Einem Entschluß war Brun jedoch nicht nähergekommen und genauso unentschlossen wie an dem Tag, an dem Ayla ihre Schleuder herausgezogen und die Hyäne getötet hatte.

»Ich will mir all eure Ansichten vor Augen führen, ehe ich meine Entscheidung treffe. Jetzt aber wünsche ich, daß jeder von euch mir klar anzeigt, wie er selbst entscheiden würde«, wandte sich Brun schließlich an die Männer.

Sie hockten im Halbkreis um das Feuer. Und plötzlich ließen alle die linke Hand von der Brust fallen, behielten aber die rechte oben und ballten sie zur Faust, die genau auf jedes einzelnen Herzen lag. Ein geringes Auf und Ab der Faust bedeutete, daß derjenige zustimmte, eine geringe Bewegung zur Seite, daß derjenige ablehnte.

»Grod«, wandte sich Brun an seinen Stammeszweiten. »Soll das Mädchen sterben?«

Grod zögerte. Er fühlte mit dem Clan-Führer, der sich in einem so fürchterlichen Zwiespalt befand. Seit vielen Jahren war er Bruns rechte Hand. Er spürte, was in ihm vorging, und er hatte große Achtung vor dem Mann. Dennoch sah er keinen Ausweg. Er zog die Faust hoch und wieder abwärts.

»Es bleibt mir nichts übrig«, hieß Grods entschuldigendes Schulterzucken.

»Grod ist dafür. Droog?« Brun deutete auf den Werkzeugmacher.

Droog zögerte nicht. Mit rascher Bewegung fuhr er sich seitwärts über die Brust.

»Droog ist dagegen. Crug?«

Crug sah Brun an, dann den Mog-ur, schließlich Broud. Er schob die Faust aufwärts.

»Crug ist dafür, daß das Mädchen stirbt«, stellte Brun fest.

»Goov?«

Des Mog-urs Gehilfe fuhr sich sogleich quer über die Brust.

»Goov ist dagegen. Broud?«

Brouds Faust zuckte aufwärts, noch ehe Brun seinen Namen ausgesprochen hatte.

»Broud ist dafür. Zoug?«

Stolz richtete der alte Jäger sich auf und führte langsam und bedächtig die Faust quer über die Brust.

»Zoug will das Mädchen nicht sterben sehen. Was meinst du, Dorv?«

Die Faust des anderen alten Mannes hob sich, und noch ehe er sie wieder gesenkt hatte, richteten sich aller Augen auf den Mog-ur.

»Dorv ist dafür. Und was sagst du, Mog-ur?« Brun war aufs äußerste gespannt. Wie die anderen entscheiden würden, hatte er sich denken können. Doch bei dem alten Zauberer war er sich nicht sicher.

Creb quälte sich noch immer ab mit seinen Gedanken. Er kannte den Brauch des Groß-Clans. Er selbst war schuld an Aylas schwerem Vergehen. Er hatte ihr zuviel Freiheit gelassen. Er befürchtete, seine Zuneigung zu ihr würde ihn blenden und ihn verleiten, den Clan-Brauch hintanzustellen. Es war ganz klar: Sie mußte sterben. Schon wollte er die Faust heben, doch ehe er dazu auch nur ansetzen konnte, riß es ihm die Faust zur Seite, als würde sie von einer fremden, unsichtbaren Macht geführt. Er konnte es nicht über das Herz bringen, Ayla zu verdammen, wenn er auch, sobald die Entscheidung gefallen war, tun würde, was er tun mußte. Und die Entscheidung lag allein bei Brun.

»Die Meinungen gehen zu gleichen Teilen auseinander«, verkündete der Clan-Führer. »Aber der Entscheid war immer der meine. Es galt, erst zu sehen, wie ein jeder unter euch sich zu der Sache stellt. Ich brauche Zeit, um eure Gründe genauer zu betrachten. Der Mog-ur hat uns kundgetan, daß er heute abend die Geister beschwören wird. Das ist gut so. Ich brauche den Beistand der Geister, und wir alle brauchen ihren Schutz. Wenn die Nacht um ist, werde ich euch meinen Entscheid wissen lassen. Auch das Mädchen soll ihn dann erfahren. Geht jetzt und bereitet euch auf die Feier vor.«

Brun blieb allein am Feuer zurück, nachdem die Männer gegangen waren. Von scharfen Winden getrieben, jagten Wolken über den Himmel und gossen eisigen Regen über das Land, doch Brun saß da und spürte nichts. Die Dunkelheit nahte schon, als er sich schließlich erhob und langsam zur Höhle zurückging. Er sah Ayla, die immer noch dort saß, wo sie am Morgen gesessen hatte, als die Männer gegangen waren.

15

Früh versammelten sich die Clan-Leute draußen vor der Höhle. Ein kalter Wind blies von Sonnenaufgang her, doch der Himmel war klar, und die Morgensonne, die eben hinter dem Grat auftauchte, glänzte freundlich, als wollte sie der düsteren Stimmung spotten. Aller Blicke mieden einander; die Arme hingen schlaff herunter, zu traurig, um sich noch etwas zu sagen. Ihre Füße schleppten sie zu ihren Plätzen, wo sie erfahren sollten, was über dieses fremde Mädchen, das ihnen längst ans Herz gewachsen, beschlossen worden war.

Uba spürte, wie ihre Mutter am ganzen Körper zitterte. Sie hielt ihre Hand so fest, daß es schmerzte. Das Kind ahnte und wurde ganz still dabei, daß es nicht der Wind war, der Iza so schaudern ließ.

Creb stand am Eingang der Höhle. Noch nie hatte der große Zauberer so furchterregend ausgesehen wie heute. Aus Granit das Gesicht, hart und stumpf wie Stein das Auge. Auf ein Zeichen von Brun humpelte er ins Innere der Höhle hinein, langsam und müde, wie von einer unsäglichen Bürde niedergedrückt. Er hinkte zu seinem Wohnkreis und blickte auf das Mädchen, das auf dem Fell hockte. Seine Hand zitterte, als er Ayla bedeutete, ihm zu folgen. Doch das Mädchen nahm ihn nicht wahr.

»Ayla, Ayla«, sprach er sie behutsam an. Sie sah auf. »Es ist Zeit. Du mußt jetzt kommen«, machte Creb ihr klar. Ihre Augen blickten matt und leer. »Du mußt jetzt kommen, Ayla. Brun ist bereit«, wiederholte der Mog-ur geduldig.

Das Mädchen senkte den Kopf und stand mühsam auf. Die Glieder waren steif geworden vom langen Sitzen. Ayla gewahrte es kaum. Wie benommen folgte sie dem alten Mann, den Blick starr zur staubigen Erde gerichtet, die noch die Spuren jener trug, die zuvor diesen Weg gegangen waren – einen Fersenabdruck, die Eindrücke von Zehen, die verwischten Linien eines Fußes, den runden Abdruck von Crebs Stock, die Schleifspuren seines lahmen Beines. Sie hielt an, als der Blick auf Bruns Füße fiel, die in staubigen Hüllen steckten, und sank zu Boden. Leicht berührte des Clan-Führers Hand ihre Schulter, und sie zwang sich, den Kopf zu heben und ihm ins Gesicht zu sehen.

Die Begegnung ihrer Blicke riß sie plötzlich aus ihrer Benommenheit und weckte Furcht in ihr. Sein Gesicht war ihr vertraut – die niedrige, fliehende Stirn, die wulstigen Brauen, die große breite Nase, der buschige Bart –, doch jegliche Strenge und Unnahbarkeit waren aus Bruns Augen gewichen. Matt schimmerten Ayla Mitgefühl und Kummer entgegen.

»Ayla«, sagte der Clan-Führer laut und hob dann die Hände, um die Entscheidung zu verkünden: »Mädchen des Clans, unsere Bräuche sind alt. Von Anfang an haben sie das Leben des Clans bestimmt. Du wurdest nicht in unserer Mitte geboren, aber du bist eine vom Clan, und nach dessen Brauchtum mußt du leben und sterben. Als wir hoch oben in den kalten Gefilden, wo die Sonne sich selten zeigt, das Mam-Mut jagten, hast du eine Schleuder zur Hand genommen, und du hast auch schon in früheren Tagen mit der Schleuder gejagt. Den Frauen des Clans ist verboten, eine Waffe zu führen. Und auch die Strafe, die darauf steht, ist durch den Brauch bestimmt. Sie steht fest. Sie kann nicht umgestoßen werden.«

Brun beugte sich vor, blickte in die verängstigten Augen des Mädchens, und seine Hände fuhren fort. »Ich weiß, warum du die Schleuder gebraucht hast, Ayla, wenn mir auch verborgen bleibt, warum du je angefangen hast, dich in ihrem Gebrauch zu üben. Brac wäre nicht mehr unter uns, wärst du nicht gewesen.« Der Clan-Führer richtete sich zu seiner vollen Größe auf, hob beide Hände in den Himmel und verkündete mit großer Gebärde: »Der Führer dieses Clans sagt dem Mädchen Dank, daß es dem Sohn der Gefährtin des Mannes, welcher der Sohn meiner Gefährtin ist, das Leben bewahrt hat.«

Unter den Clan-Leuten flogen ungläubige Blicke hin und her. Selten kam es vor, daß ein Mann öffentlich Dankbarkeit zeigte, noch seltener, daß ein Clan-Führer sich dazu herabließ, dies auch noch gegenüber einer Frau zu tun.

»Aber der Brauch erlaubt keine Ausnahmen«, machte Brun und gab dem Mog-ur ein Zeichen. Der Zauberer betrat die Höhle. »Ich kann nicht anders, Ayla. Der Mog-ur trifft jetzt die Vorbereitung und beschwört all jene Geister, deren Namen unaussprechlich sind und welche nur der Mog-ur kennt. Wenn er zu Ende ist, wirst du sterben. Ayla, Mädchen im Clan des Bären, du bist verflucht, du bist zum Tode verflucht.«

Ayla spürte, wie das Blut ihr aus dem Gesicht wich. Iza schrie auf, und der Schrei wurde zu einem langgezogenen Wimmern, einer jammervollen Klage um ein verlorenes Kind. Als Brun die Hand hob, brach ihr Wimmern ab, als wenn Iza eine Axt getroffen hätte.

»Ich bin noch nicht am Ende«, bedeutete der Clan-Führer.

In der plötzlichen Stille tauschten die Leute verwunderte Blicke. Was mochte Brun denn noch zu sagen haben?

»Nach dem Clan-Brauch ist dieses Mädchen zum Tode verflucht. Doch nirgends ist uns überliefert, wie lange es zu dauern hat.« Brun wandte sich zu dem Mädchen. »Ayla, du bist für einen vollen Mond zum Tode verflucht. Gestatten dir die Geister aus dem Jenseitigen zurückzukehren, wenn der Mond einmal all seine Wandlungen vollzogen hat und uns wieder sein Antlitz zeigt, mit dem er uns heute nacht bescheint, dann sollst du wieder unter uns leben.«

Heftige Erregung schüttelte die Clan-Leute. Das war völlig unerwartet.

»Richtig«, pflichtete Zoug mit verhaltener Gebärde bei. »Es gibt kein Gebot, das verlangt, daß der Fluch für immer gelten soll.«

»Aber wie kann denn einer so lange tot sein und dann wieder zu den Lebenden zurückkehren?« wollte Droog wissen. Wären es nur wenige Tage, könnte es noch angehen, meinte der Mann.

»Wäre der Fluch nur über wenige Tage verhängt, so erfüllte er nicht das Gebot der Bestrafung«, bedeutete ihm Goov. »Es gibt Mog-urs, die glauben, der Geist wandert nie hinüber in die nächste Welt, wenn der Fluch nur für kurze Dauer ausgesprochen wird. Er schwebt dann unter den Lebenden und wartet darauf, daß die Tage verstreichen, damit er zurückkehren kann. Wenn der Geist in der Nähe der Lebenden bleibt, dann bleibt auch das Böse. Brun hat einen Todesfluch verhängt, dessen Dauer bemessen ist; doch er erstreckt sich über so viele Tage, daß er ebensogut für immer ausgesprochen sein könnte. Das Gebot ist erfüllt.«

Broud schubste Goov etwas zur Seite, damit besser zu sehen wäre, was er dazu meinte.

»Warum hat er sie dann nicht einfach verflucht?« fuhr seine Hand zornig durch die Luft. »Der Brauch berichtet nichts über einen bemessenen Fluch für jene, die ein Vergehen wie diese da begangen haben«, und zeigte abschätzig auf Ayla. »Das Gebot will, daß sie dafür sterben soll. Der Todesfluch soll ihr den Tod bringen. Für immer.«

»Glaubst du denn, er wird ihn ihr nicht bringen, Broud? Glaubst du denn, sie wird zurückkehren?« fragte Goov, der sich dem jungen Jäger leicht entgegenstellte.

»Ich glaube gar nichts. Ich möchte nur zu gerne wissen, warum Brun sie nicht einfach verflucht hat. Kann er denn keinen klaren Entscheid mehr treffen?«

Goovs gezielte Frage hatte Broud durcheinandergebracht. Sie deutete das an, worüber sich alle insgeheim Gedanken machten: Hätte Brun einen bemessenen Todesfluch verhängt, wenn er nicht glaubte, daß das Mädchen wieder zum Leben käme?

Die ganze Nacht hatte der Clan-Führer um einen Entscheid gerungen. Ayla hatte das Leben des Kindes gerettet; es war nicht recht, daß sie dafür sterben sollte. Brun liebte den kleinen Jungen, und er empfand dem Mädchen gegenüber ein tiefes Dankgefühl. Doch der Brauch verlangte ihren Tod. Aber ein anderes Gebot wartete noch auf Erfüllung: das der Verpflichtung. Ein Leben für ein Leben. Denn seit dem Vorfall trug sie nun ein Stück von Bracs Geist in sich und hatte Anspruch auf eine Gegengabe, die ihr gliche – sie hatte Anspruch auf ihr Leben.

Erst als der schwache Schimmer des Morgens heraufgezogen war, hatte er endlich einen Ausweg gefunden. Es war schon vorgekommen, daß Männer oder Frauen, über die ein bemessener Todesfluch verhängt worden war, zu den Lebenden zurückgefunden hatten. Es war ein Hoffnungsfunke. Als Gegengabe für das Leben des Kindes schenkte er Ayla ein Fünkchen Hoffnung. Das war alles, was in seiner Macht stand. Es war nicht genug, doch mehr konnte er ihr nicht geben, und es war besser als gar nichts.

Totenstille hatte sich inzwischen ausgebreitet. Der Mog-ur stand an der Höhlenöffnung. Er sah aus wie der Tod selbst. Uralt, grau und ausgemergelt. Er brauchte kein Zeichen zu geben. Es war getan. Der Mog-ur hatte seine Pflicht erfüllt. Ayla war tot.

Izas Klageschrei zerschnitt die Luft. Dann hob Oga an zu jammern, dann Ebra, und schließlich stimmten alle Frauen in Izas Klage ein. Ayla sah die Frau, die sie liebte, vom Schmerz überwältigt, und lief zu ihr, um sie zu trösten. Doch als sie die Arme um sie schlingen wollte, wandte Iza ihr den Rücken zu und entzog sich ihnen. Es war, als sähe sie das Mädchen nicht. Ayla war verwirrt. Fragend blickte sie auf Ebra; die sah durch sie hindurch. Sie lief zu Aga, dann zu Ovra. Doch keine nahm sie wahr. Sobald sie sich auch nur einer näherte, drehten die Frauen ihr den Rücken zu oder entfernten sich. Nicht mit Bedacht, um sie vorüberzulassen, sondern so, als hätten sie schon, bevor das Mädchen kam, vorgehabt, wegzugehen. Ayla rannte zu Oga.

»Ich bin es, Ayla! Ich stehe vor dir. Siehst du mich nicht?« fuchtelte sie erregt und verzweifelt vor deren Augen.

Ogas Blick wurde trübe. Sie drehte sich um und ging weg, ohne auch nur ein Zeichen gegeben zu haben. So, als hätte Ayla gar nicht vor ihr gestanden.

Ayla sah Creb, der sich Iza näherte. Sie stürzte zu ihm hin.

»Creb! Ich bin es, Ayla! Ich bin hier«, bedrängte sie den Zauberer und versuchte, sich an ihn zu klammern. Doch der humpelte weiter, machte nur einen kleinen Schritt zur Seite, um dem Mädchen auszuweichen, das sich ihm jetzt zu Füßen geworfen hatte.

»Creb!« klagte sie wimmernd. »Warum willst du mich nicht sehen?«

Vom staubigen Boden sprang sie auf und rannte weiter zu Iza.

»Mutter! Mutter! Sieh mich an!« flehte sie und rang die Hände.

Die Medizinfrau blickte zum Himmel und erhob wieder ihr schrilles Klagegeschrei. Sie stieß die Arme in die Luft, als wollte sie den Himmel zerkratzen, und schlug sich dann wie wild gegen die matten Brüste.

»Mein Kind! Meine Ayla. Meine Tochter ist tot. Sie ist für immer fortgegangen!«

Ayla, der sich schon fast alles im Kreise drehte, erblickte Uba, die sich voller Angst und Verwirrung an die Beine ihrer Mutter klammerte. Vor dem kleinen Mädchen kniete sie nieder und hielt es am Kinn.

»Siehst du mich, nicht wahr, Uba? Hier bin ich.«

Schon wollte das Kind in Aylas sonnenhelles Haar fassen, wie es dies immer tat, doch da beugte sich schon Ebra herunter und trug das kleine Mädchen weg.

»Ich will zu Ayla«, wehrte sich Uba und strampelte heftig.

»Ayla ist tot, Uba. Sie ist fort. Das ist nicht mehr Ayla. Das ist nur ihr Geist. Du mußt ihn in Ruhe lassen, damit er den Weg in das Jenseits findet. Wenn du mit ihm sprichst, dann wird er versuchen, dich mitzunehmen. Und es bringt Unglück über dich, wenn du ihn siehst. Sieh ihn nicht an, diesen Geist. Möchtest du unglücklich werden?«

Ayla sank zu Boden. Sie hatte sich nicht vorstellen können, was es bedeutete, zum Tode verflucht zu sein. Alle möglichen Schrecknisse waren ihr vor Augen gestanden, aber die Wirklichkeit war weit schlimmer.

Für die Clan-Leute hatte Ayla aufgehört zu sein. Sie lebte nicht mehr. Die Ayla, die alle kannten, war tot. Was man von ihr sah, war eine Hülle, in die ein anderer Geist geschlüpft war. Der Tod war für die Clan-Leute eine Änderung ihres Zustandes, eine Wanderung zu einem anderen Sein, das jenseits von ihrem Sein lag. Die Lebenskraft galt als ein unsichtbarer Geist. Ein Mensch, der eben noch lebendig war, konnte im nächsten Augenblick tot sein, ohne daß eine sichtbare Veränderung eintrat; nur das, was Bewegung und Atem und Leben spendete, das war fort. Und jene Kraft, die die wirkliche Ayla war, gehörte nicht mehr zur Welt des Clans. Sie war gezwungen worden, in eine andere Welt hinüberzugehen. Und ob der Körper, der zurückblieb, kalt und starr oder warm war und sich bewegte, war gleichgültig.

Da war es leicht zu glauben, der Lebenshauch könnte fortgescheucht werden. Wenn der Kopf ihres greifbaren Körpers es auch noch nicht wußte, so würde er es doch bald genug wissen. Keiner glaubte ernstlich, daß Ayla je wiederkehren würde; nicht einmal Brun. Ihr Körper, eine leere Hülle, konnte niemals so lange lebensfähig bleiben, bis es ihrem Geist gestattet war, zurückzukehren. Ohne den Lebenshauch aber, diesen Willen zum Leben, zum Über-Leben, konnte der Körper nicht essen und nicht trinken, würde bald verfallen. Für einen Erdling, der fest an diese Vorstellung glaubte, und der erleben mußte, daß die anderen von seinem Sein keine Kenntnis mehr nahmen, gab es keine Hoffnung mehr, keinen Grund mehr zu essen und zu trinken; er hauchte sein Leben aus.

Doch solange der Geist in der Nähe der Höhle blieb und den Körper, dem er nun nicht mehr angehörte, belebte, so lange blieben auch die Mächte, die ihn forttrieben, in der Nähe. Und sie konnten jenen, die noch lebten, Schaden tun, konnten versuchen, noch ein Leben mit sich zu nehmen. Es war schon vorgekommen, daß einem Verfluchten die Gefährtin oder andere ihm Nahestehende bald in den Tod gefolgt waren. Es kümmerte die Clan-Leute nicht, ob der Geist den Körper mit sich nahm oder die unbelebte Hülle zurückließ. Jetzt aber wünschten sie, Aylas Geist möge fortgehen, rasch und weit fort.

Mit verständnislosen Augen betrachtete Ayla die vertrauten Leute um sich herum, die sich alle von ihr entfernt und die gewohnte Arbeit wiederaufgenommen hatten. Doch es war, als drückte sie alle eine schwere Last. Creb und Iza gingen langsam in die Höhle. Ayla stand auf und folgte ihnen. Keiner versuchte, sie daran zu hindern, nur Uba wurde ihr ferngehalten. Zwar glaubten die Clan-Leute, Kinder genössen besonderen Schutz, doch keiner wollte die Geister versuchen.

Iza sammelte Aylas Habe zusammen, auch ihre Schlafpelze und das dürre Gras, mit dem die Erdmulde gepolstert war. Alles trug sie hinaus vor die Höhle. Creb begleitete die Medizinfrau und zündete am Höhlenfeuer einen Kienspan an. Neben einer Feuerstätte, die Ayla vorher nicht gesehen hatte, warf die Frau die Sachen nieder und eilte dann zur Höhle zurück. Creb zündete das Feuer. Mit schwerer Hand besprach er Aylas Habe und das lodernde Feuer.

Ayla blieb fast das Herz stehen, als sie sah, wie Creb ihre Sachen Stück für Stück in die Flammen warf. Eine Totenfeier würde es nicht geben für sie. Das war Teil der Strafe und Teil der Verfluchung. Und alles, was auf ihr Leben wies, mußte ausgelöscht werden. Nichts durfte bleiben, was ihren Geist zurückhalten konnte. Ihre Augen weiteten sich vor Schmerz, als sie sah, wie ihr Grabstock Feuer fing, dann ihr Sammelkorb, das dürre Gras ihres Lagers, ihre Umhänge und Überwürfe. Sie bemerkte das Zittern seiner Hand, als Creb nach ihrem Pelzumhang griff, ihn flüchtig an seine Brust drückte und dann ins Feuer warf.

Hilflos stürzten Ayla die Tränen aus den Augen.

»Creb, ich habe dich lieb«, flehte sie.

Er schien es nicht zu sehen. Voller Entsetzen gewahrte das Mädchen, wie der Mog-ur zu ihrem Medizinbeutel griff.

»Nein, Creb! Nein! Nicht auch noch den!« bettelten ihre Hände. Doch es war zu spät. Der Beutel brannte schon.

Länger konnte es Ayla nicht ertragen. Blind und leer und ohne Gefühl stürzte sie den Hang hinunter in den Wald, schluchzte und schluckte vor Schmerz und hoffnungslosem Elend. Die Füße wußten nicht, wohin sie laufen sollten, es war ihnen auch gleichgültig. Gestrüpp und kahle Äste wollten ihnen den Weg versperren, doch sie rannten mittendurch, verschafften Ayla blutende Risse an Armen und Beinen, sie wateten durch kaltes Wasser und merkten nicht, daß die Sohlen vor Kälte erblaßten, schließlich stolperten sie über einen Baumstumpf – und Ayla stürzte zu Boden. Reglos blieb sie auf der frostfeuchten Erde liegen und wünschte, der Tod würde rasch kommen und sie aus ihrem Elend erlösen. Sie hatte nichts. Keine Familie, keinen Clan, keinen Grund zu leben. Sie war tot. Sie hatten ja gesagt, daß sie tot war.

Und so fern war das Mädchen der Erfüllung seines verzweifelten Wunsches nicht. Seit der Rückkehr von der Mammutjagd – es waren mehr als zwei Tage vergangen – hatte Ayla, eingekapselt in Not und Furcht, nichts mehr gegessen und getrunken. Auch trug sie keine warme Kleidung. Ihre Füße schmerzten vor Kälte. Sie war schwach und kraftlos, völliger Erschöpfung nahe. Doch in ihr bewegte sich etwas, das stärker war als ihr Sehnen nach dem Tode. Es war dasselbe, was sie schon einmal gerettet hatte, damals. Ein unbezwingbarer Wille zum Überleben ließ sie nicht aufgeben, solange auch nur ein Funke Leben in ihr glühte.

Allmählich kam Ayla wieder zur Ruhe und Besinnung. Fröstelnd setzte sie sich auf und schlug sich mit gekreuzten Armen auf die Schultern. Bei ihrem Sturz war sie mit dem Gesicht in einen Haufen feuchten Laubs gefallen. Sie leckte sich die Lippen, und ihre Zunge sog gierig die Feuchtigkeit auf. Sie war durstig. Sie konnte sich nicht erinnern, je in ihrem Leben so durstig gewesen zu sein. In der Nähe plätscherte Wasser. Sie sprang auf und tat einen tiefen Zug. Dann lief sie weiter, zähneklappernd, und humpelte immer stärker, und die durchfrorenen Füße schmerzten bei jedem Schritt. Nebel in ihrem Kopf ließ sie oft an Steine und Bäume stoßen.

Sie hatte keine Ahnung, wo sie war, und auch kein Ziel vor Augen. Doch ihre Füße folgten einem Weg, den sie viele Male zuvor gegangen war. Wie blind tappte Ayla am Fuß der steilen Felswand entlang, vorbei an dem gischtsprühenden Wasserfall, bis plötzlich freundliche Vertrautheit sich in ihr regte. Und als sie aus dem lichten Wald trat, in dem Nadelbäume einträchtig neben Krüppelbirken und Weiden standen, sah sie vor sich ihre Bergwiese liegen.

Wie lange war es her, daß sie das letzte Mal hier oben gewesen war? Als sie richtig zu jagen begonnen hatte, war sie nur noch selten hier heraufgestiegen; nur damals, als sie den Doppelschuß geübt hatte, war sie häufiger heraufgekommen. Stets hatte sie hier nur geübt und nie gejagt. War sie im letzten Sommer überhaupt hier gewesen? Sie konnte sich nicht mehr erinnern.

Ayla drückte das Gewirr nackter Äste und Zweige auseinander und schlüpfte in ihre Höhle. Sie schien ihr kleiner geworden. Da ist der alte Schlafpelz, dachte sie, und der Tag, an dem sie ihn heraufgeschleppt hatte, stand ihr plötzlich klar vor Augen. Hörnchen hatten sich ein Nest darin gemacht. Sie trug ihn ins Freie und schüttelte ihn aus. Er war noch recht gut – ein wenig steif, doch gut erhalten, weil es trocken war im Inneren der Höhle. Froh, etwas Warmes zu haben, hängte sie ihn um sich und lief wieder in die Höhle.

Da war ja die alte Haut! Sie hatte ihr, mit Gras unterlegt, als Liegematte gedient. Ob wohl das Messer noch da ist? schoß es ihr durch den Kopf. Das Holzbrett war heruntergefallen, doch das Messer mußte noch irgendwo liegen. Da war es! Ayla hob die Flintsteinklinge auf und wischte sie ab, um mit ihr die alte Tierhaut zu zerschneiden. Sie streifte sich das nasse Fußzeug von den Füßen und fädelte die Riemen durch die Löcher in den runden Stücken, die sie neu herausgeschnitten hatte. Dann stopfte sie die trockenen neuen Hüllen mit dürrem Gras aus und schnürte sie sich um die Füße. Die nassen breitete sie zum Trocknen aus.

Jetzt schnell ein Feuer machen! Ayla schaute sich um. Das dürre Gras gibt guten Zunder, dachte sie und fegte es mit den Händen zu einem Haufen an der Felswand zusammen. Das Holzbrett ist trocken; ich kann Späne davon abschlagen und ein Stück davon zum Feuermachen nehmen. Als sie sich nach einem Stock umschaute, den sie daran zwirbeln konnte, erblickte sie den alten Trinkbecher aus Birkenrinde. Den könnte ich auch für das Feuer nehmen, dachte sie erfreut. Doch nein, den hob sie lieber auf, um Wasser zu holen. Ayla bemerkte den Sammelkorb in der Ecke, ging hin und blickte hinein und traute ihren Augen nicht: Drinnen lag eine alte Schleuder. Das Mädchen hielt das Lederband hoch. Sie ist zu klein, stellte es enttäuscht fest, und die Mäuse haben an ihr genagt.

Ich bin verflucht worden. Wegen dieser Schleuder bin ich verflucht worden. Ich bin tot. Wie kann ich an Feuer und Schleudern denken? Ich bin tot. Aber ich fühle mich nicht tot. Ich fühle nur Kälte und Hunger. Spürt einer, der tot ist, Kälte und Hunger? Ist mein Geist schon im Jenseits? Ich weiß noch nicht einmal, was mein Geist ist. Ich habe nie einen Geist gesehen. Creb hat mir bedeutet, daß niemand die Geister zu sehen vermag. Aber er kann mit ihnen sprechen. Warum konnte dann Creb mich nicht sehen? Warum konnten die anderen mich nicht sehen? Ich muß tot sein. Aber warum denke ich dann an Feuer und Schleudern? Weil ich hungrig bin.

Ayla hatte sich auf den leicht gewellten trockenen Boden der Höhle gesetzt, die Beine an die Brust gezogen und das Kinn auf die Knie gestützt. Soll ich mit der Schleuder losziehen und mir etwas schießen? Warum denn nicht? Ich bin ja schon verflucht; was können sie mir noch antun? Aber die Schlappschleuder hier taugt nichts mehr. Ich brauche eine neue. Aus dieser alten Haut da? Nein, die ist zu steif, verwarf sie den Gedanken, die hat zu lange hier draußen gelegen. Ich brauche weiche, geschmeidige Haut. Ayla sah sich in der Höhle um. Wenn ich keine Schleuder habe, kann ich nicht einmal ein Tier töten, um mir aus seiner Haut eine neue zu machen. Mit flinken Augen suchte sie die Höhle ab. Nichts.

Mutlos starrte sie zu Boden. Und plötzlich sah sie, worauf ihre Hände lagen. Mein Überwurf! Ihr Überwurf war weich und geschmeidig. Da wird schon ein Stück aus ihm herauszuschneiden sein. Ermutigt blickte sich Ayla noch einmal in der Höhle um. Da sind ja mein alter Grabstock und Eßgefäße! Ach ja, ein paar Muschelschalen muß es hier geben, erinnerte sich das Mädchen. Es war hungrig. Und dann fielen ihm die Nüsse ein.

Ayla hatte wieder zu leben begonnen. Schnell lief sie hinaus und sammelte die Nüsse ein, trug sie in die Höhle und aß so viele davon, wie ihr geschrumpfter Magen aufnehmen konnte. Dann streifte sie den alten Pelz und ihren Überwurf darunter ab und schnitt ein Stück aus ihm heraus, um sich damit eine neue Schleuder zu machen. Dem Hautstreifen fehlte zwar die Kuhle für den Stein, aber sie glaubte, es würde auch so gehen.

Nie zuvor hatte sie gejagt, um sich Nährendes zu beschaffen, und das Kaninchen, das sie danach aufscheuchte, war flink, doch nicht flink genug. Sie glaubte, sich zu erinnern, daß sie an einem Biberdamm vorübergekommen war. Und beinahe wäre ihr das Tier entwischt. Auf dem Rückweg zur Höhle entdeckte sie einen kleinen, grauen, kreidigen Steinbrocken, der nicht weit vom Bach lag. Flintstein! Sie hob den Brocken auf und schleppte ihn ebenfalls mit zurück. Nachdem Kaninchen und Biber in der Höhle verstaut waren, ging Ayla los, um Holz zu sammeln und sich einen Steinschlegel zu suchen.

Als sie zurückkam und Feuer machen wollte, fiel ihr ein, daß sie kein Zwirbelholz hatte. Es muß richtig trocken sein, mahnte sie sich. Das Holz hier ist ein wenig feucht. Ihr alter Grabstock fiel Ayla ins Auge. Der müßte gehen. Es war schon schwer für das Mädchen, ohne Hilfe ein Feuer zu entfachen. Es war gewöhnt, sich beim Zwirbeln mit einer anderen Frau abzuwechseln. Endlich, ihr war schon richtig warm geworden, fiel von der Unterlage ein glimmendes Stück auf den trockenen Zunder darunter. Vorsichtig begann sie zu blasen und atmete erleichtert auf, als kleine, spitze Flammen aufsprangen. Nach und nach gab sie die dürren Späne zum Feuer, dann größere Scheite des alten Holzbretts. Als das Feuer kräftig brannte, legte sie die größeren Holzstücke auf, die sie gesammelt hatte, und bald erfüllte Wärme die kleine Höhle. Ich muß mir ein Kochgefäß machen, dachte sie, während sie das gehäutete Kaninchen aufspießte und den Biberschwanz darauflegte, damit sein Fett das magere Fleisch durchtränken konnte. Ich brauche auch einen neuen Grabstock und einen Sammelkorb. Creb hat meinen Korb ja verbrannt. Alles hat er mir verbrannt, sogar meinen Medizinbeutel. Warum nur?

Tränen stiegen Ayla in die Augen und strömten über ihre Wangen. Sie war allein jetzt und würde sehr viel mit sich selbst reden müssen. Iza hatte gesagt, ich wäre tot. Ich habe sie angefleht, mich anzusehen, aber sie sagte nur, ich wäre tot. Warum hat sie mich nicht angeblickt? Ich stand doch genau vor ihr, vor ihren Augen. Das Mädchen weinte eine Weile, dann setzte es sich auf, wischte sich das leicht Salzige vom Gesicht und gab sich einen Ruck. Wenn ich mir einen neuen Grabstock machen will, dann brauche ich auch eine Handaxt, sagte sich Ayla und schlug, während das Kaninchen briet, sich aus dem Flintstein eine grobe Handaxt heraus und hieb damit mühsam einen grünen Ast vom Baum. Danach zog sie nochmals aus, um Holz zu sammeln, das sie ganz hinten in der Höhle aufhäufte.

Es war dunkel, als sie fertig gegessen hatte, und Ayla war froh um das Feuer. Sie legte noch einmal Holz nach und streckte sich dann aus, in ihren alten Pelz gehüllt. Doch der Schlaf wollte einfach nicht kommen. Sie starrte in die Flammen und durchlebte noch einmal die schrecklichen Ereignisse der vergangenen Tage. Sie hatte Angst. Aber schlimmer noch als dies war das Gefühl der Verlassenheit. Seit Iza es gefunden hatte, hatte das Mädchen keine Nacht mehr allein verbringen müssen. Die Erschöpfung drückte ihm schließlich die Augen zu. Schlimme Träume trieben durch seinen Schlaf. Laut schrie es nach Iza, und in Tönen, die fast vergessen waren, rief das Mädchen nach einer anderen Frau. Aber niemand war da, es zu trösten und ihm die heiße Stirn zu kühlen.

Aylas Tage in der kleinen Höhle waren angefüllt mit emsigem Tun. Sie war nicht mehr das unerfahrene, ahnungslose Kind, das sie damals gewesen war, als das Erdbeben sie heimatlos gemacht hatte. Während der Zeit im Clan hatte sie hart arbeiten müssen, aber dabei auch viel gelernt. Sie flocht nun wasserdichte Körbe, in denen sie Wasser holen konnte, und fertigte sich einen neuen Sammelkorb. Sie bearbeitete die Häute der Tiere, die sie jagte, fütterte das Innere ihres Fußzeugs mit Kaninchenfell, machte sich Wadenwärmer aus Pelz, die sie sich mit Riemen um die Beine wickelte, und wärmende Hüllen für die Hände. Aus Flintstein schlug sie sich grobes Werkzeug heraus und sammelte Gras, um ihre Lagerstatt weicher zu machen.

Die Wiesengräser boten Nährendes; ihre Ähren waren voll von Samen und Körnern. Ringsum im Wald gab es Nüsse, Preiselbeeren, kleine harte saure Äpfel, mehlige Wurzeln und eßbare Farne. Die kleinen, runden Früchte, die sie in den grünen Schoten der Vogelwicken fand, mischte sie mit den zerstampften Körnern und kochte sie zu einem Brei. Es gab viel Nährendes, doch nun mußte sie sich alles selber holen.

Und bald wurde Ayla auch klar, daß sie einen neuen Pelzumhang brauchte. Zwar hatte der grimmige Winter sich noch nicht gezeigt, doch es wurde merklich kälter, und Ayla wußte, daß der Schnee nicht mehr lange auf sich warten lassen würde. Zunächst war ihr der Luchs in den Sinn gekommen. Der Luchs hatte eine besondere Bedeutung für sie. Doch sein Fleisch würde nicht genießbar sein, und Nährendes war für sie so wichtig wie ein wärmender Pelz. Auch mußte ein Vorrat angelegt werden für die Zeit, wenn der Schnee sie in der Höhle halten würde. Und sie jagte nur noch und versorgte sich mit Fleisch.

Sich vorzustellen, eines der sanftblütigen, scheuen Geschöpfe töten zu müssen, die früher so lange die Stille und Einsamkeit ihrer Zuflucht geteilt hatten, war für Ayla qualvoll. Auch war sie sich nicht sicher, ob man ein Reh mit einer Schleuder erlegen konnte. Als sie das kleine Rudel sah, war sie überrascht, daß die Tiere doch noch so hoch herauf kamen, und sie wußte, daß sie die Gelegenheit nutzen mußte, so weh es ihr auch tat. Aus kurzer Entfernung schleuderte sie ab, und eines der Rehe brach in die Knie. Ein Schlag mit der Keule. Ayla atmete auf.

Das Winterfell des Tieres war dicht und weich, und das Fleisch war zart. Einen Vielfraß, den der Geruch zu gierig gemacht hatte, tötete sie mit einem flinken Stein. Wie sie ihn so liegen sah, fiel Ayla ein, daß es ein solches Tier gewesen war, das sie mit der Schleuder als erstes getötet hatte. Ein Vielfraß, der den Clan-Leuten Fleisch entwendet hatte. Vielfraße, hatte sie damals Oga erklärt, haben auch ihr Gutes. Ihr Pelz wurde nicht hart und steif, wenn in kalter Luft warmer Atem ihn traf. Besonders gut eignete er sich für Kopfbedeckungen. Diesmal mache ich mir aus seinem Pelz eine Mütze, beschloß sie, während sie das tote Tier zur Höhle schleifte.

Rund um das in Streifen geschnittene Fleisch, das sie zum Dörren ausgelegt hatte, zündete sie Feuer an, um reißende und aasige Tiere abzuschrecken, und um es schneller haltbar zu machen. Ayla mochte den Geschmack, den das Fleisch durch den Rauch annahm. Hinten in der Höhle grub sie eine flache Mulde und legte sie mit Steinen aus. Später wurde sie dort das gedörrte Fleisch aufschichten und alles mit schweren Steinen umbauen.

Ihr neuer Pelz, den sie schon bearbeitet hatte, roch nach Rauch; er war warm, und zusammen mit dem alten Fell machte er die Schlafmulde angenehm weich. Sie hatte den Magen des Rehs gesäubert und ausgewaschen und zu einem Wasserbehältnis umgearbeitet; Sehnen und Flechsen lieferten Schnüre. Das Fett ließ sie aus und verwahrte es. Solange das Fleisch zum Dörren noch im Freien lag, schaute Ayla öfters ängstlich zum Himmel und hoffte, daß der Schnee noch ausbleiben möge. Und nachts schlief sie draußen an den Feuern, um immer wieder Holz nachlegen zu können. Erst als das Fleisch gelagert war, wurde ihr leichter ums Herz.

Bangnis überfiel sie, als dichte Wolken den Mond verhüllten. Es stand ihr noch vor Augen, was Brun verkündet hatte: ›Gestatten dir die Geister, aus dem Jenseitigen zurückzukehren, wenn der Mond all seine Wandlungen vollzogen hat und uns wieder sein Antlitz zeigt, mit dem er uns heute nacht bescheint, dann sollst du wieder unter uns leben.‹ Ayla hatte keine Ahnung, ob sie sich schon im Jenseitigen befand. Sie wußte nur, daß sie da nicht hin wollte. Sie wollte zurück. Zwar war sie nicht sicher, ob sie wirklich zurück konnte und ob die anderen sie sehen würden, wenn sie zurückkehrte. Doch Brun hatte versprochen, daß sie wieder unter den Clan-Leuten leben dürfte, wenn es ihr gelänge. Und daran klammerte sie sich. Er hatte es versprochen. Wie aber sollte sie wissen, wann sie zurückkehren konnte, wenn die Wolken das Antlitz des Mondes verdeckten?

Ein ferner Tag wurde lebendig und stieg vor Aylas Augen auf, der Tag, an dem Creb ihr gezeigt hatte, wie man die Zeit festhalten konnte. Man schlug einfach Kerben in einen Stock. Sie ahnte, daß die vielen genarbten Stöcke, die der Mog-ur in einer Ecke seiner Feuerstätte aufbewahrte, wo sonst niemand sich hinwagen durfte, die Reihen von Tagen zeigten, die zwischen bedeutsamen Ereignissen vergangen waren. Einmal hatte sie aus reiner Neugier beschlossen, ebenso wie er die Zeit festzuhalten. Da sie wußte, daß der Mond immer die gleichen Wandlungen durchmachte und nach einer Weile wieder das gleiche Gesicht zeigte, wollte sie sehen und begreifen lernen, wie viele Kerben man würde schlagen müssen, ehe das Mondgesicht wieder das gleiche war. Als Creb ihr auf die Schliche gekommen war, hatte er sie streng zurechtgewiesen und sie gemahnt, das nie wieder zu tun.

Nun saß das Mädchen also vor seiner Höhle, und plötzlich war ihm klar, wie es den Tag erkennen konnte, an dem die Wiederkehr zur Höhle gestattet war. Ayla beschloß, jeden Tag bei Sonnenuntergang eine Kerbe in einen Stock zu schlagen. Und jedesmal, wenn sie zu ihrem Messer griff, sprangen ihr die Tränen in die Augen, so sehr sie sich auch bemühte, sie zurückzuhalten.

In jenen Tagen mußte Ayla häufig weinen. Kleine Begebenheiten weckten Erinnerungen an Wärme und Geborgenheit. Als ein Kaninchen über den Weg hoppelte, mußte sie sofort an die langen, ausführlichen Wanderungen mit Creb denken und an sein zernarbtes, zerrissenes Gesicht. Wenn sie Pflanzen sah, die sie früher für Iza gesammelt hatte, brach sie in heilloses Schluchzen aus, und ein Weinkrampf schüttelte sie, wenn sie wieder vor Augen hatte, wie Creb ihren Medizinbeutel verbrannte.

Am schlimmsten aber waren die Nächte. Jahr um Jahr war das Mädchen bei Tag allein durch Wälder und Wiesen gestreift, des Nachts aber niemals allein gewesen. Und wenn es jetzt so einsam und verlassen in der kleinen Höhle hockte und ins Feuer starrte, dessen flackernder Schein unruhig an den Felswänden zitterte, weinte es sich die Augen aus nach jenen Menschen, die ihm Geborgenheit und Wärme gegeben hatten.

Eines Nachts kam heimlich und leise der erste Schnee. Ayla jauchzte vor Freude, als sie am Morgen aus der Höhle trat. Leuchtendes Weiß lag weich und schmeichelnd über dem vertrauten Land und verwandelte es in ein Traumland unvorstellbarer Formen und sagenhafter Pflanzen. Ayla blickte auf die Abdrücke ihrer Fußhüllen, die wie kleine dunkle Schatten im ungebrochenen Weiß lagen, dann rannte sie leichtfüßig durch den gleißenden Schnee und spurte ein wildes Muster von Kreisen und sich kreuzenden Linien in die weiße Decke. Plötzlich hob sie den Kopf und kletterte hinauf zum schmalen Sims des Felsvorsprungs, den ein eifriger Wind vom Schnee leergefegt hatte.

Die ganze Kette himmelhoher Berggipfel hinter ihr war in bläulich schimmerndes Weiß getaucht und stand funkelnd in der blitzenden Morgensonne. Auf dem großen blau-grünen Wasser zwischen den beiden Bergen tanzten weiße Schaumkronen. Die Steppen nach Sonnenaufgang zu dehnten sich noch in einem matten Graugelb. Direkt unter sich konnte Ayla winzige Gestalten ausmachen, die hin und her huschten. Auch dort, wo die Höhle des Clans liegen mußte, hatte es geschneit. Eine der Gestalten knickte beim Laufen immer ein. Und plötzlich war für sie alles Zauberhafte verschwunden. Hastig kletterte Ayla wieder zur Wiese hinunter.

Der zweite Schneefall hatte schon nichts Besonderes mehr. Über Nacht war es eiskalt geworden, und wenn sie die Höhle verließ, warf der Wind Ayla stechende Eiskristalle ins Gesicht, so daß sie lieber in der Höhle blieb. Vier Tage dauerte der Schneesturm und häufte soviel Schnee an der Felswand auf, daß der Einschlupf zu Aylas Höhle fast gänzlich verdeckt war. Mit beiden Händen und dem flachen Hüftknochen des Rehs grub sich das Mädchen einen schmalen Durchlaß nach draußen und sammelte den ganzen Tag Holz. Die Rauchfeuer zum Dörren hatten zu viel gebraucht. Nährendes war genug vorhanden, für eine ganze Weile noch, doch Holz war nötig. Das bißchen, das da hinten in der Ecke lag, würde bestimmt nicht ausreichen. Wenn es noch weiter schneite, würde sie die Höhle überhaupt nicht mehr verlassen können.

Zum erstenmal, seit sie ihre Zuflucht wiederentdeckt hatte,

fürchtete sie um ihr Leben. Die Bergwiese war zu hoch gelegen. Und wenn die Höhle zuschneite, würde sie den Winter nicht überleben. Es war ihr keine Zeit gegeben, sich auf die lange, tödlich weiße Kältnis einzurichten.

Die Arme voller knorriger Äste kehrte Ayla erst am späten Nachmittag in die Höhle zurück und nahm sich vor, am nächsten Morgen noch mehr Holz zu sammeln.

Doch als sie erwachte, heulte draußen ein neuer Schneesturm, und der Einschlupf war völlig zugeschneit. Ayla rang nach Luft. Sie war eingesperrt. Gefangen. Und wieder packte sie die Angst. Lebendig begraben! Wie hoch der Schnee wohl war? Sie nahm einen langen Ast und bohrte damit zwischen den Zweigen der Haselnußbüsche nach oben. Schnee kam in die Höhle, doch es dauerte nicht lange, und Ayla verspürte einen Luftzug. Als sie durch das Loch spähte, sah sie Schneeflocken im scharfen Wind waagerecht dahintreiben. Den Ast ließ sie in dem Loch stecken und setzte sich wieder an ihr Feuer.

Ein Glücksfall war es gewesen, daß sie auf den Gedanken gekommen war, die Höhe der Verwehung zu messen. Denn durch das Loch, das vom Ast offengehalten wurde, konnte Luft in die Höhle gelangen. Wie schnell hätte es geschehen können, daß sie des Morgens nicht mehr erwacht wäre.

Das Mädchen merkte bald, daß ein so großes Feuer gar nicht nötig war, um die Höhle warmzuhalten. Der Schnee wies die Kälte ab.

Ob draußen Tag oder Nacht war, war nur an dem schwachen Lichtfleck auszumachen, der, wenn es draußen hell war, oben am Eingang matt glänzte. Und sobald dieser Fleck verschwand, schlug Ayla eine Kerbe in ihren Stock.

Vom Schnee in die Höhle verbannt, waren auch Finger, Hände und Füße gehindert, sich nutzbringend regen zu können. Es gab nichts zu tun für sie. Oft saß Ayla dann lange unbewegt am Feuer und starrte in die Flammen, sah zu, wie sie ein Holz nach dem anderen verzehrten und nur ein Häufchen Asche zurückließen. Hatte auch das Feuer einen Geist? Wohin wanderte er, wenn das Feuer starb? Creb hatte gesagt, wenn ein Mann oder eine Frau starb, dann wanderte der Geist in das Jenseitige. Ayla faßte sich an die Stirn. Bin ich schon dort? fragte sie sich. Nichts ist anders; nur einsamer ist es. Vielleicht ist mein Geist an einem anderen Ort. Wie soll ich das denn wissen? Auch fühle ich es nicht. Mein Geist ist bei Creb und Iza und Uba, denke ich. Aber ich bin verflucht. Ich muß tot sein.

Aber warum hat mein Totem mir das Zeichen gegeben, wenn es wußte, daß ich verflucht werden würde? Kann es sein, daß mein Herz mich betrogen hat? Kann es sein, daß der sonderbare Stein kein Zeichen meines Totems war? Ich glaubte, mein Totem wollte mich prüfen. Vielleicht ist auch dies eine Prüfung. Oder hat es mich verlassen? Aber warum hat es mich gewählt, wenn es mich dann verläßt?

Ayla blickte zur Decke. Vielleicht hat mein Schutzgeist mich gar nicht verlassen. Vielleicht ist er für mich in die Welt der Geister hinübergegangen. Vielleicht kämpft er für mich gegen die bösen Geister. Vielleicht sandte mein Totem mich hierher, damit ich warten soll, bis es gesiegt hat. Könnte es sein, daß mein Totem mich noch immer beschützt? Aber wenn ich nicht tot bin, was bin ich dann? Ayla senkte den Kopf und sah in die Flammen. Allein bin ich, dachte sie bekümmert, so schrecklich allein.

Aylas Augen kehrten sich wieder in die Wirklichkeit. Das Feuer war ziemlich heruntergebrannt. Ich will noch etwas nachschieben, dachte sie. Auch bin ich hungrig. Ayla holte ein Stück Holz und warf es in die Glut. Dann ging sie zu ihrem Luftloch und spähte hinaus. Es dunkelt, stellte sie fest. Ich muß wieder eine Kerbe schlagen. Wird dieser Schneesturm denn niemals aufhören? Sie nahm den Stock zur Hand und fügte ihm eine neue Narbe zu und legte dann ihre Finger in die Kerben; erst die eine Hand, dann die andere, dann wieder die erste. Und so fuhr sie fort, bis sie alle Kerben einmal zugedeckt hatte. Der heutige Tag, den ich hier auf meinem Kerbholz habe, war mein letzter. Ich kann jetzt zurückkehren, frohlockte es in dem Mädchen. Aber wie soll ich bei diesem Schneesturm aus der Höhle kommen? Ein zweites Mal ging Ayla zum Luftloch. Nur mit Mühe konnte sie in der rasch dichter werdenden Finsternis den dichten, vom Sturm gepeitschten Flockenschleier ausmachen. Verzagt schüttelte sie den Kopf und setzte sich wieder ans Feuer.

Als sie am nächsten Tag erwachte, war ihr erster Gang zum Luftloch. Der Sturm tobte noch immer mit unverminderter Gewalt. Wird er denn nie aufhören, flehte sie. Oh, wie gern wollte sie zurück. Was würde aus ihr werden, wenn Brun den Fluch für immer verhängt hätte? Was würde aus ihr werden, wenn sie niemals zur Höhle zurückkehren könnte? Und wenn sie nicht jetzt schon tot sei, so wurde sie dann mit Sicherheit sterben. Es war ihr ja auch kaum Zeit geblieben, ausreichend Vorrat anzusammeln, um einen Mond durchzuhalten. Niemals hätte sie bis zur Schneeschmelze aushalten können. Was mochte Brun nur dazu bewegt haben, sie nicht auf immer zu verfluchen? Hätte sie wirklich zurückkehren können, wenn sie selbst in die Welt der Geister hinübergegangen wäre und nicht ihr Totem statt ihrer? Woher nahm sie denn die Gewißheit, daß ihr Geist nicht fortgegangen war? Könnte es nicht sein, daß ihr Totem ihren Körper beschützte, während ihr Geist fortging? Nichts war gewiß. Und sie wußte nichts, nur das eine, daß sie unrettbar verloren wäre, wenn Brun sie für immer verflucht hätte.

Ayla hatte wieder das Kinn zwischen die Knie genommen. Hatte Brun vielleicht ihre Rettung gewollt? Wie ein Blitz durchzuckte sie dieses Erkennen. Bruns Wille war reinen Herzens gewesen, als er ihr vor allen dankte, daß sie Brac das Leben bewahrt hatte. Er mußte sie verfluchen. Das Gebot des Clans verlangte es. Doch er hatte ihr eine Aussicht auf Rettung geben wollen. Ich weiß nicht, ob ich tot bin, dachte Ayla wieder. Kann einer essen und schlafen und atmen, wenn er tot ist? Ihr Herz gefror, als sie den Sinn des Clan-Gebots erkannte. Ich glaube, wenn einer verflucht ist, dann will er gar nicht mehr essen und schlafen und atmen. Und ich weiß auch, warum. Mit dem Zeigefinger rieb sie an der Nase und ließ ihn dort, genau zwischen den Brauen. Was aber hat mich dann getrieben, weiterzuleben? Es wäre so leicht gewesen, zu sterben, als sie aus der Höhle stürzte. Sie hätte nur liegenbleiben müssen. Wenn Brun nicht versprochen hätte, daß ich zurückkehren kann, so fragte sie sich weiter, wäre ich dann wieder aufgestanden? Wenn die Geister es gestatten, hatte Brun gesagt. Welche Geister? Meine? Die meines Totems? Ayla schüttelte ratlos den Kopf. Ganz gleich, irgend etwas mußte sie bewogen haben, überleben zu wollen.

Ayla brauchte eine Weile, bis sie begriff, daß sie wach war, und selbst dann mußte sie die Finger an ihre Augen führen, um sich selbst zu überzeugen, daß sie geöffnet waren. Das dichte, stikkige Dunkel der Höhle hatte sie umschlossen. Mühsam unterdrückte sie einen Schrei. Ich bin tot! Brun hat mich verflucht. Nun bin ich tot. Ich werde niemals wieder Licht sehen, niemals hier herauskommen, niemals zur Höhle zurückkehren. Es ist zu spät. Die bösen Geister haben mich getäuscht und geblendet. Sie haben mich glauben lassen, ich wäre noch am Leben. Doch ich bin tot. Sie waren voll Zorn, daß ich unten am Bach nicht mit ihnen gehen wollte, und haben mich bestraft dafür. Sie haben mich glauben lassen, ich wäre am Leben, und die ganze Zeit war ich schon tot. Angstvoll umklammerte Ayla ihr Amulett.

Es war ein schlimmer Schlaf gewesen. Immer wieder war sie aufgewacht, gepeinigt von den gräßlichen Bildern böser Geister, von Luchsen, die sie ansprangen und plötzlich zu Höhlenlöwen wurden. Sie hatte von Schnee geträumt, der auf den Bäumen lag und schmolz und dann rot wurde wie Blut. In der Höhle hing ein dumpfiger Geruch; doch daß sie ihn wahrnahm, verriet ihr, daß ihre Sinne noch wach und lebendig waren, auch wenn sie nichts sehen konnte. Ayla fuhr hoch und schlug mit dem Kopf gegen den Felsen.

Ihr Stock? Wo war ihr Stock? Es war doch schon dunkel, und eine Kerbe mußte wieder hineingehauen werden. Ayla kroch in der Dunkelheit herum und tastete verzweifelt nach dem Kerbholz, als wäre es das Wichtigste in ihrem Leben. Es war an der Zeit, es mit einer neuen Kerbe zu zeichnen. Aber wie das tun, wenn es nicht zu finden war? Oder hatte sie die Kerbe schon gemacht? Wie war denn festzustellen, ob sie heimkehren konnte, wenn sie das Holz nicht fand? Brauchte sie den Zeitstock überhaupt noch? War die Zeit nicht schon um? Ayla schüttelte den Kopf und versuchte, die Nebelschleier zu vertreiben, die sie am Denken hinderten. Ich kann heimkehren! Jetzt wußte sie es. Die Zeit ist um. Aber sie war doch tot. Und es würde nie aufhören zu schneien. Es würde immer weiter schneien, immer weiter, und der Schnee würde immer höher liegen. Der Stock, der andere, oben am Einschlupf! Ich muß nach dem Schnee sehen!

Wie ein Maulwurf kroch Ayla in der Höhle herum, stieß hier an und dort, hustete, der Hals wurde ihr trocken, die Augen tränten, schließlich erreichte sie aber den Einschlupf. Und als sie dort angelangte, sah sie über sich, weit oben, einen schwachen Lichtfleck. Ihr Stock, er mußte dort oben sein. Mühsam zog sie sich an dem Busch hoch, der seine Äste in die Höhle hereinstreckte, bekam das Ende des langen Stocks zu fassen und stieß ihn aufwärts. Bald rieselte es auf sie herab, als das Holz die Schneedecke durchstieß. Das Loch für Luft war wieder offen. Ein kühler Windhauch fuhr herein, und anstelle des matten Lichtflecks war das ausgefranste Blau des Himmels zu sehen.

Die frische kalte Luft machte Ayla einen klaren Kopf. Es ist vorbei. Es hat aufgehört zu schneien. Endlich. Ich kann heim. Aber wie hier herauskommen? Sie stocherte und bohrte mit dem Stock und versuchte, das Loch zu vergrößern. Schnee fiel herab und bedeckte kalt und feucht Aylas Kopf und Körper, die sich schüttelte und ermahnte, daß sie sich begraben würde, wenn sie nicht achtsamer wäre. Vorsichtig kletterte sie wieder herunter, und ihr wurde froh ums Herz, als sie sah, daß die Helligkeit, die durch das Schneeloch hereinströmte, alles wieder sichtbar in der Höhle machte. Des Mädchens Finger zitterten aufgeregt. Ayla konnte es kaum erwarten aufzubrechen, doch sie zwang sich zu Ruhe und Bedacht.

Wenn doch nur das Feuer nicht ausgegangen wäre. Wie gerne hätte sie jetzt etwas Warmes getrunken. Aber etwas Wasser mußte noch im Beutel sein. Dem war so; und als sie trank, fühlte Ayla sich wieder lebendig, so lebendig, daß sie auch nach Dörrfleisch suchte, und, während sie davon abbiß, wieder und wieder zum Einschlupf ging, um sich zu vergewissern, daß der Himmel noch immer blau war.

Also, was nehme ich mit? überlegte das Mädchen und fuhr sich mit dem Handrücken über die fettigen Lippen. Für Nährendes brauche ich nicht zu sorgen. In der Höhle unten ist genug gelagert seit der Mammutjagd. Mitten in der Bewegung hielt sie inne. Mit einem Schlag brach alles wieder auf. Die Mammutjagd, der Schuß auf die Hyäne, der Todesfluch. Ayla strich sich das Haar aus der Stirn. Werden sie mich wirklich wieder aufnehmen? Werden sie mich auch wieder sehen können? Und wenn nicht?

Sie wußte nicht, wo sie dann hätte hin sollen. Aber Brun hatte versprochen, daß sie zurückkehren könne. Und versprochen war versprochen. Abschätzend blickte sie sich um. Sie schüttelte den Kopf, als sie die Schleuder sah. Nein, die würde sie gewiß nicht mitnehmen. Und den Sammelkorb? Den alten hatte Creb ja verbrannt. Nein, den brauchte sie erst nach der Schneeschmelze. Wieder ein Kopfschütteln. Bis dahin war vielleicht ein neuer zu fertigen. Und ihre Anziehsachen? Alles, Ayla nickte heftig, alles, was anzuziehen war, würde sie überstreifen und umhängen. Auch einiges Werkzeug mußte mit.

Ayla richtete alles her und zog sich an; um die Füße das Kaninchenfell, dann das erste Paar Fußhüllen und darüber das zweite; um die Beine die wärmenden Wadenwickel. Das Werkzeug verstaute sie in den tiefen Falten ihres Überwurfs. Den Pelzumhang zog sie fest um sich. Auf den Kopf kam die Vielfraßfellmütze. Zuletzt streifte sie sich die gefütterten Handhüllen über und ging zum Einschlupf. Dort drehte sie sich noch einmal um und umfing mit den Augen noch einmal die Höhle, die ihr während eines Mondes Zuflucht und Heim gewesen war. Bedächtig streifte sie die Handhüllen ab und lief zurück.

Ayla wußte selbst nicht, warum es für sie wichtig war, die

kleine Höhle aufgeräumt zurückzulassen. Es gab ihr ein Gefühl des Abschlusses, als legte sie etwas endgültig aus der Hand, das sie nun nicht mehr brauchte. Dann zog sie die Handhüllen wieder über und ging vor zum Einschlupf. Sie würde herauskommen. Wie, das würde sich schon zeigen. Es wäre zu schaffen. Bald hätte der Clan sie wieder.

Ayla schaute hoch. Besser, wenn ich da oben durch das Loch ins Freie krieche, entschied sie. Hier unten kann ich mich niemals durchgraben, da ist die Schneeverwehung viel zu dick. An dem Haselnußbusch kletterte sie hoch und stocherte mit dem Stock an der Öffnung herum, schob den Schnee beiseite, und ihr wurde warm dabei. Als Ayla schließlich auf den obersten Ästen stand, die im tiefen Schnee nur wenig unter ihrem Gewicht nachgaben, reckte sie sich noch ein bißchen und streckte den Kopf in das Blaue hinein. Der Atem stockte ihr. Die Wiese war nicht wiederzuerkennen. Von ihrem Ausguck aus war nichts zu sehen als Schnee. Nicht einen einzigen vertrauten Hinweis konnte sie entdecken. Alles war weiß. Wie sollte denn da ein Durchkommen sein? Einen Augenblick lang verließ Ayla der Mut.

Doch als sie sich aufmerksamer umschaute, fand sie nach und nach doch einiges Vertrautes wieder. Die Birken da drüben neben der hohen Fichte standen nicht viel höher als das Mädchen. Dort konnte der Schnee so tief nicht sein. Aber wie hinüberkommen? Ayla stützte die Arme auf den Rand des Lochs, trampelte den Schnee unter sich fest, daß er nicht nachgeben konnte, stemmte sich hoch, bis ihr Bauch die oberste Schneekruste berührte, senkte sich nach vorne ab, wühlte die Arme in den Schnee und zog die Beine nach über den Rand, so daß sie kaum einsinken konnte.

Ganz langsam brachte sie dann die Knie an den Bauch, hob den Oberkörper, stützte sich mit den Armen auf, ging in die Hocke und kam schließlich auf die Füße. So stand sie nur etwa eine Handspannenbreite tief im Schnee. Prüfend machte Ayla einige kurze Schritte. Ihre Fußhüllen waren weit geschnitten und sackartig um die Füße gebunden und verteilten ihr Gewicht besser, so daß sie in dem feintrockenen Schnee nicht allzu tief einsanken.

Dennoch war das Vorwärtskommen beschwerlich und anstrengend. Mit kurzen Schritten, manchmal bis zur Hüfte versinkend, arbeitete sie sich zum Bach hinüber. Auf dem gefrorenen Wasserlauf war der Schnee nicht so tief. An der Felswand, an deren Rückseite die kleine Höhle lag, hatte der Sturm hohe Wächten zusammengeblasen, an anderen Stellen jedoch den Boden freigelegt, daß man das graue Gestein und gelbbraune Flechten sehen konnte. Am Bach blieb Ayla stehen und überlegte. Sollte sie ihm bis zum anderen Bach hinunter folgen und dann den weiten Weg zur Höhle nehmen, oder sollte sie lieber gleich den steilen Hang hinunterklettern?

Sehr vorsichtig und bedachtsam machte sie sich auf den Weg – den kürzeren. Nur langsam und mit Mühe ging es hangabwärts. Bis zur Tagesmitte, als die Sonne schon hoch am Himmel stand, hatte Ayla erst die Hälfte der Strecke geschafft, die sie sonst immer zwischen Abenddämmerung und Einbruch der Dunkelheit hinuntergelaufen war. Es war kalt, aber die scharfstrahlige Sonne erwärmte etwas. Ayla wurde müde.

Als sie gerade den freigewehten Grat überquerte, der zu dem mächtigen Steilhang führte, glitt Ayla aus und trat einige Steine los, die sofort nach unten sausten, direkt auf ein gewaltiges Schneebrett zu, das im selben Augenblick, als Ayla wieder keuchend hochkam, weit oben abbrach und sich in einer stäubenden Wolke aus dem Hang löste. In eisiger Umarmung packten die Schneemassen das Mädchen und rissen es donnernd mit sich fort.

Creb lag noch wach, als Iza leise zu ihm trat.

»Ich habe gesehen, daß du die Augen offen hast«, begrüßte ihn die Schwester und hielt ihm einen der beiden Becher hin, die sie in den Händen hatte. »Hier nimm, Creb. Es ist warm und tut gut, bevor du aufstehst. Der Schneesturm hat sich in der Nacht gelegt.«

»Ja, ich weiß«, nickte Creb. »Ich sehe den klaren Himmel jenseits der Wand.«

Still saßen sie beieinander und schlürften den warmen Frühtrunk. Oft hockten sie in letzter Zeit stumm beieinander im Wohnkreis, der ihnen leer vorkam und ohne Leben. Sie rückten einander näher und gaben sich gegenseitig Wärme. Aber es war nur ein schwacher Trost. Uba weinte viel in der Nacht und quengelte oft den ganzen Tag. Keiner konnte ihr klarmachen, daß Ayla tot war. Immer wieder wollte sie wissen, wo das Mädchen sei. Sie hatte keine Lust zu essen, verschüttete das meiste von dem, was Iza ihr vorsetzte, fing dann an zu schreien und wollte mehr, bis die Medizinfrau schließlich die Geduld verlor und ihr ein paar hinter die Ohren gab und sie ausschimpfte, was sie sogleich bereute. Der Husten hatte Iza wieder gepackt und ließ sie manchmal nächtelang wach.

Seit Aylas Geist gegangen war, hatte Crebs Gesicht Falte auf Falte gelegt und jegliche Spannkraft verloren. In der Zauberhöhle war er nicht mehr gewesen seit dem Tag, an dem Ayla verflucht worden war. An jenem Tag hatte er dort in zwei gleichlaufenden Reihen die Gebeine des Höhlenbären angeordnet und den letzten Knochen der bösen Reihe so gelegt, daß er durch den Schädel des Bären hindurchging und aus der leeren Augenhöhle herausragte. Dann hatte er die bösen Geister beschworen und ihnen hinfort Anerkennung und Macht gegeben. Und seit jenem Tag brachte er es nicht übers Herz, an diesen Ort zurückzukehren, ja, er verspürte nicht einmal mehr das Verlangen, sich mit den guten Geistern zu vereinen, wie er es immer getan hatte. Täglich stärker war das Bedürfnis in ihm geworden, sich zurückzuziehen und die Pflichten des Mog-urs Goov zu übergeben. Brun hatte ihn gebeten zu warten, als der alte Zauberer ihm seine Absicht eröffnete.

»Was willst du tun, Mog-ur?«

»Was tut ein Mann, wenn er sich von seinen Pflichten entbunden weiß? Ich habe zu viel Tage auf dem Buckel, um noch lange in der kleinen Höhle zu sitzen. Mein Körper verlangt nach Ruhe.«

»Tu nichts Übereiltes«, bat Brun mit sanfter Gebärde. »Sieh noch einmal in dein Herz hinein, ob du es wirklich willst.«

Creb hatte genickt und das Vorhaben noch eine Weile mit sich herumgetragen. Nun aber hatte er sich entschlossen, ab heute nicht mehr länger Mog-ur sein zu wollen und seinen Rücktritt im Laufe des Tages zu verkünden.

»Goov soll Mog-ur werden, Iza«, bedeutete er der Frau, die neben ihm saß.

»Das kannst nur du allein entscheiden, Creb«, gab sie mit wissender Hand zurück.

Sie versuchte nicht, ihm seinen Entschluß auszureden. Sie spürte, daß der Bruder nicht mehr mit dem Herzen Mog-ur war, seit er Ayla mit dem Todesfluch hatte beladen müssen.

Iza schaute zum Himmel, da wo der Mond stand, der mählich verblaßte. »Ist die Zeit um, Creb?« fragte Iza.

»Ja«, nickte Creb und schaute nur flüchtig hoch. »Die Zeit ist um, Iza.«

»Wie kann sie wissen, wann die Zeit um ist? Seit diesem Sturm war der Mond nicht zu sehen.«

Creb blickte hinaus, und seine Gedanken wanderten zurück zu dem Tag, an dem er einem kleinen Mädchen gezeigt hatte, wie es die Sommer und Winter zählen konnte, bis aus ihm eine Frau würde.

»Wenn sie lebte, sie würde es wissen, Iza«, gab der Mog-ur ruhig zurück.

»Aber der Sturm war so heftig. Da konnte keiner hinaus«, wandte die Schwester ein.

»Laß es ruhen, Iza. Ayla ist tot.«

»Ich weiß es, Creb«, erwiderte Iza und schlug die Hände vors Gesicht, und ihre Schultern zuckten.

Creb sah auf seine Schwester. Er spürte ihren Schmerz und wollte ihr etwas geben, ein Zeichen, daß er mit ihr fühlte.

»Ich sollte dir dies nicht kundtun, Iza. Aber die Zeit ist um. Ihr Geist ist von uns gegangen, aber auch das Böse. Wir haben nichts mehr zu fürchten. Ihr Geist hat sich mir mitgeteilt, ehe er floh, Iza. Er bedeutete mir, sie hätte mich lieb. Er schien so lebendig, daß ich beinahe glaubte, Ayla stünde vor mir. Aber die Geister der Verfluchten sind listig und schlau. Immer wollen sie dich glauben machen, daß sie die Lebenden sind, damit sie dich mit sich nehmen können. Beinahe wünschte ich, ich wäre mitgegangen.«

»Ähnliches ist auch mir widerfahren, Creb. Als ihr Geist mich Mutter rief, da . . . « Aufschluchzend vergrub Iza ihr Gesicht in den Händen.

»Ihr Geist flehte mich an, doch den Medizinbeutel nicht zu verbrennen, Iza. Das Wasser kam ihm in die Augen, genau wie bei Ayla, als sie lebte. Ich konnte es kaum ertragen. Hätte ich den Beutel nicht schon in die Flammen geworfen, ich glaube, ich hätte ihn ihm geschenkt. Doch das war seine letzte List. Dann ging er endlich hinweg.«

Creb war aufgestanden, hüllte sich in den mächtigen Pelz und griff zu seinem Stock. Iza blickte ihm nach. Nur noch selten verließ er die Feuerstätte. Er humpelte zum Eingang der Höhle und blieb lange Zeit dort stehen, die Augen unverwandt auf das funkelnde Schneeland gerichtet. Erst als Iza Uba zu ihm schickte, kam er zurück. Danach stand er schon wieder dort.

»Es ist kalt hier, Creb, und zugig.« Iza war zu ihm getreten, voll Sorge, er könnte sich erkälten. »Es ist nicht gut für dich, wenn du hier im Wind stehst«, bedeutete sie ihm.

Creb hatte sich an den Fels gelehnt und wies mit dem Stock nach draußen.

»Zum erstenmal seit Tagen ist der Himmel klar. Es tut den Augen gut, einmal etwas anderes zu sehen als dauernd tobendes Schneegestöber.«

»Ja, aber komm hin und wieder ans Feuer und wärme dich.«

Creb tat, wie Iza ihm geraten hatte, und immer wieder humpelte er zum Eingang und starrte lange in das Winterland hinaus. Als jedoch der Tag fortschritt, trieb es ihn immer seltener dorthin. Beim Abendverzehr, als das Zwielicht mählich der Dunkelheit wich, tat er Iza seinen Entschluß kund: »Wenn wir fertig sind, gehe ich zu Bruns Feuer hinüber. Ich will ihm sagen, daß fortan Goov der Mog-ur sein soll.«

»Ja, Creb«, gab sie mit gesenktem Kopf zurück. Es gab keine Hoffnung mehr. Jetzt war sie sicher, daß es keine Hoffnung gab, Ayla wiederzusehen.

Creb erhob sich. Plötzlich erscholl von Bruns Feuer her ein erschreckter Aufschrei. Iza riß den Kopf hoch. Eine schnee- und eisverkrustete, pelzige Erscheinung stand im Eingang zur Höhle, stampfte mit den Füßen und hob die Arme.

»Creb!« rief Iza furchtsam. »Was ist das?«

Angestrengt spähte der Mog-ur hinüber, mißtrauisch und auf der Hut vor bösen Geistern. Doch dann wurde das eine Auge riesengroß. Die Furcht darinnen und das Mißtrauen waren verschwunden, jubelndes Erkennen strahlte in ihm.

»Ayla!« rief er und hastete ihr hinkend entgegen; vergaß seinen Stock, vergaß seine Würde, vergaß, daß es sich nicht ziemte, außerhalb des Wohnkreises Gefühl zu zeigen, riß das eisstarre Mädchen in seine Arme und drückte es an sich.

16

»Ayla? Ist es auch die Ayla, die lebt? Ist es nicht ihr Geist?« wehrten Izas Hände erschrocken ab, als der Mog-ur die Gestalt, die aus der Kälte kam, an sein Feuer führte. Die Medizinfrau wollte es nicht glauben; noch immer fürchtete sie, ihre Sinne hätten sie getäuscht.

»Es ist Ayla. Und sie lebt«, bestätigte Creb mit klar entschiedener Geste. »Die Zeit ist um. Sie hat die bösen Geister bezwungen und somit überlebt. Sie ist wiedergekehrt.«

»Ayla!« Mit ausgebreiteten Armen lief Iza dem Mädchen entgegen und drückte es stürmisch an ihr Herz. Nicht nur vom

Schnee wurde sie naß. Ayla vergoß Freudentränen für beide. Uba zupfte und riß am Umhang des Mädchens, das Izas Arme noch immer umschlossen hielten.

»Ayla. Ayla ist wieder da. Ayla ist nicht tot!«

Die Heimgekehrte hob sie hoch vom Boden und preßte Uba so fest an sich, daß die Kleine zu strampeln begann, um zu Atem zu kommen.

»Du bist naß«, stellte Uba fest, als sie die Arme wieder frei hatte.

»Zieh die nassen Sachen aus, Ayla!« bedeutete ihr Iza und suchte nach einem trockenen Überwurf für das Mädchen.

Ayla nahm ihre Mütze und ihren Umhang ab, dann setzte sie sich hin und versuchte, die von der Feuchtigkeit aufgequollenen Riemen ihrer Fußhüllen zu lösen.

»Ich habe großen Hunger«, machte Ayla und führte die Hand zum Mund. »Ich habe den ganzen Tag nichts gegessen«, berichtete sie, nachdem sie einen von Izas Überwürfen angezogen hatte. Er war ein wenig klein und etwas zu kurz, aber trocken. »Ich wollte zeitig kommen, aber beim Abstieg vom Berg bin ich in einem donnernden Schneeschwall versunken, der sich den Berg hinunterwälzte und mich fortriß. Er hätte mich fast verschlungen. Ich habe lange gebraucht, um mich auszugraben.«

Weit riß Iza die bestürzten Augen auf. Doch selbst wenn Ayla ihr kundtun würde, sie wäre durchs Feuer gegangen, sie hätte es geglaubt. Daß sie wiedergekehrt war, bezeugte an sich schon ihre Unbezwingbarkeit.

Die Frau griff nach Aylas Umhang, den sie zum Trocknen aufhängen wollte. Als hätte sie sich daran verbrannt, zog sie jedoch die Hand zurück und beäugte mißtrauisch das fremde Rehfell.

»Woher hast du das, Ayla?«

»Ich habe ihn gemacht.«

»Ist er – ist er von hier, wo wir leben?« fragte die Frau furchtsam.

Ayla lächelte. »Gewiß, er ist von hier, wo wir leben – und jagen«, fügte sie augenzwinkernd hinzu.

»Untersteh dich!« gab Iza mit erschreckter Gebärde zurück und wandte den Clan-Leuten den Rücken zu, da sie wußte, daß alle herüberschauten. Aber sie sollten ihre nächste Frage nicht beobachten können. »Du hast . . . hast du die Schleuder mitgebracht?«

»Nein, die habe ich zurückgelassen. Aber alle wissen, daß ich jagen kann, Iza. Ich brauchte etwas Warmes. Creb hatte ja alles verbrannt. Einen Pelz kann sich nur einer beschaffen, der jagen kann.«

Creb hatte den beiden still zugesehen. Er wagte noch immer nicht recht zu glauben, daß Ayla wirklich zurück war. Ja, es gab Geschichten, die davon berichteten, daß zum Tode Verfluchte unter die Lebenden zurückgekehrt waren. Aber sie ist anders geworden, stellte er fest. Sie hat sich gewandelt. Sie zeigt sich ihrer sicher. Sie ist erwachsen. Und sie erinnert sich. Sie weiß noch, daß ich ihre Sachen verbrannt habe. Wie mag es wohl aussehen in ihrem Kopf? Und wie in der Welt der Geister?

»Geister!« Er schlug sich an den Schädel, als erwachte er plötzlich. Der Fluch besteht noch. Ich muß gehen und ihn brechen.

Creb eilte in die kleine Höhle, um das fluchbringende Gelege zu zerstören. Er packte den Kienspan, der draußen vor der schmalen Spalte gelbgrün brannte, und hinkte hastig hinein. Sein Atem stockte, als er in die Zauberhöhle schlüpfte. Der Schädel des Höhlenbären lag nicht mehr an seinem Platz, auf den er ihn, dem Fluchgebot folgend, gestellt hatte, und auch der Knochen drohte nicht mehr durch die Augenhöhle. Der Fluch hatte sich selbst aufgehoben.

Creb machte ein mächtiges Schutzzeichen und trug die Knochen zurück zu dem Haufen an der hinteren Wand. Nur die listigen Augen einer Ratte waren Zeuge.

Als er sich aus der Spalte quälte, sah er Brun, der ihn erwartet hatte.

»Brun«, bedeutete der Mog-ur dem Bruder, »ich kann es nicht glauben. Du weißt, ich war nicht mehr in der Höhle seit dem Tag, an dem ich den Fluch verhängt habe. Und niemand war in der Höhle seither. Eben bin ich hineingegangen, um den Bann zu brechen. Doch er war schon gebrochen.«

Verwunderung und Ehrfurcht standen in Bruns Gesicht, als er fragte: »Was ist geschehen?«

»Ihr Totem muß es bewirkt haben. Die Zeit ist um, Brun. Ihr Schutzgeist hat den Fluch entkräftet, damit sie zu uns zurückkehren konnte«, erklärte der Zauberer.

»Ja, so muß es sein.« Bruns Hand deutete einen weiteren Gedanken an, zögerte aber.

»Willst du dich mir mitteilen, Brun?«

»Nur dir allein.« Der Clan-Führer zauderte wieder. »Vergib, daß ich zudringlich war vorher. Ich habe in deinen Wohnkreis gesehen. Des Mädchens Rückkehr kam unerwartet.«

Nicht nur Brun, alle Clan-Leute hatten diesen Brauch verletzt. Noch nie hatten sie erlebt, daß ein Toter auferstanden war.

»Heute ist eben ein besonderer Tag. Da braucht es dich nicht zu beunruhigen«, beschwichtigte der Mog-ur mit kurzer Gebärde den Bruder und wandte sich zum Gehen.

»Das ist es nicht allein, was ich mit dir behandeln wollte«, warf Brun ein und legte dem Zauberer eine Hand auf den Arm. »Ich will deinen Rat«, der Mog-ur wartete, sah zu, wie Brun nach den erhellenden Zeichen suchte, »zu einer Feier, jetzt, wo sie zurück ist.«

»Eine Feier ist nicht notwendig. Die Gefahr hat sich verzogen. Das Böse ist fort.«

»Nicht eine solche Feier.«

»Was für eine Feier?«

Wieder gerieten Bruns Hände ins Stocken, schlugen dann etwas anderes vor. »Ich habe zugesehen, wie sie sich dir und Iza mitteilte. Hast du bemerkt, daß sie sich gewandelt hat, Mog-ur?«

»Wieso gewandelt?« fragte der Mog-ur mißtrauisch zurück, denn er wußte nicht, was Brun im Sinn hatte, der nochmals anhob zu erklären: »Sie hat ein mächtiges Totem. Droog hat stets behauptet, daß sie das Glück mit sich trägt. Er glaubt, daß ihr Totem auch uns das Glück bringt. Es mag sein. Doch wäre sie niemals wiedergekehrt, hätte sie nicht Glück und mächtigen Schutz auf ihrer Seite. Ich spüre, daß ihr Herz das jetzt weiß. Sie ist sich beider Kräfte sicher. Das ist die Wandlung, die sie im Jenseitigen durchgemacht hat.«

»Ja, dieses habe auch ich wahrgenommen. Doch wieso kommst du auf eine Feier? Und was hat das damit zu tun?«

»Hast du noch vor Augen, als wir uns berieten? Seit dem Tag, an dem sie tot war, geht mir unsere Beratung unablässig durch den Kopf. Ich glaubte nicht, daß Ayla den Fluch überleben und zu den Lebenden zurückkehren würde. Aber jetzt ist sie da. Nun ist gewiß, daß sie einen mächtigen Schutzgeist hat, mächtiger noch, als wir glaubten. Seit dem Tag, an dem sie starb, hat mich Tag und Nacht die Frage gequält, was wir tun sollten, wenn sie wiederkäme.«

Creb sah den Bruder verständnislos an.

»Was wir tun sollten? Wir brauchen nichts zu tun. Der böse Geist ist fort, Brun. Sie ist zurückgekommen. Sie lebt wieder. Und sie ist so, wie sie immer war. Sie ist ein Mädchen geblieben.«

Brun blickte dem Mog-ur voll ins Gesicht.

»Was muß geschehen, wenn ich etwas ändern möchte im Clan? Gibt es dafür eine Feier?«

Der Mog-ur hob verwirrt den Arm.

»Eine Feier? Wofür? Du brauchst keine Feier, wenn du dich ihr gegenüber ändern willst. Was soll im Clan geändert werden? Ich kann dir keine der heiligen Feiern deuten, wenn du mir nicht zeigst, was sie bewirken soll.«

»Ihr Totem ist auch ein Clan-Totem. Wir müssen uns bemühen, die Totems freundlich zu stimmen. Ich wünsche, daß du eine Feier abhältst, Mog-ur, aber du mußt mir sagen, ob es eine solche Feier gibt.«

Der ältere Bruder wurde ungeduldig.

»Brun, ich weiß nicht, was du willst. Du solltest es mir noch klarer legen.«

Der Clan-Führer ließ hilflos die Hände fallen. Die vielen neuen Gedanken, die die Männer auf der Beratung vorgebracht hatten, waren ihm während Aylas Tod fortwährend durch den Kopf gegangen. Und er hatte alles gründlich bedacht. Was dabei herausgekommen war, bereitete ihm jedoch nagendes Unbehagen.

»Ich sehe selbst nicht klar, Mog-ur, wie kann ich dich da klarsehen lassen? Wer hätte erwartet, daß sie wiederkehren würde? Die Wege der Geister sind mir fremd. Ich kann nicht erfassen, was sie wünschen oder wozu sie da sind. Aber du bist mir nicht viel Hilfe. Ich muß noch einmal mit mir selbst zu Rate gehen.«

Brun machte auf der Ferse kehrt. Verwirrt blieb der Mog-ur zurück. Doch nach wenigen Schritten drehte der Clan-Führer sich um.

»Teile dem Mädchen mit, daß ich es zu sehen wünsche«, bedeutete er und ging dann weiter zu seinem Feuer.

Kopfschüttelnd kehrte Creb in den eigenen Wohnkreis zurück.

»Brun wünscht Ayla zu sehen«, machte er deutlich, als er dort ankam.

»Augenblicklich?« fragte Iza und schob Ayla noch etwas zu essen hin. »Er wird ihr nicht zürnen, wenn sie zuvor noch etwas verzehrt.«

Ayla sprang auf. Sie hatte plötzlich keinen Hunger mehr. Wie weggeblasen war er, als sie sah, daß sie zum Clan-Führer sollte.

»Ich kann nichts mehr essen, Iza. Ich gehe zu ihm«, bedeutete sie der Medizinfrau und lief hinüber und ließ sich mit gesenktem Kopf zu Füßen des Clan-Führers nieder. Sie sah, daß Brun dieselben Fußhüllen trug wie an jenem schrecklichen Tag, als er sie verflucht hatte. Damals hatte sie zitternd vor Angst auf diese Füße geblickt, jetzt aber sah sie nur, daß das Leder ziemlich abgewetzt war und er eigentlich neue bräuchte. Denn ihre Angst war einer Achtung gewichen, in die sich auch Sorge und Verständnis mischten. Ayla wartete. Schließlich fühlte sie seine Hand auf ihrer Schulter und hob den Kopf.

»Ich sehe, du bist wiedergekommen, Ayla«, begann er mit zaudernder Geste. Er wußte nicht recht, wie er es anpacken sollte.

»Ja, Brun«, nickte das Mädchen.

»Meine Augen sind erstaunt. Daß du zurückgekehrt bist von den Toten, kommt unerwartet und ist schwer zu begreifen.«

»Auch in meinem Herzen war wenig Hoffnung«, stimmte Ayla zu.

Bruns Hände zuckten hilflos. Er wollte sich ihr mitteilen, aber er wußte nicht, auf welche Weise, und er wußte auch nicht, wie er die Unterhaltung beenden sollte, nach der ihn verlangt hatte. Ayla wartete und hob dann bittend die Hand.

»Ayla wünscht zu sprechen, Brun.«

»Du magst sprechen.«

Sie verhielt den Redefluß ihrer Hände und begann mit bedächtiger Gebärde: »In meinem Herzen ist Freude, daß ich zurück bin, Brun. Viele Male fürchtete ich mich; viele Male glaubte ich, ich würde niemals wiederkehren.«

Brun brummte zustimmend.

»Schwer waren die Tage, aber mein Totem hat mich beschützt. Zu Anfang gab es viel zu tun. Da verblieb mir keine Zeit, in mich hineinzuschauen. Aber als ich gefangen war, da zog mir vieles durch den Sinn.«

Viel zu tun? Gefangen? Was war das für eine Welt, die Welt der Geister? Fast hätte Brun sie danach gefragt, doch er schluckte die Frage hinunter. Eigentlich wollte er die Antwort gar nicht wissen.

»Ich glaube, da öffneten sich mir für manches die Augen.«

Ayla ließ die Hände sinken. Sie wollte ein Gefühl bezeugen, das der Dankbarkeit verwandt war, aber nicht jener Art, wie sie unter den Clan-Leuten im allgemeinen empfunden wurde – nicht einer Dankbarkeit, die verpflichtet machte – und nicht die Dankbarkeit, die eine Frau dem Mann entgegenzubringen hatte. Sie wollte Brun wissen lassen, daß sie ihn verstand, und ihm dafür danken, daß durch ihn ihr Überleben möglich war. Aber sie wußte nicht, wie sie es ihm deutlich machen sollte. Langsam hob sie ihre Hände, als sie ihre Gedanken formte. »Brun, ich danke dir, so wie du mir gedankt hast für Bracs Leben. Ich sage dir Dank für mein eigenes.«

Der Clan-Führer lehnte sich zurück und betrachtete das Mädchen; hoch gewachsen, mit flachem Gesicht, sonnenhellen Haaren und Augen wie ein Sommerhimmel. Niemals hätte er von Ayla Dank erwartet. Er hatte sie ja verflucht. Aber dafür hatte sie ja nicht gedankt, sondern für ihr Überleben. Begriff Ayla, daß er für sie getan hatte, was in seiner Macht stand? Blickte dieses fremdartige Mädchen so viel tiefer als seine Jäger, tiefer sogar als der Mog-ur, in die Herzen und Hirne? Ja, dachte er, sie blickt durch; sie hat begriffen. Einen Augenblick lang regte sich in Bruns Herz ein Gefühl, wie er es nie zuvor für eine Frau empfunden hatte. Und in diesem Augenblick wünschte er, sie wäre ein Mann. Jetzt aber wußte er klar, worum er den Mog-ur bitten wollte.

»Ich tappe noch ganz im dunkeln«, beschwerte sich Ebra. »Nicht einmal die anderen Jäger wissen, was sie vorhaben. Aber eines weiß ich. Nie habe ich Brun so kribbelig und rastlos gesehen.«

Die Frauen hockten im Kreis beieinander und bereiteten alles für den Festverzehr vor und wußten nicht, wieso und warum. Brun hatte lediglich befohlen, für heute sich zu rühren und zu sputen.

»Der Mog-ur hat den ganzen Tag und einen großen Teil der Nacht in seiner Zauberhöhle zugebracht. Es muß heute eine Feier geben, denn solange Ayla tot war, suchte er sie niemals auf. Und jetzt ist er immerfort dort«, bedeutete Iza den anderen Frauen, und ihre Hand hängte noch eine kurze Bemerkung an: »Und wenn er herauskommt, ist er immer noch so versunken, daß er doch tatsächlich zu essen vergißt.«

»Aber wie kommt es, daß Brun von Sonnenaufgang bis zu ihrem höchsten Stand hinten in der Höhle herumgeschafft hat, um einen freien Platz zu machen?« warf Ebra mit behender Rede ein und zeigte weit ins Innere der Höhle. »Ich bot mich an, es für ihn zu tun, doch jagte er mich fort. Warum schuftet er wie eine Frau? Sie haben doch eine Stätte für ihre Feiern.«

»Nur eine Feier kann es sein«, entgegneten Izas kundige Hände. »Immer sehe ich den Mog-ur und Brun sich beraten;

und werden sie meiner gewahr, so hören sie augenblicklich auf. Sie bereiten eine Feier vor, bestimmt. Und darum der Festverzehr heute abend. Des öfteren ist der Mog-ur aus seiner Zauberhöhle getreten und nach hinten gegangen, wo Brun Platz geschaffen hat. Und wenn mich meine Augen nicht betrogen, so trug er etwas im Arm. Da es so finster ist dort hinten, war jedoch leider nichts genau zu sehen.«

Und Ayla? Das Mädchen genoß es ganz einfach, wieder mit den Erdlingen zusammen zu sein. Obwohl seit ihrer Wiederkehr nun fünf Tage vergangen waren, konnte sie es noch immer nicht recht fassen, daß sie wirklich zurück war und im Kreis der Frauen saß, als wäre sie niemals fort gewesen. Dennoch war es nicht ganz so wie früher, denn die Frauen fühlten sich befangen in des Mädchens Gegenwart. Ayla war tot gewesen. Ihre Wiederkehr ins Leben war ein Wunder. Sie wußten nicht, wie sie sich zu ihr stellen sollten, die ins Reich der Toten getreten war und nun wieder unter den Lebenden weilte. Von diesem befangenen Verhalten ließ Ayla sich nicht im geringsten stören. Sie war's zufrieden, wieder beim Clan zu sein.

Gerade beobachtete sie Brac, wie er zu seiner Mutter hinüberkrabbelte und an ihr hochkroch, um bei ihr zu trinken.

»Was macht sein Arm, Oga?« fragte sie die junge Frau, die neben ihr hockte, und deutete auf Brac.

»Schau dir's doch selbst an, Ayla.« Sie zog des Jungen Fellkittel auseinander und zeigte Ayla Arm und Schulter. »Iza hat die Birkenrinde am Tag vor deiner Wiederkehr endgültig abgenommen. Sein Arm ist gut geheilt; er ist nur noch ein wenig dünner als der andere. Aber wenn er ihn bewegt, dann wird es sich schon geben.«

Ayla sah sich die verheilten Wunden an und betastete behutsam den Arm. Der Junge staunte sie aus großen Augen an. Sorgsam hatten die Frauen bisher darauf geachtet, nicht Dinge oder Ereignisse zu behandeln, die auch nur im entferntesten Aylas Verfluchung betrafen. Häufig war es vorgekommen, daß eine von ihnen eine Unterhaltung begann, dann plötzlich die Arme sinken ließ und völlig erstarrt war, da sie erkannte, womit es enden würde.

»Die Narben sind noch rot, aber nach und nach werden sie verbleichen«, befand Ayla. Dann schaute sie dem Kind in die Augen und fragte: »Bist du stark, Brac?« Als der Kleine nickte, forderte sie ihn auf. »Zeig es mir! Hier, kannst du meinen Arm herunterziehen?« und streckte ihn aus. Ayla schüttelte den

Kopf. »Nein, nicht mit dieser, mit der anderen Hand«, bedeutete sie ihm, als Brac den gesunden Arm hob.

Der Junge packte ihren Arm also mit der anderen Hand und zog daran. Und Ayla leistete gerade soviel Widerstand, daß zu sehen war, wieviel Kraft in seiner Bewegung steckte. Dann gab sie nach.

»Du bist ein starker Junge, Brac. Eines Tages wirst du ein tapferer Jäger werden, genau wie Broud«, machte sie und sah zu Oga hin. Dann öffnete sie einladend die Arme. Zunächst wandte der Kleine sich ab, drehte dann den Kopf, beäugte Ayla aufmerksam, zögerte noch etwas, krabbelte dann auf sie zu und ließ sich hochheben. Mit ausgestreckten Armen hielt sie ihn hoch und setzte sich den Jungen dann auf den Schoß. Ein Weilchen ließ er sich von ihr kosen, doch als er merkte, daß bei Ayla nichts zu holen war, strampelte er sich frei und kroch zu Oga hinüber, die ihn an die Brust nahm.

Ayla wandte sich an die junge Mutter und deutete auf den Säugling.

»Das Glück ist dir gut gesinnt, Oga.«

Bevor sie eine Antwort gab, blickte Oga sich schnell um, zuckte dann mit den Schultern und bekannte: »Wärst du nicht gewesen, so wäre er jetzt nicht mehr bei mir, Ayla.« Endlich hatte Oga doch das Tabu gebrochen. »Ich habe dich nie wissen lassen, daß ich dir aus tiefstem Herzen dankbar bin. Zu Anfang hatte ich Angst um das Kind und wußte nicht, wie ich dir danken sollte. Und dann warst du tot. Nie wähnte ich, dich wiederzusehen. Es ist schwer zu fassen für mich, daß du wieder lebendig bist. Es war nicht recht von dir, eine Waffe zur Hand zu nehmen, und dein Verlangen zu jagen ist mir fremd. Aber ich bin froh, daß du es getan hast. Schmerzlich war mir zumute, als du dem Tod übergeben wurdest. Aber du hast ihn überlebt, du bist wieder da. Und es ist eine Freude in mir.«

»Und auch in mir«, bedeutete Ebra, und die Hände der anderen Frauen stimmten ihr zu.

Aylas Herz öffnete sich weit. Sie kämpfte gegen die aufsteigenden Tränen, sie wollte den Frauen kein Unbehagen bereiten, wenn sie sahen, daß ihr die Augen naß wurden.

»Es ist gut, wieder bei euch zu sein«, beteuerten ihre Hände, die sich dann doch um Aylas Augen kümmern mußten, aus denen Freudentränen rannen.

Inzwischen hatte Iza gelernt, daß Aylas Augen naß wurden, wenn das Mädchen stark bewegt war. Auch die Frauen hatten sich an diese Eigenheit gewöhnt und spürten irgendwie, daß in Ayla sich etwas löste. Mitfühlend wiegten sie die Köpfe.

»Wie war es, Ayla?« wollte Oga wissen.

»Einsam«, gab Ayla zurück. »Sehr einsam. Ständig hat mein Herz nach euch gerufen. Sogar Broud hat es herbeigewünscht.«

»Sehr einsam muß es da gewesen sein«, warf Aga dazwischen und blickte beschämt auf Oga.

»Ich weiß, es ist manchmal schwer mit ihm«, bekannte Brouds Gefährtin mit hastiger Gebärde. »Aber er ist nicht ungut zu mir.«

»Alle wissen, daß Broud dir gut ist, Oga«, bedeutete ihr Ayla freundlich. »Du sollst den Kopf hoch tragen dafür, daß er dein Gefährte ist. Eines Tages wird er der Clan-Führer sein, denn er ist ein kühner Jäger. Er war es ja, der als erster das Mam-Mut traf. Du kannst es nicht ändern, daß er mich ablehnt. Zum Teil habe ich das selbst verschuldet. Nicht immer habe ich mich so betragen, wie ich es hätte tun sollen. Ich weiß nicht mehr, wie es begonnen hat, und weiß auch nicht, wie es noch enden wird. Du solltest dich darum nicht grämen.«

»Immer schon zeigte er seinen Hitzkopf«, fuhr Ebra dazwischen. »Er ist nicht wie Brun. Als der Mog-ur verkündete, daß Brouds Totem das wollhaarige Nashorn ist, spürte ich in meinem Herzen, daß er wahr gedeutet hatte. Du, Ayla, hast geholfen, ihm die Hitze aus dem Kopf zu treiben. So wird er bestimmt ein besserer Clan-Führer werden.«

»Ich weiß nicht.« Ayla hob abwehrend die Hände. »Wäre ich nicht hier, so würde er gewiß nicht so oft außer sich geraten. Ich bin ihm wie ein Dorn, der ihn immer irgendwo sticht.«

Ein etwas gespanntes Schweigen setzte ein, denn gewöhnlich sprachen die Frauen nicht so offen über die Gefühle ihrer Männer. Doch das Gespräch hatte die Luft gereinigt. Iza fand, es wäre Zeit, zu anderem überzugehen.

»Weiß eine von euch, wo die Yamswurzeln sind?« fragte sie.

»Sie waren dort, wo Brun Platz geschaffen hat«, gab Ebra zurück. »Wir werden sie wohl nicht mehr finden.«

Broud, der Ayla beobachtete, hatte mit finsterer Miene wahrgenommen, wie sie Bracs Arm untersuchte und den Jungen dann auf ihren Schoß nahm. Die kleine Begebenheit ließ ihn wieder daran denken, daß sie es gewesen war, die Brac das Leben gerettet hatte, und das wiederum erinnerte ihn daran, daß sie Zeugin seiner tiefsten Erniedrigung geworden war. Der Jäger war vom Wunderlichen ihrer Wiederkehr so überwältigt gewesen wie die anderen und ihr am ersten Tag mit Ehrfurcht und einer gewissen Scheu begegnet. Doch daß sie sich verändert hatte – von Creb als Zeichen ihres Reifens gedeutet, von Brun als glückliches Erleben verstanden – faßte Broud als freche Anmaßung auf.

Während der langen einsamen Höhlentage hatte Ayla nicht nur die Zuversicht gewonnen, daß sie überleben konnte; sie hatte auch gelernt, den Widrigkeiten ihres Lebens mit Gelassenheit zu begegnen. Nach den bitteren und harten Kämpfen, die sie oben in den Bergen mit sich und mit der Welt um sich herum führen mußte, und wo sie eine unbeugsame Stärke, sich trotz allem zu behaupten, gewonnen hatte, konnte etwas so Nichtiges wie eine Zurechtweisung ihre Eigenart nicht mehr erschüttern.

Broud hatte Ayla tatsächlich gefehlt. In der völligen Einsamkeit und Abgeschiedenheit von den Erdlingen, die sie kannte, wären sogar seine Demütigungen und Quälereien ihr willkommen gewesen. Und in den ersten Tagen nach ihrer Wiederkehr tat ihr sein ständiges Nörgeln, Befehlen und Triezen direkt gut.

Und es dauerte nicht lange, da waren die alten Muster im Verhalten beider zueinander wieder sichtbar; doch mit einem Unterschied. Ayla bedurfte keiner Überwindung mehr, sich Brouds Willen zu beugen. Ihre Fügsamkeit war nicht mehr, wie zuvor, mit feiner Herablassung unterlegt; sie war ganz einfach ungerührt. Er konnte ihr Blut nicht mehr in Wallung bringen. Er konnte knuffen und puffen und schimpfen und sich in wildeste Wut hineinsteigern, es wirkte nicht. So, wie man sie als Geist behandelt hatte, den man nicht sehen konnte, so behandelte Ayla jetzt Broud, wenn auch ganz ohne Absicht. Denn Broud lechzte nach Aufmerksamkeit, er brauchte sie wie die Luft zum Atmen. Nichts war für ihn schwerer zu ertragen, als übersehen zu werden. Selbst wenn sie sofort seinen Anweisungen folgte, sie tat es dann so, als sei er Luft für sie, denn Ayla kannte des Jägers Grenzen seiner äußeren Macht über sie, hatte seine innere Stärke geprüft und herausgefunden, daß beides nicht reichte, ihr Achtung abzuverlangen. Und das Schlimmste für ihn war nicht nur, von ihr übersehen zu werden, sondern zu erleben, wie sie Aufsehen erregte.

Allein schon durch ihre eigenartige Erscheinung zog Ayla das Augenmerk aller auf sich. Was aber am schwersten wog, waren die Erfahrungen, die man mit ihr gemacht hatte: Sie hatte ein mächtiges Totem. Ihr gehörte die Zuneigung des gefürchteten Zauberers, dessen Feuer sie teilte. Sie ging bei der Medizinfrau des Clans in die Lehre, um selbst einmal Medizinfrau zu werden. Sie hatte Ona das Leben gerettet. Sie war im Gebrauch der Schleuder besser als alle Männer. Sie hatte die Hyäne getötet und damit Bracs Leben bewahrt. Und jetzt war sie sogar von den Toten auferstanden. Jedesmal, wenn Broud hohen Mut gezeigt hatte und eigentlich die Bewunderung des Clans verdient gehabt hätte, war es ihr gelungen, ihn in den Schatten zu stellen.

Mit mißgünstiger Miene betrachtete Broud das Mädchen. Warum hatte Ayla wiederkehren müssen? fragte er sich und stützte das Kinn auf die rechte Faust. Alle sehen nur sie! Immer sehen alle nur sie. Als ich den Bison erlegte und in den Mannesstand erhoben wurde, drehte sich alles nur um ihr Totem. Hat sie je einem Mammut die Stirn geboten? Ließ sie sich beinahe zu Tode trampeln, um diesem Tier die Sehne zu durchschneiden? Nein. Sie hat nicht mehr zu bieten, als mit dieser lächerlichen Schleuder zwei Steine abzuschießen. Und auch noch Brun mit seinen Beratungen! Und dann hat er es doch nicht richtig gemacht. Sie ist wiedergekommen. Und alles dreht sich nur um sie.

»Creb, warum bist du nur so zappelig? Nie habe ich dich so unstet gesehen. Du bist wie ein junger Mann, bevor er seine erste Gefährtin nimmt. Willst du, daß ich dir einen warmen Trank mache, damit du wieder zur Ruhe findest?« äußerte sich Iza besorgt, als der Zauberer zum dritten Mal vom Feuer aufsprang, drei, vier Schritte weghumpelte, dann aber anderen Sinnes wurde und sich wieder niederhockte.

»Du findest mich unstet? Ich bin nur dabei, mir alles ins Gedächtnis zu rufen und mich in mich selbst zu versenken«, gab er mit abwehrender Gebärde zurück.

»Was mußt du dir so eilig ins Gedächtnis rufen? Lange schon bist du der Mog-ur, Creb. Es gibt keine einzige Feier, die dir nicht klar vor Augen steht. Und nie habe ich gesehen, daß du herumhoppelst wie ein Hase, wenn du in dich hineinschaust. Ich mache dir einen warmen Trank.«

Schon wollte Iza sich erheben, als Creb abwehrte: »Nein, nein. Ich brauche keinen warmen Trank. Wo ist Ayla?«

»Da drüben, hinter der letzten Feuerstätte. Sie sucht die Yamswurzeln«, zeigte ihm die Schwester.

Creb ließ sich wieder nieder.

Nicht lange danach erschien Brun und gab dem Mog-ur ein Zeichen. Der Zauberer erhob sich wieder, und die beiden Männer zogen sich in den hinteren Teil der Höhle zurück. Kopfschüttelnd blickte Iza ihnen nach. Sie hatte keine Ahnung, was vorging.

»Ist es nicht bald Zeit?« fragte der Clan-Führer, als sie den Raum erreichten, den er frei gemacht hatte. »Ist alles bereit?«

»Es ist alles bereit. Aber die Sonne muß noch tiefer stehen, glaube ich.«

»Das glaubst du nur und weißt es nicht? Du hast mir doch bedeutet, daß du weißt, was zu tun ist. Du hast mich wissen lassen, daß du dich in ferne Zeiten versenkt und eine Feier gefunden hast. Alles muß so sein, wie es sein soll. Du mußt wissen, nicht glauben«, beschwerte sich Brun mit ungeduldiger Hand.

»Ich habe mich versenkt«, gab der Mog-ur zurück. »Und ich war in lang, lang zurückliegenden Zeiten, an einem fremden Ort. Dort gab es keinen Schnee. Ich glaube, nicht einmal in der kalten, dunklen Zeit gab es dort Schnee. Es ist nicht leicht, den rechten Stand des Tages zu erkennen. Ich weiß nur, daß die Sonne tief war.«

»Das hast du mir bis jetzt verborgen gehalten. Wie sollen wir wissen, daß alles so ist, wie es sein soll? Vielleicht ist es besser, die Feier nicht abzuhalten.«

»Ich habe mit den Geistern Zwiesprache gehalten. Die Steine sind ausgelegt. Die Geister erwarten uns«, beschied der Mog-ur.

Brun zerrte an seinem Hals.

»Mir ist nicht wohl dabei, daß wir die Steine hinausgetragen haben. Vielleicht hätten wir die Feier in der Zauberhöhle abhalten sollen. Werden die Geister nicht verstimmt sein darüber, daß wir sie herausgetragen haben, Mog-ur?«

»Darüber haben wir schon beraten, Brun«, gab Creb geduldig zurück. »Wir waren uns einig, daß es besser ist, die Steine hinauszutragen, als die Ahn-Geister zur Stätte unserer Totems zu lassen. Es kann sein, daß die Ahn-Geister bleiben wollen, wenn sie die Stätte unserer Geister sehen.«

»Wie wissen wir, daß sie wieder davongehen werden, wenn wir sie einmal geweckt haben? Es ist zu gefährlich, Mog-ur. Mir wäre lieber, wir ließen es sein.«

»Möglich, daß die Ahn-Geister eine Weile bleiben werden«, gab der Mog-ur mit bestimmter Gebärde zurück. »Aber wenn alles wieder an seinem Platz ist, und wenn sie sehen, daß es hier keine Bleibe für sie gibt, dann gehen sie fort. Die Totems werden ihnen befehlen zu gehen. Aber du mußt entscheiden. Wenn du anderen Sinns geworden bist, will ich versuchen, dies den Ahn-Geistern mitzuteilen und sie zu beschwichtigen.«

»Nein. Halten wir die Feier ab. Die Ahn-Geister warten darauf. Aber es kann sein, daß die Männer mein Tun nicht freudigen Herzens aufnehmen werden.«

»Wer ist der Clan-Führer, Brun? Die Männer werden es annehmen, wenn sie sehen, daß es so sein soll.«

»Soll es denn aber so sein, Mog-ur? Jene Tage sind so fern. Nicht die Männer liegen mir jetzt am Herzen. Werden unsere Totems es annehmen? So viel Glück hat uns auf allen unseren Wegen begleitet. Zu viel Glück beinahe. Mir will die Furcht nicht aus dem Sinn, daß etwas Schreckliches geschehen wird. Ich will unsere Geister nicht erzürnen. Ich will tun, was sie wünschen.«

»Aber das tun wir ja, Brun«, entgegnete der Mog-ur. »Wir mühen uns zu tun, was sie wünschen. Alle.«

»Bist du sicher in deinem Herzen, daß auch die anderen es annehmen werden? Werden sie nicht unmutig werden, wenn sie sehen, daß wir nur einem unter ihnen gefällig sein wollen?«

»Nein, Brun, gewiß nicht.« Der Zauberer spürte die Bangnis und die Sorge des Clan-Führers. Er wußte, wie schwer dieser Entscheid für ihn war. Bedächtig schüttelte Creb sein Haupt.

»Keiner kann ganz sicher sein. Wir sind nicht die Unsichtbaren. Wir sind von Fleisch und Blut. Auch der Mog-ur ist von Fleisch und Blut. Wir können uns nur bemühen, uns mit ihnen zu verbinden, im Geiste eins zu werden mit ihnen. Du hast es eben selbst bezeugt – das Glück hat uns begleitet. Das kann nur ein Zeichen dafür sein, daß die Geister aller Totems uns freundlich gesinnt sind und in Eintracht miteinander. Glaubst du, uns wäre soviel Glück beschert, wenn sie miteinander uneins wären? Nicht viele Male ist es vorgekommen, daß ein Clan das Mam-Mut gejagt hat und niemand auch nur verletzt wurde. Auch hätte es geschehen können, daß man nach der langen Wanderung auf keine Herde gestoßen wäre. Viele gute Tage der Jagd wären umsonst gewesen. Du hast etwas gewagt, Brun, und du hast gewonnen. Selbst Brac ist noch am Leben.«

Der Clan-Führer sah in das von heiligem Ernst gezeichnete Gesicht des Zauberers, suchte dessen Auge und versenkte seinen Blick darin. Dann straffte er die Schultern; die Unsicherheit in seinen Augen wich felsiger Entschlossenheit.

»Ich hole die Männer«, bedeutete er.

Den Frauen war befohlen worden, dem hinteren Teil der Höhle fernzubleiben. Nicht einmal mit Blicken durften sie dort eindringen. Iza sah, wie Brun die Männer versammelte, doch so bedeutsam erschien ihr das nicht. Erst als zwei Männer, deren Gesichter mit rotem Ocker bemalt waren, zu Ayla hineilten, begann sie zu zittern vor Furcht. Was mochten sie nur von dem Mädchen wollen?

Ayla hatte nicht einmal bemerkt, daß die Männer sich mit Brun zurückgezogen hatten. Emsig wühlte sie in den Körben und Behältnissen hinter der letzten Feuerstätte nach den Yamswurzeln. Doch als sie unversehens das rotgefleckte Gesicht das Clan-Führers vor sich auftauchen sah, unterdrückte sie mit Mühe einen Schrei.

»Wehr dich nicht! Mach keinen Laut!« bedeutete ihr Brun.

Und als sie das Mädchen fast vom Boden hoben, um es fortzuzerren, erstarrte sein Körper.

Die Männer waren verwirrt, als sie Brun und Goov mit dem Mädchen kommen sahen. So wenig wie den Frauen war ihnen der Grund der Feier bekannt, die Brun und der Mog-ur vorbereitet hatten. Immerhin wußten sie aber, daß ihre Neugier bald befriedigt werden würde. Nachdem sich alle im Kreis hinter den Steinen, die aus der Zauberstätte herbeigeschleppt worden waren, niedergelassen hatten, warnte sie der Mog-ur, sich nicht zu bewegen und keinen Laut von sich zu geben. Grollend befahl ihnen der Mog-ur, indem er jedem der Männer zwei lange Knochen von den Gebeinen des Höhlenbären reichte, sie zu kreuzen und vor den Körper zu halten. Große Gefahr mußte im Verzug sein, wenn so mächtiger Schutz vonnöten war. Eine Ahnung, welcher Art die Gefahr war, dämmerte ihnen, als sie Ayla erblickten.

Brun hieß das Mädchen sich an dem freien Platz im Kreis unmittelbar gegenüber dem Mog-ur niederzulassen, und hockte sich dann hinter sie. Auf ein Zeichen des Zauberers nahm Brun dem Mädchen die Binde von den Augen. Ayla zwinkerte mit den Lidern, um klaren Blick zu bekommen. Im Schein der Fakkeln konnte sie den Mog-ur sehen, der hinter dem Schädel eines Höhlenbären kauerte, und die Männer, die mit starren Händen Knochenkreuze vor ihren Körpern hielten. Voller Furcht zog sie den Kopf tiefer zwischen den Schultern und duckte sich noch weiter zusammen.

Was habe ich getan? Ich habe keine Schleuder angerührt,

dachte sie und zerbrach sich den Kopf, welch schweres Vergehen sie an diesen Ort gebracht haben könnte. Doch nichts fiel ihr ein.

»Rühr dich nicht. Mach keinen Laut«, warnte der Mog-ur auch sie mit strenger Gebärde.

Ayla war wie versteinert. Aus weit aufgerissenen Augen sah sie zu, wie der Zauberer sich hochzog, seinen Stock weglegte, seinen Arm hob, den Großen Bären und die Geister der Totems anrief, ihnen ihren Schutz zu gewähren. Viele der verschlungenen und gewundenen Zeichen waren ihr unbekannt, doch Ayla verfolgte die heiligen Gebärden mit gefesselter Aufmerksamkeit. Doch sah sie weniger die Bedeutung der Zeichen als den Zauberer selbst.

Sie kannte Creb; sie kannte ihn gut. Für sie war er ein krüppliger alter Mann, der sich nur hinkend fortbewegen konnte und sich bei jedem Schritt schwer auf den Stock zu stützen hatte. Er war das Zerrbild eines Mannes. Die eine Körperseite bresthaft, verwachsen, faltig; die andere, die lebte, kraftvoll und behende.

Schon früher war ihr die geschmeidige Anmut seiner Bewegungen aufgefallen, wenn eine Hand die heiligen Gebärden formte. Nun aber zeigte sich ihr dieser Zauberer, hoch aufgerichtet hinter dem Schädel des Bären stehend, von einer Seite, die sie nie gekannt hatte.

Fort waren da jegliche Behinderung und Schwere körperlichen Mangels. Wie traumhaft wiegender Tanz muteten des Mog-urs beredte Gebärden an, die in den Körper hinüberflossen. Doch der Mog-ur war kein Tänzer. Der Mog-ur war ein Künder, der wußte, wie man eindringlich zu schildern hatte. Nie war dieser Mog-ur, der Magier, kraftvoller und gewaltiger in seiner Fähigkeit sich auszudrücken, als wenn er mit den Unsichtbaren Zwiesprache hielt, die ihm manchmal näher waren als die Erdlinge, die vor ihm saßen. Und noch mächtiger zeigten sich die Zeichen des Zauberers, als er sich an die Ahn-Geister wandte, die er zu dieser Feier, die ihresgleichen im Clan nie gehabt hatte, herbeizurufen wünschte.

»Ahn-Geister, unsichtbare Mächte, die seit dem nebelhaften Ursprung unseres Seins nicht mehr gerufen wurden, schaut auf uns herab und kommt zu dieser Stätte. Wir flehen euch an. Wir ehren euch und bitten, uns beizustehen und zu schützen. Ahn-Geister! Ihr seid so alt, daß eure Namen nur wie ein Flüstern durch die Zeiten schweben. Erwacht aus eurem tiefen Schlaf, damit wir euch ehren können. Wir haben für euch eine Opfergabe, eure Herzen froh zu stimmen. Seid milde und gnädig und schaut auf uns herab.«

Der Mog-ur senkte die Hand, legte sie, zur Faust geballt, auf sein Herz, senkte den Kopf auf die Brust und blieb wie versteinert stehen. Dann stieß er plötzlich die Rechte in die Luft und rief die Unsichtbaren herbei: »Geist des Windes, Uuha!« Ayla rann ein eisiger Schauder über den Rücken, als der Mog-ur den Namen hervorstieß.

»Geist des Regens, Siina! Geist der Nebel, Iischa! Kommt zu uns. Blickt mit Wohlwollen auf uns Erdlinge nieder! Eine der euren haben wir hier unter uns, eine, die mit euren Schatten gegangen und gekommen, ist wiedergekehrt, wie der Große Höhlenlöwe es wünschte.«

Er redet von mir, ging es Ayla plötzlich auf. Dies hier ist eine Feier. Doch was hat das mit mir zu tun? Wer sind diese Ahn-Geister? Nie zuvor habe ich ihre Namen gehört. Sie sind weiblich. Und ich glaubte, alle Schutzgeister wären den Männern entsprechend. Ayla bebte vor Furcht, und doch war sie voller Neugier.

Auch die Männer, die starr vor ihren Steinen hockten, hatten von den Ahn-Geistern nie zuvor gehört; und doch waren sie ihnen nicht unvertraut. Als sie die uralten Namen hörten, regte sich in ihnen die Erinnerung.

Der Mog-ur hob wieder die Hand.

»Mächtige Ahn-Geister, die Wege der Unsichtbaren sind uns fremd und verborgen. So wissen wir nicht, warum diese Frau von einem Geist erwählt wurde, der so mächtig ist wie ihr. Wir wissen nicht, warum er sie auf euren Weg geführt hat. Wir aber dürfen ihm nicht trotzen. Im Schattenland hat er für sie gekämpft. Er hat das Böse bezwungen und sie uns wieder zugeführt. Wir müssen ihm zu Willen sein und dürfen uns nicht seinem Wunsch verschließen. Mächtige Ahn-Geister aus den Tiefen der Zeit! Eure Wege sind nicht die Wege des Clans. Einstmals jedoch, da waren sie es und müssen es wieder sein für diese eine, die unter uns sitzt. Ahn-Geister! Wir flehen euch inständig an, laßt sie auf euren Wegen wandeln. Nehmt sie an. Schützt sie und gebt euren Schutz ihrem Clan.«

Der Mog-ur wandte sich Ayla zu. »Bringt die Frau zu mir«, befahl er.

Bruns kräftige Arme zogen Ayla vom Boden hoch und schoben sie vorwärts, bis sie vor dem alten Zauberer stand. Ein unterdrückter Schrei entrang sich ihrer Kehle, als Brun ihr in das lange sonnenhelle Haar griff und ihren Kopf nach hinten riß. Unter gesenkten, flatternden Lidern hervor sah sie, wie der Mog-ur ein scharfes Messer aus seinem Beutel zog und hoch über seinem Kopf schwang. Voller Entsetzen starrte Ayla in das Gesicht des Einäugigen, das immer näher kam, und der Atem stockte ihr, als die scharfe Klinge auf ihren entblößten Hals herabstieß.

Ein brennender Schmerz durchfuhr ihre Kehle, doch die Angst hinderte sie zu schreien. Der Mog-ur hatte das Messer in die Halsgrube gesenkt, nicht tief, aber so, daß das Blut eifrig und rot hervorquoll. Dann hielt der Zauberer einen Fellbausch an die Wunde und wartete, bis er sich vollgesogen hatte, und rieb den Schnitt mit einer scharfen Flüssigkeit ein, die ihm Goov in einer Schale reichte. Brun ließ das Mädchen los.

Verschreckt sah Ayla zu, wie der Mog-ur den roten Bausch in eine flach ausgestemmte Steinschale legte, die mit Öligem gefüllt war, und Goov dem Zauberer eine kleine Fackel reichte, der das Ölige in der Schale entzündete. Stumm und reglos wartete er, während der Fellbausch sich kräuselte, brannte, sich zusammenzog und schwarz und steifig wurde. Als die Flammen erloschen waren, streifte Brun Aylas Überwurf zur Seite und entblößte ihren linken Oberschenkel. Der Mog-ur tauchte einen Finger in das schwarze Schmierige, das in der Schale zurückgeblieben war, und zog die vier Narben auf des Mädchens Oberschenkel nach. Entgeistert starrte es auf die Zeichnung. Sie sah aus wie ein Totemzeichen, das den Clan-Jungen bei ihrer Feier zur Mannbarkeit hineingeschnitten und geschwärzt wurde. Ayla spürte, wie Brun sie nach hinten zog und sah, daß der Mog-ur sich dann wieder an die Geister wandte.

»Oh, nehmt dieses Blutopfer an, ihr würdigen Ahn-Geister, und wisset, daß ihr Totem es war, der Geist des Höhlenlöwen, der sie erwählte, auf euren uralten Wegen zu wandeln. Hierfür haben wir euch geehrt und gehuldigt. Nehmt dieses an und kehrt nun um, da ihr gesehen habt, daß eure Bräuche nicht verloren und vergessen sind.«

Es ist vorbei, seufzte Ayla erleichtert, als der Mog-ur sich wieder niederhockte. Sie hatte noch immer keine Ahnung, warum man sie gezwungen hatte, an dieser außergewöhnlichen Feier teilzunehmen.

Doch nun trat Brun vor sie hin und bedeutete ihr aufzustehen. Rasch sprang Ayla auf. Der Clan-Führer griff in eine Falte seines Überwurfs, zog ein bohnengroßes Stück aus rotgefärbtem Elfenbein heraus, ein Stück von einem Stoßzahn des Mammuts, das die Jäger erlegt hatten.

»Ayla«, begann Brun, »dieses eine Mal nur, während wir unter dem Schutz der Ahn-Geister stehen, sollst du den Männern gleich sein.« Sie war nicht sicher, die Gebärde des Clan-Führers richtig erfaßt zu haben. »Wenn du aber diesen Ort verlassen hast, dann ist es dir für immer untersagt, dich den Männern gleich zu sehen. Du bist jetzt eine Frau und wirst es immer bleiben.«

Ayla hob die Hand zur Bestätigung. Aber gewiß war sie eine Frau. Das war doch klar.

»Dies ist Elfenbein aus dem Stoßzahn des Mam-Muts, das wir erlegt haben«, bedeutete ihr Brun weiter. »Großes Glück begleitete uns auf dieser Jagd. Keiner der Jäger wurde verwundet, und doch gelang es uns, das mächtige Mam-Mut in die Knie zu zwingen. Dieses Stück hier wurde dem Geist des Großen Bären geweiht und vom Mog-ur in das heilige Rot getaucht. Es trägt einen mächtigen Zauber in sich, der den Jagenden Glück und Schutz bringt. Denn jeder Jäger des Clans trägt einen solchen Zauber in seinem Amulett, und jeder Jäger muß ihn haben.«

Bruns Augen blickten das Mädchen unverwandt an, als er ihr seine Absicht dartat.

»Ayla, ein Junge wird erst dann zum Mann, wenn er auf der Jagd getötet hat; wenn dieses geschehen ist, dann kann er kein Kind mehr sein. In lichtfernen Tagen, die weit hinter uns liegen, als noch die Ahn-Geister herrschten, die uns jetzt umgeben, gingen auch die Frauen des Groß-Clans auf Jagd. Niemand hat uns gezeigt, warum dein Totem dich auf den Weg der Ahn-Geister geführt hat. Wir aber können dem Geist des Höhlenlöwen nicht trotzen. Wir müssen uns fügen. Ayla, du hast auf der Jagd getötet. Du bist erwachsen geworden; aber eine Frau und kein Mann, und immer wirst du eine solche sein. Du darfst aber mit der Schleuder jagen, mit der Schleuder allein, Ayla. Hinfort bist du die Frau im Clan, die jagt.«

Ayla spürte, wie ihr das Blut ins Gesicht schoß. Hatte sie Bruns Gebärde auch richtig aufgefaßt? Dafür, daß sie die Schleuder gebraucht hatte, war sie ausgestoßen worden und für bemessene Tage tot gewesen. Und jetzt erlaubte man ihr, mit der Schleuder zu jagen, wieso denn?

»Dies ist für dich. Verberge es in deinem Amulett.«

Ayla nahm ihren Beutel vom Hals und öffnete ihn mit fliegenden Fingern. Sie steckte das rotgefärbte Elfenbein, das Brun ihr reichte, zu dem Ocker und der steinernen Seeschnecke, zog den Beutel wieder zu und hängte ihn sich um.

»Bedeute dieses niemandem, ich will es vor dem Festverzehr verkünden. Dir zu Ehren wird er sein, Ayla«, erklärte ihr Brun. »Dreh dich jetzt um.«

Sie tat, wie ihr geheißen. Wieder wurden ihr die Augen verbunden, und dann führten die beiden Männer sie zurück, nahmen ihr die Binde vom Gesicht. Sie blickte Brun und Goov nach, die zum Kreis der Männer zurückkehrten. Habe ich geträumt? Mit den Fingern betastete sie ihren Hals. Der Schnitt, den der Mog-ur dort getan hatte, brannte noch ein wenig. Dann ließ sie ihre Hand ein Stück herabgleiten und befühlte die drei Dinge in ihrem Amulettbeutel. Ayla schlug ihren Überwurf auseinander und blickte auf die leicht verschmierten schwarzen Linien auf ihrem Schenkel. Ich bin eine Jägerin! Ich darf für den Clan jagen! Mein Totem wollte es so, und der Clan konnte ihm nicht trotzen. Flüchtig hatte sie ihr Amulett berührt, schloß dann die Augen und teilte sich ihrem Schutzgeist mit: »Großer Höhlenlöwe, wie konnte ich nur in meinem Herzen an dir zweifeln? Der Todesfluch war für mich eine schwere Prüfung, die schwerste, die ich durchstehen mußte, aber ich habe etwas Außerordentliches dafür bekommen. Zutiefst bin ich dankbar, daß du mich wiederum deiner für würdig befunden hast. Jetzt weiß ich, daß Creb recht hatte – mein Leben wird niemals leicht sein, aber es wird ein reiches Leben sein, da du mich erwählt hast.«

Die gewaltige Feier hatte die Männer überzeugt, daß man Ayla die Jagd erlauben mußte, um die Ahn-Geister nicht herauszufordern. Nur einer hockte da und hatte eine schlimme Wut im Bauch: Broud. Und wäre ihm bei des Mog-urs strengem Warnzeichen nicht die Furcht in die Glieder gefahren, so hätte er die Feier schnurstracks verlassen. Mit finsterer Miene hatte er den Zauberer angefunkelt. Seine größte Erbitterung jedoch galt Brun.

Der hat das getan, dachte der Jäger. Immer hat er sie in Schutz genommen, ihr immer besondere Gunst geschenkt. Und mir hat er mit dem Todesfluch gedroht, nur, weil ich dieses Mädchen für seine Aufsässigkeit strafte. Mir, dem Sohn seiner Gefährtin! Und dabei hatte sie es ja nicht anders verdient; bis ans Ende aller Tage und noch weiter hätte er diese Ayla verfluchen sollen. Und jetzt gestattet er ihr, zu jagen wie ein Mann. Wieso? Broud schaute zum Clan-Führer. Aber Brun wird alt, dachte er. Eines Tages wird er nicht mehr der Clan-Führer sein, sondern ich werde es sein. Und dann werden wir sehen. Dann kann sie sich nicht mehr unter seine Fittiche flüchten. Dann werden wir sehen, ob sie nicht das bekommt, was sie schon längst bekommen sollte.

17

In dem Winter, der ihr zehntes Lebensjahr einleitete, wurde Aylas Körper fraulicher. Iza verspürte Freude und Erleichterung, als sie die ersten Zeichen äußerlichen Wandels an dem Mädchen wahrnahm. Ihre Hüften wurden breiter und ihrer Brust wuchsen zarte Hügel. Also war sie doch nicht dazu verdammt, bis an ihr Ende ein Kind zu bleiben.

Ayla hatte begriffen, daß sie wohl niemals ein Kind würde haben können. Ihr Totem war zu mächtig. Trotz alledem wollte sie ein Kind. Seit dem Tag, an dem Iza Uba geboren hatte, wollte sie, daß ihrem Körper sich ein Kind entringe, dem sie Wärme, Nährendes und Schutz geben konnte. Doch sie fand sich darein und fand Freude daran, sich um die Säuglinge und Kinder im Clan zu kümmern, wenn die Mütter zu sammeln und zu werkeln hatten. Aber stets stieß es ihr bitter auf, wenn sie sah, wie die Leiber anderer Frauen schwollen.

Mit Ovra, deren Schicksal dem ihren nahekam, fühlte Ayla sich tief verbunden. Auch Ovras Totem ließ sich nicht bezwingen. Es schien der jungen Frau beschieden, die jetzt schon viermal fehlgeboren hatte, kinderlos zu bleiben. Zwischen beiden hatte sich seit der Mammutjagd eine warme Freundschaft entwickelt. Ovra, die Stille, war niemals sehr mitteilsam, doch zwischen Ayla und ihr wuchs ein beiderseitiges Verstehen, das zu warmer Vertrautheit reifte, in die nach und nach auch Goov mit eingeschlossen wurde. Allen war die Zuneigung, die Goov und seine Gefährtin verband, offensichtlich. Um so größer war das Mitleid. Alle wußten sie, daß Ovras Verlangen nach einem Kind besonders brennend war, um ihrem Gefährten, der ihr mißliches Geschick mit sanfter Nachsicht hinnahm, dankbar sein zu können.

Oga hingegen ging schon wieder mit einem Kind; zu Brouds Stolz, der sich verhielt, als hätte er es selbst gemacht. Ihr Schoß war so fruchtbar wie der von Aga und Ika. Unterdessen wuchs in Droog das sichere Gefühl, daß aus Groob, Agas kleinem

Sohn, doch noch der Werkzeugmacher werden würde, den er sich stets gewünscht hatte. Und Igra verhieß so gesellig und umgänglich zu werden wie Ika, ihre Mutter. Brun brauchte keine Sorge zu haben, daß der Clan verkümmerte. Er wuchs und gedieh.

Als dann der Schnee geschmolzen war und erstes Grün aufschoß, mußte Ayla gemäß dem Brauch den Clan für die Tage verlassen. Diese Zeit der Verbannung durch den Frauenfluch verbrachte sie hoch oben in ihrer kleinen Höhle. Obwohl es ihr keine große Mühe machte, sich mit Nährendem zu versorgen – sie zog oft mit ihrer Schleuder aus –, sehnte sie dennoch die täglichen Treffen mit Iza herbei, unweit der Clan-Höhle, die ihr nicht nur zu essen und zu trinken brachte, sondern tröstend ihre Einsamkeit teilte. Noch immer hatte Ayla Angst vor den Nächten, die sie hier wieder allein verbringen mußte.

Häufig blieben sie bis nach Einbruch der Dunkelheit beisammen, und Ayla mußte dann einen Kienspan anzünden, um zu ihrer Bergwiese zurückzufinden. Da Iza niemals die ablehnende Scheu vor Aylas Fellumhang überwand, den sich die junge Frau gemacht hatte, während sie tot gewesen war, ließ diese ihn hinfort in der kleinen Höhle zurück. So, wie andere junge Frauen von ihren Müttern, erfuhr Ayla von Iza alles, was eine Frau zu wissen hatte. Iza gab ihr die Streifen aus weichflauschiger Tierhaut, die zwischen die Beine zu binden waren, und zeigte ihr, welches Zeichen sie machen mußte, wenn sie die besudelten Binden in der Erde vergrub. Auch erklärte sie Ayla, was zu tun war, wenn ein Mann auf sie Lust hätte. Denn Ayla hatte endlich ihre Tage und war zu einer Frau geworden und mußte auf alles vorbereitet werden, was von einer jeden Clan-Frau verlangt wurde.

Auf etwas allerdings ging Iza überhaupt nicht ein: Ob Ayla einen Mann in Aussicht hatte. Denn die meisten jungen Frauen waren, wenn sie erwachsen wurden, schon auf einen ganz bestimmten jungen Mann versessen. Zwar hatten weder Tochter noch Mutter etwas zu melden, wenn ein Gefährte auszusuchen war; doch wenn Eintracht zwischen ihnen bestand, konnte die Mutter ihren Gefährten die Wünsche ihrer Tochter wissen lassen, der sie dem Clan-Führer weitergab, welcher allein zu entscheiden hatte, wen man mit wem zusammentat.

Zwischen Iza und Ayla wurde jedoch darüber nie eine Gebärde verloren. Im Clan gab es keine jungen Männer, die noch ohne Gefährtin waren. Und wären noch welche dagewesen, so hätte wohl keiner von ihnen, dessen war sich Iza sicher, Ayla zur Gefährtin haben wollen. Doch die junge Frau selbst hatte nie an solches gedacht.

An einem klaren Morgen, nicht lange nach ihrer Wiederkehr, lief Ayla zu dem kleinen Teich unweit der Höhle hinunter. Sie war allein. Die junge Frau kniete nieder und beugte sich über das Wasser, um das Behältnis einzutauchen. Doch mitten im Schöpfen hielt sie inne. Im Widerlicht der schräg einfallenden Sonnenstrahlen versilberte das stille Wasser und glänzte wie ein Spiegel. Erschrocken starrte Ayla auf das fremde Gesicht, das ihr aus dem Teich entgegenblickte; sie sah sich das erste Mal selbst. Stehende Gewässer gab es kaum in der Nähe der Höhle, und wenn Ayla sonst zum Teich hinunterging, war sie meist in Eile gewesen und hatte keinen Blick auf den Wasserspiegel verschwendet.

Aus großen Augen betrachtete jetzt die junge Frau ihr eigenes Gesicht: etwas kantig, mit einem ausgeprägten Unterkiefer, hohen Backenknochen. Der Kopf saß auf einem langen, glatten Hals. Das Kinn hatte eine winzige Kuhle in der Mitte. Atemlos schaute Ayla sich weiter an. Volle Lippen, die Nase fein und stupsig. Um die himmelblauen Augen saß ein langer Wimpernkranz, ein wenig dunkler als das sonnenhelle Haar, das ihr in weichen Wellen auf die Schultern fiel. Die Stirn war glatt und gerade. Verzweifelt schlug Ayla mit dem Behältnis auf ihr Spiegelbild ein, das sich sofort zu einem wirren Gewoge von Formen und Linien verzerrte. Schritt für Schritt wich Ayla dann zurück, machte plötzlich kehrt und rannte zur Höhle zurück.

»Ayla, was ist?« fragte Iza, als die junge Frau keuchend in den Wohnkreis kam.

»Iza! Ich habe mich eben im Teich gesehen. Es gibt nichts Häßlicheres. Ach, Iza, warum bin ich so häßlich?« klagte sie und stützte sich weinend in die Arme der Medizinfrau.

Soweit sie sich erinnern konnte, hatte Ayla immer nur die Clan-Leute gesehen. Jemand anderen als diese Erdlinge kannte sie nicht. Die Clan-Leute hatten sich an ihr Aussehen gewöhnt; sie selbst jedoch sah nur, daß sie mit den Erdlingen, die sie umgaben, von außen her nichts gemein hatte.

»Ayla, Ayla«, brummte Iza beruhigend und strich der jungen Frau über das Haar.

»Ich habe nicht gewußt, daß ich so grundhäßlich bin, Iza. Ich habe es nicht gewußt. Nie wird es einen Mann geben, der mich haben will. Nie werde ich einen Gefährten haben. Und nie werde ich ein Kind kriegen können. Keiner wird je zu mir gehören.«

»Häßlich?« fragte Iza. »Wieso solltest du häßlich sein, Ayla. Du bist nur anders.«

»Ich bin häßlich!« Ayla schwang abwehrend die Hände. Sie wollte sich nicht beschwichtigen lassen. »Sieh mich an, Iza! Ich bin zu hoch gewachsen. Ich reiche höher als Broud und Goov. Beinahe so groß wie Brun bin ich. Ich bin groß, grundhäßlich und mein Leben lang ohne einen Gefährten.«

»Ayla, hör auf!« schalt Iza und schüttelte sie an den Schultern. »Du siehst aus, so wie es dir gegeben wurde. Du bist nicht in den Clan hineingeboren, Ayla! Du bist ein Kind der anderen gewesen. Du mußt dich annehmen, wie du bist, jetzt auch dein Äußeres. Gewiß, es kann sein, daß du nie einen Gefährten haben wirst. Auch das mußt du annehmen. Aber sicher ist nichts, es gibt die Hoffnung. Bald wirst du Medizinfrau werden – von meinem Stamm.«

Iza setzte sich wieder hin und zog auch Ayla mit runter an die Feuerstätte.

»Im Sommer, der kommt, ist das Miething des Groß-Clans. Viele Erdlinge und ihre Clans werden dort sein. Wir hier bilden nicht den einzigen Clan; möglich ist, daß in einem von den anderen sich ein Gefährte für dich findet. Vielleicht ein junger und auch nicht von hohem Rang, aber einer sicherlich. Zoug ist dir sehr wohl gesonnen. Er hat Creb gebeten, auf dem Miething den Nachbar-Clan zu grüßen und sich bei diesem für dich zu verwenden. Er wünscht, daß diese Leute dir Beachtung schenken und ließ auch wissen, daß er dich selbst nehmen würde, wäre er noch jünger.«

Ayla blickte auf.

»Das alles hat Zoug geoffenbart? Und das, obwohl ich so häßlich bin?« Die junge Frau mußte lächeln.

»Ja, Ayla. Wenn seine Gunst dich begleitet und du den Rang einer Medizinfrau meines Stammes geltend machen kannst, so wird sich ein Mann finden, der dich nimmt, auch wenn du anders bist.«

Aylas Lächeln erlosch.

»Aber dann werde ich doch fort müssen von hier und irgendwo anders leben und dich und Creb und Uba zu verlassen haben.«

»Ayla«, gab die Medizinfrau zurück, »ich bin hochbetagt und auch Creb drückt die Last vieler Sommer. Bald wird Uba eine

Frau sein und einem Gefährten gegeben werden. Was willst du dann tun? Eines Tages wird Broud der Clan-Führer sein. Dann aber solltest du nicht mehr dem Clan angehören. Du solltest fortziehen, und beim Miething des Groß-Clans wird dir ein Weg gezeigt.«

Ayla blickte die Medizinfrau dankbar an.

»So wird es wohl sein, Iza. Unbehagen beschleicht mich, bedenke ich den Tag, an dem Broud Clan-Führer wird. Aber Trauer zieht in mein Herz«, und Ayla senkte bedrückt die Hand auf die Brust, »daß ich dich verlassen soll.« Dann aber hellte ihre Miene sich auf. »Der Sommer, der kommt, ist noch fern. Bis dahin will ich fröhlich sein.«

Ach, Ayla, seufzte Iza für sich. Vielleicht mußt du so alt werden wie ich, um zu wissen, wie schnell der nächste Sommer da ist. Du willst mich nicht verlassen? Du kannst nicht ermessen, wie tief mein Herz um dich klagen wird. Sie schaute zur Höhlendecke hinauf. Oh, gäbe es in diesem Clan doch nur einen Mann, der sie nehmen würde! Und Broud? Wenn er doch nie Clan-Führer würde!

Izas Gesicht zeigte nichts von dem, was sie dachte. Ayla wischte sich die Tränen ab und lief mit ihrem Behältnis zurück zum Teich. Diesmal vermied sie einen Blick in den stillen, klaren Wasserspiegel.

Später, am Nachmittag, stand Ayla am buschbestandenen Waldrand und spähte durch das Unterholz zur Höhle hinüber. Einige der Clan-Leute waren draußen bei der Arbeit. Sie sah auf die zwei Kaninchen, die ihr über der Schulter hingen, und dann auf die Schleuder in ihrem Gürtel. Sie nahm die Waffe und stopfte sie in die tiefste Falte ihres Überwurfs. Doch gleich zog sie das Lederband wieder heraus und hängte es an ihren Gürtel. Sie bückte sich und lugte wieder zur Höhle hinüber; ihre Füße traten unruhig auf der Stelle.

Brun hat es mir erlaubt. Die Ahn-Geister waren dabei. Ich bin eine Jägerin. Ich bin die Frau im Clan, die jagt. Ayla schob das Kinn nach vorne und trat aus dem dichten Grün hervor.

Als wären sie plötzlich versteinert, hielten die Leute vor der Höhle mit einemmal in ihrer Arbeit inne und starrten auf die junge Frau, die ihnen mit zwei Kaninchen über der Schulter entgegenkam. Sobald sie jedoch den ersten Augenblick ungläubiger Bestürztheit überwunden hatten und sich bewußt wurden, soeben dem Brauch entgegen sich verhalten zu haben, wandten sie wieder die Blicke ab. Aylas Gesicht flammte, doch sie schritt auf hartnäckigen Füßen vorwärts und übersah die verstohlenen Blicke, die ihr folgten. Ein Stein fiel ihr vom Herzen, als sie endlich die Höhle erreichte und ins Dunkle tauchen konnte. Hier war es leichter, die Neugier der anderen zu übersehen.

Auch Iza riß die Augen weit auf, als Ayla in Crebs Wohnkreis trat, doch sie faßte sich rasch und wandte sich ab, ohne irgendeine Andeutung über die Kaninchen zu machen. Denn sie war hilflos und wußte nicht, wie sie zu dem Vorfall stehen sollte. Creb hockte auf seinem Bärenfell, den Kopf gesenkt, die Augen fast geschlossen. Es schien, als sähe er Ayla nicht. Doch hatte er sie wohl erblickt, als sie in die Höhle getreten war. Keiner regte sich, als Ayla die Tiere von der Schulter schwang und an der Feuerstätte niederlegte.

Da stürmte Uba in die Höhle und sperrte Mund und Nase ganz weit auf, als sie die Tiere sah.

»Die hast du selbst gejagt, Ayla?« fragte sie und deutete auf die Kaninchen.

»Ja«, gab diese zurück.

»Schön rund und dick sind sie. Machst du sie für uns, Mutter?«

»Hm«, brummte Iza, noch immer unsicher.

»Ich häute sie«, bot Ayla sich rasch an und holte ihr Flintsteinmesser heraus.

Einen Augenblick sah ihr Iza zu, dann ging sie zu Ayla hin und nahm ihr das Messer aus der Hand.

»Nein, Ayla. Du hast sie erlegt. Ich häute sie.« Ayla trat zurück, während Iza die Kaninchen häutete, auf Äste steckte und auf die Astgabeln übers Feuer legte.

»Das war ein guter Verzehr«, bedeutete Creb und fuhr sich mit dem Handrücken über den Mund, ohne zu erwähnen, daß Ayla dafür gesorgt hatte. Uba jedoch empfand keinerlei Scheu.

»Die Kaninchen waren gut, Ayla«, lobte sie. »Das nächstemal hätte ich aber lieber mein Schneehuhn.« Sie teilte Crebs Vorliebe für die schwerfälligen Vögel mit den gefiederten Füßen.

Und als Ayla das nächstemal ihre Beute zur Höhle brachte, waren die Clan-Leute schon nicht mehr so entgeistert. Und bald sah man gar nichts Besonderes mehr darin, daß sie ständig auf die Jagd ging. Da Creb nun eine Jagende an seinem Feuer hatte, verlangte er nicht mehr seinen vollen Anteil an der Beute der anderen Jäger, es sei denn, sie zogen ohne Ayla auf Großwild aus.

In diesem Frühling hatte Ayla hurtig alle Hände voll zu tun.

Wenn sie auch jagte, so mußte sie dennoch ihren Teil der Frauenarbeit leisten, und wie immer nach den langen Tagen von Dunkelheit und Kältnis galt es, frische Triebe und Wurzeln zu sammeln, aus denen Iza ihre heilenden Mittel bereiten konnte. Doch die junge Frau kannte keine Müdigkeit. Nie zuvor war sie so glücklich gewesen und so frei und so froh, jagen zu können, ohne Strafe befürchten zu müssen.

Ebra und Uka nahmen Ayla an, wie sie war, wenn auch die beiden älteren Frauen niemals ganz vergessen konnten, daß sie von den anderen stammte. Ika war offenherzig und ihr sehr behilflich, und Aga und Aba waren äußerst ehrerbietig. Zu Ovra hatte sie das meiste Vertrauen, und selbst Oga näherte sich ihr. Die heiße Bewunderung, die Oga für Broud gehegt hatte, war allmählich abgekühlt; mit ihm zusammenzuleben hatte sich zu einer gleichgültigen Gewohnheit gewandelt.

Broud haßte Ayla um so mehr, als sie nun auch noch zur Jägerin bestimmt war. Ohne Unterlaß suchte er nach Gelegenheiten, sie zu erniedrigen, um zu sehen, was sie darauf empfand. Doch die junge Frau hatte gelernt, mit dieser Drangsal zu leben; ihr Herz blockte sie ab, und ihr Hirn erhob sich darüber. Nie wieder, glaubte sie, würde sie durch Broud aus der Fassung geraten.

Die Knospen an Büschen und Bäumen waren schon aufgesprungen, als Ayla eines Tages beschloß, auf Schneehühner Jagd zu machen und nachzuschauen, was sich auf Wald und Wiese an frischen Kräutern für Izas Medizinbeutel finden ließ. Den ganzen Morgen streifte sie durch das Hügelland rund um die Höhle und wanderte schließlich zu einem Grasgebiet hinunter, das unweit der Steppe grünte. Dort scheuchte sie zwei Schneehühner auf und holte die schwerfälligen Fiederlinge mit flink geschleuderten Steinen aus der Luft. Im hohen Saftgras suchte sie dann nach dem Nest. Denn Creb mochte es am liebsten, wenn die gebratenen Vögel mit ihren eigenen Eiern gefüllt waren. Da war es ja! Fast wäre sie daran vorbeigelaufen; freudig beugte sich Ayla hinunter, nahm die Eier aus dem Nest, hüllte sie sorgsam in weiches Moos und schob sie in eine Falte ihres Überwurfs. Auf einer sanft geschwungenen Anhöhe hielt sie an und hockte sich nieder. Schaute erst mal nach, ob die Eier noch heil geblieben waren, und holte sich ein Stück gedörrten Fleisches heraus und biß daran. Von einem Borkenbaum herab, in dessen Schatten sie saß, trällerte laut ein leuchtender Wiesenpieper, und zwei Sperlinge mit dunkelbraunen Köpfen hüpften geschäftig in den Brombeerbüschen nicht weit von ihr am Saum des Grasgebiets umher. Ein paar schwarzhäubige, grau gefiederte Vögel machten sich mit pfiffigem ›Zizida Zizida‹ in einer Fichte zu schaffen, die in der Nähe eines kleinen, gewundenen Baches zu Füßen der Anhöhe stand. Lauthals schimpften die Zaunkönige, während sie Ästchen und trockenes Moos zu einer Nesthöhle in dem alten, knorrigen Stechapfelbaum schleppten, der über und über in Blüte stand.

Ayla liebte diese Augenblicke stiller Einsamkeit. Sie ließ sich von der Sonne umfassen und sog ihre Wärme auf und dachte an nichts. Erst als ein Schatten vor ihr den Boden verdunkelte, blickte sie auf und sah über sich Brouds finsteres Gesicht.

Der Jäger hatte beschlossen, heute allein auf die Jagd zu gehen, da Brun seinen Männern diesmal Ruhe gönnen wollte. Auf Beute sehr erpicht war er allerdings nicht. Zu jagen war ihm mehr ein Vorwand gewesen, um einfach so in der warmen Frühlingssonne herumzuwandern. Schon von weitem hatte er Ayla erspäht, wie sie so untätig auf dem Hügel hockte, und wollte es sich nicht verkneifen, die köstliche Gelegenheit, diese Ayla für ihre Faulheit zu schelten, am Schopf zu packen.

Die junge Frau sprang auf, als sie den Jäger über sich sah, was diesem nicht paßte, denn sie war größer als er, und es ging nicht an, zu einer Frau aufblicken zu müssen. Mit kräftig behaarter Hand, auf der sich dicke Adern schlängelten, bedeutete ihr Broud, sich wieder zu setzen. Dann wollte er sie lehren, am hellen Tag hier faul herumzuhocken. Doch als er dieses unerschütterliche Blau in ihren Augen sah, als sie sich niederließ, flammte jäh der alte Haß in seinem Herzen auf, und eine Begierde stieg aus seinen Lenden hoch, sie zu verletzen und diese Augen naß zu machen und ihre Ungerührtheit zu durchstoßen.

Er sah sich um und blickte auf Ayla, die gleichmütig vor ihm hockte. Seit sie eine Frau geworden ist, gibt sie sich herablassender denn je, ärgerte sich Broud. Die Frau im Clan, die jagt! Wie hatte Brun das tun können? Er sah auf die Schneehühner und dann auf seine eigenen leeren Hände. Selbst in ihren häßlichen Wasseraugen ist Frechheit und Spott, weil sie diese Vögel hat und ich nichts habe. Aber ich werde ihr zeigen, wo ihr Platz ist. Auch wenn wir beide jagen, sie ist die Frau, und ich bin der Mann.

Broud bedeutete Ayla sich hinzulegen; ungläubig riß sie die Augen auf, hatte Iza ihr doch erklärt, die Männer wollten das eigentlich nur von den Frauen, die sie mochten. Und Broud haßte sie.

Dem Jäger war Aylas bestürztes Gesicht gerade recht. Nochmals wies seine Haarhand Ayla an, sich bereit zu machen.

Sie fühlte sich plötzlich unwohl in ihrer Haut. Zwar war ihr klar, daß sie Brouds Befehl gehorchen mußte, doch war sie wegen seiner Forderung verwirrt und sah, wie Brouds Gesicht in Vorfreude sich verzog. Endlich hatte er es geschafft. Endlich hatte er die harte Schale ihres Gleichmuts aufgebrochen! Und gleich würde er ihren Körper selbst durchstoßen. Er beugte sich dicht über sie, als sie aufstand und sich auf die Knie herunterließ. So nahe hatte Ayla noch nie einen Jäger gespürt. Brouds keuchender Atem erschreckte sie. Sie zögerte.

Broud verlor die Geduld. Er stieß sie zu Boden und öffnete seinen Überwurf. Worauf wartet sie denn noch? Sie ist so häßlich, daß es ihr eigentlich zur Ehre gereichte, mich auf sich gehabt zu haben. Niemand hat sie bisher haben wollen, dachte er zornig und packte ihren Überwurf, um ihn wegzureißen.

Doch als Broud sich auf Ayla niedersenkte, zerriß etwas in ihrem Innersten. Sie konnte es nicht. Sie konnte einfach nicht dem Clan-Brauch folgen und sich der Manneslust verfügbar halten und sich von diesem Widerling öffnen lassen. Blindlings rappelte sie sich hoch und rannte davon. Doch Broud war schneller. Er packte Ayla, schleuderte sie zu Boden und schlug ihr mit der Faust ins Gesicht. Es tat ihm wohl. Zuschlagen. Niederringen. Ihren Gleichmut bezwingen.

Ayla war völlig außer sich. Wieder wollte sie aufspringen, und wieder schlug er zu. Er war der Mann. Er hatte die Kraft, ihren Körper, der sich weigerte, ihm zu Willen zu sein, zu bezwingen.

Der Kopf schwamm ihr. Blut kam aus Nase und Mund. Ayla versuchte, sich aufzurichten, doch der Jäger drückte sie unbarmherzig nieder, auf dessen Brust sie wie rasend einschlug, ihn damit jedoch nur wilder erregend.

Fast schwanden der jungen Frau die Sinne, als er sie herumriß, so daß sie auf dem Bauch zu liegen kam. Mit fliegenden Fingern riß er Aylas Überwurf weg, drückte ihre Beine auseinander und rammte sein Geschlecht dazwischen. Die Frau unter ihm krümmte sich, bäumte sich auf und schrie, als er sich wieder und wieder in ihren Körper bohrte und sich am Ende in sie ergoß.

Erschöpft brach Broud über Ayla zusammen und blieb einen Augenblick reglos liegen. Dann entzog er sich ihr, die besinnungslos schluchzte. Im blutenden Gesicht brannten bittere

Tränen. Das eine Auge war stark angeschwollen und fast ganz geschlossen. Ihre Oberschenkel waren wund, und Schmerzen durchwühlten immer noch ihren Leib. Broud zog sein Geschlecht zurück, stand auf und blickte befreit atmend auf sie herunter. Der Jäger fühlte sich gut. Er nahm seine Waffen und machte sich wieder auf den Rückweg zur Höhle.

Ayla weinte sich alles Wasser aus den Augen und blieb noch lange auf der Erde liegen, Gesicht und Hände ins Gras gewühlt. Schließlich drehte sie sich auf den Rücken und setzte sich auf. Ihre Hand fühlte die Schwellungen an Mund und Auge. Schmerz überschwemmte ihren Körper, innen wie außen. Sie sah das Blut zwischen ihren Schenkeln. Broud hatte sie verletzt. Er hatte ihrem Inneren weh getan. Aber den anderen Frauen tat es doch nicht weh! Warum nur bei ihr? War sie da auch anders?

Schwerfällig stand sie auf und schleppte sich zum Bach. Jeder Schritt bereitete ihr Schmerzen. Sie wusch sich, doch das linderte nicht die Pein und dämpfte nicht den Aufruhr in ihrem Herzen. Warum hat Broud mir das abgezwungen? Sie hatte geglaubt, das wollten Männer nur von Frauen, die ihnen gefielen. Aber sie war doch häßlich. Sie sah doch keiner gern.

Plötzlich packte Ayla blankes Entsetzen. Und wenn Broud es wieder von mir verlangt? Ich gehe nicht zurück. Ich kann nicht zurück. Wo aber sonst hin? Ayla blickte um sich. Zu ihrer Höhle? Nein, das war zu nahe und für den Winter keine Bleibe. Sie mußte zur Clan-Höhle zurück. Sie konnte nicht alleine leben. Wohin denn sonst gehen? Und Iza und Creb und Uba? Die mußten doch versorgt werden. Was soll ich nur tun, schrie es in ihr. Ayla preßte die Fäuste an die Schläfen. Wenn Broud mich wieder dazu zwingt? Ich darf es nicht verweigern. Mein Körper gehört ihm, weil ich eine Frau bin. Oh, wäre ich doch noch ein Mädchen, und bliebe es, bis ich stürbe! Ein Kind werde ich nie bekommen. Wozu dann Frau sein?

Die Sonne stand schon tief, als sie wieder zum Hügel hinaufging, um nach ihren Schneehühnern zu sehen. Die Eier, die sie so sorgfältig eingepackt hatte, waren zerdrückt. Mit leeren Augen blickte sie zum Bach hinunter und dachte daran, wie frei und gelöst sie gewesen war, während sie die Vögel beobachtet hatte. Das schien lange her zu sein. Und ihr war, als wäre es in einer anderen Zeit und an einem anderen Ort gewesen. Niedergeschlagen schleppte sie sich zur Höhle zurück, jeder Schritt eine Qual.

Als Iza die Sonne hinter den Bäumen versinken sah, hatte sich die Unruhe in ihr geregt. Sie war die Pfade abgegangen, die in die umliegenden Wälder führten, und eilte schließlich zum Grat hinauf und suchte sorgenvoll die Hänge und Hügel ab.

Auch Creb war unruhig, doch er mühte sich, es nicht zu zeigen. Und als es dunkel wurde, hatte Brun zwei Falten mehr auf seiner kurzen Stirn. Iza sah Ayla zuerst, als sie vom Grat her sich der Höhle näherte. Zuerst wollte sie schelten, doch mitten in der Schimpfgebärde hielt sie inne.

»Ayla! Hast du dich verletzt? Ist was geschehen?«

»Broud hat mich geschlagen«, bedeutete ihr die junge Frau mit reglosem Gesicht.

»Warum denn?«

»Ich habe mich geweigert, ihm zu gehorchen«, gab sie kurz zurück und ging weiter zur Feuerstätte.

Was war wohl geschehen? fragte sich Iza. Schon seit langem stellte sich Ayla nicht mehr gegen Broud. Und warum ausgerechnet heute? Merkwürdig war, daß der Jäger ihr nichts davon berichtet hatte, mit Ayla zusammengetroffen zu sein. Er mußte doch gesehen haben, daß sie voller Sorge gewesen war. Seit Mittag ist er zurück, ging es Iza durch den Kopf. Sie warf einen raschen Blick hinüber zu Brouds Wohnkreis und sah, daß er ganz unverhohlen über die Wohnkreissteine hinweg auf Ayla blickte. Etwas wie höhnische Befriedigung stand auf seinem Gesicht.

Creb hatte alles wahrgenommen: Aylas verschwollenes und verfärbtes Gesicht, die trostlose Verzweiflung in ihren Augen, Brouds hämische Miene. Er spürte genau, daß des Jägers Haß von Tag zu Tag gewachsen war. Nun aber sah es aus, als hätte sich etwas zugetragen, das Broud das Gefühl gab, Ayla zu beherrschen. Aber was hatte sich zugetragen?

Am nächsten Morgen hatte Ayla Angst davor, aus Crebs Wohnkreis herauszugehen. So lange es ging, zögerte sie den Frühverzehr hinaus. Broud wartete schon auf sie. Als er Ayla das Lustzeichen gab, wäre sie fast Hals über Kopf davongestürzt. Doch sie zwang sich, seinem Geschlecht entgegenzukommen, so daß er sie nehmen konnte. Ihre Schreie wollte sie unterdrücken, doch der Schmerz preßte sie ihr über die Lippen. Jene, die in der Höhle waren, warfen verwunderte Blicke auf beide. Es war ihnen unbegreiflich, daß Broud es mit ihr machte, und wie Ayla dabei so schrecklich schreien konnte.

Broud fühlte sich noch besser als damals, als er das Mammut zu Fall gebracht hatte. Er hatte Ayla, diese fremde Frau, bezwungen und endlich einen Weg gefunden, sie zu erschüttern. Mochte sie ihn hassen, er wollte sie geduckt, mit zitternden Flanken und voller Furcht sehen. Er weidete sich an ihrem Weh. Jeden Morgen, wenn er nicht mit den anderen Jägern auf der Jagd war, erwartete er, daß Ayla sich ihm darbot.

Die junge Frau verlor alles Frische und Frohe; sie war gedrückt und teilnahmslos. Nur ein einziges Gefühl brannte in ihr – Haß gegen Broud. Wie ein riesiger Gletscher, der dem Umland alle Feuchtigkeit entzieht, so verdrängten Abscheu und Bitterkeit alle anderen Gefühle in ihrem Herzen.

Sie hatte stets auf sich geachtet; hatte ihren Körper und ihr Haar an bestimmten Tagen im Bach gewaschen, im Winter dafür sogar große Schüsseln mit Schnee in die Höhle getragen, um ihn am Feuer schmelzen zu lassen. Jetzt aber hing das sonnenhelle Haar in verklebten Strähnen ihr auf den Rücken, und sie trug tagein tagaus denselben Überwurf, der weder gesäubert noch gelüftet wurde. Lustlos und fahrig tat sie ihre Arbeit, bis auch die Männer unwillig wurden, die nie zuvor etwas an ihr auszusetzen hatten. Ayla hatte jegliche Lust, ihr Wissen mehren zu wollen, verloren, auch teilte sie sich nicht mehr mit, ging nur selten auf die Jagd und kehrte häufig mit leeren Händen zurück. An nichts nahm sie Anteil. Ihr Verhalten hing wie eine dunkle Wolke über Crebs Feuerstätte.

Iza war fast krank vor Sorge. Daß Ayla sich so gewandelt hatte, ging ihr nicht in den Kopf. Sie dachte sich wohl, daß es mit Brouds unerklärlicher Vorliebe, seinen Körper immer nur an Ayla abzuregen, zusammenhängen müsse. Wie ein ängstliches Huhn flatterte sie um die junge Frau herum, ließ sie nicht aus den Augen. Und als sie bemerkte, daß Ayla sich morgens erbrach, packte sie die Furcht, daß der böse Geist, der von ihr Besitz ergriffen hatte, seine Klauen nun noch fester in Aylas Herz geschlagen hatte.

Als Medizinfrau fiel ihr jedoch auf, daß Ayla sich nicht absonderte, wie das von den Frauen verlangt wurde, wenn sie ihre Tage hatten, an denen die Totems miteinander kämpften. Von da ab beobachtete sie die junge Frau noch aufmerksamer. Doch als ein weiterer Mond vergangen war und an den Bäumen schon die Früchte reiften, war Iza sicher. Eines Abends, als Creb nicht am Feuer hockte, winkte sie Ayla zu sich. »Ich habe dir etwas mitzuteilen«, bedeutete sie.

»Ja, Iza.« Ayla stand von ihrem Fell auf und ließ sich auf dem Boden neben Iza nieder.

»Wie weit liegen die Tage zurück, an denen dein Totem gekämpft hat?«

»Ich weiß es nicht.«

»Ayla, blick zurück! Als die Blüten von den Apfelbäumen fielen, haben da die Geister in dir gekämpft?«

Die junge Frau runzelte die Stirn.

»Ich bin nicht sicher. Einmal vielleicht«, gab sie zurück.

»Das dachte ich mir«, bedeutete Iza. »Du fühlst dich morgens unwohl, ja?«

»Ja«, machte Ayla, die glaubte, die Übelkeit käme daher, daß Broud noch immer jeden Morgen auf sie wartete, wenn nicht gerade etwas zu jagen war.

Iza deutete auf Aylas feste Brüste. »Tun sie weh?«

»Ein wenig«, nickte diese. »Und sind sie größer geworden?«

»Ja, ich glaube. Warum fragst du das alles?« Die Frau sah sie ernst an und deutete auf Aylas Schoß.

»Ayla, ich weiß nicht, wie es hatte kommen können, aber ich bin sicher, daß ich mich nicht irre.«

»Womit denn?«

»Dein Totem ist bezwungen worden. Du wirst ein Kind haben.«

»Ein Kind? Ich? Ich kann doch kein Kind haben«, wehrte Ayla mit heftiger Hand ab. »Mein Totem ist zu stark.«

»Das glaubte ich auch, Ayla. Aber du wirst ein Kind haben.«

Ungläubiges Staunen trat plötzlich in die stumpfen Augen der jungen Frau.

»Du irrst dich auch wirklich nicht? Ich werde ein Kind haben? Ach, Iza, welch eine glückliche Wendung!«

»Ayla, du hast keinen Gefährten. Ich glaube nicht, daß es im Clan einen Mann gibt, der dich nimmt, und sei es auch nur als zweite Frau. Ohne einen Gefährten kannst du kein Kind gebären. Ihm und dir könnte es Unheil bringen«, erklärte ihr Iza mit ernsthafter Gebärde. »Du mußt ein Mittel nehmen, damit du es verlierst. Die Mistel ist am besten, der rundliche Busch mit den kleinen weißen Beeren, der hoch oben in der Eiche wächst. Aus den Blättern mache ich dir einen Trank und gebe nur wenige Beeren hinein; das wird deinem Totem helfen, das neue Leben abzutreiben. Du wirst krank werden, ein wenig, aber . . . «

»Nein! Nein!« Hitzig wehrte Ayla ab. »Nein, Iza. Ich will den Trank nicht. Ich will das Kind nicht aus meinem Körper treiben. Ich will es kriegen. Ich habe nie geglaubt, daß ich gebären könnte.«

»Aber Ayla, das Kind wird vielleicht von Unheil begleitet sein. Es wird vielleicht mit einer Mißgestalt geboren werden«, warnte die Medizinfrau.

»Kein Unheil wird mein Kind bedrohen. Und ich will gut auf mich achten, damit es gesund meinen Körper verlassen kann. Hast du nicht selbst mir gesagt, daß ein starkes Totem gut ist für das Heil eines Kindes, wenn dieses Totem erst einmal bezwungen wurde? Iza, ich muß das Kind haben. Es kann sein, daß mein Totem nie wieder bezwungen wird.«

Die Medizinfrau blickte lange in die flehenden Augen der jungen Frau. Zum ersten Mal seit jenem Tag, an dem Broud sie geschlagen hatte, hatten sie wieder Glanz bekommen.

»Gut, Ayla«, willigte sie schließlich ein. »Da dich so heftig danach verlangt. Aber laß es noch keinen wissen; sie werden es bald genug sehen.«

»Iza!« rief sie und umarmte die Frau, erfüllt von dem Wundersamen des keimenden Lebens in ihrem Schoß. Ein Lächeln leuchtete aus ihrem Gesicht. Behend sprang sie auf. Sie hatte neuen Lebensmut gefaßt und einen neuen Wert an sich entdeckt.

»Iza, komm, ich werde dir helfen, den Abendverzehr zu richten.«

»Du kannst das Fleisch schneiden«, gab die Medizinfrau zurück, erstaunt und glücklich über diese plötzliche Änderung in Aylas Verhalten.

Welch eine Zuversicht Ayla um sich verbreiten konnte, dachte Iza, während die beiden Frauen nebeneinander arbeiteten. Ihre Hände flogen in angeregter Unterhaltung, und mit einemmal waren Aylas Wissensdurst und Anteilnahme an der sie umgebenden Welt zurückgekehrt.

»Das mit der Mistel wußte ich gar nicht«, bedeutete Ayla. »Ich weiß von Mutterkorn, aber ich hätte nicht gedacht, daß auch die Mistel dazu taugt, ein Kind, das nicht gewünscht wird, abzutreiben.«

»Immer wird es etwas geben, in das ich dich nicht eingewiesen habe, Ayla, aber du bist imstande, dein Wissen zu halten und auszuweiten. Und du weißt, wie du die Pflanzen prüfen mußt; du wirst immer weiter Neues erlernen können. Auch Rainfarn kannst du einer Frau geben, die das Kind, das sie trägt, nicht behalten soll; aber er kann gefährlicher sein als Mistel. Du nimmst die ganze Pflanze – Blüten, Blätter, Wurzeln – und kochst sie auf. Dann gibst du Wasser dazu bis hierher«, Iza deutete auf ein Strichzeichen am Rand eines ihrer Gefäße, »und kochst es noch mal so lange, bis nur noch so viel Wasser übrig ist, um ein solches Gefäß damit zu füllen.« Sie hielt einen Beinbecher hoch. »Davon ist einmal zu trinken.«

Die Medizinfrau stellte den Becher wieder hin.

»Und noch etwas mußt du wissen, Ayla.« Iza blickte sichernd ringsum. Noch war Creb nicht zu sehen. »Kein Mann darf je von diesem Wissen erfahren. Es ist ein Geheimnis, das nur Medizinfrauen besitzen. Auch anderen Frauen sollst du nichts mitteilen. Denn wenn ihre Gefährten sie fragen, dann müssen sie Antwort geben. Keiner aber fragt eine Medizinfrau. Wenn je ein Mann hinter das Geheimnis kommen sollte, wird er verbieten, daß diese Mittel angewendet werden. Das mußt du dir stets vor Augen halten.«

»Ja, Iza.« Ayla war verwundert über Izas Geheimnisgetue und nickte neugierig.

»Ich ahnte nicht, daß du jemals dieses Wissen bei dir selbst anwenden würdest, aber als Medizinfrau muß es dir vertraut sein. Weißt du, manchmal, wenn eine Frau schwer geboren hat, ist es für sie besser, daß sie nie wieder ein Kind kriegt. Eine Medizinfrau kann ihr dann das Mittel geben, ohne sie wissen zu lassen, was es ist. Es kommt auch vor, daß eine Frau gar kein Kind haben will. Es gibt Pflanzen mit einer besonderen Zauberkraft, Ayla. Sie machen das Totem einer Frau sehr stark, so stark, daß es das Keimen neuen Lebens verhindert.«

»Einen solchen Zauber kennst du?« Die junge Frau schaute Iza ehrfürchtig an. »Kann das Totem einer schwachen Frau denn so stark werden? Kann es so stark werden, daß es selbst das Totem eines Mannes niederkämpfen kann, dem der Mog-ur einen besonderen Zauber mitgegeben hat?«

»Ja, Ayla«, nickte die Medizinfrau bedächtig, »und darum darf niemand auch nur das geringste davon wissen. Ich selbst habe diesen Zauber angewendet, nachdem ich einem Mann gegeben worden war, dem ich weder Wärme noch Zuneigung entgegenbringen konnte. Ich glaubte, wenn ich keine Kinder kriegte, würde er mich nicht behalten wollen«, gestand Iza.

»Aber du hast ein Kind. Du hast Uba bekommen«, warf Ayla ein.

»Es kann sein, daß der Zauber nach langer Zeit an Kraft verliert. Es kann sein, daß mein Totem nicht mehr kämpfen wollte. Es kann sein, daß es wünschte, ich sollte endlich ein Kind kriegen. Ich weiß es nicht. Es gibt kein Mittel, das immer wirkt. Es gibt Kräfte, die stärker sind als aller Zauber. Keiner kann die Geister ganz durchschauen, nicht einmal der Mog-ur. Wer hätte geglaubt, daß dein Totem bezwungen werden kann?« Die Medizinfrau sah sich hastig um. »Ayla, du kennst doch die kleine, gelbe kletternde Pflanze mit den winzigen Blättern und Blüten?«

Ayla nickte.

»Sie tötet alles ab, woran sie sich emporrankt. Laß dieses Gewächs trocknen, zerstoße etwas in deiner Hand, koche es in ein wenig Wasser, bis der Sud die Farbe von reifem Gras hat. Trinke jeden Tag, an dem der Geist deines Totems nicht kämpft, zwei Schlucke.«

»Die Pflanze ist doch gut für Umschläge gegen die Stiche und Bisse von Mücken und Fliegen?« erinnerte sich Ayla.

»Ja«, stimmte Iza zu, »aber da befeuchtest du die Haut von außen mit dem Sud. Damit er deinem Totem Kraft gibt, mußt du ihn aber trinken. Und noch etwas mußt du zu dir nehmen, wenn dein Totem kämpft: Salbeiwurzel, getrocknet oder frisch. Koche sie und trinke den Aufguß. Jeden Tag einen Becher.«

»Ist das die Pflanze mit den gezähnten Blättern, die auch gegen die Schmerzen in Crebs Gliedern hilft?«

»Ja. Es gibt noch eine, jedoch habe ich sie nie gebraucht. Das Geheimnis stammt von einer anderen Medizinfrau. Es gibt eine Yamswurzel – anders als die, die hier im Umland wachsen. Später will ich dir zeigen, wie du sie erkennen kannst, jetzt aber will ich dir erklären, wie du sie zu einem Mittel machst. Du schneidest sie in Stücke, kochst sie auf und zerstampfst das Ganze zu einem dicken Brei. Den läßt du trocknen und zerstößt ihn fein. Jeden Tag, an dem die Geister nicht kämpfen, nimmst du etwas davon, eine kleine Schale Feinzerstoßenes mit Wasser angerührt.«

Creb trat in die Höhle und sah die beiden Frauen am Feuer sitzen, sich mit lebhaften Händen unterhaltend. Sofort hatte sein Auge erkannt, daß Ayla sich verändert hatte. Sie hat es überwunden, dachte er, während er zu seinem Wohnkreis humpelte.

»Iza!« knurrte er. »Soll ich verhungern?« fragte seine Hand, die erst auf den Mund und dann auf den Bauch deutete.

Iza sprang auf, doch Creb achtete nicht darauf. Er war so froh und erleichtert, Ayla wieder munter und regsam zu sehen. Als er sich auf seiner Matte niederließ, kam Uba in die Höhle gelaufen.

»Ich habe Hunger«, bedeutete das kleine Mädchen.

»Du bist immer hungrig, Uba.« Aylas Gesicht strahlte, als sie die Kleine hochhob und durch die Luft schwang, was sie schon lange nicht mehr getan hatte.

Als sie gegessen hatten, kroch Uba zu Creb auf den Schoß. Ayla summte leise vor sich hin, während sie Iza beim Aufräumen half. Creb seufzte zufrieden. Jungen braucht der Clan, dachte er, aber mein Herz ist mehr den Mädchen zugewandt. Sie brauchen nicht ständig tapfer und stark zu sein. Fast wünschte ich, Ayla wäre noch nicht Frau.

Besonnt von einer wunderbar wärmenden Vorfreude erwachte Ayla am nächsten Morgen. Ich werde ein Kind haben, jubelte es in ihr; sie umschlang ihre Brüste ganz fest mit beiden Armen und wühlte sich noch ein wenig tiefer in ihr Fell und schloß die Augen. Ich laufe schnell zum Bach hinunter, ging es ihr plötzlich durch den Kopf, und wasche mir das Haar. Mit einem Sprung war sie auf den Beinen, doch schon drehte sich ihr alles, und Übelkeit spülte wellengleich über sie hin. Ich muß etwas essen, dachte sie, wenn ich ein heiles Kind haben möchte.

Ayla konnte den Frühverzehr nicht bei sich halten; nachdem sie aber eine Weile auf gewesen war, aß sie nochmals etwas und fühlte sich wohler. Frohen Mutes lief sie aus der Höhle und schritt zum Bach hinunter.

»Ayla!« Höhnisch und mit aufragendem Geschlecht vertrat ihr Broud den Weg.

Die junge Frau starrte ihn entgeistert an. Ihn hatte sie ganz vergessen gehabt. Aber von nun an konnte er ihr damit nichts mehr beweisen. Die schützende Schale um ihr Herz hatte sich wieder geschlossen, und es würde ihm nicht mehr möglich sein, sie noch einmal aufzubrechen, selbst wenn er noch so heftig in sie dringe. Still kniete Ayla hin und bot ihm dar, was er begehrte.

Broud fühlte sich betrogen und um seine Lust gebracht. Nicht eine einzige Regung zeigte dieser Häßling. Alles, was ihn früher erregt hatte, ihr glühender Haß, ihre ohnmächtige Wut und die wilde Abwehr ihrer Lenden, war verflogen. Sie tat, als wäre Broud nicht da, als spürte sie ihn nicht. Und in der Tat empfand sie wirklich nichts; Broud konnte sie nicht mehr erschüttern, mochte er sie schlagen, stoßen, kneifen oder ihr Gewalt antun, gelassen nahm sie alles hin.

Schnell war Brouds Lendenlust erloschen, die gelodert hatte, als er sich nehmen mußte, was ihm darzubieten war, und nun zusammensank, als es ihm wie ein Lästiges geboten wurde.

Oga war erleichtert, daß ihr Gefährte seine unerfindliche Begierde nach Ayla aufgegeben hatte. Sie war nicht eifersüchtig gewesen, wozu auch kein Anlaß war. Broud war ihr Gefährte, und er hatte ihr durch nichts gezeigt, daß er sie verstoßen wollte. Die Männer konnten sich die Frauen nehmen, wie sie wollten. Unbegreiflich war ihr nur, warum er es mit Ayla hatte machen müssen, die doch, das war genau zu sehen gewesen, sich nicht darüber freuen wollte.

18

Daß Ayla gebären sollte, nahm der ganze Clan mit höchstem Erstaunen auf. Einfach unglaublich, daß im Leib dieser Frau, die ein so mächtiges Totem hatte, der Keim neuen Lebens entstehen konnte. Welchen Mannes Totem mochte die Kraft besessen haben, den Höhlenlöwen zu bezwingen? Jedermann im Clan hätte nur zu gern diese Ehre für sich in Anspruch genommen. Einige meinten, hier müßten die Geister mehrerer Totems zusammengewirkt haben – vielleicht sogar die aller Männer im Clan.

Sich häufig geschlechtlich zusammenzutun war, so glaubten die Clan-Leute, eine entscheidende Voraussetzung dafür, daß die lebenbringende Kraft eines männlichen Totems in eine Frau eindringen konnte, weshalb die meisten Männer auch überzeugt waren, daß die Kinder ihrer Gefährtinnen der Geist des eigenen Totems gezeugt hatte. Und die beiden Männer, die Ayla, seit sie fraulich geworden war, am nächsten standen, waren der Mog-ur und Broud gewesen.

»Der Mog-ur war es«, behauptete Zoug mit entschiedener Gebärde. »Nur er hat ein Totem, das stärker ist als der Höhlenlöwe. Und Ayla teilt sein Feuer.«

»Der Große Bär gestattet niemals einer Frau, sich seine Kraft einzuverleiben«, entgegnete Crug. »Der Große Bär erwählt jene, die er unter seinen Schutz nehmen will, so, wie er den Mog-ur erwählt hat. Glaubst du, das Reh bezwang einen Höhlenlöwen?«

»Mit dem Beistand des Höhlenbären. Der Mog-ur hat doch zwei Totems. Ich will nicht behaupten, daß der Höhlenbär seinen Geist in ihr zurückgelassen hat. Ich sage nur, daß er geholfen hat«, widersprach Zoug hitzig.

»Warum schwoll ihr dann nicht schon im Winter der Leib? Sie

saß doch schon die ganze Zeit an des Mog-urs Feuer. Nein!« fuhr Crugs Hand wuchtig durch die Luft und deutete auf den jungen Jäger. »Es geschah erst, als Broud anfing, ihr nachzustellen. Und erst, als er viel mit ihr beisammen war, regte sich das neue Leben in ihr. Auch das wollhaarige Nashorn ist mächtig und kraftvoll.«

»Ich glaube, die Totems aller Männer haben sich zusammengetan«, mischte Dorv sich ein. »Wer aber will die Frau nun zur Gefährtin nehmen? Brun will wissen, ob einer unter den Männern bereit ist, sie aufzunehmen. Wenn sie keinen Gefährten hat, wird das dem Kind Unheil bringen. Ich habe zu viel der Monde gesehen. Ich kann sie nicht nehmen.«

»Ich würde sie nehmen, hätte ich noch meine eigene Feuerstätte«, gab Zoug zurück. »Sie ist nicht schön, aber sie ist flinkhändig und fügsam. Sie weiß, wie für einen Mann zu sorgen ist.«

»Ich nicht.« Crug hob abwehrend die Hände. »Ich will die Frau, die jagt, nicht in meinem Wohnkreis haben. Mir wäre es arg, mit leeren Händen von der Jagd zurückzukommen und dann zu essen, was meine Gefährtin erbeutet hat. Auch sind der Mäuler genug, die ich zu versorgen habe – Ika und Borg und die kleine Igra. Ika ist noch jung. Sie wird vielleicht noch mehr Kinder haben.«

»Ich habe darüber nachgedacht«, meldete sich Droog, »aber auch bei mir sitzen zu viele am Feuer. Aba und Aga, Vorn und Ona und Groob. Wie könnte ich denn da noch eine Frau mit einem Kind aufnehmen? Was ist mit dir, Grod?«

»Nein. Es sei denn, Brun befiehlt es«, gab dieser mit unwirscher Hand zurück. Dem Zweiten im Clan war immer noch unbehaglich zumute, wenn man auf die Frau zu sprechen kam, die von den anderen stammte.

»Und Brun?« wollte Crug wissen. »Er war es doch, der sie in den Clan aufgenommen hat.«

»Manchmal ist es ratsam, daß ein Mann die erste Frau betrachtet, ehe er sich eine zweite nimmt«, warnte Goov. »Du weißt, Crug, es ist für Ebra schwer gewesen zu ertragen, daß die Medizinfrau von höherem Rang ist als sie. Und Iza hat Ayla in die Heilkunst eingewiesen. Wenn sie dann von Izas Stamm sein wird, will Ebra sicher nicht mit ihr an einem Feuer sitzen wollen, die jünger ist und von höherem Rang. Ich würde Ayla nehmen. Wenn ich einst der Mog-ur bin, werde ich nicht mehr soviel jagen können. Es wäre mir recht, wenn sie nährendes

Kleinwild an mein Feuer brächte. Und ich glaube, Ovra hätte nichts gegen eine zweite Frau von höherem Rang. Ovra und Ayla sind sich gut. Doch Ovra möchte selbst ein Kind. Es wäre schwer für sie, das Feuer mit einer Frau und einem Neugeborenen zu teilen. Ich glaube, daß der Geist von Brouds Totem das neue Leben geweckt hat. Es ist ein Jammer, daß Broud gegen Ayla ist. Denn er müßte sie an sein Feuer nehmen.«

»So sicher bin ich nicht, daß es der Geist von Brouds Totem war«, bedeutete ihm Droog. »Was ist mit dir, Mog-ur? Du könntest sie zur Gefährtin nehmen.«

Der alte Zauberer hatte stumm und reglos zugesehen, wie er das häufig tat, wenn die Männer sich zankten.

»Ich habe es bedacht«, holte der Mog-ur aus. »Ich glaube nicht, daß der Höhlenbär oder das Reh das Leben in Ayla gepflanzt haben. Und ich bin nicht sicher, ob es Brouds Totem war. Aylas Totem ist umhüllt von den geheimnisvollsten Nebeln. Wer weiß, was geschehen ist. Aber sie braucht einen Gefährten. Nicht nur, weil ihr Kind sonst Unheil zu erwarten hat; sie braucht einen Mann, der ihnen Schutz und Nahrung geben kann. Ich bin zu alt. Wenn das Kind ein Junge sein sollte, kann ich ihn nicht in der Jagd unterweisen – und auch nicht Ayla. Sie jagt nur mit der Schleuder. Ich kann sie auch gar nicht zur Gefährtin nehmen, nimmt sie doch den Platz ein in meinem Herzen, den bei einem anderen Mann die Tochter seiner Gefährtin innehat. Sie ist ein Kind von meinem Feuer, aber nicht eine Frau, die ich zur Gefährtin nehmen kann.«

»Nur seine Schwester darf ein Mann nicht zur Gefährtin nehmen«, hielt Dorv ihm entgegen.

»Gewiß, es gibt kein Clan-Gebot, das mir verbietet, sie zur Gefährtin zu nehmen. Doch die Geister nehmen es nicht günstig auf. Auch habe ich noch nie eine Gefährtin gehabt. Ich bin zu betagt, um jetzt einen Anfang zu machen. Iza sorgt für mich, und sie besorgt es gut.« Einen Augenblick hielt des Mog-urs Hand inne, dann schloß sie sich zur Faust, öffnete sich wieder und kam dann zum Schluß: »Aber es kann sein, daß Ayla keinen Gefährten braucht. Von Iza weiß ich, daß es schwer werden wird für sie. Schon jetzt gibt es Zeichen, die Schlimmes befürchten lassen. Ich weiß, daß Ayla ihr Kind behalten möchte, aber es wäre besser für alle, wenn sie es verlöre.«

Langsam ließ der Mog-ur die Hand sinken, drehte sich um und humpelte davon. Stumm blickten sich die Männer an und gingen auseinander.

In der Tat wurde es eine schwere Zeit für Ayla. Iza befürchtete, daß das Kind nicht heil zu gebären sei. Ständig mußte sich die junge Frau erbrechen, und selbst, als die Blätter schon von den Bäumen fielen, kam es noch häufig vor, daß Ayla nichts im Magen behalten konnte. Als Iza bemerkte, daß Ayla immer noch blutig wurde, bat sie Brun, zu erlauben, Ayla von der Frauenarbeit zu befreien, und sorgte dafür, daß sie viel ruhte.

Izas Ängste wuchsen in dem Maße, wie das Leben in Ayla deren Bauch anschwellen ließ. Das Kind zehrte sie aus. Während ihr Leib sich immer mehr wölbte, wurden ihre Arme und Beine von Tag zu Tag dünner. Ayla verspürte keinen Hunger und zwang sich, das zu essen, was Iza nur für sie bereitete. Dunkle Ringe legten sich um die Augen der Trächtigen, und ihr dichtes, glänzendes Haar wurde strähnig und stumpf. Ständig war ihr kalt. Meist hockte sie in Pelze gehüllt zusammengekauert am Feuer. Doch als Iza ihr nahelegte, den Trank doch zu nehmen, der sie von dem Kindsweh befreien würde, wies das Ayla entsetzt zurück.

»Ich will es haben, Iza. Bitte, hilf mir!« flehte sie die Medizinfrau an und hob klagend die Arme. »Nur du kannst mir helfen. Und ich will alles tun, was du mir rätst, wenn du mir nur zur Seite stehst, daß ich ein Kind gebären kann.«

Iza brachte es nicht übers Herz, sich ihr zu verweigern. Seit langem schon war sie nicht mehr nach Heilkräutern ausgezogen. Das lange Herumwandern löste wieder den krampfartigen Husten aus tief drinnen in ihrer Brust. Und täglich nahm sie Getränk und Feinzerstoßenes ein, um ihr Leiden, das von Mal zu Mal schlimmer wurde, vor den anderen zu verbergen. Doch für Ayla würde sie sich aufmachen und jene wundersame Wurzel suchen, die einem Fehlgebären entgegenwirkte.

Früh am anderen Morgen brach sie auf, um in den Bergwäldern und auf feuchten Wiesen danach Ausschau zu halten. Die Sonne stand leuchtend am blauen Himmel, ein herrlicher Tag später Wärme im Jahr.

Sie nahm einen Waldpfad unweit der Höhle unter die Füße, wanderte dann an einem Bach entlang weiter und stieg die steilen Hänge hoch. Oft mußte sie anhalten, das Keuchen in der Brust beruhigen und warten, bis der heftige Husten sich wieder legte. Noch vor dem Mittag schlug das Wetter um. Ein kühler Wind trieb dunkle Wolken über das Land, die sich an den Hügeln abregneten. Im Nu war Iza bis auf die Haut durchnäßt.

Der Regen hatte etwas nachgelassen, als sie in einem Fichtenwald endlich die Pflanzen entdeckte. Kältezitternde Finger gruben die Wurzeln aus der durchweichten Erde. Auf dem Rückweg schüttelte ein fürchterlicher Husten ihren abgemagerten Körper ohne Unterlaß und trieb ihr blutigen Schaum auf die Lippen. Das Höhenland war ihr nicht so vertraut, und sie verlief sich mehrere Male. Es fing schon an zu dunkeln, als sie sich schlotternd und auf wunden Füßen in die Höhle schleppte.

»Iza, wo warst du?« fragte Ayla mit erschreckter Gebärde. »Du bist ja völlig durchnäßt und zitterst am ganzen Körper. Komm ans Feuer. Ich hole dir etwas Trockenes.«

»Ich habe die Wurzel für dich gefunden, Ayla. Wasch sie ab und.. .« Mitten in der Anweisung mußte die Medizinfrau innehalten, als ein Husten sie packte. Ihre Augen hatten einen heißen Glanz und ihr Gesicht brannte. ». . . kaue sie roh, sie hat starke Zauberkraft und wird bewirken, daß du das Kind nicht verlierst.«

Ayla schüttelte den Kopf und rang die Hände.

»Nur um mir die Wurzel zu beschaffen, bist du bei diesem Wetter fortgegangen, Iza? Lieber das Kind verlieren als ohne dich leben!«

Ayla wußte, daß Iza schon seit langem nicht mehr recht gesund war; doch bis zu diesem Tag hatte die Medizinfrau noch verbergen können, wie schlimm es wirklich um sie stand. Ayla schob weg, was sie selbst bedrückte, achtete nicht darauf, wenn sie hin und wieder Blut verlor, und dachte kaum noch daran zu essen. Nur Tag und Nacht an Izas Seite bleiben wollte sie. Und Uba auch.

Merkäugig verfolgte die Kleine alles, was Ayla tat, ging ihr zur Hand, wenn sie benötigt wurde, und lernte so, ihr Ererbtes und ihre Bestimmung zu verstehen. Doch Uba war nicht die einzige, die Aylas Tun beobachtete. Der ganze Clan bangte um die Medizinfrau, und keiner traute dem Können der jungen Frau so recht. Doch Ayla beachtete nicht das Mißtrauen um sie herum; Herz und Sinne waren auf die Frau gerichtet, die ihr zur Mutter geworden war.

Alles, was Iza sie je gelehrt hatte, zog Ayla aus ihrem Gedächtnis hervor; doch um dieses Wissen anzuwenden, bedurfte es bei ihr der Überlegung. Begabt mit einer besonderen Fähigkeit, die schon Iza aufgefallen war, wußte sie die Ursache einer Krankheit zu erkennen und das Leiden entsprechend zu behandeln. Aus einzelnen Anzeichen vermochte sie ein ganzes grobes Bild zusammenzusetzen, dessen Leerräume sie mit Überlegung und Einfühlung ausfüllte. Diese Fähigkeit, auch Zeichen zu bedenken, insgesamt zu betrachten und danach zu handeln, unterschied sie von denen, die die Höhle mit ihr teilten. Denn vorausschauendes Denken kam nur ihr zu.

Ayla wandte die Mittel an, die sie von der Medizinfrau übernommen hatte, und versuchte, sie auf neue Weise einzusetzen. Gleich, was es war, die kundige Hand Aylas oder Izas Wille zum Leben, der Zustand besserte sich nach und nach. Als der Schnee vor der Höhle schon so hoch war, daß man den grauen Himmel kaum noch sehen konnte, hatte sich die Medizinfrau schon soweit erholt, daß Ayla sich selbst in Pflege geben konnte. Und keinen Tag zu früh.

Den ganzen Winter über hatte Ayla Blut verloren und mit ständigen Schmerzen im Rücken gelebt. Oft wachte sie mitten in der Nacht auf, weil ihr ein Krampf in die Beine gefahren war, und noch immer übergab sie sich häufig. Iza war sicher, daß sie das Kind verlieren würde. Es war nicht zu glauben, daß das Kind sich in Aylas Leib entwickeln konnte, wo die Mutter doch so geschwächt war. Aber es wuchs und stieß und strampelte so heftig in Aylas aufgetriebenem Leib, daß diese des Nachts kaum ein Auge zumachen konnte.

Ayla klagte niemals. Sie fürchtete, Iza würde darin ein Zeichen dafür sehen, daß sie bereit war, das Kind herzugeben. Doch dieses würde sie nie wollen. Ihr Leiden ließ sie überzeugend spüren, daß sie, sollte dieses Kind nicht geboren werden, niemals ein zweites haben würde.

Von ihrem Lager aus sah Ayla zu, wie die ersten Regengüsse den Schnee fortspülten. Es drängte sie hinaus, doch Iza ließ sie nicht einen Schritt aus der Höhle. Die Weidenkätzchen hatten ihren Flaum verloren, und die ersten Knospen sprangen auf, als Aylas schwere Zeit begann.

Die ersten Wehen waren leicht. Ayla schlürfte den Weidenrindentrank und glühte vor freudiger Erwartung. Und wenn morgen die Sonne aufgeht, dachte sie, halte ich mein Kind in den Armen. Iza hatte Zweifel, mühte sich aber, sie nicht zu zeigen.

»Iza, was war das für eine Wurzel, die du mir gebracht hast, kurz bevor es dir so schlecht ging?« bedeuteten Aylas matte Hände fragend.

»Sie besitzt eine ganz besondere Kraft und muß gekaut werden, solange sie frisch ist. Du kannst sie nur ausgraben, wenn die Zeit kommt, wo die Blätter fallen. Und trocknen darfst du sie nicht. Sonst verliert sie ihre Kraft.«

»Wie sieht die Pflanze aus?« wollte Uba wissen. Ihre Wißbegierde war geweckt, weil ihre Mutter so darnieder lag. Und Iza und Ayla unterwiesen sie ab jetzt gemeinsam, was wodurch zu heilen war. Doch Ubas Begreifen war ganz anders als Aylas. Die Kleine brauchte ihrem Hirn nichts Neues einzugeben; sie mußte nur an das erinnert werden, was sie schon im Gedächtnis hatte, und sehen, wie es angewendet wurde.

»Es sind zwei Pflanzen, eine männliche und eine weibliche. Das Gewächs hat einen langen Stengel, der aus einem Büschel von Blättern nahe am Boden herauswächst, und oben sitzen kleine Blüten. Die männlichen Blüten sind weiß. Die Wurzel kommt von der weiblichen Pflanze; ihre Blüten sind kleiner und grün.«

»Und die Pflanze wächst im Fichtenwald?« fragte Ayla.

»Nur dort, wo es feucht ist. Im Moor, auf feuchten Wiesen und in Bergwäldern.«

»Du hättest an dem Tag nicht hinausgehen sollen, Iza. Ich hatte große Angst um . . . « Mitten in der Bewegung brach Ayla ab und verzog das Gesicht, als eine Wehe ihren Leib zusammendrückte.

Iza beobachtete Ayla unaufhörlich. Sie merkte sich, wie lange der Schmerz jeweils andauerte.

»Es regnete ja nicht, als ich aufbrach«, beschwichtigte Iza. »Ich glaubte, es würde warm und sonnig bleiben. Ich habe mich getäuscht. Ayla, ich möchte etwas von dir wissen. Während ich darniederlag, hatte ich oftmals wilde Träume und war nicht bei euch, doch fühlte ich, wie du mir eine Kräuterbinde anlegtest, wie ich es tue, wenn Creb Gliederschmerzen hat.«

Die junge Frau nickte.

»Das habe ich dir nämlich nicht gezeigt.«

»Ich weiß. Du hast so arg gehustet und so viel Blut gespuckt. Ich wollte deine Brust entkrampfen und auch, daß sich der Schleim dort löst. Das Kräutergemisch dringt tief durch die Haut. Es bringt Wärme hervor und erhitzt das Blut. Ich dachte mir, es würde dich schleimfrei machen und du würdest nicht mehr so heftig husten müssen. Ich glaube, es hat geholfen.«

»Ja, das glaube ich auch.«

Iza fragte sich, ob sie jemals auf den Gedanken gekommen wäre, eine solche Anwendung zu versuchen. Ich habe es gewußt, sie ist eine gute Medizinfrau, und sie wird besser werden. Sie ist meines Stammes würdig. Ich muß mich mit Creb zusammensetzen. Es wird vielleicht nicht mehr lange dauern, bis ich ins Reich der Toten gehe. Ayla ist jetzt eine Frau. Sie soll Medizinfrau werden – wenn sie dieses Gebären überlebt.

Nach dem Morgenverzehr kam Oga mit Grev, ihrem zweiten Sohn, herbei und hockte sich neben Ayla nieder. Bald danach setzte sich auch Ovra zu ihnen, und die drei Frauen unterhielten sich mit kurzen Worten und regen Gebärden miteinander.

Den ganzen Morgen über war in Crebs Wohnkreis ein lebhaftes Kommen und Gehen. Einige Frauen blieben nur kurz, andere hockten beinahe den ganzen Vormittag bei Ayla. Creb jedoch hielt sich fern. Rastlos humpelte er bald in der Höhle, bald draußen herum, blieb hin und wieder stehen, um einiges Neue den Männern mitzuteilen, die um Bruns Feuer saßen. Die Jagd, die sie für heute vorgehabt hatten, wurde verschoben. Brun gab vor, es wäre noch zu naß; aber alle wußten um den wahren Grund.

Am späten Nachmittag wurde Aylas Weh heftiger. Iza flößte ihr etwas Schmerzlinderndes ein. Während der Tag sich dem Abend zuneigte, folgten die Wehen immer rascher, und die Körperwellen schlugen immer höher. Schweißüberströmt lag Ayla auf ihrem Lager und umklammerte Izas Hand. Sie biß sich auf die Lippen. Doch als die Sonne unterging, wand sich die Gebärende vor Pein und schrie auf bei jeder Schmerzwelle, die ihren Leib packte. Die umsitzenden Frauen hielten sich die Ohren und kehrten nach und nach an ihre eigenen Feuer zurück. Dort suchten sie sich irgendeine Arbeit und blickten doch jedesmal auf, wenn Aylas Schreie durch die Höhle gellten. Die Männer an Bruns Feuer saßen wie leblos, die Blicke zu Boden gesenkt. Nur Ebra und Iza waren bei Ayla.

Und wieder kam das Weh und noch mal, als wollte es sie zerreißen.

Ich darf mein Kind nicht sterben lassen, trieb sich Ayla an. Es muß heraus. Es muß leben. Als der Schmerz wieder anschwoll, holte sie tief Atem und krampfte Izas Hand. Dann preßte sie den unteren Leib, daß flirrender Nebel vor ihren Augen tanzte. Es war ihr, als müßten ihr die Knochen bersten und ihr Inneres würde nach außen gekehrt.

»Gut, Ayla, gut«, ermutigte sie Iza und strich der Keuchenden über die schweißnasse Stirn.

Mit gierigem Mund verschlang Ayla die Luft und preßte verzweifelt weiter. Und plötzlich spürte sie, wie es ihr feucht wurde zwischen den Beinen und sich etwas in ihr löste, dem sie den Weg nach draußen bahnen mußte. Noch einmal nahm sie alle ihre Kraft zusammen und gebar das Kind. Dann schwamm Ayla der Kopf, um den es dunkel wurde, und sie brach bewußtlos zusammen.

Iza schnürte ein rot gefärbtes Stück Sehne um die Nabelschnur des Neugeborenen und biß das andere Ende ab. Sie klopfte dem Winzling auf die Füße, bis aus zaghaftem Wimmern zorniges Schreien wurde. Das Kind lebte. Die Medizinfrau war tief erleichtert. Vorsichtig griff sie nach dem Kind und wusch es.

Und wie sie das tat, war ihr plötzlich, als drückte eine eisige Hand ihr das Herz ab. Warum? Warum auch das noch nach all dem, was sie erlitten und erduldet hat? Mit tiefgehaltener Stirn schaute Iza das Kleine an und wickelte es in das weiche Kaninchenfell, das Ayla gefertigt hatte. Dann drückte sie Ayla ein Heilgebinde zart zwischen die Beine. Ayla stöhnte und schlug die Augen auf.

»Mein Kind, Iza. Ist es ein Junge oder ein Mädchen?« fragte sie mit flacher Gebärde.

»Ein Junge, Ayla«, gab die Frau zurück. »Aber es ist mißgestaltet«, setzte sie eilig hinzu, um Ayla gar nicht erst Hoffnung zu machen. Das Leuchten, das sich auf Aylas Gesicht hatte ausbreiten wollen, gerann zu ungläubigem Entsetzen.

»Nein! Das kann nicht sein! Zeig ihn mir«, flehte Ayla und streckte die bebenden Arme aus.

Iza brachte das Kind.

»Ich habe so etwas befürchtet, Ayla. Es geschieht häufig, wenn eine Frau schwer an dem Kind zu tragen hatte. Es tut mir sehr leid.«

Die junge Gebärerin schlug das weiche Fell auseinander und betrachtete mit großen Augen ihren winzigen Sohn. Seine Arme und Beine waren dünner als die von Uba und auch länger. Aber er hatte alle Finger und Zehen an den richtigen Körperstellen, keine mehr oder weniger. Sein Kopf jedoch war zweifelsohne ungewöhnlich. Er war übermäßig groß und vom Gebären noch ein wenig verformt. An sich jedoch wäre dies kein Anlaß gewesen, sich zu beunruhigen. Iza wußte, daß sich das rasch zu geben pflegte. Doch der Schädel als solcher, der sich nie mehr ändern würde, war mißraten, und mißgestaltet war auch der dünne lange Hals, der den schweren Kopf des Kindes niemals würde tragen können.

Aylas Sohn hatte hervorspringende Brauenwulste wie die Clan-Leute, doch seine Stirn zog sich nicht nach rückwärts, sondern stand hoch und grade über den Wülsten, ehe sie sich nach rückwärts wölbte. Auch der Hinterkopf des Kindes war nicht ganz so lang, wie er clan-mäßig hätte sein sollen. Es sah aus, als wäre der Schädel zusammengedrückt, das Gehirn in die hohe, gewölbte Stirn geschoben worden, so daß das Hinterhaupt kürzer und rundlicher geraten war. Ein Hinterhauptswulst war kaum zu sehen, und die Gesichtszüge des Kleinen waren seltsam verzerrt. Er hatte große runde Augen, doch die Nase war um etliches kleiner als bei den Kindern des Clans. Ein großer Mund; der Unterkiefer war nicht ganz so stark ausgebildet wie bei den Clan-Leuten, und unterhalb des Mundes saß ein fürchterlich hervorspringender Knochenwulst, wie ihn nicht einer im Clan hatte, und der sein Gesicht aufs äußerste entstellte. Der Kopf des Kleinen kippte nach rückwärts, als Iza das Kind hochhob, so daß sie schnell ihre Hand darunter schob, um ihn zu stützen. Einfach unglaublich war es, daß dieser Junge jemals befähigt sein würde, den Kopf gerade auf den Schultern zu halten. Der Kleine stieß seinen Großkopf in den warmen weichen Körper der Mutter. Ayla gab ihm von sich zu trinken.

»Nein, Ayla«, schüttelte Iza milde den Kopf, »das solltest du nicht tun, sein Leben zu kräftigen, wenn es ihm doch bald genommen wird. Du machst es dir selbst nur schwerer, ihn loszuwerden.«

»Loswerden?« Entsetzt starrte Ayla die Medizinfrau an. »Wie kann ich ihn loswerden wollen! Er ist mein Kind.«

»Du kannst nicht, wie du willst, Ayla. Es wird so gehalten im Clan. Stets muß die Mutter ein mißgebildetes Kind, das sie geboren hat, loswerden. Und es ist besser, es bald zu tun, ehe Brun es befiehlt.«

»Aber Creb hatte doch auch eine mißliche Geburt. Er durfte leben«, setzte Ayla mit erregten Händen dawider.

»Seine Mutter war die Gefährtin des Clan-Führers. Er hat es erlaubt. Und du hast keinen Gefährten, Ayla, keinen Mann, der für deinen Sohn eintreten kann. Habe ich dich nicht gewarnt, daß Unheil dein Kind begleiten könnte, wenn es geboren wird, ehe du einen Gefährten hast? Zeigt seine mißliche Gestalt nicht, daß es wahr ist? Warum willst du ein Kind leben lassen, das bis ans Ende seiner Tage vom Unglück verfolgt sein wird? Es ist besser, jetzt mit ihm und dem Unglück ein Ende zu machen.«

Widerstrebend entzog Ayla ihrem Sohn die Brust, und Tränen strömten aus ihren Augen.

»Ach, Iza«, rief sie schluchzend, »ich wollte ein Kind wie die anderen Frauen. Ich dachte, daß ich nie eines kriegen würde. Und warum mußte ich so leiden, um ihn zu gebären, wenn es nun doch noch sterben soll? Ich will mein Kind behalten, Iza. Zwing mich nicht, es aufzugeben.«

»Ich fühle mit dir, Ayla«, gab die Medizinfrau mit zitternder Hand zurück, »aber es muß sein.«

Der kleine Säuger suchte die Brust der Mutter. Zuerst wimmerte er und fing dann an zu brüllen, als er nichts fand. Ayla konnte es nicht ertragen und legte ihn wieder an.

»Ich kann es nicht tun«, erklärte sie Iza mit heftiger Bewegung. »Ich tue es nicht. Mein Sohn lebt. Er atmet. Es kann ja sein, daß er mißgestaltet ist, aber er ist kräftig. Hast du ihn schreien hören? Hast du gesehen, wie geschwind er die Beinchen bewegt? Schau doch, wie er saugt! Ich will ihn behalten, Iza, und ich behalte ihn auch. Niemals werde ich ihn töten. Lieber gehe ich selbst fort von hier. Ich kann jagen. Ich kann Nährendes für uns beide finden. Ihn und mich kann ich durchbringen.«

Iza riß entsetzt die Augen auf.

»Ayla, das darfst du nicht! Wohin willst du dann gehen? Du bist zu schwach. Du hast sehr viel geblutet.«

»Ich weiß es noch nicht, Iza. Nur fort. Ich gebe mein Kind nicht auf.«

Aylas Entschluß war felsenfest, und Iza sah es ihr an. Aber sie war doch noch zu sehr geschwächt, um alleine fortzugehen; sie würde sterben, wenn sie versuchen sollte, ihr Kind zu retten. Aylas Drohung, sich wieder gegen Clan-Brauch und -Gebot zu stellen, jagte Iza Angst und Schrecken ein.

»Ayla, tue es nicht«, bat Iza und rang die Hände. »Gib mir das Kind. Wenn du es nicht kannst, dann will ich es für dich tun. Und Brun will ich erklären, daß du noch sehr schwach warst.« Die Frau streckte nach dem Kleinen die Arme aus. »Komm, laß mich ihn nehmen. Wenn er fort ist, wird es dir leichter, ihn aus deinem Herzen zu reißen.«

»Nein! Nein, Iza!« Heftig wehrte Ayla ab und drückte das neue Leben, das aus ihr gekommen war, noch fester an sich. Schützend neigte sie sich über ihr Kind.

Uba hatte alles mit angesehen; das Hin und Her zwischen den beiden Frauen und vorhin, wie quälend und schmerzlich Aylas Gebären war. Sie liebte die Frau mit dem sonnenhellen Haar. Sie war in großer Angst gewesen um Ayla, als diese so heftig gelitten und gekämpft hatte; jetzt aber war die Angst riesig geworden, als sie sich jener Zeit erinnerte, in der Ayla weg gewesen war und alle geglaubt hatten, sie würde niemals wiederkehren. Eine schreckliche Ahnung, daß sie Ayla niemals wiedersehen würde, wenn sie jetzt fortging, drückte Uba fast das Herz ab.

»Geh nicht, Ayla!« Mit einem Aufschrei stürzte das Mädchen zu den beiden Frauen. »Mutter, Ayla darf nicht wieder fort von hier«, flehte sie, wild mit den Armen schlagend, die Medizinfrau an. »Geh nicht wieder fort!«

»Ich will ja nicht fortgehen, Uba, aber ich kann doch mein Kind nicht sterben lassen«, warf Ayla ein.

»Binde ihn doch hoch oben in einem Baumwipfel fest wie die Mutter, von der Aba berichtet hat. Und wenn er dann die bemessenen Tage am Leben bleibt, dann muß Brun dir erlauben, ihn zu behalten«, schlug Uba flehentlich vor.

»Was Aba erzählte, hat sich nie so zugetragen«, bedeutete Iza dem Mädchen. »Kein Kind kann draußen in der Kälte ohne Nahrung überleben.«

Ayla achtete nicht auf Izas Erklärung. Was Uba vorgeschlagen hatte, ließ einen Funken Hoffnung in ihr glimmen.

»Aber es ist schon so, Iza. Wenn mein Kind nach sieben Tagen noch am Leben ist, dann muß es Brun annehmen.«

»Was fällt dir ein, Ayla? Du kannst das Kind doch nicht aussetzen und glauben, daß es nach sieben Tagen noch am Leben ist. Das wird es niemals überleben.«

»Ich will es auch nicht aussetzen, sondern mit ihm fortgehen. Ich weiß einen Ort, wo wir uns verbergen können, Iza. Dorthin werde ich gehen und das Kind mitnehmen. Und am Tag der Benamsung kehre ich zurück. Dann muß Brun mir erlauben, es zu behalten. Ich kenne eine kleine Höhle . . . «

»Nein!« Izas Hand unterbrach sie heftig. »Nichts mehr davon! Das ist gegen das Clan-Gebot. Mein Herz kann dich auf diesem Weg nicht begleiten. Bruns Zorn würde dich treffen. Er würde euch suchen und bald gefunden haben und euch zurückbringen. Es ist gegen das Gebot des Clans, Ayla.« Iza stand auf und ging zum Feuer. Doch nach ein paar Schritten kehrte sie wieder um. »Und gingest du fort, so würde er mich fragen, wo du bist.«

Niemals in ihrem Leben hatte Iza etwas getan, was gegen die Gebräuche des Clans oder gegen Bruns Befehl verstieß. Es wäre ihr nie eingefallen. Das, was Ayla vorhatte, war offene Widersetzlichkeit. Und das war schlecht. Doch sie verspürte genau, wie unbezwingbar Aylas Wille war, ihr Kind zu behalten. Es ist schon so, wie Ayla mir dargetan hat, dachte sie, als ihre Augen das Neugeborene umfingen. Er mag mißlich gestaltet sein, aber er ist kräftig. Auch Crebs Körper war mißgebildet, als er geboren wurde. Und jetzt ist er der Mog-ur. Und dies hier ist ihr erstgeborener Sohn. Hätte sie einen Gefährten, so würde er vielleicht zustimmen, dem Kind das Leben zu lassen. Nein, das würde er nicht tun, so wenig wie sie andere belügen konnte, konnte sie sich selbst belügen. Doch sie konnte für sich behalten, was sie wußte.

Iza war sich im klaren darüber, daß es ihr geboten gewesen wäre, dieses alles Creb oder Brun darzutun. Doch sie brachte es nicht übers Herz. Was Ayla vorhatte, konnte sie nicht gutheißen, aber sie würde es in sich verschlossen halten.

Sie legte heiße Steine in eine Schale mit Wasser und machte Ayla einen heißen Heiltrank. Die junge Frau schlief mit ihrem Kind in den Armen, als Iza ihr den dampfenden Becher brachte. Sie schüttelte sie sachte an der Schulter.

»Trink das, Ayla«, bedeutete sie ihr und wies dann in eine abgelegene Ecke. »Ich habe das Nachgeburtige verhüllt und dorthin in die Ecke gelegt. Heute nacht kannst du noch ausruhen, aber wenn die Sonne wieder hochgekommen ist, mußt du es vergraben. Brun weiß um die mißliche Gestalt deines Sohnes. Ebra hat es ihm mitgeteilt. Der Clan-Führer erwartet, daß du ihn zusammen mit dem Nachgeburtigen wegschaffst.«

Auf diese Weise wollte Iza Ayla mitteilen, wieviel Zeit ihr noch blieb, alles Nötige für die Flucht zu richten.

Lange lag Ayla wach und sann darüber nach, was sie mitnehmen sollte. Den Schlafpelz, Kaninchenfelle und Flaumfedern für das Kind, die Schleuder und einige Messer, Nahrung und ein Wasserbehältnis. »Wenn ich warte, bis die Sonne über mir steht, ehe ich mich aufmache, kann ich noch alles vorbereiten.«

Am nächsten Morgen bereitete Iza weit mehr zu, als für vier Erdlinge als Morgenverzehr gebraucht wurde. Creb war erst in tiefer Nacht in seinen Wohnkreis zurückgekehrt und hatte sich sofort schlafen gelegt. Er vermied es peinlichst, mit Ayla zusammenzutreffen. Er war ratlos und wußte nicht, wie er ihr gegenübertreten sollte. Ihr Totem ist zu stark, dachte er. Es ist niemals ganz bezwungen worden, darum hat sie immer wieder geblutet, während sie das Kind trug. Darum ist das Kind mißgestaltet. Es ist wirklich ein Jammer, sie verlangt so sehr nach einem Kind.

»Iza, das ist ein reichlicher Morgenverzehr«, bedeutete er, als er sich niedersetzte. »Den ganzen Clan könnte man damit ernähren.«

»Es ist für Ayla«, gab Iza zurück und senkte hastig den Kopf.

Gewiß, Ayla mußte wieder zu Kräften kommen. Und sie würde Kräftigendes brauchen, um über das Unglück, das sie getroffen hatte, hinwegzukommen. Creb fragte sich, ob sie jemals ein gesundes Kind haben würde.

Als Ayla von ihrem Lager aufstand, vermeinte sie, der Boden schwankte unter ihren Füßen. Jeder Schritt wurde zur Qual, und wenn sie sich bückte, stach es ihr in den Leib, als wenn sie spitze Pflöcke darin hätte. Heillose Angst ergriff ihre Gedanken, und für einen Augenblick erschien ihr alles sinnlos. Kann ich so zur Höhle hinauf? Ich muß es können! Wenn ich nicht fortgehe, nimmt Iza mir mein Kind und schafft es weg. Ich will es aber haben, schrie es in ihr, und sie verdrängte die Angst in ihrem Herzen. Es wird schon gehen. Und wenn ich den ganzen Weg kriechen muß.

Ein dünner Regen nieselte grau herab, als Ayla die Höhle verließ. Sie hatte einiges in ihren Sammelkorb gepackt und das Nachgeburtige darauf gelegt. Die anderen Sachen waren unter ihrem Pelzumhang versteckt. Das Kind lag in einem Tragfell an ihrer Brust.

Die Wogen der Nebel in ihrem Kopf teilten sich, als sie einen der Wege in die Wälder nahm, doch ein Gefühl von Übelkeit blieb. Nach einiger Zeit bog sie ab und schlug sich durch Büsche und Gesträuch tief in den Wald, ehe sie anhielt. Matt sank sie auf die Knie, zog ihren Grabstock hervor und stach die Erde auf. Nachdem sie das Nachgeburtige tief darin vergraben hatte, blickte sie auf ihren Sohn. Keiner wird dich in ein solches Loch legen, gelobte sie. Ayla schwang sich den Sammelkorb wieder auf den Rücken, stand auf und schritt auf die steilen Hänge zu, über denen ihre höhlige Zuflucht lag, und ward nicht gewahr, daß sie beobachtet wurde.

Kurz nachdem Ayla aufgebrochen war, hatte sich Uba aus der Höhle geschlichen. Sie wußte, wie schwach Ayla auf den Füßen war, und hatte Angst, die junge Frau könnte die Besinnung verlieren und eine leichte Beute der reißenden Tiere werden. Um ein Haar wäre Uba zurückgelaufen zur Höhle, um Iza zu holen; doch sie wollte Ayla nicht alleine lassen, deshalb war sie ihr gefolgt; hatte sie zwar aus den Augen verloren, als Ayla vom Pfad abgebogen war, aber wieder entdeckt, als sie gerade einen baumlosen Hang hinaufkletterte.

Ayla stützte sich beim Steigen schwer auf ihren Grabstock. Immer wieder blieb sie stehen, schluckte hart und schwer, um die Übelkeit niederzukämpfen, und wehrte sich gegen den Schwindel, der ihr die Augen zu verdunkeln drohte. Sie spürte, wie Blut an ihren Beinen hinunterlief, doch sie hatte nicht die Kraft, sich zu verbinden. Jene Tage kamen in ihr hoch, als sie noch leichtfüßig den steilen Hang hinaufgelaufen war, ohne daß ihr Atem schneller geworden wäre. Und jetzt war es für sie kaum zu glauben, wie weit der Weg zu ihrer Höhle war. Er wurde länger statt kürzer. Die Füße suchten sich selbst einen festen Tritt im gerölligen Hang. Sie stiegen mühsam und verzweifelt. Erst, als sie kaum noch konnten, gönnte Ayla ihnen eine Rast.

Spät am Nachmittag fing das Kind zu schreien an. Ayla hörte seine Stimme nur noch wie aus weiter Ferne. Sie hielt nicht an. Unerbittlich zwang sie ihre Füße, weiter zu steigen, ja nicht nachzulassen. Sie mußten die Wiese erreichen, sie und ihr Kind noch bis in die Höhle tragen.

Uba blieb weit zurück. Sie wollte von Ayla nicht gesehen werden. Sie ahnte nicht, daß die junge Frau kaum noch weit genug sah, um einen Fuß sicher vor den anderen zu setzen. Rötliche Schwaden umwallten sie, als Ayla endlich ihre Wiese erreichte. Nur noch ein kleines Stück, hämmerte es in ihr. Sie schleppte sich durch das Gras und hatte kaum noch Kraft, die Zweige zu zerteilen, hinter denen die Höhle sich verbarg. Sie zwängte sich hindurch, taumelte ins Innere und brach auf dem Rehfell zusammen.

Es war ein Glück, daß Uba die Wiese genau in dem Augenblick betreten hatte, als Ayla in der Höhle verschwand, sonst hätte sie denken müssen, die junge Frau hätte sich in Luft aufgelöst, denn die knorrigen Haselnußsträucheräste verbargen die Öffnung in der Felswand vorzüglich. Uba rannte zur Clan-Höhle zurück. Sie war länger weggewesen, als sie gewollt hatte, und fürchtete, Iza würde unruhig sein und sie schelten. Doch die Medizinfrau wollte gar nicht wissen, wo ihre Tochter gewesen war. Sie ahnte, woher Uba kam, wollte aber lieber nicht daran rühren.

19

»Sie müßte doch schon längst wieder zurück sein, Iza«, klagte Crebs Hand und verriet seine Unruhe. Den ganzen Nachmittag war er rastlos umhergehinkt und hatte immer wieder zur Höhle hinausgespäht, ob sie nicht endlich wiederkäme.

Iza nickte, ohne von der Hirschkeule aufzublicken, die sie gerade in Stücke schnitt. Plötzlich schrie sie auf, als die scharfe Steinklinge ihr tief in den Finger fuhr. Creb sah auf und runzelte die Stirn. Nicht nur, daß sie sich geschnitten hatte, war verwunderlich, sondern auch ihr unbeherrschter Aufschrei. Denn gewöhnlich war Iza sehr geschickt mit dem Messer, und der Mog-ur konnte sich nicht erinnern, wann sie sich das letzte Mal damit verletzt hatte. Auch sie ist unruhig, dachte er.

»Ich war vor einer Weile bei Brun, Iza«, bedeutete er der Schwester. »Er will sie noch nicht suchen. Niemand darf wissen, wo eine Frau bei solcher Gelegenheit sich aufhält. Großes Unheil träfe den Mann, der sie so sieht. Aber sie ist schwach. Es wäre möglich, daß sie hilflos da draußen im Regen liegt. Du kannst nach ihr suchen, Iza. Du bist die Medizinfrau. Sie kann nicht weit fort sein. Warum bist du nicht schon auf den Beinen? Bald kommt die Dunkelheit.«

»Ich kann nicht«, wehrte Iza ab und steckte ihren blutenden Finger wieder in den Mund.

»Du kannst nicht?« wiederholte Crebs Hand fragend.

»Ich kann sie nicht finden.«

»Wie willst du wissen, daß du sie nicht finden kannst, wenn du sie nicht suchst?« Der Mog-ur legte den Kopf schief und sah seine Schwester an. Und plötzlich fiel ihm ein, wie ungewöhnlich es doch war, daß Iza nicht schon längst da draußen suchte.

»Iza, warum willst du Ayla nicht suchen?« fragte er mißtrauisch.

»Ich könnte sie nicht finden.«

»Warum nicht?« beharrte Creb.

Bange Angst stand in den Augen der Frau, als sie gestand: »Sie hält sich versteckt.«

»Versteckt? Vor wem?«

»Vor uns allen. Vor Brun, vor dir, vor mir, vor dem ganzen Clan«, gab Iza hilflos zurück.

Creb starrte sie entgeistert an und hob den Arm, der nicht verstehen wollte.

»Warum hält sich Ayla vor uns allen versteckt? Warum vor dir? Sie braucht dich doch.«

»Sie will das Kind behalten, Creb«, erklärte ihm Iza, und ihre Augen flehten den Bruder an, mitzufühlen, als sie mit zitternden Händen berichtete. »Ich habe ihr klargemacht, daß der Clan-Brauch einer Mutter gebietet, ihr mißgestaltetes Kind wegzuschaffen. Doch sie weigerte sich. Sie will es behalten. Sie wollte es fortbringen und bis zur Benamsung verstecken, weil Brun es dann annehmen muß.«

Mit scharfem Blick sah Creb die Frau an. Er wußte, was Aylas Eigenmächtigkeit bedeutete.

»Ja«, nickte der Mog-ur, »Brun wird nichts anderes übrigbleiben, als Aylas Sohn anzunehmen, Iza. Aber danach wird er sie für ihren Ungehorsam verfluchen, und diesmal bis ans Ende ihrer Tage. Wenn die Frau den Mann zu etwas zwingt, was er nicht will, aber dennoch muß, dann verliert er sein Gesicht vor allen anderen. Brun kann das nicht dulden, die Männer würden ihn dann nicht mehr achten. Selbst wenn er sie verflucht, wird die Schande auf ihm sitzenbleiben. Du weißt, in diesem Sommer werden alle Clans sich wieder zum Miething zusammenfinden. Glaubst du, daß er sich dann sehen lassen kann? Wir alle, der ganze Clan des Bären, würden für das, was Ayla angerichtet hat, mit Verachtung büßen müssen«, zürnte der Zauberer und schlug wütend die Hand durch die Luft. »Wie konnte sie uns das nur antun?«

»Sie handelte nach der Geschichte von der Mutter, die ihr mißgestaltetes Kind in den Gipfel eines Baumes gebunden hat«, gab Iza zurück.

»Wie konnte sie sich davon verführen lassen – gegen das Clan-Gebot!« entgegnete Creb verächtlich.

»Das war es nicht allein, Creb. Auch du hast dazu beigetragen.«

»Ich?« Der Mog-ur fuhr auf, als hätte ihn ein Skorpion gebissen. »Mit dieser Unbotmäßigkeit habe ich nicht das geringste zu tun!«

»Ich meine nicht, daß du etwas getan hast, Creb. Ich meine, daß du auch so bist. Auch du wurdest mit einer Ungestalt geboren, aber du durftest dein Leben behalten. Und jetzt bist du der Mog-ur.«

Was Izas Hände ihm da erklärten, machte den alten Zauberer tief betroffen. Er wußte um das glückliche Geschick, das ihn begünstigt hatte, doch noch vom Clan-Führer angenommen zu werden. Nur Glück hatte dem mächtigsten Magier aller Clans das Leben erhalten. Die Mutter seiner Mutter hatte ihm einst bedeutet, daß es wirklich wundersam gewesen war. Wollte auch Ayla jetzt ein Wunder für ihren Sohn? Doch niemals würde sie Brun zwingen können, ihren Sohn anzunehmen und dabei selbst am Leben zu bleiben; es sei denn, er wünschte es selbst und würde so entscheiden.

»Und du, Iza? Hast du sie nicht gewarnt, daß ihr Tun gegen das Clan-Gebot verstößt?«

»Ich habe sie beschworen, nicht zu gehen. Ich habe ihr angeboten, das Kind wegzuschaffen, wenn sie es nicht selbst tun könnte. Danach hat sie mich nicht einmal mehr in die Nähe des Kleinen gelassen. Ach, Creb, sie hat so viel um ihn gelitten.«

»Und da hast du sie einfach gehen lassen, leichtsinnig hoffend, es würde ihr schon nichts geschehen? Warum bist du nicht gleich zu mir gekommen oder zu Brun?«

Iza senkte stumm den Kopf. Creb hatte recht. Sie hätte es ihn wissen lassen sollen. Nun wird auch Ayla sterben, nicht nur ihr Kind.

»Wohin ist sie gegangen, Iza?« Crebs Auge war hart wie Stein.

»Ich weiß es nicht. Sie sprach von einer kleinen Höhle«, gab Iza voller Angst zurück.

Hastig wandte sich der Mog-ur ab und humpelte hinüber zum Wohnkreis des Clan-Führers.

Das Schreien des Kindes weckte Ayla schließlich aus ihrem Schlaf. Es war finster in der kleinen Höhle und feucht und kalt ohne Feuer. Blindlings zerwühlte sie den Sammelkorb nach einer frischen Binde, auf daß es ihr wohler würde zwischen den Beinen, und trockenem Pelzwerk für das Kind. Nachdem sie etwas Wasser getrunken hatte, hüllte sie sich fest in ihren Schlafpelz, legte sich wieder nieder und gab ihrem Sohn die Brust.

Als Ayla das nächste Mal erwachte, tanzten Sonnenlichtkringel auf der riesigen Felswand, und sie rieb sich die Augen, ob das auch wahr wäre und nicht nur freundliche Nebel im Kopf. Gierig verschlang sie den mitgebrachten Verzehr.

Durch Schlaf und Speise erholt, setzte Ayla sich auf und drückte das Kind an sich. Ich brauche Holz für uns, dachte sie, und der Verzehr wird auch nicht lange reichen. Ich brauche mehr. Sie schaute zum Einschlupf. Es müßten schon Luzerne sprießen und auch neuer Klee und frische Wickentriebe. Im Ahorn steigt jetzt neuer Saft auf und macht die innere Rinde süß. Nein, Ahorn wächst hier oben nicht. Aber es gibt Birken und Föhren. Meine Schleuder habe ich ja mitgenommen. Hörnchen, Biber und Kaninchen, aufgepaßt!

Eine ganze Weile gab sich Ayla ihren Träumen von Streifzügen durch das auflebende Land hin. Sie hielt sich an der Felswand fest und ließ den Kopf sinken. An ihren Beinen klebten dunkelrote Krusten, der Umhang war befleckt und eingerissen. Schnell wurde ihr klar, daß ihre Lage verzweifelt war.

Als sie wieder sicher gehen konnte, beschloß Ayla, sich zu säubern und Holz zu sammeln, wußte aber nicht, was so lange mit dem Kind geschehen sollte. Sollte sie es mit sich nehmen oder hier in der Höhle weiter schlafen lassen? Die Clan-Frauen ließen ihre kleinen Kinder niemals unbewacht. Ayla zog sich das Herz zusammen bei dem Gedanken, ihren Sohn alleine zu lassen. Doch sie mußte fort, sich reinigen und mehr Wasser holen; und ohne ihn konnte sie mehr Holz tragen.

Vorsichtig spähte sie durch das Astgewirr nach draußen. Dann drückte sie die Zweige auseinander und zwängte sich aus der Höhle. Die Erde war feucht und weich, am Bach glitschiger Schlamm. Wo es schattig war, glitzerte noch Schnee. Ayla fröstelte im kalten Wind, der Regenwolken vor sich her trieb. Zitternd zog sie sich aus und watete in den kalten Bach. Die Umhänge waren klamm und wärmten nicht, als sie sie wieder überzog.

Mit Mühe erreichte Ayla den Wald, der ihre Wiese umgab, und riß an den dürren Asten einer Föhre. Doch Schwindel fielen wieder über sie her, ihre Knie wurden weich und ihre Rechte griff hilflos in der Luft herum und suchte einen Halt. In ihrem Kopf hämmerte das Blut durch die Adern. Alle Entschlossenheit, Holz und Nährendes zu suchen, versank in einem Schwächewirbel.

Das Kind schrie, als sie sich zur Höhle zurückschleppte. Sie hob es auf und drückte es an sich. Dann fiel ihr das Behältnis ein, das sie am Bach hatte liegen lassen. Sie brauchte doch Wasser! Hastig legte sie ihren Sohn wieder hin und schleppte sich nochmals aus der Höhle. Die ersten schweren Tropfen fielen. Als sie zurück war, stellte sie das Behältnis in die Ecke, sank erschöpft in sich zusammen und zog den feuchten, schweren Pelz über sich und das Kind.

»Habe ich dir nicht ständig vorgehalten, daß sie aufsässig und eigensinnig ist?« machte Broud geltend und sah Brun triumphierend an. »Hat auch nur einer mir geglaubt? Nein. Alle haben sich auf ihre Seite geschlagen, haben sich ihrem Eigensinn gebeugt und sogar zugelassen, daß sie jagen geht wie ein Mann. Mag ihr Totem noch so stark und mächtig sein; es verstößt gegen das Gebot, daß eine Frau jagt. Nicht der Höhlenlöwe hat ihr diesen Weg gewiesen. Ihr Trotz hat sie diesen Weg geführt.

Siehst du nun, Brun, was geschieht, wenn du einer Frau ihren Willen läßt? Siehst du nun, was geschieht, wenn du zu milde bist? Sie glaubt nun wahrlich, sie könnte dem Clan ihren mißgeburtigen Sohn aufzwingen. Aber diesmal darf es keine Milde geben. Sie hat gegen das Gebot aller Clans verstoßen. Willentlich.«

Endlich sah Broud sich gerechtfertigt. Mit erbarmungsloser Härte hielt er Aylas Tun dem Clan-Führer vor Augen, und dem tat es weh.

»Du hast mir sehr deutlich gezeigt, wie du alles siehst, Broud«, stellte dieser klar. »Doch es ist nicht nötig, daß du immer wieder in dieselbe Kerbe schlägst. Ich nehme mir Ayla vor, wenn sie zurückkommt. Keine Frau hat mich je gezwungen, daß ich gegen meinen Willen handle. Und das werde ich auch jetzt nicht zulassen. Wenn diese Nacht vergangen ist, suchen wir weiter«, bestimmte Brun und schaute die Männer an, die um ihn versammelt waren. »Wir suchen an solchen Orten, die uns wenig vertraut sind. Creb hat angedeutet, daß Ayla zu einer kleinen Höhle wollte. Gibt es einen unter euch, der eine kleine Höhle hier gesehen hat? Allzu weit kann sie doch nicht sein. Ayla war zu schwach, um weiter fortzugehen. Wir wollen die Ebene und die Wälder außer acht lassen und nur dort suchen, wo es Höhlen gibt. Zwar hat der Regen ihre Spur verdorben, aber laßt uns so lange suchen, bis sie gefunden ist.«

Beklommen wartete Iza, bis die Männer auseinander gegangen waren. All ihren Mut hatte sie zusammengerafft und beschlossen, sich Brun mitzuteilen. Als sie die Männer sich erheben sah, kam sie mit gesenktem Kopf an die Feuerstätte des Clanführers und hockte sich zu seinen Füßen nieder.

»Was willst du, Iza?« fragte Brun.

»Ich wünsche, daß mich der Clan-Führer anhört«, bedeutete ihm die Medizinfrau.

»Du magst sprechen.«

»Ich habe nicht recht getan, daß ich den Clan-Führer überging und ihn nicht wissen ließ, was Ayla vorhatte.« Iza ließ alle Form beiseite, als ihre Gefühle sie überwältigten. »Aber, Brun, sie verlangte so brennend nach einem Kind. Keiner glaubte, sie würde je eines kriegen. Selbst sie nicht. Wie konnte nur der Geist des Höhlenlöwen bezwungen werden? Ihr Herz war voller Freude. Sie litt, aber klagte nie. Als das Kind dann endlich kam, wäre sie fast wieder ins Jenseitige gegangen, Brun. Nur weil sie das Kind haben wollte, hatte sie die Kraft, bis zum Ende durchzuhalten.

Sie brachte es nicht übers Herz, ihren Sohn wegzuschaffen, auch wenn er mißgestaltet ist. Sie war sicher, nie wieder ein Kind gebären zu können. Sie war außer sich vor Schrecken und Schmerz und deshalb nicht mehr klar im Kopf und wußte nicht, was sie da tat. Brun«, flehte Iza ihren Bruder an, »ich bitte dich, laß ihr das Leben.«

»Warum bist du nicht früher zu mir gekommen, Iza? Wenn du jetzt glaubst, es hilft, um ihr Leben zu bitten, warum bist du nicht gleich gekommen? War ich so hart zu ihr? Meine Augen hatten sich ihrem Leiden nicht verschlossen. Es gibt keinen hier im Clan, der nicht um die Schmerzen weiß, die Ayla erlitten hat, um ihrem Sohn in die Welt zu helfen. Bin ich für dich ein Mann mit einem Herzen aus Stein? Traust du mir nicht zu, daß ich alles in Betracht ziehen würde, wenn du mir zur rechten Zeit bedeutet hättest, wie ihr zumute war? Ich hätte mir das Kind angesehen. Ich hätte ihm vielleicht das Leben gelassen, wenn es nicht allzu krüppelig gewesen wäre. Obwohl Ayla keinen Gefährten hat. Aber du glaubtest schon von vornherein zu wissen, was ich tun würde, Iza.«

Schwer ließ Brun die Hände sinken, schaute seine Schwester durchdringend an und teilte ihr mit, was er sie schon lange hatte wissen lassen wollen. Nie hätte sie ihre Pflichten vernachlässigt. Stets wäre sie den anderen Frauen zum Vorbild gewesen, und nur in ihrer Krankheit könne er den Ursprung ihres ungewöhnlichen Betragens sehen. Er wisse, machte Brun, und in seinen Augen leuchtete es warm auf, daß sie krank sei, auch wenn sie sich mühe, es zu verbergen. Er habe mit keinem darüber geredet – wie sie es gewollt hätte. Doch hätte er schon vor dem ersten Schnee gefürchtet, Iza würde in das Reich der Toten hinübergehen. Er wisse auch, daß Ayla glaube, nie wieder gebären zu können. Und auch er habe gesehen, wie sie ihr Selbst zurückstellte, als Iza krank gewesen sei. Wie die junge Frau sie wieder habe gesunden lassen, sei ihm ein Geheimnis. Es könne der Mog-ur sein, der die Geister beschwichtigte, die sie zu sich holen wollten; aber der Mog-ur allein sei es nicht gewesen. Er, Brun, hätte sich bereitgefunden, Crebs Bitte entgegenzukommen und Ayla in den Rang der Medizinfrau zu erheben. Er habe gelernt, sie zu achten, so wie er Iza achtete. Sie habe sich stets fügsam und gehorsam gezeigt, trotz der Drangsal, die sie durch Broud zu erdulden hatte. Sie, Iza, müsse wissen, daß er auch davor seine Augen nicht verschließe. Es wäre Brouds nicht würdig, zu glauben, sich mit einer Frau messen zu müssen. Er sei ein tapferer und kühner Jäger und brauche sich von keiner Frau bedroht zu fühlen. Doch, und Brun zog jetzt die Stirn in tiefe Falten, vielleicht habe der Sohn etwas wahrgenommen an ihr, das er übersehen hätte. Vielleicht habe Broud schärfere Augen; vielleicht sei er Ayla gegenüber wirklich blind gewesen. Wäre Iza früher gekommen, so hätte er ihre Bitte wohlwollend prüfen können. Jetzt aber sei es zu spät. Wenn Ayla nach den bemessenen Tagen zurückkehrte, würden sie und ihr Sohn sterben.

Am zweiten Tag versuchte Ayla, ein Feuer zu machen. In der Höhle lagen noch einige dürre Äste. Sie zwirbelte zwischen ihren Handflächen den Stock, hatte aber – zum Glück – nicht die Kraft, so lange zu drehen, bis das Holz zu schwelen anfing.

Denn Droog und Crug hatten zur Bergwiese hinaufgefunden, während sie und das Kind schliefen. Sie hätten den Rauch gerochen und sie gefunden. So aber gingen die Jäger ahnungslos an der Höhle vorüber. Hätte das Kind auch nur im Schlaf gewimmert, ihre Ohren hätten es gehört. Doch alles war still, und der Einschlupf auch nicht für das schärfste Auge zu sehen.

Und noch einmal stand ihr das Glück zur Seite. Der milde Nieselregen, der beständig aus einem düsteren Himmel herabfiel und die Wiese in einen schmatzenden Sumpf verwandelt hatte, löschte alle Spuren aus. Die Augen der Jäger waren so geübt, daß sie den Fußabdruck eines jeden vom Clan erkennen konnten, und sofort hätten sie abgebrochene Äste entdeckt oder frisch aufgestocherte Erde, aus der Knollen oder Wurzeln geborgen worden waren. Doch Ayla war zu schwach gewesen, um solche zu sammeln.

Als Ayla später hinausging, um zu trinken, und in der Nähe der Quelle, wo die Männer angehalten hatten, die Fußspuren sah, stockte ihr der Atem. Und von da an wollte sie fast nicht mehr aus der Höhle gehen. Bei jedem Windstoß, der das Gebüsch vor dem Einschlupf schüttelte, fuhr sie zusammen und gefror vor Angst.

Der Verzehr, den sie mitgebracht hatte, war zur Neige gegangen. Sie durchwühlte die Körbe, die noch vom Winter her in der Ecke standen; nichts außer Nüssen und Hörnchenkot.

Dann aber kam ihr der Steinbau in den Kopf, unter dem sie – im hintersten Winkel – damals das gedörrte Fleisch gelagert hatte. So schnell es ging, lief sie nach hinten und nahm die Steine weg. Das Fleisch in der Grube war noch unberührt und gut. Erleichtert seufzte Ayla auf. Doch plötzlich knackten die Zweige am Einschlupf. Wie sie erschreckt den Kopf in diese Richtung wandte, sah Ayla, daß das Gesträuch sich auseinandertat.

»Uba!« rief sie entgeistert, als das Mädchen sich in die Höhle zwängte. »Wie hast du mich gefunden?« fragte sie bestürzt.

»Ich bin dir gefolgt an dem Tag, an dem du fortgingst, Ayla. Ich hatte Angst, dir würde etwas zustoßen. Ich habe Nährendes mit heraufgebracht.«

»Weiß Iza, wo ich bin?«

»Nein. Aber sie ahnt, daß ich es weiß. Sie will es nicht wissen, weil sie es dann Brun offenbaren muß. Ach, Ayla, Brun ist voller Zorn gegen dich. Jeden Tag haben die Männer nach dir gesucht.«

»Ich sah ihre Spur an der Quelle, aber sie haben die Höhle nicht gefunden«, antwortete Ayla.

»Broud stolziert umher und verkündet allen, er hätte immer gewußt, wie schlecht du bist. Creb habe ich kaum zu Gesicht bekommen, seit du uns verlassen hast. Er hockt den ganzen Tag über in der Zauberhöhle, und Mutter zittert vor Angst und Sorge um dich. Sie rät dir, nicht zurückzukommen«, berichtete Uba mit lebhafter Gebärde.

»Wie kannst du wissen, daß sie mir rät, nicht zurückzukommen, wenn sie dir nichts gedeutet hat?« wollte Ayla wissen.

»Sie hat schon gestern abend und auch heute früh mehr Nahrung zubereitet als sonst. Nicht zuviel – ich glaube, sie hatte Angst, Creb würde ahnen, daß es für dich ist –, aber sie hat ihren Teil nicht gegessen. Später hat sie einen Trank bereitet, und dann begann sie mit den Händen zu klagen, als spräche sie mit sich selbst. Aber sie hat mich dabei angesehen. Ayla darf nicht zurückkommen, klagte sie. Niemals. Das arme Kind, sie hat nichts Nährendes, sie ist so schwach und ohne Kraft. Sie muß ihr Kind versorgen. So machte sie, und dann ging sie fort. Ich dachte mir, daß sie wollte, daß ich es dir brächte.«

Uba schaute sich aufmerksam in der Höhle um. Dann fuhr sie fort: »Iza muß gesehen haben, daß ich dir folgte. Es hat mich verwundert, daß sie mich nicht schalt für mein spätes Heimkommen. Brun und Creb zürnen ihr, weil sie ihnen nicht mitgeteilt hat, daß du dich verstecken wolltest. Wenn sie ahnten, daß Mutter einen Weg zu dir kennt – ich weiß nicht, was sie tun würden. Aber keiner hat mich gefragt. Keiner achtet auf ein Kind. Ayla, ich weiß, daß ich Creb offenbaren müßte, wo du bist, aber ich will nicht, daß Brun dich verflucht, ich will nicht, daß du sterben mußt.«

Ayla spürte den angstvollen Schlag ihres Herzens. Was habe ich denn getan? Als sie gedroht hatte, den Clan zu verlassen, hatte sie sich nicht klargemacht, wie schwach sie noch war, wie schwierig es sein würde, allein mit einem Kind zu überleben. Sie hatte sich darauf verlassen, am Tag der Benamsung zurückkehren zu können. Was soll ich denn jetzt tun? Sie hob ihr Kind von der Erde auf und drückte es an sich. Ich kann dich doch nicht wegschaffen?

Zärtlich blickte Uba auf die junge Frau.

»Ayla«, begann sie zaghaft. »Darf ich ihn sehen? Ich habe dein Kind nie gesehen.«

»Aber ja, Uba! Hier, du sollst ihn sehen«, bedeutete Ayla.

Die junge Frau legte ihr das Kind in den Schoß. Uba begann, es aus seiner Umhüllung zu schälen.

»Er sieht heil aus, Ayla. Er ist nicht so verkrüppelt wie Creb. Er ist ein bißchen dünn, aber anders ist nur sein Kopf. Und doch sieht er nicht so andersartig aus wie du. Keiner im Clan sieht so aus wie du.«

»Das kommt, weil ich nicht im Clan geboren wurde«, gab Ayla zurück. »Iza fand mich, als ich ein kleines Mädchen war. Von ihr weiß ich, daß ich den anderen geboren wurde. Aber jetzt gehöre ich zum Clan.«

»Verlangt dein Herz nie nach deiner eigenen Mutter?« wollte Uba wissen.

Ayla strich sich die verklebten sonnenhellen Strähnen aus der Stirn und machte wieder die Kerbe in die Nasenwurzel.

»Ich kenne keine andere Mutter als Iza«, gab sie zurück. »Ich weiß nichts von jenem Tag, als ich noch nicht zum Clan gehörte.« Doch plötzlich erbleichte sie. »Uba, wohin soll ich denn gehen, wenn ich jetzt nicht mehr zurück kann? Mit wem soll ich leben? Iza und Creb werde ich wohl niemals wiedersehen. Und heute ist der letzte Tag, an dem du bei mir bist. Aber, glaube mir, ich wußte nicht, was ich hätte sonst tun sollen. Ich konnte doch mein Kind nicht sterben lassen.«

Uba griff nach der Hand der jungen Frau und streichelte sie sacht.

»Ich weiß nicht, Ayla. Mutter sagt, Brun wird das Gesicht verlieren, wenn du ihn zwingst, deinen Sohn anzunehmen. Darum ist er so zornig. Wenn eine Frau einen Mann zwingt, etwas zu tun, was er nicht tun will oder nicht von sich aus zu tun bereit ist, dann achten die anderen Männer ihn nicht mehr. Selbst wenn er dich verflucht, verliert er das Gesicht, weil du ihn genötigt hast, dies gegen seinen Willen zu tun. Ich wollte nicht, daß du weggehst von uns, Ayla, aber wenn du zurückkehrst, mußt du sterben.«

Verstört starrte die junge Frau in das gequälte Gesicht des Mädchens. Als ob sie sich gleichzeitig trösten wollten, streckten beide weit die Arme aus, umfingen sich und hielten einander fest.

»Du mußt gehen, Uba«, bedeutete Ayla schließlich. »Komm, mach dich wieder auf den Weg, sonst ziehst auch du den Zorn der Männer auf dich.«

Das Mädchen gab den kleinen Säuger wieder der Mutter zurück und stand auf.

»Uba«, rief Ayla, als diese schon den Haselstrauch auseinanderdrücken wollte. »Es hat mir sehr geholfen, daß du heraufgekommen bist. So habe ich dich wenigstens noch einmal sehen können. Laß Iza wissen, daß ich sie liebe.« Ihre Augen begannen zu tränen. »Und Creb auch.«

»Ja, Ayla.« Das Mädchen nickte und schlüpfte hastig durch die Büsche.

Als Uba fort war, packte Ayla das Bündel mit dem Verzehr aus, das diese mitgebracht hatte. Viel war es nicht, doch zusammen mit dem Dörrfleisch würde es für ein paar Tage reichen.

Aber was dann? Sie konnte einfach keinen klaren Gedanken fassen. Ihr war, als würde sie immer tiefer in den Schlund schwarzer Verzweiflung hineingezogen. Was sie vorgehabt hatte, war gescheitert. Nicht nur das Leben ihres Kindes, sondern auch ihr eigenes war aufs äußerste gefährdet. Sie kaute, ohne etwas zu schmecken, und trank von dem Gebräu, das Uba ihr gebracht hatte. Dann legte sie sich mit dem Kind in den Armen wieder nieder und glitt in einen hilfreichen Schlaf, der für eine Weile alles Schlimme vergessen machte.

Es war Nacht, als Ayla wieder die Augen aufschlug und den letzten Rest des Izaschen Tranks hinunterstürzte. Jetzt gleich, solange es finster war und keine Gefahr drohte, von den Männern aufgespürt zu werden, wollte sie gehen und sich frisches Wasser holen. Fuß um Fuß tappte sie in der Finsternis umher, bis sie die verästelten Umrisse der Haselnuß entdeckte, die sich schwarz von dem bläulichen Dunkel draußen im Freien abhob. Eilig huschte sie hinaus.

Ein schmales Mondgesicht, das sich immer wieder mürrisch hinter dahinjagenden Wolken verkroch, gab wenig Licht; doch nach einer Weile konnten Aylas Augen Bäume erkennen, die sich geisterhaft aus dem trüben Schimmer der Nacht heraushoben. Im Quellwasser, das, leise vor sich hin murmelnd, über Felsen und Gestein sprang, betrachtete sich das Mondgesicht, verzog sich dort jedoch zu einer breiten unruhigen Fratze. Ayla war immer noch schwach, aber ihr wurde nicht mehr schwindlig, wenn sie aufstand, und das Gehen bereitete nicht mehr so starke Schmerzen.

Erdlingsaugen sahen sie nicht, als sich Ayla zur Quelle hinunterneigte, doch andere Augen waren auf sie gerichtet. Nächtliches Raubgetier und dessen Opfer tranken an derselben Quelle wie die junge Frau. Nie wieder – seit sie vor langer Zeit allein und schutzlos durch die Wildnis gewandert war – war Ayla so angreifbar gewesen; nicht so sehr ihres Körpers wegen als vielmehr wegen ihres unbedachten Sichbewegens. Sie dachte an vieles, nur nicht ans Überleben. Ihre Gedanken waren nach ihnen gekehrt. Für ein reißendes Tier wäre sie leichte Beute gewesen. Doch hier oben hatte Ayla unter den Vierbeinern sich Achtung verschafft. Schnell fliegende Steine, nicht immer tödlich, aber stets schmerzhaft, hatten sie Vorsicht gelehrt.

»Es muß doch irgendeine Spur von ihr geben«, forderte Brun zornig. »Wenn sie Nahrung mitgenommen hat, so kann es nicht viel gewesen sein und wird auch nicht lange reichen. Dann muß sie aus ihrem Versteck heraus. Jeder Ort, der abgesucht wurde, ist nochmals in Augenschein zu nehmen. Wenn sie tot ist, so will ich es wissen. Sie muß vor dem Tag der Benamsung gefunden werden. Und wenn nicht, so werde ich nicht zum Miething des Groß-Clans ziehen.«

»Jetzt hindert sie uns noch, das große Treffen zu besuchen«, höhnte Broud mit wilder Gebärde. »Warum wurde sie überhaupt in den Clan aufgenommen? Sie ist und bleibt doch eine von den anderen. Wäre ich Clan-Führer, ich hätte sie niemals aufgenommen. Wäre ich Clan-Führer, ich hätte Iza niemals erlaubt, diesen widerlichen Findling mitzunehmen. Warum kann denn keiner von euch sie so sehen, wie sie wirklich ist? Nur ich! Schon immer hat sie gegen die Clan-Gebote gehandelt, und immer wieder ist sie ungestraft davongekommen. Hat einer sie je daran gehindert, Getier in die Höhle zu bringen? Hat einer sie je daran gehindert, allein umherzuziehen, wie das einer guten Clan-Frau niemals in den Kopf gekommen wäre? Es ist beileibe nicht wundersam, daß sie uns klammheimlich wie ein reißendes Tier belauert hat, als wir uns mit den Waffen übten. Und was begab sich, als sie mit der Schleuder in der Hand ertappt wurde? Man belegte sie mit einem Todesfluch, der nur bemessen war. Und als sie wiederkehrte, wurde ihr auch noch das Jagen erlaubt. Eine Frau, die jagt! Seht ihr denn nicht, ihr Blindläufigen, wie die anderen Clans diesen Frevel aufnehmen werden? Es kommt doch nicht von ungefähr, daß wir nicht zum Miething des Groß-Clans ziehen werden. Muß man sich denn da noch wundern, wenn sie glaubte, sie könnte uns, dem Clan des Bären, ihren Sohn aufzwingen?«

Broud war aufgesprungen und hin und her gerannt, als wenn er einen Jagdtanz zeigen wollte. Mit scharfen, harten und fast würgenden Bewegungen hatte er den Männern Ayla geschildert und wie sie den Clan immer mehr ins Unglück stürzen würde. Ein Jagdtanz war das wahrlich nicht gewesen, hatte aber viel mit Jagd zu tun – auf Ayla.

Wie aus Stein gehauen war Brun die ganze Zeit dagesessen; hielt die Arme auf der Brust verschränkt und starrte ins Feuer, das, wäre sein Blick ein Wasserstrahl gewesen, zischend und fauchend hätte erlöschen müssen. Dann schaute er dem jungen Jäger ins Gesicht.

»Broud, das alles hast du uns schon viele Male dargetan«, meißelte seine Hand in den Flammenschein. »Ihr Ungehorsam wird gesühnt werden.«

Die lästige Unerbittlichkeit, mit der Broud immer wieder davon anfing, zerrte nicht nur an der Nerven des Clan-Führers; sie begann so nach und nach dessen Selbstsicherheit empfindlich zu erschüttern. Und Brun fing an zu zweifeln, ob das, was er entschieden hatte und noch entscheiden würde, im Einklang mit dem Clan-Brauch sei. Nährboden für seine Entscheidungen war das Überlieferte. Und doch hatte er, wie Broud ihm erbarmungslos vorhielt, Ayla einen Verstoß nach dem anderen durchgehen lassen; sie hatte ihn dazu gebracht, sich von eben diesem gesicherten Grund zu entfernen. Er hatte sich schon auf ein Gebiet begeben, das seine Füße nicht kannten und in das zu folgen seine Männer sich zunehmend sträubten.

Denn Brouds beständiges Bohren ließ auch die anderen Jäger nicht unberührt. Die meisten waren nun überzeugt, daß Ayla sie getäuscht und verblendet hatte und daß es Broud war, der sie durchschauen konnte. Und war Brun nicht in der Nähe, so enthielt sich Broud auch nicht der abwertenden Andeutungen, dieser wäre doch jetzt wirklich zu alt, den Clan des Bären länger zu führen. Brun spürte, wie die Männer ihm langsam die Achtung entzogen.

Ayla verließ die Höhle nur noch, wenn sie Wasser brauchte. In Felle und Pelze gehüllt, war ihr auch ohne Feuer warm genug. Die Nahrung, die Uba gebracht hatte, und das zähe Dörrfleisch reichten ihr. So brauchte sie nicht hinaus und Kräuter und Pflanzen sammeln oder auch zu jagen. So blieb ihr Zeit, sich auszuruhen und wieder Kräfte zu gewinnen. Bald schlief sie auch nicht mehr so viel, was ihr jedoch nicht unbedingt zur Freude gereichte. Lag sie nämlich wach in der Fellmulde, so wurde sie wieder und wieder von schlimmen Bildern gequält, die sich in ihren Kopf drängten, wenn sie an das Zukünftige dachte. Im Schlaf wenigstens konnte sie die Zukunft fliehen.

Zögernd gewärmt von der Nachmittagssonne, die ab und zu hinter rasch dahinfliegenden Wolken verschwand, hockte Ayla nahe am Einschlupf und hielt ihr schlafendes Kind in den Armen. Sie blickte auf den Sohn hinunter und drehte sachte seinen Kopf zur Seite.

Ja, du siehst anders aus, dachte Ayla. Du siehst wirklich anders aus, aber nicht ganz so anders wie ich. Ayla stellte sich ihr eigenes Gesicht vor, so wie sie es einst im Wasserspiegel hatte schimmern sehen.

Sie musterte ihr Kind, das sie mit dem Bild von sich verglich. Ja, nickte sie, so wölbt sich auch meine Stirn, hob die Hand und fuhr bei sich die hohe Wölbung nach, vom Haaransatz zur Nasenwurzel, dann über den Grat der Nase hinweg zum Mund bis ans Kinn. Und diesen Auswuchs unter dem Mund, den habe ich auch. Aber er hat die dicken Wülste über den Augen, die mir fehlen. Die Clan-Leute aber haben sie alle. Wenn ich anders aussehe, warum sollte er dann nicht auch anders aussehen? Er muß doch so sein wie ich, denn er ist von mir. Er sieht zwar aus wie ich, aber er sieht auch aus wie ein Erdling. Ich wurde den anderen geboren, und mein Kind wurde dem Clan geboren. Er hat etwas von beiden.

Glaube ja nicht, daß du mißgestaltet bist, mein Kind, nickte sie ihm zu. Wenn du mir und dem Clan geboren wurdest, dann mußt du von mir und dem Clan etwas mitbekommen haben. Wenn die Geister sich nämlich vermischten, dann muß das an dir sichtbar sein. So sieht's auch aus, und es ist richtig, daß du so aussiehst. Aber wessen Totem hat den Lebenskeim für dich gelegt? Welches auch immer es war, ihm muß beigestanden worden sein. Niemand von den Männern hat ein Totem, das stärker ist als meines. Nur Creb. Ayla mußte lächeln bei dem Gedanken. Hat der Große Bär dich zum Leben erweckt, mein Sohn? Ich lebe an Crebs Feuerstätte. Nein, das gibt es nicht. Denn niemals erlaubte der Höhlenbär einer Frau, daß sie sich seinen Geist einverleibte. Aber wenn es nicht Creb war, wer war es dann? Wer war in meiner Nähe? Angestrengt dachte Ayla nach.

Brouds hämisches Grinsen tauchte plötzlich vor ihr auf. Nein! Ungestüm dachte sie ihn weg. Nicht dieser Widerling. Sein Totem hat mein Kind nicht ins Leben gerufen. Sie schüttelte sich und verzog angeekelt den schrundigen Mund. Ich hasse ihn. Wie gern hätte ich geschlagen, gekratzt und gebissen. Doch das darf eine Frau nicht, wenn der Mann sie nimmt, obwohl sie nicht will. Rasch hob Ayla die Hand und führte sie zu ihrem Amulett am Hals und bat ihr Totem, sie vor Brouds gemeinem Geschlecht zu schützen. Dann ließ sie die Hand sinken und dachte an dessen Gefährtin. Wie hält Oga es nur aus mit ihm? Und die anderen Frauen? Warum müssen die Männer gerade da ihr Geschlecht hineinstoßen, woraus geboren wird? Da hat es doch nichts zu suchen, das ist den Kindern vorbehalten, dachte Ayla zornig und empört.

Doch plötzlich ging ihr ein seltsamer Gedanke durch den Kopf. Wenn es dort doch etwas zu suchen hätte? Wäre es möglich, daß das männliche Geschlecht mithilft, ein Kind ins Leben zu bringen? Nur Frauen können Kinder kriegen, aber sie bekommen Mädchen und Jungen, überlegte sie. Wäre es möglich, daß es das männliche Geschlecht dort hindrängt, woraus Kinder geboren werden, und dort den Samen legt? Wäre es also möglich, daß es nicht der Geist des Totems eines Mannes ist? Und würde dann das Kind nicht auch dem Mann gehören? Wieder hatte Ayla die Kerbe in der Nasenwurzel. Ich habe nie gesehen, daß die Frau einen Geist schluckt, wie immer gesagt wird. Doch ich habe oft erlebt, wie das männliche Geschlecht von ihr Besitz ergreift. Und keiner glaubte, daß ich je ein Kind haben würde – nur, weil mein Totem so stark ist. Und doch habe ich ein Kind bekommen, und sein Anfang liegt in jenen Tagen, als ich Brouds Lust zu ertragen hatte.

Nein! Entsetzt wies Ayla diesen Gedanken zurück. Denn dann würde das Kind auch Broud gehören. Creb hatte recht. Er hat immer recht. Ich habe einen Geist geschluckt, der mit meinem Totem kämpfte und es bezwang. Doch vielleicht war es nicht nur ein Geist; vielleicht waren es die Geister der Totems aller Clan-Männer. Mit einer wilden Bewegung drückte sie das Kind an sich. Du bist mein Sohn, nicht der von Broud. Das Kind, geweckt durch den raschen Ruck, begann zu schreien. Ayla wiegte es sachte hin und her, bis es sich beruhigt hatte und weiterschlief.

Vielleicht wußte mein Schutzgeist, wie groß mein Wunsch nach einem Kind war und ließ sich deshalb bezwingen. Doch wieso hätte mein Totem zulassen sollen, daß ich ein Kind kriege, wenn es wußte, daß es würde sterben müssen? Ein Kind, in dem etwas von mir ist und etwas von den Clan-Leuten, wird eben anders aussehen als sie und ich, aber beiden ähnlich. Sie werden immer sagen, daß mein Kind mißgestaltet ist. Selbst wenn ich einen Gefährten hätte, es würde sich nichts daran ändern. Ich werde es nicht behalten können; es wird sterben müssen. Wir werden beide sterben, du und ich, mein Sohn.

Ayla hielt das Kind an sich gedrückt und wiegte es leise summend in den Armen, während ihr die Tränen über das Gesicht liefen. Was soll ich tun? Verzweifelt blickte sie in der Höhle umher und auf das schlafende Kind in ihren Armen. Wenn ich an deinem Namenstag wiederkehre, mein Kind, dann wird Brun mich verfluchen. Iza läßt mir raten, nicht zum Clan zurückzukehren; aber wohin denn sonst? Zum Jagen bin ich noch nicht kräftig genug; und selbst wenn, was würde ich mit dir solange tun? Mitnehmen könnte ich dich nicht. Du würdest vielleicht schreien und die Tiere warnen. Aber dich allein lassen, wäre niemals möglich. Vielleicht brauche ich gar nicht auf die Jagd zu gehen. Ich kann ja Pflanzen und Kräuter sammeln. Womit aber Umhänge, Schlaffelle und Fußhüllen machen?

Und wo soll ich eine Höhle finden, in der wir leben können. Hier kann ich doch nicht bleiben. Die hier ist zu nahe beim Clan; früher oder später würden die Männer mich finden. Gut, ich könnte fortgehen; aber möglich wäre es, daß keine Höhle zu finden ist und die Männer meine Spur entdecken und mich zurückbringen. Und selbst wenn ich eine fände und genug Nährendes ansammeln könnte, um uns beide über die langen Tage der Kältnis und des Schnees zu helfen, wir wären immer allein. Du brauchst noch andere um dich, mein Kleiner, nicht nur mich. Mit wem willst du spielen? Wer würde dich das Jagen lehren? Und was sollte aus dir werden, wenn mir etwas zustößt? Du wärst allein; so ganz allein, wie ich es war, ehe Iza mich fand.

Aber du sollst nicht allein sein, und ich will es auch nicht. Ich will zur Höhle des Clans. Ayla schluchzte und vergrub ihren

Kopf in den Händen. Ich will Uba wiedersehen und Creb. Ich will zu Iza. Aber kann ich zurück? Brun zürnt mir, und er wird mich verfluchen. Ich wußte wirklich nicht, was ich ihm antat, als ich ging. Und wollte doch nur, daß du nicht sterben mußt, mein Kind. Brun war so gut zu mir; er ließ mich jagen. Und wenn er sich nicht gezwungen sähe, dich anzunehmen? Wenn ich ihn anflehte, dich am Leben zu lassen? Und wenn ich jetzt zurückkehrte, dann würde er sein Gesicht wohl nicht verlieren. Noch ist es Zeit; noch fehlen zwei Finger bis zu deinem Namenstag.

Und wenn ich seinen Zorn nicht zu besänftigen vermag? Und wenn er ablehnt? Wenn sie mir dich doch wegnehmen? Dann will ich nicht mehr leben. Wenn du sterben mußt, dann will ich's auch. Wenn ich zurück bin und Brun befiehlt, dich zu töten, dann will ich ihn bitten, mich zu verfluchen. Ich werde mit dir gehen ins Totenreich. Aber vorher laufe ich zu Brun und flehe ihn an, dich mir zu lassen.

Flinkhändig warf Ayla ihre Sachen in den Sammelkorb. Sie hüllte das Kind in das Tragfell und zog den Pelzumhang fest um sich. Sie ging zum Einschlupf und bog die schützenden Zweige auseinander. Als sie ins Freie kam, fiel ihr Blick auf einen grauen Stein zu ihren Füßen, in dem sich glitzernd das Sonnenlicht fing. Sie hob ihn auf und drehte ihn in der Hand, so daß er funkelte. Häufig schon war sie hier aus- und eingekrochen und hatte diesen Stein stets übersehen.

Fest schloß Ayla ihre Hand darum und machte die Augen zu. Kann dies ein Zeichen sein? Ein Zeichen, das mir mein Totem gesandt hat?

»Großer Höhlenlöwe«, machte sie. »Habe ich den richtigen Entscheid getroffen? Heißt du mich, jetzt zurückzukehren? Großer Höhlenlöwe, laß dies ein Zeichen sein, daß ich deiner würdig bin und wieder eine Prüfung bestanden habe. Laß dies ein Zeichen sein, damit mein Kind leben wird.«

Ihre Finger zitterten, als sie den kleinen Brustbeutel aufknüpfte und den wundersam geformten funkelnden Stein zu dem roten bohnengroßen Elfenbein, der steinernen Seeschnecke und dem Ocker steckte. Dann schritt sie zügig aus und ging zurück zum Clan.

20

Mit wildem Armgeschlenker stürzte Uba in die Höhle. »Mutter! Mutter! Ayla ist wieder da!«

Alles Blut wich aus Izas Gesicht.

»Nein! Das darf doch nicht wahr sein! Hat sie das Kind bei sich? Uba, warst du bei ihr? Hast du ihr meinen Rat überbracht?« fragte die Medizinfrau.

»Ja, ich war bei ihr. Ich habe ihr erklärt, wie zornig Brun ist. Ich habe ihr bedeutet, nicht zurückzukehren«, gab das Mädchen zurück.

Iza lief zum Eingang und sah Ayla, die sich zögernden Schrittes Bruns Wohnkreis näherte. Vor ihm ließ sie sich zu Boden fallen und neigte sich schützend über ihr Kind.

»Sie kommt zu früh«, bedeutete Brun dem Zauberer, der hastig aus der Höhle gehumpelt kam. »Sie muß sich in der Zahl der Tage geirrt haben.«

»Sie hat sich nicht geirrt, Brun. Sie weiß, daß es zu früh ist. Sie ist mit Absicht zu früh zurückgekehrt«, entgegnete der Mog-ur mit entschiedener Gebärde.

Der Clan-Führer blickte neugierig dem Zauberer ins Gesicht. Wie wollte der Mog-ur mit solcher Sicherheit wissen, daß die junge Frau mit Absicht vor der Zeit zurückgekehrt war? Dann blickte er auf Ayla und schließlich ein wenig unsicher wieder auf den Mog-ur.

»Wird der Zauber, den du über uns gemacht hast, uns auch wirklich beschützen? Sie sollte doch noch abgesondert leben. Die Tage des Frauenfluchs sind noch nicht um. Nach dem Gebären sind es immer mehr als sonst.«

»Der Zauber hat große Kraft, Brun. Du bist sehr wohl beschützt. Es ist dir erlaubt, sie zu sehen«, erklärte ihm der Zauberer.

Der Clan-Führer richtete den Blick wieder auf Ayla, die zitternd zu seinen Füßen hockte, den Kopf über ihr Kind geneigt. Verfluchen sollte ich sie, schoß es ihm zornig durch den Kopf. Aber noch ist nicht der Namenstag des Kindes. Warum ist sie nur zu früh zurückgekommen? Und auch mit dem Kind? Es muß noch am Leben sein, sonst hätte sie es nicht bei sich. Der Ungehorsam kann nicht ausgelöscht werden; aber warum ist sie vor der Zeit gekommen? Bruns Neugier ließ sich nicht länger unterdrücken. Er tippte Ayla auf die Schulter.

»Ich war ungehorsam«, begann Ayla mit verkrampfter Hand,

ohne dem Clan-Führer ins Gesicht zu blicken. Sie wußte, sie hätte nicht versuchen dürfen, mit einem Mann zu sprechen, sich vielmehr weiter abgesondert halten müssen. Doch Brun hatte ihr auf die Schulter getippt. »Ich bitte, daß es mir gestattet sei, mich mitzuteilen.«

»Es kommt dir eigentlich nicht zu, aber der Mog-ur hat den Schutz der Geister auf uns herabgefleht. Wenn ich es dir gestatte, so werden die Geister es dulden. Ja, du warst ungehorsam. Und womit willst du dich entschuldigen?«

Ayla neigte dankend den Kopf noch tiefer und fuhr fort: »Ich kenne die Bräuche des Clans. Ich hätte das Kind wegschaffen sollen, wie die Medizinfrau es mir befahl. Aber ich bin fortgelaufen. Ich wollte am Namenstag meines Kindes zurückkehren, um den Clan-Führer zu zwingen, es im Clan aufzunehmen.«

»Du bist aber vorzeitig zurückgekehrt«, gab Brun triumphierend zurück. »Noch ist der Namenstag nicht angebrochen, und ich kann der Medizinfrau befehlen, dir jetzt dein Kind zu nehmen.«

Das Gefühl, sein Kopf müsse vor lauter Denken bersten, das er seit dem Tag gehabt hatte, an dem Ayla geflohen war, verschwand, als er dieses bedeutete und ihm mit einemmal die Augen aufgingen. Nur wenn das Kind sieben Tage lang am Leben blieb, zwang ihn das Gebot des Clans, es anzunehmen. Noch war die Frist nicht abgelaufen. Er brauchte das Kind nicht anzunehmen und hatte nicht das Gesicht verloren und Schande über sich und den Clan gebracht.

Aylas Arme schlossen sich einen Augenblick lang fest um das Kind, das in dem Tragfell an ihrer Brust lag, dann hob sie wieder die Hände und begann zu erklären: »Ich weiß, daß der Namenstag erst morgen ist. Ich weiß auch, daß es nicht gut war von mir, den Clan-Führer zwingen zu wollen, das Kind anzunehmen. Es steht einer Frau nicht zu, darüber zu entscheiden, ob ein Kind leben oder sterben soll. Nur der Clan-Führer kann diesen Entscheid treffen. Darum bin ich zurückgekehrt.«

Brun blickte aufmerksam in Aylas ernstes Gesicht.

»Wenn du das Clan-Gebot kennst, warum bist du dann mit einem Kind zurückgekehrt, das mißgestaltet ist? Bist du jetzt bereit, deinen Sohn herzugeben? Oder soll ihn die Medizinfrau für dich töten?«

Ayla zögerte, tief über ihr Kind gebeugt.

»Ich will ihn wegschaffen, wenn der Clan-Führer es befiehlt.« Quälend langsam kamen ihre Handzeichen zustande, und ihr war, als würde man wieder und wieder eine Klinge in ihr Herz stoßen. »Ich habe meinem Sohn gelobt, ihn nicht allein im Schattenreich zu lassen. Wenn der Clan-Führer entscheidet, daß mein Kind sterben muß, dann bitte ich ihn, mich zu verfluchen.« Ihre Hände ließen alles Ehrerbietige beiseite, als Ayla flehte: »Brun, ich bitte dich, meinen Sohn am Leben zu lassen. Und wenn er sterben muß, will ich auch nicht länger leben.«

Die Inbrunst, mit der Ayla diese Bitte vortrug, verwunderte den Clan-Führer. Er wußte, daß es auch Frauen gab, die ihre Kinder trotz mißlicher Gestalt und Krüppeligkeit behalten wollten; die meisten jedoch entledigten sich ihrer so rasch wie möglich. Ein mißgestaltetes Kind brachte Schande über die Mutter. Es war lebendes Zeugnis ihrer Unfähigkeit, heile Kinder zu gebären, und setzte den Wert der Frau herab. Selbst wenn das Gebrechen oder die Mißgestalt geringfügig war, galt es, das weitere zu bedenken. Brun wußte auch, daß die Liebe einer Mutter zu ihrem Kind gewaltig war; aber so gewaltig, daß sie eine Frau bewegen konnte, ihrem Kind in die nächste Welt zu folgen, wollte ihm doch nicht in den Sinn.

»Du willst mit deinem Krüppelkind sterben? Warum?« fragte er Ayla.

»Mein Sohn ist nicht mißgestaltet und auch kein Krüppel«, trotzten Aylas Hände. »Er ist eben anders. So wie ich anders bin. Ich sehe nicht aus wie die Clan-Leute. Und so ist es auch mit meinem Kind. Jedes Kind, das ich haben würde, würde aussehen wie er«, machte sie und zeigte auf ihren Sohn. »Sollte mein Totem jemals wieder bezwungen werden, dann würde ich niemals ein Kind haben, das leben darf. Und deshalb will ich auch nicht leben.«

Brun blickte auf den Mog-ur.

»Wenn eine Frau den Geist des Totems eines Mannes einnimmt, sollte das Kind dann nicht aussehen wie der Mann?«

»Ja«, gab der Zauberer zur Antwort, »so sollte das Kind aussehen. Aber übersieh nicht, Brun, daß auch sie das Totem eines Mannes hat. Darum vielleicht entspann sich so ein harter Kampf. Es kann sein, daß der Höhlenlöwe an dem neuen Leben teilhaben wollte. Es kann sein, daß das, was sie uns bedeutet hat, so abwegig nicht ist. Ich muß noch in mich gehen und mit den Geistern sprechen.«

»Aber das Kind ist dennoch mißgestaltet?« hob Brun fragend die Hand.

»So geschieht es oft, wenn das Totem einer Frau nicht klein beigeben will. Das bewirkt ein schwereres Gebären und ein mißgebildetes Kind«, gab der Mog-ur zurück. »Mich wundert mehr, daß das Kind männlich ist. Wenn das Totem einer Frau sich widersetzt, wird das Kind gewöhnlich weiblich. Aber wir haben das Kind noch nicht gesehen. Vielleicht sollten wir es uns anschauen.«

Brun zauderte. Warum die Frau nicht gleich verfluchen und das Kind wegschaffen lassen? Daß Ayla vorzeitig zurückgekehrt war und bitter bereut hatte, war Balsam für Bruns verletzten Stolz gewesen. Doch noch war der Zorn des Clan-Führers nicht beschwichtigt. Wegen dieser Frau hätte er fast das Gesicht verloren; und es war nicht das erstemal, daß er durch sie Schwierigkeiten mit der Überlieferung und mit Broud bekommen hatte. Und was würde sie als nächstes tun? Und das Miething des Groß-Clans stand nahe bevor.

In der letzten Zeit hatte Brun sich häufig vor Augen gehalten, was es wohl ausmachte, wenn sein Clan zum Miething mit einer Frau eintraf, die den anderen geboren war. Und rückblickend fragte er sich, wie es wohl gekommen war, daß er schon so viele unclanmäßige Entscheidungen getroffen hatte. Dann, wenn er sie getroffen hatte, war ihm, dem Clan-Brauch nach, noch alles vertretbar erschienen. Doch insgesamt gesehen sprengten sie die eng abgesteckten Grenzen der Gebräuche des Clans. Ayla war ungehorsam gewesen; sie mußte bestraft werden. Und wenn er den unbefristeten Todesfluch über sie verhängte, würde er mit einemmal all seine Sorgen los sein.

Doch der Todesfluch bedrohte auch den Clan. Schon einmal hatte er seine Leute Aylas wegen den bösen Geistern ausgesetzt. Doch ihre vorzeitige Rückkehr aus freien Stücken hatte ihn vor großer Schande bewahrt; Iza mochte wohl recht haben: Ayla hatte vor Schreck und Schmerz vorübergehend den Kopf verloren. Und er selbst hatte Iza dargelegt, daß er eine Bitte, das Kind am Leben zu lassen, nicht rundheraus abgeschlagen hätte, wäre er früher mit einbezogen worden. Und nun hatte sich Ayla in seine Hände begeben. Sie war gekommen, obwohl sie wußte, was für eine Strafe ihr drohte, und sie hatte um das Leben ihres Kindes gebeten. Wenigstens ansehen sollte man es.

Brun traf nicht gern einen schnellen Entscheid. Er wies Ayla an, sich in Crebs Wohnkreis zurückzuziehen, stand auf und stampfte davon.

Ayla warf sich in Izas weit geöffnete Arme. Und wenn sie jetzt sterben mußte, wenigstens einmal noch hatte sie die Frau gesehen, die ihr zur Mutter geworden war.

»Ihr habt alle das Kind betrachten können«, bedeutete Brun. »Es liegt mir sehr am Herzen, zu wissen, wie ihr die Sache seht. Verhänge ich den Todesfluch über die Frau, wird der Clan wiederum den bösen Geistern preisgegeben, und das tue ich nicht gern. Findet ihr das Kind annehmbar, so kann ich die Mutter nicht verfluchen. Und ohne sie wird eine andere Frau es zu sich nehmen müssen. Es wird mit einem von denen unter euch leben müssen, dessen Gefährtin ein Kind hat, das noch nicht der Brust entwöhnt ist. Wird es dem Kind erlaubt, am Leben zu bleiben, so sollte die Strafe für Ayla weniger hart sein. Wenn diese Nacht hinter uns liegt, bricht der Namenstag an; ich muß bald einen Entscheid treffen, und der Mog-ur braucht Zeit, um alles für den Todesfluch zu richten, wenn das ihre Strafe sein sollte. Es muß getan sein, ehe die Sonne noch einmal aufgeht.«

»Es ist nicht nur der Kopf des Jungen, Brun«, begann Crug. Ika stillte ihr Jüngstes noch, und Crug hatte keine Lust, auch noch Aylas Kind an seinem Feuer aufzunehmen. »Der sieht schlimm genug aus. Aber er kann ihn nicht einmal aufrecht halten. Sein Kopf muß immer gestützt werden. Wie soll das werden, wenn er ein Mann ist? Wie will er jagen? Niemals wird er für sich Nährendes beschaffen können. Stets wird er dem ganzen Clan zur Last fallen.«

»Glaubst du, sein Hals könnte kräftiger werden?« fragte Droog mit unsicherer Gebärde. »Wenn Ayla stirbt, wird sie etwas von Onas Geist mit sich nehmen. Aga ist bereit, ihren Sohn anzunehmen – ihr Herz befiehlt es ihr. Aber ich glaube, es wird ihr schwerfallen, ein mißgestaltetes Kind im Wohnkreis zu haben. Wenn sie dazu bereit ist, so bin ich es auch; nicht aber, wenn das Kind Bürde für den ganzen Clan sein wird.«

»Sein Hals ist so lang und dünn, und sein Kopf ist so groß. Ich glaube nicht, daß er jemals kräftiger wird und ihn gerade tragen kann«, wandte Crug ein.

Broud hob die Hände. »Ich werde ihn gewiß nicht an mein Feuer nehmen. Ich werde nicht einmal Oga fragen, wie sie es sieht. Er paßt nicht als Geschwister ihrer Söhne; er würde ein Bruder von Brac und Grev werden, und das verbitte ich mir. Brac wird weiterleben, auch wenn sie etwas von seinem Geist mit sich nimmt. Ich begreife dein Zaudern nicht, Brun. Du warst bereit, sie zu verfluchen. Nun aber willst du sie wieder aufnehmen, weil sie vor der Zeit zurückgekehrt ist. Du bist sogar bereit, ihren mißgeburtigen Sohn anzunehmen.« Brouds Gebärden verrieten Bitterkeit und Zorn, als er fortfuhr: »Sie hat sich gegen dich aufgelehnt, indem sie floh. Gewiß, sie ist zurückgekehrt. Aber ihr Ungehorsam bleibt bestehen. Wie kannst du da noch zaudern? Das Kind ist mißgeburtig und muß weggeschafft werden, und sie gehört verflucht. Wäre ich Clan-Führer, so wäre sie schon längst verflucht. Sie ist ungehorsam, sie ist aufsässig, sie bringt die anderen Frauen vom Pfad der Clan-Tugenden ab. Merkst du nicht, daß auch Iza sich eigenmächtig verhalten hat?« Broud hatte eine flammende Wut in den Händen. »Sie muß verflucht werden, Brun. Wie kannst du davor die Augen verschließen? Bist du blind? Sie war nie zu etwas nütze. Wäre ich Clan-Führer, ich hätte sie niemals in den Clan aufgenommen. Wäre ich Clan-Führer . . .«

»Du bist es aber noch nicht, Broud«, zerhackte ihm Brun mit kalter Gebärde die Anklage. »Und nie wirst du Clan-Führer werden, wenn du weiter unfähig bist, dich zu bezwingen. Sie ist nur eine Frau, Broud. Wie kommt es, daß du dich von ihr bedroht fühlst? Was kann sie dir anhaben? Sie muß dir gehorchen, sie kann und darf nicht anders. Was ist das für ein Clan-Führer, der so heftig darauf brennt, einer Frau den Tod zu geben, daß er sogar bereit ist, dafür den ganzen Clan in Gefahr zu bringen?«

Mit Mühe hielt Brun seine Unbeherrschtheit zurück. Es war genug. Viel mehr konnte er vom Sohn seiner Gefährtin nicht hinnehmen.

Die Männer waren bestürzt und hatten die Köpfe eingezogen. Ein offener Zwist zwischen dem Clan-Führer und dem, der ihm nachfolgen sollte, war beunruhigend und ließ das schlimmste befürchten. Broud hatte seine Grenzen überschritten, gewiß, doch sie waren an seine Ausbrüche gewöhnt. Brun war es, der Beklommenheit in den Männern auslöste; nie zuvor hatten sie den Clan-Führer so ungehalten gesehen. Und nie zuvor hatte er so offen angezweifelt, daß Broud ihm als Clan-Führer folgen würde.

Einen ewigkeitwährenden Augenblick lang verkeilten sich die Blicke der beiden Männer. Dann senkte Broud die Lider. Nun, da die drohende Schande abgewendet war, ruhte Brun wieder fest in sich selbst. Er war der Clan-Führer und nicht bereit, diesen Platz zu räumen, solange es ging.

Broud kämpfte Ohnmacht und bittere Wut nieder und schluckte schwer. Er gibt ihr immer noch sein Wohlwollen, dachte er grimmig. Wie kann er das nur tun? Ich bin der Sohn seiner Gefährtin, und sie ist nur eine häßliche Frau. Als er nach einer Weile wußte, daß seine Hände eine ruhige Rede führen konnten, meldete er sich.

»Es schmerzt mich«, hob er an, »dem Clan-Führer meine Meinung so unklar dargelegt zu haben, daß es ihn verwirrte. Mir liegen die Männer am Herzen, die ich eines Tages führen soll, wenn du mich für fähig erachtest, sie zu führen. Aber wie kann ein Mann jagen, dessen Haupt wacklig auf seinem Hals sitzt?«

Scharf und zornig blickte Brun auf den jungen Mann. Das, was seine Hände sagten, paßte nicht zu dem, wie er den Körper hielt und das Gesicht verzog.

Brouds ausnehmend unterwürfige Haltung barg bitteren Hohn; und das reizte den Clan-Führer weit mehr als offenes Aufbegehren, denn Broud bemühte sich, seine Gefühle zu verbergen, und Brun spürte das. Doch der Erste im Clan schämte sich, daß er selbst aus der Haut gefahren war, und sah klar, daß dieses die abschätzigen Angriffe hervorgerufen hatte, mit denen Broud sein Urteilsvermögen in Frage stellte.

»Du hast uns klar genug gezeigt, wie du die Sache siehst, Broud«, antwortete Brun hölzern. »Ich verschließe nicht meine Augen davor, daß das Kind für den Clan-Führer, der mir nachkommt, eine drückende Last sein wird. Dennoch liegt der Entscheid bei mir. Ich werde tun, was mir am besten dünkt zu tun. Ich habe nicht bedeutet, daß ich das Kind annehmen werde, Broud, und auch nicht, daß die Frau vom Fluch verschont sein wird. Meine Sorge gilt dem Clan, nicht dieser Frau oder ihrem Kind. Der Todesfluch kann alle in Gefahr bringen; verweilende böse Geister können Unheil stiften, um so mehr, als sie schon einmal in die Höhle gelassen wurden. In meinen Augen ist das Kind allzu mißgestaltet, um am Leben bleiben zu können. Aber das sieht Ayla nicht. Sie kann es nicht sehen. Es kann sein, daß ihr Wunsch, ein Kind zu haben, sie blind gemacht hat. Als sie zurückkehrte, flehte sie mich an, den Todesfluch über sie zu verhängen, wenn das Kind nicht angenommen wird. Ich habe euch zu Rate gezogen, weil ich wissen will, ob einem unter euch an dem Kind etwas aufgefallen ist, das mir entgangen sein könnte. Ich kann den Entscheid über den Todesfluch nicht leichten Herzens treffen.«

Brouds ohnmächtige Wut legte sich ein wenig. Vielleicht ist es doch nicht so, daß Brun ihr mehr Wohlwollen gibt als mir, dachte er.

»Du hast recht, Brun«, bereute er zerknirscht. »Der Clan-

Führer sollte die Gefahren ins Auge fassen, die dem Ganzen drohen. Ich bin dankbar, von einem so weitsichtigen Clan-Führer lernen zu können.«

Brun spürte, wie das angespannte Herz sich dehnte und wieder ruhiger schlug. Niemals hatte er auch nur im Ernst daran gedacht, Broud zu verstoßen. Er war ja der Sohn seiner Gefährtin, das Kind seines Herzens. Es ist nicht immer leicht, sich selbst zu zwingen, dachte er, sich seiner eigenen Gereiztheit erinnernd. Broud fällt es nur ein wenig schwerer als den meisten, aber er bessert sich.

»Ich freue mich, daß du es auch so siehst wie ich, Broud. Wenn du der Clan-Führer bist, ist es an dir, für Sicherheit und Wohl des Clans zu sorgen.«

Damit ließ Brun den Sohn seiner Gefährtin nicht nur wissen, daß er ihn noch immer als Nachfolger betrachtete; er nahm vor allem den übrigen Jägern das unbehagliche Gefühl, die Clan-Führung könnte zerfallen. Sie waren nun sicher, daß alles so geschehen würde, wie der Clan-Brauch es vorschrieb.

»Gerade das Clan-Wohl ist es, das mir so sehr am Herzen liegt«, versicherte Broud. »Ich will keinen Mann in meinem Clan haben, der nicht jagen kann. Wozu wird Aylas Sohn jemals taugen? Ohne ihn und ohne sie sind wir besser dran. Ayla hat sich dem Clan-Gebot widersetzt. Ihr Sohn ist mißgeburtig. Beide sollten sterben.«

Rundum wurde knurrend zugestimmt. Brun merkte die Unaufrichtigkeit in dem, was Broud darlegte, aber er ging nicht darauf ein.

Und wie der Clan-Führer alle seine Männer ansah, spürte er, daß auch er jetzt hätte zustimmen müssen; doch irgend etwas hielt ihn davon ab. Es ist das Richtige, dachte er. Von Anfang an hat sie mich in Bedrängnis gebracht. Gewiß, Iza wird es schwer nehmen, aber ich habe nicht versprochen, die Mutter oder das Kind zu schonen. Ich habe ihr nur zugesagt, daß ich mit mir zu Rate gehen werde. Wer hätte denn erwartet, daß sie zurückkehrt? Denn das ist es ja gerade, was mich stets so in Verdrükkung bringt, daß ich nie weiß, was man von ihr erwarten kann. Wenn der Schmerz Iza schwächt und krank macht, dann ist noch Uba da. Sie ist ein Zweig von Izas Stamm, und beim Miething des Groß-Clans können andere Medizinfrauen sie in die Lehre nehmen.

Brun starrte noch immer vor sich hin und hatte die Stirn in tiefe Falten gelegt.

Wenn jener Teil von Bracs Geist, den Ayla in sich trägt, mit ihr stirbt, verlieren wir dann wirklich so viel von ihm? Broud ist nicht bang davor; warum bedrückt es mich? Broud hat recht. Sie verdient die härteste Strafe. Allzu heftig ein Kind zu lieben ist nicht recht. Sie sieht nicht einmal, daß ihr Sohn mißgestaltet ist. Sie muß blind sein. Der Schmerz hat ihr den klaren Blick geraubt. Ist es möglich, daß zu gebären solche furchtbaren Schmerzen nach sich zieht? Männer haben schon Schlimmeres erlitten. Manche sind mit klaffenden Wunden von der Jagd zurückgekehrt. Wie weit sie wohl gegangen sein mag? Die Höhle, wo sie hinfloh, kann eigentlich so fern nicht sein. Ayla war ja viel zu schwach, als sie geboren hatte, um einen weiten Weg zu wandern. Aber wie kommt es, daß wir sie nicht fanden?

Und wenn ich ihr erlaube, am Leben zu bleiben, dann muß ich sie zum Miething mitnehmen. Was würden die Leute von den anderen Clans für Augen machen? Und noch schlimmer wäre es, würde ich dem Krüppelkind das Leben lassen. Also gut. Sie wird verflucht, und er wird weggeschafft. Das ist das Richtige. Alle sehen es so. Mag sein, daß auch das Leben mit Broud wieder leichter wird. Mag sein, daß er sich dann besser bezwingen kann. Er ist ein unerschrockener Jäger; er wird ein guter Clan-Führer werden. Schon um Brouds willen sollte er es tun. Es ist das Richtige, nickte Brun sich selbst zu, ja, es ist das Richtige. Dann hob er den Kopf.

»Ich habe meine Entscheidung getroffen«, teilte Brun mit. »Morgen ist der Namenstag. Beim ersten Licht, noch ehe die Sonne sich zeigt . . .«

»Brun!« unterbrach ihn der Mog-ur und fuhr mit der Hand zwischen des Clan-Führers Rede.

Er hatte an der Beratung der Männer nicht teilgenommen. Keiner hatte ihn seit der Geburt von Aylas Kind viel zu Gesicht bekommen. Die meiste Zeit hatte er in der Zauberhöhle gesessen, tief in sich versunken, und ergründet, was Ayla zu solchem Tun getrieben hatte. Er wußte, wie hart es sie angekommen war, sich in den Clan-Brauch einzufügen, und er glaubte, daß es ihr gelungen war. Der Mog-ur war überzeugt, daß es nicht Ungehorsam war, der Ayla hatte unclanmäßig handeln lassen, sondern etwas, das er noch nicht gesehen hatte.

»Ehe du dich festlegst, Brun, wünscht der Mog-ur zu sprechen.«

Brun starrte den Zauberer an, dessen Gesicht unergründlich war wie immer. Was kann er vorbringen, das ich übersehen habe? Ich habe mich entschlossen, sie zu verfluchen, und er weiß es.

»Der Mog-ur möge sprechen«, bedeutete er.

»Ayla hat keinen Gefährten, aber ich habe ihr stets Schutz und Nährendes zuteil werden lassen. Sie ist mir anvertraut. Wenn du gestattest, will ich als Gefährte für sie eintreten.«

»Tu das, Mog-ur, aber was kannst du noch dazugeben? Ich habe alles in Betracht gezogen. Aber was geschehen ist, ist geschehen und läßt sich nicht mehr ändern. Sie hat sich wiederum gegen den Clan-Brauch aufgelehnt. Und die Männer sind nicht bereit, ihr Kind anzunehmen. Broud hat uns klar vor Augen gestellt, daß Mutter wie Kind das Leben zu nehmen ist.«

Der Mog-ur stemmte sich mühsam hoch, richtete sich auf und warf seinen Stock zur Seite. Er war der große, bärenfellige Mog-ur, der mächtigste Zauberer aller Clans, der Mittler zwischen den Welten, der Ehrfurcht gebietende Beschützer der Erdlinge vor dem Bösen. Er war es, der mutig und selbstlos den Unsichtbaren entgegentrat, die weit furchtbarer waren als jedes reißende Tier, das man kannte, jenen Mächten, die den tapfersten Jäger in einen zitternden Feigling verwandeln konnten. Unter den Männern war keiner, der sich nicht sicherer fühlte in dem Wissen, daß er der Zauberer seines Clans war; keiner, der nicht irgendwann einmal in seinem Leben tiefe Furcht vor seiner Macht und seiner Zauberkraft gespürt hätte; und nur einer, Goov, der es wagen konnte, daran zu denken, eines Tages seinen Platz einzunehmen.

Der Mog-ur allein stand mächtiglich zwischen den Männern des Clans und dem schrecklichen Nichts, das nur zu ahnen war, und wurde durch den vertrauten Umgang mit dem Nichts, das nur er durchdenken konnte, zu einem Teil von ihm. Dies legte einen unheimlichen Schein um ihn, der auch zu strahlen schien, wenn er von seiner Zauberstätte in den Wohnkreis trat. Selbst dort, an seiner Feuerstätte, galt er den Clan-Leuten mehr als nur einer von ihnen. Er war der Mog-ur, der das Wissen hatte, das ihnen auf ewig verschlossen war.

Als der Zaubermann nun seinen Blick von einem zum anderen wandern ließ, war nicht einer unter ihnen, dem nicht plötzlich mit quälender Bangnis zu Kopfe kam, daß die Frau, die sie alle für sich schon zum Tode verurteilt hatten, an seiner Feuerstätte lebte.

Sein Blick traf zuerst Brun und durchbohrte ihn. »Der Gefährte einer Frau darf für das Leben eines mißgestalteten Kindes sprechen. Ich bitte dich, Aylas Sohn das Leben zu lassen, und um seinetwillen bitte ich dich, auch ihr Leben zu verschonen.«

All das, was Brun sich vor kurzem erst als Grund, die beiden am Leben zu lassen, zurechtgelegt hatte, schien plötzlich weit mehr Gewicht zu gewinnen; all das, was für ihren Tod sprach, schien unbedeutend. Fast hätte er allein aufgrund von Crebs Bitte seine Zustimmung gegeben. Doch er war der Clan-Führer. So leicht konnte er vor all seinen Jägern nicht rückfällig werden. Obwohl es ihn stark verlangte, der bezwingenden Kraft des mächtigen Zaubermannes nachzugeben, blieb er fest.

Als der Mog-ur den Ausdruck steinerner Entschlossenheit gewahrte, der dem Augenblick der Unschlüssigkeit folgte, schien er sich vor den Augen aller zu verwandeln. Jäh fiel alles Zauberhafte von ihm ab. Er wurde ein verkrüppelter alter Mann in einem Bärenfell, der sich auf seinem heilen Bein nur mühsam aufrecht hielt. Und als er redete, tat er es mit den gewöhnlichen Gebärden und den kurzen, knurrenden Lauten des täglichen Umgangs. Auf seinem Gesicht lag ein Ausdruck der Entschlossenheit, und dennoch wirkte es seltsam verletzlich.

»Brun, seit dem Tag, an dem Ayla gefunden wurde, hat sie an meinem Feuer gelebt. Ihr werdet alle mit mir einig sein, daß Frauen und Kinder in dem Mann, dessen Feuer sie teilen, ein Vorbild sehen. So wie dieser Mann, glauben sie, müssen alle Männer sein. Und ich war Aylas Vorbild. An mir hat sich ihre Vorstellung, wie ein Mann sein muß, geformt. Ich bin mißgestaltet, Brun. Ist es so befremdlich, daß eine Frau, die am Feuer eines mißgeburtigen Mannes aufgewachsen ist, ihr eigenes Krüppelkind nicht als mißgestaltet sehen kann? Mir fehlen ein Auge und ein Arm. Die eine Seite meines Körpers ist verkümmert. Ich bin nur ein Zerrbild von einem Mann, aber Ayla hat mich immer als einen ganzen Mann gesehen. Der Körper ihres Sohnes ist wohlgebildet. Er hat zwei Augen, zwei heile Arme, zwei heile Beine. Wie sollte sie an ihm etwas Mißgebildetes erkennen?

Mir war es aufgegeben, sie zu unterweisen. Wenn sie fehlte, dann bin ich zu tadeln. Ich habe ihrer Eigenart, die sich dem Clan-Brauch stets entzog, nicht geachtet. Ich brachte sogar dich dazu, sie hinzunehmen, Brun. Ich bin der Mog-ur. Du vertraust darauf, daß ich dir die Wünsche der Geister übermittle, und du vertraust meinen Weisungen auch in anderen Dingen. Ich glaube nicht, daß wir falsch handelten. Manchmal war es schwer für Ayla, alles zu ertragen, und ich nahm an, sie wäre eine gute Frau geworden und hätte sich den Brauch des Clans zu eigen gemacht. Jetzt sehe ich, daß ich zu milde mit ihr war. Ich habe ihr nicht klar genug gemacht, was hier von ihr erwartet wird. Ich habe sie selten zurechtgewiesen, nie geschlagen und sie häufig ihre eigenen Wege gehen lassen. Jetzt muß sie durch mein Säumen sterben. Aber, Brun, ich konnte nicht härter zu ihr sein.«

Creb sah seinen Bruder scharf an, als er fortfuhr: »Nie habe ich eine Gefährtin genommen. Ich hätte eine wählen können, und sie hätte mit mir leben müssen, doch ich tat es nicht. Und wißt ihr, warum? Brun, hast du nur einmal bemerkt, wie die Frauen mich anschauen? Hast du gesehen, wie sie mir aus dem Weg gehen? Ich hatte auch meine Lendenlust, als ich jung war, aber ich lernte, sie zu bezwingen, denn die Frauen wandten mir den Rücken zu, um nicht sehen zu müssen, daß ich ihnen ein Zeichen gab. Niemals hätte ich meinen Krüppelkörper einer Frau aufgezwungen, die sich bei meinen Anblick voller Abscheu zeigte.

Aber Ayla hat sich niemals von mir abgewandt. Vom ersten Tag an kam sie mir entgegen und berührte mich. Sie hatte keine Angst vor mir und zeigte keinen Abscheu. Sie gab mir ihre Liebe und öffnete mir ihr Herz. Wie hätte ich sie schelten können, Brun?

Seit meiner Geburt habe ich in diesem Clan gelebt, doch habe ich das Jagen nie gelernt. Wie könnte auch ein Krüppel jagen? Ich war eine Last, ich wurde verspottet, ich wurde eine Frau genannt. Jetzt bin ich der Mog-ur, und keiner spottet meiner, aber eine Feier zum Mann wurde für mich niemals gehalten. Ich bin nicht einmal das Zerrbild eines Mannes, Brun. Ich bin überhaupt kein Mann. Nur Ayla gab mir ihre Liebe – nicht dem Zauberer, sondern mir, dem Erdlings-Mann. Und mich sah sie als Ganzes. Sie nahm ich in mein Herz als das Kind der Gefährtin, die ich niemals hatte.«

Creb schüttelte den Umhang ab und streckte den Armstumpf aus, den er sonst niemals zeigte. »Brun, sieh her, dies ist der, den Ayla als ganzen Mann sah. Dies ist der Mann, der ihr zum Vorbild wurde. Dies ist der Mann, den sie liebt und an dem sie ihren Sohn nun mißt. Sieh mich an, mein Bruder! Verdiente ich zu leben? Verdient Aylas Sohn weniger zu leben?«

Im trüben Zwielicht der Morgendämmerung versammelten sich die Clan-Leute vor der Höhle. Ein feiner Regen, der wie

Dunst in der Luft hing, warf einen Schimmer über Felsen und Bäume und sammelte sich in den Haaren und Bärten der Leute. Zarte Wasserfäden, die von den nebelverhüllten Gipfeln herabkrochen, versponnen sich in den Hangmulden, und dicht wogende Schwaden verbargen die Ebene.

Ayla lag wach auf ihrem Schlafpelz in der düsteren Höhle und sah zu, wie Iza und Uba sich leise am Feuer zu schaffen machten, frisches Holz auflegten und Wasser wärmten für den Morgentrunk. Ihr Kind schlief noch. Sie aber hatte die ganze Nacht nicht geschlafen. Bald war die erste helle Freude, Iza nun doch noch wiederzusehen, finsterer Verzweiflung gewichen. Kein Mitteilen wollte zustande kommen, und so hatten die zwei Frauen und das Mädchen fast den ganzen langen Tag über dumpf und reglos am Feuer gehockt und das, was sie empfanden, einander nur mit angstvollen Blicken mitgeteilt.

Creb hatte den Wohnkreis seiner Feuerstätte den ganzen Tag nicht betreten; einmal jedoch fing Ayla einen Blick von ihm auf, als er aus der Zauberhöhle humpelte, um sich zu den Männern zu begeben, die in Beratung beieinander saßen. Er hatte sich hastig abgewandt, doch sie hatte den warmen Ausdruck von Liebe und Mitleid in seinem Auge wohl gesehen. Ayla und Iza tauschten einen ängstlich-ahnungsvollen Blick, als sie Creb in die Höhle der Geister eilen sahen, nachdem er weit hinten in der Höhle lang mit Brun zusammengesessen hatte. Der Clan-Führer hatte seinen Entscheid getroffen, und Creb mußte nun den Zauber richten.

Iza brachte Ayla den Morgentrunk in dem vertrauten Becher, der ihr nun schon so lange gehörte, und setzte sich still neben sie. Dann kam Uba, aber auch sie fand keine Zeichen der Ermutigung oder des Trostes.

»Fast alle sind draußen. Wir müssen gehen«, bedeutete Iza und nahm Ayla den Becher aus den Händen.

Ayla stand auf. Sie wickelte ihren Sohn in das Tragfell, nahm ihren Pelzumhang vom Schlaflager und warf ihn sich über die Schultern. Wasser schimmerte in ihren Augen. Sie sah erst Iza an, dann Uba. Verzweifelt schrie Ayla auf und umfaßte die beiden. Alle drei schmiegten sich in schmerzlicher Umarmung aneinander. Dann ging Ayla aus der Höhle.

Sie hielt den Kopf gesenkt, und als ihr Auge hier und dort den Abdruck einer Ferse oder die verwischten Umrisse von Füßen wahrnahm, beschlich sie das unheimliche Gefühl, es wäre wie damals. Und sie folgte Creb dem Tod entgegen. An jenem Tag hätte er mich für ewig verfluchen sollen, dachte sie. Ich wurde geboren, um verflucht zu werden. Warum denn sonst muß ich das noch einmal erleiden? Doch heute werde ich in die Welt der Schattengeister gehen. Ihren Sohn drückte sie fester an sich. Ich kenne eine Pflanze, die uns beiden den tiefsten Schlaf bringt, den es gibt, aus dem wir niemals wieder erwachen werden. Und gemeinsam wandern wir dann in der nächsten Welt.

Vor Brun ließ sie sich zu Boden sinken und starrte auf die Füße in den schmutzigen Hüllen. Es begann heller zu werden; bald würde sich die Sonne zeigen. Brun muß schnell machen, dachte sie und spürte kurz seine Hand auf ihrer Schulter. Langsam hob sie den Kopf und blickte in des Clan-Führers bärtiges Gesicht.

»Frau«, fing er an und hob streng die Hand, »du hast gegen das Clan-Gebot verstoßen und mußt dafür bestraft werden.«

Ayla neigte den Kopf. Was er da deutete, war richtig.

»Ayla, Frau dieses Clans und aller Clans, du bist verflucht. Keiner soll dich sehen, keiner soll dich hören. Du hast ab heute gesondert von allen zu leben und darfst einen vollen Mond lang nicht den Wohnkreis dessen, der dich schützt und nährt, verlassen.«

Ungläubig starrte Ayla in das unbewegte Gesicht des Clan-Führers. Das war der Frauenfluch, nicht der Todesfluch! Sie hatten sie nicht verstoßen; sie hatten sie nur auf einen Mond verbannt. Was tat es ihr, daß keiner im Clan während dieser Tage von ihrem Dasein Kenntnis nehmen würde. Hatte sie doch Iza und Uba und Creb. Und danach konnte sie in den Clan zurückkehren und war wieder wie jede andere Frau.

Doch Brun hatte noch nicht geendet.

»Des weiteren ist es dir verboten, auf die Jagd zu gehen, geschweige der Jagd auch nur mit Wort oder Geste Erwähnung zu tun, von nun an bis zu der Zeit, wo wir vom Miething zurückkehren werden. Bis zu jenem Tag, an dem die Blätter von den Bäumen fallen, ist es dir untersagt, nach eigenem Willen umherzustreifen. Ziehst du aus, um heilende Kräuter und Pflanzen zu sammeln, so läßt du es mich wissen und kehrst ohne Verzug zurück. Stets wirst du um Erlaubnis fragen, ehe du die Clan-Höhle verläßt. Und du wirst mir zeigen, wo sich die Höhle befindet, in der du dich versteckt gehalten hast.«

»Ja, ja, wie du es wünschst«, nickte Ayla eifrig.

Ihr war, als schwebte sie auf einer leuchtenden Wolke. So leicht und froh war ihr ums Herz geworden. Doch die harte Hand des Clan-Führers zerschlug schnell ihre hohe Stimmung.

»Noch offen bleibt die Frage nach deinem mißgestalteten Sohn, der dich in deinen Ungehorsam hineingetrieben hat. Niemals wieder sollst du versuchen, einen Mann oder gar einen Clan-Führer zu zwingen, gegen seinen Willen zu handeln. Keine Frau soll je versuchen, einen Mann zu zwingen«, schloß Brun und gab dann ein Zeichen.

Verzweifelt drückte Ayla ihr Kind an sich und blickte dorthin, wo Bruns Blick dem ihren vorausflog. Sie würde sich ihren Sohn nicht nehmen lassen. Da sah sie den Mog-ur aus der Höhle hinken. Als er sein Bärenfell zur Seite warf und sie die rote Schale erkannte, die er fest unter dem Stumpf seines Armes eingeklemmt hielt, gingen ihr fast die Augen über vor Freude und Erleichterung. Zögernd wandte sie sich Brun zu, als wagte sie nicht, ihren Augen zu trauen.

»Aber eine Frau kann bitten«, verkündete Brun mit ruhiger Geste. »Der Mog-ur wartet, Ayla. Dein Sohn muß einen Namen haben, wenn er ein Glied des Clans sein soll.«

Ayla sprang auf und stürzte zum Mog-ur hin. Sie nahm ihr Kind aus dem Tragfell, sank vor dem Zauberer zu Boden und hielt ihm das Kind entgegen.

Einen Namen! Sie hatte nicht einmal an einen Namen gedacht, hatte sich nicht einmal gefragt, was für einen Namen Creb für ihren Sohn wählen würde.

Mit den heiligen Zeichen rief der Mog-ur die Geister der Totems herbei, tauchte dann die Hand in die Schale.

»Durc«, verkündete er laut, um das Geschrei des Kindes zu übertönen. »Der Name dieses Jungen sei Durc«, und zog von der Stelle aus, wo sich die Brauenwülste des Kindes trafen, eine rote Linie bis zur Spitze der kleinen Nase.

»Durc«, wiederholte Ayla und zog das Kind an sich, um es zu wärmen. Durc, dachte sie, wie der Durc aus Dorvs Geschichte. Creb weiß, daß ich sie immer am liebsten gehabt habe.

Es war kein geläufiger Name, und viele waren verwundert. »Durc«, knurrte Brun. Er war der erste, der an ihr vorüberzog. Ayla glaubte, in den Augen des strengen, stolzen Clan-Führers einen Schimmer von Wärme zu sehen. Die meisten Gesichter verschwammen ihr hinter einem Schleier von Tränen. So sehr Ayla sich auch mühte, sie konnte sie nicht unterdrücken und hielt deshalb den Kopf gesenkt, ihre feuchten Augen zu verbergen. Ich kann es nicht glauben, dachte sie, ich kann es nicht glauben. Ist es denn wirklich geschehen? Du hast einen Namen, mein Sohn? Brun hat dich angenommen? Und ich träume auch nicht? Plötzlich sah sie den wundersam geformten funkelnden Stein vor sich, den sie an der kleinen Höhle gefunden hatte. Es ist ein Zeichen gewesen. Ein Zeichen des großen Höhlenlöwen.

»Durc«, hörte sie Iza sagen und blickte auf. Das Gesicht der Frau strahlte.

»Durc«, sagte Uba und fügte mit rascher Bewegung hinzu: »Ich bin so froh.«

»Durc«, das klang höhnisch. Ayla sah auf und erkannte Broud, der sich eben abwandte. Die seltsamen Gedanken fielen ihr ein, die ihr durch den Kopf gegangen waren, als sie in der kleinen Höhle gesessen hatte; die junge Frau begann zu zittern.

Das stumme Ringen zwischen Brun und Broud hatte sie in ihrer glücklichen Erregung nicht bemerkt. Der junge Mann war drauf und dran gewesen, dem jüngsten Clan-Glied eine Anerkennung zu verweigern. Erst ein scharfer Befehl aus Bruns Augen hatte den jungen Jäger dazu gebracht, sich zu beugen. Ayla sah ihm nach, als er mit geballten Fäusten und stürmischem Schritt sich davonmachte.

21

»Iza! Iza! Schnell! Schau dir Durc an!« Ayla packte die Medizinfrau am Arm und zog sie rasch zum Eingang der Höhle.

»Was ist?« wollte die Frau wissen, während sie hinter Ayla her rannte. »Ist ihm etwas geschehen?«

»Nein, nein. Schau doch!« Voller Stolz wies Ayla auf das Kind, als sie Crebs Wohnkreis erreichten. »Er hält seinen Kopf hoch.«

Der Kleine lag auf dem Bauch und sah aus großen ernsten Augen zu den beiden Frauen auf. Sein Kopf wackelte hin und her von der Anstrengung und fiel schließlich auf die weiche Pelzdecke zurück.

»Wenn er es schon so früh fertig bringt, dann wird er den Kopf gewißlich aufrecht halten können, wenn er groß ist«, wandte sich Ayla mit halb fragender, halb flehender Gebärde an Iza.

»Freu dich noch nicht«, gab Iza zurück. »Aber es ist ein gutes Zeichen.«

Creb humpelte in die Höhle. Sein Auge zeigte die große Leere, die es stets hatte, wenn er ganz in sich selbst versunken war.

»Creb!« rief Ayla und lief ihm entgegen. Beinahe erschrocken blickte der Mog-ur auf. »Durc hat seinen Kopf hoch gehalten. Iza hat es gesehen.« Die Medizinfrau bestätigte es freudig.

»Hrrm«, knurrte Creb. »Wenn er nun so kräftig wird, dann ist es wohl an der Zeit«, bedeutete er.

»An der Zeit?«

»Ich habe mich mit den Geistern zusammengetan. Ich glaube, wir sollten die Totemfeier für ihn halten. Er ist noch ein wenig jung, aber die Zeichen, die mir gegeben wurden, kann ich nicht übersehen. Sein Totem hat sich mir offenbart. Es wird gut sein, wenn wir nicht länger warten. Es muß getan werden, ehe wir zum Miething des Groß-Clans aufbrechen. Unheil kann über ihn kommen, wenn er fortzieht und sein Totem kein Heim hat.«

Als Crebs Blick auf die Medizinfrau fiel, brachte ihn das auf einen anderen Gedanken. »Iza«, wandte er sich fragend an sie, »hast du ausreichend Wurzeln für die Feier? Ich weiß nicht, wie viele Clans sich einfinden werden. Trage Sorge, daß du ausreichend Wurzeln bei dir hast.«

»Ich werde nicht mit euch ziehen, Creb«, bedeutete ihm Iza enttäuscht. »So weit kann ich nicht laufen. Ich muß hier bleiben.«

Nein, dachte er, Iza kann wirklich nicht mit uns ziehen. Wo habe ich auch nur meine Augen gehabt. Sie ist zu schwach. Wie mager sie ist und fast ganz weiß. Schon als das letzte Mal die Blätter fielen, schien es, als würde sie uns verlassen. Wie all das sie wohl wieder auf die Beine gebracht hat? Was aber wird aus der Feier? Nur die Frauen von Izas Stamm kennen das Geheimnis des Zaubertranks. Uba ist zu jung. Es muß eine Frau sein. Ayla! Ja, Ayla. Iza kann sie darin unterweisen, ehe wir aufbrechen. Es ist wirklich an der Zeit, daß sie zur Medizinfrau erhoben wird.

Creb musterte die junge Frau, als diese sich bückte, um ihr Kind hochzuheben. Und plötzlich sah er sie mit kühlerem Blick als vorher. Werden die Leute der Nachbar-Clans sie auch annehmen? Er versuchte, Ayla so zu sehen, wie sie die Nachbarn sehen würden. Das sonnenhelle Haar hing ihr lose um das flache Gesicht, seitlich hinter die Ohren gestrichen, so daß die gewölbte Stirn deutlich hervortrat. Ihr Körper war der einer Frau, doch groß und schlank, und ihre Beine standen hoch und gerade, und wenn sie aufrecht ging, überragte sie ihn um einiges.

Sie sieht nicht aus wie die Frauen des Clans, dachte er. Alle werden sie anstarren, die meisten, fürchte ich, mit Mißtrauen.

Mag sein, daß wir die Feier gar nicht halten können. Mag sein, daß die anderen Mog-urs den Trank nicht annehmen wollen, wenn Ayla ihn bereitet. Aber versuchen will ich es. Wäre nur Uba ein wenig älter. Iza soll beide unterweisen, wenn ich auch nicht glaube, daß die anderen ein Mädchen eher annehmen als eine Frau, die nicht im Groß-Clan geboren wurde. Ich will mich mit Brun beraten. Wenn wir die Geister zu uns rufen, damit sie das Totem offenbaren, werden wir Ayla zugleich zur Medizinfrau erheben.

»Ich gehe zu Brun«, bedeutete Creb kurz und machte sich auf den Weg zum Wohnkreis des Clan-Führers. Er wandte sich noch einmal nach Iza um. »Zeige Ayla und Uba, wie der Trank bereitet wird«, befahl er mit knapper Gebärde. »Ob es Nutzen hat, weiß ich nicht.«

»Iza, ich finde die Schale nicht, die wir der Medizinfrau des Gastgeber-Clans mitbringen sollen«, gab Ayla der Medizinfrau verzweifelt zu verstehen, nachdem sie Nährendes, Pelze und Geräte durchwühlt hatte, die neben ihrem Schlafplatz aufgeschichtet waren. »Ich habe überall gesucht.«

»Du hast sie doch schon eingepackt, Ayla. Beruhige dich, Kind. Es ist noch Zeit. Brun wird erst aufbrechen, wenn er mit seinem Verzehr zu Ende ist. Setz dich zu mir und iß etwas. Und du auch, Uba.« Iza warf begütigend die Hände hoch. »Wir haben doch schon gestern alles durchgesehen, bevor wir uns schlafen legten.«

Creb hockte auf einer Matte, Durc auf dem Schoß, und verfolgte das aufgeregte Getue mit Erheiterung.

»Sie sind nicht anders als du, Iza.« Er hob den Jungen hoch und setzte ihn sich auf die Schulter. Von seinem neuen Ausguck aus blickte Durc sich neugierig um.

»Schau, wie kräftig sein Hals ist«, bedeutete die Medizinfrau. »Es macht ihm gar keine Mühe mehr, seinen Kopf aufrecht zu halten. Ich kann es kaum glauben. Seit seiner Totemfeier ist er von Tag zu Tag kräftiger geworden. Gib ihn mir. Ich kann ihn jetzt lange nicht mehr halten.«

»Mag sein, daß der Grauwolf mich deshalb drängte, die Feier abzuhalten«, erklärte Creb. »Bestimmt wollte er dem Kind helfen.«

Der Zauberer lehnte sich zurück und betrachtete die kleine Schar, deren Beschützer und Nährer er war. Wie oft hatte ihn der heiße Wunsch gequält, eine Familie zu haben wie all die anderen Männer. Jetzt, wo er alt wurde, war es ihm endlich vergönnt. Er hatte sich schon mit Brun darüber unterhalten, wer Durc später unterweisen sollte. Der Clan-Führer konnte es nicht zulassen, daß ein Clan-Glied aufwuchs, ohne das erlernt zu haben, was es später brauchen würde. Brun hatte das Kind in dem Wissen angenommen, daß es zunächst an Crebs Feuer aufwachsen würde; und er fühlte sich verantwortlich für den Kleinen. Bei der Totemfeier hatte er dann verkündet, daß der Clan-Führer selbst es auf sich nehmen würde, den Jungen zu unterweisen, sobald dieser kräftig genug war, mit auf die Jagd zu gehen. Ayla war voller Dankbarkeit. Einen besseren Lehrer hätte sie ihrem Sohn nicht wünschen können.

Der Grauwolf ist ein gutes Totem für den Jungen, sann Creb. Aber neugierig bin ich doch. Es gibt Wölfe, die mit dem Rudel laufen, und es gibt Wölfe, die für sich alleine bleiben. Welcher wohl mag Durcs Totem sein?

Als alles gepackt und gebündelt war, luden die junge Frau und das Mädchen sich ihre Lasten auf, und dann gingen sie alle zusammen aus der Höhle. Schnell drückte Iza den kleinen Jungen noch einmal an sich, half Ayla, ihn in die Tragdecke zu pakken und holte etwas aus einer Falte ihres Umhangs.

»Das sollst du jetzt tragen, Ayla. Du bist die Medizinfrau des Clans«, bedeutete sie der jungen Frau und reichte ihr den rot gefärbten Beutel, in dem die Zauberwurzeln verwahrt waren. »Hast du auch noch jede Handreichung vor Augen? Du darfst keine einzige auslassen. Ich wollte, ich hätte es dir zeigen können, aber nur zum Üben darf der Zaubertrank nicht bereitet werden. Er ist zu heilig, man darf ihn nur bei hohen Feiern reichen. Behalte es im Kopf, nicht die Wurzeln allein bewirken den Zauber, du mußt dich selbst so sorgfältig vorbereiten wie den Trank.«

Uba und Ayla neigten die Köpfe, als die junge Frau die kostbare Gabe entgegennahm und in ihren Medizinbeutel steckte. Iza hatte ihr die Tasche aus Otterfell an dem Tage geschenkt, an dem Ayla zur Medizinfrau erhoben worden war. Doch wenn sie die sah, mußte sie an jene andere denken, die Creb verbrannt hatte.

Ayla griff zu ihrem Amulett und tastete nach dem fünften Zeichen, das sie jetzt darin trug: den kleinen Brocken lichtschwarzen Braunsteins. An dem Tag, an dem sie auserwählt war, einen Hauch vom Geist aller Clan-Glieder und – über den Höhlenbären – des gesamten Groß-Clans in sich aufzunehmen, war ihr Leib mit der schwarzen Salbe gezeichnet worden, die gemengt war aus zerstampftem Braunstein und heißem Fett. Nur zur Feier der höchsten Feste wurde der Leib der Medizinfrau mit diesen schwarzen Zeichen bedeckt; und nur sie durfte den schwarzen Stein in ihrem Amulett tragen.

Ayla wünschte sich von Herzen, Iza würde mit ihnen ziehen. Es machte sie unruhig, zu wissen, daß die Medizinfrau zurückblieb. Allzu häufig wurde ihr ausgemergelter Leib von heftigem Husten geschüttelt.

»Iza, achte gut auf dich«, mahnte Ayla mit bittender Gebärde, nachdem sie die Frau umarmt hatte. »Dein Husten ist schlimmer geworden.«

»Er ist immer schlimmer, wenn es kalt ist. Du weißt es doch, wenn die Sonne scheint, wird es wieder besser mit mir. Und du und Uba habt mir solche Berge von Alantwurzeln gesammelt, daß es hier gewiß keine Pflanzen mehr geben wird. Sorge dich also nicht um mich«, gab Iza mit beschwichtigender Hand zurück.

Doch Ayla wußte, daß Kräuter und Pflanzen die Schmerzen der Medizinfrau nur vorübergehend linderten. Über lange Zeit hinweg hatte Iza ihre Krankheit ständig damit behandelt; die Schwindsucht in ihr war zu weit gediehen, als daß sie noch eine starke Wirkung haben konnten.

»Geh hinaus ins Freie, wenn die Sonne scheint und gönne dir viel Ruhe«, drängte Ayla. »Es wird hier nicht viel Arbeit geben. Holz und Nährendes sind in Fülle da. Zoug und Dorv können das Feuer unterhalten, das Tiere und böse Geister abwehren hilft. Und Aba kann das Kochen besorgen.«

»Ja, ja«, stimmte Iza zu. »Macht jetzt schnell. Brun ist zum Aufbruch bereit.«

Ayla nahm ihren gewohnten Platz ganz hinten ein, während alle sie ansahen und warteten.

»Ayla«, rief Iza. »Sie können nicht aufbrechen, solange du nicht an deinem richtigen Platz bist«, mahnte sie.

Hastig eilte Ayla an die Spitze der Frauengruppe. Ihr war unbehaglich, als sie sich noch vor Ebra einreihte. Sie machte der Gefährtin des Clan-Führers ein Zeichen, das um Vergebung bat, doch Ebra hatte sich längst an ihren zweiten Platz gewöhnt. Dennoch mutete es sie seltsam an, nicht Iza, sondern Ayla vor sich zu sehen; die Frage ging ihr durch den Kopf, ob sie wohl auf dem Zug zum nächsten Miething des Groß-Clans noch dabei sein würde.

Iza und die drei Leute, die zu betagt waren, um die lange Wanderung mitzumachen, begleiteten den Zug bis zum Grat. Dort hielten sie an und blickten den Clan-Leuten nach, bis sie nur noch als kleine dunkle Punkte in der Weite der Steppe auszumachen waren. Dann kehrten sie in die öde gewordene Höhle zurück. Aba und Dorv waren schon zum letzten Miething nicht mitgezogen und waren beinahe verwundert darüber, daß sie noch am Leben waren und noch ein zweites Treffen versäumten. Iza und Zoug jedoch blieben das erste Mal zurück. Immer noch zwar streifte Zoug hin und wieder mit seiner Schleuder durch die Wälder, aber er kehrte jetzt häufiger mit leeren Händen zurück. Dorvs Augenlicht hatte sich so getrübt, daß er gar nicht mehr ausziehen konnte.

Obwohl der Tag warm war, drängten sich die vier Zurückgelassenen eng um das Feuer vor der Höhle. Aber keiner hob auch nur die Hand, um ein Gespräch in Gang zu bringen. Plötzlich wurde Iza von einem Husten gepackt, der ihren ganzen Körper schüttelte. Blutiger Schleim kam ihr von den Lippen. Sie lief in die Höhle und verkroch sich tief in die Schlafmulde. Bald trotteten auch die anderen herein und ließen sich stumm an ihren Feuerstätten nieder. Sie ahnten, daß es lange währen würde, bis die Abwanderer wieder zurückkehrten. Unerträglich lange.

Von der milden Frische des jungen Sommers, der oben im Bergland eben erst aufgeblüht war, konnten die Clan-Leute in den weiten, heißen Ebenen der Steppe nichts mehr spüren. Statt üppig belaubter Bäume und Büsche, statt Tannen und Fichten, deren neue Triebe noch im lichten Grün an Zweigen und Ästen leuchteten, dehnten sich hier bis ins Unendliche bereits brusthoch stehende Gräser und Kräuter, aus denen die Sonne das Grün schon herausgesogen hatte. Dicht verfilzte Matten vorjährigen Wachstums polsterten den Boden und dämpften den Schritt der Clan-Leute, deren kleiner Zug sich schlangengleich durch das grüngoldene Land wand. Selten trübten Wolken den grenzenlos weiten Himmel über ihnen, es sei denn, irgendwo in der Ferne ballte sich ein Gewitter zusammen. Wasser gab es kaum. An jedem Wasserlauf machten sie halt und füllten ihre Behältnisse. Man konnte nie sicher sein, ob des Abends, wenn das Nachtlager aufgeschlagen wurde, auch Wasser in der Nähe war.

Brun schlug eine Gangart ein, die auch jene mithalten konnten, die nicht so flink auf den Beinen waren, allerdings mit Anstrengung. Sie hatten einen weiten Weg bis zur Gastgeberhöhle, die hoch oben in den Bergen des Festlands lag. Besonders Creb fiel es schwer, Schritt zu halten, doch die Vorfreude auf das Miething und die heiligen Feiern, die er leiten würde, beflügelten ihn. Sein Körper mochte verkrüppelt und verkümmert sein; die Kräfte des Geistes des großen Zauberers beeinträchtigte das nicht. Die Wärme der Sonne und die wohltätigen Kräuter, die Ayla ihm reichte, linderten die Schmerzen in seinen Gelenken, und mit der Zeit kräftigte das ständige Bewegen die Muskeln selbst seines kranken Beines.

Einförmiges Gleichmaß von Aufstehen, Packen, sich auf den Weg machen, Rasten, Lagern, Schlafen und zwischendurch etwas essen bestimmte die Tage der Wanderer. Und mit der vorrückenden Jahreszeit steigerten sich ganz allmählich Trockenheit und Hitze. Die wärmende Sonnenscheibe erglühte zu einem sengenden Rundfeuer, das die Steppen ausdörrte und das Flachland unter dem staubverschleierten, gelblich trüben Himmel mit der lohfarbenen Eintönigkeit graubrauner Erde, strohiggelben Grases und bräunlicher Felsen überzog. Doch nach drei Tagen brannten den Clan-Leuten die Augen von dem Rauch und der Flugasche eines gewaltigen Steppenbrandes, die der Wind ihnen in die Gesichter blies. Von Ferne sahen sie riesige Herden von Bisons, Hirschwild, Pferden und Halbeseln vorbeiziehen.

Lange bevor sie sich dem Sumpfgebiet der Landenge näherten, die das Halbinselland mit dem Festland verband und immer wieder von der seichten Salzsee im Oberland überschwemmt wurde, konnte man weit hinten die mächtige Bergkette erkennen, deren gewaltige Gipfel, von ewigem Eis bedeckt, kalt und unangreifbar der Hitze der Steppe spotteten. Als das Flachland in sanft gewellte Hügel überging, in deren roter, eisenerziger Erde Federgras und Wiesenschwingel wuchsen, wußte Brun, daß das Sumpfland nicht mehr weit war.

Zwei Tage lang kämpften die Clan-Leute sich durch modrige, von Mückenschwärmen summende Sümpfe und durch trübes, brackiges Wasser, ehe sie das Festland erreichten. Auf einen Saum niedriger Buchen- und Eichenbüsche folgte schattiger Eichenwald. Dann durchzogen sie ein riesiges Baumgebiet mit Buchen, durchsetzt mit Kastanien, und gelangten zu einem gemischten Waldland aus Eichen, Buchsbaum und Eiben; an den Stämmen mächtiger Bäume rankten Efeu und Klematis empor. Schließlich tauchten die Erdlinge in ein großes Gewälde aus Fichten und Tannen, in dem hier und dort auch noch Buche und Ahorn ihren Platz behaupteten.

Sie sahen Waldbisons weiden, Rotwild davonjagen und Elche vorbeitrotten; auch Wildschweine, Füchse, Dachse, Wölfe, Luchse, Leoparden, Wildkatzen und eine Menge kleineres Getier kam ihnen unter die Augen; aber nicht ein einziges Hörnchen. Ayla hatte gleich das Gefühl gehabt, daß unter diesen Tieren der Festlandberge eines fehlte.

Und dann entdeckten die Clan-Leute ihren ersten Höhlenbären. Blitzschnell hob Brun die Hand, und alles hielt an. Weit streckte er den Arm aus und wies nach vorne auf den massigen, zottigen Bären, der sich den Rücken an einem Baum rieb. Alle Erdlinge waren jetzt zusammengerückt, die Frauen und Kinder in der Mitte, die Männer im Ring außen herum. Selbst die Kinder spürten die Ehrfurcht, mit der die Clan-Leute den gewaltigen Herrscher des Waldes beäugten. Selbst im Sommer, wo er vergleichsweise mager war, wog dieser Pelzriese so viel wie über sechzig Männer. Im Spätherbst, wenn er sich sein Winterfett angefressen hatte, war er noch massiger. Die Männer des Clans überragte er um beinahe drei Manneslängen, und mit seinem mächtigen Kopf und dem zottigen Pelz wirkte er wie ein übermächtiger Dämon. Während der Bär immer noch an dem Baum lehnte und sich träge den Rücken an der rissigen Rinde schabte, schien er der Erdlinge, die so dicht vor ihm angehalten hatten und ihn atemlos anstarrten, gar nicht gewahr zu werden. Gab es doch kaum ein Geschöpf, das er wirklich zu fürchten hatte, und andere beachtete er einfach nicht. Schon oft hatten die Clan-Leute erlebt, wie der kleinere Braunbär, der in dem Hügelland um ihre Höhle hauste, mit einem einzigen Schlag seiner pelzigen Pranke einem Hirsch das Genick brechen konnte; nicht auszudenken, wozu dann dieses gewaltige Tier fähig war. Nur ein männliches Tier wagte es, während der Brunst den Kampf mit seinesgleichen aufzunehmen, oder eine Bärin, die um ihre Jungen fürchtete. Und sie siegte immer.

Doch nicht nur die ungeheuerliche Größe des Bären hielt die Erdlinge in Bann. Dies war der Höhlenbär, ihr Totem, dessen Geist alle Clans des Groß-Clans zusammenband. Er war ihnen verwandt; in ihm war ihrer aller Geist vereinigt. Allein seine Gebeine besaßen solche Kraft, daß sie alles Böse abwehren konnten. Das, was sie mit ihm verband, war ein Über-Denken der eigenen Herkunft und der eigenen Art, für die der Bär das Sinnbild war. Deshalb war auch das große Miething, zu dem zu gelangen sie schon viel Weg unter die Füße genommen hatten, von so hoher Bedeutung. Da sich diese Erdlinge den Höhlenbären als Einigendes vorstellten, waren ihre Clans durch ihn vereint, zum Groß-Clan nämlich – zum Clan des Bären.

Jetzt aber hatte der Pelzriese sich genug gekratzt. Er reckte sich auf seine volle Höhe, trottete ein paar Schritte auf den Hinterbeinen daher und ließ sich dann auf alle viere nieder. Die Schnauze am Boden tapste er lautlos davon.

»War das der Höhlenbär?« fragte Uba mit zitternder Hand und weit aufgerissenen Augen.

»Ja, das war der Höhlenbär«, bestätigte Creb. »Und wenn wir zum gastgebenden Clan kommen, wirst du noch einen sehen.«

»Hat dieser Clan denn wirklich einen lebendigen Bären in seiner Höhle?« wollte Ayla wissen. »Er ist so riesengroß.«

Sie kannte den Brauch, der bestimmte, daß der Clan, der das große Miething ausrichten würde, einen jungen Höhlenbären einzufangen und in seiner Höhle großzuziehen hatte.

»Jetzt wird er wohl in einem mächtigen Pfahlverhau außerhalb der Höhle sein. Aber als der Bär noch klein war, lebte er mit den Nachbar-Clan-Leuten in der Höhle und wurde großgezogen wie ein Kind. Nahrung bekam er an jeder Feuerstätte, wann immer er hungrig war. Viele Clans behaupten, daß ihre Höhlenbären sogar ein wenig ihrer Zeichensprache erlernten. Aber ich war jung in den Tagen, als das große Miething in unserer Höhle abgehalten wurde. Ich weiß nicht mehr viel davon und kann euch nicht bedeuten, ob es auch wirklich so gemacht wird. Wenn dann der Bär größer geworden ist, wird er in einen Pfahlverhau gesteckt, damit er keinen verletzen kann; aber alle füttern ihn und streicheln ihn weiter, damit er spürt, daß man ihm wohlgesonnen ist. Auf dem Fest des Bären wird er schließlich geehrt, und er wird unsere Bitten in die Welt der Geister bringen«, erklärte der Mog-ur mit geduldiger Gebärde.

»Und wann halten wir das große Miething ab und ziehen bei uns einen Höhlenbären groß?« erkundigte sich Uba.

»Wenn wir an der Reihe sind. Es sei denn, der Clan, dem es zufällt, vermag es nicht. Dann können wir uns anbieten. Aber kein Clan will übergangen sein oder unfähig, ein solches Miething auszurichten, auch wenn die Jäger manches Mal weit durch das Land zu ziehen haben, um ein Bärenjunges aufzuspüren, selbst wenn ihnen von der Bärenmutter größte Gefahr droht. Der Clan, zu dem wir geladen sind, hat großes Glück gehabt. Wo er wohnt, da hausen noch Höhlenbären. Und seine Jäger haben schon anderen Clans geholfen, die heiligen Tiere zu finden. Bei unserer Höhle gibt es keine mehr; aber einst müssen sie dagewesen sein. Die Gebeine dieses uns durch den Geist Verwandten lagen ja in der Höhle, als wir sie entdeckten«, schloß Creb.

»Und was geschieht, wenn dem Clan, der ein Miething ausrichten darf, etwas zustößt? Unser Clan lebt ja auch nicht mehr in der gleichen Höhle wie in früheren Tagen«, ereiferte sich Ayla. »Wäre es an uns, so wüßten die anderen Clans bestimmt nicht, wo sie uns finden sollten.«

Creb schüttelte lächelnd den Kopf.

»Doch, Ayla. Wir würden Läufer zu unserem Nachbar-Clan schicken, dessen Höhle der unseren am nächsten ist. Und von dort würde die Kunde weiter verbreitet werden.«

Gerade hatte Brun das Zeichen zum Weitergehen gegeben, und der Clan setzte sich wieder in Bewegung. Als sie zu dem Baum kamen, an dem der Höhlenbär sich am Rücken geschabt hatte, musterte Creb die Rinde mit scharfem Auge und zog ein paar Haarbüschel heraus, die in der schrundigen Borke klemmten. Behutsam wickelte er sie in ein Blatt, das er mit den Zähnen hielt, und steckte das Röllchen in eine Falte seines Überwurfs. Das Haar eines lebenden Höhlenbären besaß einen gewaltigen Zauber.

Den hochstämmigen Nadelbäumen im Hügelland folgten bald kleinwüchsige, knorrige Arten, als die Clan-Leute höher stiegen. Die eisglitzernden Gipfel der himmelhohen Berge, die sie schon von der Steppe aus hatten funkeln sehen, rückten greifbar nah. Dann schlugen sie sich durch dichtes Birkengehölz und zogen gebückt unter den tiefhängenden Zweigen von Wacholderbüschen hindurch. Schließlich gelangten sie wieder auf Wiesen, deren Grün eine unglaubliche Farbenvielfalt wildwachsender Blumen sprenkelte; fleischrote Azaleen, orangerot gefleckte Tigerlilien, violette Akelei, wasserblaue Wicken, dunkelblauer Enzian, gelbe Veilchen, Primeln aller Art.

Ab und zu sprangen ihnen kecke Gemsen über den Weg, und an den Hängen weideten Mufflons, die schwer an ihren Hörnern zu tragen hatten. Die Clan-Leute waren schon fast im Gebiet struppig-kruppliger Nadelbäume, die an die Wiesen der Niedriggräser grenzten, als sie auf einen ausgetretenen Pfad gelangten, der sich mählich einen steilen Hang hochwand. Die Jäger des Clans, der hier oben lebte, hatten einen weiten, mühsamen Weg hinunter zu den offenen Steppen, aber sie waren bereit gewesen, das auf sich zu nehmen. Denn hier hauste noch der Höhlenbär, und das verhieß Glück und Wohlstand.

Als sie Brun und Grod an einer Wegbiegung auftauchen sahen, blieben die Leute, die dem ankommenden Clan entgegengelaufen waren, beim Anblick von Ayla wie angewurzelt stehen. Aller Anstand war vergessen. Ungläubig starrten sie Ayla an und begleiteten sichtlich erregt und heftig mit den Armen schwingend den Zug, der, mit Ayla an der Spitze der Frauengruppe, müde und matt das letzte Stück bis zum Vorplatz der Höhle zurücklegte. Creb hatte Ayla gewarnt, doch auf solches Aufsehen war sie nicht gefaßt gewesen; und auch nicht auf so viele Erdlinge, von denen es hier nur so wimmelte. Über zweihundert entgeisterte Clan-Leute strömten zusammen und begafften die befremdliche Frau. Noch nie in ihrem Leben hatte Ayla so viele Erdlinge beieinander gesehen.

Vor einem riesigen Pfahlverhau – die Hauptstämme waren tief in die Erde gerammt worden – blieben sie stehen. Hier drinnen war der Höhlenbär, noch massiger als der, den man unterwegs gesehen hatte. Träge räkelte sich das gewaltige Felltier, das drei Jahre lang gehätschelt und gepäppelt worden war. Hingebungsvoller Mühe des kleinen Clans hatte es bedurft, den gefräßigen Bären so lange zu unterhalten, und selbst die vielen Gaben an Nahrung, Werkzeug und Pelzwerk, die die Gast-Clans mitbrachten, konnten nicht für die Arbeit und Anstrengung entschädigen. Doch nicht einer war unter den Gast-Clan-Leuten, der die Angehörigen des gastgebenden Clans nicht beneidete, und jeder der Nachbar-Clans brannte darauf, diese schwere Aufgabe selbst zu übernehmen und dafür Ruhm und Ehre einzuheimsen.

Der Höhlenbär tapste neugierig zum Gitter. Uba schmiegte sich näher an Ayla; sie fürchtete sowohl das Gedränge als auch den Bären. Der Clan-Führer und der Mog-ur des heimischen Clans traten zu der Gruppe der Neuankömmlinge, entboten ihnen den althergebrachten Gruß, dem jedoch rasch zornige Fragezeichen ihrer Hände folgten.

»Was fällt euch ein, eine der Fremdlinge zum Großen Miething mitzubringen, Brun?« schalt der andere Clan-Führer.

»Sie ist eine Frau unseres Clans und aller Clans, Norg, und eine Medizinfrau von Izas Stamm«, gab Brun mit ruhiger Gebärde zurück, die von seinem inneren Unbehagen nichts verriet.

Von den Leuten ringsum kam ungläubiges Gemurmel, Hände flogen und redeten in erregter Gebärde.

»Das kann nicht sein«, bedeutete der andere Mog-ur. »Wie

könnte sie eine Frau eures Clans und aller Clans sein? Sie wurde den Fremdlingen geboren.«

»Sie ist eine Frau unseres Clans und aller Clans«, beharrte Creb so entschieden wie Brun, während er Norg einen harten Blick zuschoß. »Oder zweifelst du an mir, Norg?«

Unsicher sah dieser seinen Mog-ur an, doch das verwirrte Gesicht des Zauberers half ihm nicht weiter.

»Norg, wir sind von weither gekommen und sind müde«, lenkte Brun ein. »Dies ist nicht die Zeit, darüber zu streiten. Verweigerst du uns die Gastlichkeit eurer Höhle?«

Dies war ein Augenblick höchster Gespanntheit. Wenn Norg es ablehnte, sie aufzunehmen, blieb ihnen nichts anderes übrig, als den langen Rückweg zu ihrer Höhle anzutreten. Zwar verstieße er damit gegen alle guten Sitten; gestattete er jedoch Ayla den Zutritt zur Höhle, so bestätigte er sie damit als Glied des Groß-Clans.

Und wieder blickte Norg auf seinen Mog-ur, dann auf den mächtigen Einäugigen, welcher der große Mog-ur war, und schließlich auf den Mann, der den ersten aller Clans anführte. Was blieb ihm denn auch noch viel übrig, wenn der große Mog-ur diese Fremde als Frau seines und aller Clans vorstellte?

Norg gab seiner Gefährtin das Zeichen, Brun und seinen Clan zu ihrem Platz in der Höhle zu geleiten; doch wich er Brun und dem großen Mog-ur nicht mehr von der Seite. Sobald die Ankömmlinge es sich wohnlich gemacht hatten, wollte er herausfinden, wie eine Frau, die offenkundig von den Fremdlingen abstammte, ein Glied des Clans geworden war.

Der Eingang zur Höhle von Norgs Clan war kleiner als der mächtige Spitzbogen, durch den Bruns Clan-Leute ein- und ausgegangen waren. Auch die Höhle selbst schien zunächst kleiner. Doch wie sich zeigte, bestand sie nicht aus einem einzigen Raum; von ihm zweigten nämlich kleinere Höhlen ab, durch Gänge miteinander verbunden, die den Bauch des Bergs durchzogen. Platz gab es mehr als genug, um alle Clans unterzubringen, wenn sie auch das Tageslicht entbehren mußten.

Bruns Clan wurde in eine geräumige Felskammer geführt, die gleich hinter der Höhle lag, in der Norgs Leute ihre Feuerstätten und Wohnkreise hatten. Es war ein Vorzugsraum, der ihrem ersten Rang unter den Clans entsprach. Obwohl sich in den tieferen Höhlen bereits einige andere Clans niedergelassen hatten, hätte man ihnen diesen Platz bis zum Beginn der Feier des Bären aufgehoben. Erst dann, wenn man gewiß gewesen wäre, daß

Bruns Clan nicht kommen würde, hätte man ihn dem rangnächsten Clan eingeräumt.

Der Groß-Clan hatte keinen Führer. Doch so, wie es in jedem einzelnen Clan eine rangmäßige Ordnung gab, so gab es diese auch unter den Clans, und brauchmäßig war der Führer des ranghöchsten Clans zugleich der oberste des Groß-Clans. Unumschränkte Macht jedoch ging damit nicht einher. Dazu waren die Clans zu sehr gewohnt, über sich selbst zu bestimmen. Jeder wurde von einem einzigen Mann in unumschränkter und alleiniger Herrschaft geführt, der nicht so leicht bereit war, sich anderen Mächten als denen der Überlieferung und der Geister zu beugen. Welcher Rang jedem einzelnen Clan innerhalb der Großen Ordnung zukam, wurde alle sieben Jahre auf dem Großen Miething aller Clans bestimmt.

Ansehen und Rang eines jeden Clans beruhten auf vielem; nicht nur Feiern wurden abgehalten; wettkampfartiges Kräftemessen war von gleicher, wenn nicht gar von größerer Bedeutung. Der Zwang, sich selbst zu beherrschen, der jeden einzelnen einband, um den für das Überleben notwendigen Zusammenhalt zu sichern, durfte in solchen Vergleichen mit den anderen Clans gelockert werden. Und die Angriffslust, die sie sonst womöglich gegeneinander gerichtet hätten, konnte dabei auf bemessene Weise abgelassen werden. Wettkämpfe gab es viele. Die Männer maßen sich im Ringen und Schleudern, lieferten Proben ihrer Muskelkraft mit der Keule, trugen Laufwettbewerbe mit und ohne Speer aus, suchten einander im Werkzeugmachen, im Jagdtanz und im Geschichtenkünden zu übertreffen.

Und die Frauen hatten das ihre beizusteuern, wenn auch ihren Fertigkeiten nicht so viel Gewicht beigemessen wurde. Der große Festverzehr bot den Frauen Gelegenheit, mit besonders schmackhaft zubereiteten Speisen zu glänzen. Die von ihnen gefertigten Gaben für den gastgebenden Clan wurden zunächst ausgestellt und dann von jenen Frauen bewertet, die nicht an ihrer Fertigung mitgewirkt hatten. Weiche, geschmeidige Häute wurden da zur Schau gestellt, prächtiges Pelzwerk, wasserdichte Körbe, durchbrochen geflochtene Tragkörbe, Matten von feinem Gewebe und Muster, Behältnisse aus fester Rohhaut oder Baumrinde, kräftige Schnüre aus Flechsen und Sehnen oder faserigen Pflanzen oder Tierhaar, lange Riemen von gleichmäßiger Breite, Holzschalen von schimmernder Glätte, Platten aus Knochenstücken oder Holz, Trinkbecher,

Schalen und Schöpfer, Hauben, Mützen, Fuß- und Handhüllen, Beutel aller Arten. Sogar die kleinen Kinder wurden verglichen.

Mit von Bedeutung für das Ansehen eines Clans war auch die Stellung, die der Mog-ur und die Medizinfrau unter ihresgleichen einnahmen. Die hohe Achtung, die Iza und Creb genossen, hatte ebensosehr dazu beigetragen, daß Bruns Clan der erste Rang zuerkannt wurde, wie die Tatsache, daß sein Clan schon seit Generationen der erste gewesen war. Dies allerdings hatte Brun nur einen leichten Vorteil eingebracht, als er zum Clan-Führer ernannt worden war. So wichtig all diese Einzelheiten waren, das entscheidende lag in der Eignung des Clan-Obersten zum Führer. Und die Entscheidung wiederum, welcher Clan-Führer der fähigste unter allen war, hing von Verschiedenem ab.

Ein Teil war, wie gut die Männer jedes Clans bei den Wettkämpfen abgeschnitten hatten, denn das zeigte, wie gut ihr Clan-Führer es verstand, sie zu leiten und anzuspornen; ein anderer Teil war, wie eifrig die Frauen bei der Arbeit sich regten, denn darin zeigte sich eines Clan-Führers feste Hand. Den größten Teil aber machte die Gesinnungsstärke eines Clan-Führers aus. Brun wußte, daß es diesmal schwer werden würde, die alte Stellung im Groß-Clan zu behaupten. Bereits dadurch, daß er Ayla mitgebracht hatte, hatte er beträchtlich an Boden verloren.

Das Miething bot auch Gelegenheit, alte Bande der Freundschaft fester zu knüpfen, mit Verwandten aus anderen Clans zusammenzukommen, Neues und Geschichten auszutauschen, die in der folgenden Zeit manchen trostlosen kalten Winterabend mit Leben und Lachen erfüllen würde. Junge Leute, die im eigenen Clan keinen Gefährten finden konnten, hielten unter den jungen Männern und Frauen der Nachbar-Clans Ausschau. Allerdings wurde ein Paar nur dann zusammengegeben, wenn der jeweilige Clan-Führer, der über den jungen Mann zu bestimmen hatte, mit der Gefährtin einverstanden war. Für eine junge Frau galt es allgemein als Ehre, erwählt zu werden, besonders, wenn sie dadurch in einen ranghöheren Clan kam. Trotz Zougs Empfehlung und trotz des hohen Ansehens, das Izas Sippe genoß, hatte diese nicht daran gedacht, daß Ayla auf dem Miething einen Gefährten finden würde. Daß sie ein Kind hatte, wäre vielleicht von Vorteil gewesen, aber nur wenn ihr Sohn nicht als mißgestaltet abgetan worden wäre.

Und Ayla war weit davon entfernt, an die Suche nach einem Gefährten zu denken. Sie hatte genug damit zu tun, ihren ganzen Mut zusammenzuraffen, um den neugierigen und mißtrauischen Erdlingen gegenüberzutreten, die draußen vor der Höhle auf sie warteten. Sie und Uba hatten die Bündel und Körbe ausgepackt und den Raum etwas eingerichtet. Norgs Gefährtin hatte dafür gesorgt, daß Steine für die Feuerstätten und die Begrenzung der Wohnkreise bereitlagen.

Ayla hatte sich größte Mühe gegeben, ihre Gaben für die Gastgeber so auszulegen, wie Iza ihr gezeigt hatte, und die Feinheit ihrer Arbeit war bereits aufgefallen. Sie wusch sich, kleidete sich frisch und stillte dann ihren Sohn, während Uba ungeduldig wartete. Das Mädchen war ganz versessen darauf, rasch die Umgebung rings um die Höhle zu erkunden und all die fremden Leute kennenzulernen; doch allein wagte sie sich nicht hinaus.

»Mach doch schneller, Ayla«, drängte sie mit hastiger Hand. »Alle sind schon draußen. Kannst du dich nicht später um Durc kümmern? Ich will hinaus in die Sonne. Hier ist es so finster.«

»Und ich will nicht, daß er gleich zu schreien anfängt. Du weißt doch, wie laut er das tut. Dann glauben die Leute vielleicht, daß ich keine Mutter bin«, gab Ayla zurück. »Ich will nichts tun, was mich in ihren Augen noch abstoßender macht. Creb hat mich darauf hingewiesen, daß die Leute hier verwundert sein würden, wenn sie mich sehen. Aber ich ahnte nicht, daß sie zaudern würden, uns überhaupt aufzunehmen.«

»Aber sie haben uns aufgenommen, und wenn Creb und Brun sich mit ihnen zusammengesetzt haben, dann werden sie sehen, daß du zum Clan gehörst. Komm, Ayla. Du kannst nicht noch länger in dieser Höhle bleiben. Du mußt ihnen in die Gesichter blicken. Nach einiger Zeit werden sie sich an dich gewöhnen, genauso wie wir. Ich sehe schon gar nicht mehr, daß du anders aussiehst.«

»Ich war da, ehe du geboren wurdest, Uba. Die Leute hier haben mich nie zuvor gesehen. Aber nun gut, gehen wir. Nimm noch einen Happen für den Höhlenbären mit.«

Ayla stand auf. Sie drückte Durc an ihre Schulter und tätschelte seinen Rücken, während sie hinausgingen. Sie grüßte Norgs Gefährtin mit achtungsvoller Gebärde, als sie an ihrem Wohnkreis vorbeikamen. Die Frau erwiderte den Gruß und wandte sich dann hastig wieder ihrer Arbeit zu, beschämt, daß sie die junge Frau so lange angestarrt hatte. Ayla holte tief Atem, als sie sich dem Ausgang näherten, und hielt ihren Kopf ein wenig höher. Sie war entschlossen, die Neugier der Leute nicht zu beachten; sie war eine Frau des Clans und gehörte genauso hierher wie alle anderen.

Als sie ins helle Sonnenlicht hinaustrat, wurde ihre Selbstsicherheit auf eine harte Probe gestellt. Viele hatten einen Vorwand gefunden, in Höhlennähe zu verbleiben und zu warten, bis die befremdliche Frau herauskam. Einige bemühten sich, ihre Neugier nicht offen zu zeigen; die meisten aber vergaßen oder mißachteten das Gebot des guten Anstands und starrten Ayla mit aufgerissenen Mündern und großen Augen an. Ayla spürte, wie ihr das Blut ins Gesicht schoß. Jetzt bin ich bestimmt ganz rot auf den Wangen, dachte sie und beugte sich über Durc, um den Gaffenden nicht begegnen zu müssen.

Gleich darauf richtete sich das Augenmerk der Leute auf Durc, den sie bisher ganz übersehen hatten. Die Gesichter und Gebärden verrieten deutlich, was die Umstehenden von ihrem Sohn hielten. Er hätte gar nicht wie eines ihrer Kinder auszusehen brauchen. Hätte er mehr Ähnlichkeit mit Ayla gehabt, so hätten sie ihn leichter annehmen können. Gleich, was Brun und der große Mog-ur behaupteten, Ayla war eine von den Fremdlingen. Es wäre wirklich nicht verwunderlich gewesen, hätte ihr Kind ausgesehen wie diese. Durc jedoch war den Clan-Kindern insoweit ähnlich, daß jenes, was er von seiner Mutter mitbekommen hatte, wie mißgebildet wirkte. In den Augen aller Clan-Leute war er eine Mißgeburt, die man nicht hätte am Leben lassen dürfen. Dadurch fiel nicht nur Aylas Wert noch weiter, sondern auch Brun verlor immer mehr an Boden. Ayla wandte den mißtrauischen Blicken und aufgerissenen Mündern den Rücken zu und ging mit Uba an ihrer Seite zum Pfahlverhau des Höhlenbären hinüber, um sich das riesige Tier anzusehen. Als der Bär die beiden kommen sah, tapste er an das Pfahlgitter, setzte sich auf und langte mit einer Pranke nach draußen, um sich den Leckerbissen zu holen, den er erwartete. Ayla und Uba fuhren beide zurück beim Anblick der riesigen Pranke mit den dicken, ziemlich kurzen Krallen, die mehr dafür geeignet waren, Wurzeln und Knollen auszugraben als Bäume hinaufzuklettern. Im Gegensatz zu den Braunbären waren bei den Höhlenbären nur die Jungen klein und wendig genug, um zu klettern. Ayla und Uba legten ihre Äpfel vor den dicken Pfählen auf den Boden.

Das Tier, das man als Tierkind großgezogen und das nie Hunger gekannt hatte, war gezähmt und den Erdlingen gegenüber voller Zutrauen. Es hatte bald herausgefunden, wie es bestimmt noch einen zusätzlichen Happen bekam. Also richtete der Bär sich auf und schlug in bittender Gebärde die schweren Pranken zusammen. Beinahe hätte Ayla gelacht; doch es gelang ihr gerade noch, den unbotmäßigen Frohlaut zu unterdrücken.

»Jetzt ist mir klar, warum die Clan-Leute behaupten, ihre Höhlenbären könnten sprechen«, wandte sich Ayla an Uba. »Er will mehr. Hast du noch einen Apfel?«

Uba gab ihr einen der kleinen, harten Äpfel, und diesmal trat Ayla an den Käfig heran und gab ihn ihm. Er schob ihn in sein Maul, kam dann näher an die Pfähle heran und rieb seinen zottigen Kopf an dem rauhen Holz.

»Du willst wohl gekrault werden, alter Honigfresser«, begrüßte ihn Ayla. Sie wußte wohl, daß man den Höhlenbären, wenn er selbst da war, nie beim Namen nennen durfte. Wenn das nämlich geschah, würde er sich daran erinnern, wer er war, und erkennen, daß er nicht einfach zum Clan gehörte, der ihn großgezogen hatte. Er wurde wieder zum wilden Tier werden und das Fest des Bären zunichte machen.

Sie kraulte ihn hinter dem Ohr.

»Du bist ein Faulpelz«, bedeutete sie ihm, als er auch noch das andere Ohr hinstreckte.

Ayla kraulte und kratzte den großen, zottigen Kopf, doch als Durc den Arm ausstreckte, um ein Büschel Fell zu packen, wich sie schnell zurück. Sie hatte die kleinen Tiere, die sie krank oder verletzt in die Höhle zu bringen pflegte, oft genug gestreichelt, um zu spüren, daß auch dieser mächtige Kerl gezähmt und zutraulich war. Ihre anfängliche Scheu vor ihm war rasch verflogen. Doch als Durc mit seinen Händchen in das Zottelfell greifen wollte, wurden das große Maul und die gebogenen Krallen plötzlich sehr gefährlich.

»Daß du es einfach wagst, ihm so nahe zu kommen!« Ubas Gesicht war voller Ehrfurcht. »Mir würde es angst machen, ihm so nahe zu kommen.«

»Er ist wie ein großes Kind. Aber für Durc ist er gefährlich. Er könnte ihn mit einem freundlichen Prankenschlag verletzen. Er sieht so harmlos aus, wenn er noch etwas will, aber ich möchte nicht wissen, was er tun kann, wenn er einmal zornig wird«, bedeutete Ayla nachdenklich, als sie davongingen.

Uba war nicht die einzige gewesen, die erstaunt war über Aylas Unerschrockenheit. Viele hatten den Vorfall beobachtet. Die meisten Neuankömmlinge scheuten zumindest zu Anfang vor dem Bären zurück. Die kleineren Jungen machten sich ein Vergnügen daraus, blitzschnell zum Pfahlverhau hinzustürzen, den Arm zwischen den Pfählen hindurchzustrecken und den Bären kurz zu berühren. Damit wollten sie ihren Mut zeigen. Die Männer waren zu stolz, um Furcht sehen zu lassen, gleich, ob sie welche verspürten oder nicht. Aber nur wenige Frauen, abgesehen von jenen des gastgebenden Clans, wagten sich jemals nahe an den Käfig heran, und noch nie war es vorgekommen, daß eine den Mut gezeigt hatte, den Arm durch das Gitter zu strecken und den Bären zu kraulen, und das gleich bei der ersten Begegnung. Zwar konnte dieses Geschehnis die Ablehnung der Leute gegen Ayla nicht auslöschen, aber nun sahen sie die fremde Frau doch mit etwas anderen Augen.

Jetzt, wo alle Gelegenheit gehabt hatten, Ayla gründlich in Augenschein zu nehmen, gingen sie auseinander. Immer noch aber spürte Ayla hier und dort verstohlene Blicke. Das offene Staunen der Kinder traf sie längst nicht so sehr. Es entsprang der Neugier der Jungen für alles, was ungewöhnlich war, und enthielt keinen Schimmer von Mißtrauen oder Mißfallen.

Ayla und Uba gingen auf eine schattige Stelle unter einem Felsvorsprung zu, der sich am äußeren Rand des großen freien Platzes vor der Höhle befand. Von dort aus konnten sie das Treiben der Leute beobachten, ohne gegen den Anstand zu verstoßen.

Ayla und Uba waren sich immer besonders nah gewesen. Doch seit Uba begonnen hatte, ernsthaft zu lernen, und seit dem Tag, an dem sie Ayla in die kleine Höhle hinauf gefolgt war, hatte sich ihre Beziehung gewandelt; sie war ausgewogener geworden. Sie waren sich gleich und jetzt enge Freundinnen. Uba hatte den sechsten Sommer hinter sich und das erste Mal etwas für Jungen übrig.

Im kühlen Felsschatten setzten sie sich nieder, das Tragfell mit Durc zwischen sich. Der Kleine lag auf dem Bauch und strampelte und hob immer wieder den Kopf, um sich neugierig umzusehen. Irgendwann auf der langen Wanderung hatte er angefangen, zu krabbeln und zu gurren und Laute von sich zu geben, was keines der kleinen Clan-Kinder konnte. Es beunruhigte Ayla und freute sie zugleich.

Uba beäugte die älteren Jungen und jungen Männer und tat mit kurzen Gesten kund, wie sie ihr gefielen. Sie waren beide froh, daß sie den langen Fußweg hinter sich hatten und unterhielten sich lebhaft darüber, wie wohl das Fest des Bären werden würde, als eine junge Frau sich ihnen näherte und scheu anfragte, ob sie sich zu ihnen setzen könnte.

Sie hießen sie mit Freude willkommen; war es doch das erste Zeichen von Freundlichkeit, das ihnen hier zuteil wurde. Sie sahen, daß die Frau einen Säugling in ihrem Tragfell hielt; doch das Kind schlief, und die Frau tat nichts, es zu stören.

»Mein Name ist Oda«, zeigte sie an, als sie sich niedergelassen hatte und hob fragend die Hand, weil sie beider Namen wissen wollte.

»Ich heiße Uba«, erwiderte Uba. »Diese Frau ist Ayla.«

»Aay . . . Aycha?.. . Ich kenne den Namen nicht.« Odas Gebärden waren ein wenig zerhackt, aber man verstand sie.

»Es ist kein Name des Clans«, bedeutete ihr Ayla.

Oda hob die Hände, als wollte sie etwas sagen, ließ sie dann aber wieder sinken. Sie schien unschlüssig. Schließlich wies sie auf Durc.

»Ich sehe, du hast ein Kleines«, begann sie mit zögernder Gebärde. »Ist es ein Mädchen oder ein Junge?«

»Ein Junge. Sein Name ist Durc. Wie der Durc aus der Geschichte. Kennst du sie?« fragte Ayla.

Ein seltsamer Ausdruck der Erleichterung trat in Odas Augen.

»Die Geschichte ist mir vertraut. Der Name kommt in unserem Clan nicht vor.«

»Auch in unserem Clan ist er nicht üblich. Aber der Kleine ist nun mal etwas Besonderes. Und der Name paßt zu ihm«, tat Ayla fast trotzig kund.

»Auch ich habe ein Kleines. Ein Mädchen. Ihr Name ist Ura«, gab Oda zurück.

Noch immer schien sie unschlüssig und voller Unbehagen. Eine Zeitlang saßen die drei Frauen reglos beieinander. Keine schien recht zu wissen, was sie tun sollte.

»Schläft die Kleine?« erkundigte sich Ayla schließlich mit fragender Gebärde. »Ich würde mir Ura gern ansehen, wenn du gestattest.«

Oda tat eine Weile gar nichts. Es war, als müßte sie sich die Frage durch den Kopf gehen lassen. Dann, als hätte sie ihren Entschluß gefaßt, nahm sie den Säugling aus dem Fell und legte ihn Ayla in die Arme. Die junge Frau riß weit die Augen auf. Ura war noch sehr klein – seit dem Gebären konnte nicht viel mehr als ein Mond vergangen sein –, aber sie sah aus wie Durc. Sie hatte so viel Ähnlichkeit mit Durc, daß sie seine Schwester hätte sein können. Odas Kind hätte das ihre sein können!

Ayla wollte es nicht glauben. Wie konnte eine Frau, die dem

Groß-Clan angehörte, ein Kind haben, das aussah wie das ihre? Sie hatte geglaubt, Durc sähe anders aus, weil sich in ihm ein Teil von ihr und ein Teil vom Clan vereinigt hatten, doch Creb und Brun mußten wohl recht gehabt haben. Durc war nicht anders, er war mißgestaltet; so wie Odas Kind mißgestaltet war. Ayla war so außer sich, daß sie nur still und stumm dasitzen konnte.

Schließlich wandte sich Uba an die andere Frau.

»Dein Kind sieht aus wie Durc, Oda.«

»Ja«, bestätigte sie. »Ich war verwundert, als ich Aychas Kind sah. Das hat mich veranlaßt, zu euch zu kommen. Ich wollte sehen, ob das Kleine ein Junge oder ein Mädchen ist.«

»Warum wolltest du das sehen?« fragten Aylas Hände.

Oda blickte auf das Kind in Aylas Schoß.

»Meine Tochter ist mißgestaltet«, bedeutete sie, ohne Ayla anzusehen. »Ich hatte Angst, sie würde niemals einen Gefährten finden, wenn sie erwachsen wird. Gibt es einen Mann, der eine so mißgestaltete Frau zur Gefährtin nimmt?« Odas Augen blickten flehend, als sie Ayla endlich ansah. »Als ich dein Kind gewahrte, erwachte Hoffnung in mir. Auch für deinen Sohn wird es nicht leicht sein, eine Gefährtin zu finden.«

Ayla hatte an eine Gefährtin für Durc noch gar nicht gedacht. Oda hatte aber recht, es würde ihm gewiß schwerfallen, eine Gefährtin zu finden. Und jetzt war ihr klar, warum Oda sich ihnen genähert hatte.

»Ist deine Tochter heil?« wollte sie wissen. »Kräftig?«

Oda blickte auf ihre Hände nieder, ehe sie diese wieder hob, um zu antworten.

»Das Kind ist dünn, aber alles ist dran. Das Kind hat einen schwachen Hals, aber er wird jetzt kräftiger.«

Ayla sah sich das Kleine genauer an und warf dann der Frau einen fragenden Blick zu, ehe sie das Kind aus seinen Hüllen schälte. Es war stämmiger gebaut als Durc, den Kindern des Clans ähnlicher von der Gestalt her, aber die Knochen waren zarter. Es hatte die gleiche hohe Stirn, den gleichen zu kurz geratenen Hinterkopf; nur die Brauenwulste waren weniger stark ausgebildet; die Nase war klein, aber man konnte schon jetzt sehen, daß das Kind den kinnlosen Kiefer der Erdlinge bekommen würde. Der Hals des kleinen Mädchens war kürzer als der von Durc, aber länger als gewöhnlich bei den Säuglingen des Clans. Ayla hob das kleine Mädchen hoch und schob ihm die Hand unter den Kopf. Sie sah, wie der Säugling sich mühte, den Kopf zu heben, und machte zu Oda eine beruhigende Gebärde.

»Ihr Hals wird kräftiger werden, Oda. Durcs war noch schwächer, als ich ihn gebar, und sieh ihn dir jetzt an.«

»Glaubst du?« gab Oda zurück. »Ich bitte dich, die du die Medizinfrau des obersten aller Clans bist, dieses Mädchen als Gefährtin deines Sohnes anzunehmen.«

»Ich glaube, Ura wäre bestimmt eine gute Gefährtin für Durc.«

»Dann bist du bereit, dich mit deinem Gefährten zu beraten?«

»Ich habe keinen Gefährten«, antwortete Ayla.

»Dann steht Unglück über deinem Sohn«, gab Oda enttäuscht zurück. »Wer soll ihn unterweisen, wenn du keinen Gefährten hast?«

»Es steht kein Unglück über meinem Sohn«, widersprach Ayla mit Entschiedenheit. »Nicht alle Kinder, die gefährtenlosen Frauen geboren werden, sind vom Unglück verfolgt. Ich teile des Mog-urs Feuer. Er jagt nicht, aber Brun selbst hat gelobt, meinen Sohn zu unterweisen. Er wird ein guter Jäger werden und ein guter Nährer. Auch hat er ein Jagdtotem. Der Mog-ur hat uns offenbart, daß es der Grauwolf ist.«

»Ich wünsche von Herzen, daß du recht hast«, gab ihr Oda zu verstehen. »Unser Mog-ur hat Uras Totem noch nicht offenbart, aber ein Grauwolf ist stark genug, jedes Frauentotem zu bezwingen.«

»Nicht Aylas«, warf Uba mit rascher Gebärde ein. »Ihr Totem ist der Höhlenlöwe. Sie wurde erwählt.«

»Wie konnte es geschehen, daß du ein Kind bekamst?« Odas Gesten verrieten ihre Verwunderung. »Mein Totem ist der Hamster, doch er hat diesmal heftig gekämpft. Als ich meine erste Tochter trug, hatte ich es nicht so schwer.«

»Auch ich hatte es schwer, als ich Durc trug. Hast du noch eine Tochter? Ist sie heil und wohlgestaltet?«

»Sie war wohlgestaltet, ja. Aber nun ist sie im Schattenreich«, bedeutete Oda bedrückt.

»Und darum durfte Ura leben? Es verwundert mich, daß du sie behalten durftest«, gab Ayla zurück.

»Ich hatte nicht den Wunsch, sie zu behalten. Mein Gefährte befahl es so. Es ist meine Strafe«, bekannte Oda mit zögernder Hand.

»Deine Strafe?«

»Ja«, nickte Oda. »In meinem Herzen wünschte ich mir eine Tochter, aber mein Gefährte wünschte einen Sohn. Ich trug noch meine tote Tochter im Herzen. Ich wünschte mir ein Kind, das ihr gleich sein sollte. Mein Gefährte meinte, das Kind sei mißgestaltet, weil Unrecht in meinem Herzen war, als ich es trug. Er meinte, hätte ich einen Sohn gewünscht, so wäre das Kind wohlgestaltet geworden. Er zwang mich, das Kind zu behalten. Jeder sollte sehen, daß ich keine gute Frau bin. Aber er hat mich nicht verstoßen. Denn kein anderer wollte mich haben.«

»In meinen Augen bist du keine schlechte Frau, Oda.« Mitleid stand in Aylas Gesicht. »Iza wünschte sich ein Mädchen, als sie Uba trug. Sie hat mir anvertraut, daß sie ihr Totem an jedem Tag um ein Mädchen bat. Wie ist deine erste Tochter umgekommen?«

»Sie wurde von einem Mann getötet.« Odas Gesicht lief rot an. »Er sah aus wie du, Aycha. Es war ein Mann, der zu den Fremdlingen gehörte.«

Ein Mann, der zu den Fremdlingen gehörte? dachte Ayla. Ein Mann, der aussieht wie ich? Kälte kroch ihr den Rücken hinauf und ihr war, als sträubten sich ihr die Haare. Sie sah in Odas schamrotes Gesicht.

»Iza hat mir gesagt, daß ich den Fremdlingen geboren wurde, Oda, aber ich weiß nichts mehr von ihnen. Ich kenne sie nicht. Ich gehöre jetzt zum Clan des Bären«, bedeutete sie ermutigend. »Wie ist es denn geschehen?«

»Wir waren auf der Jagd, einige Frauen und die Männer. Unser Clan hat seine Höhle in der rauhen, kalten Gegend, wo der Schnee früh kommt und spät schmilzt. Jenes Mal zogen wir weiter fort als je zuvor. Die Männer verließen bei Sonnenaufgang das Jagdlager. Wir blieben zurück, um Holz zu sammeln für ein Feuer. Da stürmten unversehens die fremden Männer in unser Lager. Sie wollten uns nehmen, aber gaben uns nicht das Zeichen, sondern stürzten sich sofort auf uns. Ich konnte nicht einmal mein Kleines aus dem Tragfell nehmen. Der Fremdling, der mich packte, riß mir alles vom Leib. Mein Kleines fiel zur Erde, aber er sah es nicht.«

»Nach ihm«, fuhr Oda erregt fort, »wollte mich noch ein anderer Mann nehmen, aber einer sah mein Kind. Der hob die Kleine auf und gab sie mir, doch sie lebte nicht mehr. Sie war mit dem Kopf auf einen Stein geschlagen, als sie herunterfiel. Da spie der Mann, der sie gefunden hatte, viele laute Geräusche aus seinem Mund, und sie gingen alle fort. Und als die Jäger zurückkehrten, zeigten wir ihnen, was geschehen war, und sie kehrten wie der Wind mit uns zur Höhle zurück. Mein Gefährte war gut zu mir; auch er trauerte um meine Tochter. Und in mein Herz zog wieder Freude ein, als ich sah, daß mein Totem so bald, nachdem ich das Kind verloren hatte, wieder bezwungen worden war. Ich mußte mich nicht einmal absondern, weil ich nicht die Tage hatte. Ich glaubte, mein Totem schmerzte es, daß ich mein Kind verloren hatte. Ich glaubte, es wollte mir ein anderes geben. Und darum bat ich um ein Mädchen. Aber das hätte ich nicht tun sollen.«

»Mein Herz leidet mit dir«, versicherte Ayla der anderen Clan-Frau. »Niemals möchte ich Durc verlieren. Ich will mich an den großen Mog-ur wenden, was Ura angeht. Er wird sich mit Brun beraten. Er ist meinem Sohn zugeneigt. Auch Brun wird einverstanden sein, glaube ich.«

»Ich will es dir danken, und ich gelobe, sie gut aufzuziehen, Aycha. Sie wird eine gute Frau, nicht wie ihre Mutter. Bruns Clan hat den höchsten Rang; gewiß wird mein Gefährte sich nicht widersetzen. Wenn er weiß, daß Ura in Bruns Clan einen Platz findet, wird er mir vielleicht nicht mehr so heftig zürnen. Immer hält er mir vor Augen, daß meine Tochter nur eine Last sei und niemals Ansehen genießen wird.«

»Ich will zum Mog-ur gehen«, versprach Ayla nochmals.

Nachdem Oda gegangen war, war Ayla still und in sich gekehrt. Uba spürte, daß sie mit sich allein sein wollte, und störte sie nicht.

Die Fremdlinge, dachte Ayla, wer sind die Fremdlinge? Iza hat gesagt, ich wäre ihnen geboren worden, aber wie kommt es, daß ich nichts mehr von ihnen weiß? Ich weiß nicht einmal mehr, wie sie aussehen. Wo leben sie? Wie sehen die Männer der Fremdlinge aus? Ayla kam wieder das Wasserspiegelbild ihres eigenen Gesichts vor Augen. Sie versuchte, sich einen Mann mit diesem Gesicht vorzustellen. Statt dessen jedoch tauchte Brouds Gesicht vor ihr auf, und blitzartig sah sie klar.

Die Männer der Fremdlinge! So mußte es sein! Oda hatte berichtet, einer von ihnen hätte sie genommen. Und danach waren ihre blutenden Tage ausgeblieben. Diese Frau hatte Ura zur Welt gebracht, so wie sie selbst Durc geboren hatte, nachdem es Broud mit ihr gemacht hatte. Jener Mann, dachte sie, war einer der Fremdlinge, und auch ich wurde den Fremdlingen geboren; Oda und Broud aber wurden dem Clan geboren. Ura ist sowenig mißgestaltet wie Durc. So wie in Durc, so sind in ihr Teile der Fremdlinge und Teile des Clans vereint. Dann hat also doch Brouds männliches Geschlecht meinen Sohn in mich gelegt und nicht der Geist seines Totems.

Aber die anderen Frauen von Odas Clan hatten keine mißgeburtigen Kinder bekommen. Und würde jedesmal ein Kind gezeugt, wenn die Männer bei den Frauen sind, so gäbe es ja dauernd Kinder. Mag sein, daß auch Creb recht hat: Das Totem einer Frau müsse bezwungen werden. Aber bestimmt ist es nicht so, daß die Frau die lebenspendende Kraft des Totems schluckt; diese dringt durch das männliche Geschlecht in sie ein, und dann vermischt sie sich mit der lebenspendenden Kraft des Totems der Frau. Nicht die Männer allein machen ein Kind; auch die Frauen geben das ihre dazu.

Ayla vergrub das Gesicht in ihren Händen. Aber warum gerade Broud? Mein Herz schrie nach einem Kind, mein Höhlenlöwe wußte es, aber Broud ist voller Haß gegen mich. Und gegen mein Kind. Aber wer sonst hätte sich mit mir vermischt? Die anderen Männer finden mich ja häßlich. Broud hat es nur getan, weil er sah, wie heftig ich ihn dabei haßte. Wußte mein Höhlenlöwe, daß Brouds Totem siegen würde? Seine Lebenskraft muß mächtig sein; Oga hat schon zwei Söhne. Auch Brac und Grev müssen durch Broud ins Leben gerufen worden sein wie Durc.

Sind sie somit Geschwister? Brüder? Wie Brun und Creb? Brun muß Broud in Ebras Leib gepflanzt haben. Es kann auch ein anderer Mann gewesen sein. Nein, wohl nicht. Selten geben die Männer der Gefährtin des Clan-Führers das Zeichen. Denn eigentlich ist das unanständig.

Ayla spreizte die Finger und blickte durch die Lücken. Aber wenn Brun Broud gepflanzt hat und Broud Durc gepflanzt hat, wohnt dann in Durc auch etwas von Brun? Und von Brac und Grev? Brun und Creb sind Brüder; sie wurden derselben Mutter geboren. Ist dann Durc auch ein Teil von Creb? Und von Iza? Sie ist Crebs Schwester. Ayla schüttelte plötzlich heftig den Kopf. Das alles war zu verwirrend.

Doch Broud hat Durc in mich gepflanzt, beharrte sie. Hat wohl mein Totem Broud dazu bewegt, mir jenes erste Mal das Zeichen zu geben? Mag sein, daß auch das eine Prüfung war; mag sein, daß es einen anderen Weg nicht gab. Mein Totem muß es vorhergesehen haben. Es wußte, wie brennend mein Wunsch nach einem Kind war und hat mir ein Zeichen gesandt, um mich wissen zu lassen, daß Durc leben würde.

»Ayla«, sagte Uba, die Freundin aus ihren Gedanken reißend. »Ich habe eben gesehen, daß Creb und Brun in die Höhle gegangen sind. Die Sonne steht schon tief. Wir müssen den Abendverzehr bereiten. Creb wird hungrig sein.«

Durc war eingeschlafen. Er erwachte, als Ayla ihn hochhob, schlief aber bald wieder ein, als er, in sein Fell eingehüllt, an der Brust seiner Mutter lag. Gewiß wird Brun gestatten, daß Ura und Durc zusammengegeben werden, dachte sie, als sie zur Höhle zurückwanderten. Aber was wird aus mir? Werde ich je einen Gefährten finden?

22

Noch einmal mußte Ayla Blicke der Bestürzung und des Mißtrauens über sich ergehen lassen, als die letzten beiden Clans eintrafen. Die hochgewachsene, hellhaarige Frau war immer noch eine Sehenswürdigkeit für die nahezu zweihundertfünfzig Erdlinge, die sich mittlerweile zum Großen Miething eingefunden hatten. Wo Ayla ging und stand, fiel sie auf; jede ihrer Handreichungen wurde mehr oder weniger verstohlen beobachtet. Doch so fremd sie auch wirkte, an ihrem Verhalten war nichts, was gegen die Sitten verstieß. Ayla bemühte sich nach Kräften, niemandem Anlaß für Unmut zu geben.

Sie lachte nicht und lächelte nicht. Sie vergoß keine Tränen. Sie zeigte keinen Frohsinn und kein Wehleiden. Sie erlaubte sich weder weit ausholende, weichfedernde Schritte noch freien lokkeren Armschwung. Sie bot ein Bild clanmäßiger Frauentugend, und allmählich gewöhnten sich die Clan-Leute an sie und wandten ihre Augen wieder anderen Dingen zu.

Es war nicht einfach, innerhalb des bemessenen Raums rings um die Höhle eine so große Erdlingsschar in Ruhe und Frieden einträchtig beieinander zu halten. Das gelang nur mit Gemeinschaftsgeist, gleichgerichteter Zusammenarbeit und gegenseitigem Entgegenkommen. Für die Clan-Führer der zehn Clans war hier viel mehr zu tun, als wenn sie nur für ihren eigenen Clan Sorge zu tragen hatten. Je mehr Erdlinge zusammen waren, desto schwieriger wurde das Zusammenleben.

Um alle satt zu bekommen, mußten Jagdzüge unternommen werden, und schon war man im Engpaß der Ratlosigkeit, wenn zwei oder mehrere Clans zusammen jagten. Gut, die Führung, das war klar, oblag dem Führer des ranghöchsten Clans. Wer aber sollte zweiter und dritter Mann sein? Und wie sollten die Jäger eingeteilt werden? Man versuchte es mit wechselnder Einteilung, um ja keinen vor den Kopf zu stoßen, und man zog niemals aus, ohne zuvor geklärt zu haben, was Aufgabe eines jeden Mannes sei.

Auch bei der Sammelarbeit der Frauen drohten Reibereien. Zwar ging es da nicht um Rang oder Aufgabe; es war einfach so, daß allzu viele Frauen die besten Pflanzen und Kräuter pflükken wollten. Rasch war dann ein Gebiet abgegrast, und doch hatte keine wirklich genug. Getrocknete Nahrung war ausreichend vorhanden für alle Clans, aber Frischzeug war eben viel begehrter. Schon lange vor einem Miething pflegte der Clan, bei dem es ausgerichtet wurde, weiteste Streifzüge zu unternehmen, um das Gebiet in der Umgebung seiner Höhle unberührt zu lassen; doch selbst dieses Entgegenkommen konnte nicht sicherstellen, daß die Bedürfnisse aller befriedigt wurden.

Der von dem Gletscherwasser gespeiste Fluß in der Nähe lieferte genug Wasser, Brennholz jedoch war knapp. Gekocht wurde im Freien, wenn es nicht gerade regnete; den Verzehr bereiteten die Clan-Frauen am großen Gemeinschaftsfeuer und nicht an ihren eigenen Feuerstätten. Dennoch wurde der größte Teil des dürren Holzes, das sich in den Wäldern fand, aufgebraucht, und viele grüne Bäume fielen den Äxten zum Opfer.

Zur Versorgungsschwierigkeit kamen noch die leidigen Fragen, wie denn Abfälle und Unrat zu beseitigen seien und wo der Platz für all die vielen Erdlinge hergenommen werden konnte. Das alles war nicht leicht zu lösen. Es galt nicht nur, Wohnraum im Höhleninnern zu schaffen, sondern auch Platz zum Kochen, Platz für Versammlungen, für die verschiedenen Wettkämpfe, für Festlichkeiten und Feiern. Und all dieses vorzubereiten barg eben mannigfaltige Schwierigkeiten. Ein Clan suchte den anderen zu übertrumpfen oder um den Vorteil zu bringen, und nur durch endloses Beraten konnte das gespannte Seil der Eigensucht zwischen den Gruppen gelockert werden. Brauch und Überlieferung trugen viel dazu bei, dem Gezänk die Schärfe zu nehmen, und Brun besonders zeigte hier seine Gabe, sich einzufühlen und zu vermitteln.

Creb war nicht der einzige, der bei dem Miething des Groß-Clans eine besondere Befriedigung erlebte, mit seinesgleichen zusammenkommen zu können. Auch Brun reizte die Herausforderung, sich mit Männern zu messen, die ihm an Macht gleichgestellt waren. Seinen Wettkampf sah er darin, die Vormacht über die anderen Clan-Führer zu erringen. Die von altersher geübten Bräuche und Gebote richtig anzuwenden, verlangte einen klaren Durchblick und die Fähigkeit, einen Entscheid zu treffen und an ihm festzuhalten, und dennoch zu erkennen, wenn um ein Geringes nachzugeben ratsam war. Brun war nicht grundlos der erste unter den Clan-Führern. Er wußte, wann er hart sein mußte und wann entgegenkommend, wann er Einmütigkeit bewahren mußte und wann er sich alleine zu behaupten hatte. Wenn die Clans sich versammelten, war es meist so, daß der starke Mann in Erscheinung trat, der die selbstbewußten Clan-Führer zumindest für die Dauer des Miethings zu einer wirksamen Einheit zusammenbringen konnte. Und dieser Mann war Brun. Er war es schon, seit er das Oberhaupt seines eigenen Clans geworden war.

Hätte er durch Ayla das Gesicht verloren, so wäre er durch seinen Selbstzweifel um eben diesen Vorteil gebracht worden, wäre sein Glaube an sein sicheres Urteil erschüttert gewesen. Und so hätte seine eigene Zaghaftigkeit Zweifel an seinen Entscheidungen aufkommen lassen. Dann wäre er den anderen Clan-Führern nicht mehr unter die Augen getreten. Doch Bruns Gespür dafür, innerhalb der fest abgesteckten Grenzen von Brauch und Überlieferung den rechten Weg zu finden, hatte ihn befähigt, Ayla gegenüber Milde walten zu lassen. Und als für ihn keine Bedrohung mehr bestand, konnte er die junge Frau mit anderen Augen sehen.

Ayla hatte versucht, einen Entscheid zu ihren Gunsten zu erzwingen, aber nicht wahr haben wollen, daß ihr das dem Brauch nach nicht zukam. Doch sie hatte es nicht um einer Nichtigkeit willen versucht. Gewiß, sie war eine Frau und mußte sich darüber im klaren sein, wo ihr Platz war, aber sie war noch zur rechten Zeit zur Besinnung gekommen und hatte erkannt, daß sie auf dem falschen Weg gewesen war. Als Ayla ihm ihre kleine Höhle gezeigt hatte, war er insgeheim mächtig erstaunt gewesen, daß die Gebärerin, noch ziemlich geschwächt, es geschafft hatte, dort hinaufzuklettern. Er fragte sich, ob das ein Mann vermocht hätte. Brun bewunderte mutige, entschlossene und ausdauernde Erdlinge. Und obwohl Ayla kein Erdling war und obendrein noch eine Frau – er mußte sie bewundern.

Brun hatte seine Männer um sich versammelt und ging mit ihnen den Stand der Wettbewerbe durch.

»Wäre Zoug mit uns gekommen, so hätten wir bestimmt im Schleudern gesiegt«, bezeugte Crug mit entschiedener Gebärde. »Keiner hätte ihn bezwungen.«

»Nur Ayla«, antwortete Goov vorsichtig. »Es ist ein Jammer, daß sie nicht zum Kampf antreten durfte.«

»Wir brauchen keine Frau, um zu siegen«, prahlte Broud. »Der Schleuderkampf hat nicht so hohen Rang. Brun wird mit der Steinschlinge alle anderen bezwingen. Und dann kommt noch Speerlaufen.«

»Aber Voord war schon ohne Speer der schnellste. Er kann auch im Speerlauf siegen«, wandte Droog ein. »Und Gorn hat mit der Keule gut geschlagen.«

»Wartet, bis wir ihnen unsere Mam-Mut-Jagd zeigen. Da kann nur unser Clan siegen«, versicherte Broud.

Jagdabenteuer darzustellen war Bestandteil vieler Feste. Broud war stets mit Feuereifer bei der Sache. Er spürte genau, wie gut es ihm gelang, den Zuschauenden Erregung, Gefahr und Spannung des Jagens zu vermitteln, und er sonnte sich nur allzu gern in der allgemeinen Aufmerksamkeit.

Doch diese lebenden Bilder hatten noch einen anderen Sinn, als den Darstellenden Ehre und Bewunderung zu bringen. Sie belehrten. Ausdrucksvoll und recht genau wurde hier den jungen Männern und anderen Clan-Leuten vorgeführt, wie man mit List und Schlauheit auch die gefährlichsten und stärksten Tiere überwinden konnte, und somit Erfahrung weitergegeben, die für das Überleben der einzelnen Clans von Nutzen war.

»Wir werden siegen, wenn du den Jagdtanz anführst, Broud«, machte sich Vorn eifrig bemerkbar. Noch immer hing der Junge mit Bewunderung an dem zukünftigen Clan-Führer. Und Broud sorgte dafür, indem er seinen Verehrer, wann immer er konnte, in den Kreis der Männer zog.

»Es ist ein Jammer, daß dein Wettlauf noch nicht gilt. Ich habe zugesehen. Du hast mit großem Abstand geführt. Aber das ist eine gute Übung für das nächste Mal«, lobte ihn Broud.

»Es sieht gut aus für uns«, stellte Droog fest. »Aber es kann sich noch alles gegen uns wenden. Gorn ist stark. Er hat es dir im Ringen nicht leichtgemacht, Broud. Für eine Weile glaubte ich, du könntest ihn nicht bezwingen. Norgs Stammeszweiter muß stolz sein auf den Sohn seiner Gefährtin; er ist gewachsen seit dem letzten Miething. Ich glaube, er ist der größte unter uns allen hier.«

»Er hat Kraft, gewiß«, bestätigte Goov. »Das zeigte sich vor allem, als er mit der Keule siegte. Aber Broud hat flinkere Füße und beinahe ebenso starke Arme.«

»Und Nouz zeigt großes Geschick mit der Schleuder. Er hat wohl nach dem letzten Miething, wo er mit Abstand Zoug unterlag, unermüdlich geübt, weil er sich nicht noch einmal von einem älteren Mann bezwingen lassen wollte«, stellte Crug anerkennend fest. »Wenn er auch mit der Steinschlinge so sicher geworden ist, wird er Brun einen harten Kampf liefern. Voord ist schnell wie der Wind, aber ich glaube, du würdest ihn einholen, Broud. Du warst am Schluß nur noch einen Schritt hinter ihm.«

»Droog fertigt die besten Werkzeuge«, warf Grod ein.

»Es ist nicht schwer, die besten Werkzeuge, die einer gemacht hat, auszuwählen und hierherzubringen, Grod; aber das Glück wird mir zur Seite stehen müssen, wenn ich hier vor aller Augen gleich gute fertigen soll. Dieser junge Mann von Norgs Clan besitzt hohe Fingerfertigkeit«, schwächte Droog Grods Siegessicherheit ab und ließ durchblicken, daß er von seinem Sieg nicht überzeugt war.

»Aber du bist doch im Vorteil, Droog, der andere ist jünger. Er hat noch nicht die Ruhe und die Erfahrung im Wettbewerb wie du. Er wird sich durch die Blicke der anderen leicht stören lassen.«

»Dennoch werde ich Glück brauchen«, beharrte Droog.

»Alle, die siegen wollen, brauchen Glück«, nickte Crug. »Und so, wie ich es sehe, gibt der alte Dorv noch immer die besten Darstellungen der Uralt-Geschichten.«

»Das siehst du nur so, weil du an ihn gewöhnt bist, Crug«, schränkte Goov ein. »Bei diesem Wettbewerb ist es sehr schwer zu entscheiden. Sogar unter den Frauen gibt es manche, die uns mit ihren Schilderungen in Atem halten können.«

»Aber niemals können sie so packen wie die Jagdtänze. Wenn meine Augen mich nicht betrogen haben, dann haben die Leute von Norgs Clan darüber beraten, ob sie die Jagd auf ein Nashorn zeigen sollen. Sie brachen jedoch ab, als sie mich gewahrten«, berichtete Crug.

Oga näherte sich zaghaft den Männern und zeigte ihnen an, daß der Abendverzehr bereitet war; doch winkte man sie wieder weg. Oga hatte gehofft, die Männer würden bald kommen; wenn sie zu lange auf sich warten ließen, würden sich die Frauen von Bruns Clan erst spät zu den anderen gesellen können, die sich jetzt schon um die Geschichtenerzählerinnen – gewöhnlich waren es die älteren Frauen – versammelten.

Oga kehrte zum Gemeinschaftsfeuer vor der Höhle zurück.

»Sie möchten noch nichts essen«, bedeutete sie den anderen enttäuscht.

Ovra blickte auf und wies auf die Männer, die es sich anders überlegt hatten und sich dem Feuer näherten. »Schau, dort kommen sie doch«, machte Ovra. »Hoffentlich sitzen sie nicht zu lange über dem Verzehr.«

»Und Brun kommt auch. Die Versammlung der Clan-Führer ist wohl beendet«, warf Ebra ein. »Aber ich sehe den Mog-ur nicht.«

»Er ist mit den anderen Mog-urs in die Höhle gegangen. Wer weiß, wann sie herauskommen werden. Müssen wir denn auf ihn warten?« wollte Uka wissen.

»Ich halte etwas für ihn zurück«, warf Ayla mit rascher Handbewegung ein. »Er denkt nie ans Essen, wenn er sich auf eine Feier vorbereitet. Er ist es gewöhnt, den Verzehr fast kalt zu sich zu nehmen. Manchmal glaube ich, es schmeckt ihm so besser. Ich glaube nicht, daß er es uns zum Vorwurf machen wird, wenn wir nicht auf ihn warten.«

»Schaut, sie fangen schon an. Die ersten Geschichten werden wir versäumen.« Ona zeigte sich enttäuscht.

»Da ist nichts zu machen, Ona«, gab Aga zurück. »Wir können nichts ändern. Wir dürfen erst dann gehen, wenn die Männer fertig sind.«

»Viel werden wir nicht versäumen, Ona«, beschwichtigte Ika. »Es geht ja fast die ganze Nacht. Und später zeigen die Männer ihre Jagderlebnisse, wo wir zuschauen dürfen.«

»Ich sehe mir lieber das an, was die Frauen machen«, bedeutete Ona.

»Broud hat mir anvertraut, daß unser Clan die Mam-Mut-Jagd zeigen wird. Er glaubt fest, daß wir siegen werden. Brun hat ihm gestattet, den Tanz aufzuführen«, berichtete Oga eifrig und mit stolzfunkelnden Augen.

»Das wird alle packen, Ona. Ich weiß noch, wie Broud in den Mannesstand erhoben wurde und den Jagdtanz aufführte. Ich konnte eure Zeichensprache noch nicht verstehen, aber mir war ganz heiß geworden«, berichtete Ayla.

Nachdem der Verzehr aufgetragen war, warteten die Frauen mit brennender Ungeduld und spähten immer wieder mit sehnsüchtigen Blicken hinüber zu der Frauenschar, die sich am anderen Ende des großen Vorplatzes versammelt hatte.

»Ebra, geht und seht euch die Geschichten an«, machte Brun. »Wir Männer wollen uns beraten.«

Die Frauen nahmen ihre Säuglinge hoch und schubsten die Kinder hinüber zu der Frauengruppe, die sich im Kreis um eine alte Frau niedergelassen hatte, die gerade am Anfang einer neuen Geschichte war.

»... und die Mutter des großen Eiskindes...«

»Schnell«, drängte Ayla hastig. »Sie zeigt die Geschichte von Durc. Ich will nichts versäumen. Sie ist mir doch die liebste.«

»Das wissen alle, Ayla«, gab Ebra zurück.

Die Frauen von Bruns Clan suchten sich einen Platz und waren bald gefangen von der behenden Darstellung der alten Frau.

»Sie deutet es ein wenig anders«, machte Ayla nach einer Weile.

»Jeder Clan sieht die alten Geschichten ein wenig anders, und jeder Erzähler bringt sie auf seine eigene Art; aber es ist die gleiche Geschichte. Du bist nur an Dorv gewöhnt. Er ist ein Mann; er kann die Männer in den Geschichten besser erfassen und ihre Art ausdeuten. Eine Frau berichtet mehr über die Frauen und die Mütter; nicht allein über die Mutter des Eiskindes, sondern auch über die Traurigkeit der Mütter von Durc und den anderen Jungen, als diese den Clan verließen«, erklärte Uka mit ausladender Gebärde.

Ayla dachte daran, daß Uka ihren Sohn beim Erdbeben verloren hatte. Sie konnte die Trauer dieser Mutter, den Sohn verloren zu haben, sehr gut nachfühlen. Auch für Ayla gewann die Geschichte in dieser neu gedeuteten Weise eine weitere Bedeutung. Ein Schatten flog über ihr Gesicht. Mein Sohn heißt Durc. Werde auch ich ihn eines Tages verlieren? Ayla drückte ihr Kind an sich. Nein, das darf nicht sein. Schon einmal hätte ich ihn beinahe verloren. Aber jetzt ist die Gefahr gebannt.

Ein flüchtiger Luftzug fuhr Brun durch das Haar und kühlte ihm die schweißnasse Stirn, während er mit scharfem Blick die Entfernung zu dem Baumstumpf maß, der am äußeren Rand des großen freien Platzes vor der Höhle stand. Doch der kleine Windhauch neckte nur. Er war zu schwach, die lähmende Hitze der sengenden Nachmittagssonne zu lindern, die auf den staubigen Platz hinunterstach.

Brun stand so reglos wie die dicht gedrängt äugenden Zuschauer. Die Beine waren gespreizt. Die rechte Hand hielt lokker die Steinschlinge. Die drei schweren gerundeten Steine, die in straff sitzende Tierhaut gehüllt waren und an geflochtenen Riemen unterschiedlicher Länge hingen, lagen auf der Erde. Um jeden Preis wollte Brun diesen Kampf gewinnen. Nicht nur um der Ehre willen, obwohl auch das wichtig war, sondern vor allem, weil er den anderen Clan-Führern zeigen wollte, daß er immer noch ein ernstzunehmender Bewerber um den höchsten Rang im Groß-Clan war.

Daß er Ayla zum Miething mitgebracht hatte, war seinem Ansehen schlecht bekommen. Er und sein Clan hatten sich an sie gewöhnt. Den anderen aber war sie zu befremdlich, als daß sie die Frau der Fremdlinge in so kurzer Zeit hätten annehmen können. Selbst Creb, der Große Mog-ur, mußte um seinen Platz kämpfen, und es war ihm noch nicht gelungen, die anderen Mog-urs davon zu überzeugen, daß Ayla eine Medizinfrau von Izas Stamm war. Lieber wollten sie auf den Zaubertrank verzichten, als ihr gestatten, ihn zu bereiten. Und da sich die anderen Clans weigerten, Ayla jenen Rang zuzugestehen, den Iza eingenommen hatte, bröckelte Bruns Macht als oberster Clan-Führer noch weiter ab.

Wenn er mit seinen Leuten nach Abschluß der Wettkämpfe nicht an erster Stelle lag, so würde Brun Rang und Ansehen verlieren, das stand fest. Doch selbst der Sieg war keine Gewähr dafür, daß sein Clan an der Spitze bleiben würde; zu vieles war da noch im Spiel. Der gastgebende Clan hatte immer einen Vorteil. Und gerade Norgs Clan war es, der Bruns Clan bei den Wettkämpfen am härtesten zusetzte. Sollte der Heim-Clan nur knapp geschlagen werden, so würde das Norg vielleicht dennoch genug beflügeln, um Brun den Rang noch abzulaufen. Norg sah das ganz klar und war Bruns erbarmungslosester Gegner.

Brun kniff die Augen zusammen, als er die Entfernung zum Baumstumpf maß. Die Umstehenden hielten den Atem an. Und schon zerstob die Starrheit seines Körpers in wirbelnder Bewegung, und die drei Steinkugeln schossen durch die Luft auf den Baumstumpf zu. Doch Brun wußte, schon als die Steinschlinge seiner Hand entflog, daß sein Wurf mißglückt war. Krachend schlugen die Steine gegen den Baumstumpf und sprangen wieder ab, ohne daß die Riemen sich um den Stumpf gewickelt hätten. Brun ging hin und hob die Steinschlinge auf, und Nouz trat an die Abwurfstelle. Wenn Nouz nun das Ziel ganz verfehlte, dann war Brun der Sieger. Trafen die Steine den Baumstumpf, so müßte noch einmal entschieden werden. Gelang es Nouz aber, seine Steinschlinge so abzuschwingen, daß sich die Riemen mit den Steinen um den Baumstumpf wickelten, so gehörte ihm der erste Platz.

Unbewegten Gesichts nahm Brun bei den Zuschauern Aufstellung. Er widerstand der Versuchung, sein Amulett zu umfassen, schickte statt dessen nur ein heimliches Flehen zu seinem Totem. Nouz hingegen griff ganz unverhohlen zu dem Beutelchen an seinem Hals, schloß kurz die Augen und blickte starr zum Baumstumpf. Mit einer kraftvollen Drehung schleuderte er die Steinschlinge ab. Nur lang geübte Beherrschtheit seiner selbst ließ Brun die Enttäuschung hinunterschlucken, als er sah, wie sich die Steine um den Baumstumpf wickelten. Nouz hatte gesiegt, und Brun wußte, daß sein Ansehen noch stärker ins Wanken geraten war.

Brun blieb auf seinem Platz, während man drei Tierhäute auf das Kampffeld brachte. Die eine wurde an den madenzerfressenen Stamm eines mächtigen Baumes gebunden, dessen Wipfel abgebrochen war und der jetzt nur noch ein wenig höher stand als die Männer. Die zweite Haut wurde über einen moosbewachsenen Stamm gebreitet, der am Waldrand lag, und mit Steinen beschwert; die dritte legte man einfach auf die Erde aus und legte an den Enden ebenfalls schwere Steine drauf. Zu allen drei Häuten waren es die gleichen Schritte. Genau vierhundert zu jeder.

Jeder Clan wählte einen Mann, der in diesem Wettkampf anzutreten hatte, und die Kämpfer reihten sich unweit der auf dem Boden ausgebreiteten Haut in der Rangordnung ihrer Clans auf. Andere Männer, die scharf zugespitzte Speere aus Eiben- und Birkenholz trugen, liefen zu den übrigen Häuten.

Zuerst traten zwei junge Männer aus denranguntersten Clans vor. Jeder hielt einen Speer, und so warteten sie gespannt Seite an Seite, die Augen unverwandt auf Norg gerichtet. Auf sein Zeichen stürmten sie zu dem alten, verkrüppelten Baumstamm und rammten ihre Speere in die Haut. Sie zielten dabei auf jene Stelle, wo das Herz des Tieres gesessen hätte, dem die Haut einmal gehört hatte. Dann rissen sie ihrem Clans-Mann, der neben dem Zielplatz wartete, einen zweiten Speer aus der Hand und jagten zu dem umgestürzten Stamm, trieben den zweiten Speer in das Holz. Der eine der Männer war bereits etwas voraus, als es galt, mit dem dritten Speer loszulaufen; keuchend rannte dieser zu dem Fell, das auf der Erde ausgebreitet war, stieß den Speer tief hinein, so nahe der Mitte wie möglich, und warf dann triumphierend die Arme hoch.

Nach der ersten Runde waren noch fünf Männer übrig. Drei traten zu dem zweiten Umlauf an. Derjenige, der als letzter ankam, durfte dann noch einmal gegen die übrigen beiden Kämpfer antreten. Dann wurden die beiden Männer, die Zweite gewesen waren, miteinander in den Kampf geschickt, so daß für den Endkampf nur noch drei blieben. Zu diesem Endkampf traten schließlich Broud, Voord und Gorn an, ein Mann aus Norgs Clan.

Gorn hatte vier Rennen bestreiten müssen, um sich seinen Platz im Endkampf zu erringen, während die anderen beiden nach nur zwei Runden noch ziemlich frisch aussahen. Nur dank eines unbezwingbaren Willens zum Sieg hatte Gorn es geschafft, in den Endkampf zu kommen, und er hatte sich damit die Bewunderung aller erobert.

Als die drei Männer sich aufstellten, trat Brun auf den Kampfplatz hinaus.

»Norg«, sagte er. »In meinen Augen sollten wir mit dem letzten Rennen noch warten. Es wäre gerechter, Gorn etwas Ruhe zu gönnen.«

Beifälliges Brummen kam aus der Menge, und Bruns Stern leuchtete wieder ein wenig heller. Brouds Gesicht jedoch verfinsterte sich. Mit diesem Vorschlag hatte Brun ihn um den Vorteil gebracht, den er im Kampf mit einem bereits ermüdeten Mann gehabt hätte.

Schnell hatte Brun das Vor- und Nachteilige gegeneinander abgewogen. Sollte Broud den Kampf verlieren, so stand zu erwarten, daß sein Clan den obersten Rang einbüßen würde; sollte Broud jedoch gewinnen, so würde dieser Gerechtigkeitssinn Bruns des Clan-Führers Ansehen erhöhen, und Brouds Sieg könnte niemals in Frage gestellt werden. Keiner konnte dann im nachhinein behaupten, daß Gorn vielleicht gesiegt hätte, wenn er frischer gewesen wäre.

Die Sonne stand schon tief, als die Menge sich wieder um den Kampfplatz versammelte. Spannung flammte wieder auf. Die drei jungen Wettkämpfer, frisch ausgeruht jetzt, gingen auf dem Platz umher, spannten ihre Arme, wogen die Speere in den Händen, umfaßten sie und stießen sie probeweise in die Luft. Goov lief mit zwei Männern der anderen Clans zu dem alten gespaltenen Baum; Crug begab sich zu dem umgestürzten Stamm. Broud, Gorn und Voord reihten sich nebeneinander auf und warteten, den Blick auf Norg gerichtet, auf das Zeichen. Der Führer des Heim-Clans hob den Arm. Dann zog er ihn blitzartig abwärts, und die drei jungen Männer stoben davon.

Voord übernahm sofort die Führung, dicht gefolgt von Broud, während Gorn sich an Brouds Fersen heftete. Voord griff schon nach seinem zweiten Speer, als Broud den ersten in den alten Baum rammte. Gorns Füße hetzten Broud vorwärts auf den Weg zu dem umgestürzten Stamm. Immer noch lag Voord an erster Stelle. Schon stieß er seinen Speer in das Holz des gestürzten Baumes, als Broud keuchend heranflog. Doch Voord traf einen verborgenen Knorren, und der Speer fiel ihm zu Boden. Bis er ihn wieder aufgehoben und von neuem zugestoßen hatte, war er sowohl von Broud als auch von Gorn überholt worden. Hastig riß er seinen Speer an sich und verfolgte die beiden. Doch er hatte das Rennen schon verloren.

Broud und Gorn sausten mit fliegenden Füßen und hämmernden Herzen dem Ziel entgegen. Gorn holte auf und mit letzter Kraft schob sich der junge Mann an Broud vorbei. Doch als dieser seinen Gegner von hinten sah, der ihn den Staub seiner wirbelnden Füße schlucken ließ, wurde Broud erst recht wütend. Er meinte, sein Brustkorb müßte bersten, als er noch schneller vorwärts stürmte. Einen Herzschlag vor Broud erreichte Gorn das ausgebreitete Fell. Doch wie er den Arm hob, schoß Broud unter ihm hindurch und rammte im rasenden Lauf den Speer tief in den Boden. Ein Atemzug noch – und Gorns Speer zitterte auch darin. Zu spät.

Als Broud zum Stehen kam, umdrängten ihn sogleich die Jäger seines Clans. Brun betrachtete das Bild mit stolzglühenden Blicken. Sein Herz raste fast so wie das von Broud. Von Anfang bis zum Ende des Rennens hatte er mit dem Sohn seiner Gefährtin gezittert. Einige qualvolle Augenblicke lang, die für ihn eine Ewigkeit währten, war er sicher gewesen, es wäre alles verloren. Doch Broud hatte alles gegeben und hatte den Sieg doch noch errungen, wodurch die Stellung des Clans und seines Führers wieder ein wenig gefestigt war.

Ich werde wohl alt, schoß es Brun durch den Kopf. Ich habe den Kampf mit der Wurfschlinge verloren. Aber Broud hat nicht versagt. Er hat gesiegt. Vielleicht ist es an der Zeit, den Clan seiner Führung zu übergeben. Ich könnte ihn zum Clan-Führer machen. Ich könnte es hier und jetzt verkünden. Ich werde um den ersten Rang kämpfen und ihn mit der Ehre heimwärts ziehen lassen. Mit diesem Rennen hat er sich als fähig erwiesen. Ja, das werde ich tun. Ich will es ihm gleich offenbaren.

Brun wartete, bis um Broud ein minderes Gedränge war, dann ging er auf den jungen Mann zu, das strahlende Gesicht Brouds vor Augen, wenn er ihm eröffnete, welch große Ehre er ihm zuteil werden lassen wollte. Es war die höchste Gabe, die er dem Sohn seiner Gefährtin übergeben konnte.

»Brun!« Broud gewahrte den Clan-Führer und riß das Wort an sich. »Warum hast du das Rennen hinausgezögert, Brun?« schalt er zornig. »Beinahe hätte ich verloren. Leicht hätte ich ihn schlagen können, hättest du ihm nicht Ruhe gegönnt. Ist es dir denn gleich, ob unser Clan an oberster Stelle steht oder unten? Oder macht es dir nichts aus, weil du weißt, daß du beim nächsten Miething zu alt sein wirst? Wenn ich Clan-Führer werden soll, so könntest du ruhig dafür Sorge tragen, daß ich auf jenem Platz anfange, auf dem auch du angefangen hast.«

Entsetzt wich Brun zurück, wie vor den Kopf geschlagen von Brouds giftigen Schmähungen. Widerstreitende Gefühle tobten in ihm. Du bist blind, Broud, dachte er. Wirst du jemals sehend werden? Der Clan steht an der Spitze. Wenn es in meiner Macht liegt, wird er auch dort bleiben. Was aber wird geschehen, wenn du Clan-Führer wirst, Broud? Wird dieser Clan dann weiter erster sein?

Das Feuer des Stolzes in seinen Augen flackerte und erlosch. Eine große Traurigkeit breitete sich über sein Herz. Doch auch die zeigte er nicht nach außen, auch die ließ er nicht überhandnehmen.

Mag sein, daß er noch zu jung ist, hielt Brun sich vor. Mag sein, daß er noch Zeit braucht und Erfahrung. Habe ich ihm denn erklärt, was mich trieb, den Kampf zu verschieben?

»Broud«, begann er mit ruhiger Gebärde, »wäre Gorn müde gewesen, wäre dann dein Sieg so hervorragend? Hättest du es verwunden, wenn die anderen Clans Zweifel gezeigt hätten an deiner Fähigkeit, ihn zu besiegen, wenn er frisch gewesen wäre? So ist doch klar und deutlich, daß du gesiegt hast. Du hast gut gekämpft, Sohn meiner Gefährtin.«

Trotz seiner Bitterkeit achtete Broud diesen Mann noch immer höher als alle anderen. Und in diesem Augenblick hatte er wie nach seiner ersten Jagd das Gefühl, daß er für solches Lob von Brun alles geben würde.

»Das habe ich nicht gesehen, Brun. Du hast recht. So wissen alle, daß ich gesiegt habe. So wissen alle, daß ich besser bin als Gorn.«

Die Jäger anderer Clans umringten Broud, als er zur Höhle zurückkehrte. Brun blickte ihm nach, und sein Auge fiel auf Gorn, der, begleitet von seinen Clan-Leuten, ebenfalls zur Höhle schritt. Ein älterer Mann klopfte ihm aufmunternd auf die Schulter.

Norgs Zweiter im Clan darf stolz sein auf den Sohn seiner Gefährtin, dachte Brun. Broud mag den Kampf gewonnen haben, aber ich bin nicht sicher in meinem Herzen, daß er auch der bessere Mann ist. Brun hatte seine Bekümmerung nur niedergezwungen, ausgelöscht hatte er sie nicht. Und wenn er auch versuchte, sie noch tiefer zu vergraben, enden würde der Schmerz nicht. Broud war noch immer der Sohn seiner Gefährtin, der Sohn seines Herzens.

»Die Männer von Norgs Clan sind tapfere Jäger«, stellte Droog anerkennend fest. »Es war schlau, dem Nashorn auf seinem Weg zum Wasserloch eine Grube zu graben und sie mit Ästen und Buschwerk zu verdecken. Auch wir könnten dies einmal versuchen. Es war mutig, das Nashorn zurückzutreiben, als es ausbrechen wollte. Ein solches Tier kann wilder und bösartiger sein als das Mam-Mut. Norgs Jäger haben das gut dargestellt.«

»Aber sie waren nicht so gut wie wir mit unserer Mam-Mut-Jagd. Darin sind sich alle einig«, warf Crug ein. »Dennoch hat es Gorn verdient, für das Fest des Bären erwählt zu werden. Fast jeder entscheidende Kampf wurde zwischen ihm und Broud ausgetragen. Ich fürchtete schon, wir würden diesmal nicht gewinnen. Norgs Clan ist uns dicht auf den Fersen. Wen siehst du als den dritten Erwählten an, Grod?«

»Voord hat sich gut geschlagen, aber ich hätte Nouz gewählt«, gab Grod zurück. »Und wenn ich recht gesehen habe, so hätte auch Brun Nouz vorgezogen.«

»Die Wahl war schwer, aber Voord hat die Ehrung verdient«, schloß Droog.

»Goov werden wir nun nicht mehr viel zu Gesicht bekommen«, bemerkte Crug. »Die Gehilfen ziehen sich bis zum Fest mit den Mog-urs zurück. Die Frauen werden hoffentlich nicht weniger kochen, nur weil Broud und Goov nicht mit uns essen. Ich will kräftig zulangen, denn bald gibt es bis zum Fest nichts mehr.«

»Steckte ich in Brouds Haut, so hätte ich wohl gar nicht den Wunsch zu essen«, bedeutete Droog. »Es ist eine große Ehre, für das Fest des Bären erwählt zu werden. Aber Broud wird allen Mut brauchen.«

Das erste Licht des neuen Tages fiel in eine leere Höhle. Die Frauen waren schon am großen Feuer bei der Arbeit, und die übrigen Clan-Leute konnten vor Aufregung nicht mehr schlafen. Schon seit Tagen waren die Vorbereitungen für das große Fest im Gange, doch das Schwierigste stand noch bevor.

Fast zu greifen war die allgemeine Erregung, fast unerträglich die Anspannung aller Sinne. Jetzt, da die Wettkämpfe abgeschlossen waren, hatten die Männer nichts mehr zu tun, und Rastlosigkeit bemächtigte sich ihrer. Ihre Unrast übertrug sich auch auf die älteren Jungen und die Kinder, und bald brachte ein fürchterlich wimmelndes Durcheinander ruhelos umherstreifender Männer und wild herumjagender Kinder die Frauen, die alle Hände voll zu tun hatten, an den Rand der Verzweiflung.

Für kurze Zeit legte sich dieses Tohuwabohu, als die Frauen auf heißen Steinen gebackene Hirsefladen herumreichten. Die ungewürzten, schlicht schmeckenden Kuchen wurden mit feierlichem Ernst verzehrt. Nur an diesem einen Tag alle sieben Jahre gab es sie, und nichts anderes durften die Clan-Leute bis zum großen Festverzehr zu sich nehmen. Diese Fladen stillten nicht den Hunger, sie reizten die Eßlust. Doch am späten Vormittag, als angenehmer Geruch von den Feuern aufstieg und die Mägen zu knurren begannen, nahmen fahrige Unrast und tiefe Erregung von neuem zu.

Creb hatte weder Ayla noch Uba angewiesen, sich auf die Feier vorzubereiten, die später abgehalten werden sollte, und beide waren sicher, daß die Mog-urs sie nicht annehmbar gefunden hatten. Sie waren nicht die einzigen, die wünschten, Iza wäre soweit bei Kräften gewesen, daß sie mit ihnen zum Miething hätte ziehen können. Creb hatte all sein Ansehen und sein gewaltiges Kündertum eingesetzt, um die alten Zauberer zu überzeugen, daß der Zaubertrank auch von Ayla oder Uba anzunehmen sei; doch so sehr auch die Mog-urs auf die Feier versessen waren, so sehr es sie nach den Ur-Fernen verlangte, in die der Trank sie bringen würde; sie lehnten ab. Ayla war ihnen zu fremd und Uba zu jung. Sie weigerten sich, Ayla als Medizinfrau von Izas Stamm anzusehen. Die heilige Feier zu Ehren des Großen Höhlenbären betraf nicht nur die Clans, die zum Miething gekommen waren; ihre Folgen – gut oder böse – würden den gesamten Groß-Clan betreffen, und die Mog-urs waren nicht bereit, die schwere Gefahr auf sich zu nehmen, Unheil über alle Clans zu bringen, nur weil sie Ayla erlaubten, den Zaubertrank zu bereiten.

Daß diese heilige Handlung nun nicht vollzogen werden sollte, minderte das Ansehen Bruns und seines Clans um ein Beträchtliches. So ruhmreich Bruns Männer auch aus den Wettkämpfen hervorgegangen waren, es würde nichts nutzen, da er Ayla als Clan-Frau anerkannt und dies vor allen dargetan hatte.

Nicht lange, nachdem die Hirsekuchen verzehrt waren, fanden sich die Clan-Führer in der Nähe des Höhleneingangs zusammen. Ruhig und gelassen warteten sie, bis das Augenmerk aller Groß-Clan-Leute auf sie gerichtet war. Wie die Wellenkreise eines ins Wasser geworfenen Steins breitete sich Stille aus. Hastig nahmen die Männer die Plätze ein, die ihnen durch Eigenrang sowie Stammesrang vorgegeben waren. Die Frauen legten ihre Arbeit aus den Händen, winkten den Kindern und suchten sich mit ihnen ebenfalls ihre Plätze. Gleich würde das Fest des Bären beginnen.

Der erste Schlag des glatten, harten Schlegels auf die schüsselförmige Holztrommel zerschlug wie ein Donnerknall die erwartungsvolle Stille. Dann tönten die Schläge gleichmäßig und verhallten weiter. Begleitet wurden sie von den Speerschäften, die auf den Boden gestoßen wurden und eine gedämpft grollende Tonfläche schufen. Ein mit Stöcken auf einer langen, hohlen Bambusröhre gehauener Gegenschlag durchsetzte in scheinbar willkürlich durchsetzten Klangmustern den kräftigen, gleichbleibenden Schlag der Holztrommel, bei deren fünftem Donnern jedoch die helle, hohe, wildhämmernde Baumröhre den Gleichtakt suchte. Wieder und wieder wurde so von neuem eine Schlagspannung geschaffen, die sich zu einer tönenden Raserei steigerte, bis die Schläge wieder in sich zusammenfielen.

Mit einem letzten gemeinsamen Schlag trat plötzlich völlige Stille ein. Wie von Zauberhand herbeigeholt, standen in schweren Bärenfellen die Mog-urs Schulter an Schulter vor dem Pfahlverhau des Höhlenbären. Neun an der Zahl. Der Große Mog-ur stand einsam vor ihnen, er war der zehnte. In den Köpfen der Erdlinge, die atemlos verharrten, dröhnte noch das gewaltige Schlagen der Speere und Trommeln nach. An einem dünnen Seil hielt der Große Mog-ur eine flache ovale Scheibe aus Holz. Und als er sie immer schneller durch die Luft wirbelte, steigerte sich ein kaum vernehmbares Sirren zu einem gewaltigen Donnern. Den Erdlingen ringsum sträubten sich die Haare bei diesem Getön. Sie vernahmen die Stimme des Geistes des Höhlenbären, der alle anderen Geister warnte, dieser Feier, die allein dem Höhlenbären geweiht war, zu nahe zu kommen. Die Geister ihrer Totems würden ihnen hier keinen Beistand leisten können; sie hatten sich ganz unter den Schutz des Großen Geistes aller Clans zu begeben.

Ein hohes, dünnes Trillern durchschnitt das grollende Dröhnen der kreisenden Klapper; beim Klang dieser hohen, klagenden Töne erfaßte selbst die Furchtlosesten ein Schaudern, während die Klapper sich immer langsamer drehte und ihr donnerndes Sausen verstummte. Wie ein körperloser Geist zog sich der wimmernde, wabernde Klangfaden bis zum Morgenhimmel hinauf. Ayla, die in der vordersten Reihe stand, konnte erkennen, daß diese Töne aus dem Ding kamen, das einer der Mog-urs an den Mund gedrückt hielt.

Die aus dem Röhrenknochen eines Vogelbeins gefertigte Flöte hatte keine Löcher für die Töne; ihre Verschiedenartigkeit wurde durch Öffnen und Schließen des unteren Endlochs erreicht. Die Hände eines begabten Flötners konnten dem Vogelknochen fünf verschiedene Töne entlocken.

Für die junge Frau, genau wie für alle anderen, war es Zauberkraft, die diese fremden Klänge ertönen ließ. Nur für diese Feier klangen sie auf Geheiß des heiligen Mannes aus der Welt der Geister herüber. So, wie die kreisende Klapper das Brüllen des lebenden Höhlenbären nachahmte, so stieg aus der Flöte die Geisterstimme des mächtigen Tieres auf.

Selbst der Zauberer, der den Vogelknochen blies, empfand die Klänge als außerweltlich, obwohl er die Flöte selbst gemacht hatte. Das Spiel auf der Flöte war streng gehütetes Geheimnis des Zauberers seines Clans, ein Geheimnis, das diesem Zauberer bis zum Auftauchen Crebs stets den höchsten Rang unter den Mog-urs aller Clans gesichert hatte. Und der zauberkundige Flötner war es auch, der sich der Anerkennung Aylas am heftigsten widersetzte.

Der mächtige Höhlenbär trottete unruhig in seinem Pfahlverhau auf und nieder. Man hatte ihn nicht gefüttert, und er war es nicht gewöhnt, ohne Nahrung gelassen zu werden. Auch Wasser hatte man ihm an diesem Tag nicht gegeben, und er war durstig. Die schweißdünstende Menge der Erdlinge, die nach Spannung und Erregung roch, das ungewöhnliche Dröhnen der schalenförmigen Holztrommeln, das Sirren und Donnern der Klapper und der hohe Klageton der Flöte, dies alles beunruhigte das Tier aufs höchste.

Als er den Großen Mog-ur sah, der sich hinkend seiner Bleibe näherte, stellte er sich auf seine Hinterbeine und brüllte aus heißem Rachen seinen Hunger heraus. Erschreckt fuhr Creb zusammen, faßte sich jedoch rasch und verbarg seine Unsicherheit hinter einem, bei ihm nicht ungewöhnlich wirkenden, schwankenden Schritt. Sein Gesicht, das wie die der übrigen Zauberer geschwärzt war, verriet nichts von der Angst in seinem Herzen, als er den Kopf nach hinten neigte, um zu dem gewaltigen Tier aufzublicken. Creb trug eine kleine Schale mit Wasser. Ihrer Form und der elfenbeinhellen Farbe nach war sie einstmals die Schädeldecke eines Erdlings gewesen. Er stellte die Schale vorsichtig zwischen die Pfähle des Verhaus und trat langsam, mit dem Gesicht zum Bären gewandt, zurück.

Während das Tier das Wasser in sich hineinschlabberte, umschlossen einundzwanzig junge Jäger, jeder mit einem neuen Speer in den Händen, den Pfahlverhau. Die Führer der sieben Clans, von deren Männern keiner zum Kampf mit dem Bären erwählt worden war, hatten je drei ihrer besten Jäger für die Feier ausgesucht. Jetzt liefen Broud, Gorn und Voord aus der Höhle und nahmen vor dem mit Riemen fest gesicherten Auslaß des Verhaus Aufstellung. Abgesehen von kurzen Lendenschurzen waren sie nackt, und ihre Körper waren mit roten und schwarzen Zeichen bemalt.

Das bißchen Wasser hatte den Durst des mächtigen Bären nicht im geringsten stillen können. Und als er die Männer rings um seine Bleibe bemerkte, hoffte er natürlich auf mehr. Er hockte sich auf die Hinterbeine und patschte die Vorderpranken zusammen. Als darauf nichts geschah, trottete er zu dem nächststehenden Mann hinüber und stieß seine Schnauze zwischen den dicken Pfählen hindurch.

Mit einem schrillen Ton brach das dünne Wimmern der Flöte ab. Creb holte die Schale aus dem Verhau und nahm wieder seinen Platz vor der Reihe der Zauberer ein. Auf ein Geheimzeichen, das keiner der Umstehenden wahrnehmen konnte, hoben die Mog-urs an, nach der uralten Weise heiliger Zeichen, vereint zu künden: »Nimm das Wasser zum Zeichen unseres Dankes, allmächtiger Beschützer. Dein Clan hat nicht vergessen, was du ihn gelehrt hast. Die Höhle ist unser Heim. Sie schützt uns vor Schnee und Kältnis. Auch wir rasten still, nähren uns von dem Vorrat der Erntezeit und wärmen uns mit Pelzen. Du bist einer von uns gewesen, hast unter uns gelebt und hast gesehen, daß wir deinen Wegen folgen.«

Die Zauberer mit ihren schwarzen Gesichtern und den weitfaltigen Umhängen aus Bärenfell schienen zu schweben, als sie mit gemessenen Gebärden dem Schutzgeist ihrer Clans ihre Verehrung bezeugten.

»Dich verehren wir am meisten und vor allen anderen Geistern. Wir bitten dich, in deiner Welt für uns zu sprechen, von der Tapferkeit unserer Männer und der Fügsamkeit unserer Frauen zu künden. Wir bitten dich, uns einen Platz zu geben, wenn wir einst in das Jenseitige zurückkehren. Schütze uns vor dem Bösen. Denn wir sind dein. Allmächtiger Höhlenbär, wir sind der Clan des Bären. Ehre sei mit dir, Größter aller Geister, und auch mit den Erdlingen dein Wohlgefallen. «

Als die Mog-urs zum ersten Mal im Angesicht des mächtigen Tieres ihre Zeichen machten und ihn somit beim Namen riefen, stießen die einundzwanzig Männer ihre Speere zwischen den Pfählen des Verhaus hindurch und bohrten sie dem allmächtigen Geschöpf in das zottige Fell. Nicht alle drangen bis ins Fleisch, doch es schmerzte, was das Tier in wilde Wut brachte. Sein zorniges Gebrüll zerfetzte die Stille. Erschrocken sprangen die Erdlinge zurück.

Etwa zur gleichen Zeit begannen Broud, Gorn und Voord, die Riemen zu zerschneiden, die den Auslaß des Verhaus hielten. Sie kletterten an den Pfählen empor, bis sie die Spitzen der Stämme erreichten. Broud war zuerst oben, doch Gorn war es, dem es gelang, den kurzen, dicken Holzklotz zu fassen, den man früher dort oben bereitgelegt hatte. Der Höhlenbär, der vor Schmerzen hin- und herraste, riß sein dolchzähneartiges Maul auf und brüllte markerschütternd; aus kleinen, blutunterlaufenen Augen sie anblickend, tapste er auf die Männer zu. Sein gewaltiger Kopf reichte bis zu den höchsten Pfahlspitzen des Verhaus. Das Riesentier erreichte die Öffnung und drückte gegen den Auslaß. Krachend stürzten die Pfähle zu Boden. Der Verhau war offen. Der Höhlenbär war frei.

Die speerbewaffneten Jäger stürzten herbei, um zwischen dem gefährlich gereizten Tier und den bleichgesichtigen Zuschauern einen schützenden Wall zu bilden. Frauen kämpften gegen das würgende Verlangen, aufs schnellste die Flucht zu ergreifen, und drückten ihre Säuglinge fester an sich, während die älteren Kinder sich mit schreckgeweiteten Augen an die Beine und Hüften der Mütter klammerten. Die Männer umfaßten fester ihre Speere. Aber keiner unter den Clan-Leuten rührte sich vom Fleck.

Als der angestachelte Bär mißtrauisch durch die klaffende Stelle in seinem Verhau hinaustapste, sprangen Broud, Gorn und Voord, die auf den mit Bedacht abgeflachten Pfahlenden gelauert hatten, auf das überraschte Tier hinunter. Broud stand auf seinen Schultern, beugte sich vornüber, packte das Fell am Kopf und riß ihn nach hinten. Voord war dem Bären inzwischen in den Rücken gesprungen, grub dort seine Hände in die Zotteln und zog mit aller Kraft abwärts, so daß sich die wabbelige Fetthaut um den Hals des Tieres straffte. Dann schlug er ihm mit der Axt auf die schwarzglänzende empfindliche Schnauze, so daß das Tier vor Schreck und Schmerz das riesige Maul weit aufriß; Gorn, der rittlings auf des Bären Schultern hockte, rammte ihm eilig den Holzklotz breitseits in den geifernden Rachen. Als Broud losließ, klappte der Bär die Kiefer zu und klemmte den Keil fest zwischen seinen Zähnen und der Backenwand ein. Er röchelte und keuchte, als er das Maul zu öffnen versuchte – vergebens, das Maul blieb zu.

Mit schweren Pranken schlug er dann wie rasend nach den Männern, die in seinem Fell hingen. Scharfe Krallen, die früher nur totes Fleisch und Äpfel geholt hatten, gruben sich in den Oberschenkel Gorns und rissen ihn herab. Mächtige Arme drückten den Erdling, der vor Schmerzen wie von Sinnen schrie, an die rotfleckige Bärenbrust, und das Leiden des jungen Jägers hatte plötzlich ein schnelles Ende, als ihm mit einem trokkenen Krachen das Rückgrat brach. Ein nichtendenwollender Klageschrei stieg aus der Frauengruppe auf, als das Höhlentier den zerfetzten und zerknickten Körper Gorns wegschleuderte.

Mit gesenktem Kopf rannte der Bär gegen den speerbewaffneten Wall junger Männer, die sogleich einen Ring um ihn schlossen. Mit einem furchtbaren Schlag seiner Krallenpranke hatte er sich eine Lücke gemacht, als er drei Männer zu Boden fegte und einem vierten das Bein bis auf die Knochen aufriß. Wie ein Wurm krümmte sich der Mann zusammen vor Schmerz, der ihn so heftig durchfuhr, daß ihm kein Schrei über die Lippen kam. Schnell sprangen die anderen über ihn hinweg und suchten dem rasenden Bären so nahe zu kommen, daß sie ihn mit ihren Speeren durchbohren konnten.

Voller Entsetzen umklammerte Ayla ihren Sohn. Eine tiefe Angst, daß der Bär sich auch auf sie stürzen würde, lähmte ihre Beine. Doch als der Jäger zusammenbrach und sein Blut die Erde überschwemmte, vergaß sie alle Angst. Hastig drückte sie Uba ihr Kind in den Arm und stürzte sich in das Getümmel. Flink drängte sie sich zwischen den todesmutig kämpfenden Männern hindurch und schleifte den Jäger weg von dem wilden Gestampf und Geschrei und Gestöhn. Schnell drückte sie den Blutfluß ab und band einen Riemen fest um die aufgerissene Stelle. Ayla fing schon an, dem Jäger mit dem Tragfell ihres Kindes das Blut abzuwischen, als zwei andere Medizinfrauen ihrem Beispiel folgten. Furchtsam dem Kampfgemenge ausweichend, eilten sie Ayla zu Hilfe. Zu dritt trugen sie den verwundeten Mann in die Höhle, und während sie verzweifelt um sein Leben rangen, erlag der Bär schließlich doch den stärkeren Speeren der anderen Jäger.

Kaum war der Höhlenbär bezwungen, da riß sich Gorns Gefährtin aus den Armen jener, die sich bemühten, sie zu trösten, und rannte zum Leichnam ihres Gefährten; warf sich über ihn und grub ihr Gesicht in seine haarige Brust. Sie kniete sich nieder und beschwor ihn beharrlich, doch endlich bitte aufzustehen. Ihre Mutter und Norgs Gefährtin versuchten sanft, sie fortzuziehen, als die Mog-urs sich der Gruppe näherten. Der Große Mog-ur neigte sich zu der Frau hinunter und berührte behutsam ihren Kopf, so daß sie zu ihm aufblicken mußte.

»Klage nicht um ihn«, bedeuteten ihr seine milden Gebärden. »Gorn ist die höchste aller Ehren zuteil geworden. Er wurde erwählt, den Großen Höhlenbären in die Welt der Geister zu begleiten. Der Geist des Höhlenbären erwählt nur die Besten, die Tapfersten, mit ihm zu wandeln. Der Festverzehr zu Ehren des Großen Höhlenbären wird auch der Gorns zu Ehren sein. Sein Mut und Siegeswille werden fortleben in Geschichten, und bei den zukünftigen Miethings des Groß-Clans wird stets von ihm berichtet werden. So, wie der Höhlenbär zurückkehrt, so wird auch der Geist Gorns zurückkehren. Er wird auf dich warten, damit ihr gemeinsam wiederkehren und euch vereinen könnt, aber du mußt tapfer sein wie er. Lösche deinen Schmerz, Frau, und teile die Freude deines Gefährten an seinem Hingang in die nächste Welt. Heute nacht werden die Mog-urs ihm besondere Ehre widerfahren lassen, so daß seine Tapferkeit von allen geteilt werden und auf den Clan übergehen wird.«

Die junge Frau mühte sich, ihren Schmerz zu bezwingen, sich so tapfer zu zeigen, wie der ehrfurchtgebietende heilige Mann ihr gebot. Sie wollte dem Geist ihres Gefährten keine Schande machen. Der schieffüßige Zauberer mit dem Narbengesicht, den alle fürchteten, schien ihr plötzlich nicht mehr gar so schrecklich. Mit einem dankbaren Blick stand sie auf und schritt, sich mühsam aufrecht haltend, zurück an ihren Platz.

Nachdem Gorns Gefährtin dort angelangt war, begannen die Clan-Führer-Frauen und die Gefährtinnen der Stammeszweiten den Bären flinkhändig zu häuten. Das Bärenblut wurde in geweihten Schüsseln aufgefangen und von den Zaubergehilfen herumgereicht. Männer, Frauen und Kinder, alle tranken sie den warmen Lebenssaft des Höhlenbären, selbst den Säuglingen wurde er eingeflößt. Ayla und die beiden anderen Medizinfrauen wurden aus der Höhle gerufen, um aus den geweihten Schalen zu trinken, und auch der verwundete Jäger erhielt seinen Teil. So hatten sie alle durch das Blut des Höhlenbären bezeugt, daß sie zum einzigen Groß-Clan gehörten, zum Clan des Bären. Sie waren von seinem Blut, und er hatte es ihnen gegeben.

Emsig arbeiteten die Frauen, während Männer und Kinder zusahen. Sorgfältig wurde das Fett des Tieres von der Haut geschabt. Wenn es ausgelassen war, hatte es Zauberkraft und würde unter die Mog-urs verteilt werden. Der Kopf wurde nicht vom Fell getrennt, und während das Fleisch in die mit heißen Steinen ausgelegten Gruben hinuntergelassen wurde, hängten die Gehilfen der Mog-urs das Fell des Bären auf Pfählen vor der Höhle auf. Von hier aus konnte der allmächtige Höhlenbär mit leeren Augen die Festlichkeiten verfolgen. Er war der Ehrengast bei dem Festverzehr, der aus ihm bereitet wurde. Danach trugen die Mog-urs Gorns Leiche feierlich und gemessenen Schrittes in die Tiefen der Höhle. Als sie verschwunden waren, gab Brun das Zeichen, und die Menge zerstreute sich. Der Geist des Höhlenbären war nach uraltem Gesetz auf seinen Weg geschickt worden.

23

»Wie hat sie es nur gemacht? Keine der anderen wagte es, auch nur in die Nähe des Bären zu kommen, geschweige denn, den Jäger zu holen; sie aber zeigte keine Furcht.« Der Mog-ur des Clans, dem der verwundete Mann angehörte, machte keinen Hehl aus seinem Erstaunen. »Es war beinahe so, als sei sie sicher, daß der Große Höhlenbär ihr nichts antun würde. Es war wie an jenem ersten Tag. Ich glaube, daß der Große Mog-ur recht hat. Der Höhlenbär hat sie angenommen. Sie ist eine Frau unseres Clans. Unsere Medizinfrau sagt, sie hätte sein Leben gerettet. Sie ist nicht nur gut unterwiesen worden, sie ist auch besonders begabt, was ihr von Geburt aus gegeben ist. Ich anerkenne, daß sie von Izas Stamm ist.«

Die Mog-urs hockten in einer Grotte tief unten im Berg. Steinlampen, es waren dies flache Schalen, mit Bärenfett gefüllt, das von einem Docht aus getrocknetem Moos aufgesogen wurde, warfen Lichtpfützen auf Boden und Wände. Der Schein der schwachen Flammen brach sich glitzernd im Kristallgestein des Felsens und im Wasserglanz der tropfenden Steine, die von der Decke herabhingen und ihren Gegenstücken, den Steinzapfen, entgegenstrebten, die aus dem Boden emporwuchsen. Manchen Zapfen und Steintropfen war es gelungen, sich zu vereinigen; sie standen nun wie hohe Säulen, die sich zur Mitte hin verjüngten, vom Boden bis zur gewölbten Decke.

»Ja, die junge Frau hat bei allen Verwunderung geweckt, als sie an jenem ersten Tag keine Furcht vor dem Höhlenbären zeigte«, bedeutete ein anderer Zaubermann. »Aber wenn wir uns einig sind, ist dann noch Zeit für sie, sich vorzubereiten?«

»Es ist noch Zeit«, gab der Große Mog-ur zurück, »wenn wir uns eilen.«

»Sie wurde den Fremdlingen geboren. Wie kann sie da eine Frau des Clans sein?« vermeinte der flötende Mog-ur mit heftigen Widergebärden. »Die Fremdlinge gehören dem Clan nicht an. Nie werden sie ihm angehören. Du hast uns mitgeteilt, daß sie die Totemzeichen des Clans schon trug, als sie zu euch kam. Dies aber sind nicht die Zeichen eines Frauentotems. Wie kannst du sicher sein, daß es die Zeichen des Clans sind? Die Frauen des Clans haben niemals ein Totem des Höhlenlöwen.«

»Ich habe nie verkündet, daß sie damit geboren wurde«, entgegnete der Große Mog-ur ruhig. »Willst du etwa sagen, daß ein Höhlenlöwe nicht auch eine Frau erwählen kann? Ein Höhlenlöwe kann erwählen, wen er will. Sie war dem Tode nahe, als sie gefunden wurde; Iza hat sie ins Leben zurückgeführt. Glaubst du, ein Kind könnte einem Höhlenlöwen entrinnen, stünde es nicht unter dem mächtigen Schutz seines Geistes? Er gab ihr sein Zeichen mit, damit es keinen Zweifel geben könnte. Die Zeichen auf ihrem Bein sind die Zeichen des Clans. Keiner kann das von der Hand weisen. Warum sollte sie mit den Zeichen des Clan-Totems gezeichnet sein, wenn es ihr nicht bestimmt gewesen wäre, eine Frau des Clans zu werden? Ich weiß nicht, wie es kommt. Es steht mir nicht zu, den Willen der Geister zu erkunden. Mit der gnädigen Hilfe des Höhlenbären vermag ich manches Mal, das zu deuten, was sie tun und wollen. Kann einer von euch mehr? Ich will nur sagen, daß sie eingeweiht ist; Iza hat ihr das Geheimnis der Wurzeln in ihrem roten Beutel anvertraut, und Iza hätte es ihr nicht geoffenbart, wäre sie nicht ihre Tochter. Wir brauchen auf die heilige Feier nicht zu verzichten. Ihr müßt entscheiden, aber tut es schnell.«

»Du hast uns gesagt, daß dein Clan glaubt, das Glück stünde ihr zur Seite«, warf Norgs Mog-ur ein.

»Ja, es ist so, als brächte sie das Glück dahin, wo sie ist. Seit wir sie gefunden haben, war das Glück stets mit uns.«

»Sie hat uns auch an diesem Tag das Glück gebracht. Unser junger Jäger wird sein Leben behalten«, teilte der Mog-ur vom Clan des Verwundeten mit. »Ich bin bereit, sie als Medizinfrau anzunehmen. Es wäre höchst jammervoll, müßten wir auf Izas Trank verzichten.«

Mehrere Zauberer brummten zustimmend.

»Und du?« wandte sich der Große Mog-ur an den Zweiten der Zauberer. »Fürchtest du immer noch, daß es dem Großen Höhlenbären mißfallen wird, wenn Ayla den Zaubertrank bereitet?«

Alle blickten jetzt auf ihn. Wenn dieser mächtige Zauberer sich noch immer dagegen stellte, konnte er genug andere Mog-urs auf seine Seite ziehen. Selbst wenn er sich weigerte, an der Feier teilzunehmen, obwohl die anderen bereit waren, den Trank von Ayla anzunehmen, reichte das aus. Alle mußten sich einig sein; eine Spaltung unter ihnen durfte es nicht geben. Er senkte den Blick, während er sich die Frage durch den Kopf gehen ließ. Dann sah er die Männer an, einen nach dem anderen.

»Es ist ungewiß, ob es dem Großen Höhlenbären mißfallen wird oder nicht. Mir ist nicht wohl dabei. Es ist etwas an dieser Frau, das mir nicht geheuer ist. Aber klar ist, daß keiner die hohe Feier missen will, und es scheint, daß sie die einzige ist, die den Trank bereiten kann. Fast würde ich Izas eigene Tochter vorziehen, trotz ihrer Jugend. Doch wenn ihr alle euch einig seid, werde ich es dabei bewenden lassen. Mir ist nicht wohl dabei, ich möchte es betonen, aber euch im Wege stehen möchte ich auch nicht.«

Der Große Mog-ur schickte fragende Blicke in die Runde und sah allseits zustimmende Gebärden. Mit einem Seufzer der Erleichterung stemmte er sich an seinem Stock hoch und hinkte eilig aus der Grotte. Von Steinlampen geführt, humpelte er durch mehrere Gänge, die sich zu Kammern erweiterten und sich dann verjüngten. Auf die Steinlampen folgten Kienspäne, als er sich den Wohnkreisen der Clans näherte.

Ayla saß neben dem verwundeten jungen Mann in der vorderen Höhle. Durc schlief in ihren Armen. Uba hockte an ihrer Seite. Die Gefährtin des Verwundeten war auch da, die sorgenvollen Augen auf den Jäger gerichtet.

»Ayla, schnell, du mußt dich bereit machen. Es bleibt wenig Zeit«, gab Creb ihr mit hastiger Hand zu verstehen. »Du mußt dich eilen! Aber laß keine Handreichung aus. Komm sofort, wenn du bereit bist. Uba, bring Durc zu Oga. Sie soll sich um ihn kümmern. Ayla hat jetzt keine Zeit dazu.«

Entgeistert starrten sie beide den Zauberer an. Ayla brauchte einen Augenblick, bis ihr klar war, was er ihr soeben mitgeteilt hatte. Dann neigte sie zustimmend den Kopf. Hurtig rannte sie zur Feuerstelle in der zweiten Höhle, um sich einen anderen Überwurf zu holen.

Der Große Mog-ur wandte sich der jungen Frau zu, die mit Kümmernis über ihren schlafenden Gefährten wachte.

»Der Große Mog-ur möchte gerne wissen, wie es um den jungen Mann bestellt ist.«

»Ayla sagte, er wird leben und wieder gehen können. Aber sein Bein wird nicht ganz heil werden.«

Die Frau verwendete andere Zeichen, als sie sprach. Ayla und Uba hatten leichte Schwierigkeiten gehabt, sich mit ihr zu verständigen. Creb jedoch hatte mehr Übung mit den verschieden abgewandelten Zeichensprachen der anderen Clans.

»Der Große Mog-ur würde gern das Totem dieses Mannes wissen.«

»Es ist der Steinbock«, antwortete sie.

»Dieser Mann ist so sicheren Fußes wie der Steinbock?«

»Bisher schon«, gab sie zurück. »Aber heute war er nicht so wendig. Was soll nun aus ihm werden? Was geschieht, wenn er nie wieder richtig gehen kann? Wie soll er denn noch jagen? Wie soll er mich ernähren? Was kann ein Mann denn anderes tun, wenn er nicht jagen kann?«

Die junge Frau rang verzweifelt die Hände.

»Der junge Jäger wird leben. Ist nicht das das Höchste?« fragte der Große Mog-ur mit ruhiger Gebärde.

»Ja. Aber er ist stolz. Wenn er nicht jagen kann, wird er sich wünschen, man hätte ihm das Leben nicht erhalten. Er war ein guter Jäger. Eines Tages wäre er sogar Zweiter im Clan geworden. Nun wird er nie an Rang gewinnen. Er wird an Rang verlieren. Was wird er tun, wenn er an Wert verliert?«

»Frau!« bedeutete ihr der Große Mog-ur mit strenger Gebärde. »Kein Mann verliert an Wert, wenn er ein Erwählter des Großen Höhlenbären ist. Um ein Haar wäre er es gewesen, der mit ihm in die nächste Welt hinübergehen sollte. Der Geist des Höhlenbären trifft seine Wahl nicht leichten Sinnes. Der Große

Höhlenbär befand es für ihn, ihn hier zurückzulassen; jedoch er zeichnete ihn. Dein Gefährte wurde geehrt. Jetzt kann er den Großen Höhlenbären auch als sein Totem begreifen; seine Narben werden die Zeichen seines neuen Schutzgeistes sein. Er kann sie mit Stolz tragen. Immer wird er fähig sein, dich zu ernähren. Der Große Mog-ur wird mit deinem Clan-Führer sprechen. Deinem Gefährten kommt von jeder Jagd ein Anteil zu. Und es mag sein, daß er wieder gehen wird; es mag sein, daß er wieder jagen wird. Vielleicht wird er nicht so sprunghaft sein wie der Steinbock; er wird vielleicht sich eher wie ein Bär bewegen können. Aber das steht nicht dagegen, auf die Jagd zu gehen. Du solltest stolz auf ihn sein, Frau.«

»Er ist ein Erwählter des Großen Höhlenbären?« fragten die Hände der Frau. »Der Höhlenbär ist sein Totem?« Ehrfurcht stand in ihren Augen.

»Beide, der Höhlenbär und der Steinbock. Er hat beide Totems«, gab der Große Mog-ur zurück. Er gewahrte die leichte Wölbung unter ihrem Überwurf. »Hat die Frau schon Kinder?«

»Nein, aber ich trage neues Leben in mir. Ich wünsche, daß es ein Sohn wird.«

»Du bist eine gute Frau, eine gute Gefährtin. Bleibe bei ihm, wenn er erwacht, dann bedeute ihm, was der Große Mog-ur gesagt hat.«

Die junge Frau senkte den Kopf. Sie hatte verstanden.

Nach der Schneeschmelze wurde der kleine Fluß in der Nähe der Gastgeberhöhle zu einem brodelnden Strudelwasser, das Bäume entwurzelte und Felsbrocken aus den Bergen riß, die es in rasender Sturzflut ins Tal führte. Selbst in ruhigerer Stimmung zeigte der Fluß, der sich schäumend mitten durch breites Schwemmland wälzte, die milchig-trübe grünliche Farbe des Gletscherwassers.

Ayla und Uba hatten das Gebiet um die Höhle schon kurz nach ihrer Ankunft erkundet, um die reinigenden Pflanzen zu finden, mit denen sie sich waschen mußten, falls eine von ihnen aufgerufen wurde, an der heiligen Feier teilzunehmen.

Ayla hatte das Herz bis zum Hals geschlagen, als sie aus der Höhle gestürzt war, um die Pflanzen zusammen mit den Wurzeln auszugraben. Wieder zurückgekehrt, flatterte ihr Magen unruhig, während sie auf kochendes Wasser wartete, um den mitgebrachten Farn auszulaugen.

Die neue Kunde, daß ihr nun doch gestattet war, an der heiligen Feier teilzunehmen, verbreitete sich wie ein Lauffeuer unter den Clan-Leuten. Nun, nachdem die Mog-urs sie für würdig befunden hatten, sahen alle die Frau, die den Fremdlingen geboren war, mit neuen Augen, und Aylas Ansehen stieg gewaltig. Hiermit war bestätigt, daß sie in der Tat Izas Tochter war, und sie galt nun als ranghöchste Medizinfrau. Der Führer jenes Clans, in dem Verwandte von Zoug lebten, überdachte seinen ablehnenden Bescheid, sie aufzunehmen, noch einmal. Vielleicht hatte Zougs Empfehlung doch etwas Gutes. Vielleicht würde einer seiner Männer sie nehmen, wenn auch nur als zweite Frau.

Ayla aber war viel zu aufgeregt, um auf die beifälligen Gebärden der Clan-Leute ringsum zu achten. Eigentlich hatte sie entsetzliche Angst. Ich kann es nicht! schrie es in ihr, als sie zum Fluß lief. Die Zeit ist zu kurz, und ich kann mich nicht richtig vorbereiten. Was ist, wenn ich etwas übersehe? Wenn ich einen Fehler mache? Dann werde ich Schande über Creb bringen. Schande über Brun. Schande über den ganzen Clan.

Das Wasser war eisig, doch es beruhigte sie. Ayla sah dem Kommenden schon gelassener entgegen, als sie sich auf einem Felsbrocken niedersetzte und ihr langes, blondes Haar entwirrte, das in einer leichten Brise langsam trocknete. Tröstlich war ihr der Anblick der feuerglühenden Berggipfel, die allmählich mit den bläulich violetten Schleiern der Nacht verhüllt wurden. Ihr Haar war noch feucht, als sie sich ihr Amulett wieder über den Kopf streifte und den frischen Überwurf anlegte. Geräte und Werkzeuge stopfte sie in die Falten des Gewandes, nahm den anderen Überwurf unter den Arm und rannte zur Höhle zurück. Unterwegs kam sie an Uba vorüber, die Durc in den Armen hielt, und nickte ihr kurz zu.

Die Frauen arbeiteten wie besessen, ständig durch die Kinder gestört, die völlig außer sich waren. Das blutige Bärengemetzel hatte ihr Innerstes aufgewühlt; auch waren sie es nicht gewöhnt, hungern zu müssen, und die Essensdüfte, die ihnen von überall in die Nase stiegen, steigerten den Hunger zur Gier. Und da ihre Mütter so beschäftigt waren, konnten sie ihrer Erregung und ihrer Ungeduld in einer Weise Luft machen, wie ihnen das sonst niemals gestattet worden wäre. Einige der Jungen hatten die zerschnittenen Riemen vom Pfahlverhau des Bären aufgehoben und sich als Ehrenzeichen um die Arme gebunden. Andere, die nicht so flink gewesen waren, versuchten, sie ihnen abzujagen, und die ganze Kindermeute rannte brüllend um die Feuer herum. Als sie dieses Treibens müde wurden, fingen sie an, die

Mädchen zu ärgern, die auf ihre kleineren Geschwister achtgeben mußten, bis die Mädchen schließlich auf die Jungen losgingen, sie zu verprügeln, oder zu ihren Müttern rannten, um sich zu beschweren.

Die Kinder waren nicht die einzigen, denen der Hunger allmählich zur Qual wurde. Der Ruch des in riesigen Mengen zubereiteten Verzehrs reizte jedermanns Eßlust. Und alles wartete eigentlich nur mit nur mühsam beherrschter Ungeduld auf den großen Festverzehr und die nachfolgende Feier. Wurzeln und Knollen köchelten leise in den über den Feuer hängenden Tierhautbehältnissen. Wilder Spargel, Lilienwurzeln, wilde Zwiebeln, Hülsenfrüchte, kleine Kürbisse und Pilze waren wohlschmeckende Beilagen. Mit einer Soße aus heißem Bärenfett, Kräutern und Salz würden Lattich, große Kletten und Löwenzahn aufgetragen werden.

Der eine Clan glänzte mit einem besonders gewürzten Verzehr aus Zwiebeln, Pilzen und kleinen grünen Erbsen. Ein anderer hatte eine seltene Art von Fichtenzapfen mitgebracht. Übers Feuer gehalten, sprangen aus den Zapfen große schmackhafte Nüsse heraus.

Norgs Clan röstete Kastanien, die an den tiefer liegenden Hängen gesammelt worden waren, und machte dazu eine nußartig schmeckende dicke Soße aus zerstampften Bucheckern, getrockneten Getreidekörnern und kleinen süß-sauren Äpfeln, die in Scheiben geschnitten wurden. In der näheren Umgebung der Höhle gab es nirgends mehr Blaubeeren und schon gar nicht Preiselbeeren. Alle waren sie in die Sammelkörbe der Frauen gewandert.

Tagelang hatten die Frauen von Bruns Clan sich abgemüht, die mitgebrachten, getrockneten Eicheln aufzubrechen und zu zerstampfen. Das Feinzerstampfte wurde in flache Löcher im Flußsand vergraben und mit viel Wasser übergossen, damit ihm die Bitterkeit entzogen würde. Der Brei wurde dann zu flachen Kuchen gebacken und diese wiederum in süßen Ahornsaft getaucht, bis sie völlig durchtränkt waren, und schließlich in der Sonne getrocknet.

Uba, die den Frauen half und dabei ständig ein Auge auf Durc hatte, konnte es nicht fassen, daß dies alles gegessen wurde.

Von den Feuern stieg der Rauch so schwadendick in die stille, sternschimmernde Nacht auf, daß er in feinen Wolken den Himmel verhüllte. Der Mond war neu und hielt sein Antlitz der Erde abgewandt. Der Schein der Feuer erhellte den breiten Vorplatz der Höhle, doch die Wälder, die ihn umstanden, blickten dunkel und drohend.

Man hatte den Verzehr jetzt von den Feuern genommen. Er brauchte nur noch warmgehalten zu werden. Fast alle Frauen hatten sich in die Höhle zurückgezogen. Sie legten frische Umhänge an und ruhten sich noch etwas aus.

Doch selbst die müdeste Frau hielt es nicht lange in der Höhle aus. Bald füllte sich der Vorplatz wieder mit einer erwartungsvollen Menge, die ungeduldig der Dinge harrte, die da kommen sollten. Tiefe Stille breitete sich aus, als die zehn Zaubermänner und ihre Gehilfen nacheinander aus der Höhle schritten. Dann hob ein allgemeines Zurechtrücken an, als jeder sich seinen Platz suchte. Diesmal ging es nicht nach Rang. Wichtig war nur, daß jeder vor oder hinter oder an der richtigen Seite bestimmter anderer Leute sich befand.

Als es wieder still wurde, entzündete man am Eingang zur Höhle ein großes Feuer. Dann wurden die Steine entfernt, die die Kochgruben bedeckten. Den Gefährtinnen der Führer sowohl des rangobersten als auch des gastgebenden Clans wurde die Ehre zuteil, das Fleisch herauszuheben. Bruns Brust schwoll an vor Stolz und Befriedigung, als er Ebra vortreten sah.

Der Entscheid war endlich mit der Anerkennung Aylas durch die Mog-urs gefallen. Brun und sein Clan behaupteten den ersten Platz sicherer als je zuvor. So wenig es die Leute zunächst hatten glauben wollen, die hochgewachsene Frau mit dem sonnenhellen Haar war eine Frau des Groß-Clans und eine Medizinfrau von Izas angesehenem Stamm. Bruns hartnäckiges Behaupten, daß dem so wäre, hatte sich als richtig erwiesen. Es war der Wille des Großen Höhlenbären. Hätte Brun auch nur einen Herzschlag lang geschwankt, so wäre sein Ansehen nicht mehr so groß gewesen, seine Überlegenheit nicht so deutlich.

Das Bärenfleisch wurde mit gegabelten Ästen von den Keulen gerissen, und die anderen Frauen halfen mit. Platten aus Holz und Bein wurden beladen, große Schüsseln mit dem vielfältigsten Verzehr gefüllt. Broud und Voord traten vor den Großen Mog-ur.

»Mit diesem Festverzehr zu Ehren des Großen Höhlenbären soll auch Gorn geehrt werden, den unser Schutzgeist ausersehen hat, daß er ihn begleite. Während er nämlich unter den Leuten von Norgs Clan weilte, sah der Große Höhlenbär, daß diese nicht vergessen haben, was er sie gelehrt hat. Gorn wurde ihm anvertraut, und er sah in ihm einen würdigen Begleiter. Broud und Voord, weil ihr mutig, kräftig und ausdauernd wart, hat man euch erwählt, dem Großen Geist die Tapferkeit der Männer seines Clans vorzuführen. Er stellte euch mit seiner gewaltigen Kraft auf eine schlimme Probe, und was er sah, gefiel ihm. Ihr habt wohlgetan, und euer sei die Ehre, ihm den letzten Verzehr zu bringen, den er mit seinem Clan teilen wird, ehe er in die Welt der Geister zurückkehrt. Möge der Geist des Höhlenbären bei uns sein auf allen unseren Wegen für und für.«

Die beiden jungen Jäger schritten die Reihen der Frauen ab, die neben den hochbeladenen Platten und vollgefüllten Behältnissen standen, und ließen sich in ihre Gefäße von allem geben außer vom Fleisch. Dem Bären, der hier im Pfahlverhau gelebt hatte, war niemals Fleisch gegeben worden. Die Platten stellten sie vor der auf Pfählen aufgespannten Bärenhaut ab.

Danach fuhr der Große Mog-ur mit kurzer Handbewegung fort: »Ihr habt von seinem Blut getrunken. Nun eßt von seinem Fleisch und werdet eins mit dem Geist des Höhlenbären.«

Das war das Zeichen zum Beginn des Festverzehrs. Broud und Voord erhielten die ersten und besten Stücke vom Fleisch. Und ihnen schlossen sich in langer Reihe die anderen Clan-Leute an.

»Ayla, du ißt ja gar nichts. Du weißt doch, daß alles Fleisch in dieser Nacht gegessen werden muß.«

»Ich weiß es, Ebra. Aber ich bin nicht hungrig.«

»Ayla flattert das Herz«, warf Uba mit kurzer Geste ein, während sie genüßlich kaute. »Ich bin froh, daß ich nicht erwählt wurde. Dann könnte ich auch nichts essen.«

»Iß wenigstens etwas Fleisch. Das mußt du tun. Hast du Brühe für Durc? Er soll ein wenig davon haben. Das macht ihn eins mit dem Groß-Clan.«

»Ich habe ihm schon etwas gegeben, aber viel wollte er nicht. Oga hat ihn gerade genährt«, erwiderte Ayla und wandte sich an Brouds Gefährtin: »Oga, ist Grev noch hungrig? Meine Brüste sind so voll, daß sie schmerzen.«

»Ich hätte gewartet, aber sie waren beide hungrig, Ayla. Du kannst sie morgen anlegen.«

»Da werde ich genug haben für zwei und mehr«, meinte Ayla. »In der Nacht werden sie nichts wollen. Da werden sie fest schlafen. Der Daturatrank ist bereit. Wenn sie das nächstemal hungrig werden, dann gib ihnen den Trank zuerst. Sie schlafen dann schnell. Uba wird dir zeigen, wieviel es sein muß. Ich komme erst nach der Feier zurück.«

»Bleib nicht zu lange, Ayla. Unser Tanz fängt an, sobald die Männer in die Höhle gegangen sind. Einige Medizinfrauen verstehen mit Trommeln besonders gut zu schlagen. Beim Miething des Groß-Clans ist der Frauentanz immer wundersam«, bedeutete Ebra.

»Mit den Schlägeln kann ich noch nicht gut hantieren. Iza hat mich ein wenig darin unterwiesen und die Medizinfrau von Norgs Clan auch«, erklärte Ayla zaghaft.

»Du bist noch nicht lange Medizinfrau, Ayla, und Iza hat sich mehr Zeit genommen, dich in den heilenden Zauber einzuweisen als in den Gebrauch schüsselförmiger Trommeln. Doch auch die Klänge besitzen Zauberkraft«, gab Ovra zu verstehen. »Medizinfrauen müssen so vieles wissen.«

»Ich wünschte, Iza wäre hier«, machte Ebra traurig. »Es ist gut, daß sie dich endlich angenommen haben, Ayla, aber Iza fehlt mir doch. Es ist alles so sonderbar ohne sie.«

»Ich wünschte auch, sie wäre hier«, gab Ayla zurück. »Mir hat das Herz geblutet, daß wir sie zurücklassen mußten. Sie ist so krank. Sie muß viel Wärme und Ruhe haben.«

»Wenn ihre Zeit gekommen ist, in das Jenseitige hinüberzugehen, dann wird sie eben gehen. Wen die Geister rufen, den kann niemand aufhalten«, stellte Ebra mit gefaßter Gebärde fest.

Ayla fröstelte, obwohl die Nacht warm war, und ein plötzlicher Anflug dunklen Vorahnens strich über sie hin wie ein Rabenvogel, der in die Kältnis fliegt.

Der Große Mog-ur gab ihr ein Zeichen, und Ayla sprang auf, die das dunkle Gefühl nicht abschütteln konnte, als sie zur Höhle lief.

Izas Schale, innen weiß angelaufen von langem Gebrauch, stand auf ihrem Schlafpelz, wo sie sie bereitgestellt hatte. Sie holte den rotgefärbten Beutel aus ihrer Medizintasche und leerte ihn aus. Im Schein des Kienspans besah sie mit scharfem Auge die Wurzeln. Obwohl Iza ihr viele Male dargelegt hatte, wie die rechte Menge zu schätzen sei, war sich Ayla noch immer nicht im klaren darüber, wieviel sie für die zehn Mog-urs nehmen sollte. Die Stärke des Tranks hing nicht nur von der Zahl der Wurzeln ab, sondern auch von ihrer Größe und dem Grad ihres Alters.

Nie hatte sie Iza bei der Zubereitung helfen können. Der Trank war, wie ihr die Medizinfrau inständig dargetan hatte, zu heilig, zu kostbar, um nur zum Üben bereitet zu werden. Medizinfrau-Töchter lernten es dadurch, daß sie zusahen, wie er gemacht wurde. Und dann wußten sie es wieder, wie sie es schon vorher gewußt hatten. Doch Ayla war nicht in den Clan hineingeboren worden. Sie hatte es jetzt schwerer. Zögernd suchte sie mehrere Wurzeln heraus, legte dann noch eine dazu, um sicher zu sein, daß der Zauber wirken würde. Dann ging sie zu der Stelle gleich beim Eingang, wo ein Gefäß mit frischem Wasser stand. Dort, hatte Creb ihr befohlen, sollte sie warten. Reglos verfolgte sie den Beginn der heiligen Feier.

Dem Klang der schüsselförmigen Holztrommeln folgte das dumpfe Stoßen der Speerschäfte und der abgehackte Donnerton der langen, hohlen Röhren. Gehilfen gingen mit den Daturatrank-Schalen unter den Männern umher, und bald bewegten sich alle im Einklang mit dem schwerfälligen Getön. Die Frauen hielten sich im Hintergrund; ihre Zeit kam später. Ayla stand zitternd an ihrem Platz, den Umhang lose um ihren Körper, und wartete. Der Tanz der Männer wurde wilder, und sie fragte sich, wie lange sie noch würde warten müssen.

Sie fuhr zusammen, als eine Hand ihre Schulter berührte. Sie hatte nicht bemerkt, daß die Mog-urs aus der Tiefe der Höhle gekommen waren. Erleichtert atmete sie auf, als sie Creb erkannte. Auf leisen Sohlen schritten die Zauberer aus der Höhle und stellten sich halbkreisförmig vor der aufgespannten Bärenhaut auf. Der Große Mog-ur stand vor ihnen, und von ihrem Ausguck aus hatte Ayla den flüchtigen Eindruck, daß der Höhlenbär, der mit aufgerissenem Maul hoch aufgerichtet an den Pfählen hing, gleich den verkrüppelten alten Mann angreifen würde. Doch das gewaltige Tier, das weit über den Großen Mog-ur leeräugig hinwegblickte, war nur noch ein Trugbild von Kraft und Wildheit.

Sie sah, wie der Große Zauberer den Gehilfen, die die hölzernen und beinernen Klangkörper bedienten, ein Zeichen gab. Beim nächsten gewaltigen Zusammenschlag brachen sie ab. Die Männer hielten in ihrem Tanz inne und blickten auf und waren verwundert, dort die Mog-urs zu sehen, wo eben noch alles leer gewesen war. Doch auch das plötzliche Erscheinen der Zauberer war Trug, und Ayla wußte jetzt, wie die Täuschung vollbracht wurde.

Der Mog-ur wartete, ließ Spannung sich aufbauen, bis er fast mit seinem Körper spürte, daß aller Aufmerksamkeit auf die mächtige Gestalt des Höhlenbären gerichtet war, der im Feuerschein zu glühen schien. Sein Zeichen war kaum wahrzunehmen, und er blickte mit Absicht in die andere Richtung, als er es gab. Doch es war das Zeichen, auf das Ayla gewartet hatte. Sie ließ ihren Umhang von den Schultern gleiten, füllte die Schale mit Wasser und umfaßte die Wurzeln in ihrer Hand fester. Noch einmal holte sie tief Atem, dann schritt sie langsam dem Einäugigen entgegen.

Ein Aufseufzen höchster Verwunderung ging durch den Kreis der Männer, als Ayla ins Licht trat. In ihren Umhang gekleidet, dessen lose fallende Falten und Taschen ihren Körper verhüllten, hatte sie ausgesehen wie eine der ihren. Ohne die Hülle des weit fallenden Gewandes jedoch zeigte sich, daß ihr Körper ganz anders war als die Körper der Clan-Frauen. Er war nicht rundlich und erdschwer wie bei diesen; er war schlank und schmal. Ihre Arme und Beine waren lang und gerade. Und nicht einmal die roten und schwarzen Kreise und Linien, die ihren nackten Leib bedeckten, konnten ihr Anderssein verbergen.

Noch seltsamer aber war ihr hoher Wuchs. Wenn sie, wie üblich, mit gekrümmtem Rücken und leicht vornübergebeugt dahinschlurfte oder zu Füßen eines Mannes hockte, war dies nicht weiter aufgefallen. Als sie jedoch den Zauberern gegenüberstand, war es offenkundig geworden: Ayla war weit höher gewachsen als selbst der größte Mann im Clan.

Mit einer fließenden Folge feingeführter Gesten rief der Große Mog-ur den Schutz des Großen Bären herab, der noch in ihrer Nähe weilte. Dann schob Ayla die harten, ausgedörrten Wurzeln in ihren Mund. Es fiel ihr schwer, sie zu kauen, da ihr die großen Zähne und die kräftigen Kiefer der Clan-Leute fehlten. So sehr Iza sie auch davor gewarnt hatte, die Säfte zu schlucken, die sich in ihrer Mundhöhle bildeten, sie konnte nicht verhindern, daß etwas davon in ihre Kehle geriet und geschluckt wurde. Auch wußte sie nicht, nach welcher Zeit die Wurzeln weich waren; aber sie hatte das Gefühl, als müßte sie kauen ohne Unterlaß. Als sie endlich die letzte Wurzel ausspie, fühlte sie sich leicht benommen. Sie rührte so lange, bis das Flüssige in der uralten heiligen Schale wäßrig-weiß wurde; dann reichte sie die Schale Goov.

Die Gehilfen hatten dabei gestanden und gewartet, während sie die Wurzeln kaute. Jeder hielt ein Gefäß mit Daturasud in den Händen. Goov reichte die Schale mit der weißen Flüssigkeit an den Großen Mog-ur weiter, hob dann sein Gefäß vom Boden auf und übergab es Ayla auf die gleiche Weise, wie die anderen

Gehilfen ihre Schalen den Medizinfrauen ihrer Clans reichten. Es war ein gerechter Austausch.

Der Große Mog-ur schlürfte aus der heiligen Schale.

»Der Trank ist stark«, bedeutete er Goov, so daß es niemand merkte. »Gib weniger.«

Goov nickte, nahm die Schale und ging mit ihr hinüber zu dem Mog-ur, dem der zweite Rang zukam.

Ayla und die anderen Medizinfrauen trugen ihre Schalen zu den wartenden Frauen und reichten sie ihnen. Ayla schlürfte den letzten Rest aus ihrer Schale; doch schon spürte die junge Medizinfrau sich von einem befremdlichen Gefühl des Entferntseins überschwemmt, so als hätte sich ein Teil von ihr gelöst und sähe nun all dem, was ringsum vorging, aus der Entfernung zu. Einige der älteren Medizinfrauen griffen zu den schüsselförmigen Holztrommeln und begannen, den bemessenen Ton für den Tanz der Frauen zu schlagen. Wie gebannt starrte Ayla auf die wirbelnden Stöcke, während sie der klaren, genauen Schlagfolge lauschte. Die Medizinfrau von Norgs Clan schob ihr eine rundliche Holztrommel zu. Mit zaghafter Hand paßte sie den Schlägel der allgemeinen Schlagfolge an und ging nach einer Weile ganz in ihr auf.

So versunken war Ayla, daß sie nichts von dem bemerkte, was um sie herum vorging. Als sie einmal kurz aufblickte, waren die Männer fort, und die Frauen wanden und drehten sich und sprangen in einem wilden, rasenden Tanz. Schnell stellte sie die Trommel beiseite und sah, wie sie umstürzte und sich ein paarmal drehte, ehe sie ruhig liegen blieb. Die bauchige Form des Klangholzes weckte eine Erinnerung in ihr. Sie erinnerte an Izas Schale, das kostbare uralte Gefäß, das ihr anvertraut worden war. Und dann sah sie sich, wie sie mit ihrem Finger das weißwäßrige Flüssige gerührt hatte. Wo ist Izas Schale? ging ihr durch den Kopf. Was ist mit ihr geschehen? Wo ist sie nur? Sie kam einfach nicht los von den Gedanken, die sie bedrängten und verfolgten.

Izas Gesicht tauchte vor ihr auf, und Tränen sprangen ihr in die Augen. Izas Schale! Ich habe Izas Schale verloren. Die wunderschöne, alte Schale, von ihrer Mutter übergeben, weitergereicht von der Mutter ihrer Mutter und davor immer weiter, immer weiter. Und wieder tauchte Iza auf, und noch eine Iza hinter ihr und noch eine; eine endlos lange Reihe von Medizinfrauen führte hinter Iza in die uralten, dunkelkalten nebelhaften Zeiten. Und jede dieser Frauen hielt eine kostbare weiße Schale in den Händen. Langsam löste sich dieses Bild vor Aylas Augen auf. Und etwas schwebte auf sie zu, wurde größer und größer: die Schale, die plötzlich an ihrem Kopf zersprang und in zwei Teile brach. Nein! Nein! schrie es in ihr. Hellloderndes Entsetzen verbrannte ihre Sinne. Izas Schale! Wo war Izas Schale?

Sie stolperte und lief von den Frauen fort und rannte zur Höhle; wühlte zwischen Beinschalen und Holzschüsseln und suchte nach Izas Schale. Der Höhleneingang hinter dem zuckenden Lichtschein lockte, zog sie an, und sie torkelte hinüber. Und mit einemmal war ihr der Weg versperrt. Sie war gefangen, gefangen in der Umarmung eines riesigen rauhhaarigen Geschöpfes, das auf sie nieder blickte mit unförmigem Kopf, einem riesigen aufgerissenen Maul und toten starren Augen. Ayla schlug die Hände vors Gesicht, wich zurück und floh in wilden Sprüngen zur lockenden Höhle.

Als sie durch die Öffnung wankte, fiel ihr Blick auf etwas Weißes nahe der Stelle, wo sie auf das Zeichen des Großen Mogurs gewartet hatte. Sie sank auf die Knie und sah Izas Schale, die sie aufhob und an sich drückte wie ein kleines Kind. Milchigweiß schwappte es noch auf dem Grund. Sie haben nicht alles getrunken, schoß es ihr durch den Kopf. Ich habe zuviel gemacht. Was soll ich damit nur tun? Ich kann es doch nicht fortgießen. Iza hat gesagt, daß ich es nicht darf. Ja, deshalb konnte sie mir nicht zeigen, wie der Trank zubereitet wird; ich habe zuviel gemacht, weil sie es mir nicht zeigen konnte. Ich habe es falsch gemacht. Was ist, wenn einer das sieht? Dann glauben sie, daß ich gar keine richtige Medizinfrau bin. Keine Frau des Clans. Dann treiben sie uns vielleicht fort. Was soll ich tun? Was soll ich denn nur tun?

Ich werde es trinken. Ja, das will ich tun. Wenn ich es trinke, wird keiner es sehen. Und alles ist wie vorher. Ayla hob die Schale an ihre Lippen und leerte sie.

Als würde sie durch Flauschiges gehen, machte sich Ayla auf den Weg in die zweite Höhle. Man mußte die kostbare Schale an einem sicheren Ort verbergen.

So sehr war ihr jedes Gefühl für Raum und Zeit abhanden gekommen, daß sie nicht merkte, wie ihr die Schale innerhalb von Crebs Wohnkreis einfach aus den Händen fiel. Ein Geschmack lag in ihrem Mund nach uraltem, wildem Wald; nach glitschigem, feuchtem Lehm, muffig faulendem Holz, himmelhochaufragenden, großblättrigen Bäumen, die regennaß tropften, riesigen, fleischigen Pilzen. Die Wände der Höhle weiteten sich, schwangen hoch und zurück, schwanden in immer weitere Fernen. Ayla fühlte sich wie ein Käfer, der mühsam auf dem Boden dahinkroch. Winzige Dinge sprangen ihr überscharf ins Auge. Ihr Blick folgte ängstlich den Kratern eines Fußabdrucks, gewahrte jeden kleinen Kieselstein, der sich lösen konnte und ihr den Kopf zerschmettern. Aus den Augenwinkeln erhaschte sie eine Spinne, die an einem Faden emporkletterte, der im Schein eines Kienspans rötlich glänzte.

Das Licht bannte sie. Sie starrte in die flackernde, tanzende Flamme und sah den schwarzen Rauch, der in Kringeln zur dunklen Decke emporstieg. Sie trat näher an den Lichtstock heran, sah wieder einen und folgte dem winkenden Flammenfinger. Doch als sie ihn erreichte, lockte schon der nächste und dann wieder einer und dann wieder. Immer tiefer wurde sie in die Höhle hineingezogen. Es fiel ihr nicht auf, als die Flammenfinger den kleineren Flämmchen von Steinlampen wichen, die weit auseinanderlagen, und sie wurde nicht bemerkt, als sie an einer großen Grotte vorübertappte, in der die Männer tief in sich versunken hockten. Keiner spürte ihre Gegenwart, als sie an der kleineren Grotte vorüberkam, wo die älteren Jungen, geführt von den Gehilfen der Zaubermänner in gleiche Versenkung geglitten waren wie die erwachsenen Männer.

Mit einer Zielstrebigkeit, von der nichts sie abbringen konnte, wanderte Ayla von einem kleinen Flämmchen zum nächsten. Die Lichter führten sie durch Stollen, Gänge, kleine Grotten, Felsnischen und Höhlen. Sie stolperte auf dem holprigen Boden und suchte Halt an der feuchten Felswand, die sich drehte. Und wieder gelangte sie in einen Gang. Am anderen Ende leuchtete rosiges Licht. Endlos war er und wollte kein Ende nehmen; weiter und weiter führte er sie. Häufig schien ihr, als sähe sie sich selbst aus großer Ferne, wie sie durch den lichtertrüben Gang wankte. Ihr Geist wurde in immer weitere Fernen gezogen, in ein tiefes, schwarzes Nichts, doch sie hatte Angst vor der unermeßlichen Weite des Nichts und kämpfte hart, ihm zu entkommen.

Endlich kam sie dem hinteren Lichtschein nahe und erblickte mehrere Gestalten, die in einem Kreis beieinander hockten. Ganz tief aus ihrem Hirn drang eine Mahnung zur Vorsicht zu ihr, und Ayla hielt an, ohne der letzten lockenden Flamme zu achten, und verbarg sich hinter einer steinernen Säule.

Es waren die Mog-urs, zehn an der Zahl, die in ihrer Grotte zusammensaßen und sich tief versenkt hatten in den Ursprung ihres Seins. Sie hatten die Feier eröffnet, die alle Männer aller Clans einigte, doch es dann aber den Gehilfen überlassen, sie fortzuführen, und hatten sich allein in den heiligsten Bereich zurückgezogen, um jene Feier abzuhalten, die nur für sie bestimmt war.

Jeder der Männer, sein Bärenfell um den Körper, hockte hinter dem Schädel eines Höhlenbären. Und auch aus den Nischen in den Felswänden blickten Bärenschädel auf den magischen Kreis herunter. In der Mitte befand sich etwas Behaartes, das Ayla auf den ersten Blick nicht recht erkannte. Doch als sie dann sah, was es war, gerann ihr das Blut in den Adern, und um ihre Kehle legte sich ein steinerner Ring: In der Mitte lag Gorns vom Rumpf getrenntes Haupt.

Starr vor Entsetzen sah sie zu, wie der Mog-ur von Norgs Clan nach dem Kopf griff, ihn umdrehte und mit einem Stein die große Öffnung erweiterte und das schwabbelige rosiggraue Hirn des Jägers bloßlegte. Mit gewaltigen Gebärden besprach der Zauberer den Kopf, griff dann in die Öffnung und zog ein Stück des Hirns heraus, hielt es in der Hand, während der nächste Mog-ur den Arm nach dem Kopf ausstreckte. Und jeder der Zauberer griff in den toten Kopf hinein und holte sich seinen Teil vom Gehirn des Mannes heraus, den der Höhlenbär zerbrochen hatte.

Ein wirbelnder Schwindel trieb Ayla an den Rand der tiefsten Leere. Sie schluckte und würgte und klammerte sich verzweifelt an den Rand des Abgrunds, auf dessen unterstem Boden das Nichts lag, doch als sie sehen mußte, wie die großen heiligen Männer der Clans die Hände zum Mund führten und Gorns Hirn verzehrten, ließ Ayla los.

Stumme Schreie stießen aus ihr hervor, die sie selbst nicht hören konnte. Sie konnte nicht sehen, und sie konnte nicht fühlen, aber sie wußte es. Sie war nicht in einen alles auslöschenden Schlaf gesunken. Das Nichts war voller Grauen in seiner öden, schwarzen Leere. Angst packte sie. Wie rasend kämpfte sie darum zurückzukehren, schrie lautlos um Hilfe und fiel nur noch tiefer hinunter. Schneller und schneller stürzte sie in eine tiefe, schwarze Unendlichkeit.

Doch plötzlich ließ die rasende Fahrt nach. Sie spürte ein Prikkeln in ihrem Hirn, in ihrem Geist und eine Kraft, die sie langsam zurückholte, heraus aus dem Abgrund der Unendlichkeit. Sie nahm Gefühle wahr, die ihr fremd waren, Gefühle, die nicht zu ihr gehörten. Am stärksten war die Liebe, doch sie war vermischt mit einem tiefen Zorn und großer Furcht; und dann spürte sie die Wißbegierde. Und hell entsetzt gewahrte sie, daß der Große Mog-ur mitten in ihrem Kopf saß. Mit ihrem Denken fühlte sie seine Gedanken; mit ihren Gefühlen empfand sie sein Gefühl. Seine Anwesenheit in ihr hatte etwas Körperliches, als wenn er sie berührte.

Der Große Mog-ur konnte nämlich nicht nur die Erinnerung teilen und beherrschen, er konnte die Verbindung aufrechterhalten, während sich die anderen im Geist vom Vergangenen in das Gegenwärtige bewegten. Den Männern seines Clans war eine reichere, erfülltere geistige Gemeinschaft vergönnt als allen anderen. Doch mit den geistmächtigen Mog-urs konnte er sich übersinnlich verbinden, schon von Anfang an. Durch Creb, den Großen Mog-ur, fanden sich alle Zauberer in einer Vereinigung zusammen, die weit enger und weit erfüllender war als jede körperliche: es war die geistige Berührung.

Ayla konnte nicht wissen, daß durch die Schädigung des Gehirns, die der Krüppel bei seiner Geburt erlitten hatte, nur seine körperlichen Fähigkeiten beeinträchtigt waren, der Sitz der Geisteskräfte aber heil geblieben war. Doch dieser Mann war der letzte seiner Art. In ihm hatte der Weg, die die Natur dem Clan bestimmt hatte, ein Ende gefunden. Weiter konnte er ohne einen artverändernden Umschwung nicht führen. Doch wie das mächtige Geschöpf, das sie verehrten, und viele andere Wesen, die in ihrer Umwelt lebten, waren die Erdlinge nicht gemacht, Veränderungen zu überleben.

Jene Erdlingsart, die für ihre Schwachen und Kranken sorgte, ihre Toten begrub und ein mächtiges Totem verehrte, diese Erdlinge mit dem gewaltigen Hirn, die nur clanmäßig leben konnten und sich in Hunderten von tausend Jahren fast nicht weiterentwickelt hatten, waren geboren und dazu bestimmt, damit jenen Weg zu gehen, den auch das wollhaarige Mammut und der mächtige Höhlenbär nehmen mußten. Sie wußten es nicht, doch ihre Tage waren gezählt. Sie waren dem Aussterben nahe. Und in Creb hatten sie das Ende des Wegs erreicht.

Ayla spürte so etwas wie den rauschhaften Puls eines fremden Blutstroms, der ihren eigenen überdröhnte. Der mächtige Geist des großen Zauberers erforschte die verschlungenen Bahnen ihres fremden Geistes auf der Suche nach Gemeinsamem. Er fand Pfade der Ähnlichkeit; und dort, wo es keine gab, suchte er nach anderen Möglichkeiten der Verklammerung und stellte Verbindungen her, wo nur schattenhafte Anlage vorhanden war.

Mit bestürzender Klarheit begriff Ayla plötzlich, daß Creb es gewesen war, der sie aus dem Nichts geholt hatte; aber mehr noch – er verhinderte, daß die anderen Mog-urs, die ebenfalls mit ihm verbunden waren, ihre Anwesenheit spürten. Sie konnte nur undeutlich seine Verbindung mit ihnen wahrnehmen, nicht aber sie selbst. Auch sie spürten, daß er Verbindung mit jemand – oder etwas – anderem aufgenommen hatte, aber niemals hätten sie sich vorstellen können, daß es Ayla war.

Und sowie sie jetzt erfaßte, daß der Große Mog-ur sie vor dem Schlimmsten gerettet hatte und immer noch schützte, so erspürte sie jetzt die tiefe Ehrfurcht, mit der die Mog-urs jene Handlung vollbracht hatten, über die sie selbst so entsetzt gewesen war. Sie hatten sich vereinigt. Die Mog-urs hatten den Mut und die Tapferkeit des jungen Mannes, der nun an der Seite des Geistes des Höhlenbären wandelte, in sich aufgenommen. Und da sie die Mog-urs waren, mit einem besonderen Geist ausgestattet, konnten sie diesen Mut und diese Tapferkeit an alle weitergeben, die zum Groß-Clan gehörten. Nicht nur an jene Clans, die sich zum Miething hier eingefunden hatten, sondern auch an jene, die in weiten Fernen waren, zu fern, um an diesem Treffen teilnehmen zu können.

Hier lag der Ursprung von Crebs Zorn und Furcht. Dem uralten Überlieferten zufolge durften nur Männer an den heiligen Feiern des Groß-Clans teilhaben. Wurde eine Frau Zeugin einer solchen Feier, und sei es nur einer kleinen, so bedeutete dieses den Untergang für den Clan. Doch heute hielt man keine kleine Feier ab. Dies hier war eine Feier von hoher Bedeutung für alle Clans. Und Ayla war eine Frau. Und sie war dabei.

Und sie war noch nicht einmal eine Frau des Groß-Clans. Das wußte der Mog-ur jetzt mit Sicherheit. Von dem Augenblick an, als er ihrer gewahr geworden war, wußte er, daß sie nicht zum Groß-Clan gehörte. Ebenso blitzartig hatte er die Folgen ihres Hierseins erfaßt, aber da war es schon zu spät gewesen. Dies, was daraus folgte, war nicht mehr abzuwenden; und auch das wußte er. Doch ihre Verfehlung war so schwer, daß Creb nicht wußte, was er mit ihr tun sollte; selbst ein Todesfluch war dem nicht angemessen. Doch ehe er einen Entschluß faßte, wollte er mehr von ihr wissen und durch sie mehr über die Fremdlinge erfahren.

Es überraschte ihn, daß er ihren Hilfeschrei wahrnahm. Die Fremdlinge waren anders, aber es mußte auch Ähnlichkeiten geben. Er meinte, es um des Clans willen wissen zu müssen, und er besaß einen Wissensdurst, der größer war als bei den anderen seiner Art. Immer hatte sie seine Neugier gereizt; er wollte wissen, wodurch sie anders war. Also beschloß er, einen Versuch zu wagen.

Und nun führte der mächtige heilige Mann sie alle zurück zu ihren Anfängen – die neun Männer, deren Geist dem seinen gleich war und die ihm bereitwillig folgten, und – getrennt von ihnen – die junge Frau, deren Geist dem seinen zwar ähnlich war, aber doch auch anders.

Und wieder schmeckte Ayla den wilden urtümlichen Wald, spürte, wie es auf der Zunge und auf der Haut und in der Nase anders wurde, warm und pelzig. Ihr war das nicht so klar wie den anderen – ihr war dies alles neu, dieses Gefühl, in der Morgenröte des Lebens zu stehen. Ihre Erinnerungen daran waren unbewußt und verschwommen. Doch die Anfänge waren die gleichen, spürte der Große Mog-ur. Sie fühlte das Einssein ihrer eigenen Körperteilchen und spürte es, als sie sich in den warmen, nährenden Wassern teilten und auseinanderentwickelten. Sie wuchsen und teilten sich und wandelten sich, und Bewegung bekam Sinn. Wieder eine Wandlung, und sachte pulsendes Leben erhärtete sich, gab Form und Gestalt.

Wieder eine Wandlung, und sie erfuhr den Schmerz des ersten Atemzugs in einem neuen luftigen Element. Und noch eine Wandlung, und sie fühlte saftige, lehmige Erde und sah das Grün junger Bäume und gewaltige Ungeheuer, vor denen man sich vergraben mußte. Und dann wandelte sie sich selbst in Hitze und Trockenheit und Dürre, die sie zurücktrieben an den Rand des Wassers, bis zu den Spuren eines fehlenden Glieds, das sich im Wasser verlor, das ihre Gestalt vergrößerte und ihr ihren Pelz nahm und ihren Umriß veränderte und Verwandte zurückließ, die zu einer früheren Form zurückkehrten, aber dennoch Luft atmeten und mit Milch gesäugt wurden.

Und dann ging sie aufrecht auf zwei hinteren Beinen, und die vorderen konnte sie als Werkzeug gebrauchen, und ihre Augen sahen einen ferneren Horizont, und in ihrem Kopf bildete das Hirn sich weiter aus. Sie war dabei, sich vom Mog-ur zu trennen, schlug einen anderen Weg ein; und doch liefen die Pfade nicht so weit auseinander, als daß er dem ihren nicht mit dem seinen, der beinahe gleichlaufend führte, auf der Spur bleiben konnte. Jetzt brach er die Verbindung mit den anderen Erdlingen ab. Sie konnten ihren Weg auch ohne ihn fortsetzen.

Nur diese beiden blieben verbunden, der alte Zauberer, der zum Groß-Clan gehörte, und die junge Frau, die eine von den Fremdlingen war. Creb führte jetzt nicht mehr, doch er folgte ihrer Spur, und sie folgte der seinen. Sie sah, wie warmes Land von Eis überzogen wurde, von einem Eis, das noch dicker und kälter war als das Eis ihrer eigenen Zeit. Es war ein Land, das weit, weit entfernt war, tief im Gebiet nach Sonnenuntergang, nicht fern von den weiten Wassern, die unendlich viel größer waren als das Wasser, das ihr Halbinselland umschloß.

Sie sah eine Höhle, die Bleibe eines Ahn-Elters des Großen Mog-urs, eines Vorfahren also, der aussah wie er. Es war ein nebelhaftes Bild, über die Kluft hinweg erspäht, die ihre Arten voneinander trennte. Die Höhle befand sich in einer steilen Wand, zu deren Füßen ein Fluß rauschte und eine weite Ebene sich dehnte. Hoch oben auf dem Fels erhob sich deutlich sichtbar eine Felsnadel; eine lange, leicht abgeflachte Säule, die über den Abgrund geneigt war, als wäre sie im Umsturz erstarrt. Der Stein war von einem anderen Ort, aus anderem Gestein als der Fels. Tobende Wasser und die sich immer weiter umschichtende Erde hatten ihn dort auf den Fels gepflanzt, in dem die Höhle sich befand. Das Bild verschwamm, doch die Erinnerung blieb bei ihr.

Einen Herzschlag lang fühlte sie überwältigenden Schmerz. Dann war sie allein. Der Mog-ur konnte ihr nicht mehr folgen. Sie fand ihren eigenen Weg zurück zu sich selbst und dann ein wenig weiter, noch über sich selbst hinaus. Flüchtig erhaschte sie noch einmal einen Blick auf die Höhle, dann folgten rasch aufeinander verwirrende Bilder von Landschaften, die nicht das Vielfältige der Natur darstellten, sondern Starrheit oder Gleichmaß. Hohe, kantige Gebilde aus gegossenem Stein ragten aus der Erde auf, und lange, gleichmäßig geschnittene Bänder durchzogen das Land, auf denen glänzend bunte Tiere mit großer Schnelligkeit dahinjagten. Riesige Donnervögel schwebten ohne Flügelschlag unter dem Himmel. Dann neue Bilder, so befremdlich, daß sie Ayla nicht erfassen konnte. In ihrem hastigen Bemühen, das Gegenwärtige zu erreichen, schoß sie doch etwas über ihre Vorstellung hinaus und glitt in eine Zeit hinein, wo vielleicht doch noch eine neue Wandlung gekommen wäre. Dann aber war ihr Geist klar, und sie spähte hinter einer Säule hervor auf die zehn Männer, die im Kreis in einer Grotte hockten.

Der Große Mog-ur blickte sie an, und sie sah in seinem tiefbraunen Auge den Schmerz wieder, den sie empfunden hatte. Er hatte neue Wege in ihren Geist geschlagen, Wege, die es ihr erlaubt hatten vorauszublicken; doch in seinen eigenen Geist konnte er keine neuen Wege schlagen. Und während sie über das Jetzt hinausgeblickt hatte, war ihm nur eine Ahnung des Zukünftigen gekommen, einer Zukunft, die ihr gehören würde, aber nicht ihm. Und das ließ ihn erzittern vor Furcht.

Gegenständliches denken konnte Creb nur in höchst beschränktem Maße. Und mit großer Anstrengung gelang es ihm, bis knapp über zwanzig zu zählen. Die Fähigkeit vorauszublikken, war ihm nicht gegeben. Sein Geist, das spürte er, war weit machtvoller als der ihre. Doch seine Möglichkeit, ihn zu gebrauchen, war von anderer Art. Er konnte in seine und Aylas Anfänge zurückkehren. Er konnte sich klarer und weiter erinnern als jeder andere des Groß-Clans. Er selbst konnte sie in die Erinnerung zwingen. Doch in ihr spürte er die Lebenskraft einer neuen Art, die sich entwickelt hatte.

»Geh!« Ayla fuhr zusammen bei dem scharfen Befehl, bestürzt, daß er so laut gesprochen hatte. Dann sah sie, daß er gar nicht gesprochen hatte. Sie hatte den Befehl gespürt, nicht gehört. »Geh fort aus der Höhle! Schnell! Geh jetzt!«

Wie gehetzt sprang sie aus ihrem Versteck und rannte den Gang hinunter. Einige der kleinen Flammen in den Steinlampen waren erloschen, andere flackerten nur noch schwach. Kein Laut kam aus den Grotten, wo die Männer und die Jungen jetzt schliefen. Sie kam zu den Fackeln und stürzte aus der Höhle hinaus.

Es war finster, aber der erste schwache Schimmer des neuen Tages zeigte sich. Aylas Geist war klarer. Nichts Berauschendes war mehr in ihr. Doch sie war bis ins Innerste erschöpft. Sie sah die Frauen, die schlaff und ausgeleert auf dem Boden lagen, und legte sich neben Uba nieder. Sie war immer noch nackt, aber sie empfand die Morgenkühle so wenig wie die anderen nackten schlafenden Frauen.

Als der Große Mog-ur, der ihr müden Schrittes gefolgt war, die Öffnung der Höhle erreichte, lag sie schon in tiefem traumlosem Schlaf. Creb humpelte zu ihr hin und blickte hinunter auf ihr zerzaustes sonnenhelles Haar, und eine schwere Last senkte sich auf sein Herz. Er hätte sie nicht gehen lassen sollen. Er hätte sie vor die Männer bringen und sie auf der Stelle töten sollen. Doch was hätte das geholfen? Das Unglück, das durch ihre Anwesenheit bei der Feier heraufbeschworen worden war, hätte damit nicht abgewendet werden können. Was hätte es geholfen, sie zu töten? Ayla war nur eine ihrer Art, und diese war es, an der sein Herz hing.

24

Goov trat aus der Höhle, blinzelte in die Morgensonne, rieb sich die Augen und streckte sich. Er sah den Großen Mog-ur, der zusammengesunken auf einem Baumstumpf hockte und zur Erde starrte. So viele Lampen und Fackeln sind erloschen, dachte er, daß einer sich in der Finsternis da drinnen verirren könnte. Ich will den Mog-ur fragen, ob ich die Lampen füllen und neue Fackeln aufstellen soll und ging auf den Zauberer zu. Jäh hielt er an, als er das eingefallene Gesicht des alten Mannes sah und die Trostlosigkeit spürte, die in dessen Haltung lag. Ich will ihn nicht stören, dachte er. Ich gehe einfach und tue es.

Der Mog-ur spürte die Last der langen Tage, dachte Goov, als er mit einer Blase voll Bärenfett, frischen Dochten und neuen Fackeln in die Höhle eilte. Immer wieder übersehe ich, wie betagt er ist. Die lange Wanderung hierher hat ihn müde gemacht, und die Feiern zehren an seinen Kräften. Und noch liegt der lange Heimweg vor uns. Seltsam, ging es dem jungen Gehilfen durch den Kopf, als alten Mann habe ich ihn mir nie vorgestellt.

Einige andere Männer kamen aus der Höhle, rieben sich die Augen und schauten auf die nackten Frauen, die noch schlafend auf der Erde lagen. Die ersten erwachten, rannten fort und holten ihre Überwürfe und weckten dann die anderen.

»Ayla!« rief Uba und schüttelte die junge Frau. »Ayla! Aufwachen!«

»Mpff«, murmelte Ayla und wälzte sich auf die andere Seite.

»Ayla! Ayla!« rief Uba wieder und schüttelte sie fester. »Ebra, ich kann sie nicht wach bekommen.«

»Ayla«, sagte die andere Frau lauter und schüttelte Ayla grob.

Ayla schlug die Augen auf, versuchte mit wirren Gesten eine Antwort zu geben, schloß die Augen wieder und rollte sich fest zusammen.

»Ayla! Ayla!« rief Ebra wieder.

Noch einmal öffnete die junge Frau die Augen.

»Geh in die Höhle und schlaf dich aus, Ayla. Hier kannst du nicht bleiben. Die Männer werden wach«, befahl Ebra mit bestimmter Gebärde.

Die junge Frau torkelte zur Höhle. Gleich darauf kam sie zurück, hellwach jetzt, aber mit kreidebleichem Gesicht.

»Was ist?« fragte Uba mit erschreckter Gebärde. »Du siehst aus, als wäre dir ein Geist begegnet.«

»Uba! Ach Uba! Die Schale.« Ayla warf sich zu Boden und schlug die Hände vors Gesicht.

»Die Schale? Was für eine Schale, Ayla? Ich verstehe nicht.«

»Sie ist zersprungen«, bedeutete Ayla mit verzweifelter Geste.

»Zersprungen?« fragte Ebra. »Wie kommt es, daß eine zersprungene Schale dich so traurig macht? Du kannst eine neue fertigen.«

»Nein. Keine wie diese. Es ist Izas Schale. Die Schale, die sie von ihrer Mutter bekommen hat.«

»Mutter Schale? Mutters heilige Schale?« fragte Uba mit entsetzten Gebärden.

Das trockene, spröde Holz hatte nach so langer Zeit ständigen Gebrauchs alle Spannkraft verloren. Ein feiner Riß, der unter der weißen Schicht in ihrem Inneren verborgen geblieben war, hatte sich gebildet. Und als Ayla in der Nacht die Schale auf den Steinboden der Höhle hatte fallen lassen, war sie in zwei Teile zersprungen.

Ayla gewahrte nicht, daß Creb aufblickte, als sie aus der Höhle rannte. Als er sah, daß die heilige Schale zersprungen war, schien ihm das wie ein unheilvolles Zeichen des Verhängnisses. Es paßt, dachte er. Nie wieder wird die Zauberkraft dieser Wurzeln Anwendung finden. Nie wieder werde ich die Kraft dieser Wurzeln bei einer Feier gebrauchen, und ich werde Goov nicht lehren, wie sie früher angewendet wurde. Die Clans werden sie vergessen. Schwer stützte sich der alte Krüppel auf seinen Stab und zog sich hoch, geplagt von grimmigen Schmerzen in den Gliedern. Lange genug habe ich in kalten Höhlen gesessen. Es ist an der Zeit, daß Goov mich ablöst. Vielleicht wird er bald bereit sein müssen. Wer weiß, wie lange ich noch lebe?

Brun spürte, daß sich der alte Zauberer tief gewandelt hatte. Er glaubte, des Mog-urs Niedergeschlagenheit rühre von der Aufregung der vergangenen Nacht, zumal dies ja sein letztes Miething sein würde. Dennoch war Brun beklommen zumute, wenn er den langen Marsch zurück zur heimischen Höhle vor sich sah. Wie würde Creb ihn überstehen? Er war gewiß, daß der alte Mann sie zwingen würde, langsamer zu gehen. Brun beschloß, seine Männer noch auf eine letzte Jagd zu führen, um dann das frische Fleisch gegen haltbarere Nahrung aus den Vorräten von Norgs Clan einzutauschen; sie würde ihnen auf dem langen Weg zur Höhle reichen.

Nach der erfolgreichen Jagd hatte es Brun eilig aufzubrechen. Einige Clans waren bereits abgezogen. Nun, da die Festlichkeiten vorüber waren, kehrten seine Gedanken zur heimischen Höhle und den Erdlingen zurück, die dort warteten. Doch der Clan-Führer war guter Dinge. Niemals war seine Stellung stärker erschüttert gewesen; das machte den Sieg um so kostbarer. Er war zufrieden mit sich, zufrieden mit seinem Clan, zufrieden mit Ayla. Sie war eine gute Medizinfrau, und er hatte es gespürt. Wenn das Leben eines Menschen in Gefahr war, dann sah sie nichts anderes mehr, genau wie Iza. Brun wußte, daß der Mog-ur seine ganze Macht eingesetzt hatte, die anderen Zauberer zu überzeugen; Ayla selbst jedoch hatte es bewiesen, als sie das Leben des jungen Jägers gerettet hatte.

Der Mog-ur machte niemals eine Andeutung über Aylas heimlichen Besuch in der Grotte weit in der Tiefe des Berges. Nur einmal ließ es sich nicht vermeiden: Ayla packte. Am folgenden Morgen wollten sie aufbrechen. Creb humpelte herein. Er war ihr aus dem Weg gegangen, und das schmerzte die junge Frau, die sehr an ihm hing. Er hielt an, als er sie sah, und wollte sich zum Gehen wenden. Doch sie hinderte ihn daran, lief zu ihm hin und hockte sich ihm zu Füßen. Er blickte auf ihren gesenkten Kopf, stieß einen Seufzer aus und klopfte ihr auf die Schulter. Ayla hob den Kopf und war entsetzt, als sie sah, wie sehr Creb in den letzten Tagen verfallen war. Die Narbe und der Hautlappen, der seine leere Augenhöhle bedeckte, waren runzlig geworden und das Gesicht unter den schweren Brauenwülsten fast eingefallen. Der graue Bart hing ihm schlaff herunter, und die niedrige Stirn wirkte noch länger unter dem schütteren Haar. Und es war tiefer Schmerz, der sein einst leuchtend braunes Auge verdunkelte, der sie mitten ins Herz traf. Was hatte sie ihm nur angetan? Oh, wäre sie doch nie bei den Mog-urs gewesen, wünschte sie sich. Die Qual, die sie darob um Creb durchmachte, wenn sie sah, wie sein Körper von Schmerzen gepeinigt wurde, war nichts im Vergleich mit der Qual, die ihr der Schmerz in des Mog-urs Herz machte.

»Was ist, Ayla?« fragte er kurz.

»Mog-ur, ich ... ich ...« Sie geriet ins Stocken und sprach mit hastigen Händen weiter. »Ach, Creb, ich kann es nicht ertragen, dich so voller Schmerz zu sehen. Was kann ich tun? Ich will zu Brun gehen, wenn du es wünschst. Ich will alles tun, was du mir befiehlst. Nur sag mir, was ich tun soll.«

Was kannst du denn tun, kleine Ayla? dachte er. Kannst du etwas daran ändern, daß du so bist, wie du bist? Kannst du den Schaden, den du angerichtet hast, ungeschehen machen? Die Leute des Clans werden untergehen, nur du und die Leute deiner Art werden bleiben. Wir sind eine uralte Art. Wir haben uns an Brauch und an das Überlieferte gehalten, wir haben die Geister und den Großen Höhlenbären geehrt, aber für uns ist es vorbei. Das Ende ist da. Vielleicht hat es so sein sollen. Vielleicht warst nicht du es, Ayla, sondern die Leute deiner Art. Bist du uns darum gebracht worden, es mich wissen zu lassen? Die Erde, die wir zurücklassen, ist vielfältig, grausam und schön; sie hat uns alles gegeben, was wir brauchten. Und jetzt nimmt sie uns zu sich.

Creb schaute zu Ayla herab.

»Es gibt nur eins, was du tun kannst, Ayla«, gab der Mog-ur mit langsamer Geste zurück, und sein Auge wurde kalt. »Du darfst nie wieder davon sprechen.«

Hochaufgerichtet stand er auf seinem gesunden Bein und mühte sich, seinen Körper nicht allzusehr auf den Stock zu stützen. Dann wandte er sich mit steifer Würde von Ayla ab und hinkte aus der Höhle.

»Broud!«

Der junge Mann ging hinüber zu dem anderen Erdling, der ihn gegrüßt hatte. Die Frauen von Bruns Clan beeilten sich, den Morgenverzehr zu bereiten. Sobald alle gegessen hatten, wollten sie aufbrechen. Die Männer nutzten die Gelegenheit, noch einen letzten Gruß mit den Leuten zu tauschen, die sie nun so lange nicht wiedersehen würden. Manche von ihnen würden sie überhaupt nicht wiedersehen.

»Du hast gut gekämpft diesmal, Broud, und beim nächsten Treffen wirst du Clan-Führer sein.«

»Beim nächsten Miething werdet ihr vielleicht ebenso gut kämpfen«, gab Broud mit freundlicher Gebärde zurück. »Wir hatten das Glück auf unserer Seite.«

»Ja, ihr habt das Glück auf eurer Seite. Euer Clan ist der oberste, euer Mog-ur ist der höchste, selbst eure Medizinfrau steht an erster Stelle. Ja, ihr müßt das Glück auf eurer Seite haben, weil Ayla bei euch ist. Nicht viele Medizinfrauen gibt es, die sich furchtlos einem Höhlenbären entgegenstellen, um einen Jäger zu retten.«

Brouds Miene verdunkelte sich. Dann aber erspähte er Voord und lief zu ihm hinüber.

»Voord!« rief er und machte eine Geste des Grußes. »Du hast gut gekämpft diesmal. Es hat mich gefreut, als du vor Nouz erwählt wurdest. Er war gut, aber du warst besser.«

»Aber du hattest es verdient, als erster erwählt zu werden, Broud. Dein ganzer Clan verdient den ersten Platz. Selbst eure Medizinfrau ist die beste, auch wenn ich zu Anfang Zweifel verspürte. Sie wird dir eine gute Medizinfrau sein, wenn du Clan-Führer bist. Ich wünsche nur, sie wächst nicht noch höher. Mir wird seltsam zumute, wenn ich zu einer Frau die Augen heben muß.«

»Ja, die Frau ist zu hoch gewachsen«, gab Broud mit steifer Gebärde zurück.

»Aber so schlimm ist das nicht, wenn sie eine gute Medizinfrau ist.«

Broud brachte nur mit Mühe etwas Bejahendes zustande. Dann entbot er noch einen Gruß und ging davon.

Ayla, Ayla, immer nur Ayla, ich habe genug von dieser Ayla, dachte er, während er über den freien Platz schritt.

»Broud«, rief ein Erdling, der ihm entgegenkam. »Ich wollte vor eurem Aufbruch noch mit dir sprechen«, bedeutete der Mann. »In meinem Clan ist eine Frau mit einem Mädchen, das mißgestaltet ist wie der Sohn eurer Medizinfrau. Ich habe bei Brun angefragt, und er hat sich bereit gezeigt, sie aufzunehmen, aber er wünschte, daß ich auch dich frage. Du wirst wohl bald der Clan-Führer sein. Die Mutter hat gelobt, ihre Tochter zu einer guten Frau zu erziehen, die es würdig ist, dem ersten Clan anzugehören und die Gefährtin des Sohnes der Medizinfrau zu werden. Hast du Einwendungen, Broud?«

»Nein«, entgegnete Broud mit kurzer unwirscher Geste und machte auf der Ferse kehrt. Wäre er nicht so wütend gewesen, so hätte er vielleicht Einwendungen erhoben. Aber er hatte keine Lust, sich auf ein neuerliches Lobgerede über Ayla einzulassen.

Als er zur Höhle stampfte, sah er zwei Frauen in eifriger Unterhaltung. Er wußte, er hätte wegblicken sollen, doch er hielt die Augen weiter geradeaus gerichtet und tat so, als sähe er die beiden nicht.

». . . Ich wollte meinen Augen nicht trauen. Sie eine Frau des Clans? Und als ich ihr Kind sah . . . Aber wie sie so furchtlos an den Höhlenbärenverhau herangetreten ist? Gerade so, als hätte sie zu Norgs Clan gehört. Sie zeigte keine Furcht. Ich hätte das nicht gewagt.«

»Ich habe eine Weile mit ihr beisammen gesessen. Sie beträgt sich ohne Fehl. Nur einen Gefährten wird sie wohl niemals finden. Sie ist so hoch gewachsen. Kein Mann will eine Gefährtin, zu der er die Augen heben muß. Auch wenn sie eine Medizinfrau von höchstem Ansehen ist.«

»Einer der Clans hat sie im Auge, aber es war keine Zeit zur Beratung. Sie wollen einen Läufer schicken, wenn sie sich entschieden haben, sie aufzunehmen.«

»Aber leben sie nicht in einer neuen Höhle? Ayla hat sie gefunden. Sie ist groß . . . «

Broud stampfte an den beiden Frauen vorüber und mußte sich sehr beherrschen, die beiden Nichtstuerinnen nicht zu schelten. Doch sie gehörten nicht zu Bruns Clan, und es war nicht ratsam, Frauen eines anderen Clans zurechtzuweisen, ohne vorher die Erlaubnis ihrer Gefährten oder des Clan-Führers eingeholt zu haben.

»Unsere Medizinfrau hat mich wissen lassen, daß sie hohes Geschick besitzt«, bedeutete Norg gerade, als Broud in die Höhle trat.

»Sie ist Izas Tochter«, gab Brun zurück. »Und Iza hat ihr gute Unterweisung gegeben.«

»Es ist ein Jammer, daß Iza nicht kommen konnte. Sie ist krank, ja?«

»Ja, und darum will ich schnell fort. Wir haben einen langen Weg vor uns. Dies war eines der besten Miethings. Es wird lange in uns lebendig bleiben«, bedeutete Brun.

Broud wandte den Männern den Rücken zu. Ayla, Ayla, Ayla. Alles dreht sich hier um Ayla. Als hätte keiner außer ihr auf diesem Miething etwas getan. War sie denn Ersterwählter? Wer stand hoch oben auf dem Kopf des Bären, während sie sicher und geschützt auf der Erde weilte? Ist es so eine große Tat, daß sie dem Jäger das Leben rettete? Er wird wohl nie wieder laufen können. Sie ist häßlich, und sie ist zu hoch gewachsen, und ihr Sohn ist eine Mißgeburt, und die Leute hier sollten wissen, wie aufsässig sie daheim ist.

Gerade in diesem Augenblick lief Ayla mit mehreren Bündeln vorüber. Brouds Blick sprühte so brennenden Haß, daß sie zusammenzuckte. Was habe ich getan? schoß es ihr durch den Kopf. Seit wir hier sind, habe ich Broud kaum zu Gesicht bekommen.

Broud war ein ausgewachsener, kräftig gebauter Mann, doch die Bedrohung, die von ihm ausging, war schlimmer, als von ihm geschlagen zu werden. Er war der Sohn der Gefährtin des Clan-Führers; dazu bestimmt, selbst eines Tages ein solcher zu werden. Ähnliches ging ihm durch den Sinn, während er zusah, wie Ayla ihre Bündel vor der Höhle niederlegte.

Nach dem Verzehr packten die Frauen flink die wenigen Geräte, die sie noch gebraucht hatten, zusammen. Brun hatte es eilig aufzubrechen. Ayla tauschte noch einige Grüße mit den anderen Medizinfrauen und Norgs Gefährtin, dann hüllte sie ihren Sohn in das Tragfell und hastete an ihren Platz an der Spitze der Frauengruppe von Bruns Clan. Brun gab das Zeichen, und schon zogen sie über den großen freien Platz vor der Höhle davon. Vor der ersten Wegbiegung hielt Brun an, und sie alle wandten sich noch einmal zur Höhle zurück. Norg und sein ganzer Clan standen auf dem großen Vorplatz.

»Möge der Geist des Großen Höhlenbären euch begleiten«, wünschte Norg.

Brun gab den Gruß zurück, und dann nahm man den Heimweg unter die Füße.

Es kam so, wie Brun vorausgesehen hatte – der Heimweg wurde Creb beschwerlich. Nicht mehr beschwingt von Vorfreude, niedergedrückt von dem dumpfen düsteren Wissen, das er für sich alleine behielt, verlangte jeder Humpelschritt dem alten Mann Mühe und Anstrengung ab. Bruns Unbehagen vertiefte sich; niemals hatte er den alten Zauberer so mutlos gesehen. Häufig blieb dieser zurück, so daß Brun einen Jäger ausschicken mußte, ihn zu suchen, während der Zug wartete. Der Clan-Führer schlug eine gemächlichere Gangart ein, weil er hoffte, das würde es Creb leichter machen. Doch der war wie ausgebrannt. Den wenigen abendlichen Feiern, die auf Bruns Betreiben abgehalten wurden, fehlte die Kraft. Der Mog-ur wirkte widerwillig, seine Gesten schienen steif, als wäre er mit dem Herzen nicht dabei. Auch fiel es Brun auf, daß Creb und Ayla auf Abstand hielten, und wenn auch Ayla keine Mühe hatte, das Tempo mitzuhalten, so hatte doch ihr Schritt seine federnde Leichtigkeit verloren. Irgend etwas ist zwischen den beiden, mutmaßte er.

Seit der Mitte des Vormittags waren sie durch hohes dichtstehendes Gras gelaufen. Brun warf einen Blick nach rückwärts. Creb war nirgends zu sehen. Er wollte einen der Männer ein Zeichen geben, doch dann hatte er einen Einfall. Er lief nach hinten zu Ayla.

»Kehr um und such den Mog-ur«, bedeutete er ihr.

Sie sah ihn erstaunt an, dann bejahte sie mit kurzer Geste seinen Befehl. Sie gab Durc an Uba weiter und eilte den schmalen Graspfad zurück. Weit hinten entdeckte sie Creb. Langsam, schwer auf seinen Stock gestützt, humpelte er heran mit schmerzverzerrtem Gesicht. Ayla wußte, daß schier unerträgliche Schmerzen ihn seit Tagen peinigten, doch jedes ihrer Angebote, ihm zu helfen, hatte er abgelehnt. Nach den ersten Zurückweisungen hielt sie sich zurück, doch das Herz blutete ihr um ihn. Creb blieb stehen, als er sie sah.

»Was willst du?« fragte er barsch.

»Brun hat mich geschickt.«

Creb knurrte nur und setzte sich wieder in Bewegung. Ayla blieb hinter ihm. Sie beobachtete seine mühsamen, schmerzgehemmten Bewegungen, bis sie es nicht mehr ertragen konnte. Sie lief an ihm vorbei und ließ sich ihm zu Füßen fallen, so daß er anhalten mußte. Lange Zeit blickte Creb starr auf die junge Frau hinunter, ehe er ihr einen leichten Schlag auf die Schulter gab.

»Will der Mog-ur mich nicht wissen lassen, warum er zürnt?«

»Ich zürne nicht, Ayla.«

»Warum erlaubst du mir dann nicht, dir zu helfen?« fragte sie mit flehenden Händen. »Nie zuvor hast du es mir verweigert.« Ayla bemühte sich, ihre Fassung zu bewahren. »Ich bin eine Medizinfrau. Ich habe gelernt, jenen zu helfen, die Schmerzen leiden. Zu helfen ist meine Aufgabe. Es schmerzt mich, den Mog-ur leiden zu sehen . . . Ach, Creb, erlaube mir, daß ich dir helfe. Spürst du nicht, daß mein Herz dir gehört? Du bist für mich wie der Gefährte meiner Mutter. Du hast mir Nahrung und Schutz gegeben, du bist für mich eingetreten, dir verdanke ich mein Leben. Es ist mir verborgen, warum du mich aus deinem Herzen verstoßen hast. Aber ich habe dich nicht verstoßen. Mein Herz gehört immer noch dir.«

Tränen hoffnungsloser Verzweiflung strömten ihr über das Gesicht.

Wie kommt es, daß ihre Augen sich immer mit Wasser füllen, wenn sie glaubt, daß ich ihr mein Herz verschlossen habe? Und wie kommt es, daß ich beim Anblick ihrer schwachen Augen immer das Verlangen spüre, etwas für sie zu tun? Haben alle, die zu den Fremdlingen gehören, diese Schwäche? Es ist richtig, nie zuvor habe ich mich gegen ihre Hilfe gestemmt. Warum sollte es jetzt anders sein? Sie gehörte nicht zum Clan, auch wenn die anderen sie als Clan-Glied aufgenommen haben. Sie wurde den Fremdlingen geboren, und sie wird bis ans Ende ihrer Tage zu ihnen gehören. Sie weiß es selbst nicht. Sie glaubt, sie ist eine Frau des Clans, und sie glaubt, daß sie eine Medizinfrau ist. O ja, sie ist eine Medizinfrau. Mag sein, daß sie nicht von Izas Stamm ist, aber sie ist eine Medizinfrau, und sie hat sich geplagt, eine Frau des Clans zu werden, so schwierig es für sie auch manchmal war. Wie schwer mag es ihr wohl geworden sein? Viele Male haben sich ihre Augen mit Wasser gefüllt, aber wie viele Male hat sie darum gekämpft, das Wasser zurückzudrängen? Immer wenn sie glaubt, daß mein Herz sich ihr verschlossen hat, kann sie es nicht zurückhalten. Kann sie das so heftig schmerzen? Würde mir das Herz weh tun, wenn ich wüßte, sie hätte sich von mir abgewandt? O ja, es würde weh tun. Wenn sie die gleiche Wärme in ihrem Herzen spürt wie ich, kann sie dann so anders sein?

Creb bemühte sich, sie als Fremde zu sehen, als eine Frau, die zu den Fremdlingen gehörte. Aber sie blieb Ayla, das Kind der Gefährtin, die er niemals gehabt hatte.

»Machen wir schnell, Ayla. Brun wartet. Trockne dir die Augen. Wenn wir rasten, bereitest du mir einen Weidenrindentrank, Medizinfrau«, bedeutete er ihr.

Ein Lächeln huschte über ihr Gesicht. Ayla sprang auf und nahm wieder ihren Platz hinter ihm ein. Nach einigen Schritten lief sie an seine verkrüppelte Seite. Er blieb kurz stehen, neigte dann den Kopf und stützte sich auf sie.

Brun merkte sogleich die Veränderung zum Guten und begann mit dem Geschwindschritt. Dennoch kamen sie bei weitem nicht so rasch vorwärts, wie er es gerne gehabt hätte. Eine Wolke der Schwermut schien den alten Zauberer einzuhüllen, aber er raffte seine Kraft noch einmal zusammen. Brun war froh, daß er den Einfall gehabt hatte, Ayla zu ihm zu schicken.

Creb ließ sich von Ayla helfen, aber die Kluft, die sich zwischen ihnen aufgetan hatte, konnte er nicht überwinden. Er konnte die Erinnerung an die Unterschiedlichkeit ihrer Bestimmung nicht aus seinem Gedächtnis verbannen. Zwischen ihm und Ayla stand eine Wand, durch die die unbefangene Wärme früherer Tage nicht mehr hindurchdringen konnte.

Die Tage waren noch heiß und stickig, doch die Nächte wurden schon kühl. Beim ersten Anblick der schneebedeckten Gipfel weit gegen Sonnenuntergang erfaßte Hochstimmung die Clan-Leute; als aber die Entfernung sich im Gleichmaß der Tage nicht zu vermindern schien, verfielen sie wieder in müde Gleichgültigkeit. Dennoch nahm die Entfernung natürlich ab, wenn auch kaum merklich. Allmählich gaben die blauen Tiefen von Spalten und Klüften den Gletschern festere Form, und die verwischten violetten Schatten unter den eisglitzernden Spitzen nahmen Gestalt an. Felsvorsprünge, Schluchten und Grate waren auszumachen.

Sie gingen bis nach Einbruch der Dunkelheit, ehe sie das letzte Mal in den Steppen Rast machten, und alle waren am folgenden Tag schon beim ersten Licht auf den Beinen. Die Steppe verschmolz mit grünem Hügelland, und der Anblick des grasenden Nashorns weckte in ihnen ein Gefühl von Vertrautheit. Ihr Schritt wurde schneller, als sie zu einem Pfad gelangten, der sich durch die Hügel aufwärts wand. Sie umrundeten den vertrauten Grat und sahen ihre Höhle, und ihre Herzen schlugen schneller. Sie waren daheim.

Aba und Zoug rannten ihnen entgegen. Aba hieß ihre Tochter und Droog mit heller Freude willkommen, drückte die älteren Kinder an sich und nahm dann Groob in die Arme. Zoug grüßte Ayla mit freudiger Gebärde, während er zuerst zu Grod und Uka eilte, dann zu Ovra und Goov.

»Wo ist Dorv?« fragten Ikas Hände.

»Er wandelt jetzt in der Welt der Geister«, gab Zoug zurück. »Sein Augenlicht verdunkelte sich immer stärker. Er konnte nicht mehr sehen. Ich glaube, er hat aufgegeben und wollte nicht mehr auf eure Heimkehr warten. Als die Geister ihn riefen, ging er mit ihnen. Wir haben ihn begraben und an der Stelle ein Zeichen gesetzt, damit der Mog-ur ihn finden kann, um die Totenfeier abzuhalten.«

Mit plötzlicher Angst sah Ayla sich um.

»Wo ist Iza?«

»Iza ist sehr krank, Ayla«, bedeutete ihr Aba. »Seit dem letzten neuen Mond hat sie ihr Lager nicht mehr verlassen.«

»Iza! Nein!« schrie Ayla und stürzte schon zur Höhle.

Sie schleuderte ihre Bündel zu Boden, als sie Crebs Wohnkreis erreichte, und lief zu der Frau, die auf ihren Fellen lag.

»Iza! Iza!« rief sie.

Die alte Medizinfrau schlug die Augen auf.

»Ayla!« ihre rauhe Stimme war kaum vernehmbar. »Die Geister haben mir meinen Wunsch erfüllt«, bedeutete sie mit schwacher Gebärde. »Du bist zurück.«

Iza streckte die Arme aus. Ayla umschlang sie und spürte den ausgezehrten, zerbrechlichen Körper. Izas Haar war schneeweiß geworden. Die Haut ihres Gesichts war welk und spröde wie vertrocknetes Laub. Die Wangen waren eingefallen, die Augen lagen tief in den Höhlen. Sie sah aus, als wäre sie tausend Jahre alt. Doch in Wirklichkeit hatten sie gerade den sechsundzwanzigsten Sommer gesehen.

Ayla konnte sie durch den Tränenstrom, der ihr aus den Augen floß, kaum erkennen.

»Warum bin ich mit fortgezogen? Ich hätte hierbleiben und dich pflegen sollen. Ich wußte, daß du krank bist. Warum nur bin ich fortgezogen und habe dich allein gelassen?«

»Nein, nein, Ayla«, wehrte Iza mit ruhiger Gebärde ab. »Du solltest dich nicht quälen. Du kannst nicht ändern, was bestimmt ist. Als du fortzogst, spürte ich, daß ich sterben werde. Du hättest mir nicht helfen können. Nur einmal wollte ich dich noch sehen, ehe ich fortgehe.«

»Du darfst nicht sterben! Ich lasse dich nicht sterben. Ich pflege dich. Ich mache dich heil«, versicherte Ayla mit wilden Gebärden.

»Ayla, Ayla. Es gibt Dinge, die selbst die beste Medizinfrau nicht tun kann.«

Die Anstrengung löste einen schlimmen Husten aus. Ayla hielt Izas Kopf, bis der Anfall sich legte. Sie schob der Frau ihren Pelz unter Kopf und Schultern, so daß sie höher lag und leichter atmen konnte. Dann durchwühlte sie Kräuter und das Feinzerstoßene neben Izas Lager.

»Wo ist der Alant? Ich kann keine Alantwurzel finden.«

»Es ist keine mehr da«, bedeutete Iza schwach. Der Husten hatte sie erschöpft. »Ich habe viel davon genommen und konnte nicht ausziehen, mehr zu suchen. Aba wollte mir welchen bringen, aber sie brachte Sonnenblumen.«

»Ich hätte nicht fortgehen dürfen«, wiederholte Ayla mit klagender Gebärde.

Dann rannte sie aus der Höhle. Am Eingang stieß sie auf Uba, die Durc trug, und auf Creb.

»Iza ist krank«, teilte sie hastig mit. »Und sie hat keinen Alant mehr. Ich hole welchen. In der Feuerstätte brennt kein Feuer, Uba. Ach, warum bin ich fortgezogen? Ich hätte hierbleiben sollen, bei ihr.«

Aylas kummervolles Gesicht, schmutzig vom langen Weg, war von Tränenspuren durchzogen. Sie rannte den Hang hinunter, während Creb und Uba in die Höhle eilten.

Ayla watete durch den Bach und hetzte zu der Wiese, wo die Pflanzen wuchsen. Mit bloßen Händen grub sie die Wurzeln aus und riß sie aus der Erde. Am Bach machte sie halt, wusch die Wurzeln, dann flog sie zur Höhle zurück.

Uba hatte ein Feuer entzündet, aber das Wasser, das sie zum Erhitzen über das Feuer gehängt hatte, war noch lau. Creb stand an Izas Lager und rief mit inbrünstigen Gebärden, in die er sein ganzes Herz hineinlegte, die Geister an, ihre Lebenskraft zu stärken und Iza noch nicht mit fortzunehmen.

Uba hatte Durc auf eine Matte gelegt. Er fing gerade an zu kriechen und zog sich auf allen vieren hoch. Ungelenk krabbelte er zu seiner Mutter, die gerade die Wurzeln in kleine Stücke schnitt. Sie schob ihn weg, als er an ihre Brust wollte. Ayla hatte kein Auge für ihren Sohn, der zu schreien anfing, während sie die Wurzeln in das Wasser gab und ungeduldig darauf wartete, daß es endlich zu kochen anfing.

»Laß mich Durc sehen«, bat Iza. »Er ist ja mächtig gewachsen.«

Uba hob ihn auf und brachte ihn ihrer Mutter. Sie setzte den Kleinen auf Izas Schoß, doch der wollte sich nicht von einer alten Frau hätscheln lassen, an die er sich nicht erinnerte, und wollte wieder herunter.

»Er ist kräftig und heil«, stellte Iza befriedigt fest. »Und er kann seinen Kopf mit Leichtigkeit tragen.«

»Er hat auch schon eine Gefährtin«, berichtete Uba mit eifriger Hand. »Ein kleines Mädchen, das ihm versprochen ist.«

»Eine Gefährtin? Was ist das für ein Clan, der ihm ein Mädchen versprechen wollte? So jung noch und bei seiner Mißgestalt!« erkundigte sich Iza.

Uba berichtete mit ausführlichen Gebärden von dem Zusammentreffen mit der unglückseligen Frau.

»Nach dem nächsten Miething«, bedeutete Uba, »soll das Mädchen hierher kommen, auch wenn es noch keine Frau ist. Ebra hat versprochen, daß sie mit ihr an Bruns Feuer sitzen kann, bis beide so alt sind, daß sie zusammengegeben werden können.«

»Wie ist der Name des Mädchens?«

»Sie heißt Ura«, antwortete Izas Tochter.

»Der Name gefällt mir. Er hat einen guten Klang.«

Iza legte den Kopf nach hinten, um eine Weile sich auszuruhen. »Was ist mit Ayla?« fragte sie dann mit schwacher Hand. »Hat sie einen Gefährten gefunden?«

»Der Clan, in dem Zougs Verwandte leben, hat sie im Auge. Anfangs wollten sie nicht. Aber als Ayla als Medizinfrau angenommen wurde, ließen sie uns wissen, daß sie noch beraten wollen. Mag sein, daß sie Ayla nehmen; aber ich glaube nicht, daß sie Durc haben wollen.«

Iza neigte den Kopf, dann schloß sie die Augen.

Ayla zerstampfte Fleisch, um für Iza Brühe daraus zu kochen. Immer wieder sah sie nach dem Wasser, in dem die Wurzeln kochten, prüfte Farbe und Geschmack. Ihre Geduld wurde auf eine harte Probe gestellt. Durc kroch wimmernd zu ihr herauf, doch wieder schob sie ihn weg.

»Gib ihn mir, Uba«, bedeutete Creb.

Eine Weile beruhigte sich der Kleine, als er auf Crebs Schoß saß. Der lange graue Bart beeindruckte ihn sehr. Doch bald hatte auch das keinen Reiz mehr. Er rieb sich die Augen und strampelte so lange, bis Creb ihn freigab. Sogleich kroch er wieder zu seiner Mutter. Er war müde und hungrig. Ayla stand am Feuer und schien es nicht einmal zu bemerken, als der quengelige Kleine versuchte, sich an ihren Beinen hochzuziehen. Creb stemmte sich hoch, ließ dann seinen Stab fallen und gab Uba zu verstehen, daß sie ihm den Jungen in den Arm legen sollte. Schwer hinkend und ohne seinen Stock schlurfte er zu Brouds Feuerstelle hinüber und legte Durc in Ogas Schoß.

»Durc ist hungrig, und Ayla hat damit zu tun, Medizin für Iza zu machen. Willst du ihn nähren, Oga?«

Oga bejahte und nahm Durc an die Brust. Broud sah mit finsterer Miene zu. Doch ein Blick des Mog-urs ließ ihn seinen Zorn eilig verbergen. Sein Haß gegen Ayla schloß den Mann, der ihr Schutz und Nahrung gab, nicht ein. Broud fürchtete den Mog-ur zu sehr, um ihn zu hassen. Doch sehr früh schon hatte er entdeckt, daß sich der große Zauberer selten in das tägliche Leben des Clans mischte. Niemals hatte der Mog-ur versucht, Broud daran zu hindern, das Mädchen in Zucht zu nehmen, das an seinem Feuer saß. Doch Broud verspürte auch kein Verlangen, sich mit dem Zauberer auf ein offenes Auseinandersetzen einzulassen.

Der alte Mann schlurfte zurück zu seinem Wohnkreis und suchte in den Bündeln, die dort herumlagen, nach der Blase mit dem ausgelassenen Bärenfett, die er mitgebracht hatte. Uba sah ihn und kam schnell hinzu, um ihm zu helfen. Creb nahm die Blase mit dem Bärenfett mit in seine kleine Höhle. Obwohl er spürte, daß es hoffnungslos war, wollte er die ganze Kraft seiner Zauberkunst einsetzen, um Ayla in ihrem Bemühen, Iza am Leben zu halten, beizustehen.

Endlich hatten die Wurzeln lange genug gekocht. Ayla schöpfte einen Becher von dem Sud heraus und wartete jetzt geduldig, bis der Trank abkühlte. Die warme Brühe, die Ayla der alten Medizinfrau eingeflößt hatte, regte deren Lebensgeister ein wenig an! Iza hatte kaum etwas zu sich genommen, seit sie der Husten niedergeworfen hatte. Der Verzehr, den die anderen ihr gebracht hatten, war häufig unberührt geblieben. Es war ein trauriger, einsamer Sommer für Iza gewesen. Die anderen drei Alten hatten sich bemüht, ihr zu helfen und sie zu pflegen, als sie sahen, daß Iza immer schwächer wurde; aber sie hatten keine Ahnung gehabt, wie sie es anfangen sollten.

Iza hatte sich von ihrem Lager erhoben, als Dorvs Ende sich näherte, doch der alte Mann, der älteste des Clans, verfiel rasch, und sie hatte kaum etwas tun können. Sein Tod hatte tiefe Schatten über die noch Lebenden geworfen. Die Höhle schien leer ohne ihn, und alle spürten deutlich, daß auch sie dem Jenseitigen nahe waren. Sein Tod war der erste im Clan seit dem Erdbeben gewesen.

Ayla hockte neben Iza und blies in die Flüssigkeit in dem Beinbecher. Ab und zu kostete sie, um zu prüfen, ob der Trank schon kühl genug war. Alle ihre Sinne waren so fest auf Iza gerichtet, daß sie nicht sah, wie Creb Durc fortbrachte und danach in seine kleine Höhle ging. Sie spürte auch nicht, daß Brun sie beobachtete. Sie vernahm das leise Rasseln von Izas Atem und wußte, daß diese im Sterben lag, aber sie weigerte sich, es zu glauben. Alles, alles würde sie tun, um ihre Mutter am Leben zu erhalten. Die Vorstellung, daß Iza plötzlich nicht mehr da sein würde, war furchtbar.

Wenn auch Uba spürte, wie ernst die Krankheit ihrer Mutter war, so entging ihr doch nicht, daß Brun an Crebs Feuer getreten war. Es war nicht üblich, daß ein Mann die Feuerstätte eines anderen aufsuchte, wenn dieser nicht da war, und Bruns Anwesenheit machte Uba unruhig. Sie huschte davon, um die Bündel aufzuheben, die rings um die Feuerstätte verstreut lagen, und blickte immer wieder von Brun zu Ayla und zu ihrer Mutter. Sie wußte nicht, was sie tun sollte. Keiner beachtete Bruns Besuch, keiner grüßte ihn. Wie sollte sie sich verhalten?

Brun blickte reglos auf die drei Frauen – die alte Medizinfrau, die junge Medizinfrau, die keine Ähnlichkeiten mit den Clan-Leuten aufwies und doch ihre ranghöchste Heilkundige war, und Uba, die Tochter Izas, die eines Tages auch Medizinfrau sein würde. Brun war seiner Schwester stets innig zugeneigt gewesen. Niemals hätte er den Mann gewählt, der ihr zum Gefährten bestimmt worden war; Brun hatte ihn nie gemocht, ein Großtuer, der seinen verkrüppelten Bruder mit Spott verfolgt hatte. Iza hatte keine Wahl gehabt, aber sie hatte ihre Last mit Würde getragen. Sie war eine gute Frau, eine gute Medizinfrau. Sie würde dem Clan sehr fehlen.

Izas Tochter wird erwachsen, ging es ihm durch den Sinn, während er sie betrachtete. Bald wird Uba eine Frau sein. Dann braucht sie einen Gefährten, einen guten Gefährten, der zu ihr paßt. Aber wer ist noch da außer Vorn? Auch Ona brauchte bald einen Gefährten, und mit Vorn kann ich sie nicht zusammengeben, sie sind Geschwister. Sie muß warten, bis Borg ein Mann ist. Wird Borg für Uba ein guter Gefährte sein? Droogs Hand hat ihm gutgetan, und er zeigt sich Uba gern von der besten Seite. Vielleicht ist er von ihr angezogen. Brun beschloß, diese Fragen später noch einmal zu überdenken.

Der Wurzeltrank war abgekühlt. Ayla weckte die alte Frau, die eingeschlafen war. Mit sanfter Hand hielt sie ihr den Kopf, während sie den Becher an Izas Lippen hielt.

Ich glaube nicht, daß du sie diesmal aufhalten kannst, Ayla, dachte Brun, während er die gebrechliche Frau sah. Wie ist sie nur so schnell alt geworden? Sie war die jüngste, jetzt sieht sie älter aus als Creb. Ich weiß noch, wie sie mir meinen gebrochenen Arm richtete. Sie war nicht viel älter als Ayla, als diese Bracs Arm richtete. Aber sie war eine Frau und hatte schon einen Gefährten. Sie hat den Arm gut geheilt. Er hat mich nie geschmerzt, nur in den letzten Tagen hat er ein wenig gezwickt. Auch ich werde alt. Bald werden die Tage der Jagd für mich vorbei sein, und ich werde Broud die Führung übergeben müssen.

Ist er reif dafür? Er ist tapfer. Alle haben mir bedeutet, welch ein Glück mir gegeben ist. Ja, das Glück war auf meiner Seite. Ich fürchtete, der Große Höhlenbär würde ihn erwählen, ihn zu begleiten. Es wäre eine hohe Ehre gewesen, aber es hätte mir schweren Schmerz bereitet. Gorn war ein guter Mann. Das war schwer für Norgs Clan. Es ist immer schwer, wenn der Große Höhlenbär seine Wahl trifft. Der Sohn meiner Gefährtin wandelt noch in dieser Welt. Und er ist furchtlos. Mag sein, daß er allzu furchtlos ist. Wagemut ist gut, aber ein Clan-Führer muß Weitblick haben. Er muß seine Männer im Auge behalten. Er muß dafür sorgen, daß die Jagd gut ist, aber er darf seine Männer nicht leichtsinnig in Gefahr bringen. Vielleicht sollte ich ihn die nächste Jagd anführen lassen. Das wird ihn erfahrener machen. Er muß lernen, daß ein Clan-Führer mehr braucht als Wagemut.

Aber wie kommt es, daß Ayla sein Blut so stark in Wallung bringt? Wie aber kommt es, daß er sich erniedrigt, indem er sich mit ihr auseinandersetzt? Sie mag anders aussehen, aber sie ist eine Frau. Tapfer und mutig für eine Frau und von großer innerer Kraft. Ob Zougs Verwandte sie nehmen werden? Es wäre leer ohne sie, jetzt, da ich mich an sie gewöhnt habe. Und sie ist eine gute Medizinfrau, eine Zierde für jeden Clan. Ich will sehen, daß die anderen sie würdigen. Nicht einmal ihr Sohn, der Sohn, dem sie in die nächste Welt folgen wollte, kann sie von Iza ablenken. Nicht viele gibt es, die einem Höhlenbären entgegentreten würden, um das Leben eines Mannes zu retten. Auch sie kann furchtlos sein, und sie hat gelernt, sich zu bezwingen. Sie hat sich gut betragen, sowie es sich für eine Frau gehört. Alle hatten nur Lob für sie.

»Brun«, rief Iza mit schwacher Stimme. »Uba, bring dem Clan-Führer einen warmen Trunk«, bedeutete sie ihrer Tochter und bemühte sich, aufrechter zu sitzen. Sie war noch immer die Hüterin von Crebs Feuer. »Ayla, bring ein Fell für Brun, damit er sich setzen kann. Es schmerzt mich, daß ich dir nicht selbst dienen kann, Brun.«

»Iza, bleib ruhig. Ich bin nicht gekommen, um mich bedienen zu lassen. Ich wollte nach dir sehen«, erklärte Brun mit beschwichtigenden Gesten, als er sich neben ihrem Lager niederließ.

»Wie lange hast du dort gestanden?« wollte Iza wissen.

»Nicht lange. Ayla hatte zu tun. Ich wollte sie nicht stören und dich auch nicht. Alle haben sie auf dem Miething nach dir gefragt.«

»War es ein gutes Treffen?«

»Unser Clan ist immer noch der erste. Die Jäger haben Mut und Tapferkeit gezeigt. Broud war der Ersterwählte beim Fest des Bären. Auch Ayla hat dem Clan Ehre gemacht. Sie hat viel Lob bekommen.«

»Lob? Wer braucht Lob? Allzuviel Lob weckt den Neid der Geister. Aber es ist gut, daß sie dem Clan Ehre gemacht hat.«

»Das hat sie getan. Sie wurde angenommen. Sie zeigte gutes Betragen. Sie ist deine Tochter, Iza. Wie kann einer da weniger erwarten?«

»Ja, sie ist meine Tochter. So wie Uba meine Tochter ist. Das Glück war mir gut gesinnt. Die Geister gaben mir zwei Töchter, und beide werden gute Medizinfrauen werden. Ayla kann Uba all das lehren, was sie noch nicht weiß.«

»Nein!« unterbrach Ayla mit heftiger Hand. »Du wirst Uba lehren. Du wirst wieder heil. Wir sind wieder da und werden dich pflegen. Du wirst wieder auf die Beine kommen, warte nur. Du mußt gesund werden, Iza.«

»Ayla. Kind. Die Geister erwarten mich. Ich muß mit ihnen gehen. Sie haben mir meinen letzten Wunsch erfüllt. Ich durfte euch noch einmal sehen, bevor ich gehe. Aber ich kann sie nicht länger warten lassen.«

Die heiße Brühe und der Wurzeltrank hatten die letzten Kräfte der Frau aufleben lassen. Ihr Körper entbrannte fieberheiß in einem letzten Versuch, die Krankheit abzuwehren, die die Frau ausgezehrt hatte. Die blitzenden Augen und das Rot, das das Fieber ihr in die Wangen trieb, verliehen ihr ein trügerisches Aussehen von Gesundheit. Doch zugleich ging von Izas Gesicht ein Leuchten aus, das von innen her zu kommen schien. Es war nicht die Glut des Lebens. Es war das, was die Clan-Leute das Geisterleuchten nannten, und Brun hatte es schon bei anderen gesehen. Dies war die emporsteigende Lebenskraft, die sich anschickte, den Körper zu verlassen.

Oga behielt Durc bis spät in den Abend an Brouds Feuerstätte. Lange nachdem die Sonne untergegangen war, brachte sie das schlummernde Kind zurück. Uba legte den Kleinen auf Aylas Fell. Tiefe Bangnis und ein Gefühl der Verlorenheit quälten das junge Mädchen. Sie hatte keinen, an den sie sich wenden konnte. Sie wollte Ayla in ihren verzweifelten Bemühungen, Izas Leben zu retten, nicht stören, und sie wollte ihre Mutter nicht stören. Creb war nur aus seiner Zauberhöhle gekommen, um Izas Körper mit ockerroten Symbolen zu zeichnen. Gleich danach war er wieder verschwunden und ließ sich nicht mehr blicken.

Uba hatte alles ausgepackt und einen Verzehr bereitet, den keiner anrührte. Als sie alles wieder fortgeräumt hatte, hockte sie sich still neben das schlafende Kind und wünschte, sie hätte etwas zu tun. Zwar konnte das die Angst in ihrem Herzen nicht vertreiben, aber es war besser, als untätig dazusitzen und zusehen zu müssen, wie Iza langsam starb. Schließlich legte sie sich auf Aylas Fell und kuschelte sich an das kleine Kind.

Ayla gönnte sich keinen Augenblick Ruhe. Unermüdlich kümmerte sie sich um Iza und versuchte mit allen Mitteln, die ihr einfielen, das Sterben aufzuhalten. Nicht einen Lidschlag lang ließ sie Iza aus den Augen, voller Angst, die Frau könnte ihr entgleiten, wenn sie nicht hinsah. Sie war nicht die einzige, die diese Nacht durchwachte. Nur die kleinen Kinder schliefen. An jeder Feuerstätte in der dunklen Höhle hockten Männer und Frauen reglos da und starrten in die rote Glut oder lagen mit offenen Augen auf ihren Fellen.

Der Himmel draußen war von Wolken verhangen, die die Sterne verhüllten. Die Düsternis der Höhle verschmolz am Eingang mit tiefer Finsternis. In der Stille des frühen Morgens, als noch kein Licht den Himmel erhellte, fuhr Ayla mit einem Ruck aus kurzem Schlaf auf.

»Ayla«, flüsterte Iza heiser.

»Was ist, Iza?« fragte die junge Frau.

Die Augen der Medizinfrau glänzten im Licht des Feuers.

»Ich will dir etwas sagen, ehe ich gehe«, bedeutete Iza und ließ die Hände sinken. Es machte ihr Mühe, sie zu bewegen.

»Laß, Iza. Du sollst ruhen. Bei Sonnenaufgang wirst du kräftiger sein.«

»Nein, Kind. Ich muß es jetzt tun. Bei Sonnenaufgang bin ich nicht mehr hier.«

»Doch, doch! Du mußt bleiben. Du darfst nicht fortgehen«, flehten Aylas Hände.

»Ayla, ich gehe. Du mußt es annehmen. Laß mich es dir danken. Ich bin nicht mehr lange hier.«

Wieder gönnte sich Iza etwas Ruhe, während Ayla in starrer Verzweiflung wartete.

»Ayla, du warst meinem Herzen immer am nächsten. Ich weiß nicht, wie es kommt, aber so ist es. Ich wollte dich bei mir behalten. Ich wollte, daß du beim Clan bleibst. Aber bald werde ich nicht mehr da sein. Creb wird mir folgen, und auch Brun ist betagt. Nach ihm wird Broud der Clan-Führer. Ayla, du kannst nicht bleiben, wenn Broud der Clan-Führer wird. Er wird einen Weg finden, dir Böses zu tun.«

Wieder rasselte Izas Atem. Mit geschlossenen Augen rang sie nach Luft und fuhr fort:

»Ayla, meine Tochter, du seltsames, eigenwilliges Kind. Stets hast du dich bemüht, allen alles recht zu machen. Ich habe dich gelehrt, eine Medizinfrau zu werden, damit du im Clan genug Ansehen genießt, selbst wenn du niemals einen Gefährten finden solltest. Aber du bist eine Frau. Du brauchst einen Gefährten. Einen Mann, der zu dir gehört. Du stammst nicht aus dem Clan, Ayla. Du wurdest den Fremdlingen geboren. Du gehörst zu ihnen. Du mußt fortgehen, Kind, deine eigenen Leute suchen.«

»Fortgehen?« bedeutete Ayla verwirrt. »Wohin soll ich gehen, Iza? Ich kenne die Fremdlinge nicht. Ich weiß nicht, wo ich sie suchen soll.«

»Viele von ihnen leben in den Gebieten im Inneren des Landes, dort wo der Schnee viel länger liegenbleibt als bei uns und wo die warmen Tage von kurzer Dauer sind. Meine Mutter berichtete mir, daß der Mann, den ihre Mutter heilte, von dort gekommen war.« Wieder brach Iza ab, zwang sich dann fortzufahren. »Du kannst hier nicht bleiben, Ayla. Geh fort und suche sie, Kind. Suche deine eigenen Leute. Suche die Fremdlinge! Suche nach deinen eigenen Gefährten!«

Izas Hände fielen plötzlich herunter, und ihre Augen klappten zu. Ihr Atem ging flach. Mit Mühe holte sie noch einmal tief Luft und schlug noch einmal die Augen auf.

»Laß Uba wissen, daß ich ihr nahe bin, Ayla. Aber du warst mein erstes Kind, die Tochter meines Herzens. Du warst mir immer am nächsten.«

Die Hände sanken ihr auf die Brust. Ihr Atem ging in einen Seufzer über und stand still.

»Iza! Iza!« schrie Ayla. »Mutter, geh nicht fort. Laß mich nicht allein. Geh nicht fort.«

Uba erwachte bei Aylas Klagegeschrei und rannte zu ihr.

»Mutter! Nein! Meine Mutter ist von mir gegangen. Meine Mutter ist tot.«

Das junge Mädchen und die junge Frau blickten einander stumm an.

»Sie hat mir aufgetragen, dich wissen zu lassen, daß sie dir immer nahe war, Uba«, bedeutete Ayla.

Ihre Augen waren trocken. Noch immer hatte sie nicht erfaßt, daß Iza tot war. Creb schlurfte herein. Er war aus seiner Höhle gekommen, noch ehe Ayla geschrien hatte. Mit einem tiefen Aufschluchzen streckte Ayla nach beiden die Arme aus und zog sie in verzweifelter Umklammerung an sich.

25

»Oga, willst du Durc wieder nähren?«

Die Geste des Einarmigen war klar, trotz des strampelnden Kindes, das er hielt. Ayla sollte ihn selbst nähren, dachte die junge Frau. Es ist nicht gut für sie, wenn sie dem Kind so lange nicht die Brust gibt. Die Trauer über Izas Tod und die Verwirrung über Aylas Verhalten spiegelten sich deutlich in Crebs Gesicht ab. Sie konnte nicht ablehnen.

»Gewiß«, bedeutete Oga und nahm Durc in ihre Arme.

Creb humpelte zurück in seinen Wohnkreis. Er sah, daß Ayla sich noch immer nicht von der Stelle gerührt hatte, obwohl Ebra und Uka Izas Leiche fortgetragen hatten, um sie für das Begräbnis zu richten. Aylas Haar war zerzaust, ihr Gesicht noch immer verschmutzt vom Staub der langen Wanderung und von Tränen. Sie trug denselben fleckigen Oberwurf, den sie bei der Heimkehr angehabt hatte. Creb hatte ihr ihren Sohn in den Schoß gelegt, als er zu schreien angefangen hatte, doch sie hatte weder Auge noch Ohr für ihn. Eine Frau hätte vielleicht gewußt, daß das Geschrei eines hungrigen Säuglings schließlich selbst den tiefsten Schmerz durchdringen kann. Doch Creb wußte wenig von Müttern und Kindern. Er wußte, daß die Frauen ihre Säuglinge oft einer anderen Mutter zum Nähren gaben, und er konnte das Kind nicht einfach hungern lassen, solange andere Frauen da waren, die ihm Nahrung geben konnten. Er hatte Durc zu Aga und zu Ika gebracht. Doch sie hatten nur noch wenig Milch. Grev hingegen war noch klein, und Oga schien noch immer ausreichend nähren zu können. Deshalb hatte Creb ihr den Kleinen nun schon mehrmals anvertraut. Ayla spürte den Schmerz in ihren harten Brüsten nicht. Der Schmerz in ihrem Herzen war gewaltiger.

Der Mog-ur nahm seinen Stab und hinkte tiefer in die Höhle hinein. Männer und Frauen hatten Steine zusammengetragen und sie in einer ungenutzten Ecke der großen Höhle aufgehäuft. Sie hatten aus dem harten Erdboden eine flache Grube ausgehoben. Iza war eine Medizinfrau von höchstem Rang gewesen. Ihr gebührte ein Grab im Inneren der Höhle. Die Schutzgeister, die über sie wachten, würden so stets in der Nähe des Clans weilen, und sie selbst konnte von ihrem Heim in der anderen Welt nach ihnen schauen. Außerdem wurde damit sichergestellt, daß nicht aasige Tiere die Gebeine verstreuten.

Der Zauberer streute roten Ockerstaub in das Oval der Grube

und heiligte mit stummer Gebärde das Stück Erde, das Iza aufnehmen würde. Dann humpelte er hinüber zu der Stelle, wo Izas Leichnam unter einem weichen Fell lag. Er zog die Decke zurück und enthüllte ihren nackten, grauen Körper. Arme und Beine hatte man ihr abgebogen und mit rotgefärbter Sehne zusammengebunden. Der Zauberer erflehte mit einer kurzen Gebärde den Schutz der Geister, dann ließ er sich neben ihr nieder und rieb die kalte Haut mit einer Salbe aus rotem Ocker und Bärenfett ein. Zusammengekrümmt wie ein ungeborenes Kind und rot wie vom Blut der Geburt würde Iza so, wie sie in diese Welt gekommen war, in die andere Welt hinübergeschickt werden.

Nie zuvor war es ihm schwerer gefallen, diese Aufgabe zu erfüllen. Iza war Creb mehr als eine Schwester gewesen. Sie hatte ihn besser gekannt als jeder andere. Sie wußte von dem Schmerz, den er ohne Klage ertrug, von der Schmäh, die er ob seiner Verkrüppelung ausgestanden hatte. Sie hatte mit ihrem Herzen seine Sanftmut und seine Empfindsamkeit begriffen, und sie war beglückt gewesen, seine Größe zu sehen, seine Macht, seinen Willen, alle Widrigkeiten zu überwinden. Sie hatte für ihn gesorgt und seine Schmerzen gelindert. Mit ihr hatte er die Freuden des Zusammenlebens mit einer Familie erfahren. Obwohl er sie nie auf so vertraute Art berührt hatte wie jetzt, da er ihren kalten Körper salbte, war sie ihm eine echte Gefährtin gewesen. Ihr Tod vernichtete ihn.

Als Creb an sein Feuer zurückkehrte, war sein Gesicht so grau wie Izas toter Körper. Ayla hockte noch immer neben Izas Lager und starrte aus leeren Augen vor sich hin; doch sie rührte sich, als Creb anfing, Izas Sachen durchzusehen.

»Was machst du?« fragte sie, als wollte sie die Dinge schützen, die Iza einmal gehört hatten.

»Ich suche Izas Schalen und Geräte. Das Werkzeug, das sie in diesem Leben gebrauchte, soll mit ihr begraben werden, damit ihr Geist mit ihm in die nächste Welt gehen kann«, erklärte Creb bereitwillig.

»Ich hole es«, bedeutete Ayla und schob Creb zur Seite.

Sie suchte die Holzschalen und Beinbecher zusammen, die Iza benutzt hatte, um ihre Heiltränke zu bereiten und die Mengen abzumessen; sie fand den runden Handstein und die flache Steinplatte, mit denen Iza Körner gemahlen oder zerstoßen hatte; sie holte Izas Eßgerät heraus, einiges Werkzeug, die Medizintasche. Alles legte sie auf Izas Lager. Dann starrte sie auf das armselige Häufchen, das Izas Leben und Arbeit verkörperte.

»Das ist nicht Izas Werkzeug«, erklärte sie mit zorniger Hand, stand auf und lief schnurstracks aus der Höhle.

Creb sah ihr nach und schüttelte den Kopf. Dann sammelte er Izas Gerätschaft zusammen.

Ayla durchwatete den Bach und rannte zu einer Wiese, wo sie mit Iza zusammen gewesen war. Vor einer Gruppe leuchtender Malven auf langen, schlanken Stengeln blieb sie stehen und pflückte einen ganzen Armvoll. Dann sammelte sie die vielblütige Schafgarbe, die Iza für heilende Pflaster und schmerzlindernde Aufgüsse verwendet hatte. Sie lief durch die Wälder und Wiesen und raffte noch mehr von den Pflanzen zusammen, die Iza immer gebraucht hatte, um Kranken und Verletzten zu helfen: weißblättrige Disteln mit runden, blaßgelben Blumen, leuchtend gelbes Goldkraut, Traubenhyazinthen, die von einem so tiefen Blau waren, daß sie beinahe schwarz wirkten.

Sie wählte nur jene Pflanzen aus, die auch schön waren, Blüten von leuchtenden Farben und lieblichem Duft besaßen, und die Tränen rannen ihr wieder über das Gesicht, als sie am Wiesenrain stehenblieb, die Blumen im Arm, und jener Tage gedachte, als sie und Iza hier nebeneinander durch das hohe Gras gestreift waren und Pflanzen gesammelt hatten. Ihre Arme waren so voll, daß sie Mühe hatte, alle Blumen zu tragen. Ein paar Blüten fielen zu Boden, und sie bückte sich, sie aufzuheben und entdeckte die verschlungenen Zweige eines Busches mit kleinen Blüten. Beinahe hätte sie gelächelt bei dem Einfall, der ihr kam.

Sie kramte in einer Falte ihres Oberwurfs, zog ein Flintsteinmesser heraus und schnitt einen Zweig des Gesträuchs ab. In der warmen Sonne eines frühen Herbstes hockte Ayla am Rand der Wiese und wand die Stengel der farbenfrohen Blüten um das Netzwerk von Ästchen, bis der ganze Zweig überwuchert schien von bunten Blüten.

Die Clan-Leute rissen die Augen auf, als Ayla mit ihrem Blumengesteck in die Höhle trat. Ohne anzuhalten ging sie nach hinten und legte den Blumenzweig neben die Tote, die seitlich in der flachen Grube lag, umgeben von einem Kreis von Steinen.

»Das war Izas Werkzeug«, erklärte Ayla mit trotziger Geste.

Der alte Zauberer nickte vor sich hin. Sie hat recht, dachte er, das war Izas Werkzeug. Sie kannte sie alle. Ihr Leben lang arbeitete sie mit ihnen. Es wird sie vielleicht erwärmen, sie in der Welt der Geister bei sich zu haben. Ob dort wohl auch Blumen wachsen? Die Clan-Leute legten Izas Geräte und die Blumen mit ins Grab und schichteten dann Steine über den toten Körper, während der Mog-ur den Geist des Höhlenbären und den Geist von Izas Totem, der Steppenantilope, anrief, daß sie Izas Geist sicher in die nächste Welt geleiteten.

»Warte!« unterbrach ihn Ayla plötzlich mit hastiger Hand. »Ich habe etwas übersehen.«

Sie lief zur Feuerstätte zurück und suchte ihren Medizinbeutel heraus. Vorsichtig entnahm sie ihm die beiden Hälften der alten heiligen Schale. Sie hetzte zurück und legte die Stücke neben Iza in das Grab.

»Sie wird sie vielleicht mit sich nehmen wollen, jetzt, wo sie nicht mehr gebraucht werden kann.«

Der Mog-ur gab sein Zeichen der Zustimmung. So war es richtig. Richtiger als irgendeiner ahnte.

Nachdem der letzte Stein aufgeschichtet war, legten die Frauen Holz auf und um das Steingrab. Mit einer glühenden Kohle vom Höhlenfeuer wurde das Kochfeuer für Izas Leichenmahl entzündet. Die Speisen wurden auf dem Grab gekocht, und das Feuer würde sieben Tage lang brennen. Durch seine Hitze würde alle Feuchtigkeit aus dem Körper der Toten gesogen; er würde austrocknen und völlig geruchlos werden.

Als die Flammen hochschlugen, hob der Mog-ur zu einer letzten Klage an. So gewaltig waren seine Gesten und Gebärden, daß die Clan-Leute tief im Innersten angerührt wurden. Er berichtete den Geistern von der Liebe der Clan-Leute zu ihrer Medizinfrau, die für sie gesorgt hatte, die über sie gewacht und ihnen durch Krankheit und Schmerz hindurchgeholfen hatte. Es waren die althergebrachten Handformeln, mit denen er zu den Geistern sprach, nahezu die gleichen wie bei jedem Begräbnis, wenn auch manche nur bei den Totenfeiern der Männer gebraucht wurden. Doch sie waren nicht einfach leer gedeutet; durch den tiefen Schmerz des heiligen Mannes erhielten sie einen tieferen Sinn.

Trocknen Auges blickte Ayla über die tanzenden Flammen hinweg auf die gemessenen Bewegungen des einarmigen Mannes und spürte die heftige Bewegung seiner Gefühle in ihrem eigenen Herzen. Der Mog-ur drückte ihren Schmerz aus; es war, als wäre er in sie hineingeschlüpft und spräche durch ihr Hirn, fühlte durch ihr Herz. Sie war nicht die einzige, die seinen Schmerz wie ihren eigenen empfand. Ebra begann schrill zu klagen, und die anderen Frauen folgten ihr. Uba, die Durc in den Armen hielt, spürte, wie ein dünnes Jammern in ihrer Kehle emporstieg, und stimmte in das Klagegetön der anderen mit ein.

Ayla starrte leeren Blicks in die Flammen, zu tief getroffen in ihrem Kummer, um ihm noch Ausdruck geben zu können. Nicht einmal Tränen konnte sie weinen.

Ebra mußte Ayla schließlich kräftig schütteln, ehe diese aus ihrer kummervollen Versunkenheit erwachte. Aus verständnislosen Augen sah sie die Gefährtin des Clan-Führers an.

»Ayla, iß etwas. Das ist der letzte Festverzehr, den wir mit Iza teilen.«

Ayla nahm die Holzplatte mit dem Essen, schob sich ein bißchen Fleisch in den Mund und hätte sich beinahe erbrochen, als sie ihn hinunterwürgen wollte. Hastig sprang sie auf und stürzte aus der Höhle. Blind stolperte sie durch Gebüsch und Gestrüpp. Zunächst führten ihre Füße sie einen vertrauten Pfad entlang zu einer hochgelegenen Wiese und einer kleinen Höhle, die ihr schon oft Zuflucht und Sicherheit geboten hatte. Doch sie bog vom Weg ab, denn seit sie Brun diesen Ort gezeigt hatte, war ihr, als gehörte er ihr nicht mehr, und die Erinnerungen, die er barg, waren allzu schmerzlich. Statt dessen kletterte sie auf die Anhöhe des Felsvorsprungs, der die Höhle des Clans vor den rauhen Winden schützte, die tobend den Berg hinunterrasten, wenn die Tage kürzer wurden und Schnee und Kältnis kamen.

Von Windstößen geschüttelt fiel Ayla oben auf die Knie, und erst hier, allein mit ihrem unsäglichen Kummer, gab sie in jammervoll klagendem Singsang ihrem Schmerz nach, während sie sich unablässig hin und her wiegte. Creb humpelte aus der Höhle, um nach ihr zu sehen, sah dunkel ihre zusammengekauerte Gestalt hoch oben vor den in den Glanz der untergehenden Sonne eingetauchten Wolken und hörte das dünne, ferne Klagelied. So tief sein eigener Schmerz war, es war ihm unbegreiflich, daß sie in ihrem Elend den Trost der Erdlingsgemeinschaft zurückwies und sich statt dessen in sich selbst zurückzog. Sein sonst so scharfes Einfühlungsvermögen war stumpf vom eigenen Gram. Er spürte nicht, daß sie an mehr litt als an Kummer allein.

Schuldgefühle peinigten Ayla. Sie machte sich Izas Tod zum Vorwurf. Sie hatte die kranke Frau alleingelassen, um mit dem Clan fortzuziehen. Sie war eine Medizinfrau, die eine Kranke, eine Frau, an der ihr Herz hing, in einer Zeit der Not im Stich gelassen hatte. Sie fühlte sich schuldig an der schweren Krankheit, die Iza sich geholt hatte, als sie im strömenden Regen durch die Wälder gegangen war, um jene wundersame Wurzel zu suchen, die Ayla das Kind erhalten sollte, das sie sich so brennend wünschte. Sie fühlte sich schuldig für den Schmerz, den sie Creb zugefügt hatte, als sie den lockenden Lichtern tief in die Höhle von Norgs Clan gefolgt war.

Ayla war in eine tiefe Niedergeschlagenheit gesunken, aus der Iza ihr hätte heraushelfen können, wenn sie da gewesen wäre. Ayla, die Medizinfrau, für die Schmerz zu lindern und Leben zu erhalten oberstes Gebot war, hatte zum ersten Mal erlebt, daß ein Kranker, den sie pflegte, ihr unter den Händen gestorben war. Als die Dunkelheit kam, kehrte sie in die Höhle zurück.

Rastlos wälzte sich Ayla auf ihrem Lager und konnte keinen Schlaf finden. Sie merkte nicht einmal, daß es der Schmerz ihrer aufgeschwollenen Brüste war und das Fieber, das in ihr raste, die sie wachhielten. Zu tief hatte sie sich nach innen gekehrt, einzig ihren Gram und ihre Schuld vor Augen.

Sie war schon fort, als Creb erwachte, wieder zum Felsen hinaufgestiegen. Creb konnte sie aus der Ferne sehen und behielt sie voller Sorge und Beunruhigung im Auge. Daß sie schwach war und Fieber hatte, konnte er nicht sehen.

»Soll ich sie holen?« fragte Brun, ebenso bestürzt wie Creb über Aylas Verhalten.

»Mir scheint, sie will allein sein. Vielleicht sollten wir sie lassen«, gab Creb zurück.

Unruhe quälte ihn, als er sie nicht mehr sah, und als sie bei Sonnenuntergang noch nicht zurückgekehrt war, bat er Brun, nach ihr Ausschau zu halten. Er bereute es tief, daß er Brun nicht früher hatte ausziehen lassen, als er sah, wie der Clan-Führer sie auf seinen Armen zur Höhle zurückbrachte.

Uba und Ebra pflegten die Medizinfrau. Ihr Körper brannte bald im Fieber, bald schlotterte er vor Frost. Laut schrie sie auf, wenn jemand ihre Brüste nur leicht berührte.

»Ihre Milch wird versiegen«, bedeutete Ebra dem jungen Mädchen. »Auch Durc kann da jetzt nicht mehr helfen. Es ist zu spät.«

»Aber Durc ist noch so klein. Er kann noch nicht entwöhnt werden. Was geschieht mit ihm? Was geschieht mit Ayla?«

Es wäre vielleicht nicht zu spät gewesen, wenn Iza noch am Leben oder Ayla bei Bewußtsein gewesen wäre. Selbst Uba hatte eine Ahnung davon, daß es Mittel gab, die geholfen, Tränke, die gewirkt hätten; aber sie war jung und unsicher, und Ebra war so bestimmt. Als das Fieber endlich abklang, hatte

Ayla keine Milch mehr. Sie konnte ihren eigenen Sohn nicht mehr nähren.

»Ich nehme diesen Mißgeburtigen nicht an mein Feuer, Oga! Er wird nicht der Bruder meiner Söhne!«

Broud war hochrot vor Zorn und schüttelte die Fäuste. Oga hockte zusammengeduckt zu seinen Füßen.

»Broud! Er ist klein. Er muß gesäugt werden. Aga und Ika haben nicht mehr genug Milch. Es wäre nichts geholfen, wenn sie ihn bei sich aufnähmen. Ich habe genug. Ich habe immer zu viel Milch. Wenn er nicht genährt wird, verhungert er. Dann muß er sterben.«

»Soll er doch sterben. Es hätte ihm gar nicht gestattet werden dürfen zu leben. An dieses Feuer kommt er nicht.«

Oga starrte den Mann an, der ihr Gefährte war. Sie hatte nicht geglaubt, daß er sich weigern würde, Aylas Kind aufzunehmen. Sie hatte sich zwar gedacht, daß er schimpfen und wüten würde; aber sie war sicher gewesen, daß er am Ende doch bereit wäre nachzugeben. So grausam konnte man doch nicht sein! Er konnte es doch ein kleines Kind nicht entgelten lassen, wenn er dessen Mutter haßte!

»Broud, Ayla hat Bracs Leben gerettet. Wie kannst du ihren Sohn sterben lassen?«

»Hat sie nicht genug dafür bekommen, daß sie sein Leben bewahrt hat? Ihr wurde das Leben geschenkt. Sie bekam sogar die Erlaubnis zu jagen. Ich schulde ihr nichts.«

»Nein, das Leben wurde ihr nicht geschenkt. Sie wurde zum Tode verflucht. Sie kehrte aus der Welt der Geister zurück, weil ihr Totem es wünschte, weil es sie schützte«, erwiderte Oga mit heftiger Gebärde.

»Wäre der richtige Fluch über sie verhängt worden, so wäre sie nicht wieder zurückgekehrt und hätte diesen Mißgeburtigen nie zur Welt gebracht. Wenn ihr Totem so mächtig ist, wie kommt es dann, daß ihre Milch versiegt? Alle fürchteten, daß ihrem Kind Unheil drohen würde. Gibt es schlimmeres Unheil, als die Milch der leiblichen Mutter entbehren zu müssen? Und nun willst du diesen Unglückswurm an dieses Feuer bringen? Das erlaube ich nicht, Oga. Nicht an dieses Feuer! Schluß, aus!«

Oga straffte den Rücken und blickte mit ruhiger Entschlossenheit zu Broud auf.

»Nein, Broud, nicht Schluß, aus«, bedeutete Oga. Sie hatte keine Angst mehr. Ungläubige Bestürzung breitete sich auf Brouds Gesicht aus. »Du kannst es ablehnen, Durc an deinem

Feuer aufzunehmen; das ist dein Recht. Dagegen kann ich nichts tun. Aber du kannst mir nicht verbieten, ihn zu nähren. Das ist das Recht der Frauen. Eine Frau kann jeden Säugling nähren, und kein Mann kann es ihr verbieten. Ayla hat meinem Sohn das Leben bewahrt. Ich werde den ihren nicht sterben lassen. Durc wird meinen Söhnen ein Bruder sein, ob es dir recht ist oder nicht.«

Broud war wie vor den Kopf geschlagen. Nie zuvor hatte sich Oga aufsässig oder ungehorsam gezeigt. Er wollte seinen Augen kaum trauen. Seine Bestürzung wandelte sich in Wut.

»Wie kannst du es wagen, mir die Stirn zu bieten, Frau. Ich werde dich von diesem Feuer verstoßen«, tobte er mit wilden Gebärden.

»Dann nehme ich meine Söhne und gehe, Broud. Ich werde einen anderen Mann bitten, mich aufzunehmen. Mag sein, daß der Mog-ur mir gestatten wird, an seinem Feuer zu leben, wenn kein anderer Mann mich haben will. Aber ich werde Aylas Kind nähren.«

Broud erwiderte mit einem harten Faustschlag, der sie zu Boden streckte. Voll unbändiger Wut wollte er sich erneut auf sie stürzen, dann aber machte er mit einem Ruck kehrt. Kochend vor Zorn stampfte er zu Bruns Feuerstätte hinüber.

»Erst führte sie Iza den Weg des Ungehorsams, nun reißt sie auch meine Gefährtin mit«, begann Broud mit erregter Gebärde, sobald er in Bruns Wohnkreis getreten war. »Ich habe Oga wissen lassen, daß ich Aylas Sohn nicht aufnehme. Diese Mißgeburt soll nicht Bruder meiner Söhne werden. Soll ich dir sagen, was sie mir entgegnet hat? Sie will ihn dennoch nähren. Ich könnte sie nicht daran hindern. Er würde ihrer Söhne Bruder werden, ob es mir recht sei oder nicht. Kannst du das glauben? Von Oga? Meiner Gefährtin?«

»Es ist so, wie sie dir bedeutet hat, Broud«, erwiderte Brun mit beherrschter Ruhe. »Du kannst sie nicht daran hindern, ihn zu nähren. Welches Kind eine Frau säugt, ist nicht Männersache, war niemals Männersache. Ein Mann muß sich um wichtigere Dinge kümmern.«

Brun war gar nicht erfreut über Brouds wilden Ausbruch. Es machte Broud klein, daß er sich von Dingen, die reine Frauensachen waren, so in Hitze bringen ließ. Und welche andere Frau hätte Durc nähren können? Der Kleine gehörte zum Clan, und die Clan-Leute sorgten für die Ihren. Selbst die Frau, die früher von einem anderen Clan gekommen war und niemals ein Kind hervorgebracht hatte, war nach dem Tod ihres Gefährten nicht dem Hunger ausgesetzt worden. Sie mochte eine Last gewesen sein, aber solange der Clan zu essen hatte, wurde auch ihr Nährendes gegeben.

Broud konnte es ablehnen, Durc an seinem Feuer aufzunehmen. Denn damit hätte er sich verpflichtet, ihn zu nähren und ihn auf den Mannesstand vorzubereiten. Brun hatte erwartet, daß Broud dazu nicht bereit sein würde. Denn jeder wußte, welche Gefühle er Ayla und ihrem Sohn entgegenbrachte. Aber warum stemmte er sich dagegen, daß seine Gefährtin den Jungen säugte? Sie gehörten doch alle einem Clan an.

»Du meinst also, daß Oga sich mir gegenüber Ungehorsam ohne Bestrafung erlauben darf?« wütete Broud.

»Was erhitzt du dich so, Broud? Willst du, daß das Kind stirbt?« fragte Brun. Broud errötete bei der scharfen Frage. »Er gehört zum Clan, Broud. Sein Kopf ist mißgestaltet, aber sein Geist scheint heil. Er wird zu einem Jäger heranwachsen. Und dies ist sein Clan. Selbst eine Gefährtin ist schon gefunden für ihn. Du hast dein Einverständnis kundgetan. Wie kommt es, daß dein Blut zu sieden anfängt, nur weil deine Gefährtin das Kind einer anderen Frau zu nähren bereit ist? Ist es noch immer Ayla, die dir den klaren Blick verwehrt? Du bist ein Mann, Broud. Was immer auch du ihr befiehlst, sie muß gehorchen. Und sie gehorcht dir ja auch. Warum trittst du mit einer Frau in Wettstreit? Du machst dich klein und schwach. Oder täusche ich mich? Bist du auch wirklich ein Mann, Broud? Bist du Manns genug, diesen Clan zu führen?«

»Ich will einfach nicht, daß eine Mißgeburt der Bruder meiner Söhne wird«, wich Broud aus. Die Drohung, die Bruns letzte Gesten bargen, war ihm nicht entgangen.

»Broud, gibt es einen Jäger, der nicht das Leben eines anderen gerettet hätte? Gibt es einen Mann, der nicht einen Teil des Geistes aller Männer in sich trägt? Gibt es einen Mann, der nicht Bruder aller Brüder ist? Was macht es, ob Durc schon jetzt der Bruder deiner Söhne wird oder später, wenn sie alle groß geworden sind? Was hast du denn für Einwände?«

Darauf hatte Broud keine Erwiderung, die für den Clan-Führer annehmbar gewesen wäre. Seinen alles verzehrenden Haß gegen Ayla konnte er nicht offenlegen. Damit hätte er gezeigt, daß er seine Gefühle immer noch nicht in der Gewalt hatte; damit hätte er gezeigt, daß er nicht Manns genug war, eines Tages doch Clan-Führer zu werden. Er bereute es, zu Brun gekommen zu sein. Ich hätte es eigentlich wissen müssen, dachte er. Er hat sich immer auf ihre Seite gestellt. So stolz war er auf mich nach den Kampfspielen beim Miething. Und nun zweifelt er wieder an mir – das habe ich wieder Ayla zu verdanken.

»Nun, es ist mir gleich, ob Oga ihn nährt«, erklärte Broud mit kurzer Geste. »Aber ich will ihn nicht an meinem Feuer haben.« In diesem Punkt würde er nicht nachgeben. »Du magst glauben, daß sein Geist heil ist, Brun. Ich bin nicht so sicher. Ich will nicht die Last auf mich nehmen, ihn auf den Mannesstand vorzubereiten. Ich bezweifle, daß je ein Jäger aus ihm werden wird.«

»Wie du willst, Broud. Ich habe mich verpflichtet, ihn unter meinen Schutz zu nehmen. Ich habe diese Entscheidung schon getroffen, ehe ich ihn annahm. Aber ich habe ihn angenommen. Durc ist ein Glied dieses Clans und wird ein Jäger werden. Dafür werde ich sorgen.«

Broud wollte zu seinem Wohnkreis zurückkehren, doch da gewahrte er Creb, der Durc wieder zu Oga brachte. Er kehrte um und rannte aus der Höhle. Erst als er wußte, daß Brun ihn nicht mehr sehen konnte, ließ er seiner Wut freien Lauf. Alles kommt von diesem alten Krüppel, schoß es ihm durch den Kopf, und sogleich bemühte er sich, diesen Gedanken aus seinem Hirn zu löschen, weil er Angst hatte, irgendwie könnte der Zauberer wittern, was er dachte.

Broud fürchtete die Geister, mehr vielleicht als jeder andere Mann des Clans, und er fürchtete jene, die in so vertrauter Beziehung zu ihnen standen. Was konnte auch ein Jäger ausrichten gegen eine Schar körperloser Wesen, die Unheil und Krankheit und Tod säen konnten? Was konnte einer gegen einen Mann ausrichten, der die Macht besaß, diese Wesen jederzeit herbeizurufen? Auf dem Miething hatten die jungen Männer manche Nacht damit zugebracht, sich gegenseitig Angst zu machen mit Geschichten von erzürnten Mog-urs, die Schrecken und Unheil auf ihre Clan-Leute herabbeschworen hatten. Geschichten von Speeren, die sich im Kampf mit einem wilden Tier im letzten Augenblick verzogen hatten und abgeglitten waren, von schrecklichen Krankheiten, die Schmerz und Leid brachten, Geschichten von Jägern, die von gehörnten Tieren aufgespießt oder von reißenden Tieren zerfleischt worden waren. All diese Schrecklichkeiten wurden wütenden Mog-urs zur Last gelegt. Und der Große Mog-ur, Creb, war der mächtigste Zauberer von allen.

Obwohl es eine Zeit gegeben hatte, da der junge Mann den

Zauberer mehr mit Spott denn mit Ehrfurcht betrachtet hatte, empfand er jetzt eine tiefe Furcht vor diesem Mann mit dem mißgestalteten Körper und dem schrecklichen Gesicht. Broud hatte vor den jungen Männern der anderen Clans damit geprahlt, daß er den Großen Mog-ur nicht fürchtete. Doch all die wilden Geschichten, die im Schein des Feuers dargeboten worden waren, hatten ihre Wirkung hinterlassen. Die Ehrfurcht aller Clans vor dem alten Hinkemann, der nicht jagen konnte, hatte auch Brouds Furcht vor seiner Macht wachsen lassen.

Wenn er in Tagträumen in jene Zeit hineinwanderte, wo er Clan-Führer sein würde, sah er stets Goov als seinen Mog-ur. Goov war ihm als beinahe Gleichaltriger und als Jagdgefährte zu vertraut, als daß er ihn im gleichen düsteren Licht hätte sehen können wie den alten Zauberer. Er war sicher, daß es ihm gelingen würde, ihn mit Schmeicheln oder auch Drohen dazu zu bewegen, daß er sich seinen Entscheidungen anschloß. Bei dem alten Großen Mog-ur hätte er einen solchen Versuch niemals gewagt.

Als Broud durch die Wälder, die um die Höhle lagen, streifte, faßte er einen felsenharten Entschluß. Niemals wieder würde er dem Clan-Führer Anlaß geben, an ihm zu zweifeln. Niemals wieder würde er die Stellung als Clan-Führer, die ihm bestimmt war, in Gefahr bringen. Aber wenn ich der Clan-Führer bin, dann werde ich bestimmen, dachte er. Sie hat Brun gegen mich aufgehetzt, sogar Oga, meine Gefährtin. Aber wenn ich Clan-Führer bin, dann soll Brun sich ruhig auf ihre Seite stellen. Er kann sie dann nicht mehr beschützen. Alles, was sie mir angetan hat, werde ich ihr zurückgeben. Es wird ein Tag kommen, an dem sie wünschen wird, diesem Clan niemals begegnet zu sein. Und der Tag kommt bald.

Broud war nicht der einzige, der dem alten Krüppel grollte. Creb war von tiefem Groll erfüllt gegen sich selbst. Er gab sich die Schuld daran, daß Ayla nicht mehr nähren konnte. Daß es seine ängstliche Sorge um sie gewesen war, die dieses Unglück herbeigeführt hatte, änderte nichts. Er hatte keine Ahnung gehabt, daß die Milch einer Mutter vertrocknete, wenn sie ihr Kind nicht säugte. Nun wußte er es, aber es war zu spät.

Wie hatte ihr nur dieses schreckliche Unglück widerfahren können? Kam es daher, daß der Strahl des Unheils auf ihrem Kind lag? Creb suchte nach Gründen, und während er tief in seinem von Schuld gequälten Herzen kramte, begann er, an sich selbst zu zweifeln. Bewegte ihn wirklich Sorge, oder trieb es ihn, sie zu verletzen, so wie sie ihn verletzt hatte, ohne es gewahr zu werden? War er seines großen Totems würdig? Hatte der Große Mog-ur sich herabgelassen zu so niedriger Rache? Wenn einer wie er dem Groß-Clan als höchster heiliger Mann galt, dann verdiente der Clan vielleicht wirklich den Untergang. Crebs Wissen, daß seine Art aussterben würde, sein Schmerz über Izas Tod und seine Schuld an dem Kummer, den er Ayla gebracht hatte, überschwemmten ihn mit großer Schwermut.

Ayla gab Creb keine Schuld; die gab sie sich selbst. Zusehen zu müssen, wie andere Frauen ihren Sohn säugten, ging über ihre Kräfte. Oga, Aga und Ika waren zu ihr gekommen, um sie wissen zu lassen, daß sie Durc nähren würden, und sie war dankbar dafür, meist aber war es Uba, die Durc zu einer der Frauen hinübertrug und blieb, bis er satt war. Ayla schien es, als wäre sie durch die Weigerung ihrer Brüste von einem Teil des Lebens ihres Sohnes ausgeschlossen. Sie trauerte immer noch um Iza und konnte auch bei Creb keinen Trost finden. Er hatte sich so tief in sich selbst zurückgezogen, daß sie ihn nicht erreichen konnte. Doch jeden Abend, wenn sie mit Durc im Arm auf ihrem Lager sich ausstreckte, war sie Broud dankbar, weil er sich geweigert hatte, ihren Sohn an seinem Feuer aufzunehmen, der ihr dadurch nicht ganz verlorenging.

Als die Tage merklich kühler wurden, griff Ayla wieder zu ihrer Schleuder. Sie bot ihr den Vorwand, allein umherzustreifen. Im letzten Sommer hatte sie so selten gejagt, daß sie ein wenig ungelenk geworden war; doch mit etwas Übung kamen Handfertigkeit und Zielgefühl schnell wieder. An den meisten Tagen zog sie schon in aller Frühe los und kehrte erst spät zurück. Durc ließ sie dann in Ubas Händen. Mit Bedauern dachte sie daran, daß bald schon der erste Schnee fallen würde. Sich zu bewegen tat ihr gut, aber es zeigte sich eine Schwierigkeit. Seit sie zur Frau geworden war, hatte sie kaum gejagt. Nun aber störten sie die vollen Brüste, wenn sie rannte und sprang. Und nach Art der Männer, die einen Lendenschurz um ihr Geschlecht gebunden hatten, schnürte sie sich einfach einen breiten Streifen weicher Haut um die Brüste, der sie hielt und schützte, und so konnte sie sich frei bewegen. Die Seitenblicke der anderen Frauen beachtete sie nicht.

Wenn auch das Schleudern ihren Körper kräftigte und ihren Geist beschäftigte, solange sie draußen in den Wäldern war, trug sie dennoch ihre Last an Kummer und Schmerz. Uba schien es, als hätte sich Crebs Feuerstätte verfinstert. Creb und Ayla waren wie von düsteren Wolken undurchdringlicher Traurigkeit umhüllt. Nur Durc brachte ein wenig Licht in das Dunkel. Mit seiner Freundlichkeit konnte er selbst Creb aus seinem Trübsinn reißen.

Ayla war früh ausgezogen, und Uba war hinten in der Höhle, wo sie etwas suchte. Oga hatte soeben Durc zurückgebracht, und Creb hatte ein Auge auf den Kleinen, der satt war und zufrieden, aber noch nicht schläfrig. Auf allen vieren kroch er zu dem alten Mann hin und zog sich auf wackligen Beinchen an ihm hoch.

»Bald wirst du laufen können«, bedeutete ihm Creb. »Noch vor der Schneeschmelze wirst du durch diese Höhle springen.«

Der Mog-ur bohrte ihm einen Finger in das runde Bäuchlein, um seinen Gesten Nachdruck zu verleihen. Durcs Mundwinkel verzogen sich, und er gab Töne von sich, die Creb nur noch von Ayla – und das war schon sehr lange hergehört hatte. Durc lachte. Creb stupste noch einmal in den kleinen Bauch, und Durc krümmte sich wieder vor Lachen, verlor das Gleichgewicht und fiel um. Creb half ihm wieder auf die Beine und sah sich nun das Kind mit neuen Augen an.

Durcs Beine waren gebogen, aber längst nicht so stark wie die der anderen kleinen Kinder des Clans; und wenn sie auch stämmig waren, so konnte Creb doch sehen, daß die Knochen länger und dünner waren. Ich glaube, Durcs Beine werden grade werden wie die von Ayla, wenn er größer wird, und er wird einen hohen Wuchs bekommen. Und auch sein Hals, der so dünn und gebrechlich war, ist wie Aylas Hals. Nur sein Kopf ist anders. Die hohe Stirn ist die von Ayla. Creb drehte den Kleinen, um ihn von der Seite zu beäugen. Ja, es ist ihre Stirn, aber die Brauen und die Augen sind die unseren, und auch sein Hinterkopf ist mehr der unsere.

Ayla hatte sich nicht getäuscht. Es ist nicht mißgestaltet. Er ist ein Mischling, eine Mischung aus ihr und dem Clan. Kann es sein, daß es immer so ist? Vermischen sich die Geister? Wird der Keim des Lebens durch ein Gemengsel von männlichen und weiblichen Totemgeistern gelegt? Creb schüttelte den Kopf. Er wußte es nicht, aber es machte ihn nachdenklich. Oft dachte er in dem kalten, langen Winter an Durc. Er spürte, daß Durc wichtig war. Nicht wichtig für heute – wichtig für später. Aber wodurch ihm dieser Wert gegeben war, konnte er nicht ergründen.

»Aber ich bin nicht wie du, Ayla. Ich kann nicht jagen. Wohin soll ich gehen, wenn es dunkel wird?« Ubas Gesten zeigten ihre Verzweiflung. »Ayla, ich habe Angst.«

Ayla blickte in das geängstigte Gesicht und wünschte, sie könnte Uba begleiten. Sie war noch so jung, und die Vorstellung, fern des Schutzes und der Wärme des Clans leben zu müssen, erfüllte sie mit Schrecken. Doch der Geist ihres Totems hatte zum ersten Mal gekämpft. Sie mußte fort. Sie hatte keine Wahl. Sie hatte das erste Mal die Tage.

»Weißt du noch die kleine Höhle, wo ich mich versteckt hielt, als Durc geboren wurde? Geh dorthin, Uba. Da ist es sicherer als draußen im Freien. Jeden Tag vor Sonnenuntergang komme ich zu dir und bringe dir Verzehr. Es sind nur wenige blutende Tage, Uba. Nimm eine Schlafdecke mit und eine Kohle, um Feuer zu machen. Wasser gibt es in der Nähe. Es ist einsam, besonders in der Nacht. Aber du bist sicher dort. Schau, du bist jetzt eine Frau! Bald wird dir ein Gefährte gegeben werden, und dann wird vielleicht nicht viel Zeit vergehen, ehe du ein Kind kriegst«, tröstete Ayla mit behutsamer Hand.

»Wen wird Brun für mich wählen? Was glaubst du, Ayla?«

»Wen wünschst du dir denn zum Gefährten, Uba?«

»Vorn ist der einzige Mann, der keine Gefährtin hat. Aber sicher wird auch Borg bald ein Mann sein. Borg würde ich mögen. Aber Ona ist jetzt eine Frau, und sie kann nicht Vorns Gefährtin werden. Wenn Brun nicht beschließt, sie einem der Männer als zweite Frau zu geben, ist für sie nur Borg da. Und dann wird wohl Vorn mein Gefährte werden.«

Ayla glaubte das auch. »Glaubst du, Vorn wird dir als Gefährte lieb sein?«

»Er tut so, als sähe er mich nicht, aber manches Mal schaut er mich an. Mag sein, daß er so übel nicht wäre.«

»Broud sieht ihn gern. Er wird wohl eines Tages Stammeszweiter. Das wird auch deinen Söhnen Ansehen verleihen. Ich konnte Vorn nicht gut leiden, als er jünger war, aber es ist so, wie du meinst. Er ist so übel nicht. Sogar zu Durc ist er freundlich, wenn Broud nicht in der Nähe ist.«

»Alle außer Broud sind freundlich zu Durc«, bedeutete Uba. »Alle mögen ihn leiden.«

»An jedem Feuer ist er daheim. Er ist so daran gewöhnt, zum Nähren herumgereicht zu werden, daß er alle Frauen Mutter nennt«, seufzte Ayla, und ihr Gesicht verdunkelte sich flüchtig. Doch gleich hellte es sich wieder auf. »Weißt du noch, wie er schnurstracks an Grods Feuerstätte gelaufen ist, als wäre es sein Heim?«

»Ja, ich sehe es noch. Er ist einfach an Uka vorbeigelaufen, grüßte sie nur und nannte sie Mutter, und dann ging er zu Grod und kletterte auf sein Knie.«

»Nie zuvor habe ich Grod so erstaunt gesehen«, bedeutete Ayla. »Dann kletterte Durc doch wieder herunter und rannte zu Grods Speeren. Ich wartete darauf, daß Grod zornig werden würde, aber er konnte wohl dem dreisten Kleinen nicht widerstehen.«

»Ich glaube, Durc hätte den schweren Speer aus der Höhle geschleppt, wenn Grod ihn gelassen hätte.«

»Den kleinen Speer, den Grod ihm gemacht hat, nimmt er sogar zum Schlafen mit.« Ayla lächelte. »Du weißt, Grod ist ein zurückgezogener Mann. Ich war verwundert, als er an jenem Tag herüberkam. Er grüßte mich nur kurz, dann ging er gleich zu Durc und drückte ihm den Speer in die Hände.«

»Es ist ein Jammer, daß Ovra nie Kinder bekommen hat. Ich glaube, Grod würde es froh machen, wenn die Tochter seiner Gefährtin ein Kind hätte«, bedeutete ihr Uba mitleidig. »Vielleicht hat Grod deinen Durc deshalb in sein Herz geschlossen. Brun hat Durc auch gern, das sehe ich ihm an, und Zoug zeigt ihm schon jetzt, wie er mit der Schleuder umgehen muß. Die Männer tun so, als wären sie alle die Gefährten seiner Mutter. Außer Broud.« Uba machte eine kurze Pause. »Vielleicht ist es so, Ayla. Dorv hat immer behauptet, die Totems aller Männer hätten sich vereint, deinen Höhlenlöwen zu bezwingen.«

Ayla ging darauf nicht ein.

»Ich glaube, du mußt jetzt gehen, Uba. Ich begleite dich. Es regnet nicht mehr, und die Erdbeeren sind reif. Ich weiß oben am Pfad einen Platz, wo sie wachsen. Und später komme ich zu dir hinauf.«

Goov malte das Zeichen von Vorns Totem über das Zeichen von Ubas Totem, um so Vorns Überlegenheit als Mann zum Ausdruck zu bringen.

»Nimmst du diese Frau als Gefährtin an?« fragten Crebs ernste Gebärden.

Vorn berührte Ubas Schulter, und die folgte ihm in die Höhle. Danach hielt Creb die gleiche Feier für Borg und Ona, und auch dieses Paar zog sich an seine neue Feuerstätte zurück. Die sommergrün belaubten Bäume raschelten im leichten Wind, als die kleine Versammlung sich auflöste, Ayla hob Durc vom Boden auf, um ihn in die Höhle zu tragen, doch er wehrte sich. Er wollte hinunter.

»Gut, Durc«, gab Ayla nach, »du kannst laufen. Aber komm mit hinein.«

Während sie den Morgenverzehr bereitete, machte Durc sich auf den Weg zu der neuen Feuerstätte, an der jetzt Uba und Vorn lebten. Ayla lief ihm nach und holte ihn zurück.

»Durc will Uba sehen«, wehrte sich das Kind.

»Du kannst jetzt nicht, Durc. Eine Weile kann keiner zu Uba gehen. Aber wenn du ein gutes Kind bist, nehme ich dich mit auf die Jagd.«

»Durc ist ein gutes Kind. Warum kann Durc nicht zu Uba?« wollte der Kleine wissen. »Warum kommt Uba nicht und ißt mit uns?«

»Sie gehört nicht mehr zu uns, Durc. Sie ist jetzt Vorns Gefährtin.«

Uba fehlte ihnen. Die Spannung zwischen Ayla und Creb wurde dadurch noch viel deutlicher. Keiner von beiden vermochte sich aus seinen Schuldgefühlen zu befreien und zum anderen hinzufinden. Oft, wenn Ayla den alten Zauberer in seiner Schwermut versunken sah, überkam sie das Verlangen, zu ihm zu gehen, ihm die Arme um den Hals zu legen und ihn zu umschlingen wie damals, als sie noch ein kleines Mädchen gewesen war. Doch sie tat es nicht. Sie wollte sich ihm nicht aufdrängen.

Creb fehlte ihre warme Nähe, wenn er auch nicht wußte, daß das ihm das Herz noch schwerer machte. Und oft, wenn er den Schmerz in Aylas Gesicht sah, während eine andere Frau ihren Sohn nährte, fühlte er sich getrieben, zu ihr zu gehen. Wäre Iza am Leben gewesen, so hätte sie einen Weg gefunden, die beiden wieder zueinander zu bringen. So aber wurden sie einander immer fremder; jeder sehnte sich nach der Wärme des anderen, und keiner wußte, wie er die Kluft überwinden sollte.

Bei ihrem ersten Morgenverzehr ohne Uba fühlten sie sich beide befangen.

»Möchtest du mehr, Creb?« fragte Ayla.

»Nein. Ich habe genug«, gab er zurück.

Sie räumte auf, während Durc mit beiden Händen und einem Muschellöffel nochmals in die Schüssel tauchte. Obwohl er erst zwei Sommer erlebt hatte, war er nun der Milch fast ganz entwöhnt. Ab und zu wanderte er noch zu Oga hinüber – oder auch zu Ika, die jetzt wieder ein Kleines hatte – um sich nähren zu lassen, aber mehr der Wärme und Nähe wegen. Im allgemeinen wurden die älteren Kinder entwöhnt, sobald ein neues Kind kam, doch bei Durc machte Ika eine Ausnahme. Er schien genau zu spüren, wie weit er gehen durfte. Nie saugte er so viel, daß für ihr Kleines nichts mehr übrig war, kuschelte sich nur ein Weilchen an sie, als wollte er zeigen, daß dies sein Recht war.

»Du nimmst den Jungen mit?« erkundigte sich Creb.

»Ja.« Sie wischte dem Kind die Hände und das Gesicht ab. »Ich habe versprochen, ihn mit auf die Jagd zu nehmen. Ich werde wohl nicht viel jagen können mit ihm an der Hand, aber ich muß auch frische Kräuter haben, und es ist ein warmer Tag.«

Creb brummte.

»Du solltest auch an die Luft gehen, Creb«, fügte Ayla mit aufmunternder Hand hinzu. »Die Luft würde dir guttun.«

»Ja, ja. Ich will hinausgehen, Ayla. Später.«

Flüchtig dachte sie daran, ihn aus der Höhle zu locken, indem sie ihm eine Wanderung am Bach vorschlug, wie sie sie früher so oft gemeinsam unternommen hatten. Doch er hatte sich schon wieder in sich selbst zurückgezogen. Sie nahm Durc an die Hand und eilte hinaus. Creb blickte erst auf, als er spürte, daß sie fort war. Er griff zu seinem Stab, fand es dann aber beschwerlich, sich zu erheben, und ließ den Stab wieder sinken.

Aylas Gedanken waren bei ihm, als sie sich mit Durc auf ihrer Hüfte, den Sammelkorb auf dem Rücken, auf den Weg machte. Sie wußte, daß Crebs geistige Kräfte nachließen. Häufiger als früher war er mit seinen Gedanken gar nicht da, und oft kam es vor, daß er Fragen wiederholte, die sie ihm schon beantwortet hatte. Selten verließ er die Höhle. Auch Helligkeit und Wärme konnten ihn nicht locken. Und wenn er sich versenkte, um innere Einkehr zu halten, schlief er häufig im Sitzen ein.

Als die Höhle außer Sicht war, wurde Aylas Schritt freier. Sie ließ Durc herunter, als sie zu einer Lichtung kamen, und begann, verschiedene Kräuter zu pflücken. Der Kleine sah ihr eine Weile zu, packte dann eine Handvoll Gras und Luzerne und riß das Büschel mit den Wurzeln aus der Erde und brachte es ihr.

»Du bist mir eine große Hilfe, Durc«, lobte sie, während sie ihm das Büschel abnahm und es in ihren Korb legte.

»Durc holt mehr«, gab der Junge zurück und lief schon wieder los.

Sie hockte sich nieder und sah zu, wie ihr Sohn sich mühte, ein noch größeres Büschel Gras aus der Erde zu rupfen. Plötzlich gaben die Wurzeln nach, und er fiel nach hinten. Sein Gesicht verzog sich, als wollte er schreien, doch Ayla lief zu ihm und hob ihn auf und warf ihn hoch in die Luft und fing ihn wieder. Durc jauchzte vor Wonne. Sie stellte ihn auf die Erde und tat so, als wollte sie ihn fangen.

»Ich krieg' dich schon«, warnte sie mit vergnüglicher Hand.

Durc trappelte auf seinen stämmigen Beinchen davon, so schnell er konnte. Sie ließ ihm einen Vorsprung, dann kroch sie ihm auf allen vieren nach, packte ihn und zog ihn zu sich herunter. Lachend drückte sie Durc und kitzelte ihn, um wieder sein Lachen zu hören.

Ayla lachte mit ihrem Sohn nur, wenn sie allein waren, und Durc fand schnell heraus, daß außer seiner Mutter keiner viel Sinn für sein Lachen hatte.

Er strampelte, um sich aus ihrer Umarmung zu befreien. Nur wenn er an ihrer Seite einschlief, blieb er gern länger in ihren Armen. Sie wischte sich eine Träne aus dem Auge. Weinen wie sie konnte Durc nicht. Er hatte die großen, braunen, tief unter den Brauenwülsten liegenden Augen der Clan-Leute.

»Ma-Ma«, sagte Durc. Er nannte sie oft so, wenn sie allein waren. »Jagst du jetzt?« fragte er mit ungeduldiger Hand.

Verschiedentlich schon, wenn sie Durc mitgenommen hatte, hatte sie versucht, ihm zu zeigen, wie er eine Schleuder halten mußte. Sie hatte ihm eine machen wollen, aber Zoug war ihr zuvorgekommen. Der alte Mann ging nicht mehr auf die Jagd mit der Schleuder, aber er fand Gefallen daran, den Jungen im Schleudern zu unterweisen. Obwohl Durc noch klein war, sah Ayla schon jetzt, daß er ihr Geschick im Umgang mit der Waffe besaß, und er war auf seine kleine Schleuder so stolz wie auf seinen kurzen Speer.

Er sonnte sich gern in der freundlichen Aufmerksamkeit der anderen, wenn er mit der Schleuder am Gürtel und dem Speer in der Hand durch die Gegend trabte. Als Durc entdeckte, daß gebietendes Gehabe kleinen Mädchen gegenüber beifällig gesehen und sogar den Frauen gegenüber mit Nachsicht geduldet wurde, zögerte er nicht, dies bei jeder Gelegenheit zu zeigen – außer Ayla gegenüber.

Durc spürte, daß seine Mutter anders war. Nur sie lachte mit ihm; nur sie spielte das Lautspiel mit ihm, nur sie hatte das feine, weiche Haar, das wie die Sonne so hell war. Sie war höher gewachsen als jeder Mann, und sie ging als einzige unter den Frauen auf die Jagd. Sie war etwas Besonderes. Sie war eine Frau und doch keine Frau, ein Mann und doch kein Mann.

Ayla drückte Durc die kleine Schleuder in die Hände, hielt die ihren darüber und versuchte, ihm zu zeigen, wie es ging. Auch Zoug hatte das schon mit ihm geübt, und langsam bekam der Junge ein Gefühl dafür. Dann zog Ayla ihre eigene Schleuder aus dem Gürtel, suchte ein paar Kieselsteine und schoß sie ab. Als sie kleine Steine auf größere Felsbrocken legte und sie mit der Schleuder herunterschoß, fand Durc das höchst belustigend. Er schleppte ihr eine Handvoll neuer Steine heran, um sie das noch einmal tun zu sehen. Nach einer Weile aber verlor er die Lust dazu, und sie begannen wieder, nach Kräutern zu suchen, während Durc hinter ihr her kam. Da entdeckten sie rotsüße Erdbeeren und setzten sich ins Gras und pflückten sie.

»Du siehst selbst wie eine Erdbeere aus, mein Sohn«, bedeutete Ayla dem Kind lachend. Sie nahm ihn hoch und trug ihn zum Bach und wusch ihm den roten Saft vom Gesicht. Dann suchte sie ein großes Blatt, rollte es zusammen wie den Trichter einer Blüte und füllte das Gefäß mit Wasser, das sie Durc zu trinken gab. Durc gähnte und rieb sich die Augen. Sie breitete das Tragfell im Schatten einer großen Eiche aus und legte sich neben ihn, bis er einschlief.

In der warmen Stille des Nachmittags saß Ayla an den alten Baum gelehnt und verfolgte mit den Augen die Schmetterlinge, wie sie sich mit gefalteten Flügeln auf den Blumen niederließen, lauschte dem Summen der Fliegen und dem Gezwitscher der Vögel. Mit ihren Gedanken war sie beim heutigen Morgen.

Ich wünsche ihr, daß es Uba wohl ergeht mit Vorn, dachte sie. Ich wünsche, daß er gut zu ihr ist. Am Feuer ist es so leer ohne sie, auch wenn sie nicht fern ist. Ich wünsche ihr, daß sie bald ein Kind kriegt. Das würde ihr große Freude bringen.

Aber ich? Es ist keiner von jenem Clan gekommen, um mich zu holen. Mag sein, daß sie unsere Höhle nicht finden können. Aber ich glaube, so gern wollten sie mich gar nicht haben. Eigentlich bin ich froh darüber. Ich möchte nicht einen Mann zum Gefährten haben, den ich nie gesehen habe. Und ich möchte auch keinen der Männer, die mir vertraut sind. Sie wollen mich ja auch nicht haben. Ich bin zu hoch gewachsen. Selbst Droog reicht mir kaum über die Schulter. Broud macht das wütend. Er kann es nicht verknusen, eine Frau zu sehen, die höher gewachsen ist als er. Aber seit wir von dem Miething des Groß-Clans zurückgekehrt sind, hat er mich in Ruhe gelassen. Wie kommt es aber, daß ich stets zusammenzucke, wenn er mich ansieht? Ayla dachte auch an die anderen Clan-Leute. Brun spürt die Bürde des Alters. Ebra hat in letzter Zeit oft Mittel für seinen Muskelschmerz geholt. Bald wird er Broud zum Clan-Führer machen. Ich spüre es. Und Goov wird der Mog-ur. Ich glaube, Creb will gar nicht mehr der Mog-ur sein, seit der Nacht, als ich in der Grotte war. Wie kam es, daß ich dort hinging? Ich weiß nicht einmal mehr, wie ich dahin gekommen bin. Es wäre mir wohler, ich wäre nie mitgezogen zu Norgs Höhle. Wäre ich hiergeblieben, dann hätte ich Iza vielleicht noch ein wenig länger am Leben halten können. Sie fehlt mir sehr. Und ich habe nie einen Gefährten gefunden, aber Durc eine Gefährtin, und er ist noch ein Kind.

Seltsam, daß sie dieser Ura das Leben gegeben haben. Man könnte meinen, als wäre es ihr bestimmt gewesen, Durcs Gefährtin zu werden. Männer der Fremdlinge, hat Oda berichtet. Wer sind die Fremdlinge? Iza hat mir gesagt, daß ich ihnen geboren wurde. Wie kommt es, daß ich nichts davon weiß? Was ist meiner eigenen Mutter zugestoßen? Was ihrem Gefährten? Hatte ich Geschwister? Ayla verspürte ein Flattern in ihrer Magengrube, und plötzlich sträubten sich ihr die Haare, als ihr einfiel, was Iza ihr in jener Nacht geraten hatte, als sie gestorben war. Sie hatte es weggeschoben gehabt, es war zu schmerzlich, an Izas Tod zu denken.

Iza riet mir fortzugehen. Sie riet mir, meine eigenen Leute, meinen eigenen Gefährten zu suchen. Broud würde einen Weg finden, mir Böses anzutun, wenn ich bliebe. Im Landesinneren leben sie, die Fremdlinge, dort, wo der Schnee lange die Erde bedeckt und die warmen Tage von kurzer Dauer sind.

Wie aber kann ich von hier fortgehen? Dies ist meine Bleibe. Ich kann Creb nicht verlassen, und Durc braucht mich. Und wenn ich die Fremdlinge nicht finde? Oder wenn ich sie fände und sie wollten mich nicht haben? Keiner will eine häßliche Frau. Wie soll ich wissen, daß ich einen Gefährten finde, selbst wenn ich die Fremdlinge aufspüren sollte?

Creb ist alt und müde. Was wird aus mir werden, wenn auch er nicht mehr da ist? Ich kann nicht allein mit Durc leben. Einer der Männer muß mich dann zu sich nehmen. Aber wer? Broud! Er wird dann Clan-Führer sein. Wenn kein anderer mich aufnehmen will, muß er es tun. Und wenn ich mit Broud leben muß? Er will mich auch nicht haben, aber er weiß, daß es mir verhaßt wäre, mit ihm zu leben. Und nur deshalb würde er mich an seinem Feuer aufnehmen. Ich könnte es nicht ertragen, in Brouds Wohnkreis zu leben; lieber mit einem fremden Mann von einem anderen Clan, aber da will mich ja auch niemand haben.

Soll ich fortgehen? Durc könnte ich mitnehmen. Aber wenn ich dann die Fremdlinge nicht finde? Und wenn mir etwas zustößt? Wer würde Durc dann beschützen? Er wäre ganz allein, so allein wie ich es war vor Zeiten. Nein, ich kann Durc nicht von hier fortbringen. Er ist ein Kind des Clans, auch wenn etwas von mir in ihm wohnt.

Aber ohne Durc könnte ich niemals fortgehen. Lieber will ich mit Broud leben. Ich muß bleiben. Es gibt keinen anderen Ausweg. Ich bleibe und lebe an Brouds Feuer, wenn ich muß.

Ayla blickte auf ihren schlafenden Sohn und kämpfte darum, ihr Schicksal anzunehmen. Eine Fliege landete auf Durcs Nase. Sein Gesicht zuckte. Im Schlaf rieb er sich die Nase, dann wurde er wieder ruhig.

Ich weiß ja gar nicht, wohin ich gehen soll. Im Landesinneren? Welche Richtung soll ich nehmen? Hier, von der Höhle aus, ist überall das Innere des Landes. Es könnte sein, daß ich bis ans Ende meiner Tage umherirren und niemanden finden würde. Und die Fremdlinge könnten so schlecht sein wie Broud. Oda hat erzählt, daß jene Männer sie mit Gewalt genommen haben. Ayla blickte zum Himmel.

Die Sonne steht tief. Ich muß zurück. Sie beugte sich zu ihrem Sohn und weckte Durc. Während sie langsam zur Höhle zurückging, versuchte sie, die Gedanken an die Fremdlinge aus ihrem Hirn zu verbannen. Doch wie dünne Nebelfäden, die sich nicht auflösen wollten, blieben sie dort hängen und ließen sich nicht verdrängen.

»Hast du viel zu tun, Ayla?« fragte Uba mit scheuer Gebärde. Auf ihrem Gesicht lag ein Leuchten, und Ayla glaubte zu wissen warum.

»Nein, komm nur«, forderte sie Uba aut.

»Wo ist Durc?« wollte Uba wissen, während Ayla das Feuer schürte und ein paar Kochsteine hineinlegte, um Wasser heiß zu machen.

»Draußen. Mit Grev. Oga schaut nach ihnen. Die beiden sind immer zusammen«, gab sie zur Antwort.

»Ja, sie sind wie Brüder, beinahe wie zwei, die zusammen geboren sind.«

»Aber zwei, die zusammen geboren sind«, schränkte Ayla ein, »sehen oftmals gleich aus. Diese beiden nicht. Und zwei zu nähren ist schon schwer. Ich bin froh, daß Oga Durc mitnähren konnte.«

»Ich hoffe, daß auch meine Brüste Quellen werden«, gab Uba mit lebhafter Hand zurück. »Ich glaube, ich werde ein Kind kriegen, Ayla.«

»Das ahnte ich, Uba. Seit du mit Vorn zusammengegeben wurdest, hat dein Totem nicht mehr gekämpft, ja?«

»Nein. Ich glaube, Vorns Totem hat lange schon gewartet. Es muß sehr stark gewesen sein.«

»Hast du es ihn schon wissen lassen?«

»Ich wollte warten, bis ich ganz sicher bin, aber er hat es herausgefunden. Er ist voller Freude«, gab Uba mit stolzer Gebärde zu verstehen.

»Ist er dir ein guter Gefährte, Uba?«

»Oh, ja, Ayla, das ist er. Als er sah, daß ich ein Kind bekomme, hat er mir anvertraut, daß er lange auf mich gewartet hat. Er hat schon um mich gefragt, bevor ich zur Frau geworden bin.«

»Wie schön, Uba«, machte Ayla und fügte aber nicht hinzu, daß er ja außer der jungen Medizinfrau gar keine andere Frau hätte nehmen können. Und warum hätte er mich nehmen sollen? dachte Ayla. Welcher Mann will schon eine große, häßliche Frau nehmen, wenn er Uba haben kann, die wohlgestaltet ist und von Izas Stamm? Was ist mit mir? Ich hatte nie Lust, Vorns Gefährtin zu werden. Ich habe wohl noch immer Angst davor, was aus mir werden wird, wenn Creb nicht mehr hier ist. Ich muß ihn gut pflegen, damit er noch lange bei uns bleibt. Aber oft sieht es so aus, als wollte er es gar nicht mehr. Kaum, daß er noch die Höhle verläßt. Wenn er sich nicht bewegt, wird er sie bald nicht mehr verlassen können.

»Was denkst du gerade, Ayla? Du bist oft so in dich gekehrt.«

»Ich war bei Creb. Ich sorge mich um ihn.«

»Er ist sehr betagt. Er hat mehr Sommer gesehen als Mutter, und sie ist vor ihm fortgegangen. Mein Herz schreit immer noch nach ihr, Ayla. Ich fürchte den Tag, an dem Creb in die nächste Welt hinübergeht.«

»Ich auch, Uba«, bedeutete Ayla bedrückt.

Ayla war rastlos. Sie ging häufig zur Jagd, und wenn sie in der Höhle blieb, so schaffte und arbeitete sie unermüdlich. Untätigkeit konnte sie nicht aushalten. Sie sah den Vorrat an heilenden

Kräutern durch und ordnete ihn neu. Sie durchstreifte die Wälder und Wiesen nach frischen Pflanzen, um den Bestand zu ergänzen. Sie flocht neue Körbe und Matten, fertigte hölzerne Schalen und Platten, Gefäße aus Rohhaut oder Birkenrinde, machte neue Überwürfe, enthaarte Häute und Felle, die die Jäger mitbrachten, und verarbeitete sie zu Nützlichem für den Winter. Sie putzte Blasen und Mägen, um sie als Behältnisse zu verwenden. Sie fertigte aus Holzpfählen und starken Schnüren ein neues Kochgestell, an dem Gefäße über das Feuer gehängt werden konnten. In flache Steine, die als Lampen dienen sollten, schlug sie Gruben, so daß mehr Fett hineingegeben werden konnte, und sie sammelte Moos und machte neue Dochte. Sie schlug neue Messer, Schaber, Sägen und Äxte und suchte am Wasser nach brauchbaren Muscheln. Sie zog mit den Jägern aus, um das Fleisch zu dörren, sie sammelte Früchte, Samen, Nüsse und Grünzeug mit den Frauen, sie worfelte Getreidekörner und zermalmte sie besonders fein, so daß Creb und Durc sie leichter kauen konnten. Und noch immer war ihr die Arbeit nicht genug.

Sie fing an, Creb zu verwöhnen wie nie zuvor, hätschelte ihn wie ein Kind. Sie bereitete ihm besondere Speisen, um seinen Gaumen anzureizen, sie braute ihm stärkende Getränke und bestand darauf, daß er mit ihr öfters in die Sonnenluft ging. Aylas Fürsorge schien ihm gutzutun; manches von seiner früheren Kraft und Zuversicht gewann er zurück. Und dennoch fehlte etwas. Die unbefangene Nähe ihrer früheren gemeinsamen Wanderungen war für immer dahin. Meist schritten sie stumm und ohne irgend etwas zu deuten Seite an Seite am Bach entlang.

Nicht nur Creb wurde alt. An dem Tag, als Brun vom Grat aus den Jägern nachblickte, bis sie nur noch winzige Punkte in der weiten Steppe waren, fiel es Ayla plötzlich auf: Wie sehr hatte sich auch der Clan-Führer verändert! Sein Bart war nicht mehr grau gesprenkelt, er war weiß wie sein Haar, und tiefe Falten durchzogen sein Gesicht. Sein harter, straffer Körper war schwammig und aufgequollen, die Haut war schlaff geworden.

Langsam schlurfte Brun zur Höhle zurück und bewegte sich dann den ganzen Tag nicht von seiner Feuerstätte weg. Noch einmal zog er bei der nächsten Jagd mit seinen Männern aus. Als er danach wieder zurückblieb, verharrte Grod an seiner Seite, noch immer der treue Gefährte.

Eines Tages, als die Luft schon kühler wurde, kam Durc in die Höhle gerannt.

»Ma-Ma! Ma-Ma! Ein Mann. Es kommt ein Mann.«

Ayla eilte zusammen mit den anderen zum Höhleneingang, nach ihm Ausschau zu halten, der da den Pfad von der Küste heraufkam.

»Ayla, glaubst du, er kommt deinetwegen?« fragte Uba mit aufgeregten Gebärden.

»Ich weiß es nicht, Uba.«

Ayla zitterte. Sie hoffte, der Mann käme vom Clan, mit dem Zoug verwandt war und hatte doch wieder Angst davor.

Als der Mann die Höhle erreichte, zog er sich mit Brun an dessen Feuerstätte zurück. Nicht lange danach sah Ayla die Gefährtin des Clan-Führers auf sich zukommen.

»Brun wünscht dich zu sehen, Ayla«, bedeutete ihr Ebra.

Ayla schlug das Herz bis zum Hals und die Knie zitterten ihr so heftig, daß sie fürchtete, den kurzen Weg bis zu Bruns Wohnkreis nicht schaffen zu können. Erleichtert kauerte sie zu Bruns Füßen nieder. Er berührte ihre Schulter.

»Das ist Vond, Ayla«, stellte er den Mann vor. »Er ist von weither gekommen, von Norgs Höhle, um dich zu sehen. Seine Mutter ist krank. Die Medizinfrau des Clans kann ihr nicht helfen. Er hat die Hoffnung, daß du einen Zauber weißt, der hilft.«

Ayla hatte sich auf dem Miething des Groß-Clans einen Ruf als Medizinfrau von hohem Können und Wissen geschaffen. Der Mann war also um ihrer Kunst willen gekommen, nicht um ihrer selbst willen. Aylas Erleichterung übertraf ihre Enttäuschung.

Vond blieb nur zwei Tage, doch er brachte Neues von seinem Clan. Der junge Jäger, der beim Fest des Bären verletzt worden war, hatte bei Norgs Clan überwintert. Und bald nach der Schneeschmelze war er zu seinem eigenen Clan aufgebrochen. Die Wunde an seinem Bein war gut verheilt; nur ein leichtes Hinken war zurückgeblieben. Seine Gefährtin hatte ihm einen heilen Sohn geboren, der den Namen Creb bekommen hatte.

Ayla stellte dem Mann vielerlei Fragen über die Krankheit seiner Mutter und packte dann einen Beutel mit verschiedenen Zaubermitteln zusammen. Sie trug Vond auf, es der Medizinfrau seines Clans zu übergeben und dieser genau ihre Anweisungen zu übermitteln. Sie wußte nicht, ob sie mehr Wirkung zeigen würden, aber da er nun einmal von so weit hergekommen war, würde sie ihr Bestes versuchen.

Nachdem Vond wieder fortgezogen war, konnte Brun nicht umhin, sich Aylas wegen Gedanken zu machen. Bisher hatte er jeden Entscheid aufgeschoben, weil er noch immer gehofft hatte, ein anderer Clan könnte sich bereit zeigen, sie aufzunehmen. Doch wenn Norgs Läufer ihre Höhle finden konnte, dann hätten das auch andere fertig gebracht, wenn sie es gewollt hätten. Nach so langer Zeit war nichts mehr zu erwarten. Er mußte also zusehen, daß Ayla in ihrem eigenen Clan einen Gefährten fand, der sie beschützte, wenn Creb nicht mehr war.

Aber bald würde Broud die Führung des Clans übernehmen. Und als Clan-Führer wäre es dann an ihm, Ayla aufzunehmen. Doch solange der Mog-ur noch lebte, brauchte nichts überstürzt zu werden. Brun beschloß, Broud selbst den Entscheid in dieser Frage zu überlassen. Es sieht so aus, als hätte er seine hitzköpfige Abneigung gegen sie endlich bezwungen, dachte Brun. Er läßt sie seit langem in Ruhe. Es sieht so aus, als wäre er endlich fähig, die Führung zu übernehmen. Dennoch blieb ein Schatten von Zweifel in seinem Herzen.

Die warmen Tage gingen zu Ende, und der Clan schickte sich allmählich in die ruhigere, aber kältere Jahreszeit. Ubas Trächtigkeit war bisher ganz ohne Beschwerden verlaufen. Doch plötzlich spürte sie kein Leben mehr in ihrem Leib. Und als sie sah, daß sie blutete, lief sie zu Ayla.

»Wie lange spürst du schon, daß sich nichts mehr in dir regt, Uba?« fragte Ayla besorgt.

»Seit vielen Tagen schon, Ayla. Was soll ich tun? Vorn war so voller Freude. Ich will mein Kind doch nicht verlieren. Was kann geschehen sein? Der Geburtstag ist so nahe. Bald kommt die Schneeschmelze.«

»Ich weiß es nicht, Uba. Bist du gefallen? Hast du etwas Schweres getragen?«

»Ich glaube nicht.«

»Geh wieder an dein Feuer, Uba, und leg dich hin. Ich bringe dir einen Trank. Ich wünschte, es wäre noch nicht so kalt. Dann würde ich die wundersame Wurzel suchen, die Iza mir brachte, als ich auf Durc warten mußte. Aber der Schnee liegt zu hoch. Da komme ich nicht mehr weit. Ich will sehen, ob ich auf ein Mittel komme. Denk auch du noch nach, Uba. Du weißt beinahe alles, was Iza wußte.«

»Ich habe bereits nachgedacht, Ayla, aber ich weiß nichts, was ein Kind wieder weckt, wenn es aufgehört hat, sich zu rühren.«

In den folgenden Tagen lag Uba niedergedrückt auf ihrem Lager und wartete, die Hände auf ihren Leib gepreßt, verzweifelt darauf, daß sich das Kind wieder rühren wurde. Doch im Innersten ihres Herzens wußte sie, daß alles umsonst sei.

Ovra wachte ständig bei Uba. Sie hatte diese Qualen selbst schon oft erlebt, so daß sie besser als jede andere Ubas Schmerz und Kummer fühlen konnte. Goovs Gefährtin hatte niemals ein Kind ganz austragen können und war mit den Jahren der Kinderlosigkeit immer stiller und verschlossener geworden. Mancher Mann hätte eine solche Gefährtin verstoßen oder sich eine zweite Frau genommen. Doch Goov war seiner Gefährtin in tiefer Neigung verbunden. Er wollte ihren Gram nicht noch vertiefen und sich eine zweite Gefährtin nehmen, die ihm Kinder gebären konnte. Seit einiger Zeit gab Ayla Ovra den geheimen Trank, der ihr Totem so stärkte, daß es nicht mehr bezwungen werden konnte. Es war allzu kummervoll für eine Frau, immer wieder trächtig zu werden und dann ihr ungeborenes Kind verlieren zu müssen. Ayla enthüllte Ovra nicht, was es mit dem Mittel auf sich hatte, doch diese ahnte es, als sie sah, daß sie plötzlich nicht mehr trächtig wurde. Doch war es besser so.

An einem kalten, trüben Morgen in jener Zeit, als die Tage schon wieder länger wurden, schaute sich Ayla Izas Tochter an und traf einen Entscheid.

»Uba«, rief sie leise. Die junge Frau schlug die von dunklen Ringen umschatteten Augen auf. »Du mußt jetzt das Mutterkorn nehmen, damit dein Leib sich zusammenzieht und das Kind ausstößt. Es gibt kein Mittel, das dein Kind retten kann, Uba. Und wenn es nicht abgetrieben wird, mußt auch du sterben. Du bist jung. Du kannst wieder ein Kind kriegen.«

Uba blickte auf Ayla, dann auf Ovra und wieder zurück zu Ayla.

»Ja, ich habe es geahnt«, gab sie mit mutloser Gebärde zurück. »Mein Kind ist tot.«

Als endlich alles vorbei war, wickelte Ayla die Totgeburt hastig in die Felldecke, auf der Uba gelegen hatte.

»Es war ein Junge«, bedeutete sie Uba.

»Kann ich ihn sehen?« bat die erschöpfte junge Frau.

»Es ist besser, du siehst ihn nicht, Uba. Das macht den Schmerz nur schlimmer. Ruh dich aus. Ich bringe ihn fort. Du bist zu schwach zum Aufstehen.«

Auch Brun erklärte Ayla, daß Uba zu schwach war und daß sie selbst das tote Kind fortbringen würde. Sie enthüllte ihm nicht, daß Uba nicht einen, sondern zwei Söhne geboren hatte, deren Körper miteinander verwachsen waren. Nur Ovra hatte das jammervolle Mißratene gesehen, das kaum als Erdling zu erkennen war.

27

»Willst du heute nacht bei Uba schlafen, Durc?«

»Nein!« gab der Junge mit heftiger Gebärde zurück. »Durc schläft bei Ma-Ma.«

»Das ist gut so, Ayla. Ich habe es geahnt. Er war ja den ganzen Tag bei mir«, bedeutete Uba. »Woher hat er diesen Namen, mit dem er dich nennt?«

»Es ist ein Name, den er nur für mich hat«, gab Ayla zurück und wandte den Kopf ab. Vom ersten Tag ihres Zusammenlebens mit dem Clan hatte sich ihr das Mißfallen der Leute an Lauten und Tönen, die sie als überflüssig empfanden, so fest eingeprägt, daß sie fast immer das Gefühl hatte, etwas Verbotenes zu tun, wenn sie mit ihrem Sohn das Lautspiel spielte. Uba drängte sie nicht, obwohl sie spürte, daß Ayla etwas verbarg.

Ayla schaute Izas Tochter an. »Manchmal, wenn ich mit Durc allein ausziehe, machen wir zusammen Töne mit dem Mund«, bekannte Ayla. »Er hat diese Laute für mich ausgesucht. Er kann viele Laute von sich geben.«

»Daran ist doch nichts Schlechtes«, bedeutete Uba. »Unsere Sprache kann er ja deuten. Ach, wenn diese Wurzeln doch nicht so übel verfault wären«, fügte sie verdrießlich hinzu. »Das wird ein karger Festverzehr. Nur Dörrfleisch und Rauchfisch und halb verfaultes Grünzeug. Wenn Brun ein wenig länger warten würde, gäbe es wenigstens noch ein paar frische Triebe und Kräuter.«

»Brun allein hat das nicht so bestimmt«, klärte Ayla sie auf. »Creb hat ihn wissen lassen, daß die beste Zeit dann ist, wenn nach dem Tag, an dem Tag und Nacht gleich lang sind, wieder ein volles Mondgesicht am Himmel steht.«

»Wie weiß er denn, wann Tag und Nacht gleich sind?« fragte Uba verwundert. »Diese verregneten, trüben Tage sehen mir alle gleich kurz aus.«

»Ich glaube, er schaut genau, wann die Sonne aufgeht und wann sie untergeht. Sogar wenn es regnet, ist das oft gut zu sehen, und wir haben genug klare Nächte gehabt, wo das Mondgesicht sich zeigte. Creb weiß solche Dinge.«

»Ich wünschte, Creb würde Goov nicht zum Mog-ur machen«, bedeutete Uba seufzend.

»Mir geht es ebenso«, gab Ayla mit bekümmerter Geste zurück. »Auch so sitzt er oft viel zu lange untätig herum. Was will er tun, wenn er keine Feiern mehr abhalten kann? Dieser Festverzehr wird mir gewiß nicht schmecken.«

»Ja, es wird mich schon hart ankommen, wenn Brun nicht mehr der Clan-Führer ist und Creb nicht mehr der Mog-ur. Aber Vorn sagt, es ist Zeit, daß die jüngeren Männer die Führung übernehmen. Er findet, Broud hat lange genug gewartet.«

»Sicher ist es so, wie er sagt«, stimmte Ayla zu. »Vorn hat Broud immer mit Bewunderung angesehen.«

»Er ist gut zu mir, Ayla. Er zürnte mir nicht, als ich das Kind verlor. Und er scheint auch dich zu mögen. Er trug mir auf, dich zu bitten, Durc bei uns schlafen zu lassen. Ich glaube, er spürt, wie gern ich ihn bei mir habe«, berichtete Uba mit eifrigen Händen. »Selbst Broud hat sich dir gegenüber nicht mehr so zornig und finster gezeigt wie in früheren Jahren.«

»Ja, er hat mich in Ruhe gelassen«, nickte Ayla.

Von der Bangnis, die sich jedesmal in ihr Herz schlich, wenn Broud sie anblickte, sprach sie nicht.

Lange blieb Creb in jener Nacht mit Goov zusammen in der Wohnstätte der Geister. Ayla, die schon am Morgen mit einem Gefühl der Beklommenheit erwacht war, spürte, wie die Angst ihr das Herz immer fester zusammenpreßte. Ihr war, als rückten die Wände der Höhle immer enger zusammen, und ihr Mund war wie ausgedörrt. Vom Nachtverzehr würgte sie nur ein paar Bissen hinunter, dann sprang sie plötzlich auf und stürzte zum Eingang der Höhle. Sie blickte hinauf zum tiefhängenden, düsteren Wolkenhimmel, aus dem prasselnd der Regen fiel, der kleine Kuhlen in die schlammige Erde höhlte. Durc kroch zu ihrem Lager und schlief schon, als sie ans Feuer zurückkehrte.

Ayla nahm ihn in die Arme und spürte den Schlag seines kleinen mutigen Herzens, doch zu ihr wollte der Schlaf nicht kommen. Mit wachen Augen lag sie da und starrte auf die schattenhaften Gebilde der grauen Felswand. Sie war noch nicht eingeschlafen, als Creb kam, doch sie rührte sich nicht, lauschte reglos dem müden Schlurfen seiner Füße und glitt in einen Traum.

Schreiend fuhr sie hoch.

»Ayla! Ayla!« rief Creb, und schüttelte sie, um sie aus ihrem

Traum zu reißen. »Was ist, Kind?« Ängstliche Besorgnis lag in seiner Gebärde.

»Ach, Creb«, stieß Ayla schluchzend hervor und schlang die Arme um seinen Hals. »Ich hatte diesen Traum, diesen Traum, der mir schon lange nicht mehr erschienen ist.«

Creb legte seinen Arm um sie und spürte das Zittern in ihrem Körper.

»Was ist, Ma-Ma?« Mit furchtsam aufgerissenen Augen setzte Durc sich auf. Nie zuvor hatte er seine Mutter schreien gehört. Ayla nahm ihn in den Arm.

»Was war es für ein Traum?« fragte Creb. »Der von dem Höhlenlöwen?«

»Nein, der andere! Der Traum, den ich immer nur ganz undeutlich vor mir habe, wenn ich erwache. Der Traum vor dem Höhlenlöwen.« Sie begann, wieder zu zittern. »Creb, warum kommt der Traum gerade jetzt? Ich glaubte, ich würde nie wieder böse Träume haben.«

Creb nahm sie wieder in den Arm und tröstete sie. Ayla schmiegte sich an ihn. Beiden wurde plötzlich bewußt, wie lange es her war, seit sie solche Nähe gespürt hatten, und Durc zwischen sich hielten sie einander fest.

»Ach, Creb, wie oft wollte ich meine Arme um dich legen. Ich glaubte, du wolltest mich nicht in deiner Nähe haben; ich fürchtete, du würdest mich wegstoßen wie früher, wenn ich aufsässig war. Immer wollte ich es dich wissen lassen, Creb, wie nahe du meinem Herzen bist.«

»Ayla, selbst in jenen Tagen mußte ich mich zwingen, dich wegzustoßen. Ich mußte etwas tun, sonst hätte Brun eingegriffen. Niemals konnte ich dir zürnen, weil mein Herz immer bei dir war. Ich glaubte, du wärst voll Kummer darüber, daß deine Brüste sich Durc verweigerten. Ich glaubte, du hättest dich von mir abgewendet, weil es meine Schuld war.«

»Es war nicht deine Schuld, Creb. Es war meine eigene.«

»Aber ich hätte wissen müssen, daß ein Kind bei seiner Mutter saugen muß, wenn ihre Milch nicht versiegen soll. Doch alles sah mir danach aus, als wolltest du mit deinem Schmerz alleine bleiben.«

»Wie hättest du es denn wissen sollen? Keiner der Männer weiß es. Und es hat ihm nichts geschadet. Er ist groß und kräftig.«

»Aber es hat dir weh getan, Ayla.«

»Ma-Ma!« klagte Durc.

»Wie kommt es, daß er dich bei diesem Namen nennt, Ayla?« fragte Creb.

Sie errötete. »Durc und ich machen manchmal im Spiel Töne und Laute. Er hat sie einfach für mich ausgesucht.«

Creb verstand und wandte sich dann voll zu Ayla.

»Die anderen Frauen nennt er Mutter. Er brauchte wohl einen besonderen Namen für dich. Du hast auch viele Laute gemacht, früher, als du zu uns kamst, Ayla. Ich glaube, deine Leute sprechen in Lauten.«

»Meine Leute sind die Clan-Leute, Creb. Ich bin eine Frau des Clans.«

»Nein, Ayla«, gab Creb betont zurück. »Du gehörst nicht zum Clan. Du bist eine Frau der Fremdlinge.«

»Das sagte mir auch Iza in der Nacht, als sie von uns ging.«

Crebs Gesicht zeigte Überraschung.

»Iza war eine scharfblickende Frau, Ayla. Ich sah das erst in der Nacht, als du uns in die Höhle folgtest.«

»Ich wollte gar nicht in die Höhle, Creb. Ich weiß nicht, wie ich dorthin gekommen bin. Ich weiß nicht, was dich so tief verletzt hat, aber ich glaubte, du hättest dich von mir abgewandt, weil ich in die Höhle gekommen bin.«

»Nein, Ayla, ich habe mich nicht von dir abgewandt. Niemals.«

Creb blickte Ayla nach, als sie zum Feuer ging und für Durc, der Hunger hatte, etwas holte. Warum sie uns wohl geschickt wurde, dachte er. Sie wurde den Fremdlingen geboren, und der Höhlenlöwe hat sie immer beschützt. Warum hat er sie hierher geführt? Warum nicht zurück zu den Fremdlingen? Und warum ließ er es zu, daß er bezwungen wurde, so daß sie ein Kind bekam, wenn er dann zuließ, daß sich ihre Brust verweigerte? Alle glauben, es wäre ein Zeichen dafür, daß Unheil über dem Jungen liegt, aber er ist gesund und kräftig, und alle bringen ihm Zuneigung entgegen. Mag sein, daß Dorv es richtig sah. Mag sein, daß die Totems aller Männer sich mit ihrem Höhlenlöwen vermischten. Es ist ja so, wie sie von Anfang an gesagt hat, er ist nicht mißgestaltet. Er ist eine Mischung. Er kann sogar Laute hervorbringen wie sie, die Fremdlinge. Er ist ein Teil von Ayla und ein Teil vom Clan.

Creb wurde es plötzlich eiskalt, und die Haare sträubten sich ihm. Ein Teil von Ayla und ein Teil vom Clan! Wurde sie uns darum geschickt? Um ihres Sohnes willen? Der Clan ist dem Untergang geweiht. Er wird vergehen. Nur die Leute ihrer Art werden weiterleben. Ich weiß es. Ich spüre es. Aber was ist mit Durc? Er hat etwas von den Fremdlingen. Er wird fortleben, aber er hat auch etwas vom Clan. Und Ura sieht aus wie Durc, und sie wurde nicht lange nach dem Zusammenstoß mit den Fremdlingen geboren. Sind ihre Totems so mächtig, daß sie das Totem einer Frau in so kurzer Zeit bezwingen können? Es könnte wohl sein. Wenn ihre Frauen das Totem des Höhlenlöwen haben, dann müssen sie auch so mächtig sein. Ist auch Ura eine Mischung? Und wenn es Durc und Ura gibt, dann muß es auch andere geben. Kinder aus der Vermischung der Geister. Kinder, die das Feuer des Clans weitergeben werden. Nicht viele vielleicht, aber genug.

Mag sein, daß unterzugehen dem Clan schon bestimmt war, ehe Ayla die heilige Feier sah. Mag sein, daß sie nur dorthin geführt wurde, um es mir zu zeigen. Wir werden nicht mehr sein, aber solange es Kinder wie Durc und Ura gibt, werden wir nicht sterben. Ist wohl Durc das Vermögen mitgegeben, sich zu erinnern? Wäre er nur älter, alt genug für eine Feier. Aber sei's drum. Durc hat mehr als die Erinnerung, er hat den Clan. Ayla, mein Kind, Kind meines Herzens, das Glück ist mit dir, und du hast es uns gebracht. Jetzt weiß ich, warum du gekommen bist – nicht um uns den Tod zu bringen, sondern um uns ein Überleben zu ermöglichen. In anderer Gestalt werden wir weiterleben.

Ayla brachte ihrem Sohn ein Stück kaltes Fleisch. Creb schien tief versunken, doch er blickte sie an, ah sie sich setzte.

»Creb«, begann sie versonnen, »manchmal glaube ich, daß Durc nicht allein mein Sohn ist. Seit er von Feuer zu Feuer wanderte, ißt er in jedem Wohnkreis. Jeder füttert ihn. Er ist wie ein junger Höhlenbär, als wäre er der Sohn des ganzen Clans.«

Ayla spürte die Welle tiefer Traurigkeit, die Creb erfaßt hatte. Er blickte sie an.

»Durc ist der Sohn des ganzen Clans, Ayla. Er ist der einzige Sohn des Clans.«

Das erste Licht des neuen Tags schimmerte durch den Eingang der Höhle. Ayla lag wach und blickte auf ihren Sohn, der neben ihr schlief, während es draußen langsam heller wurde. Sie konnte Creb auf seinem Lager sehen, und sein regelmäßiges Atmen verriet ihr, daß er noch schlief. Seit sie sich mit Creb ausgesprochen hatte, war ihr, als wäre eine schwere Last von ihrem Herzen genommen worden. Doch die Beklommenheit, das ängstliche Flattern in der Magengrube, das sie den ganzen vergangenen Tag gequält hatte, war in der Nacht noch schlimmer geworden. Sie hatte das Gefühl, als müßte sie ersticken, wenn sie noch einen Herzschlag länger in der Höhle blieb. Leise stand sie auf, zog sich etwas über und huschte lautlos zum Eingang.

Sobald sie im Freien stand, holte sie tief Luft. Ihre Erleichterung war so groß, daß nicht einmal der eisige Regen, der ihr den Umhang durchnäßte, ihr etwas ausmachte. Mühsam quälte sie sich durch den Schlamm vor der Höhle zum Bach.

Mit ihren Fußhüllen hatte sie wenig Halt in dem rotbraunen Morast. Halb rutschte, halb fiel sie zu dem Gewässer hinunter. Das Haar klebte ihr in Strähnen am Kopf. Lange Zeit stand sie am Ufer des Baches, der sich gurgelnd aus der eisigen Umklammerung des Winters zu befreien suchte, und starrte in die dunklen Wirbel, die so lange an Eisschollen rissen, bis sie sich lösten und von der Strömung fortgespült wurden.

Die Zähne klapperten ihr, als sie sich den glitschigen Hang wieder emporschaffte. Und wie sie hochsah, bemerkte sie, daß der graue Himmel sich jenseits des Grats ein wenig aufhellte. Und als sie den Höhleneingang erreichte, war ihr, als müßte sie eine unsichtbare Sperre überwinden, einzutreten, und kaum war sie drinnen, da drückte ihr schon wieder diese merkwürdige Beklommenheit das Herz zusammen.

»Ayla, du bist naß bis auf die Haut. Warum bist du bei diesem Regen hinausgegangen?« machte Creb vorwurfsvoll. Er nahm einen Holzscheit und legte ihn ins Feuer. »Nimm den Umhang ab und setz dich hierher.«

Sie zog sich etwas anderes an und hockte sich neben Creb an die wärmenden Flammen. Mit Erleichterung spürte sie, daß die Stille zwischen ihnen nichts Drückendes mehr hatte.

»Es hat mir so wohlgetan, daß wir in der Nacht miteinander gesprochen haben, Creb. Ich war unten am Bach. Das Eis bricht. Die Sonne kommt. Bald können wir wieder unsere Wanderungen machen.«

»Ja, Ayla, die Sonne kommt. Wenn du willst, machen wir wieder Wanderungen. Wenn der Sommer da ist.«

Ayla spürte, wie ein kalter Hauch sie streifte. Sie hatte das herzzerbrechende Gefühl, daß es nie wieder zu einer Wanderung mit Creb kommen würde, und sie spürte, daß auch Creb dies wußte. Sie streckte die Arme nach ihm aus, und sie hielten einander fest, als wäre es zum letzten Mal.

Zu Mitte des Vormittags hin fiel der Regen dünner, und am Nachmittag versiegte er ganz. Eine bleiche, matte Sonne brach durch die Wolkendecke, doch sie war zu schwach und konnte die Erde weder trocknen noch wärmen.

Trotz des bedrückenden Wetters und des Wissens, daß der Festverzehr kärglich ausfallen würde, waren die Clan-Leute voll erwartungsvoller Erregung, als die Zeit für die Feierlichkeit näherrückte. Ein Wechsel an der Spitze des Clans kam selten genug vor. Zur gleichen Zeit sollten sie aber auch einen neuen Mog-ur bekommen. Das war noch nie dagewesen.

Oga, für die die Feier genau wie für Ebra und Brac, den zukünftigen Nachfolger Brouds, besondere Bedeutung besaß, war rastlos und angespannt. Jeden Augenblick sprang sie auf und lief zum Feuer, um nach dem Verzehr zu sehen. Ebra mühte sich, sie zu beruhigen, doch die Gefährtin des Clan-Führers war selbst aufgeregt. Aylas einzige Aufgabe bei der Feier war, den Daturatrank für die Männer zu bereiten; doch Creb hatte sie angewiesen, den Trank nicht aus den Wurzeln zu machen.

Als es dunkel wurde, schwebten nur noch einige Wolkenfetzen am Himmel, die hin und wieder das volle Mondgesicht verschleierten, das die kahle, leblose Landschaft erhellte. Drinnen in der Höhle hatten die Leute in dem Raum hinter der letzten Feuerstätte mit Fackeln einen Kreis ausgesteckt, in dessen Mitte ein hohes Feuer loderte.

Ayla hockte allein auf ihrem Fell und starrte in die Flammen, die in der kleinen Feuerstätte neben ihr züngelten. Immer noch fühlte sie sich von der merkwürdigen Beklommenheit bedrängt. Sie stand auf, um nach draußen zu gehen, bis die Feierlichkeiten begannen, doch da sah sie Bruns Zeichen und blieb. Als jeder seinen Platz eingenommen hatte, trat der Mog-ur, gefolgt von Goov, aus der Zauberstätte.

Als der heilige Mann zum letzten Mal die Geister beschwor, sich zu ihnen zu gesellen, war es, als entzündete sich am Abend seines Lebens noch einmal das alte Feuer in ihm. In den althergebrachten Handformeln und Gebärden lag eine Kraft und eine mächtige Eindringlichkeit wie seit langem nicht mehr. So wie jener Zauberer auf dem Miething seiner magischen Flöte die wundersamen Töne entlockt hatte, so entlockte Creb den Herzen jener, die um ihn geschart waren, Gefühle von selten empfundener Tiefe und Kraft. Goov wirkte bleich neben ihm. Der junge Mann war ein guter Mog-ur, aber mit dem Großen Mog-ur konnte er es nicht aufnehmen. Der mächtigste Zauberer, den der Groß-Clan je gekannt hatte, leitete seine letzte Feier. Als er an Goov übergab, war Ayla nicht die einzige, die weinte.

Die Clan-Leute, denen Tränen nicht gegeben waren, weinten auch – mit ihren Herzen.

Aylas Gedanken begannen zu wandern, als Goov mit klarer Gebärde Brun die Macht als Clan-Führer aus den Händen nahm und sie an Broud weitergab. Ihre Augen ruhten auf Creb, und sie sah sich wieder als kleines Mädchen auf seinem Schoß sitzen. Sie erinnerte sich, mit welcher Geduld er sich bemüht hatte, sie die Handsprache des Clans zu lehren, und verspürte noch einmal einen Nachhall der jauchzenden Freude, die sie empfunden hatte, als sie endlich begriffen hatte. Ayla griff an ihr Amulett und fühlte die winzige Narbe an ihrem Hals, die er ihr bei jener besonderen Feier eingeritzt hatte, als die Ahn-Geister aus tiefster Vergangenheit ihr gestattet hatten, auf die Jagd zu gehen. Und sie verging fast vor Schmerz bei der Erinnerung an ihr verbotenes Tun während des Miethings tief unten im Berg. Dann sah sie wieder Crebs Blick voller Wärme und Traurigkeit am Abend zuvor und sah die Hand, die Zeichen formte, die ihr bekannt erschienen, und deren Bedeutung ihr dennoch verborgen geblieben war.

Ayla konnte bei dem Festverzehr kaum etwas essen. Die Männer begaben sich danach in die kleine Höhle, um das heilige Fest zu beschließen, und Ayla reichte den Daturatrank herum, den sie von Goov, dem neuen Mog-ur, entgegennahm. Doch als der Frauentanz folgte, war sie nicht mit dem Herzen dabei. Und sie nahm so wenig von dem Zaubertrank, daß die Wirkung in ihrem Kopfe rasch verflog. Früh kehrte sie in Crebs Wohnstätte zurück und schlief schon, als der frühere Mog-ur aus der kleinen Höhle kam. Ein kleines Weilchen blieb er an Aylas Lager stehen und betrachtete sie und ihren Sohn, ehe er zu seiner eigenen Schlafstatt hinkte.

»Ma-Ma, gehst du jagen? Ich will mit.« Durc weckte Ayla am anderen Morgen. Kaum jemand in der Höhle regte sich, nur ihr Sohn war richtig wach.

»Nach dem Morgenverzehr, Durc. Bleib hier«, bedeutete ihm Ayla.

Doch nach dem Morgenverzehr entdeckte Durc, daß auch Grev schon auf war. Er vergaß die Jagd und rannte zu Brouds Feuerstätte hinüber. Voll zärtlicher Wärme sah Ayla ihm nach, und ein Lächeln erhellte ihr Gesicht. Es erlosch jedoch, als sie gewahrte, wie Broud ihren Sohn anblickte. Das Herz zog sich in ihr zusammen. Die beiden Jungen stürmten hinaus ins Freie.

Plötzlich spürte sie diese merkwürdige Beklommenheit mit solcher Macht, daß sie meinte, der Magen würde sich ihr umdrehen, wenn sie nicht augenblicklich die Höhle verließ. Sie sprang auf und stürzte zum Eingang. Mit hämmerndem Herzen holte sie wieder und wieder Luft.

»Ayla!«

Sie fuhr zusammen. Dann drehte sie sich um, senkte den Kopf und blickte auf den neuen Clan-Führer hinunter.

»Ich grüße den Clan-Führer«, machte sie, wie es sich gehörte.

Selten kam es vor, daß sie Broud von Angesicht zu Angesicht gegenüberstand. Sie war viel höher gewachsen als selbst der größte Mann im Clan, und Broud gehörte nicht zu den größten. Er reichte ihr kaum bis zur Schulter. Sie wußte, daß es ihn wurmte, zu ihr aufblicken zu müssen.

»Bleib in der Nähe, Ayla. Wir alle werden uns in Kürze hier draußen versammeln.«

Ayla neigte gehorsam den Kopf.

Es dauerte eine Weile, bis alle Clan-Leute sich eingefunden hatten. Die Sonne schien vom Himmel, und sie waren froh, daß Broud trotz des durchweichten Bodens bestimmt hatte, die Versammlung im Freien abzuhalten. Sie mußten warten, ehe Broud, seiner neuen Würde voll bewußt, an den Platz schritt, den früher Brun eingenommen hatte.

»Ihr alle wißt, daß ich ab heute euer neuer Clan-Führer bin«, hob Broud mit stolzer Geste an. »Da nun der Clan einen neuen Führer und einen neuen Mog-ur hat, ist die Zeit gekommen, noch andere Veränderungen vorzunehmen. Ihr sollt wissen, daß von diesem Tag an Vorn der Stammeszweite ist.«

Die Leute nahmen es gelassen auf. Sie hatten es erwartet. Brun fand, Broud hätte warten sollen, bis Vorn ein wenig reifer war, ehe er ihn in einen Rang erhob, der Vorn über erfahrenere Jäger stellte, aber alle hatten ja gewußt, daß es so kommen würde. Mag sein, daß es gut ist, es gleich zu tun, dachte Brun.

»Und es gibt noch anderes, was zu ändern ist«, fuhr Broud fort. »Es gibt eine Frau in diesem Clan, die keinen Gefährten hat.« Ayla spürte, wie ihr das Blut ins Gesicht stieg. »Sie braucht einen Ernährer. Ich will keinem meiner Jäger die Last aufbürden. Ich bin jetzt der Clan-Führer. Mir obliegt es, für sie Sorge zu tragen. Ich werde Ayla an mein Feuer nehmen, als zweite Frau.«

Ayla hatte es erwartet, jedoch kam es wie ein Keulenschlag für sie.

Es wird sie nicht froh machen, dachte Brun, aber Broud tut das Rechte. Stolz blickte Brun auf den Sohn seiner Gefährtin. Broud ist reif, die Führung zu übernehmen.

»Diese Frau hat auch ein mißgestaltetes Kind«, machte Broud und zeigte auf Durc. »Ihr alle sollt wissen, daß von diesem Tage an keine mißgestalteten Kinder mehr in diesem Clan aufgenommen werden. Keiner soll glauben, es sei Feindseligkeit von meiner Seite, wenn das nächste mißgestaltete Kind nicht aufgenommen wird. Bringt sie aber ein heiles, wohlgestaltetes Kind zur Welt, so werden wir es annehmen.«

Creb stand nicht weit vom Eingang der Höhle und sah, wie Ayla erbleichte und den Kopf senkte, um ihr Gesicht zu verbergen. Du kannst sicher sein, daß ich keine Kinder mehr haben werde, Broud, dachte sie. Nicht, wenn Izas Zauber auch bei mir seine Wirkung tut. Dein Geschlecht wirst du nicht mehr in meinen Leib versenken und dort keinen Lebenskeim mehr pflanzen. Ich werde keine Kinder gebären, die sterben müssen, nur weil du sie als mißgestaltet ansiehst.

»Ich habe es zuvor schon kundgetan«, fuhr Broud fort, »und darum sollte es keinen überraschen: An meiner Feuerstätte dulde ich kein mißgeburtiges Kind.«

Aylas Kopf fuhr hoch. Was sollte das bedeuten? Wenn sie in seinen Wohnkreis zöge, dann käme doch auch Durc mit ihr?

»Vorn ist bereit, Durc an seinem Feuer aufzunehmen«, gab Broud weiterhin bekannt. »Seine Gefährtin ist dem Jungen zugetan trotz seiner Mißgestalt. Er wird gut versorgt werden.«

Dieser Eröffnung folgten bestürztes Brummen und verwirrte Gebärden. Gewöhnlich gehörten Kinder zu ihren Müttern, bis sie erwachsen waren. Wie konnte Broud Ayla aufnehmen und ihren Sohn ablehnen?

Ayla lief zu Broud und warf sich ihm zu Füßen. Er tippte ihr auf die Schulter.

»Ich bin noch nicht am Ende, Frau. Es zeigt Mißachtung, den Clan-Führer zu unterbrechen, aber diesmal will ich es übersehen. Du magst sprechen.«

»Broud, du kannst mir Durc doch nicht fortnehmen. Er ist mein Sohn. Dort, wo eine Mutter hingeht, gehen auch ihre Kinder hin«, beschwor sie ihn mit flehenden Händen.

Bruns Miene war finster. Fort war aller Stolz auf den neuen Clan-Führer.

»Willst du, Frau, mir befehlen, was ich tun kann und was nicht?« schalt Broud mit höhnischem Gesicht.

Er war zufrieden mit sich. Lange hatte er dies vorbereitet, und Ayla verhielt sich genau, wie er erwartet hatte.

»Du bist keine Mutter. Oga ist Durc mehr Mutter als du. Wer hat ihn denn genährt? Du nicht. Er weiß nicht einmal, wer seine Mutter ist. Jede Frau des Clans ist ihm mehr Mutter als du. Kann es da von Gewicht sein, wessen Feuer er teilt? Es liegt doch klar auf der Hand, daß ihm ein Wohnkreis soviel bedeutet wie der andere. Er nährt sich an jedermanns Feuer«, machte Broud abschätzig weiter.

Ayla hob bittend die Hände.

»Gewiß, ich konnte ihn nicht nähren, aber du weißt, daß er mein Sohn ist, Broud. Jede Nacht schläft er bei mir.«

»Nun, er wird nicht mehr jede Nacht mit dir schlafen. Kannst du bestreiten, daß Vorns Gefährtin ihm Mutter ist? Ich habe Goov – dem Mog-ur – schon aufgetragen, die Feier der Zusammengabe nach dieser Versammlung abzuhalten. Wozu warten? Du wirst dich bei Sonnenuntergang an meine Feuerstätte begeben. Und Durc wird sich an Vorns Feuer begeben. Kehre jetzt an deinen Platz zurück.«

Broud ließ den Blick über die Gesichter der Clan-Leute schweifen und sah Creb, der unweit der Höhle auf seinen Stab gestützt stand. Der alte Mann schaute finster drein.

Doch noch finsterer war Bruns Gesicht, als er sah, wie Ayla an ihren Platz wankte. Mit Macht bekämpfte er einen schwarzen Zorn. Er wollte und durfte nicht eingreifen. Aber nicht nur Zorn spiegelte sich in Bruns Augen; auch Schmerz, der sein Herz aufwühlte, zeigte sich in ihnen. Der Sohn meiner Gefährtin, dachte er, den ich großgezogen und zum Führer dieses Clans erhoben habe, er mißbraucht den Rang, um Rache zu üben. Rache an einer Frau für eine Schmach, die sie ihm nie angetan hat, ihm nur als Bild im Kopf erscheint. Wie kommt es nur, daß ich das früher nicht gesehen habe? Wie kommt es nur, daß ich so blind ihm gegenüber war? Jetzt sehe ich klar, warum er Vorn so bald schon zum Zweiten im Clan erhoben hat. Broud hat das alles mit ihm vorbereitet. Er hat sich das seit langem vorgenommen, Ayla dieses Weh anzutun. Broud! Wie kann es dir Freude bringen, eine Mutter von ihrem Kind zu trennen? Ist dein Herz aus Stein, Sohn meiner Gefährtin? Nichts ist Ayla von ihrem Sohn geblieben, als daß sie des Nachts ihr Lager mit ihm teilen kann. Und auch das willst du ihr nehmen?

»Ich bin noch nicht am Ende«, verkündete Broud mit großer Geste, um das Augenmerk der bestürzten Leute wieder auf sich zu ziehen. »Ich bin nicht der einzige, der in einen neuen Rang erhoben wurde. Wir haben auch einen anderen Mog-ur. Und es sollte für jeden klar sein, daß mit dieser Stellung auch ein besonderes Recht verbunden ist. Ich habe beschlossen, daß Goov von heute an seine Feuerstätte an jenem Platz haben wird, die dem Mog-ur des Clans zusteht. Creb wird weiter hinten in die Höhle ziehen.«

Brun warf einen Blick auf Goov. Hatte er auch dazu seine Hand gegeben? Doch Goovs Gesicht zeigte nur Verwirrung.

»Ich will nicht den Wohnkreis von Creb übernehmen«, wehrte dieser ab. »Dort ist er, seit wir in diese Höhle eingezogen sind.«

Das Unbehagen der Clan-Leute nahm zu.

»Ich habe beschlossen, daß du dich dort niederlassen wirst«, entgegnete Broud, zornig über Goovs ablehnendes Verhalten.

Als er nämlich den finsteren Blick des alten Mannes gesehen hatte, der dort vor der Höhle auf seinen Stab gestützt stand, war ihm plötzlich klar geworden, daß Creb nicht mehr der Große Mog-ur war. Was hatte er von diesem mißgestalteten, alten Krüppel noch zu fürchten? Blitzartig war ihm der Einfall gekommen, Goov dieses Angebot zu machen, und eigentlich hatte er erwartet, daß Goov genauso eifrig zugreifen würde wie Vorn zugegriffen hatte, als ihm mit einem höheren Rang gewunken wurde. Er hatte geglaubt, damit würde er sich des neuen Mogurs versichern. Goovs Ergebenheit und Achtung seinem alten Lehrer gegenüber hatte er jedoch nicht in Betracht gezogen.

Brun gelang es nicht mehr, sich länger zurückzuhalten. Gerade wollte er mit mächtiger Hand dazwischenfahren, als Ayla ihm zuvorkam.

»Broud!« schrie sie von ihrem Platz aus. Und mit einem Ruck fuhr dessen Kopf herum zu der Frau, die es wagte, sich gegen ihn zu stellen. »Das kannst du nicht tun«, klagte sie ihn erregt an. »Du kannst doch Creb nicht von seiner Feuerstätte vertreiben!« Voller Zorn ging sie auf Broud zu. »Er braucht einen geschützten Platz. Hinten in der Höhle bläst der Wind viel zu scharf. Und du weißt, wie sehr er leidet, wenn es kalt wird.« Ayla hatte völlig vergessen, daß sie eine fügsame, dem Manne ergebene Clan-Frau zu sein hatte. Jetzt war sie nur noch die Medizinfrau, die das Wohl eines Kranken im Auge hatte. »Du machst das nur, um mich zu treffen. Und du willst Creb weh tun, weil er mich in Schutz genommen hat. Mit mir kannst du tun, was du willst, Broud, aber laß Creb in Ruhe!«

Sie stand jetzt unmittelbar vor dem neuen Clan-Führer und überragte ihn um mehr als eine Haupteslänge, als sie mit ihren Händen vor seinem Gesicht herumwütete.

»Wer hat dir überhaupt erlaubt zu sprechen, Frau!« tobte Broud. Seine wildgewordene Faust holte zum Schlag aus. Doch Ayla sah sie heransausen und duckte sich zur Seite. Einen Augenblick lang war Broud völlig verdutzt, als er merkte, daß die strafende Hand ohne Wirkung blieb. Doch dann wich die Verblüffung blinder Wut.

»Broud!« Bruns Gebrüll ließ ihn innehalten. Zu sehr war er daran gewöhnt, dieser Stimme zu gehorchen.

»Das hier ist die Feuerstätte des Mog-urs, Broud, und sie wird seine Feuerstätte bleiben bis ans Ende seiner Tage. Er hat diesem Clan lange und gut gedient. Dieser Platz steht ihm zu. Was bist du nur für ein Clan-Führer? Was bist du nur für ein Mann? Was bist du für einer, daß du deine Stellung mißbrauchst, um an einer Frau dich zu rächen? An einer Frau, die dir niemals etwas angetan hat, Broud, die dir nichts antun konnte, selbst wenn sie es gewollt hätte! Du bist kein Clan-Führer!« donnerte Brun.

Broud zog den Kopf ein, wie er es immer tat, wenn ihn Brun zurechtwies, doch dann riß er den Kopf hoch und warf sich in die Brust.

»Du bist jetzt nicht mehr Clan-Führer, Brun! Nein, du hast hier nichts mehr zu befehlen!« Broud hatte sich gefaßt und aus dem Einfluß befreit, den Brun auf ihn ausgeübt hatte. »Ich bin jetzt der Clan-Führer. Merke dir das. Ich treffe die Entscheidungen. Stets hast du dich auf ihre Seite gestellt, sie stets geschützt. Aber jetzt ist Schluß damit!« Brouds Gesicht brannte vor Wut. »Sie wird das tun, was ich befehle, sonst verfluche ich sie. Du hast mit eigenen Augen ihre Aufsässigkeit gesehen. Und dennoch trittst du für sie ein. Ich habe es satt mit ihr. Man sollte sie verfluchen. Und ich werde sie verfluchen. Na, was tust du jetzt, Brun?«

Mit einer drohenden Gebärde wandte sich Broud an den neuen Mog-ur. »Goov! Verfluche sie! Verfluche sie auf der Stelle! Belege sie mit dem Todesfluch! Keiner wird diesem eurem Clan-Führer befehlen können, was er zu tun hat, und schon überhaupt nicht diese häßliche Frau.« Überlegen lächelnd machte Broud zu Brun: »Siehst du nun?« und wies Goov an: »Geh und verfluche sie, Mog-ur!«

Von dem Augenblick an, wo Ayla sich in den Angriff auf Broud gestürzt hatte, hatte Creb versucht, ihr Augenmerk auf sich zu ziehen, und wollte sie warnen. Ihm war es gleich, wo er seine Feuerstätte hatte, ob vorn oder hinten in der Höhle. Dunkle Ahnungen hatten sich in ihm schon geregt, als Broud verkündete, er würde Ayla als zweite Frau in seinen Wohnkreis nehmen. So wie Creb diesen Hinterhältling kannte, war nicht zu glauben, daß dieser damit eine Wohltat im Sinne haben würde. Doch auf den wahnwitzigen Befehl danach war er nicht vorbereitet gewesen, und als er sah, wie Broud den neuen Mog-ur hieß, Ayla zum Tode zu verfluchen, war aller Kampfeswille aus ihm gewichen. Er wollte einfach nichts mehr sehen. So oder so. Bald würde ja alles zu Ende gehen. Creb wandte sich ab und humpelte zerbrochen in die Höhle. Ayla sah ihm nach, wie er im Innern des Berges verschwand.

Doch nicht nur Creb war tief betroffen. Der ganze Clan war äußerst aufgewühlt. Einige hatten es nicht ausgehalten und wie betäubt den Kopf gesenkt, andere wie gebannt und ohne Glauben auf die Auseinandersetzung gestarrt, die sich niemand hätte träumen lassen.

Brouds Entscheid, Ayla von ihrem Sohn zu trennen, war als sehr befremdlich aufgenommen worden. Auch waren sie bestürzt gewesen, daß Broud verfügte, Creb von seiner Feuerstätte zu vertreiben, aber auch über Aylas Angriff auf den neuen Clan-Führer. Aber wie vom Donner waren sie gerührt, als Brun gegen den Mann gewettert hatte, den er noch kurz vorher zum Führer gemacht, und einfach nicht zu glauben war schließlich Brouds Befehl gewesen, Ayla zum Tode zu verfluchen.

Ayla zitterte so heftig, daß sie auf das Beben der Erde unter ihren Füßen erst aufmerksam wurde, als sie sah, wie den Umstehenden die Füße weggerissen wurden und sie zu Boden stürzten. In ihrem Gesicht stand die gleiche Überraschung wie auf den Gesichtern der anderen. Doch sie wurde rasch zu Furcht und dann zu nacktem Entsetzen. Und dann hörte auch sie das ferne, wütende Grollen aus den Tiefen der Erde.

»Durc!« schrie sie und sah, wie Uba ihn packte, dann über ihn stürzte, als wollte sie seinen kleinen Körper mit ihrem eigenen schützen. Ayla rannte auf sie zu. Doch plötzlich machte sie kehrt und schrie mit schrecklicher Stimme: »Creb! Er ist noch in der Höhle.«

Stolpernd und kriechend mühte sie sich den schwankenden Hang hinauf zur großen keilförmigen Öffnung. Ein riesiger Stein sprang die Steilwand hinunter, in der sich der Eingang befand und schlug, von einem Baum behindert, donnernd neben

Ayla zu Boden, die nichts hörte und nichts sah, nur blindlings nach oben strebte.

Der Boden unter ihren Füßen sackte plötzlich ab und bäumte sich gleich wieder auf. Ayla stürzte, rappelte sich hoch und sah, wie die Höhlendecke zerbrach. Scharfgezackte Felsbrocken regneten herunter und zersprangen, als sie aufschlugen. Rings um Ayla herum kollerten und sausten Steine und Felsbrocken die Wand herunter, rollten weiter über den Hang und klatschten mit tödlicher Wucht in den eisigen Bach. Wie ein Blitz durchzuckte ein riesiger Riß den Felsgrat; das mächtige Gestein bröckelte, zerbröselte, schwankte und versank in der Tiefe.

Drinnen in der Höhle hagelte es felsige Splitter, Steine und Schmutz, und die Wände und die Decke dröhnten unter dem gewaltigen Weh der Erde. Draußen schwankten die himmelhohen Bäume wie ungelenke Riesen in einem rauschhaften Tanz und splitternackte Bäume wurden vom Beben geschüttelt. Der Einriß in der Wand barst ohrenbetäubend zu einem gähnenden Spalt auseinander, aus dem sich ein wilder Gesteinsschwall ergoß. Das entsetzliche Donnern aus den Tiefen der Erde und das Schrappen und Krachen von Fels und Stein zertönten alles Schreien nach Hilfe.

Doch schließlich verebbte das Beben. Noch ein paar Steine kollerten hurtig den Hang herab, sprangen, hüpften, rollten aus. Noch zitternd vor Angst und Erregung begannen die Clan-Leute, sich abzutasten, standen vorsichtig auf und irrten wie benommen umher. Dann schauten sie sich um, sahen Brun und versammelten sich um ihn. Er war ihr Führer gewesen, der Fels, der unerschütterlich stand. Er war ihre einzige Sicherheit. Er sollte die Führung wieder übernehmen.

Doch Brun tat nichts dergleichen. Niemals in der langen Zeit, da er den Clan geführt hatte, glaubte er, so wenig Scharfblick gezeigt zu haben wie an dem Tag, an dem er Broud zum neuen Oberhaupt des Clans gemacht hatte. Jetzt aber sah er, wie blind er gegen die Schwächen seines Sohnes gewesen war. Selbst dessen Stärken, seine Unerschrockenheit und sein Wagemut, entsprangen doch mehr jener Kälte des Herzens und jener mangelnden Selbstbeherrschung. Doch das war es nicht, weshalb Brun sich weigerte zu handeln. Broud war jetzt der Clan-Führer; für Brun war es zu spät, hier einzuspringen und einen anderen Mann auf die Führung vorzubereiten, obwohl er wußte, daß der Clan es ihm gestattet hätte. Broud hatte verkündet, daß er der Führer wäre. Gut, Broud. Dann führe, dachte Brun. Ganz gleich, was dieser von nun an entscheiden würde oder nicht, Brun würde nichts mehr dagegensetzen.

Als die Clan-Leute merkten, daß Brun nicht bereit war, sie zu führen, wandten sie sich schließlich Broud zu. Denn sie waren einen starken Mann gewöhnt, und Brun war ein starker Mann gewesen. Auf seine unerschütterliche Ruhe und seinen klaren Blick war sicher Verlaß gewesen. Sie waren nicht fähig, selbst zu handeln und selbst zu entscheiden. Sogar Broud erwartete, daß Brun die Führung wieder übernehmen würde. Auch er brauchte jemanden, auf den er sich stützen konnte. Doch als er schließlich sah, daß nun die Last auf seinen Schultern liegen würde, mühte er sich ab, sie ohne Straucheln auch zu tragen.

»Wer fehlt? Wer ist verletzt? Seid ihr alle heil?« fragte er mit besorgter Hand die Leute.

Ein Seufzer der Erleichterung ging durch die kleine Schar. Familien fanden sich zusammen, und es schien, als fehlte keiner. Kaum einer war verletzt. Manche hatten Schrammen und Kratzer. Das Beben der Erde war noch glimpflich abgegangen.

»Wo ist Ayla?« fragte Uba angsterfüllt.

»Hier«, rief die junge Frau, die eben den Hang herunterrutschte.

»Ma-Ma!« schrie Durc und riß sich von Uba los.

Ayla rannte ihm entgegen, schloß ihn fest in ihre Arme und trug ihn zurück zu den anderen.

»Bist du verletzt, Uba?« fragte sie besorgt.

»Nein, nein, nichts Schlimmes.«

»Und wo ist Creb?« Da fiel es Ayla wieder ein. Hastig drückte sie ihren Sohn Uba in die Arme und flog schon wieder den Hang hinauf.

»Ayla! Wo willst du hin? Geh nicht in die Höhle! Es kann von neuem kommen!«

Doch Ayla sah die Warnung nicht und hätte ihrer auch nicht geachtet. Sie stürzte in die Höhle und rannte zu Crebs Feuerstätte. Noch immer rutschte Geröll nach, und Steine und Staub flossen aus armdicken Rissen aus den Felswänden und von der Decke herab. Crebs Feuerstätte hatte kaum Schaden genommen, doch er selbst war nicht dort. Ayla hastete um große Felsbrocken herum von Wohnkreis zu Wohnkreis. Manche waren gänzlich zerstört, bei anderen schien noch einiges zu retten. Creb war nirgends. An dem schmalen Spalt, der in die Zauberstätte führte, zögerte sie. Dann ging sie hinein. Doch man sah nichts. Ein Kienspan wäre nötig. Doch vorher wollte sie noch hinten in der Höhle suchen.

Ein dünner Regen staubiger Kiesel rieselte auf Ayla herab, und schnell sprang sie zur Seite. Zackige Felsbrocken sausten herunter, bohrten sich neben Ayla in den Boden. Sie suchte in den Nischen der Wände, lief tastend durch den Raum und spähte in die tiefen Schatten hinter Vorratsgefäßen und Felsbrocken.

Sie fand Creb neben Izas Grab. Er lag seitlich da, die Beine angezogen. Ein schwerer Felsen hatte sein weißes Haupt zermalmt. Ayla schrie auf und kniete neben ihm nieder, und ihre Augen begannen überzufließen.

»Creb, ach Creb. Warum bist du in die Höhle gegangen?« fragten ihre Hände und klagten. Auf ihren Knien wiegte sie sich und rief immer wieder seinen Namen. Dann stand sie auf. Tränen rannen ihr über das Gesicht und machten sie blind, als Ayla in der zerstörten Höhle stand und den Tod des alten Zauberers beklagte, der ihr wie ein Vater gewesen war.

»Er ist tot«, bedeutete Ayla, als sie aus der Höhle trat.

Broud starrte sie so fassungslos an wie die anderen, und ihn packte dann eine tiefe Furcht. Sie war es doch gewesen, die die Höhle entdeckte; sie war es doch gewesen, die das Wohlwollen der Geister besessen hatte. Und als er sie verfluchte, hatten die Geister die Erde erzittern lassen und die Höhle zerstört. Zürnten sie ihm dafür, daß er ihre Verfluchung befohlen hatte? Was würde geschehen, wenn der Clan vermeinte, daß er dieses Unglück heraufbeschworen hatte? Bis ins Innerste erzitterte er angesichts dieses bösen Vorzeichens und bebte vor dem Zorn der Geister, den er entfacht hatte. Er wollte nicht der Schuldige sein. Und wälzte die Schuld auf Ayla, als könnte er dadurch den Unmut der Clan-Leute und den Zorn der Geister von sich abwenden.

»Sie hat es getan! Ihre Schuld ist es!« zeigte er mit heftiger Hand auf Ayla. »Sie hat die Geister erzürnt. Sie hat sich gegen Brauch und Überlieferung gestellt. Ihr alle habt es gesehen. Sie war aufsässig und mißachtete den Clan-Führer. Dafür muß sie verflucht werden. Dann erst wird uns die Gunst der Geister wieder gehören. Dann erst werden sie uns wieder zu einer neuen Höhle führen, die noch besser ist. Ja, das werden sie tun. Ich weiß es. Verfluche sie, Goov! Verfluche sie zum Tode! Jetzt, auf der Stelle!«

Die Köpfe aller wandten sich zu Brun. Doch der blickte noch immer stur vor sich hin, das Gesicht verschlossen, die Fäuste geballt. Er wollte nichts tun, er wollte nicht eingreifen, so viel Kraft es ihn auch kostete, sich da rauszuhalten. Unsicher blickten die Clan-Leute einander an. Dann wanderten ihre Blicke zu Goov und schließlich zu Broud. Goovs Augen konnten nicht glauben und sahen fragend zu Broud. Wie konnte er Ayla die Schuld geben? Wenn jemand schuldig war, dann Broud.

»Ich bin der Clan-Führer, Goov. Du bist der Mog-ur. Ich befehle dir, sie zu verfluchen. Verfluche sie zum Tode.«

Langsam, als müßte er seine Füße aus dem Boden reißen, wandte Goov sich ab. Von dem Feuer, das man angezündet hatte, als Ayla noch in der Höhle war, nahm er einen harzigen Fichtenzweig, stieg langsam den Hang hinauf und trat durch den halbverschütteten Eingang in die Höhle. Vorsichtig bahnte er sich einen Weg zwischen Felsbrocken und Geröll und wußte wohl, daß ein weiteres Beben der Erde ihn verschlingen könnte, und wünschte, es möge geschehen, ehe er das tat, was zu tun ihm befohlen worden war. Er tappte im unruhigen Feuerschein in die kleine Höhle hinein, ordnete die heiligen Gebeine des Höhlenbären in zwei gleichlaufenden Reihen an. Den letzten Knochen steckte er so durch den offenen Schädel des Höhlenbären, daß er die linke Augenhöhle durchdrang. Dann beschwor er jene Namen, die nur die Mog-urs kannten, die schrecklichen Namen der bösen Geister, denen so die Macht gegeben wurde, ihr böses Treiben zu beginnen.

Ayla stand noch immer vor der Höhle, als er mit Augen, die sie nicht sahen, an ihr vorüberschritt.

»Ich bin der Mog-ur. Du bist der Clan-Führer. Du hast befohlen, Ayla zum Tode zu verfluchen. Es ist getan«, bedeutete Goov.

Dann wandte er Broud den Rücken.

Zuerst wollte es keiner glauben. Zu schnell war alles gegangen. So durfte man doch nicht verfahren! Brun hätte sich erst mit den Männern beraten, hätte den Clan auf das Ganze vorbereitet. Aber Brun, der hätte das niemals getan, sie jetzt zum Tode zu verfluchen. Was hatte sie verschuldet? Gewiß, sie war dem Clan-Führer entgegengetreten, und das war nicht recht. Doch genügte das, sie zum Tode zu verfluchen? Sie hatte sich nur um Creb gesorgt. Und was hatte Broud ihr angetan? Erst hatte er Ayla das Kind genommen und dann den alten Zauberer aus dem Wohnkreis gejagt, nur um sich an ihr zu rächen. Und jetzt –

nach dem Beben – jetzt war kein Wohnkreis mehr heil. Warum hatte Broud das getan? Warum war Ayla verflucht? Die Geister hatten sie stets mit Wohlwollen betrachtet. Sie hatte ihnen allen das Glück gebracht, bis Broud verkündete, daß sie zu verfluchen sei, bis er dem Mog-ur befahl, dies auf der Stelle zu tun. Broud hatte Unglück über alle gebracht. Was würde jetzt aus ihnen werden? Erst hatte Broud die Totems erzürnt und dann die bösen Geister freigesetzt. Und der alte Mog-ur war tot, er konnte ihnen jetzt nicht mehr helfen.

Ayla war so versunken in ihren Schmerz, daß sie den Widerstreit der Gefühle im Herzen der Erdlinge, die sie umstrudelten, nicht wahrnahm. Sie sah, wie Broud den Befehl gab, sie zu verfluchen. Sie sah, wie Goov ihm mitteilte, daß es getan war. Doch ihr Hirn, von Schmerz betäubt, nahm nichts von all dem auf. Als Ayla endlich das Ganze begriff, war ihr, als bebte die Erde von neuem.

Verflucht? Zum Tode verflucht? Was habe ich denn getan? zitterte ihr Hirn. Und was ist eigentlich geschehen? Wie aus weiter Ferne betrachtete Ayla die Clan-Leute und sah, daß deren Augen ein Schleier umhüllte, der sie blind machte, Ayla wiederzuerkennen.

Ayla stand wie erstarrt, bis auch Ubas Augen sich verschleierten, und sie laut um die Mutter des Jungen zu klagen begann, den sie in ihren Armen hielt. Durc! Mein Kind, mein Sohn! Ich bin verflucht, erkannte Ayla. Ich werde ihn nie wiedersehen. Was wird nur aus ihm. Nur Uba ist noch da. Sie wird ihn zu sich nehmen, aber was kann sie ausrichten gegen Broud? Broud ist voller Haß gegen ihn, weil er mein Sohn ist. Verzweifelt sah Ayla sich um, und ihr Blick fiel auf Brun. Brun! Nur Brun kann ihn beschützen.

Ayla stürzte zu dem, der bis zum Vortag den Clan geführt hatte. Sie warf sich Brun zu Füßen und senkte den Kopf. Doch dann begriff sie, daß auch er ihr niemals auf die Schulter tippen würde. Und als sie aufsah, blickte er über ihren Kopf hinweg auf das Feuer, das hinter ihr brannte. Wenn er nur wollte, konnten seine Augen sie sehen. Er kann mich ja sehen, dachte Ayla. Ich weiß es doch. Creb wußte noch alles, was ich gesagt hatte. Und Iza auch.

»Brun, du glaubst, ich wäre tot, eine Hülle, in die der böse Geist gefahren ist. Sieh bitte nicht weg. Ich flehe dich an. Es ging mir alles viel zu schnell. Ich werde gehen, Brun, ich gelobe es, aber ich habe Angst um Durc. Broud haßt ihn, wie du weißt.

Was wird jetzt aus ihm werden, wo Broud der Clan-Führer ist? Durc gehört zum Clan, Brun. Du hast ihn angenommen. Ich bitte dich, Brun, beschütze Durc. Nur du vermagst es. Laß nicht zu, daß Broud ihm Böses tut.«

Langsam wandte Brun der bettelnden Frau den Rücken zu, wandte den Blick ab. Doch sie sah einen Schimmer des Einverständnisses in seinen Augen und ein kaum wahrnehmbares Neigen seines Kopfes. Das reichte ihr. Er würde Durc beschützen. Er hatte es dem Geist der Mutter des Jungen gelobt.

Ayla stand auf und eilte zur Höhle. Erst als sie Brun gelobt hatte fortzugehen, war ihr dieser Entschluß gekommen. Der Schmerz über Crebs Tod mußte noch etwas warten, sie würde ihn später herauslassen, wenn es nicht mehr um ihr Überleben ging. Vielleicht würde sie in die Welt der Geister gehen, vielleicht aber auch nicht. Wer würde es wissen können. Keinesfalls aber würde sie unvorbereitet sein.

Als sie vorher voller Angst um Creb in die Höhle gestürzt war, hatte sie keine Augen für die Spuren der Zerstörung gehabt. Jetzt aber, als sie stehenblieb und sich umsah, schien ihr plötzlich alles fremd. Wie gut, daß die Clan-Leute alle im Freien gewesen waren, als die Erde gebebt hatte. Sie holte noch einmal tief Luft und lief zu Crebs Wohnkreis hinüber.

Ayla wälzte einen Felsbrocken von ihrem Lager, schüttelte ihren Fellumhang aus und begann, ihre Sachen zu richten. Ihre Medizintasche, die Schleuder, Fußhüllen, Wadenwickel, Handhüllen, einen pelzgefütterten Umhang, eine Mütze; dazu ihren Trinkbecher, ihre Schale, einen kleinen Wasserbehälter, Werkzeug. Hinten in der Höhle holte sie sich etliche Teigfladen, Dörrfleisch, Früchte und Fett. Sie wühlte alles durch und fand in Birkenrinde verpackte Ahornsüße, Nüsse, getrocknete Früchte, zerstampfte Getreidekörner, Rauchfisch und einige getrocknete Gemüsepflanzen. Dann schüttelte sie Staub und Steine aus ihrem Sammelkorb und machte sich ans Packen.

Als sie Durcs Tragfell entdeckte, drückte sie es an ihr Gesicht, und die Tränen rannen ihr aus den Augen. Sie brauchte es eigentlich nicht. Dennoch packte sie das Tragfell ein.

Ganz zuletzt beschloß sie, den Unterschlupf aus Tierhaut mitzunehmen, den sie stets bei sich hatte, wenn sie die Männer auf die Jagd begleitete. Es war nicht ihrer, er hatte Creb gehört. Aber Creb war tot, und er hatte den Unterschlupf nie gebraucht. Sie glaubte nicht, daß er ihr grollen würde, wenn sie die Tierhaut und die Stangen mitnahm.

Ayla legte den Unterschlupf obenauf in ihren Korb und schulterte dann die schwere Bürde und verschnürte die Riemen, die den Korb fest an ihrem Körper hielten. Wieder sprangen ihr die Tränen in die Augen, als sie in der Mitte des Wohnkreises stand, der so lange ihr Heim gewesen war. Sie würde ihn nie wiedersehen. Bilder der Erinnerung flogen ihr durch den Kopf, und zuletzt dachte sie noch einmal an Creb. Ich wünschte, ich wüßte, was dir so tiefen Schmerz bereitet hat, Creb. Mag sein, daß ich es eines Tages erkennen werde. Es war gut, daß wir noch miteinander gesprochen haben, ehe du fortgegangen bist. Du wirst immer bei mir sein, genau wie Iza, genau wie der Clan des Bären.

Dann schritt Ayla aus der Höhle.

Keiner sah sie an, aber alle wußten es, als sie wieder auftauchte. An dem Teich vor der Höhle machte Ayla halt, um ihr Wasserbehältnis zu füllen. Und wieder erinnerte sie ein Bild. Und bevor sie das Gefäß eintauchte und damit den stillen Spiegel kräuselte, lehnte sich Ayla über das Wasser und sah sich an. So häßlich war sie eigentlich nicht. Doch ihr Augenmerk galt nicht ihrem eigenen Gesicht, vielmehr wollte sie wissen, wie die aussahen, zu denen sie zu gehen hatte, die Fremdlinge.

Als sie aufstand, sah sie Durc, der strampelnd und schlagend versuchte, sich aus Ubas Armen zu befreien. Mit einem Ruck riß er sich los und rannte hinüber zu Ayla.

Ayla zögerte einen Herzschlag lang, dann breitete sie ihre Arme aus, hob ihn hoch und drückte ihn fest an sich und kämpfte gegen die Tränen. Dann setzte sie ihn wieder ab und hockte sich vor ihn nieder.

»Lieber Durc«, bedeutete sie und sah ihm in die dunklen Augen, »ich gehe nun fort. Man hat es mich geheißen.« Doch da kam Uba auf sie zu. Sie mußte Durc dem Geist entreißen. Noch einmal drückte Ayla ihren Sohn an sich.

»Mein Herz gehört dir, Durc. Für immer.« Dann hob sie ihn hoch und gab ihn Uba. »Gib acht auf meinen Sohn, Uba«, flehte sie.

Broud sah das alles und wurde immer wilder. Die Frau war tot, sie war ein Geist. Warum benahm sie sich nicht so wie ein Geist? Wie kam es, daß manche seiner Leute sie nicht so behandelten wie einen Geist?

»Dort ist ein Geist«, verkündete er mit zornigen Händen. »Sie ist tot. Wißt ihr nicht, daß sie für uns gestorben ist?«

Ayla ging geradewegs auf Broud zu und pflanzte sich vor ihm auf. Auch ihm machte es Mühe, sie nicht zu sehen. Er versuchte, so zu tun, als wäre sie nicht vorhanden, doch sie blickte ihm geradewegs ins Gesicht und hockte nicht zu seinen Füßen, wie sich das für eine Frau gehörte.

»Ich bin nicht tot, Broud«, gab sie trotzig zurück. »Und ich werde auch nicht sterben. Du kannst nicht machen, daß ich sterbe. Du kannst mich zwingen fortzugehen, du kannst mir meinen Sohn nehmen, aber du kannst nicht machen, daß ich sterbe.«

Wut und Furcht stritten in Broud. Er schwang die Faust hoch und hielt erschrocken inne. Es ist eine schlimme List, dachte er. Es ist eine List dieses Geistes. Denn sie ist tot. Sie wurde verflucht.

»Schlag mich doch, Broud! Schlag mich und nimm Kenntnis von diesem Geist. Schlag mich und sieh, daß ich nicht gestorben bin.«

Broud wandte sich Brun zu, um den hartnäckigen Geist nicht länger ertragen zu müssen. Er senkte den schlagbereiten Arm, doch gelang es ihm nicht, die Bewegung natürlich aussehen zu lassen. Broud hatte sie nicht angerührt, doch er befürchtete, daß schon durch sein Schlagenwollen ihre Körperhaftigkeit bestätigt worden sei und wollte das Unheil auf Brun abwälzen.

»Glaube ja nicht, daß es mir verborgen war, Brun. Du hast diesem Geist Erwiderung getan, als er mit dir sprach, ehe er in die Höhle ging. Es ist ein Geist. Du wirst Unheil über uns bringen, Brun«, erklärte er mit anklagender Gebärde.

»Nur über mich selbst, Broud«, gab Brun zurück. »Doch wann hast du gesehen, daß sie mit mir sprach? Wie kommt es, daß du einen Geist schlagen wolltest? Du bist noch immer blind, Broud. Du selbst hast ihre Wesenhaftigkeit bestätigt. Sie ist noch da, Broud. Und sie hat dich bezwungen. Sie war mehr Mann als du.«

Bruns Lob überraschte Ayla, die plötzlich gewahr wurde, wie Durc schon wieder mit Uba kämpfte und sich losreißen wollte. Sie konnte es nicht länger mit ansehen. Schnell machte sich Ayla auf den Weg. Als sie an Brun vorüberkam, neigte sie den Kopf und hob die Hand zum Dank. Oben am zersplitterten Grat drehte sie sich langsam um und blickte noch einmal zurück. Sie sah, wie Brun die Hand hob, als wollte er sich das Auge reiben; doch war es wohl eher ein Zeichen, jenes Zeichen, das Norg ihnen nachgesandt hatte, als sie nach dem Miething sich auf den Heimweg machten.

Das Tal der Pferde

Für *Karen,*
die die erste Fassung, auch die meines ersten Buches, las
und herzlichst
für *Asher*

1

Sie war tot. Was machte es schon, daß der zu nadelfeinem Eis gefrorene Regen ihr die Haut aufriß, als würde sie geschunden! Die junge Frau kniff die Augen gegen den Wind zusammen und zog ihre Kapuze aus Vielfraßfell enger um den Kopf. Heftige Windstöße drückten ihr die Bärenfellbeinlinge gegen das Schienbein.

Wuchsen diese Bäume weiter vorn? Sie glaubte sich zu erinnern, vor einiger Zeit am Horizont eine unregelmäßige Reihe von Bäumen gesehen zu haben; hätte sie doch besser aufgepaßt oder wäre ihr Gedächtnis so gut wie beim Rest des Clans! In ihrer Vorstellung gehörte sie immer noch zum Clan; dabei hatte sie das nie getan, und jetzt war sie tot.

Sie senkte den Kopf und stemmte sich gegen den Wind. Der Sturm war ganz plötzlich über sie hergefallen, kam vom Norden heruntergebraust, und sie brauchte verzweifelt Schutz. Aber sie war weit von der Höhle entfernt und kannte die Gegend nicht. Der Mond hatte ab- und wieder zugenommen seit sie fortgegangen war, und noch immer hatte sie keine Ahnung, wohin sie eigentlich ging.

Nach Norden, zum Festland hinter der Halbinsel, das war alles, was sie wußte. In der Nacht, da Iza gestorben war, hatte diese ihr gesagt, sie solle fortgehen, ihr erklärt, Broud würde bestimmt Mittel und Wege finden, ihr wehzutun, wenn er Führer des Clans wurde. Iza hatte recht gehabt. Broud hatte ihr wehgetan, schlimmer als sie es sich je vorgestellt hatte.

Er hat keinen Grund gehabt, ihr Durc wegzunehmen, dachte Ayla. Er ist mein Sohn. Broud hat auch keinen Grund gehabt, mich zu verfluchen. Er ist es, der die Geister erzürnt hat. Er ist es, dem sie das Erdbeben zu verdanken hatten. Diesmal hatte sie jedenfalls gewußt, was sie erwartete. Aber dann war alles so schnell gegangen, daß sogar der Clan eine Zeitlang gebraucht hatte, damit fertigzuwerden und sie aus seinen Reihen auszustoßen, daß sie ihnen nicht mehr unter die Augen kommen durfte. Nur Durc hatten sie nicht davon abhalten können, sie zu besuchen; dabei war sie für den Rest des Clans tot gewesen.

Broud hatte sie in einer Aufwallung von Zorn verflucht. Als Brun sie verflucht hatte, das erste Mal, hatte er sie darauf vorbereitet. Er hatte Grund dazu gehabt; sie hatten gewußt, daß er es tun mußte, und er hatte ihr eine Chance gegeben.

Als wieder ein eisiger Windstoß sie anfuhr, hob sie den Kopf und stellte fest, daß es Zwielicht war. Bald würde es dunkel sein, und sie hatte kein Gefühl mehr in den Füßen. Schneematsch sickerte ihr durch die ledernen Fußlinge, trotz des Riedgrases, mit dem sie sie ausgestopft hatte. Erleichtert erkannte sie eine verkrüppelte zwergwüchsige Kiefer.

Bäume waren selten in der Steppe; sie wuchsen nur dort, wo der Boden feucht genug war. Eine Doppelreihe von Kiefern, Birken oder Weiden, die der Wind zu geduckten, unregelmäßigen Formen hatten verkümmern lassen, verriet für gewöhnlich einen Wasserlauf; bei anhaltender Trockenheit ein willkommener Anblick in einem Land, in dem das Grundwasser selten war. Wenn Stürme von den großen Gletschern im Norden herunterfegten, boten sie, wenn auch nur geringen, Schutz.

Nach ein paar Schritten kam die junge Frau an den Rand eines Flusses, obwohl nur eine schmale Rinne freies Wasser zwischen den vereisten Ufern dahinfloß. Sie folgte ihm abwärts in westlicher Richtung und hielt dabei Ausschau nach dichterem Baumbewuchs, der mehr Schutz gewähren würde als das Gestrüpp in der Nähe.

Mit heruntergezogener Kapuze kämpfte sie sich mühselig voran, doch als der Wind unvermittelt aufhörte, hob sie den Kopf. Auf der anderen Seite schützte ein niedriger Steilhang den Fluß. Das Riedgras schützte beim Hinüberwaten zwar nicht vor dem eisigen Wasser, doch sie war froh, dem Wind nicht mehr ausgesetzt zu sein. An einer Stelle war der Hang ausgehöhlt und eine Art Dach aus verfilzten Graswurzeln und ineinander verflochtener alter Vegetation entstanden; darunter fand sich ein einigermaßen trockener Platz.

Sie löste die vom Wasser aufgequollenen Riemen, mit deren Hilfe sie die Kiepe auf ihrem Rücken festhielt, nahm sie mit einem Schulterrucken herunter und holte ein schweres Auerochsenfell sowie einen derben, von kleineren Zweigen befreiten Knüppel heraus. Dann stellte sie ein flaches, sanft abfallendes Zelt auf, dessen Enden sie mit Felsbrocken und schwerem Treibholz beschwerte; der aufgestellte Knüppel hielt es vorn offen.

Mit den Zähnen löste sie die Riemen ihrer Handlinge, ungefähr runde Lederstücke, an denen noch das Fell saß; an den Handgelenken hatte sie sie zugebunden; durch einen kleinen

Schlitz konnte sie den Daumen hindurchstecken, wenn sie etwas anpacken wollte. Die Fußlinge waren genauso gemacht, nur ohne Schlitz. Jetzt hatte sie größte Mühe, die vom Wasser aufgequollenen Riemen zu lösen, mit denen sie sie sich um die Fußgelenke gebunden hatte. Vorsichtig achtete sie darauf, daß beim Ausziehen nichts von dem nassen Riedgras verlorenging.

Die nasse Seite nach unten, breitete sie das Bärenfell auf dem Zeltboden aus, legte das Riedgras sowie die Hand- und Fußlinge obendrauf und kroch dann mit den Füßen voran ins Zelt. Sie schlug die beiden Seiten des Bärenfells um sich und zog die Tragekiepe heran, um die Zeltöffnung zu versperren. Sie rieb sich die kalten Füße, und als ihr feuchtes Nest allmählich warm wurde, rollte sie sich zusammen und schloß die Augen.

Der Winter machte die letzten frostigen Atemzüge und wich zögernd dem Frühling, aber die noch junge Jahreszeit zeigte weiterhin ihren Mutwillen. Unter kälteträchtigen Nachwehen eisiger Winde ließen mildere Tage quälend schon sommerliche Hitze ahnen. Ohne jede Vorwarnung legte sich der Sturm im Laufe der Nacht.

Als Ayla erwachte, glitzerte grell die Sonne auf Streifen von Eis und Schnee am Ufer, und der Himmel war strahlend und tiefblau. Wolkenfetzen trieben fern im Süden. Ayla kroch aus ihrem Zelt hinaus und rannte mit ihrem Wassersack barfuß zum Wasser. Ohne sich um die eisige Kälte zu kümmern, füllte sie die mit Leder bedeckte Blase, nahm einen tiefen Schluck und rannte zurück. Nachdem sie sich erleichtert hatte, kroch sie nochmal in den Pelz, um sich wieder aufzuwärmen.

Sie blieb jedoch nicht lange liegen. Dazu reizte es sie jetzt, wo der Sturm sich verzogen hatte und die Sonne herausgekommen war, zu sehr, draußen zu sein. Sie band sich die im Laufe der Nacht durch die Körperwärme getrockneten Fußlinge um und rollte das Bärenfell mit dem pelzgefütterten Lederumhang zusammen, in dem sie geschlafen hatte. Sie holte ein Stück getrocknetes Fleisch aus der Kiepe, verstaute Zelt und Handlinge darin und machte sich kauend auf den Weg.

Der Fluß verlief in ziemlich gerader Richtung sanft hügelab, und das Gehen war leicht. Leise summte Ayla eine eintönige Melodie. Am Ufergestrüpp bemerkte sie hier und da Flecken von jungem Grün. Gelegentlich reckte sogar eine Blume das winzige Blütenköpfchen mutig durch den schmelzenden Schnee und ließ sie lächeln. Ein Brocken Eis brach herunter, schlitterte einen Schritt lang neben ihr her und wurde dann von der kräftigen Strömung eilends davongetragen.

Der Frühling hatte begonnen, als sie die Höhle verlassen hatte, aber an der Südspitze der Halbinsel war es wärmer und die wärmere Jahreszeit setzte früher ein als hier. Die hohe Bergkette hielt die eisigen Nordwinde ab, und milde Winde, die vom Binnenmeer herankamen, wärmten den schmalen Küstenstreifen samt den Südhängen, trugen Feuchtigkeit heran und schufen ein gemäßigtes Klima.

In den Steppengebieten war es kälter. Sie hatte das Ostende der Bergkette umrundet, doch als sie über die offene Grassteppe nordwärts wanderte, zog der Vorfrühling mit ihr, schien allerdings über vorfrühlingshafte Wärme nie hinauszukommen.

Die heiseren Schreie von Meerschwalben erregten ihre Aufmerksamkeit. Sie blickte in die Höhe und sah etliche von den kleinen, mövenartigen Vögeln mühelos mit ausgestreckten Flügeln dahinschießen und kreisen. Das Meer mußte nahe sein, dachte sie. Die Vögel müßten jetzt eigentlich brüten, und das bedeutete Eier. Sie beschleunigte ihren Schritt. Vielleicht sogar Muscheln an den Felsen und im Sand, Napfschnecken und Seeanemonen an Stellen, wo das zurückfließende Wasser in Tümpeln stehengeblieben war.

Die Sonne näherte sich ihrem Höchststand, als sie eine geschützte Bucht erreichte, die von der Südküste des Festlands und der Nordwestflanke der Halbinsel gebildet wurde. Endlich war sie an dem breiten Hals angelangt, der die Landzunge mit dem Festland verband.

Ayla nahm die Kiepe von den Schultern und kletterte einen zerklüfteten Felsen hinauf, der sich hoch über das umliegende Land erhob. Mächtige Wellen hatten aus der dem Meer zugewandten Seite der Klippe schrundige Felsbrocken herausgewaschen. Scharen von Lummen und Meerschwalben schossen um sie herum und stießen wütende Schreie aus, als sie Eier einsammelte. Ein paar von den nestwarmen Eiern schlug sie an Ort und Stelle auf und schlang ihren Inhalt hinunter. Andere verstaute sie in der Falte ihres hochgerafften Umhangs; dann kletterte sie wieder hinunter.

Sie streifte die Fußlinge ab und watete in das schäumende Wasser am Ufer, um die Miesmuscheln, die sie von niedrigen Felsen im Wasser losgebrochen hatte, vom Sand zu reinigen. Blumenähnliche Seeanemonen zogen ihre blütenblattähnlichen Auswüchse ein, als sie versuchte, sie in den Tümpeln zu pflükken, die die Ebbe zurückgelassen hatte. Allerdings waren diese Gewächse von einer Form und einer Farbe, die ihr nicht vertraut waren. So rundete sie ihre Mahlzeit statt dessen mit ein paar Venusmuscheln ab; kleine Vertiefungen im Sand verrieten, wo sie saßen, so daß sie sie leicht ausgraben konnte. Sie machte kein Feuer, sondern genoß die Gaben des Meeres roh.

Vollauf gesättigt, ließ die junge Frau sich am Fuß der Klippe nieder, um sich auszuruhen, doch dann kletterte sie nochmals hinauf, um einen besseren Überblick über Küste und Festland zu bekommen. Die Arme um die Knie geschlungen, hockte sie auf der höchsten Spitze des Monolithen und schaute über die Bucht hinaus. Der Wind, der ihr ins Gesicht blies, duftete würzig nach dem üppigen Leben, das die See barg.

Die Südküste des Erdteils zog sich in sanftem Bogen nach Westen. Hinter einem schmalen Saum aus Bäumen bot sich ihr ein weiter Blick auf Steppenland, das sich nicht von der kalten Grassteppe der Halbinsel unterschied; von irgendwelchen menschlichen Behausungen keine Spur.

Da liegt es, dachte sie, das Festland, das nach der Halbinsel kommt. Und wohin wende ich mich jetzt, Iza? Du hast gesagt, da wären Andere, aber ich sehe niemand. Während sie die Blicke über das weite leere Land schweifen ließ, wanderten ihre Gedanken zurück zu jener schrecklichen Nacht vor drei Jahren, in der Iza gestorben war.

»Du bist nicht vom Clan, Ayla. Du bist ein Kind der Anderen; du gehörst zu ihnen. Du mußt fort, Kind, mußt deine eigenen Leute finden.«

»Fort? Wohin soll ich, Iza? Ich kenne die Anderen nicht, wüßte nicht, wo ich sie suchen sollte.«

»Nach Norden, Ayla. Geh nach Norden. Im Norden gibt es viele von ihnen, auf dem Festland hinter der Halbinsel. Du kannst nicht hierbleiben. Broud findet Mittel und Wege, dir wehzutun. Zieh los und such sie, mein Kind. Such deine eigenen Leute und such dir selbst einen Gefährten.«

Sie war nicht fortgezogen, hatte es nicht fertiggebracht. Jetzt jedoch blieb ihr keine Wahl. Sie mußte die Anderen finden, es gab niemand sonst. Zurück konnte sie nicht; sie würde ihren Sohn nie wiedersehen.

Tränen rannen Ayla übers Gesicht. Zuvor hatte sie nicht geweint. Ihr Leben hatte auf dem Spiel gestanden, als sie fortgezogen war, und Kummer war ein Luxus, den sie sich nicht leisten konnte. Doch nun, da die Barriere überwunden war, gab es kein Halten mehr.

»Durc . . . mein Kleiner«, schluchzte sie und barg das Gesicht in den Händen. Warum hat Broud dich mir weggenommen?

Sie weinte um ihren Sohn und um den Clan, den sie hatte verlassen müssen; und sie weinte um Iza. Eine andere Mutter kannte sie nicht; dann weinte sie um ihre Einsamkeit und aus Angst vor der unbekannten Welt, die sie erwartete. Aber nicht um Creb, der sie um ihrer selbst willen geliebt hatte – noch nicht. Dieser Gram war zu frisch; sie war noch nicht soweit, sich dem zu stellen.

Nachdem die Tränen geflossen waren, ertappte Ayla sich dabei, daß sie auf den Schaum der sich unten brechenden Wellen hinabstarrte. Sie beobachtete, wie die heranrollenden Brecher Gischtfontänen in die Höhe schießen ließen und die zerrissenen Felsen umbrodelten.

Es würde ein leichtes sein, dachte sie.

Nein! Kopfschüttelnd straffte sie sich. Ich habe ihm gesagt, meinen Sohn könne er mir nehmen und mich zwingen, fortzugehen; auch zu Tode verfluchen könne er mich, nicht jedoch, mich dazu zu bringen zu sterben.

Sie schmeckte Salz, und ein schiefes Lächeln verzog ihr Gesicht. Ihre Tränen hatte Iza und Creb immer durcheinandergebracht. Den Leuten des Clan stieg nicht das Wasser in die Augen, es sei denn, sie wären krank – nicht einmal Durc konnte das. Zwar hatte er viel von ihr, und selbst Laut geben wie sie konnte er – aber die braunen Augen, die Durc hatte, waren Clan-Augen.

Rasch kletterte Ayla hinunter. Als sie sich die Kiepe auf den Rücken lud, überlegte Ayla, ob sie wohl wirklich schwache Augen hatte, oder ob den Anderen auch Tränen in die Augen stiegen. Dann ging ihr ein anderer Gedanke echogleich durch den Sinn: Such deine eigenen Leute und such dir selbst einen Gefährten.

Die junge Frau wanderte in westlicher Richtung an der Küste entlang, überquerte so manchen Fluß und Bach, der hier in das Binnenmeer mündete, doch dann stieß sie auf einen ziemlich breiten Strom. Daraufhin wandte sie sich nach Norden, folgte dem schnellströmenden Wasserweg ins Landesinnere und suchte nach einer Stelle, wo sie übersetzen konnte. Sie ließ das schmale Band von Fichten und Lärchen hinter sich, Waldungen, in denen ab und zu ein Riese weit über seine verkrüppelten Vettern hinauswuchs. Als sie die Festlandssteppen erreichte, gesellten sich Weiden, Birken und Zitterpappeln zu dem Gesträuch aus Krüppelkiefern.

Sie folgte jeder Windung und Schleife des mäanderförmig dahinfließenden Stroms, und mit jedem Tag, der verging, wurde ihre Beklommenheit größer. Der Fluß verlief allgemein in nordöstlicher Richtung und zwang sie daher, wieder in den Osten zurückzukehren. Manche Clans jagten in den östlichen Teilen des Festlandes. Sie hatte daher vorgehabt, auf ihrer Wanderung in den Norden in westlicher Richtung voranzugehen. Sie hatte keine Lust, zufällig auf irgendwelche Clansangehörige zu stoßen – wo sie doch mit einem Todesfluch belegt war! Sie mußte unbedingt hinüber, auf die andere Seite des Flusses.

Als der Strom sich verbreiterte und sich in zwei Kanäle verzweigte, die um eine kleine, mit grobem Kies bedeckte Insel herumflossen, an deren steinigen Ufern sich niedriges Buschwerk angesiedelt hatte, beschloß sie, den Übergang zu wagen. Eine Reihe größerer Felsen, die aus dem Kanal auf der anderen Seite herausragten, ließen vermuten, daß er seicht genug war, um hinüberwaten zu können. Sie war eine gute Schwimmerin, wollte jedoch ihre Kleidung und ihre Kiepe nicht naß werden lassen. Es könnte sein, daß es zu lange dauerte, bis alles wieder trocken war, und die Nächte waren immer noch empfindlich kalt.

Sie ging am Ufer hin und her und beobachtete das rasch dahinströmende Wasser. Nachdem sie sich für die seichteste Stelle entschieden hatte, zog sie sich nackt aus, verstaute alles in ihrer Kiepe, hielt diese in die Höhe und stieg ins Wasser. Die Felsen unter ihren Füßen waren schlüpfrig, und die Strömung drohte sie umzuwerfen. Als sie die Mitte des ersten Wasserarms erreicht hatte, ging ihr das Wasser bis zur Hüfte, doch sie erreichte ohne Mißgeschick die Insel. Der zweite Wasserarm war breiter. Sie war sich nicht sicher, ob sie überhaupt hinüberkäme, doch sie hatte die Hälfte bereits geschafft und wollte nicht aufgeben.

Sie hatte die Mitte des zweiten Flußarms bereits hinter sich, als es plötzlich tiefer wurde und ihr das Wasser bis zum Hals stand, obwohl sie auf Zehenspitzen ging; die Kiepe hielt sie sich über den Kopf. Plötzlich fiel der Boden steil ab. Ihr Kopf tauchte unter und sie schluckte unwillkürlich Wasser. Doch im nächsten Augenblick trat sie Wasser, die Kiepe immer noch auf dem

Kopf. Mit der einen Hand hielt sie sie im Gleichgewicht, während sie mit der anderen versuchte, auf das Ufer zuzurudern. Die Strömung ergriff sie und trug sie fort, doch nur eine kurze Strecke. Dann spürte sie wieder Felsen unter sich, und gleich darauf stieg sie die Uferböschung hinauf.

Ayla ließ den Strom hinter sich und wanderte wieder durch Steppengebiet. Die Tage mit Sonnenschein überwogen schließlich die Regentage; die warme Jahreszeit hatte sie auf ihrer Wanderung gen Norden endlich eingeholt. Aus den Knospen an Bäumen und Sträuchern wurden Blätter, und an den Spitzen der Nadelbaumzweige zeigte sich helles frisches Grün. Sie pflückte davon und kaute unterwegs darauf herum; der leicht beizende Tannengeschmack tat ihr wohl.

Sie gewöhnte sich an, den ganzen Tag über bis kurz vor Einbruch der Dämmerung zu wandern, und wenn sie dann einen Bach oder einen Wasserlauf fand, schlug sie dort ihr Lager auf. Wasser war immer noch leicht zu finden. Frühjahrsregen und Schneeschmelze in den nördlichen Regionen hatten die Flüsse so anschwellen lassen, daß sie über die Ufer getreten waren; Wasser füllte Mulden und Rinnen, die später austrocknen oder bestenfalls zu Schlammlöchern werden würden. Daß Wasser in Hülle und Fülle vorhanden war, würde rasch vorübergehen. Die Feuchtigkeit würde bald aufgesaugt und verdunstet sein, freilich nicht, bevor sie die Steppe erblühen ließ.

Fast über Nacht bedeckte das Weiß, Gelb und Violett – seltener Leuchtend-blau und Rot blühender Kräuter das Land und verschmolz in der Ferne mit dem dort vorherrschenden jungen Grün des Grases. Ayla schwelgte in der Schönheit der Jahreszeit. Der Frühling war ihr immer das liebste gewesen.

Je mehr das Leben auf den offenen Ebenen sproß, desto weniger verließ sie sich bei ihren kärglichen Mahlzeiten auf die haltbar gemachte Nahrung, die sie bei sich trug, und desto mehr lebte sie von dem Land. Sie kam deswegen kaum weniger schnell voran. Jede Frau des Clans lernte schon als Kind, beim Unterwegssein Blätter, Blüten, Knospen und Beeren zu pflükken, meist ohne deshalb stehenzubleiben. Sie befreite einen kräftigen Stecken von Blättern und kleinen Zweigen, spitzte das eine Ende mit einem Feuersteinmesser an und benutzte den Grabstock, um nicht minder rasch Wurzeln und Knollen freizulegen. Es war leicht, genug einzusammeln. Sie brauchte ja nur sich selbst zu versorgen.

Allerdings hatte Ayla einen Vorteil, dessen die Frauen des Clans sich für gewöhnlich nicht erfreuten. Sie konnte jagen. Gewiß, nur mit einer Schlinge, aber sogar die Männer hatten – nachdem sie sich grundsätzlich mit der Vorstellung abgefunden hatten, daß sie jagte – zugegeben, daß sie von allen Clansangehörigen, die mit der Schlinge auf die Jagd gingen, am geschicktesten war. Sie hatte es sich selbst beigebracht, und sie hatte teuer für das Erlernen dieser Kunst bezahlt.

Seit sprießende Kräuter und Gräser jene Tiere, die in ihrem Bau unter der Erde überwinterten wie Erdhörnchen, Riesenhamster, große Wüstenspringmäuse und Hasen aus ihren Winterquartieren hervorlockten, trug Ayla auch wieder ihre Schlinge griffbereit über den Riemen gelegt, mit dem sie ihren Pelzumhang geschlossen hielt. Auch den Grabstock pflegte sie dort hinzustecken, doch ihr Medizinbeutelchen trug sie wie immer am Leibriemen unter ihrem Untergewand.

Nahrung war reichlich vorhanden, und Holz und Feuer kaum weniger schwierig zu sammeln und zu entzünden. Sie verstand sich aufs Feuermachen und abgestorbene Bäume fanden sich immer wieder. Wann immer sie auf dürre Zweige oder Wildlosung stieß, sammelte sie sie ein. Allerdings machte sie nicht jeden Abend ein Feuer. Manchmal mangelte es ihr an dem richtigen Brennmaterial oder es war zu grün oder zu feucht; oder aber sie war zu müde und hatte keine Lust, sich damit abzumühen.

Freilich schlief sie nicht gern ohne die Sicherheit eines Feuers im Freien. Die ausgedehnten Steppen boten Lebensraum für zahllose größere Weidetiere, deren Anzahl von einer Reihe vierbeiniger Raubtiere verkleinert wurde. Ein Feuer hielt diese für gewöhnlich fern. Innerhalb des Clans war es üblich, daß ein hochstehendes männliches Mitglied unterwegs immer glühende Kohlen trug, um das nächste Feuer entfachen zu können; deshalb war es Ayla anfangs auch nicht in den Sinn gekommen, Gerät zum Feuermachen mit sich herumzuschleppen. Nachdem sie sich das zur Gewohnheit gemacht hatte, fragte sie sich, warum sie nicht schon früher darauf gekommen war.

Nur nützten Feuerbohrer und das flache Bohrholz auch nichts, wenn Zunder oder Holz zu grün oder feucht waren. Als sie jedoch das Skelett eines Auerochsens fand, glaubte sie, daß ihre Probleme gelöst seien.

Der Mond hatte sich abermals gerundet, und der feuchte Frühling ging in den Frühsommer über. Ayla wanderte immer noch über die breite Küstenebene, die sich sanft dem Binnenmeer zuneigte. Schlamm, der durch den jahreszeitlich unterschiedlich hohen Wasserstand der Flüsse heruntergeschwemmt wurde, bildete durch seine Ablagerungen oft lange, zum Teil durch Sandbänke verschlossene oder sogar gänzlich abgeriegelte tote Flußarme, Lagunen oder Tümpel.

Ayla hatte ein Lager auf trockenem Boden aufgeschlagen und war am Vormittag an einem solchen kleinen Tümpel stehengeblieben. Das Wasser machte einen fauligen Eindruck; offenbar war es ungenießbar, aber ihr Wasservorrat war sehr klein. Sie schöpfte mit der hohlen Hand, um zu kosten, spie das brackige Wasser aus und nahm einen kleinen Schluck aus ihrem Wasserbeutel, um sich den Mund auszuspülen.

Ich möchte wissen, ob der Auerochse hier auch von diesem Wasser getrunken hat, dachte sie, als sie vor den ausgebleichten Knochen und dem Schädel mit den spitz zulaufenden Hörnern stand. Sie kehrte dem Tümpel mit dem stehenden Wasser und dem Gebein, das sie an den Tod erinnerte, den Rücken zu, aber das Gerippe wollte ihr nicht aus dem Sinn. Immer wieder sah sie den weißen Schädel und die langen Hörner vor sich, besonders die geschwungenen hohlen Hörner.

Gegen Mittag machte sie in der Nähe eines Flusses Rast und beschloß, ein Feuer zu machen und ein Kaninchen zu braten, das sie erlegt hatte. Als sie in der warmen Sonne saß und den Feuerbohrer zwischen den Handflächen auf der hölzernen Unterlage herumwirbeln ließ, wünschte sie, Grod würde auftauchen mit der Glut, die er bei sich trug – worin?

Sie sprang auf, verstaute Feuerbohrer und Holzunterlage in der Kiepe, legte das Kaninchen obenauf und eilte den Weg zurück, den sie gekommen war. Als sie den Tümpel erreichte, blickte sie sich suchend nach dem Schädel um. Für gewöhnlich hatte Grod ein in trockenes Moos oder Flechten eingewickeltes Glutstück im langen hohlen Horn eines Auerochsen dabei. Hätte sie ein solches Horn, konnte auch sie Feuer mit sich herumtragen.

Doch während sie am Horn herumzerrte, um es vom Schädel zu lösen, überkamen sie Gewissensbisse. Weibliche Clansangehörige durften kein Feuer tragen; das war verboten. Aber wer trägt es dann, wenn ich es nicht tue, dachte sie, riß noch einmal mit aller Macht und brach das Horn vom Schädel los. Rasch eilte sie dann fort, als ob allein der Gedanke an das Verbotene wachsame und mißbilligend blickende Augen beschworen hätte.

Es hatte eine Zeit gegeben, da ihr Überleben davon abgehangen hatte, daß sie sich einer Daseinsform anpaßte, die ihrem Wesen fremd war. Jetzt hing es von ihrer Fähigkeit ab, die Normen ihrer Kindheit abzuschütteln und selbst zu denken. Das Auerochsenhorn war ein Anfang und ließ Gutes für die Zukunft erwarten.

Doch das Feuer mit sich zu tragen war schwieriger, als sie sich vorgestellt hatte. Am Morgen suchte sie nach trockenem Moos, um ihre Glut darin einzuwickeln. Doch was in der bewaldeten Gegend um die Höhle herum so reichlich vorhanden gewesen war – hier, auf den trockenen offenen Ebenen war es nicht zu finden. Schließlich entschied sie sich für Gras. Zu ihrem großen Kummer war die Glut erkaltet, als sie ihr neues Lager aufschlagen wollte. Aber sie wußte, daß es möglich war; auch hatte sie oft genug ein Feuer mit Erde aufgeschüttet, so daß es die ganze Nacht über weiterglühte. Sie besaß das notwendige Wissen. Versuche schlossen Fehlschläge ein, und so wickelte sie abends viele Male erloschene Glut aus, ehe sie ein Verfahren entdeckte, ein Stück Glut vom Feuer eines Lagers bis zum nächsten zu erhalten. Fortan trug sie auch noch das Horn des Auerochsen an ihrem Hüftriemen mit sich.

Ayla fand bei den Flüssen, auf die sie stieß, immer wieder Stellen, an denen sie hinüberwaten konnte, doch als sie auf den großen Fluß stieß, wußte sie, daß sie eine andere Methode des Übersetzens finden müßte. Ein paar Tage lang folgte sie dem Strom flußaufwärts. Er bog nach Nordosten ab und wurde keineswegs schmaler.

Obwohl sie meinte, aus dem Gebiet herauszusein, in dem noch Angehörige des Clans jagen mochten, wollte sie nicht nach Osten. Sich nach Osten wenden, hieß zum Clan zurückkehren. Aber sie konnte nicht zurück, und so wollte sie nicht einmal in östlicher Richtung weiter vorstoßen. An ihrem offenen Lager beim Fluß konnte sie aber auch nicht bleiben. Sie mußte hinüber; es gab keine andere Möglichkeit.

Zwar meinte sie, es schaffen zu können – schließlich war sie immer eine kräftige Schwimmerin gewesen –, aber nicht, wenn sie dabei die Kiepe mit all ihren Habseligkeiten überm Kopf halten mußte. Das Problem waren ihre Sachen.

Sie saß im Windschatten eines umgestürzten Baumes, dessen kahle Äste im Wasser lagen, neben einem kleinen Feuer. Die Nachmittagssonne glitzerte wegen der starken Strömung auf der bewegten Oberfläche des Flusses. Ab und zu trieben abgestorbene Äste, Schilf und Gras vorüber. Das erinnerte sie an den Fluß, der in der Nähe der Höhle vorbeigeflossen war, und sie dachte an den Lachs- und Störfang dort, wo der Fluß ins große Binnenmeer mündete. Das Schwimmen hatte ihr immer Spaß gemacht, Iza hingegen Sorgen. Ayla erinnerte sich nicht daran, wie sie schwimmen gelernt hatte; es war, als hätte sie es immer gekonnt.

Warum wohl niemand sonst gern geschwommen war, sann sie. Sie fanden es befremdlich, daß ich gern so weit hinausschwamm ... bis einmal Ona ums Haar ertrunken wäre.

Sie wußte noch genau, wie dankbar alle gewesen waren, daß sie dem Kind das Leben gerettet hatte. Brun hatte ihr sogar aus dem Wasser herausgeholfen. Bei dieser Gelegenheit war ihr ein warmes Gefühl der Anerkennung entgegengeschlagen, fast, als ob sie wirklich zu ihnen gehört hätte. Daß ihre Beine lang und gerade waren und sie einen Körper hatte, der zu schmal und zu groß war und sie auch noch blondes Haar, blaue Augen und eine hohe Stirn hatte – all das hatte in diesem Augenblick keine Rolle gespielt. Danach hatten etliche Clansangehörige versucht, schwimmen zu lernen, aber sie hielten sich nicht besonders gut oben und hatten Angst vor tiefem Wasser.

Ob Durc es wohl jemals lernt? Er war ja nie so schwer wie die Babys der anderen und wird bestimmt auch nie so muskulös wie die meisten Männer. Ich meine, er könnte ...

Wer sollte es ihm jetzt beibringen? Ich bin nicht da, und Uba kann es nicht. Sie wird sich seiner annehmen; schließlich liebt sie ihn genauso wie ich, aber schwimmen kann sie nicht. Und Brun auch nicht. Brun wird Durc das Jagen beibringen und ihn beschützen. Er wird nicht zulassen, daß Broud meinem Sohn etwas antut, das hat er versprochen – obwohl er mich eigentlich gar nicht hatte wahrnehmen dürfen. Brun war ein guter Anführer, nicht wie Broud ...

Kann Broud die Ursache dafür sein, daß Durc in mir wuchs? Ein Schauder überlief Ayla bei dem Gedanken daran, wie Broud sie mit Gewalt genommen hatte. Iza hatte gesagt, Männer machten das so mit Frauen, die ihnen gefielen; aber Broud hat es nur getan, weil er wußte, wie sehr ich es haßte. Alle behaupten, es wäre der Geist der Totems, der den Anstoß dafür gibt, daß Babys wachsen. Dabei hat keiner der Männer ein Totem, das stark genug wäre, meinen Höhlenlöwen zu besiegen. Schwanger wurde ich erst, als Broud mich immer wieder zwang, und alle waren überrascht. Keiner hat gedacht, daß ich jemals ein Baby bekommen würde . . .

Ich wünschte, ich könnte miterleben, wie er heranwächst. Er ist schon groß für sein Alter, so wie ich. Bestimmt wird er einmal der Größte im Clan sein, da bin ich mir ganz sicher . . .

Nein, das bin ich nicht! Ich werde es nie erfahren. Ich werde Durc nie wieder sehen.

Hör auf, an ihn zu denken, befahl sie sich selbst und wischte eine Träne fort. Sie stand auf und trat an den Rand des Flusses. Es tut nicht gut, über ihn nachzudenken. Und bringt mich auch nicht über den Fluß hinüber! Sie war so sehr mit ihren Gedanken beschäftigt gewesen, daß sie den gegabelten Stamm, der nahe am Ufer vorübertrieb, erst gar nicht sah. Wie abwesend, und doch irgendwie bei der Sache, verfolgte sie, wie die auseinanderstrebenden Äste mit den ineinanderwachsenden Zweigen daran sich am Ufer verhedderten und beobachtete, ohne es recht zu sehen, wie der Stamm eine lange Zeit auf- und abwippte, um wieder freizukommen. Doch als ihr klar wurde, was dort vor sich ging, erkannte sie sogleich die Möglichkeiten, die sich daraus für sie ergaben.

Sie watete in das seichte Wasser hinein und zog den Stamm an Land. Es handelte sich um den oberen Teil eines ausgewachsenen Baums, der weiter flußaufwärts abgebrochen sein mußte und sich noch nicht allzusehr mit Wasser vollgesogen hatte. Mit der Feuerstein-Axt, die sie in einer Falte ihres Umhangs bei sich trug, hackte sie den längeren der beiden sich gabelnden Äste ab, so daß er ungefähr so lang war wie der andere, und befreite alles von den hinderlichen kleinere Zweigen, so daß zwei ziemlich lange Äste zurückblieben.

Nachdem sie sich rasch umgesehen hatte, strebte sie einer Gruppe von Birken zu, die von Waldreben umrankt wurden. Als sie an einer der frischen holzigen Ranken zerrte, löste sich ein langer, zäher Baststreifen. Beim Zurückgehen befreite sie diesen von den Blättern. Dann breitete sie ihr Schutzzelt auf dem Boden aus und leerte den Inhalt ihrer Kiepe darauf. Es war Zeit, eine Bestandsaufnahme zu machen und ihre Sachen neu zu packen.

Die Beinlinge mit dem Fell an der Innenseite sowie ihre Handlinge kamen zusammen mit dem gleichfalls pelzigen Winterumhang ganz nach unten; sie trug jetzt ihren Sommerumhang und brauchte den anderen vor dem nächsten Winter nicht mehr. Bei dem Gedanken an den nächsten Winter hielt sie einen Moment inne und sann darüber nach, wo sie ihn wohl erleben würde; lange verweilte sie jedoch nicht bei diesem Gedanken. Und wieder hielt sie inne, als sie das weiche geschmeidige Ledertuch hochnahm, mit dem sie Durc immer auf der Hüfte getragen hatte.

Sie brauchte es nicht; es war für ihr Überleben nicht notwendig; sie hatte es nur mitgenommen, weil es etwas war, das an ihn erinnerte. Sie hielt das Ledertuch an ihre Wange, legte es dann sorgfältig zusammen und verstaute es gleichfalls in der Kiepe. Obendrauf kamen die weichen, saugfähigen Lederstreifen, die sie für ihre Monatsblutungen brauchte. Als nächstes kamen ihre Fußlinge in die Kiepe. Sie lief jetzt barfuß und zog nur dann ein Paar an, wenn es feucht oder kalt war; aber sie zerschlissen bereits. Ayla war froh, ein zweites Paar mitgenommen zu haben.

Als nächstes sichtete sie ihre Vorräte. Eine Birkenrindentasche mit Ahornzucker war ihr noch geblieben. Ayla machte sie auf, brach ein Stück ab und steckte es sich in den Mund; ob sie wohl jemals wieder Ahornzucker kosten würde, wenn dieser aufgebraucht war?

Sie hatte immer noch ein paar Brocken Reiseproviant von der Art, wie die Männer sie mitnahmen, wenn sie auf die Jagd gingen und die aus ausgelassenem Fett, gemahlenem und getrocknetem Fleisch und Trockenfrüchten bestand. Der Gedanke an das köstliche Fett ließ ihr das Wasser im Mund zusammenlaufen. Das Niederwild, das sie mit ihrer Schlinge erlegte, war größtenteils mager. Ohne die pflanzliche Nahrung, die sie unterwegs sammelte, würde sie langsam zugrunde gehen; ihre Nahrung durfte nicht zu einseitig sein.

Sie verstaute den Reisevorrat in der Kiepe, ohne davon gekostet zu haben, und hob ihn sich für Notfälle auf. Hinzu kamen noch ein paar Streifen getrocknetes Fleisch – zäh wie Leder, aber nahrhaft –, etliche gedörrte Äpfel, ein paar Haselnüsse und wenige Beutel mit Körnern, die sie auf den Steppen in der Nähe der Höhle gesammelt hatte; eine verfaulte Wurzel warf sie fort. Oben auf ihre Vorräte legte sie Becher und Schale, ihre Kapuze aus Vielfraßfell und die bereits ziemlich zerschlissenen Fußlinge.

Sie nestelte ihren Medizinbeutel vom Leibriemen und ließ die Hand über das glatte, wasserundurchlässige Otterfell gleiten; die harten Knochen von Füßen und Schwanz waren deutlich zu spüren. Die Schlaufe, mit deren Hilfe sie den Beutel schließen konnte, war um die Halsöffnung herum eingefädelt, und der durchs Trocknen merkwürdig flach gewordene und noch am Halsende festsitzende Kopf diente als Patte. Iza hatte den Beutel für sie gefertigt und das Erbe von Mutter auf Tochter übergehen lassen, als sie, Ayla, die Medizinfrau des Clans geworden war.

Plötzlich – zum erstenmal seit vielen Jahren – fiel Ayla der erste Medizinbeutel ein, den Iza ihr gemacht hatte – derjenige, den Creb verbrannt hatte, als sie zum erstenmal mit dem Fluch belegt worden war. Brun hatte nicht anders gekonnt. Frauen war es verboten, Waffen anzurühren, und Ayla hatte ihre Schlinge schon eine ganze Reihe von Jahren benutzt. Aber er hatte ihr eine Chance zur Rückkehr gegeben – falls es ihr gelang zu überleben.

Bislang war es ihr unmöglich gewesen, über Creb nachzudenken; dazu war der Schmerz noch zu neu, saß der Kummer zu tief. Sie hatte den alten Zauberer genauso geliebt, wie sie Iza geliebt hatte. Er war Izas Bruder gewesen und der von Brun auch. Da ihm ein Auge und ein Teil des einen Arms fehlten, hatte Creb nie gejagt; dafür war er zum Heiligsten Mann aller Clans geworden, zum Mog-ur, dem Gefürchteten und Geachteten; sein vernarbtes, einäugiges altes Gesicht vermochte noch dem tapfersten Jäger Furcht einzujagen, aber Ayla kannte auch seine weiche Seite.

Er hatte sie beschützt, sie umsorgt und geliebt als das Kind einer Gefährtin, die er nie gehabt hatte. Sich mit dem Tod Izas vor drei Jahren abzufinden, hatte Ayla Zeit gehabt; wenn die Trennung von Durc sie auch schmerzte, immerhin wußte sie, daß er noch lebte. Um Creb hatte sie noch nicht getrauert. Doch jetzt, unversehens, wollte der Schmerz, den sie seit dem Erdbeben, in dem er umgekommen war, unterdrückt hatte, heraus. Laut rief sie seinen Namen.

»Creb . . . ach, Creb . . . Warum bist du zurückgegangen in die Höhle? Warum hast du sterben müssen?«

Dann entrang sich ihr aus tiefsten Innern ein hoher Klageschrei. Sie wiegte sich vor und zurück, vor und zurück, und beklagte ihren Verlust, ließ ihrer Sorge und ihrer Verzweiflung freie Bahn. Doch es war kein verständnisvoll sie umsorgender Clan da, seine Klage mit der ihren zu vereinen und an ihrem Kummer teilzunehmen. Sie war allein in ihrer Trauer, und sie klagte um ihre Verlassenheit.

Als ihre Klage verebbte, kam sie sich wie ausgetrocknet vor, doch der schreckliche Schmerz war verflogen. Nach einer Weile ging sie hinunter an den Fluß, wusch sich das von Tränen verschmierte Gesicht und verstaute dann ihren Medizinbeutel in der Kiepe. Dessen Inhalt brauchte sie nicht zu überprüfen. Sie wußte genau, was darin war.

Sie hob ihren Grabstock auf und schleuderte ihn beiseite, als Zorn in ihr aufwallte, den Kummer verdrängte und sie in ihrer Entschlossenheit noch bestärkte. Broud wird es nicht fertigbringen, daß ich sterbe!

Tief holte sie Atem und zwang sich dann weiterzupacken. Jetzt kamen das Gerät zum Feuermachen und das Auerochsenhorn hinein; dann holte sie verschiedene Feuersteingeräte aus den Falten ihres Überwurfs. Einer besonderen Falte entnahm sie einen runden Kieselstein, warf ihn in die Luft und fing ihn wieder auf. Jeder Stein, sofern er von der richtigen Größe war, ließ sich mit der Schleuder schleudern, aber zielsicher treffen ließ sich am besten mit glatten, runden Geschossen. Die paar, die sie hatte, behielt sie.

Dann griff sie nach ihrer Schleuder, einer Hirschlederschlaufe, die sich im mittleren Teil verbreiterte und lang zulaufende, durch vielen Gebrauch zusammengedrehte Enden besaß. Daß sie die Schleuder behalten mußte, war keine Frage. Sie löste die Verknotung des langen Lederriemens, den sie dergestalt um ihren weichen Ziegenlederumhang geschlungen hatte, daß die verschiedenen Falten entstanden, in denen sie Dinge mit sich herumtrug. Der Umhang fiel zu Boden. Sie stand nackt da und trug nur den kleinen Lederbeutel an einem Riemen um den Hals – ihr Amulett. Sie streifte Riemen und Beutel über den Kopf und erschauerte; ohne Amulett kam sie sich nackter vor als ohne Umhang; die kleinen Dinge darin gaben ihr Sicherheit.

Das waren nun all ihre Habseligkeiten, alles, was sie brauchte, um zu überleben – diese Dinge und dazu Wissen, Können, Erfahrung, Klugheit, Entschlossenheit und Mut.

Rasch rollte sie ihr Amulett, die Werkzeuge und ihre Schleuder in ihren Umhang ein und steckte auch dies in die Kiepe. Dann wickelte sie das Bärenfell drum herum und verschnürte es mit ihrem langen Riemen. Dieses Bündel wiederum rollte sie in ihr Zelt aus Auerochsenfell, und das Ganze zurrte sie mit Hilfe des frischgebrochenen Schlingengewächses auf dem Baumstamm fest.

Eine Weile starrte sie auf den breiten Strom und das ferne Ufer, dachte dann an ihr Totem, schob mit dem Fuß Sand auf das Feuer und schleifte den Baumstamm mitsamt all ihrer kostbaren Habe hinunter ins Wasser. Dort stellte sie sich fest auf die

Astgabelung, hielt sich an den stehengebliebenen Enden der ehemaligen Zweige fest und stieß dann mit ihrem Floß ab.

Immer noch eiskalt vom Schmelzwasser der Gletscher umfing das Wasser ihren nackten Leib. Sie schnappte nach Luft und konnte kaum atmen, doch Gefühllosigkeit setzte ein, und sie gewöhnte sich an das eisige Element. Die mächtige Strömung packte das Floß und versuchte, es weiter hinunterzutragen zum Meer. Das Floß schaukelte auf den Wellen, doch die Gabelung der Äste hielt es davon ab, sich um sich selbst zu drehen. Mit aller Macht strampelnd, kämpfte Ayla darum, es durch die schäumende Strömung hindurchzuschieben; in einem schrägen Winkel wurde sie abgedrängt, doch ging es immer noch auf das gegenüberliegende Ufer zu.

Sie kam nur quälend langsam voran. Jedesmal, wenn sie aufblickte, war das gegenüberliegende Ufer weiter entfernt, als sie gedacht hatte. Sie trieb viel rascher flußabwärts, als sie über den Fluß hinüberkam. Als die Strömung an der Stelle vorbeitrug, an der sie geglaubt hatte, landen zu können, war sie ausgepumpt und unterkühlt. Sie zitterte. Ihre Muskeln schmerzten. Ihr war, als hätte sie eine Ewigkeit mit den Füßen gestrampelt, um von Felsbrocken freizukommen, die man daran befestigt hatte. Trotzdem zwang sie sich weiterzumachen.

Schließlich war sie dermaßen erschöpft, daß sie sich der unerbittlichen Kraft der Strömung überließ. Das Wasser machte sich das augenblicklich zunutze und trieb das Floß zurück in die Richtung, die der Flußlauf nahm. Ayla klammerte sich verzweifelt an den Baumstamm, der jetzt sie beherrschte.

Doch weiter unten änderte der Fluß seinen Lauf und bog dort, wo es um eine Landzunge herumging, scharf von seiner südlichen Richtung nach Westen ab. Ayla hatte mehr als drei Viertel quer über die reißende Strömung geschafft, ehe sie sich ihrer Erschöpfung überließ, doch als sie jetzt das felsige Ufer sah, riß sie sich entschlossen noch einmal zusammen.

Sie zwang ihre Beine zu strampeln, stemmte sich gegen das Wasser, um das Ufer zu erreichen, ehe der Fluß sie um die Landzunge herumtrug. Geschlossenen Auges konzentrierte sie sich darauf, die Beine zu bewegen. Plötzlich spürte sie, wie der Baumstamm mit einem Ruck auf Grund lief und dann liegenblieb.

Ayla war unfähig, sich zu rühren. Halb im Wasser liegend, klammerte sie sich immer noch an den Zweigstümpfen fest. Eine Welle hob den Baumstamm von den schartigen Felsen herunter, und panisches Entsetzen ergriff die junge Frau. Sie zwang sie auf die Knie und schob den geschundenen Baumstamm auf den Sand. Dann fiel sie zurück ins Wasser.

Aber sie konnte nicht lange ruhen. Am ganzen Leibe zitternd zwang sie sich, die felsige Landzunge hinaufzukriechen. Mit fliegenden Händen versuchte sie, die Knoten des Schlinggewächses zu lösen; als sie das geschafft hatte, schleifte sie ihr Bündel hinauf auf den Strand. Der Lederriemen war noch schwieriger zu lösen. Die Hände zitterten ihr.

Die Vorsehung half. An einer schwachen Stelle riß der Riemen. Sie zerrte ihn los, stieß die Kiepe beiseite, kroch auf das Bärenfell und wickelte sich hinein. Als sie endlich aufhörte zu zittern, war die junge Frau schon längst eingeschlafen.

Nach der gefährlichen Flußüberquerung wandte Ayla sich in leicht westlicher Richtung gen Norden. Die Sommertage wurden wärmer, und sie suchte die offene Steppe nach irgendwelchen Zeichen menschlichen Lebens ab. Die Blüten der Kräuter, die den kurzen Frühling mit Farben erfüllt hatten, verblaßten, und das Gras wuchs fast hüfthoch.

Zu ihrer sonstigen Nahrung kamen jetzt auch noch Luzerne und Klee, und sie freute sich über die stärkehaltigen, leicht süßlich schmeckenden Erdnüsse, an die sie herankam, indem sie die wuchernden Oberflächenranken bis zur Wurzel zurückverfolgte. Die Bärenschoten mit der Reihe ovaler grüner und eßbarer Samen darin schwollen an; auch die Wurzeln dieser Pflanze konnte sie essen, und sie hatte keine Schwierigkeit, zwischen ihr und ihren giftigen Verwandten zu unterscheiden. Als die Reifezeit für die Knospen der Taglilien vorüber war, waren ihre Wurzeln immer noch zart. Einige frühreife Arten niedriggewachsender Beerensträucher zeigten durch die rote und schwarze Färbung der Früchte ihre Reife an, und außerdem gab es immer ein paar junge Blätter von Fuchsschwanz, Senf und Brennesseln, um ihren Hunger zu stillen.

An Zielen für ihre Schleuder mangelte es nicht. Pfeifhasen, Präriehunde, Wüstenspringmäuse und verschiedene Hasenarten – grau-braun jetzt und nicht mehr im weißen Winterfell – bevölkerten die Ebenen, und gelegentlich lief ihr sogar ein allesfressender, mäusevertilgender Riesenhamster über den Weg. Tieffliegende Wald- und Schneehühner waren ein besonderer Leckerbissen für sie, obgleich Ayla sich niemals an einem Schneehuhn gütlich tun konnte, ohne daran zu denken, daß die fetten Vögel mit den gefiederten Füßen Crebs Lieblingsspeise gewesen waren.

Doch das waren nur die kleineren Tiere, die es sich an der sommerlichen Fülle wohl sein ließen. Sie sichtete auch Hochwildherden – Rentiere, Rotwild und Riesenhirsche mit ihren gewaltigen Geweihen; gedrungene Steppenpferde, Esel und Onager, die beiden den Pferden ähnlich waren; mächtige Wisente oder auch kleinere Gruppen von Steppenantilopen kreuzten ihren Weg. Die Herde rötlich-brauner Wildrinder, deren Bullen bis zum Widerrist sechs Fuß maßen, graste mit den Frühlingskälbern, die noch an den ausladenden Eutern der Kühe saugten. Der Gedanke an das zarte Fleisch von Kälbern, die noch vom Muttertier gesäugt wurden, ließ Ayla das Wasser im Mund zusammenlaufen, doch mit ihrer Schleuder konnte sie nichts gegen die großen Auerochsen ausrichten. Sie begegnete wollhaarigen Mammuts auf ihrer Wanderschaft, und einmal sah sie sogar, wie eine Herde von Moschusochsen einen Ring um ihre Jungtiere bildete und einem Rudel angriffslustiger Wölfe die Stirn bot. Einer Familie der leicht reizbaren Wollhaarnashörner ging sie gleich aus dem Weg. Brouds Totem, erinnerte sie sich – wie passend!

Als die junge Frau immer weiter in den Norden kam, fiel ihr auf, daß die Landschaft sich veränderte. Sie wurde trockener und öder. Sie hatte die unregelmäßig verlaufende nördliche Grenze der feuchten, im Winter schneebedeckten Festlandssteppen erreicht. Jetzt kamen die trockenen Lößsteppen, die sich bis unmittelbar an die steilaufragenden Wände der nördlichen Eiskappe erstreckten und die es nur während der Eiszeit gab.

Gletscher – massive übereinandergelagerte Eisschichten, die sich über den gesamten Kontinent erstreckten – hüllten die nördliche Hemisphäre ein. Fast ein Viertel der gesamten Erdoberfläche wurde von ihrem unermeßlichen Gewicht erdrückt. Die riesigen Wassermengen, die sie banden, bewirkten, daß der Wasserspiegel der Ozeane sich senkte, die Landmasse sich entsprechend vergrößerte und auch die Umrisse dieser Kontinente sich veränderte. Kein Teil des Erdballs war ihrem Einfluß entzogen, Regenfälle überfluteten die Gebiete um den Äquator, und die Wüsten schrumpften; doch am nachhaltigsten wirkte sich der Einfluß der Eiskappe an ihren Rändern aus.

Die riesige Eisdecke kühlte die darüberliegende Luft, was zur Folge hatte, daß die Feuchtigkeit darin sich verdichtete und als Schnee herunterkam. Um den Mittelpunkt der Eiskappe setzte sich jedoch Hochdruck durch und schuf eine extrem trockene Kältezone, welche die Schneefälle immer weiter an den Rand drängte. Die Eisränder schoben sich zunehmend nach Süden vor, die Eisdecke selbst war von unglaublicher Einförmigkeit und nahezu zweitausend Meter dick.

Da der größte Teil des Schnees auf dem Eis herunterging und dafür sorgte, daß die Eisdecke immer größer wurde, war das Land südlich davon trocken – und gefroren. Der ständige Hochdruck über dem Mittelpunkt der Eiskappe ließ ein atmosphärisches Gefälle entstehen, das die extrem kalte Trockenluft in Richtung auf Tiefdruckgebiete fließen ließ; Wind wehte von Norden herunter und kam auf den Steppen niemals zum Stillstand, sondern variierte höchstens in seiner Stärke. Unterwegs riß er das von den Eismassen staubfein zermahlene Felsgestein in die Höhe. In der Luft verdichteten sich diese Staubteilchen zu einer körnigen, lehmartigen Substanz – Löß –, die über Hunderte von Kilometern entfernt niederging und eine viele Fuß dicke Schicht fruchtbaren Bodens bildete.

Im Winter trieben heulende Winde den spärlichen Schnee über das schwarze, gefrorene Land. Die Erde drehte sich jedoch immer noch um ihre geneigte Achse, und die Jahreszeiten lösten einander immer noch ab. Nur um wenige Grade niedrigere Jahresdurchschnittstemperaturen geben den Anstoß zur Gletscherbildung, und nur wenige heiße Tage wirken sich kaum aus, es sei denn, sie erhöhten die Mittelwerte.

Im Frühjahr schmolz der wenige im Winter gefallene Schnee, die Eisoberfläche erwärmte sich, Schmelzwasser sickerte aus den Gletschern und rann über die Steppen. Dieses Schmelzwasser weichte den Boden über dem Dauerfrost in der Tiefe genug auf, daß flachwurzelnde Gräser und andere Pflanzen sprießen konnten. In der Mitte des Sommers verdorrte es, ein ganzer Erdteil war von Grasland bedeckt, und dazwischen gab es in Meeresnähe nur verstreut kleinere Wald- und Tundraflächen.

In den Gebieten, die unmittelbar südlich der Eisränder lagen und wo die Schneedecke nur gering war, lieferte das Gras das ganze Jahr über Futter für Millionen und Abermillionen grasender und von Samen sich ernährender Tiere, die sich an die Eiskälte des Nordens angepaßt hatten – und diese wiederum gaben jenen Raubtieren Nahrung, die sich an jedes Klima anpassen, das ihren Beutetieren Nahrung gibt. Mammuts grasten am Fuß blau-weiß schimmernder, nahezu zweitausend Meter steil in die Höhe ragender Eiswände.

Wasserläufe, die in der wärmeren Jahreszeit vom Schmelzwasser gespeist wurden, fraßen sich durch die tiefe Lößschicht und oft auch noch durch das Sedimentgestein bis hinunter auf die kristalline Granitplatte, welche das Fundament des Erdteils bildete. Tiefe Schluchten und Flußverengungen waren überall in der offenen Landschaft zu finden, aber Flüsse sorgten für Wasser und Schluchten boten Schutz vor dem Wind. Selbst in den trockenen Lößsteppen gab es grüne Täler.

Es wurde wärmer, und während ein Tag dem anderen folgte, wurde Ayla des Wanderns müde, wurde sie der Eintönigkeit der Steppen, der unbarmherzig herabscheinenden Sonne und des unablässig wehenden Windes überdrüssig. Ihre Haut wurde hart, sprang auf und pellte sich. Ihre Lippen waren aufgesprungen, die Augen entzündet, und im Hals hatte sie ständig Sand. Gelegentlich stieß sie auf ein Flußtal, das grüner und bewaldeter war als die Steppen, doch nichts reizte sie zum Verweilen, und keines ließ eine Spur von Menschenleben erkennen.

Der Winter beherrschte das Land auch jetzt. Nicht einmal an den heißen Sommertagen konnte sie die durch Mark und Bein gehende Gletscherkälte vergessen. Sie mußte sich Nahrungsvorräte anlegen und daran denken, irgendwo Schutz zu suchen, um die lange, entbehrungsreiche Winterzeit zu überleben. Seit dem Frühjahr war sie jetzt unterwegs, und nachgerade überlegte sie, ob es ihr beschieden sein sollte, für alle Ewigkeit über die Steppen zu ziehen – oder doch zugrundezugehen.

Am Ende eines Tages, der sich in nichts von all den vorhergegangenen unterschied, schlug sie auf trockenem Boden ihr Lager auf. Sie hatte Beute gemacht, doch ihre Glut war ausgegangen, und Holz war schwerer zu finden. Sie kaute ein paar rohe Bissen und machte sich nicht die Mühe, ein Feuer zu machen, aber sie hatte keinen Appetit. Sie warf das Murmeltier beiseite, obwohl auch das Wild seltener zu werden schien – oder sie hielt nicht mehr so wachsam danach Ausschau wie zuvor. Auch das Sammeln von pflanzlicher Nahrung wurde schwieriger. Der Boden war dicht von abgestorbener Vegetation bedeckt. Und außerdem war da der ständige Wind.

Sie schlief nur schlecht; böse Träume suchten sie heim, und sie wachte unausgeschlafen auf. Sie hatte nichts zu essen; selbst das Murmeltier, das sie fortgeworfen hatte, war verschwunden. Sie trank einen Schluck Wasser, das schal und abgestanden schmeckte, packte ihre Kiepe und zog weiter Norden.

Gegen Mittag fand sie ein Flußbett mit einigen im Austrocknen begriffenen Tümpeln darin; das Wasser hatte zwar einen leicht bitteren Geschmack; dennoch füllte sie ihren Wasserbeutel damit. Sie grub ein paar Teichkolbenwurzeln aus; sie waren zäh und schmeckten fade; trotzdem kaute sie beim Weitergehen darauf herum. Sie wollte nicht weiter, wußte jedoch nicht, was sonst tun. Niedergeschlagen und lustlos wie sie war, achtete sie nicht weiter darauf, wohin sie ging. So bemerkte sie das Rudel Höhlenlöwen, das sich in der Nachmittagssonne aalte, erst, als einer von ihnen warnend sein Gebrüll erhob.

Furcht durchzuckte sie und riß sie aus ihrer Teilnahmslosigkeit heraus. Sie bog von ihrer eingeschlagenen Richtung ab und wandte sich nach Westen, um dem Revier der Höhlenlöwen auszuweichen. Der Geist der Höhlenlöwen war es, der sie beschützt hatte, nicht das große Raubtier in der Wirklichkeit. Die Tatsache, daß der Höhlenlöwe ihr Totem war, bedeutete nicht, daß sie vor seinem Angriff sicher war.

Tatsächlich war Creb überhaupt nur dadurch darauf gekommen, daß der Höhlenlöwe ihr Totem war. Immer noch trug sie auf dem linken Oberschenkel die vier parallel verlaufenden Narben, und auch heute noch suchte sie der Angsttraum heim, bei dem eine riesige Tatze in die enge Felsspalte hineinlangte, in der sie als fünfjähriges Kind Zuflucht gesucht hatte. Auch letzte Nacht hatte sie von dieser Tatze geträumt. Creb hatte ihr gesagt, sie sei auf die Probe gestellt worden, um herauszufinden, ob sie würdig sei – und mit einem Zeichen versehen worden, um zu zeigen, daß sie erwählt worden war. Wie abwesend griff ihre Hand hinunter und spürte den Narben auf dem Oberschenkel nach. Warum der Höhlenlöwe wohl ausgerechnet mich erwählt hat, dachte sie.

Die grelle Sonne blendete, als sie im Westen versank. Ayla war mühsam einen Abhang hinaufgestiegen und hatte Ausschau gehalten nach einer Stelle, wo sie ihr Lager aufschlagen konnte. Wieder ein Lager ohne Wasser, dachte sie und war froh, den Wasserbeutel vorsichtshalber doch gefüllt zu haben. Trotzdem, sie mußte bald Wasser finden. Sie war müde und hungrig und immer noch ganz durcheinander, daß sie so unvorsichtig gewesen war, so nahe an die Höhlenlöwen heranzukommen.

Sollte das ein Zeichen sein? War es nur eine Frage der Zeit? Was bildete sie sich ein, daß sie glaubte, einem Todesfluch entkommen zu können?

Das Licht am Horizont war so grell, daß sie den jäh abfallenden Rand der Hochebene um ein Haar nicht bemerkt hätte. Schützend schirmte sie mit der Hand die Sonne ab; sie stand am Rand des Abhangs und schaute in eine Schlucht hinunter. Unten glitzerte ein kleiner Bach, und zu beiden Seiten wuchsen Bäume und Sträucher. Ein aus Felsklippen gebildeter Paß führte hinunter in ein kühles, grünes, schützendes Tal. Als sie den Abstieg zur Hälfte geschafft hatte, mitten auf einer Grasfläche, fielen die letzten schrägen Strahlen der Sonne auf eine kleine Herde friedlich grasender Pferde.

2

»Aber warum willst du mich begleiten, Jondalar?« fragte der junge Mann mit den braunen Haaren, während er das aus verschiedenen Häuten zusammengenähte Zelt abbaute. »Marona hast du gesagt, du wolltest nur Dalanar besuchen und mir den Weg zeigen. Nur um eine kurze Reise zu machen, ehe du deinen eigenen Hausstand gründetest. Du solltest doch zum Sommertreffen mit den Lanzadonii gehen und rechtzeitig für die Feier des Zusammengebens dort sein. Sie wird dir die Augen auskratzen, und wenn es eine Frau gibt, von der ich nicht möchte, daß sie auf mich wütend ist, dann ist sie es. Bist du sicher, daß du nicht von ihr wegläufst?« Thonolan hatte einen unbekümmerten Ton angeschlagen, aber der Ernst in seinen Augen verriet ihn.

»Kleiner Bruder, wie kommst du darauf, daß du der einzige in dieser Familie bist, der den Wandertrieb verspürt? Du hast dir doch wohl nicht eingebildet, daß ich dich ganz allein losziehen lasse, oder? Und du dann heimkehrtest und großtun könntest mit deiner langen Reise? Irgend jemand muß doch mitziehen, damit du hinterher nicht das Blaue vom Himmel herunterflunkerst – jemand, der aufpaßt, daß dir nichts zustößt«, erwiderte der großgewachsene blonde Mann, bückte sich dann und ging ins Zelt hinein.

Es war hoch genug, um bequem darin sitzen oder knien zu können, aber nicht hoch genug, darin zu stehen; der Platz reichte für ihre beiden Schlafrollen und ihr Gerät. Hochgehalten wurde das Zelt von drei in gerader Flucht aufgestellten Stangen; ungefähr in der Mitte, bei der mittleren und größeren Stange, befand sich eine Öffnung mit einer Lasche darüber, die man herunterrollen und mit einem Riemen verschließen konnte, um den Regen draußenzuhalten, oder aufrollen, um den Rauch hinauszulassen, wenn sie ein Feuer im Zelt machen wollten. Jondalar zog die drei Stangen aus dem Boden und kroch mit ihnen zur Zeltöffnung hinaus.

»Dafür sorgen, daß *mir* nichts zustößt?« sagte Thonolan. »Mir müssen doch Augen am Hinterkopf wachsen, um aufzupassen, was sich hinter deinem Rücken tut! Wart nur, bis Marona dahinterkommt, daß du nicht bei Dalanar und den Lanzadonii bist, wenn sie zum Treffen kommen. Könnte sein, daß sie beschließt, sich in eine Donii zu verwandeln und über den Gletscher zu fliegen, den wir gerade überquert haben, um dich zu packen, Jondalar.« Beide machten sie sich daran, das Zelt zusammenzulegen. »Sie hat doch schon lange ein Auge auf dich geworfen, und ausgerechnet in dem Augenblick, wo sie glaubt, dich zu haben, kommst du auf den Gedanken, eine lange Reise zu machen. Ich glaube, du hast einfach keine Lust, deine Hand in diese Schlinge zu stecken und zuzulassen, daß Zelandoni den Knoten schlingt. Ich glaube, mein großer Bruder ist ehescheu.« Sie legten das Zelt neben die Traggestelle. »Die meisten Männer in deinem Alter haben schon ein oder zwei Sprößlinge an ihrem Herdfeuer«, fügte Thonolan noch hinzu und duckte sich, um einem spielerischen Faustschlag seines älteren Bruders zu entgehen; jetzt lächelten auch seine grauen Augen.

»Die meisten Männer meines Alters! Ich bin schließlich nur drei Jahre älter als du«, sagte Jondalar in gespieltem Zorn. Dann stieß er ein herzliches lautes Lachen aus, das in seiner lockeren Überschwenglichkeit um so überraschender war, als es völlig unerwartet kam.

Die beiden Brüder waren verschieden wie Tag und Nacht; der etwas kleinere, dunkelhaarige war der Unbeschwertere von beiden. Sein gutmütiges Wesen, sein ansteckendes Grinsen und sein heiteres Lachen bewirkten, daß er überall rasch gern willkommen geheißen wurde. Jondalar war ernster, runzelte oft nachdenklich und besorgt die Stirn, und wenn er auch leicht lächelte, besonders in Gegenwart seines Bruders, lachte er doch nur selten laut heraus. Tat er es aber doch, hatte die Hemmungslosigkeit seines Lachens etwas Überraschendes.

»Und woher willst du wissen, daß Marona nicht schon etwas Kleines hat, es an mein Herdfeuer zu bringen, wenn wir zurück sind?« sagte Jondalar, als sie die lederne Bodendecke zusammenrollten, die mit Hilfe einer der Stangen rasch zu einem kleinen Wind- oder Regenschutz aufgestellt werden konnte.

»Und woher nimmst *du* die Überzeugung, daß mein schwer zu fassender Bruder der einzige Mann ist, den sie ihrer wohlbekannten Reize für würdig erachtet? Marona versteht sich wahrhaftig darauf, einem Mann zu gefallen – wenn sie will. Und dieses Feuer, das sie hat . . . Du bist der einzige Mann, der jemals mit ihr hat fertigwerden können, obwohl es weiß Doni genug gibt, die sie nehmen würden, und wenn sie noch so launenhaft ist. Warum hast du dich nicht mit ihr zusammengetan? Jeder hat das seit Jahren erwartet?«

Thonolan meinte diese Frage ernst. Kummer trat in Jondalars lebhaft blaue Augen, und seine Stirn legte sich in Falten. »Vielleicht einfach deshalb, weil jeder es erwartet«, sagte er. »Ich weiß es nicht, Thonolan, ehrlich. Dabei gehe auch ich davon aus, daß ich mich mit ihr zusammentue. Mit wem sonst sollte ich mich zusammentun?«

»Mit wem? Oh, einfach mit jeder, die dir gefällt, Jondalar. Es gibt in all den Höhlen keine unverheiratete Frau – und sogar ein paar verheiratete –, die nicht die Gelegenheit beim Schopfe pakken würde, den Knoten mit Jondalar von den Zelandonii zu schlingen, dem Bruder von Joharran, Anführer der neunten Höhle – ganz zu schweigen davon, daß er auch noch der Bruder von Thonolan, dem flotten und unerschrockenen Abenteurer ist.«

»Du hast vergessen zu sagen: dem Sohn von Marthona, dem letzten Anführer der neunten Höhle der Zelandonii, und dem Bruder von Folara, der schönen Tochter Marthonas – zumindest wird sie schön sein, wenn sie heranwächst.« Jondalar lächelte. »Wenn du schon meine Familienbande aufzählst, vergiß die Gesegneten von Doni nicht.«

»Wer könnte sie vergessen?« sagte Thonolan und wandte sich den Schlafrollen zu. Diese waren jeweils aus zwei Fellen gefertigt und so zugeschnitten, daß ein Mann sich der Länge nach darauf ausstrecken konnte; mit an den Seiten und unten angebrachten Riemen konnten sie zusammengeschnürt und an der Öffnung mit einem Zugriemen verschlossen werden. »Was reden wir denn da? Ich glaube, sogar Joplaya würde dich nehmen, Jondalar.«

Sie machten sich daran, die steifen, nach oben sich verbreiternden Traggestelle zu packen. Diese bestanden aus starrem, ungegerbtem Leder, das an Holzstreben befestigt war, und gehalten wurde von ledernen Schulterriemen, deren Länge sich mittels einer Reihe geschnitzter Elfenbeinknöpfe verstellen ließ. Die Knöpfe wurden dadurch festgehalten, daß ein schmaler Riemen durch ein einzelnes Loch in der Mitte hindurchgezogen war, den man oben mit einem zweiten Riemen verknotet hatte, der wiederum durch dasselbe Loch zurücklief bis zum nächsten Knopf.

»Du weißt, wir können uns nicht zusammentun. Joplaya ist meine Base. Du solltest sie nicht ernst nehmen; sie nimmt andere schrecklich gern auf den Arm. Wir haben uns angefreundet, als ich zu Dalanar zog, um mein Handwerk zu erlernen. Er hat es uns beiden gleichzeitig beigebracht. Sie gehört zu den besten Feuersteinschlägern, die ich kenne. Aber erzähl ihr bloß nicht, daß ich das gesagt habe. Das ließe sie mich nie vergessen. Wir haben immer versucht, uns gegenseitig zu übertreffen.«

Jondalar hob den schweren Beutel mit seinen Steinschlaggeräten und ein paar unbearbeiteten Feuersteinen darin und dachte an Dalanar und die Höhle, die er gegründet hatte. Die Zahl der Lanzadonii wuchs. Seit er wieder fortgegangen war, hatten andere sich ihnen angeschlossen, und die Familien wurden größer. Bald wird es eine zweite Höhle der Lanzadonii geben, dachte er. Er verstaute den Beutel in seinem Traggestell ebenso wie Kochgerät, Vorräte und anderes Werkzeug. Seine Schlafrolle kam obendrauf, und zwei der Zeltstangen steckte er in eine links am Traggestell angebrachte Halterung. Thonolan trug die dritte Stange und die Bodendecke. In einem besonderen Köcher an der rechten Seite ihrer Traggestelle trugen beide ein paar Speere.

Thonolan füllte den Wasserbeutel mit Schnee. Der Beutel bestand aus einem mit Fell umhüllten Tiermagen. War es sehr kalt, wie jetzt auf dem über das Hochland sich vorschiebenden Gletscher, den sie gerade überquert hatten, trugen sie die Wasserbeutel unter ihren Obergewändern direkt auf der Haut, so daß der Schnee rasch schmolz. Auf einem Gletscher gab es weder Holz noch Wildlosung zum Feuermachen. Jetzt hatten sie den Gletscher hinter sich, waren aber noch nicht weit genug hinuntergelangt, um frei fließendes Wasser zu finden.

»Ich sage dir, ich bin froh, daß Joplaya nicht meine Base ist«, erklärte Thonolan und sah auf. »Ich glaube, ich würde meine Reise aufgeben, um mich mit dieser Frau zusammenzutun. Du hast mir nie erzählt, wie schön sie ist. Ich habe nie eine gesehen wie sie. Wie sollte ein Mann die Augen von ihr wenden? Ich bin richtig dankbar, daß ich von Marthona geboren wurde, nachdem sie sich mit Willomar zusammengetan hatte, und nicht, solange sie noch Dalanars Gefährtin war. Da bleibt mir jedenfalls eine Chance.«

»Gut möglich, daß sie schön ist. Ich habe sie seit drei Jahren nicht gesehen und hatte eigentlich erwartet, daß sie sich inzwischen mit einem Mann zusammengetan hätte. Bin ich froh, daß Dalanar beschlossen hat, die Lanzadonii dieses Jahr mitzunehmen zum Sommertreffen der Zelandonii. Kommt nur eine Höhle zusammen, sind nicht viele da, unter ihnen zu wählen. Jedenfalls bekommt Joplaya so Gelegenheit, andere Männer kennenzulernen.«

»Und außerdem bekommt Marona ein bißchen Konkurrenz. Eigentlich ein Jammer, daß wir nicht dabei sind, wenn die beiden sich kennenlernen. Marona ist es gewohnt, die Schönste von allen zu sein. Sie wird Joplaya bestimmt hassen. Und wo du nun auch nicht kommst, habe ich so das Gefühl, daß Marona das diesjährige Sommertreffen nicht gerade genießen wird.«

»Du hast recht, Thonolan. Es wird sie verletzen, und sie wird wütend sein, was ich ihr nicht übelnehmen kann. Sie ist wetterwendisch im Wesen, aber sie ist eine gute Frau. Sie braucht nichts weiter als einen Mann, der gut genug ist für sie. Und sie versteht sich wahrhaftig darauf, einem Mann zu gefallen. Bin ich bei ihr, bin ich nur allzu bereit, den Knoten mit ihr zu schürzen, aber wenn sie nicht da ist . . . Ich weiß nicht, Thonolan.« Jondalar runzelte die Stirn, als er einen Leibriemen um sein Obergewand schlang, nachdem er den Wasserbeutel darunter verstaut hatte.

»Sag mir eines«, fragte Thonolan, der wieder ernst geworden war. »Wie würdest du dir vorkommen, sollte sie beschließen, sich mit einem anderen Mann zusammenzutun, wenn du nicht da bist? Die Wahrscheinlichkeit, daß sie das tut, ist schließlich groß.«

Jondalar verknotete den Leibriemen und dachte nach. »Ich wäre verletzt oder mein Stolz wäre es – ich weiß nicht genau, was. Aber einen Vorwurf würde ich ihr nicht daraus machen. Ich meine, sie hat einen Besseren als mich verdient, jemand, der nicht im letzten Augenblick auf den Gedanken verfällt, eine Reise zu unternehmen und sie im Stich zu lassen.«

»Das hatte ich mir gedacht«, sagte sein jüngerer Bruder und verzog das Gesicht zu einem Grinsen. »Nun, großer Bruder, wenn wir der Donii, die hinter dir herkommt, ein Stück voraus sein wollen, sollten wir uns aufmachen.« Thonolan war mit dem

Packen seines Traggestells fertig, hob sein Obergewand und zog einen Arm aus dem Ärmel, um sich darunter den Wasserbeutel über die Schultern zu hängen.

Die Obergewänder waren einfach geschnitten. Vorderteil und Rücken bestanden aus mehr oder weniger rechteckigen, an den Seiten und an den Schultern zusammengenähten Stücken; zwei kleinere Rechtecke waren zu Röhren zusammengenäht und als Ärmel angesetzt worden. Die festsitzenden Kapuzen wiesen vorn einen Saum aus Vielfraßfell auf, der das Gesicht einrahmte und an dem sich kein Eis vom Atemhauch bildete. Die Obergewänder waren reich mit Zierrat aus Knochen, Elfenbein, Muscheln, Tierzähnen und weißen Hermelinschwänzen mit schwarzen Spitzen geschmückt. Man streifte sie sich über den Kopf, sie hingen wie Säcke bis zur Hälfte an den Oberschenkeln herunter und wurden in der Mitte mit einem Leibriemen zusammengehalten.

Unter dem Überwurf trugen sie weiche, ähnlich geschnittene Hirschlederhemden, dazu Fellhosen, die oben an der Hüfte über einem festgezogenen Gürtel umgekrempelt waren. Pelzgefütterte Fäustlinge hingen an einer langen, durch eine Schlaufe auf dem Rücken des Überwurfs gehaltenen Schnur, so daß man sie rasch ausziehen konnte, ohne Gefahr zu laufen, sie zu verlieren. Das Schuhwerk wies harte Sohlen auf, die wie Mokassins um den Fuß herumführten und an weicherem Leder befestigt waren, das sich dem Bein anschmiegte und mit Riemen daran verschnürt war. Das Schuhinnere war mit einem lockersitzenden Futter aus Mufflonwolle ausgepolstert, die angefeuchtet und gestampft wurde, bis ein fester Filz entstand. War es besonders feucht, wurden wasserdichte, passende Tierdärme über das Schuhwerk gezogen, die jedoch sehr dünn waren, schnell zerschlissen und nur dann benutzt wurden, wenn es unbedingt nötig war.

»Thonolan, wie weit willst du eigentlich wirklich ziehen? Du hast es doch nicht ernst gemeint, als du sagtest, bis zum Ende des Großen Mutter Flusses, nicht wahr?« fragte Jondalar, hob eine Feuersteinaxt mit kurzem, kräftig geformtem Stiel auf und steckte sie durch eine Schlaufe an seinem Leibriemen neben das Feuersteinmesser mit Knochengriff.

Thonolan, der gerade einen Schneeschuh anzog, hielt inne und stand auf. »Doch, das war wirklich ernst gemeint, Jondalar«, sagte er, diesmal ohne seinen sonst üblichen witzelnden Unterton.

»Aber vielleicht sind wir dann nicht einmal zum nächsten Sommertreffen wieder zurück!«

»Kommen dir Bedenken? Du mußt nicht unbedingt mitkommen, Bruder, ich meine das ernst. Ich werde nicht wütend sein, wenn du wieder umkehrst – du hast den Entschluß ohnehin im letzten Augenblick gefaßt. Und du weißt genauso gut wie ich, daß wir vielleicht überhaupt nie mehr zurückkehren. Willst du jedoch umkehren, tu's besser jetzt, sonst schaffst du es bis zum nächsten Winter nicht über den Gletscher zurück.«

»Nein, es war kein Entschluß im letzten Augenblick, Thonolan. Ich habe schon lange daran gedacht, eine Reise zu machen, und jetzt ist der richtige Zeitpunkt«, sagte Jondalar in einem Ton, der etwas Endgültiges und, wie Thonolan meinte, einen Hauch von Bitterkeit hatte. Dann, als tue er schulterzuckend etwas ab, verfiel Jondalar in einen leichteren Tonfall. »Ich habe noch nie eine richtig lange Reise gemacht, und wenn ich es jetzt nicht tue, wird nie etwas daraus. Ich habe mich entschieden, kleiner Bruder, du wirst mich jetzt nicht wieder los.«

Der Himmel war klar, und die Sonne, die von der weiten Fläche unberührten Schnees zurückgeworfen wurde, blendete sie. Es war Frühling, doch in dieser Höhe war in der Landschaft nichts davon zu spüren. Jondalar griff in einen Beutel, der ihm vom Leibriemen herabhing, und zog eine Schneebrille hervor. Die Brille bestand aus Holz und war dergestalt gearbeitet, daß sie die Augen – bis auf einen schmalen, horizontalen Schlitz – vollständig bedeckte; mit einer Schnur wurde sie am Hinterkopf festgehalten. Mit einer raschen Fußbewegung, um die Riemenschlaufe in eine Schneeschuhhalterung um Zehen und Enkel gleiten zu lassen, stieg er in die Schneeschuhe und griff nach seinem Traggestell.

Die Schneeschuhe waren Thonolans Werk. Eigentlich war er Speermacher, und deshalb trug er auch den Schaftrichter bei sich, mit dem er am liebsten arbeitete, ein Werkzeug, das aus einer Geweihschaufel bestand, deren Sprossen entfernt waren und die am Ende ein Loch aufwies. Dieser Glätter oder Richter war über und über beschnitzt mit Tieren und Frühlingspflanzen, teils, um die Große Erdmutter zu ehren und sie zu bewegen, den Geistern der Tiere zu gestatten, die Speere, die mit ihm geglättet worden waren, anzuziehen, teils aber auch einfach deshalb, weil Thonolan gern schnitzte. Es lag in der Natur der Sache, daß sie auf der Jagd Speere verloren; folglich mußten sie unterwegs neue herstellen können. Der Speerrichter wurde insbesondere am Schaftende eingesetzt, wo man mit der Hand nicht mehr fest zupacken konnte; dadurch, daß man den Schaft durch das Loch schob, konnte man mehr Druck auf das Holz ausüben. Thonolan verstand sich vortrefflich darauf, Druck auf Holz auszuüben, das mit Hilfe heißer Steine oder Dampf erhitzt worden war, um den Schaft geradezubiegen oder um ihn zu krümmen und zu einer ganzen Rundung zu biegen wie bei der Herstellung eines Schneeschuhs. Es handelt sich nur um verschiedene Anwendungen desselben handwerklichen Könnens.

Jondalar wandte das Gesicht seinem Bruder zu, um zu sehen, ob er bereit sei. Auf ein Kopfnicken hin machten sie sich auf den Weg und stampften den leicht abschüssigen Hang in Richtung auf den Wald unten hinunter. Zu ihrer Rechten, weit hinter dem tiefergelegenen, bewaldeten Land, sahen sie das schneebedeckte Alpenvorland, und in der Ferne die gezackten Eisgipfel der nördlichsten Bergkette des massiven Hochgebirges. Im Südosten erhob sich schimmernd ein hoher Gipfel.

Das Hochland, das sie überquert hatten, war im Vergleich kaum mehr als ein Hügel, ein Massiv, das den Stumpf weggefressener Berge darstellte, die weit älter waren als die himmelstürmenden Gipfel im Süden. Trotzdem, es war immer noch hoch genug und dem schroffen Gebirge mit seinen massiven Gletschern gerade nahe genug, um das ganze Jahr über auf seinem ziemlich abgeschliffenen flachen Gipfel eine Eisschicht zu tragen. Die Gipfel des Gebirges im Süden waren nicht nur von Gletschern bekrönt, sondern bis hinunter in vergleichsweise geringe Höhen von Eis ummantelt. Eines Tages, wenn das Kontinentaleis sich bis auf einen polaren Rest zurückgezogen haben würde, sollten die niedrigeren und flachen Erhebungen ein wenig nördlich dieses Gebirges sich über und über mit schwarzem Wald bedecken. Jetzt bildeten sie einen Eisschild, eine Miniaturausgabe der unendlichen, den Erdkreis umspannenden Eiskappe des Nordens.

Als die Brüder die Baumgrenze erreichten, nahmen sie ihre Sonnenbrillen ab, die zwar die Augen schützten, aber auch die Sicht einengten. Ein wenig weiter unten am Hang stießen sie auf einen kleinen Wasserlauf, der sich gebildet hatte, als das Schmelzwasser vom Gletschereis durch die feinen Spalten im Felsen gesickert, unterirdisch dahingeflossen und dann gefiltert und von Rückständen gereinigt als sprudelnder Quell an die Oberfläche gekommen war. Das Wasser bahnte sich wie viele andere kleine Schmelzwasserbäche zwischen schneebedeckten Ufern seinen Weg.

»Was meinst du?« fragte Thonolan und wies auf den Bach. »Ungefähr hier, meinte Dalanar, müßten wir auf ihn stoßen.«

»Ob das der Große Mutter Fluß ist, werden wir bald wissen. Wir brauchen ihm nur zu folgen – wenn wir auf drei kleine Flüsse stoßen, die zusammentreffen und dann nach Osten fließen, ist er es, hat er gesagt. Ich würde meinen, fast jeder von diesen kleinen Bächen müßte uns schließlich zum Großen Mutter Fluß führen.«

»Nun, halten wir uns dann an das linke Ufer. Später dürfte es schwierig sein hinüberzukommen.«

»Das stimmt, aber die Losadunai leben auf dem rechten Ufer, und wir können doch in einer ihrer Höhlen rasten. Das linke Ufer soll Flachkopfland sein.«

»Jondalar, laß uns nicht bei den Losadunai Rast machen«, sagte Thonolan ernst lächelnd. »Du weißt doch, dann wollen sie uns nur bewegen, bei ihnen zu bleiben, und wir sind schon zu lange bei den Lanzadonii geblieben. Wären wir noch später losgezogen, hätten wir den Gletscher überhaupt nicht mehr überqueren können. Dann hätten wir um ihn herum gehen müssen, und nördlich davon ist wirklich Flachkopfland. Ich möchte, daß wir weiterkommen, und so weit im Süden treffen wir bestimmt nicht auf viele Flachköpfe. Und was macht es schon, wenn welche da sind? Du hast doch keine Angst vor den Flachköpfen, oder? Du weißt, was gesagt wird: einen Flachkopf erlegen ist wie einen Bären erlegen.«

»Ich weiß nicht recht«, sagte der Größere von beiden, und legte die Stirn in Sorgenfalten. »Ich weiß nicht, ob ich es mit einem Bären aufnehmen möchte. Ich habe gehört, daß die Flachköpfe schlau sind. Manche Leute sagen, sie sind fast Menschen.«

»Schlau vielleicht, aber sie können nicht reden. Sie sind nichts weiter als Tiere.«

»Nicht die Flachköpfe sind es, deretwegen ich mir Sorgen mache, Thonolan. Die Losadunai kennen dies Land. Sie können uns auf den richtigen Weg bringen. Wir brauchen ja nicht lange zu bleiben, nur solange, bis wir wissen, woran wir uns halten müssen. Sie können uns ein paar Landmarken nennen und sagen, was auf uns zukommt. Und wir können mit ihnen reden. Dalanar hat gesagt, ein paar von ihnen sprechen Zelandonii. Ich sage dir was: Wenn du einverstanden bist, jetzt zu rasten, bin ich einverstanden, die nächsten Höhlen links liegen zu lassen, bis wir auf dem Rückweg wieder auf sie stoßen.«

»Einverstanden. Wenn dir soviel daran liegt.«

Die beiden Männer hielten nach einer Stelle Ausschau, wo sie über den eisgesäumten Bach hinüberkommen konnten, der bereits zu breit war, ihn zu überspringen. Sie erblickten einen Baum, der hinübergefallen war und eine natürliche Brücke bildete. Ihm strebten sie zu. Jondalar ging voran, griff nach etwas, sich daran festzuhalten, und setzte einen Fuß auf die freiliegenden Wurzeln. Während Thonolan darauf wartete, daß er an die Reihe kam, blickte er sich um.

»Jondalar! Aufgepaßt!« rief er plötzlich.

Ein Stein sauste am Kopf des großen Mannes vorüber. Noch während er sich auf den Warnruf hin zu Boden fallen ließ, griff er mit der Hand nach dem Speer. Thonolan hatte bereits einen in der Hand, hatte sich niedergekauert und spähte in die Richtung, aus der der Stein gekommen war. Er erkannte Bewegung hinter den ineinander verflochtenen Zweigen eines blattlosen Strauchs und warf den Speer. Als er nach einem zweiten griff, traten sechs Gestalten aus dem nahegelegenen Gesträuch. Sie waren umzingelt.

»Flachköpfe!« rief Thonolan, trat zurück und zielte.

»Warte, Thonolan!« schrie Jondalar. »Sie sind in der Überzahl.«

»Der Große da sieht aus, als wäre er der Anführer des Rudels. Wenn ich ihn erwische, ergreift der Rest vielleicht die Flucht.« Abermals holte er mit dem Arm aus.

»Nein! Sie könnten sich auf uns stürzen, ehe wir einen zweiten Speer zu fassen bekommen. Ich glaube, im Augenblick greifen sie nicht an – sie machen keine Bewegung.« Langsam, die Waffe wurfbereit, stand Jondalar auf. »Beweg dich nicht, Thonolan. Laß sie als nächstes etwas tun. Aber behalt den Großen fest im Auge. Er kann sehen, daß du auf ihn zielst.«

Jondalar sah sich den großen Flachkopf genau an und hatte dabei das verwirrende Gefühl, daß die großen braunen Augen, die ihm entgegenstarrten, ihrerseits ihn genau studierten. Nie zuvor war er einem von ihnen so nahe gewesen, und jetzt war er überrascht. Diese Flachköpfe entsprachen nicht ganz der Meinung, die er von ihnen hatte. Die Augen des Großen wurden beschattet von einem mächtigen Brauenwulst, der durch buschige Brauen noch besonders betont wurde. Seine große schmale Nase hatte etwas von einem Schnabel und trug dazu bei, daß die

Augen noch tiefer liegend wirkten, als sie es wirklich taten. Sein dichter, leicht gekräuselter Bart verbarg das Gesicht. Bei einem Jüngeren, dessen Bart gerade zu sprießen begann, erkannte er, daß sie kein Kinn hatten, sondern nur leicht vorgeschobene Kiefer. Sie hatten struppiges Haar, braun wie ihre Bärte, und schienen besonders oben auf dem Rücken mehr Körperbehaarung aufzuweisen, als Jondalar bei seinesgleichen gewohnt war.

Daß das der Fall war, konnte er erkennen, weil ihre Fellumhänge hauptsächlich ihren Brustkasten umspannten und Schultern und Arme trotz der eisigen Temperatur unbedeckt ließen. Daß sie jedoch weniger Kleidung trugen, erstaunte ihn längst nicht so sehr wie die Tatsache, daß sie überhaupt bekleidet waren. Kein Tier, das er jemals gesehen, trug Kleider, und Waffen schon gar nicht. Von diesen jedoch trug ein jeder einen langen hölzernen Speer – mit dem offensichtlich mehr zugestoßen wurde als geworfen, obgleich die zugespitzten Enden bedrohlich genug wirkten –, und einige waren auch noch mit schweren Keulen, den Beinknochen großer Weidetiere, bewaffnet.

Ihre Kiefer sind wirklich nicht die von Tieren, dachte Jondalar. Sie treten nur ein wenig mehr vor, und ihre Nasen sind ganz einfach groß. Ihre Köpfe sind es, die so anders sind.

Statt einer schönen hohen Stirn, wie er und Thonolan sie hatten, war die ihre niedrig und fliehend über den mächtigen Brauenwülsten, und erreichte erst am Hinterkopf ihre größte Ausdehnung. Es war, als ob ihnen der Scheitel auf dem Kopf, den er leicht erkennen konnte, flachgedrückt und zurückgeschoben worden wäre. Wenn Jondalar sich zu seiner ganzen Größe von sechs Fuß aufrichtete, überragte er noch den Größten von ihnen um einen Fuß. Selbst Thonolan mit seinen nicht ganz sechs Fuß wirkte wie ein Riese neben einem von ihnen, der anscheinend ihr Anführer war.

Jondalar und sein Bruder waren beide gutgewachsene Männer, kamen sich jedoch geradezu dürr vor neben diesen muskelbepackten Flachköpfen. Sie hatten einen mächtigen Brustkorb und dicke, muskulöse Gliedmaßen; Arme und Beine waren irgendwie nach außen gebogen; trotzdem gingen sie aufrecht und mühelos wie ein Mensch. Je länger er hinschaute, desto mehr kamen sie ihm wie Menschen vor, nur eben nicht wie irgendeiner von den Menschen, die er kannte.

Einen langen, gespannten Augenblick machte keiner eine Bewegung. Thonolan kauerte mit wurfbereitem Speer am Boden; Jondalar stand zwar aufrecht, hatte aber seinen Speer fest gepackt und konnte den seinen dem seines Bruders im nächsten Augenblick folgen lassen. Die sechs Flachköpfe, die sie umringten, standen wie zu Stein erstarrt da, doch hegte Jondalar nicht den geringsten Zweifel, daß sie im Handumdrehen losspringen würden. Es war eine Situation, bei der beide Seiten abwarteten, und in Jondalars Kopf jagten die Gedanken einander bei dem Versuch, einen Ausweg zu finden.

Plötzlich stieß der große Flachkopf einen Grunzlaut aus und machte mit dem Arm eine winkende Bewegung. Ums Haar hätte Thonolan seinen Speer geworfen, doch bekam er Jondalars beschwichtigende Geste gerade noch rechtzeitig mit. Nur der junge Flachkopf hatte sich bewegt; er sprang zurück ins Gestrüpp, aus dem sie gerade herausgetreten waren. Gleich darauf kehrte er mit dem Speer, den Thonolan geschleudert hatte, zurück und brachte ihn ihm – was Thonolan völlig verblüffte. Dann ging der Junge zu dem Flüßchen hinunter und holte dort in der Nähe der Baumstammbrücke einen Stein heraus. Damit kehrte er mit gesenktem Kopf und offensichtlich zerknirscht zu dem Großen zurück. Im nächsten Augenblick waren alle sechs lautlos im Busch verschwunden.

Als Thonolan klar wurde, daß sie fort waren, stieß er einen Seufzer der Erleichterung aus. »Ich hatte schon gedacht, hier kommen wir nie raus! Allerdings war ich sicher, daß ich einen von ihnen mitnehmen würde. Ich möchte mal wissen, was das alles sollte.«

»Ich bin mir zwar nicht sicher«, erwiderte Jondalar, »aber es könnte immerhin sein, daß der Junge etwas angefangen hat, was der Große nicht zu Ende bringen wollte, und zwar nicht, weil er Angst gehabt hätte. Jedenfalls glaube ich das nicht. Es hat schon verdammt viel Mumm dazu gehört, dazustehen und sich deinem Speer zu stellen – und dann zu tun, was er getan hat.«

»Vielleicht wußte er es einfach nicht besser.«

»Doch wußte er das. Schließlich hat er gesehen, wie du den ersten Speer geschleudert hast. Warum sonst hätte er dem Jungen befehlen sollen, ihn zu holen und ihn dir zu bringen?«

»Meinst du wirklich, er hat ihm das befohlen? Wie denn? Sie können ja nicht sprechen.«

»Das weiß ich nicht, aber irgendwie hat der Große dem Jungen bedeutet, dir deinen Speer wiederzugeben und seinen Stein zu holen. Dadurch war alles wieder ausgeglichen. Niemand wurde verletzt, und damit waren wir wohl wirklich quitt. Du weißt ja, ich bin nicht so sicher, daß diese Flachköpfe Tiere sind. Das war schon sehr schlau. Und außerdem habe ich nicht gewußt, daß sie Felle tragen, Waffen dabei haben und aufrecht auf zwei Beinen gehen wie wir.«

»Nun, ich weiß jetzt jedenfalls, warum sie Flachköpfe genannt werden! Die konnten einem schon das Fürchten lehren. Mit denen würde ich bestimmt nicht gern zusammenstoßen.«

»Ich weiß – sie sehen aus, als könnten sie einem den Arm brechen wie einen dürren Ast. Außerdem hatte ich immer gedacht, sie wären klein.«

»Untersetzt vielleicht, aber nicht klein. Nein, das ganz gewiß nicht. Großer Bruder, ich muß gestehen, daß du recht hattest. Laß uns den Losadunai einen Besuch abstatten. Sie leben in der Nähe und sollten eigentlich mehr über die Flachköpfe wissen. Außerdem scheint der Große Mutter Fluß eine Art Grenze zu bilden, und mir ist so, als ob die Flachköpfe uns nicht gern auf ihrer Seite hätten.«

Die beiden Männer wanderten weiter und hielten mehrere Tage lang nach auffälligen Landmarken Ausschau, die Dalanar ihnen genannt hatte. Sie folgten dabei dem Fluß, der sich in diesem Stadium in nichts von den anderen kleinen Flüssen, Bächen und Rinnsalen unterschied, die das abschüssige Gelände hinunterflossen. Man war nur übereingekommen, diesen bestimmten Wasserlauf als die Quelle des Großen Mutter Flusses anzusehen. Die meisten Flüsse vereinigten sich hier miteinander und bildeten den Anfang jenes großen Stroms, der sich über achtzehnhundert Meilen durch die Berge winden und durch Ebenen dahineilen sollte, ehe er seine Wassermassen weit im Südosten in das Binnenmehr ergoß.

Das kristalline Gestein des Grundgebirges, das den mächtigen Strom entstehen läßt, gehört zu den ältesten der Erde überhaupt; die ausgedehnte Senke entstand aufgrund jenes ungeheuren Drucks, der die herrlich schimmernden schroffen Bergzüge im Süden aufwarf und -faltete. Über dreihundert Nebenflüsse, viele davon selber große Ströme, entwässern den ganzen langen Weg entlang die Hänge der Gebirgszüge und lassen auf diese Weise seine mächtigen Fluten entstehen. Eines Tages sollte sich der Ruhm dieses Stroms bis an die entferntesten Ränder der Erde ausbreiten; trotz des schlammigen Wassers sprach man von der »schönen blauen Donau«.

Durch Bergketten und Grundgebirge leicht abgewandet,

machten sich der Einfluß sowohl des ozeanischen Westens als auch des kontinentalen Ostens bemerkbar. Flora und Fauna stellten eine Mischung der westlichen Tundra-Taiga und der östlichen Steppen dar. In den höheren Lagen lebten Steinbock, Gemsen und Mufflons, wohingegen in den tiefergelegenen Wäldern Rotwild vorherrschte. Das Tarpan, ein Wildpferd, das eines Tages gezähmt werden sollte, zog grasend durch die geschützteren Niederungen und Flußtäler. Wolf, Luchs und Schneeleoparden duckten sich lautlos in den Schatten. Allesfressende Bären erwachten taumelig aus dem Winterschlaf; die riesigen, pflanzenfressenden Höhlenbären kamen erst später auf. Viele kleinere Wildarten steckten die Nase aus dem Winternest heraus.

Die Hänge waren zumeist mit Kiefern bewachsen, doch auch Fichte, Weißtanne und Lärche waren zu sehen. Erlen herrschten an Flußläufen vor, häufig zusammen mit Weiden und Pappeln, seltener mit noch in der Entwicklung begriffenen Eichen und Buchen, die so klein waren, daß sie kaum Strauchhöhe erreichten.

Das linke Ufer stieg allmählich an. Jondalar und Thonolan folgten ihm aufwärts, bis sie auf dem Gipfel einer hohen Erhebung standen. Als sie den Blick über die Landschaft schweifen ließen, sahen sie, wie zerklüftet, wild und schön das Gebiet war; eine Schicht Weiß, die in Mulden und auf zutagetretendem Gestein liegengeblieben war, machte alles weich. Doch diese Täuschung gestaltete das Fortkommen schwierig.

Sie waren keiner der verschiedenen Gruppen von Menschen begegnet – die Gruppen hießen »Höhlen«, ob sie nun in einer solchen lebten oder nicht –, die sich Losadunai nannten. Jondalar meinte nachgerade schon, sie verpaßt zu haben.

»Schau!« Thonolan streckte den Arm aus.

Jondalar folgte der angegebenen Richtung und sah aus einem Gehölz einen Rauchfaden aufsteigen. Eilends machten sie, daß sie weiterkamen und stießen bald darauf auf eine kleine um ein Feuer herum lagernde Schar. Beide Hände in die Höhe haltend, traten die beiden Brüder unter sie; die Handflächen waren dabei nach außen gekehrt – ein Gruß, der allgemein Offenheit und Freundschaft bedeutete.

»Ich bin Thonolan von den Zelandonii. Und dies hier ist mein Bruder Jondalar. Wir sind unterwegs auf Reisen. Spricht einer hier unsere Zunge?«

Ein in mittleren Jahren stehender Mann trat vor und hielt dabei die Hände genauso nach außen gekehrt in die Höhe wie sie. »Ich bin Laduni von den Losadunai. Im Namen Dunas, der Großen Erdmutter, ihr seid willkommen.« Er packte Thonolans beide Hände mit den seinen und grüßte auf die gleiche Weise Jondalar. »Kommt! Setzt euch ans Feuer. Wir wollen gleich essen. Haltet ihr mit?«

»Ihr seid sehr großzügig«, entgegnete Jondalar förmlich.

»Ich bin auf meiner Reise gen Westen gezogen und eine Zeitlang bei einer Höhle Zelandonii gewesen. Das ist zwar schon etliche Jahre her, aber Zelandonii sind uns immer willkommen.« Er führte sie zu einem großen Baumstamm in der Nähe des Feuers. Zum Schutz vor Wind und Wetter war ein Dach darüber gebaut worden. »Hier, ruht euch aus und nehmt eure Last ab. Ihr müßt unmittelbar vom Gletscher heruntergekommen sein.«

»Vor ein paar Tagen«, erklärte Thonolan und nahm mit ruckartiger Bewegung sein Traggestell ab.

»Dann kommt ihr zu einem sehr späten Zeitpunkt. Der Föhn kann jetzt jeden Tag einsetzen.«

»Föhn?« Thonolan wußte nichts mit diesem Wort anzufangen.

»Der aus Südwesten wehende, warme und trockene Frühlingswind. Er weht mit einer solchen Heftigkeit, daß er ganze Bäume entwurzelt und dicke Äste herunterbrechen läßt. Allerdings bringt er den Schnee in kürzester Zeit zum Schmelzen. Binnen weniger Tage kann all dies hier verschwunden sein und die Bäume anfangen zu knospen«, erklärte Laduni und machte eine weitausgreifende Armbewegung, um anzudeuten, daß er den Schnee meinte. »Wenn er einen auf dem Gletscher überrascht, kann das tödlich sein. Das Eis schmilzt so schnell, daß sich Spalten auftun. Schneebrücken und -ränder können unter deinem Fuß nachgeben. Bäche, ja, ganze Flüsse fließen über das Eis.«

»Er bringt aber auch immer das Übel mit«, fügte eine junge Frau hinzu und nahm den Faden von Ladunis Bericht auf.

»Übel?« Thonolan richtete diese Frage an sie.

»Böse Geister, die sich vom Wind tragen lassen. Sie machen jedermann reizbar. Leute, die nie ein lautes Wort sagen, fangen plötzlich an, sich zu streiten. Leute, die sonst glücklich sind, weinen den ganzen Tag. Die Geister können dich krank machen, oder wenn du schon krank bist, können sie dich dazu bringen, daß du den Tod herbeisehnst. Es hilft, wenn man weiß, was auf einen zukommt; aber auf jeden Fall ist dann jeder schlecht gelaunt.«

»Wo hast du denn so gut Zelandonii sprechen gelernt?« fragte Thonolan und lächelte die attraktive Frau bewundernd an.

Diese erwiderte Thonolans Lächeln nicht minder freimütig, doch statt zu antworten, blickte sie hinüber zu Laduni.

»Thonolan von den Zelandonii, das hier ist Filonia von den Losadunai. Sie ist die Tochter meines Herdfeuers«, sagte Laduni rasch und verstand sehr wohl ihren unausgesprochenen Wunsch, dem Fremden in aller Form vorgestellt zu werden. Was wiederum Thonolan zu verstehen geben sollte, daß sie durchaus etwas auf sich hielt und sich nicht ohne förmliche Vorstellung mit Fremden unterhielt, nicht einmal mit hübschen, aufregenden, auf einer Reise begriffenen Fremden.

Thonolan hielt die Hände in der Geste der förmlichen Begrüßung in die Höhe; seine Augen drückten dabei Wohlgefallen und Bewunderung aus. Sie zögerte einen Moment, gleichsam als müsse sie überlegen, dann legte sie ihre Hände in die seinen. Er zog sie näher heran. »Filonia von den Losadunai, Thonolan von den Zelandonii fühlt sich geehrt, daß die Große Erdmutter ihn mit dem Geschenk deiner Gegenwart beglückt«, sagte er und grinste vielsagend.

Filonia errötete leicht über die verwegene Anzüglichkeit, die er mit seiner Anspielung auf das Geschenk der Mutter beabsichtigte, obwohl seine Worte genauso förmlich klangen, wie es seine Gesten waren. Seine Berührung hatte ein erregendes Prickeln zur Folge, und einladend leuchtete es in ihren Augen auf.

»Jetzt sag mir«, fuhr Thonolan fort, »wo hast du Zelandonii gelernt?«

»Meine Base und ich haben auf unserer Reise den Gletscher überquert und eine Zeitlang in einer Zelandonii-Höhle gelebt. Laduni hatte uns schon einiges beigebracht – er redet oft in eurer Zunge mit uns, um es nicht zu vergessen. Er geht alle paar Jahre hinüber, um Handel zu treiben, und wollte, daß ich mehr lerne.«

Thonolan hielt ihre Hände immer noch in den seinen und sah sie lächelnd an. »Frauen machen nicht so oft lange und gefährliche Reisen. Was, wenn Doni dich gesegnet hätte?«

»So lang war sie nun auch wieder nicht«, sagte sie und genoß seine offenkundige Bewunderung. »Ich hätte bald gemerkt, wann ich zurück sollte.«

»Die Reise war genauso lang wie die, die Männer machen«, erklärte er mit Nachdruck.

Jondalar, der das Zwischenspiel verfolgt hatte, wandte sich Laduni zu. »Und wieder hat er es geschafft«, sagte er grinsend. »Mein Bruder sucht sich unweigerlich die attraktivste Frau weit und breit aus und verzaubert sie innerhalb der ersten drei Herzschläge.«

Laduni gluckste. »Filonia ist noch jung. Sie hat die Riten der Ersten Wonnen erst vorigen Sommer hinter sich gebracht; allerdings hat sie seither genug Bewunderer gehabt, daß sie sich aussuchen kann, wen sie will und wen nicht. Ach, noch einmal jung zu sein und das Geschenk der Wonnen von der Großen Erdmutter noch nicht zu kennen! Nicht, daß ich es nicht immer noch genösse, aber ich fühle mich ganz wohl mit meiner Gefährtin und verspüre den Drang nach neuen Erregungen nicht oft.« Er wandte sich an den großen Blonden. »Wir sind nur eine Jagdgesellschaft und haben nicht viele Frauen bei uns, aber du solltest keine Schwierigkeiten haben, eine von unseren Duna-Gesegneten zu finden, die bereit ist, die Gabe mit dir zu teilen. Wenn du nicht die richtige findest – wir sind eine große Höhle, und Besucher sind immer Anlaß, ein Fest zu Ehren der Mutter zu feiern.«

»Tut mir leid, aber wir werden nicht mit zu eurer Höhle gehen. Wir stehen ja noch am Anfang unserer Reise. Thonolan möchte eine lange Reise machen und brennt darauf, daß es nun endlich losgeht. Vielleicht – wenn du uns den Weg weisen wolltest – auf dem Rückweg.«

»Schade, daß ihr nicht zu uns kommt – wir haben in letzter Zeit nicht viele Besucher gehabt. Wie weit wollt ihr denn ziehen?«

»Thonolan spricht davon, dem Großen Mutter Fluß bis an sein Ende zu folgen. Aber alle reden ja von einer langen Reise, wenn sie anfangen. Wer will das wissen?«

»Ich dachte, die Zelandonii lebten nahe dem Großen Wasser; zumindest taten sie das, als ich meine Reise antrat. Ich bin lange gen Westen gezogen und dann gen Süden. Hast du gesagt, ihr hättet euch gerade eben erst aufgemacht?«

»Ich sollte das besser erklären. Du hast recht, das Große Wasser ist nur wenige Tagemärsche von unserer Höhle entfernt, aber Dalanar von den Lanzadonii wurde meiner Mutter zur Zeit meiner Geburt zum Gefährten gegeben, und daher ist seine Höhle für mich wie eine zweite Heimat. Ich habe dort drei Jahre lang gelebt, und er hat mir mein Handwerk beigebracht. Mein Bruder und ich sind bei ihnen geblieben. Seit wir losgezogen sind, haben wir nur den Gletscher überquert, und bis zu dem dauert es nur ein paar Tage.«

»Dalanar! Selbstverständlich! Du bist mir gleich bekannt vorgekommen. Du mußt ein Kind seines Geistes sein, so ähnlich siehst du ihm. Und dann auch noch Feuersteinschläger! Wenn du ihm darin so ähnlich bist wie in deinem Gesicht, mußt du sehr gut sein. Er ist der beste Feuersteinschläger, den ich je erlebt habe. Ich wollte ihn nächstes Jahr besuchen, um ein paar Feuersteine aus der Lanzadonii-Mine zu bekommen. Es gibt keinen besseren Stein.«

Leute mit Holzschalen in den Händen versammelten sich ums Feuer, und die köstlichen Düfte, die von dort herüberdrangen, machten Jondalar bewußt, wie hungrig er war. Er nahm sein Traggestell auf, damit es nicht im Weg stände, doch dann kam ihm ein Einfall. »Laduni, ich habe etliches an Lanzadonii-Feuersteinen bei mir. Eigentlich hatte ich damit ersetzen wollen, was mir an Werkzeugen unterwegs entzwei ginge. Aber sie sind schwer zu tragen, und ich hätte nichts dagegen, ein oder zwei Steine hierzulassen. Wenn du sie haben möchtest, ich würde sie dir mit Freuden geben.«

In Ladunis Augen leuchtete es auf. »Ich würde sie mit Freuden annehmen, möchte dir aber etwas dafür geben. Sonst habe ich nichts dagegen, bei einem guten Handel das bessere Teil zu erwischen. Aber den Sohn von Dalanars Herdfeuer möchte ich nicht übers Ohr hauen.«

Jondalar grinste. »Du erbietest dich ja schon, mir meine Last zu erleichtern und mir eine warme Mahlzeit zukommen zu lassen.«

»Das reicht aber kaum für guten Lanzadonii-Stein. Du machst es zu leicht, Jondalar. Du verletzt meinen Stolz.«

Eine gutmütige Menge versammelte sich um sie, und als Jondalar lachte, stimmten alle mit ein.

»Na, schön, Laduni, dann mach ich's dir eben nicht leicht. Im Augenblick brauche ich nichts – ich möchte mir nur meine Last etwas erleichtern. Dafür bitte ich um die Gewährung einer künftigen Bitte. Einverstanden?«

»Jetzt will *er mich* übers Ohr hauen«, wandte der Mann sich grinsend an die Menge. »Dann sag' jedenfalls, was es sein soll.«

»Woher soll ich das wissen? Auf jeden Fall möchte ich es mitnehmen, wenn ich auf dem Rückweg wieder zu euch komme. Abgemacht?«

»Und woher soll ich wissen, daß ich es dir auch geben kann?«

»Ich werde dich um nichts bitten, was du mir nicht geben kannst.«

»Deine Bedingungen sind hart, Jondalar, aber wenn ich kann, will ich dir geben, was immer du verlangst. Abgemacht.«

Jondalar machte sein Traggestell auf, nahm die zuoberst liegenden Dinge zur Hand, zog dann den Beutel mit den Feuersteinen heraus und reichte Laduni zwei bereits zur Bearbeitung vorbereitete Brocken Feuerstein. »Die hat Dalanar ausgesucht und auch schon vorbereitet«, sagte er.

Ladunis Gesichtsausdruck ließ erkennen, daß er nichts dagegen hatte, zwei Feuersteinbrocken zu bekommen, die Dalanar für den Sohn seines Herdfeuers ausgesucht und vorbereitet hatte, doch laut genug, so daß jeder es hören konnte, murmelte er: »Wahrscheinlich handle ich mein Leben gegen zwei Steinbrocken ein.« Keiner gab einen Kommentar dazu ab, wie wahrscheinlich oder unwahrscheinlich es wäre, daß Jondalar jemals wiederkäme, um seine Schuld einzutreiben.

»Jondalar, willst du dastehen und ewig so weiterreden?« sagte Thonolan. »Man hat uns aufgefordert, ihr Mahl zu teilen, und das Wild riecht gut.« Er hatte das Gesicht zu einem breiten Grinsen verzogen; Filonia stand an seiner Seite.

»Jawohl, das Essen ist bereit«, sagte sie, »und die Jagd ist so gut gewesen, daß wir kaum etwas von dem Trockenfleisch gegessen haben, das wir mitgenommen haben. Jetzt, wo eure Last leichter ist, habt ihr gewiß Platz, etwas davon mitzunehmen, oder?« fügte sie mit einem schüchternen Lächeln für Laduni hinzu.

»Das wäre uns hochwillkommen. Laduni, bis jetzt hast du mich der bezaubernden Tochter deines Herdfeuers noch nicht vorgestellt«, sagte Jondalar.

»Es ist ein schrecklicher Tag, wenn die Tochter deines eigenen Herdfeuers anfängt, dir den Handel zu verderben«, sagte er, lächelte dabei aber voller Stolz. »Jondalar von den Zelandonii – Filonia von den Losadunai.«

Sie wandte sich dem älteren Bruder zu, um ihn anzusehen, und kam sich unversehens völlig verloren vor in den überwältigend strahlendblauen Augen, die auf sie herablächelten. Widerstreitende Gefühle trieben ihr die Röte ins Gesicht, als sie sich jetzt auch zu dem anderen Bruder hingezogen fühlte; sie senkte den Kopf, um ihre Verwirrung zu verbergen.

»Jondalar, bilde dir nicht ein, ich könnte das Leuchten in deinen Augen nicht erkennen. Vergiß nicht, ich war es, der sie als erster gesehen hat«, scherzte Thonolan. »Komm, Filonia, ich bringe dich von hier fort. Laß dich warnen: halt dich von diesem meinem Bruder fern! Glaub mir, du tust gut daran, nicht das geringste mit ihm zu tun zu haben. Ich kenne ihn!« Dann wandte er sich Laduni zu und sagte mit gespielter Gekränktheit: »Das macht er jedesmal so. Ein Blick, mehr braucht es bei ihm nicht. Wäre ich doch nur mit den Gaben meines Bruders geboren worden!«

»Du hast mehr Gaben als ein Mann braucht, Kleiner Bruder«, sagte Jondalar und ließ sein herzerfrischendes, warmes und ansteckendes Lachen ertönen.

Filonia wandte sich wieder Thonolan zu und schien erleichtert, ihn noch genauso anziehend zu finden wie zuvor. Er legte ihr den Arm um die Schultern und schob sie auf die andere Seite des Feuers zu, doch sie drehte noch einmal den Kopf, um den anderen Mann anzusehen. Diesmal lächelte sie zuversichtlicher und sagte: »Wir feiern Duna zu Ehren immer ein Fest, wenn Fremde in unsere Höhle kommen.«

»Sie werden nicht zur Höhle kommen, Filonia«, sagte Laduni. Einen Moment sah die junge Frau enttäuscht aus, doch dann wandte sie sich lächelnd an Thonolan.

»Ach, noch einmal jung zu sein!« Laduni gluckste in sich hinein. »Doch die Frauen, die Duna am meisten ehren, scheinen am häufigsten mit Nachwuchs gesegnet zu sein. Die Große Erdmutter lächelt denen, die ihre Gaben am meisten zu schätzen wissen.«

Jondalar verstaute sein Traggestell hinter dem Baumstamm und ging dann auf das Feuer zu. Ein Wildgericht brodelte in einem Topf, der aus einem Lederbalg bestand, welcher von zusammengebundenen Knochen gehalten wurde. Dieser Topf hing direkt über dem Feuer. Die Brühe war zwar heiß genug, das Fleisch darin garen zu lassen, sorgte gleichzeitig jedoch dafür, daß die Temperatur des Kochgeräts selbst so niedrig blieb, daß es nicht brannte. Die Verbrennungstemperatur des Leders lag viel höher als die des vor sich hinkochenden Eintopfs.

Eine Frau reichte ihm eine Holzschale schmackhafter Brühe und ließ sich neben ihm auf dem Baumstamm nieder. Er benutzte sein Feuersteinmesser, um die Brocken Fleisch und Gemüse – getrocknete Wurzeln, die sie mitgebracht hatten – aufzuspießen; die Brühe trank er aus der Schale. Als er fertig war, brachte die Frau ihm eine kleinere Schale Kräutertee. Dankbar schenkte er ihr ein Lächeln. Sie war ein paar Jahre älter als er, alt genug jedenfalls, das hübsche Aussehen der Jugend gegen die echte Schönheit auszutauschen, wie sie nur mit der Reife kommt. Sie erwiderte sein Lächeln und ließ sich wieder neben ihm nieder.

»Sprichst du Zelandonii?« fragte er.

»Sprechen wenig, mehr verstehen«, sagte sie.

»Sollte ich Laduni bitten, uns vorzustellen, oder darf ich dich einfach nach deinem Namen fragen?«

Wieder lächelte sie, ein wenig mit der Herablassung älterer Frauen. »Nur junge Mädchen brauchen jemand, Namen sagen. Ich: Lanalia. Du: Jondalar?«

»Ja«, antwortete er. Er spürte die Wärme ihres Beins, und die Erregung, die das erzeugte, zeigte sich in seinen Augen. Brennend erwiderte sie seinen Blick. Er ließ die Hand zu ihrem Schenkel hinaufwandern. Mit einer Bewegung, die ihn ermutigte und Erfahrung versprach, schmiegte sie sich enger an ihn. Nickend gab er ihr seine Einwilligung zu verstehen, doch das war nicht nötig. Sein Blick enthielt die gleiche Aufforderung wie der ihre. Sie sah über seine Schulter. Jondalar folgte dem Blick und sah Laduni auf sie zukommen. Voller Wohlbehagen entspannte sie sich neben ihm. Beide konnten sie warten, ihr Versprechen später einzulösen.

Laduni setzte sich zu ihnen, und kurz danach kam Thonolan zurück und hockte sich mit Filonia auf die Seite des Feuers, wo sein Bruder saß. Bald drängte sich alles um die beiden Besucher. Scherze und Neckereien flogen hin und her und wurden für diejenigen übersetzt, die sie nicht verstehen konnten. Schließlich beschloß Jondalar, etwas Ernsthafteres zur Sprache zu bringen. »Wißt ihr eigentlich viel über die Leute weiter unten am Fluß, Laduni?«

»Früher hat uns gelegentlich einer von den Sarmunai besucht. Sie leben weiter unten und nördlich vom Fluß. Aber es ist Jahre her, daß es geschehen ist. Manchmal schlagen junge Leute auf ihrer Reise alle denselben Weg ein. Aber dann wird er allgemein bekannt und ist nicht mehr so aufregend; infolgedessen schlagen sie dann einen anderen Weg ein. Nach einer Generation oder so erinnern sich dann nur noch die Alten daran, und es wird wieder zum Abenteuer, eben diesen Weg wieder einzuschlagen. Alle jungen Leute bilden sich ein, ihre Entdeckungen sind etwas Neues. Da spielt es keine Rolle, ob ihre Vorfahren schon das gleiche getan haben oder nicht.«

»Für sie ist es neu«, sagte Jondalar. Ihm ging es um ein paar handfeste Informationen, ehe er sich auf eine Diskussion einließ, die vielleicht Spaß machte, aber keinen unmittelbar praktischen Wert hatte. »Kannst du mir etwas über ihre Sitten und Gebräuche erzählen? Kennst du irgendwelche Worte in ihrer Sprache? Weißt du, mit welchen Worten oder Gebärden man sich bei ihnen begrüßt? Was sollten wir möglichst vermeiden? Was könnte als Kränkung ausgelegt werden?«

»Viel weiß ich nicht, und aus neuerer Zeit schon gar nicht. Vor ein paar Jahren ist mal jemand in den Osten gezogen, aber er ist nie zurückgekehrt. Wer weiß, vielleicht hat er beschlossen, sich woanders niederzulassen«, sagte Laduni. »Wie es heißt, sollen sie ihre *Dunai* aus Schlamm machen, aber das ist wohl nur Gerede. Ich wüßte nicht, wie jemand darauf kommen sollte, die heiligen Bilder der Mutter aus Schlamm zu machen. Er würde ja einfach zerbröckeln, sobald er trocknete.«

»Vielleicht, weil Schlamm aus Erde ist. Manchen Leute ziehen aus diesem Grunde ja auch Stein vor.«

Während er das sagte, griff Jondalar unbewußt in den an seinem Gurt hängenden Beutel und tastete nach der kleinen Steinfigur einer außerordentlich beleibten Frau. Er spürte die vertrauten, riesigen Brüste, den dicken, vortretenden Bauch sowie ihre mehr als ausladenden Hüften und ihr Gesäß. Arme und Beine spielten keine Rolle; wichtig waren nur die Mutteraspekte an ihr; die Gliedmaßen der kleinen Steinfigur waren kaum herausgearbeitet. Den Kopf bildete ein Knauf mit einer Andeutung von Haar, das übers Gesicht ging; Gesichtszüge waren nicht vorhanden.

Niemand konnte das furchteinflößende Gesicht von Doni ansehen, der Großen Erdmutter, Urahnin und Urmutter, Schöpferin und Erhalterin alles Lebens. Sie, die alle Frauen mit ihrer Macht beschenkte, Leben hervorzubringen. Keines von ihren kleinen Abbildern, in denen ihr Geist, die *Donii* steckte, wagte, ihr Gesicht auch nur anzudeuten. Selbst wenn sie sich in Träumen offenbarte, blieb ihr Gesicht zumeist unklar, wohingegen es oft vorkam, daß Männer Sie mit einem jungen, mannbaren Körper erblickten. Manche Frauen behaupteten, ihre Geisterform annehmen und mit dem Wind fliegen zu können, um Glück zu bringen oder Rache zu säen – und ihre Rache konnte furchtbar sein!

War Sie erzürnt oder fühlte Sie sich entehrt, war Sie vieler schrecklicher Taten fähig; am bedrohlichsten war es jedoch, wenn sie Ihre herrliche Gabe der Lust vorenthielt, die kam, wenn es einer Frau in den Sinn kam, sich einem Mann zu öffnen. Die Große Mutter und – so wurde behauptet – etliche von Denen, Die Ihr Dienten –, vermochten einem Mann die Kraft zu geben, ihre Gabe mit so vielen Frauen zu teilen, wie er wollte, oder dafür zu sorgen, daß er zusammenschrumpelte und weder imstande war, anderen noch sich selbst Lust zu verschaffen.

Wie geistesabwesend streichelte Jondalar die hängenden Steinbrüste der Donii in seinem Beutel und wünschte ihnen Glück, als er an ihre Reise dachte. Es stimmte: Einige von ihnen kamen nie zurück, doch das gehörte nun mal zum Abenteuer dazu. Dann stellte Thonolan Laduni eine Frage, die ihn wieder ganz Ohr sein ließ.

»Was weißt du über die Flachköpfe hier in der Gegend? Wir sind vor ein paar Tagen einer Horde begegnet. Ich war fest überzeugt, daß unsere Reise schon dort ein Ende finden würde.« Plötzlich hingen sie Thonolan alle an den Lippen.

»Charoli!« Laduni spuckte.

»Wer ist Charoli?« fragte Jondalar.

»Ein junger Mann aus Tomasis Höhle und Rädelsführer einer Bande von Rohlingen, die sich in den Kopf gesetzt haben, ihre Scherze mit den Flachköpfen zu treiben. Wir hatten nie Schwierigkeiten mit ihnen. Sie blieben auf ihrer Seite des Flusses und wir auf der unseren. Wenn wir doch mal übersetzten, gingen sie uns aus dem Weg, es sei denn, wir blieben zu lange. Aber auch dann taten sie nichts weiter, als uns unmißverständlich zu verstehen zu geben, daß sie uns beobachteten. Das genügte. Es macht einen ziemlich kribbelig, wenn eine Bande von Flachköpfen einen mit den Augen verfolgt.«

»Das kann man wohl sagen!« erklärte Thonolan. »Aber was meinst du damit: sie treiben ihren Mutwillen mit den Flachköpfen? Ich würde mich hüten, mich mit ihnen anzulegen.«

»Alles fing als Tollkühnheit an. Einer forderte wohl den anderen heraus hinzulaufen und einen Flachkopf anzufassen. Sie können ziemlich wütend werden, wenn man sie ärgert. Dann fingen die jungen Leute an, jeden Flachkopf, den sie allein fanden, zu umzingeln und ihn aufzuziehen, ihn so weit zu reizen, bis er hinter ihnen herlief. Flachköpfe fahren leicht aus der Haut, aber sie haben nur kurze Beine. Für gewöhnlich sind Menschen schneller als sie; allerdings tut er gut daran, die Beine in die Hand zu nehmen. Ich weiß nicht recht, wie es anfing, aber als nächstes schlugen Charoli und seine Bande sie zusammen. Wahrscheinlich hat einer von den Flachköpfen, die sie hänselten, einen von ihnen erwischt, woraufhin die anderen ihrem Freund zu Hilfe sprangen. Jedenfalls machen sie das jetzt gewohnheitsmäßig, aber selbst wenn mehrere gegen einen Flachkopf standen, sind sie nicht ohne Schrammen davongekommen.«

»Das kann ich mir vorstellen«, sagte Thonolan.

»Was sie danach taten, ist womöglich noch schlimmer«, fügte Filonia hinzu.

»Filonia! Das ist abscheulich! Ich dulde nicht, daß du darüber sprichst!« polterte Laduni, und sein Zorn war nicht gespielt.

»Was haben sie gemacht?« fragte Jondalar. »Wenn wir auf unserer Reise durch das Gebiet von Flachköpfen kommen, sollten wir das wissen.«

»Da hast du wohl recht, Jondalar. Ich mag bloß nicht vor Filonia darüber reden.«

»Ich bin eine erwachsene Frau«, erklärte sie, doch klang das nicht sehr überzeugt.

Nachdenklich sah er sie an, überlegte und schien dann zu einem Entschluß zu kommen. »Die Männer gingen nur noch zu zweit oder in Gruppen aus, und das war zuviel für Charolis Bande. Folglich fingen sie an, jetzt ihre Frauen zu hänseln. Aber Flachkopffrauen streiten nun mal nicht. Es bringt keinen Spaß, sie aufzuziehen; sie ducken sich einfach und laufen weg. Deshalb kam diese Bande auf den Gedanken, sie zu einer Art von Sport zu benutzen. Ich weiß nicht, wer es als erster gewagt hat – vermutlich steckt dieser Charoli dahinter. Jedenfalls ist ihm so was durchaus zuzutrauen.«

»Steckt hinter was?« fragte Jondalar.

»Sie fingen an, Flachkopffrauen zu zwingen . . .« Laduni konnte den Satz nicht beenden. Erregt sprang er auf. Er kochte innerlich. »Es ist eine Schande! Damit wird die Mutter entehrt, wird ihre Gabe mißbraucht! Tiere! Schlimmer als die Tiere! Schlimmer als diese Flachköpfe!«

»Willst du etwa sagen, sie hätten mit einer Flachkopffrau der Lust gepflogen? Sie gezwungen? Eine Flachkopffrau?« sagte Thonolan.

»Sie haben damit großgetan«, sagte Filonia. »Ich würde keinen Mann an mich heranlassen, der mit einer Flachkopffrau der Lust gepflogen hat.«

»Filonia! Ich verbiete dir, über solche Dinge zu reden! Ich dulde nicht, daß eine solche schändliche Sprache aus deinem Mund kommt!« erklärte Laduni. Das war schon kein Zorn mehr, der ihn bewegte; seine Augen waren steinhart.

»Ja, Laduni«, sagte sie und senkte beschämt den Kopf.

»Ich möchte mal wissen, was dabei in ihnen vorgeht«, meinte Jondalar nachdenklich. »Vielleicht ist das der Grund, warum der Junge auf mich losgegangen ist. Ich könnte mir vorstellen, daß sie wütend sind. Ich habe manche Leute sagen hören, sie könnten Menschen sein, und wenn sie das wären . . .«

»Solche Redereien habe ich auch gehört!« sagte Laduni, der immer noch versuchte, seine Erregung in den Griff zu bekommen. »Schenk dem keinen Glauben!«

»Der Anführer der Horde, der wir in die Arme liefen, war schlau; und aufrecht gehen können sie genauso wie wir.«

»Auch Bären gehen manchmal auf den Hinterbeinen. Flachköpfe sind Tiere! Intelligente Tiere, aber Tiere!« Laduni mußte an sich halten, um nicht aus der Haut zu fahren; er war sich wohl bewußt, daß der ganzen Gruppe nicht wohl in ihrer Haut war. »Für gewöhnlich sind sie harmlos, es sei denn, man reizt sie«, fuhr er fort. »Ich glaube nicht, daß die Frauen – ich bezweifle, daß sie begreifen können, in welchem Maße das die Mutter entehrt. Es liegt alles nur an der Fopperei und am Zusammenschlagen. Wenn man Tiere genug reizt, schlagen sie eben zu.«

»Ich glaube, Charolis Bande hat uns einiges an Problemen aufgehalst«, sagte Thonolan. »Wir wollten den Fluß überqueren und aufs rechte Ufer überwechseln, damit wir uns später, wenn der Große Mutter Fluß aus ihm geworden ist, keine Sorgen zu machen brauchen, wie wir hinüberkommen.«

Laduni lächelte. Jetzt, wo sie bei einem anderen Thema waren, verflüchtigte sich sein Zorn so rasch, wie er gekommen war. »Der Große Mutterfluß hat Nebenflüsse, die selbst große Ströme sind, Thonolan. Wenn ihr seinem Lauf wirklich bis ganz ans Ende folgen wollt, müßt ihr euch ans Flußüberqueren gewöhnen. Laß mich einen Vorschlag machen. Haltet euch bis zum großen Strudel auf diesem Ufer. Sobald der Fluß über Flachland fließt – und das kommt mehrere Male vor –, teilt er sich in verschiedene Arme, und es ist leichter, über die kleineren überzusetzen, als über einen großen breiten Strom. Außerdem wird es bis dahin auch noch wärmer sein. Wenn ihr den Sarmunai einen Besuch abstatten wollt, wendet euch nach der Flußüberquerung gen Norden.«

»Wie weit ist es bis zum Strudel?« erkundigte Jondalar sich.

»Ich werde es euch aufzeichnen«, sagte Laduni und nahm sein Feuersteinmesser zur Hand. »Lanalia, gib mir das Stück Rinde. Vielleicht kann einer von euch anderen im weiteren Verlauf ein paar auffällige Merkmale in der Landschaft nennen. Wenn man mehrere Flußüberquerungen und die Jagd unterwegs mit einbezieht, müßtet ihr es eigentlich bis zum Sommer schaffen, dorthin zu kommen, wo der Fluß nach Süden abbiegt.«

»Sommer!« sagte Jondalar gedankenverloren. »Ich bin es müde, immer nur Eis und Schnee zu sehen und kann den Sommer kaum erwarten. Ein bißchen Wärme würde mir sehr guttun.« Er spürte wieder Lanalias Bein an dem seinen und legte ihr die Hand auf den Schenkel.

3

Die ersten Sterne zeigten sich am Abendhimmel, als Ayla sich vorsichtig die steile felsige Wand der Schlucht hinunterarbeitete. Sobald sie den Rand hinter sich hatte, hörte der Wind unvermittelt auf, und sie hielt einen Moment inne, um sein Fehlen zu genießen. Freilich wurde das schwächer werdende Tageslicht gleichfalls durch die Felswand abgeschnitten, und als sie die Sohle der Schlucht erreichte, war das dichte Gebüsch den kleinen Fluß entlang nur eine undeutliche Silhouette, die sie vor dem flirrenden Schimmer der Myriaden leuchtender Punkte oben erkennen konnte.

Sie nahm einen großen erfrischenden Schluck Flußwasser und tastete sich dann in das tiefere Dunkel am Fuß der Felswand hinein. Dort machte sie sich nicht erst die Mühe, das Zelt aufzuschlagen, sondern breitete einfach ihr Fell aus und rollte sich hinein; die Felswand im Rücken, hatte sie ein größeres Gefühl der Sicherheit als draußen auf den Ebenen in ihrem Zelt. Ehe sie einschlief, verfolgte sie noch, wie ein fast ganz gerundeter Mond über den Rand der Schlucht heraufkroch.

Schreiend wachte sie auf!

Sie schoß in die Höhe – Todesschrecken durchfuhr sie, hämmerte in ihren Schläfen und ließ ihr Herz rasen – und starrte auf unbekannte Schatten, die sich schwarz auf der schwarzen Leere vor ihr bewegten. Als ein ungeheures Krachen ihre Ohren betäubte und ein gleichzeitig aufzuckendes grelles Licht sie blendete, sprang sie auf. Zitternd beobachtete sie, wie eine hochragende, vom Blitz getroffene Fichte sich spaltete, Flammen emporloderten und der riesige Baum langsam und sich immer noch an seine andere Hälfte klammernd, zu Boden fiel. Es hatte etwas Unwirkliches, wie die in Flammen stehende Fichte ihren eigenen Todeskampf erhellte und groteske Schatten auf die hinter ihr ragende Felswand warf.

Es knisterte und zischte, als ein heftiger Regenschauer das Feuer löschte. Ayla schmiegte sich dichter an die Felswand und merkte gar nicht, daß die warmen Tränen und die kalten Tropfen ihr das Gesicht netzten. Der erste ferne Donner, der an das Grollen eines Erdbebens erinnerte, hatte aus der Aschenglut verborgener Erinnerungen einen anderen, immer wiederkehrenden Traum in ihr entzündet; einen Alptraum, nie recht zu fassen, wenn sie wieder wach war, der sie aber gleichwohl mit einem elenden Gefühl und tiefbekümmert zurückließ. Ein neuerlicher greller Blitz, dem ein lautes Aufbrüllen folgte, erfüllte die schwarze Leere vorübergehend mit unheimlicher Grelle und erlaubte ihr einen flüchtigen Blick auf die steilen Wände und den zerspellten Baumstamm, den der mächtige Lichtfinger aus dem Himmel gebrochen hatte wie einen dürren Ast.

Vor Angst wie vor der feuchten, allesdurchdringenden Kälte zitternd, griff sie nach ihrem Amulett, nur um etwas in der Hand zu haben, was irgendwie Schutz versprach. Dabei handelte es sich um eine Reaktion, die nur zum Teil durch Donner und Blitz ausgelöst worden war. Ayla mochte Gewitter nicht sonderlich, war jedoch an sie gewöhnt; häufig wirkten sie mehr hilfreich als zerstörerisch. Gefühlsmäßig stand sie immer noch unter dem Eindruck ihres Erdbeben-Alptraums. Erdbeben waren eine zerstörerische Kraft, die sich immer verheerend auf ihr Leben ausgewirkt und bittere Verluste gebracht hatte. Nichts fürchtete sie mehr.

Endlich merkte sie, daß sie ganz durchnäßt war, und zog ihr Fellzelt aus der Kiepe. Dieses breitete sie wie eine zweite Decke über ihr Schlaffell und barg den Kopf darunter. Selbst als ihr bereits warm geworden war, zitterte sie noch, doch im Laufe der Nacht legte der Sturm sich, und schließlich schlief sie ein.

Vögel erfüllten die Morgenluft mit ihrem Gezwitscher, Geschilpe und Gekrächz. Ayla schlug die Decke zurück und sah sich um. Eine grüne, vom Regen noch feuchte Welt glitzerte in der Morgensonne. Ayla lag auf dem breiten steinigen Uferstreifen eines kleinen, für gewöhnlich in südlicher Richtung fließenden Flusses, der hier gerade nach Osten abbog.

Am gegenüberliegenden Ufer reichte eine Reihe von grünen

Fichten hinauf bis zum obersten Rand der Schlucht, aber nicht weiter. Alles Wachstum, das sich darüber hinauswagte, wurde von den heulenden Winden aus den Steppen sofort gekappt, was den größten Bäumen ein eigentümlich verkrüppeltes Aussehen verlieh, zumal sie unten zu ausladender Fülle neigten. Ein himmelstrebender Riese von nahezu vollkommen ebenmäßigem Wuchs, der nur durch einen mächtigen, in rechtem Winkel vom Stamm fortstrebenden Ast gestört wurde, wuchs neben einem anderen mit verkohltem und zerspelltem hohen Stammrest, der sich immer noch an der abgebrochenen Spitze festhielt. Die Bäume wuchsen auf einem schmalen Streifen und auf der anderen Seite des Flusses zwischen Ufer und Felswand, einige so nahe am Wasser, daß ihre Wurzeln zum Vorschein kamen.

Auf ihrer Seite neigten sich weiter oben am steinigen Ufer sanft geschwungene Weiden und ließen ihre langen, blaßgrünen Blatt-Tränen in den Fluß rieseln. Die abgeflachten Stengel der hochstrebenden Pappeln bewirkten, daß die Blätter sirrend in der sanften Brise zitterten. Weißrindige Birken wuchsen gleichsam in Haufen beieinander; ihre Vettern, die Erlen, erreichten nur Strauchhöhe. Schlinggewächse kletterten und wanden sich um die Baumstämme, und unten am Wasser drängte sich eine Fülle stark belaubter Büsche.

Ayla war so lange über die ausgedörrten und von der Sonne versengten Steppen gezogen, daß sie ganz vergessen hatte, wie schön Grün sein konnte. Der kleine Fluß glitzerte einladend. Angst und Sturm waren vergessen. Sie sprang auf und rannte über den Strand. Als erstes packte sie die Lust zu trinken; dann nestelte sie den langen Riemen ihres Umhangs auf, nahm impulsiv das Amulett ab und lief ins Wasser hinein. Es wurde rasch tiefer, sie tauchte und schwamm ans andere Ufer hinüber.

Das Wasser war kühl und erfrischend; wie herrlich das Gefühl, den Staub und Schmutz der Steppen loszuwerden. Sie schwamm stromaufwärts, spürte, wie die Strömung stärker und eisiger wurde, als die Felswände sich einander näherten und der Fluß sich verengte. Sie rollte sich auf den Rücken und ließ sich, vom brodelnden Wasser getragen, stromabwärts treiben. Ihr Blick ging hinauf in ein tiefes Blau, das den Himmel zwischen den hohen Klippen ausfüllte; dann bemerkte sie flußaufwärts und gegenüber ihres steinigen Uferstreifens ein dunkles Loch. Ob das eine Höhle ist? dachte sie, und die Erregung packte sie. Ob es wohl schwierig ist hinaufzukommen?

Die junge Frau watete zurück an den Strand, setzte sich auf

die warmen Steine und ließ sich von der Sonne das Haar trocknen. Ihr Blick wurde angezogen von den raschen, ruckartigen Bewegungen eines Vogels, der unten am Gebüsch über den Boden hüpfte und an Würmern zog, die der nächtliche Regen nach oben getrieben hatte; dann flitzte er von Zweig zu Zweig und pickte nach den reifen Beeren.

Schau dir diese Himbeeren an! Wie groß sie sind, dachte sie. Flügelgeschwirr erhob sich bei ihrem Näherkommen; gleich darauf hatten die Vögel sich ein wenig weiter weg niedergelassen. Ganze Hände voll der süßen saftigen Beeren stopfte sie sich in den Mund. Nachdem sie gesättigt war, spülte sie sich die Hände und legte sich ihr Amulett wieder um, krauste jedoch die Nase angesichts ihres verschmutzten und verschwitzten alten Umhangs. Sie hatte keinen anderen. Als sie kurz vor ihrem Fortgehen noch einmal in die vom Erdbeben verwüstete Höhle hineingegangen war, um sich Kleidung, Nahrung und Zelt zu holen, hatte sie nur ans Überleben gedacht und nicht daran, ob sie wohl einen zweiten Sommerüberwurf brauchte.

Jetzt dachte sie wieder ans Überleben. Ihre Hoffnungslosigkeit und ihr Schwermut beim Gedanken an die trockenen, staubigen Steppen war beim Anblick dieses grünen Tals verflogen. Die Himbeeren hatten ihr eher Appetit gemacht, als ihren Hunger zu stillen. Sie hatte Lust auf etwas Handfesteres und ging, ihre Schleuder von dort zu holen, wo sie geschlafen hatte. Sie breitete das nasse Fellzelt auf den sonnengewärmten Steinen aus, zog dann ihren schmutzigen Überwurf über und sah sich suchend nach glatten runden Steinen um.

Bei genauerem Hinsehen erkannte sie, daß der Uferstreifen mehr barg als nur Steine. Verstreut lagen dort neben mattem, grauen Treibholz ausgebleichte Knochen; an einer vorspringenden Wand lag sogar ein ganzer Haufen davon. Reißende Frühlingsfluten hatten Bäume entwurzelt, unachtsame Tiere mit sich gerissen, sie durch den Engpaß zwischen den Felsen weiter flußaufwärts hindurchgeschleudert und dann gegen diese Wand geworfen, wo es liegengeblieben war, während das brodelnde Wasser um die Flußbiegung herumgeschäumt war. Ayla entdeckte riesige Geweihe, lange Bisonhörner und etliche enorme gebogene Stoßzähne in diesem Haufen; nicht einmal das große Mammut war gefeit gegen die Kraft rasenden Wildwassers. Auch große Felsbrocken lagen dort, doch verengten sich die Augen der jungen Frau erst in dem Augenblick, wo sie ein paar mittelgroße kreidegraue Steine entdeckte.

Das ist Feuerstein, sagte sie sich, nachdem sie genauer hingesehen hatte. Da bin ich mir ganz sicher! Ich brauche einen Hammerstein, um einen aufzubrechen und auch noch den letzten Zweifel zu zerstreuen, aber ich bin mir ganz sicher. Erregt suchte Ayla den Strand nach einem glatten, eiförmigen Stein ab, der sich bequem in der Hand halten ließ. Als sie einen fand, schlug sie damit die äußere kreidige Hülle vom Kern ab. Ein Stück taubes weißes Gestein splitterte ab und ließ den matten Schimmer des dunkelgrauen Steins darin erkennen.

Feuerstein! Ich hab es gewußt! Ihre Gedanken überstürzten sie, als sie an die verschiedenen Werkzeuge dachte, die sie sich jetzt fertigen konnte. Sogar ein paar zum Ersatz kann ich machen. Dann brauche ich mir nicht mehr all zu viel Gedanken zu machen, wenn mal etwas entzweigeht. Sie befreite noch ein paar von den unscheinbaren weißlichen Steinen von ihrer Kruste. Irgendwo weiter stromaufwärts waren sie von der Strömung aus ihrem Kalklager herausgelöst, bis hierher getragen worden und an der Felsmauer zur Ruhe gekommen. Diese Entdeckung ermutigte sie, das Gelände noch weiter zu erforschen.

Die Wand, die den reißenden Fluten in Hochwasserzeiten eine Barriere entgegenstellte, stieß auf die Innenseite der Flußbiegung zu. Von seinen normalen Ufern eingeschlossen, war der Wasserstand so niedrig, daß es ein leichtes war, die Felswand watend zu umrunden; als sie um die Ecke lugte, blieb sie stehen. Was sich vor ihr ausbreitete, war das Tal, das sie am Abend zuvor von oben nur flüchtig gesehen hatte.

Hinter der Flußbiegung verbreiterte der Wasserlauf sich und sprang sprudelnd um Felsen im flacheren Wasser. Am Fuß der gegenüberliegenden Steilwand, die die eine Seite der Schlucht bildete, floß es nach Osten. Am nahegelegenen Ufer wuchsen Sträucher, die sich hier, wo sie vor dem schneidenden Wind geschützt waren, bis zu ihrer nicht geringen vollen Größe auswachsen konnten. Linkerhand, jenseits der Steinbarriere, lief die Felswand aus, flachte sich die Böschung zu einem sanften Hang ab und wurde im Osten und Norden allmählich eins mit der Steppe. Das breite Tal vor ihr war üppig mit trocken gewordenem Gras bewachsen, das wellenförmig wogte, sobald der Wind den Nordhang herunterwehte; etwa auf halbem Weg das Tal hinab graste die kleine Herde Steppenpferde.

Ayla nahm Schönheit und Ruhe des Bildes tief in sich auf und konnte es nicht fassen, daß ein solcher Ort mitten auf der trockenen, windigen Steppe existierte. Das Tal bildete eine unverhoffte Oase, die sich in einem Spalt der trockenen Ebenen verborgen hatte; ein Mikrokosmos des Überflusses, als ob die Natur, die sich auf den Steppen gezwungen sah, nur das hervorzubringen, was unbedingt nötig war, hier, wo sich Gelegenheit dazu bot, ihre ganze Fülle geradezu im Übermaß ausschüttete.

Die junge Frau beobachtete die Pferde in der Ferne, und was sie sah, gefiel ihr. Es waren robuste, gedrungene Tiere mit ziemlich kurzen Beinen, dickem Hals und hängenden Nasen, die sie an die großen, überhängenden Nasen einiger Clansangehöriger erinnerte. Sie hatten ein dichtes, zottiges Fell und eine kurze, borstige Mähne. Manche hatten zwar einen grauen Einschlag, doch die meisten wiesen sämtliche Schattierungen von Gelb und Braun auf, vom neutralen Beige des Steppenstaubs bis zum leuchtenden Gelb des Strohs. Ein wenig abseits von den anderen stand ein strohfarbener Hengst; Ayla bemerkte etliche Fohlen von derselben Farbe. Der Hengst hob den Kopf, schüttelte die kurze Mähne und wieherte.

Sie ging das Weideland entlang, das sich an das den Fluß begleitende Strauchwerk anschloß. Ohne bewußt darüber nachzudenken, nahm sie die Vegetation in sich auf und dachte dabei ebenso sehr an die heilenden wie die nährenden Kräfte darin. Es hatte zu ihrer Ausbildung als Medizinfrau gehört, Pflanzen um des ihnen innewohnenden Heilzaubers willen zu sammeln, und es gab nur sehr wenige, die sie nicht auf der Stelle hätte einordnen können. Diesmal ging es ihr um die nährenden Kräfte.

Sie bemerkte die Blätter und den vertrockneten Doldenansatz, der anzeigte, daß sie wenige Fingerbreit unter der Erde wilde Karotten finden würde, ließ sie jedoch stehen, als hätte sie sie nicht gesehen. Der Eindruck trog jedoch. Sie merkte sich die Stelle genauso sicher, als ob sie sich dort ein Zeichen gemacht hätte; doch die Vegetation würde bleiben, wie sie war. Ihr scharfes Auge hatte die Fährte eines Hasen entdeckt, und im selben Augenblick konzentrierte sie sich darauf, Fleisch zu beschaffen.

Mit der Lautlosigkeit und Vorsicht des geübten Jägers folgte sie frischer Losung, einem geknickten Grasstengel, einem kaum erkennbaren Abdruck im Boden, und dann erspähte sie das Tier auch schon in seinem tarnenden Versteck. Sie zog ihre Schleuder aus dem Leibriemen und griff in jene Falte ihres Überwurfs, in der sie die Steine verwahrte. Als der Hase davonsprang, war sie bereit. Mit der unbewußten Anmut, wie sie nur Jahre der Übung bringen, schleuderte sie einen Stein und im nächsten Augenblick auch schon den anderen; sie hörte das beruhigende *Wumm, Wumm.* Beide Geschosse hatten ihr Ziel gefunden.

Ayla hob ihre Beute auf und dachte an die Zeit, da sie sich diese Doppel-Stein-Technik beigebracht hatte. Der unvorsichtige Versuch, einen Luchs zu erlegen, hatte ihr das Ausmaß ihrer Verwundbarkeit klargemacht. Aber es hatte vieler Tage der Übung bedurft, die Bewegung zu vervollkommnen, mit der ein zweiter Stein gleich nach dem Abschießen des ersten und noch im selben Schwung eingelegt wurde, so daß sie zwei Steine nacheinander in raschester Folge abschießen konnte.

Auf dem Rückweg hackte sie einen Zweig von einem Baum, spitzte das eine Ende zu und benutzte es, um die wilden Karotten auszugraben. Diese steckte sie in eine Falte ihres Überwurfs; erst nachdem sie zwei weitere – diesmal gegabelte – Äste abgeschlagen hatte, kehrte sie zurück ans Flußufer. Sie legte Hase und Wurzeln auf den Boden, holte dann Bohrer und Bohrholz aus ihrer Kiepe und suchte unter den größeren Stücken des Knochenhaufens trockenes Treibholz heraus; außerdem suchte sie trockenes Laub, das sich unter den schützenden Zweigen der Bäume gesammelt hatte. Mit demselben Gerät, das sie benutzt hatte, den Grabstock zu schnitzen, der an seinem spitzen Ende eine V-förmige Gabelung aufwies, schabte sie Zunder von einem trockenen Ast. Dann zupfte sie haarige Rinde von alten Beifußstengeln und getrockneten Flaum von den Samenschoten von Afterkreuzkraut.

Sie fand eine Stelle, an der man gut sitzen konnte, legte dann das Holz nach der Größe geordnet bereit und häufte Zunder, Kienspäne und größeres Holz um sich. Sie prüfte das Bohrholz – ein Stück von einer trockenen Waldrebe –, machte mit Hilfe eines Feuersteinbohrers eine kleine Einkerbung und steckte ein Stück Rohrkolben, das noch aus dem vorigen Jahr stammte, hinein, um sich zu vergewissern, daß das Loch groß genug sei. Sodann häufte sie den Afterkreuzkraut-Flaum unter der Einkerbung im flachen Bohrholz in ein Stück faseriger Rinde und hielt dieses mit dem Fuß fest; danach steckte sie das Ende des Rohrkolbens in die Einkerbung und holte tief Luft. Um Feuer zu machen, bedurfte es hoher Konzentration.

Oben am Bohrstock die beiden Handflächen aneinanderlegend, fing sie an, ihn hin- und herzudrehen. Dabei bewirkte der ständige Druck, daß ihre Hände immer wieder nach unten abrutschen, bis sie nahezu das Bohrholz erreichten. Hätte sie jemand zur Hilfe gehabt, wäre das der richtige Augenblick gewesen, wieder oben anzufangen. Da sie jedoch allein auf sich angewiesen war, mußte sie unten loslassen und rasch wieder nach oben fahren, ohne daß der Rhythmus des sich um sich selbst drehenden Rohrstengels auch nur einen Herzschlag lang unterbrochen werden durfte; die durch die Drehung entstandene Hitze hätte sich augenblicklich verflüchtigt und wäre nicht groß genug geworden, das Holz zum Glimmen zu bringen. Das war Schwerarbeit und ließ keinerlei Atempause zu.

Ayla ging ganz in dem Bewegungsrhythmus auf, achtete nicht auf den Schweiß, der ihr auf die Stirn trat und ihr in die Augen lief. Das Loch wurde bei der gleichmäßigen Drehbewegung immer tiefer, und rings um das Bohrloch bildete sich feiner Holzstaub, der sich von dem weicheren der beiden Hölzer löste. Sie roch Holzrauch und sah, wie es sich in der Kerbe schwärzte, ehe sie einen feinen Rauchfaden erkannte, was sie dazu ansporne weiterzumachen, obwohl ihr die Arme wehtaten. Schließlich brannte sich ein kleines Glutstück durch das flache Bohrholz und fiel auf das bißchen trockenen Zunder darunter. Was jetzt kam, war womöglich noch schwieriger als das Erzeugen der Glut. Erlosch diese jetzt, mußte sie noch einmal ganz von vorn anfangen.

Sie beugte sich ganz nahe an die Glut hinunter; dann fing sie an zu blasen. Sie beobachtete, wie die Glut mit jedem Atemhauch heller wurde und fast ausging, wenn sie innehalten mußte, um tief Atem zu holen. Sie schob feinste Späne an das bißchen glosendes Holz, verfolgte, wie sie aufglühten und schwarz wurden, ohne sich richtig zu entzünden. Dann flakkerte ein winziges Flämmchen auf. Sie verstärkte ihr Blasen, streute weitere Schnipsel und Späne darauf und legte, als endlich ein kleines Häufchen brannte, ein paar dürre Zweige dazu.

Ruhe gab sie erst, nachdem die großen Treibholzstücke brannten und das Feuer nicht mehr ohne weiteres ausgehen konnte. Sie sammelte noch etwas Holz und stapelte es in der Nähe; dann schabte sie mit einem etwas größeren, gleichfalls gekerbten Werkzeug die Rinde von jenem grünen Ast, den sie benutzt hatte, um die wilden Karotten auszugraben. Die gegabelten Äste steckte sie zu beiden Seiten des Feuers dergestalt in die Erde, daß der zugespitzte Ast gut auf der Astgabel ruhte, und schickte sich dann an, den Hasen abzubalgen.

Als das Feuer keine hohen Flammen mehr schlug, sondern zu

einem glosenden Gluthaufen geworden war, hatte sie den Hasen ausgewaidet, so daß sie ihn braten konnte. Schon wollte sie die Eingeweide in den Balg wickeln, um beides fortzuwerfen, wie sie es unterwegs immer getan hatte, da fiel ihr etwas ein.

Den Balg könnte ich gebrauchen, dachte sie. Es dauert ja nur einen, zwei Tage ...

Sie spülte die wilden Karotten im Fluß – wusch sich bei dieser Gelegenheit das Blut von den Händen – und wickelte sie in die Blätter vom Kreuzkraut ein. Diese großen faserigen Blätter waren zwar eßbar, doch mußte sie jedesmal, wenn sie sie sah, daran denken, daß sie auch feste und heilsame Bandagen für Fleischwunden und Blutergüsse abgaben. Die in Blätter gehüllten wilden Karotten legte sie neben die Glut.

Sie setzte sich hin und ruhte sich einen Moment aus; dann beschloß sie, den Hasenbalg zum Trocknen aufzuspannen. Während das Essen garte, schabte sie mit dem auseinandergebrochenen Schaber Blutgefäße, Talgdrüsen und Fettgewebe von der Innenseite des Fells und überlegte dabei, wie sie sich einen neuen Schaber machen könnte.

Beim Arbeiten stieß sie ein liedähnliches, gurrendes Summen aus und ließ die Gedanken schweifen. Vielleicht sollte ich ein paar Tage hierbleiben und warten, bis das Fell fertig ist. Außerdem brauche ich unbedingt ein paar Werkzeuge. Könnte ja versuchen, das Loch weiter oben in der Felswand zu erreichen. Der Hase fängt an, appetitlich zu duften. Eine Höhle würde mich vor Regen schützen – aber vielleicht ist sie auch unbewohnbar.

Sie stand auf, drehte den Spieß und bearbeitete dann weiter den Hasenbalg. Allzu lange kann ich nicht bleiben. Ich muß die Anderen finden, ehe der Winter einsetzt. Sie hielt im Fellschaben inne und richtete ihre ganze Aufmerksamkeit plötzlich auf den inneren Aufruhr, der stets unter der Oberfläche ihres Denkens rumorte. Wo sind sie? Iza hat gesagt, auf dem Festland gäbe es viele von den Anderen. Von einem Augenblick auf den nächsten stiegen ihr die Tränen in die Augen und rollten herab. Ach, Iza, wie du mir fehlst! Und Creb! Und auch Uba! Und Durc, mein Kleiner ... mein Kleiner. Ich habe dich so sehr gewollt, Durc, und es war so schwer! Und du bist *nicht* mißgestaltet, bloß ein bißchen anders als die Leute vom Clan. So wie ich.

Nein, nicht so wie ich. Du gehörst zum Clan und wirst höchstens ein bißchen größer sein als die anderen und dein Kopf ein bißchen anders aussehen. Eines Tages wirst du ein großer Jäger werden. Und mit der Schleuder umgehen können. Und schneller laufen als all die anderen. In den Wettkämpfen auf dem Clan-Treffen wirst du beim Laufen alle ausstechen. Beim Ringen vielleicht nicht; könnte ja sein, daß du nicht so stark wirst; aber stark genug.

Wer aber wird das Spiel des Lautmachens mit dir spielen? Und wer dir die Freudenlaute vormachen?

Ich muß damit aufhören, schalt sie sich und wischte sich mit dem Handrücken die Tränen fort. Ich sollte froh sein, daß du Leute hast, die dich lieben, Durc. Später, wenn du älter bist, wird Ura deine Gefährtin werden. Oda hat versprochen, sie zu einer guten Frau für dich heranzuziehen. Auch Ura ist nicht mißgestaltet. Bloß anders. Wie du. Ob ich wohl jemals einen Gefährten finde?

Ayla sprang auf, um sich um ihr Essen zu kümmern und sich zu bewegen, bloß, um etwas zu tun und nicht immer an das Vergangene zu denken. Das Fleisch war noch halb roh, doch sie fand es genießbar. Die wilden Karotten – klein und blaßgelb – waren zart und hatten einen süßlichen, leicht bitteren Nachgeschmack. Was ihr fehlte, war das Salz, das sich in der Nähe des Binnenmeeres immer reichlich hatte finden lassen, doch war der Hunger im Augenblick die richtige Würze. Während sie weiterhin den Hasenbalg sauberschabte, ließ sie den Rest des Hasen noch etwas länger garen; jetzt, wo sie gegessen hatte, war ihr wesentlich wohler zumute.

Die Sonne stand hoch, und sie beschloß, das Loch zu untersuchen, das sie oben in der Felswand entdeckt hatte. Sie legte ihren Überwurf ab, schwamm über den Fluß hinüber und hangelte sich an den freiliegenden Baumwurzeln aus dem tiefen Wasser heraus. Es war schwierig, die nahezu senkrecht in die Höhe strebende Felswand hochzuklettern, und sie überlegte, ob es überhaupt die Mühe lohnte, selbst wenn sich herausstellen sollte, daß es sich bei dem Loch tatsächlich um den Eingang zu einer Höhle handelte. Dennoch war sie enttäuscht, als sie schließlich auf ein schmales Sims vor dem dunklen Loch gelangte, das, wie sie feststellte, kaum mehr als eine Vertiefung im Felsen war. Die Losung einer Hyäne in einer schattigen Ecke machte ihr klar, daß es einen leichteren Zugang von der Steppe herunter geben mußte; aber für mehr als ein Tier dieser Größe war eigentlich kein Platz.

Schon wollte sie sich wieder an den Abstieg machen, da ließ sie den Blick noch einmal schweifen. Weiter unten am Fluß und etwas tiefer an der gegenüberliegenden Wand erkannte sie den oberen Teil jener Felsbarriere, die in der Biegung des Flusses vorstieß. Diese Felsbarriere bildete dort oben ein breites Band, und im Hintergrund schien in der Felswand ein weiteres Loch vorhanden zu sein – eines, das offenbar tiefer in den Felsen hineinführte als dieses hier. Sie hatte von dort, wo sie stand, einen guten Überblick und erkannte einen steilen, doch gangbaren Weg hinauf. Das Herz schlug ihr bis zum Hals hinauf. Wenn es sich um eine Höhle handelte, die einigermaßen Raum bot, hätte sie einen trockenen Platz, darin zu übernachten. Als sie wieder halb unten war, sprang sie in den Fluß hinein, so sehr brannte sie darauf nachzusehen.

Gestern abend auf dem Weg herunter muß ich daran vorübergekommen sein, dachte sie, als sie sich an den Aufstieg machte. Wahrscheinlich war es einfach schon zu dunkel. Dann fiel ihr ein, daß man sich einer unbekannten Höhle immer mit äußerster Vorsicht zu nähern habe, und so kehrte sie noch einmal um und holte ihre Schleuder und ein paar Steine.

Gestern hatte sie sich sehr behutsam herabgetastet, doch jetzt, bei hellem Tageslicht, stellte sie fest, daß sie sich überhaupt nicht festzuhalten brauchte. Über die Jahrtausende hatte der Fluß sich immer tiefer in das gegenüberliegende Felsufer hineingefressen; hier, auf dieser Seite, war der Felsen gar nicht so steil. Als sie sich dem Sims näherte, packte Ayla ihre Schleuder fester und bewegte sich mit gespannter Aufmerksamkeit weiter voran.

Alle ihre Sinne waren hellwach. Sie lauschte auf Atemgeräusch und leises Geraschel; hielt Ausschau nach irgendwelchen Zeichen, die ihr verrieten, daß sie in letzter Zeit bewohnt worden war; schnupperte nach den typischen Gerüchen fleischfressender Tiere, Kot- und Aasgeruch und machte sogar den Mund auf, um den Geschmacksnerven zu gestatten, ihrem Geruchssinn zu helfen; achtete darauf, ob ihre nackte Haut nicht irgendwelche Wärme wahrnahm, die aus der Höhle herauskam; und erlaubte ihrer Eingebung, sie zu leiten, als sie sich lautlos der Öffnung im Felsen näherte. Sie hielt sich ganz nahe an der Felswand, kroch zuletzt an das dunkle Loch heran und spähte hinein.

Sie sah nichts.

Die nach Südwesten gehende Öffnung war klein. Zwar konnte sie darin stehen, wohl aber mit der Hand den oberen Rand erreichen. Beim Eingang war der Boden abschüssig, wurde dann jedoch eben. Vom Wind hereingetragener Lößstaub und die Hinterlassenschaften von Tieren, die in der Vergangenheit hier gewesen waren, hatten eine Schicht weichen Bodens entstehen lassen. Ursprünglich uneben und felsig, bildete jetzt eine trockene, festgetretene Erdschicht den Boden der Höhle.

Als sie vorsichtig umherspähte, konnte sie kein Anzeichen dafür entdecken, daß die Höhle in letzter Zeit bewohnt gewesen wäre. Lautlos schlüpfte sie hinein und merkte sofort, wie kühl es hier drinnen war, verglichen mit draußen. Sie wartete, bis ihre Augen sich an das dämmerige Innere gewöhnt hatten. Es war heller, als sie erwartet hatte, und als sie sich weiter vorschob, sah sie durch ein Loch oberhalb des Eingangs Licht fallen und begriff, warum das so war. Aber sie erkannte augenblicklich auch den praktischen Nutzen eines solchen Lochs. Der Rauch konnte dadurch abziehen, ohne daß die oberen Regionen der Höhle sich damit füllten, und das war ausgesprochen von Vorteil.

Nachdem ihre Augen sich daran gewöhnt hatten, stellte sie fest, daß sie erstaunlich gut sehen konnte. Auch einfallendes Licht war von Vorteil. Die Höhle war zwar nicht groß, aber auch nicht klein. Vom Eingang aus gingen die Wände weiter auseinander, bis sie auf eine ziemlich gerade in die Höhle führende Rückwand stießen. Der Grundriß bildete ungefähr ein Dreieck, wobei die Spitze den Eingang bildete und die Ostwand etwas länger war als die Westwand. Die dunkelste Stelle war die Ostecke; dort galt es, als erstes nachzusehen.

Langsam kroch sie die Ostwand entlang und achtete besonders auf Spalten oder Gänge, die in weitere Höhlen führen und Gefahren bergen konnten. In der Nähe der dunklen Ecke lagen von der Wand heruntergebrochene Felsbrocken auf einem Haufen durcheinander. Sie kletterte hinauf, ertastete ein Sims und dahinter Leere.

Sie überlegte, ob sie sich eine Fackel holen sollte, entschied sich dann jedoch dagegen. Weder Gerüche noch Geräusche oder sonst etwas hatten auf irgendwelches Leben hingewiesen; außerdem konnte sie einigermaßen sehen. Sie nahm Schleuder und Steine in eine Hand und wünschte, sie hätte unterwegs Halt gemacht, um ihren Überwurf anzuziehen; dann hätte sie gewußt, wohin mit ihren Waffen. Sie kletterte auf das Sims hinauf.

Die dunkle Öffnung war niedrig; Ayla mußte sich bücken, um sich darin zu bewegen. Aber es handelte sich nur um eine Nische, die endete, wo die Decke der Höhle mit dem Sims zusammentraf. Ganz hinten lag ein Haufen Knochen. Sie griff nach einem, kletterte dann hinunter und arbeitete sich an der Rückwand und die Westwand zurück zum Eingang. Es handelte sich um eine Höhle ohne weitere Ausgänge; auch wies sie außer der Nische weder Tunnels noch andere Kammern auf, die ins Unbekannte geführt hätten. Sie fühlte sich sicher und geborgen.

Abschirmend legte Ayla die Hand über die Augen, ging bis ans äußerste Ende der Terrasse vor der Höhle und blickte sich um. Sie stand oben auf der vorspringenden Felswand. Rechterhand in der Tiefe lag der Haufen Treibholz und Knochen und der steinige Uferstreifen. Linkerhand konnte sie weit ins Tal hinabschauen. In der Ferne bog der Fluß wieder nach Osten ab und umrundete dabei die gegenüberliegende Felswand, während die Felsen linkerhand allmählich an Höhe verloren und dann in die Steppe übergingen.

Sie untersuchte den Knochen in ihrer Hand. Es handelte sich um die lange Vorderhand eines Riesenhirschs; sie war alt und ausgetrocknet und wies deutlich die Spuren von Zähnen auf, die zugebissen und sie zertrümmert hatten, um an das Mark heranzukommen. Das Muster der Zähne und die Art und Weise, wie am Knochen herumgebissen worden war, kam ihr vertraut vor. Das konnte nur eine Raubkatze gewesen sein, dessen war sie sicher. Sie kannte sich in den Fleischfressern besser aus als irgend jemand sonst im Clan. Ursprünglich hatte sie ihre Jagdkünste ja an ihnen entwickelt; allerdings nur an den kleineren bis mittelgroßen Arten. Diese Zahnspuren stammen von einer großen, einer sehr großen Katze. Sie fuhr herum und blickte zur Höhle zurück.

Ein Höhlenlöwe! Das hier mußte einst das Lager von Höhlenlöwen gewesen sein. Die Nische eignete sich vollkommen für die Löwin, ihre Jungen darin zur Welt zu bringen, dachte sie. Vielleicht sollte ich doch nicht darin übernachten. Wer weiß, ob es wirklich sicher ist. Dann betrachtete sie nochmals den Knochen. Er war uralt; die Höhle war seit Jahren nicht mehr benutzt worden. Außerdem: Ein Feuer in der Nähe des Eingangs hält Tiere fern.

Eine schöne Höhle ist das! Davon gibt es nicht viele. Viel Raum im Inneren, ein guter Boden. Ich glaube, am besten ist es, ich hole meinen Pelz und die Kiepe und etwas Holz und bringe das Feuer herauf. Ayla eilte zum Flußufer hinunter, und nachdem sie wieder zurück war, breitete sie auf dem Platz vor der Höhle das Fell des Zeltes sowie ihren Schlafpelz aus und stellte die Kiepe in die Höhle hinein. Dann schleppte sie etliche Armvoll Brennholz herbei. Vielleicht hole ich mir auch noch ein paar Steine, um sie um die Feuerstelle herum zu legen, dachte sie, als sie wieder hinunterlief.

Dann blieb sie unvermittelt stehen. Wozu brauche ich denn Steine? Ich bleibe doch nur ein paar Tage. Schließlich muß ich weiterhin nach den Anderen Ausschau halten. Ich muß sie finden, ehe es Winter wird . . .

Und was ist, wenn ich sie nicht finde? Dieser Gedanke nagte schon seit geraumer Zeit an ihr, nur hatte sie sich nicht gestattet, ihn genau zu formulieren, denn die Konsequenzen waren allzu bedrohlich. Was mache ich, wenn der Winter einsetzt und ich die Anderen immer noch nicht gefunden habe? Ich habe keinerlei Vorräte anlegen können. Ich habe keinen Ort, der trocken und warm ist und weder Wind noch Schnee hereinläßt. Keine Höhle, um darin . . .

Abermals sah sie zur Höhle hinüber, ließ dann den Blick über das schöne, geschützte Tal und die weit hinten friedlich grasenden Pferde schweifen und heftete den Blick dann wieder auf die Höhle. Die Höhle ist genau richtig für mich, sagte sie sich. Es könnte sehr lange dauern, ehe ich eine ebenso gute finde. Und das Tal. Hier könnte ich sammeln, jagen und Vorräte anlegen. Es ist Wasser da, und Holz ist so reichlich vorhanden, daß es den ganzen Winter reicht, ja, viele Winter . . . Sogar Feuerstein ist da. Und kein Wind. Alles, was ich brauche, ist vorhanden – nur keine Anderen.

Ich weiß nicht, ob ich das aushalten kann – den ganzen Winter allein zu sein. Dabei ist es schon spät im Jahr. Wenn ich genug Vorräte anlegen will, muß ich mich sputen. Wenn ich bis jetzt niemand gefunden habe – woher will ich wissen, ob ich überhaupt einen finde? Und woher will ich wissen, ob die Anderen mich auch bei sich aufnähmen, wenn ich sie fände? Schließlich kenne ich sie nicht. Manche von ihnen sind so schlimm wie Broud. Denk nur daran, was der armen Oda widerfahren ist. Sie sagt, die Männer, die ihr Gewalt angetan hätten, so wie Broud mir Gewalt angetan hat, seien Männer von den Anderen gewesen. Wie ich hätten sie ausgesehen, sagt sie. Was, wenn sie alle so sind? Wieder warf Ayla einen Blick zur Höhle hinüber und schaute dann hinab ins Tal. Sie schritt die ganze Länge des Felsvorsprungs vor der Höhle ab, stieß einen lose herumliegenden Felsbrocken in die Tiefe, starrte hinüber zu den Pferden und kam dann zu einem Entschluß.

»Pferde«, sagte sie. »Ich werde eine Zeitlang in eurem Tal bleiben. Nächstes Frühjahr kann ich wieder losziehen und nach den Anderen suchen. Wenn ich mich aber jetzt nicht darauf vorbereite, bin ich nächstes Frühjahr womöglich gar nicht mehr am Leben.« Diese Ansprache an die Pferde brachte Ayla nur mit wenigen Lauten zum Ausdruck, dazu auch noch mit heftig hervorgestoßenen, kehligen Lauten. Sie benutzte Laute überhaupt nur, um Namen auszudrücken und um die reiche, vielfältige und durchaus verständliche Sprache zu unterstreichen, die sie mit anmutig fließenden Handbewegungen zum Ausdruck brachte. Das war die einzige Sprache, an die sie sich erinnerte.

Jetzt, wo Ayla sich entschieden hatte, fiel ihr ein Stein vom Herzen. Ihr hatte gegraut bei dem Gedanken, dieses liebliche Tal zu verlassen und mehr und immer mehr Tage durch die ausgedörrten, winddurchtosten Steppen zu ziehen; schon der Gedanke, überhaupt weiterzuwandern, war ihr zuwider. Sie rannte hinunter auf den steinigen Uferstreifen und bückte sich, um Überwurf und Amulett aufzuheben, und dabei fiel ihr ein glitzerndes Stück Eis ins Auge.

Wie kann es mitten im Sommer Eis geben, fragte sie sich und hob es auf. Es war nicht kalt und wies harte, scharfe Ecken und glatte Flächen auf. Sie betrachtete es von allen Seiten und freute sich daran, wie die einzelnen Facetten blitzten. Der Zufall wollte es, daß sie es gerade im richtigen Winkel hielt, so daß das Prisma das Sonnenlicht in sein gesamtes Farbspektrum zergliederte; Ayla hielt die Luft an beim Anblick des Regenbogens, den sie auf den Boden warf. Sie hatte nie zuvor einen Bergkristall gesehen.

Genauso wie die Feuersteine und viele andere Gesteinsbrokken, die den Uferstreifen bedeckten, war auch der Bergkristall vom Wasser hierhergetragen worden – stammte also nicht von hier. Der schimmernde Stein war durch die womöglich noch größere Kraft jenes Elements, dem es ähnelte – dem Eis – aus der Stätte seiner Entstehung herausgebrochen und durch das Schmelzwasser heruntergetragen worden, bis er an der Schwemmschwelle des Gletscherstroms zu Boden gesunken war.

Plötzlich kroch Alya eine Kälte über den Rücken, die noch kälter war als Eis; sie mußte sich setzen, so durcheinander war sie; sie mußte über die Bedeutung des Steins nachdenken. Da war etwas, was Creb ihr vor langer Zeit einmal erzählt hatte, damals, als sie noch ein keines Mädchen gewesen war . . .

Es war Winter, und die alte Dorv hatte Geschichten erzählt. Ayla hatte über die Legende nachsinnen müssen, die Dorv gerade beendet hatte, und Creb gefragt. Das hatte zur Erklärung des »Totems« geführt.

»Totems brauchen einen Ort zum Leben. Wahrscheinlich würden sie sich von Leuten abwenden, die allzu lange heimatlos umherziehen. Du möchtest doch nicht, daß dein Totem dich im Stich läßt, nicht wahr?«

Ayla faßte nach ihrem Amulett. »Aber mein Totem hat mich nicht verlassen, obwohl ich allein war und keine Heimat hatte.«

»Da hat es dich nur auf die Probe stellen wollen. Schließlich hat es eine Heimstätte für dich gefunden, oder? Der Höhlenlöwe ist ein starkes Totem, Ayla. Er hat dich erwählt, und vielleicht hat er beschlossen, dich immer zu beschützen, weil er dich erwählt hat – aber mit einem Zuhause sind alle Totems glücklicher. Wenn du gut aufpaßt, wird es dir helfen. Es wird dir zu verstehen geben, was am besten ist.«

»Woher soll ich das wissen, Creb?« fragte Ayla. »Ich habe nie den Geist eines Höhlenlöwen gesehen. Woran erkennt man es, wenn das Totem einem etwas sagt?«

»Den Geist deines Totem kannst du nicht sehen, weil er Teil von dir ist, in dir. Trotzdem wird er es dir sagen. Du mußt nur lernen zu verstehen. Wenn du eine Entscheidung treffen mußt, wird er dir helfen. Er wird dir ein Zeichen geben, wenn du die richtige Entscheidung getroffen hast.«

»Was für ein Zeichen denn?«

»Das ist schwer zu sagen. Für gewöhnlich wohl etwas Besonderes oder Ausgefallenes. Vielleicht ein Stein, wie du ihn nie zuvor gesehen hast, oder eine besonders geformte Wurzel, die bedeutungsvoll für dich ist. Du mußt lernen, mit dem Herzen und dem Gemüt zu verstehen, nicht nur mit Augen und Ohren; dann wirst du es wissen. Aber wenn die Zeit kommt und du auf ein Zeichen stößt, das dein Totem hinterlassen hat, steck es in dein Amulett. Es wird dir Glück bringen.«

Höhlenlöwe, schützt du mich immer noch? Ist dies ein Zeichen? Gibst du mir zu verstehen, daß ich in diesem Tal bleiben soll?

Ayla hielt den funkelnden Kristall in der Schale beider Hände und schloß die Augen; sie versuchte sich zu versenken, so wie Creb es immer getan hatte; versuchte, mit dem Herzen zu lauschen und mit dem Gemüt; versuchte, sich zu der Überzeugung durchzuringen, daß ihr großes Totem sie nicht verlassen hatte.

Sie dachte über die Art und Weise nach, wie sie gezwungen worden war fortzugehen, dachte an die langen Tage des Umherwanderns, da sie nach ihren Leuten Ausschau gehalten und sich nach Norden gewandt hatte, so wie Iza es ihr gesagt. Gen Norden, bis . . .

Die Höhlenlöwen! Mein Totem hat sie mir geschickt, damit ich nach Westen abbiege und dieses Tal hier finde. Es wollte, daß ich daraufstoße. Meinem Totem ist es leid, umherzuwandern und möchte, daß dies hier auch sein Zuhause sei! Hier, an diesem Ort, fühlt er sich wohl. Mein Totem ist immer noch bei mir! Es hat mich nicht verlassen!

Als sie dies verstand, löste sich eine gewaltige Spannung in ihr, von der sie gar nicht gewußt hatte, daß sie überhaupt dagewesen war. Lächelnd zwinkerte sie, um die Tränen zurückzuhalten; dann löste sie die Knoten in dem Riemen, mit dem der kleine Beutel zusammengehalten wurde. Sie schüttete den Inhalt des Beutels aus und nahm eines nach dem anderen zur Hand.

Das erste war ein Brocken roter Ocker. Jeder Clansangehörige trug ein Stück des heiligen roten Steins bei sich; das war das erste, was zum Amulett eines jeden dazugehörte; sie erhielten es an dem Tag, da der Mog-ur ihnen ihr Totem enthüllte. Für gewöhnlich wurde das Totem beim Namen genannt, wenn man noch ein kleines Baby war; Ayla war jedoch bereits fünf, als sie erfuhr, wie das ihre hieß. Creb hatte es ihr verkündet, bald nachdem Iza sie gefunden und man sie im Clan aufgenommen hatte. Ayla fuhr mit den Fingerkuppen über die vier Narben an ihrem Bein und betrachtete einen anderen Gegenstand: die Versteinerung einer Schnecke.

Zwar sah sie aus wie die Schale eines Krustentiers aus dem Meer, dabei war es aus Stein – das erste Zeichen, das ihr Totem ihr geschickt hatte, um ihr zu zeigen, daß es ihren Entschluß, mit der Schleuder zu jagen, billigte. Nur Raubtiere freilich, keine Tiere zum Essen; denn die hätten nur verderben können, da sie sie ja nicht mit zur Höhle hatte zurückbringen können. Raubtiere waren jedoch stärker und gefährlicher als die anderen, und an ihnen zu lernen, hatte ihr zu größtem Können auf diesem Gebiet verholfen. Als nächstes nahm Ayla ihren Jagd-Talisman zur Hand, ein kleines Stück ockergefärbter Stoßzahn vom Mammut, das Brun persönlich ihr anläßlich jener schreckenerregenden und faszinierenden Zeremonie geschenkt hatte, durch die sie zur ›Frau, Die Jagt‹ geworden war. Sie berührte die winzige

Narbe an ihrem Hals, die Creb ihr beigebracht hatte, um Blut von ihr zu bekommen, das den Alten zum Opfer gebracht worden war.

Das nächste besaß eine ganz besondere Bedeutung für sie und hätte sie beinahe wieder zum Weinen gebracht. Was sie in der Hand hielt, waren die drei schimmernden, zusammengewachsenen Glimmerstücke, die sie fest in ihrer Faust hielt. Sie hatten ihr Totem ihr gegeben, um ihr zu verstehen zu geben, daß ihr Sohn leben werde. Das letzte war ein dunkles Stück Mangandioxid. Der Mog-ur hatte es ihr zusammen mit einem Stück des Geistes eines jeden Clansangehörigen gegeben, als sie zur Medizinfrau gemacht worden war. Jetzt kam ihr unversehens ein Gedanke, der sie beunruhigte. Bedeutete das, daß Broud, als er sie verfluchte, damit alle verflucht hatte? Als Iza gestorben war, hatte Creb die Geister wieder zurückgeholt, damit sie sie nicht mitnehmen konnte in die Geisterwelt. Mir hat sie niemand wieder abgenommen.

Eine dunkle Vorahnung beschlich sie. Seit jenem Clan-Treffen, auf dem Creb auf irgendeine unerklärliche Weise erfahren hatte, daß sie anders war als die anderen, hatte sie bisweilen diese merkwürdige Orientierungslosigkeit verspürt, gleichsam als ob er eine andere aus ihr gemacht hätte. Sie verspürte ein Kribbeln und Jucken, ihr wurde flau im Magen und sie bekam eine Gänsehaut. Eine tiefe Besorgnis machte sich in ihr breit darüber, was ihr Tod für den gesamten Clan bedeuten könnte.

Sie bemühte sich, dieses Gefühl abzuschütteln. Sie nahm das Lederbeutelchen zur Hand und tat die Sachen zurück; dann fügte sie den Bergkristall hinzu. Sie verknotete das Amulett wieder und suchte den Riemen nach Abnutzungsspuren ab. Creb hatte ihr gesagt, sie würde sterben, falls sie das Amulett jemals verlöre. Als sie es sich wieder um den Hals hängte, fiel ihr ein ganz leichter Gewichtsunterschied zu vorher auf.

Da sie so allein am steinigen Ufer saß, sann Ayla darüber nach, was wohl mit ihr geschehen sein mochte, ehe man sie gefunden hatte. Sie konnte sich an nichts aus ihrem Leben vor diesem Zeitpunkt erinnern; nur daß sie irgendwie anders war, wußte sie. Zu groß, zu blaß, das Gesicht nicht so wie bei den anderen Clansangehörigen. Sie hatte ihr Spiegelbild in einem stillen Teich erblickt: Sie war häßlich. Das hatte Broud ihr oft genug unter die Nase gerieben; außerdem fanden alle das. Sie war eine große, häßliche Frau; kein Mann begehrte sie.

Nur habe ich auch nie einen von ihnen haben wollen, dachte

sie. Iza hat gesagt, ich brauchte einen Mann für mich; aber ob ein Mann von den Anderen mich mehr haben will als einer vom Clan? Keiner will eine große häßliche Frau. Vielleicht ist es ebenso gut, einfach hierzubleiben. Woher soll ich wissen, daß ich einen Gefährten finde, selbst wenn ich die Anderen finde?

4

Jondalar duckte sich und beobachtete durch einen Vorhang aus hohem goldgrünen, unter der Last noch unreifer Samenrispen gebeugten Gras die Herde. Der Pferdegeruch war stark, freilich nicht, weil der trockene Wind ihm ihren strengen Schweißgeruch ins Gesicht blies, sondern weil er sich über und über mit reifem Dung eingeschmiert hatte und etwas davon sogar in den Achseln eingeklemmt hielt, um seinen eigenen Geruch zu überdecken, falls der Wind umschlug.

Die heiße Sonne glänzte auf seinem schweißnassen braunen Rücken. Schweiß lief ihm in Strömen übers Gesicht und färbte das sonnengebleichte Haar, das ihm auf der Stirn klebte, dunkel. Eine lange Strähne hatte sich von dem Lederriemen befreit, den er im Nacken verknotet hatte, und der Wind blies sie ihm immer wieder ins Gesicht, was sehr lästig war. Fliegen umsummten ihn, landeten gelegentlich auf ihm und ärgerten ihn, und im rechten Bein, das er regungslos angespannt hielt, kündigte sich ein Krampf an.

Doch all das waren kleine Unannehmlichkeiten, die er kaum wahrnahm. Seine ganze Aufmerksamkeit galt einem Hengst, der nervös schnaubte und tänzelte; offenbar spürte er instinktiv irgendeine Gefahr, die seiner Herde drohte. Die Stuten grasten immer noch friedlich, doch hatten die Muttertiere sich wie absichtslos zwischen die Menschen und ihre Fohlen geschoben.

Thonolan, wenige Schritte weiter, hockte ebenso angespannt da wie Jondalar. Einen Speer hatte er waagrecht über der rechten Schulter liegen, einen anderen in der Linken. Er warf einen raschen Blick zu seinem Bruder hinüber. Jondalar hob den Kopf und deutete mit den Augen auf eine mausgraue Stute. Thonolan nickte, balancierte seinen Speer noch besser aus und schickte sich zum Sprung an.

Als ob ein Signal zwischen den beiden hin- und hergegangen wäre, schossen die beiden Männer gleichzeitig in die Höhe und sprangen auf die Herde zu. Der Hengst stieg, stieß ein warnendes Gewieher aus und stieg abermals. Thonolan schleuderte seinen Speer auf die Stute, während Jondalar direkt auf das männliche Pferd zurannte und dabei johlte und schrie in dem Versuch, es scheu zu machen, als würde es von Geistern verfolgt. Die List gelang. Laut schreiende Feinde war das Tier nicht gewohnt; vierbeinige Jäger schlugen lautlos und in aller Heimlichkeit zu. Der Hengst wieherte, wollte auf den Menschen losstürmen, fuhr dann jedoch herum und galoppierte hinter seiner fliehenden Herde her.

Die beiden Brüder setzten ihnen nach. Der Hengst sah die Stute zurückfallen und stieß sie in die Flanken, um sie anzutreiben. Die Männer johlten und fuchtelten mit den Armen, doch diesmal ließ der Hengst sich nicht beirren, sondern schob sich zwischen Menschen und Stute, versuchte, die Jäger abzudrängen und gleichzeitig die Pferde anzutreiben. Die Stute machte noch ein paar unsichere Schritte, blieb dann jedoch stehen und ließ den Kopf hängen. Thonolans Speer stak ihr in der Seite, leuchtend-rote Blutspuren zeichneten ihre graue Decke, und Blut tropfte von Strähnen zottigen Fells herunter.

Jondalar ging näher heran, zielte und schoß den Speer ab. Die Stute zuckte zusammen, ging in die Knie und fiel dann; der zweite Speerschaft saß ihr zitternd unter der borstigen Mähne im Hals. Der Hengst stob auf sie zu, stubste sie mit der Nase, stieg, stieß ein trotziges Wiehern aus und galoppierte dann hinter seiner Herde her, um die Lebenden zu beschützen.

»Ich hol' das Gepäck«, sagte Thonolan, als sie auf das gestürzte Tier zuliefen. »Es ist leichter, Wasser hierher zu bringen als ein Pferd zum Fluß zurückzuschleifen.«

»Wir brauchen ja nicht alles Fleisch zu dörren. Laß uns das, was wir brauchen, mit hinunternehmen an den Fluß. Dann brauchen wir das Wasser nicht hierherzutragen.«

Thonolan zuckte mit den Achseln. »Warum nicht? Ich hol' eine Axt, um die Knochen zu spalten.« Er machte sich in Richtung Fluß auf den Weg.

Jondalar zog sein Messer mit dem beinernen Griff aus der Scheide und vollführte einen tiefen Schnitt durch die Gurgel. Dann zog er die Speere heraus und sah zu, wie Blutlachen sich um den Kopf des Pferdes herum bildeten.

»Wenn du zur Großen Erdmutter zurückkehrst, danke ihr«, wandte er sich an das tote Pferd. Er griff in seinen Beutel und fingerte in unbewußter Gebärde liebevoll an der Steinfigur der Mutter herum. Zelandoni hat recht, dachte er. Sollten die Erdenkinder jemals vergessen, wer für sie sorgt, wachen wir vielleicht eines Tages auf und stellen fest, daß wir kein Zuhause haben. Dann packte er sein Messer und schickte sich an, sich seinen Anteil von dem zu nehmen, was Doni ihm gegeben hatte.

»Auf dem Rückweg habe ich eine Hyäne gesehen«, sagte Thonolan, als er zurückkam. »Sieht so aus, als ob nicht nur wir satt würden.«

»Die Mutter hat was gegen Verschwendung«, sagte Jondalar, der den Arm bis zum Ellbogen in Blut getaucht hatte. »Alles kehrt zu Ihr zurück, so oder so. Komm, hilf mir!«

»Es ist nicht ganz ungefährlich, weißt du«, sagte Jondalar und warf noch einen Ast auf das kleine Feuer. Ein paar Funken stoben zusammen mit dem Rauch auf und verschwanden in der Nachtluft. »Was machen wir, wenn der Winter kommt?«

»Bis dahin ist noch lange Zeit; wir müssen doch vorher auf irgendwelche Menschen stoßen.«

»Wenn wir jetzt umkehren, stoßen wir mit Sicherheit auf welche. Zumindest könnten wir es bis zu den Losadunai schaffen, ehe der Winter mit seiner ganzen Strenge kommt.« Er wandte das Gesicht dem Bruder zu. »Wir wissen ja nicht einmal, wie die Winter auf dieser Seite des Gebirges sind. Die Landschaft ist offener, weniger geschützt, und es gibt auch weniger Bäume fürs Feuer. Vielleicht hätten wir doch versuchen sollen, die Samunai zu finden. Möglich, daß die uns hätten sagen können, was uns erwartet und was für Menschen dort leben, wo wir hinwollen.«

»Du kannst umkehren, wenn du willst, Jondalar. Ich hatte diese Reise ohnehin allein machen wollen . . . nicht, daß ich mich über deine Gesellschaft nicht freute.«

»Ich weiß nicht . . . vielleicht sollte ich das wirklich«, sagte er und wandte sich wieder dem Feuer zu. »Ich hatte ja keine Ahnung, wie lang dieser Fluß ist. Sieh ihn dir an.« Mit der Hand wies er auf das im Mondlicht schimmernde Wasser. »Das ist die Große Mutter der Flüsse und ebenso unberechenbar. Als wir uns auf den Weg machten, floß er nach Osten. Jetzt geht er nach Süden und hat sich in so viele Flußarme verästelt, daß ich mich manchmal frage, ob wir überhaupt noch dem richtigen Fluß folgen. Wahrscheinlich habe ich dir nicht recht geglaubt, als du sagtest, du wolltest ihm ganz bis ans Ende folgen, gleichgültig, wie weit das wäre, Thonolan. Und übrigens: Falls wir wirklich auf Menschen stoßen – woher willst du wissen, daß sie uns freundlich gesonnen sein werden?«

»Darum geht es doch bei einer Reise. Darum, neue Orte und neue Menschen kennenzulernen. Man muß es darauf ankommen lassen. Schau, großer Bruder, kehr um, wenn du möchtest. Ich meine es ernst.«

Jondalar starrte ins Feuer und schlug dabei rhythmisch mit einem Stück Holz in die Handfläche. Plötzlich sprang er auf, warf das Holz ins Feuer, und wieder stiegen Funken empor. Er machte ein paar Schritte und faßte die Schnüre aus zusammengedrehten Fasern ins Auge, die zwischen Pflöcken dicht über der Erde ausgespannt worden waren; dünne Scheiben Fleisch hingen zum Trocknen daran. »Was zieht mich eigentlich zurück? Und recht bedacht: Was habe ich eigentlich, mich darauf zu freuen?«

»Auf die nächste Flußbiegung, den nächsten Sonnenaufgang, die nächste Frau, mit der du schläfst«, sagte Thonolan.

»Ist das alles? Erwartest du dir denn nicht etwas mehr vom Leben?«

»Was gibt es denn sonst? Man wird geboren, man lebt, so gut es geht, so lange man hier ist, und eines Tages kehrt man dann zurück zur Mutter. Danach . . . wer weiß?«

»Eigentlich müßte mehr daran sein, müßte es irgendeinen Grund zum Leben geben.«

»Wenn du den jemals ergründest, sag's mir.« Thonolan gähnte. »Im Augenblick freue ich mich jedenfalls auf den nächsten Sonnenaufgang. Einer von uns sollte allerdings wach bleiben, oder aber wir müßten mehrere Feuer bauen, damit sie die Aasfresser fernhalten. Sonst haben wir morgen früh kein Fleisch mehr.«

»Leg dich hin, Thonolan. Ich bleibe auf. Ich könnte ohnehin nicht einschlafen.«

»Jondalar, du grübelst zuviel. Weck mich, wenn du müde wirst.«

Die Sonne war bereits aufgegangen, als Thonolan aus dem Zelt kroch, sich die Augen rieb und sich streckte. »Bist du die ganze Nacht aufgeblieben? Ich hab' dir doch gesagt, du sollst mich wecken.«

»Ich habe nachgedacht, und mir war nicht nach Schlafen. Da ist heißer Salbeitee, wenn du möchtest.«

»Danke«, sagte Thonolan und schöpfte sich von der dampfenden Flüssigkeit in eine hölzerne Schale. Dann hockte er sich vors Feuer und barg den Napf zwischen den Händen. Die frühe Morgenluft war noch recht kühl, das Gras schwer von Tau, und er hatte nur einen Lendenschurz an. Er verfolgte, wie kleine Vögel um die wenigen Bäume und Sträucher am Fluß herumschossen und dabei geräuschvoll zirpten. Ein Schwarm Fischreiher, der auf einer weidenbestandenen Insel im Hauptkanal nistete, tat sich an frühmorgens gefangenen Fischen gütlich. »Nun, ist es dir gelungen?« fragte er schließlich.

»Was soll mir gelungen sein?«

»Den Sinn des Lebens zu finden. Hast du dir darüber nicht gestern abend den Kopf zerbrochen, als ich mich schlafen legte? Obwohl ich nie begreifen werde, weshalb du deswegen die ganze Nacht aufbleiben mußtest. Wenn hier eine Frau wäre ... Hast du etwa eine von Donis Gesegneten in den Weiden versteckt ...«

»Bildest du dir etwa ein, ich würde es dir sagen, wenn ich das hätte?« sagte Jondalar grinsend. Doch dann wurde ein Lächeln daraus. »Du brauchst keine schlechten Witze zu machen, bloß um mich aufzuheitern, kleiner Bruder. Ich werde mit dir ziehen, bis ans Ende des Flusses, wenn du willst. Nur – was machst du dann?«

»Das kommt darauf an, was uns dort erwartet. Ich für meinen Teil hielt es für am besten, mich hinzulegen. Wenn du in dieser Stimmung bist, gibst du für keinen eine gute Gesellschaft ab. Ich bin froh, daß du dich entschlossen hast mitzukommen. Irgendwie hab' ich mich an dich gewöhnt, trotz der schlechten Laune, die du oft hast.«

»Ich habe dir ja gesagt: Irgendwer muß aufpassen, daß du nicht in Schwierigkeiten gerätst.«

»Ich? Im Augenblick hätte ich nichts gegen ein paar Schwierigkeiten einzuwenden. Das ist besser als rumsitzen und darauf zu warten, daß das Fleisch trocknet.«

»Wenn das Wetter sich hält, ist es in ein paar Tagen soweit. Aber jetzt bin ich mir nicht so sicher, ob ich dir erzählen soll, was ich gesehen habe.« In Jondalars Augen blitzte es.

»Nun sag's schon. Du kannst es doch nicht für dich behalten ...«

»Thonolan, da steht ein Stör in diesem Fluß – so groß ist er. Aber es hat keinen Sinn, ihn fangen zu wollen. Du würdest doch nicht rumsitzen und darauf warten wollen, daß auch noch der Dörrfisch trocken wird.«

»Wie groß?« fragte Thonolan. Er war aufgesprungen und blickte voller Eifer zum Fluß hinunter.

»Jedenfalls so groß, daß ich mir nicht sicher bin, ob wir beide es schaffen würden, ihn an Land zu bringen.«

»So groß ist kein Stör.«

»Der, den ich gesehen habe, schon.«

»Zeig ihn mir!«

»Für wen hältst du mich? Für die Große Mutter? Meinst du etwa, ich besäße die Kraft, einen Fisch zu bewegen, dir vorzuführen, was für ein Prachtkerl er ist?« sagte Jondalar.

Die beiden Männer gingen hinunter ans Wasser und standen nahe einem gestürzten Baum, der zur Hälfte ins Wasser hineinging. Gleichsam als wollte er sie in Versuchung führen, kam eine große schattenhafte Gestalt gegen die Strömung auf sie zugeschwommen, blieb auf dem Boden des Flusses in der Nähe des Baumstamms stehen und bewegte nur leicht die Flossen, um nicht von der Strömung davongetrieben zu werden.

»Das muß die Großmutter aller Fische sein!« flüsterte Thonolan.

»Aber können wir ihn herausholen?«

»Wir können's ja versuchen.«

»Davon könnte eine ganze Höhle und noch mehr leben. Was sollten wir damit anfangen?«

»Bist nicht du es, der gesagt hat, die Große Mutter läßt nie etwas verkommen? Sollen doch Hyäne und Vielfraß sich ihren Teil holen! Komm, zu den Speeren!« sagte Thonolan, der ganz begierig war, sein Können unter Beweis zu stellen.

»Mit Speeren ist da nichts zu machen. Was wir brauchen, sind Fischhaken.«

»Wenn wir erst lange Fischhaken machen, wird er fort sein.«

»Tun wir's aber nicht, schaffen wir es nie, ihn an Land zu bringen. Einen Speer schüttelt er einfach ab – wir brauchen etwas mit einem Widerhaken daran. Das dauert doch nicht lange, es zu machen. Schau den Baum dort drüben. Wenn wir Triebe eben unterhalb einer guten Astgabelung abschneiden – zu verstärken brauchen wir sie ja nicht, weil wir sie nur einmal verwenden.« Jondalar unterstrich seine Darstellung mit entsprechenden Handbewegungen. »Wenn wir den Zweig dann kurz über der Gabelung abschneiden und zuspitzen, haben wir einen Widerhaken . . .«

»Aber was nützt uns der, wenn der Fisch fort ist, ehe wir fertig sind?« fiel Thonolan ihm ins Wort.

»Ich habe ihn jetzt zweimal gesehen – sieht so aus, als wäre das sein Lieblingsplatz. Wahrscheinlich kommt er wieder.«

»Aber wer weiß, wie lange wir da warten müssen!«

»Hast du im Augenblick etwas Besseres zu bieten?«

Thonolan verzog das Gesicht zu einem schiefen Lächeln. »Schön, du hast gewonnen. Komm, schnitzen wir die Widerhaken.«

Sie machten kehrt, um zurückzugehen und blieben überrascht stehen. Etliche Männer hatten sie umringt und betrachteten sie mit ausgesprochen unfreundlichem Ausdruck.

»Woher kommen die denn?« fragte Thonolan mit unterdrückter, heiserer Stimme.

»Sie müssen unser Feuer gesehen haben. Wer weiß, wie lange sie schon um uns herumschleichen. Ich bin wegen der Aasfresser die ganze Nacht aufgeblieben. Möglich, daß sie abgewartet haben, bis wir etwas Unvorsichtiges taten – wie etwa unsere Speere zurücklassen.«

»Allzu freundlich sehen sie nicht gerade aus. Nicht einer von ihnen hat die Geste des Willkommens gemacht. Was machen wir jetzt?«

»Wir setzen unser breitestes und freundlichstes Lächeln auf, kleiner Bruder, und du vollführst die Geste.«

Thonolan versuchte, sich Mut einzureden und setzte ein, wie er hoffte, zuversichtliches Lächeln auf. Er streckte beide Hände aus und ging auf sie zu. »Ich bin Thonolan von den Zelan . . .«

Sein Weitergehen wurde durch einen Speer gehindert, der zitternd vor ihm in den Boden gefahren war.

»Noch irgendwelche guten Vorschläge, Jondalar?«

»Ich denke, jetzt sind sie an der Reihe!«

Einer der Männer sagte etwas in einer Sprache, die sie nicht kannten, und zwei andere sprangen auf sie zu. Mit vorgehaltenen Speeren wurden sie weiter vorangetrieben.

»Du brauchst doch nicht gleich böse zu werden, Freund«, sagte Thonolan und verspürte einen scharfen Stich. »In die Richtung wollte ich ja ohnehin, als ihr mich davon abhieltet.«

Sie wurden zurückgebracht an ihr eigenes Lagerfeuer und davor grob zu Boden gestoßen. Derjenige, der gesprochen hatte, bellte einen weiteren Befehl heraus. Mehrere Männer krochen in das Zelt hinein und zerrten alles heraus, was sich darin befand. Die Speere wurden aus ihren Traggestellen herausgezogen, ihr Inhalt auf den Boden geschüttet.

»Was bildet ihr euch eigentlich ein?« schrie Thonolan und

wollte aufstehen, wurde jedoch gewaltsam daran erinnert, daß er sitzenbleiben sollte; ein Faden Blut rann ihm den Arm herunter.

»Nicht aufregen, Thonolan«, redete Jondalar ihm gut zu. »Sie scheinen verärgert. Ich glaube nicht, daß sie im Augenblick für Einwände empfänglich sind.«

»Behandelt man so Besucher? Haben sie denn keine Ahnung vom Durchzugsrecht für Reisende?«

»Das hast du gesagt, Thonolan.«

»Was gesagt?«

»Daß man beim Schopfe packt, was auf einen zukommt; das sei es, worum es bei einer Reise im Grunde geht.«

»Danke«, sagte Thonolan, faßte nach der schmerzenden Stichwunde am Arm und betrachtete seinen blutverschmierten Finger. »Das zu hören hat mir noch gefehlt.«

Derjenige, welcher der Anführer zu sein schien, spie noch ein paar Worte aus, und die beiden Brüder wurden hochgerissen, so daß sie standen. Thonolan in seinem Lendenschurz war ihnen nur einen flüchtigen Blick wert; Jondalar hingegen wurde gründlich durchsucht und ihm das Messer mit dem beinernen Griff abgenommen. Ein Mann steckte die Hand nach dem Beutel aus, den er an seinem Leibriemen befestigt hatte, woraufhin Jondalar diesen packte. Im nächsten Augenblick verspürte er einen heftigen Schmerz im Hinterkopf und er sackte zu Boden.

Die Benommenheit dauerte jedoch nur wenige Augenblicke; als er wieder zu sich kam, fand er sich auf dem Boden ausgestreckt wieder und blickte in die besorgten grauen Augen Thonolans. Die Hände waren ihm mit Riemen auf dem Rücken gefesselt.

»Das hast du gesagt, Jondalar.«

»Was soll ich gesagt haben?«

»Daß sie im Augenblick für Einwände nicht empfänglich sind.«

»Danke«, sagte Jondalar mit verzerrtem Gesicht; plötzlich merkte er, daß er heftige Kopfschmerzen hatte. »Das zu hören, hat mir gerade noch gefehlt.«

»Was, meinst du, haben sie mit uns vor?«

»Noch leben wir. Wenn sie uns hätten umbringen wollen, hätten sie es bereits getan, oder?«

»Vielleicht heben sie uns für etwas Besonderes auf?«

Die beiden Männer lagen auf dem Boden, lauschten den Stimmen und sahen zu, wie die Fremden sich in ihrem Lager bewegten. Sie rochen, daß Essen kochte, und ihnen knurrte der Magen. Als die Sonne höher stieg, wurde der Durst zu ihrem größten Problem. Jondalar döste im Laufe des Nachmittags ein; daß er die letzte Nacht nicht geschlafen hatte, machte sich bemerkbar. Laute Rufe und Bewegung im Lager weckten ihn. Jemand war gekommen.

Sie wurden in die Höhe gezerrt und starrten offenen Mundes einen stämmigen Mann an, der – eine weißhaarige, verhutzelte alte Frau huckepack auf dem Rücken – auf sie zugeschritten kam. Er ließ sich auf alle viere nieder, und der Frau wurde mit allen Zeichen der Ehrerbietung von ihrem menschlichen Lasttier heruntergeholfen.

»Wer immer sie ist – sie muß ganz hübsch wichtig sein«, sagte Jondalar. Ein heftiger Rippenstoß brachte ihn zum Schweigen.

Auf einen knotigen Stock mit geschnitztem Knauf gestützt, kam sie auf sie zu. Jondalar riß die Augen auf. Einen so uralten Menschen hatte er noch nie im Leben gesehen. Sie war zur Kindesgröße zusammengeschrumpft; die rosige Kopfhaut schimmerte durch ihr schütteres weißes Haar. Ihr Gesicht war dermaßen verrunzelt, daß es kaum noch menschlich aussah; die Augen paßten irgendwie überhaupt nicht dazu. Bei einem so alten Menschen hätte Jondalar glanzlose Triefaugen erwartet. Die ihren leuchteten jedoch vor Intelligenz und verstrahlten eine ursprüngliche Autorität. Diese winzige Frau flößte Jondalar Ehrfurcht ein, und er fürchtete ein wenig um Thonolan und um sich selbst. Sie hätte sich bestimmt nicht herbemüht, wenn es nicht sehr wichtig gewesen wäre.

Sie sprach mit alterskrächzender Stimme, die gleichwohl erstaunlich viel Kraft besaß. Der Anführer deutete auf Jondalar, und an ihn richtete sie ihre Frage.

»Tut mir leid, aber ich verstehe nicht«, sagte er.

Wieder sagte sie etwas, tippte mit dem Finger, der ebenso knotig war wie ihr Stecken, auf die Brust und sprach dabei ein Wort aus, das wie ›Haduma‹ klang. Dann zeigte sie mit dem knotigen Finger auf ihn.

»Ich bin Jondalar von den Zelandonii«, sagte er in der Hoffnung, daß sie ihn verstünde.

Sie legte den Kopf auf die Seite, als lauschte sie einem Klang nach. »Zelan-don-jii?« wiederholte sie dann langsam.

Jondalar nickte und fuhr sich nervös mit der Zunge über die trockenen Lippen.

Nachdenklich starrte sie ihn an und richtete dann das Wort an den Anführer. Dessen Antwort klang barsch, sie erteilte einen knappen Befehl, drehte sich dann um und ging zum Feuer. Einer der Männer, die sie bewacht hatte, zog ein Messer. Jondalar warf einen Blick auf seinen Bruder und sah ein Gesicht, das seine eigenen Gefühle spiegelte. Er riß sich zusammen, schickte eine stumme Bitte zur Großen Erdmutter und schloß die Augen.

Erleichterung durchflutete ihn, als er spürte, wie die Fesseln an seinen Händen durchschnitten wurden, und er schlug die Augen auf. Jemand näherte sich mit einer Blase Wasser. Jondalar nahm einen tiefen Schluck und reichte die Blase dann weiter an Thonolan, dessen Hände gleichfalls befreit worden waren. Er machte den Mund auf, um ein Wort des Dankes zu sagen, doch dann fiel ihm ein, wie roh man ihn behandelt hatte, und er besann sich eines Besseren.

Von Wachen, die sich mit drohenden Speeren in ihrer Nähe hielten, wurden sie ans Feuer geleitet. Der Stämmige, der die alte Frau huckepack getragen hatte, brachte einen Baumstamm herbei, legte ein Pelzgewand darüber und trat dann, die Hand am Griff seines Messers, beiseite. Sie ließ sich auf dem Baumstamm nieder, und Jondalar und Thonolan mußten vor ihr Platz nehmen. Sie hüteten sich, eine unvorsichtige Bewegung zu machen, die man als Bedrohung der alten Frau hätte auslegen können; sie hegten nicht den geringsten Zweifel an ihrem Geschick, falls einer der Männer auch nur glaubte, sie könnten versuchen, ihr etwas anzutun.

Wieder starrte sie Jondalar an, sagte jedoch kein Wort. Er wich ihrem Blick nicht aus, doch als das Schweigen fortdauerte, fühlte er sich verwirrt und unbehaglich. Plötzlich griff sie in ihr Gewand, und mit zornblitzenden Augen und einem Schwall bitterer Worte, die keinen Zweifel darüber ließen, was gemeint war, hielt sie ihm etwas hin. Seine Augen weiteten sich vor Verwunderung. Was er in ihrer Hand sah, war das geschnitzte Steinfigürchen der Mutter, seine Donii.

Aus dem Augenwinkel heraus bemerkte er, wie die Wache neben ihm zusammenzuckte. Die Donii hatte etwas, was ihm nicht gefiel.

Die Frau beendete ihren Wortschwall, hob mit dramatischer Gebärde den Arm und warf das Figürchen zu Boden. Jondalar sprang unwillkürlich auf und streckte die Hand danach aus. Zorn über die Entweihung seines heiligen Bildnisses zeigte sich auf seinem Gesicht. Ohne auf den Speerstich zu achten, hob er es auf und legte schützend die Hände darum.

Ein scharfes Wort von ihr bewirkte, daß der Speer zurückgezogen wurde. Thonolan war überrascht, ein Lächeln auf ihrem Gesicht und ein schalkhaftes Glitzern in ihren Augen zu sehen, doch war er sich durchaus nicht sicher, ob sie lächelte, weil das Ganze sie belustigte oder weil sie boshaft war.

Sie erhob sich von dem Baumstamm und kam näher heran. Im Stehen war sie nicht wesentlich größer als im Sitzen; ihr Gesicht in Augenhöhe vorschiebend, starrte sie ihm tief in die erschrockenen, lebhaft blauen Augen. Dann trat sie zurück, drehte seinen Kopf hin und her, fühlte seine Armmuskeln und nahm Maß an der Breite seiner Schultern. Mit einer Handbewegung gab sie ihm zu verstehen, er solle sich erheben. Als er nicht ganz verstand, half die Wache mittels Speer seinem Begreifen nach. Sie warf den Kopf zurück, um bis zu seiner stattlichen Höhe von über sechs Fuß emporzublicken, ging dann um ihn herum und stieß mit dem Finger in seine harten Beinmuskeln. Jondalar hatte das Gefühl, begutachtet zu werden wie eine kostbare Ware, die feilgeboten wurde, und errötete, als er bewußt darüber nachdachte, ob er dem auch entspreche.

Als nächstes musterte sie Thonolan, gab ihm zu verstehen, er solle sich erheben, wandte dann jedoch ihre Aufmerksamkeit wieder Jondalar zu. Er lief rot an, als ihm die Bedeutung ihrer nächsten Geste dämmerte. Sie wollte seine Männlichkeit sehen.

Er schüttelte den Kopf und warf dem unverschämt grinsenden Thonolan einen grimmigen Blick zu. Auf ein Wort der Frau hin packte einer der Männer Jondalar von hinten, während ein anderer – offenbar verlegen – an seiner Hose herumfingerte, um den Hosenschlitz zu öffnen.

»Ich glaube nicht, daß sie im Augenblick für irgendwelche Einwände empfänglich ist«, sagte Thonolan schmunzelnd.

Ärgerlich schüttelte Jondolar den Mann ab, der ihn gepackt hielt, entblößte sich, auf daß die alte Frau ihn sehen könne, und funkelte wütend seinen Bruder an, der sich die Seiten hielt und in dem vergeblichen Bemühen, sein Lachen zu unterdrücken, schnaufte. Die alte Frau betrachtete sein Gemächt, hielt den Kopf schief und rührte ihn dann mit einem knotigen Finger an.

Jondalar wurde puterrot, als er merkte, daß ihm sein Glied aus einem unerfindlichen Grunde schwoll. Die Frau gluckste in sich hinein, und auch einige der Männer, die in der Nähe standen, mußten kichern, doch ließen sie außerdem auch noch merkwürdig unterdrückte Laute ehrfürchtigen Schreckens vernehmen. Thonolan feixte und prustete, stampfte mit den Füßen auf und krümmte sich, da ihm vor Lachen die Tränen kamen. Hastig verstaute Jondalar sein anstößiges Glied; er kam sich beschämt vor und war gleichzeitig erbost.

»Großer Bruder, du mußt wirklich eine Frau brauchen, wo er dir bei der Alten schon steht«, witzelte Thonolan und wischte sich die Tränen fort – um gleich darauf in schallendes Gelächter auszubrechen.

»Ich kann nur hoffen, daß als nächstes du an die Reihe kommst«, sagte Jondalar und wünschte, ihm würde eine witzige Bemerkung einfallen, damit ihm das Lachen verging.

Die alte Frau gab dem Anführer der Männer, die sie abgefangen hatten, ein Zeichen und sagte etwas zu ihm. Daraus entspann sich ein hitziger Wortwechsel. Jondalar hörte die Frau »Zelandonjii« sagen und den jungen Mann auf das an den Schnüren zum Trocknen aufgehängte Fleisch zeigen. Auf ein herrisches Wort der alten Frau hin endete das Wortgefecht. Der Mann funkelte Jondalar wütend an, winkte dann jedoch einen kraushaarigen Jüngling zu sich heran. Nach ein paar Worten lief der junge Mann davon, so schnell ihn seine Beine trugen.

Die beiden Brüder wurden zurückgeführt zu ihrem Zelt, wo man ihnen ihre Traggestelle, nicht jedoch ihre Speere und Messer zurückgab. Ein Mann hielt sich immer in ihrer Nähe; offensichtlich sollte er sie im Auge behalten. Man brachte ihnen zu essen, und als es dunkel wurde, krochen sie in ihr Zelt. Thonolan war ausgesprochen guter Dinge, doch Jondalar offensichtlich nicht in der Stimmung, mit seinem Bruder zu plaudern, der jedesmal lachte, wenn er ihn ansah.

Als sie erwachten, lag so etwas wie Erwartung über dem Lager. Mitte des Vormittags traf eine große Gruppe ein und wurde laut und fröhlich begrüßt. Zelte wurden aufgeschlagen, Männer, Frauen und Kinder ließen sich darin nieder, und das karge Lager der beiden Männer erinnerte nachgerade an ein Sommertreffen. Jondalar und Thonolan verfolgten interessiert, wie ein großer runder Bau mit Wänden aus Fell und Strohdach entstand. Die verschiedenen Bauteile waren vorgefertigt und ließen sich mit erstaunlicher Schnelligkeit aufstellen. Bündel und zugedeckte Körbe wurden hineingetragen.

Während der Essensvorbereitungen ruhte fast jede andere Tätigkeit. Am Nachmittag versammelte sich eine große Menge um den Rundbau. Der Baumstamm der alten Frau wurde herbeigetragen, ein wenig vor dem Eingang niedergesetzt und das Pelzgewand darüber gebreitet. Sobald sie selbst eintraf, verstummte die Menge, bildete einen Kreis um sie und ließ nur den Platz in der Mitte offen. Jondalar und Thonolan sahen, wie sie das Wort an einen Mann richtete und auf sie zeigte.

»Vielleicht will sie, daß du dein großes Verlangen nach ihr nochmals unter Beweis stellst«, stichelte Thonolan, als der Mann sie heranwinkte.

»Da müßten sie mich erst umbringen.«

»Soll das heißen, du stirbst nicht vor Verlangen, mit dieser Schönheit zusammenzuliegen?« fragte Thonolan und tat mit geweiteten Augen, als könnte er kein Wässerchen trüben. »Gestern hat das aber durchaus so ausgesehen.« Wieder gluckste er in sich hinein. Jondalar drehte sich um und marschierte auf die Gruppe zu.

Man geleitete sie in die Mitte und forderte sie mit Hilfe von Gesten auf, wieder vor der alten Frau Platz zu nehmen.

»Ze-lan-don-jii?« wandte sie sich an Jondalar.

»Ja.« Er nickte. »Ich bin Jondalar von den Zelandonii.«

Sie tippte dem alten Mann neben ihr auf den Arm.

»Ich . . . Tamen«, sagte er. Dem folgten ein paar Worte, die Jondalar nicht verstehen konnte. ». . . Hadumai. Lange Zeit . . . Tamen . . .« – abermals Unverständliches – »Westen . . . Zelandonii.«

Jondalar war ganz Ohr. Plötzlich ging ihm der Sinn einiger der Worte des alten Mannes auf. »Du heißt Tamen. Etwas über Hadumai. Es ist lange her . . . vor langer Zeit, du . . . Westen . . . hast eine Reise in den Westen gemacht? Zu den Zelandonii? Sprichst du zelandonii?« fragte er aufgeregt.

»Reise, ja«, sagte der Mann. »Nicht sprechen . . . lange her.«

Die alte Frau packte den Mann am Arm und redete auf ihn ein. Daraufhin wandte er sich wieder den beiden Brüdern zu.

»Haduma«, sagte er und zeigte auf sie. ». . . Mutter . . .« Tamen zögerte, dann streckte er den Arm aus und zeigte auf jeden einzelnen.

»Du meinst wie Zelandoni. Einer Der Der Mutter Dient?«

Tamen schüttelte den Kopf. »Haduma . . . Mutter . . . Mutter . . . Mutter . . . Mutter«, sagte er, zeigte erst auf sie und dann auf sich und dann auf einen der Aufgereihten nach dem anderen.

Nachdenklich betrachtete Jondalar die Leute und versuchte, dahinterzukommen, was dies zu bedeuten habe. Tamen war alt, aber nicht so alt wie Haduma. Der Mann neben ihm hatte die mittleren Jahre gerade hinter sich. Neben ihm stand eine jüngere Frau, die die Hand eines Kindes hielt. Plötzlich stellte Jondalar die Verbindung her. »Willst du mir sagen, Haduma ist fünfmal Mutters Mutter?« Er hielt die Hand mit den fünf ausgestreckten Fingern in die Höhe. »Die Mutter von fünf Generationen?« sagte er ehrfurchtsvoll.

Nachdrücklich nickte der Mann. »Ja, Mutters Mutter ... fünf Generationen«, sagte er und zeigte nacheinander abermals auf jeden einzelnen.

»Große Mutter! Weißt du, wie alt sie sein muß?« wandte Jondalar sich an seinen Bruder.

»Große Mutter, ja«, sagte Tamen. »Haduma ... Mutter.« Er klopfte sich leicht auf den Bauch.

»Kinder?«

»Kinder.« Er nickte. »Haduma Mutter Kinder ...« Er zog Striche im Sand.

»Eins, zwei, drei ...« Bei jedem Strich sprach Jondalar das Zahlwort laut aus. »... sechzehn. Haduma hat sechzehn Kinder geboren?«

Tamen nickte und zeigte nochmals auf die Striche auf dem Boden.

»... Viel Sohn ... viel ... Mädchen?« Zweifelnd schüttelte er den Kopf. »Töchter?« sagte Jondalar versuchsweise.

Tamens Gesicht erhellte sich. »Viele Töchter ...« Er überlegte. Dann: »Leben ... alle leben. Alle ... viele Kinder.« Er hielt eine Hand und dazu noch einen Finger der anderen in die Höhe. »Sechs Höhlen Hadumai.«

»Kein Wunder, daß sie bereit waren, uns umzubringen, falls wir sie auch nur böse ansähen«, sagte Thonolan. »Sie ist die Mutter von allen, eine lebende Erste Mutter!«

Jondalar war nicht minder beeindruckt als sein Bruder, aber womöglich noch verwirrter als dieser. »Es ist mir eine Ehre, Haduma kennengelernt zu haben, aber ich verstehe nicht. Warum werden wir festgehalten? Und warum ist sie hierhergekommen?«

Der alte Mann zeigte auf ihr Fleisch, das in Streifen geschnitten an den Schnüren trocknete, dann auf den jungen Mann, der sie ursprünglich festgenommen hatte. »Jeren ... jagen. Jeren machen ...« Tamen zog einen Kreis auf dem Boden, dazu zwei Linien, die von einem kleinen, freigelassenen Teil ausgingen und V-förmig auseinanderliefen. »Zelandonii Mann machen ...

machen laufen ...« Lange grübelte er, dann lächelte er und sagte: »Machen Pferd laufen.«

»Das ist es also«, sagte Thonolan. »Sie müssen einen Pferch gebaut und darauf gewartet haben, daß die Herde näher herankommt. Und wir haben sie vertrieben.«

»Ich kann ja verstehen, daß er wütend war«, sagte Jondalar zu Tamen. »Aber wir hatten doch keine Ahnung, daß wir in eure Jagdgründe eingedrungen waren. Selbstverständlich werden wir bleiben und jagen, um das Entgangene zu ersetzen. Trotzdem – so behandelt man doch keine Besucher! Weiß er denn nicht, was Durchzugsrechte für Reisende sind?« sagte er und machte damit seinen eigenen Zorn Luft.

Der alte Mann bekam nicht jedes Wort mit, begriff jedoch genug, um zu verstehen, was Jondalar meinte. »Nicht viele Besucher. Nicht Westen ... lange Zeit. Sitten und Gebräuche ... vergessen.«

»Nun, dann solltest du sie ihm ins Gedächtnis zurückrufen. Wir sind auf einer Reise begriffen. Vielleicht möchte er selbst eines Tages auch eine unternehmen.« Jondalar war immer noch erbost über die Behandlung, die ihnen zuteil geworden war, wollte der Sache jedoch nicht allzuviel Gewicht geben. Er war sich selbst nicht ganz klar darüber, was eigentlich los war; und sie beleidigen wollte er schon gar nicht. »Warum ist Haduma gekommen? Wie könnt ihr zulassen, daß sie in so hohem Alter so lange unterwegs ist?«

Tamen lächelte. »Nicht ... erlauben Haduma. Haduma sagen. Jeren ... finde Dumai. Un ... Unglück?« Jondalar nickte, um ihm zu verstehen zu geben, daß es das richtige Wort sei, aber begriff ihn trotzdem nicht. »Jeren geben ... Mann ... Läufer. Sagen Haduma vertreiben Unglück. Haduma kommen.«

»Dumai? Dumai? Meinst du die Donii?« sagte Jondalar und holte das geschnitzte Steinfigürchen aus seinem Beutel. Die Leute um sie hielten die Luft an und wichen vor dem zurück, was er da in der Hand hielt. Zorniges Gemurmel wurde laut, doch Haduma wandte sich leidenschaftlich an sie, woraufhin sie verstummten.

»Aber diese Donii bedeutet Glück, nicht Unglück«, verwahrte Jondalar sich.

»Glück ... Frau, ja. Mann ...« Tamen suchte in seiner Erinnerung nach einem Wort. »Entweihung«, sagte er.

Wie vom Donner gerührt, setzte Jondalar sich zurück. »Aber wenn sie Glück für eine Frau bedeutet, warum hat sie es dann in den Schmutz geworfen?« Er vollführte eine heftige Geste, als würfe er den Donii zu Boden, was wiederum besorgte Rufe zur Folge hatte. Haduma richtete das Wort an den alten Mann.

»Haduma . . . leben lange . . . viel Glück. Großer . . . Zauber. Haduma sagen mir Zelandonii . . . Sitten und Gebräuche. Sagen Zelandonii Mann nicht Hadumai . . . Haduma sagen Zelandonii Mann böse?«

Jondalar schüttelte den Kopf.

Jetzt meldete sich Thonolan zu Wort. »Ich glaube, er will sagen, daß sie dich auf die Probe gestellt hat, Jondalar. Sie wußte, daß unsere und ihre Sitten und Gebräuche nicht die gleichen sind, und da wollte sie sehen, wie du reagiertest, wenn sie die Donii entehrte . . .«

»Entehren, ja«, fiel Tamen ihm in die Rede, als er das Wort hörte. »Haduma . . . wissen, nicht alle Männer gute Männer. Wissen wollen, ob Zelandonii Mann Mutter entehren.«

»Hör zu, das hier ist eine ganz besondere Donii«, sagte Jondalar ein wenig ungehalten. »Sie ist uralt. Ich habe sie von meiner Mutter . . . sie ist von einer Generation auf die andere überkommen.«

»Ja, ja.« Tamen nickte nachdrücklich. »Haduma wissen. Weise . . . sehr weise. Leben sehr lange. Großer Zauber vertreiben Unglück. Haduma wissen, Zelandonii Mann guter Mann. Wollen Zelandonii Mann. Wollen . . . Mutter ehren.«

Jondalar sah, wie ein Grinsen Thonolans Gesicht erhellte, und schäumte innerlich.

»Haduma wollen« – Tamen deutete auf Jondalars Augen – »blaue Augen. Mutter ehren. Zelandonii . . . geist machen Kind, blaue Augen.«

»Du hast es doch tatsächlich wieder geschafft, großer Bruder!« entfuhr es Thonolan mit boshaftem Grinsen. »Du mit deinen großen blauen Augen. Sie ist in dich verliebt!« Er bebte, bemüht, vor Lachen nicht herauszuprusten; er hatte Angst, sie zu verletzen, konnte es aber doch nicht unterdrücken. »Ach, Mutter! Ich kann es kaum erwarten, wieder nach Hause zu kommen und es ihnen zu erzählen. Jondalar, der Mann, den jede Frau will! Willst du immer noch umkehren? Für dies hier würde ich sogar das Ende des Flusses aufgeben.« Er wußte nicht mehr, was er sagen sollte, krümmte sich, hämmerte mit den Fäusten auf den Boden, hielt sich die Seiten und versuchte, nicht laut herauszulachen.

Jondalar mußte ein paarmal schlucken. »Ah . . . ich . . . hm . . .

meint Haduma, die Große Mutter könnte sie ... hm ... immer noch mit einem Kind segnen?«

Tamen sah Jondalar an, sah dann die Verrenkungen, die Thonolan vollführte, und schien verwirrt. Dann jedoch verzog sich sein Gesicht zu einem breiten Grinsen. Er sprach mit der alten Frau, und das ganze Lager brach in schallendes Gelächter aus, wobei das Lachen der alten Frau alles andere übertönte. Thonolan war erleichtert, sich nicht mehr beherrschen zu müssen, sondern gleichfalls lauthals lachen zu können.

Jondalar konnte nichts Komisches in alledem sehen.

Der alte Mann schüttelte den Kopf und versuchte etwas zu sagen. »Nein, nein, Zelandonii Mann.« Er winkte jemand heran. »Noria, Noria ...«

Eine junge Frau trat vor und lächelte Jondalar schüchtern an. Sie war kaum mehr als ein Mädchen, zeigte jedoch das frische Leuchten jungen Frauentums. Endlich legte sich das allgemeine Lachen.

»Haduma großer Zauber«, sagte Tamen. »Haduma segnen. Noria fünf ... Generationen.« Er hielt fünf Finger in die Höhe. »Noria machen Kind, machen sechs Generationen.« Er hielt noch einen Finger in die Höhe. »Haduma will, Zelandonii Mann ... ehren Mutter ...« Tamen lächelte, als ihm der richtige Ausdruck einfiel. »Erste Wonnen.«

Die Sorgenfalten auf Jondalars Stirn glätteten sich, und der Anflug eines Lächelns umspielte seinen Mund.

»Haduma segnen. Bewirken Geist gehen Noria. Noria machen ... Baby, Zelandonii Augen.«

Jondalar lachte hell heraus, ebenso sehr vor Erleichterung wie vor Freude. Er blickte zu seinem Bruder hinüber. Thonolan war das Lachen vergangen. »Willst du immer noch nach Hause und aller Welt von der alten Vettel erzählen, bei der ich gelegen habe?« fragte er und wandte sich dann wieder Tamen zu. »Bitte, sage Haduma, es wird mir ein Vergnügen sein, die Mutter zu ehren und die Ersten Wonnen mit Noria zu teilen.«

Herzlich strahlte er die junge Frau an. Zaghaft erwiderte sie sein Lächeln, doch als der unbewußte Zauber seiner leuchtend blauen Augen auf sie wirkte, wurde ihr Lächeln kühner.

Tamen richtete das Wort an Haduma. Sie nickte, gab Jondalar und Thonolan durch Zeichen zu verstehen, sie möchten sich erheben, und musterte dann den großen blonden Mann noch einmal sehr gründlich. Die Wärme seines Lächelns war noch nicht verfolgen, und als Haduma ihm in die Augen sah, gluckste sie leise und betrat den großen Rundbau. Die Leute gingen auseinander, unterhielten sich aber immer noch vergnügt über das Mißverständnis.

Die beiden Brüder blieben, um sich weiter mit Tamen zu unterhalten; seine beschränkte Fähigkeit, sich mitzuteilen, war immer noch besser als gar keine.

»Wann hast du zu Besuch bei den Zelandonii geweilt?« erkundigte Thonolan sich. »Weißt du noch, in welcher Höhle?«

»Lange her«, sagte er. »Tamen junger Mann wie Zelandonii Mann.«

»Tamen, das hier ist mein Bruder, Thonolan, und mein Name ist Jondalar. Jondalar von den Zelandonii.«

»Ihr . . . willkommen, Thonolan, Jondalar.« Der alte Mann lächelte. »Ich, Tamen, drei Generationen Hadumai. Nicht sprechen Zelandonii lange. Vergessen. Nicht gut sprechen. Ihr reden, Tamen . . .?«

»Fällt es dann wieder ein?« schlug Jondalar vor. Der Mann nickte. »Dritte Generation? Ich dachte, du wärest Hadumas Sohn«, fügte Jondalar noch hinzu.

»Nein.« Er schüttelte den Kopf. »Möchte Zelandonii Mann Haduma vorstellen. Mutter.«

»Ich heiße Jondalar, Tamen.«

»Jondalar«, wiederholte er. »Tamen nicht Haduma Sohn. Haduma machen Tochter.« Mit fragendem Blick hob er einen Finger in die Höhe.

»Eine Tochter?« sagte Jondalar. Tamen schüttelte den Kopf.

»Erste Tochter?«

»Ja, Haduma machen erst Tochter. Tochter machen ersten Sohn.« Dabei zeigte er auf sich selbst. »Tamen, Tamen . . . Gefährte?« Jondalar nickte. »Tamen Gefährte von Mutter, Noria Mutter.«

»Ich glaube, ich verstehe. Du bist der älteste Sohn von Hadumas ältester Tochter, und deine Gefährtin ist Norias Großmutter.«

»Großmutter, ja. Noria machen . . . Tamen große Ehre . . . sechs Generationen.«

»Auch ich fühle mich geehrt, als Gefährte für Norias Erste Wonnen auserwählt worden zu sein.«

»Noria machen . . . Baby, Zelandonii Augen. Machen Haduma . . . glücklich.« Er lächelte, als ihm das Wort wieder einfiel. »Haduma sagen, großer Zelandonii Mann machen . . . großer . . . kräftiger Geist, machen starken Hadumai.«

»Tamen«, sagte Jondalar stirnrunzelnd. »Kann sein, daß Noria mit meinem Geist kein Baby macht, verstehst du?«

Tamen lächelte. »Haduma großer Zauber. Haduma segnen, Noria machen. Großer Zauber. Frau keine Kinder. Haduma . . .« Mit ausgestrecktem Finger zeigte er auf Jondalars Schritt.

»Berühren?« schlug Jondalar vor, und die Ohren brannten ihm.

»Haduma berühren, Frau machen Baby. Frau keine . . . Milch. Haduma berühren, Frau machen Milch. Haduma machen Jondalar . . . große Ehre. Viele Männer wollen, Haduma sie berühren. Machen lange Mann. Machen Mann . . . Vergnügen?« Alle lächelten. »Frau Vergnügen machen immer. Viele Frauen, viele Male. Haduma großer Zauber.« Er hielt inne, und das Lächeln schwand aus seinem Gesicht. »Nicht Haduma zornig machen. Haduma böser Zauber, Zorn.«

»Und ich habe gelacht«, sagte Thonolan. »Meinst du, ich könnte sie dazu bringen, mich zu berühren?«

»Kleiner Bruder, die einzige Zauberberührung, derer es bei dir jemals bedurft hat, war der einladende Blick einer hübschen Frau.«

»Na und? Mir ist nie aufgefallen, daß es bei dir besonderer Nachhilfe bedurft hätte. Sieh doch, wem jetzt die Ehre dieser Ersten Wonnen zuteil wird. Jedenfalls nicht deinem kleinen Bruder mit seinen glanzlosen grauen Augen.«

»Armer kleiner Bruder. Ein Lager voller Frauen, und er soll die Nacht allein verbringen. Um alles auf der Welt nicht!« Sie lachten, und Tamen, der wohl spürte, worum es bei diesem Geplänkel ging, stimmte in ihr Lachen ein.

»Tamen, vielleicht weihst du mich in eure Sitten und Gebräuche ein, was die Erste Nacht betrifft«, sagte Jondalar, jetzt ernsthafter.

»Ehe du dich darüber ausläßt«, sagte Thonolan, »kannst du dafür sorgen, daß wir unsere Speere und Messer zurückerhalten? Mir ist da ein Gedanke gekommen. Während mein Bruder damit beschäftigt ist, die junge Schöne mit seinen großen blauen Augen zu umgarnen, mache ich wohl besser euren erbosten Jäger glücklicher.«

»Und wie?« fragte Jondalar.

»Selbstverständlich mit einer Großmutter.«

Tamen machte ein verwirrtes Gesicht, tat das Ganze dann jedoch kopfschüttelnd als Sprachschwierigkeit ab.

Weder an diesem Abend noch am folgenden Tag bekam Jondalar viel von Thonolan zu sehen; dazu war dieser viel zu sehr mit den Reinheitsritualen beschäftigt. Selbst mit Tamens Hilfe noch erwies sich die Sprachschwierigkeit als hinderlich für die Verständigung, und wenn er mit den finster dreinblickenden älteren Frauen allein zusammensaß, war es womöglich noch schlimmer. Nur in Hadumas Gegenwart konnte er etwas entspannen, und er war sich sicher, daß sie beschwichtigend auf die anderen einwirkte, wenn er in irgendwelche Fettnäpfchen getreten war.

Haduma herrschte zwar nicht über die Leute, doch war es offenkundig, daß sie ihr nichts abschlagen würden. Man kam ihr mit wohlwollender Ehrerbietung entgegen, hatte aber auch ein wenig Angst vor ihr. Es mußte Magie sein, daß sie so alt geworden war und ihre geistigen Fähigkeiten voll und ganz behalten hatte. Sie schien gleichsam zu riechen, wenn Jondalar in Schwierigkeiten war. Einmal – er war sich sicher, unwissentlich gegen irgendein Tabu verstoßen zu haben – kam sie mit zornfunkelnden Augen herein und drosch mit ihrem Stab auf den Rücken etlicher sich zurückziehender Frauen ein. Sie duldete keinerlei Widerstand ihm gegenüber; die sechste Generation nach ihr sollte Jondalars blaue Augen haben.

Am Abend, als er schließlich in den großen Rundbau geführt wurde, war er sich erst in dem Augenblick sicher, daß es soweit war, als er eintrat. Er blieb stehen und sah sich um. Zwei Steinlampen mit schalenähnlichen Vertiefungen waren mit Fett gefüllt; ein aus getrocknetem Moos geflochtener Docht brannte und erhellte die eine Seite des Raums. Auf dem Boden lagen Felle, wohingegen die Wände behangen waren mit Rindenstoff-Webereien, die sehr verschlungene Muster aufwiesen. Hinter einer mit Fellen bedeckten Plattform hing das dicke weiße Fell eines Albino-Pferdes, das mit den roten Köpfen noch nicht ganz flügger Spechte geschmückt war. Am äußersten Rand der Plattform saß Noria und betrachtete nervös ihre im Schoß liegenden Hände.

Auf der anderen Seite war ein kleiner Teil des Raumes abgeteilt mit Lederhäuten, die mit geheimnisvollen Symbolen bemalt waren; eine der Häute war in so feine Streifen zerschnitten und am oberen Rand belassen worden, daß es wie riesige Fransen wirkte. Hinter diesem Fransenvorhang stand jemand. Er sah, wie eine Hand ein paar der Fransen beiseiteschob, und dann blickte er für einen kurzen Augenblick in das verrunzelte

Gesicht Hadumas. Erleichtert seufzte er auf. Es war immer zumindest ein Wächter zugegen, um Zeugnis zu geben dafür, daß die Umwandlung eines Mädchens in eine reife Frau vollständig war und um zu gewährleisten, daß Männer nicht über Gebühr roh vorgingen. Als ein Fremder hatte er befürchtet, man könne ihm eine Vielzahl von mißbilligenden Beobachtern zumuten. Haduma gegenüber kannte er jedoch keine Bedenken. Er wußte nicht, ob er sie grüßen oder aber ignorieren sollte, entschied sich jedoch für Letzteres, als sich der Fransenvorhang wieder schloß.

Als Noria ihn sah, stand sie auf. Lächelnd trat er auf sie zu. Sie war ziemlich klein, und das weiche hellbraune Haar hing ihr locker ums Gesicht. Sie war barfuß. Ein Rock aus gewebter Faser umschloß sie um die Taille und ging ihr in farbenprächtigen Streifen bis übers Knie. Ein Hemd aus weichem, mit gefärbten Federkielen verziertem Hirschleder war vorn hoch und eng geschlossen. Gleichwohl schmiegte es sich ihren Körperformen so sehr an, daß sehr deutlich zu erkennen war, in welchem Maße ihre Fraulichkeit entwickelt war, wenngleich sie ihre rundliche Mädchenhaftigkeit noch nicht ganz verloren hatte.

Angst trat ihr in die Augen, als er näherkam, und doch versuchte sie zu lächeln. Er jedoch machte keinerlei plötzliche Bewegungen, sondern setzte sich nur auf den Rand der Plattform und lächelte. Das schien sie zu entspannen, und so nahm sie neben ihm Platz; freilich weit genug von ihm entfernt, daß ihre Knie sich nicht berührten.

Es würde helfen, wenn ich ihre Sprache spräche, dachte er. Was für eine Angst hat sie! Kein Wunder, denn schließlich bin ich ihr völlig fremd. Sehr reizvoll, so verängstigt, wie sie ist. Der Beschützerinstinkt wallte in ihm auf; dazu kam eine leichte Erregung. Er bemerkte eine geschnitzte Holzschale und ein paar Trinkbecher auf einem Ständer in der Nähe und wollte danach greifen, doch Noria bemerkte seine Absicht und sprang auf, um die Becher zu füllen.

Als sie ihm den mit einem bernsteinfarbenen Trunk gefüllten Becher reichte, berührte er ihre Hand. Sie fuhr zusammen und zog sie ein wenig zurück, doch dann überließ sie sie ihm. Er drückte sie sanft, nahm dann den Becher und trank. Es schmeckte nach etwas Kräftigem und Gegorenem. Nicht unangenehm, doch da er sich nicht sicher war, wie stark es sei, beschloß er, nur wenig davon zu kosten.

»Danke, Noria«, sagte er und stellte den Becher hin.

»Jondalar?« fragte sie und blickte auf. Beim Licht der Steinlampen konnte er gerade noch erkennen, daß sie helle Augen hatte, doch ob sie blau waren oder grau konnte er nicht entscheiden.

»Ja. Jondalar von den Zelandonii.«

»Jondalar . . . Zelandonjii-Mann.«

»Noria, Hadumai-Frau.«

»Frau?«

»Frau«, bestätigte er und berührte eine feste junge Brust. Sie sprang zurück.

Jondalar nestelte den Riemen am Hals seines Überwurfs auf, schob ihn hoch und ließ eine hellbehaarte Brust sehen. Dabei setzte er ein schiefes Lächeln auf und berührte seine Brust. »Keine Frau.« Er schüttelte den Kopf. »Mann.«

Sie kicherte ein wenig.

»Noria Frau«, sagte er und griff langsam wieder nach ihrer Brust. Diesmal ließ sie ihn gewähren, ohne zurückzuweichen, und lächelte auch weniger verspannt.

»Noria Frau«, sagte sie. Dann blitzte es schelmisch in ihren Augen auf und sie zeigte auf seinen Schritt, ohne ihn indes zu berühren. »Jondalar Mann.« Plötzlich hatte sie wieder etwas Verängstigtes im Gesicht, als befürchtete sie, zu weit gegangen zu sein, stand auf und füllte aufs neue die Becher. Nervös schöpfte sie das Getränk, verschüttete etwas davon und schien peinlich berührt. Zitternd reichte sie ihm seinen Becher.

Er faßte sie fest an, damit sie nicht mehr zitterte, nippte und bot ihr dann zu trinken an. Sie nickte, doch hielt er ihr den Becher dergestalt an den Mund, daß sie ihre Hände um die seinen legen mußte, um ihn zum Trinken schräg zu legen. Nachdem er den Becher hingestellt hatte, griff er nochmals nach ihren Händen, bog die Handflächen auseinander und küßte leicht eine nach der anderen. Ihre Augen weiteten sich vor Verwunderung, doch sie zog die Hände nicht zurück. Er ließ die Hände ihre Arme hinaufgleiten und beugte sich dann vor, um sie auf den Hals zu küssen. Sie war vor Erwartung wie vor Angst verkrampft.

Er rückte näher, küßte sie wieder auf den Hals und ließ eine Hand heruntergleiten, bis sie eine Brust bedeckte. Obwohl sie immer noch Angst hatte, spürte sie inzwischen, wie sie selbst auf seine Berührungen reagierte. Er bog ihr den Kopf nach hinten, küßte wieder ihren Hals, züngelte dann ihre Kehle hinauf und griff um sie herum, um den Riemen an ihrem Hals zu lösen. Dann näherte er sich mit dem Mund ihrem Ohr, strich damit über die Kinnlade, bis er ihren Mund fand. Den seinen öffnete er, schob ihr die Zunge zwischen die Lippen, und als sie diese öffnete, übte er sanften Druck darauf aus, damit sie sie noch weiter aufmachte.

Er bog sich zurück, hielt sie bei den Schultern und lächelte. Sie hatte die Augen geschlossen, den Mund jedoch immer noch geöffnet und atmete schneller als sonst. Daraufhin küßte er sie nochmals, bedeckte eine ihrer Brüste mit der Hand und griff dann hinauf, um den Riemen aus einer Öse herauszuziehen. Jetzt versteifte sie sich ein wenig. Er hielt inne, sah sie an, lächelte und zog den Riemen mit Bedacht aus einer weiteren Öse heraus. Ohne sich zu rühren, wurde sie womöglich noch steifer und blickte ihm ins Gesicht, als er den Riemen aus noch einer Öse herauszog, dann noch einer und noch einer, bis das hirschlederne Hemd ihr vorn ganz offenstand.

Er beugte sich bis zu ihrem Hals hinunter, als er das Hemd zurückschob und ihre Schultern und ihre aufgerichteten jungen Brüste mit den geschwollenen Höfen entblößte. Sein Glied pochte. Mit offenem Mund küßte er sie auf die Schulter, fuhr mit der Zunge auf ihrer Haut hin und her und spürte, wie sie erschauerte. Zärtlich fuhr er ihr über die Arme, als er ihr das Hemd ganz abstreifte. Er ließ die Hände über ihr Rückgrat in die Höhe wandern, während er ihr mit der Zunge über Hals und Brust hinunterfuhr, den Hof umkreiste, spürte, wie die Brustwarze sich zusammenzog und saugte sanft daran. Sie schnappte nach Luft, entzog sich ihm jedoch nicht. Er saugte an der anderen Brust, fuhr mit der Zunge wieder hinauf zu ihrem Mund, küßte sie und drückte sie dann nach hinten.

Sie schlug die Augen auf und blickte ihn aus den Pelzen heraus an. Geweitet waren diese Augen und schimmernd, die seinen hingegen tiefblau und bannend, daß sie außerstande war fortzublicken. »Jondalar Mann, Noria Frau«, sagte sie.

»Jondalar Mann, Noria Frau«, sagte er mit heiserer Stimme, setzte sich dann auf, zog sich den Überwurf über den Kopf und spürte das mächtige Drängen seines Geschlechts, sich zu befreien. Er neigte sich über sie, küßte sie abermals und spürte, wie sie den Mund aufmachte, um den Geschmack seiner Zunge mit der ihren zu kosten. Er streichelte ihre Brust und fuhr ihr mit der Zunge den Hals herunter über die Schulter. Wieder fand er ihre Brustwarze, saugte fester, als er sie stöhnen hörte und fühlte, wie sein eigener Atem heftiger ging.

Es ist lange her, daß ich mit einer Frau zusammengewesen

bin, dachte er und spürte das Verlangen, sie augenblicklich zu nehmen. Behutsam sein, sie nicht erschrecken, ermahnte er sich. Es ist das erste Mal für sie. Du hast noch die ganze Nacht, Jondalar. Warte, bis du ganz sicher bist, daß sie bereit ist.

Er streichelte ihre bloße Haut unterhalb ihrer schwellenden Brüste bis hinunter zur Hüfte und tastete nach dem Lederriemen, der ihren Rock zusammenhielt. Nachdem er die Schleife aufgezogen hatte, griff er hinein und ließ die Hand auf ihrem Bauch ruhen. Sie verkrampfte sich, entspannte dann. Er griff weiter hinunter, berührte die Innenseite ihrer Schenkel und strich über ihr weiches Schamhaar. Sie breitete die Beine aus, als er ihr die Innenseite der Schenkel streichelte.

Er riß sich los, setzte sich auf, zog ihr dann den Rock über die Hüften und ließ ihn zu Boden fallen. Dann erhob er sich und betrachtete ihre sanft gerundeten, noch nicht ganz erblühten Brüste. Vertrauensvoll und verlangend zugleich lächelte sie ihn an. Er löste den Riemen seiner Hose und ließ sie hinuntergleiten. Sie schluckte, als sie sein aufrecht stehendes, geschwollenes Glied erblickte, und ein Hauch von Angst kehrte in ihre Augen zurück.

Gebannt hatte Noria den Erzählungen anderer Frauen gelauscht, wenn sie von ihren Riten der Ersten Wonnen berichtet hatten. Manche Frauen hatten sie keineswegs als so wonnevoll in der Erinnerung gehabt und erklärt, die Gabe der Lust sei den Männern gegeben, den Frauen hingegen die Fähigkeit, Männern Lust zu schenken und sie auf diese Weise an sich zu binden; damit die Männer auf die Jagd gingen, Nahrung und Felle heimbrächten, Kleidung daraus zu fertigen, wenn die Frau hochschwanger sei oder Kinder säuge. Noria war gewarnt worden, die Riten der Ersten Nacht würden schmerzhaft sein. Jondalar war so sehr geschwollen, war so riesig – wie sollte er in sie hineinpassen?

Der angstvolle Ausdruck in ihrem Gesicht war ihm vertraut. Es war der kritische Augenblick; sie mußte sich erst wieder an ihn gewöhnen. Er genoß es, eine Frau zum ersten Mal an die Freuden des Geschenks der Großen Mutter heranzuführen; freilich gehörten Zartgefühl und List zugleich dazu. Irgendwann, dachte er, möchte ich einer Frau gern zum ersten Mal Lust schenken, ohne ständig daran denken zu müssen, ihr nicht wehzutun. Er wußte, daß das nicht möglich war. Die Riten der Ersten Wonnen waren für eine Frau immer etwas schmerzhaft.

Er setzte sich neben sie und wartete, ließ ihr Zeit. Ihr Blick wurde angezogen von seinem pochenden Glied. Er ergriff ihre Hand, führte sie an sich heran, damit sie ihn berühre – und in ihm wallte es auf. Es war, als ob sein Geschlecht in einem Augenblick wie diesem ein eigenes Leben hätte. Noria spürte, wie weich seine Haut war, fühlte die Wärme und die feste Fülle, und als sein Glied sich begierig in ihrer Hand bewegte, überlief sie unversehens ein angenehmes, prickelndes Gefühl und es wurde ihr feucht zwischen den Beinen.

Er streckte sich neben ihr aus und küßte sie sanft. Sie machte die Augen auf und schaute in die seinen. Sie erkannte die Fürsorglichkeit darin und sein Begehren – und irgendeine unnennbare, unwiderstehliche Kraft. Sie fühlte sich überwältigt, eingesogen und verloren in den unsäglich blauen Tiefen seiner Augen, und wieder überlief sie das angenehm prickelnde Gefühl. Sie begehrte ihn. Sie fürchtete den Schmerz, und doch begehrte sie ihn. Sie griff nach ihm, machte die Augen zu, öffnete den Mund und schmiegte sich enger an ihn.

Er küßte sie, ließ sie seinen Mund erkunden und arbeitete sich dann langsam über Hals und Kehle nach unten, drückte ihr dabei kleine Küsse auf, bewegte die Zunge und steichelte ihr sanft Bauch und Schenkel. Ein wenig spannte er sie auf die Folter und kam ganz nahe an ihre empfindsamen Brustwarzen heran, um dann wieder fortzurücken, bis sie seinen Kopf nahm und seinen Mund draufdrückte. In diesem Augenblick schob er die Hand in den warmen Schlitz zwischen ihren Schenkeln und fand das kleine pulsierende Knötchen. Ein leiser Schrei entfuhr ihr.

Er saugte und biß sie sanft auf die Brustwarze, während er gleichzeitig den Finger bewegte. Sie stöhnte und bewegte die Hüften. Er bewegte sich weiter abwärts und merkte, wie sie die Luft anhielt, als seine Zunge ihren Nabel fand – und spürte, wie sich ihre Muskeln anspannten, als er noch weiter hinunterging und sich von der Plattform hinunterschob, bis seine Knie den Boden berührten. Dann zwängte er ihr die Beine auseinander und nahm die erste Kostprobe von ihrer scharfen Würze. Ein zitternder Schrei entrang sich ihrer Brust. Jeder Atemzug war ein Stöhnen, sie warf den Kopf hin und her und hob die Hüften, ihm entgegenzukommen.

Mit den Händen zog er sie auseinander, leckte ihre warmen Falten, fand dann mit der Zunge das Knötchen und bearbeitete es. Als sie aufschrie und die Hüften bewegte, war seine eigene Erregung kaum noch zu bändigen. Er kämpfte damit, sich nicht zu verausgaben. Als er sie rasch keuchen hörte, hob er den

Oberkörper, lag aber immer noch auf den Knien, um das Eindringen ganz in der Hand zu haben, und führte die Spitze seines zum Bersten gefüllten Glieds in ihre unerfahrene Öffnung ein. Er knirschte mit den Zähnen, so sehr mußte er sich beherrschen, als er in den warmen, feuchten engen Schacht einfuhr.

Als sie die Beine um ihn verschränkte, fühlte er die Sperre in ihr. Mit dem Finger ertastete er wieder das Knötchen, bewegte sich selbst ganz leicht vor und zurück, bis ihr Stöhnen zu kleinen Schreien wurde und er fühlte, wie sie die Hüfte anhob. Da zog er zurück, stieß fest zu und spürte, wie er die Sperre durchbrach; während sie vor Schmerz und Lust aufschrie, vernahm er seinen eigenen gedämpften Aufschrei, der ihm entfuhr, als sein aufgestautes Bedürfnis sich zitternd und in Krämpfen entlud.

Er fuhr noch ein paarmal hinein und wieder heraus, drang so weit ein, wie er glaubte, es wagen zu können, spürte, wie das letzte bißchen an Lebenssaft aus ihm herausgepreßt wurde – dann fiel er über ihr zusammen. Es war vorüber. Den Kopf auf ihrer Brust, lag er einen Moment nach Atem ringend da, dann richtete er sich auf. Sie lag schlaff da, hatte den Kopf beiseite gedreht und die Augen geschlossen. Er zog sich ganz aus ihr zurück und sah Blutflecken auf dem weißen Pelz unter ihr. Er hob ihre Beine wieder auf die Plattform, kroch neben sie und ließ sich in die Pelze sinken.

Als er wieder ruhiger atmete, fühlte er Hände an seinem Kopf, und als er die Augen aufschlug, blickte er in das alte Gesicht mit den leuchtenden Augen darin – Hadumas Gesicht. Noria neben ihm regte sich. Haduma lächelte, nickte beifällig und ließ einen leisen Singsang hören. Noria machte die Augen auf, freute sich über den Anblick der alten Frau und freute sich noch mehr, als deren Hände Jondalars Kopf losließen und sich ihr auf den Bauch legten. Haduma vollführte bestimmte Gesten über ihnen, sang dabei und zog währenddessen das blutbefleckte Fell unter ihnen hervor. Eine Frau im Blut der Ersten Nacht besaß einen besonderen Zauber.

Dann sah die alte Frau wieder Jondalar an, lächelte und streckte einen knotigen Finger aus, um sein erschlafftes Glied zu berühren. Einen Moment schoß neue Erregung in ihn ein, er sah, wie es sich zu neuem Leben aufrichtete, dann jedoch wieder erschlaffte. Haduma gluckste leise, humpelte jedoch aus dem Zelt hinaus und ließ sie allein.

Jondalar überließ sich neben Noria ganz der Entspannung.

Nach einer Weile setzte sie sich auf und blickte mit schimmernden, schmachtenden Augen auf ihn hinab.

»Jondalar Mann, Noria Frau«, sagte sie, als habe sie jetzt das Gefühl, wirklich eine Frau zu sein; dann beugte sie sich über ihn und küßte ihn. Es überraschte ihn, daß das Begehren sich so rasch wieder in ihm regte und überlegte, ob Hadumas Berührung etwas damit zu tun haben könne. Doch verging ihm das Überlegen schnell, und er nahm sich Zeit, der eifrigen jungen Frau neben sich zu zeigen, wie sie ihm Lust bereitete, und ihr selbst neue Lust zu schenken.

Der riesige Stör war bereits an Land gezogen, als Jondalar aufstand. Thonolan hatte zuvor schon den Kopf zum Zelt hineingestreckt und gefeixt, doch hatte Jondalar ihn fortgewinkt, seinen Arm um Noria geschlungen und weitergeschlafen. Als er später wieder erwachte, war Noria nicht mehr da. Er hatte die Hosen übergestreift und war zum Fluß hinuntergegangen. Dort sah er Thonolan, Jeren und etlichen anderen zu, die sich lachend ihrer neugefundenen Kameradschaft erfreuten, und wünschte, er wäre mit ihnen fischen gegangen.

»Ja, seht mal, wer sich entschlossen hat, aufzustehen«, sagte Thonolan, als er ihn erblickte. »Blaue Augen haben's gut und können schlafen, während alle anderen sich damit abplagen, diese alte Haduma aus dem Wasser zu holen.«

Jeren nahm das Theme auf. »Haduma, Haduma«, rief er lachend und zeigte auf den Fisch. Dann stolzierte er um ihn herum und nahm vor seinem urtümlichen, haiähnlichen Kopf Aufstellung. Die seinem Unterkiefer entspringenden Fühler bewiesen, daß er sich seine Nahrung am Grunde des Flusses suchte und harmlos war; nur durch seine Größe wurde er zu einer echten Herausforderung. Der Stör maß fast fünf Schritte.

Mit einem durchtriebenen Grinsen bewegte der junge Jäger wie in einem erotischen Tanz das Becken vor dem Maul des großen alten Fisches vor und zurück und rief dabei: »Haduma! Haduma!«, gleichsam als flehte er darum, berührt zu werden. Alle anderen brachen in unflätiges Gelächter aus, und selbst Jondalar konnte sich eines Lächelns nicht erwehren. Die anderen fingen an, um den Fisch herumzutanzen, dabei die entsprechenden Beckenbewegungen zu machen und »Haduma!« zu rufen; in ihrer Hochstimmung stießen sie einander beiseite und kämpften um den Platz unmittelbar vor dem Maul des Fisches. Einer von den Männern wurde dabei in den Fluß hineingestoßen. Watend kam er wieder an Land, packte den nächsten und zog ihn lachend ins Wasser. Triefend kamen sie wieder heraus und grinsten immer noch, bis einer von ihnen die alte Frau neben dem Fisch stehen sah.

»Haduma, eh?« sagte sie und faßte sie dabei streng ins Auge, woraufhin sie sich immer wieder gegenseitig ansahen und ziemlich betreten dreinschauten. Dann kicherte sie entzückt auf, nahm ihrerseits vor dem riesigen Fisch Aufstellung und bewegte ihre alten Hüften vor und zurück. Lachend liefen alle auf sie zu, ließen sich auf Händen und Knien vor ihr nieder und baten sie, sich auf ihre Rücken zu setzen.

Jondalar lächelte über dieses Spiel, das sie offenbar nicht das erste Mal mit ihr spielten. Ihr Stamm verehrte in ihr nicht nur seine Urahnin; er liebte sie vielmehr, und sie schien den Spaß zu genießen. Haduma blickte sich um, und als sie Jondalar sah, zeigte sie auf ihn. Die Männer winkten ihn heran, und ihm fiel auf, welche Vorsicht sie anwandten, als sie sie ihm auf den Rücken setzten. Sie wog fast nichts, doch was ihn überraschte, war die Macht, mit der sie ihn zwischen die Beine nahm. Die zerbrechliche alte Frau besaß immer noch eine erstaunliche Kraft.

Er wollte sich in Bewegung setzen, doch liefen die anderen voraus, woraufhin sie ihm auf die Schulter schlug und ihn vorantrieb. Sie liefen am Strand hin und her, bis sie alle außer Atem waren, woraufhin Jondalar sich wieder auf die Knie herunterließ, um sie absteigen zu lassen. Sie streckte sich, fand ihren Stab und machte sich auf den Weg zu den Zelten.

»Ist diese alte Frau zu fassen?« wandte Jondalar sich voller Bewunderung an Thonolan. »Sechzehn Kinder, fünf Generationen, und immer noch kräftig. Ich bezweifle nicht, daß sie auch noch die sechste Generation erleben wird.«

»Sie sechs Generationen leben, dann sterben.«

Jondalar drehte sich nach der Stimme um. Er hatte Tamen nicht näherkommen sehen. »Was meinst du damit: dann sterben?«

»Haduma sagen, Noria gebären blauäugigen Sohn, Zelandonii-Geist, dann Haduma sterben. Sie sagen, lange hier, Zeit davonzugehen. Baby sehen, dann sterben. Babyname Jondal, sechs Generationen Hadumai. Haduma glücklich über Zelandonii-Mann. Sagen, guter Mann. Frau bei Riten Erste Wonnen Lust schenken nicht einfach. Zelandonii-Mann guter Mann.«

Jondalar war von widersprüchlichen Gefühlen erfüllt.

»Wenn es ihr Wunsch ist zu gehen, wird sie es tun, aber es macht mich traurig«, sagte er.

»Ja, alle Hadumai sehr traurig«, sagte Tamen.

»Kann ich Noria so bald nach den ersten Riten wiedersehen? Nur für kurze Zeit? Ich kenne eure Sitten und Gebräuche nicht.«

»Sitte und Brauch: nein. Haduma sagen ja. Du bald gehen?«

»Wenn Jeren meint, daß wir mit dem Stör unsere Verpflichtung erfüllt haben, die damit begann, daß wir die Pferde verjagten, meinte ich, sollten wir uns auf den Weg machen. Woher weißt du das?«

»Haduma sagen.«

Der Stör bildete die Grundlage für das Festmahl am Abend; viele Hände hatten die Zeit des In-Streifen-Schneidens, um den Fisch zu trocknen, am Nachmittag nicht lang werden lassen. Jondalar erhaschte einen flüchtigen Blick von Noria, die von einer Reihe von Frauen an einen Ort weiter stromaufwärts geleitet wurde. Die Dunkelheit hatte sich bereits herniedergesenkt, als sie zu ihm geführt wurde. Gemeinsam schlenderten sie zum Fluß hinunter; zwei Frauen folgten ihnen in gebührendem Abstand. Der Bruch mit Sitte und Herkommen, ihr zu gestatten, ihn so schnell nach den Riten der Ersten Wonnen zu sehen, war groß genug; sie auch noch allein zu lassen, wäre zuviel gewesen.

Sie standen unter einem Baum und sagten nichts; sie hielt den Kopf gesenkt. Er strich ihr eine Haarsträhne beiseite und hob ihr Kinn, damit sie ihn anblickte. Ihr standen Tränen in den Augen. Mit dem Knöchel einer Hand wischte Jondalar ihr einen schimmernden Tropfen aus den Augenwinkeln und hob ihn dann an die Lippen.

»Ach . . . Jondalar!« rief sie und griff nach ihm.

Er hielt sie im Arm und küßte sie, zart erst, dann leidenschaftlicher. »Noria«, sagte er. »Noria Frau, wunderschöne Frau.«

»Jondalar machen Noria Frau«, sagte sie. »Machen . . . Noria . . . machen . . .« Ein Seufzer entrang sich ihr; wüßte sie doch nur die Worte, um ihm verständlich zu machen, was sie ihm sagen wollte.

»Ich weiß, Noria. Ich weiß«, sagte er und drückte sie an sich. Dann trat er einen Schritt zurück, hielt sie bei den Schultern, lächelte sie an und strich ihr über den Bauch. Durch ihre Tränen hindurch lächelte sie ihn an.

»Noria machen Zelandonjii . . .« Sie berührte sein Augenlid. »Noria machen Jondal . . . Haduma . . .«

»Ja.« Er nickte. »Tamen hat es mir gesagt. Jondal, sechste Generation Hadumai.« Er griff in seinen Beutel. »Ich habe da etwas, was ich dir schenken möchte, Noria.« Er holte die steinerne Donii heraus und drückte sie ihr in die Hand. Er wünschte, ihr auf irgendeine Weise verständlich machen zu können, daß sie etwas Besonderes für ihn bedeutete; ihr zu sagen, daß er sie von seiner Mutter erhalten habe; ihr zu sagen, wie alt sie sei und daß sie seit Generationen schon von einem auf den anderen vererbt worden sei. Dann lächelte er:

»Diese Donii ist mein Haduma«, sagte er. »Jondalars Haduma. Jetzt ist es Norias Haduma.«

»Jondalar Haduma?« sagte sie fragend und betrachtete die geschnitzte weibliche Gestalt. »Jondalar Haduma, Noria?«

Er nickte, und sie brach in Tränen aus, verkrampfte beide Hände um das Figürchen und hob es an die Lippen. »Jondalar Haduma«, sagte sie, von Schluchzern geschüttelt. Plötzlich schlang sie beide Arme um ihn und küßte ihn; dann lief sie zurück zu den Zelten und weinte so sehr, daß sie kaum den Weg erkennen konnte.

Das ganze Lager eilte herbei, ihnen Lebewohl zu sagen. Haduma stand neben Noria, als Jondalar vor ihnen stehenblieb. Haduma lächelte und nickte beifällig; Noria hingegen rollten die Tränen über die Wangen. Er fing eine auf, hob sie an die Lippen, und sie lächelte, wenngleich das ihren Tränenstrom nicht versiegen ließ. Er wandte sich zum Gehen, sah jedoch noch, wie der kraushaarige junge Mann, den Jeren als Boten fortgeschickt hatte, Noria mit liebeskranken Augen ansah.

Sie war jetzt eine Frau, von Haduma gesegnet, jemand, der einem Mann gewiß ein Glückskind an sein Herdfeuer brachte. Es wurde allgemein darüber gesprochen, daß sie Lust bei den Riten der Ersten Nacht empfunden hatte, und jeder wußte, daß solche Frauen die besten Gefährtinnen ergaben. Noria war eine mannbare, eine überaus begehrenswerte Frau.

»Glaubst du wirklich, daß Noria mit einem Kind deines Geistes schwanger geht?« fragte Thonolan, nachdem sie das Lager hinter sich gelassen hatten.

»Das werde ich zwar nie erfahren, aber diese Haduma ist eine weise alte Frau. Sie weiß mehr, als alle anderen ahnen. Ich glaube, sie gebietet über den ›großen Zauber‹. Wenn ein Mensch dafür sorgen könnte, daß es geschieht, dann sie.«

Schweigend folgten sie eine Weile dem Lauf des Flusses. Dann sagte Thonolan: »Großer Bruder, etwas möchte ich dich fragen.«

»Nur zu.«

»Über was für einen Zauber gebietest *du*? Ich meine, jeder Mann redet davon, für die Riten der Ersten Wonnen auserkoren zu werden; dabei haben die meisten große Angst davor. Ich weiß sogar von einigen, daß sie die Ehre abgelehnt haben, und ehrlich gestanden, ich selbst komme mir immer ziemlich unbeholfen vor. Allerdings würde ich es nie ablehnen. Aber du, auf dich fällt die Wahl immer wieder. Und ich habe noch nie erlebt, daß es schiefgegangen wäre. Sie verlieben sich in dich. Wie machst du das?«

»Ich weiß es nicht, Thonolan«, sagte er ein wenig verlegen. »Ich bemühe mich nur, vorsichtig zu sein.«

»Welcher Mann tut das nicht? Nein, es ist mehr als das. Was hat Tamen noch gesagt? ›Frauen bei Riten Erste Nacht Lust bereiten nicht leicht.‹ Wie verschaffst du einer Frau also Lust. Ich bin schon froh, wenn ich ihr nicht allzu weh tue. Schließlich bist du nicht weniger groß ausgestattet als wir anderen auch, um es zu erleichtern. Sag schon, gib deinem kleinen Bruder einen guten Rat. Ich hätte nichts dagegen, wenn eine Handvoll junger Schönen mir nachliefe.«

Er verlangsamte den Schritt und sah Thonolan an. »Doch würdest du das. Ich glaube, das ist einer der Gründe, weswegen ich mich Marona versprochen habe – damit ich eine Entschuldigung hätte.« Jondalar legte die Stirn in Falten. »Die Riten der Ersten Nacht sind etwas Besonderes für eine Frau. Und für mich auch. Nur sind viele junge Frauen in mancher Beziehung noch junge Mädchen. Sie wissen noch nicht, was es heißt, hinter Jungen herzulaufen oder einen Mann aufzufordern – kennen den Unterschied noch nicht. Wie bringt man einer jungen Frau, mit der man gerade eben eine ganz besondere Nacht verbracht hat, bei, daß man es vorziehen würde, sich mit einer erfahreneren Frau zu entspannen – und das, wenn sie dich ganz allein beim Wickel hat? Große Donii, Thonolan! Ich will sie zwar nicht verletzen, aber ich verliebe mich nicht gleich in jede Frau, mit der ich eine Nacht verbringe.«

»Du verliebst dich überhaupt nicht, Jondalar.«

Jondalar beschleunigte den Schritt. »Was willst du damit sagen? Ich habe schon eine ganze Reihe von Frauen geliebt.«

»Sie geliebt, gewiß. Aber das ist nicht dasselbe.«

»Woher willst du das wissen? Hast du schon jemals geliebt?«

»Schon mehr als einmal. Gewiß, es mag nicht von Dauer gewesen sein, aber ich kenne den Unterschied. Schau, Bruder, ich will nicht meine Nase in deine Angelegenheiten stecken, aber du machst mir Sorgen, besonders dann, wenn du niedergeschlagen bist. Du brauchst auch nicht wegzulaufen. Ich halte schon den Mund, wenn du das möchtest.«

Jondalar verlangsamte den Schritt. »Ja, vielleicht hast du recht. Vielleicht habe ich wirklich noch nie geliebt. Vielleicht ist es mir nicht gegeben, mich zu verlieben.«

»Was fehlt dir denn? Was haben die Frauen, die du kennst, denn nicht?«

»Wenn ich das wüßte . . . meinst du nicht, daß ich dann . . .«, begann er aufgebracht, um dann nicht weiterzusprechen. »Ich weiß nicht, Thonolan. Ich glaube schon, daß ich mir das alles wünsche. Ich möchte eine Frau so, wie sie bei den Riten der Ersten Wonnen ist – ich glaube, ich verliebe mich dann in jede Frau, zumindest für diese eine Nacht. Gleichzeitig wünsche ich mir jedoch eine Frau und kein Mädchen. Ich wünsche mir sie so, daß ihr Eifer nicht vorgetäuscht ist, daß sie sich nicht nur den Anschein gibt, bereit zu sein; gleichzeitig möchte ich nicht vorsichtig mit ihr umgehen müssen. Ich möchte, daß sie Schwung hat und daß sie weiß, was sie will. Ich möchte, daß sie jung und alt ist, kindlich und weise zur gleichen Zeit.«

»Das ist aber viel verlangt, Bruder.«

»Nun, du hast mich gefragt.« Schweigend gingen sie eine Weile weiter.

»Was meinst du, wie alt Zelandoni ist?« fragte Thonolan. »Etwas jünger als Mutter vielleicht?«

Jondalar wurde ganz steif. »Warum?«

»Es heißt, sie sei wirklich wunderschön gewesen in ihrer Jugend, selbst noch vor ein paar Jahren. Einige von den Älteren sagen, keine sei mit ihr zu vergleichen gewesen, auch nicht annähernd. Schwer für mich zu sagen, aber sie behaupten, sie sei jung, Die Erste zu sein unter Denen, die Der Mutter Dienen. Sag mir etwas, Bruder. Stimmt es, was sie über dich und Zelandoni sagen?«

Jondalar blieb stehen und wandte seinem Bruder langsam das Gesicht zu. »Sag mir, was reden sie über mich und Zelandoni?« fragte er mit zusammengebissenen Zähnen.

»Verzeihung. Ich bin zu weit gegangen. Vergiß, daß ich gefragt habe.«

5

Ayla trat auf das vor der Höhle gelegene Sims hinaus, rieb sich die Augen und streckte sich. Die Sonne stand noch tief im Osten, und sie beschattete die Augen, als sie sich nach den Pferden umschaute. Gleich nach dem Aufwachen morgens nach den Pferden Ausschau zu halten, war ihr bereits zur Gewohnheit geworden, obwohl sie erst wenige Tage hier war. Es machte ihr einsames Leben ein wenig erträglicher, wenn sie daran dachte, daß sie das Tal mit anderen Lebewesen teilte.

Nach und nach wurde sie sich der Bewegungen der Herde bewußt, war sich darüber im klaren, wo sie am Morgen zur Tränke gingen und welche Schattenbäume sie am Nachmittag am liebsten aufsuchten; außerdem hatte sie gelernt, die einzelnen Pferde zu unterscheiden. Da war zum Beispiel das Hengstfüllen vom Vorjahr, dessen graue Decke so hell war, daß sie fast weiß aussah; nur der charakteristische Streifen, der ihm vom Widerrist über den ganzen Rücken lief, sowie die Vorderbeine unten und die steif starrende Mähne waren dunkler. Dann war da noch die rotbraune Stute mit dem falbfarbenen Fohlen, dessen Fell dem des Hengstes ähnelte. Und dann der stolze Leithengst selbst, dessen Platz eines Tages einer eben jener Jährlinge einnehmen würde, die er heute gerade noch in seiner Nähe duldete; vielleicht aber auch von einem Hengst aus den Würfen des nächsten oder gar des übernächsten Jahres. Der helle, falbfarbene Hengst mit dem tiefbraunen Rückenstreifen, der dunkleren Mähne und den gleichfalls dunkleren Vorderbeinen stand in der Blüte seiner Jahre, und sein ganzes Gebaren verkündete das.

Leichtfüßig lief sie hinunter an den Fluß, denn inzwischen kannte sie den steil hinunterführenden Pfad so gut, daß sie keinen falschen Tritt mehr machte. Sie trank und legte dann ihr Gewand ab, um schwimmend ihre morgendliche Runde zu drehen. Es war immer noch dasselbe Gewand, doch hatte sie es inzwischen gewaschen und mit ihrem Schaber berarbeitet, um das Leder wieder geschmeidig zu machen. Ihre natürliche Neigung zu Ordnung und Sauberkeit war von Iza nur verstärkt worden, denn Izas Fülle und Vielfalt von Heilpflanzen verlangte Ordnung, um jeden Mißbrauch auszuschließen; außerdem hatte Iza um die Gefahren von Schmutz und Ansteckungen gewußt. Unterwegs ließ sich ein gewisses Maß an Verschmutzung nicht vermeiden; wohl aber dann, wenn man einen glitzernden Fluß in der Nähe hatte.

Sie fuhr sich mit den gespreizten Fingern durch das dicke blonde Haar, das ihr in Wellen bis weit über die Schultern fiel. »Heute morgen werde ich mir die Haare waschen«, verkündete sie mit ihrer Gebärde niemand im besonderen. Gleich hinter der Flußbiegung hatte sie Seifenwurzeln wachsen sehen und ging jetzt hin, um einige davon auszureißen. Als sie gemächlich wieder zurückkehrte, bemerkte sie den großen Felsen, der aus dem seichten Flußbett aufragte, und eine Reihe von glatten, schalenartigen Vertiefungen aufwies. Sie hob einen runden Stein auf und watete zu dem Felsen hinüber. Dann spülte sie die Wurzeln ab, schöpfte Wasser in eine der Vertiefungen und zerstampfte die Wurzeln darin, um das Saponin darin freizusetzen und eine schöne Seifenlauge herzustellen. Nachdem sich reichlich Schaum gebildet hatte, feuchtete sie ihr Haar an, rieb den Schaum hinein, wusch sich auch sonst damit ab und tauchte hinterher ins Wasser, um sich abzuspülen.

Irgendwann in der Vergangenheit war ein Brocken des vorspringenden Felsens heruntergebrochen. Ayla kletterte auf den unter Wasser liegenden Teil dieses Felsens hinauf und schritt dann auf dem über Wasser liegenden Teil an eine Stelle, wo sie sich in der Sonne wärmen konnte. Ein hüfttiefer Kanal an der Landseite machte den Felsen zu einer Insel, die teilweise von einer überhängenden Weide beschattet wurde, deren freiliegende Wurzeln sich gleich knochigen Fingern am Fluß festklammerten. Ayla brach einen kleinen Zweig von einem Busch, dessen Wurzeln in einem Spalt Halt gefunden hatten, entrindete ihn mit den Zähnen und benutzte ihn dann, um sich während des Trocknens in der Sonne Verfilzungen aus dem Haar zu reißen.

Sie starrte verträumt ins Wasser und summte leise vor sich hin, als ihre Augen plötzlich Bewegung vermerkte. Von einem Augenblick auf den anderen hellwach, starrte sie ins Wasser und auf die silbrige Gestalt einer großen Forelle, die sich unter den Wurzeln ausruhte. Seit ich die Höhle verlassen habe, habe ich keinen Fisch mehr gegessen, dachte sie, wobei ihr einfiel, daß sie auch noch nicht gefrühstückt hatte.

Lautlos glitt sie auf der anderen Seite des Felsens ins Wasser, schwamm ein Stück flußabwärts und watete durch seichtes Wasser. Die Hand hielt sie im Wasser und ließ die Finger einfach schlaff hineinhängen. Langsam und mit unendlicher Geduld bewegte sie sich dann stromaufwärts. Als sie sich dem Baum näherte, sah sie, wie die Forelle sich mit dem Kopf in die

Strömung gestellt hatte und langsam die Flossen bewegte, um an derselben Stelle unter den Wurzeln stehenzubleiben.

Aylas Augen blitzten vor Erregung, dabei überwog ihre Vorsicht die Aufregung, als sie sicher einen Fuß vor den anderen setzte und sich dem Fisch näherte. Sie hob die Hand von hinten, bis sie unmittelbar unter der Forelle lag, berührte sie dann unmerklich und fühlte nach den offenen Kiemendeckeln. Plötzlich packte sie den Fisch, hob ihn dann mit einer einzigen sicheren Bewegung aus dem Wasser heraus und warf ihn aufs Ufer. Die Forelle schnellte ein paarmal hin und her und kämpfte eine Weile, dann lag sie still da.

Ayla lächelte. Sie war zufrieden mit sich. Als Kind war es ihr schwergefallen zu lernen, wie man einen Fisch mit der Hand fängt. Deshalb erfüllte sie jetzt fast der gleiche Stolz wie damals, als sie es das erste Mal geschafft hatte. Die Stelle mußte sie im Auge behalten; sie wußte, daß noch andere Fische ihm zum Ausruhen benutzen würden. Dieser Bursche ist so groß, daß er zu mehr als zum Frühstück reicht, dachte sie, als sie ihre Beute holte – und schon im voraus den Geschmack der frischen, auf heißen Steinen gebackenen Forelle im Mund hatte.

Während ihr Frühstück garte, beschäftigte Ayla sich damit, einen Korb aus Palmlilienblättern zu flechten, die sie tags zuvor mitgebracht hatte. Es handelte sich um einen schlichten Gebrauchskorb, doch mit Hilfe einiger kleinerer Veränderungen beim Flechten entstand ein ganz anderes Muster, was ihr großen Spaß machte. Sie arbeitete flink, gleichzeitig jedoch so kunstvoll, daß der Korb kein Wasser durchlassen würde. Füllte man noch heiße Steine hinein, ließ er sich als Kochgerät verwenden, doch das war nicht der Zweck, für den sie ihn gedacht hatte. Was ihr vorschwebte, war ein Vorratsbehälter; schließlich mußte sie an all die vielen Dinge denken, die sie brauchte, um für die kalte Jahreszeit gerüstet zu sein.

Die Johannisbeeren, die ich gestern gepflückt habe, werden in ein paar Tagen gedörrt sein, schätzte sie, als sie zu den runden roten Beeren hinüberblickte, die vor der Höhle auf Grasmatten zum Trocknen ausgebreitet waren. Inzwischen werden weitere reifen. Viele Blaubeeren wird es auch noch geben, nur von dem kümmerlichen kleinen Apfelbaum werde ich nicht viel bekommen. Der Kirschbaum strotzt von Früchten, nur sind sie leider schon fast überreif. Wenn ich überhaupt welche bekommen will, sollte ich mich heute darum kümmern. Die Kerne der Sonnenblume werden gut sein, falls nicht die Vögel sie vorher alle holen. Die Sträucher in der Nähe des Apfelbaumes müssen Haselnußsträucher sein, nur viel kleiner als die Art mit den großen Nüssen in den Zapfen. Ich weiß nicht recht. Ich nehme an, bei den Tannen handelt es sich um die Art mit den großen Kernen in den Zapfen. Das werde ich später feststellen. Wenn der Fisch doch bald gar ist!

Ich sollte anfangen, Grünzeug zu trocknen. Und Flechten. Und Pilze. Und Wurzeln. Die Wurzeln brauche ich allerdings nicht alle zu trocknen; etliche halten sich eine lange Zeit, wenn ich sie hinten in der Höhle aufbewahre. Ob ich mir noch mehr Fuchsschwanzsamen hinlegen sollte? Die Samenkörner sind so klein; es sieht immer so aus, als ob man ganz wenig davon hätte. Beim Getreide hingegen lohnt sich die Mühe, und manche Ähren und Rispen auf der Wiese sind reif. Deshalb werde ich heute Kirschen und Getreidekörner holen; dafür brauche ich allerdings noch mehr Vorratskörbe. Vielleicht kann ich aus Birkenrinde ein paar Behältnisse machen. Hätte ich doch bloß ein paar ungegerbte Felle, um große Behälter daraus zu fertigen!

Als ich noch beim Clan lebte, waren immer ein paar Felle übrig, die nicht verarbeitet wurden. Jetzt wäre ich froh, wenn ich nur ein einziges warmes Fell für den Winter mehr hätte. Hasen und Hamster sind einfach nicht groß genug, einen guten Fellumhang daraus zu machen; außerdem sind sie so mager. Könnte ich ein Mammut jagen, hätte ich reichlich Fett; sogar für die Lampen würde es reichen. Ob die Forelle endlich gar ist? Sie nahm ein schlaffes Blatt beiseite und stocherte mit einem Stück Holz im Fisch herum. Nur noch ein kleines bißchen länger.

Es wäre schön, hätte ich ein bißchen Salz, aber es gibt hier kein Meer in der Nähe. Huflattich schmeckt salzig, und andere Kräuter ergeben eine gute Würze. Iza hat es verstanden, alles Essen schmackhaft zu machen. Vielleicht sollte ich auf die Steppe hinaus und sehen, ob ich nicht ein paar Schneehühner erwische, die ich dann zubereiten könnte, wie Creb sie immer besonders gern gemocht hat. Beim Gedanken an Iza und Creb schnürte sich ihr die Kehle zu; sie schüttelte den Kopf, gleichsam als wollte sie die Gedanken daran hindern zu kommen – oder zumindest die Tränen.

Zum Trocknen von Kräutern und Tee und auch Heilkräutern brauche ich eine Darre. Könnte ja sein, daß ich einmal krank werde.

Für die Pfosten könnte ich ein paar Bäume umhauen, nur brauche ich frische Riemen, um sie zusammenzubinden. Wenn die trocknen und sich zusammenziehen, hält das. Wo soviel Bäume stürzen und soviel Treibholz den Fluß herunterkommt, meine ich, brauche ich keine Bäume zu fällen, um Feuerholz zu machen. Außerdem ist da immer noch der Pferdedung. Der brennt vorzüglich, wenn er getrocknet ist. Gleich morgen werde ich anfangen, Holz zur Höhle heraufzutragen. Außerdem sollte ich mir bald ein paar Werkzeuge machen. Welch ein Glück, daß ich Feuerstein gefunden habe. Jetzt muß der Fisch aber wirklich gar sein.

Ayla verspeiste die Forelle direkt von der Unterlage aus heißen Steinen, auf denen sie gegart war; dabei überlegte sie, ob sie nicht in den Haufen Treibholz und Knochen nach ein paar flachen Holzstücken oder Knochen suchen sollte, die sich als Teller benutzen ließen; Schambeine und Schulterblätter eigneten sich dafür besonders gut. Sie leerte ihren kleinen Wassersack in die Kochschale und wünschte, sie besäße den wasserdichten Magen eines größeren Tieres; dann könnte sie einen größeren Wasservorrat in der Höhle haben. Sie warf erhitzte Steine aus dem Feuer in die Kochschale, damit das Wasser sich erhitzte, streute dann getrocknete Hagebutten aus dem Medizinbeutel in das dampfende Wasser. Hagebutten benutzte sie als Heilmittel gegen leichtere Erkältungen; außerdem ließ sich ein angenehm schmeckender Tee daraus aufbrühen.

Die mühselige Aufgabe des Einsammelns, Verarbeitens und der Lagerung all dessen, was das Tal überreichlich zu bieten hatte, war nichts, was sie zurückgehalten hätte; vielmehr freute sie sich darauf. Da hatte sie jedenfalls etwas zu tun und keine Zeit, darüber nachzudenken, wie einsam sie war. Sie brauchte ja nur genug Vorräte für sich selbst anzulegen; freilich, hätten mehr Hände geholfen, wäre alles auch viel schneller gegangen, und sie machte sich Sorgen, ob ihr genug Zeit blieb, genügend Vorräte anzulegen. Und noch etwas bedrückte sie.

Sie trank von dem Tee und flocht ihren Korb. Ayla dachte darüber nach, was sie alles fürs Überleben während des langen kalten Winters brauchte. Behältnisse aus Birkenrinde lassen sich viel schneller herstellen als Körbe flechten; ich brauchte nur ein paar Hufe, Knochen und Fellstücke, um Leim zu sieden. Und woher bekomme ich einen großen Wassersack? Und Riemen, um die Pfosten der Darre fest miteinander zu verbinden? Auch Sehnen könnte ich gebrauchen, und Därme, um das Fett aufzubewahren, und . . .

Ihre flink flechtenden Finger hielten mitten in der Arbeit inne.

Sie starrte ins Leere, als würde ihr dort eine Offenbarung zuteil. All das könnte mir ein einziges großes Tier liefern! Ein einziges, mehr brauche ich nicht zu töten. Aber wie?

Sie flocht den kleinen Korb zu Ende und steckte ihn in den Sammelkorb, den sie sich auf den Rücken schnallte. Ihre Werkzeuge kamen in die Falten ihres Überwurfs. Sie griff nach Grabstock und Schleuder und machte sich auf den Weg zur Weide. Sie fand den wilden Kirschbaum, pflückte so viele Kirschen, wie sie erreichen konnte; dann kletterte sie in den Baum hinein und aß sich satt; selbst überreif waren sie immer noch süßsauer im Geschmack.

Beim Hinunterklettern beschloß sie noch, etwas Kirschrinde gegen Husten mitzunehmen. Mit dem Handbeil schlug sie einen Teil der zähen äußeren Rinde ab und kratzte dann mit dem Messer die innere Kambiumschicht ab. Dabei mußte sie an die Zeit denken, da sie als Mädchen hingegangen war, um Rinde der Wildkirsche für Iza zu sammeln. Dabei hatte sie heimlich die Männer beobachtet, wie sie mit ihren Waffen geübt hatten. Sie hatte gewußt, daß das unrecht war, aber auch gefürchtet, daß man sie entdecken würde, wenn sie sich fortgeschlichen hätte. Und dann hatte sie an nichts anderes mehr denken können und nur gebannt zugesehen, wie Zoug den Jungen im Gebrauch der Schleuder unterwiesen hatte.

Sie hatte gewußt, daß Frauen Waffen nicht anrühren durften, doch als sie die Schleuder hatten liegen lassen, hatte sie nicht widerstehen können. Sie hatte es einfach ausprobieren müssen. Und wäre ich heute noch am Leben, wenn ich damals die Schleuder nicht aufgehoben hätte? Würde Broud mich so sehr gehaßt haben, hätte ich ihren Gebrauch nicht erlernt? Vielleicht würde er mich nicht gezwungen haben fortzugehen, hätte er mich nicht so sehr gehaßt. Hätte er mich jedoch nicht so sehr gehaßt, hätte es ihm nicht soviel Spaß gemacht, mir Gewalt anzutun, und vielleicht wäre Durc dann nicht geboren worden.

Vielleicht! Vielleicht! Vielleicht! dachte sie erbittert. Was hat es für einen Sinn, darüber nachzudenken, was hätte sein können? Jetzt bin ich hier, und diese Schleuder hilft mir nicht, ein großes Tier zu erlegen. Dazu brauche ich einen Speer!

Ayla zwängte sich durch einen Hain junger Zitterpappeln, um sich etwas zu trinken zu holen und den klebrigen roten Kirschsaft von den Händen zu waschen. Die hohen, schlanken und gerade gewachsenen jungen Bäume hatten etwas an sich, was sie innehalten ließ. Sie packte den Stamm einer der Jungpappeln, und dann ging es ihr auf. Diese Pappeln mußten gehen! Daraus mußten sich Speere machen lassen.

Einen Augenblick sank ihr aller Mut. Brun würde wild und wütend werden, dachte sie. Als er mir erlaubte zu jagen, hat er mir ausdrücklich eingeschärft, nie mit etwas anderem zu jagen als mit einer Schleuder. Er würde . . .

Was will er tun? Was kann er mir schon anhaben? Was kann denn irgendeiner von ihnen mir antun, selbst wenn sie es wüßten? Ich bin tot. Ich bin ja bereits tot. Es ist niemand hier außer mir.

Dann riß etwas in ihr, wie eine Schnur, die man zu sehr anspannt. Sie fiel auf die Knie. Ach, wie sehr wünschte ich, es wäre noch jemand hier außer mir. Irgendwer. Egal, wer. Selbst Broud zu sehen würde mich freuen. Nie würde ich wieder eine Schleuder anrühren, wenn er mir erlaubte, zurückzukehren. Wenn er mir gestattete, Durc wiederzusehen. Am Fuß der schlanken Pappel kniend, barg Ayla das Gesicht in den Händen und weinte und schluchzte.

Doch ihr Schluchzen traf auf gleichgültige Ohren. Die kleinen Tiere der Weide und des Waldes machten nur einen weiten Bogen um die Fremde in ihrer Mitte mit ihren unverständlichen Lauten. Niemand konnte sie hören, niemand sie verstehen. Als sie noch umhergezogen war, hatte sie die Hoffnung genährt, Leute zu finden, Leute wie sie selbst. Jetzt, da sie beschlossen hatte hierzubleiben, hatte sie diese Hoffnung beiseiteschieben müssen, lernen, sich mit ihrer Einsamkeit abzufinden, mit ihr zu leben. Die nagende Angst, allein an einem unbekannten Ort einen Winter von unbekannter Strenge überleben zu müssen, machte alles nur um so schwerer. Weinen löste die Spannung.

Als sie wieder aufstand, zitterte sie zwar, aber sie nahm ihr Handbeil heraus und hackte wütend am Wurzelansatz einer jungen Pappel herum; dann nahm sie sich einen zweiten Pappelschößling vor. Ich habe oft genug Männer mit Speeren hantieren sehen, sagte sie sich, als sie den Stamm von den Zweigen befreite. So schwer hat es gar nicht ausgesehen. Sie schleifte die Stämme aufs Feld hinaus und ließ sie dort liegen, während sie den Rest des Nachmittags über die Ährchen von Einkornweizen und Roggen sammelte; dann schleifte sie sie zurück zur Höhle.

Den Spätnachmittag verbrachte sie damit, die schlanken Stämme zu entrinden und zu glätten. Sie unterbrach ihre Arbeit nur, um sich ein paar Körner zu kochen, die sie zusammen mit dem restlichen Fisch verzehren wollte, und um die Kirschen zum Trocknen auszubreiten. Als die Dunkelheit hereinbrach, war sie bereit für den nächsten Schritt. Sie nahm die Schäfte mit hinein in ihre Höhle. In Erinnerung daran, wie die Männer es getan hatten, maß sie einen Schaft, der etwas größer war als sie selbst, ab und markierte die Stelle. Genau diese legte sie dann ins Feuer und drehte den Schaft, so daß er von allen Seiten ankohlte. Mit einem geriefelten Schaber kratzte sie dann das Schwarze ab, fuhr mit dem Verkohlen und Abkratzen so lange fort, bis das obere Stück abbrach. Mit Hilfe weiteren Verkohlens und Abkratzens bekam der Speer eine scharfe, feuergehärtete Spitze. Danach nahm sie sich den nächsten Schaft vor.

Es war spät geworden, als sie endlich fertig war. Sie war müde und froh darüber, durfte sie doch hoffen, auf diese Weise leichter einzuschlafen. Die Nächte waren am schlimmsten. Ayla schob Erde um das Feuer zusammen, so daß ein kleiner Wall entstand; dann trat sie an den Ausgang, blickte zum sternenübersäten Himmel hinauf und suchte bei sich einen Grund, sich noch nicht schlafen zu legen. Sie hatte eine flache Mulde ausgehoben, diese mit trockenem Gras gefüllt und ihr Fell darübergebreitet. Langsam ging sie darauf zu, ließ sich darauf nieder, starrte zur schwachen Glut des Feuers hinüber und lauschte auf das Schweigen.

Nirgends das Rascheln von Leuten, die sich anschickten, sich schlafen zu legen, nirgends Paarungsgeräusche von nahegelegenen Herdfeuern, kein Grunzen und kein Schnarchen, keines der vielen kleinen Geräusche, wie Leute sie machen, nirgends ein Hauch von Leben – bis auf ihren eigenen Atem. Sie griff nach dem Umhang, in dem sie ihren Sohn auf der Hüfte getragen hatte, drückte ihn sich an die Brust, wiegte sich vor und zurück und summte leise vor sich hin, wobei ihr die Tränen über das Gesicht liefen. Schließlich streckte sie sich aus, umschlang den Umhang mit den Armen und weinte sich in den Schlaf.

Als Ayla am nächsten Morgen hinausging, um sich zu erleichtern, hatte sie Blut am Bein. Sie kramte unter ihren wenigen Habseligkeiten nach den saugfähigen Fellstreifen und ihrem besonderen Hüftriemen. Sie waren steif und abgewetzt, obwohl sie sie immer wieder gewaschen hatte; eigentlich hätte sie sie nach dem letzten Gebrauch vergraben sollen. Sie wünschte, sie hätte etwas Mufflonwolle, um die Streifen damit anzureichern. Dann erblickte sie den Kaninchenbalg. Den habe ich eigentlich für den Winter aufheben wollen, dachte sie; aber ich bekomme schon noch mehr Kaninchen.

Sie zerschnitt das kleine Fell in Streifen; dann ging sie hinunter, um zu schwimmen wie jeden Morgen. Ich hätte mir denken können, daß ich meine Tage bekomme, und hätte Vorsorge treffen sollen. Jetzt darf ich überhaupt nichts tun außer ...

Plötzlich mußte sie lachen. Hier hat der Frauenfluch doch nichts zu bedeuten. Es sind ja keine Männer da, die ich vermeiden muß anzusehen, keine Männer, deren Nahrung ich weder sammeln noch zubereiten darf. Ich bin die einzige, um die ich mich zu kümmern habe.

Trotzdem hätte ich darauf gefaßt sein müssen; nur sind die Tage so schnell vorübergegangen. Ich hätte nicht gedacht, daß es schon wieder so weit ist. Wie lange bin ich jetzt in diesem Tal? Sie versuchte, sich zu erinnern, doch schienen die Tage einer in den anderen überzugehen. Sie runzelte die Stirn. Ich sollte wissen, wie viele Tage ich jetzt hier bin – vielleicht ist die Jahreszeit schon weiter fortgeschritten als ich denke. Einen Moment befiel sie Panik. Nein, so schlimm kann es noch nicht sein, sagte sie sich. Es schneit nicht, ehe die Früchte gereift sind und die Blätter fallen; trotzdem sollte ich es wissen. Ich sollte mir merken, wie viele Tage vergehen.

Sie erinnerte sich, wie Creb sie vor langer Zeit darin unterwiesen hatte, einen Stecken einzukerben, um das Verstreichen der Zeit festzuhalten. Er war damals erstaunt gewesen, wie schnell sie begriffen hatte, um was es ging; er hatte es ihr ja nur erklärt, um ihrer unablässigen Fragerei zu entgehen. Eigentlich hätte er ein Mädchen niemals in geheimes Wissen einweihen dürfen, das heiligen Männern und ihren Gehilfen vorbehalten blieb. Wie er ihr eingeschärft hatte, das nie zu verraten! Genauso erinnerte sie sich daran, wie erbost er gewesen war, als er sie dabei ertappt hatte, als sie einen Stecken einkerbte, um die Tage zwischen zwei vollen Monden zu zählen.

»Creb, wenn du mir jetzt aus der Geisterwelt zusiehst, sei nicht böse«, sagte sie mit ihrer stummen Zeichensprache. »Du wirst ja wissen, warum ich das tun muß.«

Sie fand einen langen Stock und kerbte ihn mit Hilfe ihres Feuersteinmessers ein. Dann überlegte sie und fügte noch zwei Kerben hinzu. Dann legte sie drei Finger über die Kerben und hielt sie in die Höhe. Ich glaube, es sind mehr Tage vergangen als das; nur – so viele wie diese Kerben, das weiß ich mit Gewißheit. Heute abend werde ich noch eine Kerbe hinzufügen, und das jeden Abend tun. Abermals betrachtete sie ihren Stab. Ich glaube, diese Kerbe vertiefe ich noch etwas, um den Tag zu kennzeichnen, an dem ich angefangen habe zu bluten.

Der Mond war, nachdem sie die Speere fertiggestellt hatte, bereits durch die Hälfte seiner Phasen hindurchgegangen, doch sie wußte noch immer nicht, wie sie Jagd auf das große Tier machen sollte, das sie brauchte. Sie saß am Höhleneingang und blickte auf die gegenüberliegende Wand und den nächtlichen Himmel. Die sommerliche Hitze war groß, und sie genoß die kühle Abendbrise. Sie hatte sich gerade ein Kleidungsstück für den Sommer gemacht, denn ihr großer Umhang war jetzt oft viel zu warm, um ihn zu tragen. Wenn sie auch in der Nähe der Höhle nackt herumlief – sie brauchte doch Beutel und Gewandfalten, um Dinge darin unterzubringen, wenn sie weiter fortging. Seit sie eine Frau war, trug sich auch gern ein fest um die vollen Brüste gewickeltes Lederband, wenn sie auf die Jagd ging. Das war beim Laufen und Springen angenehmer. Und im Tal brauchte sie sich nicht ständig um die verstohlenen Blicke von Leuten zu kümmern, die es sonderbar fanden, daß sie ein solches Band trug.

Sie hatte kein großes Fell, um sich ein Gewand daraus zu machen, doch zuletzt fand sie eine Möglichkeit, als Sommergewand enthaarte Kaninchenfelle zu tragen; damit blieb zwar ihr Oberkörper bloß, doch benutzte sie andere Felle als Brustband. Sie nahm sich vor, morgen früh mit ihren Speeren einen Ausflug in die Steppe zu machen und hoffte, auf Tiere zu stoßen, die sie jagen konnte.

Die flache Ansteigen am Nordende des Tals erleichterte den Zugang zu der Steppe, die sich östlich des Flusses erstreckte; im Westen war es der Steilwand wegen schwierig, die Ebene zu erreichen. Ayla sichtete eine Reihe von Rotwildrudeln, Wisent- und Pferdeherden und sogar eine kleine Herde Saiga-Antilopen, brachte jedoch nichts weiter als zwei Schneehühner und eine große Wüstenspringmaus mit nach Hause. Sie kam einfach nicht nahe genug an das große Wild heran, um mit dem Speer etwas ausrichten zu können.

Die Tage vergingen. Ayla war ständig mit dem Problem beschäftigt, ein großes Tier zu erlegen. Oft hatte sie den Männern im Clan dabei zugehört, wenn sie über das Jagen redeten – sie redeten fast über nichts anderes –, doch die waren immer gemeinschaftlich auf die Jagd gegangen. Am liebsten gingen sie so vor wie ein Rudel Wölfe: sie versuchten, ein Tier von seiner Herde zu trennen, sich bei der Verfolgung abzuwechseln und es so lange zu hetzen, bis es ermüdete und sie nahe genug herankommen konnten, um ihm den Todesstoß zu versetzen. Ayla hingegen war allein.

Manchmal hatten sie auch davon gesprochen, wie Katzen auf der Lauer lägen, um sich im geeigneten Augenblick auf ihr Opfer fallen zu lassen oder auch einen ungeheuren Satz zu machen und die Beute mit Zähnen und Klauen zu Fall zu bringen. Doch Ayla hatte weder Fänge noch Tatzen, noch war sie eine Kurzstreckenläuferin wie die Raubkatzen. Sie konnte noch nicht einmal besonders sicher mit den Speeren umgehen, dazu waren diese viel zu lang und schwer mit der Hand zu packen. Trotzdem – sie mußte eine Möglichkeit finden.

Es war die Nacht des Neumonds, als ihr endlich der Gedanke kam, wie es eigentlich klappen müßte. Sie dachte oft an die Clans-Treffen, die stattfanden, wenn der Mond der Erde den Rücken zukehrt und die ferneren Bereiche des Raums in seine Helligkeit tauchte. Das Fest des Höhlenlöwen wurde stets bei Neumond abgehalten.

Sie dachte an die Jagdspiele, die von den verschiedenen Clans vorgeführt worden waren. Broud hatte für ihren Clan den aufregenden Jagd-Tanz angeführt und augenscheinlich gemacht, wie ein Mammut mit Hilfe von Feuerbränden in eine ausganglose Schlucht hineingetrieben worden war; damit hatten sie alle anderen Clans ausgestochen. Doch die Darstellung des gastgebenden Clans – sie hatten eine Fallgrube auf dem Wechsel eines Wollhaarnashorns gegraben, dieses dann eingekreist und in die Falle hineingescheucht – hatte diesem beim Wettbewerb einen guten zweiten Platz eingetragen. Wollhaarnashörner waren unberechenbar und galten als äußerst gefährlich.

Am nächsten Morgen sah Ayla nach, ob die Pferde da wären, aber sie begrüßte sie nicht wie sonst jeden Morgen. Inzwischen hatte sie gelernt, die einzelnen Tiere der Herde zu unterscheiden. Sie betrachtete sie als gute Gesellschaft, fast als Freunde; trotzdem konnte sie nicht anders. Schließlich ging es ums Überleben.

In den folgenden Tagen brachte Ayla den größten Teil ihrer Zeit damit zu, ihre Weidebewegungen zu beobachten; festzustellen, wo sie normalerweise zur Tränke gingen, wo sie mit Vorliebe grasten und wo sie die Nächte verbrachten. Und während sie die Herde beobachtete, nahm ein Plan in ihrem Kopf Gestalt an. Sie machte sich Gedanken über die Einzelheiten der Ausführung, bemühte sich, an alle Möglichkeiten zu denken, und machte sich schließlich ans Werk.

Es kostete sie einen ganzen Tag, kleine Bäume und Sträucher zu fällen, diese fast bis zum Fluß hinunterzuschleifen und sie in der Nähe einer Schneise aufzuhäufen. Insbesondere sammelte sie harzreiche Rinde von Tannen und Fichten und stocherte mit ihrem Grabstock in alten verrotteten Stubben nach harten Reststümpfen, die rasch Feuer fingen, und zupfte Büschel trockenes Gras aus. Am Abend schnürte sie die Reststümpfe mit Harzbrocken und trockenem Gras zusammen, um Fackeln herzustellen, die rasch brannten und viel Rauch von sich gaben.

Am Morgen des Tages, da es losgehen sollte, holte sie ihr Fellzelt und das Auerochsenhorn hervor. Dann kramte sie in dem Haufen am Fuß der Wand nach einem flachen, kräftigen Knochen und kratzte eine Seite so lange, bis er spitz zulief. Sodann holte sie jede Schnur und jeden Riemen herbei, den sie finden konnte, riß Lianen von den Bäumen und stapelte all dies am Steinufer. Sie zog ganze Ladungen Treibholz auf den Strand, um genügend Brennmaterial zur Verfügung zu haben.

Gegen Abend war alles fertig, und Ayla lief bis zur vorspringenden Wand am Ufer auf und ab und behielt die Bewegungen der Herde im Auge. Beklommen beobachtete sie, daß sich im Osten einige Wolken bildeten, und hoffte, sie würden nicht weiterziehen und das Mondlicht verdunkeln, auf das sie zählte. Sie kochte sich einige Körner und pflückte ein paar Beeren, brachte jedoch nicht viel hinunter. Immer wieder nahm sie die Speere zur Hand, um damit zu üben, und legte sie wieder hin.

Im letzten Augenblick arbeitete sie sich noch durch den Stapel Treibholz und Knochen hindurch, bis sie den Oberschenkelknochen eines Hirsches fand, der eine gutausgebildete Gelenkverdickung aufwies. Mit aller Macht schlug sie damit gegen den Stoßzahn eines Mammuts und zuckte auf beim Rückprall, der ihr durch den ganzen Arm ging. Der lange Knochen war unbeschädigt und gab eine gute und schlagkräftige Keule ab.

Der Mond ging auf, als die Sonne noch nicht untergegangen war. Ayla wünschte, sie wüßte mehr über Jagdzeremonien, von denen Frauen jedoch stets ausgeschlossen gewesen waren. Frauen brachten Unglück.

Mir selbst habe ich nie Unglück gebracht, dachte sie; allerdings habe ich bis jetzt auch noch nie versucht, ein großes Tier zu jagen. Wenn ich doch nur etwas wüßte, was Glück bringt. Unwillkürlich griff sie nach ihrem Amulett und dachte dabei an ihr Totem. Schließlich war es der Höhlenlöwe, der sie ursprünglich einmal zur Jagd gebracht hatte. Zumindest hatte Creb das gesagt. Aber was für einen anderen Grund sollte es sonst dafür geben, daß eine Frau mit der von ihr gewählten Waffe tüchtiger wurde als irgendein Mann? Ihr Totem sei zu stark für eine Frau – es verleihe ihr männliche Züge, hatte Brun gemeint. Ayla hoffte, daß ihr Totem ihr auch diesmal wieder Glück brachte.

Das Zwielicht verging, es wurde dunkel, und Ayla ging bis an die Biegung des Flusses, wo sie sah, wie die Pferde sich für die Nacht zurechtstellten. Sie nahm den flachen Knochen und das Zeltfell und lief durch das hohe Gras, bis sie an die Schneise gelangte, durch welche die Pferde kamen, wenn sie morgens zur Tränke hinunterwollten an den Fluß. Das grüne Laub sah im schwindenden Tageslicht grau aus, und die weiter entfernten Bäume bildeten schwarze Silhouetten vor dem schimmernden Himmel. In der Hoffnung, daß Mondlicht durch die Baumkronen fallen und ihr gestatten möge, etwas zu sehen, legte sie das Zelt auf den Boden und begann zu graben.

Die oberste Schicht war hart, doch nachdem sie einmal hindurch war, wurde das Graben mit der geschärften Knochenschaufel leichter. Jedesmal, wenn sie einen kleinen Berg Erde auf das Fell gehäuft hatte, schleifte sie ihn in den Wald und ließ ihn dort heruntergleiten. Das Loch wurde tiefer. Sie breitete das Fell auf dem Boden der Grube aus und hievte die Erde damit nach oben. Dabei tastete sie mehr, als daß sie gesehen hätte. Es war Knochenarbeit. Nie zuvor hatte sie allein eine Grube ausgehoben. Die großen Kochgruben, die mit Feldsteinen ausgekleidet worden waren und dazu dienten, ganze Tiere zu rösten, waren immer das Gemeinschaftswerk aller Frauen gewesen. Dabei mußte diese Grube noch tiefer und länger sein als die Feuerstellen des Clans.

Sie hatte die Grube etwa hüfthoch ausgehoben, da fühlte sie Wasser, und ihr ging auf, daß sie nicht in so großer Nähe des Flußes hätte graben sollen. Der Boden füllte sich rasch mit Wasser. Sie stand bis zu den Knöcheln im Schlamm, ehe sie es aufgab, hinauskletterte und beim Heraushieven des Fells auch noch eine Wand zum Einsturz brachte.

Hoffentlich ist das Loch tief genug, dachte sie. Es *muß* einfach gehen – denn je tiefer ich grabe, desto mehr Wasser kommt herein. Sie blickte zum Mond hinauf und war überrascht, wie spät es bereits war. Sie mußte schnell arbeiten, um fertigzuwerden; folglich konnte sie nicht, wie ursprünglich geplant, jetzt eine kleine Pause einlegen.

Sie lief dort hin, wo sie Strauchwerk und Bäume aufgeschichtet hatte, stolperte über eine Wurzel, die sie nicht gesehen hatte, und schlug schwer hin. Das ist nicht der geeignete Augenblick, um unvorsichtig zu sein, dachte sie und rieb sich das Schienbein. Knie und Handflächen schmerzten sie, und sie war sich sicher, daß das, was klebrig an ihrem Bein heruntersickerte, Blut war, obwohl sie es nicht sehen konnte.

Unversehens ging ihr auf, wie verletzbar sie war, und einen Moment ergriff sie Panik. Was, wenn ich mir das Bein breche? Es ist niemand da, der mir hilft – falls irgendwas passiert. Was mache ich in stockfinsterer Nacht hier draußen? Ohne Feuer? Was geschieht, falls ein Tier mich anfällt? Ihr stand noch lebhaft vor Augen, wie einmal ein Luchs sie angesprungen hatte, griff nach ihrer Schleuder und bildete sich ein, glühende Augen in der Nacht zu sehen.

Ihre Waffe hing jedoch sicher an ihrem Leibriemen. Das gab ihr neuen Mut. Ich bin bereits tot oder sollte es jedenfalls sein. Wenn mir etwas zustößt, geschieht das eben. Es hat keinen Sinn, sich jetzt Gedanken darüber zu machen. Wenn ich mich nicht beeile, ist es morgens, ehe ich fertig bin.

Sie fand ihren Haufen Gestrüpp und schleifte die kleinen Bäume zur Grube. Zwar konnte sie die Pferde nicht allein umzingeln, hatte sie überlegt, und ausganglose Schluchten gab es hier auch nicht, doch eine plötzliche Eingebung sagte ihr, wie sie es schaffen konnte. Es handelte sich dabei um einen genialen Einfall, für das ihr Gehirn – jenes Gehirn, das sie weit mehr vom Clan unterschieden hatten als ihre äußere Erscheinung – besonders geeignet war. Wenn es keine Schluchten im Tal gab, dachte sie – vielleicht kann ich eine machen.

Es tat nichts, daß dieser Gedanke schon von anderen gedacht worden war – für Ayla war er neu. Gleichwohl sah sie darin auch keine umwälzende Erfindung, sondern nichts weiter als eine kleinere Anpassung an die Art und Weise, wie der Clan gejagt hatte, etwas, das eine ganz auf sich allein angewiesene Frau in die Lage versetzte, ein Tier zu erlegen, auf das allein Jagd zu machen keinem Clansangehörigen auch nur im Traum eingefallen wäre. Also war es doch eine große, aus der Notwendigkeit heraus geborene Neuerung.

Bangvoll beobachtete Ayla den Himmel, als sie Zweige miteinander verflocht, so daß, von den beiden Ecken der Fallgrube ausgehend, eine V-förmig auseinanderlaufende Barriere entstand. Sie schloß die Lücken und machte sie mit Zweigen und Strauchwerk höher. Im Osten verblaßten bereits die Sterne, die ersten Vögel begrüßten schmetternd den Morgen, und der Himmel wurde hell.

Die Grube wies ungefähr eine rechteckige Form auf, war also etwas länger als breit und dort, wo sie an den Ecken die letzten feuchten Ladungen Erde herausgehievt hatte, ziemlich schlammig. Lockere Erde, die von ihrem Fell heruntergefallen war, lag überall auf dem heruntergetretenen Gras in dem dreieckigen Bereich verstreut, der durch die an der schlammigen Grube zusammenlaufenden Wälle aus Buschwerk gebildet wurde. Durch die von der Grube gebildete Lücke hindurch konnte man den Fluß sehen, auf dem sich der glühende östliche Himmel spiegelte. Auf der anderen Seite des ruhig dahinfließenden Wasserlaufs ragte dunkel die steile Wand der südlichen Begrenzung des Tals, dessen Umrisse nur in den oberen Regionen zu erkennen waren.

Ayla machte kehrt, um festzustellen, wo die Pferde ständen. Die andere Seite des Tals wurde von einem sanfteren Abhang gebildet, der von der Stelle an, wo vor ihrer Höhle die Felswand vorsprang, steiler wurde, während das Gelände weit im Osten des Tals in sanft rollenden, grasbewachsenen Hügeln auslief. Dort war es immer noch dunkel, doch konnte sie erkennen, daß allmählich Leben in die Pferde kam.

Sie ergriff das Fell und die flache Knochenschaufel und lief hinunter an den Fluß. Das Feuer war heruntergebrannt. Sie legte Holz auf und angelte dann mit einem Stecken ein Stück Glut aus der Asche und steckte diese in das Auerochsenhorn. Dann raffte sie Fackeln, Speere und Keule an sich und lief zurück zur Grube. Den Speer deponierte sie an einer Seite der Grube, legte die Keule daneben und schlug dann einen weiten Bogen, um hinter die Pferdeherde zu gelangen, ehe diese sich in Bewegung setzte.

Und dann wartete sie.

Das Warten fiel ihr schwerer als die harte Arbeit die ganze Nacht hindurch. Sie war erregt und wartete gespannt darauf, ob ihr Plan klappen würde. Sie überprüfte ihr Stück Glut und wartete; untersuchte noch einmal ihre Fackeln und wartete. Sie dachte an zahllose Dinge, die ihr zuvor nicht eingefallen waren, die sie aber hätte tun oder anders machen sollen – und wartete.

Sie fragte sich, wann die Pferde sich endlich in Bewegung setzen und ihren gewundenen Weg zum Fluß hinunter antreten würden, dachte daran, ein bißchen nachzuhelfen, besann sich dann jedoch eines besseren – und wartete.

Jetzt liefen die Pferde durcheinander. Es kam Ayla vor, als wären sie unruhiger als sonst, sie hatte sie jedoch noch nie zuvor aus so großer Nähe beobachtet und war sich deshalb nicht ganz sicher. Schließlich machte das Leittier sich in Richtung Fluß auf, die Herde folgte ihm, blieb aber unterwegs immer wieder stehen, um zu grasen. Als sie sich dem Fluß näherten, wurden sie mit Sicherheit unruhiger: sie hatten Aylas Witterung aufgenommen und den Geruch frisch aufgebrochener Erde in der Nase. Als die Leitstute im Begriff stand, sich herumzuwerfen und abzudrehen, meinte Alya, daß der Zeitpunkt zum Handeln gekommen sei.

Mit der Glut zündete sie eine Fackel an und dann mit dieser eine zweite. Als sie gut brannten, lief sie hinter der Herde her und ließ das Auerochsenhorn zurück. Sie rannte, schrie und brüllte und fuchtelte mit den Fackeln in der Luft herum, war jedoch noch zu weit von der Herde entfernt. Rauchgeruch weckte die instinktive Furcht vor Steppenbränden in den Pferden. Sie nahmen Tempo auf und ließen Ayla bald hinter sich. Sie liefen auf ihre Wasserstelle und den Strauchwall zu, witterten jedoch Gefahr und versuchten, nach Osten auszubrechen. So schnell ihre Beine sie trugen, lief Ayla, in der Hoffnung sie abzudrängen, in dieselbe Richtung. Als sie näherkam, sah sie, daß auch noch andere Tiere die Richtung änderten, um der Fallgrube auszuweichen, woraufhin Ayla gellend schreiend mitten unter sie fuhr. Die Herde teilte sich vor ihr. Mit angelegten Ohren und geblähten Nüstern liefen sie zu beiden Seiten an ihr vorüber, und schrien vor Angst und vor Kopflosigkeit. Auch Ayla geriet in Panik, denn sie hatte Angst, alle könnten ihr entgehen.

Sie befand sich nahe des östlichen Endes der Strauchbarriere, da sah sie eine graubraune Stute auf sich zukommen. Kreischend hielt Ayla ihre Fackeln in die Höhe und lief direkt auf die Stute zu, so daß sie praktisch mit dem Tier zusammenstoßen mußte. Doch im letzten Augenblick sprang die Stute zur Seite, auf die – für sie – falsche Seite, stellte fest, daß ihr der Fluchtweg abgeschnitten war und galoppierte in der Hoffnung, einen Ausweg zu finden, am Zaun entlang. Keuchend vor Atemlosigkeit hastete Ayla hinter ihr her; sie hatte das Gefühl, daß ihr die Lungen platzten.

Die Stute sah die Lücke mit dem verlockend blinkenden Fluß dahinter und lief darauf zu. Dann erkannte sie die offene Fallgrube – zu spät. Sie verhielt, um über die Grube hinwegzuspringen, rutschte jedoch am schlüpfrigen Rand mit den Hufen aus und landete mit einem gebrochenen Bein in der Grube.

Keuchend lief Ayla hinzu; sie griff sich einen Speer, stand da, ließ die wild um sich blickende, schreiende, den Kopf in die Höhe werfende und im Schlamm keinen Halt findende Stute nicht aus den Augen. Ayla packte den Speer mit beiden Händen, spreizte die Beine und schleuderte die Waffe mit aller Macht. Dann ging ihr auf, daß sie dem Tier den Speer in die Flanke getrieben und es verwundet, nicht jedoch getötet hatte. Da lief sie um die Grube herum, glitt im Schlamm aus und wäre um ein Haar selbst in der Grube gelandet.

Ayla ergriff den zweiten Speer, und diesmal zielte sie genauer. Völlig verwirrt und von Schmerzen gepeinigt, wieherte die Stute, und als die Spitze des zweiten Speers sich ihr in den Hals bohrte, schoß sie in einem letzten tapferen Sich-Aufbäumen noch einmal vor, sank dann mit einem Laut, der kaum mehr war als ein Wimmern, mit zwei Wunden und einem gebrochenen Bein zurück. Ein fester Schlag mit der Keule setzte ihren Schmerzen ein Ende.

Nur langsam begriff Ayla, was geschehen war; sie war viel zu benommen, um das volle Ausmaß ihrer Leistung zu erkennen. Erschöpft und nach Luft ringend stützte sie sich am Rand der Fallgrube auf ihre Keule und starrte auf die umgesunkene Stute unten. Das graubraune Fell war mit Schlamm und Blut beschmiert, doch das Tier regte sich nicht mehr.

Dann, nach und nach, dämmerte es ihr. Ein nie gekannter Drang stieg in ihr auf, wuchs in ihrer Kehle und entrang sich als urtümlicher Siegesschrei ihren Lippen. Sie hatte es geschafft!

In diesem Augenblick stand mitten in einem riesigen Erdteil irgendwo in der Nähe der fließenden Grenze zwischen des nördlichen Lößsteppen und den feuchteren kontinentalen Weidegebieten im Süden eine junge Frau mit einer Keule in der Hand da – und kam sich übermächtig vor. Sie konnte überleben! Sie würde überleben!

Doch ihr Jubel dauerte nur kurz. Als Ayla auf das gefällte Pferd hinuntersah, ging ihr unversehens auf, daß sie es nie schaffen würde, das ganze Tier aus der Grube herauszuziehen; sie würde es auf dem Boden der schlammigen Grube zerlegen müssen. Und dann würde sie ihre Beute und das Fell in verhältnismäßig gutem Zustand rasch ans Ufer hinunterbringen müssen, ehe zu viele andere Raubtiere Blut witterten. Sie mußte das Fleisch in dünne Streifen schneiden, die anderen Teile, auf die sie Wert legte, in Sicherheit bringen, Feuer unterhalten und Wache halten, während das Fleisch trocknete.

Dabei war sie schon erschöpft von der Nachtarbeit und der aufregenden Jagd. Doch sie war kein männlicher Clansangehöriger, der sich jetzt, wo sein aufregender Teil vorüber war, ausruhen und die Aufgabe des Zerlegens und Verarbeitens den Frauen überlassen konnte. Aylas Arbeit hatte erst begonnen. Sie stieß einen tiefen Seufzer aus und sprang hinunter in die Grube, um der Stute die Kehle durchzuschneiden.

Sie lief zurück ans Ufer, um Feuersteinwerkzeuge und ihre Zeltbahn aus Fell zu holen. Bei ihrer Rückkehr fiel ihr auf, daß die Herde am anderen Ende des Tales immer noch in Bewegung war, vergaß sie jedoch, als sie in dem beengten Raum in der Grube blut- und lehmbeschmierte Fleischstücke aus dem erlegten Tier heraushackte und sich nach Kräften bemühte, das Fell nicht noch mehr zu beschädigen, als es ohnehin schon war.

Aasfressende Vögel pickten Fleischreste von den weggeworfenen Knochen, als sie so viel Fleisch auf ihrer Zeltbahn aufhäufte, wie sie meinte, auf einmal fortschaffen zu können. Sie schleifte es hinunter zum Strand, legte Holz nach und warf ihre Ausbeute so nahe ans Feuer auf den Boden, wie sie konnte. Das leere Fell hinter sich herziehend, lief sie zurück, betätigte jedoch ihre Schleuder und ließ die Steine sausen, noch ehe sie die Grube erreicht hatte. Sie hörte einen Fuchs aufjaulen und sah, wie er davonhinkte. Wären ihr nicht die Steine ausgegangen, sie hätte einen erlegt. Sie sammelte Wurfgeschosse am steinigen Ufer des Flusses und löschte ihren Durst, ehe sie sich wieder ans Werk machte.

Der Stein traf und erwies sich als tödlich für den Vielfraß, der mutig der Hitze des Feuers getrotzt hatte und versuchte, sich mit einem großen Fleischklumpen davonzuschleichen, als Ayla mit ihrer zweiten Ladung zurückkam. Sie schleifte ihr Fleisch ans Feuer, holte sich dann den Vielfraß und hoffte, die Zeit zu finden, auch ihn abzubalgen. Vielfraßfelle waren im Winter besonders nützlich. Sie legte noch mehr Holz aufs Feuer und betrachtete besorgt den Stapel Treibholz.

Weniger Glück hatte sie bei ihrer Rückkehr zur Grube mit einer Hyäne, die es schaffte, mit einem ganzen Schenkel zu flüchten. Seit ihrem Eintreffen im Tal hatte sie nicht so viele

Fleischfresser gesehen. Füchse, Hyänen und Vielfraße hatten Geschmack an ihrer Beute gefunden. Wölfe und ihre wilderen Verwandten, die Wildhunde, umschlichen sie gerade außerhalb der Reichweite ihrer Schleuder. Falken und Gabelweihen erwiesen sich als mutiger, hüpften beiseite und schlugen nur ein paarmal mit den Flügeln, als sie näherkam. Sie war darauf gefaßt, jeden Augenblick einen Luchs, einen Leoparden oder sogar einen Höhlenlöwen auftauchen zu sehen.

Als sie endlich das völlig verdreckte Fell aus der Grube herausziehen konnte, hatte die Sonne den Zenit bereits überschritten und befand sich auf dem Abstieg, doch Ayla gab ihrer Müdigkeit erst nach, nachdem sie ihre letzte Ladung an den Fluß hinuntergeschleift hatte. Sie hatte die ganze Nacht kein Auge zugetan und den ganzen Tag über keinen Bissen zu sich genommen; und wollte kein Glied mehr rühren. So waren es ausgerechnet die kleinsten Lebewesen, die nach ihrem Anteil an Aylas Beute dafür sorgten, daß sie doch wieder hochkam. Die summenden Fliegen brachten ihr zum Bewußtsein, wie verdreckt sie war; und sie stachen. Sie zwang sich in die Höhe und watete, ohne sich erst auszuziehen, in den Fluß hinein; dankbar ließ sie sich von den Fluten umspülen.

Das Bad im Fluß erfrischte sie. Hinterher ging sie hinauf zu ihrer Höhle, breitete ihre Sommersachen zum Trocknen aus und wünschte, sie hätte daran gedacht, ihre Schleuder aus dem Leibriemen zu ziehen, ehe sie ins Wasser hineingegangen war. Jetzt fürchtete sie, daß sie durch das Trocknen steif werden würde. Sie hatte keine Zeit, das Leder zu walken und weichzuhalten. Sie zog ihren Umhang über und holte ihr Schlaffell aus der Höhle. Ehe sie wieder hinunterstieg zum Fluß, blickte sie vom Rand des Felssimses vor der Höhle über das grasbewachsene Tal dahin. In der Nähe der Fallgrube waren Geräusche und Bewegung zu erkennen, doch die Pferde hatten sich ganz aus dem Tal zurückgezogen.

Plötzlich fielen ihr ihre Speere ein. Die lagen immer noch auf dem Boden, wo sie sie niedergelegt hatte, nachdem sie sie aus der Stute herausgezogen hatte. Sie ging mit sich zu Rate, ob sie hingehen und sie holen sollte und war fast schon im Begriff, sich dagegen zu entscheiden, als ihr klar wurde, daß es besser sei, zwei völlig intakte Speere zu haben als später gezwungen zu sein, sich neue zu machen. Sie hob ihre feuchte Schleuder auf, ließ ihr Fell auf den Strand fallen und blieb stehen, um sich einen Beutel Wurfgeschosse zusammenzusuchen.

Als sie sich der Fallgrube näherte, war ihr, als ob sie die Folgen ihrer Schlächterei zum ersten Mal sähe. Der Wall aus Strauchwerk war an manchen Stellen zusammengestürzt. Die Fallgrube stellte eine klaffende Wunde im Boden dar, das Gras war zertrampelt. Blut, Fleischfetzen und Knochen waren überall verstreut. Zwei Wölfe stritten sich knurrend um den Kopf der Stute. Jungfüchse balgten sich jaulend um ein Vorderbein, an dem noch der Huf zu erkennen war, während eine Hyäne sie argwöhnisch beäugte. Ein Schwarm Gabelweihen flog bei ihrem Näherkommen auf, doch ein Vielfraß am Rande der Grube rührte sich nicht vom Fleck. Was auffiel, war, daß die Katzen noch nicht da waren.

Ich sollte mich beeilen, dachte sie, als sie den Vielfraß mit einem Stein verscheuchte. Ich muß dafür sorgen, daß die Feuer an meinem Fleisch nicht ausgehen. Die Hyäne stieß einen mekkernden Laut aus, als sie abdrehte, dann aber, außer Reichweite von Aylas Schleuder, wieder stehenblieb. Fort mit dir, häßliches Tier, dachte sie. Ayla haßte Hyänen. Jedesmal wenn sie eine sah, fiel ihr ein, daß es eine Hyäne gewesen war, die sich Ogas Baby geschnappt hatte. Sie, Ayla, hatte nicht innegehalten, um die Folgen zu bedenken, sondern die Hyäne einfach getötet. Sie hatte es nicht zulassen können, das Baby auf diese Weise umkommen zu lassen.

Als sie sich bückte, um die Speere aufzuheben, wurde ihr Aufmerksamkeit auf eine Bewegung gerichtet, die sie durch eine Lücke in der Buschwand hindurch wahrnahm. Ein paar Hyänen umkreisten ein falbfarbenes Fohlen mit spindeldürren Beinen.

Tut mir leid für dich, dachte Ayla. Ich habe dir deine Mutter nicht nehmen wollen; nur war es zufällig sie, die es getroffen hat. Ayla wurde von keinerlei Schuldgefühlen geplagt. Es gab Jäger und es gab Gejagte; manchmal wurden auch die Jäger zu Gejagten. Sie konnte ohne weiteres selbst einem Jäger zum Opfer fallen, trotz ihrer Waffen und trotz ihres Feuers. Jagen war eine Lebensweise.

Aber sie wußte, daß das Schicksal des Fohlens ohne seine Mutter besiegelt war, und das kleine und hilflose Tier tat ihr leid. Seit sie Iza das erste Kaninchen gebracht hatte, damit sie es heile, hatte sie zu Bruns Verzweiflung eine Vielzahl kleiner verwundeter Tiere in die Höhle gebracht. Raubtiere mitzubringen, hatte er ihr freilich nicht gestattet.

Sie beobachtete, wie die Hyänen das Fohlen, das ihnen immer

wieder munter auszuweichen versuchte, umschlichen; das kleine Tier machte große und verängstigte Augen. Wo niemand sich um dich kümmert, ist es vielleicht besser, es rasch hinter sich zu bringen, überlegte Ayla. Doch als eine der Hyänen auf das Füllen zuschoß und ihm dabei an der Flanke das Fell aufriß, überlegte sie nicht mehr. Steine schleudernd brach sie durch das Gesträuch. Eine Hyäne fiel zu Boden, die anderen sprangen davon. Ayla versuchte nicht, sie zu erlegen; sie war an dem struppig aussehenden, getüpfelten Fell der Hyänen nicht interessiert; ihr ging es einzig und allein darum, daß sie das Fohlen in Ruhe ließen. Dieses lief zwar gleichfalls fort, doch nicht ganz so weit. Es hatte Angst vor Ayla, fürchtete die Hyänen aber noch mehr.

Langsam näherte sich Ayla dem jungen Tier, streckte die Hand aus und gurrte leise. Auf diese Weise hatte sie schon so manches verängstigte Tier beruhigt. Ayla besaß eine ganz natürliche Art, mit Tieren umzugehen, und ein Feingefühl, das sie zusammen mit ihren Heilfähigkeiten ausgebildet hatte und das sich auf alle Lebewesen erstreckte. Iza hatte sie in der Ausbildung dieses Feingefühls bestärkt und darin die Weiterentwicklung ihres eigenen Mitgefühls gesehen, das sie damals dazu getrieben hatte, ein merkwürdig aussehendes, verletztes und halb verhungertes Mädchen-Kind bei sich aufzunehmen.

Das kleine Fohlen reckte den Hals, um an Aylas ausgestreckten Fingern zu schnuppern. Die junge Frau kam näher heran, und streichelte und klopfte und kraulte das Tier. Als es an Aylas Fingern etwas Vertrautes entdeckte, fing es an, geräuschvoll daran zu saugen, was ein altes, schmerzliches Gefühl in Ayla weckte.

Armes Baby, dachte sie, so hungrig und keine Mutter, die dir Milch gibt. Ich habe keine Milch für dich; ich hatte ja nicht einmal für Durc genug. Sie spürte, wie ihr die Tränen kamen und schüttelte den Kopf. Nun, er ist trotzdem groß und kräftig geworden. Vielleicht fällt mir etwas anderes ein, womit ich dich füttern kann. Du mußt aber auch früh entwöhnt werden. Komm, Baby. Mit den Fingern führte sie das junge Füllen hinunter zum Strand.

Gerade als sie hinunterkamen, sah Ayla einen Luchs sich mit einem Brocken des schwerverdienten Fleisches davonschleichen. Also war jetzt doch eine Raubkatze auf den Plan getreten. Ayla griff nach zwei Steinen und ihrer Schleuder. Als das lebhafte Füllen davonsprang und der Luchs aufsah, schleuderte sie die Steine mit aller Macht.

»Einen Luchs kannst du mit der Schleuder erlegen«, hatte Zoug vor langer Zeit nachdrücklich behauptet. »Versuch's nicht mit einem noch größeren Tier, aber einen Luchs kannst du mit der Schleuder erlegen.«

Es war nicht das erste Mal, daß Ayla die Richtigkeit seiner Aussage bewiesen hatte. Sie holte sich ihr Fleisch zurück und schleifte die Raubkatze mit den Pinselohren gleich mit. Dann betrachtete sie ihren Haufen Fleisch, das schlammstarrende Pferdefell, den toten Vielfraß und den toten Luchs. Plötzlich mußte sie lachen. Ich habe Fleisch gebraucht. Und ich habe Felle gebraucht. Was ich jetzt brauche, sind nur noch ein paar Hände mehr, dachte sie.

Das kleine Füllen hatte bei ihrem Lachausbruch und dem Geruch des Feuers gescheut und war etwas beiseite gesprungen. Ayla nahm einen Riemen, näherte sich dem Pferd sehr behutsam, legte ihm den Riemen um den Hals und führte es zurück ans Ufer. Das andere Ende des Riemens verknotete sie an einem Busch. Dann fiel ihr ein, daß sie wieder ihre Speere vergessen hatte, lief, sie zu holen und ging hin, das kleine Pferd zu beruhigen, das versucht hatte, ihr zu folgen. Womit füttere ich dich bloß, dachte sie, als das Fohlen wieder versuchte, an ihren Fingern zu saugen. Als ob ich im Augenblick nicht gerade alle Hände voll zu tun hätte!

Sie versuchte es mit etwas Gras, doch das kleine Tier schien nicht recht zu wissen, was es damit tun sollte. Dann fiel Ayla die Kochschale mit dem kalten gekochten Korn am Boden ins Auge. Babys können dasselbe essen wie ihre Mütter, erinnerte sie sich; es muß nur weicher sein. Deshalb goß sie etwas Wasser in die Schale, verrührte den Körnerbrei darin und trug diesen zu dem Fohlen, das jedoch nur schnaubte und sich sträubte, als die Frau seine Schnauze hineinsteckte. Doch dann leckte es ihr übers Gesicht und schien den Geschmack zu mögen. Es war hungrig und versuchte es wieder mit Aylas Fingern.

Ayla überlegte einen Moment; noch während das Füllen an ihren Fingern saugte, senkte sie die Hand in die Schale hinein. Das kleine Pferd saugte ein wenig Brei auf und schüttelte den Kopf, doch nach einigen weiteren Versuchen schien es zu begreifen. Nachdem es fertig war, stieg Ayla zu ihrer Höhle hinauf, holte noch etwas Körner und bereitete sie für später zu.

Ich werde wohl viel mehr Korn sammeln müssen, als ich ursprünglich vorgehabt hatte. Aber vielleicht bleibt mir ja Zeit genug – wenn ich es schaffe, all dieses Fleisch hier zu trocknen. Sie hielt einen Augenblick inne und überlegte, wie sonderbar der Clan das alles finden würde: daß sie erst ein Pferd erlegte und dann Futter für das Baby eben dieses Pferdes suchte. Aber ich kann so sonderbar sein wie ich will . . . hier, sagte sie zu sich, als sie mit einem zugespitzten Stock ein Stück Pferdefleisch aufspießte, um es für sich selbst zu kochen. Dann faßte sie die vor ihr liegenden Aufgaben ins Auge und machte sich ans Werk.

Sie schnitt das Fleisch immer noch in dünne Streifen, als der Vollmond aufging und die Sterne wieder blinkten. Ein Rund von Feuern flackerte auf dem Strand, und Ayla war dankbar für das viele Treibholz in der Nähe. Innerhalb des Feuerrunds war eine Schnur mit trocknendem Fleisch nach der anderen aufgespannt. Ein lohfarbenes Luchsfell lag neben der kleineren Rolle zottigen braunen Vielfraßpelzes aufgerollt; beide warteten darauf, geschabt und gewalkt zu werden. Die frischgewaschene graue Decke der Stute war auf den Steinen ausgebreitet und trocknete neben dem Pferdemagen, der gesäubert und mit Wasser gefüllt worden war, damit er weich blieb. Da lagen Streifen trockener Sehnen zum Schnüren, Abschnitte von gesäuberten und ausgewaschenen Därmen, ein Haufen Hufe und Knochen und weitere Haufen Fettklumpen, die darauf warteten, ausgelassen und zwecks Lagerung in die Därme gefüllt zu werden. Selbst dem Luchs und dem Vielfraß hatte sie etwas Fett abgewinnen können, wenn sie auch das Fleisch fortwarf; das Fett brauchte sie für Lampen und zum Regenfestmachen. Dem Geschmack von fleischfressenden Tieren konnte sie nicht recht etwas abgewinnen.

Ayla sah sich die beiden letzten Batzen Fleisch an; sie hatte sie im Wasser des Flusses von Schlamm befreit und war drauf und dran, nach einem zu greifen, da besann sie sich eines Besseren. Die konnten warten. Sie konnte sich nicht erinnern, jemals so müde gewesen zu sein. Sie untersuchte noch einmal ihre Feuer, legte auf jedem noch etwas Brennholz nach, breitete dann ihr Bärenfell aus und wickelte sich hinein.

Das kleine Pferd war längst nicht mehr an dem Busch festgebunden. Nach einer zweiten Fütterung schien es nicht mehr den Wunsch zu verspüren fortzulaufen. Ayla war fast eingeschlafen, als das Füllen sie beschnupperte und sich dann neben ihr niederlegte. In diesem Augenblick erkannte sie nicht, daß die Reaktion des Füllens sie wecken würde, falls ein Raubtier zu sehr in die Nähe der ausgehenden Feuer kam. Im Halbschlaf schlang die junge Frau dem kleinen warmen Tier den Arm um den Hals, fühlte seinen Herzschlag, hörte seinen Atem gehen und kuschelte sich näher an.

6

Jondalar rieb sich die Bartstoppeln am Kinn und langte nach seiner gegen eine zerspellte Fichte gelehnten Kiepe. Er kramte ein kleines, in weiches Leder gehülltes Paket hervor, zog die Schleife auf, faltete es auseinander und begutachtete sorgfältig eine dünne Feuersteinklinge. Die Klinge wies die Schneide entlang eine kaum merkliche Wölbung auf – alle aus gespaltenem Feuerstein hergestellten Klingen wiesen eine solche auf; sie bildete ein Charakteristikum gerade dieses Steins –, aber die Schneide war gleichmäßig und scharf. Was er in der Hand hielt, war eines von ganz besonders gut gearbeiteten Werkzeugen, die er eigens beiseitegelegt hatte.

Ein plötzlich aufkommender Wind raschelte in den abgestorbenen Ästen der flechtenüberzogenen Fichte. Der Windstoß riß die Zeltöffnung auf, blähte die Zeltplane, zerrte an den Spannschnüren, ruckte an den Pflöcken und ließ die Zeltöffnung sich wieder schließen. Jondalar betrachtete die Schneide, schüttelte den Kopf und wickelte sie wieder ein.

»Zeit, den Bart wachsen zu lassen?« sagte Thonolan.

Jondalar hatte gar nicht bemerkt, daß sein Bruder herangekommen war. »Da hat so ein Bart jedenfalls mal etwas für sich«, sagte er. »Im Sommer kann er schon eine Plage sein. Da juckt's, wenn man schwitzt – und so ist es angenehmer, ihn abzuschaben. Aber im Winter hilft er einem, das Gesicht warmzuhalten – und der Winter kommt.«

Thonolan blies sich in die Hände, rieb sie und hockte sich dann vor das kleine Feuer vorm Zelt und hielt sie über die Flammen. »Was mir fehlt, ist die Farbe«, sagte er. – »Die Farbe?«

»Rot. Was fehlt, ist das Rot. Ein Busch hier und da, aber sonst wird alles einfach gelb und dann braun. Das Gras, die Blätter.« Mit einer Kopfbewegung zeigte er in das offene Grasland hinter sich und blickte dann zu Jondalar hinüber, der neben dem Baum stand. »Sogar die Fichten machen einen langweiligen Eindruck. Auf Pfützen und am Rand der Bäche bildet sich schon Eis; dabei warte ich immer noch auf den Herbst.«

»Warte nicht zu lange«, sagte Jondalar, kam herzu und hockte sich gegenüber seinem Bruder ans Feuer. »Heute morgen habe ich ein Nashorn gesehen, das nach Norden zog.«

»Und ich hatte gedacht, es riecht nach Schnee.«

»Viel wird's nicht werden, so lange es noch Nashörner und Mammuts hier in der Gegend gibt. Die mögen zwar die Kälte, aber was sie nicht mögen, ist viel Schnee. Sie scheinen es immer schon im voraus zu wissen, wenn ein großer Sturm bevorsteht, und sich möglichst schnell in den Schutz des Gletschers zurückzuziehen. Die Leute sagen: ›Zieht's das Mammut gen Norden, heißt's daheimbleiben!‹ Und das trifft auch auf Nashörner zu. Nur hatte dies es nicht besonders eilig.«

»Ich habe schon ganze Jagdgesellschaften umkehren sehen, ohne auch nur einen einzigen Speer geworfen zu haben, bloß weil die Wollhaarnashörner nach Norden zogen. Ob es wohl viel Schnee hier gibt?«

»Der Sommer war trocken. Wenn der Winter das auch ist, könnten Mammuts und Nashörner ja das ganze Jahr hierbleiben. Aber wir sind jetzt weiter im Süden, und das bedeutet für gewöhnlich Schnee. Falls Menschen dort in den Bergen im Osten leben, müßten sie's eigentlich wissen. Vielleicht hätten wir bei den Leuten bleiben sollen, die uns mit dem Floß über den Fluß gesetzt haben. Wir brauchen eine Bleibe für den Winter, und zwar bald.«

»Ich hätte im Moment nichts gegen eine schöne behagliche Höhle voll schöner Frauen einzuwenden«, sagte Thonolan grinsend.

»Mir würde schon eine schöne behagliche Höhle genügen.«

»Großer Bruder, du hast doch genauso wenig wie ich Lust, den Winter frauenlos zu verbringen.«

Der größere der beiden lächelte. »Naja, der Winter wäre wohl ohne Frauen wesentlich kälter – gleichgültig, ob sie nun schön sind oder nicht.«

Sinnend sah Thonolan seinen Bruder an. »Darüber habe ich schon oft nachgedacht«, sagte er. – »Worüber?«

»Ich hab's schon erlebt, daß eine ausgesprochene Schönheit da war, hinter der alle Männer herlechzten – aber sie hat nur Augen für dich. Ich weiß, du bist nicht unempfänglich für weibliche Schönheit, du selbst weißt das auch – und trotzdem läßt du sie links liegen, gehst hin und suchst dir eine unscheinbare kleine Frau aus, die irgendwo in der Ecke sitzt. Warum?«

»Ich weiß es nicht. Manchmal hält so eine sich nur deshalb nicht für schön, weil sie einen Leberfleck auf der Backe hat oder sich einbildet, ihre Nase wäre zu lang. Wenn du dich mit ihr unterhältst, ist oft mehr an ihr dran als an derjenigen, hinter der sie alle her sind. Manchmal sind Frauen, die nicht vollkommen sind, interessanter als andere: Sie haben mehr getan oder mehr gelernt.«

»Vielleicht hast du recht. Manche von ihnen blühen ja auch richtig auf, wenn man ihnen ein bißchen Aufmerksamkeit schenkt.«

Jondalar zuckte mit den Achseln und stand auf. »Durch Reden finden wir weder Frauen noch eine Höhle. Laß uns das Lager abbrechen.«

»Richtig«, meinte auch Thonolan, kehrte dem Feuer den Rükken zu – und erstarrte. »Jondalar!« warnte er mit unterdrückter Stimme, bemühte sich dann jedoch, ganz normal weiterzusprechen. »Mach nichts, was seine Aufmerksamkeit erregen könnte, aber wenn du übers Zelt hinwegblickst, wirst du deinen Freund von heute morgen sehen.«

Jondalar spähte vorsichtig über den Zeltfirst hinweg. Direkt dahinter stand ein riesiges doppelhörniges Wollhaarnashorn und schwankte leicht, während es sein gewaltiges Gewicht von einem Fuß auf den anderen verlagerte. Den Kopf beiseite gelegt, beäugte es Thonolan. Unmittelbar vor sich war das Tier so gut wie blind; denn seine kleinen Augen saßen tief in den Höhlen, und seine Sicht war ohnehin beschränkt. Sein besonders ausgeprägtes Gehör und Riechvermögen glichen jedoch sein schlechtes Sehvermögen aus.

Es handelte sich ganz offensichtlich um ein Tier der Kälte. Es besaß dichtes, flauschiges Unterhaar und darüber längeres, zottiges, rötlichbraunes Deckhaar; außerdem wurde es unter seiner ledrigen Haut durch eine fast Handbreit dicke Fettschicht geschützt. Den Kopf trug der Koloß tief; er senkte sich von den Schultern bodenwärts, und sein langes Horn auf der Nase stieß in einem Winkel vor, daß es, wenn es den Kopf hin- und herbewegte, gerade eben nicht die Erde berührte. Das Horn diente ihm vor allem dazu, sofern er nicht zu tief war, den Schnee vom Weidegras beiseite zu schieben. Mit seinen stämmigen kurzen Beinen blieb es leicht im tiefen Schnee stecken. Die grasreichen Ebenen im Süden suchte es nur vorübergehend im Spätherbst und zu Winteranfang auf, wenn es dort kalt genug geworden, aber noch nicht viel Schnee gefallen war, um sich sattzufressen und sich ein zusätzliches Fettpolster zuzulegen. Hitze konnte das Wollhaarnashorn mit seinem dichten Fell genauso wenig ertragen wie tiefen Schnee. Sein Lebensraum war die bitterkalte, knirschend-trockene Tundra sowie die Steppen nahe der Gletschereisgrenze.

Das lange, spitzzulaufende Horn auf seiner Nase konnte jedoch zu etwas weit Gefährlicherem gebraucht werden als zum Schnee-Beiseiteschieben, und zwischen den Nashorn und Thonolan lagen nur wenige Schritte.

»Nicht bewegen!« zischte Jondalar. Er duckte sich hinter dem Zelt und streckte die Hand nach den Speeren aus.

»Mit den leichten Speeren richtest du nicht viel aus«, sagte Thonolan, obwohl er ihm den Rücken zuwandte. Diese Worte ließen Jondalars Hand für einen Augenblick innehalten; woher mochte Thonolan das wissen? »Du mußt es schon an verwundbarer Stelle treffen, zum Beispiel im Auge, und das ist ein allzu kleines Ziel. Für ein Nashorn brauchst du eine größere Lanze«, fuhr Thonolan fort, und seinem Bruder ging auf, daß er sich nur in Mutmaßungen erging.

»Rede nicht zuviel, sonst erregst du noch seine Aufmerksamkeit«, versuchte Jondalar ihn zu beschwichtigen. »Ich habe zwar keine Lanze, aber du bist völlig unbewaffnet. Ich gehe jetzt um das Zelt herum und versuch's von dort aus.«

»Warte, Jondalar! Mit dem Speer reizt du ihn nur und kannst ihn nicht einmal verletzen. Weißt du noch, wie wir als Jungen immer Nashörner geärgert haben? Manche von uns sind losgerannt, um das Nashorn zu bewegen, hinter ihm herzustürmen; und sind dann ausgewichen, während andere seine Aufmerksamkeit auf sich lenkten. Und ihn hetzten, bis er nicht mehr konnte. Sei jetzt bereit, ihn abzulenken – ich lauf jetzt los und bringe ihn dazu, hinter mir herzustürmen.«

»Nein, Thonolan!« schrie Jondalar, doch es war bereits zu spät. Thonolan schoß davon.

Es war unmöglich, schlauer zu sein als das unberechenbare Tier. Statt hinter dem Menschen herzustieben, ging das Nashorn zum Angriff auf das sich im Wind blähende Zelt über, rammte es, riß ein Loch hinein, zerriß die Schnüre und verhedderte sich darin. Während es sich von Schnüren und Planen befreite, kam es zu dem Schluß, daß es die Menschen und ihr Lager nicht mochte, und trottete ohne weiteren Schaden anzurichten davon. Thonolan sah sich über die Schulter hinweg um, erkannte, daß das Nashorn fort war und kam zurückgelaufen.

»Das war dumm!« schrie Jondalar und rammte seinen Speer mit einer solchen Gewalt in den Boden, daß der hölzerne Schaft oberhalb der Knochenspitze abbrach. »Wolltest du dich etwa umbringen? Große Donii, Thonolan! Zu zweit – das reicht nicht aus, um ein Nashorn abzuhängen. Da muß man es schon umzingeln. Was, wenn es dir nachgestürzt wäre? Und was um der Großen Mutter Unterwelt hätte ich tun sollen, wenn du verwundet worden wärest?«

Erst malte sich Überraschung auf Thonolans Gesicht, dann Zorn. Schließlich verzog er das Gesicht zu einem Grinsen. »Du machst dir also echt Sorgen um mich! Schrei, soviel du willst, mir machst du nichts vor. Vielleicht hätte ich's nicht versuchen sollen, aber ich wollte nicht, daß du irgendeine Unvorsichtigkeit begehst und etwa mit einem solchen leichten Speer auf ein Nashorn losgehst! Was um der Großen Mutter Unterwelt hätte ich tun sollen, wenn *du* verletzt worden wärest?« Sein Grinsen verbreiterte sich, und in seinen Augen blitzte es auf wie bei einem kleinen Jungen, der es geschafft hat, einem anderen einen Streich zu spielen. »Und außerdem hat es mich nicht verfolgt.«

Jondalar wußte nicht, wie er auf das Grinsen seines Bruders reagieren sollte. Sein Ausbruch war mehr ein Zeichen der Erleichterung als des Zorns gewesen; jetzt brauchte er eine Weile, bis er begriff, daß Thonolan kein Haar gekrümmt worden war.

»Du hast Glück gehabt. Das haben wir wohl alle beide«, sagte er und atmete erleichtert auf. »Aber wir sollten uns wohl ein paar Lanzen machen, und wenn wir vorläufig auch nur die Spitzen schärfen.«

»Ich hab' in letzter Zeit keine Eiben gesehen, aber wir können unterwegs ja auch nach Esche oder Erle Ausschau halten«, meinte Thonolan und schickte sich an, das Zelt abzubauen. »Damit geht es auch.«

»Alles geht, selbst Weide. Aber wir sollten uns welche machen, ehe wir weiterziehen.«

»Jondalar, laß uns sehen, daß wir von hier fortkommen. Wir müssen unbedingt die Berge dort drüben erreichen, oder?«

»Ich mag aber nicht ohne Lanzen weiterziehen – nicht, wo es hier Nashörner gibt.«

»Wir können ja zeitig Halt machen. Das Zelt müssen wir ohnehin flicken. Und wir können unterwegs auch nach gutem Holz Ausschau halten und einen besseren Lagerplatz finden. Wer weiß, vielleicht kommt dieses Nashorn wieder.«

»Und heftet sich auch noch an unsere Fährte.« Thonolan brannte morgens immer darauf fortzukommen; Verzögerungen machten ihn unruhig, das wußte Jondalar. »Vielleicht sollten wir versuchen, die Berge zu erreichen. Einverstanden, Thonolan. Aber wir machen zeitig Halt, abgemacht?«

»Abgemacht, großer Bruder.«

Die beiden Brüder folgten in gleichmäßigen, raumgreifenden Schritten dem Lauf des Flusses; seit langem hatten sie sich an jeweils die Gangart und das lange Schweigen des anderen gewöhnt. Sie hatten sich eng aneinander angeschlossen, sich gegenseitig Herz und Gedanken geöffnet und Stärken und Schwächen des anderen auf die Probe gestellt. Aus Gewohnheit hatte jeder von ihnen bestimmte Aufgaben übernommen, und wenn Gefahr drohte, war einer auf den anderen angewiesen. Beide waren sie jung, kräftig und gesund und beide, ohne sich darüber im klaren zu sein, von der Zuversicht durchdrungen, mit allem fertigzuwerden, was vor ihnen lag.

Auf ihre Umgebung waren sie in einem solchen Maße eingestimmt, daß ihr Wahrnehmungsvermögen auf geradezu wunderbar feine Weise funktionierte. Bei jeder Störung, die eine Bedrohung darstellte, wären sie augenblicklich auf der Hut gewesen. Der Wärme der fernen Sonne waren sie sich nur unbestimmt bewußt; was sie herausforderte, war der kalte Wind, der durch entlaubte Bäume fuhr, niedrighängende, schwarze Wolken, welche die weißummantelten Schanzen der Berge vor ihnen umwallten, und der tiefe, rasch dahinfließende Strom.

Die Bergzüge der zusammenhängenden Landmasse lenkten selbstverständlich den Lauf des Großen Mutter Flusses. Dieser kam aus dem Hochland nördlich einer der gletscherbedeckten Bergketten und floß gen Osten. Hinter dem ersten Gebirge erstreckte sich eine Tiefebene – in früherer Zeit das Beckes eines riesigen Binnenmeeres – und weiter im Osten bildete eine zweite Bergkette einen großen Bogen. Wo das am weitesten nach Osten vorstoßende Alpenvorland der ersten Bergkette am nordwestlichen Ende der zweiten mit den Vorbergen der zweiten zusammentraf, brach der Fluß durch eine felsige Barriere hindurch und bog unvermittelt nach Süden ab.

Nachdem er sich durch hochgelegenes Karstland hindurch- und hinuntergearbeitet hatte, schlängelte er sich mäanderförmig über grasbestandene Steppen, teilte sich in verschiedene Arme auf, die sich später wieder vereinigten und hinunterwanden gen Süden. Der vielverzweigte, träge durch flaches Land dahinströmende Fluß vermittelte den trügerischen Eindruck, sich nie zu verändern. Doch das war eine Illusion. Nachdem der

Große Mutter Fluß dann das Hochland am Südende der Ebene erreicht hatte, der sie zwang, alle seine Arme wieder zu vereinigen und nach Osten abzubiegen, hatte er die gewaltigen Wassermassen von der nördlichen und östlichen Stirnwand des ersten massiv eisbedeckten Gebirges in sich aufgenommen.

Die große, mächtig angeschwollene Mutter wühlte eine Senke aus, als sie in breitem Bogen in östlicher Richtung auf das Südende der zweiten Gebirgskette zurollte. Die beiden Männer waren ihrem Lauf auf dem linken Ufer gefolgt und waren über die gelegentlichen Seitenarme und Zuflüsse übergesetzt, die immer noch auf sie zuströmten. Auf der anderen Seite des mächtigen Stroms, im Süden, stieg das Land in steilen, zerklüfteten Terrassen auf, wohingegen die sanfteren Hügel auf ihrer Seite allmählich anstiegen.

»Ich glaube einfach nicht, daß wir das Ende des Flusses vor dem Winter erreichen«, erklärte Jondalar. »Überhaupt frage ich mich nachgerade, ob er überhaupt jemals ein Ende nimmt.«

»Es gibt ein Ende, und ich glaube, wir werden bald darauf stoßen. Schau doch, wie mächtig sie geworden ist.« Mit weitausholender Gebärde wies Thonolan nach rechts. »Wer hätte gedacht, daß sie jemals so gewaltig werden würde? Wir müssen einfach kurz vor ihrer Mündung sein.«

»Dabei haben wir ja noch nicht einmal den Schwester Fluß erreicht, zumindest glaube ich das nicht. Tamen hat gesagt, sie wäre genauso breit wie die Mutter.«

»Das muß eine von den Geschichten sein, die immer größer werden, je mehr Männer sie erzählen. Du glaubst doch nicht im Ernst, daß es noch einen zweiten Fluß dieser Größe gibt, der über diese Ebene nach Süden fließt?«

»Nun ja, Tamen hat zwar gesagt, er selbst habe ihn nie gesehen. Aber damit, daß die Mutter wieder nach Osten abbiegt, hat er genauso recht wie mit den Menschen, die uns über den Hauptarm übergesetzt haben. Da könnte er doch auch mit dem Schwester Fluß recht haben, oder? Ich wünschte, wir hätten die Sprache des Stammes mit den Flößen verstanden. Die hätten uns vielleicht etwas über den Nebenfluß erzählen können, wo er doch so groß sein soll.«

»Du weißt doch, wie leicht es ist, ferne Weltwunder zu übertreiben. Ich glaube, Tamens Schwester ist nichts weiter als ein Seitenarm der Mutter weiter im Osten.«

»Hoffentlich hast du recht, kleiner Bruder. Denn wenn es diese Schwester gibt, müssen wir sie überqueren, bevor wir die

Berge erreichen. Und ich weiß nicht, wo sonst wir vielleicht noch einen Ort finden könnten, um dort zu überwintern.«

»Ich glaube nur, was ich mit eigenen Augen sehe.«

Eine Bewegung, die anscheinend nicht in den natürlichen Gang der Dinge paßte und ihnen dadurch zu Bewußtsein kam, erregte Jondalars Aufmerksamkeit. Dem Klang nach erkannte er die schwarze Wolke in der Ferne, die sich ungeachtet des vorherrschenden Windes in eine ganz andere Richtung fortbewegte; er blieb daher stehen und beobachtete den in V-Formation näherkommenden Schwarm schreiender Gänse. Der Schwarm insgesamt senkte sich hernieder und verdunkelte durch seine große Zahl den Himmel; aus der dunklen Masse wurden Einzelvögel, die sich mit vorgestreckten Füßen flügelschlagend niedersenkten und eine Rast einlegten. Der Fluß floß um die steile Erhebung vor ihnen herum.

»Großer Bruder«, sagte Thonolan und verzog das Gesicht vor Aufregung zu einem Grinsen, »diese Gänse wären nicht heruntergekommen, wenn nicht sumpfiges Gelände vor uns läge. Vielleicht sogar ein See oder ein Binnenmeer. Wetten, daß die Mutter hineinmündet? Ich glaube, wir haben das Ende des Flusses erreicht.«

»Wenn wir die Erhebung dort hinaufklettern, haben wir bestimmt einen besseren Überblick.« Jondalar bemühte sich bewußt um einen ganz neutralen Ton, doch Thonolan hatte den Eindruck, daß sein Bruder ihm nicht ganz glaubte.

Rasch kletterten sie hinauf und waren ganz außer Atem, als sie den Gipfel erreichten. Dann hielten sie überrascht den Atem an. Sie befanden sich in so großer Höhe, daß sie ziemlich weit sehen konnten. Hinter der Flußbiegung verbreiterte die Große Mutter sich, wurde das Wasser unruhig, und als es die riesige Wasserfläche erreichte, brodelte es und warf Gischt auf. Die große Wasserfläche war durch den vom Boden aufgewühlten Schlamm milchig trüb. Abgebrochene Äste, verendete Tiere und ganze Bäume schaukelten und drehten sich im Sog der miteinander in Widerstreit liegenden Strömungen.

Nicht das Ende der Mutter war es, das sie erreicht hatten. Sie waren vielmehr auf die Schwester gestoßen.

Hoch in den Bergen vor ihnen hatte die Schwester in einer Vielzahl von Rinnsalen und Bächen begonnen. Aus den Bächen wurden Flüsse, die durch Stromschnellen hindurchgurgelten, über Wasserfälle hinwegschäumten und steil die Westhänge des zweiten großen Gebirgszugs hinunterflossen. Da weder

Seen noch andere Sammelbecken sie in ihrem Lauf aufhielten, gewannen die turbulenten Wassermassen immer mehr an Gewicht und an Kraft, bis sie sich unten auf der Ebene zu einem einzigen Fluß zusammenfanden. Das einzige, was die durcheinanderwirbelnde Schwester aufhielt, war die bereits übersättigte Mutter selbst.

Der nahezu gleichgroße Nebenfluß stürzte sich in den Mutterstrom und kämpfte gegen den herrschenden Einfluß einer raschen Strömung an. Die Fluten bäumten sich auf, strömten dann reißend weiter und bildeten ein Durcheinander von sehr unterschiedlichen Strömungen und Gegenströmungen; plötzlich sich bildende Strudel rissen Treibholz und andere Trümmer auf das Flußbett herunter und spien es kurze Zeit darauf flußabwärts wieder aus. Der alles mit sich reißende Zusammenfluß weitete sich zu einem gefährlichen See, der so groß war, daß man das andere Ufer nicht erkennen konnte.

Die Herbstüberflutung hatte ihren Höhepunkt erreicht, und ein schlammiger Morast hatte sich weit über die ursprünglichen Ufer hinaus ausgedehnt, zwischen denen das Wasser in der letzten Zeit sogar schon zurückgegangen war und einen Sumpf der Verwüstung zurückgelassen hatte: umgerissene Bäume, deren Wurzeln himmelwärts ragten, Stämme, die sich mit Wasser vollgesogen hatten, abgebrochene Äste; Tierkadaver und sterbende Fische, die in austrocknenden Wasserlachen gelandet waren. Wasservögel taten sich an der leichten Beute gütlich; auf dem nahegelegenen Ufer wimmelte es nur so von ihnen. Nicht weit von ihnen machte eine Hyäne, ohne sich vom Flügelschlagen schwarzer Störche stören zu lassen, einem Hirsch den Garaus.

»Große Mutter!« entfuhr es Thonolan leise.

»Das muß die Schwester sein.« Jondalar war zu sehr von ehrfürchtiger Scheu erfüllt, als daß er seinen Bruder hätte fragen können, ob er es jetzt glaube.

»Wie kommen wir da nur hinüber?«

»Das weiß ich nicht. Vielleicht müssen wir stromaufwärts gehen.«

»Wie weit? Sie ist doch genauso mächtig wie die Mutter.«

Jondalar konnte nur den Kopf schütteln. Besorgt runzelte er die Stirn. »Wir hätten uns nach Tamens Rat richten sollen. Es kann jetzt jeden Tag anfangen zu schneien; uns bleibt nicht viel Zeit, wieder stromaufwärts zu ziehen. Wenn ein großer Sturm kommt, möchte ich nicht im Freien sein.«

Ein plötzlicher Windstoß fuhr Thonolan unter die Kapuze und drückte sie nach hinten, so daß sein Kopf unbedeckt war. Er zog sie wieder drüber, tiefer ins Gesicht und erschauerte. Zum erstenmal, seit sie aufgebrochen waren, befielen ihn ernstliche Zweifel, ob sie den langen vor ihnen liegenden Winter auch überstehen würden. »Was machen wir jetzt, Jondalar?«

»Wir suchen uns einen Lagerplatz.« Jondalar spähte von ihrer Höhe herab das Gelände ab. »Dort drüben, ein wenig weiter stromaufwärts, dort bei dem etwas höher gelegenen Ufer mit der Erle. Dort fließt ein Bach in die Schwester – das Wasser müßte eigentlich gut sein.«

»Wenn wir beide Traggestelle an einem Stamm festmachen und uns beiden eine Leine um den Leib binden, könnten wir hinüberschwimmen, ohne daß wir getrennt werden.«

»Ich weiß, daß du kühn bist, kleiner Bruder, aber das wäre sträfliche Tollkühnheit. Ich bin mir nicht sicher, ob ich es schwimmend bis hinüber schaffe – und dann auch noch mit einem Stamm und allen unseren Habseligkeiten hinter mir. Außerdem ist das Wasser kalt. Nur die Strömung bewahrt den Fluß vorm Zufrieren. Heute morgen hatte sich am Ufer Eis gebildet. Und was ist, wenn wir uns im Geäst eines entwurzelten Baums verfangen? Dann würden wir stromabwärts getrieben und vielleicht unter Wasser gezogen.«

»Erinnerst du dich an die Leute, die nahe dem Großen Wasser leben? Die höhlen den Stamm großer Bäume aus und benutzen sie, um Flüsse zu überqueren. Vielleicht könnten wir . . .«

»Dann zeig mir einen Baum hier in der Gegend, der groß genug wäre«, sagte Jondalar und zeigte mit ausholender Gebärde auf die grasbewachsene Ebene mit den wenigen verkrüppelten Bäumen darauf.

»Hm . . . jemand hat mir von einer anderen Höhle erzählt, die Schalen aus Birkenrinde machen . . . nur kommt mir das viel zu dünn und zerbrechlich vor.«

»Ich habe so etwas zwar schon gesehen, aber ich habe keine Ahnung, wie sie gemacht werden oder welche Art Leim sie benutzen, um sie abzudichten. Außerdem wuchsen die Birken bei ihnen größer, als ich sie je woanders gesehen habe.«

Thonolan sah sich suchend um und zerbrach sich den Kopf über eine andere Möglichkeit, die sein Bruder mit seiner unerschütterlichen Logik nicht einfach beiseitefegen konnte. Er entdeckte einen Hain gerade gewachsener, hoher Erlen auf einem

Erdbuckel im Süden und grinste. »Wie wär's mit einem Floß? Da brauchen wir doch nichts weiter zu tun, als eine Anzahl von Stämmen aneinanderzubinden, und da drüben auf dem Hügel stehen mehr als genug Erlen.«

»Auch eine, die lang und kräftig genug wäre, eine Stange daraus zu machen, mit der wir den Flußboden erreichen, um das Floß zu lenken? Flöße sind schwer zu handhaben, selbst auf seichten Flüssen.«

Thonolans zuversichtliches Grinsen schwand. Jondalar mußte sich zusammenreißen, um seinerseits nicht zu lächeln. Thonolan war außerstande, seine Gefühle zu verbergen; Jondalar bezweifelte, daß er es jemals versucht hatte. Aber was ihn so liebenswert machte, war ja gerade sein ungestümes, offenes Wesen.

»Allerdings, eigentlich ist das gar keine so schlechte Idee«, gab Jondalar zu und bemerkte, wie das Lächeln in Thonolans Gesicht zurückkehrte. »Wenn wir weit genug stromaufwärts gekommen sind, besteht wohl kaum noch Gefahr, daß wir in das reißende Wasser hineingezogen werden. Und finden dort eine Stelle, wo der Fluß breiter und seichter wird und nicht mehr so schnell fließt – und wo es auch noch Bäume gibt. Hoffentlich hält sich das Wetter.«

Thonolan war, als das Wetter erwähnt wurde, genauso ernst geworden wie sein Bruder. »Komm, laß uns gehen«, sagte er. »Das Zelt ist geflickt.«

»Aber ich möchte mir erst die Erlen dort drüben ansehen. Wir brauchen ja immer noch ein paar kräftige Lanzen. Wir hätten schon gestern abend welche machen sollen.«

»Machst du dir immer noch Sorgen wegen des Nashorns? Das haben wir längst abgehängt. Wir sollten uns aufmachen und eine Stelle zum Übersetzen suchen.«

»Ich werde zumindest einen Schaft abhacken.«

»Dann kannst du auch gleich einen für mich mit schneiden. Ich fange schon an zu packen.«

Jondalar nahm sein Beil und fuhr mit dem Daumen prüfend über die Schneide, nickte beifällig und ging den Hügel hinauf auf den Erlenhain zu. Dort prüfte er die einzelnen Bäume eingehend und wählte einen hoch und gerade gewachsenen jungen Stamm aus. Er hatte ihn bereits gefällt und die Zweige abgeschlagen und war bereits dabei, einen für Thonolan auszusuchen, da vernahm er plötzlich Laute: ein Schnaufen und Grunzen. Er hörte seinen Bruder rufen und dann ein Geräusch, erschreckender als alles, was er bisher im Leben gehört hatte: den Schmerz in seines Bruders Stimme. Das Schweigen, als sein Schrei abgeschnitten wurde, war womöglich noch schlimmer.

»Thonolan! Thonolan!«

Jondalar raste den Hügel hinunter, hielt immer noch den Erlenschaft gepackt und war selbst von einer kalten Angst gepackt. Sein Herz hämmerte, und sein Blut rauschte in den Ohren, als er ein riesiges Wollhaarnashorn erblickte, die Schultern so hoch wie er groß war, das die Gestalt eines Mannes am Boden hin- und herwarf. Das Tier schien nicht zu wissen, was tun mit seinem Opfer, jetzt, wo es am Boden lag. Aus der Tiefe seiner Furcht und seiner Wut heraus überlegte Jondalar nicht lange – er reagierte.

Den Erlenstamm wie eine Keule schwingend, stürmte der ältere Bruder ohne auf die eigene Sicherheit zu achten, auf das Tier los. Ein heftiger Schlag landelte unmittelbar unterhalb des gebogenen Horns auf der Schnauze des Nashorns, dann ein zweiter. Das Nashorn wich einen Schritt zurück; angesichts des wütend um sich schlagenden und ihm Schmerz bereitenden Menschen wußte es nicht was tun. Jondalar holte zu einem dritten Schlag aus – da drehte das Tier ab. Der kräftige Schlag auf seinen Rumpf tat nicht weiter weh, trieb es jedoch vorwärts, und der große Mann jagte hinter ihm drein.

Als der Erlenschaft jetzt, wo das Tier davonstürmte, nur durch die Luft sauste, blieb Jondalar stehen und sah das Nashorn fliehen. Er rang nach Luft. Dann ließ er den Schaft fallen und lief zurück zu Thonolan. Das Gesicht auf der Erde, lag sein Bruder dort, wo das Nashorn von ihm abgelassen hatte.

»Thonolan! *Thonolan*!« Jondalar drehte ihn um. Die Lederhose war in der Leistengegend aufgerissen, und ein Blutfleck wurde immer größer.

»Thonolan! Ach, Doni!« Er legte dem Bruder das Ohr auf die Brust, horchte nach dem Herzschlag und fürchtete, sich nur einzubilden, ihn zu hören, bis er ihn atmen sah.

»Ach, Doni! Er lebt! Aber was mache ich jetzt?« Stöhnend vor Anstrengung hob Jondalar den Bewußtlosen auf, stand einen Moment da und hielt ihn auf den Armen.

»Doni, ach Große Erdenmutter! Nimm ihn noch nicht! Laß ihn leben! Ach, bitte . . .« Seine Stimme krächzte, und ein gewaltiger Schluchzer stieg in seiner Brust auf. »Mutter . . . bitte . . . laß ihn am Leben!«

Jondalar senkte den Kopf und schluchzte einen Moment in

die schlaffen Schultern seines Bruders hinein, dann trug er ihn zurück zum Zelt. Sanft legte er ihn auf seiner Schlafrolle nieder und schnitt ihm mit dem Messer mit dem beinernen Griff die Kleidung auf. Die einzig sichtbare Wunde war ein böser gezackter Riß am linken Oberschenkel, der durch Haut und Muskel ging; nur seine Brust hatte sich böse gerötet, und die linke Seite schwoll an und verfärbte sich. Ein eingehenderes Abtasten überzeugte Jondalar, daß Thonolan sich mehrere Rippen gebrochen hatte; wahrscheinlich hatte er auch innere Verletzungen.

Blut schoß stoßweise aus Thonolans Beinwunde und sammelte sich auf der Schlafrolle. Jondalar kramte in seinem Gepäck und suchte nach etwas, es aufzutupfen. Er griff nach seinem ärmellosen Sommerüberwurf, knüllte ihn zusammen und versuchte, das Blut auf dem Fell damit aufzuwischen, was jedoch nur zur Folge hatte, daß er es noch weiter verschmierte. Da legte er weiches Leder auf die Wunde.

»Doni! Doni! Ich weiß nicht, was ich tun soll. Ich bin kein Zelandoni.« Jondalar hockte sich hin und fuhr sich mit der Hand durchs Haar. Blutflecken blieben auf seinem Gesicht zurück. »Weidenrinde! Es wird gut sein, Weidenrindentee aufzubrühen.«

Er ging, Wasser zu erhitzen. Er brauchte kein Zelandoni zu sein, um die schmerzstillenden Eigenschaften von Weidenrindentee zu kennen. Jeder brühte Weidenrindentee auf, wenn er Kopfweh oder irgendwelche kleinere Schmerzen hatte. Daß er auch bei ernsthaften Wunden verwendet wurde, wußte er nicht. Nur wußte er sonst nichts zu tun. Nervös schritt er um das Feuer herum, warf bei jedem Umgang erst einmal einen Blick ins Zelt und wartete darauf, daß das kalte Wasser anfing zu sieden. Er häufte mehr Holz auf das Feuer und versengte eine Ecke des Holzrahmens, an dem die mit Wasser gefüllte Kochhaut aufgehängt war.

Warum dauert es so lange! Warte, ich habe ja gar keine Weidenrinde. Ich sollte hingehen und welche holen, ehe das Wasser kochte. Er steckte den Kopf ins Zelt hinein und starrte seinen Bruder lange an. Dann lief er hinunter an den Fluß. Nachdem er Rinde von einem blattlosen Baum geschält hatte, dessen lange dünne Zweige ins Wasser hineinhingen, lief er zurück.

Zuerst sah er nach, ob Thonolan wieder zu sich gekommen sei, und sah, daß sein Sommerüberwurf sich voll Blut gesaugt hatte. Dann erkannte er, daß die überreichlich gefüllte Kochhaut überkochte und das Feuer löschte. Er wußte nicht, was zuerst tun – sich um den Tee kümmern oder um seinen Bruder – und blickte immer wieder zwischen Feuer und Zelt hin und her. Schließlich packte er ein Trinkgefäß, schöpfte etwas Wasser heraus, verbrühte sich dabei die Hand und ließ dann die Weidenrinde in den Felltopf fallen. Er legte noch ein paar Stück Holz nach und hoffte, daß sie angehen würden. Er durchsuchte Thonolans Traggestell, kippte es in seiner Verzweiflung sogar aus und nahm seines Bruders Sommerüberwurf, um ihn gegen den blutdurchtränkten auszuwechseln, der ihm gehörte.

Als er ins Zelt kriechen wollte, hörte er seinen Bruder aufstöhnen. Es war der erste Laut, den er von Thonolan hörte. Daraufhin machte er, daß er wieder aus dem Zelt herauskam, schöpfte einen Becher Tee und bemerkte, daß kaum noch Flüssigkeit übriggeblieben war. Ob das Gebräu wohl jetzt zu stark war? Mit einem Becher der heißen Flüssigkeit kroch er nochmals ins Zelt hinein, suchte wie gehetzt nach einer Stelle, wo er ihn absetzen konnte, und bemerkte, daß nicht nur sein Sommerüberwurf sich mit Blut vollgesogen hatte. Das Blut sammelte sich unter Thonolan und färbte seine Schlafrolle.

Er verliert zuviel Blut! O Mutter! Er braucht einen Zelandoni. Was soll ich nur tun? Die Angst um seinen Bruder machte ihn immer aufgeregter. Wie hilflos er sich vorkam! Ich muß Hilfe holen. Aber wo? Wo finde ich einen Zelandoni? Ich kann ja nicht einmal über die Schwester hinüber, und allein zurücklassen kann ich ihn auch nicht. Sonst wittert irgendein Wolf oder eine Hyäne Blut und fällt über ihn her.

Große Mutter! Schau das viele Blut auf dem Überwurf! Irgendein Tier riecht es bestimmt. Jondalar packte das blutdurchtränkte Hemd und warf es zum Zelt hinaus. Nein, das hilft auch nichts. Wie der Wind war er aus dem Zelt draußen, hob das Hemd wieder auf und sah sich gehetzt nach einer Stelle um, entfernt vom Lager, fern von seinem Bruder, wo er es hinlegen konnte.

Er war wie benommen, von Kummer überwältigt, und im Grunde seines Herzens wußte er, daß es keine Hoffnung gab. Sein Bruder brauchte Hilfe, die er ihm nicht geben konnte; und fortgehen, um Hilfe herbeizuholen, konnte er auch nicht. Selbst wenn er wüßte, wo er Hilfe bekäme, könnte er nicht fort. Es war sinnlos, sich vorzumachen, daß ein blutgetränkter Überwurf Raubtiere mehr anziehen würde als Thonolan mit seiner offenen Wunde selbst. Aber er wollte der Wahrheit in seinem Herzen nicht ins Auge schauen. Er wandte sich von der Vernunft ab und ergab sich der Panik.

Er sah den Erlenhain und hetzte den Hügel hinauf und klemmte das Lederhemd in einer hohen Astgabelung fest. Dann lief er zurück. Er kroch ins Zelt hinein und starrte Thonolan an, als ob er ihn mit bloßer Willensanstrengung dazu bringen könnte, wieder gesund und heil und ganz zu werden und zu lächeln.

Fast als ob Thonolan sein Flehen gespürt hätte, stöhnte er, warf den Kopf hin und her und schlug die Augen auf. Der kniende Jondalar brachte das Gesicht näher heran und erkannte trotz des schwachen Lächelns Schmerz in seines Bruders Augen.

»Du hast recht gehabt, großer Bruder. Wie gewöhnlich. Wir hatten das Nashorn doch nicht abgehängt.«

»Es geht mir aber nicht darum, recht zu haben, Thonolan. Wie fühlst du dich?«

»Willst du eine ehrliche Antwort? Es schmerzt. Wie schlimm ist es?« fragte er dann und versuchte, sich aufzusetzen. Das halbherzige Grinsen verzerrte sich in eine Grimasse des Schmerzes.

»Versuch nicht, dich zu bewegen. Hier, ich habe etwas Weidenrinde aufgegossen.« Jondalar stützte seinem Bruder den Kopf und hielt ihm den Becher an die Lippen. Thonolan trank ein paar Schlucke, legte sich dann jedoch erleichtert wieder zurück. So etwas wie Angst gesellte sich zu dem Schmerz in seinen Augen.

»Sag es mir rundheraus, Jondalar. Wie schlimm ist es?«

Der große Mann schloß die Augen und holte tief Atem. »Es sieht nicht gut aus.«

»Das habe ich auch nicht angenommen – aber wie schlimm ist es wirklich?« Thonolans Blick fiel auf die Hände seines Bruders, und seine Augen weiteten sich vor Schreck. »Deine Hände sind ja über und über mit Blut beschmiert! Stammt das von mir? Ich glaube, du solltest mir die Wahrheit sagen.«

»Ich weiß es eigentlich auch nicht. In der Leistengegend hat es dich mit dem Horn aufgerissen, und du hast viel Blut verloren. Das Nashorn muß dich entweder in die Luft geschleudert haben oder auf dir rumgetrampelt sein. Ich glaube, dabei hast du dir ein paar Rippen gebrochen. Was sonst noch ist, weiß ich nicht. Ich bin kein Zelandoni . . .«

»Aber ich brauche einen, und die einzige Hoffnung, Hilfe zu finden, liegt auf der anderen Seite des Flusses, über den wir nicht hinüberkommen.«

»Das wär's dann ja wohl.«

»Hilf mir auf, Jondalar. Ich will sehen, wie schlimm es ist.«

Jondalar wollte widersprechen, gab dann jedoch zögernd nach und bedauerte das augenblicklich. In dem Moment, da Thonolan sich aufzusetzen versuchte, schrie er vor Schmerz auf und verlor wieder das Bewußtsein.

»Thonolan!« rief Jondalar. Die Anstrengung hatte bewirkt, daß das Blut jetzt wieder reichlicher floß. Jondalar faltete das Sommergewand seines Bruders zusammen, legte es über die Wunde und verließ dann das Zelt. Das Feuer war fast ausgegangen. Sorgsam legte Jondalar Holz nach und baute es wieder auf, setzte Wasser auf und schnitt mehr Holz.

Dann kehrte er ins Zelt zurück, um nach seinem Bruder zu sehen. Thonolans Gewand hatte sich abermals mit Blut vollgesogen. Er nahm es fort, um sich die Wunde anzusehen, und verzog das Gesicht zu einer Grimasse, als er daran dachte, wie er den Hügel hinaufgelaufen war, um das andere Gewand loszuwerden. Die Panik, die ihn anfangs befallen hatte, war verflogen, und so kam ihm das jetzt töricht vor. Die Blutung hatte aufgehört. Er fand noch etwas zum Anziehen – ein Untergewand für den Winter –, legte es über die Wunde und deckte Thonolan zu. Dann nahm er das zweite mit Blut vollgesogene Gewand und ging hinunter an den Fluß, warf es ins Wasser, beugte sich dann hinunter, um das Blut von den Händen zu waschen, und empfand seine Panik neuerlich als peinlich.

Er wußte nicht, daß Panik in extremen Situationen eine Überlebensreaktion ist. Wenn alles andere nicht mehr hilft und alle rationalen Versuche, eine Lösung zu finden, erschöpft sind, setzt Panik ein, und so führt eine irrationale Handlung manchmal zu einer Lösung, auf die rationale Überlegung nie gekommen wäre.

Er kehrte zurück zum Lagerplatz, legte noch etwas Holz nach und suchte dann den Erlenschaft, obwohl es im Augenblick sinnlos schien, sich eine Lanze zu machen. Er kam sich nur so nutzlos vor und hatte das Bedürfnis, etwas zu tun. Nachdem er den Schaft gefunden hatte, setzte er sich vors Zelt und machte sich mit bösartig geführten Schlägen daran, das eine Ende zuzuspitzen.

Der folgende Tag war für Jondalar ein Alptraum. Thonolans linke Körperhälfte reagierte noch auf die leiseste Berührung empfindlich und schien ein einziger großer Bluterguß. Jondalar hatte nur wenig geschlafen. Es war eine schwierige Nacht für

Thonolan gewesen, und jedesmal, wenn er stöhnte, war Jondalar aufgestanden. Dabei war das einzige, was er ihm bieten konnte, Weidenrindentee gewesen, und der half nicht sonderlich. Am Morgen bereitete er ein wenig Essen und kochte eine Brühe, doch keiner von ihnen brachte viel hinunter. Gegen Abend hatte sich die Wunde entzündet, und Thonolan fieberte.

Als Thonolan nach unruhigem Schlaf erwachte, blickte er in die besorgten blauen Augen seines Bruders. Die Sonne war gerade hinter dem Rand der Erde verschwunden; obwohl es draußen noch einigermaßen hell war, konnte man im Zelt kaum mehr etwas erkennen. Doch hielt das Dämmern Jondalar nicht davon ab zu bemerken, wie fiebrig Thonolans Augen glänzten; außerdem hatte er im Schlaf gestöhnt und Unverständliches gemurmelt.

Jondalar gab sich Mühe, seinen Bruder aufmunternd anzulächeln. »Wie fühlst du dich?«

Thonolan hatte zu große Schmerzen, als daß ihm ein Lächeln gelungen wäre, und wie Jondalar aussah, war auch nicht ermunternd. »Mir ist nicht gerade danach, auf Nashornjagd zu gehen«, sagte er.

Sie schwiegen eine Weile; keiner wußte, was er sagen sollte. Thonolan schloß die Augen und stieß einen tiefen Seufzer aus. Er war es leid, gegen den Schmerz anzukämpfen. Die Brust tat ihm bei jedem Atemzug weh, und der tiefsitzende Schmerz in der Leistengegend schien sich über den ganzen Körper ausgebreitet zu haben. Hätte er irgendwelche Hoffnung gesehen, er würde es ertragen haben, doch je länger sie hierblieben, desto geringer wurde die Chance, daß Jondalar den Fluß noch vor Einsetzen eines Sturms überquerte. Daß er sterben mußte, war noch lange kein Grund, daß auch sein Bruder sterben sollte. Er schlug die Augen wieder auf.

»Jondalar, wir wissen beide, daß es ohne Hilfe keine Hoffnung für mich gibt. Das ist aber noch lange kein Grund, daß du . . .«

»Was soll das heißen: keine Hoffnung? Du bist jung, du bist kräftig. Du kommst schon wieder auf die Beine.«

»Es bleibt nicht mehr viel Zeit. Hier draußen haben wir keine Chance, Jondalar, mach dich auf, finde einen Ort, wo du bleiben kannst, du . . .«

»Du redest irre!«

»Nein, ich . . .«

»Du würdest nicht so reden, wenn dein Geist nicht verwirrt

wäre. Sieh du zu, daß du wieder zu Kräften kommst – laß mich nur für uns beide sorgen. Wir schaffen es beide. Ich habe einen Plan.«

»Was für einen Plan?«

»Den werde ich dir erklären, wenn ich mir über die Einzelheiten klargeworden bin. Möchtest du etwas essen? Du hast nicht viel gegessen.«

Thonolan wußte, daß sein Bruder nicht fortgehen würde, solange er noch lebte. Er war erschöpft; er wollte aufgeben, sehnte sich nach dem Ende und wünschte, Jondalar eine Chance zu geben. »Ich habe keinen Hunger«, sagte er, doch dann erkannte er in den Augen des Bruders, wie verletzt dieser war. »Ein Schluck Wasser würde mir aber guttun.«

Jondalar goß den Rest des Wassers aus und hielt Thonolan beim Trinken den Kopf. Dann schüttelte er den Wasserbeutel. »Er ist leer. Ich gehe Wasser holen.«

Er brauchte einen Vorwand, um aus dem Zelt hinauszukommen. Thonolan gab auf. Jondalar hatte geblufft, als er gesagt hatte, er habe einen Plan. Er hatte die Hoffnung aufgegeben – kein Wunder, daß sein Bruder die Lage für hoffnungslos hielt. Ich muß eine Möglichkeit finden, uns beide über den Fluß hinüberzubringen und Hilfe zu finden.

Er stieg eine kleine Anhöhe hinauf, von der er über die Baumkronen hinweg einen guten Blick flußaufwärts hatte; so stand er da und beobachtete einen abgebrochenen Ast, der sich an einem aus dem Wasser ragenden Felsen verfangen hatte. Er kam sich genauso hilflos und gefangen vor wie der kahle Ast, und einer Eingebung des Augenblicks nachgebend, ging er zum Fluß hinunter und befreite ihn von dem Felsen, der ihn festhielt. Er sah ihm nach, wie die Strömung ihn stromabwärts führte und überlegte, wie lange es wohl dauern mochte, ehe er sich wieder an etwas verfing und festsaß.

Schließlich drehte er der Schwester den Rücken zu und kehrte zurück an den kleinen Bach, der sein bißchen Wasser dem reißend dahinströmenden Fluß hinzufügte. Er füllte den Wasserbeutel und machte sich auf den Rückweg. Er war sich nicht sicher, was ihn stromaufwärts blicken ließ – bei dem Rauschen, das der dahineilende Strom erzeugte, konnte er nichts gehört haben –, doch als er hinsah, blieb er fassungslos und offenen Mundes stehen.

Von flußaufwärts her näherte sich etwas, hielt direkt auf das Ufer zu, auf dem er stand. Ein monströser Wasservogel mit langem, gebogenem Hals mit einem kammgekrönten Kopf und starrblickenden Augen kam auf ihn zugeglitten. Als der Vogel näherkam, nahm Jondalar auf seinem Rücken Bewegung wahr und erkannte die Köpfe anderer Wesen. Eines der kleineren Lebewesen winkte.

»Ho-la!« rief eine Stimme. Jondalar hatte noch nie einen willkommeneren Laut gehört.

7

Ayla fuhr sich mit dem Handrücken über die schweißbedeckte Stirn und sah lächelnd das kleine gelbe Pferd an, das sie anstupste und versuchte, seine Schnauze unter ihre Hand zu schieben. Das Füllen verlor Ayla nicht gern aus den Augen und folgte ihr überallhin. Dagegen hatte Ayla nichts einzuwenden; sie war froh darüber, Gesellschaft zu haben.

»Kleines Pferd, wieviel Korn soll ich jetzt für dich sammeln?« gab Ayla ihm durch ihre Handbewegungen zu verstehen. Das kleine, strohfarbene Tier folgte den Bewegungen der Hände sehr aufmerksam und erinnerte Ayla daran, wie sie als junges Mädchen angefangen hatte, die Gebärdensprache des Clans zu lernen. »Willst du etwa reden lernen? Nun, es ist schon gut, wenn du verstehst. Ohne Hände würde das Reden dir schwerfallen. Immerhin scheinst du dich darum zu bemühen, mich zu verstehen.«

Wenn Ayla redete, benutzte sie auch einige wenige Laute; die gewöhnliche Sprechweise ihres Clans war nicht vollständig stumm; nur die förmliche alte Sprache beruhte ausschließlich auf Gebärden und verzichtete auf jeden Laut. Das Füllen spitzte die Ohren, als sie ein Wort laut aussprach.

»Du hörst zu, nicht wahr, kleines Fohlen?« Ayla schüttelte den Kopf. »Immer wieder nenne ich dich Fohlen, kleines Pferd. Irgendwie erscheint mir das nicht recht. Ich finde, du brauchst einen Namen. Ist es das, worauf du lauschst – auf den Klang deines Namens? Ich möchte mal wissen, wie die Stute, deine Mutter dich gerufen hat. Aber selbst wenn ich das wüßte, ich könnte den Namen ja vermutlich doch nicht aussprechen.«

Das junge Pferd beobachtete sie sehr wach; es wußte, daß Ayla ihm Aufmerksamkeit entgegenbrachte, wenn sie die Hände auf diese bestimmte Weise bewegte. Es wieherte, als Ayla aufhörte.

»Soll das eine Antwort sein? – *Winniiie!*« versuchte Ayla, das Wiehern nachzumachen. Das Füllen antwortete mit einem Kopfrucken und neuerlichem Gewieher auf den fast vertrauten Laut.

»Heißt du etwa so?« fragte Ayla lächelnd in Gebärdensprache. Abermals ruckte das Füllen mit dem Kopf, sprengte wenige Fluchten davon und kam zurückgetrabt. Die Frau lachte. »Dann müssen alle kleinen Pferde gleich heißen, oder vielleicht höre ich den Unterschied auch nicht.« Ayla wieherte abermals, das kleine Pferd antwortete mit einem Gewieher, und so fuhren sie eine Weile fort, dieses Spiel zu spielen. Das erinnerte sie wiederum an die Laut-Spiele, die sie mit ihrem Sohn gespielt hatte, nur daß Durc jeden Laut hatte hervorbringen können, den auch sie machen konnte. Creb hatte ihr gesagt, sie habe, als sie sie gefunden hätten, viele Laute ausgestoßen. Auch war sie sich bewußt, daß sie viele Laute machen konnte, die kein anderer fertigbrachte. Welche Freude es für sie gewesen war, als sie entdeckt hatte, daß ihr Sohn die gleichen Laute ausstoßen konnte wie sie!

Ayla wandte sich wieder dem Pflücken von Einkornweizen zu. Auch Zweikorn wuchs im Tal, und außerdem Roggengras, ähnlich der Art, wie sie in der Nähe der Clanshöhle gedieh. Sie überlegte, welchen Namen sie dem Pferd geben könne. Sie hatte noch nie jemand einen Namen gegeben. Sie mußte lächeln. Wie sonderbar sie es wohl finden würden, wenn sie jetzt ausgerechnet einem Pferd einen Namen gab. Aber wohl nicht sonderbarer als den Umstand, daß sie überhaupt mit einem Pferd zusammenlebte. Ayla beobachtete, wie das junge Tier spielerisch davontrabte und in die Luft sprang. Wie froh ich bin, daß das Füllen bei mir lebt, dachte Ayla und hatte einen Kloß im Hals. Jetzt, wo du hier bist, fühle ich mich längst nicht mehr so allein. Ich wüßte nicht, was ich machen würde, wenn ich dich verlöre. Ich will dir einen Namen geben.

Die Sonne war bereits im Abstieg begriffen, als Ayla innehielt und zum Himmel aufsah. Ein großer Himmel war das, riesig und leer. Keine Wolke ließ seine Tiefe erahnen oder das Auge vor der Unendlichkeit innehalten. Einzig das ferne weiße Glühen im Westen, dessen waberndes Ausmaß sich gleichsam nach dem Hinschauen enthüllte, setzte dem intensiven Blau des Firmaments eine gewisse Grenze. Ayla maß an dem Raum zwischen dem Strahlen und der Spitze der Klippe, wieviel Tageslicht ihr noch blieb, und beschloß aufzuhören.

Das Pferd, das merkte, daß sie nicht mehr ganz bei ihrer Aufgabe war, wieherte und kam auf sie zugelaufen. »Müssen wir zurück in die Höhle? Dann laß uns vorher aber einen Schluck Wasser trinken.« Sie legte dem jungen Pferd den Arm um den Hals und lenkte es zum Fluß hinunter.

Das Laub in der Nähe des fließenden Wassers am Fuß der steil aufsteigenden Südwand stellte ein ganz langsam sich drehendes Kaleidoskop von Farben dar, welches den Rhythmus der Jahreszeiten spiegelte: jetzt da das Dunkelgrün von Tannen und Fichten mit Sprenkeln von lebhaftem Gold, blasserem Gelb, trockenen Brauntönen und loderndem Rot vermischt war. Das geschützte Tal stellte einen leuchtenden Farbklecks inmitten der gedämpften Beigetöne der Steppe dar, und die Sonne schien innerhalb seiner windgeschützten Wände wärmer als anderswo. Trotz all der Herbstfarben hatte Ayla das Gefühl gehabt, einen Sommertag zu erleben.

»Ich sollte wohl mehr Gras zusammenbringen. Du fängst ja schon an, deine Lagerstatt zu fressen, wenn ich sie dir frisch mache.« Neben dem Pferd dahingehend, fuhr Ayla mit ihrem Monolog fort, hörte dann jedoch unbewußt mit ihren Handbewegungen auf; nur ihre Gedanken folgten dem Faden. Iza hatte im Herbst stets Gras für ihre Lagerstätten im Winter eingesammelt. Wie gut es beim Auswechseln immer geduftet hatte! Besonders dann, wenn der Schnee hoch lag und draußen der Wind heulte. Herrlich, dem Wind zu lauschen und das sommerfrische Heu zu riechen und dabei einzuschlafen!

Als das Füllen erkannte, wohin es gehen sollte, trabte es ein wenig voraus, und Ayla lächelte nachsichtig. »Du mußt genauso durstig sein wie ich, kleine Winniiie«, sagte sie und zog den Laut gleichsam als Antwort auf den Ruf des jungen Tieres in die Länge. Klingt nicht schlecht als Name für ein Pferd; allerdings, so eine Namensgebung sollte gebührlich vonstatten gehen.

»Winniiie, Winniiie!« rief sie. Das Pferd lupfte den Kopf, sah zu der Frau hinüber und trabte dann auf sie zu.

Ayla rieb ihm den Kopf und kraulte es. Das Füllen warf das juckende Babyfell ab, während das längere Winterfell nachwuchs; es liebte es daher, gekratzt und gekrault zu werden. »Ich glaube, der Name gefällt dir. Und er paßt zu dir, kleines Pferdebaby. Ich meine, wir sollten eine Namensgebungszeremonie für dich abhalten. Zwar kann ich dich nicht hochheben und auf den Arm nehmen; auch ist Creb nicht da, das Zeichen über dir zu machen, deshalb muß *ich* wohl der Mog-ur sein und es tun.« Sie lächelte. »Stell dir vor, eine Frau als Mog-ur!«

Ayla wollte zum Fluß zurück, schlug dann jedoch einen Bogen stromaufwärts, als ihr klar wurde, daß sie in der Nähe jener Stelle war, wo sie die Fallgrube gegraben hatte. Zwar hatte sie das Loch wieder zugeschaufelt, doch das Füllen trieb sich immer wieder dort herum, schnüffelte und schnaubte und kratzte den Boden mit den Hufen auf; irgendein Geruch oder eine Erinnerung mußte ihm zusetzen. Die Herde war seit dem Tag, da sie das ganze Tal hinunter vor dem Feuer und Lärm geflohen war, den sie gemacht hatte, nicht wieder zurückgekehrt.

Sie führte das Füllen in der Nähe der Höhle zur Tränke. Der schlammige Fluß, durch herbstliche Oberflächenwasser angeschwollen, war von seinem Höchststand bereits wieder gesunken und hatte am Ufer einen rotbraunen dünnflüssigen Schlammbrei zurückgelassen. Es gluckste unter Aylas Füßen und hinterließ eine bräunlich-rote Schmiere. Das erinnerte sie an den roten Ockerbrei, den der Mog-ur zu Zeremonialzwecken wie der Namensgebung benutzte. Sie fuhr mit einem Finger im Schlamm herum und machte dann ein Zeichen auf ihrem Bein, lächelte und nahm eine Handvoll Schlamm hoch.

Eigentlich habe ich nach rotem Ocker Ausschau halten wollen, aber vielleicht geht dies genauso gut. Die Augen schließend, versuchte Ayla sich daran zu erinnern, was Creb gemacht hatte, als er ihrem Sohn seinen Namen gegeben hatte. Sie sah sein verrunzeltes altes Gesicht vor sich, die Hautfalte, die die Stelle bedeckte, wo eigentlich ein Auge hätte sein müssen, seine große Nase, die stark vorgewölbten Brauen und die niedrige fliehende Stirn. Sein Bart war zottig und schütter geworden, und der Haaransatz hatte sich nach hinten verschoben, aber sie erinnerte sich an ihn, wie er an diesem Tag ausgesehen hatte. Nicht jung, sondern auf dem Höhepunkt seiner Macht. Sie hatte das schöne, verrunzelte alte Gesicht geliebt.

Plötzlich brachen alle alten Gefühle wieder in ihr auf. Ihre Befürchtung, ihren Sohn zu verlieren, und dann die unbeschreibliche Freude beim Anblick der Schale mit rotem Ocker darin. Sie schluckte ein paarmal, doch der Kloß, den sie im Hals hatte, wollte nicht hinuntergehen; sie wischte eine Träne fort und ahnte nicht, daß sie stattdessen einen braunen Fleck hinterließ. Das kleine Pferd lehnte sich an sie und suchte mit der weichen Schnauze nach Liebe, gleichsam als hätte es gespürt, wonach Ayla sich sehnte. Die Menschenfrau kniete nieder, schlang die

Arme um das Tier und lehnte die Stirn an den kräftigen Hals des kleinen Fohlens.

Dies soll doch eine Namensgebungszeremonie sein, dachte sie und faßte sich wieder. Der Schlamm war ihr zwischen den Fingern zerronnen. Sie schöpfte noch eine Handvoll und reckte dann die andere Hand himmelwärts, so wie Creb es mit seinen verkürzten einhändigen Gebärden getan hatte, um die Geister herbeizurufen. Dann zögerte sie; sie war sich nicht sicher, ob sie bei der Namensgebung eines Pferdes die Geister der Clansangehörigen anrufen sollte oder nicht – vielleicht waren sie alles andere als damit einverstanden. Sie tauchte die Finger in den Schlamm und zog von der Stirn bis zur Nasenspitze einen Strich über das Gesicht des Fohlens, genauso, wie Creb es mit dem roten Ockerbrei bei Durc gemacht hatte.

»Winnie«, sagte sie laut und nahm damit Abschied von der förmlichen Gebärdensprache. »Der Name dieses Mädchens ... dieses weiblichen Pferdes lautet Winnie.«

Das kleine Pferd schüttelte den Kopf und versuchte, den nassen Schlamm auf seinem Gesicht abzuschütteln, worüber Ayla lachen mußte. »Das trocknet bald und fällt dann von selbst ab, Winnie.«

Sie wusch sich die Hände, rückte den Korb mit dem Korn auf dem Rücken zurecht und marschierte langsam auf die Höhle zu. Die Namensgebungszeremonie hatte sie zu sehr an ihr Alleinsein erinnert. Winnie war ein warmes, lebendiges Wesen und ließ sie die Einsamkeit leichter ertragen, doch als Ayla das steinübersäte Ufer erreichte, liefen ihr ungewollt und unbemerkt die Tränen über die Wangen.

Sie redete dem jungen Pferd gut zu, den steilen Pfad zur Höhle hinaufzugehen, und das riß sie ein wenig aus ihrem Kummer heraus. »Komm, Winnie, das schaffst du schon. Ich weiß, daß du kein Steinbock und auch keine Steppenantilope bist, aber du brauchst dich nur dran zu gewöhnen.«

Sie erreichten die höchste Stelle der Wand, die das Sims bildete, das sich vor ihrer Höhle erstreckte, und traten ein. Ayla entfachte das halb mit Erde bedeckte Feuer wieder zu neuem Leben und fing an, ein paar Körner zu kochen. Das Füllen fraß jetzt Gras und Getreide und war nicht mehr auf besonders hergerichtetes Fressen angewiesen; dennoch kochte Ayla ihm ab und zu einen Brei, weil Winnie ihn mochte.

Sie trug zwei Kaninchen, die sie früher am Tag erlegt hatte, nach draußen, um sie abzubalgen, solange es noch hell war, brachte sie dann wieder hinein, um sie zu kochen und rollte die Felle zusammen, bis sie Zeit fand, sie zu bearbeiten. Sie hatte bereits einen ganzen Vorrat von Tierfellen angelegt; Kaninchen und Hasen, Hamster – was immer ihr vor die Schleuder kam. Zwar war sie sich noch nicht darüber im klaren, wofür sie sie verwenden wollte, doch sorgte sie dafür, daß sie alle haltbar blieben und nicht vermoderten. Vielleicht fiel ihr im Winter etwas ein, wofür sie sie gebrauchen konnte. Falls es zu kalt wurde, brauchte sie sie nur um sich herum aufzuschichten.

Der Gedanke an den Winter beschäftigte sie, als die Tage kürzer wurden und die Temperaturen fielen. Sie hatte keine Ahnung, wie streng oder lang er sein würde, und das beunruhigte sie. Ein plötzlicher Anfall von Angst trieb sie dazu, ihre Vorräte zu sichten, obwohl sie genau wußte, wieviel sie hatte. Sie sah Körbe und Rindenbehältnisse voll Trockenfleisch, Früchten und Gemüsen, Samen, Nüssen und Körnern durch. In der dunklen Ecke, die am weitesten vom Höhleneingang entfernt war, untersuchte sie Bündel ganzer, gesunder Wurzeln und Früchte, um sicherzugehen, daß sie keine faulen Stellen aufwiesen.

An der Rückwand hatte sie Holz, getrockneten Pferdedung und Bündel getrockneten Grases gestapelt. In der gegenüberliegenden Ecke hatte sie noch Körbe mit Getreide für Winnie nebeneinandergestellt.

Ayla ging zurück zum Feuer, um nachzusehen, wie es mit den Körnern stand, die in dem eng geflochtenen Korb kochten, und das Kaninchengericht umzurühren; dann ging sie an ihrer Lagerstatt und ihren persönlichen Habseligkeiten an der Wand daneben vorüber, um Kräuter, Wurzeln und Rinden zu untersuchen, die von einem Gestell herunterhingen. Die Pfosten dafür hatte sie in die festgestampfte Erde des Höhlenbodens nicht allzu weit von der Feuerstelle entfernt eingegraben, damit die Gewürze, Tees und Heilkräuter beim Trocknen von der Hitze profitierten, gleichwohl jedoch nicht all zu nahe beim Feuer lagerten.

Sie hatte keinen Clan, um den sie sich kümmern mußte, und brauchte gewiß nicht alle Heilkräuter, doch hatte sie Izas Heilkräutersammlung immer gut bestückt gehalten, nachdem die alte Frau zu alt geworden war. Sie war es also gewöhnt, diese nicht stehenzulassen, wenn sie Eßbares suchte. Auf der anderen Seite der Kräuterdarre lagerte ein Vorrat aller möglichen Materialien: Holzklötze, Stecken und Zweige, Gräser und Rinden,

Felle, Knochen, etliche Felsbrocken und Steine und sogar ein Korb Sand vom Flußufer unten.

Sie dachte nicht gern an den langen, einsamen Winter vor ihr, da sie zum Nichtstun verurteilt sein würde. Aber immerhin war sie sich darüber im klaren, daß es keine Feiern mit Fasten und Geschichtenerzählen geben würde, keine Babys, die erwartet wurden, weder Getuschel noch Geplauder oder ernste Unterhaltungen, weder Gespräche über Fragen der Heilkunst mit Iza oder Uba, noch Zuhören, wenn die Männer sich über Vorgehensweisen bei der Jagd unterhielten. Sie hatte sich deshalb vorgenommen, ihre Zeit mit dem Herstellen von Dingen hinzubringen – je schwieriger und zeitraubender, desto besser –, um sich so gut wie möglich beschäftigt zu halten.

Sie besah sich die Holzstücke, die sie für diesen Zweck beiseitegelegt hatte. Da lagen größere und kleinere, um Näpfe und Schalen unterschiedlicher Größe herstellen zu können. Das Ausmessen des Fassungsvermögens sowie das Aushöhlen mit dem Messer und der als Meißel verwendeten Handaxt, dann das Glätten mit Hilfe von Sand und einem runden Stein – all das konnte Tage dauern. Sie nahm sich vor, mehrere Gefäße dieser Art herzustellen. Ein paar von den kleineren Fellen sollte zu Handlingen, Beinlingen und Futter für die Fußlinge verarbeitet werden; andere galt es zu enthaaren und so gut zu walken, daß sie anschmiegsam und weich wurden wie Babyhaut, außerdem aber auch noch saugfähig.

Ihr Vorrat von Palmlilienblättern, Schilfblättern und -stengeln, Binsen, Weidenruten und Baumwurzeln sollte zu Körben der unterschiedlichsten Art verarbeitet werden, locker geflochten oder fest, in verstrickten Mustern, zum Kochen, Essen, für die Vorratshaltung, zu Worfelschütten, Tabletts, Sitzmatten und Unterlagen zum Darreichen und Trocknen von Eßbarem. Sie hatte vor, aus Pflanzenfasern, Rinde und Sehnen sowie den langen Schwanzhaaren des Pferdes Bindematerial herzustellen, vom dünnen Bindfaden bis zum dicken Seil; außerdem Lampen aus Steinen mit kleinen Mulden darin, die mit Fett und einem Docht aus getrocknetem Moos gefüllt wurden und die rauchlos brannten; eigens für diesen Zweck hatte sie das Fett von Raubtieren aufgehoben. Nicht, daß sie es notfalls nicht gegessen hätte; das Fett von Pflanzenfressern schmeckte ihr einfach besser.

Es galt, flache Hüftknochen und Schulterblätter zu Tellern und Platten zurechtzuschnitzen und aus anderen Kellen und

Rührlöffel herzustellen. Feine Fasern verschiedener Pflanzen dienten zusammen mit Federn und Haaren als Zunder oder Polstermaterial. Außerdem hatte sie eine Auswahl von Feuersteinen und Werkzeug bereitgelegt, um die Steine damit zu bearbeiten. Sie hatte so manchen Wintertag damit verbracht, ähnliche Dinge herzustellen, die fürs Leben wichtig waren. Doch außerdem hatte sie einen Vorrat von Gegenständen, die zu fertigen sie nicht gewohnt war, bei deren Herstellung sie den Männern jedoch zugeschaut hatte: Jagdwaffen.

Es ging ihr darum, Speere zu machen, Keulen, die gut in der Hand lagen, neue Schleudern. Und sie hatte sogar daran gedacht, sich an einer Bola zu versuchen, obwohl sie, um damit umzugehen, genauso lange würde üben müssen wie mit ihrer Schleuder. Brun war ein ausgezeichneter Bola-Werfer gewesen: schon das Herstellen dieser Waffe erforderte besonderes Geschick. Drei Steine mußten zu gleich großen Kugeln gerundet und dann in genau dem richtigen Abstand an einer Schnur befestigt werden, so daß ein Gleichgewicht erreicht wurde.

Ob er wohl Durc in dieser Kunst unterrichtete? fragte Ayla sich.

Das Tageslicht schwand, und ihr Feuer war am Erlöschen. Die Körner waren aufgequollen und hatten alles Wasser in sich aufgesogen. Eine Schale voll behielt sie für sich selbst; dann goß sie Wasser hinzu und bereitete den Rest für Winnie. Sie füllte diesen Schleim in einen wasserdichten Korb und trug ihn an den Schlafplatz des Pferdes an der Rückwand der Höhle gegenüber dem Eingang.

Die ersten Tage unten am Strand hatte Ayla bei dem kleinen Pferd geschlafen, war dann jedoch zu dem Schluß gekommen, daß das Füllen oben in der Höhle einen eigenen Platz bekommen sollte. Sie verwendete getrockneten Pferdedung zwar als Brennmaterial, fand es jedoch weniger schön, ständig frischen Dung auf ihren Schlaffellen zu finden; das Pferd schien darüber auch nicht sonderlich glücklich. Außerdem kam bestimmt einmal der Zeitpunkt, da das Pferd viel zu groß sein würde, um neben ihm zu schlafen; zudem war ihre Lagerstätte auch nicht groß genug für sie beide. Dennoch legte sie sich oft an dem neuen Schlafplatz des kleinen Pferdes nieder und kuschelte mit ihm.

»Das muß dir reichen«, bedeutete Ayla dem Pferd. Es war ihr nach und nach zur Gewohnheit geworden, mit dem Füllen zu reden und dieses fing auch an, auf bestimmte Signale zu reagieren. »Hoffentlich habe ich genug für dich gesammelt. Wenn ich nur wüßte, wie die Winter hier sind.« Sie war recht gereizt und ein wenig bedrückt. Wäre es nicht schon dunkel gewesen, hätte sie draußen noch einen Spaziergang gemacht. Oder, noch besser, einen langen Dauerlauf.

Als das Pferd anfing, an seinem Korb zu knabbern, brachte Ayla ihm einen Armvoll frisches Heu. »Hier, Winnie, kau auf diesem hier herum. Du sollst doch nicht deinen Futterkorb fressen!« Ayla war danach, ihrem jungen Gefährten etwas Gutes zukommen zu lassen, ihn zu streicheln und zu kraulen. Als sie damit aufhörte, schnüffelte das Fohlen an ihrer Hand und präsentierte ihr eine Flanke, die noch gekratzt und gekrault werden sollte.

»Dann muß es dich wohl schrecklich jucken.« Ayla lächelte und fing wieder an zu kratzen. »Warte, da fällt mir etwas ein.« Sie kehrte an die Stelle zurück, wo sie ihre verschiedenen Materialien liegen hatte, und suchte eine Kardendistel heraus. Nach dem Trocknen entstand bei dieser Pflanze eine längliche, eiförmige Bürste mit längeren Borsten daran. Jetzt brach sie einen solchen Fruchtstand ab und bearbeitete damit behutsam die Stelle an Winnies Flanke. Eine Stelle führte zur anderen, und so hörte sie erst auf, nachdem sie zum offensichtlichen Vergnügen des jungen Tieres Winnies gesamtes zottiges Fell gebürstet hatte.

Danach schlang sie Winnie die Arme um den Hals und legte sich neben dem warmen jungen Tier auf das frische Heu.

Erschrocken fuhr Ayla auf. Die Augen angstvoll und voll böser Vorahnung aufgerissen, blieb sie ganz still sitzen. Irgend etwas stimmte nicht. Sie verspürte einen kalten Hauch und hielt den Atem an. Was war das für ein schnüffelndes Geräusch? Sie war sich allerdings nicht sicher, ob sie es im Atemgeräusch und dem Herzschlag des Füllens wirklich gehört hatte. Kam es aus dem Hintergrund der Höhle? Es war so stockfinster, daß sie nichts sehen konnte.

So dunkel . . . Das war es! Die Glut des halb mit Erde bedeckten Feuers verströmte keinen warmen roten Schimmer. Außerdem stimmte ihre Orientierung in der Höhle nicht. Die Wand lag auf der falschen Seite, und der Luftzug . . . Da war es wieder! Dieses Schnaufen und Husten! Was mache ich hier an Winnies Lagerstätte? Ich muß eingeschlafen sein und vergessen haben, das Feuer mit Erde zu bedecken. Jetzt ist es ausgegangen. Und seit ich hier in dieses Tal gekommen bin, bin ich noch nie ohne Feuer gewesen.

Ayla erschauderte und spürte plötzlich, wie sich ihr die Nakkenhaare sträubten. Sie hatte kein Wort, keine Geste, keine Vorstellung von dem Vorgefühl, das sie überlief – trotzdem empfand sie es sehr deutlich. Ihre Nackenmuskeln spannten sich. Irgend etwas würde gleich geschehen. Etwas, das mit Feuer zu tun hatte. Das wußte sie so gewiß wie sie atmete.

Diese Gefühle befielen sie bisweilen seit jener Nacht, da sie Creb und den Mog-ur in den kleinen Raum tief in der Clanshöhle gefolgt war, in dem die Versammlung stattfand. Creb hatte sie entdeckt; nicht, weil er sie gesehen hätte, sondern weil sein Gefühl ihm gesagt hatte, daß sie da war. Auf sehr eigentümliche Weise hatte auch sie gespürt, daß er in ihrem Hirn gegenwärtig war. Dann hatte sie Dinge geschaut, die sie sich nicht erklären konnte. Und hinterher hatte sie dann manchmal Dinge einfach gewußt. Hatte gewußt, wann Broud sie anstarrte, obwohl sie ihm den Rücken zukehrte. Hatte den bösartigen Haß gespürt, den er im Herzen für sie hegte. Und hatte noch vor dem Erdbeben gewußt, daß Tod und Zerstörung in der Clanshöhle wüten würden.

Doch so stark wie dieses hatte sie nie zuvor etwas gespürt. Was sie erfüllte, war ein tiefes Gefühl der Beklommenheit, ja, der Furcht – nicht, wie ihr klar wurde, eines Feuers wegen und auch nicht um sich selbst, sondern um jemand, den sie liebte.

Lautlos stand sie auf und tastete sich zum Herdfeuer hinüber in der Hoffnung, dort noch ein kleines Stück Glut zu finden, aus dem sich das Feuer neu entfachen ließ. Aber es war erloschen. Plötzlich hatte sie das dringende Bedürfnis, sich zu erleichtern, fand die Wand und tastete sich an ihr bis zum Eingang vor. Ein kalter Windstoß trieb ihr Haar nach hinten, fuhr raschelnd in die kalte Asche und wirbelte sie in die Höhe. Es fröstelte sie.

Als sie hinaustrat, fuhr ein starker Wind sie an. Sich dagegenstemmend und an der Felswand festhaltend, arbeitete sie sich bis ans Ende des Simses vor, wo sie ihre Abfälle hinwarf.

Keine Sterne schmückten den Himmel, doch die dünne Wolkendecke bewirkte, daß das Mondlicht zu einem gleichmäßigen Schimmer verteilt wurde, der das Dunkel draußen weniger undurchdringlich machte als das in der Höhle. Doch waren es ihre Ohren und nicht ihre Augen, die sie warnten. Sie hörte das leise Fauchen und den Atem, ehe ihre Augen die verstohlene Bewegung registrierte.

Sie griff nach ihrer Schleuder, doch hing die nicht an ihrem Leibriemen. Sie hatte sie drinnen gelassen. In der Höhle und um sie herum war sie nachlässig geworden und hatte sich darauf verlassen, daß das Feuer Eindringlinge abhalten würde. Doch das Feuer war ausgegangen, und ein junges Pferd war für die meisten Raubtiere eine verlockende Beute.

Plötzlich hörte sie vom Höhlenmund her ein keckerndes Knurren, dem ein angstvolles Gewieher folgte. Das kleine Pferd fand sich in der Steinkammer eingeschlossen, und der einzige Ausgang war ihm durch Hyänen versperrt.

Hyänen! dachte Ayla. Ihr keckerndes Knurren, das wie ein Lachen klang, ihr zottiges geflecktes Fell und die Art, wie sich ihr Rücken von den gut entwickelten Vorderbeinen und Schultern zu den kleinen Hinterbeinen hinabwölbte, so daß man immer den Eindruck hatte, sie duckten sich kriecherisch – all das irritierte sie. Auch konnte sie niemals Ogas Schrei vergessen, als diese hilflos zugesehen hatte, wie ihr Sohn davongeschleppt worden war. Diesmal hatten sie es auf Winnie abgesehen.

Zwar trug sie ihre Schleuder nicht bei sich, doch das konnte sie nicht abhalten. Es war nicht das erstemal, daß sie ungeachtet ihrer eigenen Sicherheit eingriff, wo jemand anders bedroht war. Die Faust drohend erhoben und laut schreiend lief sie auf die Höhle zu.

»Raus da! Fort mit euch!« Das waren Sprachlaute, selbst in der Sprache des Clans.

Die Tiere trollten sich. Teils war es ihre Zuversicht, die bewirkte, daß sie sich zurückzogen; und wenn auch das Feuer erloschen war, der Rauchgeruch hielt sich noch in der Luft. Trotzdem: Es gab noch einen anderen Grund. Aylas Geruch war den Tieren zwar nicht allgemein bekannt, aber er wurde ihnen vertrauter, und als sie ihn das letztemal gewittert hatten, waren hart geschleuderte Steine angeflogen gekommen.

Ayla suchte in der stockfinsteren Höhle tastend nach ihrer Schleuder und war wütend auf sich, da sie sich nicht erinnerte, wo sie sie hingelegt hatte. Das durfte ihr nicht noch einmal passieren, sagte sie sich. Ich werde eine Stelle suchen, wo sie hingehört, und dorthin kommt sie dann jedesmal, wenn ich sie nicht bei mir tragen will.

Statt dessen häufte sie ihre Kochsteine vor sich auf – wo die lagen, wußte sie. Als eine vorwitzige Hyäne sich nahe genug heranwagte, daß ihre Umrisse sich vor der Höhlenöffnung abhoben, mußte sie die Erfahrung machen, daß Ayla ihr Ziel auch ohne

Schleuder nicht verfehlte und daß solche Steinwürfe wehtaten. Noch ein paar solcher Versuche, und die Hyänen kamen zu dem Schluß, daß das junge Pferd doch keine so leichte Beute war.

Ayla tastete im Dunklen nach noch mehr Steinen und stieß dabei auf einen der Stecken, in die sie Kerben geschnitten hatte, um das Verstreichen der Zeit festzuhalten. Den Rest der Nacht verbrachte sie an Winnies Seite, bereit, das Füllen notfalls auch mit einem Stecken zu verteidigen.

Den Schlaf abzuwehren, erwies sich da als schwieriger. Kurz vor der Dämmerung döste sie eine Weile, doch als das erste Morgenlicht heraufkroch, stand sie mit der Schleuder in der Hand auf dem Sims. Hyänen waren nirgends zu entdecken. Da ging sie zurück, um ihren Fellüberwurf und ihre Fußlinge zu holen. Die Temperatur war empfindlich gefallen, der Wind über Nacht umgeschlagen. Da er jetzt aus nordöstlicher Richtung kam, wehte er durch die volle Länge des Tals und fuhr dann – von der vorspringenden Felswand und der Flußbiegung aufgehalten – stoßweise in ihre Höhle hinein.

Sie lief mit ihrem Wasserbeutel den steilen Pfad hinunter und zertrümmerte eine dünne durchsichtige Eisschicht, die sich am Rand des Flusses gebildet hatte. Die Luft roch nach Schnee. Als sie die Eisschicht durchbrach und eisiges Wasser schöpfte, konnte sie es nicht fassen, daß es jetzt so kalt war, wo es doch tags zuvor so warm gewesen war. Das Wetter hatte sich rasch geändert. Sie war in ihrer Routine zu bequem geworden. Es bedurfte nur eines Wetterumschlags, um sie daran zu erinnern, daß sie es sich nicht leisten konnte, nichts zu tun.

Iza hätte sich darüber gefreut, daß ich mich schlafen legen konnte, ohne zuvor das Feuer abzudecken. Jetzt werde ich ein neues machen müssen. Auch hatte ich es nicht für möglich gehalten, daß der Wind in die Höhle hineinwehen würde; schließlich ist er bisher immer aus dem Norden gekommen. Vielleicht hat das dazu beigetragen, daß das Feuer erloschen ist. Ich hätte es abdecken sollen. Treibholz strahlt eine so große Hitze aus, wenn es trocken ist. Vielleicht sollte ich frisches Holz schlagen. Damit läßt sich zwar nicht so leicht Feuer machen, aber dafür brennt es langsamer. Auch sollte ich Pfosten für einen Windschutz schlagen und mehr Holz heraufschaffen. Fängt es erst einmal an zu schneien, wird das Holzholen schwieriger. Ich hole jetzt mein Handbeil und fälle ein paar Bäume, ehe ich ein Feuer mache. Ich möchte ja nicht, daß der Wind es mir ausbläst, ehe ich einen Windschutz gebaut habe.

Auf dem Weg zurück zur Höhle nahm sie ein paar Stücke Treibholz mit. Winnie stand auf dem Sims, begrüßte sie mit seinem Gewieher, stupste sie mit der Nase und erhoffte sich Zeichen von Zuneigung. Ayla lächelte zwar, schlüpfte aber eilends in die Höhle hinein. Winnie folgte ihr und versuchte, seine Nase unter Aylas Hand zu schieben.

Na schön, Winnie, dachte Ayla, nachdem sie Holz und Wasser niedergesetzt hatte. Sie streichelte und kraulte das Fohlen eine Weile und schüttelte ihm dann ein paar Körner in seinen Korb. Sie selbst aß etwas kaltes, übriggebliebenes Kaninchen und wünschte, sie hätte etwas heißen Tee, begnügte sich dann jedoch mit kaltem Wasser. Es war kalt in der Höhle. Ayla blies sich in die Hände und steckte sie sich unter die Achseln, um sie zu wärmen. Dann holte sie ihren Korb mit dem Werkzeug herbei, den sie in der Nähe ihrer Lagerstatt stehen hatte.

Kurz nach ihrer Ankunft im Tal hatte sie sich einige neue Werkzeuge gemacht und vorgehabt, noch mehr zu machen, doch dann war ihr immer etwas anderes wichtiger erschienen. Sie wählte ihr Handbeil – dasjenige, das sie mitgebracht hatte – und trug es nach draußen, um es sich im helleren Licht genauer anzusehen. Richtig gehandhabt konnte ein Handbeil sich selbst schärfen. Für gewöhnlich sprangen beim Gebrauch immer kleine Splitter ab, so daß die Schneide scharf blieb. Bei falscher Handhabung konnte aber auch ein großer Splitter abgehen und manchmal sogar der ganze Stein in kleine Teile zerspringen.

Ayla bemerkte nicht das Klappern von Winnies Hufen, als diese sich ihr von hinten näherte; an diesen Laut war sie zu sehr gewöhnt. Das junge Tier versuchte, Ayla seine Nase unter die Hand zu schieben.

»Oh, Winnie!« rief sie, als das spröde Feuersteinbeil auf den harten Felssims fiel und in mehrere Stücke auseinanderbrach. »Das war mein einziges Handbeil und ich muß doch Holz schlagen!« Ich weiß nicht, was los ist, dachte sie. Gerade wo es kalt wird, geht mir das Feuer aus. Hyänen kommen, als ob sie kein Feuer vorzufinden erwarteten, und machten den Eindruck, als ob sie jeden Augenblick auf einen losgehen wollten. Und jetzt zerspringt mir auch noch das einzige Beil. Sie machte sich Sorgen; eine Pechsträhne verhieß nichts Gutes. Jetzt muß ich als Allerérstes ein neues Handbeil machen.

Sie hob die einzelnen Stücke, in die ihr altes Beil zersprungen war, auf und legte sie neben dem erloschenen Feuer nieder; vielleicht ließ sich etwas anderes aus ihnen machen. Aus einer Nische hinter ihrer Schlafstätte holte sie ein in das Fell eines riesigen Hamsters gewickeltes und verschnürtes Bündel hervor und trug es hinunter zum Steinstrand.

Winnie folgte ihr, doch als sie Ayla stupste und sich an ihr reiben wollte, schob diese sie eher unsanft fort, als daß sie sie gestreichelt hätte. Daraufhin überließ das Füllen Ayla ihren Steinen und streifte allein durch das Tal.

Ayla wickelte das Bündel behutsam, ja geradezu ehrfürchtig aus: diese Haltung hatte sie von Droog, dem Werkzeugmacher des Clans, übernommen. Das Bündel enthielt eine ganze Reihe von Dingen. Als erstes nahm sie einen eiförmigen Stein zur Hand. Als sie den Feuerstein zum ersten Mal bearbeitet hatte, war sie auf die Suche nach einem Hammerstiel gegangen, der ihr gut in der Hand lag und außerdem auch noch die nötige Härte besaß, nicht seinerseits zu zersplittern, wenn man damit gegen Feuerstein schlug. Werkzeuge zur Steinbearbeitung waren alle außerordentlich wichtig, keines jedoch von einer solchen Bedeutung wie ein Hammerstein. Dieser war das erste Werkzeug, mit dem man den Feuerstein bearbeitete.

Der ihre wies im Gegensatz zu Droogs durch Gebrauch arg mitgenommenem Schlagwerkzeug nur wenige winzige Dellen auf. Trotzdem hätte nichts ihn dazu bewegen können, ihn aufzugeben. Jeder war imstande, aus Feuerstein ein rohes Werkzeug zu machen, die wirklich guten jedoch stammten aus der Hand von Werkzeugmachern, die ihre Hilfswerkzeuge hoch in Ehren hielten und wußten, wie man den Geist eines Hammersteins glücklich hielt. Wiewohl sie das früher nie getan hatte, machte Ayla sich diesmal ausgesprochen Sorgen um den Geist ihres Hammersteins. Der besaß jetzt, wo sie ihre eigener Werkzeugmacher sein mußte, eine viel größere Bedeutung für sie als früher. Sie war sich darüber im klaren, daß es bestimmter Rituale bedurfte, um Unglück abzuwehren, wenn ein Hammerstein einmal zersprang, um dann den Geist dieses Steins zu beschwichtigen und ihn zu bewegen, Wohnung in einem neuen Stein zu nehmen; die Rituale selbst aber kannte sie nicht.

Sie legte den Hammerstein beiseite und untersuchte den kräftigen Hinterbeinknochen eines Weidetiers nach Splitterspuren vom letztenmal, da sie ihn benutzt hatte. Nach dem Knochenhammer begutachtete sie einen Feinmeißel, den Eckzahn einer großen Raubkatze, den sie aus einem Unterkieferknochen aus dem Knochenhaufen unten an der Felswand herausgebrochen hatte. Danach inspizierte sie auch noch die anderen Steine und Knochen.

Die Bearbeitung von Feuerstein hatte sie dadurch erlernt, daß sie Droog zugesehen und hinterher geübt hatte. Er hatte nichts dagegen gehabt, ihr zu zeigen, wie man Feuerstein bearbeitete. Sie hatte aufmerksam zugeschaut und gewußt, daß er ihre Bemühungen beifällig betrachtete; nur, richtig gelernt hatte sie bei ihm nicht. Eine Frau als Lehrling auch nur in Betracht zu ziehen, lohnte sich nicht; denn die Zahl der Werkzeuge, die Frauen machen durften, war beschränkt. Jagdgeräte und Werkzeuge zur Herstellung anderer Geräte zu fertigen, kam für sie nicht in Frage. Ayla war jedoch bald dahintergekommen, daß die Geräte, die Frauen benutzten, sich gar nicht so sehr von den typischen Männerwerkzeugen unterschieden. Ein Messer war schließlich ein Messer, und eine geriffelte Feile ließ sich ebensogut beim Zuspitzen eines Grabstockes wie eines Speers benutzen.

Sie sah Arbeitsgerät und Material noch einmal durch, entschied sich für einen kleinen Feuersteinknoten, legte ihn aber gleich wieder hin. Wenn sie ernstlich Feuerstein bearbeiten wollte, brauchte sie einen Amboß, etwas, worauf der Stein ruhte, während sie ihn bearbeitete. Droog hatte keinen Amboß gebraucht, um ein Handbeil zu schlagen; den brauchte er nur für kompliziertere Gerätschaften. Ayla hingegen fand, daß sie besser arbeiten konnte, wenn sie den schweren Feuerstein auf eine feste Unterlage setzen konnte; die rohen Umrisse eines Geräts konnte freilich auch sie ohne Amboß zurichten. Was sie jetzt brauchte, war eine feste glatte Oberfläche, die wiederum nicht zu hart war, damit der Feuerstein unter kräftigeren Schlägen nicht in viele Stücke zerbarst. Droog hatte den Fußknochen eines Mammuts benutzt, und so beschloß sie jetzt, hinzugehen und nachzusehen, ob sich in dem Knochenhaufen nicht einer fände.

Sie kletterte um das aufgehäufte Durcheinander von Knochen, Holz und Steinen herum. Da Stoßzähne vorhanden waren, stand zu erwarten, daß sich auch Fußknochen fanden. Sie entdeckte einen langen Ast und benutzte ihn als Hebel, um die schwereren Stücke zu bewegen. Freilich zerbrach er, als sie versuchte, einen Felsbrocken damit zu lockern. Dann fand sie den kleinen elfenbeinfarbenen Stoßzahn eines jungen Mammuts, der sich als wesentlich widerstandfähiger erwies. Schließlich entdeckte sie ganz am Rand des Haufens, hinten an der Wand, wonach sie suchte und schaffte es, ihn unter der Masse der anderen Dinge herauszuziehen.

Als sie den Beinknochen fortschleppte zu ihrem Arbeitsbereich, fielen ihre Augen auf einen graugelben Stein, der im Sonnenlicht schimmerte und an den glatten Flächen aufblinkte. Erst als sie stehenblieb und das Stück Eisenpyrit aufhob, fiel ihr ein, warum es ihr so vertraut vorgekommen war.

Mein Amulett, dachte sie und berührte das Lederbeutelchen, das sie um den Hals hängen hatte. Mein Höhlenlöwe hat mir einen Stein wie diesen zukommen lassen, um mir zu verstehen zu geben, daß mein Sohn am Leben bleiben würde. Plötzlich bemerkte sie, daß der ganze Strand mit diesen graugelben, matt in der Sonne blinkenden Steinen übersät war. Erst jetzt, wo sie einen von ihnen wiedererkannt hatte, wurden sie ihr bewußt. Zuvor hatte sie sie einfach übersehen. Jetzt merkte sie auch, daß die Wolken aufrissen. Als ich den meinen fand, war es der einzige weit und breit. Hier hingegen haben sie nichts Besonderes, liegen sie überall herum.

Sie ließ den Stein fallen und schleifte das Mammutbein das Ufer hinunter, setzte sich dann hin und zog es sich zwischen die Beine. Den Schoß bedeckte sie sich mit dem Hamsterfell; dann nahm sie ihren unbearbeiteten Feuerstein wieder zur Hand, drehte ihn hin und her, betrachtete ihn von allen Seiten und überlegte, an welcher Stelle sie den ersten Schlag ausführen sollte, doch wollte es ihr nicht gelingen, sich zu konzentrieren. Irgend etwas störte sie. Offenbar sind es die harten, kalten runden Steine, auf denen ich sitze, dachte sie, lief zur Höhle hinauf, holte sich eine Matte und brachte bei dieser Gelegenheit gleich ihren Feuerbohrer sowie das flache Bohrholz sowie ein wenig Zunder mit. Ich kann froh sein, wenn es mir gelingt, ein Feuer zu entzünden. Der Vormittag ist schon halb vorüber, und es ist immer noch kalt.

Sie ließ sich auf der Matte nieder, legte ihre Geräte zum Herstellen von Werkzeugen griffbereit zurecht und das Hamsterfell wieder über ihren Schoß, griff nach dem kreidegrauen Stein und legte ihn sich auf dem Amboß zurecht. Dann nahm sie den Hammerstein, drehte ihn ein paarmal, bis er richtig in der Hand lag, und legte ihn wieder fort. Was ist nur los mit mir? fragte sie sich. Warum bin ich so unruhig? Droog hat jedesmal, ehe er anfing zu arbeiten, sein Totem um Hilfe angerufen; vielleicht sollte ich das jetzt auch tun.

Sie umfaßte ihr Amulett, schloß die Augen, holte langsam ein paarmal Atem, um ganz ruhig zu werden. Sie stellte keine besondere Bitte, es ging ihr nur darum, mit Herz und Hirn den Geist des Höhlenlöwen zu erreichen. Der Geist, der sie beschützte, sei ein Teil von ihr und wohne in ihrem Inneren, hatte der alte Zauberer erklärt, und sie hatte ihm geglaubt.

Das Bemühen, den Geist des großen Raubtiers zu erreichen, das sie erwählt hatte, übte eine beruhigende Wirkung auf sie aus. Sie spürte, wie sie sich entspannte, und als sie die Augen wieder aufmachte, krümmte sie die Finger und griff abermals nach dem Hammerstein.

Nach den ersten wenigen Schlägen brach die kreidige äußere Schale ab, und Ayla hielt inne, um den eigentlichen Feuerstein genau zu betrachten. Er wies eine gute Farbe auf und schimmerte dunkelgrau; die Struktur war allerdings nicht die allerfeinste. Gleichviel, Einschlüsse waren nicht vorhanden, und so war der Stein eigentlich gerade recht für ein Handbeil. Viele von den dicken Splittern, die fielen, als sie begann, den Stein zu einem Handbeil zurechtzuhauen, ließen sich noch für anderes verwenden. Zwar wiesen sie an der Stelle, wo der Hammerstein sie traf, eine Delle, ein Schlagmal auf, verjüngten sich jedoch zu einer scharfen Schneide. Viele wiesen auch halbmondförmige Wellen auf, die eine tiefe geriffelte Narbe im Steininneren hinterließen, aber solche Splitter waren gut zu besonders widerstandfähigen Schneidewerkzeugen zu verarbeiten, wie zum Beispiel zu Schneidemeißeln zum Zerteilen dicken Leders und von Fleisch, oder zu Sicheln, um Gras damit zu schneiden.

Als Ayla den Stein ungefähr in die von ihr gewünschte Form gebracht hatte, legte sie den Hammerstein beiseite und nahm statt dessen den Knochenhammer zu Hilfe. Knochen stellten ein weicheres und elastischeres Material dar, das die dünne scharfe, wenn auch etwas gewellte Schneide nicht gleich zertrümmerte, wie der Hammerstein es getan hätte. Sorgfältig zielend, schlug sie ganz nahe der gewellten Schneide zu. Bei jedem Schlag lösten sich längere und dünnere Splitter, die flachere Schlagdellen und weniger gewellte Enden aufwiesen. In wesentlich kürzerer Zeit, als die Vorbereitungen in Anspruch genommen hatten, war das Beil fertig.

Es war etwa vierzig Zentimeter lang, besaß einen birnenförmigen Umriß, nur, daß das Ganze flach war und in einer gewölbten Schneide auslief. Es war kräftig, aber nicht besonders dick, und von der Spitze verlief die sich vorwölbende Schneide gerade nach unten. Das gerundete Ende war so gestaltet, daß es gut in der Hand lag. Das ganze Werkzeug war sowohl als Beil zum Holzschlagen zu benutzen als auch als Hohlbeil – etwa zum Aushöhlen von Schalen und Näpfen. Mit seiner Hilfe ließ sich etwa ein Stück Elfenbein vom Stoßzahn eines Mammuts in kleinere Stücke zerteilen und Tierknochen beim Zerlegen der Jagdbeute zertrümmern. Es handelte sich um ein starkes, scharfes Schlagwerkzeug, das vielfältigsten Zwecken dienen konnte.

Jetzt fühlte Ayla sich wohler, kam sich weniger verkrampft vor und war bereit, sich auch an fortgeschrittenere und schwierigere Techniken heranzuwagen. Sie griff nach einem weiteren kreideummantelten Feuerstein und ihrem Hammerstein und zertrümmerte die äußere Schale. Der Stein war fehlerhaft. Die Kreidehülle reichte an einer Stelle bis ins dunkelgraue Steininnere hinein. Dieser Einschluß war der Grund dafür, daß der Stein nicht weiter zu verwenden war – die Ursache dafür, daß der Gang ihrer Arbeit und ihre Konzentration unterbrochen wurden. Sie war wieder reizbar wie zuvor. Sie legte den Hammerstein auf den steinübersäten Strand.

Neuerliches Pech, noch ein Zeichen mit schlechter Vordeutung. Sie wollte nicht daran glauben, diesem Gedanken keinen Raum geben. Wieder betrachtete sie ihren Feuerstein, überlegte, ob sich nicht wenigstens ein paar nützliche Splitter davon abschlagen ließen und griff wieder nach dem Hammerstein. Mit einem Schlag löste sie einen Splitter, doch der mußte noch zurechtgeschlagen werden, und so legte sie den Hammerstein wieder hin und griff nach dem Feinmeißel. Dabei warf sie nur einen flüchtigen Blick in Richtung auf ihre Gerätschaften. Ihre Augen waren auf den Feuerstein gerichtet, und so griff sie daneben und hob einen Stein auf, der unter vielen anderen am Ufer gelegen hatte – und gab damit den Anstoß zu etwas, das ihr ganzes Leben verändern sollte.

Nicht alle Erfindungen entspringen irgendwelchen Notwendigkeiten. Bisweilen spielt auch der Zufall eine entscheidende Rolle. Worauf es ankommt, ist, jeweils die Möglichkeiten zu erkennen. Sämtliche Elemente waren vorhanden, doch einzig der Zufall sorgte dafür, daß sie genau im richtigen Moment alle zusammenkamen. Der Zufall spielte überhaupt die größte Rolle. Kein Mensch, gar nicht zu reden von der jungen Frau, die in einem einsamen Tal an einem steinigen Strand saß, hätte davon geträumt, ein solches Experiment absichtlich herbeizuführen.

Als Aylas Hand nach dem Feinmeißel griff, stieß sie statt dessen auf ein Stück Eisenpyrit von ungefähr der gleichen Größe.

Als sie das frisch freigelegte Innere des fehlerhaften Feuersteins damit traf, lag zufällig der trockene Zunder aus ihrer Höhle in der Nähe, und der Zufall wollte es, daß der durch das Zusammenprallen der beiden Steine entstandene Funke geradewegs in einen Bausch zerzauster Fasern fiel. Am allerwichtigsten war jedoch, daß Ayla just in diesem Augenblick zufällig in diese Richtung blickte, als der Funke flog, auf dem Zunder landete, der einen Moment schwelte und dann im Erlöschen einen Rauchfaden in die Höhe schickte.

Das war die Zufallsentdeckung. Was Ayla dazu beitrug, war die Fähigkeit, die Zusammenhänge und die anderen dazugehörigen Elemente zu erkennen; sie verstand den Vorgang des Feuermachens, denn sie brauchte Feuer und hatte auch keine Angst, etwas Neues auszuprobieren. Trotzdem brauchte sie einige Zeit, um zu erkennen und zu würdigen, was sie da beobachtet hatte. Im ersten Augenblick verwirrte der Rauch sie. Sie mußte erst überlegen, ehe sie den Zusammenhang zwischen dem Rauchfaden und dem Funken herstellte; was sie jedoch am meisten verwirrte, war der Funke. Woher war er gekommen? Diese Frage stellte sie sich, als sie den Stein in ihrer Hand betrachtete.

Es war der falsche Stein! Nicht der Feinmeißel, sondern einer von den matt schimmernden Steinen, die überall am Flußufer umherlagen. Trotzdem immer noch ein Stein, und Stein brannte nicht. Gleichwohl – irgend etwas hatte einen Funken erzeugt, der den Zunder hatte in Rauch aufgehen lassen. Der Zunder hatte schließlich geschwelt, oder?

Bereit zu glauben, sie habe sich das alles eingebildet, hob sie den Busch der rauhen Rindenfaser in die Höhe, doch als sie daran rieb, hinterließ das kleine Loch, das hineingebrannt war, Ruß an ihren Fingern. Daraufhin nahm sie nochmals das Stück Eisenpyrit zur Hand und besah es sich ganz genau. Wie war der Funke aus dem Stein ausgefahren? Was hatte sie getan? Der Feuersteinsplitter! Sie hatte gegen den Feuerstein geschlagen. Sie kam sich zwar ein bißchen albern vor, schlug aber die beiden Steine trotzdem zusammen. Nichts geschah.

Was hast du erwartet? sagte sie sich. Dann schlug sie sie nochmals zusammen, mit mehr Macht diesmal – schlug zu und sah den Funken fliegen. Plötzlich nahm die Idee, die sich widerstrebend in ihr gebildet hatte, in ihrem Kopf deutlich Gestalt an. Eine merkwürdige, erregende Idee, eine die sogar etwas Angst machte.

Behutsam legte sie die beiden Steine auf ihrem ledernen Schutzschurz oben auf dem Beinknochen des Mammuts nieder; dann suchte sie die Sachen zum Feuermachen zusammen. Nachdem alles bereitlag, nahm sie die Steine zur Hand, hielt sie nahe an den Zunder und schlug sie zusammen. Ein Funke flog davon und erlosch an den kalten Steinen. Sie veränderte den Winkel und versuchte es nochmals, diesmal allerdings nicht mit genügend Kraft. Daraufhin schlug sie die Steine kräftiger zusammen und beobachtete, wie ein Funke mitten im Zunder landete. Er versengte ein paar Fasern und erstarb dann; der kleine Rauchfaden jedoch, der entstand, war ermutigend. Noch einmal schlug sie die Steine zusammen, eine Windbö fuhr heran, und der schwelende Zunder flammte auf, ehe er erlosch.

Natürlich! Ich muß daraufblasen. Sie setzte sich anders hin, um auf die im Entstehen begriffene Flamme blasen zu können, und erzeugte mit ihren Steinen noch einen Funken. Diesmal war es ein starker, heller, lange glosender Funke, der auch noch genau an der richtigen Stelle landete. Sie saß so nahe, daß sie die Hitze spürte, als sie solange auf den schwelenden Zunder blies, bis ein richtiges Flämmchen entstand. Ayla streute Schnipsel und kleine Späne darüber, und ehe sie sich's versah, hatte sie ein Feuer.

Es ging lächerlich einfach. So einfach, daß sie es kaum glauben konnte. Sie mußte sich das Ganze noch einmal beweisen, häufte aus diesem Grunde mehr Zunder, mehr Holzschnipsel und -späne aufeinander, und bald hatte sie ein zweites Feuer, dann noch ein drittes und ein viertes. Sie war erfüllt von einer Erregung, die zum Teil Angst, zum Teil ehrfürchtige Scheu und zum Teil Entdeckerfreude war; zu dem allen gesellte sich eine große Portion Fassungslosigkeit als sie zurücktrat und ihre vier verschiedenen Feuer betrachtete.

Durch den Rauchgeruch angezogen, kam Winnie um die Felswand herumgetrabt. Feuer, das ihr einst solchen Schrecken eingejagt hatte, roch heute nach Geborgenheit.

»Winnie!« rief Ayla und lief auf das kleine Pferd zu. Irgend jemand mußte sie es sagen, mit irgendwem ihre Entdeckung teilen, selbst wenn es nur ein Pferd war. »Schau!« gab sie dem Füllen mittels Gebärdensprache zu verstehen. »Schau dir diese Feuer an! Sie sind mit Steinen gemacht worden, Winnie, mit Steinen!« Die Sonne brach durch die Wolken, und plötzlich schien der ganze Uferstreifen zu glitzern.

Ich hatte unrecht, als ich dachte, an diesen Steinen sei nichts

Besonderes. Ich hätte es wissen müssen; mein Totem hat mir einen in die Hand gegeben. Schau sie dir an. Jetzt, wo ich es weiß, kann ich das Feuer sehen, das darin lebt. Woraufhin sie sehr nachdenklich wurde. Aber warum ich? Warum ausgerechnet ich? Einmal hat mein Höhlenlöwe mir einen in die Hand gegeben, um mir zu verstehen zu geben, daß Durc am Leben bleiben würde. Was will er mir jetzt zu verstehen geben?

Sie erinnerte sich an die sonderbare Vorahnung, die sie überkommen hatte, nachdem das Feuer erloschen war. Und jetzt, wo sie inmitten von vier Feuern stand, erschauerte sie, spürte sie das Gefühl von neuem. Dann, unversehens, empfand sie eine ungeheure Erleichterung, obwohl sie sich gar nicht bewußt war, sich jemals Sorgen gemacht zu haben.

8

»Hallo! Hallo!« rief Jondalar laut und lief armschwenkend ans Flußufer hinunter.

Ein ungeheures Gefühl der Erleichterung erfüllte ihn. Zuvor war er völlig verzagt gewesen, doch der Klang einer anderen menschlichen Stimme ließ neue Hoffnung in ihm aufkeimen. Nie wäre es ihm in den Sinn gekommen, daß es sich um Feinde handeln könnte; nichts konnte schlimmer sein als die vollkommene Hilflosigkeit, der er ausgeliefert gewesen war. Außerdem machten sie keinen feindseligen Eindruck.

Der Mann, der ihn angerufen hatte, hielt ein Seil in der Hand, das am einen Ende des merkwürdigen, riesigen Wasservogels befestigt war. Jondalar erkannte, daß es sich nicht um ein Lebewesen handelte, sondern vielmehr um eine Art Fortbewegungsmittel. Der Mann warf ihm das Seil zu. Jondalar ließ es fallen und lief ins Wasser hinterher, daß es aufspritzte. Eine Handvoll anderer Männer, die an einem anderen Seil zogen, kletterte heraus und watete durch das Wasser, das ihnen bis zu den Hüften ging. Einer von ihnen, der lächelte, als er den Ausdruck auf Jondalars Gesicht sah – und in dem Hoffnung und Erleichterung sich mit der Verlegenheit darüber mischten, was er mit dem Seil in der Hand anfangen sollte –, nahm ihm das Tau ab. Er zog das Fahrzeug näher heran, machte das Seil an einem Baum fest und ging dann nachsehen, wie straff das andere Tau gespannt war, das sie um den Stumpf eines abgebrochenen Astes von einem großen Baum gelegt hatten, der halb untergegangen im Fluß lag.

Noch ein anderer Insasse des Wasserfahrzeugs sprang über die Brustwehr auf eben diesen Baumstamm, um zu prüfen, wie fest er saß. Dann sprach er ein paar Worte in einer unbekannten Sprache, und eine leiterähnliche Brücke wurde in die Höhe gehoben und bis zum Baum hinübergeschoben. Er kletterte zurück, um einer Frau zu helfen, die eine dritte Person über diese Brücke und den Baumstamm hinweg ans Ufer geleitete, obwohl es so aussah, als ob diese gar nicht darauf angewiesen wäre, sich leiten zu lassen.

Diese Person – der offensichtlich große Ehrfurcht entgegengebracht wurde – hatte eine stolze, geradezu königliche Haltung, doch eignete ihr auch etwas schwer zu Fassendes und Undefinierbares, eine gewisse Zweideutigkeit, jedenfalls etwas, was Jondalar diese Person offenen Mundes anstarren ließ. Der Wind erfaßte Strähnen langen weißen, im Nacken zusammengenommenen Haares, das von einem glattrasierten – oder bartlosen –, sonst aber vor Alter verrunzelten Gesicht zurückgesträhnt war, ein Gesicht, das trotz der vielen Runzeln ganz sanft zu leuchten schien. Der Verlauf der Kinnbacken und die Art, wie das Kinn vorgereckt wurde, verriet Kraft – war das Charakterstärke?

Erst als man ihn aufforderte herauszukommen, merkte Jondalar, daß er im kalten Wasser stand. Das Rätsel wurde allerdings bei eingehenderem Hinsehen auch nicht gelöst, und er hatte das Gefühl, daß ihm irgend etwas Wichtiges entgangen sein müsse. Als er stehenblieb, blickte er in ein Gesicht mit einem einfühlenden, fragenden Lächeln und durchdringenden Augen von unbestimmbarem Grau oder Nußbraun. Errötend wurde Jondalar plötzlich klar, was es bedeutete, daß die geheimnisvolle Person geduldig vor ihm wartete, und er hielt Ausschau nach irgendwelchen Zeichen, die ihr Geschlecht verraten hätte.

Die Größe half nicht sonderlich; ein bißchen groß für eine Frau, etwas zu klein für einen Mann. Wallende, formlose Kleidung verbarg körperliche Einzelheiten; selbst die Art zu gehen verwirrte Jondalar und gab ihm keinerlei Anhalt. Je mehr er hinsah und keine Antwort auf seine Fragen fand, desto erleichterter war er. Er wußte von Menschen wie diesem, die in den Körper eines Geschlechts hineingeboren wurden, jedoch von den Neigungen des anderen erfüllt waren. Sie waren weder das eine noch das andere, oder aber alles beide und traten für gewöhnlich in den Stand jener ein, Die Der Mutter Dienten. Da sich in ihnen Kräfte sowohl weiblicher wie männlicher Elemente miteinander verbanden, standen sie im Ruf, über außerordentliche Heilkräfte zu verfügen.

Jondalar war fern von daheim und kannte Sitten und Gebräuche dieser Menschen nicht; trotzdem hegte er nicht den geringsten Zweifel, daß die Person, die vor ihm stand, ein Heilkundiger war. Vielleicht Einer, Der Der Mutter Diente, vielleicht aber auch nicht; es spielte keine Rolle. Thonolan brauchte einen Heilkundigen, und ein Heilkundiger war gekommen.

Aber woher hatten sie gewußt, daß ein Heilkundiger gebraucht wurde? Woher hatten sie überhaupt gewußt, daß sie kommen sollten?

Jondalar warf noch ein Scheit ins Feuer und sah zu, wie aufstiebende Funken dem in den Nachthimmel aufsteigenden Rauch nachjagten. Er ließ sein nacktes Hinterteil tiefer in seine Schlafrolle hineinrutschen und lehnte sich gegen einen Felsblock, um den nicht erlöschenden Funken nachzusehen, die über den Himmel jagten. Eine Gestalt schwebte in seinen Gesichtskreis herein und versperrte einen Teil des sternübersäten Himmels. Es dauerte einen Augenblick, ehe seine in unbestimmte Fernen starrenden Augen sich auf den Kopf der jungen Frau einstellten, die ihm einen Becher mit dampfendem Tee hinhielt.

Rasch setzte er sich auf, entblößte ein ganzes Stück nackten Schenkels, packte die Schlafrolle und zog sie mit einem Blick auf seine Hose und die neben dem Feuer zum Trocknen aufgehängten Stiefel hoch. Sie grinste, und ihr strahlendes Lächeln verwandelte die ernste, scheue und unaufdringlich hübsche junge Frau in eine Schönheit mit blitzenden Augen. Nie zuvor hatte er eine solche erstaunliche Verwandlung erlebt, und das Lächeln, mit dem er darauf einging, ließ erkennen, wie angezogen er sich fühlte. Sie jedoch hatte den Kopf beiseitegelegt, um ein boshaftes Lachen zu unterdrücken; schließlich wollte sie den Fremden nicht in Verlegenheit bringen. Als sie ihn endlich wieder anblickte, blieb nur noch ein leises Aufleuchten in ihren Augen.

»Dein Lächeln ist wunderschön«, sagte er, als sie ihm den Becher Tee reichte.

Sie schüttelte den Kopf und antwortete mit Worten, von denen er annahm, daß sie so viel bedeuten wie: Ich verstehe dich nicht.

»Ich weiß, daß du mich nicht verstehen kannst. Trotzdem möchte ich dir sagen, wie dankbar ich bin, daß ihr hier seid.«

Sie sah ihn eindringlich an, und er hatte das Gefühl, daß ihr ebenso sehr an einer Verständigung gelegen sei wie ihm. Er redete weiter, weil er fürchtete, sie könne gehen, wenn er aufhörte.

»Es ist wunderbar, nur mit euch zu sprechen, einfach zu wissen, daß ihr da seid.« Er nippte am Tee. »Gut ist der. Was für eine Mischung ist das?« fragte er, hielt den Becher in die Höhe und nickte anerkennend. »Ich glaube, ich schmecke Kamille heraus.«

Sie reagierte mit einem beifälligen Nicken, setzte sich dann ans Feuer und beantwortete das von ihm Gesagte mit Worten, die er so wenig verstand, wie sie die seinen verstanden hatte. Doch ihre Stimme klang angenehm, und sie schien zu wissen, daß er ihre Gesellschaft wünschte.

»Wenn ich euch nur danken könnte. Ich weiß nicht, was ich getan hätte, wäret ihr nicht gekommen.« Er runzelte die Stirn, um Besorgnis und Spannung auszudrücken, und sie lächelte verständnisvoll. »Ich wünschte, ich könnte euch fragen, woher ihr gewußt habt, daß wir hier waren, und wieso euer Zelandoni oder wie ihr euren Heilkundigen sonst nennt, den Weg zu uns gefunden hat.«

Sie antwortete und zeigte dabei auf das Zelt, das in der Nähe errichtet worden war und das jetzt von einem Feuer innen erleuchtet wurde. Verkrampft schüttelte er den Kopf. Es sah so aus, als ob sie ihn fast verstünde; nur konnte er *sie* nicht verstehen.

»Ich nehme zwar an, daß es nicht weiter von Wichtigkeit ist«, sagte er. »Aber ich wünschte, euer Heiler würde mich bei Thonolan lassen. Selbst ohne Worte war klar, daß meinem Bruder keine Hilfe zuteil werden würde, ehe ich nicht gegangen war. Ich zweifle ja nicht an den Fähigkeiten des Heilkundigen. Ich möchte ja nur bei ihm bleiben, das ist alles.«

Bei diesen Worten blickte er sie so ernsthaft an, daß sie ihm begütigend die Hand auf den Arm legte. Er versuchte zu lächeln, doch gelang ihm das nur kläglich. Der Zeltvorhang erregte seine Aufmerksamkeit; eine alte Frau trat heraus.

»Jetamio!« rief sie und ließ dem noch andere Worte folgen.

Rasch erhob sich die junge Frau, doch Jondalar ergriff ihre Hand und hielt sie fest. »Jetamio?« fragte er und zeigte auf sie. Sie nickte. »Jondalar«, sagte er und tippte sich dabei auf die eigene Brust.

»Jondalar«, wiederholte sie langsam. Dann blickte sie zum

Zelt hinüber, tippte erst auf sich, dann auf ihn und zeigte dann auf das Zelt.

»Thonolan«, sagte er und wiederholte den Namen, als sie auf das Zelt zueilte. Wie Jondalar bemerkte, hinkte sie leicht, doch schien sie das nicht zu behindern.

Seine Hose war noch feucht, doch er zog sie hastig über und schoß dann auf ein Gebüsch zu, ohne sie vorher zuzumachen oder seine Stiefel anzuziehen. Er hatte seinen Drang seit dem Erwachen zurückgehalten, aber seine Extrakleidung befand sich in der Kiepe, die er in dem großen Zelt zurückgelassen hatte, wo der Heilkundige Thonolan behandelte. Jetamios Grinsen den Abend zuvor hatte zur Folge, daß er es sich zweimal überlegte, ehe er, in nichts anderes als in sein kurzes Untergewand gekleidet, gleichmütig zu dem abgelegenen Gebüsch hinüberschlenderte. Auch wollte er nicht unbeabsichtigt gegen irgendeine Sitte oder ein Tabu dieser Menschen verstoßen, die ihm halfen – jedenfalls nicht, wo auch noch zwei Frauen im Lager waren.

Zuerst hatte er versucht aufzustehen und in seine Schlafrolle gehüllt hinüberzugehen; dann hatte er lange gewartet, ehe es ihm in den Sinn kam, seine Hose doch anzuziehen, ob sie nun feucht war oder nicht; inzwischen hatte er fast schon vergessen, daß es ihm peinlich war, und war bereit, einfach loszulaufen. Wie die Dinge nun einmal standen, folgte ihm Jetamios Gelächter.

»Tamio, lach nicht über ihn. Das ist nicht nett«, sagte die ältere Frau, doch verpuffte die Kraft ihrer Vorhaltung, als sie versuchte, ihr eigenes Lachen zu unterdrücken.

»Ach, Roshario, ich will mich ja gar nicht über ihn lustig machen. Ich kann nur nicht anders. Hast du gesehen, wie er versucht hat, in seiner Schlafrolle zu gehen?« Schon wieder mußte sie kichern, wenn sie sich auch bemühte, es nicht zu tun. »Warum nur ist er nicht einfach aufgestanden und hingegangen?«

»Vielleicht gelten bei seinem Volk andere Sitten und Gebräuche, Jetamio. Die beiden müssen von weither kommen. Ich habe noch nie zuvor Kleidung wie die ihre gesehen, und seine Sprache hat mit der unseren überhaupt nichts gemein. Die meisten Reisenden gebrauchen ein paar Wörter, die den unsrigen ähneln. Ich glaube, manche von seinen Wörtern könnte ich nicht mal aussprechen.«

»Du mußt recht haben. Er muß irgendwas dagegen haben, seine Haut zu zeigen. Du hättest mal sehen sollen, wie er gestern abend rot geworden ist, bloß weil ich ein bißchen von seinem Schenkel gesehen habe. Allerdings kenne ich niemand, der so froh gewesen wäre, uns zu sehen, wie er.«

»Kannst du ihm das verdenken?«

»Wie ist denn der andere?« erkundigte sich die junge Frau, wieder ernst geworden. »Hat der Shamud irgendwas gesagt, Roshario?«

»Ich denke, die Schwellung ist zurückgegangen und das Fieber auch. Zumindest schläft er jetzt ruhiger. Der Shamud nimmt an, daß er von einem Nashorn angefallen worden ist. Ich weiß nicht, wie er das überlebt hat. Und er hätte auch nicht viel länger überlebt, wenn der Großgewachsene nicht darauf verfallen wäre, auf diese Weise um Hilfe zu bitten. Trotzdem – es ist ein Glücksfall gewesen, daß wir sie gefunden haben. Mudo muß ihnen hold gewesen sein. Die Mutter hat immer etwas für hübsche junge Männer übriggehabt.«

»Aber nicht genug um ... Thonolan vorm Verletzt-Werden zu bewahren. Wie er aufgeschlitzt wurde ... Meinst du, er wird wieder gehen können?«

Liebevoll lächelte Roshario der jungen Frau zu. »Wenn er nur halb so sehr dazu entschlossen ist wie du, wird er auch wieder gehen können, Tamio.«

Jetamios Wangen röteten sich. »Ich gehe lieber mal nachsehen, ob der Shamud irgend etwas braucht«, sagte sie, schoß gebückt zum Zelt hinüber und bemühte sich besonders, überhaupt nicht zu hinken.

»Warum bringst du dem Großgewachsenen nicht seine Sachen«, rief Roshario hinter ihr her, »damit er keine feuchten Hosen mehr anzuziehen braucht?«

»Ich weiß nicht, welches seine sind.«

»Bring ihm beide, dann haben wir hier drinnen mehr Platz. Und frag den Shamud, wann wir ... wie heißt er doch noch? Thonolan? ... transportieren können.«

Jetamio nickte.

»Wenn wir länger hierbleiben, muß Dolando eine Jagd veranstalten. Wir haben ja nicht viel Proviant mitgebracht. Ich glaube nicht, daß die Ramudoi so, wie der Fluß ist, fischen können, obwohl ich glaube, daß sie ebenso froh wären, wenn sie nie an Land gehen müßten. Ich habe lieber festen Boden unter den Füßen.«

»Ach, Rosh, hättest du dir einen Ramudoi zum Mann genommen und keinen Dolando, würdest du heute genau umgekehrt reden.«

Die ältere der beiden Frauen faßte die Jüngere scharf ins Auge. »Hat irgendeiner von den Ruderern versucht, sich an dich heranzumachen? Ich bin zwar nicht deine richtige Mutter, Jetamio, aber jeder weiß, daß du für mich wie eine Tochter bist. Wenn ein Mann nicht mal den Anstand besitzt zu fragen, ist er nicht die Art Mann, die du dir wünschst. Du kannst diesen Flußmännern nicht trauen . . .«

»Keine Angst, Rosh, ich habe nicht beschlossen, mit einem Flußmann durchzubrennen . . . jedenfalls noch nicht«, sagte Jetamio und lächelte.

»Tamio, es gibt gute Shamudoi-Männer genug, die bei dir einziehen würden . . . worüber lachst du?«

Jetamio hatte beide Hände vor den Mund geschlagen und bemühte sich, das Lachen zu unterdrücken, das sich jedoch prustend und schnaubend Bahn brach. Roshario wandte sich in dieselbe Richtung, in der auch Jetamio blickte, und mußte gleichfalls die Hand vor den Mund schlagen, sonst wäre sie in Lachen ausgebrochen.

»Ich hole wohl besser die beiden Kiepen«, gelang es Jetamio schließlich zu sagen. »Unser großgewachsener Freund braucht etwas Trockenes zum Anziehen.« Wieder wollte sie losprusten. »Er sieht aus wie ein Baby, das die Hose vollgemacht hat.« Mit einem Satz war sie bei dem Zelt, doch Jondalar hörte ihr Lachen aufperlen, als sie eintrat.

»Was gibt es Lustiges, meine Liebe?« sagte der Heilkundige und schob fragend eine Augenbraue in die Höhe.

»Tut mir leid, ich habe nicht lachend hier hereinkommen wollen. Es ist nur so, daß . . .«

»Entweder ich bin in der nächsten Welt, oder aber du bist eine Donii, die gekommen ist, mich dorthin zu bringen. Keine irdische Frau kann so schön sein wie du. Aber verstehen kann ich kein Wort von dem, was ihr sagt.«

Jetamio und der Shamud wandten sich beide dem Verletzten zu. Mit einem schwachen Lächeln sah er Jetamio an. Ihr Lächeln schwand von ihrem Gesicht, als sie neben ihm niederkniete.

»Ich habe ihn gestört! Wie kann ich nur so gedankenlos sein!«

»Hör nicht auf zu lächeln, meine schöne Donii«, sagte Thonolan und ergriff ihre Hand.

»Jawohl, meine Liebe, du hast ihn gestört. Aber laß dich das nicht anfechten. Ich vermute, daß er noch wesentlich mehr gestört sein wird, ehe du mit ihm fertig bist.«

Jetamio schüttelte den Kopf und sah den Shamud verständnislos an. »Ich habe nur fragen wollen, ob du etwas brauchst oder ob ich in irgendeiner Weise behilflich sein kann.«

»Das bist du gerade eben gewesen.«

Sie verstand immer noch nicht. Manchmal fragte sie sich, ob sie überhaupt jemals etwas von dem verstand, was der Heiler sagte.

Die durchdringend blickenden Augen bekamen etwas Weicheres, dem jedoch auch ein Hauch von Ironie innewohnte. »Ich habe alles getan, was ich kann. Alles andere muß jetzt von ihm kommen. Allerdings: Alles, was ihm mehr Lebenswillen einflößt, kann ihm in diesem Stadium nur helfen. Und genau das hast du eben mit deinem bezaubernden Lächeln getan . . . meine Liebe.«

Jetamio errötete und senkte den Kopf; da wurde ihr klar, daß Thonolan immer noch ihre Hand hielt. Sie blickte auf, erkannte das Lachen in seinen grauen Augen und reagierte mit einem strahlenden Lächeln darauf.

Der Heiler räusperte sich, und Jetamio unterbrach den Kontakt. Es verwirrte sie ein wenig, als sie erkannte, daß sie den Fremden so lange angestarrt hatte. »Es gibt etwas, das du tun kannst. Da er wach ist und klar denken kann, könnten wir versuchen, ihm etwas Nahrung einzuflößen. Wenn etwas Brühe vorhanden ist – ich glaube, davon würde er trinken, wenn sie von dir käme.«

»Oh, natürlich. Ich werde gleich welche holen«, sagte sie und eilte hinaus, um ihre Verlegenheit zu verbergen. Sie sah, daß Roshario versuchte, sich mit Jondalar zu unterhalten, der ein wenig unbeholfen dastand und versuchte, ein nettes Gesicht zu machen. Huschend verschwand sie wieder in dem Zelt, um zu tun, was man ihr aufgetragen hatte.

»Ich brauche ihre Kiepen, und Roshario möchte wissen, wann Thonolan transportfähig ist.«

»Wie, hast du gesagt, heißt er?«

»Thonolan. Jedenfalls hat mir der andere das gesagt.«

»Sage Roshario, frühestens in ein oder zwei Tagen. Einer Fahrt über reißendes Wildwasser ist er noch nicht gewachsen.«

»Woher kennst du meinen Namen, schöne Donii? Und wie kann ich den deinen erfahren?« Lächelnd wandte sie sich nach Thonolan um und eilte dann mit den beiden Tragekiepen hinaus. Er ließ sich mit einem selbstzufriedenen Grinsen wieder zurücksinken, fuhr jedoch zusammen, als er zum ersten Mal den weißhaarigen Heilkundigen sah. Das rätselhafte Gesicht war zu einem katzenhaften Lächeln verzogen: weise, wissend und ein wenig besitzerisch.

»Ist junge Liebe nicht etwas Herrliches?« erklärte der Shamud. Die Bedeutung der Worte bekam Thonolan zwar nicht mit, wohl aber den beißenden Sarkasmus, der in ihnen lag. Er sah genauer hin.

Die Stimme des Heilers war weder besonders hoch noch tief, und so suchte Thonolan in seiner Kleidung oder seinem Verhalten nach einem Hinweis, ob es sich um den tiefen Alt einer Frau oder um den Tenor eines Mannes handelte, den er da gehört hatte. Er kam zu keinem Schluß, und wiewohl er nicht genau wußte, warum, entspannte er sich ein wenig und hatte das sichere Gefühl, in besten Händen zu sein.

Jondalars Erleichterung, als er Jetamio mit den beiden Kiepen aus dem Zelt herauskommen sah, war so offenkundig, daß sie sich ein wenig schämte, sie nicht schon früher geholt zu haben. Sie kannte sein Problem, nur war es so komisch. Er dankte ihr überschwenglich mit unbekannten Worten, die aber trotzdem seine Dankbarkeit erkennen ließen. Dann ging er auf das hohe Gebüsch zu. Mit trockenen Kleidern fühlte er sich um so viel wohler, daß er Jetamio sogar das Lachen verzieh.

Ich muß wohl ziemlich lächerlich ausgesehen haben, dachte er, aber die Hosen waren nun mal naß und kalt. Nun, ein bißchen Lachen ist ein geringer Preis für ihre Hilfe. Ich weiß nicht, was ich getan hätte . . . Woher sie es wohl gewußt haben? Vielleicht verfügt der Heilkundige über besondere Kräfte – das würde alles erklären. Im Augenblick bin ich einfach froh über seine Heilkräfte. Ich habe Thonolan nicht gesehen und weiß nicht, ob es ihm besser geht oder nicht. Ich denke, es wird höchste Zeit, daß ich das herausfinde. Schließlich ist er mein Bruder.

Jondalar kehrte zurück ins Lager, stellte seine Kiepe neben dem Feuer ab und nahm sich absichtlich Zeit, seine feuchten Kleider wieder zum Trocknen auszubreiten und ging dann auf das Zelt zu.

Ums Haar wäre er mit dem Heilkundigen zusammengestoßen, der gerade in dem Augenblick herauskam, da er sich bückte, um einzutreten. Der Shamud erkannte sofort, was ihn hergetrieben hatte, und ehe Jondalar etwas hätte sagen können, trat er beiseite, lächelte einladend, forderte ihn mit einer übertrieben anmutigen Gebärde auf näherzutreten und willigte damit in das Begehren des großen, kräftigen Mannes ein.

Jondalar musterte den Heiler abschätzend. Nichts in seinen durchdringenden Augen, die ihn ihrerseits abschätzend musterten, deutete darauf hin, daß er etwas von seiner Autorität aufgegeben hätte; was er jedoch weiter vorhatte oder beabsichtigte, blieb genauso dunkel wie die rätselhafte Farbe seiner Augen. Sein Lächeln, das im ersten Augenblick einnehmend erschienen war, wirkte bei näherem Hinsehen eher ironisch. Jondalar ahnte, daß dieser Heilkundige wie so viele seiner Zunft sowohl ein mächtiger Freund als auch ein schrecklicher Gegner sein konnte.

Er nickte, gleichsam als behielte er sich ein endgültiges Urteil noch vor, lächelte kurz, um zu zeigen, wie dankbar er sei, und trat ein. Überrascht stellte er fest, daß Jetamio noch vor ihm gekommen war. Sie stützte Thonolans Kopf und hielt ihm einen Knochenbecher an die Lippen.

»Ich hätte es wissen müssen«, sagte er, und sein Lächeln drückte die reine Freude aus, als er seinen Bruder wach und offensichtlich beträchtlich genesen sah. »Du hast es wieder mal geschafft.«

Beide sahen sie Jondalar an. »Was habe ich geschafft, großer Bruder?«

»Binnen dreier Herzschläge nach dem Augenaufmachen hast du es geschafft, die schönste Frau weit und breit dazuzubringen, dir aufzuwarten.«

Thonolans Grinsen war der schönste Anblick, den sein Bruder sich vorstellen konnte. »Du hast recht, was die hübscheste Frau weit und breit betrifft.« Herzlich sah Thonolan Jondalar an. »Aber was treibst du in der Geisterwelt? Und wo ich gerade darüber nachdenke – bedenke, daß sie meine ganz persönliche Donii ist. Du brauchst deine großen blauen Augen gar nicht erst zu bemühen.«

»Mach dir meinetwegen keine Sorgen, kleiner Bruder. Jedesmal, wenn sie mich ansieht, kann sie sich vor Lachen nicht mehr halten.«

»Über mich kann sie lachen, soviel sie will«, sagte Thonolan und lächelte die Frau an. Sie erwiderte sein Lächeln. »Kannst du dir vorstellen, vom Tod aufzuwachen und als erstes dieses Lächeln zu sehen?« Hatte er sie erst herzlich angesehen, wirkte sein Blick jetzt, wo er ihr in die Augen sah, ausgesprochen liebevoll.

Jondalar sah zwischen seinem Bruder und Jetamio hin und her. Was geht hier vor? Thonolan ist gerade erst wieder zu sich gekommen; sie können kaum ein Wort miteinander gesprochen haben, und doch würde ich schwören, er ist in sie verliebt. Er faßte die Frau jetzt objektiver ins Auge.

Ihr Haar war von einem eher nichtssagenden hellen Braun, und sie selbst war kleiner und schmaler als die Frauen, von denen Thonolan sich für gewöhnlich angezogen fühlte. Man hätte sie fast für ein Mädchen halten können. Sie besaß ein herzförmiges Gesicht mit ebenmäßigen Zügen, war dabei jedoch eine eher gewöhnlich aussehende junge Frau; hübsch vielleicht, aber ganz gewiß nicht ungewöhnlich – bis sie lächelte.

In diesem Augenblick wurde sie durch irgendeine unerwartete Alchemie, durch eine geheimnisvolle Neuverteilung von Licht und Schatten, und eine rätselhafte Veränderung ihrer Züge schön, unendlich schön. Die Veränderung, die mir ihr vorging, war so vollkommen, daß auch Jondalar sie plötzlich schön fand. Sie brauchte nur zu lächeln, um diesen Eindruck hervorzurufen; dabei hatte er das Gefühl, daß sie eigentlich gar nicht oft lächelte. Ihm fiel ein, daß er sie zuerst für ernst und scheu gehalten hatte, obwohl er das jetzt kaum noch glauben konnte. Sie strahlte, war von vibrierender Lebendigkeit, und Thonolan schaute sie mit einem idiotischen, liebeskranken Grinsen an.

Nun, es ist nicht das erste Mal, daß Thonolan verliebt ist, dachte Jondalar. Hoffentlich nimmt sie es nicht zu schwer, wenn wir weiterziehen.

Eine der Schnüre, die das Rauchloch oben an der Spitze seines Zeltes zuhielt, war durchgescheuert. Jondalar starrte hinauf, nahm es jedoch nicht wahr. Er war hellwach, lag in seiner Schlafrolle und überlegte, was ihn so rasch aus den Tiefen seines Schlafes herausgerissen hatte. Er rührte sich nicht, spitzte jedoch die Ohren, schnupperte und bemühte sich, irgend etwas Ungewöhnliches zu entdecken, das ihn geweckt und vor irgendeiner drohenden Gefahr gewarnt hatte. Nach ein paar Augenblicken schlüpfte er aus der Schlafrolle hinaus, konnte aber nichts Ungewöhnliches entdecken.

Ein paar Leute hatten sich um das Lagerfeuer versammelt. Unruhig und gereizt wie er war, schlenderte er hinüber. Irgend etwas nagte an ihm, doch er wußte nicht was. Thonolan? Nein, beim Können des Shamud und der aufmerksamen Pflege Jetamios ging es seinem Bruder ausgesprochen gut. Nein, es war nicht Thonolan, der ihn beunruhigte – jedenfalls nicht direkt.

»Hola«, sagte er zu Jetamio, als sie aufblickte und lächelte.

Sie fand ihn nicht mehr so zum Lachen. Aus ihrer gemeinsamen Sorge um Thonolan war Freundschaft geworden, obwohl die Verständigung zwischen ihnen sich auf ein paar grundlegende Gesten und die wenigen Worte beschränkte, die er gelernt hatte.

Sie reichte ihm einen Becher mit einer heißen Flüssigkeit. Er dankte ihr mit den Worten, die er gelernt hatte und mit denen sie Dank zum Ausdruck brachten; dabei wünschte er, eine Möglichkeit zu haben, ihnen ihre Hilfe zu vergelten. Er nippte an dem heißen Getränk, runzelte die Stirn und nippte nochmals. Es war ein Kräutertee, nicht unangenehm, wohl aber überraschend. Für gewöhnlich nahmen sie morgens eine nach Fleisch schmeckende Brühe zu sich. Sein Geruchssinn verriet ihm, daß in dem kerbengeschmückten Kochgefäß in der Nähe des Feuers zwar Wurzeln und Körner vor sich hinkochten, aber kein Fleisch. Ein einziger rascher Blick genügte, um ihm die Veränderung in der Morgenmahlzeit klarzumachen. Es war kein Fleisch vorhanden; keiner war jagen gegangen.

Er leerte den Beinbecher mit wenigen Schlucken und eilte dann zurück in sein Zelt. In der Wartezeit hatte er aus den Erlenstämmen kräftige Speere gearbeitet und sie sogar noch mit Feuersteinspitzen versehen. Jetzt nahm er die beiden schweren Schäfte, die an der Rückwand des Zeltes gelehnt standen, auf, griff dann in seine Kiepe, nahm ein paar von den leichteren Wurfspeeren heraus und kehrte ans Feuer zurück. Er kannte nicht viele Worte, doch bedurfte es auch nicht vieler, um den Wunsch auszudrücken, auf die Jagd zu gehen, und noch ehe die Sonne wesentlich höher gestiegen war, versammelte sich eine aufgeregte Menge.

Jetamio war hin- und hergerissen. Einerseits wollte sie bei dem verwundeten Fremden bleiben, dessen lachende Augen ihr jedesmal das Lächeln ins Gesicht trieb, wenn er sie ansah, andererseits wollte sie auch mit auf die Jagd. Wenn es sich vermeiden ließ, ließ sie sich nie eine entgehen, seit sie überhaupt mit auf die Jagd hatte ziehen können. Roshario drängte sie auch diesmal mitzugehen. »Um ihn brauchst du dir keine Sorgen zu machen. Der Shamud wird auch ohne dich eine Zeitlang mit ihm zurechtkommen. Schließlich bin ja auch ich noch da.«

Die Jäger hatten sich bereits auf den Weg gemacht, als Jetamio hinter ihnen herlief, sie rief und ihre Kapuze am Kopf feststeckte. Jondalar hatte darüber nachgedacht, ob sie auf die Jagd ging oder nicht. Junge Zelandonii-Frauen taten das oft. Frauen stand die Wahl frei, ob sie jagen wollten oder nicht; das gehörte zu den Sitten und Gebräuchen ihrer Höhle dazu. Sobald sie erst einmal Kinder bekamen, hielten Frauen sich für gewöhnlich mit Ausnahme einer Treibjagd in größerer Nähe von daheim auf. Bei einer Treibjagd wurde jeder gesunde Clansangehörige gebraucht, um eine Herde in Fallen hinein- oder über eine tödliche Klippe hinwegzutreiben.

Jondalar mochte jagende Frauen – den meisten Männern seiner Höhle ging es ebenso. Inzwischen hatte er erfahren, daß das keineswegs überall so war. Es hieß, daß Frauen, die selber jagten, die die Schwierigkeiten des Jagdlebens erst richtig einzuschätzen verstünden, verständnisvollere Gefährtinnen abgäben. Seine Mutter war besonders um ihre Fähigkeiten als Fährtenleserin berühmt gewesen und war oft mit auf die Jagd gegangen, auch nachdem sie schon Kinder gehabt hatte.

Sie warteten, bis Jetamio sie eingeholt hatte, und zogen dann zügig weiter. Jondalar meinte, es müsse kälter geworden sein, doch bewegten sie sich so rasch, daß er sich nicht sicher war, bis sie an einem kleinen Fluß haltmachten, der sich über flaches Grasland dahinwand und einen Weg suchte, die Mutter zu erreichen. Als er hinging, um seinen Wasserbeutel aufzufüllen, bemerkte Jondalar, daß das Eis am Rand des Baches dicker wurde. Er schob die Kapuze zurück, da der Pelzrand um sein Gesicht seine Sicht einengte, doch dauerte es nicht lange, und er zog sie sich wieder über den Kopf, wie alle anderen übrigen auch. Die Luft war entschieden zu eisig.

Jemand entdeckte weiter stromaufwärts Spuren. Alle standen im Kreis herum, während Jondalar sie untersuchte. Auch eine Nashornfamilie hatte haltgemacht, um zur Tränke zu gehen, und das war noch nicht lange her. Als Jondalar eine Skizze in den nassen Ufersand zeichnete, um klarzumachen, wie man angreifen solle, fiel ihm auf, daß Eiskristalle den Boden hart machten.

Dolando stellte mit Hilfe eines eigenen Stocks eine Frage, und Jondalar führte seine Zeichnungen genauer aus. Man einigte sich, und jetzt waren alle daran interessiert weiterzuziehen.

Sie fielen in Trab, und die schnelle Gangart wärmte sie. Schon wurden die Kapuzen wieder gelockert. Jondalars langes Blondhaar knisterte und klebte am Pelz seiner Kapuze. Es dauerte länger als erwartet, die Nashörner einzuholen, doch als er die rötlich-braunen, wollhaarigen Tiere vor sich sah, begriff er, warum. Die Tiere bewegten sich schneller als gewöhnlich – und zwar unbeirrbar gen Norden.

Beklommen blickte Jondalar zum Himmel auf: er war wie eine tiefblaue Schüssel, die über sie gestülpt war. Nur in der Ferne waren hier und da ein paar Wolken zu erkennen. Nichts deutete darauf hin, daß sich ein Sturm zusammenbraute. Trotzdem war er bereit, umzukehren, Thonolan zu holen und zu machen, daß er fortkam. Nur schien niemand sonst irgendwelche Neigung zu verspüren, jetzt, wo die Nashörner gesichtet worden waren, umzukehren. Jondalar überlegte, ob zu ihren Überlieferungen auch die Vorhersage gehörte, daß es, wenn die Nashörner gen Norden zögen, bald schneien würde, bezweifelte es jedoch.

Es war seine Idee gewesen, auf die Jagd zu gehen, und er hatte keine Schwierigkeiten gehabt, ihnen das verständlich zu machen; jetzt wollte er zurück und Thonolan und sich in Sicherheit bringen. Wie jedoch sollte er ihnen erklären, daß ein Schneesturm drohe, wo doch kaum eine Wolke am Himmel zu sehen war und er ihre Sprache nicht sprach? Er schüttelte den Kopf; mußte eben erst ein Nashorn erlegt werden.

Als sie näher herankamen, eilte Jondalar voraus und versuchte, den letzten Nachzügler der Nashornfamilie zu überholen. Es handelte sich um ein noch nicht ganz ausgewachsenes Jungtier, das einige Mühe hatte, mit den anderen Schritt zu halten. Nachdem der große Mann das Nashorn überholt hatte, schrie er, fuchtelte mit den Armen und versuchte, die Aufmerksamkeit des Tieres auf sich zu lenken und es zu bewegen, auszuweichen oder die Geschwindigkeit zu verringern. Doch das mit der gleichen Unbeirrbarkeit wie die anderen nordwärts eilende Jungtier kümmerte sich nicht im geringsten um den Menschen. Offensichtlich würde es Schwierigkeiten geben, irgendeines von ihnen abzulenken, und das machte ihm Sorgen. Der Sturm näherte sich also schneller als er gedacht hatte.

Aus den Augenwinkeln heraus erkannte er, daß Jetamio ihn eingeholt hatte, und das überraschte ihn. Ihr Hinken trat jetzt zwar deutlicher zutage, doch bewegte sie sich sehr rasch vorwärts. Unbewußt nickte Jondalar anerkennend mit dem Kopf. Die anderen Teilnehmer der Jagdgesellschaft kamen näher, versuchten, das Tier zu umzingeln und die anderen zu wilder

Flucht zu veranlassen. Doch Nashörner sind keine Herdentiere, gesellig, leicht zu führen oder in Panik zu versetzen, Tiere, die – was ihre Sicherheit und das Überleben betrifft – auf eine große Zahl angewiesen sind. Wollhaarnashörner waren einzelgängerische, streitsüchtige Geschöpfe, die sich selten zu größeren Gruppen als einem Familienverband zusammenfanden. Außerdem waren sie gefährlich, unberechenbar. Jäger taten gut daran, ihnen gegenüber auf der Hut zu sein.

In stillschweigendem Übereinkommen konzentrierten die Jäger sich auf das etwas zurückgebliebene Jungtier, doch veranlaßten die Schreie der rasch den Ring um das dahineilende Tier schließenden Menschen das Nashorn, weder die Gangart zu verlangsamen, noch sie zu beschleunigen. Endlich gelang es Jetamio, seine Aufmerksamkeit zu erregen; sie hatte ihre Kapuze abgezogen und wedelte damit in der Luft herum. Das Tier wurde langsamer, drehte den Kopf nach dem Geflatter und machte einen ausgesprochen unentschlossenen Eindruck.

Das gab den Jägern Gelegenheit, es vollends zu umringen. Sie stellten sich um das Tier herum auf. Die mit den schweren Spießen gingen näher heran, während diejenigen mit den leichten Speeren einen äußeren Ring bildeten und sich bereit hielten, den schwerer Bewaffneten notfalls zu Hilfe zu eilen. Das Nashorn blieb endgültig stehen; es schien sich nicht bewußt zu sein, daß der Rest seiner Familie rasch weitereilte. Plötzlich fiel es in einen ziemlich langsamen Trott und bog auf die im Wind wehende Kapuze ab. Jondalar schob sich näher an Jetamio heran und sah, daß Dolando seinem Beispiel folgte.

Gleich darauf fuchtelte ein junger Mann, in dem Jondalar jemand erkannte, der auch auf dem Boot gewesen war, ebenfalls mit seiner Kapuze in der Luft herum und schoß vor ihnen her auf das Tier zu. Das verwirrte Nashorn hielt in seinem schneller gewordenen Trott auf die junge Frau inne, fuhr herum und schoß auf den Mann zu. Das größere sich bewegende Ziel war selbst bei begrenztem Sehvermögen leichter zu verfolgen, und die Anwesenheit so vieler Jäger verwirrte es in seinem sonst überaus feinen Geruchssinn. Gerade als es sich näherte, schoß wieder eine Gestalt zwischen das Nashorn und den jungen Mann. Wieder blieb das Wollhaarnashorn stehen und versuchte, sich schlüssig zu werden, welches von den beiden beweglichen Zielen es verfolgen sollte.

Es fuhr abermals herum und preschte auf das zweite, so verlockend nahe Ziel zu. Doch dabei kam ihm wieder ein anderer

Jäger in die Quere, wedelte mit einem großen Fellumhang, und als das junge Nashorn sich ihm näherte, lief ihm noch ein anderer so nahe vor die Nase, daß er es an seinem langen rötlichen Haaren reißen konnte. Das Nashorn war mehr als verwirrt; es wurde wütend, mörderisch wütend. Es schnaubte, scharrte mit einem Fuß den Boden auf, und als es noch eine von den laufenden Gestalten, die es ganz durcheinanderbrachten, sah, raste es mit Höchstgeschwindigkeit darauf zu.

Der junge Mann von den Flußleuten hatte Schwierigkeiten, seinen kleinen Vorsprung zu halten, und als er abbog, bog auch das Nashorn in rascher Verfolgung ab. Allerdings wurde das Tier müde. Es hatte einen nach dem anderen von den lästigen Läufern verfolgt, war hin- und hergelaufen und hatte doch keinen von ihnen einholen können. Als nun noch ein kapuzenschwenkender Jäger vor das wollhaarige Nashorn sprang, blieb dieses stehen, senkte den Kopf, bis sein Stoßhorn den Boden berührte, und konzentrierte sich auf die hinkende Gestalt, die sich gerade jenseits seiner Reichweite bewegte.

Jondalar rannte mit hocherhobenem Spieß auf sie zu. Er mußte sein Wild zur Strecke bringen, ehe das ausgepumpte Nashorn Atem schöpfte. Dolando, der sich aus der entgegengesetzten Richtung näherte, verfolgte die gleiche Absicht, und etliche andere kamen auch immer näher heran. Jetamio schwenkte ihre Kapuze, kam äußerst vorsichtig näher und versuchte, die Aufmerksamkeit des Nashorns weiterhin zu fesseln. Hoffentlich ist es wirklich so erschöpft, wie es aussieht, dachte Jondalar.

Die Aufmerksamkeit aller galt Jetamio und dem Nashorn. Jondalar war sich nicht sicher, was ihn dazu brachte, einen Blick nach Norden zu richten – vielleicht war es eine Bewegung, die er am Rande wahrgenommen hatte. »*Aufpassen!*« schrie er und schoß vorwärts. »Von Norden her ein Nashorn!«

Doch den anderen erschien sein Handeln unerklärlich; sie verstanden nicht, was er hinausschrie, und bemerkten das wutschäumende Nashornweibchen nicht, das da mit größter Geschwindigkeit auf sie zugerast kam.

»Jetamio! Jetamio! Norden!« schrie er nochmals fuchtelte mit dem Arm und zeigte mit dem Wurfspieß in die angegebene Richtung.

Sie blickte nach Norden, dorthin, wo er zeigte, und schrie dem jungen Mann warnend zu, ein Nashornweibchen greife an. Alle anderen liefen hinzu, ihm zu helfen, und vergaßen das Jungtier für den Augenblick. Möglich, daß es sich inzwischen erholt hatte oder der Geruch der Angreiferin seine Lebensgeister wieder geweckt hatte – jedenfalls stürmte der junge Nashornbulle plötzlich auf diejenige zu, die die Kapuze schwenkte und so aufreizend nahe war.

Jetamio hatte Glück, daß er so nahe war. Er hatte daher keine Möglichkeit, Geschwindigkeit aufzunehmen und seine Stoßkraft zu vergrößern; außerdem lenkte der Grunzlaut, mit dem er losstürmte, ihre Aufmerksamkeit wieder auf ihn. Jondalar erging es genauso. Sie fuhr zurück, entging dem Horn des Nashorns und lief hinter ihm her.

Das Tier verlangsamte sein Tempo, suchte nach dem Ziel, das so unerklärlich verschwunden war, und hatte nicht den großgewachsenen Mann im Blickfeld, der mit langen Schritten die Lücke zwischen ihnen schloß. Gleich darauf war es zu spät. Das kleine Auge des Nashorns verlor jede Fähigkeit, sich auf irgend etwas einzustellen. Jondalar rammte den schweren Spieß in die verwundbare Öffnung und trieb ihn bis ins Gehirn hinauf. Unmittelbar darauf konnte es überhaupt nichts mehr sehen, denn die junge Frau stieß ihm ihren Speer in das andere Auge. Das Tier schien überrascht, wankte, brach in die Knie und rollte dann leblos auf die Seite.

Ein Schrei ertönte. Die beiden Jäger blickten auf und spritzten, so schnell ihre Beine sie trugen, in verschiedene Richtungen auseinander. Das voll ausgewachsene Nashornweibchen preschte auf sie zu. Als es sich jedoch ihrem Jungen näherte, verlangsamte es seinen Lauf, machte noch ein paar Schritte, hielt inne und wandte sich dem jungen Bullen zu, der mit einem Wurfgeschoß in jedem Auge am Boden lag. Es stieß ihn mit dem Horn an, drängte ihn aufzustehen. Dann wandte es den Kopf hin und her und verlagerte sein Gewicht von einem Fuß auf den anderen, gleichsam als wolle es sich über etwas schlüssig werden.

Ein paar von den Jägern versuchten, seine Aufmerksamkeit auf sich zu lenken und ließen Kapuzen und Umhänge knallen, doch entweder sah es sie nicht, oder aber es ignorierte sie einfach. Noch einmal stieß sie ihr Junges an und wandte sich dann wieder gen Norden.

»Und ich sage dir, Thonolan, es ist nochmal um Haaresbreite gut gegangen. Allerdings, das Weibchen wollte unbedingt nach Norden – es wollte einfach nicht bleiben.«

»Meinst du, es gibt Schnee?« fragte Thonolan, warf einen

Blick auf den Breiumschlag und sah dann wieder seinen besorgten Bruder an.

Jondalar nickte. »Ich weiß bloß nicht, wie ich Dolando klarmachen soll, daß wir gut daran täten, von hier fortzugehen, ehe der Sturm losbricht, wo doch so gut wie keine Wolke am Himmel zu sehen ist . . . selbst wenn ich ihre Sprache spräche.«

»Ich rieche seit Tagen, daß es Schnee gibt. Es muß sich ein ganz schwerer Schneesturm zusammenbrauen.«

Jondalar war überzeugt, daß die Temperatur immer noch fiel, und wußte es, als er am nächsten Morgen eine dünne Eisschicht in einem Teebecher zertrümmern mußte, den er in der Nähe des Feuers hatte stehen lassen. Abermals versuchte er, ohne sichtlichen Erfolg, den anderen seine Besorgnis mitzuteilen und suchte den Himmel immer wieder nach offenkundigeren Anzeichen für einen Wetterumschwung ab. Eigentlich hätte er erleichtert aufatmen müssen, als er endlich die brodelnden Wolken über die Berge sich herüberwälzen sah, wäre nicht die unmittelbare Gefahr gewesen, die sie darstellten.

Bei den ersten Anzeichen, daß sie das Lager abbauten, brach er sein eigenes Zelt ab und packte seine und Thonolans Kiepe. Dolando lächelte und nickte beifällig, winkte ihn dann ans Flußufer hinunter; diesmal jedoch war das Lächelns des Mannes von Unruhe und größter Besorgnis geprägt. Jondalars unheilvolle Ahnung vertiefte sich noch, als er den rauschenden Fluß und das hölzerne Gefährt sah, das an seinen Tauen ruckte und zerrte.

Der Ausdruck im Gesicht der Männer, die ihm seine Kiepen abnahmen und sie in der Nähe des ausgewaideten und gefrorenen Nashornkadavers verstauten, war zwar gleichmütiger, doch Ermunterndes konnte er auch bei ihnen nicht erkennen. So sehr ihm auch daran gelegen war fortzukommen – das Fortbewegungsmittel, mit dem das geschehen sollte, flößte ihm auch nicht gerade Vertrauen ein. Er überlegte, wie sie wohl Thonolan in das Boot schaffen wollten und ging noch einmal zurück, um zu sehen, ob er helfen könne.

Jondalar sah zu, wie das Lager geschwind und sachkundig aufgelöst wurde; er wußte, daß man manchmal am besten dadurch half, daß man nicht im Wege war. Inzwischen waren ihm gewisse Einzelheiten in der Kleidung aufgefallen, durch welche sich diejenigen, die Unterkünfte an Land aufgebaut hatten und sich selbst Ramudoi nannten, von den Männern unterschieden, die auf dem Boot blieben. Um regelrecht unterschiedliche Stämme schien es sich jedoch nicht zu handeln.

Die Art, wie sie sich verständigten, hatte etwas Selbstverständliches; es wurden viele Späße gemacht und es kam zu keinem jener übertriebenen Höflichkeitsbeweise, die für gewöhnlich verborgene Spannungen verraten, wenn zwei verschiedene Völker sich begegnen. Sie schienen dieselbe Sprache zu sprechen, teilten ihre Mahlzeiten und arbeiteten gut zusammen. Allerdings fiel ihm auf, daß an Land Dolando das Sagen zu haben schien, während die Männer an Bord des Bootes sich ihre Anweisungen von jemand anders holten.

Der Heiler kam aus dem Zelt. Ihm folgten zwei Männer, die Thonolan auf einer sinnvoll zusammengesetzten Tragbahre trugen. Zwei Schäfte aus dem Erlenhain oben auf dem Hügel waren um und um mit Seilen vom Boot umwunden und bildeten zwischen sich eine Stütze, auf welcher der Verwundete sicher festgezurrt worden war. Jondalar eilte auf sie zu und bemerkte, daß Roshario bereits angefangen hatte, das große Rundzelt abzubauen. Die Art, wie sie immer wieder unruhig zum Himmel aufschaute, überzeugte Jondalar, daß sie sich genausowenig auf die vor ihnen liegende Fahrt freute wie er.

»Die Wolken da oben sehen nach Schnee aus«, sagte Thonolan, als sein Bruder in Sicht kam und neben seiner Tragbahre herging. »Die Berggipfel sind nicht mehr zu sehen; oben im Norden muß es bereits schneien. Ich muß schon sagen, man sieht die Welt aus dieser Lage heraus mit ganz anderen Augen.«

Jondalar blickte zu den Wolken hinauf, die über die Berge herübergequollen kamen, die eisummantelten Gipfel einhüllten und sich übereinanderwälzten und pufften und stießen, während sie damit beschäftigt waren, den klaren blauen Himmel droben eilends aufzufüllen. Jondalars Stirnrunzeln hatte etwas ähnlich Bedrohliches wie der Himmel, und seine Stirn umwölkte sich besorgt, wiewohl er sich bemühte, sich seine Befürchtungen nicht anmerken zu lassen. »Ist das der Vorwand, den du benutzt, um liegen zu bleiben?« sagte er und versuchte zu lächeln.

Als sie den weit in den Fluß hineinreichenden Baumstamm erreichten, blieb Jondalar zurück und beobachtete, wie die beiden Flußmänner, die Tragbahre zwischen sich, das Gleichgewicht auf dem umgestürzten Baumstamm zu halten versuchten und die Tragbahre dann auch noch die noch gefährlichere Brücke zum Boot hinauf zu bewegen. Jetzt begriff er, warum sie Thonolan so festgebunden hatten. Er folgte ihnen und hatte seinerseits Schwierigkeiten, sein Gleichgewicht zu halten, woraufhin er die beiden Männer mit noch größerer Bewunderung betrachtete.

Einige wenige weiße Flocken kamen bereits vom grauverhangenen Himmel heruntergegaukelt, als Roshario und der Shamud das festverzurrte Fell- und Stabbündel – das große Zelt – an ein paar Ramudoi übergaben, damit diese sie an Bord trügen; dann balancierten sie selber über den Baumstamm hinüber. Der Fluß, der die Stimmung des Himmels widerspiegelte, schoß aufgewühlt und strudelnd vorüber – die Zunahme der Feuchtigkeit in den Bergen machte sich hier, flußabwärts, bemerkbar.

Der Baumstamm tanzte nach einer anderen Strömung als das Boot, und Jondalar lehnte sich über die Bordwand und streckte der Frau die Hand entgegen. Roshario warf ihm einen dankbaren Blick zu und wurde beim letzten Anlauf geradezu in die Höhe und ins Boot hineingehoben. Der Shamud hatte gleichfalls keinerlei Bedenken, seine Hilfe anzunehmen, und sein dankbarer Blick war genauso aufrichtig wie Rosharios.

Ein Mann war immer noch an Land. Er machte eine der Vertäuungen los, rannte über den Baumstamm und kletterte an Bord. Rasch wurde die bewegliche Brücke eingezogen. Das Boot wurde in die Höhe gehoben, versuchte sich vom Land zu lösen und der Strömung anzuvertrauen, wurde daran jedoch von einem Tau und den Paddeln mit den langen Griffen in den Händen der Ruderer gehindert. Mit einem Ruck wurde das Tau fahren gelassen, und das Boot ergriff seine Chance, in die Freiheit zu entkommen. Jondalar klammerte sich an der Bordwand fest, als das Wasserfahrzeug sich ruckend und bockend der Hauptströmung der Schwester anvertraute.

Der Sturm nahm rasch an Stärke zu, und die wirbelnden Flocken verminderten die Sicht. Treibholz und Abfälle schwammen mit unterschiedlicher Geschwindigkeit neben ihnen her. Schwere Baumstämme, die sich mit Wasser vollgesogen hatten, ineinander verschlungenes Strauchwerk, aufgetriebene Tierkadaver und gelegentlich ein kleiner Eisberg ließen Jondalar einen Zusammenstoß fürchten. Er beobachtete, wie das Ufer vorüberflog; seine Augen hefteten sich auf das Erlengehölz auf der Hügelkuppe. Irgend etwas, was an einem der Bäume festsaß, flatterte im Wind. Ein plötzlicher Windstoß riß es los und trieb es hinunter zum Fluß. Als es herniederfiel, erkannte Jondalar plötzlich, daß es sich bei dem steifen, dunkelgefleckten Leder um seinen Sommerüberwurf handelte. Hatte der die ganze Zeit über dort geflattert? Einen Moment trieb er neben ihnen her, bis er sich mit Wasser vollsog und unterging.

Thonolan war von der Tragbahre losgebunden worden und lehnte gegen die Bordwand. Er sah blaß aus, schien Schmerzen zu haben und sich zu fürchten, lächelte jedoch tapfer der neben ihm sitzenden Jetamio zu. Jondalar ließ sich neben ihnen nieder und runzelte die Stirn bei dem Gedanken daran, wie sehr er sich gefürchtet hatte, und daß er beinahe in Panik geraten war. Dann erinnerte er sich an die fassungslose Freude, als er das Boot hatte näherkommen sehen, und wieder fragte er sich, woher sie gewußt haben mochten, daß er da war. Ein Gedanke durchfuhr ihn: Konnte es der im Wind flatternde Überwurf sein, der ihnen verraten hatte, wo sie nachsehen mußten? Doch wie waren sie überhaupt auf den Gedanken gekommen, den Fluß herunterzukommen? Und dazu auch noch mit dem Shamud?

Das Boot sprang ruckend über das aufgewühlte Wasser; jetzt, da Jondalar es sich eingehend ansah, überzeugte ihn das robuste Fahrzeug. Der Boden des Bootes schien aus einem einzigen, soliden Stück Holz gemacht – einem ausgehöhlten und im Mittelteil sich verbreiternden ganzen Baum. Ganze Reihen von Brettern, die eines das andere überlappten und aneinander befestigt waren, vergrößerten das Boot, erhöhten die Bordwände und liefen vorn am Bug zusammen. In gewissen Abständen verstärkten Spanten die Bordwände; Bretter, die zwischen ihnen ausgelegt waren, bildeten Sitzbänke für die Ruderer. Sie drei saßen vorn auf der ersten Bank.

Jondalars Augen folgten dem Aufbau des Bootes und glitten über einen Ast, der sich am Bug des Bootes verfangen hatte. Dann wanderte sein Blick nach hinten, und das Herz klopfte ihm bis zum Hals hinauf. Nahe dem Heck, verfangen in den kleineren Seitenzweigen des Stammes, der am Boden des Bootes festsaß, hing ein blutbefleckter lederner Sommerüberwurf.

9

»Nicht so gierig, Winnie!« mahnte Ayla, als das falbfarbene Pferd die letzten Wassertropfen vom Boden der Holzschale aufleckte. »Wenn du alles säufst, muß ich mehr Eis schmelzen.« Das Füllen schnaubte, schüttelte den Kopf und streckte die Nase wieder in die Schale. Ayla lachte. »Ja, wenn du so großen Durst hast, hole ich mehr Eis. Kommst du mit?«

Ayla war es längst zur Gewohnheit geworden, ihren stetigen Gedankenfluß auf das junge Pferd zu richten. Manchmal handelte es sich um nichts weiter als Bilder, die sie im Kopf hatte, oft jedoch griff sie auch zu der beredten Sprache von Gebärden, Körperhaltung und unterschiedlichem Gesichtsausdruck, mit der sie am vertrautesten war; da jedoch das junge Tier besonders auf den Klang ihrer Stimme ansprach, setzte sie zunehmend diesen ein. Im Gegensatz zu den anderen Clansangehörigen hatte ihr stets eine Fülle von Lauten und Modulationen zu Gebote gestanden; nur ihr Sohn hatte es ihr darin gleichgetan. Für sie beide war es ein Spiel gewesen, sich gegenseitig die unsinnigen Silben nachzumachen, wobei einige dieser Laute nach und nach eine bestimmte Bedeutung angenommen hatten. Jetzt erweiterte sie diese Tendenz, wenn sie sich an das Fohlen richtete, und drückte irgendwelche Sachverhalte auch durch kompliziertere Lautfolgen aus. Sie machte Tierlaute nach, erfand neue Wörter aus Kombinationen von ihr bekannten Lauten und übernahm sogar einige von den unsinnigen Silben aus den Spielen mit ihrem Sohn. Da niemand sie mißbilligend ansah, wenn sie unnötige Laute von sich gab, vergrößerte ihr Lautschatz sich, bildete jedoch eine Sprache, die vorerst nur ihr – und auf besondere Weise ihrem Pferd – verständlich war.

Ayla wickelte sich Fell-Beinlinge um, zog einen Überwurf aus zottigem Pferdefell über und eine Vielfraßkapuze über den Kopf; danach band sie ihre Handlinge fest. Um das zu bewerkstelligen, streckte sie eine Hand durch den Schlitz im Fell des Handlings, um den Leibriemen festzuziehen und die Kiepe zu schultern. Danach griff sie nach einem Eispickel – dem langen Vorderarmknochen eines Pferdes, der spiralförmig aufgebrochen worden war, um an das Mark heranzukommen, und dann durch Zersplittern und Schleifen an einem Stein geschärft worden war.

»Na, komm schon, Winnie«, forderte sie das Pferd auf. Sie hielt das schwere Auerochsenfell beiseite, das früher ihre Zeltplane gewesen war, jetzt jedoch als Windschutz von Pfählen herunterhing, die sie am Eingang in den Höhlenboden eingegraben hatte. Das Pferd kam heraus und trottete hinter ihr den steilen Weg nach unten. Wind, der um die Flußbiegung herumgefahren kam, fuhr sie an, als sie den gefrorenen Wasserlauf betrat. Sie fand eine Stelle, die aussah, als ob die rauhe Eisdecke aufgebrochen werden könne, und hackte Bruchstücke und Blöcke heraus.

»Es ist viel leichter, Schnee in eine Schale zu füllen, als Eis für die Wassergewinnung herauszuhacken, Winnie«, sagte sie und tat das Eis in ihre Kiepe. Am Fuß der vorspringenden Felswand, wo der Stapel Holz und Knochen lag, blieb sie stehen und lud sich noch etwas Treibholz auf. Wie dankbar sie für das Holz war – denn damit konnte sie nicht nur Wärme erzeugen, sondern auch noch Eis schmelzen. »Die Winter hier oben sind trockener und auch kälter als unten auf der Halbinsel. Mir fehlt der Schnee, Winnie. Das bißchen, das hier herumwirbelt, fühlt sich noch nicht mal wie Schnee an, sondern ist nur kalt.«

Sie stapelte das Holz in der Nähe der Feuerstelle und kippte das Eis in die Schale. Diese schob sie in die Nähe des Feuers, damit die vom Feuer ausgestrahlte Wärme anfing, das Eis zu zerschmelzen, ehe sie es in ihren Topf aus Tierhaut steckte, der unbedingt zumindest ein bißchen Wasser enthalten mußte, um nicht zu verbrennen, wenn sie ihn übers Feuer hängte. Danach sah sie sich in ihrer behaglichen Höhle um und faßte die verschiedenen Vorhaben in unterschiedlichen Stadien der Fertigstellung ins Auge, um zu einem Entschluß zu kommen, womit sie sich heute beschäftigen solle. Aber sie war von Unruhe erfüllt. Nichts gefiel ihr, bis sie etliche neue Speere entdeckte, die sie vor kurzem vollendet hatte.

Vielleicht gehe ich auf die Jagd, dachte sie. Ich bin schon eine ganze Zeitlang nicht mehr oben in der Steppe gewesen. Nur, die kann ich nicht mitnehmen. Sie runzelte die Stirn. Sie würden mir nichts nützen, ich würde nie nah genug an ein Wild herankommen, um sie benutzen zu können. Also nehme ich nur meine Schleuder und mache einen Spaziergang. Sie füllte eine Falte ihres Überwurfs mit runden Steinen, von denen sie eine ganze Menge in die Höhle hinaufgebracht und dort auf einen Haufen gelegt hatte – für den Fall, daß die Hyänen sich noch einmal blicken ließen. Dann legte sie Holz nach und verließ die Höhle.

Winnie versuchte ihr zu folgen, als Ayla sich den steilen Hang hinaufarbeitete, der von ihrer Höhle zur Steppe oben hinaufführte, wieherte dann aber nur nervös hinter ihr her. »Keine Angst, Winnie. Ich bleibe nicht lange. Dir wird schon nichts passieren.«

Oben angekommen, fuhr ihr der Wind unter die Kapuze und drohte, sie ihr zu entführen. Ayla zog sie fest um sich und zerrte die Schnur fest. Dann machte sie einen Schritt vom Abgrund weg und blieb stehen, um sich umzusehen. Die ausgedörrte und versengte sommerliche Landschaft hatte vor Leben pulsiert im Vergleich mit der erstarrten Leere der winterlichen Steppe. Heftige Windstöße ließen immer wieder klagende Töne anschwellen, heulten dann dünn und durchdringend und schwollen zu einem Schmerzensschrei an, um dann in einem hohlen, gedämpften Ächzen zu verklingen. Er blies die fahle Erde von Sand und Humus frei, wirbelte den trockenen, körnigen Schnee aus weißlichen Mulden im Boden heraus und blies die gefrorenen Flocken wieder in die Luft.

Der hochgewirbelte, treibende Schnee fühlte sich wie körniger Sand an, der ihr das Gesicht wundscheuerte, so kalt war er. Ayla zog die Kapuze noch fester um sich, beugte den Kopf und schritt durch bis an den Boden gedrücktes, vertrocknetes Gras in den beißenden Nordostwind hinein. Ihre Nasenlöcher verengten sich, und ihre Kehle schmerzte, als ihr die Feuchtigkeit von der bitterkalten Luft weggerissen wurde. Ein heftiger Windstoß überraschte sie. Sie geriet außer Atem, schluckte nach Luft, hustete und keuchte, spuckte Schleim aus und sah, wie er gefror, noch ehe er auf den felsharten Boden aufprallte und ein wenig wieder in die Höhe hüpfte.

Was mache ich denn hier oben? dachte sie. Ich habe ja nicht geahnt, daß es so kalt sein könnte. Ich kehre um.

Sie drehte sich um, blieb stehen und vergaß für einen Moment die intensive Kälte. Eine kleine Herde wollhaariger Mammuts trottete quer durch die Schlucht: riesige, sich bewegende Bukkel, das schüttere Fell von einem dunklen Rotbraun, mit langen gebogenen Stoßzähnen. Dieses öde, allem Augenschein nach unfruchtbare Land war ihr Zuhause; für sie war das kältestarre Gras lebenswichtige Nahrung. Doch indem sie sich an einen so unwirtlichen Lebensraum anpaßten, gingen sie gleichzeitig der Fähigkeit verlustig, in einem anderen zu leben. Ihre Tage waren gezählt; sie blieben nur so lange am Leben, wie die Gletscher das Land bedeckten.

Gebannt folgte Ayla ihnen mit den Augen, bis die schemenhaften Gestalten im wirbelnden Schnee verschwanden. Dann eilte sie weiter und war nur allzu froh, als sie über den Bruchrand hinunterspringen und der Wind ihr nichts mehr anhaben konnte. Genauso, erinnerte sie sich jetzt, war es ihr ergangen, als sie ihre Zufluchtsstätte entdeckt hatte. Was wäre wohl aus ihr geworden, hätte sie dieses Tal nicht gefunden? Als sie das schmale Sims vor ihrer Höhle erreichte, umarmte sie das Füllen; dann trat sie an den Rand heran und ließ den Blick über das Tal schweifen. Hier lag der Schnee um ein weniges tiefer als auf der Steppe, besonders dort, wo sich Schneewehen aufgetürmt hatten; aber kalt und trocken war er genauso wie weiter oben.

Was das Tal bot, war Schutz vor dem Wind und eine Höhle. Ohne das Tal und ohne Felle und Feuer hätte sie nicht überlebt, denn sie war schließlich kein Pelztier. Während sie dastand, trug der Wind ihr das Geheul eines Wolfs sowie das Gekläff eines Wildhundes ans Ohr. Unten schnürte ein Polarfuchs über das zugefrorene Gewässer; sein weißes Fell machte es schwer, ihn überhaupt zu erkennen, wenn er stehenblieb und erstarrte. Sie bemerkte Bewegung weiter unten im Tal und erkannte die Umrisse eines Höhlenlöwen; sein gelbliches, fast zu Weiß aufgehelltes Fell war dicht und voll. Vierfüßige Raubtiere paßten sich der Umgebung ihrer Beutetiere an. Ayla und ihresgleichen hingegen paßten ihre Umwelt ihren Bedürfnissen an.

Ayla fuhr zusammen, als sie in ihrer Nähe keckerndes Gelächter vernahm; sie blickte auf und sah über sich eine Hyäne am Rand der Schlucht stehen. Erschaudernd griff sie nach ihrer Schleuder, doch das aasfressende Tier trollte sich mit seinem charakteristischen zockelnden Lauf den Rand der Schlucht entlang und entschwand dann wieder auf der offenen Steppe. Winnie trat neben Ayla, wieherte leise und stupste sie sanft. Ayla zog den rötlich-braunen Überwurf aus Pferdefell enger um sich, schlang Winnie einen Arm um den Hals und kehrte mit ihm zurück in die Höhle.

Ayla lag auf ihrer fellbedeckten Lagerstatt, starrte die ihr vertraute Felsformation über ihrem Kopf an und fragte sich, wieso sie plötzlich so hellwach sei. Sie hob den Kopf und sah zu Winnie hinüber. Die Augen des Fohlens waren gleichfalls geöffnet und schauten sie an, ließen aber keinerlei Angst erkennen. Trotzdem war Ayla sich sicher, daß irgend etwas anders war als sonst.

Sie kuschelte sich wieder in ihre Felle, wollte die Wärme, die sie spendeten, nicht verlassen, und blickte sich in dem Licht, das durch die Öffnung oberhalb des Eingangs hereinfiel, in ihrem selbstgeschaffenen Zuhause um. Die einzelnen Dinge, an denen sie arbeitete, lagen um sie herum verstreut, doch hinter der Darre lag ein ständig wachsender Haufen von fertigen Gerätschaften und Werkzeugen. Sie war hungrig, und ihr Blick glitt wieder zurück zu der Darre. Das ausgelassene Fett des Pferdes hatte sie in die gereinigten Därme gefüllt und diese in gewissen regelmäßigen Abständen zusammengedrückt und ein paarmal um sich selbst gedreht. Die auf diese Weise entstandenen kleinen weißen Würste hingen neben einer Vielzahl von getrockneten Kräutern und Würzpflanzen, die sie dort an den Wurzeln aufgehängt hatte.

Das brachte sie auf das Frühstück. Trockenfleisch, in einer Brühe gekocht, dazu ein wenig Fett, um das Ganze gehaltvoller zu machen, Würze, vielleicht ein paar Körner, getrocknete Johannisbeeren. Sie war viel zu wach, um liegen zu bleiben, und warf die Felldecke beiseite. Flink zog sie den Überwurf an und legte die Fußlinge an, griff dann nach dem noch warmen Luchsfell vom Bett und trat hinaus, um am äußersten Ende des Felssimses ihr Wasser zu lassen. Sie stieß den Windschutz beiseite und hielt den Atem an.

Die scharfkantigen Konturen des Felssimses waren während der Nacht von einer dicken Schneeschicht zugedeckt worden, die alles viel weicher erscheinen ließ. Der Schnee glitzerte über und über und spiegelte das durchsichtige Blau des Himmels mit den weißen Federwölkchen darin. Es dauerte noch einen Moment, ehe sie eine noch viel erstaunlichere Veränderung begriff. Die Luft war unbewegt. Es regte sich kein Lüftchen.

Das Tal, das sich in jenem Gebiet befand, wo die feuchten Kontinentalsteppen in die trockenen Lößsteppen übergingen, hatte an beiden Klimazonen teil, wobei im Augenblick der Süden das Übergewicht behielt. Der schwere Schnee erinnerte an die Winterverhältnisse, die für gewöhnlich in der Nähe der Clanshöhle vorherrschten, und so war das für Ayla ein Hauch von Heimat.

»Winnie!« rief sie. »Komm heraus! Es hat zur Abwechslung einmal richtig geschneit.«

Plötzlich fiel ihr der Grund ihres Herauskommens ein, und sie hinterließ jungfräuliche Spuren im reinen Weiß, als sie an das äußerste Ende des Simses eilte. Als sie zurückkehrte, sah sie, wie das junge Pferd tänzelnd auf das wesenlose Weiß trat, den Kopf senkte, um zu schnuppern und dann schnaubend auf die kalte Oberfläche blies. Das Füllen sah Ayla an und wieherte.

»Komm schon, Winnie! Der Schnee tut dir nichts.«

Das Pferd hatte tiefen Schnee in dieser Menge nie zuvor erlebt; es war es gewohnt, Flocken im Wind treiben und zu Schneewehen zusammengedrückt zu sehen. Es sank mit dem

Huf ein, als es versuchsweise noch einen Schritt machte und wieherte die Frau nochmals an, gleichsam als bäte es um Unterstützung. Ayla führte das junge Tier hinaus, bis ihm wohler zumute war, und lachte dann über seine Kapriolen, als die natürliche Neugier und der Sinn des Füllens für Spaß die Oberhand gewannen. Es dauerte nicht lange, bis Ayla aufging, daß sie für einen längeren Aufenthalt im Freien nicht richtig gekleidet war. Es war kalt.

»Ich mache mir jetzt heißen Tee und etwas zu essen. Allerdings bin ich knapp mit dem Wasser, muß also Eis holen . . .« Sie lachte. »Ich brauche ja kein Eis aus dem Fluß rauszubrechen. Ich kann ja genausogut eine Schale voll Schnee holen! Wie wär's mit einem warmen Schleim heute morgen, Winnie?«

Nachdem sie die Morgenmahlzeit zu sich genommen hatten, zog Ayla sich warm an und ging wieder nach draußen. Ohne den Wind war die Luft beinahe balsamisch, doch was ihr am meisten das Herz erwärmte, war der vertraute Anblick des ganz gewöhnlichen Schnees auf dem Boden. Sie brachte ganze Schalen und Körbe voll davon in die Höhle hinein und setzte sie in der Nähe ihrer Feuerstelle nieder, damit er schmolz. Schneeinsammeln war so unendlich viel weniger mühselig als Eisschlagen, und so beschloß sie jetzt, etwas von dem gewonnenen Wasser sogar zum Waschen zu benutzen. Sie war es gewohnt gewesen, sich im Winter regelmäßig mit geschmolzenem Schnee zu waschen, doch war es in letzter Zeit schwierig genug gewesen, genügend Eis herauszubrechen und heraufzuschaffen, um Wasser zum Trinken und Kochen zu gewinnen. Waschen war ein Luxus, auf den sie längst hatte verzichten müssen.

Mit dem Holz, das sie an der Rückwand der Höhle gestapelt hatte, baute sie das Feuer wieder auf; danach räumte sie den Schnee von dem zusätzlichen Feuerholz, das sie draußen aufgestapelt hatte, und brachte neues herein.

Wenn ich doch nur Wasser so stapeln könnte wie Holz, dachte sie und blickte auf ihre Behälter mit dem schmelzenden Schnee. Wer weiß, wie lange dieser Vorrat reicht, wenn der Wind erst mal wieder einsetzt. Sie ging hinaus, um noch eine Ladung Holz zu holen und nahm eine Schale mit hinaus, um den Schnee abzuräumen. Als sie eine Schale voll forträumte und sie neben dem Holz auf den Boden warf, bemerkte sie, daß der Schnee seine Form behielt, nachdem sie die Schale wieder hochgenommen hatte. Ob wohl . . .? Warum nicht Schnee auf diese Weise stapeln? Wie einen Stoß Holz . . .?

Diese Vorstellung erfüllte sie mit Begeisterung, und so hatte sie bald den größten Teil des unberührten Schnees vom Sims in der Nähe des Höhleneingangs an der Felswand aufgetürmt. Dann stieg sie den steilen Pfad zum Strand hinunter. Winnie machte sich den Vorteil des freigeräumten Wegs zunutze und lief zum Feld hinunter. Aylas Augen leuchteten, und ihre Bakken waren gerötet, als sie stehenblieb und zufrieden über den Schneeberg vor ihrer Höhle lächelte. Sie erspähte eine kleine Stelle am Ende des Simses, die sie nicht ganz von Schnee freigemacht hatte; entschlossen ging sie jetzt darauf zu. Dort angekommen, ließ sie den Blick über das Tal schweifen und lachte über Winnie, die sich, tänzelnd die Hufe hebend, ihren Weg durch die ungewohnten Schneewehen bahnte.

Als sie zurückblickte zu dem Schneehaufen, hielt sie inne, und ein unverhofftes Lächeln hob einen ihrer Mundwinkel, als ihr ein seltsamer Einfall kam. Der große Schneehaufen bestand aus vielen schalenartigen Batzen und erinnerte von dort aus, wo sie stand, an ein Gesicht. Sie schob noch ein bißchen Schnee zusammen, hob ihn auf, kehrte zurück, klopfte ihn an einer bestimmten Stelle fest und trat zurück, um die Wirkung zu begutachten.

Ihre Augen glitzerten und sie lächelte spitzbübisch. »Grüß dich, Brun«, gab sie ihm mittels Gebärdensprache zu verstehen, doch dann legte sich Kümmernis über ihr Gemüt. Der richtige Brun würde nicht gerade begeistert sein, wenn sie einen Haufen Schnee mit seinem Namen anredete. Namens-Wörter waren etwas zu Wichtiges, als sie so bedenkenlos auf irgend etwas anderes anzuwenden. Aber er sieht nun mal so aus wie er. Sie kicherte bei dem Gedanken. Aber vielleicht sollte ich höflicher sein. Es gehört sich nicht für eine Frau, den Anführer zu begrüßen, als ob er ein Blutsverwandter wäre. Ich sollte ihn erst um Erlaubnis bitten, dachte sie, ging dann jedoch in ihrem Spiel noch weiter, setzte sich vor den Schneehaufen und blickte zu Boden – die richtige Haltung einer Frau des Clans, wenn sie darum bat, von einem Mann gehört zu werden.

Innerlich über ihre Schauspielerei lächelnd, saß Ayla gebeugten Hauptes da, als erwartete sie wirklich, daß der Angesprochene ihr auf die Schulter klopfte und damit zu verstehen gab, daß sie sprechen dürfe. Das Schweigen wurde immer lastender, und auf dem Felssims war es kalt und hart. Sie dachte, wie lächerlich es doch war, hier zu sitzen. Bruns Abbild aus Schnee würde ihr nicht auf die Schulter klopfen – genauso, wie Brun selbst es nicht getan hatte, als sie sich das letztemal vor ihn hingesetzt hatte. Sie war, wenn auch zu Unrecht, verflucht worden, und sie hatte den alten Anführer darum bitten wollen, ihren Sohn vor Brouds Zorn zu beschützen. Doch Brun hatte sich von ihr abgewandt; es war zu spät gewesen – sie war bereits tot. Plötzlich verging ihr die Lust zu spielen. Sie erhob sich und starrte Bruns Abbild aus Schnee an.

»Du bist nicht Brun!« gab sie ihm erbost zu verstehen und schlug gerade jenen Teil ab, den sie so sorgsam hinzugefügt hatte. Wut stieg in ihr auf. »Du bist nicht Brun! Du bist nicht Brun!« Mit Händen und Füßen bearbeitete sie den Schneehaufen und löschte alles aus, was einem Gesicht hätte ähnlich sehen können. »Ich werde Brun nie wiedersehen. Ich werde Durc nie wiedersehen. Ich werde überhaupt nie jemand wiedersehen! Ich bin vollkommen allein!« Ein bitterer Klagelaut entrang sich ihren Lippen, und sie schluchzte verzweifelt auf. »Ach, warum bin ich nur so allein!«

Sie sank auf die Knie, streckte sich im Schnee aus und spürte, wie die warmen Tränen auf ihrem Gesicht kalt wurden. Sie hieß die eisige Feuchtigkeit willkommen, gab sich ihr ganz hin, begrüßte die Benommenheit, die sie ihr brachte. Sie wollte ganz darin versinken, sich davon einhüllen und den Schmerz einfrieren lassen, die Empörung und die Einsamkeit. Als sie anfing zu zittern, schloß sie die Augen und versuchte, die Kälte, die allmählich in ihr hochkroch, einfach nicht zur Kenntnis zu nehmen.

Dann spürte sie etwas Warmes und Feuchtes an ihrem Gesicht und hörte das leise Schnauben eines Pferdes. Sie versuchte, auch Winnie einfach nicht zu beachten. Wieder stupste das junge Tier sie an. Ayla machte die Augen auf und blickte in die großen dunklen Augen und auf die lange Nase des Steppenpferdes. Sie streckte die Arme aus, legte sie dem Fohlen um den Hals und barg das Gesicht in seinem zottigen Fell. Als sie losließ, wieherte das Pferd leise.

»Du möchtest, daß ich aufstehe, nicht wahr, Winnie?« Das Pferd hob und senkte den Kopf, als hätte es verstanden, was Ayla gern glauben wollte. Ihr Überlebensinstinkt war immer sehr ausgeprägt gewesen; es bedurfte schon mehr als nur der Einsamkeit, sie zum Aufgeben zu bringen. Obwohl sie in Bruns Clan aufgewachsen war und auch Zuneigung erfahren hatte, war sie in vieler Hinsicht ihr Leben lang allein gewesen. Sie war immer anders, ihre Liebe zu anderen immer die bestimmende

Kraft in ihr gewesen. Daß andere sie gebraucht hatten – Iza, als sie krank gewesen war, Creb, als er alt geworden war –, hatte ihrem Leben Ziel und Sinn gegeben.

»Du hast recht, ich sollte aufstehen. Ich kann dich nicht allein lassen, Winnie, und hier draußen werde ich nur kalt und naß. Ich werde etwas Trockenes überziehen. Und dann werde ich dir einen schönen warmen Brei kochen. Das würde dir gefallen, nicht wahr?«

Ayla beobachtete, wie die beiden Polarfuchsrüden knurrten und nach einander schnappten, und roch den durchdringenden Fuchsgeruch, wie er typisch ist für Rüden in der Ranz, hatte ihn sogar hier oben auf ihrem Sims in der Nase. Im Winter sind sie hübscher als im Sommer, wo sie einfach langweilig braun sind. Wenn ich ein weißes Fell möchte, sollte ich sie jetzt jagen, dachte sie, machte jedoch keine Anstalten, sich zu erheben und ihre Schleuder zu holen. Einer der Rüden war Sieger geblieben und bestand jetzt auf die Belohnung. Als der Rüde sie bestieg, verkündete die Fähe mit rauhem Schrei, daß sie bereit sei.

Diesen Schrei stößt sie nur dann aus, wenn sie sich paaren. Ich möchte mal wissen, ob sie es mag oder nicht? Ich habe es nie gemocht, selbst nachdem es nicht mehr wehtat. Die anderen Frauen aber wohl. Warum bin ich da so anders gewesen? Bloß weil ich Broud nicht mochte? Was sollte das schon ausmachen? Mag die Fähe dort unten diesen Rüden? Gefällt ihr, was er da macht? Jedenfalls läuft sie nicht fort.

Es war nicht das erste Mal, daß Ayla Abstand davon nahm zu jagen, um Füchse und andere fleischfressende Tiere zu beobachten. Oft hatte sie tagelang damit zugebracht, die Beuten zu beobachten, die ihr Totem ihr zu jagen gestattete, um ihre Gewohnheiten und ihren Lebensbereich kennenzulernen – und hatte dabei festgestellt, daß es sich um interessante Mitgeschöpfe handelte. Die Männer des Clans lernten das Jagen, indem sie sich an pflanzenfressenden Tieren übten, Tieren, die man essen konnte; wenn sie ihnen auch nachspürten und sie jagten, wenn es ihnen darum ging, einen wärmenden Pelz zu bekommen – besonders gern machten sie auf fleischfressende Raubtiere nicht Jagd. Deshalb entwickelten sie auch nicht jene besondere Beziehung zu ihnen, wie Ayla sie hatte.

Sie faszinierten sie immer noch, obwohl sie sie inzwischen gut kannte; doch der rasch rammelnde Rüde und die schreiende Fähe brachten sie dazu, auch über anderes nachzudenken als die Jagd. Jedes Jahr gegen Ende des Winters kommen sie auf diese Weise zusammen, und wenn ihr Fell braun wird, wird diese Fähe einen Wurf Junge haben. Ob sie wohl hierbleibt und unter den Knochen und dem Treibholz haust, oder ob sie sich woanders einen Bau gräbt? Hoffentlich bleibt sie. Sie wird sie säugen und ihnen dann zum Teil durchgekaute Babynahrung füttern. Später wird sie dann Beutetiere bringen, die sie geschlagen hat: Mäuse und Maulwürfe und Vögel. Manchmal sogar ein Kaninchen. Und wenn ihre Jungen größer sind, wird sie ihnen lebendige Beute bringen und ihnen beibringen, wie man jagt. Nächsten Herbst werden sie dann fast ausgewachsen sein, und im folgenden Winter werden die Fähen schreien wie diese hier, wenn die Rüden sie besteigen.

Warum tun sie das? So zusammenkommen? Ich nehme an, er legt die Grundlage für die Jungtiere in ihr. Wenn sie nichts weiter zu tun braucht, als einen Geist zu verschlucken, um sie zu bekommen, wie Creb mir immer gesagt hat, warum paaren sie sich dann so? Niemand hätte gedacht, daß ich ein Baby bekommen würde. Der Geist meines Totems sei zu stark, haben sie immer gesagt. Und dann habe ich doch eines bekommen. Ob die Grundlage für Durc gelegt wurde, als Broud das mit mir machte? Dann würde es keine Rolle spielen, ob mein Totem stark war oder nicht.

Leute sind aber nicht wie Füchse. Sie bekommen nicht nur im Frühling Babys; die können sie jederzeit bekommen. Und Männer und Frauen paaren sich auch nicht nur im Winter, sondern tun das dauernd. Allerdings bekommt eine Frau nicht jedesmal ein Baby, wenn sie das tun. Vielleicht hat auch Creb recht. Vielleicht muß der Geist vom Totem eines Mannes in die Frau hineinkommen; nur, daß sie ihn nicht hinunterschluckt. Ich glaube, er tut es in sie hinein, wenn sie zusammenkommen – mit seinem Glied. Manchmal wehrt ihr Totem sich dagegen, und manchmal bildet es die Grundlage für neues Leben.

Ich glaube, ich möchte gar keinen weißen Fuchspelz haben. Wenn ich einen erlege, gehen die anderen fort, und ich möchte sehen, wie viele Welpen sie bekommt. Ich werde mir den Hermelin holen, den ich unten am Wasser gesehen habe, und zwar, ehe sein Fell braun wird. Das Fell ist noch weicher und weißer als das des Polarfuchses; und außerdem gefällt mir die schwarze Spitze am Schwanz.

Nur ist das Tier so klein, daß sein Fell kaum für einen Handling ausreicht; außerdem wird auch sie im Frühjahr Junge bekommen. Nächsten Winter wird es vermutlich mehr Hermeline geben als jetzt. Vielleicht gehe ich heute überhaupt nicht jagen. Ich glaube, ich mache lieber diese Schale fertig.

Es kam Ayla nicht in den Sinn, sich zu fragen, wieso sie darüber nachdachte, wo sie doch vorgehabt hatte, im Frühjahr weiterzuziehen. Sie gewöhnte sich immer mehr an ihr Alleinsein – nur abends kam es ihr zum Bewußtsein, wenn sie eine neue Kerbe in ihren glatten Stab schnitt und einen vollgeschnitzten Stab auf den immer größer werdenden Haufen solcher Stäbe legte.

Ayla versuchte, sich die fettige Haarsträhne mit dem Handrükken aus der Stirn zu streichen. Sie war dabei, in Vorbereitung auf das Flechten eines großen, weitmaschigen Korbs die Pfahlwurzel eines Baumes zu spalten und konnte sie im Augenblick nicht loslassen. Sie hatte mit neuen Flechttechniken experimentiert und dabei höchst unterschiedliches Material und die Kombination von verschiedenen Materialien ausprobiert, um verschiedene Muster herzustellen. Der ganze Vorgang des Flechtens, Knüpfens und Verbindens sowie die Herstellung von Geweben, Fäden und Schnüren hatte sie so sehr gefesselt, daß sie kaum mehr für etwas anderes Sinn hatte. Obwohl das Endergebnis bisweilen nicht zu gebrauchen war und sie nur darüber lachen konnte, hatte sie ein paar erstaunliche Neuerungen gemacht, die sie ermutigten, mit ihren Versuchen fortzufahren. Sie ertappte sich dabei, daß sie nahezu alles, was ihr in die Finger geriet, flocht oder umeinanderzwirbelte.

Seit dem frühen Morgen hatte sie an einer besonders verzwickten Webart gearbeitet, und erst als Winnie eintrat und den aus Fell bestehenden Windschutz vor dem Eingang mit der Nase beiseiteschob, merkte sie, daß es Abend geworden war.

»Wieso ist es denn schon so spät, Winnie? Du hast noch nicht mal Wasser in deiner Schale«, sagte sie, stand auf und streckte sich; so lange auf einer Stelle gesessen zu haben, hatte sie steif gemacht. »Ich sollte uns etwas zu essen holen. Außerdem wollte ich meine Schlafstelle wechseln.«

Die junge Frau eilte geschäftig hin und her, holte frisches Heu für das Pferd und Heu für die flache Mulde unter ihrer Lagerstatt und warf das alte Heu über den Rand des Simses. Sie hackte den Eismantel auf, der sich über dem in der Nähe des Höhleneingangs aufgehäuften Schneehaufen gebildet hatte, um an den Schnee im Inneren heranzukommen; wie dankbar sie jetzt war, daß sie ihn hatte. Allerdings merkte sie, daß nicht mehr viel übrig war, und sie überlegte, wie lange dieser wohl noch reichen würde, ehe sie wieder Wasser von unten würde heraufholen müssen. Sie ging mit sich zu Rate, ob sie auch Wasser zum Waschen mit hineinnehmen sollte; sie fand, daß sie eigentlich bis zum Frühling keine Gelegenheit mehr dazu haben würde, sich zu waschen, und nahm daher genug Schnee mit, daß es auch noch zum Haarewaschen reichte.

Eis schmolz in Schalen in der Nähe des Feuers, während sie etwas zu essen zubereitete und kochte. Dabei kehrten ihre Gedanken immer zu dem Prozeß des Arbeitens mit Pflanzenfasern zurück, das sie im Augenblick mit solcher Ausschließlichkeit beschäftigte. Nachdem sie gegessen und sich gewaschen hatte, kämmte sie sich mit einem Zweig und den gespreizten Fingern Verfilzungen aus dem nassen Haar, da fiel ihr Blick auf eine getrocknete Kardendistel, die sie benutzt hatte, um irgendwelche zerzauste Borke zum Zwirbeln auszukämmen und zu entzwirren. Seit sie Winnie regelmäßig kämmte, war sie auf den Gedanken gekommen, die Kardendistel auch zum Auskämmen von Pflanzenfasern zu benutzen. Von da aus war es nur ein natürlicher Schritt, sie auch zum Kämmen der eigenen Haare zu benutzen.

Vom Ergebnis war sie entzückt. Ihr dickes goldenes Haar fühlte sich weich und glatt an. Bisher hatte sie ihrem Haar keinerlei besondere Beachtung geschenkt und es nur gelegentlich gewaschen; für gewöhnlich trug sie es aus dem Gesicht genommen und hinter den Ohren festgemacht, so daß in der Mitte mehr oder weniger zufällig ein Scheitel entstanden war. Iza hatte ihr oft gesagt, das Haar sei das Schönste an ihr; das fiel ihr besonders wieder ein, nachdem sie es nach vorn gekämmt hatte, um es beim Schein des Feuers zu betrachten. Die Farbe war eigentlich sehr hübsch, fand sie; was ihr jedoch noch weit mehr gefiel, war, die schöne, lange und glatte Beschaffenheit des Haares als solches. Fast noch, ehe sie sich darüber klar wurde, hatte sie bereits einen Teil ihres Haares zu einem langen Zopf geflochten.

Das Ende umwickelte sie mit einem Stück Sehne; dann machte sie sich an einen anderen Teil. Flüchtig mußte sie daran denken, wie sonderbar andere es finden würden, wenn sie sahen, wie sie sich selbst Zöpfe flocht, doch das hielt sie nicht davon ab, und es dauerte nicht lange, und ihr ganzer Kopf war voller langer Zöpfe. Sie bewegte den Kopf immer wieder von einer

Seite zur anderen und lächelte über die neue Art, das Haar zu tragen. Die Zöpfe gefielen ihr; nur konnte sie sie nicht hinterm Ohr feststecken, damit sie sie nicht im Gesicht störten. Nach einigen Versuchen fand sie eine Möglichkeit, die Zöpfe vorn schneckenförmig zusammenzurollen und auf dem Kopf festzustecken; da sie sie jedoch gern schwenkte, ließ sie die Zöpfe an der Seite und hinten einfach hängen.

Anfangs war es nur das Neue, was ihr so gefiel; später war es die Bequemlichkeit, die sie dazu brachte, ihr Haar immer geflochten zu halten. Auf diese Weise blieb es, wo es sein sollte, und sie war nicht ständig damit beschäftigt, lockere Strähnen aus dem Gesicht zu streichen. Und was machte es schon, daß irgend jemand sie vielleicht sonderbar fände? Sie konnte, wenn sie wollte, ihr Haar zu Zöpfen flechten – schließlich brauchte sie niemand außer sich selbst zu gefallen.

Bald danach verbrauchte sie den letzten Schnee auf ihrem Sims, doch Eis brechen, um Wasser zu bekommen, brauchte sie auch nicht mehr. In den Schneewehen hatte sich Schnee genug festgesetzt. Als sie das erste Mal hinunterging, um welches zu holen, bemerkte sie allerdings, daß die Schneedecke unterhalb ihrer Höhle von einer hauchdünnen Schicht Ruß und Asche von ihrem Feuer bedeckt war. Sie ging auf der gefrorenen Wasserfläche weiter flußaufwärts, um eine saubere Stelle zu finden, doch als sie die schmale Schlucht einmal betreten hatte, verführte die Neugierde sie weiterzugehen.

Sie war nie so weit stromaufwärts geschwommen, wie sie es hätte tun können. Die Strömung war kräftig, und es hatte auch keine Notwendigkeit vorgelegen. Einfach zu gehen, bereitete jedoch keinerlei Mühe; sie mußte nur achtgeben, daß sie auf dem Eis nicht ausglitt. Die Schlucht entlang, wo fallende Temperaturen Wasserspritzer hatte erstarren lassen oder Druck Grate aufgeworfen hatte, hatten Phantasien in Eis Traumlandschaften entstehen lassen. Die wundersamen Gestalten, die sie sah, entlockten ihr ein freudiges Lächeln, doch war sie in keiner Weise auf das gefaßt, was sie zuletzt vor sich sah.

Sie war eine Weile dahingegangen und dachte schon daran umzukehren. Auf dem Boden der im Schatten liegenden Schlucht war es kalt, und das Eis trug dazu bei, alles noch kälter erscheinen zu lassen. Sie beschloß, nur noch bis zur nächsten Biegung des Flusses weiterzugehen. Dort angekommen, blieb sie unverhofft stehen und starrte überwältigt auf das Bild, das sich ihren Augen bot. Hinter der Biegung stießen die Wände der

Schlucht zusammen und bildeten eine Felswand, die bis zur Steppe oben hinaufreichte. Über diese Wand ergossen sich die glitzernden Eiszapfen eines erstarrten Wasserfalls. Steinhart, dabei jedoch kalt und weiß, wirkte er auf sie wie eine staunenswerte Umkehrung – gleichsam, als ob das Innere einer Höhle nach außen gekrempelt worden wäre.

Das massive Eisgebilde war atemberaubend in seiner Großartigkeit. Die ganze gewaltige Kraft des Wassers, vom Winter in seinem Griff gehalten, schien bereit, sich auf sie zu stürzen. Die Wirkung war schwindelerregend, doch gleichzeitig stand sie wie angewurzelt ganz im Banne seiner Pracht da. Sie erschauerte angesichts dieser geballten Kraft, und ehe sie sich abwandte, meinte sie, an der äußeren Spitze eines hoch droben sitzenden Eiszapfens einen Tropfen Wasser blitzen zu sehen, und es überlief sie ein noch tieferer Schauder.

Ayla erwachte. Kalte Windstöße fuhren herein, und als sie aufblickte, sah sie durch den Höhleneingang die gegenüberliegende Felswand. Der Windschutz klatschte immer wieder gegen den Pfosten. Nachdem sie ihn wieder in Ordnung gebracht hatte, stand sie eine Weile da und hielt das Gesicht in den Wind.

»Es wird wärmer, Winnie. Ich bin sicher, der Wind ist nicht mehr so kalt wie vorher.«

Das Pferd zuckte mit den Ohren und sah die Frau erwartungsvoll an. Aber es war nur Rede. Die Frau gab weder Zeichen noch Laute von sich, auf die das junge Pferd hätte eingehen müssen: keine Gebärde, mit der es aufgefordert wurde, näherzukommen oder zurückzuweichen; kein Zeichen, das besagte, daß es gleich Futter bekäme, gekrault, gestreichelt oder geklopft werde, und auch sonst keine Form von Zuneigung zu erwarten stand. Ayla hatte das Pferd nicht bewußt trainiert; für sie war Winnie ein Gefährte und ein Freund. Nur hatte das kluge Tier allmählich begriffen, daß bestimmte Signale und Laute mit bestimmten Tätigkeiten verbunden waren und gelernt, auf viele von ihnen entsprechend zu reagieren.

Auch Ayla begriff nachgerade Winnies Sprache. Das Pferd brauchte nicht mit Worten zu sprechen; die Frau war es gewohnt, in verschiedenen Ausdrucksformen feine Bedeutungsunterschiede zu erkennen. Laute hatten bei der Verständigung innerhalb des Clans immer eine zweitrangige Bedeutung gehabt. Im Laufe des langen Winters, in dessen Verlauf sie gezwungen gewesen war, auf engem Raum beieinander zu leben, hatte sich ein warmes Band der Zuneigung sowie ein hohes Maß an Verständigung und Verständnis zwischen ihnen herausgebildet. Für gewöhnlich wußte Ayla genau, ob Winnie glücklich, zufrieden, nervös oder erregt war und reagierte auf Signale von seiten des Pferdes, die ihre Aufmerksamkeit erheischten – Fressen, Wasser, Streicheln. Allerdings war es die Frau, die zielgerichtete Anweisungen und Signale von sich gab, auf die das Pferd einging.

Ayla stand am Ausgang, aber noch in der Höhle, und begutachtete ihre Reparatur und den Zustand des Fells, das den Windschutz bildete. Sie mußte am oberen Rand neue Löcher machen und einen neuen Riemen durchziehen, um das Fell wieder am Querbalken oben festzuzurren. Plötzlich spürte sie etwas Feuchtes hinten am Hals.

»Nicht, Winnie . . .« Sie drehte sich um, doch das Pferd hatte sich nicht von der Stelle gerührt. Gerade in diesem Augenblick traf sie wieder ein Tropfen. Sie blickte sich um und dann hinauf auf den Eiszapfen am Rand des Rauchabzugs. Der Dampf, der beim Kochen entstanden war, sowie ihr und Winnies Atem, von der Wärme des Feuers nach oben getragen, war dort auf die kalte Luft gestoßen, die durch das Loch hereinkam, was zur Folge gehabt hatte, daß sich Eis bildete. Allerdings nahm der trockene Wind immer gerade genug Feuchtigkeit mit, so daß das Eis sich nicht zu einem regelrechten Eiszapfen auswachsen konnte. Die meiste Zeit den Winter über hatte nur ein Eisrand das Loch oben geziert. Um so überraschter war Ayla, jetzt den langen schmutzigen Eiszapfen voller Ruß und Asche dort oben herunterhängen zu sehen.

Ein Wassertropfen, der unten an der Spitze hing, fiel herunter und traf sie mitten auf der Stirn, ehe ihre Verwunderung so groß wurde, daß sie beiseitetrat. Sie wischte sich die Feuchtigkeit ab und stieß dann einen Freudenschrei aus.

»Winnie! Winnie! Es wird Frühling! Das Eis fängt an zu schmelzen!« Sie lief zu dem Fohlen, schlang ihm die Arme um den zottigen Hals und beruhigte das durch ihre Ausrufe aufgeregte Tier. »Ach, Winnie, bald werden die Bäume knospen und das erste Grün erscheinen. Nichts ist so gut wie das erste Frühlingsgrün! Warte, bis du Frühlingsgras gekostet hast. Das wirst du mögen!«

Ayla lief auf das breite Sims hinaus, als ob sie erwartete, eine grüne statt einer weißen Welt dort draußen zu sehen. Der kalte Wind trieb sie jedoch rasch wieder hinein, und ihre freudige Erregung über die ersten Tropfen Schmelzwasser verwandelte sich in Bestürzung, als der Frühling sein Versprechen wieder zurücknahm und ein paar Tage später der schlimmste Schneesturm des ganzen Winters die Schlucht heruntergefegt kam. Doch trotz des Eismantels, mit dem alles überzogen wurde, folgte der Frühling dem Winter unerbittlich auf den Fersen, und der wärmende Hauch der Sonne brachte die gefrorene Kruste der Erde zum Schmelzen. Die Wassertropfen hatten in der Tat die Verwandlung von Eis in Wasser im Tal angekündigt – und zwar in einem Ausmaß, wie Ayla es nie für möglich gehalten hätte.

Zu den ersten wärmeren Schmelzwassertropfen gesellten sich bald Frühlingsregen, die halfen, Schnee und Eis überall dort, wo sie sich festgesetzt hatten, aufzuweichen und herauszuwaschen; vor allem aber brachten sie den trockenen Steppen das jahreszeitliche Maß an Feuchtigkeit. Allerdings gingen die Regenfälle diesmal nicht nur im Umkreis des Tals hernieder. Die Quelle, die den Fluß speiste, der durch das Tal floß, war der große Gletscher selbst, und während des Tauwetters nahm der Fluß überall das Wasser von kleineren Zuflüssen in sich auf, von denen viele gar nicht vorhanden gewesen waren, als Ayla hierhergekommen war.

Springfluten in vorher trockenen Flußläufen überraschten ahnungslose Tiere und rissen sie aufschäumend mit. In den strudelnden und durcheinanderwirbelnden Wassermassen wurden ganze Tierkadaver auseinandergerissen, zermahlen und zerrieben und bis auf die Knochen zerfetzt. Gelegentlich kümmerten herunterrauschende Wassermassen sich kein Deut um frühere Flußbette. Das Schmelzwasser bahnte sich neue Wege, riß samt den Wurzeln Sträucher und Bäume heraus, die in der feindseligen Umgebung jahrelang gekämpft hatten, um hier zu gedeihen. Steine und Felsbrocken, ja, riesige Findlinge gerieten durch die Fluten in Bewegung und wurden samt dem anderen Geröll und Schutt flußabwärts getragen.

Die einander nahe gegenüberstehenden Wände der schmalen Schlucht weiter stromaufwärts von Aylas Höhle engten die reißenden Fluten ein und zwangen sie, sich als hoher Wasserfall in die Tiefe zu stürzen. Der Widerstand, der ihnen entgegengebracht wurde, verstärkte jedoch nur den Druck der Wassermassen, und so stieg der Wasserstand beträchtlich an. Die Füchse hatten ihren Bau unter der Vorjahrshalde von Knochen und Treibholz längst verlassen, ehe der steinübersäte Uferstreifen unterhalb der Höhle wieder überschwemmt wurde.

Ayla hielt es nicht in der Höhle. Vom Sims aus verfolgte sie, wie der wirbelnde, durcheinanderstrudelnde und schäumende Fluß von Tag zu Tag höher stieg. Das Wasser rauschte durch die schmale Schlucht – Ayla konnte sehen, wie das Wasser sich überstürzte, als es diese endlich hinter sich lassen konnte –, schäumte auf die vorspringende Felswand zu und lud einen Teil der mitgebrachten Fracht am Fuß des Felsens ab. Jetzt endlich begriff sie, wieso sich der Haufen von Knochen, Treibholz und Felsbrocken, den sie so nützlich gefunden hatte, dort abgelagert hatte, und erst jetzt erkannte sie dankbar, welch ein Glücksfall es gewesen war, daß sie eine so hochgelegene Höhle gefunden hatte.

Sie spürte, wie das Sims erschüttert wurde, wenn ein großer Findling oder Baum dagegenprallte. Das machte ihr zwar Angst, doch hatte sie sich längst eine fatalistische Lebensansicht zu eigen gemacht. Wenn sie sterben sollte, würde sie sterben; sie war verflucht worden und sollte ohnehin längst tot sein. Es mußten Kräfte ihr Schicksal bestimmen, die weit mächtiger waren als sie selbst, und wenn die Felswand zusammenbrach, während sie oben stand, konnte sie nichts dagegen tun. Aber die rücksichtslose Gewalttätigkeit der Natur faszinierte sie.

Jeden Tag bot sich ihr ein neues Bild. Einer der großen Bäume, die nahe der gegenüberliegenden Wand gewachsen waren, hielt der Flut nicht stand. Er fiel gegen ihr Sims, wurde aber bald von der angeschwollenen Strömung fortgerissen. Sie sah mit eigenen Augen, wie er um die Flußbiegung herumgewirbelt und hinausgeschwemmt wurde auf eine Wasserfläche, die sich jetzt dort ausdehnte, wo am Flußrand zuvor üppige Vegetation geherrscht hatte. Bäume und Sträucher, die unter den brodelnden Fluten immer noch im Erdreich verwurzelt waren, hielten den gestürzten Riesen fest, doch war jeder Widerstand sinnlos. Der Baum wurde von ihnen losgerissen, die Wurzeln freigeschwemmt.

Sie wußte, daß der Winter die vereisten Wasserfälle endgültig freigeben mußte. Ein Krachen hallte in der Schlucht wider und verkündete das Erscheinen von zerfressenen Eisschollen, die tanzend und sich drehend von der Strömung heruntergetragen wurden. Vor der Wand drängten sie sich zusammen, dann rauschten sie um sie herum und verloren sich auf der Weite der Wasserfläche.

Der vertraute Uferstreifen machte einen völlig veränderten Eindruck, als das Hochwasser endlich so weit zurückgegangen war, daß Ayla sich wieder den steilen Pfad zum Fluß hinunterwagen konnte. Der verschlammte Treibholz- und Knochenhaufen am Fuß der Wand hatte ein neues Gesicht bekommen; jetzt lagen dort auch noch Tierkadaver. Auch das steinübersäte Ufer selbst sah völlig verändert aus, und vertraute Bäume waren entwurzelt und einfach fortgeschwemmt worden. Freilich nicht alle. Im normalerweise trockenen Boden reichten die Wurzeln tief hinab, zumal in einiger Entfernung vom Fluß. Sträucher und Bäume waren die jahreszeitlichen Überschwemmungen gewohnt, und was bisher jahrelang überlebt hatte, hatte sich auch diesmal größtenteils halten können. Als an den Himbeeren die ersten Knospen aufbrachen, mußte Ayla schon an die reifen roten Früchte denken, und damit wurde ihr ein dringendes Problem bewußt.

Es war sinnlos, auf Beeren zu zählen, die erst im Sommer reifen würden. Wenn sie ihre Suche nach den Anderen fortsetzen wollte, wäre sie dann längst nicht mehr hier. Die erste Frühlingsahnung machte ihr bewußt, daß sie sich entscheiden mußte, wenn sie das Tal verlassen wollte. Das war schwieriger, als sie es sich vorgestellt hatte.

Sie saß an ihrem Lieblingsplatz am Ende der Terrasse. Dort, wo es auf die Weiden hinausging, befand sich eine flache Stelle, auf der sie sitzen, und in genau der richtigen Entfernung eine Schwelle, auf die sie ihre Füße stellen konnte. Zwar sah sie von dort aus nicht das Wasser, wie es um die Biegung herumfloß, doch dafür bot sich ihr ein weiter Ausblick auf das Tal, und wenn sie den Kopf ein wenig drehte, konnte sie weiter flußaufwärts den Ausgang der Schlucht sehen. Sie hatte Winnie unten auf den Weiden beobachtet und gesehen, wie sie den Kopf wandte. Als sie um die vorspringende Felswand herumkam, war sie Aylas Blicken entschwunden, doch hörte sie sie jetzt den Pfad heraufkommen und wartete auf ihr Erscheinen.

Die Frau lächelte, als sie den großen Kopf des Steppenpferdes mit den dunklen Ohren und der struppigen braunen Mähne erblickte. Als sie näherkam, bemerkte Ayla, daß das falbfarbene Tier sein Winterfell verlor, und sie sah den dunklen Streifen, der sich von seiner Kruppe bis zum Schweifansatz hinzog. Die Vorderbeine wiesen oberhalb der Knie die Andeutung von helleren Streifen auf. Das junge Pferd sah die Frau und schnaubte leise; es wartete darauf, daß Ayla etwas von ihm wollte, und ging dann weiter in die Höhle hinein. Wenn er auch noch recht mager war, hatte der Jährling inzwischen schon seine volle Größe erreicht.

Ayla wandte sich wieder dem vor ihr liegenden Ausblick sowie den Gedanken zu, die sie schon tagelang beschäftigten und sie nachts nicht schlafen ließen. Ich kann jetzt nicht fort – ich muß erst ein bißchen jagen und vielleicht sogar warten, bis die ersten Früchte reifen. Und was mache ich mit Winnie? Das war ihr größtes Problem. Sie wollte nicht allein leben, wußte aber von den Leuten, die vom Clan die Anderen genannt worden waren, nichts weiter, als daß sie selbst eine von ihnen war. Was, wenn ich auf Leute stoße, die mich Winnie nicht behalten lassen? Brun würde niemals zulassen, daß ich ein ausgewachsenes Pferd behalte, zumal wenn es so jung und zart ist. Was, wenn sie Winnie töten wollen? Sie würde ja nicht einmal fortlaufen, sondern einfach dableiben und sie gewähren lassen. Wenn ich ihnen sagte, sie sollten es nicht tun – würden sie überhaupt acht darauf geben? Broud würde sie töten, ich könnte sagen, was ich wollte. Was, wenn die Männer der Anderen genauso sind wie Broud? Oder womöglich noch schlimmer? Schließlich haben sie das Baby getötet, wenn auch nicht mit Absicht?

Irgendwann muß ich irgendwen finden, aber ich kann auch noch etwas länger hierbleiben. Zumindest solange, bis ich wieder auf die Jagd gehen kann und vielleicht einige der Wurzeln wieder genießbar sind. Ja, das werde ich tun. Ich werde bleiben, bis die Wurzeln wieder so groß sind, daß ich nach ihnen graben kann.

Nachdem sie den Entschluß gefaßt hatte, ihr Fortgehen noch hinauszuschieben, war ihr, als wäre ihr ein Stein vom Herzen gefallen, und sie war bereit, wieder etwas zu tun. Sie stand auf und ging hinüber ans andere Ende des Simses. Der Aasgeruch von verwesendem Fleisch unten am Fuß der Wand stieg bis zu ihr herauf. Sie bemerkte Bewegung dort unten und beobachtete, wie eine Hyäne mit ihren kräftigen Kiefern das Vorderbein eines toten Tieres zermalmte, das wahrscheinlich einmal ein Hirsch gewesen war. Kein anderes Tier, weder Aasfresser noch Raubtier, besaß eine solche Kraft in den Kiefern und in der Vorderhand; gleichzeitig verlieh diese der Hyäne ein so häßlich unproportioniertes Aussehen.

Als Ayla das erste Mal das niedrige Hinterteil einer Hyäne mit den leicht gebogenen Beinen gesehen hatte, die schnüffelnd in dem Haufen unten herumgestöbert hatte, hatte sie an sich halten müssen. Doch als sie dann sah, wie sie mit einem verwesenden Teil eines Tierkadavers abgezogen war, hatte sie sie ganz in Ruhe gelassen, denn diesmal war sie froh gewesen über den Dienst, den sie ihr leistete. Sie hatte sie genauso beobachtet wie die Raubtiere. Im Gegensatz zu Raubkatzen oder Wölfen war die Hyäne nicht auf kräftig entwickelte Hinterbeine angewiesen, um ihr Opfer anzuspringen. Wenn Hyänen jagten, hatten sie es auf die Weichteile und die Euter oder Zitzen ihrer Beutetiere abgesehen. Normalerweise ernährten sie sich jedoch von Aas in jedem Grad der Verwesung.

Sie schwelgten in Verfall und Verwesung. Ayla hatte sie selbst Kot von Clansangehörigen fressen und Leichen freischarren sehen, die nicht tief genug vergraben worden waren; sie fraßen sogar Dung und stanken genauso widerwärtig wie das, was sie fraßen. Mochte ihr Biß auch nicht sogleich tödlich sein; hinterher führte er durch Infektion häufig zum Tode. Außerdem hielten sie sich an Jungtiere.

Ayla verzog angewidert das Gesicht und erschauerte. Sie haßte sie und mußte an sich halten, um die Hyäne da unten nicht mit ihrer Schleuder zu erlegen. Ihre Haltung war irrational, doch vermochte sie ihre heftige Abneigung gegen die braungesprenkelten Aasfresser nicht zu überwinden. Von ihrem vorteilhaften Standort aus sah sie einen Vielfraß sich seinen Anteil vom Aas holen. Das Tier sah aus wie ein Bärenjunges, nur, daß es einen langen Schwanz hatte. Allerdings wußte Ayla, daß sie eigentlich mehr wie Wiesel waren und ihre Moschusdrüsen eine genauso wirksame Abwehrwaffe darstellten wie die des Stinktiers. Der Vielfraß war ein tückischer Aasfresser. Es kam vor, daß diese Tiere ohne jeden ersichtlichen Grund ganze Höhlen oder offene Lagerplätze verwüsteten. Sie waren angriffslustige, intelligente und absolut furchtlose Räuber, die sich selbst an die Riesenhirsche heranwagten, sich aber auch mit Mäusen, Vögeln, Fröschen, Fischen und Beeren zufriedengaben. Ayla hatte gesehen, wie sie sogar größere Tiere von ihrer eigenen Beute verjagten. Sie waren ihrer Achtung würdig, und ihr absolut frostabweisendes Fell sehr wertvoll.

Sie beobachtete, wie ein rotes Milan-Pärchen sich von seinem hochgelegenen Nest auf einem Baum auf der anderen Seite des Flusses in die Luft aufschwang und rasch in den Himmel aufstieg. Sie breiteten ihre langen rötlichen Schwingen und die V-förmig ausgeschnittenen Schwanzfedern aus und stießen zum steinigen Uferstreifen hinab. Milane verschmähten gleichfalls kein Aas, jagten aber wie die anderen Raubvögel auch kleinere Säugetiere und Reptilien. Die junge Frau war mit Raubvögeln nicht sonderlich vertraut und wußte nur, daß die Weibchen für gewöhnlich größer waren als die Männchen – und daß es schön war, ihnen zuzusehen.

Geier konnte Ayla trotz des häßlichen Halses und ihres widerwärtigen Geruchs immerhin ertragen. Ihr gebogener Schnabel war scharf und kräftig, dazu gemacht, tote Tiere zu zerfleischen und auseinanderzureißen; ihre Bewegungen hatten jedoch etwas Majestätisches. Es war atemberaubend zuzusehen, wie ein Geier mühelos aufstieg und seine Kreise zog, mit großen Schwingen auf den Luftströmungen dahinglitt und sich, sobald er etwas Freßbares erblickt hatte, zu Boden fallen ließ und mit vorgestrecktem Hals und halb ausgebreiteten Flügeln auf das Aas zuhüpfte.

Die Aasfresser unten hatten reiche Beute gefunden. Selbst Aaskrähen bekamen ihren Anteil, und Ayla war heilfroh. Bei dem Gestank, der von den verwesenden Tieren aufstieg, konnte sie selbst die verhaßte Hyäne ertragen. Je schneller sie dort unten aufräumten, desto glücklicher würde sie sein. Plötzlich bereitete ihr der widerwärtige Aasgeruch Übelkeit. Sie sehnte sich danach, reine Luft zu atmen.

»Winnie!« rief sie. Das Pferd steckte beim Klang seines Namens den Kopf zur Höhle heraus. »Ich mache einen Spaziergang. Kommst du mit?« Die Jungstute sah die auffordernde Handbewegung, warf den Kopf ein paarmal in die Höhe und ging auf die Frau zu.

Sie stiegen den schmalen Pfad hinunter, schlugen einen weiten Bogen um den steinigen Uferstreifen mit seinen ekligen Gästen, und umrundeten die Felswand. Das Pferd schien ruhiger zu werden, als sie an dem Band aus Strauchwerk entlanggingen, das den kleinen Flußlauf säumte, der ruhig wieder in seinem ursprünglichen Bett dahinfloß. Der Todesgeruch machte sie nervös, und ihre unbewußte Furcht vor Hyänen beruhte auf einer sehr frühen Erfahrung. Obwohl die Luft immer noch ein wenig feucht-kalt war, genossen Ayla und ihr Pferd die Freiheit, die ihnen dieser sonnige Frühlingstag nach dem langen Winter bescherte, da sie kaum hatten herauskommen können. Auch auf der offenen Weide roch es frischer als sonst, und die Aasvögel waren nicht die einzigen Tiere, die sich den Bauch vollschlugen; doch wichtiger schien anderes.

Ayla verlangsamte den Schritt, um ein Buntspechtpärchen zu beobachten. Das Männchen hatte eine rote, das Weibchen eine weiße Haube, und beide schossen ihre Kapriolen in der Luft, hackten trommelnd auf einen toten Baumstamm im Wasser ein und jagten einander um Stämme herum. Spechte waren Ayla nicht unbekannt. Sie wußte, daß sie das Kernholz von alten Bäumen aushöhlten und diese mit den Abfällen ihrer Arbeit auspolsterten. Sobald jedoch die sechs oder sieben braungesprenkelten Eier gelegt und ausgebrütet und die Brut großgezogen war, ging das Pärchen wieder jedes seiner Wege, klopfte innerhalb ihres eigenen Reviers Baumstämme nach Insekten ab und ließen ihren schrillen Ruf im Wald ertönen.

Ganz anders die Lerchen. Nur während der Brutzeit löste sich der gesellige Schwarm in Einzelpaare auf und benahmen sich die Männchen früheren Freunden gegenüber wie gereizte Streithähne. Ayla vernahm das wunderbare Tirilieren eines steil in die Luft sich aufschwingenden Paars. Diese Vögel sangen mit einer solchen Stimmgewalt, daß Ayla sie selbst dann noch hörte, als sie nur mehr zwei kleine Punkte hoch droben im Blau waren. Dann, unversehens, ließen sie sich herunterfallen wie Steine, fingen sich dann wieder und stiegen abermals tirilierend in die Höhe.

Ayla erreichte jene Stelle, an der sie einmal eine Fallgrube gegraben hatte, um eine falbfarbene Stute zu jagen; zumindest meinte sie, hier müsse es gewesen sein, denn es war keine Spur davon zurückgeblieben. Die Schmelzwasserfluten hatten alles von ihr geschlagene und zusammengetragene Strauchwerk mit sich fortgerissen und die Grube selbst eingeebnet. Weiter flußabwärts hielt sie inne, um zu trinken und lächelte über eine Bachstelze, die mit wippendem Schwanz flink am Rand des Wassers dahintrippelte. Sie ähnelte zwar einer Lerche, war aber kleiner und hatte eine gelbliche Brust. Den Kopf hielt sie weit vorgestreckt, so daß ihr ganzer Körper horizontal zum Boden dahinschoß, wodurch sie sicherstellte, daß ihr Schwanz nicht naß wurde. Das wiederum führte zum Auf- und Abhüpfen des Schwanzes.

Eine Fülle fließender Töne lenkte ihre Aufmerksamkeit auf ein weiteres Vogelpärchen, das freilich nicht im geringsten etwas dagegen hatte, naß zu werden. Die im Liebesspiel umeinander fliegenden Wasseramseln streiften sich immer wieder, was Ayla jedoch nicht so verwunderte wie die Tatsache, daß sie unter Wasser laufen konnten, ohne daß ihr Gefieder sich vollsaugte. Als sie wieder auf die offene Ebene hinaustrat, tat Winnie sich in der Nähe an frischen grünen Trieben gütlich. Sie lächelte über das aufgeregte Gezeter eines Zaunkönigpärchens, an dessen Nest im Gebüsch sie zu nahe vorüberkam. Kaum hatte sie es hinter sich, gingen die kleinen Vögel zu einem klaren, fließenden Gesang über, und zwar so, daß erst der eine die Melodie zwitscherte und dann der andere darauf antwortete, was sich immer wieder wiederholte.

Sie blieb stehen, setzte sich auf einen umgestürzten Baumstamm, lauschte dem süßen Gesang der grundverschiedenen Vögel und war höchst überrascht, als ein Waldsänger in einem einzigen melodischen Stimmausbruch den Chor der gesamten anderen Sänger nachahmte. Sie holte vernehmlich Luft ob der Virtuosität des kleinen Geschöpfes und überraschte nunmehr sich selbst, als sie dabei einen Pfeiflaut hervorbrachte. Eine Grauammer folgte ihr mit ihrem charakteristischen Ruf, der wie ein langgezogenes Pfeifen klang, was der Waldsänger augenblicklich nachmachte.

Ayla war entzückt. Ihr war, als wäre sie eins geworden mit dem gefiederten Chor und versuchte es noch einmal. Sie spitzte die Lippen und saugte die Luft ein, brachte dabei aber nur ein kläglich säuselndes Geräusch hervor. Beim nächstenmal holte sie tiefer Luft und füllte ihre Lungen dabei dermaßen, daß sie sie wieder ausstoßen mußte, was einen lauten Pfeifton zur Folge hatte. Das klang schon viel eher wie der Gesang der Vögel. Beim nächsten Versuch entwich ihr nur Luft zwischen den Lippen, und als sie es hinterher noch ein paarmal probierte, hatte sie damit auch nicht mehr Glück. Sie wandte sich daher wieder dem Luft*ein*saugen zu und brachte damit immerhin einige Pfeiftöne zustande, die allerdings noch recht kraftlos klangen.

Sie ließ sich jedoch nicht entmutigen, sog die Luft ein und stieß sie wieder aus, wobei sie gelegentlich einen scharfen Pfeifton hervorbrachte. Sie vertiefte sich dermaßen in ihr Bemühen und merkte daher gar nicht, daß Winnie jedesmal die Ohren spitzte, wenn es ihr gelang, einen durchdringenden Pfiff auszustoßen. Das Pferd wußte nicht, wie es reagieren sollte, wurde jedoch neugierig und machte ein paar Schritte auf Ayla zu.

Ayla sah die Jungstute, die Ohren fragend vorgestellt, näherkommen. »Überrascht es dich, daß ich Vogellaute machen kann, Winnie? Mich selbst ja auch. Ich hatte gar nicht gewußt, daß ich singen kann wie ein Vogel. Nun, vielleicht nicht ganz so wie ein Vogel, aber wenn ich weiter übte, ich glaube, ich käme dem einigermaßen nahe. Mal sehen, ob es mir noch einmal gelingt.«

Sie füllte ihre Lungen mit Luft, spitzte die Lippen, konzentrierte sich und stieß einen langen schönen Pfeifton aus. Winnie hob ein paarmal den Kopf, wieherte und kam auf sie zugetrabt.

Ayla stand auf und schlang dem Pferd die Arme um den Hals. Ihr wurde plötzlich klar, wie groß es geworden war. »Du bist gewachsen, Winnie. Pferde wachsen rasch, du bist jetzt fast so groß wie ein ausgewachsenes Pferd. Wie schnell kannst du laufen?« Ayla versetzte ihm einen Klaps auf den Rumpf. »Komm, Winnie. Laß uns um die Wette laufen«, gab sie dem Pferd zu verstehen und lief so schnell sie konnte, voran über die Ebene.

Das Pferd hatte sie nach ein paar Fluchten eingeholt und lief voran, wobei es im Galopp den ganzen Körper streckte. Ayla folgte ihm aus reiner Lust am Laufen und strengte sich an, bis sie einfach nicht mehr konnte und atemlos und keuchend stehenblieb. Sie sah dem Pferd nach, das das Tal hinuntersprengte, dann einen weiten Bogen schlug und zurückgetrabt kam. Ich wünschte, ich könnte laufen wie du, dachte sie. Dann könnten wir zusammen laufen, wohin wir auch immer wollten. Ob ich wohl glücklicher wäre, wenn ich ein vierbeiniges Pferd wäre und kein Zweibeiner? Zumindest wäre ich dann nicht so allein.

Aber ich bin ja gar nicht allein. Winnie leistet mir gute Gesellschaft, auch wenn sie ein Pferd ist. Sie ist alles, was ich habe, und ich bin alles, was sie hat. Aber wäre es nicht herrlich, wenn ich so laufen könnte wie sie?

Das Füllen kam verschwitzt und schaumbedeckt zurück und brachte Ayla zum Lachen, als es sich auf der Wiese rollte, mit den Beinen in der Luft strampelte und kleine Laute des Vergnügens ausstieß. Dann stand es wieder auf, schüttelte sich und graste weiter. Ayla ließ es nicht aus den Augen, sann immer weiter darüber nach, wie großartig es wäre, wenn sie laufen könnte wie ein Pferd, und dann übte sie weiter pfeifen. Als sie das nächstemal einen durchdringenden Pfiff zustandebrachte, blickte Winnie auf und kam auf sie zugetrabt. Ayla legte erfreut die Arme um ihren Hals, mußte jedoch weiter daran denken, wie schön es wäre, mit dem Pferd zu laufen.

Dann kam ihr ein Gedanke.

Ein solcher Einfall wäre ihr nicht gekommen, hätte sie nicht den ganzen Winter über mit dem Pferd zusammengelebt und wäre es für sie nicht ein Freund und Gefährte gewesen. Ganz gewiß hätte sie nicht nach einem solchen Einfall gehandelt, lebte sie noch beim Clan. Inzwischen hatte Ayla jedoch gelernt, ihren Einfällen einfach nachzugeben.

Ob Winnie wohl was dagegen hätte? dachte Ayla. Ob sie mich hinaufließe? Sie führte das Pferd an den Baumstamm und stieg hinauf, dann legte sie dem Pferd die Arme um den Hals und hob ein Bein. Lauf mit mir, Winnie. Lauf und nimm mich mit, dachte sie und setzte sich dann auf den Rücken des Pferdes.

Die junge Stute war es nicht gewohnt, eine Last auf dem Rükken zu tragen, und so legte sie die Ohren an und tänzelte nervös hin und her. Doch wenn auch das Gewicht etwas Ungewohntes war – die Frau war es nicht, und daß Ayla ihr die Arme um den Hals geschlungen hatte, wirkte sehr beruhigend. Fast wäre Winnie gestiegen, um die Last auf dem Rücken abzuschütteln, lief aber statt dessen einfach davon. Sie fiel in einen Galopp und raste mit der sich an ihren Hals klammernden Ayla über die Ebene dahin.

Nun hatte das junge Pferd sich bereits ausgetobt, und das Leben in der Höhle hatte seinen Bewegungsdrang gezügelt und es war ein wenig steif geworden. Wenn sie auch das dürre Gras der Weide gefressen hatte – was ihr gefehlt hatte, war die ständige Bewegung mit einer umherziehenden Herde. Sie hatte nicht mit dieser Schritt halten müssen, wenn Raubtiere Jagd auf sie machten. Außerdem war sie noch jung. Infolgedessen dauerte es nicht lange, bis sie langsamer wurde und schließlich mit fliegenden Flanken und gesenktem Kopf stehenblieb.

Die Frau ließ sich vom Pferderücken heruntergleiten. »Winnie, das war herrlich!« gab Ayla ihr mit Augen zu verstehen, die vor Begeisterung blitzten. Sie hob die gesenkte Schnauze mit beiden Händen hoch und legte dem Pferd die Wange an die Nase. Dann steckte sie in liebevoller Geste den Kopf der Stute unter ihren Arm, was sie nicht mehr getan hatte, seit das Pferd klein gewesen war. Es handelte sich dabei um eine liebevolle Geste, die sie sich für besondere Gelegenheiten aufhob.

Der Ritt war etwas so Aufregendes, daß sie kaum an sich halten konnte. Schon die Vorstellung, mit einem galoppierenden Pferd dahinzufliegen, erfüllte Ayla mit Staunen. Sie hätte sich sowas im Traum nicht einfallen lassen. Niemand hätte sich so etwas träumen lassen.

10

Ayla kam kaum vom Pferderücken herunter. Es war eine unsägliche Freude, die junge Stute zu reiten, während sie mit Höchstgeschwindigkeit dahingaloppierte. Das fesselte sie mehr als alles, was sie je erlebt hatte. Winnie schien es gleichfalls zu genießen und gewöhnte sich rasch daran, die Frau auf ihrem Rükken zu tragen. Bald wurde das Tal zu klein für die Reiterin auf ihrem dahingaloppierenden Pferd. Oft ritten sie über die Steppen östlich des Flusses, die verhältnismäßig leicht zu erreichen waren.

Ayla wußte, daß sie bald sammeln und jagen und die gefundene und erlegte Nahrung verarbeiten und lagern mußte, um für die nächste schwere Jahreszeit gewappnet zu sein. Aber im Vorfrühling war die Erde immer noch dabei, vom langen Winterschlaf zu erwachen, und so war der Tisch der Natur noch nicht so reichlich gedeckt. Ein paar frische grüne Schößlinge brachten Abwechslung in die Trockennahrung des Winters, doch bis jetzt waren weder Wurzeln noch Knospen geschwollen, noch hatten abgemagerte Schenkel wieder Fett ansgesetzt. Ayla nutzte die ihr auferlegte Muße dazu, so oft wie möglich mit dem Pferd auszureiten, an den meisten Tagen vom frühen Morgen an bis zum späten Abend.

Zuerst ritt sie einfach, ließ sich tragen, wohin Winnie wollte, saß einfach passiv auf ihrem Rücken. Es kam ihr gar nicht in den Sinn, das Pferd lenken zu wollen; die Signale, die Winnie erkennen gelernt hatte, waren visuelle Zeichen – Ayla versuchte nicht, sich nur mit Worten verständlich zu machen – und die konnte sie nicht sehen, wenn die Frau auf ihrem Rücken saß. Doch für die Frau hatte Körpersprache stets genauso zum Sprechen dazugehört wie bestimmte Gebärden, und das Reiten gestattete einen sehr innigen Körperkontakt.

Nachdem sie sich zuerst wundgeritten hatte, fing Ayla an, das Muskelspiel des Pferdes zu bemerken, und nach gewissen Anpassungsschwierigkeiten spürte Winnie, wie die Frau auf ihrem Rücken sich verkrampfte und entspannte. Beide hatten bereits die Fähigkeit entwickelt, Wünsche und Bedürfnisse des anderen zu erkennen; außerdem war der Wunsch in ihnen vorhanden, darauf einzugehen. Wenn Ayla in eine bestimmte Richtung wollte, lehnte sie sich, ohne es zu wissen, in eben diese Richtung vor, und die Veränderungen in ihren Muskeln vermittelten das weiter an das Pferd. So fing das Pferd an, auf Spannung und Entspannung der Muskeln seiner Reiterin zu reagieren, indem es eine andere Richtung oder eine andere Gangart einschlug. Und da das Tier auf kaum wahrnehmbare Bewegungen reagierte, wurde Ayla wiederum dazu gebracht, diese Muskeln auf eben diese Weise anzuspannen oder lockerzulassen, wenn sie wollte, daß Winnie wieder so reagierte.

Es handelte sich um eine Zeit wechselseitigen Trainings, in der beide voneinander lernten, was wiederum zur Folge hatte, daß ihre wechselseitige Beziehung sich vertiefte. Freilich, ohne es zu merken, war es Ayla, die in dieser Beziehung den Ton angab. Die Signale zwischen Frau und Pferd waren so fein und der Übergang von passiver Hinnahme bis zu aktiver Anweisung so natürlich, daß er Ayla anfangs gar nicht auffiel, höchstens auf einer höheren Ebene. Das ständige Reiten wurde zu einem Intensivkurs, und als ihre Beziehung immer inniger wurde, paßten Winnies Reaktionen sich auf so wunderbare Weise an, daß Ayla nur noch daran zu *denken* brauchte, wohin sie in welcher Geschwindigkeit wollte, und Winnie reagierte darauf, gleichsam als wäre das Tier eine Verlängerung ihres eigenen Körpers. Die junge Frau erkannte nicht, daß sie Signale durch Nerven und Muskeln auf die hochempfindliche Haut ihres Reittiers übermittelte.

Ayla hatte nicht vorgehabt, Winnie auszubilden. Das Training war das Ergebnis der Liebe und Aufmerksamkeit, die sie dem Tier entgegenbrachte, und der angeborenen Unterschiede zwischen Pferd und Mensch. Winnie war neugierig und klug, konnte lernen und hatte ein gutes Gedächtnis; dennoch war ihr Gehirn nicht so entwickelt wie das Aylas, und es war auch anders organisiert. Pferde waren gesellige Wesen, die normalerweise in Herden zusammenlebten und auf die Nähe und Wärme von Mitgeschöpfen angewiesen waren. Ihr Tastsinn war besonders ausgeprägt und spielte eine hervorragende Rolle bei der Herstellung einer persönlichen Beziehung. Der Instinkt der Jungstute brachte sie dazu, den Anweisungen zu folgen, wohin sie gelenkt wurde. Wenn sie in Panik gerieten, flohen sogar Leittiere mit dem Rest der Herde.

Was die Frau tat, wurde von einem Gehirn gelenkt, in dem Voraussicht und Analyse ständig mit Wissen und Erfahrung in Interaktion traten. Ihre verwundbare Stellung sorgte dafür, daß ihre Überlebensreflexe nie einschliefen, und zwangen sie dazu, sich ständig ihrer Umgebung bewußt zu sein; beides wiederum beschleunigte den Prozeß der Ausbildung des Pferdes. Der Anblick eines Hasens oder auch eines Riesenhamsters, selbst wenn sie nur so zum Vergnügen dahinritt, ließ Ayla unwillkürlich nach ihrer Schleuder greifen und weckte in ihr den Wunsch, das Tier zu verfolgen. Winnie hatte diesen Wunsch rasch übersetzt, und ihr erster Schritt in diese Richtung führte letztlich dazu, daß die Frau – wenn auch unbewußt – das Tier beherrschte. Ayla selbst wurde sich dessen erst bewußt, als sie einen Riesenhamster erlegte.

Es war noch Vorfrühling. Sie hatten das Tier unabsichtlich aufgescheucht, doch in dem Augenblick, da Ayla es davonlaufen sah, neigte sie sich in seine Richtung – und während sie nach ihrer Schleuder griff, sprengte Winnie hinter dem flüchtenden Tier her. Als sie es fast eingeholt hatten, brachte die Verlagerung ihres Körpergewichts, die sich mit dem Gedanken ans Absitzen einstellte, das Pferd dazu, rechtzeitig stehenzubleiben, so daß sie sich hinunterrutschen lassen und einen Stein schleudern konnte.

Wie schön, heute abend einmal frisches Fleisch zu haben, dachte sie, als sie mit ihrer Beute zu dem wartenden Pferd zurückkehrte. Ich sollte mehr auf die Jagd gehen, nur hat es soviel Spaß gebracht, Winnie zu reiten . . .

Ich habe Winnie geritten! Winnie ist hinter dem Hamster hergehetzt. Und ist stehengeblieben, als ich wollte, daß sie es tat. Ayla dachte zurück an den ersten Tag, da sie dem Pferd auf den Rücken gestiegen und ihm die Arme um den Hals geschlungen hatte, um nicht herunterzufallen. Jetzt hatte Winnie den Kopf gesenkt, um an einem Büschel frischen jungen Grases zu knabbern.

»Winnie!« rief Ayla. Das Pferd hob den Kopf und stellte erwartungsvoll die Ohren vor. Die junge Frau war wie vor den Kopf geschlagen, wußte nicht, wie sie sich das alles erklären sollte. Schon der Gedanke, das Pferd reiten zu wollen, war überwältigend gewesen; daß jedoch das Pferd auch noch dorthin gehen würde, wo sie wollte, war schwer zu verstehen – das zu verstehen war schwieriger, als der Prozeß des Lernens für sie beide es gewesen war.

Das Pferd kam zu ihr. »Ach, Winnie!« sagte sie nochmals, wobei sie von Schluchzen geschüttelt wurde und doch nicht wußte, warum, als sie dem Pferd die Arme um den Hals schlang. Winnie schnaubte durch ihre Nüstern und bog den Hals, so daß sie der Frau über die Schulter lehnte.

Als Ayla sich anschickte, das Pferd zu besteigen, kam sie sich ziemlich ungeschickt vor. Der Hamster war hinderlich. Sie ging zu einem Felsblock, obwohl sie schon längst keinen mehr brauchte, und dachte darüber nach; sie wußte, daß sie früher einfach aufgesprungen und die Beine gespreizt hatte. Nach einiger anfänglicher Verwirrung machte Winnie sich auf den Rückweg zur Höhle. Sobald Ayla bewußt versuchte, das Füllen zu beherrschen, verloren ihre Signale ein wenig von ihrer Entschiedenheit, und mit Winnies Reaktionen ging es ebenso. Ayla wußte einfach nicht, wie sie das Pferd gelenkt hatte.

Ayla lernte, sich wieder auf ihre Reflexe zu verlassen, nachdem sie entdeckt hatte, daß Winnie besser reagierte, wenn sie ganz entspannt war; gleichzeitig entwickelte sie dabei jedoch eine Reihe ganz zweckgerichteter Signale. Als es wärmer wurde, ging sie mehr auf die Jagd. Zuerst hielt sie das Pferd an und glitt von seinem Rücken herunter, um ihre Schleuder zu gebrauchen, doch dauerte es nicht lange, und sie versuchte es vom Pferderücken aus. Traf sie ihr Ziel nicht, war das für sie nur um so mehr Grund zu üben – das war eine neue Herausforderung. Anfangs hatte sie den Umgang mit ihrer Waffe ausschließlich durch Üben erworben. Damals war es ein Spiel gewesen, und sie hatte niemand gehabt, an den sie sich mit der Bitte um Unterweisung hätte wenden können, denn eigentlich durfte sie ja nicht jagen. Und nachdem ein Luchs sie nach dem Abschuß ihres Steins praktisch unbewaffnet gefunden hatte, hatte sie es gelernt, in sehr schneller Folge zwei Steine nacheinander abzuschießen, und in dieser Technik hatte sie sich vervollkommnet.

Inzwischen war es lange her, daß sie mit ihrer Schleuder hatte üben müssen; auch diesmal war es wieder ein Spiel, das allerdings nicht weniger ernst war, bloß weil es Spaß machte. Freilich hatte sie es ja bereits zu beträchtlicher Fertigkeit im Steine-Schleudern gebracht, daß es nicht lange dauerte und sie vom Rücken ihres Pferdes aus nicht minder zielgenau damit umgehen konnte, als wenn sie auf ihren eigenen beiden Beinen gestanden hätte. Doch selbst als sie noch zu Pferde einem flinkfüßigen flüchtenden Hasen hinterherjagte, begriff die junge Frau immer noch nicht, ja, konnte sie sich einfach nicht vorstellen, über welche Fülle von Vorteilen sie jetzt gebot.

Zu Anfang brachte Ayla ihre Beute so heim, wie sie es immer getan hatte: in einer Kiepe, die sie sich auf den Rücken schnallte. Von da aus war es ein leichter Schritt, das erlegte Tier quer vor sich auf Winnies Rücken zu legen. Der nächste logische Schritt bestand darin, eigens für die Jungstute einen Korb zu flechten. Es bedurfte nur etwas größeren Kopfzerbrechens, ehe sie auf den Gedanken kam, zwei Körbe zu flechten und diese an einem Gurt, den sie dem Pferd um den Leib schlang, zu befestigen. Doch nach der Einführung des zweiten Korbes dämmerte ihr allmählich, wie vorteilhaft es für sie sein könnte, die Kraft ihres vierbeinigen Freundes einzuspannen. Zum erstenmal in ihrem

Leben brachte sie eine Last in ihre Höhle, die größer war, als sie allein tragen konnte.

Nachdem sie jedoch begriffen hatte, was sie mit Hilfe des Pferdes alles schaffen konnte, änderten sich ihre Methoden. Ihr gesamtes Leben veränderte sich. Sie blieb länger draußen, ritt weiter fort und kehrte mit mehr Gerät, Pflanzenmaterialien oder Kleintieren auf einmal zurück, als es ihr bisher möglich gewesen war. Die folgenden Tage brachte sie dann damit zu, die Ergebnisse ihrer Ausritte zu verarbeiten.

Nachdem sie bemerkt hatte, daß die wilden Erdbeeren reiften, ritt sie ein riesiges Gebiet ab, um so viele zu finden, wie möglich. So früh im Jahr gab es nur wenige reife, und diese wenigen wuchsen auch noch weit auseinander. Es war nahezu dunkel, als sie sich auf den Heimweg machte. Sie besaß ein scharfes Auge für auffällige Merkmale in der Landschaft, und das war auch nötig, um sich nicht zu verirren. Doch diesmal wurde es vorm Erreichen des Tals so dunkel, daß sie nichts mehr sehen konnte. Als sie sich in der Nähe der Höhle befand, verließ sie sich auf Winnies Instinkt, sie heimzutragen, und auf späteren Ausritten überließ sie es häufig ihrem Pferd, den Weg zurückzufinden.

Später nahm sie dann ihren Schlafpelz immer mit – für alle Fälle. Dann beschloß sie eines Abends, draußen auf der offenen Steppe zu übernachten, denn es war bereits spät geworden und sie meinte, eine Nacht unter freiem Himmel könnte ihr durchaus wieder einmal Spaß machen. Sie zündete ein Feuer an, doch neben Winnie in ihren Pelz gewickelt, brauchte sie es der Wärme wegen eigentlich gar nicht. Das Feuer diente nur noch dazu, die Nachttiere von ihr fernzuhalten. Steppentiere reagieren höchst empfindlich auf Rauchgeruch. Steppenbrände wüteten manchmal tagelang und vernichteten alles, was ihnen in den Weg kam.

Nach dem ersten Mal fiel es ihr leichter, ihrer Höhle fortan einen oder auch zwei Tage hintereinander fernzubleiben. So erforschte Ayla ausgiebig das Gebiet östlich des Tals.

Wenn sie es sich selbst gegenüber auch nicht recht eingestehen wollte, im Grund hielt sie Ausschau nach den Anderen – immer in der Hoffnung, sie zu finden, immer voller Bangen darauf gefaßt, es einmal wirklich zu tun. In gewisser Hinsicht stellte es den Versuch dar, die Entscheidung, das Tal zu verlassen, hinauszuschieben. Sie wußte genau, daß sie bald mit den Vorbereitungen dazu anfangen müßte, falls sie ihre Suche wiederaufnehmen wollte, nur – das Tal war ihr zur Heimat geworden. Sie wollte einfach nicht fort, und außerdem machte sie sich immer noch Winnies wegen Sorgen. Schließlich wußte sie nicht, was die unbekannten Anderen dem Pferd womöglich antaten. Wenn es im Umkreis ihres Tals Lebewesen ihrer Art gab, vielleicht gelang es ihr dann zu Pferde, sie als erste zu erkennen und sie erst zu beobachten und etwas über sie in Erfahrung zu bringen, ehe sie sich zu erkennen gab.

Die Anderen, das waren ihre Leute, nur hatte sie keinerlei Erinnerung an ihr Leben, ehe sie im Clan aufgenommen worden war. Sie wußte, daß man sie ohnmächtig an einem Fluß liegend gefunden hatte, halb verhungert und mit schwärenden Wunden von den Krallen eines Höhlenlöwen. Sie war dem Tod nahe, als Iza sie aufnahm und auf ihrer Suche nach einer neuen Höhle mit sich herumschleppte. Doch wann immer sie versuchte, sich an irgend etwas aus ihrem früheren Leben zu erinnern, befiel sie Übelkeit und Angst sowie das unbehagliche Gefühl, die Erde, auf der sie stand, bebe.

Das Erdbeben, das ein fünfjähriges Kind allein in die Wildnis hinausgeschleudert und seinem Schicksal – und dem Mitleid von Lebewesen, die so ganz anders waren – überantwortet hatte, hatte sich verheerend auf ihren Geist ausgewirkt. Sie hatte sowohl an das Erdbeben als auch an die Menschen, denen sie geboren war, jede Erinnerung verloren. Sie waren für sie genau das gleiche, was sie auch für den Rest des Clans waren: die Anderen.

Dem launischen Frühling mit seinem jähen Wechsel von eisigen Hagelschauern zu warmem Sonnenschein gleich, fiel Ayla mit ihren Wünschen und Sehnsüchten von einem Extrem ins andere. Die Tage waren so schlecht nicht. In den Jahren ihres Heranwachsens hatte sie in der Nähe der Clanshöhle auf der Suche nach Kräutern für Iza und später auf der Jagd die Gegend durchstreift, und so war sie die Einsamkeit damals durchaus gewohnt gewesen. So kam es, daß sie vormittags und nachmittags, wenn sie zu tun hatte, nichts lieber wollte als zusammen mit Winnie im geschützten Tal bleiben. Doch nachts in ihrer kleinen Höhle, in der nur das Feuer und ein junges Pferd ihr Gesellschaft leisteten, sehnte sie sich nach einem anderen Lebewesen ihrer Art, um nicht mehr so allein zu sein. Im wärmer werdenden Frühling fiel ihr das Alleinsein schwerer als während des langen kalten Winters. In Gedanken weilte sie häufig beim Clan und bei den Leuten, die sie liebte, und sie sehnte sich schmerzlich danach, ihren Sohn im Arm zu halten. Jede Nacht beschloß sie, gleich am nächsten Morgen mit den Vorbereitungen für ihr Fortziehen zu beginnen, um diese am Morgen dann wieder hinauszuschieben und doch lieber mit Winnie auf die östlichen Ebenen hinauszureiten.

Ihre sorgfältigen, ausgedehnten Erkundungsritte bewirkten, daß sie nicht nur von dem Gelände eine genaue Vorstellung bekam, sondern auch von dem Tierleben auf der weiten Grasebene. Herden von Zugtieren hatten sich auf ihre jährliche Wanderung begeben, und so kam es, daß sie sich in Gedanken wieder damit beschäftigte, ein großes Tier zu erlegen. Als dieser Wunsch immer stärker Besitz von ihr ergriff, verdrängte er in ihrem Bewußtsein mehr und mehr den Gedanken an ihre Einsamkeit.

Sie sah zwar Pferde, doch in ihr Tal war keines zurückgekehrt. Das spielte keine Rolle. Sie hatte ohnehin nicht die Absicht, noch einmal Jagd auf Pferde zu machen. Es mußte schon ein anderes Tier sein. Wenngleich sie noch nicht wußte, wie sie sie gebrauchen wollte, nahm sie auf ihren Ritten jetzt ihre Speere mit. Die langen Schäfte waren recht hinderlich, und so ersann sie Halterungen für sie, in jedem Korb, den das Pferd links und rechts auf dem Rücken trug, eine.

Erst als sie eine Rentierherde beobachtete, nahm allmählich eine Idee Gestalt in ihr an. In ihren Mädchenjahren, als sie damit beschäftigt gewesen war, sich das Jagen beizubringen, hatte sie oft einen Vorwand gefunden, um sich in der Nähe der Männer aufzuhalten, wenn diese über ihr Lieblingsthema, die Jagd, redeten. Damals hatte sie sich vor allem für alles interessiert, was mit ihrer Jagdwaffe, der Schleuder, zusammenhing, doch die Ohren gespitzt hatte sie immer, gleichgültig, über welche Jagdart sie auch redeten. Auf den ersten Blick hatte sie die Tiere mit den kleinen Geweihen für eine nur aus Hirschen bestehende Herde gehalten. Dann sah sie die Kälber und erinnerte sich, daß bei den Rentieren nicht nur die Hirsche, sondern auch die Kühe ein Geweih tragen. Diese Erinnerung löste eine ganze Lawine von ähnlichen Erinnerungen aus – unter anderem die an den Geschmack von Rentierfleisch.

Wichtiger aber noch war, daß sie sich entsann, von den Männern gehört zu haben, daß die Rentiere im Frühjahr gen Norden ziehen und alle derselben Route folgen, gleichsam als gäbe es einen Weg, den nur sie allein sähen. Außerdem wanderten sie in verschiedenen Gruppen. Zuerst kämen die Kühe mit den Jungtieren, dann folgte eine Herde junger männlicher Tiere. Und später, wenn die Jahreszeit schon weiter fortgeschritten sei, kämen in ziemlich kleinen Gruppen die alten Kämpen denselben Weg entlanggezogen.

Ayla ritt gemächlich hinter einer Herde geweihtragender Renkühe und ihrer Kälber her. Die sommerlichen Schwärme von Mücken und Fliegen, die gern im Rentierfell, besonders um Augen und Ohren herum, ihre Eier ablegen und die Rentiere dazu treiben, kühlere Klimazonen aufzusuchen, in denen es nicht so viele Insekten gibt, fingen gerade erst an, sich bemerkbar zu machen. Mit ihren Gedanken ganz woanders, verscheuchte Ayla die wenigen, die ihr um den Kopf tanzten. Beim Aufbruch heute morgen hatte sich in tiefgelegenen Mulden und Senken noch Morgennebel gehalten. Die aufsteigende Sonne löste die noch übriggebliebenen Tiefnebel auf und bewirkte eine ungewöhnliche Luftfeuchtigkeit in der Steppe. Die Rentiere waren andere Paarzieher durchaus gewohnt und achteten weiter nicht auf Winnie und ihre menschliche Last, solange sie ihnen nicht zu nahe kamen.

Während sie sie beobachtete, dachte Ayla an die Jagd. Wenn die Hirsche den Kühen folgen, müßten sie eigentlich bald hier durchziehen. Vielleicht könnte ich ein junges männliches Ren erlegen; immerhin weiß ich ja jetzt, welchen Weg sie nehmen werden. Nur hilft mir das wenig, wenn ich nicht nahe genug an sie herankomme, um meinen Speer zu schleudern. Vielleicht sollte ich wieder eine Fallgrube graben. Nur würden sie zu beiden Seiten ein wenig ausweichen, um ihr aus dem Weg zu gehen, und genug Strauchwerk, um einen Zaun zu bauen, über den sie nicht hinüberspringen könnten, gibt es hier auf der Steppe einfach nicht. Vielleicht, daß eines hineinstürzt, wenn es mir gelingt, sie in Panik zu versetzen.

Und wenn das geschieht – wie bekomme ich es dann heraus? Ich möchte nicht noch einmal ein Tier auf dem Grund einer Fallgrube ausweiden und zerlegen müssen. Wenn ich nicht alles zurückschaffen kann zur Höhle, muß ich das Fleisch eben hier an Ort und Stelle trocknen.

Die Frau und ihr Pferd folgten der Herde den ganzen Tag und legten unterwegs nur hier und da eine kurze Rast ein, um zu essen und sich auszuruhen; das ging solange, bis die Wolken am tiefblauen Himmel sich rosa färbten. Soweit wie heute war sie noch nie in den Norden vorgestoßen. Das ganze Gebiet war ihr unbekannt. Aus der Ferne hatte sie Vegetation gesehen, und als im schwindenden Licht der Himmel sich violett färbte, sah sie, wie sich die Farbe jenseits eines Dickichts spiegelte. Die Rentiere bildeten eine einzige Reihe, um durch schmale Öffnungen im Dickicht an das Wasser eines mächtigen Stroms heranzukommen, an dessen seichtem Ufer sie sich verteilten, um zu trinken, ehe sie hinübergingen.

Graues Zwielicht nahm dem Grün auf der Erde alle Frische, während der Himmel erglühte, als ob die nächtens gestohlenen Farben um so strahlender zurückgegeben würden. Ayla fragte sich, ob es wohl derselbe Fluß sei, den sie nun schon mehrere Male überquert hatte. Anstelle mehrerer Arme, Bäche oder Flüsse, die alle in einen größeren Strom einmünden, war es häufig ein und derselbe Fluß, der überquert werden mußte, wenn er sich über das Grasland schlängelte und in Schleifen gleichsam wieder zurückfloß und sich in mehrere Seitenarme aufteilte. Wenn ihre Orientierung stimmte, konnte sie, sobald sie erst einmal auf dem anderen Ufer wäre, ihr Tal erreichen, ohne einen größeren Wasserlauf überqueren zu müssen.

Die an Flechten äsenden Rentiere schienen sich am gegenüberliegenden Ufer für die Nacht niederzulassen. Ayla beschloß, es ihnen gleichzutun. Der Rückweg war lang, und sie mußte den Fluß an derselben Stelle überqueren. Nur wollte sie nicht naß werden und Gefahr laufen, sich jetzt, wo es Nacht wurde, womöglich zu erkälten. Sie ließ sich vom Pferd herabgleiten, nahm diesem die Tragkörbe ab und ließ Winnie frei laufen, während sie ihr Lager aufschlug. Mit Feuerstein und Eisenpyrit brannten Treibholz und trockenes Strauchwerk bald lichterloh. Nach einer Mahlzeit aus stärkehaltigen, in grüne Blätter eingewickelten und darin gerösteten Erdnüssen und einem mit vielerlei Kräutern gestopften und dergestalt gebratenen Riesenhamster stellte sie ihr kleines Zelt auf. Ayla pfiff das Pferd heran. Sie wollte es in der Nähe haben. Dann kroch sie in ihren Schlafpelz und steckte den Kopf zur Zeltöffnung hinaus.

Die Wolken hatten sich vor den Horizont gelagert. Über ihnen standen die Sterne so dicht, daß es schien, als ob irgendein unsäglich strahlendes Licht durch die gesprungene und löchrige schwarze Barriere der Nacht herunterstrahlte. Creb sagte, es seien Feuer am Himmel, sann sie, Herdstellen der Geisterwelt und auch Herdstellen von Totemgeistern. Ihre Augen tasteten den Himmel ab, bis sie jenes Bild fanden, das sie suchten. Das ist die Heimat des Großen Bären, und darüber kommt gleich mein

Totem, der Höhlenlöwe. Merkwürdig, daß sie über den Himmel ziehen können, ohne daß das Bild sich verändert. Ich möchte mal wissen, ob sie wohl auf die Jagd gehen und dann heimkehren in ihre Höhle.

Ich muß unbedingt ein Rentier erlegen. Am besten beeile ich mich, denn die Hirsche werden den Kühen bald folgen. Also werden sie an dieser Stelle den Fluß überqueren. Winnie witterte die Nähe einer Raubkatze, schnaubte und rückte näher an das Feuer und die Frau heran.

»Ist da draußen etwas, Winnie?« fragte Ayla, indem sie sowohl Zeichen als auch Laute benutzt, Wörter freilich, die anders waren als alle, die der Clan jemals benutzt hatte. Sie verstand es, leise zu wiehern, und dieser Laut war nicht von Winnies Wiehern zu unterscheiden. Sie konnte kläffen wie ein Fuchs, heulen wie ein Wolf und das Pfeifen nahezu sämtlicher Vogelarten nachahmen. Viele dieser Laute hatte sie ihrer ganz persönlichen Sprache einverleibt. Sie dachte kaum noch an die scharfe Kritik, die im Clan überflüssigen Lauten gegenüber geübt wurde. Die natürliche Fähigkeit ihrer Art, mühelos Laute von sich zu geben, setzte sich durch.

Das Pferd schob sich zwischen Feuer und Ayla und zog Sicherheit aus der Anwesenheit beider.

»Rück ein wenig beiseite, Winnie, du nimmst mir die Hitze.«

Ayla stand auf und legte noch etwas Holz nach. Dann schlang sie dem Pferd den Arm um den Hals; ihr war Winnies Unruhe nicht entgangen. Ich bleibe wohl besser wach und unterhalte das Feuer, dachte sie. Was immer dort drüben rumschleicht, interessiert sich bestimmt mehr für die Rentiere als für dich, mein Freund, solange du dich in der Nähe des Feuers aufhältst. Wäre vielleicht gar keine so schlechte Idee, eine Zeitlang ein richtig großes Feuer zu machen.

Sie hockte sich nieder, starrte in die Flammen und beobachtete, wie jedesmal, wenn sie ein Scheit nachlegte, ein Funkenregen aufstob und im Dunkel verglühte. Geräusche von der anderen Seite des Flusses verrieten ihr, daß ein oder zwei Rentiere von irgendwelchen Raubtieren, vermutlich Raubkatzen, geschlagen worden waren. Sie dachte wieder darüber nach, selbst ein Ren zu erlegen. Einmal stieß sie das Pferd beiseite, um mehr Holz nachzulegen, und plötzlich hatte sie eine Idee. Später, als Winnie sich beruhigt hatte, kroch Ayla zurück in ihren Schlafpelz. Ihre Gedanken drehten sich immer um das gleiche, doch die Idee wuchs und eröffnete weitere aufregende Möglichkeiten. Als sie endlich einschlief, stand ihr Plan in den Grundzügen fest; es ging dabei darum, etwas so Unerhörtes auszuprobieren, daß sie lächelte, so kühn fand sie es selbst.

Als sie am Morgen über den Fluß übersetzte, war die um ein oder zwei Tiere verminderte Rentierherde bereits weitergezogen, doch wollte Ayla ihr auch gar nicht weiter folgen. Sie trieb Winnie an, im Galopp ins Tal zurückzukehren. Es galt so viel vorzubereiten, daß sie sich beeilen mußte, wenn sie rechtzeitig damit fertig sein wollte.

»So ist's richtig, Winnie. Siehst du, es ist gar nicht so schwer«, ermunterte Ayla ihr Pferd. Winnie trug ein aus Lederriemen bestehendes Geschirr, das ihr um die Brust und über die Kruppe lief, und daran war ein schwerer Baumstamm befestigt, den sie hinter sich herschleppte. Ursprünglich hatte Ayla ihr einen Riemen über die Stirn gelegt, ähnlich dem Tragriemen, wie sie ihn selbst bisweilen benutzte, um schwere Lasten zu tragen, doch hatte sie rasch erkannt, daß das Pferd seinen Kopf frei bewegen mußte und besser mit Brust und Schultern zog. Trotzdem, das junge Steppenpferd war es nicht gewohnt, Lasten zu ziehen, und das Geschirr behinderte es in seinen Bewegungen. Doch Ayla war entschlossen. Nur so konnte ihr Plan gelingen.

Der Gedanke war ihr gekommen, als sie das Feuer aufgebaut hatte, um die Raubtiere fernzuhalten. Sie hatte Winnie beiseitegeschoben, um an das Holz heranzukommen und dabei liebevoll darüber nachgedacht, daß das vollausgewachsene Pferd mit seiner ganzen Kraft schutzsuchend zu ihr gekommen war. Als sie dann flüchtig den Wunsch verspürt hatte, genauso stark zu sein wie Winnie, war ihr plötzlich die Idee gekommen, wie sie das Problem lösen könnte, das sie die ganze Zeit über beschäftigt hatte. Vielleicht konnte das Pferd ein Rentier aus der Fallgrube herausziehen.

Als sie dann über die Verarbeitung des Fleisches nachdachte, begann die neue Vorstellung Gestalt in ihr anzunehmen. Wenn sie das Tier auf der freien Steppe ausweidete und zerlegte, zog der Blutgeruch bestimmt die unvermeidlichen und unbekannten Fleischfresser an. Vielleicht war es kein Höhlenlöwe gewesen, den sie die Rentiere hatte schlagen hören, auf jeden Fall aber war es eine Raubkatze. Tiger, Panther und Leoparden mochten nur halb so groß sein wie ein Höhlenlöwe, doch vermochte sie mit ihrer Schleuder auch gegen sie nichts auszurichten. Sie konnte einen Luchs töten, aber Großkatzen waren etwas anders, zumal draußen in der freien Wildbahn. Doch in der Nähe ihrer Höhle, wo sie eine Wand im Rücken hatte, konnte sie es schaffen, sie zu vertreiben. Wenn auch ein mit großer Macht geschleuderter Stein sich nicht tödlich auswirkte – immerhin schmerzte er empfindlich. Wenn Winnie es fertigbrachte, das Ren aus der Grube herauszuziehen, warum dann nicht auch den ganzen Weg zurück in ihr Tal?

Doch zunächst einmal mußte sie aus Winnie ein Zugpferd machen. Ayla dachte, sie brauchte bloß eine Möglichkeit zu ersinnen, das tote Ren mittels Schnüren oder Riemen mit dem Pferd zu verbinden. Es kam ihr niemals in den Sinn, daß die junge Stute sich störrisch zeigen könnte. Das Reitenlernen war ein so unbewußter Vorgang gewesen, daß sie nicht darüber nachdachte, daß man Winnie erst einmal dazu bewegen müsse, eine Last hinter sich herzuziehen. Doch beim Anprobieren des Zuggeschirrs fand sie das heraus. Erst nach mehreren Versuchen, einer vollständigen Umkrempelung ihres Konzepts und etlichen Anpassungen begann das Pferd sich mit der Vorstellung abzufinden und Ayla meinte, es könnte gehen.

Als die junge Frau die Jungstute den Baumstamm hinter sich herziehen sah, mußte sie unwillkürlich an den Clan denken und schüttelte den Kopf. Die Leute hätten es schon für sonderbar gehalten, daß ich mit einem Pferd zusammenlebe; was die Männer wohl jetzt erst sagen würden? Ihrer aber waren viele, und außerdem hatten sie auch noch die Frauen, die die Aufgabe des Fleischtrocknens und -zurücktragens übernahmen. Keiner von ihnen war je gezwungen gewesen, das allein zu versuchen.

Spontan schlang Ayla dem Pferd die Arme um den Hals und barg den Kopf an seinem Hals. Welch große Hilfe du mir bist! Ich weiß nicht, was ich ohne dich täte, Winnie. Was, wenn die Anderen so sind wie Broud? Ich kann nicht zulassen, daß sie dir etwas antun. Wenn ich nur wüßte, was ich machen soll!

Tränen stiegen ihr in die Augen; doch dann wischte sie sie fort und nahm ihrem Pferd das Zuggeschirr ab. »Im Augenblick weiß ich jedenfalls, was ich zu tun habe. Ich muß nach der Herde junger Hirsche Ausschau halten.«

Die Herde mit den männlichen Rentieren kam nur wenige Tage nach den Kühen. Gemächlich zogen die Hirsche dahin. Nachdem Ayla sie erst einmal entdeckt hatte, war es für sie nicht schwierig, ihre Bewegungen zu beobachten und festzustellen, daß sie in der Tat der Spur der Kühe folgten, woraufhin sie ihre

Ausrüstung zusammenholte und ihnen mit Winnie weit vorausritt. Ein wenig flußabwärts von der Furt, die die Kühe benutzt hatten, um ans andere Ufer zu gelangen, schlug sie ihr Lager auf. Dann machte sie sich mit ihrem Grabstock zum Lockern des Erdreichs, dem geschärften Hüftknochen zum Schaufeln und dem Zeltfell zum Fortschaffen der Erde ans Werk.

Durch das Gestrüpp führten zwei Haupt- und zwei Nebenstränge des Herdenwegs. Sie wählte einen der Hauptstränge aus, um ihre Fallgrube zu graben, und zwar in so großer Nähe des Flusses, daß die Rentiere hier bereits eines hinter dem anderen hergehen mußten, wiederum aber auch weit genug von diesem entfernt, damit das Loch tief genug werden konnte, ehe das Wasser hereinsickerte. Als sie fertig war, stand die Sonne unmittelbar über dem Rand der Erde. Ayla pfiff ihr Pferd heran und ritt zurück, um festzustellen, wie weit die Herde gekommen sei, und um abzuschätzen, wann sie den Fluß am nächsten Tag erreichen würde.

Als sie wieder zurück war am Fluß, war die Dämmerung bereits fortgeschritten, die Grube im Boden jedoch immer noch auffällig sichtbar. In diese Fallgrube fällt kein einziges Rentier hinein. Sie werden sie sehen und sie umgehen, dachte sie. Aller Mut sank ihr. Nun, heute abend ist es zu spät, noch etwas zu tun. Vielleicht fällt mir morgen früh etwas ein.

Aber auch am Morgen kam ihr kein erhellender Gedanke. Der Himmel hatte sich über Nacht bezogen. Sie wachte davon auf, daß ihr heftiger Regen aufs Gesicht prasselte. Fahles Licht kroch herauf. Sie hatte sich am Abend zuvor nicht erst die Mühe gemacht, ihr altes Zelt aufzustellen, denn der Himmel war klar gewesen und ihr Fell war feucht und voller Schlamm. Zwar hatte sie es in der Nähe zum Trocknen ausgebreitet, doch jetzt wurde es noch nasser. Der Regenschauer, der sie geweckt hatte, war nur der erste von mehreren, die noch kamen. Sie wickelte sich in ihr Schlaffell, und nachdem sie ihre Tragkörbe durchsucht und festgestellt hatte, daß sie ihre Kapuze aus Vielfraßfell vergessen hatte, zog sie sich einen Zipfel des Schlaffells über den Kopf und hockte sich über den schwarzen Resten ihres Feuers.

Ein heller Blitz zuckte auf und tauchte die östliche Ebene bis zum Horizont in grelles Licht. Kurz darauf ließ sich warnend grollender Donner vernehmen. Als hätten sie auf dieses Zeichen gewartet, öffneten sich die Schleusen des Himmels über ihr. Ayla nahm auch das bereits durchnäßte Fell ihres Zeltes auf und zog es über sich.

Ganz allmählich traten im fahlen Morgenlicht die Umrisse der Landschaft deutlicher hervor. Ein grauer Schleier lag über der zu neuem Leben erwachenden Steppe; es war, als hätte der Regen alle Farben fortgeschwemmt. Selbst der Himmel war von einer unbestimmten Farblosigkeit, weder blau oder grau noch weiß.

Wasser sammelte sich in Pfützen, nachdem die dünne durchlässige Schicht über dem unterirdischen Dauerfrost sich vollgesogen hatte. Immer noch sehr dicht unter der obersten Erdschicht bildete der gefrorene Boden darunter eine genauso undurchdringliche Schicht wie die Eiswände im Norden. Sobald das wärmere Wetter den Boden weiter auftauen ließ, senkte sich der Eispegel in der Erde, doch blieb die Dauerfrostschicht auch weiterhin undurchdringlich. Das Wasser konnte nicht versikkern. Unter bestimmten Bedingungen konnte der wassergesättigte Boden sich in tückische Sümpfe verwandeln, von denen selbst ausgewachsene Mammuts verschluckt worden waren. Geschah das nahe der sich unberechenbar verschiebenden Gletschergrenze, konnte es geschehen, daß plötzlich einsetzender Frost diese Mammuts für Jahrtausende konservierte.

Der bleifarbene Himmel schickte dicke Tropfen in die schwarze Pfütze hinunter, die noch gestern eine Feuerstelle gewesen war. Ayla verfolgte, wie die schweren Tropfen kleine Krater und winzige Wasserausbrüche entstehen ließen, woraufhin sich nach allen Seiten kreisförmige Wellen ausbreiteten. Wäre sie doch in ihrer behaglichen Höhle im Tal! Obwohl sie ihre Fußlinge eingefettet und mit Riedgras ausgestopft hatte, wurden ihre Füße ganz gefühllos. Daß sich der Boden in einen Morast verwandelte, dämpfte ihre Jagdlust erheblich.

Als die überfließenden Pfützen Rinnsale aus schlammigem Wasser entstehen ließen, die zum Fluß hinunterrannen, der Zweige, Gras und Laub vom vorigen Jahr mitführte, suchte sie einen höher gelegenen Erdbuckel auf. Warum kehre ich nicht einfach um, dachte sie, als sie ihre Tragkörbe den Buckel hinaufschleppte. Sie warf einen Blick unter die Deckel; da die geflochtenen Schilfblätter das Wasser abwiesen, war der Inhalt noch trokken. Doch was nützt mir das? Ich sollte Winnie beladen und umkehren. Ich werde nie ein Ren bekommen. Schließlich springt nicht eines von ihnen in meine Grube hinein, bloß weil ich mir das wünsche! Vielleicht kann ich später einen von den alten Nachzüglern erlegen. Aber deren Fleisch ist zäh, und ihr Fell weist viele Narben auf.

Ayla stieß einen Seufzer aus und zog Schlaffell und Zeltbahn enger um sich. Jetzt habe ich so lange geplant und mich abgerakkert; soll ich mich da vom Regen abhalten lassen, den Plan zu verwirklichen? Vielleicht bekomme ich kein Ren; es wäre nicht das erstemal, daß ein Jäger mit leeren Händen von der Jagd heimkehrt. Soviel steht fest – wenn ich nicht einmal einen Versuch mache, bekomme ich nie eines.

Als das Oberflächenwasser den Erdbuckel auszuwaschen drohte, kletterte sie auf einen Findling, verengte die Augen und versuchte festzustellen, ob der Regen nicht allmählich nachließ. Die flache Steppe bot nirgends einen Schutz; es gab keine Bäume, die über irgendwelche Klippen hinausgingen. Geduldig wie das zottige und triefende Pferd stand Ayla mitten im dichten Regen und versuchte, sein Ende abzuwarten. Sie hoffte, daß auch die Rentiere abwarteten. Sie war noch nicht bereit für sie. Als der Vormittag weiter fortschritt, wurde sie in ihrem Entschluß zum Ausharren wieder wankend, nur hatte sie einfach keine Lust, sich zu bewegen.

Wie es im launischen Frühling des öfteren geschieht, riß die Wolkendecke gegen Mittag auf, und ein kräftiger Wind vertrieb sie. Am Nachmittag war von Wolken keine Spur mehr zu sehen, und im strahlenden Frühlingssonnenschein leuchteten die Farben wie frisch gewaschen. Der Boden dampfte in seiner Begeisterung, die Feuchtigkeit wieder an die Luft abgeben zu können. Gierig saugte der trockene Wind, der die Wolken vertrieben hatte, sie auf, als wüßte er, daß er ohnehin einen Teil würde wieder an die Gletscher abgeben müssen.

Aylas Entschlossenheit kehrte zurück, ihre Zuversicht jedoch nicht. Sie schüttelte das schwere Auerochsenfell aus und breitete es in der Hoffnung, daß es diesmal zumindest ein wenig trocken würde, über einen hohen Strauch. Ihre Füße waren feucht, aber nicht kalt, und so tat sie einfach, als merkte sie es nicht – schließlich war alles feucht. Dann ging sie zur Furt hinunter. Sie konnte ihre Grube nicht finden. Als sie jedoch genauer hinsah, bemerkte sie einen schlammigen kleinen Teich, der von Laub, Geäst und anderen Abfällen überfloß. Das war ihre Grube gewesen.

Sie biß die Zähne zusammen und ging ein Wassergefäß holen, um das Loch leerzuschöpfen. Auf dem Rückweg mußte sie genau hinsehen, um ihre Grube aus der Ferne überhaupt zu erkennen. Dann plötzlich lächelte sie. Wenn ich Ausschau danach halten muß, weil nichts als Laub und Äste darauf schwimmen, sieht vielleicht ein schnellaufendes Rentier es auch nicht. Nur kann ich das Wasser nicht darin lassen – ob es wohl eine andere Möglichkeit gibt?

Weidenruten sind so lang, daß sie ausreichen würden. Warum nicht eine Matte aus Weidenruten flechten und Laub draufstreuen. Zwar, ein Rentier würde es nicht tragen, wohl aber leichte Blätter und kleine Zweige. Plötzlich lachte sie laut auf. Das Pferd antwortete mit einem Gewieher und kam zu ihr.

»Ach, Winnie, vielleicht war der Regen gar nicht so schlecht.«

Ayla schöpfte die Fallgrube leer, ohne sich vom Schlamm auf dem Boden abhalten zu lassen. Sie war zwar jetzt nicht mehr ganz so tief wie zuvor, doch als sie versuchte, den Schlamm hinauszubefördern, entdeckte sie, daß der Wasserspiegel inzwischen gestiegen war und die Grube sich nur mit noch mehr Wasser füllte. Als sie zum schlammigen Fluß hinunterblickte, bemerkte sie, daß er angeschwollen war. Zwar wußte sie es nicht, aber der warme Regen hatte einige Fingerbreit vom felshart gefrorenen Boden unter der obersten Erdschicht aufgetaut.

Ihre Grube zu tarnen, erwies sich als nicht so leicht, wie sie gedacht hatte. Sie mußte ein beträchtliches Stück flußabwärts laufen, um einen Armvoll langer Ruten von einem zerspellten Weidenstumpf abzuschneiden. Außerdem benutzte sie Schilfrohr. Das weitmaschige Geflecht sackte in der Mitte, nachdem sie es über die Grube gelegt hatte, und so mußte sie die Ränder mit Pflöcken feststecken. Selbst nachdem sie es mit Laub und kleinen Zweigen bestreut hatte, kam es ihr immer noch sehr auffällig vor. Sie war nicht ganz zufrieden, hoffte jedoch, daß es gehen würde.

Schlammbedeckt stapfte sie flußabwärts, blickte sehnsüchtig über den Fluß hinüber und pfiff dann nach Winnie. Die Rentiere waren noch nicht so nahe herangekommen, wie sie angenommen hatte. Wäre die Steppe trocken gewesen, hätten sie sich beeilt, um den Fluß zu erreichen, doch da nun soviel Wasser in Pfützen und Rinnsalen vorhanden war, hatten sie ihre Gangart verlangsamt. Ayla war überzeugt, daß die Herde junger Renhirsche die Furt nicht vor dem Morgen erreichen würde.

Erleichtert kehrte sie zu ihrem Lagerplatz zurück, zog ihre Kleidung und Fußlinge aus und watete in den Fluß hinaus. Das Wasser war zwar kalt, doch das war sie gewohnt. Sie wusch den Schlamm ab und breitete ihre Überwürfe und Fußbekleidung über den Findling. Da ihre Füße so lange in dem feuchten Leder gesteckt hatten, waren sie jetzt weiß und verschrumpelt – sogar ihre Fußsohlen waren ganz weich geworden –, und so freute sie sich über den sonnengewärmten Felsen, der ihr überdies auch noch einen trockenen Platz für ihr Feuer bot.

Abgestorbene Fichtenzweige blieben im allgemeinen selbst im schlimmsten Regen trocken, und darin bildeten auch die Fichten am Ufersaum keine Ausnahme, obwohl sie nicht höher wuchsen als gewöhnliche Sträucher. Da sie trockenen Zunder bei sich trug und sich des Feuersteins und Eisenpyrit zum Feuermachen bediente, brannte bald ein kleines Feuer, das sie mit kleinen Zweigen und Holzstücken solange unterhielt, bis das größere, langsamer brennende Holz, das sie pyramidenförmig darüber aufgestellt hatte, trocken war. Sie verstand sich darauf, selbst bei Regen ein Feuer zu machen und zu unterhalten. Schwierigkeiten damit hatte sie nur, wenn es sich um einen regelrechten Wolkenbruch handelte. Wichtig war es, klein anzufangen und dabeizubleiben, bis größeres Holz brannte, das beim Brennen austrocknete.

Zufrieden seufzte sie auf, als sie den ersten Schluck heißen Tee getrunken und etwas Reiseproviant zu sich genommen hatte. Die Fladen nährten und füllten und ließen sich auch unterwegs essen – wohler tat ihr die heiße Flüssigkeit. Obwohl es noch recht feucht war, hatte sie ihr Zelt in der Nähe des Feuers aufgebaut, wo es trocknen konnte, während sie schlief. Mißtrauisch warf sie einen Blick auf Wolken, die im Westen die Sterne verdunkelten, und hoffte, daß es nicht wieder zu regnen anfing. Dann gab sie Winnie einen liebevollen Klaps, kroch in ihr Schlaffell und zog dieses fest um sich.

Es war dunkel. Ayla lag regungslos da und strengte die Ohren an. Winnie war unruhig und schnaubte leise. Ayla stützte sich auf einen Ellbogen, um sich umzusehen. Am östlichen Himmel kroch langsam Helligkeit herauf. Dann hörte sie einen Laut, bei dem sich ihre Nackenhaare sträubten. Sie hatte sie zwar noch nicht oft gehört, wußte aber, daß das Fauchen und Brüllen von jenseits des Flusses von einem Höhlenlöwen stammte. Das Pferd wieherte leise, und Ayla stand auf.

»Ist ja schon gut, Winnie. Dieser Höhlenlöwe ist weit weg.« Sie legte Holz nach. »Das muß ein Höhlenlöwe gewesen sein, den ich gehört habe, als wir das letztemal hier waren. Sie müssen auf der anderen Seite ziemlich nahe beim Fluß leben. Auch sie werden sich ein Ren holen. Bin ich froh, daß es Tag sein wird, wenn wir durch ihr Revier kommen; und hoffentlich haben sie sich den Bauch mit Rentier vollgeschlagen, ehe wir hinkommen.

Ich kann ebensogut auch Tee aufbrühen – danach wird es Zeit sein aufzubrechen.«

Das bißchen Helligkeit am östlichen Himmel färbte sich rosig, als die junge Frau fertig war, alles in ihren Tragkörben verstaut und den Gurt um Winnies Bauch festgeschnallt hatte. Sie steckte einen langen Speer in die Halterung eines jeden Korbs und vergewisserte sich, daß sie nicht verloren gehen konnten. Dann stieg sie auf und saß zwischen den nach vorn gerichteten Speeren vor den Tragkörben.

Sie ritt in Richtung auf die Herde und schlug dann einen weiten Bogen, bis sie hinter den sich nähernden Rentieren war. Sie trieb ihr Pferd an, bis sie die ersten jungen Hirsche sichtete, verlangsamte dann das Tempo und folgte ihnen in gemächlicher Gangart. Winnie paßte sich dem Wanderzug mühelos an. Von ihrem Platz auf dem Rücken des Pferdes aus erkannte Ayla, als sie sich dem kleinen Fluß näherten, wie der Leithirsch der Rentierherde verhielt und ein paar Schritt vor dem aufgewühlten Schlamm und den Blättern auf dem Weg vor ihm sicherte. Das Tier war plötzlich hellwach und unruhig, was selbst die Frau spürte.

Die ersten Rentiere waren auf dem zweiten Zugang durch das aufgetürmte Buschwerk am Ufer bis zum Wasser vorgedrungen und da beschloß Ayla zu handeln. Sie neigte sich vor und holte in Erwartung größerer Geschwindigkeit tief Atem; damit übermittelte sie dem Pferd ihre Absicht, und als das Pferd auf die Herde zugaloppierte, stieß sie gellende Schreie aus.

Das Tier, das den Schluß der Herde bildete, machte einen Satz nach vorn, sprang auf die vor ihm stehenden Rentiere zu und schob sie beiseite. Als das Pferd mit der schreienden Frau auf seinem Rücken auf sie zugedonnert kam, sprangen die erschreckten Tiere davon und rasten nach vorn, schienen jedoch den Pfad, in dem die Fallgrube lag, zu vermeiden. Ayla sank das Herz, als sie sah, wie die Tiere sie umrundeten, darüber hinwegsprangen oder es auf sonst eine Weise schafften, der Falle zu entgehen.

Dann fiel ihr eine Verwirrung in der rasch davonstrebenden Herde auf. Sie meinte, ein Geweih untergehen zu sehen, während andere um die Fallgrube herum sich hoben und senkten. Ayla riß die Speere aus den Halterungen und glitt vom Pferd. Sie lief so rasch, daß ihre Füße kaum den Boden berührten. Ein Rentier mit panikgeweiteten Augen saß auf dem Boden ihrer Grube im Schlamm fest und versuchte, sich freizustrampeln.

Diesmal zielte sie genau. Sie schleuderte dem Rentier den schweren Speer in den Hals und zerfetzte eine Arterie. Das Tier brach auf dem Boden der Grube zusammen, sein Kampf war beendet.

Es war vorbei. Geschafft. Viel rascher und leichter, als sie es sich vorgestellt hatte. Sie atmete schwer, doch nicht, weil sie sich überanstrengt hätte. Soviel Denken, soviel Sorgen und Nervenkraft war in die Planung eingeflossen, daß mit dem vergleichsweise mühelosen Erfolg der Jagd längst nicht alles verbraucht war. Sie war immer noch im höchsten Maße erregt und wußte nicht, wo sie sich verausgaben sollte – und hatte niemand, den Erfolg mit ihr zu teilen.

»Winnie! Wir haben es geschafft! Haben es geschafft!« Ihr Geschrei und ihr erregtes Gebärdenspiel erschreckten das Pferd. Dann sprang Ayla dem Pferd auf den Rücken und ritt ziellos hinaus auf die Ebene.

Mit fliegenden Zöpfen und fiebrig glänzenden Augen, ein besessenes Lächeln auf dem Gesicht, war sie wie von Sinnen. Und – falls jemand dagewesen wäre, sie zu beobachten – um so erschreckender, als sie rittlings auf einem Pferd saß, dessen gehetzter Augenausdruck und angelegte Ohren von einer Raserei anderer Art kündeten.

Sie schlugen einen weiten Bogen, und auf dem Rückweg brachte sie das Pferd zum Stehen, ließ sich zu Boden gleiten und schloß den Kreis mit einem kleinen Lauf auf ihren eigenen Beinen. Als sie diesmal auf das tote Rentier auf dem verschlammten Boden der Grube hinabblickte, ging ihr Atem wirklich keuchend – und das mit gutem Grund.

Nachdem sie wieder Atem geschöpft hatte, zog sie dem Ren den Speer aus dem Hals und pfiff ihr Pferd herbei. Winnie war ausgelassen, und Ayla bemühte sich, sie durch gutes Zureden und liebevolles Streicheln zu beruhigen, ehe sie ihr das Zuggeschirr anlegte. Dann führte sie das Pferd an die Fallgrube heran. Da sie weder Halfter noch Zügel hatte, das Pferd zu lenken, mußte Ayla dem erregten Tier schmeicheln und es antreiben zugleich. Als Winnie sich endlich beruhigt hatte, verknotete Ayla die nachschleifenden Stricke des Zuggeschirrs mit dem Geweih des Rentiers.

»Und jetzt zieh, Winnie!« ermunterte sie das Pferd. »Genauso, als ob es ein Baumstamm wäre.« Das Pferd legte sich ins Geschirr, spürte den Widerstand und bewegte sich zurück. Auf weiteres gutes Zureden hin bewegte es sich wieder vorwärts und legte sich, als die Stricke sich strafften, wieder ins Geschirr. Ayla half ihm auf jede nur mögliche Weise, als es das Rentier aus der Grube herauszog.

Ayla fiel ein Stein vom Herzen. Zumindest hatte dies zu bedeuten, daß sie das Rentier nicht auf dem morastigen Boden der Grube zerlegen mußte. Sie war sich nicht sicher, wieviel mehr Winnie noch zu tun bereit war, hoffte jedoch, daß das Pferd ihr seine Kraft leihen würde, das Rentier bis ins Tal zu schaffen. Doch nichts überstürzen; ein Schritt nach dem anderen! Zunächst führte Ayla die junge Stute hinunter an den Fluß und befreite dort das Geweih des erlegten Rentiers von Zweigen und Ästen, die sich darin verfangen hatten. Dann packte sie die Tragkörbe neu, so daß einer im anderen steckte, und lud sie sich wie eine Kiepe auf den Rücken. Mit den beiden Speeren, die daraus hervorschauten, war es eine ungefüge Last, doch mit Hilfe des großen Findlings gelang es ihr, so beladen das Pferd zu besteigen. Ihre Füße waren nackt, doch raffte sie ihren Fellüberwurf, damit er nicht naß wurde, und trieb Winnie dann ins Wasser hinein.

Für gewöhnlich war der Fluß hier seicht und ohne größere Schwierigkeiten zu überqueren – einer der Gründe, warum die Rentiere instinktiv ihn gewählt hatten –, doch hatte der Regen den Wasserstand steigen lassen. Winnie schaffte es, in der raschen Strömung den Boden unter den Hufen zu behalten, und das tote Rentier schwamm obenauf, nachdem sie es erst einmal ins Wasser hineingezogen hatte. Das tote Tier über den Fluß hinüberzuziehen, bot einen Vorteil, an den Ayla nicht gedacht hatte: Blut und Schlamm wurden vom Wasser abgewaschen, und als sie die andere Seite erreichten, war das Rentier sauber.

Winnie machte einen kleinen Schritt zurück, als sie spürte, wie die Stricke sich wieder spannten, doch war Ayla inzwischen abgestiegen und half ihr jetzt, das tote Ren die kurze Strecke das Ufer hinaufzuziehen. Dann löste sie die Stricke. Immerhin war das Ren jetzt einen Schritt näher dem Tal. Ehe es weiterging, wollte Ayla noch einiges richten. Sie schlitzte das Ren vom After über Bauch und Brust bis zum Hals und zur Gurgel auf. Den Zeigefinger auf dem Rücken ihres Feuersteinmessers und die Schneide nach oben, fuhr sie die Schnittlinie dicht unter der Haut entlang. Gelang der erste Schritt sauber, ohne tiefer ins eigentliche Fleisch zu schneiden, ging das Enthäuten hinterher um so leichter.

Der nächste Schnitt ging tiefer: Es galt, die Eingeweide herauszuholen. Die verwertbaren Teile – Magen, Därme und Blase – reinigte sie und legte sie zusammen mit den eßbaren Teilen in die nunmehr leere Bauchhöhle.

An die Innenseite einer ihrer Tragkörbe geschmiegt, hatte sie eine große Grasmatte mitgebracht. Diese entrollte sie jetzt auf dem Boden und schob ächzend und stöhnend das Rentier darauf. Dann legte sie die Matte um das tote Tier und verschnürte es mit Stricken, die sie wiederum mit denen von Winnies Zuggeschirr verband. Sie packte ein zweitesmal die Körbe um, steckte in jeden einen Speer und sorgte dafür, daß diese nicht hinausrutschen konnten. Dann erst, einigermaßen zufrieden mit sich selbst, kletterte sie wieder aufs Pferd.

Als sie sich zum drittenmal gezwungen sah abzusteigen und die Last, die Winnie hinter sich herschleifte, von Hindernissen wie Grasbüscheln, größeren Steinen und Strauchwerk zu befreien, war sie schon nicht mehr so zufrieden. Schließlich ging sie neben der Stute her und trieb sie an, bis das Ren wieder an irgend etwas festsaß, woraufhin sie nach hinten ging, um das Hindernis zu beseitigen. Erst als sie stehenblieb, um ihre Fußlinge wieder überzuziehen, bemerkte sie, daß ein Rudel Hyänen ihr folgte. Die ersten Steine, die sie mit ihrer Schleuder auf sie abfeuerte, zeigte den verschlagenen Aasfressern, bis auf wie weit sie sich ungestraft nähern durften.

Stinkende, häßliche Tiere, dachte sie, krauste die Nase und erschauerte vor Ekel. Sie wußte, daß die Hyänen auch jagten – wußte das nur allzu gut. Einmal hatte Ayla ja einen solchen Aasfresser mit ihrer Schleuder erlegt – und damit ihr Geheimnis verraten. Von da an wußte der Clan, daß sie jagte, und sie hatte dafür bestraft werden müssen. Brun hatte keine andere Wahl gehabt; so war es nun einmal beim Clan Sitte und Brauch.

Auch Winnie fühlte sich durch die Hyänen beunruhigt. Dabei ging es um mehr als um ihre instinktive Furcht vor Raubtieren. Sie hatte niemals jenes Hyänenrudel vergessen, das sie angegriffen hatte, nachdem Ayla ihre Mutter getötet hatte. Außerdem war Winnie gereizt genug. Das tote Ren zu ihrer Höhle zu schaffen erwies sich für Ayla als ein größeres Problem, als sie vorausgesehen hatte. Hoffentlich schafften sie es noch, ehe die Nacht hereinbrach.

An einer Stelle, wo der Fluß sich wieder seinem eigenen Lauf näherte, machten sie eine Pause. All diese Pausen und der damit verbundene Neubeginn waren ermüdend. Ayla füllte ihren Wasserschlauch und einen großen wasserdichten Korb mit

Wasser. Letzteren trug sie dann zu Winnie, die immer noch an das inzwischen wieder schmutzig gewordene Rentier angespannt war. Sie holte einen Fladen Reiseproviant heraus und setzte sich auf einen Stein, um zu essen. Dabei starrte sie zu Boden, ohne eigentlich etwas wahrzunehmen und nur damit beschäftigt, darüber nachzudenken, ob es nicht eine leichtere Art gab, ihre Beute in ihr Tal zu schaffen. So dauerte es eine Weile, ehe sie merkte, daß der Boden vor ihr aufgewühlt war, doch als das in ihr Bewußtsein drang, erregte das ihre Neugier. Das ganze Erdreich war zerstampft, das Gras niedergetreten, und die Spuren waren frisch. Vor kurzer Zeit mußte es hier zu einer großen Aufregung gekommen sein. Sie stand auf, um sich die Fährten genauer anzusehen, und reimte sich dann nach und nach zusammen, was sich abgespielt hatte.

Den Spuren im getrockneten Schlamm in Ufernähe entnahm sie, daß dies hier das angestammte Revier eines Rudels Höhlenlöwen war. Sie vermutete, daß es hier irgendwo ein kleines Tal mit nackten Felswänden und einer gemütlichen Höhle geben müsse, in der die Löwin früher im Jahr ein Paar gesunder Junge zur Welt gebracht hatte. Hier nun mußte ihr Lieblingsruheplatz sein. Die jungen Löwen hatten sich spielerisch um einen Brokken blutigen Fleisch gebalgt und mit ihren weichen Milchzähnen kleine Fetzen davon losgerissen, während die gesättigten männlichen Löwen sich in der Morgensonne geaalt und die schlanken Löwinnen nachsichtig über das Spiel ihrer Jungen gewacht hatten.

Die gewaltigen Raubkatzen waren unumstrittene Herren in ihrem Revier. Sie hatten nichts zu befürchten und keinen Grund anzunehmen, daß sie etwa einmal von ihren Beutetieren angegriffen werden würden. Normalerweise hätten Rentiere sich niemals in so große Nähe ihrer natürlichen Feinde verirrt, nur hatte die gellend schreiende Frau auf dem Pferderücken die ganze Herde von Panik ergriffen und in alle Winde auseinanderstieben lassen. Sie hatten sich in die Fluten gestürzt, um das andere Ufer zu erreichen, und ehe sie sich versahen, waren sie mitten in einem Löwenrudel gelandet. Löwen wie Rentiere waren überrascht gewesen. Die fliehende Herde hatte zu spät erkannt, daß sie von einer Gefahr fort- und einer weit größeren in die Arme gelaufen war und neuerlich in alle Richtungen auseinandergestoben.

Als Ayla den Fährten folgte, stieß sie auf den Schluß der Geschichte. Zu spät, um den fliehenden Hufen zu entgehen, war eines der Löwenjungen von der davonstürmenden Herde niedergetrampelt worden.

Die Frau kniete neben dem Höhlenlöwenbaby nieder und fühlte mit der erfahrenen Hand der Medizinfrau nach irgendwelchen Lebenszeichen. Das Löwenjunge war warm und hatte sich wahrscheinlich ein paar Rippen gebrochen. Es war dem Tode nahe, atmete jedoch noch. Den Spuren im Sand entnahm Ayla, daß die Löwin ihr Baby gefunden und es mit der Schnauze angestoßen hatte, um es zum Aufstehen zu bewegen, was jedoch nichts gefruchtet hatte. Dann hatte sie reagiert, wie alle Tiere – mit Ausnahme des Tiers auf zwei Beinen – reagieren, die die Schwachen sterben lassen müssen, damit die anderen überleben, und ihre Aufmerksamkeit dem Rest ihres Wurfs zugewandt und war weitergezogen.

Einzig bei dem Mensch genannten Tier hing das Überleben von mehr als Kraft und Gesundheit ab. Schwächlich im Vergleich zu ihren räuberischen Konkurrenten, war die Menschheit auf Zusammenarbeit und Mitleid angewiesen, wenn sie überleben wollte.

Armes Kleines, dachte Ayla. Deine Mutter hat dir nicht helfen können, nicht wahr? Es war nicht das erstemal, daß ein verletztes und hilfloses Geschöpf ihr Herz anrührte. Einen flüchtigen Augenblick dachte sie daran, das Löwenjunge mit zu sich in ihre Höhle zu nehmen, nahm dann aber rasch Abstand davon. Brun und Creb hatten ihr zwar gestattet, kleine Tiere mit in die Höhle des Clans zu bringen, um sie zu pflegen, als sie dabei war, die Heilkunst zu erlernen, doch beim ersten Mal hatte es einen beträchtlichen Aufstand gegeben. Ein Wolfjunges aufzunehmen, hatte Brun ihr jedoch strikt verboten. Das Löwenjunge war bereits jetzt fast so groß wie ein Wolf. Eines Tages würde es nahezu so groß sein wie Winnie.

Sie stand auf und blickte kopfschüttelnd auf das sterbende Löwenjunge hinab. Dann machte sie sich daran, Winnie weiterzuführen und hoffte, ihre Last würde nicht so bald wieder festsitzen. Als Winnie anzog, bemerkte Ayla, daß auch die ihnen folgenden Hyänen sich wieder in Bewegung setzten. Schon griff sie nach einem Stein, da erkannte sie, daß das Hyänenrudel abgelenkt worden war. Sie hatten das Löwenjunge entdeckt. Wo es aber um Hyänen ging, konnte Ayla nicht vernünftig handeln.

»Fort mit euch, stinkendes Gezücht! Laßt das Junge in Ruhe.«

Ayla lief zurück und schleuderte Steine auf die Hyänen. Ein Aufjaulen verriet ihr, daß sie ihr Ziel getroffen hatte. Die Hyänen ergriffen die Flucht und liefen außer Reichweite, als die Frau ihnen zornentbrannt folgte.

Da! Das wird sie fernhalten, dachte sie und stellte sich mit gespreizten Beinen schützend über das junge Tier. Dann verzog sich ihr Gesicht zu einem ungläubigen Grinsen. Was tue ich! Warum verscheuche ich sie von einem Löwenjungen, das ohnehin stirbt! Wenn ich die Hyänen heranlasse, werden sie jedenfalls mich nicht mehr belästigen.

Ich könnte es nicht mitnehmen. Ich könnte es ja nicht einmal tragen. Jedenfalls nicht den ganzen Weg. Es bereitet mir schon Sorgen genug, das Rentier zurückzuschaffen. Es ist lächerlich, auch nur daran zu denken.

Ist es das wirklich! Was wäre gewesen, wenn Iza mich hätte liegenlassen? Creb hat gesagt, der Geist des Löwen oder vielleicht auch der Geist des Höhlenlöwen habe mich ihnen in den Weg gelegt, weil niemand sonst sich meiner angenommen hätte. Sie hat den Gedanken nicht ertragen können, jemand krank oder verletzt zurückzulassen, ohne ihm zu helfen. Deswegen war sie ja auch eine so gute Medizinfrau.

Ich bin eine Medizinfrau. Iza hat mich dazu ausgebildet. Vielleicht ist mir dieses Löwenjunge in den Weg gelegt worden, damit ich es finde. Als ich es das erste Mal tat und das kleine Kaninchen in die Höhle brachte, weil es sich verletzt hatte, sagte sie, das beweise, daß ich eine Medizinfrau werden solle. Nun, hier ist wieder ein verletztes Jungtier, das ich unmöglich einfach den Hyänen überlassen kann.

Bloß, wie soll ich dieses Baby in die Höhle schaffen? Eine gebrochene Rippe könnte die Lunge verletzen, wenn ich nicht vorsichtig vorgehe. Ich werde es einwickeln müssen, ehe es transportfähig ist. Der breite Riemen, aus dem ich Winnies Zuggeschirr gemacht habe, müßte gehen. Ich habe noch davon.

Ayla pfiff nach dem Pferd. Erstaunlicherweise verhakte sich die Last, die die Jungstute hinter sich herschleifte, diesmal an nichts. Nur Winnie selbst war erregt. Es ging ihr wider den Strich, im Löwen-Revier zu sein; Pferde gehörten zu den natürlichen Beutetieren der Höhlenlöwen. Schon seit Beginn der Jagd war sie nervös, und alle Augenblicke stehenzubleiben, um irgendein Hindernis zu beseitigen, das sich vor die schwere Last gelegt hatte, war nicht gerade geeignet gewesen, sie zu beruhigen.

Doch Ayla, die sich jetzt ganz auf das Löwenjunge konzentrierte, kümmerte sich nicht um die Bedürfnisse des Pferdes.

Nachdem sie den jungen Löwen bandagiert hatte, fiel ihr nichts anderes ein, als ihn Winnie auf den Rücken zu legen, damit sie ihn in die Höhle trug.

Doch das war zuviel für das Pferd. Als die Frau die riesige junge Raubkatze hochhob, um sie ihm auf den Rücken zu laden, stieg Winnie. Von Panik ergriffen, bockte sie und keilte hinten aus und versuchte, sich von den sie hemmenden Lasten zu befreien. Dann sprengte sie über die Steppe davon. Das in die Grasmatte eingewickelte Rentier holperte und sprang hinter dem Pferd her, verfing sich dann jedoch an einem Felsen. Das vergrößerte Winnies Panik jedoch nur noch, und wieder bockte sie und keilte aus.

Plötzlich rissen die Lederriemen, es gab einen Ruck, und die Tragkörbe, die durch die langen Speere Übergewicht bekommen hatten, kippten. Offenen Munds vor Verblüffung sah Ayla zu, wie das völlig überdrehte Pferd in wilden Fluchten davonjagte. Der Inhalt der Tragkörbe wurde überall verstreut – nur die Speere saßen fest in ihren Halterungen, schleiften mit der Spitze nach unten am Boden und behinderten das Pferd nicht im geringsten in seiner Geschwindigkeit.

Ayla erkannte die Möglichkeiten augenblicklich – sie hatte sich den Kopf über eine Möglichkeit zerbrochen, das tote Rentier und das Löwenjunge in ihre Höhle zu schaffen. Jetzt darauf zu warten, daß Winnie sich wieder beruhigte, erforderte einige Zeit. Da Ayla befürchtete, Winnie könnte sich verletzen, pfiff und rief sie nach ihr. Sie wollte hinterher, hatte jedoch Angst, ihre Jagdbeute und das Löwenjunge den Hyänen zu überlassen. Das Pfeifen tat seine Wirkung. Der Pfeifton war etwas, was Winnie mit Zuneigung und Sicherheit in Verbindung brachte. Einen weiten Bogen schlagend, kam sie zu der Frau zurückgetrabt.

Als das völlig ausgepumpte und schaumbedeckte Pferd schließlich näherkam, konnte Ayla es nur erleichtert in die Arme schließen. Sie befreite es von Zuggeschirr und Traggurt und untersuchte Winnie sorgfältig, um festzustellen, daß ihr auch wirklich nichts passiert sei. Winnie lehnte sich an die Frau, schnaubte bekümmert mit gespreizten Vorderbeinen, atmete schwer und flog am ganzen Leib.

»Ruh du dich aus, Winnie«, sagte Ayla, als das Pferd aufhörte zu zittern und sich zu beruhigen schien. »Ich hab' sowieso noch zu tun.«

Es kam der Frau überhaupt nicht in den Sinn, wütend zu sein, weil das Pferd gebockt hatte, fortgelaufen war und all ihre Sachen verstreut hatte. Das Pferd war für sie nichts, was ihr gehörte oder dem sie einfach befehlen konnte. Winnie war für sie vielmehr eine Freundin, eine Gefährtin. Wenn sie in Panik geriet, hatte sie dafür gute Gründe. Es war einfach zuviel von ihr verlangt worden. Ayla spürte, daß sie die Grenzen dessen erfahren müsse, was Winnie für sie tun konnte, und nicht versuchen sollte, ihr ein besseres Benehmen beizubringen. Für Aylas Begriffe half Winnie ihr aus freien Stücken, kümmerte sie selbst sich aus Liebe um das Pferd.

Die junge Frau sammelte von den Sachen, die aus den Körben herausgefallen waren, ein, was sie fand, und dann nahm sie am Gurt für die Tragkörbe einige Veränderungen vor. Die Speere befestigte sie so in den Halterungen, wie sie – die Enden nach unten – über den Boden geschleift waren. Die Grasmatte, in die das Rentier eingewickelt worden war, befestigte sie zwischen den beiden Speerschäften, so daß sich eine Art Traggestell ergab – hinter dem Pferd und über dem Boden. Darauf zurrte sie das tote Ren fest und hinterher, besonders sorgfältig, das Löwenjunge, das immer noch nicht zu sich gekommen war. Nachdem sie sich entspannt hatte, schien Winnie Gurte und Zuggeschirr bereitwilliger anzunehmen und stand ruhig da, während Ayla hier und da noch etwas veränderte.

Nachdem die Tragkörbe aufgelegt und festgemacht waren, untersuchte Ayla noch einmal das Löwenjunge und stieg dann auf Winnies Rücken. Als sie in Richtung Tal loszogen, konnte Ayla sich kaum fassen vor Freude darüber, welche Verbesserung dieses neue Transportmittel darstellte. Da nur die Speerenden über den Boden schleiften und ihre Last nicht dauernd an irgendwelchen Hindernissen festsaß, konnte das Pferd die Last viel müheloser ziehen. Allerdings wagte Ayla kaum einen unbefangenen Atemzug zu tun, bis sie das Tal und ihre Höhle erreicht hatten.

Sie sorgte dafür, daß Winnie sich ausruhen und saufen konnte. Dann kümmerte sie sich wieder um das Löwenjunge. Es atmete immer noch, doch war sie sich nicht sicher, ob es überleben würde. Warum ist es mir in den Weg gelegt worden, sann sie. Im selben Augenblick, da sie das Löwenjunge gesehen, hatte sie an ihr Totem denken müssen – hatte der Geist des Höhlenlöwen gewollt, daß sie sich seiner annahm?

Dann kam ihr noch ein Gedanke. Hätte sie nicht beschlossen, das Löwenjunge mitzunehmen, wäre sie nie auf das neue Transportmittel gekommen. Hatte ihr Totem diesen Weg gewählt, um es ihr zu zeigen? Handelte es sich um ein Geschenk? Was es auch war, Ayla war überzeugt, daß man sie aus gutem Grund auf das Löwenjunge hatte stoßen lassen. Sie würde alles in ihrer Macht Stehende tun, um es zu retten.

11

»Jondalar, du brauchst nicht hierzubleiben, nur weil ich es tue.«

»Wieso kommst du darauf, daß ich lediglich deinetwegen hierbleibe?« sagte der ältere der beiden Brüder verwirrter, als er hatte zugeben wollen. Er hatte sich in dieser Sache nicht empfindlich zeigen wollen, doch beruhte Thonolans Bemerkung mehr auf Wahrheit, als er zugeben mochte.

Er merkte, daß er das erwartet hatte. Er hatte nur nicht glauben wollen, daß sein Bruder tatsächlich bleiben und Jetamio zur Gefährtin nehmen würde. Was ihn jetzt jedoch selbst überraschte, war, daß auch er augenblicklich bereit war, bei den Sharamudoi zu bleiben. Er wollte einfach nicht allein zurückkehren. Ohne Thonolan wäre das ein sehr sehr langer Weg; und dann war da auch noch etwas anderes, etwas, das tiefer saß: jenes innere Bereitsein, das ihn ursprünglich veranlaßt hatte, sofort der gemeinsamen Reise mit seinem Bruder zuzustimmen.

»Du hättest nicht mitkommen sollen.«

Einen Moment fragte Jondalar sich, woher sein Bruder seine Gedanken kannte.

»Ich hatte so ein Gefühl, daß ich nie wieder zurückkehren würde. Nicht daß ich erwartet hätte, die einzige Frau zu finden, die ich je lieben könnte; aber ich hatte so das Gefühl, ich würde einfach immer weiterziehen, bis ich einen Grund fände zu bleiben. Die Sharamudoi sind gute Leute – vermutlich sind das die meisten Menschen, wenn man sie erst einmal richtig kennengelernt hat. Jedenfalls habe ich nichts dagegen, mich hier niederzulassen und einer von ihnen zu werden. Du bist ein Zelandonii, Jondalar. Wo immer du bist, du wirst immer ein Zelandonii sein, wirst dich nie woanders ganz zu Hause fühlen. Geh zurück, Bruder! Mach eine der Frauen glücklich, die hinter dir her gewesen sind. Werde seßhaft, gründe eine große Familie und erzähle den Kindern deines Herdfeuers von unserer langen Reise und von dem Bruder, der irgendwo hängengeblieben ist. Wer weiß? Vielleicht kommt eines Tages eines von deinen oder von meinen Kindern auf den Gedanken, zu einer langen Reise aufzubrechen, um seine Verwandten zu finden.«

»Warum bin ich mehr Zelandonii als du? Wie kommst du auf den Gedanken, ich könnte hier nicht genauso glücklich werden wie du?«

»Zum einen bist du nicht verliebt. Aber selbst wenn du es wärest, würdest du auf Mittel und Wege sinnen, sie mit dir zurückzunehmen, aber nicht, hier bei ihr zu bleiben.«

»Warum nimmst du Jetamio nicht mit zurück zu uns? Sie ist tüchtig, weiß, was sie will und kann sehr wohl auf sich selbst aufpassen. Sie würde eine gute Zelandonii-Frau abgeben. Sie kann mindestens ebensogut jagen wie die besten von ihnen – sie würde prächtig mit ihnen auskommen.«

»Ich will mir einfach nicht die Zeit nehmen und ein ganzes Jahr vertun, bloß um zurückzukehren. Ich habe die Frau gefunden, mit der ich leben will. Ich möchte mich hier bei ihr niederlassen und ihr Gelegenheit geben, für Nachwuchs zu sorgen.«

»Und was ist mit meinem Bruder geschehen, der sich vorgenommen hatte, dem Lauf der Großen Mutter bis zum Ende zu folgen?«

»Irgendwann komme ich schon noch hin. Nur keine Eile. Du weißt doch, so weit ist es von hier aus gar nicht. Vielleicht begleite ich Dolando, wenn er das nächstemal loszieht, Salz einzuhandeln. Jetamio könnte ich sogar mitnehmen. Ich glaube, es würde ihr Spaß machen. Sie wäre nur unglücklich, wenn sie zulange von daheim fortbleiben müßte. Das bedeutet ihr nämlich sehr viel. Sie hat ihre Mutter nie gekannt und wäre ums Haar selbst an Lähmung gestorben. Ihre Leute sind ihr wichtig, und ich verstehe das, Jondalar. Ich habe schließlich einen Bruder, der ihr darin sehr ähnlich ist.«

»Was macht dich so sicher?« Jondalar blickte zu Boden und mied die Augen seines Bruder. »Und wie kommst du darauf, daß ich nicht liebe? Serenio ist eine schöne Frau, und Darvo« – Jondalar lächelte, »braucht einen Mann in seiner Nähe. Könnte übrigens sein, daß eines Tages ein sehr tüchtiger Feuersteinschläger aus ihm wird.«

»Großer Bruder, ich kenne dich jetzt schon eine lange Zeit. Mit einer Frau zu leben, bedeutet doch nicht, sie zu lieben. Ich weiß, du bist dem Jungen zugetan, aber das reicht doch nicht aus als Grund, hierzubleiben und seiner Mutter gegenüber eine Verpflichtung einzugehen. Es ist kein so schlechter Grund, mit ihr zu schlafen, reicht aber nicht, um hierzubleiben. Kehr nach

Hause zurück und such dir eine ältere Frau mit ein paar Kindern, wenn du willst – dann kannst du sicher sein, ein Herdfeuer voll Kinder zu haben, aus denen du tüchtige Feuersteinschläger machen kannst. Jedenfalls geh zurück!«

Ehe Jondalar anworten konnte, kam der Junge, der noch nicht einmal zwei Handvoll Jahre erreicht hatte, atemlos auf sie zugerannt. Er war groß für sein Alter, dabei aber überschlank mit einem schmalen Gesicht und Zügen, die für einen Jungen zu fein und zu zart waren. Sein hellbraunes Haar war gerade und schlaff, aber seine haselnußbraunen Augen strahlten eine lebhafte Intelligenz aus.

»Jondalar!« rief er außer Atem. »Ich habe dich überall gesucht. Dolando ist bereit, und die Flußleute warten.«

»Sag ihnen, daß wir kommen, Darvo«, sagte der große blonde Mann in der Sprache der Sharamudoi. Der Junge schoß voraus, und die beiden Männer schickten sich an, ihm zu folgen, doch da blieb Jondalar stehen. »Gute Wünsche sind schon angebracht, kleiner Bruder«, sagte er, und das Lächeln auf seinem Gesicht machte deutlich, daß das aufrichtig gemeint war. »Ich müßte lügen, wenn ich behaupten wollte, ich hätte erwartet, daß du es förmlich besiegeln würdest. Und was deinen Versuch betrifft, mich loszuwerden – vergiß es! Es kommt nicht alle Tage vor, daß der Bruder eines Mannes die Frau seiner Träume findet. Ich würde um der Liebe einer Donii willen nicht missen wollen, wie du dich mit einer Frau zusammentust.«

Thonolans Grinsen ließ sein ganzes Gesicht strahlen. »Weißt du, Jondalar, genau dafür habe ich sie auch gehalten, als ich sie das erstemal sah: für einen wunderschönen Geist der Mutter, der gekommen war, meine Reise in die nächste Welt zu einem Vegnügen zu machen. Und ich wäre auch mit ihr gegangen, ohne Widerstreben . . . würde das noch tun.«

Während Jondalar hinter Thonolan Schritt faßte, legte sich seine Stirn in Falten. Die Vorstellung, daß sein Bruder irgendeiner Frau in den Tod folgen würde, verwirrte ihn.

Der Weg führte in Serpentinen den schmalen Pfad hinunter; auf diese Weise vollzog sich der Abstieg durch den dichtbelaubten Wald weniger steil. Weiter unten verbreiterte sich der Weg, als sie sich einer Felswand näherten, die sie bis an den äußersten Rand einer Felsklippe brachte. Um die Felswand herum war mühselig ein Weg herausgehauen worden, auf dem zwei Menschen nur unter größten Schwierigkeiten nebeneinander her gehen konnten. Jondalar ging hinter seinem Bruder her, als dieser die Wand umrundete. Er fühlte immer noch ein beklemmendes Gefühl in den Lenden, wenn er über den Rand in die Tiefe hinunterblickte, auf den breit dahinfließenden Großen Mutter Fluß; dabei hatten sie den ganzen Winter bei den Shamudoi von Dolandos Höhle zugebracht. Trotzdem – diesen freigelegten Weg zu benutzen, war immer noch besser als die anderen Zugänge.

Nicht alle Höhlen genannten Gruppen lebten auch tatsächlich in Höhlen; auf Lichtungen und offenen Stellen errichtete Unterkünfte waren weit verbreitet. Nur waren die natürlichen Felsunterkünfte gesucht und geschätzt, besonders in der bitteren Winterkälte. Eine Höhle oder ein Felsüberhang konnte einen Standort begehrenswert machen, den man sonst verschmäht hätte. Dem Anschein nach unüberwindbare Schwierigkeiten bewältigte man ohne großen Aufhebens, wenn es darum ging, sich feste Wohnsitze dieser Art zu sichern. Jondalar hatte in Höhlen hoch oben in steilen Klippen und mit schwindelerregend schmalen Terrassen davor gelebt; doch dem Wohnsitz dieser Shamudoi-Höhle war nichts zu vergleichen.

In einem weit früheren Erdzeitalter war die aus Sandstein, Kalkstein und Schiefer bestehende Kruste der Erde zu Gipfeln aufgefaltet worden, die von Eiskappen bedeckt waren. Doch mit diesen vergleichsweise weichen Gesteinen hatte sich härteres kristallines Felsgestein vermischt, das Vulkane aus dem Erdinneren herausgeschleudert hatten, die aufgrund derselben Umwälzungen in Tätigkeit geraten waren, welche die Auffaltungen verursacht hatten. Die gesamte Ebene, welche die beiden Brüder im vorigen Sommer überquert und die einst das Becken eines riesigen Binnenmeers gebildet hatte, wurde von den Bergen gesäumt. Jahrtausendelang hatte das Meer gebraucht, sich einen Durchfluß durch eine der Bergketten herauszuwaschen, die – einst mit einem ihrer südlichen Ausläufer verbunden – eine Einheit mit der großen Bergkette im Norden gebildet hatte; und über diesen Durchfluß war das Binnenmeer ausgetrocknet und die große Ebene entstanden.

Doch hatte der Berg nur widerwillig in seinem weicheren Material nachgegeben und dem Wasser einen schmalen, von widerstandsfähigem Felsgestein flankierten Durchlaß gestattet. Der Große Mutter Fluß, der bis dorthin auch die Fluten der Schwester sowie sämtlicher anderen Nebenflüsse und Nebenarme in sich aufgenommen hatte und einen einzigen breiten Strom bildete, floß durch dieselbe Lücke. Über eine Strecke von mehr als hundertfünfzig Kilometern bildete eine Serie von vier großen Engpässen das Tor zu seinem Unterlauf und letzten Endes zu seinem endgültigen Ziel. An manchen Stellen erreichte die Mutter eine Breite von anderthalb Kilometern, und an anderen mußte sie zwischen nackten Felswänden hindurch, die knapp zweihundert Meter auseinanderlagen.

In Verlauf des langwierigen Prozesses, den es bedeutete, sich durch die Hunderte von Kilometern einer Gebirgskette hindurchzufressen, hatten die Wassermassen des immer weiter zurückweichenden Binnenmeers sich in Ströme, Wasserfälle, Teiche und Seen aufgeteilt, von denen noch heute viele Spuren künden. Hoch an der linken Wand, nahe der Stelle, wo der erste Engpaß entstand, hatte es eine bemerkenswerte Einbuchtung gegeben: einen ausgedehnten breiten Küstensockel mit erstaunlich ebenem Boden. Ursprünglich war es eine kleine geschützte Bucht gewesen, die von Wasser und Zeit aus dem Berg herausgewaschen worden war. Der dazugehörige See war längst verschwunden; zurückgeblieben war die hoch über dem Großen Mutter Fluß gelegene, mit vielen Einschnitten versehene U-förmige Terrasse – so hoch gelegen, daß nicht einmal das Frühlingshochwasser, das den Wasserspiegel des Flusses dramatisch ansteigen lassen konnte, der Terrasse auch nur nahe kam.

Eine große grasbewachsene Fläche reichte bis an den steil in die Tiefe gehenden Rand der Terrasse heran; dabei war die Humusdecke, wie man an ein paar flachen Kochgruben, die bis auf den Felsen hinuntergingen, erkennen konnte, wirklich nicht dick. Etwa von der Mitte an tauchten Sträucher und kleinere Bäume auf, die sich an die Felswände klammerten. In der Nähe der Steilwand hinten wuchsen die Bäume bereits zu respektabler Größe heran, und das Gebüsch verdichtete sich und bedeckte den unteren Teil der Wand. Weit hinten an einer Seitenwand war das, was das Besondere der hochgelegenen Terrasse ausmachte: ein tief ausgewaschener Sandsteinüberhang. Darunter waren mehrere Holzunterkünfte abgeteilt worden, die einen ungefähr kreisrunden offenen Platz bildeten, der der Hauptfeuerstelle sowie ein paar kleineren Feuerstellen Raum bot und Zugang und Versammlungsplatz zugleich darstellte.

Die gegenüberliegende Ecke der Terrasse war mit einer weiteren Besonderheit ausgestattet: ein langer dünner Wasserfall, der von einer hohen Schanze herunterkam, schäumte eine kurze Strecke über zackige Felsen hinweg, ehe er sich über einen kleineren vorkragenden Sandsteinüberhang in einen Teich hinunterstürzte. Am Rand der Steilwand lief das Wasser weiter bis ans äußerste Ende der Terrasse, wo jetzt Dolando und eine Reihe anderer Männer auf Thonolan und Jondalar warteten.

Dolando winkte ihnen grüßend zu, als sie um die vorspringende Felswand herumkamen und von der Ecke her heruntersteigen. Jondalar trabte hinter seinem Bruder her und erreichte das Ende der Wand gerade in dem Augenblick, da Thonolan einen gefährlichen Pfad neben dem Bach hinabstieg, der über mehrere Stufen zur Großen Mutter hinunterrauschte. Diesen Pfad hätte man unmöglich hinabsteigen können, hätte man nicht mühsam einige Stufen in den Felsen hineingeschlagen und kräftige, aus Stricken bestehende Handläufe angebracht. Trotzdem machte das herabsprudelnde Wasser und der ständige Gischt ihn selbst im Sommer gefährlich schlüpfrig. Im Winter bildete er ohnehin eine unpassierbare Masse aus erstarrten Eiszapfen.

Im Frühling jedoch eilten die Sharamudoi – und zwar sowohl die gemsenjagenden Shamudoi als auch die flußbewohnenden Ramudoi, die die andere Hälfte des Stammes bildeten – den zusätzlich von Schmelzwasser überströmten und stellenweise vereisten Pfad hinauf und hinab wie die wendigen ziegenähnlichen Tiere, welche die höheren Regionen der Steilwände bewohnten. Als Jondalar seinen Bruder mit dem Übermut und der Nichtbeachtung des dazu Geborenen herunterkommen sah, meinte er, daß Thonolan zumindest in einer Beziehung recht hätte. Wenn er, Jondalar, auch sein ganzes Leben hier zubringen würde, nie würde er sich an den Aufstieg zu der hohen Terrasse gewöhnen. Er warf einen Blick auf das turbulente Wasser des reißenden Stroms in der Tiefe und verspürte wieder das beklemmende Gefühl in den Lenden; dann holte er tief Atem, biß die Zähne zusammen und stieg über den Rand.

Mehr als einmal war er dankbar für den Strick des Handlaufs, als er merkte, wie er auf unsichtbarem Eis ausrutschte, und er stieß einen tiefen Seufzer der Erleichterung aus, als er den Fluß unten erreichte. Eine schwimmende Plattform aus zusammengebundenen Baumstämmen, die sich auf der Strömung wiegte, bot eine vergleichsweise willkommene Sicherheit. Auf einem erhöhten Mittelteil, der über die Hälfte der ganzen Plattform einnahm, ragte eine Reihe von Holzbauten ähnlich jenen unter dem Felsüberhang oben.

Jondalar tauschte Grüße mit mehreren Bewohnern des Hausboots, als er über die zusammengebundenen Stämme bis ans Ende der Plattform ging, wo Thonolan gerade in eines der dort vertäuten Boote stieg. Sobald er eingestiegen war, stießen sie ab und ruderten mit Rudern, die einen sehr langen Griff aufwiesen, stromaufwärts. Die Unterhaltung beschränkte sich auf das Notwendigste. Die hochgehende, starke Strömung wurde durch Schmelzwasser des Frühlings noch verstärkt. Während die Flußleute ruderten, hielten Dolandos Männer nach schwimmenden Hindernissen wie Sträuchern und Bäumen Ausschau. Jondalar lehnte sich zurück und sann über die einzigartige Wechselbeziehung der Sharamudoi untereinander nach.

Die Stämme, die er kennengelernt hatte, hatten sich auf unterschiedliche Weise spezialisiert, und er hatte sich oft gefragt, was sie wohl gerade auf den einen besonderen Weg geführt haben mochte, den sie eingeschlagen hatten. Bei einigen war es so, daß alle Männer der Sitte entsprechend eine Funktion ausübten und die Frauen eine andere, bis eine jede Tätigkeit so sehr mit einem der beiden Geschlechter identifiziert wurde, daß keine Frau mehr das tun wollte, was in ihren Augen Männerarbeit war, und kein Mann es über sich brachte, das zu verrichten, was er als Frauenarbeit betrachtete. Bei anderen Gruppen war es mehr so, daß bestimmte Aufgaben und Arbeiten bestimmten Altersgruppen zugeordnet waren – wobei die jüngeren Leute die mehr Kraft erfordernden Aufgaben wahrnahmen und die Älteren sitzenden Beschäftigungen nachgingen. Bei einigen Gruppen konnte es so sein, daß den Frauen die volle Verantwortung für das Aufziehen und die Anleitung der Kinder oblag, wohingegen es in anderen Gruppen so war, daß diese Aufgabe von den Älteren beiderlei Geschlechts übernommen wurde.

Bei den Sharamudoi verlief die Spezialisierung ganz anders, und es hatten sich bei ihnen zwei durchaus unterschiedliche, wenn auch verwandte Gruppen entwickelt. Die Shamudoi machten in den höheren Bergregionen Jagd auf Gemsen und andere Tiere, wohingegen die Ramudoi sich darauf spezialisiert hatten, Jagd auf den mächtigen Stör zu machen; denn auf diesen größten Fisch dieser Gewässer, der bis zu neun Meter lang werden konnte, machte man mehr Jagd, als daß man ihn fischte. Außerdem fischten sie Flußbarsche, Hechte und große Karpfen. Vielleicht hätte die Arbeitsteilung sie dazu bringen können, sich in zwei unterschiedliche Stämme aufzuteilen, hätte es nicht wechselseitige Bedürfnisse gegeben, die sie dazu brachten, bestimmte Ansprüche aneinander zu stellen und die sie zusammengehalten hatte.

Die Shamudoi hatten ein Verfahren entwickelt, aus Gamshäuten wunderschönes samtig-geschmeidiges Leder herzustellen. Dieses Leder war so einzigartig, daß weiter entfernt lebende Stämme dieser Region kamen, sie gegen andere Waren einzutauschen. Bei dem Verfahren handelte es sich um ein streng gehütetes Geheimnis, doch war Jondalar dahintergekommen, daß das Öl bestimmter Fischsorten dazu vonnöten war. Dieser Umstand gab den Shamudoi einen guten Grund, enge Bande mit den Ramudoi zu unterhalten. Andererseits wurden Boote aus Eichen gemacht, wobei für bestimmte Ausrüstungsgegenstände der Boote Buchen- und Fichtenholz benötigt wurde und die langen Planken der Bordwände mit Dübeln aus Eiben- und Weidenholz zusammengehalten wurden. Die Flußleute waren also auf die Kenntnisse von Bäumen und Wäldern der Bergbewohner angewiesen, wenn sie das richtige Holz finden wollten.

Innerhalb des Stammes der Sharamudoi hatte jede Shamudoi-Familie ihr Gegenstück in einer Ramudoi-Familie, mit der sie ein vielfältiges Netz verwandtschaftlicher Bande, die nicht unbedingt etwas mit Blutsverwandtschaft zu tun haben mußten, zusammenhielt. Jondalar war noch nicht hinter alle diese Dinge gekommen, doch nachdem sein Bruder sich mit Jetamio zusammengetan hatte, mußte er erleben, wie er plötzlich von Angehörigen beider Gruppen »Vetter« genannt wurde; das kam durch Thonolans Gefährtin, obwohl diese keine lebenden Blutsverwandten hatte. Es wurde erwartet, daß bestimmte gegenseitige Verpflichtungen erfüllt wurden, wenngleich dies für ihn kaum mehr bedeutete, als daß er bestimmte Anreden, die eine gewisse Hochachtung zum Ausdruck brachten, benutzte, wenn er sich mit seinen neuen Verwandten unterhielt.

Als Mann ohne feste Gefährtin stand es ihm immer noch frei fortzugehen, wenn er wollte; lieber sah man es jedoch, wenn er blieb. Doch die Bande, welche die beiden Gruppen miteinander verbanden, waren so stark, daß, wenn zum Beispiel die Wohnung zu eng wurde und ein oder zwei Shamudoi-Familien beschlossen, fortzuziehen, um eine neue Höhle zu gründen, ihr Gegenstück bei den Ramudoi mit ihnen ziehen mußte.

Es gab besondere Riten, um Bande auszutauschen, wenn das Gegenstück der Familie in der anderen Gruppe nicht mitziehen wollte; eine andere Familie aber wohl. Im Prinzip konnten jedoch die Shamudoi darauf bestehen, daß die Ramudoi mitkamen, und diese waren dazu verpflichtet, es zu tun; denn wo es um Dinge ging, die mit dem Land zu tun hatten, besaßen die Shamudoi das Entscheidungsrecht. Allerdings waren die Ramudoi nicht ganz ohne Druckmittel. So konnten sie sich zum Beispiel weigern, ihre Shamudoi-Verwandten zu transportieren oder ihnen zu helfen, nach einer passenden Wohngelegenheit zu suchen; denn Entscheidungen, die mit Wasser zu tun hatten, lagen bei ihnen. In der Praxis wurden größere Entscheidungen, wie zum Beispiel über einen Wegzug, gemeinsam getroffen. Sowohl im praktichen als auch im rituellen Bereich hatten sich zusätzliche Bande entwickelt, um die Beziehungen zwischen den beiden Gruppen zu stärken; viele davon betrafen die Boote. Obwohl Entscheidungen über auf dem Wasser schwimmende Boote ein Vorrecht der Ramudoi waren, gehörten die Boote selbst den Shamudoi, die folglich – im Verhältnis zu entsprechenden Gegenleistungen – Nutznießer der mit Hilfe der Boote erbrachten Leistungen waren. Die Grundsätze, die man entwickelt hatte, um Streitfragen zu regeln, waren viel verzwickter als die Praxis. Da man sich wechselseitig unausgesprochen einig war und die Rechte, Hohheitsrechte und das besondere fachliche Können des anderen begriff und achtete, kam es nur äußerst selten zu solchen Streitfragen.

Der Bootsbau war das Ergebnis einer Gemeinschaftsarbeit, und das aus sehr praktischen Gründen; er erforderte nämlich sowohl die Produkte des Landes als auch das Wissen um das Wasser, und das gab den Shamudoi einen gültigen Anspruch auf das von den Ramudoi benutzte Fahrzeug. Das Ritual verstärkte das Band, denn keine Frau aus der einen Stammesgruppe konnte mit einem Mann zusammenleben, der nicht einen solchen Anspruch hatte. So mußte Thonolan erst beim Bau oder bei der Ausbesserung eines Bootes mithelfen, ehe er sich mit der Frau zusammentun konnte, die er liebte.

Jondalar freute sich gleichfalls auf den Bau des Bootes. Das ungewöhnliche Fahrzeug hatte es ihm angetan; er war neugierig zu erfahren, wie Boote gebaut wurden und wie man sie vorwärtstrieb und steuerte. Er wäre lieber aus einem anderen Grund geblieben, um das herauszufinden; er hätte nicht gleich bleiben und eine Shamudoi-Frau nehmen wollen wie sein Bruder. Dabei hatten diese Menschen ihn von Anfang an brennend interessiert. Die Mühelosigkeit, mit der sie auf dem großen

Strom umherfuhren und den riesigen Stör jagten, überstieg alles, was er von anderen Stämmen erfahren oder gehört hatte.

Sie kannten den Fluß in allen seinen Stimmungen. Er selbst hatte schon Schwierigkeiten, allein die gewaltigen Ausmaße dieses Wasserwegs zu begreifen, ehe er nicht alles Wasser zusammen gesehen hatte, und dabei hatten die Fluten noch nicht einmal ihren Höchststand erreicht. Doch wie gewaltig der Strom war, ließ sich nicht vom Boot aus am besten erkennen. Im Winter, wenn der Wasserfallweg vereiste und unbenutzbar wurde, aber noch ehe die Ramoudi zu ihren Shamudoi-Verwandten in der Höhe zogen, wurde der Verkehr zwischen den beiden Gruppen mit Hilfe von Seilen und großen geflochtenen Plattformen abgewickelt, die über den Rand der von den Shamudoi bewohnten Terrasse hinübergingen bis hinunter zum Landesteg der Ramudoi.

Die Wasserfälle waren noch nicht vereist gewesen, als er und Thonolan hier eingetroffen waren, doch war sein Bruder nicht in einem Zustand, der es ihm erlaubt hätte, den gefährlichen Aufstieg von sich aus zu machen. Infolgedessen wurden sie beide in einem Korb hinaufgezogen.

Als er die Große Mutter zum ersten Mal von dieser luftigen Höhe aus sah, ging Jondalar allmählich das ganze Ausmaß des Stromes auf. Alles Blut war ihm aus dem Gesicht gewichen; sein Herz schlug ihm bis zum Hals hinauf, so überwältigt war er, als er auf das Wasser und die gerundeten Berge auf der anderen Seite des Flusses hinunterblickte. Ihn erfaßte eine große Ehrfurcht vor der Mutter, deren Geburtswasser in einem wunderbaren Schöpfungsakt den Fluß hatten entstehen lassen.

Er hatte inzwischen längst erfahren, daß es noch einen längeren, leichteren, aber auch weniger spektakulären Weg zu der hochgelegenen Terrasse gab – und zwar einen Pfad, der sich von Westen nach Osten über die Bergpässe hinzog und am östlichen Ende des Durchbruchs zum breiten Flußbett hinunterführte. Der Westteil dieses Pfades, der durch das Hochland und das Vorgebirge heranführte an die aufeinanderfolgenden Engpässe oder Flußengen, war zwar unwegsamer, doch zum Teil führte er hinunter bis an den Rand des Flusses, und auf eine solche Stelle fuhren sie jetzt zu.

Das Boot war bereits im Begriff, die Strommitte zu verlassen und auf eine aufgeregt winkende Gruppe von Menschen zuzugleiten, als ein allgemeines Atemanhalten den älteren Bruder veranlaßte, sich umzudrehen.

»Jondalar! Schau!« Thonolans ausgestreckter Finger wies flußaufwärts.

In tückischer Pracht kam in der Mitte des Stromes, wo es am tiefsten war, ein großer, zerklüfteter und schimmernder Eisberg heruntergetrieben. Kristallene Facetten der durchsichtigen Eisränder, in denen sich das Licht brach, verliehen dem Monolithen einen nebligen Schimmer, der das Eis umgab wie einen Heiligenschein; doch seine blaugrüne, schattige Tiefe barg sein ungeschmolzenes Herz. Gekonnt und erfahren veränderten die das Boot rudernden Männer Richtung und Geschwindigkeit, legten dann die Ruder flach und hielten inne, um die aus schimmernder Kälte gebildete Wand mit tödlicher Gleichgültigkeit vorübergleiten zu lassen.

»Du darfst der Mutter nie den Rücken zukehren«, hörte Jondalar einen Mann vor ihm sagen.

»Ich würde sagen, der muß die Schwester heruntergekommen sein, Markeno«, meinte der neben ihm Sitzende.

»Wie kommen ... großes Eis ... hierher, Carlono?« fragte Jondalar ihn.

»Eisberg«, sagte Carlono und nannte das Wort für seine Ohren zum ersten Mal. »Möglich, daß er von einem dieser sich immer weiter vorschiebenden Gletscher auf einem der Berge stammt«, fuhr er fort und wies mit dem Kinn in Richtung auf die weißen Gipfel über seiner Schulter, denn er hatte das Rudern wieder aufgenommen. »Möglich aber auch, daß er von weiter im Norden stammt und die Schwester heruntergeschwommen ist. Sie ist tiefer als die Mutter, verzweigt sich nicht in so viele Kanäle – besonders um diese Jahreszeit. Aber vor allem: An diesem Eisberg ist mehr dran als du siehst. Der größte Teil liegt unter Wasser.«

»Das ist schwer zu glauben ... Eisberg ... so groß, von so weit her«, sagte Jondalar.

»Eisberge bekommen wir jedes Frühjahr. Nicht immer so große wie diesen hier. Nur wird dieser sich nicht mehr lange halten – das Eis ist schon ganz bröckelig. Er braucht nur einmal tüchtig anzustoßen, und er bricht auseinander. Und weiter stromabwärts ragt mitten im Fluß ein Felsen bis ganz nahe an die Wasseroberfläche. Ich glaube nicht, daß der Eisberg es durch den Engpaß schafft«, fügte Carlono hinzu.

»Einmal tüchtig von dem angestoßen werden, und *wir* würden auseinanderbrechen«, sagte Markeno. »Deshalb: der Mutter nie den Rücken zuwenden!«

»Markeno hat recht«, sagte Carlono. »Du darfst ihr nie trauen. Dieser Fluß kann höchst unangenehm werden, um dich daran zu erinnern, daß deine ganze Aufmerksamkeit *ihr* zu gelten hat.«

»Ich kenne ein paar Frauen, die sind ähnlich. Du auch, Jondalar?«

Jondalar mußte plötzlich an Marona denken. Das wissende Lächeln seines Bruders verriet ihm, an wen Thonolan dachte. Er hatte schon seit geraumer Zeit nicht mehr an die Frau gedacht, die gemeint hatte, ihn bei der Feier des Zusammengebens auf diesem Sommertreffen zum Mann zu bekommen. Mit einem Aufwallen von Sehnsucht überlegte er, ob er sie wohl jemals wiedersehen würde. Sie war schön. Doch das war Serenio auch, dachte er. Vielleicht solltest du sie bitten. In mancher Beziehung ist sie besser als Marona. Serenio war zwar älter als er, doch hatte er sich oft zu älteren Frauen hingezogen gefühlt. Warum sich nicht zur selben Zeit mit einer Frau zusammentun, wie Thonolan es tat, und einfach hierbleiben?

Wie lange sind wir jetzt fort? Über ein Jahr – letztes Frühjahr sind wir von Dalanars Höhle aus losgezogen. Und Thonolan wird nicht zurückkehren. Alle können sich gar nicht genug tun, wegen ihm und Jetamio – vielleicht solltest du warten, Jondalar, sagte er zu sich selbst. Schließlich willst du die allgemeine Aufmerksamkeit nicht ausgerechnet an ihrem großen Tag auf dich ziehen . . . und Serenio könnte meinen, es sei dir erst nachträglich eingefallen . . . Später . . .

»Wieso habt ihr so lange gebraucht?« ließ sich die Stimme vom Ufer her vernehmen. »Wir haben auf euch gewartet und sind von weither gekommen, über Land.«

»Wir mußten diese beiden finden. Ich glaube, sie wollten sich verstecken«, erwiderte Markono lachend.

»Zum Verstecken ist es jetzt zu spät, Thonolan. Diese hier hat dich an der Angel!« sagte der Mann, der hinter Jetamio her ins Wasser hineinwatete, um das Boot zu packen und zu helfen, es aufs Trockene zu ziehen. Dabei machte er die Bewegung des Harpune-Werfens, um den Haken tief eindringen zu lassen.

Jetamio errötete, lächelte dann jedoch. »Nun, du mußt zugeben, er ist ein guter Fang, oder, Barono?«

»Du gute Fischerin«, erklärte Jondalar. »Er vorher immer davongekommen.«

Alles lachte. Wenn er die Sprache auch nicht vollkommen beherrschte, so freuten sie sich, daß er bei dieser Neckerei hatte mithalten können. Außerdem verstand er besser, als daß er sprach.

»Was würde dazugehören, einen Großen wie dich zu fangen, Jondalar?« fragte Barono.

»Der richtige Köder!« erklärte Thonolan schlagfertig und sah Jetamio dabei lächelnd an.

Das Boot wurde auf den schmalen, kiesigen Uferstreifen hinaufgezogen, und nachdem die Ruderer ausgestiegen waren, wurde es hochgehoben und einen Hang hinaufgetragen bis auf eine freigemachte Lichtung in einem dichten Steineichenwald. Offenbar wurde dieser Platz seit Jahren benutzt. Ganze Eichenstämme, dicke Äste und Holzspäne lagen auf dem Boden umher – die Feuerstelle vor einem großen Wind- und Regenschutz auf der einen Seite der Lichtung hatte jedenfalls keinen Mangel an Feuerholz –, doch manches Holz lag schon so lange hier, daß es angefangen hatte zu vermodern. Die Arbeit konzentrierte sich auf mehrere Stellen auf der Lichtung – auf jeder lag ein Boot in unterschiedlichen Stadien der Fertigstellung.

Das Boot, in dem sie gekommen waren, wurde zu Boden gelassen, und die Neuangekommenen eilten auf die willkommene Wärme der Feuerstelle zu. Ein paar Leute ließen ihre Arbeit liegen und gesellten sich zu ihnen. Aus einem Holztrog, der aus einem dicken Ast herausgehauen worden war, stieg der Dampf eines würzigen Kräutertees. Der Trog leerte sich rasch, da alle sich mit dem Becher bedienten. Runde Flußsteine zum Erhitzen waren nahebei aufgehäuft. Hinter dem ausgehöhlten Ast lag in einer aufgeweichten Rinne ein Batzen ausgelaugter, im einzelnen nicht mehr zu unterscheidender Kräuter.

Der Trog wurde viel benutzt und sollte gerade wieder gefüllt werden. Zwei Männer rollten den starken ausgehöhlten Ast herum, um die letzten Teereste herauszubekommen, und ein dritter legte die Steine zum Erhitzen ins Feuer. Es wurde ständig Tee im Trog gehalten, damit jeder davon trinken konnte, wenn er Durst hatte; im Feuer wurden Kochsteine heißgehalten, um einen Becher zu erwärmen, wenn der Tee zu kalt geworden war. Nach weiteren freundlichen Neckereien und kleinen Sticheleien, die dem Paar galten, das bald zusammengegeben werden sollte, stellten die Versammelten ihre Holzbecher oder Trinkgefäße aus enggeflochtenen Pflanzenfasern auf den Boden und gingen zurück an die Arbeit. Thonolan sollte seine Einführung in den Bootsbau mit einem harten Stück Arbeit beginnen, das allerdings kein besonderes Können erforderte: dem Fällen eines Baumes.

Jondalar hatte sich mit Carlono gerade über das Lieblingsthema des Anführers der Ramudoi, Boote, unterhalten und ihm mit Fragen zugesetzt. »Aus welchem Holz kann man gute Boote bauen?« hatte er gefragt.

Carlono hatte sowohl an der Unterhaltung als solcher als auch an der offensichtlichen Intelligenz des jungen Mannes viel Freude und gab lebhaft und ausführlich Antwort.

»Am besten eignet sich das Holz der Grüneiche: Es ist zäh und dabei doch federnd, kräftig, aber nicht zu schwer. Beim Trocknen geht ein bißchen von der Biegsamkeit verloren, aber man kann sie im Winter fällen und die Stämme ein oder sogar zwei Jahre in Teichen oder im Morast aufbewahren. Dabei saugt es sich aber noch zusätzlich mit Wasser voll und ist schwer zu bearbeiten; außerdem hat das Boot dann Schwierigkeiten, im Wasser sein Gleichgewicht zu finden. Aber noch wichtiger ist es, den richtigen Baum auszusuchen.« Carlono bahnte sich beim Berichten den Weg in den Wald hinein.

»Einen großen?« fragte Jondalar.

»Es geht nicht nur um die Größe. Für den Boden und die Wände braucht man hohe Bäume mit geraden Stämmen.« Carlono führte den großen Zelandonii an eine Stelle, an der die Bäume besonders dicht wuchsen. »In dichten Wäldern wachsen die Bäume in die Höhe, um etwas von der Sonne zu erhaschen ...«

»Jondalar!« Der ältere der Brüder sah erstaunt auf, als er Thonolans Stimme hörte. Er stand mit mehreren anderen um eine riesige Eiche herum, die von einer Reihe anderer sehr gerader Bäume umstanden war, deren Äste erst sehr hoch oben am Stamm ansetzten. »Wie ich mich freue, dich zu sehen! Dein kleiner Bruder könnte deine Hilfe gebrauchen. Weißt du, daß ich nicht mit Jetamio zusammengegeben werden kann, ehe nicht ein neues Boot gebaut ist, und dieser« – er wies ausdrucksvoll mit dem Kopf auf den großen Baum – »muß gefällt werden, weil die ›Planken‹ daraus gemacht werden müssen – was immer das sein mag. Und nun sieh dir diese Riesen mal an! Ich hatte keine Ahnung, daß Bäume überhaupt so hoch werden können – ich brauche ja eine Ewigkeit, bis der fällt! Großer Bruder, ich werde ein alter Mann sein, ehe ich ein verehelichter Mann bin.«

Jondalar lächelte und schüttelte den Kopf. »Planken nennt man die Bretter, die man für die Bordwand der größeren Boote benutzt. Wenn du ein Sharamudoi werden willst, solltest du das wissen.«

»Ich werde ein Shamudoi. Die Boote überlasse ich den Ramudoi. Auf Gemsenjagd zu gehen, ist etwas, was ich verstehe. Ich habe schon früher auf Hochmatten Steinböcke und Mufflons gejagt. Hilfst du mir? Wir brauchen alle Muskelkraft, die wir bekommen können.«

»Wenn ich nicht will, daß die arme Jetamio warten muß, bis du ein alter Mann bist, werde ich dir wohl helfen müssen. Außerdem finde ich es interessant zu sehen, wie so was gemacht wird«, sagte Jondalar, wandte sich dann an Carlono und sagte in der Sprache der Sharamudoi: »Jondalar helfen Baum fällen. Reden später mehr?«

Carlono lächelte zustimmend und trat zurück, um zu sehen, wie die ersten Holzsplitter davonflogen. Aber er blieb nicht lange. Es würde den größten Teil des Tages dauern, ehe der Waldriese fiel, und ehe er das tat, würden alle sich um ihn herum versammeln.

Hoch ansetzend und sich dann im spitzen Winkel weiter nach unten bis auf einen horizontalen Einschnitt hinunterarbeitend, wurden kleine Holzsplitter herausgehackt. Die Steinäxte fraßen sich nicht tief ins Holz hinein. Die Klinge mußte, wenn sie halten sollte, eine bestimmte Breite haben und konnte daher nicht tief in das Holz eindringen. Während sie sich bis zur Mitte des gewaltigen Stammes vorarbeiteten, sah dieser mehr wie angenagt als angeschlagen aus; dennoch kam man mit jedem herausfallenden Splitter näher an das Herz des uralten Riesen heran.

Der Tag neigte sich bereits seinem Ende zu, als Thonolan eine Axt gereicht wurde. Während alle, die gearbeitet hatten, sich in der Nähe versammelten, versetzte Thonolan dem alten Riesen ein paar letzte Schläge und sprang dann, als er es knarren hörte und er den mächtigen Stamm schwanken sah, zurück. Sich zuerst nur langsam neigend, nahm die Wucht der Eiche im Fallen zu und, Nachbarriesen Glieder ausreißend und kleinere dabei mitnehmend, ging der uralte Gigant rauschend und krachend zu Boden. Er fuhr noch einmal federnd in die Höhe, erbebte und lag dann still da.

Schweigen kehrte im Wald ein, als ob vor tiefer Ehrfurcht sogar die Vögel verstummt wären. Die majestätische alte Eiche war gefällt, war von den lebensspendenden Wurzeln abgeschnitten worden; der Stumpf bildete in den gedämpften Erdfarben des Waldes eine klaffende Wunde. Still und würdevoll kniete Dolando neben dem zersplitterten Stumpf nieder, grub mit bloßen Händen ein kleines Loch und ließ eine Eichel hineinfallen.

»Möge die Gesegnete Mudo unser Angebinde annehmen und einen neuen Baum entstehen lassen«, sagte er, bedeckte die Eichel mit Erde und goß Wasser darüber.

Die Sonne versank in einem dunstigen Horizont und verwandelte die Wolken in goldene Streifen, als die Menschen sich auf den langen Weg zurück zur hochgelegenen Terrasse begaben. Ehe sie die alte Einbuchtung erreichten, durchliefen die Farben das gesamte Spektrum von Gold- und Bronzetönen und danach von Rotschattierungen zu einem intensiven Blauviolett. Nachdem sie die vorspringende Wand umrundet hatten, mußte Jondalar angesichts der unberührbaren Schönheit des vor ihm ausgebreiteten Panoramas stehenbleiben. Dann machte er am Rand des Abgrunds entlang einige Schritte – allzu sehr beschäftigt mit dem Anblick, der sich ihm bot, um die gähnende Leere vor ihm zu beachten. Der Große Mutter Fluß spiegelte in seiner ganzen ihm gelassenen Fülle den zitternden Himmel sowie die dunkler werdenden Schatten der gerundeten Berge auf der anderen Seite; die glatte Oberfläche ließ nur das Bewegungsspiel der tiefen Strömung erkennen.

»Schön, nicht wahr?«

Jondalar drehte sich nach der Stimme um und lächelte eine Frau an, die neben ihn getreten war. »Ja. Schön, Serenio.«

»Großes Fest heute abend. Wir feiern. Für Jetamio und Thonolan. Sie warten – du sollst kommen.«

Sie wandte sich zum Gehen, doch er ergriff ihre Hand, hielt sie fest und beobachtete, wie die letzten Strahlen des Sonnenuntergangs sich in ihren Augen spiegelten.

Sie hatte etwas Hingebungsvoll-Sanftes, eine alterslose Hinnahme, die mit Alter nichts zu tun hatte – sie war nur wenige Jahre älter als er. Auch mit Einwilligen hatte es nichts zu tun. Vielmehr war es so, daß sie keine Forderungen stellte und keinerlei Erwartungen hatte. Der Tod ihres ersten Gefährten und einer zweiten Liebe, ehe es Zeit war zu heiraten, und die Fehlgeburt eines zweiten Kindes, das eingegangene Band zu segnen, hatte sie den Kummer kennenlernen lassen. Da sie hatte lernen müssen, mit dem ihren zu leben, hatte sie die Fähigkeit erworben, die Schmerzen anderer in sich aufzunehmen. Welche Sorge sie auch befiel und welche Enttäuschung ihnen auch widerfuhr – die Menschen wandten sich an sie und gingen jedesmal erleichtert von ihr fort, weil sie ihnen für ihr Mitleid keinerlei Verpflichtungen auferlegte.

Ihrer beruhigenden Wirkung auf die bekümmerten oder

ängstlichen Patienten wegen ging sie dem Shamud oft an die Hand und hatte aufgrund dieser Verbindung manches an Können des Heilkundigen in sich aufgenommen. So hatte Jondalar sie anfangs kennengelernt, als sie dem Heiler geholfen hatte, Thonolan wieder gesundzumachen. Als sein Bruder wieder auf war und sich weit genug erholt hatte, an die Herdstelle von Dolando und Roshario, vor allen Dingen aber Jetamios zu gehen, war Jondalar zu Serenio und ihrem Sohn Darvo gezogen. Er hatte nicht um Erlaubnis gefragt, und sie hatten das auch nicht von ihm erwartet.

Ihre Augen schienen immer etwas zu spiegeln, dachte er, als er sich vorneigte, um sie mit einem leichten Kuß zu begrüßen, ehe sie sich zu den flackernden Feuern aufmachten. In ihre Tiefe blickte er nie hinein. Er schob den ungebetenen Gedanken, ihr deshalb dankbar zu sein, beiseite. Es war, als ob sie ihn besser kannte als er sich selbst; von seiner Unfähigkeit wisse, sich ganz und gar zu geben, sich mit Haut und Haar zu verlieben, wie Thonolan es getan hatte. Sie schien sogar zu wissen, daß seine Art, den Mangel an gefühlsmäßiger Tiefe auszugleichen, darin bestand, sie mit einer Umsicht und einer Erfahrenheit zu lieben, die ihr den Atem raubte. Sie nahm das genauso hin wie sein gelegentliches Schlecht-Gelauntsein, ohne deswegen Schuldgefühle in ihm zu wecken.

Sie war eigentlich nicht zurückhaltend – Lächeln und Reden fielen ihr ausgesprochen leicht – sondern nur gesetzt und nicht ganz zu erreichen. Das einzige Mal, da er etwas mehr als nur das zu sehen vermeinte, war, wenn sie ihren Sohn ansah.

»Warum habt ihr so lange gebraucht?« fragte dieser erleichtert, als er sie kommen sah. »Wir wollten eigentlich schon essen, aber alle haben auf euch gewartet.«

Darvo hatte Jondalar und seine Mutter am äußersten Rand der Terrasse stehen sehen, sie aber nicht stören wollen. Anfangs hatte es ihn gewurmt, die bisher ungeteilte Aufmerksamkeit an ihrem Herdfeuer mit jemand teilen zu sollen. Nur hatte er dann festgestellt, daß, statt ständig mit seiner Mutter zusammensein zu müssen, jetzt noch jemand da war, der auch ihm Aufmerksamkeit entgegenbrachte. Jondalar unterhielt sich mit ihm, erzählte ihm von seinen Reiseabenteuern, und berichtete von den Jagdgewohnheiten und den Sitten und Gebräuchen seines Volkes – und hörte ihm mit einem Interesse zu, das nicht vorgetäuscht war. Was jedoch noch aufregender war: Jondalar hatte angefangen, ihm ein paar Techniken bei der Herstellung von

Werkzeugen beizubringen, die der Bursche sich mit einer Auffassungsgabe angeeignet hatte, die sie beide erstaunte.

Der Halbwüchsige war überglücklich gewesen, als Jondalars Bruder beschlossen hatte, Jetamio zur Frau zu nehmen und zu bleiben, weil er glühend gehofft hatte, das könne bedeuten, daß auch Jondalar sich entschließen würde zu bleiben und seine Mutter zur Frau zu nehmen. Er hatte sich bewußt bemüht, ihnen aus dem Weg zu gehen, um ihre Beziehung nicht zu stören. Er war sich nicht darüber im klaren, daß er sie tatsächlich förderte.

Tatsächlich war Jondalar die Vorstellung den ganzen Tag nicht aus dem Sinn gegangen. Er stellte fest, daß er Serenio abschätzte und würdigte. Sie hatte helleres Haar als ihr Sohn; es war eigentlich mehr dunkelblond als braun. Zwar war sie nicht dünn, wohl aber so groß, daß sie diesen Eindruck machte. Sie gehörte zu den wenigen Frauen, die er kennengelernt hatte und die ihm bis zum Kinn gingen, was er für eine angenehme Größe hielt. Es bestand eine große Ähnlichkeit zwischen Mutter und Sohn, selbst im Haselnußbraun ihrer Augen, obwohl die seinen nicht soviel Ausgeglichenheit verrieten wie die ihren. Auf jeden Fall waren die feinen Gesichtszüge bei ihr wunderschön.

Ich könnte glücklich mit ihr sein, dachte er. Warum bitte ich sie nicht einfach? Und in diesem Augenblick wollte er sie aufrichtig, hatte er den redlichen Wunsch, mit ihr zu leben. »Serenio?«

Sie sah ihn an und war gebannt vom Magnetismus seiner unglaublich blauen Augen. Sein Bedürfnis, sein Begehren, waren ganz auf sie gerichtet. Die Kraft seiner Ausstrahlung – die ganz unbewußt war und daher nur um so mächtiger wirkte – überraschte sie und durchbrach die Abwehrwälle, die sie so sorgsam aufgeschüttet hatte, um Schmerz zu vermeiden. Sie war offen, verwundbar, fast wider ihren Willen zu ihm hingezogen.

»Jondalar . . .« Ihre Einwilligung klang im Timbre ihrer Stimme mit.

»Ich . . . ich habe heute lange nachgedacht.« Er rang mit der Sprache. Die meisten seiner Vorstellungen konnte er zum Ausdruck bringen, doch wenn es um reine Gedanken ging, hatte er seine Schwierigkeiten. »Thonolan . . . mein Bruder . . . Lange zusammen unterwegs gewesen. Jetzt lieben Jetamio, wollen bleiben. Wenn du . . . ich möchte . . .«

»Kommt, ihr beiden. Alle sind hungrig und das Essen ist . . .« Als Thonolan die beiden so eng beieinander und in der Tiefe der Augen des anderen verloren stehen sah, sprach er nicht weiter.

»Hm . . . tut mir leid, Bruder. Ich glaube, ich habe da eben etwas unterbrochen.«

Sie machten einen Rückzieher; der Augenblick war verpaßt. »Ist schon in Ordnung, Thonolan. Wir sollten nicht alle warten lassen. Wir können später miteinander reden«, sagte Jondalar.

Als er Serenio ansah, schien sie überrascht und verwirrt, als ob sie nicht wüßte, was über sie gekommen sei – und sie mühte sich, ihren Schutzwall aus Gelassenheit um sich herum wieder zu errichten.

Sie begaben sich unter den Sandsteinüberhang und spürten die Wärme von dem großen Feuer der Hauptfeuerstelle. Auf ihr Erscheinen hin suchten sich alle einen Platz um Thonolan und Jetamio herum, die auf einem offenen Platz hinter dem Feuer standen. Das Fest des Versprechens bedeutete den festlichen Beginn der rituellen Periode, die ihren Höhepunkt in der Hochzeitszeremonie fand. Kommunikation und Kontakt zwischen dem jungen Paar sollten in der Zwischenzeit auf das Allernotwendigste beschränkt bleiben.

Der von den Menschen gebildete, herzliche, von tiefem Gemeinschaftsgefühl erfüllte Kreis umschloß das Paar. Sie reichten sich die Hände, und da sie nur Vollkommenheit in den Augen des anderen sahen, wollten sie ihre Freude der Welt verkünden und sich selbst ihr wechselseitiges Gelöbnis bestätigen. Der Shamud trat vor. Jetamio und Thonolan knieten nieder, um dem Heiler und geistigen Führer zu gestatten, jedem von ihnen einen Kranz aus gerade knospenden Weißdornzweigen auf den Kopf zu drücken. Immer noch Hand in Hand, umschritten sie gemeinsam mit den Versammelten dreimal das Feuer und wurden dann an ihren Platz zurückgeleitet; auf diese Weise wurde ein Kreis geschlossen, der die Höhle der Sharamudoi mit ihrer Liebe einschloß.

Der Shamud wandte sich ihnen zu und sprach mit erhobenen Armen: »Ein Kreis beginnt und endet an derselben Stelle. Das Leben ist wie ein Kreis, der mit der Großen Mutter beginnt und endet; der Ersten Mutter, die in Ihrer Einsamkeit alles Leben erschuf.« Die bebende Stimme war trotz der knisternden Flammen für alle Versammelten mühelos zu hören. »Die Gesegnete Mudo ist unser Anfang und unser Ende. Von Ihr stammen wir; zu Ihr kehren wir zurück. Sie ist es, die in jeder Weise für uns sorgt. Wir sind Ihre Kinder, alles Leben geht von Ihr aus. Sie schenkt freigiebig aus Ihrer Fülle. Ihr Leib versorgt uns mit allem: mit Nahrung und Wasser und warmer Wohnung. Aus

Ihrem Geiste kommen die Gaben der Weisheit und der Herzlichkeit: Können und Wissen, Feuer und Freundschaft. Doch die größeren Gaben stammen aus Ihrer allumfassenden Liebe.

Die Große Erdmutter zieht Freude aus dem Glück Ihrer Kinder. Sie freut sich, wenn wir genießen, und daher hat Sie uns Ihr wunderbares Geschenk der Lust gemacht. Wir ehren Sie, beweisen Ihr unsere Ehrfurcht, wenn wir Ihre Gabe teilen. Doch den Gesegneten unter uns hat Sie Ihre größte Gabe zuteil werden lassen, hat ihnen Ihre eigene wundersame Macht verliehen, Leben hervorzubringen.« Der Shamud sah die Frau an.

»Jetamio, du gehörst zu den Gesegneten. Wenn du Mudo in jeder Weise ehrst, wird dir vielleicht die Gabe des Lebensspendens zuteil und wirst du gebären. Und doch kommt der Lebensgeist, den du hervorbringst, nur von der Großen Mutter.

Thonolan, wenn jemand feierlich gelobt, für jemand anders zu sorgen, wird er wie Sie, die für uns alle sorgt. Indem du Sie ehrst, wird vielleicht auch dir die Schöpferkraft zuteil, damit ein Kind, das eine Frau hervorbringt, für die du sorgst, oder noch eine von Mudos Gesegneten, deines Geistes sein kann.« Der Shamud richtete die Augen auf die Gruppe der Versammelten.

»Wenn wir einander zugetan sind und für einander sorgen, ehren wir Die Mutter und sind gesegnet mit Ihrer Fruchtfülle.«

Thonolan und Jetamio lächelten einander an, und als der Shamud zurücktrat, nahmen sie auf geflochteten Matten Platz. Auf dieses Zeichen hin begann das Fest. Als erstem wurde dem jungen Paar ein mildes berauschendes Getränk aus Löwenzahnblüten und Honig gereicht, das seit letztem Neumond gegoren hatte.

Aufreizende Düfte ließen jedem bewußt werden, wie hart man an diesem Tag gearbeitet hatte. Selbst diejenigen, die auf der hochgelegenen Terasse zurückgeblieben waren, hatten die Hände nicht in den Schoß gelegt, wie sich erwies, als das erste herrlich aromatische Gericht aufgetragen wurde. Markeno und Tholie – Thonolans und Jetamios Bezugsfamilie bei den Ramudoi – brachten dem jungen Paar auf einem Brett appetitlich angerichtet frischen, am offenen Feuer gebackenen Weißfisch, der erst heute morgen in den Reusen gefangen worden war. Als scharfe Sauce dazu gab es gekochten und zu einem Brei gestampften Sauerampfer.

Jondalar kannte diese Sauce nicht, mochte sie aber und fand, daß sie den Geschmack des Fisches wunderbar ergänzte. Körbe, gefüllt mit kleinen Happen wohlschmeckender Beilagen zum

Fisch, wurden herumgereicht. Als Tholie Platz nahm, fragte er sie, woraus sie bestünden.

»Aus Bucheckern, die wir letzten Herbst gesammelt haben«, sagte sie und erklärte ihm eingehend, wie sie mit scharfen Feuersteinmessern von ihrer ledrigen äußeren Hülle befreit und dann behutsam geröstet würden, indem man sie zusammen mit heißen Glutstücken auf schalenförmigen flachen Körben schüttelte und ständig in Bewegung hielt, damit nichts anbrenne; zuletzt würden sie dann in Salz gewälzt.

»Das Salz hat Tholie mitgebracht«, sagte Jetamio. »Das gehörte zu ihrem Brautgeschenk.«

»Leben viele Mamutoi in Nähe Meer, Tholie?« fragte Jondalar.

»Nein, unser Lager gehörte zu denjenigen, die der See am nächsten liegen. Die meisten Mamutoi leben weiter im Norden. Die Mamutoi sind Mammutjäger«, sagte sie stolz. »Wir sind jedes Jahr zur Jagd in den Norden gezogen.«

»Wie hast du es geschafft, eine Mamutoi zur Frau zu nehmen?« fragte der blonde Zelandonii Markeno.

»Ich habe sie geraubt«, erwiderte er und zwinkerte dabei der fülligen jungen Frau zu.

Tholie lächelte. »Das stimmt«, sagte sie. »Aber selbstverständlich war alles vorher abgesprochen.«

»Wir haben uns kennengelernt, als ich mit einem Handelszug unterwegs nach Osten war. Wir sind ganz bis zum Mündungsgebiet der Großen Mutter hinuntergefahren. Es war meine erste große Fahrt. Mir war es egal, ob sie Sharamudoi oder Mamutoi war – ich wollte jedenfalls nicht ohne sie zurückkehren.«

Markeno und Tholie berichteten von den Schwierigkeiten, die ihr Heiratswunsch hervorgerufen hatte. Es hatte langer Verhandlungen bedurft, die Bedingungen auszuhandeln, und dann hatte er sie ›rauben‹ müssen, um bestimmte Bräuche umgehen zu können. Sie war mehr als bereit gewesen mitzumachen; die Heirat hätte ohne ihr Einverständnis nicht stattfinden können. Aber es hatte zuvor Präzedenzfälle gegeben. Wenn auch nicht häufig, so waren ähnliche Verbindungen schon früher zustandegekommen.

Gruppen von Menschen gab es nur wenige, und sie lebten so weit verstreut, daß die eine selten auf das Territorium der anderen gelangte, was dazu führte, daß der seltene Kontakt mit Fremden den Reiz des Neuen besaß. Wenn auch anfangs auf der Hut, waren die Menschen einander für gewöhnlich nicht feindlich gesinnt, und im allgemeinen wurden Fremde willkommen geheißen. Die meisten Jägervölker waren es gewohnt, weite Entfernungen zurückzulegen. Häufig folgten sie Wildherden, die auf ihren jahreszeitlich bedingten Wanderungen begriffen waren, und bei vielen gab es auch die lange Tradition von Einzelreisen.

Zu Reibungen kam es weit häufiger durch zu große Vertrautheit. Feindseligkeiten kamen, falls überhaupt, zumeist innerhalb der Gruppe vor und blieben auf diese beschränkt. Leidenschaftliche Ausbrüche wurden durch Sitte und Verhaltensnormen unter Kontrolle gehalten und häufig nach ritualisierten Sitten geregelt, wenn diese Sitten auch nicht übermäßig streng beachtet wurden. Die Sharamudoi und die Mamutoi trieben seit langem Handel miteinander; außerdem gab es Ähnlichkeiten in der Sprache und in Sitten und Gebräuchen. Für erstere hieß die Große Erdmutter Mudo, bei letzteren Mut; für beide jedoch war sie ein göttliches Wesen, Urahnin und Erste Mutter zugleich.

Die Mamutoi waren ein Volk mit einem ausgeprägten Selbstwertgefühl, das sich in Offenheit und Freundlichkeit ausdrückte. Als Gruppe fürchteten sie niemand – schließlich waren sie ja die Mammut-Jäger. Sie waren draufgängerisch, selbstsicher und ohne Arg und überzeugt, daß alle anderen sie genauso sahen wie sie sich selbst auch. Obwohl die Diskussionen, wie Markeno fand, kein Ende zu nehmen schienen, hatte kein unüberwindliches Hindernis gegen die Verbindung mit Tholie vorgelegen.

Tholie selbst war typisch für ihr Volk: offen, freundlich und zuversichtlich, so daß jeder sie gern hatte. Ja, es war sogar so, daß nur wenige Leute ihrem überschwenglichen Wesen widerstehen konnten. Niemand nahm es übel, wenn sie die intimsten Fragen stellte, denn jeder spürte, daß keinerlei Bosheit dahinterstand. Sie war einfach interessiert und sah keinerlei Grund, ihre Neugier zu zügeln.

Ein Mädchen mit einem Baby auf dem Arm näherte sich ihnen. »Shamio ist aufgewacht, Tholie. Ich glaube, sie hat Hunger.«

Die Mutter nickte dankend und legte das Kind an die Brust, ohne die Unterhaltung oder die Schmauserei zu unterbrechen. Andere Leckerbissen wurden herumgereicht: geflügelte Eschensamen, die lange in Salzlake eingelegt worden waren, und frische Erdkastanien. Die kleinen Knollen ähnelten gelben Möhren, die Jondalar kannte; im ersten Augenblick schmeckten sie nach Nuß, hatten dann jedoch einen überraschenden rettichartigen Nachgeschmack, der bei den Gastgebern besonders beliebt war; Jondalar konnte sich nicht recht schlüssig werden, ob er ihn nun eigentlich mochte oder nicht. Dolando und Roshario boten dem jungen Paar das nächste Gericht dar: einen wohlschmeckenden Gemsenbraten, zu dem es einen tiefvioletten Heidelbeerwein gab.

»Den Fisch fand ich schon köstlich«, sagte Jondalar zu seinem Bruder, »aber dieser Braten übertrifft alles!«

»Jetamio sagt, es ist ein traditionelles Gericht, das mit den getrockneten Blättern des Gagelstrauchs gewürzt wird. Die Rinde benutzt man zum Gerben der Gamsfelle – daher die gelbliche Farbe. Der Gagelstrauch wächst in sumpfigen Gebieten, besonders dort, wo die Schwester in die Mutter einmündet. Ich kann von Glück sagen, daß sie vorigen Herbst hingezogen sind, Rinde und Blätter einzusammeln – sonst wäre ich wohl nie gefunden worden.«

Jondalar runzelte in Erinnerung an diese Zeit die Stirn. »Du hast recht: wir haben Glück gehabt. Trotzdem wünschte ich, ich könnte all das diesen Menschen gegenüber in irgendeiner Weise gutmachen.« Seine Runzeln vertieften sich noch, als er daran dachte, daß sein Bruder jetzt einer von ihnen wurde.

»Dieser Wein ist Jetamios Brautgabe«, sagte Serenio.

Jondalar griff nach seinem Becher, trank einen Schluck und nickte. »Gut. Viel gut!«

»*Sehr* gut!« verbesserte Tholie ihn. »Er ist sehr gut.« Sie hatte keinerlei Hemmungen, ihn zu verbessern; sie hatte selbst immer noch ein paar kleine Schwierigkeiten mit der Sprache, meinte aber, sie spreche sie recht gut.

»Sehr gut!« wiederholte er und lächelte die gedrungene junge Frau mit dem Baby an der ausladenden Brust an. Er mochte ihre Offenheit und Aufrichtigkeit und ihr entgegenkommendes Wesen, das es anderen leicht machte, ihre Scheu und ihre Zurückhaltung zu überwinden. Er wandte sich an seinen Bruder. »Sie hat recht, Thonolan. Dieser Wein ist sehr gut. Selbst Mutter würde dem zustimmen; dabei versteht keine, einen besseren Wein zu machen als Marthona. Ich glaube, Jetamio würde ihr gefallen.« Plötzlich wünschte Jondalar, er hätte das nicht gesagt. Thonolan würde seine Gefährtin nie zu seiner Mutter bringen; wahrscheinlich würde er selbst Marthona nie wiedersehen.

»Jondalar, du solltest Sharamudoi sprechen. Kein Mensch kann dich verstehen, wenn du Zelandonii sprichst, und lernst es auch viel schneller, wenn du es immer sprichst«, sagte Tholie und neigte sich fürsorglich vor. Sie meinte aus Erfahrung zu sprechen.

Jondalar war peinlich berührt, konnte jedoch nicht böse sein. Tholie war ohne jedes Arg, und es war unhöflich von ihm gewesen, eine Sprache zu sprechen, die niemand sonst verstand. Er lief rot an, lächelte jedoch.

Tholie merkte Jondalars Verwirrung; wenn sie auch nie ein Blatt vor den Mund nahm, ohne Feingefühl war sie nicht. »Warum lernen wir nicht alle die Sprache des anderen? Wir könnten ja die eigene vergessen, wenn wir nicht jemand haben, mit dem wir sie ab und zu sprechen können. Zelandonii klingt so melodiös. Ich würde es gern lernen.« Dabei lächelte sie Jondalar und Thonolan zu. »Wir werden jeden Tag ein bißchen Zeit dafür erübrigen«, erklärte sie, als ob es keine Frage sei, daß alle ihrer Meinung wären.

»Tholie, du möchtest vielleicht Zelandonii lernen, aber vielleicht haben sie keine Lust, Mamutoi zu lernen«, sagte Markeno. »Hast du das nicht bedacht?«

Jetzt war es an ihr zu erröten. »Nein, das habe ich nicht«, sagte sie überrascht und betreten zugleich, nachdem sie erkannt hatte, wie anmaßend sie gewesen war.

»Nun, ich möchte jedenfalls Mamutoi und Zelandonii lernen. Ich glaube, das ist eine gute Idee«, sagte Jetamio mit Entschiedenheit.

»Auch ich halte das für eine gute Idee, Tholie«, sagte Jondalar.

»Was für einen Mischmasch wir da zusammenbringen. Das halbe Ramudoi ist Mamutoi, und jetzt wird das halbe Shamudoi auch noch halb Zelandonii sein«, sagte Markeno und lächelte seine Gefährtin zärtlich an.

Daß die beiden einander zugetan waren, war für jedermann zu erkennen. Sie passen sehr gut zusammen, dachte Jondalar, mußte aber dabei lächeln. Markeno war genauso groß wie er, wenn auch nicht so muskulös, und wenn Tholie und er zusammen waren, ließ der Gegensatz zwischen den beiden die körperlichen Züge nur um so deutlicher hervortreten: Tholie wirkte dann womöglich noch gedrungener und rundlicher als ohnehin schon und Markeno noch größer und dünner als sonst.

»Darf man dazustoßen?« fragte Serenio. »Ich fände es interessant, Zelandonii zu lernen, und ich nehme an, Darvo würde es hilfreich finden, Mamutoi zu sprechen, wenn er mal auf Handelsfahrt mitgehen will.«

»Warum nicht?« Thonolan lachte. »Ob nach Osten oder Westen – wenn man unterwegs ist, hilft es immer, eine andere Sprache zu sprechen.« Er sah seinen Bruder an. »Aber wenn man sie nicht kennt, hält einen das auch nicht davon ab, eine schöne Frau zu verstehen, nicht wahr; Jondalar? Besonders dann, wenn man große blaue Augen hat«, sagte er auf Zelandonii und grinste.

Jondalar lächelte über die liebevolle Stichelei seines Bruders. »Du solltest Sharamudoi sprechen, Thonolan«, sagte er und sah Tholie augenzwinkernd an. Er spießte mit seinem Eßmesser ein Stück Gemüse aus seiner Holzschale auf; er fand es nicht ganz in der Ordnung, seine Linke dazu zu benutzen, wie das bei den Sharamudoi Sitte war. »Wie heißt dies?« fragte er sie. »Auf Zelandonii heißt das ›Pilz‹.«

Tholie nannte ihm das Wort für den Schopftintling erst in ihrer Sprache und dann auf Sharamudoi. Darauf spießte er einen grünen Stengel auf und hielt ihn fragend in die Höhe.

»Das ist ein junger Klettenstengel«, sagte Jetamio, doch dann ging ihr auf, daß das Wort an sich ihm nur wenig sagen konnte. Daraufhin stand sie auf, ging hinüber zu einem Abfallhaufen in der Nähe der Kochstelle und brachte ein paar welke, aber noch gut erkennbare Klettenblätter zurück. »Klette«, sagte sie und zeigte ihm die großen, flaumhaarigen, graugrünen Blattstücke, die vom Stengel abgestreift worden waren. Durch Nicken gab er ihr zu verstehen, daß er begriffen hatte. Daraufhin hielt sie ein langes, breites, grünes Blatt in die Höhe, das einen unverkennbaren Geruch ausströmte.

»Ja, das ist es! Ich hab' gewußt, daß ich den Geschmack kenne«, sagte er zu seinem Bruder. »Ich habe nur nicht gewußt, daß Knoblauch solche Blätter treibt wie dieses hier!« Und dann wieder zu Jetamio: »Und wie heißt das?«

»Erlösungskraut«, sagte sie. Tholie kannte kein Mamutoi-Wort dafür, sehr wohl aber für das getrocknete Blatt, das Jetamio als nächstes in die Höhe hob.

»Tang«, sagte sie. »Das habe ich mitgebracht. Es wächst im Meer, und man kann das Essen damit andicken.« Sie versuchte es zu erklären, war sich aber nicht sicher, ob alle sie verstanden hätten. Jedenfalls hatte sie Tang zu den üblichen Zutaten des Gerichts hinzugefügt, weil sie in so enger Beziehung zu dem neuen Paar standen, aber auch, weil dieses dem Gericht eine andere Geschmacksnuance verlieh. »Es ist nicht mehr viel übriggeblieben. Es gehörte zu meinem Brautgeschenk.« Tholie legte sich ihr Baby über die Schulter und klopfte ihm auf den Rücken. »Hast du dein Geschenk an den Segensbaum schon gemacht, Tamio?«

Jetamio senkte den Kopf und lächelte geziert. Diese Frage wurde normalerweise nicht so freimütig gestellt, höchstens dann, wenn jemand sich ungehörig einmischen wollte. »Ich hoffe, die Mutter segnet meinen Bund mit einem Baby, das genauso gesund und glücklich ist wie deines, Tholie. Ist Shamio nicht schon entwöhnt?«

»Sie nuckelt nur noch, weil es ihr Behagen verschafft. Wenn ich sie ließe, würde ich sie den ganzen Tag nicht los. Möchtest du sie halten? Ich muß mal hinaus.«

Als Tholie zurückkam, hatte sich das Gespräch anderen Dingen zugewandt. Die Essensreste waren fortgeräumt und mehr Wein gebracht worden; irgend jemand klopfte Rhythmen auf eine fellbespannte Trommel und improvisierte einen Text zum Lied. Als sie ihr Kind wieder nahm, standen Thonolan und Jetamio auf und versuchten, sich leise zu verdrücken. Plötzlich wurden sie von etlichen grinsenden Leuten umringt.

Es war üblich, daß ein Paar, das zusammengegeben werden sollte, das Fest früh verließ, um noch ein paar letzte Augenblicke allein zu sein, ehe die voreheliche Trennung vollzogen wurde. Da sie jedoch die Ehrengäste waren, konnten sie sich unmöglich still zurückziehen, solange andere noch das Wort an sie richteten. Es galt, sich still und leise in dem Augenblick zurückzuziehen, da niemand anders es bemerkte; dabei wußten alle anderen selbstverständlich Bescheid. Das Ganze wurde zu einem Spiel, und man erwartete von ihnen, daß sie ihre Rolle spielten – versuchten, sich davonzumachen, während alle anderen betont beiseite blickten und dann höfliche Entschuldigungen stammelten, wenn sie erwischt wurden. Nach einigen Hänseleien und Scherzen ließ man sie dann endlich ziehen.

»Du hast es doch nicht eilig, oder?« wurde Thonolan gefragt.

»Werden spät«, wich Thonolan grinsend aus.

»Ach was, es ist noch früh, iß noch einen Happen, Tamio.«

»Ich kann keinen Bissen mehr runterbringen.«

»Dann noch einen Becher Wein. Thonolan, du wirst doch keinen Becher Wein ablehnen? Einen Becher von Tamios wunderbarem Heidelbeerwein, oder?« »Hm . . . wenig.«

»Noch ein bißchen mehr für dich, Tamio?«

Sie drängte sich näher an Thonolan und warf einen verschwörerischen Blick über die Schulter zurück. »Nur noch einen

Schluck, aber jemand muß unsere Becher holen. Sie stehen dort drüben.«

»Selbstverständlich. Ihr wartet doch, nicht wahr?«

Jemand ging die Becher holen, während alle anderen so taten, als sähen sie ihm dabei zu. Thonolan und Jetamio machten einen Ausfall ins Dunkel jenseits des Feuerscheins.

»Thonolan und Jetamio. Ich dachte, ihr würdet noch einen Becher Wein mit uns trinken.«

»Tun wir ja. Muß nur rasch mal nach draußen. Ihr wißt ja, wie das nach einer üppigen Mahlzeit ist«, erklärte Jetamio.

Jondalar, der neben Serenio stand, hatte das Bedürfnis, ihre Unterhaltung von vorhin fortzusetzen. Beide genossen das Scheingeplänkel. Er lehnte sich näher an sie, wollte ihr etwas zuflüstern, sie bitten, daß auch sie sich zurückziehen möchten, sobald alle des Scherzens müde würden und das junge Paar ziehen ließen. Wenn er sich verloben sollte, dann jetzt, ehe das Zaudern, das ihn schon wieder beschlich, ihn davon abhielt.

Es ging hoch her – die Blaubeeren waren im vorigen Jahr ganz besonders süß gewesen und der Wein stärker als sonst. Die Leute wirbelten durcheinander, zogen Thonolan und Jetamio auf und lachten. Einige hatten einen Frage-und-Antwort-Gesang angestimmt. Jemand wollte, daß das Gemsengericht heiß gemacht würde, und noch jemand anders setzte Teewasser auf, nachdem er irgendwem den letzten Tropfen in den Becher geschenkt hatte. Kinder, die noch nicht müde genug waren, sich schlafen zu legen, spielten Haschen. Eine allgemeine Verwirrung verriet, daß man zu anderen Dingen überging.

Dann hätte ein schreiendes Kind beinahe einen Mann umgerannt, der nicht mehr allzu fest auf den Beinen war. Er strauchelte und rempelte dabei eine Frau an, die einen Becher heißen Tee trug, und das gerade in dem Augenblick, da laute Rufe den Versuch des jungen Paares begleiteten, das Weite zu suchen.

Niemand hörte den ersten Schrei, doch die lauten, durch nichts zu beschwichtigenden Klagelaute eines Babys, das Schmerzen hatte, geboten allem Einhalt.

»Mein Baby, mein Baby! Es hat sich verbrannt!« rief Tholie.

»Große Doni!« entfuhr es Jondalar, als er mit Serenio auf die schluchzende Mutter und das schreiende Kleinkind zulief.

Alle wollten helfen, alle gleichzeitig. Die Verwirrung wurde immer größer.

»Laßt den Shamud durch! Tretet beiseite.« Serenios Anwesenheit wirkte sich beruhigend aus. Rasch befreite der Shamud das Baby von seinen Hüllen. »Kaltes Wasser, Serenio, rasch! Nein! Warte. Darvo, hole du das Wasser. Serenio, die Lindenborke – du weißt, wo sie ist?«

»Ja«, sagte sie und eilte davon.

»Roshario, ist noch heißes Wasser da? Wenn nicht, macht etwas. Wir brauchen einen Brei von Lindenborke und zur Beruhigung einen leichteren Aufguß. Beide haben sich verbrüht.«

Darvo kam mit einem Wasserbehälter vom Teich herbeigerannt; das Wasser schwappte über. »Gut, mein Sohn. Das hast du schnell gemacht«, sagte der Shamud und lächelte beifällig. Dann spritzte er kaltes Wasser über die stark geröteten Brandwunden. Auf diesen bildeten sich Blasen. »Wir brauchen eine Salbe, etwas Linderndes, bis der Borkenbrei fertig ist.« Der Heilkundige sah ein Klettenblatt auf dem Boden und erinnerte sich an das Essen.

»Jetamio, was ist das?«

»Ein Klettenstengel«, sagte sie. »Der war im Essen.«

»Ist davon noch etwas übrig? Die Blätter vielleicht?«

»Wir haben nur einen Stengel verwendet. Dort drüben liegt ein Haufen.«

»Hole mir davon!«

Jetamio lief zum Abfallhaufen und kehrte mit zwei Handvoll abgestreiften Blättern zurück. Der Shamud tauchte sie in das Wasser und legte sie auf die Brandwunden von Mutter und Kind. Die fordernden Schreie des Kindes ebbten ab und wurden zu Schluchzern, als ob es einen Schluckauf hätte. Nur gelegentlich verkrampfte es sich dabei, und die lindernde Wirkung der Blätter machte sich bemerkbar.

»Es hilft«, sagte Tholie. Sie wußte nicht, daß sie sich verbrüht hatte, bis der Shamud es erwähnte. Sie hatte dagesessen und geredet und das Baby saugen lassen, um das Kleine ruhig- und zufriedenzuhalten. Als die siedendheiße Flüssigkeit sich über sie beide ergossen hatte, war sie sich nur der Schmerzen des Kindes bewußt geworden. »Wird mit Shamio auch alles wieder in Ordnung kommen?«

»Die Verbrennungen werden Blasen werfen, aber eine Narbe wird sie wohl nicht zurückbehalten.«

»Ach, Tholie. Es tut mir ja so leid«, sagte Jetamio. »Es ist einfach schrecklich. Die arme Shamio, und du auch!«

Tholie war damit beschäftigt, das Baby zu bewegen, wieder an ihrer Brust zu saugen, doch da das mit Schmerzen verbunden war, wehrte es sich. Schließlich ging ihm wohl auf, daß das

Behagen die Angst überwog, und als ihre Lippen sich um die Brust der Mutter schlossen, hörten Shamios Schreie auf, was wieder Tholie beruhigte.

»Warum seid ihr noch hier, Thonolan und Tamio?« fragte sie. »Dies ist der letzte Abend, da ihr zusammen sein könnt.«

»Ich kann jetzt nicht fortgehen, wo du und Shamio verletzt seid. Ich möchte helfen.«

Das Baby wurde wieder unruhig. Die Klettenblätter halfen, doch die Verbrennung schmerzte immer noch.

»Serenio, ist der Lindenborkenbrei fertig?« erkundigte sich der Heilkundige und wechselte die alten Blätter gegen neue aus, die im kühlen Wasser gelegen hatten. »Die Lindenborke ist jetzt ausgelaugt genug, doch muß das Ganze noch etwas abkühlen. Vielleicht sollte ich damit hinausgehen; dann geht es schneller.«

»Kühl! Kühl!« rief Thonolan und schoß plötzlich davon.

»Wohin will er denn?« wandte Jetamio sich an Jondalar.

Dieser zuckte mit den Achseln und schüttelte den Kopf. Die Antwort ergab sich von selbst, als Thonolan außer Atem mit tropfenden Eiszapfen von der steilen Treppe angelaufen kam, die zum Fluß hinabführte.

»Ob das hilft?« fragte er und hielt sie hin.

Der Shamud blickte Jondalar an. »Der junge Mann ist ein sehr sehr heller Kopf!« Diese Aussage hatte einen etwas ironischen Unterton, als ob so viel Klugheit nicht erwartet würde.

Dieselben Stoffe in der Lindenborke, die den Schmerz linderten, wirkten auch beruhigend. Sowohl Tholie als auch das Baby schliefen. Thonolan und Jetamio hatten schließlich dazu gebracht werden können, sich für eine Weile zurückzuziehen und ganz allein zu sein, doch die unbefangene Leichtigkeit beim Verlobungsfest war dahin. Keiner wollte es aussprechen, doch der Zwischenfall hatte einen unglücklichen Schatten auf ihre Verbindung geworfen.

Jondalar, Serenio, Markeno und der Shamud saßen nahe der Hauptfeuerstelle und genossen die letzte Wärme der erlöschenden Glut, tranken Wein und unterhielten sich leise. Alle anderen schliefen, und Serenio drängte Markeno, gleichfalls die Nachtruhe zu suchen.

»Du kannst nichts weiter tun, Markeno. Es gibt keinen Grund aufzubleiben. Ich werde bei ihnen wachen. Lege du dich nur hin.«

»Sie hat recht, Markeno«, sagte der Shamud. »Es geschieht ihnen schon nichts. Und du solltest dich auch hinlegen, Serenio.«

Sie erhob sich, womit sie ebensosehr Markeno bewegen wollte, sich niederzulegen, wie sich selbst. Auch die anderen standen auf. Serenio stellte ihren Becher hin, rieb ihre Wange flüchtig an der Jondalars und wandte sich zusammen mit Markeno in Richtung Unterkünfte. »Wenn es irgendeinen Grund gibt, wecke ich dich«, sagte sie noch im Gehen.

Nachdem sie fort waren, schöpfte Jondalar die letzten Reste des berauschenden Heidelbeersafts in zwei Becher und reichte einen davon der rätselhaften Gestalt, die im stillen Dunkel wartete. Der Shamud nahm ihn in dem stillschweigenden Einverständnis entgegen, daß sie beide einander noch mehr zu sagen hätten. Der junge Mann schob am Rand des geschwärzten Kreises die letzten Glutstücke zusammen und legte Holz nach, bis wieder ein kleines Feuer brannte. Schweigend saßen sie eine Weile da, nippten an ihrem Wein und beugten sich über die flakkernde Glut.

Als Jondalar aufblickte, musterten ihn die Augen, deren undefinierbare Farbe im Feuerschein jetzt nur als dunkel auszumachen war. Er spürte Kraft in ihnen und Klugheit, und er begegnete ihnen mit gleicher Intensität. Die knisternden und leise zischenden Flämmchen warfen bewegliche Schatten auf das alte Gesicht und ließen die Züge darin verschwimmen; doch Jondalar hatte sich auch bei Tageslicht außerstande gesehen, ihnen irgendwelche bestimmten Eigenschaften zu entnehmen – außer, daß ihr Besitzer alt war. Aber selbst das Alter war ein Geheimnis.

Das verrunte Gesicht strahlte eine Kraft aus, die ihm etwas Jugendliches verlieh, obwohl die lange Mähne, die es umrahmte, schloßweiß war. Obgleich die Gestalt unter der lockeren Kleidung hager und schwächlich schien – der Schritt des Shamud hatte etwas Federndes. Die Hände sprachen unmißverständlich von hohem Alter, doch so arthritisch verzogen sie auch waren, und so pergamenten die Haut mit den blauen Venen darin auch wirkte – diese Hand zitterte nicht im geringsten, als sie den Becher zum Munde führte.

Durch diese Bewegung wurde der Augenkontakt unterbrochen. Jondalar fragte sich, ob der Shamud das nicht bewußt getan hatte, um die wachsende Spannung zwischen ihnen nicht allzu groß werden zu lassen. Er nahm einen Schluck. »Der Shamud guter Heilkundiger«, sagte er.

»Das ist eine Gabe der Mudo.«

Jondalar strengte die Ohren an, um irgendetwas aus dem

Klang und dem Tonfall herauszuhören, der den androgynen Heilkundigen eindeutig als Mann oder als Frau erscheinen ließ, und sei es nur, um die an ihm nagende Neugier zu befriedigen. Bis jetzt war er noch nicht dahintergekommen, was der Shamud eigentlich war, doch hatte er den Eindruck, daß der Heiler trotz seines unbestimmbaren Geschlechts kein enthaltsames Leben geführt hatte. Seine sarkastischen Seitenhiebe waren allzuoft von wissenden Blicken begleitet gewesen. Er wollte fragen, wußte jedoch nicht, wie er seine Frage taktvoll formulieren sollte.

»Shamud Leben nicht leicht, müssen viel aufgeben«, versuchte Jondalar es. »Hat Heiler jemals Gefährtin gewünscht?«

Für einen Moment weiteten sich die unergründlichen Augen; dann brach der Shamud in ein sardonisches Gelächter aus. Jondalar schoß die Schamröte ins Gesicht.

»Wen, meinst du, hätte ich nehmen sollen, Jondalar? Nun ja, wenn *du* in meinen jüngeren Jahren dahergekommen wärest, möglich, daß du mich in Versuchung hättest bringen können. Aber wärest du auch meinem Zauber erlegen? Hätte ich eine Perlenschnur an den Segensbaum gehängt, würde das ausgereicht haben, dich zu bewegen, mein Lager zu teilen?« sagte der Shamud und neigte dabei ein wenig geziert den Kopf. Einen Moment war Jondalar überzeugt, daß es eine junge Frau sei, die da sprach.

»Oder hätte es da von meiner Seite aus größere Umsicht bedurft? Deine Neigungen sind kräftig entwickelt; hätte ich deine Neugier auf eine neue Lust wecken können?«

Erneut schoß Jondalar die Röte ins Gesicht. Er mußte sich geirrt haben; trotzdem fühlte er sich seltsam hingezogen zu diesem Anblick von Sinnlichkeit und Geilheit und katzenhaft-geschmeidiger Anmut, die der Shamud einfach dadurch hervorzurufen verstand, daß er sich ein wenig anders hinsetzte und streckte. Selbstverständlich war der Heiler ein Mann, doch in seiner Sinneslust ausgestattet mit den Neigungen einer Frau. Viele Heilkundige zogen Kraft sowohl aus dem männlichen wie dem weiblichen Prinzip, was diese Kraft nur verstärkte. Wieder vernahm er das sardonische Lachen.

»Ist das Leben eines Heilkundigen schon schwierig – um wieviel schwieriger erst das Leben dessen, der das seine teilt? Für einen Mann sollte seine Gefährtin immer an erster Stelle stehen. So wäre es zum Beispiel kaum zumutbar, mitten in der Nacht jemand wie Serenio zu verlassen, um sich eines Kranken anzunehmen; außerdem gilt es, lange Zeiten der Enthaltsamkeit zu durchstehen ...«

Der Shamud lehnte sich vor und redete von Mann zu Mann mit ihm, in den Augen den Schimmer, den ein Mann hat, wenn er an eine Frau denkt, die so schön war wie Serenio. Verwirrt schüttelte Jondalar den Kopf. Und unversehens, mit einem Schulterzucken, hatte seine Männlichkeit plötzlich einen ganz anderen Charakter bekommen. Einen, der ihn ausschloß.

»... und ich bin mir nicht sicher, ob ich sie mit einem Haufen gieriger Männer allein lassen möchte.«

Der Shamud war eine Frau, allerdings keine, die sich jemals zu ihm oder zu der er sich hingezogen fühlen würde – jedenfalls nicht mehr als zu einer Freundin oder einem Freund. Es stimmte, die Macht des Heilkundigen entstammt dem Prinzip beider Geschlechter, war jedoch die einer Frau mit den Neigungen eines Mannes.

Wieder lachte der Shamud, und dem Lachen war nicht anzumerken, ob es von einem Mann oder einer Frau stammte. Mit dem Blick dessen, der von Gleich zu Gleich spricht und menschliches Verständnis heischt, fuhr der Heilkundige fort:

»Sag mir, wer von beiden bin ich, Jondalar? Welchen von beiden würdest du zum Gefährten nehmen? Manche versuchen, so oder so eine Beziehung zu finden, doch von längerer Dauer ist sie selten. Gaben sind nicht unbedingt ein reiner Segen. Ein Heilkundiger besitzt keine Identität, nur im weitesten Sinne. Der Name, den er ursprünglich erhalten hat, wird von ihm zurückgegeben; der Shamud löscht sein Selbst aus, um das Wesen aller anzunehmen. Es gibt auch für ihn Vorteile, doch das Heiraten gehört im allgemeinen nicht dazu.

Wenn man jung ist, ist es nicht unbedingt wünschenswert, für ein besonderes Schicksal auserkoren zu sein. Es ist nicht einfach, anders zu sein. Man möchte seine Identität nicht verlieren. Doch das ist gleichgültig – das Schicksal gehört zu einem. Es gibt keinen anderen Platz für jemand, der das Wesen von Mann und Frau in seinem Körper vereinigt.«

Im schwindenden Schein des Feuers sah der Shamud uralt aus wie die Erde selbst; er starrte blicklos in die Glut, gleichsam als schaue er eine andere Zeit und einen anderen Ort. Jondalar erhob sich, um noch ein paar Stücke Holz zu holen und entfachte dann das Feuer zu neuem Leben. Als die Flammen wieder aufflackerten, straffte der Heiler sich, und der ironische Ausdruck kehrte in sein Gesicht zurück. »Aber das ist lange her, und es hat . . . Entschädigung gegeben. Es ist nicht die geringste, die eigene Begabung zu entdecken und Wissen zu sammeln. Wenn die Mutter einen zum Dienst an Ihr ruft, ist das nicht nur ein Opfer.«

»Bei den Zelandonii wissen nicht alle, die der Mutter dienen, schon in ihrer Jugend darum. Nicht alle wie Shamud. Ich einst gedacht, Doni dienen. Nicht alle berufen«, sagte Jondalar, und den Shamud erstaunte es nicht wenig zu sehen, wie seine Lippen schmal wurden und seine Stirn sich in Falten legte – Dinge, die eine Bitterkeit verrieten, die noch immer schmerzte. Tief in diesem jungen Mann, der mit allen denkbaren Vorzügen gesegnet schien, gab es offensichtlich Wunden, die er nicht preisgab.

»Ja, stimmt, nicht alle, die es sich wünschen, sind berufen, und nicht alle, die berufen sind, gebieten über die gleichen Gaben – oder Neigungen. Ist man sich nicht sicher, gibt es Mittel und Wege, dahinterzukommen, den eigenen Glauben und Willen auf die Probe zu stellen. Ehe man in die Heilkunst eingeführt wird, muß man eine Zeitlang ganz allein leben. Das kann erhellend sein, aber es kann auch sein, daß man mehr über sich selbst erfährt, als einem lieb ist. Ich rate denen, die daran denken, in den Dienst der Mutter zu treten, oft eine Zeitlang allein zu leben. Bringen sie das nicht fertig, werden sie nie imstande sein, die härteren Prüfungen zu bestehen.«

»Was für Prüfungen?« Nie zuvor war der Shamud so freimütig mit ihm gewesen. Jondalar lauschte wie gebannt.

»Zeiten der Enthaltsamkeit, in denen wir allen Freuden entsagen müssen; Zeiten des Schweigens, da wir an keinen Menschen das Wort richten dürfen; Zeiten des Fastens und Zeiten, in denen wir, solange es irgendwie geht, auf den Schlaf verzichten müssen. Es gibt auch noch andere. Wir lernen diese Methoden einzusetzen, um Antworten zu erhalten, Offenbarungen von der Mutter, insbesondere jene, die noch lernen. Nach einiger Zeit lernt man, sich willentlich in den jeweils erforderlichen Zustand zu versetzen, doch ist es stets von Nutzen, sich ab und zu darin zu üben.«

Es folgte ein langes Schweigen. Der Shamud hatte es fertiggebracht, das Gespräch behutsam an das eigentliche Problem, an die Antworten, um die es Jondalar ging, heranzuführen. Er brauchte nur zu fragen. »Du weißt, was not tut. Kann der Shamud mir sagen, was . . . all dies . . . bedeutet?« Jondalar vollführte eine allumfassende Gebärde mit dem Arm.

»Ja, ich weiß, was du willst. Nach dem, was heute abend geschehen ist, machst du dir Sorgen um deinen Bruder und in einem weiteren Sinne um ihn und Jetamio – und dich selbst.« Jondalar nickte. »Nichts ist gewiß . . . das weißt du.« Jondalar nickte abermals. Der Shamud blickte ihn eindringlich an, gleichsam als wolle er sich schlüssig werden, wieviel er ihm enthüllen könne. Dann wandte er das alte Gesicht dem Feuer zu, und wieder hatte er diesen blicklosen Ausdruck in den Augen. Der junge Mann spürte, wie er sich entfernte, als ob plötzlich eine große Entfernung zwischen sie gelegt worden wäre; dabei hatte sich keiner von beiden von der Stelle bewegt.

»Die Liebe zu deinem Bruder ist stark.« Seine Stimme hatte einen unheimlichen hohlen Klang, wie ein jenseitiges Echo. »Du hast Angst, daß sie zu stark ist, fürchtest, sein Leben zu führen und nicht dein eigenes. Du irrst. Er führt dich, wohin du gehen mußt, nur allein nie hingehen würdest. Du folgst deinem eigenen Schicksal, nicht seinem; ihr legt nur eine Strecke Wegs gemeinsam zurück.

Deine Kräfte sind anderer Art. Du besitzt große Kraft, wenn dein Bedürfnis groß ist. Ich selbst habe, ehe wir sein blutiges Hemd an dem Ast fanden, der mir geschickt wurde, gefühlt, wie sehr du mich für deinen Bruder brauchtest.«

»Ich habe den Ast nicht geschickt. Das war Zufall, Glück.«

»Es war kein Zufall, daß ich spürte, wie sehr du mich brauchtest. Das haben auch andere gespürt. Du kannst nicht geleugnet werden. Nicht einmal die Mutter würde sich dir versagen. Das ist die Gabe, die dir gegeben worden ist. Nur sei dir bewußt, was für eine Gabe der Mutter das ist. Sie bewirkt, daß Sie in deiner Schuld steht. Wo Sie dich mit einer so starken Begabung beschenkt hat, muß Sie etwas Besonderes mit dir im Sinn haben. Nichts wird ohne Verpflichtung gegeben. Selbst Ihr Geschenk der Lust entspringt nicht reiner Großmut; damit wird ein Ziel verfolgt, ob wir das wissen oder nicht . . .

Vergiß eines nicht: Du dienst dem Zweck der Mutter. Du brauchst keine Berufung; diesem Schicksal bist du von Geburt an geweiht worden. Gleichwohl wirst du geprüft werden. Um dieses Schicksals willen wirst du Schmerzen verursachen und leiden . . .«

Die Augen des jungen Mannes weiteten sich vor Überraschung.

». . . du wirst verletzt werden. Du wirst Erfüllung suchen und Enttäuschung finden; du wirst nach Sicherheit suchen und nichts finden als Unentschiedenheit. Doch gibt es auch Entschädigungen. Du bist wohl ausgestattet an Leib und Geist, du verfügst über besonderes Können, einzigartige Talente, und bist mit mehr als gewöhnlichem Feingefühl ausgestattet. Daß dich soviel bekümmert, ist nur die Folge dieser vielseitigen und großen Fähigkeiten. Dir ist zuviel gegeben worden. Du mußt lernen, indem du versuchst.

Vergiß vor allem eines nicht: Der Mutter zu dienen, bedeutet nicht nur Opfer. Du wirst finden, wonach du suchst. Es ist dein Schicksal.«

»Aber . . . Thonolan?«

»Ich spüre einen Bruch; dein Schicksal liegt woanders. Er muß seinem eigenen Weg folgen. Er ist ein Liebling der Mudo.«

Jondalar runzelte die Stirn. Die Zelandonii drückten sich ähnlich aus, doch bedeutete das nicht unbedingt Glück. Es hieß, Die Große Erdmutter sei eifersüchtig auf ihre Lieblinge und rufe sie früh zu Sich zurück. Er wartete, doch der Shamud sagte nichts mehr. Er begriff nicht alles, was es mit »Bedürfnis« und »Macht« und »Zweck der Mutter« auf sich hatte. Diejenigen, Die im Dienst Der Mutter standen, sprachen oft mit einem Schatten auf ihrer Zunge – und das gefiel ihm gar nicht.

Als das Feuer wieder niedergebrannt war, stand Jondalar auf, um sich zurückzuziehen. Er starrte zu den Unterkünften ganz hinten unter dem Überhang hinüber, doch der Shamud war noch nicht ganz fertig.

»Nein! Nicht die Mutter und das Kind . . .« rief die flehentliche Stimme hinaus ins Dunkel.

Der völlig überraschte Jondalar spürte, wie ihm ein Schauder über den Rücken lief. Er überlegte, ob Tholie und ihr Baby wohl schlimmere Verbrennungen davongetragen hatten, als er gemeint hatte, und warum er erschauerte, obwohl es doch gar nicht kalt war.

12

»Jondalar!!« Markeno grüßte ihn. Der große blonde Mann wartete, daß der andere große Mann ihn einholte. »Finde einen Vorwand, heute abend nicht hinaufzugehen«, sagte Markeno halblaut. »Thonolan hat seit dem Fest des Versprechens genug an Einschränkungen und Ritualen über sich ergehen lassen müssen. Es wird Zeit, daß er ein wenig entspannt.« Er nahm den

Stöpsel vom Wasserbeutel, ließ Jondalar an dem Heidelbeerwein schnuppern und bedachte ihn mit einem listigen Lächeln.

Der Zelandonii nickte und erwiderte das Lächeln. Es gab Unterschiede zwischen seinen Leuten und den Sharamudoi, doch manche Sitten und Gebräuche waren offensichtlich weit verbreitet. Er überlegte, ob die jüngeren Männer wohl ein ›Ritual‹ eigener Art planten. Als die beiden Männer den Pfad hinunterschritten, paßten sie ihre Gangart einander an.

»Wie geht es Tholie und Shamio?«

»Tholie befürchtet, daß Shamio eine Narbe auf dem Gesicht zurückbehält, aber beide sind auf dem Weg der Besserung. Serenio sagt, sie glaubt nicht, daß die Verbrennung etwas hinterläßt, aber mit Gewißheit kann das nicht einmal der Shamud sagen.«

Der besorgte Ausdruck auf Jondalars Gesicht war während der nächsten paar Schritte nicht anders als der auf Markenos Gesicht. Sie kamen um eine Wegbiegung herum und stießen auf Carlono, der einen Baum begutachtete und breit lächelte, als er sie sah. Wenn er lächelte, wurde noch deutlicher, wie sehr er Markeno ähnlich sah. Er war zwar nicht so groß wie der Sohn seines Herdfeuers, aber der schmale, sehnige Körperbau war bei beiden gleich. Er bedachte den Baum noch einmal mit einem prüfenden Blick und schüttelte den Kopf.

»Nein, der ist nicht geeignet.«

»Nicht geeignet?« fragte Jondalar.

»Um Spanten daraus zu machen«, sagte Carlono. »Ich sehe das Boot nicht in diesem Baum. Keiner der Äste würde der gebogenen Innenlinie folgen, nicht einmal, wenn man sie zurechtstutzte.«

»Woher weißt du das? Boot nicht fertig.«, sagte Jondalar.

»Er weiß es einfach«, mischte Markeno sich ein. »Carlono findet immer Äste, die genau passen. Du kannst hierbleiben und dich mit ihm über Bäume unterhalten, wenn du willst. Ich gehe weiter hinunter auf die Lichtung.«

Jondalar sah ihm nach und fragte dann Carlono: »Wie erkennst du im Baum, was zum Boot paßt?«

»Dafür muß man einfach ein Gefühl entwickeln – und dazu braucht es Übung. Diesmal gilt es nicht, nach großen, gerade gewachsenen Stämmen Ausschau zu halten. Was wir jetzt brauchen, sind Bäume mit gekrümmten Ästen. Dann überlegst du, wie sie auf dem Boden aufliegen und als Spanten und Seiten hinaufgehen. Man sucht nach solchen, die allein wachsen und

Raum genug haben, sich auszubreiten, wie sie wollen. Wie die Menchen wachsen manche am besten in Gesellschaft und versuchen, die anderen zu übertreffen. Andere dagegen brauchen das Alleinsein, um zu wachsen, wie sie wollen, auch wenn das vielleicht einsam ist. Beide haben etwas für sich.«

Carlono bog in einen nicht so häufig begangenen Seitenpfad ab. Jondalar folgte ihm. »Manchmal finden wir zwei, die zusammen wachsen«, fuhr der Anführer der Ramudoi fort, »und im Wachsen nur einer auf den anderen Rücksicht nimmt. So wie die da.« Er zeigte auf zwei Bäume, die umeinander herumgewachsen waren. »Die nennen wir Liebespaare. Es kommt vor, daß man einen fällt, und der andere dann eingeht.« Jondalar runzelte die Stirn.

Sie gelangten auf die Lichtung und Carlono führte den großen Mann zu einem besonnten Hang, auf dem eine riesige, dickstämmige, verkrümmte und knorrige alte Eiche wuchs. Beim Näherkommen dachte Jondalar, eine seltsame Frucht an dem Baum zu erkennen. Doch dann erkannte er, daß er mit einem ungewöhnlichen Durcheinander von Dingen geschmückt war. Da hingen zierliche kleine Körbe mit Mustern aus gefärbten Federkielen daran, kleine, mit Perlen aus Weichtierschalen bestickte Lederbeutel sowie in verschiedenen Mustern geschlungene und geflochtene Schnüre. Eine Halskette war schon vor so langer Zeit um den Stamm geschlungen worden, daß sie teilweise in die Rinde eingewachsen war. Als Jondalar genauer hinschaute, erkannte er, daß sie aus Muschelschalenperlen gemacht worden war, die sorgsam in der Mitte durchbohrt und abwechselnd mit den Rückenwirbeln von Fischen aufgefädelt worden waren, die ja eine natürliche Öffnung aufwiesen. Er bemerkte winzige geschnitzte Boote, die von Zweigen herunterhingen, Reißzähne von Raubkatzen, die an Lederriemen herunterhingen, Vogelfedern und Eichhörnchenschwänze. Nie zuvor hatte er Ähnliches gesehen.

Carlono kicherte, als er sah, wie Jondalar die Augen vor Staunen aufriß. »Das ist der Segens-Baum. Ich nehme an, Jetamio hat ihre Gabe aufgehängt. Das tun Frauen im allgemeinen, wenn sie sich wünschen, daß Mudo sie mit einem Kind segnet. Zwar meinen die Frauen, es sei ihr Baum, aber es gibt auch Männer, die ihre Gaben hier aufhängen. Sie bitten damit um Glück bei der ersten Jagd, gutes Gelingen beim Bau eines neuen Bootes und um Segen beim Zusammenbleiben mit einer neuen Gefährtin. Aber man bittet nicht oft um etwas, nur bei besonderen Anlässen.«

»Wie groß Baum ist!«

»Ja. Es ist der Baum der Mutter. Doch das ist nicht der Grund, warum ich dich hierhergebracht habe. Siehst du, wie gebogen und verkrümmt die Äste sind? Dieser Baum wäre zu groß, selbst wenn es sich nicht um den Segens-Baum handelte; aber wenn es um Spanten geht, sucht man sich Bäume wie diesen. Dann sieht man sich die Äste genau an, um einen zu finden, dessen Äste sich genau der Bootswandung anpassen.«

Auf einem anderen Pfad gingen sie hinunter zu der Lichtung, auf der die Boote gebaut wurden, und näherten sich Markeno und Thonolan, die mit einem besonders langen und umfangreichen Stamm beschäftigt waren. Sie waren dabei, ihn mit Hilfe von Äxten auszuhöhlen. Im Moment ähnelte der Stamm noch mehr jenem rohen Trog, den man zur Teezubereitung benutzte, als einem der anmutig geschwungenen Boote; aber immerhin waren die rohen Umrisse bereits herausgearbeitet. Später sollten Bug und Heck noch mit Schnitzereien versehen werden; zunächst aber galt es, die Höhlung zu bewältigen.

»Jondalar entwickelt großes Interesse am Bootsbau«, sagte Carlono.

»Vielleicht sollten wir eine Fluß-Frau finden, damit er ein Ramudoi wird. Das wäre nur gerecht, wo doch sein Bruder Shamudoi wird«, scherzte Markeno. »Ich kenne da ein paar, die ihm schon sehnsüchtige Blicke nachgeworfen haben. Eine von ihnen ließe sich vielleicht bewegen . . .«

»Ich glaube, solange Serenio da ist, kämen sie nicht weit«, sagte Carlono und zwinkerte Jondalar zu. »Aber einige der besten Bootsbauer sind ja Shamudoi. Nicht das Boot an Land, sondern das Boot auf dem Wasser ist es, was einen zum Fluß-Mann macht.«

»Wenn du so darauf erpicht bist, die Bootsbauerei zu erlernen, warum nimmst du dir nicht eine Axt und hilfst?« schlug Thonolan vor. »Ich glaube, mein großer Bruder redet lieber statt zu arbeiten.« Seine Hände waren schwarz, und auch über dem Auge hatte er einen schwarzen Fleck. »Ich bin sogar bereit, dir meine zu leihen«, fügte er hinzu und warf sie Jondalar zu, der sie im Reflex auffing. Die Axt – ein kräftiger Axtkopf aus Stein, der im rechten Winkel auf einen Handgriff gesetzt war – hinterließ einen schwarzen Fleck auf seiner Hand.

Thonolan sprang herab und ging zu einem in der Nähe brennenden Feuer. Es war zu einem Haufen Glut heruntergebrannt, aus der ab und zu orangefarbene Flämmchen emporleckten. Er hob ein angebrochenes Plankenteil auf, dessen Oberkante verkohlte Löcher aufwies, und fegte mit einem Zweig Glut darauf. Diese trug er dann zum Baumstamm und schüttelte die Glut in die trogähnliche Höhlung, an der sie gerade arbeiteten. Markeno legte frisches Holz aufs Feuer und brachte einen Wasserbehälter mit. Sie wollten zwar, daß die Glut sich in den Stamm hineinbrannte, doch sollte er nicht in Flammen aufgehen.

Thonolan schob die Glutstücke mit einem Stecken herum und besprenkelte bestimmte Stellen mit Wasser. Aufzischender Dampf und der beizende Geruch von schwelendem Holz verriet den elementaren Kampf zwischen Feuer und Wasser. Doch schließlich gewann das Wasser die Oberhand. Thonolan scharrte die übriggebliebenen Stücke nasser Holzkohle heraus, kletterte dann in den Trog hinein, kratzte das Verkohlte heraus und vertiefte und verbreiterte auf diese Weise das Loch.

»Dann laß mich dich mal ablösen«, sagte Jondalar, nachdem er ihm eine Weile dabei zugeschaut hatte.

»Ich hatte mich schon gefragt, ob du den ganzen Tag über so dastehen wolltest«, sagte Thonolan grinsend. Die beiden Brüder neigten dazu, in ihre Muttersprache zu verfallen, wenn sie miteinander sprachen. Es war eben angenehm, sich mühelos und vertraut unterhalten zu können. Beide konnten sich inzwischen recht sicher in der neuen Sprache ausdrücken, doch Thonolan sprach sie besser als Jondalar.

Nach den ersten paar Schlägen hielt Jondalar inne und betrachtete den Kopf der Axt, versuchte es dann aus einem anderen Winkel heraus, betrachtete die Schneide noch einmal und hatte dann den Bogen raus. Die drei Männer arbeiteten zusammen, sprachen wenig miteinander und legten dann eine Ruhepause ein.

»Ich vorher nicht sehen, machen Trog mit Feuer«, sagte Jondalar, als sie zum Windschutz hinübergingen. »Bisher immer mit Axt ausgehöhlt.«

»Mit der Axt allein geht es natürlich auch, aber mit dem Feuer geht es schneller. Eichenholz ist besonders hart«, erklärt Markeno. »Manchmal nehmen wir auch Fichten von höhergelegenen Stellen. Fichtenholz ist weicher und leichter auszuhöhlen. Trotzdem hilft das Feuer auch da.«

»Dauert lange, Boot zu machen?« wollte Jondalar wissen.

»Das kommt darauf an, wie viele daran mitarbeiten. Bei diesem hier wird es nicht lange dauern. Das ist Thonolans Anspruch und muß geschafft sein, ehe er Jetamio heiraten kann, verstehst du.« Markeno lächelte. »Ich habe noch niemand sich so hart ins Zeug legen sehen, und alle anderen treibt er auch an. Aber wenn man erst einmal angefangen hat, ist es ratsam dabeizubleiben, bis es fertig ist. Dann trocknet das Holz jedenfalls nicht aus. Heute nachmittag werden wir Bretter zuschneiden, für die Bodenplanken. Hilfst du uns?«

»Er wird gut daran tun zu helfen«, sagte Thonolan.

Die riesige Eiche, die Jondalar hatte fällen helfen, war, nachdem die Krone abgeschlagen worden war, auf die andere Seite der Lichtung hinübergeschafft worden. Dazu war die Mithilfe von fast jedem kräftigen Erwachsenen vonnöten gewesen; fast ebenso viele waren gebraucht worden, sie dann zu spalten. Jondalar hatte von seinem Bruder nicht erst angetrieben zu werden brauchen. Er hätte es sich auch so nicht entgehen lassen.

Zuerst wurde über die ganze Länge des Stammes in gerader Linie, aber der Maserung folgend, eine Reihe von Geweih-Keilen aufgesetzt. Diese wurden mit schweren, handgehaltenen steinernen Schlegeln in das Holz hineingetrieben. Die Keile zwängten das Holz zu einem feinen Spalt auseinander; der Stamm gab nur widerstrebend nach. Splitter, die noch an beiden Teilen des Holzes festhielten, wurden auseinandergerissen, als die klobigen, dreieckigen Geweih-Keile tiefer und immer tiefer ins Kernholz hineingetrieben wurden, bis der Stamm schließlich krachend in zwei Hälften auseinanderbarst.

Staunend schüttelte Jondalar den Kopf. Dabei war das erst der Anfang. Die Keile wurden noch einmal in der Mitte einer jeden Hälfte aufgesetzt und der Vorgang wiederholt, bis auch diese in zwei Teile auseinanderbarsten. Gegen Ende des Tages war der gesamte riesige Stamm zu einem Haufen radial aufgespaltener Planken aufeinandergestapelt, die sich sämtlichst zur Mitte hin verjüngten; das heißt, eine Schmalseite der Planken war noch schmaler als die andere. Einige wenige Planken waren eines Astes wegen kürzer als die anderen; doch sollten auch sie Verwendung finden. Es waren wesentlich mehr Planken vorhanden, als man zum Aufbau der Bordwand des Bootes brauchte. Diese sollten dazu verwandt werden, unter dem Sandsteinüberhang auf der hochgelegenen Terrasse eine Unterkunft für das junge Paar zu errichten; diese sollte mit der Unterkunft von Roshario und Dolando verbunden werden und groß genug sein, um während der kältesten Zeit im Winter auch noch Markeno, Tholie und Shamio aufzunehmen. Holz vom selben Stamm, das benutzt wurde, um ein Haus und ein Boot zu bauen, sollte der Beziehung die Stärke der Eiche verleihen.

Als die Sonne unterging, bemerkte Jondalar, wie ein paar von den jüngeren Männern im Wald verschwanden. Markeno ließ sich von Thonolan überreden, weiter mit ihm an der Aushöhlung des Bootes zu arbeiten, bis fast alle anderen verschwunden waren. So war es schließlich Thonolan, der zugab, es sei nun wirklich zu dunkel zum Weiterarbeiten.

»Es ist hell genug«, ließ sich eine Stimme hinter ihm vernehmen. »Du weißt ja nicht, was dunkel ist.«

Ehe Thonolan sich umdrehen konnte, um nachzusehen, wer gesprochen hatte, wurde ihm eine Binde über den Kopf geworfen, packte man ihn bei den Armen und hielt ihm diese auf den Rücken. »Was geht hier vor?« schrie er und kämpfte, um sich zu befreien.

Die Antwort bestand aus gedämpftem Gelächter. Er wurde aufgehoben und fortgetragen, und als man ihn niedersetzte, merkte er, wie er entkleidet wurde. »Hört auf! Was macht ihr? Es ist kalt.«

»Du wirst nicht lange frieren«, sagte Markeno, nachdem man Thonolan die Binde abgenommen hatte. Thonolan erblickte ein halbes Dutzend lächelnder junger Männer, die alle splitterfasernackt waren. Wo er war, wußte er nicht, konnte es insbesondere in der Dunkelheit nicht erkennen, doch soviel immerhin wußte er, daß sie in der Nähe von Wasser waren.

Der Wald ringsum bildete eine dichte dunkle Masse, die sich auf einer Seite jedoch aufhellte, so daß vor einem lavendelfarbenen Himmel die Silhouetten einzelner Bäume zu erkennen waren. Dahinter gab der breiter gewordene Pfad den Blick auf gleißendes Silber frei, das sich auf der ölig-glatten Oberfläche der sich dahinwindenden Großen Mutter spiegelte. In der Nähe glomm Helligkeit durch die Ritzen eines kleinen, niedrigen rechteckigen Holzbaus. Die jungen Männer kletterten auf das Dach hinauf und dann durch ein Loch in der Decke in die Hütte hinein, wobei sie einen schräg angelehnten, mit Stufen versehenen Stamm benutzten.

In der Feuergrube in der Mitte der Hütte war ein Feuer aufgebaut worden; darüber hatte man Steine gelegt, die sich erhitzen sollten. Die Wände traten zurück, so daß eine Bodenbank entstanden war, die mit Brettern bedeckt war, welche man mit Hilfe von Sandstein glattgeschliffen hatte. Nachdem alle drin waren, wurde das Eingangsloch locker zugedeckt; der Rauch konnte durch die Ritzen entweichen. Holzkohlenglut war unter den heißen Felssteinen zu erkennen, und bald mußte Thonolan zugeben, daß Markeno recht hatte. Ihm war nicht mehr kalt. Jemand sprengte Wasser auf die Steine, Dampf stieg auf und machte es womöglich noch schwieriger, im dämmerigen Licht etwas zu sehen.

»Hast du ihn mitgebracht, Markeno?« fragte der Mann, der neben ihm saß.

»Hier ist er, Chalono.« Er hielt einen mit Wein gefüllten Wasserbeutel in die Höhe.

»Nun, dann los! Du bist ein Glückspilz, Thonolan. Eine Frau zur Gefährtin zu bekommen, die so ausgezeichneten Heidelbeerwein zu machen versteht.« Zustimmendes Gelächter erhob sich. Chalono ließ den Weinschlauch herumgehen, zeigte dann ein viereckiges Lederstück, das zu einem Beutel zusammengebunden war, und sagte verschmitzt grinsend: »Und noch was habe ich gefunden.«

»Ich hatte mich schon gewundert, wieso du heute den ganzen Tag über fort warst«, erklärte einer der Sitzenden. »Bist du auch sicher, daß es die richtige Art ist?«

»Keine Sorge, Rondo. Ich kenne mich in Pilzen aus. Zumindest diese kenne ich genau«, behauptete Chalono.

»Das solltest du. Du sammelst sie ja bei jeder Gelegenheit.« Noch mehr Gelächter erhob sich bei dieser Bemerkung.

»Vielleicht möchte er Shamud sein, Tarluno«, fügte Rondo spöttisch hinzu.

»Das sind doch nicht die Pilze des Shamud, oder?« fragte Markeno. »Die roten mit den weißen Tupfen können tödlich sein, wenn man sie nicht richtig zubereitet.«

»Nein, das hier sind ungefährliche kleine Pilze, die nur bewirken, daß man sich wunderbar fühlt. Ich habe keine Lust, mit denen des Shamud herumzuspielen. Ich will schließlich keine Frau in mir haben . . .«, sagte Chalono, und dann, kichernd: »Ich gehe lieber selbst in eine Frau hinein.«

»Wer hat den Wein?« fragte Tarluno.

»Ich habe ihn Jondalar gegeben.«

»Nimm ihn ihm weg. Er ist so groß, sonst trinkt er ihn noch ganz aus.«

»Ich habe ihn Chalono gegeben«, erklärte Jondalar.

»Ich habe noch nichts von den Pilzen gesehen – willst du den Wein und noch dazu die Pilze behalten?« fragte Rondo.

»Nun drängele doch nicht. Ich versuche, den Beutel hier aufzubekommen. Hier, Thonolan, du bist unser Ehrengast. Du darfst als erster zugreifen.«

»Markeno, ist es wahr, daß die Mamutoi aus einer Pflanze ein Getränk herstellen, das noch besser ist als Wein oder Pilze?« fragte Tarluno.

»Ob besser, weiß ich nicht; ich habe nur einmal davon gekostet.«

»Wie wär's mit etwas mehr Dampf?« schlug Rondo vor und spritzte einen Becher Wasser auf die heißen Steine unten.

»Leute weiter im Westen tun etwas in den Dampf hinein«, sagte Jondalar.

»Und eine Höhle atmet Rauch von einer Pflanze ein. Sie lassen einen kosten, aber sie verraten einem nicht, was es ist«, fügte Thonolan hinzu.

»Ihr beide müßt ja nahezu alles ausprobiert haben . . . auf euren Reisen«, sagte Chalono. »Das möchte ich auch: Alles ausprobieren, was es gibt.«

»Wie ich gehört habe, trinken die Flachköpfe etwas . . .«, trug Tarluno zur Unterhaltung bei.

»Das sind Tiere – sie trinken alles«, sagte Chalono.

»Ja, hast du nicht gerade eben gesagt, das wolltest du auch?« feixte Rondo. Ein Ausbruch von Gelächter folgte.

Chalono bemerkte, daß Rondos Beiträge häufig Gelächter hervorriefen – manchmal auf seine Kosten. Um sich nicht übertrumpfen zu lassen, begann er eine Geschichte zu erzählen, von der er wußte, daß er damit schon vorher Lacherfolge erzielt hatte. »Ihr kennt doch die von dem alten Mann, der so blind war, daß er eine Flachkopffrau fing und sie für eine Frau hielt . . .«

»Ja, seine Rute fiel ihm ab. So was ist widerlich, Chalono«, sagte Rondo. »Und welcher Mann würde schon eine Flachköpfin für eine Frau halten?«

»Manche verwechseln sie nicht, sondern machen es absichtlich«, erklärte Thonolan. »Männer von einer Höhle, weit im Westen, verschaffen sich Lust mit Flachköpfinnen und bringen die Höhle in Schwierigkeiten.«

»Du machst Witze!«

»Es ist kein Witz. Ganzes Rudel Flachköpfe hat uns umzingelt«, bestätigte Jondalar. »Sie wütend. Später wir hören, einige Männer nahmen Flachkopf-Frauen. Machen Scherereien für Höhle.«

»Und wie seid ihr davongekommen?«

»Haben uns gelassen«, sagte Jondalar. »Anführer von Rudel sehr schlau. Flachköpfe nicht so dumm, wie man denkt.«

»Ich habe von einem Mann gehört, der sich an eine Flachkopf-Frau herangemacht hat«, sagte Chalono.

»Wer war das? Du?« sagte Rondo höhnisch. »Du hast gesagt, du wolltest alles ausprobieren.«

Chalono wollte sich verteidigen, doch das Gelächter übertönte ihn. Als es sich legte, versuchte er es nochmals. »Das habe ich nicht gemeint. Ich habe von Pilzen und Wein und solchen Sachen gesprochen, als ich sagte, ich wollte alles ausprobieren.« Die Wirkung der Rauschmittel machte sich bei ihm bemerkbar, und er bekam eine schwere Zunge. »Aber viele Jungs reden von Flachkopf-Frauen, ehe sie wissen, was Frauen wirklich sind. Ich habe von einem gehört, der sich an eine Flachkopf-Frau herangemacht hat; zumindest hat er das behauptet.«

»Jungs reden vieles«, erklärte Markeno.

»Was meinst du, wovon Mädchen alles reden?« fragte Tarluno.

»Vielleicht reden die von Flachkopf-Männern«, sagte Chalono.

»Ich hab' keine Lust, mir das noch weiter anzuhören«, sagte Rondo.

»Du hast doch selbst nicht schlecht großgesprochen, als du jung warst, Rondo«, sagte Chalono, der die Sticheleien allmählich übel nahm.

»Nun, jetzt bin ich erwachsen. Ich wünschte, du wärest das auch. Ich bin deine widerlichen Bemerkungen leid.«

Chalono war beleidigt und ein wenig betrunken. Wenn sie ihn beschuldigten, widerwärtig zu sein, dann wollte er ihnen etwas wirklich Widerliches erzählen. »Ist das so, Rondo? Nun, ich habe von einer Frau gehört, die sich ihre Lust von einem Flachkopf-Mann holte, woraufhin ihr die Mutter ein Baby mit gemischten Geistern bescherte . . .«

»Schschscht!« Rondo schürzte die Lippen und erschauerte vor Ekel. »Chalono, über so was scherzt man nicht. Wer hat ihn eigentlich eingeladen? Raus hier mit ihm! Mir ist, als hätte man mir Schmutz ins Gesicht geworfen. Ich habe ja nichts gegen ein paar Scherze, aber er ist zu weit gegangen.«

»Rondo hat recht«, erklärte Tarluno. »Warum läßt du uns nicht allein, Chalono?«

»Nein!« sagte Jondalar. »Draußen kalt, dunkel. Nicht hinauswerfen. Echte Babys von gemischtem Geist nichts zum Scherzen. Aber wie kommt, alle wissen darüber?«

»Halb Tier, halb Mensch – Scheusale. Es ist zu heiß hier drinnen. Ich mache, daß ich hinauskomme, sonst wird mir noch schlecht.«

»Aber dies soll Thonolans kleines Fest zur Entspannung sein«, erklärte Markeno. »Warum gehen wir nicht alle hinaus, schwimmen ein bißchen und fangen dann noch mal von vorn an. Es ist noch reichlich von Jetamios Wein da. Ich hab's euch nicht gesagt, aber ich habe zwei Beutel voll mitgebracht.«

»Ich glaube nicht, daß die Steine heiß genug sind, Carlono«, sagte Markeno. Seine Stimme verriet unterdrückte Spannung.

»Es ist aber nicht gut, das Wasser zu lange im Boot stehen zu lassen. Das Holz soll ja nicht schwellen, sondern nur weich werden, damit es sich besser bearbeiten läßt. Thonolan, liegen die Verstrebungen in der Nähe, damit wir sie zur Hand haben, wenn wir sie brauchen?« fragte Carlono und runzelte besorgt die Stirn.

»Sie hier«, erwiderte er und zeigte auf einen Stapel von zurechtgeschnittenen Erlenstämmen, die neben dem großen ausgehöhlten und mit Wasser gefüllten Baumstamm auf dem Boden lagen.

»Dann laß uns lieber anfangen, Markeno, und hoffen, daß die Steine heiß sind.«

Jondalar staunte immer noch über die Verwandlung, die der Baumstamm erfahren hatte; dabei war er dabei gewesen, als das Boot anfing, Gestalt anzunehmen. Die Eiche war im eigentlichen Sinne kein Stamm mehr. Das Innere war ausgehöhlt und geglättet worden, und außen wies der Stamm jetzt die schlanken Linien eines langen Kanus auf. Die äußere Hülle – mit Ausnahme von Heck und Bug – war nicht dicker als zwei Fingerbreit. Er hatte zugesehen, wie Carlono mit einer meißelförmigen Steinaxt die innere Rinde vom Holz geschält hatte, die nicht dicker war als die eines jungen Zweiges; dadurch hatte das Boot seine endgültige Gestalt erhalten. Nachdem Jondalar eigenhändig versucht hatte, diese Haut abzulösen, war er von noch größerer Bewunderung für die Tüchtigkeit und das Können des Mannes erfüllt. Am Bug verjüngte sich das Boot, um das Wasser zerteilen zu können. Es wies einen leicht abgeflachten Boden auf, lief in einem weniger spitz zulaufenden Heck aus und war im Verhältnis zu seiner Breite sehr lang.

Rasch beförderten alle vier die Wackersteine, die in dem großen Feuer erhitzt worden waren, in das mit Wasser gefüllte Boot, so daß das Wasser anfing zu brodeln und zu dampfen. Der Vorgang unterschied sich grundsätzlich nicht vom Erhitzen des Wassers zur Teebereitung in dem großen Trog in der Nähe des Windschutzes – nur brauchte man viel mehr Steine. Und es ging auch um etwas anderes. Hitze und Dampf dienten nicht dazu, irgend etwas zu kochen, sondern dem Rumpf seine endgültige Form zu verleihen.

Markeno und Carlono standen einander mitschiffs gegenüber und prüften die Dehnbarkeit der Bootswandung; sie wandten beim Auseinanderziehen allergrößte Vorsicht an; es ging darum, den Mittelteil des Bootes zu verbreitern, ohne daß das Holz Risse bekam. Die gesamte harte Arbeit des Aushöhlens und Formgebens wäre zunichte gewesen, wenn es bei diesem Dehnvorgang zu Sprüngen im Holz kam. Alle waren im höchsten Maße gespannt. Während der Mittelteil des Rumpfes auseinandergezogen wurde, standen Thonolan und Jondalar bereits mit der längsten Strebe bereit, und als die Dehnung groß genug war, setzten sie die Verstrebung quer zur Längsachse ein und hielten die Luft an. Es schien zu halten.

Nachdem die Mittelstrebe festgeklemmt war, wurden in regelmäßigen Abständen verhältnismäßig kürzere Streben eingesetzt, das Wasser ausgeschöpft, bis die Männer mit dem Gewicht fertigwerden konnten; dann holten sie die Steine heraus, kippten das Boot, um den Rest des Wassers auszuschütten und setzten es zum Trocknen auf zwei Bohlen.

Die Männer atmeten nicht mehr so schwer, als sie zurücktraten und das Werk ihrer Hände bewunderten. Das Boot war nahezu fünfzehn Schritte lang und in der Mitte zweieinhalb Schritt breit. Die Dehnung hatte die Gestalt verändert, was sehr wichtig war. Da der Mittelteil gedehnt worden war, wies das Boot jetzt vorn und hinten eine anmutige, leicht in die Höhe führende Linie auf. Es war nicht nur darum gegangen, das Boot in der Mitte zu verbreitern, um mehr Raum zu schaffen und dafür zu sorgen, daß es besser im Wasser lag, sondern auch darum, Bug und Heck ein wenig anzuheben, damit die Enden etwas über das Wasser hinausragten und leichter mit Wellen und kabbeligem Wasser fertigwurden.

»Das nenne ich das Boot eines Faulpelzes«, sagte Carlono, als sie sich an eine andere Stelle der Lichtung begaben.

»Eines Faulpelzes?« rief Thonolan und dachte an die harte Arbeit.

Carlono lächelte. Er hatte diese Reaktion erwartet. »Es gibt eine lange Geschichte über einen Faulpelz mit einer ewig keifenden Gefährtin, der sein Boot den ganzen Winter über draußen liegen ließ. Als er es wiedersah, war es voll von Wasser, und Eis und Schnee hatten es dazu gebracht, sich auszudehnen. Alle hielten es für ruiniert, aber es war das einzige Boot, das er hatte. Nachdem es ausgetrocknet war, ließ er es zu Wasser und entdeckte, daß es sich viel besser handhaben ließ als alle anderen Boote. Von da an, so heißt es in der Geschichte, bauten alle ihr Boot auf diese Weise.«

»Das nenne ich eine komische Geschichte, wenn sie richtig erzählt wird«, sagte Markeno.

»Könnte sogar sein, daß sie auf Wahrheit beruht, zumindest teilweise«, fügte Carlono hinzu. »Wenn wir vorgehabt hätten, ein kleines Boot zu bauen, wäre es jetzt bis auf die Innenausstattung fertig«, sagte er, als sie sich einer Gruppe von Männern näherten, die dabei waren, mit Hilfe von Knochenbohrern Löcher in die Planken zu bohren. Das war eine mühselige, schwierige Arbeit, doch da viele Hände halfen und dabei viel gescherzt und gelacht wurde, war es nie langweilig.

»Und ich komme um so schneller dazu, mich mit meiner Gefährtin zusammenzutun«, sagte Thonolan, als er Jetamio unter den Helferinnen sah.

»Ich sehe nur lächelnde Gesichter. Das muß bedeuten, daß die Weitung des Bootes gelungen ist«, sagte die junge Frau zu Carlono, doch ihre Augen suchten rasch Thonolan.

»Genau werden wir das erst wissen, wenn es trocken ist«, sagte Carlono. »Wie steht es mit den Spanten?«

»Sie sind fertig. Jetzt arbeiten wir an den Hausplanken«, erwiderte eine ältere Frau. Sie ähnelte auf ihre Weise Carlono, besonders wenn sie lächelte. »Ein junges Paar braucht mehr als ein Boot. Das Leben besteht wirklich aus mehr, lieber Bruder.«

»Dein Bruder ist genauso darauf erpicht, sie zusammenzugeben wie du, Carolio«, sagte Barono und lächelte seinerseits, als die beiden jungen Leute einander mit verzehrenden Blicken ansahen, jedoch kein Wort sprachen. »Aber was nützt ein Haus, wenn man kein Boot hat?«

Carolio sah ihn bekümmert an. Der Satz war eine ständige Redeweise der Ramudoi, die witzig sein sollte, aber so oft wiederholt worden war, daß sie langweilte.

»Ahh!« entfuhr es Barono. »Schon wieder abgebrochen!«

»Er ist heute besonders ungeschickt«, sagte Carolio. »Das ist jetzt schon der dritte Bohrer, den er zerbrochen hat. Ich glaube, er versucht nur, vom Löcherbohren freizukommen.«

»Sei nicht ungerecht deinem Mann gegenüber«, sagte Carlono. »Jedem bricht mal ein Bohrer ab. Das läßt sich nicht ändern.«

»Mit einem hat sie recht. Löcher bohren! Ich kenne keine bohrendere Langeweile als Löcherbohren«, sagte Barono und verzog das Gesicht zu einem breiten Grinsen, als alle aufstöhnten.

»Er bildet sich ein, ein Witzbold zu sein. Was kann schlimmer sein als ein Gefährte, der sich für einen Witzbold hält?« wandte Carolio sich an alle Versammelten. Alle lächelten. Jeder wußte, daß sich hinter diesem Geplänkel große Zuneigung verbarg.

»Wenn ihr einen Bohrer übrig habt, ich versuche, Löcher zu machen«, sagte Jondalar.

»Stimmt was nicht mit diesem jungen Mann. Kein Mensch reißt sich darum, Löcher zu bohren«, sagte Carlono, erhob sich jedoch rasch.

»Jondalar zeigt großes Interesse am Bootsbau«, sagte Carlono. »Er hat jede Arbeit ausprobiert, die damit zusammenhängt.«

»Vielleicht gelingt es uns doch noch, einen Ramudoi aus ihm zu machen!« sagte Barono. »Ich habe ihn immer für einen hellen Kopf gehalten. Was den anderen betrifft, bin ich mir allerdings nicht so sicher«, fügte er hinzu und lächelte Thonolan an, der für nichts Augen gehabt hatte als für Jetamio. »Ich glaube, es könnte ein Baum auf ihn fallen, und er würde es nicht merken. Haben wir denn nichts Vernünftiges für ihn zu tun?«

»Er könnte Holz für den Dampfkocher sammeln oder Weidenruten entrinden, die Planken damit zu verbinden«, sagte Carlono. »Sobald der Bootsrumpf getrocknet ist und wir oben am Rand Löcher gebohrt haben, können wir anfangen, die Planken zu biegen, damit sie passen. Wie lange, meinst du, brauchen wir noch, bis es fertig ist, Barono? Das sollten wir dem Shamud sagen, damit ein Tag für das Zusammengeben festgesetzt werden kann. Und Dolando wird Boten an die anderen Höhlen schicken wollen.«

»Was ist denn sonst noch zu tun?« fragte Barono, als sie sich zu einer Stelle aufmachten, in der kräftige Pfosten in den Boden eingegraben worden waren.

»Die Stangen vorn am Bug und hinten am Heck müssen noch festgelascht werden, und . . . kommst du mit, Thonolan?« rief Markeno.

»Was ...? Oh, ja ... ich komme.«

Als sie fort waren, ergriff Jondalar einen Knochenbohrer, der in eine Brustleier aus Hirschgeweih eingepaßt war, und beobachtete, wie Carolio mit einem ebensolchen Werkzeug arbeitete. »Wozu Löcher?« fragte er, nachdem er einige gebohrt hatte.

Carlonos Zwillingsschwester interessierte sich – trotz aller Fopperei – genauso brennend für Boote wie ihr Bruder und kannte sich in der Technik des Einpassens und Verlaschens der Planken genausogut aus wie dieser in der des Stammaushöhlens und -zurichtens. Sie setzte an, es ihm zu erklären, doch dann stand sie auf und führte Jondalar an einen anderen Arbeitsplatz, wo ein Boot teilweise auseinandergenommen wurde.

Anders als ein Floß, das nur schwamm, weil Holz nun einmal schwimmt, beruhte das Prinzip eines Wasserfahrzeugs, wie die Sharamudoi es bauten, darauf, innerhalb einer hölzernen Schale eine Lufttasche einzuschließen. Dabei handelte es sich um eine großartige Neuerung, die eine größere Wendigkeit und Tragfähigkeit gestattete. Die Planken, die die Bordwände des ausgehöhlten und im Mittelteil geweiteten Baumstammes erhöhten und das Fahrzeug auf diese Weise vergrößerten, wurden mit Hilfe von Dampf und Hitze so weit gebogen, daß sie der Längswölbung des Bootes genau angepaßt und buchstäblich angenäht wurden, für gewöhnlich mit Weidenruten, die durch die vorgebohrten Löcher geführt, mit der Bug- und Heckenstange verlascht und festgeklemmt wurden. Spanten, die hinterher in Abständen an den Bordwänden befestigt wurden, verliehen dem Ganzen Stabilität und dienten dazu, Sitzbänke einzubauen.

Wurde es gut gemacht, war das Ergebnis eine wasserdichte Schale, die mehrere Jahre lang Spannungen und starke Beanspruchung aushielt. Irgendwann machten dann Abnutzung und natürlicher Verfall der Weidenfasern es nötig, die Boote ganz auseinanderzunehmen und neu zusammenzusetzen. Morsch gewordene Planken wurden ersetzt und verlängerten die Lebensdauer der Boote beträchtlich.

»Schau ... hier sind die Planken abgenommen worden«, sagte Carolio und zeigte Jondalar das auseinandergenommene Boot. »Und hier siehst du die Löcher an der Oberkante des ausgehöhlten Baumstammes.« Dann zeigte sie ihm eine Planke, die dergestalt gebogen war, daß sie sich dem Rumpf anpaßte. »Das war die erste Planke. Die Löcher am dünneren Längsrand entsprechen denen des Unterteils. Verstehst du, die Planke überlappt mit dem Oberrand des Stamms und wird gleichfalls festgelascht.«

Sie gingen um das Boot herum auf die andere Seite, die bis jetzt noch nicht abmontiert worden war. Carolio zeigte auf die zerschlissenen und zum Teil gerissenen Fasern der Weidenruten in einigen Löchern. »Dieses Boot mußte unbedingt neu zusammengesetzt werden; aber du siehst, wie die Planken überlappen. Bei kleinen Booten für ein oder zwei Mann braucht man keine höheren Bordwände; da genügt ein Einbaum. Allerdings ist es bei rauhem Wasser schwieriger, mit ihnen zu manövrieren. Ehe man sich versieht, verliert man die Gewalt über sie.«

»Eines Tages ich möchte lernen«, sagte Jondalar, und als er den durchgebogenen Spant sah, fragte er: »Wie biegt ihr Planken?«

»Mit Dampf und Druck – wie du es bei der Ausweitung der Bordwand selbst erlebt hast. Die Pfosten dort drüben, wo Carlono und dein Bruder stehen, dienen dazu, die Spannseile anzuziehen, um die Planken beim Verlaschen nicht verrutschen zu lassen. Wenn die Löcher erst einmal gebohrt sind und alle mit Hand anlegen, geht das ziemlich schnell. Das größere Problem ist das Löcherbohren. Wir schärfen die Knochenbohrer zwar immer wieder, aber sie brechen leicht ab.«

Gegen Abend, als sie alle zurückkehrten auf die hochgelegene Terrasse mit dem Sandsteinüberhang, fiel Thonolan auf, daß sein Bruder ungewöhnlich wortkarg war. »Woran denkst du, Jondalar?«

»Ich denke über den Bootsbau nach. Das ist viel komplizierter, als ich jemals gedacht hätte. Von solchen Booten wie diesen habe ich noch nie zuvor gehört. Und auch noch nie jemand gesehen, der auf dem Wasser so geschickt gewesen wäre wie die Ramudoi. Ich glaube, die Kinder fühlen sich in ihren kleinen Booten sicherer als an Land. Wie geschickt die Leute mit ihren Werkzeugen umgehen können . . .« Thonolan sah, wie es in den Augen seines Bruders vor Begeisterung aufblitzte. »Ich habe sie mir angesehen. Ich glaube, wenn ich noch einen großen Splitter von der Schneide von Carlonos Axt abnehmen könnte, würde das eine glatte, nach innen gewölbte Wange oberhalb der eigentlichen Schneide ergeben und die Arbeit sehr erleichtern. Außerdem bin ich sicher, daß ich aus Feuerstein einen Bohrer machen könnte, mit dem man diese Löcher viel schneller bohren könnte.«

»Das also ist es! Und ich hatte schon gedacht, du interessierst dich wirklich fürs Bootsbauen, großer Bruder. Ich hätte es wissen müssen. Nicht die Boote sind es, die dich interessieren, sondern die Werkzeuge, mit denen sie sie bauen. Jondalar, im Herzen wirst du immer ein Werkzeugmacher bleiben.«

Jondalar mußte selbst lächeln, als ihm aufging, daß Thonolan recht hatte. Der Prozeß des Bootebauens war durchaus interessant, doch was seine Vorstellungskraft anregte, war der Gebrauch der Werkzeuge dabei. Es gab zwar innerhalb dieser Gruppe eine Reihe von Männern und Frauen, die mit dem Feuerstein recht passable Arbeit leisteten, doch keinen, der die Werkzeugmacherei zu seiner Spezialität gemacht hatte. Keiner von ihnen hatte einen Blick dafür, wie man mit nur wenigen Veränderungen Steinwerkzeuge wesentlich funktionstüchtiger machen konnte. Ihm hatte es stets ein ganz besonderes Vergnügen bereitet, Werkzeuge zu ersinnen, die für eine ganz bestimmte Aufgabe besonders geeignet waren, und so überlegte sein technisch-schöpferischer Geist auch jetzt schon Möglichkeiten, diejenigen zu verbessern, die die Sharamudoi benutzten. Vielleicht war das eine Möglichkeit, ihnen, denen er soviel schuldete, mit seiner einzigartigen Kunstfertigkeit und seinem Wissen einiges zu vergelten.

»Mutter! Jondalar! Es sind gerade noch mehr Leute angekommen. Es stehen schon so viele Zelte da, daß ich nicht weiß, wo sie noch eines aufschlagen wollen«, rief Darvo, als er in die Unterkunft hineingeschossen kam. Im Nu war er wieder draußen; er war nur gekommen, um ihnen die Neuigkeit zu berichten. Er konnte unmöglich drinnen bleiben – dazu war das Treiben draußen zu aufregend.

»Es sind mehr Besucher gekommen als zur Hochzeit von Markeno und Tholie, und das war für mich schon eine große Versammlung«, sagte Serenio. »Aber die meisten wissen ja von den Mamutoi, selbst wenn sie noch nie einen gesehen haben. Aber von einem Zelandonii hat noch nie jemand etwas gehört.«

»Sie nicht glauben, wir haben zwei Augen, zwei Arme und zwei Beine wie sie?« sagte Jondalar. Er selbst war gleichfalls nicht wenig erstaunt über die große Zahl der Menschen. Bei einem Sommertreffen der Zelandonii kamen zwar für gewöhnlich mehr zusammen, doch diese hier waren alles Fremde, bis auf diejenigen, die zu Dolandos Höhle und zu Carlonos Bootslände gehörten. Die Nachricht hatte sich so rasch verbreitet, daß neben den Sharamudoi auch andere gekommen waren. Angehörige von Tholies Mamutoi-Verwandten nebst einigen anderen, die neugierig genug waren, sie zu begleiten, waren schon frühzeitig eingetroffen. Auch von flußaufwärts – sowohl der Mutter als auch der Schwester – waren Leute gekommen.

Viele der Hochzeitsbräuche waren ihm unbekannt. Sämtliche Höhlen trafen sich an einem vorher abgesprochenen Ort, wenn bei den Zelandonii eine Hochzeit stattfand, und bei solchen Gelegenheiten wurden immer mehrere Paare zusammengegeben. Jondalar war es nicht gewohnt, daß so viele Leute die Stamm-Höhle eines Paares besuchten, um eine Hochzeit mitzuerleben. Als Jondalars einziger Blutsverwandter sollte er eine besondere Rolle bei der Feier des Zusammengebens spielen, und so war er jetzt ziemlich aufgeregt.

»Weißt du, Jondalar, die meisten Leute wären erstaunt, wenn sie erführen, daß du keineswegs immer so selbstsicher bist, wie du wirkst. Aber keine Angst, du wirst deine Sache gut machen«, sagte Serenio, rückte ganz nahe an ihn heran und schlang ihm die Arme um den Hals. »Das tust du immer.«

Sie hatte das Richtige getan. Ihre Nähe war eine angenehme Ablenkung – er mußte an andere Dinge denken, ohne daß sie irgendwelche Anforderungen an ihn stellte – und was sie sagte, gab ihm Sicherheit. Er zog sie an sich, drückte seinen Mund auf den ihren und verweilte dort, was ihm einen Augenblick sinnlichen Vergnügens verschaffte, ehe seine Ängste wieder Oberhand gewannen.

»Du meinst, ich sehe richtig aus? Reisekleidung nicht das Richtige für besondere Gelegenheit?« fragte er, sich plötzlich seiner Zelandonii-Gewandung bewußt.

»Das weiß hier keiner. Sie sind etwas Besonderes, etwas Einzigartiges. Genau richtig für die Gelegenheit. Ich glaube, es wäre zu gewöhnlich, wenn du etwas trägst, was alle kennen, Jondalar. Die Leute werden für dich ebenso Augen haben wie für Thonolan. Deshalb sind sie schließlich gekommen. Wenn sie dich aus einiger Entfernung sehen können, haben sie vielleicht nicht das Bedürfnis, näher zu kommen, und du weißt, daß du dich in dieser Kleidung wohl fühlst. Du siehst gut darin aus. Sie paßt zu dir.«

Er löste sich von ihr und – dankbar, ihnen noch nicht gegenübertreten zu müssen – spähte durch eine Ritze auf die Menge draußen. Er ging in den Hintergrund der Unterkunft, bis das geneigte Dach es ihm unmöglich machte weiterzugehen, kehrte nach vorn zurück und warf noch einen Blick hinaus.

»Jondalar, laß mich dir etwas Tee machen. Es handelt sich um eine besondere Mischung, die ich vom Shamud habe. Sie wird deine Nerven beruhigen.«

»Sehe ich denn nervös aus?«

»Das nicht, aber du hast allen Grund, es zu sein. Es dauert nur einen kleinen Augenblick.«

Sie goß Wasser in ein rechteckiges Kochgefäß und legte heiße Steine hinein. Er zog einen hölzernen Hocker heran – einer, der viel zu niedrig für ihn war – und setzte sich. Er war mit seinen Gedanken ganz woanders und starrte wie abwesend auf die geometrischen Muster, mit denen die Kiste beschnitzt war: mit einer Reihe von parallelen, schräg nach unten verlaufenden Linien oben, denen sich von unten eine Reihe ebensolcher Linien in genau der entgegengesetzten Richtung näherte, was ein Fischgrätmuster ergab.

Die Seitenwände der genuteten Kästen bestanden aus einem einzigen Brett, in die gerade verlaufende Vertiefungen, Rinnen oder Nuten hineingeschnitten worden waren. Die mit Hilfe von Dampf biegbar gemachten Bretter wurden an den Nuten abgeknickt, so daß Ecken entstanden und die letzte Ecke zusammengedübelt wurde. Auch am unteren Rand wurde eine Nut angebracht, in die das Bodenbrett eingefügt wurde. Dergestalt gefertigte Kisten oder Kästen ließen kein Wasser durch, zumal dann nicht, wenn sie mit Wasser gefüllt worden waren und das Holz aufquoll. Mit abnehmbaren Deckeln versehen, dienten sie vielen Zwecken, vom Kochen bis zur Vorratshaltung.

Die Kiste ließ ihn an seinen Bruder denken, und er wünschte, er könnte in diesem Augenblick vor seiner Hochzeit bei ihm sein. Thonolan hatte die Technik des Holzbiegens und -formens der Sharamudoi rasch begriffen. Er selber hatte sich beim Speermachen dieselben Prinzipien von Dampf und Erhitzen zunutze gemacht, um einen Schaft geradezubiegen oder das Holz bei der Fertigung von Schneeschuhen zu runden. Der Gedanke an Schneeschuhe erinnerte Jondalar an den Beginn ihrer Reise und versetzte ihn in eine wehmütige Stimmung. Ob er sein Zuhause wohl je wiedersehen würde? Seit er wieder seine eigenen Kleider trug, hatte er jedes Aufwallen von Heimweh entschieden unterdrückt, das sich gerade dann wieder einstellte, wenn er es am wenigsten erwartete. Diesmal war es Serenios genutete Kochkiste, die es weckte.

Mit einer ruckartigen Bewegung stand er auf, stieß dabei den Hocker um, griff zu, um ihn wieder aufzurichten und hätte beinahe Serenio umgestoßen, die sich mit einem Becher brühheißen Tee näherte. Daß er um ein Haar einen Unfall verursacht hätte, erinnerte ihn an den unglücklichen Zwischenfall beim Fest des Versprechens. Tholie und Shamio schien es besser zu gehen, und ihre Verbrennungen waren fast geheilt; trotzdem befiel ihn ein unheimliches Gefühl, als er sich an die Unterhaltung mit dem Shamud hinterher erinnerte.

»Jondalar, trink deinen Tee. Ich bin sicher, das hilft.«

Er hatte den Becher in seiner Hand ganz vergessen, lächelte und nahm einen Schluck. Der Tee hatte einen angenehmen Geschmack – offensichtlich gehörte zu den Zutaten Kamille – und die Wärme im Magen beruhigte. Nach einer Weile spürte er, wie ein Teil der Spannung von ihm abfiel.

»Du hast recht, Serenio. Fühle besser. Nicht wissen, was falsch.«

»Es kommt nicht alle Tage vor, daß der Bruder eine Gefährtin nimmt. Ein bißchen Nervosität ist da verständlich.«

Er schloß sie in die Arme und küßte sie mit einer Leidenschaft, die ihn wünschen ließ, daß er nicht so bald fort müßte. »Treffen uns wieder heute abend, Serenio«, flüsterte er ihr ins Ohr.

»Jondalar, heute abend wird zu Ehren der Mutter ein Fest gefeiert«, erinnerte sie ihn. »Ich glaube, weder du noch ich sollten uns etwas vornehmen, wo doch so viele Besucher da sind. Warum nicht einfach dem Abend seinen Lauf nehmen lassen? Wir können uns doch jederzeit haben.«

»Das habe ich ganz vergessen«, sagte er und nickte zustimmend. Doch aus irgendeinem Grunde fühlte er sich zurückgewiesen. Merkwürdig, aber dieses Gefühl hatte er noch nie gehabt. Ja, bisher war immer er es gewesen, der dafür gesorgt hatte, daß er während eines Festes von allen Verpflichtungen freigeblieben war. Wieso verletzte es ihn, daß Serenio es ihm erleichterte? Spontan beschloß er, den Abend mit ihr zu verbringen, ob nun Mutter-Fest war oder nicht.

»Jondalar!« Wieder kam Darvo hereingestürzt. »Sie haben mich geschickt, dich zu holen. Sie brauchen dich.« Er war atemlos vor Aufregung darüber, mit einer so wichtigen Aufgabe betraut worden zu sein, und tänzelte vor Ungeduld. »Beeil dich, Jondalar. Sie brauchen dich.«

»Nur mit der Ruhe, Darvo«, sagte der Mann und sah den

halbwüchsigen Jungen lächelnd an,. »Ich komme. Werde doch Hochzeit des eigenen Bruders nicht verpassen.«

Darvo lächelte ein wenig verlegen. Er wußte, daß sie nicht ohne Jondalar anfangen würden, doch vermochte das seine Ungeduld nicht zu zügeln. Er eilte hinaus. Jondalar holte Atem und folgte ihm.

Ein Murmeln ging bei seinem Erscheinen durch die Menge, und er freute sich beim Anblick der beiden Frauen, die auf ihn warteten. Roshario und Tholie geleiteten ihn auf eine kleine Erderhebung an der Seitenwand, wo die anderen warteten. Auf dem höchsten Punkt des Erdbuckels stehend und die anderen mit Kopf und Schultern überragend, stand eine weißhaarige Gestalt, deren Gesicht teilweise von einer hölzernen Halbmaske mit stilisierten Vogelzügen verdeckt war.

Thonolan bedachte ihn mit einem nervösen Lächeln, als er herzutrat. Jondalar erwiderte das Lächeln und versuchte, Verständnis hineinzulegen. War sein eigenes Gesicht jetzt verspannt, konnte er sich ausmalen, wie Thonolan sich fühlen mußte, und es tat ihm leid, daß die Gebräuche der Sharamudoi es ihnen versagt hatten, zusammen zu sein. Ihm fiel auf, wie gut sein Bruder sich den anderen anpaßte und schon zu ihnen zu gehören schien, und das versetzte ihm einen Stich. Auf der Reise hätten keine zwei Menschen besser zueinander passen können; jetzt jedoch hatten sich ihre Wege getrennt, ging jeder seinen eigenen, und Jondalar empfand schmerzlich die Trennung. Einen Moment war er überwältigt von unerwartetem Kummer.

Er schloß die Augen und ballte die Hände, um sich zu beherrschen. Er hörte Stimmen, die sich aus der Menge erhoben, und meinte, die Wörter ›groß‹ und ›Kleider‹ herauszuhören. Als er die Augen wieder aufmachte, ging ihm unversehens der Grund auf, warum Thonolan so gut zu den anderen paßte: er war vollständig nach Art der Sharamudoi gekleidet.

Kein Wunder, daß es Bemerkungen über seine eigene Kleidung gab, dachte er und bedauerte für einen Augenblick, so fremdländisch zu wirken. Aber Thonolan gehörte jetzt schließlich zu ihnen, war von ihrer Höhle aufgenommen worden, um das Zusammenkommen mit Jetamio zu erleichtern. Jondalar hingegen war immer noch ein Zelandonii.

Der großgewachsene Mann stellte sich zu der Gruppe der neuen Verwandten seines Bruders. Wenn er auch der Form nach noch kein Sharamudoi war, waren sie fortan doch seine Verwandten, selbst wenn sie nicht mehr da wären. Zusammen mit Jetamios Verwandten waren sie diejenigen, die Nahrung und Geschenke beigesteuert hatten, die später unter den Gästen verteilt werden sollten. Da mehr Fremde gekommen waren als erwartet, war noch zusätzlich manches herbeigeschafft worden. Die große Zahl der Besucher erhöhte noch das ohnehin schon hohe Ansehen und den Status des jungen Paares; man würde es als Schande betrachten, wenn sie hungrig und ohne Geschenke wieder fortziehen müßten.

Das plötzliche Verstummen des Gemurmels ließ sie alle den Kopf in Richtung einer Gruppe wenden, die jetzt auf sie zukam.

»Siehst du sie?« fragte Thonolan und stellte sich auf die Zehenspitzen.

»Nein, aber sie kommt bestimmt, das weißt du doch«, sagte Jondalar.

Als sie Thonolan und seine Verwandtschaft erreichten, öffnete sich der schützende Kreis und gab den Blick auf den verborgenen Schatz in seiner Mitte frei. Thonolan bekam einen trockenen Hals, als er die blumengeschmückte Schönheit in der Mitte erblickte, die ihm das strahlendste Lächeln schenkte, das er je gesehen hatte. Sein Glück war so unverkennbar, daß auch Jondalar nicht umhin konnte, leicht amüsiert zu lächeln. Wie eine Biene sich von der Blüte angezogen fühlt, wurde Thonolan von der Frau angezogen, die er liebte. Er führte sein Gefolge in die Mitte ihrer Gruppe, bis Jetamios Verwandte Thonolan und seine Verwandten umschlossen.

Beide Gruppen vermischten sich und fanden sich zu Paaren, während der Shamud auf einer Rohrflöte mehrere Male dieselbe Tonfolge ertönen ließ. Unterstrichen wurde der Rhythmus von einer anderen Person mit einer Vogel-Halbmaske, die eine große Reifentrommel schlug. Noch ein Shamud, wie Jondalar mutmaßte. Die Frau war ihm fremd, trotzdem hatte sie auch etwas Vertrautes, doch vielleicht war es nur eine Ähnlichkeit, die all jenen, Die Der Mutter Dienten, gemeinsam war. Während Angehörige der beiden Verwandtschaftskreise, die sich zu Paaren zusammengetan hatten, Figuren tanzten, die kompliziert schienen, jedoch nichts anderes als Variationen einer bestimmten Schrittfolge waren, spielte der weißhaarige Shamud auf der kleinen Flöte. Es handelte sich um einen langen geraden, mit glühenden Kohlen ausgehöhlten Stock, der ein Mundstück und eine Reihe von Löchern sowie am Ende einen geschnitzten Vogelkopf aufwies. Und in der Tat ahmten manche der Töne, die dem Instrument entlockt wurden, genau bestimmte Vogelstimmen nach.

Schließlich standen die beiden Gruppen einander in zwei Reihen gegenüber. Sie faßten sich bei den Händen und bildeten einen langen Bogengang. Während das Paar, das jetzt zusammengegeben werden sollte, hindurchschritt, folgten ihnen die hinter ihnen kommenden Paare. Der Shamud führte den Zug ans Ende der Terrasse und um die Felswand herum. Jetamio und Thonolan folgten dem Flötenspieler, danach kamen Markeno und Tholie, sodann als nächste Verwandte des jungen Paares Jondalar und Roshario. Es folgte die Gruppe der Verwandten, und alle anderen Höhlenangehörigen und Gäste bildeten den Schluß. Der trommelspielende Shamud, der zu Besuch gekommen war, reihte sich hinter den Angehörigen von Jetamios Höhle ein.

Der weißhaarige Shamud führte sie den Pfad zur Bootsbau-Lichtung hinunter, bog aber vorher in den Seitenpfad ab, der zum Segensbaum führte. Während die Leute sich um die riesige alte Eiche herum aufstellten, richtete der Shamud ruhig das Wort an das junge Paar, gab ihm Anweisungen und Ratschläge, wie sie zu einer glücklichen Beziehung kämen, und erbat dann den Segen der Mutter. Nur die engsten Angehörigen und ein paar andere, die zufällig in Hörweite standen, bekamen diesen Teil der Zeremonie mit. Alle anderen Versammelten standen da und unterhielten sich, bis sie merkten, daß der Shamud still wartete.

Schweigen legte sich über die Gruppe – ein erwartungsvolles Schweigen. Das rauhe Rufen eines Eichelhähers unterbrach laut die Stille, und das Hämmern eines Buntspechts hallte durch den Wald. Dann schwang sich eine Waldlerche in die Höhe und erfüllte die Luft mit einem süßen Klang.

Als habe er auf dieses Zeichen gewartet, winkte die wie ein Vogel maskierte Gestalt den beiden jungen Leuten, einen Schritt vorzutreten. Der Shamud holte ein Stück Schnur hervor und schlang es zu einer Schlinge. Thonolan und Jetamio, die nur Augen füreinander hatten, legten die Hände zusammen und steckten sie hindurch.

»Jetamio an Thonolan und Thonolan an Jetamio, ich binde euch aneinander«, sagte der Shamud, zog die Schlinge fest und band beide Handgelenke mit einem festen Knoten zusammen. »Genauso wie ich diesen Knoten schlinge, seid ihr verbunden, seid ihr nun euch gegenseitig verpflichtet und einer durch den anderen den Banden von Verwandtschaft und Höhle. Dadurch, daß ihr diese Verbindung eingeht, vollendet ihr das, was durch

Markeno und Tholie begonnen wurde.« Bei der Nennung ihrer Namen traten auch die beiden anderen jungen Leute vor, und alle vier reichten sich die Hände. »Als Shamudoi sollt ihr die Gaben des Landes teilen, so wie die Ramudoi die Gaben des Wassers teilen; so seid ihr nun Sharamudoi, einander stets gegenseitig zu helfen.«

Tholie und Markeno traten zurück, und zu den hohen Klängen seiner Flöte machten Thonolan und Jetamio einen langsamen Rundgang um die uralte Eiche. Beim zweiten Umgang riefen die Umstehenden ihnen Glückwünsche zu und bewarfen sie dabei mit Vogelflaum, Blütenblättern und Fichtennadeln.

Beim dritten Umgang um den Segensbaum schlossen die Zuschauer sich ihnen lachend und fröhlich rufend an. Irgend jemand stimmte eine traditionelle Weise an, und es wurden weitere Flöten hervorgeholt, um die Sänger damit zu begleiten. Andere schlugen auf Trommeln. Dann zog eine der von weither gekommenen Mamutoi-Frauen das Schlüsselbein eines Mammuts hervor. Mit einem Schlegel schlug sie dagegen, und alles blieb für einen Moment stehen. Der weithin hallende Ton, den der Knochen von sich gab, überraschte die meisten Anwesenden, doch als sie fortfuhr, darauf zu spielen, überraschte sie das womöglich noch mehr. Indem sie an verschiedenen Stellen auf das Schlüsselbein einschlug, konnte die Spielerin Stärke und Tonhöhe verändern und paßte ihre Klänge der Melodie von Sängern und Flöte an. Als die Eiche das dritte Mal umrundet war, stellte der Shamud sich wieder an die Spitze des Zuges und führte ihn hinunter an die Lichtung am Fluß.

Jondalar hatte nicht miterlebt, wie letzte Hand an das Boot gelegt worden war. Obwohl er fast alle Stadien des Baus miterlebt hatte, bildete das fertige Boot jetzt einen atemberaubenden Anblick. Es schien viel größer, als er es in der Erinnerung hatte; dabei war es ihm noch nie klein vorgekommen. Jetzt jedoch wurde die enorme Länge von fünfzehn Schritten durch entsprechend hohe, sanft geschwungene Bordwände und durch die große vorspringende Heckstange erst in ein ausgewogenes Verhältnis gebracht. Der geschwungene Bug war zu einem langhalsigen hölzernen, an der Bordwand festgedübelten Wasservogel verlängert worden.

Bemalt war der Bugteil mit leuchtenden rötlichen und gelblichen Ockerfarben, Mangan-Schwarz und der weißen Kalksteinfarbe. Tief unten an der Bordwand erkannte man Augen, damit das Boot unter Wasser sehen und Gefahren aus dem Weg gehen könne. Außerdem zierten geometrische Schmuckmuster Bug und Heck. Ruderbänke spannten sich quer über die ganze Breite, und neue Riemen mit breiten Blättern und langen Armen lagen bereit. Zum Schutz vor Regen und Schnee krönte eine Überdachung aus gelbem Gamsleder den Mittelteil, und das gesamte Boot war mit Blumen und Vogelfedern geschmückt worden.

Es war wunderbar, Ehrfurcht gebietend. Stolz stieg in Jondalar auf, und die Kehle schnürte sich ihm zu, als er daran dachte, daß er seinen Beitrag dazu geleistet hatte.

Zu allen Festen des Zusammengebens gehörte ein neues oder neu hergerichtetes Boot, doch nicht jedes Fest konnte sich eines Bootes von solcher Stattlichkeit und Schönheit rühmen. Es war reiner Zufall, daß die Höhle in dem Augenblick, wo die beiden jungen Leute ihre Absicht erklärt hatten, beschlossen hatte, man brauche ein neues großes Boot. Jetzt jedoch schien es ganz besonders passend, zumal so viele Besucher von weither gekommen waren. Sowohl die Höhle als auch das Paar hatte mit dieser Leistung große Achtung errungen.

Das soeben zusammengegebene Paar stieg – der zusammengebundenen Handgelenke wegen ein wenig unbeholfen – hinein und nahm unter dem Baldachin auf der Mittelbank Platz. Eine Reihe von nahen Verwandten folgte ihnen; manche griffen nach den Riemen. Das Boot war zwischen Bohlen aufgebockt, damit es nicht hin- und herschwankte; die Bohlen reichten bis ans Wasser hinunter. Angehörige der Höhle und Besucher nahmen rings um das Boot Aufstellung, um es ins Wasser hineinzuschieben; unter Grunzen und Lachen wurde das neue Boot vom Stapel gelassen.

Sie hielten es nahe am Ufer fest, bis das neue Fahrzeug für flußtüchtig erklärt wurde, das heißt, bis feststand, daß es keine Schlagseite hatte und keine ernstlichen Lecks aufwies; dann ging es flußabwärts auf die Jungfernfahrt bis zur Bootslände der Ramudoi. Etliche andere Boote unterschiedlicher Größe wurden zu Wasser gelassen und umringten den großen neuen Wasservogel, als wären es Enten- oder Gänseküken.

Diejenigen, die nicht auf dem Wasserweg zurückkehrten, eilten den Pfad entlang in der Hoffnung, das hochgelegene Ufer noch vor dem jungen Paar zu erreichen. An der Bootslände kletterte eine Reihe von Leuten den steilen Wasserfallpfad hoch und bereiteten alles vor, jenen flachen Korb herabzulassen, in dem Thonolan und Jondalar bei ihrer Ankunft hinaufgezogen worden waren – diesmal allerdings sollten es Thonolan und Jetamio sein, welche – die Hände immer noch aneinandergebunden – hinaufbefördert werden sollten. Sie hatten sich einverstanden erklärt, sich einer an den anderen zu binden, und so sollten sie nicht getrennt werden, zumindest nicht für diesen einen Tag.

Gewaltige Mengen Essens wurden gereicht und mit sehr viel bei Neumond bereitetem Löwenzahnwein hinuntergespült; alle Besucher erhielten Geschenke, was zusätzlich Ansehen einbrachte. Als es Abend wurde, zog die neu gebaute Unterkunft Besucher an. Die Gäste schlüpften ohne Aufhebens hinein und legten ›eine Kleinigkeit‹ für das neu zusammengegebene Paar nieder, um ihm damit Glück zu wünschen. Die Geschenke wurden anonym hinterlegt, um den Reichtum der Höhle, die sie bei diesem Fest bewiesen hatte, nicht in den Schatten zu stellen. In Wahrheit aber wurde der Wert der erhaltenen Geschenke später gegen den Wert der verteilten Waren aufgerechnet; man merkte sich diese Dinge, um bei späterer Gelegenheit in nichts nachzustehen, denn die Geschenke als solche waren keineswegs anonym.

Form und Verzierung sowie eingeschnitzte oder aufgemalte Muster verrieten den Geber genauso deutlich, als wenn sie offen dargebracht worden wären – nicht die Einzelperson, die sie hergestellt hatte und von vergleichsweise geringer Bedeutung war, sondern die Familie, Gruppe oder Höhle, der sie angehörte. Entsprechend der wohlbekannten und von allen gleichermaßen anerkannten Wertsysteme sollten die ausgeteilten wie die erhaltenen Geschenke Ansehen, Ehre und Status der verschiedenen Gruppen nachhaltig unterstreichen. Wenn er auch nicht mit Verbissenheit ausgeführt wurde, der wechselseitige Kampf um das Ansehen wurde gleichwohl sehr heftig geführt.

»Ihm wird wahrhaftig viel Aufmerksamkeit entgegengebracht, Thonolan«, sagte Jetamio, als sie bemerkte, daß eine Handvoll Frauen den großen blonden Mann umringte, der ungezwungen gegen einen Baum gelehnt dastand.

»So ist das immer. Seine großen blauen Augen bewirken, daß Frauen sich von ihm angezogen fühlen wie . . . Falter vom Feuer«, sagte Thonolan, der Jetamio half, ein Eichenbehältnis Heidelbeerwein zu den feiernden Gästen hinauszutragen. »Hast du das noch nicht bemerkt? Hast du dich nie zu ihm hingezogen gefühlt?«

»Du hast mich als erster angelächelt«, sagte sie, und sein breites Grinsen rief eine wunderschöne Reaktion bei ihr hervor. »Aber ich glaube, ich verstehe es. Es liegt nicht nur an den Augen. Er ist etwas Besonderes, zumal in dieser Kleidung. Sie steht ihm gut. Doch auch das allein ist es nicht. Ich glaube, Frauen spüren, daß er ... sucht. Ausschau hält nach jemand. Auch reagiert er so ... feinfühlig ... ist so groß und so wohlgewachsen. Wirklich ein stattlicher Mann. Und seine Augen haben etwas – ist dir jemals aufgefallen, wie sie im Schein des Feuers violett aufleuchten?« sagte sie.

»Ich dachte, du nicht von ihm angezogen ...« sagte Thonolan mit gespielt entsetztem Ausdruck, bis sie schelmisch zwinkerte.

»Beneidest du ihn?« fragte sie behutsam.

Thonolan hielt inne. »Nein. Niemals. Weiß nicht, warum, aber viele Männer neidisch. Sieh ihn dir an, man meint, er hat alles. Wie du sagst: wohlgebaut, stattlich; und sieh dir all die Frauen um ihn herum an. Noch mehr: tüchtig mit den Händen, der beste Feuersteinschläger, den ich kenne. Guter Kopf, und doch kein Großmaul. Die Leute mögen ihn – Frauen wie Männer, beide. Sollte glücklich sein, ist es aber nicht. Wäre schön, wenn er jemand wie dich fände, Tamio.«

»Nein, nicht wie mich. Aber jemand anders. Ich mag deinen Bruder, Thonolan. Hoffentlich findet er eines Tages, wonach er sucht. Vielleicht eine von diesen Frauen?«

»Nein, nicht glauben. Habe das schon oft erlebt. Möglich, daß er eine genießt ... oder mehrere ... aber das, was er sucht, findet er nicht.« Sie gossen einen Teil des Weins in Wasserbeutel und ließen den Rest für die Zecher zurück. Dann gingen sie zu Jondalar hinüber.

»Und was ist mit Serenio? Er scheint etwas für sie übrig zu haben, und ich weiß, daß sie mehr für ihn empfindet, als sie je zugeben würde.«

»Er mag sie, er mag auch Darvo. Aber ... vielleicht nicht jede für ihn. Vielleicht sucht er nach Traum, nach Donii.« Thonolan lächelte liebevoll. »Als du mich das erste Mal angelächelt hast, dachte ich, du Donii.«

»Bei uns heißt es, der Geist der Mutter verwandelt sich in einen Vogel. Sie weckt die Sonne mit Ihrem Ruf und bringt den Frühling aus dem Süden mit. Im Herbst bleiben einige hier, uns an Sie zu erinnern. Die Jagdvögel, die Störche – jeder Vogel bildet irgendeinen Aspekt von Mudo.« Eine Schar Kinder lief an ihnen vorüber, und sie mußten stehenbleiben. »Kleine Kinder mögen die Vögel nicht, besonders, wenn sie unartig sind. Sie glauben, die Mutter beobachtet sie und weiß alles. Manche Mütter erzählen ihren Kindern das. Ich kenne Geschichten von Männern, die beim Anblick bestimmter Vögel irgendeine Übeltat gestanden haben. Und dann heißt es auch, Sie geleitet dich nach Hause, wenn du dich verirrt hast.«

»Bei uns heißt es, Geist der Mutter wird Donii und fliegt mit dem Wind. Vielleicht Sie aussehen wie Vogel. Habe darüber noch nie nachgedacht«, sagte er und drückte ihr die Hand. Als er sie dann anblickte und spürte, wie es vor Liebe in ihm aufwallte, flüsterte er mit einer Stimme, die heiser war vor innerer Bewegung: »Ich nie gedacht, ich dich finden.« Er versuchte, den Arm um sie zu legen, mußte jedoch feststellen, daß seine Hand an die ihre gefesselt war, und runzelte die Stirn. »Ich froh, daß wir Knoten geschlungen, aber wann wir ihn auseinanderschneiden? Ich möchte dich in den Armen halten, Tamio.«

»Vielleicht sollen wir herausfinden, daß wir auch zu sehr aneinander gebunden sind«. Sie lachte. »Wir können uns bald von der Feier entfernen. Komm, laß uns deinem Bruder etwas Wein bringen, ehe alles ausgetrunken ist.«

»Er vielleicht nicht mögen. Er tut so, als ob großer Trinker, dabei trinkt er nicht viel. Er nicht mögen Kontrolle über sich verlieren und dumme Sachen machen.« Als sie aus dem Schatten des Überhangs hinaustraten, wurden sie plötzlich bemerkt.

»Da seid ihr ja! Ich wollte dir Glück wünschen, Jetamio«, sagte eine junge Frau, eine Ramudoi aus einer anderen Höhle, jung und lebhaft. »Welch ein Glück du hast! Wir bekommen nie ansehnliche Besucher, die bei uns überwintern.« Sie bedachte den Mann mit einem, wie sie hoffte, gewinnenden Lächeln, doch er blickte mit Augen, die vor Erstaunen geweitet waren, eine andere junge Frau an.

»Du hast recht. Ich habe Glück«, sagte Jetamio und sah ihren Gefährten mit einem schmelzenden Blick an.

Die junge Frau sah Thonolan an und stieß einen Seufzer aus. »Sie sind beide stattlich. Ich weiß nicht, für wen ich mich hätte entscheiden sollen.«

»Dann hättest du keinen von beiden bekommen, Cherunio«, sagte die andere junge Frau. »Wenn du einen Gefährten willst, mußt du dich für einen entscheiden.«

Das hatte einen Lacher zur Folge, doch die junge Frau genoß die Aufmerksamkeit, die es ihr eintrug. »Ich habe eben noch nicht den Mann gefunden, für den ich mich entscheide«, sagte sie und sah Jondalar mit Grübchen in den Wangen an.

Cherunio war die kleinste der Frauen hier, und Jondalar hatte sie wirklich noch nie zuvor gesehen. Jetzt jedoch nahm er sie sehr wohl wahr. Wenn auch klein, war sie doch sehr wohl eine Frau und bekundete eine Lebhaftigkeit und Begeisterungsfähigkeit, die sehr für sie einnahmen. Ein größerer Gegensatz zu Serenio war kaum denkbar. Seine Augen verrieten sein Interesse, und Cherunio zitterte förmlich vor Entzücken, jetzt, wo sie sein Interesse gefesselt hatte. Plötzlich wandte sie den Kopf ab. Sie hatte etwas gehört.

»Ich höre den Rhythmus – jetzt wird der Paartanz getanzt«, sagte sie. »Komm, Jondalar.«

»Ich kenne die Schritte nicht«, sagte er.

»Ich zeige sie dir. Es ist nicht schwer«, sagte Cherunio und zog ihn mit sich fort. Jondalar leistete keinen Widerstand.

»Wartet. Wir kommen mit«, sagte Jetamio.

Die andere Frau war nicht sonderlich erbaut darüber, daß Cherunio so rasch Jondalars Aufmerksamkeit errungen hatte, und er hörte Radonio sagen: »Es ist nicht schwer . . . trotzdem!« Perlendes Lachen folgte diesen Worten. Doch als die vier der Tanzfläche zustrebten, hörte er das verschwörerische Getuschel nicht.

»Das hier ist der letzte Wasserschlauch, Jondalar«, sagte Thonolan. »Jetamio sagt, es wird von uns erwartet, daß wir den Tanz anführen. Aber wir brauchen nicht länger dabei zu bleiben. Sobald wir können, werden wir uns davonschleichen.«

»Möchtet ihr ihn nicht mitnehmen? Für eure Feier zu zweit?«

Thonolan sah seine Gefährtin grinsend an. »Nun, es ist nicht wirklich der letzte – einen haben wir versteckt. Nur glaube ich, wir brauchen ihn nicht. Mit Jetamio allein zu sein, ist für mich Feier genug.«

»Ihre Sprache klingt so hübsch. Meinst du nicht auch, Jetamio?« sagte Cherunio. »Verstehst du, was sie sagen?«

»Ein wenig. Aber ich werde mehr davon lernen. Und Mamutoi auch. Tholie ist auf die Idee gekommen, daß wir alle die Sprache der anderen lernen.«

»Tholie sagt, beste Möglichkeit, Sharamudoi zu lernen, ist immer reden. Sie recht. Tut mir leid, Cherunio. Nicht sehr höflich, Zelandonii zu sprechen«, entschuldigte Jondalar sich.

»Ach, ich habe nichts dagegen«, erklärte Cherunio, wiewohl das nicht stimmte. Sie hatte es durchaus nicht gern, von einer

Unterhaltung ausgeschlossen zu sein. Doch seine Entschuldigung tat mehr, als sie nur beschwichtigen. Und zu dem auserwählten Kreis, mit dem neu zusammengegebenen Paar und dem großgewachsenen, stattlichen Zelandonii zu gehören, entschädigte für vieles. Sie war sich der neidischen Blicke etlicher anderer Frauen sehr wohl bewußt.

Hinter dem Tanzplatz und außerhalb des Überhangs brannte ein Freudenfeuer. Sie traten in den Schatten zurück und reichten den Weinschlauch herum. Dann bildete sich eine Gruppe, und die beiden jungen Frauen zeigten den Männern die Grundschritte des Tanzes. Flöten, Trommeln und Rasseln setzten zu einer Melodie an, die von der Mammut-Schlüsselbein-Spielerin aufgenommen wurde.

Nachdem der Tanz angefangen hatte, merkte Jondalar, daß die Grundschritte Abwandlungen erlaubten, denen nur die Phantasie und das Können der Tänzer Grenzen setzte, und gelegentlich bewies ein Tänzer oder ein Paar eine solche ungewöhnliche Begeisterung, daß alle anderen stehenblieben, ihnen ermunternd zuriefen und dabei mit den Füßen den Takt schlugen. Eine Gruppe umringte die Tänzer, wiegte sich im Takt und sang, und ohne bewußten Bruch wechselte die Musik in ein anderes Tempo über. So ging es weiter. Musik und Tanzen hörten kein einziges Mal auf, dafür gesellten sich andere dazu und hörten wieder auf, wenn ihnen danach war, und es entstand eine endlose Folge von Variationen von Klängen, Schritten, Rhythmen und Melodien, die so lange weitergingen, wie jemand da war, der wünschte, daß es weiterging.

Cherunio war eine sehr temperamentvolle Partnerin, und Jondalar, der doch mehr Wein getrunken hatte als gewöhnlich, überließ sich ganz der Stimmung des Abends. Jemand stimmte einen Wechselgesang an, indem er den ersten bekannten Vers angab. Jondalar entdeckte bald, daß es sich um ein Lied handelte, bei dem der zur Gelegenheit passende Text von den einzelnen Mitwirkenden mit der Absicht erfunden wurde, in Anspielung auf Gaben und Freuden Gelächter hervorzurufen. Nicht selten wurde daraus ein Wettstreit zwischen denen, die darauf aus waren, komisch zu sein, und denen, die versuchten, nicht zu lachen. Manche Mitspielenden zogen sogar Grimassen in dem Versuch, die gewünschte Wirkung zu erzielen. Dann trat ein Mann in die Mitte des Kreises, der sich zum Rhythmus des Wechselgesangs hin- und herwiegte.

»Das ist Jondalar, so blond und groß, dieser Mann brauchte

zu wählen bloß. Cherunio ist süß, doch klein. Könnt' sein, er stürzt oder bricht sich's Bein.«

Der Singsang dieses Mannes erzielte das gewünschte Ergebnis; alles bog sich vor Lachen.

»Wie willst du das anstellen, Jondalar?« rief jemand anderes. »Du wirst dir den Hals brechen müssen, bloß um diese Maid zu küssen.«

Grinsend sah Jondalar die junge Frau an. »Nicht Hals brechen«, sagte er, hob Cherunio dann in die Höhe und küßte sie zum Stampfen von Füßen und Beifallsgeklatsche. Völlig überrascht, schlang sie ihm die Arme um den Hals und erwiderte gefühlvoll seine Küsse. Er hatte bemerkt, wie mehrere Paare die Gruppe verlassen und Zelte oder in abgelegenen Winkeln Matten aufgesucht hatten, und seine Gedanken waren in die gleiche Richtung gegangen. Die besondere Begeisterung, die sie in ihre Küsse hineinlegte, ließen ihn annehmen, daß es angenehm mit ihr sein müsse.

Sie konnten sich nicht sofort verdrücken – das hätte nur noch mehr Gelächter zur Folge gehabt –, aber immerhin konnten sie dafür sorgen, daß sie nicht mehr unbedingt im Mittelpunkt standen. Ein paar Leute schlossen sich den Sängern, andere den Zuschauern an, und das Tempo des Tanzes veränderte sich gerade. Das war ein guter Moment, sich der allgemeinen Aufmerksamkeit zu entziehen und in den Schatten zu verschwinden. Als er Cherunio behutsam an den Rand der Versammelten führte, tauchte plötzlich Radonio auf.

»Jetzt hast du ihn den ganzen Abend für dich gehabt, Cherunio. Meinst du nicht, es ist an der Zeit, daß auch andere etwas von ihm haben? Immerhin feiern wir das Fest, um die Mutter zu ehren, deren Gaben wir schließlich miteinander teilen sollen.«

Radonia drängte sich sanft zwischen sie und küßte Jondalar. Dann schlang eine andere Frau die Arme um ihn und dann wieder andere. Er war von jungen Frauen umringt. Doch als etliche Händepaare sich auf eine schon sehr persönliche Weise mit ihm beschäftigten, war er sich nicht mehr sicher, ob er überhaupt Lust dazu hatte. Freuden dieser besonderen Art galten als etwas, was auf freier Wahl beruhte. Er war jetzt vollauf damit beschäftigt, Hände abzuwehren, die versuchten, ihm den Hosenbund zu lösen und hineinzugreifen. Das ging zu weit.

Er schüttelte sie ab, ohne allzu großes Zartgefühl dabei walten zu lassen. Als sie schließlich begriffen, daß er keiner gestatten wollte, ihn anzurühren, traten sie zurück und feixten. Plötzlich merkte er, daß eine fehlte.

»Wo ist Cherunio?« fragte er.

Die Frauen sahen einander an und kreischten dann vor Lachen.

»Wo Cherunio ist?« wollte er wissen, und als er nur weiteres Gekicher zur Antwort bekam, trat er rasch einen Schritt vor und packte Radonio. Er tat ihr am Arm weh, doch das wollte sie nicht zugeben.

»Wir hatten gedacht, sie sollte dich mit uns teilen«, sagte Radonio und lächelte gequält. »Alle wollen sie den großen stattlichen Zelandonii.«

»Zelandonii will aber nicht alle. Wo Cherunio?«

Radonio drehte den Kopf weg und weigerte sich zu antworten.

»Du wollen großen Zelandonii, sagst du?« Er war erbost, das hörte man an seiner Stimme. »Dann kannst du großen Zelandonii haben!« Mit diesen Worten zwang er sie vor sich in die Knie.

»Du tust mir weh! Warum steht ihr anderen mir nicht bei?«

Doch die anderen jungen Frauen waren sich nicht sicher, ob sie wirklich näher an ihn herankommen wollten. Sie bei den Schultern packend, stieß Jondalar Radonio vor dem Feuer zu Boden. Die Musik hatte aufgehört, und Leute umkreisten ihn, unsicher, ob sie eingreifen sollten oder nicht. Sie drehte und wand sich, um sich zu erheben, doch er hielt sie mit seinem Körper zu Boden gedrückt.

»Du wolltest großen Zelandonii, jetzt hast du ihn. Und jetzt sag: wo Cherunio?«

»Hier bin ich, Jondalar. Sie haben mich hier festgehalten und mir etwas in den Mund gestopft. Sie sagen, sie wollten uns nur einen Streich spielen.«

»Schlechter Streich«, sagte er, stand auf und half auch Radonio in die Höhe. Ihr standen die Tränen in den Augen, und sie rieb sich den Arm.

»Du hast mir wehgetan!« rief sie.

Plötzlich ging ihm auf, daß es nur ein Streich hatte sein sollen; er hatte keine gute Miene dazu gemacht. Schließlich hatte man weder ihm noch Cherunio etwas zuleide getan. Er hätte Radonio nicht wehtun dürfen. Sein Zorn verrauchte, und an seine Stelle trat Bekümmerung. »Ich ... ich wollte dir nicht wehtun ... ich ...«

»Du hast ihr ja gar nicht wehgetan, Jondalar. Jedenfalls nicht sehr«, sagte einer der Männer, die alles beobachtet hatten. »Das hat sie sich selbst zuzuschreiben. Sie stiftet dauernd zu etwas an und macht Scherereien.«

»Du bist ja bloß neidisch, daß sie nicht mit dir was angestiftet hat«, erklärte eine der jungen Frauen und sprang Radonio jetzt, wo sie wieder normal miteinander sprachen, zur Seite.

»Ihr glaubt vielleicht, ein Mann mag das, wenn ihr alle euch auf diese Weise an ihn heranmacht, aber das ist nicht so.«

»Das stimmt nicht«, sagte Radonio. »Meinst du etwa, wir hätten dich nicht gehört, wie du dich über diese oder jene Frau lustig machst, wenn du glaubst, du bist allein? Ich habe gehört, wie du davon geredet hast, du könntest gar nicht genug kriegen von Frauen. Ich habe sogar gehört, wie du davon geredet hast, du wolltest Mädchen noch vor den Ersten Wonnen, wo du doch weißt, daß du sie nicht anrühren darfst, selbst wenn die Mutter schon dafür gesorgt hat, daß sie bereit sind.«

Der junge Mann errötete, und Radonio nutzte ihren Vorteil aus. »Manche von euch reden sogar davon, Flachkopf-Frauen zu nehmen!«

Plötzlich tauchte riesig aus den Schatten am Rande des Feuers eine Frau auf. Beeindruckend war nicht so sehr ihre Größe, als vielmehr ihr mächtiger Leibesumfang, ihre Fettleibigkeit. Die sichelförmige Hautfalte im inneren Augenwinkel verriet ihre fremdländische Herkunft ebenso wie die Tätowierung des Gesichts. Dabei trug sie einen Überwurf aus Shamudoi-Leder.

»Radonio!« sagte sie. »Man muß auf einem Fest zu Ehren der Mutter nicht unbedingt schmutzige Reden führen.« Jetzt erkannte Jondalar sie.

»Tut mir leid, Shamud«, sagte Radonio und senkte den Kopf. Sie war schamrot geworden und ehrlich zerknirscht. Erst jetzt merkte Jondalar, wie jung sie war. Sie alle waren kaum mehr als junge Mädchen. Er hatte sich abscheulich benommen.

»Meine Liebe«, ermahnte die Frau Radonio sanft, »ein Mann mag zwar, wenn er aufgefordert und eingeladen wird – aber er hat es nicht gern, wenn man über ihn herfällt.«

Jondalar faßte die Frau genauer ins Auge; denn genau das dachte er auch.

»Aber wir wollten ihm ja nicht wehtun. Wir dachten, er würde es gern haben . . . nach einiger Zeit.«

»Das wäre ja auch durchaus möglich gewesen, wenn ihr etwas feinfühliger vorgegangen wäret. Niemand sieht sich gern

Zwang ausgesetzt. Du hast es doch auch nicht gemocht, als du das Gefühl hattest, er könnte dich zwingen, nicht wahr?«

»Er hat mir aber wehgetan!«

»Wirklich? Hat er dich nicht vielmehr dazu gebracht, etwas gegen deinen Willen zu tun? Ich glaube, das hat dich viel stärker verletzt. Und was ist mit Cherunio? Hat keiner von euch bedacht, daß ihr *sie* vielleicht verletzen könntet? Man kann niemanden zwingen, Freuden zu genießen. Das gereicht der Mutter nicht zur Ehre. Sie fühlt sich dadurch vielmehr mißbraucht. Und was da mißbraucht wird, sind Ihre Gaben.«

»Shamud, du hast gewettet, daß . . .«

»Ich mache das Spiel weiter mit. Komm jetzt, Radonio. Wir feiern ein Fest. Mudo will, daß ihre Kinder glücklich sind. Das war nur ein kleinerer Zwischenfall – laß dir dadurch nicht den Spaß verderben, meine Liebe. Es wird schon wieder getanzt; reihe dich ein!«

Als die Shamud-Frau zu ihrem Spiel zurückkehrte, ergriff Jondalar Radonios Hände. »Ich . . . tut mir leid. Ich nicht denken. Nicht die Absicht gehabt, dir weh zu tun. Bitte, schäme mich . . . verzeihen?«

Radonios erste Regung – zu schmollen und sich wütend zurückzuziehen – schmolz dahin, als sie in sein ernstes Gesicht und in seine veilchenblauen Augen sah. »Es war ein alberner . . . kindischer Streich«, sagte sie, und da seine Nähe und Gegenwärtigkeit sie nahezu umwarfen, kam sie auf ihn zugewankt. Er fing sie auf, lehnte sich dann näher an sie und gab ihr einen langen, erfahrenen Kuß.

»Ich danke dir, Radonio«, sagte er und wandte sich von ihr ab, um fortzugehen.

»Jondalar!« rief Cherunio hinter ihm her. »Wohin willst du?«

Schuldbewußt ging ihm auf, daß er sie völlig vergessen hatte. Mit federnden Schritten trat er auf die kleine, hübsche, quicklebendige junge Frau zu – bei der es außer Frage stand, daß sie sehr anziehend war –, hob sie in die Höhe und küßte sie feurig und mit Bedauern zugleich.

»Cherunio, ich machen Versprechen. All dies wäre nicht geschehen, wenn ich nicht so bereit, Versprechen zu brechen. Aber du machen leicht zu vergessen. Ich hoffe . . . ein andermal. Bitte, nicht böse«, sagte Jondalar und eilte dann fort in Richtung auf die Unterkünfte unter dem Sandsteinüberhang.

»Warum hast du es nur für alle verderben müssen, Radonio?« sagte Cherunio, als sie ihn entschwinden sah.

Der Ledervorhang vor der Tür der Unterkunft, die er mit Serenio teilte, war heruntergerollt, doch gekreuzte Planken versperrten ihm den Zugang nicht. Erleichtert seufzte er auf. Jedenfalls war sie nicht mit jemand anders dort drinnen. Als er den Vorhang beiseite stieß, war es dunkel. Vielleicht war sie gar nicht da. Vielleicht war sie doch mit jemand anders zusammen. Wenn er jetzt darüber nachdachte, so hatte er sie den ganzen Abend über nicht gesehen, jedenfalls nicht seit der eigentlichen Feier. Auch war sie es gewesen, die vorgeschlagen hatte, keinerlei Verpflichtungen für den Abend einzugehen. Er hatte nur sich selbst versprochen, die Nacht mit ihr zu verbringen. Vielleicht hatte sie andere Pläne gehabt, oder vielleicht hatte sie ihn auch zusammen mit Cherunio gesehen.

Er tastete sich bis an die hintere Wand der Unterkunft heran, wo ein erhöhtes Podest mit einem federgefüllten Polster und Fellen bedeckt war. Darvos Lagerstatt an der Seitenwand war leer. Das war zu erwarten gewesen. Besucher kamen nicht alle Tage, inbesondere nicht Besucher seines Alters. Wahrscheinlich hatte er die Bekanntschaft einiger Jungen gemacht, verbrachte die Nacht mit ihnen und versuchte, sich wachzuhalten.

Als er sich dem Hintergrund näherte, spitzte er die Ohren. War das Atmen, was er da hörte? Er langte über das Podest, fühlte einen Arm, und ein freudiges Lächeln ging über seine Gesicht.

Er ging noch einmal hinaus, holte ein Stück Glut vom Hauptfeuer und kehrte mit einem Stück Holz, auf dem er diese Glut trug, zurück. Er entzündete den Moosdocht einer kleinen Steinlampe, stellte dann die beiden Planken kreuzweise vor die Tür zum Zeichen, daß sie nicht gestört werden wollten. Er nahm die Lampe, ging leise hinüber zur Lagerstatt und betrachtete die schlafende Frau. Sollte er sie wecken? Jawohl, beschloß er – allerdings langsam und behutsam.

Diese Vorstellung bewirkte, daß sein Geschlecht sich regte. Rasch entledigte er sich seiner Kleider und schlüpfte neben sie, schloß ihre Wärme in die Arme. Sie murmelte etwas und rollte hinüber zur Wand. Sanft fuhr er mit der Hand über ihren ganzen Körper, spürte ihre Schlafwärme unter der Hand und atmete ihren weiblichen Geruch ein. Er erforschte jede Rundung, den Arm bis hinunter zu den Fingern, ihre ausgeprägten Schulterknochen, das tiefgelegene Rückgrat, das hinunterführte bis zum empfindsamen Kreuz und der Schwellung ihrer Hinterbacken, dann ihre Hüften und ihre Kniekehlen, ihre Fußgelenke und Fersen. Als er die Fußsohlen berührte, zog sie die Füße fort. Er griff um sie herum, legte die Hand über ihre Brust und spürte, wie die Brustwarze sich zusammenzog und sich unter seiner Hand versteifte. Er verspürte den Drang, daran zu saugen, drängte statt dessen jedoch sanft die Brust an ihren Rücken und bedeckte Schultern und Hals mit Küssen.

Er genoß es, ihren Körper zu berühren, ihn aufs neue zu erforschen und zu entdecken. Nicht nur den ihren, das wußte er. Er liebte alle Frauenleiber um ihrer selbst willen und um der Gefühle willen, die sie in ihm weckten. Sein Geschlecht pulsierte und zuckte bereits, doch hatte er es immer noch unter Kontrolle. Es war immer besser, wenn er seinem Drängen nicht zu schnell nachgab.

»Jondalar?« hörte er eine schläfrige Stimme.

»Ja«, sagte er.

Sie drehte sich auf den Rücken und schlug die Augen auf. »Ist es schon Morgen?«

»Nein.« Sich auf einen Arm stützend, blickte er auf sie hinunter, liebkoste ihre Brust und beugte sich dann hinunter, um an der Brustwarze zu saugen, die er schon vorher in seinem Mund hatte spüren wollen. Er liebkoste ihren Bauch, griff dann hinunter in die Wärme zwischen ihren Schenkeln und ließ die Hand auf dem Haar ihres Hügels ruhen. Sie hatte das weichste, seidigste Schamhaar, das er je bei einer Frau erlebt hatte. »Ich will dich, Serenio. Ich möchte heute nacht Mutter mit dir ehren.«

»Du mußt mir etwas Zeit lassen aufzuwachen«, sagte sie, doch ein Lächeln umspielte ihre Mundwinkel. »Ist da etwas kalter Tee? Ich möchte mir den Mund ausspülen – der Wein hinterläßt immer einen so scheußlichen Geschmack.«

»Ich sehe nach«, sagte er und erhob sich.

Schmachtend lächelte Serenio ihn an, als er mit einem Becher zurückkam. Manchmal genoß sie es, ihn bloß anzusehen – er war so wunderbar männlich: die Muskeln, die beim Gehen unter seiner Haut spielten, die kraftvolle, blondgelockte Brust, sein harter Bauch und die Beine, die ganz Kraft und Sehnen waren. Sein Gesicht war fast zu vollkommen; kräftiges eckiges Kinn, gerade Nase, sinnlicher Mund – sie wußte, wie sinnlich sein Mund sein konnte. Seine Züge waren so fein geschnitten und so wohlproportioniert, daß man ihn als schön bezeichnet hätte, wäre er nicht so männlich gewesen, oder wenn man Männer überhaupt als *schön* bezeichnet hätte, was man in ihrer Sprache nicht tat. Selbst seine Hände waren kräftig und feinfühlig zugleich, und seine Augen – die ausdrucksvollen, bezwingenden, unsäglich blauen Augen, die ein Frauenherz mit einem Blick dazu bringen konnten, wie rasend zu pochen –, die in ihr das Verlangen nach seinem harten, stolzen und prächtigen, hochgereckten Geschlecht weckten, noch ehe sie es jemals gesehen hatte.

Als sie ihn das erste Mal so gesehen und erlebt hatte, wie gut er es zu gebrauchen verstand, hatte es sie ein wenig geängstigt. Er zwang es ihr nie auf, gab ihr immer nur so viel, wie sie aufnehmen konnte. Wenn überhaupt, so war sie es, die sich zwang – verlangte es sie doch, es ganz und gar in sich aufzunehmen. Er reichte ihr den Becher, und sie setzte sich auf, doch ehe sie einen Schluck trank, lehnte sie sich vor und nahm den klopfenden Kopf in den Mund. Er schloß die Augen und ließ sich von einem Schauder des Wohlbehagens durchfluten.

Sie trank einen Schluck und stand dann auf. »Ich muß hinaus«, sagte sie. »Sind noch viele auf? Ich möchte mich nicht erst anziehen.«

»Leute tanzen, noch früh. Vielleicht besser, Kübel benutzen.«

Er ließ sie nicht aus den Augen, als sie zum Lager zurückkehrte. Oh Mutter! Sie war eine wunderschöne Frau, ihre Gesichtszüge so bezaubernd, ihr Haar so weich. Sie hatte lange und anmutige Beine und ein kleines, aber wohlgeformtes Hinterteil. Auch ihre Brüste waren klein, aber fest und wohlgeformt mit hochgereckten Warzen – immer noch die Brüste eines jungen Mädchens. Ein paar Dehnungsrisse unter der Bauchdecke waren das einzige, was darauf hinwies, daß sie schon Mutter war, und die wenigen feinen Falten an den Augenwinkeln das einzige, was ihr Alter verriet.

»Ich dachte, du kommst spät – es wird gefeiert«, sagte sie.

»Warum du hier? Du hast gesagt, ›keine Verpflichtung‹.«

»Ich habe niemand Interessantes getroffen, und ich war müde.«

»Du interessant . . . ich nicht müde«, sagte er lächelnd. Er schloß sie in die Arme und küßte ihren warmen Mund, wobei er auffordernd die Zunge vorschob und sie ganz an sich zog. Sie spürte es hart und heiß gegen ihren Bauch klopfen, und warm durchflutete es sie.

Er hatte vorgehabt, es auszudehnen, sich so lange zu beherrschen, bis sie mehr als bereit war, doch jetzt hing er gierig an ihrem Mund, ihrem Hals, saugte und zog sanft an ihren Brustwarzen, während sie seinen Kopf an ihre Brust drückte. Seine

Hand suchte ihren flaumbedeckten Hügel und stellte fest, daß sie darunter heiß und feucht war. Ein leiser Schrei entfuhr ihren Lippen, als er das kleine harte Organ in ihren warmen Falten berührte. Sie reckte sich und schmiegte sich an ihn, als er die Stelle liebkoste, von der er wußte, daß sie ihr die meiste Wonne bereitete.

Er spürte, was sie diesmal wollte. Sie veränderten ihre Stellung – er rollte sich auf die Seite, während sie sich neben ihn auf den Rücken legte. Sie hob eines ihrer Beine über seine Hüfte und schob das andere zwischen seine Schenkel, und während er das Herz ihrer Lust rieb und liebkoste, griff sie hinunter und führte sein Glied in ihre tiefe Spalte. Leidenschaftlich schrie sie auf, als er in sie eindrang und spürte die köstliche Erregung beider Empfindungen auf einmal.

Er fühlte sich von ihrer Wärme umfangen und bewegte sich hin und her, während sie sich ihm entgegendrängte, um ihn ganz in sich aufzunehmen. Er zog sich zurück und stieß wieder in sie hinein, bis es nicht weiterging. Sie schob sich seiner Hand entgegen, und er rieb härter, und stieß gleichzeitig wieder in sie hinein, bis es nicht weiterging. Er war bis zum Bersten gefüllt, und sie stöhnte laut, als ihre Spannung immer größer wurde. Sie stemmte sich ihm entgegen, und er fühlte, wie seine Lenden sich anspannten. Er rieb mit fester Hand, stieß zu und dann noch einmal; dann warfen mächtige Wellen sie zusammen, während sie einen unerträglichen Höhepunkt erreichten und herrliche Entspannung durch sie hindurchging. Einige wenige letzte Stöße brachten sie dazu, daß sie erschauernd vollkommene Erfüllung fanden.

Heftig atmend lagen sie nebeneinander, die Beine noch ineinander verschlungen. Mit einem Ruck ließ sie sich auf ihn hinunter. Erst jetzt, ehe er erschlaffte, aber nicht mehr zum Bersten gefüllt war, konnte sie ihn ganz in sich aufnehmen. Er wollte sich nicht bewegen – hätte fast einschlafen können, wollte jedoch auch das nicht. Schließlich zog er sein erschlafftes Glied heraus und unfing sie mit seinem ganzen Körper. Sie lag ganz ruhig da, doch er wußte, daß sie nicht schlief.

Er ließ die Gedanken schweifen, und plötzlich dachte er an Cherunio und Radonio und all die anderen jungen Frauen. Wie es wohl gewesen wäre, wenn er mit ihnen allen zusammen gewesen wäre? Wenn er all diese warmen, mannbaren weiblichen Leiber um sich gespürt hätte, ihre heißen Schenkel und runden Hinterteile und feuchten Brunnen. Die Brust einer im Mund zu haben und mit jeder Hand die Körper zweier anderer Frauen zu erforschen. Neue Erregung durchströmte ihn. Warum hatte er sie abgewiesen? Manchmal war er wirklich dumm.

Er ließ den Blick auf der Frau neben ihm ruhen und überlegte, wie lange es wohl dauern würde, sie wieder bereit zu machen, und blies ihr dann sanft ins Ohr. Sie lächelte ihn an. Er küßte sie auf den Hals, dann auf den Mund. Diesmal würde es länger dauern; er mußte sich Zeit lassen. Sie ist eine schöne, eine wunderbare Frau . . . warum kann ich mich nicht verlieben?

13

Als Ayla das Tal erreichte, sah sie sich vor ein Problem gestellt. Sie hatte vorgehabt, das Fleisch des toten Rens auf dem Uferstreifen unter ihrer Höhle zu zerlegen und zu trocknen und so lange zu schlafen, wie sie es früher auch getan hatte. Doch des verwundeten Höhlenlöwenjungen konnte sie sich nur oben in der Höhle richtig annehmen. Der kleine Löwe war größer als ein Fuchs, aber sehr viel pummeliger; immerhin konnte sie ihn tragen. Mit dem vollausgewachsenen Rentier war das etwas anderes. Die Spitzen der beiden Speere, die Winnie hinter sich herzog und auf denen die Tragfläche mit dem Ren darauf befestigt war, standen zu weit auseinander, als daß das Pferd ungehindert den schmalen Pfad bis zur Höhle hätte hinaufkommen können. Sie wußte nun nicht, wie sie ihre schwer errungene Beute zur Höhle hinaufschaffen sollte, wagte es aber auch nicht, sie unbewacht unten zurückzulassen, denn die Hyänen folgten ihr immer noch.

Sie hatte allen Grund, sich Sorgen zu machen. Schon nach der kurzen Zeit, die es kostete, das Löwenbaby zur Höhle hinaufzutragen, stritten die Hyänen sich knurrend um das von der Grasmatte eingehüllte tote Ren – und das, obwohl Winnie nervös davor hin- und hertänzelte. Ayla war noch nicht halb wieder unten, da trat ihre Schleuder schon in Aktion; einer der hart geschleuderten Steine war tödlich. Ayla schleifte die Hyäne an einem Hinterlauf um die vorspringende Felswand herum auf die Weide; dabei haßte sie es, das tote Tier anzufassen. Sie roch das Aas, das es zuletzt gefressen hatte, und wusch erst die Hände im Fluß, ehe sie sich wieder ihrem Pferd zuwandte.

Schwitzend und mit bebenden Flanken stand Winnie da; erregt schlug sie mit dem Schweif hin und her. Den Geruch des Höhlenlöwen in so großer Nähe zu haben, war fast mehr, als sie hatte ertragen können. Und der durchdringende Geruch der ihnen folgenden Hyänen war womöglich noch schlimmer gewesen. Als diese versucht hatten, sich auf Aylas Beute zu stürzen, hatte sie sich umdrehen wollen, doch ein Schaft ihres Zuggestells hatte sich in einer Felsspalte festgeklemmt. Sie war der Panik nahe.

»Das war ein schwerer Tag für dich, nicht wahr, Winnie?« gab Ayla ihr zu verstehen, schlang der Stute dann einfach die Arme um den Hals und drückte sie an sich, wie sie ein verängstigtes Kind an sich gedrückt hätte. Winnie lehnte sich an sie und zitterte und stieß heftig den Atem aus den Nüstern, doch die Nähe der jungen Frau beruhigte sie schließlich. Das Pferd war stets mit Liebe und Verständnis behandelt worden und gab dafür Vertrauen und bereitwilligen Einsatz.

Immer noch unentschlossen, ob und wie sie das Rentier zu ihrer Höhle hinaufschaffen sollte, fing Ayla an, das Pferd von dem behelfsmäßigen Zuggestell abzuschirren; da sich jedoch einer der Speerschäfte gelockert hatte, war er nach innen gedrückt worden, so daß die beiden Enden jetzt längst nicht mehr so weit auseinanderstanden. Ihr Problem hatte sich von selbst gelöst. Ayla schnallte den Schaft, der sich gelockert hatte, wieder fest, so daß er nicht ganz herausrutschen konnte, und führte Winnie dann den Pfad hinauf. Die Last schwankte hin und her, aber die Strecke war ja nur kurz.

Winnie mußte sich ungeheuer anstrengen. Das Ren wog ungefähr soviel wie das Pferd, und der Pfad führte steil bergan. Ayla lernte jetzt erst kennen, welch große Kraft das Pferd besaß, und ihr ging erst jetzt richtig auf, was sie gewonnen hatte, als sie sich diese Kraft borgte. Vor dem Höhleneingang angelangt, entfernte Ayla alles Hinderliche und schloß die junge Stute nochmals dankbar in die Arme. Dann ging sie voran in die Höhle hinein und erwartete, daß Winnie ihr folgen würde; als das Pferd jedoch ängstlich wieherte, drehte sie sich nach ihm um.

»Was ist denn?« fragte sie in Gebärdensprache.

Das Löwenjunge lag genau an der Stelle, wo sie es zurückgelassen hatte. Das Löwenbaby! dachte sie. Winnie witterte den Löwen. Sie ging nach draußen.

»Ist ja schon gut, Winnie. Dieses Baby kann dir nichts tun.«

Sie rieb Winnies weiche Nase, legte einen Arm um ihren kräftigen Hals und drängte das Pferd dann sanft in die Höhle hinein. Wieder besiegte das Vertrauen zu der Frau die Furcht. Ayla führte Winnie zu dem kleinen Löwen. Vorsichtig schnupperte die Stute, machte ein paar Schritte zurück und schnaubte, senkte dann jedoch erneut den Kopf, um das regungslose Löwenbaby nochmals zu beschnuppern. Der Raubtiergeruch war unverkennbar vorhanden, doch hatte das kleine Tier sonst nichts Bedrohliches. Winnie schnaubte leise und stieß das Fellbündel mit der Nase an. Dann schien sie sich damit abzufinden, daß ein dritter Bewohner ihrer Höhle vorhanden war, ging hinüber an ihren Platz und fing an, Heu zu fressen.

Ayla wendete ihre Aufmerksamkeit dem verwundeten Löwenjungen zu. Das wuschelige Geschöpf wies bräunliche Flekken auf einem hellbeigen Untergrund auf. Es schien noch sehr jung, doch war Ayla sich da nicht sicher. Höhlenlöwen waren steppenbewohnende Raubkatzen; bisher hatte sie nur Raubtiere gründlicher kennengelernt, die in der bewaldeten Umgebung der Clanshöhle gelebt hatten. Damals war sie niemals auf der offenen Steppe auf die Jagd gegangen.

Sie versuchte, sich an alles zu erinnern, was die Jäger des Clans über Höhlenlöwen erzählt hatten. Dieser hier schien heller zu sein als diejenigen, die sie bisher zu Gesicht bekommen hatte, und ihr fiel ein, daß die Männer die Frauen oft gewarnt hatten! Höhlenlöwen seien schwer zu entdecken. Sie paßten ihre Farbe dem trockenen Steppengras und dem staubigen Boden an, so daß man fast über einen stolpern könne. Ein ganzes Rudel, das im Schatten von Buschwerk oder zwischen Steinen und Felsen in der Nähe seiner Höhle schlafe, nehme sich aus wie eine Reihe von Findlingen – selbst aus größter Nähe.

Bei näherem Nachdenken kam sie zu dem Schluß, daß die Steppe hier in der Tat im großen und ganzen von hellerer Farbe war; die Löwen hier verschmolzen gleichsam mit dem Hintergrund. Sie hatte nie darüber nachgedacht, doch wollte es ihr nur vernünftig scheinen, daß die Löwen hier oben ein helleres Fell hatten als die weiter im Süden. Vielleicht sollte sie sich bemühen, die Höhlenlöwen genauer kennenzulernen.

Geschickt und mit erfahrener Hand tastete die junge Medizinfrau den jungen Löwen ab, um festzustellen, wie es um seine Verletzungen bestellt sei. Eine Rippe war gebrochen, drohte jedoch nicht, irgendwelchen anderen Schaden anzurichten. Krampfartiges Zucken und leise fauchende Laute verrieten, wo es ihm wehtat; es konnte sein, daß er innere Verletzungen davongetragen hatte. Die größte Schwierigkeit stellte eine offene

Kopfwunde dar, die zweifellos von einem harten Huf herrührte.

Ihr Feuer war längst ausgegangen, doch das bekümmerte sie schon lange nicht mehr. Sie hatte ja ihre Feuersteine und das Eisenpyrit und konnte im Handumdrehen ein neues Feuer machen, sofern sie guten Zunder zur Verfügung hatte. Sie setzte Wasser zum Kochen auf und umwickelte dann die Rippen des kleinen Höhlenlöwen fest und glatt mit einem Lederband. Als sie die schwarze Rinde von dem Beinwurz abzog, das sie unterwegs ausgegraben hatte, sonderte dies einen klebrigen Schleim ab. Sie schüttete Ringelblumenblüten ins siedende Wasser, und als dieses sich golden färbte, tauchte sie ein saugfähiges Stück Leder hinein, um dem Löwenjungen die Kopfwunde zu reinigen.

Als sie das geronnene Blut aufweichte, begann die Wunde wieder zu bluten, und sie erkannte, daß die Schädeldecke einen Riß aufwies, aber nicht regelrecht zertrümmert war. Sie zerhackte das weiche Beinwurz und trug den klebrigen Schleim direkt auf die Wunde auf – es würde die Blutung stillen und dazu beitragen, daß der Knochenriß wieder verheilte –, dann umwikkelte sie die Wunde mit weichem Leder. Sie hatte nicht gewußt, was sie jemals damit anfangen sollte, als sie das Fell von nahezu jedem erlegten Tier gewalkt hatte. Doch selbst in ihren wildesten Träumen wäre es ihr nicht eingefallen, daß sie jemals einen verwundeten Löwen damit verbinden würde.

Wie verwundert Brun wohl wäre, wenn er mich sehen könnte, dachte sie und lächelte. Er hatte ihr nie erlaubt, sich mit Tieren abzugeben, die selbst auf die Jagd gingen; er wollte ja nicht einmal zulassen, daß ich den kleinen Wolfswelpen mit in die Höhle brachte. Und jetzt ein Löwenjunges! Ich glaube, ich werde in kurzer Zeit eine Menge über Höhlenlöwen erfahren – falls das Junge hier überlebt.

Sie brachte mehr Wasser zum Sieden, um Beinwurz- und Kamillentee aufzubrühen, obwohl sie nicht wußte, wie sie dem Löwenbaby diese innerlich heilende Medizin einflößen sollte. Danach ging sie nach draußen, um das Ren abzuhäuten. Nachdem die ersten zungenförmigen und dünnen Fleischstreifen zum Aufhängen bereitlagen, wußte sie plötzlich nicht weiter. Auf dem Felssims vor ihrer Höhle lag keine Erdschicht, in die sie die Stecken hineintreiben konnte, die sie benutzte, um ihre Schnüre daran aufzuspannen. Daran hatte sie überhaupt nicht gedacht, dazu war sie viel zu sehr mit dem Problem beschäftigt gewesen, das tote Tier zur Höhle hinaufzuschaffen. Warum waren es immer die kleinen Dinge, die sie hilflos machten? Es gab nichts, was für sie selbstverständlich gewesen wäre.

Ihr fiel in ihrer Verzweiflung keine Lösung ein. Sie war abgespannt, vollkommen erledigt und beunruhigt, das Löwenbaby in die Höhle gebracht zu haben. Sie war sich nicht sicher, ob sie es hätte tun sollen, und wußte nicht, was sie jetzt mit ihm anfangen sollte. Sie warf den Stecken zu Boden und stand auf, trat ans äußerste Ende des Simses und blickte über das Tal hinaus. Der Wind fuhr ihr ins Gesicht. Was hatte sie sich nur gedacht? Ein Löwenjunges mitzubringen, das auf ihre Fürsorge angewiesen war, wo sie sich doch darauf vorbereiten sollte, weiterzuziehen und die Suche nach den Anderen aufzunehmen? Vielleicht sollte sie es einfach zurückbringen auf die Steppe und es dem Geschick überantworten, das allen schwachen Geschöpfen in der Wildnis blüht. Hatte das unnatürliche Alleinsein sie dazu gebracht, nicht mehr vernünftig zu denken? Sie wußte ohnehin nicht, wie sie das junge Tier pflegen sollte. Wie sollte sie es füttern? Und was geschah, wenn es sich wirklich wieder erholte? Dann konnte sie es doch unmögich wieder hinausschicken; seine Mutter würde es nicht wieder annehmen. Es würde zugrunde gehen. Wenn sie das Löwenbaby behalten wollte, mußte sie im Tal bleiben. Und wenn sie ihre Suche wieder aufnehmen wollte, mußte sie es zurückbringen auf die Steppe.

Sie kehrte in die Höhle und beugte sich über das Löwenjunge. Es hatte sich nicht gerührt. Sie befühlte seine Brust. Es war warm und atmete, und sein wuscheliges Fell erinnerte sie an das von Winnie, als diese noch ein wenige Tage altes Füllen gewesen war. Es war niedlich und sah mit dem Verband um den Kopf so komisch aus, daß sie lächeln mußte. Aber aus diesem niedlichen Baby wird einmal ein sehr großer Löwe, sagte sie sich. Sie richtete sich auf und schaute nochmals darauf hinab. Es half nichts. Es gab keine Möglichkeit für sie, dieses kleine Tier wieder hinauszubringen auf die Steppe, wo es sterben mußte.

Sie trat wieder hinaus und starrte auf das Fleisch. Wenn sie länger im Tal blieb, mußte sie wieder anfangen, sich einen Nahrungsmittelvorrat anzulegen. Zumal sie jetzt noch ein Maul zu stopfen hatte. Sie nahm den Stecken wieder auf und überlegte, ob es nicht doch eine Möglichkeit gab, ihn aufrecht irgendwohin zu stellen. Ihr Blick fiel auf einen Haufen kleinerer Felsbrocken hinten an der Wand und ganz am Ende ihres Simses, und sie versuchte, den Stecken darin festzustecken. Das Stück Holz blieb aufrecht stehen, würde aber niemals das Gewicht von Schnüren mit dem daran aufgefädelten Fleisch tragen. Gleichwohl kam ihr eine Idee. Sie ging in die Höhle, griff sich einen Korb und lief zum Uferstreifen hinunter.

Nach einigen Versuchen kam sie dahinter, daß eine Pyramide von kleineren Kieseln einem längeren Stecken Halt gab. Sie eilte etliche Male hinunter, um Steine hinaufzuschaffen und passende Holzstäbe zurechtzuschneiden, bis sie imstande war, mehrere Schnüre quer über den Sims zu spannen, auf denen sie das Fleisch aufhängen konnte. Dann machte sie sich wieder an die Arbeit des Fleischschneidens. Sie entfachte ein kleines Feuer nahe der Stelle, wo sie arbeitete und spießte ein Bruststück auf, um es zu braten. Dabei dachte sie wieder darüber nach, wie sie das Löwenjunge bloß füttern und es dazu bringen konnte, die Medizin zu schlucken. Was sie brauchte, war Babynahrung für Löwen.

Jungtiere fraßen das gleiche wie die Erwachsenen, entsann sie sich; es mußte nur weicher sein, leichter zu kauen und zu schlucken. vielleicht eine Fleischbrühe mit sehr fein zerstoßenem Fleisch darin. Damit hatte sie Durc gefüttert; warum nicht auch das Löwenbaby? Ja, warum nicht das Fleisch in dem Tee kochen, den sie als Medizin gedacht hatte?

Sie machte sich augenblicklich ans Werk und zerkleinerte das nächste Stück Rentierfleisch, das ihr unter die Hand kam. Sie trug es hinein, um es in den hölzernen Kochtopf zu stecken, und beschloß dann, auch noch etwas von dem übriggebliebenen Beinwurz hineinzutun. Das Löwenjunge hatte sich nicht gerührt, doch hatte sie das Gefühl, es atmete ruhiger.

Bald darauf meinte sie, sich etwas rühren gehört zu haben, und ging nachsehen. Das kleine pelzige Tier war wach und maunzte leise, unfähig, sich auf den Bauch zu rollen und zu erheben, – doch als sie sich dem übergroßen Kätzchen näherte, bleckte es die Zähne, fauchte und versuchte zurückzukriechen. Ayla lächelte und ließ sich neben ihm auf die Knie nieder.

Verängstigtes Kleines, dachte sie. Wer will dir das verdenken? Mit Schmerzen in einer völlig fremden Höhle aufzuwachen und dann jemand zu sehen, der überhaupt nicht aussieht wie die Mutter und die Geschwister! Sie streckte eine Hand aus. Hier, ich tu' dir nicht weh. Au! Deine kleinen Zähne sind ja schon scharf! Nur zu, Kleines! Schmeck meine Hand, gewöhne dich an meinen Geruch. Das erleichtert es, sich überhaupt an mich zu gewöhnen. Ich werde jetzt deine Mutter sein müssen.

Selbst wenn ich wüßte, wo deine Höhle ist, deine Mutter wüßte nicht, wie sie dich pflegen sollte – falls sie dich überhaupt wieder annähme. Viel weiß ich nicht über Höhlenlöwen, aber von Steppenpferden auch nicht viel mehr. Ein kleines Tier ist ein kleines Tier. Bist du hungrig? Milch kann ich dir nicht geben. Hoffentlich magst du etwas von der Brühe und dem fein zerstoßenen Fleisch. Die Medizin wird dir guttun und du wirst dich besser fühlen.

Sie stand auf, um in der Kochschale nachzusehen. Daß aus dem Ganzen ein ziemlich dickflüssiger Brei geworden war, überraschte sie. Als sie es mit einem Rippenknochen umrührte, stellte sie fest, daß das Fleisch sich am Boden zu einer ziemlich festen Masse verdickt hatte. Mit einem Fleischspieß holte sie eine zusammenhängende Masse faserigen, sämig heruntertropfenden Fleisches heraus. Plötzlich ging ihr ein Licht auf, und sie mußte lachen, was das Löwenjunge dermaßen erschreckte, daß es fast die Kraft fand, sich zu erheben.

Kein Wunder, daß Beinwurz gut für Wunden ist. Es hält zerrissenes Fleisch genauso zusammen, wie es jetzt die Fleischfasern zusammenkleben läßt. Das muß ja heilen helfen!

»Baby, meinst du nicht, du könntest etwas davon trinken?« gab sie dem kleinen Höhlenlöwen zu versehen. Sie goß etwas von der abgekühlten, sämigen Flüssigkeit in eine Eßschale aus Birkenrinde. Das Löwenjunge war von der Grasmatte heruntergerutscht und kämpfte mit dem Aufstehen. Ayla stellte ihm die Schale unter die Nase. Es fauchte und kroch rückwärts.

Ayla hörte Hufgeklapper den Pfad heraufkommen, und gleich darauf kam Winnie herein. Sie bemerkte das hellwache und sich bewegende Löwenbaby und ging hin, es zu untersuchen. Sie senkte den Kopf, um das wuschelige Geschöpf zu beschnuppern. Der junge Höhlenlöwe, der, wenn er erst einmal groß war, Todesfurcht in einem Tier von Winnies Art erregen konnte, war jetzt seinerseits zu Tode erschrocken über das Auftauchen von noch einem unbekannten, großen Tier, das vor ihm aufragte. Fauchend versprühte er Speichel und wich zurück, bis es fast auf Aylas Schoß landete. Er spürte die Wärme ihres Beins, erinnerte sich an einen etwas vertrauteren Geruch und kuschelte sich an sie. Es waren aber auch zu viele unbekannte neue Dinge zu sehen.

Ayla nahm den kleinen Löwen auf den Schoß, hätschelte ihn und machte sanft summende Laute – wie sie es bei jedem anderen Baby auch gemacht hätte. So wie sie es bei ihrem eigenen Kind gemacht hatte.

Schon gut, schon gut! Du wirst dich schon an uns gewöhnen. Winnie schüttelte den Kopf und stieß ein leises Wiehern aus. Das Löwenjunge auf Aylas Schoß schien nicht bedrohlich, obgleich ihr Instinkt ihr sagte, daß diese Witterung Gefahr bedeutete. Dadurch, daß sie bei dieser Frau lebte, hatten sich ihre Verhaltensmuster ohnehin verändert. Vielleicht war dieser besondere Höhlenlöwe zu ertragen.

Das junge Tier reagierte auf Aylas Streicheln und Hätscheln, indem es sich suchend nach einer Stelle zum Saugen umtat. Du bist hungrig, nicht wahr, Baby? Sie griff nach der Schale mit der breiigen Brühe und hielt sie dem Löwenjungen unter die Nase. Dieses nahm zwar den Geruch wahr, wußte aber nicht, was es damit anfangen sollte. Ayla tauchte zwei Finger in die Schale und steckte sie ihm ins Maul. Da wußte es, was es zu tun hatte. Wie jedes sehr junge Tier fing es an zu saugen.

Wie sie in ihrer kleinen Höhle saß, das Höhlenlöwenbaby auf dem Schoß hielt und sich hin- und herwiegte, während es an ihren beiden Fingern saugte, befiel Ayla die Erinnerung an ihren Sohn. Sie merkte gar nicht, wie ihr die Tränen über die Wangen liefen und auf das wuschelige Fell tropften.

In diesen ersten Tagen – und Nächten, wenn sie das Löwenbaby mit auf ihr Lager nahm, um es zu hätscheln und an ihren Fingern saugen zu lassen – entwickelte sich ein Band zwischen der einsamen jungen Frau und dem Höhlenlöwenjungen; ein Band, wie es sich zwischen dem Löwenjungen und seiner natürlichen Mutter nie hätte entwickeln können. Die Wege der Natur waren hart, zumal für die Jungen des mächtigsten aller Raubtiere. Zwar säugte die Löwenmutter ihre Jungen während der ersten Lebenswochen – manchmal bis zu sechs Monaten –, aber von dem Tag an, da sie die Augen öffneten, begannen junge Löwen, Fleisch zu fressen. Allerdings erlaubte die Freßhierarchie innerhalb eines Löwenrudels keinerlei Sentimentalität.

Die Löwin war eine Jägerin. Anders als andere Raubkatzen, jagte sie innerhalb einer aufeinander eingespielten Gruppe. Drei oder vier Löwinnen bildeten eine furchtgebietende Jagdgruppe, die ohne weiteres einen gesunden, ausgewachsenen Riesenhirsch oder einen Auerochsen zur Strecke bringen konnte. Nur jagte die Löwin nicht für sich, sondern für das Männchen. Das Leittier erhielt stets den Löwenanteil. Sobald es erschien, zog die Löwin sich zurück, und erst nachdem er sich den Bauch vollgeschlagen hatte, erhielten auch die Löwinnen ihren Anteil. Als nächstes kamen die schon größeren männlichen Löwen an die Reihe, und erst danach bekamen die Jungtiere des letzten Wurfs die Möglichkeit, sich um die Reste zu balgen – falls überhaupt etwas übriggeblieben war.

Wagte ein hungriges Löwenjunges mit dem Mut der Verzweiflung hinzustürzen und, wenn es noch nicht an der Reihe war, sich einen Bissen zu holen, mußte es gewärtig sein, einen tödlichen Prankenhieb zu erhalten. Um solchen Gefahren zu entgehen, führte die Löwenmutter ihren Wurf auch dann häufig von ihrer Beute fort, wenn die Jungen am Verhungern waren. Drei Viertel des Nachwuchses erreichten niemals die Reife. Die das Glück hatten durchzukommen, wurden vom Rudel vertrieben und zu Nomaden; Nomaden aber waren überall unwillkommen, besonders, wenn es sich um Männchen handelte. Weibchen hatten es etwas besser: Sie durften unter Umständen am Rand des Rudels verbleiben, besonders dann, wenn das Rudel nicht genug Jägerinnen hatte.

Die einzige Möglichkeit für einen männlichen Löwen, Anerkennung zu finden, bestand darin, darum zu kämpfen. Kämpfe dieser Art nahmen häufig einen tödlichen Ausgang. Wurde der herrschende Löwe des Rudels alt oder verletzt, wurde er von einem jüngeren Rivalen aus dem Rudel – oder, was wahrscheinlicher war, von einem einsamen Nomaden – vertrieben. Das herrschende Männchen hatte das Revier des Rudels – das mit dem Geruch seiner Duftdrüsen oder dem Urin der Anführerin markiert wurde – zu verteidigen und für den Fortbestand des Rudels als Aufzuchtgruppe zu sorgen.

Bisweilen taten sich ein männlicher und ein weiblicher Nomade zusammen und bildeten den Grundstock eines neuen Rudels, waren dann jedoch gezwungen, den Nachbarrevieren ein eigenes Revier abzuringen. Löwen führten ein höchst gefährliches Leben.

Ayla jedoch war keine Löwenmutter, sondern ein Mensch. Menscheneltern beschützten ihre Nachkommen nicht nur, sie sorgten auch dafür. Baby, wie sie das gefundene Löwenjunge auch weiterhin nannte, wurde behandelt, wie noch nie ein Höhlenlöwe behandelt worden war. Es mußte nicht mit irgendwelchen Geschwistern um Fleischbrocken kämpfen und brauchte keine Prankenhiebe von älteren Angehörigen des Rudels zu fürchten. Ayla versorgte es; sie ging für Baby auf die Jagd. Doch wenn sie ihm auch einen Anteil überließ, auf ihren eigenen verzichten tat sie nicht. Sie ließ zu, daß er an ihren Fingern saugte, wann immer er das Bedürfnis hatte, und gelegentlich nahm sie ihn sogar mit auf ihr Lager.

Baby wurde ganz natürlich sauber und kotete stets außerhalb der Höhle, außer zu Anfang, als er dazu noch nicht in der Lage war. Selbst wenn er nur Wasser ließ, verzog er so angewidert das Gesicht, daß Ayla unwillkürlich lächeln mußte. Doch das war für sie nicht der einzige Anlaß zum Lächeln. Babys possierliches Gehabe brachte sie oft dazu, laut aufzulachen. Er liebte es, sich bei ihr anzuschleichen – und war noch begeisterter, wenn sie vorgab, nichts davon zu merken, und überrascht tat, wenn er auf ihrem Rücken landete; manchmal aber überraschte sie ihrerseits ihn, indem sie sich im letzten Augenblick umdrehte und ihn mit den Armen auffing.

Clanskinder wurden immer mit Nachsicht behandelt; Strafen gingen selten darüber hinaus, Verhaltensweisen zu übersehen, mit denen die Kinder Aufmerksamkeit zu erregen trachteten. Wurden sie dann älter und sich des Status älterer Kinder und Erwachsener bewußt, fingen die Jüngeren an, sich gegen das Verwöhntwerden zu wehren, es als babyhaft zu betrachten und die Verhaltensweisen der Erwachsenen nachzuahmen. Trug ihnen das den unvermeidlichen Beifall ein, fuhren sie damit für gewöhnlich fort.

Nicht anders verwöhnte Ayla den Höhlenlöwen, besonders zu Anfang; als er dann heranwuchs, trugen seine Kapriolen ihr häufig unabsichtlich Schmerzen ein. Wenn er beim Herumtollen die Krallen ausfuhr oder Ayla bei einem Scheinangriff umwarf, reagierte sie für gewöhnlich damit, daß sie aufhörte, mit ihm zu spielen und häufig auch die Gebärde machte, die beim Clan »Aufhören!« bedeutet hatte. Baby entwickelte großes Feingefühl für ihre Stimmungen. Weigerte sie sich, Tauziehen mit einem Stück Holz oder einem alten Fell zu spielen, versuchte er häufig, sie durch eine Verhaltensweise zu beschwichtigen, die sie für gewöhnlich lächeln machte; oder aber er schnappte nach ihren Fingern, um daran zu saugen.

Genauso begann er auf ihre »Aufhörens«-Gebärde zu reagieren. Da Ayla Haltungen und Benehmen gegenüber größtes Feingefühl besaß, bemerkte sie sein Verhalten und vollführte die »Aufhörens«-Gebärde immer dann, wenn sie wollte, daß er mit irgend etwas Schluß machte. Dabei handelte es sich weniger darum, daß sie ihn bewußt trainierte, als vielmehr um ein wechselseitiges Aufeinandereingehen; aber Baby lernte schnell. Er hielt mitten im Vorwärtspatschen inne und versuchte, auf ihr

Signal hin mitten in der Luft eine Kapriole abzubrechen. Für gewöhnlich war er nach einer scharf und gebieterisch vorgebrachten »Aufhörens«-Gebärde darauf angewiesen, sich ihrer Zuneigung zu vergewissern, indem er an ihren Fingern saugte; es war, als ob er wüßte, daß er etwas getan hatte, was ihr Mißfallen erregte. Andererseits entwickelte sie wiederum ein großes Gespür für seine Stimmungen und schränkte ihn physisch nicht ein. Es stand ihm genauso wie ihr oder dem Pferd frei, zu kommen und zu gehen, wann er wollte. Es kam ihr nie in den Sinn, einen ihrer Tiergefährten anzuleinen oder einzusperren. Sie bildeten ihre Familie, ihren Clan, waren Lebewesen, die ihre Höhle und ihr Leben teilten. Sie waren in ihrer einsamen Welt die einzigen Freunde, sie sie hatte.

Sie verschwendete bald keinen Gedanken mehr daran, wie befremdlich es dem Clan vorkommen würde, daß sie Tiere bei sich leben hatte; was sie jedoch stets mit neuem Staunen erfüllte war, was für eine Beziehung sich zwischen Löwe und Pferd entwickelte. Die beiden waren natürliche Feinde, ihr Instinkt sagte ihnen, daß sie Beute und Erzfeind des anderen waren. Hätte sie in dem Augenblick, da sie das verwundete Löwenjunge fand, darüber nachgedacht, sie würde den Löwen wahrscheinlich niemals in die Höhle gebracht haben, die sie mit dem Pferd teilte. Es wäre ihr dann nie in den Sinn gekommen, daß sie zusammenleben könnten.

Zu Anfang hatte Winnie das Löwenjunge nur geduldet, doch nachdem es erst einmal auf den Beinen war und umherlief, ließ es sich nicht mehr übersehen. Als sie sah, daß Ayla an einem Fellende zog, während das Löwenbaby das andere mit den Zähnen festhielt, den Kopf schüttelte und dabei knurrte, gewann die natürliche Neugier des Pferdes die Oberhand. Sie mußte einfach hingehen und herausfinden, was hier vorging. Nachdem sie das Fell beschnuppert hatte, packte sie es oft mit den Zähnen, und es wurde ein Fellziehen zu dritt daraus. Ließ Ayla ihren Zipfel fahren, wurde ein Spiel zwischen Pferd und Löwen daraus. Später machte Baby es sich zur Gewohnheit, ein Fell hinter sich herzuziehen – zwischen den Vorderbeinen, so, wie er ein Beutetier hinter sich herschleifen würde – und damit den Weg des Pferdes zu kreuzen in der Absicht, Winnie zu bewegen, ein Ende zwischen die Zähne zu nehmen und Fellziehen zu spielen. Oft tat Winnie ihm auch den Gefallen. Da Baby keine Geschwister hatte, um seine Löwen-Spiele mit ihnen zu spielen, nahm er mit den Lebewesen vorlieb, die da waren.

Ein anderes Spiel – das Winnie weniger liebte, dem aber Baby offensichtlich nicht widerstehen konnte – war das Schwanz-Haschen. Besonders Winnies Schwanz. Baby schlich sich an. Geduckt lauernd, verfolgte er, wie der Schweif wedelte und sich so einladend bewegte, daß Baby lautlos näherschlich und vor Aufregung zitterte. Dann wedelte er selbst in Vorfreude auf das Kommando mit dem Schwanz, sprang und war begeistert, Winnies Schweifhaare im Maul zu haben. Manchmal war Ayla überzeugt, daß Winnie das Spiel mitspielte und sich sehr wohl bewußt war, daß ihr Schweif Gegenstand von Babys Begehr war und dennoch so tat, als bemerke sie es nicht. Auch das junge Pferd liebte Spiele. Nur hatte es zuvor nie jemand gehabt, mit dem es hätte spielen können. Ayla war, was Spiele betraf, nicht sonderlich erfinderisch; sie hatte das nie gelernt.

Doch nach einiger Zeit, wenn sie genug hatte, drehte Winnie sich nach dem Angreifer um und stupste ihn mit der Schnauze. Obwohl auch sie nachsichtig war, ließ sie nie zu, daß der junge Löwe die Oberhand gewann. Mochte Baby auch ein Höhlenlöwe sein, er war immer noch ein Baby. Und wenn Ayla seine Mutter war, wurde Winnie zu seinem Kindermädchen. Während die Spiele zwischen den beiden sich im Laufe der Zeit entwickelten, war der Wandel von passiver Duldung zu aktivem Gernhaben das Ergebnis einer ganz bestimmten Eigenart des Löwenjungen; Baby liebte nämlich Pferdedung.

Der Kot von fleischfressenden Tieren ließ ihn gleichgültig. Was er liebte, war der Dung von Weidetieren, und wenn sie draußen auf der Steppe waren, wälzte er sich darin, wann immer er welchen fand. Wie bei den meisten seiner Spiele, handelte es sich dabei um eine Vorbereitung auf die spätere Jagd. Der Geruch der eigenen Ausscheidungen konnte die Witterung eines Löwen überdecken, doch deswegen lachte Ayla nicht weniger, wenn sie beobachtete, wie er einen neuen Dunghaufen entdeckte. Ganz besonders hatte es ihm der Mammut-Dung angetan. Er nahm die großen Kugeln zwischen die Tatzen, brach sie auseinander und legte sich auf sie.

Kein Dung war jedoch so wunderbar wie der von Winnie. Als er das erste Mal den Haufen getrockneter Pferdeäpfel fand, die Ayla als Brennmaterial benutzte, konnte er gar nicht genug davon bekommen. Er trug sie umher, wälzte sich darin, spielte darin und wühlte sich regelrecht hinein. Als Winnie in die Höhle kam, nahm sie ihre eigene Witterung an ihm wahr und hatte offensichtlich das Gefühl, daß er dadurch zu einem Stück von ihr würde. Von diesem Tag an verlor sie auch noch die letzten Reste von Nervosität in seiner Nähe und nahm ihn gleichsam unter ihre Fittiche. Sie führte ihn und behütete ihn, und er reagierte auf eine Art, die manchmal verwirrend war, ihrer Zuneigung zu ihm jedoch keinerlei Abbruch tat.

In diesem Sommer war Ayla glücklicher denn je, seit sie den Clan verlassen hatte. Winnie hatte ihr Gesellschaft geleistet und war mehr als ein Freund gewesen; Ayla wußte nicht, was sie während der langen einsamen Winterzeit sonst gemacht hätte. Doch daß jetzt das Löwenjunge bei ihr lebte, erschloß ganz neue Welten für sie. Er brachte ihr Lachen. Irgend etwas zwischen dem Pferd mit dem Beschützerinstinkt und dem verspielten Junglöwen war immer amüsant.

In weitem Kreis tollten sie hintereinander her. Erst verlangsamte der Junglöwe seine Fluchten gerade so weit, daß Winnie ihn einholen konnte, dann schoß er voran, während sie ihre Gangart verlangsamte, bis er einen weiten Bogen schlug und hinter ihr war. Woraufhin sie wieder schneller wurde und er seine Gangart beibehielt, bis sie ihn eingeholt hatte. Ayla meinte, nie etwas Komischeres gesehen zu haben. Sie bog sich vor Lachen, bis sie sich an einem Baum lehnte und sich die Seiten hielt.

Als Ayla sich allmählich wieder beruhigte, wurde sie sich aus irgendeinem Grund ihrer selbst bewußt. Was waren das eigentlich für Laute, die sie ausstieß, wenn irgend etwas sie amüsierte? Warum tat sie das? Das Lachen kam so selbstverständlich, wenn niemand da war, sie daran zu erinnern, daß es ungehörig sei. Und warum gehörte es sich eigentlich nicht? Sie konnte sich nicht erinnern, je jemand im Clan lächeln oder lachen gesehen zu haben – nur ihren Sohn. Trotzdem hatten sie Humor, und komische Geschichten riefen zustimmendes Nikken und einen freundlichen Ausdruck in ihnen hervor, der sich jedoch hauptsächlich auf ihre Augen konzentrierte. Die Clansangehörigen verzogen das Gesicht zu einer Grimasse, die einem Lächeln ein wenig ähnelte, erinnerte sie sich, doch vermittelte das mehr nervöse Angst oder das Gefühl von Bedrohtsein – jedenfalls nicht jenes Glücksgefühl, das sie empfand.

Wenn das Lachen sie jedoch so froh machte und ihr mit einer solchen Selbstverständlichkeit kam, wie sollte es dann unrecht sein? Ob wohl andere wie sie auch so lachten? Die Anderen! Das warme Glücksgefühl, das sie durchströmt hatte, schwand. Sie mochte nicht an die Anderen denken. Das brachte ihr zum Bewußtsein, daß sie aufgehört hatte, nach ihnen zu suchen, und das wiederum rief gemischte Gefühle in ihr hervor. Iza hatte ihr gesagt, sie müsse sie finden; allein zu leben könne gefährlich sein. Wenn sie krank wurde oder einen Unfall hatte – wer würde sich ihrer dann annehmen?

Aber sie war doch so glücklich in ihrem Tal mit ihrer Tier-Familie. Winnie und Baby schauten sie nie mißbilligend an, wenn sie sich vergaß und rannte. Sie machten ihr nie Vorschriften, etwa nicht zu lächeln, oder zu weinen, oder wann sie jagen sollte und zu welcher Zeit und mit welchen Waffen. Sie konnte ihre eigene Wahl treffen, und das gab ihr ein solches Freiheitsgefühl. Sie fand nicht, daß die Zeit, die es brauchte, für die Befriedigung ihrer körperlichen Bedürfnisse zu sorgen wie etwa Essen, Wärme und Unterkunft ihre Freiheit einschränkte, obwohl das den größten Teil ihrer Zeit beanspruchte. Es gab ihr Zutrauen zu wissen, daß sie für sich selbst sorgen konnte.

Der Kummer in bezug auf die Leute, die sie liebte, hatte sich im Laufe der Zeit gelegt, besonders seit Baby da war. Die Leere, ihr Bedürfnis nach menschlichem Kontakt hatte einen ständig nagenden Schmerz dargestellt, daß er ihr schon ganz normal vorgekommen war. Jede Verminderung dieses Schmerzes empfand sie als Freude, und die beiden Tiere taten sehr viel, die Leere zu füllen. Sie gefiel sich in dem Gedanken, daß ihr Leben zu dritt dem ähnlich sei, das Iza und Creb und sie geführt hatten, als sie noch ein kleines Mädchen gewesen war, nur, daß in diesem Fall sie und Winnie es waren, die sich um Baby kümmerten. Und wenn das Löwenjunge mit eingezogenen Krallen die Vorderläufe um sie legte, wenn sie sich an ihn schmiegte, konnte sie sich fast einreden, es sei Durc.

Es widerstrebte ihr hinauszuziehen und sich auf die Suche nach den unbekannten Anderen mit ihren unbekannten Sitten und Gebräuchen und Einschränkungen zu begeben – jener Anderen, die ihr vielleicht wieder das Lachen nahmen. Das werden sie nicht tun, sagte sie sich. Ich will nie wieder mit jemand zusammenleben, bei dem ich nicht lachen darf.

Die Tiere waren ihrer Spiele müde geworden. Winnie graste, und Baby ruhte schwer atmend und mit heraushängender Zunge in der Nähe. Ayla stieß einen Pfiff aus, woraufhin Winnie herbeigetrabt kam, während der Löwe hinter ihr herlief.

»Ich muß auf die Jagd gehen, Winnie«, gab sie dem Pferd durch Zeichensprache zu verstehen. »Der Löwe frißt soviel und wird so groß.«

Nachdem das Löwenbaby sich von seinen Verletzungen erholt hatte, folgte es Ayla oder Winnie auf Schritt und Tritt. Jungtiere wurden vom Rudel nie allein gelassen, genauso, wie auch im Clan nie jemand auf die Idee gekommen wäre, ein Baby alleinzulassen; infolgedessen erschien sein Verhalten vollkommen normal. Gleichwohl stellte es ein Problem dar. Wie sollte sie jemals jagen, wenn ein Höhlenlöwe ihr dabei folgte? Nachdem jedoch Winnies Beschützerinstinkt erst einmal geweckt war, löste sich das Problem von selbst. Bei den Löwen war es ganz natürlich, daß die Löwin mit ihrem Wurf und einer Junglöwin eine Untergruppe bildete, solange die Nachkommenschaft noch klein war. Ging die Löwenmutter auf die Jagd, kümmerte sich eine Junglöwin um den Wurf, und eben diese Rolle akzeptierte Baby bei Winnie. Ayla wußte, daß keine Hyäne oder irgendein ähnliches Tier sich der Gefahr aussetzen würde, von den Hufen der auskeilenden Stute getroffen zu werden, wenn diese ihren Schützling verteidigte; allerdings bedeutete das, daß sie wieder allein und zu Fuß auf die Jagd gehen mußte. Doch daß sie die Steppe auf ihrer Suche nach Tieren, die sie mit ihrer Schleuder erledigen konnte, in größerer Nähe der Höhle durchstreifte, verschaffte ihr eine unverhoffte Gelegenheit.

Dem Löwenrudel, das östlich ihres Tals sein Revier hatte, war Ayla immer aus dem Weg gegangen. Als sie jedoch jetzt das erste Mal ein paar Löwen entdeckte, die im Schatten abgebrochener Fichten ruhten, fand sie, es sei an der Zeit, etwas mehr über die Geschöpfe zu erfahren, die ihr Totem waren.

Das war ein gefährliches Vorhaben. Obwohl sie selbst Jägerin war, konnte es leicht geschehen, daß sie zur Gejagten wurde. Doch hatte sie auch früher schon Raubtiere beobachtet und dabei gelernt, sich immer im Hintergrund zu halten. Die Löwen wußten, daß sie sie beobachtete, doch nach den ersten paar Malen beschlossen sie, sie einfach zu ignorieren. Die Gefahr war damit nicht vorbei. Es war jederzeit möglich, daß sich einer der Löwen aus keinem anderen Grund als schlechter Laune auf sie stürzte, doch je länger sie sie beobachtete, desto faszinierender wurden die Löwen.

Den größten Teil des Tages verschliefen sie oder ruhten sich aus, doch wenn sie jagten, waren sie von einer Schnelligkeit, Wendigkeit und Raserei ohnegleichen. Im Rudel jagende Wölfe konnten immerhin einen Riesenhirsch zur Strecke bringen, doch eine einzeln jagende Höhlenlöwin schaffte das viel schneller. Löwen jagten nur dann, wenn sie Hunger hatten; dabei brauchten sie sich über eine Zeitspanne von mehreren Tagen nur einmal den Bauch vollzuschlagen.

Ayla ging auf, daß sie im Sommer, wenn die Tage heiß waren, vornehmlich nachts jagten. Im Winter, wenn sie einen dickeren Pelz trugen, dessen Farbe sich elfenbeinfarbig aufhellte, um mit der helleren Landschaft zu verschmelzen, hatte sie sie auch tagsüber auf die Jagd ziehen sehen. Die große Kälte hielt die gewaltige Energie, die sie bei der Jagd verbrauchten, davon ab, sie zu überhitzen. Nachts, wenn die Temperatur stark sank, schliefen sie dicht aneinandergedrängt in einer Höhle oder unter einem windgeschützten Felsüberhang oder aber verstreut unter dem Felsgestein einer Schlucht, wo die Steine tagsüber ein bißchen Wärme von der fernen Sonne absorbierten, die sie dann in der Dunkelheit wieder abgaben.

Die junge Frau kehrte, nachdem sie den ganzen Tag über die Höhlenlöwen beobachtet hatte, in ihr Tal zurück; was sie erlebt hatte, erfüllte sie neuerlich mit Achtung vor dem Tier, das ihr Totemgeist war. Sie war Zeuge gewesen, wie die Löwin ein altes Mammut zur Strecke gebracht hatte, dessen Stoßzähne sich aufwärts gerundet und vor seinen Augen gekreuzt hatten. Das gesamte Rudel hatte sich den Bauch an dieser Beute vollgeschlagen. Wie war es nur möglich gewesen, daß sie selbst, Ayla, als kleines Kind von fünf Jahren einem Löwen entgangen war und nur ein paar Krallennarben vorweisen konnte, das zu beweisen, überlegte sie und verstand jetzt viel besser, wie fassungslos der Clan über diesen Umstand gewesen war. Warum nur hat der Höhlenlöwe mich auserwählt? Einen Moment erfüllte sie eine sonderbare Ahnung. Nichts Besonderes, doch mußte sie hinterher lange an Durc denken.

Als sie sich dem Tal näherte, brachte sie mit zwei rasch geschleuderten Steinen einen Hasen für Baby zur Strecke und plötzlich fragte sie sich, ob es wohl klug gewesen sei, das Löwenjunge in ihre Höhle gebracht zu haben. Sie versuchte sich vorzustellen, wie es wohl wäre, wenn er ganz ausgewachsen war. Das Unbehagen, das sich bei ihr eingestellt hatte, verflog allerdings rasch wieder, als der junge Löwe auf sie zugelaufen kam und – froh darüber, daß sie wieder da war – gierig nach ihren Fingern suchte und sie mit seiner rauhen Zunge leckte.

Später am Abend, nachdem sie den Hasen abgebalgt und ihn für Baby in kleine Stücke zerteilt hatte, säuberte sie Winnies Schlafplatz, brachte ihr etwas frisches Heu und bereitete sich selbst etwas zu essen. Danach saß sie da, trank heißen Tee, starrte ins Feuer und dachte über die Ereignisse des Tages nach. Der Junglöwe schlief im Hintergrund der Höhle, wo er der Hitze des Feuers nicht unmittelbar ausgesetzt war. Ihre Gedanken kehrten zu den Umständen zurück, die sie bewogen hatten, das Löwenjunge anzunehmen, und sie kam zu dem Schluß, daß das der Wunsch ihres Totems gewesen sein müsse. Warum, wußte sie nicht, aber der Geist des großen Höhlenlöwen hatte ihr ein Junges seiner Art geschickt, damit sie es aufzog.

Sie griff nach ihrem Amulett, das ihr an einer Schnur um den Hals hing, und tastete die Dinge ab, die sich in dem Lederbeutelchen befanden. Dann wandte sie sich mit der schweigenden förmlichen Sprache des Clans an ihr Totem: »Diese Frau hat nicht begriffen, wie mächtig der Höhlenlöwe ist. Diese Frau ist dankbar dafür, daß es ihr vor Augen geführt wurde. Vielleicht wird diese Frau nie begreifen, warum sie erwählt worden ist, doch ist sie dankbar für das Baby und für das Pferd.« Sie legte eine Pause ein und fügte dann hinzu: »Eines Tages, großer Höhlenlöwe, sollte diese Frau erfahren, warum ihr das Löwenjunge geschickt wurde . . . sofern es ihrem Totem gefällt, ihr das zu sagen.«

Die Arbeitslast, die Ayla im Sommer zu bewältigen hatte, um sich auf die kalte Jahreszeit vorzubereiten, wurde dadurch, daß jetzt der Höhlenlöwe bei ihr lebte, noch sehr viel größer. Baby war Fleischfresser, etwas anderes gab es für ihn nicht, und sein rasches Wachstum machte es erforderlich, daß er große Mengen Fleisch zu fressen bekam. Mit ihrer Schleuder kleine Tiere zu jagen, nahm viel zu viel Zeit in Anspruch – sie mußte größere Tiere erlegen, für sich selbst und für den Löwen. Doch dazu brauchte sie Winnie.

Baby wußte, daß Ayla etwas Besonderes vorhatte, als sie das Zuggeschirr hervorholte und nach dem Pferd pfiff, um jene Änderungen daran vorzunehmen, die es dem Pferd erlaubten, zwei kräftige Pfähle hinter sich herzuschleppen. Das Zuggestell hatte sich bewährt, doch ging es Ayla darum, es zu verbessern, damit Winnie auch noch die Tragkörbe tragen konnte. Außerdem war ihr daran gelegen, daß eine der Stangen beweglich blieb, damit das Pferd seine Last auch den schmalen Pfad zur Höhle heraufschleppen konnte. Das Fleisch hier oben auf dem Sims zu trocknen, hatte sich gleichfalls bewährt.

Zwar war sie sich nicht sicher, wie Baby sich anstellen würde oder wie sie überhaupt jagen sollte, wenn Baby dabei war, aber sie mußte es probieren. Als alles fertig war, kletterte sie Winnie auf den Rücken und zog los. Baby folgte ihnen, wie er auch seiner Mutter gefolgt wäre. Da es so viel bequemer war, das Gebiet östlich des Flusses zu erreichen, war sie – abgesehen von einigen Erkundungsritten – niemals nach Westen gezogen. Die steile Felswand an der Westseite zog sich viele Kilometer hin, ehe der geröllübersäte Hang den Zugang zu den westlich davon gelegenen Ebenen freigab. Da sie zu Pferd über einen soviel größeren Aktionsradius verfügte, hatte sie die Ostseite, wo sich auch soviel besser jagen ließ, gut kennengelernt.

Sie hatte viel über die Herden dieser Steppe in Erfahrung gebracht, über ihre Wanderwege, Wechsel und Furten, war jedoch immer noch darauf angewiesen, ihre Fallgruben auf bekannten Wildwechseln anzulegen, und das war nichts, was dem Umstand zugute kam, daß sie einen springlebendigen Löwen bei sich hatte, der meinte, die junge Frau habe nur ein wunderbares neues Spiel für ihn erfunden.

Er kroch an die Grube heran, brachte mit seinen Pranken eine Wand zum Einsturz, sprang hinein, aber kam auch mühelos wieder heraus. Er wälzte sich auf dem Erdreich, das Ayla auf ihr Zeltfell geschafft hatte, das sie immer noch benutzte, um die Erde fortzubringen. Als sie sich anschickte, eben dies zu tun, beschloß Baby, gleichfalls an dem Fell zu ziehen. Daraus entwikkelte sich ein Fellziehen, in dessen Verlauf das ganze Erdreich überall verstreut wurde.

»Baby! Wie soll ich denn diese Grube graben«, sagte sie verzweifelt, aber doch lachend, was den jungen Löwen wiederum ermutigte. »Komm, hier hast du was, das du schleppen kannst.« Sie kramte in ihren Tragkörben, die sie Winnie abgenommen hatte, damit die Stute friedlich grasen konnte, und stieß auf die Rehdecke, die sie als Bodenschutz mitgebracht hatte, falls es anfing zu regnen. »Komm, amüsiere dich hiermit, Baby«, gab sie dem jungen Löwen zu verstehen und zog sie vor ihm über den Boden. Mehr brauchte er nicht, er konnte einer über den Boden gezogenen Tierhaut einfach nicht widerstehen. Er schleppte das Fell so begeistert zwischen den Vorderläufen dahin, daß Ayla unwillkürlich lächeln mußte.

Trotz Babys Dabeisein schaffte Ayla es, die Grube auszuheben und sie mit dem alten, zu diesem Zweck mitgebrachten Fell abzudecken und mit einer Erdschicht zu tarnen. Die vier Pflöcke, mit denen sie das Fell an vier Enden festgesteckt hatte, trugen es kaum, und als sie es das erste Mal fertig hatte, mußte

Baby kommen, das Ganze zu untersuchen. Er plumpste in die Grube hinein und sprang dann, erschrocken und voller Empörung wieder hinaus; hinterher hielt er sich von der Fallgrube fern.

Nachdem sie die Fallgrube erneut fertig hatte, pfiff Ayla Winnie und schlug einen weiten Bogen um eine Onagerherde. Sie brachte es einfach nicht über sich, noch einmal Jagd auf Pferde zu machen; selbst bei Onagern war ihr das schon unbehaglich. Diese Halbesel sahen Pferden eigentlich viel zu ähnlich, doch stand die Herde so günstig zu ihrer Grube, daß Ayla sich die Gelegenheit einfach nicht entgehen lassen konnte.

Nach Babys Possen um die Grube herum hatte sie noch größere Bedenken, daß er sich bei der Jagd als hinderlich erweisen würde, doch nachdem sie erst einmal hinter der Herde waren, legte er plötzlich ein ganz anderes Verhalten an den Tag. Er schlich die Onager genauso an, wie er sich an Winnies Schweif herangeschlichen hatte, genauso, als ob er wirklich einen von ihnen zur Strecke bringen könnte, wozu er freilich noch viel zu jung war. Da ging ihr auf, daß er mit seinen Spielen nur das Jagdverhalten der Erwachsenen vorwegnahm, das er später bei der Jagd brauchte. Er war der geborene Jäger und begriff instinktiv, daß er sich nicht verraten durfte.

Zu ihrer Überraschung stellte Ayla fest, daß das Löwenjunge ihr sogar eine Hilfe war. Als die Onagerherde sich der Fallgrube so weit genähert hatte, daß die Witterung von Mensch und Löwe sie dazu brachte, die Richtung zu ändern, trieb sie Winnie vorwärts, stieß ihre gellenden Schreie aus und versuchte, die Onager in Panik zu versetzen. Das Löwenjunge spürte, daß dies das Signal sei, und hetzte gleichfalls hinter den Tieren her. Die Löwenwitterung verstärkte die Panik der Onager beträchtlich, und so stürmten sie geradewegs auf die Fallgrube zu.

Den Speer in der Hand, ließ Ayla sich von Winnie heruntergleiten und lief so schnell ihre Füße sie trugen auf den schreienden Onager zu, der verzweifelt versuchte, aus der Grube herauszukommen. Doch Baby war schneller als Ayla. Er sprang dem Tier auf den Rücken – wußte also noch nicht, daß der tödliche Zugriff des Löwen der Gurgel ihrer Beute galt – und verbiß sich mit seinen Milchzähnen, die noch viel zu klein waren, um viel damit auszurichten, im Hals des Onagers. Das war eine viel zu frühe Erfahrung für ihn.

Lebte er noch in seinem Rudel, hätten die Erwachsenen ihm nie erlaubt, ihnen bei der Jagd in die Quere zu kommen. Jedem

Versuch in dieser Hinsicht wäre von ihnen mit einem mörderischen Prankenhieb ein Ende bereitet worden. Bei all ihrer Kraft waren Höhlenlöwen nur Kurzstreckenläufer, wohingegen ihre Beutetiere es häufig gewohnt waren, weite Strecken zu laufen. Gelang es den Löwen nicht, ihr Wild beim ersten Anlauf zur Strecke zu bringen, war die Wahrscheinlichkeit groß, daß dieses entkam. Deshalb konnten sie es sich nicht leisten, den Jungen zu gestatten, sich – außer im Spiel – in der Jagd zu üben, ehe sie nahezu ausgewachsen waren.

Ayla jedoch war ein Mensch. Sie war weder so schnell wie eine Raubkatze noch wie ihre Beutetiere; außerdem verfügte sie weder über die Pranken noch über das Gebiß eines Raubtiers. Ihre Waffe war das Gehirn. Damit hatte sie Mittel und Wege ersonnen, ihren Mangel an natürlichen Jagdeigenschaften auszugleichen. Die Fallgrube – die dem langsameren und schwächeren Menschen die Jagd auf die große Tiere erlaubte – gab selbst dem Junglöwen eine Gelegenheit, sein Können zu erproben.

Als Ayla die Grube erreichte, hatte der Onager entsetzensgeweitete Augen; er war gefangen in einer Fallgrube, und auf seinem Rücken saß das fauchende Junge eines Höhlenlöwen und versuchte, mit seinen Milchzähnen tödliche Bisse anzubringen. Mit einem sicheren Speerstoß beendete die Frau den Kampf des Tieres. Das Löwenjunge immer noch in seinen Rücken verbissen – seine scharfen kleinen Zähne hatten es immerhin geschafft, das Fell zu durchdringen – brach der Onager zusammen. Erst als er sich nicht mehr rührte, ließ Baby los. Ayla lächelte das stolze und ermunternde Lächeln einer Mutter, und der Höhlenlöwe, der sich am Rücken eines Tieres festkrallte, das viel größer war als er selbst, versuchte stolz und überzeugt, eine Beute geschlagen zu haben, zu brüllen.

Ayla sprang zu ihm in die Grube hinunter und schob ihn beiseite. »Rück rüber, Baby. Ich muß ihm diesen Strick um den Hals binden, damit Winnie ihn rausziehen kann.«

Das Löwenjunge war, als das Pferd sich in das Zuggeschirr legte und den Onager aus der Grube herauszog, regelrecht ein Nervenbündel. Baby sprang in die Grube hinein und wieder heraus, und als der Onager endlich draußen war, war er mit einem Satz auf dem toten Tier und dann wieder herunter und wußte nicht, was tun. Der Löwe, der ein Beutetier gerissen hatte, war für gewöhnlich der erste, der seinen Hunger stillte, doch schlug Baby noch nicht wirklich Beute. Nach der üblichen Rangordnung waren die Jungen die letzten, die etwas abbekamen.

Ayla legte den Onager zurecht, um den Bauchschnitt auszuführen, der am After begann und an der Gurgel endete. Ein Löwe wäre ähnlich vorgegangen und hätte zunächst die weiche Unterseite aufgerissen. Während Baby gierig zusah, brachte Ayla den ersten Teil ihres Schnittes zu Ende, drehte sich dann um und setzte sich rittlings auf die Beute, um den Rest zu erledigen.

Baby konnte nicht mehr warten. Er fuhr in die klaffende Bauchhöhle und schnappte nach den herausquellenden, blutigen Innereien. Seine nadelscharfen Zähne zerrissen das zarte innere Gewebe und schafften es, irgend etwas zu packen. Er stieß sich ab, so daß er herunterkam, und zerrte dann rückwärtsgehend wie beim Fellziehen an dem, was er gepackt hielt.

Ayla beendete ihren Schnitt, drehte sich um und spürte, wie jubelnd Lachen in ihr aufstieg. Was sie sah, belustigte sie dermaßen, daß sie sich krümmte und ihr die Lachtränen in die Augen stiegen. Baby hatte sich in ein Stück Darm verbissen, doch als er rückwärtsgehend daran zerrte, gab es plötzlich keinen Widerstand mehr. Die Innereien rutschten von selbst heraus. Im Feuereifer hatte er solange gezogen, bis mehrere Fuß Darm draußen waren, und als ihm jetzt alles entgegenquoll, machte er ein so erstauntes Gesicht, daß Ayla sich nicht mehr halten konnte. Sie ging zu Boden, hielt sich die Seiten und versuchte, sich wieder zu fassen.

Der junge Löwe, der nicht begriff, was die Frau auf dem Boden machte, ließ den Darm fahren und kam nachsehen. Grinsend packte sie ihn, nachdem er auf sie zugehopst war, beim Kopf und rieb ihr Gesicht an seinem Fell. Dann kraulte sie ihn hinter den Ohren und am leicht blutbefleckten Maul, und er leckte ihr die Hände und drängte sich ihr auf den Schoß. Er fand ihre beiden Finger, drückte abwechselnd mit den Vordertatzen gegen ihre Oberschenkel, saugte und gab leise schnurrende Laute von sich.

Ich weiß nicht, wer dich mir geschickt hat, Baby, dachte Ayla, aber ich bin ja so froh, daß du da bist.

14

Als es Herbst wurde, war der Höhlenlöwe bereits größer als ein ausgewachsener Wolf, und seine babyhafte Pummeligkeit war verschwunden. Er hatte schlaksige Beine und strotzte vor Muskelkraft. Doch trotz seiner Größe war er immer noch ein Junglöwe, und Ayla bekam, wenn er sich spielerisch mit ihr balgte, manchen Kratzer und manchen blauen Fleck ab. Schlagen tat sie ihn nie – er war ja ein Baby. Allerdings machte sie ihm mit ihrer »Aufhörens«-Gebärde Vorhaltungen und stieß ihn von sich, um dann hinzuzusetzen: »Das reicht. Du bist zu ungestüm!« und wandte sich von ihm ab.

Das genügte, und zerknirscht kam der junge Löwe hinter ihr her und machte Unterwerfungsgesten, so wie Mitglieder eines Löwenrudels es den stärkeren und beherrschenderen innerhalb ihrer Reihen gegenüber machten. Dem konnte sie nicht widerstehen, und er schlug in seiner glücklichen Ausgelassenheit, die ihrem Verzeihen folgte, nie richtig über die Stränge. Er zog die Krallen ein, ehe er sie ansprang und ihr die Pfoten auf die Schultern legte, um sie zu Fall zu bringen – statt sie regelrecht umzuwerfen – und dann seine Vorderläufe um sie zu schlingen. Sie mußte ihrerseits die Arme um ihn schlingen, und obwohl er die Zähne fletschte, wenn er ihre Schulter oder ihren Arm ins Maul nahm, blieb er sanft und riß ihr nie die Haut auf; genauso sollte er sich später bei der Paarung in die Löwin verbeißen.

Sie akzeptierte seine Zudringlichkeiten und Gesten der Zuneigung und erwiderte sie, doch innerhalb des Clans hatte ein Sohn seiner Mutter zu gehorchen – bis er seine erste Beute nach Hause brachte und erwachsen wurde. Genauso hielt Ayla es mit Baby. Dieser akzeptierte sie als Mutter, und so ergab sich ihre beherrschende Stellung für sie ganz von allein.

Die Frau und das Pferd waren sein Rudel; etwas anderes hatte er nicht. Die wenigen Male, bei denen er auf seinen Ausflügen mit Ayla auf der Steppe anderen Löwen begegnete, wurden seine neugierigen Annäherungsversuche kräftig zurückgewiesen, wie eine Narbe auf seiner Schnauze bewies. Nach der Rauferei, von der Baby mit blutiger Nase nach Hause kam, mied Ayla die anderen Löwen, wenn Baby sie begleitete; doch wenn sie allein war, beobachtete sie sie weiter.

Sie stellte fest, daß sie die Jungtiere des wildlebenden Rudels mit Baby verglich. Das erste, was ihr auffiel, war, daß er für sein Alter groß war. Im Gegensatz zu seinen Altersgenossen brauchte er keine Hungerstrecken durchzumachen, in denen ihm die Rippen heraustraten wie Wellen im Sand und sein wuscheliges Fell jeden Glanz verlor, und von Verhungern konnte noch weniger die Rede sein. Solange Ayla ihn ständig mit ihrer Fürsorge umgab und für sein Fressen sorgte, war gewährleistet, daß er unbeschadet seine volle Größe und Stärke erreichte. Wie eine Clansfrau mit einem gesunden und zufriedenen Kleinkind, war Ayla stolz darauf zu sehen, daß ihr Löwenjunges bei aller Schlankheit ausgefüllt und riesig war im Vergleich mit wildlebenden Junglöwen.

Ihr fiel auch noch eine andere Phase seiner Entwicklung auf, in der er seinen wildlebenden Altersgenossen weit voraus war. Baby war ein frühreifer Jäger. Da er beim ersten Mal mit solcher Begeisterung die Onager gejagt hatte, durfte er die Frau fortan immer auf der Jagd begleiten. Statt mit anderen Junglöwen das Anschleichen und Jagen spielerisch zu üben, bildete er seine Fähigkeiten an richtigen Beutetieren aus. Eine Löwenmutter hätte ihn mit Gewalt davon abgehalten, wohingegen Ayla ihn dazu ermutigte und seine Hilfe sogar begrüßte. Seine angeborenen Jagdeigenschaften vertrugen sich so gut mit der ihren, so daß sie jetzt als Gespann jagten.

Nur ein einziges Mal begann er seine Verfolgung vorzeitig und sorgte dafür, daß eine Herde weit vor der Fallgrube auseinanderstob. Als Ayla ihn ihre Mißbilligung, ja ihren Ärger, deutlich spüren ließ, wußte Baby, daß er einen schweren Fehler begangen hatte. Daher beobachtete er sie beim nächstenmal genau und hielt sich zurück, bis sie loslegte. Obwohl es ihm nicht gelungen war, das in die Grube gestürzte Beutetier zu töten, bevor sie zur Stelle war, war sie überzeugt, daß es nicht mehr lange dauern würde, bis er seine erste Beute riß.

Er entdeckte, daß es ihm noch mehr Spaß machte, Ayla zu begleiten, wenn sie mit ihrer Schleuder Jagd auf Niederwild machte. Wenn Ayla Nahrung sammelte, an der er kein Interesse hatte, hetzte er hinter allem her, was sich bewegte – sofern er nicht schlief. Doch wenn sie jagte, lernte er beim ersten Sichten eines Wilds zu Regungslosigkeit zu erstarren wie sie. Er wartete solange, bis sie Schleuder und Stein hervorgeholt hatte, und lief los, sobald sie ihre Schleuder betätigte. Oft begegnete sie ihm, wenn er das getroffene Wild herbeischleppte, doch manchmal ertappte sie ihn dabei, wie er sich in dessen Gurgel verbiß. Sie fragte sich, ob es wohl ihr Stein gewesen war, der das Tier getötet hatte, oder ob er es erledigt hatte, indem er ihm die Luftröhre zudrückte und das Tier erstickte, so wie Löwen es zu tun pflegten. Sie ihrerseits lernte zur Regungslosigkeit zu erstarren, sobald er Beute witterte, ehe sie sie gesichtet hatte, und so war es auch ein kleineres Tier, das er als erstes ganz allein riß.

Baby hatte mit einem Brocken Fleisch herumgespielt, den Ayla ihm gegeben hatte, war jedoch nicht sonderlich interessiert gewesen und eingeschlafen. Er erwachte, als er Ayla die Steilwand zur Steppe oberhalb ihrer Höhle hinaufklettern hörte und ihm knurrte der Magen. Winnie war nirgends zu sehen. Schutzlos alleingelassene Junglöwen in der freien Wildbahn stellten eine Herausforderung an Hyänen und andere Räuber dar; das hatte er früh gelernt und sich gut gemerkt. Er sprang daher hinter Ayla her und war früher oben auf der Steppe als sie. Später ging er neben ihr her. Sie sah ihn innehalten, ehe sie den Riesenhamster sichtete; dieser hatte jedoch sie gesehen und ergriff die Flucht, ehe sie einen Stein schleuderte. Sie war sich nicht sicher, ihr Ziel getroffen zu haben.

Baby schoß augenblicklich davon. Als sie ihn erreichte, hatte er seinen Fang in die blutigen Eingeweide des Hamsters gegraben, doch sie wollte gern wissen, wer das Tier nun getötet hatte. Sie drehte ihn auf die Seite, um nachzusehen, ob sie eine Stelle finden könne, wo sie ihn mit ihrem Stein getroffen hatte. Baby widersetzte sich nur einen Augenblick – lange genug, daß Ayla ihn streng ansehen konnte –, dann gab er widerstandslos nach. Er hatte ihr genug aus der Hand gefressen, um zu wissen, daß sie ihn niemals hungern ließ. Selbst nachdem sie den Riesenhamster untersucht hatte, war sie sich nicht sicher, wie er nun gestorben war; auf jeden Fall gab sie dem jungen Löwen die Beute zurück und lobte ihn. Allein, daß er das Fell durchbissen hatte, war eine Leistung für ihn.

Das erste Tier, bei dem sie sicher war, daß er es allein gerissen hatte, war ein Hase. Es war eines der wenigen Male, daß ihr der Stein aus der Schleuder gerutscht war. Sie wußte, daß sie einen schlechten Wurf gemacht hatte – der Stein war nur wenige Schritte weiter auf dem Boden gelandet –, doch die Schleuderbewegung war für den jungen Höhlenlöwen das Signal zum Loshetzen gewesen. Als sie auf ihn stieß, war er bereits dabei, das Tier zu zerfleischen.

»Du bist großartig, Baby!« Mit einer Mischung aus Handbewegungen und Lauten bedachte sie ihn ausgiebig mit Lob, so wie alle Jungen im Clan gelobt wurden, wenn sie zum erstenmal ein Tier erlegten. Der Löwe verstand nicht, was sie sagte, begriff aber sehr wohl, daß er sie erfreute. Ihr Lächeln, ihre Haltung und ihre Gebärden, all das vermittelte ihm, was sie empfand. Obwohl eigentlich noch zu jung dafür, hatte er seinen angeborenen Jagdtrieb befriedigt und die Billigung vom ranghöchsten Mitglied seines Rudels empfangen. Er hatte seine Sache gut gemacht, und er wußte es.

Die ersten kalten Winterwinde sorgten dafür, daß die Temperatur fiel. Brüchiges Eis bildete sich am Rand des Wassers, und Angst beschlich Ayla. Sie hatte große Gemüse- und Fleischvorräte für sich und noch einen extra großen Fleischvorrat für Baby angelegt, wußte jedoch, daß sie damit nicht ganz über den Winter kommen würde. Für Winnie waren Heu und Korn da, doch für das Pferd war Futter ein Luxus, keine Notwendigkeit. Pferde suchten sich auch den Winter über ihre Nahrung selbst, doch wenn der Schnee hoch lag, mußten sie hungern, bis wärmere Winde Tauwetter brachten, und nicht alle überlebten die kalte Jahreszeit.

Auch Raubtiere versorgten sich den ganzen Winter über selbst, räumten insbesondere unter den schwächeren Beutetieren auf und sorgten auf diese Weise dafür, daß für die kräftigeren mehr Nahrung vorhanden war. Die Populationen von Raub- und Beutetieren stiegen und senkten sich zyklisch, doch im großen und ganzen blieb das Gleichgewicht zwischen ihnen immer erhalten. In den Jahren, da es weniger Wildtiere gab, verhungerten viele Fleischfresser, und der Winter war die schwerste Jahreszeit für alle.

Nun, da der Winter Einzug hielt, wurden Aylas Sorgen brennender. Bei felshart gefrorenem Boden konnte sie keine Jagd auf Hochwild machen. Ihrer Jagdweise entsprechend war sie darauf angewiesen, Gruben in den Boden zu graben. Die meisten kleineren Tiere hielten Winterschlaf oder lebten in Nestern und Höhlen von den Nahrungsvorräten, die sie im Sommer angelegt hatten, was es schwieriger machte, sie überhaupt zu finden, zumal Ayla nicht über einen besonders fein ausgeprägten Geruchssinn verfügte. Ayla sorgte sich daher, genug Wild erlegen zu können, um den heranwachsenden Höhlenlöwen ständig sattzuhalten.

Zu Beginn des Winters, nachdem es kalt genug geworden war, das Fleisch erstarrt und später gefroren zu halten, bemühte sie sich, so viele große Tiere zu erlegen, wie sie konnte, und sie unter Bergen von aufgetürmten Steinen zu lagern. Aber mit den winterlichen Bewegungen der Herden war sie nicht vertraut genug, und so war sie in ihren Bemühungen nicht so erfolgreich, wie sie gehofft hatte. Wenn sie ihrer Sorgen wegen manchmal nachts auch keinen Schlaf fand, bedauerte sie doch keinen Augenblick, das Löwenbaby bei sich aufgenommen zu haben. In der Gesellschaft von Pferd und Höhlenlöwe litt die junge Frau nur selten unter der Einsamkeit, in der sie gezwungen gewesen war, sich ausschließlich mit sich selbst zu beschäftigen, wie in den meisten vorangegangenen Wintern. Statt dessen war ihre Höhle oft von Lachen erfüllt.

Jedesmal, wenn sie hinging, um ein neues Fleischversteck zu öffnen, war Baby dabei und versuchte, an den gefrorenen Tierkadaver heranzukommen, kaum daß sie den ersten Stein fortgewälzt hatte.

»Baby! Geh mir aus dem Weg!« Sie lächelte den jungen Löwen an, der sich mit komischen Schlenkerbewegungen unter die Steine zu schieben versuchte. Er war es dann, der das hartgefrorene Tier den Pfad hinauf- und in die Höhle hineinschleifte. Als ob er wüßte, daß sie schon früher von Höhlenlöwen benutzt worden war, machte er die Nische an der Rückwand zu seinem Lager und brachte auch die gefrorenen Tierkadaver zum Auftauen dorthin. Mit Vorliebe riß er aber schon vorher einen Brokken Fleisch heraus und kaute genüßlich darauf herum. Ayla wartete, bis er aufgetaut war, ehe sie für sich selbst ein Stück davon abtrennte.

Als die Fleischvorräte draußen dahinschwanden, fing Ayla an, das Wetter zu beobachten. Dann dämmerte ein klarer, klirrend kalter Tag herauf; sie beschloß, auf die Jagd zu gehen – oder es zumindest zu versuchen. Sie hatte sich keinen besonderen Plan zurechtgelegt, obwohl sie ausgiebig darüber nachgedacht hatte. Sie hoffte, daß ihr eine Idee kommen würde, sobald sie draußen wäre, oder daß ein besserer Eindruck von den Bodenverhältnissen ihr die Augen für irgendwelche Möglichkeiten öffnete. Sie mußte etwas unternehmen, und wollte nicht warten, bis alles gefrorene Fleisch aufgefressen war.

Sobald sie Winnies Tragkörbe hervorgezogen hatte, wußte Baby, daß sie bald auf die Jagd gehen würden und lief immer wieder aufgeregt zur Höhle hinaus und wieder herein und knurrte voller Vorfreude. Winnie warf den Kopf in die Höhe, wieherte und war bei der Aussicht genauso erfreut wie er. Als sie endlich die kalte, im strahlenden Sonnenschein daliegende Steppe erreicht hatten, waren Verkrampfung und Sorge schon ein wenig von Ayla abgefallen und hatten der Hoffnung und der Freude an dem Unternehmen als solchem Raum gegeben.

Die Steppe war mit einer dünnen, blendend weißen Schneeschicht bedeckt, die der Wind kaum durcheinandergebracht hatte. Die Luft klirrte vor Kälte, daß die Sonne gar nicht hätte zu scheinen brauchen – nur, daß es dann dunkel gewesen wäre. Bei jedem Atemzug bildete sich eine weiße Dampfwolke; das Eis, das sich um Winnies Maul herum angesetzt hatte, sprühte in allen Richtungen davon, wenn sie schnaubte. Ayla war dankbar für die Vielfraßkapuze und die vielen wärmenden Felle, die ihr die Jagd eingebracht hatte.

Sie blickte auf die mit federnder Anmut sich bewegende Großkatze neben ihr und war ganz erschrocken, als ihr hier im Freien aufging, daß sie von der Schulter bis zu den Hinterläufen fast so lang war wie Winnie und sich auch dem Stockmaß des kleinen Pferdes rasch näherte. Der im Jünglingsalter stehende Höhlenlöwe zeigte den Anfang einer rötlichen Mähne, und Ayla fragte sich, warum ihr das nicht schon früher aufgefallen war. Plötzlich hellwach, schoß Baby, den Schwanz waagerecht nach hinten streckend, voraus.

Ayla war das Fährtenlesen in der winterlichen Steppe nicht gewohnt, doch selbst vom Rücken ihres Pferdes aus waren die Wolfsspuren im Schnee zu erkennen. Die Pfotenabdrücke waren klar und deutlich und weder von Sonne noch Wind angenagt, also offensichtlich frisch. Baby schnürte voraus; sie mußten in der Nähe sein! Sie trieb Winnie zu einem Galopp an und holte Baby gerade rechtzeitig ein, um mitzubekommen, wie das Wolfsrudel einen alten Bock einkreiste, der hinter einer kleinen Steppenantilopen-Herde hergezogen war.

Der Junglöwe sah sie gleichfalls, konnte sein Jagdfieber nicht mehr bändigen und fuhr unter sie, daß die Herde in alle Richtungen auseinanderlief und den Angriff der Wölfe vereitelte. Die überraschten und erbosten Wölfe reizten Ayla zum Lachen, doch gab sie dieser Regung nicht nach, um Baby nicht noch zu ermutigen. Er ist eben erregbar, dachte sie, wir sind schließlich lange nicht auf die Jagd gegangen.

Von Panik ergriffen, suchten die Steppenantilopen in langen Fluchten das Weite. Das Wolfsrudel fand sich wieder zusammen und folgte in bewußt langsamerer Gangart, mit der sie zwar rasch vorankamen, die Tiere jedoch nicht ermüdeten, ehe sie die Herde wieder eingeholt hatten. Ayla nahm Haltung an und bedachte Baby mit einem strengen, vorwurfsvollen Blick.

Er faßte wieder neben Winnie Schritt, hatte jedoch zuviel Spaß an der Sache gehabt, als daß er zerknirscht gewesen wäre.

Als Ayla, Winnie und Baby den Wölfen folgten, nahm im Kopf der Frau eine Idee Gestalt an. Sie wußte nicht, ob sie eine Steppenantilope mit ihrer Schleuder zur Strecke bringen konnte, wohl aber einen Wolf. Sie selbst machte sich nichts aus Wolfsfleisch, doch wenn Baby genug Hunger hatte, würde er es nicht verschmähen, und das war Grund genug weiterzumachen.

Die Wölfe hatten wieder Tempo zugelegt. Der alte Steppenantilopenbock war hinter der Hauptherde zurückgefallen; er war bereits zu erschöpft, um mithalten zu können. Ayla lehnte sich vor, und Winnie fiel in gestreckten Galopp. Die Wölfe kreisten den alten Bock ein, doch noch flößten Hufe und Horn ihnen soviel Achtung ein, daß sie nicht sofort über ihn herfielen. Ayla näherte sich soweit, daß sie es wagen konnte, die Schleuder zu betätigen. Sie griff in die beutelartige Falte ihres Überwurfs, suchte nach einem passenden Stein und entschied sich dann für einen bestimmten Wolf. Als Winnie mit donnernden Hufen näherkam, ließ sie erst einen und gleich danach einen zweiten Stein auf ihn zuschießen.

Sie hatte getroffen. Der Wolf ging zu Boden, und zuerst dachte sie, der Aufruhr im Rudel sei die Folge ihres tödlichen Steins. Dann erkannte sie den wahren Grund. Baby hatte ihre Schleuderbewegung als Zeichen zur Verfolgung genommen, interessierte sich jedoch nicht für die Wölfe, jedenfalls jetzt nicht, da die weit schmackhaftere Antilope in Reichweite war. Das Wolfsrudel räumte dem herangaloppierenden Pferd mit der schleuderbewehrten Frau auf dem Rücken sowie dem entschlossen angreifenden Löwen das Feld.

Aber Baby war nicht der Jäger, der er sein wollte – noch nicht. Seinem Angriff fehlte es noch an der Kraft und der Schläue des ausgewachsenen Löwen. Ayla brauchte einen Moment, um die Situation zu erkennen. Nein, Baby! Das ist das falsche Tier, dachte sie. Doch dann besann sie sich rasch eines Besseren. Selbstverständlich hatte er das richtige Tier gewählt. Baby bemühte sich, den Todesbiß anzubringen und klammerte sich an den Rücken des fliehenden Bocks, dem in seiner Todesangst neue Kräfte zugewachsen waren.

Ayla riß den Speer aus dem Tragkorb hinter ihr. Winnie reagierte auf ihr Drängen und raste hinter der fliehenden alten Steppenantilope her. Doch die Kraftanstrengung der Antilope war nur von kurzer Dauer. Schon wurde sie langsamer. Das vorwärtsstürmende Pferd verringerte die Lücke zwischen ihnen rasch. Ayla reckte den Speer und stieß im selben Augenblick, da sie Brust an Brust liefen, zu und merkte gar nicht, daß sie beim Zustoßen einen urtümlichen Freudenschrei ausstieß.

Sie ließ das Pferd einen Bogen schlagen, und als sie zurücktrabten, sah sie den jungen Höhlenlöwen über dem alten Bock stehen. Zum erstenmal in seinem Leben verkündete er sein überragendes Können. Obwohl er das volle Donnergrollen des ausgewachsenen Löwen noch nicht schaffte, das Versprechen dazu wurde weit hallend hinausgetragen. Selbst Winnie scheute bei seinem Gebrüll.

Ayla glitt von der Stute hinab und klopfte ihr beruhigend den Hals. »Schon gut, Winnie! Es ist ja bloß Baby!«

Ohne zu überlegen, ob der Löwe wohl etwas dagegen haben und ihr ernste Verletzungen beibringen konnte, schob Ayla ihn beiseite und schickte sich an, den Antilopenbock vor dem Transport in die Höhle auszuweiden. Er fügte sich ihrem Herrschaftsanspruch und noch etwas anderem, das er nur bei Ayla fand: der Selbstverständlichkeit, mit der sie ihn liebte.

Sie beschloß, den Wolf zu suchen und ihn abzuhäuten. Wolfspelz wärmte. Als sie wieder zurückkehrte, war sie überrascht, Baby die Antilope hinter sich herschleifen zu sehen, und sie begriff, daß er vorhatte, sie den ganzen Weg bis zur Höhle zurückzubringen. Der Antilopenbock war voll ausgewachsen, Baby hingegen nicht. Seine Kraft – und daß diese Kraft noch größer werden sollte – flößte ihr neuerlich größte Hochachtung ein. Doch wenn er die Antilope den ganzen Weg zurückschleifte, würde die Decke Schaden nehmen. Steppenantilopen waren weit verbreitet und lebten sowohl im Gebirge als auf den Ebenen; nur, allzu zahlreich waren die Herden nicht. Sie hatte noch nie eine erlegt, und so hatte diese eine besondere Bedeutung für sie. Die Steppenantilope war Izas Totem gewesen. Ayla wollte ihre Felldecke haben.

Sie machte die »Aufhörens«-Gebärde. Baby zögerte nur einen Moment, dann ließ er ›seine‹ Beute fahren und umkreiste danach den ganzen Weg zurück in die Höhle Winnie mit dem Zuggestell, um sie zu bewachen.

Interessierter als sonst verfolgte er, wie Ayla der Antilope das Fell abzog und das Gehörn abnahm. Als sie ihm das Tier überließ, schleifte er den ganzen enthäuteten Kadaver in seine Nische in der Höhle. Nachdem er sich sattgefressen hatte, blieb er noch eine Zeitlang wach und schlief später ganz in der Nähe.

Ayla war belustigt. Sie begriff, daß er seine Beute bewachte. Er schien das Gefühl zu haben, daß es mit diesem Tier etwas ganz Besonderes auf sich habe. Für Ayla war das nicht anders – wenn auch aus anderen Gründen. Immer noch war sie innerlich aufgewühlt. Die Geschwindigkeit, die Verfolgungsjagd und das Töten waren im höchsten Maße erregend gewesen – doch noch wichtiger war, daß sie eine neue Jagdart gefunden hatte. Mit Winnies und nun auch noch mit Babys Hilfe konnte sie jederzeit, sommers wie winters, auf die Jagd gehen. Sie fühlte sich mächtig und war dankbar – und wußte, daß sie genug Fleisch für Baby heranschaffen konnte.

Aus keinem besonderen Grund sah sie heute nach, ob mit Winnie auch alles in Ordnung sei. Das Pferd hatte sich niedergelegt, völlig unbefangen, trotz der Nähe eines Höhlenlöwen. Als Ayla zu ihr trat, hob sie den Kopf. Die Frau streichelte das Pferd. Sie spürte, daß es das Bedürfnis nach ihrer Nähe hatte, und streckte sich neben ihm aus. Winnie stieß leise schnaubend Luft durch die Nüstern. Sie war froh, die Frau bei sich zu haben.

Im Winter gemeinsam mit Winnie und Baby auf die Jagd zu gehen, ohne mühselig eine Fallgrube graben zu müssen, brachte Spaß. Von Jugend auf – seit sie sich im Umgang mit der Schleuder geübt hatte – war Ayla gern auf die Jagd gegangen. Jede neue Technik, die sie sich angeeignet und gemeistert hatte – Fährtenlesen, das rasch aufeinander folgende Abfeuern zweier Steine, die Fallgrube und der Speer –, verlieh ihr stärker das Gefühl, wirklich etwas erreicht zu haben. Nichts jedoch kam der reinen Freude gleich, wie sie sie empfand, wenn sie zusammen mit dem Pferd und dem Höhlenlöwen jagte. Beide schienen das genauso zu genießen wie sie. Wenn Ayla ihre Vorbereitungen traf, warf Winnie den Kopf in die Höhe und umtänzelte sie mit vorgestellten Ohren und erhobenem Schweif, und Baby schoß immer wieder zur Höhle hinaus und wieder herein und stieß dabei in Erwartung des Kommenden leise Laute des Wohlbehagens aus. Das Wetter machte ihr Sorgen, bis Winnie sie eines Tages durch einen blendenden Schneesturm nach Hause trug.

Für gewöhnlich machte das Trio sich kurz nach Tagesanbruch auf den Weg. Sichteten sie frühzeitig Beute, waren sie häufig schon vor Mittag wieder zurück. Für gewöhnlich folgten sie ihrer Beute solange, bis sie sich im Verhältnis zu ihr in einer vorteilhaften Lage befanden. Dann gab Ayla Baby mit der

Schleuder das Signal, und der Löwe schoß eifrig voran. Winnie, die Aylas Drängen spürte, galoppierte hinter ihm her. Und wenn der junge Höhlenlöwe dem von Panik befallenen Tier im Nacken saß – wobei seine Krallen und sein Biß es zum Bluten brachte, wenn auch nicht tötete –, dauerte es meistens nicht lange, bis das herangaloppierende Pferd sie einholte. Liefen sie dann auf gleicher Höhe, schleuderte Ayla ihren Speer.

Anfangs hatten sie nicht immer Erfolg. Manchmal war das Tier, das sie ausgespäht hatten, zu schnell, oder Baby fiel herunter und sah sich außerstande, das flüchtende Tier noch einmal anzuspringen und sich an ihm festzukrallen. Auch in gestrecktem Galopp mit dem schweren Speer umzugehen bedurfte einiger Übung. Viele Male verfehlte sie ihr Ziel oder traf es so, daß der Speer abprallte, und gelegentlich kam Winnie auch nicht nahe genug heran. Selbst wenn sie nicht traf, war das Ganze erregend, und sie konnte es ja immer wieder versuchen.

Mit der Zeit verbesserten sie alle ihre Leistung. Sie fingen an, untereinander ihre Bedürfnisse und Fähigkeiten richtig einzuschätzen, und das erst machte das unwahrscheinliche Trio zu einer tüchtigen Jagdgruppe. Sie waren so gut aufeinander eingespielt, daß das Ganze als Teil der gemeinsamen Bemühung angesehen wurde und fast nicht richtig gewürdigt wurde, als Baby endlich zum ersten Mal völlig ohne jede Beihilfe ein Beutetier riß.

Als sie in vollem Galopp heranpreschte, sah Ayla den Hirsch straucheln. Er brach zusammen, ehe sie ihn erreichte. Winnie verlangsamte das Tempo, als sie vorüberritten. Sie hatte den Speer wurfbereit erhoben, um dem Hirsch den Todesstoß zu versetzen, doch dann wurde ihr klar, daß Baby das bereits getan hatte. So ging sie daran, den Hirsch auszuweiden, um ihn zurückzuschaffen in die Höhle.

Da erst ging ihr das volle Ausmaß dessen auf, was hier geschehen war. So jung er auch war, Baby war ein Jagdlöwe! Im Clan hätte ihn das zum Erwachsenen gemacht. So wie sie Die Frau, Die Jagt, genannt worden war, ehe sie richtig zur Frau herangereift gewesen war. Auch Baby hatte das Erwachsenendasein erreicht, ehe er ganz die Reife erreicht hatte. Sie müßte die Mannbarkeitszeremonie mit ihm abhalten, dachte sie. Doch was für eine Zeremonie konnte irgendwelche Bedeutung für ihn haben? Dann lächelte sie.

Sie band den Hirsch vom Zuggestell los und verstaute Grasmatte und Stangen in den Tragkörben. Der Hirsch war *seine*

Beute, und er hatte ein Recht auf ihn. Zuerst begriff Baby nicht recht. Immer wieder lief er zwischen Hirsch und Frau hin und her. Doch als Ayla davonging, packte er den Hals des Hirsches mit den Zähnen und schleifte ihn zwischen den Vorderbeinen den ganzen Weg bis zum Uferstreifen und dann auch noch den steilen Pfad hinauf und in die Höhle.

Unmittelbar nach Babys erster Jagdbeute bemerkte sie keinen Unterschied. Sie jagten immer noch gemeinsam. Doch immer häufiger erwies Winnies Jagd sich als die einzige Übung und Aylas Speer als überflüssig. Wollte sie etwas von dem Fleisch abhaben, schnitt sie es zuerst heraus; wollte sie das Fell, zog sie ihm erst dies ab. Wenn das stolze Löwenmännchen in der freien Wildbahn auch immer die erste und größte Portion bekam – Baby war noch jung. Er hatte, wie seine Größe bezeugte, nie Hunger kennengelernt, und war es gewohnt, daß sie es war, die den Ton angab.

Doch als es Frühling wurde, verließ Baby immer häufiger allein die Höhle und ging auf Erkundung aus. Er blieb selten lange fort, doch wurden seine Ausflüge immer häufiger. Einmal kehrte er mit blutigem und zerfetztem Ohr zurück. Ayla vermutete, daß er auf andere Löwen gestoßen war. Da begriff sie, daß sie allein ihm jetzt nicht mehr genügte; er suchte nach Artgenossen. Ayla säuberte ihm das Ohr, und er verbrachte den nächsten Tag damit, ihr so dicht zu folgen, daß er sie behinderte. Nachts kroch er zu ihr aufs Lager und suchte nach ihren beiden Fingern, daran zu saugen.

Bald wird er mich allein lassen, dachte sie; ihm fehlt ein richtiges eigenes Rudel Löwinnen, die für ihn jagen, und Junglöwen, über sie zu herrschen. Sie mußte an Iza denken. Du bist jung, du brauchst einen Mann für dich, einen deiner eigenen Art. Finde deine Leute; such dir deinen eigenen Gefährten, hatte sie gesagt. Bald wird Frühling sein. Ich sollte daran denken, fortzuziehen, aber noch nicht gleich. Baby würde riesig werden, selbst für einen Höhlenlöwen. Schon jetzt übertraf er seine Altersgenossen bei weitem an Größe; dabei war er immer noch nicht ganz ausgewachsen. Noch konnte er nicht allein überleben.

Der Frühling setzte unmittelbar nach einem schweren Schneefall ein. Die Überflutungen sorgten dafür, daß sie nicht mehr ungehindert fort konnten. Ayla konnte zur Steppe hinaufklettern, und Baby schaffte es mühelos, sie springend zu erreichen, doch für das Pferd erwies sich der Hang als zu steil. Schließlich sank der Wasserspiegel, der Uferstreifen und der Knochenhaufen hatten ein anderes Aussehen bekommen, und Winnie konnte wieder den Pfad zur Weide hinunter. Doch das Pferd war unruhig.

Das erste Mal fiel Ayla etwas Ungewöhnliches auf, als Baby jaulend auf einen Huftritt reagierte. Die Frau war überrascht. Winnie war nie ungeduldig mit dem jungen Löwen gewesen; ein kleiner Nasenstüber hin und wieder, damit Baby nicht ausfällig wurde, doch war das nie so weit gegangen, daß die junge Stute ausgekeilt hätte. Ayla hielt dieses ungewöhnliche Verhalten für eine Folge der Winnie aufgezwungenen Untätigkeit, doch neigte Baby, als er älter wurde, dazu, sich möglichst von Winnies Platz in der Höhle fernzuhalten; er erkannte ihn instinktiv als Winnies Revier an, und Ayla fragte sich, was ihn wohl dorthin getrieben hatte. Sie ging nachsehen und wurde sich eines starken Geruchs bewußt, den sie unbestimmt schon den ganzen Vormittag über in der Nase gehabt hatte. Den Kopf gesenkt und die Hinterhand gespreizt, stand Winnie da und hielt den Schweif zur Seite. Ihre Scheide war geschwollen und pulsierte. Sie sah Ayla an und stieß einen winselnden Laut aus.

Rasch nacheinander durchlebte Ayla eine ganze Reihe unterschiedlicher Empfindungen. Zuerst war es Erleichterung. Das also ist dein Problem. Ayla wußte um die periodische Brunst bei Tieren. Bei manchen kam es häufiger zu Paarungszeiten, doch bei Weidetieren war einmal im Jahr die Regel. Das war die Zeit, in der die männlichen Tiere um das Recht zur Paarung kämpften und in der ausnahmsweise männliche und weibliche Tiere zusammenblieben, selbst diejenigen, die für gewöhnlich unabhängig voneinander jagten oder sonst rein weibliche oder männliche Herden bildeten.

Die Paarungszeit war einer jener geheimnisvollen Bereiche tierischen Verhaltens, die Ayla verwirrten – so wie das Abwerfen des Geweihs und das Nachwachsen größerer Geweihe. Sie gehörte zu jenen Dingen, die Creb veranlaßt hatten, sich darüber zu beschweren, sie stelle zu viele Fragen. Auch er wußte nicht, warum Tiere sich paarten, obwohl er einmal gemeint hatte, es sei die Zeit, in der die Männchen zu erkennen gaben, daß sie über die Weibchen herrschten oder vielleicht – wie bei ihresgleichen – die Männer ihre Bedürfnisse befriedigen müßten.

Winnie war schon im vergangenen Frühling rossig gewesen, allerdings zu einer Zeit, da sie – obgleich sie einen Hengst oben auf der Steppe hatte wiehern hören – es noch nicht geschafft hatte, zu ihm hinaufzukommen. Auch schien der Drang bei Winnie diesmal größer zu sein. Jedenfalls erinnerte Ayla sich nicht, daß die Scheidenschwellung so deutlich sichtbar gewesen wäre oder daß sie solche winselnden Töne von sich gegeben hätte. Winnie ließ das Streicheln und Umarmen der Frau über sich ergehen; doch dann senkte die Stute wieder den Kopf und winselte.

Plötzlich verkrampfte Aylas Magen sich vor Angst. Sie lehnte sich gegen das Pferd, so wie Winnie sich manchmal an sie anlehnte, wenn sie durcheinander war oder Angst hatte. Winnie würde sie verlassen! Das kam völlig unerwartet. Ayla hatte keine Zeit gehabt, sich darauf einzustellen, obwohl sie das hätte tun sollen. Sie hatte über Babys Zukunft nachgedacht und über ihre eigene. Statt dessen war für Winnie die Paarungszeit gekommen. Die Jungstute brauchte einen Hengst.

Äußerst widerstrebend ging Ayla zur Höhle hinaus und gab Winnie zu verstehen, sie solle ihr folgen. Als sie den steinübersäten Uferstreifen unten erreichten, saß Ayla auf. Baby erhob sich und wollte ihnen folgen, doch machte Ayla die »Aufhörens«-Gebärde. Sie wollte den Höhlenlöwen diesmal nicht dabeihaben. Sie hatte nicht vor zu jagen, doch woher sollte Baby das wissen? Ayla mußte dem Löwen noch einmal sehr nachdrücklich Einhalt gebieten, ehe er zurückblieb und ihnen nachsah.

Auf der Steppe war es warm und klamm zugleich. Die Sonne hatte ihren mittäglichen Höchststand noch lange nicht erreicht und schien von einem Dunstschleier umgeben aus einem blaßblauen Himmel herunter. Das Himmelsblau wirkte verschossen, ja ausgebleicht, so grell leuchtete die Sonne. Schnee verdampfte zu einem feinen Dunst, der die Sicht nicht beeinträchtigte, aber alle Konturen weich machte; Nebel, der sich im kühleren Schatten hielt, nahm allem seine sonstige Schärfe. Die Perspektive ging verloren und die ganze Sicht war verkürzt – und all das verlieh der Landschaft eine größere Unmittelbarkeit, ein Gefühl von größerer Gegenwärtigkeit, gleichsam als gäbe es nichts anderes als das Hier und das Jetzt. Fernes schien nur wenige Schritte entfernt, und doch dauerte es ewig, es zu erreichen.

Ayla lenkte das Pferd nicht in eine bestimmte Richtung. Sie ließ Winnie sich selbst ihren Weg suchen und nahm nur unterschwellig Richtung und auffällige Merkmale auf, um sich an ihnen zu orientieren. Ihr war es egal, wohin sie ritten, und sie merkte nicht, daß die salzige Feuchtigkeit ihrer Tränen noch zu der allgemeinen Feuchtigkeit hinzukam. Schlaff auf dem Pferderücken schaukelnd, war ihr Blick nach innen gerichtet. Sie erinnerte sich an das erste Mal, da sie das Tal mit den Pferden unten auf der Weide gesehen hatte. Sie dachte an ihren Entschluß hierzubleiben und daran, daß sie jagen mußte. Sie erinnerte sich daran, wie sie Winnie in die Sicherheit ihrer Höhle und ihres Feuers gebracht hatte. Sie hätte wissen müssen, daß es nicht dauern konnte, daß Winnie eines Tages zu ihren Artgenossen zurückkehren mußte, genauso wie sie selbst eigentlich auch.

Eine Veränderung in der Gangart des Pferdes riß sie aus ihren Gedanken. Winnie hatte gefunden, wonach sie suchte. Vor ihnen graste eine kleine Herde von Pferden.

Die Sonne hatte den Schnee auf einem flachen Hügel auftauen lassen. Zartes Grün kam zwischen dem verdorrten Vorjahrsgras zum Vorschein. Die Tiere, die einen Heißhunger auf frisches Grün hatten, rupften am saftigen Gras. Winnie blieb stehen, als die anderen Pferde sie anblickten. Ayla hörte einen Hengst wiehern. Sie entdeckte ihn etwas abseits auf einem Erdbuckel, den sie vorher nicht wahrgenommen hatte. Er war von einem dunklen Rotbraun; die Mähne, der Schweif und die Beine unten waren schwarz. Nie zuvor hatte sie ein so leuchtendfarbenes Pferd gesehen. Die meisten waren graubraun oder schmutziggrau oder – wie Winnie – falbfarben.

Der Hengst schrie, hob den Kopf und rollte die Oberlippe nach oben. Er stieg und galoppierte auf sie zu, blieb wenige Schritte von ihnen entfernt stehen und scharrte den Boden mit dem Huf. Sein Hals war schwanengleich gebogen, sein Schweif gereckt, und sein Geschlecht prächtig erigiert.

Winnie reagierte mit einem vorsichtigen Wiehern, und Ayla glitt von ihr herab. Sie umarmte das Pferd noch einmal und zog sich dann zurück. Winnie wandte den Kopf und sah die junge Frau an, die für sie gesorgt hatte, seit sie ein kleines Füllen gewesen war.

»Geh zu ihm, Winnie!« sagte sie. »Du hast deinen Gefährten gefunden. Geh zu ihm!«

Winnie reckte den Kopf in die Höhe und wieherte leise, dann wandte sie sich dem Fuchshengst zu. Der trabte um sie herum, bis er hinter ihr stand, stupste sie und trieb sie näher an seine kleine Herde heran, als wäre sie eine widerspenstige Nachzüglerin. Unfähig sich zu entfernen, sah Ayla sie gehen. Als der Hengst sie bestieg, mußte Ayla unwillkürlich an Broud denken und an den schrecklichen Schmerz. Später war es nur noch unangenehm gewesen, doch gehaßt hatte sie es immer, wenn Broud sie bestieg.

Doch Winnie versuchte trotz allen Schreiens und Winselns nicht, den Hengst abzuweisen, und während sie dastand und zusah, fühlte Ayla, wie sich Seltsames in ihr regte, Empfindungen, die sie sich nicht zu erklären vermochte. Sie konnte den Blick nicht von dem Fuchshengst wenden, der die Vorderbeine über Winnies Rücken gelegt hatte und schrie und pumpte und sich verkrampfte. Sie fühlte warme Feuchtigkeit zwischen ihren Beinen, ein rhythmisches Pulsieren, das sich zeitgleich mit den Stößen des Hengstes vollzog, und ein unbegreifliches Sehnen. Ihr Atem ging hart, das Blut rauschte ihr im Kopf, und es verlangte sie verzweifelt nach etwas, was sie nicht beschreiben konnte.

Hinterher, als die falbfarbene Stute dem Fuchs folgte und nicht einmal einen Blick zurückwarf, fühlte Ayla eine Leere in sich, die so schwer war, daß sie meinte, es nicht ertragen zu können. Sie erkannte, wie zerbrechlich die Welt war, die sie für sich im Tal aufgebaut hatte, wie vergänglich ihr Glück gewesen war, wie gefährdet ihr Dasein. Sie machte kehrt und rannte zurück zum Tal. Sie lief, bis ihr der Atem schier die Kehle zerriß und sie Stiche in den Seiten bekam. Sie lief und hoffte irgendwie, wenn sie nur schnell genug liefe, könnte sie das ganze Herzeleid und die ganze Einsamkeit hinter sich zurücklassen.

Sie rutschte den Hang, der zu ihrem Sims führte, mehr hinunter, als daß sie geklettert wäre, rollte und blieb liegen und rang keuchend nach Atem. Selbst nachdem sie wieder ruhiger atmen konnte, machte sie keine einzige Bewegung. Sie wollte sich nicht bewegen. Wollte nicht damit fertigwerden, oder es versuchen, oder weiterleben. Was hatte es für einen Sinn? Sie war schließlich verflucht, oder?

Warum kann ich denn nicht einfach sterben? So wie ich es doch eigentlich tun soll. Warum muß ich alles verlieren, was ich liebe? Sie spürte heißen Atem und eine rauhe Zunge, die ihr das Salz von den Wangen leckte. Als sie die Augen aufschlug, stand ein riesiger Höhlenlöwe vor ihr.

»Ach, Baby!« rief sie und streckte die Arme nach ihm aus. Er streckte sich neben ihr aus und legte mit eingezogenen Krallen eine mächtige Tatze über sie. Sie wälzte sich herum, schlang ihm die Arme um den Hals und barg das Gesicht in seiner länger werdenden Mähne.

Als sie sich schließlich ausgeweint hatte und versuchte aufzustehen, fühlte sie die Folgen ihres Sturzes. Aufgerissene Hände, aufgeschürfte Knie und Ellbogen, eine geprellte Hüfte und eine wunde rechte Wange. Sie humpelte zur Höhle. Während sie die Schürfwunden und Prellungen behandelte, kam ihr ein ernüchternder Gedanke. Was, wenn ich mir einen Knochen gebrochen hätte? Das wäre schlimmer gewesen als der Tod, wo doch niemand dagewesen wäre, mir zu helfen.

Nur habe ich es nicht getan, dachte sie. Mein Totem will, daß ich am Leben bleibe, vielleicht hat es einen guten Grund dafür. Vielleicht hat der Geist des Höhlenlöwen Baby zu mir geschickt, weil er wußte, daß Winnie mich eines Tages verlassen würde.

Auch Baby wird mich verlassen. Es wird nicht mehr lange dauern, und auch er wird sich paaren wollen. Er wird eine Gefährtin finden, auch wenn er nicht in einem richtigen Rudel aufwächst. Er wird so groß werden, daß er imstande sein wird, ein großes Revier zu verteidigen. Und er ist ein guter Jäger. Hungern wird er nicht müssen, wenn er nach einem Rudel oder zumindest einer Löwin sucht.

Sie verzog den Mund. Man sollte denken, ich wäre eine Clan-Mutter, die sich Sorgen um ihren halbwüchsigen Sohn macht, der zu einem großen, tapferen Jäger heranwächst. Schließlich ist er nicht mein Sohn. Er ist bloß ein Löwe, ein gewöhnlicher ... Nein, ein gewöhnlicher Höhlenlöwe ist er nicht. Er ist schon jetzt fast so groß wie ein voll ausgewachsener Höhlenlöwe, und er hat früh das Jagen gelernt. Aber er wird mich verlassen ...

Durc muß inzwischen groß geworden sein. Und Ura wächst gewiß heran. Oda wird traurig sein, wenn Ura sie verläßt, um Durcs Gefährtin zu werden und in Bruns Clan zu leben ... Nein, jetzt ist es ja Brouds Clan. Wie lange wird es bis zur nächsten Clan-Versammlung dauern?

Sie griff nach den kerbengezierten Stäben hinter ihrem Lager. Sie machte immer noch jeden Abend eine Kerbe. Es war eine Gewohnheit, ein Ritual. Sie löste die Schnur um das Bündel und breitete die Stäbe vor sich auf dem Boden aus. Dann versuchte sie die Tage zu zählen, die seit ihrer Ankunft im Tal vergangen waren. Sie legte die Hände über die Kerben, doch es waren zu viele; zu viele Tage waren vergangen. Sie hatte das Gefühl, die Zeichen müßten zusammenkommen und sich zu irgend etwas zusammenfinden, was ihr verriet, wie lange sie hier war, doch wußte sie nicht wie. Dann ging ihr auf, daß sie die Stäbe gar nicht brauchte; sie konnte ja die Jahre zählen, wenn sie überlegte, wie viele Frühlinge inzwischen gekommen und gegangen waren. Durc ist vor der letzten Clanversammlung zur Welt gekommen, dachte sie. Mit dem nächsten Frühling ging sein Geburtsjahr zu Ende. Sie machte ein Zeichen in den Boden. Das nächste war das Jahr, in dem er das Laufen gelernt hatte. Noch ein Zeichen im Boden. Der nächste Frühling bedeutete das Ende des Jahres, da sie ihn voll genährt hatte, das nächste das Jahr der Entwöhnung – nur daß er schon entwöhnt gewesen war. Sie machte ein drittes Zeichen.

Da war sie fortgezogen – sie schluckte und zwinkerte eine Träne fort – und im folgenden Sommer habe ich mein Tal gefunden – und Winnie. Im nächstfolgenden Frühjahr dann Baby. Sie machte ein viertes Zeichen. Und diesen Frühling ... Sie mochte sich nicht vorstellen, daß Winnies Fortgang dasjenige sei, woran sie sich bei diesem Jahr erinnerte; nur war das eine Tatsache. Sie machte ein fünftes Zeichen.

Das ist soviel wie die Finger einer Hand – sie hielt die Linke in die Höhe – und so alt ist Durc jetzt. Sie reckte Daumen und Zeigefinger der rechten Hand in die Höhe. Und so viele sind es noch bis zur nächsten Versammlung. Wenn sie dann wieder zurückkehren, wird Ura bei ihnen sein, für Durc. Natürlich werden sie noch nicht alt genug sein, um sich zu paaren. Aber sie brauchen sie nur anzusehen, und sie wissen, daß sie für Durc bestimmt ist. Ob er sich wohl noch an mich erinnert? Ob er Clans-Erinnerungen hat? Wieviel von ihm ist von mir, und wieviel von Broud ... vom Clan?

Ayla nahm die Stäbe mit den Kerben zusammen, und ihr fielen die regelmäßigen Abstände zwischen den besonders großen Kerben auf, die sie immer dann anbrachte, wenn ihr Geist kämpfte und sie blutete. Der Totem-Geist welchen Mannes könnte hier mit dem meinen ringen? Selbst wenn ich nur die Maus zum Totem hätte, würde ich nicht schwanger werden. Dazu braucht es einen Mann und sein Glied, damit ein Baby wächst. Jawohl, das glaube ich.

Winnie! Ist es das, was der Hengst mit dir gemacht hat? Hat er dafür gesorgt, daß ein Baby in deinem Bauch wächst. Vielleicht sehe ich dich irgendwann mit dieser Herde und finde das heraus. Ach, Winnie, wäre das nicht wunderbar?

Die Gedanken an Winnie und den Hengst machten sie zittern. Ihr Atem ging ein wenig rascher. Dann dachte sie an Broud, und die angenehmen Empfindungen hörten auf. Aber es war sein Glied, das Durc zum Wachsen gebracht hatte. Hätte er gewußt, daß ich dadurch ein Baby bekomme, er würde es nie getan haben. Und Durc wird Ura bekommen. Auch Ura ist nicht mißgestaltet. Ich glaube, Ura fing an, in Oda zu wachsen, nachdem dieser Mann von den Anderen Oda Gewalt angetan hat. Ura ist gerade richtig für Durc. Zum Teil ist sie vom Clan, und zum anderen Teil von dem Mann der Anderen. Ein Mann von den Anderen . . .

Ayla war unruhig. Baby war verschwunden, und sie hatte das Bedürfnis, sich zu bewegen. Sie ging hinaus und hielt sich gerade außerhalb der Sträucher, die den Fluß säumten. Sie ging weiter, als sie es je zuvor getan hatte; nur auf Winnies Rücken war sie so weit gekommen. Sie würde sich wieder ans Laufen gewöhnen müssen, erkannte sie, und daran, eine Kiepe auf dem Rücken zu tragen. Am Ende des Tals folgte sie der Biegung des Flusses um einen Steilhang herum, wo er nach Süden weiterfloß. Eben jenseits der Biegung rauschte das Wasser zwischen Felsen dahin, die aussahen, als seien sie absichtlich dort hingelegt worden: gerade im richtigen Abstand, um von einem zum anderen zu gehen. Die Felswand war hier nicht ganz so steil. Sie kletterte hinauf und ließ den Blick über die westlichen Steppen schweifen.

Eigentlich gab es keinen Unterschied zwischen Westen und Osten; höchstens, daß das Gelände etwas zerrissener war; der Westen war ihr wesentlich vertrauter. Sie hatte immer gewußt, daß – sollte sie das Tal eines Tages verlassen – sie sich nach Westen wenden würde. Sie machte kehrt, überquerte den Fluß ein zweites Mal und eilte dann das lange Tal hinunter bis zu ihrer Höhle.

Als sie dort eintraf, war es fast dunkel geworden, und Baby war noch nicht wieder zurück. Das Feuer war ausgegangen und die Höhle kalt und verlassen. Sie kam ihr heute leerer vor als damals, da sie sie zu ihrer Wohnstatt gemacht hatte. Sie zündete ein Feuer an, brachte etwas Wasser zum Kochen und machte Tee, aber nach Kochen war ihr nicht zumute. Sie nahm ein Stück Trockenfleisch und einige getrocknete Kirschen und setzte sich auf ihr Lager. Es war lange her, daß sie allein in ihrer Höhle gewesen war. Sie ging nach hinten, wo ihre alte Kiepe stand, und kramte darin herum, bis die Durcs Tragefell fand. Es zusammenknüllend, drückte sie es sich gegen den Bauch und beobachtete das Feuer. Als sie sich niederlegte, stopfte sie es fest um sich.

Träume störten ihren Schlaf. Sie träumte von Durc und Ura,

die herangewachsen und zusammengegeben worden waren. Sie träumte von Winnie an einem anderen Ort zusammen mit einem Fuchsfüllen. Einmal wachte sie schweißgebadet auf. Erst als sie ganz wach geworden war, wurde ihr klar, daß sie wieder ihren alten Schreckenstraum vom Erdbeben geträumt hatte. Warum suchte dieser Traum sie immer wieder heim?

Sie stand auf und schürte das Feuer, wärmte den Tee auf und trank davon. Baby war immer noch nicht zurück. Sie nahm Durcs Tragefell und dachte wieder an Odas Geschichte von dem Mann der Anderen, der ihr Gewalt angetan hatte. Oda hatte gesagt, er habe so ausgesehen wie sie. Ein Mann wie ich – wie mag der wohl aussehen?

Ayla versuchte, sich einen Mann wie sie vorzustellen, bemühte sich, sich ihre Züge ins Gedächtnis zurückzurufen, wie sie sie in dem Teich gesehen hatte, doch das einzige, woran sie sich noch erinnerte, war ihr Haar, das das Gesicht einrahmte. Damals hatte sie es lang getragen, nicht zu vielen Zöpfen geflochten, um das Haar nicht dauernd im Gesicht zu haben. Es war gelb wie Winnies Fell. Allerdings leuchtender, golden fast.

Doch jedesmal, wenn sie sich das Gesicht eines Mannes vorzustellen versuchte, sah sie Broud, der sie hämisch anstarrte. Das Gesicht eines Mannes der Anderen vermochte sie sich nicht vorzustellen. Ihre Augen wurden müde, und sie legte sich wieder hin. Sie träumte von Winnie und einem Fuchshengst. Und dann von einem Mann. Sein Gesicht war verschwommen und undeutlich, wie im Schatten. Nur eines war klar. Er hatte gelbes Haar.

15

»Das machst du gut, Jondalar. Wir werden doch noch einen Flußmann aus dir machen«, sagte Carlono. »In den großen Booten kommt es nicht drauf an, ob man einen Schlag verpaßt oder nicht. Das schlimmste, was dir passieren kann, ist, daß du den ganzen Rhythmus durcheinanderbringst, denn du bist ja nicht der einzige Ruderer. Bei kleinen Booten wie diesem aber ist die Steuerung wichtig. Einen Schlag zu verpassen, kann gefährlich, ja, tödlich sein. Sei dir des Flusses stets bewußt – vergiß nie, wie unberechenbar er sein kann. Hier ist er sehr tief, folglich sieht er ruhig aus. Aber du brauchst bloß das Paddel hineinzustecken, und schon spürst du, wie kräftig die Strömung ist. Gegen die anzukämpfen ist schwer – man muß mit ihr zusammenarbeiten.«

Carlono ließ den Mund nicht stillstehen, während er und Jondalar den kleinen Zwei-Mann-Einbaum in die Nähe der Bootsländе der Ramudoi lenkten. Jondalar hörte nur halb zu, konzentrierte sich aber ganz auf die Handhabung des Paddels, damit das Boot, das er steuerte, auch wirklich dorthin glitt, wo er wollte. Trotzdem, unbewußt bekam er die Bedeutung dessen, was Carlono sagte, doch mit.

»Du denkst, es ist leichter, flußabwärts zu fahren, weil du dann nicht gegen die Strömung anmußt, aber das ist ein Irrtum. Wenn du gegen die Strömung fährst, mußt du die ganze Zeit über beim Boot und beim Fluß sein und darfst keinen Augenblick an was anderes denken. Du weißt, wenn du in deiner Aufmerksamkeit nachläßt, kannst du alles verlieren, was du gewonnen hast.

Läßt man sich mit der Strömung treiben, ist die Versuchung zu groß, nachlässig zu sein und an was anderes zu denken, und dann schlägt der Fluß zu. Weiter unten gibt es mitten im Fluß Felsen, die noch weit über das Flußbett heraus in die Tiefe reichen. Ehe du dich's versiehst, kann die Strömung dich dagegenwerfen; oder du rammst irgendeinen Baumstamm, der sich so mit Wasser vollgesogen hat, daß er ganz tief liegt. Der Mutter nie den Rücken zukehren! Das ist Regel Nummer eins. Sie steckt voller Überraschungen. Gerade, wenn du denkst, du weißt, was auf dich zukommt und alles für selbstverständlich hältst, tut sie das Unerwartete.«

Der ältere Mann setzte sich zurück und zog sein Paddel aus dem Wasser. Nachdenklich musterte er Jondalar und bemerkte, wie konzentriert er war. Das blonde Haar hatte er sich zurückgestrählt und mit einem Riemen am Hinterkopf zusammengenommen – eine lobenswerte Vorsichtmaßnahme. Er hatte die Kleidung der Ramudoi übernommen, die eigentlich nichts anderes war als die Kleidung der Shamudoi, nur den besonderen Lebensbedingungen am und auf dem Fluß angepaßt.

»Warum fährst du nicht zurück zur Bootsländе und läßt mich aussteigen, Jondalar? Ich glaube, es ist an der Zeit, daß du es alleine versuchst. Es ist schon ein Unterschied, wenn man mit dem Fluß ganz allein ist.«

»Meinst du, ich bin soweit?«

»Für jemand, der nicht hineingeboren wurde, hast du sehr schnell gelernt.«

Jondalar war darauf erpicht, sich und sein Können allein am Fluß zu messen. Ramudoi-Jungen besaßen für gewöhnlich ihren eigenen Einbaum, noch ehe sie Männer waren. Unter den Zelandonii hatte er sich längst bewährt. Er war kaum älter gewesen als Darvo und hatte bisher weder sein Handwerk erlernt noch eine volle Größe erreicht, da hatte er bereits seine erste Jagdbeute nach Hause gebracht. Jetzt konnte er den Speer mit mehr Kraft und weiter schleudern als die meisten Männer. Doch wenn er auch auf den Ebenen gejagt hatte – hier, auf dem Wasser, fühlte er sich noch nicht ganz zu Hause. Kein Flußmann galt als richtiger Mann, solange er nicht einen der großen Störe harpuniert, und kein Shamudoi auf dem Land, bevor er nicht ganz auf sich allein gestellt oben in den Bergen eine Gemse erlegt hatte.

Er hatte sich vorgenommen, Serenio nicht eher zu seiner Frau zu machen, bevor er nicht bewiesen hatte, daß er sowohl ein Shamudoi als auch ein Ramudoi sein konnte. Dolando hatte versucht, ihn zu überzeugen, um das zu tun, sei weder das eine noch das andere nötig: keiner bezweifelte seine Fähigkeiten. Hätte es da noch irgendeines Beweises bedurft, so habe die Nashornjagd jeden Zweifel beseitigt. Jondalar hatte herausbekommen, daß keiner der anderen jemals zuvor Jagd auf ein Nashorn gemacht hatte. Die Ebenen waren für gewöhnlich nicht ihr Jagdrevier.

Jondalar versuchte nicht dahinterzukommen, warum er eigentlich das Bedürfnis hatte, besser zu sein als alle anderen; dabei hatte er früher nie das Gefühl gehabt, andere bei der Jagd übertreffen zu müssen. Sein ganzes Interesse galt der Steinschlägerei; einzig darin hatte er je etwas Besonderes leisten wollen. Dabei ging es ihm gar nicht um irgendwelchen Wettbewerb. Es verschaffte ihm nur eine tiefe persönliche Befriedigung, sein Können in dieser Kunst zu vervollkommnen. Später hatte der Shamud unter vier Augen mit Dolando gesprochen und ihm erklärt, der große Zelandonii müsse vor sich selbst beweisen, daß er voll akzeptiert werde.

Serenio und er hatten jetzt solange zusammengelebt, daß er meinte, dies Band auch förmlich besiegeln zu müssen. Sie war so gut wie seine Gefährtin. Für die meisten Menschen galten sie als Ehepaar. Er begegnete ihr mit Achtung und behandelte sie rücksichtsvoll, und für Darvo war er der Mann des Herdfeuers. Doch nach dem Abend, da Tholie und Shamio sich verbrüht hatten, schien immer irgendwie das eine oder andere dazwischenzukommen und war er nie ganz in der richtigen Stimmung. Es war leicht, das Leben zusammen mit ihr einfach seinen Gang nehmen zu lassen. Spielt es wirklich eine Rolle, fragte er sich.

Serenio bedrängte ihn nicht – sie stellte immer noch keine Forderungen an ihn – und bewahrte ihre abwehrende Zurückhaltung. Doch in letzter Zeit hatte sie ihn mit einem ganz aus der Tiefe ihrer Seele kommenden Blick angestarrt, der ihn überrascht und nicht mehr losgelassen hatte. Er war es, der sich durch diesen Blick verunsichert fühlte und sich als erster abwandte. So nahm er sich vor, sich selbst zu beweisen, daß er ein vollwertiger Sharamudoi-Mann sein konnte, und ließ diese Absicht auch durchblicken. Manche nahmen das als Bekundung des Versprechens, obwohl kein Fest des Versprechens abgehalten wurde.

»Fahr diesmal noch nicht so weit«, sagte Carlono, als er aus dem kleinen Boot stieg. »Nimm das ganze als Versuch, allein mit dem Einbaum fertigzuwerden.«

»Die Harpune nehme ich aber trotzdem mit. Wo ich einmal da bin, kann es ja nicht schaden, mich auch im Umgang damit zu üben«, sagte Jondalar und griff nach der Waffe, die auf dem Bootssteg lag. Er legte den langen Schaft unter die Sitze auf den Boden, rollte die Leine daneben auf und steckte die mit Widerhaken versehene Knochenspitze in eine seitlich am Boot angebrachte Halterung und verschloß sie. Der wichtigste Teil der Harpune mit der scharfen Spitze und den zurückgebogenen Haken war nichts, was man einfach im Boot herumliegen ließ. Kam es zu einem Unglücksfall, war es ebenso schwierig, sie aus einem Menschen herauszubekommen wie aus einem Fisch – ganz zu schweigen davon, wie schwierig es war, dem Knochen mit Steinwerkzeugen diese besondere Form zu geben. Ein Einbaum, der kenterte, sank selten, lose herumliegendes Gerät hingegen tat das.

Jondalar ließ sich auf dem Rücksitz nieder, während Carlono das Boot festhielt. Nachdem die Harpune gesichert worden war, nahm er das Doppelpaddel und stieß ab. Ohne die Last eines zweiten, weiter vorn sitzenden Mitfahrers, lag das Boot höher im Wasser und war schwieriger zu handhaben. Doch nachdem er sich dem veränderten Auftrieb etwas angepaßt hatte, glitt er rasch mit der Strömung flußabwärts und benutzte das Paddel seitlich vom Heck als Ruder. Dann beschloß er, gegen die Strömung flußaufwärts zurückzupaddeln. Bestimmt war es leichter, gegen die Strömung anzukommen, solange er noch frisch war, und sich dann später zurücktragen zu lassen.

Er war aber bereits weiter flußabwärts gekommen, als ihm klargeworden war. Als er die Bootslände endlich vor sich sah, wäre er fast gelandet, besann sich dann jedoch eines Besseren und paddelte vorbei. Er war entschlossen, die Kunst des Bootfahrens zu erlernen, und dazu gehörte eine ganze Reihe Fertigkeiten. Nichts und niemand, am allerwenigsten er selbst, sollte ihm vorwerfen können, er habe die Besiegelung der zwischen ihm und Serenio bestehenden Bande hinausgeschoben. Er lächelte dem winkenden Carlono zu, legte jedoch nicht an.

Stromaufwärts verbreiterte der Fluß sich und es nahm die Kraft der Strömung ab, so daß es leichter fiel, gegen sie anzupaddeln. Er erkannte den gegenüberliegenden Uferstreifen und hielt darauf zu. Es handelte sich um einen kleinen, abgeschlossenen Strand unter einer überhängenden Weide. Er fuhr dicht heran und das jetzt vergleichsweise leichte Boot glitt mühelos über seichte Stellen hinweg; dann ließ er das Boot rückwärts treiben und lenkte mit dem Paddel. Sein Blick war ganz allgemein auf das Wasser gerichtet, doch dann faßte er einen großen, reglos unter der Wasseroberfläche stehenden Schatten genauer ins Auge.

Es war noch früh im Jahr für Störe. Für gewöhnlich schwammen sie erst zu Beginn des Sommers flußabwärts, doch war es warm gewesen, und der früh einsetzende Frühling hatte den Fluß anschwellen lassen. Jondalar blickte genauer hin und sah eine ganze Reihe der riesigen Fische lautlos vorübergleiten. Sie befanden sich also schon auf der Laichwanderung! Das war seine Chance. Er konnte den ersten Stör des Jahres heimbringen!

Er legte das Paddel ins Boot und griff nach der Harpune, um sie zusammenzustecken. Ohne Lenkung drehte das kleine Boot sich um die eigene Achse und trieb leicht seitlich mit der Strömung. Als Jondalar die Leine am Bug befestigt hatte, stand das Boot ein wenig quer zur Strömung, schwankte jedoch nicht, und er brannte vor Jagdfieber. Er hielt nach dem nächsten Fisch Ausschau und sollte nicht enttäuscht werden. Ein riesiger dunkler Schatten kam auf ihn zugeschwommen – jetzt wußte er, woher der Ausdruck ›Haduma‹-Fisch kam, doch gab es noch viele andere seiner Größe.

Vom Fischen mit den Ramudoi wußte er, daß das Wasser den wahren Standort eines Fisches veränderte. Er befand sich nicht dort, wo er zu sein schien – so hatte die Mutter ihre Geschöpfe versteckt, bis Ihr Geheimnis offenbar geworden war. Während der Fisch näher kam, zielte Jondalar dergestalt, daß die Brechung durch das Wasser berücksichtigt wurde. Er lehnte sich über die Bordwand, wartete und schleuderte die Harpune vom Bug aus auf den Stör.

Das Boot schoß mit gleicher Kraft in die entgegengesetzte Richtung quer zur Strömung zur Flußmitte hinaus. Aber er hatte richtig gezielt. Die Spitze der Harpune hatte sich tief in die Flanke des riesigen Störs hineingebohrt, was jedoch nicht viel besagte. Der Fisch war seiner Kraft und seiner Wendigkeit keineswegs beraubt. Er schwamm mit Macht flußaufwärts in die Mitte des Stromes hinauf, um tieferes Wasser aufzusuchen. Rasch haspelte sich die Leine ab, um sich dann mit einem Ruck zu straffen.

Das Boot wurde herumgerissen, so daß Jondalar fast über Bord ging. Als er sich an der Bootswand festhielt, hüpfte das Paddel in die Höhe, kippelte und fiel ins Wasser. Er ließ die Bordwand fahren und lehnte sich weit hinaus, um es zu fassen zu bekommen. Der Einbaum legte sich auf die Seite. Jondalar mußte sich wieder festhalten, doch in diesem Augenblick hatte der Stör die Hauptströmung erreicht, schwamm machtvoll stromaufwärts und brachte das Boot wieder in die Gerade, so daß Jondalar gleichsam wieder hineingestoßen wurde. Er saß da und rieb sich eine Schramme am Schienbein, während das kleine Boot schneller denn je zuvor flußaufwärts gezogen wurde.

Wieder hielt er sich an der Bordwand fest, schob sich nach vorn und sah mit angstgeweiteten Augen rasend das Ufer vorübergleiten. Er griff nach der straff ins Wasser hineinführenden Leine und ruckte daran in der Hoffnung, dem Fisch die Harpune aus dem Fleisch zu reißen. Statt dessen neigte der Bug sich plötzlich so sehr, daß das Boot Wasser übernahm. Der Stör schlug Haken und zog das Boot hin und her. Jondalar ließ die Leine nicht fahren und rutschte von einer Seite auf die andere.

Er merkte es nicht, als er an der Bootsbau-Lichtung vorüberkam und sah auch die Menschen nicht, die offenen Mundes auf das kleine Boot starrten, das im Schlepptau eines riesigen Fischs flußaufwärts vorüberschoß, während Jondalar über der Bootswand hing, die Leine mit beiden Händen gepackt hielt und versuchte, die Harpune herauszuziehen.

»Habt ihr das gesehen?« fragte Thonolan. »Mein Bruder hat einen flüchtenden Fisch an der Angel! Ich glaube, jetzt gibt es nichts mehr, was ich nicht gesehen habe.« Aus seinem Grinsen wurde ein Feixen. »Habt ihr gesehen, wie er sich an der Leine festhielt und versuchte, den Fisch dazu zu bringen, daß er losläßt?« Er schlug sich auf die Schenkel und schüttete sich aus vor Lachen. »Nicht er hat einen Fisch gefangen – der Fisch hat ihn gefangen!«

»Thonolan, das ist gar nicht komisch«, sagte Markeno, dem es allerdings schwerfiel, sich seinerseits das Lachen zu verbeißen. »Dein Bruder ist in Schwierigkeiten.«

»Ich weiß. Ich weiß. Aber habt ihr ihn nicht gesehen? Wie er von einem Fisch flußaufwärts geschleppt wurde? Sag mir bloß, das ist nicht komisch!«

Thonolan mußte wieder lachen, half aber gleichzeitig Markeno und Barono, ein Boot zu Wasser zu lassen. Dolando und Carolio kletterten gleichfalls hinein. Sie stießen ab und paddelten so rasch stromaufwärts, wie sie konnten. Jondalar saß in der Klemme; konnte sein, daß er in Gefahr war.

Der Stör wurde schwächer. Die Harpune zehrte an seiner Lebenskraft; dabei mußte er auch noch das Boot und den Mann darin ziehen! Die rasende Fahrt verlangsamte sich, doch gab das Jondalar kaum mehr als Zeit zum Überlegen – es lag immer noch nicht in seiner Hand, wohin der Einbaum fuhr. Er war weit flußaufwärts gezogen worden und glaubte nicht, seit seiner ersten Bootsfahrt bei Schnee und heulenden Winden jemals so weit gekommen zu sein. Plötzlich fiel ihm ein, daß er die Leine ja kappen könnte. Es hatte keinen Sinn, sich noch weiter flußaufwärts schleppen zu lassen.

Er ließ eine Bootswand los und griff nach seinem Messer. Doch ausgerechnet in dem Augenblick, da er die Steinklinge mit dem Hirschhorngriff daran aus der Scheide ziehen wollte, raffte der Stör sich zu einer letzten Gewaltanstrengung auf, um sich von der Harpunenspitze zu befreien. Er schlug mit solcher Gewalt mit dem Schwanz, um vorwärtszuschnellen, daß der Bug des Einbaums jedesmal ins Wasser gedrückt wurde, wenn der Fisch wieder in die Tiefe ging. Jondalar versuchte, die Leine zu kappen, da das Boot tanzte und von einer Seite auf die andere geworfen wurde. Er sah den mit Wasser vollgesogenen Baumstamm nicht, der tief im Wasser liegend mit der Strömung auf ihn zugeschwommen kam, bis er gerammt wurde und Jondalar das Messer aus der Hand flog.

Er fand rasch das Gleichgewicht wieder und versuchte, die Leine etwas einzuziehen, um dem Boot einigen Freiraum zu verschaffen, damit es sich nicht so gefährlich überlegte. Sich ein letztesmal verzweifelt aufbäumend, um freizukommen, schoß der Stör aufs Ufer zu und schaffte es auf diese Weise, sich endlich die Harpune aus dem Fleisch zu reißen. Aber es war schon zu spät. Die letzte Lebenskraft entwich aus der klaffenden Wunde. Das riesige Meeresgeschöpf sank auf den Boden des Flusses hinunter, trieb dann wieder in die Höhe und schaukelte mit dem Bauch nach oben auf der Wasseroberfläche. Nur ein Zucken gab Zeugnis von dem gewaltigen Kampf, den der urzeitliche Fisch gekämpft hatte.

Der Fluß machte in seinem langen, gewundenen Lauf gerade dort, wo der Fisch verendet war, eine leichte Biegung und rief eine brodelnde Richtungsänderung in der Strömung hervor. Das letzte Vorwärtsschießen des Störs trug ihn in ein totes Stauwasser in Ufernähe hinein. Das Boot, das eine schlaffe Leine hinter sich herzog, bockte und kippelte, rammte immer wieder den Baumstamm, und den Fisch, der seinen Platz in der unentschlossenen Zone zwischen Stauwasser und Hauptströmung mit ihm teilte.

In der plötzlichen Flaute ging Jondalar plötzlich auf, daß er Glück gehabt hatte, die Leine nicht gekappt zu haben. Ohne Paddel konnte er das Boot nicht steuern, wenn es jetzt flußabwärts trieb. Das Ufer war nahe: ein schmaler, felsiger Uferstreifen, der an der Stelle, wo die Biegung ansetzte, an einem Steilufer endete wie angeschnitten. Bäume wuchsen so nahe am Rand des Wassers, daß nacktes Wurzelwerk hervorschaute, das vergeblich versuchte, in der Luft Halt zu suchen. Vielleicht ließ sich dort etwas finden, was ihm als Paddel dienen konnte. Er holte tief Luft, um sich auf den Sprung ins kalte Wasser vorzubereiten, dann ließ er sich über die Bordwand gleiten.

Es war tiefer, als er erwartet hatte; das Wasser ging ihm bis über den Kopf. Das im Stauwirbel sich drehende Boot fand den Weg zurück in die Hauptströmung, wohingegen der Fisch weiter ans Ufer getrieben wurde. Jondalar schickte sich an, dem Boot nachzuschwimmen, doch der leichte Einbaum, der kaum die Wasseroberfläche berührte, drehte sich um die eigene Achse und trieb schneller davon als er folgen konnte.

Das eisige Wasser machte benommen, und so wandte er sich dem Ufer zu. Der Stör stieß immer wieder auf Grund. Jondalar schwamm darauf zu, packte ihn beim offenstehenden Maul und schleppte ihn hinter sich her. Wozu jetzt auch noch den Fisch verlieren! Er schleifte ihn ein kurzes Stück das Ufer hinauf, doch war er sehr schwer. Hoffentlich blieb er liegen. Jetzt, wo ich kein Boot mehr habe, brauche ich auch kein Paddel mehr zu suchen, dachte er; aber vielleicht finde ich etwas Holz zum Feuermachen. Er war bis auf die Haut naß und fror erbärmlich.

Er griff nach dem Messer, fand aber die Scheide leer. Er hatte vergessen, daß es ihm aus der Hand gesprungen war, und ein zweites hatte er nicht bei sich. Zwar trug er für gewöhnlich Reserveklingen in dem Beutel bei sich, den er an der Hüfte hängen hatte, doch das nur, wenn er Zelandonii-Kleidung trug. Als er angefangen hatte, sich wie die Ramudoi zu kleiden, hatte er den Beutel aufgegeben. Vielleicht fand er Material für Bohrholz und Bohrer, um ein Feuer entzünden zu können. Doch ohne Messer kannst du kein Holz schneiden und weder Zunder schaben noch Anmachholz spalten. Er erschauderte. Aber ich kann etwas Holz suchen.

Er blickte sich um und hörte, wie es im Gebüsch raschelte. Der Boden war bedeckt mit moderndem Holz, Laub und Moos. Kein trockener Ast weit und breit. Du kannst dir trockenes ›Klein-Holz‹ holen, dachte er und sah sich nach den trockenen unteren Zweigen von Nadelhölzern um, die sich unter den grünen Zweigen am Stamm hielten. Doch dies hier waren nicht die Nadelholzwälder seiner Heimat. Das Klima hier war weniger streng und stand nicht so sehr unter dem Einfluß des Gletschereises im Norden. Es war kühl und konnte auch recht kalt werden, aber die Luft war feucht. Was hier wuchs, war der Laubwald der gemäßigten Zonen und kein nördlicher Nadelwald. Die Bäume waren von der Art, aus denen man die Boote machte: Hartholzbäume.

Um ihn herum wuchsen Eichen und Rotbuchen, ein paar Hainbuchen und Weiden, knorrige Bäume mit dicken braunen, borkenbesetzten Stämmen und schlanken Stämmen mit glatterer grauer Rinde, aber keinerlei Nadelbäume mit ›Klein-Holz‹. Es war Frühling, und selbst die kleineren Zweige knospten und standen voller Saft. Er hatte gelernt, wie man diese Hartholzbäume fällte. Das war nicht leicht, selbst dann nicht, wenn man eine gute Steinaxt hatte. Wieder erschauerte er. Er klapperte mit den Zähnen, rieb die Handflächen aneinander, lief auf der Stelle, nur um warm zu werden. Wieder vernahm er Rascheln im Gesträuch und meinte, irgendein Tier aufgescheucht zu haben.

Plötzlich wurde ihm der Ernst seiner Lage bewußt. Gewiß würden sie ihn vermissen und nach ihm suchen. Thonolan würde merken, daß er verschwunden war, oder? Ihre Wege kreuzten sich immer weniger, zumal auch er sich immer mehr der Lebensweise der Ramudoi anpaßte, während sein Bruder sich bemühte, ein Shamudoi zu werden. Er wußte nicht einmal, wo sein Bruder an diesem Tag war, vielleicht auf der Gamsjagd.

Nun, dann eben Carlono. Ob der wohl nach ihm suchen würde? Er hat gesehen, wie ich mit dem Boot flußaufwärts fuhr. Dann überlief Jondalar aus einem anderen Grund ein Schauder. Das Boot! Es ist davon geschwommen. Wenn sie ein leeres Boot finden, werden sie denken, du bist ertrunken, dachte er. Warum sollten sie nach dir suchen, wenn sie annehmen, daß du ertrunken bist? Wieder verschaffte der große Mann sich Bewegung, sprang auf der Stelle, schlug die Arme um sich, lief auf der Stelle, doch das Zittern wollte nicht weichen, und außerdem ermattete er. Die Kälte lähmte sein Denken.

Außer Atem ließ er sich fallen und rollte sich zu einer Kugel zusammen, um so viel Körperwärme wie möglich zu bewahren. Aber er klapperte mit den Zähnen und zitterte am ganzen Leib. Wieder hörte er es rascheln, näher diesmal, doch machte er sich nicht die Mühe nachzusehen. Dann schob sich etwas in seinen Gesichtskreis: zwei Füße – zwei nackte, schmutzige menschliche Füße.

Erschrocken blickte er auf und erlebte einen derartigen Schock, daß er fast aufhörte zu zittern. Vor ihm, auf Armeslänge von ihm entfernt, stand ein Kind mit großen braunen Augen, die ihn aus den Schatten der vorspringenden Brauenwülste heraus anstarrten. Ein Flachschädel! dachte Jondalar. Ein junger Flachschädel.

Er war wie vor den Kopf geschlagen und erwartete mehr oder minder, daß das junge Tier jetzt, wo es gesehen wurde, zurückspringen würde ins Gebüsch. Doch der Junge regte sich nicht. Er stand einfach da, und nachdem sie sich eine Zeitlang schweigend gegenseitig angestarrt hatten, vollführte er weit ausholende, einladende Bewegungen. Der Flachschädel wiederholte die Aufforderung und trat versuchsweise einen Schritt zurück.

Was mochte er wollen? Will er, daß ich mit ihm komme? Als der Junge die Bewegung wiederholte, machte Jondalar einen ersten Schritt hinter ihm her, war jedoch überzeugt, daß das Geschöpf fortlaufen würde. Doch der Junge trat nur einen Schritt beiseite und wiederholte die einladende Bewegung. Jondalar schickte sich an, ihm zu folgen, langsam erst, dann schneller, immer noch zitternd, doch wie gebannt.

Nach wenigen Augenblicken schob der Junge ein paar Zweige beiseite und gab den Blick auf eine Lichtung frei. Ein kleines, nahezu rauchloses Feuer brannte in der Mitte. Eine Frau sah erschrocken auf und zog sich angstvoll zurück, als Jondalar auf die zuckenden Flammen zuging. Dankbar hockte er sich davor nieder. Am Rande nahm er auch noch wahr, daß der junge Flachschädel und die Frau mit den Händen gestikulierten und kehlige Laute ausstießen. Er hatte den Eindruck, daß sie sich irgendwie verständigten, doch war er viel mehr damit beschäftigt, wieder warm zu werden und wünschte, er hätte ein Fell oder ein Tuch.

Er achtete nicht weiter darauf, als die Frau hinter ihm verschwand, und war völlig überrascht, als er spürte, wie ihm ein Fell um die Schultern gelegt wurde. Er erhaschte noch den kurzen Blick aus dunkelbraunen Augen, ehe sie den Kopf senkte und davonkroch, merkte jedoch deutlich, daß sie Angst vor ihm hatte.

Selbst in feuchtem Zustand bewahrte die weiche Gamslederkleidung, die er trug, noch einige von ihren wärmenden Eigenschaften, und wo er jetzt Feuer und Fell hatte, wärmte Jondalar sich schließlich soweit auf, daß er aufhörte zu zittern. Erst dann wurde er sich bewußt, wo er war. Große Mutter! Das hier ist ein Flachschädel-Lager. Er hielt die Hände über die flackernden Flammen ausgestreckt, doch als ihm bewußt wurde, was das bedeutete, zuckte er zurück, als hätte er sich verbrannt.

Feuer! Sie kennen das Feuer? Vorsichtig streckte er wieder eine Hand nach den Flammen aus, als könnte er seinen Augen nicht trauen und müßte sich auch noch mit anderen Sinnen vergewissern, daß das, was er sah, stimmte. Dann bemerkte er das Fell, das ihm um die Schulter gelegt worden war. Er griff nach einem Zipfel und rieb es zwischen Daumen und Zeigefinger. Wolfspelz, zu diesem Schluß kam er, und gut durchgewalkt. Es ist weich, die Innenseite sogar erstaunlich weich. Das Fell schien nicht zu irgendeinem Zweck zurechtgeschnitten. Es handelte sich einfach um einen ganzen Wolfspelz.

Endlich drang die Wärme tief genug, so daß er sich erheben und dem Feuer den Rücken zukehren konnte. Er sah, daß der Junge oder Jüngling ihn beobachtete. Jondalar war sich nicht sicher, wieso er eigentlich überzeugt war, einen jungen männlichen Flachschädel vor sich zu haben. Wo er ein Fell um sich geschlungen und dieses mit einem Riemen festgebunden hatte, war das nicht ohne weiteres zu erkennen. Wenn er auch auf der Hut schien – sein Blick war nicht verängstigt, wie der der Frau es gewesen war. Da fiel Jondalar ein, daß es bei den Losadunai geheißen hatte, Flachschädelfrauen kämpften nicht. Sie willigten einfach ein; so gesehen, bringe es gar keinen Spaß. Weshalb sollte überhaupt irgend jemand Lust auf eine Flachschädelfrau haben?

Während er weiterhin den Flachschädel musterte, kam Jondalar zu dem Schluß, daß dieser gar nicht mehr so jung und eher ein Jüngling als ein Junge sei. Daß er so klein war, hatte den falschen Eindruck hervorgerufen; seine Muskelentwicklung verriet jedoch große Kraft, und als er genauer hinsah, erkannte er auch einen weichen Anflug von Bartwuchs.

Der junge Flachschädel knurrte, woraufhin die Frau rasch zu einem Holzhaufen hinüberlief und ein paar Scheite zum Feuer brachte. Aus so großer Nähe hatte Jondalar bisher noch keine Flachschädelfrau zu sehen bekommen und wandte ihr jetzt den Blick zu. Sie war älter als der Jüngling, vielleicht seine Mutter, dachte er. Ihr schien nicht wohl in ihrer Haut; sie hatte es offensichtlich gar nicht gern, angestarrt zu werden. Gesenkten Kopfes zog sie sich zurück, und als sie den Rand der kleinen Lichtung erreichte, zog sie sich trotzdem immer weiter zurück, bis sie seinen Blicken entschwunden war. Das jedoch machte sie ganz unauffällig, und ehe er sich's versah, mußte er den Kopf ganz umdrehen. Einen Moment sah er woanders hin, und als er wieder hinblickte, hatte sie sich so wirkungsvoll verborgen, daß er sie zuerst überhaupt nicht sah. Hätte er nicht gewußt, daß sie da war, er würde sie überhaupt nicht gesehen haben.

Sie hat Angst. Mich wundert, daß sie nicht weggelaufen ist, statt Holz zu bringen, wie er ihr aufgetragen hat. Es muß an der Kälte liegen, daß mir der Kopf schwimmt. Ich kann nicht klar denken.

Wenn er sich innerlich auch dagegen sträubte, Jondalar konnte sich des Gefühls nicht erwehren, daß der Jüngling der Frau in der Tat befohlen hatte, Holz herbeizubringen. Auf irgendeine Weise mußte er ihr das zu verstehen gegeben haben. Jondalar wandte seine Aufmerksamkeit wieder dem Jüngling zu und hatte ausgesprochen den Eindruck von Feindseligkeit. Er wußte nicht, was sich plötzlich geändert hatte; er wußte nur, daß es dem jungen Mann offensichtlich nicht gefallen hatte, daß er die Frau gemustert hatte. Er war überzeugt, eine falsche Bewegung in ihre Richtung, und er wäre in größten Schwierigkeiten. Es war nicht klug, den Flachschädelfrauen zuviel Aufmerksamkeit zu schenken. Jedenfalls nicht in Gegenwart von Flachschädelmännern, welchen Alters auch immer.

Die Spannung legte sich, als Jondalar keinerlei Anstalten machte, sich mit der Frau zu beschäftigen oder sie weiterhin anzusehen. Während er dem Flachschädel Auge in Auge gegenüberstand, spürte er, daß sie Maß aneinander nahmen und, was beruhigend war, daß er einem Mann gegenüberstand. Dabei sah dieser Mann ganz anders aus als alle Männer, die er kannte. Auf all seinen Reisen waren alle diejenigen, denen er begegnet war, deutlich erkennbar Menschen gewesen. Gewiß, sie hatten verschiedene Sprachen gesprochen und unterschiedliche Sitten und Gebräuche gehabt und in unterschiedlichen Unterkünften gelebt – aber sie waren Menschen gewesen.

Bei diesem hier war das anders; aber war er ein Tier? Er war viel kleiner und gedrungener als er, doch seine nackten Füße sahen genauso aus wie die seinen. Zwar hatte er leichte O-Beine, doch ging er aufrecht wie jeder andere Mensch auch. Zwar war er ein wenig behaarter als üblich, zumal auf Armen und Schultern, dachte Jondalar, doch ein Fell konnte man das eigentlich nicht nennen. Er kannte ein paar Männer, die genauso behaart waren. Der Flachschädel hatte einen kolossalen Brustkorb, der schon jetzt eine gewaltige Kraft verriet; so jung er offensichtlich war, es schien Jondalar nicht geraten, sich mit ihm anzulegen. Doch waren die Flachschädelmänner trotz ihrer gewaltigen Muskulatur immer noch genau wie Menschen. Das Gesicht, der Kopf – da lag der Unterschied. Doch was für ein Unterschied? Er hatte mächtige Brauenwülste, und die Stirn war bei ihm nicht so hoch wie bei Jondalars Artgenossen, und außerdem floh sie; dabei hatte er einen großen Kopf. Kurzer Hals, kein Kinn, gerade, daß der Unterkiefer ein bißchen vorspringt, dazu die Nase mit dem breiten Jochbein. Er hat ein menschliches Gesicht, das zwar niemand ähnelt, den ich kenne, aber immerhin: aussehen tut es wie ein menschliches Gesicht. Und außerdem kennen sie das Feuer!

Nur sprechen tun sie nicht, und sprechen tun alle Menschen. Ich möchte mal wissen . . . haben sie sich miteinander verständigt? Große Doni! Er hat sich ja sogar mit mir verständigt! Wieso hat er gewußt, daß ich ein Feuer brauche? Und wieso sollte ein Flachschädel einem Menschen helfen? Jondalar war verwirrt.

Der junge Mensch schien sich zu etwas durchgerungen zu haben. Er machte plötzlich dieselbe einladende Bewegung wie vorhin, da er Jondalar zum Feuer gebracht hatte, und verließ dann die Lichtung in der Richtung, aus der sie gekommen waren. Er schien zu erwarten, daß der Mensch ihm folgte, was Jondalar auch tat, der froh war, den Wolfspelz um die Schultern zu haben, als er das Feuer in seinen noch feuchten Kleidern verließ. Als sie sich dem Fluß näherten, lief der Flachschädel voran, stieß rauhe Laute aus und wedelte mit den Armen. Ein kleines Tier huschte davon, doch war der Stör immerhin schon angenagt. Es lag auf der Hand, so groß er war, wenn man ihn unbewacht zurückließ, würde der Fisch nicht lange halten.

Der Ärger des jungen Mannes über das aasfressende Tier gab Jondalar unversehens Aufschluß über etwas. Sollte der Fisch der Grund dafür sein, daß der Flachschädel ihm geholfen hatte? War es möglich, daß er etwas von dem Fisch haben wollte?

Der Flachschädel griff in eine Falte seines Überwurfs, holte einen Feuerstein mit scharfer Schneide hervor und tat so, als wolle er den Stör zerschneiden. Dann deutete er mit Gebärden an: etwas für dich und etwas für mich. Dann setzte er eine abwertende Miene auf. Also war es klar. Für Jondalar stand es außer Zweifel, daß der Jüngling einen Anteil vom Fisch haben wollte. Eine Fülle von Fragen bedrängte ihn.

Woher hatte der Flachschädel das Werkzeug? Jondalar hätte es sich gern näher betrachtet, doch wußte er auch jetzt schon, daß es nicht so verfeinert war wie die von ihm geschaffenen Geräte, denn schließlich war es aus grobkörnigerem Feuerstein geschlagen und wies keine so schmale Schneide auf, aber immerhin war es ein brauchbares Messer. Jemand hatte es gemacht, es nach einem zweckentsprechenden Vorbild geformt. Doch mehr als ein Werkzeug waren es Fragen, die ihn beunruhigten. Der junge Mann hatte nicht gesprochen, sich gleichwohl jedoch deutlich verständlich gemacht. Jondalar war sich nicht sicher, ob er seine Wünsche genauso direkt und mühelos hätte kundtun können.

Der Flachschädel nickte erwartungsvoll, und Jondalar nickte, obwohl er nicht wußte, ob diese Gebärde verstanden werden würde oder nicht. Doch war seine Absicht nicht nur im Kopfnikken zum Ausdruck gekommen, und so machte der junge Mann sich unverzüglich daran, den Fisch zu zerteilen.

Während der Zelandonii ihn dabei beobachtete, brach der Sturm in ihm los, der tiefverwurzelte Überzeugungen zum Wanken brachte. Was war ein Tier? Ein Tier konnte vorschießen und sich einen Happen schnappen. Ein intelligenteres Tier mochte den Menschen für gefährlich halten und abwarten, bis er sich entfernte oder starb. Auf jeden Fall würde ein Tier nie begreifen, daß ein vor Kälte schlotternder Mensch Wärme brauchte; es würde auch kein Feuer haben und den Menschen dorthin führen; und würde niemals darum *bitten*, etwas von dem von ihm Erlegten abzubekommen. Das war menschliches Verhalten; das war menschlich.

Das Gebäude seiner Überzeugungen – die er schon mit der Muttermilch aufgesogen und gleichsam im Blut hatte – war ins Wanken geraten. Flachschädel waren Tiere. Jeder sagte, daß Flachschädel Tiere seien. Lag das denn nicht auf der Hand? Schließlich konnten sie nicht reden. Ist das alles? Besteht darin der ganze Unterschied?

Jondalar hätte nichts dagegen gehabt, auch wenn er den ganzen Fisch genommen hätte, aber er war neugierig. Wieviel konnte der Flachschädel mitnehmen? Zerlegt werden mußte der Stör ohnehin. Er war viel zu schwer, ihn so zu transportieren. Vier Männer hätten ihn nur mit Mühe hochheben können.

Plötzlich interessierte ihn der Flachschädel nicht mehr. Sein Herz jagte. Hatte er etwas gehört?

»Jondalar! Jondalar!«

Der Flachschädel machte ein erschrockenes Gesicht, doch Jondalar zwängte sich durch die Bäume am Ufer, um den Fluß besser überblicken zu können.

»Hier! Hier bin ich, Thonolan!« Also hatte sein Bruder sich doch aufgemacht, nach ihm zu suchen. Er sah eine Bootsladung Menschen in der Flußmitte und rief sie nochmals an. Sie sahen ihn, winkten zurück und ruderten auf ihn zu.

Ein gepreßtes Keuchen ließ ihn seine Aufmerksamkeit wieder auf den Flachschädel richten. Er sah, daß der Stör am Strand der Länge nach von der Rückenflosse bis zum Bauch in zwei Hälften geteilt worden war; außerdem hatte der junge Flachschädel eine Hälfte auf eine große Lederhaut geschafft, die er daneben ausgebreitet hatte. Während der große Mann zusah, nahm der junge Flachschädel die Enden der Haut zusammen und schlang sich die gesamte Ladung auf den Rücken. Der halbe Fischkopf und der halbe Schwanz schauten oben zu dem riesigen Sack heraus; dann verschwand der Flachschädel im Wald.

»Warte!« rief Jondalar und rannte hinter ihm her, holte ihn aber erst ein, als er die Lichtung betrat. Die Frau, die einen großen Korb auf dem Rücken trug, zog sich bei seinem Näherkommen wieder in die Schatten zurück. Nichts deutete darauf hin, daß die Lichtung jemals benutzt worden wäre; nicht einmal eine Spur vom Feuer war zurückgeblieben. Hätte er die Hitze nicht gespürt, die es ausgestrahlt hatte, er würde bezweifelt haben, jemals hier gewesen zu sein.

Er nahm den Wolfspelz von der Schulter und hielt ihn vor sich hin. Auf einen Grunzlaut des Mannes hin nahm sie ihn, doch dann zogen sie sich beide lautlos in den Wald zurück und waren gleich darauf beide verschwunden.

Jondalar fröstelte in seinen klammen Kleidern, als er an den Fluß zurückkehrte. Gerade als er aufs Ufer trat, legte das Boot an, und er lächelte, als er seinen Bruder herausklettern sah. Sie schlossen sich herzlich und brüderlich in die Arme.

»Thonolan! Bin ich froh, dich zu sehen! Ich hatte schon befürchtet, wenn sie das leere Boot fänden, würden sie mich für verloren aufgeben.«

»Großer Bruder, wie viele Flüsse haben wir nicht zusammen überquert? Denkst du etwa, ich weiß nicht, daß du schwimmen kannst? Als wir das Boot fanden, wußten wir, daß du weiter flußaufwärts sein müßtest – nur wie weit, wußten wir nicht.«

»Wer hat denn den halben Fisch genommen?« fragte Dolando.

»Den habe ich verschenkt.«

»Verschenkt? An wen denn?« fragte Markeno.

»An wen *hast* du ihn denn verschenken können?« fügte Carolio noch hinzu.

»An einen Flachschädel.«

»Einen Flachschädel?« wiederholten viele Stimmen wie aus einem Mund. »Wieso kommst du dazu, die Hälfte von einem so großen Fisch einem Flachschädel zu schenken?« fragte Dolando.

»Er hat mir geholfen und darum gebeten.«

»Was für einen Unsinn erzählst du da! Wie sollte ein Flachschädel um etwas bitten?« fragte Dolando. Er war zornig, was Jondalar verwunderte. Der Anführer der Sharamudoi zeigte selten seinen Zorn. »Wo ist er?«

»Jetzt ist er fort, irgendwo im Wald. Ich war naß und klapperte dermaßen mit den Zähnen, daß ich glaubte, nie wieder warm zu werden. Da tauchte plötzlich dieser junge Flachschädel auf und führte mich an sein Feuer . . .«

»Feuer? Seit wann machen Flachköpfe Feuer?« fragte Thonolan.

»Ich habe Flachköpfe erlebt, die das Feuer kannten«, sagte Barono.

»Und ich bin ihnen auf dieser Seite des Flusses auch schon begegnet. Wie viele waren es?« wollte Dolando wissen.

»Nur der Junge und eine ältere Frau. Vielleicht seine Mutter«, erwiderte Jondalar.

»Wenn sie ihre Frauen dabei haben, sind sie zu mehreren.« Der untersetzte Anführer warf einen suchenden Blick umher. »Vielleicht sollten wir zu einer Jagd auf die Flachschädel aufrufen und mit diesem Gezücht aufräumen.«

Dolandos Stimme hatte etwas Häßliches und Bedrohliches, daß Jondalar hellhörig wurde. Es war nicht das erste Mal, daß er feindselige Untertöne herausgehört zu haben meinte, wenn der Anführer von den Flachschädeln gesprochen hatte, doch nie mit dieser Heftigkeit.

Wer Anführer bei den Sharamudoi wurde, mußte Können beweisen und überzeugen. Dolando wurde stillschweigend als Anführer anerkannt, nicht, weil er alles am besten konnte, sondern weil er grundsätzlich fähig war, es verstand, Menschen anzuziehen und mit Problemen fertigzuwerden, wenn sie sich stellten. Er befahl nicht; er schmeichelte, drohte, überzeugte und schloß Kompromisse und lieferte im allgemeinen das Öl, um die Wogen zu glätten, die unvermeidlich hochgingen, wo Menschen, die zusammenlebten, sich aneinanderrieben. Er war politisch klug, besaß Durchsetzungsvermögen, und für gewöhnlich wurde seine Entscheidung auch akzeptiert; doch an sie gebunden war keiner. Die Auseinandersetzungen darüber konnten sehr lautstark geführt werden.

Er war selbstbewußt genug, seine Ansichten durchzusetzen, wenn er überzeugt war, daß sie richtig wären, sich aber notfalls auch an jemand anders wenden, der über mehr Wissen oder Erfahrung auf einem bestimmten Gebiet verfügte. Im allgemeinen hielt er sich aus persönlichen Streitereien heraus, es sei denn, die Streitenden gerieten außer Rand und Band und jemand rief ihn dazu. Wenn auch im allgemeinen leidenschaftslos, konnte Grausamkeit, Dummheit oder Sorglosigkeit, welche die Höhle insgesamt bedrohten, durchaus seinen Zorn erregen; das galt auch, wenn jemand sich nicht verteidigen konnte. Und für Flachschädel. Er haßte sie. Für ihn waren sie nicht nur bloß Tiere, sondern gefährliche, tückische Tiere, die ausgerottet werden mußten.

»Ich habe gefroren«, erhob Jondalar Einspruch, »und da hat er mir geholfen. Er hat mich an sein Feuer gebracht, und sie haben mir ein Fell gegeben. Von mir aus hätte er auch den ganzen Fisch haben können, aber er hat nur die Hälfte genommen. Ich jedenfalls werde mich an einer Flachschädel-Jagd nicht beteiligen.«

»Normalerweise machen sie keine Scherereien«, sagte Barono. »Aber gut zu wissen, daß welche in der Gegend sind. Gerissen sind die. Jedenfalls ist es nicht ratsam, sich von einem Rudel überraschen zu lassen . . .«

»Blutrünstige Tiere sind das . . .« sagte Dolando.

Barono kümmerte sich nicht um die Zwischenrufe. »Wahrscheinlich hast du Glück gehabt, daß es ein junger Flachschädel und ein Weibchen war. Die Weibchen kämpfen nicht.«

Thonolan gefiel die Richtung, welche die Unterhaltung nahm, gar nicht. »Und wie bringen wir jetzt diesen prächtigen Halbfang meines Bruders nach Hause?« Er mußte daran denken, wie es ausgesehen hatte, als der Fisch Jondalar hinter sich hergezogen hatte, und verzog das Gesicht zu einem Grinsen. »Nach dem Kampf, den der dir geliefert hat, wundert es mich, daß du den halben Fisch hast laufen lassen.«

Das Lachen griff auf die anderen über; alle waren erleichtert.

»Bedeutet das, daß er jetzt ein halber Ramudoi ist?« sagte Markeno.

»Wer weiß, vielleicht bringt er eine halbe Gemse mit, wenn wir ihn auf die Jagd mitnehmen«, sagte Thonolan. »Dann kann die andere Hälfte von mir aus Shamudoi sein.«

»Aber welche Hälfte wird Serenio haben wollen?« sagte Barono augenzwinkernd.

»Die Hälfte von ihm ist mehr, als die meisten anderen vorzuweisen haben«, erklärte Carolio energisch, und ihr Gesichtsausdruck ließ keinerlei Zweifel, daß es nicht seine Größe war, die sie meinte. Da man in den Unterkünften auf kleinstem Raum beieinander lebte, war sein Können unter den Fellen nicht unbemerkt geblieben. Jondalar errötete, doch wirkte das lüsterne Lachen endgültig befreiend. Die Spannung legte sich, sowohl in bezug auf die Sorgen, die sie sich um ihn gemacht hatten, als auch, was Dolandos Reaktion auf die Flachschädel betraf.

Sie brachten ein aus Pflanzenfasern geknüpftes Netz zum Vorschein, das sich auch im Wasser gut hielt, breiteten es neben der blutigen Hälfte des Störs aus und schoben den halben Fisch unter Ächzen und Stöhnen darauf und dann ins Wasser. Dort befestigten sie das Netz am Heck des Bootes.

Während alle anderen sich mit dem Fisch abmühten, wandte Carolio sich Jondalar zu und sagte ruhig: »Rosharios Sohn ist von Flachschädeln umgebracht worden. Er war ein junger Mann, noch nicht versprochen, aber sehr lustig und waghalsig und Dolandos ganzer Stolz. Kein Mensch weiß, wie es geschehen ist, aber Dolando hat dafür gesorgt, daß die ganze Höhle hinter ihnen herjagte. Ein paar haben sie erlegt – dann verschwanden sie. Er war ohnehin nicht sonderlich gut auf sie zu sprechen, aber seither . . .«

Jondalar nickte verständnisvoll.

»Wie hat denn dein Flachschädel seinen halben Fisch fortgeschafft?« fragte Thonolan, als sie ins Boot stiegen.

»Er hat ihn hochgehoben und getragen«, sagte Jondalar.

»Was? Einfach hochgehoben und getragen?«

»Ganz allein. Dabei war er noch nicht einmal voll ausgewachsen.«

Thonolan näherte sich der Holzunterkunft, die sich sein Bruder, Serenio und Darvo teilten. Sie bestand aus Planken, die an einem Firstbalken lehnten, der sich seinerseits sanft zu Boden neigte. Das Ganze nahm sich aus wie ein Zelt aus Holz, dessen dreieckige Vorderfront höher und breiter war als die Hinterwand und dessen Seitenwände Trapezform aufwiesen. Wie die Wanten des Bootes waren auch die Planken befestigt: so, daß das leicht dickere Ende mit dem etwas dünneren Ende der nächsten Planke überlappte und dann zusammengenäht wurde.

Es handelte sich um behagliche und solide Unterkünfte, deren Planken so fest übereinanderlagen, daß nur bei den älteren Helligkeit durch die Risse im getrockneten Holz hindurchschien. Da der Sandsteinüberhang sie vor den schlimmsten Unbilden der Witterung schützte, brauchten die Unterkünfte nicht ausgepicht oder kalfatert werden wie die Boote. Im Inneren wurden sie vornehmlich durch die steingesäumte Feuerstelle oder durch die Vorderöffnung erhellt.

Der Jüngere warf einen Blick hinein, um nachzusehen, ob sein Bruder noch schlief.

»Komm nur herein«, sagte Jondalar schniefend. Er saß auf der fellbedeckten Lagerstatt, hatte weitere Pelze um sich gehäuft und hielt einen Becher mit einer dampfenden heißen Flüssigkeit darin in Händen.

»Was macht deine Erkältung?« erkundigte Thonolan sich und setzte sich auf das erhöhte Lager.

»Der Erkältung geht's schlechter, mir selbst aber besser.«

»An deine nasse Kleidung hat kein Mensch gedacht, und als wir hierherkamen, wehte der Wind wirklich tüchtig durch die Flußenge.«

»Ich bin ja so froh, daß ihr mich gefunden habt.«

»Und ich freue mich, daß es dir besser geht.« Thonolan schien sonderbarerweise nicht recht zu wissen, was er sagen sollte. Er zappelte herum, stand auf und ging auf die Türöffnung zu, kehrte dann zu seinem Bruder zurück. »Kann ich dir nicht irgend etwas holen?«

Jondalar schüttelte den Kopf und wartete. Irgend etwas bedrückte seinen Bruder, und er versuchte dahinterzukommen, was. Er brauchte nur Zeit dazu.

»Jondalar ...«, hob Thonolan an, sprach dann jedoch nicht weiter. »Du lebst jetzt schon lange mit Serenio und ihrem Sohn zusammen.« Im ersten Augenblick dachte Jondalar, er würde jetzt darauf anspielen, daß ihre Beziehung noch nicht förmlich besiegelt war, doch darin irrte er sich. »Wie kommst du dir so vor, als Mann des Herdfeuers?«

»Du bist der Verheiratete, der Mann deines Herdfeuers.«

»Ich weiß, aber ist es eigentlich anders, wenn man ein Kind des eigenen Herdfeuers hat? Jetamio bemüht sich sehr, ein Baby zu bekommen, und jetzt ... jetzt hat sie wieder eines verloren, Jondalar.«

»Das tut mir leid ...«

»Mir ist es egal, ob sie jemals ein Baby bekommt oder nicht. Bloß – *sie* möchte ich nicht verlieren«, rief Thonolan mit halberstickter Stimme. »Wenn sie doch bloß aufhören würde, es zu versuchen.«

»Ich glaube nicht, daß ihr das freisteht. Die Mutter gibt ...«

»Warum läßt die Mutter sie denn nicht wenigstens eines behalten!« rief Thonolan und streifte Serenio, als er hinauslief.

»Er hat dir von Jetamio erzählt ...?« fragte Serenio. Jondalar nickte. »Dieses hat sie länger behalten, aber um so schwerer ist es ihr dann gefallen, es zu verlieren. Wie froh ich bin, daß sie mit Thonolan jedenfalls glücklich ist. Das hat sie wirklich verdient.«

»Kommt denn alles wieder mit ihr in Ordnung?«

»Es ist nicht das erste Mal, daß eine Frau ein Kind verliert, Jondalar. Da mach dir nur keine Sorgen – sie wird sich schon wieder erholen. Wie ich sehe, hast du den Tee entdeckt. Er besteht aus Minze, Borretsch und Lavendel, falls du versuchen solltest, es herauszubekommen. Der Shamud hat gesagt, das würde dir bei deiner Erkältung helfen. Ich wollte nur eben nachsehen, ob du schon wach bist.«

»Mir geht es gut«, sagte er und bemühte sich, gesund auszusehen.

»Dann gehe ich lieber wieder hin und leiste Jetamio Gesellschaft.«

Als sie ging, setzte er den Becher ab und legte sich wieder hin.

Seine Nase war verstopft, und er hatte Kopfschmerzen. Er wollte einfach nicht mehr darüber nachdenken – denn das ließ nur einen anderen Schmerz wachwerden, tief in seiner Magengrube. Es muß diese Erkältung sein, dachte er.

16

Der Frühling reifte in den Sommer hinein, und die Früchte der Erde mit ihm. Da sie eßbar wurden, sammelte die junge Frau sie ein, und zwar mehr aus Gewohnheit denn aus Notwendigkeit. Sie hätte sich die Mühe sparen können. Denn sie hatte schon alles im Überfluß; noch vom vorigen Jahr hatte sie Nahrung übrigbehalten. Doch Ayla wußte nicht, was mit der Mußezeit anfangen. Sie hatte nie gelernt, sie auszufüllen.

Obwohl sie nun auch im Winter hatte auf die Jagd gehen können, hatte das nicht ausgereicht, sie ständig beschäftigt zu halten. Dabei hatte sie das Fell von nahezu jedem Tier bearbeitet, das sie erlegten, und manchmal Pelze daraus gemacht, manchmal sie aber auch enthaart und Leder daraus gemacht. Sie hatte fortgefahren, Körbe und Matten zu flechten, Becher zu schnitzen und Werkzeug genug zu fertigen, dazu Gebrauchs- und Einrichtungsgegenstände für die Höhle, daß es für einen ganzen Clan gereicht hätte. Dabei hatte sie sich auf das Sammeln von Nahrungsmitteln im Sommer gefreut.

Und selbstverständlich hatte sie sich auch darauf gefreut, im Sommer mit Baby zu jagen – und das Fehlen eines Pferdes dabei irgendwie auszugleichen; dabei stellte sie fest, daß die Jagdweise, die sich zwischen ihr und Baby herausgebildet hatte, immer noch die richtige war. Winnies Fehlen wurde durch Babys zunehmende Geschicklichkeit in der Jagd ausgeglichen. Hätte sie gewollt, sie hätte ganz auf die Jagd verzichten können. Sie hatte nicht nur Trockenfleisch übrigbehalten, sondern zögerte, als Baby sich erfolgreich allein in der Jagd versuchte, auch nicht, ihren Anteil von seiner Beute anzunehmen. Zwischen der Frau und dem Löwen hatte sich eine einzigartige Beziehung herausgebildet. Sie war die Mutter und hatte daher das Sagen; sie war die Jagdgefährtin und daher gleichberechtigt; außerdem war er das einzige, was sie hatte, es zu lieben.

Beim Beobachten der wildlebenden Löwen machte sie einige scharfsinnige Entdeckungen über deren Jagdgewohnheiten, die

Baby bestätigte. Höhlenlöwen gingen in der warmen Jahreszeit nachts und im Winter tagsüber auf die Pirsch. Obwohl Baby im Frühling sein Winterfell verlor, war das Sommerfell immer noch recht dick, und so war es während der Hitze des Sommertages zu heiß zum Jagen. Die Energie, die er bei der Hetzjagd verbrauchte, erhitzte ihn zu sehr. Baby wollte am liebsten nur schlafen, wenn es ging, möglichst in den kühlen Winkeln hinten in der Höhle. Wenn im Winter die Winde heulend von den Gletschern im Norden herunterfuhren, sanken die nächtlichen Temperaturen so tief, daß Baby trotz des Winterfells hätte erfrieren können. Dann dösten Höhlenlöwen am liebsten in einer windgeschützten Höhle. Sie waren Fleischfresser und anpassungsfähig. Dichtigkeit und Färbung des Felles paßten sich dem Klima, ihre Jagdgewohnheiten den Verhältnissen an – Hauptsache war, es waren genug Beutetiere vorhanden.

Am Morgen nach dem Tag, da Winnie fortging, als sie beim Aufwachen feststellte, daß Baby mit dem Kadaver eines gefleckten Hirschkalbs – dem Kalb eines Riesenhirschs – neben ihr geschlafen hatte, faßte Ayla einen Vorsatz. Sie würde von hier fortgehen, darüber herrschte bei ihr kein Zweifel, doch nicht in diesem Sommer. Der Junglöwe brauchte sie immer noch; er war zu jung, um alleingelassen zu werden. Kein wildlebendes Rudel würde ihn annehmen; die wildlebenden männlichen Löwen würden ihn töten. Bis er alt genug war, um sich zu paaren und ein eigenes Rudel zusammenzubringen, war er auf die Geborgenheit und den Schutz ihrer Höhle genauso angewiesen wie sie selbst.

Iza hatte ihr gesagt, sie solle nach Leuten ihrer eigenen Art Ausschau halten und sich einen Gefährten suchen; eines Tages würde sie ihre Suche auch fortsetzen. Aber sie war erleichtert, daß sie ihre Freiheit noch nicht aufzugeben brauchte zugunsten der Gesellschaft von Menschen, deren Sitten und Gebräuche sie nicht kannte. Sie wollte nicht fortziehen, bis sie sicher war, daß Winnie nicht wieder zurückkehrte. Das Pferd fehlte ihr sehr. Winnie war von Anfang an bei ihr gewesen, und Ayla liebte sie.

»Komm, Faulpelz!« sagte Ayla. »Laß uns ein paar Schritte gehen und sehen, ob wir was zum Jagen finden. Du bist ja gestern abend nicht rausgegangen.« Sie stupste den Löwen an, verließ dann die Höhle und gab ihm zu verstehen, er solle ihr folgen. Er reckte den Kopf, riß das Maul zu einem gewaltigen Gähnen auf, zeigte dabei seine scharfen Reißzähne, erhob sich dann jedoch und trottete einigermaßen widerwillig hinter ihr her. Baby war nicht hungriger als sie und hätte viel lieber geschlafen.

Am Vortag hatte sie Heilkräuter gesammelt, etwas, was sie gern tat und mit angenehmen Erinnerungen verknüpft war. Während ihrer jüngeren Jahre beim Clan hatte die Aufgabe des Heilkräutersammelns für Iza ihr Gelegenheit geboten, den stets wachsamen Augen der anderen zu entschlüpfen, die so rasch bei der Hand waren, Mißbilligung über ungehöriges Verhalten auszudrücken. Es hatte ihr eine kleine Atempause verschafft, ihren natürlichen Neigungen zu folgen. Später hatte sie die Kräuter aus Freude am Erlernen der Heilkunst gesucht, und dieses Wissen der Medizinfrau war heute Teil ihres Wesens.

Die heilenden Eigenschaften der Kräuter waren für Ayla so eng mit jeder Pflanze verbunden, daß sie sie ebensosehr nach diesen Eigenschaften wie nach ihrem Aussehen unterschied. Die Odermennig-Büschel, die in der warmen dunklen Höhle kopfüber von der Darre heruntergingen, waren für sie ebensosehr der Grundstoff für einen Aufguß gegen Blutergüsse, Abschürfungen und innere Verletzungen wie schlanke, winterfeste Mehrjahrspflanzen mit gezahnten Blättern und winzigen gelben Blüten, die auf spitz zulaufenden Stengeln saßen.

Huflattichblätter, die auf den geflochtenen Matten ihrer Darre ausgebreitet waren, brachten Linderung bei Atembeschwerden, wenn man den Rauch der schwelenden Blätter einatmete; sie bildeten zusammen mit anderen Ingredientien einen hustenlösenden Tee und eigneten sich überdies gut als Speisewürze. Der Anblick der flaumbedeckten großen Beinwurzblätter, die samt Wurzeln draußen in der Sonne trockneten, erinnerte sie an das Zusammenflicken von Knochen und die Wundheilung. Die leuchtenden Ringelblumen stellten ein Heilmittel bei offenen Wunden, Schwären und Hautabschürfungen dar. Kamille half bei der Verdauung, eignete sich als leichter Aufguß aber auch zum Reinigen von Wunden, und die Blütenblätter der Wildrose, die auf einer in der Sonne stehenden Schale Wasser schwammen, ergaben eine duftende Flüssigkeit, welche die Haut angenehm straffte.

Sie hatte sie gesammelt, um das unbenutzte Vorjahrsmaterial durch frisches zu ersetzen. Obwohl sie nur wenig Verwendung für all die vielen gesammelten Heilkräuter hatte, genoß sie das Sammeln als solches, und außerdem frischte sie auf diese Weise ihr Gedächtnis wieder auf. Doch da überall, wo Platz war, Blätter, Blüten, Rinde und Wurzeln in unterschiedlichen Stadien der

Verwertbarkeit herumlagen, hatte es keinen Sinn, noch mehr zu sammeln – sie hatte einfach nicht den nötigen Raum. Infolgedessen hatte sie nichts zu tun und langweilte sich.

Sie schlenderte zum Uferstreifen hinunter, umrundete die vorspringende Felswand und folgte dem Rain der Sträucher, die den Fluß säumten. Der riesige Löwe trottete neben ihr her. Beim Dahingehen stieß er einen knurrenden Laut aus, der sich anhörte wie *hnga, hnga* und der gleichsam seine normale Sprechstimme darstellte, wie Ayla inzwischen festgestellt hatte. Andere Löwen stießen ähnliche Laute aus, doch jeder war verschieden und Babys deutlich von anderen zu unterscheiden; Ayla konnte sie von weither erkennen, genauso wie sein unverkennbares Gebrüll. Dieses begann tief in seiner Brust mit einer Reihe von Knurrlauten und schwoll dann zu einem sonoren Donnergrollen an, daß ihr die Ohren wehtaten, wenn sie ihm zu nahe war.

Als sie an jenen Felsbrocken gelangte, auf dem sie sich für gewöhnlich ein wenig ausruhte, blieb sie stehen – sie war nicht eigentlich am Jagen interessiert, wußte aber nicht recht, was tun. Aufmerksamkeit heischend, stupste Baby sie an. Sie kraulte ihn hinter den Ohren und tief in seiner Mähne. Sein Fell war dunkler, als es im Winter gewesen war, aber immer noch sandfarben; seine Mähne jedoch hatte eine fuchsrote Färbung angenommen, ein Tiefrot, das nicht viel anders war als die Farbe roten Ockers. Er hob den Kopf, damit sie seinen Hals erreichen konnte, und ließ ein leises und tiefes zufriedenes Grollen vernehmen. Sie langte hinüber, um ihm auch die andere Seite zu kraulen, doch dann sah sie ihn mit einem neuen Bewußtsein an. Sein Rücken reichte gerade bis unter ihre Schulter. Er war fast so groß wie Winnie, nur unendlich viel massiver. Sie hatte gar nicht bemerkt, wie groß er geworden war.

Der Höhlenlöwe, der die Steppen südlich der Gletscherzone durchstreifte, lebte in einer Umwelt, die sich ideal für jene Jagdweise eignete, für die er geschaffen schien. Es handelte sich um riesige Grassteppen, die von einer Fülle der unterschiedlichsten Beutetiere bevölkert wurden. Viele dieser Tiere waren sehr groß – Wisente und Rinder, die noch einmal um die Hälfte größer waren als ihre späteren Namensvettern; Riesenhirsche mit ihren dreieinhalb Meter großen Geweihen; wollhaarige Mammuts und Wollhaarnashörner. Die Bedingungen waren so günstig, daß sich zumindest eine Art von Raubkatzen zu einer solchen Größe entwickeln konnte, die sie brauchten, um derart riesige

Tiere zur Strecke zu bringen. Der Höhlenlöwe füllte diese Nische aus, und zwar auf bewunderungswürdige Weise. Die Löwen späterer Generationen waren nur halb so groß, also winzig im Vergleich dazu; der Höhlenlöwe war die größte Raubkatze, die es je gegeben hat.

Baby stellte ein überragendes Beispiel dieses überlegenen Raubtiers dar – er war riesig, verfügte über unheimliche Kräfte und hatte ein glattes Fell, das von seiner Gesundheit und seiner Jugend zeugte – und ließ sich absolut zutraulich von der jungen Frau kraulen. Hätte er sie angefallen, sie wäre völlig hilflos gewesen, nur: in ihrer Vorstellung war er nicht gefährlicher als ein übergroßes Kätzchen – und das war ihr Schutz.

Daß sie Baby beherrschte, geschah unbewußt, und deshalb akzeptierte er es. Den Kopf hebend und drehend, um ihr zu zeigen, wo, überließ Baby sich dem sinnlichen Genuß des Gekraultwerdens, und sie freute sich, weil es ihm Freude machte. Sie kletterte auf den Felsbrocken, um an seine andere Seite heranzukommen, und lehnte sich über seinen Rücken, als ihr eine andere Idee kam. Sie hielt keinen Moment inne, um darüber nachzudenken, sondern schwang ihm einfach das Bein über den Rücken und setzte sich rittlings auf ihn, wie sie es bei Winnie so oft getan hatte.

Für Baby kam das zwar unerwartet, doch die Arme, die er um den Hals spürte, waren ihm vertraut, und das Gewicht unbedeutend. Eine Zeitlang regte sich keiner von beiden. Für das gemeinsame Jagen hatte Ayla das Startsignal der Schleuderbewegung entlehnt und dazu das Wort für »Los!« ausgesprochen. Als sie jetzt daran dachte, gab sie ohne zu zögern das Zeichen und rief das Wort.

Als sie spürte, wie seine Muskeln sich unter ihr strafften und er vorwärtssprang, krallte sie sich an seiner Mähne fest. Mit der sehnigen Anmut seiner Gattung schoß er, die Frau auf dem Rükken, das Tal hinunter. Sie mußte die Augen verengen, da der Wind ihr ins Gesicht fuhr. Haarsträhnen, die ihren Zöpfen entgangen waren, flatterten hinter ihr her. Sie übte keinerlei Herrschaft aus. Sie lenkte Baby nicht so, wie sie Winnie gelenkt hatte – sie ging dorthin, wohin er sie trug, und tat das mit Freuden. Sie war von einer Beschwingtheit, wie sie es nie zuvor erlebt hatte.

Der rasche Geschwindigkeitsausbruch war nur von kurzer Dauer, nicht anders als beim Angriff. Baby verlangsamte, schlug einen weiten Bogen und lief weiter in Richtung Höhle. Die Frau immer noch auf dem Rücken, trabte er den steilen Pfad hinauf und blieb an ihrem Platz in der Höhle stehen. Sie glitt hinunter und schloß ihn in die Arme; sie kannte keine andere Art, jenen Gefühlsüberschwang auszudrücken, der sie erfüllte. Als sie ihn schließlich losließ, peitschte er mit dem Schwanz und begab sich in den Hintergrund der Höhle. Er fand seinen Lieblingsplatz, streckte sich aus und war bald eingeschlafen.

Lächelnd beobachtete sie ihn. Du hast mich auf deinem Rükken reiten lassen, und das war's für den Tag, nicht wahr, Baby? Ach, Baby, jetzt kannst du von mir aus schlafen, solange du willst.

Gegen Ende des Sommers dehnte Baby seine Jagdausflüge immer weiter aus. Als er das erste Mal über einen Tag lang fortblieb, war Ayla außer sich vor Kummer und machte sich so viel Sorgen, daß sie auch in der zweiten Nacht kein Auge zutat. Als er am nächsten Morgen erschien, war sie so zerschlagen und kaputt, wie er aussah. Er kam ohne Beute, und als sie ihm Trockenfleisch aus ihrem Vorrat gab, hieb er sofort ein, obwohl er für gewöhnlich erst mit den spröden Fleischbatzen herumspielte. So müde sie war, sie ging mit ihrer Schleuder hinaus und brachte zwei Hasen zurück. Er wachte aus dem Schlaf der Erschöpfung auf, lief auf den Höhleneingang zu, um sie zu begrüßen, und trug dann einen der Hasen in den Höhlenhintergrund. Den anderen legte sie weg und begab sich dann noch einmal auf ihr Lager.

Als er einmal drei Tage hintereinander wegblieb, machte sie sich längst nicht mehr soviel Sorgen – nun wurde ihr das Herz schwer und schwerer, als die leeren Tage vorübergingen. Er kehrte mit klaffenden Wunden und Kratzern zurück, und da wußte sie, daß er sich mit anderen Löwen herumgeschlagen hatte. Sie vermutete, daß er jetzt reif genug war, um sich der Anwesenheit von Löwinnen bewußt zu sein. Anders als Pferde, kannten Löwinnen keine besondere Brunstzeit; sie konnten jederzeit brünstig werden.

Das lange Fernbleiben des jungen Höhlenlöwen häufte sich gegen Herbst, und wenn er überhaupt nach Hause kam, dann eigentlich nur, um zu schlafen. Ayla war sich sicher, daß er auch woanders schlief, dort offensichtlich aber nicht das gleiche Geborgenheitsgefühl hatte wie hier in der Höhle. Ayla hatte keine Ahnung, wann und aus welcher Richtung sie ihn erwarten sollte. Er tauchte einfach irgendwann wieder auf, kam entweder den Pfad heraufgetrabt oder sprang – wobei die Überraschung größer war – von der Steppe oberhalb ihrer Höhle auf den Sims herunter.

Sie war stets froh, ihn zu sehen, und die Art, wie er sie begrüßte, hatte immer etwas Liebevolles – manchmal war es sogar ein wenig zu liebevoll. Wenn er sich auf den Hinterbeinen aufrichtete, um ihr die Vorderläufe auf die Schulter zu legen und sie dadurch zu Fall zu bringen, beeilte sie sich, ihm die »Aufhörens«-Gebärde zu machen, wenn er etwas allzu ungestüm in seiner Wiedersehensfreude war.

Für gewöhnlich blieb er danach ein paar Tage, manchmal gingen sie dann gemeinsam auf die Jagd. Außerdem schleppte er hin und wieder immer noch ein Beutestück in die Höhle. Doch dann packte ihn wieder die Unruhe. Ayla war überzeugt, daß Baby für sich allein jagte und seine Beute Hyänen, Wölfen oder Aasgeiern gegenüber verteidigte, die sie ihm sonst stehlen würden. Sie machte die Erfahrung, daß er – hatte er erst einmal angefangen, unruhig auf- und abzulaufen – kurz darauf fortging. War er fort, kam ihr die Höhle dermaßen leer vor, daß sie anfing, sich vor dem näherrückenden Winter zu fürchten, denn sie hatte Angst, es würde ein einsamer Winter werden.

Der Herbst fiel ungewöhnlich aus – warm und trocken. Die Blätter färbten sich gelb und wurden gleich darauf braun, übersprangen also die leuchtenden Farbtöne, die ein kurzer Frost zur Folge haben kann. Vertrocknet und glanzlos hingen sie büschelweise noch an den Bäumen und raschelten immer noch in den Zweigen, als sie normalerweise längst auf dem Boden hätten liegen sollen. Die besondere Witterung machte nervös – ein Herbst sollte naß und kühl sein, voll von plötzlichen Windstößen und unerwarteten Regengüssen. Ayla konnte sich eines Angstgefühls nicht erwehren, als ob der Sommer den Wechsel der Jahreszeiten nicht zulassen wollte – bis dann von einem Tag auf den anderen der Winter zuschlug.

Jeden Morgen, wenn sie die Höhle verließ, erwartete sie irgendeine einschneidende Veränderung und war fast enttäuscht, wenn wieder eine warme Sonne an einem erstaunlich klaren Himmel aufstieg. Die Abende verbrachte sie draußen auf dem Sims, sah zu, wie die Sonne hinter dem Rand der Erde versank und nur ein leichter Dunst matt schimmerte; was fehlte, war der Farbenrausch regenschwerer Wolken. Wenn die Sterne blinkten, erfüllten sie das Dunkel, so daß der Himmel durch ihre Fülle zerrissen und zersprungen wirkte.

Sie hatte sich seit Tagen nicht weiter vom Tal fortgewagt,

doch als wieder ein warmer klarer Tag dämmerte, erschien es ihr töricht, so schönes Wetter nicht zu nutzen und nicht weiter draußen zu sein. Der Winter würde früh genug seinen Einzug halten und sie gezwungen sein, sich in der Höhle aufzuhalten.

Schade, daß Baby nicht da ist, dachte sie. Der Tag wäre gut geeignet für die Jagd. Vielleicht kann ich auch allein auf die Jagd gehen. Sie packte einen Speer. Nein, nur meine Schleuder. Ob ich wohl einen Pelz mitnehme? Es ist so warm, daß ich nur darin schwitze. Aber ich könnte ihn mitnehmen, und vielleicht auch die Tragekiepe. Aber eigentlich brauche ich nichts – ich habe ja mehr als genug. Ich möchte ja nichts weiter, als einen schönen ausgedehnten Spaziergang machen. Und dazu brauche ich weder Kiepe noch Pelz. Wenn ich flott ausschreite, hält mich das warm genug.

Merkwürdig unbelastet schickte Ayla sich an, den steilen Pfad hinunterzusteigen. Sie trug keinerlei Last, brauchte sich keine Sorgen um ihre Tiere zu machen, und ihre Höhle war mit allem wohlversorgt. Einzig der absolute Mangel an Verpflichtungen erfüllte sie mit zwiespältigen Gefühlen: mit einem ungewohnten Freiheitsgefühl und einer Frustration, die sie sich nicht zu erklären vermochte.

Sie erreichte die Weide und stieg die leicht ansteigende Böschung zu den östlichen Steppen hinauf; dann lief sie schneller. Sie hatte kein bestimmtes Ziel und lief, wohin ihre Füße sie trugen. Auf der Steppe merkte man noch mehr, wie ungewöhnlich trocken es für die Jahreszeit war. Das Gras war dermaßen verdorrt, daß, als sie einen Halm in der Hand zerdrückte, dieser sofort zu Staub zerfiel. Der Wind trug ihn von ihrer offenen Handfläche hinweg.

Der Boden unter ihren Füßen war steinhart geworden und wies regelmäßige Risse auf. Sie mußte aufpassen, wo sie hintrat, um nicht zu stolpern oder sich den Fuß in einer Furche oder einem Loch zu verstauchen. Nie hatte sie eine so große Trockenheit erlebt. Die Atmosphäre schien die Feuchtigkeit ihres Atems sofort aufzusaugen. Sie hatte nur einen kleinen Wasserschlauch mitgenommen, den sie an irgendwelchen Bächen oder Flüssen oder Wasserstellen hatte füllen wollen, doch etliche, auf die sie stieß, waren längst ausgetrocknet. Der Schlauch war nicht einmal mehr halb voll, als der Vormittag halb vorüber war.

Als sie auf einen Fluß stieß, von dem sie überzeugt war, daß er Wasser führen müßte, fand sie nur Schlamm vor und beschloß umzukehren. In der Hoffnung, auf Wasser zu stoßen, ging sie eine Strecke das Flußbett entlang und stieß schließlich auf eine verschlammte Pfütze. Das war alles, was von einer einst tiefen Wildtränke geblieben war. Als sie sich hinabbeugte, um das Wasser zu kosten und festzustellen, ob es auch genießbar sei, bemerkte sie frische Hufspuren. Offensichtlich war vor nicht langer Zeit eine Pferdeherde hier gewesen. Etwas an einem der Hufabdrücke ließ sie genauer hinsehen. Sie war eine erfahrene Fährtenleserin, und obwohl sie nicht daran gedacht hatte, hatte sie Winnies Hufspuren allzu oft gesehen, als daß ihr die kleinen Unregelmäßigkeiten im Umriß und im Druck nicht aufgefallen wären, die diese Hufspuren unverwechselbar machten. Ein näherer Blick überzeugte sie, daß Winnie hier gewesen war, und zwar vor gar nicht langer Zeit. Sie mußte noch ganz in der Nähe sein. Aylas Herz schlug schneller.

Er war nicht schwierig, der Fährte zu folgen. Der eingebrochene Rand eines Erdrisses, wo ein Huf ausgerutscht war, als die Pferde den Schlamm verlassen hatten, lockerer neuer Staub, der sich darauf niedergelassen hatte, geknicktes Gras – all das zeigte, in welche Richtung die Pferde sich bewegt hatten. Mit atemloser Erregung folgte Ayla ihnen; selbst die unbewegte Luft schien erwartungsvoll den Atem anzuhalten. Wie lange war es nun schon her – ob Winnie sich ihrer wohl erinnerte? Allein zu wissen, daß sie lebte, würde ihr, Ayla, schon genügen.

Die Herde war weiter weg als sie angenommen hatte. Irgend etwas hatte sie veranlaßt dahinzustürmen, im Galopp über die Ebene zu fegen. Sie hörte Knurren und Erregung, ehe sie auf das fressende Wolfsrudel stieß, und sie hätte zurückweichen sollen. Aber sie mußte näher herangehen und sich vergewissern, daß es sich bei dem gestürzten Tier nicht um Winnie handelte. Der Anblick eines tiefbraunen Fells beruhigte sie. Allerdings hatte dies die gleiche ungewöhnliche Farbe wie der Hengst, und so war sie überzeugt, es mit einem Pferd eben dieser Herde zu tun zu haben.

Als sie der Fährte weiter folgte, dachte sie über die Pferde in freier Wildbahn nach und wie leicht es sei, sie anzugreifen. Winnie war zwar jung und kräftig, doch war alles möglich. Ayla wollte die junge Stute wieder mit in ihre Höhle nehmen.

Es war fast Mittag, als sie die Herde endlich sichtete. Die Pferde waren von der Hetzjagd immer noch nervös, und Ayla kam mit dem Wind. Sobald sie ihre Witterung aufnahmen, zogen sie weiter. Die junge Frau mußte einen weiten Bogen um sie schlagen, um sich ihnen unter dem Wind zu nähern. Sobald sie nahe genug heran war, um einzelne Pferde unterscheiden zu können, sichtete sie Winnie, und ihr Herz schlug ihr bis zum Hals hinauf. Sie schluckte ein paarmal und bemühte sich, die Tränen zurückzuhalten, die ihr kamen.

Sie sieht gesund aus, dachte Ayla. Fett. Nein, fett nicht. Sie muß wohl trächtig sein. Ach, Winnie, wie wunderbar! Ayla war so entzückt, daß sie kaum an sich halten konnte. Dann konnte sie es nicht mehr aushalten; sie mußte sehen, ob das Pferd sich an sie erinnerte. Sie pfiff.

Winnie hob augenblicklich den Kopf und blickte in Aylas Richtung. Wieder stieß Ayla einen Pfiff aus. Das Pferd setzte sich in Bewegung und kam auf sie zu. Ayla konnte nicht warten und lief dem falbfarbenen Pferd entgegen. Plötzlich schob sich eine beigefarbene Stute zwischen sie, stupste Winnie in die Flanken und trieb sie davon. Dann trieb das weibliche Leittier den Rest der Herde zusammen und führte sie von der unbekannten und möglicherweise gefährlichen Frau fort.

Ayla brach das Herz. Sie konnte unmöglich hinter der Herde herlaufen. Sie war schon weiter vom Tal entfernt, als sie vorgehabt hatte, und sie waren auch soviel schneller als sie. Wenn sie sich beeilte, kam sie vielleicht gerade noch vor Einbruch der Dunkelheit heim. Noch einmal stieß sie ihren Pfiff aus, laut und lange, aber sie wußte, daß es zu spät war. Ihr sank das Herz, und sie wandte sich ab, zog ihren Lederüberwurf enger um die Schultern und stemmte sich mit dem Kopf in den kalten Wind.

Sie war dermaßen niedergeschlagen, daß sie auf nichts weiter acht gab als auf ihren Kummer und ihre Enttäuschung. Ein warnendes Knurren ließ sie unvermittelt stehenbleiben. Sie war wieder auf das Wolfsrudel gestoßen, das – die Schnauze tief im Blut – sich den Bauch mit dem fuchsroten Pferd vollschlugen.

Ich sollte aufpassen, wo ich hingehe, dachte sie und zog sich zurück. Das war meine Schuld. Wäre ich nicht so ungeduldig gewesen, hätte die Stute die Herde vielleicht nicht von mir weggetrieben. Nochmals warf sie einen Blick auf das gestürzte Tier. Was für eine leuchtende Farbe für ein Pferd. Sieht genauso braun aus wie der Hengst von Winnies Herde. Sie sah genauer hin. Etwas am Kopf, an der Färbung des Fells . . . die Bestätigung ließ sie durch und durch erschauern. Es war der Fuchshengst! Wie konnte ein Hengst in der Blüte seiner Jahre Wölfen zum Opfer fallen?

Der linke Vorderlauf des Pferdes war unnatürlich abgeknickt und gab ihr die Antwort auf ihre Frage. Selbst ein kraftvoller junger Hengst kann sich beim Laufen über tückischen Boden ein Bein brechen. Ein tiefer Riß in der trockenen Erde hatte den Wölfen ein Festmahl beschert. Was für ein Jammer, dachte Ayla. Im Regelfall hätte er viele gute Jahre vor sich gehabt. Als sie sich von den Wölfen abwandte, wurde ihr endlich klar, in welcher Gefahr sie selbst sich befand.

Der Himmel, heute morgen so klar, war von heftig sich durcheinanderschiebenden, bedrohlich grauen Wolken bedeckt. Der hohe Luftdruck, der den Winter ferngehalten hatte, war endlich gewichen, und die wartende Kaltfront kam herangefegt. Der Wind drückte das trockene Gras auf den Boden und riß Büschel davon in die Luft. Die Temperatur sackte ganz schnell ab. Sie roch den Schnee auf dem Rückweg geradezu, doch war sie noch weit von der Höhle entfernt. Sie blickte sich um, orientierte sich und begann zu laufen. Es würde ein Wettlauf mit dem Sturm werden, aber vielleicht schaffte sie es noch bis zur Höhle, ehe er losbrach.

Sie hatte keine Chance. Sie war über einen halben Tagesmarsch vom Tal entfernt, und der Winter hatte zu lange warten müssen. Als sie den ausgetrockneten Fluß erreichte, taumelten nasse Schneeflocken hernieder. Als der Wind wieder zunahm, wurden sie zu nadelfeinen Eisspitzen und verwandelten sich in die trockeneren Flocken eines ausgewachsenen Schneesturms. Schneewehen bauten sich aus einer soliden Masse nassen Schnees auf. Wirbelwinde, die noch mit den Gegenwinden sich umschichtender Luftströmungen kämpften, warfen sie erst in die eine und dann in die andere Richtung.

Sie wußte, ihre einzige Hoffnung bestand darin weiterzugehen; allerdings war sie sich nicht sicher, ob sie immer noch in die richtige Richtung ging. Ihre Anhaltspunkte waren wie fortgewischt. Sie blieb stehen, versuchte, sich zu orientieren und der in ihr aufsteigenden Panik Herr zu werden. Wie dumm, ohne ihren Pelz fortzugehen! Sie hätte ihr Zelt in der Kiepe mitnehmen sollen! Dann hätte sie jetzt jedenfalls Schutz. Die Ohren froren ihr. In den Füßen hatte sie kein Gefühl mehr, und sie klapperte mit den Zähnen. Sie fror. Sie hörte den Wind pfeifen.

Wieder strengte sie ihr Gehör an. Das war doch nicht der Wind, oder? Sie legte die Hände trichterförmig um den Mund und pfiff so laut sie konnte – und horchte.

Das erregt-hohe Gewieher eines Pferdes kam näher. Nochmals pfiff sie, und dann tauchten geistergleich die Umrisse eines Pferdes aus dem Sturm auf. Ayla lief darauf zu, und die Tränen gefroren ihr auf dem Gesicht.

»Winnie, Winnie, ach Winnie!« Immer und immer wieder rief sie den Namen des Pferdes aus, schlang ihm die Arme um den kräftigen Hals und barg das Gesicht in dem struppigen Winterfell. Dann kletterte sie dem Pferd auf den Rücken, und beugte sich tief über seinen Hals, um möglichst viel Wärme von ihm abzubekommen.

Das Pferd folgte seinem Instinkt und strebte der Höhle zu. Es war auf dem Weg dorthin gewesen. Der unerwartete Tod des Hengstes hatte die Herde auseinandergerissen. Zwar hielt die Leitstute sie zusammen; sie wußte, daß sich früher oder später ein anderer Hengst finden würde. Und sie hätte auch die falbfarbene Stute zurückgehalten – wäre da nicht der vertraute Pfiff gewesen und die Erinnerungen an die Frau und die Sicherheit. Auf eine Stute, die nicht in der Herde aufgewachsen war, besaß die Leitstute weniger Einfluß. Als der Sturm losbrach, erinnerte Winnie sich an eine Höhle, in der sich Schutz vor heulenden Winden und blendendem Schnee finden ließ – und die Liebe eines anderen Wesens.

Als sie endlich die Höhle erreichten, zitterte Ayla dermaßen, daß sie es kaum fertigbrachte, ein Feuer zu entzünden. Als sie es schließlich doch schaffte, ließ sie sich nicht in der Nähe des Feuers nieder, sondern raffte ihre Felle zusammen und brachte sie auf Winnies Seite der Höhle hinüber und rollte sich in der Nähe des warmen Pferdes zusammen.

Doch die nächsten paar Tage hindurch konnte sie die Rückkehr ihres Freundes kaum richtig würdigen. Sie wachte mit Fieber und einem harten, schmerzenden Husten auf. Wann immer sie sich dazu aufraffen konnte, erhob sie sich und machte sich Heilkräutertees. Winnie hatte ihr zwar das Leben gerettet, konnte ihr jedoch nicht helfen, über die Lungenentzündung hinwegzukommen.

Die meiste Zeit über war sie wach und phantasierte, doch als Baby wieder in die Höhle zurückkehrte, wurde sie aus diesem Zustand herausgerissen. Der Löwe war von der Steppe oben heruntergesprungen, sah sich jedoch von Winnies weithin hallendem herausfordernden Gewieher zurückgehalten. Der durchdringende Schrei des Pferdes – ebensosehr auf Angst wie auf Abwehr beruhend – drang durch Aylas Benommenheit und Erstarrung hindurch. Sie sah, wie das Pferd zornig die Ohren anlegte, angstvoll vorstürmte und nervös tänzelte und der Höhlenlöwe die Zähne fletschte, tief aus seinem Inneren ein Grollen aufsteigen ließ und zum Sprung ansetzte. Sie fuhr von ihrem Lager hoch und drängte sich zwischen Raubkatze und Beutetier.

»Aufhören, Baby! Du jagst Winnie doch Angst ein! Dabei solltest du froh sein, daß sie wieder da ist.« Woraufhin Ayla sich dem Pferd zuwandte und in leicht tadelndem Ton sagte: »Winnie! Das ist doch nur Baby. Du brauchst keine Angst vor ihm zu haben. Und jetzt hört beide damit auf!« Sie glaubte nicht an irgendeine Gefahr; beide Tiere waren zusammen in der Höhle großgezogen worden; beide gehörten hierher.

Der Geruch in der Höhle war beiden Tieren vertraut, insbesondere der, der von der Frau ausging. Baby kam, Ayla zu begrüßen, und rieb sich an ihr, woraufhin auch Winnie vortrat und sich ihr Teil an Zuwendung holte. Dann stieß das Pferd ein leises Wiehern aus, das weder Angst noch Zorn entsprang, sondern jener Laut war, den die Stute dem ihm anvertrauten Löwenbaby gegenüber ausgestoßen hatte, und der Höhlenlöwe erkannte sein Kindermädchen.

»Ich hab' dir doch gesagt, daß es bloß Baby ist«, wandte Ayla sich an das Pferd und wurde von Husten überwältigt.

Ayla stocherte im Feuer, um es anzufachen, griff nach dem Wasserbeutel und stellte fest, daß er leer war. Sich fest in ihr Schlaffell wickelnd, ging sie hinaus und schob eine Schale voll Schnee zusammen. Sie bemühte sich, die tief in ihrer Brust sitzenden Krämpfe zu bezwingen, solange sie darauf wartete, daß das Wasser kochte. Mit Hilfe eines Aufgusses aus Alantwurzeln und Rinde der Wildkirsche ließ sich der Husten beschwichtigen, und sie kehrte auf ihre Lagerstatt zurück. Baby hatte es sich in seiner Nische hinten gemütlich gemacht, während Winnie es sich an ihrem alten Platz gut sein ließ.

Ayla war von einer so starken natürlichen Vitalität erfüllt und dermaßen abgehärtet, daß sie ihre Krankheit überwand, jedoch eine ziemlich lange Zeit brauchte, um sich wieder zu erholen. Sie war außer sich vor Freude, ihre Tierfamilie wieder um sich zu haben – dabei war es nicht mehr ganz so wie früher. Beide Tiere hatten sich verändert. Winnie war hochträchtig und hatte in einer Herde gelebt, welche sehr wohl um die Gefahren von Raubtieren wußte. Sie gab sich dem Löwen gegenüber, mit dem sie früher gespielt hatte, jetzt wesentlich zurückhaltender, und Baby war ja auch kein wuscheliges kleines Baby mehr. Bald, nachdem der Schneesturm sich gelegt hatte, verließ er die Höhle wieder, und je weiter der Winter fortschritt, desto seltener ließ er sich blicken.

Sobald Ayla sich übermäßig anstrengte, kam es neuerlich zu Hustenanfällen. Das dauerte weit bis in die zweite Winterhälfte hinein. In dieser Zeit verzärtelte Ayla sich und verwöhnte auch das Pferd, das das von ihr gesammelte und geworfelte Korn fraß und die Höhle nur zu kurzen Ausritten verließ. Doch als sie eines kalten und klaren Morgens voller Energie aufwachte, fand sie, daß ihnen beiden ein bißchen Bewegung nicht schaden könnte.

Sie schnallte dem Pferd die Tragkörbe um und nahm Speere sowie die Schäfte für das Zuggestell mit, Notproviant, zusätzliche Wasserschläuche und Kleidung, Kiepe und Zelt – kurz: alles, was ihr für jeden erdenklichen Notfall einfiel. Sie wollte nicht noch einmal überrascht werden. Einmal war sie sorglos gewesen, und dieses eine Mal hätte sie fast das Leben gekostet. Ehe sie aufsaß, legte sie Winnie noch ein weiches Stück Leder auf den Rücken, eine Neuerung, die sie nach der Rückkehr des Pferdes eingeführt hatte. Es war solange her, daß sie geritten war, daß ihre Schenkel ganz wund wurden und aufsprangen; da half das Stück Leder.

Ayla genoß das Gefühl, wieder im Freien zu sein, und der fehlende Husten erfüllte sie mit Wohlbehagen. Infolgedessen ließ sie das Pferd selbst seine Gangart wählen und träumte vom Ende des Winters. Plötzlich spürte sie, wie Winnies Muskeln sich anspannten. Augenblicklich war sie hellwach. Etwas kam auf sie zu, etwas, das sich mit der Verstohlenheit einer Raubkatze bewegte. Winnie war jetzt verwundbarer als früher – es näherte sich die Zeit, da sie ein Fohlen zur Welt bringen sollte. Ayla griff nach ihrem Speer, obwohl sie noch nie zuvor versucht hatte, einen Höhlenlöwen zu töten.

Als das Tier näherkam, erkannte sie die rote Mähne und die vertraute Narbe auf der Nase des Löwen, ließ sich vom Pferd heruntergleiten und lief auf die riesige Raubkatze zu.

»Baby! Wo hast du gesteckt? Weißt du nicht, daß ich mir Sorgen mache, wenn du zu lange wegbleibst?«

Der Löwe schien nicht minder aufgeregt als sie und begrüßte sie, indem er sich liebevoll an ihr rieb, so daß sie fast gestrauchelt wäre. Sie schlang ihm die Arme um den Hals und kraulte ihn hinter den Ohren und unterm Kinn, so wie er es gern hatte, woraufhin er ein wohliges Knurren von sich gab.

Dann hörte sie nicht weit entfernt das deutliche Grollen eines anderen Höhlenlöwen. Baby verstummte und straffte sich auf eine Weise, wie sie es noch nie bei ihm erlebt hatte. Über seine Schulter hinweg sah sie eine Löwin vorsichtig näherkommen. Auf einen Laut von Baby hin blieb sie stehen.

»Du hast eine Gefährtin gefunden. Ich hab's ja gewußt – hab' gewußt, daß du eines Tages dein eigenes Rudel haben würdest.« Ayla hielt nach mehr Löwinnen Ausschau. »Bis jetzt nur eine, wahrscheinlich auch noch eine Einzelgängerin. Du wirst um dein Revier kämpfen müssen. Aber immerhin, es ist ein Anfang. Eines Tages wirst du ein herrliches großes Rudel haben, Baby!«

Der Höhlenlöwe entspannte ein wenig, kam wieder auf sie zu und stupste sie mit dem Kopf. Sie kraulte ihn auf der Stirn und umarmte ihn ein letztesmal. Wie sie bemerkte, war Winnie außerordentlich nervös. Mochte Babys Witterung ihr auch vertraut gewesen sein, die der fremden Löwin war es nicht. Ayla saß auf, und als Baby sich ihnen abermals näherte, vollführte sie die »Aufhörens«-Gebärde. Er trieb sich noch eine Weile herum, dann wandte er sich mit einem *hnga, hnga* zum Gehen. Die Löwin hinter sich, trollte Baby sich.

Als sie Baby mit einer Löwin sah, mußte die junge Frau an ihre eigene ungewisse Zukunft denken. Baby hatte jetzt eine Gefährtin. Du hast einen Gefährten gehabt, Winnie. Ob ich wohl jemals einen bekommen werde?

17

Jondalar trat unter dem Sandsteinüberhang hervor und blickte die schneebedeckte Terrasse entlang, von deren Rand aus es schwindelerregend in die Tiefe ging. Die hohen Seitenwände rahmten die weißgerundeten Umrisse der ausgewachsenen Hügel auf der anderen Seite des Flusses ein. Darvo, der auf ihn gewartet hatte, winkte. Er stand neben einem Baumstumpf ein wenig weiter unten, an einer Stelle, die Jondalar ausgesucht hatte, um dort seine Feuersteine zu bearbeiten. Dort im Freien war das Licht gut, und es bestand wenig Gefahr, daß jemand auf die scharfkantigen Steinsplitter trat und sich verletzte. Er schickte sich an, auf den Jungen zuzugehen.

»Jondalar! Wart' einen Augenblick!«

»Thonolan«, sagte er lächelnd und wartete, daß sein Bruder ihn einholte. Gemeinsam gingen sie dann über den festgetretenen Schnee. »Ich habe Darvo versprochen, ihm heute morgen ein paar besondere Dinge beizubringen. Wie geht es Shamio?«

»Gut. Die Erkältung wird bald vorüber sein. Wir hatten uns schon Sorgen gemacht – ihre Husterei hat sogar Jetamio keinen Schlaf finden lassen. Wir reden darüber, daß wir für den nächsten Winter mehr Platz brauchen.«

Jondalar bedachte Thonolan mit einem abschätzenden Blick. Er fragte sich, ob die Verantwortung des verheirateten Mannes und die größere Familie sich nicht allzu schwer auf seinen sorglosen Bruder auswirkten. Aber Thonolan schien ruhig und zufrieden. Plötzlich brach er in ein selbstgefälliges Grinsen aus.

»Ich muß dir etwas sagen, großer Bruder. Hast du nicht bemerkt, daß Jetamio ein bißchen Fleisch ansetzt? Ich fand, daß sie endlich gut und gesund aussieht. Aber ich habe mich geirrt. Sie ist wieder in gesegneten Umständen.«

»Aber das ist ja wunderbar! Ich weiß, wie sehr sie sich ein Kind wünscht.«

»Sie weiß es schon seit geraumer Zeit, hat es mir bloß nicht sagen wollen. Hatte Angst, ich würde mir Sorgen machen. Diesmal scheint sie es zu behalten, Jondalar. Der Shamud sagt, wir sollten uns noch nicht allzusehr darauf verlassen, aber wenn alles weiterhin gutgeht, wird sie im Frühling gebären. Sie sagt, sie ist überzeugt, es sei ein Kind meines Geistes.«

»Da muß sie recht haben. Denk nur einer an! Mein Leichtfuß von kleinem Bruder – ein Mann mit eigenem Herdfeuer und einer Frau, die ein Kind erwartet.«

Thonolans Grinsen verbreiterte sich. Sein Glück war so offensichtlich, daß auch Jondalar lächeln mußte. Er sieht so selbstzufrieden aus, daß man meinen könnte, er sei es, der ein Kind bekommt, dachte Jondalar.

»Dort hinten, weiter links«, sagte Dolando leise und zeigte auf eine Felsnase, die aus der vor ihnen in die Höhe gehenden Bergwand vorstieß.

Jondalar schaute zwar hin, war aber so überwältigt, daß er den Blick nicht auf weniger denn das gesamte Panorama richten konnte. Sie hatten die Baumgrenze erreicht. Hinter ihnen lag der Wald, durch den sie heraufgekommen waren. In den tieferen Lagen hatte er mit Eichen begonnen; dann hatten Buchen vorgeherrscht. Weiter oben kamen die ihm bekannten Nadelbäume: Bergföhren, Kiefern und Fichten. Aus der Ferne hatte er gesehen, daß die gehärtete Erdkruste sich zu weit gewaltigeren Bergen auftürmte, doch als sie die Baumgrenze hinter sich gelassen hatten, hielt er den Atem an, so überraschend großartig war das, was sich seinen Blicken darbot. So oft er es nun schon gesehen hatte, es rührte ihn immer noch genauso wie beim erstenmal.

Die Nähe des aufragenden Gipfels überwältigte ihn; das Gefühl der Gegenwärtigkeit; als ob er bloß die Hand auszustrekken brauchte, um ihn zu berühren. In schweigender Ehrfurcht sprach die Bergkette von elementaren Umwälzungen, von kreißender Erde, die unter unsäglichen Mühen nackten Fels gebar. Von Wald unbedeckt, lag das urtümliche Flußtal der Großen Mutter allem preisgegeben in der verschobenen Landschaft. Der Himmel dahinter war von unirdischer Bläue – flach und tief –, ein gesichtsloser Hintergrund für das blendend zurückgeworfene Sonnenlicht, das sich auf Kristallen glazialen Eises brach, welches sich an Zacken und Schründen über den windgepeitschten alpinen Matten klammerte.

»Ich sehe sie!« rief Thonolan. »Ein bißchen weiter rechts, Jondalar. Siehst du? Dort auf dem Felsen.«

Der große Mann verlagerte seinen Blick und erkannte die kleine, anmutige Gemse, die auf dem höchsten Punkt einer Klippe keine Mühe hatte, sich im Gleichgewicht zu halten. Zum Teil hing ihr der dichte schwarze Winterpelz noch in Fetzen vom Leib, doch das beige-graue Sommerfell war vom Felsen kaum zu unterscheiden. Zwei kleine Hörner ragten ihr gerade auf die Stirn in die Höhe und bogen sich nur an der Spitze nach hinten.

»Jetzt sehe ich sie«, sagte Jondalar.

»Es könnte übrigens ebensogut Bock wie Geiß sein«, erklärte Dolando. »Bei den Gemsen tragen auch die Geißen ein Gehörn.«

»Sie sehen aus wie die Steinböcke, nicht wahr, Thonolan? Nur, daß sie kleiner sind – das Gehörn auch. Aber aus der Ferne . . .«

»Wie machen denn die Zelandonii Jagd auf Steinböcke, Jondalar?« fragte eine junge Frau, deren Augen vor Neugier, Aufregung und Liebe blitzten.

Sie war nur wenige Jahre älter als Darvo und backfischhaft in den großen blonden Mann verliebt. Ursprünglich von Shamudoi-Eltern abstammend, war sie unten auf dem Fluß aufgewachsen, da ihre Mutter als zweiten Mann einen Ramudoi genommen hatte – und war zurückgekommen, als diese Beziehung plötzlich ein stürmisches Ende gefunden hatte. Anders als die meisten jungen Shamudoi war das Hochgebirge ihr nichts Vertrautes, und sie hatte auch keinerlei Neigung gezeigt, unbedingt auf Gamsjagd gehen zu wollen – bis vor kurzem, nachdem sie entdeckt hatte, daß Jondalar sehr viel für Frauen übrig hatte, die auf die Jagd gingen. Zu ihrer Überraschung fand sie die Jagd nun aufregend.

»Ich weiß nicht viel darüber, Rakario«, erwiderte Jondalar und lächelte sanft. Er hatte die Zeichen auch schon bei anderen jungen Frauen erlebt, und wenn er auch nicht umhinkonnte, auf ihre Aufmerksamkeit zu reagieren, so wollte er sie doch nicht ermutigen. »Es gab Steinböcke in den Bergen südlich von uns, und in den östlichen Bergen südlich von uns, und in den östlichen Bergzügen standen auch welche, aber wir haben ja nicht im Gebirge gejagt. Dazu war das viel zu weit entfernt. Ab und zu fanden sich ein paar von uns beim Sommertreffen zusammen, um gemeinsam auf die Jagd zu gehen. Aber ich ging zum Spaß einmal mit und hielt mich an die Anweisungen der Jäger, die etwas davon verstanden. Ich bin immer noch dabei zu lernen, Rakario. Dolando ist der Fachmann, der sich auf die Jagd von Bergtieren versteht.«

Die Gemse sprang von der Klippe auf eine Felsspitze und betrachtete von der luftigen Höhe aus den Anblick, der sich ihr bot.

»Wie jagt man denn eigentlich ein Tier, das ein so guter Springer ist?« sagte Rakario mit ehrfürchtiger Scheu in der Stimme angesichts der Mühelosigkeit und Anmut, mit der die Gemse sich bewegt hatte. »Wie können sie sich nur auf so kleinem Platz halten?«

»Du mußt dir die Hufe ansehen, wenn wir eine bekommen, Rakario«, sagte Dolando. »Hart ist nur die äußere Schale, der Rand – innen sind die Hufe nachgiebig, wie deine Handfläche. Darum rutschen sie auch nicht ab oder verlieren den Halt. Das weiche Innere des Hufs greift zu, der äußere Rand hält. Will man Jagd auf sie machen, ist es vor allem wichtig, nicht zu vergessen, daß sie immer nach unten schauen. Sie geben immer acht, wohin sie treten; was unter ihnen ist, wissen sie genau. Ihre Augen sitzen weit hinten seitlich am Kopf, so daß sie auch seitlich sehen können. Nur was hinter ihnen ist, können sie nicht sehen. Das ist dein Vorteil. Wenn du dich um sie herum anschleichst, kannst du sie von hinten zu fassen bekommen. Wenn du vorsichtig bist und nicht die Geduld verlierst, kannst du so nahe herankommen, daß du sie berührst.«

»Und was ist, wenn sie sich bewegen, ehe man hinkommt?« wollte sie wissen.

»Schau mal hinauf. Siehst du den grünen Hauch auf den Weideflächen? Dieses Frühlingsgras ist nach dem Winterfutter ein Leckerbissen für sie. Der dort oben macht den Ausguck. Alle anderen – Böcke, Geißen und Kitze – stecken darunter zwischen den Felsbrocken und Büschen, wo man sie nicht sehen kann. Ist die Äsung gut und fühlen sie sich sicher, ziehen sie nicht so rasch weiter.«

»Warum stehen wir hier rum und reden? Laßt uns losgehen«, sagte Darvo.

Es fuchste ihn, daß Rakario dauernd um Jondalar herumscharwenzelte, und er wartete ungeduldig auf den Beginn der Jagd. Es war nicht das erste Mal, daß er die Jäger begleitete – Jondalar hatte ihn immer mitgenommen, seit er selbst angefangen hatte, mit den Shamudoi zu jagen –, wenn auch nur, um Fährten zu lesen, zuzusehen und zu lernen. Doch diesmal hatte er die Erlaubnis bekommen, selbst ein Wild zu erlegen, wenn er es schaffte. Gelang es ihm, würde das seine erste Beute sein und wurde er damit zum Gegenstand besonderer Aufmerksamkeit. Irgendwelcher Druck wurde jedoch nicht auf ihn ausgeübt. Er mußte diesmal nicht unbedingt etwas erlegen; er würde auch noch andere Gelegenheiten bekommen, es zu versuchen. Auf ein so wendiges Tier wie die Gemse in einer Umwelt Jagd zu machen, an die es auf einzigartige Weise angepaßt war, war bestenfalls schwierig. Wer immer es schaffte, nahe genug heranzukommen, machte einen Versuch, und das erforderte besonnenes und umsichtiges Vorgehen. Kein Mensch konnte einer Gemse von Fels zu Fels und über tiefe Abgründe hinweg folgen, wenn sie es erst einmal mit der Angst zu tun bekommen und angefangen hatte zu fliehen.

Dolando stieg eine Felsformation hinauf, deren parallele Schichtungen schräg nach oben verliefen. Weichere Schichten Sedimentgesteins waren vorn herausgewaschen worden, so daß bequeme stufenartige Absätze entstanden waren. Der steile Aufstieg, um die Gamsherde zu umgehen und sie von hinten anzupirschen, hatte zwar etwas Tollkühnes, war aber nicht gefährlich. Echte Bergsteigerei war damit nicht verbunden.

Die zur Jagdgesellschaft Gehörigen reihten sich hinter dem

Anführer ein. Jondalar wartete, weil er die Nachhut bilden sollte. Fast alle waren bereits im Aufstieg begriffen, da hörte er, wie Serenio ihn anrief. Überrascht drehte er sich um. Serenio machte sich nichts aus der Jagd und verließ auch den Bereich der Unterkünfte nur selten. Er konnte sich nicht vorstellen, was sie denn so weit hier draußen machte, doch das Gesicht, das sie hatte, als sie endlich bei ihm anlangte, jagte ihm einen Schauder banger Vorahnung über den Rücken. Sie war schnell gelaufen und mußte nach Luft schnappen, ehe sie reden konnte. »Froh ... dich erreicht zu haben. Unbedingt Thonolan ... Jetamio ... Wehen ...«, gelang es ihr schließlich hervorzustoßen.

Er legte trichterförmig die Hände um den Mund und rief: »Thonolan! Thonolan!«

Eine der Gestalten, die vor ihm hergingen, drehte sich um, und Jondalar winkte ihn zurück.

Ein unbehagliches Schweigen breitete sich aus, als sie alle warteten. Er wollte fragen, ob mit Jetamio alles in Ordnung sei, doch irgend etwas hielt ihn zurück.

»Wann haben Wehen angefangen?« fragte er schließlich.

»Sie hatte schon gestern abend Rückenschmerzen, wollte aber Thonolan nichts sagen. Er hat sich doch so sehr auf die Gamsjagd gefreut, und sie hatte Angst, er würde nicht gehen, wenn sie es ihm sagte. Sie sagt, sie sei sich auch nicht sicher gewesen, ob es wirklich schon die Wehen wären, und dann glaube ich auch, daß sie irgendwie die Vorstellung hatte, ihn bei seiner Rückkehr mit einem Baby zu überraschen«, sagte Serenio. »Sie wollte nicht, daß er sich Sorgen machte oder nervös wartete, während sie in den Wehen lag.«

Typisch Jetamio, dachte er. Ihm wollte sie es selbstverständlich ersparen. Thonolan war völlig in sie vernarrt. Plötzlich beschlich Jondalar ein unheimlicher Gedanke. Wenn Jetamio Thonolan überraschen wollte, warum war dann Serenio den Berg hinaufgelaufen gekommen, um ihn zu holen.

»Es gibt Schwierigkeiten, nicht wahr?«

Serenio sah zu Boden, machte die Augen zu und seufzte tief auf, ehe sie antwortete. »Das Baby hat Steißlage; und Jetamio ist zu schmal gebaut und weitet sich nicht genug. Der Shamud meint, das liegt an der Lähmung, die sie als Kind hatte, und hat mir aufgetragen, ich soll Thonolan holen ... Und dich auch ... um seinetwillen.«

»Oh nein! Große Doni! Oh nein!«

»Nein! Nein! Nein! Das kann nicht sein! Warum? Warum sollte die Mutter sie in gesegnete Umstände kommen lassen und dann beide zu sich nehmen?«

Empört lief Thonolan in dem kleinen Raum auf und ab, den er mit Jetamio geteilt hatte, und schlug sich mit der Faust in die geöffnete andere Hand. Jondalar stand hilflos daneben, außerstande, mehr an Trost zu bieten als den seiner Anwesenheit. Den meisten war nicht einmal das möglich. Thonolan, der vor Schmerz völlig außer sich war, hatte alle anderen angeschrien, sie sollten fortgehen!

»Jondalar, warum ausgerechnet sie? Warum sollte die Mutter sie zu sich nehmen. Sie hat so wenig gehabt und so viel durchlitten. War das denn zuviel verlangt? Ein Kind? Etwas von ihrem eigenen Fleisch und Blut?«

»Ich weiß es nicht, Thonolan. Nicht mal ein Zelandoni könnte dir darauf eine Antwort geben.«

»Warum denn auf diese Weise? Unter soviel Schmerzen?« Thonolan blieb vor seinem Bruder stehen und flehte ihn an. »Sie hat mich doch kaum erkannt, als ich herkam. Jondalar, sie hat Schmerzen gelitten. Ich habe das an ihren Augen gesehen. Warum hat sie sterben müssen?«

»Niemand weiß, warum die Mutter Leben gibt und Leben nimmt.«

»Die Mutter! Die Mutter! Der ist das doch vollkommen gleichgültig! Jetamio hat Sie geehrt, ich habe Sie geehrt. Und wem frommt das? Sie hat Jetamio trotzdem genommen. Ich hasse die Mutter!« Wieder lief er auf und ab.

»Jondalar . . .«, rief Roshario vom Eingang aus, unschlüssig, ob sie nähertreten sollte oder nicht.

Jondalar trat hinaus. »Was gibt's?«

»Der Shamud hat einen Schnitt angebracht, um das Baby herauszuholen, nachdem sie . . .« Roshario blinzelte, um eine Träne zu verdrücken. »Er dachte, vielleicht könnte er das Baby retten – manchmal geht das. Es war zu spät – aber es war ein Junge. Ich weiß nicht, ob du es ihm sagen willst oder nicht.«

»Danke, Roshario.«

Er erkannte, wie sehr der Kummer sie bedrückte. Jetamio war für sie wie eine Tochter gewesen. Roshario hatte sie großgezogen, hatte sie während ihrer Lähmungskrankheit und in der langen Zeit der Genesung gepflegt und hatte ihr auch jetzt vom Anfang bis zum bitteren Ende ihrer unseligen Wehen beigestanden. Plötzlich drängte Thonolan an ihnen vorbei, lud sich unter

Mühen sein altes Traggestell auf den Rücken und schoß auf den Weg zu, der um den Felsen herumführte.

»Ich glaube nicht, daß jetzt der richtige Zeitpunkt ist. Ich sag's ihm später«, erklärte Jondalar und lief hinter seinem Bruder her.

»Wohin willst du?« fragte er, als er ihn einholte.

»Ich geh' fort. Ich hätte die Reise nie unterbrechen sollen. Ich habe das Ende der Reise noch nicht erreicht.«

»Du kannst aber jetzt nicht fort«, sagte Jondalar und legte ihm die Hand auf den Arm. Heftig schüttelte Thonolan sie ab.

»Warum nicht? Was hält mich hier denn noch?« schluchzte Thonolan.

Wieder hielt Jondalar ihn zurück, und zwar so heftig, daß er herumwirbelte. Das Gesicht, in das er blickte, war so von Kummer zerrissen, daß er es kaum wiedererkannte. Der Schmerz saß so tief und brannte ihm in der Seele. Es hatte Augenblicke gegeben, da er Thonolan um die Freude beneidet hatte, die es für ihn bedeutete, Jetamio zu lieben – und hatte sich gefragt, was an ihm nicht stimmen mochte, daß er zu einer solchen Liebe unfähig war. Lohnte es sich, so zu lieben? Lohnte diese Liebe ein solches Herzeleid? Eine derartige Verzweiflung?

»Erträgst du es, daß Jetamio und ihr Sohn ohne dich bestattet werden?«

»Ihr Sohn? Woher willst du wissen, daß es ein Sohn war?«

»Der Shamud hat ihn herausgeholt. Er dachte, er könnte zumindest das Baby retten. Es war zu spät.«

»Ich will den Sohn nicht sehen, der sie umgebracht hat.«

»Thonolan! Thonolan! Sie hat um den Segen der Mutter gebeten. Sie wollte schwanger werden, und sie war so glücklich darüber. Hättest du ihr dieses Glück nehmen wollen? Wäre es dir lieber gewesen, sie hätte ein langes Leben im Kummer gelebt? Kinderlos und verzweifelt darüber, nie eines zu bekommen? So hat sie Liebe und Glück erfahren – erst, indem sie dich zum Mann nahm, und dann dadurch, daß die Mutter sie segnete. Es war zwar nur für kurze Zeit, aber sie hat mir erzählt, sie sei glücklicher gewesen, als sie es jemals für möglich gehalten hätte. Sie hat gesagt, nichts habe ihr mehr Freude gebracht als du und das Wissen darum, ein Kind zu bekommen. Dein Kind, hat sie es genannt, Thonolan. Das Kind deines Geistes. Wer weiß, vielleicht hat die Mutter gewußt, daß nur das eine oder das andere möglich wäre, und so hat sie beschlossen, ihr Freude zu machen.«

»Jondalar, sie hat mich doch gar nicht erkannt . . .« Thonolans Stimme brach.

»Als es zum Ende ging, hat der Shamud ihr etwas gegeben, Thonolan. Es bestand keinerlei Hoffnung, daß sie gebären würde, und so hat sie nicht allzusehr gelitten. Sie hat gewußt, daß du da warst.«

»Als Sie Jetamio nahm, hat die Mutter alles genommen. Ich war so von Liebe erfüllt, und jetzt bin ich so leer, Jondalar. Es ist mir nichts geblieben. Wie ist es möglich, daß sie nicht mehr da ist?« Thonolan schwankte. Jondalar streckte die Hände nach ihm aus und stützte ihn, als er zusammenbrach – und hielt ihn an seine Schulter gedrückt, während er voller Verzweiflung schluchzte.

»Warum nicht zurück nach Hause, Thonolan? Wenn wir jetzt losziehen, schaffen wir es bis zum Winter bis zum Gletscher und könnten nächsten Frühling daheim sein. Warum willst du nach Osten?« Jondalars Stimme verriet Sehnsucht.

»Geh du nur nach Hause, Jondalar. Du hättest schon längst umkehren sollen. Ich habe immer gesagt, du bist ein Zelandonii, wirst immer einer bleiben. Ich gehe nach Osten.«

»Du hast gesagt, du wolltest bis ans Ende des Großen Mutter Flusses ziehen. Was aber wirst du tun, wenn du erst einmal das Binnenmeer erreicht hast?«

»Wer weiß? Vielleicht einmal um das Meer herumziehen. Aber vielleicht ziehe ich von dort mit Tholies Leuten auch nach Norden auf die Mammut-Jagd. Die Mamutoi behaupten, weiter im Osten gibt es noch einen weiteren Gebirgszug. Zu Hause lockt mich nichts, Jondalar. Ich halte lieber nach etwas Neuem Ausschau. Es wird Zeit, daß jeder von uns seinen eigenen Weg geht, Bruder. Du gehst nach Westen und ich nach Osten.«

»Wenn du nicht zurückwillst nach Hause, warum bleibst du dann nicht hier?«

»Ja, warum nicht hierbleiben, Thonolan?« sagte Dolando, der zu ihnen trat. »Und du auch, Jondalar. Ob nun als Shamudoi oder Ramudoi ist gleich. Ihr gehört hierher. Ihr habt Familie hier, Freunde. Es würde uns leid tun, wenn einer von euch fortginge.«

»Dolando, du weißt, daß ich bereit war, für den Rest meines Lebens hier zu leben. Aber jetzt kann ich das nicht mehr. Alles ist zu voll von ihr. Dauernd erwarte ich, sie zu sehen. Jeder Tag, den ich hier bin, erinnert mich daran, daß ich sie nie wieder sehen soll. Es tut mir leid. Ich werde viele von euch vermissen, aber ich muß gehen.«

Dolando nickte. Er drängte sie nicht zu bleiben, aber er hatte ihnen zu verstehen geben wollen, daß sie zur Familie gehörten. »Wann wollt ihr los?«

»Bald. Spätestens in ein paar Tagen«, erwiderte Thonolan. »Ich möchte nur noch einen Handel abschließen, Dolando. Ich werde alles zurücklassen, bis auf die Reisebündel und Kleider. Allerdings hätte ich gern ein kleines Boot.«

»Das läßt sich gewiß einrichten. Dann ziehst du also stromabwärts. Nach Osten? Nicht zurück zu den Zelandonii?«

»Ich gehe nach Osten«, sagte Thonolan.

»Und du, Jondalar?«

»Ich weiß es nicht. Da sind Serenio und Darvo . . .«

Dolando nickte. Jondalar hatte das Band zwar nicht förmlich besiegelt, aber er wußte, daß ihm die Entscheidung darum nicht leichter fiel. Der große Zelandonii hatte Gründe, nach Westen zu gehen, zu bleiben oder nach Osten zu ziehen – jeder konnte raten, wohin.

»Roshario hat den ganzen Tag gekocht. Ich glaube, sie hält sich beschäftigt, bloß um keine Zeit zum Nachdenken zu haben«, sagte Dolando. »Sie würde sich freuen, wenn du zum Essen zu uns kämst, Jondalar. Sie würde auch Serenio und Darvo gern dazubitten. Und wenn du auch nur einen Happen zu dir nehmen würdest, würde sie sich darüber ganz besonders freuen, Thonolan. Sie macht sich Sorgen um dich.«

Jondalar ging auf, daß es für Dolando auch schwer sein mußte. Er selbst hatte sich so große Sorgen um Thonolan gemacht, daß er gar nicht darüber nachgedacht hatte, welchen Kummer die ganze Höhle ergriffen hatte. Das hier war Jetamios Heimat. Sie muß Dolando soviel bedeutet haben wie ein Kind seines eigenen Herdfeuers. Es gab viele, denen sie nahegestanden hatte. Tholie und Markeno gehörten zu ihrer Familie, und er wußte, daß Serenio geweint hatte. Darvo war durcheinander und wollte nicht mit ihm reden.

»Ich werde Serenio fragen«, sagte Jondalar. »Ich bin sicher, daß Darvo gern käme. Vielleicht solltet ihr einfach davon ausgehen, daß er kommt. Mit Serenio werde ich sprechen.«

»Schick ihn rüber«, sagte Dolando und nahm sich vor, den Burschen über Nacht bei sich zu behalten, um seiner Mutter Zeit zu geben, zu einer Entscheidung zu kommen.

Die drei Männer gingen zusammen zurück zum Sandsteinüberhang und blieben nahe dem Hauptfeuer eine Weile stehen. Sie redeten nur wenig, genossen aber – bittersüß – einer die Gesellschaft des anderen, wußten sie doch, daß Veränderungen eingetreten waren, die es ihnen bald unmöglich machen würden, beieinanderzustehen.

Da die Felswand die Terrasse bereits in Schatten gehüllt hatte, war es ziemlich kalt geworden; vorn sah man jedoch immer noch das Sonnenlicht hinunterscheinen in die Schlucht mit dem Fluß darin. Während sie beim Feuer zusammenstanden, war ihnen beinahe, als wäre nichts geschehen, könnten sie die verheerende Tragödie fast vergessen. Lange standen sie noch im Zwielicht beisammen, versuchten, den Augenblick festzuhalten, und jeder hing schweigend seinen eigenen Gedanken nach; hätten sie darüber geredet, sie würden festgestellt haben, daß ihre Gedanken einander bemerkenswert ähnlich waren. Jeder dachte an die Ereignisse, die die Zelandonii-Männer zur Höhle der Sharamudoi gebracht hatten, und jeder fragte sich, ob er die beiden Männer wohl je im Leben wiedersah.

»Wollt ihr denn überhaupt nicht reinkommen?« fragte Roshario, die schließlich nicht mehr warten konnte. Sie hatte gespürt, daß sie das Bedürfnis hatten, ein letztes Mal schweigenden Austausch miteinander zu pflegen, und hatte sie dabei nicht stören wollen. Dann waren der Shamud und Serenio aus der Unterkunft herausgekommen. Darvo löste sich von einer Gruppe junger Burschen, andere kamen ans Hauptfeuer, und die Stimmung war unwiederbringlich dahin. Roshario trieb alle auf ihre Unterkunft zu, darunter Jondalar und Serenio, doch sollten sie bald wieder gehen.

Schweigend traten sie an den Rand der Terrasse und dann um die Wand herum zu einem gestürzten Baumstamm. Von dort aus konnte man bequem den Sonnenuntergang weiter stromaufwärts verfolgen. Die Natur tat alles, damit ihr Schweigen auch weiterhin andauerte, so schön war die untergehende Sonne, die sich ihren Blicken in metallischen Farben glänzend darbot. Da die geschmolzene Kugel sich herabsenkte, wurden bleigraue Wolken in Silber getaucht und dehnten sich dann in schimmerndem Gold, das sich wiederum über den Fluß unten ergoß. Feuriges Rot verwandelte das Gold dann in schimmerndes Kupfer, das zu matter Bronze wurde und wiederum zu Silber verblaßte.

Als das Silber zu Blei wurde und noch dunklere Farben annahm, kam Jondalar zu einem Entschluß. Er wandte das Gesicht, um Serenio anzublicken. Kein Zweifel, sie ist schön, dachte er. Es war nicht schwer, mit ihr zu leben; sie machte das Leben angenehm. Er machte den Mund auf, um zu sprechen.

»Laß uns zurückgehen, Jondalar«, kam sie ihm zuvor.

»Serenio . . . ich . . . wir haben miteinander gelebt«, hob er an. Sie hielt ihm einen Finger vor den Mund, um ihn wieder zum Schweigen zu bringen.

»Sag jetzt nichts. Laß uns zurückgehen.«

Diesmal erkannte er das Drängen in ihrer Stimme und erkannte das Begehren in ihren Augen. Er griff nach ihrer Hand, hielt sie in der seinen, führte ihre Finger an die Lippen, drehte die Hand um, machte sie auf und drückte die Lippen auf ihren Handteller. Sein warmer suchender Mund fand ihr Handgelenk, folgte dem Arm zur Innenseite ihres Ellbogens, schob den Ärmel zurück, um heranzukommen.

Sie stieß einen Seufzer aus, schloß die Augen, legte den Kopf in den Nacken und öffnete einladend die Lippen. Er stützte sie im Nacken und küßte eine pulsierende Ader an ihrem Hals, fand ihr Ohr und suchte nach dem Mund. Sie wartete, hungrig. Da küßte er sie, langsam und liebevoll, kostete die Weichheit unter ihrer Zunge, berührte die geriffelte Gaumenplatte und zog ihre Zunge in seinen Mund. Als sie sich voneinander lösten, atmete sie schwer.

»Laß uns zurückgehen«, wiederholte sie, diesmal mit heiserer Stimme.

»Warum zurückgehen? Warum nicht hier?« fragte er.

»Wenn wir hierbleiben, wird es zu schnell vorüber sein. Ich möchte die Wärme des Feuers und der Felle, damit wir uns nicht zu beeilen brauchen.«

Ihr Liebesspiel war, wenn auch nicht schal, so doch etwas mechanisch geworden. Sie wußten jeder vom anderen, was ihn befriedigte, verfielen daher bestimmten festgefahrenen Gewohnheiten und experimentierten und erforschten nur noch selten. Heute nacht, das wußte sie, wollte sie mehr als Routine, und er war nur allzu bereit, dem zu willfahren. Er nahm ihr Gesicht in beide Hände, küßte ihre Augen und die Nasenspitze, fuhr ihr mit den Lippen über die weiche Wange und hauchte ihr Atem ins Ohr. Er knabberte an ihrem Ohrläppchen und suchte dann wieder ihren Hals. Als er abermals ihren Mund fand, nahm er ihn gierig und drückte ihn an sich.

»Ich meine, wir sollten zurückgehen, Serenio«, flüsterte er ihr ins Ohr.

»Das habe ich doch gesagt.«

Seite an Seite, er den Arm ihr um die Schulter gelegt und sie den ihren ihm um die Hüfte, kehrten sie um die vorspringende

Wand herum zurück. Dies eine Mal trat er nicht zurück, um hinter ihr herzugehen und nicht zu nahe an den Rand des Pfades zu geraten. Er merkte nicht einmal, wie schwindelerregend steil es in die Tiefe ging.

Es war dunkel, und auf dem offenen Feld herrschte sowohl die Schwärze der Nacht als auch der Schatten. Das Mondlicht wurde immer noch von den hohen Seitenwänden behindert; nur wenige Sterne waren zwischen den Wolken oben sichtbar. Als sie unter den Überhang traten, war es später, als sie gedacht hatten. Niemand saß mehr um das Hauptfeuer herum, obwohl die Flammen noch an den brennenden Scheiten hochleckten. Sie sahen Roshario, Dolando und etliche andere im Inneren ihrer Unterkunft, und als sie am Eingang vorüberkamen, sahen sie Darvo zusammen mit Thonolan geschnitzte Knöchel werfen. Jondalar lächelte. Dieses Spiel hatte er oft an langen Winterabenden mit seinem Bruder gespielt; manchmal brauchte es die halbe Nacht, ehe ein solches Spiel entschieden war, und außerdem erforderte es die ganze Aufmerksamkeit der Spieler – und erleichterte das Vergessen.

Die Unterkunft, die Jondalar mit Serenio teilte, war dunkel. Er häufte Holz auf die Feuerstelle mit dem Steinring drum herum und holte dann ein Stück brennendes Holz vom Hauptherdfeuer, um es zu entfachen. Danach stellte er über Kreuz zwei Planken vor den Eingang und breitete eine Lederdecke darüber. Eine warme Welt nur für sie allein entstand.

Sich schüttelnd entledigte er sich seines Überwurfs, und Serenio holte die Trinkbecher heraus. Jondalar holte den Schlauch mit dem vergorenen Heidelbeersaft und schenkte ihnen beiden ein. Die Unmittelbarkeit seines Feuers war vergangen, und der Rückweg hatte ihm Zeit zum Nachdenken gegeben. Sie ist eine bezaubernde und wunderschöne Frau, wie ich selten eine gefunden habe, dachte er und nippte an dem erwärmenden Getränk. Ich hätte unsere Beziehung längst förmlich besiegeln sollen. Vielleicht wäre sie bereit, mit mir zurückzugehen – und Darvo auch. Aber ob wir hierbleiben oder zurückgehen – ich möchte, daß sie richtig meine Frau wird.

Ein Stein fiel ihm bei diesem Entschluß von der Seele: Ein unentschiedener Faktor weniger, mit dem ich fertigwerden muß. Es erfüllte ihn mit Genugtuung, daß er so froh darüber war. Es war schließlich recht und gehörte sich. Warum hatte er nur so lange damit gewartet?

»Serenio, ich bin zu einem Entschluß gekommen. Ich weiß

nicht, ob ich dir jemals gesagt habe, wieviel du mir bedeutest ...«

»Nicht jetzt«, sagte sie und stellte den Becher hin. Sie schlang ihm die Arme um den Hals, holte seine Lippen heran und küßte sie. Es war ein langer, langsamer und in die Länge gezogener Kuß, der ihn rasch seine Leidenschaft wieder bewußt werden ließ. Sie hat recht, dachte er, reden können wir später.

Als die Glut ihn wieder gepackt hatte, führte er sie zu der fellbedeckten erhöhten Schlafstätte. Das vergessene Feuer brannte niedrig, während er ihren Körper erforschte und neu entdeckte. Serenio hatte immer auf ihn reagiert, doch diesmal öffnete sie sich ihm, wie sie es nie zuvor getan hatte. Sie konnte nicht genug von ihm bekommen, obwohl sie befriedigt war und immer aufs neue befriedigt wurde. Welle um Welle ging über sie dahin, und als er meinte, das Äußerste erreicht zu haben, was er geben konnte, spielte sie mit seinen Möglichkeiten und brachte ihn langsam wieder dazu, daß das Begehren nochmals in ihm wach wurde. Unter Aufbietung ihrer letzten ekstatischen Kräfte erreichten sie gemeinsam eine freudige Erlösung und lagen dann, endlich gesättigt, völlig erschöpft nebeneinander.

Sie schliefen eine Weile, wie sie waren, nackt auf den Fellen. Als das Feuer ausging, weckte die Kühle vor der ersten Dämmerung sie. Sie entfachte mit der letzten verbliebenen Glut ein neues Feuer, wohingegen er einen Überwurf überzog und hinausschlüpfte, um den Wasserschlauch zu füllen. Die Wärme in ihrer Unterkunft war etwas, was er bei seiner Rückkehr begrüßte; er war rasch noch in den kalten Teich draußen gesprungen, fühlte sich erfrischt und gekräftigt und so gründlich befriedigt, daß er für alles bereit war. Nachdem Serenio Steine zum Erhitzen ins Feuer gelegt hatte, schlüpfte auch sie hinaus, um sich zu erleichtern, und kam naß zurück wie er.

»Du zitterst«, sagte Jondalar und hüllte sie in einen Pelz.

»Das kurze Bad schien dir so gefallen zu haben, da dachte ich, das versuchst du auch«, sagte sie. »Es war kalt.« Sie lachte.

»Der Tee ist fast fertig. Ich bringe dir einen Becher. Bleib du nur sitzen«, sagte er, schob sie zurück auf ihre Schlafstatt und häufte noch mehr Felle um sie, bis nur noch ihr Gesicht herausschaute. Das Leben an der Seite einer Frau wie Serenio zu verbringen, ist gar nicht so schlecht, dachte er. Ich möchte mal wissen, ob ich sie bewegen kann, mit mir heimzukehren. Ein unglücklicher Gedanke schlich sich ein. Wenn ich nur Thonolan bewegen könnte, mit mir heimzukehren! Ich verstehe nicht, warum er unbedingt nach Osten will. Jondalar brachte Serenio einen Becher heißen

Zehrkraut-Tee und holte auch für sich einen; dann nahm er auf dem Rand der Schlafstatt Platz.

»Serenio, hast du jemals daran gedacht, eine Reise zu machen?«

»Du meinst, irgendwo hinzugehen, wo ich nie zuvor war, und Menschen kennenlernen, die eine Sprache sprechen, die ich nicht verstehe? Nein, Jondalar. Den Drang zu reisen habe ich nie verspürt.«

»Aber du verstehst doch Zelandonii. Sehr gut sogar. Als wir beschlossen, zusammen mit Tholie und den anderen die Sprache des anderen zu erlernen, war ich überrascht, wie schnell du lerntest. Es wäre ja nicht so, als ob du eine völlig neue Sprache lernen müßtest.«

»Was willst du mir beibringen, Jondalar?«

Er lächelte. »Ich versuche, dich zu überreden, nach unserer Heirat mit mir heimzukehren. Die Zelandonii würden dir gefallen . . .«

»Was soll das heißen: nach unserer Heirat? Wie kommst du darauf, daß wir heiraten?«

Er war betreten. Selbstverständlich hätte er sie erst um ihre Einwilligung bitten müssen und nicht einfach mit Fragen über Reisen herausplatzen sollen. Frauen wollen gefragt werden; sie mögen es nicht, wenn man sie für selbstverständlich nimmt. Etwas betroffen sah er sie an.

»Ich bin zu dem Schluß gekommen, daß es an der Zeit ist, unser Band förmlich zu besiegeln. Ich hätte das schon längst tun sollen. Du bist eine wunderschöne liebevolle Frau, Serenio. Und Darvo ist ein prächtiger Bursche. Ihn als richtiges Kind meines Herdfeuers zu haben, würde mich sehr stolz machen. Ich hatte nur gehofft, du würdest vielleicht einwilligen, die Reise zurück mit mir zu machen . . . zu den Zelandonii. Natürlich, wenn du nicht möchtest . . .«

»Jondalar, du kannst unsere Beziehung nicht förmlich besiegeln. Ich werde dich nicht heiraten. Dazu habe ich mich schon vor langer Zeit durchgerungen.«

Er wurde über und über rot. Jetzt war er wirklich in Verlegenheit. Es wäre ihm nie in den Sinn gekommen, daß sie es ablehnen könnte, ihn zum Mann zu nehmen. Er hatte nur an sich selbst gedacht, daran, wie er empfand, und nicht daran, ob sie ihn für würdig befinden mochte oder nicht. »Es tut mir leid, Serenio. Ich dachte, auch ich bedeutete dir etwas. Ich hätte das nicht als selbstverständlich voraussetzen dürfen. Du hättest mir sagen sollen, ich solle ausziehen ... Ich hätte schon eine andere Schlafstelle gefunden.« Er erhob sich und schickte sich an, ein paar Sachen zusammenzusuchen.

»Was tust du da, Jondalar?«

»Ich suche meine Sachen zusammen, damit ich woanders hingehen kann.«

»Warum willst du ausziehen?«

»Ich möchte ja nicht, aber wenn du mich hier nicht haben willst ...«

»Nach dem, was heute nacht gewesen ist – wie kannst du da sagen, ich wollte dich nicht haben? Was hat das mit Heiraten zu tun?« Er kam zurück, setzte sich wieder auf den Rand der Schlafstatt und blickte ihr in die rätselhaften Augen.

»Warum willst du nicht meine Frau werden? Bin ich nicht ... nicht Manns genug für dich?«

»Nicht Manns genug ...« Sie hatte plötzlich einen Kloß im Hals, schloß die Augen, zwinkerte ein paarmal und holte dann tief Atem. »Oh, Mutter, Jondalar! Nicht Manns genug! Wenn du das nicht bist, dann ist kein Mann auf Erden Manns genug. Das ist ja gerade das Problem. Du bist nur allzusehr Mann, allzusehr alles. Ich könnte damit nicht leben.«

»Das verstehe ich nicht. Ich möchte dich heiraten, und du sagst, ich bin nicht gut genug für dich?«

»Du verstehst das wirklich nicht, nicht wahr? Jondalar, du hast mir mehr ... mehr gegeben als je ein Mann zuvor. Wenn ich dich heirate, würde ich soviel haben, mehr als jede andere Frau, die ich kenne. Sie würden mich beneiden, würden wünschen, ihre Männer wären genauso freigebig, liebevoll und gut wie du. Sie wissen schon jetzt, daß eine Berührung von dir eine Frau dazu bringen kann, sich lebendiger vorzukommen, mehr ... Jondalar, du bist alles, was eine Frau sich ersehnt.«

»Aber wenn ich das bin ... alles, was du sagst – warum mich dann nicht heiraten?«

»Weil du mich nicht liebst.«

»Serenio, das tue ich doch ...«

»Ja, auf deine Weise liebst du mich. Ich bedeute dir etwas. Du würdest nie etwas tun, um mich zu verletzen, und du wärest so wunderbar, so unendlich gut zu mir. Trotzdem würde ich es immer wissen. Selbst wenn ich mir einredete, daß dem nicht so wäre – ich wäre mir dessen doch bewußt. Und würde mich dann fragen, was denn nicht mit mir stimmt, was mir fehlt, warum du mich nicht lieben kannst.«

Jondalar senkte den Blick zu Boden. »Serenio, es tun sich Menschen zusammen, die sich nicht so lieben, wie du meinst.« Ernst sah er sie an. »Wenn sie noch anderes haben, wenn einer sich was aus dem anderen macht, können sie ein gutes Leben miteinander führen.«

»Ja, manche Menschen können das. Ist sogar möglich, daß auch ich eines Tages wieder heirate. Und wenn wir auch noch anderes haben, brauchen wir uns nicht unbedingt zu lieben. Aber nicht dich, Jondalar.«

»Warum nicht mich?« fragte er, und der Schmerz in seinen Augen war so groß, daß sie nahe daran war, es sich anders zu überlegen.

»Weil ich dich lieben würde. Ich könnte gar nicht anders. Ich würde dich lieben und jeden Tag ein wenig sterben in dem Bewußtsein, daß du mich nicht so liebst. Keine Frau kann umhin, dich zu lieben, Jondalar. Und jedesmal, wenn wir beieinanderliegen und uns lieben wie heute nacht, würde ich innerlich ein bißchen mehr welken. Weil ich dich so sehr liebte und mich so nach dir verzehrte und doch wüßte, selbst wenn du es noch so sehr wolltest, du würdest meine Liebe nicht erwidern. Nach einer Weile würde ich vertrocknen, zu einer leeren Hülse werden und Mittel und Wege finden, dir das Leben genauso zu versauern wie du meines. Du würdest weiterhin wunderbar sein, liebevoll, großzügig – und all das, weil du genau wüßtest, warum ich so geworden bin. Nur würdest du dich deshalb hassen. Und alle würden sich fragen, wieso du es mit einem solchen keifenden und verbitterten alten Weib aushalten kannst. Und das möchte ich dir nicht antun, Jondalar, und mir auch nicht.«

Er stand auf und schritt zum Eingang hinüber, machte dort kehrt und kam zurück. »Serenio, warum kann ich nicht lieben? Andere Männer verlieben sich – was stimmt denn nicht bei mir?« Er sah sie so gequält an, daß sie ihn nur noch um so mehr liebte und alles in ihr sich nach ihm sehnte. Wenn es doch nur eine Möglichkeit gäbe, ihn dazu zu bringen, daß er sie liebte.

»Ich weiß es nicht, Jondalar. Vielleicht hast du immer noch nicht die richtige Frau gefunden. Vielleicht hat die Mutter etwas Besonderes mit dir vor. Viele macht sie nicht so wie dich. Du bist mehr, als die meisten Frauen ertragen könnten. Wenn sich all deine Liebe auf eine Frau allein richtete, könnte sie das überwältigen, es sei denn, sie wäre eine von denen, die die Mutter mit besonderen Gaben ausgestattet hat. Selbst wenn du mich liebtest – ich weiß nicht, ob ich wirklich mit dir leben könnte. Wenn du eine Frau genauso sehr liebtest, wie du deinen Bruder liebst, müßte sie schon eine sehr starke Frau sein.«

»Ich kann mich nicht verlieben, aber wenn ich es täte, könnte keine Frau es ertragen«, sagte er voller Bitterkeit mit einem trockenen ironischen Lachen. »Hüte dich vor den Gaben der Mutter!« Seine Augen, die im Feuerschein tief-violett aussahen, füllten sich mit Schrecken. »Was hast du damit gemeint: ›Wenn ich eine Frau ebenso sehr liebte wie meinen Bruder‹? Wenn keine Frau stark genug ist, meine Liebe ›zu ertragen‹, denkst du dann, ich . . . ich brauchte einen Mann?«

Serenio lächelte und kicherte dann. »Ich meine nicht, daß du deinen Bruder liebst wie eine Frau. Du bist nicht wie der Shamud, mit dem Körper des einen und den Neigungen des anderen Geschlechts. Das hättest du inzwischen herausgefunden, wärest deiner Berufung gefolgt und hättest, wie der Shamud, hier eine Liebe gefunden. Nein«, sagte sie, und Wärme überflutete sie, als sie daran dachte, »dazu magst du den weiblichen Körper viel zu sehr. Nur liebst du deinen Bruder mehr, als du jemals eine Frau geliebt hast. Deshalb habe ich dich heute nacht so begehrt. Du wirst fortgehen, wenn er uns verläßt, und dann sehe ich dich nie wieder.«

Kaum hatte sie das gesagt, wußte er, daß sie recht hatte. Egal, zu welchem Entschluß er sich durchgerungen zu haben meinte – wenn es soweit war, würde er mit Thonolan fortgehen.

»Woher hast du das gewußt, Serenio? Ich habe das nicht getan. Ich bin mit dem Vorsatz hergekommen, mich mit dir zusammenzutun und Sharamudoi zu werden, wenn ich dich nicht mit mir zurücknehmen könnte.«

»Ich glaube, jeder weiß, daß du ihm folgen wirst, wohin er auch geht. Der Shamud sagt, es ist dein Schicksal.«

Jondalars Neugier in bezug auf den Shamud war nie befriedigt worden. Der Regung des Augenblicks folgend, fragte er: »Sag mir, ist der Shamud ein Mann oder eine Frau?«

Lange sah sie ihn an. »Willst du das wirklich wissen?«

Er überlegte. »Nein, es spielt wohl keine Rolle. Der Shamud wollte es mir nicht sagen – vielleicht ist ihm dieses Geheimnis wichtig.«

In dem Schweigen, das diesen Worten folgte, starrte Jondalar Serenio an; er wollte sie so in der Erinnerung behalten, wie sie jetzt war. Ihr Haar war immer noch feucht und zerzaust, doch war sie mittlerweile wieder warm geworden und hatte inzwischen den größten Teil der Felle beiseite geschoben. »Und was ist mit dir, Serenio? Was wirst du tun?«

»Ich liebe dich, Jondalar.« Das war eine schlichte Feststellung, eine Erklärung. »Es wird nicht leicht sein, darüber hinwegzukommen, aber du hast mir etwas gegeben. Ich hatte Angst vor der Liebe. Ich habe so viele Menschen verloren, die ich liebte, daß mir alle Liebesgefühle ausgetrieben worden sind. Ich habe gewußt, daß ich dich wieder hergeben muß, Jondalar, aber ich habe dich trotzdem geliebt. Und jetzt weiß ich, daß ich auch wieder lieben kann, und wenn ich denjenigen, den ich liebe, verliere, dann bleibt mir immer noch die Liebe, die gewesen ist. Das verdanke ich dir. Und vielleicht noch etwas.« Das Geheimnis der Frau tat sich in ihrem Lächeln kund. »Vielleicht wird bald jemand in mein Leben treten, den ich – ungestraft – lieben kann. Es ist zwar noch ein bißchen früh, um ganz sicher zu sein, aber ich glaube, die Mutter hat mich gesegnet. Ich dachte, das sei nicht mehr möglich, nachdem ich das letzte Kind verloren habe – wo ich doch jetzt so viele Jahre ohne Ihren Segen geblieben bin. Möglich, daß es das Kind deines Geistes ist. Das werde ich wissen, wenn das Baby deine Augen hat.«

Die vertrauten Falten bildeten sich zwischen den Augen. »Serenio, dann muß ich bleiben. Du hast keinen Mann am Herdfeuer, der für dich und das Kind sorgt«, sagte er.

»Jondalar, da mach dir keine Sorgen. Eine Mutter und ihre Kinder haben bei uns nichts auszustehen. Mudo sagt, allen, denen Ihr Segen zuteil wird, muß geholfen werden. Deshalb hat Sie ja die Männer gemacht, damit sie den Müttern die Gaben der Großen Erdmutter bringen. Die Höhle wird schon für uns sorgen, genauso, wie Sie für all Ihre Kinder sorgt. Du mußt deinem Schicksal folgen, und ich dem meinen. Ich werde dich nie vergessen, und wenn ich ein Kind deines Geistes habe, wird es mich an dich erinnern, genauso wie Darvo mich an den Mann erinnert, den ich liebte, als er geboren wurde.«

Serenio hatte sich verändert, erhob jedoch immer noch keinerlei Ansprüche, erlegte ihm keinerlei Verpflichtungen auf. Er schloß sie in die Arme. Sie sah in seine bezwingenden blauen Augen. Ihr Blick hielt mit nichts zurück, weder mit der Liebe, die sie empfand, noch ihrer Trauer darüber, daß sie ihn verlor, und auch nicht mit der Freude über den Schatz, den sie, wie sie hoffte, unterm Herzen trug. Durch einen Spalt in den Planken sahen sie, daß fahles Licht den kommenden Tag verkündete. Er stand auf.

»Wohin willst du, Jondalar?«

»Nur nach draußen. Ich habe zuviel Tee getrunken.« Er lächelte, und dieses Lächeln trat sogar in seine Augen. »Aber halt das Lager warm. Die Nacht ist noch nicht vorbei.« Er beugte sich über sie und küßte sie. »Serenio . . .« Seine Stimme war heiser, so sehr war er von Gefühlen überwältigt. »Serenio, du bedeutest mir mehr als jede Frau, die ich jemals gekannt habe.«

Das reichte nicht ganz. Er würde fortziehen, obwohl sie wußte, wenn sie ihn darum bäte, würde er bleiben. Aber sie bat ihn nicht, und dafür gab er ihr alles, was er ihr geben konnte. Und das war mehr, als die meisten Frauen sich jemals erhoffen durften.

18

»Mutter sagt, du wolltest mich sprechen.«

Jondalar erkannte, wie verkrampft Darvos Schultern waren, sah an seinen Augen, daß der Junge auf seiner Hut war. Er wußte, daß Darvo ihn gemieden hatte, und erriet den Grund. Der große Mann lächelte und bemühte sich, einen normalen und entspannten Eindruck zu machen, doch die Verzögerung, mit der seine warme Herzlichkeit überkam, machte Darvo womöglich noch nervöser; er wollte nicht, daß seine Befürchtungen sich bestätigten. Jondalar hatte sich auch nicht gerade darauf gefreut, es dem Jungen zu sagen. Er nahm ein säuberlich zusammengelegtes Gewand von einem Regal und schüttelte es aus.

»Ich glaube, du bist fast groß genug dafür, Darvo. Ich möchte es dir schenken.«

Einen Moment leuchtete es voller Freude in den Augen des Jungen auf über den Zelandonii-Überwurf mit seinem verzwickten und exotischen Muster; doch dann kehrte die Vorsicht zurück. »Du gehst, nicht wahr?« beschuldigte er ihn.

»Thonolan ist mein Bruder, Darvo . . .«

»Und ich bin nichts.«

»Das stimmt nicht. Du weißt, wieviel du mir bedeutest. Aber Thonolan steckt noch so voller Schmerz, daß er manchmal wie von Sinnen ist. Ich habe Angst um ihn. Ich kann ihn nicht allein ziehen lassen, und wenn ich mich nicht um ihn kümmere, wer soll es dann tun? Bitte, versuch das zu verstehen. Ich möchte eigentlich nicht noch weiter gen Osten ziehen.«

»Dann kommst du also zurück?«

Jondalar machte eine Pause. »Das weiß ich nicht. Ich kann es nicht versprechen. Ich weiß ja nicht, wohin wir gehen und wie lange wir unterwegs sein werden.« Er hielt dem Jungen den Überwurf hin. »Deshalb möchte ich dir dies schenken, damit du etwas hast, dich an den ›Zelandonii-Mann‹ zu erinnern. Darvo, hör mich an. Du wirst in meinem Herzen immer den ersten Platz einnehmen.«

Der Junge warf einen Blick auf den perlengestickten Überwurf; dann stiegen ihm die Tränen hoch und drohten überzulaufen. »Ich bin nicht der Sohn deines Herdfeuers!« rief er, drehte sich um und rannte hinaus.

Jondalar wollte hinter ihm herlaufen. Statt dessen legte er den Überwurf auf Darvos Schlafstatt und ging dann langsam hinaus.

Stirnrunzelnd betrachtete Carlono die niedrighängenden Wolken. »Ich glaube, das Wetter hält sich«, sagte er, »aber wenn wirklich heftige Windböen kommen, rudert an Land; allerdings werdet ihr nicht viele Stellen zum Landen finden, bevor ihr die Flußenge hinter euch habt. Sobald ihr die Ebene jenseits der Flußenge erreicht, wird sich die Mutter in verschiedene Flußarme aufteilen. Vergeßt nicht, daß ihr euch links halten sollt. Ehe ihr das Meer erreicht, biegt sie nach Norden ab und fließt später erst wieder nach Osten. Bald nachdem sie nach Norden abgebogen ist, ergießt sich auf dem linken Ufer ein starker Nebenfluß in sie – der letzte bedeutendere Nebenfluß. Bald danach beginnt dann das Delta – der Ausfluß ins Meer –, doch werdet ihr noch lange brauchen, bis ihr das erreicht. Das Delta ist riesig und gefährlich: Sümpfe und Moräste und Sandbänke. Wieder verzweigt die Mutter sich, für gewöhnlich in vier, manchmal aber auch in noch mehr Hauptkanäle und viele kleinere. Haltet euch an den linken Flußarm, den nördlichen also. Am Nordufer gibt es ein Mamutoi-Lager, kurz vor der Mündung.«

Der erfahrene Fluß-Mann legte ihnen das nicht zum ersten Mal dar. Er hatte sogar eine Karte auf den Boden gezeichnet, um ihnen den Weg bis ans Ende der Großen Mutter zu erklären. Aber er glaubte, wenn er es wiederholte, würden sie es sich besser einprägen, und das würde ihnen helfen, besonders dann, wenn sie von einem Augenblick auf den anderen irgendwelche Entscheidungen treffen mußten. Er war nicht glücklich, daß die beiden jungen Leute ohne einen erfahrenen Führer den unbekannten Fluß hinunterfahren wollten, aber sie hatten darauf bestanden, es zu tun. Oder vielmehr: Thonolan hatte das getan, und Jondalar hatte ihn nicht allein losziehen lassen wollen. Zumindest der große Mann hatte es einigermaßen gelernt, mit Booten umzugehen.

Sie standen auf der hölzernen Bootslände; all ihr Gerät war in einem kleinen Boot verstaut; dennoch mangelte es ihrer Abfahrt an der Aufregung, wie sie sonst den Aufbruch zu unbekannten Abenteuern begleitete. Thonolan verließ sie nur, weil er nicht bleiben konnte, und Jondalar wäre viel lieber in die entgegengesetzte Richtung gefahren.

Das Feuer in Thonolan war erloschen. War er früher immer freundlich und zuvorkommend gewesen, so war er jetzt launisch. Seine allgemeine Verdrießlichkeit wurde durch seine plötzlichen Wutausbrüche, die nur zu noch größerer Waghalsigkeit und frevelhafter Unbekümmertheit führten, nur noch unterstrichen. Bei dem ersten offenen Streit zwischen den beiden Brüdern war es nur deshalb nicht zu einer Schlägerei gekommen, weil Jondalar sich geweigert hatte, sich zu schlagen. Thonolan hatte ihm vorgeworfen, ihn zu verhätscheln wie ein kleines Baby, und hatte gefordert, ein Recht auf sein eigenes Leben zu haben, ohne daß Jondalar ihm auf Schritt und Tritt folgte. Als Thonolan hörte, Serenio sei möglicherweise schwanger, war er außer sich darüber, daß Jondalar daran denken könne, eine Frau alleinzulassen, die wahrscheinlich ein Kind seines Geistes trug, um seinem Bruder zu einem unbekannten Ziel zu folgen. Er bestand darauf, daß Jondalar bleibe und für sie sorge, wie jeder anständige Mann es tun würde.

Trotz Serenios Weigerung, das Band mit Jondalar förmlich zu besiegeln, hatte Jondalar das Gefühl, daß Thonolan in dieser Beziehung recht habe. Von klein auf war ihm eingetrichtert worden, daß es die Verantwortung eines Mannes, sein einziger Daseinszweck sei, für den Unterhalt von Müttern und Kindern zu sorgen, insbesondere für den einer Frau, die von Mudo gesegnet worden war und ein Kind in sich trug, das auf irgendeine geheimnisvolle Weise seinen Geist in sich aufgenommen haben könnte. Aber Thonolan wollte nicht bleiben, und Jondalar, der fürchtete, sein Bruder würde etwas Unbesonnenes und Gefährliches tun, bestand darauf, ihn zu begleiten. Die Spannung zwischen den beiden legte sich immer noch allen aufs Gemüt.

Jondalar wußte nicht recht, wie er Serenio Lebewohl sagen sollte, und hatte geradezu Angst, sie anzusehen. Doch sie lächelte, als er sich zu ihr hinabbeugte, um sie zu küssen, und obgleich ihre Augen ein wenig geschwollen und rot schienen, ließ sie nicht zu, daß sie irgendwelche Gefühle preisgaben. Er suchte nach Darvo und war enttäuscht, daß der Junge nicht unter denen war, die zur Bootslände heruntergekommen waren. Fast alle anderen waren da. Thonolan saß bereits in dem kleinen Boot, als Jondalar hineinkletterte und sich auf dem Rücksitz niederließ. Er nahm sein Paddel, und während Carlono das Tau losmachte, blickte er ein letztes Mal hinauf zur hochgelegenen Terrasse. Ein Junge stand am Rand. Er würde noch ein paar Jahre brauchen, um den Überwurf auszufüllen, den er trug, aber das Perlenmuster darauf war unverkennbar Zelandonii. Jondalar lächelte und winkte dann mit dem Paddel. Darvo erwiderte das Winken, und der große blonde Zelandonii tauchte das Doppelpaddel ins Wasser.

Die beiden Brüder paddelten in die Mitte des Flusses hinaus und blickten dann zurück zu den dichtgedrängten Leuten auf der Bootslände: das waren ihre Freunde. Während sie flußabwärts dahinglitten, dachte Jondalar darüber nach, ob er die Sharamudoi oder irgendeinen von denen, die er kannte, je wiedersehen würde. Die Reise, die als Abenteuer begonnen hatte, war nicht mehr so aufregend. Dennoch wurde er, fast wider seinen Willen, immer weiter von zu Hause fortgetrieben. Was mochte Thonolan im Osten zu finden hoffen? Und was das betraf: Was konnte der Osten schon für ihn bereithalten?

Die große Flußenge kündigte sich unter dem grauüberzogenen Himmel an. Kahler Felsen ragte aus der Tiefe des Wassers auf und reckte sich zu beiden Seiten zu turmhohen Bollwerken auf. Auf dem linken Ufer führte eine Reihe von Erhebungen aus scharfen, kantigen Felsen schrundig und zerrissen ganz bis zu den gletscherbedeckten Gipfeln hinauf, während rechter Hand die abgerundeten Berge den trügerischen Eindruck vermittelten, es handelte sich nur um niedrige Hügel; gleichwohl war ihre Höhe von dem kleinen Boot aus erschreckend. Größere Felsbrocken und -spitzen ragten aus dem Wasser heraus und zerteilten die Strömung in weißschäumende Fluten.

Sie gehörten zu dem Element dazu, in dem sie reisten, wurden hinuntergetrieben wie die Abfälle, die auf seiner Oberfläche dahinschwammen und in seinen schweigenden Tiefen zu Boden sickerten. Sie konnten weder Geschwindigkeit noch Richtung bestimmen und steuerten nur um Hindernisse herum, die sich ihnen entgegenstellten. Wo der Fluß sich verbreiterte und man kaum von einem Ufer zum anderen sehen konnte, hoben

Wellen das kleine Boot und ließen es absinken, als führen sie über ein richtiges Meer. Verengten die Ufer sich, spürten sie die Veränderung der Energie: Die Strömung war stärker, wenn dieselben Wassermassen sich durch die enge Öffnung in den Felsen hindurchwälzten.

Sie hatten etwas mehr als ein Viertel des Weges – etwa vierzig Kilometer – zurückgelegt, da kam der drohende Regen in einem furchtbaren Guß heruntergerauscht und peitschte das Wasser zu Wellen hoch, daß sie fürchteten, das kleine hölzerne Boot würde vollschlagen und versinken. Aber es war nirgends ein Uferstreifen zu erkennen, nur steiler nasser Fels.

»Ich kann steuern, wenn du das Wasser ausschöpfst, Thonolan«, sagte Jondalar. Sie hatten nicht viel miteinander gesprochen, doch hatte einiges von der zwischen ihnen herrschenden Spannung sich verflüchtigt, als sie einträchtig gepaddelt hatten, um das Boot auf dem richtigen Kurs zu halten.

Thonolan steckte sein Paddel weg und versuchte mit einem quadratischen, kellenähnlichen Schöpfgefäß das Wasser hinauszubefördern. »Es füllt sich genauso rasch wieder, wie ich es leerschöpfe«, rief er über die Schulter hinweg seinem Bruder zu.

»Ich glaube nicht, daß dieser Guß lange anhält. Wenn du durchhältst, glaube ich, schaffen wir es«, erwiderte Jondalar und bemühte sich, das Boot durch das aufgewühlte Wasser zu lenken.

Das Unwetter ging vorüber, und obgleich die Wolken immer noch bedrohlich aussahen, setzten sie ihren Weg durch die Flußenge die ganze Strecke über ohne weiteren Zwischenfall fort.

Gleich der Entspannung, die folgt, wenn man einen zu fest zugezogenen Gürtel lockert, breitete der angeschwollene schlammige Fluß sich aus, als sie die Ebene erreichten. Flußarme wanden sich um weiden- und schilfbestandenen Inseln herum: Nistplätze für Kraniche und Flußreiher, Gänse, Enten und zahllose andere Zugvögel.

Für die erste Nacht schlugen sie ihr Lager auf der grasbedeckten Steppe auf dem linken Flußufer auf. Das Vorgebirge zog sich ein beträchtliches Stück vom Fluß zurück, wohingegen die gerundeten Berge auf dem rechten Ufer dafür sorgten, daß der Große Mutter Fluß weiterhin nach Osten lief.

Jondalar und Thonolan verfielen so rasch wieder ihrer Reiseroutine, daß es aussah, als hätten sie nicht jahrelang bei den Sharamudoi gelebt. Trotzdem hatte sich etwas verändert. Verschwunden war die unbekümmerte Abenteuerlust, die nur aus der reinen Freude des Entdeckens an allem Freude hatte, was hinter der nächsten Flußbiegung lag. Thonolans Besessenheit weiterzukommen, hatte schon etwas Verzweifeltes.

Jondalar hatte noch einmal versucht, seinen Bruder zur Umkehr zu bewegen und ihn zu überreden, nach Hause zurückzukehren, doch hatte das nur zu einem bitteren Streit geführt. Er hatte das Thema nie wieder angeschnitten. Zumeist sprachen sie nur, um notwendige Informationen auszutauschen. Jondalar konnte nur hoffen, daß die Zeit Thonolans Kummer beschwichtigen würde und er sich eines Tages dazu durchringen könnte, nach Hause zurückzukehren, und sein Leben dort wiederaufzunehmen. Bis dahin war er entschlossen, bei ihm zu bleiben.

In dem kleinen Boot kamen die beiden Brüder viel schneller voran, als wenn sie am Ufer zu Fuß gegangen wären. Es war eine Freude, sich von der Strömung treiben zu lassen. Wie Carlono vorausgesagt hatte, wandte der Fluß sich nach Norden, als er auf die Barriere eines alten Rumpfgebirges stieß, das weit älter war als die nackten Berge, um welche der große Strom herumfloß. Wiewohl von altehrwürdigem Alter abgeschliffen, stellten sie sich zwischen den Fluß und das Binnenmeer, das dieser zu erreichen trachtete.

Unbeirrt suchte die Große Mutter sich einen anderen Weg. Daß sie nach Norden abbog, brachte allerdings erst in dem Augenblick den gewünschten Erfolg, da sie endgültig nach Osten floß und ein letzter großer Nebenfluß seine Massen an Wasser und Sickerstoffen beisteuerte. Da nun ihr Weg endlich frei vor ihr lag, konnte sie sich nicht mehr an ein einziges Flußbett halten. Obwohl sie noch viele Kilometer zurückzulegen hatte, teilte sie sich nochmals in viele Wasserarme und bildete ein fächerförmiges Delta.

Das Delta bestand aus einem Morast von Mahlsand, Salzsümpfen und unsicheren kleinen Inseln. Einige von den Schwemmsandinseln blieben mehrere Jahre hindurch an ein und derselben Stelle liegen, so daß Bäume zähe Wurzeln hinuntertreiben konnten, um dann von völlig unberechenbaren Überschwemmungen und nagenden Strömungen fortgeschwemmt zu werden. Vier Hauptwasserarme führten – je nach Umständen und jahreszeitlichen Bedingungen – bis ans Meer hinaus, doch ihr Lauf blieb nicht immer gleich. Aus keinem erkennbaren Grund konnte das Wasser plötzlich aus einem tief ausgewaschenen Bett ausbrechen und sich einen neuen Lauf suchen, Bäume und Sträucher herausreißen und eine Rinne aus weichem nassen Sand zurücklassen.

Der Große Mutter Fluß – nahezu dreitausend Kilometer lang – hatte fast sein Ziel erreicht. Doch das Delta mit seinen Hunderten von Quadratkilometern Schlamm, Sickerstoffen, Sand und Wasser war der gefährlichste Abschnitt des gesamten Flusses.

Indem sie dem tiefsten der linken Flußarme folgten, war es nicht schwer gewesen, den Fluß mit einem Boot zu befahren. Die Strömung hatte den kleinen Einbaum die Biegung gen Norden herumgetragen, und selbst der letzte Nebenfluß hatte sie nur in die Flußmitte hinausgedrückt. Was die beiden Brüder jedoch nicht vorhergesehen hatten war, daß der Fluß so rasch schon sich in viele Arme aufteilen würde. Ehe sie es sich versahen, waren sie in den mittleren Arm hineingetrieben worden.

Jondalar hatte eine beträchtliche Geschicklichkeit in der Beherrschung des kleinen Bootes erworben, und Thonolan konnte einigermaßen damit fertigwerden, doch waren sie bei weitem nicht so fähig wie die erfahrenen Bootsleute der Ramudoi. Sie versuchten, den Einbaum zu wenden und sich stromaufwärts wieder zurückzuziehen, um dann in den richtigen Flußarm einzulaufen. Sie hätten besser daran getan, einfach in entgegengesetzte Richtung zu paddeln – denn schließlich sah das Heck nicht anders aus als der Bug –, doch auf die Idee kamen sie nicht.

Sie lagen quer zur Strömung, und Jondalar rief Thonolan Anweisungen zu, damit der Bug herumkam, und Thonolan verlor allmählich die Geduld. Ein riesiger Baumstamm mit weitverzweigtem Wurzelwerk, der sich vollgesogen hatte und daher tief im Wasser lag, schoß den Fluß hinunter, und die ausgreifenden Wurzeln fegten alles beiseite, was sich ihnen in den Weg stellte. Als die beiden Männer ihn näherkommen sahen, war es bereits zu spät.

Unter splitterndem Krachen rammte das zerspellte, von einem Blitz geschwärzte und spröde obere Ende des riesigen Baumstamms den dünnwandigen Einbaum. Wasser rauschte durch ein Loch in der Bordwand herein, so daß das kleine Boot rasch vollief. Als der Baumstamm auf sie zukam, stieß ein langer, unmittelbar unter der Wasseroberfläche vorstehender Wurzelfinger Jondalar in die Rippen und warf ihn um. Ein anderer hätte ums Haar Thonolans Auge getroffen, riß ihm aber nur seine Wange auf.

Unversehens in das kalte Wasser geworfen, klammerten Jondalar und Thonolan sich an den Baumstamm und sahen entsetzt zu, wie nur ein paar Luftblasen in die Höhe stiegen, während das kleine Boot mit ihren Habseligkeiten, die sie daran festgezurrt hatten, auf den Boden des Flusses sank.

Thonolan hatte den unterdrückten Schmerzensschrei seines Bruders gehört. »Alles in Ordnung mit dir, Jondalar?«

»Eine Wurzel hat mich am Brustkasten erwischt. Tut ein bißchen weh, aber ich glaube nicht, daß es was Ernstes ist.«

Jondalar folgte seinem Bruder langsam, als Thonolan sich um den Stamm herumarbeitete, doch war die Strömung so stark, daß sie sie immer wieder an den Stamm drückte wie anderes Treibgut auch. Plötzlich saß der Baumstamm auf einer Sandbank fest. Das Wasser, das nun um das Wurzelgewirr herum- und hindurchfloß, drückte Dinge, die von der Strömung unter Wasser gehalten worden waren, nach oben, und plötzlich tauchte ein ganzes aufgedunsenes Rentier vor Jondalar an die Oberfläche. Er versuchte ihm aus dem Weg zu gehen und spürte den Schmerz in der Seite.

Da sie sich nun vom Stamm lösen konnten, schwammen sie zu einer schmalen Insel mitten im Strom. Dort wurzelten zwar ein paar junge Weiden, doch war die Insel nicht sicher und würde bestimmt bei nächster Gelegenheit hinweggeschwemmt werden. Die Bäume am Rand lagen zum Teil schon unter Wasser; die schlanken Zweige wiesen keinerlei Knospen auf, und da die Wurzeln ihren Halt verloren, hatten sie sich schon über das dahinströmende Wasser geneigt. Der Boden war morastig.

»Ich glaube, wir sollten weiterschwimmen und versuchen, eine trockenere Stelle zu finden«, sagte Jondalar.

»Aber du hast große Schmerzen – sag mir nicht, das stimmt nicht.«

Jondalar räumte ein, daß er einigermaßen behindert war. »Aber hier können wir nicht bleiben«, fügte er hinzu.

Sie krochen über die schmale Insel hinüber und ließen sich auf der anderen Seite wieder in das kalte Wasser gleiten. Die Strömung ging rascher, als sie angenommen hatten, und so wurden sie weit flußabwärts getrieben. Sie froren entsetzlich, waren völlig ausgepumpt und enttäuscht, als sie feststellten, daß sie abermals auf einer schmalen Insel gelandet waren. Sie war breiter, länger und lag etwas über dem Wasserspiegel, doch war sie sumpfig, und trockenes Holz war nirgends zu finden.

»Hier können wir kein Feuer machen«, sagte Thonolan. »Also müssen wir weiterschwimmen. Wo, hat Carlono gesagt, soll das Lager der Mamutoi liegen?«

»Am Nordende des Deltas, ganz in der Nähe des Meeres«, antwortete Jondalar, und warf einen sehnsüchtigen Blick in diese Richtung. Der Schmerz in der Seite war stärker geworden, und er war sich nicht sicher, ob er es schaffen würde, schwimmend den Flußarm zu überqueren. Er sah nichts weiter als schäumendes Wasser, Flächen von ineinander verfilztem Treibgut und hier und da ein paar Bäume, die gelegentliche Inseln verrieten. »Wer weiß, wie weit das ist.«

Durch den Schlamm arbeiteten sie sich bis ans Nordende der schmalen Insel vor und stürzten sich dort wieder in das kalte Wasser. Jondalar bemerkte eine Baumgruppe weiter stromabwärts und hielt auf sie zu. Schwer atmend taumelten sie ganz auf der gegenüberliegenden Seite des Flußarms einen grauen Sandstrand hinauf. Wasser lief ihnen in Bächen aus dem Haar und aus der vollkommen durchnäßten Lederkleidung.

Die Spätnachmittagssonne brach golden funkelnd durch einen Riß in dem sonst bezogenen Himmel, brachte aber keine Wärme. Ein plötzlicher Windstoß aus dem Norden brachte eine Kälte, die rasch durch ihre nassen Sachen hindurchdrang. Solange sie sich bewegt hatten, war es warm genug gewesen, doch jetzt hatte der Kampf mit dem Wasser ihre letzten Kraftreserven aufgezehrt. Sie zitterten im Wind und trotteten dann auf den geringen Schutz einer Erlengruppe zu.

»Schlagen wir uns hier ein Lager auf«, sagte Jondalar.

»Noch ist es hell, und ich würde lieber weitergehen.«

»Aber es wird dunkel sein, ehe wir mit einem Windschutz fertig sind und versuchen, ein Feuer in Gang zu bringen.«

»Wenn wir weitergehen, finden wir wahrscheinlich noch vor Einbruch der Dunkelheit das Lager der Mamutoi.«

»Thonolan, ich glaube nicht, daß ich das schaffe.«

»Wie schlimm ist es denn?« fragte Thonolan. Jondalar hob seinen Überwurf. Um eine Wunde herum, die zweifellos geblutet hatte, ehe sie von Gewebe geschlossen worden war, das sich mit Wasser vollgesogen hatte, verlor das Fleisch jede Farbe. Daraufhin bemerkte er auch ein Loch, das in das Leder gerissen worden war, und er fragte sich, ob er sich eine Rippe gebrochen hatte.

»Ich hätte nichts gegen eine Ruhepause und ein Feuer.«

Sie ließen den Blick über die weite Fläche schlammigen Wassers, stets in Bewegung befindlicher Sandbänke und eine Fülle verworrener Vegetation schweifen. Äste, die sich an toten Baumstämmen verheddert hatten, wurden von der Strömung wider Willen zum Meer hinausgeschwemmt, hakten sich aber an allem fest, was ihnen auf dem ständig sich verändernden Boden Halt gab. In der Ferne hatten sich auf einigen der wohl beständigeren Inseln ein paar grüne Büsche und Bäume angesiedelt.

Schilf und Binsen wuchsen überall, wo sie wurzeln konnten. In der Nähe wuchsen große Büschel Riedgras, deren Halme kräftiger aussahen, als sie waren; was ihre Höhe betraf, so taten es ihnen die geraden, lanzettförmigen Blätter des gemeinen Kalmus gleich, die sich grün zwischen Flächen von Sumpfbinsen erhoben, welche kaum fußhoch wuchsen. In der Marsch am Rand des Wassers sorgte drei Meter hohes Röhricht und Kolbenrohr dafür, daß die Männer sich ausnahmen wie Zwerge. Alles überragend erreichte das scharfblättrige Schilf mit seinen violetten Blütenrispen eine Höhe von über vier Metern.

Die beiden Männer besaßen nichts außer dem, was sie auf dem Leib trugen. Als das Boot unterging, war alles verlorengegangen, sogar ihre Kiepen, die sie zu Beginn ihrer Reise getragen hatten. Thonolan hatte die Tracht der Shamudoi angenommen, und Jondalar trug die der Ramudoi, doch seit er ins Wasser gefallen war, – damals, als er den Flachschädeln begegnet war – trug er immer einen Beutel mit Werkzeugen am Gürtel, und darüber war er jetzt heilfroh.

»Ich werde sehen, ob ich ein paar Stengel von dem Kolbenrohr finde, die trocken genug sind, um Feuer damit zu bohren«, sagte Jondalar und bemühte sich, die Schmerzen einfach nicht zur Kenntnis zu nehmen. »Sieh du zu, ob du etwas trockenes Holz findest.«

Das Kolbenrohr lieferte mehr als einen alten Stengel für den Feuerbohrer. Die um einen Rahmen aus Erlenholz geflochtenen und gewebten langen Blätter ergaben einen Windschutz, der half, die Wärme des Feuers ein wenig festzuhalten. Die grünen Spitzen und jungen Wurzeln, die zusammen mit den Rhizomen des gemeinen Kalmus und der unter Wasser wachsenden Teile der Binsen in der Glut garten, ergaben so etwas wie eine Mahlzeit. Ein schlanker, angespitzter Erlentrieb, den sie mit der Genauigkeit des Hungers schleuderten, bescherte ihnen auch noch ein paar Flugenten. Aus den langen und biegsamen Binsen flochten die Männer sich weiche Matten, die sie verwendeten, um den Windschutz zu vergrößern und sich darin einzuwickeln, solange ihre nassen Kleider trockneten. Später schliefen sie auf diesen Matten.

Jondalar schlief nicht gut. Ihm tat der Brustkorb mit der Wunde weh, und er war überzeugt, daß er sich innerlich etwas angetan hatte. Dennoch wollte er nicht daran denken, jetzt eine Pause einzulegen. Erst mußten sie wieder wirklich festen Boden unter den Füßen haben.

Am Morgen holten sie mit weichmaschigen Körben aus Röhricht, Erlenzweigen und Schnur, die sie aus faseriger Baumrinde zusammendrehten, ein paar Fische aus dem Fluß. Sie rollten das Material zum Feuermachen und die weichen Körbe in ihre Schlafmatten, verschnürten sie und schlangen sie sich auf den Rücken. Ihre Speere packend, machten sie sich auf den Weg. Bei den Speeren handelte es sich um nichts weiter als um zugespitzte lange Stecken, doch hatten diese ihnen bereits zu einer Mahlzeit verholfen – die zweite hatten ihnen die Fischreusen gebracht. Das Überleben hing ebensosehr von der Ausrüstung wie vom Wissen ab.

Die beiden Brüder hatten eine kleine Meinungsverschiedenheit in bezug auf die Richtung, die sie jetzt einschlagen sollten. Thonolan meinte, sie wären schon über das Delta hinaus, und wollte weiter nach Osten, aufs Meer, zustoßen. Jondalar hingegen wollte nach Norden; er war überzeugt, daß noch ein weiterer Wasserarm zwischen ihnen und dem Festland lag. Jondalar sollte recht behalten, obwohl es ihm wesentlich lieber gewesen wäre, er hätte sich geirrt. Um die Mittagszeit erreichten sie den nördlichsten Wasserarm des großen Flusses.

»Da müssen wir wohl wieder schwimmen?« sagte Thonolan. »Bist du dazu imstande?«

»Bleibt mir denn eine Wahl?«

Schon wollten sie zum Wasser hinunter, da blieb Thonolan stehen. »Warum zurren wir unsere Kleidung nicht an einem Baumstamm fest, wie wir das früher getan haben? Dann brauchen wir hinterher wenigstens nicht erst das Zeug zu trocknen.«

»Ich weiß nicht recht«, sagte Jondalar. Kleidung, selbst wenn sie durchnäßt war, würde sie wärmen; doch Thonolan hatte sich bemüht, vernünftig zu sein, wenn seine Stimme auch Frustration und Ärger verriet. »Aber wenn du meinst . . .» Achselzukkend fügte Jondalar sich.

Sie fröstelten, als sie nackt in der feuchtkalten Luft standen. Jondalar war versucht, sich seinen Werkzeugbeutel wieder um die nackte Hüfte zu binden, doch hatte Thonolan ihn bereits in seinen Überwurf eingewickelt und zurrte jetzt alles an einem Baumstamm fest, den er gefunden hatte. Das Wasser fühlte sich auf der nackten Haut kälter an, als er sich ins Wasser stürzte und zu schwimmen versuchte. Erstaunlicherweise linderte das kalte Wasser den Wundschmerz ein wenig. Er versuchte, möglichst auf der anderen Seite zu schwimmen und hinkte daher hinter seinem Bruder her, obwohl Thonolan noch den Baumstamm hinter sich herzog.

Als sie aus dem Wasser krochen und auf einer Sandbank standen, war ihr ursprüngliches Ziel – das Ende des Großen Mutter Flusses – in Sicht. In der Ferne konnten sie das Wasser des Binnenmeeres erkennen, doch war die Erregung des Augenblicks verloren. Die Reise hatte ihren Sinn verloren, und das Ende des Flusses war nicht mehr ihr Ziel. Auch standen sie immer noch nicht auf richtig festem Boden, hatten das Delta immer noch nicht ganz hinter sich. Früher hatte die Sandbank, auf der sie standen, in der Mitte des Seitenarms gelegen, doch inzwischen hatte dieser sich verschoben. Es galt noch ein leeres Flußbett zu überqueren.

Ein hohes bewaldetes Ufer, das dergestalt ausgewaschen worden war, daß die Wurzeln freilagen, winkte von der anderen Seite des verlassenen Flußbettes. Freilich war dieses noch nicht lange wasserlos. Immer noch standen Lachen und Pfützen in der Mitte, und die Vegetation hatte bis jetzt kaum Fuß gefaßt. Dafür hatten Insekten die stehenden Wasserreste gefunden, und jetzt hatte ein Mückenschwarm die beiden nackten Männer entdeckt.

Thonolan band ihre Kleider vom Baumstamm los. »Wir müssen immer noch durch diese Pfützen hindurch, und das Ufer sieht ziemlich verschlammt aus. Laß uns die Sachen erst anziehen, wenn wir drüben sind.«

Jondalar nickte zustimmend; er hatte viel zu große Schmerzen, um zu streiten. Außerdem befürchtete er, sich beim Schwimmen etwas ausgerenkt zu haben. Er hatte Mühe, aufrecht zu stehen.

Thonolan schlug nach einer Mücke, als sie den sanften Hang hinunterliefen, der einst vom Ufer zum Rand des Wassers hinuntergeführt hatte.

Man hatte es ihnen oft genug eingebleut: Dem Fluß nie den Rücken zukehren, nie den Großen Mutter Fluß unterschätzen! Obwohl dieser das Flußbett vorübergehend verlassen hatte, es gehörte immer noch ihm, und jetzt hatte er eine Überraschung für die beiden bereit. Millionen Tonnen Sickerstoffe waren zum Meer hinuntergeschwemmt worden und hatten sich dort Jahr für Jahr über tausende Quadratkilometer Delta verteilt. Das verlassene Flußbett, das jedoch bei Flut überschwemmt wurde, bildete einen schlammigen Salzsumpf, dessen Feuchtigkeit kaum versickerte. Das neue grüne Gras und die Binsen wurzelten in feuchtem Sickerboden.

Die beiden Männer glitschten und rutschten auf dem feinkörnigen klebrigen Schlamm den Hang hinunter, und als sie unten ankamen, saugte er an ihren nackten Füßen. Thonolan eilte voraus und vergaß, daß Jondalar behindert war und nicht wie sonst weit ausgreifend vorwärtsstürmen konnte. Er konnte zwar gehen, doch der schlüpfrige Marsch hinunter hatte ihm Schmerzen bereitet. Bedächtig suchte er sich aus, wo er hintreten konnte, und kam sich ein wenig albern vor, wie er nackt durch diesen Salzsumpf marschierte und den hungrigen Insekten die bloße Haut darbot.

Thonolan war so weit vorausgeeilt, daß Jondalar schon nach ihm rufen wollte. Er blickte im selben Augenblick auf, da er seines Bruders Hilfeschrei hörte, und sah ihn zu Boden gehen. Aller Schmerz war vergessen. Angst packte ihn, als er Thonolan im Schwemmsand wanken sah.

»Thonolan! Große Mutter!« rief Jondalar und lief auf ihn zu.

»Bleib zurück, sonst versinkst du auch noch!« Thonolan, der versuchte, sich aus dem Schwemmsand herauszuwühlen, sank statt dessen nur immer tiefer.

Gehetzt blickte Jondalar sich nach etwas um, um Thonolan herauszuhelfen. Sein Überwurf! Ich könnte ihm ein Ende zuwerfen, dachte er, doch dann fiel ihm ein, daß das unmöglich war. Das Kleiderbündel war verloren. Er schüttelte den Kopf, dann sah er den Stumpf eines alten, halb im Schlamm vergrabenen Baums und lief hin, um nachzusehen, ob er eine der Wurzeln abbrechen könne, doch waren alle, die sich lösen ließen, auf der hektischen Reise flußabwärts längst abgegangen.

»Thonolan, wo ist das Kleiderbündel? Ich brauche etwas, um dich rauszuziehen!«

Die Verzweiflung, die aus Jondalars Stimme sprach, hatte eine unerwünschte Wirkung. Sie filterte Thonolans Panik und erinnerte ihn an seinen Kummer. Ruhige Schicksalsergebenheit kam über ihn. »Jondalar, wenn die Mutter mich holen will, soll Sie mich haben.«

»Nein! Thonolan, nein! Du kannst nicht einfach aufgeben. Du darfst nicht einfach sterben. Ach, Mutter, Große Mutter, laß ihn nicht einfach so zugrunde gehen!« Jondalar sank auf die Knie, reckte sich, soweit er konnte und streckte Thonolan die Hand hin. »Nimm meine Hand, Thonolan, bitte, nimm meine Hand!« flehte er.

Thonolan war überrascht, diesen Schmerz und dieses Leid im Gesicht seines Bruders zu sehen – dies und noch etwas, was er zuvor nur ganz gelegentlich bei ihm bemerkt hatte. Doch in diesem Augenblick wußte er, was es war. Sein Bruder liebte ihn, liebte ihn, wie er Jetamio geliebt hatte. Zwar war es nicht dasselbe, aber eine Liebe, die genauso stark war. Er begriff instinktiv was es war, und während er nach der ausgestreckten Hand griff, wußte er, daß er sie ergreifen mußte, auch wenn sein Bruder ihn nicht aus dem Schwemmsand herausziehen konnte.

Thonolan wußte das zwar nicht, doch als er aufhörte, sich zu wehren, versank er nicht mehr ganz so schnell. Und als er den Arm ausstreckte, um seines Bruders Hand zu ergreifen, legte er sich mit dem ganzen Oberkörper auf den Sand, geriet also nahezu in die Waagerechte und verlagerte sein Gewicht auf dem mit Wasser vollgesogenen, lockeren, schlickigen Sand, so daß er fast darauf schwamm. Er streckte sich, bis ihre Finger sich berührten. Immer näher schob Jondalar sich an ihn heran, bis er fest zupacken konnte.

»So ist's richtig! Nicht loslassen! Wir kommen!« sagte eine Stimme in der Sprache der Mamutoi.

Jondalars Atem explodierte, es war, als ob die Spannung plötzlich verpuffte. Er stellte fest, daß er zitterte, hielt aber Thonolans Hand fest. Wenige Augenblicke später wurde Jondalar ein Seil zugeworfen, das er seinem Bruder um die Hände band.

»Und jetzt ganz lockerlassen!« wurde Thonolan instruiert. »Streck dich, wie beim Schwimmen. Du kannst doch schwimmen?«

»Ja.«

»Gut! Sehr gut! Nur nicht verkrampfen! Wir ziehen jetzt.«

Hände zogen Jondalar vom Rand des Schwemmsands zurück, und bald war auch Thonolan herausgezogen. Dann folgten sie alle einer Frau, die mit einer langen Stange im Boden herumstocherte. Erst nachdem sie wieder festen Boden unter den Füßen hatten, schien es den anderen aufzufallen, daß die beiden Männer splitterfasernackt waren.

Die Frau, die ihre Rettung geleitet hatte, trat zurück und musterte sie. Es war eine große Frau, das heißt, nicht eigentlich großgewachsen oder fett, als vielmehr vierschrötig und kraftvoll; außerdem hatte sie eine achtunggebietende Haltung.

»Warum habt ihr nichts an?« fragte sie schließlich. »Wieso seid ihr beiden Männer nackt unterwegs?«

»Wir sind in den falschen Flußarm eingelaufen, und dann hat ein Baumstamm uns gerammt«, begann Jondalar. Ihm war unbehaglich zumute, und es war ihm unmöglich, gerade zu stehen.

»Nachdem wir unsere Kleidung trocknen mußten, dachte ich, zum Durchschwimmen des Flußarms und zum Durchqueren des Schlicks könnten wir sie genausogut ausziehen. Ich eilte voraus und trug sie, denn Jondalar war ja verletzt, und . . .«

»Verletzt? Einer von euch ist verletzt?« fragte die Frau.

»Mein Bruder«, sagte Thonolan, und als es ausgesprochen wurde, wurde Jondalar sich sehr deutlich des ziehenden und klopfenden Schmerzes in seiner Seite bewußt.

Die Frau sah, wie er weiß wurde. »Mamut muß sich um ihn kümmern«, sagte sie zu einem der anderen. »Ihr seid keine Mamutoi. Wo habt ihr unsere Sprache sprechen gelernt?«

»Von einer Mamutoi-Frau, die bei den Sharamudoi, meiner Verwandtschaft, lebt«, sagte Thonolan.

»Tholie?«

»Ja. Du kennst sie?«

»Sie ist auch meine Verwandte. Die Tochter einer Base von mir. Wenn du zu ihrer Verwandtschaft gehörst, bist du auch mein Verwandter«, sagte die Frau. »Ich bin Brecie von den Mamutoi, Anführerin des Weidenlagers. Ihr seid willkommen.«

»Ich bin Thonolan von den Sharamudoi. Und dies ist mein Bruder, Jondalar von den Zelandonii.«

»Ze-lan-don-ji?« sprach Brecie das ungewohnte Wort aus. »Von einem solchen Volk habe ich noch nie gehört. Aber wenn ihr Brüder seid, wieso bist du dann Sharamudoi, und er ein . . . Zelandonji? Er sieht nicht gut aus«, sagte sie und brach damit die Unterhaltung ab, bis sie sie an einem günstigeren Zeitpunkt wieder aufnehmen konnte. Dann sagte sie zu einem der anderen: »Helft ihm. Ich glaube, er kann nicht gehen.«

»Ich glaube, ich kann doch gehen«, sagte Jondalar, dem sich vor Schmerz plötzlich alles drehte. »Wenn es nicht zu weit ist.«

Jondalar war dankbar, als einer der Mamutoi seinen Arm nahm, während Thonolan ihn auf der anderen Seite stützte.

»Jondalar, ich wäre schon längst ausgezogen, wenn du mir nicht das Versprechen abgenommen hättest, solange zu warten, bis du wieder reisefähig bist. Jetzt reise ich ab. Ich bin der Meinung, du solltest nach Hause zurückkehren, aber ich will nicht mit dir streiten.«

»Warum willst du gen Osten ziehen, Thonolan? Du hast das Ende des Großen Mutter Flusses erreicht. Das Binnenmeer liegt direkt vor uns. Warum jetzt nicht heimkehren?«

»Ich gehe gar nicht nach Osten. Ich ziehe vielmehr gen Norden – mehr oder weniger jedenfalls. Brecie sagt, sie werden bald alle zur Mammut-Jagd gen Norden ziehen. Ich gehe nur voraus zu einem anderen Mamutoi-Lager. Ich kehre nicht heim, Jondalar. Ich werde unterwegs sein auf Reisen, bis die Mutter mich holt.«

»So darfst du nicht reden! Das hört sich ja an, als ob du sterben möchtest!« rief Jondalar, was ihm sogleich leid tat, da er befürchtete, allein die Andeutung dieser Möglichkeit könnte sie Wirklichkeit werden lassen.

»Und was ist, wenn ich das möchte?« rief Thonolan seinerseits laut. »Für was lebe ich denn . . . ohne Jetamio?« Er konnte den Namen kaum aussprechen, und er schluchzte leise.

»Für was hast du denn gelebt, ehe du sie kennenlerntest? Du bist jung, Thonolan. Du hast noch ein langes Leben vor dir. Neue Orte zum Kennenlernen, Neues zu sehen. Halte dir die Möglichkeit offen, einer anderen Frau wie Jetamio zu begegnen«, drang Jondalar in ihn.

»Du verstehst mich nicht. Du weißt nicht, was Liebe ist. Es gibt keine andere Frau wie Jetamio.«

»Dann folgst du ihr also in die Geisterwelt und ziehst mich hinter dir her!« Gern sagte er das nicht, aber wenn die einzige Möglichkeit, seinen Bruder am Leben zu erhalten, darin bestand, Schuldgefühle bei ihm zu wecken – er war bereit, das auszuspielen.

»Niemand hat dich gebeten, mir zu folgen! Warum ziehst du nicht einfach heim und läßt mich in Ruhe?«

»Thonolan, jeder trauert, wenn er einen Menschen verliert, den er liebt – aber deshalb folgen sie ihm doch nicht bis in die nächste Welt.«

»Eines Tages wird es dir auch so ergehen, Jondalar. Eines Tages wirst du dich so sehr in eine Frau verlieben, daß du ihr lieber in die Geisterwelt folgst, als ohne sie zu leben.«

»Und wenn ich es wäre – würdest du mich denn allein ziehen lassen? Wenn ich jemand verloren hätte, den ich so sehr liebte, daß ich sterben wollte – würdest du mich dann im Stich lassen? Sag mir, das würdest du tun, Bruder. Sag mir, du würdest einfach nach Hause ziehen, wenn ich vor Herzeleid todkrank wäre?«

Thonolan senkte den Blick. Dann sah er in die bekümmerten blauen Augen seines Bruders. »Nein, ich würde dich wohl nicht verlassen, wenn ich meinte, daß du todkrank vor Gram wärest. Aber du weißt, großer Bruder« – er versuchte, ein Grinsen aufzusetzen, doch wurde daraus nur die Grimasse eines schmerzverzerrten Gesichts – »du brauchst mir nicht ewig zu folgen, wenn ich beschließe, für den Rest meines Lebens unterwegs zu sein. Du hast das Unterwegssein satt bis obenhin. Irgendwann mußt du heimkehren. Sag mir: Wenn ich zurückwollte nach Hause, du aber nicht, dann würdest du doch auch wollen, daß ich es täte, nicht wahr?«

»Ja, dann würde ich wollen, daß du heimkehrtest. Ich möchte auch jetzt, daß du heimkehrst. Nicht, weil du es möchtest, sondern weil ich es möchte. Du brauchst deine eigene Höhle, Thonolan, deine Familie, Menschen, die du dein Leben lang gekannt hast und die dich lieben.«

»Du verstehst nicht. In der Beziehung sind wir verschieden. Für dich ist die Neunte Höhle der Zelandonii dein Zuhause und wird es immer bleiben. Mein Zuhause ist dort, wo ich möchte, daß es ist. Ich bin genauso sehr Sharamudoi wie ich jemals Zelandonii gewesen bin. Ich habe gerade meine Höhle verlassen – und Menschen, die ich genauso geliebt habe wie meine Zelandonii-Familie. Was nicht bedeutet, daß ich nicht gern wüßte, ob Joharran jetzt Kinder an seinem Herdfeuer hat oder ob Folara zu einer solchen Schönheit herangewachsen ist, wie ich annehme. Ich würde gern Wollomar von unserer Reise erzählen und gern erfahren, wo er als nächstes hinzugehen vorhat. Ich weiß noch wie heute, wie aufgeregt ich war, als er von einer Reise nach Hause kam. Immer habe ich seinen Erzählungen gelauscht und dann davon geträumt, selbst zu reisen. Weißt du noch, daß er immer für jeden etwas mitgebracht hat? Mir und Folara und dir auch. Und Mutter immer etwas besonders Schönes. Bring ihr auch etwas Schönes mit, wenn du heimkommst, Jondalar!«

Daß Thonalan vertraute Namen aussprach, weckte schmerzliche Erinnerungen in Jondalar. »Warum bringst *du* ihr nicht etwas Schönes, Thonolan? Meinst du nicht, Mutter möchte dich gern wiedersehen?«

»Mutter hat gewußt, daß ich nicht wiederkomme. Sie hat ›Gute Reise‹ gesagt, nicht: Bis du wiederkommst. Du mußt es sein, der sie ganz durcheinandergebracht hat. Vielleicht noch mehr als Marona.«

»Warum sollte sie um meinetwillen mehr durcheinander gewesen sein als um deinetwillen?«

»Ich bin der Sohn von Willomars Herdfeuer. Ich glaube, sie hat gewußt, daß ich ein Reisender bin. Gefallen hat ihr das vielleicht nicht, aber sie hat es verstanden. Sie hat alle ihre Söhne verstanden – deshalb hat sie ja auch dafür gesorgt, daß Joharran nach ihr Anführer wurde. Sie weiß, daß Hondalar ein Zelandonii ist. Gingest du allein auf Reisen, wüßte sie, daß du zurückkehrst – aber du bist nun mal mit mir fortgegangen, und ich sollte nicht zurückkehren. Zu Anfang habe ich das nicht gewußt, sie aber wohl, glaube ich. Sie muß wollen, daß du zurückkommst; du bist schließlich der Sohn von Dalanars Herdfeuer.«

»Was macht das schon für einen Unterschied? Die beiden haben den Knoten schon lange durchtrennt. Wenn sie sich heute beim Sommertreffen wiedersehen, sind sie gute Freunde.«

»Möglich, daß sie heute nur Freunde sind, aber die Leute reden immer noch von Marthona und Dalanar. Ihre Liebe muß etwas ganz Besonderes gewesen sein, daß man heute noch davon spricht; und du bist das einzige, was sie hat, sie daran zu erinnern, der Sohn, der seinem Herdfeuer geboren wurde. Ein Kind von seinem Geist. Jeder weiß das; dafür siehst du ihm viel zu ähnlich. Du mußt einfach zurück. Du gehörst dorthin. Sie hat das gewußt, und du weißt es auch. Versprich mir, daß du eines Tages zurückkehrst, Bruder.«

Das Versprechen stürzte Jondalar einigermaßen in Verlegenheit. Ob er nun weiterhin seinen Bruder begleitete oder beschloß, ohne ihn heimzukehren – in jedem Fall gab er mehr auf, als er zu verlieren bereit war. Solange er sich weder so noch so festlegte, fand er, konnte er noch beides haben. Doch versprechen zurückzukehren bedeutete, daß sein Bruder nicht bei ihm sein würde.

»Versprich's mir, Jondalar.«

Welchen vernünftigen Einwand konnte er erheben? »Ich verspreche es«, willigte er ein. »Ich werde heimkehren – eines Tages.«

»Schließlich muß einer ihnen sagen, daß wir es bis zum Ende des Großen Mutter Flusses geschafft haben, großer Bruder«, sagte Thonolan lächelnd. »Und da ich nicht dort sein werde, mußt du es tun.«

»Warum solltest du nicht dort sein?«

»Ich glaube, die Mutter hätte mich schon am Fluß zu sich genommen – wenn du Sie nicht um mich angefleht hättest. Ich weiß, ich kann dir das nicht begreiflich machen, aber ich weiß, Sie wird bald kommen und mich holen. Und ich möchte zu Ihr.«

»Du suchst den Tod, nicht wahr?«

»Nein, großer Bruder.« Thonolan lächelte. »Das brauche ich gar nicht. Ich weiß einfach, daß die Mutter mich holen wird. Und du sollst wissen, daß ich bereit bin.«

Jondalar spürte, wie sich sein Inneres zusammenzog. Seit dem Zwischenfall mit dem Schwemmsand hatte Thonolan fatalistisch die Überzeugung bekundet, daß er bald sterben werde. Er lächelte, doch war das nicht sein altes Grinsen. Jondalar wäre es lieber gewesen, er wäre in die Luft gegangen, statt alles ruhig hinzunehmen. Er hatte alles Kämpferische abgelegt, besaß keinen Lebenswillen mehr.

»Meinst du nicht, wir sind Brecie und dem Weidenlager etwas schuldig? Sie haben uns Nahrung gegeben, Kleidung, Waffen, alles. Bist du willens, all das anzunehmen und ihnen nichts dafür zu bieten?« Jondalar wollte seinen Bruder wütend machen und erleben, daß doch noch etwas in ihm war. Er hatte das Gefühl, trickreich zu diesem Versprechen verleitet worden zu sein, das seinen Bruder seiner letzten Verpflichtung enthob. »Du bist dir so sicher, daß die Mutter irgendein Schicksal für dich bereithält, daß du nur noch an dich selbst denkst und an sonst niemand. Nur Thonolan, stimmt's? Niemand sonst spielte eine Rolle.«

Thonolan lächelte. Er verstand Jondalars Zorn; wie sollte er ihm den verargen? Was wäre wohl in ihm selbst vorgegangen, wenn Jetamio gewußt hätte, daß sie sterben mußte – und es ihm gesagt hätte?

»Jondalar, ich möchte dir etwas sagen. Wir sind uns nahe . . .«

»Sind wir das wirklich noch?«

»Selbstverständlich. Denn bei mir kannst du ruhig sein. Bei mir brauchst du nicht dauernd vollkommen zu sein. Immer rücksichtsvoll . . .«

»Richtig – ich bin so gut, daß Serenio nicht mal meine Frau werden wollte«, sagte er sarkastisch.

»Sie hat gewußt, daß du fortgehen würdest, und hat nicht mehr darunter leiden wollen als unbedingt nötig. Hättest du sie früher gebeten, sie hätte dich akzeptiert. Du hättest sogar nur noch ein bißchen mehr in sie dringen sollen, als du es tatest, dann hätte sie . . . obwohl sie wußte, daß du sie nicht liebst. Du hast sie nicht gewollt, Jondalar.«

»Woher willst du wissen, daß ich so vollkommen bin? Große Doni, Thonolan – ich wollte sie doch lieben.«

»Das weiß ich doch. Etwas habe ich von Jetamio gelernt, und ich möchte, daß auch du das weißt. Wenn du jemand lieben willst, darfst du mit nichts zurückhalten. Du mußt dich ganz öffnen und das Risiko eingehen, alles zu verlieren. Du wirst gelegentlich gekränkt werden, aber wenn du das nicht riskierst, wirst du nie glücklich sein. Diejenige, die du findest, erweist sich vielleicht gar nicht als die Art Frau, in die du meintest, dich zu verlieben, aber das spielt keine Rolle. Du wirst sie als das lieben, was sie ist.«

»Ich hatte mich schon gefragt, wo ihr nur abgeblieben seid«, sagte Brecie und näherte sich den beiden Brüdern. »Da ihr nun mal darauf besteht fortzugehen, habe ich eine kleine Abschiedsfeier für euch vorbereitet.«

»Ich stehe in eurer Schuld, Brecie«, sagte Jondalar. »Ihr habt euch meiner angenommen und uns alles gegeben. Ich halte es nicht für nötig, euch wieder zu verlassen, ohne zumindest einen Teil vergolten zu haben.«

»Dein Bruder hat mehr als genug getan. Er ist, seitdem du auf dem Weg der Genesung warst, jeden Tag auf die Jagd gegangen. Er geht für mein Gefühl ein wenig zu tollkühn vor, aber er hat Glück als Jäger. Ihr schuldet uns nichts, wenn ihr weiterzieht.«

Jondalar sah seinen Bruder an. Thonolan lächelte nur.

19

Der Frühling im Tal war ein lodernder Farbenrausch, in dem vor allem junges Grün vorherrschte, doch war ein früherer Wintereinbruch erschreckend gewesen und hatte Aylas Begeisterung für die neue Jahreszeit einen empfindlichen Dämpfer aufgesetzt. Nachdem er spät eingesetzt hatte, war er dann mit mehr Schnee als gewöhnlich gekommen und hatte ihr das Leben schwer gemacht. Die alljährliche Frühjahrsüberflutung hatte das Schmelzwasser mit nie gekannter Heftigkeit fortgerissen.

Das Wasser war durch die schmale Schlucht weiter stromaufwärts hindurchgerauscht und hatte sich mit einer solchen Gewalt gegen die vorspringende Felswand geworfen, daß die ganze Höhle gebebt hatte. Vor allem Winnies wegen machte Ayla sich Sorgen. Sie selbst konnte notfalls zur Steppe hinaufklettern, doch für ein Pferd war der Anstieg zu steil, zumal für ein hochträchtiges Tier. Die junge Frau verbrachte ein paar sorgenvolle Tage, in denen sie den brodelnden Strom höher und höher steigen und gegen ihre Wand donnern, zurückschießen und dann um die Wand herumrauschen sah. Flußabwärts stand das ganze Tal unter Wasser, und von den Sträuchern und Bäumen, die den Flußlauf sonst säumten, war nichts mehr zu sehen.

Als die Schmelzwasserflut am schlimmsten wütete, fuhr Ayla einmal mitten in der Nacht von ihrem Lager hoch; ein gedämpfter Knall, wie ein Donnerschlag, war von unten an ihr Ohr gedrungen und hatte sie aus dem Schlaf gerissen. Sie war wie gelähmt. Erst als der Wasserspiegel sank, sollte sie erfahren, was geschehen war. Der Zusammenprall eines riesigen Felsbrokkens mit ihrer Wand hatte Schallwellen durch den Felsen hindurchgehen lassen, in dem ihre Höhle lag. Ein Stück von der Felsbarriere war unter der Wucht des Zusammenpralls abgebrochen, und jetzt lag ein großer Abschnitt der Wand quer über den Fluß.

Gezwungen, sich um dieses Hindernis herum einen neuen Weg zu suchen, hatte der Fluß seinen Lauf verändert. Die Bresche in der Felswand bildete eine willkommene Abkürzung, machte aber den steinigen Uferstreifen noch schmaler. Ein großer Teil der Knochen, des Treibholzes und des Gerölls, der sich dort unten angesammelt hatte, war fortgeschwemmt worden. Der Felsbrocken selbst, der aus dem gleichen Gestein zu bestehen schien wie die Felsen der Schlucht weiter oben, war nicht weit von der Wand zur Ruhe gekommen.

Doch wenn es auch zu einer Neuverteilung von Gestein und zur Entwurzelung von Bäumen und Sträuchern gekommen war – gewichen war letztlich nur, was ohnehin schwach gewesen war. Die meisten mehrjährigen Pflanzen wuchsen wieder aus Wurzelwerk hervor, das sich tief eingegraben hatte, und neues Sprießen füllte jede leere Nische. Eine Pflanzendecke wuchs sehr rasch über die frischen Narben von Felsgestein und Erdreich und vermittelte den Eindruck, als würde beides ewig bleiben. Bald wirkte die Landschaft, die vor kurzem derartige Veränderungen durchgemacht hatte, so als wäre sie nie anders gewesen.

Ayla paßte sich den Veränderungen an. Sie fand für jeden Stein und jedes Stück Treibholz, für welches sie eine besondere Verwendung hatte, einen Ersatz. Trotzdem hinterließ dieses totale Umwälzung einen bleibenden Eindruck bei ihr. Ihre Höhle und ihr Tal kamen ihr nicht mehr ganz so sicher vor wie bisher. Jeden Frühling machte sie eine Zeit der Unentschlossenheit durch – denn wenn sie das Tal verlassen und ihre Suche nach den Anderen wieder aufnehmen sollte, mußte das im Frühling geschehen. Sie mußte sich Zeit fürs Unterwegssein zugestehen, gleichzeitig aber auch Zeit mit einkalkulieren, die sie brauchte, um sich eine neue Bleibe für den Winter zu suchen, falls ihre Suche ergebnislos blieb.

In diesem Frühjahr fiel ihr die Entscheidung schwerer als sonst. Nach ihrer Krankheit hatte sie Angst, daß es sie womöglich im Spätherbst oder zu Winterbeginn erwischte, und ihre Höhle kam ihr nicht mehr so sicher vor wie bisher. Ihre Krankheit hatte nicht nur ihr Wahrnehmungsvermögen in bezug auf die Gefahren des Alleinlebens geschärft, sondern ihr auch bewußt gemacht, daß ihr menschliche Gesellschaft einfach fehlte. Selbst nachdem ihre Tier-Freunde zu ihr zurückgekehrt waren, hatten sie die Leere nicht auf die gleiche Weise gefüllt wie früher. Sie besaßen Gefühle und gingen auf sie ein, doch sich verständigen konnten sie sich nur auf einfachster Ebene. Ayla konnte ihnen nicht mitteilen, was ihr durch den Kopf ging, konnte ihnen keine Geschichte erzählen und weder ihr Erstaunen noch eine neue Entdeckung, eine neue Fertigkeit mitteilen, noch einen anerkennenden Blick von ihnen erwarten. Sie hatte niemand, ihre Ängste zu beschwichtigen oder sie zu trösten, wenn sie Kummer hatte; doch wieviel von ihrer Unabhängigkeit und ihrer Freiheit war sie bereit, gegen Geborgenheit und Gesellschaft einzutauschen?

Welchen Beschränkungen ihr Leben unterworfen war, war ihr erst aufgegangen, nachdem sie die Freiheit gekostet hatte. Sie traf nun mal gern selbst ihre Entscheidungen, wußte aber nichts von den Menschen, denen sie geboren worden war, hatte keine Ahnung, wie es gewesen war, ehe der Clan sie bei sich aufgenommen hatte. Sie hatte keine Ahnung, wieviel die Anderen von ihr verlangen würden; sie wußte nur, daß es ein paar Dinge gab, die sie nicht aufzugeben bereit war. Dazu gehörte Winnie. Sie war nicht bereit, das Pferd wieder aufzugeben. Ob sie bereit sein würde, auf die Jagd zu verzichten, darüber war sie sich nicht ganz im klaren; aber was würde geschehen, wenn sie ihr zum Beispiel das Lachen verboten?

Es gab sogar eine noch größere Frage, und wenn sie sie auch einfach nicht wahrhaben wollte, neben ihr verblaßten alle anderen. Was, wenn sie einige von den Anderen fand, und diese sie einfach nicht haben wollten? Vielleicht war ein Clan von den Anderen nicht bereit, eine Frau bis sich aufzunehmen, die darauf bestand, ein Pferd zur Gesellschaft zu behalten, die auf die Jagd gehen oder lachen wollte – was aber wäre, wenn sie sie selbst dann nicht haben wollten, wenn sie bereit war, alles aufzugeben? Doch bis sie sie gefunden hatte, durfte sie hoffen. Was aber würde sein, wenn sie ihr ganzes Leben allein bleiben mußte?

Derlei Gedanken quälten sie von dem Zeitpunkt an, da der erste Schnee schmolz, und so war es kein Wunder, daß sie erleichtert aufatmete, als die Umstände eine Entscheidung hinausschoben. Sie wollte Winnie nicht aus dem vertrauten Tal fortbringen, ehe sie nicht gefohlt hatte. Sie wußte, daß die Pferde für gewöhnlich irgendwann im Frühling Junge bekamen. Die Medizinfrau in ihr, die bei genug Geburten im Clan dabeigewesen war, um zu wissen, daß es jeden Tag losgehen konnte, ließ die Stute nicht aus den Augen. Sie unternahm auch keine Jagdausflüge mit ihr, ritt aber häufig aus, um nicht aus der Übung zu kommen.

»Ich glaube, wir haben das Mamutoi-Lager verpaßt, Thonolan. Wir sind doch jetzt so weit im Osten«, sagte Jondalar. Sie folgten der Spur einer Herde von Riesenhirschen, um ihre Vorräte, die zu Ende gingen, wieder aufzufüllen.

»Ich glaube nicht . . . Schau!« Sie waren unvermutet auf einen Hirsch mit einem Schaufelgeweih von über drei Metern Durchmesser gestoßen. Thonolan zeigte auf das scheue Wild. In der Annahme, daß der Hirsch Gefahr witterte, erwartete Jondalar jeden Augenblick, sein tiefes Alarmröhren zu hören, doch ehe der Bock einen Warnlaut ausstoßen konnte, brach eine Hirschkuh durchs Unterholz und hielt direkt auf sie zu. Thonolan schleuderte den Speer mit der Feuersteinspitze so, wie sie es von den Mamutoi gelernt hatten: daß nämlich die breite Spitze zwischen den Rippen eindringen konnte. Er traf sein Ziel; die Hirschkuh brach nahezu vor ihren Füßen zusammen.

Doch ehe sie ihre Beute holen konnten, entdeckten sie, warum der Bock so unruhig gewesen und die Kuh ihnen in den Speer gelaufen war. Es durchfuhr sie wie ein Schlag, als sie sahen, wie eine Höhlenlöwin auf sie zugetrabt kam. Die Raubkatze schien verwirrt, wieso die Hirschkuh zusammengebrochen war. Schließlich war sie es nicht gewohnt, daß ihre Beute zu Boden ging, ehe sie selbst angegriffen hatte. Doch sie zögerte nicht lange. Ihr Beutetier beschnuppernd, um sicherzugehen, daß es auch wirklich tot sei, packte die Löwin sie mit ihrem Fang gut am Hals, stellte sich dann über sie und schickte sich an, sie fortzuschleifen.

Thonolan war empört. »Diese Löwin hat uns unsere Beute gestohlen.«

»Diese Löwin hat die Hirschkuh angeschlichen, und jetzt meint sie, sie sei ihre Beute. Ich möchte nicht mit ihr darüber streiten.«

»Ich aber wohl.«

»Mach dich nicht lächerlich«, schnob Jondalar. »Du wirst doch einer Höhlenlöwin nicht einen Hirsch streitigmachen wollen.«

»Ich gebe aber nicht auf, ehe ich nicht zumindest einen Versuch gemacht habe.«

»Laß sie ihr doch, Thonolan. Wir finden schon einen anderen Hirsch«, sagte Jondalar und ging seinem Bruder nach, der sich aufgemacht hatte, der Löwin zu folgen.

»Ich möchte bloß sehen, wohin sie sie bringt. Ich glaube nicht, daß sie zu einem Rudel gehört – sonst wären die anderen längst hier und rissen sich um die Beute. Ich halte sie für eine Einzelgängerin, die die Hirschkuh jetzt fortschleppt, um sie vor anderen Löwen zu verbergen. Früher oder später wird sie sie alleinlassen, und dann können wir uns frisches Fleisch für uns selbst holen.«

»Ich will kein Fleisch vom Beutetier eines Höhlenlöwen.«

»Er hat sie aber nicht gerissen. Die Hirschkuh gehört mir. Es steckt sogar noch mein Speer in ihr.«

Es hatte keinen Sinn zu streiten. Sie folgten der Löwin bis zu einer Schlucht, die keinen anderen Ausgang hatte und deren Boden mit Felsbrocken übersät war. Mit offenen Augen warteten sie, und wie Thonolan vorausgesagt hatte, kam die Löwin nach kurzer Zeit wieder heraus. Thonolan wollte in die Schlucht hinuntersteigen.

»Thonolan, steig nicht hinunter. Du weißt nicht, wann die Löwin zurückkommt.«

»Ich will mir bloß meinen Speer holen und vielleicht ein bißchen von dem Fleisch.« Thonolan stieg über den Rand hinweg und rutschte über das Geröll tiefer hinein in die Schlucht. Zögernd folgte Jondalar ihm.

Ayla kannte das Gebiet östlich des Tals mittlerweile so gut, daß es sie langweilte – und das besonders, wo sie nicht jagte. Es war seit Tagen grau und regnerisch, und als die warme Sonne die Morgenwolken aufgesaugt hatte, als sie soweit war auszureiten, konnte sie den Gedanken, wieder in dasselbe Gelände hinauszureiten, nicht ertragen.

Nachdem sie die Tragekörbe und die Stangen für das Zuggestell festgezurrt hatte, führte sie ihr Pferd den steilen Pfad hinunter und um die nunmehr kürzer gewordene Wand herum. Sie beschloß, nicht auf die Steppe hinauszureiten, sondern lieber das lange Tal hinunter. Am Ende, dort wo der Fluß nach Süden abbog, bemerkte sie den steilen, kiesbestreuten Hang, den sie schon einmal hinaufgestiegen war, um von dort aus nach Westen zu blicken, meinte jedoch, der Kies bildete einen zu unsicheren Untergrund für Winnie. Das jedoch ermunterte sie, einfach weiterzureiten und zu sehen, ob sie nicht einen leichter zugänglichen Ausgang nach Westen fände. Während sie also weiter gen Süden ritt, sah sie sich neugierig um. Dies Gelände war neu für sie, und sie überlegte, warum sie eigentlich nicht früher schon hier gewesen sei. Die Wand des Tals flachte sich ab und ging in einen sanften Abhang über. Als sie eine seichte Stelle im Fluß entdeckte, auf der leicht hinüberzukommen war, wendete sie Winnie und trieb sie an, das andere Ufer zu erreichen.

Bei der Landschaft handelte es sich um dieselbe Art von offenem Grasland. Nur die Einzelheiten waren anders, doch gerade das machte die Sache ja interessant. Sie ritt weiter, bis sie sich in einem etwas rauheren Gelände befand, in dem es zerrissene Schluchten und glatte Tafelformationen gab. Sie war weiter von der Höhle fort, als sie vorgehabt hatte, und als sie sich einer Schlucht näherte, dachte sie, eigentlich wäre es an der Zeit umzukehren. Dann hörte sie etwas, was ihr das Blut in den Adern gefrieren und ihr Herz fliegen ließ: das Donnergebrüll eines Höhlenlöwen – und einen menschlichen Schrei.

Ayla blieb stehen. Das Blut rauschte ihr in den Ohren. Wie lange war es her, daß sie eine menschliche Stimme gehört hatte – dennoch wußte sie, daß diese Stimme von einem Menschen stammte – und noch etwas. Sie wußte, daß es sich um einen Menschen *ihrer* Art handelte. Sie war dermaßen vor den Kopf geschlagen, daß sie unfähig war zu denken. Der Schrei zerrte an ihr – es war ein Hilfeschrei. Aber sie konnte unmöglich einem Höhlenlöwen gegenübertreten oder Winnie einer dieser riesigen Raubkatzen aussetzen.

Das Pferd spürte, in welch verzweifelter Lage Ayla sich befand und wandte sich der Schlucht zu, obwohl das Signal, das Ayla ihr durch ihren Körperkontakt übermittelt hatte, bestenfalls halbherzig genannt werden konnte. Die Schlucht hatte keinen anderen Ausgang, wies am anderen Ende nur eine Geröllwand auf. Sie hörte das Knurren des Höhlenlöwen und sah seine rötliche Mähne. Dann ging ihr auf, daß Winnie überhaupt nicht nervös war, und sie begriff warum.

»Das ist Baby! Winnie, es ist Baby!«

Sie lief in die Schlucht hinein, vergaß vollkommen, daß möglicherweise auch noch andere Höhlenlöwen da sein könnten, ja, dachte auch nicht daran, daß Baby nicht mehr ihr kleiner Gefährte, sondern ein ausgewachsener Löwe war. Er war Baby – etwas anderes spielte keine Rolle. Sie kannte keine Angst vor diesem Höhlenlöwen. Sie kletterte ein paar gezackte Felsen zu ihm hinauf. Er drehte sich um und fauchte sie an.

»Aufhören, Baby!« befahl sie per Zeichen und Laut. Er hielt nur einen Moment inne, doch inzwischen war sie neben ihm und stieß ihn fort, um sich seine Beute anzusehen. Die Frau war ihm zu vertraut, ihre Haltung erlaubte keinerlei Widerstand. Er trat beiseite, wie er es immer getan hatte, wenn sie zu ihm gekommen und begutachtet hatte, was er gerissen, und vielleicht das Fell für sich und auch ein Stück Fleisch hatte haben wollen. Außerdem war er nicht hungrig. Er hatte sich den Bauch an der riesigen Hirschkuh vollgeschlagen, die seine Löwin ihm angeschleppt hatte. Angegriffen hatte er nur, um sein Revier zu verteidigen – und auch dann noch hatte er gezaudert. Menschen waren keine Beutetiere für ihn. Dazu rochen sie zu sehr nach der Frau, die ihn großgezogen hatte; das war die Witterung von Mutter und Jagdgefährten zugleich.

Wie Ayla sah, waren es zwei. Sie kniete nieder, um sie zu untersuchen. Was sich hauptsächlich in ihr angesprochen fühlte, war die Medizinfrau – aber sie war auch verwundert und erstaunt zugleich. Sie wußte, daß es sich um Männer handelte, wiewohl es die ersten Männer der Anderen waren, die sie zu Gesicht bekam, soweit sie sich zurückerinnern konnte. Sie hatte sich einen Mann zwar nicht vorstellen können, doch in dem Augenblick, da sie diese beiden sah, begriff sie, warum Oda gesagt hatte, die Männer der Anderen sähen aus wie sie.

Sie wußte auch sofort, daß für den Mann mit dem dunkleren Haar jede Hilfe zu spät kam. Er lag in einer völlig unnatürlichen Haltung da – sein Hals war gebrochen. Die Male der Reißzähne an seiner Kehle verrieten den Grund. Obgleich sie ihn nie zuvor gesehen hatte, wühlte sein Tod sie zutiefst auf. Tränen traten ihr in die Augen. Nicht, daß sie ihn liebte; wohl aber spürte sie, daß sie etwas unendlich Wertvolles verloren hatte, ehe sie je die Möglichkeit bekommen hatten, es schätzen zu lernen. Sie war völlig geknickt, daß das erste Mal, da sie einen ihrer eigenen Art sah, dieser jemand tot war.

Es drängte sie, sein Menschsein irgendwie anzuerkennen, ihn mit einer Bestattung zu ehren, doch als sie den anderen Mann genauer betrachtete, erkannte sie, daß das unmöglich sein würde. Der Mann mit dem gelben Haar atmete noch: allerdings spritzte das Leben stoßweise aus einer bösen Beinwunde heraus. Die einzige Hoffnung für ihn war, ihn so schnell wie möglich zu ihrer Höhle zu bringen, um ihn behandeln zu können. Für eine Bestattung blieb ihr keine Zeit.

Baby beschnupperte den dunkelhaarigen Mann, während sie sich bemühte, dem Blutfluß aus der Wunde des anderen mit einer Adernpresse Einhalt zu gebieten, die sie mit Hilfe ihrer Schleuder und einem glatten Stein zum Druckausüben improvisierte. Sie stieß den Höhlenlöwen von der Leiche fort. Ich weiß, er ist tot, Baby, aber trotzdem ist er nichts für dich! Der Höhlenlöwe sprang von dem Sims herunter und ging sich vergewissern, daß die Hirschkuh immer noch in der Felsspalte steckte, in der er sie zurückgelassen hatte. Vertrautes Knurren verriet Ayla, daß er sich anschickte zu fressen.

Als das stoßweise hervorschießende Blut zum Stillstand gekommen war und nur noch ein wenig heraussickerte, pfiff sie Winnie und sprang dann hinunter, um das Zuggestell zu bauen. Winnie war jetzt viel nervöser als zuvor, woraufhin Ayla wieder einfiel, daß Baby ja eine Gefährtin hatte. Sie klopfte und streichelte das Pferd, um es zu beruhigen, untersuchte die kräftige Matte, die zwischen den beiden Schäften hinter dem Pferd hergezogen wurde, und meinte, sie müsse das Gewicht des Mannes mit dem gelben Haar tragen können. Was sie jedoch mit dem anderen machen sollte, wußte sie nicht. Sie wußte nur, daß sie ihn nicht für die Löwen liegenlassen konnte.

Als sie wieder hinaufkletterte, fiel ihr auf, daß das Geröll an der Hinterseite der Schlucht einen sehr unsicheren Eindruck machte – viel hatte sich hinter einem größeren Felsblock aufgetürmt, der selber nicht allzu sicher zu liegen schien. Plötzlich mußte sie an Izas Bestattung denken. Die alte Medizinfrau war behutsam in eine flache Mulde auf dem Höhlenboden gebettet worden; dann hatte man Steine und größere Gesteinsbrocken auf sie gehäuft. Das gab für Ayla den Anstoß. Sie schleifte den Toten ganz bis ans hintere Ende der Schlucht, wo die Halde mit dem lockeren Geröll herunterkam.

Baby ließ sich wieder blicken, um nachzusehen, was sie tat; sein Maul war noch blutig von der Hirschkuh. Er folgte ihr zurück zu dem anderen Mann und beschnüffelte ihn, während Ayla ihn an den Rand des Felsens schleppte, zu dessen Füßen die nervöse Stute mit dem Zuggestell wartete.

»Geh jetzt aus dem Weg, Baby!«

Als sie sich bemühte, den Mann auf die Tragematte des Zuggestells niederzulassen, zuckten seine Augenlider und er stöhnte vor Schmerzen auf, doch dann gingen seine Augen wieder zu. Sie war ebenso froh, daß er bewußtlos war. Er war schwer, und daß sie ihn trug und schob, konnte ihm Schmerzen bereiten. Als sie es endlich geschafft hatte, ihn auf die Tragematte zu legen, kehrte sie mit einem langen, kräftigen Speer bewaffnet noch einmal zu dem Felssims zurück und begab sich an die Rückseite der Schlucht. Sie betrachtete den Toten; sie bedauerte, daß er tot war. Dann lehnte sie den Speer an den Felsblock und wandte sich mit der lautlos-formalen Gebärdensprache des Clans an die Welt der Geister.

Sie hatte verfolgt, wie Creb, der alte Mog-ur, Izas Geist mit fließenden und beredten Bewegungen der nächsten Welt überantwortet hatte. Die gleichen Bewegungen hatte sie vollführt, nachdem sie Crebs Leichnam nach dem Erdbeben in der Höhle aufgefunden hatte, obwohl sie die ganze Bedeutung der heiligen Gebärden nie ganz begriffen hatte. Doch das war nicht von Belang – sie wußte, was damit gemeint war. Erinnerungen überfielen sie, und Tränen traten ihr in die Augen, als sie das schöne schweigende Ritual für den unbekannten Fremden vollzog und ihn auf den Weg in die Geisterwelt brachte.

Danach benutzte sie den Speer als Hebel, genauso, wie sie einen Grabstock benutzt hätte, um einen Baumstamm umzudrehen oder eine Wurzel auszugraben – das heißt, sie lockerte den großen Stein und sprang aus dem Weg, als eine Lawine losen Gerölls sich über den Toten ergoß.

Noch ehe der Staub sich gelegt hatte, führte sie Winnie zur Schlucht hinaus. Ayla setzte sich auf den Rücken des Pferdes und begann den langen Rückweg zur Höhle. Unterwegs hielt sie ein paarmal an, um sich um den Verletzten zu kümmern, und einmal auch, um frischen Beinwurz auszugraben; dabei war sie hin- und hergerissen zwischen dem Wunsch, so schnell wie möglich heimzukommen, und dem Bedürfnis, auch auf Winnie ein wenig Rücksicht zu nehmen. Sie atmete leichter, als es ihr gelungen war, den Verwundeten über den Fluß hinüberzubringen, und sie die vorspringende Felswand in der Ferne vor sich sah. Doch erst als sie innehielt, um die Lage der Schäfte des Zuggestells zu verändern, bevor es den schmalen Pfad hinaufging, glaubte sie, daß sie die Höhle erreichen und der Mann noch am Leben sein würde.

Sie führte Winnie samt Zuggestell in die Höhle hinein, entfachte ein Feuer und bereitete alles zum Erhitzen von Wasser vor, ehe sie den Bewußtlosen losband und ihn auf ihre Lagerstatt legte. Sie schirrte das Pferd aus, drückte es dankbar, ging dann ihren Vorrat an Heilkräutern durch, wählte drei aus, die sie verwenden wollte. Ehe sie mit der Zubereitung begann, holte sie tief Atem und griff nach ihrem Amulett.

Sie schaffte es nicht, so klar zu denken, daß sie sich mit einer ganz präzisen Bitte an ihr Totem gewandt hätte – dazu war sie viel zu sehr von unerklärlichen Ängsten und widerstreitenden Gefühlen erfüllt –, aber sie wollte Hilfe. Es ging ihr darum, die Kraft ihres mächtigen Totems zu bewegen, sie bei ihren Bemühungen, diesen Mann zu behandeln, zu unterstützen. Sie mußte ihn retten. Warum, wußte sie nicht genau, und doch war ihr nie im Leben etwas wichtiger gewesen. Was es auch kostete – dieser Mann durfte nicht sterben.

Sie legte Holz nach und prüfte die Wassertemperatur in dem Ledertopf, der direkt über dem Feuer hing. Als sie es dampfen sah, streute sie Blütenblätter der Ringelblume hinein, und danach endlich wandte sie sich dem bewußtlosen Mann zu. Den Löchern im Leder, das er trug, entnahm sie, daß er noch andere Wunden hatte außer der an seinem rechten Schenkel. Sie mußte ihm die Kleider ausziehen, doch trug er keinen Überwurf, der mit einer Schlinge am Hals zugezogen war.

Als sie genauer hinsah, um dahinterzukommen, wie sie sie ihm ausziehen könne, erkannte sie, daß Leder und Pelz zurechtgeschnitten und dergestalt mit Riemen zusammengefügt worden war, daß Hüllen für Arme, Beine und den übrigen Körper entstanden waren. Sorgfältig untersuchte sie die Nähte. Seine Hose hatte sie durchgeschnitten, um an den Oberschenkel heranzukommen, und sie fand, das sei immer noch die beste Methode. Noch größer war ihre Überraschung, als sie nach dem Durchschneiden des äußeren Gewands auf ein zweites stieß, das völlig anders aussah als alles, was sie je gesehen hatte. Nach einem bestimmten Muster waren Muschelstücke, Knochen, Tierzähne und Vogelfedern daran befestigt. Ob das eine Art Amulett ist? fragte sie sich. Es war ihr arg, hindurchzuschneiden, doch gab es keine andere Möglichkeit, dem Bewußtlosen das auszuziehen. Sie schnitt vorsichtig und versuchte, dem Muster zu folgen, um so wenig Schaden wie möglich anzurichten.

Unter dem geschmückten Gewand fand sich noch eines, das den unteren Teil seines Körpers bedeckte. Dieses umschloß jedes Bein einzeln und war mit einer Schnur zusammengenäht worden, wurde an der Taille zusammengehalten wie von einer Beutelschnur und lag vorn übereinander. Auch dieses Kleidungsstück zerschnitt sie, wobei sie flüchtig wahrnahm, daß es sich in der Tat um einen Mann handelte. Sie lockerte die Adernpresse und löste das steife, blutgetränkte Leder sanft vom zerschundenen Bein. Sie hatte die Adernpresse auch unterwegs schon ein paarmal gelockert und dabei Druck mit den Händen auf das Bein ausgeübt, um zweierlei zu erreichen: daß einerseits nicht zuviel Blut austrat und andererseits die Blutzirkulation im Bein nicht ganz aufhörte. Die Anwendung einer Adernpresse konnte bedeuten, daß der Behandelte das betreffende Glied verlor, wenn die entsprechenden Maßnahmen nicht richtig begriffen und angewandt wurden.

Als sie zu den Fußlingen kam, die wiederum der Gestalt des Fußes nachempfunden und entsprechend zusammengefügt waren, hielt sie erneut inne; dann durchtrennte sie beherzt die Verschnürungen und Riemen und zog sie ihm aus. Seine Beinwunde näßte wieder, doch kam das Blut nicht mehr stoßweise; daraufhin untersuchte sie ihn rasch, um festzustellen, welches Ausmaß seine Verletzungen hatten. Die anderen Schrammen und Abschürfungen waren oberflächlich; allerdings bestand die Gefahr, daß sie sich entzündeten. Wunden, die von Löwenkrallen herrührten, neigten dazu zu schwären; das war ihr häufig sogar mit den kleineren Kratzern so ergangen, die Baby ihr beigebracht hatte. Doch daran dachte sie vorläufig nicht. Zunächst mußte sie sich um sein Bein kümmern. Dabei hätte sie fast eine weitere Verletzung übersehen; eine große Beule seitlich am Kopf, die er sich vermutlich beim Sturz zugezogen hatte, nachdem er von Baby angefallen worden war. Sie war sich nicht sicher, wie ernst diese Wunde genommen werden mußte, doch konnte sie sich Zeit nehmen, das herauszufinden. Die große Beinwunde fing wieder an zu bluten.

Sie drückte die Leiste, wusch dann die Wunde aus und benutzte dazu ein Kaninchenfell, das sie saubergeschabt und gewalkt hatte, bis es saugfähig geworden war; diese Fell tunkte sie in den warmen Ringelblumenaufguß. Dieser Aufguß wirkte sowohl gefäßverengend als auch entzündungshemmend; auch konnte sie ihn später benutzen, um noch die kleineren Blutungen der äußeren Wunden zu behandeln. Sie säuberte die Wunde gründlich sowohl direkt als auch außen herum. Unter der tiefgehenden Schnittwunde war ein Teil seines Hüftmuskels zerrissen. Sie bestreute die Wunde reichlich mit Geraniumwurzel-Pulver und stellte fest, daß es sofort wirkte: das Blut gerann augenblicklich.

Die entscheidende Stelle mit einer Hand festhaltend, tauchte Ayla Beinwurz ins Wasser, um es abzuspülen. Dann zerkaute sie es zu einem Brei und spuckte diesen in den heißen Ringelblumen-Aufguß; das ergab einen Breiumschlag, den sie direkt auf die offene Wunde auftragen konnte. Sie hielt die klaffende Wunde zu und legte den zerrissenen Muskel wieder dorthin, wo er hingehörte, doch als sie dann losließ, klaffte die Wunde erneut auf, und der Muskel rutschte wieder heraus.

Wieder drückte sie sie zusammen, doch sie wußte, daß sie nicht halten würde und meinte auch, daß sie das nicht tun würde, wenn sie das Bein fest bandagierte; sie wollte aber auch nicht, daß das Bein des Mannes schlecht heilte und eine bleibende Schwächung zur Folge hätte. Wenn sie nur dasitzen und die Wunde zuhalten konnte, solange sie heilte, dachte sie und kam sich ganz hilflos wor. Wenn doch Iza da wäre! Sie war überzeugt, daß die alte Medizinfrau genau wissen würde, was zu tun sei, obwohl Ayla sich nicht an irgendwelche Anweisungen erinnern konnte, wie in einer Lage wie dieser vorzugehen sei.

Doch fiel ihr etwas anderes ein – etwas, das Iza ihr über sich selbst erzählt hatte, als sie gefragt hatte, ob sie, Ayla, denn überhaupt Izas Nachfolgerin als Medizinfrau werden könne. ›Ich bin schließlich nicht deine richtige Tochter‹, hatte sie gesagt. ›Ich habe nicht deine Erinnerungen. Ja, ich verstehe nicht wirklich, was für Erinnerungen du hast.‹

Woraufhin Iza ihr erklärt hatte, ihre Familie genieße höchstes Ansehen, weil sie die besten wären; jede Mutter habe ihrer Tochter weitergegeben, was sie wisse und gelernt habe; in diesem Sinne sei auch sie von Iza ausgebildet worden. Iza hatte ihr alles Wissen übermacht, das sie besaß – vielleicht nicht alles, was sie wußte, doch immerhin genug, weil Ayla noch etwas anderes hatte. Eine Gabe, wie Iza sie genannt hatte. »Du hast zwar nicht die Erinnerungen, Kind, aber du hast eine Art zu denken, und ein Verständnis . . . und eine Art zu wissen, wie du helfen kannst.«

Wenn mir bloß was einfiele, wie ich diesem Mann helfen kann, dachte Ayla. Dann fiel ihr Blick auf den Stapel Kleider, von denen sie den Mann befreit hatte, und dabei kam ihr ein Gedanke. Sie ließ das Bein los und griff jenes Kleidungsstück, das den unteren Teil seines Körpers bedeckt hatte. Die Stücke waren zurechtgeschnitten und mit einer feinen Schnur zusammengefügt worden – einer aus Sehnen gedrehten Schnur. Sie sah sich genau an, wie die einzelnen Teile zusammengefügt worden waren und zog sie auseinander. Die Sehne war durch ein Loch auf der einen Seite und durch ein Loch auf der anderen Seite hindurchgeführt und dann zusammengezogen worden.

Ähnlich verfuhr sie, wenn sie Gefäße aus Birkenrinde machte: sie drückte dann Löcher in die Rinde und verknotete die Enden der Schnur. Ob sie wohl etwas Ähnliches machen konnte, um die Beinwunde des Mannes geschlossen zu halten? Die Wunde solange geschlossen zu halten, bis sie verheilt war?

Rasch erhob sie sich und holte etwas herbei, das aussah wie ein dürrer brauner Ast und in Wirklichkeit ein getrocknetes Stück Sehne vom Hirsch war. Mit einem glatten runden Stein klopfte Ayla die getrocknete Sehne so lange weich, bis lange Fäden weißer Kollagenfasern sich voneinander lösten, die sie auseinanderriß und zu einem zähen dünnen Faden zusammenzwirbelte, den sie in den Ringelblumen-Aufguß tauchte. Genauso wie Leder wurden Sehnen weich, wenn sie naß wurden, und unbehandelt und getrocknet steif. Nachdem sie mehrere Fadenlängen bereitliegen hatte, sah sie ihren Bestand an Messern und Bohrern durch und suchte denjenigen heraus, mit dem sie glaubte, die kleinsten Löcher in das Fleisch des Mannes drükken zu können. Dann fiel ihr das Päckchen mit den Splittern ein, die sie von dem Baum hatte, in den der Blitz eingeschlagen hatte. Iza hatte derlei Splitter benutzt, um Beulen, Blasen und Schwellungen aufzustechen, die trockengelegt werden mußten. Sie würden ihrem Zweck dienen.

Sie wischte das heraussickernde Blut fort, war sich aber nicht ganz sicher, wo anfangen. Als sie mit einem der Splitter ein Loch in das Fleisch steckte, zuckte der Mann zusammen und murmelte etwas. Offensichtlich mußte sie sich beeilen. Sie fädelte ein steifes Stück Sehne durch das mit dem Splitter hergestellte

Loch und verfuhr auf dem gegenüberliegenden Fleischlappen genauso. Dann zog sie die beiden Stücke vorsichtig zusammen und schlang einen Knoten.

Sie beschloß, nicht allzu viele Knoten zu machen, war sie sich doch nicht sicher, ob sich die Sehnen später wieder herausziehen ließen. Die klaffende Wunde schloß sie mit vier Fäden; dann kamen noch drei hinzu, um den zerfetzten Muskel an der richtigen Stelle festzuhalten. Als sie damit fertig war, lächelte sie die Sehnenknoten an, die das Fleisch des Mannes zusammenhielten. Immerhin: Es hatte geklappt. Die Wunde klaffte nicht mehr auf, und der Muskel blieb, wo er hingehörte. Wenn die Wunde jetzt verheilte, ohne zu schwären, stand zu erwarten, daß er das Bein gut würde wieder gebrauchen können. Zumindest standen die Aussichten jetzt wesentlich besser als zuvor.

Aus dem Beinwurz bereitete sie einen Umschlag und umwikkelte das Bein dann mit weichem Leder. Danach wusch sie sorgfältig den Rest der Schrammen und Fleischwunden ab; die meisten auf der rechten Schulter und der Brust. Die Beule am Kopf bereitete ihr Unbehagen. Zumindest war die Haut nicht aufgeplatzt – es war nur eine Schwellung. Sie nahm frisches Wasser, bereitete einen Aufguß aus Arnikablüten, tränkte eine Kompresse damit und legte ihm diese mit einem Lederriemen auf die Schwellung.

Erst danach setzte sie sich auf die Fersen. Wenn er erwachte, gab es Heilkräuter, die sie ihm eingeben konnte; doch fürs erste hatte sie alles getan, was sie tun konnte. Sie zog eine winzige Falte des Lederumschlags an seinem Bein glatt, und dann sah Ayla ihn zum erstenmal richtig an.

Er war nicht so robust wie die Männer des Clans, aber sehr muskulös; außerdem hatte er unglaublich lange Beine. Das goldene Haar, das sich auf seiner Brust kräuselte, wurde auf den Armen zu einem lichten Flaum. Er hatte eine blasse Haut. Seine Körperbehaarung war heller und feiner als diejenige, die sie von anderen Männern kannte; außerdem war er schlanker und ranker, sonst aber nicht wesentlich anders. Sein schlaffes Gemächt ruhte auf sanft-goldenen Locken. Sie streckte die Hand aus, um festzustellen, wie es sich anfühlte, doch dann tat sie es doch nicht. Sie bemerkte eine frische Narbe und einen noch nicht ganz verschwundenen Bluterguß auf dem Brustkasten. Er mußte sich erst vor kurzem von einer anderen Verletzung erholt haben.

Wer mochte ihn gepflegt haben? Und woher kam er?

Sie lehnte sich dichter über ihn, um sein Gesicht zu betrachten. Das war flach, im Vergleich mit den Gesichtern der Männer des Clans. Sein völlig entspannter Mund war vollippig, doch traten seine Kinnladen stark hervor. Er hatte ein kräftiges Kinn mit einem Grübchen in der Mitte. Sie berührte ihres, wobei ihr einfiel, daß auch ihr Sohn ein Kinn hatte, wenn auch sonst keiner im Clan. Die Nase des Mannes unterschied sich nicht sonderlich von den Nasen der Clansangehörigen – hoher Nasenrücken –, nur war seine kleiner. Seine geschlossenen Augen standen weit auseinander und schienen vorzustehen, doch dann fiel ihr auf, daß er keine dicken Augenwülste hatte, wie sie die Augen der Clansangehörigen beschatteten. Seine Stirn wies leichte Falten auf, war aber sonst glatt und hoch. Für ihre Augen, die es gewöhnt gewesen war, nur Clansangehörige zu sehen, schienen sie sich vorzuwölben. Sie legte ihm die Hand auf die Stirn und fühlte dann auf ihrer eigenen nach. Es war die gleiche. Wie merkwürdig sie dem Clan vorgekommen sein mußte!

Er hatte langes offenes Haar – das zum Teil noch von einem Riemen im Nacken zusammengenommen war, sonst aber ein wirres Durcheinander bildete – und es war gelb. Wie ihres, dachte sie, nur noch heller. Irgendwie vertraut. Danach traf es sie wie ein Schlag, und ihr ging auf, warum. Ihr Traum! Ihr Traum von einem Mann der Anderen. Sein Gesicht hatte sie nie erkennen können, doch sein Haar war gelb gewesen!

Sie deckte den Mann zu und eilte hinaus auf das Sims. Es überraschte sie, daß es immer noch heller Tag war, früher Nachmittag der Sonne nach zu urteilen. Es war soviel geschehen, und eine solche Menge konzentrierter physischer und psychischer Energie verausgabt worden, daß sie fand, eigentlich müßte es viel später sein. Sie bemühte sich, Ordnung in ihre Gedanken zu bringen, doch ging ihr alles immer wieder kunterbunt im Kopf herum.

Warum hatte sie ausgerechnet heute beschlossen, gen Westen zu reiten? Warum hatte sie ausgerechnet in dem Augenblick da sein müssen, da er geschrien hatte. Und warum hatte es von all den vielen Höhlenlöwen auf der Steppe ausgerechnet Baby sein müssen, den sie in der Schlucht vorfand? Ihr Totem mußte sie dorthin geführt haben. Und was war mit ihrem Traum von dem Mann mit dem gelben Haar? Wer war dies? Warum war er hierhergebracht worden? Sie hatte keine Ahnung, was für eine Bedeutung er in ihrem Leben haben sollte; nur eines wußte sie: Es würde nie mehr das Gleiche sein. Sie hatte das Gesicht der Anderen gesehen.

Sie fühlte, daß Winnie von hinten ihre Schnauze unter ihre Hand schob, und so drehte sie sich um. Das Pferd schob seinen Kopf über die Schulter der Frau, und Ayla hob beide Arme in die Höhe über die Schulter und umschlang seinen Hals damit. Dann legte sie den Kopf daran. Da stand sie, klammerte sich an das Tier, wollte ihr gewohntes behagliches Leben fortführen und hatte Angst vor der Zukunft. Dann streichelte sie die Stute, klopfte und liebkoste sie und fühlte die Bewegung des Jungen, mit dem sie trächtig ging.

»Lange kann es nicht mehr dauern, Winnie. Allerdings bin ich froh, daß du mir geholfen hast, diesen Mann hierherzubringen. Allein hätte ich das nie geschafft.«

Ich sollte hineingehen und nachsehen, daß mit ihm alles in Ordnung ist, dachte sie, beunruhigt, daß ihm etwas zustoßen könnte, wenn sie ihn auch nur einen Moment allein ließ. Er jedoch hatte sich nicht bewegt. Trotzdem blieb sie bei ihm, beobachtete, wie sein Atem ging, und brachte es nicht fertig, die Augen von ihm abzuwenden. Dann fiel ihr etwas Außergewöhnliches auf: er hatte keinen Bart! Alle Männer im Clan hatten Bärte, buschige braune Bärte. Hatten die Männer der Anderen keine Bärte?

Sie berührte sein Kinn und fühlte die rauhen Stoppeln neuen Bartwuchses. Also hatte er doch einen Bart, nur einen sehr kurzen. Verwirrt schüttelte sie den Kopf. Wie jung er aussah! Und dafür war er sehr groß und muskulös. Trotzdem kam er ihr plötzlich mehr wie ein Junge denn wie ein Mann vor.

Er wandte den Kopf, stöhnte auf und murmelte etwas. Seine Worte konnte sie nicht verstehen, doch hatten sie etwas, das ihr das Gefühl gab, eigentlich müßte sie sie verstehen. Sie legte ihm die Hand auf die Stirn, dann auf die Wange, und spürte, daß Fieberhitze in ihm aufstieg. Ich sollte sehen, daß ich ihn dazu bringe, etwas Weidenrinde einzunehmen, dachte sie und stand wieder auf.

Während sie die Weidenrinde hervorholte, sah sie ihren Vorrat an Heilkräutern durch. Immer wieder hatte sie sich gefragt, warum sie wohl eine ganze Heilkräutersammlung aufbewahrte, wo sie doch niemand zu behandeln hatte außer sich selbst. Rein aus Gewohnheit offenbar. Aber jetzt war sie froh darüber. Es gab viele Pflanzen, die sie weder im Tal noch auf den Steppen gefunden hatte, die aber in der Nähe der Clanshöhle häufig vorgekommen waren; doch was sie hatte, reichte; außerdem hatte sie noch einige gefunden, die weiter im Süden unbekannt waren. Iza hatte sie gelehrt, unbekannte Pflanzen an sich selbst auszuprobieren, um herauszufinden, ob sie sich für Heilzwecke oder zum Essen eigneten; allerdings war sie mit keinem der neu gewonnenen Kräuter ganz zufrieden – jedenfalls genügte ihre Erfahrung ihr nicht, sie an dem Mann auszuprobieren.

Neben der Weidenrinde nahm sie noch eine Pflanze herunter, in deren Anwendung sie sich gut auskannte. Der behaarte Stengel wies keinerlei Blätter auf, schien aber aus der Mitte breiter, spitz zulaufende Doppelblätter hervorzuwachsen. Als sie sie gepflückt hatte, waren Trauben von weißen Blüten daran gewesen, die jetzt zu einem Braun verwelkt waren. Die Pflanze sah dem Odermennig so ähnlich, daß sie sie für eine Verwandte dieses Krauts hielt – doch eine der anderen Medizinfrauen auf der Clansversammlung hatte sie Wasserdost genannt und Knochenbrüche damit behandelt. Ayla verwendete es, um Fieber zu senken; allerdings mußte der Pflanzensaft zu einem dicken Sirup zusammengekocht werden, und das brauchte seine Zeit. Nahm man diesen Sirup ein, schwitzte man ausgiebig; er war jedoch so stark, daß sie es bei dem durch den Blutverlust sehr geschwächten Mann eigentlich nicht anwenden wollte – es sei denn, es ließ sich nicht vermeiden. Immerhin war es gut, auf diese Möglichkeit vorbereitet zu sein.

Auch Luzerne fiel ihr ein. Frische Luzerneblätter, in heißem Wasser eingeweicht, halfen bei der Blutgerinnung. Unten hatte sie einige Luzernen gesehen. Und wichtig war auch noch eine kräftige Fleischbrühe, damit er wieder zu Kräften kam. Was da in ihr dachte, war wieder die Medizinfrau; damit überwand sie die Verwirrung, in die sie vorhin geraten war. Von Anfang an hatte sie sich an einen einzigen Gedanken geklammert, und diese Überzeugung wurde nun immer stärker in ihr: *Dieser Mann muß am Leben bleiben!*

Sie legte ihn so hin, daß sein Kopf auf ihrem Schoß lag, und schaffte es dann, ihm etwas von dem Weidenrindentee einzuflößen. Seine Augenlider flatterten, und er murmelte auch etwas, blieb jedoch weiterhin bewußtlos. Die Wunden, die er davongetragen hatte, waren rot und heiß geworden, und sein Bein schwoll sichtlich an. Sie wechselte den Umschlag aus und machte auch für die Schwellung am Kopf eine neue Kompresse. Wenigstens diese war zurückgegangen. Als der Abend fortschritt, wuchs ihre Sorge, und sie wünschte, Creb wäre da, die

Geister anzurufen, die ihr helfen konnten, so wie er es für Iza getan hatte.

Als die Dunkelheit hereingebrochen war, wälzte der Mann sich auf dem Lager hin und her und stieß Wörter aus. Eines insbesondere sagte er immer und immer wieder; hinzu kamen Laute, die sich anhörten, als enthielten sie eine drängende Warnung. Sie meinte, es müsse ein Name sein, vielleicht der Name des anderen Mannes. Mit dem Rippenknochen eines Hirschs, dessen Ende sie ein wenig ausgehöhlt hatte, flößte sie ihm irgendwann gegen Mitternacht das Odermennig-Konzentrat ein. Da er sich gegen den bitteren Geschmack wehrte, schlug er für einen Moment die Augen auf, doch sah sie keinerlei Erkennen in der dunklen Tiefe. Ihm später den Stechapfeltee einzuflößen, war leichter – gleichsam, als hätte er das Bedürfnis, sich den Mund auszuspülen und den bitteren Geschmack loszuwerden. Sie war froh, den schmerzlindernden und schlafférdernden Stechapfel in der Nähe der Höhle gefunden zu haben.

Sie wachte die ganze Nacht bei ihm und hoffte, das Fieber würde sinken, doch erst gegen Morgen war der Höhepunkt erreicht. Hinterher wusch sie ihm den schweißüberströmten Körper mit kaltem Wasser und wechselte die Fellunterlage auf der Lagerstatt. Danach schlief er besser, und sie döste auf einem Fell neben ihm.

Plötzlich starrte sie in den hellen Sonnenschein, der durch die Öffnung hereinkam, und überlegte, warum sie denn so hellwach sei. Sie drehte sich auf die andere Seite, sah den Mann, und die Ereignisse des gestrigen Tages gingen ihr durch den Sinn. Der Mann schien entspannt und normal zu schlafen. Still lag sie da und lauschte, dann hörte sie Winnie schwer atmen. Rasch stand sie auf und ging auf die andere Seite der Höhle.

»Winnie!« sagte sie aufgeregt, »ist es soweit?« Die Stute brauchte nicht zu antworten.

Ayla hatte zuvor geholfen, Kinder auf die Welt zu bringen, und hatte sogar selbst eines geboren, doch einem Pferd dabei zu helfen, war eine neue Erfahrung für sie. Winnie wußte, was sie zu tun hatte, schien jedoch Aylas tröstliche Anwesenheit willkommen zu heißen. Erst gegen Ende, als das Füllen zum Teil schon heraus war, half Ayla, es den Rest des Weges herauszuziehen. Sie lächelte freudig, als Winnie anfing, das struppige braune Fell ihres frischgeborenen Hengstfohlens zu lecken.

»Das sehe ich zum erstenmal in meinem Leben: Daß jemand bei einem Pferd Hebamme spielt«, sagte Jondalar.

Ayla fuhr beim Klang seiner Stimme herum und erkannte, daß der Mann, der sich auf einen Ellenbogen gestützt hatte, sie beobachtete.

20

Ayla starrte den Mann an. Sie konnte nicht anders, obwohl sie wußte, daß es sich nicht gehörte. Ihn zu betrachten, während er bewußtlos war oder schlief, war eine Sache – doch ihn jetzt, da er hellwach war, anzublicken, war etwas völlig anderes. Er hatte blaue Augen!

Sie wußte, daß ihre Augen blau waren: Das war einer der Unterschiede, die der Clan sie oft genug hatte spüren lassen, und außerdem hatte sie sie in ihrem Spiegelbild im Teich gesehen. Aber die Augen der Clansangehörigen waren braun. Nie hatte sie jemand mit blauen Augen gesehen, und schon gar nicht mit Augen von einem so leuchtenden Blau, daß sie es kaum fassen konnte.

Diese blauen Augen hielten sie in ihrem Bann: Ihr war, als könnte sie keine Bewegung machen, bis ihr aufging, daß sie zitterte. Da erst begriff sie, daß sie einen Mann direkt angesehen hatte, und ihr schoß das Blut zu Kopf, als sie verlegen die Augen abwandte. Es war nicht nur ungehörig, jemand anzustarren; eine Frau durfte einen Mann überhaupt nicht ansehen; einen Fremden schon gar nicht.

Ayla senkte den Blick und bemühte sich, ihre Fassung wiederzugewinnen. Was muß er von mir denken! Freilich: Es war lange her, daß sie mit jemand zusammengewesen war, und dieses Mal war es überhaupt das erste Mal, daß sie mit einem von den Anderen zusammen war – zumindest, soweit sie sich erinnern konnte. Es verlangte sie danach, ihn anzusehen. Sie sehnte sich danach, die Augen zu füllen, den Anblick eines anderen Menschen in sich hineinzutrinken, das Bild eines Menschen, der so ungewöhnlich war. Gleichzeitig war es ihr wichtig, daß er gut von ihr dachte. Sie wollte ihrer ungehörigen Neugier wegen nicht in ein falsches Licht geraten.

»Es tut mir leid, ich wollte dich nicht in Verlegenheit bringen«, sagte er und überlegte, ob er sie verletzt habe oder ob sie bloß schüchtern sei. Als sie schwieg, verzog er den Mund zu einem schiefen Lächeln, und ihm ging auf, daß er Zelandonii gesprochen hatte. Er wechselte daraufhin zu Mamutoi über, und als auch das keine Reaktion bei ihr hervorrief, versuchte er es mit Sharamudoi.

Sie hatte mit verstohlenen Blicken zugehört, so wie Frauen es taten, wenn sie darauf warteten, daß der Mann ihnen das Zeichen gab, sich nähern zu dürfen. Doch er machte keinerlei Zeichen, zumindest keine, die sie verstand. Er machte nur Worte. Nur, daß keines dieser Worte auch nur die geringste Ähnlichkeit mit den Lauten hatte, die der Clan ausstieß. Es waren keine kehligen, klar voneinander abgesetzten Silben – das waren Silben, die ineinanderflossen. Sie konnte nicht einmal sagen, wann eine aufhörte und die andere begann. Seine Stimme hatte einen angenehmen, tiefen Klang, der sie allerdings zur Verzweiflung brachte. Irgendwie begriff sie grundsätzlich, daß sie ihn verstehen sollte, dazu jedoch außerstande war.

Sie wartete immer noch auf das Zeichen zum Näherkommen, bis das Warten peinlich wurde. Dann fiel ihr ein, daß Creb ihr in der allerersten Zeit beim Clan hatte beibringen müssen zu reden. Er hatte ihr gesagt, auch sie hätte nur Laute von sich gegeben, woraufhin er sich gefragt habe, ob die Anderen sich womöglich auf diese Weise verständigten. Kannte denn dieser Mann überhaupt keine Zeichen? Schließlich, als sie begriff, daß ein solches nicht von ihm kommen würde, wußte sie, daß sie andere Mittel und Wege finden mußte, sich mit ihm zu verständigen – und sei es zunächst auch nur, um zu gewährleisten, daß er die Heilmittel einnahm, die sie für ihn bereitet hatte.

Jondalar wußte nicht, was tun. Keines seiner Worte hatte eine Reaktion bei ihr hervorgerufen, und er fragte sich, ob sie wohl taub sei. Doch dann fiel ihm wieder ein, wie rasch sie den Kopf gedreht hatte, als er sie das erste Mal angesprochen hatte. Was für eine sonderbare Frau, dachte er voller Unbehagen. Wo wohl ihre Angehörigen sind? Er sah sich in der kleinen Höhle um, sah die falbfarbene Stute mit dem fuchsroten Füllen und stutzte. Was macht das Pferd in einer Höhle? Und warum erlaubte es der Frau, Geburtshilfe bei ihm zu leisten? Nie zuvor hatte er gesehen, wie ein Pferd gefohlt hatte, nicht einmal draußen auf den Ebenen. Ob die Frau über besondere Kräfte gebot?

Das Ganze bekam etwas Unwirkliches, als wäre es ein Traum; dabei schlief er doch gar nicht. Aber vielleicht ist es noch schlimmer. Vielleicht ist sie eine Donii, die gekommen ist, dich zu holen, Jondalar, dachte er erschauernd; vielleicht ist sie alles andere als ein guter Geist . . . falls sie überhaupt ein Geist war. Er war erleichtert, als sie – wenn offenbar auch widerstrebend – zum Feuer hinüberging.

Sie hatte etwas Schüchternes und bewegte sich, als ob sie wollte, daß er sie nicht sah. An irgendwas erinnerte sie ihn ... aber an was? Und gekleidet war sie auch seltsam. Sie schien einfach eine Tierhaut um sich gelegt und diese mit einem Riemen zusammengenommen zu haben. Wo hatte er so etwas schon einmal gesehen? Es fiel ihm nicht ein.

Mit dem Haar hatte sie etwas Interessantes gemacht. Sie hatte es auf dem ganzen Kopf in ordentliche kleine Felder eingeteilt und die Haare darin zu Zöpfen geflochten. Zwar hatte er auch vorher schon Zöpfe gesehen, nie jedoch, daß jemand sie auf diese Art getragen hätte. Nicht abstoßend, nur ungewohnt. Gleich beim ersten Anblick hatte er gefunden, daß sie recht hübsch aussah. Jung hatte sie ausgesehen – sie hatte so etwas Unschuldiges in den Augen –, doch soweit er das bei der formlosen Hülle, die sie trug, beurteilen konnte, besaß sie den Körper einer reifen Frau. Sie schien seinen fragenden Blicken auszuweichen. Warum, fragte er sich. Irgendwie fand er sie ansprechend – und irgendwie war sie rätselhaft.

Daß er Hunger hatte, merkte er erst, als er die kräftige Brühe roch, die sie ihm brachte. Er versuchte, sich aufzusetzen, und der tiefsitzende Schmerz in seinem rechten Bein machte ihm bewußt, daß er auch noch andere Verletzungen davongetragen hatte. Ihm tat alles weh. Dann fragte er sich zum ersten Mal, wo er war und wie er hierhergekommen war. Plötzlich erinnerte er sich, daß Thonolan in die Schlucht hinuntergestiegen war ... das Brüllen ... und den gewaltigsten Höhlenlöwen, den er je gesehen hatte.

»Thonolan!« rief er und blickte sich entsetzt in der Höhle um. »Wo ist Thonolan?« Es war niemand in der Höhle außer der Frau. Sein Magen verkrampfte sich. Er wußte es und wollte es doch nicht wahrhaben. Vielleicht befand Thonolan sich in einer anderen Höhle irgendwo in der Nähe. Vielleicht kümmerte sich jemand anders um ihn. »Wo ist mein Bruder? Wo ist Thonolan?«

Das Wort kam Ayla bekannt vor. Es war dasjenige, das er immer wieder ausgestoßen hatte, als er aus den Tiefen seines Traums aufgeschrien hatte. Sie erriet, daß er von seinem Gefährten sprach, und so senkte sie den Kopf, um Achtung vor dem jungen Mann zu bekunden, der jetzt tot war.

»Wo ist mein Bruder, Frau?« schrie Jondolar, packte sie am Arm und schüttelte sie. »Wo ist Thonolan?«

Ayla war betroffen über diesen Ausbruch. Die Lautstärke seiner Stimme, die Angst, die Frustration, die ungezügelten Gefühle, die sie aus seiner Stimme heraushörte und seinem ganzen Verhalten entnahm – all das verstörte sie. Die Männer im Clan hätten ihre Gefühle nie so offen gezeigt. Gewiß, sie hätten nicht minder stark empfunden, nur – Männlichkeit wurde an Selbstbeherrschung gemessen.

Aber es stand Kummer in seinen Augen, und an der Art, wie er die Schultern verkrampfte und die Zähne zusammenbiß, entnahm sie, daß er sich gegen die Wahrheit wehrte, die er kannte, aber nicht anerkennen wollte. Die Leute, unter denen sie aufgewachsen war, verständigten sich mehr durch einfache Handzeichen und Gebärden. Positur, Haltung und Gesichtsausdruck, all das vermittelte Bedeutungsnuancen, die zum Ausdrucksschatz dazugehörten. Das Zucken eines Muskels konnte einer Bedeutung eine ganz bestimmte Wendung geben. Ayla war es gewohnt, die Körpersprache zu lesen, und der Verlust eines geliebten Menschen rief überall Schmerz hervor.

Auch ihre Augen verrieten ihre Gefühle, sprachen von ihrer Trauer und ihrem Mitgefühl. Sie schüttelte den Kopf und senkte ihn wieder. Er konnte sich dem, was er ohnehin wußte, nicht länger verschließen. Er ließ sie los, und ergeben sackten seine Schultern herunter.

»Thonolan ... Thonolan ... warum hast du immer weitergehen müssen? Ach, Doni, warum? Warum hast du meinen Bruder genommen?« rief er, und seine Stimme klang gepreßt und verkrampft. Er versuchte, sich der Verzweiflung zu widersetzen, und gab seinem Schmerz Raum, nur ... eine so tiefe Verzweiflung hatte er noch nie erlebt. »Warum hast du ihn mir nehmen müssen, und warum bin ich ganz allein zurückgeblieben? Du weißt doch, er ist der einzige Mensch gewesen, den ich jemals ... geliebt habe. Große Mutter ... Er war mein Bruder ... Thonolan! ... Thonolan!«

Kummer und Schmerz waren etwas, was Ayla verstand. Sie hatte am eigenen Leib erfahren, wie das war; ihr Mitgefühl regte sich, und sie hatte das Bedürfnis, ihn zu trösten. Ohne zu wissen, wie es geschah, hielt sie den Mann plötzlich umfaßt, und wiegte sich mit ihm, während er verzweifelt den Namen herausschrie. Er kannte diese Frau nicht, aber sie war ein Mensch, ein mitleidender Mensch, jemand, der erkannte, was er brauchte, und entsprechend reagierte.

Da er sich an sie klammerte, spürte er, wie etwas Überwältigendes in ihm aufwallte; den Kräften in einem Vulkan gleich, wenn sie einmal entfesselt sind, gab es kein Halten mehr für ihn. Er schluchzte auf, und dann zuckte sein ganzer verkrampfter Körper. Schreie entrangen sich seinem tiefsten Inneren, und jeder zerrissene Atemzug kostete ihn übermenschliche Anstrengung.

Nie hatte er sich so vollkommen gehen lassen – jedenfalls seit seiner Kindheit nicht. Es entsprach nicht seinem Wesen, seine innersten Gefühle preiszugeben. Dazu waren diese zu übermächtig, und er hatte früh gelernt, sie zu beherrschen – doch die durch Thonolans Tod geöffneten Schleusen setzten Empfindungen frei, die mit längst vergessenen Erinnerungen verbunden waren.

Serenio hatte recht gehabt. Für die meisten Menschen war seine Liebe zuviel. Und war sein Zorn erst mal entfesselt, gab es auch für ihn kein Halten mehr. Beim Heranwachsen hatte er in rechtschaffener Wut einmal solche Verheerungen angerichtet, daß er jemand beinahe umgebracht hätte. Alle seine Gefühle waren zu machtvoll. Selbst seine Mutter hatte sich gezwungen gesehen, sie sich vom Leibe zu halten, und hatte mit schweigendem Verständnis zugesehen, wie Freunde sich zurückzogen, weil er sich zu heftig an sie klammerte, sie im Übermaß liebte und zu viel von ihnen erwartete. Ähnliche Züge kannte sie von dem Mann, mit dem sie einst verheiratet gewesen und an dessen Herdfeuer Jondalar geboren war. Nur sein jüngerer Bruder schien imstande, mit seiner Liebe umzugehen, sie ohne weiteres anzunehmen und die Spannungen, die sich daraus ergaben, lachend abzutun.

Als sie nicht mehr mit ihm hatte fertigwerden können und die ganze Höhle in Aufruhr geraten war, hatte seine Mutter ihn zu Dalanar geschickt. Das war ein kluger Schritt gewesen. Denn als Jondalar zurückgekehrt war, hatte er nicht nur ein Handwerk erlernt, sondern auch noch gelernt, seine Gefühle zu beherrschen. Außerdem war er zu einem großen, muskulösen, bemerkenswert ansehnlichen Mann mit erstaunlichen Augen und einer unbewußten Ausstrahlung herangewachsen, die seine ganze Tiefe zum Ausdruck brachte. Besonders Frauen spürten, daß mehr an ihm sei, als er zu zeigen bereit war. Er wurde zu einer unwiderstehlichen Herausforderung, doch keine konnte ihn ganz gewinnen. Mochten sie seiner Tiefe auch noch so sehr nachspüren, seine tiefsten Empfindungen erreichten sie nicht, und mochten sie auch noch soviel nehmen, er hatte immer noch mehr zu geben. Er fand rasch heraus, wie weit er bei einer jeden gehen könne, doch für ihn waren diese Beziehungen oberflächlich und unbefriedigend. Die einzige Frau in seinem Leben, die ihm auf gleicher Ebene begegnet war, war einer anderen Berufung gefolgt. Sie wäre aber in jedem Fall nicht die richtige Frau für ihn gewesen.

Sein Kummer stand der Tiefe seines Wesens in nichts nach, nur – die Frau, die ihn umfangen hielt, hatte Gram gekannt, der nicht minder groß gewesen war. Sie hatte alles verloren – und das mehr als einmal; und doch hatte sie durchgehalten. Sie spürte, daß sein leidenschaftlicher Ausbruch mehr war als der Ausfluß von normalem Herzeleid und verschaffte ihm kraft ihres Verständnisses Linderung.

Als er nicht mehr von Schluchzen geschüttelt wurde, merkte sie, daß sie, während sie ihn in den Armen hielt, leise vor sich hinsummte. Mit diesem Gesumm hatte sie Uba, Izas Tochter, in den Schlaf gewiegt; und hatte erlebt, wie ihr eigener Sohn die Augen dabei geschlossen hatte, und sie hatte ihren eigenen Kummer und ihr eigenes Gefühl der Verlassenheit mit dem gleichen, einlullenden Laut beschwichtigt. Er war eben angemessen. Schließlich, tränenlos und erschöpft, ließ er von ihr ab. Den Kopf abgewandt, starrte er die Wand der Höhle an. Als sie seinen Kopf drehte, um ihm die Tränen mit kaltem Wasser abzuwischen, schloß er die Augen. Er wollte – oder konnte – sie nicht anblicken. Bald entspannte sich sein ganzer Körper, und da wußte sie, daß er schlief.

Sie ging nachsehen, was Winnie mit ihrem Füllen machte; dann trat sie hinaus. Auch sie kam sich völlig entleert vor, gleichzeitig aber auch erleichtert. Vom äußersten Ende des Simses aus blickte sie hinaus ins Tal und dachte daran, welche Angst sie gequält hatte, als sie mit dem Mann hinten auf dem Zuggestell hierhergekommen war – und an ihren heißen Wunsch, daß er nicht sterben möchte. Sie eilte zurück in die Höhle und vergewisserte sich, daß er noch immer atmete. Sie trug die kalte Suppe zurück ans Feuer – er hatte andere Stärkung nötiger gehabt – und überzeugte sich, daß ihre Kräuter vorbereitet wären, wenn er erwachte. Dann ließ sie sich leise auf dem Fell neben ihm nieder.

Sie konnte sich nicht an ihm sattsehen und betrachtete sein Gesicht, als ob es darum ginge, all die Jahre der Sehnsucht nach dem Anblick eines anderen Menschen nachzuholen. Nun, da er ihr nicht mehr ganz so fremd war, sah sie sein Gesicht auch mehr als ein Ganzes, nicht nur als Nebeneinander verschiedener Züge. Sie wollte es berühren, mit dem Finger sein Kinn entlangfahren und über die leichte Krümmung der Brauen. Dann traf es sie wie ein Blitz.

Seine Augen hatten genäßt! Sie hatte Feuchtigkeit von seinem Gesicht abgewischt, und ihre Schulter war jetzt noch ganz feucht. Also bin nicht nur ich es, dachte sie. Creb hat nie verstehen können, wieso meine Augen wässerten, wenn ich traurig war – bei niemand sonst taten sie das. Er hatte gemeint, mit meinen Augen müsse irgend etwas nicht stimmen. Und nun wurden auch diesem Mann die Augen feucht, wenn er traurig war. Offenbar war es so, daß allen Anderen die Augen näßten.

Daß Ayla die ganze Nacht über gewacht hatte wie auch ihre starken Gefühlsreaktionen machte sich jetzt bemerkbar, und sie schlief auf dem Fell neben ihm ein, obwohl es noch nicht Abend war. Jondalar erwachte, als es dunkel wurde. Er war durstig und suchte nach etwas zu trinken; die Frau neben ihm wollte er nicht wecken. Er hörte das Schnauben des Pferdes sowie seines neugeborenen Fohlens, konnte jedoch nur das falbene Fell der Stute erkennen, die sich auf der anderen Seite des Höhleneingangs niedergelegt hatte.

Dann betrachtete er die Frau. Sie lag auf dem Rücken, blickte in die andere Richtung. Er konnte nur die Linie von Nacken und Kinn sowie ihre Nasenform erkennen. Er erinnerte sich an seinen Gefühlsausbruch, dann erst fiel ihm der Grund dafür wieder ein. Der Schmerz vertrieb jedes andere Gefühl. Er spürte, wie seine Augen sich füllten, und drückte sie fest zu. Er versuchte, nicht an Thonolan zu denken; er versuchte, an überhaupt nichts zu denken. Nach einiger Zeit gelang ihm das, und er wachte erst mitten in der Nacht wieder auf. Sein Stöhnen weckte auch Ayla.

Es war dunkel. Das Feuer war ausgegangen. Ayla tastete sich zur Feuerstelle vor, holte Zunder und Späne von dort, wo sie ihren Vorrat liegen hatte, und dann Feuerstein und Eisenpyrit.

Jondalars Fieber war wieder gestiegen, aber er war wach. Dennoch meinte er, für einige Zeit gedöst zu haben. Er konnte unmöglich glauben, daß die Frau so schnell ein Feuer gemacht hatte. Er hatte beim Aufwachen nicht einmal Kohlenglut gesehen.

Sie brachte dem Mann kalten Weidenrindentee, den sie zuvor zubereitet hatte. Er stützte sich auf einen Ellbogen, um den Becher in Empfang zu nehmen und trank ihn trotz der Bitterkeit ganz aus, so groß war sein Durst. Den Geschmack erkannte er wieder – jeder schien die Heilkraft von Weidenrinde zu kennen –, hätte jedoch lieber einen Schluck klares Wasser gehabt. Er verspürte auch das Bedürfnis, sein Wasser zu lassen, wußte jedoch nicht, wie er ihr beides begreiflich machen sollte. Er nahm den leergetrunkenen Becher, drehte ihn um, um ihr zu zeigen, daß er leer sei, und hob ihn dann an die Lippen.

Sie verstand sofort, brachte den Wasserschlauch, füllte ihm den Becher und ließ den Schlauch dann neben ihm liegen. Das Wasser stillte seinen Durst, vergrößerte aber sein anderes Bedürfnis so sehr, daß er sich unruhig hin- und herwarf. Daran erkannte die Frau sein Bedürfnis, nahm einen brennenden Ast aus dem Feuer, um ihn als Fackel zu benutzen, und begab sich in jenen Teil ihrer Höhle, wo sie Dinge lagerte. Wonach sie suchte, das war ein Behältnis, egal wie es aussah, doch als sie erst einmal da war, fand sie andere nützliche Dinge.

Sie hatte Steinlampen gefertigt, eine flache Mulde in einen Stein gehauen, die geschmolzenes Fett und einen Moosdocht aufnahm, die Lämpchen jedoch kaum gebraucht. Für gewöhnlich reichte ihr das Licht, das von ihrem Feuer ausging. Sie nahm eine Lampe zur Hand, fand die Moosdochte und suchte dann eine mit Fett gefüllte Blase. Als sie neben den gefüllten auch noch eine leere Blase liegen sah, nahm sie auch diese mit.

Die gefüllte stellte sie in die Nähe des Feuers, damit das Fett weich wurde, und die leere brachte sie Jondalar – nur, wozu sie dienen sollte, konnte sie ihm nicht erklären. Sie löste die Lasche zum Gießen und zeigte ihm die Öffnung. Er wußte nicht, was er davon halten sollte. Es gab keine andere Möglichkeit. Sie zog die Decke fort, doch als sie mit der offenen Blase zwischen seine Beine griff, begriff er plötzlich und nahm sie ihr ab.

Es kam ihm lächerlich vor, auf dem Rücken zu liegen und sein Wasser fließen zu lassen. Ayla merkte, wie unbehaglich ihm das war und trat ans Feuer, um die Lampe zu füllen. Sie mußte lächeln. Er ist noch nie verletzt worden, jedenfalls nicht ernstlich genug, als daß er nicht hätte laufen können. Sie lächelte ein wenig betreten, als sie ihm die gefüllte Blase abnahm, um sie draußen zu leeren. Danach brachte sie sie ihm zurück, damit er etwas hätte, wenn er es brauchte, und machte dann das Lämpchen mit Öl und Docht gebrauchsfertig. Sie trug es ihm hinüber und zog die Decke wieder über sein Bein.

Er versuchte, sich hinzusetzen, um etwas sehen zu können. Doch das tat weh. Sie stopfte ihm etwas in den Rücken. Als er die Krallenspuren auf seiner Brust und dem Arm sah, begriff er, warum es wehtat, seine rechte Seite zu gebrauchen; was ihm jedoch mehr Sorgen bereitete, war der tiefsitzende Schmerz in seinem Bein. Wie weit mochte es mit dem Können dieser Frau her sein? Weidenrindentee machte noch keine Heilkundige aus.

Als sie den blutigen Umschlag entfernte, wurde er noch besorgter. Das Lämpchen war mit Sonnenlicht nicht zu vergleichen, ließ jedoch keinerlei Zweifel an der Ernsthaftigkeit seiner Verletzung zu. Sein Bein war geschwollen, zerschunden und druckempfindlich. Er sah genauer hin und meinte, Fäden und Knötchen zu bemerken, die sein Fleisch zusammenhielten. Er hatte von der Heilkunst keine Ahnung. Bis vor kurzem hatte er sich nicht mehr dafür interessiert als die meisten gesunden jungen Männer – hatte ein Zelandoni jemals einen Menschen mit Fäden zusammengebunden und diese verknotet?

Als sie den neuen Umschlag bereitete – diesmal aus Blättern, nicht aus Stengeln –, gab er sehr acht und hätte sie gern gefragt, um was für Blätter es sich handelte. Er hätte sie gern ausgefragt, um sich ein Bild davon zu machen, was sie von der Heilkunft verstand. Aber sie kannte keine der Sprachen, die er beherrschte. Ja, wenn er jetzt darüber nachdachte, war ihm so, als ob er sie überhaupt noch nie hätte reden hören. Doch wie konnte sie eine Heilerin sein, wenn sie nicht reden konnte? Immerhin schien sie genau zu wissen, was sie tat – und was es auch immer sein mochte, was sie ihm da aufs Bein legte, es linderte den Schmerz ein wenig.

Er entspannte sich – was blieb ihm auch schon anderes übrig – und verfolgte, wie sie seine Brust und die Arme mit einem lindernden Mittel wusch. Erst als sie den Riemen lockerte, mit dem die Kompresse seitlich am Kopf festgehalten wurde, wußte er, daß er auch am Kopf etwas abbekommen hatte. Er griff hinauf, befühlte die Beule und eine schmerzende Stelle, dann band sie eine frische Kompresse darüber.

Sie kehrte an die Feuerstelle zurück, um die Suppe aufzuwärmen. Er beobachtete sie und versuchte immer noch, dahinterzukommen, wer sie wohl sein mochte. »Das riecht gut«, sagte er, als der Duft der Fleischbrühe zu ihm herübergetragen wurde.

Der Klang seiner Stimme schien nicht hierherzupassen. Er war sich nicht sicher warum, aber es ging dabei um mehr als um das Bewußtsein, daß sie ihn nicht verstand. Als sie auf die Sharamudoi gestoßen waren, hatte keiner die Sprache des anderen verstanden; trotzdem war geredet worden – vom ersten Augenblick an und sehr lautstark –, denn jeder hatte versucht, Wörter zu finden, die den Verständigungsprozeß in Gang setzten. Diese Frau hingegen machte keinerlei Anstalten, mit irgendeinem Wortaustausch zu beginnen und reagierte auf seine Versuche stets nur mit einem verwirrten Augenausdruck. Sie schien nicht nur die Sprachen nicht zu können, die er konnte, sondern überhaupt nicht den Wunsch zu haben, sich zu verständigen.

Nein, das stimmt nicht ganz, sagte er sich. Schließlich *hatten* sie sich verständigt. Sie hatte ihm Wasser gebracht, als er etwas zu trinken hatte haben wollen, und sie hatte ihm eine Blase gegeben, sein Wasser darin abzuschlagen, obwohl er keine Ahnung hatte, woher sie wußte, daß er unter Harndrang litt. Er hatte nicht weiter darüber nachgedacht, welche Verständigungsmöglichkeiten sie benutzt hatten, als er seinem Kummer Ausdruck verliehen hatte – dazu war der Schmerz noch viel zu frisch –, aber er hatte ihre Anteilnahme gespürt und sie berücksichtigt, als er sich den Kopf über sie zerbrochen hatte.

»Ich weiß, du kannst mich nicht verstehen«, sagte er behutsam. Er wußte nicht recht, was er zu ihr sagen sollte, hatte aber das Bedürfnis, es zu tun. Nachdem er erst einmal damit angefangen hatte, kamen ihm die Wörter leichter. »Wer bist du? Wo sind denn die anderen deines Volkes?« Er konnte nicht weit über den Kreis des Feuers hinausblicken, hatte aber niemand sonst gesehen und auch nichts entdeckt, was bewiesen hätte, daß es sie gab. »Warum willst du nicht reden?« Sie sah ihn an und sagte nichts.

Daraufhin schlich sich ein seltsamer Gedanke bei ihm ein. Er erinnerte sich, schon einmal mit einem Heilkundigen im Dunkeln zusammengesessen zu haben; bei der Gelegenheit hatte der Shamud von bestimmten Prüfungen erzählt, denen sich Diejenigen unterzogen, Die Der Mutter Dienten. War es da nicht auch um Zeiten des Alleinseins gegangen? Zeiten des Schweigens, da sie mit keinem anderen Menschen sprechen durften? Zeiten der Enthaltsamkeit und des Fastens?

»Du lebst hier allein, nicht wahr?«

Wieder richtete Ayla den Blick auf ihn und bemerkte seinen fassungslosen Ausdruck, als ob er sie zum erstenmal wahrnähme. Aus irgendeinem Grunde brachte das ihr wieder ihre Ungehörigkeit zum Bewußtsein, und so senkte sie die Augen und sah wieder die Brühe an. Er aber schien völlig unberührt von ihrem unschicklichen Verhalten. Er sah sich in ihrer Höhle um und machte Laute mit dem Mund. Sie füllte eine Schale, hockte sich dann damit vor ihn hin und senkte den Kopf, womit sie ihm Gelegenheit geben wollte, ihr auf die Schulter zu klopfen und zu bestätigen, daß er ihre Anwesenheit wahrnahm. Es kam keine Berührung, und als sie nun doch aufblickte, sah er sie fragend an und sprach seine Worte.

Er weiß es nicht! Er sieht nicht, was ich ihn frage. Ich glaube, er kennt überhaupt keinerlei Zeichen und Signale. Unversehens ging ihr etwas auf: Wie sollen wir uns denn verständigen, wenn er meine Signale nicht sieht und ich seine Wörter nicht verstehe?

Irgend etwas wollte ihr nicht recht schmecken bei der Erinnerung an Creb, wie er versucht hatte, ihr das Reden beizubringen, sie jedoch nicht begriffen hatte, daß er mit den Händen redete; damals hatte sie sich nur mit Lauten verständigt. Und inzwischen hatte sie nun so lange die Sprache des Clans gesprochen, daß sie sich an die Bedeutung der Wörter überhaupt nicht mehr erinnerte.

Aber ich bin keine Clansangehörige mehr. Ich bin tot. Ich bin verflucht worden und kann nie wieder zurückkehren. Ich muß jetzt mit den Anderen leben und muß lernen, so zu sprechen, wie sie sprechen. Ich muß wieder lernen, Wörter zu verstehen, und muß lernen, sie auszusprechen, sonst werde ich mich nie verständlich machen können. Selbst wenn ich auf einen ganzen Clan von den Anderen gestoßen wäre, ich hätte mich nicht mit ihnen verständigen können; sie hätten nicht gewußt, was ich sagen wollte. Ist das der Grund, warum mein Totem wollte, daß ich hier bleibe? Bis dieser Mann zu mir kommen konnte? Damit er mir das Sprechen wieder beibringen kann? Es überlief sie, ihr war plötzlich kalt; dabei hatte sich kein Lüftchen geregt.

Jondalar redete einfach weiter, stellte Fragen, auf die er keine Antwort erwartete; Hauptsache, er hörte sich reden. Von der Frau war keinerlei Reaktion gekommen, und er glaubte, zu wissen warum. Er war sicher, daß sie entweder im Dienst der Mutter stand oder sich darauf vorbereitete, in ihn einzutreten. Das war die Antwort auf viele Fragen: wieso sie über Fertigkeiten in der Heilkunst verfügte, über das Pferd Gewalt besaß, warum sie allein lebte und nicht mit ihm reden wollte, vielleicht sogar, wie sie ihn gefunden und in diese Höhle gebracht hatte. Er überlegte, wo er sein mochte, doch spielte das im Augenblick keine Rolle. Er konnte von Glück sagen, daß er überhaupt noch lebte. Aber irgend etwas, das der Shamud gesagt hatte, nagte immer noch an ihm.

Hätte er dem weißhaarigen Heilkundigen nur mehr Aufmerksamkeit entgegengebracht, so ging ihm jetzt auf, er hätte nicht die Augen davor verschlossen, daß Thonolan sterben würde – doch war ihm nicht auch gesagt worden, daß er seinem Bruder folge, weil Thonolan ihn dorthin führen würde, wo er von allein nicht hingehen würde? Warum war er hierhergebracht worden?

Ayla hatte sich den Kopf darüber zerbrochen, wie sie es nur anstellen könnte, die Bedeutung seiner Wörter zu erfahren, und dabei war ihr eingefallen, wie Creb damals angefangen hatte: mit den Namenswörtern. Folglich nahm sie jetzt allen Mut zusammen, blickte ihm offen in die Augen, tippte sich auf die Brust und sagte: »Ayla.«

Jondalar machte große Augen. »Dann hast du dich also doch entschlossen zu sprechen? War das dein Name?« Er zeigte auf sie. »Sag es noch einmal.«

»Ayla.«

Eine merkwürdige Sprechweise, die sie hatte. Die beiden Wortteile waren wie abgehackt, die Kernlaute kamen kehlig hervor, als verschluckte sie sie. Er hatte zwar schon viele Sprachen gehört, doch keine, in der die Laute so kamen wie jetzt von ihr. Er konnte sie auch nicht ganz richtig wiederholen, versuchte es aber, sie möglichst genau nachzusprechen. »Aaailah.«

Sie konnte ihren Namen in diesen Lauten kaum wiedererkennen. Manche Clansangehörigen hatten größte Schwierigkeiten damit gehabt, doch keiner hatte ihn so ausgesprochen wie er eben. Er verband die einzelnen Laute miteinander, veränderte die Tonhöhe, so daß der erste Teil ihres Namens hoch ausgesprochen wurde, während der zweite gleichsam abrutschte. Sie konnte sich nicht erinnern, ihren Namen jemals auf diese Weise ausgesprochen gehört zu haben, und doch schien sie richtig. Sie zeigte auf ihn und lehnte sich erwartungsvoll vor.

»Jondalar«, sagte er. »Ich bin Jondalar von den Zelandonii.«

Das war zuviel; sie konnte unmöglich alles mitbekommen. Sie schüttelte den Kopf und zeigte nochmals auf ihn. Er begriff, daß sie verwirrt war.

»Jondalar«, sagte er, und dann, langsamer, noch einmal: »Jon-da-lar.«

Ayla tat alles, um ihre Lippen genau diese Laute machen zu lassen, doch »Duh-da« stellte die größte Annäherung dar, die sie schaffte.

Er merkte, daß sie Schwierigkeiten hatte, die richtigen Laute hervorzubringen, doch auch, daß sie sich sehr darum bemühte. Daraufhin fragte er sich, ob sie wohl irgendeine Mißbildung im Mund habe, die sie am Sprechen hinderte. War das der Grund, warum sie nicht geredet hatte? Weil sie es einfach nicht konnte. Er nannte ihr seinen Namen noch einmal, langsam, und sprach dabei jeden Laut so klar aus, wie er konnte, so, als wendete er sich an ein Kind oder an jemand, der ein wenig begriffsstutzig war. »Jon-da-lar . . .«

»Don-da-lah«, versuchte sie es noch einmal.

»Das ist schon viel besser«, sagte er, nickte beifällig und lächelte. Diesmal hatte sie sich wirklich besonders viel Mühe gegeben. Er war sich nicht mehr so sicher, ob er wirklich mit seiner Annahme recht hätte, daß sie eine Frau war, die lernte, in Den Dienst Der Mutter zu treten. Dazu schien sie ihm nicht klug genug. Trotzdem lächelte er weiterhin und nickte.

Er machte das glückliche Gesicht! Kein einziger im Clan hatte jemals so gelächelt, nur Durc. Und doch war es ihr mit so großer Selbstverständlichkeit gekommen, und jetzt machte er es genauso.

Die Überraschung, die sich auf ihrem Gesicht zeigte, wirkte so komisch, daß Jondalar an sich halten mußte, um nicht loszukichern; doch sein Lächeln vertiefte sich, und seine Augen strahlten Belustigung aus. Das Gefühl jedoch war ansteckend. Aylas Mundwinkel zogen sich nach oben, und als das Grinsen, mit dem er darauf reagierte, sie noch ermunterte, reagierte sie ihrerseits mit einem reinen, breiten und entzückten Lächeln.

»Ach, Frau«, sagte Jondalar. »Du redest vielleicht nicht viel, aber wenn du lächelst, bist du bezaubernd.« Der Mann in ihm fing an, sie als Frau zu sehen, und zwar als sehr attraktive Frau. Und so sah er sie jetzt auch an.

Irgend etwas war anders. Das Lächeln war immer noch da, doch seine Augen . . . Ayla fiel auf, daß seine Augen im Licht des Feuers tiefviolett aussahen und mehr verrieten als Belustigung. Sie wußte nicht, was es mit seiner Art zu sehen auf sich hatte, doch ihr Körper wußte es. Er registrierte die Aufforderung und reagierte mit der gleichen ziehenden und kribbelnden Empfindung tief in ihrem Inneren, die sie gehabt hatte, als sie Winnie und dem Fuchshengst zugesehen hatte. Seine Augen waren so zwingend, daß sie sich einen Ruck geben mußte, um woanders hinzusehen. Sie hantierte fahrig mit den Fellen auf seiner Lagerstatt herum und zog sie glatt, dann nahm sie die Eßschale und erhob sich, ohne ihn dabei anzusehen.

»Ich glaube, du bist schüchtern«, sagte Jondalar und sah sie weicher an. Sie erinnerte ihn an eine junge Frau vor den Ersten Wonnen. Er spürte das sanfte Sehnen, das ihn angesichts der jungen Frauen bei dieser Feier immer befiel, und das heftigere Ziehen in seinen Lenden. Und dann den Schmerz in seinem rechten Bein. »Ist auch ebenso gut«, sagte er und setzte ein schiefes Lächeln auf. »Ich bin sowieso nicht imstande dazu.«

Er ließ sich zurücksinken auf das Lager und stieß dabei die Felle beiseite und strich sie glatt; sie hatte sie benutzt, um sie ihm in den Rücken zu stopfen. Er kam sich wie ausgelaugt vor. Sein Körper schmerzte, und wenn er daran dachte, warum, schmerzte es noch mehr. Er wollte sich weder erinnern, noch nachdenken. Er wollte einfach die Augen schließen und vergessen, sich dem Vergessen anheimgeben, das seinen Schmerzen ein Ende bereiten würde. Er spürte eine Berührung am Arm, und als er die Augen aufmachte, stand Ayla mit einem Becher vor ihm. Er schluckte den Sud, und es dauerte nicht lange, da legte der Schmerz sich und wurde er schläfrig. Da wußte er, daß sie ihm etwas eingegeben hatte, was das zur Folge hatte, und er war dankbar. Gleichwohl wunderte er sich, daß sie gewußt hatte, was er brauchte, ohne daß er ein Wort gesagt hatte.

Ayla hatte sein schmerzverzogenes Gesicht gesehen und wußte, wie schlimm es um seine Verletzungen bestellt war. Sie war eine erfahrene Medizinfrau und hatte den Stechapfelsud bereits zubereitet, als er noch geschlafen hatte. Sie beobachtete, wie die Runzeln auf seiner Stirn sich glätteten und sein Körper erschlaffte. Dann blies sie die Lampe aus und deckte das Feuer ab. Alsdann legte sie den Pelz, auf dem sie schlafen wollte, richtig hin, war aber alles andere als müde.

Beim Schimmer der abgedeckten Glut suchte sie sich den Weg zum Höhleneingang, doch als sie Winnie leise schnauben hörte, trat sie zu ihr. Sie freute sich darüber, daß die Stute sich hingelegt hatte. Die unbekannte Witterung des Mannes hatte sie nach dem Fohlen nervös gemacht. Jetzt, da sie sich hingelegt hatte, mußte sie sich mit der Anwesenheit des Fremden abgefunden haben. Ayla hockte sich unter Winnies Hals und vor ihre Brust hin, damit sie ihr den Kopf streicheln und sie hinter den Ohren kraulen konnte. Das Füllen, das neben den Zitzen seiner Mutter gelegen hatte, wurde neugierig und kuschelte sich zwischen sie. Ayla streichelte und kraulte auch das Hengstfohlen und streckte ihm dann die Finger hin. Sie spürte das Saugen, doch als das Füllen merkte, daß hier nichts zu holen sei, ließ es von Ayla ab.

Er ist ein wunderbares kleines Pferd, Winnie, und wird groß und stark werden, genauso wie du. Jetzt hast du jemand von deiner Art, genauso wie ich. Schwer zu fassen, nicht wahr? Nach all der Zeit nicht mehr allein zu sein! Tränen schossen ihr in die Augen, und das hatte sie nicht erwartet. Wie viele Monde sind nun vergangen, seit ich verflucht worden bin und keinen anderen Menschen gesehen habe? Und jetzt plötzlich ist jemand da. Ein Mann, Winnie. Ein Mann von den Anderen, und ich glaube, er bleibt am Leben. Mit dem Handrücken wischte sie sich die Tränen fort. Und seine Augen wässern genauso wie meine, Winnie, und angelächelt hat er mich auch. Und ich habe sein Lächeln erwidert.

Ich bin eine von den Anderen; Creb hat recht damit gehabt. Iza hat mir gesagt, ich soll Leute meiner Art suchen und mir einen Gefährten nehmen! Winnie! Ist er mein Gefährte? Ist er aus diesem Grunde hierhergebracht worden? Hat mein Totem ihn hierhergeführt?

Baby! Baby hat ihn mir gegeben. Er ist auserwählt worden, genauso wie ich auserwählt worden bin. Geprüft und für gut befunden, von Baby, von dem kleinen Höhlenlöwen, den mein Totem mir geschenkt hat! Und jetzt ist der Höhlenlöwe auch sein Totem. Das bedeutet, daß er mein Gefährte sein könnte. Ein Mann mit dem Totem eines Höhlenlöwen könnte stark genug sein für eine Frau mit einem Totem eines Höhlenlöwen. Ich könnte sogar noch mehr Kinder bekommen. Ayla legte die Stirn in Falten. Aber Babys wurden ja nicht wirklich von den Totems gemacht. Ich weiß, daß Broud den Anstoß dafür gegeben hat, daß Durc in mir wuchs – dadurch, daß er sein Glied in mich hineinsteckte. Männer sind es, die die Babys wachsen lassen, nicht die Totems. Don-da-lah ist ein Mann . . .

Plötzlich hatte Ayla im Geiste sein Glied vor sich, wie es sich versteifte, weil der Drang des Wasserlassens so groß war, und die blauen Augen, die sie ganz durcheinander brachten. Sie spürte ein merkwürdiges Pulsieren in sich, das sie ganz unruhig machte. Warum hatte sie diese sonderbaren Empfindungen? Angefangen hatten sie, als sie Winnie und den Fuchshengst beobachtet hatte . . .

Ein dunkelbraunes Pferd! Und jetzt hat sie ein dunkelbraunes Füllen. Dieser Hengst hat den Anstoß dafür gegeben, daß ein Baby in ihr wuchs. Don-da-lah könnte den Anstoß dafür geben, daß ein Baby in mir wächst. Er könnte mein Gefährte sein . . .

Und was ist, wenn er mich nicht will? Iza hat gesagt, Männer täten das, wenn eine Frau ihnen gefiele. Die meisten Männer jedenfalls. Broud hat mich nicht gemocht. Ich hätte nichts dagegen, wenn Don-da-lah . . . Plötzlich errötete sie. Ich bin so groß und häßlich! Warum sollte er das mit mir machen? Warum sollte er mich als Gefährtin haben wollen? Vielleicht hat er sogar schon eine Gefährtin. Und was ist, wenn er fort will?

Er darf nicht fort. Er muß mir beibringen, wieder Wörter zu sprechen. Ob er wohl bliebe, wenn ich seine Wörter verstünde?

Ich werde sie lernen. Ich werde all seine Wörter lernen. Vielleicht bleibt er dann, selbst wenn ich groß und häßlich bin. Er darf jetzt nicht fort.

Ayla sprang auf und lief wie von Panik getrieben zur Höhle hinaus. Schwarz ging kaum merklich in samtenes Tiefblau über: die Nacht war fast vorüber. Sie verfolgte, wie Bäume und vertraute Besonderheiten der Landschaft Gestalt annahmen. Sie wollte hineingehen und sich den Mann nochmal ansehen, kämpfte jedoch gegen dies Bedürfnis an. Dann überlegte sie, daß es gut wäre, ihm etwas Frisches zum Frühstück bringen zu können und schickte sich an, hineinzugehen, um ihre Schleuder zu holen.

Aber vielleicht mag er es nicht, wenn ich jage? Zwar habe ich bereits beschlossen, daß ich mich von niemand davon abhalten lassen werde. Trotzdem ging sie nicht hinein, um ihre Schleuder herauszuholen. Sie stieg statt dessen zum Uferstreifen hinunter, legte ihren Überwurf ab und schwamm, wie sie es frühmorgens mit Vorliebe tat. Heute tat es ihr besonders gut und schien ihre ganzen Gefühlsaufwallungen fortzuspülen. Die Stelle, an der sie so gern gefischt hatte, war nach der Frühjahrsüberschwemmung verschwunden, doch weiter flußabwärts hatte sie eine neue Stelle entdeckt. Dorthin ging sie jetzt.

Jondalar wachte auf und hatte Essensgerüche in der Nase. Erst daran merkte er, wie ausgehungert er war. Er benutzte die Tierblase, um sein Wasser abzuschlagen; dann schaffte er es, sich aufzusetzen, sah sich um. Die Frau war fort, das Pferd samt Füllen desgleichen, doch der Platz, den sie eingenommen hatten, war die einzige andere Stelle in der Höhle, die entfernt einer Schlafstätte ähnelte. Es war auch nur eine Feuerstelle vorhanden. Die Frau lebte allein hier – bis auf die Pferde, und das waren ja nur Tiere.

Aber wo waren sie denn nur – ihre Leute? Ob es wohl in der Nähe noch andere Höhlen gab? Oder ob die Leute auf einem längeren Jagdzug waren? Im Lagerbereich fanden sich Einrichtungsgegenstände für eine Höhle, Felle und Leder, Pflanzen, die von einem Gestell herunterhingen, Fleisch und Gemüsevorräte, die für eine große Höhle gereicht hätten. Ob das alles nur für sie allein bestimmt war? Wenn sie wirklich allein lebte – wozu brauchte sie dann soviel? Und wer hatte ihn hierhergebracht? Vielleicht hatten ihre Leute ihn hergetragen und ihn dann bei ihr zurückgelassen.

So mußte es sein! Sie ist ihr Zelandoni, und sie haben mich zu ihr gebracht, damit sie mich gesundpflegt. Sie ist zwar jung dafür – zumindest macht sie den Eindruck –, aber sie versteht ihre Sache. Da gibt es keinen Zweifel. Wahrscheinlich hat sie sich hierher zurückgezogen, um irgendeine Prüfung zu bestehen und irgendwelche besonderen Fähigkeiten auszubilden – vielleicht mit Tieren –, und ihre Leute haben mich gefunden, es war niemand anders da, und so hat sie gestattet, daß sie mich hier ließen. Sie muß schon ein sehr mächtiger Zelandoni sein, um eine solche Macht über Tiere zu haben.

Ayla trat in die Höhle und trug einen getrockneten und gebleichten Schambeinknochen mit einer großen, frisch gebackenen Forelle darauf vor sich her. Überrascht, ihn wach vorzufinden, lächelte sie ihn an. Sie stellte die Platte mit dem Fisch darauf hin und ordnete die Felle und die strohgestopften Lederpolster, damit er bequemer sitzen konnte. Zuerst reichte sie ihm Weidenrindentee, damit das Fieber gesenkt und die Schmerzen gelindert würden. Dann stellte sie ihm die Platte auf den Schoß, ging noch einmal hinaus und kam mit einer Schale gekochter Körner, frisch geputzter Distelstengel und Kerbelkraut sowie den ersten Erdbeeren zurück.

Jondalar hatte einen solchen Heißhunger, daß er alles gegessen hätte, doch nach den ersten Bissen kaute er betont langsam, um den Geschmack zu genießen. Ayla hatte von Iza gelernt, Kräuter nicht nur als Heilmittel, sondern auch als Gewürz zu betrachten. Sowohl die Forelle als auch die Körner waren von einem ganz besonderen Geschmack. Die frischen Stengel waren knackig und besaßen gerade das rechte Maß an Zartheit, und die Erdbeeren – wenn auch nur wenige – waren von der wunderbaren Süße, wie nur die Sonne sie hervorbringen konnte. Er war beeindruckt. Seine Mutter galt als ausgezeichnete Köchin, und wenn auch der Geschmack ein ganz anderer war, wußte er doch die Feinheiten gut zubereiteten Essens zu schätzen.

Es gefiel Ayla, daß er sich die Zeit nahm, das Essen zu genießen. Als er fertig war, brachte sie ihm einen Becher Pfefferminztee und schickte sich an, die Verbände zu erneuern. Die Kompresse seitlich am Kopf ließ sie ganz fort. Die Schwellung war zurückgegangen; es tat nur noch ein bißchen weh. Die Krallenkratzer auf der Brust und an den Armen verheilten. Vielleicht behielt er ein paar helle Narben zurück, doch Behinderungen keine. Was heikel war, das war sein Bein. Ob es wohl richtig verheilte? Ob er es wieder würde gebrauchen können wie früher? Oder nur zum Teil? Oder ob er zum Krüppel wurde?

Sie nahm den Breiumschlag fort und stellte erleichtert fest, daß die Blätter des Wildkohls die Entzündung ihrer Hoffnung entsprechend zurückgedrängt hatten. Das Bein sah entschieden besser aus, wenn es auch zu früh war zu sagen, wie weit er es wieder würde gebrauchen können. Die klaffende Wunde mit Hilfe der Sehne zu schließen, war offensichtlich richtig gewesen. Wenn man bedachte, wie groß der Schaden war, sah das Bein fast so aus wie zuvor. Nur würden Narben zurückbleiben, vielleicht auch eine gewisse Verformung – trotzdem war sie sehr zufrieden.

Es war das erstemal, daß Jondalar sich sein Bein wirklich ansah, und er war natürlich alles andere als erfreut. Es sah schlimmer aus, als er gefürchtet hatte. Er wurde kalkweiß, als er es sah, und mußte ein paarmal schlucken. Jetzt begriff er auch, was sie mit den Fäden und den Knoten zu tun versucht hatte. Möglich, daß das half; trotzdem fragte er sich, ob er wohl jemals wieder imstande sein würde zu laufen.

Er redete zu ihr und fragte sie, wo sie denn die Heilkunst erlernt hätte, erwartete aber keine Antwort von ihr. Sie erkannte nur ihren Namen wieder, sonst nichts. Sie wollte ihn bitten, ihr die Bedeutung der einzelnen Wörter beizubringen, die er benutzte, wußte jedoch nicht, wie sie das anstellen sollte. Sie ging hinaus, um etwas Holz fürs Feuer zu holen, und fühlte sich frustriert. Sie hungerte förmlich danach, sprechen zu lernen, doch wie sollte sie einen Anfang damit machen?

Er dachte an das Essen, das er gerade genossen hatte. Wer immer sie verproviantierte, er machte seine Sache gut; aber sie war offensichtlich durchaus imstande, für sich selbst zu sorgen. Die Beeren, die Distelstengel und die Forelle waren frisch gewesen. Die Körner mußten allerdings schon vom vorigen Herbst stammen, waren also offensichtlich vom Wintervorrat übriggeblieben. Das wiederum verriet, daß sie zu planen und ihre Vorräte einzuteilen verstand; sie war also gegen den Hunger im Winter oder im zeitigen Frühjahr gewappnet. Es bedeutete aber auch, daß das Gebiet offensichtlich gut bekannt und daher schon seit geraumer Zeit besiedelt war. Auch manches andere deutete darauf hin, daß die Höhle schon seit längerem benutzt wurde: der Ruß um den Rauchabzug herum, vor allem aber der festgetretene Boden.

Zwar war sie wohlversorgt mit Einrichtungsgegenständen und Gerätschaften, doch bei genauerem Hinsehen erkannte er, daß Ornamente und Schnitzereien an ihnen fast vollständig fehlten und sie überhaupt sehr primitiv waren. Er betrachtete den Holzbecher, aus dem er seinen Tee getrunken hatte. Nein, nicht primitiv, dachte er. Im Gegenteil: sehr fein gearbeitet. Nach der Maserung zu urteilen, war der Becher offensichtlich aus einem knorrigen Stück Holz geschnitzt. Als Jondalar ihn ganz genau untersuchte, meinte er festzustellen, daß die besondere Form gewissen durch die Maserung vorgegebenen Linien folgte; man konnte sich leicht vorstellen, aus den Knoten und Windungen das Gesicht eines kleinen Tiers herauszusehen. Ob sie das absichtlich getan hatte? Sehr fein gemacht jedenfalls. Der Becher gefiel ihm besser als manches Gebrauchsgerät mit sehr viel plumperen Schnitzereien darauf, die er schon gesehen hatte.

Der Becher selbst war tief, wies einen schwellenden Rand auf, war ebenmäßig und sehr fein geschliffen. Selbst das Innere wies keinerlei Meißelspuren auf. Ein knorriges Stück Holz war besonders schwer zu bearbeiten; um diesen Becher zu fertigen, mußte sie viele Tage gebraucht haben. Je genauer er ihn betrachtete, desto mehr ging ihm auf, daß es sich bei dem Becher um ein sehr schönes und in seiner Schlichtheit betörendes Stück Handwerksarbeit handelte. Marthona würde ihre helle Freude daran haben, dachte er und erinnerte sich an die Fähigkeit seiner Mutter, selbst den einfachsten Gebrauchsgegenstand und Vorratsbehälter sehr schön zu gestalten. Sie besaß eine besondere Gabe, Schönheit in einfachen Dingen zu sehen.

Er sah auf, als Ayla mit einem Armvoll Holz hereinkam, und schüttelte den Kopf über ihren primitiven Lederüberwurf. Dann bemerkte er das Polster, auf dem er lag. Wie ihr Überwurf, bestand auch er nur aus einem nicht zurechtgeschnittenen Fell, das um ein Bündel frisches Heu herumgewickelt und in eine flache Mulde hineingestopft worden war. Er zog einen Zipfel heraus, um ihn sich genauer anzusehen. Der Rand selbst war ein wenig steif, und er wies auch noch ein paar Hirschhaare auf, sonst aber war es sehr schmiegsam und samtweich. Sowohl die inneren Hautschichten wie die Außenhaut mit dem Fell daran waren abgeschabt worden; das war der Grund für seine Geschmeidigkeit. Aber ihre Pelze machten mehr Eindruck auf ihn. Es war eine Sache, Tierhäute aufzuspannen und Hautschichten abzuschaben, um sie geschmeidig zu machen. Weit schwieriger war das mit längerhaarigen Pelzen, bei denen man nur die inneren Hautschichten entfernen durfte. Pelze waren im allgemeinen steifer; doch diejenigen, die sein Lager bedeckten, waren genauso weich wie die Häute.

Sie anzufassen, rief eine vertraute Empfindung in ihm hervor, doch wußte er nicht, woran das lag.

Weder Schnitzereien noch Verzierungen, dachte er, und doch mit großem handwerklichem Geschick hergestellt. Felle und Pelze mit großem Können und großer Sorgfalt behandelt – die Kleidung hingegen weder zugeschnitten, noch passend gemacht, weder genäht, noch zusammengeschnürt und überhaupt nichts mit Perlen, Federkielen geschmückt, gefärbt oder auf irgendeine andere Weise verschönert. Trotzdem hatte sie seine Beinwunde vernäht. Das alles wies merkwürdige Ungereimtheiten auf; die ganze Frau war ein Geheimnis.

Jondalar hatte Ayla beim Feuermachen gesehen, aber nicht sonderlich aufmerksam verfolgt, was vorgegangen war. Er hatte zu oft gesehen, wie Feuer gemacht worden war. Flüchtig überlegte er, warum sie denn nicht einfach ein Stück Glut von dem Feuer hereingebracht hatte, auf dem sie seine Mahlzeit gekocht hatte, und dann vermutet, daß es ausgegangen sei. Ohne es wirklich wahrzunehmen, sah er, wie die Frau besonders leicht brennbaren Zunder zerzupft und dann ein paar Steine aufgenommen und diese aneinandergeschlagen hatte, woraufhin eine Flamme zum Leben erwacht war. Das war so rasch vonstatten gegangen und das Feuer hatte so schnell gebrannt, daß er gar nicht gemerkt hatte, wie sie das eigentlich gemacht hatte.

»Große Mutter! Wie hast du denn so schnell Feuer gemacht?« Dunkel meinte er gesehen zu haben, wie sie auch während der Nacht im Handumdrehen ein Feuer entzündet hatte, doch glaubte er, das müsse ein falscher Eindruck gewesen sein.

Fragend sah Ayla ihn auf seinen Ausbruch hin an.

»Wie hast du dies Feuer angezündet?« fragte er nochmals und setzte sich auf. »Ach, Doni! Sie begreift kein Wort von dem, was ich sage.« Verzweifelt warf er die Hände in die Höhe. »Weißt du denn wenigstens, was du getan hast? Komm her, Ayla«, sagte er und winkte sie zu sich heran.

Sie ging augenblicklich zu ihm; es war das erste Mal, daß sie ihn ein Handzeichen hatte machen sehen, mit dem er etwas hatte erreichen wollen. Irgend etwas bereitete ihm große Sorge, und so runzelte sie die Stirn und konzentrierte sich auf seine Worte. Wenn sie die doch nur verstünde!

»Wie hast du dies Feuer gemacht?« fragte er nochmals und sprach die einzelnen Wörter langsam und sehr sorgfältig aus, als ob das ihr helfen müsse, sie zu verstehen – und wies mit ausgestrecktem Arm auf das Feuer.

»*Feu* . . .?« Sie machte den halbherzigen Versuch, das letzte Wort zu wiederholen, das er gesagt hatte. Irgend etwas war sehr wichtig. Sie zitterte, so sehr konzentrierte und bemühte sie sich, ihn zu verstehen.

»Feuer! Feuer! Ja, Feuer«, rief er und wies abermals auf die Flammen. »Bist du dir denn darüber im klaren, was das bedeuten könnte – so schnell Feuer machen zu können?«

»*Feur* . . .?«

»Ja, wie das dort drüben«, sagte er und stieß in Richtung Herdfeuer mit dem Zeigefinger in die Luft. »Wie hast du das gemacht?«

Sie stand auf, trat ans Feuer und zeigte darauf nieder. »*Feur*?« sagte sie.

Aufseufzend stieß er die Luft aus und lehnte sich in die Felle. Ihm war plötzlich aufgegangen, daß er versucht hatte, sie zu zwingen, Wörter zu verstehen, die sie nicht kannte. »Tut mir leid, Ayla. Das war dumm von mir. Wie sollst du mir etwas sagen, wenn du nicht mal weißt, was ich dich frage?«

Die Spannung war vorüber. Jondalar schloß die Augen und kam sich ganz leer vor. Ayla hingegen war erregt. Sie hatte ein Wort. Eines zwar nur, aber es war ein Anfang. Wie aber jetzt dabeibleiben? Wie ihm begreiflich machen, daß er ihr mehr beibringen sollte, daß sie mehr lernen müsse?

»Don-da-lah . . .?« Er machte die Augen wieder auf. Sie deutete abermals auf die Feuerstelle und wiederholte: »*Feur*?«

»Feuer, ja, das ist ein Feuer«, sagte er und nickte bestätigend. Dann machte er die Augen wieder zu. Er war müde und kam sich ein bißchen albern vor, sich dermaßen aufgeregt zu haben. Außerdem hatte er Schmerzen – physisch und psychisch.

Er war nicht interessiert. Was konnte sie tun, um sich ihm verständlich zu machen? Ihr war, als ob sich alles gegen sie verschworen hätte, und es erboste sie, daß ihr nichts einfiel, womit sie ihm hätte begreiflich machen können, was sie wollte. Sie versuchte es noch einmal.

»Don-da-lah.« Sie wartete, bis er die Augen wieder aufschlug. *»Feur . . .?«* sagte sie und sah ihn dabei beifallheischend an.

Was will sie nur, dachte Jondalar, dessen Neugier geweckt war. »Was soll mit dem Feuer sein, Ayla?«

Sie spürte, daß er eine Frage stellte, merkte das an der Art, wie er die Schultern straffte, und an seinem Gesichtsausdruck. Er gab also acht auf sie. Sie sah sich um, bemühte sich, sich etwas einfallen zu lassen, was sie ihm sagen wolle, und sah das Holz neben dem Feuer. Sie nahm ein Scheit auf, trug es zu ihm und hielt es hoffnungsvoll fragend in die Höhe.

Verwirrt runzelte er die Stirn. Dann, als er meinte, begriffen zu haben, was sie wollte, glättete sie sich wieder. »Möchtest du das Wort dafür hören?« fragte er und wunderte sich darüber, wieso sie plötzlich ein solches Interesse bekundete, seine Sprache zu lernen, wo sie doch zuvor keinerlei Interesse gehabt zu haben schien. Sprechen! Reden! Ihr ging es nicht darum, eine Sprache gegen die andere auszutauschen – sie versuchte, überhaupt erst einmal sprechen zu können! Sollte das der Grund sein, warum sie bisher nur geschwiegen hatte? Weil sie einfach nicht sprechen konnte?

Er berührte das Scheit in ihrer Hand. »Holz«, sagte er.

Es war, als ob ihr Atem explodierte; sie war sich nicht bewußt, ihn angehalten zu haben. *»Ol . . .?«* versuchte sie es.

»Holz«, sprach er ihr langsam und mit übertrieben gerundeten Lippen vor.

»Olz«, sagte sie und machte seine Lippenbewegung nach.

»Das klingt schon besser«, sagte er und nickte.

Ihr Herz hämmerte. Verstand er sie? Gehetzt blickte sie sich nochmals um, suchte nach etwas, um das Ganze in Gang zu halten. Ihr Blick fiel auf den Becher. Sie nahm ihn und hielt ihn in die Höhe.

»Willst du mich dazu bringen, dir das Sprechen beizubringen?«

Sie verstand nicht, schüttelte den Kopf und hielt den Becher nochmals in die Höhe.

»Wer bist du, Ayla? Woher kommst du? Wie bringst du all dies fertig . . . und kannst doch nicht sprechen? Du bist ein Rätsel, aber wenn ich jemals hinter dieses Rätsel kommen will, muß ich dir wohl das Reden beibringen.«

Sie setzte sich auf den Pelz neben ihn und wartete begierig, den Becher immer noch in der Hand. Sie befürchtete, wenn er so viele Wörter sagte, könnte er gerade das vergessen, nach dem sie ihn gefragt hatte. Und wieder hielt sie den Becher in die Höhe.

»Was willst du wissen: trinken oder Becher? Aber das spielt wohl keine Rolle.« Er tippte gegen das Trinkgefäß in ihrer Hand und sagte: »Becher.«

»*Be* . . .«, wiederholte sie und lächelte dann erleichtert.

Jondalar folgte einem Gedanken, der ihm kam, griff nach dem Schlauch mit frischem Wasser, den sie für ihn hatte liegen lassen, und schenkte sich etwas in den Becher. »Wasser«, sagte er.

»*Uas-sah.*«

»Versuch's noch einmal: *Wasser*«, ermunterte er sie.

»*Was-sah.*«

Jondalar nickte, hielt dann den Becher an die Lippen und nippte. »Trinken«, sagte er. »Wasser trinken.«

»*Trin-ken*«, wiederholte sie ganz deutlich, nur, daß sie das *r* besonders rollte und den Rest ein wenig verschluckte. »*Was-sah trin-ken.*«

21

»Ayla, ich halte es einfach nicht mehr aus, in der Höhle herumzusitzen. Schau, wie draußen die Sonne scheint! Ich weiß, meine Wunde ist verheilt genug, daß ich mich ein bißchen bewegen kann. Zumindest bis vor die Höhle schaffe ich es.«

Ayla verstand zwar nicht alles, was Jondalar sagte, kannte jedoch inzwischen genug Wörter, um zu wissen, worüber er sich beschwerte – und konnte das gut verstehen. »Knoten«, sagte sie und berührte einen der Fäden. »Knoten aufmachen. Morgen Bein sehen.«

Er lächelte, als ob er einen Sieg errungen hätte. »Du wirst die Fäden herausholen, und dann kann ich morgen früh die Höhle verlassen.«

Mochten die Sprachprobleme auch weiterhin bestehen – Ayla war nicht gewillt, sich zu mehr zu verpflichten, als sie beabsichtigt hatte. »Sehen«, wiederholte sie eindringlich. »Ayla nachsehen . . .« Sie rang damit, sich bei ihren beschränkten Fähigkeiten auszudrücken. »Bein nicht heil . . . Don-do-lah nicht raus.«

Wieder lächelte Jondalar. Er wußte, daß er mehr gesagt hatte, als sie auszudrücken gemeint hatte. Er hatte insgeheim gehofft, daß sie einverstanden sein würde, doch freute er sich jetzt, daß sie sich durch seinen Trick nicht hatte hereinlegen lassen und darauf bestand, sich genau auszudrücken. Es war möglich, daß er die Höhle auch morgen noch nicht verlassen durfte, doch bedeutete das auch, daß sie schneller lernen würde.

Ihr das Sprechen beizubringen, war eine Herausforderung für ihn, und ihre Fortschritte machten ihm Freude, auch wenn sie recht ungleichmäßig waren. Ihr Wortschatz war bereits erstaunlich groß; sie konnte die Wörter offensichtlich ebenso rasch behalten, wie er sie ihr nannte. Den größten Teil des Nachmittags hatte er damit verbracht, ihr die Bezeichnungen von allem möglichen zu nennen, das ihm einfiel, und als sie fertig waren, wiederholte sie die Wörter und brachte sie unweigerlich mit den dazugehörigen Dingen in Verbindung. Schwierig war für sie nur die Aussprache. Manche Laute konnte sie einfach nicht hervorbringen, mochte sie sich noch soviel Mühe geben – und das tat sie wirklich.

Gleichwohl gefiel ihm ihre Sprechweise. Sie hatte eine angenehme tiefe Stimme, und die merkwürdige Aussprache verlieh dem Ganzen einen exotischen Reiz. Er beschloß, die Art und Weise, wie sie die Wörter zusammenstellte, vorläufig nicht zu verbessern. Die richtige Ausdrucksweise konnte später kommen. Ihre eigentliche Schwierigkeit wurde deutlicher, als sie zu Wörtern übergingen, die nicht mit irgendwelchen Dingen oder Tätigkeiten gleichzusetzen waren. Selbst die einfachsten abstrakten Vorstellungen stellten ein Problem für sie dar – sie wollte ein besonderes Wort für jede Farbschattierung und hatte Schwierigkeiten, sich damit abzufinden, daß das Dunkelgrün der Fichtennadeln und das Hellgrün der Weidenblätter mit ein und demselben Wort – *grün* – bedacht werden sollten. Vollzog sie dann einmal eine Abstraktion nach, schien das wie eine Offenbarung für sie zu sein, oder die Erinnerung an etwas lang Vergessenes.

Einmal machte er eine schmeichelhafte Bemerkung über ihr phänomenales Gedächtnis, doch hatte sie offenbar Schwierigkeiten, das zu verstehen – oder ihm zu glauben.

»Nein, Don-da-lah. Ayla nicht gut erinnern. Ayla versuchen, kleines Mädchen Ayla wünschen gutes . . . Gedächtnis. Nicht gut. Versuchen, versuchen, immer wieder versuchen.«

Jondalar schüttelte den Kopf und wünschte, seine Merkfähigkeit wäre so gut wie ihre – oder sein Wunsch zu lernen genauso ausgeprägt und hartnäckig wie der ihre. Obwohl er Tag für Tag Fortschritte sah, war sie nie zufrieden. Doch je größer ihre Fähigkeit, sich miteinander zu verständigen, wurde, desto tiefer wurde für ihn ihr Geheimnis. Je mehr er über sie erfuhr, desto brennender die Fragen, die er gern von ihr beantwortet haben wollte. In mancher Beziehung war sie unglaublich geschickt und wußte auch viel, in anderer war sie völlig naiv und unwissend – und er war sich nie sicher, woran er denn war. Manche ihrer Fertigkeiten – wie zum Beispiel die des Feuermachens – überstiegen alles, was er bisher erlebt hatte; andere wiederum waren primitiv, daß es nicht zu glauben war.

Eines jedoch bezweifelte er keinen Augenblick: Ob nun Menschen ihres Stammes in der Nähe waren oder nicht, sie war durchaus imstande, für sich selbst zu sorgen. Und für ihn obendrein, dachte er, als er die Decke beiseiteschlug, um sein verletztes Bein zu betrachten.

Ayla hatte eine entzündungshemmende Lösung bereitstehen, war jedoch nervös, als sie sich anschickte, die Fäden herauszuholen, die das Fleisch zusammenhielten. Zwar meinte sie nicht, daß die Wunde wieder aufplatzen würde – sie schien recht gut zu verheilen –, aber sie war diese Art des Vorgehens nicht gewohnt und war sich einfach nicht sicher. Sie hatte schon seit Tagen daran gedacht, die Fäden herauszuziehen, doch hatte es Jondalars Beschwerde bedurft, daß sie sich endlich dazu durchrang, es nun auch zu tun.

Die junge Frau beugte sich über das Bein und betrachtete die Fäden sehr eingehend. Vorsichtig zupfte sie an einem der verknoteten Sehnenstücke. Haut hatte sich daran festgesetzt und wurde mit hochgezogen. Sie überlegte, ob sie wirklich solange hätte warten sollen, doch war es jetzt zu spät, sich deshalb Sorgen zu machen. Sie hielt den Knoten mit den Fingern fest und durchtrennte dann mit einem scharfen Messer – einem bisher noch nie benutzten – die Sehne so nahe am Knoten wie möglich. Als sie versuchsweise zog, stellte sie fest, daß die Sehne sich doch nicht so leicht herausziehen ließ, wie sie es sich vorgestellt hatte. Schließlich nahm sie den Knoten zwischen die Zähne und riß ihn mit einem raschen Ruck heraus.

Jondalar zuckte zusammen. Sie bedauerte, ihm Unbehagen bereitet zu haben, doch klaffte kein Spalt. Ein kleines bißchen Blut sickerte hervor, wo die Haut ein wenig eingerissen war, doch Muskeln und Fleisch hielten zusammen. Etwas Unannehmlichkeit war ein geringer Preis dafür. Sie zog die restlichen Fäden, so rasch sie konnte, und Jondalar biß die Zähne zusammen und ballte die Hände zur Faust, um nicht jedesmal loszuheulen, wenn sie einen herauszog. Beide steckten sie die Köpfe zusammen, um das Ergebnis zu begutachten.

Ayla kam zu dem Schluß, daß – falls es nicht zu einer Verschlechterung kam – sie ihm gestatten könnte, das Bein zu belasten und nach draußen vor die Höhle zu gehen. Sie nahm Messer und Schale mit der entzündungshemmenden Lösung fort und wollte aufstehen. Jondalar ließ das nicht zu. »Läßt du mich das Messer mal sehen?« bat er und zeigte darauf. Sie gab es ihm und sah zu, während er es eingehend betrachtete.

»Das ist ja aus einem Splitter gemacht! Und hat nicht einmal eine richtige Klinge. Es ist mit einigem Geschick gemacht, aber auf eine so primitive Weise. Nicht mal ein Griff ist daran – nur einfach oben abgeplattet, damit du dich nicht schneidest. Woher hast du dies, Ayla? Wer hat dieses Messer gemacht?«

»Ayla machen.«

Sie wußte, daß er Bemerkungen über die Qualität und die handwerkliche Verarbeitung machte, und wollte ihm erklären, daß sie nicht so geschickt sei wie Droog; gleichwohl hätte sie vom besten Werkzeugmacher des Clans gelernt. Jondalar betrachtete das Messer von allen Seiten und schien offensichtlich überrascht. Sie hätte gern über die Vorzüge dieses Mannes geredet und über die Qualität des Feuersteins, konnte es jedoch nicht. Dazu war ihr Wortschatz doch noch zu beschränkt, schaffte sie es noch nicht, sich abstrakt auszudrücken. Es war schon quälend.

Sie sehnte sich danach, mit ihm zu reden – über alles. Wie lange war es her, daß sie jemand gehabt hatte, mit dem sie sich austauschen konnte; sie hatte ja gar nicht gewußt, wie sehr ihr das gefehlt hatte, bis Jondalar gekommen war. Ihr war, als sei ihr ein Fest bereitet, daß sie einen Heißhunger hätte und alles verschlingen wollte – und doch nur davon kosten konnte.

Jondalar gab ihr das Messer zurück und schüttelte verwundert den Kopf. Es war scharf und erfüllte gewiß seinen Zweck, aber es stachelte seine Neugier nur an. Sie war so gut ausgebildet wie nur je eine Zelandonii und bediente sich fortgeschrittener Techniken – wie zum Beispiel der Technik des Wundvernähens –, verwendete dabei aber solch ein primitives Messer. Wenn er sie nur fragen und sich verständlich machen könnte!

Und wenn sie es ihm nur sagen könnte! Ja, warum konnte sie denn nicht reden? Sie lernte doch jetzt so schnell. Warum hatte sie es nicht früher schon gelernt? Daß Ayla möglichst schnell sprechen lernte, war etwas, worin sie beide ihren Ehrgeiz setzten.

Jondalar wurde zeitig wach. In der Höhle war es noch dunkel, doch der Eingang und das Loch oben ließen das tiefe Blau des Himmels kurz vorm Morgengrauen erkennen. Während er hinsah, wurde es merklich heller, und nach und nach traten alle Höcker und Mulden der Höhlenwand zum Vorschein. Schloß er die Augen, konnte er sie genauso sehen; sie waren in seinem Gedächtnis eingegraben. Er mußte endlich hinaus und etwas anderes sehen. Seine Erregung wuchs; bestimmt würde es heute soweit sein. Er konnte es kaum abwarten und wollte die Frau, die neben ihm schlief, schon wachrütteln. Doch ehe er sie anfaßte, hielt er inne; dann besann er sich eines Besseren.

Auf der Seite liegend, zusammengerollt und die Felle um sich herum aufgehäuft, schlief sie. Normalerweise war die Stelle, wo er lag, ihre Schlafstätte, da war er sich ganz sicher. Ihre Felle lagen auf einer Matte, die sie neben sein Lager gezogen hatte, nicht in einer flachen, mit Heu ausgestopften Polstern ausgelegten Mulde. Sie schlief in ihrem Überwurf, bereit, jeden Augenblick aufzuspringen. Sie wälzte sich auf den Rücken. Er betrachtete sie ausgiebig und suchte nach irgendwelchen Besonderheiten, die einen Rückschluß auf ihre Herkunft zuließen.

Die Knochenstruktur, der Schnitt ihres Gesichts und ihrer Backenknochen muteten, verglichen mit denen der Zelandonii, ein wenig fremd an; doch hatte sie überhaupt nichts Außergewöhnliches an sich, höchstens, daß sie außergewöhnlich hübsch war. Ja, mehr als nur hübsch, zu diesem Schluß kam er jetzt, wo er sie genau ansah. Ihre Züge hatten etwas, was wohl jeder als schön bezeichnen würde.

Ihre Haartracht – kleine Haarfelder zu regelmäßigen Zöpfen geflochten, die hinten und an den Seiten lang herunterhingen, während sie sie vorn aufgerollt hatte – war ihm unbekannt, doch hatte er in dieser Beziehung schon viel Ungewöhnlicheres gesehen. Ein paar Strähnen hatten sich gelöst; entweder hatte sie sie sich hinters Ohr gestrichen, oder sie hingen unordentlich herum; außerdem hatte sie einen Holzkohlenfleck auf der Backe. Ihm wurde bewußt, daß sie ihn, seit er zu sich gekommen war, kaum einen Moment alleingelassen hatte und vorher vermutlich auch nicht. An ihrer Pflege und Fürsorglichkeit war nichts auszusetzen . . .

Sein Gedankengang wurde unterbrochen, denn Ayla schlug die Augen auf und stieß vor Überraschung einen kleinen Schrei aus.

Sie war es nicht gewohnt, beim Aufwachen ein Gesicht über sich zu sehen, zumal eines mit solch strahlend blauen Augen und einem zotteligen blonden Bart. Sie fuhr so rasch in die Höhe, daß ihr einen Moment schwindlig war, doch faßte sie sich bald wieder und stand auf, um nach dem Feuer zu sehen. Es war ausgegangen, sie hatte schon wieder vergessen gehabt, es abzudecken. Infolgedessen suchte sie ihre Sachen zusammen, um ein neues zu entzünden.

»Würdest du mir zeigen, wie du Feuer machst, Ayla?« bat Jondalar, als sie die Steine zur Hand nahm. Diesmal verstand sie ihn.

»Nicht schwer«, sagte sie und trug die funkenerzeugenden Steine und das Brennmaterial näher an sein Lager heran. »Ayla zeigen.« Sie machte vor, wie sie die Steine zusammenschlug. Dann häufte sie Rindenfasern und Kleinholz aufeinander und gab ihm den Feuerstein und das Eisenpyrit.

Den Feuerstein erkannte er sofort – er meinte auch, schon Steine wie den anderen gesehen zu haben, doch hätte er nie den Versuch unternommen, sie für irgend etwas gemeinsam zu benutzen, insbesondere nicht zum Feuermachen. Er schlug sie zusammen, so wie sie es ihm vorgemacht hatte. Zwar war es nur ein leichter Schlag, doch meinte er, einen kleinen Funken davonfliegen zu sehen. Er hieb die Steine noch einmal zusammen, immer noch nicht überzeugt, Feuer herausschlagen zu können, obwohl er gesehen hatte, wie Ayla es getan hatte. Ein großer Funken entsprang den kalten Steinen. Er war wie vor den Kopf geschlagen und sehr erregt. Nach einigen weiteren Versuchen und mit ein wenig Hilfe von Ayla gelang es ihm, neben seinem Lager ein kleines Feuer zu entfachen. Abermals betrachtete er die beiden Steine.

»Wer hat dich gelehrt, auf diese Weise Feuer zu machen?«

Sie verstand, was er fragte, nur wußte sie nicht, wie es ihm sagen. »Ayla tun«, sagte sie.

»Ja, ich weiß, daß du es machst. Bloß: Wer hat es dir gezeigt?«

»Ayla . . . zeigen.« Wie sollte sie ihm von jenem Tag erzählen, da ihr Feuer ausgegangen und das Handbeil zerbrochen war und sie den Feuerstein entdeckt hatte? Für einen Augenblick barg sie das Gesicht in den Händen, suchte nach einer Möglichkeit, es ihm zu erklären, doch dann blickte sie ihn kopfschüttelnd an. »Ayla nicht gut reden.«

Er erkannte, daß sie das Gefühl hatte, eine Niederlage hinnehmen zu müssen. »Das kommt schon, Ayla. Dann kannst du es mir später sagen. Es wird nicht mehr lange dauern – du bist eine erstaunliche Frau.« Er lächelte sie an. »Heute gehe ich hinaus, nicht wahr?«

»Ayla sehen . . .« Sie zog das Fell zurück, mit dem er zugedeckt war, und untersuchte das Bein. Die Stellen, wo die Knoten gesessen hatten, wiesen ein kleines bißchen Schorf auf; das Bein insgesamt schien gut zu verheilen. Es war an der Zeit, ihn aufstehen zu lassen und zu sehen, wie weit er behindert war. »Ja, Don-da-lah rausgehen.«

Seine jungenhafte Begeisterung war ansteckend. Sie erwiderte sein Lächeln, versuchte aber dennoch ihn zurückzuhalten. »Don-da-lah erst essen.«

Es dauerte nicht lange, das Frühstück aus jenen Lebensmitteln zu bereiten, die sie schon am Abend zuvor vorbereitet hatte, und den Tee aufzubrühen. Ayla brachte Winnie Körner hinüber und verbrachte ein paar Augenblicke damit, sie mit einer Kardendistel zu striegeln und auch das kleine Hengstfohlen damit zu bearbeiten. Jondalar sah ihr dabei zu. Es war nicht das erste Mal, daß er sie beobachtete, doch diesmal erlebte er zum ersten Mal, daß er sie dabei ertappte, wie sie einen Laut ausstieß, der einem leisen Wiehern erstaunlich ähnlich war. Hinzu kamen noch ein paar abgehackte, kehlige Laute. Ihre Handbewegungen bedeuteten ihm nichts – er sah sie gar nicht, wußte nicht, daß sie ein unabdingbarer Teil der Sprache waren, mit dem sie sich dem Pferd verständlich machte –, wußte aber wohl, daß sie auf irgendeine unbegreifliche Weise mit dem Pferd redete. Nicht minder stark war sein Eindruck, daß das Tier sie zu verstehen schien.

Während sie die Stute und ihr Füllen streichelte, überlegte er, welchen Zauber sie wohl benutzt haben mochte, um die Tiere einzufangen. Er kam sich selbst sogar ein wenig gefangen vor, doch war er überrascht und entzückt, als sie das Pferd und das Füllen zu ihm brachte. Er hatte nie zuvor ein lebendiges Pferd gestreichelt und war auch einem Füllen mit zottigem Fell nie so nahe gewesen, doch was ihn überwältigte, war, daß sie nicht die geringste Furcht bekundeten. Insbesondere das Füllen schien sich von ihm angezogen zu fühlen, nachdem seine ersten vorsichtigen Berührungen zu Streicheln und Kraulen führten, und das unweigerlich genau an den richtigen Stellen.

Ihm fiel ein, daß er ihr die Bezeichnung für das Tier noch nicht genannt hatte, zeigte auf die Stute und sagte: »Pferd.«

Aber Winnie besaß bereits einen Namen ohne Laute, genauso wie sie und er. Ayla schüttelte den Kopf. »Nein«, sagte sie, »Winnie.«

Für ihn ergab dieser Klang keinen Namen – sondern stellte die vollkommene Nachbildung eines Pferdewieherns dar. Er war verblüfft. Eine menschliche Sprache sprach sie nicht, wohl aber konnte sie reden wie ein Pferd? Einem Pferd etwas sagen? Er wurde von Ehrfurcht ergriffen: Das war in der Tat ein mächtiger Zauber!

Sie nahm seinen benommenen Ausdruck irrtümlich für ein Zeichen, daß er nicht verstanden habe. Daraufhin berührte sie ihre Brust, sprach ihren Namen aus, versuchte zu erklären. Dann zeigte sie auf ihn und sprach seinen Namen aus. Dann deutete sie auf das Pferd und ließ wieder das leise Wiehern vernehmen.

»Heißt das Pferd so, Ayla? Einen solchen Laut kann ich nicht machen. Ich verstehe mich nicht darauf, mit Pferden zu sprechen.«

Nach einer zweiten, etwas geduldigeren Erklärung machte er einen Versuch, nur – was dabei herauskam, war mehr ein gewieherähnliches Wort. Doch das schien sie zufriedenzustellen, und sie führte die beiden Pferde zurück an den Platz der Stute.

»Er bringt mir Wörter bei, Winnie. Ich werde alle seine Wörter lernen. Nur mußte ich ihm sagen, wie du heißt. Und für dein Kleines werden wir uns einen Namen ausdenken ... Ob es ihm wohl Freude machen würde, deinem Füllen einen Namen zu geben?«

Jondalar hatte von gewissen Zelandonii gehört, die die Gabe besitzen sollten, den Jägern Tiere herbeizulocken. Manche Jäger verstanden sich sogar darauf, die Laute bestimmter Tiere nachzuahmen, die ihnen halfen, näher heranzukommen. Doch von einem, der mit einem Tier reden konnte oder eines bewogen hatte, mit ihm zu leben, hatte er noch nie gehört. Was sie anging, so hatte eine Wildstute direkt vor seinen Augen gefohlt und hatte ihn sogar dieses Fohlen berühren lassen. Es traf ihn wie mit einem plötzlichen Schlag, mit Erstaunen und ein bißchen Furcht, was diese Frau getan hatte. Wer war sie? Und welche Art Magie besaß sie? Doch als sie mit einem glücklichen Lächeln auf ihrem Gesicht auf ihn zuging, schien sie nichts mehr zu sein als eine ganz gewöhnliche Frau. Eine ganz gewöhnliche Frau, die mit Pferden, aber nicht mit Menschen sprechen konnte.

»Don-da-lah gehen raus?«

Es hatte es fast vergessen. Bevor sie bei ihm war, versuchte er aufzustehen. Seine Begeisterung schwand. Er war schwach und jede Bewegung schmerzte ihn. Benommenheit und Übelkeit kamen und gingen dann. Ayla sah, wie auf seinem Gesicht das Lächeln von einem schmerzlichen Ausdruck abgelöst wurde und er plötzlich erbleichte.

»Ich brauche doch ein bißchen Hilfe«, sagte er.

Sein Lächeln war angestrengt, aber doch aufrichtig.

»Ayla hilft«, sagte sie und bot ihm ihre Schulter und ihre Hand zur Unterstützung an. Zuerst wollte er nicht zuviel Gewicht auf sie verlagern, doch als er sah, daß sie dies tragen konnte, die Kraft hatte und wußte, wie sie ihn hochziehen sollte, nahm er ihre Hilfe an.

Als er schließlich auf seinem gesunden Bein stand, an einen Pfosten der Darre gelehnt, und Ayla zu ihm aufblickte, mußte sie tief Luft holen. Sie ging ihm kaum bis zum Kinn. Sie wußte, daß sein Körper länger war als der der Männer des Clans, aber sie hatte diese Länge nicht in aufragende Größe umgesetzt und sich nicht vorgestellt, wie er sich wohl ausnahm, wenn er stand. Sie hatte nie einen so großen Menschen gesehen.

Sie konnte sich nicht erinnern, seit ihrer Kindheit zu irgend jemand aufgesehen zu haben. Selbst noch vor ihrer Reife war sie größer gewesen als alle Clansangehörigen, die Männer eingeschlossen. Sie war immer groß und häßlich gewesen: zu groß, zu hellhäutig, zu flachgesichtig. Kein Mann hatte sie haben wollen, nicht einmal dann, nachdem ihr mächtiges Totem überwältigt worden war und sie alle sich gern eingebildet hätten, daß es ihr Totem gewesen sei, welches ihren Höhlenlöwen besiegt und sie schwanger gemacht hatte; nicht einmal als sie wußten, daß, wenn sie vor der Geburt des Kindes keinen Gefährten hatte, das Kind vom Unglück verfolgt sein würde. Und Durc war wahrhaftig vom Unglück verfolgt gewesen. Sie hatten ihn nicht am Leben lassen wollen. Sie hatten gesagt, er sei mißgestaltet; doch dann hatte Brun ihn trotzdem anerkannt. Damit hatte ihr Sohn sein Unglück überwunden. Er würde auch über das Unglück hinwegkommen, seine Mutter zu verlieren. Und er würde groß werden – das war ihr auch vor ihrem Fortgehen klar gewesen –, aber nicht so groß wie Jondalar.

Diesem Mann gegenüber kam sie sich wirklich klein vor. Ihr erster Eindruck von ihm war gewesen, daß er jung war, und jung war für sie gleichbedeutend mit klein. Auch hatte er jünger ausgesehen, als er wohl in Wirklichkeit war. Jetzt blickte sie zu ihm auf und bemerkte, daß sein Bart gewachsen war. Sie wußte zwar nicht, wieso er zuvor keinen gehabt hatte, doch da sie jetzt sah, daß ihm struppiges Blondhaar auf dem Kinn sproß, wußte sie, daß er kein Junge mehr war. Er war ein Mann – ein großer, kräftiger, reifer Mann.

Ihre Verwunderung und Verblüffung ließ ihn lächeln, obwohl er nicht wußte, was sie so überraschte. Auch sie war größer, als er angenommen hatte. Die Art, wie sie sich bewegte und hielt, ließ eigentlich vermuten, daß es sich um einen wesentlich kleineren Menschen handelte. Dabei war sie sogar recht groß, und er mochte große Frauen. Sie waren es, die für gewöhnlich sein Wohlgefallen erregten – obwohl diese bestimmt eines jeden Mannes Wohlgefallen erregt, dachte er. »Wenn wir es so weit geschafft haben, dann laß uns jetzt hinausgehen«, sagte er.

Ayla war sich seiner Nähe und seiner Nackheit bewußt. »Don-da-lah brauchen . . . Kleid«, sagte sie und benutzte sein Wort für ihren Überwurf, obwohl sie etwas für einen Mann meinte. »Brauchen . . . Bedeckung . . .« Sie zeigte auf sein Gemächt; auch die Bezeichnung dafür hatte er ihr nicht gesagt. Dann errötete sie aus irgendeinem unerklärlichen Grund.

Das war kein Anstandsgefühl. Sie hatte viele Männer und auch viele Frauen unbekleidet gesehen – darum ging es nicht. Sie meinte, er brauchte Schutz, nicht vor den Elementen, sondern vor den bösen Geistern. Obwohl Frauen von ihren Ritualen ausgeschlossen waren, wußte sie, daß die Männer des Clans ihre Geschlechtsteile nicht gern unbedeckt ließen, wenn sie hinausgingen. Warum der Gedanke daran sie so verwirrte, wußte sie ebensowenig, warum ihr Gesicht plötzlich so heiß wurde oder wieso sich unversehens dieses ziehende und pulsierende Gefühl bei ihr einstellte.

Jondalar sah an sich hinunter. Auch er war abergläubisch hinsichtlich seines Geschlechts, doch es zu bedecken, um es vor bösen Geistern zu beschützen, war ihm nie in den Sinn gekommen. Wenn bösartige Feinde einen Zelandonii bewogen hatten, Schlimmes auf ihn herabzubeschwören oder eine Frau ihn aus einem gerechten Grund verflucht hatte, gehörte weit mehr als ein Kleidungsstück dazu, ihn zu beschützen.

Nur hatte er gelernt, daß einem Fremden ein gesellschaftlicher Fehler zwar verziehen wurde, es jedoch ratsam war, auf Reisen vorsichtigen Hinweisen zu folgen, um möglichst wenig in irgendwelche Fettnäpfchen zu treten. Er hatte gesehen, worauf sie deutete – und ihr Erröten war ihm gleichfalls nicht entgangen. Beidem entnahm er, daß sie meinte, er solle nicht mit unbedecktem Geschlecht ins Freie treten. Hinzu kam, daß es ohnehin unbequem wäre, sich mit bloßem Gesäß auf nackten Felsen zu setzen. Und viel herumlaufen konnte er nicht.

Dann dachte er über sich selbst nach, darüber, wie er auf einem Bein dastand, sich an dem Pfosten der Darre festhielt und so begierig war, hinauszukommen, daß es ihm gar nicht aufgefallen war, völlig nackt zu sein. Ihm wurde urplötzlich klar, wie komisch diese Situation war, und so brach er in ein herzliches Lachen aus.

Jondalar konnte nicht ahnen, wie sein Gelächter auf Ayla wirkte. Für ihn war Lachen genauso natürlich wie Atmen, wohingegen Ayla bei Wesen aufgewachsen war, die nicht lachten und ihr Lachen so voller Argwohn betrachteten, daß sie gelernt hatte, es sich möglichst zu verbeißen, nur um nicht aufzufallen. Das war ein Teil des Preises, den sie bezahlte, um zu überleben. Erst nach der Geburt ihres Sohnes hatte sie die Lust des Lachens neu entdeckt. Das Lachen gehörte zu den Dingen, die er der von ihr stammenden Hälfte seines Erbes entnommen hatte. Zwar hatte sie gewußt, daß, ihn dazu zu ermuntern, mit Mißbilligung vermerkt werden würde, doch wenn sie allein waren, konnte sie der Versuchung nicht widerstehen, ihn zum Spaß zu kitzeln und auf diese Weise zum Lachen zu bringen.

Für sie war Lachen mehr als nur eine spontane Lebensäußerung. Lachen – das war das einzigartige Band, welches sie mit ihrem Sohn verband –, mit jenem Teil von ihm, in dem sie sich selbst wiedersah und den sie als Ausdruck ihres eigenen Wesens begriff. Das Lachen, welches das von ihr geliebte Höhlenlöwenjunge in ihr hervorrief, hatte diesen Ausdruck nur noch verstärkt, und sie war nicht gewillt, auf ihn zu verzichten. Denn damit hätte sie nicht nur auf Gefühle verzichten müssen, die mit der Erinnerung an ihren Sohn verbunden waren, sondern auch auf ihr immer noch im Entstehen begriffenes Selbstwertgefühl.

Nur wäre es ihr nie in den Sinn gekommen, daß auch ein anderer lachen könnte. Sie konnte sich nicht erinnern, jemals ein anderes Wesen außer Durc und sich selbst lachen gehört zu haben. Die besondere Art von Jondalars Lachen – die Unbekümmertheit und die Herzlichkeit – verlangten nach einer Antwort.

Wie er da über sich selbst lachte, das verriet hemmungslose Belustigung, und sie liebte dieses Lachen vom ersten Augenblick, da sie es hörte. Im Gegensatz zu den Vorwürfen, die ihr von den männlichen Erwachsenen im Clan gemacht wurden, bekundete Jondalars Lachen schon durch seinen Klang Anerkennung. Es war nicht nur recht zu lachen, man wurde dazu regelrecht aufgefordert. Es war unmöglich zu widerstehen.

Und Ayla widerstand auch nicht. Das anfänglich schockierte Überraschtsein wurde zu einem Lächeln, das sich zu einem richtigen Gelächter auswuchs. Sie wußte gar nicht, was eigentlich so komisch war; sie lachte, einfach weil Jondalar lachte.

»Don-da-lah«, sagte Ayla, nachdem dieser Augenblick vorüber war:

»Was ist Wort für . . . ha-ha-ha-ha?«

»Lachen? Gelächter?«

»Wie heißt . . . richtiges Wort?«

»Beides ist richtig. Wenn wir es tun, sagen wir: ›Wir lachen‹. Und wenn man darüber redet, redet man von Gelächter«, erklärte er.

Ayla überlegte eine Weile. Er hatte mehr zum Ausdruck gebracht als die Möglichkeiten des Wortgebrauchs; am Sprechen war mehr dran als bloßes Worte-von-sich-Geben. Sie kannte nun bereits eine ganze Menge Wörter, verzweifelte jedoch immer wieder, wenn sie versuchte, ihre Gedanken auszudrücken. Sie wurden auf eine besondere Art aneinandergereiht, und sie hatten eine Bedeutung, die sie nie ganz packte. Obgleich sie Jondalar größtenteils verstand, gaben die Wörter ihr doch nur einen gewissen Hinweis. Sie verstand nicht minder viel mit Hilfe ihrer hochentwickelten Fähigkeit, die unbewußte Sprache des Körpers zu verstehen. Was sie spürte, war der Mangel an Genauigkeit und Tiefgang ihrer Unterhaltung. Schlimmer allerdings war noch das Gefühl, es zu *wissen*, wenn sie sich nur erinnern könnte, und die unerträgliche Spannung, wie ein harter, schmerzender Knoten, der versuchte zu zerspringen, die sie jedesmal befiel, wenn sie das Gefühl hatte, gleich würde es ihr wieder einfallen. »Don-da-lah lachen?«

»Ja, das ist richtig.«

»Ayla lachen. Ayla gern lachen.«

»Jetzt, in diesem Augenblick, möchte Jondalar gern hinaus«, nahm er das Wort von ihr auf. »Wo sind meine Sachen?«

Ayla holte die Lederkleidung, die sie ihm gleichsam vom Leib geschnitten hatte. Zum Teil waren die Sachen von den

Krallen des Löwen zerfetzt, zum Teil voller brauner Flecken. Perlen und andere Schmuckelemente lösten sich von dem Hemd. Der Anblick ernüchterte Jondalar. »Ich muß ja schlimm ausgehen haben«, sagte er, als er die von seinem eigenen Blut steifen Hosen in die Höhe hielt. »Die kann ich nicht mehr tragen.«

Ayla dachte das gleiche. Sie ging hinüber in jenen Teil der Höhle, wo sie ihre Vorräte lagern hatte, und brachte ein unbenutztes Fell sowie lange Riemen mit und wickelte sie ihm um die Hüfte, wie die Männer des Clans Felle zu tragen pflegten.

»Ich mach das schon, Ayla«, sagte er, nahm das weiche Leder zwischen die Beine und zog es vorn und hinten hoch wie einen Lendenschurz. »Aber ein bißchen Hilfe könnte ich schon gebrauchen«, fügte er noch hinzu, als er sich damit abmühte, sich den Riemen um die Taille zu schlingen und den Schurz damit festzuhalten.

Sie half ihm, den Riemen zuzubinden. Dann bot sie ihm ihre Schulter zum Abstützen an und ermunterte ihn, sein Bein zu belasten. Er setzte den Fuß fest auf und lehnte sich munter vor. Das war schmerzlicher, als er erwartet hatte, und er zweifelte nachgerade daran, ob er es überhaupt schaffen würde. Dann jedoch nahm er alle Entschlußkraft zusammen, stützte sich auf Ayla und machte erst einen und dann noch einen kleinen hüpfenden Schritt vorwärts. Als sie den Ausgang der kleinen Höhle erreichten, strahlte er sie an und ließ den Blick über das Sims und die großen Fichten schweifen, die vor der gegenüberliegenden Felswand wuchsen.

Sie ließ ihn, der sich dort an das feste Gestein der Höhle klammerte, stehen und ging eine Grasmatte und einen Pelz holen, um beides am Ende des Simses auszubreiten, dort, wo er den besten Blick auf das Tal hatte. Dann ging sie wieder zu ihm, um ihm weiterzuhelfen. Er war erschöpft und hatte Schmerzen, alles in allem aber doch zufrieden mit sich, als er sich auf dem Pelz niederließ und einen ersten Rundblick tat.

Winnie und ihr Füllen grasten unten auf der Weide; sie waren kurz nachdem Ayla sie zu Jondalar gebracht hatte, hinuntergegangen. Das Tal selbst war ein üppiges Paradies, versteckt inmitten der trockenen Steppen. Nie hätte er es für möglich gehalten, daß es so etwas hier gab. Er schaute sich nach der engen Schlucht flußaufwärts sowie jenem Teil des steinübersäten Uferstreifens um, der seinem Blick nicht entzogen war, doch wandte er seine Aufmerksamkeit sogleich wieder dem Tal zu, das sich bis zu jener fernen Stelle dehnte, wo der Fluß eine Biegung machte.

Der erste Schluß, zu dem er kam, war, daß Ayla hier allein gelebt hatte. Nichts wies auf irgendwelche Besiedelung durch Menschen hin. Sie blieb eine Weile bei ihm sitzen, kehrte dann noch einmal in die Höhle zurück und kam mit einer Handvoll Körner wieder hervor. Sie spitzte die Lippen, stieß einen melodiösen Triller aus und verstreute die Körner rings auf dem Sims. Jondalar wußte nicht, was er davon halten sollte, bis ein Vogel landete und nach den Körnern pickte. Bald schwirrte eine ganze Wolke bunt gefiedeter Sänger um sie herum und pickte mit kurzen, ruckartigen Bewegungen nach den Körnern.

Ihre Lieder – Triller, Pfeiftöne und schrilles Gekreisch – erfüllten die Luft, während die Vögel mit aufgeplusterten Federn nach dem günstigsten Platz suchten. Jondalar mußte zweimal hinsehen, bis er begriff, daß viele von den Vogelstimmen, die er hörte, von der Frau stammten! Sie konnte die ganze Skala der Vogelstimmen nachmachen, und als sie sich auf eine bestimmte Lautfolge beschränkte, hüpfte ein bestimmter Vogel ihr auf den Finger und blieb sitzen, als sie ihn hochhob und die beiden dann ein Duett schmetterten. Ein paarmal hob sie einen Vogel so nahe an Jondalar heran, daß er ihn streifte, ehe er davonflog.

Als die Körner aufgepickt waren, flogen die meisten Vögel davon, doch eine Amsel blieb, um noch mit Ayla um die Wette zu tirilieren. Sie ahmte den volltönenden Gesang des Vogels wunderbar nach.

Als die Amsel davonflog, holte Jondalar tief Atem. Zuvor hatte er ihn angehalten und versucht, die Vorführung der gefiederten Wesen durch Ayla nicht zu stören. »Wo hast du das gelernt? Das war aufregend, Ayla. So nahe bin ich lebendigen Vögeln noch nie gewesen.«

Zwar war sie sich nicht ganz sicher, was er gesagt hatte, doch lächelte sie, da er beeindruckt schien. Sie ließ noch einen Vogelruf ertönen in der Hoffnung, daß er ihr den Namen des Vogels nennen würde, doch lächelte er nur anerkennend zu ihrem Können. Sie versuchte es mit einem anderen und dann noch mit einem, dann gab sie es auf. Er verstand nicht, was sie wollte, doch ein anderer Gedanke ließ ihn die Stirn runzeln. Sie konnte die Vogelstimmen besser nachmachen als der Shamud mit seiner Flöte. Stand sie womöglich mit Muttergeistern in Vogelform in Verbindung? Ein Vogel kam herabgeschossen und landete vor ihren Füßen. Mißtrauisch sah er ihn an.

Das flüchtige bangvolle Gefühl wurde bald von der Freude vertrieben, endlich wieder draußen zu sitzen und die Sonnenwärme in sich aufzunehmen, sich vom Wind umfächeln zu lassen und über das Tal hinzuschauen. Auch Ayla war voller Freude – sie genoß seine Gesellschaft. Wie schwer zu glauben, daß er neben ihr auf dem Sims saß; sie mochte kaum die Lider bewegen aus Angst, wenn sie die Augen schloß, könnte er beim Wiederaufmachen fort sein. Als sie endlich überzeugt war, daß er keine Einbildung war, schloß sie die Augen, um herauszufinden, wie lange sie es schaffte, sich seinen Anblick zu versagen – und hinterher die Freude zu haben, beim Augenaufmachen festzustellen, daß er immer noch da war. Der tiefe Klang seiner Stimme, wenn er zufällig etwas sagte, während sie die Augen geschlossen hatte, war eine unerwartete Freude.

Als die Sonne höherstieg und ihre Wärme spürbarer wurde, erregte der glitzernde Fluß unten Aylas Aufmerksamkeit. Außerstande, Jondalar allein zu lassen aus Furcht, er könnte irgend etwas benötigen, hatte sie auf ihr übliches morgendliches Schwimmen verzichtet. Aber jetzt ging es ihm viel besser, und er konnte sie ja rufen, falls er sie brauchte.

»Ayla gehen Wasser«, sagte sie und machte Schwimmbewegungen.

»Schwimmen«, sagte er und machte ähnliche Bewegungen. »Es heißt: schwimmen. Ich wünschte, ich könnte mitkommen.«

»*Sfimmen*«, sagte sie langsam.

»Schwimmen«, verbesserte er.

»*Sfimmen*«, versuchte sie es noch einmal, und als er nickte, machte sie sich an den Abstieg. Es wird einige Zeit dauern, ehe er diesen Pfad hinunter schafft – ich werde ihm Wasser hinaufbringen. Aber sein Bein heilt gut. Ich nehme an, er wird es wieder gebrauchen können. Vielleicht wird er ein wenig humpeln, doch hoffentlich nicht so schlimm, daß es ihn arg behindert.

Als sie unten auf dem Uferstreifen stand, löste sie den Riemen ihres Überwurfs und beschloß, sich auch die Haare zu waschen. Auf der Suche nach Seifenwurzeln ging sie flußaufwärts. Sie blickte auf, sah Jondalar, winkte ihm zu und ging dann zurück zum Uferstreifen, wo er sie nicht mehr sehen konnte. Sie setzte sich auf den Rand eines riesigen Felsens, der bis zum letzten Frühjahr noch ein Teil der Wand gewesen war, und begann, ihr Haar zu lösen. Eine tiefe Stelle, die vor der Neuverteilung der Felsen nicht dagewesen war, war ihr Lieblingsbadeplatz geworden. Der Fluß war hier tiefer als an den anderen Stellen, und im

Felsen in der Nähe fand sich eine kleine beckenähnliche Mulde, die sie benutzte, um das Saponin aus der Seifenwurzel herauszuklopfen.

Jondalar sah sie wieder, nachdem sie die Haare gespült hatte und stromaufwärts schwamm. Er bewunderte ihre sauberen und kraftvollen Schwimmzüge. Träge paddelte sie zu dem Felsen zurück, setzte sich darauf und ließ sich von der Sonne trocknen. Mit einem Zweig versuchte sie, sich kleine Verfilzungen aus dem Haar zu zupfen; danach bürstete sie es mit einer Kardendistel. Als ihr dichtes Haar trocken war, fühlte sie sich wieder durchwärmt und fing an, sich Sorgen um Jondalar zu machen, obwohl dieser nicht nach ihr gerufen hatte. Er muß allmählich müde werden, dachte sie. Ein Blick auf ihren Überwurf sagte ihr, daß sie einen sauberen brauchte. Folglich hob sie den alten auf und trug ihn den Pfad hinauf.

Jondalar spürte die Sonne weit mehr als Ayla. Es war Frühling gewesen, als Thonolan und er sich auf den Weg gemacht hatten, und das bißchen Sonnenbräune, das er sich zugelegt hatte, nachdem sie das Mamutoilager verlassen hatten, war in Aylas Höhle längst wieder verloren gegangen. Seine Haut war immer noch winterlich blaß – oder war es zumindest gewesen, bis er herausgekommen war, um in der Sonne zu sitzen. Als er sich voller Unbehagens seines Sonnenbrands bewußt wurde, war Ayla nicht da. Er versuchte, ihn nicht zur Kenntnis zu nehmen; schließlich wollte er die Frau nicht stören, die zum ersten Mal nach der langen Zeit der Pflege ein paar Augenblicke für sich hatte. Er fragte sich, wieso sie denn so lange blieb, und wünschte, sie würde sich beeilen. Er blickte zur Einmündung des Pfades hinüber und dann den Fluß auf und ab in der Annahme, daß sie vielleicht noch einmal Schwimmen gegangen war.

Er schaute gerade in die entgegengesetzte Richtung, als Ayla oben auf dem Sims erschien. Ein Blick auf seinen tiefroten Rükken genügte, ihr die Schamröte ins Gesicht zu treiben. Sieh nur, was für ein Sonnenbrand! Was für eine Medizinfrau bin ich denn, daß ich ihn solange allein in der Sonne sitzen lasse? Sie eilte auf ihn zu.

Er hörte sie kommen und drehte sich dankbar darüber, daß sie endlich gekommen war, nach ihr um. Ein bißchen war er auch ärgerlich, daß sie nicht früher gekommen war. Doch als er sie sah, spürte er den Sonnenbrand nicht mehr. Offenen Mundes starrte er die nackte Frau an, die da im hellen Sonnenlicht auf ihn zukam.

Ihre Haut war goldbraun und spielte, wenn sie sich bewegte, über festen, sehnigen Muskeln. Ihre Beine waren vollkommen geformt; nur auf dem linken Schenkel störten vier parallel verlaufende Narben. Er konnte die festen und gerundeten Gesäßbacken sehen, und über dem dunkelblonden Flaum ihrer Schamhaare den sanft gewölbten Bauch mit den blassen Dehnungsnarben aus der Zeit der Schwangerschaft. Schwangerschaft? Sie hatte ausladende Brüste, die gleichwohl hochstanden wie die eines Mädchens und rosige Höfe um die vorspringenden Brustwarzen herum aufwiesen. Ihre langen schlanken Arme verkündeten ohne falsche Hemmungen, wie stark sie war.

Ayla war unter Männern und Frauen aufgewachsen, die von Natur aus kräftig waren. Um die Aufgaben zu erfüllen, die der Clan von Frauen verlangte – Heben und Tragen, Felle bearbeiten, Holz zerkleinern –, mußte ihr Körper schon die notwendige Muskelkraft entwickeln. Die Jagd hatte ihr etwas Drahtiges und Federndes verliehen, und das Alleinleben hatte es erforderlich gemacht, sämtliche Kräfte fürs Überleben zu mobilisieren.

Wahrscheinlich, dachte Jondalar, war sie die stärkste Frau, die er je gesehen hatte; sie war imstande gewesen, ihn hochzuheben und sein ganzes Gewicht zu tragen. Für ihn gab es keinen Zweifel, daß er noch nie eine Frau mit einem so wunderschön gewachsenen Körper gesehen hatte. Aber es war nicht nur ihr Körper allein. Er hatte sie von Anfang an für ausnehmend hübsch gehalten, doch hatte er sie noch nie bei vollem Tageslicht gesehen.

Sie hatte einen langen Hals mit einer kleinen Narbe vorn, ein schön geschwungenes Kinn, vollen Mund, gerade schmale Nase, hochsitzende Backenknochen und weit auseinanderstehende blaugraue Augen. Ihre feingemeißelten Züge bildeten ein harmonisches Ganzes, die langen Wimpern und schön gewölbten Brauen waren hellbraun, nur um ein Geringes dunkler als die locker fallenden Wellen ihres goldenen, in der Sonne schimmernden Haares.

»Große, segenspendende Mutter!« stieß er halblaut aus.

Er rang nach Worten, sie zu beschreiben; die Gesamtwirkung war blendend. Sie war bezaubernd, hinreißend, überwältigend. Nie hatte er eine so atemberaubend schöne Frau gesehen. Warum nur verbarg sie diesen wunderschönen Körper unter einem solchen formlosen Umhang? Und er hatte sie nur für hübsch gehalten! Wieso war ihm das nicht sofort aufgefallen?

Erst als sie das Sims überquert hatte und näherkam, spürte er, daß er erregt war, doch von da an war es ein inständig pulsierendes Drängen, wie er es nie zuvor empfunden hatte. Ihn juckte es in den Händen, diesen vollkommenen Körper zu liebkosen und seine geheimsten Stellen zu entdecken; es verlangte ihn zu erforschen, zu kosten und Wonnen zu bereiten. Als sie sich zu ihm hinneigte und er ihre warme Haut roch, war er bereit, sie zu nehmen, ohne sie auch nur zu fragen – wenn er dazu imstande gewesen wäre. Aber er spürte, daß sie jemand war, der sich nicht ohne weiteres nehmen ließ.

»Don-dah-lah! Rücken ist... Feuer...« sagte Ayla und suchte nach dem richtigen Wort für den glühenden Sonnenbrand. Dann zögerte sie – gebannt vom tierischen Magnetismus seines Blicks. Sie sah ihm in die leuchtendblauen Augen und fühlte sich tief in sie hineingezogen. Ihr Herz hämmerte, die Knie wurden ihr weich, und Hitze ergoß sich über ihr Gesicht. Ihr Körper zitterte, und zwischen ihren Beinen wurde es plötzlich feucht.

Sie wußte nicht, wie ihr geschah. Sie gab sich einen Ruck und riß sich von den Augen los. Ihr Blick fiel auf das ragenden Glied unter seinem Lendentuch, und sie hatte das überwältigende Verlangen, die Hand danach auszustrecken und es anzufassen. Sie schloß die Augen, holte vernehmlich Atem und bemühte sich, ihr Zittern in den Griff zu bekommen. Als sie sie wieder aufmachte, mied sie seinen Blick.

»Ayla Don-da-lah helfen Höhle gehen«, sagte sie.

Der Sonnenbrand schmerzte, und die Zeit draußen hatte ihn müde gemacht, doch als er sich bei dem kurzen Gang zurück auf sie stützte, war ihr nackter Körper so nahe, daß sein heftiges Verlangen auch weiterhin brannte. Sie ließ ihn auf seine Lagerstatt gleiten, nahm eilends eine Bestandaufnahme ihrer Kräuter vor und eilte dann hinaus.

Er fragte sich, wohin sie wohl gegangen sein mochte, und begriff das, als sie mit Händen voll großer graugrüner Klettenblätter zurückkam. Sie streifte die Blätter von den kräftigen Hauptstengeln und zerstückelte diese in einer Schale, fügte kaltes Wasser hinzu und zerstampfte das ganze mit einem Felsbrokken zu seinem sämigen Brei.

Das Jucken und Brennen des Sonnenbrandes hatte ihm schon arg zugesetzt, und als er die lindernde Wirkung des kühlen Breis auf dem Rücken spürte, war er doch wieder dankbar, daß sie eine Heilkundige war.

»Ah, das tut gut«, sagte er.

Als sie den Brei sanft mit den Händen verteilte, wurde er sich bewußt, daß sie sich nicht die Zeit genommen hatte, etwas anzuziehen. Sie kniete neben ihm, und er spürte ihre greifbare Nähe. Der Duft ihrer warmen Haut und andere geheimnisvolle weibliche Gerüche ermutigten ihn, nach ihr zu greifen. Von den Kniekehlen fuhr er ihr mit der Hand bis zum Gesäß über den Schenkel.

Ayla erstarrte bei der Berührung und hörte ihrerseits auf, ihre Hand zu bewegen. Sie war sich unendlich bewußt, daß er sie streichelte. Unsicher, was sie tun sollte oder was von ihr erwartet wurde, hielt sie sich ganz steif. Sie wußte nur, daß sie nicht wollte, daß er aufhörte. Doch als er die Hand hob und nach einer Brustwarze griff, holte sie erschrocken Luft bei dem unerwarteten Ruck, der durch sie hindurchging.

Jondalar überraschte der Schrecken, der sie durchfuhr. War es für einen Mann nicht völlig natürlich, daß er den Wunsch verspürte, eine schöne Frau anzufassen? Zumal sie so nahe war und sie sich ohnehin fast berührten? Da er nicht wußte, was er davon halten sollte, zog er die Hand fort. Sie reagiert, als ob sie noch nie berührt worden wäre, dachte er. Aber sie war eine Frau und kein junges Mädchen mehr. Und nach den Dehnungsnarben zu urteilen, hatte sie sogar schon ein Kind geboren. Auf ein Kind freilich wies nichts in der Höhle hin. Nun, sie wäre nicht die erste Frau, die ein Kind verloren hat, auf jeden Fall muß sie die Riten der Ersten Wonnen erlebt haben, sonst könnte sie des Segens der Mutter nicht teilhaftig geworden sein.

Ayla verspürte immer noch das kribbelnde Nachgefühl seiner Berührung. Sie wußte nicht, warum er aufgehört hatte, war verwirrt, erhob sich und ging fort.

Vielleicht mag sie mich nicht, dachte Jondalar. Nur, warum ist sie mir dann so nahe gekommen, zumal mein Begehren so deutlich erkennbar war. Sie konnte seinem Wunsch nicht entsprechen, sie hatte seinen Sonnenbrand behandelt. Und ihr Verhalten hatte nichts Aufreizendes gehabt, ja, sie schien blind zu sein für die Wirkung, die sie auf ihn ausübte. War sie es gewohnt, daß man so auf ihre Schönheit reagierte? Allerdings benahm sie sich nicht mit der Abgebrühtheit und Überlegenheit einer erfahrenen Frau; und dennoch; Wie konnte eine Frau, die so aussah, sich ihrer Wirkung auf Männer nicht bewußt sein?

Jondalar nahm ein zerstampftes Stück Blatt auf, das ihm von der Schulter gefallen war. Der Heilkundige der Sharamudoi hatte gleichfalls Kletten gegen Verbrennungen benutzt. Sie versteht etwas von der Heilkunst. Aber selbstverständlich! Wie kann man nur so dumm sein, Jondalar, sagte er sich. Der Shamud hat dir doch von den Prüfungen erzählt. Die Der Mutter Dienen. Da muß sie auch auf die Wonnen verzichten. Kein Wunder, daß sie diese formlosen Felle trägt, um ihre Schöhnheit zu verbergen. Hättest du dir nicht diesen Sonnenbrand geholt, sie wäre dir nie so nahe gekommen. Und du hast zugegriffen wie ein Junge, der noch nicht ganz trocken hinter den Ohren ist.

In seinem Bein klopfte es, und wiewohl der Brei geholfen hatte, juckte der Sonnenbrand noch immer. Er ließ sich niedergleiten, legte sich auf die Seite und schloß die Augen. Er hatte Durst, wollte sich jedoch nicht umdrehen, um an den Wasserschlauch heranzukommen, wo er gerade eine einigermaßen erträgliche Lage gefunden hatte. Ihm war nicht wohl in seiner Haut, und das nicht nur wegen der Schmerzen und des Sonnenbrandes, sondern auch deshalb, weil er meinte, indiskret gewesen zu sein. Es war ihm peinlich.

Es war ihm schon seit sehr langer Zeit nicht mehr passiert, daß er sich so daneben benommen hatte – schon seit seiner Knabenzeit nicht mehr. Er hatte sich in glatter Selbstbeherrschung geübt, bis sie zu einer Kunst geworden war. Jetzt war er wieder zu weit gegangen, und man hatte ihn zurückgestoßen. Diese wunderschöne Frau; diese Frau, die er mehr begehrt hatte als je eine Frau zuvor, hatte ihn abgewiesen. Er wußte, wie es gehen würde. Sie würde tun, als ob nichts geschehen wäre, doch würde sie ihm aus dem Wege gehen, soweit es ging. Und wenn sich das nicht machen ließ, würde sie trotzdem Distanz wahren. Sie würde kühl und unnahbar sein; und mochte ihr Mund auch lächeln, ihre Augen würden die Wahrheit verraten. Es würde keine Wärme in ihnen liegen; oder, noch schlimmer, sie würde Mitleid verströmen.

Ayla hatte einen sauberen Überwurf angezogen, flocht sich das Haar und schämte sich, zugelassen zu haben, daß Jondalar sich einen Sonnenbrand geholt hatte. Sie war ihrem Vergnügen nachgegangen, hatte geschwommen und sich die Haare gewaschen. Dabei hätte sie besser auf ihn acht geben sollen. Und ich will eine Medizinfrau sein! Eine Medizinfrau in Izas Tradition. Ihre Tradition wird im Clan mehr verehrt als alles andere – was würde Iza zu einer solchen Gedankenlosigkeit sagen? Zu einem solchen Mangel an Mitgefühl für jemand, der ihrer Fürsorge anvertraut war? Ayla war zerknirscht. Er hatte eine so schwere

Verletzung erlitten, hatte noch soviel Schmerzen, und nun hatte sie ihm noch mehr Schmerzen verursacht.

Doch das allein war nicht der Grund für ihr Unbehagen. Er hatte sie angefaßt. Noch jetzt spürte sie seine warme Hand auf ihrem Schenkel. Sie wußte genau, wo er zugefaßt hatte und wo er nicht hingekommen war, es war, als hätte er sie mit seiner sanften Liebkosung versengt. Warum hatte er ihre Brustwarze berührt? Es kribbelte noch jetzt darin. Er war so voll seines Mannestums gewesen, und sie wußte, was das bedeutete. Wie oft hatte sie nicht Männer Frauen das Zeichen geben sehen, wenn sie ihr Bedürfnis hatten stillen wollen. Broud hatte es ihr gegeben – ein Schauder überfiel sie – und sie hatte es damals gehaßt, ihn so voll seines Mannestums zu sehen.

So war ihr im Moment nicht zumute. Ja, sie würde es sogar gern sehen, wenn Jondalar ihr das Zeichen gäbe ...

Sei doch nicht lächerlich. Wie sollte er, mit seinem Bein. Es war kaum geheilt genug, es zu belasten.

Dennoch war er voll und hart in seinem Mannestum gewesen, als sie vom Schwimmen zurückgekommen war, und seine Augen ... Heiß lief es ihr über den Rücken, als sie an seine Augen dachte. Wie blau sie waren, so voll von Begehren, und so ...

Sie wußte nicht, wie sie es sich selbst gegenüber zum Ausdruck bringen sollte, hielt jedoch im Haarebürsten inne, schloß die Augen und ließ das Ziehen, das von ihm ausging, noch einmal auf sich wirken. Er hatte sie angerührt.

Doch dann hatte er aufgehört. Sie richtete sich auf. Hatte er ihr ein Zeichen gegeben? Hatte er aufgehört, weil sie nicht eingewilligt hatte? Eine Frau hatte aber für einen Mann und die Befriedigung seiner Bedürfnisse immer dazusein. Jeder Frau im Clan war das klargemacht worden, vom ersten Augenblick an, da ihr Geist kämpfte und sie blutete. Genauso wie die behutsamen Gebärden und Stellungen, mit denen eine Frau in einem Mann den Wunsch wecken konnte, sein Bedürfnis bei ihr zu stillen. Früher hatte sie nie verstanden, wieso eine Frau ihrerseits den Wunsch verspüren konnte, solche Mittel einzusetzen. Jetzt jedoch begriff sie das sehr wohl, wie ihr plötzlich aufging.

Sie wollte, daß dieser Mann sein Verlangen an ihr stillte, kannte jedoch nicht sein Zeichen. Und wenn ich sein Signal nicht kenne, weiß er auch nicht, wie es um mich bestellt ist. Und wenn ich ihm etwas versagt habe, ohne es zu wissen, versucht er es vielleicht nie wieder. Aber hat er mich wirklich begehrt? Ich bin so groß und häßlich.

Ayla bog den letzten Zopf auf der Stirn zurück und steckte ihn fest, dann ging sie das Feuer schüren und ein schmerzlinderndes Mittel für Jondalar bereiten. Als sie es ihm brachte, lag er auf der Seite und ruhte. Wo sie ihm das Mittel gegen den Schmerz brachte, damit er ruhen konnte, wollte sie ihn nicht stören, wenn er auch ohne das Mittel bereits Ruhe gefunden hatte. Mit gekreuzten Beinen hockte sie sich neben seinem Lager nieder und wartete ab, daß er die Augen aufmachte. Sein Atem ging unregelmäßig, und seine Stirn zeigte irgendein Unbehagen, das er nicht hätte, wenn er tief schliefe.

Jondalar hatte sie kommen hören und die Augen zugemacht, um so zu tun, als schliefe er. Verkrampft lag er da und kämpfte gegen den Wunsch an, die Augen aufzumachen und nachzusehen, ob sie wirklich da ist. Warum war sie so still? Warum ging sie nicht wieder fort? Der Arm, auf dem er lag, begann wegen mangelnder Durchblutung zu kribbeln an. Wenn er ihn jetzt nicht bald bewegte, würde er einschlafen. In seinem Bein klopfte es. Es verlangte ihn danach, seine Lage zu verändern, denn es war anstrengend, es ständig in derselben Stellung zu belassen. Da sein Gesicht von jungen Bartstoppeln bedeckt war, juckte es ihn, und der Rücken brannte ihm. Vielleicht war sie gar nicht da? Vielleicht hatte sie sich entfernt, und er hatte sie nur nicht gehört. Oder saß sie einfach da und starrte ihn an?

Sie hatte ihn aufmerksam beobachtet. Sie hatte diesen Mann länger offen angesehen als je einen Mann zuvor. Für die Frauen im Clan gehört es sich nicht, Männer anzusehen, doch hatte sie vielen Dingen gefrönt, die sich nicht gehörten. War sie nicht nur in der Pflege eines Schutzbefohlenen nachlässig gewesen, sondern hatte sie nun auch noch vergessen, sich so zu benehmen, wie Iza es ihr beigebracht hatte? Sie starrte auf ihre Hände und den Becher mit dem Stechapfeltrank. Wie hatte eine Frau sich denn einem Mann zu nähern? Auf dem Boden hockend und den Kopf gesenkt – solange, bis er ihr auf die Schulter klopfte und damit zu verstehen gab, daß er ihre Anwesenheit wahrgenommen hatte. Vielleicht wurde es Zeit, daß sie sich an das erinnerte, was ihr beigebracht worden war.

Jondalar machte die Augen einen Spalt weit auf. Er wollte sehen, ob sie da sei, ohne daß sie merkte, daß er wach war. Er sah einen Fuß und machte die Augen rasch wieder zu. Sie war da. Warum saß sie dort? Worauf mochte sie warten? Warum ging sie nicht fort und ließ ihn mit seinem Elend und seiner Demütigung allein? Nochmals spähte er unter den Lidern hervor. Ihr Fuß hatte sich nicht bewegt. Sie saß mit untergeschlagenen Beinen da. Sie hatte einen Becher mit irgendeiner Flüssigkeit in der Hand. Ach, Doni! Welchen Durst er hatte! Ob das für ihn sein sollte? Ob sie dort saß und nur auf sein Erwachen wartete, um ihm eine Medizin zu geben? Sie hätte ihn wachrütteln können; sie brauchte doch nicht zu warten.

Er schlug die Augen auf. Gesenkten Kopfes saß Ayla da und blickte vor sich nieder. Gekleidet war sie in einen dieser formlosen Überwürfe, und das Haar hatte sie zu vielen kleinen Zöpfen geflochten. Wie frisch-geschrubbt sie aussah. Der Fleck auf ihrer Wange war fort, der Überwurf war sauber und bestand aus einem ungetragenen Fell. Es hatte so etwas Argloses, wie sie mit gesenktem Kopf dasaß. Nichts da von Aufgesetztem und Unnatürlichem, kein geziertes Getue und keine vielsagenden Blicke.

Daß sie die Zöpfe so fest geflochten hatte, verstärkte diesen Eindruck nur noch – genauso wie der Überwurf mit den sich bauschenden Falten, der sie so gut tarnte. Das war's: den reifen Frauenkörper und das volle glänzende Haar kunstvoll zu verbergen. Zwar ließ sich ihr Gesicht nicht verbergen, doch lenkte ihre Gewohnheit, zu Boden oder zur Seite zu blicken, einen ab. Warum verbarg sie sich? Es mußte zu der Prüfung gehören, der sie sich unterzog. Die meisten Frauen, die er kannte, hätten ihren schönen Körper stolz gezeigt, eine solche goldene Herrlichkeit im vorteilhaftesten Licht glänzen lassen und alles für ein so wunderschönes Gesicht gegeben.

Reglos beobachtete er sie; sein ganzes Unbehagen war vergessen. Warum rührte sie sich nicht? Vielleicht mag sie mich nicht ansehen, dachte er, und das brachte ihm seine Verlegenheit und seinen Schmerz wieder zum Bewußtsein. Er konnte es nicht mehr aushalten; er mußte sich regen.

Als er den Kopf vom Arm herunternahm, blickte Ayla auf. Er konnte ihr nicht auf die Schulter klopfen, um ihre Anwesenheit anzuerkennen, sie mochte sich noch so guter Verhaltensweisen befleißigen. Er kannte ja das Zeichen nicht. Jondalar war erstaunt, Zerknirschung und Schmerz in ihrem Gesicht zu lesen und in ihren Augen das ehrliche und offene Flehen. Nichts da von Verdammung. Zurückweisung oder Mitleid! Im Gegenteil: Es sah so aus, als ob sie sich schämte. Was nur mochte ihr peinlich sein?

Sie reichte ihm den Becher. Er nahm einen Schluck und verzog das Gesicht, so bitter war der Trank. Doch tapfer schluckte er den Rest hinunter und griff dann nach dem Wasserschlauch, um den Geschmack aus dem Mund zu bekommen. Dann legte er sich zurück; irgendwie konnte er nicht die richtige Lage finden. Sie gab ihm durch Gesten zu verstehen, er solle sich aufsetzen. Danach strich sie Häute und Pelze glatt und legte sie anders hin. Er streckte sich nicht sofort wieder aus.

»Ayla, da ist so viel von dir, das ich nicht weiß und doch gern wüßte. Ich weiß nicht, wo du deine Heilkunst erlernt hat – ja, ich weiß nicht einmal, wie ich überhaupt hierhergekommen bin. Ich weiß nur, daß ich dir dankbar bin. Du hast mir das Leben gerettet und – was noch wichtiger ist – hast mein Bein gerettet. Ohne den Gebrauch meines Beines würde ich es nie zurück nach Hause schaffen, selbst wenn ich am Leben geblieben wäre.

Es tut mir leid, daß ich einen solchen Narren aus mir gemacht habe, aber du bist so schön, Ayla. Ich hatte ja keine Ahnung – du verbirgst dich so gut. Zwar weiß ich nicht, warum du das tust, aber du wirst schon deine Gründe haben. Du lernst schnell. Vielleicht erklärst du es mir später, wenn du noch besser sprechen kannst. Falls du darfst. Wenn nicht, werde ich mich damit abfinden. Ich weiß, du verstehst nicht alles von dem, was ich sage – ich möchte es trotzdem sagen. Ich werde dich nicht wieder belästigen, Ayla. Das verspreche ich.«

22

»Sag ob richtig: ›Don-da-lah‹.«

»Du sprichst meinen Namen wirklich gut aus.«

»Nein. Ayla falsch aussprechen.« Heftig schüttelte sie den Kopf. »Sag ob richtig.«

»Jondalar. Jon-da-lar.«

»Sschon . . .«

»Jjjj«, machte er es ihr vor. »Jondalar.«

»*Dsch . . . Dsch . . .*« Sie rang mit dem unvertrauten Laut.

»*Dschon-da-larr.*« Mit kräftig rollendem *r* gab sie es auf.

»Das ist gut! Sehr gut sogar«, sagte er.

Ayla lächelte über ihren Erfolg; dann wurde aus dem Lächeln ein listiges Grinsen. »*Dschon-da-larr won ten Zel-ann-do-nee.*« Er hatte den Namen seines Volkes schon öfter gebraucht als seinen eigenen, und sie hatte still für sich geübt.

»Ja, das ist richtig!« Jondalar war ehrlich erstaunt. Zwar hatte sie es nicht ganz richtig ausgesprochen, doch nur ein geborener Zelandonii hätte den Unterschied gehört. Seine freudige Anerkennung war der rechte Lohn für ihre Mühen, und Aylas Lächeln über ihren Erfolg war wunderschön.

»Was bedeuten Zelandonee?«

»Das bedeutet ›Mein Volk‹. Kinder der Mutter, die im Südwesten leben. Doni bedeutete Große Erdmutter. Erdenkinder wäre vermutlich das Treffendste. Aber alle Menschen nennen sich in ihrer Sprache Erdenkinder. Es bedeutet einfach Menschen.«

Sie standen einander gegenüber, lehnten sich an zwei Stämme einer Birke, die derselben Wurzel entwachsen waren. Zwar stützte Jondalar sich auf einen Stock und zog das Bein merklich nach, war aber glücklich und dankbar, auf der grünen Wiese der Talsohle zu stehen. Nach seinen ersten zaghaften Schritten hatte er sich gezwungen, immer weiterzugehen. Als er das erste Mal den steilen Pfad hinuntergestiegen war, hatte er das als schwere Prüfung empfunden – doch dann war ein Triumph daraus geworden. Das Hinaufsteigen hatte sich als leichter erwiesen denn der Abstieg.

Trotzdem wußte er immer noch nicht, wer ihn denn ohne Hilfe zur Höhle hinaufgeschafft hatte. Wenn andere ihr geholfen hatten – wo waren sie? Diese Frage hatte er ihr schon öfter stellen wollen, doch zuerst hätte sie ihn nicht verstanden, und danach war es ihm ungehörig erschienen, einfach mit einer solchen Frage herauszuplatzen, um seine Neugier zu befriedigen. Er hatte auf den richtigen Augenblick gewartet, und jetzt schien er da zu sein.

»Wer sind deine Leute, Ayla? Und wo sind sie?«

Das Lächeln schwand von ihrem Gesicht; fast tat es ihm leid, gefragt zu haben. Nach einem ausgedehnten Schweigen meinte er, sie habe ihn vielleicht nicht verstanden.

»Keine Leute. Ayla nicht von Leuten«, erklärte sie schließlich, stemmte sich von dem Baum ab und trat in seinen Schatten. Jondalar packte seinen Stock und humpelte hinter ihr her.

»Aber du mußt doch irgendwoher kommen. Du hast eine Mutter gehabt. Wer hat dich aufgezogen? Wer hat dir die Heilkunst beigebracht? Wo sind deine Leute jetzt, Alya? Warum lebst du allein?«

Langsam ging Ayla voran. Sie starrte auf die Erde. Nicht, daß sie versuchte, seinen Fragen auszuweichen – sie mußte ihm antworten. Keine Frau im Clan konnte sich weigern, eine direkte Frage von einem Mann unbeantwortet zu lassen, ja, alle Clansangehörigen – Männer wie Frauen – beantworteten direkte Fragen. Es war nur so, daß Frauen Männern keine persönlichen Fragen stellten und Männer Männern auch so gut wie nie. Für gewöhnlich waren es die Frauen, die gefragt wurden. Jondalars Fragen riefen viele Erinnerungen wach; manche Fragen konnte sie einfach nicht beantworten, und bei anderen wußte sie nicht, wie sie sie beantworten sollte.

»Wenn du es mir jetzt nicht sagen möchtest . . .«

»Nein.« Sie sah ihn an und schüttelte den Kopf. »Ayla sagen.« Ihre Augen hatten etwas Bekümmertes. »Nicht wissen Wörter.«

Nochmals fragte Jondalar sich, ob es gut gewesen sei, die Frage zu stellen; doch war er nun mal neugierig, und sie schien ja auch durchaus bereit zu antworten. Abermals blieben sie vor dem riesigen Felsen stehen, der einst zu der hohen Wand gehört hatte, ehe er auf der Talsohle zu liegen gekommen war. Jondalar setzte sich auf eine bequeme Stelle am Rand, wo der Fels dergestalt auseinandergebrochen war, daß gerade in der richtigen Höhe für Jondalar ein Sitz mit geneigter Rückenlehne entstanden war.

»Wie nennen deine Leute sich?« fragte er.

Ayla überlegte einen Moment. »Die Leute. Mann . . . Frau . . . Baby.« Wieder schüttelte sie den Kopf. Sie wußte nicht, wie sie es erklären sollte. »Der Clan.« Gleichzeitig vollführte sie die Geste, die dasselbe bedeutete.

»Wie Familie? Eine Familie besteht aus einem Mann, einer Frau und ihren Kindern, die am selben Herdfeuer leben . . . Für gewöhnlich.«

Sie nickte. »Familie . . . mehr.«

»Eine kleine Gruppe? Mehrere Familien, die zusammen leben, nennt man eine Höhle«, sagte er, »auch dann, wenn sie gar nicht in einer leben.«

»Ja«, sagte sie, »Clan klein. Und mehr. Clan bedeutet alle Leute.«

Er hatte sie beim ersten Mal nicht recht verstanden, und die Geste der Hand, mit der sie das Wort begleitete, hatte er nicht mitbekommen. Es war ein schwer auszusprechendes, kehliges

Wort, und außerdem war da die Neigung, die er nicht anders bezeichnen konnte als das Verschlucken des Wortinneren. Er hätte es überhaupt nicht für ein Wort gehalten. Sie hatte keine Wörter benutzt außer denen, die sie von ihm hatte, und so war sein Interesse geweckt.

»*Glan?*« fragte er und versuchte das Wort nachzumachen.

Ganz richtig war es nicht, aber es kam der richtigen Aussprache nahe. »Ayla nicht sagen richtig Jondalars Wörter. Jondalar nicht sagen Aylas Wörter richtig. Jondalar sagen gut.«

»Ich dachte, du kenntest gar keine Wörter, Ayla. Ich habe dich nie in deiner Sprache reden hören.«

»Nicht kennen viele Wörter. Clan nicht sprechen Wörter.«

Jondalar verstand nicht. »Womit reden sie denn, wenn nicht mit Wörtern?«

»Sie sprechen . . . Hände«, sagte sie, wohl wissend, daß das nicht ganz stimmte.

Ihr ging auf, daß sie die Gesten in dem Bemühen, sich auszudrücken, unabsichtlich vollführte. Als sie Jondalars verständnislosen Blick sah, nahm sie seine Hände und vollführte damit die richtigen Bewegungen, während sie ihre Worte wiederholte.

»Clan nicht sprechen viele Wörter, Clan sprechen . . . Hände.«

Als ihm dämmerte, was sie meinte, glättete sich seine verwirrt gerunzelte Stirn. »Willst du mir sagen, deine Leute redeten mit den Händen? Zeig's mir! Sag etwas in deiner Sprache.«

Ayla überlegte einen Augenblick und begann dann: »Ich möchte dir so gern soviel sagen, aber ich muß lernen, es in deiner Sprache auszudrücken. Das ist die einzige Möglichkeit, die mir offensteht. Wie soll ich dir erklären, wer meine Leute sind? Ich bin ja keine Frau des Clans mehr. Wie soll ich dir erklären, daß ich tot bin? Ich habe keine Angehörigen. Für den Clan bewege ich mich in der nächsten Welt, so wie der Mann, mit dem zusammen du unterwegs gewesen bist. Der andere Sohn deiner Mutter, wie ich glaube.

Ich möchte dir so gern sagen, daß ich die Zeichen über seinem Grab gemacht habe, um ihm zu helfen, seinen Weg zu finden, und damit der Kummer in deinem Herzen weniger werde. Außerdem möchte ich dir gern sagen, daß ich um ihn getrauert habe, obwohl ich ihn nicht gekannt habe.

Ich kenne die Menschen nicht, denen ich geboren wurde. Ich muß eine Mutter und eine Familie gehabt haben, die aussahen wie ich ... und du. Doch ich kenne sie nur unter dem Namen ›Die Anderen‹. Iza ist die einzige Mutter, an die ich mich erinnere. Sie hat mich die Zauberkraft der Heilkunst gelehrt und eine Medizinfrau aus mir gemacht. Doch sie ist jetzt tot. Auch Creb ist tot.

Ach, Jondalar, wie sehr es mich danach verlangt, dir von Iza, Creb und Durc zu berichten ...« Sie hielt inne und holte tief Atem. »Auch mein Sohn ist von mir fortgegangen, aber er lebt. Soviel ist mir also noch geblieben. Und jetzt hat der Höhlenlöwe dich zu mir gebracht. Ich hatte Angst, daß die Männer von den Anderen so wären die Broud, doch du bist mehr wie Creb, behutsam und geduldig. Ich würde mir gern vorstellen, daß du mein Gefährte wirst. Als du herkamst, dachte ich, du wärest deswegen hergebracht worden. Das habe ich wohl geglaubt, weil ich mich so sehr nach Gesellschaft gesehnt habe, und du bist der erste Mann von den Anderen, den ich gesehen habe ... zumindest, soweit ich mich erinnere. Zu Anfang wäre es gleichgültig gewesen, wer du warst. Ich wollte dich zum Gefährten, bloß um überhaupt einen Gefährten zu haben.

Jetzt ist es aber nicht mehr dasselbe. Jeden Tag, den du hier bist, wächst mein Gefühl für dich. Ich weiß, Andere sind nicht allzu fern, und es muß andere Männer geben, die mein Gefährte werden könnten. Aber ich möchte keinen anderen, habe aber Angst, daß du nicht hierbleiben möchtest, wenn du erstmal wieder ganz gesund bist. Da fürchte ich, dich zu verlieren. Ich möchte dir sagen, daß ich ... daß ich so unendlich froh über dein Hiersein bin, daß ich es manchmal nicht ertragen kann.« Unfähig weiterzusprechen, hielt sie inne, hatte aber gleichwohl unbestimmt das Gefühl, noch nicht fertig zu sein.

Ihre Gedanken waren dem Mann, der ihr zusah, nicht gänzlich unverständlich. Ihre Gesten – nicht nur die Handbewegungen, sondern auch ihr Mienenspiel, der Ausdruck ihrer Augen und ihres ganzen Körpers – waren so ausdrucksvoll, daß es ihn tief anrührte. Sie erinnerte ihn an einen schweigenden Tänzer – nur, daß sie zwischendurch rohe Laute ausstieß, die merkwürdigerweise sehr gut zu den Bewegungen paßten, die sie machte. Er nahm nur gefühlsmäßig auf und konnte nicht ganz glauben, daß sie wirklich vermittelte, was er empfand – doch dann hielt sie inne, und da wußte er, daß sie sich in der Tat mitgeteilt hatte. Er wußte auch, daß ihre Bewegungs- und Gebärdensprache nicht einfach, wie er ursprünglich gemeint hatte, eine Erweiterung von Gebärden waren, wie er sie bisweilen gebrauchte, um etwa seine Worte zu unterstreichen. Vielmehr schien es so zu sein, daß die Laute, die sie ausstieß, dazu dienten, ihre Gebärden zu unterstreichen.

Nachdenklich schweigend stand sie eine Weile da. Dann sank sie anmutig zu seinen Füßen zu Boden und senkte den Kopf. Er wartete, doch da sie sich nicht rührte, befiel ihn Unbehagen. Sie schien auf ihn zu warten. und das vermittelte ihm das Gefühl, als ob sie ihm huldigte. Der Großen Erdmutter gegenüber war eine solche Ehrerbietung durchaus angebracht, nur wußte man, daß Sie eifersüchtig war und nicht gern sah, wenn einem Ihrer Kinder eine Verehrung zuteil wurde, die eigentlich Ihr gebührte.

Schließlich beugte er sich hinunter und berührte sie am Arm. »Steh auf, Ayla. Was machst du da?«

Die Berührung des Arms war zwar nicht genau dasselbe wie ein Klopfen ihrer Schulter, doch kam er damit für ihr Gefühl dem Clanszeichen zu sprechen so nahe, wie er nur konnte. Sie sah zu dem Sitzenden auf.

»Clans-Frau sitzen, wollen sprechen. Ayla wollen sprechen Jondalar.«

»Du brauchst aber nicht auf dem Boden zu sitzen, wenn du mit mir reden willst.« Er streckte die Hand aus und versuchte, sie hochzuheben.

Sie jedoch wollte unbedingt dort sitzenbleiben. »So machen im Clan.« Mit der Bitte, sie doch zu verstehen, sah sie ihn an. »Ayla wollen sagen . . .« Tränen der Verzweiflung stiegen ihr in die Augen. Sie fing noch einmal von vorn an. »Ayla nicht gut sprechen. Ayla wollen sagen, Jondalar geben Ayla Sprache, wollen sagen . . .«

»Willst du mir etwa danken?«

»Was ›danken‹?«

Er hielt inne. »Du hast mir das Leben gerettet, Ayla. Du hast dich meiner angenommen, hast meine Wunden versorgt, mir zu essen gegeben. Und dafür möchte ich dir danken. Sogar noch mehr als nur danken.«

Ayla runzelte die Stirn. »Nicht dasselbe. Mann verwundet. Ayla helfen allen Männern. Jondalar geben Ayla Sprache. Ist mehr. Ist mehr danken.«

»Möglich, daß du nicht gut sprichst, aber verständlich machen tust du dich gut. Steh auf, Ayla, oder ich muß mich neben dich hocken. Ich weiß, daß du eine Heilkundige bist und es dein Beruf ist, dich eines jeden anzunehmen, der Hilfe braucht. In deinen Augen ist es vielleicht nichts Besonderes, mir das Leben gerettet zu haben, doch bin ich dir deshalb nicht weniger dankbar. Für mich ist es eine Kleinigkeit, dir meine Sprache beizubringen, dich überhaupt zu lehren zu sprechen, aber mir wird allmählich klar, daß das für dich sehr wichtig ist und daß du dankbar bist. Dankbarkeit zum Ausdruck zu bringen, ist in jeder Sprache schwierig. Ich tue es dadurch, daß ich ›danke‹ sage. Deine Art ist für meine Begriffe allerdings schöner. Aber jetzt stehe bitte auf.«

Sie spürte, daß er verstand. Ihr Lächeln vermittelte mehr Dankbarkeit als sie meinte. Für sie war das eine schwierige Sache, es zum Ausdruck zu bringen, aber sehr wichtig. Folglich war ihr jetzt, als sie aufstand, leichter ums Herz. Sie versuchte, ihren Jubel durch irgendeine Handlung zum Ausdruck zu bringen, und als sie Winnie und ihr Füllen sah, stieß sie daher einen lauten und schrillen Pfiff aus. Die Stute stellte die Lauscher auf, kam herbeigaloppiert, und als sie nahe war, nahm Ayla einen Anlauf und landete mühelos auf dem Rükken des Pferdes.

Das Hengstfohlen folgte ihnen dicht auf den Fersen, als sie in weitem Bogen um die Weidefläche herumritten. Ayla hatte sich in der letzten Zeit stets in Jondalars Nähe aufgehalten, so daß sie gar nicht zum Reiten gekommen war; jetzt genoß sie das herrliche Freiheitsgefühl. Als sie zum Felsen zurückkehrten, stand Jondalar da und wartete auf sie. Er sperrte vor Staunen nicht mehr Mund und Nase auf, wie er es anfangs getan hatte. Im ersten Augenblick war es ihm kalt über den Rücken gelaufen und hatte er sich gefragt, ob diese Frau übernatürliche Kräfte besaß, ja, vielleicht sogar eine Donii war. Dunkel erinnerte er sich an einen Traum von einem Muttergeist in Form einer jungen Frau, die einen Löwen beiseitegeschoben hatte.

Doch dann fiel ihm wieder ein, wie Ayla von nur allzu menschlicher Verzweiflung über ihre Unfähigkeit, sich mitzuteilen, gepackt gewesen war. Solche Probleme hatte eine Geistgestalt der Großen Erdmutter bestimmt nicht. Trotzdem, die Art, wie sie mit Tieren umging, hatte schon etwas Unheimliches. Vögel kamen auf ihren Ruf herbeigeschwirrt und fraßen ihr aus der Hand, und jetzt kam auf ihren Pfiff hin eine säugende Mutterstute herbeigelaufen und gestattete der Frau, auf ihrem Rücken zu reiten. Und was war mit diesen Leuten, die ohne Worte, dafür aber mit Gebärden redeten? Ayla hatte ihm für diesen Tag genug zu denken gegeben, sann er und kraulte das Hengstfohlen. Je mehr er darüber nachdachte, desto größer wurde ihr Geheimnis.

Wenn ihre Leute nicht sprachen, konnte er verstehen, daß auch sie nicht sprach. Aber wer waren diese Leute? Wo hielten sie sich jetzt auf? Sie sagte, sie hätte keine Angehörigen, und in der Tat lebte sie allein in diesem Tal. Doch wer hatte sie in der Heilkunst unterwiesen und wer ihr diesen Zauberumgang mit den Tieren beigebracht? Woher hatte sie den Feuerstein? Sie war eigentlich zu jung für einen so begabten Zelandonii. Für gewöhnlich brauchte es viele Jahre, um ein solches Können zu erlangen, und für gewöhnlich zogen solche Leute sich häufig zurück ...

Sollten das ihre Leute sein? Er wußte von besonderen Gruppen jener, Die Der Mutter Dienten, die sich der Erlangung tiefer Einsichten in große Geheimnisse widmeten. Gruppen dieser Art genossen hohes Ansehen: die Zelandonii daheim hatte mehrere Jahre bei einer solchen Gruppe zugebracht. Der Shamud hatte von selbstauferlegten Prüfungen gesprochen, um Einsichten und Fertigkeiten zu erlangen. War es möglich, daß Ayla unter einer solchen Gruppe gelebt hatte, die sich nur mittels Gebärden verständigte? Und jetzt lebt sie allein, um ihre Fähigkeiten zu vervollkommnen?

Und du dachtest daran, Wonnen mit ihr zu genießen, Jondalar! Kein Wunder, daß sie so reagiert hat. Doch welch ein Jammer! So schön zu sein, und dann die Wonnen aufzugeben? Aber ob sie nun schön ist oder nicht – auf jeden Fall wirst du ihre Wünsche respektieren, Jondalar.

Das braune Hengstfohlen stieß mit dem Kopf nach dem Mann und scheuerte sich an ihm, erwartete aufmerksameres Gekraule von feinfühligen Händen, die bei dem juckenden Prozeß des Fohlenfell-Verlierens immer die richtigen Stellen zum Kratzen gefunden hatten. Jondalar war entzückt, daß das Füllen zu ihm kam. Bisher waren Pferde nie etwas anderes als eine Nahrungsquelle für ihn gewesen; nie war es ihm in den Sinn gekommen, daß sie fühlende Geschöpfe sein könnten, die warm auf sein Streicheln reagierten.

Ayla lächelte. Sie freute sich über das Band der Zuneigung, das sich zwischen dem Mann und Winnies Füllen entwickelte. Ihr fiel ein, woran sie einmal gedacht hatte, und dann erwähnte sie es spontan.

»Jondalar geben Füllen Namen?«

»Dem Füllen einen Namen geben? Du möchtest, daß ich dem Füllen einen Namen gebe?« Er war unsicher, gleichwohl jedoch erfreut. »Ich weiß nicht, Ayla. Ich habe nie daran gedacht, jemand einen Namen zu geben – von einem jungen Pferd ganz zu schweigen. Wie gibt man einem Pferd einen Namen?«

Ayla hatte Verständnis für seine Verlegenheit. Auch sie hatte sich nicht sofort mit dem Gedanken anfreunden können. Namen waren etwas Bedeutungsschweres; sie drückten Anerkennung aus. Winnie als etwas anzuerkennen, das losgelöst war von der Vorstellung *Pferd*, hatte gewisse Konsequenzen. Sie war damit nicht mehr einfach ein Herdentier, das mit seinen Artgenossen über die Steppe zog. Sie verkehrte mit Menschen, holte sich von ihnen Sicherheit und schenkte ihnen damit Vertrauen. Sie stellte etwas Besonderes in ihrer Art dar. Sie hatte einen Namen.

Doch das erlegte der Frau gewisse Verpflichtungen auf. Das Wohlergehen des Tieres erforderte ein beträchtliches Maß an Mühe und Fürsorge. Sie mußte ständig an das Pferd denken; beider Leben waren unentwirrbar miteinander verbunden.

Ayla hatte das Besondere an der Beziehung zwischen ihnen erkannt und anerkannt, besonders, nachdem Winnie zurückgekehrt war. Wenn auch nicht geplant oder berechnet, eignete ihrem Wunsch, daß Jondalar dem Hengstfohlen einen Namen gab, ein gewisses Element der Anerkennung. Ihr lag daran, daß er bei ihr blieb. Verlor er sein Herz an das junge Pferd, konnte das ein zusätzlicher Grund für ihn sein, dort zu bleiben, wo das Hengstfohlen bleiben mußte – zumindest vorläufig; im Tal bei Winnie – und ihr.

Es war nicht nötig, den Mann zu drängen. Vorläufig würde er ohnehin nirgendwo hingehen, jedenfalls nicht, bevor sein Bein geheilt war. Ayla schrak hoch. Es war dunkel in der Höhle. Sie lag auf dem Rücken, blickte in das undurchdringliche Dunkel und versuchte, wieder einzuschlafen. Schließlich schlüpfte sie leise aus ihrer Lagerstätte hinaus – sie hatte neben der jetzt von Jondalar benutzten eine flache Mulde in den Boden gegraben – und tastete sich bis zum Höhleneingang vor. Sie hörte Winnie leise schnaufend bekunden, daß sie merkte, wohin sie ging.

Ich habe das Feuer schon wieder ausgehen lassen, dachte sie, als sie die Wand bis zum Rand des Simses entlangging. Jondalar ist noch nicht so vertraut mit der Höhle wie ich. Wenn er einmal mitten in der Nacht hinaus muß, sollte er mehr Licht haben.

Draußen blieb sie eine Weile stehen. Ein Viertelmond, der

sich nach Westen neigte, stand nahe dem Rand des Felsens auf der gegenüberliegenden Seite; bald würde er dahinter verschwunden sein. Es war dem Morgen näher als der Mitte der Nacht. Unten herrschte Dunkel, bis auf den silbrigen Sternenschimmer, der sich ab und zu im murmelnden Fluß brach.

Am Nachthimmel vollzog sich eine kaum wahrnehmbare Veränderung von Schwarz zu Dunkelblau, doch das nahm sie nur unbewußt wahr. Ohne zu wissen warum, beschloß Ayla, sich nicht wieder hinzulegen. Sie verfolgte, wie der Mond noch einmal aufzuleuchten schien, ehe er hinter dem Rand des Felsens verschwand. Wie in Vorahnung von etwas Bösem, überlief sie ein Schauder, als das Licht plötzlich wie ausgelöscht verschwand.

Nach und nach wurde der Himmel heller, und die Sterne traten im schimmernden Blau zurück. Weit hinten am Ende des Tals färbte der Himmel sich violett. Sie sah zu, wie der deutlich erkennbare Bogen einer blutroten Sonne über den Rand der Erde anschwoll und eine Garbe fahlen Lichts über das Tal ausschickte.

»Das im Osten muß ein Steppenfeuer sein«, sagte Jondalar.

Ayla fuhr herum. Der Mann wurde umspielt vom lebendigen Schimmer des Feuerkugel, die sein Auge in einen Lavendelton verwandelte, wie man ihn bei Feuerlicht nie zu sehen bekam. »Ja, großes Feuer, viel Rauch. Ich nicht gewußt, du auf.«

»Ich bin schon eine ganze Weile wach und habe gehofft, du würdest wieder hereinkommen. Als du das nicht tatest, dachte ich, ich könnte auch aufstehen. Das Feuer ist erloschen.«

»Ich weiß. Ich unachtsam. Nicht richtig gemacht, damit es ganze Nacht brennt.«

»Abdecken. Du hast es nicht abgedeckt, damit es nicht ausgeht.«

»Abdecken«, wiederholte sie. »Ich Feuer machen.«

Er folgte ihr hinein in die Höhle und bückte sich, als er durch den Eingang trat. Das entsprang mehr der Vorsicht als der Notwendigkeit. Der Höhleneingang war hoch genug für ihn, allerdings nicht viel. Ayla holte das Eisenpyrit und den Feuerstein hervor und suchte Zunder und Kleinholz zusammen.

»Hast du nicht gesagt, du hättest den Feuerstein am Strand gefunden? Sind da noch mehr?«

»Ja. Nicht viele. Wasser kommen, weggenommen.«

»Eine Überschwemmung? Der Fluß hat Hochwasser geführt und einige von den Feuersteinen fortgeschwemmt? Vielleicht sollten wir hingehen und so viele wie möglich zusammensuchen?«

Ayla nickte wie abwesend. Sie hatte andere Pläne für den Tag, wollte jedoch, daß Jondalar ihr half und wußte nicht, wie davon anfangen. Das Fleisch ging ihr aus, und sie wußte nicht, ob er irgendwelche Einwände hätte, wenn sie auf die Jagd ging. Zwar war sie gelegentlich mit der Schleuder hinausgegangen, und er hatte sie nicht gefragt, woher sie die Springmäuse, Hasen und Riesenhamster hatte. Doch sogar die Männer des Clans hatten ihr erlaubt, Kleinwild mit der Schleuder zu erlegen. Jetzt jedoch ging es darum, größeres Wild zu jagen, und das hieß, mit Winnie hinausreiten und eine Fallgrube auszuheben.

Sie freute sich nicht sonderlich darauf. Viel lieber wäre sie mit Baby jagen gegangen, und der war fort. Doch daß ihr der Jagdgefährte fehlte, war die geringste ihrer Sorgen. Viel mehr lag ihr Jondalar auf der Seele. Sie wußte, selbst wenn er etwas dagegen hatte, sie hindern konnte er nicht. Schließlich gehörte sie nicht zu seinem Clan – immerhin war dies ihre Höhle, und er war noch nicht vollständig genesen. Aber ihm schien es im Tal zu gefallen, und er schien Winnie und das Hengstfohlen gern zu haben. Darum sollte sich möglichst nichts ändern. Nur hatte sie bisher die Erfahrung gemacht, daß Männer etwas dagegen hatten, wenn Frauen jagten, doch blieb ihr keine Wahl.

Auch war ihr mehr als an seiner bloßen Einwilligung gelegen – sie wollte, daß er sie unterstützte und ihr half. Sie wollte das Füllen nicht auf die Jagd mitnehmen, weil sie Angst hatte, wenn eine Herde in Panik davonjagte, könnte ihm etwas zustoßen. Wenn aber Jondalar ihm Gesellschaft leistete, blieb es zurück, sobald sie mit Winnie fortritt, da war sie sich ganz sicher. Außerdem würde sie nicht lange fortbleiben. Sie konnte eine Herde aufspüren, eine Fallgrube graben und dann am nächsten Tag mit der eigentlichen Jagd beginnen. Doch wie den Mann bitten, dem Füllen Gesellschaft zu leisten, während sie jagen ging?

Als sie die Brühe für die Morgenmahlzeit aufsetzte, überzeugte sie ein Blick auf ihre schwindenden Vorräte, daß etwas getan werden müsse. Sie beschloß, zunächst einmal ihre Neigung zur Jagd auf unverfängliche Weise kundzutun und ihm ihr Können mit ihrer Lieblingswaffe vorzuführen. Je nachdem, wie er auf ihre Jagd mit der Schleuder reagierte, würde sie wissen, ob es sich lohnte, ihn um seine Mithilfe zu bitten.

Sie hatten es sich zur Gewohnheit gemacht, vormittags an

dem Gebüsch und den Bäumen entlangzugehen, die den Fluß säumten. Das war eine gute Übung für ihn, und sie genoß es. An diesem Morgen stopfte sie sich die Schleuder in den Leibriemen. Jetzt brauchte sie nur noch ein Tier, das so nett war, sich in Wurfweite zu zeigen.

Ihre Hoffnung sollte sich mehr als erfüllen, denn als sie sich ein wenig vom Fluß entfernten, flog ein Schneehuhnpaar vor ihnen auf. Sobald sie es sah, griff sie nach der Schleuder. Als sie das erste Schneehuhn herunterholte, stieg das zweite auf, das sie mit ihrem zweiten Stein erlegte. Ehe sie sie holte, warf sie einen Blick auf Jondalar. Was sie sah, war Verwunderung und – weit wichtiger – ein Lächeln.

»Aber das ist ja erstaunlich, Frau! Hast du die Tiere auf diese Weise erlegt? Und ich dachte, du legst Schlingen aus. Was ist das für eine Waffe?«

Sie reichte ihm den Lederriemen mit dem breiten Mittelteil und ging dann die Vögel holen.

»Ich glaube, dies nennt man eine Schleuder«, sagte er, als sie wieder da war. »Willomar hat mir von einer solchen Waffe erzählt. Ich konnte mir nicht recht vorstellen, was er eigentlich meinte, aber das hier muß es gewesen sein. Du bist sehr gut damit, Ayla. Du mußt ganz schön geübt haben, selbst wenn du von Natur aus dafür begabt warst.«

»Dir gefällt, ich jagen?«

»Wenn du nicht jagtest, wer sollte es sonst tun?«

»Clan Männer nicht mögen, Frauen jagen.«

Jondalar sah sie prüfend an. Sie hatte etwas Erwartungsvolles, Beunruhigendes. Vielleicht hatten die Männer es nicht gern, wenn die Frauen auf die Jagd gingen, doch hatten sie sie offensichtlich nicht davon abgehalten, es zu lernen. Warum hatte sie diesen Tag ausgewählt, um ihm ihr Können vorzuführen. Und wieso hatte er das Gefühl, daß sie ihn ansah, als ob sie sich seiner Zustimmung vergewissern wollte?

»Die meisten Frauen der Zelandonii gehen auf die Jagd, zumindest, solange sie jung sind. Meine Mutter war berühmt wegen ihrer Fähigkeiten im Fährtenlesen. Ich sehe keinen Grund, warum Frauen nicht jagen sollten, wenn sie wollen. Mir gefallen Frauen, die jagen, Ayla.«

Er sah, wie die Spannung in ihrem Gesicht sich legte; offensichtlich hatte sie genau dies von ihm hören wollen; und er hatte auch noch die Wahrheit gesprochen. Trotzdem fragte er sich, warum das für ihn so wichtig gewesen sein mochte.

»Ich jagen müssen«, sagte sie. »Brauchen Hilfe.«

»Ich würde ja gern mitkommen, aber ich glaube, soweit bin ich noch nicht.«

»Nicht helfen bei Jagen. Ich nehmen Winnie, du behalten Füllen?«

»Ach, darum geht es«, sagte er. »Du möchtest, daß ich mich um das Hengstfohlen kümmere, während du mit der Stute auf die Jagd gehst?« Er gluckste. »Das ist mal was anderes. Für gewöhnlich bleibt die Frau zu Hause, wenn sie erst mal ein oder zwei Kinder hat. Es ist Aufgabe des Mannes, für sie zu jagen. Ja, ich bleibe bei dem Füllen zurück. Irgend jemand muß schließlich auf die Jagd gehen, und ich möchte nicht, daß dem kleinen Burschen was zustößt.«

Erleichtert verzog sie das Gesicht zu einem Lächeln. Er hatte nichts dagegen, er hatte offensichtlich wirklich nichts dagegen.

»Aber ehe du deine Jagd planst, solltest du dir das Feuer dort im Osten ansehen. Ein Feuer, das so groß ist, könnte die Jagd überflüssig machen.«

»Feuer jagt?« sagte sie.

»Es ist schon vorgekommen, daß allein vom Rauch ganze Herden zugrundegegangen sind. Manchmal findest du dein Fleisch schon gegart vor! Geschichtenerzähler wissen von einem Mann zu berichten, der nach einem Steppenbrand gebratenes Fleisch findet und dann Probleme hat, seiner Höhle begreiflich zu machen, daß er das Fleisch absichtlich hat verbrennen lassen. Aber das ist eine alte Geschichte.«

Ein verstehendes Lächeln breitete sich auf ihrem Gesicht aus. Ein schnell dahineilendes Feuer konnte eine ganze Herde einholen. Vielleicht brauchte sie gar keine Fallgrube auszuheben!

Als Ayla das Zuggestell und die Tragkörbe für Winnie hervorholte, wußte Jondalar zuerst nichts mit der komplizierten Ausrüstung anzufangen.

»Winnie tragen Fleisch in Höhle«, erklärte sie ihm das Zuggestell, während sie den Gurt straffte. »Winnie auch dich in Höhle gebracht«, fügte sie dann hinzu.

»So also bin ich hierhergekommen! Das habe ich mich schon die ganze Zeit über gefragt. Ich konnte mir nicht vorstellen, daß du mich allein hierhergetragen hättest. Ich hatte schon gedacht, vielleicht hätten irgendwelche anderen Leute mich gefunden und mich bei dir abgeliefert.«

»Keine ... anderen Leute. Ich finden ... dich ... anderen Mann.«

Jondalars Gesicht verzog sich, und alle Freude wich daraus. Auf die Erwähnung Thonolans war er nicht vorbereitet, und der Schmerz über seinen Verlust packte ihn. »Hast du ihn dort zurücklassen müssen? Hättest du ihn nicht auch hierherbringen können?« sagte er in vorwurfsvollem Ton.

»Mann tot, Jondalar. Du verletzt. Viel verletzt«, sagte sie und spürte, wie sie gequält nach Worten suchte. Sie wollte ihm sagen, daß sie den Mann bestattet, daß sie um ihn getrauert hätte, aber sie konnte es ihm nicht verständlich machen. Sie konnte zwar Informationen austauschen, nicht aber Ideen erforschen. Sie wollte von Gedanken zu ihm sprechen, von denen sie noch nicht einmal mit Sicherheit wußte, ob man sie überhaupt in Worten ausdrücken könnte – und fühlte sich ohnmächtig. Er hatte seinen Kummer gleich am ersten Tag ausgelebt, und nun konnte sie nicht einmal sein Leid teilen.

Sie sehnte sich danach, so mühelos mit Wörtern umzugehen wie er, sie ganz spontan in der richtigen Reihenfolge anzubringen, neidete ihm seine Freiheit, sich auszudrücken. Doch irgendwo war da ein unbestimmtes Hindernis, über das sie nicht hinwegkam, spürte sie einen Mangel, bei dem sie manchmal das Gefühl hatte, ihn ausfüllen zu können, um dann doch nicht dazu imstande zu sein. Ihre Intuition sagte ihr, daß sie es wissen müßte – daß das Wissen in ihr eingeschlossen sei und sie nur den Schlüssel finden müßte.

»Tut mir leid, Ayla. Ich hätte dich nicht so anfahren sollen, aber Thonolan war mein Bruder . . .« Das Wort war fast wie ein Aufschrei.

»Bruder. Du und anderer Mann . . . haben dieselbe Mutter?«

»Ja, wir hatten dieselbe Mutter.«

Sie nickte und wandte sich wieder dem Pferd zu. Wenn sie ihm doch nur sagen könnte, daß sie die besondere Beziehung verstand, die zwischen Menschen bestand, die von derselben Mutter geboren worden waren. Creb und Brun waren Brüder gewesen.

Sie war mit dem Packen der Körbe fertig und griff nach den Speeren, um sie in den Halterungen festzustecken, sobald sie durch den niedrigen Höhleneingang nach draußen gekommen wäre. Während er ihr bei ihren letzten Vorbereitungen zusah, ging ihm auf, daß das Pferd für die Frau mehr war als nur ein seltsamer Gefährte. Das Tier brachte ihr entschieden Vorteile. Ihm war nicht klargewesen, wie nützlich so ein Pferd sein konnte. Doch noch ein anderer Widerspruch verwirrte ihn: Sie benutzte ein Pferd, ihr bei der Jagd zu helfen und das Fleisch zurückzubringen – von so etwas Fortschrittlichem hatte er noch nie gehört – und doch benutzte sie Speere, die primitiver waren als alles, was ihm je zu Gesicht gekommen war.

Er war schon mit vielen auf die Jagd gegangen, und jede Gruppe verwendete ihre besondere Art von Jagdspeeren, die sich jedoch untereinander nicht so grundsätzlich unterschieden wie von dem Speer, den sie benutzte. Trotzdem hatte der Speer etwas Vertrautes. Seine Spitze war scharf und feuergehärtet, der Schaft gerade und glatt – trotzdem war er so ungefüge. Selbstverständlich sollte er geschleudert werden, das war überhaupt keine Frage; er war sogar größer als derjenige, den er benutzte, um Nashörner zu jagen. Wenn sie zurückkam, mußte er sie fragen, was es damit auf sich hatte. Jetzt würde das zu lange dauern. Sie machte zwar Fortschritte mit der Sprache, aber es war immer noch schwierig.

Ehe Ayla und Winnie loszogen, führte er das Füllen in die Höhle. Dort kraulte und streichelte er das kleine Pferd und redete solange mit ihm, bis er überzeugt war, daß Ayla und die Stute weit fort wären. Es war ein merkwürdiges Gefühl, allein in der Höhle zu sein und zu wissen, daß die Frau den größten Teil des Tages über fortbleiben würde. Er benutzte den Stock, um sich hochzuziehen; dann siegte seine Neugier, er fand eine Lampe und zündete sie an. Den Stock zurücklassend – in der Höhle brauchte er ihn nicht – hielt er die ausgehöhlte Steinlampe in der einen Hand und folgte den Wänden der Höhle, um zu sehen, wie groß sie eigentlich war und wohin sie führte. Was die Größe betraf, so gab es keinerlei Überraschungen – sie war ungefähr so groß, wie er angenommen hatte, und bis auf die kleine Nische hinten gab es keine Seitengänge. Doch die Nische wartete mit einer Überraschung auf: alles wies darauf hin, daß hier in letzter Zeit ein sehr großer Höhlenlöwe gehaust hatte; nicht einmal Tatzenspuren fehlten.

Nachdem er sich den Rest der Höhle angesehen hatte, war er überzeugt, daß Ayla seit Jahren hier lebte. Was die Spur des Höhlenlöwen betraf, so mußte er sich irren. Doch als er noch einmal hinging und die Nische genauer untersuchte, war er doch überzeugt, daß innerhalb des vergangenen Jahres irgendwann einmal ein Höhlenlöwe hier gehaust haben mußte.

Noch ein Geheimnis? Ob er jemals Antwort auf all diese verwirrenden Fragen erhalten würde?

Er nahm einen von Aylas Körben – unbenutzt, soweit er sehen konnte – und beschloß, unten am Strand nach Feuersteinen zu suchen. Warum sich nicht nützlich machen? Während das Füllen vorausspang, mühte Jondalar sich mit Hilfe seines Stocks den steilen Pfad hinunter. Nahe dem Knochenhaufen lehnte er ihn an die Felswand. Wenn er ihn doch endlich überhaupt nicht mehr brauchen würde!

Jondalar blieb stehen, um das Hengstfohlen, das an seiner Hand schnupperte, zu streicheln und zu kratzen, und lachte dann, als das junge Pferd sich überschäumend vor Freude in der Suhle wälzte, die es sonst mit Winnie benutzte. Vor Entzükken prustend und die Beine in der Luft krümmte und wälzte das Füllen sich in der lockeren, nachgebenden Erde. Als es dann aufstand, schüttelte es sich, so daß Schmutz nach allen Richtungen spritzte. Dann ließ es sich an seinem Lieblingsplatz im Schatten einer Weide nieder, um sich auszuruhen.

Langsam schritt Jondalar den steinübersäten Uferstreifen ab, beugte sich hinunter und musterte jeden Stein einzeln. »Ich hab' einen!« rief er aufgeregt, so daß das Füllen erschrak. Er kam sich ein bißchen albern vor. »Und hier ist noch einer!« sagte er und lächelte etwas verlegen. Doch als er dabei war, den erzenen grauen Stein aufzuheben, hielt er inne; er hatte einen weiteren, viel größeren Stein entdeckt. »Gibt es viel Feuerstein an diesem Ufer!«

Sie holt sich ihre Feuersteine hier und schlägt auch ihre Werkzeuge gleich hier an Ort und Stelle! Wenn du einen Hammerstein hättest und kräftig zuschlagen könntest und . . . Du könntest einige Werkzeuge herstellen, Jondalar. Messer mit guten scharfen Klingen und spitze Meißel. Er richtete sich auf und schätzte den Haufen Knochen und Treibgut ab, den der Fluß an der Felswand abgelagert hatte. Sieht ganz so aus, als ob sich ein vernünftiger Knochen finden ließe; und Gehörn und Geweih auch. Du könntest sogar einen anständigen Speer machen.

Aber vielleicht legt sie gar keinen Wert auf einen ›anständigen‹ Speer, Jondalar. Vielleicht gibt es einen guten Grund, warum sie die ihren benutzt. Aber das bedeutet noch lange nicht, daß du nicht für dich einen Speer fertigen solltest. Auf jeden Fall wäre das besser, als den ganzen Tag müßig herumzusitzen. Du könntest sogar etwas schnitzen. Früher, ehe du es aufgabst, hast du doch eine gute Hand fürs Schnitzen gehabt.

Er stocherte und wühlte in dem Haufen Knochen und Treibholz herum, ging dann um die Felswand herum, durchsuchte Aylas Abfälle und fand darunter einzelne Knochen, Schädel und Geweihe. Außerdem fand er bei der Suche nach einem vernünftigen Hammerstein mehrere Händevoll Feuersteine. Nachdem er die Kruste des ersten zertrümmert hatte, ging ein Leuchten über sein Gesicht. Ihm war gar nicht klargewesen, wie sehr er die Ausübung seines Handwerks vermißt hatte.

Er dachte an all die vielen Dinge, die er machen könnte, jetzt, wo er Feuersteine hatte. Er brauchte ein gutes Messer und eine Axt, beides mit Griff. Im übrigen hatte er Lust, Speere zu fertigen, und außerdem konnte er jetzt seine Kleidung mit ein paar guten Ahlen in Ordnung bringen. Vielleicht gefielen Ayla seine Werkzeuge; zumindest hätte er ihr etwas vorzuweisen.

Die Zeit war ihm nicht lang geworden, wie er befürchtet hatte, und die Dämmerung brach herein, als er seine neuen Steinhauer-Werkzeuge und die neu damit hergestellten Feuersteinwerkzeuge zusammenpackte und in einem Fell verstaute, das er sich von Ayla ausgeliehen hatte. Wieder in der Höhle, stupste das Füllen ihn und heischte Aufmerksamkeit; offenbar hatte es Hunger, wie er annahm. Ayla hatte einen dünnen Körnerschleim zurückgelassen – den das Füllen erst zurückgewiesen hatte, später aber doch fraß. Doch das war um Mittag gewesen. Wo mochte sie jetzt sein?

Als die Dunkelheit hereingebrochen war, fing er an, sich ernstlich Sorgen zu machen. Das Füllen brauchte Winnie, und Ayla sollte wieder da sein. Vom äußersten Rand des Simses hielt er Ausschau nach ihr und beschloß dann, ein Feuer zu machen; vielleicht sah sie das, falls sie sich verirrt hatte. Nein, selbstverständlich verirrte sie sich nicht, sagte er sich, machte aber das Feuer trotzdem.

Es war spät, als sie endlich heimkam. Er hörte Winnie und wollte schon den Steinpfad hinunter, um ihr entgegenzugehen, doch das Füllen war schneller als er. Ayla stieg am Strand vom Pferd, schleifte einen Tierkadaver vom Zuggestell herunter und ordnete die Stäbe dergestalt, daß sie den schmalen Pfad hinaufgingen. Gerade als Jondalar unten ankam, führte sie die Stute hinauf, und er mußte beiseitetreten. Mit einem brennenden Scheit, das ihr als Fackel diente, kehrte sie zurück. Jondalar hielt es, während Ayla den zweiten Kadaver wieder auf das Zuggestell lud. Er humpelte hinüber, um ihr zu helfen, doch sie hatte es bereits geschafft. Als er sah, wie sie mit dem schweren toten Hirsch umging, konnte er zum erstenmal sehen, welche Körperkraft sie besaß und auf welche Weise sie sie erworben hatte. Pferd und Zuggestell waren nützlich, vielleicht sogar etwas, worauf sie nicht verzichten konnte; trotzdem war sie nur eine Person.

Das Hengstfohlen suchte gierig nach der Zitze seiner Mutter, doch Ayla scheuchte es fort, bis sie die Höhle erreicht hatten.

»Du recht gehabt, Jondalar«, sagte sie, als sie oben auf dem Sims ankam. »Großes, großes Feuer. Ayla nie zuvor so großes Feuer gesehen. Bis ganz weit. Viele, viele Tiere.«

Etwas an ihrer Stimme ließ ihn genauer hinsehen. Sie war völlig ausgepumpt, und das Blutbad, das sie hatte mitansehen müssen, trug dazu bei, daß ihre Augen noch tiefer in den Höhlen lagen. Ihre Hände waren schwarz, und ihr Gesicht und der Überwurf voller Ruß und Blut. Sie nahm Winnie das Zuggeschirr ab, schlang der Stute dann den Arm um den Hals und lehnte völlig erschöpft die Stirn an das Tier. Das Pferd hatte den Kopf gesenkt und stand mit gespreizten Vorderbeinen da, während das Füllen den bis zum Bersten gefüllten Zitzen etwas von der Spannung nahm. Das Pferd sah nicht minder erschöpft aus als die Frau.

»Das Feuer muß weit entfernt gewesen sein. Es ist spät. Bist du den ganzen Tag geritten?« fragte Jondalar.

Unter Mühen hob sie den Kopf und sah ihn an. Für einen Augenblick hatte sie vergessen, wo sie war. »Ja, den ganzen Tag«, sagte sie und seufzte dann tief auf. Sie konnte ihrer Müdigkeit noch nicht nachgeben, dazu gab es noch zuviel zu tun. »Viele Tiere sterben. Viele kommen Fleisch holen. Wolf. Hyäne. Löwe. Andere, die ich noch nie gesehen hatte. Große Zähne.« Sie riß den Mund weit auf wie ein Maul und ließ die beiden Zeigefinger herunterhängen wie zwei überlange Reißzähne.

»Du hast einen Säbelzahntiger gesehen! Ich habe nicht gewußt, daß es sie wirklich gibt! Ein alter Mann hat uns Jungen beim Sommertreffen immer davon erzählt, wie er in seiner Jugend einen gesehen hätte, aber geglaubt hat es ihm keiner. Du hast wirklich einen gesehen?« Er wünschte, er hätte bei ihr sein können.

Sie nickte und zitterte, straffte die Schultern und machte die Augen zu. »Machen Winnie Angst. Schleicht heran. Schleuder vertrieben. Winnie und ich weglaufen.«

Jondalar riß die Augen weit auf, als er ihrem zögernd vorgebrachten Bericht von diesem Zwischenfall folgte. »Du hast mit deiner Schleuder einen Säbelzahntiger vertrieben? Große Mutter, Ayla!«

»Viel Fleisch. Tiger . . . nicht brauchen Winnie. Schleuder vertreiben.« Sie wollte noch mehr sagen, alles genau beschreiben und ihre Angst schildern, damit er an ihr teilhätte, doch sie wußte einfach nicht, wie sie das machen sollte. Sie war zu abgespannt, um die Bewegungen vorzuführen und sich dann die passenden Wörter dafür zu überlegen.

Kein Wunder, daß sie erschöpft ist, dachte Jondalar. Vielleicht hätte ich ihr nicht raten sollen, sich das Feuer anzusehen. Aber immerhin hat sie zwei Hirsche bekommen. Und dazu muß Mut gehören, sich gegen einen Säbelzahntiger zur Wehr zu setzen! Wirklich eine beachtliche Frau!

Jondalar hatte Kochsteine ins Feuer gelegt, und dafür war sie ihm dankbar. Eine Tasse heißen Tees war gerade das richtige. Sie hatte zu essen für ihn zurückgelassen und gehofft, daß er nicht von ihr erwartete, noch zu kochen. Daran konnte sie im Augenblick wirklich nicht denken. Sie hatte zwei Hirsche, die abgehäutet und zum Trocknen zerlegt und kleingeschnitten werden mußten.

Sie hatte nach Tieren gesucht, die nicht verbrannt waren, denn schließlich wollte sie auch die Häute haben. Doch als sie anfing zu arbeiten, fiel ihr ein, daß sie vorgehabt hatte, ein paar neue Messer zu fertigen. Messer wurden mit der Zeit stumpf – winzige Plättchen blätterten an der Schneide ab. Für gewöhnlich war es leichter, neue zu fertigen und die alten für etwas anderes zu verwenden, zum Beispiel als Schaber.

Das stumpfe Messer war mehr, als sie ertragen konnte. Tränen der Müdigkeit und der Niederlage traten ihr in die Augen, als sie auf dem Fell herumhackte, statt zu schneiden.

»Ayla, was fehlt dir?« fragte Jondalar.

Woraufhin sie nur noch um so wütender auf den Hirsch loshackte. Sie konnte es ihm nicht erklären. Daraufhin nahm er ihr das stumpfe Messer aus der Hand und zog sie hoch. »Du bist müde. Warum legst du dich nicht hin und ruhst eine Weile?«

Sie schüttelte den Kopf, obwohl sie verzweifelt gern getan hätte, was er ihr sagte. »Hirsch Fell abziehen, Fleisch trocknen. Nicht warten, Hyäne kommen.«

Er machte sich gar nicht erst die Mühe ihr vorzuschlagen, die Beute hineinzubringen; sie konnte ja nicht mehr klar denken. »Ich passe auf«, sagte er. »Du mußt dich ausruhen. Gehe hinein und lege dich hin, Ayla!«

Dankbarkeit erfüllte sie. Er würde über dem Fleisch wachen! Sie war gar nicht auf den Gedanken gekommen, ihn darum zu bitten; sie war es einfach nicht gewohnt, jemanden zu haben, der ihr helfen konnte. Sie stürzte in die Höhle und zitterte vor Erleichterung am ganzen Leibe. Sie ließ sich auf ihr Lager fallen. Sie wollte Jondalar sagen, wie dankbar sie ihm war, und spürte, daß ihr wieder die Tränen kamen, und da wußte sie, daß jeder Versuch vergeblich wäre. Sie konnte ja nicht reden!

Jondalar kam im Laufe der Nacht etliche Male in die Höhle herein und ging wieder hinaus. Manchmal blieb er stehen und betrachtete die schlafende Frau. Besorgt runzelte er die Stirn. Sie war unruhig, schlug mit den Armen um sich und murmelte im Traum Unverständliches.

Ayla ging durch Nebel und rief um Hilfe. Eine große, dunstverhangene Frau, deren Gesicht nur undeutlich zu erkennen war, hielt die Arme ausgebreitet. »Ich habe versprochen, daß ich vorsichtig bin, Mutter, aber wo bist du gewesen?« murmelte Ayla. »Warum bist du nicht gekommen, als ich dich rief? Ich habe gerufen und gerufen, aber du bist nicht gekommen. Wo bist du gewesen? Mutter? Mutter! Geh nicht fort! Bleib bei mir, Mutter, warte auf mich. Laß mich nicht allein!«

Das Bild der großen Frau löste sich auf, und der Nebel verflog. An ihrer Stelle stand eine andere Frau, klein und untersetzt. Ihre kräftigen muskulösen Beine waren leicht nach außen gebogen, doch ging sie aufrecht und gerade. Sie hatte eine große Adlernase mit kräftigem Nasenbein; der vorspringende Mund hatte so gut wie kein Kinn. Die fliehende Stirn war nur niedrig, der Kopf jedoch groß, und der Nacken kurz und dick. Mächtige Brauenwülste beschatteten zwei große, kluge braune Augen, die sie voller Sorge liebevoll ansahen.

Sie winkte. »Iza!« rief Ayla. »Iza, hilf mir! Bitte, hilf mir!« Doch Iza sah sie nur fragend an. »Hörst du mich denn nicht, Iza? Warum verstehst du mich nicht?«

»Niemand kann dich verstehen, wenn du nicht sprichst, wie es sich gehört«, ließ eine andere Stimme sich vernehmen. Sie sah einen Mann, der sich mit Hilfe eines Stabes vorwärtsbewegte. Er war alt und lahm. Der eine Arm war ihm am Ellbogen abgenommen. Seine linke Gesichtshälfte war schrecklich vernarbt, und das linke Auge fehlte. Das rechte Auge verriet Kraft, Weisheit und Mitleid. »Du mußt lernen zu sprechen, Ayla«, sagte Creb mit seiner einhändigen Gebärdensprache. Dabei konnte sie ihn hören. Er sprach mit Jondalars Stimme.

»Wie soll ich sprechen? Ich kann mich nicht erinnern. Hilf mir, Creb!«

»Dein Totem ist der Höhlenlöwe, Ayla«, sagte der alte Mogur.

Rötlich aufblitzend sprang die Raubkatze den Auerochsen an, rang die riesige, vor Schrecken schreiende rotbraune Kuh zu Boden. Ayla rang nach Luft, und der Säbelzahntiger riß das bluttropfende Maul mit den riesigen Reißzähnen auf und fauchte. Er kam auf sie zu, und seine Zähne wurden immer länger und schärfer. Sie hatte in einer winzigen Höhle Schutz gesucht und drängte sich an den festen Felsen im Rücken. Ein Höhlenlöwe brüllte.

»Nein! Nein!« rief sie.

Eine Riesentatze mit ausgefahrenen Krallen fuhr auf sie zu und riß ihr vier parallel zueinander verlaufende Kratzwunden auf den Oberschenkel.

»Nein! Nein!« rief sie. »Ich kann nicht! Ich kann nicht!« Der Nebel um sie herum wallte. »Ich kann mich nicht erinnern.«

Die große Frau breitete die Arme aus. »Ich werde dir helfen . . .«

Für einen Moment verschwand der Nebel, und Ayla erblickte ein Gesicht, ähnlich dem ihren. Schmerz und Übelkeit bemächtigte sich ihrer, und ein säuerlicher Geruch nach Feuchtigkeit und Moder entströmte einem Spalt im Boden.

»Mutter! *Mutterrr!*«

»Ayla! Ayla! Was hast du denn?« Jondalar schüttelte sie. Er war draußen auf dem Sims gewesen, als er sie in einer fremden Sprache hatte schreien hören und schneller hineingehumpelt war, als er es für möglich gehalten hatte.

Sie saß aufrecht da, und er nahm sie in die Arme. »Ach, Jondalar! Das war mein Traum, mein Alptraum«, schluchzte sie.

»Ist ja schon gut, Ayla. Jetzt ist ja alles wieder gut.«

»Es war ein Erdbeben. Das war es. Und sie ist in dem Erdbeben umgekommen.«

»Wer ist bei einem Erdbeben umgekommen?«

»Meine Mutter. Und später auch Creb. Ach, Jondalar, ich *hasse* Erdbeben!« Sie erschauerte in seinen Armen.

Jondalar schüttelte sie an beiden Schultern und hielt sie von sich, um sie ansehen zu können. »Erzähl mir von deinem Traum, Ayla«, sagte er.

»Diesen Traum habe ich, solange ich zurückdenken kann – er stellt sich immer wieder ein. In einem bin ich in einer kleinen Höhle, und eine krallenbewehrte Tatze streckt sich nach mir aus. Ich glaube, auf die Weise hat mein Totem mich gekennzeichnet. An den anderen konnte ich mich nie erinnern, aber jedesmal, wenn ich davon aufwachte, habe ich gezittert und war mir übel. Nur diesmal nicht. Ich habe sie gesehen, Jondalar. Ich habe meine Mutter gesehen!«

»Ayla, hörst du dich eigentlich?«

»Was meinst du?«

»Du sprichst, Ayla. Du sprichst!«

Einst hatte Ayla sprechen können. Wenn es auch nicht dieselbe Sprache war, hatte sie doch das Gefühl und Empfinden für Sinn und Rhythmus einer gesprochenen Sprache gekannt. Sie hatte vergessen, sich durch Sprache auszudrücken, weil ihr Überleben von einer anderen Verständigungsart abgehangen hatte – und weil sie die Tragödie hatte vergessen wollen, die sie allein zurückgelassen hatte. Wenn es auch nicht auf bewußter Bemühung beruhte, sie hatte mehr von Jondalars Sprache gehört und sich mehr eingeprägt, als ihr bewußt war. Syntax, Grammatik und Betonung gehörten ja zu den Lauten dazu, die sie aufnahm, wenn er sprach.

Wie ein Kind, das sprechen lernt, war sie mit der Fähigkeit und dem Wunsch zu sprechen geboren; sie brauchte nur ständigem Sprechen ausgesetzt zu werden. Nur ihre Motivation war stärker als die eines Kindes, und deshalb lernte sie schneller. Obwohl sie einige seiner Laute und die Art, wie er sie hervorbrachte, nicht genau nachmachen konnte, war ihr seine Sprache auf ganz natürliche Weise zugewachsen.

»Ja, das tue ich. Ich kann sprechen, Jondalar. Ich kann in Worten denken!«

Da ging beiden auf, daß er sie im Arm hielt, und beide wurden verlegen. Er nahm die Arme herunter.

»Ist es schon Morgen?« fragte Ayla, als sie die leichte Helligkeit am Höhleneingang und am Rauchloch oben wahrnahm. Sie warf die Felle zurück, unter denen sie gelegen hatte. »Ich habe ja nicht gewußt, daß ich solange schlafen würde. Große Mutter! Ich muß unbedingt anfangen, das Fleisch zu trocknen.« Auch seine Ausrufe hatte sie mit aufgenommen. Er lächelte. Es hatte schon etwas Erschreckendes oder Ehrfurchtgebietendes, sie plötzlich sprechen zu hören; doch auch noch zu hören, wie seine Ausrufe ihr über die Lippen kamen, und noch dazu mit ihrer eigentümlichen Aussprache, war schon komisch.

Sie lief auf den Eingang zu und blieb wie angewurzelt stehen. Sie rieb sich die Augen und sah noch einmal hin. An Schnüren aufgehängte zungenförmige und dünn geschnittene Fleischstücke zogen sich von einem Ende des Platzes vor der Höhle zur anderen; unten auf dem Boden glosten mitten dazwischen mehrere kleine Feuer. Träume ich denn immer noch? Waren denn plötzlich alle Frauen des Clans erschienen, um ihr zu helfen?

»Am Herdfeuer habe ich ein Stück von der Lende aufgespießt, falls du hungrig bist«, sagte Jondalar mit aufgesetzter Beiläufigkeit und einem breiten selbstgefälligen Grinsen.

»Du! Du hast das gemacht?«

»Ja, das habe ich.« Sein Grinsen wurde womöglich noch breiter. Sie reagierte noch besser auf seine kleine Überraschung, als er angenommen hatte. Mochte er auch noch nicht wieder soweit sein, daß er auf die Jagd gehen konnte – zumindest konnte er die Tiere enthäuten, die sie anbrachte, und anfangen, das Fleisch zu trocknen, zumal er gerade ein paar neue Messer gemacht hatte.

»Aber ... du bist doch ein Mann!« sagte sie wie vor den Kopf geschlagen.

Jondalar war seine Überraschung wesentlich besser gelungen, als er ahnte. Nur dadurch, daß sie sich auf ihre Erinnerungen verließen, erwarben Clansangehörige das Wissen und die Fertigkeiten, die sie instandsetzten zu überleben. Für sie hatte sich die instinktive Fähigkeit herausgebildet, sich an Können und Fertigkeiten ihrer Vorfahren zu erinnern und sie – in ihren Gehirnwindungen gespeichert – an ihre Nachkommen weiterzugeben. Die Aufgaben, die Männer und Frauen zu verrichten hatten, waren seit so vielen Generationen unterschieden worden, daß Clansangehörige ein geschlechtsspezifisches Erinnerungsvermögen hatten. Männer waren unfähig, die Aufgaben von Frauen zu übernehmen und umgekehrt; sie waren nicht mit den dafür notwendigen Erinnerungen ausgestattet.

Ein Clans-Mann hätte jagen oder einen zu Tode gekommenen Hirsch finden und diesen auch zurückbringen können. Er hätte seiner Beute sogar das Fell abziehen können, wenn auch weniger geschickt als eine Frau. Und unter Druck hätte er es wohl auch verstanden, ein paar Fleischbatzen herauszuhacken. Nie jedoch wäre er auf die Idee gekommen, das Fleisch aufzuschneiden, um es zu trocknen; und selbst wenn er auf den Gedanken gekommen wäre, er hätte nicht gewußt, wie beginnen. Auf keinen Fall hätte er das Fleisch in regelmäßige dünne Scheiben zerlegen können, die schön gleichmäßig trockneten, und wie Ayla sie jetzt vor Augen hatte.

»Darf ein Mann denn nicht mal ein bißchen Fleisch zerschneiden?« fragte Jondalar. Er wußte, daß manche Völker hinsichtlich der Männer- und der Frauen-Arbeit unterschiedlichen Gebräuchen folgten; er jedoch hatte ihr nur helfen wollen. Er hatte nicht angenommen, daß sie gekränkt sein könnte.

»Beim Clan kann die Frau nicht jagen und der Mann nicht ... Essen machen«, versuchte sie zu erklären.

»Aber du gehst doch auf die Jagd.«

Diese Feststellung ließ sie überraschend zusammenfahren. Sie hatte vergessen, daß sie mit ihm die Unterschiede zwischen dem Clan und den Anderen teilte.

»Ich ... ich bin keine Clans-Frau«, sagte sie verunsichert. »Ich ...« Sie wußte nicht, wie sie es ihm erklären sollte. »Ich bin wie du, Jondalar. Eine von den Anderen.«

23

Ayla hielt, ließ sich von Winnie herabgleiten und reichte Jondalar den tropfenden Wasserschlauch. Er nahm ihn und stillte mit großen Zügen seinen Durst. Sie waren weit das Tal hinuntergezogen, fast bei den Steppen und ein beträchtliches Stück vom Fluß entfernt.

In Wellen neigte sich das goldene Gras um sie herum. Sie waren dabei gewesen, die Körner von Rispen- und Kolbenhirse sowie Roggen einzuheimsen, die auf einem gemischten Schlag gediehen, zu dem auch noch die nickenden Ähren der zweizeiligen Gerste sowie Einkorn und zweiblütiger Emmer gehörten. Es war eine harte, zeitraubende Arbeit, die kleinen harten Körner von den Fruchtständen einzelner Stengel abzustreifen. Die kleine runde Hirse, die in die eine Abteilung des zweigeteilten Sammelkorbs kam, den sie an einer Schnur um den Hals trugen, um die Hände freizuhaben, ließ sich leicht abbrechen, mußte jedoch zusätzlich geworfelt werden, wohingegen der Roggen, der in die andere Abteilung kam, sich sauber aus der Ähre löste.

Ayla schlang sich die Schnur ihres Korbes wieder um den Hals und arbeitete weiter. Jondalar gesellte sich kurze Zeit darauf wieder zu ihr. Eine Zeitlang streiften sie Seite an Seite Körner ab, doch dann wandte er sich an sie: »Wie ist das eigentlich, zu reiten, Ayla?« fragte er.

»Das ist schwer zu erklären«, sagte sie und überlegte. »Wenn man schnell dahinfliegt, ist es sehr aufregend. Aber das langsame Reiten auch. Es gibt mir ein so gutes Gefühl, wenn ich auf Winnies Rücken sitze.« Sie streifte wieder Ähren ab, hielt dann jedoch inne und sagte: »Möchtest du es einmal ausprobieren?«

»Was ausprobieren?«

»Winnie zu reiten.«

Er sah sie an, versuchte herauszubekommen, welche Gefühle sie wirklich dabei bewegten. Es hatte ihn schon seit geraumer Zeit gereizt, einmal zu reiten, doch schien sie eine solch persönliche Beziehung zu dem Tier zu haben, daß er nicht wußte, wie er taktvoll darum bitten sollte. »Ja, das würde ich gern. Aber würde Winnie mich auch lassen?«

»Das weiß ich nicht.« Sie warf einen Blick auf den Sonnenstand, um zu sehen, wie spät es sei, dann schwang sie sich den Korb auf den Rücken. »Das werden wir ja sehen.«

»Jetzt?« fragte er. Sie nickte und machte sich bereits auf den Rückweg. »Und ich dachte, du hättest das Wasser geholt, damit wir noch länger Körner einheimsen können.«

»Das habe ich auch. Nur habe ich vergessen, daß das Ernten mit zwei Paar Händen schneller geht als nur mit einem. Ich hatte nur in meinen Korb gesehen – ich bin es nicht gewohnt, daß man mir hilft.«

Was dieser Mann alles konnte, überraschte sie immer aufs neue. Er war nicht nur bereit, sondern auch imstande, alles zu tun, was auch sie konnte, oder aber er konnte es lernen. Er war neugierig und interessierte sich für alles; eine besondere Freude machte es ihm, etwas Neues auszuprobieren. Sie sah sich selbst in ihm wieder, und erst jetzt begriff sie, wie ungewöhnlich sie dem Clan vorgekommen sein mußte. Dennoch hatten sie sie bei sich aufgenommen und versucht, sie ihrer Art zu leben anzupassen.

Schwungvoll schob Jondalar seinen Pflückkorb auf den Rükken und faßte neben ihr Schritt. »Ich bin bereit, für heute Schluß zu machen. Außerdem hast du schon soviel Körner, Ayla, und Gerste und Weizen sind noch nicht einmal reif. Ich verstehe gar nicht, warum du noch mehr haben willst.«

»Das ist für Winnie und ihr Baby. Die beiden brauchen auch noch Gras. Winnie frißt im Winter zwar draußen, aber wenn der Schnee hoch liegt, gehen viele Pferde ein.«

Diese Erklärung reichte, um jeden Einwand von seiner Seite zu ersticken. Sie gingen durch das hohe Gras zurück und genossen jetzt, da sie in der Hitze nicht mehr arbeiten mußten, die warme Sonne auf der bloßen Haut. Jondalar trug nur seinen Lendenschurz, und seine Haut war genauso gebräunt wie ihre. Ayla trug jetzt ihren kurzen Sommerüberwurf, der ihr von der Hüfte bis zu den Knien ging und vor allem deshalb wichtig war, weil sie in den Falten Werkzeuge, Schleuder und andere Dinge mit sich herumtragen konnte. Sonst hatte sie nur ihren kleinen Beutel an einem Riemen um den Hals hängen. Jondalar bedachte ihren festen und geschmeidigen Körper mehr als einmal mit bewundernden Blicken, hütete sich jedoch, irgendwelche anzüglichen Gesten zu machen, und von ihr kam nichts, was man als eine Aufforderung hätte betrachten können.

Er freute sich auf den Ritt und fragte sich, was Winnie wohl machen würde. Wenn nötig, konnte er ihr rasch aus dem Weg gehen. Bis auf ein leichtes Hinken war seinem Bein nichts mehr anzumerken, und er meinte, auch dieses Hinken würde sich mit der Zeit noch geben. Ayla hatte die Wunde wirklich auf geradezu wunderbare Weise versorgt; er hatte ihr so viel zu verdanken. In letzter Zeit hatte er ans Fortgehen gedacht – es gab ja keinen Grund mehr für ihn zu bleiben –, doch schien sie es nicht eilig zu haben, daß er ging, und so schob er es immer wieder auf. Er wollte ihr noch helfen, sich auf den kommenden Winter vorzubereiten; das zumindest war er ihr schuldig.

Außerdem mußte sie an die Pferde denken. Auf den Gedanken war er nie gekommen. »Das ist ziemlich viel Arbeit, auch noch Futter für die Pferde zu lagern, nicht wahr?«

»Ach, soviel nun auch wieder nicht«, sagte sie.

»Ich habe gerade darüber nachgedacht, daß du gesagt hast, sie brauchten auch noch Gras. Könntest du denn nicht die ganzen Stengel schneiden und sie in die Höhle bringen? Dann könntest du, statt die Körner in diesen zu sammeln« - er zeigte auf ihre Sammelkörbe –, »die Körner in einem Korb ausschütten und hättest außerdem auch noch das Gras für sie.«

Sie legte die Stirn in Falten und überlegte. »Vielleicht ... Wenn man die Stengel nach dem Schneiden trocknete, ließen sich die Körner vielleicht herausschütteln. Manche besser als andere. Aber es kommen ja immer noch Weizen und Gerste ... ein Versuch wird sich lohnen.« Ein breites Lächeln malte sich auf ihrem Gesicht. »Jondalar, ich glaube, es könnte klappen!«

Sie war so rückhaltlos aufgeregt, daß auch er lächeln mußte.

Daß er sie hoch schätzte, daß er sich von ihr angezogen fühlte und einfach Freude an ihr hatte – all das war nur allzu deutlich in seinen wunderbar verführerischen Augen zu erkennen. Und wie sie reagierte, das war offen und spontan.

»Jondalar, ich mag das so gern, wenn du ... mich mit deinem Mund und deinen Augen anlächelst.«

Er lachte – sein unerwartetes, unverkrampftes, überschäumendes und mutwilliges Lachen! Diese Ehrlichkeit und Offenheit, die sie hat, dachte er. Ich glaube, sie ist noch nie anders als völlig aufrichtig gewesen. Was für eine ungewöhnliche Frau!

Ayla ließ sich von seinem Heiterkeitsausbruch mitreißen. Ihr Lächeln verstärkte sich unter seinem Einfluß, wurde zu einem Glucksen und entlud sich dann in einem vollen, hemmungslosen und hinreißend befreienden Lachen.

Beide waren außer Atem: als sie sich wieder fingen, ließen sie sich zu neuen Lachausbrüchen verleiten, holten neuerlich tief Atem und wischten sich die Lachtränen aus den Augenwinkeln. Keiner von beiden konnte sagen, was denn eigentlich so umwerfend komisch gewesen sei; ihr Lachen hatte sich an sich selbst genährt, gleichzeitig war es aber auch ein Loswerden von Spannungen gewesen, die sich in ihnen beiden aufgestaut hatten.

Als sie weitergingen, legte Jondalar Ayla den Arm um die Hüfte – eine liebevolle Geste, die noch zum gemeinsamen Lachen dazugehörte. Er spürte, wie sie sich versteifte und ließ sofort los. Er hatte sich – und ihr, wenngleich sie das in dem Augenblick nicht begriffen hatte – versprochen, sich ihr nie aufzudrängen. Wenn sie Enthaltsamkeit von den Wonnen gelobt hatte, wollte er sich nicht in eine Lage bringen lassen, die sie zwänge, ihn zurückzuweisen. Er hatte sich besonders viel Mühe gegeben, ihre Person zu achten.

Aber der weibliche Duft ihrer warmen Haut war ihm in die Nase gestiegen, er hatte die strotzende Fülle ihrer Brüste neben sich gespürt. Plötzlich wurde ihm klar, wie lange er schon nicht bei einer Frau gelegen hatte, und der Lendenschurz tat nichts, seine Gedanken zu verbergen. In dem Versuch, seine Erektion zu verbergen, wandte er sich ab, doch das war alles, was er tun konnte, um sich davon abzuhalten, ihr den Überwurf herunterzureißen.

»Doni! Wie sehr ich diese Frau begehre!« murmelte er halblaut.

Tränen schoßen Ayla in die Augen, als sie mitansehen mußte,

wie er davonschoß. Was habe ich falsch gemacht? Warum reißt er sich von mir los? Warum will er mir nicht das Zeichen geben? Ich erkenne doch sein Bedürfnis, warum will er es nicht mit mir stillen? Bin ich denn so häßlich? Sie zitterte, als sie daran dachte, wie es sich angefühlt hatte, als er den Arm um sie gelegt hatte; ihre Nase war noch voll von seinem männlichen Geruch. Sie verlangsamte ihre Schritte, wollte ihm nicht gegenübertreten und kam sich vor wie als kleines Kind, wenn sie etwas getan hatte, von dem sie wußte, daß es unrecht war – nur wußte sie diesmal nicht, was es war.

Jondalar hatte den kühlen Schatten des Vegetationsbandes erreicht, welches den Fluß säumte. Der Drang in ihm war so groß, daß er sich nicht mehr zurückhalten konnte. Nur wenige Augenblicke, nachdem sie ihn hinter einer Wand aus dichtem Laub nicht mehr sehen konnte, spritzte es weiß und zähflüssig auf den Boden; sich immer noch in Händen haltend, lehnte er die Stirn an einen Baum, und ein Zittern durchlief ihn. Es war eine Befreiung, nicht mehr; doch konnte er der Frau jetzt jedenfalls gegenübertreten, ohne zu versuchen, sie zu Boden zu werfen und ihr Gewalt anzutun.

Er fand einen Stecken, um den Boden damit zu lockern, und bedeckte den Seim seiner Wonnen mit der Erde der Mutter. Der Zelandonii hatte ihm gesagt, es sei Verschwendung, sich der Gabe der Mutter einfach zu entledigen, doch wenn es sich nicht vermeiden lasse, solle sie einfach an sie zurückgegeben werden, zu Boden geschüttelt und mit Erde bedeckt. Der Zelandonii hat recht, dachte er. Es war Verschwendung, und eine Lust war es auch nicht gewesen.

Es war ihm peinlich, wieder aus dem Uferstreifen hinauszutreten, und so ging er am Fluß entlang. Den Arm um das Füllen gelegt und die Stirn an Winnies Hals gedrückt, sah er sie neben dem großen Felsen warten. Wie verletzt und verletzbar sie aussah, und wie sie sich trost- und hilfesuchend an die Tiere wandte! Dabei sollte sie sich um Unterstützung an ihn lehnen, dachte er, sollte er es sein, der sie tröstete! Er war überzeugt, ihr Kummer bereitet zu haben und empfand Scham, als ob er etwas Verwerfliches getan hätte. Widerstrebend trat er aus den Bäumen und Sträuchern heraus.

»Es gibt Zeiten, da kann ein Mann nicht warten, sein Wasser zu lassen«, log er zaghaft lächelnd.

Ayla war überrascht. Warum sprach er Wörter, die nicht wahr waren? Sie wußte, was er getan hatte. Er hatte sich erleichtert.

Ein Mann aus dem Clan hätte um die Gefährtin des Anführers gebeten, ehe er sich erleichtert hätte. Hätte er sich nicht beherrschen können, hätte er selbst ihr – so häßlich sie war – das Zeichen gegeben, falls keine andere Frau zur Hand gewesen wäre. Kein erwachsener Mann würde sich selbst erleichtern. Nur Heranwachsende, die zwar die körperliche Reife erreicht, aber noch nicht ihre erste Beute erlegt hatten, würden diese Möglicheit in Betracht ziehen. Jondalar hingegen hatte es vorgezogen, die Sache selbst in die Hand zu nehmen, statt ihr das Zeichen zu geben. Sie war mehr als nur verletzt; sie war gedemütigt.

Sie überging seine Worte mit Stillschweigen und bemühte sich, ihm nicht in die Augen zu sehen. Wo war seine Begeisterung geblieben? Wie konnte sich soviel in der kurzen Zeit verändern, die es brauchte, von einem Ende der Weidefläche zur anderen zu gehen? Ganz bemüht, den Eindruck hervorzurufen, alles sei wie sonst, kletterte er auf die sitzähnliche Auswölbung des Felsens, während Ayla das Pferd näher herantrieb; aber er mied jeden Blickkontakt.

»Wie bringst du sie dazu, dorthin zu gehen, wo du willst?« fragte er.

Ayla dachte über die Frage nach. »Ich bringe sie nicht dazu, sie will dorthin, wo auch ich hin will.«

»Aber woher weiß sie, wohin du willst?«

»Das weiß ich nicht ...« Sie wußte es wirklich nicht. Sie hatte nie darüber nachgedacht.

Jondalar schloß daraus, daß es ihr egal war. Er war bereit, dorthin zu gehen, wohin immer das Pferd wollte – sofern es überhaupt bereit war, ihn auf seinem Rücken zu dulden. Er legte ihm eine Hand auf die Kruppe, um sich festzuhalten, dann setzte er sich behende rittlings aufs Pferd.

Winnie legte die Ohren an. Sie wußte, daß es nicht Ayla war, denn die Last war schwerer, und sie verspürte auch nicht den lenkenden Druck von Aylas Schenkeln und Beinen. Aber Ayla war neben ihr, hielt ihr den Kopf, und der Mann war ihr auch vertraut. Die Stute tänzelte einen Moment unsicher, um sich gleich darauf zu beruhigen

»Und was mache ich jetzt?« fragte Jondalar. Seine Beine baumelten zu beiden Seiten des kleinen Pferdes herunter, und mit den Händen wußte er auch nicht recht etwas anzufangen.

Beruhigend klopfte Ayla dem Pferd den Hals und wandte sich dann in einer Sprache an Winnie, die teils aus Gebärden, teils aus halbverschluckten Clan-Wörtern und teils aus Zelandonii bestand. »Jondalar möchte auf dir reiten, Winnie.«

Ihre Worte hatten den Klang des Vorwärtsdrängens, und ihre Hand übte sanften Druck aus – Hinweis genug für das Tier, das an Aylas Angaben und Anweisungen gewöhnt war. Winnie setzte sich in Bewegung.

»Wenn du dich festhalten mußt, schling ihr die Arme um den Hals«, riet Ayla ihm.

Winnie war es gewohnt, jemand auf dem Rücken zu tragen. Sie sprang nicht und bockte auch nicht, doch da ihr die Anweisungen fehlten, bewegte sie sich nur zögernd. Jondalar lehnte sich vor, um ihr den Hals zu klopfen, womit er ebensosehr sich selbst als auch das Pferd beruhigen wollte, nur hatte diese Bewegung Ähnlichkeit mit Aylas Angabe zu beschleunigen. Das unerwartete Vorwärtsschießen ließ Jondalar Aylas Rat befolgen. Er schlang der Stute die Arme um den Hals und lehnte sich weiter vor. Für Winnie war das ein Signal, ihre Gangart noch mehr zu beschleunigen.

In gestrecktem Galopp sprengte das Pferd davon, und Jondalar klammerte sich mit aller Kraft an seinen Hals. Sein langes Haar flatterte hinter ihm. Er verspürte den Luftzug im Gesicht, und als er schließlich wagte, die Augen einen Spalt aufzumachen, sah er das Land mit einer alarmierenden Geschwindigkeit an sich vorbeiziehen. Es war erschreckend und faszinierend zugleich! Er begriff Aylas Unfähigkeit, das Gefühl zu beschreiben. Es war, als sauste man im Winter einen Eishang hinunter, und er wurde an das eine Mal erinnert, da er von dem großen Stör flußaufwärts geschleppt worden war – nur war es noch unendlich aufregender. Sein Blick wurde auf etwas verschwommen sich Bewegendes neben ihm aufmerksam. Das Fuchsfohlen sprengte neben seiner Mutter her und fiel nicht hinter ihr zurück.

Er hörte einen fernen Pfiff, scharf und durchdringend, woraufhin das Pferd plötzlich eine enge Schleife machte und zurückgaloppierte.

»Aufsetzen!« rief sie Jondalar zu, als sie sich ihr näherten. Als das Pferd verlangsamte, setzte er sich in der Tat aufrechter hin. Aus dem Trab kam Winnie neben dem Felsen zum Halten.

Jondalar zitterte ein wenig, als er absaß, aber seine Augen blitzten vor Erregung. Ayla klopfte der Stute die schweißbedeckten Flanken und folgte ihr langsamer, als Winnie dem Ufer in der Nähe der Höhle zustrebte.

»Weißt du, daß der kleine Hengst die ganze Strecke über mitgehalten hat? Ist das ein Renner!«

Der Art, wie Jondalar das Wort benutzte, entnahm Ayla, daß mehr an dem Ausdruck war. »Was ist ein ›Renner‹?« fragte sie.

»Beim Sommertreffen werden Wettkämpfe abgehalten – alle möglichen –, aber am aufregendsten sind die Wettläufe«, erklärte er. »Die Läufer werden Renner genannt, und inzwischen hat das Wort die Bedeutung von jemand angenommen, der alles dransetzt, um zu gewinnen oder irgendein Ziel zu erreichen. Das Wort selbst bedeutet schon Anerkennung und Ermutigung – und Lob.«

»Das Füllen ist ein Renner; es mag gern rennen.«

Schweigend gingen sie weiter, und das Schweigen wurde mit jedem Schritt schmerzlicher. »Warum hast du mir zugerufen, ich sollte mich aufsetzen?« fragte Jondalar schließlich, um es auszufüllen. »Ich dachte, du hättest gesagt, du wüßtest nicht, wie du Winnie zu verstehen gibst, was du willst. Und doch ist sie langsamer geworden, als ich mich aufsetzte.«

»Ich habe nie darüber nachgedacht, doch als ich dich kommen sah, dachte ich plötzlich: ›Aufsetzen!‹ Zuerst wußte ich auch nicht, wie ich es dir klarmachen sollte, doch als du langsamer werden mußtest, wußte ich es einfach.«

»Dann gibst du dem Pferd also doch Signale. Irgendwelche Zeichen. Ich möchte mal wissen, ob das Hengstfohlen imstande wäre, Zeichen zu erlernen«, sann er.

Sie erreichten die Wand, die bis ins Wasser hineinreichte, und als sie sie umrundeten, sahen sie Winnie wohlig schnaufend sich am Rand des Flusses suhlen, um sich abzukühlen. Gleich neben ihr strampelte das Fohlen mit den Beinen in der Luft. Lächelnd blieb Jondalar stehen, um zuzusehen, doch Ayla ging mit gesenktem Kopf weiter. Als sie gerade den Pfad hinaufzusteigen begann, holte er sie ein.

»Ayla . . .« Sie drehte sich um, und er wußte nicht mehr, was sagen. »Ich . . . ich, ahhh . . . ich möchte dir danken.«

Den Sinn dieses Wortes zu begreifen, fiel ihr immer noch ein wenig schwer. Es gab im Clan keine direkte Entsprechung dafür. Die Mitglieder eines jeden kleinen Clans hingen, um zu überleben, so sehr voneinander ab, daß gegenseitige Hilfe einfach zu ihrer Lebensweise gehörte. Man sagte genausowenig ›dankeschön‹, wie ein Baby seiner Mutter für ihre Fürsorge dankte oder seine Mutter das von ihm erwartete. Besondere Gunstbeweise, Gefallen oder Geschenke verpflichteten den

Empfänger, sie in gewisser Weise zu erwidern und wurden nicht immer gern angenommen.

Am nächsten kam man im Clan dem Konzept des Dankens, wenn jemand Tieferstehendes einem Höheren gegenüber froh war, von einer Verpflichtung entbunden zu werden – für gewöhnlich eine Frau einem Mann gegenüber. Ayla wollte es jetzt scheinen, daß Jondalar versuchte, ihr zu vermitteln, daß er dankbar sei, auf Winnie geritten zu haben.

»Jondalar, Winnie hat dir gestattet, auf ihrem Rücken zu sitzen. Warum dankst du dann mir?«

»Du hast mir geholfen, sie zu reiten, Ayla. Und außerdem ist da so viel, wofür ich dir dankbar zu sein habe. Du hast so viel für mich getan, hast dich meiner angenommen.«

»Würde das Füllen Winnie danken, daß sie sich seiner annimmt? Du warst in Bedrängnis, und da habe ich dich gepflegt. Warum . . . ›danken‹?«

»Aber du hast mir das Leben gerettet.«

»Ich bin eine Frau, die heilt, Jondalar.« Sie überlegte, wie sie ihm klarmachen könnte, daß – wenn jemand einem anderen das Leben rettete – der Retter Anspruch auf einen Teil des Lebensgeistes des Geretteten hatte und infolgedessen verpflichtet war, seinerseits die oder den Betreffenden zu schützen; und daß die beiden einander infolgedessen fortan näherständen als Blutsbrüder. Sie jedoch sei eine Medizinfrau, und mit dem kleinen Brocken Mangandioxid, das sie in ihrem Amulettbeutel um den Hals trage, sei ihr ein Stück vom Geist eines jeden gegeben worden. Niemand sei verpflichtet, ihr mehr zu geben. »Danke zu sagen, ist nicht nötig«, sagte sie.

»Ich weiß, daß es nicht nötig ist. Und ich weiß auch, daß du eine Frau bist, die heilt. Es ist mir nun aber mal wichtig, daß du weißt, wie mir zumute ist. Menschen danken einander für Hilfe. Das gebietet die Höflichkeit und entspricht Sitte und Herkommen.« Einer hinter dem anderen stiegen sie den Pfad hinan. Sie gab ihm keine Antwort, doch was er gesagt hatte, ließ sie daran denken, wie Creb versucht hatte, ihr zu erklären, es sei unhöflich, über die Grenzsteine zum Herdfeuer eines anderen Mannes hinüberzublicken. Sitten und Gebräuche des Clans zu verstehen, war ihr schwerer gefallen, als seine Sprache zu erlernen. Jondalar sagte, es sei unter seinen Leuten üblich, seiner Dankbarkeit Ausdruck zu verleihen; das erfordere die Höflichkeit; doch das stürzte sie womöglich in noch größere Verwirrung.

Wie konnte er den Wunsch verspüren, sie seiner Dankbarkeit

zu versichern, wo er sie doch gerade eben mit Schande bedeckt hatte. Wäre ein Mann aus dem Clan ihr mit einer solchen Verachtung begegnet, hätte sie für ihn aufgehört zu existieren. Seine Sitten und Gebräuche zu erlernen, würde schwer sein; doch deswegen fühlte sie sich jetzt nicht weniger gedemütigt.

Er versuchte, die Barriere zu überwinden, die sich plötzlich zwischen ihnen aufgebaut hatte, und so brachte er sie dazu stehenzubleiben, gerade, als sie die Höhle betreten wollte. »Ayla, es tut mir leid, wenn ich dich in irgendeiner Weise gekränkt haben sollte.«

»Gekränkt: Ich verstehe das Wort nicht.«

»Ich denke, ich habe dich wütend gemacht, dich dazu gebracht, daß du dich ganz elend fühlst.«

»Wütend nicht, aber ja, du hast mich dazu gebracht, daß ich mich elend fühle.«

Daß sie das einräumte, erschreckte ihn. »Tut mir leid«, sagte er.

»Leid tun. Das ist Höflichkeit, stimmt's? Sitte, oder? Jondalar, was sollen solche Wörter wie ›leid tun‹? Damit ändert sich gar nichts, und es bewirkt auch nicht, daß mir wohler zumute ist.«

Er fuhr sich mit der Hand durchs Haar. Sie hatte recht. Was immer er getan hatte – und er glaubte, genau zu wissen, was –, daß es ihm ›leid tat‹, half überhaupt nicht. Es half genausowenig, daß er dem Problem aus dem Weg gegangen war, sich ihm nicht direkt gestellt hatte aus Angst, das könnte ihn in noch größere Verlegenheit bringen.

Sie ging in die Höhle hinein, nahm den Sammelkorb ab und schürte das Feuer, um die Abendmahlzeit zu bereiten. Er folgte ihr, stellte seinen Korb neben den ihren und zog eine Matte an die Feuerstelle heran, um sich hinzusetzen und sie zu beobachten.

Sie benutzte ein paar von den Geräten, die er ihr geschenkt hatte, nachdem er die beiden Hirsche zerlegt hatte, doch für einige Aufgaben zog sie immer noch das grifflose Messer vor, das sie gewohnt war. Er fand, daß sie dieses primitive Messer, das aus einem großen Feuerstein herausgehauen und viel schwerer war als seine Klingen, genauso gut handhabte wie nur jemand, den er kannte, die kleineren, feineren und mit Griffen versehenen. Sein Steinschläger-Verstand beurteilte, wertete und verglich die Vorteile einer jeden Art miteinander. Es geht nicht so sehr darum, daß das eine leichter zu gebrauchen ist als das andere, dachte er. Jedes scharfe Messer schneidet, nur: Denk einmal, um wieviel mehr rohen Feuerstein man braucht, um Werkzeuge für jedermann zu fertigen. Schon das Fördern des Feuersteins könnte ein Problem sein.

Es machte Ayla nervös, ihn so nahe bei sich sitzen und sie beobachten zu wissen. Schließlich stand sie auf, um etwas Kamille für den Tee zu holen; sie hoffte, ihn dadurch abzulenken und sich selbst zu beruhigen. Ihm jedoch machte das nur bewußt, daß er es wieder hinausgeschoben hatte, sich dem Problem zu stellen. Und so nahm er allen Mut zusammen und beschloß, es direkt anzugehen.

»Du hast recht, Ayla. Zu sagen: ›Tut mir leid‹, bedeutet nicht viel. Nur weiß ich nicht, was ich sonst sagen soll. Ich weiß nicht, womit ich dich gekränkt habe. Bitte, sag mir, warum fühlst du dich so schlecht?«

Er mußte wieder Wörter sagen, die nicht wahr waren, dachte sie. Wie sollte er es nicht wissen? Dennoch schien er aufrichtig betrübt. Sie senkte den Blick und wünschte, er hätte sie nicht gefragt. Es war schon schlimm genug, eine solche Demütigung zu ertragen – doch jetzt auch noch darüber reden zu müssen . . . Aber er hatte eine direkte Frage gestellt.

»Mir ist unwohl zumute, weil . . . weil ich unerwünscht bin.« Sie richtete diese Worte an ihre Hände, die sie – einen Becher Tee haltend – im Schoß liegen hatte.

»Was meinst du damit: Du bist unerwünscht? Ich verstehe das nicht.«

Warum stellte er ihr diese Frage? Wollte er, daß ihr noch elender zumute war? Ayla blickte zu ihm auf. Er lehnte sich vor, und sie las Aufrichtigkeit und Besorgnis in seiner Haltung und in seinen Augen.

»Kein Mann beim Clan würde je sein Bedürfnis selbst stillen, wenn eine annehmbare Frau da wäre.« Sie errötete, als sie von ihrem Versagen sprach, und senkte den Blick wieder auf die Hände. »Dein Bedürfnis war groß, und doch bist du vor mir davongelaufen. Wie sollte ich mich nicht elend fühlen, wo ich doch unerwünscht für dich bin?«

»Willst du damit sagen, du bist gekränkt, weil ich dich nicht . . .« Er setzte sich zurück und blickte auf. »Ach, Doni! Wie konntest du nur so dumm sein, Jondalar?« Diese Frage war an die Höhle ganz allgemein gerichtet.

»Und ich dachte, du wolltest, daß ich dich nicht belästigte, Ayla. Ich habe nur versucht, deine Wünsche zu respektieren. Ich habe dich so sehr gewollt, daß ich es nicht mehr ertragen konnte, doch jedesmal, wenn ich dich berührte, wurdest du ganz steif. Wie kommst du auf die Idee, irgendein Mann könnte dich nicht für annehmbar halten?«

Ein großes Begreifen ging durch sie hindurch und löste die schmerzliche Verkrampfung ihres Herzens. Er begehrte sie! Er hatte gedacht, sie sei es, die *ihn* nicht wollte! Wieder diese unterschiedlichen Sitten und Gebräuche! »Aber Jondalar, du hättest doch bloß das Zeichen zu machen brauchen. Was spielt es für eine Rolle, was *ich* möchte?«

»Natürlich spielt es eine Rolle, was du möchtest. Willst du . . .« Plötzlich übergoß sich sein Gesicht mit flammender Röte. »Willst du mich denn nicht?« Seine Augen hatten etwas Zauderndes und verrieten Angst vor dem Abgewiesenwerden. Das Gefühl kannte sie. Es überraschte sie, es bei einem Mann zu sehen, doch schmolz damit auch noch der letzte Zweifel, den sie haben konnte, und was in ihr aufblühte, waren Wärme und Zärtlichkeit.

»Ich will dich, Jondalar, ich habe dich vom ersten Augenblick an begehrt, da ich dich sah. Als du so schwer verletzt warst, war ich mir nicht sicher, ob du durchkommen würdest, und da habe ich dich angeschaut und gefühlt . . . Da entstand in mir dieses Gefühl. Aber immer habe ich vergeblich auf das Zeichen von dir gewartet . . .« Wieder senkte sie den Blick. Sie hatte mehr gesagt, als sie beabsichtigt hatte. Die Frauen des Clans gingen feinfühliger vor, wenn sie einem Mann durch ihre Gesten zu verstehen gaben, daß sie sich nach ihm sehnten.

»Und ich habe die ganze Zeit über gedacht . . . Was ist das für ein Zeichen, von dem du dauernd redest?«

»Wenn beim Clan ein Mann eine Frau begehrt, macht er das Zeichen.«

»Zeig es mir!«

Sie machte die Gebärde und errötete. Es war eine Bewegung, die eine Frau für gewöhnlich nicht machte.

»Und das ist alles? Nur das brauche ich zu tun? Und was machst du dann?« Er war wie vor den Kopf geschlagen, als sie sich erhob, sich hinkniete und ihm darbot.

»Soll das heißen, ein Mann tut dies, eine Frau tut das, und damit hat sich's? Sie sind dann bereit?«

»Ein Mann macht das Zeichen nicht, wenn er nicht bereit ist. Bist du heute nicht bereit gewesen?«

Jetzt war es an ihm zu erröten. Er hatte vergessen, wie sehr bereit er gewesen war und was er getan hatte, um zu verhindern, daß er ihr Gewalt antat. Er hätte in diesem Augenblick alles darum gegeben, hätte er das Zeichen gekannt.

»Und was ist, wenn eine Frau ihn nicht will? Oder wenn sie nicht bereit ist?«

»Wenn ein Mann das Zeichen macht, hat eine Frau die Stellung einzunehmen.« Sie dachte an Broud, und ihre Stirn umwölkte sich, als sie an den Schmerz und an die Erniedrigung dachte.

»Jederzeit, Ayla?« Er sah den Schmerz und fragte sich, was es wohl sein mochte. »Selbst beim ersten Mal?« Sie nickte. »Ist dir das so ergangen? Daß irgendein Mann dir einfach das Zeichen gegeben hat?« Sie schloß die Augen, schluckte und nickte dann wieder.

Jondalar war entsetzt und außer sich. »Willst du damit sagen, daß es keine Riten der Ersten Wonnen gab? Niemand, der acht gab und gewährleistete, daß ein Mann dir nicht zu weh tat? Was für Menschen sind denn das? Ist es ihnen denn gleichgültig, was eine Frau beim ersten Mal empfindet? Sie überlassen es einfach irgendeinem Mann, sie zu nehmen, wenn er hoch in der Brunst steht? Und sie zwingt, ob sie bereit ist oder nicht? Ob es weh tut oder nicht?« Er war aufgestanden und lief zornerfüllt auf und ab. »Das ist grausam! Das ist unmenschlich! Wie konnte das zugelassen werden? Haben sie denn kein Mitgefühl? Ist es ihnen denn vollkommen gleichgültig?«

Sein Ausbruch kam so unerwartet, daß Ayla ihn nur mit großen Augen anstarrte und zusah, wie Jondalar sich in rechtschaffenen Zorn hineinsteigerte. Als seine Worte jedoch immer mehr etwas Verunglimpfendes und Herabsetzendes bekamen, schüttelte sie den Kopf und bestritt, was er da behauptete. »Nein!« sagte sie schließlich und verlieh ihrer gegenteiligen Meinung Ausdruck. »Das ist nicht wahr, Jondalar. Sie haben durchaus Mitgefühl! Iza hat mich gefunden – und hat sich meiner angenommen. Sie haben mich an Kindesstatt bei sich aufgenommen, haben mich zu einem Mitglied des Clans gemacht, obwohl ich ein Kind der Anderen war. Sie hätten mich nicht bei sich aufzunehmen brauchen.

Creb hat mich verstanden, daß Broud mir wehtat. Er hat nie eine Gefährtin gehabt. Er wußte in der Beziehung nichts von Frauen, und es war Brouds Recht. Als ich dann schwanger wurde, hat Iza sich wieder meiner angenommen. Sie hat alles, aber auch wirklich alles in ihrer Macht Stehende getan, um mir die richtige Medizin zu beschaffen, damit ich mein Kind nicht verlor. Ohne sie wäre ich gestorben, als Durc auf die Welt kam. Und Brun erkannte ihn an, obwohl alle meinten, er sei mißgestaltet. Doch das war er nicht. Er ist gesund und kräftig . . .« Ayla sprach nicht weiter, als sie sah, daß Jondalar sie eigentümlich anstarrte.

»Du hast einen Sohn? Wo ist er?«

Ayla hatte noch nie von ihrem Sohn gesprochen. Selbst nach so langer Zeit noch war es schmerzlich, von ihm zu sprechen. Sie wußte, wenn sie ihn erwähnte, würde das Fragen zur Folge haben, obwohl es irgendwann doch einmal zur Sprache kommen mußte.

»Ja, ich habe einen Sohn. Er ist noch beim Clan. Als Broud mich zwang fortzugehen, habe ich ihn Uba gegeben.«

»Dich zwang fortzugehen?« Er setzte sich zurück. Sie hatte also einen Sohn. Also hatte er recht gehabt mit seiner Annahme, daß sie schon einmal schwanger gewesen sein mußte. »Wie kommt jemand auf den Gedanken, eine Mutter von ihrem Kind zu trennen? Wer ist dieser . . . Broud?«

Wie sollte sie ihm das erklären? Einen Moment schloß sie die Augen. »Er ist der Anführer. Als sie mich fanden, war Brun das. Er gestattete Creb, mich zu einer Clansgehörigen zu machen, aber er wurde alt, und da hat er Broud zum Anführer gemacht. Broud hat mich immer gehaßt, selbst als ich ein kleines Mädchen war.«

»Das ist derjenige, der dir wehgetan hat, nicht wahr?«

»Als ich zur Frau heranreifte, klärte Iza mich über das Zeichen auf; allerdings sagte sie, Männer stillten ihre Bedürfnisse mit Frauen, die sie möchten. Broud hat es nur getan, weil es ihm wohlgetan hat zu wissen, daß er mir etwas antun konnte, was ich haßte. Aber ich denke, mein Totem hat ihn dazu gebracht, es zu tun. Der Geist des Höhlenlöwen wußte, wie sehr ich mich nach einem Baby sehnte.«

»Was hat dieser Broud denn mit dem Baby zu tun? Die Große Erdmutter segnet, wann es Ihr beliebt. Ist dein Sohn seines Geistes gewesen?«

»Creb hat gesagt, die Geister machten die Babys. Er hat gesagt, eine Frau schluckte den Geist vom Totem eines Mannes. War er stark genug, überwand er den Geist ihres Totem, nahm seine Lebenskraft und sorgt dafür, daß ein neues Leben in ihr wächst.«

»Es so zu sehen, ist schon merkwürdig. Die Erdmutter ist es, die den Geist des Mannes auswählt, der sich mit dem Geist der Frau vermischt, wenn Sie eine Frau segnet.«

»Ich glaube nicht, daß Geister Babys machen. Weder Totemgeister noch die Geister, die deine Große Mutter miteinander vermischt hat. Ich glaube, das Leben beginnt, wenn eines Mannes Glied voll ist und er es in eine Frau hineinsteckt. Ich glaube, das ist der Grund, warum Männer so starke Bedürfnisse haben und warum Frauen sich so sehr nach Männern sehnen.«

»Das kann nicht sein, Ayla. Weißt du, wie viele Male ein Mann seine Männlichkeit in eine Frau hineinstecken kann? So viele Kinder könnte eine Frau gar nicht bekommen. Ein Mann bringt eine Frau dazu mit dem Wonnengeschenk der Mutter; er öffnet sie, damit der Geist eintreten kann. Aber die Allerheiligste Gabe des Lebens ist nur Frauen gegeben. Sie empfangen die Geister und schaffen Leben und werden zu Müttern wie Sie. Wenn ein Mann Sie ehrt, Ihre Gaben zu schätzen weiß und sich verpflichtet, für eine Frau und ihre Kinder zu sorgen, kann Doni möglicherweise seinen Geist für die Kinder seines Herdfeuers erwählen.«

»Was ist das: Wonnengeschenk?«

»Ja, richtig. Du hast ja Wonnen nie kennengelernt, nicht wahr?« sagte er völlig überwältigt, als er darüber nachdachte. »Kein Wunder, daß du keine Ahnung hattest, als ich . . . Du bist eine Frau, die mit einem Kind gesegnet wurde, ohne die Riten der Ersten Wonnen erlebt zu haben. Dein Clan muß schon sehr ungewöhnlich sein. Alle, denen ich auf meinen Reisen begegnet bin, kannten die Mutter und Ihre Gaben. Das Wonnengeschenk ist, wenn ein Mann und eine Frau das Gefühl haben, daß sie einander wollen und einander dann geben.«

»Es ist, wenn ein Mann voll ist und sein Bedürfnis bei einer Frau stillen muß, habe ich recht?« sagte Ayla. »Es ist, wenn er sein Glied dort hineintut, wo die Babys herauskommen. Ist das das Wonnengeschenk?«

»Ja, das ist es. Das und noch viel mehr.«

»Möglich. Nur hat mir jeder gesagt, ich würde nie ein Baby bekommen, weil mein Totem zu stark sei. Es hat sie alle überrascht. Durc war nicht mißgestaltet, sondern sah nur ein wenig so aus wie ich und ein wenig wie sie. Allerdings bin ich erst schwanger geworden, nachdem Broud anfing, mir das Zeichen zu geben. Keiner sonst wollte mich – ich bin zu groß und zu häßlich. Nicht einmal auf dem Clanstreffen war ein Mann, der mich nehmen wollte; dabei war ich von dem Augenblick an, da sie mich bei sich aufnahmen, Izas Tochter und war daher hoch angesehen.«

Irgend etwas an ihrer Erzählung nagte an Jondalar, setzte ihm zu und entzog sich seinem Zugriff.

»Du sagst, die Medizinfrau fand dich – war das ihr Name? Iza? Wo hat sie dich gefunden? Woher kamst du?«

»Das weiß ich nicht. Iza sagte, ich stammte von den Anderen ab, solchen, die so wären wie ich. Wie du, Jondalar. An das, was war, ehe ich beim Clan war, erinnere ich mich nicht mehr – ich konnte mich nicht einmal an das Gesicht meiner Mutter erinnern. Du bist der einzige Mann, den ich je gesehen habe und der so aussieht wie ich.«

Jondalar lauschte, und während er zuhörte, wurde ihm immer unbehaglicher zumute.

»Auf einem Clanstreffen habe ich von einer anderen Frau von einem Mann der Anderen erfahren. Deshalb hatte ich Angst vor ihnen, bis ich dich traf. Sie hatte ein Baby, ein Mädchen, das Durc so ähnlich war, daß es von mir hätte sein können. Oda wollte, daß ihre Tochter und mein Sohn einmal zusammengegeben würden. Sie behaupteten, auch ihr Baby sei mißgestaltet; ich aber glaube, der Mann von der Anderen war verantwortlich dafür, daß das Kind in ihr wuchs, nachdem er sie gezwungen hatte, sein Bedürfnis an ihr zu stillen.«

»Der Mann zwang sie.«

»Und brachte dabei auch noch ihre erste Tochter um. Oda war mit zwei anderen Frauen zusammen, da kamen viele von den Anderen, aber sie gaben ihnen nicht das Zeichen. Als einer von ihnen sie packte, fiel Odas erstes Baby hin und schlug mit dem Kopf an einem Felsen auf.«

Siedend heiß fiel Jondalar die Bande von jungen Männern aus einer Höhle weit im Westen ein. Er wollte die Folgerungen von sich weisen, die er bereits zog. Doch wenn eine Bande von jungen Männern dazu imstande war, warum dann nicht auch eine andere? »Ayla, du sagst immer wieder, du bist nicht wie der Clan. Wieso sind sie denn anders?«

»Sie sind nicht so groß – deshalb war ich ja so überrascht, als du aufstandest. Ich bin immer größer gewesen als alle anderen, die Männer eingeschlossen. Deshalb wollte mich ja keiner haben. Ich bin zu groß und zu häßlich.«

»Und weiter?« Er wollte nicht fragen, konnte sich jedoch auch nicht zurückhalten. Er mußte es wissen.

»Sie haben braune Augen. Iza meinte, mit meinen Augen müsse was nicht stimmen, da sie von der Farbe des Himmels waren. Durc hat ihre Augen und die . . . ich weiß nicht, wie ich es ausdrücken soll: die großen Brauen. Aber seine Stirn ist wie meine. Ihre Köpfe sind flacher . . .«

»Flachschädel!« Angewidert bleckte er die Zähne. »Gute Mutter, Ayla! Du hast unter diesen Tieren gelebt! Du hast zugelassen, daß einer von ihren Männchen . . .« Ein Schauder überlief ihn. »Du hast ein Monstrum zur Welt gebracht, einen Wechselbalg gemischter Geister, halb Mensch und halb Tier!« Als ob er etwas Widerwärtiges berührt hätte, fuhr Jondalar zurück und sprang auf. Seine Reaktion beruhte auf irrationalen Vorurteilen, auf eingefleischten Grundüberzeugungen, die von den meisten Menschen, die er kannte, nie infrage gestellt wurden.

Ayla begriff zuerst gar nichts und sah ihn verwirrt und stirnrunzelnd an. Aber sein Ausdruck verriet Abscheu, ähnlich dem, den sie empfand, wenn sie an Hyänen dachte. Und dann nahmen seine Worte Bedeutung an.

Tiere! Er nannte die Menschen, die sie liebte, Tiere! Stinkende Hyänen! Den verständnis- und liebevollen Creb, der gleichwohl der ehrfurchtgebietendste und mächtigste heilige Mann des ganzen Clans war – Creb ein Tier? Iza, die sie aufgezogen hatte und wie eine Mutter zu ihr gewesen war, die ihr das Wissen und die Heilkunst vermittelt hatte – Iza eine stinkende Hyäne: Und Durc! Ihr Sohn!

»Was willst du damit sagen – Tiere?« rief Ayla, die inzwischen aufgesprungen war und ihn anstarrte. Nie zuvor hatte sie im Zorn ihre Stimme erhoben, und jetzt überraschte es sie selbst, wie laut sie sein konnte – und wie giftsprühend. »Creb und Iza Tiere? Mein Sohn, ein Monstrum? Die Leute vom Clan sind doch keine stinkenden Hyänen!

Würden Tiere ein verletztes kleines Mädchen bei sich aufnehmen? Würden sie es als ihresgleichen akzeptieren? Für es sorgen und es großziehen? Wo, meinst du, habe ich gelernt, Nahrung zu finden? Oder sie zuzubereiten? Und wo, meinst du, habe ich die Heilkunst erlernt? Wären diese Tiere nicht gewesen, ich würde heute nicht mehr am Leben sein – und du auch nicht, Jondalar!

Du behauptest, der Clan, das wären Tiere, und nur die Anderen Menschen? Nun, vergiß nicht: Der Clan hat ein Kind von den Anderen gerettet, und die Anderen haben eines von ihren Kindern getötet. Wenn ich zwischen Menschen und Tieren wählen sollte, würde ich mich für die stinkenden Hyänen entscheiden.«

Damit stürmte sie zur Höhle hinaus und den Pfad hinunter. Dann pfiff sie nach Winnie.

24

Jondalar war wie vom Donner gerührt. Er folgte ihr und sah ihr vom Sims aus nach. Mit geübtem Sprung saß sie auf und sprengte das Tal hinunter. Immer war Ayla entgegenkommend gewesen. Nie hatte sie Zorn gezeigt. Der Gegensatz machte den Ausbruch nur um so überwältigender.

Was die Flachschädel betraf, so hatte er sich immer für gerecht und offen gehalten. Er war der Meinung gewesen, man sollte sie in Ruhe lassen, sie weder belästigen noch reizen, und absichtlich hätte er auch nie einen von ihnen getötet. Nur hatte die Vorstellung, daß ein Mann rein zum Vergnügen eine Flachschädel-Frau benutzen konnte, sein ganzes Empfinden stark verletzt. Daß nun einer von ihren Männern eine Menschfrau genauso benutzte, hatte einen tiefsitzenden Nerv bei ihm getroffen. Eine derart mißbrauchte Frau mußte besudelt sein!

Dabei hatte er sich so sehr von ihr angezogen gefühlt. Er dachte an die dreckigen Witze, die kichernde Halbwüchsige und junge Männer sich erzählten, und hatte unwillkürlich das Gefühl, als ob sich zwischen seinen Beinen etwas zusammenzöge, als ob er sich bereits angesteckt hätte, sein Glied schrumpfte und kurz davor stehe abzufallen. Kraft irgendeiner Vorsehung der Großen Erdmutter war er noch einmal davongekommen.

Doch schlimmer noch: Sie hatte ein Monstrum zur Welt gebracht, einen Wechselbalg böser Geister, über den man in anständiger Gesellschaft nicht einmal reden konnte. Daß es so etwas Ungeheuerliches überhaupt geben sollte, wurde von vielen heftig abgestritten; dennoch war immer wieder darüber geredet worden. Ayla hatte es nicht geleugnet. Sie gab es offen zu, stellte sich hin und verteidigte ihr Kind . . . nicht minder wütend als jede andere Mutter, deren Kind man verunglimpfte. Sie war gekränkt, war wütend, daß er auf so abwertende Weise über sie gesprochen hatte. Ob sie wirklich von einem Rudel Flachschädel großgezogen worden war?

Einigen Flachschädeln war er auf seiner Reise ja begegnet, und er hatte bei sich längst bezweifelt, ob sie wirklich Tiere wären. Er erinnerte sich an den Zwischenfall mit dem jungen Mann und der älteren Frau. Jetzt, wo er darüber nachdachte – hatte der Junge nicht ein aus einem großen Feuerstein geschlagenes Messer benutzt, um den Fisch in zwei Teile zu teilen – *genauso eines, wie Ayla es benutzt hatte?* Und die Mutter hatte ihren

Überwurf genauso um den Leib gewickelt gehabt, wie Ayla es tat. Ayla hatte sogar dieselben unnatürlichen Eigenheiten gehabt, besonders zu Anfang: diese Neigung, den Blick zu Boden gesenkt zu halten und möglichst nicht aufzufallen. Die Felle auf ihrem Lager waren von der gleichen Weichheit wie das Wolfsfell, das sie ihm gegeben hatte. Und ihr Speer! Dieser schwere, primitive Speer – war das nicht genauso ein Speer, wie das Rudel Flachschädel sie getragen hatten, denen Thonolan und er begegnet waren, kurz nachdem sie den Gletscher verlassen hatten?

Er hatte es die ganze Zeit über vor Augen gehabt, er hätte bloß hinsehen müssen. Wozu hatte er sich die Geschichte ausgedacht, sie sei eine von Denen, Die Der Mutter Dienen und sich Prüfungen unterziehen, um ihr Können zu vervollkommnen? Sie verstand ihre Kunst wie nur je ein Heilkundiger, wahrscheinlich noch besser. Hatte Ayla all ihre Kunst wirklich von einem Flachschädel?

Er sah ihr nach, wie sie in der Ferne verschwand. Prachtvoll war sie in ihrem Zorn gewesen. Er kannte viele Frauen, die schon bei der kleinsten Herausforderung die Stimme erhoben. Marona konnte ein keifendes, streitsüchtiges und übellauniges Weib sein, dachte er, als er an die Frau dachte, der er einstmals versprochen gewesen war. Gleichwohl hatte jemand, der so fordernd war, eine Stärke, die ihn ansprach. Ihm gefielen starke Frauen. Sie stellten eine Herausforderung für ihn dar, besaßen einen eigenen Willen und ließen sich bei den seltenen Gelegenheiten, da sie durchbrach, nicht so leicht von seiner eigenen Leidenschaft überwältigen. Trotz ihrer Gelassenheit hatte er immer einen felsharten Kern in Ayla vermutet. Sieh sie dir an, wie sie auf dem Pferd sitzt, dachte er. Sie ist wirklich eine bemerkenswerte, eine wunderschöne Frau!

Plötzlich ging ihm auf, was er getan hatte; es war, als ob er mit eisigem Wasser übergossen worden wäre. Alles Blut wich ihm aus dem Gesicht. Sie hatte ihm das Leben gerettet, und er war vor ihr zurückgezuckt wie vor etwas Schmutzigem und Widerlichem! Sie hatte ihn mit Fürsorge überhäuft, und er hatte ihr das mit Abscheu vergolten! Er hatte ihr Kind ein Monstrum genannt! Ein Kind, das sie offensichtlich liebte. Seine Lieblosigkeit und sein mangelndes Feingefühl machten ihn ganz krank.

Er lief zurück in die Höhle und warf sich auf das Lager. Ihr Lager! Er hatte auf dem Lager einer Frau geschlafen, vor der er gerade eben voller Verachtung zurückgewichen war.

»Ach, Doni!« rief er. »Wie konntest du nur zulassen, daß ich das tat? Warum hast du mir nicht geholfen? Warum hast du mich nicht davon abgehalten?«

Er barg den Kopf unter den Fellen. Seit seiner Jugend war ihm nicht mehr so elend zumute gewesen. Er hatte gedacht, über so etwas wäre er längst hinweg. Auch damals hatte er zu unbedachtem Handeln geneigt. Lernte er denn nie? Warum hatte er nicht ein bißchen Feingefühl bewiesen? Schließlich hatte er ohnehin bald fortwollen; sein Bein war geheilt. Warum hatte er sich nicht zusammennehmen können, bis er weiterzog?

Überhaupt – warum war er noch hier? Warum hatte er ihr nicht gedankt und war seiner Wege gegangen? Nichts hielt ihn hier fest. Warum war er trotzdem geblieben und hatte Antworten auf Fragen aus ihr herausgeholt, die ihn nichts angingen? Dann hätte er sie als schöne, geheimnisvolle Frau in der Erinnerung behalten können, die ganz allein in einem Tal lebte, Tiere verzauberte und ihm das Leben gerettet hatte?

Weil du einer schönen, geheimnisvollen Frau nicht einfach den Rücken kehren konntest, Jondalar – das weißt du auch ganz genau.

Warum quält dich das jetzt so sehr? Was macht es schon, daß sie ... daß sie bei Flachschädeln gelebt hat?

Weil du sie wolltest. Und dann dachtest du, sie sei nicht gut genug für dich, weil sie ... weil sie zugelassen hat, daß ...

Du Narr! Du hast nicht zugehört. Sie hat es nicht *zugelassen*, er hat sie gezwungen! Ohne irgendwelche Riten der Ersten Wonnen! Und du machst *ihr* Vorwürfe! Da hat sie es dir erzählt, es dir anvertraut und vielleicht ein wenig von der Verletztheit abgestreift – und du, was hast du getan?

Du bist schlimmer als er, Jondalar. Bei ihm hat sie zumindest gewußt, woran sie war. Er hat sie gehaßt und wollte sie verletzen. Und du? Dir hat sie vertraut. Sie hat dir gesagt, was sie für dich empfand. Du hast sie so sehr begehrt, Jondalar, und hättest sie jederzeit haben können. Und jetzt fürchtest du, daß dein Stolz es nicht zulassen könnte ...

Wenn du dich ein bißchen mehr mit ihr beschäftigt hättest, statt ständig um dich selbst besorgt zu sein, hättest du vielleicht gemerkt, daß sie sich nicht wie eine erfahrene Frau verhielt. Wie ein verängstigtes junges Mädchen hat sie sich benommen. Hast du denn noch nicht genug von ihnen gehabt, daß du jetzt nicht einmal den Unterschied merkst?

Nun, ja, aussehen tut sie nicht wie ein verängstigtes junges

Mädchen. Nein, sie ist ganz einfach die schönste Frau, die du jemals gesehen hast. So schön, so verständig und kenntnisreich und selbstsicher, daß du Angst vor ihr hattest. Angst davor, sie könnte dir einen Korb geben. Dir, dem großen Jondalar! Dem Mann, hinter dem alle Frauen her sind. Jetzt kannst du sicher sein, daß sie dich nicht mehr haben will.

Du hieltest sie für selbstsicher – dabei weiß sie noch nicht mal, daß sie eine Schönheit ist. Sie hält sich wirklich für groß und häßlich. Wie könnte irgendein Mensch sie häßlich finden?

Sie ist unter Flachschädeln groß geworden, vergiß das nicht! Wer hätte gedacht, daß sie über so etwas nachdenken? Aber andererseits: Wer hätte gedacht, daß sie ein fremdes kleines Mädchen bei sich aufnehmen würden? Würden wir denn eines von ihnen bei uns aufnehmen? Wie alt sie damals wohl gewesen sein mag? Sehr groß kann sie noch nicht gewesen sein – diese Krallennarben sind alt. Grauenhaft muß das gewesen sein: mutterseelenallein, nicht zu wissen, wo sie war und von den Krallen eines Höhlenlöwen zerfleischt zu werden!

Und dann von einem Flachschädel gesundgepflegt! Woher weiß so ein Flachschädel überhaupt, was Heilkunst ist? Dabei hat sie sie von ihnen erlernt, und sie ist sehr gut darin. So gut, daß du hast glauben können, sie sei eine von Denen, Die Der Mutter Dienen. Du solltest die Steinhauerei aufgeben und Geschichtenerzähler werden! Du wolltest die Wahrheit einfach nicht sehen! Und jetzt, wo du sie kennst – macht es dir da etwas aus? Bist du weniger lebendig, weil sie ihre Heilkunst von den Flachschädeln hat? Ist sie weniger schön, weil sie . . . weil sie ein Monstrum geboren hat? Was macht ihr Kind zu einem Monstrum?

Du willst sie immer noch, Jondalar.

Es ist zu spät. Sie wird dir nie wieder glauben, dir nie wieder vertrauen. Und abermals wallte Scham in ihm auf. Er ballte die Hände zur Faust und hämmerte auf die Felle ein. Du Narr! Du dummer, dummer Narr! Du hast es dir alles selbst kaputtgemacht. Warum gehst du nicht fort?

Du bringst es nicht fertig. Du mußt dich ihr stellen, Jondalar. Du hast keine Kleidung, keine Waffen, keine Nahrung – du kannst nicht ohne alles losziehen!

Woher willst du etwas zu essen bekommen? Wo sonst? Das hier ist Aylas Höhle – du mußt es schon von ihr holen. Du wirst sie darum bitten müssen, zumindest um ein paar Feuersteine. Mit Werkzeug kannst du dir Speere fertigen, und damit kannst du dir etwas zu essen jagen, verschaffst dir Felle und eine Schlafrolle und ein Traggestell. Du wirst dir Zeit für die Vorbereitung nehmen müssen; außerdem brauchst du für den Rückmarsch mindestens ein Jahr. Und ohne Thonolan wird es dir sehr, sehr einsam sein.

Jondalar wühlte sich tiefer in die Felle hinein. Warum hat Thonolan sterben müssen? Warum hat dieser Löwe nicht statt dessen mich getötet? Tränen traten ihm aus den Augenwinkeln. Thonolan hätte so etwas Dummes nie getan! Wenn ich doch nur wüßte, wo diese Schlucht liegt, Kleiner Bruder! Hoffentlich hat dir ein Zelandoni geholfen, den Weg in die nächste Welt zu finden. Der Gedanke, daß deine Gebeine von irgendwelchen Aasfressern verstreut wurden, ist mir entsetzlich.

Er hörte Hufgeklapper den schmalen Pfad vom Uferstreifen heraufkommen und meinte, Ayla käme zurück. Dabei war es nur das Hengstfohlen. Jondalar stand auf, trat auf das Sims hinaus und schaute ins Tal hinaus. Ayla war nirgends zu sehen.

»Was hast du denn, kleiner Bursche? Haben sie dich allein zurückgelassen? Das ist meine Schuld, aber sie werden wiederkommen . . . und sei es nur deinetwegen. Außerdem lebt Ayla hier . . . allein. Wie lange sie hier wohl schon lebt? Allein. Ob ich das wohl fertiggebracht hätte?«

Da stehst du nun und vergießt Tränen darüber, wie dumm du dich angestellt hast – überleg doch mal, was sie alles durchgemacht hat? Ohne deswegen groß zu weinen! Sie ist wirklich eine erstaunliche Frau. Schön, großartig! Und du hast dir das alles verscherzt, Jondalar, du Narr! Ach, Doni! Wenn ich es doch nur gutmachen könnte!

Jondalar irrte: Ayla vergoß durchaus Tränen. Sie weinte, wie sie noch nie geweint hatte. Die Tränen machten sie nicht weniger stark; sie halfen ihr nur, alles zu ertragen. Sie trieb Winnie an, bis das Tal weit hinter ihnen lag, dann hielt sie an einer engen Schleife des Flusses, der in »ihren« Fluß von der Höhle einmündete. Das Land, das von dieser Flußschleife eingeschlossen wurde, stand oft unter Wasser, das Sickerstoffe hinterließ, die fruchtbaren Boden für üppigen Pflanzenwuchs ergaben. Hier hatte sie Moor- und Schneehühner und eine ganze Reihe anderer Tiere vom Murmeltier bis zum Riesenhirsch gejagt, die so saftigem Grün nicht hatten widerstehen können.

Sie schwang ein Bein über Winnies Rücken und ließ sich von ihr heruntergleiten. Sie trank einen Schluck und wusch sich das tränenüberströmte, schmutzige Gesicht. Ihr war, als hätte sie einen bösen Traum gehabt. Der ganze Tag war eine einzige Folge von schwindelerregenden Hochgefühlen und bitterer Niedergeschlagenheit gewesen, die immer neue Höhen und neue Tiefen erreichten. Noch einmal glaubte sie ein solches Wechselbad der Gefühle nicht ertragen zu können.

Der Morgen hatte so gut begonnen. Jondalar hatte ihr beim Getreidesammeln geholfen und sie neuerlich mit der Schnelligkeit überrascht, mit der er lernte. Sie war sich sicher, daß er im Körnerabstreifen zuvor keinerlei Fertigkeiten erworben hatte, doch nachdem sie es ihm einmal gezeigt hatte, ging es ihm flugs von der Hand. Dabei war es nicht so, daß nur die beiden zusätzlichen Hände es waren, was ihr half. Das tat vor allem seine Gesellschaft. Ob sie redeten oder nicht – jemand in der Nähe zu haben machte ihr erst wirklich klar, wie sehr ihr das zuvor gefehlt hatte.

Dann war es zu einer kleinen Meinungsverschiedenheit gekommen. Nichts Ernstem. Sie hatte, als der Wasserschlauch ausgelaufen war, weiterpflücken wollen, er hingegen aufhören. Als sie jedoch vom Fluß zurückgekehrt war und begriff, daß er gern einmal auf dem Pferd reiten wollte, glaubte sie, das sei vielleicht eine Möglichkeit, ihn an sich zu binden, damit er hierblieb. Er hatte eine Zuneigung zu dem Hengstfohlen gefaßt, und wenn das Reiten ihm gefiel, wollte er vielleicht bleiben, bis der Hengst groß geworden war. Als sie sich bereitfand, den Versuch mit Winnie und ihm zu wagen, hatte er sofort zugegriffen.

In welch glückliche Stimmung sie das beide versetzt hatte! Dadurch war es zu dem Lachen gekommen. So ausgeschüttet vor Lachen hatte sie sich nicht mehr, seit Baby fortgegangen war. Sie liebte Jondalars Lachen – allein es zu hören, war herzerwärmend.

Und dann hat er mich angerührt, dachte sie. Niemand im Clan berührt einen so wie er, zumindest nicht außerhalb des Herdfeuerbereichs. Wer weiß, was ein Mann und seine Gefährtin des Nachts unter ihren Fellen alles trieben! Vielleicht faßt er sie dann so an, wie er mich angefaßt hat. Fassen alle die Anderen einen auf diese Weise an, außerhalb des Herdfeuerbereichs? Ich habe das gern gemocht, wie er mich angerührt hat. Bloß, warum ist er weggelaufen?

Ayla hätte vor Scham vergehen mögen, als er sich selbst befriedigte – sie mußte ja die häßlichste Frau auf Erden sein. Dann, in der Höhle, als er gesagt hatte, er habe sie begehrt und nur gedacht, sie wolle ihn nicht, hätte sie vor Seligkeit fast geheult. Angesehen hatte er sie – sie hatte gespürt, wie die Wärme dabei in ihr hochgestiegen war, das Gefühl des Begehrens, des Ziehens. Er war so zornig gewesen, als sie ihm von Broud erzählt hatte, daß sie überzeugt gewesen war: Er mochte sie. Vielleicht, wenn er das nächstemal bereit war . . .

Aber niemals würde sie vergessen, wie er sie angesehen hatte – als wäre sie ein Stück faulendes Fleisch! Geschüttelt hatte es ihn!

Iza und Creb *sind keine Tiere*! Sie sind Menschen. Menschen, die sich meiner angenommen und mich geliebt haben. Warum haßte er sie so? Sie waren die ersten gewesen, die auf diesem Land gelebt hatten; seine Leute – *unsere* Leute – sind erst später gekommen. Ist das nun die Art meiner Leute?

Ich bin froh, Durc beim Clan zurückgelassen zu haben. Möglich, daß sie ihn für eine Mißgeburt halten, und Broud mag ihn hassen, weil er mein Sohn ist, aber mein Kind ist kein Tier, kein . . . Monstrum. Das ist doch das Wort, das er gebraucht hat. Das braucht er mir nicht zu erklären.

Wieder schossen ihr die Tränen in die Augen. Mein Baby, mein Sohn . . . Er ist nicht mißgebildet – er ist gesund und kräftig. Und er ist auch kein Tier und kein Monstrum.

Woher nur dieser schnelle Sinneswandel? Da saß er und sah mich an mit seinen blauen Augen, sah mich an . . . Und im nächsten Augenblick zuckte er vor mir zurück, als ob er sich an mir verbrennen könnte, als ob ich ein böser Geist wäre, dessen Namen nur die Mog-urs kennen. Das war schlimmer als ein Todesfluch. Die Clansleute haben sich bloß abgewandt und sahen mich nicht mehr. Für sie war ich tot und gehörte der nächsten Welt an. Zumindest haben sie mich nicht angesehen, als ob ich ein . . . ein Monstrum wäre!

Die untergehende Sonne brachte Abendkühle. Selbst im heißesten Sommer noch waren die Steppen nachts kalt. Sie hatte nur ihren Sommerüberwurf an und zitterte. Hätte ich doch nur daran gedacht, ein Zelt und ein Fell mitzunehmen. Nein, Winnie würde ohnehin unbedingt zu ihrem Füllen zurück wollen, und das muß säugen.

Als Ayla vom Ufer aufstand, hob Winnie den Kopf aus üppigem Gras, kam auf sie zugetrabt und scheuchte dabei ein Paar Moorhühner auf. Ayla reagierte fast instinktiv. Die Schleuder aus dem Leibriemen herauszureißen und sich nach Steinen zu bücken, war eine einzige Bewegung. Die Vögel hatten sich kaum in die Luft erhoben, da plumpste erst der eine und gleich danach der andere zu Boden. Ayla holte sie sich, suchte nach dem Nest und blieb dann stehen.

Wieso suche ich nach den Eiern? Will ich Jondalar denn Crebs Lieblingsgericht vorsetzen? Wieso komme ich dazu, überhaupt etwas für ihn zu kochen, von Crebs Lieblingsgericht ganz zu schweigen? Doch als sie des Nestes ansichtig wurde – das kaum mehr war als eine flache Mulde im Boden, in der ein Gelege von sieben Eiern lag –, zuckte sie mit den Achseln und sammelte die Eier vorsichtig ein.

Unten am Fluß legte sie die Eier neben die erlegten Vögel und suchte sich dann langes Schilfrohr, das am Rand des Wassers wuchs. Einen locker geflochtenen Korb herzustellen, brauchte nur wenige Augenblicke; sie benötigte ihn nur für den Heimtransport der Eier und würde ihn hinterher wegwerfen. Sie brauchte noch ein paar Schilfstengel, um den Moorhühnern, denen bereits die dichten Winterfedern wuchsen, die Füße zusammenzubinden.

Winter! Ayla durchlief ein Frösteln. Sie wollte nicht an den kalten und trostlos-grauen Winter denken. Nur konnte sie den Winter eigentlich nie ganz vergessen. Der Sommer war nur die Zeit, sich auf den Winter vorzubereiten.

Jondalar würde sie verlassen! Das wußte sie. Es war töricht, sich einzubilden, daß er bei ihr im Tal bleiben könnte. Warum sollte er? Ob er wohl bliebe, wenn sie nicht allein wäre? Wenn er fort war, würde es noch schlimmer werden . . . selbst nachdem er sie so angesehen hatte!

»Warum hat er kommen müssen?«

Der Klang ihrer eigenen Stimme erschreckte sie. Sie war es nicht gewohnt, sie zu hören, wenn sie allein war. »Aber ich kann sprechen. Das zumindest hat Jondalar erreicht. Jedenfalls kann ich jetzt mit diesen Menschen reden, falls ich welchen begegne. Und ich weiß, daß weiter im Westen welche leben. Iza hat recht, es muß viele Menschen geben, viele von den Anderen.«

Sie legte der Stute die Moorhühner über die Kruppe, so daß auf jeder Seite eins herunterbaumelte, und hielt den Korb mit den Eiern zwischen den Beinen. Geboren worden bin ich den Anderen . . . Such dir einen Gefährten, hat Iza mir gesagt. Ich dachte, Jondalar wäre mir von meinem Totem geschickt worden, aber würde mein Totem nur jemand schicken, der mich mit einem solchen Blick ansieht?

»Wie hat er mich nur so ansehen können?« rief sie, von Schluchzen geschüttelt. »Ach, Höhlenlöwe, ich will nicht mehr allein sein!« Ayla sackte in sich zusammen und überließ sich wieder ihren Tränen. Winnie merkte, daß ihr keine Richtungen angegeben wurden, doch das spielte keine Rolle. Sie kannte den Weg. Nach einer Weile setzte Ayla sich wieder auf. Niemand wird mich dazu bringen, hier zu bleiben. Ich hätte mich schon vorher umsehen müssen. Ich kann jetzt sprechen . . .

». . . und kann ihnen sagen, daß Winnie kein Pferd ist, auf das man Jagd macht«, fuhr sie laut fort, nachdem sie sich dieses Umstands bewußt geworden war. »Ich werde alles vorbereiten, und nächsten Frühling ziehe ich dann los.« Sie wußte, daß sie es wieder hinausschieben würde.

Jondalar wird nicht gleich fortgehen. Er braucht Kleidung und Waffen. Vielleicht hat mein Höhlenlöwe ihn geschickt, damit er mir einiges beibringt. Dann muß ich alles von ihm lernen, was möglich ist, ehe er fortgeht. Ich werde ihn beobachten und ihm Fragen stellen, egal, wie er mich ansieht. Broud hat mich all die Jahre gehaßt, da ich beim Clan gelebt habe. Da kann ich es auch aushalten, wenn Jondalar . . . wenn er mich . . . haßt. Sie drückte die Augen zu, um die Tränen zurückzudrängen.

Sie griff nach ihrem Amulett und erinnerte sich, was Creb vor langer Zeit gesagt hatte: Wenn du ein Zeichen findest, das dein Totem für dich zurückgelassen hat, stecke es in deinen Amulettbeutel. Es wird dir Glück bringen. Ayla hatte alle diese Dinge in ihren Beutel gesteckt. Höhlenlöwe, ich habe jetzt so lange allein gelebt – jetzt muß mein Amulett mir Glück bringen.

Als sie zum Strom hinunterritt, war die Sonne bereits hinter den Klippen verschwunden, zwischen denen weiter stromaufwärts der Fluß hindurchfloß. Das Dunkel kam dann immer sehr schnell. Jondalar sah sie kommen und lief zum Fluß hinunter. Ayla hatte Winnie zu einem Galopp angetrieben, und als sie jetzt um die Felswand herumritt, wäre sie ums Haar mit ihm zusammengestoßen. Das Pferd scheute und hätte sie beinahe abgeworfen. Jondalar griff hinauf, um sie festzuhalten, doch als er nacktes Fleisch spürte, riß er – überzeugt, daß sie ihn verachtete – die Hand wieder fort.

Er haßt mich, dachte Ayla. Er kann nicht einmal ertragen, mich anzufassen. Sie schluckte einen Schluchzer hinunter und gab Winnie das Zeichen vorwärtszugehen. Das Pferd überquerte den steinübersäten Uferstreifen und stieg dann – Ayla auf dem Rücken – den steilen Pfad zur Höhle hinauf. Am Höhleneingang saß sie ab und schoß hinein; hätte sie doch nur sonst einen Ort, sich zu verstecken! Sie stellte den Eierkorb neben das Herdfeuer, raffte einen Armvoll Felle zusammen und trug sie dorthin, wo sie ihre Vorräte lagern hatte. Dort warf sie sich hinter der Darre und zwischen unbenutzten Körben, Matten und Schalen auf den Boden, schlüpfte hinein und zog sich ein Fell über den Kopf.

Gleich darauf vernahm Ayla Winnies Hufe, dann die des Füllens. Sie wurde von Schluchzern geschüttelt, kämpfte gegen die Tränen an und war sich die ganze Zeit über deutlich des Mannes bewußt, der sich da in ihrer Höhle bewegte. Wenn er doch bloß fortginge, damit sie wenigstens weinen konnte!

Sie hörte seine bloßen Füße auf dem Steinboden nicht, wußte jedoch, daß er da war und versuchte, sich zu beruhigen.

»Ayla?« sagte er. Sie gab keine Antwort. »Ayla, ich habe dir Tee gebracht.« Sie wurde ganz steif. »Ayla, du brauchst nicht hier hinten zu bleiben. Ich ziehe um. Ich lege mich auf die andere Seite der Feuerstelle.«

Er haßt mich! Er kann meine Nähe nicht ertragen, dachte sie und unterdrückte wieder ein Schluchzen. Wäre er doch fortgegangen! Würde er doch nur fortgehen!

»Ich weiß, es hilft dir nicht, aber ich muß es trotzdem sagen. Es tut mir leid, Ayla. Es tut mir mehr leid, als ich sagen kann. Ich hätte dir das nicht antun dürfen. Du brauchst mir nicht zu antworten, aber ich muß zu dir sprechen. Du bist mir gegenüber immer ehrlich gewesen – es wird Zeit, daß ich auch dir gegenüber mal rückhaltlos offen bin.

Seit du fortgeritten bist, habe ich nichts anderes getan, als über uns nachzudenken. Ich weiß nicht, warum ich . . . warum ich das getan habe, aber ich will versuchen, es zu erklären. Nachdem dieser Löwe mich angefallen hat und ich hier aufwachte, wußte ich nicht, wo ich war, und vor allem konnte ich nicht verstehen, warum du nicht mit mir reden wolltest. Du warst ein Geheimnis. Warum lebtest du hier ganz allein? Ich dachte mir eine Geschichte über dich aus, daß du ein Zelandoni wärest, der sich Prüfungen auferlegte, eine Heilige Frau, die dem Ruf Der Mutter folgte, Ihr zu dienen. Als du auf meine plumpen Versuche, die Wonnen mit mir zu teilen, nicht eingingst, dachte ich, das gehörte zu deinen selbstauferlegten Prüfungen. Und ich dachte, der Clan, bei dem du lebtest, wäre eine merkwürdige Gruppe von Zelandoni.«

Ayla hatte aufgehört zu schluchzen und lauschte seinen Worten, lag jedoch weiter regungslos da.

»Ich dachte nur an mich selbst, Ayla.« Er hockte sich vor sie hin. »Ich weiß nicht, ob du mir das glaubst, aber ich ... hm ... ich habe immer ... als attraktiver Mann gegolten. Den meisten Frauen war an meiner Aufmerksamkeit gelegen. Ich konnte mir auswählen, wen ich wollte. Ich dachte, du lehntest mich ab. Das war ich nicht gewohnt, und es hat meinen Stolz verletzt, doch das wollte ich nicht zugeben. Ich nehme an, das ist der eigentliche Grund, warum ich mir diese Geschichte über dich ausgedacht habe – um mir selbst gegenüber einen Grund zu sehen, warum du mich offenbar nicht wolltest.

Hätte ich aufmerksamer hingeschaut, hätte ich sehen müssen, daß du nicht eine erfahrene Frau warst, die mich abwies, sondern daß du dich eher verhieltest wie eine junge Frau vor ihren Riten der Ersten Wonnen – unsicher und ein wenig ängstlich und doch darauf bedacht zu gefallen. Wenn jemand hätte imstande sein sollen, das zu erkennen, dann ich – ich ..., aber lassen wir das. Das spielt keine Rolle.«

Ayla ließ die Felle herunterfallen und lauschte so angestrengt, daß sie das Blut in ihren Ohren rauschen hören konnte.

»Alles, was ich sehen konnte, war Ayla, die Frau. Und glaub mir, du siehst wirklich nicht wie ein Mädchen aus. Ich dachte, du wolltest mich aufziehen, als du mir erzähltest, du wärest groß und häßlich. Dabei hast du das gar nicht gewollt, nicht wahr? Du glaubst wirklich, du bist häßlich, oder? Vielleicht warst du für die Fl ..., für die Leute, die dich aufgezogen haben, zu groß und anders, Ayla – aber du solltest wissen, daß du nicht zu groß und häßlich bist. Du bist schön. Du bist die schönste Frau, die ich je gesehen habe.«

Sie hatte sich herumgewälzt und setzte sich auf. »Schön? Ich?« sagte sie – um dann, unfähig das glauben zu können, wieder unter ihren Fellen zu verschwinden; sie wollte nicht noch einmal verletzt werden. »Du machst dich über mich lustig.«

Er streckte die Hand aus, um sie anzufassen, zögerte dann jedoch und zog sie wieder zurück. »Ich kann es dir nicht verübeln, daß du mir nicht glaubst. Nicht nach dem, was ... was heute geschehen ist. Vielleicht sollte ich dem offen ins Auge sehen und versuchen, es zu erklären.

Es ist nicht leicht zu glauben, was du alles durchgemacht hast: verwaist und von ... von Leuten großgezogen, die so ganz anders sind. Ein Kind zu haben, das dir dann fortgenommen wurde. Gezwungen, dein Zuhause zu verlassen und dich einer fremden Welt zu stellen, und allein hier zu leben. Das ist eine härtere Prüfung, als je einer heiligen Frau einfallen würde, sich selbst aufzuerlegen. Viele hätten das nicht durchgehalten. Du bist nicht nur schön, Ayla, du bist stark. Innerlich bist du stark. Aber es ist möglich, daß du sogar noch stärker sein mußt.

Du mußt wissen, wie die Menschen über diejenigen denken, von denen du als Clan sprichst. Ich habe früher genauso gedacht – die Menschen halten sie für Tiere . . .«

»Sie sind keine Tiere.«

»Aber das habe ich nicht gewußt, Ayla. Manche Menschen hassen deinen Clan sogar. Warum, weiß ich nicht. Wenn ich darüber nachdenke, ist mir klar, daß man Tiere – richtige Tiere, auf die man Jagd macht – nicht haßt. Vielleicht ist es so, daß die Leute im Grunde ihres Herzens wissen, daß Flachschädel – denn auch so werden sie genannt, Ayla – Menschen sind. Nur sind sie eben so ganz anders. Da erschrickt man oder fühlt sich bedroht. Trotzdem zwingen manche Männer Flachschädel-Frauen – nun ja, eigentlich kann man es so nicht sagen, aber: Wonnen mit ihnen zu teilen. Vielleicht sollte man besser deinen Ausdruck gebrauchen, ihr Bedürfnis zu stillen. Ich kann zwar nicht begreifen, warum, aber sie reden von ihnen wie von Tieren. Ich weiß nicht, ob sie Tiere sind, wenn die Geister sich vermischen können und Kinder geboren werden . . .«

»Bist du sicher, daß es wirklich die Geister sind?« fragte sie. Er schien seiner Sache so sicher zu sein, daß sie geneigt schien, ihm Glauben zu schenken.

»Was immer es ist, jedenfalls bist du, Ayla, nicht die einzige, die ein Kind hat, das eine Mischung zwischen Menschen und Flachschädeln ist, obwohl die Leute darüber nicht reden . . .«

»Sie sind der Clan, und sie sind Menschen«, fiel sie ihm ins Wort.

»Du wirst diese Bezeichnung noch oft hören, Ayla. Ich muß dir das einfach sagen. Außerdem mußt du wissen, daß, wenn ein Mann einer *Clan*-Frau Gewalt antut, das zwar nicht gebilligt, wohl aber darüber hinweggesehen wird. Wenn jedoch eine Frau die Wonnen mit einem Flachschädel-Mann teilt . . . dann ist das für manche Leute unverzeihlich.«

»Monströs?«

Jondalar wurde blaß, machte jedoch keinen Rückzieher. »Ja, monströs.«

»Ich bin nicht monströs!« begehrte sie auf. »Und Durc ist

auch kein Monstrum! Ich habe es nicht gemocht, was Broud mir angetan hat, aber monströs war es nicht. Wenn es irgendein anderer Mann gewesen wäre, der nur sein Bedürfnis an mir gestillt hätte, ohne mich dabei zu hassen, so hätte ich das hingenommen wie jede andere Clan-Frau auch. Es ist keine Schande, im Clan eine Frau zu sein. Ich wäre bei ihnen geblieben, sogar als Brouds zweite Frau, wenn man mich gelassen hätte. Bloß um meinem Sohn nahe zu sein. Es ist mir gleichgültig, wie viele Menschen das mißbilligen.«

Er mußte sie bewundern; dennoch – es würde nicht leicht für sie sein. »Ayla, ich sage ja gar nicht, daß du dich schämen müßtest. Ich sage dir nur, worauf du dich einstellen mußt, was dir bevorsteht. Vielleicht könntest du einfach sagen, du stammtest von einem anderen Volk.«

»Jondalar, warum rätst du mir, Worte zu sagen, die nicht wahr sind? Ich kann das nicht. Im Clan spricht keiner die Unwahrheit – das würde herauskommen. Man könnte es sehen. Selbst wenn man sich hütet, irgend etwas zu sagen – es kommt doch heraus. Manchmal ist es gestattet – aus Höflichkeit. Trotzdem weiß jeder Bescheid. Ich kann es sehen, wenn du Worte sagst, die nicht wahr sind. Dein Gesicht verrät es mir, deine Schultern, deine Hände . . .«

Schamröte schoß ihm ins Gesicht. Waren seine Lügen so durchsichtig? Wie froh er war, sich entschlossen zu haben, ihr gegenüber rückhaltlos offen und aufrichtig zu sein. Vielleicht konnte er etwas von ihr lernen. Ihre Aufrichtigkeit und Geradheit machten einen Teil ihrer inneren Stärke aus.

»Ayla, du brauchst nicht lügen zu lernen; aber ich dachte, ich sollte dir diese Dinge sagen, ehe ich fortgehe.«

Ayla spürte, wie sich ihr der Magen verkrampfte und sich ihr der Hals zuschnürte. Er will fort. Sie wollte sich wieder in ihren Fellen vergraben und ihren Kopf verbergen. »Ich habe mir gedacht, daß du das tun würdest«, sagte sie. »Aber du hast ja nichts, um zu reisen. Was brauchst du?«

»Wenn ich ein paar von deinen Feuersteinen haben könnte – ich kann Werkzeuge machen und einige Speere. Und wenn du mir sagst, wo die Kleidung ist, die ich anhatte, als ich herkam, würde ich die gern heil machen. Die Provianttasche müßte eigentlich noch ganz in Ordnung sein, wenn du sie aus der Schlucht mitgebracht hast.«

»Was ist eine Provianttasche?«

»Genauso wie ein Traggestell dient sie zum Transport von etwas. Nur trägt man sie nicht auf dem Rücken, sondern über der Schulter. Im Zelandonii haben wir kein Wort dafür; die Mamutoi benutzen sie. Was ich getragen habe, war Mamutoi-Kleidung . . .«

Ayla schüttelte den Kopf. »Warum ist das ein anderes Wort?«

»Mamutoi ist eine andere Sprache.«

»Eine andere Sprache? Welche Sprache hast du mir denn beigebracht?«

Jondalar hatte das Gefühl, als würden ihm die Knie weich. »Meine Sprache – Zelandonii. Ich dachte nicht . . .«

»Und die Zelandonii – die leben im Westen?«

»Ja, natürlich – nur: sehr weit weg im Westen. Die Mamutoi leben in der Nähe.«

»Jondalar, du hast mich eine Sprache gelehrt, wie Menschen sie sprechen, die sehr weit fort von hier leben, und die die Menschen in der Nähe nicht sprechen. Warum?«

»Ich . . . darüber habe ich nicht nachgedacht. Ich habe dir einfach meine Sprache beigebracht«, sagte er. Plötzlich war ihm hundeelend zumute. Er hatte aber auch wirklich überhaupt nichts richtig gemacht!

»Und du bist der einzige, der sie sprechen kann?«

Er nickte. Ihr drehte sich der Magen um. Sie hatte gedacht, er wäre hierhergeschickt worden, um sie das Sprechen zu lehren, und nun konnte sie nur mit ihm sprechen! »Jondalar, warum hast du mir nicht die Sprache beigebracht, die alle können?«

»Eine Sprache, die alle können, gibt es nicht.«

»Ich meine die Sprache, die du benutzt, wenn du mit deinen Geistern sprichst, oder meinetwegen auch mit deiner Großen Mutter.«

»Wir haben keine Sprache, die nur dem Gespräch mit Ihr vorbehalten ist.«

»Wie redest du denn mit Menschen, die deine Sprache nicht können?«

»Wir lernen die des anderen. Ich kann drei Sprachen und ein paar Wörter in einigen anderen.«

Ayla zitterte wieder. Sie hatte geglaubt, ihr Tal verlassen und mit den Menschen reden zu können, denen sie begegnen würde. Was jetzt? Sie erhob sich; auch er stand auf. »Ich möchte alle deine Wörter kennen, Jondalar. Ich muß sprechen lernen. Du mußt es mir beibringen. Du mußt, unbedingt.«

»Ayla, ich kann dir nicht noch zwei Sprachen beibringen. Dazu braucht man Zeit. Ich kann sie ja nicht mal vollkommen – dazu gehört mehr als das Wörter-Können.«

»Aber wir können mit den Wörtern anfangen. Wir müssen ganz von vorn anfangen. Was heißt *Feuer* auf Mamutoi?«

Er sagte es ihr und wollte abermals Einspruch erheben, doch sie ließ sich nicht beirren und fragte ein Wort nach dem anderen ab, in genau derselben Reihenfolge, wie sie sie in der Zelandonii-Sprache gelernt hatte. Nachdem sie eine ganze Liste durchhatte, unterbrach er sie abermals. »Ayla, was nützt es, wenn ich dir so viele Wörter hersage? Du kannst sie doch unmöglich einfach so behalten.«

»Ich weiß, mein Gedächtnis könnte besser sein. Sag mir, welche Wörter falsch sind.«

Sie kehrte noch einmal zu dem Wort *Feuer* zurück und wiederholte dann sämtliche Wörter in beiden Sprachen. Als sie endlich fertig war, konnte er sie nur bewundernd ansehen. Ihm fiel ein, daß es nicht die Wörter gewesen waren, die ihr beim Erlernen des Zelandonii Schwierigkeiten bereitet hatten, sondern Struktur und Konzeption der Sprache ganz allgemein.

»Wie machst du das?«

»Habe ich eines ausgelassen?«

»Nein, kein einziges.«

Erleichtert lächelte sie. »Als ich jung war, war es viel schlimmer. Ich mußte immer alles mehrere Male wiederholen. Ich weiß nicht, wieso Iza und Creb eine solche Geduld für mich aufgebracht haben. Selbstverständlich meinten einige, ich sei nicht besonders klug. Jetzt geht es mir damit besser, aber dazu hat Übung gehört, und trotzdem erinnert sich jeder im Clan immer noch besser als ich.«

»Jeder in deinem Clan ist beim Auswendiglernen besser als du – so wie du es mir eben gezeigt hast?«

»Sie vergessen nie etwas. Allerdings werden sie ja auch mit dem Wissen um fast alles geboren, was sie wissen müssen; infolgedessen brauchen sie auch nicht viel zu lernen. Sie brauchen sich nur zu erinnern. Sie haben . . . Erinnerungen – ich weiß nicht, wie ich es sonst nennen soll. Wenn ein Kind größer wird, braucht man ihm etwas nur einmal zu sagen – man braucht es nur daran zu erinnern. Erwachsene braucht man nicht mehr zu erinnern, das tun die von selbst. Aber ich hatte die Clan-Erinnerung nicht. Deshalb mußte Iza alles wiederholen, ehe ich es fehlerlos behielt und mich dran erinnern konnte.«

Jondalar wußte sich nicht zu fassen. Ihre Gedächtnisfähigkeit war unglaublich; im übrigen hatte er Schwierigkeiten, die Vorstellung der Clans-Erinnerungen nachzuvollziehen.

»Manche Leute meinten, ich könnte ohne Izas Erinnerungen keine Medizinfrau werden, aber Iza hat gesagt, ich wäre durchaus gut genug, auch wenn ich mich nicht so gut erinnern könnte. Sie sagte, ich besäße andere Gaben, die sie nicht begriff, etwa die Fähigkeit zu erkennen, was los sei, und die beste Behandlungsmethode zu finden. Sie brachte mir bei, wie man neue Heilkräuter ausprobiert, damit ich Mittel und Wege für ihre Anwendung fände, ohne ein direktes Pflanzenerinnerungsvermögen zu haben. Auch haben sie eine alte Sprache. Darin gibt es keine Laute, nur Gebärden. Jeder kann die Alte Sprache, sie benutzen sie bei Zeremonien und zur Anrufung von Geistern und auch, wenn sie die gewöhnliche Sprache eines anderen nicht verstehen. Auch die habe ich gelernt.

Weil ich alles lernen mußte, habe ich mir angewöhnt, immer genau aufzupassen und mich zu konzentrieren, um mich hinterher zu erinnern, ohne daß ein anderer *mich* erinnern mußte und die Leute nicht die Geduld mit mir verloren.«

»Verstehe ich dich recht? Die Clansangehörigen verstehen alle ihre eigene Sprache und darüber hinaus noch eine Art alter Sprache, die allgemein verstanden wird? Jeder kann sich mit jedem anderen unterhalten – das heißt: sich verständlich machen und ihn verstehen?«

»Auf dem Clans-Treffen konnten das jedenfalls alle.«

»Reden wir über dieselben Leute? Über Flachschädel?«

»Wenn du den Clan so nennst? Ich habe dir ja gesagt, wie sie aussehen«, erklärte Ayla und senkte den Blick dann zu Boden. »Und da hast du gesagt, ich sei monströs.«

Sie erinnerte sich sehr wohl an den eisigen Blick, der seinen Augen alle Wärme entzog, die zuvor darin gewesen war, hatte das Erschaudern nicht vergessen, mit dem er sich losgerissen hatte, die Verachtung. Das war gerade in dem Augenblick geschehen, da sie ihm vom Clan erzählt und sie geglaubt hatte, sie verständen sich besonders gut. Es schien ihm schwerzufallen, das, was sie gesagt hatte, zu akzeptieren. Plötzlich beschlich sie Unbehagen; sie hatte allzu zuversichtlich gesprochen. Rasch ging sie zum Feuer hinüber, sah die Moorhühner, die Jondalar neben den Eiern hingelegt hatte, und fing an, sie zu rupfen, bloß um etwas zu tun.

Jondalar hatte beobachtet, wie ihr Argwohn gewachsen war. Er hatte sie zu sehr gekränkt und würde ihr Vertrauen nie zurückgewinnen, obwohl er das eine Zeitlang gehofft hatte. Die Verachtung, die ihn jetzt befiel, galt ihm selbst. Er raffte ihre Felle zusammen und trug sie zurück zu ihrer Lagerstatt; dort nahm er dann diejenigen, die er selbst benutzt hatte, und trug sie an eine Stelle auf der anderen Seite des Feuers.

Ayla legte die Vögel nieder – ihr war nicht nach Federviehrupfen – und eilte auf ihr Lager. Sie wollte nicht, daß er das Wasser sah, das ihr in die Augen trat.

Jondalar versuchte, die Felle möglichst behaglich um sich auszubreiten. Erinnerungen, hatte sie gesagt. Flachschädel hatten eine besondere Art von Erinnerungsvermögen und geboten über eine Gebärdensprache, die sie alle kannten? War das möglich? Schwer zu glauben – bis auf eines: Ayla sagte niemals die Unwahrheit.

Ayla hatte sich in den letzten Jahren an Stille und Einsamkeit gewöhnt. Wenn sie auch die Gegenwart eines anderen in gewisser Weise genoß, so erforderte sie dennoch eine gewisse Anpassung und ein bestimmtes Maß an Entgegenkommen, doch hatte der Aufruhr und das Wechselbad ihrer Gefühle heute sie völlig erschöpft und ausgepumpt zurückgelassen. Sie wollte einfach nicht mehr fühlen, über etwas nachdenken oder auf etwas reagieren, was der Mann, der ihre Höhle mit ihr teilte, sagte. Sie wollte nur noch ihre Ruhe haben.

Doch der Schlaf wollte sich nicht einstellen. Sie war sich ihrer Fähigkeit zu reden so sicher gewesen! Hatte ihr ganzes Bemühen und ihre ganze Konzentration hineingelegt, und jetzt kam sie sich getäuscht vor. Warum hatte er ihr die Sprache beigebracht, mit der er großgeworden war? Er wollte fort. Sie würde ihn nie wiedersehen. Ihr blieb nichts anderes übrig, als im Frühling fortzuziehen und sich auf die Suche nach Menschen zu begeben, die mehr in ihrer Nähe lebten – und vielleicht einen anderen Mann finden.

Aber sie wollte keinen anderen Mann. Sie wollte Jondalar mit seinen Augen und seiner Art, sie anzurühren. Ihr fiel wieder ein, wie es zu Anfang mit ihm gewesen war. Er war der erste Mann ihrer Leute, den sie je gesehen, und in einer ganz allgemeinen Weise stand er für sie alle. Er war für sie nicht richtig ein Individuum. Sie wußte nicht, wo er aufhörte, ein Beispiel zu sein und wo er – einzigartig – Jondalar wurde. Sie wußte nur, daß ihr der Laut seines Atems und seine Wärme neben ihr fehlten. Der Leere der Lagerstatt, die er bisher eingenommen hatte, entsprach die schmerzliche Leere in ihr selbst.

Auch Jondalar konnte nicht einschlafen. Es war, als wollte sich keine behagliche Lage finden lassen. Die Seite, an der sie gelegen hatte, war kalt, und sein Schuldbewußtsein bohrte. Er konnte sich nicht erinnern, einen schlimmeren Tag gehabt zu haben; jetzt hatte er ihr nicht einmal die richtige Sprache beigebracht! Wann würde sie jemals Zelandonii sprechen können? Seine Leute lebten eine Jahresreise von ihrem Tal entfernt, und das auch nur, wenn man unterwegs keine größere Pause einlegte.

Er dachte über die Reise nach, die er mit seinem Bruder gemacht hatte. Alles kam ihm so sinnlos vor. Wie lange war es her, daß sie losgezogen waren? Drei Jahre? Das bedeutete, mindestens vier Jahre, ehe er zurückkam. Vier Jahre seines Lebens vorbei. Ohne jeden Zweck. Sein Bruder tot. Jetamio tot, und das Kind von Thonolans Geist auch. Was blieb ihm denn noch?

Jondalar hatte seit seiner Jugend gelernt, seine Gefühle zu beherrschen, doch auch er wischte sich die Feuchtigkeit mit Fellen fort. Er weinte nicht nur um seinen Bruder, sondern auch um sich selbst: um den Verlust, den er erlitten hatte, und um die vertane Chance, die wunderbar hätte sein können.

25

Jondalar schlug die Augen auf. Er hatte so lebhaft von zu Hause geträumt, daß die rauhen Höhlenwände ihm ganz vertraut vorkamen, so als wäre der Traum Wirklichkeit und Aylas Höhle ein Teil von einem Traum. Die letzten Reste des Schlafs verflüchtigten sich, die Wände schienen verrückt. Doch dann wachte er endgültig auf und erkannte, daß er nur alles aus einer anderen Perspektive sah als zuvor – er lag weit hinter der Feuerstelle.

Ayla war fort. Zwei gerupfte Moorhühner und der Deckelkorb, in dem sie lose Federn aufhob, standen neben dem Herdfeuer; sie mußte seit geraumer Zeit auf sein. Der Becher, den er für gewöhnlich benutzte – derjenige, der so gearbeitet war, daß die Holzmaserung den Eindruck eines kleinen Tieres hervorrief – war hingestellt worden. Daneben stand ein dichtgeflochtener Korb, in dem sie seinen Morgentee ziehen ließ, und ein frisch entrindeter Birkenzweig. Sie wußte, daß er gern auf einem Zweig herumkaute, bis dieser ein zerfasertes Ende aufwies, das er benutzte, um sich die Zähne damit von der Schicht zu befreien, die sich die Nacht über darauf gebildet hatte, und hatte es sich zur Gewohnheit gemacht, ihm morgens einen bereitzulegen.

Er stand auf und streckte sich. Sein Lager war ungewohnt hart gewesen, daß er sich ganz steif fühlte. Zwar hatte er auch vorher schon auf hartem Boden geschlafen, doch eine Strohschütte war etwas ganz anderes und roch sauber und süß. Ayla wechselte das Stroh regelmäßig, so daß sich kein muffiger Geruch festsetzen konnte.

Der Tee in dem Korb-Topf war heiß – sie konnte also noch nicht lange fort sein. Er schenkte sich ein und schnupperte an dem warmen, pfefferminzartigen Aroma. Er machte jedesmal ein Spiel daraus zu erraten, welche Kräuter sie heute benutzt hatte. Er nippte und meinte, den Geschmack von Johannisbeer- und vielleicht auch Luzerneblättern herauszuschmecken. Dann nahm er Becher und Zweig mit nach draußen.

Am Rande des Simses stehend, von dem aus er fast das ganze Tal überblicken konnte, kaute er auf seinem Zweig und verfolgte, wie sein Wasser in weitem Bogen hinunterfiel und die Felswand benetzte. Er war immer noch nicht ganz wach. Was er machte, tat er rein aus Gewohnheit. Als er fertig war, schrubbte er sich die Zähne mit dem zerkauten Zweigende und spülte sich dann den Mund mit Tee. Das war schon zu einem Ritual geworden und erfrischte ihn jedesmal; und für gewöhnlich überlegte er gleich hinterher seine Pläne für den Tag.

Erst als er den letzten Schluck Tee getrunken hatte, kam ihm alles siedend heiß zum Bewußtsein und war alle Selbstgefälligkeit wie weggewischt. Das heute war kein Tag wie jeder andere. Dafür hatte das gesorgt, was er gestern getan. Schon wollte er den kleinen Zweig fortwerfen, da bemerkte er ihn, hielt ihn in die Höhe, zwirbelte ihn zwischen Daumen und Zeigefinger und dachte darüber nach, was er alles bedeutete.

Wie mühelos er sich daran gewöhnt hatte, daß sie für ihn sorgte; schließlich tat sie es unaufdringlich und mit sehr viel Anmut. Er brauchte nie um etwas zu bitten, sie kam seinen Wünschen einfach zuvor. Der kleine Birkenzweig war ein gutes Beispiel dafür. Offensichtlich war sie vor ihm wach gewesen, hinausgegangen, einen zu holen, hatte ihn von der Rinde befreit und ihn für ihn zurechtgelegt. Wann hatte sie damit angefangen? Er entsann sich: als er es zum ersten Mal den Pfad hinunter geschafft hatte, hatte er sich selbst einen gebrochen. Am nächsten Morgen hatte ein Zweig neben seinem Becher gelegen, und er war sehr dankbar gewesen. Er hatte damals noch Schwierigkeiten mit dem steilen Pfad gehabt.

Und der heiße Tee. Gleichgültig, um welche Zeit er aufwachte, der Tee stand bereit. Woher wußte sie, wann sie das Wasser aufzusetzen hatte? Als sie ihm morgens das erste Mal Tee gebracht hatte, war ihm wohl anzumerken gewesen, wie sehr er das zu schätzen wußte. Doch wann hatte er ihr das letztemal gedankt? Und wie viele andere Gefälligkeiten hatte sie ihm auf so unaufdringliche Weise erwiesen? Nie macht sie irgendwelches Gehabe darum. Marthona ist so, dachte er; sie versteht es, ihre Gaben und ihre Zeit so anmutig herzugeben, daß niemand sich je verpflichtet fühlt. Wann immer er sich zu helfen erbot, schien Ayla überrascht, war aber gleichwohl so dankbar – als ob sie wirklich keinerlei Gegenleistungen für all das erwartete, was sie für ihn getan hatte.

»Ich habe ihr weniger denn nichts gegeben«, sagte er laut. »Und selbst nach dem, was gestern . . .« Er hielt den kleinen Zweig hoch, zwirbelte ihn zwischen den Fingern hin und her und schnippte ihn über den Rand des Simses.

Er sah Winnie und das Füllen unten auf der Weide in einem weiten Kreis hintereinander herjagen; sie waren ausgelassen, und er verspürte eine gewisse Erregung angesichts der dahinjagenden Pferde. »Schau nur, was für Beine es macht. Dieses Hengstfohlen kann wirklich laufen! Ich glaube, auf einer kurzen Strecke würde es seine Mutter weit abhängen.«

»Das tun Junghengste auf kurzer Strecke oft, aber auf längeren Strecken halten sie noch nicht durch«, sagte Ayla, die eben oben am Pfad auftauchte. Jondalar fuhr herum; seine Augen leuchteten und sein Lächeln war erfüllt von Stolz auf das Hengstfohlen. Seiner Begeisterung konnte man kaum widerstehen, und so lächelte sie trotz aller Befürchtungen. Sie hatte gehofft, daß der Mann Zuneigung zu dem jungen Pferd entwickeln würde – nicht, daß das noch eine Rolle spielte.

»Ich hatte mich schon gewundert, wo du warst«, sagte er. Ihre Gegenwart machte ihn verlegen, und sein Lächeln schwand.

»Ich habe in der Grube draußen ein Feuer für die Moorhühner gemacht und bin gerade hin, um nachzusehen, was sie machen.« Er scheint nicht sonderlich glücklich, mich zu sehen, dachte sie und wandte sich ab, um in die Höhle zu gehen. Auch ihr Lächeln schwand.

»Ayla!« rief er und eilte hinter ihr her. Als sie sich daraufhin umdrehte, wußte er nicht, was er sagen sollte. »Ich . . . hm . . . ich wollte gern wissen . . . hm . . . ich würde gern ein paar Werkzeuge machen. Wenn du nichts dagegen hast, selbstverständlich. Ich möchte nicht deinen ganzen Feuersteinvorrat aufbrauchen.«

»Ich habe nichts dagegen. Das Hochwasser nimmt jedes Jahr einige fort und bringt neue«, sagte sie.

»Dann wird er wohl aus einer Kalkablagerung weiter flußaufwärts herausgewaschen. Wenn ich wüßte, daß es nicht weit ist, würde ich hingehen und welche direkt von der Quelle holen. Der Stein ist soviel besser, wenn er noch bergfrisch ist. Er läßt sich dann viel besser bearbeiten. Dalanar holt seinen aus einer Ablagerung in der Nähe der Höhle, und die Qualität von Zelandonii-Flint ist überall bekannt.«

Die Begeisterung kehrte in seine Augen zurück – wie immer, wenn er über sein Handwerk redete. Droog war genauso, dachte Ayla. Er liebte das Herstellen von Werkzeug und Gerät und alles, was damit zusammenhing. Sie lächelte, als sie daran dachte, wie Droog entdeckt hatte, daß Agas kleiner Sohn – derjenige, der zur Welt gekommen war, nachdem sie zusammengegeben worden waren – lustvoll Steine gegeneinanderschlug. Droog war so stolz gewesen, daß er ihm sogar einen Hammerstein geschenkt hatte. Er tat nichts lieber, als sein Können weiterzugeben; er hat nicht einmal etwas dagegen gehabt, mich einzuweihen, obwohl ich ein Mädchen war.

Jondalar bemerkte ihr Nach-innen-gekehrt-Sein sowie den Hauch eines Lächelns, der ihren Mund umspielte. »Woran denkst du, Ayla?« fragte er.

»An Droog. Er war Werkzeugmacher und ließ mich ihm bei der der Arbeit zusehen, wenn ich mich ganz still verhielt und ihn in seiner Konzentration nicht störte.«

»Du kannst mir zusehen, wenn du möchtest«, sagte Jondalar.

»Ja, ich hatte gehofft, du würdest mir einmal die Techniken zeigen, nach denen du vorgehst.«

»Ich verstehe mich nicht besonders gut darauf. Zwar kann ich die Werkzeuge machen, die ich brauche, aber Droogs sind viel besser als meine.«

»Deine Werkzeuge erfüllen vollkommen ihren Zweck. Was ich gern sähe, sind die Techniken, mit denen du arbeitest.«

Ayla nickte und ging in die Höhle hinein. Jondalar wartete, und als sie nicht gleich wieder zum Vorschein kam, fragte er sich, ob sie jetzt oder später gemeint hatte. Schon wollte er ihr folgen, da tauchte sie am Eingang auf, woraufhin er so hastig zurücksprang, daß er fast gestolpert wäre. Er wollte sie nicht durch eine unabsichtliche Berührung kränken.

Ayla holte Atem, straffte die Schultern und reckte das Kinn. Vielleicht konnte er es nicht gut ertragen, in ihrer Nähe zu sein; von ihr würde er jedoch nicht erfahren, wie sehr das verletzte. Er würde ohnehin früh genug fort sein. Sie schickte sich an, mit den beiden Moorhühnern, den Eiern und einem oben verschnürten Fellbündel beladen, den steilen Pfad hinunterzugehen.

»Laß mich dir tragen helfen«, sagte Jondalar und eilte hinter ihr her. Sie blieb gerade lange genug stehen, um ihm den Korb mit den Eiern zu geben.

»Erst müssen die Moorhühner aufgesetzt werden«, sagte sie, als sie das Bündel am Uferstreifen niederlegte. Das war nichts weiter als eine Feststellung, doch hatte Jondalar das Gefühl, als erwartete sie seine Zustimmung. Damit hatte er so unrecht nicht. Trotz jahrelanger Unabhängigkeit wurde vieles von dem, was sie tat, noch von den Sitten und Gebräuchen des Clans geprägt. Sie war es nicht gewohnt, etwas anderes zu tun, wenn ein Mann ihr etwas aufgetragen oder sie darum gebeten hatte.

»Aber natürlich, nur zu. Ich muß sowieso mein Handwerkszeug holen, ehe ich den Feuerstein bearbeiten kann«, sagte er.

Sie trug die fetten Vögel um die Wand herum zu einer Grube, die sie gegraben und mit Steinen ausgelegt hatte. Zwar war das Feuer unten in der Grube aus, doch zischte es, als sie ein paar Tropfen Wasser auf die Steine sprenkelte. Überall im Tal hatte sie nach der richtigen Zusammenstellung von Kräutern und Gewürzen gesucht und sie zu diesem Steinofen gebracht. Des leicht salzigen Geschmacks wegen nahm sie Huflattich; als Beilage dienten Brennesseln, Fuchsschwanz und Sauerklee; den eigentümlichen Geschmack steuerten Zwiebeln, knoblauchähnlich-schmeckender Bärlauch, Salbei und Basilikum bei. Geschmacksbildend wirkten sich auch der Rauch und die leicht salzige Asche aus.

Die Moorhühner bekamen eine Füllung aus ihren eigenen, auf Grünzeug gebetteten Eiern – drei in einem, vier in dem anderen Vogel. Zwar hatte sie die Moorhühner zuvor immer mit Weinlaub umwickelt, ehe sie sie in die Grube hinabgelassen hatte, doch Wein wuchs nicht in ihrem Tal. Da war ihr eingefallen, daß man Fisch manchmal garte, indem man ihn in frisches Heu einwickelte; warum sollte das bei den Moorhühnern nicht auch gehen? Nachdem die Vögel unten in der Grube lagen, legte sie auch noch Gras obendrauf und häufte dann Felsgestein und Erde darüber.

Jondalar hatte inzwischen eine ganze Reihe von Gerätschaften aus Hirschhorn, Knochen und Steinen um sich herum ausgebreitet, von denen Ayla manches bereits kannte. Manches war ihr aber auch völlig unbekannt. Jetzt schnürte sie ihr Bündel auf und legte ihre Gerätschaften griffbereit neben sich, setzte sich dann hin und breitete den Lederschurz über ihren Schoß. Das war ein guter Schutz; denn Feuerstein konnte zu nadelscharfen Spitzen zersplittern. Sie warf einen Blick auf Jondalar, der all ihre aus Knochen und Stein bestehenden Stücke sehr interessiert betrachtete.

Er schob mehrere Steinknollen zu ihr hinüber. Ihr fielen zwei auf, die ganz nahe bei ihr lagen, und mußte an Droog denken. Ein guter Werkzeugmacher bewies sein Können bereits bei der Auswahl, fiel ihr ein. Was sie wollte, waren feinkörnige Steine; folglich sah sie sie durch und entschied sich dann für einen kleineren Stein. Beifällig nickte Jondalar, ohne sich dessen bewußt zu sein.

Sie dachte an den kleinen Jungen, der seine Neigung zum Steinschlagen und Werkzeugmachen bereits zu erkennen gegeben hatte, als er kaum hatte laufen können. »Hast du immer gewußt, daß du Steine bearbeiten würdest?« erkundigte sie sich.

»Eine Zeitlang hatte ich gedacht, ich würde Bildhauer werden und vielleicht sogar Der Mutter Dienen oder mit denen zusammenarbeiten, Die Der Mutter Dienen.« Schmerzlich und voller Sehnsucht verzog sich sein Gesicht. »Dann wurde ich zu Dalanar geschickt und erlernte statt dessen die Kunst des Steinschlägers. Das war eine gute Entscheidung – mir gefällt das Handwerk, und ich bin nicht ungeschickt darin. Ein großer Bildhauer wäre ich nie geworden.«

»Was ist das, ein Bildhauer, Jondalar?«

»Ja, das ist es! Genau das fehlt hier!« Verblüfft und überrascht sah Ayla auf. »Es gibt hier keine Bildwerke, keine Malereien, keine Perlen, überhaupt keine Verzierungen. Nicht einmal Farbe.«

»Ich verstehe nicht . . .«

»Tut mir leid, Ayla. Woher solltest du wissen, wovon ich rede? Ein Bildhauer ist jemand, der Tiere aus Steinen macht.«

Ayla legte die Stirn in Falten. »Wie kann jemand Tiere aus Steinen machen? Ein Tier besteht aus Fleisch und Blut; es lebt und atmet.«

»Ich meine keine richtigen Tiere. Ich meine, ein Abbild, eine Darstellung von Tieren. Ein Bildhauer schlägt aus dem Stein das Abbild eines Tieres heraus – macht, daß der Stein aussieht wie ein Tier. Manche Bildhauer machen auch Abbilder der Großen Erdmutter, nachdem sie Sie in einer Vision gesehen haben.«

»Ein Abbild? Aus Stein?«

»Auch aus anderem Material. Aus den Stoßzähnen von Mammuts zum Beispiel, aus Knochen, Hirschhorn. Ich habe sogar von Leuten gehört, die Bilder aus Schlamm machen. Ja, aber was das betrifft: Ich habe sogar schon ein paar sehr hübsche Standbilder aus Schnee gesehen.«

In dem Bemühen zu begreifen, hatte Ayla den Kopf geschüttelt – bis er ›aus Schnee‹ sagte. Da fiel ihr jener Wintertag ein, an dem sie ganze Schalen voll Schnee neben der Höhle aufeinandergeschichtet hatte. Hatte sie sich da nicht eine Zeitlang vorgestellt, der Schneehaufen sehe aus wie Brun?

»Ein Abbild aus Schnee? Ja.« Sie nickte. »Ich glaube, ich verstehe.«

Er war sich nicht sicher, ob sie wirklich verstand, doch wußte er nicht, wie er ihr ohne ein Bildwerk oder eine Schnitzerei als Beispiel deutlich machen sollte, worum es ging. Wie düster und freudlos ihr Leben gewesen sein muß, da sie unter Flachschädeln herangewachsen war. Selbst ihre Kleidung ist nichts weiter als zweckmäßig. Haben sie denn nichts anderes gekannt als Jagen, Essen und Schlafen? Wo sie doch nicht einmal die Gaben Der Mutter zu schätzen wußten! Keine Schönheit, nichts Geheimnisvolles, keine Phantasie. Ich möchte mal wissen, ob sie sich darüber im klaren ist, was ihr alles entgangen ist.

Ayla nahm den kleinen Flintknollen zur Hand und betrachtete ihn eingehend von allen Seiten. Sie war bemüht, sich darüber klarzuwerden, wo sie anfangen sollte. Sie beschloß, kein Handbeil zu machen – das war sogar in Droogs Augen ein besonders einfaches, wenn auch unentbehrliches Werkzeug. Aber sie nahm nicht an, daß die Fertigung eines Handbeils jene Technik erforderte, für die Jondalar sich interessierte. Sie griff nach einem Gerät, das in der Ansammlung von Werkzeugen des Mannes fehlte: dem Fußknochen eines Mammuts – jenem federnden Knochen, auf dem ihr Feuerstein bei der Bearbeitung ruhte, damit er nicht einfach barst oder zersplitterte. Sie drehte ihn um, bis er die richtige Lage zwischen ihren Beinen gefunden hatte.

Als nächstes griff sie nach ihrem Hammerstein. Eigentlich bestand kein großer Unterschied zwischen seinem und ihrem Steinschlegel, nur daß ihrer kleiner war und damit besser in ihre Hand paßte. Den Feuerstein oder Flintknollen auf ihrem Mammutknochen-Amboß festhaltend, schlug Ayla einmal kräftig zu. Ein Stück der äußeren Kruste oder Ummantelung sprang ab und gab den Blick auf den dunkelgrauen Kern frei. Das Stück, das abgeblättert war, wies dort, wo der Hammerstein es getroffen hatte, eine deutlich erkennbare Delle – eben die Schlagdelle – auf und lief am andern Ende in einem dünnen Rand aus. Es könnte als Schneidewerkzeug dienen, und die ersten Messer, die je hergestellt wurden, waren nichts anderes als eben diese Splitter mit den scharfen Rändern. Die Werkzeuge jedoch, die Ayla machen wollte, erforderten eine weit fortgeschrittenere und kompliziertere Technik.

Eingehend betrachtete sie die tiefe Narbe, die am Kern des Steins zurückgeblieben war: die Aushöhlung, die der Splitter zurückgelassen hatte. Die Farbe stimmte, und der Stein war von sehr glatter Beschaffenheit, ja, hatte geradezu etwas Wachsartiges. Irgendwelche Fremdkörper waren nicht in den Stein eingebettet. Folglich ließen sich gute Werkzeuge herausschlagen. Sie schlug noch ein Teil von der Kruste ab.

Da sie fortfuhr, Teile der Rinde abzuschlagen, konnte Jondalar sehen, wie sie den eigentlichen Flintsteinkern aus der Kreidehülle herausarbeitete. Nachdem sie die Hülle losgeschlagen hatte, klopfte sie noch hier eine kleine Erhebung und dort einen unerwünschten Buckel ab, bis der Flintkern aussah wie ein etwas abgeflachtes Ei. Dann wechselte sie den Hammerstein gegen einen kräftigen Knochenschlegel aus. Den Feuerstein auf die Seite legend und sich vom Rand bis zur Mitte vorarbeitend, schlug sie mit diesem Beinschlegel oder Knochenhammer Stücke von der Kuppe des Steins ab. Der Knochen war elastischer, als der Hammerstein zuvor es gewesen war, und die abspringenden Flintsplitter waren länger und dünner und wiesen eine flachere Schlagdelle auf. Als sie fertig war, zeigte das ziemlich große Steinei eine recht flache ovale Kuppe, gleichsam als wäre es oben abgeschnitten worden.

Dann hielt sie inne, griff nach dem um ihren Hals hängenden

Amulett, schloß die Augen und richtete stumm ihre Gedanken auf den Geist des Höhlenlöwen. Droog hatte stets vor dem nächsten Schritt einer Arbeit die Hilfe seines Totems erfleht. Es bedurfte nicht nur des handwerklichen Könnens, es gehörte auch Glück dazu, und heute, wo Jondalar ihr so aufmerksam zusah, war sie besonders nervös. Sie wollte es richtig machen und spürte, daß die Herstellung dieser Geräte wichtiger war als die Geräte selbst. Wenn sie den Stein verdarb, fiel damit ohne Zweifel ein Schatten des Zweifels auf Droog und des gesamten Clans Fähigkeiten, da konnte sie noch so oft wiederholen, daß sie schließlich keine gelernte Werkzeugmacherin sei.

Jondalar war ihr Amulett vorher schon aufgefallen, doch erst als er es sie jetzt mit beiden Händen umfassen und dabei die Augen schließen sah, überlegte er, was es damit auf sich haben mochte. Sie schien das Beutelchen voller Ehrfurcht zu behandeln, ungefähr so, wie er eine Donii in die Hand nehmen würde. Aber eine Donii war das sorgsam aus Stein oder anderem Material und mit allen Attributen ihrer mütterlichen Fülle herausgearbeitete Figürchen einer Frau, ein Symbol der Großen Erdmutter und ein wundersames Mysterium der Schöpfung. Ein dickes Lederbeutelchen konnte doch unmöglich eine vergleichbare Bedeutung haben.

Ayla nahm den Knochenhammer wieder auf. Um einen größeren Splitter vom Flintkern abzuschlagen, der etwa gleich groß war wie das abgeflachte ovale Oberteil, nur daß er scharfe gerade Kanten aufwies – um das zu bewerkstelligen, mußte zuvor noch etwas geschaffen werden: eine Schlagunterlage. Sie mußte ein kleines Plättchen abschlagen, das am Rand der glatten Oberfläche eine Einkerbung hinterließ, die lotrecht zu der Schichtung verlief, um die es ihr letztlich ging.

Den Feuerstein fest packend, damit er ruhig liegen blieb, zielte die Frau sehr sorgfältig. Sie mußte die Kraft ihres Schlages genauso richtig berechnen wie die Stelle, die sie treffen wollte: Saß zuwenig Kraft dahinter, würde der Splitter den falschen Winkel aufweisen, wendete sie zuviel auf, würde sie den sorgfältig herausgearbeiteten Rand zerschmettern. Sie holte Atem, hielt die Luft an und ließ dann den Knochenschlegel herniedersausen, daß es einen hellen kleinen Klang ergab. Der erste Schlag war immer der wichtigste. Saß er, sah alles nach einem glücklichen Ende aus. Ein kleiner Splitter sprang ab, und als sie die Delle sah, atmete sie erleichtert weiter.

Den Winkel verändernd, in dem sie den Flintkern gepackt

hielt, schlug sie noch einmal zu, diesmal mit mehr Kraft. Der Knochenschlegel landete genau in der Delle, und von dem vorgearbeiteten Kern splitterte noch ein Stück ab. Diese Scheibe wies die Form eines langgezogenen Ovals auf. Die Vorderseite bestand aus der von ihr hergestellten flachen Oberfläche. Die Rückseite bildete die nach innen gewölbte Wandung nach, die an dem Ende, auf das geschlagen worden war, glatter und dikker war und immer schmäler wurde, bis sie über die ganze Fläche rasiermesserscharf auslief.

Jondalar nahm es in die Hand. »Das ist eine Technik, die schwierig zu meistern ist. Du brauchst Kraft und Genauigkeit zugleich. Schau die Schneide an! Das kann man wirklich kein primitives Werkzeug nennen.«

Ayla stieß einen tiefen Seufzer der Erleichterung aus. Ihr Gesicht glühte vor Freude über das Erreichte – und noch etwas anderes. Sie hatte den Clan nicht blamiert, ja, es war sogar so, daß sie ihn besser repräsentierte als andere, da sie nicht von Geburt an zu ihm gehörte. Auch wenn er sich darum bemüht hätte, dieser Mann, der die Kunst des Steinschlagens selbst so trefflich beherrschte, wäre der Persönlichkeit dessen, der sein Können vorführte, zu sehr bewußt gewesen, als daß er die Kunst als solche objektiv hätte beurteilen können.

Ayla sah ihm zu, wie er den bearbeiteten Stein von allen Seiten betrachtete, doch dann – unversehens – erlebte sie eine eigentümliche innere Entrückung. Ein unheimliches Frösteln überlief sie, und ihr war, als ob sie sie beide aus der Ferne beobachtete, gleichsam als weilte sie außerhalb ihrer selbst.

Eine lebhafte Erinnerung wurde in ihr wach aus einer Zeit, da sie eine ähnliche Orientierungslosigkeit erfahren hatte. Sie folgte den flackernden Steinlämpchen tief ins Innere der Höhle hinein und sah, wie sie sich an den feuchten Stein klammerte, als sie unerklärlich von einem kleinen erleuchteten Raum angezogen wurde, der im Herzen des Berges von dicken Stalaktiten abgeschirmt wurde.

Zehn Mog-urs saßen im Kreis um ein Feuer herum, doch war es Der Mog-ur in höchsteigener Person – Creb –, dessen mächtiger Geist, vergrößert und unterstützt noch durch den Trank, den Iza Ayla für die Zauberer aufzusetzen gelehrt hatte, ihre Anwesenheit entdeckte. Auch sie hatte – unabsichtlich – von dem mächtigen Trank gekostet, und ihr Geist reckte und dehnte sich auf nicht zu beherrschende Weise. Es war der Mog-ur, der sie vor dem tiefen Abgrund drinnen zurückzog und sie auf eine erschreckende und faszinierende Reise des Geistes bis zurück zum Urbeginn mitnahm.

Im Verlauf dieses Geschehens hatte der allerheiligste Mann des Clans, dessen Hirn selbst unter seinesgleichen noch ungewöhnlich war, neue Wege in ihr Gehirn vorangetrieben, wo zuvor nur spurenhafte Neigungen dagewesen waren. Doch wenn ihr Hirn dem seinen auch ähnelte, es war nicht das gleiche. Sie konnte gemeinsam mit ihm und seinen Erinnerungen an ihren gemeinsamen Ursprung zurückkehren und dabei jedes Stadium der Entwicklung durchlaufen, doch konnte er ihr nicht schnell genug folgen, als sie wieder zu sich selbst zurückkehrte – und ging einen Schritt zu weit.

Ayla hatte nie begriffen, was Creb so tief verletzt hatte; sie wußte nur, daß das ganze Erlebnis ihn und ihre Beziehung zueinander verändert hatte. Aber auch die von ihm hervorgerufenen Veränderungen begriff sie nicht, doch spürte sie für einen flüchtigen Augenblick mit größter Gewißheit, daß sie aus einem ganz bestimmten Zweck, zu dem auch der große blonde Mann gehörte, in dieses Tal geschickt worden war.

Als sie sich und Jondalar auf dem steinübersäten Uferstreifen in diesem abgelegenen Tal sitzen sah, wurden sie von Irrlichtern und Irrströmungen umflossen, die aus schimmernden Luftverdichtungen herauskamen und im Leeren verschwanden – umflossen sie und wurden aneinander gebunden. Unbestimmt erahnte sie ihr eigenes Schicksal als Dreh- und Angelpunkt vieler Strömungen, die Vergangenheit, Gegenwart und Zukunft im entscheidenden Übergang miteinander verbanden. Eine Kälte, die ihr durch Mark und Bein ging, fuhr über sie hinweg. Sie rang nach Atem, und als sie erschrocken aufsah, erblickte sie eine gerunzelte Stirn und ein besorgtes Gesicht. Ein Schauder überlief sie, und sie schüttelte sich, um ein unheimliches Gefühl von Unwirklichkeit zu vertreiben.

»Ist auch alles in Ordnung mit dir, Ayla?«

»Ja. Durchaus. Mir geht es gut.«

Eine unerklärliche Kälte hatte bewirkt, daß er eine Gänsehaut bekam und sich ihm seine Nackenhaare sträubten. Er hatte das mächtige Gefühl, sie schützen zu müssen, doch wußte er nicht, was sie bedrohte. Es dauerte nur einen Augenblick, und er versuchte, es schulterzuckend abzutun; dennoch, ein Gefühl des Unbehagens blieb.

»Ich glaube, uns steht ein Wetterwechsel bevor«, sagte er. »Ich habe einen kalten Wind verspürt.« Beide hoben sie die

Augen zu einem klaren blauen Himmel empor, in dem keine Wolken zu sehen waren.

»Um diese Jahreszeit kommt es häufig zu Gewittern – die können rasch aufziehen.«

Er nickte, und um etwas Handfestes zu haben, an das er sich halten konnte, kam er wieder auf die praktischen Seiten des Werkzeugmachens zurück.

»Und was kommt als nächstes an die Reihe, Ayla?«

Die Frau wandte sich wieder der vor ihr liegenden Aufgabe zu. Sich ganz auf ihre Arbeit konzentrierend, schlug sie noch weitere fünf scharfe Flintscheiben herunter, und nach einem letzten Blick auf den Steinklumpen, um festzustellen, ob noch weitere brauchbare Flintscheiben abzuschlagen wären, warf sie den Stein beiseite.

Dann wandte sie sich den sechs grauen Flintscheiben zu und nahm die dünnste von ihnen in die Hand. Mit einem glatten, abgeflachten runden Stein besserte sie eine lange scharfe Schneidefläche nach, stumpfte die andere Seite ab, so daß es einen Rücken ergab, und spitzte einen Punkt gerade gegenüber der Delle zu, die durch den Schlag mit dem Hammerstein entstanden war. Als sie zufrieden war, reichte sie sie Jondalar auf der flachen Hand.

Er nahm sie und betrachtete sie eingehend. Im Durchmesser war sie ziemlich dick, lief jedoch in eine dünne, scharfe Schneide aus. Sie war breit genug, so daß man sie bequem in der Hand halten konnte, und der Rücken war genügend abgestumpft, daß der Benutzer sich nicht schnitt. In mancher Beziehung ähnelte das Schneidewerkzeug einer Speerspitze der Mamutoi, dachte er, doch war nicht daran gedacht, einen Handgriff oder Schaft dranzufügen. Es handelte sich um ein Handmesser, und da er gesehen hatte, wie sie ein ähnliches benutzt hatte, wußte er, wie erstaunlich brauchbar und schneidfähig es war.

Jondalar legte es hin und ermunterte sie nickend weiterzumachen. Sie nahm eine weitere dicke Steinscheibe auf und benutzte diesmal den Reißzahn eines Raubtiers, um feine Plättchen vom Rand des Ovals abzuschlagen. Auf diese Weise wurde die Schneidefläche zwar um ein weniges abgestumpft, gleichzeitig jedoch in einem Maße verstärkt, daß vom scharfen und gerundeten Rand nichts abbröckelte, wenn jemand damit Haare und Fett von Fellen abschabte. Ayla legte den Schabstein hin und nahm noch ein Flintstück zur Hand.

Sie legte eine große glatte Flintscheibe auf den aus Mammut-Fußknochen bestehenden Amboß. Dann übte sie mit dem spitzen Reißzahn Druck auf den Stein aus und schlug aus der Mitte des langen, scharfen Randes einen V-förmigen Einschnitt heraus, der groß genug war, das Ende eines Speerschaftes damit anzuspitzen. Aus einer längeren ovalen Scheibe fertigte sie unter Verwendung einer ähnlichen Technik ein Gerät, mit dem man Löcher in Leder stechen oder in Holz, Hirschhorn oder Knochen bohren konnte.

Ayla wußte nicht, was für andere Werkzeuge sie vielleicht noch benötigte, und beschloß, die beiden letzten Steinscheiben unbearbeitet für später aufzuheben. Den Mammutknochen fortschiebend, nahm sie die Zipfel des Fells zusammen und trug alles zu dem Abfallhaufen hinter der Steinwand, um es dort auszuschütten. Feuersteinsplitter waren so scharf, daß sie selbst die hornhautgeschützteste Fußsohle noch durchschnitten hätten. Er hatte kein Wort über ihre Werkzeuge gesagt, doch bemerkte sie, daß Jondalar sie immer wieder umdrehte und sie in der Hand hielt, als wollte er sie ausprobieren.

»Ich werde gern mal deinen Schurz benutzen«, sagte er.

Sie gab ihn ihm, froh, daß ihre Vorführung vorbei war, und war gespannt auf die seine. Er breitete sich den Lederschurz über den Schoß, machte die Augen zu und dachte über die Steine und darüber nach, was sich aus ihnen machen ließ. Dann nahm er einen der Flintknollen zur Hand, die er mit heruntergebracht hatte, und begutachtete sie.

Das harte Kieselgestein war aus Kreideablagerungen herausgebrochen worden, die sich während des Mittelalters der Erdgeschichte gebildet hatten. Die kreidige äußere Hülle oder Kruste legte immer noch Zeugnis von seiner Herkunft ab, obwohl die reißende Flut es durch die schmale Schlucht weiter stromaufwärts geschwemmt und dann auf diesen Uferstreifen geworfen hatte. Flint oder Feuerstein war das für die Herstellung von Werkzeugen zweckdienlichste in natürlichem Zustand vorkommende Material. Er war hart, ließ sich aber dank seiner feinstkristallinen Struktur bearbeiten; welche Formen sich herausschlagen ließen, bestimmte einzig das Können des Steinschlägers.

Jondalar hielt nach klar erkennbaren Eigenschaften des Chalcedonflints Ausschau, dem reinsten und klarsten Feuerstein. Steine mit Rissen oder haarfeinen Bruchlinien sonderte er ebenso als unbrauchbar aus wie solche, die einen Klang von sich gaben, wenn er mit einem anderen Stein dagegenschlug – was seinem Ohr einen Fehler oder Einschlüsse verriet. Schließlich wählte er einen aus.

Gestützt von seinem Oberschenkel, hielt er ihn mit der Linken fest, griff derweil mit der Rechten nach dem Hammerstein und rüttelte diesen ein wenig, um ihn gut in den Griff zu bekommen. Er war neu, ihm noch nicht vertraut, und jeder Hammerstein besaß seine eigene Individualität. Nachdem er richtig in der Hand zu liegen schien, packte er den zu bearbeitenden Feuerstein fest und schlug zu. Ein großes Stück von der grauweißen Hülle sprang ab. Dieser Flint wies innen eine hellere Graufärbung aus als derjenige, den Ayla bearbeitet hatte. Außerdem hatte er einen grünlichen Schimmer. Das verriet eine besonders feine Körnung. Ein guter Stein. Ein gutes Zeichen.

Er schlug nochmals und nochmals zu. Ayla war mit dem Vorgang genug vertraut, um augenblicklich sein hervorragendes fachliches Können zu erkennen, welches das ihre bei weitem überstieg. Der einzige, bei dem sie je erlebt hatte, daß er einen Stein mit ähnlich sicherem Zutrauen formen konnte, war Droog gewesen. Doch die Form, die Jondalar seinem Stein verlieh, wies keinerlei Ähnlichkeit mit denen auf, die der Werkzeugmacher des Clans je geschaffen hatte.

Jondalars Gesteinskern nahm weniger die Form eines Eies als vielmehr die eines allerdings nicht ganz runden Zylinders an. Dadurch, daß er Splitter von beiden Enden her abschlug, ließ er seinen Wulst entstehen, der sich über die ganze Länge des Zylinders hinzog. Dieser Wulst war noch roh und gewellt, als die Kruste ganz abgegangen war, und so legte er jetzt den Hammerstein beiseite, um ein schönes Geweihende zu packen, das unterhalb der ersten Sprosse abgesägt worden war, damit keinerlei Verästelungen störten.

Mit diesem Hirschhornhammer schlug er kleinere Stücke ab, um den Wulst zu begradigen. Auch Jondalar war erst mit der Zurichtung seines Gesteinskern beschäftigt, doch hatte er nicht vor, dicke Scheiben von einer vorbestimmten Form herauszuschlagen – soviel war Ayla sofort klar. Als er schließlich mit dem Wulst zufrieden war, nahm er ein anderes Werkzeug zur Hand – eines, auf das sie schon neugierig gewesen war. Auch dieses bestand aus einem großen Geweihabschnitt, war länger als das erste und wies im Gegensatz zu diesem zwei Sprossen auf, die von der unten zugespitzten Hauptstange abgingen.

Jondalar stand auf und hielt den Gesteinskern mit dem Fuß

fest. Dann setzte er die Spitze der Geweihgabelung unmittelbar über dem sorgfältig zurechtgeschlagenen Wulst auf. Die obere Sprosse hielt er dergestalt, daß die untere nach vorn vorsprang. Dann klopfte er mit einem langen Knochen auf die vorspringende Sprosse.

Ein dünnes Plättchen sprang ab. Es war genauso lang wie der Steinzylinder, aber nur etwa ein Sechstel so breit wie lang. Er hielt das Plättchen gegen die Sonne und zeigte es Ayla. Licht schimmerte hindurch. Der Wulst, um den er sich so sorgfältig bemüht hatte, lief nun über die ganze Länge des Mittelteils, und das Stück wies jetzt zwei Schneiden auf.

Wo die Spitze des Geweihs direkt auf dem Feuerstein auflag, brauchte er nicht mehr so sorgfältig zu zielen oder die Entfernung genau zu bemessen. Die Schlagkraft wurde genau dort hingeleitet, wo er sie haben wollte, und da die Schlagkraft sich zwischen zwei elastischen Zwischenstücken verteilte – dem Knochenhammer und dem Geweihmeißel –, entstand so gut wie keine Schlagdelle. Die Klinge war lang und schmal und überall gleich dünn. Ohne die Kraft seines Schlags genau abzumessen, konnte er das Ergebnis weit genauer bestimmen.

Jondalars Steinbearbeitungstechnik stellte einen umwälzenden Fortschritt dar, doch nicht weniger wichtig als die auf diese Weise hergestellte Klinge war die Narbe, die auf dem Gesteinskern zurückblieb. Der Wulst, den er herausgearbeitet hatte, war verschwunden. An seiner Stelle wies der Stein jetzt eine lange Hohlkehle mit zwei Wulsten zu beiden Seiten auf. Genau darauf hatte er mit seiner sorgfältigen Vorarbeit abgezielt. Er verschob die Spitze seines Meißels um ein weniges, so daß sie über einem der neuen Wulste lag, dann klopfte er neuerlich mit dem Knochenhammer. Eine zweite längliche Klinge sprang ab, und wieder blieben zwei Wulste stehen. Abermals verschob er den Meißel, setzte ihn wieder oberhalb eines Wulstes an, löste noch eine Klinge und ließ weitere Wulste entstehen.

Als ihm schließlich das brauchbare Material ausging, lagen nicht sechs, sondern fünfundzwanzig Klingen aufgereiht nebeneinander – über das Vierfache an nützlichen Schneiden, die er aus demselben Stein herausgearbeitet hatte. Lang und schmal mit rasiermesserscharfen Schneiden, stellten diese Klingen so, wie sie waren, brauchbare Schneidewerkzeuge dar – dabei waren sie noch keineswegs das fertige Produkt. Sie ließen sich noch weiter zu allen möglichen Zwecken herrichten, vornehmlich, um andere Werkzeuge zu machen. Je nach Form und

Qualität der Flintknollen ließen sich mit dieser fortgeschrittenen Technik nicht nur das Vier-, sondern bis zum Sechs- und Siebenfachen verwertbarer Grundformen für die Herstellung von Werkzeugen aus gleich großem Gestein erzielen. Die neue Methode verschaffte dem Werkzeugmacher nicht nur mehr Kontrolle über den Fertigungsvorgang – er räumte seinen Leuten darüber hinaus einen noch nie dagewesenen Vorteil ein.

Jondalar hob eine der Klingen auf und reichte sie Ayla. Sie prüfte die Schärfe der Schneide leicht mit dem Daumen, übte einigen Druck darauf aus, um zu sehen, wie zerbrechlich sie wäre, und drehte sie dann um. Nach den Enden hin wölbte die Schneide sich; das lag zwar in der Natur des Materials, trat aber bei der Dünne der Klinge besonders deutlich zutage. Sie drückte ihre Handfläche ganz durch und beobachtete, wie sie auf der gewölbten Fläche schaukelte. Die Form grenzte die Funktion des Messers jedoch nicht ein.

»Jondalar, das ist . . . Ich weiß das Wort nicht. Es ist wunderbar . . . wichtig. Du hast so viele gemacht . . . Dabei bist du mit diesen noch nicht fertig, nicht wahr?«

Er lächelte. »Nein, sie sind noch nicht fertig.«

»Wie dünn und fein sie sind – wirklich wunderschön. Möglich, daß sie leichter brechen, aber ich glaube, wenn man die Enden noch ein bißchen bearbeitet, kann man kräftige Schaber daraus machen.« Praktisch veranlagt, wie sie war, stellte sie sich sofort vor, was sich alles aus den Grundformen machen ließ.

»Ja, und gute Messer, wie deines – obwohl ich noch einen Zapfen für einen Griff dranmachen möchte.«

»Ich weiß nicht, was ein Zapfen ist.«

Er nahm eine Klinge, um es ihr zu erklären. »Bei diesem brauchte ich nur den Rücken etwas abzustumpfen und die Spitze abzurunden, dann hätte ich ein Messer. Wenn ich durch Druck noch ein paar Splitter aus der Innenwölbung herausnehme, ließe sich diese sogar noch begradigen. Wenn ich nun jedoch etwas unterhalb der Mitte einen Teil der Schneide wegplatzen und nur eine vorspringende Kante stehen lasse, habe ich einen Zapfen.«

Er nahm ein kleines Geweihstück. »Stecke ich diesen Zapfen in ein Stück Knochen, Holz oder Geweih wie dieses hier, hat das Messer einen Griff. Mit einem Griff ist es leichter zu handhaben. Kocht man ein Gehörn eine Zeitlang, schwillt es und wird weicher, trocknet es dann hinterher wieder aus, zieht es sich zusammen und umfaßt den Zapfen ganz eng. Oft hält das ohne Wickelung sehr lange.«

Ayla war ganz aufgeregt über diese neuen Methoden und wollte sie gern ausprobieren, wie sie es immer getan hatte, nachdem sie Droog zugesehen hatte. Nur war sie sich nicht sicher, ob sie damit nicht gegen Sitten und Traditionen von Jondalars Leuten verstieß. Je mehr sie über die Lebensweise seiner Leute erfuhr, desto weniger Sinn ergab sie. Er schien nichts dagegen zu haben, daß sie jagte, aber wer weiß, vielleicht hatte er etwas dagegen, daß sie seine Art von Werkzeugen machte.

»Ich möchte gern versuchen ... Gibt es Einwände dagegen ... daß Frauen Werkzeuge machen?«

Ihre Frage gefiel ihm. Ihre Art von Werkzeugen herzustellen, erforderte einiges Geschick. Er war überzeugt, daß auch noch der beste Werkzeugmacher unterschiedliche Ergebnisse aufzuweisen hatte, wenn auch die schlechtesten immer noch einiges Brauchbare hervorbringen konnten – selbst wenn sie unabsichtlich einen größeren Feuerstein zertrümmerten, fielen für gewöhnlich noch ein paar Stücke ab, die zu gebrauchen waren. Immerhin hätte er verstanden, wenn sie ihre Methode gerechtfertigt hätte. Statt dessen schien sie seine Technik als das zu erkennen, was sie war – nämlich ein gewaltiger Fortschritt – und wollte sie ausprobieren. Wie er wohl darauf reagieren würde, wenn irgend jemand ihm eine so radikale Verbesserung zeigte?

Dann würde ich sie gern erlernen wollen, dachte er mit einem schiefen Grinsen.

»Frauen können gute Steinschläger sein. Joplaya, meine Base, ist eine der besten. Aber da sie eine schreckliche Plage ist, habe ich ihr das nie gesagt. Sie würde mich das nie vergessen lassen.« Er lächelte in der Erinnerung an sie.

»Beim Clan dürfen Frauen Werkzeuge machen, aber keine Waffen.«

»Frauen können Waffen fertigen. Wenn sie erst mal Kinder haben, gehen Zelandonii-Frauen nur noch selten auf die Jagd. Aber wenn sie es in ihrer Jugend gelernt haben, sind sie darüber im Bilde, wie Waffen gebraucht werden. Viele Werkzeuge und Waffen gehen auf der Jagd verloren oder entzwei. Ein Mann, dessen Gefährtin weiß, wie man neue macht, leidet nie Mangel an Nachschub. Außerdem stehen Frauen Der Mutter näher. Deswegen meinen manche Männer, von Frauen gefertigte Waffen bringen mehr Glück. Hat aber ein Mann Pech – oder ist er ungeschickt –, wird er die Schuld immer auf den Werkzeugmacher schieben, besonders, wenn der eine Frau ist.«

»Könnte ich es lernen?«

»Jeder, der Werkzeuge herzustellen versteht wie du, kann auch lernen, sie auf meine Weise zu fertigen.«

Damit beantwortete er ihre Frage ein wenig anders, als sie sie gemeint hatte. Daß sie die Kunst des Steinschlagens erlernen konnte, wußte sie – sie hatte nur wissen wollen, ob es auch statthaft sei. Doch seine Antwort ließ sie innehalten und stimmte sie nachdenklich.

»Nein . . . ich glaube nicht.«

»Selbstverständlich kannst du es lernen.«

»Ich weiß, daß ich es lernen kann, Jondalar, aber nicht jeder, der Werkzeuge auf die Clan-Weise macht, kann lernen, sie auf deine Weise zu fertigen. Manche könnten das. Ich glaube, Droog könnte das. Aber alles Neue ist sehr schwierig für sie. Sie lernen aus ihren Erinnerungen.«

Im ersten Augenblick dachte er, sie scherze, doch war das durchaus ernst gemeint. Sollte sie recht haben? Sollte es sich erweisen, daß – vorausgesetzt, man gäbe ihnen die Möglichkeit – Flach . . ., daß Clan-Werkzeugmacher vielleicht nicht unwillig, wohl aber unfähig waren zu lernen?

Plötzlich ging ihm auf, daß er sie vor noch gar nicht langer Zeit überhaupt für unfähig gehalten hatte, Werkzeuge zu machen. Sie stellten Werkzeug her, sie verständigten sich untereinander und nahmen ein fremdes Waisenkind bei sich auf. Er hatte in den letzten paar Tagen mehr über die Flachschädel erfahren, als irgendeiner – mit Ausnahme Aylas – von ihnen wußte. Vielleicht war es einmal von Nutzen, noch mehr über sie zu wissen. Es schien mehr an ihnen dran zu sein, als irgend jemand klar war.

Beim Gedanken an die Flachschädel fiel ihm plötzlich der gestrige Tag wieder ein, und das stürzte ihn in größte Verlegenheit. Da sie beide sich ganz auf das Werkzeugmachen konzentrierten, war es ihm ganz entfallen. Er hatte die Frau angesehen und weder wahrgenommen, wie ihre goldenen Zöpfe im Sonnenlicht schimmerten und einen auffallenden Gegensatz zu ihrer tiefgebräunten Haut bildeten, noch daß ihre Augen blaugrau leuchteten, wie die Farbe von feinem Flint.

Ach, Mutter, war sie schön! Er wurde sich prickelnd bewußt, wie nahe sie bei ihm saß, und er spürte, wie es sich in seinen

Lenden rührte. Er hätte die plötzliche Verlagerung seines Interesses nicht verdrängen können, und wenn er sich noch so sehr darum bemüht hätte.

Ayla spürte den Stimmungsumschwung; die Veränderung, die in ihm vorging, flutete über sie hinweg und traf sie gänzlich unvorbereitet. Wie konnten die Augen eines Menschen nur so blau sein? Weder der Himmel noch die Enzianblüten, die in der Nähe der Clanshöhle auf den Bergmatten blühten, waren von dieser intensiven, vibrierenden Schattierung. Sie spürte, wie das ... wie das Gefühl sich in ihr regte. Ihr ganzer Körper kribbelte, sehnte sich schmerzlich nach seiner Berührung. Sie saß vorgeneigt da, von ihm angezogen, zu ihm hingedrängt, und es bedurfte einer äußersten Willensanstrengung, die Augen zu schließen und sich zurückzunehmen.

Warum sieht er mich so an, wo ich doch ein ... ein Monstrum bin? Wo er es nicht fertigbringt, mich zu berühren, ohne zurückzuzucken, als ob er sich verbrannt hätte? Ihr Herz hämmerte; sie atmete schwer, als ob sie gelaufen wäre, und sie bemühte sich, ihren Atem langsamer gehen zu lassen.

Sie hörte ihn aufstehen, ehe sie die Augen wieder aufmachte. Der Lederschurz war beiseite geworfen, die sorgfältig geschlagenen Messerschneiden ringsum verstreut. Mit steifen Bewegungen sah sie ihn davongehen; er hatte die Schultern zusammengezogen, bis er hinter der Wand verschwand. Ihm schien elend zumute zu sein, genauso elend wie ihr.

Nachdem er die Wand hinter sich hatte, verfiel Jondalar in Laufen. Er rannte, bis seine Beine schmerzten und er keuchend nach Atem rang; dann verlangsamte er und kam allmählich zu einem Halt. Schwer atmend, senkte und hob sich sein Brustkorb.

Du Tor, was braucht es noch, dich zu überzeugen? Daß sie den Anstand besitzt, dir ein paar Vorräte zur Verfügung zu stellen, bedeutet noch lange nicht, daß sie etwas von dir will ... insbesondere nicht *das* will. Gestern war sie verletzt und gekränkt, weil du nicht ... Doch das war, bevor du alles zerstört hast!

Er dachte nicht gern darüber nach. Er wußte, was er empfunden, was sie gesehen haben mußte – den Ekel. Und was hat sich heute verändert? Sie hat unter den Flachschädeln gelebt, vergiß das nicht! Jahrelang. Ist zu einer von ihnen geworden. Und einer von ihren Männchen ...

Er brachte absichtlich alles Hassenswerte, Besudelte und Unreine heraus, was in seinem Lebensbereich als solches galt. Ayla stellte all dies dar! Als er sich als Junge zusammen mit anderen

Jungen hinter Büschen versteckt und sie einander die schmutzigsten Wörter gesagt hatten, die sie kannten, hatte ›Flachschädel-Weib‹ dazugehört. Als er älter war – nicht viel älter, aber immerhin älter genug, um zu wissen, was ›Frauen-Macher‹ bedeutete –, trafen sich dieselben Jungen in dunklen Ecken der Höhle, um halblaut über Mädchen zu reden, dreckig lachend Pläne zum Raub eines Flachschädel-Weibs auszuhecken und sich gegenseitig mit den Folgen zu schrecken, die das haben sollte.

Doch selbst da war die Vorstellung von einem Flachschädel-Männchen und einer Menschen-Frau ein Unding gewesen. Erst als er ein junger Mann geworden war, hörte er es erwähnen, und auch da noch so, daß ja kein Älterer davon erfuhr. Wenn junge Männer wieder zu kichernden Jungen werden wollten und sich die schmutzigsten und derbsten Geschichten erzählten, die sie sich ausdenken konnten, ging es immer um Flachschädel-Männchen und Menschen-Frauen, und was einem Mann blühte, wenn er hinterher mit einer solchen Frau die Wonnen teilte, selbst wenn er nichts davon wußte – besonders dann. Das war ja gerade der Witz.

Freilich, über Monstren wurden keine Witze gerissen, auch nicht über die Frauen, die sie zur Welt brachten. Das waren verderbte Wechselbälger, eine Plage, die über das Land hereinbrach, so daß selbst Die Mutter, die Schöpferin allen Lebens, sich davor ekelte. Und die Frauen, die sie zur Welt brachten, waren unberührbar.

Konnte Ayla das sein? War es möglich, daß sie besudelt war? Unrein? Dreck und von Übel? Ausgerechnet die aufrichtige, offene Ayla? Die über die Gabe der Heilkunst gebot? Die so klug und unerschrocken war und dabei sanft und schön? Konnte jemand, der so schön war wie sie, unrein sein?

Ich glaube, sie würde nicht einmal begreifen, was das bedeutet. Was aber würde jemand denken, der sie nicht kannte? Was, wenn sie ihr begegneten und sie ihnen ohne jedes Arg erzählte, wer sie großgezogen hatte? Ihnen von dem . . . Kind erzählte? Was würden die Zelandonii davon halten? Oder Marthona? Selbstverständlich würde sie ihnen das erzählen! Würde ihnen von ihrem Sohn erzählen und für ihn eintreten. Ich glaube, Ayla könnte sich gegen jeden zur Wehr setzen, selbst gegen einen Zelandoni. Bei dem Geschick, mit dem sie heilte, und der Art, wie sie mit Tieren umging, könnte man sie selbst für einen Zelandoni halten.

Aber wenn Ayla nicht von Übel ist, dann stimmt nichts, was über die Flachschädel gesagt wird. Und das wird niemand mir glauben.

Jondalar hatte nicht weiter darauf geachtet, wo er hinging, und erschrak, als er die weiche Schnauze in seiner Hand spürte. Er hatte die Pferde nicht gesehen. Er blieb stehen und kraulte und kratzte den Junghengst. Winnie zog langsam in Richtung Höhle dahin und graste unterwegs. Als der Mann ihm einen letzten Klaps gab, sprang das Hengstfohlen zu ihr voraus. Jondalar hatte es nicht eilig, Ayla wieder gegenüberzutreten.

Aber Ayla war nicht in der Höhle. Sie war ihm um die Felswand herum gefolgt und hatte ihm nachgeblickt, wie er das halbe Tal hinuntergerannt war. Ihr war selbst manchmal nach Rennen, doch fragte sie sich, was ihn denn plötzlich dazu brachte, so hart zu laufen? War sie das? Sie legte eine Hand über die heiße Erde auf der Feuergrube und ging hinterher zu dem großen Felsen hinüber. Jondalar war wieder ganz in Gedanken versunken, daß er überrascht war, als er aufblickte und die beiden Tiere sie umringen sah.

»Es . . . es tut mir leid, Ayla. Ich hätte nicht weglaufen sollen.«

»Auch ich muß manchmal laufen. Gestern habe ich Winnie für mich laufen lassen. Sie kommt weiter.«

»Auch das tut mir leid.«

Sie nickte. Wieder Höflichkeit, dachte sie, Sitte und Brauch. Was bedeutet das wirklich? Schweigend lehnte sie sich an Winnie, und das Pferd ließ seinen Kopf über ihre Schulter hängen. Jondalar hatte sie schon früher in dieser Haltung gesehen, wenn Ayla durcheinander war. Sie schienen einander dann Halt zu geben. Ihm selbst bereitete es ja auch eine gewisse Genugtuung, das Hengstfohlen zu streicheln.

Aber das junge Pferd war zu ungeduldig, um Tatenlosigkeit über längere Zeit ertragen zu können, so sehr es liebte, wenn man sich mit ihm beschäftigte. Es warf den Kopf in die Höhe, hob den Schweif und sprengte davon. Dann bockte es, fuhr herum und stupste den Mann an, gleichsam, als ob es ihn zum Spielen aufforderte. Ayla und Jondalar mußten beide lachen, und damit war die Spannung gebrochen.

»Du wolltest ihm einen Namen geben«, sagte sie. Es war nichts weiter als eine Feststellung und wurde auch nicht in drängendem Ton vorgebracht. Wenn er dem Hengst jetzt keinen Namen gab, würde vermutlich sie es tun.

»Ich weiß nicht, wie ich ihn nennen soll. Ich habe mir noch nie einen Namen ausdenken müssen.«

»Das ist mir genauso ergangen, bis Winnie kam.«

»Und was war mit deinem . . . Sohn? Hast du dem keinen Namen gegeben?«

»Das hat Creb getan. Durc war der Name eines jungen Mannes in einer Legende. Die habe ich immer am liebsten von allen Legenden und Geschichten gehört, und das wußte Creb. Ich glaube, er hat den Namen Durc gewählt, um mir eine Freude zu machen.«

»Ich habe ja gar nicht gewußt, daß dein Clan Legenden hatte. Wie erzählt man denn eine Geschichte, ohne zu sprechen?«

»Genauso wie du eine mit Worten erzählen würdest, nur daß es in mancher Beziehung leichter ist, etwas zu zeigen, als es zu sagen.«

»Das stimmt wohl«, sagte er und überlegte, was für Geschichten sie einander wohl erzählten oder vielmehr zeigten. Wer hätte gedacht, daß Flachschädel imstande waren, sich Geschichten auszudenken!

Beide verfolgten sie mit den Augen, wie der junge Hengst – den Kopf vorgestreckt und den Schweif erhoben – das Galoppieren genoß. Was für ein Renner, dachte Jondalar.

»Renner!« sagte er. »Was hältst du davon, wenn wir ihn Renner nennen?« Er hatte das Wort so oft im Zusammenhang mit dem Füllen gebraucht, daß es zu passen schien.

»Mir gefällt das. Renner ist ein guter Name. Aber wenn er schon so heißen soll, so muß das auch richtig gemacht werden.«

»Und wie macht man das?«

»Ich bin mir nicht sicher, ob es auch wirklich das Richtige für ein Pferd ist, aber ich habe Winnie den Namen so gegeben, wie es bei den Kindern im Clan gemacht wird. Ich werde es dir zeigen.«

Die Pferde hinter sich, führte sie ihn an eine Stelle auf der Steppe, die früher einmal ein Flußbett gewesen war, das jetzt jedoch schon so lange trocken lag, daß es zum Teil mit Geröll ausgefüllt worden war. Auf der einen Seite war der Boden ausgewaschen worden und ließ waagerechte Bodenschichten erkennen. Zu Jondalars Verwunderung stocherte sie mit einem Stecken in einer Ockerschicht herum und hob dann die dunkle braunrote Erde mit beiden Händen in die Höhe. Wieder am Fluß, verrührte sie die rote Erde mit Wasser zu einem schlammigen Brei.

»Creb hat die rote Farbe mit dem Fett des Höhlenbären vermischt, doch das habe ich nicht, und ich denke auch, einfacher Schlamm ist für ein Pferd besser geeignet. Der trocknet und läßt sich leicht wieder abbürsten. Worauf es ankommt, ist doch die Namensgebung. Du mußt jetzt seinen Kopf festhalten.«

Jondalar winkte. Das Hengstfohlen wollte herumtollen, verstand die Geste jedoch. Es stand still, und der Mann legte ihm den Arm um den Hals und kraulte es. Ayla vollführte ein paar Gebärden in der Alten Sprache, mit der sie um die Gunst der Geister bat. Sie wollte es nicht allzu ernst machen, denn sie war immer noch nicht ganz sicher, ob die Geister es nicht übelnahmen, wenn man einem Tier einen Namen gab, obwohl das Winnie nicht schlecht bekommen war. Sie nahm eine Handvoll roten Schlamm.

»Der Name dieses jungen Hengstes ist Renner«, sagte sie und vollführte gleichzeitig die entsprechenden Gebärden. Dann schmierte sie feuchte rote Erde über sein Gesicht, von der weißen Blesse auf der Stirn bis zu seiner ziemlich langen Nase.

Das ging so schnell und war beendet, ehe das Füllen sich Jondalars Umarmung entwinden konnte. Es sprengte davon, warf den Kopf ruckend in die Höhe und versuchte, sich von der ungewohnten Feuchtigkeit zu befreien. Dann stieß es Jondalar an und hinterließ einen roten Fleck auf seiner nackten Brust.

»Ich glaube, er hat eben mir einen Namen gegeben«, sagte der Mann lächelnd. Dann lief Renner – seinem Namen getreu – in gestrecktem Galopp davon. Jondalar wischte sich über die rote Schmiere auf der Brust. »Warum hast du das benutzt? Die rote Erde?«

»Sie ist etwas Besonderes ... Heiliges ... für die Geister«, sagte sie.

»Etwas Heiliges? So nennen wir das. Das Blut Der Mutter ist heilig.«

»Das Blut, ja. Creb ... der Mog-ur, rieb Izas Körper mit einer Salbe aus roter Erde und dem Fett des Höhlenbären ein, nachdem ihr Geist sie verlassen hatte. Das nannte er das Blut der Geburt, damit Iza in der nächsten Welt geboren werden konnte.«

Jondalar bekam große Augen. »Flachschädel ... ich meine, dein Clan verwendet die heilige Erde, um einen Geist in die nächste Welt zu schicken? Bist du sicher?«

»Ohne sie gilt keiner als richtig bestattet.«

»Ayla, wir verwenden die rote Erde. Sie ist das Blut Der Mutter. Es wird auf den Körper und auf das Grab aufgetragen, damit Sie den Geist zurücknimmt in Ihren Schoß und er neu geboren werden kann.« Ein schmerzlicher Blick trat in seine Augen. »Thonolan hat keine rote Erde.«

»Ich hatte keine für ihn, Jondalar, und ich konnte mir auch nicht die Zeit nehmen, welche zu beschaffen. Ich mußte hierher zurück, sonst hätte ich noch ein zweites Grab machen müssen. Ich habe mein Totem und den Geist von Ursus, dem Großen Höhlenbären gebeten, ihm zu helfen, seinen Weg zu finden.«

»Du hast ihn bestattet? Sein Leichnam ist keinen Aasfressern überlassen worden?«

»Ich habe seinen Leichnam an die Felswand gelegt und Felsgestein gelockert, damit Geröll und Brocken ihn unter sich begruben. Nur an rote Erde habe ich nicht gedacht.«

Die Vorstellung, daß Flachschädel ihre Toten bestatteten, war für Jondalar am schwersten nachzuvollziehen. Tiere bestatteten ihre Toten nicht. Nur Menschen dachten darüber nach, woher sie kamen und wohin sie nach diesem Leben gehen. Ob ihre Clan-Geister Thonolan auf seinem Weg begleiten konnten?

»Das ist mehr, als meinem Bruder beschieden gewesen wäre, wenn du nicht dagewesen wärest, Ayla. Und ich habe noch viel mehr – ich habe mein Leben.«

26

»Ayla, ich kann mich nicht erinnern, wann ich zuletzt etwas so Köstliches gegessen habe. Wo hast du denn so gut kochen gelernt?« sagte Jondalar und griff nach noch einem Stück saftigen, zartgewürzten Moorhuhn.

»Von Iza. Wo hätte ich es sonst lernen sollen? Das hier war Crebs Leibgericht.« Ayla wußte nicht warum, aber seine Frage machte sie ein wenig unsicher. Wieso sollte sie nicht kochen können? »Eine Medizinfrau kennt sich mit Kräutern aus, Jondalar. Sie weiß, welche heilen und welche einen besonderen Geschmack geben.«

Er hörte den Ton leichten Gereiztseins heraus und fragte sich, woran das lag. Er hatte ihr doch bloß ein Kompliment machen wollen. Das Essen war gut. Ausgezeichnet sogar. Überhaupt, wenn er darüber nachdachte, so war alles, was sie ihm vorsetzte, köstlich zubereitet. Vieles, was es gab, war ihm unbekannt, aber neue Erfahrungen waren ja einer der Gründe, warum man auf Reisen ging; und wenn ihm die Gerichte auch fremd waren, daß sie vorzüglich zubereitet waren, merkte man sofort.

Und all das schafft sie. Wie beim heißen Tee am Morgen macht sie es einem so leicht zu vergessen, wieviel sie tut. Sie ging auf die Jagd, sammelte eßbare Pflanzen, kochte. Sie hat für alles gesorgt. Du hast nichts weiter getan als es gegessen, Jondalar. Du hast überhaupt nichts dazu beigetragen. Du hast einfach genommen und nichts dafür gegeben ... weniger als nichts.

Und jetzt machst du ihr Komplimente, gesprochene Worte. Kannst du es ihr da verargen, daß sie verärgert ist? Sie wird froh sein, wenn du fortgehst, du machst ihr nur mehr Arbeit.

Du könntest wenigstens etwas auf die Jagd gehen und ein bißchen von dem Fleisch zurückgeben, das du verzehrt hast. Wie wenig das ist, nach allem, was sie für dich getan hat! Kannst du dir denn nicht etwas ... Bleibenderes einfallen lassen? Sie ist doch selbst eine vorzügliche Jägerin. Was soll das schon, ein bißchen für sie auf die Jagd gehen?

Allerdings: Wie sie das macht, mit diesem ungefügen Speer, der mehr ein Spieß ist? Ich möchte mal wissen ... ob sie wohl das Gefühl hätte, daß ich ihren Clan beleidigte, wenn ich ...

»Ayla ... ich, hm ... ich möchte etwas sagen, möchte dich aber nicht kränken.«

»Warum hast du Angst, mich zu kränken? Wenn du etwas zu sagen hast, sag es.«

Daß in ihr immer noch tief der Stachel saß, war ihr anzumerken, und so hätte er vor lauter Bedenken ums Haar Abstand davon genommen.

»Du hast recht. Es ist ein bißchen spät. Aber ich frage mich ... hm ... wie jagst du mit diesem Speer?«

Sie wußte nicht, was sie von seiner Frage halten sollte. »Ich hebe eine Grube aus und lasse die Herde darauf zulaufen, scheuche sie, bis sie in Panik gerät. Aber letzten Winter ...«

»Eine Fallgrube! Selbstverständlich, damit du nahe genug herankommen kannst, um diesen Speer zu schleudern. Ayla, du hast soviel für mich getan, und da möchte ich jetzt gern etwas für dich tun, ehe ich fortgehe; etwas, um das es sich lohnt. Ich möchte nur nicht, daß du dich durch meinen Vorschlag verletzt fühlst. Wenn er dir nicht gefällt, vergiß einfach, daß ich was gesagt habe, ja?«

Sie nickte, ein wenig beklommen, aber neugierig.

»Du bist ... du bist eine gute Jägerin, besonders wenn man

bedenkt, mit was für einer Waffe du jagst. Aber ich glaube, ich kann dir eine Möglichkeit zeigen, dir das Jagen zu erleichtern und eine bessere Jagdwaffe daraus zu machen, wenn du erlaubst.«

Ihr Argwohn verflüchtigte sich. »Du willst mir eine bessere Jagdwaffe zeigen?«

»Und eine leichtere Art und Weise zu jagen – es sei denn, du möchtest es lieber nicht. Es gehört ein wenig Übung dazu . . .«

Ungläubig schüttelte sie den Kopf. »Clan-Frauen jagen nicht, und kein Mann wollte, daß ich auf die Jagd ging – nicht einmal mit einer Schleuder. Brun und Creb erlaubten es nur, um mein Totem zu beschwichtigen. Der Höhlenlöwe ist ein mächtiges männliches Totem, das ihnen klarmachte, daß es sein Wille war, daß ich auf die Jagd ging. Dem wagten sie nicht, sich zu widersetzen.« Plötzlich stand ihr lebhaft eine Szene wieder vor Augen. »Sie hielten eine besondere Zeremonie ab.« Sie faßte nach der kleinen Narbe unten am Hals. »Creb hat mir Blut abgenommen, als Opfer für die Ahnen, damit ich zu Der Frau, Die Jagt, werden konnte.

Als ich dies Tal entdeckte, war die einzige Waffe, die ich kannte, meine Schleuder. Aber eine Schleuder genügt nicht, und da habe ich mir Speere gemacht, solche, wie diejenigen, mit denen die Männer jagten, und habe mit ihnen Jagen gelernt, so gut ich konnte. Ich hätte nie gedacht, daß ein Mann den Wunsch haben könnte, mir eine bessere Art zu zeigen.« Sie hörte auf zu sprechen und senkte, plötzlich überwältigt, den Blick auf ihren Schoß. »Ich wäre dir sehr dankbar, Jondalar.«

Die Sorgenfalten auf der Stirn des Mannes glätteten sich. Er meinte, eine Träne schimmern zu sehen. Sollte ihr das soviel bedeuten? Und er hatte gefürchtet, sie könnte es ihm übelnehmen. Ob er sie jemals begreifen würde? Je mehr er von ihr erfuhr, desto weniger schien er sie zu kennen. Sie hatte es sich selbst beigebracht?

»Ich werde ein paar Spezialwerkzeuge machen müssen. Und einige Knochen. Die Hirschknochen, die ich gefunden habe, sind genau richtig, ich muß sie nur zuvor einweichen. Hast du ein Behältnis, in dem ich Knochen einweichen kann?«

»Wie groß muß es denn sein? Ich habe viele Behältnisse«, sagte sie und erhob sich.

»Es eilt nicht. Iß doch erst fertig, Ayla.«

Aber ihr war im Moment nicht nach Essen zumute, dazu war sie viel zu aufgeregt. Aber er war noch nicht fertig. Sie setzte sich zurück und stocherte lustlos in ihrem Essen herum, bis er merkte, daß sie gar nichts aß.

»Möchtest du jetzt nach den Behältnissen sehen?« fragte er.

Sie sprang auf und ging hinüber, wo sie ihre Sachen aufbewahrte, um eine Steinlampe zu holen. Hinten in der Höhle war es dunkel. Sie ließ Jondalar die Lampe halten, während sie Körbe, Schalen und Birkenrindenbehältnisse aufdeckte, von denen sie viele ineinandergesteckt stehen hatte. Er hielt die Lampe hoch, damit der Lichtkreis sich vergrößerte, und blickte sich um. Da war soviel vorhanden, viel mehr, als er gebrauchen konnte.

»Hast du all diese Dinge gemacht?«

»Ja«, sagte sie und sah ihre Vorräte durch.

»Das muß ja Tage . . . Monde . . . ganze Jahreszeiten gedauert haben. Wie lange hast du daran gearbeitet?«

Ayla überlegte, ob ihr nichts einfiel, wie sie es ihm erklären konnte. »Viele, viele Jahreszeiten. Die meisten Sachen habe ich im Winter gemacht. Ich hatte ja sonst nichts zu tun. Sind denn welche groß genug für dich, daß du sie gebrauchen kannst?«

Er sah die Behälter durch, die sie vor ihm ausgebreitet hatte, nahm mehrere hoch, mehr um zu sehen, wie sie gemacht waren, als um einen auszusuchen. Es war kaum zu glauben. Mochte sie noch so tüchtig und noch so flink bei der Arbeit sein, die fein geflochtenen Körbe und geglätteten Becher und Schalen fertigzustellen, hatte Zeit gebraucht. Wie lange war sie hier? Allein.

»Dieser hier ist gut geeignet«, sagte er und wählte eine große, trogähnliche Holzschale mit hohen Seitenwänden. Alya steckte alles andere säuberlich wieder zusammen, während er die Lampe hielt. Sie kann kaum älter als ein Mädchen gewesen sein, als sie hierherkam, überlegte er. Sie ist ja noch nicht sehr alt – oder doch? Schwer zu beurteilen. Sie hatte etwas Zeitloses und gleichzeitig Treuherziges, das nicht ganz mit dem vollen und reifen Körper in Einklang zu bringen war, den sie hatte. Sie hatte ein Kind geboren, war also in jeder Beziehung eine Frau. Ich möchte wissen, wie alt sie ist.

Sie stiegen den Pfad hinunter. Jondalar füllte die trogähnliche Schale mit Wasser und untersuchte die Beinknochen, die er auf ihrem Abfallhaufen entdeckt hatte. »Dieser hier weist einen Riß auf, den ich vorher nicht bemerkt habe«, sagte er und zeigte ihr den Knochen, ehe er ihn fortwarf. Die anderen legte er ins Wasser. Bei ihrer Rückkehr in die Höhle versuchte er, Aylas Alter zu schätzen.

»Ayla, wie lange bist du schon hier?« fragte er, als sie im Begriff standen, die Höhle wieder zu betreten. Er konnte seine Neugier nicht bezähmen.

Sie blieb stehen und wußte nicht, wie darauf antworten – oder wie sie sich verständlich machen könnte. Ihre Zahlstäbe fielen ihr ein, doch wenn Creb ihr auch beigebracht hatte, die Kerben anzubringen – eigentlich durfte sie ja gar nicht wissen, wie man die Zeit maß. Vielleicht hatte Jondalar etwas dagegen. Aber er geht ja ohnehin, dachte sie.

Sie holte eines der Bündel hervor, deren Stäbe sie Tag für Tag mit einer Kerbe versehen hatte; sie schnürte es auf und legte die Stäbe vor sich hin.

»Was ist das?« fragte er.

»Du möchtest wissen, wie lange ich hier bin. Ich weiß nicht, wie ich es dir sagen soll, aber seit ich dieses Tal gefunden habe, habe ich jeden Tag eine Kerbe in einen Stab geschnitten. Ich bin also so viele Tage hier, wie Kerben auf meinen Stäben sind.«

»Und weißt du, wie viele Kerben das sind?«

Sie wußte noch genau, wie quälend es gewesen war, als sie schon einmal versucht hatte, eine gewisse Ordnung in ihre Kerben und Stäbe zu bekommen und diese zu deuten. »So viele, wie da sind«, sagte sie.

Interessiert nahm Jondalar einen der Stäbe in die Hand. Sie kannte zwar die Zahlwörter nicht, besaß aber ein gewisses Gefühl dafür. Nicht einmal jeder in seiner Höhle begriff sie. Jedem war der machtvolle Zauber ihrer Bedeutung nicht verständlich. Einiges davon hatte der Zelandoni ihm erklärt. Zwar kannte er nicht allen in ihnen enthaltenen Zauber, aber er wußte mehr als die meisten derer, die nicht berufen waren. Wo hatte Ayla gelernt, die Stäbe einzukerben? Wie konnte jemand, der unter Flachschädeln großgeworden war, auch nur das geringste Verständnis für Zahlwörter haben?

»Wie hast du dies gelernt?«

»Das hat Creb mir beigebracht. Schon vor langer Zeit. Als ich noch ein kleines Mädchen war.«

»Creb – der Mann, an dessen Herdfeuer du gelebt hast? Er hat gewußt, was sie bedeuten? Er hat nicht einfach nur Kerben geschnitzt?«

»Creb war der . . . Mog-ur . . . ein heiliger Mann. Der Clan erwartete von ihm, daß er den richtigen Zeitpunkt für bestimmte Zeremonien wie etwa die Namensgebungszeremonie oder auch für das Clan-Treffen wußte. So hat er das gemacht. Ich glaube, er hat gemeint, ich verstünde das nicht – denn selbst für einen Mog-ur ist es schwierig. Er hat es mir nur gesagt, damit ich nicht allzu viele Fragen stellte. Und hinterher hat er mir verboten, die Sache je wieder zu erwähnen. Einmal hat er mich erwischt, aber da war ich schon älter und kerbte die Tage für den Mondzyklus ein – und da war er sehr böse.«

»Dieser . . . Mog-ur«, Jondalar hatte Schwierigkeiten mit der Aussprache, »dieser Mog-ur war etwas Heiliges, Geweihtes, wie ein Zelandoni?«

»Ich weiß nicht. Du sagst Zelandoni, wenn du Heilkundiger meinst. Der Mog-ur war kein Heiler. Iza kannte sich in den Pflanzen und Kräutern aus – sie war die Medizinfrau. Der Mog-ur kannte die Geister. Er half mir, mit ihnen zu reden.«

»Ein Zelandoni kann ein Heiler sein, aber auch andere Gaben haben. Ein Zelandoni ist jemand, der dem Ruf gefolgt ist, Der Mutter Zu Dienen. Manche besitzen keine besonderen Gaben, nur den Wunsch, in Ihren Dienst zu treten. Sie können mit Der Mutter sprechen.«

»Creb besaß andere Gaben. Er war der Allerhöchste und Allermächtigste. Er konnte . . . er . . . ich weiß nicht, wie ich das erklären soll.«

Jondalar nickte. Es war auch nicht in jedem Falle leicht, die Gaben eines Zelandoni zu erklären. Auf jeden Fall waren sie auch die Bewahrer besonderen Wissens. Er warf noch einen Blick auf die Stäbe. »Was bedeutet dies hier?« sagte er und zeigte auf die extra dicken Kerben.

Ayla errötete. »Das ist . . . ist mein . . . Frauentum«, antwortete sie in dem Bemühen, eine Erklärung zu geben.

Von den Clan-Frauen wurde erwartet, daß sie während ihrer Regel den Männern aus dem Weg gingen, und die Männer übersahen sie vollkommen. Frauen machten in dieser Zeit eine Art Teilverbannung durch, litten unter dem, was man den »Frauen-Fluch« nannte; denn die Männer waren von Furcht vor der geheimnisvollen Lebenskraft erfüllt, die Frauen instand setzte, Leben hervorzubringen. Sie war es, die dem Geist ihres Totems jene außerordentliche Kraft verlieh, die gegen das durchdringende Wesen der Totemsgeister der Männer ankämpfte. Wenn eine Frau blutete, bedeutete das, daß ihr Totem obsiegt und dem Wesen des männlichen Totems eine Wunde zugefügt – es hinausgeworfen hatte. Kein Mann wollte, daß der Geist seines Totems in dieser Zeit in den Kampf hineingezogen wurde.

Nun war Ayla, kurz nachdem sie den Mann in ihre Höhle gebracht hatte, in einer gewissen Bedrängnis gewesen. Sie hatte sich nicht streng absondern können, als ihre Blutung einsetzte – jedenfalls nicht, solange sein Leben noch an einem dünnen Faden hing und sie sich aufmerksam um ihn kümmern mußte. Sie durfte sich einfach nicht einengen lassen. Später hatte sie dann versucht, den Kontakt mit ihm während ihrer Periode auf das Mindestmaß zu beschränken; aber ganz ließ sich dieser nicht vermeiden, wo sie doch beide eine Höhle teilten. Auch war es ihr unmöglich, sich nur mit Frauenaufgaben zu beschäftigen, wie das beim Clan der Fall gewesen war. Es waren ja keine anderen Frauen da, ihren Platz einzunehmen. Sie mußte für den Mann jagen und für ihn kochen; und außerdem wollte er, daß sie mit ihm aß.

Das einzige, was sie tun konnte, um zumindest den Anschein von weiblichem Abstand zu wahren, war, das Thema möglichst zu meiden und ihre Fellbinden zu wechseln, wenn sie allein war, und überhaupt so wenig Aufhebens von der ganzen Sache zu machen wie möglich. Wie aber nun seine Frage beantworten?

Er jedoch nahm ihre Erklärung ohne irgendwelches peinliches Berührtsein oder böse Ahnungen hin. Sie entdeckte nicht das geringste Anzeichen, daß es ihm überhaupt etwas ausmachte.

»Die meisten Frauen versuchen, die Tage zu zählen. Hat Creb oder Iza dir das beigebracht?« fragte er.

Ayla senkte den Kopf, um ihre Verwirrung zu verbergen. »Nein, das habe ich selbst gemacht, um Bescheid zu wissen. Ich wollte nicht unvorbereitet von der Höhle entfernt davon überrascht werden.«

Sein verständnisvolles Nicken überraschte sie. »Frauen erzählen sich eine Geschichte über die Zahlwörter«, fuhr er fort. »Sie sagen, der Mond – Lumi – ist der Geliebte der Großen Erdmutter. An den Tagen, da Doni blutet, will Sie die Wonnen nicht mit ihm teilen. Da wird er zornig, und es verletzt seinen Stolz. Er wendet sich von Ihr ab und verbirgt sein Licht. Aber lange kann er sich nicht von Ihr fernhalten. Er fühlt sich einsam, er vermißt Ihren fülligen warmen Leib und blickt insgeheim zurück, um Sie zu sehen. Doch Doni ist inzwischen außer sich und will ihn nicht ansehen. Doch wenn er sich umdreht und sein Licht in seiner ganzen Pracht für Sie leuchten läßt, kann Sie ihm nicht widerstehen. Sie öffnet sich ihm wieder, und beide sind glücklich.

Das ist der Grund, warum viele Ihrer Feste bei Vollmond abgehalten werden. Die Frauen sagen, ihre Perioden fallen mit denen Der Mutter zusammen – sie nennen die Zeit ihres Blutens Mond-Zeit und können durch Beobachtung Lumis sagen, wann es wieder soweit sein wird. Sie sagen, Doni habe ihnen die Zahlwörter gegeben, damit sie es auch dann wissen, wenn der Mond sich hinter den Wolken versteckt; nur werden sie heute in vielen wichtigen Bereichen benutzt.«

Wiewohl es sie beunruhigte, einen Mann so ungezwungen über intime Frauenangelegenheiten reden zu hören, war Ayla von der Geschichte fasziniert. »Manchmal beobachte auch ich den Mond«, sagte sie, »aber ich kerbe auch die Stecken ein. Was sind das – Zahlen oder Zahlwörter?«

»Das sind . . . einmal Namen für die Kerben auf deinen Stekken, aber auch für anderes. Man benutzt sie, um die Anzahl von . . . allem möglichen anzugeben. Mit ihrer Hilfe kann ein Fährtenleser oder Späher angeben, wie viele Hirsche er gesehen hat oder wie viele Tage sie noch entfernt sind. Handelt es sich um eine große Herde, wie etwa im Herbst bei den Büffeln, dann muß ein Zelandoni die Herde auskundschaften, einer, der besondere Möglichkeiten des Zählens kennt.«

Ein ahnungsvolles Erwarten ging durch die Frau hindurch; fast verstand und begriff sie, was er meinte. Ihr war, als stehe sie kurz davor, die Antwort auf eine Frage zu finden, die sie bisher nicht hatte packen können.

Der Blick des großen blonden Mannes fiel auf den Haufen runder Kochsteine. Mit beiden Händen nahm er davon und sagte: »Ich will es dir zeigen.« Mit diesen Worten legte er die Steine in eine Reihe nebeneinander, zeigte auf einen nach dem anderen und zählte dabei: »Eins, zwei, drei, vier, fünf, sechs, sieben . . .«

Ayla sah ihm zu und wurde immer aufgeregter.

Nachdem er fertig war, blickte er sich nach etwas anderem um, und nahm einige von Aylas Kerbstäben. »Eins«, sagte er und legte den ersten nieder, »zwei«, und legte den nächsten daneben, »drei, vier, fünf . . .«

Ayla erinnerte sich noch lebhaft daran, wie Creb »Jahr der Geburt, Jahr des Laufenlernens, Jahr der Entwöhnung . . .« zu ihr gesagt und dabei auf ihre ausgestreckten Finger gezeigt hatte. Jetzt hob sie die Hand in die Höhe, sah Jondalar an, und zeigte auf einen Finger nach dem anderen: »Eins, zwei, drei, vier, fünf«, sagte sie.

»Richtig! Ich wußte, daß du nahe dran warst, als ich deine Stäbe sah.«

Ihr strahlendes Lächeln hatte etwas herrlich Triumphierendes. Sie nahm einen der Stecken und zählte die Kerben. Jondalar fuhr fort, ihr die Zahlwörter über diejenigen hinaus vorzusagen, die sie bereits kannte, doch auch er mußte ein paar Kerben über der zweiten, extra dicken Kerbe aufgeben. Er runzelte die Stirn. »Und so lange bist du hier?« fragte er und zeigte auf die wenigen Stäbe, die sie herausgebracht hatte.

»Nein«, sagte sie und holte den Rest. Die Verschnürungen von allen Bündeln lösend, breitete sie alle vor ihnen aus.

Jondalar schaute genauer hin und erblaßte. Der Magen krampfte sich ihm zusammen. Jahre! Die Kerben stellten Jahre dar! Er legte sie nebeneinander, damit er sämtliche Kerben sehen konnte, dann ließ er den Blick auf ihnen ruhen. Obwohl der Zelandoni ihm erklärt hatte, wie man größere Mengen zusammenfaßte, mußte er überlegen.

Dann lächelte er. Statt die einzelnen Tage zu zählen, konnte er auch die extra dicken Kerben zählen, diejenigen, die einen vollständigen Mondzyklus repräsentierten und gleichzeitig den Beginn ihrer Mond-Zeiten angaben. Jedesmal wenn er auf eine solche extra dicke Kerbe zeigte, machte er einen Strich auf dem Boden und sagte dazu das Zahlwort auf. Nach dreizehn Strichen fing er eine zweite Reihe an, ließ dabei aber den ersten Strich aus, wie der Zelandoni es ihm erklärt hatte, und machte entsprechend nur zwölf Striche. Mondzyklen entsprachen den Jahreszeiten nicht genau. Am Ende der dritten Reihe gelangte er an das Ende ihrer Kerben und blickte sie scheu und ehrfürchtig zugleich an.

»Drei Jahre! Du bist drei Jahre hier! Genauso lange, wie ich jetzt auf meiner Reise bin. Bist du die ganze Zeit über allein gewesen?«

»Ich habe Winnie gehabt und bis vor . . .«

»Aber Menschen hast du keine gesehen?«

»Nein, seit ich vom Clan fort bin, nicht.«

In ihren Gedanken zeichneten sich die Jahre durch irgendeine Besonderheit aus. Das erste – an dem sie den Clan verlassen, das Tal gefunden und das kleine Füllen bei sich aufgenommen hatte – nannte sie Winnies Jahr. Im folgenden Frühling – dem Beginn des neu erwachenden Wachstums – hatte sie das Löwenjunge gefunden; infolgedessen nannte sie dieses Jahr Babys Jahr. Für Jondalar ging das Jahr eins von Winnies Jahr bis zu Babys Jahr. Dann kam das Jahr des Hengstes – zwei. Und drei das Jahr von Jondalar und dem Füllen. Sie selbst merkte sich die Jahre besser auf ihre Art; gleichwohl gefielen ihr die Zahlwörter. Der Mann hatte ihre Kerben dazu gebracht, ihm zu verraten, wie lange sie im Tal war, und jetzt wollte auch sie lernen, wie man das machte.

»Weißt du, wie alt du bist, Ayla? Wie viele Jahre bist du jetzt am Leben?« fragte Jondalar plötzlich.

»Laß mich überlegen«, sagte sie und hielt eine Hand mit ausgestreckten Fingern in die Höhe. »Creb hat gesagt, nach Izas Meinung war ich ungefähr so viele ... fünf ... Jahre alt, als sie mich fanden.« Jondalar machte fünf Striche auf den Boden. »Durc wurde im Frühling jenes Jahres geboren, da wir zur Clan-Versammlung zogen. Ich habe ihn mitgenommen. Creb sagte, zwischen den Clan-Treffen lägen immer so viele Jahre.« Damit hielt sie zusätzlich zu der vollen Hand noch zwei Finger der anderen in die Höhe.

»Das sind sieben«, sagte Jondalar.

»Im Sommer, ehe sie mich fanden, hatte eine Clan-Versammlung stattgefunden.«

»Also eins weniger – laß mich überlegen«, sagte er und machte noch zwei Striche auf den Boden. Dann schüttelte er den Kopf. »Bist du sicher? Das bedeutet, daß dein Sohn geboren wurde, als du elf warst.«

»Ich bin sicher, Jondalar.«

»Ich habe gehört, daß einige Frauen schon so jung Kinder bekommen können, aber nicht viele. Mit dreizehn oder vierzehn ist eigentlich die Regel, und manche halten auch das noch für zu jung. Dann bist du ja selbst kaum mehr als ein Kind gewesen.«

»Nein, ich bin kein Kind gewesen. Ich war schon seit mehreren Jahren kein Kind mehr. Ich war zu groß, um ein Kind zu sein, größer als alle anderen, die Männer eingeschlossen. Und ich war schon älter als die meisten Mädchen des Clans, wenn sie Frauen werden.« Sie verzog den Mund zu einem schiefen Lächeln. »Ich glaube, ich hätte nicht noch länger warten können. Manche dachten schon, ich würde nie eine Frau werden, weil ich ein so starkes männliches Totem habe. Iza war so froh, als ich ... als die Mondzeiten anfingen. Und ich auch, bis ...« Ihr Lächeln schwand. »Das war Brouds Jahr. Und das Jahr darauf Durcs Jahr.«

»Das Jahr vor der Geburt deines Sohnes – zehn! Zehn Jahre warst du erst alt, als er dich zwang? Wie konnte er das denn tun?«

»Ich war eine Frau, größer als die meisten Frauen. Größer als er.«

»Aber nicht so kräftig wie er! Ich habe ein paar von diesen Flachschädeln gesehen. Groß sind sie vielleicht nicht – aber stark. Ich möchte nicht mit ihnen kämpfen müssen.«

»Es sind Männer, Jondalar«, verbesserte sie ihn sanft. »Sie sind keine Flachschädel – sie sind Männer des Clans.«

Das brachte ihn zur Besinnung. Trotz ihres sanften Tonfalls – das Kinn war eigensinnig vorgereckt.

»Selbst nach dem, was er dir angetan hat, bestehst du immer noch darauf, daß er kein Tier ist?«

»Du kannst meinetwegen sagen, daß er sich wie ein Tier benommen hat, daß er mich zwang – aber wie benehmen sich denn die Männer, die den Clans-Frauen Gewalt antun?«

So hatte er die Sache eigentlich noch nie gesehen.

»Nicht alle Männer waren wie Broud, Jondalar. Nur die wenigsten. Creb war nicht so – er war sanft und gütig, obwohl er ein mächtiger Mog-ur war. Brun war es nicht, und dabei war er unser Anführer. Er hatte einen starken Willen, aber er war gerecht. Er hat mich in seinen Clan aufgenommen. Einiges mußte er tun – so war das nun mal Sitte beim Clan –, aber er ehrte mich durch seine Dankbarkeit. Clan-Männer zeigen Frauen gegenüber nicht oft Dankbarkeit, vor allem nicht in aller Öffentlichkeit. Er ließ mich auf die Jagd gehen; er akzeptierte Durc. Als ich fortging, versprach er mir sogar, ihn zu beschützen.«

»Wann bist du denn fortgegangen?«

Sie hielt inne, um nachzudenken. Jahr der Geburt, Jahr des Laufenlernens, Jahr des Entwöhnens. »Durc war drei Jahre alt, als ich fortging«, sagte sie.

Jondalar fügte noch drei Striche hinzu. »Vierzehn warst du? Erst vierzehn Jahre alt? Und seither hast du hier mutterseelenallein gelebt? Drei Jahre lang?« Er zählte alle Striche zusammen. »Du bist siebzehn Jahre alt, Ayla. Und hast schon ein volles Leben hinter dir mit deinen siebzehn Jahren«, sagte er.

Schweigend und nachdenklich saß Ayla eine Weile da – dann ergriff sie das Wort. »Durc ist jetzt sechs Jahre alt. Inzwischen werden die Männer ihn mit aufs Übungsfeld nehmen. Grod wird ihm einen Speer machen, der zu seiner Größe paßt, und Brun wird ihn lehren, damit umzugehen. Wenn er noch am Leben ist, wird der alte Zoug ihn im Gebrauch der Schleuder unterweisen. Durc wird sich darin üben, indem er mit seinem Freund Grev Jagd auf kleine Vögel macht – Durc ist zwar jünger als Grev, aber größer. Er war immer groß für sein Alter, das hat er von mir. Er kann schnell laufen; keiner kann ihn einholen.

Und mit der Schleuder ist er gut. Und Uba liebt ihn. Sie liebt ihn genausosehr wie ich.«

Ayla merkte gar nicht, daß ihr die Tränen herunterliefen, bis sie tief Atem holte und daraus ein Schluchzer wurde, und wußte nicht, wie sie sich in Jondalars Armen wiederfand und den Kopf an seiner Schulter barg.

»Ist ja schon gut, Ayla«, sagte der Mann. Mit elf Mutter, mit vierzehn von ihrem Sohn getrennt, war es ihr versagt, ihn aufwachsen zu sehen, ja, war sie sich noch nicht einmal sicher, ob er überhaupt noch am Leben war. Aber sie ist sich sicher, daß jemand ihn liebt und sich um ihn kümmert und ihm das Jagen beibringt . . . wie es jedem Kind ergeht.

Ayla kam sich vor wie ausgewrungen, als sie schließlich den Kopf von der Schulter des Mannes nahm, aber ihr war auch leichter ums Herz, als ob ihr Kummer nicht mehr ganz so schwer auf ihr lastete. Seit sie den Clan verlassen hatte, war es das erstemal, daß sie ihren Verlust mit einer anderen Menschenseele teilte. Dankbar bedachte sie Jondalar mit einem Lächeln.

Zärtlich und mitleidig erwiderte er es, und plötzlich wallte noch etwas anderes aus der unbewußten Quelle seines Inneren auf und zeigte sich im tiefen Blau seiner Augen. Das brachte eine gleichgesinnte Saite in der Frau zum Klingen. Innig sahen sie einander lange an, und ihre Augen sagten wortlos, was sie laut nicht zu sagen wagten.

Die Intensität dieses Austauschs war zuviel für Ayla; sie hatte immer noch Schwierigkeiten, einen Menschen direkt anzusehen. Sie riß die Augen von ihm los und sammelte ihre Kerbstäbe zusammen. Jondalar brauchte einen Moment, ehe er sich aufraffen und ihr helfen konnte, die Stäbe zu Bündeln zusammenzuschnüren. Als er jetzt an ihrer Seite arbeitete, war er sich der warmen Fülle und ihres angenehmen weiblichen Geruchs bewußter, als er es gewesen war, da er sie in seinen Armen getröstet hatte. Ayla wiederum spürte ein Nachglühen, wo ihre Leiber sich berührt und seine sanften Hände sie angefaßt hatten, und das Salz seiner Haut vermischte sich mit ihren Tränen.

Beide begriffen sie, daß sie einander berührt hatten und dies keinen von ihnen gekränkt hatte. Trotzdem hüteten sie sich sorgsam, sich direkt anzusehen oder einander zu nahe zu kommen, aus Angst, daß es diesen unvorhergesehenen Augenblick der Zärtlichkeit stören könnte.

Ayla nahm ihre Stabbündel auf und wandte sich dann dem Mann zu. »Wie viele Jahre bist du alt, Jondalar?«

»Ich war achtzehn, als ich auf die Reise ging, Thonolan war fünfzehn . . . und achtzehn, als er starb. So jung.« Sein Gesicht verriet seinen Schmerz; dann fuhr er fort: »Ich bin jetzt einundzwanzig Jahre alt . . . und bin immer noch ohne Gefährtin. Ich bin alt für einen Junggesellen. Die meisten Männer haben in diesem Alter eine Frau gefunden, ja, haben schon in einem viel jüngeren Alter ein Herdfeuer gegründet. Sogar Thonolan. Er war sechzehn, als er heiratete.«

»Ich habe aber nur zwei Männer gefunden. Wo war seine Gefährtin?«

»Sie ist gestorben. Bei der Geburt, und ihr Sohn ist auch gestorben.« Mitleid füllte Aylas Augen. »Deshalb haben wir ja unsere Reise fortgesetzt. Er wollte nicht dort bleiben. Es ist aber auch von Anfang an mehr seine als meine Reise gewesen. Es war immer er, der auf Abenteuer aus war und keinerlei Bedenken kannte. Er hat einfach alles gewagt, und doch war jeder sein Freund. Ich bin bloß mit ihm gereist. Thonolan war mein Bruder und der beste Freund, den ich je hatte. Nachdem Jetamio tot war, wollte ich ihn bewegen, mit mir zurückzukehren nach Hause, aber er wollte nicht. Er war so voller Trauer, daß er ihr bis in die nächste Welt nachfolgen wollte.«

Ayla erinnerte sich, wie unendlich verzweifelt Jondalar gewesen war, als er begriffen hatte, daß sein Bruder tot war; jetzt erkannte sie, daß der Schmerz immer noch verweilte. »Vielleicht ist er dann jetzt glücklicher, wenn es doch das gewesen ist, was er gewollt hat. Es ist schwer weiterzuleben, wenn man jemand verliert, den man so sehr liebt«, sagte sie sanft.

Jondalar dachte daran, wie untröstlich sein Bruder gewesen war, und begriff das jetzt besser. Vielleicht hatte Ayla recht. Sie müßte es wissen; sie hatte Kummer und Elend genug erlebt. Gleichwohl war sie entschlossen weiterzuleben. Thonolan hatte Mut besessen, war tollkühn und unbesonnen gewesen; Aylas Mut war der Mut des Durchhaltens.

Ayla schlief nicht gut, und das Sichherumwälzen und Sich-hin-und-her-Geschiebe auf der anderen Seite des Feuers ließ sie vermuten, daß vielleicht auch Jondalar wach dalag. Sie verspürte den Wunsch, aufzustehen und zu ihm zu gehen, doch kam ihr das Gefühl von Zuneigung und Zärtlichkeit, das dem geteilten Kummer und Gram entwachsen war, doch zu zerbrechlich vor, als daß sie es gewagt hätte, es dadurch aufs Spiel zu setzen, daß sie mehr wollte, als er zu geben bereit war.

Im dämmerigen Licht des abgedeckten Feuers erkannte sie unter den Schlaffellen seine Umrisse sowie den braungebrannten Arm, den er ebenso herausgesteckt hatte wie die muskulöse Wade mit der Ferse auf dem Boden. Sie sah ihn deutlicher vor sich, wenn sie die Augen zumachte, als wenn sie sie öffnete und den Blick auf den atmenden Haufen jenseits des Feuers richtete: das straff zurückgestrählte und mit einem Riemen im Nacken zusammengehaltene Haar, der dunklere und gekrauste Bart, seine bestürzenden Augen, die so viel mehr sagten als seine Worte, und seine großen, feinfühligen, langfingerigen Hände – all das war mehr als eine Vision. Ihr Anblick erfüllte sie mit einem inneren Seufzen. Er wußte immer, was mit den Händen tun, ob er nun ein Stück Flint hielt oder genau die richtige Stelle fand, den Junghengst zu kraulen. Renner! Ein guter Name. Der Mann hatte ihm einen Namen gegeben.

Wie konnte ein Mann, der so groß und so stark war, so sanft sein? Sie hatte seine harten Muskeln gespürt, hatte gefühlt, wie sie sich bewegten, als er versuchte, sie zu trösten. Er ... er schämte sich nicht, Zuneigung oder Kummer zu zeigen. Die Männer im Clan waren distanzierter und reservierter. Selbst Creb, von dem sie sehr wohl wußte, daß er sie liebte, hatte seine Gefühle nie so offen gezeigt.

Was sollte sie nur tun, wenn er nicht mehr da war? Sie wollte nicht darüber nachdenken. Trotzdem mußte sie dem ins Auge sehen: Er würde fortgehen. Er hatte gesagt, er wolle ihr etwas schenken, bevor er gehe – er hatte gesagt, er werde fortgehen.

Ayla wälzte sich die ganze Nacht von einer Seite auf die andere, erhaschte Blicke auf seinen bloßen, tiefgebräunten Oberkörper; auf seinen Hinterkopf und seine breiten Schultern; und – einmal – auf seinen rechten Oberschenkel mit der gezackten Narbe, aber nichts Schlimmerem. Warum war er geschickt worden? Sie lernte die neuen Wörter – um ihr das Sprechen beizubringen? Er wollte ihr eine neue, eine bessere Art zu jagen zeigen. Wer hätte gedacht, daß ein Mann einmal bereit wäre, ihr in der Jagd etwas Neues beizubringen? Auch in der Beziehung war Jondalar anders als die Clan-Männer. Vielleicht gelingt es mir, etwas Besonderes für ihn zu tun, damit er mich nicht vergißt.

Ayla döste ein in dem Gedanken, wie sehr es sie danach verlangte, daß er sie wieder in den Armen hielt, wie sehr sie seine Wärme spüren und seine Haut an der ihren fühlen wollte. Kurz vor Morgengrauen erwachte sie aus einem Traum, in dem er über die winterliche Steppe dahinschritt, und da wußte sie, was sie gern tun wollte. Sie wollte etwas für ihn machen, das seiner Haut immer nahe wäre, etwas, das ihn warm hielt.

Leise stand sie auf und fand die Kleider, die sie ihm in der ersten Nacht vom Leib geschnitten hatte, und trug sie näher an die Feuerstelle heran. Das getrocknete Blut machte sie immer noch steif, aber wenn sie das einweichte, konnte sie feststellen, wie sie gemacht waren. Das Hemd mit dem reizvollen Muster darauf ließ sich ihrer Meinung nach retten, sofern sie die Armteile ersetzte. Die Hosen mußte sie aus neuem Material ganz neu machen, doch von der Bluse ließ sich einiges retten. Die Fußlinge waren unbeschädigt und brauchten nur neue Riemen.

Sie beugte sich dicht über die rote Glut und untersuchte die Säume. Die ganzen Ränder entlang waren kleine Löcher in die Felle gestochen und diese mit Hilfe von Sehnen und dünnen Lederstreifen zusammengezogen worden. Zwar hatte sie sie sich bereits einmal angesehen – in der Nacht, da sie die Kleidung aufgeschnitten hatte. Sie war sich nicht sicher, ob sie all dies nachmachen konnte, aber sie konnte es immerhin versuchen.

Jondalar regte sich, und sie hielt den Atem an. Sie wollte nicht, daß er sie mit seinen Kleidern ertappte; davon sollte er erst erfahren, wenn sie fertig waren. Er beruhigte sich wieder und machte die schweren Atemzüge des Tiefschlafs. Sie verschnürte die Kleider noch einmal zu einem Bündel und steckte dieses unter ihren Schlafpelz. Später, so nahm sie sich vor, würde sie ihren Stapel gewalkter Felle und Pelze nach solchen Stücken durchsehen, die sich verwenden ließen.

Ein schwaches Licht kam durch den Höhleneingang und den Rauchabzug hereingeströmt, und eine kaum merkliche Veränderung seiner Bewegungen und seines Atmens verkündeten Ayla, daß er bald aufwachen würde. Sie legte Holz nach und tat Heizsteine in die Glut, dann setzte sie den Kochkorb auf. Der Wasserschlauch war fast leer, und Tee bereitete man am besten aus frischem Wasser. Winnie und ihr Füllen standen auf ihrer Seite der Höhle, und Ayla blieb auf dem Weg hinaus kurz neben ihnen stehen, als die Stute leise schnaubte.

»Ich habe eine großartige Idee«, erklärte sie dem Pferd lächelnd in lautloser Gebärdensprache. »Ich werde Jondalar ein paar Kleider machen, solche, wie er sie trägt. Meinst du, daß ihm das gefällt?« Doch dann schwand das Lächeln aus ihrem Gesicht. Sie schlang den einen Arm Winnie, den andern Renner um den Hals und lehnte die Stirn an die Stute. Dann wird er mich verlassen, dachte sie. Sie konnte ihn nicht zwingen zu bleiben. Sie konnte ihm nur helfen fortzugehen.

Im ersten Licht der Morgendämmerung stieg sie den Pfad hinunter und versuchte, nicht mehr an die trübe Zukunft ohne Jondalar zu denken, sondern etwas Trost aus dem Gedanken zu schöpfen, daß die Kleider, die sie ihm machen wollte, ihm nahe sein würden. Sie zog sich den Überwurf über den Kopf und schwamm ihre morgendliche Runde im kalten Wasser, dann fand sie einen Zweig von der richtigen Größe und füllte den Wasserschlauch.

Heute morgen werde ich mal etwas anderes probieren, dachte sie: Süßgras und Kamille. Sie entrindete den Zweig, lehnte ihn neben den Becher und ließ dann den Tee ziehen. Die Himbeeren sind reif. Ich glaube, ich pflücke ein paar.

Sie stellte Jondalar den heißen Tee hin, suchte sich einen Pflückkorb und ging hinaus. Winnie und Renner folgten ihr und grasten in der Nähe des Himbeerschlags. Außerdem grub sie wilde Möhren aus, die klein und blaßgelb waren, und fand auch ein paar weiße, stärkehaltige Erdnüsse, die roh gut schmeckten, obwohl sie sie lieber gekocht aß.

Als sie wieder an den Fluß ging, stand Jondalar draußen auf dem sonnigen Sims. Sie winkte hinauf, wusch die Möhren, brachte sie dann hinauf und fügte sie einer Brühe hinzu, die sie mit Trockenfleisch aufgesetzt hatte. Sie kostete sie ab, streute einige getrocknete Kräuter darüber und teilte die Himbeeren in zwei Portionen auf. Dann erst schenkte sie sich selbst einen Becher kühlen Tee ein.

»Kamille«, sagte Jondalar, »und ich weiß nicht was sonst noch . . .«

»Ich weiß nicht, wie ihr es nennt – etwas wie Gras, nur süß. Ich werde dir die Pflanze bei Gelegenheit zeigen.« Ihr fiel auf, daß er sein Gerät zur Herstellung von Werkzeugen sowie einige der neulich geschlagenen Klingen bereitliegen hatte.

»Ich dachte, ich fange zeitig an«, sagte er, als er ihr Interesse bemerkte. »Es gibt ein paar Dinge, die ich vorher machen muß.«

»Es ist an der Zeit, auf die Jagd zu gehen. Das Trockenfleisch ist so mager. Inzwischen werden die Tiere ein wenig Fett angesetzt haben. Ich habe einen Bärenhunger auf frisches, fetttriefendes Fleisch.«

Er lächelte. »Es klingt köstlich, allein wie du davon sprichst. Es war mir übrigens durchaus ernst, Ayla. Du bist eine erstaunlich gute Köchin.«

Errötend senkte sie den Kopf. Es war hübsch zu wissen, daß er so darüber dachte, doch merkwürdig, daß ihm etwas auffiel, was doch eigentlich zu erwarten stand.

»Ich wollte dich nicht in Verlegenheit bringen.«

»Iza hat immer gesagt, Komplimente machen die Geister neidisch. Eine Aufgabe gut zu verrichten, sollte genug sein.«

»Ich glaube, deine Iza hätte Marthona gefallen. Auch sie kann Komplimente nicht ausstehen. ›Das beste Kompliment ist eine gut getane Aufgabe‹, hat sie immer gesagt. Alle Mütter müssen sich ähnlich sein.«

»Marthona ist deine Mutter?«

»Ja, habe ich dir das noch nicht gesagt?«

»Ich hatte das zwar angenommen, war mir aber nicht sicher. Hast du Geschwister? Außer dem Bruder, den du verloren hast?«

»Ja, noch einen älteren Bruder, Joharran. Der ist heute Anführer der Neunten Höhle. Er wurde an Joconans Herdfeuer geboren. Dann lösten Marthona und Dalanar den Knoten auf, und sie heiratete Willomar. Thonolan ist der Sohn und Folara die Tochter seines Herdfeuers.«

»Du aber hast bei Dalanar gelebt, nicht wahr?«

»Ja, drei Jahre hindurch. Er hat mich mein Handwerk gelehrt – ich habe also beim Besten seiner Kunst gelernt. Ich war zwölf, als ich zu ihm kam, und schon über ein Jahr ein Mann. Mein Mannestum entwickelte sich früh, und groß war ich auch für mein Alter.« Ein merkwürdiger, undeutbarer Ausdruck malte sich auf seinem Gesicht. »Es war schon das beste, daß ich fortging.«

Dann lächelte er. »Das war, als ich meine Base, Joplaya, kennenlernte. Sie ist Jerikas Tochter, Tochter von Dalanars Herdfeuer, nachdem sie zusammengegeben worden waren. Sie war zwei Jahre jünger als ich. Dalanar hat uns beide gleichzeitig die Flintbearbeitung gelehrt. Wir lagen ständig im Wettstreit miteinander – das ist der Grund, warum ich ihr nie sagen wollte, wie gut sie war. Sie weiß es aber. Sie hat ein gutes Auge und eine sichere Hand – irgendwann wird sie so gut sein wie Dalanar.«

Ayla schwieg eine Zeitlang. »Etwas verstehe ich nicht ganz, Jondalar. Folara hat dieselbe Mutter wie du, dann ist sie doch deine Schwester, oder?«

»Ja.«

»Du wurdest an Dalanars Herdfeuer geboren, und Joplaya

wurde auch an Dalanars Herdfeuer geboren. Trotzdem ist sie deine Base. Was ist der Unterschied zwischen Schwester und Base?«

»Schwestern und Brüder stammen von derselben Mutter ab. Vettern und Basen sind sich nicht so eng. Ich wurde an Dalanars Herdfeuer geboren, und wahrscheinlich bin ich seines Geistes. Die Leute sagen, wir sehen einander ähnlich. Und ich glaube, auch Joplaya ist seines Geistes. Ihre Mutter ist untersetzt, doch sie ist groß, wie Dalanar. Nicht ganz so groß, aber ein bißchen größer als du, glaube ich.

Niemand weiß genau, wessen Geist die Große Mutter erwählt, daß er sich mit dem einer Frau vermischt. Deshalb können Joplaya und ich Dalanars Geistes sein, aber wer weiß? Deshalb sind wir Vetter und Base.«

Ayla nickte. »Vielleicht wäre Uba eine Base, aber für mich war sie eine Schwester.«

»Eine Schwester?«

»Wir sind keine echten Geschwister. Uba war Izas Tochter und kam auf die Welt, nachdem ich gefunden worden war. Iza sagte, wir wären beide ihre Töchter.« Aylas Gedanken kehrten sich nach innen. »Uba wurde mit einem Mann zusammengegeben, aber nicht mit dem, den sie gewählt hätte. Nur, der andere Mann hätte dann nur seine Schwester zur Gefährtin nehmen können, und im Clan sollen Geschwister sich nicht zu Gefährten nehmen.«

»Wir heiraten nicht unsere Brüder und Schwestern«, sagte Jondalar. »Im allgemeinen heiraten wir auch unsere Vettern und Basen nicht, wenn das auch nicht regelrecht verboten ist. Man sieht es nur nicht gern. Manche Vettern und Basen sind annehmbarer als andere.«

»Und was für Vettern und Basen sind das?«

»Viele Arten, manche sind enger miteinander verwandt als andere. Die Kinder der Schwester deiner Mutter sind deine Vettern und Basen; die Kinder des Gefährten des Bruders deiner Mutter; die Kinder von . . .«

Ayla schüttelte den Kopf. »Das ist mir zu verwirrend. Woher willst du wissen, wer Vetter oder Base ist und wer nicht? Fast jeder könnte Vetter oder Base von jedem sein . . . Wer bleibt in eurer Höhle denn noch, mit dem man sich zusammentun könnte?«

»Die meisten heiraten keine Angehörigen ihrer eigenen Höhle. Für gewöhnlich ist es jemand, den man auf einem Sommertreffen kennenlernt. Ich glaube, die Heirat zwischen Vetter und Base wird manchmal deshalb gestattet, weil man gar nicht weiß, daß derjenige, den man heiraten will, Vetter oder Base von einem ist, bis man seine Bande bekanntgibt... die Verwandtschaftsbande, meine ich. Im allgemeinen kennen die Menschen ihre engeren Verwandten, selbst wenn diese in einer anderen Höhle leben.«

»Wie Joplaya?«

Jondalar nickte zustimmend. Er hatte den Mund voller Himbeeren.

»Jondalar, was ist, wenn es gar nicht die Geister sind, die die Kinder machen? Was, wenn es ein Mann ist? Würde das nicht bedeuten, daß die Kinder genausoviel vom Mann abstammen wie von der Frau?«

»Das Baby wächst aber in der Frau, Ayla. Es stammt von ihr.«

»Warum paaren dann Mann und Frau sich so gern?«

»Wozu hat Die Mutter uns das Geschenk der Wonnen gemacht? Das ist eine Frage, die man einem Zelandoni stellen müßte.«

»Warum sagst du immer ›Geschenk der Wonnen‹? Es gibt viele Dinge, die die Menschen glücklich machen und ihnen Wonne bereiten. Bereitet es einem Mann Wonne, sein Glied in eine Frau hineinzustecken?«

»Nicht nur dem Mann, der Frau auch... aber das weißt du nicht, nicht wahr? Du hast die Riten der Ersten Wonnen nicht erlebt. Ein Mann hat dich geöffnet und dich zu einer Frau gemacht, doch das ist nicht dasselbe. Schändlich war das. Wie konnten diese Leute das nur zulassen?«

»Sie haben es nicht anders gewußt. Sie haben nur gesehen, was er tat. Und was er tat, war nicht schändlich, nur die Art und Weise, *wie* er es tat. Es wurde nicht um der Wonnen willen getan – Broud hat es mit Haß getan. Ich verspürte Schmerz und Zorn, aber keine Schande. Wonnen freilich auch nicht. Ich weiß nicht, ob Broud mein Baby in mir zum Leben erweckt hat, Jondalar, oder mich zur Frau machte, damit ich eines haben konnte, aber mein Sohn, der hat mich glücklich gemacht. Durc ist meine ganze Wonne gewesen.«

»Das Geschenk des Lebens von Der Mutter ist eine Freude; aber es ist mehr daran als Lust, wenn Mann und Frau sich vereinigen. Auch das ist ein Geschenk, und Ihr zu Ehren sollte es mit Freuden geschehen.«

Vielleicht ist auch mehr daran, als du weißt, dachte sie. Doch schien er seiner Sache so sicher. Ob er wohl recht hatte? Ayla glaubte ihm nicht ganz; die Frage beschäftigte sie auch weiterhin.

Nach dem Essen setzte Jondalar sich auf den breiten ebenen Teil des Simses, wo er sein Arbeitsgerät zurechtgelegt hatte. Ayla folgte ihm und setzte sich ganz in seine Nähe. Er legte die von ihm gemachten Klingen nebeneinander, um sie vergleichen zu können. Geringfügige Unterschiede machten, daß einige sich besser für bestimmte Werkzeuge eigneten als andere. Er wählte eine Klinge aus, hielt sie gegen die Sonne und zeigte sie dann der Frau.

Die Klinge war über zehn Zentimeter lang und etwa über zwei Zentimeter breit. Der Wulst auf der Außenseite verlief gerade und lief zu den Schneiden hin so dünn aus, daß das Licht hindurchschien. Nur wenn man es gegen die Sonne hielt, konnte man die feinen Bruchlinien sehen, die von der extrem flachen Schlagdelle ausgingen. Die beiden langen Schneiden waren gerade und scharf. Jondalar zog ein Barthaar straff und probierte eine Schneide aus. Sie schnitt, und es gab keinen Widerstand. Eine vollkommenere Klinge war kaum vorstellbar.

»Die behalte ich zum Rasieren«, sagte er.

Ayla wußte nicht, was er damit meinte, hatte jedoch bei Droog gelernt, irgendwelche Kommentare oder Erklärungen einfach hinzunehmen und keine Fragen zu stellen, weil das die Konzentration stören konnte. Er legte die Klinge auf die andere Seite und nahm eine andere zur Hand. Die beiden Schneiden dieser Klinge liefen allmählich aufeinander zu, so daß die Klinge am einen Ende schmaler war als am anderen. Jondalar griff nach einem glatten Stein, den er vom Uferstreifen heraufgebracht hatte und etwa doppelt so groß war wie seine Faust, und legte das schmale Ende darauf. Mit Hilfe eines abgestumpften Geweihendes klopfte er das Ende zu einer Dreiecksform zurecht. Indem er die Ränder des Dreiecks gegen den Steinamboß drückte, nahm er kleine Splitter davon fort, so daß die Klinge eine schmale scharfe Spitze bekam.

Er zog ein Ende seines ledernen Lendenschurzes glatt und bohrte ein kleines Loch hinein. »Das hier ist eine Ahle«, sagte er und zeigte sie Ayla. »Damit sticht man kleine Löcher, um Sehnen hindurchzuziehen und Kleidung zu nähen.«

Er mußte gesehen haben, wie ich seine Kleidung untersucht habe, dachte Ayla. Offenbar wußte er, was sie vorhatte.

»Und jetzt mache ich noch einen Bohrer. Der sieht nicht wesentlich anders aus als die Ahle, nur daß er größer und kräftiger ist; damit kann man Löcher in Holz, Knochen oder Hirschhorn bohren.«

Ihr fiel ein Stein vom Herzen; er redete einfach nur über Werkzeuge.

»Ich habe eine . . . Ahle benutzt, um Beutel zu machen, nur keine so feine wie diese.«

»Möchtest du sie haben?« Er grinste. »Ich kann mir eine andere machen.«

Daraufhin nahm sie sie, beugte den Kopf, um auf Clanweise ihrer Dankbarkeit Ausdruck zu verleihen, doch dann erinnerte sie sich. »Vielen Dank«, sagte sie.

Er bedachte sie mit einem raschen, erfreuten Lächeln. Dann nahm er eine dritte Klinge und legte sie an den Stein. Mit dem abgestumpften Hirschhornhammer nahm er einer Schmalseite die Rundung und machte, daß er schräg zur langen Schnittfläche ansetzte. Dann hielt er das begradigte Ende dergestalt, daß es rechtwinklig zur Schneide stand und tat einen kurzen, aber kräftigen Schlag. Ein langes Stück löste sich, und der schmale Stein wies eine kräftige scharfe Spitze auf.

»Weißt du, was das ist?« fragte er. Sie betrachtete es, schüttelte den Kopf und gab es ihm zurück.

»Das ist ein Meißel«, sagt er. »Schnitzer und Bildhauer benutzen ihn – nur sehen sie bei denen ein kleines bißchen anders aus. Diesen brauche ich für die Waffe, von der ich dir erzählt habe.«

»Meißel, Meißel«, sagte sie in dem Bemühen, sich das neue Wort einzuprägen.

Nachdem er noch einige Werkzeuge ähnlich jenen gefertigt hatte, die sie bereits kannte, schüttelte er den von Ayla erbetenen Schutzschurz über dem Rand des Simses aus und zog das trogähnliche Gefäß heran. Er entnahm ihm einen langen Knochen, wischte ihn ab und drehte den Vorderbeinknochen in der Hand, Wo sollte er anfangen? Sich niedersetzend, stemmte er den Knochen gegen den Fuß, nahm den spitzen Meißel und ritzte der Länge nach eine Linie hinein. Dann ritzte er eine zweite Linie hinein, die in spitzem Winkel auf die erste zulief, und zum Schluß eine dritte, die die Basis eines länglichen Dreiecks abgab.

Nun zog er die erste Linie nach, wischte einen langen geringelten Knochenspan weg, fuhr fort, jedesmal tiefer in den Knochen eindringend mit der Meißelspitze die vorgezeichneten Linien nachzuziehen und zuletzt bis zum hohlen Kern des

Knochens vorzustoßen. Er zog alles noch ein letztesmal nach, um zu gewährleisten, daß auch wirklich alles frei war, und übte dann an der Basis Druck aus. Die lange Spitze des Dreiecks fuhr hoch, und er holte das freigelegte Stück heraus. Nachdem er es beiseite gelegt hatte, wandte er sich nochmals dem Knochen zu und ritzte eine neue Linie hinein, die spitz auf eine der zuvor herausgeritzten Seiten zulief.

Ayla sah gebannt zu und wollte sich nichts entgehen lassen. Doch nach den ersten paar Malen war es reine Wiederholung, und ihre Gedanken wandten sich wieder ihrer Frühstücksunterhaltung zu. Ihr ging auf, daß Jondalars Einstellung sich verändert hatte. Das ging nicht aus irgendeiner bestimmten Bemerkung hervor, sondern war vielmehr der Grundtenor all dessen, was er sagte.

Ihr fiel ein, daß er gesagt hatte: »Deine Iza hätte Marthona gefallen«, und etwas darüber, daß alle Mütter einander gleich wären. Seine Mutter würde einen Flachschädel gemocht haben? Sie ähnelten einander? Später hatte er dann sogar von Broud als einem Mann gesprochen – dabei war er aufgebracht gewesen –, einem Mann, der ihr den Weg gebahnt hatte, ein Kind zu bekommen. Außerdem hatte er gesagt, er könne nicht verstehen, wie ›diese Leute‹ das hätten geschehen lassen. Ihm selbst war das gar nicht aufgegangen, und das hatte sie am meisten gefreut. Wenn er jetzt an den Clan dachte, dachte er an Menschen. Und nicht an Tiere, Flachschädel oder Monstren – Menschen!

Sie wandte ihre Aufmerksamkeit wieder dem Mann zu, der jetzt etwas anderes machte. Er hatte einen von den Knochendreiecken und einen scharfkantigen, kräftigen Feuersteinschaber genommen und glättete die scharfen Ränder der Knochenstücke, wobei lange Knochenspäne sich ringelten. Es dauerte nicht lange, und er hielt einen runden Knochenteil in die Höhe, der in einer scharfen Spitze auslief.

»Jondalar . . . machst du einen . . . Speer?«

Er grinste. »Knochen läßt sich genauso anspitzen wie Holz, nur ist er härter und splittert nicht so leicht. Außerdem ist Knochen leicht.«

»Aber ist das nicht ein sehr kurzer Speer?«

Er ließ ein mächtiges, warmherziges Lachen ertönen. »Das wäre es wohl, wenn das alles wäre. Im Augenblick mache ich ja bloß die Spitzen. Manche stellen sie aus Flint her. Zum Beispiel die Mamutoi, besonders wenn sie Mammuts damit jagen wollen. Flint ist spröde und bricht, aber mit seinen messerscharfen

Rändern durchdringt so ein Feuersteinspeer das zähe Mammutfell leichter. Doch für die Jagd auf die meisten anderen Tiere ist eine Speerspitze aus Knochen vorzuziehen. Die Schäfte werden aus Holz gemacht.«

»Und wie bringst du sie zusammen?«

»Schau«, sagte er und drehte die Spitze um, um ihr das untere Ende zu zeigen. »Dieses Ende kann ich mit einem Meißel und einem Messer spalten und das Ende des Schaftes so zuschnitzen, daß er in den Spalt hineinpaßt.« Er führte ihr das vor, indem er den Zeigefinger der einen Hand zwischen Daumen und Zeigefinger der anderen Hand hielt. »Dann kommt noch Leim oder Pech hinzu und wird mit feuchter Sehne oder Lederriemen umwickelt. Die ziehen sich beim Trocknen zusammen und halten Speerspitze und Schaft zusammen.«

»Aber diese Spitze ist zu klein. Da kann der Schaft ja nur ein kleiner Ast sein.«

»Nein, viel länger als ein Zweig. Allerdings wird er nicht so schwer sein wie dein Speer. Das darf er auch gar nicht sein, wenn du ihn schleudern willst.«

»Werfen? Einen Speer schleudern?«

»Du schleuderst doch auch Steine mit deiner Schleuder, oder? Das gleiche kann man auch mit einem Speer machen. Du brauchst jetzt keine Fallgruben mehr auszuheben, ja, kannst dein Wild sogar im Laufen erlegen; dazu gehört nur ein bißchen Übung. Genauso zielsicher wie mit deiner Schleuder. Ich bin überzeugt, du lernst das schnell.«

»Jondalar! Weißt du, wie oft ich mir gewünscht habe, ich könnte einen Hirsch oder einen Büffel mit der Schleuder erlegen? Daß man einen Speer schleudern könnte, daran habe ich nie gedacht. Für mich war er nur zum Stechen da.« Sie runzelte die Stirn. »Läßt er sich aber auch mit genug Kraft werfen? Mit der Schleuder sitzt viel mehr Kraft hinter dem Stein, als wenn ich mit der Hand würfe.«

»Genauso viel Kraft wird wohl nicht dahintersitzen, aber dafür brauchst du auch nicht so weit zu werfen. Aber wart mal, du hast recht. Ein Jammer, daß man einen Speer nicht mit der Schleuder schleudern kann, aber ...« Er brach mitten im Satz ab und schwieg. »Ich möchte mal wissen ...«, fuhr er dann fort und runzelte die Stirn bei einem Gedanken, der so aufrüttelnd war, daß er ihn augenblicklich verfolgen mußte. »Nein, ich glaube nicht ... Wo finden wir ein paar gute Schäfte?«

»Unten am Fluß, Jondalar. Gibt es irgendwelche Gründe, die

mich hindern, dir beim Speermachen zu helfen? Ich würde doch nur schneller lernen, solange du noch hier bist und mir sagst, was ich falsch mache.«

»Ja, natürlich«, sagte er, doch war ihm, als ob seine Glieder ihm schwer würden, als sie den Pfad hinunterstiegen. Er hatte gar nicht mehr daran gedacht, daß er ja fort wollte von hier, und er bedauerte, daß sie ihn daran erinnert hatte.

27

Ayla duckte sich tief und spähte durch hohes goldenes Gras, das sich unter der Last seiner reifen Ähren beugte. Sie jedoch hatte ausschließlich Sinn für die Umrisse des Tieres. Sie hielt den Speer wurfbereit in der rechten und einen anderen in der linken Hand. Eine Strähne langen Blondhaars löste sich von einem der festgeflochtenen Zöpfe und flatterte ihr vors Gesicht. Sie verlagerte den langen Schaft um ein weniges, um das Gleichgewicht zu finden, dann verengte sie die Augen und zielte. Vorwärtsspringend schleuderte sie den Speer.

»Ach, Jondalar! Mit diesem Speer treffe ich nie genau!« erklärte Ayla verzweifelt. Sie bewegte sich auf einen Baum zu, dessen Stamm sie mit einem Fell umwickelt hatten, das wiederum mit Gras ausgestopft worden war. Sie zog den noch zitternden Speer aus dem Rupf eines Wisents, den Jondalar mit einem Stück Holzkohle darauf gezeichnet hatte.

»Du verlangst zuviel von dir, Ayla. Du bist viel besser, als du ahnst. Du lernst sehr schnell, allerdings habe ich soviel Entschlossenheit auch noch nie erlebt. Du übst jeden freien Augenblick. Vielleicht ist es gerade das, was dir im Moment zu schaffen macht. Du hast dir zuviel vorgenommen. Du darfst dich nicht verkrampfen.«

»Aber die Schleuder gebrauchen habe ich auch nur durch Übung erlernt.«

»Und doch, du bist doch auch nicht von einem Tag auf den anderen zu einer so guten Schützin geworden, oder?«

»Nein, es hat ein paar Jahre gedauert. Aber ich möchte nicht noch Jahre warten, ehe ich mit diesem Speer jagen kann.«

»Das wirst du auch nicht. Vermutlich könntest du schon jetzt losziehen und würdest auch irgendein Tier erlegen. Nur hast du nicht mehr die Stoßkraft und die Schnelligkeit, die du gewohnt warst, und wirst sie mit dem Speer auch nie erreichen, Ayla. Du mußt lernen, dich auf die neue Wurfweite einzustellen. Aber wenn du keine Lust mehr zum Üben hast, warum nimmst du dann nicht für eine Zeitlang wieder die Schleuder?«

»Mit der Schleuder brauche ich nicht zu üben.«

»Aber du mußt entspannen, und ich glaube, es würde dich lockern. Versuch's doch mal.«

Das vertraute Gefühl des Lederstreifens in der Hand und der gewohnte Umgang mit der Schleuder trugen in der Tat dazu bei, sie zu entspannen. Sie genoß einfach freudig ihr langerworbenes Können mit dieser Waffe; dabei hatte sie auch damit ihre Schwierigkeiten gehabt. Sie traf alles, was sie wollte, vor allem unbewegliche Ziele. Die offenkundige Bewunderung des Mannes ermunterte sie nur, dieses Können abermals unter Beweis zu stellen.

Sie sammelte ein paar Kiesel vom Uferstreifen auf und ging dann ein beträchtliches Stück fort, um zu zeigen, wie weit sie wirklich schleudern konnte. Sie führte ihre rasche Doppelwurftechnik vor, und das zweimal sehr schnell hintereinander.

Jondalar machte mit, indem er Ziele aufstellte, um ihre Genauigkeit zu prüfen. So legte er vier Steine auf dem großen Felsen in einer Reihe nebeneinander – vier rasch aufeinanderfolgende Würfe, und sie waren nicht mehr zu sehen. Er warf zwei Steine, einen nach dem anderen, in die Höhe – sie traf sie mitten in der Luft. Und dann machte er etwas, was sie überraschte. Er stand da, legte sich einen Stein auf jede Schulter und strahlte sie grinsend an. Er wußte, daß die Gewalt, mit der sie ihre Steine aus der Schlinge herausfliegen ließ, zumindest schmerzlich sein, aber auch, wenn einer eine gefährliche Stelle traf, sich als tödlich erweisen konnte. Diese Probe bewies, wie sehr er ihr vertraute, mehr jedoch noch, wie sehr er von ihrem Können überzeugt war.

Er hörte die Luft pfeifen und die dumpfen Laute, als erst der eine und gleich darauf der andere Stein von seiner Schulter heruntergeschlagen wurde. Er sollte jedoch nicht davonkommen, ohne zu beweisen, wie gefährlich die ganze Übung für ihn gewesen war. Ein winziger Splitter sprang von einem der Steine ab und drang ihm in den Hals. Er zuckte nicht zusammen, doch ein kleines Blutgerinnsel, das sich verschmierte, als er den Steinsplitter herausholte, verriet ihn.

»Jondalar! Du bist verletzt!« rief Ayla, als sie ihn sah.

»Ach, nur ein Splitter, das ist nichts. Aber du bist fantastisch mit der Schleuder, Frau! Ich habe nie jemand erlebt, der so fantastisch mit einer Waffe umgehen konnte wie du!«

Ayla hatte nie jemand erlebt, der sie so angesehen hätte wie er. Aus seinen Augen leuchteten Hochachtung, ja Bewunderung; seine Stimme war heiser, so bewegt war er von dem Lob, mit dem er sie pries. Sie errötete; ihre Gefühle überwältigten sie dermaßen, daß ihr die Tränen in die Augen traten.

»Wenn man so einen Speer schleudern könnte . . .« Er sprach nicht weiter, schloß die Augen und bemühte sich, mit seinem inneren Auge etwas Bestimmtes zu sehen. »Ayla, darf ich mal deine Schleuder nehmen?«

»Möchtest du lernen, wie man mit ihr jagt?« fragte sie.

»Nein, eigentlich nicht.«

Er nahm einen Speer – einen von mehreren, die auf dem Boden herumlagen – und versuchte, das Schaftende in die Verbreiterung des Lederriemens einzubetten, die von den Steinen, die für gewöhnlich darin lagen, schon ganz ausgebeult war; doch war er mit der Handhabung der Schleuder nicht vertraut genug, und so reichte er ihr Speer und Schleuder nach einigen unbeholfenen Versuchen zurück.

»Meinst du, du könntest damit diesen Speer schleudern?«

Sie begriff, worauf er hinauswollte, und es gelang ihr auch, eine ungefüge Verbindung zwischen den beiden Waffen herzustellen – wobei das Schaftende die Schleuder dehnte, während sie die Enden der Schleuder *und* den Schaft gleichzeitig festhielt. Damit bekam sie den Speer aber nicht ins Gleichgewicht, erreichte nur eine geringe Durchschlagskraft und konnte auch ihr langes Geschoß nicht richtig lenken – aber immerhin: Sie schleuderte den Speer ein ganzes Stück weit.

»Entweder die Schleuder muß länger sein oder der Speer kürzer«, sagte er und versuchte, sich etwas vorzustellen, was er noch nie gesehen hatte. »Außerdem ist die Schleuder zu elastisch. So ein Speer braucht einen festeren Halt. Etwas, worauf er aufliegt . . . vielleicht aus Holz oder Knochen . . . mit einem Widerstand daran, damit er nicht runterrutscht. Ich glaube, ich könnte einen . . . Speerwerfer bauen!«

Ayla sah Jondalar beim Bauen und Ausprobieren zu und war ebenso sehr davon fasziniert, etwas herzustellen, was es nur in der Vorstellung – als Idee – gab, wie vom Vorgang des Entstehens. Der Kultur, in der sie aufgewachsen war, war die Vorstellung von Neuerungen fremd gewesen, und sie wußte auch nicht, daß der Ausbau ihrer Jagdmethoden und der Bau des Zuggestells für Winnie der gleichen schöpferischen Quelle entsprungen war.

Er benutzte Materialien, die dem entsprachen, was er vorhatte, und paßte Werkzeuge den neuen Erfordernissen an. Er fragte sie um Rat und profitierte von ihrer jahrelangen Erfahrung im Umgang mit der Schleuder, doch sollte sich bald herausstellen, daß das Gerät, das er baute, seine Schubkraft zwar der Schleuder entlehnte, sonst aber eine völlig neue und einzigartige Erfindung darstellte.

Nachdem das Wurfgerät in den Grundzügen feststand, brachte er viel Zeit damit zu, es in den Einzelheiten zu verändern, um den Flug des Speers zu verbessern. Ayla war mit den Feinheiten des Speerschleuderns genauso wenig vertraut wie es Jondalar an Erfahrung mit der Steinschleuder fehlte. Mit einem lustig-listigen Aufblitzen in den Augen warnte er sie: Wenn sie erst einmal brauchbare Modelle hätten, würden sie beide tüchtig üben müssen.

Ayla kam zu dem Schluß, daß es am besten sei, ihm die beiden Wurfgerät-Modelle mit den Werkzeugen machen zu lassen, mit denen er so gut umzugehen verstand. Sie wollte derweil mit einem anderen seiner Werkzeuge experimentieren. Sehr weit war sie in der Herstellung der Kleider für ihn nicht gekommen. Sie waren jetzt so viel zusammen, daß die einzige Zeit, die sie fand, um allein zu sein, der frühe Morgen oder die Nacht waren, wenn er schlief.

Während er letzte Hand an seine Erfindung legte und an den Feinheiten arbeitete, trug sie seine alten Kleider und ihr neues Material hinaus auf das Sims. Bei Tageslicht konnte sie sehen, wie die Einzelteile zusammengefügt waren und fand den Vorgang des Zusammenfügens so interessant und die Kleidungsstücke selbst so faszinierend, daß sie beschloß, etwas Ähnliches auch für sich selbst herzustellen. Sie unternahm erst gar nicht den Versuch, die Ziermuster auf dem Hemd, die aus Perlen und Federkielen bestanden, nachzumachen, sah sie sich aber sehr genau an und meinte, so etwas könnte eine verlockende Beschäftigung im kommenden stillen Winter sein.

Von ihrem Arbeitsplatz hoch oben konnte sie Jondalar unten auf dem Uferstreifen und draußen auf freiem Feld sehen und ihre Arbeit verschwinden lassen, ehe er wieder in die Höhle zurückkehrte. Doch an dem Tag, da er heraufgelaufen kam und atemlos und stolz seine beiden fertigen Speerwerfer vorzeigte, hatte Ayla kaum Zeit, das Kleidungsstück, an dem sie gerade arbeitete, zusammenzuknüllen, so daß es aussah wie irgendein unwichtiges Stück Leder. Er war so erfüllt von seiner Leistung, daß er für anderes überhaupt kein Auge hatte.

»Was meinst du, Ayla – ob es funktioniert?«

Sie nahm eines der auf einem ebenso einfachen wie einfallsreichen Prinzip beruhenden Geräte in die Hand. Es handelte sich um eine lange schmale Unterlage, die ungefähr halb so lang war wie der Speer und in der Mitte eine Rille und am Ende einen hakenförmigen Widerstand aufwies. Am vorderen Ende des Speerwerfers waren zu beiden Seiten für die Finger zwei Lederschlaufen angebracht.

Zuerst wurde der Speerwerfer waagerecht gehalten, indem man zwei Finger durch die Schlaufen vorn steckte und Werfer und Speer gleichzeitig festhielt, der ja in der langen Rille lag und mit dem Schaftende gegen den Widerstand stieß. Hielt man den Werfer beim Schleudern am vorderen Ende mit den Schlaufen fest, wurde das hintere Ende hochgedrückt und stellte praktisch eine Verlängerung des Wurfarms dar. Der zusätzliche Schub vergrößerte Geschwindigkeit und Stoßkraft, mit welcher der Speer die Hand verließ.

»Ich glaube, es wird Zeit, daß wir mit dem Üben beginnen, Jondalar.«

Das Üben füllte ihre Tage aus. Das mit Gras ausgestopfte Fell an ihrem Zielbaum war bald so durchlöchert, daß es in Fetzen auseinanderfiel, und so mußten sie ein zweites aufspannen. Diesmal zeichnete Jondalar die Umrisse eines Hirschs darauf. Während sie beide im Schleudern mehr Sicherheit gewannen, ergaben sich kleinere Veränderungen am Wurfgerät von selbst. Beide holten sie für sich am meisten von den Techniken im Umgang mit jenen Waffen heraus, mit denen sie am vertrautesten waren. Seine Überhandwürfe gingen im allgemeinen weiter als die ihren; ihre Würfe, die ein wenig mehr von der Seite kamen, wiesen eine flachere Wurfbahn auf. Infolgedessen benutzte jeder den Werfer auf seine eigene Weise.

Ein freundschaftlicher Wettkampf entspann sich zwischen ihnen. Ayla versuchte es, konnte aber mit Jondalars kraftvollen Würfen, mit denen er eine größere Reichweite erreichte als sie, nicht ganz mithalten; Jondalar wiederum erreicht nie Aylas tödliche Zielgenauigkeit. Beide jedoch waren sie gleichermaßen überrascht von dem ungeheuren Vorteil, den das neue Gerät ihnen verschaffte. Jondalar konnte, nachdem er einige Geschicklichkeit damit erworben hatte, damit doppelt so weit werfen wie früher, und das mit gleicher Durchschlagskraft und Zielgenauigkeit. Für Ayla jedoch war ein anderes Ergebnis der Übungszeiten mit Jondalar wichtiger als der Umgang mit der Waffe selbst.

Sie hatte bisher stets allein geübt und gejagt. Zuerst im Spiel und unter der ständigen Angst, daß man ihr auf die Schliche käme; später dann beim ernsten, gleichwohl jedoch nicht weniger heimlichen Üben. Als man ihr schließlich erlaubte, überhaupt zu jagen, geschah das nur sehr widerwillig. Niemand kam je auf den Gedanken, gemeinsam mit ihr zu jagen, keiner ermunterte sie, wenn sie vorbeischoß, oder freute sich mit ihr, wenn sie ihr Ziel traf. Es war auch niemand da, mit ihr darüber zu reden, wie sie ihre Waffe am vorteilhaftesten gebrauchte, ihr riet, anders an die Sache heranzugehen oder sich interessiert oder achtungsvoll ihre Vorschläge anhörte. Außerdem hatte nie jemand sie aufgezogen, Späße mit ihr gemacht oder mit ihr gelacht. Nie zuvor hatte Ayla die Freundschaft und die Fröhlichkeit kennengelernt, die sich einstellen, wenn man einen Gefährten hat.

Bei allem Abbau von Spannungen, die das Üben mit sich brachte, es blieb eine Distanz zwischen ihnen, die sie meinten nicht überwinden zu können. Ging es um unverfängliche Themen wie Jagd oder Waffen, unterhielten sie sich höchst angeregt; trafen sie jedoch auf irgend etwas Persönliches, hatte das peinliches Schweigen oder zögerndes Ausweichen zur Folge. Eine zufällige Berührung war wie ein ruckartiger Schlag, auf den hin sie beide auseinandersprangen, was unvermeidlich steife Förmlichkeit und längeres Nachdenken zur Folge hatte.

»Morgen!« erklärte Jondalar und holte sich einen nachzitternden Speer zurück. Etwas Heu, mit dem sie das Fell ausgestopft hatten, kam durch das größer gewordene und rissige Loch mit heraus.

»Was ist morgen?« fragte Ayla.

»Morgen gehen wir auf die Jagd. Wir haben jetzt lange genug gespielt. Wir werden auch nicht mehr lernen, wenn wir weiterhin auf diesen Baum zielen. Es wird Zeit, daß wir einmal Ernst machen.«

Sie sammelten ihre Speere ein und gingen zurück. »Du kennst doch die Gegend hier, Ayla. Wohin sollten wir gehen?«

»Die Steppe im Westen kenne ich am besten, aber vielleicht sollte ich vorher erst einmal auf Kundschaft gehen. Ich könnte ja Winnie nehmen.« Sie blickte zum Himmel hinauf, um festzustellen, wie hoch die Sonne stand. »Es ist noch früh.«

»Gute Idee. Du und das Pferd, ihr seid besser als eine Handvoll Kundschafter zu Fuß.«

»Behältst du Renner hier? Mir ist wohler zumute, wenn er uns nicht folgt.«

»Und was machen wir morgen, wenn wir auf die Jagd gehen?«

»Da werden wir ihn mitnehmen müssen. Wir brauchen Winnie schließlich, um das Fleisch zurückzuschaffen. Winnie wird immer ein wenig unruhig, wenn ich ein Tier erlege, aber sie ist es gewohnt. Sie wird stehenbleiben, wo ich es ihr sage, aber wenn ihr Füllen von Erregung gepackt wird und hinläuft, wo es will – wer weiß, ob es dann nicht in eine von Panik ergriffene Herde hineingerät . . . Ich weiß das einfach nicht.«

»Mach dir jetzt jedenfalls keine Gedanken darüber. Ich werde mir schon etwas ausdenken.«

Aylas durchdringender Pfiff brachte Stute und Füllen zu ihr. Während Jondalar Renner einen Arm um den Hals legte, ihn kratzte, wo es ihn juckte, und ihm gut zuredete, bestieg Ayla Winnie und trieb sie zu einem Galopp an. Der Junghengst empfand es bei dem Mann angenehm. Nachdem die Stute ein gehöriges Stück fort war, lud Jondalar sich einen Armvoll Speere und die beiden Wurfgeräte auf.

»Nun, Renner, gehen wir in die Höhle hinauf und warten wir dort auf sie?«

Die Speere legte er vor dem Höhleneingang nieder und ging hinein. Er war unruhig und wußte nicht recht, was tun. Er stocherte im Feuer herum, schob die Glut zusammen und legte ein paar Stücke Holz nach. Dann trat er wieder auf das Sims hinaus und schaute hinunter ins Tal. Die weiche Schnauze des Hengstes suchte seine Hand, und wie abwesend streichelte er das zottige junge Pferd. Als er mit den Fingern durch das dicker werdende Fell fuhr, mußte er unwillkürlich an den Winter denken.

Er versuchte, an etwas anderes zu denken. Die warmen Sommertage schienen kein Ende zu nehmen, einer war so schön wie der andere, daß die Zeit wie ausgesetzt schien. Es war leicht, Entscheidungen hinauszuschieben. Morgen war immer noch früh genug, sich Gedanken über die kommende Kälte zu machen ... und ans Fortziehen zu denken. Er wurde sich des leichten Lendenschurzes bewußt, den er trug.

»Mir wächst kein Winterfell wie dir, Bürschlein. Deshalb täte ich gut daran, bald für etwas Warmes zu sorgen. Die Ahle habe ich Ayla gegeben, ohne eine neue für mich zu machen. Vielleicht sollte ich das nachholen – und überhaupt ein paar neue Werkzeuge machen. Außerdem muß ich mir etwas überlegen, damit dir nichts passiert.«

Er trat wieder in die Höhle, stieg über seine Schlaffelle hinweg und warf einen sehnsüchtigen Blick nach Aylas Seite hinüber. Dann kramte er unter ihren Vorräten nach dünnen Riemen oder kräftiger Schnur und fand ein paar Felle, die zusammengerollt und beiseite gelegt worden waren. Diese Frau versteht sich wahrhaftig auf das Walken von Fellen, dachte er, als er fühlte, wie samtweich das Leder war. Vielleicht gibt sie mir welche davon ab. Nur bitte ich sie nicht gern.

Wenn das mit den Speerwerfern klappt, könnte ich genug Felle bekommen, um etwas zum Anziehen für mich zu machen. Vielleicht sollte ich einen glücksbringenden Zauber auf sie einritzen. Schaden kann das wenigstens nichts. Hier liegt eine Rolle Riemen. Vielleicht kann ich was für Renner daraus machen. Wie schnell er ist – aber warte nur, bis er ein ausgewachsener Hengst ist! Ob ein Hengst einen Menschen auf dem Rücken dulden würde? Ob ich ihn wohl dazu bringe, dorthin zu gehen, wo ich will?

Das wirst du nie erfahren. Du wirst nicht mehr hiersein, wenn er ein ausgewachsener Hengst ist. Du ziehst weiter.

Jondalar ergriff den zu einer Rolle zusammengelegten Riemen, holte sich auch noch sein Bündel mit den Steinschläger-Werkzeugen und ging dann den Pfad zum Uferstreifen hinunter. Der Fluß machte einen einladenden Eindruck, er kam sich heiß und verschwitzt vor, legte den Lendenschurz ab, watete ins Wasser hinein und schwamm dann stromaufwärts gegen die Strömung an. Für gewöhnlich machte er kehrt, wenn er die schmale Schlucht erreichte, doch diesmal beschloß er, weiter vorzugehen. Er schaffte es die ersten Stromschnellen hindurch, doch dann sah er sich einer rauschenden Wand aus weißschäumendem Wasser gegenüber und kehrte um.

Das Schwimmen kräftigte und belebte ihn, und das Gefühl, eine Entdeckung gemacht zu haben, bestärkte ihn in seinem Wunsch nach Veränderung. Er strählte sich das Haar zurück, drückte es aus und drückte auch das Wasser aus seinem Bart heraus. Nun hast du ihn fast den ganzen Sommer über getragen. Jondalar, und jetzt ist er fast schon vorbei. Meinst du nicht, es wird Zeit?

Erst werde ich mich rasieren, dann denke ich mir etwas aus, um Renner daran zu hindern, daß er uns in die Quere kommt. Ich möchte ihm nicht einfach einen Strick um den Hals binden. Hinterher mache ich mir eine Ahle und ein, zwei Meißel oder Grabstichel, um den Zauber auf das Wurfgerät zu schnitzen. Außerdem glaube ich, ich koche heute abend. Man kommt ja ganz aus der Übung, wenn man mit Ayla zusammen ist. Vielleicht kann ich es nicht ganz so gut wie sie, aber ich glaube, ich schaffe es immer noch, ein Essen zusammenzubringen. Das habe ich unterwegs weiß Mutter oft genug getan.

Was für ein Bild sollte die Speerwerfer schmücken? Am meisten Glück würde eine Donii bringen, doch habe ich meine Noria gegeben. Ob sie wohl jemals ein blauäugiges Baby bekommen hat? Wer hätte gedacht, daß es der alten Haduma gerade darauf angekommen ist! Die Riten der Ersten Wonnen! Ayla hat das nie erlebt. Was sie nicht alles hat durchmachen müssen! Und was für ein Wunder sie mit der Schleuder ist! Und mit dem Speerwerfer auch. Ich glaube, ihren beschnitze ich mit einem Wisent. Ob sie wirklich helfen? Hätte ich doch bloß eine Donii. Vielleicht könnte ich eine machen . . .

Als der Abendhimmel sich verdunkelte, hielt Jondalar vom Sims aus Ausschau nach Ayla, und als das Tal zu einer bodenlosen schwarzen Grube geworden war, baute er auf dem Sims ein Feuer auf, damit sie den Weg nach Hause fand. Immer wieder bildete er sich ein, sie den Pfad heraufkommen zu hören. Schließlich steckte er eine Fackel an und ging nach unten. Er folgte dem Fluß um die vorspringende Wand herum und wäre auch noch weiter gegangen, hätte er nicht Hufgetrappel gehört.

»Ayla! Wieso hat es so lange gedauert?«

Der gebieterische Ton, mit dem er das sagte, machte sie ein wenig stutzig. »Du weißt doch, daß ich nach Herden Ausschau gehalten habe.«

»Aber jetzt ist es schon dunkel.«

»Ich weiß, aber es war fast dunkel, ehe ich mich auf den Rückweg machte. Ich glaube, ich habe die richtige Stelle gefunden: eine Herde Wisente, die nach Südosten zieht . . .«

»Es war fast dunkel, und du hast noch Wisente beobachtet! Du kannst doch im Dunkeln keine Wisente sehen!«

Ayla konnte nicht begreifen, was ihn so aufregte und ihn so

herrische Fragen stellen ließ. »Ich habe nicht im Dunkeln nach Wisenten Ausschau gehalten, aber warum willst du hier herumstehen und reden?«

Mit einem hohen Wiehern tauchte der kleine Hengst im Lichtkreis der Fackel auf und stupste seine Mutter an. Winnie reagierte, und noch ehe Ayla absteigen konnte, saugte das junge Pferd zwischen den Hinterbeinen der Stute. Jetzt erst ging Jondalar auf, daß er so getan hatte, als ob er ein Recht hätte, ihr Fragen zu stellen. Er wandte sich aus dem Fackellicht fort und war dankbar, daß sie nicht sehen konnte, wie sein Gesicht rot wurde. Er folgte ihr, während sie sich mühselig den Pfad hinaufschleppte, und er war so verlegen, daß er gar nicht merkte, wie erschöpft sie war.

Sie griff nach einem Schlafpelz, hüllte sich hinein und hockte sich neben dem Feuer nieder. »Ich habe vergessen, wie kalt es abends schon wird«, sagte sie. »Ich hätte einen wärmeren Überwurf mitnehmen sollen, aber ich hatte nicht gedacht, daß es so lange dauern würde.«

Jondalar sah, wie sie zitterte, und war nur noch beschämter. »Dich friert. Komm, ich hole dir was Heißes zu trinken.« Damit schenkte er ihr heiße Brühe in einen Becher.

Auch Ayla hatte ihn nicht sonderlich genau angesehen – dazu hatte ihr viel zu sehr daran gelegen, endlich zum Feuer zu kommen. Doch als sie jetzt aufblickte, um den Becher in Empfang zu nehmen, hätte sie ihn fast fallen lassen.

»Was ist denn mit deinem Gesicht geschehen?« sagte sie mit einer ähnlichen Mischung aus Schock und Besorgnis.

»Was meinst du?« fragte er beunruhigt.

»Dein Bart . . . er ist fort.«

Der Schock, der den ihren gespiegelt hatte, wich einem Lächeln. »Ich habe ihn abrasiert.«

»Abrasiert?«

»Ja, dicht an der Haut abgeschnitten. Das mache ich normalerweise im Sommer. Sonst juckt es, wenn es heiß wird, und man schwitzt.«

Ayla konnte der Versuchung nicht widerstehen. Sie langte hinauf, um die Glätte seiner Backe zu fühlen, fuhr ihm dann gegen den Strich darüber und spürte die beginnende Rauhheit. Kratzig, wie die Zunge eines Löwen. Ihr fiel ein, daß er ja keinen Bart gehabt hatte, als sie ihn gefunden, doch nachdem er wieder gewachsen war, hatte sie das ganz und gar vergessen. Er kam ihr so jung vor ohne Bart und auf eine kindliche Weise anziehend – jedenfalls nicht wie ein Mann. Sie war ausgewachsene bartlose Männer nicht gewohnt. Sie fuhr mit dem Finger über sein kräftiges Kinn und das kleine Grübchen in der Mitte.

Ihre Berührung ließ ihn erstarren. Er war unfähig, sich ihr zu entziehen, spürte mit jeder Faser das Streicheln ihrer Fingerspitzen. Wiewohl sie nichts Erotisches beabsichtigt hatte, sondern nur neugierig gewesen war, reagierte er auf eine tiefere Weise. Das drängend angespannte Pulsieren zwischen seinen Beinen setzte so schlagartig und so mächtig ein, daß er völlig überrascht war.

Die Art, wie seine Augen sie anblickten, weckte in ihr das geradezu zwanghafte Verlangen, trotz seines fast allzu jungenhaften Aussehens den Mann in ihm zu sehen. Er langte hinüber, um ihre Hand zu ergreifen und sie an sein Gesicht zu legen, und es bedurfte einer großen Willensanstrengung, sie ihm zu entziehen. Sie nahm den Becher auf und trank, ohne etwas zu schmekken. Das war mehr als Verlegenheit, bloß weil sie einen Mann angefaßt hatte. Plötzlich stand ihr lebhaft vor Augen, wie sie einander das letztemal Aug' in Aug' am Feuer gegenübergesessen hatten und dieser Ausdruck in seine Augen gekommen war. Und diesmal nun hatte sie ihn berührt. Sie hatte Angst, ihn anzublicken, Angst davor, diesen schrecklichen, erniedrigenden Blick noch einmal auf sich gerichtet zu sehen. Doch ihre Fingerspitzen erinnerten sich an sein glattes und doch rauhes Gesicht, und es juckte sie, erneut hinzulangen.

Jondalar war entsetzt darüber, mit welch einer Heftigkeit er augenblicklich auf ihre sanfte Berührung reagierte. Wie er jetzt auf sie herniederblickte, machte sie einen so befangenen, so zerbrechlichen Eindruck; dabei wußte er ganz genau, wie stark sie innerlich war. Für ihn war sie eine wunderschöne Feuersteinklinge, die vollkommen vom Stein absprang und deren Ränder zart und durchscheinend, gleichzeitig aber hart und scharf waren, daß man noch das zäheste Leder damit durchtrennen konnte.

Ach, Mutter, wie schön sie ist! dachte er. Ach, Doni, Große Erdmutter, es verlangt mich nach dieser Frau, verlangt mich so sehr nach ihr ...

Plötzlich sprang er auf. Es war ihm unerträglich, sie einfach anzublicken. Unversehens fiel ihm das Essen ein, das er zubereitet hatte. Da sitzt sie, völlig durchgefroren und hundemüde, und ich sitze einfach da. Er ging, den Mammut-Hüftknochen zu holen, den sie als Teller benutzten.

Ayla hörte ihn aufstehen. Das geschah so unvermittelt, daß es fast schon ein Aufspringen war, und sie war fest überzeugt, daß der Widerwille gegen sie wieder in ihm hochgekommen war. Sie fing an zu zittern und biß die Zähne aufeinander in dem Bemühen, es nicht zuzulassen. Das konnte sie nicht noch einmal ertragen. Sie wollte ihm sagen, er solle fortgehen, damit sie ihn nicht mehr sehen und erleben müsse, wie seine Augen . . . Monstrum zu ihr sagten. Obwohl sie die Augen geschlossen hatte, spürte sie, als er wieder vor ihr stand, und sie hielt die Luft an.

»Ayla?« Er sah, daß sie zitterte, trotz des Feuers und obwohl sie sich in den Pelz gehüllt hatte. »Ich hatte mir schon gedacht, daß es spät werden könnte, ehe du zurückkehrtest, und da habe ich schon was zu essen für uns gemacht. Möchtest du etwas? Bist du auch nicht zu müde?«

Hatte sie richtig gehört? Sie machte die Augen auf, langsam. Er hielt ihr eine Platte hin. Er stellte sie vor sie hin, zog dann eine Matte heran und setzte sich neben sie. Da lag ein Hase, am Spieß gebraten, einige gekochte Wurzeln in einer Brühe aus Trockenfleisch und sogar ein paar Heidelbeeren.

»Du . . . hast dies . . . für mich gekocht?« sagte Ayla ungläubig.

»Ich weiß, es schmeckt nicht so gut wie bei dir, aber ich hoffe, es geht. Ich dachte, es könnte Unglück bringen, wenn ich den Speerwerfer schon jetzt gebrauchte, und da habe ich nur den Speer genommen. Das erfordert eine andere Wurftechnik, und ich war mir nicht sicher, ob nicht die ganze Überei mit dem Wurfgerät mir meine ganze Beute zuschanden machen würde, aber man verlernt es wohl nicht. Nur zu, iß!«

Die Männer im Clan kochten nicht. Sie waren dazu außerstande – sie besaßen dafür keinerlei Erinnerungen. Sie wußte, daß Jondalar in all diesen Dingen wesentlich vielseitiger war, doch daß er kochen konnte – auf diese Idee war sie nie gekommen; jedenfalls nicht, wenn eine Frau da war. Aber noch bedeutsamer als die Tatsache, daß er kochen konnte, war, daß er überhaupt daran gedacht hatte. Beim Clan war, selbst nachdem sie auf die Jagd ging, von ihr erwartet worden, daß sie ihre üblichen Pflichten erfüllte. Dies hier war so unerwartet, so . . . rücksichtsvoll. Ihre Befürchtungen waren völlig unbegründet gewesen, und so wußte sie nicht, was sagen. Sie griff die Keule, die er abgeschnitten hatte, und biß hinein.

»Ist er auch durch?« fragte er ein wenig ängstlich.

»Wunderbar ist er«, sagte sie mit vollem Mund.

Der Hase war in der Tat gar und gut, doch hätte es auch keine Rolle gespielt, wenn er verbrannt und zäh gewesen wäre – sie hätte ihn bestimmt köstlich gefunden. Sie hatte das Gefühl, gleich müßte sie weinen. Er fischte eine Kelle langer dünner Wurzeln heraus. Sie nahm eine und biß hinein. »Sind das ... Kleewurzeln? Gut sind die.«

»Ja«, sagte er nicht ohne eine gewisse Selbstgefälligkeit. »Besser schmecken sie noch, wenn man sie in etwas Öl tunken kann. Kleewurzeln sind eines der Gerichte, die die Frauen an besonderen Festen für die Männer kochen; für viele ist das ihr Leibgericht. Ich habe den Klee weiter stromaufwärts entdeckt und dachte, du möchtest ihn vielleicht.« Es war ein guter Einfall gewesen zu kochen, dachte er und genoß ihre Überraschung.

»Es ist sehr mühevoll, sie auszugraben. Viel ist ja nicht dran an einer, aber ich habe nicht gewußt, daß sie so gut schmecken. Ich benutze die Wurzeln nur zu Heilzwecken.«

»Wir essen sie gewöhnlich im Frühling. Es ist eines der ersten frischen Gemüse im Jahr.«

Sie hörten Hufgeklapper draußen auf dem Sims und drehten sich um, als Winnie und Renner hereinkamen. Ayla stand nach einer Weile auf und sagte ihnen gleichsam gute Nacht. Das war ein allabendliches Ritual, zu dem vielerlei Dinge gehörten: Streicheln, frisches Heu, Körner, Wasser und – besonders nach einem langen Ritt – eine Abreibung mit wasseraufsaugendem Leder sowie Abbürsten mit einer Kardendistel. Ayla sah, daß frisches Heu, Körner und Wasser bereits hingestellt worden waren.

»Nicht einmal die Pferde hast du vergessen«, sagte sie, als sie sich wieder hinsetzte, um die Heidelbeeren zu essen. Sie hätte sie auch dann gegessen, wenn sie nicht hungrig gewesen wäre.

Er lächelte. »Ich hatte ja nicht viel zu tun. Aber ich muß dir etwas zeigen.« Er stand auf und kam mit den beiden Speerwerfern zurück. »Ich hoffe, du hast nichts dagegen – das soll Glück bringen.«

»Jondalar!« Sie war von einer solchen heiligen Scheu ergriffen, daß sie Angst hatte, ihren anzufassen. »Hast du das gemacht?« Ihre Stimme verriet etwas von dieser Ehrfurcht. Sie war schon überrascht gewesen, als er die Umrisse eines Tieres auf die Zielfelle gezeichnet hatte, doch dies hier war so unendlich viel mehr. »Es ist ... als ob du das Totem, den Wisentgeist, genommen und hierher getan hättest.«

Der Mann verzog das Gesicht zu einem Grinsen. Wie herrlich

sie auf seine Überraschungen reagierte. Das machte Spaß. Sein Speerwerfer war mit einem Riesenhirsch mit Schaufelgeweih geschmückt, und auch da fragte sie sich nach dem Sinn. »Es soll den Geist des Tieres bezwingen, so daß es zu der Waffe hingezogen wird. Ich bin eigentlich kein besonders guter Schnitzer; du solltest mal die anderen sehen. Und auch die Arbeiten der Bildhauer und Künstler, die die heiligen Wände bemalen.«

»Ich bin sicher, du hast einen mächtigen Zauber hineingelegt. Ich habe keine Hirsche gesehen, aber im Südosten steht eine Wisentherde. Ich glaube, sie ziehen jetzt zusammen weiter. Ob ein Wisent wohl von einer Waffe mit einem Hirsch darauf angezogen wird? Ich könnte morgen ja noch mal losreiten und nach Hirschen sehen.«

»Das hier wirkt auch auf Wisente. Aber deiner wird mehr Glück bringen. Ich freue mich, daß ich deinen mit einem Wisent geschmückt habe.«

Ayla wußte nicht was sagen. Er war ein Mann, und er hatte ihr mehr Jagdglück zugestanden als sich selbst, und er freute sich.

»Ich wollte auch noch eine Glücksdonii machen, hatte aber keine Zeit, sie fertigzustellen.«

»Jondalar, ich bin ganz durcheinander. Was ist eine ›Donii‹? Ist das deine Erdmutter?«

»Die Große Erdmutter ist Doni, aber sie nimmt auch andere Gestalten an, und dann sind das Donii. Im allgemeinen ist eine Donii Ihre Geistform, wenn Sie auf dem Wind reitet oder Sich in Träume schiebt – Männer träumen oft in der Gestalt einer schönen Frau von Ihr. Aber eine Donii ist auch die geschnitzte Frauengestalt – für gewöhnlich eine mildtätige Mutter –, denn die Frauen sind von Ihr gesegnet. Meistens wird auch eine Donii geschickt, einen Mann in Ihre Geisterwelt zu geleiten – manche behaupten, Frauen brauchten keine Führer, sie kennten den Weg. Und manche Frauen behaupten, sie können sich, wenn sie wollen, in eine Donii verwandeln – und das nicht immer zur reinen Freude des Mannes. Die Sharamudoi, die westlich von hier leben, behaupten, die Mutter könne die Gestalt eines Vogels annehmen.«

Ayla nickte. »Beim Clan sind nur die Urahnen weibliche Geister.«

»Was ist denn mit deinen Totems?« fragte er.

»Die Schutzgeist-Totems sind alle männlich, für Frauen wie Männer zugleich, nur daß die Totems der Frauen für gewöhnlich die kleineren Tiere sind. Ursus, der Große Höhlenbär, ist der große Beschützer des Clans – und jedermanns Totem. Ursus war auch Crebs persönliches Totem. Er ist erwählt worden, genauso wie ich vom Höhlenlöwen erwählt worden bin. Du kannst noch das Zeichen an mir sehen.« Sie zeigte ihm die vier parallelen Narben auf ihrem Oberschenkel, die ihr von den Krallen eines Höhlenlöwen gerissen worden waren, als sie fünf Jahre alt gewesen war.

»Ich habe ja gar nicht gewußt, daß Flach . . ., daß dein Clan überhaupt etwas von der Geisterwelt versteht, Ayla. Es fällt mir immer noch schwer zu glauben – ich glaube dir ja –, aber es ist schwer für mich zu begreifen, daß die Leute, von denen du redest, dieselben sind, die für mich immer die Flachschädel gewesen sind.«

Ayla senkte den Kopf und hob dann wieder den Blick. Ernst und besorgt sah sie ihn an. »Ich glaube, der Höhlenlöwe hat dich erwählt, Jondalar. Ich glaube, er ist jetzt dein Totem. Creb hat mir gesagt, daß es nicht leicht ist, mit einem mächtigen Totem zu leben. Er hat bei seinen Prüfungen ein Auge verloren, aber er hat große Macht errungen. Neben Ursus ist der Höhlenlöwe das mächtigste aller Totems, und es ist wahrhaftig nicht leicht gewesen. Seine Prüfungen waren sehr schwer, aber nachdem ich erst einmal den Grund dafür verstanden hatte, habe ich sie nie bedauert. Ich meine, du solltest das wissen, falls er jetzt dein Totem ist.« Sie senkte den Blick. Hoffentlich hatte sie nicht zuviel gesagt.

»Er hat dir sehr viel bedeutet, nicht wahr? Der Clan, meine ich.«

»Ich wollte eine Clan-Frau sein, konnte es aber nicht. Ich habe es einfach nicht fertiggebracht, eine Clan-Frau zu sein. Ich bin nicht wie sie. Ich stamme von den Anderen. Creb hat das gewußt, und Iza hat mir gesagt, ich solle fortgehen und meine eigene Art suchen. Ich wollte nicht fort, mußte jedoch. Ich bin mit dem Todesfluch belegt. Ich bin tot.«

Jondalar war sich nicht sicher, was sie damit meinte, doch fröstelte ihn, und die Nackenhaare sträubten sich ihm, als sie das sagte. Sie holte tief Atem, ehe sie fortfuhr.

»Ich habe keinerlei Erinnerung an die Frau, der ich geboren wurde, oder an das Leben, das ich vor dem Clan führte. Ich habe es versucht, konnte mir aber keinen Mann von den Anderen vorstellen, einen Mann, der so war wie ich. Und wenn ich jetzt versuche, mir die Anderen vorzustellen, kann ich nur dich sehen. Du bist der erste meiner Art, den ich je gesehen habe, Jondalar. Was auch immer geschieht, ich werde dich nie vergessen.« Ayla hielt inne. Sie hatte das Gefühl, zuviel gesagt zu haben. Sie stand auf. »Wenn wir in der Frühe auf die Jagd gehen wollen, sollten wir jetzt wohl etwas schlafen.«

Jondalar wußte, daß sie von Flachschädeln großgezogen war und allein in diesem Tal lebte, nachdem sie sie verlassen hatte. Doch bis sie es ausgesprochen hatte, war ihm nicht klar gewesen, daß er wirklich »der Erste« war. Es störte ihn, sich vorzustellen, daß er alle seine Artgenossen darstellte, und er war nicht gerade stolz darauf, wie er das getan hatte. Gleichwohl – er wußte, wie alle über die Flachschädel dachten. Wenn er es ihr nur gesagt hätte – würde das genauso gewirkt haben? Würde sie dann wirklich gewußt haben, was ihr bevorstand?

Aufgewühlt und von widerstreitenden Gefühlen erfüllt, legte er sich schlafen. Nachdem er sich ausgestreckt hatte, starrte er zum Feuer hinüber und dachte nach. Plötzlich befiel ihn ein Gefühl, das alles verzerrte, eine Art Schwindel, ohne daß sich ihm alles drehte. Er erblickte eine Frau, wie gespiegelt in einem Teich, in den ein Stein hineingefallen war; ein waberndes Bildnis, von dem Wellen ausgehen, die zu größeren und immer größeren Kreisen werden. Er wollte nicht, daß die Frau ihn vergaß – es bedeutete ihm etwas, daß sie sich seiner erinnerte.

Er verspürte eine Abweichung, eine Weggabelung, eine Wahl, die ihm offenstand – und er war führerlos. Ein warmer Luftstrom bewirkte, daß sich ihm die Nackenhaare sträubten. Er wußte, Sie verließ ihn. Nie hatte er bewußt Ihre Anwesenheit wahrgenommen, aber er wußte, daß Sie jetzt fort war, und die Leere, die Sie hinterließ, tat weh. Es war der Beginn von etwas, das zu Ende ging: die Eiszeit, ein Zeitalter, das Ende der Zeit, da Sie alles nährte. Die Erdmutter verließ Ihre Kinder, auf daß sie sich selbst ihren Weg suchten, ihr Leben selber gestalteten und die Folgen für ihr Handeln übernahmen – erwachsen wurden. Nicht zur Zeit seines Lebens, noch auf Generationen hinaus nicht, und doch war der erste unerbittliche Schritt getan worden. Sie hatte Ihr Abschiedsgeschenk gemacht, Ihr Geschenk des Wissens.

Jondalar vernahm ein unheimlich klagendes Geschrei, und er wußte, daß er Die Mutter weinen hörte.

Wie ein bis zum Übermaß gestreckter Riemen, der plötzlich losgelassen wird, ging ein Ruck durch die Wirklichkeit, und alles war wieder wie zuvor. Trotzdem war etwas überspannt worden und wollte nicht mehr auf die zuvor gültigen Größenverhältnisse passen. Er spürte, daß irgend etwas nicht paßte. Er blickte über das Feuer hinweg zu Ayla und sah, daß Tränen ihr über das Gesicht liefen.

»Was hast du denn, Ayla?«

»Ich weiß es nicht.«

»Bist du sicher, daß sie uns beide tragen kann?«

»Nein, sicher bin ich nicht«, sagte Ayla, die die mit den Tragekörben beladene Winnie führte. Renner trottete an einem Strick hinter ihnen her; dieser war an einer Kopfhalterung aus Lederriemen befestigt, der ihm die Möglichkeit ließ, den Kopf frei zu bewegen und zu grasen und ihm nicht den Hals abschnürte. Zuerst hatte die Halterung dem Füllen zu schaffen gemacht, doch jetzt gewöhnte es sich daran.

»Wenn wir beide aufsitzen, kommen wir schneller voran. Wenn sie es nicht mag, wird sie es mich wissen lassen. Dann reiten wir eben abwechselnd, oder wir gehen beide zu Fuß.«

Als sie den großen Felsen unten in den Wiesen erreichten, kletterte Ayla auf das Pferd, rückte ein Stück vor und hielt die Stute ruhig, während auch Jondalar aufstieg. Winnie legte die Ohren an. Sie spürte die ungewohnte zusätzliche Last, aber sie war ein robustes zottiges Pferd, und als Ayla sie antrieb, setzte sie sich in Bewegung. Die Frau hielt sie zu einer gleichmäßigen Gangart an und spürte durchaus die Veränderung darin, die ihr anzeigte, daß es an der Zeit sei, anzuhalten und zu rasten.

Als sie das zweitemal weiterritten, war Jondalar schon entspannter – und wünschte dann, er sei immer noch nervös. Ohne die ständige Angst wie zuvor, wurde er sich plötzlich sehr deutlich der Frau bewußt, die da vor ihm saß. Er spürte, wie sich ihm ihr Rücken an die Brust drückte, fühlte ihre Schenkel an den seinen, und jetzt entwickelte Ayla Gespür nicht nur für das Pferd. Ein heißer, harter Druck regte sich hinter ihr, über den Jondalar keine Gewalt hatte; dabei brachte jede Bewegung des Pferdes sie dazu, sich aneinander zu reiben. Sie wünschte, der Druck würde weichen – dann aber auch wieder nicht.

Jondalar spürte einen Schmerz, wie er ihn nie zuvor erfahren hatte. Nie hatte er sich in solchem Maße gezwungen, sich mit seinem Verlangen zurückzuhalten. Seit den ersten Tagen seines Mannseins hatte es immer irgendwelche Mittel gegeben, zur Entspannung zu kommen; nur gab es hier keine andere Frau außer Ayla. Er weigerte sich, sich selbst Erleichterung zu verschaffen, und versuchte, es auszuhalten.

»Ayla«, seine Stimme klang ganz unnatürlich, »ich glaube ... ich glaube, wir sollten wieder eine Rast einlegen«, entfuhr es ihm.

Sie hielt das Pferd an und glitt so schnell hinunter wie möglich. »Es ist nicht mehr weit«, sagte sie. »Den Rest können wir auch zu Fuß zurücklegen.«

»Ja, da kann Winnie sich auch ausruhen.«

Ayla widersprach nicht, obwohl sie wußte, daß dies nicht der Grund war, warum sie zu Fuß gingen. Das Pferd zwischen sich, gingen sie nebeneinander her und unterhielten sich über Winnies Rücken hinweg. Doch selbst so brachte Ayla es kaum fertig, nach auffälligen Punkten in der Landschaft Ausschau zu halten, um sich zu orientieren. Jondalar schritt mit schmerzenden Lenden aus und war froh, daß sie das Pferd zwischen sich hatten.

Als sie endlich die Wisentherde sichteten, vertrieb die Vorfreude auf die Jagd mit den Speerwerfern ihre unterdrückte Leidenschaft zu einem großen Teil, obwohl sie sich bemühten, einander nicht zu nahe zu kommen und möglichst eines der Pferde zwischen sich zu haben.

Die Wisente grasten an einem kleinen Strom, und die Herde war größer als zu der Zeit, da Ayla sie zuerst gesehen hatte. Mehrere kleine Rudel hatten sich ihr angeschlossen, andere sollten noch folgen. Zuletzt sollten Zehntausende von den dicht an dicht stehenden, zottigen, schwarzbraunen Tieren über sanft gewelltes Land dahinziehen, die Flußtäler bevölkern und einen wallenden lebendigen Teppich bilden. Innerhalb der Gesamtherde besaß das Einzeltier nur wenig Bedeutung; die Überlebensstrategie dieser Tiere beruhte auf der Vielzahl.

Selbst kleinere Gruppen, die sich in der Nähe des Stroms gebildet hatten, unterwarfen sich mit ihrer Widerborstigkeit und ihrem Eigensinn ganz dem Herdeninstinkt. Später sollte das Überleben es erforderlich machen, daß sie sich wieder in kleine Familiengruppen aufteilten, die sich weit auseinanderziehen und während der mageren Jahreszeit auf Futtersuche gehen konnten.

Ayla lenkte Winnie an den Rand des Stroms in der Nähe einer zähen, windgebeugten Kiefer. In der Gebärdensprache des Clans gab sie dem Pferd zu verstehen, es solle sich in der Nähe aufhalten, und als sie sah, daß die Stute ihr Füllen nahe zu sich heranholte, wußte sie, daß sie sich um Renner keine Sorgen zu machen brauchte. Winnie war in der Lage, ihr Füllen von der Gefahr fernzuhalten. Einzig Jondalar hatte einige Schwierigkeiten, eine Lösung für ein Problem zu finden, das sie vorausgesehen hatte, und jetzt war sie neugierig, wie er damit zurechtkam.

Mann wie Frau nahmen jeder ihren Speerwerfer und einen Köcher mit einigen Speeren darin; dann bewegten sie sich zu Fuß auf die Herde zu. Viele Hufe hatten die harte dünne Kruste des Steppenbodens aufgebrochen und Unmengen Staub aufgewirbelt, der sich jetzt auf ihrem zotteligen dunklen Fell niederließ. Die Richtung, die die Herde einschlug, war an dem erstikkenden Staub zu erkennen, so wie Rauch von einem schwelenden Steppenbrand erkennen ließ, in welche Richtung sich das Feuer weiter ausbreiten würde; auch hinterließ er ähnliche Verheerungen.

Jondalar und Ayla schlugen einen Bogen, damit der Wind der Herde nicht ihre Witterung zutrug. Statt dessen trug dieser ihnen jetzt den beizenden Wisentgeruch zu und blies ihnen feinen Sand ins Gesicht. Blökende Kälber hüpften schwerfällig hinter den Mutterkühen her, und stoßende Jährlinge stellten die Geduld von ausgewachsenen Bullen auf eine harte Probe.

Ein alter Stier, der sich in einer Staubsuhle wälzte, richtete sich vorn auf, um wieder auf die Beine zu kommen. Sein massiger Kopf hing tief herab, gleichsam als würde er von den enormen schwarzen Hörnern zu Boden gedrückt. Jondalar mit seinen beinahe zwei Metern überragte, wenn auch nur wenig, das Stockmaß des Stiers. Der massige, mit einem dichten Pelz besetzte kräftige und hochstehende Vorderkörper ging in eine vergleichsweise niedrige, nahezu zierliche Hinterhand über. Das gewaltige Tier, das seine beste Zeit wohl gerade hinter sich hatte, war für ihre Bedürfnisse viel zu zäh und sehnig; als der Bulle stehenblieb und sie mißtrauisch musterte, wußten sie, daß er ihnen sehr gefährlich werden könnte. Sie warteten daher, bis er weitergezogen war.

Als sie sich näher heranschoben, verstärkte sich das grummelnde Hintergrundgeräusch der Herde und wurde gleichzeitig von höchst unterschiedlichem trompetenartigen Geblöke und röhrendem Muhen zerrissen. Jondalar zeigte auf eine junge Mutterkuh. Ihr Kalb war schon fast ausgewachsen, hatte auf der sommerlichen Weide Fett angesetzt und war fast soweit, selbst ein Kalb austragen zu können. Ayla nickte zustimmend. Sie legte ihre Speere in die Wurfgeräte ein, und Jondalar gab ihr durch Zeichen zu verstehen, daß er vorhabe, auf die andere Seite der Färse hinüberzugehen.

Kraft eines unbekannten Instinkts, oder vielleicht auch, weil es den Menschen sich hatte bewegen sehen, spürte das Tier, daß es als Beute auserwählt worden war. Nervös drängte es sich näher an die Hauptmasse der Herde heran. Etliche andere Wisente kamen herbei, um es in die Mitte zu nehmen, was Jondalars Aufmerksamkeit ablenkte. Ayla war sicher, daß ihnen die Kuh entgehen würde. Jondalar hatte ihr denRücken zugekehrt, so daß sie ihm auch kein Zeichen geben konnte, und das fast ausgewachsene Kalb geriet außer Reichweite. Rufen konnte sie nicht; selbst wenn er sie hätte hören können – ein Schrei würde die Wisente warnen.

So faßte sie ihren Entschluß und zielte. Jondalar blickte zurück, gerade als sie im Begriff stand, ihren Speer zu schleudern, erfaßte die Situation auf einen Blick und machte sein Wurfgerät bereit. Das schnell dahinstürmende Jungwisent scheuchte seine Artgenossen genauso auf wie die Jäger. Ayla und Jondalar hatten gedacht, die Staubwolke wäre genug Deckung für sie, doch die Wisente waren daran gewöhnt. Die Färse hatte fast die Sicherheit des Hauptteils der Herde erreicht, und andere folgten ihr.

Jondalar schoß auf sie zu und schleuderte seinen Speer. Ayla folgte einen Augenblick später und jagte ihm den Speer in den Nacken, während Jondalar das Wisent in die Weichteile getroffen hatte. Die Schubkraft des Wisents trug es noch ein paar Schritte voran, doch dann wurde das Tier merklich langsamer. Es geriet ins Stocken, taumelte und brach dann in die Knie, wobei Jondalars Speer einfach durchknickte. Die Herde witterte Blut. Ein paar Tiere schnupperten an der zusammengebrochenen Färse und stießen ein klagendes Muhen aus. Andere nahmen ihren Klagelaut auf, stießen sich gegenseitig an und wußten nicht wohin, und die Luft war spannungsgeladen.

Ayla und Jondalar liefen aus entgegengesetzten Richtungen auf ihre Beute zu. Plötzlich schrie er ihr etwas zu und fuchtelte mit den Armen in der Luft herum. Da sie seine Zeichen nicht verstand, schüttelte sie den Kopf.

Einem jungen Bullen, der Kopfstoßen gespielt hatte, war es endlich gelungen, den alten Patriarchen zu einer Reaktion zu verleiten, sprang beiseite und prallte dabei gegen eine nervöse Kuh. Unentschlossen und doch aufgeregt, machte der Jungbulle ein paar Schritte rückwärts, doch sein Ausweichen hatte zur Folge, daß er von dem großen Stier abgeschnitten wurde. Er wußte nicht, wohin, bis seine Aufmerksamkeit auf eine sich bewegende zweibeinige Gestalt gerichtet wurde. Er senkte den Kopf und stürmte darauf zu.

»Ayla! Aufpassen!« schrie Jondalar und lief auf sie zu. Er hatte einen Speer in der Hand und zeigte damit.

Ayla fuhr herum und sah den Jungbullen auf sich zugerast kommen. Ihr erster Gedanke galt ihrer Schleuder; das war fast wie ein Reflex. Die Schleuder war immer schon dasjenige gewesen, womit sie sich gewehrt hatte. Doch nahm sie diesmal gleich Abstand davon und legte einen Speer in das Wurfgerät ein.

Jondalar schleuderte seinen Speer nur einen Moment vor ihr mit der Hand, doch ihr Wurfgerät verlieh ihrer Waffe eine größere Geschwindigkeit. Jondalars Speer fraß sich in eine Flanke ein, woraufhin der Wisent augenblicklich herumfuhr. Als er hinsah, steckte Aylas Waffe dem jungen Tier zitternd im Auge; es war tot, bevor es zusammenbrach.

Das Laufen, das Geschrei und der neue Blutgeruch brachte die heillos durcheinanderwurlende Wisentherde dazu, gemeinsam die Flucht zu ergreifen – fort von dem beunruhigenden Geschehen. Die letzten Nachzügler schlugen einen Bogen um ihre gefällten Artgenossen, und mit donnernden Hufen raste die riesige Herde davon. Das Donnern der Hufe war immer noch zu hören, als der Staub sich längst gesetzt hatte.

Dem Mann und der Frau verschlug es für einen Moment die Sprache, als sie die beiden erlegten Wisente auf der sonst leeren Steppe liegen sahen.

»Es ist vorbei«, sagte Ayla, immer noch benommen. »Einfach so.«

»Warum bist du denn nicht weggelaufen?« rief Jondalar erregt; jetzt, wo sie vorüber war, brach die Angst sich bei ihm Bahn. Er kam auf sie zugeschritten. »Er hätte dich töten können!«

»Wie hätte ich einem angreifenden Bullen den Rücken zukehren sollen! Das ging doch nicht!« hielt Ayla ihm entgegen. Sie sah sich den Wisent genauer an. »Nein, dein Speer hätte ihn wohl davon abgehalten ... aber woher sollte ich das wissen? Ich habe noch nie zuvor mit jemand zusammen gejagt, habe immer für mich selbst aufpassen müssen. Hätte ich das nicht getan, niemand hätte sich um mich gekümmert.«

Ihre Worte rückten eine letzte Unklarheit zurecht, und plötzlich stand Jondalar ein Bild klar vor Augen: So mußte ihr Leben gewesen sein. Er sah sie auf eine neue Weise. Diese Frau, dachte er, diese sanfte, liebevolle und fürsorgliche Frau hat mehr überlebt, als irgend jemand für möglich gehalten hätte. Nein, selbstverständlich hat sie nicht weglaufen können, vor nichts und wieder nichts – nicht einmal vor dir. Wann immer du dich bisher hast gehenlassen, Jondalar, wann immer du aus der Haut gefahren bist, sind die Menschen zurückgewichen. Sie jedoch hat auch dann noch ihren Mann gestanden, als es am allerschlimmsten, am allerbedrohlichsten war.

»Ayla, du schöne, ungezähmte, wunderbare Frau – schau, was für eine Jägerin du bist!« Er lächelte. »Schau, was wir getan haben. *Zwei* Wisente! Und wie wollen wir die jetzt nach Hause schaffen?«

Als ihr das ganze Ausmaß dessen aufging, was sie geleistet hatten, verzog sich ihr Gesicht zu einem Lächeln der Zufriedenheit, des Triumphes und der Freude. Jondalar wurde sich bewußt, daß er dieses Lächeln nicht oft bei ihr gesehen hatte. Schön, wunderschön war sie, wenn sie so lächelte; sie glühte, wie von einem inneren Feuer erhellt. Unversehens stieg ein Lachen in ihm auf, ein hemmungsloses, ansteckendes Lachen, in das sie gleich darauf einfiel – sie konnte gar nicht anders. Es war ihr Siegesschrei, ihr Ruf, mit dem sie ihren Erfolg verkündeten.

»Schau, was für ein Jäger du bist, Jondalar!« sagte sie.

»Das liegt an den Speerwerfern – dadurch ist alles soviel einfacher. Wir haben uns dieser Herde genähert, und ehe sie wußten, was ihnen geschah . . . *zwei* von ihnen! Überleg doch mal, was das bedeutet!«

Sie wußte, was es für sie bedeuten konnte. Diese neue Waffe setzte sie instand, immer allein zu jagen, sommers wie winters. Sie brauchte keine Fallgruben mehr auszuheben. Sie konnte unterwegs sein und jagen. Der Speerwerfer besaß sämtliche Vorteile ihrer Schleuder und noch so viele mehr.

»Ich weiß, was das bedeutet. Du hast mir gesagt, du würdest mir eine bessere Jagdweise zeigen, eine, die leichter wäre. Das hast du getan, in einem Maße, wie ich es mir nicht hätte träumen lassen. Ich weiß nicht, wie ich es dir sagen soll . . . ich bin so . . .«

Sie kannte nur eine Möglichkeit, ihrer Dankbarkeit Ausdruck zu verleihen – so, wie sie es im Clan gelernt hatte. Sie hockte sich zu seinen Füßen hin und senkte den Kopf. Vielleicht klopfte er ihr nicht auf die Schulter, um ihr zu gestatten, es ihm so zu sagen, wie es sich gehörte, aber sie mußte es versuchen.

»Was machst du?« sagte er und griff hinunter, um ihr aufzuhelfen. »So hock doch nicht so da, Ayla.«

»Wenn eine Clan-Frau einem Mann irgend etwas von Wichtigkeit mitteilen will, hockt sie sich so vor ihn hin, um seine Aufmerksamkeit zu erringen«, sagte sie und blickte auf. »Mir ist es wichtig, dir zu sagen, wieviel mir dies bedeutet und wie dankbar ich für die neue Waffe bin. Und dafür, daß du mich die Worte gelehrt hast, und für alles . . .«

»Bitte, Ayla, steh auf«, sagte er und hob sie in die Höhe. »Nicht ich habe dir diese Waffe geschenkt – du hast sie mir geschenkt. Hätte ich dich nicht mit deiner Schleuder umgehen sehen, wäre ich nie auf die Idee gekommen. Ich bin dir dankbar, und zwar für mehr als nur für diese Waffe.«

Er hielt ihre Arme gepackt, spürte ihren Körper nahe dem seinen. Sie sah ihm in die Augen, unfähig und auch nicht bereit, die Augen abzuwenden. Er beugte den Kopf näher heran und legte den Mund auf den ihren.

Ihre Augen weiteten sich vor Überraschung. Das kam so unerwartet. Nicht nur sein Tun, sondern auch ihre Reaktion, wie es sie durchfahren hatte, als sie seinen Mund auf dem ihren gespürt hatte. Und sie wußte nicht, was sie ihrerseits nun tun sollte.

Schließlich begriff er. Er wollte sie nicht mit Gewalt zu mehr bringen als dieser zärtlichen Geste – noch nicht.

»Was ist dieses Mund auf Mund?«

»Ein Kuß, Ayla. Es ist dein erster Kuß, nicht wahr? Ich vergesse es immer wieder, aber es ist schwer, dich zu sehen und . . . Ayla, manchmal bin ich schon ein sehr dummer Mann.«

»Warum sagst du das? Du bist nicht dumm.«

»Und ob ich dumm bin! Nicht zu fassen, *wie* dumm ich gewesen bin.« Er ließ sie los. »Aber im Moment glaube ich, sollten wir sehen, daß wir eine Möglichkeit finden, diese Wisente zurückzuschaffen in die Höhle, denn wenn ich weiter so neben dir stehenbleibe, werde ich einfach nicht imstande sein, es richtig für dich zu machen. So, wie es dir beim erstenmal gemacht werden sollte.«

»Wie was gemacht werden sollte?« fragte sie, die nicht wirklich wollte, daß er sich von ihr löste.

»Die Riten der Ersten Wonnen, Ayla. Falls du es mir erlaubst.«

28

»Ich glaube nicht, daß Winnie es geschafft hätte, die beiden Wisente hierherzuschleppen, wenn wir die Köpfe nicht zurückgelassen hätten«, sagte Ayla. »Das war eine gute Idee.« Gemeinsam mit Jondalar zog sie den Kadaver des Bullen vom Zuggestell herunter und auf das Sims hinauf. »Soviel Fleisch! Allein das Zerlegen und Kleinschneiden! Wieviel Zeit das brauchen wird! Wir sollten gleich anfangen.«

»Die halten sich eine Zeitlang, Ayla!« Das Lächeln seiner Augen ließ Wärme in ihr aufsteigen. »Ich meine, deine Riten der Ersten Wonnen sind wichtiger. Ich werde dir jetzt helfen, Winnie abzuschirren – und dann gehe ich erst mal schwimmen. Ich bin verschwitzt und voller Blut.«

»Jondalar . . .« Ayla zögerte. Sie war erregt und schüchtern zugleich. »Das ist doch eine Zeremonie, diese Ersten Riten, nicht wahr?«

»Ja, es ist eine Zeremonie.«

»Iza hat mich gelehrt, mich auf Zeremonien vorzubereiten. Gibt es eine . . . besondere Vorbereitung für diese Zeremonie?«

»Für gewöhnlich helfen ältere Frauen jüngeren, sich darauf vorzubereiten. Ich weiß nicht, was sie sagen oder tun. Ich finde, du solltest all das tun, was du für richtig hältst.«

»Dann werde ich Seifenwurzeln holen und mich reinigen, so wie Iza es mir gezeigt hat. Ich werde warten, bis du mit dem Schwimmen fertig bist. Ich sollte allein bleiben, wenn ich mich fertigmache.« Sie errötete und senkte die Augen.

Wie jung und wie verschämt sie wirkt, dachte er. Genauso wie die meisten jungen Frauen vor den Ersten Wonnen. Die ihm vertraute Mischung aus Zärtlichkeit und Erregung stieg in ihm auf. Sogar mit ihren Vorbereitungen traf sie das Richtige. Er legte ihr einen Finger unters Kinn, hob es in die Höhe, gab ihr noch einen Kuß und wandte sich dann entschlossen ab. »Ich hätte selbst auch gern ein paar Seifenwurzeln.«

»Ich hole dir welche«, sagte sie.

Er grinste, als er hinter Ayla den Fluß hinaufging. Nachdem sie die Wurzeln ausgegraben hatte und wieder hinaufgegangen war zur Höhle, warf er sich aufspritzend ins Wasser und war zufrieden mit sich wie schon lange nicht mehr. Er klopfte so lange auf den Wurzeln herum, bis Seifenschaum entstand, rieb sich den ganzen Körper damit ein, nahm den Lederriemen ab, der seine Haare zusammenhielt, und rieb den Schaum in sie hinein. Für gewöhnlich tat Sand es auch, aber Seifenwurzeln waren besser.

Er tauchte und schwamm flußaufwärts fast bis zum Wasserfall hinauf. Nachdem er an den Uferstreifen zurückgekehrt war, legte er den Lendenschurz um und eilte zur Höhle hinauf. Es roch köstlich nach Braten, und er war so entspannt und glücklich, daß er es schier nicht fassen konnte.

»Ich bin froh, daß du zurück bist. Es wird einige Zeit dauern, mich gehörig zu reinigen, und ich wollte nicht, daß es zu spät wird.« Sie nahm eine Schale mit einer dampfenden Flüssigkeit und Schachtelhalm darin für ihre Haare und ergriff dann ein frischgewalktes Fell für einen neuen Überwurf.

»Nimm dir nur soviel Zeit, wie du willst«, sagte er und gab ihr einen flüchtigen Kuß.

Sie schickte sich an hinunterzugehen, blieb dann jedoch stehen und drehte sich um. »Dieses Mund auf Mund gefällt mir, Jondalar. Dieser Kuß«, sagte sie.

»Ich hoffe, alles andere wird dir auch gefallen«, sagte er, nachdem sie schon gegangen war.

Er ging in der Höhle umher und betrachtete alles mit neuen Augen. Er prüfte die Wisentlende, drehte den Spieß und bemerkte, daß sie einige Wurzeln in Blätter gewickelt und in die Nähe der Glut gelegt hatte. Dann entdeckte er, daß sie heißen Tee für ihn bereitgestellt hatte. Diese Wurzeln muß sie ausgegraben haben, als ich schwimmen war, dachte er.

Er sah seine Schlaffelle auf der anderen Seite der Feuerstelle, runzelte die Stirn, machte sich dann mit großem Vergnügen daran, sie aufzuheben und hinüberzutragen an die leere Stelle neben Aylas Lager. Nachdem er sie glattgezogen hatte, ging er noch einmal an das Bündel mit seinen Werkzeugen und erinnerte sich an die Donii, die er angefangen hatte zu schnitzen. Er setzte sich auf die Matte, die dafür sorgte, daß seine Schlaffelle nicht mit dem Boden in Berührung kamen, und rollte das in Hirschleder eingewickelte Paket aus.

Eingehend betrachtete er das Stück Mammut-Elfenbein, aus dem er begonnen hatte, eine weibliche Figur herauszuarbeiten, und beschloß, sie zu beenden. Möglich, daß er nicht gerade zu den besten Bildschnitzern gehörte, doch fand er es irgendwie nicht richtig, eine der wichtigsten Zeremonien der Mutter ohne eine Donii auszuführen. Er nahm Meißel und Grabstichel heraus und trug das Elfenbein nach draußen.

Schnitzend, schneidend und kerbend saß er draußen, und da

ging ihm auf, daß sein Elfenbein nicht zu einer Figur mit ausladend mütterlichen Attributen wurde, sondern zu der Gestalt einer jungen Frau geriet. Das Haar, das in der Tracht eigentlich jener des alten Donii entsprach, den er verschenkt hatte, also wie ein Wulst, der nicht nur den Hinterkopf bedeckte, sondern auch das Gesicht, erinnerte an Zöpfe – über den ganzen Kopf eng geflochtene Zöpfe, die nur das Gesicht freiließen. Dies Gesicht war leer. Donii wurden nie mit einem Gesicht ausgestattet; wer hätte es schon ausgehalten, das Antlitz der Mutter zu schauen? Wer sollte es auch kennen? Sie war alle Frauen und gar keine.

Er hörte auf zu schnitzen, und ließ, obwohl sie gesagt hatte, sie wolle allein bleiben, den Blick in der Hoffnung, sie zu sehen, flußaufwärts und dann flußabwärts schweifen. Ob es ihm wohl gelang, ihr Wonnen zu bereiten? Nie hatte er an sich gezweifelt, wenn er bei den Sommertreffen aufgerufen worden war, die Riten der Ersten Nacht zu vollziehen; doch dabei hatte es sich immer um junge Frauen gehandelt, die Sitten und Gebräuche kannten und wußten, was sie erwartete. Sie hatten ja ältere Frauen gehabt, die ihnen alles erklärt hatten.

Ob ich wohl versuchen sollte, es zu erklären? Nein, du wüßtest doch nicht, was du sagen solltest, Jondalar. Zeig es ihr einfach. Sie wird dich schon spüren lassen, wenn etwas ihr mißfällt. Daß sie so ehrlich ist, gehört ja zu ihren anziehendsten Eigenschaften.

Wie es wohl sein würde, das Wonnegeschenk der Mutter einer Frau zu zeigen, die mit nichts zurückhielt und auch nichts vorspielte?

Aber warum sollte sie bei den Ersten Wonnen anders sein als die anderen Frauen? Weil sie bei den Ersten Wonnen nicht wie andere Frauen ist. Denn sie ist schon geöffnet worden, unter großen Schmerzen. Und was ist, wenn du es nicht schaffst, daß sie diesen schrecklichen Anfang überwindet? Was, wenn sie außerstande ist, Wonnen zu genießen, was, wenn du es nicht schaffst, daß sie sie empfindet? Wenn es doch bloß eine Möglichkeit gäbe, sie vergessen zu machen! Wenn es mir doch nur gelänge, sie zu mir herüberzuziehen, ihren Widerstand zu überwinden und ihren Geist gefangenzunehmen!

Ihren Geist gefangenzunehmen!

Er blickte auf das Figürchen in seiner Hand, und plötzlich rasten seine Gedanken. Warum gruben sie das Abbild eines Tieres auf eine Waffe oder malten es auf die Heiligen Wände? Um an den ihnen innewohnenden Muttergeist heranzukommen, um ihren Widerstand zu überwinden und ihr Wesen zu erfassen.

Sei doch nicht lächerlich, Jondalar. Auf die Weise nimmst du Aylas Geist nie gefangen. Und es wäre auch nicht richtig, denn niemand stattet eine Donii mit einem Gesicht aus. Menschen wurden nicht abgebildet – schließlich konnte es sein, daß mit einer Ähnlichkeit auch das Wesen eines Geistes erfaßt wurde. Doch wen würde es gefangennehmen?

Kein Mensch sollte den Geist eines anderen gefangennehmen. Schenk ihr die Donii. Damit würdest du ihr doch ihren Geist zurückgeben, oder? Wenn du ihn nun für eine Zeitlang behieltest und ihn ihr . . . hinterher gäbest?

Wenn du ihr nun ihre Züge verleihst – würde sie das zu einer Donii machen? Ihrer Heilkunst, ihres magischen Umgangs mit Tieren wegen hältst du sie ohnehin fast für eine Donii. Aber wenn sie das ist, könnte sie ja deinen Geist gefangennehmen wollen. Wäre das so schlimm?

Du möchtest, daß ein Teil bei dir bleibt, Jondalar. Jener Teil des Geistes, der immer in den Händen des Schöpfers zurückbleibt. Und um diesen Teil von ihr geht es dir, nicht wahr?

Ach, Große Mutter, sag mir – wäre das denn wirklich eine so schreckliche Sache, einer Donii ihr Gesicht zu geben?

Er starrte das kleine Stück Elfenbein an, das er geschnitzt hatte. Dann nahm er einen Grabstichel zur Hand und begann, ein Gesicht herauszuarbeiten – ein vertrautes Gesicht.

Als er fertig war, hielt er das Figürchen in die Höhe und drehte es langsam in der Hand. Ein richtiger Bildschnitzer hätte es vielleicht besser gemacht, aber schlecht war es nicht. Sie ähnelte Ayla, wenn auch mehr dem Gefühl nach als tatsächlich – dem Gefühl nach, das er von ihr hatte. Er ging in die Höhle hinein und überlegte, wo er es hintun könnte. Die Donii sollte in der Nähe sein, nur sollte sie sie nicht sehen – noch nicht. Er erblickte ein Bündel Ledersachen, die nahe der Wand neben ihrem Lager zusammengerollt lagen, und steckte die Donii dazwischen.

Dann ging er wieder nach draußen und hielt vom äußersten Rand aus Ausschau. Wieso braucht sie so lange? Er sah sich die beiden Wisente an, die nebeneinander dalagen. Sie würden nicht schlecht werden. Speere und Wurfgeräte lehnten neben dem Eingang an der Felswand. Er nahm sie und trug sie in die Höhle hinein. Dann hörte er, wie Geröll auf das Sims prasselte. Er drehte sich um.

Ayla rückte den Gürtelknoten ihres neuen Überwurfs zurecht,

band sich das Amulett um den Hals und strich sich das Haar, das sie gerade mit einer Kardendistel gebürstet hatte, aber noch nicht ganz trocken war, aus dem Gesicht. Dann hob sie den alten Überwurf auf und machte sich an den Aufstieg. Sie war nervös und aufgeregt.

Zwar hatte sie eine Vorstellung von dem, was Jondalar mit den Riten der Ersten Wonnen meinte, war jedoch tief gerührt von seinem Wunsch, es für sie zu tun und sie mit ihr zu teilen. Zu schlimm, meinte sie, könnte es mit der Zeremonie wohl nicht werden – selbst bei Broud hatte es nach den ersten paar Malen nicht weh getan. Wenn Männer Frauen das Zeichen gaben, die sie gern hatten – bedeutete das dann jetzt, daß Jondalar sich etwas aus ihr machte?

Als sie das Sims fast erreicht hatte, wurde Ayla durch ein braungelbes Gewirr blitzschnell sich vollziehender Bewegung aus ihren Gedanken herausgerissen.

»Bleib, wo du bist, Ayla!« schrie Jondalar. »Bleib zurück, Ayla. Ein Höhlenlöwe!«

Den Speer in der Hand, stand er am Höhleneingang und schickte sich an, diesen auf eine gewaltige, sich duckende und sprungbereite Raubkatze zu schleudern, die ein tiefes Knurren und Fauchen ausstieß.

»Nicht, Jondalar!« schrie Ayla und warf sich zwischen sie. »Nicht!«

»Ayla, fort! Oh, Mutter, halt sie zurück!« schrie der Mann, als sie vor ihn hinsprang und sich dem angreifenden Löwen in den Weg stellte.

Die Frau vollführte eine entschiedene, gebieterische Gebärde und rief in der kehligen Sprache des Clan: »Aufhören!«

Ein Ruck ging durch den gewaltigen Höhlenlöwen mit der gelbroten Mähne, als er den Sprung gleichsam abbrach und vor den Füßen der Frau landete. Dort rieb er seinen riesigen Kopf an ihrem Bein. Jondalar war wie vom Donner gerührt.

»Baby! Ach, Baby! du bist zurückgekommen«, sagte Ayla bewegt und schlang dem mächtigen Tier ohne jede Hemmung und ohne alles Zaudern die Arme um den Hals.

Baby stieß sie so sanft um, wie es ihm möglich war, und Jondalar sperrte Mund und Nase auf, als der größte Höhlenlöwe, den er je gesehen hatte, der Frau die Pfoten umlegte, und damit einer Umarmung so nahe kam, wie ein Löwe einer solchen nahekommen kann. Die Raubkatze leckte mit rauher Zunge Tränen von Aylas Gesicht und leckte sie fast wund.

»Das reicht, Baby«, sagte sie und setzte sich auf. »Sonst habe ich überhaupt kein Gesicht mehr.«

Sie fand die Stellen hinter den Ohren und in der Mähne, wo er es liebte, gekrault zu werden. Baby legte sich auf den Rükken, um ihr seine Kehle darzubieten, und ließ dabei ein tiefes wohliges Knurren ertönen.

»Ich hätte ja nie gedacht, daß ich dich noch einmal wiedersehen würde, Baby«, sagte sie, als sie damit aufhörte und der Löwe sich wieder herumwälzte. Er war größer, als sie ihn in der Erinnerung hatte, und wenn er auch ein bißchen mager wirkte, machte er doch einen sehr gesunden Eindruck. Er wies Narben auf, die sie noch nicht kannte, und sie nahm an, daß er um sein Revier gekämpft und gewonnen hatte. Das erfüllte sie mit Stolz. Dann bemerkte Baby wieder Jondalar, und er fauchte.

»Fauch ihn nicht an! Das ist der Mann, den du mir gebracht hast. Du hast eine Gefährtin . . . Ich nehme an, mehrere sogar inzwischen.« Der Höhlenlöwe stand auf, wandte dem Mann den Rücken zu und trottete zu den Wisenten hinüber.

»Hast du was dagegen, wenn wir ihm einen überlassen?« rief sie zu Jondalar hinüber. »Wir haben doch ohnehin zuviel.«

Er hielt den Speer immer noch in der Hand und stand völlig benommen am Höhleneingang. Er versuchte zu antworten, doch nur ein Quieken kam heraus. Dann kam seine Stimme wieder. »Dagegen? Du fragst mich, ob ich was dagegen habe? Gib ihm meinetwegen beide! Gib ihm alles, was er will.«

»Baby braucht aber nicht beide.« Ayla verwendete die Namensbezeichnung in einer Sprache, die er nicht kannte, doch er erriet, daß es wohl ein Name wäre. »Nein, Baby, nicht die Färse«, sagte sie in Lauten und mit Gebärden, die für den Mann immer noch keine rechte Sprache abgaben, ihm jedoch einen Stoßseufzer abrangen, als sie dem Löwen ein Wisent abnahm und ihn auf das andere zuschob. Der Löwe packte den Tierkadaver mit gewaltigen Kiefern und schleppte ihn vom Sims fort. Nachdem er ihn besser packen konnte, schickte er sich an, ihn den vertrauten Pfad hinunterzuschleifen.

»Ich bin gleich wieder da, Jondalar«, sagte die Frau. »Kann sein, daß Winnie und das Füllen unten sind, und ich möchte nicht, daß Baby Renner einen Schrecken einjagt.«

Jondalar sah der Frau nach, wie sie dem Löwen folgte, bis sie außer Sicht war. Auf der Talseite der Wand tauchte sie wieder auf, und zwar ging sie völlig sorglos neben dem Löwen einher, der das Wisent zwischen den Vorderbeinen hinter sich herschleppte.

Beim großen Felsen angekommen, blieb Ayla stehen und umarmte den Löwen noch einmal. Baby ließ das Wisent fallen, und Jondalar schüttelte fassungslos den Kopf, als er sah, wie Ayla dem wilden Raubtier auf den Rücken kletterte. Sie hob einen Arm, ließ ihn vorschnellen und hielt sich an der rötlichgelben Mähne fest, während das riesige Katzentier einen Satz machte und mit Höchstgeschwindigkeit davonsprang, während Aylas Haare flatterten. Dann verlangsamte er seinen Lauf und kehrte zu dem Felsen zurück.

Dort angekommen, packte er neuerlich das Wisent und schleppte es durchs Tal. Ayla blieb bei dem großen Felsen zurück und sah ihm nach. Weit draußen ließ der Löwe den Bullen nochmals fallen. Er hob zu einer Reihe von Sprechgrunzern an – seinem vertrauten *hnga hnga* – und ließ dann ein so laut anschwellendes Gebrüll vernehmen, daß es Jondalar durch Mark und Bein ging.

Als der Löwe fort war, holte Jondalar tief Atem und lehnte sich mit weichen Knien an die Felswand. Von Scheu und ein wenig auch von Furcht ergriffen, fragte er sich: Was ist das für eine Frau? Über welchen Zauber gebietet sie? Vögel – nun ja. Auch Pferde noch. Aber einen Höhlenlöwen? Den größten Höhlenlöwen, den er je gesehen hatte?

War sie eine . . . Donii? Wer außer der Mutter konnte Tiere dazu bringen zu tun, was sie wollte? Und was war mit ihren Heilkräften? Oder ihrer phänomenalen Fähigkeit, so schnell so gut zu sprechen? Wenn auch mit einem ungewöhnlichen Akzent, aber sie hatte den größten Teil seines Mamutoi von ihm und sogar ein paar Worte Sharamudoi gelernt. War sie eine Erscheinungsform der Mutter?

Er hörte sie den Pfad heraufkommen, und ein Angstschauer überlief ihn. Er hätte sich nicht gewundert, wenn sie ihm plötzlich eröffnet hätte, daß sie die Große Erdmutter in höchsteigener Person wäre, und er hätte ihr geglaubt. Was er jedoch sah, war eine Frau mit aufgelöstem Haar, der Tränen übers Gesicht liefen.

»Was hast du denn?« fragte er, und Fürsorglichkeit verdrängte seine eingebildeten Ängste.

»Warum muß ich nur all meine Babys verlieren?« schluchzte sie.

Er erbleichte. Ihre Babys? Dieser gewaltige Löwe ihr Baby?

Schockartig kam ihm wieder das Gefühl von der weinenden Mutter, der Mutter aller.

»Deine Babys?«

»Erst Durc und dann Baby.«

»Ist das dein Name für den Löwen?«

»Baby? Das bedeutet: kleines Kind«, erklärte sie in dem Bemühen, es in seiner Sprache auszudrücken.

»*Kleines* Kind?« schnaubte er. »Das war der riesigste Höhlenlöwe, den ich jemals zu Gesicht bekommen habe.«

»Ich weiß.« Ein Lächeln mütterlichen Stolzes wurde hinter dem Tränenschleier erkennbar. »Ich habe auch immer dafür gesorgt, daß er genug zu fressen hatte – nicht wie die Löwenjungen im Rudel. Aber als ich ihn fand, war er auch noch klein. Ich nannte ihn Baby und habe es nie geschafft, ihm dann einen anderen Namen zu geben.«

»Gefunden hast du ihn?« fragte Jondalar immer noch zaudernd.

»Sie hatten ihn für tot zurückgelassen. Ich glaube, ein Rentier hat ihn getreten. Ich habe sie in meine Fallgrube gejagt. Brun hat mir manchmal erlaubt, kleine Tiere in die Höhle zu bringen, wenn sie verletzt waren und meiner Hilfe bedurften – allerdings: fleischfressende Tiere niemals. Ich wollte dieses Höhlenlöwenjunge eigentlich auch liegen lassen, aber dann fielen die Hyänen über es her. Da habe ich sie mit meiner Schleuder vertrieben und es hierhergebracht.«

Etwas in die Ferne Gerichtetes trat Ayla in die Augen, und ihr Mund verschob sich zu einem schiefen Grinsen. »Baby war so komisch, als er klein war; er hat mich immer zum Lachen gebracht. Aber es hat viel Zeit gekostet, für ihn zu jagen, bis der zweite Winter kam und wir lernten, gemeinsam zu jagen. Wir alle, Winnie auch. Ich habe Baby seither nicht wiedergesehen, seit . . .« Plötzlich fiel ihr es ein . . .

»Oh, Jondalar, es tut mir ja so leid. Baby ist der Löwe, der deinen Bruder getötet hat. Aber wäre es irgendein anderer Löwe gewesen, ich wäre nicht in der Lage gewesen, ihn fortzuscheuchen.«

»Und du bist doch eine Donii!« entfuhr es Jondalar. »Ich habe dich in meinem Traum gesehen! Ich dachte, eine Donii sei gekommen, mich in die nächste Welt zu bringen; statt dessen brachte sie den Löwen dazu, sich zu trollen.«

»Du wirst wohl etwas aufgewacht sein, Jondalar. Als ich dich transportierte, hast du vor Schmerz wahrscheinlich das Bewußtsein verloren. Ich mußte dich ja in größter Eile fortschaffen. Ich wußte, *mir* würde Baby nichts tun – er ist manchmal nur etwas ungestüm, aber das meint er nicht so. Er kann einfach nicht anders. Nur wußte ich nicht, wann seine Löwin zurück sein würde.«

Fassungslos und ungläubig schüttelte der Mann den Kopf. »Bist du wirklich mit diesem Löwen auf die Jagd gegangen?«

»Das war die einzige Möglichkeit, ihn satt zu bekommen. Zuerst, ehe er imstande war, selbst seine Beute zu reißen, pflegte er ein Tier zu Fall zu bringen. Ich bin dann mit Winnie gekommen und habe es mit dem Speer getötet. Damals wußte ich ja noch nichts vom Speer*werfen*. Und als Baby groß genug war, selbst Beute zu schlagen, schnitt ich mir manchmal ein Stück heraus, ehe er sie zerriß; manchmal wollte ich ja auch das Fell haben . . .«

»Also hast du ihn einfach weggestoßen, wie von diesem Wisent? Weißt du denn nicht, daß es gefährlich ist, einem Löwen Fleisch wegzunehmen? Ich habe erlebt, wie einer deshalb sein eigenes Junges umgebracht hat.«

»Ich auch. Aber Baby ist anders, Jondalar. Er ist ja nicht innerhalb eines Rudels aufgewachsen. Er ist hier großgeworden, bei Winnie und mir. Wir sind zusammen auf die Jagd gegangen – er ist es gewohnt, daß wir die Beute teilen. Ich freue mich so, daß er eine Löwin gefunden hat, da kann er jetzt jedenfalls wie ein Löwe leben. Winnie ist für eine Zeitlang zu einer Herde zurückgekehrt, aber da war sie nicht glücklich . . .«

Ayla schüttelte den Kopf und senkte den Blick. »Nein, das stimmt nicht. Ich möchte das gern glauben. Ich glaube, sie war glücklich bei ihrer Herde und ihrem Hengst. Ich war unglücklich ohne sie. Ich war so froh, als sie wieder zurückkam, nachdem ihr Hengst umgekommen war.«

Ayla nahm ihren schmutzigen Überwurf auf und ging in die Höhle. Jondalar, dem erst jetzt aufging, daß er immer noch den Speer in der Hand hielt, lehnte diesen gegen die Felswand und folgte ihr. Ayla war nachdenklich. Babys Rückkehr hatte so viele Erinnerungen in ihr wachgerufen. Sie sah nach der Wisentlende, drehte den Spieß und stocherte im Feuer, daß es heller brannte. Dann goß sie aus einem großen Wasserschlauch aus dem Magen eines Wildesels, der an einem Pfosten hing, Wasser in einen Kochkorb und legte ein paar Kochsteine ins Feuer, damit sie heiß wurden.

Jondalar war immer noch so benommen von dem Besuch des

Höhlenlöwen, daß er ihr einfach zusah. Der Schrecken war schon groß genug gewesen, als er den Löwen auf das Sims hatte herunterspringen sehen, doch wie Ayla dann vor ihn hingetreten war und das riesige Raubtier zurückgehalten hatte ... kein Mensch würde das glauben.

Während er noch hinsah, hatte er das Gefühl, irgend etwas sei anders an ihr. Dann fiel ihm auf, daß sie das Haar offen trug. Er mußte daran denken, wie er sie das erste Mal gesehen und die Sonne golden darin geschimmert hatte. Sie war vom Fluß unten heraufgekommen, und da hatte er sie das erste Mal mit offenem Haar gesehen, war ihm zum erstenmal aufgegangen, welch prachtvollen Körper sie hatte.

»... gut, Baby wiederzusehen. Die Wisente müssen in sein Revier eingedrungen sein. Wahrscheinlich hat er das Blut gewittert und unsere Fährte aufgenommen. Und war dann überrascht, dich zu sehen. Ich weiß nicht, ob er sich an dich erinnerte. Wie seid ihr eigentlich in die Falle der Schlucht hineingeraten?«

»Wa ...? Tut mir leid, aber was hast du gesagt?«

»Ich habe mich gefragt, wie du zusammen mit deinem Bruder in diese Schlucht mit Baby hineingeraten bist. Das war doch eine regelrechte Falle«, sagte sie und blickte auf. Violett schimmernde Augen sahen sie eindringlich an, so daß ihr das Blut zu Kopf stieg.

Er mußte sich von allem anderen losreißen, um sich auf ihre Frage zu konzentrieren. »Wir hatten einen Hirsch angeschlichen. Thonolan hat ihn erlegt, aber eine Löwin war hinter demselben Hirsch hergewesen. Sie schleifte ihn fort, und da ist Thonolan hinterher. Ich habe ihm gesagt, er soll ihn ihr lassen, aber er wollte nicht hören. Wir sahen, wie die Löwin in die Höhle hineinging und dann wieder verschwand. Thonolan dachte, er könnte sich seinen Speer wiederholen und sich etwas von dem Fleisch nehmen, ehe sie wiederkam. Aber der Löwe hatte anderes vor.«

Einen Moment schloß Jondalar die Augen. »Ich kann ihm das nicht verargen. Es war dumm, der Löwin zu folgen, aber er ließ sich nicht davon abbringen. Er war schon immer tollkühn, aber nachdem Jetamio gestorben war, war das schon mehr als verwegen. Er hat den Tod gesucht. Ich hätte ihm wohl nicht folgen sollen.«

Ayla wußte, daß er noch immer Trauer um seinen Bruder im Herzen trug, und sprach daher von etwas anderem. »Ich habe

Winnie nicht unten auf der Weide gesehen. Sie muß zusammen mit Renner draußen auf der Steppe sein. Sie geht in letzter Zeit öfter dorthin. Wie du diese Riemen um Renners Kopf befestigt hast, das war gut. Aber war es denn nötig, ihn mit Winnie verbunden zu halten?«

»Der Riemen war zu lang. Ich habe nicht gedacht, daß es sich in einem Strauch verheddern könnte. Aber es hat sie gehalten. Vielleicht erinnerst du dich daran, wenn du mal möchtest, daß sie irgendwo bleiben. Zumindest Renner. Tut Winnie immer das, was du willst?«

»Ich nehme es an, aber es ist mehr so, daß sie das auch möchte. Sie weiß, was ich will, und so tut sie es. Baby bringt mich dorthin, wo er will, nur ist er so schnell.« Ihre Augen leuchteten in Erinnerung an ihren Ritt vorhin. Es war immer faszinierend, auf einem Löwen zu reiten.

Jondalar sah sie noch vor sich, mit fliegenden Haaren, die goldener war als die eher rötliche Mähne, an der sie sich festhielt. Da er sie so hatte dahinfliegen sehen, hatte er Angst um sie gehabt; gleichzeitig war es aber auch aufregend gewesen, wie Ayla überhaupt aufregend war. So ungebändigt und frei, so wunderschön . . .

»Du bist eine aufregende Frau, Ayla«, sagte er, und seine Augen verliehen dem, was er gesagt hatte, Nachdruck.

»Aufregend? Aufregend ist der . . . Speerwerfer, oder schnell auf Winnie zu reiten, oder auf Baby . . . stimmt es nicht?« Die Röte stieg ihr zu Kopf.

»Stimmt. Aber auch Ayla ist für mich aufregend . . . und schön.«

»Jondalar, du scherzt. Eine Blume ist schön, oder der Himmel, wenn die Sonne hinter dem Rand versinkt. Ich bin nicht schön.«

»Kann eine Frau denn nicht schön sein?«

Er sah sie bei diesen Worten so eindringlich an, daß sie beiseite sehen mußte. »Ich . . . ich weiß nicht. Jedenfalls bin ich nicht schön. Ich bin . . . groß und häßlich.«

Jondalar erhob sich, ergriff ihre Hand und nötigte sie, sich gleichfalls zu erheben. »Nun, wer ist größer?«

Ihn so nahe vor sich zu haben, war überwältigend. Ihr fiel auf, daß er sich das Gesicht nochmals rasiert hatte. Die kurzen Bartstoppel waren nur von ganz nahem zu erkennen. Es verlangte sie danach, sein glatt-rauhes Gesicht anzufassen, und seine Augen gaben ihr das Gefühl, als könnten sie in sie hineinsehen.

»Du«, sagte sie leise.

»Dann bist du also nicht zu groß, oder? Und häßlich bist du auch nicht, Ayla.« Er lächelte, doch das wußte sie nur, weil seine Augen es ihr sagten. »Es ist schon komisch – die schönste Frau, die ich je gesehen habe, hält sich für häßlich.«

Ihre Ohren hörten, doch sie war so verloren in seinen Augen und zu sehr beschäftigt mit der Reaktion ihres Körpers, als daß sie auf seine Worte hätte achtgeben können. Sie sah, wie sein Gesicht sich über sie beugte, wie er den Mund auf den ihren legte, und spürte dann, wie er die Arme um sie schlang und sie an sich zog.

»Jondalar«, hauchte sie. »Ich mag das ... dieses Mund auf Mund.«

»Kuß«, sagte er. »Ich glaube, es ist soweit, Ayla.« Er nahm ihre Hand und führte sie zu den Schlaffellen.

»Soweit?«

»Es ist Zeit für die Ersten Riten«, sagte er.

Sie setzten sich auf die Felle. »Was für eine Zeremonie ist das?«

»Es ist die Zeremonie, durch die ein Mädchen zur Frau gemacht wird. Ich kann dir nicht alles darüber sagen. Die älteren Frauen erklären einem Mädchen, was es zu erwarten hat und daß es weh tun kann, daß das aber notwendig ist, um den Gang zu öffnen, der sie zur Frau macht. Sie wählen den Mann dafür aus. Männer möchten gern erwählt werden, aber manche haben auch Angst davor.«

»Warum haben sie Angst?«

»Sie haben Angst, der Frau weh zu tun, Angst, sich ungeschickt anzustellen, Angst, daß ihr Frauen-Macher ihnen nicht steht.«

»Das bedeutet Glied des Mannes? Es hat so viele Namen.«

Er dachte an all die Namen, von denen manche vulgär, andere lustig waren. »Ja, es hat viele Namen.«

»Und wie heißt es richtig?«

»Männlichkeit, würde ich meinen«, sagte er, nachdem er eine Weile überlegt hatte, »wie für männliches Wesen. Aber er wird auch Frauen-Macher genannt.«

»Und was geschieht, wenn die Männlichkeit nicht stehen will?«

»Dann muß ein anderer Mann heran – sehr peinlich. Aber die meisten Männer möchten gern für das erste Mal einer Frau ausgewählt werden.«

»Hast du es gern, wenn du gewählt wirst?«
»Ja.«
»Und fällt die Wahl oft auf dich?«
»Ja.«
»Warum?«
Jondalar lächelte und überlegte, ob sie all diese Fragen aus Neugier oder aus Verlegenheit stellte. »Ich glaube, weil ich es mag. Das erste Mal bei einer Frau ist etwas Besonderes für mich.«
»Jondalar, wie können wir die Riten der Ersten Wonnen feiern? Ich habe das erste Mal hinter mir, ich bin bereits offen.«
»Ich weiß, aber bei den Ersten Wonnen geht es um mehr als nur um das Öffnen.«
»Das verstehe ich nicht. Was soll mehr daran sein?«
Wieder lächelte er, neigte sich dann über sie und legte seinen Mund auf den ihren. Sie lehnte sich an ihn, erschrak jedoch, als sein Mund sich öffnete, und sie spürte, wie seine Zunge versuchte, in das Innere ihres Mundes einzudringen. Sie zuckte zurück.
»Was machst du?« fragte sie.
»Magst du das nicht?« Betroffen runzelte er die Stirn.
»Ich weiß nicht.«
»Möchtest du es noch einmal versuchen und sehen, ob es dir gefällt?« Nichts überstürzen, sagte er sich. Bedränge sie nicht. »Warum legst du dich nicht hin und entspannst dich?«
Mit sanftem Druck half er seinen Worten nach, streckte sich dann neben ihr aus und stützte sich auf den Ellbogen. Nachdem er auf sie herniedergeschaut hatte, legte er nochmals seinen Mund auf den ihren. Er wartete, bis die Spannung sich legte, fuhr ihr dann leicht mit der Zunge über die Lippen. Dann hob er den Kopf und sah, daß sie die Augen geschlossen hatte und ihr Mund lächelte. Als sie die Augen wieder aufmachte, senkte er den Kopf wieder, um sie abermals zu küssen. Sie kam ihm entgegen. Diesmal küßte er mit mehr Nachdruck und offenem Mund. Als seine Zunge Eingang suchte, machte sie den Mund auf, um sie einzulassen.
»Ja«, sagte sie. »Ich glaube, es gefällt mir.«
Jondalar grinste. Sie stellte Fragen, kostete und probierte aus, und er war froh, daß sie nichts an ihm auszusetzen hatte.
»Was jetzt?« fragte sie.
»Noch mehr vom Gleichen?«
»Gut.«

Wieder küßte er sie, erforschte sanft ihre Lippen, den Gaumen und den Bereich unter ihrer Zunge. Dann hinterließen seine Lippen eine Spur auf ihrem Kinn und fanden ihr Ohr. Er knabberte an ihrem Ohrläppchen und bedeckte dann ihren Hals mit Küssen und ließ die Zunge suchend darüberfahren.

»Wie kommt es, daß ich mir dabei vorkomme, als ob ich Fieber hätte und Schauder über mich dahingingen?« fragte sie. »Allerdings nicht wie bei einer Krankheit – angenehme Schauder.«

»Du brauchst jetzt keine Medizinfrau zu sein, es ist keine Krankheit«, sagte er. Und dann, nach einem Moment: »Wenn dir warm ist, warum machst du dann nicht deinen Überwurf auf, Ayla?«

»Das geht schon. Mir ist nicht zu heiß.«

»Hättest du was dagegen, wenn ich den Überwurf aufmachte?«

»Warum?«

»Weil ich es möchte.« Er küßte sie nochmals und versuchte, den Knoten des Riemens zu lösen, der ihren Überwurf geschlossen hielt. Damit kam er nicht besonders gut zurecht, und er erwartete, daß sie weiter darüber redete.

»Ich mach' schon auf«, flüsterte sie, als er den Mund von dem ihren löste. Mit geübten Fingern nestelte sie den Knoten auf und wölbte sich dann in die Höhe, um den Riemen unter sich herauszuziehen. Der lederne Überwurf fiel auseinander, und Jondalar hielt die Luft an.

»Oh, Frau!« Seine Stimme war belegt vor Begehren, und seine Lenden zogen sich zusammen. »Ayla, ach Doni, was für eine Frau!« Wild küßte er sie auf den Mund, barg dann das Gesicht an ihrem Hals und saugte Wärme empor. Heftig schnaufend riß er sich los und sah das rote Mal, das er gemacht hatte. Er holte tief Atem und suchte seine Beherrschung wiederzuerlangen.

»Stimmt irgendwas nicht?« fragte Ayla und runzelte besorgt die Stirn.

»Nur, daß ich dich zu sehr will. Du bist . . . so wunderschön, so sehr, sehr Frau.«

Ihre Stirn glättete sich, und sie lächelte. »Was du auch tust, es wird gut sein, Jondalar.«

Und wieder küßte er sie, sanfter diesmal und mehr denn je in dem Bemühen, ihr Lust zu bereiten. Er streichelte eine Seite ihres Körpers, fühlte die Fülle ihrer Brust, ertastete die Grube ihres Nabels, die sanfte Wölbung ihrer Hüfte, die festen Muskeln ihres Oberschenkels. Sie erbebte unter seiner Berührung. Er fuhr mit der Hand über den goldenen Flaum ihres Hügels und dann zurück über den Bauch zur strotzenden Festigkeit ihrer Brust und spürte, wie ihre Brustwarze sich unter seiner Hand versteifte. Er gab der winzigen Narbe auf ihrem Halsansatz einen Kuß; suchte dann die andere Brust und saugte die Brustwarze in sich hienein.

»Es fühlt sich anders an als bei einem Baby«, sagte sie.

Damit war die Spannung gebrochen. Jondalar setzte sich auf und lachte. »Eigentlich sollst du all dies nicht analysieren, Ayla.«

»Nun ja, aber es fühlt sich nicht so an, als ob ein Baby saugt, und ich weiß nicht, warum. Ich weiß überhaupt nicht, warum ein Mann den Wunsch verspürt, zu nuckeln wie ein Baby«, sagte sie und hatte ein wenig das Gefühl, sich rechtfertigen zu müssen.

»Möchtest du nicht, daß ich es tue? Ich tu's nicht, wenn es dir nicht gefällt.«

»Ich habe nicht gesagt, daß es mir nicht gefällt. Es fühlt sich gut an, wenn ein Baby saugt. Zwar fühlt es sich anders an, wenn du es tust, aber es ist ein angenehmes Gefühl. Ich spüre, daß es mir durch und durch geht, besonders nach unten. Und das Gefühl löst ein Baby nicht bei einem aus.«

»Das ist ja der Grund, warum ein Mann das tut – damit die Frau dieses Gefühl hat, und um auch selbst von diesem Gefühl erfüllt zu werden. Deshalb möchte ich dich ja auch anfassen, möchte dir Lust verschaffen und mir auch. Das ist das Wonnegeschenk der Mutter an Ihre Kinder. Sie schuf uns, damit wir diese Lust erfahren, und wir ehren Sie, indem wir Ihr Geschenk annehmen. Willst du, daß ich dir Lust bereite, Ayla?«

Er sah sie an. Ihr goldenes Haar, zerzaust auf dem Fell, rahmte ihr Gesicht ein. Die sanft und warm blickenden Augen waren geweitet und glühten von einem verborgenen Feuer; sie schien voll, im Begriff, jeden Moment überzulaufen. Der Mund zitterte ihr, als sie ihn aufmachte, um zu antworten; doch dann nickte sie nur.

Erst küßte er das eine ihrer geschlossenen Augen, dann das andere – und sah eine Träne. Er kostete den salzigen Tropfen, indem er ihn mit der Zungenspitze aufnahm. Woraufhin sie die Augen aufschlug und lächelte. Er gab ihr einen Kuß auf die Nasenspitze, dann jeweils einen auf ihre Brustwarzen. Und dann stand er auf.

Sie sah ihm nach, wie er zur Feuerstelle ging, die aufgespießte Lende vom Feuer fortnahm und die in Blätter eingewickelten Wurzeln von der Glut fortnahm. Sie wartete, konnte überhaupt nicht denken, sondern wartete einfach – worauf, wußte sie nicht. Er hatte Gefühle in ihr erweckt, von denen sie nicht geahnt hatte, daß ihr Körper imstande sei, sie zu haben, und hatte gleichzeitig ein unerklärliches Sehnen in ihr wach werden lassen.

Er schenkte einen Becher mit Wasser voll und trug ihn zu ihr. »Ich möchte nicht, daß uns etwas unterbricht«, sagte er, »und dachte, vielleicht möchtest du etwas Wasser trinken.«

Sie schüttelte den Kopf. Er trank einen Schluck, stellte den Becher hin, nestelte den Riemen seines Lendenschurzes auf und sah sie dann im Vollbesitz seiner aufgerichteten Männlichkeit an. In ihren Augen las er nur Vertrauen und Verlangen und nichts von der Furcht, welche die Größe seines Gliedes oft in jüngeren Frauen und mancher der nicht so jungen Frauen hervorrief, wenn sie es das erste Mal sahen.

Er legte sich neben sie und ergötzte sich an ihrem Anblick. Ihr weiches, üppiges und schimmerndes Haar; ihre sehnsuchts- und erwartungsvollen Augen; ihr prachtvoller Leib – überhaupt die ganze wunderschöne Frau, die auf seine Berührung wartete, darauf, daß er in ihr jene Gefühle weckte, von denen er wußte, daß sie in ihr schlummerten. Er wollte, daß es für sie andauerte, dieses erste Gewahrwerden ihrer selbst. Er war erregter, als er es je zuvor bei irgendwelchen Riten der Ersten Wonnen einer unerfahrenen Frau gewesen war. Ayla wußte nicht, was sie erwartete; niemand hatte es ihr lebhaft und bis in die Einzelheiten gehend erklärt. Sie war bisher nur mißbraucht worden.

Ach, Doni, hilf mir, es richtig zu machen, dachte er und hatte im Augenblick das Gefühl, eher einer bösen Verpflichtung nachzukommen, statt einem lustvollen Vergnügen.

Still lag Ayla da. Kein Muskel rührte sich, und dennoch bebte sie innerlich. Sie hatte das Gefühl, seit Ewigkeiten auf etwas gewartet zu haben, das sie nicht benennen, er ihr jedoch geben konnte. Nur seine Augen vermochten sie im Innersten zu rühren; sie vermochte sich die pulsierende, bebende, schwindelerregende Wirkung seiner Hände, seines Mundes und seiner Zunge nicht zu erklären, konnte jedoch nicht genug davon bekommen. Sie hatte das Gefühl, unfertig und unvollständig zu sein ohne ihn. Bis er sie davon hatte kosten lassen, hatte sie von diesem Hunger in sich nichts gewußt; doch jetzt, wo er einmal geweckt war, mußte er auch gestillt werden.

Nachdem seine Augen sich an ihr sattgesehen hatten, schloß er sie und küßte sie noch einmal. Ihr leicht geöffneter Mund erwartete ihn. Sie saugte seine suchende Zunge in sich hinein und unternahm versuchsweise selbst Erkundungen mit der ihren. Er riß sich von ihr los und lächelte sie ermunternd an, hob eine dichte, schimmernde Strähne ihres Haars an die Lippen und rieb sich dann damit das ganze Gesicht. Er küßte sie auf die Stirn, auf die Augen, auf die Wangen, wollte alles an ihr kennenlernen.

Er fand ihr Ohr, und sein warmer Atemhauch schickte ihr wieder köstliche Schauder über den Rücken. Er knabberte an ihrem Ohrläppchen, saugte dann daran. Er fand die empfindsamen Stellen an Hals und Kehle, was wiederum Lustgefühle in ihrem Inneren auslöste, wo bislang niemand hingekommen war. Seine großen, ausdrucksvollen und empfindsamen Hände erforschten sie, ertasteten das Seidige ihres Haars, legten sich über Wange und Kinn, zogen die Umrisse ihrer Schulter und ihres Arms nach. Als er ihre Hand erreichte, führte er sie an seinen Mund, küßte die Handfläche, fuhr über jeden einzelnen ihrer Finger und folgte dann der Innenseite ihres Armes.

Sie hatte die Augen geschlossen und ergab sich ganz den gleichmäßigen in ihr aufwallenden Gefühlen. Sein warmer Mund fand die kleine Narbe am Halsansatz, folgte dann der Bahn zwischen ihren Brüsten und fuhr im Bogen unter der einen entlang. Er beschrieb mit der Zunge immer enger werdende Kreise, und sie spürte, wie ihre Haut sich veränderte und zusammenzog, als er den Brustwarzenhof erreichte. Als er die Brustwarze in den Mund nahm, saugte sie vernehmlich Luft ein, und er spürte, wie die Glut in seinen Lenden aufglühte.

Was seine Zunge mit der einen Brust machte, tat seine Hand mit der anderen, und seine Finger fanden ihre Brustwarze hart und aufgerichtet. Zuerst nuckelte er sanft, doch als sie sich ihm entgegendrängte, saugte er immer heftiger. Sie atmete schwer und stöhnte leise. Sein Atem gab ihrem Verlangen Antwort; er wußte nicht, ob er es noch lange aushalten konnte. Daraufhin hielt er inne, um sie nochmals anzusehen. Die Augen hatte sie geschlossen, der Mund stand ihr leicht offen.

Er wollte sie ganz, wollte sie auf einmal. Er nahm ihren Mund, saugte ihre Zunge in den seinen herein. Als er sie freiließ, machte sie es ebenso mit der seinen und spürte die Wärme darin. Er fand wieder ihre Kehle und zog feuchte Kreise um ihre andere volle Brust, bis er die Brustwarze erreichte. Verlangend drängte sie sich ihm entgegen, und ein Zittern durchlief sie, als er mit einem heftigen Saugen darauf reagierte.

Mit der Hand strich er zärtlich über ihren Bauch, ihre Hüfte, den Oberschenkel und wandte sich dann der Innenseite zu. Ihre festen Muskeln erzitterten, als sie sich für einen Moment verkrampften, dann nahm sie die Beine auseinander. Er bedeckte mit der ganzen Hand ihren mit dunkelgoldenen Locken bedeckten Hügel und verspürte plötzlich eine feuchte Wärme. Die plötzliche Reaktion ihrer Lenden überraschte ihn. Er blieb regungslos liegen, kämpfte um Selbstbeherrschung und hätte sie ums Haar fahren lassen, als er nochmals eine kleine warme Welle von Feuchtigkeit gegen seine Handfläche anbranden fühlte.

Sein Mund ließ ihre Brustwarze fahren und beschrieb auf ihrem Bauch einen Bogen um den Nabel. Als er den Hügel erreichte, warf er einen Blick zu ihr hinauf. Keuchend und leise stöhnend ging ihr Atem, und in Erwartung des Kommenden drückte sie den Rücken durch. Sie war soweit. Er drückte einen Kuß auf ihren Hügel, spürte sprödes Haar an den Lippen und schob sich tiefer hinunter. Sie zitterte, und als seine Zunge die oberste Falte ihres engen Schlitzes berührte, fuhr sie mit einem Schrei in die Höhe und legte sich gleich darauf wieder stöhnend hin.

Fordernd und ungeduldig pochte seine Männlichkeit, als er seine Lage veränderte, um sich zwischen ihren Beinen niederzulassen. Dann zog er die Falten auseinander und tauchte lange und liebevoll die Zunge hinein und kostete. Während sie sich in die Flut erlesener Gefühle verlor, als er mit seiner Zunge jede Falte und jeden Grat erkundete, hatte sie überhaupt kein Ohr mehr dafür, was für Geräusche sie von sich gab.

Um sein eigenes forderndes Bedürfnis nicht übermächtig werden zu lassen, konzentrierte er sich ganz auf sie, fand das Knötchen, das den kleinen, aber hochgereckten Mittelpunkt ihrer Lust bildete, und bewegte es rasch und mit Festigkeit. Er hatte Angst, die Grenze seiner Selbstbeherrschung erreicht zu haben, als sie sich unter ihm wand und mit einer Ekstase schluchzte, wie sie sie noch nie gekannt hatte. Mit zwei langen Fingern drang er in ihre feuchte Passage ein und übte von innen Druck nach oben aus.

Plötzlich wölbte sie sich ihm entgegen und stieß einen kleinen

Schrei aus – und er schmeckte eine neue Art von Feuchtigkeit. Konvulsiv verkrampfte und entkrampfte sie die Hände, unbewußt lockende Bewegungen, die mit ihren keuchenden Atemzügen einhergingen.

»Jondalar«, rief sie ihm zu, »ach, Jondalar . . . Ich brauche . . . brauche dich . . . brauche etwas . . .«

Er kniete vor ihr, biß die Zähne zusammen in dem Bemühen, sich zurückzuhalten und beim Eindringen besonders behutsam vorzugehen. »Ich versuche . . . vorsichtig zu sein«, sagte er fast unter Schmerzen.

»Es . . . es wird mir nicht weh tun, Jondalar . . .«

Und das stimmte. Es war ja nicht wirklich das erste Mal für sie. Während sie sich ihm entgegenbäumte, um ihn aufzunehmen, ließ er sich hineingleiten. Nichts war da, was sich ihm widersetzte. Er drang weiter vor, erwartete jeden Augenblick auf ihren Widerstand zu stoßen, spürte jedoch, wie er hineingezogen wurde, fühlte, wie ihre warmen feuchten Tiefen sich öffneten und ihn aufnahmen, bis sie ihn zu seiner Überraschung ganz umfing. Er zog zurück und stieß noch einmal in ihre Tiefe vor. Sie schlang die Beine um ihn, um ihn ganz hineinzuziehen. Wieder zog er zurück, und als er sie nochmals durchdrang, spürte er, wie ihre wundersam pulsierende Passage ihn in seiner ganzen Länge liebkoste. Das war mehr, als er ertragen konnte. Wieder und immer wieder stieß er hemmungslos zu und überließ sich nun vollständig seinem eigenen Bedürfnis.

»Ayla . . . Ayla . . . Ayla . . .«, rief er laut.

Die Spannung erreichte ihren Höhepunkt. Er spürte, wie es sich in seinen Lenden versammelte. Noch einmal zog er zurück. Ayla stemmte sich ihm mit jedem Nerv und mit jedem angespannten Muskel entgegen. Er stieß zu, schwelgte in der reinen sinnlichen Lust, seine Männlichkeit bis zur Gänze in ihrer hingegebenen Wärme verschwinden zu lassen. Gemeinsam spannten sie sich noch einmal an, Ayla rief seinen Namen hinaus, und mit einem letzten Stoß ergoß er sich in sie.

Einen Augenblick, der eine ganze Ewigkeit zu währen schien, vermischten seine tieferen, kehligeren Schreie sich immer lauter werdend mit den atemlosen Schluchzern, mit denen sie seinen Namen wiederholte, da Paroxismen unerklärlicher Lust zitternd durch sie hindurchgingen. Dann brach er wunderbar erleichtert über ihr zusammen.

Lange hörte man nichts weiter als ihrer beider Atem. Sie waren unfähig, sich zu rühren. Sie hatten einander alles gegeben, hatten mit jeder Faser ihres Seins Gemeinsamkeit erfahren. Sie mochten sich nicht rühren, wollten nicht, daß es zu Ende sei, obwohl sie wußten, daß es vorbei war. Für Ayla war es das Erwachen gewesen; nie zuvor hatte sie die Wonnen kennengelernt, die ein Mann ihr schenken konnte. Jondalar wußte, daß seine Lust darin bestand, sie zu erwecken, doch hatte sie ihm eine unerwartete Überraschung bereitet und damit zu seiner Erregung beigetragen.

Nur wenige Frauen waren so tief, daß sie ihn ganz aufnehmen konnten; er hatte gelernt, sein Eindringen zu kontrollieren und den Gegebenheiten anzupassen, und tat das mit Feingefühl und Geschick. Nie wieder würde es ganz so sein wie dieses eine Mal – doch die Erregung der Ersten Wonnen zu erleben und dann das seltene und herrliche Sichverströmen bei ganzem Eindringen – das war unglaublich.

Bei Riten der Ersten Wonnen gab er sich immer besonders Mühe; die Zeremonie hatte etwas, was das Beste in ihm herausholte. Sein Bemühtsein um die Frau und seine Fürsorglichkeit waren echt, und sein Bemühen, der Frau zu gefallen, seine eigene Befriedigung kamen ebensosehr von ihrer wie von seiner Lustempfindung. Ayla jedoch hatte ihm gefallen und ihn befriedigt, wie er es sich in seinen kühnsten Phantasien nicht hatte ausmalen können. Nie zuvor hatte er so tiefe Erfüllung gefunden. Einen Augenblick war es gewesen, als wären sie eines.

»Ich werde zu schwer für dich«, sagte er und raffte sich hoch, um sein Gewicht zum Teil wenigstens mit einem Ellbogen abzustützen.

»Nein«, sagte sie leise. »Du bist überhaupt nicht zu schwer. Ich glaube, ich möchte, daß du nie mehr aufstehst.«

Er senkte den Kopf, um mit den Lippen an ihrem Ohrläppchen zu zupfen und sie auf den Hals zu küssen. »Ich will ja auch nicht aufstehen, aber ich glaube, es wäre besser, wenn ich es täte.« Langsam löste er sich von ihr, streckte sich dann an ihrer Seite aus und legte den Arm so hin, daß sie den Kopf an seine Schulter betten konnte.

Ayla schnurrte gleichsam vor Behagen, war vollkommen entspannt und sich Jondalars wunderbar bewußt. Sie fühlte, wie er den Arm um sie legte, seine Finger sie leicht streichelten, spürte das Spiel seiner Brustmuskeln unter ihrer Wange und hatte den Schlag seines Herzens im Ohr – vielleicht war es auch ihr eigener. Sie roch den leicht moschusartigen Geruch seiner Haut und ihrer beider Wonnen. Nie war sie sich so umsorgt und umhegt vorgekommen.

»Jondalar«, sagte sie nach einiger Zeit. »Woher weißt du, was du zu tun hast? Ich hatte gar nicht gewußt, daß diese Gefühle in mir sind. Wie hast du das nur gemacht?«

»Jemand hat es mir gezeigt, mich gelehrt und mir geholfen zu erspüren, was eine Frau braucht.«

»Wer?«

Sie spürte, wie seine Muskeln sich anspannten, bemerkte eine Veränderung seiner Stimme.

»Es ist üblich, daß ältere, erfahrenere Frauen es jüngeren Männern beibringen.«

»Du meinst, wie bei den Riten der Ersten Wonnen?«

»Nicht ganz. Das Ganze geht weniger förmlich vor sich. Wenn junge Männer anfangen in Hitze zu geraten, wissen die Frauen das unweigerlich. Eine oder mehrere, die verstehen, daß er nervös oder unsicher ist, sind dann für ihn da und helfen ihm darüber hinweg. Nur – eine Zeremonie ist das nicht.«

»Beim Clan ist es so: Wenn ein Junge seine erste Jagdbeute nach Hause bringt – und zwar von einer richtigen Jagd, nicht bloß bei kleineren Tieren –, dann ist er ein Mann, und es wird eine Mannbarkeitszeremonie für ihn abgehalten. Daß er in Hitze kommt, ist unwichtig. Was ihn zum Mann macht, ist die Jagd. Dabei muß er Erwachsenenverantwortung übernehmen.«

»Die Jagd ist schon wichtig, aber es gibt auch Männer, die nie auf die Jagd gehen. Sie zeichnen sich durch andere Fertigkeiten aus. Ich glaube, ich brauchte nicht auf die Jagd zu gehen, wenn ich nicht wollte. Ich könnte Werkzeuge machen und sie gegen Fleisch oder Felle oder was ich sonst haben möchte, eintauschen. Die meisten Männer gehen allerdings auf die Jagd, und wenn ein junger Mann das erste selbsterlegte Tier nach Hause bringt, ist das schon etwas Besonderes.«

Jondalars Stimme nahm bei diesen Worten den warmen Ton der Erinnerung an. »Es gibt zwar keine besondere Zeremonie, aber jeder in der Höhle bekommt etwas von seiner ersten Beute ab – während er selbst überhaupt nicht davon ißt. Geht er vorüber, reden die anderen so laut, daß er es hören muß, und sagen, wie groß und wie wunderbar das von ihm erlegte Tier ist, wie zart das Fleisch und wie köstlich es schmeckt. Die Männer fordern ihn auf, zusammen mit ihnen auf die Jagd zu gehen, oder unterhalten sich nur mit ihm. Und die Frauen behandeln ihn nicht mehr wie einen Jungen, sondern wie einen Mann und machen gutmütige Witze mit ihm. Fast jede Frau würde, wenn er alt genug ist und es möchte, mit ihm zusammenliegen. Das erste Mal ein Tier erlegt zu haben, verleiht ihm sehr wohl das Gefühl, ein Mann zu sein.«

»Aber eine Mannbarkeitszeremonie gibt es nicht?«

»Jedesmal wenn ein Mann ein Mädchen zur Frau macht, sie öffnet und die Lebenskraft in sie hineinfließen läßt, bestätigt er sich in seiner Männlichkeit. Das ist der Grund, warum sein Werkzeug, seine Männlichkeit, Frauen-Macher genannt wird.«

»Es könnte sein, daß sie damit nicht nur zur Frau gemacht wird. Es könnte auch sein, daß dadurch ein Baby entsteht.«

»Ayla, die Große Erdmutter ist es, die eine Frau mit Kindern segnet. Sie bringt sie in die Welt und an das Herdfeuer des Mannes. Doni hat die Männer geschaffen, ihr zu helfen, für sie zu sorgen, wenn sie hochschwanger ist oder ein Kind nährt oder für ein Kleinkind sorgt. Und um sie zur Frau zu machen. Ich kann es dir nicht besser erklären. Vielleicht kann ein Zelandoni das.«

Vielleicht hat er recht, dachte Ayla und schmiegte sich an ihn. Aber wenn es nicht stimmt, könnte jetzt ein Baby in mir wachsen. Sie lächelte. Ein Baby wie Durc, das ich herzen und hätscheln, das ich umsorgen kann, ein Baby, das ein Teil von Jondalar wäre.

Wer aber hilft mir, wenn er fort ist, dachte sie, und das versetzte ihr einen Stich. Sie mußte an ihre schwierige erste Schwangerschaft denken, daran, daß bei der Geburt der Tod sie gestreift hatte. Ohne Iza lebte ich jetzt nicht mehr. Und selbst wenn ich es schaffte, das Kind allein zu gebären – wie sollte ich dann jagen und für das Baby sorgen? Was, wenn ich verletzt oder gar getötet werde? Wer würde sich dann meines Babys annehmen? Es würde sterben, ganz allein sich selbst überlassen.

Ich darf jetzt kein anderes Baby bekommen! Sie schoß in die Höhe. Was, wenn nun eines anfängt, in mir zu wachsen? Was sollte ich dann tun? Izas Medizin! Rainfarn und Mistel, oder ... keine Mistel. Die wächst nur auf Eichen, und hier gibt es keine Eichen. Aber es gibt etliche andere Pflanzen, die es auch tun – ich muß darüber nachdenken. Es könnte gefährlich sein, doch besser, das Baby jetzt zu verlieren, als daß irgendeine Hyäne es frißt, nachdem es geboren ist.

»Stimmt irgend etwas nicht, Ayla?« fragte Jondalar und bedeckte eine feste Brust mit seiner Hand, denn er wußte, er konnte. Und dies Bewußtsein machte, daß er wollte.

Sie drängte sich seiner Hand entgegen, erinnerte sich, was seine Berührung bewirkte. »Nein, es ist nichts.«

Lächelnd entsann er sich der tiefen Befriedigung, die er vor kurzem erfahren, und spürte, wie es sich neuerlich in ihm regte. Bald, dachte er. Ich glaube, sie besitzt den Haduma-Zauber!

Sie sah Wärme und Begehren in seinen blauen Augen. Vielleicht möchte er noch einmal Wonnen mit mir machen, dachte Ayla und erwiderte sein Lächeln. Doch dann schwand ihr Lächeln. Wenn jetzt kein Baby in mir wächst und wir machen wieder Wonnen, könnte es sein, daß dann eines in mir wächst. Vielleicht sollte ich Izas Geheimmedizin nehmen, diejenige, von der sie gesagt hat, ich solle sie nie einem Menschen gegenüber erwähnen.

Sie erinnerte sich an das, was Iza ihr von den Kräutern erzählt hatte – von Goldrute und Salbeiwurzel –, denen ein so mächtiger Zauber innewohnte, daß sie dem Totem einer Frau die Kraft verliehen, gegen die sie durchdringenden Säfte des Mannes anzukämpfen und zu verhindern, daß Leben entstand. Ayla hatte gerade erfahren, daß sie schwanger war. Vorher hatte Iza ihr nicht von dieser Medizin erzählt – keiner hätte je gedacht, daß sie ein Baby bekommen würde, und so war es in ihrer Ausbildung nie zur Sprache gekommen. Ob mein Totem nun stark war oder nicht, ich hatte ein Baby und ich kann wieder eines bekommen. Ich weiß nicht, ob es an den Geistern liegt oder an den Männern; für Iza hat die Medizin jedenfalls gewirkt, und so nehme ich sie wohl besser ein; sonst muß ich womöglich noch etwas anderes nehmen, um es zu verlieren.

Wenn ich es doch nur nicht tun müßte! Ich wünschte, ich könnte es behalten. Wie gern ich ein Baby von Jondalar hätte! Ihr Lächeln war so zart und so voller Lockung, daß er nach ihr griff und auf sie heraufzog. Das Amulett, das ihr um den Hals hing, stupste ihn an der Nase.

»Oh, Jondalar! Hat es weh getan?«

»Was hast du darin? Es müssen ja lauter Steine sein!« sagte er, setzte sich auf und rieb sich die Nase. »Was ist es?«

»Das ist . . . es ist dazu da, daß mein Totemgeist mich findet. Es enthält jenen Teil meines Geistes, das er wiedererkennt. Wenn er mir Zeichen geschickt hat, verwahre ich auch die hier drin. Jeder im Clan hat eines. Creb hat gesagt, wenn ich es verliere, sterbe ich.«

»Dann ist es ein Zauber oder ein Amulett«, sagte er. »Dein Clan versteht die Geheimnisse der Geisterwelt. Je mehr ich über sie erfahre, desto mehr kommen sie mir wie Menschen vor, wenn auch nicht wie welche, die ich kenne.« Seine Augen waren voll der Zerknirschung. »Ayla, es lag an meiner Unwissenheit, daß ich mich so benahm, als ich begriff, was du unter Clan verstehst. Es war schändlich von mir, und es tut mir leid.«

»Ja, es war schändlich, aber ich bin dir nicht böse und bin auch nicht mehr gekränkt. Du hast mich dazu gebracht, daß ich . . . daß auch ich höflich sein möchte. Für das heute, für die Ersten Wonnen, möchte ich dir sagen: Danke.«

Er grinste. »Ich glaube nicht, daß mir je eine Frau dafür gedankt hat.« Das Grinsen schwand, doch das Lächeln blieb, wiewohl er sie ganz ernst aus seinen Augen anblickte. »Wenn jemand das sagen sollte, dann ich. Ich danke dir, Ayla. Du hast keine Ahnung, was ich durch dich habe erfahren dürfen. So befriedigend ist es für mich nicht mehr gewesen, seit . . .« Er hielt inne, und sie sah ihn schmerzlich die Stirn runzeln. ». . . seit Zolena.«

»Wer ist Zolena?«

»Zolena ist nicht mehr. Sie war eine Frau, die ich gekannt habe, als ich jung war.« Er legte sich auf den Rücken, starrte an die Decke der Höhle und schwieg so lange, daß Ayla dachte, er würde überhaupt nicht mehr reden. Dann, mehr für sich selbst als für sie, begann er zu erzählen.

»Sie war damals wunderschön. Alle Männer redeten von ihr, und alle Jungen träumten von ihr, doch keiner mehr als ich, selbst noch ehe die Donii mir im Schlaf erschien. In der Nacht, da mir meine Donii erschien, tat sie das in der Gestalt von Zolena, und als ich erwachte, waren meine Schlaffelle voll von meinem Saft und mein Kopf voll von Zolena.

Ich weiß noch, wie ich ihr folgte, oder eine Stelle fand, wo ich warten und sie beobachten konnte. Ich bat die Mutter um sie. Doch als sie zu mir kam, konnte ich es nicht glauben. Es hätte eine jede von den Frauen sein können, aber die einzige, die ich wollte, war Zolena – ach, wie sehr ich sie begehrt habe! – und tatsächlich: Sie kam zu mir.

Zuerst erfuhr ich einfach meine Lust in ihr. Selbst damals war ich schon groß für mein Alter – in vieler Hinsicht. Sie lehrte mich, mich zu beherrschen, es einzusetzen und brachte mir bei, was eine Frau braucht. Ich lernte, daß ich Wonnen bei einer Frau erfahren konnte, selbst wenn sie nicht tief genug war, wenn ich mich bloß so lange wie möglich zurückhielt und sie kommen ließ. Dann brauchte ich nicht eine solche Tiefe, und sie konnte mehr aufnehmen.

Bei Zolena brauchte ich mir keine Gedanken zu machen. Trotzdem konnte sie Männer glücklich machen, die kleiner waren – auch sie kannte Mittel und Wege, sich zu beherrschen. Es gab keinen Mann, den es nicht nach ihr gelüstet hätte – und ausgerechnet mich mußte sie erwählen. Nach einiger Zeit wählte sie mich ständig. Dabei war ich kaum mehr als ein Junge.

Aber ein Mann war da, der immer hinter ihr her war, obwohl er wußte, daß sie ihn nicht wollte. Das machte mich wütend. Als er uns zusammen sah, sagte er zu ihr, sie solle sich doch zur Abwechslung mal einen richtigen Mann nehmen. Er war nicht so alt wie Zolena, aber älter als ich, obwohl ich größer war als er.«

Jondalar schloß die Augen, fuhr dabei jedoch fort: »Wie dumm ich damals war! Ich hätte es nicht tun sollen, es lenkte nur die Aufmerksamkeit auf uns, aber er wollte sie nicht in Ruhe lassen. Er machte mich so wütend! Eines Tages schlug ich ihn, und dann konnte ich nicht aufhören.

Es heißt, es sei nicht gut für einen jungen Mann, zuviel mit einer Frau zusammenzusein. Ist er mit mehreren zusammen, besteht weniger die Chance, daß er sich an sie anschließt. Junge Männer sollen bei jungen Frauen liegen; ältere Frauen sollen sie nur lehren. Immer wird der Frau die Schuld gegeben, wenn ein junger Mann zuviel für sie empfindet. Aber sie hätten ihr keine Vorwürfe machen sollen. Ich wollte einfach keine von den anderen Frauen, ich wollte nur Zolena.

Wie roh diese Frauen mir damals vorkamen, wie wenig feinfühlig, nur ständig bereit, sich über die Männer lustig zu machen, besonders über die jungen. Vielleicht hat es mir auch an Feingefühl gemangelt, daß ich sie fortscheuchte und sie beschimpfte.

Sie waren es, die die Männer für die Ersten Riten aussuchten. Alle Männer wollten erwählt werden – sie reden ständig davon. Es ist eine Ehre, und es ist aufregend. Nur haben diese Frauen Angst, ein Mann könnte zu roh sein, oder zu hastig, oder noch schlimmer. Was taugt ein Mann, wenn er nicht einmal imstande ist, eine Frau zu öffnen? Jedesmal, wenn ein Mann an einer Gruppe Frauen vorübergeht, machen sie spöttische Bemerkungen.«

Er veränderte die Stimme und machte sie nach: »›Ja, ist das nicht ein Hübscher? Soll ich dir nicht mal was Schönes beibringen?‹ Oder: ›Diesem Burschen habe ich nichts, aber auch gar nichts beibringen können. Jemand da, der's mal versuchen möchte?‹«

Dann wieder mit seiner normalen Stimme: »Die meisten Männer lernen, es ihnen schlagfertig zurückzugeben und haben an der Plänkelei genausoviel Spaß wie die Frauen. Aber für die jungen Männer ist es schwer. Jeder, der an einer Gruppe lachender Frauen vorübergeht, fragt sich, ob sie sich wohl auf seine Kosten über ihn lustig machen. Zolena war anders. Die anderen Frauen mochten sie nicht besonders, vielleicht deshalb, weil die Männer sie so besonders gern mochten. Jedenfalls war sie auf den Festen und den Tagen der Mutter immer die begehrteste ...

Der Mann, den ich schlug, verlor mehrere Zähne. Einem jungen Mann kommt es hart an, seine Zähne zu verlieren. Er kann nicht mehr richtig kauen, und die Frauen wollen ihn nicht. Ich habe es seither immer bedauert. Wie konnte ich nur so dumm sein! Meine Mutter hat ihn entschädigt, und er ist dann zu einer anderen Höhle gezogen. Aber er kommt zu den Sommertreffen, und jedesmal, wenn ich ihn sehe, versetzt mir das einen Stich.

Zolena hatte davon gesprochen, Der Mutter zu Dienen, während ich daran dachte, Bildschnitzer zu werden und Ihr auf diese Weise zu dienen. Damals meinte Marthona, ich könnte einen guten Steinschläger abgeben und ließ bei Dalanar anfragen, ob ich willkommen wäre. Nicht lange danach ging Zolena fort, um sich besonders unterweisen zu lassen, und Willomar brachte mich zu den Lanzadonii, bei denen ich leben sollte. Marthona hatte recht. Ich war der beste. Und als ich drei Jahre später zurückkehrte, war Zolena nicht mehr.«

»Und was ist mit ihr geschehen?« fragte Ayla, die fast Angst hatte, überhaupt zu sprechen.

»Diejenigen, Die Der Mutter Dienen, geben ihre eigene Persönlichkeit auf und nehmen die von Menschen an, für die sie sich einsetzen. Dafür überläßt die Mutter ihnen Gaben, die Ihren gewöhnlichen Kindern unbekannt sind: Gaben der Magie, besondere Fähigkeiten, Wissen und – Macht. Viele, die sich dem Dienst Der Mutter weihen, kommen über den Status des Gehilfen nicht hinaus. Von denen, an die Ihr Ruf ergeht, sind nur wenige wirklich begabt, doch steigen sie in den Rängen Derer, Die Der Mutter Dienen, rasch auf.

Kurz bevor ich fortging, wurde Zolena zur Hohenpriesterin Zelandoni gemacht, zur Ersten unter Denen, Die Der Mutter Dienen.«

Plötzlich sprang Jondalar auf und sah den violett und gold

gefärbten Westhimmel durch die Höhlenöffnung. »Es ist noch Tag. Mir ist danach zu schwimmen«, sagte er und verließ raschen Schrittes die Höhle. Ayla nahm ihren Überwurf und den langen Riemen und folgte ihm. Als sie den Fluß erreichte, war er bereits im Wasser. Sie legte ihr Amulett ab, ging ein paar Schritte hinein und stieß sich dann ab. Er war weit stromaufwärts geschwommen. Sie begegnete ihm, als er bereits auf dem Rückweg war.

»Wie weit bist du geschwommen?« fragte sie.

»Bis zu den Wasserfällen«, sagte er. »Ayla, ich habe das noch nie einem Menschen erzählt. Das mit Zolena.«

»Siehst du Zolena denn manchmal?«

Jondalars explosives Lachen klang bitter. »Nicht Zolena, sondern die Zelandoni. Ja, ich habe sie gesehen. Wir sind gute Freunde. Ich habe sogar die Wonnen mit der Zelandoni getauscht«, sagte er. »Aber es ist nicht mehr so, daß sie nur mich erwählt.« Mit schnellen, harten Zügen schwamm er stromabwärts.

Stirnrunzelnd schüttelte Ayla den Kopf und folgte ihm dann bis zum Uferstreifen. Sie legte das Amulett um und schloß den Überwurf mit einem Leibriemen, während sie ihm den Pfad hinauffolgte. Als sie eintrat, stand er neben der Feuerstelle mit der kaum noch glosenden Glut. Sie legte letzte Hand an den Sitz ihres Überwurfes, nahm dann Holz und legte es aufs Feuer. Er war noch naß, und sie sah ihn zittern. Sie ging hin und holte sein Schlaffell.

»Die Jahreszeit ändert sich«, sagte sie. »Die Abende sind schon kühl. Hier, du holst dir sonst eine Erkältung.«

Ein wenig linkisch zog er den Pelz um seine Schultern. Das war nicht das Richtige für ihn, dachte sie, ein Pelzüberwurf. Und wenn er wirklich fort muß, sollte er losziehen, ehe es Winter wird. Sie ging zu ihrem Lager hinüber und hob ein neben der Felswand liegendes Bündel auf.

»Jondalar . . .?«

Er schüttelte den Kopf, um zurückzukehren in die Gegenwart, und lächelte, doch erreichte das Lächeln nicht seine Augen. Als sie das Bündel aufzuschnüren begann, fiel etwas heraus. Sie hob es auf.

»Was ist das?« fragte sie, furchtsam und verwundert zugleich. »Wie ist das dort hineingekommen?«

»Das ist eine Donii«, sagte Jondalar, als er die kleine Elfenbeinschnitzerei sah.

»Eine Donii?«

»Ich habe sie für dich gemacht, für deine Ersten Wonnen. Eine Donii darf dabei nicht fehlen.«

Ayla senkte den Kopf, um ihn nicht merken zu lassen, daß ihr die Tränen in die Augen schossen. »Ich weiß nicht, was ich sagen soll, so etwas habe ich noch nie gesehen. Wie schön sie ist! Sie sieht ganz echt aus, wie ein lebendiger Mensch. Fast so wie ich.«

Er hob ihr Kinn. »Das ist Absicht gewesen, daß sie so aussieht wie du, Ayla. Ein richtiger Bildschnitzer hätte sie wohl besser gemacht ... nein, ein richtiger Bildschnitzer hätte überhaupt nie eine solche Donii gemacht, und ich weiß nicht recht, ob es von mir richtig war, es zu tun. Eine Donii hat für gewöhnlich kein Gesicht – das Gesicht der Mutter darf niemand kennen. Diese Donii mit deinem Gesicht auszustatten, heißt vielleicht, daß dein Geist darin gefangen ist. Deshalb soll sie dir gehören – sie ist ein Geschenk von mir für dich.«

»Da frage ich mich, warum du dein Geschenk ausgerechnet hier hereingesteckt hast«, sagte Ayla, als er fertig war. »Denn diese habe ich für dich gemacht.«

Er faltete das Leder auseinander, erkannte die Kleidungsstücke, und seine Augen leuchteten auf. »Ayla! Ich habe ja gar nicht gewußt, daß du nähen und Perlenstickereien machen kannst«, sagte er und betrachtete die einzelnen Kleidungsstücke.

»Die Perlenstickerei ist nicht von mir. Ich habe nur neue Teile für das Hemd zurechtgeschnitten, das du anhattest. Ich habe die anderen Sachen auseinandergenommen, um zu wissen, welche Größe und welche Form die Sachen haben mußten, und außerdem habe ich mir angesehen, wie sie zusammengefügt worden waren. Zum Zusammenfügen habe ich dann die Ahle benutzt, die du mir gegeben hast. Ich weiß nicht, ob ich richtig damit umgegangen bin, aber es hat geklappt.«

»Wunderbar ist es geworden!« sagte er und hielt sich das Hemd vor. »Ich hatte schon vorgehabt, mir Kleider zu machen, die sich besser für unterwegs eignen. Ein Lendenschurz mag ja für hier angehen, aber ...«

Es war heraus. Laut gesprochen. Wie die Bösen, von denen Creb einst gesprochen und deren Macht nur auf der Anerkennung beruhte, die ihnen zuteil wurde, sobald ihr Name laut ausgesprochen wurde, genauso war Jondalars Fortgehen nun zu einer Tatsache geworden. Es war jetzt nicht mehr ein unbestimmter Gedanke, der eines Tages Wirklichkeit werden würde – es besaß jetzt Substanz. Und wurde immer gewichtiger, je mehr sich ihre Gedanken darauf konzentrierten. Etwas greifbar Bedrückendes schien in die Höhle eingedrungen zu sein und wollte nicht mehr weichen.

Jondalar zog rasch die Kleider aus, faltete sie zusammen und legte sie aufeinander. »Ich danke dir, Ayla. Ich kann dir gar nicht sagen, wieviel mir dies bedeutet. Wenn es kälter wird, sind sie genau das Richtige für mich, aber jetzt tut es auch der Lendenschurz noch.«

Ayle nickte und getraute sich nicht, etwas zu sagen. Sie verspürte einen Druck in den Augen, und das Elfenbeinfigürchen verschwamm. Sie drückte es an die Brust; sie liebte es. Er hatte es mit seinen Händen gemacht. Er nannte sich einen Werkzeugmacher; dabei konnte er so viel mehr als nur das. Seine Hände waren geschickt genug, ein Bildnis zu machen, welches ihr das gleiche zärtliche Gefühl einflößte, das sie erfüllt hatte, als er ihr gezeigt hatte, was es heißt, eine Frau zu sein.

»Danke«, sagte sie, als ihr die Höflichkeitsfloskel einfiel.

Er runzelte die Stirn. »Du darfst die Donii nie verlieren«, sagte er. »Wo sie dein Gesicht trägt und vielleicht dein Geist darin gefangen ist, ist es vielleicht nicht ganz ungefährlich, wenn jemand anders sie findet.«

»In meinem Amulett ist ein Teil von meinem Geist und dem Geist meines Totem eingeschlossen. Jetzt ist auch in dieser Donii ein Teil meines Geistes eingeschlossen, ebenso wie der Geist deiner Erdmutter. Wird sie nicht dadurch auch zu meinem Amulett?«

Daran hatte er noch nicht gedacht. War sie nun Teil der Mutter? Eines von den Erdenkindern? Vielleicht hätte er nicht mit Kräften spielen sollen, die jenseits seines Gesichtskreises lagen. Oder war er ihr Werkzeug gewesen?

»Ich weiß es nicht, Ayla«, sagte er. »Aber auf jeden Fall: Verliere es nicht.«

»Jondalar, wo du doch gedacht hast, es sei gefährlich – warum hast du diese Donii dann mit meinem Gesicht ausgestattet?«

Er nahm ihre Hände, die das Figürchen hielten. »Weil ich deinen Geist einfangen wollte. Nicht, um ihn zu behalten. Ich wollte ihn zurückgeben. Ich wollte dir Wonnen bereiten und wußte nicht, ob ich dazu imstande sein würde. Ich wußte nicht, ob du verstehen würdest; du bist ja nicht dazu erzogen worden,

Sie zu erkennen. Ich dachte, wenn ich diese Donii mit deinem Gesicht ausstattete, würde dich das zu mir hinziehen.«

»Dazu brauchtest du nicht einer Donii mein Gesicht geben. Ich wäre glücklich gewesen, wenn du einfach dein Bedürfnis bei mir hättest befriedigen wollen – ehe ich wußte, was Wonnen sind.«

Samt Donii schloß er sie in die Arme. »Nein, Ayla. Du bist vielleicht bereit gewesen, aber für mich war es wichtig zu begreifen, daß es für dich das erste Mal war, sonst wäre es nicht recht gewesen.«

Sie verlor sich wieder in seinen Augen. Seine Arme drückten sie fester, und sie ergab sich ihm, bis sie überhaupt nichts anderes mehr wußte, als daß er sie eben in den Armen hielt, sein hungriger Mund auf ihrem Mund lag, sein Körper sich an den ihren drängte und ein schwindelerregendes forderndes Verlangen sie erfüllte. Sie wußte nicht, wann er sie hochhob und von der Feuerstelle forttrug.

Ihre fellbedeckte Lagerstatt kam ihr entgegen, sie aufzunehmen. Sie spürte, wie er am Knoten ihres Leibriemens nestelte und nicht damit zurechtkam, es schließlich aufgab und einfach ihren Überwurf hochhob. Hitzig öffnete sie sich ihm. Sie fühlte, wie seine strotzende Männlichkeit suchte und dann fand.

Heftig, ja geradezu verzweifelt, versenkte er seinen Schaft in sie, gleichsam als gälte es, sich zu überzeugen, daß sie für ihn da war und er sich nicht zurückhalten brauchte. Sie hob sich ihm entgegen, empfing ihn, wollte es genausosehr wie er.

Er zog zurück und stieß zu, spürte, wie die Spannung wuchs. Angestachelt von der Erregung, die ihre rückhaltlose Hingabe erzeugte, und seinerseits ganz hingegeben an die Kraft seiner Leidenschaft, ließ er sich von den Wellen unbändigen Glücks tragen. Auf dem Höhepunkt jeder Woge war sie da, tat es ihm Stoß für Stoß gleich, wölbte sich ihm entgegen, um den Druck seiner Bewegung zu leiten.

Doch die Empfindungen, die sie trugen, gingen weit hinaus über Reibung und Stoß in ihrer Spalte. Jedesmal, wenn er ganz in sie eindrang und sie ausfüllte, war sie sich nur seiner bewußt; ihr ganzer Körper – Nerven, Muskeln und Sehnen – waren von ihm erfüllt. Er fühlte, wie das Ziehen in seinen Lenden immer stärker wurde, wuchs und in die Höhe schoß – dann ein unerträgliches Crescendo, als der Druck sich in dem Augenblick mit einer Erschütterung Bahn brach, da er ein letztesmal zustieß, sie zu erfüllen. Sie kam seinem letzten, wilden Eintauchen entgegen. Die Erschütterung durchlief ihren ganzen Körper und brachte ihr lustvolle Erlösung.

29

Ayla drehte sich auf die andere Seite. Sie war noch nicht ganz wach, sich aber einer gewissen Unbequemlichkeit bewußt. Der kleine Buckel unter ihr wollte nicht weichen, und so blieb ihr nichts anderes übrig, als ganz aufzuwachen und hinunterzugreifen. Sie hielt den Gegenstand in der Hand und erkannte im dämmerigen roten Schimmer des nahezu erloschenen Feuers die Umrisse des Donii. Mit blitzhafter Erkenntnis stand ihr der gestrige Tag wieder lebendig vor Augen, und sie wußte, daß die Wärme ausstrahlende Gestalt neben ihr auf dem Lager Jondalar war.

Wir müssen nach den Wonnen eingeschlafen sein, dachte sie. Glücklich kuschelte sie sich an ihn und schloß die Augen. Doch der Schlaf wollte sich nicht wieder einstellen. Bruchstücke des Geschehens bildeten Muster und Figuren, denen sie mit ihrem inneren Gespür nachging. Die Jagd und Babys Rückkehr, die Ersten Wonnen und – alles andere überlagernd – Jondalar. Die Gefühle, die sie ihm entgegenbrachte, überstiegen alle Worte, die sie kannte, erfüllten sie jedoch mit einer unsäglichen Freude. Sie lag neben ihm und dachte an ihn, bis das einfach zuviel wurde und sie still aus dem Schlaffell hinausschlüpfte. Das Elfenbeinfigürchen nahm sie mit.

Sie trat an den Höhleneingang und sah Winnie und Renner dicht beisammenstehen. Schnaubend gab die Stute zu erkennen, daß sie die Frau erkannt hatte, und Ayla fuhr zu ihnen herum.

»Ist es so für dich gewesen, Winnie?« sagte sie leise. »Hat dein Hengst dir Wonnen bereitet? Ach, Winnie, ich habe ja nicht gewußt, daß es so sein kann. Wie ist es nur möglich, daß es mit Broud so schrecklich war und mit Jondalar so wunderbar?«

Der Junghengst drängte sich mit der Schnauze an sie, um sich seinen Teil ihrer Aufmerksamkeit zu sichern. Sie kratzte und streichelte ihn, und zuletzt umarmte sie ihn. »Egal, was Jondalar sagt, Winnie, ich glaube, daß es der Hengst war, der dir Renner gegeben hat. Er hat ja sogar das gleiche Fell wie der Hengst, und so viele braune Pferde gibt es nicht. Kann natürlich auch sein, daß es sein Geist war, doch glaube ich das nicht.

Ich wünschte, ich könnte ein Baby bekommen, Jondalars Baby. Aber es geht nicht – was sollte ich tun, wenn er fortgeht?« Sie erbleichte, und das Gefühl, das sie befiel, hatte etwas von Entsetzen. »Wenn er geht! Ach, Winnie, Jondalar wird mich verlassen!«

Sie rannte zur Höhle hinaus und den steilen Pfad hinunter, wobei sie sich mehr auf ihr Gefühl verließ als auf das, was sie sah. Ihre Augen waren von Tränen geblendet. Sie schoß über den steinigen Uferstreifen, bis sie vor der vorspringenden Felswand stand und nicht weiterkonnte. Dort sank sie schluchzend in sich zusammen. Jondalar geht fort! Was soll ich tun? Wie soll ich das ertragen? Was kann ich tun, um ihn zum Bleiben zu bewegen? Nichts.

Sie schlang die Arme um die Schultern, als ob es sie fröstelte, ging noch weiter in die Hocke und lehnte sich gegen die Steinbarriere, als gälte es, einen Schlag abzuwehren. Wenn er fort war, würde sie wieder allein sein wie zuvor. Schlimmer noch als zuvor: ohne Jondalar. Was soll ich ohne ihn nur tun? Vielleicht sollte auch ich fortgehen und irgendwelche Anderen finden und bei ihnen bleiben. Nein, das geht nicht. Sie werden fragen, woher ich komme, und die Anderen hassen den Clan. In ihren Augen bin ich ein Monstrum, es sei denn, ich spreche Worte, die nicht wahr sind.

Ich kann es nicht. Ich kann nicht zulassen, daß Creb und Iza als etwas Schändliches gelten. Sie haben mich geliebt und für mich gesorgt. Uba ist meine Schwester, und sie kümmert sich um meinen Sohn. Der Clan ist meine Familie. Als ich niemand hatte, hat der Clan sich meiner angenommen, und jetzt wollen die Anderen mich nicht.

Und Jondalar geht fort. Ich werde wieder allein hier leben müssen, mein ganzes Leben lang. Da könnte ich genausogut tot sein. Broud hat mich verflucht; und jetzt hat er doch gewonnen. Wie soll ich ohne Jondalar leben?

Ayla weinte, bis sie keine Tränen mehr hatte und nur eine verzweifelte Leere in sich spürte. Mit dem Handrücken fuhr sie sich über die Augen und wischte die Tränen fort; dabei merkte sie, daß sie immer noch die Donii in der Hand hielt. Sie drehte sie und betrachtete sie von allen Seiten, war von Staunen und Bewunderung über die Möglichkeit, ein kleines Stück Elfenbein in eine kleine Frau zu verwandeln, ebenso erfüllt wie von dem Figürchen selbst. Im Mondlicht sah es ihr womöglich noch ähnlicher als sonst. Das zu vielen Zöpfen geflochtene Haar, die im

Schatten liegenden Augen, die Nase und die Form der Wange – all das erinnerte sie an ihr Spiegelbild im Teich.

Warum hatte Jondalar dieses Symbol der Erdmutter, die die Anderen verehrten, mit ihrem Gesicht ausgestattet? War ihr Geist darin gefangen, unlösbar mit dieser Figur verbunden, die er Donii nannte? Creb hatte gesagt, ihr Geist werde durch ihr Amulett an den Geist des Höhlenlöwen gebunden, und durch Ursus, den Großen Höhlenbären, das Totem des Clans. Als sie zur Medizinfrau gemacht worden war, hatte sie ein Stück vom Geist eines jeden Clans-Angehörigen bekommen, und die waren nach dem Todesfluch nicht zurückgenommen worden.

Clan wie Andere, Totems wie Mutter – all das hatte einigen Anspruch auf jenen unsichtbaren Teil von ihr, der Geist genannt wurde. Ich meine, mein Geist muß ganz durcheinander sein, dachte sie – ich jedenfalls bin es, das weiß ich.

Ein kühler Wind trieb sie zurück zur Höhle. Sie räumte die aufgespießte kalte Wisentlende beiseite und baute ein kleines Feuer auf, wobei sie sich bemühte, Jondalar nicht zu stören. Dann setzte sie Wasser auf, um sich einen Tee aufzubrühen, der ihr helfen sollte, sich zu entspannen. Sie war außerstande, sich wieder schlafen zu legen. Während sie wartete, starrte sie in die Flammen und dachte an die vielen Male, da sie in die Flammen gestarrt hatte in dem Verlangen, etwas Lebendiges darin zu sehen. Die heißen Zungen leckten das Holz entlang, suchten zukkend nach dem Geschmack eines neuen Stücks davon, zogen sich dann zurück und sprangen wieder auf, bis es ihnen gehörte und sie es verzehrten.

»Doni! Bist du's? Bist du's?« rief Jondalar im Schlaf. Ayla sprang auf und ging zu ihm. Er warf sich hin und her und träumte offensichtlich. Ob sie ihn wecken sollte? Plötzlich riß er die Augen auf und machte ein erschrockenes Gesicht.

»Ist auch alles in Ordnung mit dir, Jondalar?« fragte sie.

»Ayla? Ayla! Bist du das?«

»Ja, ich bin's.«

Er machte die Augen wieder zu und murmelte etwas Unzusammenhängendes. Ihr wurde klar, daß er nicht wirklich ganz wach gewesen war. Sie hatte offensichtlich zu seinem Traum gehört, doch war er jetzt ruhiger. Sie beobachtete ihn, bis er sich entspannte, und dann kehrte sie ans Feuer zurück. Während sie ihren Tee trank, ließ sie die Flammen ersterben. Als sie endlich müde genug war, streifte sie den Überwurf ab, kroch neben Jondalar unter das Schlaffell und zog dieses um sich. Die Wärme, die der schlafende Mann ausstrahlte, ließ sie daran denken, wie kalt es sein würde, wenn er nicht mehr da war – und neue Tränen kamen aus ihrer unendlichen Leere. Sie weinte sich in den Schlaf.

Keuchend rannte Jondalar auf den Höhleneingang zu. Er hob den Blick und sah den Höhlenlöwen. Nein, nein! Thonolan! Thonolan! Der Höhlenlöwe war hinter ihm, duckte sich und sprang. Plötzlich tauchte die Mutter auf und gebot dem Löwen mit einem Wort abzudrehen.

»Doni! Du bist's! Du bist's!«

Die Mutter drehte sich um, und er sah Ihr Gesicht. Das Gesicht war die Donii, die er geschnitzt hatte in dem Bemühen, sie Ayla ähnlich zu machen. Er rief nach Ihr.

»Ayla? Ayla? Bist du's?«

Das geschnitzte Gesicht bekam Leben; Ihr Haar war ein goldener Schimmer, der wiederum von einem roten Glutschein umflossen war.

»Ja, ich bin's.«

Die Ayla-Donii wuchs und veränderte ihre Gestalt, wurde zu der uralten Donii, die er verschenkt hatte, jener Donii, die seit Generationen in seiner Familie gewesen war. Sie war üppig und mütterlich und dehnte sich immer mehr aus, bis sie Berggröße erreicht hatte. Dann fing sie an zu kreißen. Sämtliche Geschöpfe des Meeres flossen in einem Fruchtwasserschwall aus ihrer tiefen Höhle heraus, dann sämtliche Insekten und alle Vögel der Luft. Dann kamen alle Tiere des Landes – Kaninchen, Hirsche, Wisente, Mammuts, Höhlenlöwen – und in der Ferne erblickte er durch einen feinen Nebel hindurch die unbestimmten Gestalten von Menschen.

Der Nebel verflüchtigte sich, sie kamen näher, und plötzlich konnte er sie sehen. Flachschädel! Sie ihrerseits sahen ihn und liefen davon. Er rief hinter ihnen her, und eine Frau drehte sich um. Sie hatte Aylas Gesicht. Er lief auf sie zu, doch der Nebel schloß sich um sie herum und hüllte auch ihn ein.

Er tastete sich durch einen roten Dunst und hörte in der Ferne Brüllen, wie das Rauschen eines Wasserfalls. Das Rauschen wurde immer lauter und bedrängte ihn. Er war überwältigt von dem reißenden Strom von Menschen, der aus dem riesigen Schoß der Erdmutter hervorquoll, einer gewaltigen Erdmutter, wie ein Gebirge und mit dem Gesicht von Ayla.

Er bahnte sich den Weg durch die Menschen, kämpfte darum,

zu Ihr zu gelangen, und erreichte endlich die große Höhle. Ihre tiefe Öffnung. Er drang in Sie ein, und seine Männlichkeit erkundete vorsichtig ihre warmen Falten, und diese umschlossen ihn mit ihren beseligenden Tiefen. Wie wütend warf er sich vor, und seine Lust war unbändig; dann sah er ihr Gesicht, tränenüberströmt. Ihr Leib wurde von Schluchzern geschüttelt. Er wollte Sie trösten, wollte Ihr sagen, Sie solle nicht weinen, doch konnte er nicht sprechen. Er wurde beiseite gestoßen.

Er befand sich inmitten der großen Menge, die aus Ihrem Schoß herausfloß; alle trugen perlenbestickte Hemden. Er versuchte, sich den Weg zurückzubahnen, doch der Sog der Menschen trieb ihn wie ein Baumstamm, der vom Fruchtwasser davongeschwemmt wurde; wie ein Baumstamm, der mit einem blutigen Hemd daran den Großen Mutter Fluß heruntertrieb.

Er reckte den Hals, um zurückzublicken, und sah Ayla am Schlund der Höhlung stehen. Ihre Schluchzer hallten in seinen Ohren wider. Dann krachte die Höhle in sich zusammen, und ein Regen von Felsgestein prasselte hernieder. Er war allein und weinte. Jondalar machte die Augen auf, und es war dunkel. Aylas kleines Feuer hatte sämtliches Holz verzehrt. In der absoluten Finsternis war er sich nicht sicher, ob er wirklich wach sei. Die Höhlenwand war irgendwo, und es gab keinen vertrauten Punkt, von dem aus er sich orientieren konnte. Was seine Augen betraf, so konnte er genausogut in abgrundloser Tiefe hängen und schweben. Die lebendigen Gestalten seines Traums waren greifbarer gewesen als dies hier. In der Erinnerung zogen Fetzen davon ihm durchs Gemüt, nahmen in seinen Gedanken ungeheure Dimensionen an.

Als die Nacht soweit vergangen war, daß Felsen und Höhlenöffnung gewisse Formen annahmen, hatte Jondalar angefangen, den Bildern seines Schlafs bestimmte Bedeutungen beizumessen. Es kam nicht oft vor, daß er sich an seine Träume erinnerte, doch dieser heute war so stark, so greifbar gewesen, daß er eine Botschaft der Mutter enthalten mußte. Was wollte Sie ihm zu verstehen geben? Er wünschte, ein Zelandoni wäre da, ihm bei der Deutung des Traums zu helfen.

Als das erste schwache Licht in die Höhle hereindrang, sah er eine Fülle blonden Haars, das Aylas schlafendes Gesicht einrahmte. Außerdem bemerkte er die Wärme, die ihr Körper ausstrahlte. Schweigend betrachtete er sie, und allmählich durchdrang Helligkeit auch die Schatten. Er verspürte den übewältigenden Drang, sie zu küssen, doch wollte er sie nicht wecken.

So hob er eine lange goldene Strähne an die Lippen und stand dann leise auf. Er fand den lauwarmen Tee, schenkte sich etwas davon ein und trat hinaus auf den Platz vor dem Höhleneingang.

Zwar fröstelte ihn in seinem Lendenschurz, doch achtete er nicht weiter auf die Temperatur, obwohl er flüchtig an die Kleider denken mußte, die Ayla ihm gemacht hatte. Er beobachtete, wie der Himmel im Osten heller wurde und die Einzelheiten des Tals deutlicher zutage traten; dann ließ er seinen Traum wieder vor sich erstehen und versuchte, den verworrenen, darin verborgenen Fäden zu folgen, um sein Geheimnis zu entwirren.

Warum hatte Doni ihm noch einmal deutlich gezeigt, daß alles Leben von Ihr kam? Das hatte er auch schon vorher gewußt, gehörte zu den unumstößlichen Tatsachen seines Lebens. Warum war Sie ihm im Traum erschienen und hatte all die Fische geboren, die Vögel und Tiere und ...

Flachschädel! Selbstverständlich! Sie hatte ihm sagen wollen, auch die Angehörigen des Clans seien Ihre Kinder. Warum hatte das nie zuvor jemand klargemacht? Niemand hatte je in Frage gestellt, daß *alles* Leben von Ihr kam. Warum wurden nun diese Geschöpfe so verächtlich gemacht? Tiere wurden sie genannt – als ob Tiere etwas Böses wären! Warum galten Flachschädel als böse?

Eben weil sie *keine* Tiere waren. Sie waren Menschen, eine andere Art von Menschen! Das hatte Ayla ja schon die ganze Zeit über gesagt. War das der Grund, warum einer von ihnen Aylas Gesicht trug?

Zwar konnte er verstehen, wieso die Donii, die er gemacht hatte, diejenige, die in seinem Traum dem Löwen Einhalt geboten hatte, ihr Gesicht trug – keiner würde ihm glauben, was Ayla tatsächlich getan hatte; das war noch unglaublicher als der Traum. Aber warum trug die uralte Donii ihr Gesicht? Warum sollte die Große Erdmutter Ayla ähnlich sehen?

Er wußte, daß er seinen Traum nie ganz verstehen würde, hatte aber das Gefühl, daß ihm immer noch ein wichtiger Teil fehlte. Er ging ihn im Geiste nochmals durch, und als er sich daran erinnerte, daß Ayla in der Höhle war, die im Begriff stand einzustürzen, hätte er sie fast angeschrien wegzulaufen.

Die Gedanken nach innen gekehrt, starrte er zum Horizont hinüber und verspürte die gleiche Verzweiflung und Einsamkeit wie in seinem Traum, da er allein und ohne sie dagestanden hatte. Tränen netzten sein Gesicht. Warum packte ihn jetzt eine solche unsägliche Verzweiflung? Was sah er denn nicht?

Menschen in perlenbestickten Hemden kamen ihm in den Sinn, Menschen, die die Höhle verließen. Ayla hatte sein perlenbesticktes Hemd geflickt. Sie hatte ihm Kleider gemacht, obwohl sie zuvor keine Ahnung vom Nähen gehabt hatte. Reisekleider, die er tragen sollte, wenn er fortging.

Fortging? Ayla verlassen? Das feurige Licht schob sich über den Horizont. Er schloß die Augen und sah einen warmen goldenen Schimmer.

Große Mutter! Was für ein Tor und Dummkopf du doch bist, Jondalar. Ayla verlassen? Wie sollst du denn das fertigbringen? Du liebst sie! Wie hast du nur so blind sein können? Warum hast du erst von der Mutter träumen müssen, auf daß Sie dir etwas klarmacht, das so einfach ist, daß ein Kind es hätte begreifen können?

Die Empfindung, daß ihm eine ungeheure Last von den Schultern genommen würde, erfüllte ihn mit dem Gefühl von Freude und Freiheit und einer ganz unerwarteten Schwerelosigkeit. Ich liebe sie! Endlich ist es mir widerfahren! Ich liebe sie! Was ich nicht für möglich gehalten hatte, ist geschehen: Ich liebe Ayla!

Er war von einem solchen Gefühlsüberschwang erfüllt, daß er es am liebsten der ganzen Welt zugerufen hätte, daß er am liebsten hineingelaufen und es ihr gesagt hätte. Niemals habe ich einer Frau gesagt, daß ich sie liebe, dachte er. Er schoß zur Höhle hinein – und Ayla schlief noch.

Er ging noch einmal hinaus, holte Holz und schaffte es mit Hilfe von Feuerstein und Eisenpyrit mühelos, ein Feuer zu entfachen, etwas, was er immer noch kaum fassen konnte. Endlich einmal war es ihm gelungen, vor ihr wach zu werden, und jetzt wollte er sie zur Abwechslung einmal mit heißem Tee verwöhnen. Er fand ihre Minzblätter, es dauerte nicht lange, und der Tee zog – doch Ayla schlief immer noch.

Er sah sie atmen, sich umdrehen – wie er es liebte, wenn sie ihr Haar offen trug wie jetzt! Er war versucht, sie aufzuwecken. Nein, sie mußte müde sein. Es ist bereits heller Tag, und sie ist immer noch nicht auf.

Er stieg hinunter zum Fluß, fand einen Zweig, sich die Zähne damit zu reinigen, und schwamm dann seine morgendlichen Runden. Erfrischt, voller Energie und hungrig kam er aus dem Wasser. Zum Essen waren sie gestern einfach nicht gekommen.

Er mußte lächeln, als er an den Grund dachte, und der Gedanke daran wiederum hatte eine Erektion zur Folge.

Er lachte. Den ganzen Sommer über hast du ihn schlecht behandelt, Jondalar. Da kannst du es deinem Frauen-Macher nicht übelnehmen, daß er jetzt, wo er weiß, was ihm entgangen ist, so gierig ist. Aber bedränge sie jetzt nicht. Vielleicht braucht sie Ruhe – sie ist es nicht gewöhnt. Er rannte den Pfad hinauf und betrat leise die Höhle. Die Pferde waren draußen auf der Weide. Sie müssen die Höhle verlassen haben, während ich beim Schwimmen war und sie immer noch schlief. Ob ihr auch nichts fehlt? Vielleicht sollte ich sie doch wecken. Sie wälzte sich auf die andere Seite und ließ eine Brust sehen, was seinen früheren Gedanken neuen Auftrieb gab.

Er beherrschte sich und ging zur Feuerstelle, um sich Tee einzuschenken und zu warten. Die Art, wie sie sich bewegte, veränderte sich; dann sah er sie nach etwas tasten.

»Jondalar! Jondalar! Wo bist du?« rief sie und fuhr in die Höhe.

»Hier bin ich«, sagte er und eilte zu ihr.

Sie klammerte sich an ihn. »Ach, Jondalar! Ich dachte, du wärest fort.«

»Ich bin hier, Ayla. Wirklich hier.« Er hielt sie im Arm, bis sie sich beruhigte. »Alles in Ordnung mit dir? Dann laß mich dir Tee holen.«

Er schenkte ihr Tee ein und brachte ihr den Becher. Sie nahm einen Schluck, dann einen größeren. »Wer hat den aufgebrüht?« fragte sie.

»Ich. Ich wollte dich mit einem heißen Tee überraschen, nur ist er jetzt nicht mehr heiß.«

»Du hast ihn für mich aufgebrüht? Für mich?«

»Ja, für dich. Ayla, das habe ich noch nie zu einer Frau gesagt: Ich liebe dich.«

»Lieben?« fragte sie. Sie wollte sichergehen, daß er auch wirklich das meinte, was sie kaum zu hoffen wagte, daß er es meinte. »Was bedeutet das: ›lieben‹?«

»Was bedeutet . . .! Jondalar! Du aufgeblasener Tor!« Er stand auf. »Du, der große Jondalar, den jede Frau begehrt. Du hast selbst daran geglaubt. Hast alles daran gesetzt, um das eine Wort zurückzuhalten, von dem du meintest, daß sie alle es hören wollten. Und so stolz gewesen bist, es nie einer Frau zu sagen. Jetzt endlich hast du dich verliebt – und wolltest es dir nicht einmal selbst eingestehen. Doni hat es dir im Traum sagen müssen! Endlich wird Jondalar es aussprechen; er wird zugeben, daß er eine Frau liebt. Und erwartet nun fast, daß sie vor Überraschung in Ohnmacht fällt – und weiß nicht einmal, was ›lieben‹ bedeutet.«

Völlig verblüfft sah Ayla ihn auf und ab laufen und mit sich selbst von Liebe reden. Sie mußte das Wort erst kennenlernen.

»Jondalar, was bedeutet ›Liebe‹?« Sie fragte ganz ernst, und ihm war das ein wenig lästig.

Er kniete vor ihr nieder. »Es ist ein Wort, das ich dir schon längst hätte erklären sollen. Liebe ist das Gefühl, das dich erfüllt, wenn jemand dir etwas bedeutet. Es ist das, was eine Mutter für ihre Kinder empfindet oder ein Mann für seinen Bruder. Handelt es sich um einen Mann und eine Frau, bedeutet es, daß sie einander so viel bedeuten, daß sie ihr Leben miteinander teilen und nie wieder getrennt werden möchten.«

Sie schloß die Augen und spürte, wie ihr der Mund zitterte, als sie diese Worte hörte. Hatte sie richtig gehört? Hatte sie wirklich richtig verstanden?

»Jondalar«, sagte sie, »ich habe das Wort nicht gekannt, aber ich weiß, was es bedeutet. Ich habe um die Bedeutung dieses Wortes gewußt, seit du gekommen bist, und je länger du hier warst, desto besser und mehr wußte ich darum. Wie oft habe ich mich nicht nach einem Wort gesehnt, das diese Bedeutung ausdrückte!« Sie machte die Augen zu, doch ließen sich die Tränen der Erleichterung und der Freude nicht zurückhalten. »Jondalar, auch ich . . . liebe dich.« Er stand auf und hob sie dabei mit in die Höhe, küßte sie zärtlich und hielt sie dabei umfaßt wie einen kostbaren Schatz, von dem er nicht wollte, daß er zerbrochen wurde oder verlorenging. Sie schlang ihm die Arme um die Brust und hielt ihn, als wäre er ein Traum, der vergehen könnte, wenn sie losließ. Er küßte sie auf den Mund und auf ihr tränensalziges Gesicht, und als sie den Kopf an seiner Brust barg, barg er selbst das Gesicht in ihrem zerzausten goldenen Haar, um seine eigenen Tränen darin zu trocknen.

Er war unfähig zu sprechen. Er konnte sie nur umfangen halten und fassungslos über das unglaubliche Glück staunen, daß er sie gefunden hatte. Bis ans Ende der Welt hatte er reisen müssen, um eine Frau zu finden, die er lieben konnte; nichts würde ihn je dazu bringen, sie wieder herzugeben.

»Warum nicht einfach hierbleiben? Dies Tal hat doch alles, was wir brauchen. Und wo wir zu zweit sind, wird es um so leichter für uns sein. Wir haben die Speerwerfer, und Winnie ist eine große Hilfe. Wie Renner es eines Tages auch sein wird«, sagte Ayla.

Sie gingen durchs Gelände ohne einen anderen Zweck, als miteinander zu reden. Sie hatten soviel Körner eingeheimst, wie sie wollten; gejagt und genug Fleisch getrocknet, daß es über den ganzen Winter reichte; reifende Früchte und Wurzeln und andere Pflanzen zum Heilen und zum Essen gesammelt und eingelagert; und noch eine ganze Reihe von unterschiedlichen Materialien in die Höhle geschafft, um sich den Winter über zu beschäftigen. Ayla wollte sich am Verzieren von Kleidern versuchen, und Jondalar dachte daran, Spielfiguren zu schnitzen und Ayla das Spielen beizubringen. Aber die größte Freude für Ayla war immer noch, daß Jondalar sie liebte – und sie nicht allein bleiben würde.

»Es ist ein wunderschönes Tal«, sagte Jondalar. Warum nicht einfach mit ihr hierbleiben? Thonolan war bereit gewesen, bei Jetamio zu bleiben, dachte er. Aber da waren nicht nur sie beide gewesen. Wie lange würde er es aushalten können, ohne irgendeinen anderen Menschen zu sehen? Ayla hatte drei Jahre hindurch allein gelebt. Und sie brauchten ja nicht allein zu bleiben. Denk an Dalanar. Der hatte eine neue Höhle gegründet, obwohl er zu Anfang nur Jerika und den Gefährten ihrer Mutter, Hochaman, gehabt hatte. Später hatten sich ihnen andere angeschlossen und Kinder waren geboren worden. Jetzt dachten sie schon daran, eine Zweite Höhle der Lanzadonii zu gründen. Warum sollst du nicht eine neue Höhle gründen wie Dalanar? Vielleicht wirst du es tun, Jondalar, aber was immer du unternimmst – du wirst es nicht ohne Ayla tun.

»Du mußt andere Menschen kennenlernen, Ayla, und ich möchte dich mit nach Hause nehmen. Ich weiß, es wird eine lange Reise werden, aber in einem Jahr könnten wir es meiner Meinung nach schaffen. Meine Mutter würde dir gefallen, und daß Marthona dich mögen wird, das weiß ich. Genauso wird es meinem Bruder, Joharran, und meiner Schwester, Folara, ergehen – sie muß inzwischen eine junge Frau sein. Und Dalanar.«

Ayla senkte den Kopf und hob den Blick dann wieder. »Werden sie mich auch mögen, wenn sie erfahren, daß meine Leute vom Clan sind? Werden sie mich noch willkommen heißen, wenn sie erfahren, daß ich einen Sohn habe, der geboren wurde, als ich beim Clan lebte?«

»Du kannst dich nicht für den Rest deines Lebens vor den

Menschen verstecken. Hat nicht die Frau ... hat nicht Iza dir gesagt, du sollst welche von deiner Art suchen? Sie hat recht gehabt, weißt du. Es wird nicht leicht sein – ich will und kann dir da nichts vormachen. Die meisten wissen gar nicht, daß Clan-Angehörige Menschen sind. Aber mir hast du das begreiflich gemacht, und es gibt andere, die auch schon ihre Zweifel haben. Die meisten Menschen sind anständig, Ayla. Wenn sie dich erst mal kennenlernen, werden sie dich mögen. Außerdem bin ich bei dir.«

»Ich weiß nicht recht. Können wir nicht noch darüber nachdenken?«

»Selbstverständlich können wir das tun«, sagte er. Vor Frühjahr können wir uns ohnehin nicht auf eine so weite Reise begeben, dachte er. Zwar könnten wir es vor Einsetzen des Winters bis zu den Sharamudoi schaffen, aber wir können genausogut auch hier überwintern. Da hat sie jedenfalls Zeit, sich ein wenig an den Gedanken zu gewöhnen.

Ayla lächelte. Sie war ehrlich erleichtert, und so beschleunigte sie jetzt ihren Schritt, denn das Sichbewegen war ihr sowohl physisch als auch psychisch schwergefallen. Sie wußte, daß seine Familie und seine Leute ihm fehlten und daß sie ihm folgen würde, wenn er beschloß fortzugehen, wohin auch immer er ging. Dennoch hoffte sie, daß – wenn sie sich erst einmal für den Winter eingerichtet hätten – er den Wunsch haben könnte, zu bleiben und das Tal zusammen mit ihr zu seinem Zuhause zu machen.

Sie waren weit vom Fluß abgekommen und fast den Hang zur Steppe hinauf, als Ayla sich bückte, um etwas aufzuheben, das ihr irgendwie bekannt vorkam.

»Mein Auerochsenhorn!« sagte sie zu Jondalar, klopfte die Erde ab und betrachtete das angekohlte Innere. »Damit habe ich früher mein Feuer mit mir herumgetragen. Gefunden habe ich es unterwegs, bald nachdem ich den Clan verlassen hatte.« Erinnerungen stellten sich ein. »Auch habe ich ein Stück Glut darin getragen, um die Fackeln anzuzünden, mit deren Hilfe ich die Pferde in meine erste Fallgrube getrieben habe. Winnies Mutter ist hineingestürzt, und als die Hyänen das Füllen haben wollten, habe ich sie fortgescheucht und habe es mit in die Höhle gebracht. Wieviel seither nicht alles geschehen ist!«

»Vielleicht trägt man unterwegs seine Glut mit sich herum, aber mit den Feuersteinen brauchen wir uns in der Hinsicht ja keine Sorgen mehr zu machen.« Plötzlich legte sich seine Stirn in Falten, und Ayla wußte, daß er nachdachte. »Vorräte haben wir genug, nicht wahr? Es gibt nichts, was wir noch tun müßten.«

»Nein, wir brauchen nichts.«

»Warum machen wir dann keinen Ausflug? Eine kurze Reise«, fügte er hinzu, als er ihre Betroffenheit sah. »Nach Westen hin hast du das Gebiet noch nicht erforscht. Warum nehmen wir nicht etwas zu essen, Zelte und Schlaffelle und sehen es uns an? Wir brauchen ja nicht weit zu gehen.«

»Und was ist mit Winnie und Renner?«

»Die nehmen wir mit. Winnie kann uns einen Teil der Zeit sogar tragen und vielleicht den Proviant und unsere Ausrüstung. Nur wir beide.«

Die Vorstellung, nur zum Vergnügen unterwegs zu sein, war ihr neu und schwer zu verdauen; nur fielen ihr keine Einwände ein. »Ja, das könnten wir wohl«, sagte sie. »Nur wir beide ... warum nicht?« Vielleicht ist es gar keine so schlechte Idee, das Land im Westen zu erkunden, dachte sie.

»Hier hinten ist die Erdschicht zwar nicht so dick wie vorn«, sagte Ayla, »aber es ist doch die beste Stelle für ein Vorratslager. Außerdem können wir Gestein darüberschichten.«

Jondalar hielt die Fackel höher, damit das flackernde Licht weiter reichte. »Mehrere kleine Vorratslager, meinst du nicht?«

»Damit, falls ein Tier eines entdeckt, nicht gleich alles fort ist. Gute Idee.«

Jondalar hob das Licht, um in die Spalten unter den heruntergebrochenen Felsbrocken hineinspähen zu können. »Ich habe mich hier einmal umgesehen. Und da dachte ich, Spuren von einem Höhlenlöwen zu entdecken.«

»Das hier war Babys Platz. Ich hatte aber schon Spuren von Höhlenlöwen entdeckt, als ich einzog. Viel ältere. Ich hielt sie für ein Zeichen, mit dem mein Totem mir zu verstehen geben wollte, hierzubleiben und zu überwintern. Nie hätte ich gedacht, daß ich so lange hierbleiben würde. Jetzt glaube ich, daß ich hier auf dich warten sollte. Ich glaube, der Geist des Höhlenlöwen hat dich hierhergeleitet und dich dann erwählt, damit dein Totem stark genug wäre für meines.«

»Ich habe immer Doni für den Geist gehalten, der mich leitete.«

»Vielleicht war sie es, die dich geleitet hat; aber erwählt hat dich der Höhlenlöwe.«

»Vielleicht hast du recht. Die Geister aller Geschöpfe gehören Doni, auch der Höhlenlöwe. Mutters Wege sind unerforschlich.«

»Den Höhlenlöwen als Totem zu haben, ist ein hartes Los, Jondalar. Die Prüfungen, die er einem auferlegt, sind schwierig – ich bin mir nicht immer sicher gewesen, daß ich überleben würde –, aber die Gaben, die man dafür erhält, lassen einen das vergessen. Ich glaube, das größte Geschenk, das er mir gemacht hast, bist du«, schloß sie mit leiser Stimme.

Er steckte die Fackel in eine Felsspalte und nahm dann die Frau, die er liebte, in die Arme. Sie war so offen, so ohne jedes Arg, und als er sie küßte, reagierte sie bereitwillig darauf, daß er ihrem Verlangen fast nachgegeben hätte.

»Wir müssen damit aufhören«, sagte er und hielt sie bei den Schultern gepackt, um sie zumindest etwas von sich fernzuhalten, »sonst kommen wir nie fort. Ich glaube, du besitzt den Haduma-Zauber.«

»Und was ist der Haduma-Zauber?«

»Haduma war eine alte Frau, der wir unterwegs begegnet sind, die Mutter von sechs Generationen, die von ihren Abkömmlingen hoch verehrt wurde. Sie besaß viele Kräfte von Doni. Die Männer glaubten, wenn sie ihre Männlichkeit berührte, setzte das sie instand, sich so oft zu erheben, wie sie wollten, um eine Frau oder viele Frauen zu befriedigen. Die meisten Männer wünschen sich das. Manche Frauen kennen Mittel und Wege, Männer zu ermuntern. Du aber brauchst mir nur nahe zu kommen, Ayla. Heute morgen, gestern abend. Wie viele Male gestern? Und vorgestern. Dazu bin ich zuvor noch nie imstande gewesen, habe es mir aber auch noch nie so sehr gewünscht. Aber wenn wir jetzt nicht weitermachen, werden wir mit dem Anlegen der Vorratsverstecke nie fertig.«

Sie räumten Geröll fort und schoben mit Hebeln einige größere Brocken fort; dann bestimmten sie, wo Verstecke hin sollten. Im Laufe des Tages fand Jondalar, daß Ayla ungewöhnlich still und in sich gekehrt sei und fragte sich, ob das an etwas liege, was er getan oder gesagt hatte. Vielleicht sollte er nicht soviel Begierde zeigen. Es war kaum zu glauben, daß sie jedesmal bereit für ihn war, wenn er sie begehrte.

Er wußte, daß viele Frauen mit ihrem eigenen Verlangen zurückhielten und einen Mann für seine Lust arbeiten ließen, obwohl sie ihn mochten. Für ihn war das selten ein Problem gewesen, doch hatte er gelernt, sein Begehren nicht allzusehr zu zeigen: Für eine Frau besaß es mehr Reiz, wenn ein Mann sich ein bißchen zurückhielt.

Als sie ihre Vorräte im Hintergrund der Höhle vergruben, schien Ayla noch reservierter als zuvor, senkte oft den Kopf und kniete ruhig da, ehe sie ein in rohe Tierhaut eingewickeltes Paket Dörrfleisch oder einen Korb mit Wurzeln aufhob. Als sie so weit waren, daß sie immer wieder hinunterstiegen zum Uferstreifen, um mehr Steine heraufzubringen, sie auf ihre Verstecke zu häufen, war Ayla merklich durcheinander. Jondalar war sicher, daß es an ihm lag, wußte jedoch nicht, was er getan hatte. Es war später Nachmittag, als er sah, wie sie wütend einen Felsbrocken hochzuheben versuchte, der für sie allein viel zu schwer war.

»Den Stein brauchen wir doch nicht, Ayla. Ich finde, wir sollten uns jetzt ausruhen. Es ist warm, und wir haben den ganzen Tagen gearbeitet. Laß uns schwimmen gehen.«

Sie hörte auf, sich mit dem Felsbrocken abzumühen, strich sich das Haar aus den Augen, löste den Knoten ihres Leibriemens und nahm das Amulett im selben Augenblick ab, da ihr Überwurf fiel. Jondalar spürte ein vertrautes Sichregen in den Lenden. Das geschah jedesmal, wenn er ihren Körper sah. Sie bewegt sich wie ein Löwe, dachte er und bewunderte die schlanke, sehnige Anmut, mit der sie ins Wasser hineinlief. Er warf den Lendenschurz ab und lief hinter ihr her.

Sie schwamm mit solcher Heftigkeit voran, daß das Wasser hinter ihr aufschäumte und Jondalar beschloß, so lange zu warten, bis sie wieder heruntergeschwommen kam. Sollte sie doch einen Teil ihrer Gereiztheit abreagieren! Als er sie einholte, ließ sie sich mühelos mit der Strömung treiben und schien in der Tat etwas weniger verkrampft als zuvor. Als sie sich auf den Bauch drehte, um zu schwimmen, strich er ihr mit der Hand über den Rücken, die Hüfte und die gerundeten Hinterbacken.

Sie schoß voran und war aus dem Wasser, hatte das Amulett wieder umgelegt und griff bereits nach dem Überwurf, als er erst herauswatete.

»Was mache ich falsch, Ayla?« fragte er, als er tropfend vor ihr stand.

»Es liegt nicht an dir. Ich bin es, die es falsch macht.«

»Du machst überhaupt nichts falsch.«

»Doch tue ich das. Ich versuche schon den ganzen Tag, dich zu ermuntern, aber du verstehst die Clans-Gebärden nicht.«

Als Ayla zur Frau herangereift war, hatte Iza ihr nicht nur gezeigt, wie man damit umging, wenn man blutete, sondern auch, wie man sich reinigte, nachdem man mit einem Mann zusammengewesen war, und welche Gebärden sie benutzte und welche Haltungen sie einzunehmen hatte, wenn sie einen Mann ermuntern wollte, ihr das Zeichen zu geben, obwohl Iza bezweifelte, daß sie diese Informationen je gebrauchen würde. Die Männer des Clans würden sie schwerlich attraktiv finden, egal, welche Gebärden sie vollführte.

»Ich weiß, wenn du mich auf eine bestimmte Weise anfaßt oder deinen Mund auf meinen legst, ist das dein Zeichen; aber ich weiß nicht, wie ich dich auffordern kann«, fuhr sie fort.

»Aber Ayla, du brauchst doch nur dazusein, das ist Aufforderung für mich genug.«

»Das ist es nicht, was ich meine«, sagte sie. »Ich weiß nicht, wie ich es dir sagen soll, wenn ich möchte, daß du Wonnen mit mir machst. Ich weiß einfach keine Mittel und Wege . . . du hast gesagt, manche Frauen verstünden sich darauf, einen Mann zu ermuntern.«

»Ach, Ayla, ist es das, was dich bedrückt? Du möchtest lernen, mich zu reizen?«

Sie nickte, senkte den Kopf und fühlte sich peinlich berührt. Clan-Frauen verstanden sich nicht darauf, so direkt zu sein. Sie bekundeten ihr Verlangen nach einem Mann mit übertriebener Bescheidenheit, als könnten sie den Anblick eines so überwältigend männlichen Mannes nicht ertragen – gleichwohl jedoch mit gezierten Seitenblicken und unschuldigen Stellungen, die denen ähnelten, die eine Frau einnehmen sollte; auf diese Weise gaben sie ihm zu verstehen, daß sie ihn für unwiderstehlich hielten.

»Nun schau, wie du mich gereizt hast, Frau«, sagte er, wohl wissend, daß er beim Sprechen mit ihr eine Erektion bekommen hatte. Weder konnte er etwas dagegen tun, noch konnte er sie verbergen. Da sie ihn so offensichtlich ermuntert sah, umspielte ein Lächeln den Mund der Frau; sie konnte einfach nicht anders. »Ayla«, sagte er und hob sie mit beiden Armen in die Höhe, »weißt du denn nicht, daß du mich allein schon dadurch ermunterst, daß du lebst?«

Sie auf den Armen tragend, schickte er sich an, über den Uferstreifen hinweg zum Pfad zu gehen. »Ahnst du eigentlich, wie sehr es mich reizt, wenn ich dich bloß sehe? Schon als ich dich das erstemal sah, habe ich dich begehrt.« Mit einer höchst überraschten Ayla stieg er den Pfad hinauf. »Du bist so sehr Frau, daß du keine Mittel und Wege brauchst, um einen Mann zu reizen – du brauchst nichts, aber auch gar nichts zu lernen. Alles, was du tust, bringt mich nur dazu, dich noch mehr zu begehren.« Sie erreichten den Eingang. »Und wenn du mich willst, brauchst du das nur zu sagen oder – noch besser – dies zu tun.« Er küßte sie.

Er trug sie in die Höhle hinein und ließ sie auf ihr Fellager nieder. Dann küßte er sie nochmals mit offenem Mund und sanft forschender Zunge. Sie spürte seine Männlichkeit hart und heiß zwischen ihnen. Dann setzte er sich auf. Ein verschmitztes Lächeln breitete sich auf seinen Zügen aus.

»Du sagst, du hast es den ganzen Tag über versucht. Wie kommst du eigentlich darauf, daß du mich nicht gereizt hättest?« sagte er. Und dann tat er etwas völlig Unerwartetes: Er vollführte eine Geste.

Verblüfft weiteten sich ihre Augen. »Jondalar! Das . . . das ist das Zeichen!«

»Wenn du jetzt anfängst, mir Clans-Zeichen zu machen, ist es wohl nur gerecht, wenn ich sie zurückgebe.«

»Aber . . . ich . . .« Sie wußte nicht, was sie sagen sollte – wohl aber, was tun. Sie erhob sich, drehte sich um, ließ sich mit gespreizten Beinen vor ihm auf die Knie nieder und bot sich ihm dar.

Für ihn hatte das Zeichen ein Scherz sein sollen; er hatte nicht erwartet, so schnell dermaßen angeregt zu werden. Aber der Anblick ihrer runden, festen Hinterbacken und ihrer klaffenden weiblichen Öffnung, rosig und einladend – das war unwiderstehlich. Ehe er wußte, wie ihm geschah, kniete er hinter ihr und drang in ihre warmen, klopfenden Tiefen ein.

Von dem Augenblick an, da sie die Stellung eingenommen hatte, waren Erinnerungen an Broud ihr durch den Kopf geschossen. Zum erstenmal hätte sie sich Jondalar verweigert – wenn sie dazu überhaupt imstande gewesen wäre. Doch so stark die abstoßenden Gedankenverbindungen auch waren, ihre frühe Erziehung zum Gehorsam war stärker als alles andere.

Er bestieg sie und stieß zu. Sie spürte, wie Jondalar sie ausfüllte und schrie auf vor unerwartetem Entzücken. In dieser Stellung verspürte sie Druck und Reibung dort, wo sie sie zuvor nicht gespürt hatte, und als er sich wieder herauszog, erregte sie das gleichfalls auf eine neue Weise. Als er wieder in sie einfuhr, hob sie sich ihm entgegen. Während er stoßend und sich anspannend über ihr ragte, mußte sie unwillkürlich an Winnie und ihren Fuchshengst denken. Dieser Gedanke löste ein köstliches Gefühl von Wärme in ihr aus, und es kribbelte und pulsierte in ihr. Sie richtete sich auf und kam ihm entgegen und paßte sich lustvoll erschaudernd seinem Rhythmus an.

Zitternd hielten sie dann inne. Ayla ließ den Kopf hängen. Sie mitnehmend, ließ er sich auf die Seite rollen, und dann lagen sie regungslos hintereinander. Ihren Rücken an seine Brust geschmiegt, seine Männlichkeit noch in ihr, ringelte er sich um sie und griff um sie herum, ihre Brüste mit den Händen zu umfassen.

»Ich muß zugeben«, sagte er nach einiger Zeit, »so schlecht ist das mit dem Zeichen gar nicht.« Er fuhr mit den Lippen über ihren Hals und griff dann nach ihrem Ohr.

»Zuerst war ich mir nicht sicher, aber mit dir, Jondalar, ist alles recht. Alles ist Wonne«, sagte sie und drängte sich noch enger an ihn.

»Wonach suchst du, Jondalar?« rief sie vom Sims hinunter.

»Ich wollte nachsehen, ob ich noch ein paar Eisenpyritsteine finde.«

»Der erste, mit dem ich angefangen habe, ist kaum angeschlagen. Der hält noch eine lange Zeit. Wir brauchen keine.«

»Ich weiß, aber ich habe einen gesehen und dachte, ich sehe mal nach, wieviel ich finde. Ist sonst alles fertig?«

»Mir fällt nichts ein, was wir noch brauchten. Lange können wir ohnehin nicht fortbleiben – das Wetter ändert sich um diese Jahreszeit sehr rasch. Morgens kann es heiß sein, und abends gibt es einen Schneesturm«, sagte sie und kam den Pfad herunter.

»Ayla, was hast du denn an?«

»Gefällt es dir nicht?«

»Und ob es mir gefällt! Nur, woher hast du sie?«

»Selbst gemacht – als ich deine machte. Ich habe sie deiner Kleidung nachgemacht, nur so, daß sie mir paßt. Ich war mir nicht sicher, ob ich sie anziehen sollte; vielleicht tragen ja nur Männer so etwas. Und außerdem habe ich es nicht geschafft, das Hemd mit Perlen zu verzieren. Geht es so?«

»Ich denke schon. Ich kann mich nicht erinnern, daß die Frauenbekleidung wesentlich anders gewesen wäre. Das Hemd war vielleicht etwas länger, und vielleicht war auch der Schmuck anders. Dies hier ist nämlich Mamutoi-Kleidung. Meine habe ich verloren, als wir das Ende des Großen Mutter Flusses erreichten. Du siehst großartig darin aus, Ayla, Und ich glaube, es wird dir angenehmer sein als deine Überwürfe. Wenn es kalt wird, wirst du merken, wie warm sie sind und wie bequem.«

»Bin ich froh, daß sie dir gefallen. Ich wollte mich gern . . . so wie du kleiden.«

»So wie ich . . . ich glaube, wie ich – das weiß ich selbst nicht mehr. Sieh uns an! Ein Mann und eine Frau und zwei *Pferde*! Eines davon mit unserem Zelt, dem Proviant und Extrakleidung beladen. Das ist schon ein merkwürdiges Gefühl, sich so unbehindert auf eine Reise zu begeben und nichts weiter zu tragen als Speere – und Speerwerfer! Und meinen Beutel mit den Feuersteinen. Ich glaube, die Leute würden ganz schön Augen machen, wenn sie uns so sähen. Allerdings bin ich über mich selbst noch mehr verwundert. Ich bin einfach nicht mehr derselbe Mann, der ich war, als du mich fandest. Du hast mich vollständig umgekrempelt, Frau, und dafür liebe ich dich.«

»Auch ich bin eine ganz andere geworden, Jondalar. Ich liebe dich.«

»Nun, welche Richtung schlagen wir jetzt ein?«

Ayla hatte das beunruhigende Gefühl, etwas zu verlieren, als sie – die Stute und den jungen Hengst hinter sich – durch das ganze Tal zogen. Als sie ganz am Ende, dort wo es abbiegt, angekommen waren, warf sie einen Blick zurück.

»Schau, Jondalar! Es sind Pferde zurückgekommen ins Tal. Seit ich hierhergekommen bin, habe ich keine mehr gesehen. Sie sind fortgezogen, nachdem ich Jagd auf sie gemacht und Winnies Mutter erlegt habe. Wie froh ich bin, daß sie wieder da sind. Für mich ist dies immer ihr Tal gewesen.«

»Ist es denn dieselbe Herde?«

»Das weiß ich nicht. Der Hengst war rotbraun wie Renner. Ich sehe aber den Hengst nicht, sondern nur die Leitstute. Es ist aber schon eine lange Zeit her.«

Auch Winnie hatte die Pferde gesehen und ließ ein lautes Gewieher vernehmen. Der Gruß wurde erwidert, und Renner stellte interessiert die Ohren vor. Doch dann folgte die Stute der Frau, und ihr Füllen trottete hinterher.

Ayla folgte dem Fluß in südlicher Richtung und überquerte ihn, als sie den Steilhang auf der anderen Seite erblickte. Oben machte sie Halt, und dann bestiegen sie beide, Ayla und Jondalar, Winnie. Die Frau fand ihre auffälligsten Orientierungspunkte in der Landschaft wieder und ritt gen Südwesten. Das

Gelände wurde rauher, zerrissener und gefalteter und wies felsige Schluchten und steile Abhänge auf, die zu flachen Erhebungen hinaufführten. Als sie sich zwischen zerklüfteten Felswänden einer Öffnung näherten, saß Ayla ab und untersuchte den Boden. Eine frische Spur war nirgends zu finden. Sie ging in eine weglose Schlucht voran, kletterte dann auf einen Felsen, der von der Wand heruntergebrochen war. Dann ging sie zu einer Geröllhalde am Ende hinüber, und Jondalar folgte ihr.

»Hier ist es, Jondalar«, sagte sie, zog einen Beutel aus ihrer Tunika und reichte ihn ihm.

Er kannte den Ort. »Und was ist dies?« fragte er und hielt den kleinen Lederbeutel in die Höhe.

»Rote Erde, Jondalar. Für sein Grab.«

Unfähig, etwas zu sagen, nickte er nur. Er spürte den Tränendruck und gab sich keine Mühe, sie zurückzuhalten. Dann schüttete er sich den roten Ocker in die Hand und verstreute ihn über Felsen und Geröll; mit einer zweiten Handvoll machte er es genauso. Ayla wartete, während er den Geröllhang mit feuchten Augen betrachtete; als er sich zum Gehen anschickte, vollführte sie eine Gebärde über Thonolans Grab.

Erst nachdem sie eine Weile geritten waren, ergriff Jondalar wieder das Wort. »Er war ein Liebling der Mutter. Sie wollte ihn zurückhaben.«

Noch ein wenig weiter, fragte er: »Was war das für eine Gebärde, die du gemacht hast?«

»Ich habe den Großen Höhlenbären gebeten, ihn auf seiner Reise zu begleiten und ihm Glück zu bringen. Es bedeutet: ›Gehe mit Ursus.‹«

»Ayla, ich habe es nicht vollkommen zu würdigen gewußt, als du es mir sagtest. Das tue ich erst jetzt. Ich bin dir dankbar, daß du ihn bestattet hast und die Clan-Totems gebeten hast, ihm zu helfen. Ich glaube, weil du das getan hast, wird er sich in der Geisterwelt zurechtfinden.«

»Du hast gesagt, er sei kühn gewesen. Ich glaube, die Mutigen brauchen keine Hilfe, um ihren Weg zu finden. Für die Unerschrockenen muß es ein aufregendes Abenteuer sein.«

»Er war mutig, und er liebte das Abenteuer. Er steckte so voll von Leben – als ob es gälte, das ganze Leben auf einmal zu leben. Wäre er nicht gewesen – ich von mir aus hätte diese Reise nie unternommen.« Sie ritten einer hinter dem anderen, und er hatte die Arme um Ayla geschlungen. Er drückte zu und zog sie an sich. »Und dann hätte ich dich nicht gefunden. Genau das aber hat der Shamud gemeint, als er sagte, es sei mein Schicksal! ›Er führt dich dorthin, wohin du sonst nicht gehen würdest.‹ Thonolan hat mich zu dir geführt . . . und ist dann seiner Liebe in die nächste Welt gefolgt. Ich wollte nicht, daß er ging, aber jetzt verstehe ich ihn.«

Da sie weiterzogen nach Westen, wich das zerklüftete Land wieder offenen, ebenen, von Flüssen und Strömen durchzogenen Steppen, Wasserläufen, die sich vom Schmelzwasser der Gletscher im Norden speisten. Diese Flüsse durchschnitten häufig Schluchten mit hohen Wänden und schlängelten sich sanft abfallende Täler hinunter. Die wenigen Bäume, die auf der Steppe wuchsen, waren in ihrem Überlebenskampf verkrüppelt, selbst dort, wo sie am Rande der Flüsse wuchsen, also genug Wasser hatten, ihre Wurzeln vollzusaugen; ihre Umrisse hatten etwas Gequältes, wie erfroren in dem Augenblick, da sie sich unter einem heftigen Windstoß beugten.

Wo es möglich war, hielten sie sich an die Täler, denn dort fanden sie am besten Schutz vorm Wind und Holz für ein Feuer. Nur hier, einigermaßen geschützt, gediehen Birken und Weiden, Fichten und Lärchen die Fülle. Für die Tiere galt nicht dasselbe. Die Steppen bildeten ein riesiges Wildreservat. Wann immer sie Appetit auf frisches Fleisch hatten, jagten der Mann und die Frau mit ihrer neuen Waffe, und häufig hinterließen sie die Überreste ihrer Beute anderen Raubtieren und Aasfressern.

Sie waren etwa eine halbe Mondphase hindurch dahingezogen, als ein heißer und ungewöhnlich stiller Tag heraufzog. Sie waren fast den ganzen Vormittag über unterwegs gewesen, und als sie in der Ferne eine Anhöhe mit einer Andeutung von Baumwuchs darauf sichteten, stiegen sie aufs Pferd. Jondalar, den Aylas Wärme und Nähe anregten, hatte seine Hand unter die Tunika geschoben, um sie zu liebkosen. Sie erreichten den Kamm der Anhöhe und blickten hinab auf ein liebliches, von einem großen Fluß bewässertes Tal. Als die Sonne ihren Höchststand erreicht hatte, langten sie beim Wasser an.

»Wollen wir jetzt nach Norden oder nach Süden, Jondalar?«

»Ich würde sagen, weder das eine noch das andere. Laß uns hier das Lager aufschlagen«, sagte er.

Schon wollte sie Einwände erheben, bloß weil sie es nicht gewohnt war, ohne besonderen Grund so früh Rast zu machen. Doch als Jondalar an ihrem Hals nagte und sanft ihre

Brustwarze drückte, fand auch sie, daß kein Grund vorläge weiterzuziehen, sie jedoch allen Anlaß hätten, eine Rast einzulegen.

»Na schön, dann laß uns ein Lager aufschlagen«, sagte sie, schwang das Bein über Winnies Hals und glitt zu Boden. Auch Jondalar saß ab und half ihr, Winnie die Packkörbe abzunehmen, damit das Pferd sich ausruhen und grasen könne. Dann schloß er sie in die Arme, küßte sie und griff wieder unter ihre Tunika.

»Warum läßt du mich sie nicht ausziehen?« sagte sie.

Er lächelte, und sie zog die Tunika über den Kopf, nestelte den Riemen des Untergewands los und stieg heraus. Er streifte seinerseits sein Hemd über den Kopf und hörte sie dann kichern. Als er aufblickte, war sie fort. Sie lachte nochmals und sprang dann in den Fluß.

»Ich hatte plötzlich Lust zu schwimmen«, rief sie.

Er grinste, zog die Hosen aus und folgte ihr ins Wasser. Der Fluß war tief und kalt und die Strömung reißend; gegen die Strömung anzuschwimmen war schwierig, daß er sie kaum einholen konnte. Doch dann packte er sie, trat Wasser und küßte sie. Tauchend entwand sie sich seinen Armen, schwamm schnell ans Ufer und lachte.

Er schwamm hinterher, doch als er das Ufer erreichte, war sie bereits hinaufgelaufen. Als er hinterherlief und sie gerade pakken wollte, schlug sie einen Haken und entwischte ihm abermals. Nochmals lief er hinter ihr her, so schnell er konnte, und schließlich gelang es ihm, sie um die Hüfte zu fassen.

»Diesmal entkommst du mir nicht, Frau«, sagte er und zog sie an sich. »Wenn ich dauernd hinter dir herjagen muß, ermüdest du mich, und dann bin ich außerstande, dir Wonnen zu bereiten«, sagte er entzückt von ihrer Verspieltheit.

»Ich will ja gar nicht, daß du mir Wonnen bereitest«, sagte sie.

»Du möchtest nicht, daß ich . . .« Er ließ sie los.

»Diesmal möchte *ich dir* Wonne bereiten.«

Sein Herz fing wieder an zu schlagen. »Das tust du ohnehin, Ayla«, sagte er und schloß sie wieder in die Arme.

»Ich weiß, du hast es gern, mir Wonnen zu bereiten – das habe ich nicht gemeint.« Ihre Augen bekamen etwas Ernstes. »Ich möchte lernen, *dir* Wonnen zu bereiten, Jondalar.«

Er konnte ihr nicht widerstehen. Seine Männlichkeit stand hart zwischen ihnen, als er sie an sich drückte und sie küßte, als ob er nicht genug von ihr bekommen könne. Sie erwiderte seine Küsse und folgte seinem Beispiel. Beim Küssen verweilten sie und kosteten und berührten und erforschten einander.

»Ich will dir zeigen, was ich gern habe, Ayla«, sagte er und nahm sie bei der Hand. In der Nähe des Wassers fand er eine Stelle mit grünem Gras. Als sie sich niederließen, küßte er sie nochmals, griff dann nach ihrem Ohr, küßte sie auf den Hals und stieß sie zurück. Eine Hand ruhte auf ihrer Brust, und er war schon im Begriff, sie mit der Zunge zu bearbeiten, da setzte sie sich auf.

»*Ich* möchte *dir* Wonne bereiten«, sagte sie.

»Ayla, du weißt gar nicht, welche Lust es ist, dir Wonnen zu bereiten – ich weiß nicht, ob es möglich wäre, daß es lustvoller wäre, wenn du mir Wonnen bereitest.«

»Würde es dir denn weniger gefallen?« fragte sie.

Jondalar warf den Kopf in den Nacken, lachte und schloß sie dann in die Arme. Sie lachte gleichfalls, war sich aber nicht sicher, was ihn so entzückt hatte.

»Ich glaube, nichts, was du getan hast, könnte mir weniger gefallen.« Daraufhin sah er sie an und sagte: »Ich liebe dich, Frau!«

»Ich liebe dich, Jondalar. Ich empfinde Liebe, wenn du so lächelst und auch deine Augen lächeln, und liebe dich so sehr, wenn du lachst. Im Clan hat niemand gelacht. Sie mochten es auch nicht, wenn ich es tat. Ich möchte nie wieder mit Menschen zusammenleben, die mir nicht erlauben, zu lächeln oder zu lachen.«

»Du solltest auch lachen oder lächeln, Ayla. Denn dein Lächeln ist bezaubernd.« Bei diesen Worten mußte sie einfach lächeln. »Ayla, ach Ayla!« sagte er, barg sein Gesicht an ihrem Hals und streichelte sie.

»Jondalar, ich liebe es, wenn du mich anfaßt und meinen Nakken küßt, aber ich möchte gern wissen, was *dir* gefällt.«

Er verzog das Gesicht zu einem schiefen Grinsen. »Ich kann mir nicht helfen – du ›ermunterst‹ mich einfach zu sehr. Was magst du denn besonders gern, Ayla? Mach mit mir, was du bei dir besonders schön findest.«

»Wird es dir denn auch gefallen?«

»Probier's doch mal aus.«

Jetzt war es an ihr, ihn zurückzustoßen, sich über ihn zu beugen, den Mund zu öffnen und ihre Zunge zu gebrauchen. Er reagierte, beherrschte sich jedoch. Dann bedeckte sie seinen Hals mit ihren Küssen und schnippte leicht mit der Zunge dagegen. Sie spürte, wie er ein wenig erschauderte. In Erwartung seiner Bestätigung, sah sie ihn an.

»Gefällt dir das?«

»Ja, Ayla, es gefällt mir.«

Das tat es wirklich. Sich unter ihrem behutsamen Vorgehen zurückzuhalten, erregte ihn mehr, als er sich je hätte träumen lassen. Ihre leichten Küsse reizten ihn aufs höchste. Sie war sich ihrer selbst nicht sicher, so unerfahren wie ein Mädchen, das gerade die Reife erlangt, nicht jedoch die Riten der Ersten Wonnen erlebt hatte – und keine war begehrenswerter. Solch zarten Küssen wohnte ein Reiz von einer Intensität inne, dem sich die glühendsten und sinnlichsten Liebkosungen von erfahreneren Frauen nicht vergleichen ließen – denn sie waren verboten.

Die meisten Frauen waren bis zu einem gewissen Grade zu haben; sie waren unberührbar. Die unerprobte Frau vermochte junge wie alte Männer mit ihren heimlichen Liebkosungen in dunklen Ecken der Höhle bis zur Raserei treiben. Die schlimmsten Befürchtungen einer jeden Mutter bestanden darin, daß ihre Tochter kurz nach dem Sommertreffen ihre Reife erlangte und der lange Winter vor dem nächsten Treffen zu überstehen war. Die meisten Mädchen hatten vor den Riten der Ersten Wonnen eine gewisse Erfahrung mit Küssen und Knutschen, und Jondalar hatte gewußt, daß es bei manchen nicht das erste Mal war, wenn er auch keine Schande über sie bringen wollte, indem er das enthüllte.

Er kannte den Reiz jener jungen Frauen – das war es ja, was zum Teil seine Lust bei den Ersten Wonnen ausmachte –, und gerade diesen Reiz übte Ayla jetzt auf ihn aus. Sie bedeckte seinen Hals mit Küssen. Er erschauderte, schloß die Augen und ergab sich ihren Liebkosungen.

Sie schob sich weiter hinunter, zog kitzelnde feuchte Kreise auf seiner Haut und merkte, daß ihre eigene Erregung sich dabei steigerte. Für ihn war es fast eine Qual, eine lustvolle Qual, teils Kitzeln, teils sengende Reizung. Als sie seinen Nabel erreichte, konnte er nicht mehr an sich halten. Er legte ihr die Hände auf den Kopf und schob sie sanft tiefer, bis sie seine heiße Rute an der Wange spürte. Ihr Atem ging keuchend, und ziehende und drängende Empfindungen reichten tief in sie hinein. Ihre kitzelnde Zunge war mehr, als er ertragen konnte. Er führte ihren Kopf an sein aufgerichtetes, strotzendes Glied heran. Sie blickte zu ihm auf.

»Jondalar, möchtest du, daß ich . . .«

»Nur wenn du möchtest, Ayla.«

»Aber es würde dir gefallen?«

»Es würde mir gefallen.«

»Dann möchte ich auch.«

Er spürte, wie feuchte Wärme erst die Spitze und dann mehr als nur die Spitze seiner klopfenden Männlichkeit umschloß. Er stöhnte. Ihre Zunge erforschte den glatten runden Kopf, ertastete die winzige Öffnung, lernte die Beschaffenheit der Haut kennen. Als ihre ersten Berührungen mit Lippen und Zunge einen lustvollen Ausdruck bei ihm hervorrief, wurde sie kecker. Sie genoß ihre Erkundungen und spürte ihr eigenes Inneres pulsieren. Sie ließ die Zunge um seinen Schaft kreisen. Er rief ihren Namen, und sie bewegte die Zunge schneller und spürte die Feuchtigkeit zwischen den eigenen Beinen.

Er spürte, wie warme Feuchtigkeit sich saugend auf und ab bewegte. »Ach, Doni! Ach, Frau! Ayla! Ayla! Wo hast du das nur gelernt!«

Sie probierte aus, wieviel sie aufnehmen konnte, und ging auf ihm herunter, bis sie fast erstickte. Seine Rufe und sein Stöhnen ermunterten sie, es noch einmal und dann noch einmal zu versuchen, bis er sich ihr entgegenhob.

Als sie sein Bedürfnis nach ihrer Tiefe spürte – und ihr eigenes auch –, richtete sie sich auf, schob ein Bein hinüber, um sich rittlings auf ihn zu setzen und pfählte sich auf seinem bis zum Bersten angeschwollenen und ragenden Glied und zog es in sich herein. Sie drückte den Rücken durch und genoß ihre Lust, als er tief in sie eindrang.

Er sah zu ihr auf und schwelgte in ihrem Anblick. Die Sonne hinter ihr verwandelte ihr Haar in einen goldenen Strahlenkranz. Die Augen hatte sie geschlossen, ihr Mund stand offen, und ihr Gesicht schwamm in Ekstase. Da sie sich zurücklehnte, stießen ihre wohlgeformten Brüste vor, aus denen wiederum ihre ein wenig dunkleren Brustwarzen vorstanden. Ihr biegsamer Körper glänzte in der Sonne, seine tief in ihr vergrabene Männlichkeit stand im Begriff, vor Beseligung zu bersten.

Sie schob sich an seinem Schaft in die Höhe und senkte sich wieder auf ihn hinab, als er sich ihr entgegenhob. Er hielt die Luft an. Er fühlte eine Woge in sich hochsteigen, die er nicht zu beherrschen vermocht hätte, selbst wenn er es versucht hätte. Als sie sich nochmals in die Höhe schob, schrie er auf. Abermals stieß sie auf ihn hernieder und spürte, wie er sich krampfartig in sie ergoß und vor Erlösung zitterte.

Er langte hinauf und zog sie auf sich herab; sein Mund fand ihre Brustwarze. Nach einer Weile der Erschöpfung und der Befriedigung ließ Ayla sich auf die Seite rollen. Jondalar richtete sich auf, beugte sich über sie, um sie zu küssen, und packte dann ihre beiden Brüste, um sich hineinzuwühlen. Er nuckelte erst an der einen, dann an der anderen und küßte sie abermals. Dann streckte er sich entspannt neben ihr aus und nahm ihren Kopf in den Arm.

»Es gefällt mir, dir Wonnen zu bereiten, Jondalar.«

»Keine hat mir je größere bereitet, Ayla.«

»Aber du magst es lieber, wenn du es bist, der mir Wonnen bereitet.«

»Nicht eigentlich lieber, aber . . . wieso kennst du mich so gut?«

»Es liegt an dem, was du zu tun gelernt hast. Es liegt an deinem Können, wie beim Werkzeugmachen.« Sie lächelte, kicherte dann. »Jondalar hat zwei Berufe. Er ist ein Werkzeugmacher und ein Frauen-Macher«, sagte sie und sah dabei sehr selbstzufrieden aus.

Er lachte. »Was du da gerade gemacht hast, war ein Witz, Ayla!« sagte er und setzte ein etwas schiefes Lächeln auf. Sie kam der Wahrheit ein wenig zu nahe, und außerdem war der Witz nicht das erstemal gemacht worden. »Aber du hast recht. Ich liebe es, dir Wonnen zu bereiten, ich liebe deinen Körper, ich liebe alles an dir.«

»Mir gefällt es ja auch, wenn du mir Wonnen bereitest. Die Liebe sättigt sich dann in mir. Du darfst mir ja auch Lust bereiten, so oft und soviel du willst, aber manchmal möchte ich sie auch dir bereiten.«

Und wieder lachte er. »Einverstanden. Und da du so lernbegierig bist, kann ich dir ja auch noch mehr beibringen. Weißt du, wir können uns ja auch gegenseitig Wonnen bereiten. Ich wünschte, ich wäre an der Reihe, dafür zu sorgen, daß ›die Liebe sich in dir sättigt‹. Aber du hast das so gut gemacht, daß ich glaube, nicht einmal Hadumas Zauber könnte mich dazu bringen, daß er noch einmal aufsteht.«

Ayla schwieg einen Moment. »Es macht nichts, Jondalar.«

»Was macht nichts?«

»Selbst wenn deine Männlichkeit nie wieder aufstünde – du würdest doch dafür sorgen, daß die Liebe sich in mir sättigt.«

»Sag das nicht!« Er grinste, und doch überlief es ihn ein wenig.

»Deine Männlichkeit wird wieder aufstehen«, sagte sie mit großer Feierlichkeit und brach dann in Kichern aus.

»Wieso bist du denn so witzig, Frau? Es gibt ein paar Dinge, über die solltest du keine Witze machen«, sagte er und tat so, als wäre er beleidigt. Doch dann lachte auch er. Er war überrascht und entzückt von ihrer Lustigkeit und ihrem neuerwachten Sinn für Humor.

»Es macht mir Spaß, dich zum Lachen zu bringen. Mit dir zu lachen, gibt fast ein genauso gutes Gefühl, wie dich zu lieben. Ich möchte, daß du immer mit mir lachst. Dann meine ich, daß du nie aufhörst, mich zu lieben.«

»Aufhören, dich zu lieben?« sagte er, setzte sich ein wenig auf und sah auf sie hernieder. »Ayla, ich habe mein Leben lang nach dir Ausschau gehalten, ohne es zu wissen. Du bist alles, was ich mir je von einer Frau erwünscht und erträumt habe, und noch mehr. Du bist ein faszinierendes Rätsel, bist ein Paradox. Du bist vollkommen aufrichtig, offen; du verbirgst nichts; und doch bist du die geheimnisvollste Frau, die ich kenne.

Du bist stark, selbständig, völlig in der Lage, für dich und auch noch für mich zu sorgen; trotzdem, wenn ich dich ließe, würdest du ohne dich zu schämen und ohne jeden Groll vor mir knien, genauso, wie ich Doni ehren würde. Du bist unerschrokken, bist mutig; du hast mir das Leben gerettet, mich gepflegt und wieder gesund gemacht, bist für mich auf die Jagd gegangen und hast für mein Wohlergehen gesorgt. Du brauchst mich nicht. Trotzdem weckst du in mir den Wunsch, dich zu beschützen, über dir zu wachen und dafür zu sorgen, daß dir nichts zustößt.

Ich könnte mein ganzes Leben mit dir verbringen, ohne daß ich dich je ganz richtig kenne; du besitzt Tiefen, die zu erforschen viele Leben nicht ausreichen würden. Du bist weise und uralt wie die Mutter und doch so frisch und jung wie eine Frau bei den Riten der Ersten Wonnen. Außerdem bist du die schönste Frau, der ich je begegnet bin. Ich kann mein Glück immer noch nicht fassen – daß ich so viel bekommen soll! Ich glaube, ich war unfähig, jemand zu lieben; heute weiß ich, daß ich nur auf dich gewartet habe. Ich habe nicht gedacht, daß ich jemals lieben könnte, Ayla. Dabei liebe ich dich mehr als das Leben selbst.«

Ayla hatte Tränen in den Augen. Er küßte beide Lider und hielt sie an sich gedrückt, als hätte er Angst, sie zu verlieren.

Als sie am nächsten Morgen erwachten, lag eine dünne Schicht Schnee auf dem Boden. Sie ließen die Zeltöffnung wieder zufallen und kuschelten sich tiefer in die Schlaffelle. Dennoch waren sie beide von einer unbestimmten Traurigkeit erfüllt.

»Es wird Zeit zurückzukehren, Jondalar.«

»Da hast du wohl recht«, sagte er und verfolgte, wie sein Atem einen leichten Dampf bildete. »Der Winter kommt aber erst. Eigentlich sollten wir nicht von wirklich schlimmen Stürmen überrascht werden.«

»Das kann man nie wissen; das Wetter kann einen überraschen.«

Schließlich standen sie auf und brachen das Zelt ab. Ayla erlegte mit ihrer Schleuder eine große Wüstenspringmaus, die in raschen Sprüngen mit den Hinterbeinen aus ihrem unterirdischen Bau aufgetaucht war. Sie hob sie am Schwanz auf, der fast doppelt so lang wie der Körper, und warf sie sich, sie an den hufähnlichen Hinterkrallen packend, über die Schulter. Am Lager balgte sie sie rasch ab und schob sie auf einen Spieß.

»Es macht mich traurig, daß wir zurück müssen«, sagte Ayla, während Jondalar das Feuer aufbaute. »Es hat . . . Spaß gemacht. Einfach umherziehen, zu bleiben, wo wir wollten. Nichts mit zurückbringen zu müssen. Schon um die Mittagszeit das Lager aufzuschlagen, bloß weil wir Wonnen bereiten wollten. Ich bin froh, daß du daran gedacht hast.«

»Auch ich bedaure, daß es vorbei ist, Ayla. Es ist ein schöner Ausflug gewesen.«

Er stand auf, um Holz zu holen, ging zum Fluß hinunter. Ayla half ihm. Sie kamen um eine Flußbiegung und fanden einen Haufen Bruchholz. Plötzlich hörte Ayla etwas. Sie sah auf und griff nach Jondalar.

»Heeeiiieeeooo!« rief eine Stimme.

Eine kleine Gruppe von Leuten kam winkend auf sie zu. Ayla klammerte sich an Jondalar; er hatte beschützend und begütigend den Arm um sie gelegt.

»Keine Angst, Ayla. Das sind Mamutoi. Hab' ich dir je erzählt, daß sie sich die Mammutjäger nennen? Sie halten auch uns für Mamutoi«, sagte Jondalar.

Als die Gruppe näher kam, drehte Ayla sich zu Jondalar um, das Gesicht voller Verwunderung. »Diese Leute, Jondalar – sie lächeln«, sagte sie. »Sie lächeln mich an.«

Danksagung

Außer den in *Ayla und der Clan des Bären* Genannten, die mir auch bei der Arbeit an dem vorliegenden Band der *Erdenkinder*-Reihe geholfen haben und denen ich weiterhin dankbar bin, schulde ich Dank:

Direktor Dr. Denzel Ferguson und seinen Mitarbeitern von der *Malheur Field Station* in der hochgelegenen Trockensteppe von Zentral-Oregon. Besonders danken möchte ich jedoch Jim Riggs, der mir – neben anderem – beibrachte, wie man Feuer macht, wie man eine Speerschleuder benutzt, aus Binsen Schlafmatten flicht, (unter Druck) Steinwerkzeuge schärft und Rotwildhirn zu Brei verarbeitet – wer hätte gedacht, daß man damit Hirschfelle zu samtweichem Leder verarbeiten kann?

Doreen Gray für ihr sorgfältiges Korrekturlesen und ihre hochgeschätzten Anmerkungen; beides bestärkte mich in der Überzeugung, daß dieses Buch für sich stehen kann.

Ray Auel für seine Unterstützung, seine Ermunterung und Hilfe – und dafür, daß er das Geschirrspülen übernahm.

Anhang

Als *Jungpaläolithikum* (›jüngere Altsteinzeit‹) bezeichnen wir den letzten Abschnitt der Altsteinzeit – in absoluten Daten: die Zeit vor etwa 40 000 Jahren (Auftreten der ersten Kulturen des ›Jetztzeitmenschen‹) bis vor etwa 10 000 Jahren (Ende der bisher letzten Eiszeit). Im angelsächsischen Sprachbereich pflegt man dieselbe Kulturstufe *Oberes Paläolithikum* zu nennen, weil die jungpaläolithischen Schichten in der eiszeitlichen (bzw. altsteinzeitlichen) Schichtenfolge zuoberst liegen. Auch die Bezeichnung *Leptolithikum* wurde vorgeschlagen. ›Leptholithikum‹ bedeutet etwa ›Feinsteinzeit‹ – dies wegen der im Vergleich zu wuchtigen ›Spaltern‹, ›Faustkeilen‹ sowie anderen Kern- und Abschlaggeräten früherer Epochen sehr viel ›feineren‹, ›zarteren‹, leichteren und kleineren Steinwerkzeuge, die nun üblich waren.

Doch welchem Etikett man auch den Vorzug gibt – fest steht: Das Jungpaläolithikum war in mehr als einer Hinsicht ›Achsenzeit‹: eine Zeit der Wende. Eine jener Zeiten, in der die Menschheit, so scheint es wenigstens, einen ihrer großen Entwicklungssprünge tat.

Klimatisch gesehen begann es mitten in der bisher letzten großen Eiszeit (etwa 70 000–10 000 vor der Gegenwart), die wir nach der aus dem Starnberger See der Amper zuströmenden Würm im Alpenraum als ›Würm-Eiszeit‹ bezeichnen. Damals rückten die Alpengletscher weit ins Alpenvorland vor, und selbst von Mittelgebirgshöhen wie dem Feldberg im Schwarzwald schoben sich mächtige Eiszungen ins Tal. Der Feldberg-Gletscher zog sich hinab in Richtung Titisee. Aus ihm entsprang ein Fluß, der zunächst die heutige Wutachschlucht durchlief, dann aber nicht – wie die heutige Wutach – nach Süden hin, dem Rhein entgegen, abknickte, sondern sich nach Nordosten der Donau zuwandte und dann als ›Ur-Donau‹ weiterfloß. Im heutigen Wutach-Unterlauf, der bei Waldshut in den Rhein mündet, strömte das Wasser damals entgegen der heutigen Flußrichtung und führte die Fluten der Aare sowie des heutigen Hochrheins der ›Ur-Donau‹ zu. In Nordeuropa entsprach dieser ›Würm-Eiszeit‹ die ›Weichsel-Eiszeit‹, deren Gletscher sich von Skandinavien bis zum 52. Breitengrad (also noch ein gutes

Stück südlich von Berlin) erstreckten. Ja, in Nordamerika reichten die Eismassen dieser Vergletscherungsphase (man spricht in Amerika von der ›Wisconsin-Vereisung‹) sogar bis zum 39. Breitengrad (also etwa bis nach Washington D.C.). Dauerfrost- und Strukturböden umgaben die Gletscherränder. Frostschutt und Blockmeere bildeten sich. Tundren und Kaltsteppen prägten das Gesicht der Landschaft, soweit sie nicht vereist war. Die riesigen Eisschollen banden derartige Wassermengen, daß der Meeresspiegel um mehr als 100 Meter abgesunken war und weithin die Kontinentalsockel trocken lagen. Eisfüchse, Höhlenbären, Mammute, Rentiere, Wisente, Wollnashörner und andere kältegewohnte Tiere bevölkerten das eisfreie Gebiet.

Unter derartigen Bedingungen begann das Jungpaläolithikum. Es entfaltete sich, als das Klima sich langsam besserte. Mit dieser letzten Vergletscherungsphase (und damit mit dem Jungpaläolithikum als der entsprechenden Kulturstufe) endete vor ungefähr 10000 Jahren das Pleistozän, die letzte Stufe der erdgeschichtlichen Vorzeit. Mit der sich anschließenden Nacheiszeit brach das Holozän an – die Zeit der gegenwärtigen Tier- und Pflanzenwelt.

Vom Standpunkt der *biologischen Evolution* des Menschen aus betrachtet, befinden wir uns allerdings bereits mit dem Jungpaläolithikum in der ›Jetztzeit‹, denn es waren ›Jetztzeitmenschen‹, die nun schon die Erde bevölkerten. Zwar hatte es ›anatomisch moderne‹ Menschen schon seit langer Zeit gegeben, nun aber lösten sie ganz die Neandertaler ab, die seit ungefähr 60000 Jahren (also ab etwa 100000 vor heute) die Szene beherrscht hatten.

Diese ›Jetztzeitmenschen‹ des vollausgebildeten Typs *Homo sapiens sapiens* vermehrten sich. Sie drangen – nach Ausweis der archäologischen Befunde (die sich freilich von einem Tag auf den anderen ändern können) – noch während der End-Eiszeit, als das Klima sich zu bessern begann, hinter ihrem den Gletschern folgenden Jagdwild her nicht nur bis nach Sibirien vor, sondern überschritten die damals im Gebiet der heutigen Beringstraße bestehende, mehr als 1000 Kilometer breite Landverbindung zwischen Asien und Amerika. Wir sagten es bereits: Der Meeresspiegel war um mehr als 100 m gesunken. Die Haupt-Gletschermassen, die den nordamerikanischen Kontinent unpassierbar machten, lagen weiter im Osten und Süden. Doch über die Bering-Landbrücke gelangte man damals ungehindert und trockenen Fußes nach Alaska. Nur das weitere

Südwärts-Vordringen war in Amerika erst später möglich ... Und allem Anschein nach waren diese Menschen gewaltige Jäger. Ihnen standen ja noch alle die Großtiere des Pleistozäns als Jagdwild zur Verfügung, und man hält es durchaus für möglich, daß der späteiszeitliche Jungsteinzeitmensch kräftig zum Aussterben wenigstens einiger Arten beitrug.

So war denn trotz rauhen Klimas sowie karger Tundra- und Steppenvegetation diese eiszeitliche Umwelt für den Menschen der Sammler- und Jägerstufe (Ackerbau und Viehzucht gab es noch nicht) dennoch vielleicht ein Stück ›Garten Eden‹, in dem er aus dem vollen lebte. Vielleicht ist es die Erinnerung hieran, die noch in so manchen Vorstellungen vom ›verlorenen Paradies‹ fortlebt, welche schließlich in die Mythen sehr viel späterer Jahrtausende eingehen sollten!

Von geradezu ›paradiesischer‹ Fülle jedenfalls ist – und dies ist ein weiterer, vielleicht der augenfälligste ›Achsenzeit‹-Aspekt des Jungpaläolithikums – die kostbarste Hinterlassenschaft dieser späteiszeitlichen, spätaltsteinzeitlichen Jäger und Sammler: ihre Kunst! In der Tat ist das Jungpaläolithikum die erste große *Kunstepoche* der Weltgeschichte. Ihre zum Teil überwältigenden Erzeugnisse finden sich im Dordognegebiet (Südwestfrankreich) ebenso wie in Kantabrien (Nordspanien), im Pyrenäenraum (Südwestfrankreich), in Portugal, Südspanien, Südostfrankreich, Sizilien und Festlandsitalien wie am Rhein, an der Donau, in Mitteldeutschland, in Mähren, im Ural, in der Ukraine und in Südanatolien. Ja, jungpaläolithische ›Kleinkunst‹ (vorwiegend Frauen- und Tierfigürchen aus Stein, Knochen, Elfenbein, bisweilen sogar schon aus gebranntem Ton) ist von Sibirien bis zum Atlantik verbreitet.

Insgesamt unterscheidet man drei Kategorien jungpaläolithischer Kunst: *Höhlenkunst* (Malereien an Höhlenwänden und -decken, bisweilen auch Reliefs). Sie ist besonders eindrucksvoll im sogenannten frankokantabrischen Raum (Südwestfrankreich/Nordspanien) vertreten. *Mobile Kunst* (Malereien, vor allem aber Ritzungen an kleineren Gegenständen aus Stein, Knochen oder Elfenbein) und schließlich *Statuetten*, unter denen ganz besonders die bereits erwähnten Frauenfigürchen auffallen. Für diese Frauenfigürchen hat sich der Name ›Venusstatuetten‹ eingebürgert, und damit scheint auch ihre Deutung festgelegt. Mit ihren betonten Brust-, Bauch- und Gesäßpartien scheinen sie von irgendwelchen Fruchtbarkeitsriten zu zeugen. Man schrieb den End-Altsteinzeitleuten ihretwegen einen allgemein verbreiteten ›Kult der Großen Mutter‹ zu – über den Atlantik erreichte uns sogar die Kunde von einer ›Hypersexualität‹ (übersteigerten Sexualität) der Steinzeitfrauen. Selbstverständlich läßt sich nichts dergleichen beweisen. Sexualität gehört zur Dynamik des Lebens, das archäologische Material aber ist tot, starr, in sich ruhend, adynamisch, statisch. Es spricht nicht von selbst und für sich selbst. Oder wenn es vielleicht doch eine unzweideutige, unmißverständliche Sprache spricht, sind wir jedenfalls noch weit davon entfernt, sie zu verstehen. Noch wissen wir nicht, wie wir die Verbindung zwischen diesem stummen, starren, toten, statischen Material und der Dynamik des Lebens in diesem Zeitraum vor 40 000 bis 10 000 Jahren herstellen sollen. Diese ›Venusfigürchen‹ können ebensogut Zeichen männlicher Begierde, weibliche ›Sexsymbole‹, Kultfigürchen oder magische Zeichen bzw. Amulette gewesen sein wie ganz einfach Kinderspielzeug. Vielleicht auch waren sie sowohl das eine als auch das andere und vereinigten mehrere Funktionen in sich. Oder aber die einen dienten diesem, die anderen jenem Zweck. Wir wissen es nicht.

Ebensowenig sprechen die beim ersten Hinsehen so beredt erscheinenden Wand- und Deckenmalereien der großen jungsteinzeitlichen Höhlenkunst für sich selbst. Sie lassen herdenweise Tiere am Betrachter vorbeiziehen, ohne daß man von ›Szenen‹ sprechen könnte, Handabdrücke, Hand-›Negative‹ auf eingefärbten Flächen, Farbkleckse und rätselhafte Zeichen bedecken die Felswände. Bisweilen stößt man zwischen Pferden, Mammuten, Rindern und anderem Wild auf ein Gesicht (einen ›Dämon‹?), ein Fabelwesen, einen ›Zauberer‹ in Tier-Mensch-Mischgestalt (einen ›Gott‹?), an einer Stelle auch auf Reliefdarstellungen nackter Frauen in Frontalansicht (Laussel). Auch noch in einigen anderen Fällen sind – meist stark stilisiert – Frauen abgebildet. Seltsam eine Reihe vereinzelter Darstellungen, die verwundete oder getötete Menschen zeigen – bisweilen in Zusammenhang mit Wisenten (die berühmteste Darstellung dieser Art findet sich in der Höhle von Lascaux). Es sind die einzigen Bilder dieser Höhlenkunst, die sich als ›Szenen‹ ansprechen lassen. Diese Kunstwerke – oft meisterhaft in der Ausführung und außerordentlich eindringlich in ihrer Wirkung – geben Rätsel auf. Sie finden sich oft an völlig unzugänglichen Stellen tief im Inneren von Höhlen dem Blick entzogen, dienten also wohl kaum der Befriedigung des Schönheitssinnes. Manche Bilder sind einfach übermalt, so daß es Überschneidungen und Überlagerungen gibt. Aber wenn sie auch vielleicht sakralen Charakter hatten – ob man versteinerte steinzeitmenschliche Fußspuren, die man gleichfalls fand, als Zeugnisse ›stampfender orgiastischer Tänze‹ zu werten hat, ist ganz und gar ungewiß.

Der französische Abbé Henri Breuil (1877–1961), der große Pionier der Jungpaläolithikums-Höhlenforschung, brachte diese Höhlenkunst mit Jagd- und Fruchtbarkeitszauber in Verbindung. Neuere Forscher – so André Leroi-Gourhan und Annette Laming-Emperaire – glaubten an eine sakrale Sexualsymbolik dieser Höhlenkunstwerke und meinten, ein regelrechtes ›Bilderprogramm‹ nachweisen zu können. Doch wie schwach ihre Position ist, zeigt sich nicht zuletzt darin, daß beide sich nicht einmal darüber einig werden konnten, welche Tierart als welches Geschlechtssymbol anzusehen sei (bzw. welchen Geschlechtsaspekt vertrete). Nein, auch die scheinbar so beredten Höhlenmalereien und -reliefs dieser großartigen jungsteinzeitlichen Kunst sprechen zumindest keine uns schon verständliche Sprache. In den rund 10 Jahrtausenden ihres Bestehens ist der Schlüssel zu ihrem Verständnis verlorengegangen, und es kann noch keine Rede davon sein, daß wir ihn wiedergefunden hätten.

Nicht viel anders verhält es sich mit der Einteilung des Jungpaläolithikums in einzelne *Kulturen,* die man jeweils nach einer besonders typischen Fundstätte mit charakteristischem Inventar (meist aber auch einfach nach der ersten ausgegrabenen Fundstätte des betreffenden Typs) zu benennen pflegt.

Die ›klassische‹ Einteilung lautet: Aurignacien, Gravettien, Solutréen und Magdalénien, doch schaltet man in Frankreich noch ein Châtelperronien vor, das man mit dem Gravettien zu einer besonderen Formengruppe, dem Périgordien, zusammenzufassen und dem Aurignacien entgegenzustellen pflegt. Folglich gab es womöglich mehrere Entwicklungsstränge nebeneinander, und daneben entwickelte sich ein ›Gravettien östlicher Prägung‹ mit Schwerpunkten in Mähren und südlich des Plattensees, ganz zu schweigen von anderen Ausprägungen wie etwa in der Levante. Nicht selten lösen jedoch Périgordien- und Aurignacien-Schichten einander ab. Nun liegen zwar für die einzelnen dieser ›Kulturen‹ unabhängige naturwissenschaftliche Zeitansätze vor, dennoch ist man durchaus nicht mehr sicher, ob all diese ›Stufen‹ und ›Kulturen‹ tatsächlich aufeinanderfolgende Zeiträume, sozusagen ›Epochen des Jungpaläolithikums‹, repräsentieren – ja von der Völkerkunde herkommende amerikanische Vorgeschichtler geben sogar zu bedenken, daß vermeintliche ›Kultur-Unterschiede‹ einfach auf funktionale Unterschiede zwischen einzelnen Plätzen zurückzuführen sein könnten (an einer dieser Stätten hatte man sein Wohnlager, anderswo sein Jagdlager, an einer dritten lagerte man, wenn man Brennmaterial sammelte, und überall verwendete man unterschiedliche Geräte bzw. Waffen, so daß der Eindruck unterschiedlicher ›Kulturen‹ entstehen konnte). Wie gesagt – wir wissen es nicht. Wir wissen auch nicht, wie sich die Ablösung des Neandertalers und seiner biologischen Formengruppe durch den ›Jetztzeitmenschen‹ abspielte, ebensowenig, wie wir sicher wissen, was die Eiszeiten auslöste und wieder abklingen ließ. Doch um bei den Menschen zu bleiben: Verdrängte der ›Jetztzeitmensch‹ den Neandertaler oder ging er aus ihm hervor? Gab es einen spürbaren Bruch zwischen den Steingeräteindustrien des Neandertalers (dem Moustérien mit seinen Varianten) und den Steingeräteindustrien der jüngeren Altsteinzeit, oder verlief der Übergang mehr oder weniger bruchlos (worauf in Frankreich das Châtelperronien und in der Levante das entsprechende Emiran [die Stufe I des dortigen Jungpaläolithikums] hinzudeuten scheinen)?

Noch verlegener, ja hilfloser, stehen wir der Frage gegenüber, *warum* das alles geschah. Einfach weil ›die Zeit reif war?‹ Weil ›der rechte Augenblick gekommen war‹? Weil ›die Menschheitsentwicklung den entscheidenden Punkt erreicht hatte‹? Gewiß nicht – oder vielleicht doch? Was wissen wir schon von der inneren Dynamik und den Mechanismen – wenn es denn Mechanismen sind und es eine derartige ›innere Dynamik‹ (im vitalistischen Sinne) gibt – der Menschheitsentwicklung! Am wahrscheinlichsten ist freilich, daß bei all dem die vielbemühten Umwelteinflüsse eine Rolle spielten. Daß infolge des sich allmählich bessernden Klimas die Bevölkerung zunahm und der ›Jetztzeitmensch‹ expandierte, der sich vielleicht mit neuen Fern-Jagdwaffen (anfangs Wurfspeere, später wohl auch schon Pfeil und Bogen sowie Speerschleudern) sowie mit seiner überlegenen Gerätetechnik als lebenstüchtiger erwies, kommt möglicherweise als zweiter Faktor in Betracht. Aber im Grunde wissen wir doch nur: irgendwann, irgendwo riß der ›Jetztzeitmensch‹ das Gesetz des Handelns an sich. Schon vorher hatte es – Skelettfunde beweisen es – ein Nebeneinander von ›Jetztzeitmenschen‹ und Neandertalern gegeben, ja es sind sogar Formen mit teils neandertalerhaften, teils ›jetztzeitmenschlichen‹ Zügen belegt. Doch keine dieser frühen Formen des ›Jetztzeit‹-Menschentyps scheint besonders nachhaltige Spuren im archäologischen Material ihrer jeweiligen Zeit hinterlassen zu haben. Nun ist es der ›Jetztzeitmensch‹ allein, der, so scheint es, das Bild der archäologischen Befunde prägt. Wie kam es wirklich dazu? Warum reagierte die gesamte damalige Menschheit – Neandertaler wie ›Jetztzeitmenschen‹ – so und nicht anders auf die Herausforderungen durch ihre Umwelt, nachdem zuvor ein viele Jahrzehntausende langer Wechsel von Kalt- und Warmzeiten keinerlei vergleichbare Umwälzung hervorgerufen hatte? Und vor allem: Wie kam der Mensch plötzlich auf die Kunst? Warum schuf er mit einem Male Kunstwerke, deren Eindruck wir uns noch immer nicht entziehen können? Vielleicht vermögen nur die Dichter diese Frage zu beantworten!

Joachim Rehork,
Berlin, November 1983

Chronologie der Würm-Eiszeit und Abfolge der paläolithischen Kulturen in Mittel- und Nordeuropa*

Im Unterschied zu den lange andauernden Zwischeneiszeiten nennt man kürzere Phasen mit günstigerem Klima während einer Eiszeit Interstadial oder auch Wärmeschwankung. Die Einteilung der vierten großen Eiszeit (Würm) in verschiedene Abschnitte geht auf die Kenntnis derartiger Schwankungen sowie auf die Tatsache zurück, daß sich das Eis von den Hochgebirgen und aus dem Norden Europas langsam zurückziehen beginnt. Untersuchungen über die Stratigraphie der verschiedenen Lößablagerungen sowie ^{14}C-Daten haben darüber hinaus eine einigermaßen zuverlässige absolute Chronologie der letzten Eiszeit ermöglicht.

Quellenverzeichnis

AYLA UND DER CLAN DES BÄREN/The Clan Of The Cave Bear
Copyright © 1980 by Jean M. Auel
Copyright © 1981 der deutschen Ausgabe by S. Fischer Verlag GmbH, Frankfurt/Main
Aus dem Englischen übersetzt von Machthild Sandberg
(Der Titel erschien bereits in der Allgemeinen Reihe mit der Band-Nr. 01/6734 und liegt dort in der 21. Auflage vor.)

DAS TAL DER PFERDE/The Valley Of Horses
Copyright © 1982 by Jean M. Auel
Copyright © 1984 der deutschen Ausgabe by Meyster Verlag GmbH, München
Aus dem Englischen übersetzt von Werner Peterich
(Der Titel erschien bereits in der Allgemeinen Reihe mit der Band-Nr. 01/6658 und liegt dort in der 22. Auflage vor.)

Europa im Jungpaläolithikum
Ausdehnung des Eises und Verlauf der Küstenlinien während eines 10.000 Jahre andauernden Interstadials, einer Wärmeschwankung während der Würmeiszeit . Dieses Interstadial lag vermutlich in der Zeit von 33.000 bis 23.000 v. Chr.
Die abgebildeten »Venus«-Statuetten sind Beispiele für viele ähnliche Skulpturen, die aus der Zeit vor ca. 30.000 Jahren stammen und in Europa gefunden wurden.

S. a. den Anhang Seite 875 ff.

»Venus« von Lespugue, Elfenbein (restauriert). Höhe: 14,7 cm. Fundort: Lespugue. Haute Garonne, Frankreich. *Musée de l'homme, Paris*

»Venus« von Willendorf. Kalkstein. Höhe: 11 cm. Fundort: Willendorf, Wachau, Österreich. *Naturhistorisches Museum, Wien*

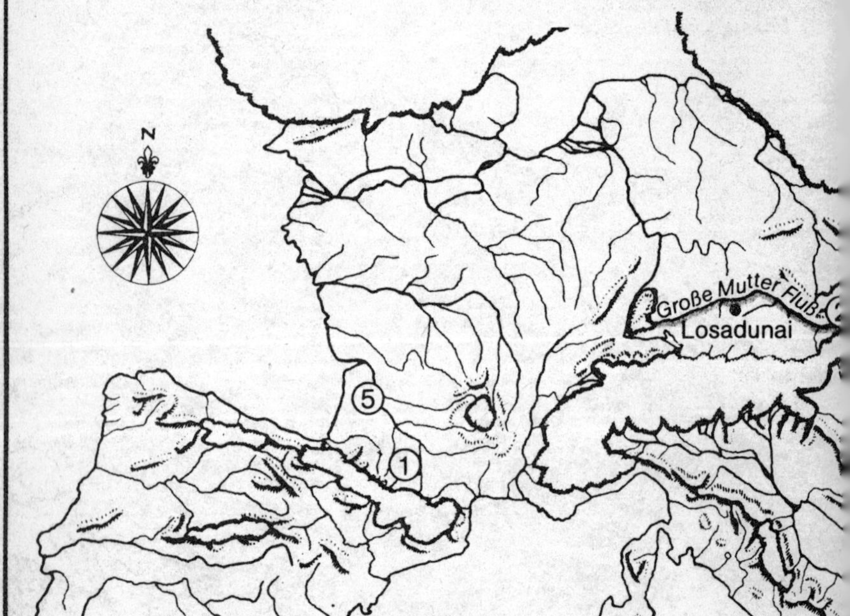

③

»Venus« von Věstonice. Keramik (in Feuer gehärteter Ton). Höhe: 11,4 cm. Fundort: Dolni Věstonice, Unterwisternitz, Mähren, Tschechoslowakei. *Mährisches Museum, Brünn*

④

Weibliche Figur. Elfenbein. Höhe: 5,8 cm. Fundort: Gagarino, Ukraine, UdSSR. *Ethnographisches Institut, Leningrad*

⑤

Dame von Brassempouy. Elfenbein (Fragment). Höhe: 3,2 cm. Fundort: Brassempouy (Landes), Frankreich. *Musée des Antiquites Nationales, Saint-Germain-en-laye*

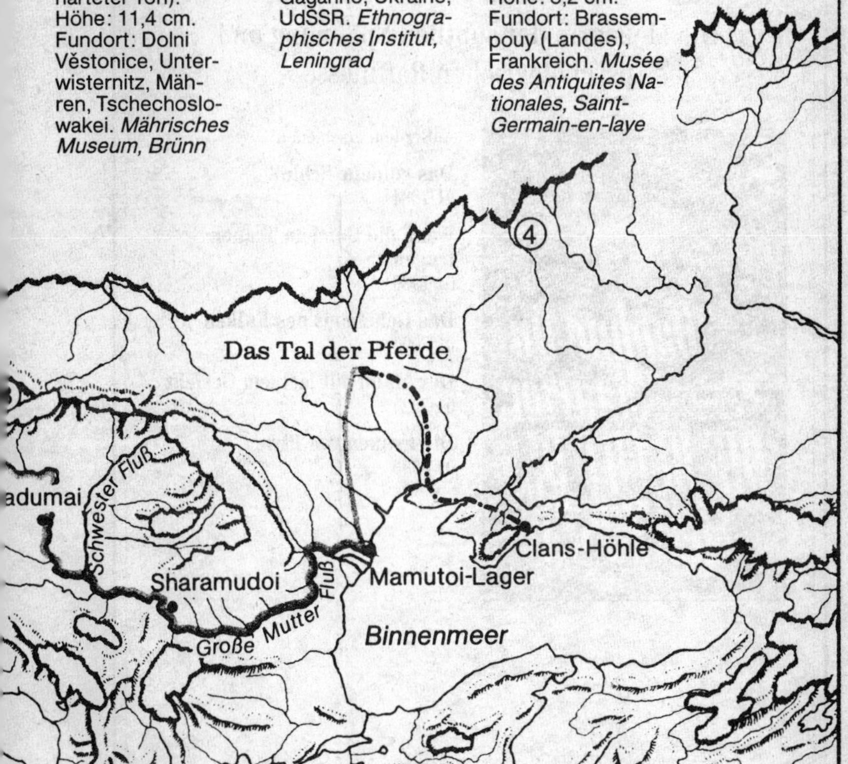

HEYNE
BÜCHER

Daphne Du Maurier

Die Meisterin der subtilen Spannung und psychologischen Raffinesse

01/8893

Außerdem erschienen:

Das goldene Schloß
01/7884

Wenn die Gondeln Trauer tragen
01/7986

Das Geheimnis des Falken
01/8090

Der Mann mit meinem Gesicht
01/8225

Die Frauen von Plyn
01/8633

Wilhelm Heyne Verlag
München

HEYNE BÜCHER

Joanna Trollope

»Eine Geschichte der Verführung - nicht nur sexueller Art, sondern auch durch den unwiderstehlichen Reiz von Geld, schönen Dingen, bezaubernden Manieren - einfach exzellent.«
SUNDAY TIMES

01/9064

Wilhelm Heyne Verlag
München

HEYNE BÜCHER

Marion Zimmer Bradley

Die großen Romane der Autorin, die mit "Die Nebel von Avalon" weltberühmt wurde.

01/7712

Außerdem erschienen:

Der Bronzedrache
01/6359

Trapez
01/7630

Die geheimnisvollen Frauen
01/7870

Wilhelm Heyne Verlag
München